हिन्द पॉकेट बुक्स

रामकथा

वर्तमान युग के सर्वाधिक प्रतिष्ठित साहित्यकार नरेन्द्र कोहली ने साहित्य की सभी प्रमुख विधाओं (यथा उपन्यास, व्यंग्य, नाटक, कहानी) एवं गौण विधाओं (यथा संस्मरण, निबंध, पत्र आदि) और आलोचनात्मक साहित्य में विपुल लेखन किया। उन्होंने शताधिक श्रेष्ठ ग्रंथों का सृजन किया है। हिन्दी साहित्य में महाकाव्यात्मक उपन्यास लिखने का श्रेय नरेन्द्र कोहली को ही जाता है। पौराणिक एवं ऐतिहासिक चरित्रों की गुत्थियों को सुलझाते हुए उनके माध्यम से आधुनिक समाज की समस्याओं एवं उनके समाधान को समाज के समक्ष प्रस्तुत करना कोहली की अन्यतम विशेषता है। कोहली जी सांस्कृतिक राष्ट्रवादी साहित्यकार हैं, जिन्होंने अपनी रचनाओं के माध्यम से भारतीय जीवन-शैली एवं दर्शन का सम्यक् परिचय करवाया है।

रामकथा

नरेन्द्र कोहली

हिन्द पॉकेट बुक्स
पेंगुइन रैंडम हाउस इम्प्रिंट

हिन्द पॉकेट बुक्स

यूएसए | कनाडा | यूके | आयरलैंड | ऑस्ट्रेलिया | सिंगापुर
न्यू ज़ीलैंड | भारत | दक्षिण अफ्रीका | चीन

हिन्द पॉकेट बुक्स, पेंगुइन रैंडम हाउस ग्रुप ऑफ़ कम्पनीज़ का हिस्सा है,
जिसका पता global.penguinrandomhouse.com पर मिलेगा

पेंगुइन रैंडम हाउस इंडिया प्रा.लि.,
चौथी मंजिल, कैपिटल टावर 1, एमजी रोड,
गुरुग्राम 122002, हरियाणा, भारत

पेंगुइन
रैंडम हाउस
इंडिया

प्रथम हिन्दी संस्करण हिन्द पॉकेट बुक्स द्वारा 1997 में प्रकाशित
यह हिन्दी संस्करण हिन्द पॉकेट बुक्स में पेंगुइन रैंडम हाउस द्वारा 2021 में प्रकाशित

10 9 8 7 6 5 4 3 2

ISBN 9789353490010

मुद्रक: मणिपाल टेक्नोलॉजीज़ लिमिटेड, मणिपाल

www.penguin.co.in

FSC www.fsc.org MIX Paper | Supporting responsible forestry FSC® C043100

This is a legitimate digitally printed version of the book and therefore might not have certain extra finishing on the cover.

क्रम

दीक्षा	7
अवसर	120
संघर्ष की ओर	227
साक्षात्कार	335
पृष्ठभूमि	441
अभियान	550
युद्ध	659

दीक्षा

प्रथम खंड

विश्वामित्र ने समाचार सुना और एकदम क्षुब्ध हो उठे। उनकी आंखें, ललाट, कपोल–क्षोभ से लाल हो गए। क्षणभर के लिए समाचार लानेवाले पुनर्वसु को वे ध्यान से घूरते रहे; और सहसा उनके नेत्र झुककर पृथ्वी पर टिक गए। अस्फुट-से स्वर में बोले, "असह्य।"

शब्द के उच्चारण के साथ ही उनका शरीर सक्रिय हो उठा। झटके से उठकर खड़े हो गए, "मार्ग दिखाओ वत्स!"

पुनर्वसु पहले ही स्तम्भित था, गुरु की प्रतिक्रिया देखकर एकदम जड़ हो चुका था। सहसा आज्ञा सुनकर जाग पड़ा और अटपटी-सी चाल चलता हुआ, गुरु के आगे-आगे कुटिया से बाहर निकल गया।

विश्वामित्र झपटते हुए पुनर्वसु के पीछे चल पड़े।

मार्ग में जहां-तहां आश्रमवासियों के त्रस्त चेहरे देखकर विश्वामित्र का उद्वेग बढ़ता गया। आश्रमवासी गुरु को आते देख, मार्ग के एक ओर हट, नतमस्तक खड़े हो जाते थे। उनका इस प्रकार निरीह-कातर होना, गुरु को और अधिक पीड़ित कर जाता था : 'ये मेरे आश्रित हैं। मुझ पर विश्वास कर यहां आए हैं। इनकी व्यवस्था और रक्षा मेरा कर्तव्य है। और मैंने इन सब लोगों को इतना असुरक्षित रख छोड़ा है।

आश्रमवासियों की भीड़ में दरार पैदा हो गई। उस मार्ग से प्रविष्ट हो, विश्वामित्र वृत के केन्द्र में पहुंचे। उनके कठोर शुष्क चेहरे पर दया, करुणा, पीड़ा, उद्वेग, क्षोभ, क्रोध, विवशता के भाव पुंजीभूत हो, कुंडली मारकर बैठ गए थे।

उनके पैरों के पास, भूमि पर नक्षत्र का शव चित्त पड़ा था। पहचानना कठिन था कि शरीर किसका है। विभिन्न मांसल अंगों की त्वचा फाड़कर मांस नोच लिया गया था, जैसे रजाई फाड़कर गूदड़ निकाल लिया गया हो। कहीं केवल घायल त्वचा थी, कहीं त्वचा के भीतर से नंगा मांस झांक रहा था, जिसपर रक्त जमकर ठंडा और काला हो चुका था; और कहीं-कहीं मांस इतना अधिक नोचा गया था कि मांस के मध्य की हड्डी की श्वेतता मांस की ललाई के भीतर से भासित हो रही थी। शरीर के विभिन्न तन्तु, टूटी हुई रस्सियों के समान जहां-तहां उलझे हुए थे। चेहरा जगह-जगह से इतना नोचा-खसोटा गया था कि कोई भी अंग पहचान पाना कठिन था...

विश्वामित्र का मन हुआ कि वे अपनी आंखें फेर लें। पर आंखें नक्षत्र के क्षत-विक्षत चेहरे से चिपक गई थीं; और नक्षत्र की भय-विदीर्ण मृत पुतलियां कहीं उनके मन में जलती लौह-शलाकाओं के समान चुभ गई थीं। अब वे न अपनी आंखें फेर सकेंगे, और न उन्हें मूंद ही सकेंगे। बहुत दिनों तक उन्होंने अपनी आंखें मूंद रखी थीं...

"यह कैसे हुआ वत्स?" उन्होंने पुनर्वसु से पूछा।

"गुरुदेव! पूरी सूचना तो सुकंठ से ही मिल सकेगी। सुकंठ नक्षत्र के साथ था।"

"मुझे सुकंठ के पास ले चलो।"

जाने से पहले विश्वामित्र आश्रमवासियों की भीड़ की ओर उन्मुख हुए, "व्याकुल मत होओ

तपस्वीगण! राक्षसों को उचित दंड देने की व्यवस्था मैं शीघ्र करूंगा। नक्षत्र के शव का उचित प्रबन्ध कर मुझे सूचना दो।"

वे पुनर्वसु के पीछे चले जा रहे थे, "जब कभी मैं किसी नए प्रयोग के लिए यज्ञ आरम्भ करता हूं, राक्षस मेरे आश्रम के साथ इसी प्रकार रक्त और मांस का खेल खेलते हैं। रक्त-मांस की इस वर्षा में कोई भी यज्ञ कैसे सम्पन्न हो सकता है..."

पुनर्वसु चिकित्सा-कुटीर के मार्ग पर चल पड़ा था। विश्वामित्र उसके पीछे-पीछे मुड़ गए, '...क्या अपनी शान्ति के लिए, अपने आश्रमवासियों की रक्षा के लिए, राक्षसों से समझौता कर लूं? अपना शस्त्रज्ञान उन्हें समर्पित कर एक और शुक्राचार्य बन जाऊं? भृगुओं और भरतों का समस्त शस्त्र, औषध तथा अश्वपालन-सम्बन्धी ज्ञान देकर इन्हें और भी शक्तिशाली बना दूं? क्या मैं भी उनमें से एक हो जाऊं? राक्षसी वृत्तियों को निर्बाध पनपने दूं? अपने आश्रम से आर्य संस्कृति को निष्कासित कर इसे राक्षस-संस्कृति का गढ़ बन जाने दूं...?'

पुनर्वसु चिकित्सा कुटीर के द्वार पर जाकर रुक गया। एक ओर हटकर उसने गुरु को मार्ग दे दिया।

विश्वामित्र भीतर प्रविष्ट हुए।

चिकित्साचार्य ने अपनी शिष्य-मंडली को एक ओर कर, आश्रम के कुलपति के लिए मार्ग बना दिया। विश्वामित्र सुकंठ की शैया से लगकर खड़े हो गए। सुकंठ का चेहरा और शरीर तरह-तरह की पट्टियों से बंधा हुआ था, किन्तु उसकी आंखें खुली हुई थीं और वह पूरी तरह चैतन्य था। गुरु को देखकर उसने शैया से उठने का प्रयत्न किया।

विश्वामित्र ने उसके कन्धे पर अपना हाथ रख तनिक-से दबाव के साथ उसे लेटे रहने का संकेत किया।

"मुझे बताओ वत्स! यह सब कैसे हुआ?"

सुकंठ की भोली आंखों में त्रास तैर गया, और उसका चेहरा अपना स्वाभाविक रंग छोड़, कुछ पीला हो गया।

"मैं तथा तात नक्षत्र उधर से जा रहे थे। हमने वहां दो राक्षसों को बैठे हुए देखा। वे लोग डील-डौल में हमसे बहुत बड़े और शारीरिक शक्ति में हमसे बहुत अधिक थे। उनके वस्त्र अत्यन्त भड़कीले, मूल्यवान एवं भद्दे थे। शरीर पर विभिन्न प्रकार के मणि-माणिक्य एवं स्वर्ण आभूषण इस विपुलता से पहने हुए थे कि वे आभूषण न लगकर कबाड़ का आभास दे रहे थे। आश्रम के भीतर हमें उनका यह भद्दा व्यक्तित्व अत्यन्त आपत्तिजनक लग रहा था; पर शायद हम उन्हें कुछ भी न कहते; क्योंकि मेरा ही नहीं, अनेक आश्रमवासियों का यह अनुभव है कि राक्षसों से कोई अच्छी बात कही जाए या उनके सार्वजनिक दूषित व्यवहार के लिए उन्हें टोका जाए तो वे लोग तनिक भी लज्जित नहीं होते, उल्टे झगड़ पड़ते हैं, उनके पास शारीरिक शक्ति है, शस्त्र-बल है, धन-बल है; और फिर कोई शासन उनका विरोध नहीं करता। राक्षसों से झगड़ा कर, हम कभी भी जीत नहीं पाते। इसलिए उनके अनुचित व्यवहार को देखते हुए भी आश्रमवासी सामान्यतः आंखें मूंद लेते हैं।

"हम शायद उन्हें कुछ भी न कहते। पर तभी उधर से आश्रमवासिनी आर्या अनुगता गुज़रीं। और तब हमें ज्ञात हुआ कि वे दोनों राक्षस मदिरा पीकर धुत्त थे। उन्होंने आर्या को पकड़ लिया और अनेक अशिष्ट बातें कहीं। हमारे लिए उनकी उपेक्षा कर जाना सम्भव नहीं रहा। सोच-विचार

का समय नहीं था आर्य। सच तो यह है कि हम लोग अपनी इच्छा से सोच-विचारकर, अपनी वीरता दिखाने भी नहीं गए थे। वह तो क्षण की मांग थी। यदि हम सोचते रह जाते तो वे राक्षस या तो आर्या को मार डालते, या फिर उन्हें उठाकर ले जाते। हमने उन्हें ललकारा। उन दोनों ने खड्ग निकाल लिए। हम निःशस्त्र थे...परिणाम आपके सामने है..."

सुकंठ ने अपनी आंखें मींच लीं और उसके गालों पर से बहते हुए अश्रु कानों की ओर मुड़ गए।

विश्वामित्र ने सुकंठ के सिर पर हाथ फेरा। उन्हें शब्द नहीं सूझ रहे थे। कैसे वे अपने मन की पीड़ा सुकंठ तक पहुंचाएं। क्या उसके केशों पर फिरता उनका यह हाथ शब्दों से कुछ अधिक कह पाएगा...?

वे द्वार की ओर बढ़ चले।

चिकित्सा-कुटीर से बाहर निकलते हुए विश्वामित्र के चेहरे पर निर्णय की दृढ़ता थी। यह निर्णय कितनी बार उभर-उभरकर उनके मस्तिष्क की ऊपरी तहों पर आया था, पर उन्होंने हर बार उसे स्थगित कर दिया था। किन्तु अब और शिथिलता नहीं दिखानी होगी...।

अपनी कुटिया में आकर, अपने आसन पर बैठते ही उनके भीतर का चिन्तक जागरूक हो उठा। कर्मण्य विश्वामित्र फिर कहीं सो गया और चिन्तक विश्वामित्र चेतावनी देने लगा, 'ठीक से सोच ले विश्वामित्र! यह न हो कि ग़लत निर्णय के कारण अपमानित होना पड़े। सोच, सोच, अच्छी तरह सोच...।'

विश्वामित्र के मन में कर्म का आवेश फेन के समान बैठ गया। शीघ्रता विश्वामित्र के लिए नहीं है। वे जो कुछ करेंगे, सोच-समझकर करेंगे। एक बार कार्य आरम्भ कर पीछे नहीं हटना है। अतः काम ऊपर से आरम्भ करने के स्थान पर नीचे से ही आरम्भ करना चाहिए। जब सूई से ही कार्य हो सकता है, तो खड्ग का उपयोग क्यों किया जाए?

"पुनर्वसु!"

"गुरुदेव!"

"पुत्र! मुनि आजानुबाहु को बुला लाओ। कहना, आवश्यक कार्य है।"

पुनर्वसु चला गया और विश्वामित्र अत्यन्त उद्विग्नता से मुनि आजानुबाहु की प्रतीक्षा करते रहे.. विश्वामित्र का मन कभी-कभी ही ऐसा उद्विग्न हुआ था...।

मुनि ने आने में अधिक देर नहीं लगाई।

"आर्य कुलपति!"

"मुनि आजानुबाहु!" विश्वामित्र ने कोमल आकृतिवाले उस अधेड़ तपस्वी की ओर देखा, "आपके व्यवस्था-कौशल, आपके परिश्रमी स्वभाव, तथा आपके मधुर व्यवहार को दृष्टि में रखते हुए एक अत्यन्त गम्भीर कार्य आपको सौंप रहा हूं।"

"कुलपति आज्ञा करें।" मुनि ने सिर को तनिक झुकाते हुए कहा।

"कुछ शिष्यों को साथ लेकर आप आश्रम से लगते हुए सभी ग्रामों में घूम जाएं–ग्राम चाहे आर्यों के हों, निषादों के हों, शबरों के हों अथवा भीलों के हों, सभी ग्राम-प्रमुखों को इस घटना की सूचना दें, उनसे कहें कि वे लोग आश्रमवासियों की सुरक्षा का प्रबन्ध करें, और..." विश्वामित्र का स्वर कुछ आवेशमय हो उठा, "और यदि वे लोग कुछ आनाकानी करें तो कुछ आगे बढ़ सम्राट दशरथ की

सीमा-चौकी पर नियुक्त राज-प्रतिनिधि सेनानायक बहुलाश्व के पास जाकर निवेदन करें। उसे सारी स्थिति समझाएं और उसे कहें कि वह अपराधियों को पकड़कर दंडित करे। यह ठीक है कि यह क्षेत्र उसकी सीमा में नहीं है, किन्तु सीमान्त की भूमि शत्रु के लिए इस प्रकार असुरक्षित नहीं छोड़ देनी चाहिए। नहीं तो ये ही घटनाएं उसकी सीमा के भीतर होने लगेंगी।"

मुनि ने एक बार पूरी दृष्टि से विश्वामित्र को देखा और सिर झुका दिया, "आपकी आज्ञा का अक्षरशः पालन होगा।"

प्रणाम कर वह जाने के लिए मुड़ गए।

आजानुबाहु चले गए, किन्तु विश्वामित्र उनकी आंखों का भाव नहीं भूल पाए...। हर बार यही होता है। आजानुबाहु की आंखें उन्हें उपालम्भ देती हैं–'विश्वामित्र! तुम बातों के ही धनी हो। कर्म तुम्हारे वश का नहीं है...'

ऋषि विश्वामित्र का अत्यन्त संयमी मन दिन-भर किसी काम में नहीं लगा। जैसे ही ध्यान किसी ओर लगाते, उनकी आंखों के सम्मुख नक्षत्र और सुकंठ के चेहरे फिरने लगते। क्या करें विश्वामित्र? कैसे उन चेहरों से पीछा छुड़ाएं?

विश्वामित्र स्वयं अपने ऊपर चकित थे। क्या हो गया है उन्हें? उन्होंने अपनी युवावस्था में अनेक युद्ध लड़े हैं, सेनाओं का संचालन किया है। राक्षसों के आक्रमण की भी पहली घटना नहीं है...इतने विचलित तो वे कभी नहीं हुए। वे संयम और आत्मनियन्त्रण से अपना दैनिक कार्य करते रहे हैं, किन्तु आज...क्या उनके सहने की भी सीमा आ गई है...?

सन्ध्या ढलने को थी। अन्धकार होने में थोड़ा ही समय शेष था, जब मुनि आजानुबाहु ने उपस्थित हो, झुककर कुलपति को प्रणाम किया।

"आसन ग्रहण करें मुनिवर।"

मुनि अत्यन्त उदासीन भाव से बैठ गए। उनके मुख पर उल्लास की कोई भी रेखा नहीं थी। शरीर के अंग-संचालन में चपलता सर्वथा अनुपस्थित थी। विश्वामित्र की आंखें मुनि का निरीक्षण कर रही थीं–"क्या समाचार लाए हैं मुनि?"

"आपकी आज्ञा के अनुसार मैं सिद्धाश्रम के साथ लगते हुए दसों ग्रामों के मुखियों के पास हो आया हूं।"

"आपने उन्हें इस दुर्घटना की सूचना दी?"

"हां, आर्य कुलपति।"

"उन्होंने क्या उत्तर दिया?"

"प्रभु! वे उत्तर नहीं देते।" मुनि आजानुबाहु बहुत उदास थे, "मौन होकर सब-कुछ सुन लेते हैं और दीर्घ निःश्वास छोड़कर शून्य में घूरने लगते हैं। उन्हें जब यह ज्ञात होता है कि यह राक्षसों का कृत्य है, और राक्षस ताड़का के सैनिक-शिविर से सम्बद्ध हैं, तो वे उसके विरुद्ध कुछ करने के स्थान पर उल्टे भयभीत हो जाते हैं।"

"जनसामान्य का इस प्रकार भीरु हो जाना अत्यन्त शोचनीय स्थिति है मुनिवर!" विश्वामित्र का स्वर अत्यन्त चिन्तित था।

"हां, आर्य कुलपति!" मुनि आजानुबाहु बोले, "यदि ऐसा न होता तो इन राक्षसों का इतना साहस

ही न होता। ऋषिवर! हमारे आश्रमवासियों में अभी भी थोड़ा-सा आत्मबल तथा तेज है, अतः आश्रम के भीतर हमें उतना अनुभव नहीं होता, अन्यथा आश्रम के बाहर तो स्थिति यह है कि सैकड़ों लोगों की उपस्थिति में राक्षस तथा उनके अनुयायी, व्यक्ति का धन छीन लेते हैं, उसे पीट देते हैं, उसकी हत्या कर देते हैं। जनाकीर्ण हाट-बाज़ार में महिलाओं को परेशान किया जाता है, उन्हें अपमानित किया जाता है, उनका हरण किया जाता है–और जनसमुदाय खड़ा देखता रहता है। जनसमुदाय अब मानो नैतिक-सामाजिक भावनाओं से शून्य, हतवीर्य तथा कायर, जड़ वस्तु है। जिसके सिर पर पड़ती है, वह स्वयं भुगत लेता है–शेष प्रत्येक व्यक्ति इन घटनाओं से उदासीन, स्वयं को बचाता-सा निकल जाता है। इससे अधिक शोचनीय स्थिति और क्या होगी कुलपति!"

विश्वामित्र को मुनि का प्रत्येक वाक्य अपने लिए ही उच्चारित होता लगता था। क्या आजानुबाहु जानबूझकर ऐसे वाक्यों का प्रयोग कर रहे हैं या विश्वामित्र का अपना ही मन उन्हें धिक्कार रहा है...पर धिक्कार से क्या होगा, अब कर्म का समय है।

विश्वामित्र अपने चिन्तन को नियन्त्रित करते हुए बोले, "न्याय पक्ष दुर्बल और भीरु हो गया है। अन्याय पक्ष दुस्साहसी तथा शक्तिशाली हो गया है। यह स्थिति अत्यन्त अहितकर है...। आप शासन-प्रतिनिधि सेनानायक बहुलाश्व के पास भी गए थे?"

"आर्य! गया था।" मुनि का स्वर और अधिक शुष्क और उदासीन हो गया।

"उससे क्या वार्तालाप हुआ? क्या उसने अपराधियों को बन्दी करने के लिए सैनिक भेजे?"

"उससे वार्तालाप तो बहुत हुआ," मुनि ने उत्तर दिया। उनके स्वर में फिर वही भाव था। विश्वामित्र साफ़ सुन पा रहे थे। आजानुबाह ने कुलपति की आज्ञा का पालन अवश्य किया था, किन्तु उन्हें इन कार्यों की सार्थकता पर विश्वास नहीं था। "किन्तु उसने अपने सैनिकों को कोई आदेश नहीं दिया। कदाचित वह कोई आदेश देगा भी नहीं।"

"क्यों?" विश्वामित्र की भृकुटि वक्र हो उठी।

"सेनानायक बहुलाश्व को आज बहुत-से उपहार प्राप्त हुए हैं, आर्य कुलपति! उसे एक बहुमूल्य रथ मिला है। उसकी पत्नी को शुद्ध स्वर्ण के आभूषण मिले हैं। मदिरा का एक दीर्घाकार भांड मिला है; और कहते हैं कि एक अत्यन्त सुन्दरी दासी भी दिए जाने का वचन है..."

"ये उपहार किसने दिए हैं मुनिवर?"

"निश्चित रूप से राक्षस-शिविर ने आर्य! राक्षस बिना युद्ध किए भी विपक्षी सैनिकों को पूर्णतः पराजित कर देते हैं।"

विश्वामित्र के मन में सीमातीत क्षोभ हिल्लोलित हो उठा। शान्तिपूर्वक बैठे रहना उनके लिए असम्भव हो गया। वे उठ खड़े हुए और अत्यन्त व्याकुलता की स्थिति में, अपनी कुटिया में एक कोने से दूसरे कोने तक टहलने लगे। मुनि आजानुबाहु ने उन्हें ऐसी क्षुब्धावस्था में कभी नहीं देखा था...।

विश्वामित्र जैसे वाचिक चिन्तन करते हुए बोले, "इसका अर्थ यह हुआ कि शासन, शासन-प्रतिनिधि, सेना–सबके होते हुए भी, जो कोई चाहे, मनमाना अपराध कर ले और उसके प्रतिकार के लिए शासन-प्रतिनिधि के पास उपहार भेज दे–उसके अपराध का परिमार्जन हो जाएगा। यह कैसा मानव-समाज है? हम किन परिस्थितियों में जी रहे हैं? यह कैसा शासन है? यह तो सभ्यता-संस्कृति से दूर हिंस्र-पशुओं से भरे किसी गहन विपिन में जीना है...।"

"इतना ही नहीं कुलपति!" मुनि के स्वर में व्यंग्य से अधिक पीड़ा थी, "मैंने तो सुना है कि

अनेक बार ये राक्षस तथा उनके मित्र शासन-प्रतिनिधि को पहले से ही सूचित कर देते हैं कि वे लोग किसी विशिष्ट समय और विशिष्ट स्थान पर, कोई अत्याचार करने ज़ा रहे हैं–शासन-प्रतिनिधि को चाहिए कि वह उस समय, अपने सैनिकों को उधर जाने से रोक ले; और शासन-प्रतिनिधि वही करता है...इस कृपा के लिए शासन-प्रतिनिधि को पूर्ण पुरस्कार दिया जाता है...।"

"असहनीय। पूर्णतः अमानवीय। राक्षसी...राक्षसी..." विश्वामित्र विक्षिप्त-से इधर से उधर चक्कर लगा रहे थे।

"आपने सेनानायक को बताया था कि आप सिद्धाश्रम से आए हैं, और आपको मैंने भेजा है?" सहसा विश्वामित्र ने रुककर पूछा।

"हां आर्य!" मुनि ने कहा।

"उसका कोई प्रभाव नहीं हुआ?"

मुनि आजानुबाहु के मुख पर व्यंग्य आ बैठा, "आप सब-कुछ जानते हुए भी पूछते हैं ऋषिवर? राक्षसों ने कभी भी आश्रमों तथा ऋषियों को सम्मान की दृष्टि से नहीं देखा। उनकी ही देखा-देखी अनेक आर्यों ने भी ऋषियों को उपहास की, तुच्छ एवं नगण्य वस्तु मान लिया है। सेनानायक बहुलाश्व ने मुझे ऐसा ही सम्मान दिया...। हम उनके लिए क्या हैं? निरीह, कोमल जीव। जो उन्हें डंक नहीं मार सकते, और वे जब चाहें, हमें मसल सकते हैं।"

विश्वामित्र का ध्यान मुनी के व्यंग्यात्मक स्वर की ओर नहीं गया, उनका क्रोध बढ़ता जा रहा था–लगता था, वे किसी भी क्षण फट पड़ेंगे; पर उन्होंने स्वयं को किसी प्रकार नियन्त्रित किया। बोले, "अच्छा मुनिवर! आप विश्राम करें, मैं कोई-न-कोई व्यवस्था अवश्य करूंगा। यह क्रम बहुत दिन नहीं चलेगा।"

मुनि आजानुबाहु उठे नहीं। वैसे ही बैठे-बैठे तनिक-सा सिर झुकाकर बोले, "यदि अनुमति हो, तो एक और सूचना देना चाहता हूं। घटना तनिक विस्तार से बताने की है।"

विश्वामित्र का क्रोध उन्हें खींचकर बार-बार किसी और लोक में ले जाता था, और वह बार-बार स्वयं को घसीटकर सिद्धाश्रम में ला रहे थे। कैसा समय है कि जिस ऋषि विश्वामित्र के सम्मुख आर्य सम्राट, सिर झुकाते थे–आज एक तुच्छ सेनानायक उनकी उपेक्षा कर रहा था, केवल इसलिए कि उन्होंने अपनी इच्छा से राजसिक सत्ता, सैन्य-बल, अस्त्र-शस्त्र तथा भोग की भौतिक सामग्रियों का त्याग कर समाज के कल्याण के लिए तपस्या का यह कठिन मार्ग स्वीकार किया था। जिन गुणों के लिए उनकी पूजा होनी चाहिए थी, उन्हें उनका दोष मान लिया गया है...।

मुनि की बात सुनकर बोले, "कहिए मुनिवर! मैं सुन रहा हूं।"

"आर्य कुलपति!" आजानुबाहु बोले, "सेनानायक बहुलाश्व के सैनिक- शिविर के समीप, सम्राट, दशरथ के राज्य की सीमा के भीतर ही एक ग्राम है–ग्राम के निवासी जाति के निषाद हैं। पुरुष अधिकांशतः नौकाएं चलाते हैं और स्त्रियां मछलियां पकड़ती हैं..."

"शायद मैं उस ग्राम से परिचित हूं।" विश्वामित्र बोले।

"उसी ग्राम में गहन नामक एक व्यक्ति रहता है। कुछ दिन पूर्व आर्य युवकों का एक दल गहन की कुटिया पर गया था। युवकों ने मदिरा इतनी अधिक पी रखी थी कि उन्हें उचित-अनुचित का बोध नहीं था। उन्होंने सीधे स्वयं गहन के पास जाकर मांग की थी कि वह अपने परिवार की स्त्रियां उनकी सेवा में भेज दे। ऐसी अशिष्ट मांग सुनकर गहन क्रुद्ध हो उठा। उसके आह्वान पर ग्राम के

अनेक युवक वहां एकत्रित हो गए। किन्तु आर्य युवक अपनी मांग से टले नहीं। उनका तर्क था कि वे लोग धनी-मानी सवर्ण आर्य हैं और कंगाल गहन परिवार की स्त्रियां नीच जाति की स्त्रियां हैं। नीच जाति की स्त्रियों की भी कोई मर्यादा होती है क्या? वे होती ही किसलिए हैं?

"वे लोग न केवल अपनी दुष्टता पर लज्जित नहीं हुए, वरन अपनी हठ मनवाने के लिए झगड़ा भी करने लगे। उस झगड़े में उन्हें कुछ चोटें आईं। अन्ततः वे लोग यह धमकी देते हुए चले गए कि वे नीच जाति को उसकी उच्छृंखलता के लिए ऐसा दंड दिलाएंगे, जो आज तक न किसी ने देखा होगा, न सुना होगा।"

"फिर?" विश्वामित्र तन्मय होकर सुन रहे थे।

"गहन कल से अस्वस्थ चल रहा था। आज जब सारा ग्राम अपने काम से नदी पर चला गया, गहन अपनी कुटिया में ही रह गया। गहन की देखभाल के लिए उसकी पत्नी भी रह गई। अपनी सास की सहायता करने के विचार से गहन की दोनों पुत्र-वधुएं भी घर पर ही रहीं। गहन की दुहिता अकेली कहां जाती; अतः वह भी नदी पर नहीं गई...।"

"फिर?" विश्वामित्र जैसे श्वास रोके हुए, सब-कुछ सुन रहे थे।

"अवसर देखकर आर्य युवकों का यही दल ग्राम में घुस आया।" मुनि आजानुबाहु ने बताया, "अकेला अस्वस्थ गहन क्या करता? उन्होंने उसे पकड़कर एक खम्भे के साथ बांध दिया। उसकी वृद्धा पत्नी, युवा पुत्र-वधुओं तथा बाला दुहिता को पकड़कर, गहन के सम्मुख ही नग्न कर दिया। उन्होंने वृद्ध गहन की आंखों के सम्मुख बारी-बारी उन स्त्रियों का शील भंग किया। फिर उन्होंने जीवित गहन को आग लगा दी; और जीवित जलते हुए गहन की उस चिता में लौह-शलाकाएं गर्म कर-करके उन स्त्रियों के गुप्तांगों पर उनकी जाति चिह्नित की..."

"असहनीय!" विश्वामित्र ने व्यथा से कराहते हुए कहा।

उन्होंने दोनों हथेलियों से अपने कान बन्द कर, आंखें मींच ली थीं।

वृद्ध ऋषि की मानसिक पीड़ा देखकर मुनि आजानुबाहु चुप हो गए–ऋषि विश्वामित्र से उच्च आर्यों की कौन-सी जाति है! भरतों में सर्वश्रेष्ठ, विश्वामित्र! वे विश्वामित्र उन निषाद स्त्रियों के साथ घटी घटना को सुन नहीं सकते–और वे कुलीनता का दम्भ भरनेवाले आर्य युवक ऐसे कृत्यों को अपना धर्म मानते हैं...

आजानुबाहु को लगा, उसके मन में बैठा विश्वामित्र-द्रोही भाव विगलित हो उठा है और अब उसके मन में श्रद्धा है। इस वृद्ध ऋषि के लिए दूसरा भाव हो ही क्या सकता है! स्फटिक जैसा उज्ज्वल मन होते हुए भी परिस्थितियों के सम्मुख कैसे असहाय हो गए हैं विश्वामित्र!

मुनि चुपचाप कुलपति की आकृति पर चिह्नित पीड़ा को आंखों से पीते रहे। कुछ नहीं बोले। और बोलकर ऋषि की पीड़ा में वृद्धि करना उचित होगा क्या?...

"इस घटना की सूचना सेनानायक बहुलाश्व को है?" अन्त में विश्वामित्र ने ही पूछा।

"शासन-तन्त्र के विभिन्न प्रतिनिधियों ने इस घटना की सूचना पाकर जब कुछ नहीं किया, तो गहन के पुत्र बहुलाश्व के पास भी गए थे। बहुलाश्व ने सारी घटना सुनकर कहा है कि वह शोध करके देखेगा कि इस घटना में तथ्य कितना है..."

"इतनी बर्बरता हो रही है... अमानवीय, पैशाचिक, राक्षसी। और शासन का प्रतिनिधि कहता है, वह शोध करेगा।" विश्वामित्र असाधारण तेजपुंज हो रहे थे, "उन आर्य युवकों की जीवित त्वचा

खींच ली जानी चाहिए। मैं घोषणा करता हूं कि वे युवक आर्य नहीं हैं। वे लोग राक्षस हैं–पूर्ण राक्षस। रावण के वंशज।"

"आर्य कुलपति।" मुनि बोले, "गहन पुत्र उन स्त्रियों के साथ मुझे मिले थे। मैं उन्हें अपने साथ सिद्धाश्रम में लेता आया हूं। वे आश्रम के बाहर स्वयं को कहीं भी सुरक्षित नहीं पाते।"

"उन्हें बुलाओ।" विश्वामित्र उतावली से बोले।

मुनि बाहर गए और क्षण-भर में ही लौट आए। उनके साथ एक भीड़ थी–चुपचाप मौन। किन्तु उनकी आकृतियों पर आक्रोश और विरोध चिपक-सा गया था। उन्होंने कन्धों पर चारपाइयां उठा रखी थीं। चारपाइयां भूमि पर रखकर वे लोग हट गए। केवल दो पुरुष उन चारपाइयों के पास खड़े रह गए। कदाचित ये दोनों की गहन के पुत्र थे।

विश्वामित्र ने देखा–अत्यन्त पीड़ित चेहरे। त्रस्त एवं आतंकित। चारपाइयों पर एक वृद्धा स्त्री थी। कदाचित यही गहन की पत्नी थी; दो युवतियां–असह्य पीड़ा में कराहती हुईं; और एक निपट बालिका, जिसने अपनी पीड़ा को सहने के उपक्रम में दांतों से अपने होंठ काट लिए थे।

विश्वामित्र का दृढ़ व्यक्तित्व सर्वथा हिल गया, उनके जी में आया कि वे रो पड़ें–उन राक्षसों को इस बालिका पर भी दया न आई...और सहसा विश्वामित्र के भीतर घृणा पुंजीभूत होने लगी। इस घृणा को पोषित करना होगा–तभी राक्षसों का संहार होगा।...

"मुनिवर! इन देवियों को तुरन्त चिकित्सा-कुटीर में पहुंचाकर इनका उपचार करवाएं।" उन्होंने आदेश दिया, "गहन के पुत्रों! तुम दोनों यहीं ठहर जाओ।"

भीड़ चारपाइयों को लेकर चली गई, केवल गहन के दोनों पुत्र पीछे रह गए।

"बैठ जाओ पुत्रों!" ऋषि ने कहा।

वे दोनों दंड के समान ऋषि के चरणों में टूटकर गिरे–जैसे अब तक का रोका हुआ बांध बह गया हो। वे देर तक उनके चरणों पर पड़े हुए, रोते रहे। विश्वामित्र की आंखों से भी निःशब्द अश्रु झरते रहे।

अन्ततः ऋषि बोले, "उठो वत्स! धैर्य धारण करो। मुझे बताओ कि जब तुम्हारी सहायता को कोई नहीं आया, तो तुम्हारे ग्राम-बन्धुओं ने उन आर्य-युवकों से प्रतिरोध क्यों नहीं लिया?"

"ऋषिवर! वह आत्महत्या होती। हमारा सारा ग्राम जला दिया जाता। सारे पुरुषों की हत्या कर दी जाती। ग्राम की प्रत्येक स्त्री की वही स्थिति होती, जो हमारे परिवार की स्त्रियों की हुई है। उन आर्य युवकों के भय से किसी आर्य वैद्य ने इनका उपचार भी नहीं किया।" गहन का ज्येष्ठ पुत्र गगन बोला।

"ऐसे शक्तिशाली लोग हैं?" ऋषि पीड़ा के साथ-साथ आश्चर्य से भर उठे, "वत्स, कौन लोग हैं वे?"

गगन सिर झुकाए मौन बैठा रहा।

"तुम उन लोगों से परिचित हो?"

गगन ने स्वीकृति में सिर हिला दिया।

"तो बताते क्यों नहीं?"

गगन की आंखों में मृत्यु की छाया प्रत्यक्ष हो गई, "उन्हें पता चलेगा कि मैंने आपको बताया है तो वे लोग मेरी भी हत्या कर देंगे।"

विश्वामित्र तेज-प्रज्वलित स्वर में बोले, "मृत्यु के भय से कायर मत बनो वत्स! जो कुछ घटित

हो चुका है, क्या वह किसी मृत्यु से कम है?...मैं तुम्हें सिद्धाश्रम में शरण देता हूं। बोलो, वे कौन हैं?"

"बाध्य न करें ऋषिवर!" गगन का मुख अत्यन्त दीन याचना में डूब गया।

"बोलो!" ऋषि कड़ककर बोले, "उन दलितों का उद्धार कभी नहीं होता, जो अत्याचार का विरोध नहीं करते।"

गगन ने अत्यन्त भयभीत होकर ऋषि को देखा। वहां मानो विश्वामित्र नहीं थे, एक तेज था, प्रकाश था, सत्य था...उस तेज में वह बंध गया। उसका भय, भीतर का प्रतिरोध उस प्रकाश में विलीन हो गया। बोला, "उनका नेता सेनानायक बहुलाश्व का पुत्र देवप्रिय है..."

पर देवप्रिय का नाम लेते ही वह सचेत हो उठा। वह अपने-आप में लौट आया था। सहसा ही उसने रोने के लिए अपने होंठ फैला दिए।

विश्वामित्र का मस्तिष्क झनाका खा गया।...स्वयं शासन-प्रतिनिधि का ही पुत्र राक्षसी कृत्य करेगा तो न्याय कौन करेगा? न्याय की मांग करने कोई किसके पास जाए?...और यदि पिता उत्कोच लेकर अत्याचारों की ओर से आंखें मूंद लेता है, तो पुत्र इतना भी नहीं करेगा क्या?

विश्वामित्र की आंखें आकाश को बेध देने के लिए ऊपर की ओर उठीं। उन आंखों में दृढ़ता थी, वज्र की-सी। बोले, "जब शासक राक्षस हो गए तो न्याय का कर्तव्य ऋषि का होता है..."

तभी मुनि आजानुबाहु ने कुटिया में प्रवेश किया। उनका मुंह पहले से भी अधिक पीड़ित था।

विश्वामित्र की प्रश्न-भरी आंखें उनकी ओर उठीं।

"आर्य कुलपति! उन स्त्रियों में से वृद्धा और बालिका का देहान्त हो गया है।"

विश्वामित्र कुछ नहीं बोले। उनकी आंखों में जल के दो कण चमक आए।

मुनि आजानुबाहु और गहन के दोनों पुत्र जा चुके थे।

विश्वामित्र अकेले, अपनी कुटिया में इधर से उधर टहल रहे थे। वे बार-बार किसी निर्णय पर पहुंचते और उसे त्याग देते। वे निर्द्वन्द्व रूप से एक निर्णय पर पहुंच नहीं पा रहे थे। क्या करें? प्रश्न! प्रश्न!! चिन्ता ही चिन्ता! वह सोचते जा रहे थे।

बात सोचने की ही नहीं, चिन्ता की भी थी। सतयुग के साथ ही देवताओं का बल एकदम क्षीण हो चुका था। देव-शक्ति के क्षीण होते ही राक्षसों ने सिर उठाना आरम्भ किया। वे शस्त्र-बल से सम्पन्न हैं और उनके पास जन-शक्ति है।...और अब तो उनको रावण जैसा नेता भी मिल गया है। जम्बू-द्वीप ही नहीं, क्षीण-शक्ति देवलोक तक धावा मार आया है। विश्वामित्र की आंखें एक अनजाने भय से विस्फारित हो उठीं, 'कितना असुरक्षित है आर्यवर्त–आर्यावर्त ही क्यों, सारा जम्बू-द्वीप!'

तो फिर विश्वामित्र को ही कर्मरत होना पड़ेगा।

विश्वामित्र की आंखें चमक उठी। आकृति पर एक दृढ़ता आ विराजी। सारे शरीर की मांसपेशियां जैसे कुछ कर गुज़रने को उद्यत हो गईं। मन और शरीर की शिथिलता बहुत दिनों के पश्चात मिटी थी।...यह विश्वामित्र का संकल्प था। विश्वामित्र अपने संकल्प के बल पर जन्मतः क्षत्रिय होते हुए भी, यदि हठी वसिष्ठ से ब्रह्मर्षि की प्रतिष्ठा पा सकते हैं, तो आर्यावर्त के राजाओं को शत्रु राक्षसों के विरुद्ध खड़ा कर देना, क्या बड़ी बात है?...

कुटिया में उनकी गम्भीर आवाज़ गूंजी, "द्वार पर तुम हो पुत्र पुनर्वसु!"

"आज्ञा गुरुदेव!" पुनर्वसु भीतर आ गया।

"वत्स! कल प्रातः मैं अयोध्या को यात्रा करूंगा। उचित व्यवस्था कर दी जाए। मेरी अनुपस्थिति में आश्रम की व्यवस्था आचार्य विश्वबन्धु देखेंगे।"

"जो आज्ञा गुरुदेव!"

पुनर्वसु कुटिया से बाहर निकल गया।

दो

चक्रवर्ती सम्राट दशरथ की राजसभा, सूर्यवंशी राजाओं के गौरव के अनुकूल सुसज्जित थी। दशरथ अपने सिंहासन पर बैठे थे। निकट ही मन्त्रिपरिषद उपस्थित थी। सामने एक उच्च स्थान पर वसिष्ठ एवं उनके अनुयायी ब्राह्मण बैठे थे। दूसरी ओर वामदेव और उनके शिष्य। एक ओर सेनापति थे, दूसरी ओर सामन्त। राजसभा में पूर्ण शान्ति थी, जैसे चलती हुई बात कहीं रुक गई हो; और किन्हीं कारणों से सभा स्तब्ध रह गई हो।

सहसा उस निःस्तब्धता को भंग करता हुआ सम्राट का स्वर गूंजा, "तो गुरुदेव का क्या आदेश है?"

वसिष्ठ ने सारी राजसभा का मौन-निरीक्षण किया और अन्त में अपने नेत्र सम्राट के चेहरे पर टिका दिए, जैसे वाणी से ही नहीं, वह अपनी आंखों से भी बहुत कुछ कहना चाहते हों। उनकी वाणी गम्भीर, ठहरी हुई तथा पूर्णतः आश्वस्त थी, "सम्राट का विचार अति उत्तम है राम का विवाह कर दिया जाना चाहिए, वह ब्रह्मचर्य की आयु पूर्ण कर चुके हैं। किन्तु सम्राट को विवाह-सम्बन्ध स्थापित करते हुए, अपने वंश के अनुकूल समधी की खोज करनी चाहिए। इस विषय में यदि मेरी इच्छा जानना चाहें, तो मैं कहूंगा कि सम्राट यदि किन्हीं राजनीतिक कारणों से भी चाहें तो राजकुमार का विवाह पूर्व के व्रात्यों में न करें–जिन्होंने वैदिक कर्मकांड का त्याग कर, स्वयं को ब्रह्मवादी चिन्तन में विलीन कर भ्रष्ट कर लिया है। सम्राट राजनीति का अपना महत्त्व है। किन्तु आर्य-जाति के रक्त, संस्कृति एवं विचारों की शुद्धता का महत्त्व उससे भी कहीं अधिक है।...पूर्व के अतिरिक्त दक्षिण में भी ऐसा कोई राजवंश मुझे नहीं दिखता, जो रघुकुल का उपयुक्त समधी हो सके। केवल उत्तर एवं पश्चिम..."

वसिष्ठ रुक गए। उनकी आंखें सम्राट के मुख से हटकर उस प्रतिहारी पर जम गई थीं, जो राजसभा की कार्यवाही के मध्य भी कोई आवश्यक सूचना निवेदित करने के लिए सम्राट के सम्मुख उपस्थित हुआ था। निश्चय ही समाचार अत्यन्त आवश्यक था, अन्यथा वह इस प्रकार कार्यवाही के मध्य में सभा-भवन के भीतर प्रवेश करने का साहस न करता। वसिष्ठ के साथ-साथ प्रत्येक उपस्थित व्यक्ति का ध्यान प्रतिहारी की ओर आकर्षित हो चुका था।

सम्राट की अनुमति पाते ही प्रतिहारी ने निवेदन किया, "सम्राट! द्वार पर स्वयं ऋषि विश्वामित्र अपनी शिष्य मंडली के साथ उपस्थित हैं।"

विश्वामित्र! राजसभा में उपस्थित प्रत्येक चेहरे ने कोई-न-कोई प्रतिक्रिया व्यक्त की। सबसे अधिक प्रभाव बूढ़े सम्राट दशरथ पर हुआ–विश्वामित्र निष्प्रयोजन नहीं आते। नारद के समान भ्रमण उनका स्वभाव नहीं है। विशेषकर दशरथ की राजसभा में, जहां राजगुरु के आसन पर वसिष्ठ बैठे हैं।

"उन्हें सादर लिवा लाओ।" दशरथ ने उच्च किन्तु कम्पित स्वर में आदेश दिया; और अगले ही क्षण, जोड़ दिया, "ठहरो! मैं स्वयं चलता हूं।"

इससे पूर्व कि राजसभा का कोई अन्य सदस्य उठकर बाहर जाने का निर्णय कर पाए, सम्राट स्वयं उठकर बाहर चले गए।

विश्वामित्र दशरथ के साथ भीतर आए। उनके साथ उनके दस पट्ट-शिष्यों की मंडली थी। दशरथ ने उन्हें लाकर उसी स्थान पर बैठाया, जहां वसिष्ठ पहले से बैठे हुए थे। विश्वामित्र के बैठते ही सामग्री उपस्थित हुई और सम्राट ने उनका पूजन कर उन्हें अर्घ्य दिया।

"राजन! तुम सकुशल तो हो? तुम्हारा धन-धान्य, बन्धु-परिजन, मन्त्री प्रजा सब सुखी हैं? तुम्हारे शत्रु तुम्हारे अधीन हैं? तुम्हारे सेनापति तुम्हारी आज्ञा में तो हैं? तुम यज्ञ आदि देवकृत्य तथा अतिथि सेवा इत्यादि मानवकृत्य ठीक से सम्पन्न कर रहे हो?"

विश्वामित्र राजसभा की औपचारिकता का निर्वाह करते हुए, अपने ही मन में उसका विरोध अनुभव कर रहे थे। क्यों पूछ रहे हैं वह यह सब? क्या वह नहीं जानते कि स्थिति क्या है? सम्भव है, अयोध्या नगरी की स्थिति शेष प्रदेशों से कुछ उत्तम हो, किन्तु सब-कुछ यहां भी ठीक नहीं था...

"सब आपकी कृपा है महर्षि!" दशरथ ने मस्तक झुका दिया।

विश्वामित्र सहसा वसिष्ठ की ओर मुड़े, "आप प्रसन्न तो हैं ब्रह्मर्षि?"

मन-ही-मन वह जानते थे कि वसिष्ठ उनके आने से प्रसन्न हो नहीं सकते। उनके शिष्य-नृप की सभा में कोई अन्य ऋषि सम्मान पाए, यह उन्हें कैसे प्रिय होगा। यदि ऋषियों, विद्वानों, चिन्तकों, बुद्धिजीवियों में इस प्रकार अहंकार तथा परस्पर द्वेष न होता तो आर्यावर्त और जम्बूद्वीप की यह अवस्था न होती।

विश्वामित्र की जिज्ञासा के उत्तर में वसिष्ठ मुस्कुराकर रह गए।

दशरथ क्रमशः साहस बटोरकर बोले, "महर्षि! आपने यहां पधारकर मुझ दीन पर अत्यन्त कृपा की है। आदेश दें, मैं आपकी क्या सेवा करूं? मैं अपनी सम्पूर्ण क्षमता और अपने राज्य के साथ आपकी सेवा में प्रस्तुत हूं। आज्ञा करें।"

"राजन!" विश्वामित्र के मुख पर मन्द हास था, "कुछ मांगने आया हूं। बोलो, दोगे?"

"आज्ञा करें ऋषि श्रेष्ठ!"

"प्रतिश्रुत होते हो?"

"मैं प्रतिज्ञा करता हूं।"

"तो सुनो राजन!" विश्वामित्र की वाणी में अपने लिए आश्वस्ति और दशरथ के प्रति व्यंग्य था, "मैं नहीं जानता, तुम्हारी राजसभा में कितनी चर्चा राजनीति की होती है और कितनी ब्रह्मवाद की। पर सम्भव है कि तुम्हें यह सूचना हो कि जम्बूद्वीप के दक्षिण में लंका नामक द्वीप में रावण नामक एक राक्षस बसता है।"

"रावण का नाम कौन नहीं जानता ऋषिवर!" दशरथ का ध्यान विश्वामित्र के व्यंग्य की ओर नहीं था, "उसने देवलोक तक पर आक्रमण किया है। सारा विश्व उससे कांप रहा है। एक बार उसने अयोध्या पर भी आक्रमण किया था और मेरे पूर्वज अनरण्य की हत्या कर दी थी।"

विश्वामित्र खुलकर मुस्कुराए, "इतना जानते हुए भी तुम इतने निश्चिन्त कैसे हो राजन? रावण अपने सैनिक-शिविरों का जाल फैलाकर आर्यावर्त को घेर रहा है। उसका एक ऐसा ही शिविर सिद्धाश्रम के पास ताड़का वन में भी है। वहां ताड़का, उसका बेटा मारीच तथा उसका सहायक सुबाहु अपने राक्षस सैनिकों के साथ रहते हैं। उनके निरन्तर उत्पीड़न के कारण सिद्धाश्रम में न तो

कोई नया प्रयोग हो सकता है, न तप, न यज्ञ, न ज्ञान-विज्ञान की चर्चा। मैं उन राक्षसों के विरुद्ध तुमसे सहायता लेने आया हूं।"

दशरथ वचन देने में पहले के समान दृढ़ नहीं रह पाए। रावण उनका ही नहीं, सम्पूर्ण देवलोक का आतंक था–वह जानते थे। ताड़का, मारीच और सुबाहु के विरोध का अर्थ था–रावण का विरोध। रावण से उन्हें लडना होगा? उस रावण से दशरथ को लड़ना होगा, जिससे इन्द्र भी डरते हैं?

दशरथ का मन कहीं डोल गया था। पर द्वन्द्व का क्या लाभ? वह वचन हार चुके थे।

दशरथ ने कई क्षण सोचने में लगा दिए। कुछ समय तक शून्य में घूरने के पश्चात बोले, "सीमान्त चौकी पर सेनानायक बहुलाश्व स्वयं वर्तमान है। क्या उसने आपकी सहायता नहीं की ऋषिवर?" दशरथ के स्वर में आत्म-बल नहीं रह गया था।

"वह केवल अपने स्वार्थों की रक्षा कर रहा है सम्राट!" विश्वामित्र अत्यन्त कटु स्वर में बोले, "और ऐसे लोग न्याय की रक्षा नहीं कर सकते।"

दशरथ ने अगला प्रश्न नहीं किया।

विश्वामित्र ने सोचा–सम्भव है, दशरथ बहुलाश्व के कृत्यों से पूर्व परिचित हों। तभी तो उन्होंने यह नहीं पूछा कि ऋषि के इस आरोप का क्या प्रमाण था।

इस बार जब दशरथ बोले तो उनका स्वर अत्यन्त संकुचित था, "मैं स्वयं अपनी चतुरंगिणी सेना लेकर आपके आश्रम की रक्षा करूंगा, ऋषिवर!"

दशरथ के शब्दों में जितनी तत्परता थी, उनकी वाणी तथा आकृति में उसका सर्वथा अभाव था।

विश्वामित्र हंस पड़े, "इतना कष्ट न करो सम्राट! मैं तुम्हें और तुम्हारी चतुरंगिणी सेना को लेने नहीं आया हूं। तुम्हें अपनी अयोध्या की रक्षा करने के लिए भी सेना की आवश्यकता पड़ेगी। राजधानी तुम्हारे लिए अत्यन्त आवश्यक है, और तुम राजधानी के लिए। अपनी आयु और क्षमता को पहचानो राजन! वन्य जीवन तुम्हारे लिए असहनीय है सम्राट! मेरे यज्ञ की रक्षा के लिए, केवल दस दिनों की अवधि के लिए तुम अपने राम को मुझे दे दो।"

दशरथ एकदम सन्नाटा खा गए। राम!

राम राक्षसों से लड़ने जाएंगे। जिन राक्षसों के अत्याचारों को देखते हुए भी वह उनकी सदा उपेक्षा करते रहे, उनसे लड़ने के लिए वह अपने राम को कैसे भेज सकते हैं? किस बुरी घड़ी में तुम आए विश्वामित्र! मैं तो अपनी छोटी-सी गृहस्थी में प्रसन्न था। कोई बड़ी आकांक्षा लेकर जोख़िम का काम मैंने नहीं सोचा था। पर अब अपने राम को राक्षसों के मुख में धकेलकर मैं स्वयं को नहीं बचाना चाहता...

दशरथ की आंखें डबडबा आईं। अत्यन्त दीन स्वर में बोले, "ऋषिवर! जिस रावण से मैं जीवन-भर डरता रहा, जिसके भय से मैंने रघुवंश की पराजय के प्रतिशोध की बात कभी नहीं सोची, उसके विरुद्ध मैं अपने पुत्र को कैसे भेज दूं? मेरा राम अभी कुल पच्चीस वर्षों का है। मैं तो उसके विवाह की बात सोच..."

विश्वामित्र ने बात पूरी नहीं होने दी, "दशरथ! आर्य सम्राट अब क्या छोटी बालिकाओं के समान गड्डे-गड़िया का ही खेल खेलते रहेंगे? इस आर्यावर्त के भविष्य के विषय में सोचने का दायित्व किसे सौंप दिया है तुम लोगों ने..."

दशरथ की आंखों से दो आंसू चू पड़े, "मेरे पुत्र की रक्षा करो ऋषिश्रेष्ठ! उसे असमय काल के मुख में मत धकेलो।"

विश्वामित्र कुछ स्तब्ध हुए, कितना प्रेम है दशरथ को राम से! और उन्होंने क्या सुन रखा था। तो क्या उनकी वे सूचनाएं ग़लत थीं? क्या अयोध्या से सिद्धाश्रम तक जाते-जाते तथ्य बदल जाते हैं? और यदि दशरथ के विषय में सूचनाएं ग़लत थीं, तो राम के विषय में प्राप्त तथ्य ग़लत हो सकते...

किन्तु उनकी स्तब्धता टिकी नहीं। दशरथ का प्रतिश्रुत होकर इस प्रकार आनाकानी करना...दशरथ क्या समझता है उन्हें? क्या वे यह अपमान सह जाएंगे?... विश्वामित्र के नेत्र क्रमशः रक्तिम हो उठे। वे अपना दीर्घ परीक्षित आत्मनियन्त्रण खो चुके थे। वे भूल गए कि वे दशरथ की राजसभा में बैठे हैं। आज उन्हें वह सत्य कह ही देना होगा, जिसे वे शब्दों में अभिव्यक्त करना नहीं चाहते थे। देश और काल का भान उन्हें नहीं था। इस समय वे शुद्ध सत्य थे, कर्तव्य थे।

"दशरथ!" विश्वामित्र के उग्र स्वर से राजसमा थर्रा उठी, "वीर तो तुम्हें मैं नहीं ही मानता था, किन्तु आज तुम यह सिद्ध करना चाहते हो कि तुम अपने वचन की रक्षा भी नहीं कर सकते। तुम्हारा नाश बिना सोचे-समझे वचन दे देने की इसी आतुरता से होगा दशरथ!...जितने भी ऋषि-मुनि, चिन्तक-बुद्धिजीवी सत्य और न्याय की रक्षा के लिए रघुवंशियों की ओर देखा करते थे, उन सबको तुमने अपने आचरण से हताश कर डाला है। आज कोई भी व्यक्ति तुमसे न्याय के नाम पर कोई अपेक्षा नहीं रखता। यह मेरी ही मूर्खता थी कि मैं तुमसे इतनी बड़ी आशा लेकर आया। लोग ठीक कहते हैं, दशरथ का राज्य उसके अपने प्रासादों के भीतर भी शायद नहीं है, वहां कैकेयी का राज्य है..."

"ऋषिवर!" दशरथ ने कातर स्वर में टोका।

"आज मुझे कह लेने दो दशरथ!" विश्वामित्र बोले, "हम बुद्धिजीवियों ने अनासक्त होकर तुम्हें शासन सौंप दिया, तो तम सत्ताधारी यह समझते हो कि सामान्य प्रजा तुम्हारे भोग के साधन जुटाने का माध्यम-मात्र हैं? तुम समझते हो, प्रजा-मात्र कीट-पतंग है? पर दशरथ! आज मैं तुम्हें बताने आया हूं कि हमारी रक्षा कर तुम हम पर कोई कृपा नहीं करते। यह तुम्हारा कर्तव्य है। आज तुम उससे विमुख हो रहे हो, तो मैं कुशिकनन्दन विश्वामित्र तुम्हारे सामने स्पष्ट कर देता हूं कि हम अनासक्त बुद्धिजीवियों में तुम्हारे जैसे अनेक शासकों के निर्माण की क्षमता है। मैं किसी भी स्वस्थ क्षत्रिय को दिव्यास्त्रों का ज्ञान देकर सम्राट दशरथ बना सकता हूं। मैं प्रतिज्ञा करता हूं..."

"शान्त हों भरतश्रेष्ठ!" वसिष्ठ सारे वार्तालाप में पहली बार बोले, "आप कोई प्रतिज्ञा न करें। सम्राट के प्रति उदार हों। सम्राट अपने वचन से पीछे नहीं हट रहे। वे स्वयं अपनी चतुरंगिणी सेना लेकर आपकी रक्षा हेतु जाने को प्रस्तुत हैं। किन्तु, आप राजकुमार राम को ही ले जाना चाहें, तो ले जाएं। सम्राट बाधा नहीं देंगे। उनके संकोच का कारण पुत्र के प्रति मोह ही है, कर्तव्य शून्यता नहीं। मैं राम आपको सौंपता हूं, किन्तु..."

"गुरुदेव!" दशरथ के मुंह से निःश्वास निकल गया।

"उद्विग्न न हों सम्राट!" वसिष्ठ ने उन्हें सान्त्वना दी और फिर विश्वामित्र से सम्बोधित हुए, "मैं आपके यश की रक्षा हेतु दस दिनों के लिए राम आपको सौंपता हूं, किन्तु आप मुझे वचन दें कि उसकी रक्षा के लिए आप उत्तरदायी होंगे, और राजकुमार को सकुशल सम्राट को लौटाना आपका कर्तव्य होगा।"

"मुझे स्वीकार है।" विश्वामित्र बोले।

दशरथ का बूढ़ा मन समझ नहीं पा रहा था कि वे हंसें या रोएं। वे तो वचन हार ही चुके थे, अब गुरु वसिष्ठ भी राम को दे देने के लिए प्रतिश्रुत हो गए थे। पर गुरुदेव ने स्पष्ट कर दिया था कि अवधि केवल दस दिनों की होगी और उसकी रक्षा का दायित्व विश्वामित्र का होगा। क्या वे मान लें कि दस दिनों के पश्चात राम सुरक्षित लौट आएंगे? क्या यह सम्भव है? और यदि ऐसा न हुआ तो वे गुरु वसिष्ठ से क्या कहेंगे?....

दशरथ का मन कहीं अपने-आप से ही खीझ उठा था। उन्हें इस प्रकार आतुर होकर वचन देने की क्या जल्दी थी? और उन्हें सत्यवादी बनकर ही क्या करना है? क्यों नहीं वह स्पष्ट कह सकते कि वे राम को ऋषि के साथ नहीं भेजेंगे...पर गुरु वसिष्ठ ने शायद राम को बुला भी भेजा था। दशरथ अपने भीतर ही कहीं बहुत टूट चुके थे।

तीन

कौसल्या को सूचना मिली। वे धक-सी रह गईं : यह कैसे हुआ? यह कैसे सम्भव है? मेरा राम... पच्चीस वर्षों का नवयुवक राम राक्षसों से लड़ने के लिए विश्वामित्र के साथ जाएगा? किसकी बुद्धि ऐसी दुष्ट घटनाओं की सर्जना कर रही है? कौन राम को वन भेज रहा है? वसिष्ठ? दशरथ? कैकेयी? कौन...पर ऋषि विश्वामित्र इस षड्यन्त्र में सहयोगी कैसे हो गए?

राम राक्षसों से लड़ने के लिए सिद्धाश्रम जाएंगे, तो लक्ष्मण पीछे रह पाएगा क्या? कुल तेरह वर्षों का बालक है लक्ष्मण। पर उसे कोई रोक नहीं सकेगा। वह राम के बिना रह ही नहीं सकता।

कौसल्या का मन रह-रहकर आज वापस लौट रहा है। वे किसी भी प्रकार स्वयं को रोक नहीं पा रही हैं। वे सारी घटनाएं आज फिर से आकार ग्रहण कर उनकी आंखों के सम्मुख घूम रही हैं...सजीव, जीवन्त...

पिता भानुमान ने अपने ही वंश के श्रेष्ठ युवक दशरथ के साथ अपनी बेटी का विवाह किया था। किसी भी कन्या के पिता को और किस बात की इच्छा हो सकती है...और कन्या स्वयं ही इससे बढ़कर क्या कल्पना कर सकती है; आज रघुवंश के प्रसिद्ध सम्राट थे और दशरथ युवराजा! अयोध्या का राज्य सब ओर से शक्तिशाली, सम्पन्न सम्मानित तथा यश से भरा-पूरा था। ऐसे राज्य के युवराज थे दशरथ! फिर स्वयं दशरथ में क्या कमी थी : बलिष्ठ, लम्बे-ऊंचे, सुन्दर युवक। समस्त आर्य राजकुमारों में सर्वश्रेष्ठ योद्धा, ज्ञानी तथा आकर्षक दशरथ।

और क्या चाहते भानुमान? और कौसल्या स्वयं और क्या मांगतीं?

श्वसुर आज उनका कितना मान करते थे। वे बार-बार याद दिलाते थे, "बेटी! हम मानव-वंशी मनु की सन्तान हैं। आर्य राजा, सम्राट तथा विभिन्न प्रकार के शासक तो और भी अनेक हैं, किन्तु वैवस्वत मनु का सीधा, प्रत्यक्ष उत्तराधिकार केवल हमारे पास है। हम उनके रक्त, उनकी परम्पराओं, उनके चिन्तन और विधान के सीधे अधिकारी हैं। इसलिए पुत्री, मैंने स्वयं भानुमान से तुम्हें मांगा। भानुमान भी मानव-वंशी हैं। सम्राट और भी हैं, उनकी राजकुमारियां भी हैं; किन्तु मैं नहीं चाहता कि दूसरे वंशों की भिन्न चिन्तन, परम्पराओं तथा संस्कारों में पत्नी कन्याएं मेरे घर में आकर, मेरी अगली पीढ़ियों को ऐसे संस्कार दें, जो मानव-वंश के अनुकूल न हों। पुत्री! तू केवल दशरथ की

पत्नी ही नहीं है, आज की पुत्र-वधू ही नहीं है–तेरे ऊपर मनु की महान परम्परा तथा संस्कारों को स्थिर रखने का गुरु उत्तरदायित्व भी है...।”

और श्वसुर की आज्ञाओं तथा इच्छाओं को अक्षरशः पालन करने का प्रयत्न किया था कौसल्या ने। वे जानती थीं, मानव-वंश में नारी पूर्णतः पति के अधीन है। उसका कोई स्वतन्त्र व्यक्तित्व नहीं है। यह वंश समाज में पितृ-सत्ता को उसकी पराकाष्ठा तक ले गया था। कौसल्या ने अपने मायके में भी यही देखा था, और ससुराल में भी वही देख रही थीं। वे व्यक्ति नहीं थीं, वे उस वंश की पुत्र-वधू थीं और उन्हें वही रहना था। परिवार के लिए, उसकी सुख-सुविधा के लिए, उन्हें अपने व्यक्तित्व का बलिदान करना था। और कौसल्या ने वही किया था।

तभी राम का जन्म हुआ था। आज के लिए राम कोसल के साम्राज्य का उत्तराधिकारी था, मानव-वंश की अगली पीढ़ी का प्रतिनिधि था; किन्तु दशरथ के लिए वह मात्र कौसल्या का पुत्र था। इससे अधिक महत्त्व दशरथ ने उन्हें कभी नहीं दिया।

और जब दशरथ अपने पिता के पश्चात राजसिंहासन पर बैठे तो कौसल्या के सम्मुख उनकी अपनी स्थिति और भी स्पष्ट हो गई। वे दरबार के विशिष्ट उत्सवों में साम्राज्ञी थीं; राज्य के उत्तराधिकारी की मां भी थीं; रघुवंश की वधू भी थीं; किन्तु न तो वे दशरथ की कान्ता थीं, न प्रेमिका और न संगिनी।

उन्हीं दिनों दशरथ ने मगध की राजकुमारी सुमित्रा से विवाह कर लिया। सुमित्रा अद्भुत सुन्दरी थी। उसे देखकर आंखें चौंधिया जाती थीं। उसे देखकर दशरथ की पसन्द की प्रशंसा करनी पड़ती थी। किन्तु, दशरथ ने भी उसका रूप ही देखा था, मन वे नहीं देख पाए थे। सुमित्रा प्रज्वलित अग्नि थी, पूर्ण तीव्रता से जलती हुई अग्निकाष्ठ। वह आलोक भी देती थी और ताप भी। उसने पहले दिन ही स्पष्ट कर दिया कि एक पत्नी और पुत्र के होते हुए दशरथ का इस प्रकार पुनः विवाह करना उसे एकदम पसन्द नहीं था। अधीनस्थ मगध-नृप ने दशरथ की सैनिक-शक्ति से भयभीत होकर अपनी पुत्री का विवाह कर दिया था और सुमित्रा यहां आ गई थी। वह दशरथ की धर्मपत्नी थी और रहेगी, किन्तु न वह उनकी कान्ता प्रेमिका बन सकती है, न बनना चाहती है।

और कौसल्या को कितना प्रेम, कितनी सहानुभूति तथा करुणा दी थी सुमित्रा ने! कौसल्या के प्रति इसी करुणा के भाव में डूबी हुई सुमित्रा का तिरस्कार दशरथ नहीं कर सके; क्योंकि स्वयं सुमित्रा ही उनका तिरस्कार करती रही। वह पत्नी तथा कुलवधू की मर्यादा को मानकर चलती रही, किन्तु रही सदा निडर सिंहनी के समान।

इस बीच दशरथ अनेक स्त्रियों के सम्पर्क में आए। उन्होंने अनेक विवाह किए, किन्तु उन्हें जैसे सन्तोष नहीं हुआ। वे अपने भीतर जैसे किसी असन्तोष के कारण छटपटा रहे थे। अपने को स्थिर नहीं कर पा रहे थे। अपनी किसी भीतरी मजबूरी से भटक रहे थे। इसी भटकन में सम्राट दशरथ ने दिग्विजय के लिए देश-विदेश में सैनिक अभियान चला दिए।

कोसल की सेना जिधर जाती, अपनी पदाघातों से पर्वतों को पीसकर चूर्ण बना देती थी। दशरथ की तलवार ने भूगोल की बाधाओं को खंड-खंड करके फेंक दिया था। देवासुर-संग्राम में देव-पक्ष से लड़नेवाले दशरथ, पृथ्वी पर इन्द्र और कुबेर से कम महत्त्वपूर्ण नहीं माने जाते थे।

ऐसे समय में कोसल की सेनाएं कैकय देश में घुस गईं। वीर तथा प्रतापी माना जानेवाला

कैकय-नरेश भी दशरथ के सम्मुख सर्वथा अक्षम सिद्ध हुआ। कैकय-नरेश ने आत्मसमर्पण किया और दशरथ की सेनाओं ने राजगृहपुर को पूर्णतः अवरोध में ले लिया।

कोई नहीं जानता था कि कैकय-नरेश तथा उनके परिवार का भविष्य क्या है। वे बन्दी होंगे, अथवा उनका वध होगा। उन्होंने दशरथ के विरुद्ध लड़ने की मूर्खता की थी, दशरथ उन्हें कदाचित क्षमा नहीं करेंगे।

तभी दशरथ के मन्त्रियों ने उचित अवसर जानकर कैकय-नरेश से पूछा, "क्या वे दशरथ से सन्धि करना चाहते हैं? कैकय-नरेश के लिए इससे अधिक प्रसन्नता का प्रस्ताव और क्या हो सकता था। वे तुरन्त सहमत हो गए।

राजा से वचन ले मन्त्री राजकुमारी कैकेयी के पास गए। उन्होंने राजकुमारी से पूछा कि वह इस विकट स्थिति में अपने परिवार की रक्षा के लिए क्या कर सकती है?

कैकेयी साधारण, कोमल एवं भीरु राजकुमारी नहीं थी। वह असाधारण थी–हठीली, उग्र, तेजस्विनी, महत्त्वाकांक्षिणी तथा असाधारण सुन्दरी।

उसने कहा था, वह समाज की भलाई के लिए, देश के कल्याण के लिए, अपने परिवार की रक्षा के लिए, राष्ट्र के सुख के लिए सब-कुछ त्याग सकती है–मान! सम्मान!! वह अपने प्राण दे सकती है। वह कठिन-से-कठिन दुख उठा सकती है।

उसकी दृढ़ता को देखकर मन्त्रियों ने उससे कहा था, "यदि यह सत्य है, तो तुम हमारे कहे अनुसार चलो। हम तुम्हारे पिता, बन्धु-बान्धवों, भाइयों की रक्षा का वचन दशरथ से ले लेंगे; पर उससे पूर्व एक वचन तुम हमें दो।"

"क्या?" कैकेयी ने पूछा था।

"सम्राट दशरथ वृद्ध हैं। तुमसे आयु में बहुत बड़े हैं। पर यदि वे तुमसे विवाह की इच्छा प्रकट करें, तो तुम अस्वीकार मत करना। इसे अपने यौवन का अपमान मत समझो। कर्तव्य समझकर इस कर्म को करो, ताकि तुम्हारे परिवार तथा देश की रक्षा हो सके।"

और कैकेयी ने यह सब करने का वचन मन्त्रियों को दिया था।

मन्त्रियों ने दशरथ को इस बात के लिए मनवा लिया कि वे कैकय-राजपरिवार को कोई दंड देने से पूर्व परिवार के सदस्यों से मिल लें। दशरथ ने राजप्रासाद के अन्तःपुर में प्रवेश किया। उन्होंने रूपवती कैकेयी को देखा तो उनकी आंखें खुली-की-खुली रह गईं। इससे पूर्व उन्होंने ऐसा सौन्दर्य नहीं देखा था–गोरा रंग कुछ-कुछ लालिमा लिए हुए; नीली, गहरी झील जैसी आंखें; कुछ-कुछ पीले, लम्बे घने बाल; ऊंची तीखी नुकीली नाक, पतले लाल हो , लम्बा क़द, स्वस्थ यौवन।

दशरथ ने तुरन्त निर्णय लिया कि उन्हें क्या करना है। कैकय-नरेश के साथ सन्धि की पहली शर्त थी–कैकेयी का कन्यादान।

और तब शर्त रखने की बारी कैकय-नरेश की थी। उन्होंने स्पष्ट शब्दों में कहा था, "सम्राट, यदि मुझे एक वचन दें, तो मैं कैकेयी का विवाह आपसे कर दूंगा।"

"कैसा वचन?"

"कैकेयी का पुत्र ही अयोध्या का युवराज होगा।"

दशरथ ने तत्काल वचन दिया और कैकेयी से विवाह कर लिया। कैकेयी अयोध्या में आई और सबने उसे देखा। वह सुदूर कैकय देश के उन्मुक्त आर्यों की पुत्री थी। वह मानव-वंश की स्त्री-विरोधी

मर्यादाओं से अनजान, स्वच्छन्द वातावरण में पली राजकुमारी थी। जब दशरथ युद्ध में जाते तो वह कौसल्या के समान घर पर बैठ भगवान विष्णु के सम्मुख अपने पति की रक्षा की प्रार्थना नहीं करती थी, वह युद्ध की बात सुनते ही कवच पहन पति के साथ चलने को तैयार हो जाती थी। कैकेयी युद्ध में जा सकती थी, धनुष-बाण का प्रयोग जानती थी, खड्ग चला सकती थी और कोसल के अच्छे-से-अच्छे सारथी से रथ-संचालन की कुशलता में होड़ ले सकती थी...। शम्बर के साथ हुए युद्ध में भी वह साथ गई थी। जब वह घायल सम्राट को लेकर वापस अयोध्या लौटी थी, तो अयोध्या के जन-जन के मुख पर यही बात थी कि यदि कैकेयी न होती तो सम्राट के प्राण न बच पाते। तब कौसल्या कहीं कैकेयी की कृतज्ञ भी हुई थीं। आख़िर उसने कौसल्या के पति के प्राण बचाए थे।

सुमित्रा तथा अन्य रानियों के आने से कौसल्या को विशेष अन्तर नहीं पड़ा था; किन्तु कैकेयी के आने से परिस्थितियां एकदम बदल गई थीं। कैकेयी को सुमित्रा के समान कौसल्या से कोई सहानुभूति नहीं थी, वरन उसे कौसल्या की ओर से आशंकाएं ही अधिक पीड़ित करती रहती थीं। कौसल्या मानव-वंश की पुत्री तो थीं ही, वे सम्राट की ज्येष्ठ पत्नी तथा ज्येष्ठ पुत्र की माता थीं। वे सम्राट पर, साम्राज्य के उत्तराधिकार पर अपना अधिकार जमा सकती थीं। कैकेयी को उनसे सतर्क रहना था; उनकी उपेक्षा करनी थी; यदि सम्भव हो तो उन्हें पीड़ित भी करना था...

कौसल्या ने अपने लिए दशरथ के हाथों सदा तिरस्कार, उपेक्षा तथा पीड़ा पाई थी। उन्होंने कहीं स्वयं को समझा लिया था, मना लिया था कि वह इतने की ही अधिकारिणी हैं और उन्हें इतना ही मिलेगा; किन्तु कैकेयी तथा दशरथ के हाथों राम का तिरस्कार कौसल्या का हृदय चीर जाता था...। कौसल्या लाख प्रयत्न करने पर भी भूल नहीं पातीं कि अपने विवाह के आरम्भिक दिनों में कैकेयी ने अपने महल में उत्सुकतावश घुस आए बालक राम को अपनी दासी से पिटवाया था। और जब अत्यन्त आक्रोश में भरकर कौसल्या ने इस बात की चर्चा दशरथ के सम्मुख की तो दशरथ ने उपेक्षा से मुंह फिरा लिया था। सुमित्रा कितनी आग-बबूला हुई थी इस घटना को सुनकर। वह कशा हाथ में लेकर कैकेयी के महल में जाने को पूर्णतः उद्यत थी, जब कौसल्या ने रो-रोकर उसे रोक लिया था।

किन्तु, बाद में परिस्थितियां बदल गई थीं। कौसल्या आज तक नहीं जान सकी कि यह राम की शालीनता, गुण, दूसरों को जीत लेने की कला के कारण था या कैकेयी अपने महल के अकेलेपन से ऊब गई थी, कि वह स्वयं आग्रह कर राम को अपने महल में बुलाने लगी थी। राम कैकेयी का अत्यन्त प्रिय हो उठा था और दशरथ भी कैकेयी को देखकर राम के अनुकूल हो गए थे...।

...और तभी शम्बर के साथ युद्धवाली घटना घटी थी। अयोध्या के अनेक यूथपति, सेनापति युद्ध में काम आए थे और सम्राट स्वयं गम्भीर रूप से घायल होकर बिस्तर पर पड़े थे। राज्य के भीतर विद्रोह की स्थिति थी और बाहर से आक्रमण का भय सदा के समान उपस्थित था। ऐसी परिस्थितियों में पहली बार बाध्य होकर सम्राट ने राम को युवराज घोषित किए बिना अयोध्या की रक्षा के लिए सैनिक अधिकार दिए थे। चौदह वर्षों के किशोर राम ने उन्हीं दिनों व्यवस्था, न्याय तथा सैनिक कर्म की जो योग्यता एवं क्षमता दिखाई थी, उसने प्रजा के साथ-साथ दशरथ तथा कैकेयी का मन भी जीत लिया था। अपने जीवन में पहली बार कौसल्या ने दशरथ के मुख से ऐसे शब्द सुने थे, "कौसल्या! मैंने आज पहली बार यह अनुभव किया है कि मेरा इतना बड़ा बेटा है और वह भी इतना योग्य तथा सक्षम! यह मेरे लिए कितना बड़ा सहारा है..."

दशरथ की आंखों में बेतरह भावुकता के आंसू उमड़ आए थे।

फिर बहुत थोड़े-से अन्तराल के साथ भरत और लक्ष्मण, शत्रुघ्न का जन्म हुआ था। शायद तब पहली बार सम्राट तथा उनके शुभाकांक्षी मन्त्रियों ने यह समझा था कि सम्राट क्रमशः बूढ़े और दुर्बल होते जा रहे हैं। उनके पश्चात युवराज-पद के लिए सम्राट के पुत्रों में संघर्ष हो सकता है। फिर सम्राट को अपने लिए यश भी चाहिए था। प्रजा की आंखों में, मन में सम्राट के चरित्र का बिम्ब खंडित नहीं होना चाहिए था। कामुकतावश किए गए सम्राट के अनेक विवाहों के लिए किसी सार्थक व्याख्या की आवश्यकता का अनुभव किया गया। सम्राट के दरबारी कवियों और इतिहासकारों ने दशरथ के पुत्रहीन होने, पुत्र की कामना से अनेक विवाह करने तथा अन्त में पुत्रेष्ठि यज्ञ के माध्यम से चार पुत्रों की प्राप्ति की कथा बनाकर ग्राम-ग्राम में प्रचारित कर दी। पर क्या ऐसी कपोल-कल्पनाओं से तथ्य मिटाए जा सकेंगे? कौन नहीं देख सकता कि राम तथा अन्य भाइयों की आयु में कितना अन्तर है। क्या लक्ष्मण, भरत और शत्रुघ्न, राम को अपने बराबर का भाई मान सकते हैं? वे लोग राम को पिता तुल्य बड़ा भाई मानते हैं। राम ने उन्हें गोद में खिलाया है, आज भी प्यार से भरकर राम यदा-कदा उन्हें अपनी गोद में बैठा लेते हैं।

और आज राम को ताड़का से लड़ने के लिए वन भेजा जा रहा है। क्या इधर राम के प्रति दशरथ का बढ़ता हुआ मोह मात्र आडम्बर था? क्या वह नाटक-मात्र था? या यह कैकेयी के द्वारा वसिष्ठ को अपनी ओर मिलाकर रचा गया कोई नया षड्यन्त्र है?

सम्भव है, कैकेयी ने ही ऐसा कोई षड्यन्त्र किया हो।

अपने बचपन से ही लक्ष्मण राम के अनन्य अनुरागी हैं। सुमित्रा ने सदा लक्ष्मण को राम के पीछे चलने का उपदेश दिया है। कहीं ऐसा तो नहीं कि कैकेयी राम को इस प्रकार मृत्यु के मुख में ढकेलने का प्रयत्न कर रही है? वह जानती है कि राम को जाते देख लक्ष्मण पीछे नहीं रहेंगे। वे भी तो साथ जाएंगे। इन दोनों की वहां हत्या हो जाएगी और कैकेयी के बेटे का राज्य निष्कंटक हो जाएगा...।

पर विश्वामित्र इस षड्यन्त्र में कैसे सम्मिलित हो गए?

विश्वामित्र वसिष्ठ से भिन्न हैं। वे किसी प्रलोभन में किसी के दबाव में कोई ग़लत काम नहीं कर सकते। उन्हें धन का, पद का, भोग का मोह नहीं हो सकता। नहीं हो सकता...विश्वामित्र किसी षड्यन्त्र में सम्मिलित नहीं हो सकते। अवश्य ही वे राम के हाथों राक्षसों का नाश करवाना चाहते हैं...।

तो क्या कौसल्या के राम इतने समर्थ हैं? वे जानती थीं कि राम वीर हैं, सक्षम हैं...पर वे इतने सामर्थ्यवान हैं? कौसल्या का मन सहज ही विश्वास नहीं करता; पर वे विश्वामित्र पर विश्वास कर सकती हैं...।

चार

राम की आंखों में उन्हें विदा करती हुई माता कौसल्या तथा सुमित्रा और पिता दशरथ के चित्र अंकित थे। कौसल्या उनके जाने से दुखी थीं, कहीं आशंकित भी थीं; पर उनकी दृष्टि में ऋषि विश्वामित्र के प्रति श्रद्धा तथा विश्वास, दोनों ही थे। राम कुछ आश्चर्यचकित भी थे, कैसे मां ने ऋषि पर इतना विश्वास किया? इतना विश्वास तो वे वसिष्ठ पर भी नहीं करती थीं, जो राजगुरु और राजपुरोहित दोनों थे, जिन्हें अयोध्या का राजकुल वर्षों से जानता था।...और सम्राट की ओर भी मां ने इस

विश्वस्त दृष्टि से कभी नहीं देखा। फिर ऋषि विश्वामित्र में ऐसी कौन-सी बात है कि मां उन पर भरोसा करती हैं? क्या ऋषि इतने समर्थ, इतने निस्पृह, इतने न्यायप्रिय हैं?...और माता सुमित्रा सदा के समान दृढ़! दो टूक। कर्तव्य की जाग्रत अग्निकाष्ठ-सी। माता सुमित्रा की आकृति पर कभी द्वन्द्व नहीं होता, कभी शिथिलता नहीं होती। कौसल्या पच्चीस वर्षों के राम को भेजकर चिन्तित हैं, किन्तु सुमित्रा तेरह वर्ष के लक्ष्मण को आग्रह के साथ भेज रही हैं। ऋषि ने सम्राट से केवल राम को मांगा था; किन्तु लक्ष्मण की साथ जाने की ज़िद और माता सुमित्रा का रोकने के स्थान पर उसे आदेश देना : "पुत्र! भाई के साथ जा।" राम मन में कहीं गद्गद हो उठते हैं–मां-बेटे दोनों की दृढ़ता और तेज को देखकर। यदि सुमित्रा ने इस प्रकार अपनी समस्त शक्ति माता कौसल्या को संभालने में न लगा दी होती, तो कौसल्या जाने कब की टूटकर बिखर गई होतीं। सुमित्रा वास्तविक अर्थों में क्षत्राणी है...।

...और सम्राट! सम्राट को इतना दीन राम ने कभी नहीं देखा। इनके प्रति पिता के मन में इतना मोह होगा–यह राम ने कभी नहीं सोचा था। अयोध्या की समस्त प्रजा जानती है कि दशरथ की प्रिय रानी कैकेयी है, स्वभावतः ही दशरथ का प्रिय पुत्र फिर भरत ही होना चाहिए। भरत है भी प्रिय होने योग्य। फिर सम्राट ने उसे युवराज बनाने का वचन उनके नाना को दे रखा है...किन्तु राम अपनी आंखों से देखा झुठला नहीं सकते। उन्होंने देखा है कि सम्राट अपनी सत्य प्रतिज्ञा से स्खलित होने को भी प्रस्तुत थे। यदि वसिष्ठ ने विश्वामित्र का समर्थन न किया होता और सम्राट विश्वामित्र से भयभीत न होते तो कदाचित वे अपनी प्रतिश्रुति की चिन्ता न करते हुए, उन्हें ऋषि के साथ भेजना अस्वीकृत कर देते।

किन्तु इस सारे दृश्य में कैकेयी नहीं थी। उसे सूचना ही नहीं मिली? वह उनके और लक्ष्मण के प्रति उदासीन है? अथवा वह उनके जाने से प्रसन्न है?...राम का मन अभी कोई निर्णय नहीं कर पाता।

राम की दृष्टि बहिर्मुखी हुई।

राजपथ पर भागते हुए तीन रथों में से पहले में स्वयं ऋषि, राम तथा लक्ष्मण थे। पीछे के दो रथों में ऋषि के साथ आए ब्रह्मचारी तथा उनका सामान था। ऋषि विश्वामित्र आत्मलीन बैठे थे। लक्ष्मण आनेवाले जोखिमों से अनजान, एक उत्सुक बालक के समान राजपथ के दोनों ओर खड़े नागरिकों को तन्मय होकर देख रहे थे। और वे नागरिक? कुछ लोग उदास थे; और कुछ केवल तमाशा ही देख रहे थे।

रथ निरन्तर भागते हुए नगर-द्वार की ओर बढ़ रहे थे।

रथ के नगर-द्वार के समीप पहुंचते ही, द्वार पर तैनात सैनिक टुकड़ी सावधान हो गई। नायक ने रथ को रुकने का संकेत किया।...सारथी ने अश्वों की वल्गा खींच ली; किन्तु तब तक नायक ने रथ के ध्वज, सारथी तथा रथारूढ़ लोगों को कदाचित पहचान लिया था। उसने सारथी को आगे बढ़ने का संकेत किया और राजकुमारों को प्रणाम करने के लिए झुक गया।

सारथी ने वल्गा ढीली छोड़ दी, और घोड़ों की गति बढ़ाने के लिए कशाधारी भुजा ऊपर उठाई... किन्तु तभी ऋषि विश्वामित्र का गम्भीर स्वर सुनाई दिया, "सारथी! रथ रोक दो।"

सारथी ने आश्चर्य से ऋषि की ओर देखा, किन्तु उनकी आज्ञा का पालन किया। पीछे आनेवाले रथ भी स्वतः ही रुक गए। रथों को रुकते देखकर, सैनिक-टुकड़ी के नायक की आकृति पर घबराहट के चिह्न प्रकट हुए; वह भागता-सा निकट आया।

"मैंने आगे बढ़ने का संकेत दे दिया था सारथी।" उसकी वाणी स्थिर नहीं थी।

"हां नायक!" विश्वामित्र रथ से नीचे उतरते हुए बोले, "किन्तु मैंने रुकने के लिए कहा था। आओ पुत्र राम! वत्स लक्ष्मण! रथ से नीचे उतर आओ। अब आगे की यात्रा पैदल ही होगी पुत्र! अभी सारथे तुम रथ को वापस राजभवन लौटा ले जाओ। कोई प्रश्न करे तो कह देना कि मैंने ऐसी ही आज्ञा दी थी।"

पिछले दोनों रथों के ब्रह्मचारी भी बड़ी तत्परता से अपने सामान समेत नीचे उतर आए थे।

अपने नायक सहित सारे सैनिक विस्मित थे और रथ का सारथी असमंजस में पड़ा हुआ था; किन्तु राम और लक्ष्मण दोनों ही पूर्ण सहजता- पूर्वक रथ से नीचे उतर आए थे।

"सारथी! रथ लौटा ले जाओ।" राम ने नम्र वाणी में आदेश दिया, "और नायक! अपना विस्मय त्याग, हमें नगर से बाहर जाने का मार्ग दो।"

"किन्तु राजकुमार!" नायक ने कुछ कहना चाहा।

"आदेश का पालन करो।" राम का स्वर पहले से अधिक गम्भीर था।

सारथी ने रथ मोड़ लिया; नायक और सैनिक अपने स्थान पर लौट गए।

"आओ वत्स!" गुरु बोले; और ब्रह्मचारियों को पीछे आने का संकेत करते हुए वे नगर-द्वार से बाहर निकल गए।

राम ने लम्बे-लम्बे दो-तीन डग और भरे और गुरु के साथ-साथ चलने लगे। लक्ष्मण को साथ चलने के लिए कुछ अधिक प्रयत्न करना पड़ा। वे अभी भाई राम के समान न तो लम्बे-तड़ंगे ही थे, न उतने बलिष्ठ ही। ब्रह्मचारी लोग अपना संक्षिप्त-सा सामान उठाए, एक निश्चित दूरी बनाए, सधी हुई चाल से गुरु के पीछे-पीछे आ रहे थे।

कुछ समय तक सारी टोली सर्वथा मौन आगे बढ़ती चली गई, जैसे वे लोग जल्दी-से-जल्दी एक निश्चित दूरी पार कर अयोध्या से दूर हो जाना चाहते हों। कोई नहीं जानता था कि रात को ठहरने के विषय में गुरु ने क्या सोचा है। इस ढलती हुई सन्ध्या में अन्धकार घिर आने से पूर्व तक के समय में कितनी यात्रा हो जानी चाहिए?...और गुरु थे कि निरन्तर बढ़ते जा रहे थे।

सूर्य तथा अयोध्या नगरी समान गति से पीछे छूटते जा रहे थे और अब सरयू का जल दिखाई पड़ने लगा था। सरयू के दृष्टि में आते ही विश्वामित्र के पग कुछ शिथिल होने लगे। और एक सुविधापूर्ण घाट के दिखाई पड़ते ही गुरु रुक गए, "वत्स पुनर्वसु! आज रात यहीं विश्राम करना है। तदनुकूल व्यवस्था करो।"

रथ से उतरने के पश्चात पहली बार गुरु राम से सम्बोधित हुए, "वत्स राम! संन्यासी-तपस्वी लोग रथों में यात्राएं नहीं करते। हमारी इस यात्रा में सब स्थानों पर रथ-यात्रा की सुविधा भी नहीं है, और पुत्र! तुम्हें रथ से उतारकर वनों में पदाति चलाने के पीछे मेरा एक निश्चित उद्देश्य भी है।"

पुनर्वसु ने गुरु तथा राम-लक्ष्मण के बैठने के लिए आसन बिछा दिए थे।

"बैठो पुत्र!" गुरु ने कहा, और लक्ष्मण की ओर कुछ अतिरिक्त स्नेहिल दृष्टि से देखकर बोले, "पुत्र लक्ष्मण! तुम थक तो नहीं गए? तुम्हारे लिए कदाचित यह यात्रा अधिक कठिन हो।"

लक्ष्मण पूरी तरह स्फूर्तिपूर्ण दीख रहे थे। चंचल मुद्रा में सहास बोले, "मेरी मां कहती हैं, सौमित्र को थकने का कोई अधिकार नहीं है। सुमित्रा के पुत्रों ने पाप-रूपी अन्धकार को जला डालने के लिए अग्नि रूप में जन्म लिया है। उन्हें थकना नहीं चाहिए।"

गुरु ने कुछ विस्मय से लक्ष्मण को देखा, "ऐसा कहती हैं, देवि सुमित्रा!"

"हां ऋषि श्रेष्ठ!" राम बोले, "माता सुमित्रा स्वयं भी पवित्र अग्नि से कम नहीं हैं–तेजस्विनी, उग्र तथा निष्पाप।

ऋषि के मन का उल्लास उनके चेहरे पर फूट पड़ा, "फिर तो मैं ठीक जगह पहुंचा वत्स! मेरे जैसा और कौन भाग्यशाली होगा, जो राम की कामना लेकर गया और राम तथा लक्ष्मण को लेकर लौटा।" गुरु अपने मन के किसी भाव में रम गए और कुछ क्षणों तक शान्त रहे, फिर बोले, "वत्स राम और लक्ष्मण! मैंने जान-बूझकर तुम्हें यह सारा मार्ग पैदल चलाया है। मैं चाहता हूं कि तुम लोग सहज नागरिक होकर, साधारण मनुष्य की पीड़ा को देखकर उसका अनुभव करो। पुत्र! जिसने स्वयं कभी पीड़ा नहीं सही, वह दूसरे की व्यथा को कभी नहीं देख पाता। सुख एक बहुत बड़ा अभिशाप है राम! जो व्यक्ति को दूसरों की व्यथा की ओर से अन्धा कर देता है। इसीलिए ये राजा, सम्राट, सेनापति, सामन्त लोग अपने विलास की चर्बी अपनी आंखों पर चढ़ाए आश्वस्त बैठे हैं। राम! मैं तुम्हें अयोध्या के उस विलासी वातावरण से इसीलिए बाहर निकाल लाया हूं। राजकुमारों के जीवन से हटकर साधारण व्यक्ति के अस्तित्व के, मानापमान के, न्यायान्याय के संघर्ष को भी देखो।"

राम के अधरों पर एक वक्र-सी मुस्कान उदित हुई और क्षण-भर में ही विलीन हो गई। वे गम्भीर थे, "एक उपेक्षित माता के अनचाहे, सबकी आंखों में खटकनेवाले पुत्र के विषय में यह मान लेना उचित नहीं है कि वह दुख से अनभिज्ञ होगा, दूसरों के लिए करुणा से शून्य होगा, और न्यायान्याय के संघर्ष से उसका परिचय नहीं होगा।"

"राम!" गुरु राम की वाणी की करुणा से कहीं भीग उठे।

"हां ऋषिवर!" राम अपनी गम्भीर वाणी में कहते गए, "जैसा आपने देखा, पिता का व्यवहार सदा मेरे प्रति ऐसा ही नहीं था। ठीक है कि धनाभाव का कष्ट मुझे या माता कौसल्या को कभी नहीं हुआ, किन्तु धनाभाव का कष्ट तो सम्राट की रखैलों और दासियों तक को नहीं होता। मैं भी एक धनवान पिता की अनचाही सन्तान के रूप में पला हूं। जब से मैंने होश संभाला है, सदा यही देखा है कि मेरी मां इस राजकुल में साम्राज्ञी होते हुए भी उपेक्षित पीड़ित तथा दलित व्यक्ति का जीवन जीती रही हैं। कैकेयी की दासियां मेरी मां से अधिक महत्त्वपूर्ण मानी जाती रही हैं...मैं अपनी व्यथा सुनाकर आपको पीड़ित नहीं करना चाहता कुशिकनन्दन! केवल इतना ही स्पष्ट करना चाहता हूं कि अपने शैशव के उन्हीं आरम्भिक दिनों से माता कौसल्या ने अपने उत्तराधिकार और संस्कारों में मुझे दूसरों के प्रति करुणा दी है; और माता सुमित्रा ने मुझे न्याय के लिए, सम्मान के लिए, अधिकारों के लिए संघर्ष करने की प्रेरणा दी है। और इन दोनों माताओं ने मेरे सम्मुख स्पष्ट कर दिया है कि जो स्वयं दुर्बल है, संरक्षणहीन है, अन्य लोगों के लिए उसके प्रति अन्याय, अधर्म तथा अपमान का व्यवहार कितना सहज हो जाता है।"

"सुना तो मैंने भी कुछ ऐसा ही था राम!" गुरु बोले, "और कदाचित इसीलिए मैं तुम्हें लेने के लिए अयोध्या आया था, कि सुख-सुविधा में अन्धा सम्राट यदि किसी की पीड़ा नहीं समझता, तो उसका उपेक्षित राजकुमार उसे अवश्य समझता होगा; किन्तु सम्राट का तुम्हारे प्रति मोह देखकर लगा कि मेरी धारणा भ्रम-मात्र थी।"

"आपकी धारणा भ्रम नहीं थी।" लक्ष्मण कुछ तीखी आवाज़ में बोले, "भ्रम तो सम्राट का भैया के प्रति मोह था, वरन वह नाटक था। ऐसे बहुत नाटक हमारे पिता करते रहते हैं। हमारे पिता बहुरूपिया हैं, ऋषिवर!

"तुम कटु सत्य बोलने में बहुत निपुण हो लक्ष्मण!" विश्वामित्र हंस पड़े, "पर वह नाटक कैसे था?"

"वह नाटक नहीं था।" राम बोले, "पर आश्चर्यजनक अवश्य था ऋषिवर! सम्राट अब पहले से बहुत बदल गए हैं, और मुझे लगता है कि निरन्तर बदल रहे हैं। माता कौसल्या तथा माता सुमित्रा की अपेक्षा कैकेयी पर उनका स्नेह आज भी अधिक है, इसमें कोई सन्देह नहीं; किन्तु भरत के प्रति वरीयता उन्होंने शायद ही कभी दिखाई हो। मुझे लगता है कि भरत के प्रति उनका स्नेह-प्रदर्शन कैकेयी के दबाव के कारण ही अधिक है, अपने मन की बाध्यता के कारण कम। वैसे भी भरत अधिकांशतः अपने ननिहाल में ही रहे हैं। उनपर पिता की अपेक्षा अपने मामा तथा नाना का ही प्रभाव अधिक है। फिर पिता उनके प्रति स्नेह विकसित न कर पाए हों, तो पिता को दोष नहीं देना चाहिए। मुझे लगता है कि जैसे-जैसे उनका शरीर असमर्थ होता जाता है, मेरे प्रति उनकी ममता बढ़ती जाती है।...वैसे गुरुदेव!" राम पुनः मुस्कुराए, "यदि इसे आत्मश्लाघा न माना जाए, तो कहना चाहूंगा कि सम्राट का सम्पर्क अपने अन्तःपुर से ही अधिक है, नागरिकों का परिचय तथा विश्वास सम्राट के ज्येष्ठ पुत्र राम पर ही अधिक है।"

"गुरुदेव!" लक्ष्मण बहुत उत्तेजित हो उठे थे, "आपको मैं बता नहीं सकता कि हमारे भैया से प्रजा को कितना प्रेम है। प्रजागण जानते हैं कि उनके दुख-सुख में, संघर्ष तथा आपत्तियों में केवल राम ही उनके साथ हैं। बाहरी आक्रमणों से भी राम ही उन्हें बचाते हैं। सम्राट अब युद्ध-यात्राएं नहीं करते, बारात लेकर विवाह-यात्रा चाहे वह कर लें। प्रजा के अधिकारों की रक्षा के लिए न्याय-स्थापना भी राजकुमार राम ही करते हैं, सम्राट को तो अन्तःपुर के झगड़ों से ही अवकाश नहीं है। प्रजा की जिह्वा पर अब केवल राम का नाम है। मेरी माता कहती हैं कि पिछले दस-ग्यारह वर्षों से कोसल का राज्य भैया राम चला रहे हैं, पर फिर भी उनका अभी तक युवराज्याभिषेक तक नहीं हुआ है। होगा भी या नहीं कहा नहीं जा सकता। पर हमारे भैया दूसरों के अधिकारों की रक्षा करते हुए भी अपने लिए कुछ नहीं कर रहे हैं। वे कहते हैं... ।"

"लक्ष्मण!" राम ने टोका।

"ठहरो राम!" गुरु बोले, "हां लक्ष्मण! तुम्हारे भैया क्या कहते हैं?"

लक्ष्मण राम की ओर देखकर चंचलता से मुस्कुराए, "हमारे भैया कहते हैं, दूसरों के अधिकारों की रक्षा करना न्याय है; और अपने अधिकारों के लिए लड़ना स्वार्थ है। पर मेरी माता को राम की अपनी ओर से उदासीनता पसन्द नहीं है। माता कौसल्या भी अपनी ओर से इसी प्रकार उदासीन थीं, इसीलिए वे सदा दुख उठाती रहीं। यदि कहीं सम्राट ने ऐसा व्यवहार माता सुमित्रा से किया होता, तो वे सम्राट को अवश्य ही उचित मार्ग दिखा देतीं। मेरी..."

"लक्ष्मण!" राम ने स्नेहमिश्रित अधिकार से डांटा।

लक्ष्मण ने तिरछी दृष्टि से राम को देखा और मुस्कुराकर पुनः बोले, "गुरुदेव! मेरी माता कहती हैं कि यदि भैया ने अपने लिए कुछ नहीं किया तो मुझे बड़े होकर भैया को उनका अधिकार दिलाना है। वे कहती हैं कि राम का पक्ष न्याय का पक्ष है और राम से उदासीन होना न्याय से उदासीन होना है। वे चाहती हैं कि मैं बहुत वीर बनूं और राम के मार्ग के प्रत्येक कंटक को समूल उखाड़ फेंकू। वे कहती हैं..."

गुरु ने दृष्टि उठाकर कुछ कहने के लिए आए खड़े पुनर्वसु की ओर देखा।

"भोजन तैयार है गुरुदेव!" पुनर्वसु ने कहा।

"आओ वत्स, पहले भोजन कर लें।" गुरु अपने आसन से उठ खड़े हुए।

पांच

"वत्स! वसिष्ठ ने तुम्हारे पिता की इच्छा के विरुद्ध तुम्हें मेरे साथ भेजा है, यह उनकी बुद्धिमत्ता है।" विश्वामित्र का स्वर बहुत कोमल और शब्द स्नेहसिंचित थे, "क्योंकि वे अनेक ऐसी बातें समझते हैं, जो तुम्हारे पिता सम्राट दशरथ नहीं समझते।"

राम के सरल ईमानदार चेहरे पर अशान्ति की कुछ रेखाएं उभरीं।

"पिता की निन्दा नहीं सुन सकते वत्स?" विश्वामित्र हंस पड़े।

"गुरुदेव! अन्यथा न मानें।" राम के शब्द सधे हुए थे, "किन्तु यदि मैं अपने बूढ़े और निरीह पिता की आंखों में पीड़ा के आंसू और आपके प्रति एक अव्यक्त भय की छाप भुला न पाऊं तो क्या आप मुझे दोषी मानेंगे?"

विश्वामित्र हंस पड़े, "तुम ठीक कहते हो राम! मुझे न केवल यह ध्यान रखना होगा कि अपने पिता के व्यवहार और व्यक्तित्व के अनेक दोषों को जानते हुए भी तुम्हारे मन में उनके प्रति स्नेह और सम्मान की भावना है, वरन यह भी याद रखना होगा कि तुम स्वतन्त्र चिन्तन करनेवाले, निर्भीक, तेजस्वी वीर भी हो। निश्चित रूप से मैंने तुम्हारे पिता का मन दुखाया है, किन्तु राम! जीवन में अनेक बार धर्म की रक्षा के लिए कटु होकर अन्य जनों का मन दुखाना पड़ता है।"

वे बड़े ही मीठे स्वर में बोले, "राम! मैंने अपनी बाजी तुम पर लगाई है पुत्र! इसलिए तुमसे कुछ स्पष्ट बातें करना चाहता हूं। यदि तुम मेरी अपेक्षाओं पर खरे उतरे, तो तुम्हें अपने साथ सिद्धाश्रम लें जाऊंगा, और यदि ऐसा न हुआ तो तुम्हें और लक्ष्मण को यहीं से लौटा दूंगा।"

राम चकित रह गए। चलने से पूर्व उन्हें सब कुछ बताया गया था। पिता और गुरु का विवाद। पिता का संकोच, गुरु की कटुता। कितना आग्रह और कितने आश्वासन। गुरु विश्वामित्र सिद्धाश्रम से चलकर केवल उन्हें लेने के लिए अयोध्या आए थे! इतना प्रयास, इतना उद्यम! और अब वे कह रहे हैं कि उन्हें वे यहीं से लौटा देंगे। कैसा कौतुक है!

और लक्ष्मण की आंखों में जैसे एक आशंका समा गई। उन्हें हाथ में आई एक आकर्षक वस्तु छिनती-सी नज़र आई। विश्वामित्र उन्हें वापस अयोध्या भेज देंगे। अयोध्या उन्होंने पचासों बार देखी है। ये वन-उपवन, नदी-पर्वत–लक्ष्मण यह सब कब देखेंगे। अब तो सब-कुछ भैया राम पर निर्भर था...।

"मैं समझा नहीं गुरुवर?" राम बोले।

"विस्तार से समझाता हूं पुत्र!" विश्वामित्र प्रवचन की मुद्रा में बैठ गए, "मेरा और वसिष्ठ का मतान्तर बहुत प्रसिद्ध है राम!" विश्वामित्र बोले, "मुझे उनकी ईमानदारी पर पूरा विश्वास है, फिर भी अनेक विषयों में मैं उनसे सहमत नहीं हो पाता। वे बातें बाद की हैं किन्तु! वसिष्ठ ने तुम्हें मेरे साथ भेज दिया, क्योंकि वह जानते हैं कि यदि तुम मेरे साथ न आए होते तो भी मैं अपना काम करवा लेता। पुत्र! हम जिसे ऋषि कहते हैं, वह अनासक्त बुद्धिजीवी है। तुम न आते तो मैं किसी अन्य राजकुमार से वह कार्य करवाता। ऐसी स्थिति में सम्राट दशरथ का अहित भी हो सकता था–इसे वसिष्ठ समझते हैं।"

"आप समर्थ हैं गुरुदेव!" राम ने सिर को तनिक झुकाते हुए कहा।

"पुत्र! अब मैं तुमसे अपनी बात कहता हूं।" विश्वामित्र कुछ हल्के होकर बोले, "जब कभी बुद्धि विलासी हो जाती है, सत्ता कोमल और भीरु हो जाती है, तो अन्याय को बल मिलता है। वत्स, आज संसार में ऐसा ही समय आ गया है। देवशक्ति अपने विलास में नष्ट हो गई है। आर्य राजाओं में मतभेद है। ऋषि-मुनि अपना पेट पालने में व्यस्त हैं, अतः एक अन्यायी और अत्याचारी शक्ति संसार पर छाती जा रही है।"

"कौन है वह?" राम जैसे संघर्ष के लिए पूर्णतः उद्यत थे, "मुझे बताएं-ताड़का? मारीच? सुबाहु?"

विश्वामित्र हंस पड़े, "तुम्हारा उत्साह मुझे आश्वस्त करता है पुत्र! तुमने अभी भयभीत होना नहीं सीखा। इन्हीं लोगों के नाम सुनकर तुम्हारे पिता भय से पीले पड़ गए थे...पर जिनके नाम तुमने लिए हैं, वे तो शाखाएं-मात्र हैं–जड़ है रावण।"

"पर वह तो लंका में बैठा है।" राम सहज भाव से बोले।

"यही कठिनाई है पुत्र! आर्य सम्राटों के लिए रावण लंका में बैठा है और लंका आर्यों को किसी अन्य ब्रह्मांड में स्थित प्रतीत होती है। किन्तु रावण के लिए, लंका में बैठे हुए भी न विदेह दूर है, न अयोध्या और न सिद्धाश्रम। उसके अग्रदूत राक्षसी मनोवृत्ति और चिन्तन लेकर बहुत दूर-दूर तक आर्य संस्कृति को घुन के समान चाटकर भीतर से खोखला करते जा रहे हैं।"

राम विचलित नहीं हुए। वे उसी प्रकार सहज बने रहे, "आप रावण के सैनिक-अभियान को अत्याचार क्यों कहते हैं ऋषिश्रेष्ठ? आर्य राजा भी सैनिक अभियान करते हैं। अश्वमेध यज्ञ क्या सैनिक-अभियान नहीं है? क्या वह अनावश्यक हिंसा नहीं?"

"तुम ठीक कहते हो राम!" विश्वामित्र का मुख प्रफुल्लित हो उठा, "तुम मेरी अपेक्षाओं पर पूरे उतर रहे हो बेटा! तुम उदंड नहीं हो, उच्छृंखल नहीं हो–किन्तु बड़ों की बात बिना अपनी कसौटी पर तौले स्वीकार भी नहीं करते। यह इस बात का लक्षण है कि तुम आगे बढ़ोगे–अपने पिता से, अपने गुरु से।" वे क्षण-भर के लिए रुके फिर बोले, "बेटा! महत्त्वपूर्ण बात यह है कि उस सैनिक-अभियान के मूल में कौन-सा दर्शन कार्य कर रहा है। आर्य राजा भी सैनिक-अभियान करते हैं। वस्तुतः अश्वमेध यज्ञ न्याय का यज्ञ है। राजा सुशासन का प्रण करता है–पर रावण के सैनिक-अभियानों के पीछे सुशासन का लक्ष्य नहीं है। वह तो अपने लिए सख, विलास, सम्पन्नता का अधिकार चाहता है। उसके लिए न्याय-अन्याय का द्वन्द्व नहीं है। उसका शासन एक व्यक्ति–सर्वशक्तिसम्पन्न अधिनायक का शासन है। वह न अपनी मन्त्रिपरिषद का परामर्श मानता है, न विद्वानों का। निर्धन प्रजा की कोई सुनवाई नहीं है उसके राज्य में। किसी भी देश का कोई आर्य-विरोधी, मानव-विरोधी, रावण का समर्थन अत्यन्त सुगमता से पा सकता है। रावण ने कभी दलित पीड़ित मानवता की रक्षा के लिए, उसके उत्थान के लिए–कोई भी कार्य नहीं किया...। और पुत्र," विश्वामित्र ने राम की ओर देखा, "आर्य राजा प्रत्येक मानव को समान मानते हैं–यह उनका आदर्श है। उनकी सभा में पंडित, विद्वान, ऋषि, मन्त्रिपरिषद तथा अन्य जन-प्रतिनिधि होते हैं, जिनकी बात राजा को माननी पड़ती है। यदि रावण का कोई राजगुरु होता, तो वह वसिष्ठ के समान राजा की इच्छा के विरुद्ध उसके राजकुमार मुझे नहीं दे सकता था। प्रजा की इच्छा, प्रजा के प्रतिनिधियों की इच्छा आर्य राजाओं के लिए सर्वोपरि है; और यदि उनका व्यवहार ऐसा नहीं है, तो वे अपने आदर्श से पतित हो चुके हैं, उन्हें तुरन्त पदच्युत कर दिया जाना चाहिए।"

"आर्य शासन-पद्धति से मैं परिचित हूं तात," राम बोले, "पर राक्षसी-तन्त्र का ज्ञान मुझे नहीं है?"

"यह वसिष्ठ की शुद्धतावादी प्रणाली का परिणाम है पुत्र!" विश्वामित्र शून्य में घूरते हुए बोले, "रावण ने आर्यावर्त से बाहर या तो राजाओं को मार डाला है, या उनसे मित्रता कर ली है। कोई भी महाशक्ति रावण का विरोध करने नहीं आएगी। दुर्बल जन-समुदाय रावण के अत्याचारों से पीड़ित होता रहेगा। वह एक बार आर्यावर्त में घुस आया तो समानता के सिद्धान्त पर खड़ा शासन-तन्त्र समाप्त हो जाएगा और उसके स्थान पर धन तथा पशु-शक्ति पर आश्रित शासन-तन्त्र का आरम्भ होगा, मदिरा की अबाध धारा बहेगी..."

विश्वामित्र की आकृति किसी भी सम्भावित भय से एकदम पीली पड़ गई, वे जैसे उस भयंकर शासन-तन्त्र में जी रहे थे।

राम एकदम उद्विग्न हो उठे। उनके सहज सलोने चेहरे पर क्षोभ की परत जम गई, "तात! इसका विरोध क्यों नहीं किया जाता?"

"कौन करे पुत्र?"

"आर्य सम्राट।"

"आर्य सम्राट के गुरु के पद पर वसिष्ठ बैठा है, जो मानव-मात्र को समान नहीं मानता है। वह अन्य जातियों से आर्यों को श्रेष्ठ मानता है, आर्यों में ब्राह्मणों को श्रेष्ठ मानता है और पुरुषों को नारियों से श्रेष्ठ समझता है। वह शबरों, किरातों, निषादों, वानरों, ऋक्षों, कोल-भीलों जैसी अनेक आर्येतर जातियों तथा दूर-दूर तक फैले हुए वसिष्ठ दर्शन को न माननेवाले आर्य ऋषि-मुनियों पर होनेवाले अत्याचारों से पीड़ित नहीं होता। फिर आर्य सम्राटों में मतभेद है। जनक और दशरथ साथ मिलकर कभी नहीं लड़ेंगे..."

राम कुछ उत्तेजित हो उठे, "आर्य लोग मृत्यु के अपने घर में घुसने की प्रतीक्षा कर रहे हैं गुरुदेव!"

विश्वामित्र मुग्ध नेत्रों से राम को ऐसे तन्मय होकर देख रहे थे, जैसे समाधिस्थ हो गए हों। फिर उस तन्मयता से बाहर आ, गद्‌गद होकर बोले, "तुम सच्चे क्षत्रिय हो राम! तुम धन्य हो पुत्र! प्रण करो कि अपने विरुद्ध हुए अत्याचारों का तो प्रतिकार करोगे ही, अन्य जनों की पीड़ा भी मिटाओगे...।"

"मैं प्रण करता हूं, गुरुदेव!"

"मैं आश्वस्त हुआ पुत्र! अब तुम्हें अयोध्या लौटने को नहीं कहूंगा।"

"मैं भी प्रतिज्ञा करूं गुरुवर?" लक्ष्मण चहककर बोले, "मेरी मां कहती हैं–ऐसी प्रतिज्ञा रोज़ किया करो..."

"तुम्हारी मां ठीक कहती हैं लक्ष्मण!" विश्वामित्र अत्यन्त प्रसन्न थे।

छः

प्रातः विश्वामित्र ने राम और लक्ष्मण को बहुत जल्दी जगा दिया। सामान्य दिनों से भी जल्दी।

स्थाणु आश्रम के ऋषियों ने उन लोगों के लिए एक बड़ी-सी नौका का प्रबन्ध कर दिया था। गंगा की धारा में जल-यात्रा करते हुए सहज ही ताड़का वन तक जा सकते थे।

गुरु सिद्धाश्रम में अपने पहुंचने के समय का अनुमान भी लगा रहे थे। रात्रि के अन्धकार के गहराने से पूर्व ही वे लोग सिद्धाश्रम की सीमाओं के भीतर पहुंच जाएं तो ठीक होगा; अन्यथा वह रात या तो गंगा के तट पर खुले आकाश के नीचे व्यतीत करनी पड़ेगी, अथवा ताड़का वन के पेड़ों की छाया में। ये दोनों ही स्थितियां उन्हें स्वीकार्य नहीं थीं। अतः जल्दी ही चल पड़ना चाहिए...।

विश्वामित्र राम-लक्ष्मण व अपनी शिष्य-मंडली के साथ घाट पर बंधी नौका के पास आए। स्थाणु आश्रम के अनेक ऋषि उन्हें विदा करने आए थे। विश्वामित्र को उनके चेहरों पर अपने प्रति सहानुभूति और करुणा के भाव स्पष्ट दीख रहे थे, और उन लोगों की आंखों में जड़ीभूत एक द्वन्द्व की भी वे उपेक्षा नहीं कर पा रहे थे। वे आंखें आश्वस्त नहीं थीं। उनमें जैसे एक भय था, आशंका थी, कातरता थी और उन सबके मध्य आशा, विश्वास और आश्वस्तता की एक धीमी-सी ज्योति भी थी। इन्हीं विरोधी भावों के कारण वे आंखें स्पष्ट और सरल नहीं लग रही थीं। अस्पष्ट, कुछ अऋजु, भ्रान्त...।

"प्रणाम ऋषिवर!" आश्रम के कुलपति ने कहा, "प्रभु आपको सफल करें। आर्य संस्कृति का भविष्य आपके हाथ में है।"

विश्वामित्र ने आशीर्वाद की मुद्रा में हाथ उठा-भर दिया। कुछ कह नहीं सके। कैसे कहते! वह भी अपनी ओर से कोई स्पष्ट बात नहीं कह सकते थे। स्पष्ट बात को भविष्य ही कहेगा।...उनकी आंखें आकाश की ओर उठ गईं। वह बड़ी देर तक शून्य को घूरते रहे, जैसे नीले आकाश की उदासी धीरे-धीरे अपने मन में उतार रहे हों।

नौका चल पड़ी। अगले ही क्षण नाविकों ने नाव को गंगा की बीच धार में डाल दिया था। प्रवाह की क्षिप्रता के साथ नौका बहती चली जा रही थी और विश्वामित्र जैसे भीतर-ही-भीतर उदास होते जा रहे थे। राम ने गंगा की धारा पर से आंख हटाकर गुरु को देखा। कोई भी समझ सकता था, आज गुरु के मुख पर सामान्य दिनों जैसा वह सहज उल्लास नहीं था। क्या यह संघर्ष से पहले की चिन्ता थी? युद्ध से पूर्व की युद्ध की माया? राम का मन जिज्ञासा से अधीर हो गया।

"गुरुदेव!"

विश्वामित्र को राम के द्वारा इस प्रकार पुकारा जाना अच्छा लगता था। राम मूलतः ऋषि वसिष्ठ के शिष्य थे। इसी नाते वह उन्हें सामान्यतः 'ऋषिवर' और 'ऋषिश्रेष्ठ' इत्यादि सम्बोधनों से पुकारते थे। किन्तु, जब राम 'गुरुदेव' कहकर पुकारते तो विश्वामित्र का मन कहीं आश्वस्त होता–राम का सम्बोधन औपचारिक नहीं है, वह शील का प्रदर्शन भी नहीं है, वह अभिनय नहीं है। राम के हृदय और जिह्वा में ऋजु सम्बन्ध था। गुरु स्नेह आप्लावित स्वर में बोले, "वत्स राम!"

"स्थाणु आश्रम के ऋषियों और आप में एक सहज अन्तर पाता हूं गुरुदेव! वे अपनी तपस्या करते हैं, युद्ध की बात नहीं सोचते। हिंसा कदाचित उनके स्वभाव में ही नहीं है। वे कितने शान्त दीखते हैं। आप उनसे भिन्न हैं गुरुदेव!"

राम ने वही कह दिया था, जो विश्वामित्र स्वयं सोच रहे थे। इस कथन ने कहीं उनके चिन्तन को उकसाया था और कहीं उन्हें आहत भी किया था। बोले, "मैंने भी ऐसा ही शान्त वातावरण, ऐसा ही एक शान्त आश्रम, तपस्या और त्याग का जीवन चाहा था, जिसमें कटुता न हो, संघर्ष न हो, युद्ध न हो। मैंने क्षात्र-कर्म त्याग, ऋषि-धर्म को अंगीकार किया। किन्तु मुझे शान्त रहने नहीं दिया जाता और मैं कच्छप-वृत्ति स्वीकार कर अपने कर्तव्य से मुख मोड़ नहीं सकता...।"

"मैं समझा नहीं ऋषिवर!" राम की जिज्ञासु आंखें गुरु के मुख पर टंगी हुई थीं।

विश्वामित्र के मन की पीड़ा मुख पर प्रकट हो गई। पीड़ित मनःस्थिति से विकृत वाणी को संयमित करते हुए बोले, "वत्स! मैं रक्त-पिपासु हिंस्र जीव नहीं हूं। युद्ध किसी को अच्छा नहीं लगता; पर फिर भी युद्ध की, संघर्ष की, विरोध की एक आवश्यकता होती है। जिस समय न्यायप्रिय लोगों की ओर से, न्याय के पक्ष को लेकर युद्ध, संघर्ष, विरोध, बाधा–कुछ नहीं रहता तो अन्यायीजन का अन्याय के प्रति आग्रह बढ़ जाता है, अत्याचार में वृद्धि होने लगती है। युद्ध भी अपने समय की एक आवश्यकता होती है।"

"इस बात से कौन विरोध करता है गुरुदेव?" राम ने पूछा।

"इस सिद्धान्त से विरोध कोई नहीं करता। किन्तु वत्स! आर्यावर्त के सम्राटों की जो मनःस्थिति इस समय है, उससे मुझे अत्यन्त निराशा होती है। मेरे ऐसा कहने के कुछ विशेष कारण हैं।"...गुरु ने संक्षिप्त-से विराम के पश्चात कहा, "युद्ध न तो मात्र शारीरिक शक्ति से होता है, न केवल मनोबल से। युद्ध के लिए अस्त्र-शस्त्र अनिवार्य उपकरण हैं किन्तु इस महत्त्वपूर्ण उपकरण की जितनी उपेक्षा आर्य राजा, आर्य प्रजा, आर्य सम्राट कर रहे हैं, वह अत्यन्त शोचनीय है। आर्य राजाओं के पास पुत्र! सिवाय खड्ग, धनुष-बाण या बर्छी-भाले के और कोई भी अस्त्र-शस्त्र नहीं है। हां, कुछ आर्य ऋषियों ने अपनी तपस्या और साधना से अनेक दिव्यास्त्र अवश्य प्राप्त किए हैं, अनेक का निर्माण भी किया है। कुछ दिव्यास्त्र मेरे पास भी हैं..." कहते-कहते विश्वामित्र के मुख पर एक करुण मुस्कान प्रकट हो गई, "किन्तु मेरे लिए वे दिव्यास्त्र ही सबसे बड़ी समस्या भी बन गए हैं। वे दिव्यास्त्र मैं किसे दूं? उतावली में किसी ऐसे व्यक्ति को न दे दूं, जो बाद में उनका दुरुपयोग करे।"

राम और लक्ष्मण अत्यन्त उत्सुक भाव से ऋषि के चेहरे की ओर देख रहे थे। उनके कान ऋषि के मुख से निकला एक-एक शब्द जैसे मोती के समान चुग रहे थे। ये बातें लक्ष्मण के लिए ही नहीं, राम के लिए भी कदाचित नई थीं। वे और अधिक जानना चाहते थे, और अधिक..।

ऋषि उनके मन की अवस्था समझकर मुस्कुराए। बोले, "वत्स! कुछ पूछना चाहते हो?"

राम के हृदय का उल्लास उनकी वाणी में फूट आया, "ऋषिवर! आप अद्भुत हैं। आपकी बातों में सम्मोहन की शक्ति है। आप पवित्र ग्रन्थों की वाणी नहीं बोलते, आपकी जिह्वा से स्वयं जीवन का अनुभव और उसका सत्य बोलता है।"

गुरु मुस्कुराए, "तुम कुछ पूछना चाहते हो राम?"

राम बोले, "एक जिज्ञासा मन में आ रही है। यदि युद्ध के लिए शस्त्र तथा शस्त्र-ज्ञान इतना आवश्यक है, और आप जैसे ऋषियों के पास वे शस्त्र हैं भी, तो क्यों ऋषिगण राक्षसों के अत्याचारों के विकट विरोधी होते हुए भी, शस्त्र धारण कर अन्याय के विरुद्ध लड़ नहीं पाते हैं? मेरी वाचालता क्षमा करें, किन्तु, मुझे लगता है कि ये सारी बातें मैंने कभी नहीं सोची थीं। मुझे उन दिव्यास्त्रों का ज्ञान भी आपके तुल्य नहीं है, फिर भी आपको अपने यज्ञ के लिए मेरी आवश्यकता क्यों पड़ी? आपने स्वयं राक्षसों का संहार क्यों नहीं किया?"

लक्ष्मण के नेत्र बोलते हुए भैया राम के चेहरे से हटकर गुरु के चेहरे पर टिक गए।

गुरु गरिमा के बन्धनों को शिथिल कर उन्मुक्त रूप से हंसे, "पुत्र! प्रकृति का बड़ा विचित्र न्याय है। प्रकृति किसी एक व्यक्ति को अपनी सम्पूर्ण शक्तियां नहीं देती। दो पक्ष हैं, पुत्र! एक चिन्तन और दूसरा कर्म। यह भी एक अद्भुत नियम है कि जो चिन्तन करता है, जो न्याय-अन्याय और

सामाजिक कल्याण की बात सोचता है, उसके व्यक्तित्व का चिन्तन-पक्ष विकसित होता है और उसका कर्म-पक्ष कहीं पीछे छूटता चला जाता है। अपने चिन्तन को कर्म के रूप में परिणत करना सामान्यतः उसके लिए सम्भव नहीं हो पाता। उसकी कर्म-शक्ति कहीं क्षीण हो जाती है। वहां केवल मस्तिष्क रह जाता है। दूसरी ओर, जो न न्याय और औचित्य की बात सोचते हैं, जो न समाज और राष्ट्र की बात सोचते हैं, वे केवल अपने स्वार्थ के लिए कर्म करते चले जाते हैं। केवल कर्म व्यक्ति को राक्षस बना देते हैं। न्याय और अन्याय का विचार मनुष्य को ऋषि बना देता है। और पुत्र! जिस मनुष्य में न्याय-अन्याय का विचार और कर्म दोनों हों, ऐसे अद्भुत लोग संसार में बहुत ही कम होते हैं। जनसामान्य ऐसे ही लोगों को ईश्वर का अवतार मान लेता है। जब मुझमें कर्म था, तब चिन्तन नहीं था; पर आज जब चिन्तन है, ज्ञान है, ऋषि कहलाता हूं–कर्म की शक्ति मुझमें नहीं रह गई है। इसीलिए मुझे तुम्हारी आवश्यकता पड़ी है राम!"

ऋषि चुप हो गए थे, किन्तु उनकी आकृति से ऐसा नहीं लगता था कि वे अपनी बात पूरी कर चुके हैं। शायद, कहीं कोई असमंजस अभी शेष था।

राम को विश्वामित्र जैसे ऋषि के मुख पर असमंजस कुछ विचित्र लगा–उस मुख के भावों से असम्पृक्त-सा। वह पुरुष जो इतना कुछ सोचता-समझता है, जो ऐसा अद्भुत ज्ञानी है, जिसे सारा आर्य-संसार त्रिकालज्ञ द्रष्टा मानता है, उस पुरुष के मन में असमंजस, द्वन्द्व...।

"आप कुछ सोच रहे हैं गुरुदेव!" राम ने पूछा।

"हां!" विश्वामित्र उनींदे-से स्वर में बोले, "सोच रहा हूं पुत्र! अब अन्तिम चरण है। इस पड़ाव से चलने के पश्चात हम सिद्धाश्रम में पहुंच पाएंगे। तब तुम्हें ताड़का मारीच और सुबाहु का वध करना है। पर उस युद्ध से पहले, तुम्हें समर्थ बनाने के लिए, मैं तुम्हें कुछ दिव्यास्त्रों का ज्ञान देना चाहता हूं।...और उन दिव्यास्त्रों का ज्ञान देने के पहले का जो द्वन्द्व है, वही मुझे सोचने को बाध्य करता है।"

"क्या द्वन्द्व है गुरुदेव?"

"द्वन्द्व एक ही है पुत्र, जो मैंने पहले कहा। तुम्हें दिव्यास्त्र देकर मैं कहीं भूल तो नहीं कर रहा। कहीं ऐसा न हो कि जिस लक्ष्य के लिए मैं तुम्हें दिव्यास्त्र दूं, तुम उस लक्ष्य से भटक जाओ और दिव्यास्त्रों का अनुचित प्रयोग करो अथवा निष्क्रिय होकर उनका नाश हो जाने दो।"

"ऐसा कभी नहीं होगा।" राम के बोलने से पहले ही लक्ष्मण कुछ उग्र स्वर में बोले, "मेरी माता कहती हैं कि राम न अनुचित कार्य करते हैं, न निष्क्रिय रहते हैं।"

राम निर्द्वन्द्व रूप से धीरे-धीरे मुस्कुराए, "मैं अपनी ओर से पूर्णतः आश्वस्त हूं। कहिए, आपको मैं कैसे आश्वस्त कर सकता हूं?"

विश्वामित्र बोले, "पुत्र! तुम्हारे वचन-मात्र से मैं आश्वस्त हो जाऊंगा। किन्तु मैं किसी स्वार्थी जड़ ऋषि के समान बिना स्थिति स्पष्ट किए हुए, तुमसे कोई वचन नहीं लेना चाहता। ऐसा न हो कि वचन देने के पश्चात मेरा द्वन्द्व तुम्हारे मन में जा विराजे।"

राम के मुख पर वैसी ही असमंजस रहित, निर्द्वन्द्व, पूर्ण आत्मविश्वासी मुस्कान फिर उभरी, "कैसा वचन चाहते हैं ऋषिवर?"।

विश्वामित्र कुछ देर मौन रहकर सोचते रहे और फिर ऋषि जैसे एक सात्त्विक तेज के आवेश में बोले, "मैं भविष्य के प्रति तुमसे आश्वासन चाहता हूं कि तुम इन दिव्यास्त्रों का ज्ञान प्राप्त करने

के पश्चात अयोध्या के सम्राट बनकर सुख-सुविधापूर्ण जीवन व्यतीत करने का लोभ मन में नहीं लाओगे।"

राम जैसे उत्सुकता से विचलित होते हुए बोले, "आप मुझसे क्या करवाना चाहते हैं गुरुदेव?"

ऋषि बोले, "अन्याय का विरोध! अन्याय चाहे तुम्हारे अपने परिवार में हो, अपने राज्य में हो, चाहे राज्य के बाहर हो। विशेष रूप से कहूंगा, निष्पक्ष, मौलिक मानवीय न्याय का पक्ष लेकर, जीवन व्यतीत करनेवाले उन ऋषियों की रक्षा जो हिमालय से लेकर दक्षिण में महासागर तक विभिन्न स्थानों पर बैठे सत्य की तपस्या कर रहे हैं। वे ऋषि तथा उनके आश्रम सर्वथा सुरक्षाहीन हैं, पुत्र! जिस भी समय कोई राक्षस चाहता है, उन पर आक्रमण कर उनकी हत्या कर देता है, उनका मांस खा जाता है, उनकी अस्थियां चबा जाता है। यदि ये उच्छृंखल राक्षस अपनी इस क्रिया की इसी प्रकार पुनरावृत्ति करते रहे, तो क्रमशः ये ऋषि समाप्त हो जाएंगे। इस देश में स्वतन्त्र, मौलिक चिन्तन समाप्त हो जाएगा, न्याय का विचार समाप्त हो जाएगा, आचरण और संस्कृति समाप्त हो जाएगी। मैं इन समस्त चीज़ों के लिए रक्षा का वचन चाहता हूं। पर साथ-ही-साथ यह चेतावनी भी दे रहा हूं कि बिना सोचे-समझे कोई वचन मत देना।"

राम उन्मुक्त मन से हंसे। बोले, "ऋषिवर! अपने मन के अनुरूप इस कर्म के लिए वचन देते हुए मुझे क्या सोचना है?"

लक्ष्मण अपने चेहरे पर उत्फुल्ल मुस्कान लिए राम के वचन का समर्थन कर रहे थे।

"सोचना यह है, पत्र! ये समस्त ऋषि अपनी सुरक्षा के लिए, अपने पक्ष की रक्षा के लिए याचना करने, निवेदन करने, तुम तक नहीं आएंगे। तुम्हें स्वयं उनका शोध कर, उन तक पहुंचना होगा। आदर्श शासन व्यवस्था वह है, जो स्वयं नागरिक तक पहुंचकर, उससे पूछती है, 'तुम्हें क्या कष्ट है?' जिस शासन-व्यवस्था में नागरिक को स्वयं परिवाद लेकर शासन तक पहुंचना पड़ता है, वह आदर्श व्यवस्था नहीं होती। तुम मुझे वचन दो कि तुम अपने राज्य और उसके बाहर भी आदर्श व्यवस्था स्थापित करोगे–एक राजा के रूप में भी, और एक मनुष्य के रूप में भी। तुम अपना प्रासाद, अपना सिंहासन, अपना राज्य छोड़कर, अकेले, पदाति वन-वन घूमकर गहन वनों में उन ऋषियों के आश्रमों को खोजोगे। उनकी रक्षा करोगे, और उनके शत्रु राक्षसों का समूल नाश करोगे। तुम इस बात की प्रतीक्षा नहीं करोगे कि पहले राक्षस तुम्हें पीड़ित करें। तुम रुके नहीं रहोगे कि पहले रावण अयोध्या पर आक्रमण करे। तुम स्वयं अन्याय का नाश करने का प्रण करके घर से निकल पड़ोगे।"

"गुरुदेव!..." राम कुछ कहने को उत्सुक हुए।

ऋषि ने अपने हाथ के संकेत से निवारण किया और बोलते गए, "राम! जब भी कभी तुम घर छोड़ने की बात सोचोगे, तुम्हारे मार्ग में बाधास्वरूप तुम्हारे पिता होंगे, तुम्हारी माताएं होंगी, तुम्हारे भाई-बन्धु होंगे। यदि तुम अपने भीतर की दुर्बलताओं से लड़ भी लोगे, तो ये बाहर की बाधाएं, तुम्हें वन नहीं जाने देंगी। वे लोग बेड़ियों के समान तुम्हारे पैरों में लिपट जाएंगे। क्या तुम झटका देकर अपने चरण छुड़ा सकोगे? अच्छी तरह सोच लो। यदि सैनिक अभियानों से यह कार्य सम्भव होता तो कोई भी सम्राट यह कार्य कर सकता था। किन्तु उन दुरूह वनों में, पर्वतों पर सैनिक-अभियान सम्भव नहीं है पुत्र! वहां तो एकाकी, पदाति ही जाना होगा। अपने शारीरिक बल, अपने दिव्यास्त्रों, अपने शस्त्र-ज्ञान, अपने मनोबल, अपनी न्याय-बुद्धि से लड़ना होगा पुत्र! और वे लोग, जिनकी रक्षा की बात मैं कर रहा हूं, तुम्हारे राज्य के प्रजाजन नहीं हैं। सम्भव है, वे राजा के रूप में तुम्हें

सम्मान न दें। सम्भव है, उनसे तुम्हें कोई कर न मिले। इसलिए पुत्र, अपना राजकीय कर्तव्य न समझकर, मानवीय कर्तव्य के रूप में, किसी भी प्रतिदान की इच्छा के बिना, उनके अभाव में तुम्हें कर्म करना होगा।...अब सोचने के लिए, जितना समय चाहो, लो! सोच-समझकर अपने निर्णय की सूचना मुझे दो।"

राम के मन में विभिन्न दशाओं में व्याकुल टक्करें मारती ऊर्जा की क्षुब्ध चपलाओं में जैसे सामंजस्य स्थापित हो रहा था।–वे एक आकार ग्रहण करती जा रही थीं। उनके भीतर का कुछ कर गुज़रने का सन्तोष जैसे आधार पाकर उस पर टिक, शान्त होता जा रहा था।

राम उसी प्रकार सरल मुद्रा में मन्द-मन्द मुस्कुराते रहे। और उसी मुस्कान के मध्य पहले से कुछ अधिक ललक के साथ बोले, "ऋषिवर! कोई और चेतावनी देनी हो, दे लें। कोई और कठिनाई मार्ग में आती हो, तो जता दें। किसी और बाधा को इंगित कर सकते हों, तो कर दें। वचन मैं उसके पश्चात ही दूंगा।"

विश्वामित्र हल्के मन से हंसे। बोले, "राम! मुझे और कुछ नहीं कहना।"

सहसा राम का सहज मुस्कुराता मुख किसी आवेश से आरक्त हो गया, और उनके मुख पर सात्त्विक तेज उद्भासित होने लगा। स्वर की गम्भीरता अधिक प्रखर हो उठी। उनका स्वर जैसे किसी स्वप्न-लोक में से गूंजता हुआ आ रहा था, "ऋषिवर! मैं आपको आज यह वचन देता हूं कि मेरे जीवन का लक्ष्य राज-भोग नहीं, न्याय का पक्ष लेकर लड़ना, अन्याय का विरोध करना, वैयक्तिक स्वार्थों का त्याग, जन-कल्याण के मार्ग में आनेवाली बाधाओं का नाश तथा सबके हित और सुख के लिए अपने जीवन को अर्पित करना होगा। अब मेरी ऊर्जा व्यर्थ आखेट खेल-खेलकर पशुओं के वध में व्यय न होकर किसी सार्थक कार्य में लगेगी। इस कार्य में मुझे कोई नहीं रोक सकता–चाहे वे स्वयं मेरे पिता, मेरी माताएं, मेरे बन्धु-बान्धव हों। और ऋषिवर," राम का स्वर गम्भीर हो गया, "मेरे राज्य के विषय में न सोचें। मुझे राज्य मिलेगा, इसकी सम्भावना, अयोध्या में किसी के मन में नहीं है।" सारे वार्तालाप में लक्ष्मण ने पहली बार होंठ खोले, "भैया! इस वचन में मैं आपके साथ हूं।"

विश्वामित्र ने देखा–बाल लक्ष्मण के मुख पर क्षात्र-तेज अपनी पूर्ण उग्रता में मूर्तिमान था। वे इस संघर्ष के लिए राम से भी अधिक व्यग्र दिखाई पड़ रहे थे। उनके नेत्रों में अपने भाई के लिए प्रेम और श्रद्धा के साथ-साथ सम्मोहन का भी भाव था।

विश्वामित्र शिथिल नहीं हुए। उन्होंने जैसे तप्त धातु पर घन-प्रहार किया, "राम! अन्त में एक और कटु बात कहना चाहता हूं। तुम्हारे वंश में पत्नी-प्रेम बहुत प्रसिद्ध है। यदि तुम्हारे मार्ग में बाधास्वरूप तुम्हारी पत्नी ही आ खड़ी हुई?"

"भाभी!" लक्ष्मण कौतुकपूर्वक हंसे।

राम के सरल मुख की आभा लजाकर लाल हो गई। गुरु ठीक कह रहे थे। राम की आंखों के सम्मुख आज और दशरथ के चेहरे घूम गए। गुरु ने बड़ा कोमल किन्तु सार्थक तन्तु छुआ था।

"इस विषय में अभी मौन रहने की अनुमति दें ऋषिवर! जो अभी मेरे जीवन में नहीं आई, उसके विरुद्ध अभी से मन में पूर्वग्रह संचित नहीं करना चाहता। किन्तु, आपकी सामयिक चेतावनी निरर्थक नहीं जाएगी, इतना तो कह ही सकता हूं।"

लक्ष्मण का मन बात की गम्भीरता से हटकर भाई के विवाह की ओर बहक गया था। वे राम के लजाए चेहरे को देख-देखकर मुस्कुरा रहे थे।

विश्वामित्र प्रसन्नता के मारे ज़ोर से हंस पड़े। लगा, उनके मन की सारी दुविधाएं मिट गईं और हृदय एकदम निर्मल हो उठा।

वह राम को देख रहे थे। राम पत्नी की बात नहीं करना चाहते। अपने वंश के पत्नी-प्रेम का प्रतिवाद उन्होंने नहीं किया, फिर भी एक प्रकार से वचन दे दिया है...। विश्वामित्र की कल्पना इधर-उधर नहीं भटकती। वह निर्णय ले चुके हैं; राम को वैसी पत्नी नहीं चाहिए, जैसी दशरथ चाहते हैं। राम की पत्नी भिन्न होनी चाहिए–इन्दुमति से भिन्न, कौसल्या, सुमित्रा और कैकेयी से भिन्न। साधारण कन्या, किन्तु राजसी संस्कारों से युक्त...।

असमंजस-शून्य स्वर में विश्वामित्र बोले, "अब मेरे मन में कोई दुविधा नहीं है। अब प्रस्तुत हो जाओ। चाहता हूं, जितने दिव्यास्त्र मेरे पास हैं, उन सबका ज्ञान मैं तुम्हें दे दूं। तुम्हारा प्रशिक्षण आरम्भ होता है पुत्र! इस प्रशिक्षण के पश्चात तुम राक्षसों को मारने में पूर्णतः समर्थ होओगे। उठो राम, धनुष उठाओ?"

और गुरु ने पीछे की ओर गर्दन मोड़कर आदेश दिया, "नाविक! नौका घाट पर लगाओ।"

घाट से कुछ दूर चलकर, वन के भीतर, खुला स्थान देखकर विश्वामित्र ने राम का प्रशिक्षण आरम्भ किया, "रघुनन्दन! तुम्हारा कल्याण हो। यह दिव्य और महान दंडचक्र, यह धर्मचक्र, यह कालचक्र, यह विष्णुचक्र तथा वह अत्यन्त भयंकर ऐन्द्र चक्र है। राघव! यह शिव का श्रेष्ठ त्रिशूल, यह इन्द्र का वज्रास्त्र, यह ब्रह्मा का ब्रह्म शर है। यह ऐषीकास्त्र और यह परम उत्तम ब्रह्मास्त्र है। पुत्र! ये मोदकी और शिखरी नामक गदाएं हैं। पुरुष सिंह। ये धर्मपाश, कालपाश और वरुणपाश नामक उत्तम अस्त्र हैं। राम! तामस, महाबली, सौमन, संवर्त, दुर्जय, मौसल, सत्य और मायामय उत्तम अस्त्र भी मैं तुम्हें अर्पित करता हूं। सूर्य का तेजःप्रभ अस्त्र भी तुम्हें देता हूं। सोम का शिशिर नामक अस्त्र और मनु का शीतेषु नामक अस्त्र भी तुम लो...। और महाबाहु! अब इनके प्रयोग की विधि भी सीख लो।"

राम जैसे एक नए चमत्कारिक लोक में आ गए थे। कैसी विचित्र बात थी। अपने शिक्षणकाल में गुरु वसिष्ठ ने इन अस्त्रों की कभी चर्चा भी नहीं की थी। विश्वामित्र उन्हें वे अस्त्र दे रहे थे–साक्षात। राम का मन विश्वामित्र के प्रति श्रद्धा से भर उठा...।

"पुत्र राम!" विश्वामित्र पूर्वाभिमुख होकर बैठ गए थे, "मेरे सम्मुख बैठ जाओ और इन अस्त्रों की परिचालन-विधि को ग्रहण करो।"

सम्मोहित-से राम गुरु की महिमा से सर्वथा अभिभूत, गुरु के सम्मुख बैठ गए।

गुरु ने उपदेश आरम्भ किया, "कुकुत्स्थनन्दन! यह दंडचक्र..."

गुरु का उपदेश चलता रहा और राम उन्हें आंखों और कानों से पीते रहे। उनके सामने ज्ञान और कर्म का सर्वथा अपरिचित, अभिनव खुलता जा रहा था...।

वे लोग पुनः चल पड़े थे। आगे-आगे विश्वामित्र, राम एवं लक्ष्मण तथा पीछे-पीछे शिष्यों की मंडली। वन पर्याप्त गहन था। दीर्घाकार, ऊंचे तथा घने वृक्ष, और उन पर छाई हुई लताएं, जैसे वृक्षों में रस्सियां बांध झूले डाले गए हों।

सूर्यास्त का समय था। प्रकाश क्रमशः क्षीण होता जा रहा था, और अन्धकार क्षण-क्षण बढ़ता जा रहा था। बीच-बीच में किसी वन्य पशु का स्वर वायु में तैर जाता था।

विश्वामित्र अत्यधिक सचेत लग रहे थे। उनके नेत्र, दृष्टि में आने वाली प्रत्येक वस्तु को बड़ी सावधानी से परख रहे थे, कान प्रत्येक ध्वनि का विश्लेषण कर रहे थे, तापस-मंडली अवश्य कुछ

भयभीत थी। ताड़का वन का आतंक उन पर छाता जा रहा था। उनका भय से पीला पड़ता हुआ मुख देखकर कोई भी कह सकता था कि यदि वे गुरु की आज्ञा के अधीन न होते, यदि उनका अपना वश चलता तो वे लोग इस समय कदापि वन में प्रवेश न करते। किन्तु गुरु की आज्ञा...।

राम एवं लक्ष्मण अत्यन्त सहज भाव से निश्शंक गुरु के साथ बढ़ते चले जा रहे थे, जैसे वह ताड़का वन न होकर, अयोध्या का राजमार्ग हो। राम के मुख पर एक सहज हास था–उनका मुख उस बालक का-सा सरल था, जिसका भय से अभी परिचय भी नहीं हुआ; और लक्ष्मण तो मुग्ध भाव से वन की शोभा देखते हुए बढ़ रहे थे। ऐसा घना वन उन्होंने जीवन में पहली बार देखा था–अयोध्या के आस-पास तो ऐसा वन एक भी नहीं था...। राक्षसों की कोई चिन्ता उन्हें हो, ऐसा नहीं लगता था।

सहसा विश्वामित्र की सम्पूर्ण सचेत ज्ञानेन्द्रियां जैसे किसी अदृश्य बिम्ब पर केन्द्रित हो गईं...वह शून्य में से जैसे किसी स्वर को पकड़ने का प्रयत्न कर रहे थे।

और अपने इसी प्रयत्न के बीच वह बोले, "राम! प्रायः इसी समय राक्षस लोग अपनी बस्ती से वन में निकल पड़ते हैं। ताड़का के भ्रमण का तो यही प्रिय समय है। अनेक अस्पष्ट शब्दों से मुझे ऐसा कुछ आभास मिल रहा है पुत्र कि ताड़का इधर आ रही है। यदि इस प्रकार भ्रमण करती हुई निःशस्त्र ताड़का हमें दिखाई पड़ जाए तो यह अत्यन्त शुभ होगा। यदि मेरा अनुमान ठीक हुआ तो थोड़ी ही देर में हम ताड़का के आमने-सामने होंगे। राम! तब के लिए दो-एक बातें कहना चाहता हूं। यह न हो कि ताड़का को सम्मुख देखकर तुम इस धर्मसंकट में पड़ जाओ कि वह निःशस्त्र है। रघुनन्दन!

क्षत्रियों के युद्ध के नियम केवल उन क्षत्रियों के साथ युद्ध के लिए हैं, जो उन नियमों की मर्यादा मानकर युद्ध करते हैं। ये राक्षस युद्ध के उन नियमों को एकदम नहीं मानते, अतः उन नियमों का विचार मत करना। यदि तुम नियमाधीन धर्म-युद्ध करना चाहोगे, तो वह सम्भव नहीं होगा...और विश्वामित्र ने रुककर राम को देखा, "और तात! यह बात भी मन में मत लाना कि वह स्त्री है और क्षत्रिय होकर स्त्री का वध करना तुम्हारे धर्मोचित नहीं है। ऐसे नियमों के पीछे प्रायः धर्म-बुद्धि कार्य करती है; किन्तु इस समय ऐसे नियमों का विचार सर्वथा अधर्म होगा। इस समय तुम्हारा मात्र एक धर्म है–राक्षस वध।"

राम बड़े स्थिर भाव से धर्म की इस नई व्याख्या को सुन रहे थे। लक्ष्मण के मन में पर्याप्त उथल-पुथल मची हुई थी। उनके मन में विवाद की बात उठ रही थी, वे विश्वामित्र का प्रतिवाद करना चाहते थे; पर बड़े भाई की ओर देखकर चुप थे। राम का गाम्भीर्य उन्हें सदा ही आश्चर्यचकित कर देता था। प्रत्येक नई बात को राम कितनी सहजता से सुनते और तौलते थे–प्रतिवाद करना होता, तो सब-कुछ तौल-परख करने के बाद करते। और लक्ष्मण के मन में तुरन्त खलबली मच जाती थी–भीतर से जैसे कोई बार-बार उन्हें ठेलता, "उत्तर दो! उत्तर दो!"

पर इस समय लक्ष्मण भी कुछ नहीं बोल सके।

राम ने गुरु की बात सुनी और मुस्कुरा दिए, "आश्वस्त रहें गुरुदेव, धर्म का मर्म अत्याचार का विरोध करने में है, वही मैं करूंगा। शेष बातें तो आडम्बर-मात्र हैं।"

विश्वामित्र का ध्यान पहले ही दूसरी ओर जा चुका था। राम और लक्ष्मण ने भी उधर देखा, सामने गहन वृक्षों के पीछे से किसी के आने की आहट थी। आनेवाले अनेक लोग थे। उनके पगों

की आहट से लगता था कि वे बड़ी मौज में टहल रहे हैं। उनके शरीर विराट थे। वर्ण काला था। चाल भद्दी थी...। दूसरे ही क्षण वे लोग वृक्षों से बाहर निकल आए थे।

"यही ताड़का है राम!" विश्वामित्र ने संकेत किया, "जो स्त्री सबसे आगे है।"

राम ने पेड़ों की ओट से निकल आई ताड़का को आमने-सामने देखा, उसका रंग सर्वथा काला था। लम्बे-ऊंचे तथा स्थूल आर्य पुरुष से भी उसका आकार विशाल था। काफ़ी फूहड़ ढंग से हंसते हुए, उसके भद्दे तथा बड़े, आगे की ओर बढ़े हुए दांत दिखाई दे रहे थे। उसके गले में मानवीय मुंडों की माला थी। उसके साथ चार पुरुष और थे, किन्तु उनमें से कोई भी ताड़का के आकार का नहीं था। ताड़का का आकार राक्षसों में भी असाधारण था।

ताड़का ने भी इन लोगों को देखा। उसकी दृष्टि ऋषि विश्वामित्र पर ठहर गई। उसने अपने साथियों की ओर देखकर उपहासपूर्वक कुछ कहा, और वे सब अत्यन्त अशिष्ट ढंग से हंसने लगे।

ताड़का ने फिर विश्वामित्र की ओर देखा और दांत दिखाकर जैसे चिढ़ाते हुए बोली, "गुरु।"

सहसा उसका चेहरा अत्यन्त विकृत हो उठा। उसने राम तथा लक्ष्मण के हाथों में धनुष देख लिए थे।

"शस्त्रधारी!" वह बोली, और उसकी आंखें रक्तिम हो उठीं। उसने अपना घूंसा प्रहार की मुद्रा में ताना और आघात करने के लिए उनकी ओर झपटी। उसके साथी अपने स्थान पर खड़े सर्वथा चिन्ताशून्य भद्दे ढंग से 'हो-हो' कर हंसते रहे...।

"राम! इसे मारो!" विश्वामित्र ने निष्कंप वाणी में आदेश दिया।

ताड़का भयंकर शब्द उत्पन्न करती हुई, अपनी उग्र चेष्टाओं से धूल, मिट्टी पत्थर, वृक्षों की शाखाएं, पत्ते उड़ाती हुई उन पर आंधी-तूफ़ान के समान झपटती चली आ रही थी।

और राम ने क्षण-भर में अपना धनुष साध लिया। उन्होंने, जैसे किसी पूर्व निर्णय के अनुसार, गुरु विश्वामित्र द्वारा दिया हुआ कालचक्र नामक दिव्यास्त्र धनुष पर धारण किया और गोह-चर्म के दस्तानों से सज्जित अपनी उंगलियों से धनुष की प्रत्यंचा कानों तक खींच ली।

ताड़का बिना रुके, अपनी उसी गति से झपटती चली आ रही थी।

राम की उंगलियों ने प्रत्यंचा छोड़ दी। कालचक्र प्रतिरोध-विहीन वायुवेग से बढ़ता हुआ ताड़का के वक्ष में जा धंसा। ताड़का ने कर्णभेदी चीत्कार किया और अपने ही वेग में अपने स्थान से ऊपर उछली। अपने सिर के ऊपर के वृक्षों की शाखाओं से रगड़ खाता हुआ किसी टूटे हुए शैल-शृंग के समान उसका स्थूल शरीर धम्-से भूमि पर आ पड़ा। उसने मुख से रक्त-वमन किया और अपना सिर पृथ्वी पर टेक दिया।

राक्षसों की 'हो-हो' सहसा ऐसे थम गई, जैसे उनके हृदय की गति कहीं डूब गई हो। वे लोग अब तक बड़े कौतुक से भरे हुए निश्चिन्त होकर किसी भी प्रकार के जोख़िम की सम्भावनाओं की ओर से आंखें मूंदे, ताड़का खिलवाड़ देख रहे थे और कदाचित राम-लक्ष्मण तथा विश्वामित्र की मृत्यु को निश्चित मान चुके थे; किन्तु ताड़का को इस प्रकार धरती पर गिरते हुए देख, वे स्तब्ध रह गए थे। इतनी आकस्मिक अनपेक्षित घटना उनके जीवन में जैसे पहले कभी नहीं घटी थी। उन्होंने पीड़ामिश्रित भय तथा अत्यन्त आश्चर्य में भरकर राम की ओर देखा। ऐसा रूप, ऐसा शौर्य, ऐसी शस्त्र-दक्षता उन्होंने पहले कभी नहीं देखी थी। वे वहां रुक नहीं पाए। ताड़का के शरीर को वहीं पड़ा छोड़कर, वे उल्टे पैरों घने वृक्षों के पीछे विलीन हो गए...।

लक्ष्मण का अट्टहास दूर तक उनका पीछा करता चला गया। तापस मंडली का भय राक्षसों के

पलायन के साथ ही भाग गया था...। और राम ऐसे सहज भाव से खड़े थे, जैसे कुछ हुआ ही न हो।

सात

आश्रम में पहुंचते-पहुंचते, अन्धकार पूरी तरह घिर आया था। आश्रम के आसपास के सारे मार्ग, पूरी तरह से जनशून्य हो गए थे; और मनुष्य का स्वर कम, वन्य पशुओं का स्वर ही अधिक सुनाई पड़ रहा था। पर आज वन्य पशुओं के उन स्वरों के साथ, राक्षसों के शिविर का उच्छृंखल कोलाहल कहीं नहीं था।

आश्रम में प्रवेश करते ही गुरु विश्वामित्र ने सुकंठ तथा गहन की पुत्र-वधुओं के स्वास्थ्य के विषय में जिज्ञासा की। पता चला कि उन तीनों का स्वास्थ्य सुधर रहा है और उनकी अवस्था अब चिन्तनीय नहीं है। विश्वामित्र का मन कुछ आश्वस्त हुआ।

अपनी कुटिया में आकर गुरु अपने आसन पर बैठ गए। राम और लक्ष्मण को उन्होंने समीप ही अपने सम्मुख बैठने का संकेत किया।

वे कुछ क्षण आत्मलीन रहे और फिर सहसा बहिर्मुख होकर बोले, "पुनर्वसु! वत्स, समस्त आश्रमवासियों को सूचना दो कि सबको कुटिया के सम्मुखवाले आंगन में तत्काल उपस्थित होना है। चिकित्सा कुटीर के रोगियों तथा उनकी सेवा-सुश्रुषा करनेवाले जनों को छोड़, शेष सब लोग उपस्थित हों। अत्यन्त आवश्यक कार्य है।"

पुनर्वसु आज्ञा का पालन करने चल पड़ा।

गुरु राम की ओर उन्मुख हुए, "राम! मैं किसी निष्कर्ष पर नहीं पहुंच पा रहा हूं, कि राक्षस लोग रात के समय आश्रम पर आक्रमण करेंगे या नहीं।"

राम की अपनी सहज मन्द मुस्कान उनके मुख पर प्रकट हुई। बोले, "ऋषिश्रेष्ठ! प्रश्न यह नहीं है कि राक्षस कब आक्रमण करेंगे–प्रश्न यह है कि वे किस घड़ी में मरना चाहते हैं। वे लोग उसी क्षण आक्रमण करेंगे।"

विश्वामित्र अत्यन्त आश्वस्त भाव से राम को निहारते रहे। राक्षसों के विषय में ऐसी बात कहनेवाला अपने जीवन में गुरु को यह पहला ही पुरुष मिला था। अब तक उन्होंने राक्षसों के नाम पर पीले पड़ते हुए चेहरे, कांपते हुए हाथ और भागते हुए पांव ही देखे थे।

स्नेह से भीगी वाणी में गुरु बोले, "तुम्हारी शक्ति, वीरता, न्यायबुद्धि तथा दृढ़ निर्णय राक्षसों के काल हैं–इसका मुझे पूर्ण विश्वास है। पर पुत्र! मुझे और भी बहुत कुछ सोचना है। मुझे आश्रमवासियों को इस युद्ध के लिए तैयार करना है।"

"उनकी आवश्यकता नहीं पड़ेगी, गुरुदेव!" राम मुस्कुराए, "मैं और लक्ष्मण ही राक्षसों के लिए पर्याप्त हैं। क्यों लक्ष्मण?"।

लक्ष्मण का मुख उल्लास से खिल उठा। राम ने उनके ही मन की बात कही थी। बोले, "पर्याप्त तो भैया राम अकेले ही हैं, पर हम दोनों मिलकर भी पर्याप्त हैं।"

विश्वामित्र शून्य में घूर रहे थे, जैसे साक्षात भविष्य को अपनी खुली आंखों से देख रहे हों। बोले "तुम्हारे कथन में मुझे तनिक भी सन्देह नहीं है राघव! किन्तु, यह न्याय का युद्ध है। मात्र तुम्हारे और लक्ष्मण के लड़ लेने से हमें लक्ष्य की प्राप्ति नहीं होगी। इस सम्पूर्ण क्षेत्र के प्रजाजन राक्षसों तथा

उनके सहयोगी अनेक आर्यों के दुर्विनीत अत्याचारों को सहते-सहते न केवल निष्क्रिय, कायर तथा सहिष्णु हो गए हैं, वरन वे लोग न्याय के प्रति अपनी निष्ठा, तेज, आत्मविश्वास–सब-कुछ खो चुके हैं। उनके सहयोग के बिना, उनके द्वारा किए गए किसी भी प्रयत्न के अभाव में यदि तुम समस्त राक्षसों का विनाश कर दोगे, तो उनका तेज और आत्मविश्वास नहीं लौटेगा। वे लोग यह मान लेंगे कि वे अत्याचारियों से लड़ने में अक्षम हैं। भविष्य में जब कभी फिर कोई राक्षस जन्म लेगा, ये ही प्रजाजन उसके अत्याचारों को प्रतिरोधरहित होकर सहन करेंगे और फिर तुम्हारी प्रतीक्षा करेंगे। राम! तुम राक्षसों का नाश करने के साथ-साथ प्रजाजनों का तेज तथा आत्मविश्वास लौटाओ–न्याय में उनकी खोई आस्था और निष्ठा उनमें पुनः प्रतिष्ठित करो। तुम उनमें रामत्व स्थापित करो। अवतार की आवश्यकता दुर्बल प्रजा को होती है पुत्र! तेजस्वी प्रजा अपने-आप में ईश्वर का रूप होती है। अतः प्रजा की रक्त-दीक्षा भी अत्यन्त महत्त्वपूर्ण है। अदीक्षित प्रजा की सहायता से की गई क्रान्ति, बहुधा दिग्भ्रमित हो जाती है। और सन्त के रूप में छिपे भेड़िये निरीह प्रजा का रक्त चूसने लगते हैं।"

राम स्वीकृति में मुस्कुराए, "आपकी इच्छा पूर्ण हो गुरुदेव! मैं नहीं चाहूंगा कि राक्षसों को मारकर अयोध्या लौट जाऊं और बाद में बहुलाश्व और देवप्रिय राक्षस होकर प्रजा की अस्थियां चबाएं।"

तभी पुनर्वसु ने आकर सूचना दी, "गुरुदेव! समस्त आश्रमवासी बाहर के आंगन में एकत्रित हो चुके हैं।"

"चलो वत्स! हम आ रहे हैं।"

गुरु के उठते ही राम तथा लक्ष्मण भी उठ खड़े हुए। गुरु पूर्णतः सहज और शान्त थे। उनकी चाल में कोई उद्वेग नहीं था। अत्यन्त सहज गति से वे कुटिया से बाहर निकले। उनके आगे-आगे पुनर्वसु चल रहा था और दाएं-बाएं राम एवं लक्ष्मण थे।

बाहर एक विशाल जनसमुदाय एकत्रित था। प्रत्येक आयु के स्त्री-पुरुष उनमें थे–सिद्ध, ऋषि, मुनि, तपस्वी साधक तथा ब्रह्मचारी। पर सब लोग पूर्ण शान्ति से बैठे थे। कहीं कोई कोलाहल नहीं था, वरन वातावरण में एक प्रकार की निस्तब्धता थी।

विश्वामित्र को देखते ही जनसमुदाय ने साष्टांग दंडवत प्रणाम किया। ऋषि आशीर्वाद देकर बैठ गए। राम तथा लक्ष्मण, उनसे तनिक हटकर, पीछे बैठे।

जनसमुदाय शान्त अवश्य था, किन्तु उनके चेहरे उत्सुक थे : ऋषि क्या कहना चाहते हैं। विश्वामित्र के साथ आनेवाली तापस-मंडली से उन लोगों को सूचना मिल चुकी थी कि सम्राट दशरथ के राजकुमार राम और लक्ष्मण कुलपति के साथ आए हैं। राम के अद्भुत पराक्रम की बात भी उन लोगों तक पहुंच चुकी थी। ताड़का-वध के समाचार से प्रत्येक आश्रमवासी अवगत था।

विश्वामित्र ने बोलना आरम्भ किया, "तपस्विगण! अब तक के समाचार आपको ज्ञात होंगे। अब तक राक्षसों से हमारा केवल संघर्ष चल रहा था, आज हमने अपनी ओर से युद्ध की घोषणा कर दी है। ताड़का का वध राम ने किया है–राम और लक्ष्मण आश्रम की रक्षा करने के लिए हमारे मध्य हैं। किन्तु, आप लोग जानते हैं कि असावधानी से नहीं लड़ा जाता, और न्याय का युद्ध अकेले व्यक्ति का युद्ध नहीं है। अतः यह युद्ध प्रत्येक आश्रमवासी को ही नहीं, इस सम्पूर्ण जनपद की प्रजा को लड़ना है। जिसके पास जो भी शस्त्र हो, वह उसे धारण करे और सन्नद्ध रहे..। और मुनि आजानुबाहु!"

"आर्य कुलपति!"

मुनि आजानुबाहु अपने स्थान से उठकर, विश्वामित्र के सम्मुख आ बैठे। बहुत समय के पश्चात विश्वामित्र ने मुनि के मुख पर अपने प्रति अविश्वास के स्थान पर स्वागत का भाव देखा था। मुनि बहुत प्रसन्न और तत्पर लग रहे थे।

"सूचनाएं प्रसारित करने का कर्तव्य आप संभालें। यथासम्भव, जितने अधिक ग्रामों को सूचना भिजवा सकें, भिजवा दें कि ताड़का का वध हो चुका है, और शेष राक्षसों के विरुद्ध धर्म-युद्ध करने के लिए, आश्रमवासियों की सहायता के लिए, उन्हें यथाशीघ्र यहां पहुंचना है...। किन्तु मुनिवर! सन्देश उन ब्रह्मचारियों के हाथ भेजें, जो इस अन्धकार में भी वन में से होकर जा सकें और स्वयं को राक्षसों की दृष्टि में पड़ने से बचा सकें।"

"और आचार्य विश्वबन्धु!" गुरु मुड़े।

"आचार्य कुलपति।"

"आप आश्रमवासियों की सशस्त्र टोलियां आश्रम की सीमा के साथ-साथ नियुक्त कर दें। यथासम्भव कुछ लोग आश्रम की सीमा के आगे, वन में गुप्त रूप से रहें। वृद्धों, स्त्रियों तथा शिशुओं को उनके कुटीरों में भेज दें। आश्रमवाहिनी का मुख्य भाग, इसी स्थान पर रात्रि-भर सन्नद्ध रहे। कुछ टोलियां सारे आश्रम में फेरियां लगाएं। सूचनाओं के आदान-प्रदान की व्यवस्था विशेष सावधानी से की जाए।"

और विश्वामित्र उठ खड़े हुए, "आओ राम-लक्ष्मण, हम चिकित्सा-कुटीर में चलें। वत्स पुनर्वसु! मार्ग दिखाओ।"

कुलपति चले गए। मुनि आजानुबाहु और आचार्य विश्वबन्धु उनकी आज्ञाओं का पालन करने में जुट गए।

वे लोग चिकित्सा-कुटीर तक पहुंच गए थे। भीतर प्रवेश करते हुए गुरु ने कहा, "आओ वत्स! तुम्हें दिखाऊं, वे लोग कैसा-कैसा अत्याचार करते हैं।"

राम और लक्ष्मण, गुरु के साथ चिकित्सा-कुटीर में प्रविष्ट हुए। वे लोग जाकर सुकंठ की चारपाई के पास खड़े हो गए। उन्हें देखते ही सुकंठ उठकर बैठ गया। उसने हाथ जोड़कर प्रणाम किया। उसके शरीर पर पट्टियां अब भी थीं, किन्तु पहले से उसकी अवस्था काफ़ी सुधर चुकी थी।

"कैसे हो सुकंठ।" गुरु ने पूछा।

"आपकी कृपा है आर्य कुलपति।" सुकंठ मुस्कुराकर बोला, "मैंने यहां सुना है कि राम ने ताड़का का वध कर दिया है। कैसे बताऊं, मैं कितना प्रसन्न हूं गुरुदेव। जो भी आश्रमवासी मेरे पास आया, उसकी जिह्वा पर यही चर्चा थी। सबके भीतर एक नया उत्साह जाग उठा है तात। आश्रम का बच्चा-बच्चा, अब राक्षसों का काल बनने का स्वप्न देख रहा है। लोग इतने अल्प समय में कैसे इतने बदल गए हैं गुरुदेव?"

"यह सब राम का प्रभाव है पुत्र!" गुरु ने स्नेह-भरी दृष्टि से राम को देखा।

"मेरा मन होता है आर्य कुलपति!" सुकंठ बोला, "मैं भी चारपाई छोड़कर, राम के साथ राक्षसों के विरुद्ध लड़ूं। इस समय चारपाई पर लेटे रहने से ग्लानि मुझे बहुत पीड़ित कर रही है।"

"पहले पूर्णतः स्वस्थ हो जाओ मित्र।" राम ने आगे बढ़कर, स्नेह से सुकंठ के कन्धे पर हाथ रखा, "अन्याय और अत्याचार के विरुद्ध न तो यह पहला युद्ध है, और न अन्तिम। तुम्हारे भीतर अन्याय के विरुद्ध संघर्ष का भाव है तो तुम्हें अपने जीवन में अनेक अवसर मिलेंगे। ऐसे युद्ध के लिए न तो कोई विशिष्ट समय होता है, न विशिष्ट स्थान। जहां कहीं अन्याय नज़र आए वहीं लड़ो।"

सुकंठ मुग्ध-सा राम को देखता रहा।

गुरु आगे बढ़ गए।

गहन की बहुओं की चारपाइयों के पास भी वे लोग गए। वे पहले से अधिक स्वस्थ थीं; उनसे अधिक बातचीत नहीं हो सकी। ग्राम की निपट भोली निषाद युवतियां गुरु को देखते ही सम्मान और श्रद्धा से मूक हो गईं। फिर साथ राम और लक्ष्मण भी थे। दो अत्यन्त सुन्दर, स्वस्थ तथा उदार-हृदय आर्य राजकुमारों को अपने इतने समीप पाकर, संकोच ने उन्हें और भी अधिक घेर लिया था...। वे दोनों ही अपनी पीड़ित आंखों में कृतज्ञता के अश्रु लिए मुग्ध भाव से उन्हें निरन्तर देखती रहीं।

पर गुरु कुछ चिन्तित हो गए थे। उन्हें बताया गया था कि जैसे ही गहन के पुत्रों ने राम के द्वारा ताड़का-वध का समाचार सुना और राक्षसों के सम्भावित आक्रमण की सूचना उन्हें मिली, वे दोनों ही तत्काल वहां से लुप्त हो गए। कहां गए, यह किसी को भी मालूम नहीं था–उनकी पत्नियों को भी नहीं।

कहां गए गहन के पुत्र?–गुरु सोचते रहे–क्यों गए? क्या ताड़का-वध का समाचार सुनकर वे लोग अपनी प्रसन्नता रोक नहीं पाए, और अपने ग्राम बन्धुओं को सूचित करने के लिए चल दिए? अथवा राक्षसों के सम्भावित आक्रमण के भय से कहीं पलायन कर गए? पर वे लोग अपने व्यवहार और वार्तालाप से कायर तो नहीं लगते थे। फिर उन दोनों की पत्नियां यहां हैं। वे बताकर क्यों नहीं गए? तो क्या जन-सामान्य में उनका विश्वास झूठा है? क्या उनकी यह युक्ति भी असफल रही? राम और लक्ष्मण को सिद्धाश्रम में लाने तथा ताड़का के वध का फल कुछ भी उत्साहवर्धक नहीं हुआ? क्या गहन के पुत्रों का आत्मविश्वास, प्रतिशोध का भाव, नहीं जागा? राम और लक्ष्मण की उपस्थिति यदि गहन के पुत्रों के भीतर वीरता, साहस, आत्मविश्वास और अत्याचार के विरुद्ध आक्रोश नहीं जगा सकी तो शेष आश्रमवासियों पर भी राम के कृत्यों का कोई प्रभाव नहीं पड़ेगा। फिर उनके इतने उद्यम की क्या सार्थकता है?...पर अभी से उनको, अपने मन में कोई निश्चित धारणा नहीं बना लेनी चाहिए...वैसे भी, जब तक कोई और सूचना न मिले, तब तक किसी निर्णय पर पहुंचना कठिन था; और इस समय अन्य अनेक महत्त्वपूर्ण कार्य उनके सम्मुख पड़े थे।

गुरु वापस अपनी कुटिया की ओर चल पड़े।

आठ

प्रातः जिस समय गुरु विश्वामित्र स्नान कर आश्रम में लौटे, तो आश्चर्यचकित रह गए। अब तक सिद्धाश्रम का सारा स्वरूप ही बदल गया था। सिद्धाश्रम इस समय आश्रम कम, एक सैनिक-शिविर ही अधिक लग रहा था। आश्रमवासियों में से शायद ही रात को कोई सोया हो, किन्तु लोग इस समय तनिक भी शिथिल नहीं थे। वे सब नहा-धोकर अपने-अपने कर्तव्य स्थान पर वर्तमान थे।

इससे भी बड़े आश्चर्य की बात यह थी कि सिद्धाश्रम के साथ लगते हुए प्रायः ग्रामों के समस्त स्त्री-पुरुष अपने परिवारों के साथ सिद्धाश्रम में उपस्थित थे। पुरुष सैनिक-मुद्रा में युद्ध के लिए प्रस्तुत थे और स्त्रियों ने अनेक युद्धेतर कार्य संभाल लिए थे। वे वृद्धों, शिशुओं तथा रोगियों की देख-भाल कर रही थीं। वे सूचनाएं लाने और ले जाने का कार्य कर रही थीं। सब ओर एक अनुशासित व्यस्तता दिखाई पड़ रही थी। उन सब लोगों की आकृति पर एक आशा थी, आत्मविश्वास था और

था तेज!...ये सब लोग थे, जिन्होंने गुरु के बार-बार आह्वान करने पर भी राक्षसों के भय से, कभी अपने ग्राम से बाहर पैर नहीं रखा था। उन्हें यदि पता लग जाता कि जिस मार्ग पर वे लोग चल रहे हैं, उस पर किसी राक्षस के आने की सम्भावना है, तो वे लोग मार्ग छोड़कर भाग जाया करते थे। इनके मुखिया लोगों के मुख 'राक्षस' शब्द सुनते ही पीले पड़ जाते थे।...और आज वे ही लोग निर्भय हो, राक्षसों से युद्ध करने के लिए आक्रामक मुद्रा में बैठे हैं...आर्य भी, शबर भी, भील भी, निषाद भी...।

गुरु अपनी गरिमापूर्ण सहज गति से, लोगों से घिरे, मध्य में बैठे राम और लक्ष्मण के पास पहुंचे।

"राम! तुमने अद्भुत चमत्कार कर दिया है पुत्र! यह शोषित और दलित प्रजा कितनी समर्थ और सक्षम लग रही है। मैं आज मान गया हूं कि प्रजा न तो कायर होती है, न आलसी, पर उचित नेतत्व का निरन्तर अभाव उसे कायर और आलसी ही नहीं, अत्याचार और अन्याय के प्रति सहिष्णु भी बना देता है। और उचित नेतृत्व के मिलते ही उसमें, गीले, ठंडे पड़े पदार्थ में आग लग जाती है, उसका तेज जाग्रत हो उठता है। तुम समर्थ हो राम! तुम समर्थ हो।"

"यह आपकी ही महिमा है गुरुदेव!" राम ने मस्तक झुकाते हुए नम्र वाणी में कहा, "अब आपसे प्रार्थना है कि आप अपना यज्ञ आरम्भ करें। लक्ष्मण, आश्रमवासी और ये समस्त प्रजाजन यज्ञ की रक्षा के लिए प्रस्तुत हैं। यज्ञ वस्तुतः राक्षसों के लिए युद्ध का आह्वान है, हमें देखना है उनमें कितना साहस है।"

विश्वामित्र ने मुग्ध दृष्टि से राम को देखा। सरलता और साहस की मूर्ति राम! स्नेह से उनका कंठ अवरुद्ध हो गया। गुरु मुख से कुछ न कह सके।

मध्य में यज्ञवेदी पर गुरु विश्वामित्र आसीन थे। उनके दक्षिण और वाम भाग में, कुछ हटकर आचार्य विश्वबन्धु तथा मुनि आजानुबाहु बैठे थे। उनके पीछे समस्त आश्रमवासी थे। आश्रमवासी इस समय भी सैनिक मुद्रा में थे। जिसके पास जो भी शस्त्र था, वह उसके सम्मुख रखा हुआ था। धनुष-बाण, खड्ग, परशु, गंडासा, चाकू, छुरी, लाठी–पर सबके पास आक्रमण के लिए कोई-न-कोई शस्त्र अवश्य था।

आश्रम के मुख्य द्वार की ओर मुख किए राम बैठे थे, उनके हाथ में उनका धनुष था। उनके साथ ग्रामीण योद्धाओं की एक टोली थी, वे सब-के-सब सशस्त्र थे। उनके शस्त्र आश्रमवासियों से अधिक सार्थक और उपयोगी थे। इस टोली के लोग आश्रमवासियों के समान युद्ध से सर्वथा असम्बद्ध नहीं थे। उन्होंने परस्पर झगड़ों से लेकर, आखेट तक के किसी-न-किसी युद्ध में भाग अवश्य लिया था।

सिद्धाश्रम के मुख्य द्वार की ओर पीठ किए हुए राम के विपरीत दिशा में लक्ष्मण, अपने धनुष को लिए सचेत बैठे थे। उनके साथ भी ग्रामीण युवकों की वैसी ही एक टोली थी, जैसी राम के साथ थी। लक्ष्मण का मुख राम के समान सहज नहीं था। वे कुछ उत्तेजित थे। वे अपने आवेश को अभिव्यक्त होने से रोक नहीं पा रहे थे...। राम ने ताड़का का वध कर दिया था, किन्तु लक्ष्मण को अभी तक एक बाण चलाने का अवसर भी नहीं मिला था। लक्ष्मण को राक्षसों पर क्रोध आ रहा था। वे लोग शीघ्र आते क्यों नहीं? लक्ष्मण अपनी वीरता का प्रदर्शन कैसे करें? गुरु का यज्ञ सिद्धाश्रम में चल रहा था और उसकी रक्षा आवश्यक थी, फिर राम की अनुमति भी नहीं थी, नहीं तो लक्ष्मण यहां इस प्रकार प्रतीक्षा करने से उत्तम सीधे राक्षस शिविर पर धावा करना उचित समझते। कौन यहां बैठा उनकी प्रतीक्षा करे। जाने वे लोग आएं या न आएं...।

यज्ञ आरम्भ हुआ। वेदी में अग्नि प्रज्वलित हुई। धुआं आकाश की ओर उठा। मन्त्रोच्चार का शब्द वायुमंडल में प्रसारित होने लगा और वहां उपस्थित प्रत्येक जन अपने स्थान पर सतर्क और सावधान हो गया। पहले, यज्ञ आरम्भ होते ही राक्षस आ जाया करते थे। यज्ञ आरम्भ करना, वस्तुतः राक्षसों की शक्ति को चुनौती देना था और यज्ञ का निर्विघ्न सम्पन्न होना उनकी शक्ति की अस्वीकृति की घोषणा।

किन्तु आज राक्षसों का कहीं भी कोई चिह्न नहीं था। वे दिखाई तो नहीं पड़ते थे, उनका कोलाहल अथवा उनके समीप ही कहीं होने का किसी भी प्रकार का कोई प्रमाण नहीं था।

आश्रम की सीमा, और उससे भी कहीं आगे, राक्षसों की बस्ती के अत्यन्त निकट नियुक्त टोलियों से राम और लक्ष्मण का निरन्तर सम्पर्क बना हुआ था। सन्देशवाहक आ और जा रहे थे। बार-बार यही सन्देश आ रहा था कि राक्षसों की कहीं कोई गतिविधि दिखाई नहीं पड़ रही। शनैः-शनैः गुरु विश्वामित्र के मन्त्रोच्चार का स्वर स्थिर होता गया। उसके साथ-साथ उनका ध्यान अपने परिवेश से हटकर कहीं अपने भीतर डूबता जा रहा था। राक्षस उनके ध्यान में से निकल गए थे और उनका चित एकाग्र होकर, एक केन्द्र पर स्थापित होता जा रहा था...आसपास बैठे हुए आश्रमवासियों के राक्षसों के भय से अवरुद्ध कंठ भी क्रमशः कंपनहीन और सहज होते जा रहे थे। मन्त्रोच्चार का स्वर तीव्र से तीव्रतर होता जा रहा था, वायुमंडल में उनकी बढ़ती हुई गूंज मानो राक्षसी भावों को वहां से खदेड़कर दूर करती जा रही थी। वातावरण शुद्ध होता जा रहा था...

तभी एक सन्देशवाहक ने आकर अत्यन्त धीमे और नम्र स्वर में राम को सूचना दी, “आर्य! राक्षस लोग अपने शिविर से निकलकर इस ओर आते हुए देखे गए हैं।”

“सावधान।” राम और लक्ष्मण ने संकेत किया।

राम और लक्ष्मण की टोलियां उठ खड़ी हुईं। धनुष-बाण और खड्ग सध गए। उनकी मुद्रा आक्रामक हो गई।

यज्ञ निर्विघ्न चलता रहा।

आश्रम के मुख्य द्वार की ओर से अत्यन्त दीर्घकाय तथा भयंकर राक्षस प्रकट हुए। उनका वर्ण निपट काला, नाक चपटी तथा चौड़ी और सिर पर व्यवस्थाहीन, बढ़े हुए लम्बे अस्त-व्यस्त बाल थे। लम्बी-लम्बी कलमें, कानों तक चढ़ी हुई मूंछें तथा मदिरा से आरक्त क्रूर आंखें थीं। उनकी कटि पर भड़कीले, मूल्यवान और भद्दे वस्त्र, तथा शरीर पर मणि-माणिक्य जड़े अत्यन्त मूल्यवान स्वर्ण आभूषण सर्वथा सौन्दर्य-शून्य ढंग से लदे हुए थे। दोनों ने एक-एक हाथ में भयंकर खड्ग तथा दूसरे हाथ में बड़ा-सा मांस-खंड पकड़ रखा था। मांस के मध्य की अस्थि को हाथ में पकड़े हुए, वे दोनों अपने बड़े-बड़े दांतों से नोचते हुए बड़ी प्रचंडता से वेदी की ओर बढ़े चले आ रहे थे। मांस-खंड में से अभी रक्त टपक रहा था। वह कच्चा-ताज़ा मांस पशु अथवा मनुष्य किसी का भी हो सकता था...।

“मारीच और सुबाहु।” राम की टोली में से किसी ने कहा।

तभी राक्षसों की दृष्टि टोली का नेतृत्व करते राम पर पड़ी। उनकी लाल-लाल आंखें भयंकर क्रोध के मारे जैसे कोटरों से निकल पड़ने को तैयार हो गईं।

विकट हुंकार कर मारीच ने अपने हाथ का मांस-खंड यज्ञ की वेदी की ओर उछाल दिया और स्वयं खड्ग तानकर आकाश की ओर उछला।

राम के लिए परीक्षा का समय था। वे राक्षसों के मायावी युद्ध के अभ्यस्त नहीं थे। मांस-खंड

वायु से उड़ता-सा यज्ञ वेदी की ओर आ रहा था। उसे न रोका जाता, तो यज्ञ भ्रष्ट हो जाता और पृथ्वी को छोड़ ऊपर उछले हुए मारीच को न रोका जाता तो वह अपने खड्ग से राम पर प्रहार कर बैठता।

निमिष-मात्र में मस्तिष्क और शरीर दोनों को ही काम करना था।...राम ने कान तक धनुष की प्रत्यंचा तानकर एक साधारण बाण मारा। बाण ने किसी शक्तिशाली पक्षी के समान झपटते हुए आते हुए उस मांस-खंड को यज्ञ-वेदी से बहुत दूर वायु में रोक दिया। मांस-खंड अधिक आगे नहीं बढ़ सका।

किन्तु मारीच...राम ने तूणीर से तुरन्त दूसरा बाण खींचा और लाघवपूर्वक इतने कम अन्तराल में उसे चला दिया, मानो दोनों बाण साथ-ही-साथ छोड़े गए हों...किन्तु दूसरा बाण, पृथ्वी से उछले मारीच की ओर झपटा ही था कि राम ने अनुभव किया कि उनके धनुष से अनुपयुक्त अस्त्र छूटा है। यह शीतेषु नामक मानवास्त्र था। साधारण मनुष्य के लिए यह अस्त्र यम का दूत था, किन्तु मारीच जैसे बलवान राक्षस के वध के लिए कदाचित इसकी शक्ति अपर्याप्त हो...।

'शीतेषु' ने मारीच के वक्ष पर आघात किया। राम का लक्ष्य सुई की नोक-भर भी नहीं भटका था। मारीच के कंठ से लम्बा चीत्कार फूटा और 'शीतेषु' के वेगपूर्ण आघात से वह उल्टी दिशा में परे जाकर वृक्षों के किसी झुंड में गिर पड़ा...।

क्षण-भर तक राम ने मारीच की प्रतीक्षा की, किन्तु उसके वहां होने या लौटने का कोई चिह्न नहीं था। सुबाहु ने भी अब तक आक्रमण का कोई प्रयत्न नहीं किया था। वह भौंचक-सा मारीच और राम का यह अद्‌भुत युद्ध देख रहा था। उसने अपने जीवन में इससे पूर्व किसी मानव को राक्षसों से ऐसे लड़ते नहीं देखा था। वह अपनी स्थिति भूला-सा मारीच के लौट आने की प्रतीक्षा कर रहा था...। किन्तु मारीच के लौटने का कहीं कोई आभास नहीं था। या तो वह मर चुका था, या गम्भीर घाव खाकर कहीं पड़ा था। सहसा सुबाहु अपनी स्थिति के प्रति सावधान हुआ। वह सिद्ध आश्रम में खड़ा था–अपने शत्रुओं से घिरा हुआ। सामने राम थे, दूसरी ओर लक्ष्मण। लक्ष्मण बच्चा था, पर राम साधारण योद्धा नहीं थे। उन्होंने ताड़का और मारीच जैसे प्रसिद्ध राक्षस योद्धाओं को मार गिराया था...।

राम अपने तीसरे बाण के साथ प्रस्तुत थे। इस बार वे संयोग पर निर्भर नहीं थे। उन्हें चयन का अवसर मिल गया था। उन्होंने इस बार अपने धनुष पर आग्नेयास्त्र धारण किया था। आग्नेयास्त्र के आघात को सुबाहु भी नहीं झेल पाएगा–वे जानते थे।

सुबाहु ने अपना खड्ग ताना और राम पर प्रहार करने के लिए झपटा।

राम इस बार पूर्णतः प्रस्तुत थे। कोई जल्दी नहीं थी। पूर्व योजना के अनुसार उपयुक्त क्षण पर, राम ने अपना धनुष ताना और पूरे वेग के साथ आग्नेयास्त्र सुबाहु के वक्ष में दे मारा।

आग्नेयास्त्र ने सुबाहु के वक्ष को मध्य से बेध दिया। वक्ष से रक्त का जैसे उत्स फूटा। सुबाहु का शरीर निमिष-भर को कांपा और औंधा होकर पृथ्वी पर गिरा। उसकी गर्दन तनिक-सी कांपी, माथे पर पीड़ा की रेखाएं प्रकट हुईं और मुख से रक्त-स्रोत का वमन हुआ। वह मरते हुए पशु के समान पीड़ा में डकराया और उसने अपना निश्चेष्ट सिर भूमि पर टेक दिया।

वह मर चुका था।

क्षण-भर के लिए राम ने मारीच के लौट आने की प्रतीक्षा की, पर मारीच कहीं दिखाई नहीं पड़ा। तब उन्होंने पीछे की ओर होते चीत्कारपूर्ण कोलाहल की ओर देखा।

पीछे से राक्षसों की सेना ने लक्ष्मण की टोली पर आक्रमण किया था। अपनी समझ में कदाचित उन्होंने गुप्त रूप से प्रहार किया था, किन्तु लक्ष्मण अपनी टोली के साथ पूर्णतः सावधान थे। वे सारे राक्षस लगभग वैसे ही भयंकर थे, जैसे मारीच और सुबाहु थे। किन्तु, आकार में वे लोग कुछ छोटे थे। उनके वस्त्र और आभूषण भी उतने मूल्यवान नहीं थे।

उन लोगों ने अपने आक्रमण के साथ-ही-साथ मारीच और सुबाहु का परिणाम देख लिया था–उनके मुख पर क्रूरता और भय में द्वन्द्व चल रहा था। वे लोग अपने भय से मुक्त होने के लिए ही ज़ोर-ज़ोर से चिल्ला रहे थे। अपने ही मन को आश्वासन देने के लिए वे लोग अपने व्यवहार में बहुत आक्रामक होने का प्रयत्न कर रहे थे। किसी निश्चित योजना के अभाव में वे व्याकुल-से इधर-उधर भाग रहे थे और कभी-कभी आकाश की ओर उछलने का अभिनय कर रहे थे। लक्ष्मण की टोली बड़े आत्मविश्वास और सामर्थ्य के साथ, उनसे जूझ रही थी। लक्ष्मण ताक-ताक कर उन्हें तीक्ष्ण फलोंवाले बाण मार रहे थे। बीच-बीच में वे वायवास्त्र का भी प्रयोग कर रहे थे।

राक्षसों की संख्या क्रमशः कम होती जा रही थी। उनका चीत्कार और कोलाहल भी धीमा पड़ता जा रहा था। राम को इस युद्ध में हस्तक्षेप की आवश्यकता नहीं लगी। वे अपनी टोली के साथ मुख्य द्वार की ओर सन्नद्ध खड़े रहकर इस युद्ध के साक्षी होने का आनन्द उठा सकते थे। राम के आ जाने से लक्ष्मण को अपना पूर्ण पराक्रम प्रकट करने का अवसर नहीं मिल पाता।

...तभी युद्धवाली दिशा में, योद्धाओं का एक और दल राक्षसों की पीठ पर प्रकट हुआ और उन पर टूट पड़ा। राक्षस दो पाटों के बीच फंस गए थे। नवागन्तुक निश्चित रूप से आश्रमवाहिनी के लोग नहीं थे। किन्तु थे वे भी राक्षसों के शत्रु ही। राम कुछ विस्मय से उन लोगों को देख रहे थे। वे आर्य नहीं थे। रंग-रूप से वे लोग निषाद जाति के लगते थे। उनके पास कुछ छोटी पुरानी तलवारें, कुछ कुल्हाड़ियां और कुछ छोटे-छोटे धनुष थे, जिनसे छोटे और हल्के बाण चलाए जा सकते थे। उनके बाण भी बिना फल के थे; परन्तु उनका पराक्रम अद्भुत था।

इन दो पाटों के बीच नेतृत्वविहीन राक्षस अत्यन्त व्याकुल हो उठे थे। उनकी संख्या इतनी तेज़ी से कम हो रही थी कि युद्ध में वे अधिक देर टिकते नहीं लग रहे थे। इसका आभास स्वयं राक्षसों को भी था...यह उनके चेहरे के भाव स्पष्ट घोषित कर रहे थे।

अकस्मात ही बिना किसी पूर्व भूमिका के राक्षसों के पांव उखड़ गए। वे लोग भागे। उनके भागने की कोई विशेष दिशा नहीं थी। वे नियन्त्रणहीन हो, तितर-बितर, अपने प्राणों की रक्षा के लिए भाग रहे थे।

"इनका पीछा करो।" लक्ष्मण ने अपनी टोली को आदेश दिया, "देखो, कहीं ये दुष्ट यहां से असफल हो, तुम्हारे ग्रामों में घुसकर हानि न करें।"

ग्रामीण तथा निषाद योद्धा अपने दबाव बनाए हुए, प्रहार करते हुए, राक्षसों को खदेड़ते हुए दूर तक चले गए।

युद्ध सहसा ही समाप्त हो गया था।

तभी गुरु विश्वामित्र ने अन्तिम आहुति डाली।

गुरु यज्ञ-वेदी से उठे तो राक्षसों को खदेड़ने गए हुए ग्रामीण तथा निषाद योद्धा लोग लौट आए थे।

विश्वामित्र ने अत्यन्त गद्गद हो, स्नेह के आवेश में राम को कंठ से लगा लिया, "तुम समर्थ हो राम ! आज कितने समय के पश्चात सिद्धाश्रम में यज्ञ निर्विघ्न समाप्त हुआ।"

गुरु ने लक्ष्मण को वक्ष से चिपकाकर आशीर्वाद दिया, "सदा राम के योग्य भाई सिद्ध होओ।"

ग्रामों के मुखिया लोग आकर गुरु के चरणों पर गिर पड़े। गुरु जैसे चिर प्रतीक्षित अपनी सफलता की प्रसन्नता और योद्धाओं के प्रति अपने स्नेह के वश में आत्मनियन्त्रण खो बैठे थे। वे मुख से आशीर्वाद दे रहे थे। लोगों के सिरों पर स्नेह का हाथ फेर रहे थे। कन्धे थपथपा रहे थे।

और सहसा अपने चरणों पर गिरे दो भाइयों को भुजाओं से पकड़, ऊपर उठाकर, उन्होंने आश्चर्य से देखा, "तुम लोग कहां चले गए थे गहन के पुत्रों?"

"आर्य कुलपति! हम अपने ग्राम के लोगों को इस धर्मयुद्ध के लिए बुलाने के लिए गए थे। ऋषिवर! आपकी अनुमति के बिना इस प्रकार लुप्त हो जाने तथा ग्राम दूर होने के कारण युद्ध के पूर्व न पहुंच पाने के लिए हम आपसे क्षमा-याचना करते हैं। हमें क्षमा करें गुरुदेव!" वे दोनों फिर से गुरु के चरणों में लोट गए।

प्रसन्नता के कारण गुरु के नेत्रों में आंसू छलक आए, "तुम भी पीछे नहीं रहे निषाद वीरों! तुम भी धन्य हो।"

"आर्य कुलपति!" गहन का ज्येष्ठ पुत्र गगन खड़ा होकर सधी हुई आवाज़ में बोला, "एक बात के लिए भी हमें क्षमायाचना करनी है। हम आपकी आज्ञा के बिना ही, अपने अपराधी, सेना-नायक बहुलाश्व के पुत्र देवप्रिय और उसके चार साथियों को बन्दी बनाकर लाए हैं। इस कारण से भी हमें आने में कुछ विलम्ब हुआ गुरुवर! हम यह जानते हैं महर्षि कि हम निषाद हैं और अपराधी आर्य हैं। हम इस तथ्य से भी अवगत हैं कि वे शासन प्रतिनिधि सेनापति बहुलाश्व के सम्बन्धी हैं। हमें यह भी स्वीकार है कि वे लोग धनवान और समृद्ध जन हैं–पर फिर भी हम आपसे न्याय मांगते हैं आर्य कुलपति! आपने ही हमें आश्रय दिया था, न्याय भी हमें आपसे ही मिल सकेगा।"

विश्वामित्र स्नेह और विस्मय के भाव से गगन को देखते रहे। बोले, "अद्‌भुत है पुत्र! अपराधियों को बन्दी भी कर लाए। तुम आर्य नहीं हो, शासन-प्रतिनिधि के सम्बन्धी नहीं हो, तुम धनी-मानी नहीं हो, पर तुम विकट वीर हो गगन! न्याय जाति, सम्बन्धों, सम्भ्रान्तता तथा समृद्धि का विचार नहीं करता। तुम्हें न्याय तो मिलना ही चाहिए। वैसे भी पुत्र! दुर्बल को न्याय मांगने का अधिकार सबल से कहीं अधिक होता है। किन्तु वत्स! न्याय तुम्हें मुझसे नहीं मिलेगा। यद्यपि आश्रम का कुलपति मैं हूं, फिर भी शासन के प्रतिनिधि राम हैं। कोसल के सम्राट दशरथ के पुत्र। युद्ध की जय का श्रेय भी उन्हीं को है। न्याय वे ही करेंगे। जाओ, अपराधियों को प्रस्तुत करो।"

निषादों ने पांच आर्य युवक लाकर राम के सम्मुख खड़े कर दिए। उनके हाथ पीठ-पीछे बंधे हुए थे। उनका वर्ण गौर था। आकार दीर्घ था। शरीर पर ढीला विलासी मांस और उस पर अनेक स्वर्णाभूषण थे। उनकी आंखों में काजल, केशों में सुगन्धित तेल, और मुख पर चन्दन-लेप था। अधरों पर ताम्बूल की रक्तिमा अब तक काली पड़ चुकी थी।

देवप्रिय ने राम को देखा और उसके मुरझाए हुए मुख पर कुछ उत्साह झलक आया। वह एक डग आगे बढ़ आया, "राजकुमार! आपको यहां देखकर मैं अत्यन्त आश्वस्त हुआ हूं। देखिए, ये नीच निषाद मुझे पकड़कर बांध लाए हैं। मुझे लगता है कि उन्होंने इतना दुस्साहस इस बूढ़े ढोंगी विश्वामित्र की प्रेरणा पर किया है। यह बूढ़ा सदा से आर्य-द्रोही और दस्यु-मित्र रहा है। शबरी के प्रेम को कभी नहीं भूल पाया। आप यहां न होते तो यह अवश्य मुझे मरवा डालता। आप आर्य सम्राट दशरथ के प्रतिनिधि हैं, मैं आपसे न्याय मांगता हूं।"

लक्ष्मण का क्रोध से तमतमाता चेहरा विद्रूप में कुछ फैल गया, "भैया! इसके साथ बहुत अन्याय हुआ है। न्याय के लिए यह उत्सुक भी बहुत है। इसे मैं कुछ न्याय दे दूं?"

राम मुस्कुराए, "ठहरो लक्ष्मण!" और वे देवप्रिय की ओर मुड़े, "देवप्रिय, तुम्हें केवल न्याय मिलेगा। आज यहां सिवाय न्याय के और कुछ नहीं होगा।"

आचार्य विश्वबन्धु काफ़ी देर से कुछ कहने को उतावले हो रहे थे, अब रुक नहीं सके। विश्वामित्र को सम्बोधित कर बोले, "आर्य कुलपति! ये बालक राक्षस नहीं, आर्य हैं, फिर ये राज-परिवार से सम्बद्ध हैं। निषादों की प्रार्थना पर इनका न्याय इस प्रकार दासों और दस्युओं के समान नहीं हो सकता। इनके हाथ मुक्त किए जाएं।.."

वे इस प्रकार आगे बढ़े, जैसे वे स्वयं देवप्रिय तथा उसके साथियों के हाथ मुक्त कर देंगे।

लक्ष्मण ने अपना विशाल धनुष आचार्य विश्वबन्धु के मार्ग में अड़ा दिया, "आचार्य! यह ग्रन्थ-विमोचन नहीं है, जो आप ही के कर-कमलों से हो। इस कार्य को आप इस दास के लिए छोड़ दें..."

राम का ध्यान लक्ष्मण के परिहास की ओर नहीं था। उनके नयन सात्विक क्रोध से आरक्त हो गए। उनका स्वर किंचित आवेशमिश्रित किन्तु गम्भीर था, "राक्षसों का न्याय चाहे न हो, किन्तु इनका न्याय अवश्य होगा। ये लोग आर्य संस्कृति में पोषित होकर भी राक्षस हो गए, राक्षसों के सहायक हो गए। अपने राजसी अधिकारों का दुरुपयोग करनेवाले, निरीह प्रजा को पीड़ित करनेवाले, ये लोग आर्य नहीं हैं–चाहे ये लोग आर्य सेनानायकों के ही पुत्र क्यों न हों। 'आर्य' किसी जाति, वर्ण, आकार अथवा पक्ष का नाम नहीं। वह मानवीय सिद्धान्त, आदर्श और महान चरित्र का नाम है। जो अमानवीय कृत्य इन्होंने निषाद स्त्री-पुरुषों के साथ किए हैं, उन पापों के प्रतिकार के लिए, इन राक्षसों के लिए मैं न्यूनतम दंड प्रस्तावित करता हूं–मृत्युदंड! क्या आप लोगों को स्वीकार है?"

"स्वीकार है। स्वीकार है।" आश्रमवासियों, ग्रामीणों और निषादों का हर्ष भरा सम्मिलित स्वर गूंजा।

"लक्ष्मण!" राम बोले, "इन्हें वन में ले जाकर इनका वध कर दो। देखना इनका गन्दा रक्त सिद्ध श्रम की पवित्र भूमि पर न गिरने पाए।"

उपस्थित समुदाय उल्लसित हो कोलाहल कर उठा। एक क्षण पहले तक उनमें से कदाचित ही किसी ने सोचा था कि इन सेनानायक-पुत्रों को भी कोई दंड दिया जा सकता है। राम के न्याय ने उनमें न्याय के प्रति आस्था जगा दी थी।

गुरु विश्वामित्र अत्यन्त आश्वस्त लग रहे थे।

आचार्य विश्वबन्धु के चेहरे का रंग उड़ गया। फीके स्वर में बोले, "राम! यह भी तो सोचो, क्षण-भर में सेनापति बहुलाश्व अपनी आर्य सेना को लेकर सिद्धाश्रम पर चढ़ दौड़ेगा। फिर उससे कौन लड़ेगा? यदि तुम समर्थ भी होओ, तो क्या कोसल की आर्य सेना का नाश करना तुम्हारे लिए उचित होगा?

"आप व्यर्थ चिन्ता कर अपना बहुमूल्य स्वास्थ्य नष्ट न करें आचार्य-पाद! अभी आपको अनेक यज्ञ करने हैं। बहुलाश्व की समस्या आप हमारे लिए छोड़ दें। जो सिंह की गर्दन मरोड़ सकता है, वह उसकी मौसी बिल्ली की पूंछ भी ऐंठ सकता है।" लक्ष्मण वक्रता से मुस्कुराए और देवप्रिय तथा उसके साथियों को पशुओं के समान हांकते हुए वन की ओर चले गए। उनके मन की प्रसन्नता, उनके एक-एक अंग से फूटी पड़ रही थी।

राम ने आचार्य विश्वबन्धु को कोई उत्तर नहीं दिया। वे गहन के पुत्रों की ओर उन्मुख हुए, "वीरों! मैं तुम्हारे कृत्य से अत्यन्त प्रसन्न हूं। तुम्हें समर्थ जानकर, वीरता का एक और कार्य तुम्हें सौंपता हूं। मारीच की मृत्यु का हमें कोई निश्चित प्रमाण नहीं मिला है। तुम लोग अपने ग्रामवासियों के साथ उसका शोध कर मुझे सूचित करो, ताकि उस दुष्ट के बोझ से पृथ्वी को हल्का किया जा सके।" राम क्षण-भर रुककर जैसे समझाते हुए बोले, "पर एक बात का ध्यान रखना। यदि वह जीवित और सक्षम अवस्था में मिल जाए और तुम लोगों पर भारी पड़े तो युद्ध का अनावश्यक जोख़िम मत उठाना। मुझे सूचित कर देना।"

निषादों की टोली ने अत्यन्त प्रसन्नतापूर्वक झुककर राम को प्रणाम किया और सिद्धाश्रम से बाहर जाने के लिए मुड़ गई।

निषादों की टोली के जाते ही, एक दूसरी टोली सिद्धाश्रम में प्रविष्ट हुई। यह टोली अश्वारोहियों की थी।

राम ने ध्यान से उन्हें देखा। उनकी संख्या दो-ढाई सौ से कम नहीं थी। वे सब सैनिक वेश में थे और सबके सब सशस्त्र थे। उनके आगे-आगे एक ऊंचे श्वेत अश्व पर उनका नायक था।

राम कुछ चकित थे। आर्य नियमों के अनुसार, कभी भी व्यक्ति को, चाहे वह स्वयं उस देश का राजा ही क्यों न हो–आश्रम में प्रवेश होने से पूर्व अपना वाहन, अपने शस्त्र, अपनी सेना सब-कुछ सिंहद्वार के बाहर ही त्यागना पड़ता है। तो वह कौन है जो इतने सशस्त्र सैनिकों के साथ अश्वों पर आश्रम के भीतर चला आया है। फिर, आश्रम की सीमाओं पर नियुक्त आश्रमवासियों ने इन लोगों के आने की सूचना भी राम तक नहीं पहुंचाई। वे आश्रमवासी वहां नहीं हैं, इन लोगों के द्वारा मार डाले गए हैं या इनको मित्र समझकर बेरोकटोक भीतर आने दिया गया है?

अश्वारोही रुक गए। केवल उनका नायक चार सैनिकों के साथ आगे बढ़ा। नायक और उसके साथ के चार सैनिकों ने इन लोगों से कुछ दूरी पर अश्व त्याग दिए, किन्तु उनके खड्ग अब भी उनके साथ थे। वे पदाति आगे बढ़े और उन्होंने गुरु विश्वामित्र को साष्टांग प्रणाम किया।

राम ने गुरु को देखा। गुरु के मन का असमंजस उनके चेहरे पर लिखा हुआ था। पर उन्होंने स्वयं को नियन्त्रित कर नायक को कन्धों से पकड़कर उठाया और बोले, "सेनानायक बहुलाश्व! तुम?"

"आर्य कुलपति!" नायक के मुख पर उद्धतता, वाणी में खुरदरापन तथा शब्दों के चयन में स्पष्ट असावधानी थी, "सुना था राजकुमार राम तथा लक्ष्मण आए हुए हैं, अतः उन्हें प्रणाम करने चला आया।" उसने आगे बढ़कर झुककर राम को प्रणाम किया, "कुछ नीच निषाद मेरे पुत्र देवप्रिय को अनधिकृत रूप से बन्दी कर, सुना है, न्याय के लिए आपके पास लाए हैं। प्रार्थना है, उसे तथा उसके साथियों को मुक्त कर दिया जाए।"

"सेनानायक!" राम का तेजस्वी स्वर गूंजा, "तुम यहां प्रणाम करने आए हो। प्रार्थना करने आए हो। तुम आर्य सेनानायक हो और अपने सशस्त्र अश्वारोहियों के साथ सिद्धाश्रम में घुस आए। क्या तुम्हें आर्य नियमों का ज्ञान नहीं है?"

बहुलाश्व के स्वर में उद्धतता पहले से बहुत बढ़ गई थी, "कदाचित राजकुमार को ज्ञान नहीं है कि आर्यावर्त के इस भाग में ऐसा ही प्रचलन है।"

"यह प्रचलन तुम्हारे ही कारण है बहुलाश्व।"

"किसी के भी कारण हो।" बहुलाश्व लापरवाही से बोला, "मुझे उससे कोई विवाद नहीं है। देवप्रिय कहां है राम?"

"उसका न्याय कर दिया गया है सेनानायक।" राम अत्यन्त ओज-भरे स्वर में बोले, "उसे मृत्युदंड दिया गया है। लक्ष्मण उसका वध कर चुके होंगे।"

"मृत्युदंड!" बहुलाश्व का मुख एक साथ पीला और लाल हो गया, "यह न्याय किसकी इच्छा से हुआ है राजकुमार?"

"न्याय किसी की इच्छा से नहीं होता बहुलाश्व।" राम बोले, "न्याय सत्य और मानव-प्रेम पर आधृत होता है। तुम और तुम्हारा पुत्र अधिकार पाकर राक्षस हो गए थे। तुम लोगों का न्याय होना ही चाहिए।"

बहुलाश्व के मुख पर भय के चिह्न एकदम मिट चुके थे। वह क्रोध से जल रहा था। उसने क्रोध से बाहर निकाल नग्न खड्ग हाथ में ले लिया, "यह न भूलो राजकुमार कि अयोध्या और अयोध्या की सेना यहां से बहुत दूर है। यहां मैं हूं सेनानायक बहुलाश्व! मेरी आज्ञा के बिना, किसी का न्याय करने का तुम्हें क्या अधिकार था?"

राम की सतर्क आंखों ने देखा, बहुलाश्व के खड्ग के नग्न होते ही, उसके सैनिकों ने फैलना आरम्भ कर दिया था और उपस्थित समुदाय को चारों ओर से घेर लिया था।

"अधिकार उसको होता है जो न्याय कर सके।" राम मुस्कुराए, "मेरा अधिकार भी यही था। और अयोध्या की सेना के दूर होने से भी कोई अन्तर नहीं पड़ेगा। किसी का भी न्यायपूर्ण व्यवहार, अपने आसपास के जन-सामान्य में से सेना खड़ी कर लेता है। राम सेनाएं साथ लेकर नहीं चलता। वह जनता में से सेना का निर्माण करता है। अतः अब मुझे तुम्हारा भी न्याय करना है।"

"मेरा न्याय!" बहुलाश्व की आंखें जैसे क्रोध से फट पड़ीं।

"केवल अपराधी को दंड दे देने से न्याय पूर्ण नहीं हो जाता बहुलाश्व।" राम ने अपने ओजस्वी स्वर में कहा, "अपराधी की रक्षा करनेवाले शासन-प्रतिनिधि को भी उसके दुष्ट कृत्यों के लिए दंडित किया जाना पूर्णतः न्याय के अन्तर्गत है। तुमने पुत्र-प्रेम में पड़कर, प्रजा पर अमानवीय अत्याचार करनेवाले राक्षसों की रक्षा की है, उनसे मित्रता की है, उनसे उत्कोच स्वीकार किया है। तुमने न केवल अपना कर्तव्य पूर्ण नहीं किया, तुमने अपने अधिकारों का दुरुपयोग भी किया है। इन अपराधों के लिए तुम्हें कोई कठिन दंड मिलना चाहिए, किन्तु मैं दयावश तुम्हें केवल मृत्युदंड दे रहा हूं।"

बहुलाश्व ने क्रोध में दांत पीसे। नग्न खड्ग को उसने अपने हाथ में तौला और आक्रामक मुद्रा में राम की ओर बढ़ते हुए बोला, "देखता हूं मुझे कौन दंड देता है...।"

उसके सैनिक सावधान हो गए। उनका घेरा संकीर्ण होने लगा। उपस्थित जन-समुदाय भय से पीला पड़ गया। गुरु विश्वामित्र भी कुछ विचलित हो गए।

राम अपनी परिचित मोहक मुस्कान अधरों पर ले आए। अत्यन्त सहज भाव से बोले, "तो देखो।"

शब्दों के साथ ही राम की भुजाएं सक्रिय हुईं। और अन्तिम शब्द के साथ ही राम का बाण बहुलाश्व के वक्ष को मध्य से बेध गया।

"आत्मसमर्पण करो।" तभी लक्ष्मण का आदेश देता हुआ स्वर कड़क उठा।

बहुलाश्व के बढ़ते हुए सैनिकों ने देखा, उनके सम्मुख, राम के चरणों के पास बहुलाश्व का शव धरती पर पड़ा था। राम अब भी धनुष ताने अपनी उसी उग्र मुद्रा में प्रस्तुत थे ॥और जाने

कब लक्ष्मण लौट आए थे। लक्ष्मण ने अपनी टोली के साथ उन्हें पृष्ठ पर से घेर लिया था और वे आक्रमण के लिए पूर्णतः सन्नद्ध थे।

सैनिकों के खड्ग कोष में लौट आए। उनके अश्वों के पग जहां के तहां रुक गए।

क्षण-भर में उनका उपनायक अश्व से उतर पदाति राम की ओर बढ़ा। उसने अपना खड्ग माथे से लगा झुककर राम को प्रणाम किया और खड्ग राम के चरणों के पास, भूमि पर रख दिया।

"प्रभु! मैं उपनायक पृथुसेन अपने अधीन सैनिकों के साथ आत्मसमर्पण करता हूं। सेनानायक बहुलाश्व की आज्ञाओं के अधीन किए गए कृत्यों के लिए हमें दंड दिया जाए, अथवा यदि प्रभु उचित समझें तो क्षमा किया जाए।"

उपनायक पृथुसेन राम के सम्मुख घुटनों के बल बैठ गया।

राम मुस्कुराए। उन्होंने खड्ग उठा लिया। बोले, "उठो पृथुसेन।

पृथुसेन उठ खड़ा हुआ।

राम ने खड्ग उसे प्रदान किया, "मैं अयोध्या के शासन-प्रतिनिधि के रूप में न्याय की रक्षा तथा अत्याचार के दमन के दमन के लिए तुम्हें इन सैनिकों का सेनानायक नियुक्त करता हूं। देखना, जनता को तनिक भी असुविधा न हो। जाओ अपने सैनिकों के साथ सिद्धाश्रम के बाहर मेरी आज्ञा की प्रतीक्षा करो।"

पृथुसेन ने झुककर अभिवादन किया और अपने सैनिकों की ओर मुड़ गया।

नौ

राम लक्ष्मण की ओर मुड़े, "तुमसे पूछने का अवसर ही नहीं मिला लक्ष्मण। अपराधियों को दंड दे दिया गया?"

"हां भैया। आपके आदेश का पूर्ण पालन हुआ।" लक्ष्मण अत्यन्त प्रसन्न थे। उन्हें देवप्रिय तथा उसके साथियों का वध कर वास्तविक आनन्द मिला था।

राम को अधिक प्रतीक्षा नहीं करनी पड़ी। गगन तथा उसके साथी जल्दी ही लौट आए।

सिर झुकाकर गगन ने अभिवादन किया और बोला, "हे राम! हम बहुत दूर तक मारीच के पीछे हो आए हैं। किन्तु, खेद है कि वह हमें कहीं भी दिखाई नहीं पड़ा। हमें मार्ग में अनेक लोगों ने बताया है कि उन्होंने एक अत्यन्त विकट तथा भयंकर दिखनेवाले राक्षस को देखा है। उस राक्षस के शरीर पर एक गम्भीर घाव था, जिससे रक्त-स्राव हो रहा था और राक्षस काफ़ी पीड़ित था। उसके जाने के मार्ग के विषय में पूछने पर प्रत्येक व्यक्ति ने दक्षिण दिशा की ओर संकेत किया है। ऐसा लगता है कि वह आपसे भयभीत और पीड़ित होकर बिना रुके दक्षिण की ओर भागता ही चला गया है और अब वह लंका में ही जाकर रुकेगा और रावण की गोद में सिर रखकर रोएगा।" गगन हंस पड़ा, "आपकी अनुमति के अभाव में हम लौट आए हैं। अब यदि आज्ञा हो तो हम अन्त तक उसका पीछा करें।"

वह सिर उठाकर राम की आज्ञा की प्रतीक्षा करने लगा।

'राम का आना निष्फल नहीं हुआ'–गुरु सोच रहे थे–'उस गगन में, जो उन्हें अपने पिता के हत्यारे का नाम बताने के पश्चात फूट-फूटकर रोया था और इस गगन में, जो मारीच को ढूंढ़ने के लिए लंका तक जाने को प्रस्तुत है, कितना अन्तर है। राम का प्रभाव अमोघ है।'

"तुम ठीक कहते हो गगन।" राम गम्भीर थे, "मारीच कदाचित लंका जाकर ही रुकेगा, उससे पूर्व उसे कोई भी स्थान सुरक्षित नहीं लगेगा। किन्तु वीर बन्धु! तुम्हें लंका जाने की आवश्यकता नहीं है। पहले हम ताड़का वन में बनी लंका का ध्वंस कर लें।"

"ताड़का वन की लंका।"

राम ने देखा, प्रत्येक आकृति पर प्रसन्नता थी। राक्षसों की लंका नष्ट करने के नाम पर ऐसी प्रसन्नता कदाचित अयोध्या के सैनिकों के मुख पर भी नहीं आती। वे लोग वेतनभोगी सैनिक थे। वे आज्ञाधीन लड़ते थे। युद्ध के लिए उनके मन में ललक नहीं थी। किन्तु, ग्रामीणों और आश्रमवासियों की यह जो आर्य-आर्येतर सेना अन्याय के विरुद्ध संघर्ष करने के लिए स्वतः उठ खड़ी हुई थी, ललकपूर्वक न्याय के लिए युद्ध कर रही थी। ये लोग वेतन के प्रतिदान में, अपने स्वामी की विजय के लिए उसके शत्रुओं का वध नहीं कर रहे थे; ये लोग अपने विरुद्ध किए गए अत्याचारों का प्रतिरोध कर रहे थे और भविष्य में होनेवाले अत्याचारों की सम्भावनाओं को नष्ट कर रहे थे। यह त्रस्त प्रजा थी, जो त्रास को समाप्त कर रही थी। एक बार यह त्रास समाप्त हो जाए, तो इन समस्त जनपदों की प्रजा स्वच्छ मन से फूले-फलेगी। न्याय और ममता की भावना शक्तिमती होगी। तब यह अत्याचारों का विरोध कर सकनेवाली जीवन्त प्रजा होगी।

राम ने हाथ जोड़कर गुरु को सम्बोधित किया, "गुरुदेव! आपका राम जन-साधारण के विरुद्ध अन्याय तथा अत्याचार करनेवाले राक्षसों के शिविर के नाश की अनुमति चाहता है।"

"जाओ वत्स! प्रसन्न मन जाओ। भगवान तुम्हारी रक्षा करें। तुमने इस प्रजा में न्याय और वीरता के मन्त्र फूंक दिए हैं।" ऋषि अत्यन्त प्रसन्न थे।

राम और लक्ष्मण आगे-आगे चल पड़े। उनके पीछे-पीछे सारी प्रजा चली। गुरु विश्वामित्र ने बड़े आश्चर्य से देखा कि केवल आचार्य विश्वबन्धु तथा मुनि आजानुबाहु उनके दाएं-बाएं खड़े रह गए थे, शेष सारे आश्रमवासी राम और लक्ष्मण के पीछे चले गए थे–पुरुष, स्त्रियां बच्चे। यहां तक कि वह पुनर्वसु जो उनकी आज्ञा के बिना एक डग भी नहीं उठाता था, वह भी अत्यन्त उत्साहित होकर राम की जनता के साथ चला जा रहा था।

"यह वास्तविक जनयुद्ध है।" गुरु ने कहा और अपनी आंखों में आए हुए आनन्द के अश्रु पोंछ लिए।

दस

सिद्धाश्रम से बाहर निकलते ही राम को ज्ञात हो गया कि आश्रमवासियों की सूचना-व्यवस्था पूर्णतः समाप्त हो चुकी थी। युद्ध के लिए अनभ्यस्त आश्रमवासियों की जिन टुकड़ियों को सूचना लाने-ले जाने के कार्यों पर नियुक्त किया था, वे सारी टुकड़ियां युद्ध आरम्भ होते ही राक्षसों से लड़ने के लिए आश्रम में चली आई थीं। अतः राक्षसों की गतिविधि का किसी को ज्ञान नहीं था। राम सावधान हो गए। राक्षस अपनी बस्ती में भी हो सकते हैं और सम्मुख युद्ध के लिए आ सकते हैं। वे वन में इधर-उधर छिपे हुए भी हो सकते हैं और अवसर पाते ही गुप्त आक्रमण भी कर सकते हैं। वे आश्रम के पास कहीं छिपे हुए आश्रमवासियों की गतिविधियों का निरीक्षण भी कर रहे हो सकते हैं, आश्रमवाहिनी के आश्रम से निकलते ही वे आश्रम पर आक्रमण भी कर सकते हैं और आश्रम में पीछे रह गए लोगों को हानि पहुंचा सकते हैं–गुरु विश्वामित्र भी अभी आश्रम में ही हैं...

अन्ततः राम ने नायक पृथुसेन को उसके सैनिकों के साथ आश्रम की रक्षा के लिए रुकने का आदेश दिया। न तो पृथुसेन आश्रम में रुकना चाहता था, न उनके सैनिक ही इस बात से प्रसन्न थे। कदाचित वे लोग अपने पिछले व्यवहार का प्रतिकार करना चाहते थे। वे राक्षसों से युद्ध कर अपने पापों का प्रायश्चित्त कर राम के प्रति अपनी निष्ठा तथा स्वामिभक्ति प्रमाणित करना चाहते थे। राम उनके इस अतिरिक्त उत्साह को समझ रहे थे। अतः उन्होंने पृथुसेन से कहा था, "मैं तुमसे वही करने के लिए कह रहा हूं। जो स्वयं तुम्हारी और तुम्हारे सैनिकों की इच्छा है। अतीत का प्रतिकार। तुमने अब तक सिद्धाश्रम को असुरक्षित छोड़ा है, आज उसकी रक्षा करो।"

पृथुसेन को सहमत होना पड़ा, और आश्रम की ओर से कुछ निश्चिन्त होकर राम ताड़का वन की ओर बढ़ गए।

राक्षसों की गतिविधि के विषय में कोई भी सूचना न होने से सावधानी बहुत आवश्यक थी। अतः राक्षस शिविर से बहुत पहले ही राम रुक गए। उन्होंने विभिन्न ग्रामों के योद्धाओं को उन्हीं के मुखिया के अधीन अनेक टोलियों में बांट दिया। उन टोलियों को उन्होंने थोड़ी-थोड़ी दूरी पर अर्धवृत्त के रूप में फैला दिया। वे सारी टोलियां एक साथ आगे बढ़ रही थीं...

राक्षस-शिविर की सीमा तक वे लोग निर्विघ्न आ गए। किन्तु, अब तक कोई राक्षस युद्ध करने तो नहीं ही आया, उन्हें कहीं कोई राक्षस दिखाई भी नहीं पड़ा था। इसके दोनों अर्थ हो सकते हैं–या तो राक्षस भयभीत होकर बस्ती से भाग गए थे, या फिर वे लोग शिविर के भीतर छिपे अन्तिम युद्ध के रूप में गुप्त आक्रमण करने के लिए तैयार बैठे थे। ग्रामीण टोलियों और आश्रमवाहिनी के इतने कोलाहल के पश्चात भी कोई राक्षस सम्मुख नहीं आया था, अतः सम्मुख-युद्ध की कोई सम्भावना अब नहीं थी।

शिविर के भीतर प्रवेश करना अनिवार्य हो गया था। बाहर रुककर राक्षसों की प्रतीक्षा करना निरर्थक था। अनेक टोलियां शिविर में पहले प्रवेश करने का प्रस्ताव कर चुकी थीं। किन्तु राम किसी एक टुकड़ी को भीतर भेजकर सूचना मंगवाने के पक्ष में नहीं थे। अन्त में आगे-आगे राम तथा लक्ष्मण ने शिविर में प्रवेश किया, उनके पीछे एक के बाद एक सारी टोलियां भीतर घुस गईं।

यद्यपि यहां राक्षस परिवारों का वास था, किन्तु इस स्थान का रूप एक सामान्य बस्ती का-सा न होकर, एक सैनिक शिविर का-सा था। कदाचित पूर्व-राक्षस राज्यों के समय के भवनों को तोड़कर, अथवा उनमें परिवर्तन इत्यादि कर, उन्हें वर्तमान रूप दिया गया था।

किन्तु, इस समय सारी बस्ती में कहीं कोई प्राणी दिखाई नहीं पड़ रहा था। जीवित व्यक्ति का कहीं कोई स्वर नहीं था। चारों ओर पूर्ण स्तब्धता थी। कोई वीर राक्षस बाहर निकलकर युद्ध करने नहीं आया, किसी ने राक्षस-राज रावण के इस शिविर के प्रति अपना दायित्व नहीं निभाया।

राम शिविर के मध्य में एक ऊंचे स्थान पर बैठ गए। उनकी दाईं ओर कुछ हटकर हाथ में धनुष पकड़े लक्ष्मण किसी आकस्मिक आक्रमण से रक्षा के लिए सन्नद्ध खड़े हो गए।

राम ने उच्च स्वर में टोलियों को सम्बोधित किया, बन्धुओं! युद्ध के लिए राक्षस नहीं आए हैं। सम्भव है कि वे लोग भयभीत हो भाग गए हों; किन्तु यह भी सम्भव है कि वे लोग यहीं-कहीं छिपे बैठे हों और कपट-युद्ध के लिए अवसर देख रहे हों। इसलिए सावधानी से काम लें। दिशाएं और क्षेत्र बांट लें और अपने-अपने मुखियों के नेतृत्व में चारों ओर की टोह लें। राक्षसों का चिह्न मिलते ही मुझे सूचित करें।"

ग्रामीण वाहिनी और आश्रमवाहिनी के मुखिया लोग अपनी-अपनी टोलियों को लेकर सावधानी से विभिन्न दिशाओं में चले गए।

राम और लक्ष्मण सचेत हो, सूचनाओं की प्रतीक्षा करते रहे...। किन्तु समय बीतता गया और राक्षसों की उपस्थिति की कहीं से भी कोई सूचना नहीं मिली।

लक्ष्मण अधीर होने लगे। मन कहीं खीझ उठा। यह कैसा युद्ध है, कि बैठे प्रतीक्षा करते रहो। ऐसी परिस्थितियों में, जबकि शत्रुओं का पता हो, उनके घर में घुसे बैठे हों, एक स्थान पर स्थिर खड़े रहना, जैसे लक्ष्मण न हों, कोई पेड़ हो, कठिन काम था। उनके पग चंचल होते जा रहे थे। मुख पर अधीरता और उग्रता के भाव बढ़ते जा रहे थे। मन होता था, अभी धनुष हाथ में ले, सारे राक्षस-शिविर का एक चक्कर लगा आएं...पर राम अपने स्थान पर धैर्यपूर्वक शान्त बैठे थे। सचेत और सतर्क वे भी थे, किन्तु अशान्त नहीं थे।

"कोई समाचार नहीं आया भैया।" लक्ष्मण धीरे से बोले।

"आ जाएगा।" राम मुस्कुरा रहे थे।

सन्ध्या ढल रही थी। अन्धकार अपने आने की पूर्व सूचना दे रहा था।

विभिन्न टोलियों के मुखिया शोध के पश्चात अपनी टोलियों के साथ लौटते रहे और राम के सम्मुख नए-नए तथ्य उद्घाटित होते रहे। उनके शोध का परिणाम राम के सामने था–अनेक अपहृता युवतियां, स्वर्ण के ढेर, अमूल्य मणि-माणिक्य, मदिरा के बड़े-बड़े अनेक भांड, स्नायु-उत्तेजक विभिन्न औषधियां, विभिन्न प्रकार के विष, मानव-मुंड तथा अस्थियां, अनेक लौह-खड्ग, बर्छे-भाले...हिंसा और विलास के साथ, अत्याचार के उपकरण...

राम की पीड़ा गहराती गई। एक विषाद-सा उनके मन पर छाता चला गया। इतना अत्याचार! इतना कि जिसे शब्द न दिए जा सकें। और इन जनपदों की प्रजा सब-कुछ सहती चली गई। उनके भीतर विरोध नहीं जागा, आक्रोश नहीं जागा, आत्मविश्वास नहीं जागा...। उनकी सहायता को कोई नहीं आया। उनके ग्रामों के मुखिया थे। आसपास अनेक आश्रम थे, ऋषि-मुनि थे। सेनानायक और शासन-प्रतिनिधि थे। सम्राट थे। इन दुखियों की सहायता को कोई भी नहीं आया...। और अब इस सारे अत्याचार के पश्चात वे राक्षस जीवित निकल गए थे। वे कहीं और जाकर ऐसा ही शिविर बनाएंगे। फिर ऐसे ही अत्याचार करेंगे...

राम को ही कुछ करना होगा।

वे ही करेंगे।

इन राक्षसों का नाश। अत्याचारी से दुर्बलों की रक्षा। जन-सामान्य में न्याय, समता, वीरता और आत्मनिर्भरता के भावों की उत्पत्ति। उन्हें शिक्षित करना होगा। उन्हें जगाना होगा। राम ही करेंगे...।

राम का मन गुरु विश्वामित्र के प्रति कृतज्ञता और श्रद्धा से आप्लावित हो उठा। गुरु ने उन्हें कैसी दीक्षा दी है–रक्त-दीक्षा। और यही दीक्षा राम, जन-साधारण को देने जा रहे हैं।

राम की आंखों के सम्मुख एक नया संसार जाग रहा था।

राम स्वयं ही भीतर से कहीं बहुत बदल चुके थे।

वह सन्ध्या, अब तक की समस्त सन्ध्याओं से सर्वथा भिन्न थी। पहले कभी ऐसा अवसर नहीं आया, जब सिद्धाश्रम में इतने लोग एक साथ जमा हुए हों। अब तक आकर आश्रम में रहना तो दूर, उसके साथ किसी प्रकार का सम्पर्क रखना भी भय और जोख़िम का कार्य था। विश्वामित्र का

आश्रम निर्द्वन्द्व रूप से अन्याय और अत्याचार के विरोध का प्रतीक था–फिर अन्याय चाहे राक्षसों द्वारा हो, आर्यों द्वारा हो, शबरों द्वारा हो, निषादों द्वारा हो...इसलिए सिद्धाश्रम से सम्बद्ध प्रत्येक व्यक्ति को राक्षस अपने शत्रु के रूप में देखते थे। बहुलाश्व के पुत्र देवप्रिय जैसे अनेक आर्य भी आश्रम से सम्बन्धित लोगों से प्रायः रुष्ट ही रहते थे। अतः जन-सामान्य का खुले रूप से आश्रम के साथ सम्बन्ध रखना कभी सम्भव नहीं हो पाया था।...किन्तु आज वहां जैसे एक मेला लगा हुआ था।...

...और वातावरण कितना बदल गया था। राक्षसों के भय का कुहरा मिट गया था। लोगों के चेहरे कैसे प्रकाशित हो रहे थे। जैसे आज तक का दमित उल्लास एक बार ही प्रकट हो आया था।

किन्तु इस सारे उल्लास में कहीं विषाद की नमी प्रत्येक कण में विद्यमान थी। गुरु विश्वामित्र ने अपना यज्ञ पूरा कर लिया था और अब वे हिमालय में कौशिकी नदी के किनारे अपने पुराने आश्रम में लौट जाना चाहते थे। वे प्रातः ही चले जाने की तैयारी कर रहे थे। उन्हीं के साथ-साथ राम तथा लक्ष्मण भी चले जाएंगे...ठीक है कि अब राक्षसों का भय पूर्णतः समाप्त हो चुका था, बहुलाश्व और उसका अत्याचारी पुत्र भी मारे जा चुके थे। आश्रमवासी और ग्रामीण जनता अब साहस और आत्मविश्वास से इतनी भरपूर थी कि कोई अत्याचारी आंख उठाकर इधर देख भी नहीं सकता था। ...इन कारणों की आड़ में गुरु तथा राम-लक्ष्मण को न तो रोकने की आवश्यकता थी, और न रोका ही जा सकता था।...पर स्नेह कोई तर्क नहीं जानता, नहीं मानता। और स्नेह उन सबके मन में था।...प्रत्येक हंसते हुए मुखौटे के पीछे एक उदास चेहरा था। प्रत्येक मन में एक ही बात थी–कल प्रातः विश्वामित्र और राम-लक्ष्मण सदा के लिए सिद्धाश्रम से चले जाएंगे।... राम और लक्ष्मण कुटिया में गुरु के सम्मुख बैठे थे। गुरु अत्यन्त गम्भीर मुद्रा में ऐसे कठोर दिख रहे थे, जैसे अपने भीतर कोई युद्ध लड़ रहे हों, किसी परीक्षा से गुज़र रहे हों। उन्होंने राम और लक्ष्मण को सचेत दृष्टि से देखा और फिर जैसे अन्तर्मुखी से होकर बोलने लगे, "पुत्र! मोह अनावश्यक है, किन्तु वह अत्यधिक बली होता है। इतने दिनों के पश्चात मैंने इन आश्रमवासियों को तथा ग्रामीणों को इस प्रकार प्रसन्न देखा है। इन्हें छोड़ने को मन नहीं मानता, किन्तु कार्य पूर्ण हो जाने की अवधि के पश्चात रुके रहना उचित नहीं है। यहां मेरा कार्य समाप्त हो गया है, अब यदि मैं अनावश्यक अटका रहा तो व्यर्थ अपना क्षय करूंगा और उन समस्त दायित्वों की उपेक्षा करूंगा, जो मेरी प्रतीक्षा कर रहे हैं। पुत्रों! तुम दोनों के लिए भी यह सत्य है। तुम्हारा भी यहां का कार्य पूर्ण हो गया है।"

"हम प्रातः अयोध्या लौट जाएंगे गुरुदेव!" राम ने सस्मित कहा।

"यहां से तो चल पड़ना है पुत्र! किन्तु अभी अयोध्या नहीं लौटना है।" गुरु अपनी अन्तर्मुखी मुद्रा से मुक्त हो चुके थे। वे इस समय पूर्णतः जागरूक तथा किंचित चपल लग रहे थे।

"हम लोग कहां चलेंगे ऋषिवर?" लक्ष्मण के स्वर में निहित उल्लास मुखर हो उठा।

राम मुस्कुराए। वे जानते थे, उनकी उपस्थिति में, अपने संकोच के कारण, लक्ष्मण गुरु से सीधे बहुत कम बात करते थे। किन्तु अयोध्या से विश्वामित्र के साथ आने के पश्चात लक्ष्मण ने जो एक नया संसार देखा था, वह अद्भुत था। अब यहां से तुरन्त अयोध्या लौटकर महलों में रहना लक्ष्मण को प्रिय नहीं था। अतः कहीं और चलने के प्रस्ताव से उनका उत्सुक तथा उल्लसित हो उठना, स्वाभाविक ही था।

लक्ष्मण की उत्कंठा पर गुरु भी तनिक मुस्कुराए और फिर जैसे गम्भीर हो गए, "पुत्र! मैं जिस उद्देश्य से तुमको तुम्हारे पिता से मांगकर लाया था, वह ताड़का, मारीच और सुबाहु का नाश-मात्र नहीं था। वह उद्देश्य उससे कुछ बड़ा है। वह तो भविष्य में होनेवाले एक बड़े संघर्ष की तैयारी है पुत्र!

अतः चाहता हूं कि अयोध्या लौटने से पहले तुम्हें हर तरह से तैयार कर दूं–संघर्ष के सारे सूत्र जोड़ दूं।...मैं कल मिथिला के लिए चलूंगा राम! तुम लोग भी मेरे साथ चलो। वहां तपस्वी नृप सीरध्वज जनक का यज्ञ देखना, और भविष्य के लिए उन समस्त सूत्रों को भी ग्रहण करना..."

राम और लक्ष्मण दोनों ने ही सहमति में सिर झुका दिए।

ग्यारह

प्रातः जागकर राम ने देखा सारा सिद्धाश्रम उनसे भी पहले जाग उठा। सम्भव है, आश्रम-निवासी रात-भर सोए ही न हों, या बहुत थोड़े समय के लिए सोए हों। किन्तु किसी भी व्यक्ति के चेहरे के भाव देखकर निश्चित रूप से कहा जा सकता था कि वे लोग उल्लासपूर्वक उन्हें विदा देने के लिए, इतनी सुबह जागकर तैयार नहीं हुए थे। उनके चेहरों पर विदाई के समय राम, लक्ष्मण और गुरु विश्वामित्र के दर्शनों से वंचित रह जाने की आशंका का भाव अधिक मुखर था। कोई नहीं कह सकता था कि उस समय गुरु का आश्रम से जाना उन्हें अधिक खल रहा था, अथवा राम-लक्ष्मण का।

राम और लक्ष्मण गुरु को प्रणाम करने उनकी कुटिया में पहुंचे तो देखा, गुरु पहले से ही तैयार थे और आश्रम के मुख्य-मुख्य व्यक्ति पहले से ही गुरु को घेरकर बैठे हुए थे। सामान्य आश्रमवासी, तथा ग्रामवासी जो गुरु तथा राम-लक्ष्मण की विदाई तक के लिए आश्रम में ही रुक गए थे, एक-एक कर कुटिया में आ रहे थे, और प्रणाम कर बाहर निकलते जा रहे थे।

गुरु की कुटिया से सिद्धाश्रम के प्रमुख द्वार तक के मार्ग के दोनों ओर भीड़ लगी हुई थी। जाते हुए राम-लक्ष्मण और गुरु को अधिक-से-अधिक समय तक देख पाने की एक होड़-सी लगी हुई थी।

वातावरण गम्भीर तथा भावुक था। गुरु ने अनेक लोगों को आश्रम के अनेक दायित्व सौंप दिए थे। थोड़ी-थोड़ी देर में वे किसी को कोई अनुदेश दे देते थे। पुनः कोई बात याद आ जाने पर फिर कुछ कह देते।

अन्ततः गुरु उठे। उन्होंने भुजा उठाकर उपस्थित जनसमूह को आशीर्वाद दिया, आचार्य विश्वबन्धु को भुजाओं में भरकर वक्ष से लगाया, मुनि आजानुबाहु के सिर पर हाथ रखा और बाहर की ओर चल पड़े। किन्तु आजानुबाहु को लेकर उनके साथ आज फिर वही हुआ था, जो सदा से होता आया था–आजानुबाहु की आंखों में आज फिर उपालम्भ था। गुरु की निष्क्रियता के प्रति नहीं, कदाचित सक्रियता के प्रति। वे आंखें बार-बार शब्दशून्य उपालम्भ दे रही थीं–"आज जब पहली बार आपकी सक्रियता पर विश्वास हुआ तो आप हमें छोड़कर चल दिए कुलपति!'

पर गुरु रुक नहीं सकते थे।

बीच में विश्वामित्र थे, उनके दाएं-बाएं राम-लक्ष्मण थे और पीछे-पीछे गुरु के साथ जानेवाले तपस्वी, आश्रम के मुख्यगण तथा कुछ ग्रामों के मुखिया थे। मार्ग के दोनों ओर जमा लोग, अवरुद्ध कंठों से गुरु तथा राम-लक्ष्मण की जय बोल रहे थे। उनकी आंखों से अश्रु तथा हथेलियों से पुष्प झर रहे थे। पुष्प-वर्षा करते हुए, हाथ रोककर वे अपने अश्रु पोंछ लेते थे और पुनः पुष्प बिखेरने लगते थे। बीच-बीच में कोई व्यक्ति आकर कभी गुरु के और कभी राम के चरणों से चिपट जाता, उन लोगों की गति थम जाती। उस व्यक्ति को उठाकर स्नेहपूर्वक समझाया जाता, और वे लोग फिर आगे बढ़ने लगते।

सिद्धाश्रम के मुख्य द्वार पर पहुंचकर गुरु तथा राम-लक्ष्मण ने सबसे विदा ली और वन में प्रवेश

करने के लिए मुड़े। तभी कोई असाधारण तेज़ी से आकर राम के सम्मुख झुका और उसने अपना माथा राम के चरणों पर रख दिया। सब लोग रुक गए। विदाई के समय अनेक लोगों ने प्रणाम किया था, किन्तु यह प्रणाम असाधारण था। "उठो देवि!" राम ने अत्यन्त कोमल वाणी में स्नेहपूर्वक आदेश दिया।

युवती के मुख ऊपर उठाते ही राम ने पहचाना, यह वनजा थी। उसका सारा मुख अश्रुओं से भीगा हुआ था वह और सिसकियां ले-लेकर रो रही थी। उसके पीछे-पीछे अनेक अन्य युवतियां भी भीड़ से निकलकर उसके पीछे कुछ दूरी पर आकर खड़ी हो गई थीं। उनमें से अनेक को राम पहचानते थे, कुछ को नहीं भी पहचानते थे। कदाचित वे सब वे अपहृता युवतियां थीं, जिन्हें कल सन्ध्या समय राक्षस-शिविर से मुक्त कराया गया था।...

राम का मन करुणा-विह्वल हो उठा। गुरु विश्वामित्र की उपस्थिति में भी वनजा ने अपना माथा उनके चरणों पर रखा था। क्यों?

"व्याकुल क्यों हो वनजा?" राम का स्वर और भी कोमल हो उठा था।

वनजा ने हथेली की पीठ से अपने अश्रु झटककर आंखें स्वच्छ की, मख ऊपर उठाकर राम को देखा, और रोते हुए अवरुद्ध तथा अनियन्त्रित स्वर में बोली, "आर्य! मेरे पति को मारकर राक्षस खा चुके हैं। मैं अपहृत की गई अबला हूं, जो समाज की दृष्टि में पतित हो चुकी है। इस समय मैं किसी राक्षस का गर्भ वहन कर रही हूं। ऐसी अवस्था में आप मुझे किस के भरोसे छोड़कर जा रहे हैं प्रभु? यदि इस प्रकार निर्मम संसार में प्रताड़ना सहने और अपमानित होने के लिए निराश्रित ही छोड़ना था तो हमें आपने मुक्त ही क्यों कराया!"

राम की दृष्टि वनजा से हटकर अन्य युवतियों के चेहरों पर भी घूम गई। वे सब भी प्रायः वही कहना चाह रही थीं, जो वनजा ने कहा था। राम के मुख पर करुणा और स्नेहमिश्रित मुस्कान फैल गई।

"देवियों! व्यथा त्यागो। अपने भविष्य के निर्माण में अतीत को भूलने का प्रयत्न करो। तुम लोग यद्यपि अपने घरों को नहीं लौट सकतीं, तो भी स्वयं को निराश्रित मत समझो। यह आश्रम और यह जनपद तुम्हारा घर है। मैं तुम्हें निराश्रित नहीं छोड़ रहा। मैं तुम्हें राम के संरक्षण में छोड़ रहा हूं। वह तुममें से एक है–गगन। वही तुम्हारा अभिभावक है। उसके सम्पर्क से यहां अनेक और रामों का निर्माण होगा। अपना आत्मविश्वास मत छोड़ो। और मुझे दूर मत समझो। तुम्हें जब भी मेरी आवश्यकता होगी–मैं आऊंगा। बार-बार आऊंगा। दाशरथि राम शपथपूर्वक तुम्हें वचन देता है कि वह तुम्हारे बुलाने पर अवश्य आएगा। पर तुम्हें मेरी आवश्यकता नहीं पड़ेगी, क्योंकि स्वयं तुममें राम बनने की सामर्थ्य है...। उठो देवि। स्वयं को हीन, तुच्छ और निराश्रित मत जानो।"

वनजा उठ खड़ी हुई। उसकी आंखों में अब भी अश्रु थे, किन्तु ये अश्रु व्यथा के न होकर, कृतज्ञता के थे। उसने मुस्कुराने का प्रयत्न किया, और उस प्रयत्न में पुनः रो पड़ी।

तभी गगन ने आकर अपना माथा धरती पर टेक दिया, "मैं धन्य हुआ राम। आपका प्रभाव मैं जान गया आर्य! आप जहां-जहां जाएंगे, अनेक रामों का निर्माण करेंगे। आपके चरण जिस धरती पर पड़ेंगे, वहीं अत्याचार के विरुद्ध लोग उठ खड़े होंगे। रघुवर। मैं आपको वचन देता हूं कि इन युवतियों को मैं अपनी भगिनी के सम्मान के साथ रखूंगा। आपका दिया दायित्व सफलतापूर्वक पूर्ण कर, आपके विश्वास की रक्षा करूंगा..."

वृद्ध गुरु की आंखों से अश्रु टपककर दाढ़ी में खो गए। कंठ को स्वच्छ करते हुए धीमे स्वर में बोले, "पुत्र राम! आओ अब चलें।"

द्वितीय खंड

सिद्धाश्रम से चलकर विश्वामित्र के पग जितनी तेज़ी से आगे बढ़ रहे थे, मन उतनी ही तीव्रता से पीछे की ओर लौट रहा था। पच्चीस वर्ष हो चुके थे; पर आज भी वे उन घटनाओं को भुला नहीं पाए थे। वे समस्त घटनाएं, आज भी उनके मन में उतनी ही जीवन्त हैं, जैसे अभी कल की बात हो। मन के स्थिर होने पर, समय तनिक-सी विस्मृति की काई बिछाता भी है, तो घटनाओं का कोई-न-कोई झकोरा आकर, उस काई को छेद जाता है। अतीत, जैसे फिर से वर्तमान बनकर मन पर छा जाता है–फिर से छिल गए पुराने घाव के समान। इन दिनों उन पुरानी घटनाओं की, विश्वामित्र ने बार-बार जुगाली की है; पर वनजा ने अपनी पीड़ा से जैसे उन घटनाओं को फिर से आकार देकर, उनके सामने साक्षात खड़ा कर दिया था। बाहर की घटनाओं की पीड़ा ने उनके अपने मन में जमी पीड़ा के साथ स्वयं को एकरूप कर दिया है। जैसे किसी और व्यक्ति के मृत शिशु को देखकर, मां को अपने शिशु की मृत्यु की याद आ जाए, और उसे सान्त्वना देते-देते, वह स्वयं अपनी पीड़ा से रो पड़े।

विश्वामित्र की दृष्टि बहिर्मुखी हुई। उन्होंने राम की ओर देखा।

"राम!"

राम की आंखें गुरु की ओर घूमी। गुरु बड़े उत्साह-शून्य से लग रहे थे।

"पुत्र! आज एक पुरानी कथा सुनाने को मन हो रहा है।" यान्त्रिक ढंग से आगे बढ़ते हुए लक्ष्मण के पग एकदम रुक गए, "गुरुदेव! कथा मैं भी सुनूंगा। मुझे कथाएं बहुत अच्छी लगती हैं, पर वैसी कथा तो नहीं सुनाएंगे न जैसी दासी वामा सुनाया करती है। मुझे पशुओं-वशुओं की कथाएं एकदम अच्छी नहीं लगती।"।

राम स्नेह-भरी आंखों से लक्ष्मण को देखकर मुस्कुराए।

"तुम्हें कैसी कथाएं अच्छी लगती हैं लक्ष्मण?" विश्वामित्र का अवसाद कुछ क्षीण हुआ।

"मुझे ऐतिहासिक कथाएं अच्छी लगती हैं, विशेषकर न्यायी पुरुषों के वीरतापूर्ण युद्धों की।" लक्ष्मण का स्वर उत्साह से भरा-पूरा था, "मेरी मां कहती हैं, क्षत्रियपुत्र को वीरता की कथाएं ही सुननी चाहिए।"

"पर सौमित्र," विश्वामित्र की वाणी कुछ शिथिल हो गई, "जो कथा मैं सुनाना चाह रहा हूं वह किसी विजयी वीर की नहीं है, हां वह, ऐतिहासिक अवश्य है।"

"तो ठीक है।" लक्ष्मण के चेहरे का द्वन्द्व छंट गया, "शत्रुघ्न सदा परियों की कहानियां सुनता है, इतना बड़ा होकर भी। मुझे वे एकदम अच्छी नहीं लगती। ऐतिहासिक कथा ठीक है.."।

विश्वामित्र ने राम की ओर देखा। लक्ष्मण ने बीच में राम को बोलने का अवसर नहीं दिया था। वैसे भी राम कुछ बोलने को उत्सुक नहीं लग रहे थे। पर, जिस ढंग से वे उन्हें देख रहे थे, उस दृष्टि में मानो अनेक प्रश्न थे : ऐतिहासिक कथा क्यों सुनाना चाहते हैं ऋषिवर। इतिहास ही क्यों नहीं सुनाते?...कथा ही सुननी है, तो इतिहास बीच में आवश्यक क्यों है...?

विश्वामित्र अनायास ही इन प्रश्नों का समाधान करने लगे, "पुत्र! जो कुछ मैं सुनाने जा रहा हूं, है वह इतिहास ही...। सम्भव है, इसके कुछ अंश उड़ते-उड़ते तुमने कहीं से सुने भी हों। पर मैं इसे

इतिहास के रूप में नहीं सुना रहा हूं। मैं कथा के रूप में ही सुनाऊंगा। यह इसलिए कि मैं तुम्हें वह सब बता सकूं, जो कुछ मैंने देखा है, जो कुछ मैंने सुना है, जो कुछ मैंने समझा और अनुमान किया है, जो कुछ मैंने कल्पना की है... ।"

"कथा क्या ऐसे ही बनती है गुरुवर?" लक्ष्मण की आंखों में किंचित विस्मय था।

"हां पत्र। कथा ऐसे ही बनती है।" विश्वामित्र बोले, "जब आख्याता ईश्वर के समान सर्वज्ञ होकर तथ्यों और पात्रों के मन में जा समाता है–वह सब-कुछ जानता है। वह तथ्यों और पात्रों के आर-पार देख सकता है, पारदर्शी स्वच्छ जल के समान, जब उसकी सूचनाओं में कोई अभाव नहीं रहता, कुछ छूटता नहीं, वह सारी रिक्तियां अपनी कल्पना और अनुभूति से भर देता है, तो वह कथा होती है लक्ष्मण।"

"सुनाएं गुरुदेव।" लक्ष्मण उल्लसित हो उठे, "कितना मज़ा रहेगा–भैया राम का संग, प्रकृति की शोभा, नए-नए स्थान, और गुरुदेव सुना रहे हों, ऐतिहासिक कथा!"

"तो सुनो पुत्र!" गुरु फिर कहीं अन्यन्त्र खो गए। वे अपने मन का निरीक्षण कर रहे थे, उसमें बसी घटनाओं और चित्रों को उलट-पलट रहे थे। वे किसी और ही संसार में जा पहुंचे थे।

राम और लक्ष्मण, गुरु से सटते हुए से, उत्सुक दृष्टि से उनके मुख की ओर देखते हुए-से चल रहे थे। पुनर्वसु तथा अन्य ब्रह्मचारी भी अपनी नियमित दूरी छोड़कर, अपेक्षाकृत कुछ निकट आ गए थे। केवल सामान ढोनेवाले छकड़े ही पीछे छूट गए थे।

गुरु ने कथा आरम्भ की–

"गौतम का अनेक वर्षों पुराना स्वप्न आज पूरा हुआ था।

"मिथिला प्रदेश ही नहीं, उसके बाहर से भी अनेक ऋषि अपने पट्ट शिष्यों के साथ उनके आश्रम में पधारे थे। गौतम और उनके आश्रम को ही नहीं, मिथिला प्रदेश के 'ज्ञान' को मान्यता मिली थी। सात दिनों का सम्मेलन था। सात दिनों तक ये समस्त अभ्यागत ऋषि उनके आश्रम की शोभा बढ़ाएंगे। वे लोग व्याख्यान देंगे, मिलकर विचार-विमर्श करेंगे। अनेक समस्याएं और गुत्थियां सुलझाएंगे। और सबसे बड़ी बात यह थी कि उन ऋषियों के साथ आए सैकड़ों ग्रन्थ इन दिनों गौतम के आश्रम के किसी भी ब्रह्मचारी के लिए सहज उपलब्ध होंगे। इन सात दिनों में जो आचार्य, मुनि अथवा ब्रह्मचारी इन ग्रन्थों को लेकर जितना परिश्रम करेगा, वह उतने ही लाभ में रहेगा।

"गौतम का अपना मन अभ्यागतों के द्वारा प्रदर्शित इन ग्रन्थों के प्रति अत्यन्त लोलुप हो रहा था। कोई नवीन ग्रन्थ देखते ही, उनके भीतर बैठा ग्रन्थों का लोभी कोई राक्षस जाग उठता है। मुंह से लार टपकने लगती है। इच्छा होती है, सारे ग्रन्थ पढ़ जाएं, उनकी प्रतिलिपि कर लें, उन्हें किसी प्रकार अपने पास रख लें...। गौतम ने अपने प्रत्येक लोभ को जीता है, किन्तु ग्रन्थ-लोभ को वे नहीं जीत पाए हैं। जीतना चाहते भी नहीं। इस लोभ को तो वे सायास पोषित कर रहे हैं। जितना बढ़ सकता है, बढ़ा रहे हैं...यही तो उनका धन है, उनके जीवन की उपलब्धि है।

"कोई और समय होता, तो वे स्वयं भोजपत्र तथा लेखनी, लेकर जुट जाते और अधिकाधिक ग्रन्थों की प्रतिलिपियां तैयार कर लेते; किन्तु इस समय वह सम्भव नहीं है। आश्रम में इतने अभ्यागत आकर ठहरे हुए हैं। यदि गौतम स्वयं ग्रन्थों की प्रतिलिपियां तैयार करने में लग गए, तो इन अभ्यागत ऋषियों, आचार्यों और ब्रह्मचारियों की देखभाल कौन करेगा? इन अभ्यागतों के साथ चर्चाएं-वार्ताएं होंगी, चिन्तन-मनन होगा, यज्ञ होंगे...। गौतम ग्रन्थों की प्रतिलिपियों के लिए अधिक समय नहीं दे

सकते। यह काम उन्हें आश्रम के आचार्यों तथा ब्रह्मचारियों पर ही छोड़ना होगा। कुछ महत्त्वपूर्ण ग्रन्थों का कार्य अवश्य वे अपने हाथ में लेंगे...।

"सन्ध्या होते-होते, महाराज सीरध्वज जनक भी सम्मेलन में भाग लेने के लिए आ पहुंचे। उनके आने से प्रसन्नता तो सबको ही हुई थी, किन्तु गौतम विशेष रूप से हर्षित थे। सीरध्वज मिथिला के सम्राट थे, उनके इस प्रकार सम्मेलन में सम्मिलित होने का अर्थ था–धन तथा रक्षा की दृष्टि से आश्रम की पूरी निश्चिन्तता। प्रत्येक ऋषि को अपने आश्रम के लिए, इस प्रकार के राजाश्रय की आकांक्षा बनी रहती थी। किन्तु, राजाश्रय के कारण, आश्रम में शासन के अवांछित हस्तक्षेप तथा आश्रम के कुलपति की स्वतन्त्रता पर राज-अंकुश लगने का जो भय होता है, वह यहां नहीं था। सीरध्वज जनक शासक होने के साथ-साथ स्वयं भी ऋषि थे। उनका इस प्रकार आना, गौतम के लिए अत्यन्त आनन्द का विषय था। इससे भी बढ़कर, आनन्द की एक और सूचना सीरध्वज लाए थे। गौतम का सीरध्वज के माध्यम से भेजा गया निमन्त्रण देवराज इन्द्र ने स्वीकार कर लिया था, और वे रात्रि से पूर्व ही आश्रम में पहुंच रहे थे।

"इस सूचना के मिलते ही, गौतम तथा उनके सहयोगियों का ध्यान सीरध्वज की ओर से हटकर, इन्द्र के आगमन की ओर चला गया। देवराज शक्ति और महिमा की दृष्टि से मिथिला नरेश से कहीं अधिक महत्त्वपूर्ण थे। सीरध्वज स्वभाव से सज्जन व्यक्ति हैं। उन्होंने स्वयं, इन्द्र के स्वागत के लिए आश्रम को सुसज्जित करने में गौतम को सहयोग दिया। उनका कहना था कि मिथिला प्रदेश के किसी भी आश्रम में आनेवाले अभ्यागतों के आतिथेय का कर्तव्य, स्वयं मिथिला-नरेश का है।

"उस थोड़े से समय में, आश्रम में उन द्वारों तथा मार्गों को यथासम्भव अलंकृत कर दिया गया, जिनसे होकर देवराज के आने की सम्भावना थी। उन समस्त मार्गों तथा द्वारों पर, इन्द्र के स्वागत के लिए अनेक ब्रह्मचारियों को नियुक्त कर दिया गया। कुछ टोलियों को निर्देश दिया गया कि वे ऊंचे-ऊंचे वृक्षों पर चढ़कर, देवराज इन्द्र के आने के सम्भावित मार्गों पर दृष्टि रखें और उसको देखते ही सूचनार्थ निश्चित संकेत दें।

"गौतम की निजी कुटिया के एकदम साथवाला सबसे बड़ा तथा विशिष्ट कुटीर, जो अब तक कदाचित मिथिला-नरेश के लिए ख़ाली रखा गया था विशेष रूप से पुनः झाड़-बुहार कर, पुष्पों से सुवासित किया गया। उसमें देवराज इन्द्र के लिए उत्तम भोज्य पदार्थ प्रस्तुत किए गए; और आश्रम के नियमों के सर्वथा विरुद्ध, उस कुटीर में देवराज के लिए मदिरा का प्रबन्ध किया गया...।"

"मदिरा।" सहज गति से आगे बढ़ते हुए राम के पैर रुक गए।

प्रवाह बाधित हो गया। लय टूट गई। लक्ष्मण तथा ब्रह्मचारीगण भी रुक गए। विश्वामित्र को थम जाना पड़ा।

"देवराज मदिरापान करते हैं?" राम के स्वर का आवेश मुखर था।

"हां पुत्र।" विश्वामित्र विषादपूर्ण स्वर में बोले, "यह अत्यन्त दुखद और शोचनीय प्रसंग है राम! आर्य-संस्कृति से मूलभूत स्रोत, देव जातियों ने अपने वैभव से विक्षिप्त होकर, भोग की ओर मदान्ध पग बढ़ाए हैं। उनके क्षय का मूल कारण उनका यही विलास है पुत्र! अपने इस विलास के कारण ही अनेक बार उन्हें राक्षसों, दैत्यों तथा अन्य जातियों के हाथों पराजित होना पड़ा है। वैभव अपने-आप में विष भी होता है पुत्र! यदि व्यक्ति में चरित्र की दृढ़ता, आत्मबल और जनकल्याणोन्मुखी दृष्टि न हो तो वह जाति के वैभव को निजी वैभव मानकर, सम्पूर्ण प्रजा में समान वितरण न कर, स्वयं

उसका भोग कर देता है। यह अत्यन्त खेदपूर्ण तथ्य है पुत्र, कि देव जातियों के अनेक शासकों ने विलास तथा चरित्रहीनता की सीमाओं का बुरी तरह अतिक्रमण किया है...।"

"तो लोग ऐसे चरित्रहीनों का सम्मान क्यों करते हैं?" लक्ष्मण के मन की तड़प उनके चेहरे पर अंकित थी, "चरित्रहीन व्यक्ति तो कितना भी समृद्ध, वैभवशाली तथा सत्ता-सम्पन्न क्यों न हो, आग्रहपूर्वक उसका अपमान किया जाना चाहिए। धन, सत्ता, पद अथवा ज्ञान की औषध से चरित्रहीनता का विष तो नहीं कटता गुरुदेव। मेरी मां कहती हैं कि चरित्रहीन का कदापि सम्मान मत करो, चाहे वह स्वयं तुम्हारा पिता ही क्यों न हो।"

"तुम्हारी मां एकदम ठीक कहती हैं पुत्र!" विश्वामित्र धीमे-से मुस्कुराए, "किन्तु सौमित्र! न तो हर किसी की मां देवी सुमित्रा जैसी तेजस्विनी होती है, और न हर पुत्र लक्ष्मण-सा जाज्वल्यमान अनल होता है..."

"किन्तु गुरुदेव!" राम का स्वर अत्यन्त गम्भीर था, "साधारण जन जो भी करें, ऋषि क्यों पद, सत्ता, शक्ति अथवा समृद्धि से अभिभूत होकर ऐसे चरित्रहीन व्यक्ति का न केवल स्वागत करता है, वरन उसे विशेष सुविधाएं देता है? यह क्या ऋषि-कर्म है? मैं ऐसे ऋषि को समाज में चरित्रहीनता को प्रोत्साहित करने का दोषी ठहराता हूं। उसे उसका दंड मिलना चाहिए।"

विश्वामित्र क्षण-भर के लिए अवाक रह गए। राम चिन्तन की मौलिक कसौटी है। यह आप्त वचनों को, आप्त चरित्रों को, आप्त प्रथाओं को चुपचाप स्वीकार नहीं करेगा। गुरु की आंखें किसी पीड़ा से भीग उठीं। कंठ में जैसे कुछ अटक गया...ब्रह्मचारियों की मंडली स्तब्ध खड़ी गुरु की पीड़ा देख रही थी...।

गुरु ने अपने-आप को संभाला, "मैं तुमसे सहमत हूं राम कि यह ऋषि-कर्म नहीं है। ऋषि का स्वरूप न्याय-स्वरूप है; किन्तु ऋषि भी मनुष्य है पुत्र! प्रत्येक ऋषि, मानवीय दुर्बलताओं से शून्यपूर्ण, न्याय-स्वरूप हो ही जाए, यह आवश्यक नहीं है...।"

"ऋषिवर!" लक्ष्मण का उत्तेजित कंठ फूटा।

"ठहरो लक्ष्मण। क्रोध न करो।" विश्वामित्र बोले, "मैं गौतम के इस कृत्य का समर्थन नहीं कर रहा। मैं तो यह कह रहा हूं कि परम्परा से चली आती अनेक मर्यादाओं को सामान्य लोग मन से कहीं असहमत होते हुए भी ढोते चले जाते हैं। जब कोई क्रान्तिकारी मौलिक व्यक्तित्व उन मर्यादाओं पर प्रहार करता है, तभी वे मर्यादाएं टूटती हैं और जनसामान्य उनका उल्लंघन कर पाता है। गौतम तपस्वी हैं, ज्ञानी हैं, सच्चरित्र हैं, किन्तु उनके व्यक्तित्व में मौलिक क्रान्ति का तत्त्व नहीं है...। पर फिर भी दंड मिला, गौतम को बहुत बड़ा दंड मिला पुत्र...।" विश्वामित्र की पीड़ा गहरा गई। उनका स्वर रुंध गया।

राम शान्त मन से खड़े ऋषि की पीड़ा को समझने का प्रयत्न कर रहे थे, और लक्ष्मण कुछ अटपटा-से गए थे। गुरु की आंखों में अश्रु उन्हें स्थिर नहीं रहने दे रहे थे। उनका बालक मन कोई उपाय नहीं ढूंढ़ पा रहा था...। सहसा उन्होंने आगे बढ़कर गुरु की भुजा पकड़कर हिलाई और मचलकर कहा, "गुरुदेव! कथा सुनाएं न..."

"कथा।" विश्वामित्र जैसे जाग पड़े, "हां कथा सुनो पुत्र।"

गुरु ने अपनी आंखें पोंछ लीं। मन को सहज कर लिया। उन्होंने पग आगे बढ़ा दिए। सब लोग चल पड़े।

कुटीर को पूर्णतः सुसज्जित कर, इन्द्र के आने की सूचना पाकर, अहल्या को संग ले गौतम उसके स्वागत के लिए आश्रम के मुख्य द्वार पर पहुंचे।

तब इन्द्र आज के समान वृद्ध नहीं था। वह ढलती आयु का प्रौढ़ पुरुष था। इन्द्र अपने आकाशगामी विमान से आया था। उसके साथ अनेक अन्य विमान थे, जिनमें उसके सैनिक, सेवक तथा दासियां थीं। उनका वैभव देवराज के अनुकूल ही था।

गौतम और अहल्या ने आगे बढ़कर उसका स्वागत किया, पूजन किया, और उससे आश्रम में पधारने की प्रार्थना की।

इन्द्र ने पूजन स्वीकार किया, सीरध्वज से भेंट की; अपने साथ आए सैनिकों तथा सेवकों को आश्रम से बाहर शिविर स्थापित कर ठहर जाने का आदेश देकर, उसने आश्रम में प्रवेश किया। यद्यपि उसने आश्रम में पदाति प्रवेश किया था, किन्तु उसका विमान उसके निजी सेवकों द्वारा आश्रम के भीतर उसके ठहरने के कुटीर के पास पहुंचा दिया गया था, ताकि आवश्यकता होने पर देवराज को कोई असुविधा न हो।

गौतम इन्द्र से बातचीत कर रहे थे। आश्रम में पधारने के लिए वे उसके प्रति आभार प्रकट कर रहे थे। किन्तु सभी उपस्थित जन ने देखा था कि इन्द्र का ध्यान गौतम तथा उनके आभार-ज्ञापन की ओर नहीं था। उसकी दृष्टि किसी-न-किसी व्याज से, प्रत्यक्ष अथवा अप्रत्यक्ष रूप से अहल्या की ओर घूम जाती थी। उसकी आंखों का भाव, आश्रम के कुलपति की अर्धांगिनी की श्रद्धा से सर्वथा अछूता था...। उसके भावों का कुछ-कुछ आभास, सभी को हो रहा था; किन्तु वह देवराज था, आश्रम में मिथिला-नरेश तथा कुलपति का आमन्त्रित अभ्यागत होकर आया था। धन, सम्पत्ति, सत्ता, शक्ति, मान-मर्यादा, पद इत्यादि की दृष्टि से सब पर भारी पड़ता था। फिर, चाहे आश्रम के बाहर ही ठहरे हुए क्यों न हों, उसके पास पर्याप्त सैनिक थे...। उसकी इन छोटी-मोटी अभद्रताओं के विरुद्ध आपत्ति नहीं की जा सकती थी।

अन्त में, कुटीर के द्वार पर उसे छोड़ते हुए गौतम ने कहा, "देवराज! हम आपके वैभव के अनुकूल, आपका आतिथ्य नहीं कर सकते, किन्तु आशा है, आश्रम-भूमि जानकर आप इन अभावों की ओर ध्यान नहीं देंगे।"

और इन्द्र ने, उपस्थित समुदाय के लिए सर्वथा अप्रत्याशित कर्म किया। वह अहल्या की ओर मुड़ा, "देवी अहल्या! आप जैसी त्रैलोक्य सुन्दरी के लिए यह अभावमय आश्रम तो अत्यन्त कष्टदायक होगा। मैं यहां से लौटकर आपके सुख के लिए कोई प्रयत्न करूंगा।"

उपस्थित समुदाय अटपटा गया। गौतम ज्वलन्त रोष से तपकर एकदम लाल हो गए। सीरध्वज की आकृति निष्प्रभ हो गई। अहल्या ने अत्यन्त पीड़ित तथा अपमानित दृष्टि से उपालम्भ-सा देते हुए, अपने पति की ओर देखा और कुलपति की धर्मपत्नी के कर्तव्य का निर्वाह करती हुई, अतिथि इन्द्र से बोली, "देवराज! आप हमारे लिए चिन्ता न करें। आश्रमवासी अपने धर्म का निर्वाह करते हैं। आश्रम के कुलपति की धर्मपत्नी के रूप में मिलनेवाला सम्मान ही मेरा सुख-वैभव है।"

और सबके देखते-देखते, अहल्या अपने पुत्र शत को गोद में उठा अपनी कुटिया की ओर चली गई।

इन्द्र को जैसे उपस्थित ऋषियों, आचार्यों तथा ब्रह्मचारियों में कोई रुचि नहीं रह गई। वह भी अपने कुटीर में विश्राम करने चला गया।

दो

गौतम दिन-भर सबसे अधिक व्यस्त रहे। वह नहीं जानते थे कि दिन-भर उनका पुत्र शत किसके पास रहा। वह नहीं जानते थे कि अहल्या कहां रही और क्या करती रही; पर जिस किसी समारोह में कुलपति का अपनी अर्द्धांगिनी के साथ उपस्थित होना आवश्यक था, वहां उन्होंने अहल्या को सदा उपस्थित पाया। वह जानते थे, अहल्या अपने दायित्व के प्रति पूर्णतः सजग थी। आश्रम के संचालन में अकेला कुलपति कभी भी समर्थ नहीं होता, यद्यपि नाम केवल कुलपति का ही होता है। कुलपति की पत्नी आश्रम के दैनिक कार्यक्रम का अनिवार्य अंग तो होती ही है, ऐसे सम्मेलनों के अवसर पर उसका दायित्व और भी बढ़ जाता है। इन सम्मेलनों में यज्ञों, गोष्ठियों, विचार-वार्ताओं, प्रवचनों के कारण कुलपति तो अपने स्थान से हिल भी नहीं सकता। उसकी पत्नी आश्रमवासियों तथा आए हुए अभ्यागतों की देखभाल तथा आतिथ्य इत्यादि तो करती ही है–यथा आवश्यकता, उन समारोहों में कुलपति के साथ उपस्थित भी होती है तथा अनिवार्य होने पर चर्चित समस्याओं पर अपना मत भी प्रकट करती है। वस्तुतः ऐसे सम्मेलनों की सफलता के लिए यह आवश्यक है कि कुलपति में बुद्धितर्क, ज्ञान की पिपासा, सहिष्णुता एवं ईमानदारी हो, तथा साथ-ही-साथ यह भी आवश्यक है कि कुलपति की पत्नी बुद्धिमती, विदुषी, नम्र तथा व्यवहारकुशल हो।

गौतम जानते थे कि उसकी पत्नी अहल्या में ये सारे गुण हैं। उन्हें पूरा विश्वास था कि अहल्या की सुव्यवस्था के कारण, आश्रम में सारे कार्य सुचारु रूप से चल रहे होंगे और बालक शत भी किन्हीं सुयोग्य हाथों में होगा, कदाचित आचार्य ज्ञानप्रिय की पत्नी सदानीरा के पास।...साथ ही कहीं वे पिछली सन्ध्या की घटना भूल नहीं पाते। इन्द्र का वह एक वाक्य! उपस्थित जन समुदाय पर उसकी प्रतिक्रिया, और अहल्या का वह मर्यादित-सन्तुलित उत्तर!

अहल्या उस घटना से काफ़ी विचलित हो गई थी, किन्तु गौतम जानते हैं कि वह अवसर की मर्यादा के प्रति कितनी जागरूक थी। उसने अपने मन को बांधा होगा, स्वयं को समझाया होगा और परिणामतः दिन-भर में जब कभी वह, किसी उत्सव में दिखाई पड़ी–पर्याप्त सन्तुलित और महिमामयी दिखी। उसने अपने आहत तथा अपमानित मान की मर्यादा की रक्षा की थी, अन्यथा जरा-सी असावधानी से सारा वातावरण बिगड़ जाता...

दिन के अन्तिम कार्यक्रम को पूर्ण कर, गौतम जब अपनी कुटिया के एकान्त में लौटे, तो रात का अन्धकार काफ़ी गहरा हो चुका था। शत को गोद में लिए, अहल्या दीपक के पास बैठी थी और अजाने ही कभी उसके बालों को और कभी उसके शरीर को, स्नेह-भरी हथेलियों से धीरे-धीरे सहला देती थी। किन्तु, गौतम की आंखों से छिपा नहीं रह सका कि अन्य दिनों के समान, शत को गोद में लिए होने पर भी, न तो उसका मन तुष्ट था, न उसकी आंखों से ममता ही झर रही थी। कहीं कुछ-न-कुछ असहज अवश्य था।

"आज कुछ शिथिल हो अहल्या!" गौतम ने निकट आ अहल्या के कन्धे पर हाथ रखा, "दिन-भर का कार्य बहुत अधिक था?"

"नहीं! कार्य की तो कोई बात नहीं!" अहल्या ने पुत्र पर से दृष्टि हटाकर पति को देखा, "किन्तु उस व्यस्तता के कारण, मैं दिन-भर में शत को तनिक भी समय नहीं दे सकी। दिन-भर मुझसे अलग रहा है, शत इसलिए इस समय काफ़ी चिपकू हो रहा है। गोद से उतरना ही नहीं चाहता। वैसे मुझे लगता है, इसे हल्का-सा ज्वर भी है। आप देखिए तो...।"

गौतम ने शत के माथे पर अपनी हथेली रखी। माथा गर्म था। पिता का स्पर्श पाकर शत ने आंखें खोल दीं। उन आंखों में भी ज्वर का ताप चढ़ा हुआ था।

"बेटे को ज्वर हो गया।" गौतम ने कहा।

शत ने शरीर के ताप से सूखे होंठों पर जीभ फेर उन्हें गीला किया और बड़ी धीमी आवाज़ में बोला, "पिताजी गोद में ले लो।"।

गौतम ने शत को गोद में उठा लिया। शत ने फिर से आंखें बन्द कर लीं। पर गौतम समझ रहे थे, वह नींद नहीं थी, ज्वर के कारण शरीर तथा मन की शिथिलता थी।

"चिकित्साचार्य को नहीं दिखाया?"

"दिन-भर तो मुझे अवकाश ही नहीं मिला।" अहल्या ने उत्तर दिया, "मैं आपसे थोड़ी ही देर पहले कुटिया में लौटी हूं। तभी सखी सदानीरा इसे मुझे देकर गई है। आज शत दिन-भर सदानीरा के पास ही रहा है। तब मैंने सोचा कि चिकित्साचार्य भी दिन-भर के कार्य से थके हुए होंगे, इस समय उन्हें क्या कष्ट देना। बच्चा ज्वर से शिथिल हो गया है। कोई गम्भीर बात नहीं है। कल प्रातः उन्हें दिखा दूंगी।"

"ठीक कहती तो अहल्या," किन्तु गौतम पूर्णतः सहमत नहीं थे, "पर रात में यदि ज्वर बढ़ गया तो और भी परेशानी होगी। फिर इन दिनों अपनी व्यस्तता में हम बच्चे की पूरी तरह देखभाल भी नहीं कर पाएंगे।"

और गौतम अपने ही मन में अनेक बार उभरे हुए प्रश्न से उलझ गए। जब कभी उन्होंने अपने आश्रम में कोई विशेष उत्सव किया है, और ऐसे उत्सव वे करते ही रहते हैं, तो उन्होंने पाया है कि वे उन उत्सवों में कुछ ऐसे खो गए हैं, व्यस्त हो गए हैं कि अपने घर-परिवार को सर्वथा भूल गए हैं। जब कभी उन्होंने स्वयं को एक अत्यन्त दक्ष एवं कुशल कुलपति प्रमाणित करने का प्रयत्न किया है, उन्हें सदा ही अपने पति तथा पिता-रूप की उपेक्षा करनी पड़ी है। ऐसा क्यों है कि जो व्यक्ति स्वयं को सारी मानव-जाति के सुख के लिए समर्पित कर देता है, वह अपने परिवार को ही सुखी नहीं रख पाता। यह, दीपक तले अन्धकार क्या प्रकृति का नियम है? उन्होंने उत्सव किए हैं, सम्मेलन किए हैं, अभ्यागतों की देखभाल की है, ज्ञान-चर्चाएं की हैं–उन्हें उसके लिए भरपूर यश मिला है; पर क्या उन दिनों वे यह देख पाए हैं कि अहल्या कहां है? कैसी है? क्या उन्हें याद रहा है? ये ज्ञान-उत्सव उनकी अपनी महत्त्वाकांक्षा रही है, उसे पूर्ण कर वे आत्मतोष भी पाते हैं, और यश भी; पर क्या उनकी पत्नी और बच्चे की भी महत्त्वाकांक्षा है? क्या इससे उन्हें आत्मतोष और यश मिलता है? या वे लोग गौतम की महत्त्वाकांक्षा की पूर्ति के लिए अपना बलिदान कर रहे हैं? क्या किसी महत्त्वाकांक्षी, किसी परमार्थी के सगे-सम्बन्धी होना भाग्य का अभिशाप है?

बालक शत को गोद में लिए हुए गौतम बड़ी देर तक चुपचाप, धीरे-धीरे टहलते रहे और सोचते रहे। कुटिया में कोई कुछ नहीं बोला। शत आंखें बन्द किए, उनींदा-सा पिता की गोद में शान्त पड़ा रहा। अहल्या छोटे-मोटे घरेलू काम करती रही। काफ़ी देर के पश्चात गौतम ने अनुभव किया कि वे स्वयं दिन-भर की शारीरिक तथा मानसिक व्यस्तता के कारण काफ़ी थके हुए हैं और उनका शरीर आराम चाहता है। उनकी आंखें विशेष रूप से थकी हुई थीं, यह कदाचित दिन-भर के कार्य से मुक्त होकर, दीपक के प्रकाश में अधिकाधिक ग्रन्थावलोकन के कारण हुआ था। उनकी आंखों ने कम प्रकाश में पढ़ने-लिखने में सदा असहयोग किया था। यही कारण था कि वे सूर्य के प्रकाश

में ही अध्ययन का कार्य कर लेते थे। अन्धकार होने के पश्चात वार्तालाप अथवा चिन्तन-मनन ही उन्हें अधिक सुविधाजनक लगता था। किन्तु, आज बाध्य होकर उन्होंने आंखों पर अधिक परिश्रम का भार डाला था। और इस समय आंखें बन्द होती-सी लग रही थीं।

इधर शत को उन्होंने बहुत दिनों के पश्चात गोद में लिया था। वह अब काफ़ी बड़ा हो गया था। उसे अधिक देर तक गोद में उठाए-उठाए फिरना उनकी शारीरिक क्षमता से बाहर था। वैसे भी शत सो गया था, अब उसे बिस्तर पर डाल देना चाहिए था।

"इसका बिस्तर ठीक कर दो अहल्या।" उन्होंने बहुत धीरे-से कहा, ताकि शत उनकी आवाज़ से जाग न जाए।

"बिस्तर ठीक कर दिया है।" अहल्या भी उसी प्रकार धीरे से बोली।

गौतम बहुत धीरे-धीरे आगे बढ़े और बिस्तर के पास पहुंचकर शत को अपने शरीर से लगाए हुए ही झुके और उन्होंने शत को बिस्तर पर लिटाया, शत ने आंखें खोल दी, "मां।"

"यह तो जाग गया!" गौतम हताश हो गए।

अहल्या ने आकर तुरन्त शत को उठा लिया। गोद में आकर थोड़ी देर तो बालक कुनमुनाया, पर फिर शान्त होकर सो गया। अहल्या ने उसे बिस्तर पर सुलाने का प्रयत्न किया, तो वह पुनः जाग उठा, "मां!"

"ज्वर में है।" गौतम बोले, "लगता है, गोद में ही सोएगा।"

अहल्या ने उसे पनः गोद में ले लिया। गौतम अपने बिस्तर पर लेट गए। अत्यधिक थके होने पर भी वे सोना नहीं चाह रहे थे। अहल्या भी थकी हुई थी, और बालक ज्वर में था। वे सो गए, तो वह अकेली, अस्वस्थ बालक को कैसे संभालेगी। यदि शत रात-भर बिस्तर में न सोया तो अहल्या कब तक गोद में लिए बैठी रहेगी। दोनों मिलकर, बच्चे को संभालें तो एक व्यक्ति का बोझ कुछ हलका हो सकता था–किन्तु वे स्वयं कितने थके हुए थे।

तभी अहल्या ने एक बार और शत को बिस्तर पर लिटाने का प्रयत्न किया; और शत ने पुनः आंखें खोलकर कहा, "मां!"

"लाओ एक बार मुझे दे दो।" गौतम साहस कर बिस्तर से उठे।

किन्तु अहल्या ने शत उन्हें नहीं दिया, "आप सो जाएं, स्वामि! दिन-भर के थके हैं, कल प्रातः भी आपको जल्दी उठना है। आप सो जाएं मैं शत को गोद में सुलाए रखूंगी..."

गौतम की आंखें नींद से बोझिल हो रही थीं। मन अहल्या की सहायता के लिए आतुर था। शत अकेली अहल्या को तो थका मारेगा। अहल्या को भी आराम चाहिए था। पर वे क्या करते, शरीर एकदम साथ नहीं दे रहा था। इस उधेड़-बुन में ही बिस्तर पर लेटे हुए जाने कब वे सो गए।

प्रातः गौतम की नींद उचटी उन्होंने अपनी चेतना केन्द्रित की। रात्रि प्रायः व्यतीत हो चुकी थी। उषा आना ही चाहती थी। उन्हें अब शयन त्याग देना चाहिए। तनिक भी शिथिलता दिखाई, तो उजाला हो जाएगा; और फिर नित्य कर्मों के पश्चात ठीक समय पर वे यज्ञशाला में नहीं पहुंच पाएंगे। विलम्ब, किसी ऋषि के दैनिक कार्यक्रम में भी उचित नहीं है; और जिस आश्रम में ज्ञान-सम्मेलन हो रहा हो, उसके कुलपति का ऐसा व्यवहार तो अत्यन्त लज्जाजनक माना जाएगा।

निकट ही, शत को अपने शरीर से चिपकाए, सोई हुई अहल्या को उन्होंने देखा। आज वह गहरी नींद में थी। रोज़ इस समय तक उसकी नींद प्रायः पूरी हो चुकती है। एक हल्की-सी आहट से वह जाग जाती है। यद्यपि शत की नींद के भंग हो जाने के भय से, वह इतनी जल्दी उठती नहीं है।

स्वयं गौतम ने ही उसे मना कर रखा है। बालक के लिए आवश्यकता-भर पूरी नींद लेना स्वास्थ्यकर है। वह जितना अधिक सोएगा, उतना ही अधिक विकसित होगा। अहल्या यदि, प्रातः अपने पति के साथ ही उठ बैठेगी, तो अपने समीप मां का आभास न पाकर शत भी उठ जाएगा। बच्चा, बिना नींद पूरी किए, यदि इतनी सुबह उठ जाएगा, तो दिन-भर उनींदा-उनींदा-सा रहेगा; नींद, थकावट तथा चिड़चिड़ेपन के कारण मां को परेशान करता रहेगा।

और सम्भव है, अभी शत का ज्वर भी न उतरा हो। एक बार तो गौतम के मन में आया, वे शत के माथे पर हाथ रखकर उसके ज्वर की परख कर लें; किन्तु फिर यह विचार छोड़ दिया। सोया है, सोया रहे। ज्वर देखने-देखने में यदि कहीं जाग गया, तो सारी व्यवस्था गड़बड़ा जाएगी।...पता नहीं अहल्या बेचारी, रात को किस समय सोई है।

गौतम बहुत धीरे-से बिस्तर में से निकले और उन्होंने निःशब्द कुटिया का द्वार खोला। एक बार कुटिया के भीतर दृष्टि डाल, उन्होंने अहल्या और शत को देखा, और स्नान करने के लिए नदी की ओर चल पड़े।

तीन

देवराज इन्द्र आश्रम के द्वार पर स्वागत करती हुई अहल्या को देखते ही बुरी तरह विचलित हो गया था। वह भूल गया कि वह इन्द्र है–आर्य ऋषियों का पूज्य अभ्यागत, जिससे सच्चरित्रता की कछ विशेष अपेक्षाएं हैं। वह भल गया कि वह यहां आमन्त्रित होकर आया है और यह आर्यावर्त का एक पवित्र आश्रम है। अहल्या इस आश्रम के कुलपति की धर्मपत्नी है; और वह अपने पति के प्रति पूर्णतः निष्ठावान है।

वह सब-कुछ भूल गया। याद रहा केवल मन का चीत्कार–कामुक मन का चीत्कार! स्वागत के पश्चात विदा होते हुए उसने अहल्या पर अपने वैभव का जाल फेंका था और उसे अपने एक वाक्य से याद दिलाया था कि अत्यन्त रूपवती स्त्री होते हुए भी वह एक कंगाल ऋषि से बंधी हुई व्यर्थ ही इस वन में कष्ट उठा रही है। भला ऐसी अद्वितीय सुन्दरी का वैभव, समृद्धि तथा विलास के उपकरणों से वंचित, इस प्रकार इस वन में पड़े रहने का क्या अर्थ है? भला ऐसी सुन्दरी के महत्त्व को कोई जड़ ऋषि क्या समझेगा? उसका आनन्द तो काम-कला-प्रवीण इन्द्र जैसा कोई समृद्ध और वैभवशाली व्यक्ति ही उठा सकता है। ऋषि को सन्तान उत्पन्न करने के लिए कोई स्त्री चाहिए ही, तो इन्द्र उसे अपनी कोई साधारण दासी दे देगा।

किन्तु, अहल्या का उत्तर उसके लिए तनिक भी उत्साहवर्धक नहीं था। पहले, ऐसे अनेक अवसरों पर अनेक रूपसी युवतियों के मुख से विलासाकांक्षा की लार टपक पड़ी थी; किन्तु इन्द्र ने स्पष्ट देखा था कि उसकी बात सुनकर अहल्या उल्लसित होने के स्थान, कहीं आहत हो गई थी।...पर उससे क्या? इन्द्र क्या ऐसी असाधारण सुन्दरी को प्राप्त करने का मोह केवल इसलिए छोड़ देगा कि वह सुन्दरी एक साधारण जड़, कंगाल ऋषि की पत्नी है और उससे प्रेम करती है। इन्द्र इतना मूर्ख नहीं है...

इन्द्र के मन में एक बार उपस्थित ऋषियों का भय जागा। वे लोग उससे रुष्ट हो सकते हैं। क्रुद्ध होकर उसे शाप भी दे सकते हैं। शाप...और इन्द्र का मन भीतर-ही-भीतर कहीं उपहास की हंसी हंस पड़ा। इन बुद्धिजीवियों ने भी शासन से पृथक अपनी स्वतन्त्र सत्ता बनाए रखने के लिए

एक-से-एक विचित्र युक्तियां सोच निकाली हैं। शाप...जो दंड शासन दे, वह दंड; और जो दंड कोई बुद्धिजीवी किसी को दे, वह शाप! किन्तु प्रत्येक शासन के पास दंड को कार्यान्वित कराने के लिए भौतिक बल होता है, उपकरण होता है; पर यदि शासन इनको संरक्षण न दे तो इन ऋषियों के पास ऐसी कौन-सी शक्ति है, जिससे वे अपने शापों को कार्यान्वित करा सकें?

प्रत्येक शासन ने इन ऋषियों को महत्त्व दिया था कि ये लोग सामान्य-जन के विरुद्ध, शासन का पक्ष लें और जन-सामान्य के शोषण तथा दलन में शासन के सहायक हों, नहीं तो इन्हें इतना आदर-मान देने की सार्थकता ही क्या है। किसी भी शासन में जब तक बुद्धिजीवी लोग शासन का साथ देते हैं, तब तक शासन कितने सुचारु रूप से चलता है। शासक प्रजा के शरीर पर शासन करता है, बुद्धिजीवी उसके मन को बहकाए रखता है। प्रजा न तो अपनी दयनीय स्थिति, अपने शोषण के प्रति जागरूक होती है, न अपने अधिकारों के प्रति सचेत। कहीं कोई उपद्रव नहीं होता। सब ओर शान्ति बनी रहती है। इस उपद्रवहीन स्थिति में शासक सुखी रहता है और अनेक प्रकार के उत्कोच एवं सुविधाएं देकर इन बुद्धिजीवी ऋषियों को भी प्रसन्न रखता है।

किन्तु ये ऋषि अब शासन से भी स्वतन्त्र होना चाहते हैं। स्वयं को शासक की सत्ता से मुक्त करना चाहते हैं। अपने शापों के भय से सत्ता को भी भयभीत करना चाहते हैं...इन्द्र ऐसे दम्भी लोगों से न तो डरता है, और न उनका सम्मान करता है। ऊंची उड़ान भरने के आकांक्षी इन गरुड़ों के पर कतरकर वह चींटियां बना देगा...।

और यदि वे समझते हैं कि मिथिला में इन्द्र की नहीं सीरध्वज की सत्ता है, तो इन्द्र उनका यह भ्रम भी दूर कर देगा। इन्द्र जितने सैनिक अपने साथ लाया है, वे सीरध्वज की पूरी सेना को कई दिनों तक अटकाए रखने के लिए पर्याप्त हैं...। यदि सीरध्वज ने उसके विरुद्ध ऋषियों का पक्ष लेने का प्रयत्न किया, तो वह आर्य राजाओं से सन्धि की चिन्ता किए बिना, सीरध्वज को धूल चटा देगा...।

इस कुटीर में विलास के साधन उपलब्ध नहीं थे, जिनका इन्द्र अभ्यस्त था; किन्तु मदिरा का प्रबन्ध गौतम ने कर दिया था। यही बहुत था, नहीं तो सामान्यतः आश्रमों में पीने के लिए केवल दूध ही मिलता था। और इन्द्र को सदा लगता था कि जब कभी इन आश्रमों में वह गया है, वहां दूध पी-पीकर वह बीमार हो गया है। कहां मदिरा और कहां दूध! पर इन आश्रमों से इन्द्र अपना सम्बन्ध तोड़ भी नहीं सकता था। आर्य-संस्कृति के प्रचारक ये आश्रम देव-सत्ता के पोषक थे। इनके निमन्त्रण अस्वीकार कर, इनसे सम्बन्ध तोड़कर, इन्द्र अपनी शक्ति क्षीण नहीं कर सकता था...। फिर इन्द्र अपने मन से भी बाध्य था। इन आश्रमों में रहनेवाली देव-बालाओं से भी सुन्दर ऋषि-कन्याएं और ऋषि-पत्नियां, दर्शन-मात्र से इन्द्र के उष्ण रक्त का संचार तीव्रतर कर देती थीं। इन्द्र सब-कुछ छोड़ सकता था, किन्तु इन ऋषि-पत्नियों तथा ऋषि-कन्याओं का आकर्षण नहीं छोड़ सकता था...

और इन्द्र के मस्तिष्क में अहल्या का अलौकिक सौन्दर्य जागा। इन्द्र मदिरा के पात्र-पर-पात्र पीता जा रहा था। उसका रक्त और और उष्ण होता जा रहा था...मन आतुर। उसका शरीर काम के तनाव से खिंचता जा रहा था...। इन्द्र अहल्या को प्राप्त करेगा ही, जैसे भी हो, वह अहल्या को प्राप्त करेगा...

आश्रम में आकर पहली सन्ध्या, इन्द्र ने बड़ी व्याकुलता में काटी थी। उसे लगता था कि जैसे समय कट नहीं रहा हो, और मदिरा क्रमशः कम होती जा रही हो।...अहल्या ने इन्द्र के देव-रूप, उसके पद, वैभव तथा उसकी सत्ता के प्रति किसी प्रकार के सम्मोहन का संकेत तो नहीं ही दिया, वह तो

एक बार अपनी कुटिया में जो समाई, तो फिर दिखाई ही नहीं पड़ी।...गौतम ने बड़ा अच्छा किया था कि अपनी कुटिया के साथवाले कुटीर में इन्द्र को ठहराया था। इन्द्र अपने गवाक्ष में से प्रतिक्षण गौतम की कुटिया पर दृष्टि रख सकता था, और उस कुटिया के भीतर अहल्या थी...अहल्या...यदि कहीं गौतम की कुटिया का गवाक्ष भी उसी प्रकार खुला होता, जिस प्रकार इन्द्र ने अपने कुटीर का गवाक्ष खोल रखा था, तो इन्द्र यह भी देख पाता कि अहल्या क्या कर रही है। वह उसे कोई इंगित भी कर सकता था, बुलाने का कोई प्रयत्न भी कर सकता था...

रात गहराती गई और इन्द्र मदिरा पीता चला गया...। साथ ही गौतम की कुटिया थी और कुटिया में अहल्या थी...। कितनी बार इन्द्र का मन हुआ कि वह सीधा गौतम की कुटिया में घुस जाए...पर उस नशे की अवस्था में भी इतना चेत उसे था ही, कि कुटिया में गौतम भी थे। गौतम शारीरिक शक्ति में उससे हल्के नहीं थे, और चाहे उनके पास वज्र न हो, खड्ग तथा धनुष-बाण जैसे साधारण शस्त्रों का वे पर्याप्त दक्षता से प्रयोग कर सकते थे...।

इन्द्र मदिरा पीता रहा और अहल्या की अपने निकट, विभिन्न रूपों और मुद्राओं में कल्पना करता रहा...अहल्या...

बड़ी रात गए, नशे में ढलककर इन्द्र अस्त-व्यस्त हो गया।

इन्द्र की नींद बहुत जल्दी ही टूट गई। वह बहुत कम सो पाया था। उतना, जितना उसे नशे ने सुला रखा था। जागते ही उसने शरीर में नशा टूटने की थकान की पीड़ा का अनुभव किया...। पर वह पुनः मदिरा नहीं पी सकता था।...आश्रम में अभी चारों ओर अन्धकार था, किन्तु दैनिक-जीवन आरम्भ होने की विभिन्न ध्वनियां आ रही थीं। आज सम्मेलन का आरम्भ था। प्रायः आश्रमवासी तथा अभ्यागत लोग जाग उठे थे और सम्मेलन में सम्मिलित होने की तैयारी कर रहे थे...

तभी इन्द्र ने अपने गवाक्ष में से देखा, गौतम अपनी कुटिया में से निकले और उन्होंने कुटिया का द्वार भिड़ा दिया।...इन्द्र के शरीर का सारा रक्त उसके मस्तिष्क की ओर दौड़ चला–अहल्या कुटिया में अकेली है...।

पर इन्द्र इतना मूर्ख नहीं था कि यह न देख सकता कि कुटिया में प्रकाश था और कदाचित अहल्या जाग रही थी। तभी कोई स्त्री कुटिया में आई और बालक उसे सौंपकर अहल्या कुछ अन्य आश्रमवासी स्त्रियों के साथ स्नान करने चली गई...

उस दिन इन्द्र, सम्मेलन के आरम्भ होनेवाले यज्ञ में उपस्थित था। किन्तु, उसका ध्यान एक क्षण के लिए भी किसी अन्य दिशा में नहीं गया। सामने कुलपति के साथ अहल्या बैठी हुई थी। वह उसे आंखों के मार्ग से निगलता जा रहा था। जाने फिर वह इतने निकट से अहल्या को देख पाए, न पाए। जाने फिर अहल्या किसी समारोह में भाग ले, न ले...देख ले इन्द्र देख ले, आंखों से ही सही, उसके रूप का रसपान कर ले...

यज्ञशाला से उठकर इन्द्र वापस अपने कुटीर में चला आया। फिर वह आश्रम के किसी समारोह में नहीं गया। उसका शरीर फुंक रहा था और मस्तिष्क में धुआं-ही-धुआं था। वह पुनः मदिरा का पात्र लेकर बैठ गया...उसे अपने चारों ओर अहल्या-ही-अहल्या दिखाई पड़ रही थी...पर अहल्या दिन-भर अपनी कुटिया में नहीं लौटी, वह बाहर ही कहीं व्यस्त रही। गौतम भी नहीं आए। शत को सवेरे ही एक स्त्री ले गई थी-यह इन्द्र ने अपनी आंखों से देखा था।

इन्द्र ने सारा दिन अवसाद की उधेड़-बुन में किसी प्रकार काट दिया। रात होते-होते उसका चिन्तन एक विशेष दिशा में चल पड़ा था। उसने अच्छी तरह देख लिया था कि अहल्या उस पर थूकना भी पसन्द नहीं करती। वह उसके पहली सन्ध्या के क्षण-भर के व्यवहार से ही इतनी वितृष्णा से भर उठी थी कि उसने उसके प्रति अभ्यागत के शिष्टाचार का निर्वाह करने की भी आवश्यकता नहीं समझी थी। प्रातः यज्ञ-कुंड के पास बैठे हुए, उसने अपना ध्यान अग्नि की ओर इतनी सावधानी से केन्द्रित कर रखा था कि कहीं भूल से भी उसकी दृष्टि इन्द्र पर न पड़े...इन्द्र यदि यह समझता है कि अहल्या उसके रूप, वैभव, पद अथवा सत्ता से प्रभावित होकर उसके पास आ जाएगी, तो यह उसका भ्रम है...अहल्या अपने-आप उसके पास कभी नहीं जाएगी, कभी नहीं। वह उससे घृणा करती है...। इन्द्र को ही उसके पास जाना होगा। जब तक यह सम्मेलन चल रहा है, इन्द्र तभी तक यहां है। सम्मेलन के इन दिनों में कुलपति की पत्नी अहल्या कुछ इतनी व्यस्त रहेगी कि कुटिया में वह एक क्षण के लिए भी अकेली नहीं मिलेगी। कुटिया के बाहर, जहां कहीं भी वह होगी, अकेली नहीं होगी, उसके निकट अनेक आश्रमवासी और अभ्यागत होंगे...

तो क्या इन्द्र निराश लौट जाए?...असफल?...इन्द्र होकर भी असफल?...इन्द्र एक साधारण ऋषि-पत्नी को प्राप्त करने में असफल हो जाएगा? एक कंगाल ऋषि की पत्नी में इतना दम्भ कि वह इन्द्र के काम-आह्वान को इस प्रकार ठुकरा दे?...इन्द्र को सहज नहीं तो असहज ढंग से अहल्या को प्राप्त करना होगा...उसे कुछ असाधारण करना होगा...

इन्द्र के मस्तिष्क में वे कुछ क्षण घूम गए, जब प्रातः अंधेरे-अंधेरे में ही गौतम स्नान के लिए कुटिया से निकल गए थे और अहल्या कुटिया में अकेली रह गई थी...कुछ क्षणों के लिए ही सही, पर वह अकेली ही थी...इन्द्र के लिए वही एक अवसर था...आज इन्द्र को चूकना नहीं था...

आधी रात के समय से ही इन्द्र सन्नद्ध होकर अपने कुटीर के गवाक्ष के पास बैठ गया। उसके मन का कोई अंश बार-बार उसके निर्णय के विरुद्ध विद्रोह कर रहा था, किन्तु इन्द्र उसकी बात सुनने को प्रस्तुत नहीं था। जब भी वह क्षीण-सा स्वर उसके भीतर कहीं उठा, उसने उस पर मदिरा का एक पात्र ढाल दिया...इस स्वर को सुनने का उसे कोई लाभ नहीं था। आज अहल्या को प्राप्त करके ही रहेगा...

समय जैसे बीत ही नहीं रहा था, और इन्द्र को इस प्रकार बैठकर प्रतीक्षा करने की आदत नहीं थी। उसके तो एक इंगित-मात्र पर सुन्दरी-से-सुन्दरी अप्सरा उसकी सेवा में उपस्थित हो जाती थी.. पर अहल्या की बात ही और थी। उसके सौन्दर्य से किसी अप्सरा की तुलना नहीं हो सकती थी। अहल्या का गठा हुआ परिश्रमी शरीर, उसका वह सात्विक तेज, उसकी बड़ी-बड़ी आंखों में सन्तुष्टि का वह ठहराव...

सहसा इन्द्र सचेत हो गया। अभिसारिकाओं के प्रेम में दक्ष इन्द्र ऐसी ध्वनियों को सहज ही समझ लेने में पारंगत था...कदाचित गौतम शैया से उठे थे। यह उन्हीं की आहट होनी चाहिए। अभी एक क्षण में कुटिया का द्वार खुलेगा, गौतम बाहर चले जाएंगे। कुटिया का द्वार भिड़ा होगा, और भीतर होगी अहल्या–अकेली, निस्सहाय, असुरक्षित...।

इन्द्र उठकर खड़ा हो गया।

उसका विचार ठीक था। कुछ ही क्षणा म गातम ने कुटिया का द्वार बहुत धीरे-से खोला और बाहर निकल आए। आज, कुटिया में कल के समान प्रकाश नहीं था, न ही भीतर किसी के जगे होने की

आहट थी। गौतम का अतिरिक्त सावधानी से निःशब्द कुटिया से बाहर निकलना, और बिना किसी ध्वनि के द्वार को भिड़ा देना...क्या इसका अर्थ है कि अहल्या अभी तक सोई हुई है, और गौतम नहीं चाहते कि वह किसी ध्वनि से जाग उठे...कदाचित रात अहल्या देर से सोई हो। इन्द्र को ऐसा कुछ आभास तो हुआ था, किन्तु नशे में उसने इस ओर ध्यान नहीं दिया था...।

इन्द्र के शरीर का रक्त एकदम उफन पड़ा...कुटिया में अकेली अहल्या और वह भी सोई हुई... इन्द्र की शिराओं का सारा रक्त मदिरा में बदल गया।

गौतम बड़ी तेज़ी से कुटिया से दूर चले गए थे। कुटिया के आसपास और कोई नहीं था। कुटिया में पूरी तरह सन्नाटा था। इन्द्र एक भी क्षण नष्ट नहीं कर सकता था। विलम्ब उसके लिए अत्यन्त घातक होता।

इन्द्र बेतहाशा भागा। उसने गौतम की कुटिया का भिड़ा हुआ द्वार खोला और भीतर घुसकर द्वार बन्द कर लिया...उसने पलटकर देखा, शत को अपने साथ चिपकाए अहल्या गहरी नींद में सोई पड़ी थी। वह धीरे, किन्तु सधे हुए पगों से उसकी ओर बढ़ा।

किसी के स्पर्श ने अहल्या को उसकी प्रगाढ निद्रा की स्थिति से निकालकर हल्की झीनी-सी नींद में पहुंचा दिया था। अपनी उस झीनी नींद में, जैसे उसकी संवेदना की एक परत जाग रही थी। उसने अनुभव किया, कोई उसके शरीर का स्पर्श कर रहा है, आलिंगन कर रहा है, चुम्बन कर रहा है, उसके वस्त्र शिथिल हो रहे हैं।...उसके जागरूक मस्तिष्क ने, अभ्यासवश ही शरीर को शिथिल छोड़ दिया था।...किन्तु उसका सोया हुआ मस्तिष्क भी प्रक्रिया की भिन्नता का अनुभव कर रहा था। उसके शरीर का स्पर्श करनेवाला हाथ, गौतम के प्रेम-भरे हाथ से भिन्न, आक्रामक हाथ था; आलिंगन में स्नेह का सन्तोष न होकर, शोषण की भूख थी; चुम्बन अपेक्षाकृत अधिक हिंस्र थे...उसका मन सावधान हो गया–रात्रि के अन्तिम प्रहर में, उसके स्वामी ने कभी कामदेव का स्मरण नहीं किया था। वे इस समय सूर्यदेव का आह्वान करते थे।...

अहल्या ने झटके से आंखें खोलकर क्षीण पड़ते हुए अन्धकार की हल्की परतों में उस पुरुष को देखा। निमिष-भर में ही वह इन्द्र की कामुकता से विकृत, नग्न आकृति को पहचान गई...अहल्या के कंठ से एक विकट चीत्कार फूटा और उसके हाथ-पांव अपने शरीर पर लदे आते हुए इन्द्र के शरीर से संघर्ष करने लगे।

अहल्या की चीख और दो शरीरों के संघर्ष की हिल-डुल से शत की आंखें खुल गईं और साथ ही उसका गला भी खुल गया। पांच वर्षों का बालक शत साफ़-साफ़ देख रहा था कि कुटिया में उपस्थित व्यक्ति उसका पिता न होकर, कोई और पुरुष था, जिसके चेहरे पर अत्यन्त दुष्ट भाव थे। फिर उसकी मां, उस पुरुष से लड़ रही थी और उसके चंगुल से मुक्त होने का प्रयत्न कर रही थी...शत ज़ोर-ज़ोर से रोता चला गया...।

अहल्या चीख़ती रही, चिल्लाती रही, हाथ-पैर पटकती रही, अपने दांतों तथा नखों से इन्द्र के साथ लड़ती गई...।

किन्तु इन्द्र उस पर हावी होता गया। इन्द्र ने उसके केशों को अपने बाएं हाथ की मुट्ठी में इस प्रकार जकड़ लिया कि वह अपना सिर तनिक नहीं हिला सकती थी। उसकी जंघा को अपने बलिष्ठ घुटने के नीचे दबा कर इन्द्र ने उसके शरीर को कीलित कर दिया था...अहल्या पूरी तरह असमर्थ हो चुकी थी...।

सहसा इन्द्र कुटिया के द्वार पर निरन्तर बढ़ते हुए शोर के प्रति सजग हुआ। कदाचित बाहर लोग जमा हो चुके थे और उन्होंने कुटिया के द्वार को खोलने का प्रयत्न भी किया था–किन्तु द्वार भीतर से बन्द था। जाने क्यों, वे लोग कुटिया का द्वार तोड़ने में संकोच का अनुभव कर रहे थे। सम्भव है, वे लोग कुलपति की आज्ञा की प्रतीक्षा कर रहे हों। पर वे किसी भी क्षण द्वार तोड़ सकते थे। अब इन्द्र को भाग जाना चाहिए था।

"नीच !"

विश्वामित्र ने देखा, राम के जबड़े आक्रोश में भिंच गए थे, निश्चय ही उनका क्रोध सीमा का अतिक्रमण कर गया था, नहीं तो राम का गम्भीर व्यक्तित्व किसी अन्य को सरलता से विचलित होता हुआ दिखाई नहीं पड़ता।...लक्ष्मण की आंखें क्रोध से जल रही थीं। और मुट्ठियां आक्रोशपूर्वक भिंची हुई थीं।

"मुझे नहीं सुननी है शेष कथा।" आक्रोश से भरे हुए लक्ष्मण फूट पड़े, "नीच और दुष्ट इन्द्र।"

"इस कथा को सुनकर तुम्हें इन्द्र पर क्रोध आता है, क्यों लक्ष्मण ?"

गुरु ने पूछा।

"जी।"

"तो पुत्र! कथा सुनाना सार्थक हुआ।" विश्वामित्र का स्वर आश्वस्त था, "वत्स! बुद्धिजीवी ऐसी कथाएं सुनाकर अपने जीवन में संघर्ष की एक भूमिका निभाता है। जन-मानस में अन्याय का रूप स्पष्ट कर उसके विरुद्ध आक्रोश भड़काना, क्रान्ति की पृष्ठभूमि को प्रस्तुत करना है। यदि मैंने यह कथा सुनाकर, इन्द्र के अत्याचार के विरुद्ध तुम्हारे मन में आक्रोश को स्फीत किया है, तो मैंने कथा के युयुत्सु रूप को सार्थक किया है; उसका उपयोग एक शस्त्र के रूप में किया है सौमित्र।" और विश्वामित्र मुड़े, "राम ! तुम्हें क्या लगता है कि कथा अभी शेष है ?"

"गुरुवर!" राम बोले, "आक्रोश को भड़काने की सार्थकता को मैं अस्वीकार नहीं करता; किन्तु जितना मैं आपको समझ सका हूं, उस स्फीत आक्रोश को निर्माण की दिशा का संकेत दिए बिना आप नहीं रहेंगे। कथा का शेष भाग पीड़ामय होगा, मैं जानता हूं, किन्तु उस पीड़ा को जानकर ही हम अधिक उपयोगी हो पाएंगे।"

गुरु की आंखों में प्रशंसा का भाव उमड़ आया, "मनुष्य के स्वभाव की तुम्हारी पहचान अद्‌भुत है राम ! मेरे पास शब्द नहीं हैं कि मैं बता सकूं कि तुमने मेरे लक्ष्य को कितना सटीक समझा है...। आगे की कथा विशेष पीड़ादायक है पुत्र ! पर फिर भी सुनो।"

गुरु ने थमकर, जैसे कथा आगे बढ़ाने के लिए बल एकत्रित किया।

चार

गौतम जब स्नान कर वापस लौटे तो सम्पूर्ण आश्रम में उन्हें एक प्रकार की अव्यवस्था-सी दिखाई पड़ी। वे समझ नहीं सके कि क्या बात है, किन्तु कुछ-न-कुछ असाधारण अवश्य था। चलते-चलते वे अपनी कुटिया के पास आए, तो वहां स्थिति सबसे अधिक असाधारण थी। पूर्ण अव्यवस्था की स्थिति में एक भीड़ उनकी कुटिया के सामने खड़ी थी...गौतम का मन धक रह गया–क्या बात है... शत को तो कहीं कुछ...पर शत का ज्वर कोई ऐसा गम्भीर तो नहीं था...और अभी थोड़ी देर पहले तो वे उसे ठीक-ठाक सोता हुआ छोड़कर गए थे...।

किन्तु अहल्या का यह चीत्कार और उसकी ऊंची-से-ऊंची चीख से होड़ लेता हुआ शत का स्वर ...यह कैसी पीड़ा है...। और कुटिया के द्वार पर खड़े हुए ये आश्रमवासी और अभ्यागत ऋषि-मुनि, आचार्य और ब्रह्मचारी! ये लोग इस सारी घटना का अंग होते हुए भी कितने तटस्थ खड़े हैं, जैसे दर्शक-मात्र हों, तटस्थ द्रष्टा...कर्ता नहीं...।

इससे पहले कि गौतम अपनी कटिया के द्वार तक पहुंचते, भीतर से द्वार खुला और उनकी कुटिया में से इन्द्र निकला–कैसे अस्त-व्यस्त वस्त्र और कैसी अस्त-व्यस्त मुद्रा; मुख और भुजाओं पर लगी खरोचें तथा रक्त के छोटे-छोटे बिन्दु, जैसे किसी से हिंस्र मल्ल-युद्ध करके आया हो...इससे पूर्व कि इस सर्वथा अप्रत्याशित दृश्य को ग्रहण कर गौतम की चेतना किसी निष्कर्ष तक पहुंचती, इन्द्र ने तनिक संकोच के साथ उन्हें एक क्षणांश तक देखा और निर्लज्ज धृष्टता से एक वाक्य भीड़ की ओर उछाल दिया, "पहले तो स्वयं बुला लिया और अब नाटक कर रही है...।"

इन्द्र निमिष-भर भी नहीं रुका। ऋषियों, तपस्वियों और आश्रमवासियों को धकियाता हुआ, सीधा अपने विमान तक पहुंचा; और जब तक कोई संभल सके, उसका विमान पृथ्वी से ऊपर उठ गया...।

बिजली की चमक और कड़क के साथ, सारी स्थिति गौतम के सम्मुख कौंध गई। वे ऐसे जड़ हो गए, जैसे बिजली टूटकर उन पर आ गिरी हो।

कोई अपनी जगह से हिल नहीं रहा था। सब ओर निस्पन्दता थी। समस्त उपस्थित जन की दृष्टियां गौतम के चेहरे पर आकर स्तम्भित हो गई थीं, मानो वे व्यक्ति न हों, चित्र हो...और इस सबकी पृष्ठभूमि में शत के क्रन्दन तथा अहल्या की सिसकियों का स्वर, नियमित अन्तराल के पश्चात लगातार आ रहा था...।

गौतम थके-टूटे से अपनी कुटिया की ओर बढ़े। उनके कुटिया में प्रवेश करते ही, अहल्या ने एक बार मुख उठाकर उनकी ओर देखा और बोली, "स्वामि! मैं सर्वथा निर्दोष हूं..."

अहल्या का कंठ अवरुद्ध हो गया। उसने अपना मुख हथेलियों में छिपा लिया।

गौतम की सारी चेतना जड़ हो गई थी। वे जैसे कुछ भी अनुभव करने में असमर्थ हो चुके थे–सुख-दुख, हंसी-क्रन्दन, झूठ-सच, करुणा-घृणा... कुछ नहीं। वे तो अनुभूति-शून्य एक निर्जीव यन्त्र मात्र थे...। उन्होंने अपनी उसी यान्त्रिक स्थिति में आगे बढ़कर रोते हुए शत को गोद में उठा लिया। शत का शरीर ज्वर में तप रहा था। निरन्तर रोने तथा ताप के कारण उसका कंठ और होंठ बुरी तरह सूख गए थे।

शत ने पिता को अपनी पूरी शक्ति से भीच लिया, वह उनके शरीर से भीत पक्षी-शावक के समान चिपक गया था। उसका भय अन्ततः उसकी वाणी में फूटा, "हमें अकेले छोड़कर मत जाना पिताजी।"

"नहीं। पुत्र नहीं।" गौतम ने शत को थपथपाया, "मैं अब कहीं नहीं जाऊंगा।"

गौतम सहज होने का प्रयत्न कर रहे थे।

इस समय क्या धर्म था उनका?

इन्द्र जाते-जाते कह गया था, 'पहले तो स्वयं बुला लिया, और अब नाटक कर रही है...' पर यह कहते हुए कितनी प्रवंचना थी उसके चेहरे पर। वह अपने अपराध को छिपाने के लिए, जाते-जाते अहल्या पर एक लांछन लगा गया था। क्यों? इसलिए कि अहल्या को दोषी मानकर उसका अपराध

हल्का मान लिया जाए। यदि एक स्त्री पर-पुरुष को काम आह्वान देती है, और पुरुष उसे स्वीकार कर उसके पास आता है, तो समाज उसके लिए स्त्री को ही दोषी ठहराएगा...इन्द्र ने ऐसी ही चाल चली है। अहल्या को लांछित कर वह अपने आतिथेय ऋषि की पत्नी के साथ बलात्कार जैसे गम्भीर अपराध तथा पाप को छिपा जाना चाहता है...।

'किन्तु' गौतम के मन में सन्देह ने सिर उठाया, 'वे यह मानकर क्यों चल रहे हैं कि इन्द्र ने मिथ्या-कथन किया है। पूर्वग्रहयुक्त बुद्धि तो सत्य का अन्वेषण नहीं कर सकती...' पर गौतम का मन जानता था कि सन्देह का यह तर्क खोखला है। अहल्या को वे अच्छी तरह जानते हैं। आठ-नौ वर्षों के इस वैवाहिक जीवन में क्या वे अहल्या को इतना भी नहीं पहचान पाए? अहल्या में काम सम्बन्धी दुर्बलता नहीं है, न ही उसे किसी का धन-ऐश्वर्य अथवा पद सम्मोहित कर सकता है...। फिर उन्होंने यह भी देखा था कि आश्रम में आते ही पहली ही सन्ध्या में इन्द्र ने अहल्या पर कैसी लालुप दृष्टि डाली थी, और उसके सम्मुख अपने ऐश्वर्य का जाल बिछाया था। यदि अहल्या में इन चीज़ों के लिए तनिक भी दुर्बलता अथवा आकर्षण होता, तो उसका व्यवहार कुछ भिन्न होता। वह शालीनतावश भी इन्द्र का दुष्ट व्यवहार हंसकर स्वीकार कर सकती थी, किन्तु वह कितनी घृणा और जुगुप्सा से भर उठी थी। अपनी इस घृणा को उसने इन्द्र से छिपाया भी नहीं था...और दूसरे दिन यज्ञशाला में पवित्र अग्नि के सम्मुख बैठकर भी इन्द्र का तनिक भी ध्यान ब्रह्म-चिन्तन की ओर नहीं था। वह तो सार्वजनिक रूप से निर्लज्जतापूर्वक अहल्या को अपनी आंखों से निगल रहा था...। इस सारे ज्ञान-समारोह में इन्द्र ने कोई भाग नहीं लिया था, वह अपने कुटीर में बैठा, मदिरा पीता रहा था...। इन परिस्थितियों में गौतम की बुद्धि कैसे यह स्वीकार कर ले कि इन्द्र सच्चा है और अहल्या झूठी है। नहीं...इन्द्र झूठा है, प्रवंचक है, अन्यायी है, अत्याचारी है...।

शत को गोद में लिए हुए गौतम धीमे पगों से बढ़कर, अहल्या के समीप आए। उन्होंने अहल्या के सिर पर हाथ रखा, उसके केशों को सहलाया, "अहल्या।"।

अहल्या ने अपनी हथेलियों को मुख पर से हटाया, गौतम की ओर देखा। गौतम के चेहरे पर प्रेम, करुणा और संवेदना थी। अहल्या खड़ी हो गई। उसने क्षण-भर गौतम की आंखों में देखा और टूटकर गिरे हुए पेड़ के समान, उसकी छाती से जा लगी, "इसमें मेरा तनिक भी दोष नहीं है, स्वामि!"।

"मैं जानता हूं देवि!" गौतम की आंखों में पानी भर आया, "मैं अच्छी तरह जानता हूं अहल्या। स्वयं को दोषी मान, अपनी सफ़ाई देने की तुम्हें तनिक भी आवश्यकता नहीं है। उस दुष्ट इन्द्र ने हमारे प्रति जो अत्याचार किया है, उसका प्रतिकार करना ही होगा।"

अहल्या मौन रही। वह फटी-फटी आंखों से अपने पति के तेजस्वी चेहरे को देख रही थी। उसके स्वामी इन्द्र के अत्याचार का प्रतिकार कैसे करेंगे? इन्द्र तो देवराज है, समस्त देव-जातियां उसके प्रति पूज्य भाव रखती हैं, समस्त आर्य सम्राट उसे अपना संरक्षक मानते हैं। वह जिससे बात कर लेता है, वही सम्राट कृत-कृत्य हो जाता है। ऐसे देवराज इन्द्र से उसके पति गौतम कैसे प्रतिशोध लेंगे? वे एक साधारण ऋषि हैं। सीरध्वज का उनके प्रति किंचित मैत्री-भाव अवश्य है, किन्तु ऐसा सम्बन्ध तो उनका किसी भी शासक के साथ नहीं कि कोई शासक उनका पक्ष लेकर इन्द्र के विरुद्ध खड़ा होगा। और यदि कोई उठ भी खड़ा हो, तो उससे क्या? किसके पास इतनी शक्ति है कि वह युद्ध में इन्द्र को ललकार सके...।

पुत्र को गोद में लिए, पत्नी को वक्ष से लगाए, गौतम मौन खड़े थे, किन्तु उनका मन वहां नहीं

था। पहले झटके में, वे मात्र स्तम्भित हुए थे, अब क्रमशः स्तम्भन क्षीण हो रहा था। जड़ावस्था समाप्त हो रही थी और उनके मन में एक पीड़ा उभर आई थी। क्रमशः वे अनुभव कर रहे थे कि इन्द्र ने उनको कितना अपमानित किया था, कितना पीड़ित किया था, कितना प्रवंचित किया था...अहल्या, जो उनकी सम्पूर्ण कोमल भावनाओं, प्रेम तथा संवेदनाओं की पूंजीभूत मूर्ति थी, उसके साथ इन्द्र ने बलात्कार किया था...अहल्या के मन में कितनी पीड़ा होगी! उसकी इच्छा के सर्वथा विरुद्ध, अपनी सम्पूर्ण शक्ति के साथ विरोध करते रहने पर भी एक पुरुष ने, केवल अपने पशुबल के आधार पर उसका भोग किया था। क्या सोचती होगी अहल्या? सतीत्व की रक्षा के जो संस्कार पीढ़ियों से उसे दिए गए हैं, और जो इस समय उसके जीवन-मरण का प्रश्न है, वह सतीत्व भंग किया है इन्द्र ने...।

और सहसा गौतम का तेज जागा...उनकी भृकुटियां वक्र हो उठीं, मुख लाल हो गया, आंखों में अग्नि जल उठी...इन्द्र से प्रतिशोध लिया जाएगा... प्रतिशोध...।

"चलो अहल्या! बाहर चलें।" गौतम ने विशेष कोमल तथा स्नेहमयी वाणी में कहा, ताकि अहल्या का आहत मन कुछ शान्ति पा सके, "हम ऋषि समाज के सम्मुख चलें।"

पुत्र को गोद में लिए, अहल्या को सहारा देते हुए, गौतम धीरे-धीरे कुटिया से निकलकर बाहर आए। द्वार से निकल, एक बार रुककर उन्होंने देखा, सारा ऋषि-समाज वहां एकत्रित था, उसी प्रकार, जिस प्रकार छोड़कर वे कुटिया के भीतर गए थे। कदाचित तब जिन लोगों को सूचना नहीं मिली थी, और जो लोग नहीं आ सके थे...वे लोग भी अब वहां उपस्थित थे।

अहल्या पुनः एक बार संकुचित हो उठी। कितना अपमानित किया था उसे इन्द्र ने! यहां उपस्थित यह सारा समाज जानता है कि इन्द्र ने बलात उसका भोग किया है। और जब यह समाज बिखरकर देश के विभिन्न भागों में फैल जाएगा–तब सारा देश इस बात को जान जाएगा...उसकी हथेलियां अनायास ही उठीं और उसका चेहरा उनमें ढंक गया।

"संकुचित मत होओ अहल्या!" गौतम ने कहा।

गौतम अहल्या को उपस्थित ऋषि-समाज के निकट ले गए। वे देख रहे थे कि वातावरण पूरी तरह से स्तब्ध था। कोई किसी से कुछ नहीं कह रहा था। सबकी आंखें अहल्या पर टंगी हुई थीं और चेहरे भावशून्य हो रहे थे। इस घटना के प्रति उन लोगों की प्रतिक्रिया के विषय में कुछ भी नहीं कहा जा सकता था...।

"उपस्थित तपस्वी-समाज!" गौतम ने ऊंचे स्वर में कहना आरम्भ किया, "यह मेरी धर्मपत्नी अहल्या है। आप जानते हैं कि उस दुष्ट देवराज ने इसका अपमान किया है। इन्द्र का यह अपराध मेरी धर्मपत्नी के विरुद्ध नहीं मेरे विरुद्ध है। यह अपराध एक ओर पवित्र नारी-जाति का अपमान है, तो दूसरी ओर आश्रमों की पवित्रता तथा ऋषि-समाज की दुर्बलता का उपहास है। यदि नीच इन्द्र को इस अपराध का दंड नहीं दिया गया, तो आप मेरा विश्वास कीजिए, इस पृथ्वी पर किसी भी स्त्री का सतीत्व सुरक्षित नहीं रहेगा, कोई ऋषि सम्मानित नहीं रहेगा, कोई आश्रम पवित्र नहीं रहेगा।...तपस्वीगण! आप सब प्रबुद्ध, स्वतन्त्र एवं न्यायपूर्ण बुद्धि से निर्णय लेने में समर्थ हैं। आपके सम्मुख मैं देवराज इन्द्र पर दुश्चरित्र होने का अभियोग लगाकर, आपसे प्रार्थना करता हूं कि आप इस विषय में न्याय करें और इन्द्र को देवराज, देव-संस्कृति के पूज्य तथा आर्य ऋषियों के संरक्षक के पद से पदच्युत कर दें...।"

जैसे ही गौतम ने अपनी बात पूरी कर तपस्वी समुदाय पर अपनी दृष्टि डाली, उन्होंने पाया कि आधे लोग चुपचाप खिसक गए हैं, जैसे वहां कुछ हुआ ही न हो, या हुआ हो तो उन्होंने देखा-सुना न हो। राघव! ये वे लोग हैं, जो प्रत्येक स्थान पर अपना पल्ला बचाने के लिए तटस्थ, निर्विकार तथा उदासीन होने का अभिनय करते हैं। राह चलते, मार्ग में तमाशा देखने के लिए उत्सुक भीड़। जब तक तमाशा होता रहा, देखते रहे: और जैसे ही न्याय ने अपने पक्ष में कर्म का आह्वान स्वीकार किया, उनके कन्धों पर दायित्व डालने का प्रयत्न किया, निर्विकार हो गए। यदि वे लोग वहां रुकते, अहल्या का पक्ष लेते तो वे कहीं इन्द्र का विरोध करते माने जाते। इतना साहस उनमें नहीं था कि स्वयं को झंझट में डालकर, वे न्याय का समर्थन करते...। और शेष लोगों के सामने यह प्रश्न था कि कौन यह प्रमाणित करेगा, कि जाते-जाते इन्द्र जो कह गया है, वह झूठ था। सम्भव है कि वह सच ही कह रहा हो। सम्भव है, अहल्या ने स्वयं ही इन्द्र का काम-आह्वान किया हो, और फिर किसी ने देख लिया अथवा किसी अन्य भय से स्वयं को निर्दोष घोषित करने के लिए उसने शोर मचा दिया हो। ऐसे में इन्द्र को अपराधी कैसे ठहराया जा सकता है।

एक वर्ग का मत था कि यदि अहल्या को निर्दोष मान भी लिया जाए, तो भी उसका सतीत्व तो भंग हो ही चुका था। दोष किसी का भी हो, किन्तु वह पतित हो चुकी थी। उसका उद्धार नहीं हो सकता था—इन्द्र को दंडित किया जाए अथवा न किया जाए।

और एक अन्य वर्ग का मत था कि इन्द्र तो इन्द्र था, उसे कौन दंडित कर सकता है, उसे दंड देना सूर्य पर थूकना है।

गौतम के देखते-देखते, वहां उपस्थित सभी चिन्तक, दार्शनिक, ब्रह्मज्ञानी, तपस्वी, ऋषि, मुनि, आचार्य, ब्रह्मचारी, मित्र, बन्ध, अभ्यागत...सभी लोग एक-एक कर वहां से चले गए थे। आहत, अपमानित, विषादग्रस्त गौतम शत को गोद में लिए, अहल्या को सहारा दिए, वहां अकेले खड़े रह गए...एक क्षण उनके भीतर आक्रोश जागता, उत्साह उन्हें बल देता और वे इन्द्र तथा इस सम्पूर्ण ऋषि-समुदाय से प्रतिशोध लेने की बात सोचते; और दूसरे ही क्षण जैसे उनकी आत्मा एकदम दीन हो जाती–उत्साहशून्य तथा ऊर्जाहीन और अपनी असहायता पर उनका मन रोने को हो उठता...।

तभी बड़ी देर से स्तम्भित मौन को तोड़कर शत हल्के-हल्के सिसका। गौतम और अहल्या, दोनों का ही ध्यान बालक की ओर गया।

"भूख लगी है।" शत विधिवत रोने लगा।

अहल्या ने अभ्यासवश शत को गोद में लेने के लिए भुजाएं आगे बढ़ा दी, जैसे झटककर अपनी दीनता और हताशा भी अलग कर दी हो; किन्तु दूसरे ही क्षण उसने अपनी भुजाएं वापस लौटा लीं और सिर झुका लिया।

गौतम का मन पत्नी और पुत्र दोनों ही के प्रति करुणा से आप्लावित हो उठा। बच्चा ज्वरग्रस्त था, सुबह से भूखा था, और इस छोटी-सी आयु में अत्यन्त पीड़ादायक अनुभवों के अनसमझे झटके झेल चुका था; दूसरी ओर मां इतनी विक्षिप्त हो रही थी कि वह बच्चे के प्रति अपनी ममता को पहचान नहीं पा रही थी।...अब सिवाय गौतम के, इनकी देखभाल करने वाला और कौन था? गौतम अब इन्हें दूसरों के सहारे नहीं छोड़ सकते, उन्हें स्वयं ही इनके लिए सब-कुछ करना होगा...।

"चलो अहल्या!" गौतम ने कसकर अहल्या की भुजा पकड़ी और उसे बलात कुटिया की ओर बढ़ाया।

अहल्या, गौतम के सहारे पर लदी-लदी-सी, घिसटती हुई कुटिया की ओर चल रही थी। उसकी

समझ में नहीं आ रहा था कि उसकी ऊर्जा कहां गई; वह कैसे इतनी निष्प्राण हो गई है।

गौतम ने कुटिया में लाकर, उसे बिस्तर पर बैठा दिया। उसी बिस्तर पर जिस पर इन्द्र ने उसके साथ अत्याचार किया था, और अहल्या निष्प्राण-सी चुपचाप उस पर बैठ गई थी। उसने आंखें उठाकर केवल इतना देखा था कि गौतम शत को कुछ खिलाने-पिलाने का प्रबन्ध और प्रयत्न कर रहे थे।

पांच

उपकुलपति अमितलाभ का मन बल्लियों उछल गया था। वह तो बहुत थोड़े-से की इच्छा कर रहे थे, और यहां ऐसा अवसर आया था कि उनकी आकांक्षा से बहुत अधिक उन्हें सहज ही मिल सकता था।

कुलपति गौतम चाहे कितने ही बड़े ऋषि क्यों न हों, इस समय वे विकट परिस्थितियों में घिर गए थे। इन्द्र से सहज ही उनका वैर हो गया था, ऐसा वैर कि उन दोनों में किसी भी समय द्वन्द-युद्ध हो सकता था। कोई भी तीसरा व्यक्ति इन दोनों में से एक का शत्रु बनकर दूसरे का मित्र बन सकता था। इन्द्र से वैर का तात्पर्य था–प्रायः समस्त देव एवं आर्य-शक्तियों की अमित्रता। फिर ऋषि-समुदाय में भी गौतम का अब वह सम्मान नहीं रहा।... यदि कहीं इस घटना की सूचना पाते ही उन्होंने अहल्या को शाप दे दिया होता, उसे त्याग दिया होता–तो ऋषियों में उनका आदर-मान और भी बढ़ जाता; किन्तु उन्होंने न तो केवल अहल्या का त्याग नहीं किया, उल्टे उसका पक्ष लेकर इन्द्र को दंडित करवाने का अभियान आरम्भ कर दिया।...इसका अर्थ यह हुआ कि वे अहल्या का त्याग नहीं करेंगे। और यदि वे अपनी पतित पत्नी का त्याग नहीं करेंगे, तो ऐसी पत्नी के साथ रहने के कारण वे आश्रम के कुलपति नहीं रह पाएंगे। इस समय यदि किसी प्रकार इस आश्रम के विरुद्ध प्रचार कर इसका प्रदर्शन कर दिया जाए, तो इसका अवमूल्यन हो जाएगा। मिथिला में प्रथम श्रेणी का अन्य कोई आश्रम न होने के कारण, एक नए आश्रम की स्थापना सम्भव हो सकती है–और मिथिला में स्थापित होनेवाले उस नए आश्रम का कुलपति सिवाय अमितलाभ के और कौन हो सकता है। नहीं तो गौतम के अधीन काम करते-करते ही अमितलाभ मर जाएगा। ऋषि गौतम की आयु ही अभी क्या है? कठिनाई से तीस-बत्तीस वर्ष। उसके अधीनस्थ उपकुलपति को इस आश्रम के स्वतन्त्र कुलपति बनने से पूर्व ही मृत्यु आ जाएगी...।

भाग्य से ही अमितलाभ को यह अवसर मिला था।

अमितलाभ ने दबी दृष्टि से देखा, उपस्थित ऋषि-समुदाय शनैः-शनैः वहां से खिसकता जा रहा था। कोई अहल्या को मन से भ्रष्ट मानता था, कोई इन्द्र का मित्र था; कोई इन्द्र से भयभीत था, कोई इन्द्र से कुछ पाने का इच्छुक था, कोई अनिर्णय में था...।

आचार्य अमितलाभ ने अपने कुछ प्रिय ब्रह्मचारियों को अपने पीछे आने का संकेत किया और वाटिका के बीच में से होते हुए छोटे मार्ग से वे यज्ञशाला के सम्मुख पहुंच गए। उनके चारों ओर उनके कुछ सहयोगियों और साथ आए ब्रह्मचारियों ने घेरा डाल लिया था। वहां एक छोटी-सी भीड़ लग गई थी। गौतम की कुटिया से लौटनेवालों का वही मुख्य मार्ग था। उधर से जाते-जाते अनेक आश्रमवासी और अभ्यागत ठिठककर रुक गए। यही उपयुक्त अवसर था।

आचार्य अमितलाभ ने अपनी भुजा उठाकर उच्च स्वर में कहा, "यह आश्रम पूर्णतः नष्ट हो चुका है। जिस आश्रम के कुलपति की धर्मपत्नी का चरित्र ऐसा हो, वहां अध्ययन-अध्यापन, ज्ञानार्जन-तपस्या, कुछ भी नहीं हो सकता।..."

तभी आचार्य अमितलाभ की दृष्टि लोगों के रेले में जैसे ठेले जाते हुए आते आचार्य ज्ञानप्रिय पर पड़ी। अमितलाभ विचलित हो गए; यह ज्ञानप्रिय अवश्य ही उनका विरोध करेगा।...

आचार्य ज्ञानप्रिय ने आश्रम के भ्रष्ट हो जाने के सम्बन्ध में ऊंचे स्वर में की जानेवाली घोषणा सुन ली थी। यह घोषणा सुनकर उन्हें कहीं बहुत आश्चर्य भी नहीं हुआ था। अमितलाभ से इस प्रकार के किसी कांड की अपेक्षा तो नित्य ही बनी रहती थी। अब तक उसने कुछ नहीं किया, यही बड़े आश्चर्य की बात थी। वे अमितलाभ को अच्छी तरह जानते थे। अपने नाम के अनुकूल स्वभाववाला यह व्यक्ति अपने लाभ के लिए विकट महत्त्वाकांक्षी था। अपने विषय का उद्भट विद्वान होते हुए भी, उसकी आत्मा ज्ञान-गरिमा से सर्वथा शून्य थी। उसका चरित्र ज्ञान-व्यवसायी अधिक था। ऋषि-तत्त्व का उसमें सर्वथा अभाव था। ऐसा व्यक्ति क्या आश्रमों के उपयुक्त होता है? कैसे-कैसे वह आचार्य और फिर उपकुलपति के पद पर पहुंचा था, यह किसी से छिपा नहीं था।...और अब यह व्यक्ति कुलपति और उसकी धर्मपत्नी को लांछित कर आश्रम के भ्रष्ट होने की घोषणा कर रहा है...।

आचार्य ज्ञानप्रिय का आक्रोश उमड़ पड़ा, "किसी पापी द्वारा एक निर्बल नारी के प्रति अत्याचार से आश्रम कैसे भ्रष्ट हो गया, आचार्य अमितलाभ? अनेक आश्रमों में विभिन्न प्रकार के दुष्टों ने ऋषियों के अंग-भंग ही नहीं, हत्याएं भी कर दी हैं। उनमें से तो कोई आश्रम भ्रष्ट नहीं हुआ। गौतम का आश्रम ही क्यों भ्रष्ट हो गया, केवल इसलिए कि जिसके प्रति अत्याचार किया गया, वह एक स्त्री है?"

अमितलाभ ऐसी सभी परिस्थितियों के लिए स्वयं को प्रस्तुत कर चुके थे। यह न शिथिल होने का समय था, न चूकने का अवसर। मुस्कुराकर बोले, "आचार्य ज्ञानप्रिय! ऋषि गौतम से मेरी कोई शत्रुता नहीं। न इसमें मेरा कोई स्वार्थ है। मैं जो कुछ कह रहा हूं, ब्रह्मचारियों, संन्यासियों, तपस्वियों के लाभ तथा आश्रम के सम्मान के लिए कह रहा हूं। स्वयं देवराज इन्द्र ने कुलपति की पत्नी के विषय में कहा है कि उसने स्वयं उनका काम-आह्वान किया था। क्या देवराज की बात को हम झूठ मान लें? वर्तमान स्थिति में कोई निर्णय लेना ही होगा। स्वयं कुलपति की पत्नी के विरुद्ध आरोप है। कुलपति इस समय अपना मानसिक सन्तुलन खो बैठे हैं, तो निर्णय का उत्तरदायित्व किसपर है?" अमितलाभ ने मौन होकर उपस्थित जन-समुदाय पर एक सिंह-दृष्टि डाली, किन्तु उनके विरुद्ध कोई नहीं बोला। अमितलाभ ने बात आगे बढ़ाई, "इस आश्रम के उपकुलपति-स्वरूप प्रदत्त अधिकार के आधार पर मैं यह घोषणा कर रहा हूं कि यह आश्रम भ्रष्ट हो चुका है। मेरा विचार है कि हमें अन्यत्र एक नया आश्रम स्थापित करना चाहिए, और उसके लिए मिथिला-नरेश से मान्यता की याचना करनी चाहिए। क्या आप लोग मुझसे सहमत हैं?"

कोई कुछ नहीं बोला। सब ओर के मौन का एक ही अर्थ था कि अमितलाभ से सहमत कोई हो-न हो, उपस्थित जन-समुदाय अमितलाभ का विरोध नहीं कर रहा था।

आचार्य ज्ञानप्रिय देख रहे थे कि अनर्थ हुआ चाहता है। अपने स्वार्थ के पीछे यह व्यक्ति समस्त मिथिला राज्य की ज्ञान-गरिमा को कलुषित करके छोड़ेगा।

वे स्वयं को रोक नहीं पाए, "नए आश्रम को बिना उपयुक्त कुलपति के सम्राट जनक से मान्यता नहीं मिल पाएगी। नया कुलपति कौन होगा?"

अनेक ब्रह्मचारी एक साथ चिल्लाए, "ऋषि गौतम! ऋषि गौतम!"

अमितलाभ के सिखाए हुए ब्रह्मचारी उनका नाम पुकारने में पिछड़ गए थे।

अमितलाभ ने मुस्कान का मुखौटा ओढ़ लिया, "हम जानते हैं कि ऋषि गौतम से योग्य कुलपति

हमारे मध्य दूसरा नहीं है। हम नए आश्रम की स्थापना कर उनसे प्रार्थना करेंगे कि वे अपनी भ्रष्ट पत्नी का त्याग कर वहां आ आश्रम की व्यवस्था संभालें। यदि वे न आए, तो फिर किसी अन्य विद्वान को यह पद सौंपा जा सकता है।..."

ज्ञानप्रिय कुछ नहीं बोले। अमितलाभ ने गौतम के विषय में ऐसी कोई बात नहीं कही थी, जिसका विरोध किया जा सके। पर अहल्या...इस समय अहल्या का समर्थन जोख़िम का काम है। सामान्य-जन अहल्या को दोषी मान बैठा है।... सर्व-सम्मति से अमितलाभ का प्रस्ताव मान लिया गया। ज्ञानप्रिय चुपचाप अपनी कुटिया में लौट आए। पति-पत्नी दोनों ही इस घटना से दुखी थे, किन्तु दोनों ही समझ रहे थे कि वे लोग गौतम और अहल्या की अधिक सहायता नहीं कर सकते हैं। इस समय दोनों को ही नए आश्रम में चले जाना चाहिए, और वहां गौतम की प्रतिष्ठा बनाने का प्रयत्न करना चाहिए, अन्यथा अमितलाम अनिष्ट कर डालेगा।

"किन्तु मैं शत को कैसे छोडूंगी स्वामि!" सदानीरा सिसक उठी, "ईश्वर ने मुझे कोई सन्तान नहीं दी...मैंने कभी उससे शिकायत नहीं की। मैं तो शत को पाकर ही सन्तुष्ट थी। प्रभु से वह भी नहीं देखा जाता। कैसा क्रूर है वह... !"

"धैर्य रख सदानीरे!" ज्ञानप्रिय ने समझाया, "भाग्य सदा वक्र नहीं रहता। तेरा शत भी तेरे पास आएगा।"

अहल्या ने अपने भीतर झांककर देखा। उसे लगा, उसके भीतर सब-कुछ मर चुका है, जीने की रंच-मात्र भी इच्छा उसके भीतर शेष नहीं थी। उसे स्वयं अपने-आप से घृणा हो रही थी...इन्द्र जैसे दुष्ट, नीच, घृणित कीट ने इस शरीर का भोग किया था...अहल्या का स्वाभिमान, परिष्कार, सौन्दर्य-बोध, अपने चरित्र का बिम्ब...सब-कुछ ही तो खंडित हो चुका था। जब उसे स्वयं ही अपने जीने की कोई सार्थकता नहीं लग रही थी, तो अन्य लोगों की दृष्टि में उसके जीने का क्या मूल्य था...वह अब कभी भी कुलपति की धर्मपत्नी का, ऋषि-पत्नी का सम्मान नहीं पा सकेगी। अपने इस पतित शरीर के साथ वह कभी भी अग्निहोत्र पर अपने पति के निकट अधिकारपूर्वक नहीं बैठ सकेगी...वह जहां कहीं जाएगी, प्रत्येक व्यक्ति उस पर अंगुली उठाएगा कि वह इन्द्र की भोग्या है। गौतम जहां जाएंगे, उन्हें देखते ही प्रत्येक व्यक्ति के मन में पहली बात यही उभरेगी कि अहल्या उन्हीं की पत्नी है, और अहल्या...शत बड़ा होगा, वह प्रत्येक व्यक्ति के मुख से यही सुनेगा कि वह अहल्या का बेटा है, और अहल्या...।

अहल्या को मर जाना चाहिए, मर जाना चाहिए...।

तभी गौतम ने कुछ फल लाकर उसके सम्मुख रख दिए, "अहल्या! कुछ खा-पी लो प्रिये।"

पति के शब्द सुनते ही उसका हृदय हूक उठा। उसे लगा, उसके पेट के तल में जैसे बवंडर उठ रहे हैं–एक असह्य पीड़ा, जो बार-बार उसके व्यक्तित्व को मथ जाती है। उसका मन हुआ, वह सशब्द ज़ोर-ज़ोर से रो पड़े, पर रो नहीं सकी। एक सिसकी के साथ उसके कंठ में शब्द फंस गया, "स्वामि।"

गौतम ने उसके सिर पर स्नेह-भरा हाथ रख दिया, "दुखी मत होओ प्रिये।"

पति के स्नेह-भरे स्पर्श ने उसके कंठ का अवरोध हटा दिया, वह गौतम के वक्ष के साथ लगकर, पूरे समारोह के साथ फूट पड़ी। गौतम ने उसे अपनी बाहों में थाम लिया। कभी उसकी पीठ पर हाथ

फेरते और कभी उसके सिर पर...अहल्या रोती जा रही थी। रुदन के पहले ज्वार के बाद अहल्या के कंठ से कुछ शब्द भी फूटने लगे थे, "मुझे मर जाना चाहिए स्वामि! मुझे मर जाने दो... !"

"अहल्या!" गौतम बोले, "इसमें तुम्हारा क्या दोष है अहल्या। तुमसे जितना सम्भव हुआ, तुमने प्रतिरोध किया। जो कुछ हुआ, तुम्हारी इच्छा के विरुद्ध हुआ, बलात हुआ। तुम्हारे साथ अत्याचार हुआ है अहल्या। मरना पीड़ित को नहीं चाहिए, मरना तो अत्याचारी को चाहिए, इन्द्र को मर जाना चाहिए। किन्तु वह निर्लज्ज स्वयं कभी नहीं मरेगा, और उसे मारनेवाला, सारी पृथ्वी पर मुझे कोई दिखाई नहीं पड़ता।"

अहल्या निरन्तर रोती जा रही थी, "मैं अब आपके योग्य नहीं रही स्वामि। शत अब मुझ जैसी पतित स्त्री को मां कहकर कैसे पुकारेगा? और मैं अब उसे पुत्र कैसे कहूंगी स्वामि?"

"शान्त होओ अहल्या।" गौतम उसे समझाते रहे, "तुम मेरी धर्मपत्नी और पूर्णतः मेरे योग्य पत्नी हो। तुम पतित नहीं हो, तुम्हें ऐसा कहने का साहस कोई नहीं कर सकता। तुम्हारे शरीर के साथ, चाहे जो कुछ भी घटित हुआ हो, तुम्हारी आत्मा पूर्णतः शुद्ध, स्वच्छ और पवित्र है...।"

गौतम दिन-भर अहल्या को समझाते रहे। ज्वरग्रस्त शत को बहलाते रहे। समय-समय पर अपने ज्ञान के अनुसार, कुटिया में उपलब्ध कोई औषध देते रहे। उस ज्वर में बालक शत भी जैसे बहुत गम्भीर हो गया था और परिस्थितियों की विषमता समझ रहा था। वह रोगी बच्चे के समान पिता को परेशान नहीं कर रहा था। जाने उसकी बुद्धि ने क्या देखा और क्या समझा था...अहल्या कभी रोती, कभी मौन हो शून्य में घूरती रहती, कभी सिसकती और कभी लम्बे-लम्बे प्रलाप करती...। गौतम जानते थे, इस समय अहल्या के लिए यही सब स्वाभाविक था, और स्वास्थ्यकर भी। क्रमशः समय के साथ वह सहज हो सकेगी...।

सन्ध्या थोड़ी ढली तो दिन-भर की रोती-कलपती अहल्या निढाल-सी होकर बिस्तर पर लेट गई। पहले तो वह आंखें फाड़-फाड़कर शून्य को घूरने का प्रयत्न करती रही, और फिर आंखें बन्द कर कुछ सोचती रही...। और इन्हीं प्रक्रियाओं के बीच अन्ततः वह सो गई।

अहल्या को सोई जानकर गौतम को कुछ सन्तोष हुआ। शत को पिछले दिन का बचा हुआ दूध पिलाकर वे पहले ही सुला चुके थे। दोनों के सो जाने के पश्चात, उनसे निवृत्त हुए-से गौतम का ध्यान अपनी ओर लौटा...उनके मन में पीड़ा थी, हताशा थी, अपमान था, पर साथ ही ढेर सारा आक्रोश और उत्साह भी था। किन्तु, उस आक्रोश और उत्साह से क्या हो सकेगा? क्या कर सकते थे गौतम?

वे अपने-आप को कितना सम्मानित और सुरक्षित समझते थे। वे एक प्रमुख आर्य-सम्राट सीरध्वज के राज्य, मिथिला के प्रमुखतम आश्रम के कुलपति थे। पूरे प्रदेश के और कई बार उसके बाहर से आकर अपने-अपने विषयों के प्रकांड विद्वान उनके सम्मुख अपना मस्तक झुकाते थे। जम्बू-द्वीप के इस क्षेत्र के वे प्रमुख ऋषि थे। स्वयं सम्राट सीरध्वज और उनके मन्त्री गौतम के सम्मुख ऊंचे स्वर में बोलने का साहस नहीं करते थे। यह एक सर्वविदित तथ्य था कि वे किसी भी दिन जनकपुरी में राजगुरु और राजपुरोहित के संयुक्त पद पर नियुक्त हो, आर्यावर्त के अनन्य ऋषि वसिष्ठ से स्पर्धा करेंगे...।

कितना सुरक्षित, सम्मानित और शक्तिशाली समझा था उन्होंने अपने-आप को। किन्तु भाग्य के एक ही धक्के ने, इन्द्र के एक ही कुकृत्य ने, उनकी आंखें खोलकर, सत्य को उनकी हथेली पर रख दिया था। उन्होंने तपस्या की शक्ति को, चरित्र और ज्ञान की शक्ति को सर्वोपरि माना था; पर आज

की दुर्घटना ने सिद्ध कर दिया था कि पद की शक्ति, धन की शक्ति, सत्ता की शक्ति ही सर्वोपरि थी। आज किसी भी ऋषि ने, सत्ताधारी इन्द्र के विरुद्ध उनका पक्ष ग्रहण नहीं किया था। तो फिर सीरध्वज ही क्यों उनका समर्थन करते? वास्तविक शक्ति यह नहीं थी, वास्तविक शक्ति तो...।

तो क्या वे व्यक्तिगत धरातल पर इन्द्र से प्रतिशोध लें? वे इन्द्र का द्वन्द्व-युद्ध के लिए आह्वान करें?...पर दूसरे ही क्षण, उन्होंने अपना यह विचार स्थगित कर दिया। इन्द्र उनके आह्वान पर क्यों आएगा? और यदि आ भी गया, तो गौतम अच्छी तरह जानते हैं कि उन्होंने आज तक अपने शरीर को प्रहार सहन करने के लिए साधा है; और इन्द्र ने सदा प्रहार करने का अभ्यास किया है। शारीरिक शक्ति में भी इन्द्र उन पर भारी पड़ सकता है। शस्त्र-विद्या का कुछ थोड़ा-सा अभ्यास गौतम ने भी किया है, किन्तु वह इन्द्र के अभ्यास के सम्मुख कुछ भी नहीं है; और फिर दिव्यास्त्र तो उनके पास एक भी नहीं है...।

तो फिर क्या करें गौतम?

इन्द्र को शाप दें?

पर शाप को कार्यान्वित कौन करेगा? वे इन्द्र को यज्ञ में अपूजित होने का शाप दे सकते हैं, पर उस शाप का प्रचार कौन करेगा? और यदि इस कांड के पश्चात अहल्या को पत्नी की मान-मर्यादा देने के कारण जन-सामान्य ने, ऋषियों-तपस्वियों ने, आर्य शासक-सम्राटों ने गौतम को ही ऋषि मानने से इनकार कर दिया तो?

गौतम का सार अस्तित्व समूल झनझना उठा।

तब गौतम का क्या होगा?

क्या ऋषि बने रहने के लिए उन्हें अहल्या का त्याग करना पड़ेगा?

पर अहल्या निर्दोष है। पूर्णतः पवित्र है। वह उनकी पत्नी है, उनके पुत्र की मां है। वे उससे प्रेम करते हैं–वे उसका त्याग कैसे कर सकते हैं?

किन्तु यदि वे उसका त्याग नहीं करते, तो उन्हें ऋषि के पद से भ्रष्ट कर दिया जाएगा। जो ऋषि-समुदाय अपनी आंखों से इन्द्र की दुष्टता देखकर भी अहल्या को निर्दोष घोषित नहीं कर सका; वह अहल्या को पत्नी-रूप में ग्रहण किए रहने पर उन्हें ऋषि की मान्यता कैसे देगा...और यदि वे ऋषि नहीं रहे, तो इंद्र को शाप कैसे देंगे...क्या वे इन्द्र को शाप देने का विचार छोड़ दें...नहीं-ीं-ीं-ीं ...उनकी आत्मा से भयंकर चीत्कार उठा। वे इन्द्र को इस प्रकार अदंडित नहीं छोड़ सकते। भरसक वे उसे दंड देंगे। ...उन्हें उसे दंडित करने के लिए ऋषि की मर्यादा पानी ही होगी।

छः

प्रातः गौतम की आंखें खुलीं, तो उन्होंने देखा, अहल्या जगी हुई थी। शत के जग जाने के भय से, वह बिस्तर से उठी नहीं थी, अन्यथा वह पूरी तरह सचेत थी। उसका व्यवहार पूर्णतः सहज, किन्तु पहले की अपेक्षा कुछ अधिक कोमल था–जैसे उसका मस्तिष्क निरन्तर सचेत रहकर उसे कोमल होने का आदेश दे रहा हो। गौतम कुछ चौंके। कहीं ऐसा तो नहीं कि व्यवहार की यह कोमलता मन की किसी दृढ़ता की प्रतिक्रिया हो–किस बात के लिए मन को दृढ़ कर लिया है अहल्या ने? कहीं ऐसा तो नहीं कि रात-भर सोच-सोचकर उसने अपने जीवन के साथ कोई खिलवाड़ करने का निर्णय ले लिया हो...।

गौतम ने अहल्या की आंखों में झांककर कुछ जानना चाहा, किन्तु अभी पूर्णतः उजाला नहीं हुआ था। उस झुटपुटे में, अहल्या की आंखों में, वैसा कोई भाव उन्हें नहीं मिला। उसके हाव-भावों में भी वैसा कुछ नहीं था। फिर कैसे सन्देह करते गौतम? और पूछ भी तो नहीं सकते थे। पूछने का अर्थ था–कल के सारे प्रसंग को पुनः छेड़ना, उसे पुनः जीवित करना। यह उचित नहीं था। सम्भव है, अहल्या उस घटना से कुछ उबर पाई हो। उसे फिर से उस पीड़ित मनःस्थिति में लौटाने का दुष्कृत्य क्यों किया जाए...।

गौतम का अपना मन भी तो ठीक नहीं था। अभ्यासवश उनकी आंख ठीक समय पर खुल गई थी, किन्तु बिस्तर से बाहर वे भी नहीं निकले। क्या करेंगे इतनी सुबह उठकर? क्या करेंगे, नदी पर जाकर स्नान कर?...यदि घाट पर किसी ने उन्हें देख लिया, तो प्रत्येक व्यक्ति उनकी ओर इंगित करेगा–"यह उसी अहल्या का पति गौतम है...।" फिर, अब कौन यज्ञशाला में उनकी प्रतीक्षा कर रहा है। कौन-सा काम है, जो कुलपति के बिना रुका रहेगा।...कोई आचार्य नहीं, कोई ब्रह्मचारी नहीं। उजाड़ आश्रम में प्रेत-सा अकेला गौतम यज्ञ करके क्या करेगा? कौन ऋषि मानकर उन्हें सम्मान देगा... अब यह आश्रम उजाड़ हो जाएगा। मनुष्य के अभाव में क्रमशः वन सघन होता जाएगा। जंगली पशु यहां विचरण करेंगे और उनके मध्य, चांडालों अथवा प्रेतों के समान तीन प्राणी होंगे–गौतम, अहल्या और शतानन्द। क्या होगा स्नान से? क्या होगा यज्ञ से? क्या होगा ध्यान-मनन से? और क्या होगा ज्ञानार्जन से। जो होना था, वह हो चुका है। इन्द्र जीत चुका है–वे पूर्णतः पराजित हो चुके हैं।... सम्पूर्ण आर्यावर्त के सर्वश्रेष्ठ ऋषि बनने की महत्त्वाकांक्षा तो दूर, मिथिला प्रदेश में भी उनका महत्त्व किसी अभिशप्त प्रेत से अधिक नहीं है...और वे देवराज इन्द्र को शाप देने की सोच रहे थे...।

अहल्या ने थोड़ी देर प्रतीक्षा की; किन्तु जब बाहर पूरी तरह उजाला हो गया और गौतम ने बिस्तर नहीं छोड़ा, तो अहल्या को पूछना ही पड़ा, "स्वामि! आज स्नान के लिए विलम्ब नहीं हो गया?"

"हुं।" गौतम ने करवट ली।

"स्वामि!"

"हां।"

"समय व्यतीत हो रहा है।"

"अहल्या! अब मैं ऋषि नहीं रहा। साधारण गृहस्थ हो गया हूं।"

गौतम अपनी पीड़ा छिपा नहीं सके। वाक्य मुख से निकल ही गया। अहल्या के चेहरे पर अपने वाक्य की प्रतिक्रिया देखने का साहस नहीं कर सके। व्यस्तता में उठकर कुटिया से निकल गए।

अहल्या के मन को धक्का-सा लगा। उसे अपनी पीड़ा भूल गई। गौतम के मन की पीड़ा का कुछ आभास होने लगा था।...ठीक ही तो कहते हैं गौतम। वे ऋषि कैसे रह सकते हैं–वह भी समाज से बहिष्कृत, वन्य-पशु-से। क्या अहल्या को पत्नी का अधिकार देने के लिए, गौतम को उसका इतना बड़ा मूल्य चुकाना होगा?...अहल्या सिहर उठी। ज्ञान, यश और सम्मान के क्षेत्र में निरन्तर आगे बढ़ते हुए ऋषि गौतम को नियति के एक हल्के-से धक्के ने क्या बना दिया। अहल्या के साथ रहकर तो गौतम सचमुच एक अभिशप्त प्रेत-मात्र होकर रह जाएंगे...और शत? शत का क्या होगा? ज्ञान-विज्ञान के क्षेत्र से बहिष्कृत, सभ्यता और संस्कृति से दूर, समाज और सम्मान से अपरिचित एक जड़ जंगली पशु! और किस के कारण? स्वयं अपनी मां के कारण!...क्या अहल्या अपने पति और पुत्र के लिए अब दुर्भाग्य की छाया-मात्र रह गई है?...कल की उस दुर्घटना के पश्चात भी उसे अपने-आप से घृणा हो गई थी–किन्तु उसका यह रूप तो और भी घृणित है और भी निन्दनीय...।

अहल्या धीरे-से बिस्तर से बाहर निकली। शत शान्त पड़ा सोता रहा, अहल्या ने धीरे-से निःशब्द कुटिया का द्वार खोला और बाहर निकल आई। इधर-उधर देखा, गौतम कहीं दिखाई नहीं पड़े...कहीं वह नदी की ओर तो नहीं चले गए? अहल्या प्रतीक्षा करती रही; पर गौतम लौटते दिखाई नहीं पड़े।

वह हताश होकर गोशाला की ओर चल पड़ी। पता नहीं, गौतम कहां गए हैं। सम्भव है, यहीं-कहीं हों–थोड़ी देर में लौट आएं। वैसे भी अभी थोड़ी देर में शत जाग जाएगा। उठते ही वह दूध के लिए रोने लगेगा, फिर दूध की व्यवस्था का अवकाश भी नहीं मिलेगा।...उसके जागने से पहले अहल्या को कम-से-कम डूंडी गाय को दुह लेना चाहिए।

गोशाला में उसे प्रवेश करते देख, डूंडी ज़ोर से रम्भाई। अहल्या के मन में कहीं एक ललक उठी, वह दौड़कर डूंडी के पास पहुंची और उसके माथे को सहलाने लगी। डूंडी ज़ोर-ज़ोर से रम्भा रही थी, और अपनी जीभ निकालकर उसे प्यार करनेवाले हाथ को चाट लेना चाह रही थी। उसकी आंखों में स्नेह-भरा उपालम्भ था : 'कल किसी ने मेरी देख-भाल क्यों नहीं की? कल मेरे पास कोई क्यों नहीं आया?'

अहल्या डूंडी से लिपट गई, "मुझे क्षमा कर डूंडी! कल हम दोनों में से किसी को अपना भी होश नहीं था। मुझे क्षमा कर डूंडी।"

अहल्या का मन एक साथ ही हंस भी रहा था और रो भी रहा था। कल दिन-भर पड़ी, वह अपनी पीड़ा में छटपटाती रही। गौतम दिन-भर उसे संभालते रहे। और इधर अभ्यागत, ऋषि-मुनि, आचार्य और ब्रह्मचारी तो दूर, साधारण कर्मकार भी चुपचाप आश्रम छोड़कर चल दिए, जैसे अहल्या के रूप में आश्रम में कोढ़ फूट रहा हो, जिससे सबका बचना अनिवार्य हो। किसी ने इन पशुओं का भी ध्यान नहीं किया। किसी ने उन्हें दाना-पानी नहीं दिया, कोई उन्हें चराने के लिए जंगल में नहीं ले गया, और कहीं अहल्या का मन हंस रहा था, कोई तो है इस आश्रम में, जिस पर, जिसके स्नेह पर, कल की दुर्घटना का कोई प्रभाव नहीं पड़ा। कोई तो है...कोई तो है...।

दो वर्ष हो गए उस बात को। डूंडी पहली ही बार ब्याने की तैयारी कर रही थी। उन्हीं दिनों उसकी वन में किसी पशु से टक्कर हो गई थी। पता ही नहीं चला कि कौन-सा पशु था। चरवाहे डूंडी को आश्रम में लाए तो वह बुरी तरह लहूलुहान थी और उसका एक सींग भी टूट गया था। कितनी पीड़ा थी उसकी आंखों में। सींग टूट जाने के कारण ही अहल्या ने उसका नाम डूंडी रखा था। उसे डूंडी से अतिरिक्त स्नेह हो गया था; कितनी सेवा की थी उसने डूंडी की। दिन में कई-कई बार औषध लगाई थी। पास बैठ-बैठकर उसे चारा खिलाया था। और जब तक डूंडी स्वस्थ हुई, तब तक वह अहल्या से असाधारण रूप से हिल गई थी।

डूंडी की पीड़ा में अहल्या ने उसे स्नेह दिया था, आज उसकी पीड़ा में डूंडी ने औषध लगाई थी। अहल्या का मन हुआ, वह डूंडी के गले लगकर जी भर रोए...।

वह बड़ी देर तक डूंडी से लगी खड़ी रही और उसका माथा और शरीर सहलाती रही; डूंडी उसी प्रकार प्यार से रम्भाती रही, और उसका हाथ चाटने का प्रयत्न करती रही...।

सहसा उसे लगा, काफ़ी विलम्ब हो गया है। वह शत को अकेला छोड़कर आई थी। उसे अधिक देर नहीं करनी चाहिए। उसने डूंडी को दाना डाला और भाजन लेकर दूध दुहा। एक-एक कर उसने सारे पशुओं को खूंटे से खोला, और बाहर हांक दिया।

लौटते हुए वह तेज़ी से अपनी कुटिया की ओर बढ़ रही थी। कदाचित अब तक शत उठ गया

होगा, और कुटिया में स्वयं को अकेला पाकर रो रहा होगा; सम्भव है, गौतम भी अब लौट आए हों...। मार्ग में, अग्निशाला के पास से गुज़रते हुए उसे लगा कि भीतर शायद, किसी व्यक्ति की छाया थी। उसके पग रुक गए–कौन हो सकता है। क्या अब भी आश्रम में उनके अतिरिक्त कोई व्यक्ति उपस्थित है?

अहल्या के पग उत्सुकतावश अग्निशाला के द्वार की ओर बढ़ गए। द्वार पर पहुंचकर वह रुक गई। एक दीवार से कन्धा टिकाकर गौतम एकटक यज्ञकुंड की ओर देख रहे थे।

उनकी उस दृष्टि को देखकर, अहल्या की रीढ़ की हड्डी जैसे शीत से कांप उठी। उन आंखों का भयंकर शून्य, उजाड़ मरुभूमि...किन शब्दों में सोचे अहल्या? आत्मा के कंकाल के वर्णन के लिए भी शब्द होते हैं क्या?

अहल्या दबे पांव लौट पड़ी।

उसे स्वयं ही पता नहीं चला कि वह किस प्रकार लड़खड़ाती और अपने शरीर को धकेलती हुई, उसे अपनी कुटिया तक लाई...कुटिया से कुछ दूर ही उसने शत के ज़ोर-ज़ोर से रोने का स्वर सुन लिया था। वह कुछ चेत गई और उसकी गति तेज़ हो गई।

कुटिया में शत अपने बिस्तर पर बैठा हुआ गला और मुंह फाड़कर अपनी पूरी शक्ति से रो रहा था। अहल्या ने आगे बढ़ उसे गोद में उठाकर प्यार किया, "मत रो मेरे लाल!"

और अहल्या के अपने आंसू शत की पीठ पर जा गिरे।

"तुम दोनों मुझे अकेला छोड़कर, क्यों चले गए?" शत रोता जा रहा था, "मुझे अकेले भय लगता है।"

"अब छोड़कर नहीं जाऊंगी मेरे लाल!" अहल्या ने शत को अपने वक्ष में भींच लिया, "अब चुप हो जा शतू! मैं तेरे लिए दूध लाई हूं।"

शत का ज्वर रात में उतर गया लगता था। उसे अपने शरीर से चिपकाए हुए अहल्या ने अनुभव किया, कदाचित गौतम की दी हुई औषध ने कार्य किया था। किन्तु ज्वर उतर जाने के बाद की दुर्बलता उसमें थी, अभी दो-चार दिन वह चिड़चिड़ा भी रहेगा, मां-बाप से चिपका-चिपका भी रहेगा। ...वैसे पांच वर्षों का शत, पूर्णतः स्वस्थ होने की स्थिति में भी, इतना बड़ा तो नहीं हो गया कि उसे कुटिया में अकेले छोड़कर उसके माता-पिता विक्षिप्तों के समान इधर-उधर मारे-मारे फिरें, और बच्चा रोए भी नहीं। यदि उन दोनों की मनःस्थिति इसी प्रकार असन्तुलित रही तो शत या तो रो-रोकर जान दे देगा अथवा किसी प्रकार के मानसिक आघात के कारण किसी मानसिक विकृति से ग्रस्त हो जाएगा...।

"मेरे बच्चे!" अहल्या ने शत को और भी ज़ोर से भींच लिया।

दो-ढाई घंटों के बाद गौतम लौटे।

अहल्या तब तक काफ़ी सहज हो चुकी थी और शत भी दूध पी, मां का दुलार पा, कुछ स्वस्थ हो, खेलने के लिए कुटिया से बाहर निकल गया था।

अहल्या ने ध्यान से गौतम को देखा। उनकी आंखों में अब वह शून्य नहीं था, जो उसने यज्ञशाला में देखा था। आकृति से वह पर्याप्त सहज लग रहे थे, किन्तु शरीर काफ़ी थका हुआ था, जैसे कहीं क्षमता से अधिक श्रम करके आए हों।

"कहां चले गए थे आप?" अहल्या ने बड़े ही कोमल स्वर में पूछा कि कहीं गौतम के दुखते मन को यह प्रश्न मात्र जिज्ञासा के स्थान पर उसकी ओर से उन पर नियन्त्रण का प्रयत्न न लगे।

गौतम बैठ गए। उन्होंने अपने उत्तरीय की बनी गठरी, पीठ पर से उतारकर अहल्या के सम्मुख रख दी, "कुछ फल लाने चला गया था। अब ब्रह्मचारी अथवा कर्मकार तो हैं नहीं, अतः यह काम भी मुझे ही करना पड़ेगा।" बहुत नियन्त्रण करने पर भी गौतम की आंखें भीग ही गईं, "मैं कुलपति बनकर भूल ही गया था कि एक साधारण वनवासी संन्यासी भी हूं। अध्ययन-अध्यापन और चिन्तन-मनन में मैं व्यावहारिक जीवन से ऊंचा उठ जाने का प्रयत्न कर रहा था; और शारीरिक श्रम की महत्ता भूल गया था...।"

"स्वामि!" अहल्या ने उनके घुटने पर हाथ रखा।

एक सिसकारी के साथ, गौतम ने अपनी टांग हटा ली।

और तब पहली बार अहल्या का ध्यान, गौतम के घुटने की ओर गया। उनका घुटना छिला हुआ था।

"यह कैसे हुआ? क्या अधिक चोट आ गई स्वामि?" अहल्या की विह्वलता बढ़ गई।

"नहीं अहल्या!" गौतम निर्विकार हो उठे, "पेड़ से कूदते हुए गिर पड़ा। अब वृक्षों पर चढ़ने-उतरने का अभ्यास नहीं रहा देवि!" और सहसा वे ऐसी मुद्रा में अहल्या की ओर घूमे, जैसे आंसू पोंछकर हंसने का प्रयत्न कर रहे हों, "तुम चिन्ता न करो देवि! बस दो-एक दिन की बात है। फिर मैं पहले जैसा अभ्यास कर लूंगा। एक रोज घाव खा जाने का अर्थ यह तो नहीं कि रोज़-रोज़ हाथ-पांव छिलते रहेंगे।"

गौतम सायास, असहज ढंग से हंस रहे थे।

अहल्या का मन, गौतम को हंसते देख रो पड़ा। बहुत चाहने पर भी वह स्वयं को रोक नहीं पाई। उसने अपना सिर गौतम के कन्धे पर टिका दिया, "स्वामि! मुझे लगता है, मैं आपकी पत्नी नहीं हूं, शत की मां नहीं हूं–मैं एक भयंकर कृत्या हूं, जो आपके और शत के विकास को खा रही हूं, आप दोनों के भविष्य का भक्षण कर रही हूं...।"

"अहल्या!" गौतम ने उसे अपने साथ चिपका लिया, "ऐसा सोचने का कोई कारण नहीं है अहल्या! तुम देवि हो। मैं तुम्हारी सहनशीलता और उदारता पर मुग्ध हूं। जितनी पीड़ा तुमने सही है, उसकी तो मैं कल्पना भी नहीं कर सकता। तुम्हारी इस अवस्था में चाहिए तो यह कि मैं तुम्हें संभालूं, तुम्हें स्नेह और सान्त्वना दूं, तुम्हारी देखभाल करूं, तुम्हारी रक्षा करूं, तुम्हारे अपमान का प्रतिशोध लूं। किन्तु, देखता हूं प्रिये! यह सब नहीं हो रहा है। जो मानसिक स्थिति मेरी होती जा रही है, उसमें मैं तुम्हें पीड़ा दे रहा हूं, और तुम मुझे सान्त्वना। मैं विक्षिप्त-सा तुम दोनों को छोड़कर निकल गया, और घंटों बौराया-बौराया इधर-उधर डोलता फिरा। तुम जागकर दूध दुह लाई हो और मुझे एक बार भी ध्यान नहीं आया कि शत भूखा होगा। यह भी भूल गया कि शत कल ज्वरग्रस्त था, कल उसे औषध दी थी; यह तो देखूं, औषध का प्रभाव क्या हुआ है?...मैं भूल गया कि तुम्हारे साथ अभी कल ही ऐसी घटना घटी है और ऐसे समय में तुम्हें मेरी आवश्यकता है। केवल मेरा ही त्याग तुम्हें बल दे सकता है, विश्वास दे सकता है, सान्त्वना दे सकता है। मैं सब-कुछ भूल गया और स्वयं अपने-आप को ही पीड़ित समझकर, वन में विक्षिप्त-सा भटकता रहा..."

"स्वामि!" अहल्या ने प्रेम से आन्दोलित होकर उन्हें झकझोरा, "आप ऐसा क्यों सोचते हैं। आप

नहीं जानते कि आपने मुझे क्या दिया है। कोई और ऋषि ऐसी परिस्थितियों में न केवल अपनी पत्नी को त्याग देता, वरन अपने मन की पूरी निष्ठा से उसे अपराधिनी मानता। आपने मुझे अपराधिनी नहीं माना–मेरे लिए यही बहुत है। अब यदि आप मुझे त्याग भी दें..."

"अहल्या!" गौतम ने टोका।

"मुझे कहने दें स्वामी!" अहल्या स्नेह-आप्लावित स्वर में बोली, "अब यदि आप मुझे त्याग भी दें, तो भी मुझे आपके प्रेम में कोई सन्देह नहीं होगा। बस आपका मन मुझे अपराधिनी न माने, मेरे लिए यही पर्याप्त होगा, मेरे गौतम!"

"प्रिये! एक बार फिर तो कहो।" गौतम पुलकित हो उठे।

"मेरे गौतम! मेरे गौतम!!"

अहल्या ने अपना मस्तक, गौतम की गोद में रख दिया।

गौतम स्नेह-भरे हाथ से अहल्या के केश सहलाते रहे। आज उनके मन पर कहीं यह बोझ नहीं था कि एक अत्यन्त ज्ञानी एवं श्रेष्ठ तपस्वी ऋषि होकर भी वह काम को जीत नहीं पाए हैं। आज अहल्या का सिर अपनी गोद में रखे, अपनी हथेलियों में उसका मुख संजोए, उसके स्निग्ध केशों को सहलाते हुए, उनके स्नायुओं में कहीं काम का तनाव नहीं था। यह तो स्नेह था, शुद्ध और अमिश्रित स्नेह, काम की उत्तेजना से शून्य–ऐसे प्रेम का अनुभव उन्हें पहले तो नहीं हुआ था।

अपने भाव को वे स्वयं तक सीमित न रख सके। बोले, "अहल्या! मैं ऐसे भी कितना सुखी हूं। तुम जैसी पत्नी पाकर, मुझे क्या नहीं मिला।...किन्तु एक बात मैं सुबह से सोच रहा हूं, तुम जैसे शुद्ध हृदय से कुछ भी छिपाना पाप है..."

"क्या सोच रहे हैं स्वामी?" अहल्या उठ बैठी।

"लेटी रहो प्रिये!" गौतम ने अहल्या को पुनः लिटा लिया, "और स्वामी न कहो, गौतम कहो।"

अहल्या के चेहरे पर संकोच उभरा। वह मुस्कुराई। तिर्यक आंखों से गौतम को देखा और बोली, "मेरे गौतम!"

और उसने अपना मुख हथेलियों में छिपा लिया।

सात

अभी पूरी तरह अन्धकार नहीं हुआ था, किन्तु शाम का धुंधलका काफ़ी घना हो गया था। गौतम को बाहर गए, काफ़ी समय हो चुका था; और अहल्या सोच रही थी कि उन्हें अब लौट आना चाहिए था। रात के अन्धकार में वन में अकेले घूमना बहुत सुरक्षित नहीं था। और अब तो आश्रम के निर्जन हो जाने के कारण वन्य-पशुओं का साहस भी बढ़ता जा रहा था। पहले जो पशु आश्रम की सीमा तक आते भी डरते थे, वे अब आश्रम की सीमाओं का अतिक्रमण करने लगे थे। दिन के समय तो नहीं, किन्तु रात के समय उनके आक्रमण का भय उत्पन्न हो गया था।

पिछले कई दिनों से गौतम और अहल्या, दोनों ही इस विषय को लेकर विशेष रूप से चिन्तित रहे थे। अन्त में उन्होंने अपनी कुटिया को अधिक सुरक्षित बनाने का निर्णय लिया था। आज की प्रातः उन्होंने यह कार्य आरम्भ किया था, और दिन-भर के कड़े परिश्रम के पश्चात पति-पत्नी ने सन्ध्या समय तक उसे किसी तरह पूरा कर लिया था। कुटिया के चारों ओर लकड़ी की एक मज़बूत बाड़ बन गई थी, और किसी वन्य-पशु के, कुटिया-क्षेत्र में प्रविष्ट होने का भय प्रायः नहीं रह गया

था। वानर तथा मनुष्य की बात अलग थी, वानर हिंस्र नहीं थे, और सीरध्वज के राज्य में मनुष्य के अपराधों की संख्या नगण्य थी। इसलिए कुटिया-क्षेत्र के भीतर जोख़िम नहीं था।

गौतम इस काम से निबटकर वन में चले गए थे; ताकि थोड़ा-बहुत ईंधन तथा अगले दिन की आवश्यकतानुसार कुछ फल ले आएं।

दिन-भर शत माता-पिता को कार्य करते देखता रहा था। भरसक वह उनके काम में हाथ बंटाता रहा था। कोई छोटी लकड़ी उठाकर इधर-से-उधर रख दी, कोई कुल्हाड़ी घसीटकर पिता के हाथ में पकड़ा दी, रस्सी का कोई टुकड़ा मां के पास पहुंचा दिया-ऐसे अनेक काम करते हुए वह स्वयं को पर्याप्त महत्त्वपूर्ण समझता रहा था। लकड़ी के अनेक छोटे-छोटे टुकड़े उठकर उसने अलग रख लिए थे, ताकि अगले दिन, एक बाड़ वह स्वयं स्वतन्त्र रूप से बना ले। मां को उसने पिता के ही समान ताकीद कर दी थी कि कल प्रातः यदि उसकी नींद न टूटे, तो वे उसे जगा दें, ताकि उषा काल में ही वह बाड़-निर्माण का काम आरम्भ कर दे–ऐसा न हो कि वह सोया ही रह जाए, और सूर्य सिर पर चढ़ आए। ऐसी स्थिति में, सन्ध्या तक उसका काम पूरा नहीं हो पाएगा...

इस समय तक वह काफ़ी थक गया था और सोना चाह रहा था, किन्तु पिता के लौटने की प्रतीक्षा भी थी। कदाचित यही प्रतीक्षा उसे सोने नहीं दे रही थी। सोने के इस प्रयत्न में थोड़ी-थोड़ी देर बाद, आंखें खोलकर पूछने लगता, "पिताजी आए मां?"

इन दिनों वह पिता से बहुत अधिक हिल गया था। वह पहले के समान शत नहीं रहा था कि दिन-भर यदि पिता से भेंट न भी हो तो वह उन्हें याद ही न करे, अब उसका मानव-लोक केवल दो मनुष्यों तक सीमित हो गया था। उन दोनों में एक भी थोड़ी देर के लिए इधर-उधर हो जाता, तो वह उसकी रट लगा देता था। गौतम को बुला लाने के लिए बाहर जाने की बात, अहल्या पिछले कई क्षणों से सोच रही थी, किन्तु उनींदे शत को न तो वह छोड़कर जा सकती थी, और न उसे साथ ही ले जा सकती थी। और इधर क्षण-क्षण अहल्या की चिन्ता बढ़ती जा रही थी...

तभी कुटिया के बाहर किसी के पैरों की आहट हुई। अहल्या के मस्तिष्क की तनी हुई नसें सहसा ढीली हो गईं। गौतम आ गए थे। आज वह उनसे कह देगी कि सन्ध्या समय इस प्रकार वे बाहर न जाया करें–उसे बड़ी चिन्ता होती है।

कुटिया का द्वार खुला और अहल्या ने शत को थपकता हुआ हाथ रोककर पीछे की ओर देखा। पर वहां गौतम नहीं थे। अहल्या की आंखें आश्चर्य और प्रसन्नता से फट गई, "तुम सखी सदानीरा?"

"हां देवि! मैं!"

सदानीरा धीरे-धीरे चलती हुई अहल्या के पास आ गई और उससे सटकर बैठ गई। उसने बिना कुछ कहे, हाथ बढ़ाकर, शत को अहल्या की गोद से उठाकर अपने वक्ष में चिपका लिया।

शत ने आंखें खोलकर देखा, "नीरा मौसी!"

"हां! मेरे शतू!" सदानीरा ने उसके कपोल के साथ अपना कपोल चिपका, आंखें बन्द कर हल्के-हल्के हिला-हिलाकर झूमना आरम्भ कर दिया, जैसे अनेक दिनों की संचित अपनी प्यास बुझा रही हो।

अन्त में अहल्या ने ही उसे टोका, "सदानीरा! इस समय कहां से आ रही हो सखी?"

सदानीरा की आंखें डबडबा आईं, "जनकपुरी से आई हूं देवि! इतने दिनों से शतू को देखा नहीं था, प्राण आतुर हो रहे थे! अवसर मिलते ही भागी आई हूं।..."

तभी कुटिया का द्वार फिर खुला और गौतम भीतर आए।

'अह...!"

वह अहल्या को पुकारते-पुकारते थम गए। उन्होंने दीपक के प्रकाश में अहल्या के पास बैठी एक अन्य नारी आकृति को देख लिया था। वे उसे पहचानने का प्रयत्न करते हुए आगे बढ़े, "सदानीरा तुम?"

"प्रणाम! आर्य कुलपति!" सदानीरा ने शत को अहल्या की गोद में दे, घुटनों के बल बैठ, दोनों हाथ जोड़, उन पर अपना माथा टिका दिया।

"कुलपति!" गौतम उपहास की हंसी में हंसे, "कौन कुलपति सदानीरा?" उनका स्वर पीड़ा से अछूता नहीं रहा, "स्वप्न हो गए वे दिन, जब गौतम भी आश्रम का कुलपति था।"

"इतने हताश न हों कुलपति!" सदानीरा के स्वर में स्नेह-भरा आग्रह था, "उस दुर्भाग्यपूर्ण घटना के पश्चात कदाचित आप आश्रम की सीमाओं से बाहर ही नहीं गए हैं। इसी से, बाहर क्या-क्या घटा है, उससे आप अपरिचित हैं।..."

"क्या घटा है सदानीरा?" अहल्या बहुत उत्सुक थी।

गौतम पर सदानीरा के कथन का विशेष प्रभाव नहीं पड़ा। वे उसी प्रकार उदास और अनमने बैठे रहे, "कुछ भी घटे। अब गौतम का किसी से क्या सम्बन्ध?"

"कुलपति एक बार धैर्य से मेरी बात सुनें।" सदानीरा बोली, "मैं शत को गोद में ले, एक बार प्यार करने को बहुत व्याकुल थी, पर इतनी-सी बात के लिए मुझे यहां कौन आने देता! स्वयं आचार्य ने मुझे विशेष कार्यवश भेजा है। आप मेरी बात सुनें..."

"किसने? आचार्य ज्ञानप्रिय ने?" गौतम चकित थे।

"तनिक ठहर सखी हे!" अहल्या ने कहा, "शत सो गया है, उसे बिस्तर पर डाल दूं। मैं सब-कुछ विस्तार से सुनना चाहती हूं।"

अहल्या ने सावधानीपूर्वक शत को गोद में से उठा, कन्धे से लगाया और धीरे-से उठ खड़ी हुई। शत को बिस्तर पर लिटा, चादर ओढ़ा दी; और लौटकर सदानीरा के पास आ बैठी, "अब कह सखी। क्या हुआ।"

"उस दुर्घटना के पश्चात," सदानीरा ने बात आरम्भ की, "उपकुलपति आचार्य अमितलाभ ने घोषणा की कि यह आश्रम भ्रष्ट हो चुका है, अतः एक नए आश्रम की स्थापना होनी चाहिए। उनकी बात का विशेष विरोध नहीं हुआ। जनकपुर से कुछ हटकर, नए आश्रम की स्थापना हो गई है, किन्तु नए आश्रम के लिए सम्राट सीरध्वज से मान्यता प्राप्त करने के सारे प्रयत्न असफल रहे हैं।"

"ठहर सखी," अहल्या ने उसे टोक दिया, "मैंने तो आज तक यही सुना था कि ऋषि लोग सम्राटों को मान्यता देते हैं, आश्रमों से राज्यों की प्रतिष्ठा बढ़ती है। पर आज मैं यह क्या सुन रही हूं कि एक आश्रम सम्राट से मान्यता मांग रहा है!"

"तुम ठीक कहती हो प्रिये।" गौतम बोले, "यह आवश्यक नहीं कि प्रत्येक आश्रम किसी सम्राट से मान्यता मांगे ही। समर्थ ऋषि शासकों से कभी मान्यता और प्रतिष्ठा नहीं मांगते; किन्तु जब आश्रम की स्थापना, ज्ञान-प्रसार के लिए नहीं, अपने स्वार्थ के लिए हो, तो पहले सम्राट से मान्यता और फिर अनुदान मांगा जाता है। सम्राट मान्यता देते हैं तो साथ ही धन देते हैं, भूमि देते हैं, गायें देते हैं, सुरक्षा देते हैं...।"

"यही बात है आर्य कुलपति।" सदानीरा ने सहमति प्रकट की, "अमितलाभ के चेलों-चांटों ने

अनेक बार घुमा-फिराकर सम्राट के सम्मुख उनका नाम रखा, किन्तु सम्राट ने हर बार अस्वीकार कर दिया।"

"किसका नाम चाहते हैं सम्राट?" अहल्या ने पूछा।

"देवि! सम्राट अपने मुख से किसी का नाम नहीं लेते, पर अपने सम्मुख प्रस्तुत किए गए, प्रत्येक नाम के प्रति अरुचि प्रकट कर देते हैं। आश्रम का प्रत्येक व्यक्ति जानता है कि सम्राट केवल ऋषि गौतम को कुलपति के रूप में स्वीकार करेंगे। केवल एक ही व्यक्ति में उनकी अटूट निष्ठा है–आर्य कुलपति में।"

"यदि गौतम को ही कुलपति रहना है, तो फिर इस बसे-बसाए आश्रम को भ्रष्ट घोषित करने का क्या अर्थ? गौतम के जाने से क्या नया आश्रम भी भ्रष्ट नहीं हो जाएगा?" गौतम के स्वर में आक्रोश छलछला आया था।

"स्वामि! बात साफ़ है।" अहल्या बोली, "यह आश्रम केवल मेरे कारण भ्रष्ट हुआ है। आर्य आज भी पूज्यनीय है। कुलपति के रूप में स्वीकार्य हैं ...मेरे स्वामी..." अहल्या सदानीरा की ओर घूमी, "सदी, तुम्हें आचार्य कुलपति को बुलाने के लिए भेजा है न?"

"अहल्या!" गौतम ने डांटा।

अहल्या ने स्नेहिल आंखों से गौतम को डपट दिया, "कह सदानीरा! इसीलिए आई है न तू?"

"हां देवि!" सदानीरा की आंखें भीग उठीं।

गौतम उठकर खड़े हो गए। अपने भीतर की किसी व्याकुलता को दबाने के लिए वे कुटिया में इधर-से-उधर टहलने लगे थे। उनके जबड़े भिंचे हुए थे, मुट्ठियां कसी हुई थीं, "मैं अहल्या को छोड़कर नहीं जाऊंगा। नहीं जाऊंगा। मुझे नहीं चाहिए कुलपतित्व। ये लोग समझते हैं कि कुलपति बनने के लालच में मैं अपनी धर्मपत्नी को पतिता घोषित कर उसका त्याग कर दूंगा?

यह कभी नहीं होगा सदानीरा। तुम जाओ। उन लोगों से कह दो यहां वन में रहकर अपनी तपस्या के बल पर गौतम समस्त कुलपतियों के सामूहिक सम्मान से बड़ा गौरव प्राप्त करके दिखाएगा...।"

"शान्त होओ स्वामि," अहल्या ने अत्यन्त मधुर स्वर में कहा, "और सखी सदानीरा को जाने के लिए कहकर, उसका अपमान मत करो।"

गौतम हतप्रभ हो गए। सचमुच, सदानीरा को चली जाने के लिए उन्होंने कैसे कह दिया। घर आए अतिथि का अपमान!

"क्षमा करना देवि। आवेश में कुछ अनुचित कह गया।"

अहल्या ने भोजन की व्यवस्था की और सबने साथ बैठकर खाया। रात को सदानीरा ने वहीं विश्राम किया। प्रायः मुंह–अंधेरे वह जाने को तैयार हो गई। सोए शत का चुम्बन ले, उसने पूछा, "तो आचार्य से क्या कह दूं आर्य कुलपति?"

"मुझे स्वीकार नहीं।"

अहल्या सदानीरा के साथ-साथ कुटिया से बाहर निकल आई। काफ़ी देर तक वह चुपचाप चलती रही। आश्रम की सीमा पर आकर रुकी और बोली, "सखी सदानीरा! मैं तुम्हारी और आचार्य की कृतज्ञ हूं कि तुम लोगों ने हमारा इतना हित साधा। सखी, मैं तुम्हें वचन देती हूं, जैसे भी होगा, मैं कुलपति को भेजूंगी। यह हम सबके हित में है। उनके साथ शत भी आएगा। उन दोनों का ध्यान रखना। शत को तुम्हारे ही भरोसे भेज रही हूं। आज से वह तुम्हारा पुत्र हुआ बहन।"

अहल्या ने अपना माथा सदानीरा के कन्धे से टिका दिया। सदानीरा का कन्धा भीगता रहा। उसका हाथ अनजाने ही अहल्या की पीठ को थपक उसे सान्त्वना-आश्वासन देता रहा। मुख से वह कुछ भी न कह सकी।

दिन-भर गौतम और अहल्या अपने-अपने कामों में लगे रहे और शत इधर-उधर खेलता रहा। आश्रम-भंग के बाद गौतम और अहल्या, दोनों के लिए दैनिक आवश्यकताओं के घरेलू कार्यों का महत्त्व पहले से काफ़ी बढ़ गया था। व्यस्तता तो पहले भी बहुत थी, पूरे आश्रम की व्यवस्था और निजी कार्यों को करने के बाद समय एकदम नहीं बचता था; किन्तु उन कार्यों की प्रकृति और थी। अब जो कार्य वे कर रहे थे, उनकी प्रकृति नई थी।

ये कार्य उन्हें एक-दूसरे से विशेष दूर भी नहीं ले गए थे। कुटिया के आस-पास की संक्षिप्त सीमाओं में रहने पर भी उनमें दिन-भर में अधिक बातचीत नहीं हुई; दोनों ही एक-दूसरे को बचा रहे थे। कहीं ऐसा न हो कि बात आरम्भ होकर अनायास ही उस क्षेत्र में प्रविष्ट हो जाए, जिसकी वे लोग सायास उपेक्षा कर रहे थे। गौतम उस विषय में बात करना ही नहीं चाहते थे; और अहल्या बातचीत के लिए उपयुक्त अवसर की प्रतीक्षा में थी।

सन्ध्या के भोजन के पश्चात अहल्या ने शत को सुला दिया। वे दोनों कुटिया में थे और बीच में तीसरा व्यक्ति कोई नहीं था। इस समय किसी भी व्याज से न तो बाहर जाया जा सकता था, न एक-दूसरे को टाला जा सका था। आमना-सामना अनिवार्य था।

"स्वामि, आपने क्या सोचा?"

"किस विषय में?"

"जनकपुर जाने के विषय में।"

गौतम अपनी अवस्था को और नहीं छिपा पाए। खुल पड़े, "प्रिये! ऐसा अत्याचार करने के लिए तुम कैसे कह सकती हो? मैं अपने स्वार्थ के लिए, यशस्वी होने के लिए अपनी निर्दोष कान्ता को लांछित कर दूं? उसका त्याग कर दूं? उसे दुर्बुद्धि, क्रूर समाज के प्रहारों के सम्मुख असहाय और अरक्षित छोड़ दूं? इतना अत्याचार करवाना चाहती हो तुम? तुमने कभी सोचा भी है कि मेरे जाने के पश्चात तुम्हारी क्या स्थिति होगी?"

अहल्या की आंखें गीली हो गईं, "मुझे ग़लत न समझो, गौतम! मैं अत्याचार करने के लिए नहीं कह रही। मैं जानती हूं कि आप मुझे दोषी नहीं मानते। मेरे लिए यही पर्याप्त है। आपने मुझ पर यदि तनिक-सा भी सन्देह प्रकट किया होता, तो मैं कब की आत्मघात कर चुकी होती।...पर मैं देख रही हूं कि परिस्थितियां ही कुछ ऐसी आ गई हैं कि मुझे अपनी बलि देनी ही होगी। मैं जानती हूं कि आपके और शत के बिना रहना मेरे लिए कितना कठिन होगा। शारीरिक असुरक्षा, असुविधा, मानसिक यातना, भावनात्मक क्लेश–और जाने क्या-क्या सहना पड़े। किन्तु स्वयं को इन कष्टों से बचाने के लिए मैं अपने पति और पुत्र का भविष्य तो नष्ट नहीं कर सकती। मुझे इतनी स्वार्थिनी न बनाओ स्वामि! और...और" अहल्या की आंखों में जल के साथ ज्वाला उतरी, "और गौतम! उस दुष्ट इन्द्र से प्रतिशोध लेने का एक यही मार्ग है..."

"अहल्या!"

"हां स्वामि। यदि आप मेरे मोह में यहीं पड़े रहे," अहल्या का स्वर किसी अन्य लोक से आता

हुआ प्रतीत हो रहा था, "तो इन्द्र बेदाग़ बच जाएगा। ऐसा पाप करके भी वह उसी प्रकार सम्मानित और पूज्य रहेगा। हम इसी प्रकार पीड़ित और अपमानित रहेंगे। उस दुष्ट को दंडित करने के लिए मुझे कितनी ही असह्य यातना झेलनी पड़े, मैं सहर्ष झेलूंगी। आप जनकपुर जाएं। कुलपति का पद स्वीकार करें और इन्द्र को, दुष्ट देवराज को शाप दें..."

"अहल्या!"

"हां नाथ। यही एक मार्ग हमारे सम्मुख है। उसके पश्चात शत का शिक्षण हो। वह मिथिला-नरेश का राजपुरोहित बने। इसके लिए मैं यहां एकाकी तपस्या करूंगी और उस दिन की प्रतीक्षा करूंगी, जिस दिन यह समाज मुझे पवित्र मानकर आपके योग्य धर्मपत्नी की मान्यता देगा..."

गौतम ने अहल्या को नई अन्वेषक दृष्टि से देखा। अहल्या अपनी पीड़ा की अग्नि में जलकर भस्म हुई थी, उसका तेज जाग उठा था। ऐसा तेज, उग्रता, दृढ़ता गौतम ने अहल्या में पहले नहीं देखी थी। कितनी महिमामयी है अहल्या।...मन हुआ, आगे बढ़कर उसके चरणों पर अपना मस्तक रख दें, अथवा उसके चमकते भाल को चूम लें।

पर गौतम दोनों में से कुछ भी न कर सके। उन्होंने आगे बढ़कर अपना सिर अहल्या की गोद में रख दिया। अहल्या के हाथों ने गौतम के बालों को सहलाना, बिगाड़ना और संवारना आरम्भ कर दिया।

"कहती तो तुम ठीक हो देवि।" गौतम का स्वर अत्यन्त शान्त था, "मैं अपने लिए कुलपतित्व तथा ऋषित्व का लोभ त्याग सकता हूं। सब प्रकार के यश और सम्मान को छोड़ सकता हूं। शत के सुन्दर भविष्य की उपेक्षा भी कर सकता हूं; पर दुष्ट इन्द्र से प्रतिशोध की तृष्णा नहीं त्याग सकता। पिछले इतने सारे दिनों में लगातार इस विषय में सोचता रहा हूं, और अन्ततः इस निष्कर्ष पर पहुंचा हूं कि मैं अत्यन्त दीन और असहाय हूं। मैं इन्द्र के साथ समान धरातल पर नहीं लड़ सकता।...पर आज पाता हूं कि तुम मुझे बल दे रही हो, मार्ग सुझा रही हो। तुम समर्थ हो अहल्या। किन्तु मैं अत्यन्त दुर्बल प्राणी हूं। मैं तुम्हारे बिना नहीं रह पाऊंगा..."

"गौतम!" अहल्या के स्वर में अद्भुत स्नेह था, "दुर्बल न बनो प्रिय! एक परीक्षा हम दे चुके हैं, अब एक परीक्षा और है। यदि हम साहसपूर्वक इस परीक्षा में पूरे उतर गए, तो ही हम निष्कलंक हो पाएंगे। स्वामि, जब परीक्षा सम्मुख खड़ी हो, तो हम पीछे नहीं हट सकते..."

सहसा गौतम अपने भीतर अपूर्व शक्ति का अनुभव कर उठ बैठे, "पीछे हटने की बात नहीं है प्रिये। हमें स्वयं को निष्कलंक सिद्ध करना है। और...और...इन्द्र को दंडित भी करना है। पर उसका मूल्य?"

"मूल्य जो भी मांगा जाएगा, देना होगा स्वामि।" अहल्या पूरी तरह दृढ़ थी।

"मुझे तुम्हारा अवधि-रहित वियोग सहना होगा?"

"हां।"

"शत को अपनी मां के अभाव में प्रौढ़ होना होगा?"

"हां।"

"तुम्हें इस वन में एकाकी, लांछित, असुरक्षित, तपस्यापूर्ण जीवन व्यतीत करना होगा?"

"हां।"

"अहल्या!" गौतम का स्वर उत्साह-शून्य हो गया, "भरे-पूरे आश्रम में, सब की उपस्थिति में

तुम्हारे प्रति इतना अत्याचार हो गया, अब तुम यहां अकेली कैसे सुरक्षित रह पाओगी? क्या फिर कोई इन्द्र नहीं आएगा?"

"मैं इस विषय में भी काफ़ी सोचती रही हूं स्वामि।" अहल्या का स्वर स्थिर था, "तब हम असावधान थे। इन्द्र अतिथि था, किन्तु अब वह स्थिति नहीं है। सीरध्वज के राज में ऐसी दुर्घटना की सम्भावना नहीं है। फिर भी आप जनकपुर जाकर इस आश्रम की सुरक्षा की विशेष व्यवस्था करवा सकते हैं। मैं भरसक प्रयत्न करूंगी कि मैं जन-सामान्य के लिए अदृश्य बनी रहूं, सावधान रहूं, कुटिया के द्वार को मज़बूत बनाऊं; और अन्ततः अपने पास कोई शस्त्र रखूं, ताकि यदि विपदा आ ही जाए तो कम-से-कम आत्मघात तो कर ही सकूं...।"

गौतम की आंखें, जैसे पत्नी की बुद्धि पर चमक उठीं, "तुमने तो सारी योजना बना रखी है प्रिये।"

"हां स्वामि! मैंने आपकी अनुमति के बिना ही सखी सदानीरा को यह वचन भी दिया है कि मैं आपको जनकपुर अवश्य भेजूंगी।"

"अहल्या!"

"हां स्वामि, आपको मेरा वचन रखना होगा।"

गौतम मौन रहे।

"बोलिए! मुझे वचन दीजिए कि आप मेरी बात पूरी करेंगे।"

"मुझे विचार करने का अवसर दो, प्रिये!"

गौतम मौन हो गए। अहल्या भी कुछ न बोली। दोनों जैसे अपने-अपने भीतर डूब गए। गौतम ने वचन नहीं दिया था, पर अहल्या यह मानकर चल रही थी कि गौतम अगली सुबह जनकपुर जाएंगे। उसने प्रायः सारी तैयारी कर दी थी। शत के लिए भी आवश्यक वस्तुएं सहेज दी थीं।

अहल्या का व्यवहार अत्यन्त कोमल और स्नेहिल था। जैसे एक लम्बी विदाई से पूर्व सुखद व्यवहार की पूंजी एकत्रित कर लेना चाहती हो।

सारी व्यवस्था कर वह गौतम के पास आई। पहले उसने पालथी बांधे बैठे गौतम की गोद में अपना सिर रखा, प्यार की तीव्रता से भरे नयनों से अपने पति को देखा, फिर अपनी भुजाएं उठाकर उनके गले में डाल दीं, "प्रातः चल पड़ेंगे न प्रिये?"

"शत मां के बिना कैसे रहेगा?"

"उसे सदानीरा रखेगी।"

गौतम फिर चुप हो गए।

"बोलो प्रिय?"

"मुझे सोचने दो अहल्या।"

"सोचो मत। मुझे वचन दो स्वामि। आप इन्द्र को दंडित करेंगे।...करोगे न गौतम।"

गौतम का तन-मन सब-कुछ पिघल गया। उन्होंने आज तक केवल अपनी ही पीड़ा समझी थी, अपने अपमान को ही पहचाना था। अहल्या के मन की पीड़ा, आज पूरी तीव्रता से उनके सम्मुख प्रकट हो रही थी...।

"इन्द्र को मैं अवश्य दंडित करूंगा, प्रिये!"

"गौतम!"

अहल्या पति के कंठ से झूल गई।

प्रातः काफ़ी जल्दी ही अहल्या ने गौतम को जगा दिया। गौतम को लगा कि अहल्या उनसे भी कई घंटे पूर्व जग गई थी, या फिर वह रात भर सोई ही नहीं थी। किन्तु, अहल्या के मुख पर तनिक-सी भी थकान नहीं थी। एक हल्का-सा आवेश अवश्य था।

गौतम उठकर असमंजस की स्थिति में बैठे रहे। क्या करें—वे समझ नहीं पा रहे थे।

"आर्य कुलपति द्वन्द्व में न पड़ें।" अहल्या ने सुहास की मुस्कान के साथ कहा, "निर्णय उनकी धर्मपत्नी का ही रहेगा।"

गौतम अपने शरीर को तैयार करते रहे, किन्तु मन तैयार नहीं हो रहा था। अहल्या अपने निर्णय की कितनी पक्की है, यह वे देख रहे थे। शत को अहल्या ने पहले से ही तैयार कर दिया था।

"जाना ही होगा अहल्या?"

"हां स्वामि।"

"हम कहां जा रहे हैं मां?" शत ने पूछा,

"पिताजी तुम्हें नीरा मौसी से मिलाने के लिए ले जा रहे हैं बेटा!"

"तुम नहीं चल रहीं मां?"

"पुत्र, वहां जाकर मुझे बुलवाने का प्रबन्ध करना।" अहल्या का स्वर निमिष-भर के लिए कांपकर स्थिर हो गया, "व्यवस्था होते ही मैं आ जाऊंगी।"

गौतम के मन में कहीं जल्दी मच गई। उनका मन और नहीं देख पाएगा, और नहीं सह पाएगा। यदि वे और ज़रा-सी भी देर यहां रुके, तो फिर वे नहीं जा सकेंगे। उन्हें चल ही देना चाहिए।

"पुत्र शत मां के चरण छुओ।"

शत मां के चरणों में झुक गया।

गौतम देख रहे थे, अहल्या ने तनिक-सी दुर्बलता नहीं दिखाई। उसने अत्यन्त संयत भाव से शत के सिर पर हथेली रख आशीर्वाद दिया, "यशस्वी ऋषि का पद पाओ वत्स।"

किस धातु की बनी है अहल्या?

अहल्या ने आगे बढ़कर गौतम के चरण छुए, "अच्छा स्वामि विदा दो। इन्द्र को दंडित करो।"

गौतम स्वयं को रोक नहीं पाए। उनका मोह छलछला आया। हाथ बढ़ाकर अहल्या को लिपटा लिया।

अहल्या तब तक खड़ी देखती रही, जब तक गौतम और शत पगडंडी के मोड़ पर उसकी दृष्टि से ओझल नहीं हो गए। फिर उसने अत्यन्त सहज गति से लौटते हुए कुटिया के बाड़े का फाटक बन्द किया। कुटिया के भीतर आकर द्वार की श्रृंखला चढ़ा ली। स्थिर दृष्टि से एक बार कुटिया की छत को देखा, और अगले ही क्षण टूटकर गिरे हुए पेड़ के समान शैया पर औंधी जा गिरी। उसकी आंखों से आंसू मूसलाधार वर्षा के समान बह रहे थे और कंठ में हिचकियों का मेला लग आया था।

आठ

नए आश्रम के कुलपति के रूप में गौतम का अभिषेक हुआ।

आज गौतम का न तन स्थिर था, न मन, बड़ी कठिनाई से वे स्वयं को साध हुए थे। किन्तु प्रतिक्षण उन पर भारी होता जा रहा था। वह नहीं जानते थे कि वह कब तक स्वयं को संभाल पाएंगे, और कब कातर हो टूटकर बिखर जाएंगे। उनके मुख पर कुलपति का सहज भाव नहीं था। जैसे वे स्वयं कुलपति न हों, कुलपति का अभिनय कर रहे हों...

जनकपुर पहुंचने पर उनका सहज स्वागत हुआ था, मानो लोगों को यह पूर्वाभास हो कि वे आ रहे हैं। सम्भव है, आचार्य ज्ञानप्रिय ने पहले ही से भूमिका तैयार कर रखी हो। सम्राट ने भी उन्हें कुलपति के रूप में तत्काल मान्यता दे दी थी; और उनके पद-ग्रहण के उत्सव की तैयारी का आदेश दिया था।

किसी ने उनसे अहल्या की चर्चा नहीं की थी। किसी ने नहीं पूछा, वह कहां है? कैसी है? क्या वे उसे छोड़ आए हैं? अहल्या की चर्चा मानो निषिद्ध थी। उसके अस्तित्व को सायास भुलाया जा रहा था।

अभिषेक की तैयारी सम्राट सीरध्वज के आदेशानुसार हुई थी। उन्होंने इस विषय में स्पष्ट रूप से अपनी विशिष्ट रुचि और अनुकंपा दिखाई थी। शत को गोद में लेकर चूम लिया था और पूछा था, "मेरे भावी राजपुरोहित। कैसे हो?" ऐसा कहने के लिए सम्राट बाध्य नहीं थे–पर गौतम ने अनुभव किया, सम्राट जान-बूझकर अपनी भावी नीति की घोषणा कर रहे हैं। वे शब्दों में कहे बिना ही स्पष्ट कर देना चाहते हैं कि गौतम के व्यक्तित्व में उनको पूर्ण निष्ठा है, वे गौतम की सहायता करेंगे। उनकी समस्त महत्त्वाकांक्षाएं पूरी करेंगे। उनके पुत्र को राजपुरोहित बनाएंगे। पर इन सबका मूल्य गौतम को देना होगा–अहल्या का त्याग।

क्या सीरध्वज अहल्या को दोषी मानते हैं?

गौतम के पास इसका कोई उत्तर नहीं था। पर इतना वे निश्चित जानते थे कि उन्हें यह मूल्य देना ही होगा...

गौतम यज्ञशाला में बैठे। उनके साथ उपकुलपति के रूप में बैठाए गए आचार्य ज्ञानप्रिय। यह भी नई बात थी कि आचार्य अमितलाभ को उपकुलपति बनाए जाने की भी अनुमति सम्राट ने नहीं दी थी। इस प्रथम यज्ञ में सम्राट उपस्थित थे...

विधिवत कार्य आरम्भ हुआ। पवित्र मन्त्रों के उच्चारण के साथ यज्ञ सम्पन्न हुआ।

और इसी क्षण से गौतम ने विधि को बदल डाला। यज्ञ से उठकर उन्होंने सम्राट को आशीर्वाद नहीं दिया, आश्रमवासियों के सुख की कामना नहीं की। उन्होंने मन्त्र-अभिशिक्त जल अंजलि में लिया, सूर्य की ओर मुख किया और स्थिर तथा उच्च स्वर में बोले, "मैं आश्रम का कुलपति गौतम, इस पवित्र जल को हाथ में लेकर, आज देवराज इन्द्र को शाप देता हूं। अपनी दुश्चरित्रता के कारण इन्द्र देवराज होते हुए भी आज से आर्यवर्त में सम्मान्य तथा पूज्य नहीं होगा। उसे किसी यज्ञ, हवन, पूजा, ज्ञान-सम्मेलन अथवा किसी भी शुभ कार्य में आमन्त्रित नहीं किया जाएगा। आज से देवोपासना में इन्द्र का कोई भाग नहीं होगा, उसकी पूजा नहीं होगी।"

और गौतम ने जलांजलि पृथ्वी पर छोड़ दी।

सभा सन्न रह गई। यह ऋषि का शाप था। क्या यह मान्य होगा?

तभी सम्राट अपने आसन से उठकर खड़े हो गए, "मैं मिथिला नरेश सीरध्वज घोषणा करता हूं कि जब तक कुलपति गौतम अपने पद की मर्यादा का पालन करेंगे, उनके शाप की रक्षा का दायित्व मुझ पर होगा।"

और सम्राट यज्ञशाला छोड़कर चले गए।

जो कुछ हुआ, वह गौतम के लिए भी आकस्मिक ही था। सम्राट की कृपा का आश्वासन होते हुए भी उन्हें यह विश्वास नहीं था कि वह उनके शाप की रक्षा का वचन देंगे। आज गौतम ने इन्द्र को दंडित किया था, यद्यपि उसके अपराध की तुलना में दंड बहुत कम था किन्तु उसे दंडित तो किया ही गया था...गौतम को प्रसन्न होना चाहिए था...किन्तु सम्राट का प्रतिबन्ध...क्या है कुलपति की मर्यादा? अहल्या का त्याग। यदि वह अहल्या को पत्नी के रूप में अंगीकार करेंगे तो वह कुलपति की मर्यादा से पतित होंगे...शायद यही।...सम्राट यही चाहते होंगे।...सम्राट स्वयं तो बंधे ही थे, गौतम को भी बांध गए थे...

शिथिल मन से गौतम अपनी कुटिया की ओर चल पड़े। उनके पग उठ नहीं रहे थे। वे कुछ ही क्षणों में कई वर्ष बूढ़े हो गए थे।

कुटिया के द्वारा पर शत खड़ा था।

"मां, कब आएंगी पिताजी?"

गौतम बेटे को छाती से चिपकाकर रो पड़े। क्या बताते पुत्र को। इन्द्र को दंडित करने का कितना मूल्य चुकाना पड़ा था उन्हें और अहल्या को।

विश्वामित्र मौन हो गए।

सब लोगों की दृष्टि गुरु पर टिक गई थी, किन्तु गुरु ने अपनी आंखें बन्द कर ली थीं। वे मानो ध्यानस्थ हो गए थे। रात काफ़ी हो गई थी। वे शायद आगे की कथा आज नहीं सुनाएंगे।...पर लक्ष्मण ऐसी स्थिति को स्वीकार नहीं कर सकते थे। ऐसे स्थल पर कथा रोकने का अर्थ, जहां श्रोता का कलेजा उत्सुकता के मारे फटा जा रहा हो। और फिर वैसे भी कथा आज समाप्त हो ही जानी चाहिए–काफ़ी समय हो गया, उसे खींचते हुए।

लक्ष्मण रुक नहीं सके, "गुरुदेव! कथा आगे नहीं बढ़ेगी?"

विश्वामित्र ने आंखें खोल दीं। लक्ष्मण की ओर देखकर, हल्का-सा मुस्कुराएं, किन्तु अपनी मुद्रा नहीं बदली। बोले, "कथा मैंने जहां रोकी है, वह पच्चीस वर्ष पुरानी बात है, किन्तु सौमित्र! कथा आज भी वहीं रुकी पड़ी है।"

"इसका क्या अर्थ हुआ ऋषिवर?" लक्ष्मण विचलित हो उठे।

"देवी अहल्या आज भी उसी आश्रम में एकाकी तपस्या कर रही है, और प्रतीक्षा कर रही है कि समाज उन्हें पवित्र मानकर, गौतम के पास जाने की अनुमति दे। गौतम प्रतीक्षा कर रहे हैं कि सामाजिक अनुमति पाकर देवी अहल्या उनके पास आएं; और बालक शत, अब सीरध्वज का पुरोहित शतानन्द बनकर भी अपनी मां के लिए सामाजिक स्वीकृति तथा पिता से मिलन की प्रतीक्षा कर रहा है।"

"प्रतीक्षा। अर्थात कहानी के आगे बढ़ने की प्रतीक्षा।" लक्ष्मण बोले।

"हां!" गुरु ने सिर हिला दिया।

कथा के आगे बढ़ने की कोई सम्भावना न देख लक्ष्मण की कथा सम्बन्धी उत्सुकता शान्त हो गई। उनका ध्यान अहल्या के प्रति हुए अत्याचार की ओर चला गया।

"एक दुष्ट और अनेक कायर।" लक्ष्मण बोले।

लक्ष्मण को ज़ोर की नींद आ चली थी; किन्तु कथा के मोह में उन्होंने अपने सम्पूर्ण आत्मबल से उसे रोक रखा था। कथा के समाप्त होते ही नींद के विरुद्ध खड़ा किया गया प्रतिरोध समाप्त हो गया। निश्चिन्त सो जाने में लक्ष्मण को दो क्षण भी नहीं लगे।

पर राम को नींद नहीं आई। उन्होंने कुछ सुखद आश्चर्य से लक्ष्मण को देखा : कैसे मस्त हैं लक्ष्मण। राम जानते हैं कि लक्ष्मण अहल्या की पीड़ा से, उसके विरुद्ध हुए अत्याचार के कितने दुखी हुए होंगे। यदि कहीं इन्द्र उनके सम्मुख पड़ जाता, तो धनुष उठाकर उस पर बाण चला देते। पर वे ही लक्ष्मण इस समय निश्चिन्त सो रहे हैं। यह आयु ही ऐसी है, या यह लक्ष्मण के स्वभाव की मस्ती है?...राम की न वह आयु है, और न वह स्वभाव। कथा का एक-एक अक्षर, उनके मन पर कीलित हो गया था। कैसे अहल्या के प्रति अत्याचार हुआ, कोई उसकी सहायता को नहीं आया। न ऋषिगण इन्द्र को रोक सके, न कोई आर्य सम्राट अहल्या की सहायता के लिए, उसका पक्ष लेकर इन्द्र को दंड दे सका। न उसे देवताओं ने समाज-बहिष्कृत किया। ऋषि दम्पत्ति ने अपने बल पर इन्द्र को दंडित किया। कितना हल्का था दंड–इन्द्र पूज्य नहीं रहा।...इतने-से दंड से क्या होता है, पर इससे अधिक लोग कर भी क्या सकते थे। इतने-भर के लिए ही उन्हें कितना मूल्य चुकाना पड़ा। पच्चीस वर्षों में एक बार छिपकर गौतम अहल्या से नहीं मिले–न शतानन्द ही वहां गए। जाते, तो समाज जान जाता कि गौतम ने अपनी पतित पत्नी को सचमुच त्यागा नहीं है। गौतम का सम्मान कम हो जाता। उनके शाप का पालन समाज नहीं करता...गौतम डरे हुए पच्चीस वर्षों से अपने आश्रम में बैठे हुए हैं।...

...सीरध्वज ने क्यों साहस नहीं किया? क्यों नहीं अहल्या को सामाजिक मर्यादा दी? इसलिए कि उन्हें अहल्या से कोई सहानुभूति नहीं थी? या वे स्वयं भी सामाजिक बहिष्कार से भयभीत थे? यदि राम तब उपस्थित होते, तो क्या करते?

राम प्रश्न के आमने-सामने खड़े थे।

क्या करते?

इसमें सोचना क्या है–दुष्ट की दुष्टता का प्रतिकार करने के लिए शस्त्र का आश्रय लेते हैं। इन्द्र को मृत्यु-दंड देते और अहल्या को निष्कलंक घोषित कर सामाजिक मर्यादा देते। पर...पर ये घटनाएं पच्चीस वर्ष पूर्व घटित हुई हैं। राम के जन्म से पूर्व, या उनके जन्म के आसपास। उन्हीं दिनों युद्ध में सम्राट दशरथ भी इन्द्र की सहायता करने गए होंगे...

पर ऋषि विश्वामित्र ने कहा है कि कथा वहीं रुकी पड़ी है अर्थात अहल्या आज भी आश्रम के भीतर बन्दिनी है, गौतम और शतानन्द आश्रम के बाहर...अहल्या आज भी मुक्ति की प्रतीक्षा कर रही है...

राम को वे सारी युवतियां याद हो आईं, जो ताड़का-शिविर से मुक्त कराई गई थीं। उन्हें लगा, अहल्या भी उन्हीं बन्दिनी युवतियों में से एक थी। यह दूसरी बात है कि वह राक्षसों द्वारा न बन्दिनी हुई, न पीड़ित। पर क्या अन्तर है राक्षसों और देवराज में? शक्ति और सत्ता के मद में क्या सब

लोग एक ही जैसे नहीं हो जाते–चाहे राक्षस हों, चाहे देव? अहल्या देवराज द्वारा सताई गई और मानव समाज द्वारा अपने ही आश्रम में बन्दिनी बना दी गई।

राम की कल्पना में वनजा सजीव हो उठी। चलते हुए उसने पूछा था, "मुझे किसके भरोसे छोड़कर जा रहे हैं प्रभु!" और राम ने कहा था, "में आऊंगा। जब भी मेरी आवश्यकता होगी, मैं आऊंगा।"

क्या भेद है वनजा और अहल्या में। राम अहल्या को भी ऐसा ही वचन क्यों नहीं दे सकते? क्या अहल्या उन्हें नहीं बुला रही? क्या उसकी रुकी हुई कथा को राम आगे नहीं बढ़ा सकते?...

राम एक निर्णय पर पहुंच रहे थे। उनका मानसिक तनाव कुछ कम हो रहा था। उन्हें नींद आ रही थी...

नौ

विशाला से प्रातः चलकर, थोड़ी देर पूर्व ही उन्होंने मिथिला में प्रवेश किया था। किन्तु मिथिला प्रदेश में प्रवेश करते ही गुरु फिर किसी असमंजस में पड़ गए थे। अब उनकी गति में वेग नहीं रह गया था। उनका लक्ष्य भी ध्रुव नहीं था। वह अनमने-से कुछ सोचते जा रहे थे। अन्ततः जब गुरु ने रुकने का आदेश दिया, तो राम ने देखा, गुरु न तो जनकपुर के राजप्रासाद में रुके थे, न सीरध्वज की यज्ञ-भूमि में। वे लोग जनकपुर के बाहर किसी प्राचीन उपवन में रुक गए थे। किन्तु गुरु का कदाचित यहां वास करने का विचार नहीं था। उन्होंने पीछे आते हुए छकड़ों से सामान उतारने का कोई आदेश नहीं दिया था। वे खड़े-खड़े कुछ सोच रहे थे।

"यह उपवन कुछ असाधारण है गुरुदेव!" एक लम्बे मौन के पश्चात राम बोले।

"हां महाबाहु।" गुरु का स्वर गम्भीर था, "यह साधारण उपवन नहीं है। यह एक प्राचीन आश्रम है।"

राम मुग्ध होकर, उस आश्रम को देख रहे थे। ऐसा सुन्दर आश्रम कदाचित उन्होंने इससे पहले नहीं देखा था। इस आश्रम पर प्रकृति की भरपूर कृपा थी। पेड़, पौधे, लताएं, कुंज, झाड़ियां, पुष्प, फल, पशु, पक्षी... सब इतने विपुल, इतनी अधिक संख्या में थे, जैसे प्रकृति का सौन्दर्य पुंजीभूत हो एक जगह पर आ गया हो। ऐसा नहीं लगता था कि मनुष्य ने उसको किंचित संवारने के अतिरिक्त कभी उसका क्षय भी किया हो। जैसे, मानवीय हाथ यदि कभी इस आश्रम को लगे, तो उसके निर्माण के लिए ही लगे। मानवीय बाधा के कारण उसमें कहीं कोई दोष दिखाई नहीं पड़ता था–मानो उस आश्रम का कभी उपयोग ही न हुआ हो, वहां कोई रहता ही न हो। कितना सन्नाटा है। सब ओर शान्ति, स्तब्धता। कैसा तो, एक रहस्य का आभास होता है।

"भैया! यह आश्रम पिताजी द्वारा ब्याह कर लाई और किसी महल में ठहराकर, भुला दी गई किसी रानी जैसा अछूता नहीं लगता क्या?" लक्ष्मण ने बहुत धीरे-से राम के कान में कहा।

किन्तु राम अतिरिक्त रूप में गम्भीर थे। उन्होंने लक्ष्मण की बात सुनी, आंखों-ही-आंखों में उसकी चपलता को सराहा और डांटा। अन्त में विश्वामित्र की ओर मुड़े। विश्वामित्र हल्के-हल्के मुस्कुरा रहे थे, जैसे जानते हों कि राम अभी इसी मुद्रा में उनकी ओर मुड़ेंगे।

"राम! है न यह आश्रम अद्भुत और विचित्र।" गुरु का स्वर करुणायुक्त हो गया, "राघव! यह ऋषि गौतम का वही परित्यक्त आश्रम है, जहां इन्द्र द्वारा अहल्या पर अत्याचार हुआ था।..."

लक्ष्मण की आंखों में क्रोध उमड़ा और मुख से अजाने ही हुंकार फूटी, "इन्द्र! भ्रष्ट सत्ताधारी!"

राम की गम्भीरता में करुणा घुल गई।

विश्वामित्र अपने प्रवाह में कह रहे थे, "इसी आश्रम में आज भी अहल्या सामाजिक रूप से परित्यक्त, मानवीय समाज से असम्पृक्त, अपने इस आश्रम में सर्वथा एकाकी, जड़वत, शिलावत निवास कर रही है। वह सामाजिक मर्यादा पाने की प्रतीक्षा कर रही है।"

लक्ष्मण के रौद्र रूप पर हल्का-सा कौतूहल छा गया। अजाने ही उनकी आंखों में जिज्ञासा झांक गई, "अर्थात कथा यहां रुकी पड़ी है?"

"कथा यहां रुकी नहीं पड़ी लक्ष्मण।" राम किसी स्वप्नलोक में बोल रहे थे, "वह आगे बढ़ाए जाने की प्रतीक्षा कर रही है।"

विश्वामित्र के मन का कोई तन्तु भीग उठा। राम सचमुच उनकी इच्छित दिशा में सोच रहे थे। राम निश्चय ही कर्म करेंगे, उचित कर्म...

राम के मन में बिखरे प्रश्न, भाव, सूत्र का आकार ग्रहण कर रहे थे। उन सबका केन्द्रीकरण, उन्हें कर्म की ओर प्रेरित कर रहा था। वह सोच रहे थे, गुरु विश्वामित्र उन लोगों को सीधे जनकपुर में न ले जाकर यहां क्यों लाए हैं? सिद्धाश्रम से चलते ही उन्होंने अहल्या की कथा क्यों आरम्भ कर दी थी? क्यों पिछले तीन दिनों से वह अहल्या के विरुद्ध हुए अत्याचार को रेखांकित कर रहे हैं? क्या चाहते हैं गुरु?

कर्म का समय आ गया था। राम निर्णय पर पहुंच गए थे।

"ऋषिवर! क्या मुझे देवी अहल्या के सम्मुख उपस्थित होने की अनुमति है?"

ऋषि छलछला आई आंखों में हंस पड़े, "राघव! तुम्हें भी अनुमति की आवश्यकता है? आज तक अनुमति की ही प्रतीक्षा करते रहे–सीरध्वज, शतानन्द, गौतम...तुम भी अनुमति मांगोगे पुत्र, तो तुम उनसे भिन्न कैसे होओगे? अनुमति की आवश्यकता उन्हें होती है रघुनन्दन, जो दायित्व का बोझ या तो अपने कन्धों पर उठा नहीं सकते, या उठाना नहीं चाहते। तुम अपने लिए स्वयं निर्णय लो।"

राम का आत्मविश्वास उनके होंठों पर मुस्कुराया, "आओ सौमित्र!"

लक्ष्मण इस समय अपने मन को पहचान नहीं पा रहे थे। वह क्रुद्ध थे, क्षुब्ध थे, पीड़ित थे, दीन थे, विस्मित थे, आतुर थे...क्या चाहते थे वह? भैया राम निश्चित रूप से अनिर्णय की स्थिति में नहीं थे। वह बिखरे हुए भी नहीं थे, पूरी तरह एकाग्र थे।

सम्मोहित-से लक्ष्मण चुपचाप राम के पीछे चल पड़े। राम के क्रिया-कलाप में कोई उत्तेजना नहीं थी। उनकी गति और मुद्रा एकदम सहज हो चुकी थी।

राम आश्रम के केन्द्र की ओर बढ़ रहे थे। सामान्यतः कुलपति की कुटिया आश्रम के केन्द्र में ही हुआ करती है। एक स्थान पर रुककर उन्होंने चारों ओर देखा। एक कुटिया जो अपने आकार-प्रकार में भी विशिष्ट थी, और जिसके चारों ओर विशेष रूप से एक सुदृढ़ बाड़ बनाई गई थी, उनके सामने थी–कदाचित यही कुलपति की कुटिया होगी।

राम ने बाड़े का फाटक खोला और भीतर चले गए। कुटिया के द्वार पर क्षण-भर के लिए रुक, खटखटाने के लिए हाथ बढ़ाया तो द्वार अपने आप ही खुल गया–वह भीतर से बन्द नहीं था। राम ने द्वार पूरी तरह खोल दिया, कुछ क्षणों तक प्रतीक्षा की और भीतर प्रवेश किया।

विश्वामित्र उनके पीछे-पीछे आकर कुटिया के द्वार पर खड़े हो गए। वह इसी क्षण की प्रतीक्षा पिछले पच्चीस वर्षों से कर रहे थे...आज सम्पूर्ण आर्यावर्त में सर्वाधिक सम्मानित सम्राट दशरथ के पुत्र राम और लक्ष्मण, स्वयं अपनी इच्छा से अहल्या की कुटिया में प्रवेश कर, उसके सम्मुख जा खड़े हुए थे। राम अहल्या के सामाजिक बहिष्कार का अन्त करने के लिए उद्यत थे; और एक बार राम द्वारा अहल्या को सम्मान मिल गया, तो फिर कोई अन्य जन अहल्या के साथ दुर्व्यवहार नहीं कर सकेगा।...

अस्पष्ट-सी आहट से अहल्या का ध्यान भंग हो गया। उसने अचकचाकर आंखें खोल दीं। सिर उठाकर देखा...आकृतियों को पहचानने में उसे थोड़ा-सा समय लगा। वर्षों से उसने किसी मानव-आकृति को इतने समीप नहीं देखा था। वह तो प्रायः भूल ही गई थी कि किसी और मानव का भी इस लोक में अस्तित्व है।...धीरे-धीरे उसके मस्तिष्क में, उसके कल्पना-लोक में, उसके विचारों में आकृतियां लौट रही थीं। जीवित प्राणियों की...मानवों की।... उसने पहचानना आरम्भ किया...उसके सम्मुख एक नवयुवक और एक किशोर–दो सुन्दर राजसी पुरुष खड़े थे...कौन? विश्वामित्र...हां वह ही थे। पिछले वर्षों में वह कितने बदल गए थे। उन्हें पहचानना कठिन नहीं था।

अहल्या समझ नहीं पा रही थी कि क्या करे। वर्षों का अन्तराल बीत गया। कभी कोई उसकी कुटिया में नहीं आया, उसके आश्रम में नहीं आया।...और आज ऐसा क्या हो गया कि स्वयं ऋषि विश्वामित्र इन दो राजपुरुषों के साथ उसकी कुटिया में आ गए हैं। क्या अब वह पतिता नहीं रही? क्या अब वह मानव-समाज को स्वीकार्य है? क्या अब वह अपने पति और पुत्र से मिल पाएगी? उसके कारण लोग उन्हें अपमानित नहीं करेंगे? ये ऐसे कौन पुरुष हैं, जिन्होंने इतने भयंकर सामाजिक विरोध की चिन्ता नहीं की है...

वर्षों से रुद्ध कंठ से वाणी फूटी। अहल्या स्वयं ही अपना स्वर पहचान नहीं पा रही थी। उसके अपने कानों को ही अपना स्वर अपरिचित लग रहा था। अपने एकान्त-जीवन के आरम्भिक दिनों में कभी-कभी परेशान होकर वह अपने-आप से बातें करने लगती थी-ज़ोर-ज़ोर से चिल्लाने लगती थी। पर अब तो उस बात को भी बहुत समय बीत चुका है।

"ऋषि विश्वामित्र! इतने लम्बे अन्तराल के पश्चात आपको अपनी कुटिया में आया देख मेरे मन में क्या हो रहा है–उन भावों को अभिव्यक्त नहीं कर सकती! ऋषिवर! आप अपने साथ किन को लाए हैं? ये दो राजकुमार-से नवयुवक कौन हैं?"

"देवि अहल्या! मैं इन्हें नहीं लाया हूं। ये लोग मुझे लाए हैं। इनके बिना मैं स्वयं भी यहां तक आने का साहस कभी नहीं कर पाया था।"

राम और लक्ष्मण अब तक चुपचाप अहल्या को देख रहे थे–एक अलौकिक कलाकृति-सी निर्मिति, महिमामयी नारी। तपस्या से तपी हुई आकृति, यातना और साधना से प्राप्त की गई पवित्रता। हिम-सा श्वेत, किंचित् लाली लिए हुए गोरा रंग, अथाह वेदना से भरी हुई पारदर्शी आंखें, ऊंची नाक...ऐसा अलौकिक भाव उन्होंने इससे पहले किसी मुख पर नहीं देखा था...किन्तु अब वहां वह युवती नहीं थी, जिस पर इन्द्र की दूषित दृष्टि पड़ी थी। पच्चीस असाधारण वर्षों की काल-यात्रा, उस आकृति पर अपनी अमिट छाप छोड़ गई थी...

राम आगे बढ़े। उन्होंने झुककर अहल्या के चरण छुए।

लक्ष्मण ने उनका अनुसरण किया।

"देवि! मैं कौसल्या और दशरथ का पुत्र राम आपको प्रणाम करता हूं। मेरे साथ मेरे छोटे भाई सौमित्र लक्ष्मण हैं।"

अहल्या के मन में ज्वार उठा। राम और लक्ष्मण साधारण मनुष्य नहीं हैं। आज तक किसी आर्य सम्राट या राजकुमार को इतना साहस नहीं हुआ कि वह इस पतित नारी के द्वार पर आ सकता। स्वयं सीरध्वज यहां तक आने के लिए सहमत नहीं हुए। अद्‌भुत हैं राम और लक्ष्मण! और ऋषि विश्वामित्र कहते हैं कि ये दोनों राजकुमार ही उन्हें यहां लाए हैं। क्रान्ति-द्रष्टा ऋषि ने ऐसा क्या किया कि राम ने सम्पूर्ण आर्यावर्त के विरोध की ऐसी उपेक्षा कर डाली...

अहल्या स्वयं ही भूल गई। अपने परिवेश को भूल गई। वर्षों से मन में जमी ग्लानि किसी अनबूझी प्रक्रिया से कृतज्ञता में परिणत हो गई। शरीर और मन की जड़ता जैसे शून्य में विलीन हो गई। एक विचित्र-सी प्रसन्नता से आंखें डबडबा आईं और वाणी वाचाल हो गई, "तुमने मेरे चरण छुए हैं राम और लक्ष्मण! तुम्हारा कल्याण हो। इच्छा होती है कि मैं तुम्हारे चरण छू लूं।...मैं अपनी कृतज्ञता किस रूप में अभिव्यक्त करूं? तुम लोग नर-श्रेष्ठ हो। युग-पुरुष हो। कदाचित आज तक मैं तुम लोगों की ही प्रतीक्षा कर रही थी। मैं ही नहीं, आज सम्पूर्ण आर्यावर्त तुम्हारे जैसे युग-पुरुष की प्रतीक्षा कर रहा है। मैं अकेली जड़ नहीं हो गई थी, सम्पूर्ण आर्यावर्त जड़ हो चुका है। वे सब तुम्हारी प्रतीक्षा कर रहे हैं वीर बन्धुओं! तुम उनमें उसी प्रकार प्राण फूंको, जिस प्रकार तुमने मुझमें प्राण फूंके हैं। तुम उस सम्पूर्ण दलित वर्ग को सम्मान दो, प्रतिष्ठा दो। सामाजिक रूढ़ियों में बंधा यह समाज न्याय-अन्याय, नैतिकता-अनैतिकता आदि के विचार और प्रश्नों के सन्दर्भ में पूर्णतः जड़ पत्थर हो चुका है। राम! तुम इन सबको प्राण दो।...मेरी प्रतीक्षा आज पूरी हुई। मेरी साधना आज सफल हुई। तुमने आज स्वयं आकर मेरा उद्धार किया है, आज मैं निर्भय ग्लानिशून्य मन से कहीं भी जा सकती हूं।... मेरा आत्मविश्वास लौट आया है। मैं निःसंकोच अपने पति के पास जा सकती हूं। मेरा मन किसी से आंखें नहीं चुराएगा। राम! तुमने मेरे दुविधाग्रस्त मन को विश्वास दिला दिया है कि मैं अपराधिनी नहीं हूं। वह अपराध-बोध मेरा भ्रम था।"

शिलाओं को पिघला देनेवाली राम की मुस्कान अधरों पर आई, "देवि! आप मुझे इतना महत्त्व न दें। मुझे ही अपनी ओर से कुछ कहने दें। मैं उन सम्पूर्ण लोगों की ओर से आपसे क्षमा-याचना करता हूं, जिन्होंने आपका अपराध किया है, और प्रतिज्ञा करता हूं कि जीवन में जब कभी इन्द्र से साक्षात्कार हुआ, उसे प्राण-दंड दूंगा...मेरी आयु अभी इतनी नहीं, मेरा ज्ञान भी अभी इतना नहीं, जितना इन ऋषियों, तपस्वियों, मुनियों और साधकों का है। मेरे सम्मुख तो अपना मार्ग भी स्पष्ट नहीं है। परन्तु मैं अत्यन्त चकित और पीड़ित हूं। ये लोग जानते हैं कि सत्य क्या है, उचित क्या है, न्याय क्या है।

किन्तु फिर भी ये सबके-सब, किसी भय से निष्क्रिय और जड़ पड़े हुए हैं। आपने कहा है देवि! इन सबको युग-पुरुष की प्रतीक्षा है, जो इन्हें इस जड़ता से उबार, नवजीवन दे सके; किन्तु वह पुरुष मैं ही हूं–यह कोई कैसे कह सकता है–मैं स्वयं भी कैसे कह सकता हूं। पर हां, मैं प्रयत्न करूंगा कि इस जड़ता को यथाशक्ति तोड़ूं। आपने वर्षों की प्रतीक्षा की हे देवि! आपकी प्रतीक्षा समाप्त हुई। जाइए, अपने पति के आश्रम में पधारिए। अब कोई आपको परित्यक्ता, पतित, हीन तथा सामाजिक एवं नैतिक दृष्टि से हेय कहने का साहस नहीं करेगा। मैं कौसल्या-पुत्र राम, वचन देता हूं कि यदि समाज ने आपको स्वीकार नहीं किया तो मैं या तो आपको प्रतिष्ठा दिलाऊंगा या इस दलित समाज

का नाश कर नया समाज बनाऊंगा। देवि! मैं तो आज तक अपनी मां को ही बहुत पीड़ित मानता था, पर आपने तो उससे भी कहीं अधिक सहा है।"

"धन्य राम!" विश्वामित्र का उल्लसित स्वर गूंजा, "पुत्र! तुम मेरी अपेक्षाओं से भी उच्च हो, परे हो।...जाओ देवि! तुम्हें कौसल्या के पुत्र राम का संरक्षण प्राप्त है। अब कोई भी जड़ चिन्तक, ऋषि, मुनि, पुरोहित, ब्राह्मण, समाज-नियन्ता तुम्हें सामाजिक और नैतिक दृष्टि से अपराधी नहीं ठहराएगा।"

अहल्या समझ नहीं पा रही थी कि वह क्या करे। उसके हृदय में कितनी उधल-पुथल थी। उस सबको वाणी देने के लिए उसके पास शब्द नहीं थे। उसके हाथ, आयु में स्वयं से बहुत छोटे राम के सम्मुख जुड़ गए। उसकी आंखों में धारा-प्रवाह अश्रु बह रहे थे। उसने ऐसे आनन्द का अनुभव पहले कभी नहीं किया था।...शब्दों में कुछ न कह सकी, तो उसने अपना माथा झुकाकर, अपने जुड़े हाथों पर टिका दिया...

अहल्या की कातरता देखकर नवयुवक राम अपने भीतर अत्यन्त परिपक्व और प्रौढ़ पुरुष, मनोवृद्ध व्यक्ति का-सा अनुभव करने लगे। बोले, "कातरता छोड़ो देवि! प्रफुल्ल और प्रसन्न होओ।"

अहल्या अपनी विह्वलता से उबरी। स्वयं को सन्तुलित किया और बोली, "मेरी भूल क्षमा करो। मैं अपने पाप में ही भूली रही। आप लोगों को बैठने को नहीं कहा। आसन ग्रहण करें। मैं कुछ फल-फूल ले आऊं...।" सहसा उसकी वाणी उत्साहशून्य हो गई, "...मेरे हाथ का भोजन ग्रहण कर...।"

"अहल्या!" विश्वामित्र ने स्नेह सधे कठोर स्वर में डांटा।

राम अपनी सहज गम्भीरता छोड़ अट्टहास कर उठे।

अहल्या अत्यन्त हल्के मन से कुटिया से बाहर निकल आई।

लक्ष्मण की आंखों के सम्मुख इतना कुछ तेज़ी से घट रहा था। उनके मन में उथल-पुथल मच गई थी। उन्हें भैया राम की दोनों प्रतिज्ञाएं बहुत अच्छी लगी थीं। अब तक वह कुछ बोले नहीं थे; अब बहुत कुछ कहना चाह रहे थे, किन्तु किससे कहते। भैया राम और गुरु दोनों ही कहीं बहुत गहरे डूबे-डूबे लग रहे थे। अब तक वे लोग देवी अहल्या के लिए पीड़ित और चिन्तित हो सकते थे, पर अब क्या है...

"गुरुदेव!" सहसा राम बोले, "ब्रह्मचारी समुदाय क्या आश्रम के बाहर ही रुकेगा?"

"ओह!" विश्वामित्र चौंके, "नहीं राम! तुमने यह स्थान तीर्थ-सा पवित्र कर दिया है। उन लोगों को यहां अवश्य आना चाहिए। सौमित्र, तुम पुनर्वसु तथा अन्य ब्रह्मचारियों को बुला लाओ वत्स!"

लक्ष्मण संकुचित-से उठकर खड़े हो गए। भागने की तैयारी कर, जैसे थमकर बोले, "मैं जा रहा हूं गुरुदेव! पर मेरे आने से पहले कथा आगे न बढ़े।"

लक्ष्मण दौड़ते हुए कुटिया से निकल गए।

ब्रह्मचारियों को लिवाकर लक्ष्मण आए तो कुछ ही क्षणों में अहल्या भी लौट आई। अनेक ब्रह्मचारियों को देख उसने प्रसन्न विस्मय प्रकट किया। अपने आंचल में लाए हुए अनेक फल उसने धोकर पत्तों पर रख अतिथियों को अर्पित कर दिए।

"मेरा शत अब कितना बड़ा हो गया है ऋषिवर?" अहल्या ने विश्वामित्र से पूछा, और उसकी

आंखें राम के चेहरे पर मंडराने लगीं—"इतना बड़ा हो गया होगा शत। राम से भी कुछ बड़ा। क्या इतना ही सुन्दर..."

"देवि! तुम्हारा पुत्र अब ऋषि शतानन्द है, जो सम्राट सीरध्वज का राज-पुरोहित है।"

अहल्या की आंखें आनन्द में मुंद गईं। धन्य हो तुम स्वामि। तुमने हम दोनों का स्वप्न पूरा किया।...क्षण-भर में ही सचेत होकर बोली, "और मेरे स्वामी कैसे हैं?"

"गौतम तुम्हारी आतुर प्रतीक्षा कर रहे हैं देवि!"

अब लक्ष्मण स्वयं को रोक नहीं पाए; जाने इन लोगों का वार्तालाप कब तक चलता रहे। बोले, "क्षमा करें गुरुदेव! क्या पच्चीस वर्ष पूर्व ही कथा रुक गई थी? आगे क्या हुआ?"

गुरु करुणा को रोक मुस्कुरा पड़े, "आगे की कथा, देवी अहल्या की एकान्त साधना की करुण गाथा है। वह ही सुनाएं तो सुनाएं।"

अहल्या कुछ-कुछ आभास पा गई थी। बोली, "बालक तुम मेरी कथा पूछ रहे हो?"

"हां देवी! ऋषि गौतम के चले जाने के बाद तक की कथा हमें गुरुदेव ने सुना दी है। आगे की बात सुनना चाहता हूं।"

"पुत्र! मेरी कथा क्या होगी।" अहल्या का स्वर गम्भीर था, किन्तु उदास नहीं, "कितने ही समय तक मैं अपनी कुटिया से नहीं निकली।

अपनी शैया पर पड़ी-पड़ी रोती रही। पर जब रो-रोकर मन की पीड़ा बहा चुकी और भूख-प्यास से पीड़ित हुई, तो उठना ही पड़ा। मेरे पास डूंडी और दो-चार गाएं थीं, फलों के कुछ वृक्ष थे, आश्रम में साग-सब्ज़ी थी। मुझे उन सबकी रक्षा करनी थी, ताकि वे मेरी रक्षा कर सकें। मैं इन्हीं कामों में लगी रही। ख़ाली समय में बैठकर, कभी पुरानी बातें और कभी अपने प्रियजनों की याद कर लेती; और यदि मन मानता तो ब्रह्मा का ध्यान भी करती। पुत्र! इन दिनों मैं आश्रम से बाहर कभी नहीं निकलती।

"पर लक्ष्मण, दो-तीन सप्ताह के पश्चात एक दिन मैं कुछ अस्वस्थ हो गई। तेज़ ज्वर चढ़ आया और सिर पीड़ा से फटने लगा। जब तक सहन कर सकती थी, किया; किन्तु जब कष्ट असहनीय हो उठा तो मैंने आश्रम के बाहर के किसी ग्राम में, किसी वैद्य की सहायता लेने की सोची। पुत्र! बिना सोचे-समझे मैं ज्वर की अवस्था में चल पड़ी। मुझे दिशा का कोई ज्ञान नहीं था, दूरी का पता नहीं था। पर मैं चलती गई।

"पहले ग्राम में जो पहला घर मुझे दिखा, मैंने उसी के द्वार पर थाप दी। द्वार खुला। एक प्रौढ़ व्यक्ति बाहर निकला। उसने मुझे पहचानकर ऐसी चीख़ मारी, जैसे कोई प्रेत देख लिया हो। लोग चीख़ते-चिल्लाते घरों से निकल आए। मैं उनकी ओर बढ़ती तो वे भाग जाते। घर में घुस जाती तो वे अपने घर-द्वार छोड़कर निकल जाते। मुझसे दूर रहकर, मेरी छाया से भी बचते हुए, वे लोग चिल्ला रहे थे, शोर मचा रहे थे। दो-एक ढेले भी मेरे सिर पर लगे।..."

"ले!" लक्ष्मण बोले, "कितने दुष्ट हैं लोग!"

"उन्हें क्या दोष दूं लक्ष्मण!" अहल्या बोली, "पता नहीं वे कौन थे, पर भोले और अनजान लोग थे! मुझे पतिता घोषित करनेवाले तो कोई और थे—ऋषि-मुनि, आचार्य, विद्वान, समाज-नियन्ता...पर ख़ैर, मैं आश्रम में लौट आई। शैया पर पड़े-पड़े दो दिनों में ज्वर अपने-आप ही उतर गया। तब से मैं अपने आश्रम से बाहर कभी नहीं गई। बाहर से आश्रम के भीतर भी कोई नहीं आया...यह वस्त्र भी वत्स..." अहल्या ने उत्तरीय हाथ में पकड़कर दिखाया, "स्वयं बोई कपास से काता और

बुना गया है।...इस कथा में कोई मोड़ नहीं है पुत्र! पच्चीस वर्षों में पहला मोड़, तुम लोगों ने यहां आकर दिया है...।"

"आप तो मुझे बहुत भली लगती हैं देवि!" लक्ष्मण बोले, "आपकी जगह मैं होता तो ऋषि गौतम और शतानन्द को कभी न जाने देता, यदि वे चले जाते तो उन्हें कभी क्षमा न करता..."

अहल्या हंसी, "मैं भी ऐसा ही करती लक्ष्मण। यदि उनके मन में मेरे प्रति तनिक भी विरोध होता। पर उनके मन में विरोध नहीं था, द्वेष नहीं था। उन्हें मैंने भेजा है, और वे आज भी मेरी प्रतीक्षा कर रहे हैं...इसीलिए तो मैं भी जाने को आतुर हूं..."

"तो उठो देवि!" विश्वामित्र बोले, "हम तुम्हें ऋषि गौतम को सौंपते हुए ही जनकपुर जाएंगे।"

दस

जनकपुर के बाहर जल की सुविधा देखकर, एक आम्रवाटिका में गुरु विश्वामित्र ने शिविर स्थापित करने की आज्ञा दे दी।

राम ने अपना धनुष एक पेड़ के तने के साथ टिकाया, कन्धे से तूणीर उतार उसी के साथ रखा; और उसी पेड़ का सहारा लेकर बैठ गए। लक्ष्मण ने भाई के सुविधापूर्वक बैठ जाने-भर की प्रतीक्षा की, और धीरे-से आकर उनके पास घुटनों के बल बैठ गए।

राम लक्ष्मण की इस मुद्रा को जानते थे। उन्हें बैठना नहीं था। कोई बात कहकर तत्काल जाने की उनकी यही मुद्रा थी।

"भैया, मैं जरा अपनी गिनती पक्की कर लूं। कई दिनों से अभ्यास छूट गया है।" राम ने लक्ष्मण को ध्यान से देखा। लक्ष्मण शरारत से मुस्कुरा रहे थे, राम समझ गए, "अमराई घूमना चाहते हो?"

"नहीं, ज़रा पेड़ गिनूंगा। आम के प्रकारों का निरीक्षण भी करूंगा। वनस्पतिशास्त्र का मेरा ज्ञान भी कुछ पीछे छूट गया लगता है।"

"अधिक देर मत लगाना।"

लक्ष्मण चले गए; और राम अपने मन की गुत्थियों में खो गए।

गुरु ताड़का-वध की बात कहकर राम को लाए थे; किन्तु अब तक राम अच्छी तरह जान गए थे कि बात केवल ताड़का-वध की नहीं थी। गुरु ने इस भू-खंड के भविष्य को बहुत दूर तक देखने का प्रयत्न किया था। सुना है, सीरध्वज कोई धार्मिक अनुष्ठान कर रहे हैं, तो उससे विश्वामित्र को क्या? वे राम को यहां क्यों लाए हैं?

इसमें भी गुरु का कोई निश्चित उद्देश्य होना चाहिए।

क्या है वह उद्देश्य?

राम ने देखा, पीछे-पीछे आते हुए, सामान ढोने वाले छकड़े आ पहुंचे थे। गाड़ीवान बैलों को रोककर नीचे उतर आए थे। सामान उतारा जा रहा था। पुनर्वसु अपने ब्रह्मचारी साथियों के साथ शिविर की व्यवस्था में लग गया था। गुरु उन्हें तरह-तरह के आदेश दे रहे थे।

अन्त में गुरु ने कहा, "पुनर्वसु! जनकपुर में राजपुरोहित शतानन्द को सूचना दो कि हम लोग यहां पहुंच चुके हैं। और पुत्र! उन्हें यह बताना मत भूलना कि मेरे साथ दाशरथि राम और लक्ष्मण भी हैं।"

"जो आज्ञा गुरुदेव!" पुनर्वसु चला गया।

राम ने गुरु का आदेश सुना। शतानन्द को अपने आने की सूचना देना साधारण बात थी। शतानन्द के माध्यम से ही यह सूचना सम्राट सीरध्वज को भी मिल जाएगी किन्तु दाशरथि राम और लक्ष्मण के साथ होने की सूचना को इतना विशिष्ट महत्त्व देने का अर्थ? क्या विश्वामित्र शतानन्द को यह स्मरण कराना चाहते हैं कि राम ने अहल्या को लम्बी यातना से मुक्त किया है? क्या गुरु शतानन्द को प्रभावित करना चाहते हैं? पर क्यों?"

राम को कोई उत्तर नहीं मिला।

राम उठ खड़े हुए। धनुष और तूणीर कन्धे से लटकाए और गुरु के समीप आ पहुंचे, "गुरुदेव! जनकपुरी आने का प्रयोजन समझ नहीं पा रहा हूं।"

"कोई आपत्ति है राम?" गुरु मुस्कुरा रहे थे।

"आपत्ति नहीं ऋषिवर! मात्र जिज्ञासा।"

गुरु ज़ोर से हंसे, "लक्ष्मण यहां नहीं दीखते, इसलिए राम को ही जिज्ञासा करनी पड़ी।"

राम मौन रहे।

गुरु गम्भीर हो गए, "राम! तुम्हें यहां लाने के अनेक कारण हैं, पर वे सब एक-दूसरे से जुड़े हुए हैं। मैं अन्तिम लक्ष्य के लिए तुम्हारी जैसी तैयारी चाहता हूं, उसकी पूर्णता जनकपुर में ही होगी। वत्स! यदि यहां मेरी योजना सम्पन्न हो गई, तो फिर मैं तुम्हें और कहीं नहीं ले जाऊंगा। तुम्हें स्वतन्त्र रूप से कार्य करने के लिए अकेला छोड़कर अपने आश्रम लौट जाऊंगा..."

रुककर गुरु ने राम की ओर देखा। राम पूरी गम्भीरता से उनकी बात सुन रहे थे। गुरु ने अपनी बात आगे बढ़ाई, "अब यह रहस्य की बात नहीं है कि सीरध्वज की पुत्री सीता, भूमि-पुत्री है। कहते हैं कि यह अज्ञातकुलशीला कन्या सीरध्वज को अपने राज्य के किसी खेत में हल चलाते हुए प्राप्त हुई थी। तुम समझ सकते हो राम! ऐसी कन्या, जो खेत में पड़ी हुई मिले, भूमि-पुत्री और अज्ञातकुलशीला ही हो सकती है। सीरध्वज राजा होने के साथ ऋषि भी माने जाते हैं, जो अनुचित नहीं है। सीरध्वज वस्तुतः तपस्वी हैं। कोई अन्य नृप होता, तो उस बच्ची को कभी अंगीकार न करता, किन्तु सीरध्वज के मन में करुणा है, मानव के लिए प्यार है। इसीलिए वह उस अज्ञातकुलशीला कन्या को त्याग नहीं सके। उन्होंने उसे पुत्रीवत पाला। किन्तु तब सीरध्वज ने यह नहीं सोचा था कि जब वह कन्या युवती होगी, तो जाति-पांति, कुल-गोत्र और ऊंच-नीच की मान्यताओं में जकड़े इस समाज में उसके विवाह की समस्या कितनी जटिल होगी; और यह समस्या तब और भी जटिल हो जाएगी, जब सीता अद्‌भुत रूपवती होगी। आज सीता चमत्कारिक रूपवती युवती है, जिसके सौन्दर्य की चर्चा आर्य सम्राटों के प्रासादों के भी बाहर, आर्यावर्त के बहुत परे तक राक्षसों, देवताओं, गन्धर्वों, किन्नरों, नागों आदि के राजमहलों में भी हो रही है। किन्तु पुत्र! सीरध्वज जनक के सामने एक बहुत बड़ी दुविधा है। आर्य सम्राटों और राजकुमारों में से कोई भी उपयुक्त पुरुष उस अज्ञातकुलशीला कन्या का पाणिग्रहण करने को प्रस्तुत नहीं है; और अपनी पोषित पुत्री सीता को जनक आर्येतर जातियों में दे नहीं सकते, देना नहीं चाहते। उनमें पिता का हृदय और आर्य सम्राट का अहं दोनों ही हैं। इसलिए जनक ने एक अद्‌भुत खेल रचा है पुत्र!...कहते हैं, किसी समय महादेव शिव ने युद्ध से निरस्त होकर अपना धनुष सीरध्वज के पूर्वजों को प्रदान किया था। राम! वह धनुष साधारण धनुष नहीं था। वह शिव का धनुष था, और शिव अनेक दिव्यास्त्रों के निर्माता हैं। 'धनुष' शब्द से तात्पर्य

इतना ही है कि उस यन्त्र से विभिन्न प्रकार के दिव्यास्त्र प्रक्षेपित किए जा सकते हैं। शिव का वह तथाकथित धनुष आज भी सीरध्वज के पास पड़ा है। किन्तु वह पड़ा ही है, उपयोग में नहीं आ रहा क्योंकि उसके संचालन की विधि कोई नहीं जानता, स्वयं सीरध्वज जनक भी नहीं। उस धनुष (अजगव) को लेकर देवताओं, राक्षसों, मनुष्यों–सभी जातियों में अनेक चिन्ताएं, शंकाएं, सन्देह तथा प्रश्न हैं। यह ठीक है कि आज उस धनुष के संचालन की विधि कोई नहीं जानता, किन्तु सदा ऐसा ही तो नहीं रहेगा। भविष्य में जब कभी कोई जाति यह विधि सीख लेगी, वह उसे हस्तगत करने का प्रयत्न करेगी; और यदि वह ऐसा करने में सफल हो गई तो वह जाति अन्य जातियों के लिए अजेय हो जाएगी।

"जनक ने उसी धनुष को लेकर सीता के विवाह की युक्ति सोची है। उसने यह प्रण किया है कि जो कोई उस धनुष की प्रत्यंचा चढ़ा देगा, अर्थात उस यन्त्र को संचालित कर देगा, सीता का विवाह उसी के साथ होगा। पुत्र! जनक ने यह सोच रखा है कि कोई भी देवता, राक्षस, नाग, गन्धर्व, किन्नर उस धनुष का संचालन नहीं कर सकेगा। अतः सीरध्वज जनक यह कह सकेगा कि उसकी परीक्षा पर कोई पुरुष पूर्ण नहीं उतरा, अतः सीता अविवाहित रहेगी। तब यह आर्य राजकुलों में जामाता न पा सकने की अक्षमता के आरोप से बच जाएगा और सीता अज्ञातकुलशीलता के कारण अविवाहित रह जाने के आक्षेप से मुक्त रहेगी।"

"अद्‌भुत स्थिति है ऋषिवर!" राम के मुख से अनायास ही निकल गया, "मैं चकित हूं कि एक साधारण रूपवती युवती राजकुमारी के साथ विवाह करने के लिए कोई आर्य राजकुमार प्रस्तुत नहीं है। यदि वह अज्ञातकुलशीला है तो उसमें उस कन्या का क्या दोष? हमारा समाज कैसा जड़ है गुरुदेव! किसने बनाए हैं ये नियम? कौन है इन सामाजिक मूल्यों के पीछे? वनजा बिना अपने किसी दुष्कर्म के पीड़ित है, अहल्या बिना अपराध के दंडित है, सीता बिना दोष के अपमानित है। ऐसा क्यों है गुरुदेव?"

"इन्हीं नियमों के विरुद्ध लड़ने के लिए तुम्हें मैं यहां लाया हूं राम!" गुरु के स्वर में संघर्ष की इच्छा और सफलता का उल्लास, दोनों थे, "वैसे जनक का प्रण हमारे अत्यन्त अनुकूल है। यदि सीधे-सीधे जनक के सम्मुख यह प्रस्ताव रखा जाता कि दशरथ के राजकुमार राम के साथ सीता का विवाह कर दो, तो कदाचित जनक यह स्वीकार नहीं करता, क्योंकि आज तक अयोध्या और मिथिला के सम्राटों के सम्बन्ध कभी मैत्रीपूर्ण नहीं रहे, इस मैत्रीशून्य इतिहास के कारण अयोध्या के राजकुमार के साथ अपनी कन्या का विवाह करते हुए सीरध्वज अवश्य ही स्वयं को हेठा अनुभव करेगा। इसलिए यदि तुम अजगव-संचालन कर, इस प्रतिबन्ध पर पूर्ण उतरते हो, तो निश्चित रूप से सीरध्वज इस विवाह में संकोच नहीं करेगा पुत्र! इससे एक ओर जहां सीता जैसी गुणशीला रूपवती, सुन्दरी युवती की जाति-विचार के पिशाच के हाथों हत्या नहीं होगी, और उसका विवाह अपने योग्य वर के साथ होगा; दूसरी ओर अयोध्या और जनकपुरी की परम्परागत शत्रुता, वैमनस्य, तथा एक-दूसरे के प्रति उदासीनता समाप्त हो जाएगी। और राम! दो प्रमुखतम आर्य सम्राटों को मिलाकर एक कर देने, उनकी सम्मिलित शक्ति को राक्षसों के विरुद्ध लड़ने के लिए तैयार कर देने का जो स्वप्न मैंने वर्षों से देखा है, वह भी पूर्ण हो जाएगा...।"

गुरु रुक गए, किन्तु जब राम ने कोई उत्तर नहीं दिया तो गुरु पुनः बोले, "मैं अभी तुमसे कोई वचन नहीं चाहता राम, तुम इस विषय में सोच लो, विचार कर लो। अभी थोड़ी देर का समय तुम्हारे पास है। जल्दी में कोई निर्णय लेना अच्छा नहीं होता पुत्र!"

सीता के साथ विवाह?

बड़ा जटिल प्रश्न है। अयोध्या से चलने के पूर्व पिता दशरथ भी राम के विवाह के विषय में ही चर्चा कर रहे थे। पिता किसके साथ उनका विवाह करना चाहते हैं? और गुरु किसके साथ? राम के विवाह के लिए उपयुक्त पात्र चुनने का अधिकार किसको है–पिता को? गुरु को?? अथवा स्वयं राम को???...और कहीं राम का मन कहता है–यह अधिकार राम को है, केवल राम को है, केवल राम को। और किसी को भी नहीं।...यह निर्णय राम को ही लेना होगा...राम को...राम गुरु विश्वामित्र की बात का पूर्ण विश्वास कर सकते हैं...

सहसा राम का चिन्तन-प्रवाह रुक गया।

वे इस ढंग से क्यों सोच रहे हैं? क्या सीता ने उनसे निवेदन किया है कि वह मुसीबत में फंसी हुई है, राम आकर उसका उद्धार करें? क्या राम सीता पर दया कर उसका उद्धार करने के लिए उससे विवाह करना चाहते हैं? क्या राम सीता से विवाह कर उस पर अहसान कर रहे हैं, उसके प्रति करुणा का अनुभव कर अपना बलिदान कर रहे हैं?...ऐसा तो नहीं है। वह इस ढंग से क्यों सोच रहे हैं, जैसे सीता जड़-निष्प्राण वस्तु हो–जैसे उसकी अपनी कोई इच्छा, पसन्द, चुनाव, भावना कुछ भी न हो। मानो वह इस प्रतीक्षा में बैठी हो कि राम आकर उसका उद्धार करें...राम को यह क्या हो रहा है...वह स्वयं को अति-मानव क्यों समझने लगे हैं...ठीक है कि सीता वीर्यशुल्का है। जो पुरुष सम्राट सीरध्वज की शर्तें पूरी करेगा, वह सीता को प्राप्त करने का अधिकारी होगा; किन्तु राम अपने योग्य, अपने चिन्तन, आदर्शों और जीवन-लक्ष्य की सहभागिनी पत्नी चाहते हैं? क्या सीता की अनिच्छा होने पर भी राम उसे प्राप्त करना चाहेंगे... ?

नहीं! नहीं!

तो राम को दूसरे ढंग से भी सोचना होगा।

ऐसा नहीं है कि राम युवावस्था को प्राप्त हो गए हैं और उनको एक राजकन्या पत्नी के रूप में चाहिए। इसलिए, जहां-कहीं एक सुन्दर मुखड़ा देखें, उससे विवाह कर लें।...राम का जीवन एक लक्ष्य को समर्पित है। उनकी अपनी चिन्तन-पद्धति है, उनका अपना दर्शन है। उन्हें विवाह के लिए ऐसी संगिनी का चुनाव करना होगा, जो उनके जीवन-लक्ष्य को स्वीकार कर सके...उनकी आयु पच्चीस वर्षों की हो चुकी है। पिता कहीं-न-कहीं उनका विवाह करना ही चाहेंगे...तो वे अपने उपयुक्त पत्नी का चुनाव क्यों नहीं कर लेते...

उपयुक्त पत्नी। सीता?

पर सीता की इच्छा? क्या सीता जानती है कि अयोध्या के राजकुमार गुरु विश्वामित्र के साथ यहां आए हैं? क्या किसी ने उसे बताया है कि विश्वामित्र उसे राम के लिए उपयुक्त पत्नी समझते हैं? क्या उसने कभी यह सोचा है कि बहुत सारे चिन्तन-मनन के बाद राम इस निष्कर्ष पर पहुंचे हैं कि सीता, केवल सीता ही उनकी उपयुक्त जीवन-संगिनी हो सकती है...

कौन पूछे सीता से?

कौन सीता की इच्छा का पता लगाए?

कौन कहेगा जाकर सीता से?

और शिव-धनुष? शिव-धनुष के परिचालन की विधि? राम ने अजगव कभी देखा तक नहीं। फिर वह यह कैसे सोच सकते हैं कि वह उसका परिचालन कर ही लेंगे? राम! तुम बहुत कल्पनाजीवी

हो गए हो। तुम बहुत सारी बातों को, परिस्थितियों को पूर्व-स्वीकृत मान लेते हो। तुम मान लेते हो कि सीता तुमसे विवाह करने के लिए व्याकुल है! तुम मान लेते हो कि शिव-धनुष ने तुम्हें वचन दे रखा है कि तुम चाहोगे, तो वह तत्काल तुमसे परिचालित हो जाएगा...

क्या हो गया है राम तुम्हें?

थोड़ी-सी सफलताएं तुम्हारे मस्तिष्क को तो नहीं चढ़ गई? तुम स्वयं को अतिमानव क्यों मानने लगे हो? या यह तुम्हारी मनोकामना का स्वेच्छित चिन्तन है?

प्रश्नों के बीच घिरे राम को लक्ष्मण ने टोका, "भैया, ऋषि विश्वामित्र आपको बुला रहे हैं।"

राम ने चौंककर लक्ष्मण को देखा। लक्ष्मण वाटिका देखने गए, लौटकर अब उनके सम्मुख आए थे। इस बीच वह अवश्य ही गुरु के पास हो आए थे।

राम चल पड़े।

गुरु को अपनी ओर से निश्चित उत्तर वह दे सकते हैं, पर सीता की इच्छा और शिव-धनुष की शर्त...

"राम!" गुरु ने कहा, "पुनर्वसु ऋषि शतानन्द को सूचित कर आया है पुत्र! उसने कहा है, आज सन्ध्या समय शतानन्द और सम्राट सीरध्वज दोनों ही यहां आएंगे।...वत्स! यदि तुम अपना मन मेरे सम्मुख खोल सको...।"

राम कुछ चकित-से गुरु की ओर देखते रहे। गुरु कितने सहज रूप से ऐसे प्रश्न पूछ लेते हैं, जैसे ये भी कोई दैनिक-क्रम की बातें हों। या गुरु और राम के बीच कोई अन्तराल न हो...पर गुरु सहज होंगे, तो ही राम भी सहज हो पाएंगे...गुरु का पूछना उचित ही है, उनका सारा आगामी कार्यक्रम राम के उत्तर पर निर्भर करता है...

"गुरुदेव! मैं कर्म को प्रस्तुत हूं।" राम बोले, "किन्तु महादेव शिव का धनुष मैंने देखा तक नहीं है। आप ही के कहने के अनुसार, वह साधारण धनुष न होकर एक अदभुत यन्त्र है, जिसके संचालन की कोई विशेष रीति है। सम्भव है, उस युक्ति का मुझे ज्ञान ही न हो; और इतना समय तो है नहीं कि मैं महादेव को प्रसन्न कर उनसे यह युक्ति सीख आऊं।"

विश्वामित्र मुस्कुराए, "यह जानते हुए भी कि सीता अज्ञातकुलशीला युवती है और सीरध्वज ने उसका पोषण-मात्र किया है; यदि तुम उससे विवाह के लिए प्रस्तुत हो, तो अजगव की चिन्ता तुम मुझ पर छोड़ दो।" गुरु तनिक-सा रुककर आंखों से राम को तोलते हुए बोले, "जो वनजा को सम्मान का वचन दे सकता है, अहल्या को सामाजिक प्रतिष्ठा देने का साहस कर सकता है, वह सीता के साथ अवश्य ही न्याय करेगा–ऐसा मेरा विश्वास है। और तुम मुझ पर विश्वास करो राम! तुम सीता को अपने योग्य पत्नी पाओगे।"

राम को लगा, गुरु भी चिन्तन की वही भूल कर रहे हैं, जो थोड़ी देर पूर्व स्वयं राम कर रहे थे। क्या राम की ही इच्छा सर्वोपरि है? सीता की कोई इच्छा नहीं? सीता की सहमति की किसी को चिन्ता नहीं?...

राम कुछ संकुचित हुए, किन्तु कहना तो था ही, "ऋषिवर! आपका सम्पूर्ण बल इस विषय में मेरी इच्छा जानने पर है; पर जनक-कुमारी की भी अपनी कोई इच्छा होगी..."

विश्वामित्र विचलित नहीं हुए, "तुम्हारा विचार बहुत ही उत्तम है वत्स! किन्तु जनक-कुमारी की इच्छा जानने का हमारे पास कोई साधन नहीं है। ऐसी स्थिति में अपनी पुत्री की इच्छा जानने का दायित्व सम्राट सीरध्वज पर है। वैसे वीर्यशुल्का घोषित होने के पश्चात कन्या की इच्छा के विषय में क्या कहा जा सकता है?"

गुरु मौन हो गए। उनकी आंखें राम के चेहरे की ओर प्रश्नवाचक मुद्रा में उठ गईं, जैसे पूछ रही हों क्या कहते हो?

"विवाह के लिए मैं प्रस्तुत हूं गुरुदेव!" अन्ततः राम बोले, "किन्तु..."

"...किन्तु बारात का क्या होगा?" सारे वार्तलाप में लक्ष्मण पहली बार बोले, और ज़ोर से हंस पड़े।

राम भी मुस्कुराए, "किन्तु अजगव-परिचालन की युक्ति का क्या होगा!"

"पुत्र! मैंने कहा है, इस युक्ति का बोझ तुम मुझ पर छोड़ दो। आओ, तुम्हें युक्ति सिखाऊं। न केवल मैं तुम्हें अजगव-परिचालन की युक्ति उपकरण बनाने के लिए प्रकृति ने मुझे ही चुना है, यदि आपकी चयन-दृष्टि मुझ पर ही पड़ी है, तो मैं उसके लिए प्रस्तुत हूं।"

चपल लक्ष्मण, महिमा-मंडित राम को देखते ही रह गए। कुछ नहीं बोले।

विश्वामित्र की आंखों में वात्सल्य था, और अधरों पर मन्द हास। बोले, "आओ पुत्र! अब पहले युक्ति सीख लो।"

ग्यारह

जनक और शतानन्द के आम्रवाटिका में प्रवेश करते ही पुनर्वसु ने उन्हें सूचना दी कि गुरु उन्हें मिलने के लिए प्रस्तुत बैठे हैं।

वह उनकी अगवानी करता हुआ विश्वामित्र तक ले गया। दोनों ने झुककर गुरु विश्वामित्र का अभिवादन किया; किन्तु गुरु स्पष्ट देख रहे थे कि शतानन्द तथा सीरध्वज, दोनों का ही ध्यान राम में अटका हुआ था।

सीरध्वज ने देखा–असाधारण रूप था, दोनों भाइयों का–अपार्थिव। सुन्दर, तेजस्वी, पुष्ट और वीर। उनके शरीर, सामान्य आर्य राजकुमारों के समान कोमल, भद्दे आकारवाले तथा चर्बी से लदे हुए नहीं थे।

इन दोनों के शरीरों ने विलास में नहीं परिश्रम तथा शस्त्राभ्यास में आकार ग्रहण किया था।

राम का वर्ण सांवला था, बड़ी-बड़ी स्वच्छ, ईमानदार, निर्भीक आंखें, चौड़ा माथा, तीखी नाक, मोहक हंसी से आवेष्टित होंठ, दृढ़ संकल्पवाली ठुड्डी। ऐसे ही तो एक राजकुमार की खोज थी सीरध्वज को, अपनी वीर्यशुल्का पुत्री सीता के लिए।...पर क्या, सीता के विवाह का प्रस्ताव राम मान जाएंगे?...और फिर अब तो बीच में शिव-धनुष संचालन का प्रतिबन्ध भी था।...

"क्या ये ही सम्राट दशरथ के राजकुमार राम और लक्ष्मण हैं?" सीरध्वज विश्वामित्र की ओर उन्मुख हुए।

"हां राजन। ये ही दाशरथि राम और लक्ष्मण हैं।"

"इनके आने के पूर्व ही इनके यश की सुगन्ध जनकपुर पहुंच चुकी है ऋषिवर!" सीरध्वज अत्यन्त नम्र स्वर में बोले, "यदि अपने मन की बात कहूं, तो आपके जनकपुर आने से तो मैं धन्य हुआ ही

हूं, विशेष रूप से राम और लक्ष्मण का जनकपुर में स्वागत करते हुए मैं अपूर्व आनन्द का अनुभव कर रहा हूं ऋषिवर! इन राजकुमारों के जनकपुर-आगमन को मैं शुभ मानूं?"

विश्वामित्र ने अपनी मर्यादा की सीमा को लांघकर उन्मुक्त अट्टहास किया, "आशंकाओं से पीड़ित और व्यथित न रहो सीरध्वज! राम नए युग का पुरुष है। पूर्वग्रहों से मुक्त होओ। राम का आगमन सदा शुभ होता है। क्यों शतानन्द?"

शतानन्द के चेहरे पर कृतज्ञता, उल्लास और करुणा के भाव पुंजीभूत हो गए। बोले, "ब्रह्मर्षि! मैं क्या कहूं, मेरी समझ में नहीं आता। मैं तो इस चमत्कार से चमत्कृत हूं। ऐसा अद्भुत कर्म और ऐसा अद्भुत पुरुष, मैंने पहले कभी नहीं देखा। फिर इनका वय देखकर और भी विस्मित हो जाता हूं—कुमार वय और ऐसा चमत्कार?"

"राजपुरोहित!" लक्ष्मण बोले, "ऐसे अनेक चमत्कार और होंगे। भैया राम सचमुच अद्भुत हैं। मेरी मां कहती हैं...।"

"लक्ष्मण! अपना प्रचार-विभाग बन्द करो।" राम ने स्नेह-भरे स्वर में डांटा।

गुरु हंसे, "सौमित्र ठीक कहते हैं। राम सचमुच अद्भुत पुरुष हैं।"

शतानन्द विस्मय से राम की ओर देखते रहे, और फिर, जैसे अपने-आप से ही बोले, "सोचता हूं, मां को अपने सम्मुख देखकर पिताजी को कैसा लगा होगा?"

"ऋषि गौतम खड़े-खड़े देवी अहल्या को देखते रहे।" लक्ष्मण ने बताया, "उनकी आंखें डबडबा आईं। थोड़े-से किंकर्तव्यविमूढ़ हो गए थे शायद। फिर बोले तो भैया राम से बोले, 'राम! आज सचमुच ही राजनीतिक सत्ता पर ऋषि-सत्ता की विजय हुई है। एक ऋषि ने इन्द्र को शाप देकर भी अपनी पत्नी को निष्कलंक वापस प्राप्त किया है। राघव! यदि तुम्हारा जन्म कुछ पहले हुआ होता, तो ऋषियों को इतना तपना नहीं पड़ता...।"

"राम की प्रशंसा का एक-एक शब्द लक्ष्मण को स्मरण रहता है।" गुरु मुस्कुराए, "और प्रशंसा का अवसर वे किसी और को देना नहीं चाहते।"

"लक्ष्मण अपना जीवन चरितार्थ कर रहे हैं।" शतानन्द के मुख से उच्छवास निकल गया।

"अच्छा ऋषिवर। अब अनुमति दें।" सीरध्वज बोले, "कल प्रातः राजप्रासाद में इन दोनों राजकुमारों तथा ब्रह्मचारियों के साथ दर्शन देने की कृपा करें।"

"अवश्य सम्राट!" विश्वामित्र ने उत्तर दिया, "किन्तु मैं एक विशिष्ट कार्य से जनकपुर में उपस्थित हुआ हूं।"

सीरध्वज सचेत हो गए। वे तो कब से इस वाक्य की प्रतीक्षा में थे। विश्वामित्र राम और लक्ष्मण को अकारण ही जनकपुर नहीं लाए हैं...

"आदेश दें ऋषिवर!"

"राजन! राम तुम्हारे पास धरोहर-स्वरूप रखे हुए शिव-धनुष के दर्शन करना चाहते हैं।"

"उनकी इच्छा पूरी होगी!"

सीरध्वज और शतानन्द उठ खड़े हुए।

लौटते हुए संयमी सीरध्वज भी मन-ही-मन प्रसन्नता और अप्रसन्नता, उत्फुल्लता और विपन्नता के द्वन्द्व में ग्रस्त हो गए थे। बुद्धि कहां-कहां की कुलाचें भर रही थी! कितने ही सूत्र वे अपनी

कल्पना से जोड़ चुके थे, किन्तु निश्चित बात तो भविष्य ही कह सकेगा।...उनके मन में जो बात कौतूहल के रूप में जन्मी थी, वह सच भी हो सकती है। विश्वामित्र एक निश्चित योजना के अधीन राम को जनकपुर लाए हैं। उनकी इच्छा है कि राम और सीता का विवाह हो जाए, मिथिला और अयोध्या में मैत्री हो जाए...तभी तो उन्होंने शिव-धनुष की बात उठाई है? क्या वे नहीं जानते कि सीता वीर्यशुल्का घोषित हो चुकी है?...उनको जानना ही चाहिए। शिव-धनुष सम्बन्धी सूचना के माध्यम से क्या विश्वामित्र ने अपनी और राम की इच्छा प्रकट की है...?

पर सीरध्वज की इच्छा क्या है?...सीरध्वज की इच्छा–मन कहीं पीड़ा से भर आया–अब सीरध्वज की क्या इच्छा। जब उनकी इच्छा थी तब स्वीकार योग्य कोई साधारण-सा आर्य राजकुमार नहीं आया।...और आज जब सीरध्वज ने अपनी इच्छा शिव-धनुष के अधीन कर दी है, तो स्वयं राम चलकर जनकपुर आ गए हैं।...ओह सीरध्वज? तेरा भाग्य! अब यदि राम शिव-धनुष संचालित न कर सके, तो इच्छा के होते हुए भी सीरध्वज क्या कर सकेंगे। अपना ही सही, पर प्रण तोड़ने की शक्ति उनमें नहीं है

"सीता! मेरी पुत्री..."

जब कभी सीता के विषय में सोचने के लिए सीरध्वज ने अपने मन को उन्मुक्त छोड़ा है, उनके सामने बार-बार एक छोटा-सा खेत उभरा है। उस खेत की मिट्टी पर एक नवजात बच्ची पड़ी ज़ोर-ज़ोर से रो रही है। दो-एक दिनों की वह बच्ची, न तो किसी कपड़े में लिपटी हुई है, न उसके गले अथवा कलाइयों में कोई सूत्र है। किसकी है यह बच्ची? इसे कौन छोड़ गया है यहां?

कोई सूचना नहीं। जानने का कोई स्रोत भी नहीं। इस समय बच्ची धरती की गोद में पड़ी है, उसी की पुत्री है। और कोई नहीं है उसका।

राजाज्ञा से बच्ची उठा ली जाती है। राजा को, खेत में हल जोतने की प्रथा पूरी करनी है। बच्ची को, खेत में पड़ी रहने नहीं दिया जा सकता।

किन्तु राजादेश से बच्ची के उठा लिए जाने-मात्र से कार्य पूरा नहीं हो सकता। बच्ची के पालन-पोषण की कोई-न-कोई व्यवस्था करनी होगी। किसका दायित्व है यह? माता-पिता का। किन्तु यदि माता-पिता सन्तान को इस प्रकार खुले खेत में छोड़ जाएं तो?...पर क्यों छोड़ गए माता-पिता? उन्हें अपनी सन्तान से प्यार नहीं? वह कौन-सी मजबूरी थी। कोई भी मजबूरी रही हो–ऐसी मजबूरी के लिए उत्तरदायी कौन है? देश का राजा। हां! देश का राजा। जिस देश के माता-पिता अपनी किसी मजबूरी के कारण अपने नवजात शिशु को खेत में छोड़ जाने को बाध्य हों, उस देश का राजा अवश्य ही प्रजापालन के अपने कर्तव्य से स्खलित हुआ है। उसे अपने दायित्व का बोध नहीं रहा...अच्छा किया इस बच्ची के माता-पिता ने, बच्ची को यहां छोड़ गए। राजा को अपने दायित्व का बोध तो हो। अब राजा अपना दायित्व पूरा करे...वह इस बच्ची का पालन-पोषण करे...

बच्ची, राजाश्रय में पलने के लिए राजप्रासाद में आ गई।

पर सीरध्वज सम्राट ही नहीं, एक व्यक्ति भी था। उस व्यक्ति के वक्ष में पिता का हृदय था। सन्तान के अभाव में पिता का हृदय भूखा था। सीता राजाश्रय में पलनेवाली भूमि-पुत्री थी। राजा भूमि-पति होता है–भूमि-पुत्री का पिता सीरध्वज ही हो सकता था। सीरध्वज बच्ची को देखता है। बच्ची उसे बार-बार आकर्षित करती। बार-बार सीरध्वज के मन की ममता उबल-उबलकर उसे बाध्य करती।...एक रोज़ सीरध्वज ने बच्ची को हृदय से लगा लिया, "मेरी बच्ची!"

सीता सुनयना की गोद में डाल दी गई।

सीता सम्राट सीरध्वज जनक की राजकुमारी थी। वह राजसी संस्कारों में पल रही थी। किन्तु साथ ही वह व्यक्ति सीरध्वज की पुत्री भी थी। पिता-पुत्री एक-दूसरे को अच्छी तरह समझते थे। सीता युवावस्था की ओर बढ़ रही थी। सीरध्वज उसके योग्य वर के लिए आर्य राजपरिवारों में दृष्टि दौड़ा रहे थे–किन्तु सब जगह सीता के कुल को लेकर, उसके जन्म के सम्बन्ध में सन्देह थे, आशंकाएं थीं, लांछन थे। सीता असाधारण रूपवती थी, उसके रूप की सब ओर चर्चा थी। अनेक पुरुष उसे पाने के लिए इच्छुक थे; किन्तु न तो वे पिता सीरध्वज को स्वीकार्य थे, न सम्राट जनक को। उनमें से किसी से सम्बन्ध जोड़ने पर सम्राट का अहं आहत होता था, और कहीं पिता का मन पीड़ित होता था। किसी आकांक्षी की आयु अनुकूल नहीं थी, किसी की पहले से ही सौ-पचास रानियां थीं और वह उनमें एक संख्या की वृद्धि करना चाहता था। कहीं रूप नहीं, कहीं गुण नहीं...

सीरध्वज परेशान थे।

और अब आए हो तुम राम!

सीरध्वज क्या करें? शिव-धनुष के प्रतिबन्ध को बीच में लाकर वे अपनी पुत्री को राम जैसे योग्य वर से वंचित तो नहीं कर रहे? सीता की क्या इच्छा है? उन्हें सीता से भी बात कर लेनी चाहिए...

बारह

सीता के सामने यह प्रश्न जीवन में पहली बार नहीं आया था। पिता सीरध्वज ने उसे अत्यन्त लाडली पुत्री के रूप में पाला था। पिता के प्रति असाधारण आदर-सम्मान, जनकपुर के राजप्रासादों का शील-शिष्टाचार, पिता का सम्राटत्व-कुछ भी पिता-पुत्री के बीच कभी दीवार बनकर नहीं आया था। वयस्कता की ओर बढ़ते ही सीरध्वज ने पुत्री की बुद्धि को समर्थ बुद्धि का पूरा महत्त्व देना आरम्भ कर दिया था। सम-धरातल पर परस्पर विचार-विमर्श होता था। सीता सम्बन्धी किसी भी मामले में सम्राट ने पूर्णतः स्वयं निर्णय कभी नहीं लिया। सीता के विवाह के विषय में ही वे स्वयं निर्णय कैसे ले लेते!

सीता सोचती हैं, तो उन्हें लगता है कि अपने शैशव में उन्होंने माता-पिता को सन्तान-सम्बन्धी जितनी तृप्ति दी है, बड़े होते ही उतनी ही चिन्ता और क्लेश दिया है।

पहला चरण वह था, जब माता अपने भीतर गुम हुई कुछ सोचती रही थीं, और पिता अपनी लाड़ली पुत्री के लिए आर्य राजमहलों में कोई योग्य वर ढुंढवा रहे थे।...सीता को वे दृश्य नहीं भूलते, जब सम्राट के गुप्तचर विभिन्न राजधानियों से लौटते थे। सम्राट उत्सुकता और आशा-भरी आंखों से गुप्तचरों को, धावकों को, अनुचरों को देखते थे–किन्तु आगन्तुक गुप्तचर, धावक और चर मुंह लटकाकर चुपचाप खड़े रह जाते थे...प्रत्येक राजधानी में सीता के सौन्दर्य के साथ-साथ उसकी जन्मकथा की चर्चा थी। प्रत्येक स्थान पर उसके जन्म और कुलशील को लेकर प्रश्न थे, सन्देह थे, लांछन थे...कोई नहीं मानता था कि वह सम्राट सीरध्वज की पुत्री होने के कारण मिथिला-नरेशों के प्रसिद्ध कुल की राजकुमारी है...विभिन्न राजपरिवारों ने सम्राट सीरध्वज द्वारा सीता के दहेज में अपना सम्पूर्ण वैभव दे देने का तो अधिकार स्वीकार किया था, किन्तु उसे अपना कुल-गोत्र देने का अधिकार कोई नहीं मानता था। वे यह तो चाहते थे कि सम्राट सीरध्वज के साथ उनका सम्बन्ध हो

जाए, ताकि उनकी धन-सम्पत्ति, उनका राज-वैभव उन लोगों को मिल जाए, किन्तु सीता को सम्राट की पुत्री के रूप में स्वीकार करना वे नहीं चाहते थे...।

सीता का ध्यान राम की ओर चला गया।...वे क्या सोचती जा रही हैं? वे उस विषय में क्यों नहीं सोचती, जो प्रश्न बनकर इस समय उनके सम्मुख आया है। अतीत को उलटने-पलटने से क्या होगा...।

राम के विषय में कितना कुछ सुना है सीता ने। लगता है, इन दिनों मिथिला का पवन सायं-सायं नहीं करता, राम-राम कहता है...राम ने सिद्धाश्रम में राक्षसों से युद्ध कर उनका नाश किया, राम ने विश्वामित्र के यज्ञ की रक्षा की, राम ने आर्य सेनापति के पुत्र द्वारा पीड़ित निषादों की रक्षा की, राम ने आर्य सेनापति और उसके पुत्र को दंडित किया, राम ने राक्षस शिविर से अपहृता युवतियों का उद्धार किया, राम ने इन्द्र द्वारा पीड़ित अहल्या को निष्कलंक घोषित कर उनका आतिथ्य ग्रहण किया, राम ने अहल्या को गौतम के आश्रम में पहुंचा दिया, राम ने...।

क्या सीता भी वनजा और अहल्या के समान पीड़ित हैं? हैं! हैं!! उनका मन चीख़-चीख़कर कहता है। वे भी अहल्या के समान इस प्रतीक्षा में बैठी हैं कि राम आकर उनकी अज्ञातकुलशीलता का कलंक धोएं, पिता सीरध्वज की आन की रक्षा करें...।

सीता राम के वरण के लिए तैयार हैं?

सीता का मन कहता है, राम से विवाह का अर्थ केवल लांछन से मुक्ति ही नहीं है। राम को पति-रूप में पाकर सीता के जीवन को एक दिशा मिलेगी, अन्याय के विरुद्ध चिर-संघर्षरत एक साथी मिलेगा, सीता का जन्म चरितार्थ होगा...सीता किसी राजभवन में पलंग पर बैठकर, दास-दासियों से सेवा करवा, दिन-रात पान चबाना अपने जीवन का लक्ष्य नहीं मानतीं...सीता सन्तान उत्पन्न करने के यन्त्र के रूप में किसी राजपरिवार में उपयोगी सिद्ध होना नहीं चाहतीं...सीता के जन्म का भी एक उद्देश्य है, नहीं तो वह अज्ञातकुलशीलता का कलंक लेकर संसार में क्यों आतीं! नहीं तो उन्हें सीरध्वज के उदार मानवतावादी संस्कार क्यों प्राप्त होते?

सीते! सीते!! तेरे लिए एक ही उपयुक्त जीवन-संगी है...राम!

सीता लजा गईं। क्या सोच रही हैं वे...

पिता आज राम से मिलकर आए थे, तो कह रहे थे, "यदि मुझसे पूछती हो सीते! तो मैं कहूंगा, संसार में आदर्श जोड़ी ही एक हो सकती है–राम और सीता की।"

अच्छा! अच्छा? सीता ने अपने मन को डांटा, "कल प्रातः आ तो रहे हैं। मैं भी देखूंगी तेरे राम को, कौन-से लाल जड़े हैं उनमें।"

प्रातः उषाकाल में ही सीरध्वज का राजप्रासाद राम का स्वागत करने के लिए अपना प्रसाधन करने बैठ गया।

अभ्यागतों को बैठाए जाने का प्रबन्ध किसी कक्ष में नहीं हुआ था; प्रासाद के सबसे बड़े प्रांगण में उनके स्वागत की व्यवस्था हो रही थी। इसी प्रांगण में अनेक बार प्रार्थियों को अजगव-संचालन की परीक्षा का अवसर दिया गया था। इसी से यह प्रांगण अजगव-प्रांगण कहलाने लगा था। किसी कक्ष में परीक्षार्थ अजगव प्रस्तुत करना तो सम्भव नहीं ही था, अन्य किसी प्रांगण में भी उतना स्थान नहीं था। अभ्यागतों को यहां बैठाने की व्यवस्था के पीछे विश्वामित्र द्वारा अजगव-चर्चा और सीरध्वज की धारणा कि राम अजगव-संचालन का प्रयत्न अवश्य करेंगे–दोनों ही बातें थीं।

सीता ने राम के स्वागत का समारोह देखा, तो मुस्कुरा दीं। पिता कितने आतुर थे राम के लिए। उन्होंने अपनी इच्छा तथा राम-सम्बन्धी अपनी धारणा में कोई अस्पष्टता या द्वन्द्व नहीं रखा था।

निर्द्वन्द्व, स्पष्ट ढंग से अपने मन की बात प्रकट कर दी थी। किन्तु सीता की इच्छा जाने बिना, वे कोई निर्णय करना नहीं चाहते थे...सीता को कहीं यह भी लगा था कि पिता को अजगव-सम्बन्धी अपने प्रण को लेकर एक हल्का-सा पश्चाताप भी है।...यदि कहीं उन्होंने वह प्रण न किया होता, तो कदाचित कल सन्ध्या समय ही वे राम को अथवा उनके अभिभावक के रूप में ऋषि विश्वामित्र को वचन दे आते।

...पर पिता के प्रति पूर्ण श्रद्धा और सम्मान होते हुए भी पिता की बुद्धि और उनके निर्णयों पर पूर्ण विश्वास होते हुए भी राम को देखे बिना सीता कोई निर्णय नहीं लेना चाहतीं...।

अपने कक्ष के झरोखे से सीता ने नीचे प्रांगण में ब्रह्मचारियों की टोली को आते देखा। सीता सतर्क होकर बैठ गईं। ये लोग, ऋषि विश्वामित्र तथा राम-लक्ष्मण के आगमन की पूर्व सूचना के रूप में आए होंगे। कुछ ही क्षणों में राम भी यहां पहुंच जाएंगे।

तभी द्वार पर आहट हुई।

सीता ने मुड़कर देखा, माता सुनयना कक्ष के भीतर आ चुकी थीं। उनके साथ कोई दासी नहीं थी। यह असाधारण बात थी। किन्तु कल से इस प्रासाद में अनेक असाधारण बातें हो रही हैं। छायावत चुपचाप अपने पति का अनुसरण करनेवाली माता सुनयना कुछ अधिक सक्रिय हो उठी हैं। पति के चेहरे पर आशा देखकर उनका मन भी उल्लसित हो उठा है।

"पुत्री ! सम्राट चाहते हैं कि ऋषि विश्वामित्र के स्वागत के लिए तुम भी उपस्थित रहो !"

"अच्छा मां !"

सीता मां के साथ चल पड़ीं।

पिता ऐसा क्यों चाहते हैं–सीता समझती हैं–कल सन्ध्या से ही पिता इस विषय में सीता का निर्णय जानने के लिए अत्यन्त उत्सुक हैं।...और सीता बिना राम को देखे निर्णय बताना नहीं चाहतीं। ...तो पिता चाहेंगे ही कि सीता गुरु के स्वागत के लिए उपस्थित रहें...।

तेरह

विश्वामित्र ने प्रांगण में प्रवेश किया।

प्रणाम और आशीर्वाद के शिष्टाचार के बीच सीता ने राम को देखा–ऊंचा शरीर, चौड़े कन्धे, शरीर पर कहीं अनावश्यक चर्बी नहीं, व्यायाम और कठिन प्रशिक्षण में तपा हुआ, दृढ़ पेशियों का सुगठित शरीर, सांवला रंग; सहज, ऋजु, भोले चेहरे पर बड़ी-बड़ी गहरी-गम्भीर आंखें, तीखी नाक और होंठों की मुस्कान...सीता रुक गईं। इस मुस्कान के आगे कुछ नहीं सोचा जाता, कुछ भी नहीं।...

गुरु बैठ गए। उनके दाएं-बाएं राम और लक्ष्मण बैठे। ब्रह्मचारियों की टोली पीछे बैठ गई।

विश्वामित्र ने कुशलक्षेम-सम्बन्धी औपचारिक प्रश्न पूछकर राम की ओर देखा–राम के चेहरे पर उल्लसित गम्भीरता थी, जैसे कुछ पाकर उसके उल्लास के साथ अपने दायित्व-बोध से गम्भीर हो गए हों। जैसे, मन मचल-मचलकर कुछ मांग रहा हो और मस्तिष्क पुचकार रहा हो, 'तनिक रुक जा। कुछ सोच ले। जल्दी न मचा।'

विश्वामित्र की दृष्टि लक्ष्मण पर जा टिकी। लक्ष्मण की किशोर आकृति गम्भीरता से मुक्त थी,

उनके मुख पर उल्लास-ही-उल्लास था। अपनी तल्लीनता में उनके होंठ, कुछ इस भंगिमा में खुल-से गए थे, जैसे उनमें से स्वर फूटेगा : 'भाभी!'

विश्वामित्र आश्वस्त होकर मुस्कुराए। किन्तु सीता को देख लेना भी आवश्यक था। सीता का सहज उल्लास, किंचित लज्जा की लालिमा, नेत्रों का बार-बार कुछ देखने को उठना और झुक जाना, होंठों का कुछ कहने को उद्यत होना और मौन रह जाना...।

विश्वामित्र को अपने निर्णय की पुष्टि-ही-पुष्टि मिली। उनका मन कर्म के लिए व्याकुल हो उठा। बोले, "राजन! शिव-धनुष अजगव तुम्हारे पास धरोहर के रूप में पड़ा है। यह बात अब जगत् विख्यात है कि तुमने यह प्रण किया है कि जो पुरुष उस धनुष को परिचालित करेगा, उसके साथ तुम अपनी वीर्यशुल्का पुत्री सीता का विवाह करोगे।...मैं चाहता हूं कि यह अवसर राम को भी दिया जाए।"

सीरध्वज की आखें सीता की ओर घूम गईं। पिता-पुत्री की दृष्टि मिली। सीता ने अपनी स्वीकृति दी और आंखें लजाकर झुक गईं।...सीरध्वज आशा और निराशा के द्वन्द्व में जा फंसे। वह नहीं जानते थे कि परिणाम क्या होगा।...

एक ओर आनन्द था कि सीता का राम के साथ विवाह सम्भव है; और दूसरी ओर एक आशंका भी। यदि राम अजगव-संचालन न कर सके, तो इस आशा के खंडित होने पर कितनी पीड़ा होगी सीरध्वज को।...और अपनी उस पुत्री का ध्यान भी उन्हें हो आया, जो आज तक एक उत्सुकता से टंगी हुई, भीषण मानसिक यातना का अनुभव कर रही है। वह नहीं जानती कि उसका विवाह कब होगा, किसके साथ होगा। हर बार कोई नया पुरुष आता है। शिव-धनुष प्रस्तुत किया जाता है। सीता को हर बार पीड़ा की अग्नि-परीक्षा में से गुज़रना पड़ता है। हर बार...पर इस बार स्थिति एकदम भिन्न है। आज तक ऐसी किसी भी परीक्षा में परीक्षार्थी के लिए सीता के मन ने स्वीकृति नहीं दी थी, किन्तु आज सीता का मन उसके चेहरे पर आ बैठा है, उसकी आंखें बोल रही हैं...इससे पूर्व आनेवाले परीक्षार्थी पुरुषों की असफलता के लिए सीता ने प्रार्थना की थी; और आज वही सीता राम की सफलता के लिए ईश्वर से प्रार्थना करती-सी प्रतीत हो रही हैं...।

सीरध्वज ने एक बड़े-से प्रश्न-चिह्न में फंसी मुक्त होने के लिए फड़फड़ाती आशा के साथ मुड़कर अपने पीछे खड़े अनुचरों को देखा, "शिव-धनुष प्रस्तुत किया जाए।"

शिव-धनुष के लाए जाने तक का अन्तराल सबके लिए ही बड़ा कठिन समय था। सीरध्वज, शतानन्द, सीता, सुनयना, विश्वामित्र, राम, लक्ष्मण–सभी जैसे अपनी-अपनी उलझनों में खोए हुए थे। लक्ष्मण का चंचल किशोर मन भी, जैसे समय की गम्भीरता से त्रस्त हो उठा था। अगले कुछ क्षणों में कुछ बहुत महत्त्वपूर्ण घटित होनेवाला था–जो भविष्य में होनेवाली अनेक घटनाओं का स्वरूप निर्धारित करेगा। अगले कुछ क्षणों में कुछ बहुत महत्त्वपूर्ण व्यक्तियों का ही नहीं, इस देश के भविष्य का इतिहास लिखा जाएगा...।

कोई बात चल नहीं पा रही थी। किसी बात का सूत्र कहीं से उठाया जाता, तो अगले ही क्षण अनजाने ही वह कुछ इस प्रकार सूक्ष्म होकर विलीन हो जाता कि प्रत्येक व्यक्ति की पकड़ से बाहर हो जाता। ऐसी मनःस्थिति में बातचीत सम्भव नहीं थी। प्रतीक्षा में बातचीत नहीं होती, केवल प्रतीक्षा होती है। और सायास की गई बातचीत, इस तथ्य को और अधिक मुखर कर देती है कि यह प्रयास, प्रतीक्षा को भुलाने के लिए किया जा रहा है।...

अन्ततः सीरध्वज के अनुचर शिव-धनुष को लेकर आ पहुंचे। शिव-धनुष एक विराट शकट पर रखा हुआ, विचित्र प्रकार का एक यन्त्र था। सैकड़ों मनुष्य धक्का देकर उस शकट को यहां तक लाए थे। कदाचित वह बार-बार इसी प्रकार लाया जाता था। शकट को धकेलकर लानेवाले लोग बुरी तरह हांफ रहे थे। उनके शरीर स्वेद-धाराओं से पूरी तरह भीगे हुए थे।

राम को लगा, इस शकट को पशुओं द्वारा खींचा जाना चाहिए था। पर कदाचित शिव-धनुष होने के कारण इस यन्त्र का इतना अधिक सम्मान था कि उसे मनुष्य ही खींचा करते थे...अन्ध श्रद्धा और अन्धविश्वास के सम्मुख बुद्धि बेचारी निष्क्रिय हो रही थी।

राम ने खड़े होकर उत्सुक दृष्टि से उस यन्त्र को देखा। यह शिव-धनुष था अजगव। अनेक देवताओं, राक्षसों, किन्नरों, नागों और मनुष्यों ने इसे संचालित करने का प्रयत्न किया था, किन्तु आज तक कोई भी सफल नहीं हो सका था।...राम का ध्यान उसे खींचकर यहां तक लानेवाले मनुष्यों के दल की ओर चला गया। कितनी बुरी तरह थक गए थे बेचारे। जिस धनुष को यहां तक लाना इतने मनुष्यों के लिए असाध्य कार्य हो रहा था, उस धनुष से शिव ने किसी समय युद्ध किया था। वह कैसे इसे उठाए-उठाए चलते होंगे? निश्चय ही, उनके पास इसे चलाने के लिए कोई शक्ति रही होगी, कोई ऊर्जा, कोई ईंधन।...किन्तु सीरध्वज उस ईंधन के रहस्य से परिचित नहीं हैं। कोई भी परिचित नहीं है।

...तभी तो मनुष्य अब इस शकट को चलाता नहीं–इसे पशुवत खींचता है।

राम की उत्सुक दृष्टि उस यन्त्र में उन सारे उपकरणों को खोज रही थी, जिनका ज्ञान उन्हें गुरु विश्वामित्र ने दिया था। किन्तु इतनी दूर से उपकरणों का सन्धान कदाचित सम्भव नहीं था।...राम विकट उत्कंठा से गुरु की आज्ञा की प्रतीक्षा कर रहे थे।

लक्ष्मण बड़ी जिज्ञासा और श्रद्धा से इस नवीन प्रकार के धनुष को देख रहे थे। ऐसा कोई धनुष, ऐसा ही क्यों, किसी भी प्रकार का कोई यान्त्रिक धनुष, न तो उन्होंने अयोध्या के राजसी-शस्त्रागार में देखा था, न प्रशिक्षण की अवधि में अपने गुरु के आश्रम में। अजगव के विषय में सारी सूचनाएं, गुरु विश्वामित्र ने उनकी उपस्थिति में ही भैया राम को दी थीं; फिर भी लक्ष्मण ने यह कल्पना नहीं की थी कि यह धनुष ऐसा अद्भुत होगा।...लक्ष्मण के मन में कहीं यह विश्वास जमता जा रहा था कि आर्यावर्त के समस्त आर्य सम्राट और उनके ये महान ज्ञानी गुरु लोग अस्त्र-निर्माण विद्या में निश्चित रूप से बहुत पिछड़े हुए थे।... ऐसी असाधारण, चमत्कारिक कला–! लक्ष्मण का मन बरबस ही इस कला की ओर खिंचता चला जा रहा था।...भैया राम जब अयोध्या के शासक होंगे, तो लक्ष्मण अवश्य ही उनसे अनुरोध करेंगे कि अयोध्या में इस कला का विकास किया जाए। आर्यावर्त की रक्षा के लिए यह अनिवार्य है...।

विश्वामित्र ने आज्ञा देने में अधिक विलम्ब नहीं किया, "उठो वत्स राम! महादेव शिव तुम्हारी सहायता करें।"

स्थिर, सहज, मन्थर गति से चलते हुए राम आत्मविश्वास भरे हुए शकट तक पहुंचे। उन्होंने धनुष का पर्यवेक्षण किया। तनिक-सी सावधानी से देखने पर उस यन्त्र की विभिन्न कलें ठीक उसी प्रकार दिखाई पड़ीं, जिस प्रकार गुरु विश्वामित्र ने उन्हें बताया था।...राम को अपनी सफलता का विश्वास हो आया। उद्विग्नता निलम्बित हो गई। सहज उल्लास से उन्होंने सीता की ओर देखा–सीता

आतुरता, जिज्ञासा, मानसिक तनाव, आशा-निराशा के द्वन्द्र की कठिन घड़ी में से गुज़रने की यातना सह रही थीं...।

सहसा राम के मन में विभिन्न प्रकार के विचारों की तरंगें उठने लगीं...'क्या वे शिव-धनुष का परिचालन करने के लिए इसलिए प्रस्तुत हो गए हैं कि वे सीता से विवाह करना चाहते हैं...? सीता के प्रति उनके आकर्षण का कारण क्या है? सीता की रूप-सम्पदा...? क्या वे काम के प्रभाव के अधीन यह विकट कार्य करने को उद्यत हुए हैं?' राम का मन कहीं विद्रोह कर उठा...ऐसी बात कैसे सोची जा सकती है...। पर यदि ऐसा नहीं है, तो उन्हें समस्या के दूसरे पक्ष पर भी विचार कर लेना चाहिए। धनुष-परिचालन के साथ सीता के पाणिग्रहण का संकल्प अनुबद्ध है। राम यदि धनुष-परिचालन अपने शौर्य-प्रदर्शन के लिए कर रहे हैं, तो सीता के पाणिग्रहण का क्या होगा...? पर अब वे यह सब क्यों सोच रहे हैं? वे सीता से विवाह के प्रति सहमति गुरु के सम्मुख प्रकट कर चुके हैं। उनका मन बार-बार सीता की आकांक्षा कर रहा है...। पर क्या उसके लिए पिता की अनुमति आवश्यक नहीं है...? नहीं है।

अयोध्या से चलते समय पिता ने कहा था, 'गुरु विश्वामित्र की आज्ञा का पालन करना।' और गुरु की इच्छा है कि राम सीता से विवाह करें...और राम की इच्छा...? राम पहले ही सोच-विचार कर चुके हैं। वचन दे चुके हैं...। पर केवल वचन के लिए ही? उनकी अपनी कामना कुछ नहीं है? हां, कामना तो है। कामना के पीछे तर्क भी है? तर्क! क्यों नहीं...गुरु विश्वामित्र की बात का विश्वास राम कर सकते हैं कि सीता उनकी उपयुक्त सहगामिनी पत्नी होगी...। सीरध्वज के कुल के प्रशिक्षण की शैली पर वे विश्वास कर सकते हैं...बात कुछ उलझती-सी लग रही थी। विवाह और धनुष-परिचालन...धनुष- परिचालन और विवाह...दोनों एक-दूसरे से जुड़े थे...राम किसके लिए, कौन-सा कार्य कर रहे थे...?

...विवाह की बात एक ओर है। वह जिस समय विश्वामित्र के साथ आए थे, विवाह करने के लिए नहीं आए थे। न्याय का पक्ष-ग्रहण कर वह अन्याय के विरुद्ध लड़ने आए थे। आज यदि इस अवसर का उपयोग कर, शिव-धनुष-परिचालन कर, और अन्ततः उसे भंग कर वह अपनी वीरता, दक्षता, सक्षमता का प्रमाण देते हैं; और एक वीर के रूप में प्रतिष्ठित होते हैं, तो अन्याय का विरोध करने के लिए उसका लाभ ही होगा...।

फिर सीता जैसी उपयुक्त संगिनी उन्हें मिलेंगी।...सीता अपनी अज्ञातकुलशीलता के लिए अपमानित होने से बचेंगी, सीरध्वज को किसी-न-किसी व्याज से कलंकित नहीं किया जा सकेगा...सब-कुछ ही शुभ होगा...।

...फिर गुरु की आशंका उनके मन में घिर आई...। शिव-धनुष यदि कहीं राक्षसों के हाथ में पड़ गया; और उन्होंने उसकी परिचालन विधि सीख ली, तो समस्त आर्य-सम्राट उनके द्वारा अत्यन्त पीड़ित होंगे...राम को सबका उद्धार करना होगा...सबका...देश का, समाज का, सीरध्वज का, सीता का...और...और...राम के मन का...यही राम का धर्म है, यही समय का सत्य है...खंड-सत्य सत्य नहीं होता–सामूहिक सत्य ही सत्य हो सकता है...राम का एकमात्र धर्म अजगव-परिचालन है...इस समय द्वन्द्व क्यों है? निर्णय तो वे ले ही चुके हैं। यह कर्म के पहले की माया है, माया...राम की समस्त ऊर्जा उनकी भुजाओं में संचित होने लगी...।

राम अपने चिन्तन से उभरे और कर्म की ओर उन्मुख हुए।

असाधारण आत्मविश्वास के साथ अत्यन्त जानकार की भांति उन्होंने गुरु के निर्देशानुसार उस यन्त्र की कल पर हाथ रखा...

कल का निर्माण कुछ इस ढंग से हुआ था कि कहीं कोई जोड़ दिखाई नहीं पड़ता था। वह हिलाए-डुलाए जा सकनेवाली यन्त्र की कल के बदले उस विशाल यन्त्र का एक अंग ही लगती थी, जिसे हिलाने का प्रयत्न व्यर्थ था। इसका निर्माण करनेवाला व्यक्ति निश्चित रूप से अद्भुत शिल्पी था; और उसके पास धातुओं को गलाने और ढालने का कार्य करने की जैसी विकसित विधि थी, वैसी आर्यावर्त में अन्यत्र कहीं नहीं थी। तभी तो सम्पूर्ण आर्यावर्त के लिए यह यन्त्र आश्चर्य की वस्तु था, उसके स्वरूप की उपयुक्त कल्पना न होने के कारण आर्य भाषाओं में कोई उपयुक्त संज्ञा भी नहीं थी। उसे 'धनुष" कहकर पुकारा जाता था, जैसे वह भी बांस और डोरी का साधारण धनुष हो।...अवश्य ही महादेव शिव दिव्यास्त्रों के अद्भुत निर्माता थे...कभी राम को भी अस्त्रों की सहायता के लिए शिव के पास जाना होगा...।

राम ने मुट्ठी में पकड़ी कल को अपनी ओर खींचा। लगा, उनके बल का उस पर कोई प्रभाव नहीं हो रहा। वह ऐसी जड़ वस्तु है, जो अपने स्थान से हिल नहीं सकती।...राम ने प्रयत्न कर अपने शरीर की समस्त शक्ति का अपनी बांहों में आह्वान किया...। कल को पूरी शक्ति से अपनी ओर खींचा।...

कल अब भी अपने स्थान पर स्थिर थी...कुछ भी नहीं...कोई प्रभाव नहीं...कोई परिवर्तन नहीं। ...जैसे सब-कुछ जड़ हो, स्थिर, अपरिवर्तनीय...किन्तु राम हताश नहीं हो सकते...गुरु के शब्द उनके मस्तिष्क में गूंज रहे थे–'बल और कौशल दोनों का प्रयोग...बल और कौशल दोनों...'

राम ने गुरु-निर्देशित दूसरे उपकरण को पैरों से दबाया...शरीर की शक्ति दो भागों में बंट रही थी। कमर से नीचे का शरीर, पैरों के नीचे के उपकरण को दबा रहा था, और कमर के ऊपर का शरीर हाथ में पकड़ी कल को अपनी ओर खींच रहा था।...अपूर्व शक्ति का सन्तुलित प्रयोग...बल, कौशल, ज्ञान और सन्तुलन...।

विश्वामित्र देख रहे थे–राम के शरीर की पेशियां कठोर होती जा रही थीं। शरीर सधता जा रहा था। सारा रक्त जैसे चेहरे पर संचित होता जा रहा था...और...और...।

लक्ष्मण नेत्रों में विकटता और करुणा साथ-साथ भरे देख रहे थे...भैया राम अकल्पनीय शारीरिक पीड़ा की स्थिति में से गुज़र रहे थे, मानो दो विकट शक्तियां उनके शरीर को हाथों और पैरों से पकड़कर दो विरोधी दिशाओं में खींच रही थीं। उनका शरीर जैसे नाभि के पास से टूटने-टूटने को हो रहा था।

लक्ष्मण का मन तड़प उठा–वह भैया की सहायता कैसे करें? कैसे असहाय हो गए हैं लक्ष्मण! वह देख रहे हैं कि भैया एक विकट परीक्षा में से गुज़र रहे हैं, किन्तु वह कुछ नहीं कर सकते। इसे तो भैया को अकेले ही सहना था, एकदम अकेले...।

लक्ष्मण अपनी असहायता से क्षुब्ध हो उठे थे।

सीता को लगा, राम लोहे के पर्वत से जूझ रहे थे; उसे तोड़ डालने के लिए कटिबद्ध थे, दृढ़ प्रतिज्ञ...जैसे वह लोहे का पर्वत उनके और सीता के बीच की प्रावीर हो, जिसके टूट जाने से वे दोनों आमने-सामने होंगे, एक-दूसरे के पास, एक-दूसरे के साथ...। पर लोहे का पर्वत भी क्या कभी

मानव-शरीर की शक्ति से टूटा है? सीता के मन में पचासों चीत्कार बवंडर मचाने लगे, "...राम! मेरे राम! यह सब मेरे लिए है, मेरे लिए। मेरे सम्मान के लिए, मेरे प्यार के लिए–यह अकल्पनीय परिश्रम, यह दुसह्य यातना...राम! मेरे राम..."

राम के पैरों के नीचे की कल धंसी और तत्क्षण ही हाथ की कल अपने स्थान से डोली...राम के शरीर के बल के साथ-साथ उनकी आत्मा का बल भी उनके हाथों-पैरों में समा गया...प्रयत्न...प्रयत्न ...और...और...।

उपस्थित जन-समुदाय ने अभूतपूर्व आश्चर्य से देखा: उनकी आंखों के सम्मुख सर्वथा असम्भव सम्भव हो रहा था, अपूर्व घटित हो रहा था। उस विराट यन्त्र का एक खंड अकस्मात ही ऊपर उठता जा रहा था, जैसे कोई लोहे का हाथी भयंकर मुद्रा में अपनी सूंड उठाकर प्रहारक भंगिमा ग्रहण कर रहा हो।...शिव-धनुष अब जड़ नहीं था, वह सक्रिय हो उठा था। मानो राम के इंगित के अनुसार, उसकी प्रत्यंचा चढ़ती जा रही थी...

राम को गुरु ने बताया था कि यह अजगव की भुजा थी। इसी के द्वारा धारण कर अनेक दिव्यास्त्र शत्रु की ओर प्रक्षेपित किए जाते थे, यही भुजा शत्रुओं का काल थी।

...भुजा क्रमशः ऊपर उठ रही थी...इससे पूर्व कि उस यन्त्र में कोई अन्य परिवर्तन होता, अथवा वह फिर से पूर्ववत जड़ हो जाता; राम अपने हाथों में पकड़ी कल के सहारे प्रायः झूल-से गए, और अपने दोनों पैरों की सम्मिलित शक्ति से उन्होंने एक विकट प्रहार किया। साथ ही वे कूदे और यन्त्र से कई पग दूर जाकर खड़े हो गए।

यन्त्र का आत्म-विस्फोटक तत्त्व प्रेरित हो चुका था। निमिष-मात्र का भी समय नहीं लगा। किसी बन्द पात्र के भीतर गूंजनेवाले विस्फोट का-सा भयंकर शब्द हुआ, अजगव के दो खंड हो गए।

कठोर परिश्रम के कारण तेज़-तेज़ चलती सांस को नियन्त्रित करते हुए राम पुनः अजगव के निकट आ गए। उन्होंने देखा, ऊपर से अजगव के चाहे दो खंड हुए थे, किन्तु उस यन्त्र के भीतर अनेक तन्तु ध्वस्त हो चुके थे, जिनका पुनः जुड़ना सर्वथा असम्भव था...अब कभी भी अजगव द्वारा दिव्यास्त्र धारण नहीं किए जा सकेंगे, अब अजगव कभी भी शत्रुओं का नाश नहीं कर सकेगा। राम ने उसे सदा के लिए शान्त कर दिया था।

उपस्थित जन-समुदाय आचार्य के कशाघात से अनायास ही अपने स्थान से उठकर खड़ा हो गया था। स्वयं ऋषि विश्वामित्र पूर्वाभास होते हुए भी कार्य की पूर्णता से पुलकित हो, असहज हो उठे थे। लक्ष्मण अपने मन को आन्दोलित करते हुए, विभिन्न आवेगों को अलग-अलग कर पहचान भी नहीं पा रहे थे।

विस्फोटक शब्द से चौंकने की स्थिति से गुज़रकर सीता ने एक बार दृष्टि भर राम के रूप को निहारा, पास रखी जयमाला को उठाया और विह्वल हो अपनी आंखें मूंद लीं।...अब और क्या शेष था देखने को! वे पूर्णकाम हो उठी थीं। राम अब उनके थे, वे राम की थीं। लोहे का पर्वत टूट गया था। उनके राम ने अद्भुत पराक्रम किया था उन्हें प्राप्त करने के लिए। ऐसा पुरुष संसार-भर में अन्य कोई नहीं था। राम अद्वितीय हैं, अपूर्व, अद्भुत, निरुपम...सीता ने पास बैठी माता सुनयना की गोद में चेहरा छुपा लिया...अपनी डबडबाई आंखों का भेद वे किसी को नहीं बताना चाहती थीं।

सीरध्वज, शतानन्द और मन्त्री-समाज सुखद आश्चर्य से जड़ हो गया।

उपस्थित लोगों में से कितनों ही ने इससे पहले भी अनेक बार ऐसा दृश्य देखने की आकांक्षा की थी–किन्तु वह कभी सम्भव नहीं हो पाया था। उनके मन की तह में लगी निराशा की काई सदा घनी होती गई थी। आज राम ने शिव-धनुष को न केवल संचालित किया था, वरन उसके दो खंड कर डाले थे। अच्छा किया, राम ने उसे तोड़ डाला।...पर इस समय अब क्या हो? राम का अभिनन्दन किस प्रकार हो?

सीरध्वज का मन कहीं एक सत्य से एकाकार हो उठा था। केवल एक सत्य! मन पूरी तरह अभिभूत था। मन के भीतर-बाहर, धरती पर, वायु पर, आकाश पर–सब ओर, सब स्थानों पर, सब तत्त्वों पर वही सत्य लिखा हुई दिखाई पड़ रहा था : सीता के लिए राम एकमात्र उपयुक्त वर हैं। वह ही सीरध्वज के जामाता हो सकते हैं। उन्होंने सीरध्वज का प्रण पूर्ण किया है।

सीरध्वज प्रेम के आवेश से आन्दोलित अपनी राज-मर्यादा को भुलाकर प्रायः भागते हुए आगे बढ़े और उन्होंने राम को अपनी भुजाओं में भर कंठ से लगा लिया।

अवसर

सम्राट की वृद्ध आंखों में सर्प का-सा फूत्कार था, "हूं।"

बस एक "हूं। उससे अधिक दशरथ कुछ नहीं कह सके।

ऐसा क्रोध उन्हें कभी-कभी ही आता था। किन्तु आज! क्रोध कोई सीमा ही नहीं मान रहा था। आंखें जल रही थीं, नथुने फड़क रहे थे; और उस सन्नाटे में जैसे तेज़ सांसों की सांय-सांय भी सुनाई पड़ रही थी।

नायक भानुमित्र दोनों हाथ बांधे सिर झुकाए स्तब्ध खड़ा था। सम्राट की अप्रसन्नता की आशंका उसे थी। बहुत समय तक सम्राट के निकट रहा था। उनके स्वभाव को जानता था। उनका ऐसा प्रकोप उसने कभी नहीं देखा था। यह रूप अपूर्व था। वैसे, वह भी समझ नहीं पा रहा था कि सम्राट की इस असाधारण स्थिति का कारण क्या था। उसे विलम्ब अवश्य हुआ, किन्तु उससे ऐसी कोई हानि नहीं हुई थी कि सम्राट इस प्रकार भभक उठें। वह अयोध्या के उत्तर में स्थित सम्राट की निजी अश्वशाला में से कुछ श्वेत अश्व लेने गया था, जिनकी आवश्यकता अगले सप्ताह होनेवाले पशु मेले के अवसर पर थी। अश्व प्रातः राजप्रासाद में पहुंच जाते, तो उससे कुछ विशेष नहीं हो जाता; और सन्ध्या समय तक रुक जाने से कोई हानि नहीं हो गई, किन्तु सम्राट...।

वह अपने अपराध की गम्भीरता का निर्णय नहीं कर पा रहा था। सम्राट के कुपित रूप ने उसके मस्तिष्क को जड़ कर दिया था। सम्राट के मुख से किसी भी क्षण उसके लिए कोई कठोर दंड उच्चारित हो सकता था...उसका इतना साहस भी नहीं हो पा रहा था कि वह भूमि पर साष्टांग लेटकर सम्राट से क्षमा-याचना करे...सहसा, सम्राट जैसे आपे में आए। उन्होंने स्थिर दृष्टि से उसे देखा, और बोले, "जाओ, विश्राम करो।"

भानुमित्र की जान में जान आई। उसने अधिक-से-अधिक झुककर नम्रतापूर्वक प्रणाम किया और बाहर चला गया।

भानुमित्र के जाते ही दशरथ का क्रोध फिर अनियन्त्रित हो उठा...मस्तिष्क तपने लगा...आभास तो उन्हें पहले भी था, किन्तु इस सीमा तक...क्या अर्थ है इसका?

दशरथ ने अश्व मंगवाए थे। अश्व रात में ही अयोध्या के नगर-द्वार के बाहर विश्रामालय में पहुंच गए थे, किन्तु प्रातः उन्हें अयोध्या में घुसने नहीं दिया गया। नगर-द्वार प्रत्येक आगन्तुक के लिए बन्द था–क्योंकि महारानी कैकेयी के भाई कैकय के युवराज युधाजित अपने भानजे राजकुमार भरत और शत्रुघ्न को लेकर अयोध्या से कैकय की राजधानी राजगृह जानेवाले थे। नगर-द्वार बन्द, पथ बन्द, हाट बन्द–जब तक युधाजित नगर-द्वार पार न कर लें, तब तक किसी का कोई काम नहीं हो सकता–किसी का भी नहीं। दशरथ का काम भी नहीं।

तब तक, सम्राट के आदेश से घोड़े लेकर आनेवाला नायक भी बाहर रुका रहेगा। सम्राट का काम रुका रहेगा, क्योंकि युधाजित उस पथ से होकर नगर-द्वार से बाहर जानेवाला था। अपनी ही राजधानी में सम्राट की यह अवमानना!

किसने किया यह साहस? नगर-रक्षक सैनिक टुकड़ियों ने? कैसे कर सके वे साहस? इसलिए कि वे भरत के अधीनस्थ सैनिक हैं। वे सैनिक जानते हैं कि भरत, राजकुमार होते हुए भी, सम्राट

से अधिक महत्त्वपूर्ण है–क्योंकि वह कैकेयी का पुत्र है। युधाजित सम्राट से अधिक महत्त्वपूर्ण है, क्योंकि वह कैकेयी का भाई है...

कैकेयी! कैसा बांधा है, कैकेयी ने दशरथ को! सम्राट की आंखें कहीं अतीत में देख रही थीं...

कोसल की सेनाएं राजगृह में जा घुसी थीं। राजप्रासादों को घेर लिया गया था और कैकय के राजपरिवार का प्रत्येक सदस्य बांधकर दशरथ के सम्मुख लाया गया था। कैकय का राजपरिवार दुर्बल था, इसलिए दशरथ ने उन्हें बांधकर अपने सम्मुख मंगवाया था...पर कैकेयी को देखते ही दशरथ दुर्बल पड़ गए थे; और तब कैकेयी ने उन्हें बांध लिया था। दशरथ कैकेयी की प्रसन्नता पाने के लिए कुछ भी देने को तैयार थे, कुछ भी कर गुजरने को...और तब दशरथ को कैकय-नरेश ने बांधा था, "कैकेयी का पुत्र ही कोसल का युवराज होगा..." दशरथ बंधे थे, प्रसन्नतापूर्वक। पर तब दशरथ ने इस पक्ष पर विचार नहीं किया था।

कैकय-नरेश अपनी पराजय को कभी न भूले होंगे। युधाजित को अपनी किशोरावस्था की एक-एक बात याद होगी। उसने उन बातों को सायास याद रखा होगा। अपने मन में दशरथ के विरुद्ध विष को जीवित रखने, उसे पोषित और विकसित करने का प्रत्येक प्रयत्न किया होगा। उसने वर्षों स्वयं को उसी ताप में तपाया होगा, ताकि अवसर आते ही वह दशरथ को अपमानित करे...

आज अयोध्या में कैकेयी महारानी है। भरत युवराज न सही युवराज-प्राय है। सेना की अनेक महत्त्वपूर्ण टुकड़ियां उसके अधीन हैं। कैकेयी का सम्बन्धी पुष्कल सचिव है। कैकय का राजदूत अयोध्या में विशेष आदर-सम्मान तथा स्थिति का स्वामी है। उसके पास सम्राट की अनुमति से अंगरक्षकों की विशाल सेना है...कितनी शक्तिशाली है कैकेयी...! उसकी प्रत्यक्ष अथवा अप्रत्यक्ष छाया-मात्र पानेवाला सैनिक भी दशरथ के नायक को रात-भर अयोध्या के बाहर रोके रख सकता है...

ऐसा नहीं है कि दशरथ ने आज पहली बार कैकेयी की शक्ति का अनुभव किया हो...उसका आभास उन्हें विवाह के पश्चात अयोध्या लौटते ही मिलने लगा था। और वह शक्ति क्रमशः बढ़ी ही है, कम नहीं हुई। अनेक बार दशरथ को अपने सम्मुख ही नहीं; दूसरों के सम्मुख भी अपमानित होना पड़ा है...किन्तु उन्होंने आज तक कैकेयी की शक्ति को अपनी पत्नी की शक्ति मानने का भ्रम पाला है...पर आज वे देख रहे हैं, कैकेयी की शक्ति युधाजित की बहन है; भरत की शक्ति दशरथ के पुत्र की नहीं, युधाजित के भानजे की शक्ति है–और युधाजित को अयोध्या में इतना शक्तिशाली नहीं होना चाहिए...

युधाजित से उनका सम्बन्ध कैकेयी से सम्बन्ध होने से पहले का है। वह सम्बन्ध राजनीतिक सम्बन्ध है–विजयी की लौह-श्रृंखलाओं और पराजित की कलाइयों का सम्बन्ध। बंधे हुए हाथों और झुके हुए सिरवाले अपमानित किशोर युधाजित को दशरथ भूल गए?– वे कैसे भूल गए कि नए सम्बन्धों के बन जाने से पुराने सम्बन्ध मिट नहीं जाते। कैकेयी से दाम्पत्य का नया सम्बन्ध हो जाने से युधाजित से पुराना सम्बन्ध कैसे समाप्त हो सकता है। दशरथ भूल भी जाएं, पर युधाजित कैसे भूलेगा?–

दशरथ को पहले देखना चाहिए था कि अयोध्या में उनकी आंखों के सम्मुख सत्ता हथियाने का कैसा खेल खेला जा रहा है। वे कैकेयी के सौन्दर्य और यौवन-सम्पदा की ओर लोलुप दृष्टि से देखकर अपना विवेक खो बैठे हैं। वे कैसे देखते कि कैकयी को प्राप्त करने की प्रक्रिया में उनके हाथों में से क्या खिसकता जा रहा है –

और अभी तो दशरथ सम्राट हैं–चाहे कटे हुए हाथोंवाले। पर कैकेयी के पिता को दिए वचन के

अनुसार यदि उन्होंने आधिकारिक रूप से सत्ता भरत को सौंप दी; तो? भरत की शक्ति का अर्थ है युधाजित की शक्ति...जब शक्ति दशरथ के हाथ में थी और युधाजित बांधकर उनके सामने लाया गया था, तो दशरथ ने उसके कंठ पर खड्ग रखकर उससे अभद्र व्यवहार किया था–यदि उनकी इच्छा हुई होती, तो वे खड्ग दबाकर युधाजित के कंठ में छिद्र भी कर सकते थे। यदि भरत के हाथों में सत्ता आने पर युधाजित भी उतना ही शक्तिशाली...

दशरथ का कंठ सूख गया। कंठ में स्थान-स्थान पर खड्ग की नोकें उग आई थीं। कंठ की नलियां जैसे जल रही थीं, और रक्त झरने-सा फूटकर बाहर आने को था। हाथ-पैर टेढ़े हो गए। वर्ण पीला पड़ गया। उन्होंने माथे पर हाथ फेरा, माथा ठंडा और पसीने से गीला था।

बड़ी देर तक दशरथ उसी स्तम्भित दशा में बैठे रहे, और सहसा वे सजग हुए–निश्चित रूप से वे बहुत घबराए हुए ही नहीं, डरे हुए भी थे। मन बार-बार कह रहा था, 'कुछ कर दशरथ! यही अवसर है, नहीं तो बड़ी देर हो जाएगी। पर उनका मन उस छोटे बालक के समान था, जो हाथ में पूरी ईंट लिए हिंस्र भेड़िए के सम्मुख खड़ा सोच रहा था–ईंट न मारूं तो यह मुझे खाने में कितनी देर लगाएगा और मारूं तो यह मर जाएगा या कुपित होकर मुझे और भी जल्दी खा जाएगा? भेड़िये की आंखों में क्रोध था, उसकी लाल-लाल हिंस्र तथा लोलुप जीभ मुंह से बाहर लटक रही थी, बड़े-बड़े तीखे, श्वेत दांतों की चमक बढ़ती जा रही थी...

भेड़िया मुझे खाएगा अवश्य, मैं ईंट मारूं या न मारूं...दशरथ की चिन्ता बढ़ती जा रही थी ईंट मारूं? न मारूं?

सम्राट को राजसभा में आने में विलम्ब हुआ था। विलम्ब से आना सम्राट का नियम नहीं था। अपवादस्वरूप ही ऐसा होता था। जब कभी ऐसा होता था, सम्राट जल्दी-जल्दी डग उठाते हुए सभा में आते थे और सिंहासन पर बैठते ही बड़ी शालीनता से खेद प्रकट करते थे। उनका व्यवहार अतिरिक्त रूप से विनीत होता था। विलम्ब के कारण सभासदों को हुई असुविधा की क्षतिपूर्ति का प्रयत्न चलता रहता। आज वैसा कुछ भी नहीं हुआ। सम्राट विलम्ब से आए थे, पर न कोई जल्दी थी, न कोई संकोच। वे स्थिर डगों से दृढ़ चाल चलते हुए आए और जब सिंहासन पर बैठकर उन्होंने आंखें उठाईं, तो सबने देखा उनकी आंखें थकीं, किन्तु सतर्क थीं। सम्भवतः अपनी किसी चिन्ता के कारण सम्राट रात भर सो नहीं पाए थे।

"किन्हीं कारणों से सम्राट को विलम्ब हुआ..." महामन्त्री ने सम्राट को चिन्तित देखकर अपनी बात आरम्भ की। अपेक्षा की कि सम्राट कहेंगे, 'हां महामन्त्री! चिन्तित था, रात-भर सो नहीं पाया।'

किन्तु सम्राट ने महामन्त्री की ओर दृष्टि उठाई, तो उनके चेहरे का आवरण बहुत कठोर था। उतने ही कठोर स्वर में उन्होंने कहा, "सम्राट मैं हूं। राजपरिषद का समय मेरी इच्छा से निश्चित होता है।"

महामन्त्री ने आश्चर्य से सम्राट को देखा और फिर उनकी दृष्टि गुरु वसिष्ठ पर जम गई–जैसे कह रहे हों, दशरथ की राजसभा की तो यह परिपाटी नहीं है...किन्तु गुरु ने कोई उत्तर नहीं दिया। वे भी ऐसी ही दृष्टि से सम्राट को देख रहे थे, जैसे कुछ समझ न पा रहे हों...

राजसभा में एक अटपटा मौन छाया रहा। किंचित प्रतीक्षा के पश्चात महामन्त्री ने स्वयं को सन्तुलित कर पुनः साहस किया, "सम्राट की अनुमति हो तो आवश्यक सूचनाएं निवेदित की जाएं।"

"आरम्भ कीजिए।" सम्राट के शब्द सहज थे।

महामन्त्री के संकेत पर पहले चर ने सूचना दी, "सम्राट! मैं राजसाथों के संग यात्रा करनेवाला

दूत सिद्धार्थ हूं। मैं राजकुमार भरत तथा शत्रुघ्न का समाचार लेकर आया हूं। राजकुमार अपरताल तथा प्रलम्ब गिरियों के मध्य बहनेवाली मालिनी नदी के तट से होते हुए, हस्तिनापुर में गंगा को पार कर सकुशल आगे बढ़ गए हैं।"

सम्राट ने पूरी तन्मयता से समाचार सुना। उनके मन में उल्लास का एक स्वर फूटा, "भरत अयोध्या से दूर हो गया।" उनकी आकृति की कठोर रेखाएं शिथिल हो गईं। आंखों में सन्तोष झांकने लगा और होंगें के कोनों में हल्की-सी मुस्कान उभरी।

सभा धैर्यपूर्वक सम्राट के उत्तर की प्रतीक्षा करती रही, किन्तु सम्राट पूर्ण आत्मसन्तोष के साथ अपने अधरों की मुस्कान पीते रहे।...

अन्त में फिर महामन्त्री ही बोले, "दूत! तुम्हारा सामाचार शुभ है। सम्राट राजकुमार का कुशल समाचार जानकर सन्तुष्ट हैं। तुम जाओ। विश्राम करो।" दूत प्रणाम कर चला गया।

तब महामन्त्री से संकेत पाकर न्याय-समिति के सचिव आर्य पुष्कल, उठकर खड़े हुए, "सम्राट को स्मरण होगा, कुछ दिन पूर्व सम्राट के अंगरक्षक दल के सैनिक विजय की कैकय राजदूत के रथ के घोड़ों से टकराकर उनके खुरों के नीचे आकर कुचले जाने के कारण मृत्यु हो गई थी। सम्राट ने इस घटना की जांच न्याय-समिति को सौंपी थी। न्याय-समिति ने उस दुर्घटना की सम्यक खोज की है। अपनी खोज के पश्चात समिति इस निष्कर्ष पर पहुंची है कि वह दुर्घटना, मात्र आकस्मिक थी। उसमें कैकय राजदूत की इच्छा न थी, न असावधानी। अतः समिति कैकय राजदूत को निर्दोष पाकर अभियोग-मुक्त घोषित करती है। सम्राट से प्रार्थना है कि वे इस निर्णय को अपनी स्वीकृति दें।"

दशरथ का मस्तिष्क नामों पर अटक गया। जिस सैनिक की हत्या हुई, वह दशरथ के अंगरक्षक दल का था। जिसने हत्या की, वह कैकय का राजदूत है, अर्थात युधाजित का राजदूत। अपराधी पर अभियोग चलानेवाले सैनिक भरत के अधीन हैं। जांच करनेवाला पुष्कल है...कैकेयी का सम्बन्धी। तो कैकय-राजदूत निर्दोष क्यों नहीं होगा...

दशरथ के होंठों के कोनों पर फिर मुस्कान उभरी : किन्तु यह सन्तुष्टि की मुस्कान नहीं थी। बोले वे अब भी कुछ नहीं।

सम्राट को मौन देख, महामन्त्री ही बोले, "न्याय-समिति की जांच से सम्राट सन्तुष्ट हैं और समिति के निर्णय को मान्यता देते हैं

सहसा महामन्त्री की बात काटकर दशरथ बोले, "किन्तु न्याय-समिति ने मृतक के परिवार की क्षतिपूर्ति का कोई सुझाव नहीं रखा। यह अनुचित है। सैनिक विजय के परिवार को क्षतिपूर्ति के रूप में उसके वेतन का दुगुना भत्ता प्रति मास दिया जाए।"

महामन्त्री ने आश्चर्य से सम्राट को देखा।

आर्य पुष्कल ने भी उसी मुद्रा में सम्राट को देखा, किन्तु वे महामन्त्री के समान मौन नहीं रहे, "न्याय-समिति के सचिव के रूप में मेरा यह कर्तव्य है कि मैं सम्राट को स्मरण दिलाऊं कि ऐसी स्थितियों में व्यक्ति के वेतन का आधा भत्ता देने का विधान है...।"

"किन्तु न्याय-समिति के सचिव को कौन स्मरण दिलाएगा," सम्राट का स्वर अतिरिक्त रूप से तिक्त था, "कि विधान में सम्राट के अपने कुछ विशेषाधिकार भी हैं। सम्राट को भत्ते की राशि को घटा-बढ़ा सकने का पूर्ण अधिकार है।"

आर्य पुष्कल के मन में अनेक आपत्तियां थीं। सम्राट को विशेषाधिकार तो हैं, किन्तु वे विशेष परिस्थितियों के लिए हैं। इस घटना में ऐसी कोई विशेष बात नहीं है।

किन्तु सम्राट की भंगिमा ऐसी नहीं थी कि आर्य पुष्कल या कोई अन्य पार्षद कुछ कहने को प्रोत्साहित होता। सम्राट अप्रसन्न हैं, यह साफ-साफ दीख रहा था, किन्तु क्यों? किस पर? क्या वे स्वयं, पुष्कल से अप्रसन्न हैं?...आर्य पुष्कल ने अपनी बात कंठ में ही रोक ली।

सभा में फिर मौन छा गया। सम्राट के इस प्रकार खीझने के अधिक अवसर नहीं आते थे; और जब आते थे, उनका टल जाना ही उचित था। किसी का साहस नहीं था कि सम्राट की ओर देखे।

ऐसी स्थिति से परिषद को राजगुरु तथा अन्य ऋषि ही उबार सकते थे। उन पर सम्राट का अनुशासन लागू नहीं होता था। किन्तु सम्राट द्वारा याचना होने पर ही गुरु तथा अन्य ऋषि अपना अभिमत देते थे, अथवा बहुत असाधारण स्थिति होने पर ही वे लोग सैद्धान्तिक हस्तक्षेप करते थे... किन्तु आज की बात तो सामान्य-सी वैधानिक बात थी। सबको मौन देख सम्राट ने विषय को यहीं समाप्त मान लिया। वे सभा में आने के पश्चात पहली बार स्वयं सक्रिय हुए, "नगर-रक्षा के लिए कौन-सी सेना नियुक्त है महाबलाधिकृत?"

"साम्राज्य की तीसरी स्थायी सेना, सम्राट!"

"कितने समय से यह दायित्व इस सेना के ज़िम्मे है?"

"उसे यह कार्य संभाले केवल छः मास हुए हैं सम्राट!"

"उसका महानायक कौन है?"

"स्वयं राजकुमार भरत!" महाबलाधिकृत ने सूचना दी, "किन्तु अयोध्या से उनकी अनुपस्थिति में सेना, उपनायक महारथी उग्रदूत की आज्ञा के अधीन है।"

दशरथ ने कुछ क्षणों तक चिन्तन का नाटक किया; और फिर अपना पूर्व-निश्चित निर्णय सुना दिया, "महाबलाधिकृत! साम्राज्य की तीसरी स्थायी सेना के उपनायक को आदेश दें कि वे अपनी सेना को लेकर, उत्तरी सीमान्त पर स्थिर स्कन्धावार में चले जाएं। वहां उनकी आवश्यकता पड़ सकती है। यह प्रयाण कल प्रातः ही हो जाना चाहिए।"

"जो आज्ञा सम्राट!"

"अयोध्या की रक्षा का दायित्व, मेरे अंगरक्षक दल के महानायक चित्रसेन को सौंप दिया जाए।" सम्राट का स्वर ऊंचा था।

महाबलाधिकृत "जो आज्ञा" न कह सके। तीसरी सेना का स्थानान्तरण यद्यपि अनियमित था, क्योंकि नियमतः एक सेना को एक स्थान पर साधारण परिस्थितियों में प्रायः तीन वर्षों तक रखा जाता है...फिर भी सम्भव है कि सम्राट के मन में कोई असाधारण बात हो, सम्भव है, उनके उस आदेश के पीछे कोई तर्क हो। यद्यपि ऐसे आदेशों के कारण महाबलाधिकृत से गुप्त नहीं रखे जाने चाहिए, और ऐसे आदेशों का पालन महाबलाधिकृत से उसकी सहमति लिए बिना नहीं होना चाहिए, फिर भी सम्राट कभी-कभी विशेषाधिकार का उपयोग कर लेते हैं। अन्ततः ऐसे निर्णय लाभदायक ही होते हैं। किन्तु नगर-रक्षा का दायित्व सम्राट के निजी अंगरक्षकों को सौंप देना...क्या हो गया है सम्राट की बुद्धि को?

"क्षमा हो सम्राट!" महाबलाधिकृत बहुत साहस कर बोले, "नगर-रक्षा का दायित्व सम्राट के अंगरक्षक दल को सौंप देना अपूर्व निर्णय है। अंगरक्षकों की संख्या इतनी नहीं है कि वे सम्राट की निजी रक्षा, राजसभा, राजकार्यालयों तथा राजप्रासादों की रक्षा के साथ-साथ नगर-रक्षा का दायित्व भी संभाल सकें। सम्राट विचार करें, यह आदेश अव्यावहारिक है। यह तब तक व्यावहारिक नहीं हो सकता, जब तक कि अंगरक्षकों की संख्या एक पूरी सेना तक न पहुंचा दी जाए...।"

सम्राट ने महाबलाधिकृत की बात सुनी, और पुनः कटु स्वर में उत्तर दिया, "महाबलाधिकृत को कदाचित ज्ञात हो कि सम्राट ने अपनी आयु इस सिंहासन तथा राजसभा में ही व्यतीत नहीं की है। मैंने सेनाएं, स्कन्धावार तथा सेना-व्यवस्थाएं ही नहीं देखीं, बड़े-बड़े युद्धों में एकाधिक सेनाओं का सफल नेतृत्व भी किया है। महाबलाधिकृत मुझे सीख न दें कि कौन-सी सेना किस कर्तव्य के लिए उपयुक्त है।"

विचित्र स्थिति थी! व्यवस्था का सर्वोच्च अधिकारी व्यवस्था-सम्बन्धी तर्क सुनने को प्रस्तुत नहीं था। अनुभवों की बात कहकर उन्होंने महाबलाधिकृत का मुख बन्द करने का प्रयत्न किया था। सम्राट का व्यवहार देख महाबलाधिकृत हत्प्रभ हो चुके थे। महामन्त्री आरम्भ से ही निरस्त-से थे। गुरु ने भी अपूर्व चुप्पी धारण कर रखी थी।

अन्त में आर्य पुष्कल ही उठे, "सम्राट यदि अनुमति दें, तो मैं उनके विचारार्थ विधान की परम्परा का उल्लेख करना चाहूंगा, जिसके अनुसार नगर-रक्षा का कार्य अंगरक्षकों के कर्तव्य से पृथक..."

और सहसा जैसे विस्फोट हो गया।

सम्राट अमर्यादित रूप से कुपित हो गए। उनका चेहरा तमतमा गया था। नथुनों के साथ अधर भी फड़क रहे थे। उनका स्वर धीमा होता तो सर्प का फूत्कार लिए होता, ऊंचा होता तो फटने-फटने को होता...

"प्रत्येक सभासद को ज्ञात हो कि अभी दशरथ ही सम्राट है और इस सिंहासन पर विराजमान ही नहीं है, सत्ता सम्पूर्णतः उसके अधिकार में है। मैं सम्राट की सत्ता की अवहेलना अथवा उसके अवमूल्यन की अनुमति नहीं दूंगा। सम्राट के आदेशों पर विचार-विमर्श अथवा वाद-विवाद नहीं होगा। मैं यह चेतावनी दे रहा हूं कि सम्राट का विरोध करनेवाले, न केवल पदच्युत होंगे, वरन दंडित भी होंगे। सम्राट का विरोध राजद्रोह माना जाएगा, जिसका परिणाम भयंकर होगा।"

परिषद जड़ हो गई। सम्राट के निर्णय तो तर्कशून्य थे ही, उनका व्यवहार भी पर्याप्त चकित करनेवाला था। सम्राट अपने इस वय में अपनी नम्रता नहीं, शिथिलता के मध्य इतना कठोर तथा परम्परा-विरोधी व्यवहार करें, अकल्पनीय बात थी।

सभा से उठकर आ जाने के पश्चात भी दशरथ का मन क्षण-भर को शान्त नहीं हुआ। उनके मन में आज राजपरिषद में हुई एक-एक बात कई-कई बार पुनरावृत्ति कर चुकी थी। एक-एक पार्षद उनकी कल्पना की आंखों के सामने था। एक-एक व्यक्ति की कही हुई, एक-एक बात, जैसे उनकी स्मृति पर खोद दी गई थी...और अन्त में उनके विचार दो व्यक्तियों पर आ टिके थे। महाबलाधिकृत इन्द्रसेन तथा न्याय-समिति के सचिव पुष्कल !...क्या महाबलाधिकृत मेरा विरोधी है? यदि है, तो क्यों?

किन्तु, महाबलाधिकृत ने कभी राजनीति में विशेष रुचि नहीं ली। किसी का पक्ष अथवा विपक्ष, उसने नहीं साधा। वह सैनिक परम्परा में पत्ता हुआ था। अधिकारी के सम्मुख सिर झुका देनेवाला शस्त्र-व्यवसायी है। उसका न कैकेयी से विशेष सम्बन्ध है, न भरत से, न कैकय राजदूत से, न युधाजित से...उसने जो कुछ कहा, वह केवल सैनिक कार्य-पद्धति की दृष्टि से कहा होगा। उस व्यक्ति को इतना बता देना ही पर्याप्त होगा कि वह अपने काम से काम रखे। राजपरिषद के षड्यन्त्रों अथवा पक्ष-विपक्ष में न पड़े।...न्याय-अन्याय का विचार, उचित-अनुचित का विवाद, कर्तव्य-अकर्तव्य का विश्लेषण बड़ी अच्छी बात है–किन्तु आज की परिस्थितियों में सबसे अच्छी बात है–मौन!...यदि वह सम्राट को अप्रसन्न करने का प्रयत्न नहीं करेगा, तो सम्राट उससे अप्रसन्न नहीं होंगे...।

दशरथ का मन कहता था, महाबलाधिकृत अपने लाभ की बात समझ जाएगा। किन्तु पुष्कल!

वह बात-बात पर विधान की बात करता है। वह न्याय-समिति का सचिव है।...ठीक है, सारे विधानों तथा न्याय-समितियों के सिर पर स्वयं सम्राट होते हैं; किन्तु पुष्कल यदि प्रचार करे, तो जन-सामान्य की दृष्टि में, वह सम्राट को अन्यायी अथवा अवैधानिक कार्य करनेवाला व्यक्ति ठहराएगा। प्रजा की दृष्टि में सम्राट का सम्मान घटेगा, जो पहले ही बहुत अधिक न था। यह प्रचार विरोधी शक्तियों के लिए लाभदायक होगा।...पर पुष्कल ऐसा क्यों करेगा?

कदाचित वह ऐसा भी न करे, किन्तु वह कैकेयी का सम्बन्धी है, और कृपा-पात्र भी। उसे या कैकेयी को यह आभास मिलते ही कि सम्राट ने उसका पक्ष दुर्बल करने के लिए कुछ भी किया है–भयंकर कोलाहल होगा। तो क्या पुष्कल को अपदस्थ कर बन्दी कर लिया जाए?

ऐसा करने के लिए पुष्कल पर अभियोग लगाना आवश्यक है; और अभियोग, न यह हो सकता है कि पुष्कल वैधानिक चर्चा करता है, न यह हो सकता है कि वह कैकेयी का सम्बन्धी है। और फिर, कैकेयी को सूचना मिलते ही वह ऐसा विरोध खड़ा कर सकती है, जिसका सामना न दशरथ कर सकते हैं, न दशरथ की सेना...इस उलझी हुई राजनीतिक गुत्थी को तो कोई राजनीतिक चाल ही सुलझा सकती है...राजनीतिक चाल!गई रात तक दशरथ विभिन्न योजनाएं बनाते-बिगाड़ते रहे... तत्काल कुछ करना उचित नहीं होगा। दो-चार दिन रुक जाना चाहिए, अन्यथा सन्देह की सम्भावना है। जब तक ध्यान इस ओर नहीं गया था, बात और थी; किन्तु अब सम्राट को प्रत्येक घटना में या तो षड्यन्त्र की गन्ध आती है, या अपना अपमान दिखाई पड़ता है : प्रत्येक महत्त्वपूर्ण व्यक्ति के वक्तव्य में या तो सत्ता हस्तगत करने का दुष्प्रयास दिखाई पड़ता है या सम्राट के महत्त्व का अवमूल्यन। चिन्ता पीछा ही नहीं छोड़ती–तनाव किसी समय भी कम नहीं होता।

इस उचाट अवस्था में कभी-कभी मन में आता है कि सब-कुछ छोड़-छाड़कर, कहीं दूर भाग जाएं; जहां न चिन्ता हो, न परेशानी, न तनाव, न क्षोभ। वृद्धावस्था में संघर्ष की शक्ति उनमें नहीं रह गई। संघर्ष उनमें उत्साह और ललक नहीं जगाता–खीझ और द्वेष, कटुता और हताशा उत्पन्न करता है, किन्तु तभी इस विरक्ति की तीव्र प्रतिक्रिया जागती है। दशरथ अपने आप को सन्देह की दृष्टि से देखने लगते हैं–क्या उनके मन में भी कोई षड्यन्त्रकारी घुस गया है? आख़िर इस प्रकार के भावों का क्या अर्थ है? ये दशरथ के भाव नहीं हैं। विरक्ति दशरथ के लिए नहीं है, भोग लेने पर विषय और अधिकार के प्रति वैराग्य स्वीकार करना दशरथ की प्रकृति नहीं है। उन्हें तृप्ति नहीं होती। यही कर सके होते तो कैकेयी से विवाह की क्या आवश्यकता थी! न कैकेयी से विवाह हुआ होता...न यह स्थिति आती। अनेक स्त्रियों के होते कैकेयी को नहीं छोड़ सके, तो सिंहासन कैसे छोड़ दें। दशरथ अपने हाथ का अधिकार नहीं छोड़ेंगे। हाथ ढीले हो गए, अधिकार खिसकता दिखाई दिया, तो वे उसे दांतों से पकड़ेंगे। दांत झड़ गए, तो मसूड़ों से पकड़ेंगे...जब तक बन पड़ेगा, वे अधिकार का भोग करेंगे, उसकी रक्षा करेंगे...।

अधिकार भोग करना है तो विरोधियों को मार्ग से हटाना होगा...यही राजनीति है। उसमें नीति क्या अनीति क्या? सिद्धान्त क्या? और आदर्श क्या? राजनीति के सारे सिद्धान्तों, आदर्शों तथा नैतिकता का एकमात्र सूत्र है...विरोध-उन्मूलन। विरोधी का उन्मूलन भी...।

दशरथ का मन हुआ, ज़ोर से खिलखिलाकर हंस पड़ें–ऐसी हंसी, जिसकी क्रूरता लोगों के कलेजे दहला दे।...उनके विरोधियों को मालूम हो कि सत्ता का विरोध क्या अर्थ रखता है, और उसका कितना बड़ा मूल्य चुकाना पड़ता है...।

दो

राजपरिषद की कार्यवाही दूत की सूचना से आरम्भ हुई।

"सम्राट! मैं राज-सार्थों के साथ यात्रा करनेवाला दूत विजय हूं। मैं राजकुमार भरत और शत्रुघ्न का समाचार लेकर आया हूं। राजकुमार पांचाल देश से होते हुए, कुरु जांगल प्रदेश को पीछे छोड़ते हुए, सकुशल, पुण्य सलिला इक्षुमती के पार उतर गए हैं।" प्रत्येक सभासद ने देखा उद्विग्न सम्राट को इस समाचार से कुछ प्रसन्नता हुई।

भरत अयोध्या से दूर होता जा रहा है–दशरथ सोच रहे थे–दूत के अयोध्या लौटने तक के समय में वह और भी दूर हो गया होगा, किन्तु अयोध्या में बैठे भरतों का क्या हो?...

महामन्त्री ने बिना औपचारिक भूमिका के अपनी बात आरम्भ की, "क्षमा करें सम्राट! परिषद की अन्य कार्यवाहियों को स्थगित कर बीच में एक आवश्यक सूचना देने को बाध्य हूं।"

"अवश्य।" पुष्कल का समाचार होगा। सम्राट ने सोचा।

"राजपरिषद के प्रमुख पार्षद तथा न्याय-समिति के सचिव आर्य पुष्कल का कल सायं नगर के प्रमुख चतुष्पथ से दस्युओं द्वारा अपहरण हो गया। यह घटना अयोध्या की शान्ति तथा सुरक्षा-व्यवस्था के नाम पर कलंक है। इतने प्रमुख नागरिक के साथ ऐसा अघटनीय घट जाए। ऐसी स्थिति में कोई भी सामान्य नागरिक स्वयं को सुरक्षित कैसे मानेगा। किन्तु आर्य पुष्कल के पुत्र, चिरंजीव विपुल का वक्तव्य इससे भी भयंकर, लज्जाजनक, त्रासद एवं आतंकपूर्ण है। राजव्यवस्था..."

"महामन्त्री!" सम्राट ने बीच में ही टोक दिया, "जिस राजव्यवस्था की आप धारा-प्रवाह निन्दा कर रहे हैं, उसके आप महामन्त्री हैं।"

"सम्राट ठीक कहते हैं।" महामन्त्री उसी आवेग में बोले, "किन्तु, यह दुर्घटना अंगरक्षक दल को नगर-रक्षा का भार सौंप देने की व्यवस्था से सम्बन्धित है, जिसके लिए मैं उत्तरदायी नहीं हूं।"

"अर्थात मैं उत्तरदायी हूं।" दशरथ पुनः बोले। इस बार उनका स्वर शान्त नहीं था। उसमें आवेश की स्पष्ट झलक थी, "तब तो महामन्त्री को और भी सोच-समझकर मुख से शब्द निकालने चाहिए। व्यवस्था का अपमान, सम्राट का अपमान है, और सम्राट का अपमान..." सम्राट अपने ही आवेश में मौन हो गए।

"मुझे अपनी ओर से कुछ नहीं कहना है सम्राट!" महामन्त्री के स्वर में न एक प्रवाह था, न तेज, "आप चिरंजीव विपुल का वक्तव्य सुन लें।"

सम्राट मौन रहे। विपुल ने झुककर सम्राट को प्रणाम किया। उसे देखते ही लगता था कि वह रात-भर सोया नहीं है। सम्भवतः किसी समय थोड़ा-बहुत रोया भी था। उसकी वेश-भूषा, राजसभा में उपस्थित होने के लिए उपयुक्त नहीं थी। उसे इसका भी अवसर नहीं मिला था।

"सम्राट! कल सन्ध्या का समय, हमारा सारथी जब आहत तथा अचेत अंगरक्षकों को रथ में डालकर भवन में पहुंचा, तो हमें सूचना मिली कि पिताजी का अपहरण हो गया है। हमारे लिए यह सूचना जितनी अप्रत्याशित थी, उतनी ही घातक भी। मैंने अपने अंगरक्षकों और निजी सैनिकों को तत्काल चारों ओर दौड़ाया; और स्वयं निकटतम सैनिक चौकी की ओर बढ़ा।...मार्ग में मैंने देखा कि यह समाचार सारे नगर में फैल चुका था। जगह-जगह में विभिन्न प्रकार की चर्चाएं हो रही थीं... अयोध्या जैसे नगर के लिए यह अकल्पनीय घटना थी। राज्य के इतने प्रभावशाली व्यक्ति का इस प्रकार दिन-दहाड़े राजपथ से हरण हो जाए और नगर-रक्षक कुछ न कर सकें।...अविश्वसनीय! नगर

में वाम फैल गया था। हाट बन्द हो गए थे। व्यापार ठप्प हो गया था। लोग स्वेच्छा से अपने घरों में बन्द हो गए थे। सत्ता की शिथिलता का इससे बड़ा और क्या प्रमाण हो सकता है, सम्राट !"

"युवक !" दशरथ के स्वर में चेतावनी थी।

"क्षमा हो सम्राट! दुखी व्यक्ति के मुंह से कोई अनुपयुक्त बात निकल जाए तो क्षमा करें," विपुल ने अपनी बात आगे बढ़ाई, "नगर में इतना कुछ हुआ था और सैनिक चौकी को सूचना तक नहीं थी। पहले तो उन्होंने आर्य पुष्कल को ही पहचानने से इनकार कर दिया। जब पहचानने को बाध्य हुए, तो उनके अपहरण की बात को यह कहकर उड़ा दिया कि वे अपने मनोरंजन के लिए कहीं चले गए होंगे। मैंने अपने सारथी तथा आहत अंगरक्षकों से प्रमाण दिलाए तो उत्तर मित्रा कि वे मदिरा पीकर आपस में लड़ पड़े होंगे...इत्यादि। यह सोचकर कि ये सैनिक इस प्रकार के परिवाद के लिए उपयुक्त पात्र नहीं हैं, मैं उच्चाधिकारियों से भी मिला। किन्तु मुझे अत्यन्त दुख से सम्राट के सम्मुख निवेदन करना पड़ रहा है कि उन अधिकारियों ने मेरे साथ ही नहीं, मेरा पक्ष लेनेवाले प्रत्येक नागरिक के साथ दुर्व्यवहार किया; हम सबका अपमान किया।...मैं रात-भर इस सम्बन्ध में विभिन्न अधिकारियों के पास भाग-दौड़ करता रहा हूं, किन्तु उन्होंने इस विषय में न कोई सूचना दी; और न उन्हें खोज निकालने का कोई प्रयत्न किया।" विपुल ने एक क्षण रुककर सम्राट को देखा और पुनः बोला, "किन्तु सम्राट! मैंने अपने निजी सूत्रों से पता लगाया है कि दस्यु न तो अयोध्या के बाहर से आए थे, न अयोध्या के बाहर गए हैं। वे सशस्त्र थे, उनका युद्ध-कौशल अच्छे प्रशिक्षित सैनिकों का-सा था।...सम्राट मुझे यह कहने की अनुमति दें कि वे दस्यु स्वयं सम्राट के अंगरक्षक दल के सैनिक थे, जिन्होंने सैनिक वेश उतारकर..."

"सावधान!" सम्राट ने उसे आगे बढ़ने नहीं दिया, "किसी भी घटना की आड़ लेकर इस प्रकार का अनर्गल प्रलाप करने की अनुमति नहीं दी जा सकती।"

"अन्नदाता!" महामन्त्री ने सम्राट की बात पूरी होते ही कहा, "चिरंजीव विपुल को अपनी बात पूरी करने के पश्चात प्रमाण प्रस्तुत करने को कहा जाए। यदि वे अपनी बात प्रमाणित नहीं कर सकें, तो निराधार आरोप लगाने के अपराध में वे दंडित किए जाएं..."

"नहीं।" सम्राट का अधैर्य मुखर हो उठा। वे आवेश की स्थिति में आ गए, "दूषित प्रचार के लिए राजसभा का प्रयोग नहीं हो सकता। मैं इस विचार-विमर्श की अनुमति नहीं दे सकता।"

किन्तु सम्राट की इच्छा के अनुकूल विपुल मौन नहीं रहा, "यदि मेरे पिता ने कोई अपराध किया था तो सम्राट उन पर खुला अभियोग लगाकर उन्हें बन्दी कर सकते थे..."

"इसे बन्दी किया जाए।" सम्राट ने सन्तुलित आवेश में कहा।

दो प्रतिहारियों ने आगे बढ़कर विपुल को भुजाओं से पकड़ लिया। दशरथ उसे घूरते रहे, किन्तु जब वह कुछ नहीं बोला तो सम्राट ने एक-एक शब्द पर बल देते हुए स्थिर स्वर में कहा, "इस प्रकार के उत्तरदायित्व-शून्य आचरण को मैं साम्राज्य के लिए हानिकारक मानता हूं। अतः आदेश देता हूं कि इस तथाकथित घटना की आड़ लेकर साम्राज्य तथा सम्राट के व्यक्तित्व के विरुद्ध प्रचार अपराध माना जाएगा। इस प्रकार का घातक प्रचार करनेवाला व्यक्ति दंडित होगा..."

सहसा विपुल छिटककर प्रतिहारियों के हाथों से निकल गया और चीत्कार के स्वर में बोला, "पहले ही किसी को दशरथ के शासन में आस्था नहीं थी। आज और भी नहीं रहेगी।"

"इसे मौन करो।" सम्राट ने उच्च स्वर में कहा।

प्रतिहारी विपुल की ओर बढ़े। विपुल प्रतिहारियों से बचता इधर-उधर भागता रहा, साथ ही चीख़ता

रहा, "अब किसी को अपनी सुरक्षा के लिए राज्य के सैनिकों पर विश्वास नहीं। लोग अपनी रक्षा स्वयं करेंगे। निजी अंगरक्षकों तथा निजी सैनिकों के युद्ध अयोध्या के हाट-बाज़ारों में होंगे। अयोध्या के मुख्य पथ रक्तपात के..." प्रतिहारियों ने उसे पकड़कर उसका मुख पट्टी से बांध दिया था; अब केवल उसकी आंखें खुली थीं। प्रतिहारी सम्राट के आदेश की प्रतीक्षा कर रहे थे।

"इसे भूगर्भ कारागार में डाल दो।" सम्राट ने आज्ञा दी–"और आज से किसी राजकीय बन्दी के विषय में अधिकारियों से पूछताछ नहीं की जा सकेगी। साम्राज्य की सुरक्षा के लिए आवश्यक होने पर किसी भी व्यक्त को बिना अभियोग बताए भी बन्दी किया जा सकेगा।"

सम्राट उठकर खड़े हो गए। सभा विसर्जित हो गई।

दशरथ की चिन्ता तनिक भी कम नहीं हुई थी। उन्होंने क्या करना चाहा था और क्या हुआ। अपने अंगरक्षकों को नगर-रक्षा का दायित्व सौंपा था कि नगर में भरत की शक्ति कम हो जाए। भरत की शक्ति कम कर पाए या नहीं, कह नहीं सकते; हां पुष्कल के द्वारा वैधानिक संकट अवश्य उठा दिया गया; साथ ही ख़तरा उत्पन्न हो गया कि यदि कैकेयी को आभास मिल गया कि दशरथ क्या करने का प्रयत्न कर रहे हैं तो उसकी ओर से जवाबी आघात हो सकता है; और सम्भव है कि वह आघात इतना भारी हो कि दशरथ उसे संभाल न पाएं। उससे बचने के लिए पुष्कल का अपहरण करवाया तो यह बवंडर मच गया...क्या हो गया है उन्हें।

क्या सचमुच दशरथ इतने बूढ़े हो चुके हैं कि अब राजनीतिक गतिविधि उनकी क्षमता से बाहर है! उनकी प्रत्येक चाल उलटी पड़ रही है। उन्होंने सत्ता को पूर्णतः हस्तगत करना चाहा था–किन्तु लगता है, उनकी रही-सही सत्ता को भी खतरा उत्पन्न हो गया है। इस प्रकार का बल-प्रयोग, दमन, लोगों के अधिकारों को सीमित करना–कब तक उनकी सहायता कर पाएगा। हर बात की सीमा होती है...

इतना रोकने पर भी पुष्कल का बेटा क्या कह गया राजसभा में–किसी को दशरथ के शासन में आस्था नहीं है। अब कोई अपनी सुरक्षा के लिए राजकीय सैनिकों पर निर्भर नहीं रहेगा। सभी धनवान और शक्तिशाली लोग निजी सैनिक और अंगरक्षक रखेंगे। स्थान-स्थान पर निजी सेनाओं में युद्ध होंगे, रक्तपात होगा...कैसा होगा, अयोध्या का शासन? और सबसे बड़ी निजी सेना आज किसके पास है। कैकय के राजदूत के पास।

अब तक निजी सेनाएं केवल अपने स्वामियों के अंगरक्षकों का काम करने की औपचारिकता निभाती रही हैं। उनके पास किसी भी प्रकार के राजकीय अधिकार नहीं हैं, किन्तु यदि निजी सेनाओं के युद्ध आरम्भ हुए तो फिर राजकीय अधिकारों की आवश्यकता किसको रहेगी? विशेष सम्बन्धी को मान्यता देते हुए, कैकय के राजदूत को सबसे बड़ी निजी सेना रखने की अनुमति दी गई थी। वह सेना कैकेयी की निजी सेना हो जाएगी...तो कैकेयी की शक्ति कम होगी या बढ़ जाएगी?

किस झमेले में फंस गए सम्राट...सम्भव है कि लड़के विपुल ने निरर्थक प्रताप ही किया हो, उसकी बात के पीछे कोई ठोस आधार न हो; किन्तु सम्भावगाओं की ओर से आंखें नहीं मूंदी जा सकतीं।

अब तो एक ही रास्ता है कि साम्राज्य में निजी सेनाओं का निषेध कर दिया जाए...किन्तु यह कैसे सम्भव है? कोसल के प्रत्येक सामन्त के पास अपनी निजी सेना है, जो युद्ध के अवसर पर साम्राज्य की ओर से लड़ती है। प्रत्येक महत्त्वपूर्ण व्यक्ति के पास अपने अंगरक्षक हैं। प्रत्येक राजदूत के पास अपनी निजी सेना है...उन सब पर प्रतिरोध लगाया जाएगा, तो सामन्तों की सेना का व्यय

साम्राज्य पर आ पड़ेगा...अन्य निजी अंगरक्षकों तथा सैनिकों की आजीविका का क्या होगा?—क्या साम्राज्य इतने कर्मचारियों का बोझ उठा सकेगा?...और अन्त में विभिन्न राज्यों के राजदूतों की सुरक्षा का प्रबन्ध अयोध्या की सेना को करना पड़ेगा। फिर वे स्वतन्त्र राज्य हैं, दशरथ का शासन उन पर नहीं है। दशरथ उन राज्य की पूछताछ, प्रश्न-जिज्ञासा पर प्रतिबन्ध नहीं लगा सकते...उन्हें क्या उत्तर देंगे सम्राट?

कोई उत्तर उनके पास हो या न हो, किन्तु कैकेयी के राजदूत के पास इतनी बड़ी निजी सेना दशरथ किसी स्थिति में नहीं रहने दे सकते।

कल ही उन्हें राजसभा में घोषणा करनी पड़ेगी कि अयोध्या में स्थित प्रत्येक राजदूत को अपने अंगरक्षकों तथा निजी सेनाओं को कोसल के सेनापति के आज्ञाधीन मानना होगा।...और कल ही उन्हें कैकय के राजदूत की निजी सेना को निःशस्त्र कर अयोध्या की सेना के अधीन असैनिक पदों पर भेज देना होगा।

इतना तो उन्हें करना ही होगा—चाहे कोई प्रसन्न हो या अप्रसन्न...यह वे कर देंगे। किन्तु उसके पश्चात? अब स्थिति यह नहीं थी कि वे सोचें कि भेड़िये को ईंट मारें या न मारें। आधी ईंट वे मार चुके थे और शेष आधी उन्हें मारनी ही होगी; उसके पश्चात भेड़िया चाहे झपट ही पढ़े...अब कैकेयी से यह छिपा भी नहीं रह सकता कि उन्होंने आघात कर दिया है। कैकेयी प्रत्याघात भी अवश्य करेगी...।

बात अब केवल कैकेयी की ही नहीं है। देश के भीतर का विरोध और बाहरी आक्रमणों की सम्भावनाएं...वह बवंडर उठेगा कि सत्ता दशरथ के हाथों में नहीं रह पाएगी। यदि बाहर से कोई न भी आया और विभिन्न दबाबों में पिसकर उन्हें अपने वचनानुसार सत्ता भरत को सौंपनी पड़ी, तो पिछले दिनों के इन सारे प्रयतों, संघर्षों, आघातों का क्या होगा। भरत कुल अट्ठारह वर्षों का तरुण है। वह स्वतन्त्र रूप से राज नहीं कर सकता। राज युधाजित ही करेगा। दशरथ का भरत-विरोध खुलकर सामने आ चुका है।...ऐसी स्थिति में भरत के हाथ सत्ता गई तो दशरथ का स्थान कहां होगा—भूगर्भ कारागार में? गुप्त यन्त्रणालय में? युधाजित के चरणों में? अथवा खड्ग की नोक पर?...

कैकेयी की ओर से किसी प्रकार की दया, सहानुभूति अथवा कोमलता की अपेक्षा वे नहीं कर सकते। कैकेयी के साथ वे काफी लम्बे समय तक रहे हैं। वे उसकी धातु पहचानते हैं। होने पर आए तो वह कठोर भी हो सकती है और क्रूर भी। भरत की मां ने अपने हठ के पीछे पति के प्राणों तक की चिन्ता नहीं की थी, जबकि वह पति से प्रेम भी करती थी। दशरथ जानते हैं कैकेयी को उनके प्रति रंचमात्र भी प्रेम नहीं है—फिर वह दया क्यों करेगी?...

तो? दशरथ स्वयं को कैकेयी की दया पर छोड़ दें? नहीं तो?

दशरथ का ध्यान राम की ओर चला गया।...शंबर युद्ध के पश्चात भी, दशरथ को राम ने ही सहारा दिया था। तब भी दशरथ ने सोचा था—कितना बड़ा बेटा है उनका, और कितना समर्थ। और अब तो राम अपनी सेवा, अपने शौर्य और चरित्र की उदारता के कारण सारे आर्यावर्त में श्रद्धेय हो चुका है।...दशरथ का ध्यान इस ओर पहले क्यों नहीं गया। उन्होंने सदा ही राम और राम की मां की उपेक्षा की है। कभी समय से, उन्हें उनका देय नहीं दिया...।

यदि राम को युवराज घोषित कर, सत्ता उसे सौंप दी जाए, तो किसे आपत्ति होगी? राम सम्राट की ज्येष्ठ रानी का पुत्र है। भाइयों में सबसे बड़ा है। योग्य, शक्तिशाली और वीर है; सबसे बढ़कर लोकप्रिय है, प्रजा मन से उसका स्वागत करेगी। कोई यह नहीं कहेगा कि दशरथ ने घबराकर राज

छोड़ दिया, कोई नहीं कह सकेगा कि दशरथ कैकेयी अथवा युधाजित से पराजित हुए। प्रत्येक व्यक्ति स्वीकार करेगा कि दशरथ ने उचित समय पर उपयुक्त पात्र को सत्ता सौंप दी...राम के हाथ में सत्ता पूरी तरह सुरक्षित रहेगी–युधाजित अपनी तथा अपने मित्रों की सम्पूर्ण बर्बर सेनाएं लेकर भी अयोध्या पर चढ़ दौड़े, तो राम तनिक भी विचलित नहीं होगा।...

घबराहट और जल्दी में उठाए गए इन सारे बवंडरों को राम झेल लेगा। राम साम्राज्य को संभाल लेगा। और राम से दशरथ को कोई भय नहीं है। दशरथ की आंखें चमक उठीं।...दशरथ को यह पहले क्यों नहीं सूझा?...चारों पुत्रों में से दशरथ यदि किसी को अपनी रक्षा का दायित्व सौंपकर निश्चिन्त हो सकते हैं, तो वह केवल राम है। अपनी तीनों पटरानियों में से दशरथ किसी को निरीहता अथवा प्रेम-विश्वास कर सकते हैं; तो वह केवल कौसल्या है...।

दशरथ को तत्काल राम का युवराज्याभिषेक कर देना चाहिए।

...और यह भी कैसा सुखद संयोग है कि राम कल वापस अयोध्या लौट रहा है। कल ही राजपरिषद में राम के अभिषेक का निर्णय हो जाना चाहिए; और यथाशीघ्र अभिषेक भी। किसी को तनिक-सी भी सूचना मिल गई तो विघ्न उठ खड़े होंगे। कैकेयी अपने समर्थकों की सहायता से इस अभिषेक को रोकने का प्रयत्न करेगी। सम्भव है, राम की हत्या का प्रयत्न हो; सम्भव है, स्वयं सम्राट के प्राण लेने का षड्यन्त्र हों...राज्याधिकार के लिए क्या नहीं होता। दशरथ का शरीर एक बार फिर ठंडे पसीने में नहा गया। मृत्यु जैसे उनके सामने खड़ी, उनकी आंखों में देख रही थी...बस हाथ बढ़ाने की बात है। यदि उन्होंने राम की बांह पकड़ ली, तो राम अपने खड्ग की नोक मृत्यु के वक्ष में हूल देगा।

किन्तु कैकय नरेश को दिया गया, दशरथ का वचन? रघुवंश में जन्म लेकर कोई अपना वचन नहीं तोड़ता। तो क्या वंश की प्रसिद्धि बनाए रखने के लिए दशरथ अपने कंठ में मृत्यु का फन्दा डाल लें?

जीवन बड़ा है या वचन? वचन की रक्षा कर मर जाना अच्छा है, या जीवन की रक्षा के लिए वचन तोड़ देना? दशरथ को कहीं कोई सन्देह नहीं था कि उनके मन में जीवन की अदम्य लालसा थी। वे जीना चाहते थे। न सही सत्ता, किन्तु जीवन की रक्षा तो है।...

वचन की रक्षा धर्म है...पर ज्येष्ठ पुत्र को उसका देय देना भी तो धर्म है...पहले धर्म के पालन से उन्हें मिलेगी मृत्यु।

और दूसरे धर्म के साथ जुड़ा है उनका सुखद और सुरक्षित भविष्य। उनकी रक्षा यदि कोई कर सकता है, तो केवल राम! राम उनकी रक्षा करने को तत्पर न हुआ, तो फिर मृत्यु...

दशरथ ने अपने मन को पहचाना। भरत के नाना को दिए हुए वचन की पूर्ति की कोई इच्छा उनमें नहीं थी। वहां तो जीवन की सुख-कल्पना थी। और जीवन का अर्थ था, राम।...

किन्तु, क्या राम अपना युवराज्याभिषेक स्वीकार कर लेगा?

राम जानता है कि दशरथ भरत को युवराज बनाने के लिए वचनबद्ध हैं। फिर वह क्यों चाहेगा कि पिता अपना वचन तोड़कर अपयश लें...दशरथ भली प्रकार जानते हैं कि राम को राज्य का रंचमात्र भी मोह नहीं है। उसने आज तक केवल कर्म किया है–उसका फल कभी नहीं चाह। उसने दायित्व निभाए हैं, अधिकार कभी नहीं मांगे।

उसे समझना होगा कि उसका अभिषेक उसके पिता के प्राणों की रक्षा के लिए कितना आवश्यक है। उसे तत्काल अभिषेक करवाना होगा–युधाजित की तैयारी से पूर्व, भरत के लौटने तथा कैकेयी को गन्ध

मिलने से पहले...। कल राम अयोध्या लौट आएगा। सन्ध्या समय तक राजपरिषद में उसके युवराज्याभिषेक की घोषणा होनी चाहिए; और परसों सूर्योदय के साथ-साथ उसका युवराज्याभिषेक...

अवश्य। अनिवार्य रूप से। अन्यथा अब दशरथ बच नहीं सकते...।

तीन

तीन सप्ताहों के प्रवास के पश्चात राम प्रातः ही लौटे थे। सीता से कुशल-क्षेम पूछी। स्नान-भर करने का अवकाश पाया कि लक्ष्मण, सुयज्ञ, चित्ररथ, त्रिजट, कुछ अन्य मित्र और सहयोगी मिलने आ गए। क्षणों में ही उनकी अनुपस्थिति में हुई सारी घटनाएं उनके सम्मुख कही गईं। फिर राम के पास रुकने का तनिक भी अवकाश नहीं था। खाने के नाम पर जल्दी-जल्दी कुछ निगला और चल पड़े। सीता के लिए यह बहुत अनपेक्षित नहीं था। राम कुछ दिनों के प्रवास के पश्चात अयोध्या लौटते थे, तो पीछे इतना कुछ घट चुका होता था कि राम प्रहर-भर का विश्राम भी नहीं कर पाते थे। आज भी यही हुआ था।

जाते-जाते कह गए, "काम अधिक है। प्रयत्न करूंगा, दोपहर को समय से लौट आऊं। पर यदि विलम्ब हो जाए तो चिन्ता मत करना। समय से भोजन कर लेना।"

ऐसी बातें सीता सुन-भर लेती हैं; जानती हैं, इसमें न कुछ नया है, न ग़लत। चार वर्षों के दाम्पत्य जीवन के पश्चात अब कुछ नया हो भी क्या सकता है। कर्म के तेज बहाववाले इस जीवन में प्रेम के पुलक प्रसंगों का समय कदाचित व्यतीत हो गया है। अपवादस्वरूप, कभी कोई क्षण प्रेम-पुलक से भर जाए, तो भर जाए; नहीं तो कामकाजी व्यावहारिक जीवन में प्रेम की ऊहात्मक उक्तियां परिहास बनकर रह जाती हैं। अब जीवन, मात्र कर्म हो गया है। करने को इतना कुछ हो, तो सामाजिक दायित्व के प्रति सजग पति-पत्नी अपने जीवन को पुलकित प्रेम की कहानी नहीं बना सकते।

फिर भी, राम को भोजन कराए बिना, स्वयं खा लेने की बात सीता आज तक स्वीकार नहीं कर सकीं। वे जानती हैं राम पर राज्य की ओर से सौंपे गए दायित्व तो हैं ही, उनके अपने भीतर की भी आग उन्हें निष्क्रिय बैठने नहीं देती, जब घर से बाहर जाते हैं, कहीं-न-कहीं शासन की कोई अनीति, शिथिलता, कर्तव्यहीनता अथवा उपेक्षा देखकर, या पिघल जाते हैं या जल उठते हैं।...सम्राट दिन-प्रतिदिन बृद्ध और शिथिल होते जा रहे हैं। शासन के सूत्र उनके हाथों से फिसलते जा रहे हैं। बहुत सतर्क रहने पर भी उनसे कोई-न-कोई प्रमाद होता ही रहता है। राम की अनुपस्थिति में पिछले कई दिनों यहां क्या कुछ नहीं हुआ। वैसे भी कहीं-न-कहीं से किसी राजपुरुष के अमर्यादित अथवा अनीतिपूर्ण व्यवहार की सूचना राम को मिलती ही रहती है; और फिर राम शान्त नहीं बैठ सकते। दृढ़ आत्म-नियन्त्रण के कारण उनमें आवेश का ज्वार नहीं उठता; किन्तु हल्की-हल्की आंच उन्हें तपाती ही रहती है।

वे चाहती हैं कि सामाजिक तथा प्रशासनिक कामों में राम का हाथ बंटाएं पर राम की व्यक्तिगत देखभाल के साथ स्त्रियों तथा बच्चों के कल्याण सम्बन्धी कुछ कामों के अतिरिक्त वे कुछ नहीं कर पाई हैं। इस परिवार का ही नहीं, समाज का ढांचा ही कुछ ऐसा है कि नारी कहीं शोभा की वस्तु है, कहीं भोग की। कहीं वह अत्यन्त शोषित है, कहीं परजीवी अमरबेल होकर रह गई है नारी, जो अपने पति के माध्यम से समाज का रस खींचती है। समाज से उसका सीधा कोई सम्बन्ध नहीं है। घर की व्यवस्था में तो फिर भी उसका स्थान है, सामाजिक उत्पादन में वह एकदम निष्प्रयोजन वस्तु है। निर्धन किसान की पत्नी उसके साथ खेत पर जाकर उसका हाथ बंटाती है,श्रमिक की पत्नी

पति के साथ या स्वतन्त्र रूप से श्रम करती है; किन्तु धनी वर्ग की स्त्रियां मात्र जोंकें हैं। चूसने के लिए उन्हें रक्त चाहिए। उनकी सामाजिक उपयोगिता पूरी तरह शून्य है और उनकी आवश्यकताएं आसमान को छू रही हैं। उन्हें भड़कीले वस्त्र चाहिए, चमकीले आभूषण चाहिए, प्रसाधन के लिए चन्दन-कस्तूरी के छकड़े भी उनके लिए अपर्याप्त हैं, चर्बी चढ़ाने के लिए दुनिया-भर का गरिष्ठ और स्वादिष्ट भोजन चाहिए।

सीता के छोटे-मोटे स्फुट प्रयत्न, रूढ़-व्यवस्था के विरुद्ध लोहे की दीवार पर हाथ के नाख़ूनों से लगाई गई खरोंच-मात्र थे–जो दिखाई भी नहीं पड़ रहे थे...। वस्तुतः वे प्रतीक्षा-मर कर रही थीं, और तैयारी भी। उनका शरीर घर और बाहर की नियमित दिनचर्या में लगा रहता था, किन्तु भविष्य की कल्पनाएं करता रहता था–आनेवाले समय के लिए योजनाएं बनाता रहता था। कहीं ऐसा न हो कि जब अवसर आए तो सीता को करने के लिए कोई काम ही न सूझे।

इस स्पर्धा में सीता का एक ही सहयोगी है : देवर लक्ष्मण। कितनी तड़प है लक्ष्मण में स्वस्थ, साहसी, सामाजिक कार्य के लिए। अनीति देखकर लक्ष्मण रुक नहीं सकते। और फिर अपने भैया राम का संकेत उनके लिए पर्याप्त है। अब तो वे सत्रह वर्षों के हो गए हैं। चार वर्ष पूर्व जब वे राम के साथ सिद्धाश्रम गए थे, तब मात्र एक किशोर ही तो थे। किन्तु किसी कर्म में, किसी जोख़िम में लक्ष्मण पीछे नहीं रहे।

भरत और शत्रुघ्न भी सात्विक प्रवृत्ति के हैं और अन्याय देखकर विरोध उनके मन में भी जागता है; किन्तु उनमें राम और लक्ष्मण जैसी आग और तड़प नहीं है। वे दोनों ही आत्म-केन्द्रित हैं। समाज की गतिविधियों और प्रवृत्तियों से उनका कोई विशेष सम्पर्क नहीं है। यही कारण है कि न्याय के प्रति पूर्णतः समर्पित होने पर भी उन्हें अपने पड़ोस में होता हुआ अन्याय भी दिखाई नहीं पड़ता। उनकी अपनी दीवार की छाया में अमानवीय अत्याचार पनपता रहता है, और उन्हें वह तब तक दिखाई नहीं पड़ता, जब तक कोई अन्य व्यक्ति उसकी ओर इंगित न कर दे। उन दोनों का समस्त बल स्वयं चरित्रवान बनने पर है, परिवेश की गन्दगी दूर करने की ओर उनका ध्यान नहीं है। ऐसे लोग अनीति के समर्थक तो नहीं होते, किन्तु अनीति को उनसे कोई विशेष भय भी नहीं होता।

यही कारण था कि भरत और शत्रुघ्न का सम्बन्ध अयोध्या और आसपास होनेवाली सामाजिक और राजनीतिक हलचलों से कम, भरत के ननिहाल से ही अधिक था। एक ही माता के पुत्र होने पर भी लक्ष्मण और शत्रुघ्न भिन्न थे। सुमित्रा का सार प्रशिक्षण शत्रुघ्न को भरत के भाव से मुक्त कर लक्ष्मण जैसा नहीं बना सका था।

परिचारिकाओं की हलचल से सीता को राम के आने का आभास मिला। राम ने कक्ष में प्रवेश किया। उनके चेहरे पर एक हल्की-सी मुस्कान थी, किन्तु मुस्कान की उस परत के नीचे छिपी क्लान्ति सीता की दृष्टि से ओझल नहीं रह सकी।

"प्रवास की थकान कम थी कि फिर स्वयं को इतना थका डाला?"

राम की आंखों ने सीता की निरीक्षण-शक्ति की प्रशंसा की, "तुमसे कुछ भी छिपाना कठिन है सीते!"

"अभी तक भूखे हैं। कहीं भोजन भी नहीं किया होगा।"

राम मुस्कुराए-भर, कुछ बोले नहीं।

सीता ने परिचारिका को भोजन लाने का संकेत किया, "देखती हूं, सारे कार्यों के लिए अयोध्या में केवल एक ही व्यक्ति सुलभ है।"

राम झेंपते-से मुस्कुराए, "ऐसा नहीं है प्रिये! भेजने को तो मैं अन्य लोगों को भी भेज सकता हूं; किन्तु अपने अनुभव से, क्रमशः जान गया हूं कि सामान्य राजपुरुष जब शासकीय कार्य के लिए जाता है, तो प्रजा अथवा शासन का भला कम करता है, अपना भला ही अधिक करता है।"

"कोई विशेष बात?"

"कुछ-न-कुछ तो होता ही रहता है। आज तो स्वयं सम्राट के उठाए हुए ही अनेक बवंडर थे–। वैसे भी प्रजा के हित का ध्यान रख स्वयं राम का ही जाना उचित है।" राम मुस्कुराए, "आशा है, मेरी प्रिया न तो आपत्ति करेगी, न बाधा करेगी।" परिचारिकाएं भोजन ले आईं।

"न आपत्ति, न बाधा।" सीता बोलीं, "किन्तु आपको दिन-भर के कार्य के पश्चात भूखा तथा क्लान्त घर लौटते देखकर मुझे कष्ट अवश्य होता है। यदि आपके कार्यस्थल पर भोजन तथा थोड़े आराम की व्यवस्था हो पाती, तो अपने पति को सत्कार्य करते देख मुझे असीम तृप्ति होगी।"

"व्यवस्था तो हो सकती है; पर भोजन के लिए राम लौटकर सीता के पास ही आना चाहता है।" राम के चेहरे पर कौतुक का भाव था, "और सीता के साहचर्य के बिना विश्राम है कहां!"

"तो मुझे पृथक कार्य देने के स्थान पर अपने ही साथ रखा कीजिए। मैं भी थक-हारकर सन्ध्या समय भूखी लौटूं, तो सार्थकता का सुख पाऊं। मुझे तो हल्के और संक्षिप्त कार्य देकर बहला दिया जाता है, जैसे मैं किसी योग्य ही नहीं। कार्य केवल राम के लिए हैं, या बच जाएं तो देवर लक्ष्मण के लिए।"

राम गम्भीर हो गए, "ठीक कहती हो सीते! तुम्हें अपने योग्य कार्य अवश्य मिलना चाहिए, अन्यथा तुम्हारी समस्त ऊर्जा निष्क्रिय रहकर सड़ जाएगी। पर कठिनाई यह है, इस समाज ने मान लिया है कि स्त्री घर से बाहर तभी कोई कार्य करेगी, जब पुरुष मृत, पंगु अथवा अनुपस्थित होगा। प्रयत्न में हूं कि शीघ्रातिशीघ्र तुम्हें तुम्हारा स्थान दे सकूं–।"

सहसा राम चुप हो गए। उनकी दृष्टि सीता के चेहरे पर ठहरकर कुछ ढूंढ़ रही थी। उन्हें लग रहा था, सीता अब पहले जैसी स्वस्थ, सन्तुलित नहीं रह गई थीं। वे कुछ असहज थीं।

"क्या बात है सीते?"

"समाज में मेरा जो स्थान और उपयोगिता है, वह समझाने पिछले अनेक दिनों से कुल-वृद्धाएं मेरे पास आ रही हैं।"

राम को समझने में देर नहीं लगी। "उन बेचारियों पर दया ही करनी चाहिए सीता! उनका मानसिक क्षितिज इससे अधिक व्यापक नहीं है।"

"अब माता कौसल्या ने भी इंगित किया है। वे गोद में पौत्र खिलाने को उत्सुक हैं।"

राम सीता को देखते रह गए। वे सीता की पीड़ा समझ रहे थे। यह बात आज पहली बार नहीं उठी थी। चार वर्षों के दाम्पत्य जीवन में ऐसे प्रसंग अनेक बार आए थे। माता कौसल्या की पोते के प्रति उत्सुकता भी वे समझते थे। जिस समाज में मनुष्य पुत्र-पौत्र के जन्म से ही सौभाग्यशाली माना जाता है, जहां व्यक्ति अपने कर्मों से अधिक महत्त्व अपनी कुल-परम्परा को आगे बढ़ाने को देता है, वहां यदि माता कौसल्या पौत्र-मुख देखने को व्याकुल हों तो आश्चर्य की क्या बात है। आश्चर्य तो यह था कि अभी तक पिता की ओर से उन्हें ऐसा कोई संकेत नहीं मिला था और न ही उनके दूसरे विवाह की बात उठाई गई थी।

कदाचित ये सारी कुल-वृद्धाएं इतने अन्तराल के पश्चात भी सन्तान न होने का दोष सीता की अक्षमता को देती होंगी। जिनके विचार-संसार में विवाह करके एक वर्ष के भीतर सन्तान उत्पन्न न

करना वन्ध्या होने का प्रमाण-पत्र हो, वे सीता को चार वर्षों के पश्चात भी कुछ न कहेंगी–इतनी अपेक्षा उनसे नहीं की जानी चाहिए। आक्षेप तो होंगे ही : सीता पर हों, या राम पर हों। उनसे बचना सम्भव नहीं है–किन्तु यदि राम आक्षेपों से बचने के लिए ही कर्म करने लगें, तो एक भी काम अपनी इच्छा से, स्वतन्त्र रूप से नहीं कर पाएंगे। आक्षेपों से बचने के प्रयत्न में वे समाज की सबसे पिछड़ी हुई मानसिकता के दास हो जाएंगे।...नहीं! राम को अपने चिन्तन के अनुसार, अपनी इच्छा से चलना होगा। किसी के कुछ कहने के कारण आवेश अथवा प्रतिक्रिया में राम कोई निर्णय नहीं लेंगे...।

...सन्तान यदि उन्हें चाहिए, तो केवल अपने वात्सल्य की तृप्ति के लिए। वे प्रतीक्षा कर सकते हैं। किन्तु सीता–सीता की इच्छा क्या है? कहीं वे अपने विचार सीता की इच्छा के विरुद्ध तो उन पर आरोपित नहीं कर रहे...

"हाथ धो लें आर्यपुत्र!"

"प्रिये! कदाचित तुम्हें मानसिक कलेश पहुंचे, किन्तु", राम का स्वर गम्भीर था, "समस्या का समाधान उसके साक्षात्कार में होता है।"

"आप निश्चिन्त रहें। अब मैं दुर्बलता नहीं दिखाऊंगी।"

"ऐसा तो नहीं सीते! कि मेरी चिन्तन-पद्धति के कारण तुम्हें अपना अप्राकृतिक दमन करना पड़ रहा हो? कुल-वृद्धाओं को छोड़ो, किन्तु तुम्हारी इच्छा..."

"आपको आज तक मेरी इच्छा का ही पता नहीं है क्या?" सीता स्थिर ही नहीं, दृढ़ थीं, "ठीक है कि मुझे अभी अयोध्या में अपने मनोनुकूल कार्य नहीं मिला है; किन्तु मैं इतनी खाली भी नहीं हूं कि शिशु-पालन के बिना दिन न कटता हो।"

"तुम्हारे जीवन में सन्तान का कोई महत्त्व नहीं है?"

"है, पर इतना नहीं कि अपने जीवन का सारा ताना-बाना उसी को केन्द्र में रखकर बनूं। सन्तान की ऐसी भी क्या जल्दी कि फिर उसके पालन के लिए किसी सम्राट सीरध्वज का खेत ढूंढ़ना पड़े–मैं अभी प्रतीक्षा कर सकती हूं।"

राम मौन हो गए। बात विचारों तक ही नहीं थी, औचक ही सीता की छिपी वेदना बोल उठी थी। राम भीग उठे...किन्तु उन्हें भावुकता से बचना होगा। उन्होंने स्वयं को संभाला...।

"प्रतीक्षा चाहे कितनी ही लम्बी हो?"

"हां!"

"फिर तो कुल-वृद्धाओं के आक्षेप-उपालम्भ भी सुनने ही पड़ेंगे।"

"सुन नहीं रही क्या?"

राम मुस्कुरा पड़े।

परिचारिका ने बाधा दी, "आर्य की अनुमति हो तो राजगुरु को सूचित करूं कि आप उनसे मिलने को प्रस्तुत हैं। वे आपके भोजन कर लेने की प्रतीक्षा कर रहे हैं।"

सीता सावधान हो गईं। राम के गम्भीर स्वर में प्रताड़ना का भाव था, "गुरुदेव प्रतीक्षा क्यों कर रहे हैं सुमुखि? उन्हें प्रतीक्षा करवाने का अधिकार किसी को नहीं है।"

"क्षमा करें कुमार! यह उनकी अपनी इच्छा थी।"

राम ने द्वारा तक जाकर अगवानी की। गुरु को आसन पर बैठा, उन्होंने हाथ जोड़ दिए, "क्षमा करें गुरुदेव! कह नहीं सकता किसके प्रमाद के कारण आपको प्रतीक्षा करनी पड़ी।"

"उद्विग्न न हो राम! जो कुछ हुआ, मेरी ही इच्छा से हुआ।"

"पर क्यों?" राम सहज नहीं हो पा रहे थे।

"राम!" वसिष्ठ पूर्णतः शान्त थे : "अयोध्या में कौन नहीं जानता कि राम जनन-कार्य में कितना व्यस्त है। पुत्र! मैं अयोध्या से बाहर नहीं हूं। यह जानकर कि तुम प्रातः के गए, अब लौटे हो; और उस समय दोपहर का भोजन कर रहे हो, जब अन्य लोग सन्ध्या के भोजन की तैयारी कर रहे हैं—बाधा देकर मैं पाप का भागी क्यों बनता?...पर इस विषय को अधिक न खींचो। मैं शुभ और महत्त्वपूर्ण सूचना लाया हूं।"

"कैसी सूचना है गुरुदेव?" सीता ने पूछा।

"पुत्रि! आज राज-परिषद ने एकमत से निर्णय किया है कि कल प्रातः राम का युवराज्याभिषेक किया जाएगा...।"

सीता का स्वर हर्षातिरेक से जैसे भर्रा उठा, "कल प्रातः?"

"हां पुत्रि!" गुरु बोले, "समाचार अत्यन्त गोपनीय है। अभी तक राजमहल में यह सूचना प्रसारित नहीं की गई। प्रयत्न यही है कि यथासम्भव, कम-से-कम लोगों को ही मालूम हो। समाचार तुम्हारे महल से बाहर न जाए तो अच्छा है। तुम लोग प्रस्तुत रहो। पुत्र! अभी जाकर तुम सम्राट से सभाभवन में भेंट करो। मैं प्रबन्ध करने जा रहा हूं। रात्रि से पूर्व, फिर लौटूंगा। कुछ कर्मकांड का विधान करना होगा..."

गुरु उठ खड़े हुए। एक और आकस्मिक घटना। राम जैसे भावशून्य हो गए थे। उन्होंने यान्त्रिक ढंग से गुरु को प्रणाम कर, उन्हें विदा किया। सीता ने अपने उल्लास से बाहर निकल राम को देखा। राम न प्रसन्न थे, न उदास, वे गम्भीर थे, चिन्तन में मग्न, प्रश्नों से जूझते हुए, भीतर की उथल-पुथल में लीन।

"क्या हुआ राम?"

"कुछ विशेष तो नहीं।"

"आप प्रसन्न नहीं हैं?"

"प्रसन्नता स्पष्टता से आती है। मैं अपने मन में स्पष्ट नहीं हूं।"

"क्यों?

"एक ओर विपरीत कर्तव्यों ने द्वन्द्वों के ज्वार उठा दिए हैं; और दूसरी ओर, मुझे यह युवराज्याभिषेक असहज लग रहा है।"

"रघुकुल में ज्येष्ठ पुत्र का युवराज्याभिषेक असहज होता है क्या?"

"नहीं।" राम का स्वर मन की गुत्थियों से भारी था, "किन्तु गुरु का अकस्मात ऐसा महत्त्वपूर्ण निर्णय गोपनीयता से सुनाना और तुरन्त चले जाना। इतना ही नहीं, आज राज-परिषद का निर्णय करना, और कल प्रातः अभिषेक हो जाना। इस भगदड़ का कारण? ऐसे समारोह, महीनों तैयारी के पश्चात होते हैं। सारे राज्य में घोषणाएं होती हैं। मित्र राजाओं, सम्बन्धियों, ऋषियों, आचार्यों, सामन्तों, श्रेष्ठियों आदि को निमन्त्रित किया जाता है, पर कौसल के युवराज का अभिषेक गुप्त रीति से होगा, सबकी दृष्टि से बचाकर? रात-रात में, कल प्रातः तक कितने लोगों को निमन्त्रण जा सकेगा? कितने लोग अयोध्या पहुंच सकेंगे? सोचो तो, अन्य सम्बन्धी तो दूर, सम्राट सीरध्वज तक को निमन्त्रण नहीं भेजा गया। स्वयं भरत तथा शत्रुघ्न भी अयोध्या में नहीं हैं।"

"आप ठीक कह रहे हैं।" सीता भी गम्भीर हो उठीं, "आप सम्राट से मिल लें। सम्भव है, वे कोई उपयुक्त उत्तर दे पाएं।"

"मां को सूचना दे दो। मैं पिताजी से मिलकर आता हूं।"

राम ने राजसभा में, सम्राट के निजी कक्ष में जाकर पिता के चरणों में प्रणाम किया। सम्राट ने गद्गद स्वर में आशीर्वाद दिया, "शत्रुओं पर विजय पाओ पुत्र!"

सम्राट अत्यन्त चिन्तित दीख पड़ते थे–अस्त-व्यस्त और परेशान, कदाचित थोड़े-से भयभीत भी। सम्राट के निजी सेवकों को छोड़, अन्य कोई भी व्यक्ति वहां उपस्थित नहीं था। सभा विसर्जित हो चुकी थी। सारे मन्त्री और सामन्त भी जा चुके थे। अकेले सम्राट किसी चिन्ता में डूबे खोए-खोए-से बैठे थे। राम को सम्राट की आकृति पर उस चिन्तित प्रहरी के-से भाव दिखे जो अपने संरक्षण में रखी गई किसी वस्तु की सुरक्षा के लिए बहुत चिन्तित हो, और चाहता हो कि कुछ अन्यथा हो जाने से पहले किसी प्रकार वह उस वस्तु की उचित व्यवस्था कर दे...।

"सम्राट चिन्तित हैं।" राम ने बहुत कोमल स्वर में बात आरम्भ की।

"सम्राट नहीं, एक पिता चिन्तित है पुत्र!" दशरथ बोले, "आज मैंने राज-परिषद में तुम्हारे युवराज्याभिषेक का प्रस्ताव रखा था। सभा ने एकमत से उसका समर्थन किया है। मैं चाहता हूं कि वह अभिषेक कल प्रातः ही हो जाए। कार्य जितनी शीघ्र हो जाए, उतना ही अच्छा।"

राम ने अपनी दृष्टि पिता की आंखों पर टांग दी, "पिताजी! इस अपूर्व शीघ्रता का कारण? जिस ढंग से मेरा अभिषेक हो रहा है, उसमें कुछ अनुचित होने की गन्ध है।"

"मैं जानता था। इसलिए तुम्हें बुलवाया था।" दशरथ का स्वर कातर था। "प्रश्न मत करो राम। इस समय कुछ मत सोचो, कुछ मत पूछो। जो कह रहा हूं, करो। पुत्र, मनुष्य की बुद्धि बहुत चंचल होती है, और परिस्थितियां बलवान। इससे पहले कि मेरी चित्तवृत्ति बदल जाए, अथवा मैं परिस्थितियों के सम्मुख अवश हो जाऊं; और यह अवसर हाथ से निकल जाए, तुम अपना युवराज्याभिषेक करवा ले..."

"पिताजी!"

"शंका मत करो राम। मैं इस समय उत्तेजना और चिन्ता से विक्षिप्त हो रहा हूं। दिन-रात दुःस्वप्नों से घिरा हुआ हूं। अवकाश नहीं है। गुरु जैसा कहें, सीता-सहित, वैसा ही व्रत पालन करो। जाओ।"

सम्राट की इस मनःस्थिति में उनके सम्मुख रुकना या उनसे प्रश्न करना सम्भव नहीं था। राम लौट पड़े। पिता को आशंका थी कि राम का युवराज्याभिषेक कदाचित न हो पाए। उन्हें विघ्न दिखाई पड़ रहे थे? क्यों आशंका थी पिता को? उन्हें कौन-सी बाधाएं दिखाई पड़ रही थीं? दुःस्वप्न। पिता ने कुछ दुःस्वप्नों की चर्चा की थी–कौन से दुःस्वप्न उन्हें सता रहे थे? निश्चित रूप से पिछले तीन सप्ताहों में सम्राट ने जो कुछ किया था, वह उन दुःस्वप्नों का ही परिणाम था...

पिता के दुःस्वप्न और राम के द्वन्द्व! पिता के सम्मुख प्रश्न था कि राम का युवराज्याभिषेक हो पाएगा या नहीं? कहीं अभिषेक का अवसर छिन न जाए, किन्तु राम के सम्मुख प्रश्न था, वे अभिषेक स्वीकार करें या नहीं? विश्वामित्र की मूर्ति प्रश्न-चिह्न बनकर उनके सम्मुख आ खड़ी होती थी, 'नहीं आओगे राम? तुम रघुवंशी होकर अपना वचन भंग करोगे? क्या है तुम्हारे जीवन का लक्ष्य? सोचो! तुम्हारा जीवन सुखभोग के लिए नहीं है। उसके लिए अन्य लोग हैं। तुम भिन्न हो। तुम सार्थक हो राम! तुम शासन-भार नहीं लोगे, तो भरत उसे स्वीकार कर लेगा, लक्ष्मण कर लेगा, शत्रुघ्न कर लेगा; पर तुम वन नहीं गए, तो कोई नहीं जाएगा, न भरत, न लक्ष्मण, न शत्रुघ्न।'

पिता एक बात कहते हैं, विश्वामित्र दूसरी...इसी ऊहापोह के मध्य, किसी समय स्वयं राम के अपने मन का भय बोलने लगा : सिंहासन स्वीकार कर लिया, एक बार सम्राट बनकर बैठ गया तो मेरी मानवीय दुर्बलताएं नहीं जाग उठेंगी क्या? सुविधापूर्ण विलासी जीवन में लिप्त हो, बहानों की आड़ में स्वयं को प्रवंचित नहीं करूंगा? मोह त्यागना बड़ा कठिन होता है। जब तक मोह का रोग न लगे, तभी तक ठीक...यदि मोह-त्याग में मैं सफल भी हो गया तो राज्य के विभिन्न उत्तरदायित्वों से मुक्त कर कौन मुझे उन गहन वनों में जाने देगा!...न्याय और समता को, मानवता और उच्च चिन्तन को, ज्ञान और विद्या को एक रक्षक की प्रतीक्षा है; और उस रक्षक का दायित्व संभालने का वचन राम ने विश्वामित्र को दिया था। सम्राट बन अयोध्या में बैठकर सेना की सहायता से यह कार्य नहीं हो सकता। वेतनभोगी सेनाओं की सहायता से मानव-जाति का भाग्य नहीं बदला जा सकता। वह तो जन-उद्बोधन से ही सम्भव होगा...अभिषेक हो जाने से वन जाने का अवसर कभी नहीं आएगा।

यह कैसे सम्भव होगा? पिता की इच्छा और ऋषि को दिया गया राम का वचन...अयोध्या के सिंहासन का दायित्व और वन के रक्षक का कर्तव्य...दो कर्तव्य और दो दिशाएं....राम की दुविधा का कोई अन्त नहीं है...।

राम को देखते ही सीता उठकर उनकी ओर आईं, "मिल आए?"

"हां प्रिये!"

"किसलिए बुलाया था?"

"यह आदेश देने के लिए कि कल अभिषेक करवा लूं।" राम का स्वर उत्साहशून्य था।

"आपने उनके सामने प्रश्न रखे?"

"वे कुछ भी सुनने की मनःस्थिति में नहीं थे।"

राम की दृष्टि सीता के चेहरे पर टिक गई। सीता की वाणी और आकृति से शंकाओं का सारा कुहरा उड़ गया था। उनका चेहरा आवृत्त वाष्प को पोंछ दिए जाने के पश्चात अधिक निखर आनेवाले दर्पण के समान चमक रहा था। इस उल्लास के सामने क्या कोई सन्देह टिक सकता था? क्या राम उनके सामने अपने मन का द्वन्द्व रख सकते थे? अपने दुःस्वप्नों में डूबे सम्राट, प्रश्न सुनने की स्थिति में नहीं थे; तो क्या पति के युवराज्याभिषेक के उल्लास में मग्न सीता राम के द्वन्द्व या विश्वामित्र के आह्वान को सुनने की मनःस्थिति में थीं? ऐसी बात सुनते ही उनका उल्लास बिखर नहीं जाएगा? राम इतने क्रूर कैसे हो...

सीता से ही नहीं कह सकते, तो राम अपने मन का द्वन्द्व किससे कहें?

सीता का ध्यान, न राम की भाव-शून्य आकृति की ओर था, न उनके मस्तिष्क में विपरीत दिशाओं में बहनेवाले परस्पर टकराते हुए झंझावातों की ओर। वे अपने उल्लास की लहर में बहती हुई बोलीं, "मैंने मां को समाचार दिया। प्रसन्नता के मारे उनकी जो स्थिति हुई, उसके विषय में आपको क्या बताऊं! पहले तो खड़ी-खड़ी देखती रहीं। फिर बढ़कर मुझे वक्ष से लगा लिया। भींच-भींचकर प्यार करती रहीं; और अन्त में मेरे कन्धे पर सिर रखकर रो पड़ीं। बोलीं, 'सारा जीवन मैंने इसी अवसर की प्रतीक्षा की है बहू! जानती थी सम्राट की ज्येष्ठ पत्नी होने के नाते मैं साम्राज्ञी हूं, मेरा पुत्र सम्राट का ज्येष्ठ पुत्र है; राम योग्य, वीर, कर्तव्यपरायण और लोकप्रिय है। फिर भी, आज तक स्वयं मुझे कभी यह विश्वास नहीं हुआ कि किसी दिन मेरा राम सचमुच युवराज बनेगा। यदि मैं बताऊं कि इस राजप्रासाद में किस-किस प्रकार मेरा अपमान और उपेक्षा हुई है, तो कोई मेरा विश्वास नहीं

करेगा।...किन्तु आज मैं कितनी प्रसन्न हूं। मेरा राम युवराज होगा, मेरे सारे दुख दूर हो जाएंगे। मेरी बहू इस कुल में वैसी उपेक्षित नहीं रहेगी जैसी मैं रही। मेरे पोते वैसे निराश्रित नहीं होंगे जैसा अपने शैशव में मेरा राम हुआ...! मैं कैसे बताऊं राम! कि कितनी प्रसन्न थीं मां। उन्होंने तुरन्त माता सुमित्रा और देवर लक्ष्मण को समाचार भिजवाया। वे सब लोग अत्यन्त प्रसन्न थे। मां, भगवान से निरन्तर प्रार्थना कर रही हैं कि वह उनके पुत्र का युवराज्याभिषेक सकुशल करवा दें, ताकि इस राजप्रासाद में युधाजित का आतंक समाप्त हो। मां रात-भर निराहार साधना करेंगी। उन्होंने मुझे भी प्रातः तक उपवास करने को कहा है। उनके मन में अब भी अनेक आशंकाएं हैं।"

सीता अपनी बात कह चुकीं। राम तब भी कुछ नहीं बोले।

"क्या बात है, आप अतिरिक्त रूप से मौन हैं।"

"मुझे लगता है सीते!" राम मन्द स्वर में बोले, "इस कुटुम्ब में अनेक सन्देह, शंकाएं, आशंकाएं, इन्द्र, ईर्ष्याएं, स्वार्थ, देष और जाने क्या-क्या विषैले जीव-जन्तुओं के समान मौन सो रहे थे। आज मेरे युवराज्याभिषेक की चर्चा से वे सारे जीव-जन्तु जाग उठे हैं। परस्पर लड़ेंगे। इस राजप्रासाद में बहुत कुछ विषैला हो जाएगा। इधर मां के मन में आशंकाएं हैं; उधर पिताजी के मन में। और मैं कैसे कह दूं सीते! कि मेरे मन में कोई आशंका नहीं है!"

परिचारिका प्रकट हुई, "पूज्य सुमन्त, राजकुमार के दर्शनार्थ उपस्थित हैं।" राम चौंके। सुमन्त के आने का अर्थ है सम्राट का असाधारण बुलावा, पर अभी तो सम्राट से मिलकर आए हैं।

सीता का चेहरा भी कान्तिहीन हो उठा। सुमन्त क्यों आए हैं? क्या कहलवाया है सम्राट ने...

"हां राम!" सुमन्त ने अभिवादन किया, "सम्राट ने मुझे आदेश दिया है कि मैं आपको यथाशीघ्र उनके समीप ले चलूं। मैं रथ लेकर आया हूं।"

राम ने एक अर्थपूर्ण दृष्टि सीता पर डाली। सीता स्तम्भित खड़ी थीं।

सम्राट ने राम को अपने महल में बुलाया था।

सुमन्त द्वार पर ही रुक गए, और राम ने भीतर जाकर पिता को प्रणाम किया। इस बार दशरथ उन्हें उतने हारे हुए नहीं लगे। थोड़ी देर पूर्व सभाभवन में देखे गए, और अब उनके सम्मुख बैठे सम्राट में पर्याप्त अन्तर था; किन्तु पूरी तरह स्वस्थ वे अब भी नहीं लग रहे थे। दशरथ ने राम को अपने समीप रखे गए मंच पर बैठने का संकेत किया।

"तुम्हें आश्चर्य होगा राम! कि मैंने तुम्हें इतनी जल्दी पुनः क्यों बुला लिया! आश्चर्य की बात तो है, किन्तु इस समय मैं आपे में नहीं हूं! मैं कितना भी प्रयत्न करूं, अपने मन की उथल-पुथल तुम्हें नहीं दिखा सकता। अपने जीवन में दुर्बलताओं के हाथों बंधकर, मैंने अनेक अन्यायपूर्ण कार्य किए हैं। पर अब मैं नहीं चाहता कि किसी भी दबाव में तुम्हारे स्थान पर किसी और को युवराज पद दूं। कल तुम्हारा युवराज्याभिषेक होना आवश्यक है। मैंने थोड़ी देर पूर्व तुम्हें प्रश्न पूछने से मना किया था। प्रश्न अब भी मत पूछना पुत्र! पर मेरी बात मानो। गुरु वसिष्ठ तथा अपनी माता के कहे अनुसार, आज रात धार्मिक आचरण तो करो ही; किन्तु राम! साथ ही आज रात अपनी रक्षा के प्रति असावधान मत रहना। मैं चाहता हूं, तुम्हारे सुहृद, तुम्हारे शुभाकांक्षी, तुम्हारे प्रिय लोग, आज रात जगकर तुम्हारी रक्षा करें, या तुम्हें घेरकर सोएं।"

राम ने विस्मय से पिता को देखा।

"आप इतने कातर क्यों हैं पिताजी!" वे स्थिर वाणी में बोले, "यदि किसी निश्चित जोख़िम के

विषय में जानते हैं तो स्पष्ट बताएं। काल्पनिक आशंकाओं से पीड़ित न हों। इसे आत्मश्लाघा न मानें। आपका राम किसी भयंकर-से-भयंकर शत्रु के विरुद्ध अपनी रक्षा करने में समर्थ है।"

"तुम्हारी क्षमता में मुझे तनिक भी सन्देह नहीं। किन्तु, पिता का मन असावधान नहीं रहना चाहता राम! तुम्हारी रक्षा का पूर्ण प्रबन्ध होना चाहिए। यदि तुम्हें आपत्ति न हो, तो मैं अपने अंगरक्षकों की एक टुकड़ी भेज दूं। मेरी अपनी सुरक्षा के लिए तुम्हारा सुरक्षित रहना बहुत आवश्यक है। सारी अयोध्या में, सिवाय तुम्हारे मुझे कोई ऐसा व्यक्ति दिखाई नहीं पड़ता जो मेरी कुशलता चाहता हो।..."

"पिताजी मुझे क्षमा करें।" राम रुक नहीं सके, "आपकी ये आशंकाएं मेरी समझ में नहीं आ रहीं; और यह त्वरा भी मेरे लिए कौतुक की वस्तु है। आपका ध्यान कदाचित इस ओर नहीं गया कि भरत और शत्रुघ्न भी नगर में नहीं हैं। क्या इस अवसर पर उनका अयोध्या में होना आवश्यक नहीं है?"

"हीं।" दशरथ खींझकर बोले, "भरत के अयोध्या में आने से पूर्व ही तुम्हारा युवराज्याभिषेक हो जाना चाहिए।"

"किन्तु क्यों पिताजी?"

"शुभ कामों में अनेक विघ्न उपस्थित हो जाया करते हैं पुत्र! उनका शीघ्र हो जाना अच्छा है। विलम्ब उनके लिए घातक होता है।"

राम का सन्देह बलवान हो उठा, निश्चय ही सम्राट को भरत अथवा कैकेयी की ओर से ही आशंका है; किन्तु खुलकर कुछ कहना नहीं चाहते। सम्भव है, पिता की आशंकाओं का ठोस आधार हो, अथवा ये वृद्ध पिता के भीतरी मन की दुष्कल्पनाएं-मात्र हों।

पिता किस आवेग से यह बात कह रहे हैं : निश्चय ही उन्होंने कैकेयी से इस विषय में विचार-विमर्श नहीं किया होगा। सम्भव है कि चर्चा तक न की हो, और उन्हें पूर्ण अन्धकार में ही रखा हो। रनिवास में किसी को भी यह समाचार ज्ञात नहीं था। स्वयं माता कौसल्या को सीता ने जाकर बताया था; और उन्होंने आगे माता सुमित्रा और लक्ष्मण को सूचना भिजवाई थी। जब यह समाचार उन लोगों तक से गुप्त रखा गया...।

कैकेयी को अवश्य ही इस सम्बन्ध में कोई ख़बर न होगी। दशरथ की उत्कट इच्छा को राम अपने अनुमान से समझने का प्रयत्न कर रहे थे। आरम्भिक जीवन में माता कौसल्या तथा स्वयं राम के प्रति की गई उपेक्षा तथा अनादर की शायद प्रतिक्रिया जागी थी सम्राट में। पहले जिस विकटता से वह उनके विरुद्ध रहे थे, अब उसी विकटता से उनके अनुकूल हो रहे थे–ऐसी मनःस्थिति में पिता से राम कुछ कह नहीं सकते थे।

क्या बात इतनी ही थी? क्या पिता स्वयं अपने प्राणों के लिए भयभीत नहीं हैं? क्या उन्होंने यह नहीं कहा सिवाय राम के अयोध्या में कोई उनकी कुशल नहीं चाहता? वे राम को सत्ता सौंपना चाहते हैं, राम की सुरक्षा चाहते हैं, इसलिए कि राम उनकी रक्षा कर सकें। क्या पिता इस सीमा तक डरे हुए हैं कि भरत तथा कैकेयी की ओर से अपने प्राणों के लिए भी आशंकित हैं। क्या है यह? सम्राट की दुश्चिन्ताएं? स्वार्थ? न्याय की भावना? अथवा राम के प्रति स्नेह?

और भरत के नाना को दिया गया सम्राट का वचन? क्या पिता उस वचन को भी भूल गए हैं या वे सायास उसकी उपेक्षा कर रहे हैं?

रघुकुल में जन्म लेकर दशरथ अपना वचन तोड़ना चाहते हैं?

क्यों? राम को राज्य का अधिकार देने के लिए?

तो राम कह दें कि वे पिता से सहमत नहीं हैं। जिस अभिषेक के लिए पिता इतने आतुर हैं कि न उन्हें धर्म सूझता है, न न्याय–न औचित्य, न मर्यादा! वह अभिषेक राम को तनिक भी उत्सुक नहीं कर पाता। वे अभिषेक को अभी टालना चाहते हैं। वे थोड़े समय के लिए–किसी अन्य कर्तव्य की पूर्ति तक के लिए, इस कर्तव्य को टालना चाहते हैं

पिता स्वीकार नहीं करेंगे। राम क्या करें?

"जाओ पुत्र? अब विलम्ब मत करो।" दशरथ ने आदेश दिया, "मेरी बात मानने में तनिक भी प्रमाद मत करना। धार्मिक अनुष्ठानों के बीच भी अपनी सुरक्षा का ध्यान रखना। इस विषय में मैं लक्ष्मण को भी सावधान करना चाहता था, किन्तु भय है कि कहीं वह अतिरिक्त रूप से उग्र तथा मुखर न हो उठे। उससे सारी गोपनीयता भंग हो जाएगी।"

राम अपने पलंग पर लेटे छत की ओर देख रहे थे। साथ के पलंग पर लेटी हुई सीता अभी थोड़ी देर पहले तक उनसे बातें कर रही थीं; किन्तु दिन-भर की थकान के कारण बातों के बीच में ही अचानक सो गई थीं। कितनी प्रसन्न थीं सीता–निश्चिन्त भी। निश्चिन्त होने के कारण ही वे सो पाई थीं। सोई भी कैसे, जैसे थका हुआ बच्चा भोजन करते-करते बीच में ढुलक जाए–आधा कौर हाथ में और आधा मुंह में। सीता भी ऐसे ही सो गई–आधी बात मुख में और आधी मन में लिए-लिए।...पर राम को अब भी नींद नहीं आ रही थी। दिन-भर के कामों से न केवल शरीर बुरी तरह थका हुआ था–चिन्ताओं से मस्तिष्क भी फटा जा रहा था। आंखों के पापेटे भारी थे, और थकान के मारे जल रहे थे–पर नींद नहीं आ रही थी।

क्या करें राम? युवराज पद ठुकरा दें! कर्तव्य की उपेक्षा कैसे करें? वन न जाएं! पर वह भी कर्तव्य है। उसकी अपेक्षा कैसे करें? तो क्या करें? क्या?

दोनों कर्तव्यों में से एक को चुनना होगा।...दोनों में से अधिक महत्त्वपूर्ण क्या है?...निश्चिन्त रूप से वन जाना! तो उसे ही चुनना होगा। अयोध्या का शासन यदि सम्राट नहीं संभाल सकते तो राजपरिषद की देख-रेख में भरत संभाल सकते हैं। भरत से सम्राट को खतरा हो तो लक्ष्मण संभाल सकते हैं...वन तो केवल राम ही जा सकते हैं।

भरत! भरत से पिता आशंकित हैं और माता भी। क्या राम भी? नहीं! राम निश्चित रूप से कुछ नहीं कह सकते।

तो वन जाना ही तय रहा? हां! राम की ओर से तय है। किन्तु पिता, माता, सीता तथा अन्य लोगों की इच्छा? उनकी प्रसन्नता? राम के अभिषेक न कराने से उनका दुख? उनकी हताशा?...

राम के मन में बैठे विश्वामित्र ठहाका मारकर हंस पड़े, 'इस-उस की इच्छा और प्रसन्नता की चिन्ता करते रहे, तो निभा चुके तुम दायित्व! प्रत्येक उदात्त कार्य से निकट के प्रियजन, सगे-सम्बन्धी सदा ही हताश हुए हैं। तुम्हारा क्या विचार है, जब दधीचि ने अपनी अस्थियां दान की थीं तो उसके माता-पिता, पत्नी-बच्चे प्रसन्न हुए होंगे...बहाने मत ढूंढ़ो राम! स्वयं को प्रवंचित मत करो...'

और सहसा जैसे राम जल उठे। एक ताप उन्हें तपाता रहा, जैसे आग कच्चे घड़े को तपाती है। क्रमशः ताप क्षीण हुआ, तो राम ने पाया कि वे तप चुके हैं, पक्के हो चुके हैं...वे निर्णय कर चुके हैं। साथ ही एक स्वर मन मैं गूंज रहा था–"कोई नहीं मानेगा राम! न पिता, न माता, न सीता, न लक्ष्मण...कोई नहीं।"

किन्तु इस स्वर की उपेक्षा तो करनी ही थी।

बड़ी कठिनाई से रात के अन्तिम प्रहर में राम को नींद आई। पर सोते हुए भी दायित्व के तनाव का बोझ मन पर रहा। वे अधिक देर सो नहीं पाए। प्रभात के चिह्न प्रकट होते ही, उनकी नींद उचट गई। नींद न भी उचटती तो उन्हें चारणों द्वारा जगा दिया जाता। आज युवराज्याभिषेक का दिन था, और प्रातः से ही समस्त कार्यक्रम निश्चित थे। उन्हें शीघ्र ही पिता के निकट उपस्थित होना था।

चार

स्नान कर, राम जाने के लिए प्रस्तुत हुए ही थे कि उन्हें सुमन्त के आने का समाचार दिया गया। राम चकित हुए : क्या हो गया है पिताजी को। क्यों बार-बार सुमन्त को भेज देते हैं। राम को अभी तनिक भी विलम्ब नहीं हुआ था। वह निश्चित समय से पूर्व ही पिता के पास जाने के लिए प्रस्तुत थे, ताकि उनसे अपनी बात कह सकें। फिर भी सुमन्त आ गए। कोई साधारण परिचारक या सारथी आया होता तो बात और थी।...पर सुमन्त सम्राट के निजी सारथी, अनेक विशेषाधिकारों से सम्पन्न। सारथी के साथ-साथ उनके मन्त्री, सखा और निजी सेवक! समस्त राजनिलयों में कहीं भी बिना रोक-टोक के आने-जाने की सुविधा से संयुक्त। उन्हीं सुमन्त को पिता ने फिर भेजा है...कोई महत्त्वपूर्ण बात है या सामान्य बुलावा ही। सम्भव है, नियत कार्यक्रम में कोई नई कड़ी जुड़ी हो... पिता बिना उनकी बात सुने ही काम आगे बढ़ाते जा रहे हैं। प्रबन्ध जितना आगे बढ़ जाएगा, राम की कठिनाई भी उतनी ही बढ़ जाएगी...किन्तु सम्राट की व्यग्रता!

"तात! मैं आ ही रहा था।"

राम ने देखा, आज के सुमन्त पिछली सन्ध्या आनेवाले सुमन्त से बहुत भिन्न थे। उनकी आकृति पर उत्सव और समारोह का उल्लास नहीं था। उत्साहशून्य चेहरा अतिरिक्त रूप से गम्भीर लग रहा था। उस पर चिन्ता की रेखाएं भी सहज स्पष्ट थीं। उनकी आंखों में आज ममता और प्रेम नहीं था; उनमें सहज निर्मलता भी नहीं थी। वे आंखें शुष्क, नीरस, मरुभूमि के समान उजाड़ थीं, जीवनहीन–जैसे उनका जीवन-स्रोत ही सूख गया हो।...रात की सुख-निद्रा के पश्चात उन्हें ऊर्जा और स्फूर्ति से भरे-पूरे लगना चाहिए था, किन्तु वे प्रातः के निर्वाणोन्मुख दीपक के समान थके-थके लग रहे थे।

"समारोह के दायित्व से दबे आप रात-भर सो नहीं सके?" राम का स्वर कोमल तथा मधुर था।

सुमन्त ने कोई उत्तर नहीं दिया; अपनी अन्यमनस्कता में जैसे उन्होंने कुछ सुना ही नहीं। वे अपनी फटी-फटी आंखों से प्रत्येक वस्तु के आर-पार देखते रहे। उनकी आकृति भावशून्य यान्त्रिकता लिए थी।

एक अटपटे मौन के पश्चात सुमन्त बोले, "राम! आपका कल्याण हो। शीघ्र सम्राट के पास चलिए। सम्राट कैकेयी के महल में उनके पास हैं।" उनका कंठ अवरुद्ध होने की सीमा तक भर्राया हुआ था।

राम का आश्चर्य बढ़ गया। इतनी सुबह–सम्राट माता कैकेयी के महल में कैसे पहुंच गए! पिछली शाम तक सम्राट इस विषय में अत्यन्त गोपनीयता बरत रहे थे। सम्राट की आशंकाओं का इंगित कैकेयी की ओर ही था। यह सम्भव नहीं कि सम्राट वहां मन्त्रणा के लिए गए होंगे...यदि सम्राट ने गोपनीयता का व्यवहार न किया होता, तो बात और थी। वैसी स्थिति में कैकेयी इस अभिषेक में माता कौसल्या से भी अधिक सक्रिय होती।...पर सुमन्त इतने पीड़ित क्यों हैं?

"बात क्या है तात सुमन्त?"

"कुमार स्वयं चलकर देख लें।" सुमन्त ने अपने होंठ चांप लिए थे।

राम का मन सहसा एक अन्य दिशा में सोचने लगा।

सम्राट ने समाचार गुप्त रखा था; किन्तु वह गुप्त नहीं रहा होगा। किसी प्रकार कैकेयी सम्राट के व्यवहार से क्षुब्ध हो गई होंगी। सम्राट क्षमा मांगने रानी के पास पहुंचे होंगे; और अब कैकेयी के चरणों पर सिर रखे पड़े होंगे।...यह नई बात नहीं थी...कैकेयी पर सम्राट मुग्ध चाहे कितने ही क्यों न रहे हों, किन्तु उस पर विश्वास उन्होंने कभी नहीं किया। अविश्वास के कारण न कैकेयी के प्रति सहज हो सके; न कैकेयी के अप्रतिम तेज के सामने अपना अविश्वास प्रकट कर सके। क्रमशः उनके मन में कैकेयी का भय बैठ गया था, और उसके सम्मुख उनका आत्मविश्वास अत्यन्त क्षीण हो गया था। कैकेयी की अप्रसन्नता के भय से उससे पूछे बिना काम कर डालना और फिर कैकेयी के हाथों अपमानित होने के भय से उस काम को छिपाते फिरना सम्राट की प्रकृति हो गई थी। उसके पश्चात दीन-कातर सम्राट और बिफरी हुई सिंहनी-सी कैकेयी का नाटक लम्बे समय तक चलता था।...ऐसे नाटक राम ने इस घर में अनेक बार देखे थे...कहीं ऐसा तो नहीं कि कैकेयी ने इस युवराज्याभिषेक का विरोध किया हो; और अब सम्राट स्वयं को अक्षम पाकर सब-कुछ कैकेयी के मुख से ही कहलवाना चाहते हों...? किन्तु कैकेयी का राम के प्रति स्नेह...कैकेयी उनके युवराज्याभिषेक का विरोध कैसे करेगी...?

कक्ष में प्रवेश करते ही राम ने जो कुछ देखा, वह अनेक सम्भावनाओं पर विचार कर, उनका साक्षात्कार करने के लिए तैयार होकर आए हुए राम के लिए भी सर्वथा अप्रत्याशित था। आज तक उन्होंने माता तथा पिता को राजसी वेश में अत्यन्त गरिमापूर्ण ढंग से राजसिंहासन, मंच अथवा पयंक पर बैठे हुए देखा था। पर आज वृद्ध सम्राट अत्यन्त अव्यवस्थित अवस्था में आस्तरणहीन फर्श पर पड़े थे। उनकी मुद्रा पीड़ित तथा करुण थी। सारे शरीर में कोई स्पन्दन नहीं था। श्वास चलने का भी कोई प्रमाण नहीं था...। नहीं, वे संज्ञाशून्य नहीं थे; किन्तु चैतन्य भी उन्हें नहीं कहा जा सकता। वे स्थिर शव के समान पड़े थे।

माता कैकेयी कुछ हटकर खड़ी थी–सीधी। चेहरे पर उग्रता, कठोरता एवं हिंसा के भाव थे, जिसके कारण वह सन्तुलित नहीं लग रही थी। वेशभूषा भी सामान्य नहीं थी। प्रसाधन से सर्वथा शून्य। रात को सोने के लिए पहने गए कुचले हुए वस्त्रों में ही वह उपस्थित थी। यह शोभाप्रिय कैकेयी की प्रवृत्ति के अनुकूल नहीं था। शरीर पर एक भी आभूषण नहीं था, सारे फर्श पर जहां-तहां बिखरे थे, जैसे भयंकर आवेश में उन्हें उतार-उतारकर पटका गया हो। केश बिखरे हुए थे। जैसे किसी ने रात-भर उन्हें नोचा-खींचा हो। दोनों की स्थिति राम को स्तम्भित कर देनेवाली थी। राम ने स्वयं को संभाला। उन्होंने दोनों को प्रणाम किया; किन्तु आशीर्वचन किसी के मुख से नहीं निकला।

क्या हुआ–? राम सोच रहे थे–कोई भी बोलता नहीं, वैसे पिछले दिनों जो कुछ घटा था, वह सारा कुछ इतना आकस्मिक और नाटकीय था, कि अब कोई भी घटना विचित्र नहीं लगती थी।

"पिताजी! मैं उपस्थित हूं। आदेश दें।" दशरथ ने क्षण-भर के लिए आंखें खोलीं, राम को भरपूर दृष्टि से देखा। फिर जैसे राम को देख नहीं पाए। आंखें चुरा लीं। करवट बदली और आंखें मूंद लीं।

क्षण-भर खुली उन आंखों में राम ने अथाह वेदना को मूर्तिमान देखा था। उनमें क्रोध, आवेश, क्षोभ कुछ भी तो नहीं था। उनमें राम के लिए उपेक्षा, प्रताड़ना या उपालम्भ–कोई भाव नहीं था।

उनमें तो पीड़ा का समुद्र हाहाकार कर रहा था–गैसे कोई भीतर-ही-भीतर निरन्तर कचोट रहा था। उनमें ग्लानि थी, हताशा थी। उग्रता तो थी ही नहीं।

राम ने कैकेयी की ओर देखा, कैकेयी सख्त नज़र आ रही थी। उसके चेहरे पर दशरथ की आंखों की पीड़ा का एक कण भी नहीं था, सायास उद्दंडता अवश्य थी। कृत्रिम लाया गया तनाव था।

"माता।"

कैकेयी के लिए मौन बने रहना अधिक सरल था। बोलने के लिए उसे भी प्रयास करना पड़ा। शब्द अनाहूत नहीं आए। वह कठोर स्वर में बोली, "राम! तुम्हारे पिता, तुमसे बहुत प्रेम करने लगे हैं।"

"प्रेम तो मुझसे आप भी करती हैं, किन्तु यह स्थिति..."

कैकेयी का तनाव कुछ कम हुआ। बोली तो उसका स्वर पहले की अपेक्षा कुछ कोमल और सहज था, "सम्राट ने एक वचन मेरे पिता को दिया था, उसकी चर्चा मैं नहीं कर रही किन्तु मेरे उपकार के बदले शंबर-युद्ध के पश्चात उन्होंने दो वर मुझे दिए थे। आज मैं वे वरदान मांग रही हूं और ये सूर्यवंशी सहर्ष वरदान देने के स्थान पर रात-भर इसी प्रकार भूमि पर पड़े दीर्घ निःश्वास छोड़ते रहे हैं। इन्होंने अपने इस रूप से मुझ पर दबाव डालने का प्रयत्न किया है, और अब भी कर रहे हैं कि मैं अपने मांगे हुए वरदान फिरा लूं।...

कैकेयी के शब्दों ने सम्राट के हृदय पर कशा का-सा आघात किया। वे तड़पे, "कैकेयी!"

"क्यों?" कैकेयी के आक्रोश में ज्वार आ गया। उसे बोलने के लिए प्रयास नहीं करना पड़ा। आवेश की अग्नि में बांध जल गया; और अवरुद्ध धारा बह निकली, "राम! मैं जानती हूं कि मैं बहुत कठोर हो रही हूं। सब लोग मुझे बुरा कहेंगे; पर मेरे मन में तनिक-सा भी पाप-बोध नहीं है। मेरे मन में तनिक-भी मैल और दुराव नहीं है। अपने पिता की ओर देख तुम्हें लग रहा होगा कि मैं बड़ी दुष्टा हूं जो अपने पति को इतना कष्ट दे रही हूं। पर सच यह नहीं है पुत्र! तुम्हें मैंने पीड़ा भी दी है और अपने मन की ममता भी। बोलो, तुम मेरा निष्पक्ष न्याय करोगे?"

राम मुस्कुराए, "पुत्र न्यायकर्ता की स्थिति में न भी हो तो मां के मन की व्यथा तो सुन ही सकता है।"

"मैं आज वह सब कहूंगी जो चाहकर भी आज तक कह नहीं सकी।" कैकेयी बोली, "में देवी होने का स्वांग नहीं कर रही। तुम्हारे प्रति विशेष प्रेम और पक्षपात भी नहीं जता रही..."

"कहो मां!"

"मैं वह धरती हूं राम! जिसकी छाती करुणा से फटती है; तो शीतल जल उमड़ता है; घृणा से फटती है; तो लावा उगलती है। दोनों मिल जाते हैं तो भूचाल आ जाता है। मेरी स्थिति भूडोल की है राम!" कैकेयी का चेहरा लाल हो गया, "मैं इस घर में अपने अनुराग का अनुसरण करती हुई नहीं आई थी। मैं, पराजित राजा की ओर से विजयी सम्राट को सन्धि के लिए दी गई भेंट थी। सम्राट और मेरे वय का भेद आज भी स्पष्ट है। मैं इस पुरुष को पति मान पत्नी की मर्यादा निभाती आई हूं, पर मेरे हृदय से इसके लिए स्नेह का उत्स कभी नहीं फूटा। ये मेरी मांग का सिन्दूर तो हुए, अनुराग का सिन्दूर कभी नहीं हो पाए। मैं इस घर में प्रतिहिंसा की आग में जलती सम्राट से सम्बन्धित प्रत्येक वस्तु से घृणा करती हुई आई थीं। तुम जैसे निर्दोष, निष्कलुष और प्यारे बच्चे को अपने महल में घुस आने के अपराध में मैंने अपनी दासी से पिटवाया था।"

"मुझे याद है मां?"

"वह मैंने तुम्हें नहीं पिटवाया था, मेरी प्रतिहिंसा ने सम्राट के पुत्र को पिटवाकर, सम्राट को

पीड़ित कर, प्रतिशोध लेना चाहा था। तब मैं तुमसे घृणा करती थी। मैं रघुवंशियों से, मानव-वंश की परम्पराओं से–प्रत्येक वस्तु से घृणा करती थी। जहां तक सम्भव हुआ, मैंने बड़ा उद्दंड, उच्छृंखल और अमर्यादित व्यवहार किया–केवल इसलिए कि उन सबके माध्यम से मैं सम्राट को पीड़ा पहुंचा सकूं। पर क्रमशः मैंने पहचाना कि मैं तुम्हें या बहन कौसल्या को पीड़ा पहुंचाकर, सम्राट को पीड़ा नहीं पहुंचा रही हूं–उससे तो मैं सम्राट को खुश देख रही हूं। तुम लोगों से उनका सम्बन्ध भावात्मक नहीं, अभावात्मक था। तुम लोग तो स्वयं मेरे समान पीड़ित थे। अपमानित थे। और फिर तुम्हारे और बहन कौसल्या के गुण मेरे सामने प्रकट हुए। मुझे तुम लोगों से सहानुभूति हुई, जो क्रमशः प्रेम में बदल गई। क्या मैं झूठ कह रही हूं राम?"

"नहीं मां! तुमने मुझे भरत का-सा प्यार दिया है।"

"मैंने क्रमशः मानव-वंशी परम्पराओं का विरोध भी छोड़ दिया। मैंने पहचाना कि अपनी प्रतिहिंसा में मैंने न्याय-अन्याय का विचार छोड़ दिया है। मैं स्वयं अपनी राक्षसी बन रही हूं। मैं किसी अन्य को नहीं, स्वयं अपनी आत्मा को पीड़ा दे रही हूं। शनैः-शनैः मैंने स्वयं को सहज किया। अपना विरोध छोड़ने के प्रयत्न में पिता द्वारा लिया गया वचन भुला दिया; शंबर-युद्ध के पश्चात मिले अपने वरदानों का उपयोग नहीं किया, और अयोध्या की प्रजा के समान चाहा कि राम ही युवराज हो। तुम ही योग्य थे पुत्र! तुम ही इस योग्य हो। किन्तु मुझे अपनी सद्भावना का पुरस्कार क्या मिला?"

राम मौन रहे। वह भरी आंखों से कैकेयी को देखते रहे।

"इस राजप्रासाद में मुझ पर कभी विश्वास नहीं किया गया। मुझे सदा चुड़ैल समझा गया। मेरे भाई को आतंक माना गया। मेरे मायके की परम्पराओं को हीन और घृणित कहा गया। मैं सदा यहां अपरिचित होकर रही–एक बाह्य वस्तु जिसका यहां के हवा-पानी से कोई मेल नहीं था। मैं बहन कौसल्या या सुमित्रा या अन्य किसी को उनके लिए दोष नहीं देती। उनसे मेरा सम्बन्ध ही ऐसा था–वे मुझ पर विश्वास नहीं कर सकती थीं। मुझे और किसी से शिकायत नहीं। शिकायत है अपने इस पति से; जो बलपूर्वक मुझसे विवाह कर, मुझे यहां लाया, जिसने अयोग्य होते हुए भी मुझसे सद्भावना चाही और प्राप्त की; किन्तु स्वयं मेरे प्रति घोर दुर्बलता का अनुभव करते हुए भी मुझ पर कभी विश्वास नहीं किया। मैं उसके लिए आकर्षक किन्तु भय की वस्तु रही। उसने मुझे अपने सिंहासन पर तो स्थान दिया, किन्तु हृदय में नहीं।...में उस सारे समय के लिए क्या कहूं राम! जब-जब सुना कि मेरे पति ने कोई कर्म किया है, कोई निर्णय किया है, किन्तु भयभीत होकर मुझसे छिपाया है, झूठ बोला है। अपने ऐसे व्यवहार से उसने अपना आत्मविश्वास खोया है, स्वयं अपने-आप को और मुझे बार-बार अपमानित किया है। राम! तुम पुत्र हो मेरे, तुम्हें कैसे बताऊं कि हमारी रातें प्यार-मनुहार में कटने के स्थान पर झगड़ों और लानत-मलामत में बीत जाती थीं। बार-बार संकल्प करने के बाद भी झगड़े होते रहे। कलह-क्लेश शान्त ही नहीं हुए। पति-पत्नी के इस दुष्प्रभाव से बचाने के लिए, उसे एक शान्त और स्नेहिल वातावरण देने के लिए, मैं भरत को बार-बार उसके ननिहाल भेजती रही..."

कैकेयी का स्वर रुंध गया। आंखों में जल और अग्नि एक साथ प्रकट हुए, "अन्त में मैंने क्या पाया राम! कल रात-ढले कुब्जा तुम्हारे युवराज्याभिषेक का समाचार लाई। मैंने बहुमूल्य मोतियों की माला कुब्जा को पुरस्कार में दे डाली, किन्तु कुटिया दासी ने वह मुंह पर दे मारी। किस आधार पर किया उसने यह दुस्साहस?"

कैकेयी क्षण-भर रुकी, और पुनः बह निकली, "तुम्हारे प्रति मेरे अविश्वास के आधार पर। उसने मुझे बताया, यह गोपनीय निर्णय था। सम्राट को आशंका थी कि कुछ लोग अभिषेक में विघ्न डालेंगे, राम को नष्ट करने के लिए रातों-रात उस पर आक्रमण करेंगे। किससे था भय? मुझसे! मेरे पुत्र से!! मेरे भाई से!!! इसलिए मुझे बताया नहीं। भरत को ननिहाल भेज दिया। भरत की अधीनस्थ टुकड़ियों को उत्तरी सीमान्त की ओर स्थानान्तरित कर दिया। पुष्कल का अपहरण करवा उसे बन्दी कर लिया। कैकय के राजदूत की निजी सेना का निःशस्त्रीकरण हुआ..." कैकेयी का स्वर और ऊंचा हो गया और आंखें आक्रोश से जल उठीं, "थूका है मेरी सद्भावना पर। मेरे चरित्र के उदात्त-स्वरूप पर। यहां कोई मुझे देवी के रूप में नहीं देखना चाहता। सब मुझे चुड़ैल समझते हैं–मेरे क्रूर रूप को ही सत्य मानते हैं तो वही हो राम! वही हो..." कैकेयी जैसे अपने से ही अवश होकर फफक-फफककर रो पड़ी।

राम ने आगे बढ़कर कैकेयी के कन्धे पर हाथ रखा, "मत रोओ मां! मुझे तुम्हारी एक-एक बात का विश्वास है। मैं तुम्हारे दोनों रूपों को जानता हूं। कोई और तुम्हें जितना भी ग़लत समझे, मैं ग़लत नहीं समझूंगा। किसलिए बुलाया था–मुझे निःसंकोच आदेश दो।"

सम्राट ने एक बार आंखें खोलकर राम को देखा। कितनी आशंकाएं थीं उन आंखों में, जैसे राम को चेतावनी दे रही हों, "सावधान राम! इस मायाविनी के जाल में मत फंस जाना।" पर आंखें खुली नहीं रह सकीं, तुरन्त मुंद गईं।

"मन्थरा साधारण, संकुचित, अनुदार, मूर्ख तथा नीच चरित्र की दासी है।" कैकेयी पुनः बोली, "उसकी बात किसी विवेकशील व्यक्ति को नहीं माननी चाहिए, किन्तु फिर भी मैं उसकी बात मानूंगी। उसकी सलाह पर चलूंगी। उसे अपनी हितकांक्षिणी मानूंगी। जब सम्राट के मन में है तो मैं क्यों न मन्थरा की यह बात स्वीकार कर लूं कि राम को भरत से भय है; और शासन प्राप्त कर वह अपने भय के कारण को समाप्त करना चाहेगा? मैं क्यों न यह मान लूं कि अपनी आरम्भिक प्रतिहिंसा में, मैंने जो बार-बार बहिन कौसल्या का अपमान किया है, पुत्र के अधिकार प्राप्त कर लेने पर वह अवश्य ही प्रतिशोध लेना चाहेंगी? नहीं तो उनका उद्गार "आज मैं कैकेयी के भय से मुक्त हुई! न होता। यदि सचमुच वे मुझे सुनाना न चाहतीं, तो उनकी दासियां यह वाक्य मन्थरा तक न पहुंचातीं।...सम्राट के अविश्वास ने मेरे चरित्र के दुष्ट तत्त्वों को उकसा दिया है, मेरी प्रतिहिंसा और घृणा को जगा दिया है। मैं सम्राट को इसका दंड दूंगी–ऐसे आग लगाऊंगी कि आग बुझ भी जाए तो उसकी लहर समाप्त न हो। सम्राट को जलाऊंगी–चाहे उस अग्नि में स्वयं जल जाना पड़े, चाहे तुम अपने शरीर और मन पर टीसते हुए फफोले वहन करो। पर मेरी प्रतिहिंसा शान्त नहीं होगी। मैं उसे शान्त नहीं होने दूंगी।"

कैकेयी मौन रह गई। राम को लगा, वह अपनी आत्मा से लड़ते-लड़ते थक-टूट गई है। पर उसका संघर्ष जारी है। वह सम्राट के विरुद्ध भी लड़ रही है...पर यह सब क्या है? क्या चाहती है कैकेयी? कैसी आग लगाना चाहती है? बात पूरी तरह स्पष्ट नहीं थी; किन्तु कैकेयी के वचनों के पीछे निहित प्रक्रिया का कुछ-कुछ आभास राम को मिल रहा था। पति-पत्नी के इन विग्रहपूर्ण क्षणों में राम को क्यों बुलाया गया था। पिता राम से आंखें क्यों चुरा रहे थे? कैकेयी राम को ही क्यों उपालम्भ दे रही थीं? क्या उन वरदानों का सम्बन्ध राम से है?

"मुझे क्या आदेश है?" राम ने पूछा।

"पिता के वरदान पूरे करो।" कैकेयी का स्वर कठोर हो गया।

"मेरी क्षमता में हुआ तो अवश्य पूरा करूंगा।"

कैकेयी का स्वर फिर से कोमल और करुण हो उठा, "मैं जानती थी कि तुम विरोध नहीं करोगे। इसे मेरी कुटिलता मत समझना पुत्र! किन्तु मुझे कहने दो, मैंने किसी को पहचाना हो न पहचाना हो, तुम्हें पहचानने में मैंने तनिक भी भूल नहीं की हैं।"

राम के अधरों पर मुस्कान ही उभरी।

"राम! मैंने दो वर मांगे हैं।" क्षण-भर कैकेयी अपने भीतर की पीड़ा से जूझती रही, और फिर कठोरता का कवच ओढ़कर बोली, "पहला तुम्हारे युवराज्याभिषेक के लिए प्रस्तुत की गई सामग्री से ही भरत का युवराज्याभिषेक हो; दूसरा, तपस्वी वेश में तुम आज ही चौदह वर्षों के लिए वनवास के लिए प्रस्थान करो।"

राम को अपने भीतर एक झटका-सा लगा। क्या यह दुख था? नहीं! शायद यह पूरी तरह दुख नहीं था : था भी, नहीं भी। वह आकस्मिकता का धक्का था। पर यह आकस्मिकता कितनी अनुकूल थी।

राम को समझते देर नहीं लगी थी कि पिता वरदानों का तिरस्कार भी नहीं कर सकते और उन्हें स्वीकार भी नहीं कर सकते। यह उनका सत्य-प्रेम या पुत्र-प्रेम था या मात्र कैकेयी का भय? सत्य-प्रेम तथा पुत्र-प्रेम में द्वन्द्व था या मात्र अपनी सुरक्षा का अन्तिम हताश प्रयत्न? वे दुविधा में अस्त-व्यस्त, असन्तुलित, विक्षुब्ध-सी अवस्था में पड़े हुए कष्ट भोग रहे थे, और कैकेयी अपने स्थान पर पर्वत-सरीखी दृढ़ खड़ी थी।

सम्राट ने अपनी आत्मा के सम्पूर्ण बल को संचित कर अपनी आंखें खोलीं। कुछ बोलने के प्रयत्न में वे थोड़ी देर बुदबुदाते रहे, और फिर कातर वाणी में बोले, "मुझे मृत्यु के मुख में मत धकेल कैकेयी। राम चला गया तो मैं जीवित नहीं बचूंगा...मैं हित करने की उत्कट इच्छा में असन्तुलित होकर अनहित कर बैठा। तू भी अपना सन्तुलन खो बैठी है। भरत का इष्ट करते-करते तू उसका अनष्टि करेगी..."

सम्राट की वाणी में न तो आत्मबल था, न सत्य का तेज। वे कैकेयी से याचना कर रहे थे; उसे अपराधिनी ठहराने का साहस उनमें नहीं था। वे कैकेयी से आंखें नहीं मिला रहे थे; कैकेयी के कृत्य को 'अत्याचार' नहीं कह पा रहे थे। उनकी अपनी अपराध-भावना, कैकेयी के क्रूर सत्य से पराजित हो चुकी थी। कैकेयी द्वारा लगाए गए आक्षेपों को वे मौन मान्यता दे रहे थे। उन्होंने अपने प्रमाद के कारण कैकेयी के वय, उसके महत्त्वाकांक्षी जीवन के साथ अन्याय किया था। अपने कर्म का कलुष उनके तेज को पूर्णतः मलिन कर गया था। राम के सामने स्थिति साफ थी। विचारने का न अधिक अवसर था, न आवश्यकता।

प्रत्यक्ष जगत विलीन हो गया था। उनके आसपास कुछ भी नहीं रह गया था...शून्य, केवल शून्य ..और सामने बहुत दूर एक प्रकाश था, कदाचित कोई अग्नि जल रही थी। उस अमन में प्रकाश था, आंच थी, जलन थी, पीड़ा थी...उसके अनेक मुख थे। वे मुख निरन्तर बदल रहे थे–एक मुख विश्वामित्र का था, एक अगस्त्य का था, अत्रि का था, वाल्मीकि का था, भारद्वाज का था, शरभंग का था, सुतीक्ष्य का था...और सारे मुखों से निरन्तर एक ही ध्वनि प्रस्फुटित हो रही थी–'आओ! आओ! राम आओ...!'

राम उन चेहरों की आंखों में जैसे बंध गए, उनकी भुजाओं में घिर गए, उस वाणी से सम्मोहित हो गए। राम का हृदय प्रत्येक आह्वान का उत्तर दे रहा था–'मैं आ रहा हूं... आ रहा हूं...!'

राम प्रत्यक्ष जगत में लौटे। भीतर अनेक प्रश्न उठ खड़े हुए। यह वरदान है या शाप? राम की चिन्ता थी कि अभिषेक को टालकर वन को कैसे जाएं? कैकेयी ने उनके लिए अवसर उपस्थित कर दिया था।

पर यह सम्भव कैसे हुआ? कैकेयी राक्षसी है या देवी-? क्या समझें राम? क्या सचमुच कैकेयी की वर्षों से संचित पीड़ा आज घृणा और प्रतिहिंसा बनकर फूट पड़ी है? वह अपनी प्रतिहिंसा के हाथों अवश पिशाची हो गई है? या यह केवल नाटक है–केवल एक आड़। और सच यह है कि कैकेयी का बर्बर कैकय रक्त अपने अवांछित, अनाकांक्षित पति, अपनी सपत्नी, अपने सौतेले पुत्र–सबके प्रति शत्रुता का निर्वाह कर रहा है? क्या कैकेयी मात्र भरत को राज्य दिलवाने के लिए रघुकुल परम्पराओं को खंडित कर, उसकी मर्यादाओं को नष्ट कर, अपने पति को असहनीय यातना, अकल्पनीय पीड़ा दे रही है...? क्या सम्राट की आशंकाएं सत्य हुई...?

क्या यह कैकेयी की योजना है कि राम वन चले जाएं तथा उनकी अनुपस्थिति में असुरक्षित-असहाय दशरथ हताशा में प्राण त्याग दें? क्या कैकेयी तैयार है कि स्वार्थ अथवा प्रतिहिंसा के हाथों अपने सौभाग्य को अग्निसात हो जाने दे? या वह मात्र विवेकहीन कर्म कर रही है? भविष्य की बात सोचने के लिए उसके पास बुद्धि ही शेष नहीं है?

राम निर्णय नहीं कर पाए : कैकेयी का कौन-सा रूप वास्तविक है...। पर इस समय तो कैकेयी वही चाह रही है जो राम के मन का अभीष्ट है। उनका मन अज्ञात ही, उसके प्रति आभार से आप्लावित हो उठा...उनकी दुश्चिन्ता मिट गई। वे तैयार थे कि मुक्त मन से पिता से आग्रह करें कि पिता अपने वचन का पालन करें। राम चौदह वर्षों तक तपस्वी वेश में वनवास करेंगे...

पर चौदह वर्ष तक वनवास क्यों? वर्ष, दो वर्ष का क्यों नहीं? क्या कैकेयी समझती है कि चौदह वर्षों का समय इतना लम्बा है कि इस बीच सम्राट का देहावसान हो जाएगा और भरत अयोध्या में अच्छी तरह अपने पैर जमा लेगा तथा अयोध्या के लोग राम को भूल जाएंगे...हां, इतना समय पर्याप्त था...

कैकेयी की मुद्रा कुछ और कोमल हुई, "पुत्र! तुम्हारे प्रेम के कारण सम्राट कभी अपने मुख से तुम्हें वन जाने के लिए नहीं कहेंगे। दूसरी ओर, अपने सत्य के मुखौटे के कारण वे वरदानों का तिरस्कार भी नहीं करेंगे। अब निर्णय तुम्हारे ऊपर है।"

राम क्या कहते? महत्त्वपूर्ण यह नहीं था कि वे पिता के वचन की पूर्ति के लिए वन जा रहे हैं, या कैकेयी की इच्छापूर्ति के लिए। बात केवल इतनी थी कि उनके पास यही अवसर था...यदि वे चूक गए तो फिर यह अवसर कभी नहीं आएगा। पिता में यदि रंचमात्र भी आत्मबल जाग उठा और उन्होंने कह दिया कि वे कैकेयी को वरदान नहीं देंगे, राम वन नहीं जाएं–तो फिर राम की चिन्ता पुनर्जीवित होकर पिशाची-सी उनके मार्ग में आ खड़ी होगी।

राम बोले, "मां! मैं आज ही वन की ओर प्रस्थान करूंगा।"

कैकेयी के चेहरे पर हर्ष और आंखों में पीड़ा उभरी, "दंडक वन!"

राम पुनः चौंके। विश्वामित्र भी यही चाहते थे। वहीं से राम अपना अभियान आरम्भ कर सकते हैं। कैकेयी स्वार्थ के लिए वन भेज रही है या ऋषि-कार्य के लिए? दंडकारण्य भयंकर राक्षसी सेनाओं, हिंस्र पशुओं तथा अनेक अत्याचारियों से भरा है। वहीं ऋषि-आश्रमों को कठिनाइयों का सामना करना पड़ रहा है। क्या कैकेयी इसलिए भेज रही है कि वे

जाकर ऋषियों की रक्षा करें, या इसलिए भेज रही है कि राम राक्षसों तथा हिंसन पशुओं द्वारा मारे जाएं, वे कभी लौटकर न आएं और अयोध्या में भरत का राज्य चिरस्थाई हो...? दंडक क्षेत्र में ही शंबर से युद्ध करते हुए दशरथ की रक्षा कैकेयी ने की थी। वह राम को वहीं भेज रही है–शंबर के वंशजों के हाथों राम की हत्या करवाने अथवा राम के हाथों शंबर के वंशजों का नाश करवाने।

किन्तु इन प्रश्नों का उत्तर कैकेयी ही दे सकती थी और कैकेयी से ये बातें पूछी नहीं जा सकती थीं...राम को उत्तर पाए बिना ही जाना होगा। अन्ततः राम बोले, "माता! वल्कल का प्रबन्ध कर दें। मैं बन्धु-बान्धवों से विदा लेकर आता हूं।"

राम चले गए। कैकेयी के मुख पर विजयिनी मुस्कान उभरी, किन्तु उसकी आंखों में गहरी व्यथा के चिह्न थे।

"सर्वनाश।" दशरथ संज्ञाशून्य हो गए।

पांच

कौशल्या के महल के सम्मुख राम ने सुमन्त को रोक दिया। रथ से उतरकर बोले, "आप लौट जाएं, आगे मैं स्वयं चला जाऊंगा।"

"मैं प्रतीक्षा करूंगा राम!"

"नहीं काका।" राम मुस्कुराए, "मेरी चिन्ता न करें। सम्राट को आपकी आवश्यकता मुझसे कहीं अधिक होगी।"

राम ने कक्ष में प्रवेश किया।

माता कौशल्या के सम्मुख बेदी में अग्नि प्रज्वलित थी। उनके आसपास अनेक आवश्यक वस्तुएं बिखरी पड़ी थीं : दही, अक्षत, घी, मोदक, हविश्य, धान का लावा, सफेद पुष्पों की माला, खीर, खिचड़ी, समिधा तथा जल से भरे हुए कलश। उन्होंने श्वेत रेशमी साड़ी पहनी हुई थी। वे व्रत के अनुष्ठान में दत्तचित्त इष्टदेव का तर्पण कर रही थीं।

राम के मन में कसक उठी : कितने उत्साह से मां उनके अभिषेक की तैयारियां कर रही थीं। राम उन्हें कैसे सूचना देंगे? कह दें, माता तुम्हारा यह उल्लास अयथार्थ है। तुम्हारे पुत्र का न केवल अभिषेक नहीं होगा, अब वह चौदह वर्षों तक तुम्हारे निकट भी नहीं रह पाएगा...क्या अवस्था होगी मां के मन की? वे यह धक्का झेल पाएंगी...? राम का मन उदास हो गया।

तत्काल उन्होंने स्वयं को संभाला। यदि इतनी-सी बात से विचलित हो गए तो वे कभी भी अपना कर्तव्य पूरा नहीं कर पाएंगे। कोमल मन अथवा कोमल हाथ कर्तव्य-पूर्ति में कभी सहायक नहीं होते। उन्हें दृढ़ रहना होगा। तनिक-सी दुर्बलता से अवसर हाथ से निकल जाएगा। अभी तो सीता को भी सूचना देनी है। लक्ष्मण भी जानेंगे। सारे बन्धु-बान्धव, मित्रगण, नगर निवासी सुनेंगे...राम को समझाएंगे, रोकेंगे, बाधा देंगे, साथ जाने का हठ करेंगे; पर राम को उन सबके निषेधों, उदास चेहरों तथा अश्रुओं के सागर में से तैरकर पार जाना होगा। मोह और कर्तव्य का निर्वाह साथ-साथ नहीं हो सकता। मोह को तोड़ना होगा–कठोर हुए बिना, कभी कोई कर्तव्य पूरा नहीं उतरा...कौसल्या अपने इष्ट देव से सम्बोधित थीं। उन्होंने राम का आना लक्ष्य नहीं किया। सहायता के लिए पास बैठी सुमित्रा ने चेताया, "बहन! राम, आए हैं।"

प्रकट ललक के साथ कौशल्या राम की ओर उन्मुख हुईं। उनकी आकृति पर उल्लास की असाधारण दीप्ति थी; आंखों में कामनापूर्ति की तृप्ति थी। किन्तु राम के मुख पर उल्लास का कोई चिह्न नहीं था। वे अत्यन्त गम्भीर, स्थिर तथा आत्मनियन्त्रित लग रहे थे।

"क्या बात है राम?"

राम स्थिर दृष्टि से शून्य में देखते रहे, "मां! पिता प्रदत्त दो पूर्वतन वरदानों के आधार पर माता कैकेयी मे भरत को अयोध्या का राज्य और मुझे चौदह वर्षों के लिए दंडकारण्य का वास दिया है।"

कौसल्या ने अचकचा, पलकें झपक-झपककर, राम को देखा...नहीं। यह परिहास नहीं हो सकता। राम ऐसा परिहास नहीं कर सकता। वह सत्य कह रहा है...कौसल्या स्तम्भित रह गई। उनकी सांस जहां की तहां रह गई। प्राण-शक्ति जैसे किसी ने खींच ली। वर्ण सफेद हो गया और माथे पर स्वेद-कण उभर आए। अपनी जीभ से होंठों को गीला करने में भी उनको एक युग लग गया।

"राम!"

"मैं जा रहा हूं मां! विदा दो।"

राम ने झुककर कौसल्या के चरण छुए।

"तुम वन जाने का निश्चय त्याग नहीं सकते पुत्र?"

"असम्भव!" राम का स्वर दृढ़ था।

कौसल्या ने भौंचक दृष्टि से राम को देखा। उनके चेहरे की दृढ़ता से, कौसल्या के मन की आशा का आधार जैसे अर्राकर गिर पड़ा; साथ ही उनका शरीर भी झटके से भूमि पर चला गया। सुमित्रा और राम ने कौसल्या को संभाला और पलंग पर लिटा दिया।

कौसल्या ने धीरे-से आंखें खोलकर राम को देखा और फिर अपनी दृष्टि सुमित्रा पर टिका दी, "इसे रोक सुमित्रा! कैकेयी तो बहाना है। यह स्वयं ही वन जाने को तुला बैठा है।"

कौसल्या की शक्ति जैसे समाप्त हो गई, वह निढाल हो चुप हो गईं। सुमित्रा चुप न रह पाई। बोली, "इस प्रकार के आदेशों को स्वीकार करना क्या धर्म है राम! तुम अपना अधिकार ही नहीं छोड़ रहे, कैकेयी के अत्याचार का समर्थन भी कर रहे हो। अपने बल को पहचानो पुत्र! तुम्हारे एक संकेत पर कोसल की प्रजा कामुक सम्राट को मार्ग से हटा तुम्हारा अभिषेक कर देगी। और प्रजा को भी रहने दो। अकेला लक्ष्मण इन दुष्टों को दंड देने में पूरी तरह समर्थ है।"

राम मुस्कुराएं, "मां! धर्म क्या है, कहना बड़ा कठिन है। वह कब संघर्ष में है और कब त्याग में–इसकी परख आवश्यक है। पूर्ण सत्य हमारे सम्मुख प्रत्यक्ष नहीं होता। उस अज्ञात सत्य, उन अनदेखी परिस्थितियों के प्रति हमारा दायित्व है–यह भी नहीं जानते। भाई-बान्धवों की हत्याएं कर, रक्त के सरोवर में तैर, एक पिशाच के समान राजसिंहासन तक पहुंचना, मेरे जीवन का लक्ष्य नहीं है। इस समय वन जाना ही मेरा कर्तव्य है। मां! मैं न सम्राट के बल से भयभीत हूं न भरत के; अपने और लक्ष्मण के बल से भी अनभिज्ञ नहीं हूं। किन्तु अभी बल प्रदर्शन का समय नहीं आया। मां! मुझे जाने दो..."

"ठहरो राम!" सुमित्रा का स्वर त्वरित था, 'जल्दी न भागो। बताओ, सम्राट ने अपने मुख से तुम्हें वन जाने को कहा है?"

"नहीं।?

"फिर यह सम्राट का आदेश कैसे है?"

"आदेश की बात मैं नहीं कहता।" राम मुस्कुराए, "अपने कर्तव्य की बात कहता हूं। उसी के पालन के लिए जा रहा हूं।"

"पिता ने नहीं कहा, तो भी ?"

"डूबता हुआ आदमी न कहे, तो भी उसे बचाना कर्तव्य है।"

सुमित्रा ढीली पड़ी। उसकी वाणी में पहले जैसा आग्रह नहीं था, "तुम्हारे अभिषेक का निर्णय राज्यपरिषद ने एकमत से किया था, यदि सम्राट ने परिषद के निर्णय की इस प्रकार अवहेलना की तो परिषद उनका विरोध करेगी। राज्य में विप्लव हो जाएगा। सम्भव है, सम्राट और कैकेयी की हत्या कर दी जाए। तुम वन जाकर सम्राट का अहित करोगे।"

"सम्राट मुझे वन भेजें तो राज्य में विप्लव और रक्तपात होगा, न भेजें तो कैकेयी हठ और दुराग्रह कर प्राण दे देंगी। सम्राट का अपवाद फैलेगा, वे लांछित होंगे। उनका यश, कीर्ति–सब-कुछ भस्मीभूत हो जाएगा। रुष्ट प्रजा और कीर्ति-मलिन सम्राट एक साथ नहीं रह पाएंगे...समाधान एक ही है मां ! कि राम स्वयं वन चला जाए।"

"पर राम !"

"अब तर्क न करो मां।" राम अपनी मोहिनी मुस्कान अधरों पर ले आए, "नहीं तो तुम्हारा राम हार जाएगा।"

राम ने सुमित्रा और कौसल्या के चरण छुए। सहज गति से बाहर चले गए। कौसल्या की दृष्टि राम का अनुसरण करती रही।

सुमित्रा ने अपनी भीगी आंखें पोंछ लीं, "तुम्हारी दुष्टता का भी अन्त नहीं राम।..."

सीता प्रतीक्षा कर रही थीं।...प्रातः ही राम को बुलाने सुमन्त आ गए थे। उन्होंने कहा था कि पिता से मिलकर वह शीघ्र ही लौट आएंगे। अब तक आए नहीं राम!...सुमन्त भी काफी चिन्तित लग रहे थे। जाने चिन्ता किस बात की थी। सम्भव है, सुमन्त की अपनी कोई निजी चिन्ता हो। सम्भव है, बहुत अधिक कार्य से वे परेशान हो उठे हों, सम्भव है, राम के विषय में ही चिन्तित हों।...

राम के विषय में चिन्ता? रघुकुल के शक्तिशाली सम्राट के ज्येष्ठ पुत्र के विषय में चिन्ता? प्रजा उनसे प्रेम करती है, मन्त्री उनके शील पर मुग्ध हैं, राजपरिषद ने एकमत से उनके अभिषेक का निर्णय किया है। उस राम के विषय में किसी को चिन्ता हो सकती है? और राम के व्यक्तिगत शौर्य से सीता भली प्रकार परिचित हैं ...

सीता मन-ही-मन पुलकित हो उठीं। ऐसे राम के विषय में क्या चिन्ता? पर वे अभी तक लौटे क्यों नहीं? वे कहीं और तो नहीं चले गए। सम्भव है, किसी काम से या वैसे ही मिलने के लिए माता कौसल्या के पास गए हों। कौसल्या जैसी पति-प्रताड़िता स्त्री को राम जैसा पुत्र ही जिला ले गया। एक पक्ष यदि पूर्णतः स्नेहशून्य था तो दूसरे पक्ष ने उसकी भरपूर क्षतिपूर्ति की।...पुत्र और माता का यह प्रेम सीता के मन को सदा ही तरल कर देता था...।

राम आए। उनकी मुद्रा गम्भीर थी। सीता चकित हुईं–क्यों इतने गम्भीर हैं? कदाचित राज्य-कार्य सम्बन्धी कोई चिन्ता हो।...सहसा, सीता के मन में आनन्द की धारा फूट निकली। उन्होंने वक्र होंठों से मुस्काते हुए, नयनों की कोरों से राम को देखा–कहीं परिहास के लिए अभिनय तो नहीं कर रहे हैं! स्वभाव से अत्यन्त गम्भीर होते हुए भी कभी-कभी हल्के क्षणों में राम अपने ऐसे ही कौतुक-भरे अभिनय से सीता को परेशान कर देते हैं, पर जब सीता बहुत चिन्तित हो उठती हैं, तो खिलखिलाकर हंस पड़ते हैं।...आज फिर वैसी ही मुद्रा बनाए हैं।...

"यह किस नाटक की भूमिका है? नटी का क्या रूप होगा?"

पहली बार राम की गम्भीरता उदासी में परिवर्तित हुई। प्रातः पिता के सम्मुख जाने से अब तक पहली बार उन्होंने स्वयं को ढीला छोड़ा। पिता की बात और थी–वे चिन्तित थे, वृद्ध थे और कैकेयी के मोह में बंधे थे; माता कौसल्या, सुमित्रा और कैकेयी की बात भी भिन्न थी; उन सबके अपने मोह और अपनी सीमाएं थीं।...पर सीता के सम्मुख अपनी चिन्ताएं, द्वन्द्व और आशंकाएं प्रकट कर सकते हैं। अपनी पत्नी के सम्मुख मन नहीं खोल सके, तो फिर कहीं नहीं खोल सकेंगे...

"अभिषेक नहीं होगा। चौदह वर्षों के दंडक-वास का आदेश हुआ है।" राम बोले, "नहीं जानता, प्रसन्न होने की बात है अथवा उदास होने की। जाना तो था ही, पर निर्वासन...।"

सीता ने राम को निहारा। नहीं यह परिहास नहीं है। उनकी मुद्रा, उनकी वाणी, उनके हाव-भाव बता रहे हैं, यह नाटक नहीं है–अभिनय नहीं है। यह यथार्थ है। तभी तो प्रातः सुमन्त इतने उदास थे...

सीता की मुद्रा के साथ-साथ उनकी वाणी भी गम्भीर हो गई, "आप इस आदेश का पालन करेंगे?"

"और कोई विकल्प नहीं।"

सीता ने सम्पूर्ण अस्तित्व अपनी आंखों में भरकर राम को पूरी तन्मयता के साथ देखा। एक गहन चिन्तन से उबरकर निर्णय तक पहुंचने की स्थितियां उन्होंने चमत्कारिक शीघ्रता से पार कीं; और बोलीं, "विकल्प नहीं है तो आदेश को हंसकर सिर-माथे पर लेना होगा। क्या-क्या तैयारी कर लूं?"

राम मुग्ध हो उठे। परेशानी खो गई। सीता वास्तविक संगिनी थीं। उन्होंने यह नहीं पूछा कि वनवास का आदेश किसने दिया, क्यों दिया, उस आज्ञा को स्वीकार करने की बाध्यता क्या है...सीता ने इस निर्णय से टलना नहीं चाहा, समझने का प्रयत्न नहीं; हठ नहीं...। एक क्षण के लिए भी शंका नहीं, द्वन्द्व नहीं, संकोच नहीं...जिसकी संगिनी ऐसी हो, उसे किसी और का सहारा क्या करना है?...

"तुम तैयारी क्यों करोगी सीते? वन मैं जा रहा हूं; तुम्हें किसी ने राजप्रासाद छोड़ने को नहीं कहा।"

सीता मुस्कुराईं, "मुझे कहने की आवश्यकता नहीं है। आदेशों से पति-पत्नी के सम्बन्ध बदल नहीं जाते।" सहसा स्वर विस्मय से भर उठा, "कहीं आप अकेले जाने की बात तो नहीं सोच रहे?"

राम का विषाद घुल गया। सीता के व्यवहार ने उनका आत्मविश्वास लौटा दिया था। मां के रोने ने उन्हें विह्वल कर दिया था; सीता के व्यवहार से वे फिर स्थिर हो गए। हंसकर बोले, "नहीं सारा कुटुम्ब साथ चलेगा। आदेश मुझे मिला है तो मैं ही जाऊंगा।"

राम ने प्रातः से अब तक की घटनाएं विस्तार से सीता को सुनाई।

सीता ध्यान से सुनती रहीं; किन्तु सुन लेने के पश्चात भी उनका निर्णय नहीं बदला, "मैं कैसे मान लूं कि पति-पत्नी में भी आदेश केवल एक व्यक्ति को दिया जा सकता है। किसी कारण से कभी मुझे भी ऐसा ही कोई आदेश मिले, तो क्या आप मुझे, अकेली को वन भेजकर स्वयं राजप्रासाद में रह जाएंगे?"

"तुम्हारी बात भिन्न है। तुम स्त्री हो।..."

सीता ने राम की बात बीच में काट दी, "हमारा समाज यह भेद करता है, पर आप स्त्री-पुरुष के अधिकारों की समानता के समर्थक हैं राम। आप कैसे कह सकते हैं कि आपका मेरे प्रति जो कर्तव्य है, वही मेरा आपके प्रति नहीं है?"

"ठीक है। तुम्हारी इच्छा के विरुद्ध तुम्हें अयोध्या में छोड़कर नहीं जाऊंगा; पर कुछ बातें विचारणीय हैं। मां को बड़ी दुखी मनःस्थिति में छोड़कर जा रहा हूं। पति-पत्नी एकरूप हैं, इसलिए एक ही समय में दो कार्य करने के लिए विभक्त हो जाते हैं। मेरी अनुपस्थिति में मेरे स्थान पर मेरी मां की देखभाल करो।"

"बहुत बढ़िया!" सीता के अधरों पर एक तीखी मुस्कान थी, "विवाह के पश्चात के इन चार वर्षों में कुछ वृद्धाओं और सारी प्रजा द्वारा लगाए गए बन्ध्या होने के आरोप को इसीलिए तो झेलती रही हूं कि आप कर्तव्य की पुकार पर वन जाएं, तो मैं सोलहों श्रृंगार किए, मणि-माणिक्य के आभूषण पहने सेवक-सेविकाओं तथा परिजनों से घिरी, माता कौसल्या की सेवा का नाटक करने के लिए पीछे रह जाऊं। आप दिन-दिन-भर बाहर जनता के कार्यों में व्यस्त रहे, और पीछे मैं यह सोच-सोचकर तृप्त होती रही कि मेरे पति आत्मकेन्द्रित, स्वार्थी नहीं हैं। उनमें परदुख-कातरता है। मैं अपने भीतर दमित ऊर्जा को सड़ते देखती रही और आपसे कहती रही कि मुझे अधिक कार्य मिले, जिससे मेरा अस्तित्व भी सार्थक हो सके। आपने सदा यही कहा कि अभी अवसर नहीं आया।...और आज, जब अवसर आया है कि मैं आपके साथ दंडक वन जाऊं; पीड़ित तथा त्रस्त जन-सामान्य के सीधे सम्पर्क में आऊं; उनके लिए कुछ कर अपने अस्तित्व को उपयोगी बनाऊं, तो आप मातृ-भक्ति, सास की सेवा के झूठे बहाने की आड़ में मुझे सड़ने-गलने के लिए यहां छोड़ जाना चाहते हैं। इससे तो कहीं अच्छा होता, मैं माता कौसल्या की बात मान, उनकी गोद में पौत्र डाल उनके मन को सन्तोष देती।"

"सीते!" राम ने अनुराग-भरी दृष्टि से सीता को निहारा, "मुझे ग़लत मत समझो। अयोध्या में नागरिक सुविधाओं और सुरक्षा के वातावरण में रहकर जन-कल्याण का कार्य करना और बात है; राक्षसों, दस्युओं, हिंस्र पशुओं से भरे उस बीहड़ वन में समय बिताना और बात है। क्या तुम्हारे लिए वनवास सुविधाजनक होगा?"

सीता के चेहरे का तेज उभरा। तमककर बोलीं, "सुविधाओं और सुरक्षाओं की बात मुझसे मत कीजिए। सुविधा की बात सोचनेवाला व्यक्ति कभी स्वार्थ से उबर सका है? आज तक यही समझा है आपने मुझे? राजप्रासाद का लालच मुझे न दें। जहां आप जाएंगे, मैं भी जाऊंगी।"

"मेरी बात नहीं मानोगी?"

"यह बात नहीं मानूंगी।"

"लोग क्या कहेंगे?"

"उन्हें बुद्धि होगी, तो कहेंगे कि सीता पति से प्रेम करती है।"

"नहीं प्रिये!" राम फिर गम्भीर हो गए, "मैं तुम्हारी क्षमताओं को जानता हूं, इसीलिए चाहता हूं कि तुम यहीं रहो। तुम यहां रहोगी, तो मुझे वन में मां की चिन्ता नहीं सताएगी। और..." राम ने रुककर सीता को देखा, "प्रेम अथवा आदर्शों की भावुकता में यथार्थ को अनदेखा मत करो। बन में राजप्रासाद नहीं होते, सेना नहीं होती, प्रहरी नहीं होते। पेट की अंतड़ियां भूख से बिल-बिलाकर टूट रही हों, तो खाने को अन्न नहीं मिलता; सर्दी-गर्मी में उपयुक्त कपड़े नहीं मिलते।"

सीता का स्वर अत्यन्त विक्षोभपूर्ण हो उठा, "तो आप यही समझते हैं कि सुख- सुविधापूर्ण जीवन के लिए मैं आपके साथ हूं। क्या आपने यही मानकर मुझसे विवाह किया था कि मैं भौतिक सुविधाओं के लिए ही बनी हूं, राम! मैं आपकी संगिनी हूं। मैं आपके साथ चलूंगी।"

राम ने शान्त भाव से तर्क रखा, "चलना चाहो तो अवश्य चलो। पर सोचो, लोग क्या कहेंगे–मैंने

तुमसे विवाह कर, वन में ले जाकर तुम्हें पीड़ित किया। सम्राट सीरध्वज की पुत्री को चौदह वर्षों तक वन-वन भटकाया। क्या मैंने पति का कर्तव्य निभाया?"

अपना क्षोभ छोड़ सीता मुस्कुरा पड़ीं, "इतने स्वार्थी न बनो राम! तनिक मेरी ओर से भी सोचो। मैं पीछे राजमहल में रह गई तो लोग मुझे क्या कहेंगे–वन की असुविधाओं के भय से मैंने पति का साथ छोड़ दिया–राम जैसे पति का। क्या मैंने पत्नी का कर्तव्य निभाया?"

सहसा सीता का मुख कातर हो उठा, वाणी रुंध गई, "आपसे कुछ भी छिपा नहीं है। सम्राट सीरध्वज ने मेरा पालन-पोषण अपनी आत्मजा के समान किया; किन्तु संसार जानता है कि मैं अज्ञातकुलशीला, पृथ्वीपुत्री, सामान्य, अति साधारण स्त्री हूं।...यदि आज मैं आपके साथ नहीं जाती तो संसार एक स्वर से कहेगा, पृथ्वीपुत्री, साधारण नारी सीता-राजसी सुविधाओं के लोभ में अपना धर्म भूल गई। भूखी थी, सुविधाएं देख लोलुप हो उठी।...मुझे कलंकिनी न बनाएं राम!"

राम ने देखा, सीता इस समय केवल नारी थीं, जो अपने पुरुष से उचित व्यवहार मांग रही थीं।

"सीते! मैं तुम्हें कलंकित करना नहीं चाहता। मैं तुम्हें अपने योग्य, समर्थ एवं सक्षम पत्नी के रूप में देखता हूं। अपनी चिन्ताएं कम करने के लिए ही चाहता हूं कि तुम पीछे सुरक्षित रहो; ताकि मैं निश्चिन्त होकर अपना काम कर सकूं। तुम साथ हुईं और मैं तुम्हारी देखभाल में लगा रहा तो अरक्षितों की रक्षा कैसे करूंगा; और अपने कर्तव्य से लगा रहा तो तुम्हारी रक्षा कौन करेगा?"

सीता खिलखिलाकर हंस पड़ीं। खिलखिलाहट के झटके से आंखों में टंगे आंसू गिर पड़े। हंसी से आधे पुछे अपने गीले नेत्र राम की आंखों में डाल लीलापूर्वक बोलीं, "व्यर्थ की वीरता का नाटक न करो राम। जो अपनी पत्नी की रक्षा नहीं कर सकता, वह ऋषियों की रक्षा का लक्ष्य लेकर वन में क्या करने जा रहा है?"

राम गम्भीर हो गए। तर्क ठीक था। उन्हें सोचना होगा। चुनौती को पहचानना होगा। और उसका सामना करना होगा। कहीं वह अपनी क्षमता से बड़ा दायित्व उठाने का दम्भ तो नहीं कर रहे?...फिर, सीता पर्याप्त दृढ़ थीं। वह सचमुच साथ जाने पर तुली थीं! इससे बड़ा सौभाग्य और क्या होगा कि पति-पत्नी का लक्ष्य एक हो; और वे लोग अपनी सम्मिलित शक्ति से जीवन को लक्ष्य की ओर ले चलें। व्यक्तिगत प्रतिबद्धता से, पारिवारिक प्रतिबद्धता और अधिक सक्षम होती है।...

"तो ठीक है सीते! तुम भी चलो। माताओं से अनुमति ले लो। अपना धन-धान्य, आभूषण-सम्पति–सब सुपात्रों को दान कर दो। धन-सम्पत्ति वन में साथ नहीं जाएगी।"

परिचारिकाओं की सूचना से पूर्व ही लक्ष्मण झंझावत के रूप में कक्ष में घुस आए। राम ने देखा, लक्ष्मण के शरीर की एक-एक शिरा टूटने की सीमा तक तनी हुई थी। उनकी आंखों में भयंकर लपटें जल रही थीं, मानो वे नेत्र न हों, उल्काएं हों। नथुने क्षण-क्षण में फड़क रहे थे। चेहरे का गौर वर्ण क्रोध से झुलसकर ताम्र वर्ण हो गया था।

"आ गए उग्रदेव?" सीता बहुत धीरे-से मुस्कुराईं।

लक्ष्मण ने अपनी धुन में सीता की बात नहीं सुनी। वह राम से कुछ दूरी पर उनकी ओर देखते चुप खड़े हो गए; जैसे क्रोध के मारे समझ न पा रहे हों कि क्या कहें।

"समाचार मिल गया?" राम शान्त भाव से बोले।

लक्ष्मण कुछ और तप उठे, "समाचार मिल गया है और अपनी ओर से भी आपको एक समाचार ही देने आया हूं। लक्ष्मण के कन्धों पर टंगे धनुष-बाण और कमर में बंधा खड्ग न तो बच्चों के

खिलौने हैं, न शोभा की वस्तुएं। मैं अपने शस्त्रास्त्र लेकर जा रहा हूं। दुष्ट कैकेयी के मन्त्र में बंधे नाग सरीखे बूढ़े विषयी सम्राट को बन्दी कर ले आऊंगा; और यदि उन्होंने विरोध किया, तो नाग का फन कुचलना भी मुझे आता है। विष के मद में लहराना भूल जाएंगे।...भरत के पक्ष से जो भी लड़ने आएगा उसका वध कर दूंगा।"

लक्ष्मण के क्रोध से पूर्णतः अप्रभावित राम शान्त खड़े रहे। पति-पत्नी में समझौते की एक मुस्कान का आदान-प्रदान हुआ।

"आवेश का शमन करो लक्ष्मण! उसकी आवश्यकता नहीं। तुमने अभी जैसा कहा है, वैसा कुछ भी नहीं करोगे यह मेरा आदेश है।"

"भैया!" लक्ष्मण तड़प उठे, "ऐसा आदेश न दें। अन्याय का प्रतिरोध न करना अधर्म है।"

"तुम ठीक कह रहे हो। पर मैं भी धर्म पर ही चलने का प्रयत्न कर रहा हूं।" राम मुस्कुरा रहे थे।

"भैया! बालक समझकर मेरी बात को हंसी में न टालें।" लक्ष्मण अनुरोध के स्वर में बोले, "यह न समझें कि यदि आप पिता की आज्ञा का पालन नहीं करेंगे, तो मर्यादा भंग के कारण आपकी लोकप्रियता कम हो जाएगी। मेरी मां कहतीं हैं कि राम का पक्ष न्याय का है। सारी प्रजा यही मानती है। अन्यायपूर्ण आज्ञा की अवज्ञा को धर्म माना जाता है। मर्यादा कभी रूढ़ नहीं होती। देशकाल के अनुसार उसका रूप बदल जाता है। मेरी बात मानें भैया! इस आज्ञा का उल्लंघन करें।"

"तुम ठीक कहते हो देवर!" सीता बोलीं, "मैं भी तब से इन्हें यही समझा रहीं हूं; किन्तु पत्नी के कहे में चलने की परम्परावाले इस रघुवंश में जन्म लेकर भी तुम्हारे भैया मेरी बात नहीं मान रहे हैं।"

"देवि! यह वंश केवल पत्नी के कहे में चलने की परम्परावाला ही नहीं, एकाधिक विवाह कर ज्येष्ठ पत्नी का तिरस्कार करनेवाला भी है। मैंने उस परम्परा का पालन नहीं किया है।" राम मुस्कुराकर मुड़े, "लक्ष्मण! तुम आवेश में अनेक बातें भूल रहे हो। मैंने ऋषि विश्वामित्र को वचन दिया था। आज मुझे अपना वचन पूरा करने का अवसर मिल रहा है, मैं अन्य सामान्य राजकुमारों के समान सिंहासन के लिए झगड़ा करूं, अपने बन्धु-बान्धवों, परिजनों की हत्याएं करूं? लक्ष्मण! यह वनवास नहीं, मेरे जीवन का अभ्युदय है; संकीर्ण राजनीति से उबर व्यापक मानवीय कर्तव्य निभाने का अद्वितीय अवसर है।"

लक्ष्मण का क्षोभ विलीन हो गया था। संकुचित-से होकर बोले, "मैं भूल गया था भैया।...हमें वन जाना चाहिए..."

राम का ध्यान लक्ष्मण की बात से हटकर उनकी भंगिमा पर आकर टिक गया। वह 'आपको वन जाना चाहिए' न कहकर हमें वन जाना चाहिए! कह रहे थे। "हो गए न तुम भी तैयार!" सीता कौतुकपूर्वक बोलीं।

"ठहरो भाभी!" लक्ष्मण पुनर्विचार करते हुए बोले, "भैया! यह भी तो हो सकता है कि आप अयोध्या का शासन अपने हाथ में लें...कम-से-कम दुष्टा कैकेयी के हाथ में तो उसे न ही छोड़ें। फिर अपनी सेना सहित दंडक के राक्षसों और उनके संरक्षक रावण से जा टकराएं।"

"एक मार्ग यह भी है," राम ने स्वीकार किया, "किन्तु यदि यह मार्ग व्यावहारिक होता तो कदाचित दंडक वन को इतनी लम्बी प्रतीक्षा न करनी पड़ती। कोई भी सम्राट यह कार्य कर चुका होता। लक्ष्मण! सैनिक अभियानों से जन-सामान्य की असुविधाएं दूर नहीं होतीं। सेना विजय दिला

सकती है, क्रान्ति नहीं ला सकती। प्रत्येक समस्या का समाधान सेना नहीं है। जन-क्रान्ति, जन-जागृति से होती है; और उनकी आकांक्षा जनता के भीतर से उत्पन्न होती है। ऊपर से थोपी हुई सैनिक क्रान्तियां सदा निष्फल होती हैं।...ऋषि विश्वामित्र ने बताया था, सेनाओं के जाने की सुविधाएं भी उन वनों में नहीं हैं। हम उन वनों से परिचित भी नहीं हैं। सेना को ले जाने के लिए जो प्रबन्ध वहां होना चाहिए, वह भी कदाचित हमारे लिए व्यावहारिक नहीं है। इतनी बड़ी सेना, उनके वाहनों और शस्त्रास्त्रों को ले जाना; भोजन-पानी का प्रबन्ध करना, उनके ठहराए जाने की व्यवस्था करना–इतने में तो वन-के-वन उजड़ जाएंगे; और जिनकी रक्षा के लिए सेना जाएगी, वे ही लोग सेना के विरुद्ध हो जाएंगे। वैसे भी अपने राज्य से इतनी दूर इतने बड़े सैनिक अभियान में विजय प्राप्त करना असम्भव-सा है। गुरु विश्वामित्र ने कहा था, मुझे अकेले जाना होगा। राजसी वेश में जाऊंगा, तो जन-साधारण दूर से प्रणाम कर लौट जाएंगे। जब तक मैं उनमें से एक होकर नहीं रहूंगा, वे मेरे निकट नहीं आएंगे। जन-साधारण अपनी असुविधाओं को वाणी नहीं देता–विशेषकर शासक वर्ग के सामने। वह डरता है कि उसके असुविधा-वर्णन को शासन अपनी निन्दा, विरोध अथवा त्रुटि-दर्शन न मान ले। यह कार्य केवल निःस्वार्थ साहसी, बुद्धिजीवी कर सकते हैं : वह द्रष्य, ऋषि-मुनि, जो राजाश्रय को तुच्छ मान, वनों में अपने आश्रम बनाकर वास कर रहे हैं। वे लोग राजाश्रय को महत्त्व नहीं देते, अतः वे राज्य से अपनी रक्षा की याचना करने भी नहीं आएंगे। गुरु ने स्पष्ट कहा था, मुझे तापस वेश में उन ऋषियों के निकट रहकर, उनसे समान धरातल पर मिलना होगा। और उनकी याचना के बिना ही उनकी रक्षा करनी होगी। यदि किसी समय मेरा व्यक्तिगत बल तथा दिव्यास्त्रों का ज्ञान उनकी रक्षा में असमर्थ हुआ, तो सेना की आवश्यकता पड़ेगी। किन्तु लक्ष्मण! वह सेना अयोध्या की वेतन-भोगी सेना नहीं होगी।"

"कौन-सी सेना होगी वह?" लक्ष्मण हैरान थे।

"कोई बाहरी सेना आकर किसी के लिए कोई युद्ध जीत दे तो निश्चित रूप से वह कार्य नहीं हो सकता, जो जन-सामान्य में जागृति लाकर, उन्हीं को प्रबुद्ध बनाकर, उसे पीड़ित, जाग्रत जनता के बीच में तैयार की गई सेना से हो सकता है। लक्ष्मण! मैं नहीं जानता कि मुझे सेना की आवश्यकता कहां पड़ेगी। कब पड़ेगी। कौन-सी सेना मेरी सहायता के लिए प्रस्तुत होगी। किन्तु, जिस कार्य के लिए राम दंडक जा रहा है, वह यही है कि प्रत्येक जन-साधारण अपनी रक्षा के लिए प्रबुद्ध हो, स्वाश्रित हो। उसमें प्राण फूंकना मेरा कार्य है–उन्हें मार्ग दिखाना, उनका नेतृत्व करना। जब जनता जाग उठती है, तो बड़े-से-बड़ा अत्याचारी भी उसके सम्मुख टिक नहीं सकता। इसलिए मैं तापस वेश में एकाकी ही वन जाऊंगा।"

"यह सब ठीक है भैया।" लक्ष्मण के मन में अब भी अड़चन थी, "फिर भी अयोध्या का राज्य कैकेयी के हाथों में छोड़ इस प्रकार निष्कासित होकर जाना तो शोभा नहीं देता। सत्ता पर अधिकार कर, उसे किसी उचित व्यक्ति को सौंपकर भी तो वन जाया जा सकता है।"

"राज्य जन-कल्याण के लिए होना चाहिए", राम बोले, "प्रजा के दमन और हत्या के लिए नहीं। अतः राजसिंहासन से अनावश्यक चिपकना, मेरे लिए आसक्ति से अधिक कुछ नहीं है, और आसक्ति सदा अन्याय की जननी होती है। और लक्ष्मण!" राम मुस्कुराए, "एक बार स्पष्ट हो गया कि बाध्य होकर नहीं मैं स्वेच्छा से वन जा रहा हूं तो मेरे प्रियजन मुझे कभी वन जाने नहीं देंगे, माता कौसल्या सिर पटककर प्राण दे देंगी किन्तु मुझे जाने नहीं देंगी। भ्रम बना रहने दो...।"

लक्ष्मण के विरोध और प्रश्न मिट गए; विघ्न और जिज्ञासाएं पिघल गईं। मन में एक

उत्साह और उल्लास छा गया। आंखों में चमक आ गई, "कितना आनन्द रहेगा भैया! सिद्धाश्रम-यात्रा की स्मृति की आज तक मेरे मन में कभी-कभी टीस उठती है।"

लक्ष्मण अपने भीतर की स्मृति में खो गए। राम लक्ष्मण के मन की बात समझते रहे और मुस्कुराते रहे। फिर बाधा देते हुए बोले, "किन्तु लक्ष्मण! वनवास का आदेश केवल मुझे हुआ है।"

"ठीक है।" लक्ष्मण ने कौतुक-भरी आंखों से भाई को देखा, "युवराज्याभिषेक करवाते हुए, केवल मुझे–वाली भाषा बोलते, तो कोई बात भी थी। वनवास के लिए "केवल मैं! कुछ शोभा नहीं देता। गुरु विश्वामित्र ने भी केवल आपको ही मांगा था, सम्राट ने भी केवल आपको ही भेजा था–किन्तु यह अकिंचन फिर भी साथ गया था।"

राम हंस पड़े, "तो तुम साथ जाओगे ही?"

"कोई विकल्प नहीं।" लक्ष्मण भी हंस पड़े, "मेरी मां कहती हैं, भैया राम का साथ कभी मत छोड़ो।"

राम गम्भीर हो गए, "तुम्हें साथ ले जाने में मुझे कोई आपत्ति नहीं है सौमित्र! साथ रहोगे तो सुविधा भी रहेगी और संगति भी। किन्तु...।"

"क्या भैया?"

"जिन परिस्थितियों में मैं अयोध्या छोड़ रहा हूं–वे असाधारण हैं। यहां द्वेष और प्रतिहिंसा का विष फैला हुआ है। यदि तुम भी मेरे साथ चले जाओगे, तो पीछे माता कौसल्या और सुमित्रा के भरण-पोषण और उनकी सुरक्षा का दायित्व किस पर होगा? यदि पीछे अयोध्या में रहकर तुम उनकी देखभाल करो, तो मैं निश्चिन्त होकर दंडक जा सकूंगा।"

"नहीं भैया!" लक्ष्मण ने निषेध की मुद्रा में सिर हिला दिया, "इसकी आवश्यकता नहीं पड़ेगी। एक तो सम्राट अभी विद्यमान हैं, फिर यदि पीछे भरत है, तो शत्रुघ्न भी है। माताओं का अनिष्ट नहीं हो पाएगा। अपने भरण-पोषण के लिए, उनके पास पर्याप्त धन है। आप चाहें तो जाने से पहले, कुछ और व्यवस्था भी की जा सकती है। रक्षा के लिए उनके पास विश्वसनीय सैनिक और सेवक हैं। और फिर चाहे माता कौसल्या न हों, पर सुमित्रा दोनों की रक्षा में पूर्णतः समर्थ हैं। मेरी मां कहती हैं–वह क्षत्राणी ही क्या, जो अपनी रक्षा न कर सके।"

राम अपनी गम्भीरता छोड़ नहीं पाए, "दूसरा चिन्तनीय विषय यह है लक्ष्मण! कि चौदह वर्षों पश्चात जब तुम वन से लौटोगे, तब तक तुम्हारी विवाह-योग्य वय व्यतीत हो चुकी होगी..."

लक्ष्मण ठहाका मारकर हंस पड़े, "जिस वय में पूज्य पिताजी ने कैकेयी से विवाह किया था, क्या मेरी वय उससे भी अधिक हो जाएगी?"

राम भी स्वयं को रोक नहीं पाए। खिलखिलाकर हंस पड़े।

"तो फिर सेना की चिन्ता क्यों करते हो देवर!" सीता ने हंसी में सम्मिलित होते हुए कहा; "तुम और तुम्हारी पत्नियों की सेना क्या नहीं कर पाएगी?"

सम्राट से विदा लेने के लिए जाते हुए, राम, सीता तथा लक्ष्मण, राज-मार्गों से पैदल निकले। उनके मित्रों, सुहदों तथा कर्मचारियों का झुंड उनके पीछे था।

छः

समाचार फैल चुका था। मार्गों पर अपार भीड़ एकत्रित थी। प्रत्येक भवन के द्वार तथा गवाक्ष खुले थे। गरजते हुए समुद्र के समान विराट जन-समुदाय एकत्रित था। प्रत्येक गली में निकल-निकलकर,

भीड़ उस जनसमुदाय में मिलती जा रही थी। कुछ लोग मौन थे, कुछ धीरे-धीरे बातें कर रहे थे, कुछ चीख़-चिल्ला रहे थे। सब ओर एक प्रकार का क्षोभ, एक आवेश, एक क्रोध और विरोध विद्यमान था। किन्तु कोई नहीं जानता था कि उसे क्या करना चाहिए, वह क्या करना चाहता है...।

राम ने सतर्क दृष्टि से लक्ष्मण को देखा, "सौमित्र! इस जनसमुदाय को देख रहे हो : यह आवेश में है, स्वयं को अक्षम पाकर असन्तुष्ट और पीड़ित भी है। यह जनसमुदाय अति प्रज्वलनशील और विस्फोटक है। देखना, कहीं अपने व्यवहार अथवा वाणी से उकसा मत देना, नहीं तो विप्लव हो जाएगा। सारी व्यवस्था समाप्त हो जाएगी। माता कैकेयी अपनी प्रतिहिंसा में भूल गईं कि शासक को बनाने और पदच्युत करने में, प्रजा की इच्छा बहुत महत्त्वपूर्ण तत्त्व है। प्रजा की इच्छा के विरुद्ध वे भरत को तो क्या मुझे भी अयोध्या का सम्राट नहीं बना सकतीं। यह घरेलू झगड़ा भी राजनीतिक आयाम मिलते ही विप्लव में बदल जाएगा।"

"इच्छा तो होती है कि धनुष लेकर इस समुदाय के आगे-आगे चलूं और कैकेयी के महल पर पहुंचकर बस एक बार ललकार दूं।" लक्ष्मण बोले, "किन्तु, वन जाने के लिए शान्त रहना ही उचित है।"

वे लोग बढ़ते रहे। उनके साथ-साथ भीड़ भी बढ़ती गई। कैकेयी के महल तक पहुंचते-पहुंचते असंख्य लोग राम के पीछे चल रहे थे।

महल में प्रवेश करने से पूर्व राम भीड़ की ओर मुड़े; और ऊंची आवाज़ में बोले, "मित्रो! मैं आपके प्रेम और स्नेह का अभिनन्दन करता हूं। आप अशान्त न हों। माता कैकेयी ने मुझे वन भेजना चाहा है और पिता ऐसी आज्ञा देना नहीं चाहते। समाधान यही है कि वन जाने का दायित्व मैं अपने ऊपर ले लूं। मैं वही कर रहा हूं। सीता और लक्ष्मण मेरे साथ जा रहे हैं। अयोध्या का दायित्व मैं आप पर छोड़ रहा हूं। राजा कोई भी हो, किन्तु अयोध्या आपकी है। राज्य शासक का नहीं, जनता का होता है। आप सजग रहें, सचेत रहें। अपनी अयोध्या की रक्षा करें और देखें कि अयोध्या का कोई भी शासक अनीति के मार्ग पर चल, दम्भ अथवा विलास में पड़, जन-विरोधी शासन न करे।"

राम ने हाथ जोड़कर, मस्तक झुका, प्रजा का अभिवादन किया; और महल के प्रवेश द्वारा की ओर मुड़ गए। अपनी पीठ के पीछे प्रजा के लाखों कंठों से वे अपनी जय-जयकार सुन रहे थे।

सुमन्त के माध्यम से सूचना भिजवा, जिस समय राम सीता और लक्ष्मण के साथ भीतर प्रविष्टि हुआ, कैकेयी के कक्ष में प्रातःकाल जैसा एकान्त नहीं था। वहां माता कौसल्या, माता सुमित्रा तथा सम्राट की अन्य रानियां उपस्थित थीं। वसिष्ठ भी विराजमान थे। राजपरिषद के मुख्य सदस्य, मन्त्री, अमात्य तथा सेनापति भी विद्यमान थे। सम्राट पहले के समान पृथ्वी पर नहीं पड़े थे : उन्हें पलंग पर लिटा दिया गया था। ऐसा लगता था, जैसे राजपरिवार और राजदरबार के सभी मुख्य व्यक्ति सम्राट को घेरकर किसी महत्त्वपूर्ण घटना की प्रतीक्षा कर रहे थे। राम, सीता तथा लक्ष्मण ने आंखें मूंदे, निःस्पन्द पड़े दशरथ को प्रणाम किया।

राम ने मन्द स्वर में कहा, "पिताजी!"

दशरथ कुछ कहने का साहस बटोरें, उससे पूर्व ही अनेक भारी कंठों से सस्वर रुदन और चीत्कार फूट पड़ा।

राम ने देखा, वे सब सम्राट की सुन्दरी, युवती पत्नियां थीं, जिनके साथ सम्राट ने कभी आकर्षित होकर अपनी इच्छा से, कभी किसी के प्रस्ताव पर, अथवा किसी की भेंट स्वीकार करने के लिए विवाह किए थे। राम ने सम्राट के ऐसे अनेक विवाह–अपने शैशव से देखे थे–जिनमें एक स्त्री के

साथ विवाह कर, उसे दो-तीन दिन अपने महल में रख, राजसी अन्तःपुर में धकेल दिया जाता था। अन्तःपुर में जाकर न वे किसी की पुत्रियां थीं, न बहनें, न पत्नियां–वे अन्तःपुर की स्त्रियां होती थीं। उनके भरण-पोषण का भार राजकोष पर होता था। और किसी का उनके प्रति कोई दायित्व नहीं था।

राम ने जैसे-जैसे होश संभाला था, उनकी करुणा, अपनी इन माताओं के प्रति बढ़ती चली गई थी। उन स्त्रियों की स्थिति विचित्र थी, न वे बन्दिनी थीं, न स्वतन्त्र। वे सौभाग्यवती विवाहिताएं थीं, किन्तु पतिविहीना। वे रानियां थीं, किन्तु राजपरिवार की सदस्यता के रूप में उनमें से किसी को कोई अधिकार प्राप्त नहीं था। अन्तःपुर में कोई काम नहीं था, अन्तःपुर से निकल भागना उनके वश का नहीं था। लंगड़ी बिल्ली के समान वे घर के भीतर ही शिकार करती रहती थीं। परस्पर, एक-दूसरी की सहायक होने के स्थान पर, एक-दूसरी के विरुद्ध षड्यन्त्र रचकर, परिवेश को विषैला करती रहती थीं।

ताड़का वन में से अनेक अपहृता बन्दिनी युवतियों को मुक्त कराकर, राम इन रानियों के प्रति विशेष रूप से सदय हो गए थे। अनेक बार सोचा था। एक पुरुष के लिए इतनी स्त्रियों को पत्नी का सम्मान, प्यार और अधिकार देना सर्वथा असम्भव तथा अप्राकृतिक था। जिस प्रकार अन्यायपूर्वक अपनी आवश्यकता से अधिक धन एकत्रित कर, सांप बनकर उस पर बैठकर अपना या दूसरों का केवल अहित किया जा सकता है, वैसे ही इतनी पत्नियों को एकत्रित कर न केवल सम्राट ने मानवीय अन्याय किया था, वरन अपना और उनका अहित भी किया था। यदि कहीं ये स्त्रियां अपहृत कर बलात लाई गई होतीं, उन्हें बलपूर्वक अवरोध में रखा गया होता, तो राम उन्हें कब के मुक्त करा चुके होते। किन्तु कठिनाई यह थी कि वे सब सम्राट की विवाहिताएं थीं। वे मुक्त होना नहीं चाहती थीं, पत्नी का अधिकार पाना चाहती थीं...जो असम्भव था। उनका बन्धन न तो अन्तःपुर की दीवारों का था, न सम्राट के पतित्व का। उन्हें उनके अपने संस्कारों ने बन्दी कर रखा था। शैशव से उनके मन में बैठा दिया गया था कि नारी का सबसे बड़ा सौभाग्य उसका सुहाग है। पति उसका परमेश्वर है; चाहे पति के नाम पर उन्हें अयोग्य अमानव से बांध दिया जाए। आज यदि सम्राट इन स्त्रियों को मुक्त भी कर दे, उन्हें अपनी पत्नियां मानने से इन्कार भी कर दें–तो ये स्त्रियां उसे अपना सौभाग्य नहीं मानेंगी, वे प्रसन्न नहीं होंगी। वे परित्यक्ता की पीड़ा झेलेंगी; और परित्यक्ता की पीड़ा, कभी-कभी विधवा की पीड़ा से भी अधिक घातक होती है।...राम इन स्त्रियों के सस्कार नहीं बदल सके; किन्तु अगली पीढ़ी को वे इन गलत संस्कारों का विरोध करना आवश्यक सिखाएंगे, उनके भीतर विद्रोह जमाएंगे।

राम ने सम्राट की पत्नियों को करुण दृष्टि से देखा और बोले, "देवियो! मुझे जाना ही होगा। अपना ध्यान रखना; और न्याय के प्रति सजग रहना।"

सम्राट ने हल्के-से अपनी आंखें खोलीं और डबडबा आई उन आंखों से राम को देखा, "पुत्र राम! मुझमें शक्ति थी तो विवेक नहीं था : अब समझ आई है तो कर्म-शक्ति नहीं है। जिनसे प्रेम करना चाहिए था, उन्हें सदा दुत्कारता रहा; और जो दुत्कारने योग्य थे, उन्हें गले लगाता रहा।" ...सहसा दशरथ ने फिर आंखें बन्द कर लीं, जैसे राम की ओर देखना उनके लिए पीड़ादायक हो, "मन्त्री सिद्धार्थ से कहो कि वे मेरा समस्त धनकोष, अन्न-भंडार, अयोध्या के कुशल वास्तुकार तथा मेरी चतुरंगिणी सेना लेकर, राम के साथ जाएं। राम को समस्त मनोवांछित भोगों से सम्पन्न कर अयोध्या से भेजा जाए..."

"नहीं।" कैकेयी के चीत्कार ने सम्राट की वाणी को मूक कर दिया, "परम्परागत उत्तराधिकार में मिले हुए राज्य को इस प्रकार लुटाने का अधिकार किसी को नहीं है–स्वयं सम्राट को भी नहीं। वे अपना राज्य केवल अपने युवराज को ही दे सकते हैं। मैं स्वयं को इस प्रकार प्रवंचित नहीं होने दूंगी।"

"धिक्कार!" सब-कुछ चुपचाप सुननेवाले सुमन्त सहसा अपना नियन्त्रण खो बैठे। उनके मुख का वर्ण क्रोध से विकृत हो उठा। आंखों से जैसे चिनगारियां फूट रही थीं।

"सूत!" कैकेयी का स्वर स्पष्ट तथा दृढ़ था, "जितना चाहो, धिक्कारो। किन्तु मनचाहा वर मांगने का अधिकर मुझे है। सम्राट या तो मुझे वर दें या न दें। वर देकर अनदिया करने का अधिकार उन्हें मैं नहीं दूंगी। यदि वे मुझे वर देते हैं तो राम, अभी यहीं वल्कल धारण कर वन जाएंगे।..."

कैकेयी ने अपनी भंडारी को संकेत किया; और वह अगले ही क्षण अनेक वल्कल वस्त्र लेकर उपस्थित हो गया। राम ने किसी ओर ध्यान नहीं दिया। वे स्थिर पगों से आगे बढ़े और उन्होंने भंडारी के हाथों से वल्कल ले, अपने नाप के वस्त्र छांट धारण कर लिए।

लक्ष्मण ने साथ-साथ वल्कल छांटते हुए कहा, "मुझे नहीं मालूम था कि इस महत में वल्कलों का लघु-उद्योग चल रहा है। इतने वल्कलों में तो सारी अयोध्या वन भेजी जा सकती है।"

कैकेयी उन्हें देखती-भर रही, कुछ बोली नहीं।

लक्ष्मण के हटते ही सीता आगे बढ़ीं। उन्होंने पहला वस्त्र उठाया था कि अब तक के मौन साक्षी गुरु वसिष्ठ पहली बार बोले, "ठहरो बेटी! वनवास राम को मिला है। रघुकुल की पुत्रवधू को वल्कल धारण कर, वन-वन भटकने की अनुमति मैं नहीं दूंगा।" गुरु सम्राट से सम्बोधित हुए, "सम्राट! राम वन जाएं। उनकी उत्तराधिकारिणी स्वरूप उनकी अनुपस्थिति में सीता अयोध्या का शासन संभाले।"

सीता ने तमककर अपना चेहरा ऊपर उठाया और जैसे अटपटाकर बोलीं, "गुरुजनों के विरोध के लिए मुझे क्षमा किया जाए। उत्तराधिकार के नियमों का ज्ञान मुझे नहीं है। जहां राम रहेंगे, मैं वहीं रहूंगी। पत्नीत्व का अधिकार मुझे मिले–यह मेरी प्रार्थना है।"

सीता ने गुरु की ओर मुड़, दोनों हाथ जोड़ उन पर अपना मस्तक टिका दिया। राम ने अपनी दाहिनी हथेली ऊंची कर मौन का संकेत किया और ऊंचे स्वर में बोले, "विवाद और प्रस्तावों का अवकाश नहीं है। यह निश्चित है कि मैं वन जा रहा हूं। मेरे साथ सीता और लक्ष्मण भी जा रहे हैं। आप सब हमें अनुमति, आशीर्वाद और विदा दें।"

राम ने पुनः दशरथ को प्रमाण किया, "पिताजी मेरी मां आपकी आश्रिता हैं।" सबको विदा की मुद्रा में हाथ जोड़, राम द्वार की ओर चल पड़े। सीता तथा लक्ष्मण उनके साथ थे। उनके मित्र तथा कर्मचारी उनके अस्त्रशस्त्र लिए उनके पीछे-पीछे चल रहे थे।

कौसल्या अपने स्थान पर निष्प्राण-सी बैठीं, राम को जाते देखती रहीं। उनकी आंखें क्रमशः आंसुओं से धुंधला गई थीं।

सहसा सुमित्रा तेज़-तेज़ चलती हुई आईं और राम के सम्मुख द्वार की चौखट पर खड़ी हो गईं, "क्षण भर रुको राम! पुत्र तुम निश्चिन्त होकर दंडक जाओ और सकुशल लौटो। एक आश्वासन लेते जाओ वत्स! सुमित्रा के रहते, बहन कौसल्या का बाल भी बांका न होगा–यह क्षत्राणी का वचन है।" राम, सीता और लक्ष्मण, सुमित्रा के सम्मुख झुक गए।

सुमित्रा के मुख पर तेज, उत्साह तथा चुनौती के भाव थे।

सात

कैकेयी के महल से निकलकर राम, सीता और लक्ष्मण राज-मार्गों से होते हुए नगर-द्वार की ओर बढ़े। उसके पीछे उनके मित्र, बन्धु-बान्धव, कर्मचारी, विभिन्न वर्गों के युवा नागरिक, अनेक सम्प्रदायों के युवा संन्यासी और ब्रह्मचारी चल रहे थे। जो भीड़ मार्गों पर छोड़ वे महल के भीतर गए थे–वह अब भी वहीं विद्यमान थी। भवनों के गवाक्ष अब भी खुले थे; और कुलवधुएं उनमें से झुकी पड़ रही थीं। उनके पहुंचने से पहले लोग स्तब्ध रहते थे; उनके निकट पहुंचने पर उनकी आंखों में करुणा उभर आती थी; और उनके आगे बढ़ जाने पर उनकी जय-ध्वनि होने लगती थी। राम कहीं मुस्कुराकर एकत्रित भीड़ को देख लेते, कहीं हाथ उठाकर उनकी शान्ति की कामना करते–कहीं वृद्धजनों के दीख पड़ने पर हाथ जोड़कर अभिवादन कर देते।

"भैया! मुझे सिद्धाश्रम से विदाई याद आ रही है।" लक्ष्मण ने मुस्कुराने के प्रयत्न के बीच भारी गले से कहा।

"हां! कुछ वैसा ही है।" राम बोले, "किन्तु सौमित्र! वहां लोगों के मन में हमारे प्रति करुणा नहीं थी।"

"मुझे जनकपुर से अपनी विदाई याद आने लगी, तो दोनों भाइयों को बुरा लगेगा।" सीता ने बंकिम दृष्टि से बारी-बारी दोनों को देखा।

राम आश्वस्त हुए। वनवास के कारण सीता हताश नहीं थीं।

"पता होता कि भाभी इतनी ईर्ष्यालु हैं, तो भैया को पहले जनकपुर जाने के लिए तैयार कर लेता। ये उपालम्भ तो न सुनने पड़ते। सिद्धाश्रम का काम तो लौटते हुए भी हो सकता था। स्वयं भी साथ होतीं तो सिद्धाश्रम की स्मृति बुरी न लगती।" लक्ष्मण मुस्कुराए।

"इसी बुद्धि के कारण तो तुम्हें अभी तक पत्नी नहीं मिली देवर!" सीता ने चिढ़ाया, "तुम्हारे भैया पहले सिद्धाश्रम गए, ताड़का और सुबाहु को मारा, मारीच को भगाया, बहुलाश्व और उसके पुत्र को दंड दिया, वनजा का उद्धार किया, अहल्या को प्रतिष्ठा दी और तब जनकपुर पधारे। उनके आने से पहले उनका यश पहुंचा। सबने उन्हें सम्मान दिया। सीधे चले आए होते, तो कोई पहचानता भी नहीं। अजगव के दर्शन भी न होते। वहीं पड़े रहते, अमराई में मुनियों के साथ।"

"वह अक्सर तो मैं चूक गया भाभी! बच्चा था न! अब बताओ पत्नी प्राप्त करने के लिए क्या करूं?"

"बच्चे तो अब भी हो देवर!" सीता मुस्कुराईं, "हां, वनवास की अवधि में तुम युवक हो जाओगे। इससे पूर्व वीरता के दो-चार काम कर प्रतिष्ठा बना लेना। कोई-न-कोई वानरी या राक्षसी मिल ही जाएगी। सुना है, उनमें कुछ असाधारण सुन्दरियां होती हैं।"

"मैं अकेला उत्तर की ओर चला जाऊं भाभी? कम-से-कम मानवी तो मिलेगी : सुन्दर न भी हुई तो क्या।"

"न देवर! अकेले कहीं मत जाना। उत्तर की ओर तो एकदम नहीं। उस ओर माता कैकेयी के सजातीय बसते हैं।"

"भैया! आप सुन रहे हैं।" लक्ष्मण ने न्याय की मांग की, "भाभी ने मेरे लिए कोई विकल्प ही नहीं छोड़ा।"

राम ने अपनी चिन्ता झटक, एक क्षण के लिए मुस्कुराकर उन दोनों को देखा, "मैं नहीं सुन

रहा।... तुम मेरी बात सुनो। सामने, सरयू के तट पर त्रिजट का आश्रम है। चित्ररथ तथा सुयज्ञ अपने रथी तथा कर्मचारियों के साथ वहां पहुंच चुके होंगे। वहीं हमें आगे की योजना बनानी है। तब सौमित्र यह निर्णय ले सकेंगे कि उन्हें किस दिशा में जाना है।"

"भैया सब-कुछ सुन रहे थे।" लक्ष्मण की आंखें तिरछी हो गईं। उनमें शिकायत भी थी और प्यार भी। सीता हंस पड़ीं।

उनके स्वागत के लिए, त्रिजट अपने आश्रम के द्वार पर सुयज्ञ तथा चित्ररथ के साथ खड़ा था, "स्वागत राम!"

राम ने आश्रम में प्रवेश किया। कन्धे से उतारकर अपना धनुष, आसन के साथ, भूमि पर रखा और बैठ गए। यह सबके लिए बैठ जाने का संकेत था।

"सुनो त्रिजट!" राम ने बात आरम्भ की, "हमारे पास अधिक समय नहीं है। आज सन्ध्या तक हमें तमसा तट तक पहुंचना है। अतः जल्दी चलना होगा। साथ आए इन सब बन्धुओं के भोजन का प्रबन्ध शीघ्र कर दो, ताकि विलम्ब न हो।" त्रिजट ने व्यवस्था कर रखी थी। संकेत पाते ही उसके शिष्य ब्रह्मचारियों ने भोजन परोसना आरम्भ कर दिया।

उधर भोजन चलता रहा और इधर सुयज्ञ, चित्ररथ तथा त्रिजट आकर राम, सीता तथा लक्ष्मण के निकट बैठ गए।

"हम समस्त शस्त्रास्त्र अपने रथों में रखकर अपने साथ ले आए हैं।" सुयज्ञ ने कहा, "मेरा विचार है कि यहां से हम सब चलें। रात तमसा के तट पर ठहरें। प्रातः सब मित्रों और ब्रह्मचारियों को विदा कर हम आपके साथ चलें और आपको शृंगवेरपुर में निषादराज गुह तक पहुंचा कर ही लौटें। अन्यथा शस्त्रास्त्रों के साथ कठिनाई होगी।"

"आगे के लिए क्या प्रबन्ध हो राम!" त्रिजट ने पूछा।

"वहां से गुह के व्यक्ति हमें भारद्वाज आश्रम तक पहुंचा आएंगे।" राम ने कुछ सोचते हुए कहा, "आगे कठिनाई नहीं होगी। मेरा विचार है, सुयज्ञ की योजना उत्तम है।"

"युवा-संगठनों के लिए क्या आदेश है?" चित्ररथ ने भोजन करते हुए युवकों की ओर संकेत किया।

"क्यों लक्ष्मण!" राम बोले, "तुम्हारी युवा सेना अयोध्या में ऊधम तो नहीं मचाएगी?"

"यह भरत के व्यवहार पर निर्भर है।" लक्ष्मण ने उत्तर दिया, "न्याय-संगत शासन को ये सहयोग देंगे। यदि भरत ने कैकेयी की प्रतिहिंसात्मक नीति अपनाई, तो अयोध्या को जलाकर क्षार कर देंगे।"

"तो ठीक है मन्त्रिवर!" राम ने कहा, "लौटकर अधिकांश ब्रह्मचारी त्रिजट के आश्रम पर ही रहेंगे। ये लोग अपनी विद्या, साधना तथा ज्ञान का अभ्यास करेंगे; पर त्रिजट! लौकिक शस्त्रास्त्रों का अभ्यास भी इन्हें अवश्य कराना। लक्ष्मण के सारे युवा-संगठनों के नागरिक सदस्य अयोध्या में निवास करेंगे। वे प्रतीक्षा करेंगे। यदि सब-कुछ सुख-शान्ति से न्यायपूर्वक चलता रहा–यदि राजनीतिक शक्ति का उपयोग जनता के विरुद्ध नहीं किया गया, तो ये आवश्यकतानुसार या तो तटस्थ रहेंगे, अथवा भरत का समर्थन करेंगे। किन्तु यदि भरत की राजनीति ने स्वयं को जनविरोधी सिद्ध किया, अथवा प्रतिहिंसा की नीति अपनाई, तो अयोध्या के भीतर उसके विरोध का दायित्व इन्हीं संगठनों पर होगा। यदि भरत ने सैनिक अभियान किया तो त्रिजट-आश्रम के ब्रह्मचारियों को अप्रत्यक्ष छिपा युद्ध करना होगा, ताकि अत्याचारी सेना की गति रोकी जा सके। किन्तु सम्मुख युद्ध वे लोग नहीं करेंगे। सम्मुख

युद्ध की आवश्यकता पड़ी तो वह शृंगवेरपुर की निषाद सेना करेगी। मैं सारी गतिविधि का निरीक्षण चित्रकूट से करूंगा और स्थिति पूरी तरह स्पष्ट हो जाने पर ही आगे बढ़ूंगा।"

"एक बात कहने की अनुमति मैं भी चाहूंगी।" सीता बोलीं।

"बोलो प्रिये!"

"आशंकाओं ने अयोध्या में पर्याप्त अनर्थ कर डाला है–आशंकाएं चाहे सम्राट की रही हों अथवा माता कैकेयी की, कहीं ऐसा न हो कि भरत बेचारा भी भरत-विरोधी आशंकाओं के कारण ही पीड़ित हो। राम-समर्थक सभी व्यक्तियों की ओर से प्रतिहिंता की आशंका है। ऐसा न हो कि अपनी इन आशंकाओं के कारण भरत को ग़लत समझकर उसका विरोध आरम्भ कर दिया जाए।... एक बात और भी है। आपके समर्थक संगठित और सशस्त्र हैं, कहीं अपनी शस्त्र-शक्ति के प्रमाद में ये लोग भरत के शासन की उपेक्षा कर उसमें प्रतिहिंसा न जगा दें।"

"नहीं भाभी!" लक्ष्मण बोले, "हमारे समस्त संगठन सहिष्णु और सहनशील हैं।"

"जैसे तुम हो देवर!" सीता मुस्कुराईं।

"उग्रता में भैया जैसे और सहिष्णुता में मुझ जैसे।..."

लक्ष्मण की बात भागते आते हुए एक ब्रह्मचारी ने काट दी। वह काफी तेज़ी से भागता हुआ आया था और हांफ रहा था।

"आर्य कुलपति!" उसने त्रिजट को सम्बोधित किया, "अयोध्या की दिशा से एक राजसी रथ बड़ी तेज़ी से इस ओर बढ़ता हुआ देखा गया। अत्यल्प समय में यहां आ पहुंचेगा।"

लक्ष्मण ने अपना धनुष पकड़ा और उठकर खड़े हो गए।

"ठहरो धैर्यशील देवर!" सीता ने हाथ से संकेत किया।

"थम जाओ लक्ष्मण!" राम हंसे, "मुझे अनिष्ट की तनिक भी आशंका नहीं है। अभी अयोध्या का शासन सम्राट के हाथ में है। और फिर एकाकी रथी हमारा क्या कर सकता है! सम्भव है, कोई महत्त्वपूर्ण समाचार हो।"

उसी क्षण दो ब्रह्मचारी समाचार देने के लिए उपस्थित हुए, "आर्य कुलपति! अयोध्या से आर्य सुमन्त सम्राट के सन्देश के साथ आए हैं।"

"उन्हें सादर लिवा लाओ।" त्रिजट ने कहा।

शेष लोग मौन रहे। क्या है सम्राट का सन्देश? ऐसी कौन-सी बात है, जो सम्राट अयोध्या में नहीं कह सके; और उसके लिए पीछे से सुमन्त को भेजा गया है। क्या सम्राट की ओर से कोई गुप्त सन्देश है?...

सुमन्त आए। राम ने उन्हें प्रमाण किया। चारों ओर स्तब्ध मौन देखकर वे समझ गए कि सब उनकी प्रतीक्षा में थे। वे उच्च स्वर में बोले, "आर्य! आपके चले आने के पश्चात राजमहल में वाद-विवाद तो अनेक हुए हैं, किन्तु स्थिति में कोई परिवर्तन नहीं आया है...। सम्राट के आदेश से मैं एक श्रेष्ठ रथ लेकर आपकी सेवा में आया हूं। उनकी इच्छा है कि रथ में आप लोगों को घुमाकर-फिराकर वन्य-जीवन का परिचय करा दूं। आप लोग यह देख लें कि जानकी किसी भी प्रकार वन्य-जीवन की कठिनाइयां नहीं सह पाएंगी। अतः आप अयोध्या लौट चलें।"

"तात सुमन्त!" राम के अधरों पर मोहक मुस्कान थी, "रथ की हमें बड़ी आवश्यकता है, हमें रात से पूर्व तमसा-तट और कल अवश्य ही शृंगवेरपुर तक पहुंचना है। शृंगवेरपुर तक आप हमें पहुंचा दें। वन्य-जीवन दिखाकर लौटाने की बात आप न सोचें। लौटना असम्भव है।"

"लौटना असम्भव है।" सुमन्त का स्वर हत्प्रभ था।

"पूर्णतः!!

"जानकी भी नहीं लौटेंगी?"

"नहीं।" सीता राम से भी अधिक दृढ़ थीं।

सुमन्त उनको देखते रहे, जैसे समझ न पा रहे हों कि क्या कहें। कुछ संभलकर बोले, "सम्राट की आशंका पूर्ण हुई। वे जानते थे कि तुम नहीं लौटोगे। पर पिता का मन...।" उनकी मुद्रा बदली, जैसे युद्ध में कोई योद्धा पैंतरा बदलता हो, "राम! सम्राट ने अपनी पुत्रवधू के लिए कुछ वस्त्राभूषण भिजवाए हैं। ये राजकोष से नहीं, सम्राट के निजी कोष से हैं। इन पर कैकेयी का कोई अधिकार नहीं है। सम्राट के साथ-साथ राजगुरु ने भी इन्हें ग्रहण करने का अनुरोध किया है।"

सीता ने आंखों में संकोच भरे, क्षण-भर राम को देखा, जैसे सोच रही हों कि उत्तर राम देंगे या वे स्वयं दें। जब राम कुछ नहीं बोले, तो स्वयं सम्बोधित हुईं, "तात सुमन्त! यह सम्राट का अनुग्रह है, किन्तु मैं वस्त्राभूषण अयोध्या में त्याग आई हूं। अब और आभूषण लेकर क्या करूंगी? तापसी द्वारा वस्त्राभूषण ग्रहण किए जाने में क्या औचित्य है?"

सुमन्त का मुखमंडल मुरझाकर एकदम दीन हो गया; जैसे हरी फसल पर ओले पड़ गए हों। उनकी आंखें डबडबा आईं। वाणी रुंध गई। कांपते कंठ से बोले, "वैदेही! वृद्ध ससुर की भावनाओं पर निष्ठुर आघात मत करो। पुत्रि! अपनी सन्तान से एक निष्ठुर मोह होता है; किन्तु यह वृद्ध तुम्हें बताना चाहता है कि पुत्रवधू के प्रति श्वसुर की भावना पिता की भावना से भी सूक्ष्म और कोमल होती है। जो कुछ वह अपनी पत्नी और सन्तान के लिए नहीं कर सकता, समर्थ होने पर अपनी पुत्रवधू तथा पौत्र-पौत्रियों के लिए करना चाहता है। सम्राट की भावना का अनादर न करो सीते।"

सुमन्त की अवस्था देख, सीता स्तब्ध रह गईं, जैसे वे सुमन्त न हों, स्वयं दशरथ हों। अपने विवाह के पश्चात सीता ने सुमन्त को बहुधा राजमहलों में देखा था, किन्तु यह कभी नहीं सोचा था कि वे इस परिवार से भावनात्मक धरातल पर भी इस सीमा तक जुड़े हुए हैं, विशेषकर सम्राट से। तभी तो सम्राट ने उन्हें अपने निजी सारथी से मन्त्री तक के दायित्व सौंप रखे थे...! सीता ने सुमन्त के इस रूप को कभी नहीं देखा था। सुमन्त इतने पीड़ित थे, तो स्वयं सम्राट कितने पीड़ित होंगे

"आर्य!" सीता ने मधुर स्वर में कहा, "आप स्वयं को मेरी स्थिति में रखकर सोचें। अपना धन-धान्य दान कर यदि श्वसुर की भेंट स्वीकार करूंगी, तो क्या यह त्याग का नाटक-मात्र नहीं होगा?"

"तात!" राम बोले, "मेरी ओर से भी सोचिए। अयोध्या से स्वयं ख़ाली हाथ निकल आऊं और सीता के माध्यम से धन-सम्पत्ति साथ ले चलूं, क्या वह तपस्वी जीवन जीना होगा?"

"मैं तर्क नहीं कर सकता।" सुमन्त कातर स्वर में बोले, "मेरा तर्क तो मात्र भावना का है।"

"राम!" सुयज्ञ बोले, "विवाद अनावश्यक है। देवी इस भेंट को अंगीकार करें। सम्राट ने कुछ सोच-समझकर ही ये वस्त्राभूषण भेजे हैं। आप शस्त्रास्त्र ले जा रहे हैं, सीता को वस्त्राभूषण ले जाने दें। ये भी एक प्रकार के शस्त्रास्त्र ही हैं। समय आने पर आप सब की रक्षा करेंगे। धन भी अपने-आप में एक बल है–उसकी क्षमता बहुत बड़ी है।"

"ग्रहण करें देवी वैदेही!" मन्त्री चित्ररथ ने कहा।

"ग्रहण करें भाभी!" लक्ष्मण ने भी उसी स्वर में कहा, और फिर धीरे-से बोले, "अपनी देवरानी को आभूषण तो पहनाएंगी ही, राक्षसी हुई तो क्या, वानरी हुई तो क्या, मानवी हुई तो क्या?"

सीता मुस्कुराकर चुप रह गईं। सुमन्त के संकेत पर ब्रह्मचारियों ने वस्त्राभूषणों का पिटारा सीता

के सम्मुख रख दिया। सीता ने उसमें से दो-एक आभूषण धारण कर लिए–यह ग्रहण की स्वीकृति थी।

सुमन्त प्रसन्न हो उठे, "मैं धन्य हुआ, देवी जानकी।"

भोजन समाप्त होते ही चलने की व्यवस्था की गई। राम, सीता, लक्ष्मण तथा कुछ ब्रह्मचारी सुमन्त के रथ में आरुढ़ हुए। सुयज्ञ अपने अनेक ब्रह्मचारी शिष्यों के साथ अपने रथ में थे। चित्ररथ कुछ नागरिक युवाओं के साथ अपने रथ में बैठे। शेष लोग त्रिजट आश्रम के छकड़ों पर सवार हुए। सार्थवाह चल पड़ा।

सुमन्त के घोड़े शक्तिशाली और वेगवान थे। चित्ररथ तथा सुयज्ञ के घोड़े भी अच्छे थे। किन्तु आश्रम के छकड़ों के घोड़े उस गति से नहीं चल सकते थे। अतः सबको धीमी गति से चलना पड़ रहा था। रथ और छकड़े बढ़ते चले गए। सूर्य ढलने लगा था। धूप में वह प्रखरता नहीं रही थी। सब लोग सहसा ही चुप हो गए थे। कुछ अतीत की स्थृतियों में खो गए थे, कुछ को भविष्य की चिन्ता थी; वर्तमान में तो केवल चलना ही था।

"क्या सोच रहे हो सौमित्र?" राम ने पूछा।

"सोच रहे हैं, कुछ जल्दी चल पड़े वन के लिए।" उत्तर सीता ने दिया, "कम-से-कम विवाह करके चलते, तो सम्राट छोटी पुत्रवधू के लिए भी एक पोटली आभूषण तो भेजते ही।"

"सुना लक्ष्मण।" राम मुस्कुराए, "यदि कटाक्षों की गति यही रही तो चौदह वर्षों में तुम परेशान हो जाओगे।"

"भाभी उदासी छिपाने के लिए चुहल कर रही हैं। यह वाक्‌चातुर्य केवल आवरण है। उदासी दूर हो जाएगी, तो मुझे परेशान करना भी छोड़ देंगी।" लक्ष्मण ने असाधारण सहिष्णुता का परिचय दिया।

"चलो, उदास तुम होगे देवर! जिसे अपने निपट बचपन में ही मां से दूर जाना पड़ रहा है। मैं तो अपने पति के साथ वन-विहार के लिए जा रही हूं।"

सीता मुस्कुराईं पर अपनी गम्भीरता छिपा नहीं पाईं। पता नहीं, लक्ष्मण ने परिहास किया था या सचमुच वे सीता के व्यवहार का विश्लेषण इसी प्रकार कर रहे थे। पर सीता सचगुच उदास हो गई थीं। किस बात की उदासी थी? राज्य से, राजमहलों से, सुख-ऐश्वर्य से–उन्हें मोह नहीं था। राम साथ ही थे। तो क्या माता कौसल्या के लिए? कितनी निर्भर थीं माता उन पर। वैसी कातर स्त्री सीता ने और कोई नहीं देखी। ममता, वात्सल्य, प्यार। कौसल्या वास्तविक मां हैं–वे स्त्री नहीं हैं, भावना हैं। उनकी याद जब तक आएगी, सीता उदास हो जाएंगी...और माता सुमित्रा की याद भी सीता को आएगी। वे उनको याद कर भी उदास हो जाया करेंगी, पर उनके लिए नहीं अपने लिए। माता सुमित्रा के पास जाते ही कोई भी व्यक्ति आत्मविश्वास से भर जाता है। वे कवच के समान किसी को भी घेर लेती हैं–निर्भय कर देती हैं। आते-आते भी उन्होंने कहा... "एक आश्वासन मुझसे भी लेते जाओ वत्स! सुमित्रा के रहते बहन कौसल्या का बाल भी बांका न होगा–यह एक क्षत्राणी का वचन है...।" याद तो सीता को अपनी माता सुनयना की भी आती रही है। पर ममता व्यक्ति के कर्तव्य में तो बाधक नहीं होनी चाहिए। कर्तव्य और प्रगति के लिए व्यक्ति और समाज को कई बार निर्मोही होना ही पड़ता है।

सुमन्त ने रथ रोक दिया। वे लोग तमसा के तट पर पहुंच गए थे। पीछे आनेवाले दोनों रथ भी रुक गए। धीरे-धीरे शेष छकड़े भी आ पहुंचे। राम, सीता तथा लक्ष्मण रथ से उतर आए।

"तात सुमन्त!" राम ने घोड़ों को थपकी देते हुए कहा, "इन्हें खोलकर दाना-पानी दे दें; और आप भी विश्राम करें।" सुयज्ञ, चित्ररथ और त्रिजट भी वाहनों से उतर उनके पास आ गए।

"मित्रो! " सम बोले, "सबके ठहरने की व्यवस्था कर दो। वन में फल काफी मात्रा में उपलब्ध हैं। उन्हीं का भोजन होगा और सबको कार्यक्रम स्पष्ट समझा दो। कल प्रातः हम बहुत जल्दी चल पड़ेंगे। हमारे साथ केवल आर्य सुमन्त, सुयज्ञ तथा चित्ररथ जाएंगे। शेष आगे जाने का हठ न करें अन्यथा व्यवस्था भंग होगी।"

अनेक लोग विभिन्न प्रकार की व्यवस्थाओं में लग गए; किन्तु सीता और राम का सार कार्य स्वयं लक्ष्मण ने किया। उन्होंने एक ऊंची-सी जगह देखकर पत्ते बिछा, राम और सीता के लिए दो शैयाएं तैयार कर दीं। तमसा से पानी लाकर उन शैयाओं के निकट रख दिया।

फलाहार के पश्चात जब राम और सीता अपने लिए बनाई गई शैयाओं पर आ गए, तो अपने धनुष की टेक लगा लक्ष्मण उनसे कुछ हटकर पहरे पर खड़े हो गए।

राम ने सब-कुछ चुपचाप देखा। अयोध्या के बाहर आज यह उनकी पहली रात थी। वनवास की सारी अवधि के रहन-सहन का प्रायः यही रूप होगा। बहुत होगा, तो लक्ष्मण कोई कुटिया बना देंगे। वे लोग उसी कुटिया में इसी प्रकार पत्र-शैयाओं पर सोएंगे। वृक्षों से तोड़कर लाए गए फल, वन द्वारा दिए गए कन्द-मूल, नदी का जल और अहेर द्वारा प्राप्त आहार–इन्हीं पर चौदह वर्ष कटेंगे...। वैसे लक्ष्मण द्वारा बनाई गई कुटिया काफी अच्छी और सुखद होती है। अयोध्या के बाहर के वनों में, अहेर के लिए जाने पर अनेक बार लक्ष्मण द्वारा बनाई गई कुटियाओं में राम रहे हैं। सैनिक अभियानों में भी इसी प्रकार की अस्थाई व्यवस्था लक्ष्मण ने की है। वे लक्ष्मण की इस कला के प्रशंसक रहे हैं। ...सिद्धाश्रम की यात्रा में भी गुरु ने उन्हें कई बार पेड़ों के नीचे ठहराया था : किन्तु भेद केवल इतना ही है कि इस बार वे अयोध्या के निर्वासित राजकुमार हैं, और निर्वासन की अवधि बड़ी लम्बी है।

...लक्ष्मण पहरे पर खड़े हैं। ये ऐसे ही सन्नद्ध रहेंगे। कदाचित लक्ष्मण को यह वनवास कष्टप्रद न लगे। लगे भी तो वह ऐसा दिखाएंगे नहीं। जीवन के कष्ट लक्ष्मण को दीन नहीं कर पाते–वे उन्हें चुनौती से लगते हैं, और चुनौतियां लक्ष्मण की जिजीविषा में वृद्धि ही कर सकती हैं–उसका क्षय नहीं...। किन्तु सीता! सीता ने कहा था कि वे साधारण कन्या हैं; और सम्राट सीरध्वज ने उन्हें साधारण जीवन के लिए भी प्रशिक्षित किया है...। पर क्या इतना लम्बा वनवास सीता झेल पाएंगी? अभी तो वे यात्रा में हैं, इसलिए नवीनता के आकर्षण में कदाचित वन्य कष्टों का अनुभव न करें। किन्तु जब वे एक स्थान पर ठहर जाएंगे; जीवन नियमित और उबाऊ हो जाएगा–तब सुविधाओं का अभाव अधिक खलेगा। तब कोई व्यवस्था करनी होगी...।

आठ

तीनों रथ रुक गए। सब लोग रथों से उतर आए। राम ने क्षण-भर इधर-उधर दृष्टि दौड़ाई और अपने निरीक्षण का निर्णय सुना दिया, "हम इस इंगुदी वृक्ष के आसपास विश्राम करेंगे...। तात सुमन्त रथों और घोड़ों की व्यवस्था आप संभाल लें।"

राम ने अपना धनुष और तूणीर वृक्ष के तने से टिका दिए। वे खाली हाथ लौटकर रथों के पास आए, "बन्धुओं! हम अपना शास्त्रागार उतार लें। रथ आगे नहीं जाएंगे।"

"राजकुमार... !" सुमन्त कुछ कहने को हुए।

"आर्य!" राम का स्वर दृढ़ था, "इसमें विवाद, असहमति अथवा पुनर्विचार का कोई अवकाश नहीं है। यह निश्चित है कि अब न रथ आगे जाएंगे न आप, सुयज्ञ अथवा चित्ररथ में कोई आगे जाएगा। यहां से अगले पड़ाव तक सहायता का दायित्व गुह का होगा।"

सुमन्त उदास हो गए। कितने हठी हैं राम। अपने कर्तव्य के सामने किसी की कोमल भावनाएं उनके लिए कोई मूल्य नहीं रखतीं। और कर्तव्य भी कैसा? पिता ने अपने मुख से एक बार भी वनवास का आदेश नहीं दिया...किन्तु सुमन्त का मन कहीं आश्वस्त भी था : राम दृढ़निश्चयी हैं, राम आत्मविश्वासी हैं।

सुमन्त घोड़ों को खोलकर, उनकी देख-भाल में लग गए। राम, सीता, लक्ष्मण, सुयज्ञ और चित्ररथ, विभिन्न धनुष, विविध प्रकार के वाणों से भरे तूणीर, खड्ग तथा अनेक दिव्यास्त्र रथों से उठा-उठाकर इंगुदी वृक्ष के तने के साथ टिकाने लगे हैं, सीता को कार्य करते देख, एक-आध बार सुयज्ञ तथा चित्ररथ ने कहा भी "आप ऐसा कठिन कार्य न करें आर्या हम लोग अभी किए देते हैं।"

किन्तु राम ने उन्हें तत्काल टोक दिया, "सीता को भी अपने ही समान स्वतन्त्र तथा समर्थ व्यक्ति समझकर कार्य करने दो; और वैसे भी वनवास की अवधि में सहायता करने के लिए तुम लोग साथ नहीं रहोगे।"

इधर रथों से शस्त्रागार उतारा गया और उधर अपने कुछ सैनिकों के साथ आते हुए गुह दिखाई दिए। राम अपना सहज गाम्भीर्य त्याग, चंचलतापूर्वक भागे। दौड़कर उन्होंने गुह को गले से लगा लिया, "कितने दिनों के पश्चात मिले हो मित्र!"

गुह की आंखों में आंसू आ गए, "यही तो मैं भी कहता हूं राम, इतने दिनों के पश्चात मिले हो, और वह भी इस प्रकार। महल में न आकर, इंगुदी वृक्ष के नीचे टिक गए।"

उन्होंने बड़ी करुण दृष्टि से राम, सीता और लक्ष्मण को देखा।

उनके आंसू और करुणा अधिक देर नहीं टिकी। अगले ही क्षण आंसू सूख गए चेहरा तमतमा उठा। वाणी में ओज भर आया, "राम! मेरे गुप्तचरों ने तुम लोगों के यहां पहुचने और तुम्हारे वनवास की सूचनाएं साथ ही दी हैं। यह उनकी शिथिलता का प्रमाण अवश्य है, पर उससे क्या? मैं अपनी सेना को युद्ध के लिए प्रस्तुत होने का आदेश देकर आया हूं। मेरी सेना अयोध्या की सेना के बराबर नहीं है न संख्या में, न युद्ध-कौशल में, न शस्त्रास्त्रों में पर, उससे क्या? मेरे बीर साम्राज्य की सेना उस वेतन-भोगी सेना को पल-भर में नष्ट कर देने का हौसला रखते हैं। तुम हमारे साथ हो राम! तो हम किसी से भी टकरा जाएंगे। आज रात विश्राम करो। प्रातः ही अभियान होगा।"

"गुह भैया!" लक्ष्मण हंसे, "पहले मुझसे गले मिलोगे या पहले अयोध्या पर सैनिक अभियान करोगे?"

गुह संकुचित हुए, "सौमित्र! तुम्हें फिर कटाक्ष का अवसर मिल गया। आवेश में मैं कभी-कभी अपना सन्तुलन खो बैठता हूं।"

गुह और लक्ष्मण गले मिले। राम शान्त भाव से उन्हें देखते रहे। उनके अलग होते ही बोले, "पहले मेरे साथ एक ही लक्ष्मण थे, अब तो तुम दोनों हो। तनिक सीता का प्रणाम भी स्वीकार कर लो, तो सैनिक अभियान की योजना बनाते हैं।"

सीता ने हाथ जोड़ दिए, "जेठ के सम्मुख अनुज वधू वैसे ही संकुचित हो जाती है, फिर जब जेठ सैनिक अभियान करते आएं तो प्रणाम करने में विलम्ब हो जाना स्वाभाविक है। आशा है, जेठजी क्षमा करेंगे।"

आशीर्वचन की मुद्रा में हाथ उठा, गुह क्षण-भर भौंचक्के से खड़े रह गए; और फिर ज़ोर से खिलखिलाकर हंस पड़े, "अच्छा तमाशा बनाया, तुम लोगों ने मेरे आवेश का। इतने शान्त जनों के बीच तो एक आविष्ट व्यक्ति, मूर्खता से आविष्ट लगने लगता है।"

गुह देर तक हंसते रहे। फिर सहज होकर अपने सैनिकों की ओर मुड़े, "शस्त्र शिथिल कर, शान्त होकर बैठ जाओ वीरो। ये लोग युद्ध की मुद्रा में नहीं हैं...।" वे घूमे, "पर राम! निर्वासन से तुम लोग रुष्ट नहीं हो क्या? अयोध्या के राज्य पर तुम्हारा पूर्ण अधिकार है, वरन पिछले कई वर्षों से अयोध्या का शासन तुम्हीं चला रहे हो...।"

"आओ पहले इन लोगों से तुम्हारी पहचान कराऊं।" राम बोले, "ये सुयज्ञ हैं, गुरु वसिष्ठ के ज्येष्ठ पुत्र और मेरे मित्र। ये हैं सम्राट के मन्त्री चित्ररथ, मेरे सुहद। ये लोग हमें पहुंचाने आए हैं। मेरी अनुपस्थिति में तुम्हें अयोध्या में इन्हीं से सम्पर्क बनाए रखना है।"

परस्पर अभिवादन के पश्चात, गृह फिर पहले विषय पर लौट आए, "तुम रुष्ट क्यों नहीं हो राम? देख रहा हूं, ऐसी भयंकर घटना के पश्चात भी लक्ष्मण तक शान्त हैं।"

राम का तेज उल्का के समान प्रकट हुआ, "यह न समझो गुह! कि मैं इतना असमर्थ हूं, या अयोध्या में मुझे इतना भी जन-समर्थन प्राप्त नहीं है कि कोई मुझसे मेरा अधिकार छीनकर, मेरी इच्छा के विरुद्ध मुझे निर्वासित कर देता। मैं अपनी इच्छा से न चला आया होता, तो कोई इसे सम्भव नहीं कर पाता... और अपनी इच्छा से अधिकार त्यागने में आक्रोश कैसा? आरम्भ में लक्ष्मण भी तुम्हारे ही समान क्रुद्ध हुए थे, किन्तु बात समझकर शान्त हो गए और साथ चले आए।" राम हंस पड़े, "इसका अर्थ यह नहीं है कि तुम भी बात समझकर मेरे साथ चल पड़ो।"

गुह हत्प्रभ रह गए; राम का वह तेज और यह हंसी। कितने आश्वस्त हैं राम?...चिन्तन की मुद्रा में गुह बोले, "मैं तुम्हारे साथ चलने की बात नहीं सोच रहा। मैं तुम्हारा राजतिलक शृंगवेरपुर में करूंगा। तुम चौदह वर्षों तक यहीं राज्य करो राम!"

"राज्य करना होता तो अयोध्या क्या बुरी थी।" राम मुस्कुराए, "शृंगवेरपुर में तुम्हीं राज्य करोगे, एक काम मेरा भी करना होगा।"

"क्या?" गुह तन्मय हो गए।

"सम्भावना बहुत कम है।" राम मुस्कुराए, "दुहरा रहा हूं, सम्भावना बहुत कम है; किन्तु यदि हमारा अनिष्ट करने के लिए भरत ने इस ओर सैनिक अभियान किया, तो तुम बाधा दोगे; और चित्रकूट में हमें इसकी सूचना भिजवाओगे।"

"अवश्य।" राम का विश्वास और उनकी ओर से सौंपा गया उत्तरदायित्व पाकर गुह महत्त्वपूर्ण हो उठे।

वार्तालाप से तनिक शिथिलता पाते ही सीता बोलीं, "यदि अनुचित न हो, तो पूछूं, जेठानी के दर्शन नहीं होंगे क्या?"

गुह फिर से संकुचित हो उठे, "क्षमा करना वैदेही! मैं सैनिकों को साथ लेकर चला आया, पत्नी को भूल ही गया। अब सब लोग मेरे साथ चलो। मेरे महल पर पधारो..." राम को मुस्कुराते देख, कुछ भांपते हुए बोले, "कदाचित वनवास में राम किसी भी नगर में नहीं जाएंगे, चाहे वह शृंगवेर ही क्यों न हो; किन्तु तुम और लक्ष्मण..."

"नहीं जेठजी।" सीता मुस्कुराईं, "पति को वन में छोड़ पत्नी का राजमहल में जाना उचित नहीं होगा। जेठानी जी आशीर्वाद देने यहां तक आ सकतीं, तो हमारा सौभाग्य होता।"

राम बोले, "गृह! औपचारिकता छोड़ो...हम तुम्हारे महल में नहीं जा सकते। हमें स्वादिष्ट भोजन भी नहीं चाहिए। वैसे तुम्हारे राज्य में आए हैं, वन्य-भोजन में जैसा सत्कार कर सकते हो, यहीं कर दो। और यदि प्रातः विदा के समय भाभी के दर्शन हो सकें, तो यथेष्ट होगा।"

"जैसी तुम्हारी इच्छा।" गुह उठ गए। अपने सैनिकों के साथ वे प्रबन्ध के लिए चले गए। शेष लोग राम के निकट आ बैठे। अचानक सुमन्त भी, घोड़ों की व्यवस्था से मुक्त हो चुके थे।

रात के अन्तिम प्रहर में जाकर निषादराज गुह प्रातः अपनी रानी के साथ लौटे। रानी ने राम और लक्ष्मण के अभिवादन का उत्तर देकर, सीता को आलिंगन में कस लिया।

सीता की निषाद रानी से यह पहली ही भेंट थी, किन्तु स्नेह का आधार पहले से ही स्थापित हो चुका था। निषाद रानी ऊंचे कद तथा इकहरे बदन की ऊर्जा से भरी हुई सुन्दर युवती थी। सांवला रंग था, गौर वर्णीय आर्य कन्याओं के सौन्दर्य की अभ्यस्त आंखों को वह रंग क्षण-भर के लिए खटकता था; किन्तु वर्ण के पूर्वग्रह को भेदने और नष्ट करने में उसका सौन्दर्य अधिक समय नहीं लेता था। आर्य सौन्दर्य संस्कारों में पला सीता का मन दो क्षणों में ही निषाद रानी के आकर्षक सौन्दर्य की प्रतिष्ठा को मान गया और फिर, उस मुखमंडल पर झलकता हुआ स्नेह उसे ममतापूर्ण बना रहा था। यौवन तथा वात्सल्य के अद्भुत आकर्षण ने उसके रूप को अलौकिक आयाम दिया था।

"तुमने विकट जोख़िम का काम किया सीते!" निषाद रानी ने अपना बाहुपाश ढीला कर सीता को प्रेम से निहारते हुए कहा।

सीता मुस्कुराईं, "राम जैसे वीर पति की पत्नी ही यदि ऐसा जोख़िम न उठाएगी, तो दूसरा कौन उठाएगा?"

"ठीक कहती हो सखी!" निषाद रानी बोली, "युवराज के असाधारण शौर्य में किसी को भी सन्देह नहीं। पर..." वह तनिक संभ्रम से बोली, "यह मत समझना सीते! कि मैं अपना ज्ञान बघार रही हूं। बात केवल इतनी-सी है कि हम इस प्रदेश में रहते हैं और हमारी नौकाएं और जलपोत दूर-दूर तक यात्राएं करते हैं, इसलिए इधर के वनों की जानकारी हमें है। ये वन ऐसे नहीं हैं बहन! जहां कोई पुरुष भी सुरक्षित हो, फिर नारी की तो बात ही क्या?"

सीता ने मुग्ध दृष्टि से उस सांवले सौन्दर्य-पुंज के स्नेह को देखा और बोलीं, "ठीक कहती हो दीदी! पर जब राम उन जोख़िमों के बीच जा रहे हैं, तो मैं अपने प्राणों का क्या मोह करूं। उन्हें रोक लो, न मैं जाऊंगी, न लक्ष्मण जाएंगे।"

निषाद रानी हंस पड़ी, "चतुर हो बहन। जानती हो, युवराज को रोकने की शक्ति किसी में नहीं है।...पर मैं एक असमंजस में हूं। तुमसे क्या कहूं–कि वे पुरुष हैं। जोख़िम का सामना कर सकते हैं। उन्हें जाने दो। साथ जाकर उनका जोख़िम न बढ़ाओ। या कहूं–कि पुरुष तथा नारी की समता सिद्ध करने के लिए इस पितृ सत्तात्मक समाज की नारी विरोधिनी नीति का विरोध करने के लिए अवश्य साथ जाओ।"

सीता भी गम्भीर हो गईं, "इस समय तो केवल यही कहो कि नारी-पुरुष की स्पर्धा भूलकर मैं अपने प्रिय के प्रेम में बंधी उनके संग जाऊं।"

रानी की आंखें डबडबा आईं, "तुम धन्य हो वैदेही। इतना प्रेम यदि सभी कहीं होता! सुखी और प्रेम करनेवाले दम्पत्ति को देखकर मुझे कितना सुख होता है, तुम्हें क्या बताऊं। तुम्हारे जेठ प्राणपन से प्रयत्न कर रहे हैं, निषाद दम्पत्ति सम-धरातल पर, समानता की भावना से, प्रेम के आधार पर जिएं...।"

"वैदेही!" राम ने पुकारा, "जाने का समय हो गया प्रिये!"

वे सब लोग घाट पर आए। जलपोत सरीखी एक बड़ी-सी नौका चलने के लिए तैयार खड़ी थी। उनके साथ आए सारे शस्त्रास्त्र सुव्यवस्थित ढंग से नाव में लगा दिए गए थे। अनेक नाविक तथा सशस्त्र दंडधर नौका में सन्नद्ध बैठे थे; और घाट पर निषाद सैनिकों की टुकड़ियां उन्हें विदा देने के लिए प्रस्तुत थीं।

"अच्छा! अब विदा दो मित्र!"

राम ने आलिंगन के लिए गुह की ओर हाथ बढ़ा दिए।

"हम साथ चल रहे हैं भाई।" गुह बोले, "आओ प्रिये!"

निषाद रानी नाव में बैठने के लिए आगे बढ़ी।

"भाभी! क्या कर रही हैं आप!" राम बोले, गुह की ओर घूमे, "अपनी सत्ता का प्रयोग मुझ पर मत करो। तुम और भाभी हमारे साथ नहीं जाओगे। तुम्हारे नाविक भी हमें भारद्वाज आश्रम तक ही पहुंचाएंगे। इन सशस्त्र दंडधरों को नाव से उतर आने का आदेश दो।"

"राम! यह सब मैं अपने प्रेम के कारण..."

गुह की बात राम ने बीच में ही काट दी, "तुम्हारी भावना मैं समझता हूं। नहीं तो क्या तुम समझते हो कि हमारी रक्षा कुछ दंडधर करेंगे, दंडधरों को नौका से उतरने का आदेश दो।"

"राम!"

"जो कह रहा हूं, वही करो भाई मेरे।" राम स्नेह-भरी वाणी में बोले, "तुम्हें जो काम सौंपा है, उसे स्मरण रखो। अपनी सीमाओं, दुर्ग और सेनाओं का ध्यान रखो। प्रजा को शस्त्र-शिक्षा देकर सैनिक कर्म के लिए सन्नद्ध रखो।"

"जैसी तुम्हारी इच्छा राम!"

गुह ने दंडधर-नायक को नौका ख़ाली करने की आज्ञा दे दी।

"सौमित्र!" राम बोले, "सबसे विदा लो और सीता को नाव में बैठाकर तुम भी नाव में बैठो।"

"अच्छा भाई।"

राम देख रहे थे : लक्ष्मण गुह, निषाद रानी, सुमन्त तथा चित्ररथ से विदा ले रहे थे। उनका कहा, दूरी के कारण राम सुन नहीं पा रहे थे, किन्तु उनके चेहरे के भावों से स्पष्ट था कि वे परिहास की मुद्रा में थे और सब पर ही कोई-न-कोई कटाक्ष कर रहे थे।

निषाद रानी से विदा लेती हुई सीता भावुक हो उठी थीं। उनका सहज विनोदी मन इस समय करुणा से भरा हुआ था। निषाद रानी का आलिंगन प्रगाढ़ तथा ममतापूर्ण था। उनकी आंखों में अश्रु झलमला आए थे। सुमन्त को सीता ने अपने श्वसुर के-से सम्मान के साथ प्रणाम किया था। सुमन्त की आंखों से धाराप्रवाह अश्रु बह रहे थे। राम को लग रहा था–सुमन्त अभी वृद्ध सम्राट के ही समान संज्ञा-शून्य होकर गिर पड़ेंगे। सीता ने बहुत अच्छा किया कि वे आगे बढ़ गईं। सुमन्त को संभलने का अवसर मिल गया। सुयज्ञ और चित्ररथ को सीता ने तटस्थ सम्मान के साथ प्रमाण किया और गुह को प्रणाम करते हुए वे फिर विनोदमयी हो गई थीं। उन्होंने गुह पर फिर कोई कटाक्ष किया और भोले जेठ गुह अनुज-वधू के परिहास और जेठ की मर्यादा में बंधे कसमसाए से मुस्कुराकर रह गए।

लक्ष्मण के हाथ का अवलम्ब लेकर सीता नाव में बैठ गई।

"अच्छा मित्र! विदा।" राम ने हाथ जोड़ दिए। निषाद रानी के पास आकर वे रुके, "भाभी! अपना ध्यान रखना और निषादराज पर अंकुश। गुह बहुत जल्दी आवेश में आ जाते हैं।"

निषाद रानी के मुखमंडल पर वक्र मुस्कान उठी, "वे स्त्री का अंकुश मानेंगे क्या! तुम्हारे ही भाई हैं।"

"न वे स्त्री का अंकुश मानें, न आप पुरुष का बन्धन मानें; किन्तु बुद्धि, विवेक, सन्तुलन और प्रेम की मर्यादा तो सब ही मानेंगे। अपने इन्हीं गुणों का उपयोग करना। आपकी प्रजा भाग्यवान है कि उन्हें आप जैसी रानी मिली...।"

निषाद रानी हंस पड़ी, "देखती हूं, लक्ष्मण ने तुमसे सीखा ही नहीं, कुछ सिखाया भी है। तुम भी चापलूसी करना सीख गए देवर!"

राम हंसते हुए आगे बढ़ गए। सुमन्त के सम्मुख जाकर वे गम्भीर हो गए, "सुमन्त काका! मेरी मां का ध्यान रखना।"

वे रुके नहीं। उन्हें भय था, सुमन्त कहीं फिर से भावुक न हो उठें। सुयज्ञ तथा चित्ररथ को बारी-बारी गले लगाकर बोले, "सजग और सावधान रहना।"

नौकारूढ़ होकर हाथ के संकेत से राम ने नाविक को चलने का आदेश दिया। बिना एक भी शब्द उच्चारित किए नाविक चल पड़े। हाथों के संकेत से ही विदा दी और स्वीकार की गई।

क्रमशः नाव किनारे से दूर, गहरे पानी की ओर बढ़ रही थी। तट पर खड़े हुए सुमन्त, सुयज्ञ और चित्ररथ, गुह, निषाद रानी और निषाद सैनिक शनैः-शनैः दूर होते जा रहे थे। उनकी मुद्राओं से स्पष्ट था कि वे तब तक वहीं खड़े रहेंगे, जब तक उनको नाव दिखाई देती रहेगी।

राम, सीता और लक्ष्मण की आंखें भी किनारे पर ही लगी रहीं। केवल नाविकों ने ही अपना ध्यान तत्काल किनारे से हटाकर जल-धारा पर केन्द्रित कर लिया था।

नौ

भारद्वाज आश्रम तक वे लोग सहज ही चले आए। नौका-यात्रा सुविधाजनक और क्षिप्र थी। गुह के नाविक न केवल नौका-परिचालन में दक्ष थे, वरन मार्ग के भूगोल, नदी की प्रकृति तथा अन्य प्रकार की विभिन्न कठिनाइयों से भली-भांति परिचित थे। गुह ने उन्हीं नाविकों को भेजा था, जो इस मार्ग पर अनेक बार आ-जा चुके थे; और अधिकांशतः सैनिक सेवाओं से सम्बद्ध रहे थे। कदाचित उसके मन में हिंस्र जल-जन्तुओं और शत्रुओं के आक्रमण का भय था।

घाट पर नौका को रोककर, उन नाविकों ने शस्त्रास्त्रों को आश्रम तक पहुंचाने में राम, सीता और लक्ष्मण की पूरी सहायता की। अन्त में उनके नियन्त्रक ने राम से कहा, "यदि आर्य की इच्छा जल-मार्ग से आगे यात्रा करने की हो, कुछ काल के पश्चात आर्य वापस लौटना चाहें, अथवा आर्य के पास हमारी किसी भी प्रकार की उपयोगिता हो, तो हम आर्य के निकट ठहरकर ही प्रतीक्षा करें—ऐसी निषादराज की आज्ञा है।"

लक्ष्मण धीरे-से फुसफुसाए, "भाभी! निषादराज ने इन्हें चौदह वर्ष प्रतीक्षा करने का आदेश क्यों नहीं दिया?"

"तुम्हारे भैया साथ हैं न, इसलिए।" सीता बोलीं, "तुम अकेले होते तो गुह भैया, इन्हें चौदह वर्षों की प्रतीक्षा की ही आज्ञा देते।"

"नहीं नियन्त्रक!" राम ने गम्भीर स्वर में कहा, "हम तुम्हारे और निषादराज गुह के आभारी हैं।

तुम्हारी सहायता से हम यहां तक बड़े आराम से पहुंच गए हैं। तुम साथ रहोगे तो हमें और भी सुविधा होगी; किन्तु हम सुविधामय जीवन को छोड़कर, वनवास के लिए जा रहे हैं। और फिर तुम्हारे जैसे दक्ष सेना-नाविकों के लिए निषादराज के पास अनेक कार्य होंगे। ऋषि भारद्वाज के आश्रम का आतिथ्य ग्रहण कर तुम यथाशीघ्र लौट जाओ।"

अतिथियों की सब प्रकार की व्यवस्था के निर्देश देकर भारद्वाज आकर उनके पास बैठ गए। "राम! मैं ऐसे स्थान पर बैठा हूं, जहां आर्यावर्त के विभिन्न भागों के सब प्रकार के लोगों का आवागमन लगा रहता है। मेरे पास अधिकांशतः ऋषि-मुनि तथा तापसगण ही आते हैं; राजपुरुषों तथा व्यापारियों के आतिथ्य का अवसर भी कभी-कभी मिलता है। किन्तु तुम जैसे युवराज का अपनी पत्नी और भाई के साथ सुभागमन आज पहली बार ही हुआ है। क्या ऐसा सम्भव है राम! कि तुम लोग यहीं मेरे आश्रम में या मेरे आश्रम के निकट ही अपने वनवास की अवधि व्यतीत कर सको?"

राम बहुत मीठे ढंग से मुस्कुराए, "यदि ऐसा सम्भव होता, तो उसे हम अपना सौभाग्य समझते ऋषिवर! किन्तु, यह स्थान संगम तट पर होने के कारण अयोध्या से इतना निकट है कि वहां से यहां और यहां से वहां, व्यक्ति तथा समाचार इतनी शीघ्रता और सुविधा से पहुंच सकते हैं कि वनवास न होकर, वनवास का नाटक-मात्र रह जाएगा। अयोध्या से निरन्तर ऐसा सम्पर्क बनाए रखना न हमारे लिए श्रेयस्कर है, न अयोध्या के लिए।"

"ठीक कहते हो राम!" ऋषि चिन्तन में अर्ध-लीन हो गए, "तो फिर कहां आश्रम बनाने का निश्चय किया?"

"माता कैकेयी की आज्ञा दंडकारण्य में जाने की है। अन्ततः हमें वहीं जाना है, किन्तु मार्ग में रुक-रुककर ऋषि-मुनियों तथा जन-साधारण के जीवन से परिचय प्राप्त करते हुए, उनकी कठिनाइयों को देखते हुए, उनके साथ समय व्यतीत करते हुए तथा उनकी सहायता करते हुए, हम आगे बढ़ना चाहेंगे। पहले पड़ाव के लिए आपके निर्देश की अपेक्षा है। वैसे मैं चाहता हूं कि ऋषि वाल्मीकि के दर्शन कर हम चित्रकूट के आसपास मन्दाकिनी तट पर तपस्वियों के साथ कुछ समय बिताएं।"

"तुमने बहुत ठीक सोचा है वत्स! ऋषि कुछ उदास भी थे और प्रसन्न भी, "तुम्हारी दोनों ही बातें अच्छी हैं। चित्रकूट बहुत सुन्दर स्थान है। वहां की प्राकृतिक शोभा अद्भुत है। मन्दाकिनी का जल स्वच्छ, निर्मल और स्वास्थ्यकर है। आसपास कोई नगर अथवा जनपद न होने के कारण बहुत जन-रव नहीं है; अनेक तपस्वियों के आश्रमों के कारण जन-शून्यता भी नहीं है। किन्तु वत्स..." ऋषि मौन हो गए।

"किन्तु क्या ऋषिवर!" लक्ष्मण ने पहली बार अपना मौन तोड़ा।

सीता मुस्कुराईं–लक्ष्मण की उत्सुकता जाग उठी थी।

"वह स्थान अब बहुत सुरक्षित नहीं समझा जाता।" भारद्वाज बोले, "राक्षसों की दृष्टि उस क्षेत्र पर बहुत दिनों से लगी हुई थी। अब क्रमशः उनका आतंक बढ़ता जा रहा है। यदाकदा होनेवाले उनके आक्रमण अब नियमित घटनाओं में परिवर्तित होते जा रहे हैं। उस क्षेत्र में बसनेवाले आर्य तथा आर्येतर जातियों के टोले-पुरवे शनैः-शनैः उजड़ते जा रहे हैं। राक्षस नहीं चाहते कि सामान्य जन परिश्रम कर ईमानदारी से अपनी आजीविका कमाएं तथा शान्तिपूर्ण जीवन व्यतीत करें। वे नहीं चाहते कि तपस्वियों तथा बुद्धिजीवियों का ज्ञान और बल साधारण जनता को मिले, ताकि उनका जीवन सरल हो सके। वे ज्ञान-विज्ञान को जन-साधारण से दूर रखना चाहते हैं। वे नहीं चाहते कि विभिन्न जातियां परस्पर एक-दूसरे के निकट आएं और परस्पर अपने ज्ञान का लाभ बांटें। चित्रकूट में अब

अधिकांशतः भीरु तपस्वी बचे हैं, जो राक्षसों के किसी अत्याचार का विरोध नहीं करते; वहां निर्धन तथा उपायहीन वनवासी बचे हैं, जिनके पास अन्य स्थानों पर जीविका कमाने का कोई सम्बल नहीं है या वे सुविधाजीवी लोलुपजन बचे हैं, जो राक्षसों के सहायक होकर स्वयं राक्षस हो गए हैं।"

"यही स्थिति सिद्धाश्रम प्रदेश की भी थी।" लक्ष्मण बोले।

"दुष्ट संचित-धन, हिंस्र पशुबल तथा भ्रष्ट राजनीतिक सत्ता पुंजीभूत कृति, इस राक्षसी प्रकृति को यदि न रोका गया तो वह आश्रमों को क्या समस्त आर्यावर्त और देवभूमि को भी ग्रस लेगी। पहले तो सुमाली के भाई-बान्धव ही राक्षस थे, अब अनेक यक्ष, गन्धर्व, किरात तथा आर्य भी राक्षस होते जा रहे हैं। स्वर्ण को अपना सर्वस्व माननेवाला, मनुष्य के पशुत्व को उकसानेवाला रावण प्रत्येक दुष्टता को प्रश्रय दे रहा है। वह समस्त मानवीय मूल्यों का ध्वंस कर रहा है।...तान्त्रिक अन्धविश्वासों तथा अभिचार कृत्यों से वह ज्ञान एवं सत्य का गला घोंट रहा है। मानवता के भविष्य के स्वरूप की अवज्ञा कर, वह किसी भी प्रकार अधिकाधिक भोग-विलास में लगा हुआ है..."

"इसका प्रतिरोध कैसे होगा ऋषिवर?" सीता बोलीं, "क्या इन दो धनुर्धारी वीरों के द्वारा?"

"नहीं पुत्रि!" ऋषि हंसे, "प्रतिरोध करेगी जागरूक तथा चैतन्य, भ्रष्ट व्यवस्था के दोष समझनेवाली, अपने श्रम से आजीविका अर्जित करनेवाली जनता! ये दो धनुर्धर तो उसके संकल्प के प्रतीक-मात्र हैं। यदि कोई यह समझता है कि दो व्यक्ति विश्व की प्रवृत्तियों को रोक सकते हैं, तो यह भ्रम है। वे प्रभावित कर सकते हैं। वैसे, राक्षसत्व प्रकृति का अनघड़ और आदिम रूप है, प्रत्येक युग उसका अपने ढंग से विरोध करता है। ये धनुर्धर उसका विरोध करनेवाले न तो पहले व्यक्ति हैं, न अन्तिम होंगे। यह संघर्ष तो चिरन्तन है, कभी तीव्र होता है, कभी मन्द। कहीं केन्द्रित होता है, कहीं विकेन्द्रित। आज भी प्रयाग से अधिक यह चित्रकूट में है, चित्रकूट से अधिक जनस्थान में और जनस्थान से अधिक किष्किन्धा में और उससे भी अधिक लंका में।"

राम कुछ विस्मित हुए, "ऋषिश्रेष्ठ! जनस्थान के विषय में मुझे गुरु विश्वामित्र ने बताया था, किन्तु किष्किन्धा और लंका के विषय में मुझे ज्ञात नहीं था। वहां कौन रावण का विरोध कर रहा है?"

"व्यक्ति-रावण से अधिक महत्त्वपूर्ण प्रवृत्तिरावण है।" ऋषि बोले "विरोध उस दुष्ट प्रवृत्ति और भ्रष्ट व्यवस्था का है, जिसका अधिनायकत्व रावण कर रहा है। जनस्थान में अगस्त्य और पुत्री लोपामुद्रा उससे जूझ रहे हैं, सशस्त्र जन-बल तैयार कर। किष्किन्धा में बालि का छोटा भाई सुग्रीव, उसके सहयोगी हनुमान और जामवन्त, यहां तक कि बालि का तरुण पुत्र, अंगद भी रावण के निरन्तर वर्तमान प्रभाव से प्रतिदिन उलझ रहे हैं। किन्तु उनकी समस्या और भी विकट है। उनका अवधपति बालि, स्वयं राक्षस नहीं है। वह एक प्रकार का प्रजापाठी और कर्मकांडी व्यक्ति हैं, जो उसे धार्मिकता का आवरण प्रदान करता है, किन्तु उसमें कुछ दुर्बलताएं हैं। वह स्त्री-लोलुप और कामी है। फिर रावण का मित्र होने के कारण न केवल वह अधिकाधिक सुविधाजीवी होता जा रहा है तथा प्रजा की उपेक्षा कर रहा है, वरन रावण के बढ़ते हुए प्रभाव का विरोध भी नहीं कर रहा है। सुग्रीव और उसके साथी, विकासमान दुष्टता को देख रहे हैं, और भीतर-ही-भीतर ऐंठ रहे हैं। और अन्त में स्वयं रावण के अपने घर में विभीषण और उसके मुट्ठी-भर साथी हैं। विभीषण रावण का भाई होते हुए भी उसकी किसी नीति से सहमत नहीं है, किन्तु रावण के सम्मुख वह पूर्णतः अशक्त है। राघव! आज राक्षसी शक्तियां संगठित हैं, और मानवीय शक्तियां बिखरी हुई हैं। विजय संगठन की होती है। अतः राक्षसी तन्त्र का ध्वंस करने का श्रेय भी उसी व्यक्ति को मिलेगा, जो राक्षस-विरोधी शक्तियों का संगठन करने में सफल होगा..."

सहसा भारद्वाज अत्यन्त भावुक हो उठे, "मेरी विडम्बना यह है राम! मैं शरीर से यहां बैठा हूं। आत्मा मेरी लोपामुद्रा और अगस्त्य में बसती है। उन्होंने राक्षस-विरोधी इस संघर्ष को चिन्तन के धरातल से कर्म के धरातल पर उतार दिया। संघर्ष केवल सिद्धान्त के धरातल पर होता है तो प्रवृत्ति का विरोध कर व्यक्ति के साथ समझौता कर जी लेते हैं, किन्तु संघर्ष के कर्म-धरातल पर उतरने के पश्चात समझौता नहीं होता, समन्वय नहीं होता, सह-अस्तित्व नहीं होता।"

भारद्वाज मौन भी नहीं हुए, किसी और लोक में लीन हो गए। अन्य कोई और व्यक्ति भी नहीं बोला। चारों ओर निस्तब्धता छा गई। सीता ने दृष्टि उठाकर राम को भी देखा : वे भारद्वाज से कम लीन नहीं थे। इतने लीन वे कभी-कभी ही होते थे, और तभी होते थे, जब उनके मन में कुछ बहुत महत्त्वपूर्ण घटित हो रहा होता था, और उनका निश्चय करने का क्षण होता था; जब कोई विचार, कर्म में परिणत हो रहा होता था...और लक्ष्मण! लक्ष्मण के मन में जो कुछ था, वह सब उनके मुखमंडल पर प्रतिबिम्बित था, वे उग्र से उग्रतर होते जा रहे थे...

"भैया! हम यहां से कब चलेंगे?" सहसा लक्ष्मण ने पूछा।

अपनी अन्तर्मुखी दृष्टि से क्षण-भर राम ने प्रश्न-वाचक मुद्रा में लक्ष्मण को देखा और दूसरे ही क्षण वे खिलखिलाकर हंस पड़े, "ऋषिश्रेष्ठ! आपकी बातों ने लक्ष्मण के उग्रदेव को जगा दिया है। उन्हें न्यायान्याय, मानवता और राक्षसत्व की संघर्ष-भूमि में पहुंचने की जल्दी मच गई है। वे अब इस आश्रम में अधिक रुक नहीं पाएंगे।"

भारद्वाज मुस्कुराए, "मैं कब से कामना कर रहा हूं कि जन-मन में उग्रदेव जागे। मेरी बातों ने लक्ष्मण के उग्रदेव को जगाया है, तो मैं धन्य हुआ राम! पर पुत्र सौमित्र! सन्ध्या का समय है। इस समय यात्रा उचित नहीं। आज रात मेरे ही आश्रम में आतिथ्य ग्रहण करो, प्रातः प्रस्थान करना। मेरे शिष्य अगले पड़ाव तक तुम्हारे साथ जाएंगे, शस्त्रास्त्रों के परिवहन में तुम्हारी सहायता करेंगे।"

"यही उचित होगा।" राम बोले, "क्यों वैदेही?"

"देवर की क्या इच्छा है?" सीता ने लक्ष्मण की ओर देखा।

"जो ऋषिश्रेष्ठ का आदेश हो।" लक्ष्मण आक्रोश को दबा रहे थे।

भारद्वाज-शिष्यों के साथ यमुना पार कर चित्रकूट की ओर बढ़ते ही राम के सम्मुख प्रकृति का भेद स्पष्ट हो गया। यह भूमि प्रयाग की भूमि के समान उपजाऊ नहीं थी। कहीं-कहीं बड़े पेड़ भी थे, किन्तु अधिकांश धरती छोटी-छोटी झाड़ियों तथा लम्बी, सूखी, पीली घास से ढकी हुई थी। नंगी धरती में से सफेद पत्थर की शिलाएं निकली हुई दिखाई देती थीं। निश्चित रूप से, इनमें चूना बहुत अधिक मात्रा में विद्यमान था, कदाचित इसी अनउपजाऊ पथरीली भूमि के कारण न तो प्रयाग की ओर से आबादी इस ओर बढ़ी थी, न ही चित्रकूट के आश्रमों ने ही इस ओर बढ़ने की प्रवृत्ति दिखाई थी। पथरीली भूमि के पार हो जाने पर धरती मनोहर हो गई थी; और मिट्टी की ऊंची-नीची पहाड़ियां मिलने लगी थीं। स्थान-स्थान पर ताल-तलैया और छोटी-छोटी जल-धाराएं भी दिखाई पड़ रही थीं जिनके किनारे-किनारे पर्याप्त हरियाली थी। किन्तु यह मैदानी क्षेत्र नहीं था–अतः आवागमन की सुविधा नहीं थी। कदाचित इसी कारण जनसंख्या विरल ही थी।

पयस्विनी नदी पार करते ही वाल्मीकि आश्रम की सीमा आरम्भ हो गई थी। आश्रम के चिन्ह प्रकट होते ही राम ने अपने पग रोक लिए। उनके पीछे आते हुए लक्ष्मण, सीता तथा भारद्वाज शिष्य भी रुक गए। राम ने अपने हाथों से खड्ग, कन्धों से धनुष तथा पीठ पर दोनों ओर बंधे हुए

भारी-भरकम तूणीर उतारकर पृथ्वी पर रख दिए। यह संकेत था कि यहां अधिक देर तक रुकना पड़ सकता है। सबने अपने कन्धों, बाहुओं तथा अपने हाथों के शस्त्र भूमि पर रख दिए।

आश्रम की मर्यादा के अनुसार, सशस्त्र वे भीतर जा नहीं सकते थे; और शस्त्रों को इस एकान्त वन में छोड़कर, स्वयं आश्रम के भीतर चले जाना, उचित नहीं था। राम ने लक्ष्मण की ओर देखा।

"मैं ऋषि के दर्शन कर अनुमति ले आऊं?"

"यही करना होगा।" राम मुस्कुराए।

लक्ष्मण शस्त्रहीन हो, आश्रम के मुख्य द्वार की ओर बढ़ने ही वाले थे कि चार अपरिचित ब्रह्मचारियों ने उनके सम्मुख आ, हाथ जोड़, सम्मानपूर्वक प्रणाम किया।

राम ने देखा, वेश सब का एक ही था; किन्तु वर्ण, आकृति का भेद स्पष्ट कह रहा था कि वे ब्रह्मचारी विभिन्न जातियों से सम्बद्ध थे। दो गौर वर्ण के थे, दो पीताभ-वर्णी थे। उनके शरीर पर भूरे रंग के पतले लम्बे लोम थे। निश्चित रूप से इस प्रदेश से कुछ अन्य आर्येतर जातियों की आबादी भी आरम्भ हो गई थी। वाल्मीकि आश्रम में जाति-मिश्रण है, तो अन्य आश्रमों में भी यही स्थिति होगी।

"आर्य! कुलपति ऋषि वाल्मीकि की ओर से हम आपका स्वागत करते हैं। वे आपकी प्रतीक्षा कर रहे हैं।"

सीता चकित रह गईं, "ऋषि को आगमन की सूचना कैसे मिली?"

"देवि! यह तो ऋषि ही बता सकेंगे।" राम ने अपने तूणीर पीठ पर बांध धनुष कन्धों पर टांगे, खड्ग हाथ में ले लिए।

ब्रह्मचारी सहायतार्थ आगे बढ़े, किन्तु राम ने उन्हें रोक दिया, "अभी तुम्हारी सहायता की आवश्यकता नहीं।" वे मुस्कुराए, "आवश्यकता होने पर तुम्हें कष्ट करना होगा।"

ब्रह्मचारियों ने उनकी अगवानी की। उनके पीछे-पीछे सब लोग ऋषि की कुटिया के द्वार पर आए। राम एक बार फिर जैसे असमंजस में पड़ गए : इतने सारे शस्त्रों का वे क्या करें?

तभी कुटिया के भीतर से ऋषि का स्वर सुनाई पड़ा, "वत्स! भीतर आ जाओ। इन शस्त्रों को भी साथ ले आओ।"

राम ने कुटिया में प्रवेश किया। उनके पीछे सीता तथा लक्ष्मण आए, और अन्त में भारद्वाज शिष्यों ने प्रवेश किया।

"अपना सामान उस कोने में रख दो राम!"

सारे शस्त्र, कुटिया के कोने में व्यवस्थापूर्वक रख दिए। ऋषि ने आंखें भरकर शस्त्रास्त्रों को देखा, और मुड़कर पूछा, "कैसे हो पुत्र!"

"आपकी कृपा है ऋषिवर!"

राम ऋषि के सम्मुख पालथी मारकर बैठ गए। उनकी बाईं ओर सीता बैठीं, दाईं ओर लक्ष्मण! दूसरी पंक्ति में भारद्वाज शिष्य बैठ गए।

आश्रम के ब्रह्मचारी बड़े आश्चर्य से उन शस्त्रास्त्रों को देख रहे थे; जैसे या तो पहले कभी उन्होंने इतने सारे शस्त्र न देखे हों, अथवा राम की इस सशस्त्र यात्रा का प्रयोजन उनकी समझ में न आया हो।

राम ने बात आरम्भ की, "आपको हमारे आने की सूचना कैसे मिली पूज्य? हम सब चकित हैं कि आप अपने परिवेश में घटित घटनाओं के प्रति कितने सजग हैं; और उनका पूर्ण ज्ञान आपको

कैसे रहता है। मेरी धारणा थी कि शायद आप परिवेश से असम्पृक्त, उदासीन, अपनी समाधि में लीन होंगे।"

वाल्मीकि हंसे, "प्रसन्न हूं राम! कि तुमने इसे मेरी आध्यात्मिक शक्ति का चमत्कार नहीं मान लिया। नहीं तो आज अनेक बाजीगर भगवान बने बैठे हैं।...पुत्र! हमारा परिवेश पूर्णतः सुरक्षित नहीं है। अतः हम निःशंक नहीं हो सकते। हमें अपने आसपास घटित होनेवाली घटनाओं की खोज-ख़बर रखनी पड़ती है। प्रायः भारद्वाज के आश्रम से हमारा सम्पर्क बना रहता है। हमें प्रभावित करनेवाली प्रत्येक घटना की सूचना हमें मिलती रहती है। इसी प्रकार दूसरी दिशा में चित्रकूट के आश्रमों से भी हमारा सम्पर्क रहता है।"

तभी उनकी दृष्टि अपने एक शिष्य पर पड़ी। वह आंखें फाड़े तथा प्रायः अपना मुख खोले कुटिया के कोने में पड़े शस्त्र-भंडार को देख रहा था। ऋषि हंस पड़े, "क्यों वत्स मुखर! क्यों चकित हो?"

मुखर को अपनी स्थिति का भान हुआ। झेंपकर बोला, "गुरुवर! चकित हूं कि आपने आश्रम में शस्त्रों के निर्माण, शिक्षण, आत्म-रक्षा के साधनों की ओर एकदम ध्यान नहीं दिया; और राम अपने साथ पूर्ण शस्त्रागार लेकर यात्रा कर रहे हैं।"

राम हंसे, "हम क्षत्रिय हैं मित्र! हमें आत्म-रक्षा के लिए ही नहीं, न्याय और सत्य के पक्ष में अन्य शोषितों के लिए भी शस्त्रों का प्रयोग करना पड़ता है। निःशस्त्र यात्रा हमारे लिए प्रयोजनहीन हो जाती है।"

लक्ष्मण अब मौन नहीं रह सके। बोले, "ऋषिवर! एक प्रश्न पूछना चाहता हूं। अन्यथा न मानें तो अपनी जिज्ञासा प्रकट करूं।"

"बोलो वत्स!" ऋषि की मुद्रा उल्लसित शान्त थी, "कोई भला आदमी, किसी जिज्ञासा को अन्यथा नहीं मानता।"

"आपने अभी अपने परिवेश को असुरक्षित बताया है; फिर भी आपने अपनी रक्षा का कोई प्रबन्ध क्यों नहीं किया?"

वाल्मीकि के चेहरे पर हास प्रायः लुप्त हो गया। वे गम्भीर हो उठे।

"तुमने बहुत महत्त्वपूर्ण प्रश्न पूछा है पुत्र! मैं स्वयं इस विषय में एक लम्बे समय तक सोचता रहा हूं। सौमित्र! हम तपस्वियों ने अन्याय-विरोध और न्याय-रक्षा का व्रत लिया है। हम दलित, दमित, पीड़ित प्रजा को जाग्रत करने, उसे उसके अधिकारों के प्रति सचेत कराने, उसे पशुता के धरातल से उठाकर मनुष्य के धरातल पर लाने का कर्म करते हैं। उसके लिए हम तपस्या और साधना करते हैं; संयम और तप का अनुष्ठान करते हैं। इस लक्ष्य तक पहुंचने के लिए अनेक मार्ग हैं पुत्र! एक वह है, जो तुम लोगों ने चुना है : शस्त्रों से अन्यायी का दमन। और एक मार्ग वह है जो मैंने चुना है : कला की साधना, काव्य और संगीत की साधना ताकि शब्द की शक्ति से लोगों के मन में अन्याय का विरोध जगाया जा सके। न्याय का पक्ष समझाया जा सके।

यदि प्रत्येक व्यक्ति तुम्हारे समान अन्याय का सशस्त्र विरोध करेगा और कोई भी व्यक्ति मेरे समान शब्द-शक्ति से, न्याय और अन्याय का भेद, उचित और अनुचित का अन्तर नहीं बताएगा, तो अन्याय का विरोध धीरे-धीरे शस्त्र-शक्ति के कारण केवल 'विरोध' में बदल जाएगा। इसीलिए यह आवश्यक है पुत्र! कि हम जनसामान्य को उसके अधिकारों के प्रति सचेत बनाएं, उसे उसके शत्रु, शोषक-वर्ग की पहचान कराएं, उसे मानवता के उच्चादर्शों का ज्ञान दें, और साथ-ही-साथ उनमें अन्याय-विरोध की भावना जाग्रत करें, ताकि जब कभी वे विरोध करें मात्र विरोध न होकर, अन्याय

और शोषण का विरोध हो। कौन जाने कि कहां शक्ति, शस्त्र और हिंसा का प्रयोग करना है, कहां उसका प्रयोग अनुचित है। हमें उन्हें समझाना पड़ेगा पुत्र! कि दस्यु और सैनिक में क्या भेद है। निःस्वार्थ होकर जनकल्याण के लिए शस्त्र का प्रयोग करनेवाला वीर सैनिक है ; अन्यथा वह दस्यु है।...इसीलिए मैंने कला के माध्यम का आश्रय लिया है।"

मुखर बड़ी तन्मयता से गुरु की बात सुन रहा था, किन्तु उसकी भंगिमा कह रही थी कि उस बात से सहमत नहीं है। अपने संकोच को बड़ी चेष्टा से भंग कर वह बोला, "गुरुवर! एक शंका मुझे भी है।"

"बोलो वत्स!" ऋषि मुस्कुराए, "एक साहसी प्रश्न अनेक दमित संकुचित जिज्ञासुओं को उठाकर उनके पैरों पर खड़ा कर देता है। लक्ष्मण के प्रश्न ने तुम्हारे साथ यही किया है। मैं जानता हूं, तुम्हारी इस विषय में पर्याप्त रुचि है; और जब कभी ऐसा विवाद उठ खड़ा होता है, तुम्हारे मन में भी उथल-पुथल मच जाती है। पूछो।"

मुखर ने अपनी तन्मयता को समेटा, अपनी शक्तियों में सामंजस्य स्थापित किया और बोला, "गुरुवर! मुझे ऐसा लगता है कि हम कला की साधना तो करते हैं, उसके माध्यम से जनसामान्य तक पहुंचते भी हैं, उनमें न्याय के पक्ष और अन्याय के विरोध का प्रचार भी करते हैं; किन्तु जब कभी आत्म-रक्षा की आवश्यकता पड़ती है, तब हम अपने शस्त्रधारी शत्रुओं का विरोध नहीं कर पाते, और अपनी कल्ला के साथ नष्ट हो जाते हैं। हम अपनी कला के साथ-साथ शस्त्र भी धारण करें।"

सीता को लगा, मुखर के चेहरे का आवेश असाधारण था। बोलीं, "ऋषिवर! इस ब्रह्मचारी का प्रश्न मात्र सैद्धान्तिक विवाद नहीं है। वह संवेदनात्मक धरातल पर भी इन प्रश्नों में उलझा हुआ है। यह उसके मस्तिष्क का विवाद नहीं, उसके हृदय की उलझन भी है।"

ऋषि उल्लसित हो उठे "तुमने ठीक पहचाना पुत्रि। मुखर के चिन्तन की पृष्ठभूमि में उसके अपने जीवन की घटनाएं हैं। यह बालक सुदूर दक्षिण से मेरे पास आया। इसके पिता बहुत अच्छे कवि तथा संगीतज्ञ थे। खर के राक्षस सैनिकों ने इनके कुटुम्ब को नष्ट कर डाला..."

"सुदूर दक्षिण से यहां तक के बीच अनेक आश्रम पड़ते होंगे, मुखर सबको छोड़कर इतनी दूर क्यों चला आया?" लक्ष्मण ने ऋषि की बात के बीच में ही पूछा।

"संगीतकार पिता का प्रभाव! वह कला की साधना से शून्य किसी आश्रम में टिक नहीं सका। किन्तु कुटुम्बियों के वध को भी मुखर भुला नहीं पाता। यह प्रतिक्षण शस्त्र के आकर्षण का अनुभव करता है। तुम्हारे शस्त्रों से भी यह अभिभूत हो उठा है : और शस्त्र-विद्या तथा शस्त्र-प्रशिक्षण की बात सोच रहा है।"

"किन्तु यह बालक कहीं बहुत ग़लत भी नहीं सोचता, गुरुवर!" सीता बोलीं, "क्या ऐसा नहीं हो सकता कि कला का साधक, शस्त्र की साधना भी करे। आपके इस आश्रम में काव्य और संगीत के साथ थोड़ा-सा समय शस्त्र-विद्या को क्यों नहीं दिया जा सकता?"

"मैं तुम्हारी बात का विरोध नहीं करता पुत्रि!" वाल्मीकि बोले, "किन्तु यदि ऐसा हो सकता, तो कदाचित हम प्रत्येक कलाकार को पूर्ण मानव बना सकते। जो सच्चे कलाकार न्याय-अन्याय, कर्तव्य-अकर्तव्य तथा अपने सामाजिक दायित्व को समझ सकें और उन्हें कार्यान्वित कर सकें-ऐसे कलाकार दुर्लभ ही नहीं, अलभ्य भी हैं। वैदेही! कला की साधना बड़ी ईर्ष्यालु है। वह कलाकार को अन्य किसी भी दिशा में ताकने का अवकाश नहीं देती। कलाकार क्रमशः अपनी साधना में डूबता चला जाता है कि वह अन्य प्रत्येक क्षेत्र की उपेक्षा कर देता है। सम्भवतः मेरे भीतर का कलाकार

भी मेरे व्यक्तित्व को पूर्ण नहीं बनने देता, वह स्वयं अपने-आप को ही पूर्ण बनाना चाहता है। न मैं शस्त्र-विद्या का अभ्यास कर पाया, न अपने शिष्यों को करा पाया। परन्तु मैं इसका विरोधी नहीं हूं। सम्भव होने पर, इस आश्रम में शस्त्राभ्यास भी कराया जाएगा।"

राम की दृष्टि मुखर के चेहरे पर जमी हुई थी। मुखर ने अपने कुलपति का स्पष्टीकरण सुना, किन्तु उसके चेहरे पर अंकित विरोध अभी मिटा नहीं था। राम बोले, तो उनका स्वर अत्यन्त स्नेहिल था, "मुझे लगता है बन्धु! कि तुम्हारे कुटुम्ब के साथ हुए अत्याचार ने तुम्हारे मन पर अमिट छाप छोड़ी है। वह छाप तुम्हारे मन में निरन्तर घृणा उपजाती है, और वह घृणा तुम्हें शान्त नहीं होने देती।"

मन की बात प्रकट होते देख मुखर झेंपा, "आपने ठीक समझा आर्य! लज्जित हूं, मेरे मन में घृणा का भाव जमा हुआ है। चाहने पर भी मैं अपने मन में सात्विक भावों को प्रतिष्ठित नहीं कर सका।"

सीता मुस्कुराईं, "तुम ऐसा क्यों समझते हो मुखर कि यह घृणा सात्विक नहीं है।"

"देवि! हम घृणा को कैसे सात्विक कह सकते हैं?"

आश्रम की शान्ति की कुछ उपेक्षा करता-सा लक्ष्मण का किंचित उच्च स्वर गूंजा, "अन्याय के विरुद्ध मन में जो घृणा उपजे, वह काव्यशास्त्र में चाहे सात्विक भाव न हो; ब्रह्मचारी! किन्तु ऐसी घृणा पूज्य है, पवित्र है, अलौकिक है। उसे तो कण-कण संचित करना चाहिए। यदि संसार में ऐसी घृणा न रहे तो अत्याचार से कौन लड़ेगा? इस घृणा के कारण तुम अपने-आप को विशिष्टजन मान सकते हो : लज्जित होना मात्र अज्ञान है।"

"आर्य लक्ष्मण!" मुखर अपने कोमल स्वर में बोला, "आज हमारे परिवेश में रोज ही कोई-न-कोई अत्याचार होता है, प्रतिदिन मानवता की हत्या होती है। यह सारा ऋषि समुदाय, ब्रह्मचारी समाज, आचार्य और मुनि–सब देखते और सुनते हैं। वे लोग अत्याचार के समर्थक नहीं हैं; किन्तु उनमें से किसी के भी मन में वैसी तीव्र घृणा नहीं है, जैसी मेरे मन में है। यही मुझे सोचने को बाध्य करता है कि कहीं ऐसा तो नहीं कि मेरी प्रकृति ही अधम है, और शेष लोगों की सात्विक प्रकृति के कारण उनके मन में घृणा न उपजती हो।"

लक्ष्मण उत्तर में कुछ कहने को उत्सुक थे, किन्तु राम ने बात का सूत्र पहले पकड़ा, "बन्धुवर मुखर! अन्य ऋषि, मुनि, ब्रह्मचारी, आचार्य इत्यादि क्या सोचते हैं, मैं नहीं जानता। पर मेरा विचार है कि केवल परिवेश में होनेवाले अत्याचारों को सुनकर उनकी सूचना प्राप्त कर सामान्य व्यक्ति के मन में असहमति ही जन्म सकती है, उसके विरुद्ध तीव्र ज्वलन्त, उग्र विरोध उत्पन्न नहीं होता। हम सूचनात्मक धरातल पर ही उससे जुड़ते हैं, भावनात्मक धरातल पर उससे हमारा कोई सम्बन्ध नहीं होता। इसलिए तुम इस प्रकार सोचो कि दुर्भाग्य या सौभाग्य से वह अत्याचार तुम्हारे अपने सगे बन्धु-बान्धवों के साथ हुआ। तुम निजी रूप से उस अत्याचार से पीड़ित हुए। इस प्रक्रिया ने तुम्हारे मन को इतना निर्मल तथा संवेदनशील बना दिया है कि तुम्हारे मन में भावनात्मक धरातल पर उस अत्याचार के विरुद्ध घृणा जन्म लेती है। शेष लोगों को ऐसा अवसर नहीं मिला। वस्तुतः कोई समुदाय निजी रूप से पीड़ित होकर अन्याय के विरुद्ध कम उठता है, व्यक्ति ही उसका अनुभव अधिक करता है। समुदाय व्यक्तियों का अनुसरण करता है। सम्भव है, इस व्यक्तिगत निजी लिप्ति के कारण ही तुम अत्याचार के विरुद्ध अपने आसपास के समुदाय का नेतृत्व कर सको।"

"साधु राम!" वाल्मीकि बोले, "तुम मुखर की आत्मग्लानि को दूर कर सकोगे। मैंने भी इसे यथाशक्ति समझाया था, पर कदाचित मैंने इस रूप में सोचा भी नहीं। यह भी प्रकृति का द्वन्द्व ही

है पुत्र! अत्याचार से पीड़ित व्यक्ति सबसे अधिक दुखी भी होता है, पर वही दुख उसे अत्याचार के विरुद्ध लड़ने की शक्ति भी देता है। अतः अत्याचार का नाश करने के लिए उसका ग्रास बनना भी आवश्यक है। जो जितना अधिक पीड़ित और शोषित होगा, उसके मन में अत्याचार और शोषण के विरुद्ध उतनी ही उग्र ज्वलन्त अग्नि धधक उठेगी, और वह न्याय का भी उतना ही बड़ा समर्थक होगा। इसे प्रकृति का द्वन्द्व न कहूं तो क्या कहूं–जो व्यक्ति जितना बड़ा अत्याचारी और शोषक है, वह जनसामान्य में न्याय के लिए उतनी ही उद्दाम आग जला देता है।"

ऋषि मौन हो गए। कुटिया में स्तब्धता छा गई। सब अपने-अपने मन की किन्हीं तहों में खोए थे। बोल कोई भी नहीं रहा था।

दस

प्रातः भारद्वाज-शिष्य अपने आश्रम लौट गए। एक-एक धनुष, तूणीर और खड्ग साथ ले, शेष शस्त्रों की सुरक्षा का समुचित प्रबन्ध कर राम, लक्ष्मण और सीता अपने आश्रम के लिए स्थान चुनने निकले। स्वयं वाल्मीकि अपने शिष्यों को ले, उनके साथ-साथ मन्दाकिनी के किनारे-किनारे घूमे। मन्दाकिनी की गति, अपने नाम के अनुरूप इतनी मन्थर थी कि कहना कठिन था कि उसमें प्रवाह था भी या नहीं। पानी की गहराई भी अधिक नहीं थी। बिना घाट के भी किसी भी स्थान पर जल भरने अथवा स्नान करने में कोई जोख़िम नहीं था। मन्दाकिनी के दोनों ओर ऊंचे कगार थे, किन्तु पर्वत की चोटियों की ऊंचाई अधिक नहीं थी। पर्वत पथरीला भी नहीं था। ऊंचे-नीचे मिट्टी के ढूह जैसे अनेक टीले थे। आसपास घने वन थे।

राम ने मन्दाकिनी, पयस्विनी और गायत्री के संगम से थोड़ा इधर कगार से हटकर, एक दीर्घ वृत्ताकार टीले को आश्रम के लिए पसन्द किया। स्थान चुन लिए जाने पर कुटिया-निर्माण का वास्तविक कार्य आरम्भ होना था, जिसका दायित्व लक्ष्मण पर था।

वाल्मीकि कुछ शिष्यों को पीछे छोड़, स्वयं लौट गए। उन्हीं शिष्यों के नेतृत्व में राम, लक्ष्मण और सीता वन के भीतर गए। और तब लक्ष्मण ने नियन्त्रण संभाल लिया। उन्होंने अपनी आवश्यकता बताई और लकड़ी के लिए स्वयं देखभाल कर वृक्ष चुने। कटाई आरम्भ हुई। सीता के हाथ में एक कुल्हाड़ी देकर राम ने भी एक कुल्हाड़ी उठा ली। शिष्यों के चेहरों पर हतप्रभ, विरोध और संकोच प्रकट हुए।

राम हंस पड़े, "मित्रो! वनवासी का जीवन बिताना है तो वनवासी के समान काम भी करना पड़ेगा।"

"किन्तु, आर्य! देवी वैदेही!"

"वे भी वनवासिनी हैं...। वैसे भी परिश्रम शरीर और मन को स्वस्थ और सन्तुलित रखता है।"

लक्ष्मण इस बीच कुछ नहीं बोले। वे जानते थे, राम एक नवीन जीवन-पद्धति की ओर बढ़ रहे थे। उन्हें रोकना व्यर्थ था : रोकने की आवश्यकता भी क्या थी...। वैसे भी लक्ष्मण के मन में अनेक प्रश्न तथा उनके समाधान के लिए अनेक योजनाएं उथल-पुथल मचा रही थीं। आश्रम कैसा होगा...? एक कुटिया भैया और भाभी के लिए। एक कुटिया स्वयं लक्ष्मण के लिए। दोनों कुटीरों के बीच एक शस्त्रागार। शस्त्रागार के दो द्वार, जो दोनों में खुलते हों। एक कुटिया अग्निशाला के रूप में। एक कुटिया रसोई के लिए। एक कुटिया अकस्मात आ जानेवाले किसी अतिथि के लिए। बीच में एक

खुला क्षेत्र, जहां वे इच्छुक वनवासियों को शस्त्राभ्यास करा सकें। थोड़ी-थोड़ी भूमि प्रत्येक कुटिया के पास साक, भाजी तथा फूलों की क्यारियों के लिए...

आश्रम के चारों ओर बाड़ की भी आवश्यकता थी जंगली पशुओं और शत्रुओं से सावधान रहने के लिए। फिर, उनके पास अस्त्र थे जिनके कारण वे सुरक्षित थे, किन्तु शस्त्रों के कारण ही उनके लिए जोख़िम भी बढ़ गया था। शस्त्रों को छीनने, अथवा उन्हें नष्ट करने के लिए भी उन पर आक्रमण हो सकता था...।

सारी योजना को कार्यान्वित करने के लिए बहुत सारी लकड़ी चाहिए थी। उतनी लकड़ी एक ही दिन में नहीं काटी जा सकती थी, फिर केवल लकड़ी ही नहीं काटनी थी, सन्ध्या तक दो कुटीर अवश्य तैयार हो जाने चाहिए थे। शेष काम धीरे-धीरे लकड़ी काटकर करते रहेंगे।

भोजन के पश्चात, काटी गई लकड़ियों को लेकर, वे लोग नए आश्रम के लिए चुने गए स्थान पर आ गए। अब शक्ति और श्रम के स्थान पर कौशल की आवश्यकता थी। प्रत्येक व्यक्ति निरन्तर काम करता दिखाई पड़ रहा था, किन्तु लक्ष्मण सबसे अधिक व्यस्त थे। निर्माण-कार्य बड़ी शीघ्रता से हो रहा था। सूर्य से जैसे होड़ लगी हुई थी...। अन्ततः लक्ष्मण सफल हुए। जिस समय तीनों कुटीर बनकर तैयार हुए, सूर्यास्त में अभी समय था।

एक बार फिर से वाल्मीकि आश्रम की ओर यात्रा आरम्भ हुई। अत्यन्त सावधानी से सारा शस्त्रागार नए आश्रम में स्थानान्तरित किया गया। राम, सीता तथा लक्ष्मण ने अपने आश्रम में प्रवेश किया। बड़े कुटीर में राम तथा सीता का स्थान था, छोटा कुटीर लक्ष्मण के लिए था। उन दोनों को मिलानेवाला मध्य कुटीर शस्त्रागार था। मध्य कुटीर में बाहर की ओर खुलनेवाला न तो कोई द्वार था, न गवाक्ष। उसमें से एक-एक लघु द्वार, राम-सीता तथा लक्ष्मणवाले कुटीरों में खुलता था।

व्यवस्था पूर्ण होने पर वाल्मीकि-शिष्य अपने आश्रम की ओर लौट गए। उन्हें सूर्यास्त से पूर्व अपने आश्रम में पहुंचना था। उस दल के पीछे-पीछे, सबसे धीमी गति से चलनेवाला व्यक्ति–मुखर था।

रात को लक्ष्मण सोने के लिए अपनी कुटिया में चले गए, तो राम ने सीता की ओर परीक्षक दृष्टि से देखा : क्या प्रतिक्रिया है सीता की आज तक की घटनाओं के विषय में?

अयोध्या से बाहर न यह पहला दिन था, न पहली रात। किन्तु अब तक वे लोग चलते रहे थे। प्रत्येक दिन, पिछले दिन से भिन्न था और प्रत्येक रात पिछली रात से। कोई असुविधा अधिक नहीं खटकती थी, क्योंकि अगला दिन उसी प्रकार घटनेवाला नहीं था। आज से उनके जीवन में एक विराम आया था, और एक सीमा तक स्थायित्व भी। वनवास की सारी अवधि उन्हें चित्रकूट में व्यतीत करनी थी; किन्तु सम्भव है कि उन्हें यहां वर्ष-भर नहीं, तो कुछ मास लग जाएं। जाने कब अयोध्या के दूत भरत को बुलाने जाएं। कैकेयी को भरत के युवराज्याभिषेक की जल्दी है, इसीलिए दूतों को भेजने में अधिक समय नहीं लगेगा। कैकय राजधानी बहुत निकट नहीं है। दूतों को पहुंचने में कुछ समय लगेगा, फिर भरत के नाना उसे विदा करने में भी समय लगाएंगे ही। भरत लौटेंगे, उनका अभिषेक होगा, वे सत्ता हाथ में लेंगे, तब कहीं जाकर उनकी नीति स्पष्ट होगी। तब तक राम को चित्रकूट में रुकना होगा...

वनवास की अवधि में लक्ष्मण किसी प्रकार की असुविधा का अनुभव नहीं करेंगे–राम जानते थे–उन्हें केवल राम का संग मिल जाए, तो वे मग्न हो जाते हैं; और यहां तो सामने एक लक्ष्य भी था। यह सारा चित्रकूट प्रदेश उनके सम्मुख था। यहां के लोगों से परिचय प्राप्त करना था। उनकी जीवन-पद्धति को समझना था, उनकी कठिनाइयों और समस्याओं को जानना था। विभिन्न आश्रमों

की व्यवस्था और उनके शिक्षण-स्तर को परखना था। फिर प्रकृति एक चुनौती के समान उनके सामने खड़ी थी : पर्वत, नदी, वन, हिंस्र पशु; और जैसा कि भारद्वाज आश्रम से ही सुनाई पड़ना आरम्भ हो गया था कि इस क्षेत्र में राक्षसी अन्याय भी बढ़ता जा रहा था। लक्ष्मण इन सबमें उलझे रहेंगे : उन्हें अयोध्या की याद नहीं आएगी, माता की याद भी नहीं आएगी। जानने-सुनने को कुछ नया हो, करने को कुछ अपूर्व हो, सामने एक चुनौती हो, तो लक्ष्मण स्वयं को भी भूले रहते हैं

पर सीता! चार वर्षों के दाम्पत्य जीवन में राम ने सीता को अच्छी प्रकार जाना-समझा था। किन्तु लोक-चिन्तन कहता है कि स्त्री कोमल होती है, उसका मन कठिनाइयों से भागता है; तथा वैभव और सुविधा की ओर झुकता है। सीता के आज तक के व्यवहार ने इस चिन्तन का समर्थन नहीं किया था। वे सदा लोक-कल्याण की प्रवृत्ति की ओर झुकी थीं...किन्तु आज से पहले तो राम उनके साथ इस प्रकार का कठिन वन्य-जीवन व्यतीत करने के लिए बाहर भी नहीं निकले थे। सम्भव है, इस कठिन जीवन में सीता को असुविधा हो...।

"देवी सीते!" राम का स्वर बहुत मृदु था।

सीता ने चौंककर पति की ओर देखा, "क्या बात है राम! आप मुझे 'प्रिये" नहीं कह रहे। इतने अतिरिक्त कोमल और शिष्ट क्यों हो रहे हैं? कहीं फिर से मुझे अयोध्या लौट जाने का प्रलोभनयुक्त उपदेश देने का विचार तो नहीं है?"

राम की आधी चिन्ता दूर हो गई। वे कुछ हल्के हुए और कुछ सहज भी। "नहीं प्रिये! अयोध्या लौटने को नहीं कहूंगा; किन्तु यह पूछने की इच्छा अवश्य है कि इस वन्य-जीवन में कोई असुविधा तो नहीं। वन में आने का कोई पश्चाताप, कोई उत्तर-विचार, कोई पुनर्विचार... ?"

"झगड़े की इच्छा तो नहीं?" सीता सुहास-भरी मुस्कान अधरों पर ले आईं।

"नहीं!" राम मुस्कुराए, "पर पत्नी की उचित देखभाल मेरा कर्तव्य है। इसलिए उसकी सुविधा-असुविधा को तो जानना होगा। जो राम सीता से विवाह कर उसे अपने घर लाया था, वह अयोध्या का सम्भावित युवराज था, वनवासी नहीं। मेरे मन में अपराध-भावना है प्रिये! मैं तुम्हें और लक्ष्मण को तुम लोगों के प्रेम का दंड दे रहा हूं।"

सीता पुनः मुस्कुराईं, "प्रेम तो अपने-आप में एक दंड है। प्रेम किया है, तो उसका दंड भी स्वीकार करना ही होगा। वह कोई नई बात तो नहीं, किन्तु एक असुविधा मुझे है...।"

"क्या?" राम ने उत्सुकता से पूछा, "वही तो मैं भी जानना चाह रहा हूं।"

सीता गम्भीर हो गई, "यदि चौदह वर्षों तक मेरे पति मुझसे इसी प्रकार औपचारिक व्यवहार करते रहे; और एक भले आतिथेय के समान पग-पग पर मेरी असुविधाओं के विषय में पूछते रहे तो मुझे भय है कि मैं अपने-आप को भी परछाईं लगने लगूंगी..." राम ज़ोर से हंस पड़े।

"मैं आपके साथ इसलिए आई थी कि हमारे बीच राजप्रासाद और राजपरिवार की सारी औपचारिकताएं समाप्त हो जाएंगी। मैं अपने पति के लिए सघन जनसंख्यावाले प्रदेश की एक इकाई न होकर उनके इतनी निकट होऊंगी कि अनेक कामों के लिए मुझ पर निर्भर होंगे। हम दोनों सहज रूप से दो साथियों के समान कार्य करेंगे। मैं उन्मुक्त प्रकृति में बीच अपने प्रिय के साथ जीवन के नए आयाम देखूंगी : और आत्मनिर्भर इकाई के रूप में समाज के लिए कुछ उपयोगी हो सकूंगी..."

राम आगे बढ़ आए। उन्होंने सीता के कन्धों पर अपने हाथ रख दिए, "यही होगा प्रिये! यही होगा। जाने क्यों, मैं कभी-कभी विभिन्न सम्भावनाओं पर विचार करते-करते कोई ऐसी बात सोचने लगता हूं, जिसमें स्वयं मुझे भी अपनी पत्नी की उदारता समझने में कठिनाई होने लगती है।" उन्होंने

सीता को अपनी बांहों में भर लिया, "मुझे लगता है सीते! व्यक्ति कितना ही दृढ़, निश्चित तथा आत्मविश्वासी क्यों न हो, यदि वह मनुष्य है तो उसके जीवन में कभी-न-कभी तो दुर्बल क्षण आते ही हैं–जब वह आशकित होता है, असम्भव सम्भावनाओं की कल्पना करता है, तथा स्वयं अपने पर तथा अपने सम्बन्धों पर सन्देह करता है।"

"प्रिय! ऐसे ही क्षणों में बल देने के लिए सीता तुम्हारे साथ आई है।" सीता ने अपना सिर राम के वक्ष पर टिका दिया।

"तो ऐसा ही हो प्रिये! कल से तुम्हारा नया जीवन आरम्भ हो। कल प्रातः से तुम वनवासिनी वैदेही बन जाओ; एक स्वतन्त्र, आत्मनिर्भर व्यक्ति की संगिनी और सहगामिनी..." सीता ने मस्तक उठाकर दुलार से राम की आंखों में देखा। राम मुग्ध हो उठें।

सुबह राम और सीता मन्दाकिनी में स्नान कर रहे थे। किनारे पर आ उन्होंने सूखे वस्त्र पहने। अपने आश्रम की दिशा के कगार की ओर मुड़ने से पहले सीता ने एक दृष्टि मन्दाकिनी के जल पर डाली। दूसरे तट पर पानी से लगकर खड़ा वह कुबड़ा अर्जुन वृक्ष कितना अच्छा लग रहा था। उसकी डालें प्रवाह के ऊपर तक झुक आई थीं, और पत्ते पानी को छू रहे थे। तैरते हुए सीता उसके पास से निकली थीं, तभी उन्हें इस वृक्ष ने आकर्षित किया... और उनकी अपनी ओर के तट पर टिट्हरियों का वह जोड़ा...किन्तु कुछ दूर पर यह क्या था? कोई मानव आकृति थी। हां स्पष्ट हो गया। घड़ा भरती हुई, कोई भील-कन्या थी...

"आप चलें। मैं अभी आती हूं।"

राम अकेले अपने आश्रम की ओर बढ़े। सीता कदाचित उस भील किशोरी से परिचय करना चाहती थीं...। वे लोग आश्रम के इतने निकट थे कि सीता को अकेली छोड़ने में संकट की सम्भावना नहीं थी...

सीता को अपनी ओर आते देख भील किशोरी रुक गई। उसके निकट जाने पर कुछ ठिठकी; फिर जैसे साहस कर हल्के से बोली, "देवि? आपको पहले तो कभी नहीं देखा।"

सीता मुस्कुराईं, "मैं देवी नहीं दीदी हूं। तुम्हारा क्या नाम है?"

"मैं सुमेधा हूं।" किशोरी की प्रगल्भता कुछ सकुचा गई।

"सुन्दर नाम है। किसने रखा है; तुम्हारा नाम?"

"ऋषि वाल्मीकि ने।" सुमेधा बोली, "बाबा कहते हैं कि पहले ऋषि का आश्रम हमारे गांव से बहुत निकट था, तब हम उनके आश्रम में बहुत आया-जाया करते थे। वे मुझसे बहुत स्नेह करते थे।"

"ऋषि ने अपना आश्रम क्यों हटा लिया?" सीता ने पूछा।

"राक्षस लोग रोज़ झगड़ा करते थे। ऋषि की साधना में विघ्न पड़ता था। ऋषि उत्तर की ओर हट गए।"

सीता के लिए यह नई सूचना थी। चकित होकर बोलीं, "और तुम्हारा गांव?"

गांव में गड़बड़ होती रहती है।" सहसा सुमेधा कुछ भयभीत और व्याकुल हो उठी, "दीदी! मुझे पानी ले जाना है। फिर बताऊंगी।"

वह चल पड़ी। कुछ क्षणों के बाद लौटी, "आप कहां रहती हैं?"

"वह ऊपर टीलेवाला आश्रम हमारा है।" सीता ने इंगित किया, "कब आओगी?"

"दोपहर को।" सुमेधा घड़ा उठाए, भागती चली गई।

सीता उसके आकस्मिक भय और व्याकुलता को समझने का प्रयत्न करती हुई लौट आईं।

प्रातःकालीन कार्यों से निवृत्त होकर लक्ष्मण ने कुल्हाड़ी संभाली और पिछले दिन लाई गई लकड़ियों में व्यस्त हो गए।

"नायक! मेरा कर्तव्य भी बता दें।" सीता बोलीं।

"नहीं भाभी! आज आपका और भैया का इस निर्माण में कोई काम नहीं है। मेरी ओर से आप मुक्त हैं।"

"तो मैं क्या करूं?" सीता ने जैसे अपने-आप से प्रश्न किया।

"तुम्हारी शस्त्र-शिक्षा आरम्भ होगी।" राम बोले, "जाओ, शस्त्रागार में से एक हल्का धनुष, एक तूणीर और दो खड्ग ले आओ।"

राम ने धनुष तथा खड्ग का चुनाव सीता पर छोड़ दिया था। सीता शस्त्रागार के भीतर गईं तो उनके मन में अनेक प्रश्न उठ खड़े हुए–क्या राम यह मानकर चले हैं कि सीता को शस्त्रास्त्रों के प्रकारों तथा वर्गों का आरम्भिक ज्ञान है? अथवा वे ऐसे आरम्भिक ज्ञान को इस प्रशिक्षण के लिए आवश्यक नहीं समझते?

उन्होंने एक धनुष उठाया, किन्तु उठाते ही लगा कि धनुष भारी था; चलाने के लिए बहुत देर तक उसे हाथों में उठाए रखना सीता के लिए सम्भव नहीं होगा। यदि वे उसे उठाए भी रहेंगी तो अधिकांश बल और ध्यान धनुष को उठाए रखने में ही लगा रहेगा, लक्ष्य-सन्धान के लिए न तो बल बचेगा, न बुद्धि। इस प्रकार के भारी धनुष से लक्ष्य-सन्धान सीखना तो एक विदेशी भाषा में ज्ञान प्राप्त करना है। सारी बुद्धि भाषा को सीखने में ही लग जाएगी, विषय तक पहुंचने का तो अवकाश ही नहीं होगा।

एक अपेक्षाकृत हल्का धनुष सीता ने अपने लिए पसन्द किया और एक हल्का-सा खड्ग। राम के लिए उन्होंने एक भारी खड्ग उठाया, किन्तु दूसरे की क्षण उसे वापस रख दिया। प्रशिक्षण, बराबर भार के शस्त्रों से हो, तो अच्छा है। बाहर आकर उन्होंने अपने मन में गूंजते प्रश्न राम के सम्मुख रख दिए।

राम मुस्कुराए, "शस्त्रों का चुनाव प्रशिक्षण के लिए अत्यन्त महत्त्वपूर्ण है सीते! मैंने उनका चुनाव तुम पर छोड़कर देखना चाहा था कि कहीं तुम ग़लत शस्त्रों का चुनाव तो नहीं करतीं। शस्त्र अपने-आप में बहुत महत्त्वपूर्ण होता है, किन्तु उससे भी महत्त्वपूर्ण शस्त्र-चुनाव है। शस्त्र का चुनाव दो दृष्टियों से होना चाहिए : प्रथम शस्त्र-परिचालन की दक्षता तथा द्वितीय शत्रु के शस्त्र का आकार-प्रकार। वैदेही! ऐसे शस्त्रों से युद्ध करने का कोई लाभ नहीं, जो अपने-आप में श्रेष्ठ तो हों, किन्तु हम उनका परिचालन दक्षता एवं सुविधा से न कर सकें। इसका बहुत अच्छा उदाहरण जनकपुर में रखा शिव-धनुष था। अपने-आप में वह शस्त्र अलन्त श्रेष्ठ तथा सक्षम था, किन्तु यदि सम्राट सीरध्वज उससे युद्ध करने जाते तो कोई लाभ न होता। उतना बड़ा धनुष होते हुए भी वे निःशस्त्र सरीखे ही रहते। ठीक है?" सीता ने सहमति में सिर हिला दिया।

"दूसरी बात, शत्रु की प्रहारक शक्ति की है।" राम ने अपनी बात आगे बढ़ाई, "यदि शत्रु के पास धनुष है, तो हमारा खड्ग बहुत काम नहीं आएगा। हमें अपने शत्रु के चुनाव में सावधान रहना चाहिए कि हम उसके प्रहार को रोक भी सकें और अपनी प्रहारक शक्ति उससे अधिक भी सिद्ध कर सकें।...अब तुम अभ्यास आरम्भ करो।"

सीता ने धनुष उठा लिया। सीता बाण चलातीं, और राम उसमें हुई त्रुटियां समझाकर दूसरा बाण चलाने को कहते। कभी-कभी धनुष वे अपने हाथ में लेते और स्वयं बाण चलाकर बताते।

धनुष-बाण के पश्चात खड्ग की बारी आई। सीता ने खड्ग पकड़ना, उसे संभालना, बाहु-संचालन तथा प्रहार की विभिन्न मुद्राओं का अभ्यास किया। दोपहर को शस्त्र-शिक्षा का कार्य स्थगित हुआ तो लक्ष्मण ने भी अपना हाथ रोक लिया। उनकी अतिथिशाला का निर्माण पूरा हो चुका था।

भोजन के पश्चात राम अपना आश्रम छोड़ टीले के नीचे उतर आए। वह मन्दाकिनी के तट के साथ-साथ आगे बढ़ते गए। उनका लक्ष्य यहां के भूगोल को समझना तथा आसपास के लोगों का परिचय प्राप्त करना था। किन्तु अपने आश्रम से बहुत दूर वह नहीं जाना चाहते थे। यद्यपि आश्रम में लक्ष्मण उपस्थित थे, और उनके रहते किसी प्रकार की आशंका नहीं थी–फिर भी परिवेश से भली प्रकार परिचित हुए बिना वे अधिक दूर नहीं जाना चाहते थे। लगता था, मन्दाकिनी के इस तट पर दूर तक कोई ग्राम या आश्रम नहीं था। किन्तु दूसरे तट पर कुछ हलचल थी, जैसे कुछ लोग उधर रहते हों। उनकी वेशभूषा तपस्वियों जैसी थी। सम्भवतः उधर कोई आश्रम था।

राम ने अपने वस्त्र कसे; धनुष तथा तूणीर को अच्छी प्रकार पीठ पर बांधा, और जल में उतर गए। पानी गहरा नहीं था, और प्रवाह भी तेज नहीं था–यह उन्होंने प्रातः नहाते हुए देख लिया था। जिस स्थान से वे नदी पार कर रहे थे, वहां जल और भी उथला था। बहुत थोड़ा-सा तैरकर, और अधिकांश पैदल चलकर, उन्होंने नदी पार की। किन्तु दूसरे तट पर पहुंचकर वे कुछ ठगे-से खड़े रह गए। वहां मनुष्य के आवास का कोई चिन्ह नहीं था। नदी के तट पर न कोई नाव थी, न घाट जैसा कोई आभास। तट से कुछ हटकर बहुत ऊंचा कगार था, जिस पर घने वृक्ष थे। ऊपर तक जाने के लिए कोई पगडंडी भी नहीं थी जिससे कोई संकेत मिलता। किन्तु धोखा नहीं हो सकता–राम ने सोचा, उन्होंने अपने तट से इस स्थान पर तपस्वियों जैसी कुछ आकृतियां हिलती-डुलती देखी थीं।...वे कुछ देर तक खड़े सोचते रहे! और तब उन्होंने ऊपर कगार तक जाने का निश्चय किया।

पगडंडी के अभाव में कगार पर चढ़ना सरल नहीं था, किन्तु पानी के द्वारा बनाए गए कटानों की सहायता से वे ऊपर चढ़ते गए। कगार पर पहुंचकर, उन्होंने स्वयं को घने वन के सम्मुख पाया।

आश्रम के समीप के वृक्ष कुछ कटे-छंटे होते हैं, किन्तु यहां लगता था, कभी किसी ने कोई टहनी भी नहीं छुई।...पर राम की दृष्टि को धोखा नहीं हुआ था; उन्होंने निश्चित रूप से इस ओर मानव-आकृतियां देखी थीं। तो क्या वे लोग इतनी सावधानी से रहते हैं कि किसी बाहरी व्यक्ति को उनके यहां रहने का आभास भी न मिले? वन के प्राकृतिक स्वरूप की सायास रक्षा की जा रही थी?...

राम ने वृक्षों के बीच से होकर वन में प्रवेश किया।

घने वृक्षों की पंक्तियों के पीछे भूमि ढालू हो गई थी, और आश्रम के चिन्ह प्रकट हो गए थे। निश्चित रूप से आश्रम के कुलपति अत्यन्त सावधान व्यक्ति थे। उन्होंने अपने आश्रम के लिए वन में वह स्थान ढूंढ़ा था, जहां प्रकृति छिपने में उनकी सहायता कर रही थी।

आश्रम में प्रवेश करने से पूर्व राम के सम्मुख फिर उनके शस्त्रों की समस्या आ खड़ी हुई। उन्हें बाहर ही खड़े रहकर प्रतीक्षा करनी होगी।...किन्तु उन्हें प्रतीक्षा नहीं करनी पड़ी। कदाचित उन्हें आश्रम की ओर आते हुए देख लिया गया था। निश्चित रूप से आश्रमवासी अपनी सुरक्षा के विषय में काफी सावधान थे।...

एक ब्रह्मचारी ने आशंकित मुखमुद्रा से उनका स्वागत किया, "पधारें आर्य! आप इस प्रदेश में नए लगते हैं। आपको यहां पहले कभी नहीं देखा गया।"

राम ने आशंकित स्वागती को तनिक विस्मय से देखा और अपनी कठिनाई उसके सामने रखी, "भद्र! मैं राम, शस्त्रधारी क्षत्रिय हूं। अपरिचित प्रदेश के कारण अपने शस्त्र त्याग नहीं सकता! फिर भी कुलपति के दर्शन करना चाहता हूं।"

"आपका स्वागत है आर्य।" ब्रह्मचारी ने मार्ग दिखाया, "कुलपति आपकी प्रतीक्षा कर रहे हैं।"

राम को एक वृद्ध तपस्वी के सम्मुख प्रस्तुत किया गया।

"भद्र राम! कालकाचार्य के आश्रम में तुम्हारा स्वागत है।" तपस्वी ने राम के अभिवादन का उत्तर देकर कहा, "मेरी सूचनाओं के अनुसार तुम अयोध्या के निर्वासित राजकुमार हो। और अपने वनवास का समय व्यतीत करने यहां आए हो। ये सूचनाएं मुझे कल मिली थीं, जब तुम अपने आश्रम के लिए स्थान का चुनाव कर रहे थे। किन्तु वत्स! यह स्थान तुम्हारे लिए निरापद नहीं है।"

कुलपति की सावधानी और सचेतता से राम प्रभावित हुए। बोले–"आर्य कुलपति! निरापद नहीं है, इसलिए शस्त्र साथ लेकर चलता हूं, और शस्त्रधारी क्षत्रिय किसी भी स्थान को अपने लिए निरापद नहीं मानता।...वैसे आपकी इस धारणा का कारण जान सकता हूं?"

"यह प्रदेश राक्षसों के आधिपत्य में है, ऐसा तो नहीं कहूंगा," कालकाचार्य बोले, "किन्तु राक्षस-प्रभावित अवश्य है। ऋषि-आश्रमों के अतिरिक्त भीलों के असंख्य ग्राम भी हैं, किन्तु इच्छा राक्षसों की ही चलती है। यहां दिन-प्रतिदिन राक्षस-तन्त्र प्रबल होता जा रहा है। तुम्हारे शस्त्र देखकर राक्षस भड़केंगे राम! क्योंकि वे प्रत्येक शस्त्रधारी को अपना शत्रु मानते हैं। तुमसे मिलने-जुलनेवाले प्रत्येक व्यक्ति पर उनकी वक्र दृष्टि पड़ेगी, और वत्स! तुम्हारी युवती पत्नी किसी भी प्रकार सुरक्षित नहीं है।" राम अपनी आंखों से कालकाचार्य को तोलते रहे। एक भीरु बुद्धिजीवी उनके सामने बैठा था।

"आर्य शस्त्र को विपत्ति का कारण समझते हैं?"

"हां पुत्र! शस्त्र तुम्हारी रक्षा कम करेगा, जोख़िम को अधिक आमन्त्रित करेगा। इसीलिए मैं आश्रम में शस्त्र-प्रशिक्षण की अनुमति नहीं देता।"

"एक व्यक्तिगत प्रश्न पूछना चाहता हूं।" राम ने कालकाचार्य की आंखों में देखा, "अन्यथा तो न मानेंगे?"

कालकाचार्य की आंखों में क्षण-भर के लिए परेशानी झलकी, उन्होंने स्वयं को नियन्त्रित किया, "पूछो 1!

"यह स्थान निरापद नहीं है तो आर्य कहीं अन्यत्र क्यों नहीं चले जाते, तपस्वी का जीवन छोड़ नागरिक क्यों नहीं बन जाते?"

कालकाचार्य की आंखें उदास हो गई, "पुत्र! अनेक कार्य ऐसे होते हैं, जिनका दो-टूक कारण नहीं बताया जा सकता। अब तुमसे क्या कहूं। स्वभाव से तपस्वी हूं, कुछ और हो नहीं सकता। तपस्वी नगरों में नहीं बसते; और राम! जन्मभूमि छोड़ अन्यत्र किसी अपरिचित स्थान पर बसने का उद्यम भी जुटा नहीं पाता।" वे सायास मुस्कुराए, "कायर नहीं हूं। भीरु हूं और अतिरिक्त रूप से सावधान भी।"

राम के जाने के पश्चात लक्ष्मण फिर से अपने निर्माण-कार्य में जुट गए। गृहस्थी का कोई छोटा-मोटा कार्य भी सीता के पास नहीं था। सोच ही रही थीं कि वे प्रातः प्राप्त की गई शस्त्र-विद्या का अभ्यास करें या लक्ष्मण के न चाहने पर भी उनके निर्माण-कार्य में सहायता करें।...

तभी सुमेधा आश्रम की ओर आती दिखाई पड़ी। सीता को सहज सुमेधा का अकस्मात ही व्याकुल होकर भाग जाना याद आ गया...

"सवेरे तुम इतनी जल्दी भाग क्यों गईं सुमेधे?" पास आने पर सीता ने पूछा, "मुझे लगा कि तुम कुछ भयभीत भी थीं।"

"ओह दीदी!" सुमेधा बोली, "मुझे स्वामी के लिए जल ले जाना था न। देर हो जाती तो वह मार-मारकर मेरी हड्डियां तोड़ देता।"

"तुम्हारा पति?"

"नहीं दीदी!" सुमेधा कुछ संकुचित हुई, "स्वामी! मेरा स्वामी, मेरे पिता का स्वामी, इस वन का स्वामी..."

सीता चकित थीं, "क्या कह रही हो सुमेधे? एक मनुष्य दूसरे मनुष्य का स्वामी कैसे हो सकता है! कुछ स्थानों पर स्त्रियां अपने पति को गृह-स्वामी के स्थान पर 'स्वामी" कहती हैं किन्तु वह सम्बोधन-मात्र है। स्नेह और प्रेम मानने की विधि है। प्रत्येक मनुष्य स्वतन्त्र व्यक्ति के रूप में जन्म लेता है और स्वतन्त्र रूप से जीवनयापन करता है। उसका कोई स्वामी कैसे हो सकता है! क्या तुम्हारे यहां अभी तक दास-प्रथा प्रचलित है?"

"हां! हां!!" सुमेधा अत्यन्त सरल भाव से बोली, "ऐसी ही बातें ऋषि वाल्मीकि ने भी हमारे गांव के कुछ लड़कों को सिखाई थीं। लड़कों ने उन बातों को सच मान लिया था, और स्वामी से झगड़ पढ़े थे। स्वामी ने उन सबको बांधकर कोठरी में डाल दिया था, और यातना दे-देकर एक-एक को मार डाला। बाद में उसने ऋषि के आश्रम के कुछ लोगों के भी हाथ-पैर तोड़ दिए थे। अब हमारे ग्राम में इन बातों पर कोई विश्वास नहीं करता। भला, सब लोग समान कैसे हो सकते हैं–राक्षस, राक्षस हैं और भील, भील..."

"तो तुम्हारा स्वामी राक्षस है?" सीता ने कुछ भांपते हुए पूछा।

"हां, दीदी! पहले किरात था। जब से धनवान हुआ है राक्षस हो गया है। दिन-प्रतिदिन उसका धन भी बढ़ रहा है और बल भी।"

"पर वह इस वन का स्वामी कैसे हो गया? क्या वन उसने उगाया है, यह धरती उसने बनाई है। धरती उस पर रहनेवालों की सामूहिक सम्पत्ति होती है। वन, नदियां, पर्वत तथा खानें–सम्पूर्ण समाज की सम्पत्ति होती हैं! शासक जनता की ओर से ही उनका प्रबन्ध करता है।"

सुमेधा ज़ोर से हंस पड़ी, "तुम्हारी बात कोई नहीं मानेगा दीदी! कोई भी नहीं। किसको अपनी जान प्यारी नहीं है! किसे अपनी हड्डियां तुड़वानी हैं!"

"तुम उसके दास क्यों हो?" सीता ने बातों की दिशा मोड़ी।

#मेरे पिता को किसी अपराध के लिए स्वामी ने आर्थिक दंड दिया था। पिता के पास धन नहीं था : स्वामी ने ही पिता को ऋण दिया। पिता वह ऋण चुका नहीं पाए हैं! इसलिए वे दास हुए, उनकी पत्नी होने के कारण मेरी मां और पुत्री होने के कारण मैं उनकी दासी हुई। दासों की सन्तान भी तो दास ही होती है।"

सुमेधा अपना ज्ञान प्रदर्शित कर, प्रसन्न थी।

"तुम और तुम्हारे माता-पिता–तीनों क्या काम करते हो?"

"जो स्वामी कहे।" सुमेधा ने बताया, "पानी लाना। जमीन खोदना। पेड़ काटना। खाना पकाना। बरतन मांजना। स्वामी और उसके परिवार की सेवा करना। जो भी स्वामी कहे।"

"तुम्हारा विवाह होगा?"

सुमेधा फिर संकुचित हो गई, "यह तो स्वामी की इच्छा पर है। वह चाहे, मेरा विवाह कर दे। वह चाहे, मुझे किसी को दे दे। वह चाहे, मेरा भोग करे। वह चाहे मुझे खा जाए..."

सीता हत्प्रभ-सी बैठी सुमेधा को देखती रहीं। यह लड़की कितनी सहजता से यह सब कह रही है। न केवल कह रही है, सब-कुछ स्वीकार भी कर रही है। और उसे कहीं यह बोध नहीं है कि यह ग़लत है, यह अन्याय है। इसका विरोध होना चाहिए...और यह लड़की यहां के जनसामान्य की प्रतीक है। सीता समझ नहीं पा रही थीं कि सुमेधा को कैसे समझाएं। उससे तर्क करें, उसे बल दें, उपदेश दें, धिक्कारें...

"अच्छा! मैं चलूं दीदी।" सुमेधा उठ खड़ी हुई।

"सुनो सुमेधा!" उसके उठ खड़े होने से सीता चौंक उठीं, "मेरा एक काम करना बहन। मेरे पास कोई घड़ा नहीं है। पत्तों के दोनों में पानी लाने में काफी असुविधा रहती है। मुझे एक घड़ा कहीं से ला दोगी? तुम्हारे ग्राम में कोई कुम्भकार है क्या?"

"हां दीदी! मैं कुम्भकार को ही तुम्हारे पास भेज दूंगी। अपनी इच्छानुसार घड़ा बनवा लेना।... अच्छा दीदी!"

सुमेधा बिना उत्तर की प्रतीक्षा किए चपलतापूर्वक भाग गई।

उन तीनों की दृष्टि क्रमशः निकट आती हुई उस आकृति पर लगी हुई थी। पहचान की सीमा में आते ही तीनों ने उसे प्रायः साथ-साथ पहचाना—वह वाल्मीकि आश्रम का मुखर था।

"मुखर! इस समय यहां।" सीता चकित थीं।

"कदाचित ऋषि ने कोई सन्देश भेजा है।" लक्ष्मण बोले।

मुखर के निकट आने पर राम ने सहज भाव से हंसकर कहा, "स्वागत मित्र मुखर! आओ बैठे! तुम अच्छे समय पर आए। भोजन तो हमारे ही साथ करोगे न? अब आश्रम लौटने का तो समय नहीं रहा।"

हाथ जोड़कर मुखर ने सबका अभिवादन किया, और अत्यन्त थकी हुई मुद्रा में उनके निकट बैठ गया। उसने बारी-बारी तीनों के भावों को देखा और संकुचित, मद्धम स्वर में बोला, "आर्य! यदि आपको असुविधा न हो तो मैं आज रात आपके आश्रम में ही रुकना चाहूंगा। मेरी धृष्टता क्षमा करें—किन्तु मुझे विस्तार से कुछ निवेदन करना है!"

"निःसंकोच रुको मित्र!" लक्ष्मण उल्लास के साथ बोले, "आख़िर मैंने जो दिन-मर के परिश्रम से अतिथिशाला बनाई है, उसका कुछ उपयोग भी तो हो।" राम ने मुस्कुराकर लक्ष्मण का अनुमोदन कर दिया।

सीता उठ खड़ी हुईं, "मैं भोजन की कुछ व्यवस्था करूं। मुखर बहुत दूर से चलकर आया है। थका हुआ है और भूखा भी अवश्य होगा।"

"आपका अनुमान सत्य है दीदी।" मुखर पहली बार मुस्कुराया।

सवेरे राम और सीता नहाकर मन्दाकिनी से लौट रहे थे। मार्ग में सुमेधा मिली। वह रुकी नहीं। चलते-चलते ही कह गई, "दीदी! कुम्भकार को कह दिया है। वह आएगा।"

राम ने कल सीता से सुमेधा के विषय में सुना था। उन्होंने ध्यान से उसे देखा : उसके मुखमंडल पर कोई विषाद, दुख, परिताप अथवा चिन्ता नहीं थी, जो कि इस भयंकर दमन के कारण स्थाई रूप से होनी

चाहिए थी।...कदाचित उस दमन को उसने अपनी जीवन-विधि के रूप में अंगीकार कर लिया था, उसे अपनी नियति मान लिया था।...नियति...राम को लगा, इस शब्द का साक्षात्कार होते ही, उनके मन में एक भयंकर झंझावात उठ खड़ा होता है।...किसने फैलाया है यह विष सारे समाज में? जिस व्यक्ति ने पहली बार इस अवधारणा की कल्पना की, उसने भी कभी इसकी घातकता की तीव्रता का ठीक-ठीक अनुमान न लगाया होगा। जिस व्यक्ति, जाति या समाज में यह विष एक बार घर कर लेता है, उसका सम्पूर्ण उधम समाप्त हो जाता है; उसका विद्रोह, उसका तेज, उसकी प्रतिक्रियाशक्ति पूर्णतः नष्ट हो जाती है। यह मृत्यु है–जीवन्तता का अन्त।...शोषण का कितना बड़ा माध्यम है, भाग्य की यह अवधारणा! इसके रहते किसी के मन में व्यवस्था के विरुद्ध असन्तोष जन्म नहीं लेगा, उसके विरुद्ध आक्रोश नहीं उठेगा, व्यक्ति व्यवस्था के विरोध और उसके परिवर्तन तथा सुधार की बात सोच ही नहीं सकता...भौतिक विष तो घातक होता ही है, किन्तु मानसिक विष, चिन्तन का विष, उससे कहीं अधिक घातक होता है...।

लक्ष्मण और मुखर को वन से लौटने में अधिक देर लगी। लौटते हुए, वे अपने साथ कुछ फल और लकड़ियां भी लाए थे। लक्ष्मण वन में जाते तो उनका ध्यान लकड़ियों की ओर अधिक रहता था। आज उन्हें मुखर के लिए कुटिया भी बनानी थी। उसके पश्चात आश्रम के चारों ओर बाड़ा भी बनाना था। एक फाटक बनाना था। ईंधन के लिए भी लकड़ियां चाहिए थीं। लकड़ियों की आवश्यकता तो आनेवाले अनेक दिनों तक बनी रहेगी। लक्ष्मण कुटीर-निर्माण के कार्य में लग गए; तब राम ने सीता और मुखर को शस्त्राभ्यास कराना आरम्भ किया। मुखर को शस्त्रों के विषय में कुछ भी ज्ञात नहीं था; अतः उसे आरम्भिक ज्ञान भी दिया जाना था। सीता को बाण-सन्धान सम्बन्धी कुछ बातें बताकर, उनका अभ्यास करने के लिए कह राम ने मुखर को शस्त्रों के विषय में सूचनाएं देनी आरम्भ कीं : उसे सैद्धान्तिक पक्ष बताकर ही व्यावहारिक ज्ञान कराया जा सकता था। सौमित्र सहसा अपना काम छोड़कर एक अन्य स्थान पर चले गए, वहां से टीले की चढ़ाई अच्छी तरह दिखाई देती थी।

राम ने लक्ष्मण को देखा : निश्चित रूप से कोई व्यक्ति टीले की चढ़ाई चढ़कर उनके आश्रम की ओर आ रहा था। पर अभी शस्त्राभ्यास रोकने का कोई कारण नहीं था। उन्होंने सीता और मुखर को उनके अभ्यास में लगाए रखा, ताकि न उनका ध्यान लक्ष्मण की ओर जाए और न वे लक्ष्मण के समान अपना काम छोड़कर उस पगडंडी को ताकने लगें।

थोड़ी देर में एक व्यक्ति ऊपर आया। वह वय से नवयुवक था। उसकी कमर में मृगछाल नहीं थी, उसने एक लंगोटी बांध रखी थी। निश्चित रूप से वह वनवासी न होकर ग्रामवासी था। उसका संवलाया-सा गेहुंआ रंग था। पहले तो वह लक्ष्मण से बातें करता रहा, फिर ध्यान शस्त्राभ्यास करते हुए मुखर और सीता, और निर्देश देते हुए राम की ओर चला गया। वह आश्चर्य विस्फारित नयनों से उनको देखता क्षण-भर भौंचक खड़ा रहकर, लक्ष्मण के साथ उनकी ओर बढ़ा।

शस्त्राभ्यास थम गया। "भाभी! यह कुम्भकार है। इसे सुमेधा ने भेजा है।" लक्ष्मण ने उसका परिचय दिया।

राम ने देखा, कुम्भकार की आंखों में जीवन की चमक थी। मुख की रेखाएं उसके समझदार होने की ओर संकेत करती थीं। यह व्यक्ति सुमेधा के गांव का था, किन्तु सुमेधा के समान अपने जीवन से सन्तुष्ट नहीं था। उसके मुखमंडल पर कुछ सम्मान, कुछ भय, कुछ जिज्ञासा के मिश्रित भाव थे।

"आप लोग कौन हैं?" वह पहला वाक्य बोला।

सुमेधा ने केवल अपनी बात कही थी–सीता सोच रही थीं–उन लोगों के विषय में उसने कुछ भी नहीं पूछा था। उसकी आंखें अपने परिवेश की ओर से बन्द थीं, मस्तिष्क सोया हुआ था। यह व्यक्ति वैसा नहीं था। वह जागरूक था। उसने अपने विषय में कुछ बताने से पूर्व उनके विषय में जिज्ञासा की थी।

"मैं राम हूं! यह मेरे छोटे भाई हैं, लक्ष्मण! यह मेरी पत्नी हैं, सीता; और यह है मेरा मित्र मुखर; हमारे आश्रम में शस्त्राभ्यास्त कर रहा है।"

"आप लोग यहां क्या कर रहे हैं?" कुम्भकार बोला।

लक्ष्मण के चेहरे पर आवेश झलका, किन्तु राम ने उन्हें संकेत से शान्त करते हुए कहा, "हम लोग अपने पिता के आदेश से वन में आए हैं। यहां वैसे ही वास कर रहे हैं, जैसे साधारण वनवासी निवास करते हैं, जैसे तुम निवास कर रहे हो।"

इस बार कुम्भकार के चेहरे पर भावावेश आया, "जैसे मैं निवास कर रहा हूं।...एक दिन कुम्भ-निर्माण छोड़कर, एक मूर्ति का निर्माण करने लगा था, तो तुम्मरण ने मार-मारकर मेरी खाल उधेड़ दी थी। उस दिन उसे कुछ बर्तनों की आवश्यकता न होती, तो वह अवश्य ही मुझे मारकर खा जाता। और आप लोग तो शस्त्रों का अभ्यास कर रहे हैं–यहां तक कि यह महिला भी।"

"शस्त्राभ्यास में तुम्हें क्या आपत्ति है?" राम ने पूछा।

"मुझे कोई अपत्ति नहीं है। आपत्ति है तुम्भरण को।" कुम्भकार जल्दी-जल्दी बोला, "उसका कहना है कि मेरा दादा कुम्भकार था, बाप कुम्भकार था, मुझे भी कुम्भकार ही बनना पड़ेगा। मैंने कुछ और बनने का तनिक भी प्रयत्न किया, तो वह मुझे आंवे में पकाकर मार डालेगा। यहां तक कि मुझे बर्तन छोड़, मिट्टी के खिलौने भी नहीं बनाने देगा। जहां तक शस्त्रों की बात है, उन्हें रखने का अधिकार केवल राक्षसों को है।"

"क्यों? राक्षसों को ऐसा विशिष्ट अधिकार क्यों है, जो अन्य लोगों को नहीं है?" लक्ष्मण ने पूछा।

"इसलिए कि उनका धर्म है शस्त्र रखना, शस्त्र-परिचालन सीखना, शस्त्रों का प्रयोग करना। मेरा धर्म है, उनके घर के लिए बर्तनों का निर्माण करना। मुझे अपना धर्म नहीं छोड़ना चाहिए; और यदि मैंने छोड़ा तो वह मुझे उसका दंड देगा।"

"इसका निर्णय कौन कर सकता है कि तुम्भरण का धर्म दिन में छत्तीस बार जमीन पर नाक रगड़ना नहीं है?" लक्ष्मण ने पूछा।

कुम्भकार ने अपनी जीभ दांतों के बीच दबा ली और भयभीत दृष्टि से चारों ओर देखा। लक्ष्मण ज़ोर से हंस पड़े, "किससे डर रहे हो मित्र?"

"तुम्भरण से।" कुम्भकार अब भी सहमा हुआ था।

"किसी तुम्भरण का साहस नहीं है कि वह राम के आश्रम की ओर आंख उठाकर देखे। तुम निर्भय रहो।"

कुम्भकार का भय कुछ हल्का पड़ा, किन्तु वह पूर्णतः दूर नहीं हुआ था, "तुम्हारे पास दो-तीन धनुष हैं। तुम्भरण के पास कई धनुष और खड्ग हैं, उसके परिवार के प्रत्येक के पास शस्त्र हैं।"

राम मुस्कुराए, "केवल शस्त्र होने से कुछ नहीं होता, मेरे नवयुवक मित्र! उसके परिचालन के कौशल पर बहुत कुछ निर्भर करता है। युद्ध में अकेले सौमित्र सैकड़ों तुम्भरणों पर भारी पड़ेंगे! पर तुम्हें यदि शस्त्रों की संख्या से ही आश्वासन मिलता हो, तो...सौमित्र! इसे अपना शस्त्रागार दिखा दो।"

कुम्भकार शस्त्रागार देखकर लौटा तो एकदम अभिभूत लग रहा था। चपलता विल्लीन हो चुकी थी। गम्भीर दृष्टि से राम को देखा।

"आर्य? आपने इतने शस्त्र क्यों जमा कर रखे हैं?"

"आत्म-रक्षा और न्याय-रक्षा के लिए।" राम बोले, "प्रत्येक व्यक्ति को आत्म-रक्षा का अधिकार है और न्याय की रक्षा उसका धर्म है।"

"मेरा भी?" कुम्भकार ने अविश्वासपूर्ण स्वर में पूछा।

"हां, तुम्हारा भी।"

"तो बर्तन बनाना मेरा धर्म नहीं है।"

"तुम्हारी इच्छा के विरुद्ध नहीं है।"

"मैं वह कार्य छोड़ दूं?"

"छोड़ दो।"

"तुम्भरण के बर्तन कौन बनाएगा?"

"जिसकी इच्छा होगी, वह बनाएगा। इसकी चिन्ता तुम्हारा काम नहीं है।"

"और यदि तुम्भरण ने मेरी हत्या का प्रयत्न किया, तो मेरी रक्षा कौन करेगा?" कुम्भकार बोला।

"तुम स्वयं करोगे।" राम मुस्कुराए।

"मुझे शस्त्र कौन देगा?"

"अपने लिए तुम स्वयं शस्त्र बनाओगे?"

"शस्त्र-परिचालन की शिक्षा कौन देगा?"

"मैं दूंगा।" राम के स्वर में दृढ़-संकल्प था।

"मुझे भी, मेरे साथियों को भी?"

"सबको।"

"सुमेधा के पिता झिंगुर को भी?"

"हां, सबको।"

सहसा कुम्भकार चुप हो गया। उसके भीतर कुछ घटित हो रहा था। वह बदल रहा था। पहले से दृढ़ और गम्भीर हो रहा था।

अन्त में वह धीरे-से बोला, "मैं प्रत्यन करूंगा आर्य! कि मैं सुमेधा और झिंगुर को यहां ले आऊं। न मैं वह रहना चाहता हूं, जो मैं हूं; न झिंगुर वह बना रहना चाहता है, जो वह है। पर झिंगुर साहस नहीं कर सकता, मैं कर सकता हूं। मैं उन्हें यहां ले आऊंगा।" उसकी आंखों में अश्रु छलक आए, "आर्य! अपनी बात से पीछे मत हटना। मैं अपने प्राणों पर खेलने जा रहा हूं।"

राम ने अपना हाथ अभय मुद्रा में उठ दिया, "निश्चिन्त रहो नवयुवक मित्र! यह राम का वचन है।"

कुम्भकार ने हाथ जोड़ दिए। वह जाने के लिए मुड़ा।

"मेरा कुम्भ नवयुवक!" सीता ने उसे टोक दिया।

"आपके लिए मैं अपनी इच्छा से कुम्भ बनाऊंगा, देवि! यहीं, इसी आश्रम में! निश्चिन्त रहें।" वह तेज़ी से ढलान की ओर चल पड़ा।

वे चारों उसे देखते रहे। वह पेड़ों की ओट में छिप गया तो राम मुड़े "देखो! एक कालकाचार्य

हैं कि शस्त्र देखकर सहम गए; और एक यह कुम्भकार है कि अपने बन्धन तोड़ने के लिए मचल उठा।"

"यह क्या मात्र वृत्ति का भेद है?" सीता ने पूछा।

"कुछ वय का, कुछ वृत्ति का।" राम बोले, "कुछ सहे गए अत्याचारों की तीव्रता, कुछ मुक्त होने की इच्छा–अनेक बातें हैं सीते!"

"किन्तु सिद्धाश्रम में तो हमारे शस्त्र देखकर कोई भयभीत नहीं हुआ था," लक्ष्मण जैसे वाचिक चिन्तन कर रहे थे, "वहां का तो बच्चा-बच्चा उठ खड़ा हुआ था। ग्रामीण तथा आश्रमवासी एक साथ संघर्ष करने के लिए जुट गए थे।"

"वहां की स्थिति भिन्न थी," राम बोले, "ऋषि विश्वामित्र के कारण वहां तेजस्विता का इतना दमन नहीं हुआ था। फिर ताड़का के वध ने जनसामान्य का आत्मविश्वास जाग्रत कर दिया था...।"

ग्यारह

राम के आश्रम के व्यावहारिक दृष्टि से दो दल बन गए। प्रातः राम और सीता मन्दाकिनी में नहाने चले गए। उनके लौटने पर लक्ष्मण तथा मुखर गए। बाद के समय में लक्ष्मण आश्रम के निर्माण-कार्य में लगे रहे और राम सीता तथा मुखर को शस्त्राभ्यास कराते रहे। दोपहर के पश्चात सौमित्र और मुखर निर्माण तथा आश्रम की रक्षा के लिए पीछे रुक गए और राम तथा सीता पड़ोस के आश्रमवासियों से परिचित होने के लिए चले गए।

पिछले कुछ दिनों से, राम को अपना कार्य-क्षेत्र विस्तृत करने की आवश्यकता का अनुभव हो रहा था। उन्हें लग रहा था, आश्रम में बैठकर शस्त्र-शिक्षा देने से ही उनका दायित्व पूरा नहीं हो सकेगा। सिद्धाश्रम क्षेत्र के ग्रामवासियों के ही समान इस क्षेत्र के ग्रामवासी तो राक्षसों से आतंकित थे ही, साधारण आश्रमवासियों में भी तेज नहीं था। कालकाचार्य राम के शस्त्रागार के इस प्रदेश में आ जाने से भयभीत थे। उन्हें राक्षसों की अप्रसन्नता की आशंका थी। कुछ अन्य कुलपतियों की भी यही स्थिति थी।...ऐसी स्थिति में राम की शस्त्र-शिक्षा क्या करती? कोई उनके पास आए ही नहीं, तो वे क्या करेंगे? शस्त्र-शिक्षा तो भौतिक स्वतन्त्रता की रक्षा के लिए है, किन्तु उसके पूर्व लोगों के मन को मुक्त करना होगा। उसके लिए उनके आश्रमों में, ग्रामों में, यहां तक कि उनके घरों में भी जाना होगा कि उनका जीवन कैसा हो...जीवन में उनके क्या-क्या अधिकार हों... जनसाधारण को समझाने के लिए लक्ष्मण उपयुक्त पात्र नहीं हैं...उनके तेज के साथ आक्रोश तथा अधैर्य है। वे तर्क कम करते हैं, व्यंग्य और प्रहार अधिक करते हैं।...नहीं! जनसाधारण तक तो राम को ही जाना होगा। उनके हृदय तथा मस्तिष्क को मुक्त करने के पश्चात वह उन्हें लक्ष्मण को सौंप सकते हैं। लक्ष्मण उन्हें शस्त्र-शिक्षा देंगे, शस्त्र-निर्माण का कार्य सिखाएंगे, संगठन और युद्ध का व्यावहारिक ज्ञान देंगे...

वृद्ध कुलपति कालकाचार्य ने पहली भेंट में इंगितमात्र किया था, दूसरी भेंट में स्पष्ट कहा था, "राम! तुम कितने ही वीर क्यों न हो, तुम्हारे पास कितने ही शस्त्र क्यों न हों, तुम्हारा आचरण कितना ही शुद्ध और न्यायपूर्ण क्यों न हो, तुम एक भयंकर जोख़िम में घिर गए हो। तुम अपनी युवती पत्नी के साथ एक ऐसे स्थान पर आ गए हो, जहां किसी के प्राण सुरक्षित नहीं हैं, किसी का सम्मान अक्षत नहीं है। मेरी बात मानो राम! तुम लौट जाओ; और जब तक यहां रहो, अत्यन्त सावधान रहो; प्राणपण से अपनी और अपनी पत्नी की रक्षा करो..."

कालकाचार्य ने जो ठीक समझा, कहा।...किन्तु वनवास की बात अनेक ऋषियों से हुई थी–विश्वामित्र, भारद्वाज, वाल्मीकि...किसी ने भी तो उन्हें लौट जाने के लिए नहीं कहा। ये वृद्ध कुलपति ही ऐसा क्यों कह रहे हैं...? क्या उन समर्थ ऋषियों को इस जोख़िम का ज्ञान नहीं था, या यह कुलपति उन्हें व्यर्थ ही डरा रहे हैं?...बात कदाचित ऐसी नहीं थी। यह कदाचित अपने-अपने सामर्थ्य और दृष्टि की बात थी। विश्वामित्र, भारद्वाज तथा वाल्मीकि समर्थ ऋषि हैं : वे जोख़िम उठाने, शत्रु से भिड़ने और सत्य का मूल्य चुकाने का अर्थ जानते हैं; और यह वृद्ध कुलपति कालकाचार्य, मध्यमकोटि के बुद्धि जीवी-मात्र हैं। उनमें इतनी सामर्थ्य नहीं कि झूठ और अन्याय से जा टकराएं...इस क्षेत्र में तेज को जगाना होगा, जनसामान्य को समझना होगा...यह काम राम को ही करना होगा। कालकाचार्य जैसे लोगों को बताना होगा कि घबराकर अथवा भयभीत होकर भाग जाने से काम नहीं चलेगा...आप अत्याचार के सम्मुख से पलायन कर अपनी जान नहीं बचा सकते। वह आपको ढूंढ़ेगा, घेरेगा और अन्त में कुचल डालेगा। अत्याचार से छिपा नहीं जा सकता, उसका तो सामना ही किया जा सकता है...

अन्धकार होने से पहले राम और सीता आश्रम में लौट आए। आश्रम में फल और आहार पर्याप्त था। भोजन की व्यवस्था में कोई परेशानी नहीं थी। भोजन पकाने का काम कोई भी कर लेता था, अथवा सब मिलकर कुछ-न-कुछ कर लेते थे; किन्तु नियन्त्रण तथा निर्देशन का सर्वाधिकार सीता का था। बीच में आग जलाकर वे लोग उसके चारों ओर भोजन के लिए बैठे। किन्तु भोजन आरम्भ करने की स्थिति ही नहीं आई। उससे पूर्व ही आश्रम के बाड़े के फाटक पर किसी के हाथों की थाप सुनाई दी। कोई ऊंचे स्वर में आश्रमवासियों को पुकारकर फाटक खोलने के लिए कह रहा था।

"कोई अतिथि होगा।" सीता बोलीं।

"फिर भी सावधानी आवश्यक है।" मुखर ने कहा।

"तुम दोनों की बात ठीक है।" राम धीरे-से बोले, "अतिथि ही होगा, नहीं तो इस प्रकार पुकारकर फाटक खोलने के लिए नहीं कहता; पर देश-काल को देखते हुए सावधानी भी आवश्यक है। सौमित्र और मुखर, तुम लोग उल्काएं ले जाओ और देखो! मैं और सीता शस्त्रागार के पास हैं।" मुखर और सौमित्र ने वैसा ही किया। उल्काओं के साथ, वे अपने शस्त्र ले जाना भी न भूले। किन्तु उन्हें लौटने में अधिक देर नहीं लगी। वे लौटे तो उनके साथ सुमेधा, कुम्भकार तथा एक अपरिचित वृद्ध थे। राम और सीता ने उठकर उनका स्वागत किया! कुम्भकार अपनी बात का पक्का निकला था।

"भद्र राम! मैं आ गया हूं, अपनी जान पर खेलकर," कुम्भकार बोला, "अपने साथ सुमेधा तथा उसके पिता झिंगुर को भी ले आया हूं। इन्हें साथ लाने के लिए पर्याप्त परिश्रम करना पड़ा है। ये दोनों ही ऐसा साहस करने के पक्ष में नहीं थे। इनका विचार है कि तुम्भरण के अधीन रहकर, फिर भी कुछ दिन जीवित रहने की सम्भावना थी, किन्तु वहां से भागकर, हमने अपने जीवन के समस्त द्वार बन्द कर दिए हैं। ये अपने को मृत प्रायः ही मान रहे हैं। अब आप चाहें तो हमारी रक्षा कर हमें जीवन दान दें, अथवा हमें तुम्भरण को लौटाकर मृत्यु के हाथों सौंप दें।"

राम ने लपलपाती अग्नि के प्रकाश में उनके चेहरों को देखा : कुम्भकार ठीक कह रहा था। कुम्भकार के मुखमंडल पर जोख़िम तथा दुस्साहस की उत्तेजना थी, किन्तु झिंगुर और सुमेधा के चेहरे मृत्यु की ठंडी राख के समान बुझे हुए थे। राम ने झिंगुर के कन्धे पर हाथ रखा, "तुम्हें मुझ पर विश्वास नहीं है बाबा?"

झिंगुर ने उनकी ओर देखा, पर उसकी दृष्टि अधिक देर टिक न सकी। उसने अपना मुख फेर

लिया। वह अन्धकार में देख रहा था, "मैं आपके प्रति अविश्वास की बातें कैसे कहूं; पर मुझे तुम्भरण की शक्ति, दुष्टता दोनों पर विश्वास है। उसके हाथों से कोई भी नहीं बचा...।"

"तो फिर तुम आ क्यों गए?"

"सुमेधा आ रही थी–मैं क्या करता। मुझे उससे अधिक प्रिय और कुछ नहीं है। तुम्भरण के हाथों मेरी अन्य कोई सन्तान नहीं बची। एक यही शेष है, इसे नहीं छोड़ सकता।"

"और तुम क्यों चली आई सुमेधा?" राम ने पूछा।

सुमेधा कुम्भकार की ओर देख रही थी, "मैं कुम्भकार से प्रेम करती हूं। यह आ रहा था, इसलिए मैं भी आ गई।"

"तुम्हारी मां नहीं आई सुमेधा?" सीता ने पूछा।

"किसी भी प्रकार तैयार नहीं हुई। उसे छोड़ आना पड़ा।"

"अच्छा सुनो बन्धुओ!" राम का स्वर कुछ ऊंचा हो गया, "निस्सन्देह तुम लोगों ने जोख़िम का काम किया है, किन्तु इस आश्रम में भीतर प्रवेश करने के पश्चात तुम्हारा जोख़िम समाप्त हो चुका है। तुम्हारी रक्षा का दायित्व मुझ पर है, सौमित्र पर है–सक्षम होने पर सीता और मुखर पर भी होगा। रात-भर विश्राम करो। कल से तुम्हारी शस्त्र-शिक्षा आरम्भ होगी, ताकि आश्रम के बाहर भी हमारे निकट न रहने पर भी तुम अपनी तथा अपने साथियों की रक्षा कर सको।"

"तुम्हारा नाम क्या है मित्र?" लक्ष्मण ने पूछा, "नाम न जानने के कारण तुम्हें सम्बोधित करने में काफी परेशानी हो रही है।"

"कुम्भकार!"

"यह क्या नाम हुआ?"

"अन्य किसी शब्द से मुझे किसी ने सम्बोधित ही नहीं किया।"

"तो आज से तुम्हारा नाम 'उद्घोष' होगा मित्र।" राम बोले, "तुमने इस सम्पूर्ण क्षेत्र में आज से स्वतन्त्रता का उद्घोष किया है।"

कुम्भकार मुस्कुरा पड़ा। "आओ, अब भोजन करें।" सीता ने सुमेधा का हाथ पकड़ अपने पास बैठाया, "तुम यहां बैठो सखि!"

सुमेधा और उद्घोष बैठ गए, किन्तु झिंगुर नहीं बैठ। सबकी प्रश्नवाचक दृष्टि उसकी ओर उठ गई। झिंगुर के चेहरे पर कुछ इतने मिश्रित भाव थे कि समझना कठिन था कि वह क्या सोच रहा था–वह प्रसन्न भी था और पीड़ित भी, उसके चेहरे पर श्रद्धा भी थी और अविश्वास भी, मार्ग उसके सामने था और उस पर पग भी नहीं उठ रहे थे।

"प्रभु!"

"मैं प्रभु नहीं हूं।" राम मुस्कुराए, "मैं एक साधारण वनवासी हूं, तुम मुझे राम कहो बाबा!"

"भद्र राम" झिंगुर और भी संकुचित हो गया, "इन बच्चों का अपराध क्षमा करना, ये लोग भोजन की इच्छा से आपके साथ बैठ गए हैं। कड़ी भूख ने इनकी बुद्धि असन्तुलित कर दी है

कोई नहीं समझा कि झिंगुर क्या कहना चाह रहा है। क्षण-भर सब-कुछ अनबूझा ही रहा। पर, तब झिंगुर फिर बोला, "हम जाति के भील हैं भद्र! और स्थिति से तुम्भरण के दास! हम आपके साथ बैठकर..."

राम खिलखिलाकर हंस पड़े, "भोजन परोसो सीते।"

वे झिंगुर को सम्बोधित हुए, "बाबा! इसे भूल जाओ कि तुम्हें क्या बताया गया है कि तुम क्या

हो। याद केवल यह रखो कि तुम एक मनुष्य हो, वैसे ही जैसे अन्य मनुष्य हैं। बड़े-छोटे, ऊंच-नीच, दास-स्वामी, जाति-पाति के सम्बन्ध मनुष्य निर्मित हैं; और उनका निर्माण उन्होंने किया है, जिन्हें उनसे कोई लाभ है। मैं मनुष्य में मानवीय सम्बन्ध के अतिरिक्त दूसरा कोई सम्बन्ध नहीं मानता।....और इस समय तो तुम राम के आश्रम के सदस्य हो। तुम्हारी जाति, वर्ण, गोत्र स्थिति-सब-कुछ वही है, जो सम की है। बैठो और शान्त मन से भोजन करो।"

राम ने झिंगुर का हाथ पकड़कर उसे अपने साथ बैठा लिया। झिंगुर बैठ तो गया, किन्तु सबने ही लक्ष्य किया कि वह सहज भाव खा नहीं पा रहा है। जो कुछ उसने खाया भी, वह उसकी भूख की दृष्टि से बहुत कम था। भोजन के पश्चात उद्घोष ने अपनी बात कही, "राम! कल सवेरे ही तुम्भरण को मालूम हो जाएगा कि हम लोग गांव से भाग गए हैं। और यह पता लगाते देर नहीं लगेगी कि हम यहां आए हैं। और यह पता लगते ही वह अपने बन्धु-बान्धवों को लेकर सशस्त्र आक्रमण करेगा। वह हमें गांव से भागने और आपको हमें आश्रय देने का दंड देना चाहेगा..."

"तुम आश्वस्त रहो मित्र!" लक्ष्मण ने उसकी बात पूरी नहीं होने दी, "यह तो समय आने पर देखा जाएगा कि कौन किसको दंड देता है। जब तक तुम्हें तुम्भरण के आक्रमण का भय हो, अथवा जब तक तुम द्वन्द्व युद्ध की दृष्टि से पूर्णतः समर्थ न हो जाओ, तब तक मेरी कुटिया में रहो, उसके पश्चात ही तुम्हारे लिए अलग कुटीर बनाएंगे।"

"मैं भयभीत अवश्य हूं, सौमित्र! किन्तु अपनी असमर्थता को जानता अवश्य हूं।"

"जब तक तुम असमर्थ हो, तब तक हमारी सामर्थ्य पर भरोसा रखो।" राम मुस्कुराए, "सौमित्र! सुमेधा और झिंगुर के लिए अतिथिशाला में प्रबन्ध कर दो। उद्घोष तुम्हारे अथवा मुखर के कुटीर में टिक जाएगा। कल इनके लिए कुटीर-निर्माण तथा शस्त्र-शिक्षा।"

प्रातः राम और सीता उठकर अपनी कुटिया के बाहर आए, तो उद्घोष सामने खड़ा था। वह सहज नहीं था, उसका संवलाया हुआ गेहुंआ रंग इस समय एकदम पीला पड़ गया था।

राम विस्मित हुए, "तुम यहां कब से खड़े हो उद्घोष? जल्दी उठ गए या तुम्हें रात को नींद नहीं आई?" उद्घोष ने कोई उत्तर नहीं दिया। वह केवल फटी-फटी आंखों से उन्हें देखता रहा।

"क्या बात है," राम मुस्कुराए, "रात कहीं तुम्भरण से भेंट तो नहीं हो गई?"

"नहीं आर्य!" वह खोए-से स्वर से बोला, "तुम्भरण से भेंट तो नहीं हुई, किन्तु लगता है कि यहां रात को तुम्भरण या उसके साथी आए अवश्य थे।...सुमेधा और झिंगुर अतिथिशाला में नहीं हैं...।"

"क्या?" सीता के मुख से विस्मय-भरा चीत्कार निकला।

"उद्घोष! तुम सौमित्र को बुलाओ।"

राम सीता को साथ लिए हुए, अतिथिशाला की ओर बढ़ गए।

लक्ष्मण, मुखर तथा उद्घोष के भी आने में अधिक देर नहीं लगी; किन्तु तब तक राम कुटिया का अच्छी प्रकार निरीक्षण कर चुके थे। अतिथिशाला पर आक्रमण, उसे तोड़ने, उस पर किसी प्रकार के बलप्रयोग का वहां चिह्न नहीं था।...रात में किसी ने भी किसी का कोलाहल नहीं सुना था। मुखर की कुटिया अतिथिशाला से बहुत दूर भी नहीं थी। वह यह मानने के लिए रत्ती-भर भी तैयार नहीं था कि बाहर से कोई आया हो; सुमेधा और झिंगुर को बलात ले गया हो और मुखर ने एक भी शब्द न सुना हो।

"यह सम्भव ही नहीं है।" वह अत्यन्त रोष से बोला, "मुखर के कान ऐसे नहीं हैं। रात को आश्रम का एक पत्ता भी खड़केगा, तो मुखर के कान झनझना उठेंगे।"

"तो इसका एक ही अर्थ है, सुमेधा और झिंगुर अपनी इच्छा से रात को आश्रम से निकल भागे हैं।" उद्घोष का स्वर पहले से भी अधिक दीन हो गया।

"पर क्यों?" सीता जैसे अपने-आप से पूछ रही थीं।

"क्योंकि सुमेधा मुझसे प्रेम नहीं करती। उसे अपनी मां अधिक प्यारी है, वह कायर बाप झिंगुर प्यारा है। मैं उसे प्यार नहीं..."

लक्ष्मण आगे बढ़कर उसे संभाल न लेते तो उद्घोष अवश्य ही चक्कर खाकर गिर पड़ता। वह लक्ष्मण का सहारा लेकर पेड़ की छाया में बैठ गया। शेष लोग भी उसके आसपास बैठ गए।

राम सोच रहे थे : यदि सुमेधा और झिंगुर को बलात ले जाया गया होता तो उनकी चिन्ता तुरन्त की जानी चाहिए थी, किन्तु परीक्षण से जिस निष्कर्ष पर वे लोग पहुंच रहे थे, कदाचित वही ठीक था। वे पिता-पुत्री अपनी इच्छा से आश्रम छोड़कर, रात के अंधेरे में अपने गांव लौट गए थे। उनकी चिन्ता का कोई लाभ नहीं था। इस समय तो उद्घोष की चिन्ता की जानी चाहिए थी। कदाचित उसने अपने जीवन का दांव सुमेधा पर लगाया था, और सुमेधा उसे छोड़ गई थी। उसकी मानसिक स्थिति ठीक नहीं थी। यदि इस समय उसे न संभाला तो कुछ अघटनीय भी घट सकता है।

राम ने स्नेहपूर्वक उद्घोष के कन्धे पर हाथ रखा और अत्यन्त कोमल वाणी में बोले, "तुम ऐसा क्यों मानते हो मित्र, कि सुमेधा तुमसे प्रेम नहीं करती। उसका अपने माता-पिता से प्रेम तुम्हारे प्रेम के मार्ग में तो नहीं आता। सम्भव है कि वह पीछे छूट गई अपनी माता के प्रेम में लौट गई हो।"

उद्घोष का वह शरीर, जो क्षण-भर पहले तक सर्वथा प्राणहीन लग रहा था, भयंकर आक्रोश में तप उठा, "नहीं! यह बात नहीं है। अब तक मैं समझता नहीं था, पर आज इस सुमेधा को अच्छी तरह समझ गया हूं...। मेरे प्रेम से उसे क्या मिलता? गांव को छोड़ना पड़ता। इस या उस आश्रम में रहना पड़ता। प्राणों का जोख़िम बना रहता। सम्भव है, पीछे गांव में राक्षस उसकी मां की हत्या कर देते। मैं हूं क्या? एक कुम्भकार। मैं उसे क्या दे सकता था। एक निर्धन व्यक्ति का प्रेम दे ही क्या सकता है..."

"उद्घोष।" सीता ने टोका।

"कहने दो सीते।" राम ने कहा।

उद्घोष बोलता गया, "सुमेधा ने ठीक किया, लौट गई। अब उसकी मां और झिंगुर को कोई कुछ नहीं कहेगा। उसे भी कुछ नहीं कहेगा। राक्षसों की सार्वजनिक भोग्या होकर रहेगी, उनकी जूठन खाएगी। मेरा पता बताकर, मेरी हत्या करवाने में उनकी सहायता करेगी तो सम्भव है जब वे मेरा वध कर, मुझे खाने लगें तो मेरे शरीर की एक-आध जूठी हड्डी उसकी तरफ भी फेंक दें..." वह हांफता हुआ, भाव-शून्य आंखों से बार-बार सबकी ओर देखता रहा, और फिर अपने भीतर डूब गया..."और मैं क्या-क्या स्वप्न देखता था। मैं तुम्भरण राक्षस का दास नहीं रहूंगा। मैं किसी सुन्दर स्थान में, एक छोटी-सी कुटिया बनाकर रहूंगा। सुमेधा मेरी पत्नी होगी। हमारे छोटे-छोटे सुन्दर बच्चे होंगे। हम दोनों मिलकर परिश्रम करेंगे और अपनी गृहस्थी चलाएंगे। अवकाश के समय, मैं अपने घर के लिए बर्तन बनाऊंगा, उन पर सुन्दर-सुन्दर स्त्री-पुरुष, पशु-पक्षी अंकित करूंगा। अपने बच्चों के लिए छोटे-छोटे खिलौने बनाऊंगा। कुछ अन्य मूर्तियां बनाऊंगा। मैं मूर्तिकार बनूंगा..." उसने फिर बारी-बारी एक-एक व्यक्ति के चेहरे को देखा और अन्त में उसकी आंखें राम के मुखमंडल में टिक

गईं। वह बोला तो उसका स्वर हताश था, "मैंने जीवन में बहुत अधिक तो कुछ नहीं चाहा, क्या ईश्वर की सृष्टि में मेरा इतना छोटा-सा स्वप्न पूरा नहीं हो सकता राम?"

राम ने उसे स्नेह-भरी आंखों से देखा, और फिर उनकी आंखों और अधरों से मोहक मुस्कान झरने लगी, "सुनो उद्घोष! इस सृष्टि में मनुष्य का बड़े-से-बडा स्वप्न पूरा होता है; किन्तु मनुष्य की बनाई हुई इस व्यवस्था में नदी के किनारे पड़ी हुई मछली के लिए एक बूंद पानी भी नहीं है। तुम्भरण तथा उसके जैसे सत्ताशाली राक्षसों की बनाई हुई इस दुष्ट व्यवस्था में तुम एक दास कुम्भकार पैदा हुए हो और दास कुम्भकार ही मरोगे। इसमें सुमेधा ही नहीं, सुमेधा जैसी सारी किशोरियां, धन और सत्ता सम्पन्न राक्षसों की भोग्याएं ही बन सकेंगी...पर स्वप्न देखना प्रत्येक मनुष्य का अधिकार है। स्वप्न देखनेवाला मनुष्य ही जीवन्त मनुष्य होता है। यदि तुम्हारे गांव में स्वप्न देखनेवाला उद्घोष जन्म न लेता, तो प्रत्येक कलाकार कुम्भकार का जीवन बिताने को बाध्य होता। किन्तु अब ऐसा नहीं होगा। तुमने स्वप्न देखा है, तुम उसे पूर्ण करने के लिए संघर्ष करो और अपने साथ सम्पूर्ण ग्राम को मुक्त करो। प्रत्येक उद्घोष और सुमेधा को मुक्त करो, प्रत्येक झिंगुर और उसकी पत्नी को मुक्त करो..."

"पर झिंगुर तो मुक्त होना नहीं चाहता।" उद्घोष बोला।

"ऐसा मत कहो।" राम फिर बोले, "झिंगुर हो या सुमेधा अथवा सुमेधा की मां, मुक्त सब होना चाहते हैं; किन्तु पहले उन्हें बताया तो जाए कि वे स्वतन्त्र हो सकते हैं। उनका तन ही नहीं, मन भी बन्दी है। पहले उनके मन को मुक्त करो। उनको साहस दो, उनको आश्वासन दो। उनका मन मुक्त होगा तो वह स्वप्न देखेगा; मन स्वप्न देखेगा, तो तन मुक्त होगा..."

"और सुमेधा के विषय में भी वह सब मत सोचो, जो तुमने अभी कहा है।" सहसा बीच में सीता बोलीं, "वह तुम्हीं से प्रेम करती है, तभी तो तुम्हारे साथ चली आई। यदि उसका पिता अभी साहस नहीं जुटा पा रहा, उसकी मां का मन जोख़िम नहीं उठा रहा; और वह दोनों से प्रेम करती है, तो उसके लिए उसे अपराधिनी नहीं ठहराया जा सकता..."

"आप सच कहती हैं देवि!" उद्घोष के चेहरे का रंग लौट रहा था, "सचमुच सुमेधा मुझसे प्रेम करती है? क्या आप शपथपूर्वक यह बात कह सकती हैं?"

"यद्यपि सुमेधा ने मुझसे इस बात की चर्चा नहीं की।" सीता बोलीं, "किन्तु उसके हाव-भाव देखकर मैं शपथपूर्वक कह सकती हूं कि वह तुमसे प्रेम करती है उद्घोष! उसे प्राप्त करने का प्रयत्न करो।"

"उद्यम करो उद्घोष!" लक्ष्मण बोले, "तुम्हारी प्रिया उस राक्षस के पास बन्दिनी है। यह मत समझो कि वह अपनी इच्छा से लौट गई है। लौटाया है उसे तुम्भरण के आतंक ने। तुम उस आतंक को नष्ट करके ही उसे पा सकोगे। पराक्रम करो। थक-हारकर मत बैठो। संसार उद्यमी और पराक्रमी मनुष्य का है।"

उद्घोष उठकर खड़ा हो गया, "कदाचित आप ही लोग ठीक कहते हैं। मैं ही भ्रमित था...। मैं सुमेधा को ही नहीं सम्पूर्ण ग्राम को तुम्भरण के आतंक से मुक्त करूंगा।"

"साधु उद्घोष। साधु!" राम बोले; "आज से तुम्हारी भी शस्त्र-शिक्षा आरम्भ होगी।"

सन्ध्या समय वाल्मीकि आश्रम से चेतन आया। वह बहुधा मुखर से मिलने आया करता था। सदा

के समान वह राम के समीप आ, अभिवादन कर खड़ा हो गया था। किन्तु उसके पश्चात न उसने आश्रम का समाचार पूछा, न मुखर से मिलने की उत्सुकता दिखाई।

राम ने ध्यान से देखा : चेतन गम्भीर ही नहीं उदास भी था। उसका चेहरा बता रहा था कि वह अपना दुख छिपाने का नहीं, उसे विज्ञापित करने का प्रयत्न कर रहा था।

"क्या बात है चेतन?" राम मुस्कुराए, "ठीक तो हो? यह चेहरा कैसे लटका रखा है?" चेतन ने सिर उठाकर, एक बार राम को देखा और फिर से सिर झुका लिया।

"क्या बात है?" लक्ष्मण का स्वर आशंकित उत्कंठा से पूर्ण था।

"ऋषि ने बार-बार मुखर से मिलने आने की अनुमति देने में कोई आपत्ति की है?" सीता ने वातावरण हल्का करना चाहा।

"नहीं देवि!" चेतन बुदबुदाते-से स्वर में बोला, "ऋषि ने मुझे एक दुखद सूचना देने के लिए भेजा है।"

"क्या हुआ?" राम का स्वर गम्भीर किन्तु स्थिर था, "क्या किसी सैनिक अभियान की सूचना है?"

"नहीं आर्य! ऋषि भारद्वाज के आश्रम से सन्देश आया है कि अयोध्या में सम्राट दशरथ का देहान्त हो गया है

सबकी दृष्टि चेतन पर टिक गई। बोला कोई नहीं।

राम ने क्षण-भर के लिए आंखें मूंदीं, जैसे अपने मन में झांका हो, और वैसे ही निष्कंप स्वर में पूछा, "और?"

"गुरु वसिष्ठ ने द्रुतगामी दूत राजगृह भेजे हैं, ताकि वे भरत और शत्रुघ्न को शीघ्रातिशीघ्र अयोध्या लौटा लाएं।"

एक संक्षिप्त-से मौन के पश्चात राम बोले, "चेतन रात को यहीं विश्राम करो। प्रातः अपने आश्रम लौटना।" और वे सीता की ओर मुड़े, "प्रिये! मैं आज भोजन नहीं करूंगा। कुटिया में जा रहा हूं, बहुत आवश्यक काम होने पर मुझे बुलाया जा सकता है। ध्यान रखना मेरे कारण अन्य लोग भूखे न रहें...।"

राम कुटिया के फर्श पर सुखासन में बैठ गए। थोड़ा-सा समय मन को स्थिर करने में लगा। फिर, अपने शैशव से देखे पिता के अनेक रूप, उनकी आंखों के सम्मुख तिर गए। पिता की उपेक्षा, पिता का प्यार, उनकी कामुकता, उनकी वीरता...और अन्त में राम के युवराज्याभिषेक के लिए उनकी आतुरता। उनका कहना कि उनकी अपनी सुरक्षा के लिए राम का अभिषेक बहुत आवश्यक था... और अब पिता नहीं रहे...क्या सचमुच उनका भय उनके लिए प्राण-घातक सिद्ध हुआ? दशरथ ऐसे व्यक्ति नहीं थे, जो किसी के वियोग में प्राण दे दें...ऐसा प्रेम करने की क्षमता ही उनमें नहीं थी। उन्होंने कभी प्रेम किया तो मात्र अपने-आप से–अपने सुख से, अपनी इच्छाओं से, अपनी सत्ता और सुविधा से...कभी-कभी उन्होंने अपने पुत्रों के लिए भी विह्वलता दिखाई है। राम सिद्धाश्रम गए थे तो पिता विचलित हुए थे; अपने लिए या राम के लिए...किन्तु इस बार...क्या सचमुच पिता उनसे प्रेम करने लगे थे...।

हो सकता है कि प्रेम भी रहा हो, किन्तु जीवन के आधार ही खिसक जाना...उनके कारण और ही होंगे। सत्ता का हाथ में न होना, कैकेयी का क्रूर रूप...भरत का राज्य...।

अब राम को माता कौसल्या और माता सुमित्रा की सुरक्षा और कुशलता की चिन्ता करनी होगी...।

उन्हें भरत की प्रत्येक गतिविधि की सूचना मिलती रहनी चाहिए। प्रातः चेतन के हाथ ऋषि वाल्मीकि के लिए सन्देश भेजना होगा–वे त्रिजट तक सन्देश भिजवा दें कि भरत की प्रत्येक महत्त्वपूर्ण गतिविधि की सूचना तत्काल भेजी जाए...। एक दुर्घटना हो गई, किन्तु दूसरी दुर्घटना नहीं होनी चाहिए...।

बारह

संध्या ढलने पर मुखर ने समाचार दिया कि उसने आश्रम के चारों ओर कई राक्षस घूमते तथा परस्पर कुछ संकेत इत्यादि करते देखे हैं। राक्षक ही थे–वनवासी नहीं। ग्रामवासी भी वे नहीं हो सकते थे, क्योंकि इधर किसी साधारण ग्रामवासी के पास, न तो वैसे भड़कीले राजसी वस्त्र थे; न कोई ग्रामवासी सोने के गहने पहनता था और न किसी के पास शस्त्र ही थे। उतना मोटा और उतना भड़कीला निश्चित रूप से राक्षस ही हो सकता था...। सूचना सबके सामने थी। इस बात में अधिक मतभेद नहीं था कि वे लोग आश्रम पर आक्रमण की तैयारी कर रहे हैं। किन्तु किस समय? यदि खुला आक्रमण करना होता, तो दिन के समय करते, किन्तु उनके हाव-भाव बता रहे थे कि वे आक्रमण रात में ही करेंगे।

"आधी विजय हमारी हो चुकी," राम प्रसन्न मुद्रा में बोले, "हम संख्या में केवल पांच हैं। उनकी संख्या बहुत अधिक है, फिर भी वे छिपकर आक्रमण करना चाहते हैं, इसका अर्थ स्पष्ट है कि वे हमसे भयभीत हैं। भयभीत व्यक्ति आधा तो पहले ही हार चुका होता है।"

"फिर भी भद्र राम! हमें सावधान रहना चाहिए," उद्घोष बोला, "आप तुम्भरण को नहीं जानते। वह बहुत नीच और दुष्ट है!"

राम सम्भावित आक्रमण के विषय में गम्भीरता से सोच रहे थे। उन्होंने सिर उठाकर सबको देखा, "वैसे तुम्भरण का आक्रमण बहुत गम्भीर नहीं होगा। उसके पक्ष के किसी योद्धा के युद्ध-कौशल की ख्याति इस सरे क्षेत्र में मैंने नहीं सुनी। होगा वह खिलवाड़ ही। फिर भी थोड़ी-सी सावधानी आवश्यक है। अपनी इतनी कम संख्या के कारण आश्रम की पूरी सीमा पर पहरे की व्यवस्था हम नहीं कर सकते, इसलिए दो-दो की टोली में इस ऊंचे वृक्ष पर चढ़कर रात-भर प्रहरी का काम करना होगा। आशंका होते ही शेष लोगों को जगा देना होगा।...और आज प्रत्येक व्यक्ति बाणों का पूरा तूणीर अपने निकट रखकर सोए, कवच भी धारण कर लेने चाहिए। गोह के चमड़े के दस्ताने भी पास ही रखें।...उल्काओं की व्यवस्था तो है न लक्ष्मण?"

"ढेर है पूरा।"

"तो ठीक है।"

रात के भोजन के पश्चात पहरा आरम्भ हुआ। पहली टोली लक्ष्मण और उद्घोष की थी। वे दोनों वृक्ष पर, काफी ऊंचा सुविधाजनक स्थान देखकर टिक गए। राम के निर्देशानुसार उन्होंने उल्काएं तथा तूणीर अपने पास रख लिए। कवच उन्होंने पहले से ही धारण कर रखे थे।

लक्ष्मण का विचार था कि यदि राक्षसों ने रात को आक्रमण करने की योजना बनाई है, तो वह आक्रमण दूसरे प्रहर में होना चाहिए, जब आश्रमवासियों के सो जाने की सम्भावना है। उस समय पहरे पर स्वयं राम और सीता होंगे।...किन्तु उन्हें वृक्ष पर टिके आधा प्रहर भी नहीं बीता था कि आश्रम की सीमाओं पर कुछ हलचल दिखाई देने लगी। लक्ष्मण सचेत हो गए। उद्घोष भी पूर्णतः सजग हो उठा।...

राक्षसों की हलचल निरन्तर बढ़ती जा रही थी। लक्ष्मण ने उद्घोष को इंगित किया। उद्घोष

ने मुखर के कुटीर में निश्चित लक्ष्य पर बिना फल का एक बाण मारा। यह राक्षसों के आने का संकेत था। ऊपर, वृक्ष पर बैठे हुए लक्ष्मण और उद्घोष ने देखा कि मुखर की कुटिया का द्वार खुला और उसने राम की कुटिया के द्वार पर थाप दी। मुखर अपनी कुटिया में लौट गया; और धनुष-बाण लेकर अपनी कुटिया के गवाक्ष पर सन्नद्ध बैठ गया। दूसरी ओर ठीक उसी प्रकार सीता धनुष-बाण लेकर अपनी कुटिया के गवाक्ष पर बैठ गईं। वे दोनों इस ओर से होनेवाले आक्रमण से अपनी तथा शस्त्रागार की रक्षा के लिए तैयार बैठे थे। राम अपना भारी धनुष उठाए हुए, कुटीरों तथा शस्त्रागार की दूसरी ओर से रक्षा के लिए कुटीरों के पीछे चले गए।

लक्ष्मण पेड़ से उतरे और अपने धनुष तथा तूणीर के साथ फाटक के निकट एक वृक्ष पर चढ़ गए। उद्घोष पहले वृक्ष पर ही टिका रहा। वे लोग व्यूहबद्ध हो चुके थे और किसी भी प्रकार के आक्रमण का उत्तर देने के लिए प्रस्तुत थे।

सहसा राक्षसों ने अनेक उल्काएं जला लीं। उन्हीं उल्काओं के प्रकाश में लक्ष्मण ने देखा कि राक्षसों की संख्या बहुत अधिक नहीं थी। अधिक-से-अधिक वे एक सौ रहे होंगे। चेहरों से वे बहुत निश्चिन्त लग रहे थे जैसे युद्ध करने न आए हों, वन-भोज के लिए पधारे हों। उन्होंने निश्चित रूप से आश्रमवासियों की शक्ति को कम आंका था।

एक उल्काधारी राक्षस ने आगे बढ़कर जब आश्रम के फाटक को आग लगा दी, तब लक्ष्मण के सम्मुख उनकी योजना स्पष्ट हुई। वे लोग युद्ध से अधिक अग्निकांड करने आए थे।

फाटक को आग लगाकर वे लोग भीतर चले आए, और बड़ी निश्चिन्तता से आश्रम के मध्य बने कुटीरों की ओर बढ़ने लगे। जिस समय वे लक्ष्मण के वृक्ष के नीचे से होकर जा रहे थे, लक्ष्मण ने उनके शस्त्रों को अच्छी प्रकार देखा। उनमें से अधिकांश के पास खड्ग थे। चार-पांच के पास शूल थे, धनुर्धारी तीन-चार ही थे। लक्ष्मण मन-ही-मन उनकी युद्ध-बुद्धि पर मुस्कुराए।

जब अन्तिम राक्षस भी लक्ष्मण के वृक्ष से होकर आगे बढ़ गया तो पीछे से लक्ष्मण ने साधकर बाण मारा...बाण अन्तिम राक्षस की पीठ में लगा : वह चीख़कर भूमि पर गिरा।

चीख सुनकर सारे राक्षस पलटे। उन्होंने उल्काएं उठा-उठाकर प्रहार करनेवाले को खोजना आरम्भ किया। वे समझ गए थे कि आश्रम में कोई जाग रहा था, और उन लोगों का आना अब गुप्त नहीं था। उन्होंने भी स्वयं को छिपाने का प्रयत्न छोड़ दिया था। उनका चीत्कार सुनकर आश्रम के वृक्षों पर सोए पक्षी तक उड़ गए थे।

राक्षस धनुर्धारी आगे आए। उन्होंने धनुष उठाकर शत्रु की देखना आरम्भ किया; किन्तु उसी क्षण बहुत कम अन्तराल में उद्घोष, मुखर तथा सीता के धनुषों ने बाण छोड़ दिए।

लक्ष्मण की ओर पलट जाने के कारण इस बार फिर बाण राक्षसों की पीठ पर पड़े थे। वे दोनों ओर की मार से एकदम अव्यवस्थित हो उठे, और क्षण-भर में ही अपने अस्त्र उठाए चीखते हुए आश्रम के फाटक की ओर भाग गए।

बहुत थोड़े से समय में ही वे लोग आश्रम की सीमा से बाहर हो गए; उनके पीछे एक राक्षस चिल्ला-चिल्लाकर उन्हें पुकारता खड़ा रहा। शायद उसका विचार था कि वे लोग उसके पुकारने से लौट आएंगे; किन्तु जब उसके साथी पूरी तरह आश्रम की सीमा से बाहर हो गए और उनके लौटने की कोई सम्भावना शेष नहीं रह गई, तो वह भी चौकन्ना होकर आगे बढ़ा। तभी सौमित्र वृक्ष से उतरकर धनुष साधे हुए उसके सम्मुख आ खड़े हुए।

"शस्त्र फेंको!" उन्होंने आदेश दिया।

राक्षस का चेहरा भय से पीला पड़ गया। खड्ग उसके हाथ से छूटकर भूमि पर गिर पड़ा, "मेरी तुमसे कोई शत्रुता नहीं है...।" वह घिघिया रहा था।

"रात के अन्धकार में तुम इतने सशस्त्र साथियों के साथ आश्रम में आग लगाने और मार-काट करने आए! अभी तुम्हारी मुझसे शत्रुता ही नहीं है?" लक्ष्मण कड़ककर बोले, "लौटो।"

राक्षस प्राणहीन ढंग से मुड़ा। उद्घोष भी अपने वृक्ष से नीचे उतर आया और सौमित्र के साथ-साथ चलने लगा; किन्तु राक्षस उसे पहचानने की स्थिति में नहीं था। भय के कारण उसकी आंखों के सम्मुख पूरी तरह अन्धकार छा चुका था। वह किसी को भी नहीं देख रहा था...

"यही तुम्भरण है।" उद्घोष ने धीरे-से लक्ष्मण को बताया।

लक्ष्मण ने देखा, उद्घोष की मुट्ठियां भिंची हुई थीं। उसके चेहरे पर घृणा और प्रतिहिंसा थीं।

"ओह!" लक्ष्मण मुस्कुराए, "बस इतना ही था इसका साहस और बल! उद्घोष! अपने को संयत करो भाई। हम युद्धबन्दी पर प्रहार नहीं कर सकते।"

तुम्भरण राम के कुटीर के सम्मुख पहुंचा। सीता और मुखर अपने कुटीरों से निकल आए। राम भी दूसरी ओर से आ गए। उन्होंने देखा, उनके सम्मुख भड़कीले वस्त्र पहने, बहुत सारे मूल्यवान आभूषण धारण किए, असाधारण रूप से स्थूलकाय, गौर वर्ण का एक व्यक्ति मुंह लटकाए खड़ा था। वह भय से कांप रहा था। तुम्मरण ने एक बार भी दृष्टि उठाकर नहीं देखा कि उसके सम्मुख कितने व्यक्ति थे और उनमें कौन-कौन था।

राम ने लक्ष्मण से उसका परिचय पाकर उसे नाम से ही सम्बोधित किया, "तुम्भरण! रात के इस समय इतने सशस्त्र साथियों के साथ हमारे आश्रम का फाटक जलाकर भीतर घुसने का क्या अर्थ है?"

"मेरी तुमसे कोई शत्रुता नहीं है..." तुम्भरण फिर पहले के ही समान घिघियाया, "मैं तो...मुझे क्षमा कर दो।"

"तुम यहां क्या करने आए थे?" राम का स्वर कठोर हो गया।

"मैं तुम लोगों को...तुमसे मेरी..." तुम्भरण बुरी तरह हकला रहा था, "मैं तो अपने दास कुम्भकार को खोजने आया था। वह मेरे घर से भाग आया है।" राम ने उद्घोष को संकेत किया। उद्घोष जाकर तुम्भरण के सम्मुख खड़ा हो गया।

"इसे पहचानते हो?"

तुम्भरण ने अपनी डरी हुई आंखें उद्घोष पर टिकाईं। अस्वीकार में सिर हिलाते हुए, सहसा उसकी आंखों में पहचान उतर आई, "यही है।"

"यह मेरे आश्रम का विद्यार्थी है, उद्घोष।" राम बोले, "यह तुम्हारा दास कैसे है?"

तुम्भरण ने राम को देखा, "इसके पिता को मैंने अपने बल से जीता था, इसलिए मेरा दास हुआ। यह उसका पुत्र है, इसलिए मेरा दास है।"

"तुम्हें आज इसने युद्ध में जीता है," राम बोले, "आज से तुम उद्घोष के दास हो जाओगे?"

"नहीं!" तुम्भरण भय से चीख़ा, "नहीं! नहीं!!"

"तुम्भरण!" राम का स्वर दृढ़ था, "दास-प्रथा अमानवीय है–चाहे वह व्यक्ति की हो, समाज की हो या राष्ट्र की। हम उसे स्वीकार नहीं करते। तुम बलात किसी को अपने अधीन नहीं रख सकते। उद्घोष स्वतन्त्र मनुष्य है।...वैसे तुम्हें अपने बल का गुमान हो तो उद्घोष से द्वन्द्व-युद्ध कर सकते हो। तो तैयार?"

उद्घोष अपना खड्ग संभाले आगे बढ़ा। उसके जीवन में इतने उत्साह और उल्लास का क्षण पहले कभी नहीं आया था। किन्तु तुम्भरण का चेहरा और भी रक्तहीन हो उठा, "नहीं!"

राम हंस पड़े, "तुम तभी तक शूर हो, जब तक दूसरा पक्ष तुमसे दुर्बल है। दूसरे पक्ष के समर्थ होते ही तुम कायर के समान भाग जाओगे...बन्दी के प्राण लेना हमारी नैतिकता के विरुद्ध है। इसलिए मैं तुम्हें एक छोटा-सा दंड देकर मुक्त करता हूं। किन्तु फिर कभी तुम आश्रम के आसपास देखे गए तो मृत्युदंड दिया जाएगा।"

राम लक्ष्मण की ओर मुड़े, "इसके हाथ पीछे बांध दो। इसकी पीठ और छाती पर लिखकर लगा दो कि यह कायर अन्धकार में अचेत दुर्बल लोगों की हत्याएं करता है, और समर्थ प्रतिपक्षी को देखकर भय से कांप उठता है। यह भी लिख दो कि इसे उद्घोष की द्वन्द्व-युद्ध की चुनौती स्वीकार करने का साहस नहीं हुआ है।...और उद्घोष! तुम इसे पशु के समान हांककर आश्रम की सीमा से बाहर खदेड़ आओ।"

तुम्भरण को खदेड़कर उद्घोष लौटा तो अकेला नहीं था। उसके साथ वाल्मीकि आश्रम के चार ब्रह्मचारी थे जिनका नेता चेतन था। "चेतन तुम!" मुखर सबसे पहले बोला, "आधी रात को।"

"आवश्यक समाचार है।" चेतन बोला, "किन्तु यहां क्या हो रहा है? आप लोग जाग ही नहीं रहे, पर्याप्त सक्रिय और स्फूर्त लग रहे हैं? फाटक भी जला पड़ा है।"

"यहां एक मज़ेदार घटना घटी है।" राम बोले, "वह कहानी तुम्हें सवेरे सुनाएंगे। तुम समाचार कहो! ऐसा क्या है कि ऋषि ने तुम्हें आधी रात को भेज दिया?"

"भद्र! अयोध्या का समाचार है।"

"क्या?"

"भरत लौट आए हैं। उन्होंने अपने अभिषेक का विरोध किया है, और आपको मनाकर वापस अयोध्या ले जाने के संकल्प की घोषणा की है। किन्तु..."

"किन्तु क्या?" लक्ष्मण बोले।

"उन्होंने सेना को प्रस्तुत होने का आदेश दिया है। वे चतुरंगिणी सेना के साथ मनाने आएंगे।" चेतन के मुख पर वक्र मुस्कान थी।

"धोखा!" लक्ष्मण बोले, "मनाने के नाम पर सैनिक अभियान!"

"अभी चलकर सब सो रहो।" राम बोले, "शेष बातें कल होंगी।" राम अपनी कुटिया में चले आए, पीछे-पीछे सीता आईं।

"क्या सोच रहे हैं?" सीता उत्कंठित राम की ओर देख रही थीं।

"निश्चित रूप से कुछ नहीं कह सकता।" राम स्थिर वाणी में बोले, "सौमित्र की आशंका भी ठीक हो सकती है, और भरत की घोषणा भी सत्य हो सकती है।" सहसा वे मुस्कुराए, "तुम परेशान मत हो सीते! आशंका की कोई बात नहीं है। जो आशंका सौमित्र के मन में है, वह सुयज्ञ, चित्ररथ, त्रिजट तथा गुह के मन में भी होगी। भरत की सेना आएगी तो मेरे मित्र भी अपने सैनिक-असैनिक योद्धा साथ लेकर आएंगे। फिर, यदि भरत यह समझता है कि वह चित्रकूट में युद्ध करेगा, तो मानना पड़ेगा कि वह सैनिक अभियानों में कच्चा है। यहां का भूगोल सैनिक अभियान के उपयुक्त नहीं है। वह हार जाएगा...वैसे ऐसी आशंका होने पर हमें उसके पहुंचने से पूर्व हीं उसकी मनःस्थति की सूचना मिल जाएगी...।"

"आप पूर्णतः आश्वस्त हैं?"

"पूर्णतः।"

प्रातः एक असामान्य-से कोलाहल से राम की नींद टूटी। उषा में सुनहली आभा नहीं फूटी थी। अभी तो आकाश पर के अन्धकार की घनी परत में कोई दरक भी नहीं पड़ी थी; अभी पक्षियों का संगीतमय कोलाहल भी आरम्भ नहीं हुआ था। पर राम की नींद टूट गई थी। दूर कहीं हल्का-सा कोलाहल सुनाई पड़ रहा था, जो क्रमशः आश्रम की ओर बढ़ रहा था। राम उठकर बैठ गए। सीता को जगाया और कुटिया से बाहर निकल आए। अगले ही क्षण वे पांचों कवच धारण कर कमर में खड्ग बांधे हाथों में धनुष-बाण लिए, अपने शस्त्रागार और कुटीरों को घेरे सन्नद्ध खड़े थे। चेतन तथा उसके साथी अतिथिशाला के भीतर ही रहे। आश्रम के जले हुए फाटक में से पहले कोलाहल भीतर आया और उसके बाद एक भीड़।

राम ने अपना धनुषवाला हाथ झुका दिया। यह संकेत सबके लिए था–युद्ध नहीं होगा। सबके हाथ शिथिल पड़ गए। आनेवाली भीड़ थी, सेना नहीं। वे लोग व्यूहबद्ध नहीं थे। उस सारी भीड़ में शस्त्र भी दो-चार लोगों के पास ही थे; धनुष-बाण तो किसी एक के पास भी नहीं था। यह भीड़ लड़ने नहीं आ रही थी। उसमें आक्रमण की उग्रता नहीं थी। उसकी भंगिमा पर्याप्त भिन्न थी।...

भीड़ के निकट आने पर सबने आश्चर्य से देखा : भीड़ की अग्रिम पंक्ति में मार्ग-निर्देशन करते-से झिंगुर और सुमेधा थे।

"सुमेधा!" उद्घोष जैसे अपने-आप से बोला।

भीड़ थम गई। कोलाहल रुक गया।

सुमेधा आकर उद्घोष के साथ खड़ी हो गई। वह उसके कवच पर हाथ फिराकर स्पर्श से जान लेना चाहती थी कि वह क्या है...

"झिंगुर! तुम कैसे आए?" राम मुस्कुराए, "तुम तो रात के अन्धकार में छिपकर भाग गए थे।"

"इसीलिए तो रात के अन्धकार में छिपकर वापस भी लौटे हैं।" लक्ष्मण बोले, "सुबह तो हो लेने देते आर्य झिंगुर! या अपने नाम का प्रभाव छोड़ नहीं पाओगे?"

झिंगुर हंसा। आज वह सारे संकोचों-ग्रन्थियों से मुक्त लग रहा था। आज वह सिमटा हुआ न होकर उन्मुक्त था, "भद्र राम! मुझे क्षमा करें। तब मैं तुम्भरण का आतंक अपने मन से निकाल नहीं पाया था। तब मैं आपका सामर्थ्य भी नहीं जानता था, अतः आप पर विश्वास नहीं कर सका। किन्तु..."

"किन्तु क्या बाबा?" सीता ने पूछा।

"किन्तु, कल प्रातः से ही राक्षस आपके आश्रम पर आक्रमण करने की तैयारी कर रहे थे–ग्राम का प्रत्येक निवासी इस बात को जानता था। प्रत्येक दास-ग्रामवासी की सहानुभूति आपके साथ थी; किन्तु, हममें से कोई आप तक सूचना पहुंचाने का साहस नहीं कर सका।" झिंगुर क्षण-भर के लिए रुका, "रात को जब आश्रम पर आक्रमण हुआ, तो कुछ ग्रामवासी छिपकर राक्षसों के पीछे-पीछे आए। उन्होंने यहां हुई राक्षसों की दुर्गति देखी। उन्होंने देखा कि जो राक्षस ग्रामवासियों के सम्मुख सर्वशक्तिमान थे, जिनके सम्मुख कोई सिर नहीं उठा सकता था, वे मात्र पांच शस्त्रधारियों के सम्मुख

नहीं टिके। बिना युद्ध किए भाग गए। और फिर तुम्भरण को भी उन्होंने देखा; जो हममें से ही एक इस कंगाल युवक कुम्भकार से द्वन्द्व-युद्ध का साहस नहीं कर सका।...गांव में ये सारी सूचनाएं पहुंचीं, और हम में से अनेक के मन में संचित तुम्भरण और राक्षसों का आतंक नष्ट हो गया और..."

"और तुम लोगों को प्रातः भ्रमण की सूझी।" लक्ष्मण मुस्कुराए।

"वह तो सूझी ही।" झिंगुर हंस रहा था। उसने अपने साथ खड़े युवक को उसकी भुजा से पकड़कर आगे किया, "यह है धातुकर्मी! इसने अपनी लोहे की एक छड़ से तुम्भरण पर प्रहार किया। उसके खड्ग को अपने छड़ पर सहा, और तुम्भरण को यम के घर पहुंचा दिया। फिर क्या था, सारे गांव में विप्लव हो गया।"

"साधु! मित्र!" राम बोले, "सौमित्र! यह तेजस्वी पुरुष है!"

"अवश्य!" लक्ष्मण की आंखों में प्रशंसा का भाव था, "तुम्हें अब धातुकर्मी से शस्त्रकार बन जाना चाहिए।"

"तुम ठीक कह रहे हो...।"

"किन्तु अन्य राक्षस कहां गए?" सीता ने पूछा।

"वे लोग भीत कुत्ते के समान दुम दबाए हुए गांव में आए थे।" धातुकर्मी बोला, "गांव का विप्लव देखकर उसी प्रकार दुम दबाए हुए वन की ओर भाग गए।"

"वे लोग अपने मित्र राक्षसों के पास सहायता के लिए गए होंगे," उद्घोष बोला, "वे अवश्य लौटकर गांव में आएंगे और फिर पहले से भी अधिक अत्याचार करेंगे।"

"इसीलिए तो हम आपके पास आए हैं।" झिंगुर उत्साह के साथ बोला, "अब हमारे मन में से राक्षसों का भय समाप्त हो गया है। वे लौटेंगे तो हम प्रतिरोध करेंगे। उसके लिए आवश्यक है कि आप हमें शस्त्र और शस्त्र-शिक्षा दें। हम उनसे युद्ध कर उन्हें भगा देंगे अथवा मार डालेंगे।"

"आपका प्रस्ताव श्लाघ्य है आर्य झिंगुर!" राम बोले, "और यही राक्षस-समस्या का समाधान भी है। आप लोगों को सशस्त्र होना भी चाहिए। इस नई-नई स्वतन्त्रता की रक्षा के लिए आप लोगों को सैनिक शिक्षा अवश्य प्राप्त करनी चाहिए। इन सारे कामों के लिए हम पूरी तरह से आपकी सहायता करेंगे। किन्तु उसके साथ एक अन्य मोर्चे पर भी आप लोगों को लड़ना होगा। आपको अपने गांव में मानव-समता पर आधृत समान अधिकारोंवाला समाज बनाना होगा, जिसमें उत्पादन के साधनों पर सबका समान अधिकार हो। नए समाज की नई नैतिकता स्थापित करनी होगी, अन्यथा आपके अपने ग्रामवासियों में से ही ग़लत व्यवस्था के कारण अनेक राक्षस जन्म लेंगे; जो आज आपके मित्र हैं, वे कल आपके स्वामी बन जाएंगे। अतः आपका प्रशिक्षण लम्बा है..."

"तो?"

भीड़ के चेहरों पर अनेक आशंकाएं थीं।

"तो आप सबका इस आश्रम में रहना व्यावहारिक नहीं है। अब, जब आप अपने गांव के स्वामी स्वयं हैं, इस आश्रम में नया ग्राम बनाने की आवश्यकता नहीं है। हमारे पास जितने शस्त्र हैं, वे आप सबके लिए पर्याप्त भी नहीं हैं। अतः आपको अपने शस्त्रों का निर्माण भी स्वयं ही करना होगा। आप लोग अपने गांव में लौट जाएं। उद्घोष आपके साथ जाएंगे, और शस्त्र-निर्माण की व्यवस्था करेंगे। लक्ष्मण के कहे अनुसार, आपके मित्र धातुकर्मी अब शस्त्रकार बनें। वे तथा उनके सहयोगी आपकी धातुओं को शस्त्रों में ढाल देंगे। प्रशिक्षण, सहायता, निरीक्षण तथा निर्देशन के लिए सौमित्र प्रतिदिन आपके गांव जाएंगे। स्त्रियों के प्रशिक्षण के लिए आवश्यकतानुसार सीता भी जाएंगी। मुखर

भी आवश्यकता पड़ने पर जाएंगे, और इसके पश्चात भी आवश्यकता हो तो यह आश्रम आपका है। मैं आपकी सहायता के लिए प्रस्तुत हूं।"

राम मौन हो गए। कुछ क्षण के लिए भीड़ पर चमगादड़ के समान अनिश्चय आ टंगा; किन्तु धीरे-धीरे वायुमंडल की धूल के समान वह भूमि पर बैठ गया।

"ठीक है।" उद्घोष ने कहा, "मैं गांव जाऊंगा।"

"कोई असुविधा तो नहीं बन्धयुओ?" राम ने पूछा।

"नहीं। आप ठीक कह रहे हैं।" झिंगुर बोला, "हमारा अपने घरों में अपने परिवारों के साथ रहना अधिक सुविधाजनक है। अब देखिए न! सुमेधा की मां इस बार फिर मेरे साथ नहीं आई।"

"चलो मित्रो!" धातुकर्मी बोला, "चलो गांव की ओर।"

उन लोगों ने हाथ जोड़ नमस्कार किया और लौट चले।

"जा रही हो सुमेधा?" सीता बोलीं।

"हां दीदी!" सुमेधा मुस्कुराई, "अब तो उद्घोष भी गांव लौट रहा है। तुम कब आओगी हमारे गांव दीदी?"

"तेरे विवाह पर!"

"धत्!" सुमेधा ठिठककर खड़ी हो गई, पर फिर गतिमान हो उठी, "अब तो मैं प्रतिदिन आऊंगी दीदी! प्रतिदिन!"

वह भी भीड़ के पीछे भाग गई।

तेरह

कुटिया के द्वार पर एक पेड़ की छाया में सीता छोटा-मोटा घरेलू काम के लिए बैठी थीं। उनके पास ही बैठी सुमेधा तकली पर सूत कात रही थी। बीच-बीच में बातें भी हो जाती थीं और फिर दोनों का ध्यान अपने-अपने काम की ओर चला जाता था।

दोपहर तक का काम समाप्त कर समुधा हाथों को उलझाएं रखने का कोई काम लेकर सीता के पास आ बैठती, वन-ग्राम के अनेक समाचार दे जाती। उद्घोष बहुत व्यस्त था : कभी शस्त्र-निर्माण, कभी प्रशिक्षण, कभी अभ्यास, कभी खेतों में काम, कभी गांव के कार्यालय में, कभी मूर्ति-निर्माण, कभी कुम्भ...सुमेधा भी अपने ढंग से व्यस्त थी; किन्तु अपनी सारी व्यस्तता में भी सीता के पास आने का समय वह निकाल ही लेती, सिवाय उन दिनों के जिन दिनों सीता को उनके ग्राम जाना होता था।

इधर लक्ष्मण भी काफी व्यस्त हो उठे थे। वन से ईंधन, कन्द-मूल, फल अथवा अहेर का लाना तो नित्य कर्म था ही; कुटीरों को दृढ़ करने, बाड़े की मरम्मत तथा अन्य कामों के लिए लकड़ी की अतिरिक्त आवश्यकता भी रहती थी...। अनेक कार्यों से वन के विभिन्न आश्रमों तथा अनेक ग्रामों में भी जाना पड़ता था। सम-वयस्क युवकों से उनका सम्पर्क स्थापित हो गया था। उनके प्रभाव क्षेत्र में आश्रमों के ब्रह्मचारी भी थे और ग्रामवासी युवक भी। लक्ष्मण उनके नेता बन उन्हें शस्त्रों का अभ्यास कराया करते थे। दोपहर के भोजन के पश्चात प्रायः लक्ष्मण इसी शिक्षण के लिए चले जाया करते थे। राम ने सीता को शस्त्राभ्यास करा दिया था, मुखर को समर्थ बना दिया था, और अब सुमेधा भी दोपहर को सीता के पास आ जाती थी। उसने उद्घोष से थोड़ा-बहुत शस्त्र-परिचालन भी सीख लिया था। राम भी अपने परिवेश पर दृष्टिपात करने के लिए चले जाया करते थे।

किन्तु अपने आश्रम से अधिक दूर नहीं जाते थे। सीता एक सीमा तक ही अपनी सहायता कर

सकती थीं, आवश्यकता होने पर सहायता के लिए मुखर भी वहां था। किन्तु शस्त्रागार अपनी रक्षा में स्वयं समर्थ नहीं था। राम अथवा लक्ष्मण में से एक का आश्रम के समीप ही कहीं बने रहना आवश्यक था।...आज भी सुमेधा को सीता के पास आया देख वे थोड़ी देर के लिए कालकाचार्य से मिलने चले गए थे।

...सहसा सीता ने आश्रम के बाड़े का फाटक खुलने का शब्द सुना। उन्होंने विस्मय से गर्दन घुमाकर उस ओर देखा–इतनी जल्दी तो न राम के आने की आशा थी, न लक्ष्मण की।

आगन्तुक कोई अन्य ही था–सीता के लिए पूर्णतः अपरिचित! आरम्भिक दिनों में इस प्रकार किसी अपरिचित को समीप आते देखकर सीता बुरी तरह चौंक उठती थीं। किन्तु अब कुछ-कुछ अभ्यास हो गया था। इस वन में भी खोज-खोजकर, दूर और पास के लोग राम को मिलने के लिए आते थे। राम थे ही ऐसे–किसी भी व्यक्ति के लिए सहज-सुलभ, खुले तथा ईमानदार। कोई भी व्यक्ति आकर उनसे अपनी समस्याएं कह, परामर्श और यदि आवश्यक हो तो सहायता प्राप्त कर सकता था।

कदाचित आगन्तुक भी कोई ऐसा ही व्यक्ति रहा होगा।

आगन्तुक स्थिर पगों से अब सीता और सुमेधा की ओर बढ़ रहा था। सीता ने देखा–वह कोई स्थानीय व्यक्ति नहीं लगता था। वह ऊंचा-लम्बा और स्वस्थ युवक था। वय चालीस-बयालीस के आसपास रहा होगा। रंग उसका गोरा था, सिर पर लम्बे-लम्बे पीत केश थे। आंखें कुछ नीली थीं और उसने राजसी वेशभूषा धारण कर रखी थी। सीता के ज्ञान के अनुसार, इस पुरुष को उत्तर कुरु के उस पार का वासी होना चाहिए था। इतनी दूर से यह राजपुरुष यहां क्या करने आया है?

वह सीता तथा सुमेधा से उचित दूरी बनाए; शिष्ट भाव से खड़ा हो गया, "क्या आर्य राम का आश्रम यही है?"

उसका स्वर सुनकर सीता चौंक उठीं। कैसा कर्कश स्वर था इस पुरुष का–एकदम बनैले कौए का-सा। और आंखें भी तो वैसी ही थीं–छोटी-छोटी, तीखी और गोल। कौआ, एकदम कौआ–सीता ने सोचा–मनुष्य के शरीर में कौए की आत्मा। उसके शब्द पर्याप्त शिष्ट थे, किन्तु उसके चेहरे का भाव वैसा नहीं था...सुमेधा उसे देखकर अपने-आप में सिमट गई।

सीता ने अपने आत्मबल का आह्वान कर निर्भीक स्वर में कहा, "आर्य ठीक स्थान पर आए हैं, किन्तु राम इस समय आश्रम में उपस्थित नहीं हैं।"

"आर्य लक्ष्मण?"

"वे भी कहीं गए हुए हैं।" सीता बोलीं, "आप अतिथिशाला में ठहरें, वे लोग शीघ्र ही आ जाएंगे।"

आगन्तुक के चेहरे की रही-सही शिष्टता भी धुल गई। उसके मन के भाव निरावृत्त होकर उसके चेहरे पर प्रकट हुए।

"राम से मुझे कोई काम नहीं है। मैं तो तुम्हारे लिए ही आया हूं सुन्दरी!" सुमेधा आशंका से पीली पड़ गई।

सीता ने साहस नहीं छोड़ा "कौन है तू अभद्र? तू नहीं जानता राम और सौमित्र को तनिक-सी भी सूचना मिल गई, तो तेरा मुंड रुंड से पृथक हो धरती पर लोट जाएगा।"

पर आगन्तुक जैसे कुछ भी नहीं सुन रहा था।

"सुमेधा!" सीता धीरे-से बोलीं, "खड्ग ला। मैं इस दुष्ट को देखती हूं।" सुमेधा शस्त्रागार के भीतर घुस गई।

आगन्तुक ने उसे देखा। कुछ सोचकर मुस्कुराया, "तुम्हारी सखी समझदार है सीते! वह जानती है, वह कब और कहां अवांछित है।"

वह सधे पगों से आगे बढ़ रहा था।

"तुम्हारी बुद्धि की बलिहारी, किन्तु तुम रुक जाओ।" सीता ने आदेश दिया, "नहीं तो तुम्हारी समझ में अच्छी तरह आ जाएगा कि तुम कब और कहां अवांछित हो।"

"शुभ लक्षणे!" आगन्तुक के चेहरे पर वीभत्स मुस्कान उभरी, "अपने विषय में मैं अच्छी तरह जानता हूं, तुम्हें ही अपना मूल्य ज्ञात नहीं। तुम्हें क्या मालूम, मैंने संसार में कहां-कहां तुम्हारे रूप की चर्चा सुनी है; और मैं कितनी दूर से तुम्हें पाने के लिए आया हूं...।"

"मौन हो दुष्ट!" सीता के भरपूर हाथ का चांटा आगन्तुक के मुख पर पड़ा।

क्षण-भर के लिए आगन्तुक हत्प्रभ रह गया, वह इस प्रकार के प्रहार के लिए तैयार नहीं था। किन्तु, दूसरे ही क्षण वह सीता पर झपट पड़ा। उसने सीता को अपनी भुजाओं से बांध लिया था। उसकी जकड़ में निरुपाय सीता छूटने के लिए तड़प रही थीं...तभी सुमेधा ने पीछे से आगन्तुक की पीठ में खड्ग अड़ा दिया। सीता उसकी पकड़ से निकल गईं। वह पीछे की ओर पलटा। तब तक सीता सुमेधा से दूसरा खड्ग ले चुकी थीं और वे प्रहार के लिए सन्नद्ध थीं। आगन्तुक ने भी अपना लम्बा खड्ग कोष में से निकाल लिया।

"सीता! समर्पण कर दो, अन्यथा प्राणों से जाओगी।" वह अत्यन्त क्रूर दिखाई पड़ रहा था।

"दुष्ट! तू भी देख, किसके प्राण पृथ्वी को भारी हो रहे हैं।" सीता बोलीं, "सुमेधा! मुखर को बुला ला।"

तभी लौटकर राम बाड़े के फाटक पर पहुंचे। वे कालकाचार्य से हुई बातचीत पर विचार करते हुए, आत्मलीन से चले आ रहे थे। अभ्यस्त हाथ बाड़े का फाटक खोलने के लिए आगे बढ़े, तो ध्यान आया कि फाटक तो खुला है। दृष्टि उठाकर देखा, तो चौंक उठे : सुमेधा भागी हुई कदाचित मुखर की कुटिया की ओर जा रही थी। सीता खड्ग लिए हुए द्वन्द्व-युद्ध के लिए तत्पर थीं। और एक राजसी पुरुष लम्बा खड्ग लिए सीता पर प्रहार करने जा रहा था।

राम की शिराओं का रक्त एकदम उफन पड़ा : कौन है यह दुस्साहसी राजपुरुष। वह उनकी पत्नी पर प्रहार करने जा रहा था। सीता कितनी ही साहसी और सक्षम क्यों न हों, कदाचित एक दक्ष और अभ्यस्त योद्धा का सामना अभी नहीं कर सकतीं। राम को तनिक भी विलम्ब हो गया होता, तो यहां कोई दुर्घटना घट गई होती...तुम्भरण के वध के बाद से राम जैसे आशंकारहित हो गए थे, किन्तु यह स्थान उतना सुरक्षित नहीं था...राम अपना खड्ग नग्न कर, झपटे; और कूदकर सीता और उस पुरुष के मध्य, आ खड़े हुए। सीता और आगन्तुक दोनों ही चौंक पड़े।

सीता का सारा भय और समस्त आशंकाएं क्षणांश में विलुप्त हो गईं। उनके राम आ गए थे और राम संसार के किसी भी योद्धा को द्वन्द्व की चुनौती दे सकते थे। वे सहज और शान्त हो गईं।

सीता ने देखा, राम का क्षोभ भी समाप्त हो चुका था। आत्मविश्वासी राम निश्चिन्त मुद्रा में खड्ग लिए खड़े थे, जैसे उनके सामने खड्गधारी योद्धा न हो, कोई चूहा खड़ा हो...चूहा नहीं, कौआ। साधारण कौआ, जिसे हुश्काकर, डराकर भगा दिया जाए।

आगन्तुक राम को देखकर भी संकुचित नहीं हुआ था। अपने दुष्कृत्य के लिए वह रंचमात्र भी लज्जित नहीं था। उसने अपनी ओर से राम पर ज़ोरदार आक्रमण किया। पर राम उससे जैसे

खड्ग-युद्ध नहीं कर रहे थे, खेल रहे थे। उन्होंने खड्ग को लाठी के समान ज़ोर से चलाया। आगन्तुक का खड्ग उसके हाथ से निकल हवा में उड़ता हुआ दूर जा गिरा।

"यह तो एकदम ही कौआ निकला। किसी को असावधान पाकर झपट पड़ने में ही उसका बल था।" सीता मुस्कुरा पड़ीं।

आगन्तुक राम का सामर्थ्य पहचान, भय से पीला पड़ गया। वह उलटकर भागा...राम ने खड्ग से प्रहार नहीं किया। लपककर उसके मार्ग में टांग अड़ा दी। आगन्तुक धड़ाम से पृथ्वी पर आ गिरा।

राम ने आगे बढ़कर उसके कंठ पर अपना पैर जमा दिया।

"सीते! आओ, इसकी वीरता देखो।" उन्होंने पुकारा!

तब तक मुखर भी हाथ में धनुष-बाण लिए सुमेधा के साथ भागता हुआ आ पहुंचा। राम को आगन्तुक के कंठ पर पग धरे देख वे दोनों ही सहज हो गए, और तेज़ी से चलते हुए पास आकर ठहर गए। सीता राम के पास पहुंच गई थीं। गम अपना पग क्रमशः दबा रहे थे। आगन्तुक के चेहरे पर भय के स्थान पर अब क्षोभ था। उसकी आंखें पीड़ा और अपमान से लाल हो रही थीं, "तुम मुझे नहीं जानते हो राम! तभी यह दुस्साहस कर रहे हो। मैं तुम्हें दंड दिलवाऊंगा।"

"अच्छा! इस क्षेत्र में चोर भी दंड दिलवाने की धमकी देते हैं।" राम मुस्कुराए, "तुम्हें लज्जा तो तनिक नहीं आई दुष्ट! कोई विशेष चीज़ लगते हो। किससे दंड दिलवाओगे?"

"ब्रह्मा से।" आगन्तुक के चेहरे पर दुश्चरित्र समृद्धि ख़ूब खेली थी।

राम मुस्कुराए, "ब्रह्म का भय दिखा रहे हो भद्र पुरुष! क्या ब्रह्मा तुम जैसे दुष्टों की रक्षा करते-फिरते हैं? फिर तो मुझे लगता है कि किसी दिन मुझे स्वयं ब्रह्मा से भी निबटना पड़ेगा।"

उन्होंने अपना पैर कुछ और दबाया।

"जानते हो।" आगन्तुक पीड़ा और क्रोध के मिश्रित स्वर में बोला, "तुम जो अपमान कर रहे हो, उसके लिए तुम्हें कभी क्षमा नहीं किया जाएगा। तुम्हें कदाचित मालूम नहीं कि मैं इन्द्र का पुत्र जयन्त हूं।"

"इन्द्र का पुत्र!" राम की स्मृति के सारे तन्तु एक साथ ही झनझना उठे, "तुम बाप-बेटा एक ही काम करते-फिरते हो दुष्टो! मेरे मन से अहल्या पर हुए अत्याचार की छाया अभी मिटी नहीं, और तुम आ गए। दुष्ट सत्ताधारी के सम्पन्न विलासी पुत्र! मैंने इन्द्र को सम्मुख पाकर उसकी हत्या का प्रण किया था, वह तो मेरे सामने नहीं आया। आज तुम आए हो। बोलो, तुम्हें क्या दंड दिया जाए?"

राम का खड्ग जयन्त के वक्ष पर जा लगा।

जयन्त को पसीना आ गया। उसका स्वर कांप गया, पर वह अपना सम्पूर्ण साहस बटोरकर निर्भयता का अभिनय करता हुआ बोला, "तुम ब्रह्मा से नहीं डरते? तुम इन्द्र से नहीं डरते?"

मैं किसी दुष्ट अथवा दुष्टता के संरक्षक से नहीं डरता।" राम बोले, "मैं ऐसे लोगों से घृणा करता हूं। बड़े-बड़े नाम लेकर मुझे मत डराओ। सत्ताधारियों और उनके पुत्रों के अत्याचारों की कथा सुनकर मेरे मन में घृणा की आग धधकने लगती है। मैं दुष्टता का नाश करने को वचनबद्ध हूं। चाहे वे दुष्ट कितने ही सबल, सत्तासपन्न, धनवान हों।"

राम के पांव का दबाव बढ़ता ही जा रहा था और खड्ग की नोक जयन्त को बुरी तरह चुभने लगी थी। उसका निर्भयता का अभिनय चल नहीं पाया। उसके चेहरे का साहस राम की अडिगता का ताप पाकर हिम के समान गल गया। उसके चेहरे पर दीनता आ गई। स्वर घिघियाने लगा, "मुझे क्षमा करो! राम! मैं तुम्हारे चरण छूकर, तुमसे जीवन की भीख मांगता हूं।" उसने दोनों हाथों

से राम का पांव पकड़ लिया। आंखों से अश्रु बहने लगे, और होंठ रोने के लिए फैल गए। राम ने अपना पग उसके कंठ से हटा दिया, "इतने ही वीर थे तुम इन्द्रपुत्र जयन्त! सीता पर प्रहार करते हुए, कदाचित तुम्हें अपना कोमल कंठ याद नहीं रहा... "

"मुझे क्षमा करो राम!" जयन्त ने भूमि से उठकर राम के चरणों पर अपना मस्तक रख दिया, मैं तुम्हारी शरण में आया हूं। मुझे प्राणों की भीख दो। मुझे अभय दान दो।"

"थोड़ी देर पहले तो तू देवी सीता की शरण में आया था दुष्ट!" सुमेधा ने घृणा से पृथ्वी पर थूक दिया।

राम मुस्कुराए, "मुझे मेरे आदर्शों में बांधने की कुटिलता मत करो पापी पिता के पापी पुत्र! क्षत्रिय शरण में आए व्यक्ति की रक्षा अवश्य करता है, किन्तु मैं तुम जैसे नीच की शरण-याचना को एक घड़यन्त्र मानता हूं; अभय नहीं दूंगा, चाहे प्राण-दंड न दूं। दंड तुम्हें अवश्य मिलेगा। मैं तुम्हारे प्राण नहीं लूंगा; पर अंग-भंग अवश्य करूंगा।"

"अंग-भंग!" जयन्त की घिग्घी बंध गई।

"हां! अंग-भंग!" राम बोले, "सीता पर दुष्ट दृष्टि डालने के कारण तुम्हारी आंख फोड़ दूं अथवा प्रहार करने के कारण एक हाथ काट डालूं?"

"क्षमा करो राम!" जयन्त रोता हुआ राम के चरणों से लिपट गया, "पिताजी से कहकर जो चाहोगे दिलवा दूंगा...राज, धन..."

"विलम्ब मत करो।" राम बोले, "मेरी बात का उत्तर दो। विलम्ब तुम्हारे लिए हितकर नहीं होगा। लक्ष्मण आ गए तो मेरे निषेध पर भी वे तुम्हारी हत्या कर डालेंगे..."

"लक्ष्मण।" जयन्त क्षण-भर के लिए जड़ हो गया, पर फिर जैसे जागकर रोता हुआ बोला, "मेरा हाथ मत काटो। मेरा हाथ मत... ।"

"तो ले।" राम ने अपने तूणीर से तीखे फलक का एक बाण निकाला। जयन्त ने मुख ऊपर उठाकर राम की ओर देखा ही था कि चीख़ मारकर पृथ्वी पर उलट गया। वह जान ही नहीं पाया कि राम ने किस कौशल से बाण के फलक से उसकी बाईं आंख बींध दी थी।

"चले जाओ।" राम ने आदेश दिया।

जयन्त सरपट भागता हुआ आश्रम की सीमा से निकल गया। राम ने मुड़कर सीता को देखा। सीता के कन्धे से बहता हुआ रक्त, उनके वक्ष पर आ गया था। "सीते! यह क्या है प्रिये?"

सीता ने लापरवाही से कन्धा झटक दिया, "कौआ चोंच मार गया।"

राम के मन में जयन्त का कर्कश स्वर तथा छोटी, गोल, तीखी आंखें कौंध गईं। वे हंस पड़े, "ठीक कहती हो प्रिये!" वे मुड़े "सुमेधा! सीता के घाव का उपचार कर दो देवी! और मुखर! तुम जाओ मित्र! कोई आशंका नहीं।"

फाटक को बन्द करने की ध्वनि सुनकर राम मुड़े। लक्ष्मण कन्धे पर धनुष टांगे, मस्त-से कुछ गुनगुनाते चले आ रहे थे। उनके साथ चेतन तथा वाल्मीकि-आश्रम के दो ब्रह्मचारी और थे।

"यहां कुछ हुआ है भैया?" उन्होंने सब लोगों पर दृष्टि डाली।

"विशेष नहीं। एक धृष्ट कौआ आया था। हुश्काकर भगा दिया।" राम मुस्कुराए, "सुनाओ चेतन! क्या समाचार लाए?"

चेतन मुस्कराया, "आर्य! यह न मान लें कि मैं केवल समाचार ही लाता हूं, कभी-कभी वैसे भी आपसे मिलने की इच्छा होती है...।"

"किन्तु आज मैं समाचार लेकर ही आया हूं।" लक्ष्मण बोले।

"जी!"

"क्या समाचार है?" राम ने पूछा।

"भरत अयोध्या से चल चुके हैं। सन्देशवाहक के चलने तक वे शृंगवेरपुर तक पहुंच चुके थे, और निषादराज गुह के अतिथि थे। उनके साथ अयोध्या की सेना के साथ-साथ मन्त्रिमंडल, राजगुरु तथा आपकी तीनों माताएं भी आ रही हैं। अगले दिन उनके साथ गुह भी अपनी सेना समेत प्रस्थान करनेवाले थे।"

"समाचार तो बुरा नहीं।" राम बोले, "यदि माताएं, मन्त्रिमंडल, राजगुरु तथा गुह भी साथ हैं, तो भरत का प्रयोजन सैनिक अभियान नहीं हो सकता।"

"यह न भूलें कि भरत कैकेयी का पुत्र है।" लक्ष्मण का स्वर तीखा था।

राम मुस्कुराए, "यह बात भी मेरे ध्यान में है।"

"किन्तु राम!" चेतन बोला, "ऋषि भारद्वाज और कुलपति वाल्मीकि दूसरी आशंका से पीड़ित हैं।"

"वह क्या? सीता ने पूछा।

"यदि भरत सचमुच मनाने आ रहे हैं और राम भाई की बात मानकर लौट गए..."

राम हंस पड़े, "ऋषि से कह देना, आशंकामुक्त हो जाएं।"

चौदह

सीता अपनी कुटिया से निकलकर टीले की ओर आईं। पूरी ढाल हरी-भरी हो गई थी। पिछले कई महीनों के कठिन परिश्रम से यह भूमि खेतों में बदली जा सकी थी। खेत भी कैसे, जैसे समतल भूमि को उठाकर खड़ा कर दिया गया हो। सीता ने अपने हाथों से इस ढाल को खोदा-गोड़ा था; मन्दाकिनी से पानी ला-लाकर उसे सींचा था। पहले तो पानी कहीं ठहरता ही नहीं था; मन्दाकिनी की धारा में पुनः मिलने के लिए किसी विरहिणी के समान भागता चला जाता था। सीता ने बड़े धैर्य और परिश्रम से क्यारियां बनाई थीं; और पानी को रोकने का प्रबन्ध किया था। समय मिलने पर राम और लक्ष्मण भी उनकी सहायता कर दिया करते थे। मुखर तथा सुमेधा भी यथासम्भव सहयोग किया करते थे; किन्तु मूल रूप से यह सीता का ही दायित्व था। सीता ने अपने परिश्रम के फले फल को बड़ी तृप्ति से देखा, किन्तु एक आश्चर्य भी था उनके मन में। जाने चित्रकूट की मिट्टी में कोई ऐसी बात थी, या मन्दाकिनी के जल में कोई ऐसी विशेषता थी–फलने को तो सब-कुछ फलता था, किन्तु जिस वैभव के साथ बैंगन फलता था, न कोई अन्य सब्जी फलती थी, न फल, न फूल।

"क्या बात है सीते?" राम आकर उनके पास खड़े हो गए, "अपना बैंगन-परिवार देख रही हो।"

सीता मुस्कुराईं, "यहां तो स्थिति यह है कि आम के वृक्ष पर भी बैंगन ही फलेंगे।"

"फिर खेती पर अधिक परिश्रम क्या करना।" राम मुस्कुराए, "आओ, तनिक नाव खेने का अभ्यास हो जाए।"

राम नीचे उतरते चले गए, जाकर मन्दाकिनी के तट पर रुके। खूंटे से बंधी नाव उन्होंने खोल ली, और सीता की ओर परीक्षा भरी दृष्टि से देखने लगे। सीता का शस्त्राभ्यास काफी आगे बढ़ गया था। राम नए-नए शस्त्रों के साथ अन्य प्रकार के शारीरिक व्यायाम भी जोड़ते जा रहे थे। तैरने और

नाव चलाने का साधारण ज्ञान सीता को पहले से ही था। किन्तु राम अब उन्हें अकेले बड़ी नौका खेने, उसकी गति बढ़ाने, किसी भागती हुई नाव का पीछा करने इत्यादि का अभ्यास करा रहे थे...

सीता नाव में बैठीं। राम ने चयू थमा दिए, "चलाओ।"

सीता ने चप्पू थाम लिए। नाव चल पड़ी।

"आप नौका-प्रशिक्षण पर इतना बल देते हैं," सीता बोलीं, "पर्वतारोहण इत्यादि का भी अभ्यास करना चाहिए। पिछले सप्ताह जब वर्षा में भीगते, चट्टानों पर फिसलते हम चित्रकूट की विभिन्न चोटियों पर घूमते फिरे थे, तो कितना आनन्द आया था।"

"नौका-प्रशिक्षण आनन्द के लिए नहीं है देवी!" राम मुस्कुराए, शत्रु से बचने के लिए, किसी अत्यन्त भयानक स्थिति से निकल भागने के लिए तुम्हारे पास एक मार्ग है–मन्दाकिनी। तुम्हें इससे पूरी तरह परिचित होना चाहिए।"

"आपको लगता है कि हम अब भी सुरक्षित नहीं हैं?" सीता ने राम को देखा, "यहां आए दस मास हो चुके हैं। आसपास शान्ति ही लगती है। हां, कभी-कभार जयन्त जैसा कोई दुष्ट आ जाए..."

"भली कही जयन्त की," राम मुस्कुराए; "उनके परिवार की तो पीढ़ियों से यही परम्परा है। पर मैं देख रहा हूं कि यहां नित नए रावण, इन्द्र और जयन्त पैदा हो रहे हैं। मैंने सुना है कि जयन्त कई दिनों से इस क्षेत्र में घूम रहा था, और विभिन्न आश्रमों और गांवों में दुष्टता दिखाने का प्रयत्न कर चुका था।"

"हां! आज सुमेधा भी कुछ ऐसे ही समाचार लाई थी।"

"पर मैं कुछ और ही सोच रहा हूं सीते!" राम गम्भीर हो गए, "भरत ससैन्य आ रहा है। कह नहीं सकता, ऊंट किस करवट बैठेगा। सम्भावना कम दीखती है, पर यदि भरत के मन में खोट हुआ तो हमें उसका तो सामना करना ही होगा, यहां के दमित राक्षस भी हमारे विरुद्ध उठ खड़े होंगे।...इस समय मेरा समस्त ध्यान उस ओर लगा हुआ है। जाने क्या हो! भरत क्या करे, और उसकी प्रतिक्रिया यहां क्या हो...।"

"आप ठीक कहते हैं राम!" सीता दूर क्षितिज को देख रही थीं, "हमें प्रत्येक स्थिति के लिए तैयार रहना चाहिए।"

पन्द्रह

सन्ध्या का झुटपुटा गहराता जा रहा था। नवप्रान्त शान्त होता जा रहा था। बाहर गए हुए लोग आश्रमों में लौटते आ रहे थे। थोड़ी देर में पूर्ण अन्धकार होते ही वन में पूर्ण शान्ति भी हो जाएगी। आश्रमों के बाड़ों के फाटक बन्द हो जाएंगे, और लोग अपनी कुटियों में दीपक के निकट अथवा कुटियों के द्वार पर अग्नि के पास बैठे होंगे।

ब्रह्मचारी अश्विन तेज़ी से अपने आश्रम की ओर चला जा रहा था। आज वन में विलम्ब हो गया था। कहीं ऐसा न हो कि वह वनप्रान्तर में ही हो और पहले ही बाड़े का फाटक बन्द हो जाए। एक बार फाटक बन्द हो जाए, तो उसे खुलवाने में पर्याप्त कठिनाई हो जाती है। भीतरवाले लोग, जब तक ऐसा कोई प्रमाण प्राप्त नहीं कर लेते कि आगन्तुक आश्रमवासी ही है अथवा उसके बहाने कोई और भी भीतर नहीं घुस आएगा, अथवा आसपास कोई राक्षस या हिंस्र पशु तो नहीं है–तब तक फाटक नहीं खोलते। और इस सारी प्रक्रिया में इतना विलम्ब और कोलाहल होता है कि प्रत्येक

आश्रमवासी को यह मालूम हो जाता है कि अमुक व्यक्ति विलम्ब से आया है तथा उसके कारण सबको असुविधा हुई है।

जल्दी-जल्दी चलने के कारण अश्विन की सांस फूल गई थी और शरीर पसीने से भीग गया था। सन्तोष यही था कि अधिक देर नहीं हुई, वह समय से आश्रम में पहुंचा था : अभी फाटक बन्द नहीं हुआ था।

आश्रम की सीमा में प्रवेश करते ही उसकी गति धीमी पड़ गई। तब उसे अनुभव हुआ कि वह बहुत दूर से असाधारण तेज़ी से चलता हुआ आया है और उसने अपने शरीर को बहुत अधिक थका डाला है, आसन्न संकट के कारण उसका ध्यान अब तक इस ओर नहीं था; उसके मानसिक तनाव ने उसे शारीरिक कष्ट के प्रति सजग होने ही नहीं दिया था। किन्तु अब उसके शरीर में अधिक कार्यक्षमता नहीं थी। न तो वह तेज़ी से चल सकता था, और न सिर पर रखा लकड़ियों का बोझ ही अधिक ढो सकता था। पर अब वह आश्रम में प्रवेश कर चुका था; किसी-न-किसी प्रकार कुटिया तक भी पहुंच ही जाएगा।

वह घिसटता हुआ अपनी कुटिया तक आया। भिड़ा हुआ द्वार खोला और सिर का बोझ धरती पर पटककर सुस्ताने बैठ गया। कुटिया के भीतर पूरी तरह अंधेरा था; किन्तु थकावट के कारण दीपक जलाने का उद्यम वह कर नहीं पा रहा था। तेज़-तेज़ सांस लेता वह चुपचाप बैठा रहा। थोड़ा सुस्ता लेगा तो फिर उठकर दीपक जलाएगा...

क्रमशः सांस स्थिर हुई; आंखें भी अन्धकार में देखने की अभ्यस्त होती गईं। उसने उठकर कुटिया के कोने में रखा दीपक जलाया और घूमा...

दीपक के प्रकाश में दूसरे कोने में खड़े एक विशाट शरीर पर उसकी आंखें जड़ होकर जम गईं। सारे शरीर का रक्त उसके मस्तिष्क की ओर दौड़ रहा था और हाथ-पांव ठंडे पड़ते जा रहे थे। उसे लगा, वह चक्कर खाकर गिर पड़ेगा। दीवार का सहारा लेकर वह भूमि पर बैठ गया।

उस विराट आकार के राक्षस के हाथ में एक भयंकर परशु था और वह हंस रहा था। राक्षस धीरे-से पास चला आया, "यदि तुमने चिल्लाने का प्रयत्न किया तो याद रखना, यह परशु बहुत धारदार है। मैंने बहुत दिनों से नर-मांस भी नहीं खाया।"

अश्विन फटी-फटी आंखों से चुपचाप उस राक्षस को देखता रहा।

"यह धनुष यहां कैसे आया?" राक्षस ने कुटिया की छत से टंगा हुआ धनुष उतार लिया। अश्विन ने कोई उत्तर नहीं दिया।

"बोलता क्यों नहीं?" राक्षस ने तीखी आवाज़ में डांठ और दाएं पैर की एक भरपूर ठोकर बैठे हुए अश्विन के बगल में मारी।

अश्विन कराहता हुआ, पृथ्वी पर लुढ़क गया। "बोल!"

अश्विन ने होंठों को गीला किया और बोला, "मैंने बनाया है।"

"किसने सिखाया?"

"लक्ष्मन ने!"

"क्यों बनाया?"

"आत्म-रक्षा के लिए।"

"आत्म-रक्षा!" राक्षस की आंखें लाल हो गई, "किससे करेगा अपनी रक्षा? हमसे? हमारा विरोध करेगा? हमसे युद्ध करेगा?"

अश्विन कुछ नहीं बोला। राक्षस ने एक करारा चांटा उसके गाल पर लगाया, "बोल! किससे करेगा आत्म-रक्षा?"

मुख से रक्त बहने लगा। उसे बोलना पड़ा, "वन्य पशुओं से।"

राक्षस हंसा, "तेरे पास लौह फलवाले बाण भी हैं?"

"नहीं।"

"लक्ष्मण ने दिए नहीं?"

"अभी लक्ष्य-बेध में सक्षम नहीं हूं। प्रशिक्षण पूरा नहीं हुआ।"

"कितने लोग सीख रहे हैं?" राक्षस ने पूछा।

"बीस।"

"किस हाथ से धनुष पकड़ते हो?" राक्षस हंस रहा था।

"दाएं हाथ से।"

राक्षस आगे बढ़ा। उसने अपना परशु उठाया और ज़ोरदार प्रहार किया। परशु सचमुच धारदार था। अश्विन की दाहिनी भुजा शरीर से कटकर पृथक जा गिरी। अश्विन एक कराह के साथ पृथ्वी पर लोट गया। उसके कन्धे से निरन्तर रक्त बहता जा रहा था।

राक्षस ने छत से धनुष उतारा और अश्विन की कटी हुई बांह उठाई, "तुम्हारा धनुष ले जा रहा हूं आत्म-रक्षा के लिए और बांह ले जा रहा हूं अपने भोजन के लिए।"

अश्विन कुछ नहीं बोला! वह संज्ञाशून्य हो चुका था।

संकल्प मुनि प्रातः स्नान के लिए कुटिया के बाहर निकले। किवाड़ भिड़ाए और मुड़े। उषा होने में अभी थोड़ा विलम्ब था, किन्तु मन्दाकिनी तक जाने में उन्हें कुछ समय लगेगा। फिर हवन के समय तक उन्हें लौटना भी था। उन्होंने तेज़ी से कदम बढ़ाए। उनका तेज़ी से उठा हुआ पग किसी चीज़ में अटका और अपने ही ज़ोर में आगे बढ़ता हुआ उनका शरीर पृथ्वी पर आ रहा। असावधानी में इस प्रकार गिर पड़ने से माथा एक पत्थर से टकराया और रक्त बहने लगा। हथेलियों में कंकड़ियां और कांटे एक साथ चुमे थे। घुटने भी छिल गए थे। नाक की नोक पर भी पर्याप्त जलन थी।

किसी प्रकार अपने शरीर को संभालकर उठे और गिरने का कारण खोजने के लिए दृष्टि घुमाई: सामने दो राक्षस, एक मोटी-सी रस्सी को लपेट रहे थे।...पहले भी कई बार मुनि के साथ ऐसी दुर्घटनाएं हो चुकी थीं। यह राक्षसों का खेल था, उनकी इच्छा थी, उनकी आवश्यकता थी, अथवा उनका रोग था। धन, शारीरिक बल एवं संगठन, और प्रायः सैनिक संरक्षण ने उन्हें इतना उच्छृंखल और मदान्ध बना दिया था कि उनसे किसी प्रकार के शिष्ट अथवा संस्कृत व्यवहार की अपेक्षा ही नहीं की जा सकती थी। वे निरीह लोगों को अकारण भी परेशान कर सकते थे और सकारण भी। उनसे कुछ पूछना व्यर्थ था। अपनी पीड़ा और अपमान को पी जाना ही मुनि के लिए एकमात्र उपाय था।

"क्यों आज हवन-शवन नहीं करोगे?" एक राक्षस ने पूछा।

मुनि ने उसे क्रोध से देखा, और फिर स्वयं को सहज बनाते हुए बोले, "नहाने जा रहा हूं। आकर करूंगा।"

"नहीं। पहले हवन करो।" दूसरा राक्षस बोला, "नहाना तो बाद में भी हो सकता है।"

"नहीं ऐसा सम्भव नहीं है।" मुनि ने उत्तर दिया।

"सम्भव तो हम बना देंगे।"

दूसरा राक्षस आगे बढ़ आया। उसने मुनि को ज़ोर का धक्का दिया। मुनि पृथ्वी पर लोट गए। उसने मुनि की दाहिनी टांग पकड़ी और घसीटता हुआ कुटिया में ले आया। हवन-कुंड के पास मुनि को पटककर बोला, "चल आग जला।"

मुनि की नंगी पीठ भूमि पर रगड़ खाती, कंकड़-पत्थरों पर घिसटती आई थी। वह लहूलुहान हो गई थी और बुरी तरह जल रही थी।

"रक्त-स्नात मुनि हवन नहीं करता।" मुनि बोले।

"करता है बे!" राक्षस ने मुनि की गर्दन में पंजा फंसाकर ठेला, "करता है या मैं करूं तेरा हवन!"

मुनि समझ गए कि निस्तार नहीं है। अपनी शारीरिक और मानसिक पीड़ा से लड़ते वे उठे और उन्होंने अग्नि प्रज्वलित की।

एक राक्षस ने सुक और सुवा उठाकर अग्नि में झोंक दिए।

"क्या कर रहे हो?" मुनि ने क्रोध से उनकी ओर देखा।

"हवन!" वे दोनों हंस पड़े।

मुनि आंखों से अग्नि-वर्षा करते हवन-कुंड के पास बैठे रहे।

"अब बता।" एक राक्षस मुनि के पास आ, अपने जूते से उनके शरीर को कोंचता हुआ बोला, "तू किसी आश्रम में क्यों नहीं रहता। यहां कुटिया क्यों बनाई?"

"यह कुटिया मेरे दादा ने बनाई थी, मैं तब से यहीं रहता हूं।" मुनि पीड़ित स्वर में बोले।

"तू गधा है, मुनि नहीं।" दूसरा राक्षस हंसा, "तुमसे पूछा जा रहा है, यहां क्यों रहता है, किसी आश्रम में क्यों नहीं जा मरता?"

"पर आज क्यों पूछा जा रहा है?" मुनि हठ पर उतर आए थे।

"बकवास मत कर।" राक्षस ने मुनि के पेट पर ठोकर मारी, "जो पूछते हैं, बता। तुझे राम ने भेजा है?"

"राम तो यहां अब आए हैं!" संकल्प मुनि ने उत्तर दिया, "मेरे तो बाप-दादा भी यहीं जन्मे थे।"

"राम से तो तेरा कोई सम्बन्ध नहीं है?"

"है क्यों नहीं?"

"क्या सम्बन्ध है?"

"वे हमारे मित्र हैं। वे सज्जन हैं, न्यायी हैं, वीर हैं...।"

"तू राम को इस क्षेत्र की सूचनाएं नहीं देता? हमारे विरुद्ध भड़काता नहीं है? हमसे हमारे अधिकार नहीं छीनना चाहता?"

मुनि की पीड़ा उनकी आत्मा का दमन नहीं कर सकी, वह तेजोमय स्वर में बोले, "यह वन-प्रान्त है! यहां किसी का राज्य नहीं है। तुम्हारा कौन-सा अधिकार है यहां–निरीह प्राणियों के दमन का, उनके शोषण का, उनके रक्तपात का, पराई स्त्रियों से बलात्कार का?..."

"बकवास मत कर!" एक राक्षस ने खड्ग उठाया, "बोटी-बोटी काठ, थाली में सजाकर ले जाऊंगा। तुम जैसे प्राणी हैं किसलिए? आज हमारा आहार...उठकर हमसे विवाद करता है! और तेरी स्त्री तो हम इसलिए उठाकर ले गए थे कि तू कहीं से और कोमलांगी, शोडशी मुनिकन्या ब्याह कर लाए और हम उसे उठा ले जाएं। पर तू ऐसा गधा निकला कि शोडशी छोड़ कोई खूंसट भी नहीं लाया।"

"नीच! कुछ तो लज्जा कर।" मुनि मौन नहीं रहे, "हम भी मनुष्य हैं; चैतन्य प्राणी। हमें जीने का, सम्मानपूर्वक जीने का पूरा अधिकार है। संसार में सब मनुष्य समान हैं..."

"व्यर्थ है।" एक राक्षस हंसा, "यह अब हमें प्राणियों की समता का सिद्धान्त पढ़ाएगा। इससे विवाद करने से अच्छा है कि इसकी वे दोनों टांगें काट ली जाएं, जो इसने हमारी इच्छा के विरुद्ध बढ़ाई हैं।"

मुनि भय से मूक हो गए। यहां तर्क का कोई काम नहीं था, और शारीरिक शक्ति उनमें थी नहीं...एक राक्षस ने उनके कन्धे पकड़, उन्हें भूमि पर लिया दिया। दूसरे ने उनकी टांगें सीधी कीं और उन पर बैठ गया। उसने अपना परशु उठाकर सधे हाथ का वार किया, जैसे कोई वृक्ष की शाखा पर बैठ उसे काटता है। मुनि ने एक भयंकर चीत्कार किया और बेहोश हो गए।

"मर गया?" एक राक्षस ने पूछा।

"नहीं! संज्ञाशून्य हुआ होगा।" दूसरा बोला।

"ये सब इतनी जल्दी मर जाते हैं कि दूसरी बार इनके शरीर का मांस हमें नहीं मिलता।" पहला बोला।

"चिन्ता मत करो।" दूसरा बोला, "अभी बहुत हैं।"

कालकाचार्य के आश्रम के ब्रह्मचारी दैनिक आवश्यकताओं के लिए वन में लकड़ियां काट रहे थे।

इन दिनों वन का रूप कुछ बदल गया है।" जय ने कुल्हाड़ी का प्रहार करते हुए कहा, "पहले तो वन ऐसा नहीं था।"

"हां!" आनन्द ने उत्तर दिया, "अयोध्या की सेना के आ जाने से भीड़-भाड़ इतनी हो गई है कि क्या कहें। फिर, राम के आश्रम के पास तो रोक-टोक बहुत अधिक है। इधर न जाओ, उधर न जाओ। यह सैनिकों के लिए आरक्षित है, यह सेनापतियों के लिए। इधर राजमाताएं गई हैं, उधर राजगुरु गए हैं! इन लोगों ने तो वन को भी राजकीय सैनिक अनुशासन में बांध दिया है।"

"भई! मैं तो और बात सोचता हूं," त्रिलोचन बोला, "यह इतनी बड़ी सेना कुछ दिन और यदि इसी वन में पड़ी रही, तो हमारे लिए फल प्राप्त करना भी कठिन हो जाएगा।"

"कुल्हाड़ी चलाओ भैया।" आनन्द बोला, "सेना अधिक दिन यहां नहीं रहेगी। सुना है कि भरत आज लौट रहे हैं। पहले ही विलम्ब हो चुका है। कहीं लौटती हुई सेना में घिर गए या किसी राजमाता-राजपिता की सवारी आ-जा रही हुई, तो रास्ते रुक जाएंगे।"

"ठीक कहते हो मित्र! जल्दी-जल्दी काम कर लेना चाहिए।"

जय ने कुल्हाड़ी उठाई, तो वह उठी-की-उठी रह गई। उसे नीचे लाना, जय को याद ही नहीं रहा। उसके मित्रों ने उसकी विचित्र अवस्था को देखा, तो उनकी दृष्टि भी उसी ओर घूम गई, जिधर वह देख रहा था। वे सबके-सब स्तब्ध खड़े रह गए : वृक्षों बीच, जहां कहीं भी थोड़ा-सा स्थान था, वहीं न जाने कब, कोई-न-कोई राक्षस आकर खड़ा हो गया था। राक्षसों ने उन्हें वृत्ताकार घेर लिया था और उन लोगों का अवरोध पर्याप्त दृढ़ लग रहा था। राक्षसों के हाथ में शस्त्र थे और सबके-सब प्रहारक मुद्रा में दिखाई पड़ रहे थे।

सहसा ब्रह्मचारियों में से किसी ने चीख़ मारी और वह भागा। कोई नहीं समझ पाया कि कौन चीख़ा और कौन भागा। सब जैसे एक साथ ही भागे। कोई नहीं समझ पाया कि पहले झटके में ब्रह्मचारी राक्षसों के घेरे को तोड़कर भागा, या राक्षसों ने घेरा तोड़ने दिया। दूसरी बार भी बचे हुए ब्रह्मचारी

घेरे में से निकल गए, किन्तु तीसरी बार राक्षसों ने अवसर नहीं आने दिया। उन्होंने अपने खड्ग सीधे कर लिए थे, अब भागने का प्रयत्न सीधे-सीधे उनके खड्ग की धार पर दौड़ने की बात थी।

"कुल्हाड़ियां फेंक दो।" एक राक्षस ने आदेश दिया।

जय ने कुल्हाड़ी ज़मीन पर फेंक दी और दृष्टि उठकर देखा। उसके साथ-साथ उसके अपने ही मित्र आनन्द, त्रिलोचन, कुवलय और शशांक भी राक्षसों के घेरे में बन्दी हो गए थे। उनमें से अकेले भागने का प्रयत्न किसी ने नहीं किया था; और साथ मिलकर भागने की योजना वे बना नहीं पाए थे। अपनी कुल्हाड़ियां वे फेंक चुके थे और भयभीत दृष्टि से राक्षसों को देख रहे थे।

राक्षसों से भिड़न्त की बात जय ने कई बार सुनी थी, किन्तु अधिकांशतः वे अकेले-दुकेले व्यक्ति को पकड़ते थे, वह भी अंधेरे-सवेरे। इस प्रकार दिन-दहाड़े इतने अधिक आश्रमवासियों पर आक्रमण की बात उसने पहले नहीं सुनी थी! हां! सैनिक अभियानों की बात और थी, किन्तु चित्रकूट-क्षेत्र में सैनिक अभियानों की बात भी कम ही सुनी जाती थी। आज क्या विशेष बात हुई थी कि उन लोगों ने इस प्रकार का दुस्साहस किथा था। आश्रम के आधे से अधिक ब्रह्मचारी एक ही स्थान पर लकड़ियां काट रहे थे। यदि ब्रह्मचारियों ने साहस से काम लिया होता और भागने के बदले अपनी कुल्हाड़ी से राक्षसों का सामना किया होता तो कदाचित यह स्थिति नहीं आती। किन्तु अधिकांश ब्रह्मचारी भाग निकलने में सफल हो गए थे। वे अपने उद्यम से निकल भागे थे, या राक्षसों ने उन्हें जान-बूझकर निकल भागने दिया था? राक्षसों ने इन्हीं पांच मित्रों को पकड़ना चाहा था, या संयोग से वे ही नहीं भागे थे...? जय के मन में कुछ भी स्पष्ट नहीं था।...उसने अन्य लोगों की ओर देखा। उसके सभी मित्रों के चेहरों पर भय तथा प्रश्नों की भीड़ लग रही थी।

क्रमशः राक्षसों का अवरोध संकीर्ण होने लगा। पांचों मित्र एक-दूसरे से सट गए। राक्षसों ने उन्हें पकड़ा, उनके हाथ पीठ पर बांध दिए और घुटनों, घूंसों तथा धक्कों की ठोकरों से उन्हें आगे बढ़ाने लगे।...

मार्ग अनजाना नहीं था। प्रत्येक ब्रह्मचारी जानता था कि यह मार्ग राक्षसों की बस्ती में जाता है, और इसलिए कोई ब्रह्मचारी पहले कभी इस मार्ग पर नहीं चला था। आज उस मार्ग पर चलना ही नहीं था, लगता था, उनकी बस्ती में भी जाना पड़ेगा।...पर उन्हें बस्ती में ले जाने का प्रयोजन? यदि उनकी हत्या करने की इच्छा होती, तो अब तक वे उनका वध कर चुके होते। बन्दी कर ले जाने का क्या अर्थ? क्या वे लोग दास बनाए जाएंगे?...या यातना देकर धीरे-धीरे मारे जाएंगे?...

राक्षस बस्ती में पहुंचते-पहुंचते, उनके नाक-मुंह बुरी तरह छिल चुके थे। बस्ती के एक मैदान में राक्षसों की भीड़ एकत्रित थी, और राक्षस-प्रमुख एक उच्च आसन पर बैठा था : जैसे कोई उत्सव होनेवाला हो। ऐसा नहीं लगता था कि किसी आकस्मिक मुठभेड़ में सहसा ही राक्षसों ने उन्हें पकड़ लिया हो। निश्चित रूप से यह सब योजनाबद्ध रूप से हुआ था–अन्यथा, सारी राक्षस-बस्ती इस प्रकार उनकी प्रतीक्षा न कर रही होती।

किन्तु यह सब क्या था? राक्षसों ने प्रत्येक ब्रह्मचारी को अलग-अलग वृक्ष के साथ बांध दिया। एक-एक के सामने आग जलाकर उसमें गर्म करने के लिए लौह शलाकाएं रख दी गईं।

सारे ब्रह्मचारी एकटक उस यातना-सामग्री की ओर देख रहे थे और उनका वर्ण भय से पीला पड़ता जा रहा था। राक्षस-प्रमुख ने आदेश दिया। दो कशाधारी आकर जय के दोनों ओर खड़े हो गए।

लगता था तैयारी पूरी हो चुकी है; अब नाटक आरम्भ होगा। प्रत्येक व्यक्ति की दृष्टि राक्षस-प्रमुख पर लगी हुई थी। राक्षस-प्रमुख भीतर-ही-भीतर किसी आवेश में खौलता हुआ, थोड़ी-थोड़ी देर में

बन्दियों की ओर देख लेता था। सहसा उसने अपने आसन पर बैठे-बैठे ही चिल्लाकर पूछा, "अयोध्या के भरत की सेना को यहां किसने बुलाया है? वह किस अभियान के लिए आई है?"

जय को लगा, वह मुस्कुरा पड़ेगा। इस जोख़िम की घड़ी में भी जैसे उसका सारा मानसिक तनाव समाप्त हो गया था। क्या समझ रहे हैं राक्षस? क्या सोचते हैं बे? क्या तपस्वियों ने भरत की सेना को राक्षसों से लड़ने के लिए बुलाया है?...भरत की सेना से भयभीत होकर कैसे बौखला गए हैं ये। जय ने अपना मन तथा स्वर सन्तुलित किया, "भरत राम को अयोध्या लौटा ले जाने के लिए आए हैं।"

राक्षस-प्रमुख अविश्वास से हंसा, "सुनो तपस्वी! यह कथा मैंने भी सुनी है, किन्तु मैं इतना मूर्ख नहीं हूं कि इन झूठी प्रचार-कथाओं पर विश्वास कर लूं। भरत स्वयं राज्य क्यों नहीं करता? और यदि वह दे ही रहा है तो राम क्यों राज्य को स्वीकार नहीं करता? फिर राम को मनाने के लिए इतनी बड़ी सेना लाने की क्या आवश्यकता थी?"

मैं नहीं जानता।" जय आत्मविश्वास सहेजकर बोला, "हमारे आश्रम का राम के आश्रम या अयोध्या के राज्य में कोई सम्बन्ध नहीं है। हम तपस्वी हैं; अयोध्या की राजनीति से हमारा क्या सम्बन्ध..."

"चुप रहो!" राक्षस-प्रमुख चीख़ा, "तुम सारे तपस्वी एक हो। प्रत्येक आश्रम का दूसरे आश्रम से सम्बन्ध है। तुम लोगों ने राम को राक्षसों का विरोध करने के लिए यहां बुलाया है! और जब राम असमर्थ दीखा, तो भरत को उसकी सेना सहित बुला लिया है।" वह रुका, "मेरे पास अधिक समय नहीं है। मुझे यह सूचना मिलनी चाहिए कि भरत को बुलाने के लिए कौन उत्तरदायी है; और भरत की योजना क्या है?"

"हमें मालूम नहीं..."

राक्षस-प्रमुख ने उसे वाक्य पूरा करने नहीं दिया, "मैंने सुन लिया पर मुझे अपने प्रश्नों का उत्तर चाहिए।"

"हमें कुछ भी ज्ञात नहीं।" जय ढीली आवाज़ से बोला।

"नहीं?"

"नहीं!"

"तुम ब्रह्मचारी?" राक्षस-प्रमुख आनन्द से सम्बोधित हुआ।

"मुझे भी ज्ञात नहीं" आनन्द दीन होकर बोला, "हम में से किसी को भी ज्ञात नहीं।"

राक्षस-प्रमुख ने अविश्वास से मुख फेर लिया, "तुम?"

"नहीं!"

"तुम?"

"नहीं!"

"तुम?"

"नहीं!"

"इन्हें गिन-गिनकर सौ कोड़े लगाओ।" राक्षस-प्रमुख ने कहा–कशाधारियों को आदेश दिया, "जब तक लौह शलाकाएं भी तप जाएंगी। यदि ये लोग सन्तोषजनक उत्तर न दें, तो इन्हें तप्त शलाकाओं से दागो। ध्यान रहे, ये मरने न पाएं। ये धरोहर हैं। इनके शरीर को अच्छी तरह चिह्नित कर, इन्हें इनके आश्रम के निकट फेंक आओ। ये स्वयं अपने कुलपति को बताएंगे कि यदि उन्होंने बाहर से

कोई सैनिक सहायता मंगवाकर हमारा विरोध करने का प्रयत्न किया, तो हमारी ओर से लड़ने के लिए लंकाधिपति रावण की सेना आएगी; और इनमें से एक-एक की यही अवस्था कर दी जाएगी।..."

सोलह

कालकाचार्य चिन्तित मुद्रा में सिर झुकाए बैठे थे। आश्रम के सारे तपस्वी तथा आचार्य उनके सामने बैठे, उनके बोलने की प्रतीक्षा कर रहे थे। प्रत्येक चेहरे पर चिन्ता थी। केवल जय, आनन्द, त्रिलोचन, कुवलय और शशांक–शेष ब्रह्मचारियों से हटकर, कुलपति के कुछ निकट, प्रमुखता से बैठे हुए थे। उनकी भंगिमा चिन्ता की नहीं, यातना और अपमानित क्रोध की थी...उत्तरीयों के नीचे उनके शरीर विभिन्न प्रकार की औषधियों और पट्टियों से लिपटे हुए थे। इस प्रकार बैठने में भी वे कम कष्ट का अनुभव नहीं कर रहे थे, गुरु का दीर्घ मौन उन्हें और भी पीड़ित कर रहा था।

अन्त में कालकाचार्य ने सिर उठाया, "तपस्वीगण! यह न समझें कि इस दुर्घटना से मेरा मन दुखी नहीं है। मेरे शरीर पर राक्षसों ने कशाघात नहीं किया; किन्तु उस कुलपति के मन के घावों की कल्पना करें, जिसके एक नहीं, पांच-पांच ब्रह्मचारियों ने इतनी पीड़ा पाई हो। उनके शरीर पर पड़ा प्रत्येक कोड़ा मेरे हृदय पर पड़ा है। प्रत्येक शलाका ने मेरी आत्मा को दग्ध किया है।...किन्तु आक्रोश के असन्तुलित क्षणों में कोई उग्र कर्म करने के बदले, हमें थोड़ा आत्मविश्लेषण करना चाहिए..."

"आर्य कुलपति! कैसा विश्लेषण?"

जय को अपना ही स्वर काफी उच्छृंखल लगा। आज तक उसने कुलपति के सम्मुख कभी ऊंचे स्वर में बात भी नहीं की थी, और आज वह प्रतिवाद करना चाह रहा था। उसके मन में कुलपति की सारी श्रद्धा समाप्त हो गई थी। उसे लग रहा था, यदि कुलपति इसी ढंग से सोचते और बोलते रहे, तो वह अमर्यादित हो उठेगा–उसे कुलपति का विरोध करना पड़ेगा–सम्भवतः उनका आश्रम छोड़ना पड़े। वह कालकाचार्य को अब अपना गुरु नहीं मान सकता...

"आत्मविश्लेषण आवश्यक है तपस्वीगण!" कालकाचार्य ने कहा, "वर्तमान परिस्थितियों और उसके कारणों को जानने और समझने की भी आवश्यकता है; और अन्त में उसका समाधान ढूंढ़ने की भी।"

"आपका क्या समाधान है?" इस बार शशांक बोला। उसका भी स्वर जय के स्वर से कम उच्छृंखल नहीं था।

"ठहरो वत्स! मेरी बात सुनो।" कालकाचार्य अपने उसी दुर्बल स्वर में बोले, "राम के इस प्रदेश में आने से पहले भी हम यहां रहते थे; और ये राक्षस बस्तियां और शिविर भी यहीं थे। ऐसा नहीं था कि तब राक्षस हमें परेशान नहीं करते थे। किन्तु जब से राम यहां आए हैं, स्थिति काफी बदल गई है। राम और लक्ष्मण क्षत्रिय योद्धा हैं। उनके पास भयंकर अस्त्र-शस्त्र हैं। उन शस्त्रों को उन्होंने स्वयं तक ही सीमित नहीं रखा है। उनका प्रयत्न यही रहा है कि जहां तक सम्भव हो, लोग स्थान-स्थान पर राक्षसी अत्याचारों का विरोध करें। उस विरोध का माध्यम शस्त्र हैं। उन्होंने प्रत्येक इच्छुक व्यक्ति को शस्त्रों के निर्माण और परिचालन की शिक्षा दी है। उससे अनेक स्थानों पर राक्षसों का आधिपत्य समाप्त हो गया है। इससे राक्षस राम से ही नहीं, समस्त आश्रमों से नाराज़ हो उठे हैं। राम के आश्रम का तो वे कुछ बिगाड़ नहीं सकते। अपना क्रोध शेष आश्रमों पर उतारते हैं।"

कालकाचार्य ने रुककर तपस्वियों पर दृष्टि डाली। उन्हें लगा कि जय तथा उसके घायल साथियों

की आंखों में उत्सुकता का भाव नहीं था। निश्चित रूप से वे अपने कुलपति के दृष्टिकोण से सहमत नहीं थे।

कुलपति ने अपनी बात आगे बढ़ाई, "राम ने पहले दिन से हमसे सम्पर्क स्थापित कर रखा है। राम ने सदा चाहा कि मैं भी अपने आश्रम में शस्त्राभ्यास कराऊं। हमारा आश्रम उनके आश्रम से निकटतम है। वे हमारी पूरी सहायता के लिए प्रस्तुत थे। किन्तु मैं पहले दिन से यह जानता था कि शस्त्र रखने का अर्थ है, राक्षसों से वैर पालना। राम हमारी सहायता तो कर सकते हैं, पर हमारी रक्षा नहीं कर सकते..."

"आपने कब चाहा कि वे आपकी रक्षा करें आर्य कुलपति।" त्रिलोचन बीच में ही चिल्लाकर बोला।

"धैर्य न छोड़ो वत्स त्रिलोचन!" कालकाचार्य का स्वर और भी दुर्बल हो गया, "मुझे अपनी बात कहने दो, फिर मैं तुम्हारी बात भी सुनूंगा।" और वह अपनी बात आगे बढ़ा ले गए, "मैंने कभी नहीं चाहा कि राम हमारी रक्षा करें। मैंने यहां विद्याभ्यास के लिए आश्रम स्थापित किया था, युद्ध शिविर नहीं बनाया था। राम क्षत्रिय हैं। मेरी प्रवृत्ति क्षत्रिय-प्रवृत्ति नहीं है। मैं नहीं चाहता था कि शस्त्र-निर्माण और शस्त्राभ्यास से मैं राक्षसों के क्रोध और विरोध को आमन्त्रित करूं।...और मैं देख रहा हूं कि मैं भूल नहीं कर रहा था। जिस-जिस आश्रम में राम के शस्त्रदर्शन का प्रवेश हुआ, वहीं-वहीं राक्षसों के क्रोध की उल्का गिरी।...और अब भरत की सेना आई है। उसके लिए भी राक्षस हमें ही दोषी मानते हैं! यदि हम राम के इतने निकट न होते, तो राक्षस हमारे ही आश्रम के ब्रह्मचारियों को पकड़कर न ले जाते। मुझे लगता है, राम एक प्रचंड अग्नि हैं–अग्नि पवित्र ही सही; किन्तु उसका नैकट्य ताप भी देता है...अभी तो भरत की सेना और राक्षसों में कहीं भिड़न्त नहीं हुई। यदि हो गई, तो राक्षस अयोध्या की प्रशिक्षित सेना का तो विरोध नहीं कर पाएंगे। उनका कुंठित क्रोध, फिर हम पर ही प्रहार करेगा। इसलिए मेरा विचार है कि यह स्थान अब सुरक्षित नहीं रहा। हमें यहां से हटकर, राम से दूर चले जाना चाहिए..."

"आर्य कुलपति!" जय उठकर खड़ा हो गया। उसका चेहरा तमतमाया हुआ था; और स्वर क्रोध से कांप रहा था, "आपने दूसरों का मत सुना ही नहीं, और अपना निर्णय दे दिया। यह आश्रम की रीति के अनुकूल नहीं है।"

कालकाचार्य में आश्रम के कुलपति का तेज नहीं जागा। वे सहम गए। उन्हें जय का तमतमाया चेहरा, जैसे डरा गया था।

"यह निर्णय नहीं है; मेरा प्रस्ताव है वत्स! मेरी निजी राय! तुम लोग अपने विचार व्यक्त करने में पूर्णतः स्वतन्त्र हो।"

"फिर मेरा प्रस्ताव सुनें आर्य कुलपति।" जय ने आज एक बार भी कालकाचार्य को 'गुरुवर' कहकर सम्बोधित नहीं किया था, जैसे उनके गुरुत्व को भूलकर केवल अधिकारिक पद को ही देख पा रहा था, "शशांक, त्रिलोचन, आनन्द, कुवलय तथा मेरा–हम पांचों का मत है कि हम लड़ें या न लड़ें, राक्षस हमसे लड़ेंगे। हम निःशस्त्र हों तो भी मरेंगे। विकल्प हमारे हाथ में नहीं है। यदि मरना ही है तो सशस्त्र होकर मरें। कदाचित तब मरना अनिवार्य न रहे। इसलिए हम तत्काल राम के आश्रम पर चलें। उनसे मिलकर सारी स्थिति स्पष्ट करें। उनसे शस्त्र तथा युद्ध विद्या की सहायता तथा सहयोग मांगें; और आत्मरक्षा में समर्थ होकर, न केवल गौरव और स्वाभिमान के साथ जीवित रहें, वरन राक्षसों से अपने अपमान का बदला भी लें। इसके लिए यदि आवश्यक हो तो राम, लक्ष्मण,

सीता तथा उनके अन्य आश्रमवासियों को अपने साथ रहने के लिए आमन्त्रित करें; या हम अपना आश्रम उनके आश्रम में विल्लीन कर दें। और किन्हीं कारणों से यह सम्भव न हो, तो दोनों आश्रमों की भौतिक दूरी तो समाप्त कर ही दें।"

"हम इस प्रस्ताव का पूर्ण समर्थन करते हैं।" जय के घायल मित्र पूरे ज़ोर से चिल्लाए।

"नहीं," कालकाचार्य का स्वर भय तथा आवेश से कम्पित होने के कारण चीत्कार बन गया, "मतभेद तथा व्यक्तिगत विचार-स्वातन्त्रय का समर्थक होने पर भी मैं आत्मघाती प्रस्तावों पर विचार करने की अनुमति नहीं दे सकता। मेरे मस्तिष्क में यह बात स्पष्ट है कि हम युद्ध-व्यवसायी नहीं हैं, जो राम की मूल-वृत्ति है, वे जहां रहेंगे वहां आसपास शस्त्र व्यापार चलता ही रहेगा।

कल की जिस घटना से तुम लोग इतने उत्तेजित और क्षुब्ध हो उठे हो; मुझे लगता है, वह तो भविष्य का आभास-मात्र है। तुम लोग स्वयं सोचो, कल जब अयोध्या की इतनी बड़ी और शक्तिशाली सेना की छावनी यहां से उखड़ ही रही थी, अर्थात सेना अभी यहीं विद्यमान थी, तब भी राक्षस इतना दुस्साहस कर गए। भविष्य में जब कोई सेना आसपास नहीं होगी, तब राक्षसों का साहस और कितना बढ़ जाएगा! भविष्य की उन भयंकर दुर्घटनाओं से अपना बचाव करने के लिए ही मैंने यह निश्चय किया है तपस्वीगण! कि हम यहां से हटकर अश्व मुनि के आश्रम के निकट जा बसेंगे। राम राक्षसों की निरन्तर उत्तेजना का कारण हैं। हम उनके निकट रहकर, सदा-सदा के लिए राक्षसों के क्रोध के पात्र नहीं बनना चाहते।..." और सहसा कुलपति का स्वर ऊंचा हो गया, "इस विषय में वाद-विवाद की अनुमति मैं नहीं दूंगा। यह मेरा अन्तिम निश्चय है; और आश्रमवासियों के लिए आज्ञा,है। इस आज्ञा की अवहेलना का दंड आश्रम से स्थायी निष्कासन होगा।"

"तो हम स्वयं को इसी क्षण से आश्रम से निष्कासित समझते हैं।" आनन्द इस सारे वार्तालाप में पहली बार बोला था। उसका चेहरा दृढ़ और सहज था। स्पष्ट था कि उसने यह बात आवेश में नहीं कही थी–यह उसका सुचिन्तित मत था। जय, कुवलय, शशांक और त्रिलोचन भी उसके निर्णय के समर्थन में उठकर उसके पीछे खड़े हो गए थे।

कालकाचार्य का आवेश लुप्त हो गया। उन्हें जैसे अपने आवेश का यह परिणाम ज्ञात नहीं था, अथवा वह घटनाओं को यह मोड़ नहीं देना चाहते थे। वे आश्चर्यजनक ढंग से बदले हुए कोमल और स्नेहयुक्त स्वर में बोले, "में यह कभी नहीं चाहूंगा वत्स! कि मेरा कोई शिष्य किसी मतभेद के कारण मेरा आश्रम छोड़कर चला जाए। यह वैसा ही है जैसे कोई पुत्र पिता का घर छोड़ दे।...और तुम पांचों ही मुझे बहुत प्रिय हो। मैं किसी भी रूप में तुमसे विलग नहीं होना चाहूंगा। मेरी बात समझने का प्रयत्न करो वत्स! मैं अग्नि को स्वयं से दूर रखने का प्रयत्न कर रहा हूं, ताकि उसका प्रकाश तो हमें मिले, किन्तु उसका ताप हमें दग्ध न करे। और तुम चाहते हो कि मैं अग्नि को अपनी कुटिया में ले आऊं, ताकि मेरा आश्रम जलकर भस्म हो जाए।"

कालकाचार्य की कोमलता ने आवेश पर ठंडे छींटे डाल दिए थे। किसी ओर से कोई प्रत्युत्तर नहीं आया, जैसे सब-कुछ शान्त हो चुका हो। पर तभी कुवलय उठकर अपने ठहरे हुए मन्द स्वर में बोला, "आर्य कुलपति! आपका और हमारा दृष्टिकोण पर्याप्त भिन्न है, यह स्पष्ट हो चुका है। किन्तु मतभेद का अर्थ अनिवार्यतः विरोध नहीं होता। आप हमें आश्रम से निष्कासित नहीं करना चाहते, और न ही यह हमारी इच्छा है कि हम आपसे दंडित होकर अथवा आपसे झगड़कर आश्रम से पृथक हों। इसलिए गुरुवर! एक निवेदन है, आप चाहें तो आश्रम को अश्व मुनि के आश्रम की ओर ले जाने की तैयारी करें, किन्तु साथ ही हमें यह अनुमति दें कि हम भद्र राम से मिलकर, इस विषय में

उनका मत जानने का प्रयत्न करें। यदि वे सहमत हो गए तो हम पांचों आपकी अनुमति से उनके आश्रम की सदस्यता स्वीकार करना चाहेंगे।...और यदि हमें ग्रहण करने को वे तैयार नहीं हुए, तो हम पूर्ववत आपके शिष्य हैं–अतः आश्रम के अनुशासन में बंधे आपके साथ जाएंगे..."

कालकाचार्य का स्नायविक तनाव ढीला पड़ा। कुवलय ठीक कह रहा था–वे राम के पास जाना चाहें तो जाएं, इसमें क्या संकट है। वे न राक्षसों का विरोध चाहते हैं, न राम का और न अपने शिष्यों का...

"ठीक है वत्स! तुमने बिलकुल ठीक कहा। तुम लोग आज ही राम से मिलने चले जाओ। भरत की सेना लौट चुकी है, अतः राम से मिलने में कोई बाधा नहीं है। कल प्रातः मुझे अपने और राम के निश्चय की सूचना दो। हमारा प्रस्थान कल मध्याह्न तक रुका रहेगा।"

अपनी कुटिया के बाहर अपराह्न की धूप में राम और सीता कुछ अलसाए-से बैठे थे। दोनों ही पिछले दो-तीन दिनों में घटी घटनाओं से ऊब-डूब रहे थे। बात प्रायः कोई भी नहीं कर रहा था।

"भैया! कुलपति कालकाचार्य के आश्रम के ब्रह्मचारी आए हैं।"

राम ने सिर उठाकर देखा। आगे-आगे जय था। इसे राम ने कई बार कालकाचार्य के आश्रम में देखा था। आते-जाते, कभी-कभार बातें भी हुई थीं। जय ने कई बार धनुष-बाण तथा अन्य शस्त्रों में रुचि भी दिखाई थी। अन्य ब्रह्मचारियों के चेहरे भी कुछ परिचित-से थे, किन्तु राम उन्हें ठीक-ठीक पहचानते नहीं थे।

"आओ! बैठो मित्र!" राम ने मुखर द्वारा लाए गए आसनों की ओर संकेत किया।

"आर्य! ये भील-कला के आसन आपके यहां कैसे?" कुवलय ने कुछ आश्चर्य से पूछा।

"ये आसन मैंने और सुमेधा ने मिलकर बनाए हैं।" सीता बोलीं, "सुमेधा भील-कन्या ही है। मैंने उसी से यह विद्या पाई है। तुम्हें भील-कलावाले आसन पर बैठने में कोई आपत्ति तो नहीं ब्रह्मचारी!" वैदेही मुस्कुराईं", "इधर जाति-विभाजन पर बल कुछ अधिक ही है।"

"नहीं देवि!" कुवलय झेंप गया, "मैंने तो केवल जिज्ञासावश पूछ लिया था। आश्रमों में इस प्रकार के आसन सामान्य बात नहीं है।"

"बैठो मित्र!" राम पुनः बोले, "मेरी भी जिज्ञासा है–तुम पांचों ही घायल प्रतीत होते हो। औषधि और पट्टियां अभी गीली ही हैं। यह क्या है मित्र! मृगया अथवा राक्षसों में मुठभेड़?"

"हम इसी सन्दर्भ में आपसे मिलने आए हैं राम!" जय बोला, "आने में कुछ विलम्ब अवश्य हुआ। कल अयोध्या की सेना लौट रही थी; अतः आप तक पहुंचने के लिए मार्ग मिलना कठिन था, और आज अपने कुलपति से विचार-विमर्श में विलम्ब हो गया।"

"ठीक कहते हो ब्रह्मचारी।" राम गम्भीर हो गए, "इसी कारण पिछले तीन दिनों से मैं चित्रकूट से कटकर अपने आश्रम में सीमित हो गया था। इस बीच आश्रम में बहुत कुछ घटित हुआ है मित्र!"

"यहां ही नहीं आर्य। इस सारे प्रदेश में बहुत कुछ घटित हुआ है।" शशांक का स्वर कुछ तीखा था, "कहीं किसी का सिर कटा, कहीं किसी का पांव। कहीं आग लगी, और कहीं हम जैसों को घेरकर बन्दी किया गया, और राक्षस बस्तियों में ले जाकर कशा के आघातों और तप्त शलाकाओं से दग्ध किया गया..."

"क्या लाभ अयोध्या की इतनी बड़ी सेना का?" राम जैसे अपने-आप से कह रहे थे, "जिसने जनसामान्य को सुरक्षा देने के स्थान पर असुरक्षित कर दिया।"

"किसने बन्दी किया?" लक्ष्मण की उग्रता प्रकट होने लगी थी।

"राक्षसों ने!"

"क्यों?" मुखर ने पूछा।

"वही बताने के लिए, हम उपस्थित हुए हैं!" जय बोला।

"कहो! मैं सुन रहा हूं।" राम उसके चेहरे की ओर देख रहे थे।

सत्रह

कालकाचार्य ने जानेवाले तपस्वियों, छकड़ों पर लदे सामान, छकड़ो में जुते बैलों, बैलों को हांकनेवाले गाड़ीवानों इत्यादि पर अन्तिम बार निरीक्षण करती दृष्टि डाली। वे व्यवस्था से सन्तुष्ट थे। आकृति पर आश्वस्ति के चिह्न एकदम स्पष्ट थे, और साथ ही किसी विकट विपत्ति से मुक्त हो जाने का आह्लाद भी था।

उन्होंने मुड़कर इन सारी तैयारियों से अलग एक ओर हटकर खड़े हुए राम की ओर देखा : राम, सीता तथा लक्ष्मण साथ-साथ खड़े थे, और उनके पीछे जय तथा चारों मित्र खड़े थे। कुलपति का चेहरा कुछ विकृत हुआ, जैसे मुख का स्वाद कड़वा हो गया। किन्तु उन्होंने तत्काल स्वयं को संभाल लिया। वे सायास मुस्कुराए और सहज होने का भरसक प्रयत्न करते हुए चलकर उन लोगों के समीप आए।

"वत्स राम! अब हमें विदा दो।" कुलपति अत्यन्त औपचारिक स्वर में बोले, "बड़ी इच्छा थी कि हम यहां साथ-साथ रहते, अथवा तुम हमारे साथ अश्व मुनि के आश्रम में चलते। किन्तु तात! शायद यह सम्भव नहीं है। पर जाते-जाते भी मैं तुम्हें एक परामर्श दूंगा। यद्यपि तुम वीर और साहसी हो, युद्ध विद्या में कुशल हो–फिर भी यह स्थान ऐसा नहीं है, जहां तुम अपनी युवती पत्नी के साथ सुरक्षित रह सको। वत्स! तुम भी इन लोगों को लेकर किसी सुरक्षित स्थान पर चले जाओ।" उन्होंने रुककर राम के पीछे खड़े तपस्वियों को देखा, "और मेरे इन ब्रह्मचारियों की रक्षा करना। भगवान तुम्हारा भला करें।"

राम ने शान्त भाव से कुलपति की बात सुनी और हल्के-से मुस्कुरा दिए। लक्ष्मण ने एक बार उद्दंड आंखों से कुलपति को ताका और वितृष्णा से मुख मोड़ लिया। राम और सीता ने झुककर कुलपति के चरण छुए; और अन्य लोगों को मार्ग देने के लिए एक ओर हट गए।

लक्ष्मण ने अब तक स्वयं को संभाल लिया था। पूर्ण गम्भीरता का अभिनय करते हुए बोले, "ऋषिवर! हमें भी आपके साथ चलकर अश्व मुनि के आश्रम में रहने की बड़ी इच्छा थी; पर हम जा नहीं पाएंगे, असमर्थता को क्षमा करें। हम नहीं चाहते कि हम आपके साथ-साथ लगे फिरें, और आप अपने छकड़ों से अपना सामान भी न उतार पाएं।"

इससे पूर्व कि राम आगे बढ़कर लक्ष्मण से कुछ कहते, कालकाचार्य उन्मुक्त कंठ से हंस पड़े। राम ने कुछ विस्मय से देखा; कुलपति का कंठ ही नहीं, मन भी उन्मुक्त था। लक्ष्मण ने अपने इस वाक्य से न केवल अपने मन की कह दी थी, वरन कुलपति के मन की ग्लानि भी धो डाली थी।

"बहुत अच्छी बात कही तुमने वत्स सौमित्र!" हंसी के पश्चात कुलपति अत्यन्त निर्मल हो आए थे। उनकी आकृति की औपचारिकता भी विलीन हो गई थी, और वे सहज हो गए थे, "तुमने यह न कहा होता तो कदाचित मैं भी सच न बोल पाता। पुत्र! मेरा विश्वास करो। तुम लोगों का सहवास हम सब तपस्वियों के लिए अत्यन्त आनन्ददायक है। यह हमारी हार्दिक इच्छा है पुत्र! कि

तुम हमारे साथ रहो। किन्तु लक्ष्मण! सारे मनुष्यों की प्रकृति एक समान नहीं होती। हम लोग स्वयं अपने-आप में न्यायपूर्ण आचरण करनेवाले हैं। हम बिना किसी जीव को कष्ट दिए मानवता के सुख के लिए ज्ञान, विज्ञान, कला तथा संस्कृति के विकास के लिए प्रयत्नशील हैं। अतः मन से हम न्याय के समर्थक और अन्याय के विरोधी हैं। इस दृष्टि से हम तुम्हारे सहयोगी हैं। किन्तु पुत्र! अपने जन्मजात स्वभाव, राजसिक वृत्ति के अभाव तथा संयम के लम्बे प्रशिक्षण के कारण हम लोग तुम्हारे समान संघर्षशील नहीं हैं। अतः अन्याय के विरोध के लिए सक्रिय अवसर उपस्थित होते ही हम लोग प्रायः उस स्थान से हट जाते हैं। हम लोग अपनी सीमाएं पहचानते हैं। ऐसा नहीं है पुत्र! कि मैं नहीं चाहता कि मैं भी तुम्हारे ही समान शस्त्र धारण कर राक्षसों का हनन करूं? किन्तु मैं अपनी तथा इन तपस्वियों की भीरु प्रवृत्ति का क्या करूं? हमें अपना विरोधी न समझो। तुम्हारे साथ न रह सकने का अर्थ कदापि यह नहीं है कि हम राक्षसों के मित्र हैं। हम तुम्हारे असम तथा भीरु मित्र हैं, जो संघर्ष करने का साहस नहीं बटोर पा रहे। सौमित्र! हमारे प्रति मन में क्रोध न रख करुणा और दया का भाव धारण करो।" कुलपति मौन हो गए। उनका स्वच्छ मन, उनकी पारदर्शी आंखों में झांक रहा था। कोई भी देख सकता था कि उनके सम्पूर्ण व्यक्तित्व में कहीं कोई दुराव नहीं था। उन्होंने वाणी के माध्यम से अपना मन सहज ही सबके सम्मुख रख दिया। लक्ष्मण कुछ संकुचित हुए : शायद उन्हें इस निश्छल और निर्मल वृद्ध से ऐसी कटु बातें नहीं कहनी चाहिए थीं।

"आर्य कुलपति!" राम ने आगे बढ़कर बात संभाल ली, "लक्ष्मण की बात का बुरा न मानें। हम दोनों एक-दूसरे का पक्ष समझते हैं। ऋषिवर! हम क्षत्रियों का शस्त्र धारण करना तभी सार्थक होगा, जब आप जैसे निष्पाप तपस्वी खुलकर हमें अपना स्नेह दे सकेंगे : और हम न्याय के नाम पर आपको अभय दे सकेंगे। कुलपति सहज मन से अपनी यात्रा पर जाएं। इस अलगाव से किसी के मन में वैमनस्य न रहेगा।"

कुलपति ने धीरे-धीरे अपनी भीगी आंखें ऊपर उठाईं और राम के चेहरे पर टिका दीं, "राम! मेरे इन ब्रह्मचारियों का ध्यान रखना। ये पांचों तपस्वी हैं। आशा है, ये मेरे पाप की क्षतिपूर्ति करेंगे...।"

कुलपति ने उन लोगों की ओर देखे बिना मुख मोड़ लिया, और धीरे-धीरे चलते हुए अपने छकड़े पर जा बैठे। बैठते ही उन्होंने गाड़ीवानों को संकेत किया, "चलो।"

राम स्पष्ट देख रहे थे, कुलपति का मन उनके कर्म का विरोध कर रहा था। वे उदास थे...। विवेक कितना भी प्रेरित करे–अपनी प्रकृति के विपरीत कार्य करना कठिन होता है। मन की भीरुता, तन की कोमलता और संघर्ष के प्रति तत्परता व्यक्ति को क्या बना देती है। ऐसा क्या खो गया है इन लोगों में, जो सत् पक्ष को जानते हुए भी उसका समर्थन नहीं कर पाते, उसके पक्ष में खड़े नहीं हो पाते। किस बात से डरते हैं–कष्ट से? पर कष्ट तो ये उठा ही रहे हैं। अपमान से? इस प्रकार, अपनी इच्छा के विरुद्ध, किसी भय से, अपना स्थान छोड़कर कहीं और भटकने के लिए चल पड़ना, क्या अपमानजनक नहीं है। यह सैनिक दृष्टि से योजनाबद्ध प्रत्यावर्त नहीं है कि इसे रणनीति या रणकौशल मान लिया जाए। यह तो रण ही नहीं है। जब कभी संघर्ष का अवसर प्रस्तुत होगा–ये लोग इसी प्रकार पीछे हट जाएंगे। इन्हें कहीं भी 'सत्य' नहीं मिलेगा, कहीं 'न्याय' नहीं मिलेगा, कहीं अधिकार नहीं मिलेगा। 'सत्य' और 'न्याय' के संघर्ष से भागना, स्वयं 'सत्य' और 'न्याय' से दूर भागना है...राम की दृष्टि बहिर्मुखी हो रही थी : जय तथा उसके साथी कुछ उदास लग रहे थे। लक्ष्मण की मुद्रा अभी भी उग्र थी। सीता सहज हो चुकी थीं।

"आओ चलें।" राम ने अपना धनुष उठा लिया, "उद्घोष तथा उसके साथी हमारी प्रतीक्षा कर रहे होंगे। आश्रम पहुंचकर उन्हें शस्त्रागार की रक्षा के दायित्व से मुक्त करना है।"

अपने-अपने विचारों में खोए सब लोग आश्रम की ओर बढ़े। कोई किसी से बात नहीं कर रहा था। केवल यान्त्रिक रूप से आगे-पीछे चलते जा रहे थे।

आत्मलीन राम के मन में पिछले तीन दिनों की घटनाओं की स्मृतियां थीं–कितना आकस्मिक था सब-कुछ। किसने घटनाओं के इस रूप की कल्पना की होगी। अयोध्या में घटित घटनाओं के विषय में राम उत्सुक थे। अनेक आशंकाएं थीं... ! जैसे-जैसे भरत के निकट आने के समाचार मिलते जिज्ञासाओं की भीड़ भी बढ़ती गई थी...। तीन दिन पहले वन्य पशुओं में सहसा भगदड़ मच गई। चित्रकूट पर चारों ओर से धूल-ही-धूल उड़ने लगी। निकट के विभिन्न आश्रमों से सूचनाएं मिलीं कि भरत की सेना आ पहुंची है...। लक्ष्मण ने कवच कस लिया और अनेक दिव्यास्त्रों से सज्जित हो गए। उन्होंने आश्रम के पिछले मार्ग से मुखर को उद्घोष के ग्राम की ओर दौड़ा दिया कि वह विभिन्न गृहों तथा आश्रमों से सशस्त्र युवकों को एकत्रित कर शीघ्रातिशीघ्र पहुंचे।

...सशस्त्र युवक-संगठनों ने तनिक भी विलम्ब नहीं किया। उद्घोष ने इतने युवक एकत्रित कर दिए थे कि वे अपने आश्रम को अच्छी तरह व्यूहबद्ध कर सकते थे...। किन्तु युद्ध की आवश्यकता नहीं पड़ी। भरत की सेना आश्रम से दूर ही रुक गई थी। निकट आते ही भरत राम के चरणों पर गिर पड़े थे...।

राम अपनी कुटिया के द्वार पर आकर रुक गए।

"आश्रम के नए सदस्यों के रहने की क्या व्यवस्था होगी सौमित्र?"

"हम तुरन्त निर्माण-कार्य आरम्भ कर देते हैं भैया!" लक्ष्मण बोले, "किन्तु आज की रात उद्घोष की कुटिया तथा अतिथिशाला से ही काम चलाना होगा।"

"हम से क्या तात्पर्य है लक्ष्मण?" राम मुस्कुराए, "कहीं तुम इन लोगों को तो निर्माण-कार्य में नहीं लगाना चाहते? वे आहत हैं। उन्हें शारीरिक श्रम नहीं करना चाहिए।"

"नहीं आर्य!" जय बोला, "हम इतने अक्षम नहीं हैं कि आर्य सौमित्र की कोई सहायता न कर सकें। राक्षसों ने हमारी हड्डियां न तोड़ने की कृपा अवश्य दिखाई हैं।"

"नहीं! कुटीर-निर्माण का कार्य मैं और मुखर कर लेंगे।" लक्ष्मण मुस्कुराए, "इन्हें केवल मनोरंजनार्थ हमारा हाथ बंटाना होगा।"

"अच्छा! जाओ।"

लक्ष्मण इत्यादि को भेज राम सीता के साथ कुटिया के भीतर आए। सीता बिना कुछ कहे, भोजन की व्यवस्था में लग गईं, और राम की किंचन प्रक्रिया फिर चल पड़ी : भरत ने आते ही अपना अभिप्राय कहा। वे राम, लक्ष्मण तथा सीता को अयोध्या लौटा ले जाना चाहते थे। वे नहीं चाहते थे कि अयोध्या के राजपरिवार की परस्पर अविश्वास की परम्परा और आगे बढ़े, और भरत के राज्य को युधाजित के आतंक का विस्तार माना जाए। वे नहीं चाहते थे कि अयोध्या में फिर कोई दुःस्वप्नों से पीड़ित होकर वैसे प्राण त्यागे, जैसे सम्राट दशरथ ने त्यागे थे...

भरत अयोध्या और मिथिला के राजपरिवार, मन्त्रिपरिषद, पुरोहित वर्ग, प्रमुख प्रजाजन, सेनापति, सैनिक परिषद तथा सेना की अनेक टुकड़ियां लेकर उन्हें लिवाने आए थे। वे तत्काल राम का

राज्याभिषेक करना चाहते थे।...किन्तु एक बात के लिए भरत एकदम सजग नहीं थे। भरत के साथ-साथ भारद्वाज, वाल्मीकि तथा अन्य ऋषि भी आए थे। जो ऋषि नहीं आ पाए थे–राम जानते थे–उनके चर, आश्रम के चारों ओर मंडरा रहे थे। वे भयभीत थे, कहीं राम भरत की बात मान न लें।...जब सम्पूर्ण राजवंश एक स्वर से कह रहा था कि राम अयोध्या लौट चलें। एक भी ऋषि इस इच्छा का समर्थन नहीं कर रहा था। अन्त में भरत को निराश लौट जाना पड़ा। अयोध्या से लाई गई राजसी-खड़ावों को वे राम के चरणों में छुवा-भर सके, उन्हें पहना नहीं सके। किन्तु इन दिनों में, जब वे अपने पारिवारिक मनोमालिन्य को दूर कर रहे थे–इस वन में कितना कुछ कलुषित और भयंकर घट गया था। यदि राम राजकीय मर्यादाओं में घिरकर जनसामान्य से दूर न हो गए होते, तो कदाचित राक्षस वह सब नहीं कर पाते, जो उन्होंने किया। भविष्य में राम को ध्यान रखना होगा कि वे किसी भी कारण से जनसामान्य के लिए अनुपलब्ध न हो जाएं नहीं तो उन जैसे जननेता और उन विलासी शासकों में क्या भेद रह जाएगा, जो अपनी सुख-सुविधाओं के बन्दी होकर जनता की असुविधाओं को अनदेखा कर जाते हैं...

राम ने कुटिया से बाहर देखा; लक्ष्मण मुखर और पांचों ब्रह्मचारियों के साथ लकड़ियों के गट्ठरों के साथ वन से लौट रहे थे। लक्ष्मण और मुखर के कन्धों पर अधिक बोझ था, किन्तु ब्रह्मचारियों ने भी कुछ-न-कुछ उठा ही रखा था। राम उन्हें टीले की चढ़ाई चढ़ते हुए साफश-साफश देख रहे थे। वे सातों उल्लास से भरे, प्रसन्नतापूर्वक बातें करते हुए ऊपर आ रहे थे। उनसे किसी को भी ऐसा नहीं लगता था कि अभी थोड़ी देर पूर्व ही उनके आश्रम के कुलपति अपनी शिष्य-मंडली और अन्य तपस्वियों के साथ राक्षसों से भयभीत हो, यह स्थान छोड़कर चले गए हैं; और पीछे छूटे जबड़ों के बीच बैठे हैं। तभी लक्ष्मण ने कुछ कहा, और शेष सब लोग उन्मुक्त अट्टहास कर उठे।

भोजन के पश्चात वे लोग कुटिया के बाहर, तनिक खुले स्थान में जा बैठे। "वह अश्व मुनि कौन हैं?" राम ने बात आरम्भ की, "जिनके पास कुलपति अपने ऋषिकुल को लेकर गए हैं?"

जय कुछ आगे खिसक आया, "आर्य मेरी स्पष्टवादिता को क्षमा करें। अभी थोड़े-से ही समय में मैंने आर्य लक्ष्मण की संगति में सीखा है कि तेजस्वी पुरुष न तो स्पष्ट कहने में संकोच करता है और न स्पष्ट बात का बुरा मानता है।"

"बोलो जय! संकोच न करो।" राम मुस्कुराए।

जय हल्के-से आवेश में बोला, "आर्य! अश्व मुनि भी अनेक भगोड़े ऋषियों के समान इस क्षेत्र के 'सावधान' ऋषि हैं। उनकी विशेषता यह है कि उन्होंने शिष्य-पालन के साथ-साथ अश्व-पालन को भी बहुत महत्त्व दे रखा है। उनके पास कुछ अच्छे प्रशिक्षित अश्व हैं। उनके कारण अश्व मुनि के शिष्य आश्रम की सीमा के कुछ आगे बढ़कर वन-प्रदेश में होनेवाली घटनाओं की देखभाल करते हैं।

जब कभी उन्हें कोई राक्षस आश्रम की ओर बढ़ता दिखाई देता है; वे लोग तत्काल उसकी सूचना ऋषि को देते हैं। समस्त आश्रमवासी इधर-उधर छिप जाते हैं। और समय तथा अवसर के अनुकूल आश्रम से दूर चले जाते हैं। इस प्रकार वे लोग अपने प्राण बचा लेने का प्रबन्ध कर लेते हैं।...वैसे भी कुलपति कालकाचार्य ने आप लोगों से अलग होकर अपने ढंग से राक्षसों को जताया है कि वे लोग आपके मित्र नहीं हैं, अतः आपके कारण वे उन्हें परेशान न करें...।"

"तुम लोग कुलपति के साथ ही क्यों नहीं चले गए जय?" सीता ने मुस्कुराकर पूछा, "क्या तुम्हें अपनी सुरक्षा प्रिय नहीं?"

"देवि! सुरक्षा किसे प्रिय नहीं।" शशांक ने कहा, "किन्तु राक्षसों के हाथों इतनी यातना सहकर

हम बहुत पीड़ित और अपमानित हैं। परस्पर बहुत सारा विचार-विमर्श कर, हम पांचों इस निष्कर्ष पर पहुंचे हैं कि दूसरों की दया पर निर्भर, अपमानित जीवन जीने से अपने सामर्थ्य के बल पर जिया गया तेजस्वी जीवन कहीं श्रेष्ठ है। हमने पाया है कि न्याय के संघर्ष से दूर भागना, उसे टालना, न्याय को टालना है। अतः व्यक्ति को उसकी उपेक्षा करने के स्थान पर उसे उकसाना चाहिए; और बढ़ना चाहिए–तभी वह न्याय के निकट पहुंच उसे पा सकेगा।"

"बन्धुओ! मैं तो यही कह रहा हूं," लक्ष्मण मुस्कुराए, "पर मेरी कोई सुनता ही नहीं।"

"मैं सुन रहा हूं," राम ने सस्नेह लक्ष्मण को देखा, "और इसीलिए यहां बैठा हूं कि विचार-विमर्श कर आगे का कार्यक्रम तय कर लें।...हम लोग प्रायः इस विषय में एकमत हैं कि राक्षसों के अन्याय, असमानता तथा शोषणपूर्ण चिन्तन, दर्शन और जीवन-विधि से हमारा समझौता नहीं हो सकता। उनसे हमारा संघर्ष अनिवार्य है।..."

"एकदम!"

"यदि संघर्ष अनिवार्य है तो उसे और उग्र करना चाहिए, ताकि हम न्याय की ओर तीव्रता से बढ़ सकें...।"

"हमारा भी यही विचार है।" आनन्द बोला, "हमारा वश चले तो हम आज ही राक्षस-बस्तियों पर आक्रमण कर दें।"

"सामूहिक और व्यक्तिगत संघर्ष में भेद होता है!" सीता बोलीं, "क्या सर्वत्र व्याप्त इस राक्षसी अत्याचार से संघर्ष कर न्याय प्राप्त करने का एकमात्र यही ढंग है कि हम एक-के-बाद-एक राक्षसों की बस्तियों, शिविरों, ग्रामों तथा नगरों पर आक्रमण करते जाएं?"

"नहीं!" राम बोले, "उग्र और प्रचंड होने का अभी समय नहीं आया है। संघर्ष की ओर हमें सुयोजित ढंग से योजनाबद्ध रूप से बढ़ना है। हमें अपनी वाणी और कर्म का रूप ऐसा रखना होगा, जिससे राक्षसों के विरुद्ध हमारा संघर्ष दबे नहीं, भड़के। यह व्यक्तिगत संघर्ष नहीं है। न्याय का संघर्ष एक व्यक्ति का संघर्ष नहीं होता। हमें समस्त पीड़ित और दलित लोगों को अपने साथ लेकर चलना होगा। जितने भी लोग मानव की समता के आधार पर एक ऐसे न्यायपूर्ण मानव-समाज के निर्माण के इच्छुक हैं, जिसमें प्रत्येक व्यक्ति के विकास के लिए पूर्ण स्वतन्त्रता और सुविधाएं उपलब्ध हों–ऐसे समस्त लोगों को संगठित करना होगा। जहां थोड़ा-सा भी तेज है, प्रकाश है, संघर्ष है, प्रतिरोध है–उसे जगाए रखना होगा, अपने साथ लिए चलना होगा।"

"अर्थात?" जय ने पूछा।

"अर्थात," राम ने समझाने के ढंग से कहा, "चाहे हम खोज-खोजकर न मारें; किन्तु यदि कोई राक्षस किसी को पीड़ित करता है, तो हमें पीछे नहीं हटना होगा। हमें अपना मोर्चा संभालना होगा। युद्ध करना होगा। हमारे इस प्रकार के संघर्षशील प्रयत्नों से अन्य लोगों का तेज भी जाग्रत होगा। और ऐसे जितने भी ऋषि अथवा ऋषिकुल यहां हैं, जो इस प्रकार के संघर्ष में विश्वास करते हैं–उन सबसे सम्पर्क स्थापित कर उन्हें बल देना होगा और स्वयं उनसे शक्ति प्राप्त करनी होगी।..."

"आप ठीक कहते हैं आर्य!" मुखर बोला।

"संघर्ष का आरम्भ उस व्यक्ति से होना चाहिए मित्रो! जो अत्याचार का सीधा सामना कर रहा है। जिन लोगों ने उस अत्याचार के विषय में सुना-मात्र है, उससे प्रत्यक्ष सम्पर्क होने का अवसर नहीं पाया; उनके मन में दाह नहीं है–अतः प्रकाश भी नहीं है। वे लोग ऐसे संघर्ष को मानसिक सहानुभूति दे सकते हैं, उसमें सक्रिय योग नहीं दे सकते।"

"तो भैया! संघर्ष का आरम्भ अश्व मुनि के आश्रम में नहीं, जनस्थान में हो सकता है।"

"तो जनस्थान की ओर बढ़ो।" सीता मुस्कुराईं।

"देवि! आप...।" शशांक ने आश्चर्य से सीता को देखा।

"ये शक्ति रूप नारी हैं मित्रो!" राम मुस्कुराए, "तुम लोग अभी सीता को नहीं पहचानते।"

"तो हम सबका जनस्थान जाना निश्चित रहा।" जय के स्वर में उल्लास था।

"नहीं जय!" राम गम्भीर स्वर में बोले, "जनस्थान में न्याय का युद्ध वहीं के निवासी लड़ेंगे। तुम चित्रकूट में ही रहोगे।"

"तो सारा वार्तालाप..."

"मेरी बात सुनो।" राम बोले, "हमें अर्थात मुझे सीता तथा लक्ष्मण को अन्ततः दंडकवन में ही जाना है–ऐसा अयोध्या से चलते समय ही निश्चित था। मुखर का अपना घर दक्षिण की ओर है; अतः वह भी हमारे साथ जाना चाहेगा। हम लोग यहां इसलिए रुके हुए थे कि हमें अपनी अनुपस्थिति में घटित अयोध्या के समाचार मिल सकें। भरत की नीति स्पष्ट हो सके, और हम आगे की योजना तय कर सकें। यह कार्य अब पूर्ण हो चुका है, अतः हमारा चित्रकूट छोड़ दक्षिण की ओर जाना निश्चित है..."

"किन्तु आर्य!..." कुवलय ने कुछ कहना चाहा।

"धैर्य रखो कुवलय!" राम मुस्कुराए, "तुम लोगों को मंझधार में मैं छोड़कर नहीं जाऊंगा।...हमारा जाना निश्चित अवश्य है, किन्तु जाने से पूर्व हमें कुछ प्रबन्ध करना है। राक्षसी आतंक इस क्षेत्र में अभी पर्याप्त मात्रा में है। पर इतना नहीं कि मैं यहां से हिल न सकूं। उद्घोष के रूप में यहां ऐसा व्यक्ति है, जो आजन्म अन्याय के विरुद्ध संघर्ष करेगा। संयोग से उसके पास अच्छे साथी हैं। वे लोग जागरूक, संगठित तथा बलिदानी हैं। अन्य अनेक ग्रामों से भी जनक्रान्ति की प्रक्रिया आरम्भ हो चुकी है। अनेक आश्रमों में भी यह चिन्तन जड़ पकड़ चुका है कि अत्याचार को समाप्त कर, मानव को सुखी बनाना, ब्रह्म को पाने से अधिक महत्त्वपूर्ण है। अतः जाने से पूर्व इन सब लोगों में संयोजन का कार्य करने के लिए मैं अपना आश्रम किसी उपयुक्त अधिकारी को सौंपना चाहता था। तुम लोगों से उत्तम उत्तराधिकारी और कौन होगा? मेरा विचार है, हम लोग तुम्हारी शस्त्र-परिचालन तथा शस्त्र-निर्माण शिक्षा पूरी होने तक यहां रुकें, और फिर यह आश्रम तुम्हें सौंपकर आगे बढ़ जाएं..."

"आर्य! क्या यह दायित्व हमारे कन्धों के लिए भारी नहीं पड़ेगा?" त्रिलोचन घबराया-सा लग रहा था।

"नहीं" राम ने उसकी आंखों में देखा, "तुमने स्वयं अत्याचार सहा है। फिर, तुम्हें तपस्वी जीवन का अभ्यास है, जो उद्घोष और उसके साथियों को नहीं है। अतः जागरूक श्रमिक तथा बुद्धिजीवी में भाईचारा बनाए रखने के लिए तुम यहां रहोगे और उद्घोष से सहयोग करोगे। किन्तु सावधान मित्रो! बुद्धिजीवी होने के अहंकार में जनसामान्य से दूर मत हो जाना–अन्यथा तुम शोषकों के हाथ के खिलौने बन, जनसामान्य के शत्रु हो, क्रान्ति की प्रक्रिया की सबसे बड़ी बाधा बन जाओगे।"

"आर्य! हमें सहयोग दें।" कुवलय ने सिर को तनिक झुकाया, "हम आपकी आशाओं पर खरे उतरने का पूरा प्रयत्न करेंगे।"

"मैं आश्वस्त हूं साथियो!" राम की सम्मोहनमयी मुस्कान, उनके अधरों पर आ विराजी, "कल से तुम्हारा प्रशिक्षण आरम्भ होगा।"

संघर्ष की ओर

"ऋषि को आपकी बहुत प्रतीक्षा थी भद्र!"

राम की कल्पना में प्रातः देखा दृश्य पुनः साकार हो उठा : कुलपति की कुटिया के सम्मुख चबूतरे पर धूं-धूं जलती हुई चिता। ऊंची-ऊंची उठती हुई लपटों के बीच खड़े ऋषि शरभंग। नयन मूंदे, हाथ जोड़े–इस प्रकार शान्त मुद्रा में खड़े थे, मानो जल में खड़े सूर्य का ध्यान कर रहे हों। शरीर अग्नि में ऐसे एकाकार हो गया था, जैसे आग की लपटें उन्हें बाहर से न घेरे हों–उनके शरीर से निकलकर बाहर पड़ी लकड़ियों को जला रही हों। राम की मंडली के आने से, चिता को चारों ओर से घेरकर खड़े वन-समुदाय में थोड़ी हलचल मची हुई थी...ऋषि का ध्यान जैसे भंग हो गया था। उनकी आंखें निमिष-भर के लिए खुलीं। उन्होंने राम को पहचाना। मानो चलने के लिए पग उठाया, कुछ कहने को होंठ फैले...किन्तु तभी अचैत होकर गिर पड़े–न आंखें खुली रह सकीं, न होंठों से स्वर निकला, और न पग ही आगे बढ़ सका।

राम का अपना ही मन, अपने देखे पर सन्देह कर रहा था : सूखे काठ के समान धूं-धूं जलता हुआ मनुष्य का शरीर क्या किसी को देख और पहचान सकता है, किसी को कुछ कहने का संकल्प कर सकता है?...राम ने उसे अपना भ्रम माना था, किन्तु अब सामने बैठे मुनि ज्ञानश्रेष्ठ कह रहे हैं कि ऋषि को राम की प्रतीक्षा थी...

हत्प्रभ-से राम चिता से कुछ दूर खड़े रह गए थे। ऋषि का अचेत या कदाचित मृत शरीर सूखे ईंधन के समान जल रहा था।...ऋषि को बचाया नहीं जा सकता था। चिता में से जीवित अथवा मृत शरीर को खींच लेने का अब कोई लाभ नहीं था।

राम की आंखों में अश्रु आ गए थे, मनुष्य इतना भी असहाय हो उठता है कि अपने जीवित, अनुभूतिप्रणव शरीर को निर्जीव पदार्थ के समान अग्नि में झोंक दे। मन का ताप इतना तीव्र और असह्य हो उठता है कि जलता हुआ तन भी उसकी तुलना में शीतल लगने लगे।...और कोई राम-सा भी अक्षम हो सकता है कि सामने चिता में शरभंग जल रहे हों और राम का हाथ उन तक न पहुंच पाए...

उन्होंने डबडबाई आंखों से अपने आसपास देखा था–सीता, लक्ष्मण, मुखर तथा उनके साथ आए हुए अत्रि ऋषि के शिष्य–शस्त्रागार से लदे हुए, उनके आसपास आ खड़े हुए थे। सबकी दृष्टि चिता में जलते हुए ऋषि के शव पर थी। चेहरों पर अवसाद, निराशा तथा वितृष्णा के भाव घिर आए थे। आश्रमवासियों की स्थिति उन लोगों से तनिक भी भिन्न नहीं थी...

"ऋषि ने प्रतीक्षा क्यों नहीं की?" ज्ञानश्रेष्ठ चुपचाप राम को देखते रहे, जैसे कुछ सोच रहे हों; फिर धीमे स्वर में बोले, "ठीक-ठीक बता पाना कठिन है। हां! कुछ-कुछ अनुमान किया जा सकता है।"

"कोई विशेष घटना घटी थी क्या?" ज्ञानश्रेष्ठ को मौन हुए विलम्ब हो गया तो राम ने पूछा।

ज्ञानश्रेष्ठ ने धीरे-धीरे अपनी बोझिल आंखें ऊपर उठाईं और राम के चेहरे पर टिका दीं, "यहां तो नित्य ही कुछ-न-कुछ ऐसा घटता रहता है कि व्यक्ति आत्मदाह कर बैठे। यह तो कुलपति का ही साहस था कि आज तक टिके रहे। शरीर का दाह तो उन्होंने आज किया, मन जाने कितनी बार दग्ध हुआ होगा..."

"फिर भी कुछ आभास तो आपको होगा!" लक्ष्मण अपने स्थान के कुछ आगे बढ़ आए।

"मेरा ऐसा अनुमान है कि इसका सम्बन्ध खान-श्रमिकों की बस्ती से अवश्य है।" ज्ञानश्रेष्ठ ने सहसा अपनी आत्मतल्लीनता को त्याग दिया, "ऋषि के पास पिछले दिनों कुछ खान-श्रमिक आए थे। ऋषि ने उनकी बातें सर्वथा एकान्त में सुनी थीं। किन्तु उसके पश्चात वे कई बार उनकी बस्तियों में गए थे। वे लोग भी बहुधा उनके पास आने लगे थे। लगता था, श्रमिक ऋषि पर बहुत विश्वास करने लगे थे। उनसे सारी बातें एकान्त में ही होती थीं, और उनके जाने के पश्चात ऋषि बहुधा चिन्तित हो जाया करते थे। उन्हें नींद नहीं आती थी और वे अपनी कुटिया के सामने के चबूतरे पर बैठकर आधी-आधी रात तक आकाश को घूरा करते थे। या फिर उत्तेजना की स्थिति में उसी चबूतरे की परिक्रमा किया करते थे।...और भद्र राम! उसी अवधि में उन्होंने आपको बहुत याद किया...।"

"किस सन्दर्भ में?" राम अनुमान लगाने का प्रयत्न कर रहे थे।

"उन दिनों आपकी योजनाओं में उनकी रुचि बहुत बढ़ गई थी।" ज्ञानश्रेष्ठ बोले, "आप कहां हैं? क्या कर रहे हैं? आप लोगों को संगठित कैसे करते हैं? उन्हें शस्त्रों की शिक्षा कैसे देते हैं? आप साहसी लोगों को कैसे जुटा लेते हैं? आपका शस्त्र-बल और शस्त्र-कौशल किस कोटि का है?...इत्यादि। मुझे स्वयं बड़ा आश्चर्य है कि वे अपनी तपस्या अथवा आध्यात्मिक ज्ञान की चर्चा न कर शस्त्रों तथा युद्ध की बातों में क्यों रुचि लेने लगे थे।" राम चुपचाप ज्ञानश्रेष्ठ की ओर देखते रहे।

"तीन दिन पहले सहसा यहां स्वयं देवराज इन्द्र पधारे..."

राम, लक्ष्मण, सीता और मुखर की दृष्टियां परस्पर टकराईं।

ज्ञानश्रेष्ठ ने अपनी बात आगे बढ़ाई, "ऋषि इतने प्रसन्न हुए, जैसे उन्हें मोक्ष ही मिल गया हो। आश्रम में किसी अतिथि के आगमन पर ऐसा उत्साह-प्रदर्शन असाधारण था। इस आश्रम में वैसा स्वागत तथा सम्मान आज तक किसी अतिथि का नहीं हुआ। देवराज ने भी ऋषि से एकान्त में बात करने की इच्छा प्रकट की। रात के भोजन के पश्चात ऋषि बड़ी प्रसन्न मुद्रा में देवराज के साथ कुटीर में गए।...हमें कुटीर के निकट जाने की अनुमति नहीं थी। इसलिए हममें से कोई भी नहीं जानता कि उनमें परस्पर क्या वार्तालाप हुआ। किन्तु स्पष्ट है कि वार्तालाप सुखद नहीं था। प्रातः बहुत तड़के ही देवराज बहुत जल्दी में प्रस्थान कर गए और ऋषि असाधारण मौन साधे रहे।...उन्हें गम्भीर कहूं, चिन्तित कहूं, उदास कहूं या विशिप्त कहूं...समझ नहीं पा रहा हूं। वे तो ऐसे हो रहे थे, जैसे जीवन का आधार ही टूट गया हो। वे चिन्तन करते रहे अपने कुटीर में, अथवा उसके सामने इधर-से-उधर टहलते रहे। कभी हममें से किसी से बात कर लेते, कभी स्वयं ही वाचिक चिन्तन करने लगते।...इस सारी अवधि में मैं उनके पर्याप्त निकट रहा। मैंने उन्हें अनेक बार विविध प्रकार की बातें कहते सुना है। वे जैसे निरन्तर लड़ रहे थे। कभी स्वयं अपने-आप से लड़ते प्रतीत होते, कभी अपने अनुपस्थित शत्रुओं से। मेरा अनुमान है कि कभी-कभी वे स्वयं देवराज से झगड़ रहे होते थे।...उस दिन और अगली रात ऋषि इसी प्रकार सोचते रहे, बोलते रहे और विक्षिप्तावस्था की ओर बढ़ते रहे। उन्हें सत्य पर, न्याय पर, मानवता पर सन्देह होने लगता था...यहां तक कि उनका स्वयं अपने ऊपर से विश्वास उठ गया था। अपनी इसी विक्षिप्तावस्था में, रात्रि के अन्तिम प्रहर तक उन्होंने आत्मदाह का निश्चय कर डाला। उनका विचार था कि उनके इस शरीर से अब कोई सार्थक कार्य नहीं होगा। उन्होंने ग़लत व्यक्तियों से आशा लगा, अपने शिष्यों के मन में ग़लत व्यक्तियों के प्रति भरोसा जगाया है–इसका दंड भी उन्हें मिलना ही चाहिए; और अन्ततः इस क्षेत्र में होनेवाले अत्याचार और अन्याय के प्रति जनसामान्य को जागरूक बनाने के लिए उनको आत्मदाह करना ही होगा।"

"मुनिवर!" स्थिर दृष्टि से ज्ञानश्रेष्ठ को देखते हुए, गम्भीर स्वर में राम बोले, "अपनी विक्षिप्तावस्था

में ऋषि कैसा वाचिक चिन्तन करते रहे, इसका कुछ आभास दे सकेंगे?" ज्ञानश्रेष्ठ अपना मुख कुछ ऊपर उठाए, भावहीन खुली आंखों से शून्य में देखते कुछ सोचते रहे।

"शब्द न भी बता सकें।" राम पुनः बोले, "उनका भाव...।"

"कुछ आभास तो दे ही सकूंगा।" ज्ञानश्रेष्ठ स्मरण करने की-सी मुद्रा में बोले, "वे कह रहे थे, 'न्याय का क्या होगा...धनवान और सत्तावान तो पहले ही रक्तपान कर रहा है, बुद्धिजीवी भी उन्हीं के षड्यन्त्र में सम्मिलित हो जाएगा, तो फिर दुर्बल और असहाय मानवता का क्या होगा? ये कर्मकर, ये श्रमिक, ये दास–ये इसी प्रकार मरते-खपते रहेंगे, पशुओं के समान जीवन काटेंगे? मानव की श्रेणी में ये कभी नहीं आएंगे?...कभी नहीं? शायद कभी नहीं! कोई नहीं चाहता, ये मनुष्य का जीवन जीएं। रावण बुद्धिजीवियों को खा जाता है, इन्द्र उन्हें ख़रीद लेता है...तो कौन आएगा उनकी सहायता को? कोई भी नहीं?...राम! क्या राम? पर यदि राम भी नहीं आया तो? वह भी तो राजकुमार है...!' "

सबकी आंखें राम पर टिक गईं। चेहरा अत्यन्त गम्भीर था। आंखों का दृढ़संकल्प देखनेवाले को हिला देने की क्षमता रखता था।

ज्ञानश्रेष्ठ ने राम को देखा तो उनकी दृष्टि टिकी न रह सकी। घबराकर उन्होंने अपनी आंखें हटा लीं और भूमि को देखते हुए बोले, "कभी ऋषि कहते...यही संसार का सर्वश्रेष्ठ आदर्श है। श्रमिक बहुमूल्य सम्पत्ति हैं, अतः उनको लूट लो। तुम महान रक्षक हो। श्रमिकों की रक्षा करते हो। बिल्ली-चूहे का खेल है, खिलाड़ी भी तुम अच्छे हो।...मनुष्य मनुष्य है, श्रीमान! वह उपकरण नहीं है। तुमने अपना हित पहचान लिया है, तुम बुद्धिमान हो। मैं तो मूर्ख हूं, न्याय की बात सोचता हूं, सुविधाओं की बात नहीं करता।...तुम्हारी परिभाषा ठीक है भाई! बुद्धि वह जो स्वार्थ साधे। स्वार्थ अर्थात धन। धनार्जन के लिए धूर्त्तता चाहिए। जाग्रत विवेक मनुष्य का अपना शत्रु होता है। ठीक है, ठीक है।...' " ज्ञानश्रेष्ठ ने रुककर फिर एक बार राम को देखा और बोले, "एक बार तो उन्हें मैंने बड़े आवेश में कहते सुना '...रुको। रुको। अब भाग क्यों रहे हो। स्वयं को बहुत समर्थ मानते हो तो राम के आने तक रुको।' "

राम ने चौंककर ज्ञानश्रेष्ठ को देखा। ज्ञानश्रेष्ठ भी राम को ही देख रहे थे, "वे ऐसा क्यों कह रहे थे राम?' "

राम ने तत्काल उत्तर नहीं दिया। वे मौन रहे, जैसे स्वयं को सन्तुलित कर रहे हों।

"यह चुनौती इन्द्र के लिए रही होगी।" लक्ष्मण बोले।

सहसा राम की कल्पना में पुनः वह बिम्ब जागा, सूखे काठ-सा जलता शरीर, आंखों में उतरी वह निमिष-भर की पहचान, उठता हुआ पग और खुलते हुए होंठ...राम की आंखें डबडबा आईं।

आश्रम के ब्रह्मचारी व्यवस्था कर लौट गए थे। राम के साथ आए अत्रि-आश्रम के ब्रह्मचारी अपने लिए निश्चित कुटीरों में चले गए थे। मध्य के बड़े कुटीर में राम और सीता ठहरे थे; उनके दाएं-बाएं के कुटीरों में लक्षण और मुखर ठहरे थे। अपने शस्त्रागार को उन्होंने इन्हीं तीनों कुटीरों में रखा था। लेटे-लेटे काफ़ी समय हो गया था, किन्तु राम को नींद नहीं आ रही थी। पिछले कई दिनों से यात्रा-रत रहने से शरीर कुछ थक-सा गया था। मार्ग की घटनाओं में उलझा मन भी थका हुआ था, किन्तु आज दिन-भर में जो कुछ घटित हुआ था, उसने मन को झकझोरकर थकाया भी था और जगाया भी था।

सीता लम्बे समय तक करवटें बदल-बदलकर अब सो गई थीं। जब तक जागी थीं, काफ़ी विचलित रही थीं। लक्ष्मण और मुखर भी अपने स्थान पर पर्याप्त उद्वेलित रहे होंगे–राम जानते थे।...एक ओर यातना तथा पीड़ा; और दूसरी ओर उत्पीड़न एवं क्रूर अत्याचार का सर्वव्यापी साम्राज्य उनके सामने था। वे लोग अन्याय, अत्याचार, शोषण और उत्पीड़न के इतने विविध और भयंकर रूप देख चुके थे कि वह एक स्वयंसिद्ध तथ्य के रूप में उनके सामने था, जिसमें उनके लिए नया कुछ भी नहीं था; किन्तु फिर भी प्रत्येक नई घटना से आत्मा जैसे हिल उठती थी और एक भयंकरतर अत्याचार का रूप उनके सामने साकार हो उठता था। इस नृशंस अमानवीयता की कहीं कोई सीमा नहीं...

सिद्धाश्रम! ताड़का वन! गौतम का आश्रम! जनकपुर! चित्रकूट और अब दंडकवन!...चित्रकूट से चलते हुए, कैसे मन में आया था कि जय और उसके साथियों के साथ वहीं रह जाएं। वहां उद्घोष था–उसके ग्रामवासी थे। वे लोग कहां चाहते थे कि राम उन्हें छोड़कर जाएं। मुखर और सुमेधा की देखा-देखी सारा गांव ही सीता को 'दीदी' कहने लगा था। सीता बन भी तो गई थीं उनकी दीदी। सबकी आवश्यकताएं और ढेर सारे लोगों के असंख्य मतभेद। कैसा स्नेह था सीता को उनसे, कैसा अधिकार और कैसा अनुशासन...

अनुशासन तो सौमित्र का था। एक आह्वान पर, ग्राम-के-ग्राम, सैनिक अनुशासन में बंधे हुए स्कन्धावार बन जाते थे। खेतों में काम करते स्त्री-पुरुष तत्काल अपना काम छोड़, अपने निश्चित स्थान पर पहुंच जाते थे। बालक पाठशालाओं से निकल आते थे, गृहिणियां घर का काम छोड़ उपस्थित हो जाती थीं...

इन सारे आयोजनों के साथ मुखर की संगीतशाला और उद्घोष की मूर्तिशाला भी ख़ूब मज़े में चल रही थीं। बच्चों के साथ वयस्क भी अपनी इच्छा की शाला में जाकर पढ़ते-लिखते तथा अन्य कलाएं सीखते थे। उनके शरीरों के साथ, उनकी आत्माएं भी मुक्त हो गई थीं। वे अपने वर्तमान और भविष्य के विषय में स्वयं सोचते थे। कोई तुम्भरण उन्हें वह बनने से नहीं रोक सकता था, जो वे बनना चाहते थे। वे स्वयं उत्पादन करते थे, स्वयं उसका उपभोग करते थे, स्वयं अपनी रक्षा करते थे...

ऐसा लगने लगा था कि जीवन व्यवस्थित, स्थिर तथा सुन्दर हो गया है। चित्रकूट छोड़ना कितना कठिन हो गया था।...किन्तु चित्रकूट छोड़ते ही संसार बदल गया। अत्रि ऋषि के आश्रम पर ऋषि-दम्पति से भेंट हुई। उन लोगों ने अपना जीवन एक ही लक्ष्य को समर्पित कर रखा है। उनके यहां खुला वार्तालाप हुआ : वाद-विवाद भी हुआ–परिसंवाद ही कहना चाहिए। किन्तु सारी बातचीत में, परिवेश में व्याप्त अनेक प्रकार के अत्याचारों की कोई चर्चा नहीं हुई। उन्होंने अपना ध्यान समाज में नारी-पुरुष सम्बन्धों पर ही केन्द्रित कर रखा है। वृद्धा ऋषि अनसूया के शब्दों ने राम के मन में बड़ी देर तक हलचल मचाए रखी थी, "...राम! स्त्री प्रत्येक समाज में पीड़ित है। दासों की स्त्रियां भी पीड़ित हैं और राजाओं की भी। क्या तुम कह सकते हो कि सम्राट की पत्नी होकर भी तुम्हारी माता पीड़ित नहीं रहीं? स्त्रियां आर्यों के घरों में भी पीड़ित हैं और राक्षसों के घरों में भी। मैंने यह भी देखा है कि मानव-मात्र का उद्धार करने का दम भरनेवाला क्रान्तद्रष्ट ऋषि स्वयं अपनी पत्नी का उद्धार नहीं कर पाता, नहीं करता–न ही करना चाहता। उसे संसार-भर के पीड़ित जीव दिखाई पड़ते हैं, मैं तो कहती हूं राम! कि जब तक नारी-पुरुष समभाव से जीने के अभ्यस्त नहीं होंगे, जब तक यह भेद ही अप्रासंगिक नहीं हो जाएगा, तब तक मानवता का उद्धार नहीं होगा..."

अत्रि-आश्रम का वातावरण अन्य आश्रमों से भिन्न था। स्वयं ऋषि अनसूया के कारण। इसीलिए वहां उनका सत्कार आश्रम के अतिथि के समान कम, गृहस्थ के अतिथि के समान अधिक हुआ था।

अत्रि-आश्रम के आगे का वन-भाग अधिक गहन था। वन्य पशु संख्या में अधिक, आकार में बड़े और प्रकृति से अधिक हिंस्र थे। और उन सबसे अधिक हिंस्र था–विराध! विकट रूप था विराध का। वह अपना भयंकर शूल लेकर उनके सामने आ खड़ा हुआ था। निश्चित रूप से वह अन्य बहुत-से राक्षसों के समान न तो कायर था और न एकान्त में किसी व्यक्ति को असहाय पाकर, घात लगाकर आघात करनेवाला। या कदाचित तपस्वी वेश देखते ही वह व्यक्ति को भीरु मान लेता होगा। मुखर, लक्ष्मण, सीता और स्वयं राम–चारों ही शस्त्रधारी थे। साथ में आए अग्नि-आश्रम के ब्रह्मचारियों ने शस्त्र अवश्य उठा रखे थे, किन्तु थे वे निहत्थे ही। शस्त्र उनके लिए प्रहारक शक्ति न होकर बोझन-मात्र थे। ऐसे में विराध भयंकर रूप लिए उनके सम्मुख खड़ा ही नहीं हुआ, डपटकर बोला भी था, "तपस्वियों! किसकी स्त्री को बहकाकर लिए जा रहे हो? वेश से तपस्वी और स्वभाव से लम्पट! ठहरो धूर्तों! तुम्हें दंड दिए बिना नहीं मानूंगा।"

ब्रह्मचारी भय से पीले पड़ गए थे। वे अत्रि के शिष्य थे, उन्होंने कभी संघर्ष नहीं किया था। मुखर और सीता सावधान हो उठे थे। लक्ष्मण का आक्रोशपूर्ण प्रचंड रूप आघात करने के लिए तैयार था। किन्तु राम कौतुकपूर्ण स्वर में बोले थे, "हम तो स्त्री-अपहर्ता कपटी तपस्वी हैं, किन्तु तुम कौन हो धर्म के अंगरक्षक?"

लक्ष्मण भी हंस पड़े थे, "यह दुश्चरित्रता के कोटपाल हैं।"

विराध के आंखें तरेरते हुए उन्हें डपटा था, "मैं 'जव' और शतह्रदा का पुत्र हूं 'विराध'। मैं राक्षस हूं। यहां मेरा राज्य है। प्रत्येक सुन्दर स्त्री मेरी भार्या है।" उसने देखते-ही-देखते किसी अद्‌भुत कौशल से झपटकर सीता को उठा लिया और पलटकर भाग चला।

निमिष-मात्र में सब-कुछ हो गया। सब जड़वत खड़े ही रह गए। राम ने पहली बार जाना कि सीता का वियोग उनके लिए क्या अर्थ रखता है! लगा, जैसे किसी ने उनके वक्ष को फाड़ हृदय को ही निकाल लिया है, और उनका शरीर जैसे पृथ्वी में धंसता जा रहा है।

लक्ष्मण धनुष ताने खड़े थे और मुखर को आदेश दे रहे थे, "सावधान! भाभी पर आघात मत कर बैठना।"

राम ने देखा : सीता के हाथ से शस्त्र गिर गया था। स्वयं से बहुत शक्तिशाली पुरुष की भुजाओं में जकड़ी, वे असहाय-सी हाथ-पैर मार रही थीं और अत्यन्त कातर दृष्टि से राम को देख रही थीं...

सीता की दृष्टि ने राम के डूबते हुए मन में आग धधका दी : अब क्या शेष था राम के पास, जिसकी वे चिन्ता कर रहे थे? हृदय किसके लिए डूब-डूब रहा था?...कैकेयी का मनोरथ पूर्ण हुआ। ...अयोध्या से निर्वासन हुआ। पत्नी का हरण हुआ। फिर प्राणों का क्या करना है? चिन्ता, दुख और घबराहट किसके लिए? उठ राम! लड़! शत्रु का वध कर या प्राण दे दे।...

राम का अस्तित्व धधकती ज्वाला में बदल गया। मन जैसे भावशून्य हो गया। आंखों के सामने शत्रु था, कानों में सीता की कातर पुकार के साथ-साथ विराध का क्रूर अट्टहास। हाथ में खड्‌ग और पैरों में गति। धनुष से छूटे बाण के समान राम विराध से जा टकराए। अपने भारी शरीर के कारण विराध तेज़ी से भाग नहीं सकता था, फिर सीता का बोझ और प्रतिरोध भी उसकी गति बाधित कर रहा था...

लक्ष्मण ने स्थिति को देखते हुए धनुष छोड़ खड्ग निकाल लिया। मुखर विभिन्न शस्त्र थामे तत्पर खड़ा था कि कब आवश्यकता पड़े और वह राम तथा लक्ष्मण को उपयुक्त शस्त्र पकड़ाए, या आवश्यकता पड़ने पर स्वयं प्रहार करे...किन्तु यह युद्ध भी विचित्र प्रकार का था। विराध शस्त्र नहीं चला रहा था। उसने अपने दोनों हाथों से सीता को पकड़ रखा था, और जिधर से आघात होता, उसी ओर सीता को सम्मुख कर देता था। सीता के शरीर से वह कवच का काम ले रहा था। राम और लक्ष्मण के प्रहार आघात से पहले ही निष्फल होते जा रहे थे। मुखर हत्प्रभ खड़ा था : राम और लक्ष्मण ही आक्रमण नहीं कर पा रहे थे, तो वह क्या करता?...अत्रि के शिष्यों की तो सांस भी कठिनाई से चलती दिखाई पड़ती थी।

राम ने लक्ष्मण की ओर देखा। वे भी इस कठिन स्थिति से निकलने के लिए राम से कोई संकेत चाह रहे थे। निर्णय तत्काल होना चाहिए था। विलम्ब होने पर विराध को भागने का अवसर मिल सकता था। कहीं से उसके लिए सहायता आ सकती थी। वह प्रत्याघात कर सकता था। विलम्ब घातक हो सकता था..."मल्ल-युद्ध!" राम ने लक्ष्मण से कहा और अपना खड्ग मुखर की ओर बढ़ा दिया।

अगले ही क्षण राम ने विराध की स्थूल भुजा अपनी अंगुलियों की शक्तिशाली जकड़ में ले ली।...विराध की पकड़ ढीली पड़ते ही सीता छूटीं और धरती पर पांव पड़ते ही उन्होंने अपना खड्ग संभाल लिया।

राम और लक्ष्मण विराध से कुछ इस प्रकार उलझे हुए थे कि कहना कठिन था कि शस्त्र-प्रहर से आहत कौन होगा...। मल्ल-युद्ध में कभी राम और लक्ष्मण विराध पर भारी पड़ते थे, और कभी विराध उन दोनों पर भारी पड़ने लगता था। कभी लगता था, राम-लक्ष्मण उसे गिरा देंगे और कभी लगता था कि वह ही उन दोनों को घसीटता हुआ गहन वन में ले जाएगा।...सहसा लक्ष्मण अपना पैंतरा पा गए। उन्होंने विराध की बाईं भुजा मरोड़ दी। विराध का बल क्षीण होने लगा। उसके पशु जैसे चेहरे पर भी पीड़ा के लक्षण उभरने लगे। स्पष्टतः लक्ष्मण ने उसकी कुछ हड्डियां चटखा दी थीं।...राम के लिए इतना समय पर्याप्त था। उन्होंने विराध को भूमि पर पछाड़ दिया और उसके कंठ पर पैर रखकर खड़े हो गए। राम के पैर के दबाव के नीचे उसकी असहायता थी। जिस ढंग से वह धराशायी हुआ था, उसी से स्पष्ट था कि उसके आधे प्राण निकल चुके थे। वह अधिक देर तक जीवित नहीं रह सकता था। राम का ऐसा दांव था, जिसमें पड़कर बड़े-से-बड़ा बलशाली पुरुष भी उससे निकल नहीं सकता था।

विराध पूर्णतः अक्षम हो गया और उसकी ओर से विरोध की कोई सम्भावना शेष नहीं बची, तो सबके चेहरों पर आश्वस्ति का भाव उभर आया। लक्ष्मण का आत्मविश्वास लौटा, सीता की गरिमा; मुखर में उसकी सहजता लौटी और ब्रह्मचारियों को तो उनके प्राण ही वापस मिले।

द्वन्द्व की असुरक्षित घड़ियों में राम का ध्यान उस ओर नहीं गया था, किन्तु कुछ सहज होते ही उनके मन में अनेक प्रश्न जागने लगे थे।

"तुम कौन हो?" उन्होंने अपने आत्मविश्वास-भरे स्वर में पूछा।

"मैं विराध हूं। गन्धर्व!" उसका स्वर दीन था।

"पहले तो तुम राक्षस थे।" लक्ष्मण हंसे, "मार पड़ी तो गन्धर्व हो गए। थोड़ी-सी पिटाई और हो गई, तो देवता हो जाओगे।"

"नहीं?" विराध के स्वर में शारीरिक पीड़ा का भाव था, "गन्धर्व हूं, गन्धर्व ही रहूंगा।"

"पहले स्वयं को राक्षस क्यों कहा था?" राम ने पूछा।

विराध की आंखों में एक क्षण के लिए सोच उतरी। कंठ पर पड़ते हुए दबाव से पीड़ित हो उठा। राम ने पैर का दबाव कम कर दिया।

"शरीर से मैं अत्यन्त बलशाली था।" विराध बोला, "इस क्षेत्र में कोई वैधानिक सुशासन नहीं है। जीविका के बने-बनाए उपयुक्त साधन नहीं हैं। कुछ बिखरे हुए आश्रम हैं, और स्थान-स्थान पर स्थापित राक्षसों के छोटे-बड़े सैनिक स्कन्धावार। वे प्रत्येक उचित व्यवस्था को नष्ट करते रहते हैं। मेरे लिए दो में से एक ही मार्ग था—या तो किसी आश्रम में जा रहता। स्वयं को ज्ञान-विज्ञान में दीक्षित करता और आसपास के क्षेत्र में राक्षसों के विरुद्ध जनसामान्य का स्वायत्त शासन स्थापित करने के लिए संघर्ष करता। पर उससे मुझे क्या मिलता? भूख, पीड़ा, चिन्ता...और अन्त में मृत्यु?"

"दूसरा मार्ग क्या था?" लक्ष्मण ने टोका।

"दूसरा मार्ग मैंने अपनाया।" विराध धीरे-से बोला, "अपनी देह के सुख के लिए लूट-पाट, हत्या-बलात्कार! इसमें वैभव था, विलास था।"

"रावण से तुम्हारा कोई सम्बन्ध है?" राम ने जानना चाहा, "उसने तुम्हारी सहायता की?"

"रावण से मेरा कोई सीधा सम्बन्ध नहीं है।" विराध ने उत्तर दिया, "उसके सहायकों ने वैसे ही ऐसा वातावरण बना रखा है कि पग-पग पर राक्षसों और राक्षस-नीति का जन्म और पालन-पोषण हो रहा है। न्याय का शासन न हो, तो प्रत्येक समर्थ मनुष्य अपने-आप राक्षस बनता चला जाता है, और असमर्थ जनता उसका भक्ष्य पदार्थ।...उन्होंने राक्षस बनने में मेरी सहायता की, और मैंने राक्षस बनकर उनकी...।"

विराध का कंठ सूखने लगा। आंखों के सम्मुख अन्धकार छाने लगा। वह चुप हो गया। वे वहां अधिक नहीं रुके थे। विराध के प्राण निकलने पर उसके शव को ठिकाने लगा, आगे बढ़ आए। मार्ग में मिले कुछ ग्रामवासियों से शरभंग-आश्रम का मार्ग मालूम हुआ था।

राम का मन उदास हो गया : तुम्भरण और विशध जैसे अनेक लोग मारे जाएं, पर क्या उससे अन्याय का नाश हो जाएगा? वे मारे गए, क्योंकि वे संगठित नहीं थे; किन्तु उनका क्या होगा, जो रावण के समान संगठित हैं; जिनके पास धन, सत्ता, बल और सेनाएं हैं। रावण की अनीति की वर्षा होती रही तो कुकुरमुत्तों के समान राक्षस-समूहों का जन्म होता रहेगा। रावण द्वारा उत्पन्न किए गए शोषण के कीचड़ में विराध जैसे राक्षस कीड़ों के समान जन्मते रहेंगे...

रावण ही क्या, और भी अनेक हैं...राम की आंखों के सम्मुख प्रातः देखा दृश्य फिर सजीव हो उठा—जलता हुआ जीवित मांस, टूटते हुए स्नायु, वाष्प बनता हुआ रक्त...क्या यह केवल रावण के कारण ही था? रावण का दबाव तो ऋषि कब से सह रहे होंगे। उनका आत्मविश्वास इन्द्र से वार्तालाप के पश्चात टूटा था।...क्या कह रहे थे शरभंग...रावण बुद्धिजीवियों को खा जाता है और इन्द्र उनका क्रय कर लेता है...इन्द्र क्या शरभंग का क्रय करने आए थे? किस बात के लिए? क्या चाहते थे इन्द्र?

ऋषि को राम की प्रतीक्षा थी। उन्हें राम पर विश्वास रहा होगा—तभी तो अपनी कल्पना में वे इन्द्र को राम के आने तक रुकने की चुनौती देते रहे—सत्य का पक्षधर, किन्तु कोमल मन रहा होगा ऋषि का। तभी तो वे राम की प्रतीक्षा में थे, पर राम के आने से पहले ही टूट गए...यह सारा ऋषि समुदाय, बुद्धिजीवी वर्ग कितना कोमल हो गया है...या भीरु। कायर भी कहा जा सकता है।...इतना कुछ सहा इस आश्रम ने, इतना कुछ घटा...कुलपति आत्मदाह कर मर गए...किन्तु उनका

उत्तराधिकारी ज्ञानश्रेष्ठ आज भी रंचमात्र साहस नहीं कर पा रहा था। सन्ध्या समय अपनी बातचीत समाप्त कर उसने राम से उनका भावी कार्यक्रम पूछा था। और राम के यह कहने पर कि वे वन में किसी उपयुक्त स्थान पर निवास करना चाहते हैं, वह भयभीत दृष्टि से राम के शस्त्रों को देखता रहा और भीरु-कोमल स्वर में कहता रहा कि कुलपति के देहान्त के पश्चात तो आश्रम की व्यवस्था बहुत सुचारु नहीं रही। राम कुछ आगे जाकर सुतीक्ष्ण मुनि के आश्रम में रहें। वह स्थान बहुत सुविधाजनक है। राम को मात्र विस्मय हुआ था। सीता और मुखर मुनि का आशय समझकर मुस्कुराए थे, किन्तु लक्ष्मण ने दांत पीस लिए थे...ज्ञानश्रेष्ठ को आशंका थी कि किसी सशस्त्र व्यक्ति के आश्रम में रहने से राक्षसों को उनकी निरीहता में विश्वास नहीं रहेगा...अर्थात वे इस विश्वास के साथ राक्षसों की नाक के नीचे रहना चाहते हैं कि वे जब चाहेंगे, उन्हें खा सकेंगे, इसलिए इनकी रक्षा करेंगे।...जागरूक बुद्धिजीवियों की यह दशा, कि विरोध तो दूर, विरोध का आभास भी नहीं देना चाहेंगे...राम समझ नहीं पा रहे थे कि इन पर दया की जाए या रोष।

प्रातः राम प्रस्थान की तैयारी में थे कि तरुण वय का एक वनवासी उनसे मिलने के लिए आया, "आप मुझे नहीं पहचानते भद्र राम।" वह अभिवादन के पश्चात बोला, "किन्तु मैं आपको पहचानता हूं। कह नहीं सकता कि ठीक-ठीक पहचानता हूं या नहीं।" वनवासी ने राम के साथ-साथ उनके साथियों की उत्सुकता भी जगा दी थी।

"आप कौन हैं आर्य?"

"कोई ऐसा व्यक्ति नहीं हूं भद्र! जिसे आप नाम सुनते ही पहचान जाएं।" वनवासी मुस्कुराया, "वैसे व्यक्ति बुरा नहीं हूं। धर्मभृत्य के नाम से जाना जाता हूं। मुनि सुतीक्ष्ण के आश्रम के कुछ और आगे मेरा भी छोटा-सा स्थान है। ज्ञात हुआ है कि आप ठहरने के लिए किसी स्थान की खोज में हैं। मेरी बड़ी इच्छा है कि आप लोग मेरे साथ चलें और सम्भव हो तो मेरे आश्रम में रहें अथवा उसके निकट अपनी इच्छानुसार आश्रम स्थापित करें।"

राम ने सीता, लक्ष्मण की ओर देखा, "मुनि धर्मभृत्य।"

"आप मुझे धर्मभृत्य ही कहें आर्य।" तरुण बोला, "मैं उसी को अपना सौभाग्य मानूंगा।"

"यही सही धर्मभृत्य," राम बोले, "कदाचित तुमने यह नहीं देखा कि हमारे साथ हमारा शस्त्र-भंडार भी है। यह ऐसा अवांछित अतिथि है, जिसके लिए स्थान तनिक कठिनाई से ही मिलता है।" धर्मभृत्य इतनी ज़ोर से हंसा कि संकोच और औपचारिकता विलीन हो गई।

"तो आप जान गए राम।" धर्मभृत्य ने अपनी हंसी के पश्चात कहा, "यह तथ्य मेरी अपेक्षा से भी जल्दी प्रकट हो गया है। वैसे मेरा अपना विचार है कि आपका शस्त्रागार इतना अवांछित भी नहीं है। ऋषि-समुदाय की इच्छा है कि," वह फिर हंसा, "इसका लाभ तो उसे मिले, किन्तु हानि न उठानी पड़े। शायद आपको सूचना न हो कि ऋषि शरभंग के आत्मदाह का समाचार सुनकर दूर-दूर से तपस्वी और ग्रामवासी तो इस आश्रम में आए ही हैं, साथ-ही-साथ अनेक लोग यह देखने भी आए हैं कि जिस राम का यश उनके आगे-आगे चल रहा है, वे राम कैसे हैं। वे लोग आपके साथ हैं, यह मैं अभी नहीं कहूंगा। उनमें कई प्रकार के लोग हैं। कुछ तो आपका एक भी साहस-भरा कार्य देखते ही आपके साथ हो जाएंगे। शेष सारा ऋषि-समुदाय आपसे रक्षा पाने की इच्छा तो करता है, किन्तु आपका पक्ष लेकर वह अपने प्राणों पर खेलकर, आपकी ओर से राक्षसों के विरुद्ध युद्ध करेगा, ऐसा नहीं कहा जा सकता। राक्षसी आतंक के कारण बुद्धिजीवी बड़ा गणितज्ञ हो गया

है। वह देखेगा, परखेगा, तौलेगा कि बल किस ओर अधिक है। जैसे ही आपकी विजय का निश्चित प्रमाण उसे मिलेगा, वह स्वयं को आपका आत्मीय घोषित कर देगा।"

"भद्र! आप स्वयं को किस वर्ग में रखते हैं?" लक्ष्मण मुस्कुरा रहे थे।

"सीधे प्रश्न का सीधा उत्तर है सौमित्र।" धर्मभृत्य सहज भाव से बोला, "स्वयं वीर नहीं हूं, किन्तु वीरों की पूजा करता हूं। स्वभाव से योद्धा नहीं, कवि हूं, वनवासी हूं, किन्तु आध्यात्मिक साधना को अपना नहीं पाया हूं। आपको अपने आश्रम पर ले चलना चाहता हूं, आपके शस्त्रास्त्रों के साथ। अब आप बताएं, स्वयं को किस वर्ग में रखूं।"

राम गम्भीर हो गए, "तुम्हारा विश्लेषण मुझे उचित लगता है धर्मभृत्य। आतंक गहरा हो जाए, तो साहस जगाने में समय लगता है; किन्तु जनसामान्य के साहस में तुम्हें आस्था तो है न?"

"आस्था न होती तो मैं भी आत्मदाह कर लेता।" धर्मभृत्य बोला, "आर्य, कृपया अपना निश्चय बता दें। बहुत सारे लोग यात्रा आरम्भ करने की प्रतीक्षा में हैं।"

"हम लोग सुतीक्ष्ण मुनि के दर्शनों के लिए जाना चाहते हैं।" राम स्थिर स्वर में बोले, "उनसे यह पूछने की इच्छा है कि हमारे ठहरने के लिए कौन-सा स्थान उन्हें उपयुक्त लगता है।"

"यदि अभद्रता न मानें, तो मैं अपने मन की बात कहूं।"

"निस्संकोच कहो।"

"तो आर्य, आप सुतीक्ष्ण मुनि के दर्शन अवश्य करें, किन्तु उनके आश्रम में भी आपके लिए स्थान नहीं है। हां, आप अन्यत्र रहकर राक्षसों को समाप्त कर दें, उनका आतंक मिटा दें; वैसी स्थिति में उन्हें आपको अपने आश्रम में ठहराकर अबाध आनन्द होगा।"

"यह आपका पूर्वाग्रह तो नहीं आर्य?" सीता पहली बार बोलीं "देवी स्वयं देख लेंगी।" धर्मभृत्य बोला, "जाना मुझे भी उधर ही है। साथ चलने की अनुमति चाहूंगा।"

"क्यों बन्धुओं?" राम ने साथियों को देखा। वे सहमत थे।

"हमें कोई आपत्ति नहीं धर्मभृत्य।" राम मुस्कुराकर बोले, "किन्तु जो लोग हमारे साथ चलते हैं, वे हमारे शस्त्रागार के परिवहन में भी सहयोग करते हैं।"

धर्मभृत्य ज़ोर से हंसा, "मुझे भी कोई आपत्ति नहीं है।"

आश्रम से विदा हो, वे वन में आए, तो धर्मभृत्य के कुछ साथी भी आ मिले। शस्त्रागार के परिवहन में कोई कठिनाई नहीं हुई। वन में कुछ आगे निकल आने पर उन्होंने देखा कि वे अकेले नहीं थे। उनके पीछे-पीछे ग्रामीणों और वनवासियों की अनेक टोलियां थोड़ी-थोड़ी दूर पर चल रही थीं। किन्तु वह दूरी भी अधिक देर तक बनी नहीं रही। क्रमशः वे लोग निकट आते गए। उन टोलियों की अपनी दूरी भी कम होती रही और वे लोग राम की टोली से भी दूरी कम करते गए।

"मेरा विचार है, थोड़ी देर में वे लोग हमारे साथ आ मिलेंगे।" लक्ष्मण धीरे-से बोले।

"यह जनसामान्य है, जिसके घुमड़ते हुए साहस को ऊपर से दमित कर रखा गया है।" धर्मभृत्य बोले, "आप ऊपर का वह दमन हटा दीजिए, देखिए इनका साहस उफनकर बाहर आ जाएगा।"

"ठीक कहते हो।" राम बोले, "अकेला व्यक्ति साहस नहीं कर सकता, समूह कर सकता है। किन्तु कुछ बातें मेरी अपेक्षा के अत्यन्त प्रतिकूल हुई हैं।"

"क्या?" सबकी दृष्टि राम की ओर उठ गई।

"ऋषि शरभंग का आत्मदाह विद्रोह नहीं जगा सका है। लगता है, उससे सारे आश्रम में निराशा

फैली है। सम्भव है, अनेक वनवासियों ने मन-ही-मन यह भी मान लिया हो कि उनका अन्त भी इसी प्रकार होने जा रहा है, जबकि इस प्रकार का एक सार्वजनिक आत्मदाह लाखों लोगों के मन को धधका देने में समर्थ होना चाहिए।"

"आप ठीक कह रहे हैं।" उत्तर धर्मभृत्य ने दिया, "इसके दो कारण मेरी समझ में आते हैं।"

"क्या?"

"राक्षसों का आतंक और दमन इतना गहरा तथा दूरगामी है कि जनसामान्य यह मान बैठा है कि वह कभी भी समाप्त नहीं हो सकता। उसके विरोध का अर्थ आत्महत्या है। इसलिए प्रत्येक व्यक्ति अपने मन को ठोक-पीटकर मनवा लेता है कि अपमानित जीवन सम्मानपूर्ण आत्महत्या से अधिक श्रेयस्कर है।"

"और दूसरा कारण?" मुखर ने पूछा।

"वह बताने को उत्सुक तो बहुत हूं, किन्तु भय है कि आप लोग उससे शायद सहमत न हो पाएं।"

"आप पहले से ऐसा क्यों मान बैठे हैं?" सीता बोलीं।

"मेरा पिछला अनुभव ही कुछ ऐसा है देवि!" धर्मभृत्य बोला, "इधर मैं कुछ असंयमी-सा वाग्मी प्रसिद्ध हूं। ऋषि परम्परा के अधिकांश लोग मुझसे सहमत नहीं हो पाते।"

"तुम वाग्मी छोड़, वाचाल भी हो, तो भी अपनी बात निर्द्वन्द्व होकर कहो।" राम बोले, "हम तुमसे असहमत नहीं होंगे। असहमति की स्थिति में या तो तुम्हें सहमत कर लेंगे, या सहमत हो जाएंगे।"

धर्मभृत्य की प्रसन्नता उसके चेहरे पर लक्षित हुई, "पूज्य जन के विरुद्ध बोलने का अपराध क्षमा करेंगे, किन्तु मेरा दृढ़विश्वास है कि हमारे अनेक महान ऋषि स्वयं ही जनसामान्य का दमन किए हुए हैं। जनता के साहस के विकसित हो, फूटकर कर्म-रूप में परिणत होने में अनेक ऋषि स्वयं बाधास्वरूप बैठे हैं।"

"यह कैसे सम्भव है?" सीता ने आश्चर्य से पूछा।

"देखिए। आप असहमत हो गईं न।"

"असहमति नहीं जिज्ञासा है मुनि धर्मभृत्य।" लक्ष्मण मुस्कुराए, "सहमति-असहमति तो विलम्ब से प्रकट होगी। अभी वार्तालाप चलेगा।"

"ठीक है। ठीक है। मैं ही जल्दी कर गया।" धर्मभृत्य हंसा, "यदि ज्ञानश्रेष्ठ तथा आश्रम के अन्य अधिकारी मुनि, दूर और पास से उमड़ आए, इस जनसमुदाय के सम्मुख यह स्पष्ट कर देते कि ऋषि के आत्मदाह का वास्तविक कारण क्या था तथा आत्मदाह के लिए उत्तरदायी व्यक्ति के विरुद्ध खुले अभियान का आह्वान करते तो इस क्षण इस आश्रम से स्वयं आत्मदाह करने को प्रस्तुत सैकड़ों व्यक्तियों की छोटी किन्तु अजेय सेना निकलती। किन्तु उन मुनियों ने ऋषि के आत्मदाह पर मुंह लटका लिए। उन्होंने अपने परिवेश में हताशा भर दी। वे भयभीत हो उठे कि कहीं आश्रम संगठित तथा आतंकवादी शक्तियों के विरोध का केन्द्र न बन जाए, क्योंकि उस स्थिति में उन शक्तियों का कोप उस आश्रम पर गिरेगा और वह आश्रम ही, जो उनकी सम्पत्ति है, नष्ट हो जाएगा..."

"आर्य धर्मभृत्य," मुखर बोला, "मुझे लगता है कि आप उनके प्रति अधिक कठोर हो रहे हैं। उन बेचारों को तो स्वयं ऋषि के आत्मदाह का कारण मालूम नहीं है।"

"मैं तुमसे सहमत नहीं हूं मुखर।" धर्मभृत्य बोला, "दिन-रात ऋषि के इतने निकट रहनेवालों को ऋषि के मन की पीड़ा का ज्ञान न हो, यह मैं सम्भव नहीं मानता..."

"मुझे लगता है कि धर्मभृत्य ठीक कह रहे हैं।" लक्ष्मण ने बात काटी, "मुनि ज्ञानश्रेष्ठ ने ऋषि के वाचिक चिन्तन की अनेक बातें हमें बताईं, सम्भव है, बहुत कुछ वे छिपा भी गए हों।"

"एक बात और है।" धर्मभृत्य कुछ आवेश में बोला, "अपनी तपस्या से, अपने अभावों को भुलाकर, अथवा अपनी किन्हीं उपलब्धियों से–किसी भी कारण से हुए हों, किन्तु अनेक लोग अत्यन्त शान्तिप्रिय हो गए हैं। वे चाहे उसे अपनी आध्यात्मिक सिद्धि मानें, किन्तु मेरा विचार है कि वे लोग उस जड़ मानसिक स्थिति तक पहुंच गए हैं, जहां तनिक-सी भी हलचल उनके लिए अशान्ति का कारण बन जाती है। वे लोग किसी भी मूल्य पर शान्ति बनाए रखना चाहते हैं। अतः वे प्रत्येक संघर्ष के विरुद्ध हैं, चाहे वह संघर्ष न्याय के लिए ही क्यों न हो। इसी से वे प्रत्येक असन्तोष को टालते रहते हैं। संघर्ष की इच्छा का दम घोंटने के लिए निराशा बहुत अच्छा उपकरण है। वे लोग स्वयं भी निराश रहते हैं और दूसरों को भी निराश हो जाने के लिए प्रेरित करते रहते हैं।"

"आर्य धर्मभृत्य, आप तो अपने-आप में अध्यात्म-विरोधी एक पूर्ण आन्दोलन हैं।" सीता हंसीं।

"देवी ने ठीक कहा।" धर्मभृत्य गम्भीर हो गया, "मेरा दृढ़विश्वास है कि भूखे मनुष्य से अध्यात्म की बात करना अपराध भी है और पाप भी। मैं जिन लोगों के निकट रहता हूं, उनकी आत्माएं ही नहीं, शरीर भी भूखे हैं। वे लोग आध्यात्मिक ज्ञान के अभाव में पुनर्जन्म नहीं लेते, भूख तथा रोग से इस जन्म को भी खो देते हैं। वे लोग ब्रह्म को प्राप्त करने के लिए अपना शरीर-रूपी वस्त्र नहीं त्यागते, वे वस्त्रों के अभाव में प्रकृति के शीतधाम से पीड़ित होकर शरीर त्याग देते हैं...।"

"हमें उनके निकट ले चलो।" राम का स्वर मधुर था।

"आर्य। मेरी भी यही इच्छा है।"

बातों में लीन होने के कारण किसी का ध्यान थोड़ी-थोड़ी दूरी पर चलनेवाली तपस्वियों तथा ग्रामीणों की टोलियों की ओर नहीं गया था। सहसा ही वार्तालाप का तार टूटा, तो देखा, उन टोलियों ने मिलकर एक समुदाय का रूप ले लिया था और वह उनके इतने निकट होकर चल रहा था, मानो उनके साथ ही हो।

"आर्य धर्मभृत्य केवल एक ऋषि की प्रशंसा करते हैं, भद्र राम!" उस भीड़ में से एक ग्रामीण आगे आ गया था।

राम मुस्कुराए, "किसकी भाई?"

"ऋषि श्रेष्ठ अगस्त्य की।" ग्रामीण के चेहरे पर श्रद्धा-भाव था।

"तुम तो बहुत काम के आदमी हो भाई।" लक्ष्मण ने ग्रामीण के कन्धे पर आत्मीय ढंग से हाथ रखा, "क्या नाम है तुम्हारा?"

"भीखन।" ग्रामीण कदाचित अपनी वाचालता पर संकुचित हो गया।

"ऋषि भारद्वाज ने बड़ी चिन्ता से अपनी पुत्री लोपामुद्रा और जमाता अगस्त्य की चर्चा की थी।"

"तो आप उनसे परिचित हैं?" धर्मभृत्य प्रसन्न मुख बोला। "इस समय आपको एक दृश्य दिखाना चाहता हूं।"

धर्मभृत्य पगडंडी छोड़ वृक्षों के एक झुंड के पीछे चला गया। कुछ लोग उसके साथ और कुछ पीछे-पीछे चले। वृक्षों की ओट समाप्त होते ही सामने का दृश्य देखकर राम स्तब्ध रह गए : उनके सम्मुख नर-कंकालों का ढेर लगा था।

"यह क्या?" अनेक कंठों से एक साथ प्रश्न फूटा।

"ये उन ऋषियों-मुनियों तथा सामान्य-जन के कंकाल हैं, जो राक्षसों के हाथों मारे गए।" धर्मभृत्य का पीड़ा से भरा स्वर गूंजा, "नर-कंकालों का यह ढेर, आपको इस क्षेत्र में व्याप्त चरम आतंक की कथा सुनाएगा। इससे प्रकट होगा कि मुनि ज्ञानश्रेष्ठ क्यों नहीं बताता कि ऋषि शरभंग के आत्मदाह का कारण क्या है? यह वह ढेर है, जो इस क्षेत्र के समस्त बुद्धिजीवियों को स्मरण कराता रहता है कि उन्हें अपने आततायियों के विरुद्ध अपनी जिह्वा पर एक शब्द भी नहीं लाना है।"

सीता ने अपनी आंखें हल्के-से बन्द कर लीं और माथे को अपनी अंगुलियों से धीरे-धीरे दबाती हुई बोलीं, "हम लोग शेष चर्चा, इस ढेर से कुछ दूर जाकर न कर लें?"

"ठीक है।" राम बोले, "हम चलते-चलते भी चर्चा कर सकते हैं।"

वे लोग चले तो धर्मभृत्य ने एक-एक चेहरे को ध्यान से देखा। सीता ने अस्थियों के उस ढेर को देखकर थीड़ी दुर्बलता दिखाई थी, किन्तु इस समय वे पर्याप्त संभल गई लग रही थीं। चेहरे पर आवेश भी था और आंखों में करुणा भी। लक्ष्मण बहुत क्षुब्ध लग रहे थे। उनकी मुट्ठी उनके धनुष पर पूरी तरह कसी हुई थी। मुखर एक क्षण के लिए बहुत उद्वेलित लगता था और दूसरे ही क्षण वह लक्ष्मण का मुख निहारकर उल्लसित हो उठता था। राम की आंखों में अथाह गहराई थी। उन आंखों के भाव शायद शब्दों में प्रकट नहीं हो सकते थे–करुणा, क्रोध, ओज, तेज, पीड़ा, जिज्ञासा, वितृष्णा...जाने क्या-क्या था, उन आंखों में। साथ चलनेवाली भीड़ के चेहरे पर भी धर्मभृत्य को कुछ-कुछ क्षोभ ही दिखाई पड़ा–हां कुछ लोग बहुत भयभीत भी लग रहे थे।

"इसका क्या अर्थ है?" राम धर्मभृत्य को देख रहे थे।

"आर्य! ठीक-ठीक कहना बहुत मुश्किल है।" धर्मभृत्य ने अपनी बात आरम्भ की, "कुछ लोगों का कहना है कि राक्षस लोग हत्याएं कर मांसरहित अथवा मांससहित हड्डियां यहां डाल जाते हैं। एक मत है कि मांस का भक्षण कर अपना आत्मबल बढ़ाने तथा लोगों को आतंकित करने के लिए राक्षस ये अस्थियां डाल जाते हैं। एक अन्य मत है कि राक्षस शवों अथवा कंकालों को यहां छिपा जाते हैं। इधर के आश्रमवासियों का कहना है कि ये अस्थियां ऋषि यहां एकत्रित करते रहते हैं, ताकि उन्हें देखकर जनसामान्य के मन में राक्षसों के विरुद्ध आक्रोश बढ़े...। किन्तु मैं मानता हूं कि इनमें से कोई भी मत सत्य नहीं है।"

"सत्य क्या है?" लक्ष्मण के स्वर में क्रुद्ध नाग की-सी फुंकार थी।

"राक्षसों को अस्थियां छिपाने की आवश्यकता नहीं है : वे किसी से भयभीत नहीं हैं।" धर्मभृत्य बोला, "उन्हें एकत्र कर अपना आत्मबल बढ़ाने की भी आवश्यकता उन्हें नहीं है, उनका आत्मबल वैसे ही बहुत बढ़ा हुआ है। ऋषियों-मुनियों में इतना साहस ही नहीं है कि वे शवों अथवा अस्थियों को एकत्र कर जनसामान्य में आक्रोश भड़काते। ऐसा करना होता तो यह ढेर मार्ग से हटकर पेड़ों की ओट में न होकर किसी आश्रम के मुख्यद्वार अथवा उसके केन्द्र में सभा-स्थान पर होता...।"

"सत्य क्या है?" लक्ष्मण पुनः फुंकारे।

धर्मभृत्य ने लक्ष्मण को निहारा, "किसी को शत्रु मानकर राक्षस उसका वध करते हैं, तो उसके सगे-सम्बन्धी भी भयाक्रान्त होकर उस व्यक्ति को आत्मीय स्वीकार कर, उसका अन्तिम संस्कार करने का साहस नहीं जुटा पाते। चोरी-छिपे उस शव को अथवा उसकी अस्थियों को यहां फेंकते जाते हैं, ताकि मृत व्यक्ति का पृथक अस्तित्व भी समाप्त हो जाए। यहां तक कि स्वयं राक्षस भी स्मरण न कर सकें कि उन्होंने किसकी हत्या की थी, उसके सम्बन्धी कौन थे।"

"ओह।" राम के मुख से जैसे अनायास निकला, "अविश्वसनीय।"

"यह सम्भव नहीं है।" सीता झपटकर बोलीं, "किसी के अपने सगे-सम्बन्धी कैसे इतने क्रूर हो सकते हैं?"

धर्मभृत्य के चेहरे पर एक तिक्त मुस्कान उभरी, "इस क्षेत्र में रहीं, तो देवी अनेक असम्भव बातों को सम्भव होते देखेंगी।" सहसा उसका स्वर आवेशमय हो उठा, "राक्षसी तन्त्र और कहते किसको हैं देवि? राक्षसों का सबसे बड़ा योगदान यही है कि उन्होंने ऐसा वातावरण पैदा कर दिया है कि समस्त मानवीय सम्बन्ध समाप्त हो रहे हैं। सबसे ऊपर आ गया है, क्रूर अनघड़ भौतिक स्वार्थ। स्थिति यह है कि यदि यह पता लग जाए कि किसी एक व्यक्ति पर राक्षसों की अथवा किसी अन्य प्रकार के सत्ताधारियों की कुदृष्टि है, तो उसके सम्बन्धी उस आपत्काल में उसका पक्ष लेकर उसे सहारा देने के स्थान पर न केवल उससे मिलना-जुलना बन्द कर देते हैं, वरन स्वयं जा-जाकर राक्षसों को विश्वास दिलाते हैं कि उस व्यक्ति से उनका कोई सम्बन्ध नहीं है।...आप लोग मुझे क्षमा करेंगे, किन्तु सच्चाई यही है कि अनेक ऋषियों के पूज्य-देव जाति के सत्ताधारियों ने भी इसमें राक्षसों की सहायता की है। मुझे तो लगता है कि दुर्बल जनसामान्य के शोषण के लिए वे लोग परस्पर कोई समझौता कर चुके हैं।"

"यह कैसे सम्भव है?" बहुत देर से चुप मुखर सहसा तड़पकर बोला।

"रूष्ट मत होओ मेरे मित्र।" धर्मभृत्य हंसा, "यदि ऐसा न होता, तो देवराज इन्द्र से मिलने के पश्चात शरभंग को आत्मदाह की आवश्यकता न पड़ती।"

धर्मभृत्य ने अपनी बात कहकर विशेष रूप से राम की ओर देखा। राम बहुत देर से कुछ नहीं बोले थे। वस्तुतः किसी के बोलने के लिए था भी क्या–तब से तो स्वयं धर्मभृत्य ही बोल रहा था। किन्तु राम इस सारे वार्तालाप से उदासीन नहीं लग रहे थे। वे सब-कुछ सुन रहे थे और मन-ही-मन कुछ बुन रहे थे। धर्मभृत्य को उधर देखते पाकर अन्य लोगों ने भी राम की ओर देखा।

"क्या सोच रहे हैं प्रिय?" सीता ने जैसे सहचिन्तन का निमन्त्रण दिया।

राम का चिन्तन-क्रम टूटा। वे हल्के से मुस्कुराए, "...सोच रहा था, समर्थ संगठनों ने बलात, शस्त्र-समर्थित हिंसा से जनसामान्य का क्रूर दमन कर रखा है; और जब जनसामान्य दमन-तन्त्र की प्रकृति समझकर स्वयं शस्त्र लेकर उठ खड़ा होगा, तो ये ही समर्थ संगठन उस पर आरोप लगाएंगे कि जनसामान्य हिंसा कर रहा है...।"

"वही तो। वही तो।" धर्मभृत्य के कंठ में जैसे कुछ फंस गया। आंखें डबडबा आईं और चेहरे पर असाधारण उल्लास बिखर गया। शब्दों में कुछ कहना उसके लिए असम्भव हो गया।

राम ने उसे देखा और हंसे, "मार्ग-निर्देशक मुनि धर्मभृत्य! अब सुतीक्ष्ण मुनि का आश्रम कितनी दूर है?"

धर्मभृत्य ने स्वयं को संभाला। अपनी रोमांचपूर्ण स्थिति से उबरकर बोला, "बस, हम आ ही पहुंचे हैं राम। सामने के वृक्षों को देखिए। आपको आसपास ही कहीं आश्रम-जीवन का आभास मिलने लगेगा।"

"हमारे ग्राम में नहीं चलेंगे आर्य राम?" भीखन ने पूछा।

राम ने भीखन को देखा, वह आशा और निराशा के बीच टंगा दिखाई दे रहा था। उन्होंने दृष्टि फेरी–भीखन के आसपास वैसे ही अनेक चेहरे एक ही भाव लिए घिर आए थे। राम उनकी भावना से आकंठ भीग उठे : ज्ञानश्रेष्ठ उन्हें आश्रम में ठहरने नहीं देना चाहते थे, इसलिए उन्होंने कहा

कि ऋषि के आत्मदाह के पश्चात आश्रम की व्यवस्था बिखर गई है। और ये ग्रामीण किस स्निग्ध भावना से उन्हें अपने साथ ले जाने का आग्रह कर रहे हैं। वे भी जानते हैं कि राम के पास शस्त्र हैं, और वे राक्षसों के क्रोध को आमन्त्रित कर सकते हैं...

"ग्रामों में मैं नहीं जाता भीखन।" राम का स्वर स्नेह से आप्लावित था, "किन्तु तुम्हारे निकट आकर अवश्य रहूंगा।"

"भीखन।" धर्मभृत्य ने कहा, "तुम लोग अपने-अपने ग्राम में चलो। सारे ग्राम को बताओ कि राम आ रहे हैं। उन्हें कह दो कि अब राक्षसों से भयभीत होने की आवश्यकता नहीं रही।" धर्मभृत्य ने कुछ सोचकर हाथ जोड़ा, "राक्षस चाहे किसी भी जाति के हों।...मैं चाहता हूं कि ऐसा वातावरण तैयार हो जाए कि भद्र राम को यह कहने को बाध्य न होना पड़े कि जब उन्होंने आह्वान किया तो न्याय के पक्ष में कोई उठकर खड़ा नहीं हुआ।" धर्मभृत्य ने निमिष-भर के विराम के पश्चात पुनः कहा, "वैसे मुझे पूर्ण आशा है कि राम हमारी अपेक्षा से भी शीघ्र ही हमारे पास आ जाएंगे।"

ग्रामीण समुदाय को विदा कर, लक्ष्मण को भेज, सुतीक्ष्ण मुनि से शस्त्रों के साथ आश्रम में प्रवेश की अनुमति पा, राम आश्रम के केन्द्र की ओर बढ़े। धर्मभृत्य तथा उसके मित्रों के साथ मुनि निकाय राम भी साथ थे। उनसे राम की विशेष बातचीत नहीं हुई थी और उनका राम के साथ किसी ऋषि के आश्रम में रुक जाना कुछ असाधारण भी नहीं था किन्तु फिर भी राम समझ रहे थे कि मुनि निकाय की क्या इच्छा है। सामान्य वनवासी मुनियों तथा आश्रमाधिकारी ऋषियों में चिन्तन के सामरस्य का अभाव अभी तक राम को सहज नहीं लग रहा था। ये ऋषि, जनभावना की उपेक्षा क्यों करते जा रहे थे? या सामान्य मुनि समुदाय ऋषियों के अनुकूल क्यों नहीं चल पा रहा था?

सुतीक्ष्ण मुनि सुखासन में बैठे राम की प्रतीक्षा कर रहे थे। राम ने अत्यन्त सशंक भावयुक्त परीक्षक दृष्टि से मुनि को देखा, उन्हें राम का अपने साथियों सहित सशस्त्र आश्रम में आना अन्यथा तो नहीं लगा? किन्तु मुनि की भंगिमा में ऐसा आभास नहीं था। सम्भवतः धर्मभृत्य ही अपने पूर्वग्रह के कारण उस प्रकार सोच रहा हो।

"स्वागत राम!" प्रणाम के उत्तर में मुनि बोले, "बैठो भद्र, सब लोग बैठो। ओह, देवी वैदेही भी शस्त्र धारण करती हैं!"

"मुनिवर, राम की पत्नी शस्त्र धारण नहीं करेगी तो वन में राम के साथ निवास कैसे करेगी?"

"ठीक कहती हो पुत्री?" मुनि बोले, "राम के साथ निवास करनेवाले व्यक्ति को तो शस्त्र धारण करना ही पड़ेगा।"

लक्ष्मण ने सिर उठाकर मुनि को देखा, फिर जैसे अपनी जिह्वा को कुछ कह उठने से रोकने के लिए अन्य लोगों की ओर देखने लगे। मुखर मुस्कुरा रहा था, धर्मभृत्य की आंखों में तिक्तता उभर आई थी तथा अनेक आगन्तुक मुनि वितृष्णा से इधर-उधर देख रहे थे।

"मुनिवर," राम बोले, "इस क्षेत्र में क्या राक्षसी उपद्रव नहीं है? क्या आपको शस्त्रों की आवश्यकता नहीं पड़ती?"

"उपद्रव होते होंगे", सुतीक्ष्ण उदासीनता से बोले, "किन्तु उन्हें बहुत महत्त्व देना अनावश्यक है। हम जैसे वनवासी अपने आध्यात्मिक चिन्तन में लीन रहते हैं। अनासक्त संन्यासी को इन सांसारिक झगड़ों से क्या लेना। हम तो जल में कमल के समान रहते हैं। जल बहता रहता है, कमल अपने स्थान पर स्थिर रहता है।"

राम ने साभिप्राय दृष्टि से मुनि को देखा, "हमें एक लम्बा समय इसी वन में काटना है मुनिवर।

कृपया परामर्श दें, हम अपने निवास के लिए कहां कुटिया बनाएं?" सुतीक्ष्ण ने राम की आंखों में देखा, क्या कहना चाहते हैं राम? राम उन्हें गम्भीरता से मार्ग-निर्देशन की प्रार्थना करते-से लगे।

"वैसे तो मेरा अपना आश्रम ही बहुत सुविधाजनक स्थान है।" मुनि ने उत्तर दिया, "जलवायु अच्छी है। फलों के वृक्ष पर्याप्त हैं। पेय जल की सुविधा है। ऋषि समुदाय का आवागमन लगा रहता है। तुम चाहो तो यहीं रह सकते हो..." राम ने मुनि के स्वर का कंप स्पष्ट अनुभव किया, "हां! कभी-कभी कुछ बलशाली उपद्रवी पशु अवश्य इधर आ जाते हैं। उन्हें इस आश्रम के निवासियों से कोई भय नहीं है। वे आश्रमवासियों की साधना में कुछ विघ्न उपस्थित कर, सन्तुष्ट हो लौट जाते हैं।"

राम का मस्तिष्क अत्यन्त तीव्र गति से मुनि के एक-एक शब्द का विश्लेषण कर उनका अभिप्राय समझ रहा था, स्थान सुविधाजनक था, इसलिए राम चाहें तो यहां टिक सकते हैं। किन्तु मुनि क्या चाहते हैं?...अर्थात मुनि की ओर से निमन्त्रण नहीं है।...कुछ शक्तिशाली पशु आश्रम में आते हैं। उन्हें आश्रमवासियों से भय नहीं है; क्योंकि न आश्रमवासी उनका विरोध करते हैं, न उनमें उसकी क्षमता है। वे पशु विघ्न उपस्थित करते हैं...मुनि उन्हें कुछ नहीं कहते, इसलिए वे स्वयं ही सन्तुष्ट होकर लौट जाते हैं...। कौन हैं वे पशु? राम यहां रहेंगे तो क्या राम भी उनका विघ्न सह लेंगे? उन पशुओं को राम से भी कोई भय नहीं होगा?...

राम ने अपनी शान्त मुद्रा में मुनि की ओर देखा, "स्थान तो मुझे भी बहुत पसन्द है मुनिवर! किन्तु शस्त्रधारी क्षत्रिय हूं। आखेट का व्यसन है। यहां रहा तो बलशाली पशुओं का उपद्रव सह नहीं सकूंगा। आखेट कर बैठा तो आपके आश्रम की शान्ति भंग होगी। इसलिए हम लोगों का यहां टिकना उचित नहीं है। हम कल प्रातः यहां से चले जाएंगे।"

"जैसी तुम्हारी इच्छा राम!" सुतीक्ष्ण की आंखों में निश्चिन्त विशदता आ गई थी, तुम लोग रात-भर, सुख से आश्रम में विश्राम करो।...अभी, मेरे ध्यान का समय हो गया है।"

राम अपने साथियों के साथ अतिथिशाला में आ गए।

"अब क्या विचार है राम?" सबसे पहले धर्मभृत्य बोला।

"अब विचार के लिए क्या रह गया है?" उत्तर लक्ष्मण ने दिया, "कोमल और मधुर भाषी मुनि इससे अधिक स्पष्ट और क्या कह सकते थे कि यदि हमें यहां रहना है तो इस प्रकार रहना होगा कि पशुओं को हमसे भय न रहे। पशुओं द्वारा किया गया उपद्रव हमें भी सहन करना होगा।"

"अर्थ यह कि शस्त्रों को नदी में प्रवाहित कर आएं।" मुखर का आवेश फूटा, "और जब राक्षस किसी निरीह व्यक्ति की अथवा हमारी हत्या करने आएं, तो, हमारा भी ध्यान करने का समय हो जाना चाहिए।"

"कालकाचार्य ने भी तो यही कहा था कि वैसे तो वे पूर्णतः हमारे साथ हैं," सीता बोलीं, "किन्तु हम जहां होंगे, वहां संघर्ष की सम्भावना होगी। अतः वे संघर्ष से दूर रहने के लिए हमसे भी दूर रहना चाहते हैं।"

राम मुस्कुराए, "क्षुब्ध होने का कोई काम नहीं है बन्धुओं। हम अपने तेज के बिना रह नहीं सकते; और तेज के साथ वे हमें रखेंगे नहीं। तो हम वहीं चलें, जहां लोग हमारा स्वागत कर रहे हैं।"

"अर्थात?" धर्मभृत्य उत्सुक जिज्ञासा से पूछ रहा था।

"उस मुनि निकाय के पास, जो हमें अपने निकट रखना चाहता है। उनके पास, जो अत्याचार सहन नहीं कर पा रहे और उसका प्रतिरोध करने के लिए संकट झेलने को प्रस्तुत हैं। भीरु तपस्वियों के भीतर साहस जगाने में अभी समय लगेगा।"

मुनियों के कंठ से उल्लास का स्वर फूटा, "राम ठीक कह रहे हैं।"

दो

धर्मभृत्य के साथ आए हुए, दो दिन बीत गए थे। लक्ष्मण के निर्देशन में धर्मभृत्य के ही आश्रम में सबके लिए कुंटीरों का निर्माण हो गया था। आसपास का सार क्षेत्र वे लोग घूम-फिरकर देख चुके थे, और देखकर विकट रूप से पीड़ित हुए थे। एक ही प्रश्न बार-बार, प्रत्येक व्यक्ति के मन में और फिर उनके परस्पर-संवादों में गूंजता था–जहां इस प्रकार का असहनीय अत्याचार हो रहा हो; मनुष्य पशु से भी हीन दशा में जीने को बाध्य हो, वहां के ऋषि-मुनि, चिन्तक-विचारक तथा बुद्धिजीवी अपनी साधनाओं में लगे हुए आध्यात्मिक शान्ति की बात कैसे कर सकते हैं...

"मेरा तो मन इन बुद्धिजीवियों के प्रति वितृष्ण से भर उठा है।" लक्ष्मण ने अपना आक्रोश प्रकट किया।

"क्षण-मर थम जाओ, बन्धु!"

मुखर कुछ सुनने की मुद्रा बनाए बैठा रहा, जैसे दूर से आता कोई मन्द स्वर सुना हो, जो अब थम गया हो और वह उसके पुनः उठने की प्रतीक्षा कर रहा हो। सहसा उस निस्तब्धता को चीरते हुए स्वर को सबने सुना। मुखर ने स्वर की दिशा में अंगुली उठा दी।

रात के सन्नाटे में वह स्वर भयावना लगता था। सबके कान उसी ओर लग गए। स्वर एक नहीं था, दो थे। पहले वे स्वर धीमे भी थे और अनियमित भी। पहला स्वर पुरुष का था, दूसरा स्त्री का। धीरे-धीरे दोनों स्वर ऊंचा बोलने से विधिवत झगड़े में परिणत हो गए थे। दोनों में से दब कोई भी नहीं रहा था और आवेश की मात्रा निरन्तर बढ़ती जा रही थी...सहसा तीसरी ध्वनि उभरी...जैसे किसी ने किसी को थप्पड़ मार दिया हो। क्षण-भर के लिए दोनों स्वर बन्द हो गए, किन्तु अगले ही क्षण कई बच्चों के रुद्ध कंठ से सहसा फूट आया रोने का सम्मिलित स्वर सारे परिवेश में व्याप्त हो गया। तब पुरुष का ज़ोर से डांटने का लड़खड़ाता-सा स्वर गूंजा। बच्चे हठात चुप हो गए, किन्तु तभी रुदन तथा चीत्कार का नारी-स्वर आया, "भार ले दुष्ट! तोड़ दे मेरी हड्डियां। घोंट दे मेरा गला। बच्चे तो वैसे ही भूखे मर रहे हैं। सब समाप्त हो जाएंगे, तो बैठकर मदिरा पीना..."

"पति के विरुद्ध बोलती है। नीच, कुकुरजायी!" वैसा ही लड़खड़ाता पुरुष स्वर आया, "आज मैं भी तुझे चुप कराकर ही रहूंगा। या तू नहीं, या मैं नहीं..." राम और नहीं सुन सके। वे उठ खड़े हुए। सीता ने उनकी ओर प्रश्न-भरी दृष्टि से देखा।

"मुखर और सौमित्र! तुम लोग यहीं ठहरो।" राम बोले, "सीते, मेरे साथ आओ।" वे कुटिया से बाहर निकल गए।

राम के पग तीव्र गति से बढ़ रहे थे। कान पार्श्वसंगीत के समान नियमित और निरन्तर चलते झगड़े तथा मारपीट के स्वरों को सुन रहे थे। मस्तिष्क विभिन्न स्थितियों के विषय में सोच रहा था।

वे स्त्री और पुरुष, पति-पत्नी ही हो सकते हैं। किसी अन्य की पत्नी से न तो कोई इस प्रकार झगड़ सकता है और न ही उस पर हाथ उठा सकता है। स्त्री की बातों में कुछ ऐसे ही संकेत भी थे...पति-पत्नी के झगड़े में राम कैसे हस्तक्षेप कर सकते हैं?...किन्तु वे निष्क्रिय बैठे स्त्री को पिटते हुए भी कैसे देख सकते हैं?...

राम और सीता आश्रम के फाटक से निकलकर, बस्ती की ओर चल पड़े। राम ने अनुभव किया

कि बस्ती और विशेषकर वह कुटिया आश्रम के भीतर उनकी अपनी कुटिया से बहुत निकट है। आश्रम के बाड़े के कारण फाटक से निकलने के लिए कुटिया की विपरीत दिशा में चलकर उन्हें वापस लौटना पड़ रहा था।

स्वरों से निर्देशित होते हुए, वे लोग बस्ती के बीचों-बीच आ गए थे। दिन के प्रकाश में देखे हुए बस्ती के मार्ग उनकी सहायता कर रहे थे। कुटिया के पास पहुंचने में उन्हें अधिक देर नहीं लगी।

जिस झोंपड़ी के सामने वे खड़े थे, वह आश्रम के कुटीरों से पर्याप्त भिन्न थी। न तो वह खुली जगह में बना हुआ हवादार आवास था, और न ही वन के वृक्षों से काटी गई लकड़ी के बल पर कलात्मक ढंग से बनाई हुई कुटिया। ऊंची-नीची शिलाओं में प्रकृति द्वारा बनाई गई खोहों के सहारे उनके आगे ही फूस-पत्तों तथा छोटी-बड़ी आकार रहित लकड़ियों के आधार पर खड़ा कर दिया गया एक ढांचा, जो न देखने में सुन्दर था और न रहने के लिए सुविधाजनक...

जिस समय राम और सीता के पग झोंपड़ी के द्वार पर रुके, भीतर उसी प्रकार धुआंधार लड़ाई चल रही थी। लगता था, इस बीच कई बार पुरुष का हाथ चल चुका था। स्त्री अनेक बार मार खाकर अपना धैर्य खो चुकी थी और अब अपनी सहायता के लिए पड़ोसियों को पुकार रही थी। किन्तु आसपास की किसी भी झोंपड़ी के जीवन पर इस चीत्कार का कोई प्रभाव नहीं पड़ा था। सारे काम दैनिक क्रम के ही समान चल रहे थे। सहायता के लिए लगाई गई स्त्री की गुहार जैसे उनके कानों तक पहुंच ही नहीं रही थी। राम ने आगे बढ़कर ऊंचे स्वर में पुकारा, "ऐ भाई, झगड़ा बन्द कर, तनिक बाहर आओ।"

झगड़े का क्रम टूटा। भीतर स्तब्धता छा गई, जैसे पति-पत्नी दोनों के लिए ही इस प्रकार की पुकार अप्रत्याशित हो। फिर ऐसा लगा, जैसे स्त्री ने बाहर निकलने का प्रयत्न किया हो; किन्तु पुरुष की ऊंची लड़खड़ाती सी आवाज़ ने उसे डांट दिया, "बैठी रह यहां कुलटा! देखता हूं, तेरा कौन-सा भतार आ गया है।..."

एक पुरुष झोंपड़ी के द्वार से बाहर आया। राम और सीता ने देखा : वह बस्ती के अन्य खान-श्रमिकों से तनिक भी भिन्न नहीं था। सांवले रंग को खान की गन्दगी ने और भी काला कर दिया था। मिट्टी और पसीने ने मिलकर उसकी नंगी-चौड़ी छाती और भुजाओं की मछलियों पर अनेक स्थानों पर गारा-सा लगा दिया था। वस्त्र के नाम पर उसने एक मैला पुराना वस्त्र कटि पर लपेट रखा था। उसकी आंखें, मुद्रा, चाल तथा स्वर सब ही बता रहे थे कि वह मदिरा पीकर धुत था।

"क्या है?" वह अपनी ऐंठती-सी जीभ से बोला, "अपने बाप का घर समझकर चले आए पुकारने।..."

सीता के नयनों से जैसे ज्वाला फूटी। राम के शरीर का सारा रक्त जैसे उनके मष्तिष्क की ओर दौड़ा। जी में आया, ऐसा चांठा लगाएं कि उसका सारा मद उतर जाए। किन्तु राम का विवेक जानता था कि चांटा इस समस्या का समाधान नहीं है। यथासम्भव शान्त्र स्वर में बोले, "घर तो मैंने तुम्हारा ही समझा है भाई। पर अपने घर में जो कुछ कर रहे हो, वह न तो अपने घर में करने का कृत्य है, न उससे तुम्हारा घर, घर ही रह जाएगा।"

उस व्यक्ति ने पहली बार सिर उठाकर राम को देखा, और वैसी ही ऐंठी हुई-सी जीभ से बोला, "क्या घर-घर लगा रखी है? यहां साला कहां कोई घर है।" उसकी आंखें सीता की ओर घूमीं। वह एकटक उन्हें देखता रहा। फिर दुष्टतापूर्वक मुस्कुराया, "समझा। तुम चाहते हो कि मैं अपनी घरवाली को न पीटूं। इस स्त्री को साथ लाए हो कि इसे पीटूं। चलो तुम्हारी ही मान लेता हूं...

वह सीता की ओर बढ़ा। किन्तु राम ने उसे सीता तक पहुंचने नहीं दिया। बीच में ही उन्होंने अपने दाएं पंजे में उसकी गर्दन जकड़ ली और बड़े सीधे स्वर में बोले, "यदि तुम मदिरा के प्रभाव में न होते तो यह वाक्य तुम्हें बहुत महंगा पड़ता।"

उस व्यक्ति के बतिष्ट शरीर ने राम का पंजा झटक देना चाहा, किन्तु तनिक-से प्रयत्न से ही उसके सोए हुए मस्तिष्क को भी ज्ञात हो गया कि यह कदाचित उसके लिए सम्भव नहीं था। उसका शरीर तो मुक्त नहीं हुआ, किन्तु जिह्वा मुक्त हो गई, "यही वाक्य क्या, यहां तो सब-कुछ महंगा पड़ रहा है। सस्ता क्या है–मेरा रक्त। वह चाहिए, तो वह भी ले लो। या इसी बहाने मेरी पत्नी का अपहरण करने आए हो? अब वह पहले जैसी सुन्दरी तो नहीं रही, पर बुरी अब भी नहीं है। ले जाओ, उसे भी ले जाओ। जहां इतनी स्त्रियां ले गए, वहां इसे भी ले जाओ।..."

राम ने अपनी अंगुलियां ढीली छोड़ दीं, "क्या बक रहे हो? अपनी पत्नी के लिए कोई इस प्रकार के शब्दों का प्रयोग करता है?"

इस बीच उस व्यक्ति की पत्नी भी भीतर से आकर झोंपड़ी के द्वार पर खड़ी हो गई थी। उसने भी एक मैली-कुचैली धोती में अपने शरीर को किसी प्रकार लपेट रखा था; और तीन छोटे-छोटे सहमे-से बच्चे उसकी उसी मैली धोती से चिपके हुए, कुछ विचित्र भाव से उस व्यक्ति को देख रहे थे, जो उनके पिता का प्रताड़क बन उनकी रक्षा कर रहा था...आसपास की झोंपड़ियों से भी अनेक लोग निकल आए थे और बड़े अनासक्त भाव से खड़े उन लोगों को देख रहे थे।

उस व्यक्ति का नशा कुछ कम हो गया लगता था, किन्तु पूर्णतः मुक्त वह अब भी नहीं हो पाया था। उसका विवेक जैसे बार-बार मदिरा से संघर्ष कर रहा था और बार-बार पराजित हो रहा था।

"तुम कौन हो?" वह समझौता-सा करता हुआ बोला, "और मेरे द्वार पर क्या करने आए हो?"

"एक वनवासी हूं।" राम मुस्कुराए, "तुम्हारे द्वार पर तुमसे झगड़ा करने नहीं आया था।"

"तो फिर क्या करने आए थे?" वह खिंचे-से स्वर में बोला।

"केवल इतना कहने आया था कि तुम्हारी पत्नी जहां आत्मरक्षा में समर्थ न हो, वहां उसकी रक्षा तुम्हारा धर्म है। और तुम उल्टे उसे पीट रहे हो।"

"वह मेरी पत्नी है न!" वह बोला, "तो उसके साथ कब क्या व्यवहार करना है–यह निर्णय मैं करूंगा। मेरे घरेलू मामलों में हस्तक्षेप करनेवाले तुम कौन हो?" उसका स्वर सहसा ऊंचा हो गया, "तुम हमारी खान के स्वामी हो या उनके सम्बन्धी कोई अग्निवंशी हो कि हमें अपना पशुधन मानकर अपनी टांग अड़ाने यहां आए हो; या तुम किसी और जाति के राक्षस हो और मेरी पत्नी पर दृष्टि लगाए बैठे हो?"

राम का स्वर और भी शान्त और स्निग्ध हो उठा, "मुझे ग़लत मत समझो मित्र! मैं इनमें से कुछ भी नहीं हूं। तुम पर मेरा कोई अधिकार है तो केवल मानवीय अधिकार है। एक मित्र के नाते मैं तो तुम्हें यह समझाने आया था कि दुर्बल पर अत्याचार मत करो और सबल का अत्याचार मत सहो...।"

उसके चेहरे पर विद्रूप की हंसी फैल गई, "ओह! तुम मांडकर्णि हो।"

"नहीं! मैं राम हूं। मांडकर्णि कौन है?"

"नहीं, तुम स्वयं को नहीं जानते। तुम मांडकर्णि हो।"

उसकी आंखों में फिर से मदिरा लहरा उठी; उसके स्वर में आवेश नहीं, परिहास था, "तुम मांडकर्णि हो। तुम अपना प्रासाद बनाने आए हो। तुम मुझसे, मेरी पत्नी की रक्षा करने नहीं आए;

तुम अपने लिए अप्सराएं प्राप्त करने आए हो।" वह राम के निकट आ गया। उनकी नाक के पास अपनी तर्जनी नचाता हुआ बोला, "मैं अपनी पत्नी को पीटूं या न पीटूं, पर इस बार मैं तुम्हें अपना बेटा नहीं दूंगा। तुम मेरे बेटे की बलि देकर अपने लिए अप्सराएं प्राप्त नहीं कर सकते।

तुम किसी भी वेश में आओ, मैं तुम्हें पहचान लूंगा। तुम सब राक्षस हो–सारे खान स्वामी, सारा अग्निवंश, सारे मांडकर्णि। तुम भी।" और सहसा वह पूरे आवेश के साथ चीख़ा, "जाओ। चले जाओ। और सावधान! फिर कभी मेरे द्वार पर मत आना, नहीं तो सिवाय पश्चाताप के और कुछ हाथ नहीं लगेगा। अनिन्द्य बहुत पीड़ित और बहुत हीन होकर भी अभी जीवित है और पर्याप्त शक्तिशाली है।..."

वह अपनी झोंपड़ी की ओर मुड़ा और द्वार पर खड़ी अपनी पत्नी और बच्चों को धकियाता हुआ चुपचाप भीतर चला गया। बाहर एक असाधारण मौन छा गया। बस्तीवालों की भीड़ वहां अब भी थी, किन्तु सब चुपचाप खड़े अनकही उत्सुकता से देख रहे थे कि अब क्या होगा।

सीता द्वार पर खड़ी उस स्त्री के निकट पहुंचीं। उसके कन्धे पर अपना हाथ रख, धीमे किन्तु आत्मीय स्वर में बोलीं, "बहन! हम तुम्हारी सहायता के लिए आए थे। तुम्हारे पति से झगड़ा करना हमारा मन्तव्य नहीं था। पता नहीं, उन्होंने हमें क्या समझा है? वे मेरे पति को मांडकर्णि कह रहे हैं।" वे मुस्कुराईं, "मेरा नाम सीता है। मैं राम की पत्नी हूं। किसी प्रकार की सहायता की आवश्यकता होने पर तुम मुनि धर्मभृत्य के आश्रम में हमसे मिल सकती हो।"

सीता ने मां से चिपके हुए भीत बच्चों के सिर पर प्यार-भरा हाथ फेरा और राम के पास लौट आईं। स्त्री कुछ नहीं बोली। केवल फटी-फटी आंखों से सीता को देखती रही। सीता समझ नहीं पाई कि उस स्त्री ने उनकी बात कितनी सुनी और कितनी समझी। राम आसपास खड़े लोगों की ओर मुड़े, "हम जाएं? अब झगड़ा तो नहीं होगा?" भीड़ में से कोई कुछ नहीं बोला।

"क्या बात है, आप लोग बोलते क्यों नहीं?" राम पुनः बोले, "आपके सामने एक पुरुष एक स्त्री को पीट रहा था और आपमें से किसी ने भी बीच-बचाव नहीं किया। अब मैं आपसे आश्वासन मांग रहा हूं–तब भी आप चुप हैं..."

भीड़ के लोग इधर-उधर छितराने लगे। बोला फिर भी कोई नहीं।...थोड़ी देर में वहां कोई भी नहीं था, केवल वह स्त्री अपनी झोंपड़ी के द्वार पर अपने बच्चों को अपने शरीर से चिपकाए हुए, अब भी फटी-फटी आंखों से उनको देख रही थी। सीता फिर उसके पास चली गईं, "हम जाएं बहन, अब कोई भय तो नहीं है?"

उत्तर में झोंपड़ी के भीतर से दहाड़ता हुआ स्वर आया, "जाओ भी। नहीं मारूंगा। बहुत भय है, तो इसे भी साथ ले जाओ।"

स्त्री की आंखों का भाव कुछ बदला। चेहरे की तनी हुई रेखाएं कुछ ढीली पड़ीं। उसने सिर हिलाकर सहमति दे दी।

राम और सीता लौटकर आए, तो सब लोग उत्सुकतापूर्वक उनकी प्रतीक्षा कर रहे थे। राम ने उन्हें संक्षेप में घटना के विषय में बता दिया।

"यह मांडकर्णि कौन है?" सीता ने पूछा, "उसने बार-बार राम को मांडकर्णि कहा है।"

"मांडकर्णि एक ऋषि है। इस क्षेत्र का महान ऋषि।" धर्मभृत्य हंसा। राम प्रश्न-भरी दृष्टि से धर्मभृत्य को देखते रहे।

धर्मभृत्य कुछ देर मौन रहा, जैसे सोच रहा हो कि बात कहां से आरम्भ करे। मन में कुछ

रूपरेखा निश्चित कर उसने बात आरम्भ की, "यहां से थोड़ी-सी दूरी के पश्चात ही खानों का क्षेत्र आरम्भ हो जाता है। वहां अनेक खानें हैं और उनके स्वामी, अनेक जातियों के अनेक लोग हैं। मैं नहीं जानता कि उन्हें किसने उन खानों का स्वामी बनाया है, किन्तु स्वामी बनकर वे धनाढ्य हो गए हैं। उन्हीं में से एक खान अग्निवंश के कुलवृद्ध अग्निमित्र की भी है। कुछ समय पूर्व मांडकर्णि उस खान में काम करनेवाले श्रमिकों के मध्य शिक्षा-कार्य करने के लिए आए थे।...बात यहीं से आरम्भ होती है।"

धर्मभृत्य ने दृष्टि उठाकर अपने श्रोताओं को देखा। "आरम्भ तो होती है, पर आगे भी चलती है या नहीं?" लक्ष्मण ने पूछा।

"इतने वर्षों में सौमित्र की कथा-सम्बन्धी उत्सुकता तनिक भी कम नहीं हुई।" राम हंसे, "गुरु विश्वामित्र कथा स्थगित करते थे, तो सौमित्र ऐसे ही खीझ उठते थे।"

"चलती कथा के रुकने से मेरा दम घुटने लगता है।" लक्ष्मण बोले, "और मुनि धर्मभृत्य श्रोताओं के धैर्य की परीक्षा भी ख़ूब लेते हैं।"

"मैं नहीं चाहूंगा कि किसी का दम अधिक समय तक घुटे," धर्मभृत्य ने बात फिर आरम्भ की, "मांडकर्णि ने इन श्रमिकों के जीवन को प्रत्यक्ष तथा अत्यन्त निकट से देखा। श्रमिकों में वानर, ऋक्ष, निषाद, शबर तथा अनेक जातियों के लोग थे। पुरुष, स्त्रियां, बालक, वृद्ध–यहां तक कि रोगी भी अपनी आजीविका के लिए खानों में काम करने को बाध्य थे। वे दासों के समान काम करते थे और बन्दियों के समान बस्ती में रखे जाते थे। मांडकर्णि उनकी अवस्था देखकर द्रवित हो उठे। उन्होंने अपना आश्रम त्याग श्रमिकों की बस्ती में रहना आरम्भ कर दिया। उन्हें देखकर अत्यन्त पीड़ा हुई कि इस अत्याचार का विरोध तो श्रमिकों के मन में नहीं ही था, वे लोग अत्याचार के प्रति सजग भी नहीं थे। मांडकर्णि ने उन्हें समझाया कि उनके साथ अत्याचार हो रहा है, उनसे उनकी क्षमता से अधिक काम लिया जा रहा है। काम करने के स्थान पर सुरक्षा का प्रबन्ध नहीं है, इसी कारण से खान-दुर्घटनाओं की संख्या बहुत अधिक है। कम वय के बालकों, दुर्बल स्त्रियों, क्षीण वृद्धों तथा रोगियों से भी ऐसा कठिन काम लिया जाता है जो उनके स्वास्थ्य और जीवन, दोनों के लिए घातक है। उन्होंने खान-कर्मकरों को यह भी बताया कि न केवल अधिक सुविधाजनक कार्य परिस्थितियों, अधिक पारिश्रमिक, वरन उनके द्वारा उत्पादित खनिज पदार्थ पर भी उनका अधिकार है–अग्निवंश से भी अधिक।

"आरम्भ में किसी ने मांडकर्णि की बात पर विशेष ध्यान नहीं दिया, किन्तु एक दिन भयंकर दुर्घटना घटी। खान के स्वामियों के हाथ कोई नया बाज़ार आ गया। विक्रय की सम्भावनाएं अधिक बढ़ जाने के कारण उन्हें अधिक खनिज पदार्थ की आवश्यकता पड़ी। उन लोगों ने सैकड़ों कर्मकर खान में उतार दिए। दुगुनी गति से खुदाई आरम्भ करवा दी। मांडकर्णि ने चेतावनी दी कि खान बहुत गहरी खोदी जा चुकी है, अब यदि इसी प्रकार योजनाविहीन खुदाई चलती रही तो खान की दीवार धसक जाएगी और धरती भीतर धंस जाएगी। ऐसी स्थिति में खान के भीतर उतारा गया एक भी कर्मकर जीवित नहीं बचेगा।

"स्वामियों ने स्वभावानुसार, मांडकर्णि की बात नहीं सुनी। कर्मकरों को एक तो इतनी समझ नहीं थी कि मांडकर्णि की चेतावनी के सत्यासत्य का निर्णय कर सकते, दूसरे साहस भी नहीं था कि स्वामियों का विरोध करते। वे लोग अपने काम पर चले गए। दुगुनी गति से खुदाई होती रही और मांडकर्णि दुगुनी गति से चिल्लाता रहा।

"सहसा मांडकर्णि की बात सत्य प्रमाणित हो गई। खुदाई के कारण क्रमशः क्षीण होती हुई दीवार

गिर पड़ी। धरती हिली और मिट्टी के पहाड़-के-पहाड़ खान में धंस गए।...बस्ती में सूचना पहुंची तो प्रत्येक व्यक्ति खान की ओर दौड़ पड़ा। कोई घर ऐसा नहीं था, जिसका कोई-न-कोई सदस्य उस समय खान में न रहा हो। सबने मिलकर खुदाई आरम्भ की; किन्तु थोड़ी-सी खुदाई से स्पष्ट हो गया कि कितनी ही तेज़ी से खुदाई क्यों न हो, उस मिट्टी को हटाने में कई सप्ताह लग जाएंगे। सम्भव है, मास लग जाएं। और तब तक मिट्टी में दबा हुआ एक भी व्यक्ति जीवित नहीं बचेगा...खुदाई का प्रयत्न क्रमशः छोड़ दिया गया, और खान में उतरे हुए सैकड़ों कर्मकर जीवित समाधि पा गए। उनमें से एक भी जीवित बचकर नहीं लौटा।

"इस घटना के शोक से जब शेष कर्मकर उबरे तो उन्हें न केवल मोडकर्णि याद आए, वरन वे उन्हें सबसे अधिक विश्वसनीय और निकट के मित्र लगे। उस दिन से मांडकर्णि उस खान के कर्मकरों का कुलपति हो गया। उसकी इच्छा उनके लिए विधान हो गई। वे अपने प्राण देकर भी मांडकर्णि, की आज्ञा की रक्षा के लिए तत्पर थे।

"इस स्थिति की सूचना अग्निमित्र को मिली, तो उसका शासन डोल गया। उसने कर्मकरों को डराया-धमकाया और अन्त में निराश होकर फुसलाया भी। किन्तु कर्मकरों ने उसकी एक नहीं मानी। उनका विरोध क्रमशः दृढ़ होता जा रहा था। अन्त में अग्निमित्र अपने कुलपति, देव अग्नि के पास पहुंचा। अग्नि स्वयं चलकर मांडकर्णि के पास आए। वे उसे अपने साथ दूर-दूर के देशों के भ्रमण पर ले गए। उसका सत्कार भी ख़ूब किया। अन्त में पंचासर में उन्होंने मांडकर्णि के लिए सुन्दर भवन का निर्माण करवाया। उसे पांच सुन्दरी अप्सराएं तथा पुष्कल धन भेंट में दिया। तब से आज तक मांडकर्णि विलास में डूबा है। कर्मकरों और उनके विरुद्ध होनेवाले अत्याचारों की बात तक उसे स्मरण नहीं..."

"बिका हुआ बुद्धिजीवी!" लक्ष्मण के जबड़े भिंच गए।

"यह तो उचित नहीं हुआ।" सीता धीरे-से बोलीं, "कैसा अधर्मी है वह मांडकर्णि। अपने साथियों के साथ कोई इस प्रकार का विश्वासघात करता है!"

"यह अत्यन्त दुर्भाग्यपूर्ण तथ्य है, देवि वैदेही!" धर्मभृत्य बोला, "किन्तु यथार्थ यही है। कुछ इसी प्रकार की घटनाएं और भी हुई हैं। अनेक लोग कर्मकरों से कोई सहानुभूति न होने पर भी केवल अपने स्वार्थवश उनका पक्ष लेकर व्यवस्था का विरोध करते हैं। व्यवस्था, उनके सम्मुख कोई-न-कोई छोटा या बड़ा टुकड़ा डाल लेती है। वे लपककर अपना टुकड़ा उठा, श्रमिकों को उग्र दमन का सामना करने के लिए असहाय छोड़ भाग जाते हैं। पुरस्कार पाने के लोभ में विरोध करनेवाले अनेक जन पैदा हो गए हैं; विरोध करने का मूल्य चुकाकर भी न्याय के लिए संघर्ष करनेवाले लोग विरल ही हैं..."

"मांडकर्णि का क्या हुआ मुनिवर?" लक्ष्मण ने धर्मभृत्य को उसकी बात के मध्य में टोका।

"मांडकर्णि की कथा तो इतनी ही है।" धर्मभृत्य बोला, "कभी उधर जाओ तो पंचासर के मध्य बने भवन में से आती नूपुर-ध्वनि सुन लेना।...आगे की कथा तो उन कर्मकरों की यातना की कथा! है। मार्ग-निर्देशन वाला कोई रहा नहीं। स्वयं वे समर्थ नहीं थे। अग्निमित्र को अवसर मिला, उसने अपने विरोध का पूरा प्रतिशोध लिया। कार्य के घंटे बढ़ा दिए। पारिश्रमिक कम कर दिया। हिंसा की घटनाएं तो अनेक बार हुईं। संघर्ष में अग्रणी अनेक कर्मकरों की स्त्रियों के साथ अत्याचार किया गया और कुछ की सन्तानों को राक्षसों के हाथ बेच दिया गया..."

"राक्षसों के साथ सहयोग?" राम ने आश्चर्य से पूछा।

धर्मभृत्य विद्रूप-मिश्रित मुस्कान चेहरे पर ले आया, "राक्षस क्या होता है भद्र राम! यहां अनेक

खानें हैं! उनके स्वामी विभिन्न जातियों के हैं। राक्षस भी हैं, देव भी, यक्ष भी हैं और आर्य भी–पर वे सब धनाढ्य हैं। उनमें कहीं कोई अन्तर है क्या? धन और स्वर्ण ने उनकी आंखों पर जो चर्बी चढ़ाई है, उससे वे मनुष्य की यातना देख ही नहीं पाते। उनकी संवेदनशीलता समाप्त हो गई है। वे सब राक्षस हो गए हैं। खानों के स्वामी ही क्यों, सारे भूपति, वणिक-व्यापारी, सामन्त, नित्यप्रति युद्ध की विभीषिका छेड़नेवाले सेना-व्यवसायी, अर्थ लोलुप, धर्माधीश–सब-के-सब राक्षस हो गए हैं। वे शक्तिशाली हैं, संगठित हैं, उन्हें महाशक्तियों का संरक्षरण प्राप्त है। वैसे देव और राक्षस महाशक्तियां एक-दूसरे की विरोधी हैं, किन्तु निःसहाय जनता के शोषण के लिए, अपना स्वार्थ साधने के लिए वे परस्पर सहयोग भी करती हैं–।"

"फिर क्या हुआ मुनिवर?" लक्ष्मण ने पुनः पूछा।

"इन सारी घटनाओं की सूचना कुलपति ऋषि शरभंग को भी हुई। स्वयं को सर्वथा असहाय पाकर, कुछ कर्मकर उनके पास भी गए। वे अत्यन्त क्षुब्ध हो उठे। मांडकर्णि पर तो उन्होंने धिक्कार भेजा ही, वे देव अग्नि पर भी कुपित हुए। उन्होंने शपथ ली कि वे अग्निमित्र की खान के ही नहीं, समस्त खान कर्मकरों को संगठित करेंगे। उनका नेतृत्व वे स्वयं अपने हाथ में लेंगे और तब तक संघर्ष चलाएंगे, जब तक खानों पर स्वयं कर्मकरों का ही स्वामित्व स्थापित न हो जाए।"

लक्ष्मण और मुखर की मुद्राएं उत्साहित हो उठीं।

"ऋषि ने कर्मकरों की बस्तियों में जाना आरम्भ किया। उन्होंने श्रमिकों को अपनी ओर आकृष्ट किया, उनके विश्वासपात्र बने और आन्दोलन के लिए कुछ समितियां भी बनाईं।" धर्मभृत्य तनिक रुककर बोला, "और भद्र राम! इसके पश्चात उन्होंने आत्मदाह कर लिया।"

"फिर वही समस्या।" राम जैसे अपने-आप से बोले, "ऋषि शरभंग ने आत्मदाह क्यों किया... ?"

सहसा मुखर की उबासी ने राम का ध्यान आकृष्ट किया।

"देर हो गई मुखर?" राम मुस्कुराए, "अच्छा अब सो जाओ।"

अगले दिन धर्मभृत्य के आश्रम के प्रथम अतिथि अनिन्द्य तथा उसकी पत्नी थे। धर्मभृत्य, लक्ष्मण तथा मुखर तीनों ही बाहर गए हुए थे। आश्रम में ब्रह्मचारी तथा सीता और राम थे। वे लोग राम और सीता से मिलने आए थे। राम ने देखा, यद्यपि वे नहा-धोकर स्वच्छ वस्त्र पहनकर आए थे, फिर भी उनकी निर्धनता छिप नहीं रही थी। हां, अनिन्द्य सजग और सचेत था तथा उसकी पत्नी इस समय भयभीत नहीं थी। वे दोनों ही, रूप-रंग की दृष्टि से कल की अपेक्षा कहीं अधिक आकर्षक लग रहे थे।

प्रणाम कर अनिन्द्य बोला, "मैं आर्य से क्षमा मांगने आया हूं। कल मैंने आपके साथ अपमानजनक व्यवहार किया।" वह सीता की ओर मुड़ा, "आर्या! मुझे याद भी नहीं है कि मैंने आपको क्या-क्या कहा, किन्तु सुधा," उसने अपनी पत्नी की ओर इंगित किया, "कहती है कि मैंने आपके प्रति अभद्र और अशिष्ट व्यवहार किया था। कृपया आप दोनों ही मुझे क्षमा करें।"

"हमें तो तुमने कुछ अपमानजनक शब्द ही कहे थे," सीता बोलीं, "पर अपनी पत्नी को तुमने इतना पीटा था कि उसकी गुहार हमें यहां, अपनी कुटिया में बैठे द्रवित कर गई थी। तुमने उससे क्षमा मांग ली?"

अनिन्द्य ने खिसियाकर सिर झुका लिया।

"क्यों बहन! तुमने क्षमा कर दिया?"

"देवि!..."

"देवि नहीं, दीदी कहो।" सीता ने साधिकार कहा।

"दीदी!" सुधा बोली, "ये मुझसे कितनी बार क्षमा मांगेंगे, और कितनी बार मैं क्षमा करूंगी?"

"क्यों, यह बहुधा ऐसा ही व्यवहार करता है? क्यों अनिन्द्य?" राम ने पूछा।

"आर्य! अब आपसे क्या कहूं।" अनिन्द्य लज्जित भी था और उदास भी, "अपना तो जीवन ही ऐसे बीत जाएगा। कुछ अभद्र व्यवहार सहकर, कुछ दूसरों के साथ अभद्र बनकर।"

"क्यों, तुम भले आदमी के समान अपनी पत्नी और बच्चों के साथ सुख से नहीं रह सकते? मदिरा में धुत होकर बच्चों को पीटना बहुत आवश्यक है?"

अनिन्द्य ने राम को देखा, उन आंखों में आक्रोश था, जैसे कोई कठोर बात कहनेवाला हो; किन्तु जब बोला तो स्वर पीड़ा से भीगा हुआ था, "इच्छा तो मेरी भी होती है राम! कि भला आदमी बन जाऊं। पर न कोई भला बनने देता है, न आदमी। पहले पता होता कि ऐसा होगा, तो गृहस्थ होने के स्थान पर वनवासी हो गया होता।"

राम चुपचाप उसे देखते रहे, कुछ बोले नहीं।

"जो काम मैं करता हूं और जितना करना पड़ता है, उसके पश्चात मन और शरीर इतने थक जाते हैं कि मनोरंजन की, सुख के कुछ क्षणों की, प्यार-भरे बोलों की तीव्र इच्छा होने लगती है। किन्तु घर लौटते ही किसी-न-किसी वस्तु का अभाव प्रेत के समान रक्त चूसने लगता है। आकांक्षाएं बहुत ऊंची हैं, किन्तु अपने तथा अपने परिवार के लिए भोजन और वस्त्र भी तो नहीं जुटा पाता अपने पारिश्रमिक से। बस्ती के बनिये का उधार चुकाकर शेष बची राशि को देखता हूं तो लगता है कि वह इतनी कम है कि उससे परिवार की कोई आवश्यकता पूरी नहीं होगी। घर लौटकर वही पुराना झगड़ा उठ खड़ा होगा। सोच-सोचकर जब सिर की नसें टूटने लगती हैं, तो बची हुई राशि की मदिरा पी जाता हूं।...किसी भले आदमी को कहिए कि इतने कम पारिश्रमिक में इतना काम करे और फिर भला आदमी बनकर दिखाए।"

"मुझे क्षमा करना मित्र!" राम का स्वर अत्यन्त स्निग्ध था, "मैं तुम्हारी अवस्था नहीं जानता था। तुम सत्य कह रहे हो...।" उन्होंने ही प्रश्न-भरी दृष्टि से देखा, "तुम्हारी खान के स्वामी, तुम लोगों की अवस्था नहीं जानते क्या?"

"उन्होंने ही तो यह अवस्था बना रखी है, जानेंगे कैसे नहीं?"

"तुम स्थिति सुधारने के लिए उनसे नहीं कहते?" सीता बोलीं।

"देवि।"

"देवि नहीं दीदी।" सीता ने टोका।

"मुझे देवि ही कहने दें।" अनिन्द्य कुछ कटु होकर बोला, "मैं बड़ा भावुक व्यक्ति हूं। ऊपरी सम्बन्ध बनाना नहीं जानता। सम्बन्धों को सच मान लेता हूं तो उनके टूटने पर बड़ी पीड़ा होती है।...अभी आपको जानता नहीं। दीदी कैसे मान लूं?"

"तुम तो अत्यन्त आहत प्रतीत होते हो अनिन्द्य!"

"ऐसा आहत न होता राम! तो मदिरा पीकर अपनी पत्नी और बच्चों का रक्त पीने जैसा कर्म कैसे करता?" उसने स्नेह-भरी दृष्टि अपनी पत्नी पर डाली, "यह तो सुधा ही है, जो ऐसे में भी मुझे संभाले हुए है; नहीं तो कब का कुछ कर चुका होता...।"

"तुम स्थिति सुधारने के विषय में कह रहे थे।" राम ने चेताया।

"हां।" अनिन्द्य बोला, "मांडकर्णि ने हमें बताया था कि हमारे भी कुछ अधिकार हैं। पारिश्रमिक बढ़ना चाहिए। हमारे लिए साफ़-सुथरे आवास बनने चाहिए। कम मूल्य पर खाद्यान्न मिलना चाहिए। प्रत्येक बस्ती में चिकित्सालय और पाठशाला होनी चाहिए। हमने मांडकर्णि को अपना त्राता माना। हमने उसकी पूजा की। मैंने अपना ज्येष्ठ-पुत्र मांडकर्णि के साथ कर दिया, जो उसकी सेवा करे।...और जब हमने अपने अधिकार मांगे तो मांडकर्णि को पंचासर में भव्य भवन मिला, अप्सराएं मिली,धन मिला। और हमें...मुझे आज तक पता नहीं चला कि मेरा पुत्र कहां है–देवभूमि में किसी की सेवा कर रहा है, या किसी राक्षस का दास है, अथवा कोई उसे मारकर खा गया है।"

"ओह!" राम के स्वर में हल्का कंप था, "तभी तुम कल कह रहे थे कि मैं मांडकर्णि हूं, तुम मुझे अपना पुत्र नहीं दोगे।"

"जी! सम्भव है कहा हो। मुझे अब उसका चेत नहीं है।" वह बोला, "क्या बताऊं आपको?...इन लोगों ने जीवित मनुष्य जलाए हैं। स्त्रियों का अपहरण किया है।...सारे संघर्ष का परिणाम यह हुआ कि बस्ती में मदिरा की दुकानें बढ़ गई हैं। बनिया अधिक धनी हो गया है, और श्रमिक के शरीर का मांस और भी सूख गया है। मन का साहस समाप्त हो गया है, इच्छाएं मर गई हैं। वह समझ गया कि स्वामी धनी है, और धनी शक्तिशाली है–उसके पास सेना का साधन है। उसके मित्र देवभूमि में भी हैं, और लंका में भी।...हमारा कोई नहीं है। निर्धन का भी कभी कोई मित्र हुआ है?"

"क्यों? ऋषि अगस्त्य..."

"हां। उनके विषय में सुना है।" वह बोला, "किन्तु उनसे अभी हमारा सम्पर्क नहीं हुआ है।...मांडकर्णि का मैं सबसे उग्र अनुयायी था। उनके विश्वासघात के पश्चात मैं कुछ साथियों के साथ ऋषि शरभंग के पास भी गया था। वे बहुत आशावान थे। उन्होंने कुछ संघर्ष समितियां भी बनाई थीं। किन्तु ऐसे समय में देव तथा राक्षस खान-स्वामी अपने मतभेद भूल गए। उन्होंने समितियों के सदस्यों पर संयुक्त हिंसक आक्रमण किए। उनके पास धन है, शस्त्र हैं। वे कुछ भी कर सकते हैं। उन्होंने ऋषि शरभंग पर भी आक्रमण किया। ऋषि बहुत पीड़ित हुए। सुना है, उन्होंने देवराज इन्द्र के पास भी सूचना भिजवाई थी। पर देवराज के पास तो अग्निवंश ने भी सूचना भिजवाई होगी। ऋषि ने सोचा कि देवराज उनकी धन और शस्त्रों से सहायता करेंगे, पर मैं जानता हूं, देवराज ने उन्हें डांट होगा, और ऋषि का मन टूट गया होगा। ऋषि थे, आत्मदाह कर लिया। हम तो वह भी नहीं कर सकते...।"

राम चौंके, "तुम्हारा विचार है कि देवराज से निराश होकर ऋषि ने आत्मदाह किया था?"

"मैं तो यही समझता हूं।" अनिन्द्य पूर्ण आत्मविश्वास के साथ बोला, "इन्द्र ने पहले ऋषि को पंचासर जैसे भवन तथा अप्सराओं का लोभ दिया होगा। ऋषि मान जाते तो आज वे भी किसी प्रासाद में बैठे मदिरा पी रहे होते और नूपुरों की झंकार सुन रहे होते। नहीं माने, तो इन्द्र ने धमकाया होगा। ऋषि में कुछ स्वाभिमान था, इसलिए यह सोचकर आत्मदाह कर लिया होगा कि हमें क्या मुख दिखाएंगे...।"

राम की स्मृति में ज्ञानश्रेष्ठ द्वारा बताए गए ऋषि के शब्द गूंजने लगे, "रावण बुद्धिजीवियों को खा जाता है, इन्द्र उन्हें ख़रीद लेता है..." राम और अनिन्द्य दोनों ही चुप थे, जैसे कुछ सोच रहे हों।

"बच्चे किसके पास छोड़ आई हो, सुधा?" सीता ने मौन तोड़ा।

"घर पर ही हैं।" सुधा धीरे-से बोली, "किसके पास छोड़ती?"

"अकेले?"

"अकेले क्यों? बड़ा, छोटे दोनों के साथ है। सबसे बड़ा अब रहा नहीं।" उसकी आंखें डबडबा आईं।

"अच्छा आर्य।" अनिन्द्य सहसा उठ खड़ा हुआ, "मैं तो केवल आपसे क्षमा मांगने आया था। इतनी बातें करने का विचार नहीं था।"

"कोई जल्दी है क्या?" राम ने पूछा, "तुमसे बहुत कुछ नया मालूम हुआ है। रुकते तो और बातें होतीं।"

"मैं फिर आ जाऊंगा।" अनिन्द्य पहली बार मुस्कुराया, "अभी तो मुझे काम पर जाना है। यह न हो कि स्वामियों को मेरा काम छुड़वाने का एक बहाना मिल जाए।"

"ऐसी बात है तो जाओ।" राम भी मुस्कुराए, "फिर आना।"

"तुम भी आना सुधा।" सीता बोलीं, "बच्चों को भी लाना।"

"अच्छा दीदी।"

अनिन्द्य और सुधा चले गए तो राम और सीता, दोनों अपनी-अपनी सोच में चुपचाप बैठे रहे। एक दुर्बल आदमी को दीन-हीन, थका-हारा देखना भी कष्टदायक होता है–राम सोच रहे थे–किन्तु एक समर्थ पुरुष अपने भीतर से टूटकर हताश हो जाए, उसकी पीड़ा और गहरी होती है। एक भयभीत खरहे को देखना करुणाजनक होता है, किन्तु एक सिंह की आंखों में भय को जमा हुआ देखना अधिक सकरुण है। अनिन्द्य की आंखें उन्हें भीत सिंह की आंखें ही लगी थीं। वे अनिन्द्य की अदम्य जिजीविषा को स्पष्ट देख रहे थे, तनिक-सी आशा देखते ही वह संघर्ष के लिए उठ खड़ा होगा। किन्तु इस समय तो उसकी आत्मा जैसे तड़प-तड़पकर मृत्यु की ओर बढ़ने का स्पष्ट अभिनय कर रही है।

सीता की आंखों के सामने से सुधा का चित्र नहीं हटता था–स्थान-स्थान से फटी हुई एक गन्दी धोती में लिपटी हुई स्त्री, जिसके शरीर से भय से काले-पीले पड़े हुए तीन नंग-धड़ंग बच्चे चिपके हुए थे। क्या होगा इन बच्चों का और उनके माता-पिता का? एक ओर बच्चे राजप्रासादों और सामन्तों की हवेलियों में पलते हैं, और दूसरी ओर ये बच्चे...यदि खेत में पड़ी, रोती हुई एक बच्ची को राजा जनक ने उठाकर अपनी सन्तान के समान न पाला होता, तो कदाचित सीता की स्थिति आज सुधा से भी गई-बीती होती। तब वे ही या तो किसी धनी की कामुकता की पीड़ा झेल रही होतीं या किसी श्रमिक की झुग्गी में इसी प्रकार अपने नंग-धड़ंग बच्चों को अपने शरीर से चिपकाए, चिन्ता और भय की दृष्टि से शून्य को घूर रही होतीं...

सीता के शरीर में सिहरन दौड़ गई...।

दूर से लक्ष्मण, मुखर तथा धर्मभृत्य की बातचीत का स्वर आया। वे लोग नहा-धोकर लौट रहे थे और बातचीत की ध्वनि से बहुत प्रसन्न लग रहे थे। "क्या बात है भैया।" निकट आते ही लक्ष्मण बोले, "आप दोनों प्रणय-मान का अभिनय क्यों कर रहे हैं?"

"प्रामाणिक अनुभूति न हो तो शास्त्र-ज्ञान इसी प्रकार मानसिक विलास बनकर कुंठित होता रहता है देवर।" सीता अपने सहज भाव में लौट आई थीं, "काव्यशास्त्र को कुंठित करने के लिए अनेक निठल्ले बैठे हैं। तुम अपना काम किए चलो।"

"चलो, भाभी का तेज तो जागा।" लक्ष्मण हंसे, "नहीं तो विषाद की मूर्ति बनी बैठी थीं। कभी मैं यह भी सोचता हूं भाभी...।"

"क्या सोचते हो?"

"छोड़िए। आप बुरा मान जाएंगी।"

हां, यही कहोगे। ढंग की बात सूझ नहीं रही होगी।"

"नहीं। बात तो बड़े ढंग की है।" लक्ष्मण बोले, "सोचता हूं, चुनौती के रूप में मैं सामने न होता तो आपका प्रत्युत्पन्नमतित्व भी कुंठित रहता।"

"दूसरों के गुणों का श्रेय भी स्वयं ले लेना कोई तुमसे सीखे।" सीता बोलीं।

"आप कुछ चिन्तित लग रहे हैं भद्र राम।" धर्मभृत्य ने परिहास शृंखला में विघ्न उपस्थित किया।

"देवर-भाभी का मति-शोधक व्यायाम समाप्त हो, तो मैं भी अपनी चिन्ता कहूं।" राम मुस्कुराए, "अनिन्द्य और सुधा कल की घटना के लिए क्षमा मांगने आए थे।"

"तो इसमें चिन्तित होने की क्या बात है?" धर्मभृत्य भी मुस्कुराया, "किसी की क्षमा-याचना तो चिन्तनीय नहीं है।"

"नहीं! चिन्तनीय उनकी दशा है।" राम बोले, "उनका कष्ट देखा नहीं जाता।"

"तो क्या करना चाहते हैं?" धर्मभृत्य की रुचि जाग गई।

"सबसे पहले तो उनमें मानव-चेतना जगानी होगी। वे मनुष्य होकर भी पशुओं के समान जी रहे हैं।"

"आप जानते हैं कि ऐसी किसी भी बात से वे आपको मांडकर्णि के तुल्य मानकर आपसे दूर भागेंगे।" धर्मभृत्य बोला।

"मेरा विचार है कि उनको साफ़-सुथरे घर बनाने की प्रेरणा देनी चाहिए।" मुखर बोला, "ऐसी गन्दी झुग्गियां देखकर मुझे बहुत कष्ट होता है।"

"उनका तो सारा रहन-सहन ही वैसा है।" सीता बोलीं, "बच्चे तो नंग-धड़ंग हैं ही, स्त्रियों के पास भी वस्त्र नहीं हैं। उनका भोजन मैंने देखा नहीं, पर उसकी स्थिति भी अच्छी नहीं होगी।"

"आरम्भ तो कहीं से भी हो सकता है।" धर्मभृत्य बोला, "बड़ों की चेतना, बच्चों की शिक्षा, घर, वस्त्र, अन्न, सफ़ाई, रोगों का निदान–बात एक ही है। जब कभी इन अधिकारों की मांग की गई, स्वामियों से उन्हें दमन और अत्याचार ही मिला। मुझे लगता है, बस्तीवाले आपकी बात सुनेंगे ही नहीं।"

"वे संघर्ष के लिए तैयार नहीं होंगे?" राम ने पूछा।

"नहीं।"

"तो हम उन्हें उस मार्ग से ले चलें, जिसमें संघर्ष नहीं है।"

"जैसे?"

"मुखर की बात मान लेते हैं। हम कल से उनके लिए रहने का स्वच्छ स्थान बनाने का कार्य आरम्भ कर देंगे। यदि हम वन से लकड़ियां काटकर, उनके लिए आश्रमों में बनाई जानेवाली कुटिया के समान कुटीर बना दें, तो उन्हें क्या आपत्ति हो सकती है?" राम ने पूछा।

"कुटीर-निर्माण?" लक्ष्मण की रुचि गहरी हो गई, "पूरी बस्ती के लिए कुटीर बनाने के लिए अनेक लोगों की आवश्यकता होगी।"

"क्यों? धर्मभृत्य के ब्रह्मचारी यह कार्य नहीं करेंगे क्या?"

"ब्रह्मचारियों को क्या आपत्ति होगी?" धर्मभृत्य बोला, "पर अभी तक आश्रमों की ओर से ऐसा कार्य करने की बात कभी सोची नहीं गई।"

"यह एक दोष रहा है तुम्हारे आश्रमवासियों में।" लक्ष्मण बोले, "बुरा मत मानना मुनि धर्मभृत्य, किन्तु मुझे लगता है कि ऋषियों-मुनियों के सारे कार्यक्रम, उनका सारा चिन्तन अपने आश्रमों तक ही सीमित है। बुद्धिजीवियों का आन्दोलन जनसामान्य को साथ लेकर न चले, तो वह आन्दोलन किसके लिए है? तुम लोग अपने पृथक सम्प्रदाय बनाते जा रहे हो।"

"सौमित्र तो एकदम ही रुष्ट हो गए।" धर्मभृत्य हंसा, "चलिए, कल से यही कार्य किया जाए। किन्तु किसी प्रकार के विरोध की कोई सम्भावना तो नहीं है?"

"कैसा विरोध?" सीता ने आश्चर्य से पूछा, "कुछ को रहने के लिए अच्छा स्थान मित्र जाए, इसमें क्या आपत्ति हो सकती है?"

"नहीं। यह बात नहीं है।" धर्मभृत्य कुछ संकुचित होकर बोला, "यहां रहकर मनःस्थिति ही कुछ ऐसी हो गई है कि प्रत्येक शुभ काम में कोई-न-कोई विघ्न होगा, ऐसी आशंका बनी रहती है।"

"अब आशंकाएं छोड़ो।" राम हंसे, "बस्ती में सूचना भिजवा दो कि कल हम उनके लिए कुटीर बनाने का कार्य करेंगे। यथासम्भव वे भी हमारी सहायता करें।"

"अभी भिजवा देता हूं।"

"किन्तु," राम पुनः बोले, "शस्त्रागार की रक्षा के लिए आश्रम में कौन रहेगा?"

"मेरा विचार है कि आप और देवी वैदेही आश्रम में रहें।" अन्त में धर्मभृत्य बोला, "शस्त्रागार की रक्षा भी हो जाएगी और भोजन भी...।"

"तुम लोगों ने मुझे ही सब से निकम्मा समझ रखा है?" राम मुस्कुराए।

"आपको इतना बड़ा काम सौंप रहे हैं।" धर्मभृत्य ने जीभ दांतों में दबा ली, "और आप स्वयं को निकम्मा कह रहे हैं!"

"चलो। यही सही।" राम हंसे, "सीते, तुम्हें स्वीकार है?"

सीता ने स्वीकृति में सिर हिला दिया।

तीन

प्रातः लक्ष्मण, मुखर, धर्मभृत्य तथा आश्रम के अनेक ब्रह्मचारी लकड़ियां काटने वर की ओर चले गए। राम और सीता ने पीछे रह गए ब्रह्मचारियों के साथ आश्रम की सफ़ाई की। पशुओं को दाना-पानी दिया। पौधों की सिंचाई की। तब शस्त्र-परिचालन के अभ्यास की बारी आई। राम और सीता ने ब्रह्मचारियों को भी शस्त्रों-सम्बन्धी कुछ सैद्धान्तिक बातें बताईं। काठ के खड्ग से कुछ अभ्यास कराया और उन्हें स्वतन्त्र रूप से अभ्यास करने के लिए मुक्त कर दिया। सीता ने आग जलाई। ब्रह्मचारी अन्न और शाक-भाजी ले आए। उन्हें धो-धोकर आग पर चढ़ा दिया गया। राम इस सारे समय में चुपचाप उन्हें देखते रहे।

"क्या बात है प्रिय?"

"कुछ नहीं।" राम ने अनमनापन झाड़कर अलग किया, "गुरु अगस्त्य के विषय में सोच रहा था। से क्षेत्र में, मुझे किसी भी आश्रम में शस्त्र-शिक्षा का आभास नहीं मिला, किन्तु धर्मभृत्य ने

उनके आश्रम में शस्त्र-प्रशिक्षण की बात कही है। मुझे उनकी योजना अच्छी लगी। चेतना, आर्थिक उन्नति तथा आत्म-रक्षा। यदि ये तीन मन्त्र जनसामान्य तक पहुंच जाएं, तो फिर उनका शोषण असम्भव हो जाएगा।"

राम और सीता ने पलटकर देखा, वन गया हुआ आश्रम का दल लौट आया था; किन्तु उनके साथ कुछ अपरिचित लोग भी थे, जिनके सिरों पर लकड़ियों के बड़े-बड़े गट्ठे थे, जो उनकी क्षमता के लिए बहुत भारी थे।

"यह क्या सौमित्र?" राम चकित थे।

"अभी बताता हूं।" लक्ष्मण बोले और उन अपरिचितों की ओर मुड़े, "लकड़ियां उतार दो। उन्हें ठीक से संवारकर रख दो और स्वयं उधर धूप में खड़े हो जाओ।"

राम उन्हें देख रहे थे, वे लोग न तो खान-श्रमिक लगते थे, न साधारण ग्रामवासी या वनवासी। वे सम्पन्न नागरिक थे। ऐसे लोग इन वनों में कहां से आ गए? बहुमूल्य वस्त्र तथा स्वर्णाभूषणों से सुसज्जित वे हृष्ट-पुष्ट व्यक्ति चेहरे के भावों से पिटे हुए लग रहे थे।

"ये कौन हैं, सौमित्र?" लक्ष्मण ने उन लोगों पर दृष्टि डाली, वे उनके आदेश के अनुसार धूप में खड़े पसीने पोंछ रहे थे।

"ये उस खान के स्वामी हैं, जिसके श्रमिक इस बस्ती में रहते हैं।" लक्ष्मण बोले, "हमने वन में लकड़ियां काटनी आरम्भ कीं, तो इनमें से एक हमसे आ टकराया। उसने हमें अपना काम बन्द करने का आदेश दिया। कारण पूछा, तो बोला कि वह वन का रक्षक है। हमने उसकी बात नहीं मानी, तो जाकर वन के स्वामी और अन्य रक्षकों को बुला लाया। उन्हें अपने खड्गों का बहुत भरोसा था। थोड़ा-सा युद्ध भी हुआ, किन्तु अकेला मुखर ही इन पर भारी पड़ रहा था–मुझे अधिक कष्ट नहीं करना पड़ा। उन्हें बन्दी किया। उनसे काम करवाया और यहां ले आए।...इनके साथ कुछ और बन्दी भी हैं।"

"कौन?" राम अपनी सोच में से चौंके।

"धर्मभृत्य और उनके ब्रह्मचारी।" लक्ष्मण हंसे, "हमारा चमत्कार देखकर वे हमारे आजीवन बन्दी हो गए हैं।"

राम ने दृष्टि उठाकर देखा, धर्मभृत्य मुस्कुरा रहा था।

"सौमित्र! इन्हें ले तो आए।" सीता बोलीं, "तनिक मेरी ओर से भी सोचा होता। अब इनके लिए भोजन कहां से लाऊं?"

"अरे भाभी। ये इतने मुटल्ले हैं कि दस-बीस दिन भोजन न ही करें, तो अच्छा है। कुछ चर्बी तो छंटेगी।"

"नहीं! उन्हें भोजन देना होगा।" राम बोले, "उन्हें यहां बुलाओ।"

लक्ष्मण ने उन्हें संकेत किया। वे समीप आए तो लक्ष्मण बोले, "ये हमारे कुलपति हैं–राम! यहां इनका आदेश चलता है। ये चाहेंगे तो तुम्हें मृत्युदंड मिलेगा।" बन्दियों ने सामूहिक रूप से घुटनों के बल पृथ्वी पर बैठ माथा टेक दिया।

"तुम्हारा नेता कौन है?" राम ने पूछा।

"मैं हूं।" एक स्थूलकाय युवक आगे आया, "मैं आर्य अग्निमित्र का भतीजा उग्राग्नि हूं। खान के स्वामित्व की देखभाल करता हूं।"

वह भय से पीला पड़ रहा था। उसे डराया जाता तो सम्भवतः अचेत होकर भूमि पर गिर पड़ता।

"तुम लोगों ने सौमित्र को वन में से लकड़ियां काटने से क्यों रोका?" राम ने उसे तीव्र दृष्टि से देखा।

"आर्य कुलपति...।"

"मुझे राम कहो।"

"भद्र राम! वन में से जो कोई चाहे लकड़ी काट ले, हमें क्या आपत्ति है।" उग्राग्नि कांपते-से स्वर में बोला, "किन्तु आप स्वयं सोचिए, वे खान-श्रमिकों के लिए कुटीर बनाना चाहते हैं। एक बार वे स्वच्छ घरों में रहने के अभ्यस्त हो गए तो क्या वे स्वच्छ वस्त्र और स्वच्छ भोजन नहीं चाहेंगे? उनकी आदतें बिगाड़ने का लाभ?"

"स्वच्छ ढंग से रहना, बिगड़ी आदतों का प्रमाण है?" राम मुस्कुराए।

"उनके लिए तो है ही।" वह बोला।

"तुम्हारे लिए क्यों नहीं?"

"मेरी बात और है। मैं खान का स्वामी हूं।"

"तुम खान के स्वामी कैसे हो?" राम का स्वर कुछ कठोर हुआ, "क्या तुमने खान बनाई है?"

"मुझे मालूम नहीं। मैं यही जानता हूं कि खान, आर्य अग्निमित्र की है। उन्होंने कहा था कि मैं स्वामी के समान उसकी देखभाल करूं।"

"तो वन की देखभाल करने क्यों चले गए?" राम बोले।

"आर्य! सब जानते हुए भी मुझसे पूछ रहे हैं।" उग्राग्ति का स्वर चाटुकारितापूर्ण हो उठा, "उनकी स्वच्छ ढंग से रहने की उच्चाकांक्षा जाग उठी, तो वे पशुओं के समान खान में कार्य नहीं कर सकेंगे।"

राम का तेज जागा, "दुष्ट राक्षस! तुम अपने स्वार्थ के लिए अनेक मनुष्यों को पशु बनाए रखना चाहते हो। तुमको तो उससे भी कठोर दंड मिलना चाहिए, जो लक्ष्मण ने कहा है...।"

उग्राग्नि राम के पैरों में गिर पड़ा। उसके हाथ जुड़ गए। मुख से शब्द नहीं निकला। राम मुस्कुराए, "अपने प्राणों का इतना मोह है। अन्य मनुष्यों के प्राणों की कोई चिन्ता नहीं है।"

"आर्य जो कहेंगे वही होगा।" वह कांपते हुए स्वर में बोला, "मैं स्वयं वन से लकड़ी कटवाकर बस्ती में भिजवा दूंगा। आप उनके लिए अपनी इच्छानुसार कुटीर बनवा दें।"

"प्रिय! भोजन!" सीता ने संकेत किया।

"अच्छा!" राम मुड़े, "अपने साथियों को बुला लो। हमारे साथ भोजन करो और मेरी बात सुनो।"

"नहीं, आर्य! अपने ग्राम में ही भोजन करेंगे।" वह गिड़गिड़ाया।

"नहीं, बुलाओ उन्हें। युद्ध-बन्दियों को भोजन दिया जाएगा।"

भोजन के लिए सब लोग वृत्ताकार बैठ गए; किन्तु स्पष्ट दीख रहा था कि उग्राग्नि तथा उसके साथियों को न खाने की इच्छा हो रही थी, न वे खा पाने की स्थिति में थे। उनकी आंखें राम के चेहरे पर टंगी हुई थीं, वे कब क्या कहते हैं...

"सुनो उग्राग्नि!" राम ने अपनी बात आरम्भ की, "तुम कहते हो, हम खान-श्रमिकों के लिए कुटीर बनवा दें, तुम्हें कोई आपत्ति नहीं है; पर मेरा विचार है कि अब वह स्थिति नहीं रही। मांडकर्णि ने तुमसे कहा था, श्रमिकों का पारिश्रमिक बढ़ाओ और उन्हें उनके अधिकार दो। तुमने श्रमिकों को तनिक भी सुविधा नहीं दी और मांडकर्णि को पंचासर में भवन बनवा दिया। ऋषि शरभंग ने

वही बात कही तो तुमने इन्द्र के माध्यम से उन्हें इतना पीड़ित किया कि वे आत्मदाह कर बैठे। इसलिए अब मैं केवल वही बात नहीं कहूंगा।" उग्राग्नि के साथ अन्य लोगों ने भी राम की ओर देखा, क्या कहेंगे वे?

"हम यह मानते हैं कि खान तुम्हारी नहीं है, किसी की भी नहीं है। यदि कहोगे कि अग्निमित्र ने किसी से ख़रीदी थी, तो हम कहेंगे, जब खान का कोई स्वामी ही नहीं, तो कोई उसको बेच कैसे सकता है?"

"यही तो..." धर्मभृत्य ने कुछ कहना चाहा।

राम मुस्कुराए, "और ख़रीदनेवाले के पास जो संचित धन है, वह भी उसका स्वार्जित नहीं है। इसलिए खान तुम्हारी नहीं है। श्रमिकों को अधिक पारिश्रमिक अथवा कोई भी सुविधा देनेवाले तुम कोई नहीं हो। इन थोड़े-से छोटे-मोटे सुधारों से श्रमिकों की अवस्था में कोई विशेष परिवर्तन नहीं हो सकता है। अतः न्यायाधृत मूलभूत परिवर्तन की आवश्यकता है। हम वही करेंगे। खान उन सबकी है, जो उसमें अपना पसीना बहा, खनिज पदार्थ उत्पन्न करते हैं...क्यों बन्धुओं! सहमत हो?"

"पूर्णतः।" उग्राग्नि के साथियों के सिवाय सभी लोग सहमत थे।

"अब से खान का स्वामित्व सारे श्रमिकों का है। तुम लोग भी चाहो तो खान में उचित परिश्रम कर, उसके स्वामित्व के भागी हो सकते हो। अब से खान से उत्पादित धन सारे श्रमिकों का होगा और उसका वितरण सबकी सामूहिक इच्छा से होगा।..."

पहले तो लगा कि उग्राग्नि अचेत होनेवाला है, किन्तु तुरन्त ही वह उत्तेजित हो उठा, "उनसे खान चलेगी भी। वे उसे नष्ट कर देंगे।"

"तुमसे चली क्या?" लक्ष्मण उच्च स्वर में बोले, "मनुष्यों को पशु बना रखने को खान चलाना कहते हैं!"

उग्राग्नि की संज्ञा लौटने में समय लगा। होंठों पर जीभ फेरकर, भीत स्वर में बोला, "मुझे कोई आपत्ति नहीं है आर्य! किन्तु यह सुनकर देव अग्नि तथा देवराज इन्द्र आपसे प्रसन्न नहीं होंगे।"

"दीर्घकाल तक से हमारी कामना है कि वे अप्रसन्न होकर, हमें दंडित करने आएं, किन्तु वे गणित के बड़े पक्के हैं। अपनी दूरी हमसे निरन्तर बनाए रखते हैं। प्रत्येक स्थान से हमारे पहुंचने से पहले ही चल देते हैं।" लक्ष्मण मुस्कुराएं।

"आप चाहे इसे परिहास में टाल दें, किन्तु मैं आपको पूरी गम्भीरता से चेतावनी दे रहा हूं।" उग्राग्नि का स्वर भीत आवेश से कांप रहा था, "राक्षस सेनाएं इसके लिए आपको कभी क्षमा नहीं करेंगी।"

"राक्षस सेनाएं?" राम चकित हुए, "उनका इस खान से क्या प्रयोजन?"

"हम सारा खनिज राक्षस व्यापारियों के हाथ बेचते हैं। खान छिन जाने से उनकी ही तो हानि है।" उग्राग्नि मानो सम्मोहनावस्था में बोल रहा था, "एक यही खान तो हमारी है, शेष खानों के स्वामी तो राक्षस ही हैं। यदि एक खान की व्यवस्था इस प्रकार टूटेगी तो शेष खानों के स्वामी क्या अपनी खानों के लिए भयभीत नहीं होंगे? आप देखिएगा, सूचना मिलते ही वे आप पर आक्रमण करेंगे...।"

"उसकी चिन्ता, तुम मत करो।" लक्ष्मण बोले, "तुम लोग अब भोजन करो। देखो अपने श्रम से अर्जित भोजन कितना स्वादिष्ट होता है। वन से लकड़ियां ढोकर यहां तक लाने में, तुमने कम परिश्रम नहीं किया है...।"

"हम खा चुके हैं।" उग्राग्नि बोला, "हमें जाने की अनुमति मिले।"

"तुमने और तुम्हारे साथियों ने अभी एक कौर भी नहीं खाया है," राम बोले, "पर यदि तुम जाना चाहो, तो जा सकते हो।"

दोपहर के भोजन के पश्चात थोड़ा-सा विश्राम कर, लकड़ियां काटने वाला दल पुनः वन की ओर चला गया। राम और सीता ने बहुत चाहा कि इस बार मुखर और लक्ष्मण शस्त्रागार की सुरक्षा के लिए आश्रम में रह जाएं और उनके स्थान पर वे लोग वन जाएं; किन्तु उसके लिए न लक्ष्मण सहमत हुए, न मुखर। कुटीर-निर्माण और उसके लिए आवश्यक लकड़ियों का ज्ञान राम से अधिक लक्ष्मण को था। अब तक वे ही यह करते भी आए थे। राम इस विषय में हठ नहीं कर सकते थे।

आश्रम में पड़े शस्त्रागार को असैनिक ब्रह्मचारियों के भरोसे छोड़कर जाना एकदम उचित नहीं था। यह क्षेत्र वैसे ही राक्षसी कृत्यों के लिए कुख्यात था; और अभी-अभी वे लोग उग्राग्नि तथा उसके साथियों को पकड़कर लाए भी थे। पता नहीं, घटनाएं आगे कौन-सी करवट लें...अन्ततः, सुबहवाला दल पुनः लकड़ियां काटने वन में चला गया और राम तथा सीता पुनः कुछ ब्रह्मचारियों के साथ आश्रम में रह गए।

राम अनेक सम्भावित दिशाओं में सोच रहे थे; उग्राग्नि क्या करेगा? क्या वह उनके कहे अनुसार स्वीकार कर लेगा कि खान पर सब श्रमिकों का समान अधिकार है? यदि खान पर श्रमिकों का स्वामित्व मान लिया गया तो कार्य अत्यन्त सरल हो जाएगा। अन्य खानों के श्रमिक भी इसी प्रकार की मांग अपने स्वामियों के सम्मुख रखेंगे और उन पर दबाव डालेंगे...किन्तु राम का तर्क कहता है कि उग्राग्नि इसे कदापि स्वीकार नहीं करेगा।...आदर्श तो बहुत अच्छा है कि प्रत्येक व्यक्ति अपने अधिकार में आई सम्पत्ति से अपना आधिपत्य हटा लें; किन्तु जिनके हाथ में सम्पत्ति हैं, जिन्हें सम्पत्ति के अबाध भोग का सुख मिल चुका है, जो उसके कारण सुविधाओं के साथ-साथ सीमारहित सत्ता के स्वामी बन बैठे हैं; वे क्यों उसका त्याग करेंगे? सम्पत्ति के त्याग के पश्चात परिश्रम करना पड़ता है। शरीर को कष्ट देना पड़ता है, विलास छोड़ना पड़ता है...सम्पत्ति का त्याग करने के लिए उदार आत्मा तथा अनासक्त विवेक की आवश्यकता होती है। वह इन खान-स्वामियों में नहीं हैं। यदि उदारता अथवा त्याग का एक कण भी उनमें होता तो वे लोग श्रमिकों का ऐसा शोषण न करते...

यदि वे अपना अधिकार छोड़ना नहीं चाहेंगे, तो अधिकार छिन जाने के भय से अधिक क्रूर हो उठेंगे। स्वयं राम के अपने पिता सत्ता छिन जाने की एक हल्की-सी आशंका से कठोर हो उठे थे।...उग्राग्नि धमकी दे गया है कि अन्य खानों के स्वामी मिलकर इस परिवर्तन का विरोध करेंगे। विरोध का स्वरूप क्या होगा? यदि एक-एक खान में दस-बीस सशस्त्र प्रहरी होंगे, तो सारी खानों के प्रहरी सामूहिक आक्रमण करने पर भी राम तथा उनके साथियों के सामने घड़ी-भर भी टिक नहीं पाएंगे।... अगले ही क्षण, राम का ध्यान बस्ती की ओर चला गया। यदि खान- स्वामियों ने बस्ती के लोगों से प्रतिशोध लेना चाहा, अथवा आश्रम के ब्रह्मचारियों से...निश्चित रूप से, उन लोगों की सुरक्षा का प्रबन्ध करना होगा..., "सीते!" सीता ने उनकी ओर देखा।

"यात्रा की थकान मिट गई या अभी और विश्राम चाहिए?"

सीता हंस पड़ीं, "चिन्ता न करें। मैं स्वयं ही कल से कुटीर-निर्माण के काम में अपना पूरा दायित्व निभाने की बात सोच रही हूं। सम्भवतः कुछ लोग हमारे काम में बाधा देंगे। अनेक बार स्त्रियां ऐसे कामों में अड़ जाती हैं। उन्हें समझाना भी पड़ेगा।..."

"अच्छा! तुम यह सोच रही हो। मैं स्त्रियों के सैनिक प्रशिक्षण की बात सोच रहा था।" राम बोले, "मुझे आशंका है कि कहीं खान-स्वामियों की ओर से आक्रमण का आयोजन न हो।"

"ओह!" सीता हंसीं, "हाथ में धनुष और पीठ पर तूणीर हो तो सिवाय आक्रमण और प्रत्याक्रमण के और क्या सूझेगा? मेरी बात मानिए, कुछ दिनों तक शस्त्रों और युद्ध को भूल जाइए। जीवन में और भी बहुत कुछ है।"

"सामान्य अवस्था में तो इसे अपनी प्रिया का प्रेम-निमन्त्रण मान लेता।" राम मुस्कुराए, "किन्तु मुझे वे नर-कंकाल नहीं भूलते, जो धर्मभृत्य ने दिखाए थे। उन कंकालों को देखकर धनुष मेरे हाथ से चिपक गया है। उनकी रक्षा तो नहीं हो सकी, किन्तु बस्ती में रहनेवाले इन जीवित कंकालों की रक्षा प्रत्येक स्थिति में करनी है। आज दोपहर की घटना के पश्चात वे लोग मुझे बहुत सुरक्षित नहीं लगते।" राम तनिक रुककर बोले, "और विराध को तुम कैसे भूल गईं प्रिये?"

"अर्थात, धनुष नहीं छोड़ा जा सकता?"

"अभी नहीं!"

"ठीक है। फिर सीता भी कल से धनुष धारण करेगी।" सीता बोलीं, "किन्तु विराध जैसे लोगों के साथ युद्ध में, जहां बात शारीरिक शक्ति पर आ टिकी है, वहां सीता का शस्त्र-कौशल क्या करेगा?"

"यह बात अवश्य गम्भीर है।" राम बोले, "मन में भी यह समस्या आई है। वैसे तो शस्त्र-कौशल ही इसमें है कि व्यक्ति अपने विरोध की शक्ति को स्वयं पर भारी न पड़ने दे; किन्तु युद्ध में कई बार शरीर-शक्ति अत्यन्त महत्त्वपूर्ण हो उठती है। तुम्हें इस दृष्टि से भी थोड़ा व्यायाम करना होगा सीते!"

सन्ध्या समय लक्ष्मण की टोली लौटी, तो बातों और चिन्तन की दिशा बदल गई। वे लोग श्रम करके आए थे और भूखे थे। सीता के निर्देशन में एक दल भोजन प्रबन्ध करने में जुट गया। दूसरा दल वन से लाई हुई लकड़ियों को उनके रूपाकार के अनुसार अलग-अलग ढेरों में सरियाने लगा।

काम समाप्त कर, वे लोग एक स्थान पर एकत्रित हो बैठे। धर्मभृत्य को बड़ी चिन्ता थी कि यदि राक्षसों को यह सूचना मिल गई कि लकड़ियां किस प्रयोजन से आई हैं, तो सम्भवत्तः वे उन्हें नष्ट करने का प्रयत्न करेंगे...

धर्मभृत्य चिन्ता व्यक्त कर रहा था कि राम को अनिन्द्य के आने की सूचना दी गई। अनिन्द्य की मुद्रा देखकर राम चौंके। आज प्रातः आया था, तो कैसा सहज लग रहा था, और इस समय...।

"क्या बात है अनिन्द्य?"

"भद्र राम! कल शाम की अभद्रता के लिए आज प्रातः आपसे क्षमा-याचना करके गया हूं; और अब पुनः कुछ अशिष्ट बातें कहने के लिए उपस्थित हुआ हूं।" सबने आश्चर्य से उसे देखा।

"अनिन्द्य।..." धर्मभृत्य ने कुछ कहना चाहा।

किन्तु राम ने उसे रोक दिया, "बोलो अनिन्द्य!" राम हंसे, "लक्ष्मण और मुखर! तुम लोग अपने धनुष अलग रख दो; और सीते! तुम भी भृकुटियों को विश्राम दो।"

"आर्य!" अनिन्द्य बोला, "आप लोग क्यों नहीं चाहते कि हम कुछ दिन शान्ति से जिएं?"

"स्पष्ट कहो अनिन्द्य! क्या बात है?" राम मुस्कुराए।

"हम कष्ट में हैं–इसमें कोई सन्देह नहीं।" अनिन्द्य बोला, "किन्तु आप लोग हमारे कष्टों को कम तो नहीं करते। पहले मांडकर्णि आए, उन्होंने हमें आशाएं दिलाई और फिर वे प्रासाद में जा

बैठे और हमारे प्राणों पर आ बनी। हमारी स्त्रियों का अपमान हुआ और हमारे बच्चे हमसे छिन गए..." लगता था, क्रोध के मारे अनिन्द्य रो देगा, "फिर शरभंग आए। अब आप आए हैं। आप लोग बार-बार हमारे स्वामियों को हमारे विरुद्ध भड़का देते हैं–उससे हमें क्या मिलेगा?"

लक्ष्मण कुछ उत्सुक हो, अनिन्द्य के निकट खिसक आए, जैसे उनकी रुचि की बात आई हो, "बीच में बोलना बुरा लगे तो क्षमा करना मित्र! पिछली बातों को जाने दो। यह बताओ कि तुम्हारे स्वामियों ने आज क्या कहा है?"

अनिन्द्य रुद्ध क्रोध आंखों में लिए लक्ष्मण को घूरता रहा, "हमारे स्वामियों ने निश्चय किया है कि रात को खान में आग लगा दी जाए। खान के साथ जितने श्रमिक हो सकें, उन्हें नष्ट कर दिया जाए–जो बच जाएं, उनसे दूसरे किसी ढंग से निबटा जाए।..."

"यह सूचना कितनी विश्वसनीय है?" राम ने अनिन्द्य को देखा।

"आप विश्वसनीयता का प्रमाण ढूंढ़ते रहेंगे और हम सब नष्ट हो जाएंगे।"

"धैर्य रखो अनिन्द्य! और मुझ पर थोड़ा विश्वास भी।"

अनिन्द्य के शरीर में जैसे सिहरन दौड़ गई। कितना क्रोध था राम के स्वर में और कितना स्नेह। अनिन्द्य चकित दृष्टि से राम को देखता रहा–इस व्यक्ति की निर्भीक, ईमानदार, आत्मविश्वास तथा दृढ़संकल्पात्मक मुद्रा, सम्मुख आए किसी भी व्यक्ति को सम्मोहित कर सकती थी। अनिन्द्य के क्षोभ, भय तथा आशंकाओं के ज्वार का आवेग कुछ कम हुआ। उसे लगा, राम का आत्मविश्वास उसमें भी संचरण कर गया है...।

"सूचना को विश्वसनीय समझिए। लोग बहुत डरे हुए हैं।"

"सुरक्षा प्रबन्ध तो वैसे भी करना ही होगा।" लक्ष्मण बोले, "अनिन्द्य! तुम्हारी बस्ती में कितने लोग लड़ सकते हैं?"

"कोई नहीं! कोई नहीं!!" अनिन्द्य फिर से अपना सन्तुलन खो बैठा, "हमारी बस्ती में कोई नहीं लड़ेगा। किसको अपनी जान प्यारी नहीं है?"

"तब तुम अपनी बस्ती के लोगों को नहीं जानते।" राम शान्तिपूर्वक मुस्कुराए, "तुम्हारी बस्ती का एक-एक व्यक्ति लड़ेगा। उन्हें युद्ध-नीति, संगठन, नेतृत्व, कार्यक्रम तथा शस्त्र मिलें तो एक-एक व्यक्ति लड़ेगा।"

अनिन्द्य अविश्वास की मुद्रा में राम को देखता रहा।

राम पुनः मुस्कुराए, "विश्वास नहीं होता?"

"नहीं।" अनिन्द्य ने अस्वीकार में सिर हिला दिया।

"सामान्यतः मनुष्य लड़ना नहीं चाहता, क्योंकि वह मूलतः मनुष्य है, हिंस्र पशु नहीं है। जब तक युद्ध से बचने का मार्ग दिखाई पड़ता है, वह उससे बचता है; किन्तु जब यह स्पष्ट हो जाता है कि घर के भीतर छिपा रहकर वह भूख से मर जाएगा और बाहर निकलकर शत्रु के शस्त्र से–मरना उसे है ही, मार्ग वह स्वयं चुन ले, तो वह लड़कर मरने का गौरवपूर्ण ढंग चुनता है।" राम ने रुककर अनिन्द्य को देखा, "नहीं लड़ोगे तो जीवन नहीं है, मृत्यु ही है–अपमानजनक तथा पीड़ादायक मृत्यु! लड़ोगे तो मृत्यु गौरवपूर्ण होगी और जीवन सुखदायक। आज चुनाव की घड़ी आ गई है।" अनिन्द्य राम को देखता रहा।

"जाओ! बस्तीवालों से पूछो, क्या कहते हैं।" राम बोले, "तब तक हम रक्षा का आयोजन करते हैं।" अनिन्द्य चला गया।

"मुखर!" राम बोले, "युद्ध-आयोजन के व्यावहारिक प्रशिक्षण का क्षण है। युद्ध-पद्धति निर्धारित करो।"

"क्या युद्ध अनिवार्य है?" धर्मभृत्य का स्वर बहुत मन्द था।

लक्ष्मण ने ठहाका लगाया, "क्या हो गया, मुनिवर?"

"कुछ नहीं!" धर्मभृत्य भी हंसा, "कोमल वृत्ति जाग उठी है। रक्तपात सम्मुख देखकर मन घबरा गया है।"

"विवेक से जिसको अनिवार्य मानते हो धर्मभृत्य!" राम दृढ़ स्वर में बोले, "उसे संवेदना और व्यवहार के धरातल पर भी स्वीकार करो। जाओ, आश्रम के मुनियों और ब्रह्मचारियों को एकत्र करो।"

धर्मभृत्य के उठ जाने पर राम ने पुनः मुखर को देखा।

"आर्य! तीन स्थानों की रक्षा अनिवार्य है।" मुखर धीरे-से बोला, "खान, बस्ती और आश्रम।"

"मैं मुखर से सहमत हूं।" लक्ष्मण बोले।

"मैं भी!" सीता ने भी अपनी सहमति दे दी।

"ठीक है।" राम बोले, "आगे बढ़ो।"

"आप और दीदी आश्रम में रहें..."

"मैं आश्रम में नहीं रहूंगी।" सीता बोलीं, "हर बार...।"

"ठहरो सीते!" राम बोले "अभी मुखर अपनी योजना प्रस्तुत कर रहा है। यह अन्तिम निर्णय नहीं है। तुम्हें भी अपनी बात कहने का पूरा अवसर दिया जाएगा।"

"आप और दीदी आश्रम में रहें।" मुखर बोला, "सौमित्र बस्ती में रहें और मैं खान पर जाऊं। आश्रम के ब्रह्मचारी तथा बस्ती के श्रमिक हमारी सहायता करें।"

"योजना बुरी नहीं है।" राम बोले, "किन्तु दो बातों की ओर तुम्हारा ध्यान दिलाऊंगा। पहली तो यह कि शत्रु को कभी दुर्बल नहीं समझना चाहिए; दूसरी योजना तुम बना रहे हो, इसलिए अधिकतम जोख़िम तुम ही उठाओ यह कर्तव्य-निष्ठा तो हो सकती है, अच्छी युद्धनीति नहीं।"

"तो?"

"बोलो सौमित्र?"

"यदि सम्भव हो तो बस्तीवालों को हम आज रात के लिए आश्रम में ले आएं। ऐसी स्थिति में आप और भाभी आश्रम में रहें और मैं तथा मुखर खान पर जाएं।"

"यदि बस्ती के लोग आश्रम में न आएं तो?" सीता ने पूछा।

"तो आप बस्ती में रहें। मुखर आपकी सहायता करे। भैया आश्रम में रहें और मैं खान पर जाऊं।"

"मैं चाहता हूं कि इन योजनाओं को मिला दिया जाए।" राम बोले, "हम धर्मभृत्य तथा आश्रमवासियों और अनिन्द्य तथा श्रमिकों को भी जोड़ लें। मेरी इच्छा है कि बस्ती की स्त्रियां और बच्चे आश्रम में आ जाएं। तब आश्रम तथा खान को श्रमिकों और ब्रह्मचारियों की सहायता से इस प्रकार घेरा जाए कि धर्मभृत्य और उसके ब्रह्मचारी आश्रम के निकट रहें और अनिन्द्य तथा श्रमिक खान के निकट। मैं और सीता आश्रम में रहेंगे और बस्ती के लोगों, आश्रम तथा शस्त्रागार की रक्षा करेंगे। लक्ष्मण और मुखर खान पर जाएं। तुम लोग खान तथा श्रमिकों की रक्षा करो। मुखर किसी भी अवस्था में खान नहीं छोड़ेगा और सीता भी किसी भी अवस्था में आश्रम नहीं छोड़ेगी। यदि ख़ान पर आवश्यकता पड़ी, तो सहायता के लिए मैं पहुंचूंगा तथा आश्रम में आवश्यकता हुई तो लक्ष्मण इधर आएंगे।"

राम ने बारी-बारी सबको देखा, सब ही सन्तुष्ट थे।

"तो कार्य आरम्भ करो" राम बोले, "मुखर, तुम धर्मभृत्य के पास जाओ और सौमित्र, तुम अनिन्द्य के पास।"

थोड़ी ही देर में सारी स्थिति बदल गई थी। अनिन्द्य की आशंका भ्रमित प्रमाणित हुई थी। बस्ती के लोगों ने युद्ध की चुनौती को सहर्ष स्वीकार किया था और बिना तनिक भी बाधा के वे दो भागों में बंट गए थे। पुरुष खान की ओर चले गए थे और स्त्रियां तथा बच्चे आश्रम के भीतर आ गए थे। ब्रह्मचारियों ने आश्रम छोड़कर बाहर वन में इस प्रकार अर्द्धवृत्ताकार घेरा डाला था कि बस्ती तथा आश्रम घेरे के भीतर आ गए थे और खान के अर्द्धवृत्ताकार घेरे के साथ दोनों दिशाओं में उनका सम्पर्क बना हुआ था। दिन-भर में काटी गई लकड़ियों में से बहुत भारी खंडों को छोड़कर शेष शस्त्रों के रूप में लोगों के हाथों में चली गई थीं। कुछ बलिष्ठ श्रमिकों को, राम ने शस्त्रागार में से शूल देने का आदेश दिया था। खड्ग तथा धनुष-बाण का अभ्यास न होने के कारण वे शस्त्र किसी को नहीं दिए गए। सब लोग अपने-अपने स्थान पर पहुंचकर सन्नद्ध हो गए तो सीता ने धनुष कन्धे पर टांगा और सुधा तथा उसकी सखियों की सहायता से भोजन परोसने का कार्य हाथ में लिया। जितना भोजन पहले से बनाया गया था, वह पर्याप्त नहीं था; अतः वह बच्चों और वृद्धों को परोस दिया गया। दूसरी बार का भोजन भी युद्ध की-सी तत्परता से पकाया गया।

अनेक टुकड़ियां बन गईं और विभिन्न प्रकार के कार्य उन्होंने संभाल लिए। भोजन पकानेवाली टुकड़ी, परोसनेवाली टुकड़ी, खान तक भोजन पहुंचानेवाली टुकड़ी, वन में ब्रह्मचारियों तक भोजन ले जानेवाली टुकड़ी, वन में परिभ्रमण करनेवाली टुकड़ी तथा सन्देश ले आने और ले जानेवाली टुकड़ी...

प्रत्येक व्यक्ति अपने-अपने कर्तव्य में लगा अपने स्थान पर सन्नद्ध था। उसे वहीं आवश्यक वस्तुएं उपलब्ध हो रही थीं, सूचनाएं मिल रही थीं, आदेश मिल रहे थे। सारा उपस्थित समुदाय एक यन्त्र में बदल गया था, प्रत्येक व्यक्ति उस विराट यन्त्र का एक अंग-मात्र था...।

प्रायः आधी रात के समय खान की ओर से सूचना मिली कि बीस-पच्चीस आदमी वन से निकलकर खान की ओर बढ़ते देखे गए हैं। किन्तु, खान की रक्षा के लिए इतने सजग प्रहरियों को देखकर, जाने वे कहां विलीन हो गए। खान तक कोई भी नहीं पहुंचा। लक्ष्मण तथा मुखर बार-बार आश्रम में राम के पास सूचनाएं भिजवाते रहे कि अभी कोई नहीं आया। क्रमशः राम ने बच्चों और स्त्रियों को विश्राम करने का आदेश दिया। फिर प्रहरियों को भी छोटे-छोटे गुटों में एकत्र हो बारी-बारी सोने और जागने का आदेश दिया गया...खान और आश्रम के इस घेरे में युद्ध-शिविर की-सी गतिविधियां चलती रहीं, किन्तु कोई आक्रमणकारी नहीं आया और वन के पक्षियों ने चीख़-चीख़कर भोर हो जाने की घोषणा कर दी।

सूर्य का प्रकाश फैलने के साथ-ही-साथ रक्षा-व्यवस्था भी शिथिल कर दी गई, किन्तु उचित दूरी रखकर स्थान-स्थान पर चौकियां बैठा दी गईं, ताकि कोई भी नई गतिविधि होते ही तुरन्त आश्रम में सूचना पहुंचाई जा सके। सामान्यतः लोग बड़े उत्फुल्ल दिखाई पड़ रहे थे, किन्तु राम को भविष्य की व्यवस्था की चिन्ता थी, और लक्ष्मण को शत्रु के निकल जाने की निराशा।

दोपहर तक सामान्य दिनचर्या के कार्य चलते रहे; और एक अबूझ-सी प्रतीक्षा मन में बनी रही। अपराहन तक प्रतीक्षा करने के पश्चात राम को भविष्य के कार्यक्रम के लिए सोच-विचार तथा

विचार-विनिमय आवश्यक लगा। कुछ आवश्यक स्थानों पर खड़े प्रहरियों को छोड़कर बस्ती और आश्रम के सभी सदस्य आश्रम के मध्य एकत्रित हुए। राम कुछ कहें, उससे पूर्व ही अनिन्द्य उठ खड़ा हुआ, "भद्र राम! मुझे कुछ कहने की अनुमति मिले।"

राम मुस्कुरा, "कहो।"

"हमने खान-स्वामी से कुछ सुविधाएं मांगी थीं, किन्तु वह तो खान छोड़कर भाग गया।" अनिन्द्य ज़ोर से हंसा, "अब यह स्वामीहीनता की स्थिति बड़ी विचित्र है। बस्ती के सारे श्रमिकों ने इस विषय में सोच-विचार किया है। हम लोगों ने निश्चय किया है कि हम इस खान का स्वामी राम को स्वीकार करें और उनसे प्रार्थना करें कि वे हमारी रक्षा करें..." उपस्थित समुदाय ने अपनी हार्दिक प्रसन्नता प्रकट की। बड़ी देर तक तालियां और हर्षसूचक कंठ-स्वर गूंजते रहे।

"अब आप मेरी बातें सुनें।" राम गम्भीर स्वर में बोले, "आपने स्थिति को जितना सरल समझा है, उतनी सरल नहीं है। आपने खान के स्वामी से कहा था कि हम मित्र बनकर एक साथ रहें; किन्तु उग्राग्नि आपको शत्रु समझकर भाग गया। मुझे विश्वास है कि रात के समय, यदि आप इतने सजग न हुए होते, तो वे अवश्य ही खान को हानि पहुंचाते और आपसे भी शत्रु का-सा व्यवहार करते। इसका अर्थ यह हुआ कि वह शत्रुता पाले हुए है और कभी भी न आपका मित्र बनेगा, न आपको भूलेगा। आप देखेंगे कि कुछ दिनों के पश्चात वह अपने सहायकों को लेकर आएगा। वह नहीं आया, तो अन्य खानों के स्वामी आप पर आक्रमण करेंगे और इस आश्रम को ही नहीं, जहां-जहां ऋषि-मुनि-बुद्धिजीवी बसते हैं, उन्हें नष्ट करने का प्रयत्न करेंगे। वे लोग संगठित हैं। सम्भव है कि रावण की राक्षसी सेना से भी उन्हें सहायता मिले। राक्षसराज कभी नहीं चाहेगा कि सामान्यजन इतना समर्थ हो कि मनुष्य के समान सम्मान और सुविधा से जी सके।"

तो हम क्या करें?" अनिन्द्य का पड़ोसी भूलर उठकर खड़ा हुआ।

"वही बता रहा हूं।" राम बोले, "संयोग से आपका क्षेत्र मुक्त हो गया है। मुक्त करना या मुक्त होना कठिन नहीं है, किन्तु मुक्ति की रक्षा अत्यन्त कठिन है। उसके लिए आपको सजग रहना चाहिए। इसका अर्थ है कि आज ही से मुक्त-क्षेत्र के प्रत्येक स्त्री-पुरुष–बच्चे के लिए शस्त्र तथा शस्त्र-परिचालन की शिक्षा। मुक्त-क्षेत्र का प्रत्येक व्यक्ति स्वयं को सैनिक माने–वनवासी भी और श्रमिक भी। उन्हें सैनिक बनाने का दायित्व लक्ष्मण अपने ऊपर लें।" लक्ष्मण ने मुस्कुराकर स्वीकृति दी।

"दूसरी बात ध्यान देने की यह है," राम पुनः बोले, "कि आसपास के राक्षस अथवा राक्षसेतर धनाढ्य-सत्ताधारी-सेनापति, इस मुक्त-क्षेत्र को सहन नहीं कर पाएंगे। ऐसा सम्भव नहीं है कि राक्षसों का आतंक और आपका मुक्त-क्षेत्र, दोनों सह-अस्तित्व की स्थिति में रह सकें। इन दोनों में लम्बा संघर्ष होगा, जब तक कि दोनों में से एक समाप्त न हो जाए। आपने आज से एक ऐसा संघर्ष आरम्भ किया है, जिसमें या तो विजय है, अथवा मृत्यु। मध्यम मार्ग आपके लिए नहीं है।"

"हमें ऐसी मुक्ति का क्या लाभ, जिसमें लड़ना-ही-लड़ना पड़े?" भूलर पुनः उठ खड़ा हुआ।

"मुक्त केवल वही है, जो संघर्ष के लिए प्रस्तुत है।" राम बोले, "यह प्रकृति का नियम है। आप संघर्ष से पीछे हटेंगे, तो मुक्ति भी हाथ से निकल जाएगी।" राम कुछ रुककर पुनः बोले, "मुक्ति को बनाए रखने के लिए सतत जागरूक चेतना की आवश्यकता है, अतः आप सबके लिए शिक्षा की व्यवस्था भी आज से ही आरम्भ करनी होगी। शिक्षा के लिए आश्रम भी हैं, तथा मुनि भी। किन्तु, इस परम्परागत शिक्षा को कुछ गतिशील बनाना होगा। मैं चाहूंगा कि धर्मभृत्य और सीता मिलकर इस काम को अपने हाथ में लें। अन्तिम, किन्तु सबसे आवश्यक वस्तु है आर्थिक पक्ष।

सारा झगड़ा खान को लेकर आरम्भ हुआ है। खान का अर्थ है, खनिज पदार्थ अर्थात धन! इस धन का वितरण कैसे हो?"

"राम खान के स्वामी हों।" अनिन्द्य खड़ा हो, गला फाड़कर चिल्लाया "राम खान के स्वामी हों।"

"नहीं!" राम का ओजस्वी स्वर गूंज गया, "किसी एक व्यक्ति को खान का स्वामी बनाओगे तो वह धन का बल पाकर, सत्ता को हथिया लेगा। अपने लिए सुख-सुविधाएं जुठएगा और तुम्हें वंचित करेगा। अन्ततः वह भी तुम्हें मनुष्य नहीं, पशु समझेगा। वह राक्षस हो जाएगा और तुम्हारा रक्त पिएगा, हड्डियां चबा जाएगा।" राम का स्वर कोमल हो गया, "और राम अयोध्या का राज्य इसलिए नहीं छोड़कर आया कि दंडक वन में एक खान का स्वामी बनकर बैठ जाए।"

राम चुप हो गए और कोई भी नहीं बोला।

राम पुनः बोले, "खान तुम्हारी है। तुम खान के स्वामी हो। उसका प्रबन्ध तुम करो, उससे उत्पादन तुम करो, उसका भोग तुम करो..."

"कैसे? कैसे??" कई लोग चिल्ला उठे।

"यह तुम्हें मुखर सिखाएगा।" राम मुस्कुराए, "आज से मुक्त होकर, नए समाज का निर्माण करो।"

चार

भूलर आश्रम में बैठा, अपनी टोली के साथ अक्षर-ज्ञान प्राप्त कर रहा था। धर्मभृत्य का शिष्य ब्रह्मचारी शुभबुद्धि उन्हें बार-बार अक्षरों की बनावट समझा रहा था। जब चौथी बार भी भूलर का अक्षर ठीक नहीं बना और शुभबुद्धि ने उसे सुधारने के लिए कहा तो वह उठ खड़ा हुआ, "मुझे क्या करना है, तुम्हारे अक्षरों को सीखकर। मुझे कुदाल चलाना है खान में–उसमें मुझे क्या लाभ होगा, तुम्हारे अक्षरों से।" फिर जैसे कुछ सोचकर उसने अपना अन्तिम निर्णय सुना दिया, "मैं तो अपने बच्चों को भी पढ़ने से रोक दूंगा। या तो वह मेरे समान अक्षर सीख नहीं पाएगा, या फिर सीख गया तो खान में काम करने नहीं जाएगा। तुम्हारे समान ब्रह्मचारी बनकर किसी आश्रम में बैठ जाएगा। मुझे यह एकदम पसन्द नहीं है।"

भूलर चल पड़ा। शुभबुद्धि ने देखा, शेष लोगों का मन भी चंचल हो रहा था, कदाचित वे लोग भी अक्षरों की बनावट से उलझते-उलझते थक चुके थे और भागने का बहाना सोच रहे थे।

शुभबुद्धि ने आगे बढ़कर भूलर का मार्ग रोक लिया, "कहां जा रहे हो?"

"घर जा रहा हूं। मुझे पढ़ना नहीं है।"

"क्यों? तुम्हें पढ़ना चाहिए। पढ़ोगे नहीं तो ज्ञान कहां से पाओगे?"

"नहीं चाहिए मुझे तुम्हारा ज्ञान।" भूलर बोला, "मुझे जाने दो। मैं नहीं चाहता तो तुम मुझे बलात पढ़ाओगे क्या?"

"तुम्हें ज्ञान चाहिए।" शुभबुद्धि ने उसे समझाया।

"क्यों?"

भूलर हंसा, "पहले हम काम करते थे, क्योंकि उग्राग्नि चाहता था। अब काम करें, क्योंकि राम चाहते हैं। हम मुक्त कैसे हुए? हमारे जीवन में क्या अन्तर आया? पहले एक था, अब दूसरा है। सिर पर तो कोई-न-कोई आरूढ़ ही है।..."

भूलर चल दिया। शुभबुद्धि ने हतप्रभ-सी असहाय दृष्टि से उसे देखा। कुछ नहीं सूझा, तो वह भागता हुआ, कुछ दूरी पर वृक्षों की छाया में स्त्रियों को शस्त्रों के विषय में बताती हुई सीता के पास जा पहुंचा।

"दीदी! भूलर और उसके साथी पढ़ना नहीं चाहते। वे जा रहे हैं।" वह हांफता हुआ जल्दी-जल्दी बोला। सीता ने देखा, भूलर सचमुच जा रहा था और अन्य लोग भी जाने के लिए उठ खड़े हुए थे।

"सुधा! इन्हें अभ्यास कराओ।" सीता बोलीं, "मैं आती हूं।"

सीता ने मार्ग में ही भूलर को रोक लिया, "क्या बात है भूलर! कहां जा रहे हो?"

भूलर हंसा, "एक खान-श्रमिक पढ़-लिखकर क्या करेगा? घर जा रहा हूं।"

"अब पढ़ाई नहीं होगी। आओ मेरे साथ।" सीता बोलीं, "सबके साथ मिलकर थोड़ी देर दीदी से कुछ बातचीत करने में तो कोई आपत्ति नहीं है न?" अभी इच्छा के विरुद्ध बलात पढ़ाए जाने की भावना के कारण मन में आया रोष भूलर को पिघलता हुआ लगा।

"दीदी से बातचीत करने में क्या आपत्ति है?" वे लोग टोली के शेष लोगों के पास आ गए। अन्य लोग भी जाने का विचार छोड़कर बैठ गए–बातचीत में किसी को भी क्या आपत्ति हो सकती थी।

"शिक्षा बन्द!" सीता बैठती हुई बोलीं, "कुछ आपसी शिकायतें करेंगे; जैसे शुभबुद्धि की शिकायत है कि भूलर अक्षर सीखना नहीं चाहता।"

"ठीक बात है दीदी।" भूलर निर्द्वन्द्व स्वर में बोला, "मैं सीखना नहीं चाहता। मुझे कौन-से शास्त्र पढ़ने हैं? मेरा कुदाल ही ठीक है। अक्षर शुभबुद्धि को सीखने दो।"

"ठीक कहते हो भूलर!" सीता मुस्कुराई, "तुम्हें अक्षर सीखकर क्या करना है। तुम कुदाल चलाते रहो, खान में से खनिज निकालते रहो और किसी ऐसे व्यक्ति को देते रहो, जो शिक्षित हो। मान लो वह व्यक्ति, ब्रह्मचारी शुभबुद्धि ही है। शुभबुद्धि सोचता-समझता रहेगा, अपना संगठन बनाता रहेगा, तुम जैसे लोगों से काम करवाता रहेगा। अन्ततः वह तुमसे एकदम भिन्न कोटि का जीव हो जाएगा और मानने लगेगा कि वह तुम जैसे लोगों से कहीं श्रेष्ठ है। परिणामतः स्वयं को वह मनुष्य मानेगा और तुम्हें पशु। तुम्हारा सुख-दुख उसे स्पर्श भी नहीं करेगा। वह मानेगा कि उसकी सुविधा के लिए मरना-खपना तुम्हारा धर्म है। इस प्रकार वह राक्षस हो जाएगा। दूसरी ओर तुम अक्षर-ज्ञान से शून्य, लिखने-पढ़ने से कटे हुए विचार, चिन्तन और चेतना से रिक्त होकर, उसके संगठन के नीचे पिसते हुए यह सोचते रहोगे कि तुम पशु हो और तुम किसी मानवीय अधिकार के योग्य नहीं हो। शुभबुद्धि यदि तुम्हें रोटी का टुकड़ा डाल दे तो वह उसकी कृपा है, नहीं तो भूखे रहकर, उसके लिए काम करना तुम्हारा धर्म है...।"

"यह तो आपने बात का बतंगड़ बना दिया दीदी।" भूलर हंसा, "अक्षर-ज्ञान न होने से कहीं आदमी पशु बन जाता है?"

"अक्षर-ज्ञान चेतना का आरम्भ है," सीता बोलीं, "और चेतना न हो तो मनुष्य सरलता से दमित होता चला जाता है।"

"ओह! यह बात है।" भूलर कुछ सोचता हुआ बोला, "तो शुभबुद्धि ने यह क्यों नहीं बताया? वह कहता रहा कि हमें अक्षर-ज्ञान होना चाहिए, क्योंकि राम ऐसा चाहते हैं।"

सीता हंसीं, "ऐसा कहा शुभबुद्धि ने? जानता है कि ज्ञान रक्षा करता है; किन्तु किस प्रकार करता है, यह वह समझा नहीं पाया होगा।"

सहसा भूलर के मन में एक और जिज्ञासा उठी, "एक बात और बताओ दीदी। हम खान में भी काम करेंगे और यहां पढ़ेंगे भी। ब्रह्मचारीगण अपने काम के साथ क्या करेंगे?"

"बताओ शुभबुद्धि!" सीता हंसीं, "उत्पादक श्रम के रूप में तुम्हें क्या काम मिला है?"

"कुछ लोग खान में काम करेंगे, कुछ खेती में दीदी!" वह प्रसन्नतापूर्वक बोला।

"मैं समझ गया।" भूलर ने उल्लसित स्वर में कहा, "राम चाहते हैं कि श्रमिक और ऋषि-मुनि में कोई भेद न रहे, और राक्षस तो कोई बन ही न पाए।"

"ठीक समझे!" सीता बोलीं, "अब मैं जाऊं?"

"जाइए दीदी! हम मन लगाकर पढ़ेंगे।"

लक्ष्मण पिछले कई घंटों से धातुकर्मियों के साथ लगे, उन्हें नए ढंग का काम सिखा रहे थे। भट्ठियां तो उनके पास पहले भी थीं, किन्तु उन भट्ठियों से लक्ष्मण का काम नहीं चल रहा था। उन्होंने भट्ठियों को कुछ बड़ा भी करवाया था और उनके आकार-प्रकार में अपनी आवश्यकतानुसार कुछ परिवर्तन भी करवाए थे। भट्ठी बन जाने के पश्चात उसमें कच्चा लोहा पिघलाया गया था और उसके पश्चात उसे विशेष सांचों में ढालकर शस्त्र बनाए जा रहे थे। धातुकर्मी अपने काम में पर्याप्त दक्ष थे, केवल उनकी पद्धति में थोड़े-से सुधार की आवश्यकता थी–वह लक्ष्मण ने कर दी थी।

"क्यों शतरूप! अब आगे काम अपने-आप कर लोगे?" लक्ष्मण ने पूछा, शतरूप आश्वासन देते हुए मुस्कुराया-भर।

लक्ष्मण शतरूप के कुटीर से बाहर निकल आए। उन्होंने आकाश की ओर देखा–सूर्य काफ़ी चढ़ आया था–उन्हें बस्ती में पहुंचना था। आज कुटीर-निर्माण का कार्य अवश्य होना चाहिए था, अन्यथा बस्ती के लोगों को एक ओर तो गन्दी झुग्गियों में रहना पड़ता; और दूसरी ओर रात में सुरक्षा के लिए पुनः आश्रम में शरण लेनी पड़ती। अनावश्यक असुविधा। वे झपटते हुए बस्ती में पहुंचे।

कुटीर-निर्माण-कार्य पूरी गति से चल रहा था, किन्तु लक्ष्मण को देखकर आश्चर्य हुआ कि इस समय वहां एक भी पुरुष उपस्थित नहीं था। पूरा-का-पूरा काम बस्ती की स्त्रियां ही कर रही थीं। वे बड़े सहज भाव से, प्रसन्न-मन अपना काम करती जा रही थीं। अर्द्धगोलाकार क्षेत्र में बननेवाले कुटीरों की एक पंक्ति बनती जा रही थी।...

लक्ष्मण, एक कोने में चुपचाप बैठे मुखर के पास जाकर रुक गए।

"यह क्या हो रहा है?"

"कुटीर-निर्माण!" वह मुस्कुराया।

"वह तो ठीक है।" लक्ष्मण भी मुस्कुराए, "किन्तु सारे पुरुष कहां भाग गए?"

"खान में काम करने का समय हो गया था।" मुखर बोले, "वे लोग अपने काम पर चले गए हैं।...पर सौमित्र! ये स्त्रियां बहुत प्रशिक्षित मालूम होती हैं। मुझे न तो ये काम करने दे रही हैं, और न ही कुछ बताना पड़ रहा है। वे अपने-आप ही काम करती जा रही हैं।"

"तो तुम यहां बैठे क्या कर रहे हो?" लक्ष्मण मुस्कुराए।

"रक्षा। और आपकी प्रतीक्षा। यदि अनुमति हो तो जाऊं।"

"नहीं! नहीं!" लक्ष्मण बोले, "अभी यह स्थान इतना सुरक्षित नहीं है। तुम यहीं ठहरो।" लक्ष्मण पास जाकर बनते हुए कुटीरों का निरीक्षण करते रहे। कुटीर, उनके बताए हुए ढंग पर, चट्टानों के भीतर-भीतर अर्द्धवृत्ताकार रूप में बन रहे थे। वे साफ़-सुथरे, हवादार तथा आकर्षक लग रहे थे।

इसी गति से काम चलता रहे तो प्रत्येक परिवार के लिए एक-एक अच्छा कुटीर तैयार हो जाने की सम्भावना थी।

"नेतृ कौन है?" लक्ष्मण ने काम करती हुई एक लड़की से पूछा।

"सुधा!"

"अनिन्द्य की पत्नी?"

"हां।" लड़की ने सिर हिला दिया।

"इस समय कहां है?"

लड़की ने एक प्राकृतिक गुफ़ा की ओर संकेत कर दिया, "भोजन की तैयारी कर रही है।"

लक्ष्मण सुधा को खोजते हुए गुफ़ा तक पहुंचे। सुधा, दो-तीन महिलाओं की सहायता से भोजन तैयार करने में लगी हुई थी। वे सब संभ्रम से उठ खड़ी हुईं।

"कैसा चल रहा है?"

"आप देखें।" सुधा संकोचपूर्ण स्वर में बोली, "कोई त्रुटि हो तो बता दें। हम सुधार कर लेंगी।"

"नहीं। कोई त्रुटि नहीं है।" लक्ष्मण मुस्कुराए, "मैं तो यह पूछने आया था कि यदि तुम लोग स्वयं इतने अच्छे कुटीर बना सकती थीं, तो अब तक उन गन्दी झुग्गियों में क्यों रह रही थीं?"

"स्थान और सामग्री सौमित्र!" सुधा का स्वर खुला, "उग्राग्नि न हमें स्थान घेरने देता था, न वन से लकड़ियां काटने देता था। ऐसी स्थिति में सिवाय गुफ़ाओं के कोई स्थान नहीं खोज पाते थे।"

"ठीक है।" लक्ष्मण हंसे, "घर तो अच्छे बन रहे हैं, किन्तु बस्ती के पुरुषों का भोजन खान पर कैसे पहुंचेगा? यह भोजन तो मुझे बहुत थोड़ा-सा लग रहा है।"

"उनको भोजन सीता दीदी आश्रम से भेजेंगी।" सुधा ने बताया, "यह उन्हीं की व्यवस्था है कि जब तक हम लोग दिन-भर कुटीर-निर्माण का कार्य करेंगी, पुरुषों के भोजन का दायित्व हम पर नहीं होगा, कुटीर बन जाएंगे, तो हम अपने-अपने घर में चूल्हा जलाएंगी।"

"अच्छा! मैं चल रहा हूं। तुम लोग अपना काम करो।" लक्ष्मण चलने लगे, "मेरा विचार है, तुम लोगों को अपने काम के लिए किसी की सहायता की आवश्यकता नहीं है।"

"आर्य सौमित्र।" पीछे से सुधा ने पुकारा, "आप चाहें तो आर्य मुखर को भी ले जाएं। वे बेचारे बैठे-बैठे ऊब रहे हैं।"

"और तुम्हारी रक्षा?"

"दिन के समय हम अपनी रक्षा कर लेंगी।" सुधा हंसी, "हमारे पास ढेर सारी लकड़ियां हैं–कुछ कुल्हाड़ियां, हंसिया और गंडासे भी हैं।"

"तुम लोग काफ़ी समर्थ हो गए हो।" लक्ष्मण मुस्कुराए, "अच्छा मैं मुखर को भी ले जा रहा हूं। पर तुम लोग कुटीरों के साथ-साथ सन्ध्या तक दो-तीन मचान भी बना लेना, ताकि कम प्रहरियों से काम चल सके।"

लक्ष्मण और मुखर आश्रम में लौट आए। मुखर अपनी कुटिया में चला गया, उसे अनेक व्यवस्थाएं देखनी थीं; और लक्ष्मण आश्रम के केन्द्र से हटकर बनी हुई बालवाड़ी की ओर बढ़ गए।

"सौमित्र आ गए! सौमित्र आ गए!!" बच्चों में शोर मच गया और वे लोग अपनी-अपनी जगह पर उठ खड़े हुए।

"बैठो। बैठो।" लक्ष्मण ने उनके सिर पर हाथ फैरा, "बताओ कि तुम लोगों ने अब तक कितना काम किया है?"

बच्चे बड़े दायित्वपूर्ण भाव से अपने-अपने स्थान पर लौट गए।

पांच-छः वर्ष की आयु से लेकर बारह-तेरह वर्ष तक के बच्चे वहां थे–लड़के भी, लड़कियां भी। उनकी अलग-अलग टोलियां बनाई गई थीं और प्रत्येक टोली का एक नेता था। प्रत्येक नेता लक्ष्मण के पास आकर अपनी टोली के काम का विवरण दे रहा था। उन्हें लकड़ी के खड्ग तथा सरकंडों के बाण बनाने का काम सौंपा गया था। लक्ष्मण उनके द्वारा बनाई गई वस्तुओं का निरीक्षण कर रहे थे। वे उनकी अपेक्षा के अनुकूल ही थीं। नव प्रशिक्षित सैनिकों के अभ्यास के लिए वे बाण और खड्ग, दोनों ही ठीक काम कर सकते थे। निरीक्षण हो चुका तो लक्ष्मण ने पूछा, "आज तुम लोगों ने और क्या-क्या किया?"

"प्रातः खेल और व्यायाम।" दस वर्षीय धीर बोला, "फिर ब्रह्मचारी भैया ने अक्षर सिखाए और गिनती भी। और फिर हमने युद्ध-प्रशिक्षण सामग्री तैयार की।" लक्ष्मण ने प्रशंसा के भाव से उसे देखा। धीर पर्याप्त गम्भीर और दायित्वपूर्ण वयस्क के समान बात कर रहा था। महत्त्व का भाव प्रायः बच्चों के चेहरों पर दिखाई पड़ रहा था।

"भोजन हो गया?"

"हां।"

"निरीक्षक कौन थे?" कई बच्चे अपने स्थानों से खिसककर आगे आ गए। वे सब दस-बारह वर्ष की आयु के बच्चे थे।

"छोटे बच्चों को ठीक से, उनके पास बैठकर खिला दिया था न?"

"अच्छी प्रकार।" नौ वर्षीया मिता ने आश्वस्त कंठ से कहा, "सीता दीदी ने अच्छा काम करने के लिए हमारे विषय में विशेष रूप से प्रशस्ति वचन कहे हैं।"

"सच! तब तो तुम लोग योग्य बच्चे हो।" लक्ष्मण हंसे, "अब यह बताओ कि किस-किस को माता-पिता की याद आई और किस-किस को यह काम अच्छा नहीं लगा?"

"कोई भी नहीं रोया।" धीर ने बताया।

"और काम?"

"काम सब को खेल के समान प्रिय लगा।" मिता बोली।

"अच्छा, एक प्रश्न का उत्तर दो।" लक्ष्मण क्षण-भर रुककर बोले, "तुम सब इधर-उधर व्यर्थ घूमनेवाले, आपस में मार-पीट करनेवाले, माता-पिता को तंग करनेवाले बच्चे हो..."

"नहीं!" लक्ष्मण का प्रश्न पूरा होने से पहले ही प्रायः बच्चे समवेत स्वर में बोले, "हम समाज के उपयोगी अंग हैं। हम समाज का व्यर्थ बोझ नहीं, सार्थक अंग हैं।"

"छोटे बच्चों की रक्षा कौन करेगा?"

"बड़े बच्चे।"

"जो दुर्बल और असहाय को सताएगा, वह क्या कहलाएगा?"

"राक्षस!"

"क्या तुम राक्षस बनना चाहते हो।"

"नहीं। हम राक्षसों का नाश करना चाहते हैं।"

लक्ष्मण मुस्कुराए, "तुम लोग सचमुच योग्य बच्चे हो। तुम्हारे विषय में विशेष रूप से प्रशस्ति वचन कहे ही जाने चाहिए।" वे रुके, "मैं जा रहा हूं। तुम लोग अब क्या करोगे?"

"बड़े बच्चे छोटे बच्चे को सुलाकर, स्वयं अपना पाठ याद करेंगे।"

"अच्छा। अब कल मिलेंगे?"

वन के जिस भाग से कुटीरों के लिए लकड़ियां कटी थीं, वहीं राम अपनी टोली के साथ वन की सफ़ाई कर रहे थे। उनकी टोली में बीस पुरुष थे–दस श्रमिक और दस ब्रह्मचारी। ये बीस व्यक्ति कठोर कर्मक्षमता के आधार पर चुने गए थे। यह टोली इस क्षेत्र की जनवाहिनी का मेरुदंड बनने जा रही थी।

वे लोग प्रातः से ही राम के साथ थे। राम ने उन्हें बताया था कि वैसे तो समस्त श्रमिकों तथा आश्रमवासियों को सैनिक-प्रशिक्षण प्राप्त करना था, किन्तु उन्हें मुख्य रूप से श्रमिक अथवा ब्रह्मचारी ही रहना था, उन्हें अपने स्थान पर रहकर, अपना काम करते हुए अपनी, अपने समाज की तथा सामाजिक सम्पत्ति की रक्षा करनी थी; किन्तु राम की इस टोली को मुख्यतः सैनिक-कर्म करना था तथा आवश्यकतानुसार अन्य स्थानों पर जाकर वहां जनसामान्य की रक्षा करनी थी। अपने ख़ाली समय में उन्हें सामाजिक उत्पादन के क्षेत्र में अपना योगदान करना था।

संयोग से वन के इस भाग से लकड़ी कटने के कारण वन छीज गया था। वैसे भी यह स्थान बस्ती, आश्रम तथा खान–प्रायः तीनों के ही समीप था। राम ने अपनी टोली के सामाजिक-उत्पादन-श्रम के लिए इसी स्थान को पसन्द किया था। उन लोगों ने अपनी सुविधा के अनुसार कुछ बड़े-बड़े वृक्ष छोड़कर शेष पेड़-पौधों को काट दिया था। उनकी जड़ें खोद डाली थीं और झाड़-झंखाड़ साफ़ कर दिए थे। सारा क्षेत्र साफ़ कर, वे एक पेड़ के नीचे आ बैठे थे। और राम उन्हें समझा रहे थे, "इस क्षेत्र में हमें दो काम करने हैं : सैनिक व्यायाम के लिए स्थान तथा उपकरण बनाना और शेष भूमि को खेतों में बदल देना। वे खेत हमारी टोली अर्थात् जनसेना के खेत होंगे। हमें प्रयत्न करना होगा कि हम अपने खेतों में अपनी आवश्यकता के लिए पर्याप्त अन्न उत्पन्न करें, ताकि हमारी आवश्यकताओं का बोझ हमारे साथियों पर न पड़े...।"

"एक प्रश्न!" ब्रह्मचारी कृतसंकल्प ने अपनी जिज्ञासा प्रकट की।

"पूछो!?

"यदि हम समाज की सुरक्षा के लिए सैनिक-कर्म करेंगे, तो हमारी आवश्यकताओं का बोझ हमारे समाज पर पड़े तो क्या बुराई है? हम अपना रक्त समाज के लिए बहाएंगे, तो क्या यह समाज का दायित्व नहीं है कि वह हमारी आवश्यकताओं की पूर्ति करे? यदि हम स्वयं अपने लिए अन्न उत्पन्न करेंगे, तो हम समाज का कृषक-अंग हो गए। उसके बाद यदि हम सैनिक-कर्म करते हैं, तो हम दोगुना काम करते हैं। क्या आपको नहीं लगता कि यह समाज द्वारा हमारा शोषण होगा?"

राम मुस्कुराए, "तुम्हारा प्रश्न बहुत ही उपयुक्त है कृतसंकल्प! ऐसी कोई भी ग्रन्थि रह जाएगी, तो काम में तुम्हारा मन नहीं लगेगा।" राम रुककर बोले, "इस प्रश्न का उत्तर कौन देगा?"

कोई भी उत्तर देने को प्रस्तुत नहीं हुआ। "इसका अर्थ यह हुआ कि शेष लोग भी कृतसंकल्प से सहमत हो सकते हैं।" राम बोले, "कृतसंकल्प ने अपने विचार आपके सामने रखे हैं। अब मैं अपने विचार रख रहा हूं। मेरा और कृतसंकल्प का कोई विरोध नहीं है, किन्तु इस मतभेद में से जो विचार हमें ठीक लगे, उसे ही अंगीकार करना है।"

"ठीक है।"

"एक समाज होता है," राम बोले, "जो स्वार्थ-बुद्धि से चलता है, दूसरा समाज है जो परिवार-बुद्धि

से चलता है। स्वार्थ-बुद्धि से चलनेवाला समाज राक्षसी समाज है। उसमें प्रत्येक व्यक्ति यह सोचता है कि किस काम से उसे कौन-सा निजी लाभ होगा। जिस काम से उसे निजी लाभ होगा, उसे वह अवश्य करेगा, चाहे शेष लोगों की उससे कितनी ही हानि क्यों न हो। और जिस काम में उसको कोई लाभ न हो, किन्तु अन्य सहस्रों लोगों का लाभ होता हो–उस काम को वह कभी नहीं करेगा। दूसरी ओर वह समाज है, जो परिवार-बुद्धि से चलता है। आप अपने परिवार का उदाहरण लें। दोषपूर्ण अपवादों को छोड़ दें तो परिवार में सामान्यतः एक-दूसरे के प्रति सद्भावपूर्ण व्यवहार होता है। माता-पिता आजीविका उपार्जित करते हैं, या केवल पिता धनार्जन करता है, किन्तु सबसे अधिक व्यय बच्चों पर किया जाता है। यदि एक व्यक्ति रुग्ण हो जाए, तो हम उसके भाग का कार्य भी कर देते हैं। पिता समर्थ है, अतः वह बाहर का काम कर आजीविका अर्जित करता है; घर में जो भी कठिन कार्य है–जिसे पत्नी और बच्चे नहीं कर सकते, वह भी करता है और यथाआवश्यकता अपने परिवार की रक्षा भी करता है। कारण? वह समर्थ है और स्वयं को परिवार से भिन्न नहीं मानता। यदि किसी दुर्घटनावश पति पंगु हो जाए, तो पत्नी बाहर का काम कर धनार्जन भी करती है, पति की सेवा भी करती है, बच्चों को भी देखती है और घर का खाना-पकाना भी करती है। यदि किसी परिवार के सदस्यों का परस्पर व्यवहार स्वार्थ-बुद्धि से परिचालित हो, तो क्या वह परिवार सुचारु रूप से चल पाएगा? क्यों कृतसंकल्प?"

"नहीं आर्य!" कृतसंकल्प का स्वर संकुचित था, "वह परिवार नहीं चल पाएगा, किन्तु परिवार और समाज में पर्याप्त भेद है।"

"भेद तो है। पर इतना ही कि एक छोटा है, दूसरा बड़ा।" राम बोले, "यदि स्वार्थ-बुद्धि से सोचोगे तो पहली बात तुम्हारे मन में आएगी कि तुम इस क्षेत्र के रक्षक हो, समर्थ हो, शक्तिशाली हो। इसलिए तुम कोई अन्य काम नहीं करोगे। परिणामतः समाज पर बोझ ही नहीं रहोगे, उसका शोषण भी करोगे। अपने शस्त्र-बल से वही कार्य करोगे, जो उग्रागिन और उसके साथी कर रहे थे, अथवा अन्य खानों के स्वामी कर रहे हैं। दूसरी ओर परिवार-बुद्धि से सोचेंगे तो मानोगे कि यह समाज तुम्हारा परिवार है। तुम इसके रक्षक हो, पिता हो। पिता रक्षण के साथ पोषण भी करता है, अर्जन भी करता है। श्रम स्वयं करता है, और उसका लाभ परिवार को देता है। उसका स्वार्थ इतना ही है कि वह अपने परिवार से प्रेम करता है; और जिससे हम प्रेम करते हैं, उसे सुखी देखना चाहते हैं। यदि समाज को तुम अपने परिवार के रूप में देखोगे, तो तुम्हारा स्वार्थ भी समाज को प्रसन्न रखने-मात्र में ही सिद्ध हो जाएगा।..."

"हम समाज को परिवार समझकर उसके लिए काम करें, और अन्य अपने ही परिवार का लाभ देखें, तो हम उदार होकर भी मूर्ख बनेंगे न! किसी को उसके दोष के लिए दंड मिले, यह तो समझ में आता है, किन्तु अपने गुणों के लिए हम दंडित हों यह समझ में नहीं आया।"

"मैं तुमसे पूर्णतः सहमत हूं।" राम पुनः मुस्कुराए, "इस प्रकार की स्थिति, कभी-कभी परिवार में भी उपस्थित हो सकती है। ऐसे में हम क्या करते हैं? उस व्यक्ति को समझाते हैं, और सारे प्रयत्नों के बाद भी वह न समझे तो उसका बहिष्कार करते हैं। यही स्थिति समाज में भी हो सकती है।" राम जैसे सांस लेने के लिए रुके, "और सच तो यह है कि जिस प्रकार का समाज हम बनाना चाहते हैं, वह एक व्यक्ति का काम नहीं है। जब तक परिवार-बुद्धि से समाज को चलानेवाला एक वर्ग एकमत से उठकर खड़ा नहीं होगा, तब तक ऐसे समाज का निर्माण सम्भव नहीं है।"

"एक प्रश्न मेरा भी है।" श्रमिक अभेद बोला, "वह इस विवाद से अलग है।"

"यदि चल रहे विवाद के विषय में सबकी सन्तुष्टि हो गई हो और किसी को कुछ पूछना न हो तो नया प्रश्न पूछो।"

अभेद ने प्रतीक्षा की, किन्तु किसी ने कोई प्रश्न नहीं किया।

"तो मैं पूछूं?"

"पूछो!

"यदि हमारे खेत होंगे, उनमें अन्न का उत्पादन करेंगे, तो हममें और साधारण कृषक में कोई भेद होगा क्या?" वह बोला, "क्योंकि आवश्यकतानुसार सामान्य कृषक भी युद्ध में भाग लेगा।"

मैंने कहा कि ये खेत तुम्हारे होंगे।" राम बोले, "शायद मैंने स्पष्ट नहीं किया कि तुम्हारे से मेरा तात्पर्य यह था कि खेत किसी व्यक्ति–राम, कृतसंकल्प अथवा अभेद के नहीं होंगे। वे जनवाहिनी के होंगे। आज तुम्हारी टुकड़ी यहां है, तो तुम उन खेतों की देखभाल करोगे। मान लो कल तुम्हें राक्षसों के विरोध के सन्दर्भ में कहीं और जाना पड़े तो तुम वहां के खेतों की देखभाल करोगे और यहां और टुकड़ी इन खेतों का कार्य करेगी। ये सामूहिक खेत हैं।"

"मैं समझा।" कृतसंकल्प के चेहरे पर समझ का प्रकाश आया, "इस प्रकार आप हमारे समाज को उन करों और शुल्कों से बचा रहे हैं, जो सेनाओं के रख-रखाव के लिए समाज को वहन करने पड़ते हैं।"

"एकदम ठीक!" राम बोले, "जनवाहिनी; किसी सम्राट की सेना न होकर समाज की अपनी सेना है; वह समाज की सहायक न होकर उस पर बोझ क्यों हो?" राम ने रुककर क्षण-भर सबको देखा और बोले, "अब मेरे एक प्रश्न का उत्तर दो बन्धुओ! तुम लोग राक्षसों से डरते तो नहीं हो?"

"पहले कुछ भय था।" अभेद सबसे पहले बोला, "किन्तु आपके सम्पर्क में आने के बाद से कोई भय नहीं रहा।"

"कोई राक्षसों से भयभीत है?" राम ने पुनः पूछा। सब मौन रहे।

"अर्थात कोई भी भयभीत नहीं है।" राम ने कहा, "फिर भी कुछ बातें, आपसे कहना चाहूंगा। पहली बात तो यह है कि राक्षस न्याय के लिए नहीं, दूसरों के शोषण और दमन के लिए लड़ते हैं, इसलिए युद्ध के समय उनमें नैतिक बल बहुत कम होता है। वे विलासी हैं, आपके समान परिश्रमी नहीं, इसलिए वे कठिन परिस्थितियों में नहीं लड़ सकते। किन्तु उनके पास सुविधाएं और शस्त्र-बल हैं। क्रमशः शस्त्र आप भी प्राप्त करें–ऐसा मेरा प्रयत्न है। किन्तु जब तक ऐसा नहीं होता, तब तक आपको कुछ बातों का ध्यान रखना है। शस्त्र नहीं लड़ता, मनुष्य लड़ता है; फिर भी आपको शस्त्र-शक्ति में स्वयं से श्रेष्ठ शत्रु से सीधे नहीं लड़ना चाहिए। प्रयत्न यही करें कि आप किसी प्रकार शत्रु के शस्त्र छीनने में सफल हो जाएं। क्षत्रु का शस्त्रागार आपका सर्वश्रेष्ठ शस्त्रदाता है। किन्तु यदि शत्रु के पास दिव्यास्त्र हों और उनको छीनने का कोई मार्ग न हो, तो उससे न लड़ें। जब तक आप स्वयं समर्थ न हों, तब तक दिव्यास्त्रों का युद्ध मुझ पर छोड़ दें।"

"यदि हमें साधारण शस्त्रधारी राक्षसों से ही भिड़ना पड़े, तो हम तनिक भी भयभीत नहीं होंगे।" अनिन्द्य आवेशपूर्वक बोला।

"तो यही हो। तुम इस सम्पूर्ण क्षेत्र में राक्षसों का आतंक समाप्त करो।" राम मुस्कुराए, "आओ, अब थोड़ा शस्त्राभ्यास करें।"

सन्ध्या समय मुखर ने अपनी संगीतशाला का उद्घाटन किया। उसे अपने कवि-पिता के रचे अनेक गीत कंठस्थ तो थे ही, आज जैसे वे उबल-उबलकर बाहर आ रहे थे।...सुबह से वह अत्यन्त व्यस्त

रहा था। कार्य ने कुछ ऐसी गति पकड़ ली थी, जैसे नदी किसी ऊंची चट्टान से नीचे गिरने पर पकड़ लेती है। तनिक भी अवकाश नहीं मिला था। और वह मन-ही-मन कई बार दुहरा चुका था, 'सिर खुजाने का भी अवकाश नहीं मिला।' किन्तु साथ ही उसके मन में एक तृप्ति ने जन्म लिया था, कर्म की तृप्ति ने। वह एक विशाल चक्र का महत्त्वपूर्ण अंग था–यह चक्र जहां-जहां चलेगा, लोगों को राक्षसी आतंक से मुक्त करेगा।...निष्क्रिय रहकर उसे सदा ऊब हुई है। आज मन कैसा भरा-भरा था : आश्वस्त और तृप्त! जैसे उसका अस्तित्व अपनी सार्थकता जान गया हो...।

कदाचित इसी भावना से प्रेरित होकर उसे अपने पिता के रचे गीत याद आ रहे थे। गीत उसके मस्तिष्क में मचलते थे और फिर हृदय की पीड़ा में डूबकर कंठ से फूट पड़ते थे। वह जानता था, उसमें शास्त्रीयता नहीं थी, ऊंचे ज्ञान अथवा असाधारणता का उनमें कोई आभास नहीं था–उनमें पीड़ा थी और ओज था। एक सरल मन में पीड़ा, और एक सच्चे व्यक्ति का ओज। उसके पिता का प्रिय गीत था...।

"तुम न्याय की बात मत करो। तुम नहीं जानते कि न्याय क्या है। तुमने अपनी सुविधा के लिए दूसरों को वंचित करने के उद्देश्य से कुछ नियम बनाकर प्रचारित कर दिए हैं...अब उनकी अनुकूलता न्याय हो गई है और प्रतिकूलता विद्रोह!...तुम न्याय की बात के अधिकारी नहीं हो।...लाखों लोगों के मन की अनासक्त कामना न्याय है या विवेकहीन होकर स्वार्थवश गढ़े गए नियमों से जुड़े रहने की जड़ राक्षसी भावना? तुम न्याय की बात मत करो। तुम नहीं जानते कि न्याय क्या है।..."

अपने जीवन के पिछले सन्दर्भों से जुड़ा मुखर का मन बार-बार भर आता था और उसके कंठ में संगीत घुल जाता था। आसपास अनेक लोग संगीतशाला में एकत्र हो गए और तन्मय होकर मुखर के गीतों को सुन रहे थे। मुखर के पश्चात अनेक ब्रह्मचारियों ने भी गीत सुनाए और श्रमिकों ने भी। और अन्त में सबने मिलकर मुखर का गीत गाया, "तुम न्याय की बात्त मत करो। तुम नहीं जानते कि न्याय क्या है।"

सभा के बाद कुछ विचार-विमर्श भी हुआ। कुछ लोग स्वयं संगीत सीखना चाहते थे; और कुछ उत्सुक थे कि उनके बच्चे संगीत सीखें। बस्ती में गानेवाले अनेक थे, किन्तु अभी तक कभी किसी ने सोचा नहीं था कि एक संगीतशाला भी बनाई जा सकती है, जहां बैठकर लोग संगीत का आनन्द ले सकते हैं, सीख सकते हैं और सिखा सकते हैं...किन्तु मुखर अभी बहुत व्यस्त था। वह प्रतिदिन समय नहीं दे सकता था। वैसे भी वह शस्त्र-प्रशिक्षण के साथ-साथ संगीत-प्रशिक्षण का काम करना चाहता था, शस्त्र छोड़ संगीत को अधिक समय देना उसके मनोनुकूल नहीं था। फिर भी उसने आश्वासन दिया कि शिक्षा-समिति के सामने वह संगीत-प्रशिक्षण की बात अवश्य रखेगा और प्रयत्न करेगा कि कोई-न-कोई व्यवस्था अवश्य हो जाए।

रात के भोजन के पश्चात, सब लोग विचार-विमर्श के लिए बैठे तो मुखर ने संगीत-शिक्षा की बात चलाई। धर्मभृत्य ने कुछ असहायता से मुखर की ओर देखा और बोला, "संगीत से किसी को कोई विरोध नहीं हो सकता, किन्तु पहली बात तो यह है कि हमारे पास संगीत सिखानेवाला कोई व्यक्ति नहीं है। आप पर पहले ही इतने दायित्व हैं। यदि संगीत सिखाने जाएंगे, तो या तो आप अपने अन्य दायित्व पूर्णतः निभा नहीं पाएंगे या फिर संगीत-शिक्षा ही शिथिल रह जाएगी। आप बाहर से कोई व्यक्ति बुलाना चाहें तो वाल्मीकि आश्रम से इधर शायद ही आपको कोई अच्छा शिक्षक मिले। इधर तो सदा ही राक्षसों का ऊधम चलता रहा है, इसलिए संगीत की ओर किसी ने ध्यान नहीं दिया।" और फिर, धर्मभृत्य ने एक विचित्र दृष्टि से मुखर को देखा, "जिस वातावरण में हम जी रहे हैं...क्या

अच्छा नहीं है कि जब तक हम राक्षसों से पूर्णतः निबट नहीं लेते, संगीत जैसी वस्तुओं में अपना समय और ऊर्जा नष्ट करने की बात न सोचें।"

"संगीत..."

"ठहरो मुखर।" सीता बोलीं, "एक बार भली प्रकार विचार क्यों न कर लें कि बच्चों को किस-किस विषय की शिक्षा देनी है।"

"वह तो ठीक है दीदी।" मुखर स्वयं को रोक नहीं पाया, "यह कहना कि संगीत में समय और ऊर्जा नष्ट होती है...।"

आवेश के कारण मुखर पूरी बात नहीं कह पाया।

"कुछ मैं भी कह सकता हूं?" लक्ष्मण ने पूछा।

"नहीं!" राम बोले, "यह शिक्षा-समिति का विषय है। बीच में मत बोलो। मैं भी चुप ही हूं।" लक्ष्मण हंसकर चुप रह गए।

"मैं तुम्हारी बात समझती हूं मुखर।" सीता बोलीं, "संगीत में समय और ऊर्जा नष्ट नहीं होते। बात मात्र संगीत की ही नहीं, समस्त विद्याओं तथा उपविद्याओं की है। मान यह लिया जाता है कि ऐसी सौन्दर्य-प्रधान विद्याएं, ख़ाली समय का मानसिक विलास हैं, जबकि ऐसा है नहीं। दूसरी ओर मुनि धर्मभृत्य का कदाचित यह विचार है कि हम असामान्य स्थिति में जी रहे हैं, इसलिए थोड़े समय के लिए युद्ध तथा युद्ध-प्रशिक्षण के सिवाय सब-कुछ अप्रासंगिक हो जाता है।"

"यही!" धर्ममृत्य बोला, "मैं यही कहना चाह रहा था।"

"बात यह है मुनिवर!" सीता मुस्कुराईं, "कि यदि राक्षसों से आपका मुक्ति-युद्ध दो दिनों में समाप्त होनेवाला हो, फिर तो कोई बात नहीं, आप युद्ध के सिवाय शेष सारी गतिविधियों को स्थगित कर दीजिए!...पर जहां तक में समझती हूं, यह मुक्ति-युद्ध इतना अल्पकालीन नहीं है। आज आपने एक मुक्त-क्षेत्र स्थापित किया है, कल राक्षस सेनाओं का आक्रमण होगा और यह नष्ट हो जाएगा। आप पुनः स्थापन करेंगे और वे पुनः नष्ट करेंगे। यह तब तक चलेगा, जब तक आप लंका की राक्षसी शक्ति को ही नष्ट न कर दें। इसलिए लोगों को एक ऐसा वातावरण देना होगा, जिसमें वे लम्बे समय तक जी सकें। आपको अल्पकालिक आपतृस्थिति के स्थान पर, दीर्घकालीन युद्ध के बीच जीनेवाली एक जीवन-पद्धति का विकास करना होगा..."

"मेरा संगीत से कोई विरोध नहीं है दीदी।" धर्मभृत्य संकुचित स्वर में बोला, "जो कह गया, अपने अज्ञान में कह गया। मेरा अल्पवय देख मुझे क्षमा करें तथा 'मुनिवर' सम्बोधित कर, सौमित्र के समान मेरा परिहास न करें...।"

"मेरा प्रसंग आ गया है।" लक्ष्मण बोले, "भाभी! अब तो मेरा बोलना अप्रासंगिक नहीं होगा।?"

"वस्तुतः तुम्हारा चुप रहना अप्रासंगिक होता है...।" राम मुस्कुराए।

"दो-दो आरोप।" लक्ष्मण ने विरोध का अभिनय किया, "मुझे कोई भी ठीक-ठीक नहीं समझता। मेरे मैत्रीपूर्ण संशोधन को मित्र धर्मभृत्य ने परिहास समझा और मेरी वाक्विदग्धता को भैया ने मेरा प्रलाप ...आह! लक्ष्मण! हतभागा!" लक्ष्मण सीता की ओर मुड़े, "भाभी! यह कविता हुई कि नहीं।"

"तुम्हारे स्तर की तो हो गई।" सीता मुस्कुराकर पुनः अपने विषय पर लौट आई, "भाई धर्मभृत्य, मैंने भी तुम्हारा परिहास नहीं किया था। वस्तुतः बात इतनी-सी है कि जैसे लम्बे गम्भीर विवेचन से ऊब पैदा होती है और बीच में लक्ष्मण की तथाकथित वाक्विदग्धता से मस्तिष्क को स्फूर्ति का अनुभव होता है..."

"भाभी!..."

सीता ने संकेत से ही लक्ष्मण को रोका और अपनी बात कहती गई, "ठीक वैसे ही युद्धाच्छादित लम्बी जीवन-पद्धति में संगीत तथा अन्य सौन्दर्य-प्रधान विद्याएं जीवन को सरस बनाती हैं। हां, एक बात का ध्यान रखना पड़ता है कि उन विद्याओं का समुचित प्रयोग हो। वे हमारी दृष्टि अपने लक्ष्य से हटाएं नहीं, वरन हमें उस ओर प्रेरित करती रहें।"

"यही तो..." मुखर के चेहरे पर तृप्ति का तेज था।

"फिर कहूं, मुझे कोई आपत्ति नहीं है। जैसा सब निर्णय करें, मैं उसके साथ हूं।" धर्मभृत्य बोला, "मैं अपनी सीमा स्वीकार कर लेता हूं। आश्रम में ऋषि-पद्धति की शिक्षा पाई है। वह भी बहुत योग्य जनों से नहीं। इतना मौलिक व्यक्तित्व मेरा है नहीं कि उस पद्धति में परिवर्तन की बात सोचूं। मैं तो शिक्षा के नाम पर अध्यात्म, व्याकरण तथा काव्यशास्त्र के विषय ही जानता हूं। राक्षासों के दमन और आतंक के कारण शस्त्र-शिक्षा की आवश्यकता अवश्य अनुभव करता रहा हूं। वह अब प्रायः पूरी हो गई है। मेरा आश्रम, आश्रम के स्थान पर युद्ध-शिविर हो गया है। मैं उसके आगे कुछ भी सोच नहीं पाता हूं।"

"देवि वैदेही क्षमा करें, मैं अनधिकृत हस्तक्षेप कर रहा हूं।" राम बोले, "धर्मभृत्य की सच्चाई और सत्य को स्वीकार करने की अद्‌भुत क्षमता की प्रशंसा करने का मन हुआ। मेरी प्रशंसा उन तक पहुंचा दें।"

धर्मभृत्य ने संभ्रम से सिर झुका लिया।

"धर्मभृत्य में अनेक गुण हैं राम! वे धीरे-धीरे आपके सम्मुख प्रकट होंगे।" सीता मुस्कुराईं, "देखो धर्मभृत्य, परम्परागत आश्रम-शिक्षा से इस क्षेत्र का भला नहीं होगा अन्यथा कोई कारण नहीं था कि इतने आश्रमों के होते हुए भी, इतने ऋषियों-मुनियों की उपस्थिति में भी यह क्षेत्र जाग न पाता और इतना पिछड़ा रहता।"

"मैं दीदी से पूर्णतः सहमत हूं।" मुखर बोला।

"सहमत तो मैं भी हूं, किन्तु मैं कारणों का विश्लेषण नहीं कर पाता।" धर्मभृत्य धीरे-से बोला।

"कारण मैं बताती हूं।" सीता बोलीं, "आश्रमों के आन्दोलन बुद्धिजीवियों में ही सीमित रहे, क्योंकि उन्होंने न जनसामान्य की आवश्यकताओं को समझा, न अपने जीवन से मिलाने का प्रयत्न किया। यही कारण है कि न वे राक्षसों के आतंक से स्वयं को मुक्त कर पाए और न जनसाधारण की जीवन-पद्धति और जीवन-स्तर में कोई सुधार कर पाए। ध्यान देकर देखो, जहां-जहां ऋषियों ने जनसामान्य के जीवन से अपने को जोड़ा, वहां अल्पकाल में ही चमत्कार होते दीख पड़े।"

"कहां?" धर्मभृत्य ने पूछा।

"अगस्त्य के कर्म क्षेत्र में।"

"मैंने उस पर विचार नहीं किया।" धर्मभृत्य कुछ सोचता हुआ बोला, "मैंने कहा न कि मैं देखता भी हूं और अनुभव भी करता हूं, किन्तु कारणों का ठीक-ठीक विश्लेषण नहीं कर पाता।"

"कोई बात नहीं। देख लेते हो तो विश्लेषण भी कर लोगे", सीता बोलीं, "दूसरा उदाहरण तुम्हारे सामने है–राम तथा लक्ष्मण द्वारा तुम्हारे आश्रम तथा बस्ती में परिवर्तन। तुमने देखा–यहां भी श्रमिकों और बुद्धिजीवियों की पहले एक किया गया।"

"आज भाभी की विश्लेषण-बुद्धि विशेष रूप से तेजोद्दीप्त है।" लक्ष्मण बोले बिना नहीं रह सके।

"ऐसा नहीं है देवर! व्यक्ति अनावश्यक बोलने से बचे, अपनी ऊर्जा संचित करे, तो सार्थक बोलने पर बुद्धि तेजोद्दीप्त हो जाती है।" सीता बोलीं "यदि देवर बीच में न बोलें तो शिक्षा की बात कर लें।"

"अवश्य!" लक्ष्मण बोले।

सीता बोलीं, "ऋषि अगस्त्य की ही बात लो। ऋषि ने शस्त्र-शिक्षा के साथ-साथ वानरयूथों को कृषि में सुधार करना, मछली पकड़ने के अच्छे ढंग तथा नमक बनाना इत्यादि सिखाया।"

"हां, दीदी।"

"यह तो परम्परागत आश्रम-शिक्षा नहीं है न।" सीता अपनी बात पर आईं, "ऋषि थोड़े ही समय में वानरयूथों का विश्वास जीत पाए और उनकी स्थिति को सुधार पाए, क्योंकि उन्होंने उन्हें परम्परागत आश्रम-शिक्षा देकर विद्वान और ऋषि बनाने के स्थान पर, वह शिक्षा दी, जो उनकी आर्थिक समस्याएं सुलझाकर उनका आर्थिक स्तर ऊंचा उठा सके।"

"ठीक है।"

और यह भी तुम स्वीकार करोगे धर्मभृत्य! कि अर्थोत्पादक के साधन, प्रत्येक स्थान पर भिन्न होते हैं। ऋषि ने वानरयूथों को मछलियां पकड़ने के ढंग सिखाए, क्योंकि वे यूथ सागर-तट पर रह रहे थे; किन्तु तुम्हारा क्षेत्र सागर-तट पर नहीं है। अतः हमें देखना होगा कि यहां क्या हो सकता है...।"

"यहां खनिज पदार्थों का उत्पादन होता है।" मुखर बोला।

"एकदम ठीक!" सीता बोलीं, "यहां के बालकों को पहली शिक्षा खनिज उत्पादन, उसकी सफ़ाई-ढलाई तथा उन खनिजों पर आधृत अन्य उद्योगों के विषय में दी जानी चाहिए। उन उद्योगों की शिक्षा का यहां के बच्चों को क्या लाभ होगा, जिनके लिए साधन यहां न होकर, अयोध्या अथवा जनकपुर में होते हैं।"

"आप ठीक कहती हैं, किन्तु इससे ये बच्चे कभी भी विद्वान नहीं हो सकेंगे।" बहुत देर से चुपचाप सुनता हुआ, शुभबुद्धि अब स्वयं को नहीं रोक पाया, "यदि बच्चे बड़े होकर, ऋषि न बन धातुकर्मी बनेंगे तो शिक्षा का क्या लाभ?"

"ऋषि को किसी एक चिन्तन-क्षेत्र में सीमित करना भूल है शुभबुद्धि!" सीता बोलीं, "ऋषि ज्ञान-विज्ञान की प्रत्येक शाखा में प्रादुर्भूत होते हैं। और यदि हम 'ऋषि' की तुम्हारी परम्परावादी जड़ व्याख्या मान भी लें, तो मैं कहना चाहूंगी कि स्वयं भूखे मरनेवाले ऋषि से कई लोगों का पेट पालनेवाला धातुकर्मी कहीं अधिक पूज्य है। शिक्षा का कोई एक सार्वभौम, सार्वकालिक रूप नहीं हो सकता। प्रत्येक देश-काल में हमें उसे अपनी आवश्यकताओं के अनुरूप ढालना पड़ता है।" सीता रुकीं, "अब जैसे हमने खनिज के उत्पादन, शोधन तथा उससे अन्य वस्तुओं के निर्माण पर आधृत एक नवीन शिक्षा-प्रणाली का विकास किया, तो इस निर्धन तथा पिछड़े हुए क्षेत्र को उसके माध्यम से आत्मनिर्भर बनने में सहायता तो मिलेगी; किन्तु उसमें कुछ समय लगेगा। अतः कुछ अल्पकालिक तथा शीघ्र परिणाम दिखानेवाले मार्ग भी खोजने होंगे। कुछ स्थानीय उद्योगों को प्रोत्साहित करना होगा जैसे मिट्टी के बर्तनों का उत्पादन, घास के आसन, काठ की वस्तुएं, वस्त्रोत्पादन के लिए करघा इत्यादि। ऐसी ही अनेक छोटी-बड़ी वस्तुएं हैं, जिन्हें स्त्रियां तथा पुरुष अपने अवकाश के समय तथा बालक-बालिकाएं खेल-खेल में ही बना सकते हैं। दूसरी ओर, साथ-ही-साथ कृषि की भी उचित शिक्षा दी जा सकती है।"

"पर दीदी! संगीत?" मुखर बोला।

"यहीं संगीत भी आएगा।" सीता अपने प्रवाह में बोलती गई, "विकास के इस दीर्घ तथा कठिन

समय में जीवन कठोर परिश्रम की स्थिति से निकलेगा। शरीर और मन थकेंगे और सम्भव है कि कठोर जीवन से भागकर विलास के पतनशील मार्ग की ओर मुड़ना चाहें। अतः आवश्यक होगा कि मस्तिष्क का उचित नियन्त्रण रहे; वह नियन्त्रण रस, प्रेरणा तथा ऊर्जा देता रहे। मस्तिष्क को तत्पर रखने के लिए साहित्य, संगीत, सामाजिक अध्ययन तथा मानव संस्कृति का अध्ययन इत्यादि महत्त्वपूर्ण उपकरण हैं। साहित्य होगा तो व्याकरण और काव्यशास्त्र की भी आवश्यकता होगी धर्मभृत्य!" सीता ने सहसा अपनी बात समाप्त की।

"आप शिक्षा को वहां समाप्त कर रही हैं। हम जहां से आरम्भ करते हैं।" धर्मभृत्य भी हंसा।

"आदि और अन्त नहीं। ये साथ-साथ चलें।" मुखर ने कहा।

"ठीक! एकदम साथ-साथ।"

"तो हम शिक्षा की सारी व्यवस्था आश्रम में न कर, उसे विकेन्द्रित कर दें।" धर्मभृत्य बोला, "थोड़ी-सी आश्रम में, थोड़ी धातुकर्मी की भट्ठी पर, थोड़ी छान की मिट्टी में, थोड़ी कुम्हार के चाक के पास, थोड़ी बुनकर के करधे...। कल से इस योजना पर कार्य आरम्भ कर दें।"

"मैं तुमसे पूर्णतः सहमत हूं मित्र!" लक्ष्मण बोले।

पांच

धर्मभृत्य ने आगन्तुक की ओर देखा, "क्या बात है भीखन?"

सबका ध्यान भीखन की ओर चला गया। उसकी सांस धातुकर्मी की धोंकनी के समान चल रही थी और वह स्वेद से नहाया हुआ था।

"हांफते हुए कैसे आए?" राम बोले, "क्या दौड़ते आए हो?"

"हां भद्र राम!" भीखन बैठ गया, "थोड़ा दम लेकर बताता हूं। बहुत महत्त्वपूर्ण सूचना लेकर आया हूं।" महत्त्वपूर्ण सूचना की चर्चा से सबने भीखन की ओर देखा; और भीखन एकदम चुप होकर बैठ गया। शरभंग के आश्रम से सुतीक्ष्ण के आश्रम तक, और उसके पश्चात अपने गांव की सीमा तक भीखन उनके साथ था–राम सोच रहे थे–अवश्य ही भीखन धर्मभृत्य के निकट सम्पर्क में रहा है, यद्यपि उसका गांव यहां से बहुत निकट नहीं है...भीखन का श्वास कुछ स्थिर हुआ तो उसने दो-तीन लम्बी सांसें लीं–बैठने की भंगिमा बदली और बोला, "यदि थोड़ा जल मिल जाता।"

एक ब्रह्मचारी द्वारा लाया गया जल पीकर, उसकी मुद्रा कुछ सहज हुई तो बोला, "भद्र राम! बात यह है कि हमारा जो भू-स्वामी है न भूधर! उसके भवन में शस्त्र चमक रहे हैं। उसके घर में काम करनेवाला एक अनुचर मेरा मित्र है। उसी ने मुझे यह सूचना दी है कि भूधर के अनेक मित्र मिलकर सैनिक एकत्र कर रहे हैं। कदाचित उनके पास जनस्थान से राक्षसों की कोई टुकड़ी भी आ पहुंची है। उन्होंने मुनि धर्मभृत्य के मित्र मुनि आनन्द सागर के आश्रम पर आक्रमण कर उन्हें बन्दी कर लिया है और अब वे आपके आश्रम पर आक्रमण करने की योजना बना रहे हैं।"

"आनन्द सागर के आश्रम पर आक्रमण क्यों हुआ?"

"वे मुनि धर्मभृत्य के मित्र हैं।"

"किन्तु भूधर की धर्मभृत्य से क्या शत्रुता?" लक्ष्मण बोले।

"शत्रुता क्यों नहीं है?" भीखन बोला, "धर्मभृत्य राम को बुलाकर लाए हैं, उन्होंने राम को आश्रम में ठहराया है। राम ने उग्राग्नि को खदेड़कर खान के श्रमिकों को मुक्त कर दिया है...। जो श्रमिक सिर उठाकर कभी आकाश नहीं देखता था, वह अब खान का स्वामी हो गया है...।"

"किन्तु उग्राग्नि तो राक्षस नहीं था, उसके खदेड़े जाने से भूधर को क्या कष्ट है?" शुभबुद्धि समझ नहीं पा रहा था।

"वैसे तो खान श्रमिक भी आर्य नहीं हैं।" भीखन बोला।

राम मुस्कुराए, "भीखन ने बात स्पष्ट कर दी है। जाति कोई अर्थ नहीं रखती, मूल बात व्यवस्था की है। उग्राग्नि की व्यवस्था राक्षसी व्यवस्था थी, जिसमें एक व्यक्ति अनेक मनुष्यों के श्रम की आय को झपटकर उन्हें भूखा मारना चाहता है, तथा स्वयं अपने लिए उस आय से विलास की सामग्री एकत्रित करना चाहता है। यदि कोई उसका विरोध करे तो हिंसा पर उतर आता है। शस्त्र-शक्ति द्वारा दमन से वह अपने शोषण का क्रम चलाए रखना चाहता है। हमने उग्राग्नि की व्यवस्था नष्ट कर दी है–उससे अन्य शोषकों को अपनी व्यवस्था के लिए संकट दिखाई पड़ने लगा है।" राम हंस पड़े, "है न अद्भुत बात। अग्निवंश के अत्याचार को बनाए रखने के लिए जनस्थान से राक्षसी सेना आई है।"

"पर वैसे देव जातियों और राक्षसों में घोर शत्रुता है।" सीता ने कट स्वर में टिप्पणी की।

"शत्रुता अपने स्थान पर है, किन्तु न इन्द्र चाहेगा, न रावण कि इस क्षेत्र की जनजातियां समर्थ होकर पैरों पर खड़ी हो जाएं।" राम शान्त स्वर में बोले, "ऐसा आभास मुझे चित्रकूट से ही होता चला आ रहा है अन्यथा इन्द्र और उसके पुत्र की स्थान-स्थान पर उपस्थिति के प्रमाण होते, सामान्य जन राक्षसों के कारण इतना असुरक्षित और पीड़ित क्यों होता है?" वे भीखन की ओर मुड़े, "भीखन, उनकी योजना क्या है?"

"योजना का तो मुझे पता नहीं आर्य! केवल इतनी ही सूचना मिली है कि वे उस आश्रम को अपने सैनिक शिविर में बदल चुके हैं। और इस आश्रम को नष्ट कर देना चाहते हैं। उन्हें शायद कुछ और भूस्वामियों की सेनाओं की प्रतीक्षा है। उनके आते ही वे आक्रमण करेंगे।"

"तो क्रम आरम्भ हो गया है।" राम वाचिक चिन्तन-सा करते हुए बोले, "अत्याचारी सेनाएं अपना पंजा फैलाने को उद्यत हो रही हैं, अब जनसेना के रूप में आश्रमवाहिनियों और ग्रामवाहिनियों का भी निर्माण होना ही चाहिए।" सहसा वे लक्ष्मण की ओर मुड़े, "अपनी सीमा के मचान बन गए हैं?"

"वे सन्ध्या समय ही तैयार हो चुके थे।" लक्ष्मण बोले, "मुखर ने सीमा-संचार की व्यवस्था भी कर दी थी।"

"तो मुखर! सीमा-संचारवालों को सावधानी-सन्देश भेज दो, और यह अवश्य कहला देना कि उन्हें, बिना आदेश पाए राक्षस-सेना का विरोध नहीं करना है, केवल हमें सूचना देनी है।" मुखर उठकर चला गया।

"कृतसंकल्प!" राम बोले, "मुख्य वाहिनी के सदस्यों को उनके शस्त्रों सहित आश्रम के मध्य में एकत्र होने का सन्देश दो। सौमित्र, तुम बस्ती में मोर्चा बांधो। सीते, तुम आश्रम की सुरक्षा तथा शस्त्रागार की व्यवस्था संभालो। धर्मभृत्य, आवश्यकता के अनुसार आपूर्ति का काम तुम करो।"

रात उठ खड़े हुए। तत्काल सारी व्यवस्था की गई। आश्रम और बस्ती का सारा क्षेत्र युद्ध-शिविर में परिवर्तित हो गया।

सारी रात प्रतीक्षा होती रही। चेतावनियां, सूचनाएं और आदेश लेकर लोग इधर-उधर भागते रहे, किन्तु उजाला फूटने तक राक्षसों के आने का दूर-दूर तक पता नहीं था। उग्राग्नि की धमकी के पश्चात यह दूसरी रात थी, जो प्रतीक्षा में जागकर बिताई गई, किन्तु

आक्रमणकारी नहीं आए। उजाला फूटते ही नई सूचनाएं आने-जाने लगीं। रात के प्रहरी बदल दिए गए। मचान पर बैठ चौकसी करने का काम अधिकांशतः रात की नींद लेनेवाली स्त्रियों और किशोरों को सौंपा गया। रात को जगे लोग अल्पकालिक विश्राम के लिए चले गए।

राम ने अपनी वाहिनी को मध्याह्न तक के विश्राम के लिए भेज दिया।

थोड़े-से अन्तराल के पश्चात स्नान इत्यादि कर लक्ष्मण, मुखर, सीता, धर्मभृत्य, कृतसंकल्प, अनिन्द्य तथा भीखन इत्यादि लोग आश्रम में एकत्र हुए तो उन्होंने देखा कि राम अभी तक उसी प्रकार चिन्तन की मुद्रा में बैठे थे। कदाचित उनके मन में कुछ योजनाएं आकार ले रही थीं।

"क्या सोच रहे हैं प्रिय?"

चौंककर राम ने उन लोगों को देखा। दो-चार बार पलकें झपककर मुस्कुराए, "आ गए तुम लोग। बैठो, कुछ बातें करनी हैं।"

उनके बैठने पर राम बोले, "भीखन, तुम्हारा क्या विचार है, क्या सचमुच आनन्द सागर के आश्रम में राक्षस सैनिक शस्त्रोंसहित एकत्र हैं?"

"यह बात उतनी ही सच है, जितना मेरा यहां उपस्थिति होना। यदि मैं इतना निश्चित न होता तो इतनी दूर आकर आप सबको रात-भर जागने का कष्ट न देता।"

"तो उन्होंने आक्रमण क्यों नहीं किया!"

"आर्य! ठीक-ठीक कारण तो वे लोग स्वयं ही बता सकते हैं।" भीखन गम्भीर स्वर में बोला, "किन्तु मेरा ऐसा अनुमान है कि जिन सैनिकों की वे प्रतीक्षा कर रहे थे, वे शायद अभी पहुंचे नहीं। अन्यथा आक्रमण एकदम निश्चित था।"

"इसका अर्थ यह हुआ कि उनका आक्रमण-काल किसी अन्य सैनिक सहायता पर निर्भर होने के कारण अनिश्चित है। किन्तु हम यहां बैठे प्रतीक्षा नहीं कर सकते। उनको अधिक समय देने से आनन्द सागर तथा उनके सहयोगियों के प्राणों का संकट बढ़ता जाएगा।" राम बोले, "अच्छा भीखन! यह बताओ कि यदि आनन्द सागर के आश्रम पर ठहरी हुई राक्षस सेना पर आक्रमण हो, तो तुम्हारे ग्रामवासियों की क्या प्रतिक्रिया होगी! क्या ग्रामवासी भूधर की रक्षा के लिए आएंगे?"

भीखन ज़ोर से हंसा, "ग्रामवासी सरल अवश्य होते हैं राम, किन्तु इतने मूर्ख नहीं होते कि अपना पक्ष ही न पहचानें। वर्ष-भर के श्रम से उपजाया हुआ अन्न, जो कर के नाम पर छीन लेता है, जिसने प्रत्येक घर की कोई-न-कोई बहू-बेटी छीनकर बेच दी है–गांववाले उसका पक्ष लेकर क्यों लड़ेंगे?"

"प्रत्येक घर की बहू-बेटी बेच दी है?" सीता चकित थीं।

"हां देवि!"

"कैसे?"

"सीते! थोड़ी देर धैर्य करो।" राम बोले, "बताओ भीखन, यदि ग्रामवासी भूधर की ओर से नहीं लड़ेंगे, तो क्या वे तटस्थ रहेंगे?"

"नहीं राम," भीखन बोला, "सच्ची बात तो यह है कि ग्रामवासी अपनी ओर से तैयार हैं कि अवसर मिलते ही वे भूधर से प्रतिशोध लें। देखा जाए तो ग्रामवासियों के पास इतना जनबल तथा मनोबल है कि वे भूधर और उसके सैनिकों से निबट लें, किन्तु भूधर के विरुद्ध स्वर उठाते ही अन्य स्थानों से राक्षस सैनिकों की टोलियां-की-टोलियां जमा हो जाती हैं। तब ग्रामवासियों की पीड़ा और बढ़ जाती है।

"बड़ी सरल बात है।" राम बोले, "राक्षस संगठित हैं, और सामान्य जन संगठित नहीं हैं। उनकी

सहायता के लिए उनके पक्षधर और सेनाएं आती हैं; सामान्य जन के न पक्षधर आते हैं, और न सेनाएं। संघर्ष में संगठन सदा जीतता है।" राम ने रुककर एक बार सब को देखा, "अब स्थिति यह है कि वे लोग हम पर आक्रमण करने की तैयारी में हैं। हमारे सामने एक विकल्प यह है कि हम सतर्क रहकर प्रतीक्षा करें। रातों को जागें और दिन में प्रतीक्षा का तनाव झेलें। शत्रु को पूरा अवसर दें कि वह आनन्द सागर तथा उनके साथियों की अपनी इच्छानुसार हत्या कर लें और अपनी सुविधा से अपनी निश्चित कार्य-पद्धति के अनुसार, इच्छित सैन्य शक्ति लेकर हमसे लड़ें और यदि हमें असावधानी के क्षण में घेर सकें तो अपनी कामनानुसार हमारा नाश कर लौट जाएं...।"

"और दूसरा विकल्प?" लक्ष्मण मुस्कुरा रहे थे।

"दूसरा विकल्प यह है कि तुम लोग यहां की रक्षा संभालो, मुझे और मेरी जनवाहिनी को मुक्त करो, और भीखन ग्रामवासियों द्वारा हमारी सहायता का वचन दे तो हम अपनी सुविधा से उन पर आक्रमण करें और उन्हें अपनी रणनीति के अनुरूप लड़ने को बाध्य करें।...मैं चाहता हूं कि एक तो हम आनन्द सागर तथा उनके साथियों को जीवित मुक्त कराने का प्रयत्न करें और इससे पूर्व कि भूधर को कहीं से सहायता मिले, हम उनको नष्ट कर दें।"

"यहां के विषय में आप चिन्ता न करें।" लक्ष्मण बोले, "उनके आक्रमण का वैसे ही मुझे कोई भय नहीं है, और यदि आप उधर उनसे जूझ रहे हों तो यहां कौन आएगा?"

"आप राक्षसों की सेना पर आक्रमण करेंगे?" शुभबुद्धि का स्वर चिन्तित था, "क्या यह उचित होगा? आत्मरक्षा की बात और है।"

"आनन्द सागर की रक्षा भी आत्मरक्षा है।" धर्मभृत्य बोला।

मुखर हंसा, "अपने बिल में मृत्यु की प्रतीक्षा में दुबके रहना आत्मरक्षा? और मृत्यु के घर का ध्वस्त कर निश्चिन्त हो जाना अनावश्यक हिंसा?"

"ठहरो मुखर!" राम बोले, "देखो शुभबुद्धि, यह युद्ध है। प्रतिरक्षात्मक युद्ध केवल अपनी मृत्यु के साथ ही समाप्त होता है, जबकि आक्रमण युद्ध शत्रु की मृत्यु के साथ भी समाप्त हो सकता था। इस क्षेत्र का अब तक का संघर्ष आत्मरक्षात्मक ही रहा है; यहां तक कि आनन्द सागर आश्रम पर आक्रमण होने की स्थिति में धर्मभृत्य के आश्रम से सहायता तक नहीं गई है। यह आत्मरक्षा के संकुचित अर्थ की चरम सीमा है। जिस पर प्रहार हो, वही सहन करे। परिणामतः राक्षसों का स्थान सदा सुरक्षित रहा है, और वे कभी पराजित नहीं हुए। हमें अपने दृष्टिकोण की इस भूल को समझना होगा। वैसे भी सुविधाओं का युद्ध रक्षात्मक हो सकता है, न्याय का युद्ध रक्षात्मक कैसे होगा?"

"आप क्या सोच रहे हैं भैया?" लक्ष्मण बोले, "हमें यहां छोड़कर स्वयं अकेले जाना चाहते हैं?"

"नहीं। मैं युद्ध के मोर्चे का विस्तार करना चाह रहा हूं।" राम बोले, "युद्ध यहां से वहां तक होगा। तुम अपनी टुकड़ियों के साथ यहां रहो, मैं अपनी जनवाहिनी के साथ वहां जाऊंगा।...वैसे भी इस मुक्त-क्षेत्र का विस्तार हुआ, तो हम घेरकर समाप्त कर दिए जाएंगे।"

"कब जाना चाहते हैं?" सीता ने प्रश्न किया।

"भीखन! तुम्हें ग्रामवासियों को तैयार करने में कितना समय लगेगा?"

"अभी चल दूं, तो मध्याह्न तक सब-कुछ तैयार होगा।"

"तो तुम कुछ खा-पीकर चल पड़ो।" राम बोले, "मैं मध्याह्न के पश्चात चलूंगा। सान्ध्य समय में गांव की सीमा पर मिल जाना।"

"ठीक है।" भीखन ने कुछ दबे स्वर में कहा, "पर पक्की बात है न?"

"पुष्टि की आवश्यकता नहीं है।" राम हंसे, 'सीते, भीखन के भोजन का प्रबन्ध कर दो।"

सीता ने भोजन परोसते हुए कहा, "भीखन भैया, मेरा प्रश्न रह गया था। भूधर कैसे ग्राम की बहू-बेटियां छीनकर बेच देता था?"

"ओह! वह!" भीखन खाते हुए बोला, "ऐसा है देवी वैदेही कि ग्रामीण बहुत निर्धन हैं। जी-तोड़ परिश्रम करते हैं। उपज भी अच्छी होती है, किन्तु कुछ कर के नाम पर, कुछ शुल्क के नाम पर तथा कुछ तन्त्र-मन्त्र और भगवान के नाम पर–भूधर तथा उनके सहयोगी हमसे इतना छीन लेते हैं कि हमारे पास दो समय का भोजन भी कठिनाई से बचता है। ऐसे में जब विवाह इत्यादि का अवसर आता है तो वर को कन्या के पिता को देने के लिए धन की आवश्यकता होती है। तब ऋण के लिए भूधर के पास जाना पड़ता है। वह हितू के रूप में धन की सहायता करता है और विवाह करवा देता है।..."

"ठहरो!" सीता बोलीं, "तुमने कहा, कन्या के पिता को देने के लिए वर को धन की आवश्यकता होती है?"

"हां देवी!"

"ओह! किन्तु किसलिए?"

"कन्या का मूल चुकाने के लिए!"

"भीखन भैया! हमारे यहां तो कन्या का पिता, कन्या की ओर से वर को दहेज देता है।"

"हमारी रीति इसके विपरीत है देवि! कन्या का मूल्य चुकाए बिना विवाह नहीं हो सकता।"

"अच्छा! फिर?"

"विवाह के पश्चात ऋण चुकाने के समय तक खेत भूधर के हो: जाते हैं। अपना पेट पालने के लिए हम अपने ही खेतों में भूधर के दासों के समान कार्य करते हैं। उससे दो समय का भोजन मिल जाता है..."

"अर्थात अपने खेतों में स्वयं ही परिश्रम कर, अन्न उपजा, दो समय का भोजन अपने लिए रख, शेष भूधर को दे देते हो?"

"इतना ही नहीं देवि! ऋण फिर भी हम पर चढ़ा रहता है।"

"खाते चलो भीखन!" सीता बोलीं, "फिर?"

"फिर क्या? थोड़े ही समय में निर्धनता तथा परिश्रम की मार से पति-पत्नी झगड़ने लगते हैं। भूधर ऋण चुकाने के लिए अलग तंग करता है। जल्दी ही ऐसी स्थिति आ जाती है कि आदमी जीवन से ऊब जाता है।" भीखन बोलता गया, "तब भूधर के चेले-चांटे सुझाते हैं कि 'ऋण से मुक्ति चाहते हो, तो अपनी पत्नी भूधर के हाथ बेच दो। जब पैसे होंगे छुड़ा लेना। तुम भी तो उसका मूल्य चुकाकर ही उसे लाए हो।' आपको क्या बताऊं देवी! लोग इतने दुखी हो चुके होते हैं कि उनकी बात मान जाते हैं। भूधर अनेक स्त्रियों को इसी प्रकार क्रय कर, कहीं दूर जाकर बेच आता है। पता नहीं, वह उनसे वेश्यावृत्ति कराता है या...।"

"तुम लोग यह सब देखते, जानते, समझते भी भीखन भैया...। और फिर भी सहे जाते हो?" सीता के नयनों में ज्वाला जल उठी, "यह तो अच्छा ही हुआ कि राम तुम्हारे ग्राम में जाने की योजना बनाए बैठे हैं, नहीं तो धनुष-बाण लेकर मुझे जाना पड़ता।"

"देवि वैदेही! हम सब दुखी हैं, किन्तु शरभंग तथा सुतीक्ष्ण जैसे दिग्गज ऋषियों की असमर्थता देखकर भयभीत हुए बैठे हैं। प्रश्न यह है कि बिल्ली के गले में घंटी कौन बांधे?..." भीखन हंसा,

"किन्तु, शायद अब परिस्थितियां बदल गई हैं। इस आश्रम तथा साथ-ही-साथ खान और बस्ती की मुक्ति ने लोगों में साहस भर दिया है। ग्रामीणजन तो प्रस्तुत ही हैं, गांव से कुछ कोस आगे मुनि धर्मभृत्य के ही मित्र, मुनि सुखप्रिय का आश्रम है, वे राम को अपने आश्रम में आमन्त्रित करने की इच्छा प्रकट कर चुके हैं।...मैंने अकारण ही भद्र राम को आश्वासन नहीं दिया है देवि !"

"ऐसी स्थिति में तुम्हारा सफल होना अनिवार्य है।" सीता तेजस्वी स्वर में बोलीं, "समझते हो न, असफलता का परिणाम क्या होगा ?"

"भली प्रकार समझते हैं देवि !"

भीखन ग्राम की सीमा से इधर ही वन में राम को मिल गया।

"आर्य ! सारा ग्राम आपकी प्रतीक्षा कर रहा है, और भूधर अपने राक्षस सैनिकों की।"

"पहले कौन पहुंचा ?"

"आप !"

"तो विजय भी हमारी ही होगी।" राम मुस्कुराए, "भीखन ! तुम्हें भय तो नहीं लग रहा ? मेरे साथ केवल बीस व्यक्ति हैं।"

भीखन मुस्कुराया, "इतना ही भीत प्रकृति का होता तो ऋषि सुतीक्ष्ण के आश्रम में तपस्या कर रहा होता, राम को बुलाने धर्मभृत्य के आश्रम में न जाता।"

"स्वस्ति भीखन ! तुम वीर हो।" राम बोले, "अब ग्राम में जाओ। जिसको जो प्रहारक वस्तु मिले, लेकर प्रस्तुत रहो। आश्रम पर आक्रमण का संकेत मिलते ही, भूधर के भवन पर जा टूटो। प्रयत्न यह हो कि उनके अधिक-से-अधिक शस्त्र छीन सको। भूधर के भवन में अधिक सैनिक तो नहीं हैं ?"

"नहीं आर्य ! दो-चार साधारण प्रहरी हैं।"

"तो ठीक है। जाओ।"

भीखन वृक्षों के पीछे अदृश्य हो गया, तो राम भी आश्रम की ओर मुड़े। राम के पीछे उनके बीस जन-सैनिक निःशब्द चल रहे थे। सैनिकों के पास खड्ग थे; और राम सावधानी से अपना धनुष पकड़े, किसी भी आकस्मिक आक्रमण के लिए तैयार थे।

वे लोग निर्विघ्न आश्रम के निकटतर होते गए, किन्तु एक दूरी से ही आश्रम में होनेवाले कोलाहल का आभास उन्हें मिलने लगा था। राम को समझते देर नहीं लगी कि राक्षस अपनी विजय का आनन्दोत्सव मना रहे थे। राम के होंठ एक अस्पष्ट-सी मुस्कान की मुद्रा में शिथिल हो गए : शत्रु चतुर तो नहीं ही था, सावधान भी नहीं था। आततायी जन-शत्रु अपने विलास के कारण ही अधिकांशतः असावधानी में मारा जाता है। राक्षसों को राम के आने का पता तब चला, जब वे आश्रम के केन्द्र में एकत्र सभा के सामने जा खड़े हुए। एक राक्षस का नशे में लड़खड़ाता स्वर आया, "आ गई। आ गई। तुम्हारी प्रतीक्षित सेना आ गई भूधर ! चलो अब धर्मभृत्य के आश्रम को लूटें। वहां अनेक श्रमिक सुन्दरियों के साथ, राम की अत्यन्त सुन्दरी पत्नी सीता भी हाथ लगेगी..."

वे लोग मदिरा पीकर धुत थे। उन्हें अपना-पराया कुछ नहीं सूझ रहा था। वैसे वे सब सशस्त्र थे। कुछ के पास शूल थे, कुछ के पास करवाल तथा तीन-चार धनुर्धारी भी थे।

"अरे, ये तो वे लोग नहीं लगते।" एक राक्षस आंखों पर अपनी हथेली की छाया कर उन्हें पहचानने का प्रयत्न कर रहा था, "नहीं तो, यह तपस्वी..."

"मैं राम हूं।" राम ने मुक्त कंठ से घोषणा की, "धर्मभृत्य के आश्रम तक नहीं जाना पड़ेगा।"

"राम!" उनमें से एक चिल्लाया, "मारो! मारो! राक्षसद्रोही आ गया। वानरों का साथी, कंगला राजकुमार...।"

"सावधान!" राम ने अपने साथियों को संकेत किया और इससे पूर्व कि राक्षस उन पर झपटते, राम के धनुष से बाण छूटने लगे और दो क्षणों में ही चारों धनुर्धारी राक्षस अपने धनुषों के साथ भूमि पर आ रहे। अनेक कंठों से निकले पीड़ा-प्लावित चीत्कार हवा में दूर तक तैरते चले गए। गांव की दिशा से भी भीड़ का आक्रामक उद्घोष आरम्भ हो गया।

राम समझ गए कि भूधर के भवन पर आक्रमण आरम्भ हो गया है। भीखन अपनी बात का धनी निकला था। आक्रमणों की आकस्मिकता तथा समसामयिकता से राक्षसों के कान खड़े हो गए, उनके चेहरों का निश्चिन्त उल्लास विलीन हो गया। युद्ध के लिए असमंजस का भाव उनकी मुद्राओं पर स्पष्ट अंकित था। किन्तु फिर भी अभ्यस्त सैनिकों के समान उनके शस्त्र उठे और वे लोग आगे बढ़े। किन्तु राम के लिए राक्षसों की हतप्रभता से अधिक आश्चर्यजनक आश्रमवाहिनी का उत्साह था। ये वे लोग थे, जिन्होंने कभी युद्धों में भाग नहीं लिया था और सदा ही राक्षसों से आतंकित रहते थे।...इस अनिन्द्य ने कहा था कि खान-श्रमिक कभी नहीं लड़ेंगे, किसी अवस्था में नहीं–अपने अधिकार के लिए भी नहीं...और वही अनिन्द्य अपना खड्ग उठाकर राक्षसों पर इस प्रकार झपट रहा था, जैसे उसके सम्मुख जो जीव खड़ा है, उसके हाथ में मानो शस्त्र ही न हो।

राक्षसों के अपने ही शस्त्र उनके लिए भारी हो गए थे, उठाए नहीं उठते थे, और उठते थे तो उनकी इच्छा के अनुसार चलते नहीं थे...केवल एक पक्ष कुछ स्फूर्ति दिखा रहा था और उनका दबाव, राम की वाहिनी पर बढ़ रहा था, कदाचित वे जनस्थान की सेना की नियमित टुकड़ी के सदस्य थे। राम ने धनुष की डोरी खींची। एक के पश्चात एक बाण छूटते गए और सैनिक टुकड़ी के अधिकांश योद्धा धराशायी हो गए। राक्षस धनुर्धारी पहले ही मारे जा चुके थे। उनके पास ऐसा कोई शस्त्र नहीं था, जो राम के बाणों से उनकी रक्षा करता।

सहसा भूधर ने अपना शूल भूमि पर डाल दिया और घुटनों के बल बैठ उसने अपने हाथ जोड़ दिए, "हमारे प्राण मत लो।" उसने रुदन का प्रयत्न करते हुए कांपते-से स्वर में कहा।

"अपने साथियों को शस्त्र त्यागने का आदेश दो।" राम बोले।

भूधर के आदेश के बिना ही राक्षसों ने अपने शस्त्र त्याग दिए।

"अनिन्द्य!" राम ने कहा, "इनके शस्त्र अपने अधिकार में ले लो।" और राक्षसों की ओर मुड़े, "तुम सब एक-दूसरे से सटकर बैठ जाओ। और मेरे प्रश्नों के उत्तर दो।" राक्षसों ने आज्ञा का पालन किया।

"मुनि आनन्द सागर और उनके ब्रह्मचारी कहां हैं?"

"हमने उनमें से केवल कुछ की हत्या की है, शेष को बांधकर कुटीर में डाल दिया है।" भूधर बोला, "आप चाहें तो उन्हें मुक्त कर लें। हमें अपने ग्राम में जाने दीजिए।"

"उन्हें मुक्त करो भूलर!" राम ने कहा और भूधर की ओर मुड़े, "तुमने उनमें से कुछ की हत्या क्यों की?"

"वे लोग हमारा विरोध कर रहे थे।"

"तुम भी तो शस्त्र लेकर हमारा विरोध कर रहे थे," राम की वाणी शान्त तथा स्थिर थी, "हम भी तुममें से कुछ की हत्या कर दें?"

"नहीं ? राक्षसों में सिहरन दौड़ गई। उनमें से अनेक के रंग पीले पड़ गए।

"क्यों ?" राक्षसों की ओर से कोई उत्तर नहीं आया।

राम मुस्कुराए, "तुमने आश्रम पर आक्रमण क्यों किया ?"

"आश्रमवाले ग्रामीणों को मेरे विरुद्ध भड़काते थे।" भूधर बोला।

"क्या कहते थे ?"

"वे उन्हें सिखाते थे कि सब मनुष्य समान हैं। अब आप ही बताइए कि भूस्वामी और भूदास समान कैसे हो सकते हैं? कितनी मूर्खता की बात है न।" भूधर के चेहरे पर एक चाटुकार मुस्कान फैल गई, "आप ही बताएं कि आप, अयोध्या के राजकुमार सम और आपका यह सैनिक, क्या समान है ?"

राम मुस्कुराए, "तुम्हें कैसे लगा कि हम समान नहीं हैं? यह भी मनुष्य है और मैं भी मनुष्य हूं।!

"तो फिर आप अपना धनुष-बाण उसे पकड़ा दीजिए।" भूधर धृष्टता से मुस्कुराया, "और उसे कहिए कि वह आदेश दे और आप उसका पालन कीजिए।"

राम का स्वर कुछ और गहरा हो गया, "यदि तुम्हारे स्थान पर मैं खड़ा होता और मेरे स्थान पर तुम; तो निश्चित है कि इतनी बात कहने पर तुम मेरी हत्या कर देते...।"

"स्वामि!" भूधर का माथा भूमि से जा लगा।

"डरो मत!" राम बोले, "इस बात के लिए मैं तुम्हारा वध नहीं करूंगा।...मैं तुम्हारे प्रश्न का उत्तर दूंगा। तुमने कहा है कि यदि सब मनुष्य समान हैं तो मैं धनुष-बाण अनिन्द्य को देकर उसकी आज्ञा का पालन क्यों नहीं करता ? तुम शायद यह नहीं जानते कि मैं अनिन्द्य जैसे लाखों ईमानदार श्रम-जीवियों तथा आनन्द सागर जैसे अनासक्त बुद्धिजीवियों की आज्ञा का पालन करने के लिए ही आया हूं। तुम्हारे ग्राम के भूदास भीखन के मैत्रीपूर्ण आदेश पर यहां उपस्थित हुआ हूं।...और आया भी इसीलिए हूं कि प्रत्येक अनिन्द्य और भीखन के हाथ में अपना धनुष-बाण पकड़ा दूं। तुम मेरा विश्वास नहीं करोगे, किन्तु सत्य यही है कि उनके हाथों में धनुष पकड़ाए बिना यहां से नहीं जाऊंगा। और भूधर...।" राम तनिक रुककर बोले, "तुम्हारी समझ में शायद न आए, किन्तु यह प्राकृतिक सत्य है कि मनुष्य समान हैं। जो इसका विरोध करता है, वह प्रकृति के सत्य का विरोध करता है। प्रकृति के यन्त्र में प्रत्येक छोटा-बड़ा उपकरण अलग-अलग कार्य करता है, किन्तु उन सबका महत्त्व समान होता है। यदि मैं यहां तुम्हारे ग्राम में रहूंगा, तो अपने लिए उतनी ही भूमि लूंगा, जितनी भीखन अथवा अनिन्द्य को दूंगा। तुम्हारे समान सारी भूमि स्वयं हड़पकर, उस पर उनसे श्रम करवा, उस अन्न को बेच अपने लिए विलास-सामग्री एकत्रित नहीं करूंगा।..." राम रुके, "मैंने तुम्हारे प्रश्न का उत्तर दिया है। अब तुम मेरे प्रश्न का उत्तर दो। तुम श्रमिकों अथवा बुद्धिजीवियों की हत्याएं क्यों करते रहे हो ?"

"यह काम इतना सरल था कि कभी कुछ सोचा ही नहीं।" भूधर अनायास ही कह गया, "वे इतने निर्धन और असुरक्षित थे कि उन्हें नष्ट करने की इच्छा होने लगती थी।"

"तुमने कभी नहीं सोचा कि तुमसे इसका प्रतिशोध भी लिया जा सकता है ?"

"कौन लेगा, प्रतिशोध ?" भूधर चकित था, "आज तक तो कोई उनकी रक्षा के लिए भी नहीं आया। और हमें तनिक भी आशंका होती थी तो हम जनस्थान तक...।"

भूधर की बात पूरी नहीं हुई। अनेक कुटीरों से निकल-निकलकर ब्रह्मचारी उनकी ओर आ रहे थे–कदाचित वे लोग अब तक एक-दूसरे को मुक्त करने में भूलर की सहायता कर रहे थे।

"आप बड़े समय से आए राम!" मुनि आनन्द सागर ने निकट आकर कहा, "अन्यथा ये राक्षस हम सबकी हत्या कर देते।"

"इसका श्रेय भीखन को है।" राम बोले, "न वह आता, न हमें पता लगता।"

"भीखन पर धर्मभृत्य का प्रभाव हमें बचा गया।" मुनि पीले पड़े चेहरे और सूखे होंठों से मुस्कुराए, "नहीं तो आज तक यहां इस प्रकार कौन बचा है।"

"आप विश्राम करें मुनिवर!" राम रुके, "आप 'मुनिवर" सम्बोधन का बुरा तो नहीं मानेंगे, धर्मभृत्य इसे परिहास मान लेता।"

"नहीं!" आनन्द सागर बोले, "किन्तु आप मुझे नाम से ही पुकारें। वह मुझे अधिक भाएगा।"

"अच्छा! आप विश्राम करें। तब तक हम इनकी कुछ व्यवस्था कर लें।" राम अनिन्द्य की ओर मुड़े, "जिन रस्सियों से ब्रह्मचारियों को बांधा गया था, उन्हीं से इन राक्षसों के हाथ-पैर बांध दो। तब तक भीखन तथा उनके साथी भी आ पहुंचेंगे।" राम ने अपना स्वर ऊंचा कर, राक्षसों को सुनाते हुए कहा, "एक-एक कर, इन्हें बुलाओ और इनके हाथ-पैर बांधकर भूमि पर डाल दो। जो विघ्न डाले, प्रतिरोध करे, उसका वध कर दो।"

राम की धमकी का अनुकूल प्रभाव पड़ा। राक्षसों ने चुपचाप निर्विरोध अपने हाथ-पैर बंधवा लिए। यह कार्य पूरा होते-होते भीखन भी अपनी टोली के साथ आ पहुंचा था। लगता था, जैसे सारा गांव ही उठकर चला आया हो।...स्त्रियां, पुरुष, बच्चे, बूढ़े...और उस भीड़ के आगे-आगे चार व्यक्ति चल रहे थे, उनके हाथ पीछे की ओर बंधे थे और वे हांककर लाए जा रहे थे।

उनके शरीर पर रक्त के स्पष्ट चिह्न थे। लगता था, उन्हें पीटा तो गया है, किन्तु घातक प्रहार कोई नहीं किया गया था। वे लोग सुविधापूर्वक अपने पैरों चलकर आ रहे थे। कदाचित ग्राम में युद्ध की स्थिति ही नहीं आई ...ग्रामवासियों के आते ही स्थिति बदल गई। उन्होंने भूधर के घर से पकड़े गए प्रहरियों को भी बन्दी राक्षसों के पास ला पटका; तथा बिना किसी योजना के ही राक्षसों से छीने गए शस्त्र उठाकर स्वयं को शस्त्र-सज्जित कर लिया। उनकी मुद्राएं प्रहरक थीं, और उन्होंने बन्दी राक्षसों को चारों ओर से घेर रखा था। निमिष-भर में ही राक्षसों को अपनी स्थिति का ज्ञान हो गया और उनके पीले पड़ते हुए चेहरे उनके मनोबल को व्यक्त करने लगे।

सहसा भीखन आगे बढ़ आया, "राम! ग्रामवासियों की इच्छा है कि इन राक्षसों को आप हमें सौंप दें। हम इनका न्याय करेंगे।"

"भीखन, ये युद्ध-बन्दी हैं।" राम बोले।

"किन्तु इनका न्याय तो होना ही चाहिए।" भीखन बोला, "इन्होंने जब चाहा, हमारे साथ मनमाना अत्याचार किया, क्योंकि हम युद्ध-बन्दी नहीं, साधारण बन्दी थे। यह कौन-सा न्याय हुआ कि निःशस्त्र व्यक्ति को पकड़कर उसे राक्षसी यातना दो और सशस्त्र व्यक्ति को पकड़ो तो उसे युद्ध-बन्दी मानकर कुछ न कहो। आप क्या इन्हें मुक्त करने की बात सोच रहे हैं?"

"नहीं! मैं अपनी ओर से कुछ विशेष नहीं सोच रहा।" राम बोले, "न्याय तुम ही लोग करो। मैं केवल इतना ही कहना चाहता हूं कि बिना किसी आरोप को सिद्ध किए, बिना कोई भेद किए सबका वध करना उचित नहीं होगा। इस समय ये बन्दी हैं। तुम्हें कोई जल्दी नहीं है। एक-एक ग्रामवासी तथा आश्रमवासी अपना अभियोग प्रस्तुत करे तथा उसी के अनुरूप एक-एक व्यक्ति को दंड दिया जाए–यदि अनिवार्य समझा जाए तो मृत्यु-दंड भी।"

"राम!" सहसा भूधर चीत्कार कर उठा, "हमने युद्ध में शस्त्र त्यागे हैं। हमने आपके सम्मुख

समर्पण किया है—हम आपकी शरण में आए हैं।...हम कुलीन राक्षस हैं; हमें इन गंवारों की दया पर न छोड़ें...।"

"अधिक रक्तपात न हो तो अच्छा है।" ब्रह्मचारी समुद्रदत्त कोमल-से स्वर में बोला, "यदि ये अपनी भूल स्वीकार करते हैं, तो इन्हें क्षमा कर दिया जाना...।"

"नहीं! नहीं!!" अनेक दिशाओं से जैसे प्रेत जाग उठे, "इन्हें क्षमा नहीं किया जा सकता।"

और सहसा एक वृद्ध आगे बढ़ा। उसके हाथ में राक्षसों से छीना हुआ एक शूल था।...और इससे पहले कि कोई कुछ कहता, उसने अपने शरीर का सारा बल लगाकर, शूल भूधर के वक्ष में उतार दिया...

"यह लो क्षमा! जिस दिन तुमने मुझे बांधकर, मेरी आंखों के सम्मुख मेरी सन्तान की हत्या की थी, उस दिन क्षमा कहां थी...?"

सन्नाटा छा गया। वृद्ध धीरे-धीरे आया और राम के सम्मुख खड़ा हो गया, "मेरा अभियोग है कि इसने मेरे निरपराध और निरीह, दो-दो पुत्रों की हत्या की है और मुझ पर आरोप है कि मैंने इस अपराधी की केवल एक बार हत्या की। मेरा न्याय कहता है कि मैं उसकी एक बार और हत्या कर सकता हूं। तुम्हारा न्याय क्या है, बोलो राम! तुम्हारा मन मुझे अपराधी माने तो मैं दंड के लिए प्रस्तुत हूं।"

"नहीं बाबा! तुम अपराधी नहीं हो।" राम शान्त स्वर में बोले, "किन्तु तुमने कुछ त्वता से काम लिया, कदाचित अपने आवेश के कारण। यदि अपना आरोप लगाकर न्याय जन-न्यायालय पर छोड़ देते, तो भी तुम देखते कि तुम्हारे पुत्रों की हत्या के अपराध में, यह मृत्यु-दंड से कम में नहीं छूटता। अच्छा..." राम ने अपना स्वर ऊंचा किया, "मेरा प्रस्ताव है कि भीखन तथा आनन्द सागर मिलकर कुछ लोगों की समिति बनाएं और इन युद्ध-बन्दियों के लिए कारागार की उचित व्यवस्था करें। फिर एक-एक व्यक्ति पर जन-न्यायालय में अभियोग चलाकर उनका उचित न्याय करें। आप लोग यदि सहमत हों तो अपना समर्थन प्रकट करें।"

उपस्थित लोगों ने समर्थन में उल्लसित कोलाहल किया।

"ठीक है।" राम पुनः बोले, "दूसरा निर्णय यह करना है कि अब, जब आपके पास शस्त्र भी हैं और आप मुक्त भी हैं; आपकी रक्षा के लिए हम यहां ठहरें या अपने आश्रम लौट जाएं?"

भीड़ चुप रही। कोई कुछ नहीं बोला।

"आत्म-रक्षा तो हम कर लेंगे।" थोड़ी देर के पश्चात भीखन बोला, "किन्तु, आप यहां ठहरें तो...।"

"तुम अपनी रक्षा कर लोगे, तो आज मैं लौटना चाहूंगा।" राम मुस्कुराए, "मैं फिर आऊंगा, और जब आऊंगा तुम्हें अपने आश्रम और ग्राम से इस जनवाहिनी के लिए बीस सैनिक देने होंगे।"

"देंगे। देंगे।" भीड़ ने हर्ष के साथ कहा।

"तो अब हमें चलना चाहिए। अनुमति दीजिए।" राम अपना धनुष पकड़कर उठ खड़े हुए।

लौटते हुए राम की जनवाहिनी के सारे सैनिक बहुत प्रसन्न थे। आज उन्होंने जीवन में पहला युद्ध किया था, और उसमें वे विजयी रहे थे। युद्ध भी राक्षसों से, जो न केवल स्वयं सशस्त्र थे, वरन जिनके साथ नियमित राक्षसी सेना की टुकड़ी भी थी। उन लोगों ने पहली बार अपनी वीरता का आत्म-साक्षात्कार किया था।...उनके वार्तालाप में बार-बार

मांडकर्णि का नाम आ रहा था। वे लोग अनेक बार मांडकर्णि और राम की तुलना कर रहे थे। जब मांडकर्णि ने अपना संगठन और संघर्ष आरम्भ किया था, तब भी उन्होंने आनन्द और उल्लास का अनुभव किया था; किन्तु शीघ्र ही उन्हें मालूम हो गया था कि वह उल्लास केवल काल्पनिक ही था–भौतिक रूप में अपने जीवन पर उन्हें उस संघर्ष का कोई प्रभाव दिखाई नहीं पड़ा था। जबकि राम के संघर्ष की ओर बढ़ते ही उन्हें अपने जीवन की परिवर्तित स्थिति दिखाई पड़ने लगी थी। खान-स्वामियों के साथ कोई छोटा-मोटा समझौता होते ही मांडकर्णि कहा करते थे कि श्रमिकों की एक महान विजय हुई है; किन्तु उन विजयों की महानता कभी श्रमिकों की समझ में नहीं आई, पर राम की एक विजय...लगता है कि विश्व विजय की ओर एक पग बढ़ गया है...

अनमने-से राम अपने साथियों की बातें सुनते रहे...उनकी बातों की गति और तल्लीनता बढ़ती जा रही थी। वे राम की उपस्थिति को सर्वथा भूले हुए, अपने भूत की स्मृति के साथ-साथ भविष्य की कल्पनाएं करते जा रहे थे...और क्रमशः राम भी बाहरी वात्तावरण से स्वयं को पृथक कर, आत्मलीन होते गए...आज उन्हें भी अनिन्द्य, भूलर या कृतसंकल्प के समान अपने भूत, वर्तमान और भविष्य की विभिन्न परतों में अनायास तैरने की इच्छा हो रही थी–जैसे सागर की लहरों पर झूलता हुआ काठ का कोई टुकड़ा तैरता है...

अपने शैशव में राम ने राजमहल के सम्पन्न वातावरण में मानवीय भावों की उपेक्षा और प्रताड़ना देखी थी। वह भी एक यातना थी और उस यातना ने राम के भीतर मानवीय भावना का विकास किया था। तब नहीं सोचा था कि मानव-जीवन में किसी और कारण से भीं कोई कष्ट हो सकता है। तभी से राम ने कुछ स्वप्न देखे थे, मन में कुछ आदर्श पाले थे, पारिवारिक और सामाजिक सम्बन्धों के। पति और पत्नी का सम्बन्ध! पिता और पुत्र का सम्बन्ध! उन्होंने सोचा था कि समर्थ होते ही इन्हें सुधारने का काम करेंगे। जीवन में एक पत्नीव्रत निभाएंगे, ताकि ऐसी समस्याएं ही न उठें और होश संभालते-संभालते उन्हें अयोध्या के राजतन्त्र में अनेक दोष दिखाई पड़ने लगे थे, कहीं अव्यवस्था, कहीं अज्ञान, कहीं असावधानी, कहीं स्वार्थ, कहीं अत्याचार भी। राम ने अपनी क्षमता-भर उसके विरुद्ध संघर्ष आरम्भ किया था। लक्ष्मण उनके साथ थे, माता सुमित्रा उनका बल थी, किन्तु शासन उनका नहीं, चक्रवर्ती का था। राम चिन्तन ही करते रहे कि व्यवस्था में सुधार की आवश्यकता है। शासन का कार्य कुछ ईमानदार लोगों को देना चाहिए, पुरानी परम्पराओं और रूढ़ियों को तोड़ना चाहिए। तब गुरु विश्वामित्र आए थे। राम और लक्ष्मण ने पहली बार खुली आंखों से नया संसार देखा था। उन्होंने अन्याय और अत्याचार का नया रूप देखा था। कैसे शासक अपने अधिकारों का दुरुपयोग कर, अपनी प्रजा का रक्त पीने लगता है। अपनी शक्ति का प्रयोग, प्रजा की रक्षा के लिए न कर, अपने लिए विलास के साधन जुटाने के लिए करता है और साथ ही, तब पहली बार उन्होंने राक्षसों को देखा था, राक्षसी अत्याचार देखा था। तब तक राम ने केवल अपनी मानवीय और न्यायभावना से काम किया था! आज कोई उनसे पूछे कि जिस प्रकार की व्यवस्था वे इन ग्रामों, बस्तियों, खानों तथा आश्रमों के लिए करना चाहते हैं, वैसी राजनैतिक व्यवस्था की बात उन्होंने अयोध्या के लिए क्यों नहीं सोची? भूधर ने उनसे पूछा था कि यदि सारे मनुष्य समान हैं, तो वे अपना धनुष अनिन्द्य के हाथ में क्यों नहीं दे देते? क्या सचमुच ही वे स्वयं को विशिष्ट जन नहीं मानते रहे?

राम के नयन अनायास ही मुंद गए। उनका मन गुरु विश्वामित्र के लिए श्रद्धा से भर आया : मैं क्या जानता था गुरुदेव! कि क्या-क्या है आपके मन में, आपने वन से परिचय न कराया होता, वन जाने का वचन न लिया होता, तो राम कैसे जान पाता कि वास्तविक अन्याय क्या होता है।

अयोध्या में बैठा राम शायद सोच भी न पाता कि मानव की समता क्या होती है और सामान्य जन को कैसे शासन की आवश्यकता है। ऋषि ने वन न भेजा होता, तो राम कैसे जान पाता कि ये समस्त भू-स्वामी, खान-स्वामी, सामन्त तथा अन्य प्रकार के धन, सत्ता तथा कहीं-कहीं विद्या के स्वामी, क्रमशः राक्षस हो चुके हैं। वह कैसे जान पाता कि कोई व्यवस्था जब अपने विकास के अन्तिम चरण पर पहुंचकर सड़ने लगती है तो वह गुणों का नहीं, दुर्गुणों का ही विकास कर जाती है; उसका विष निरन्तर वर्धमान होता चलता है। अयोध्या में रहते हुए उनके मन में भावना-मात्र थी, विचार नहीं थे, योजनाएं नहीं थीं, ये तो उन्हें वन में से मिले हैं। इन वनवासियों से, ग्रामीणों से, आश्रमों से राम ने कितना कुछ नया सीखा है, यदि उन्हें अयोध्या से निकलने में विलम्ब हो जाता, यदि अयोध्या के परम्परागत राजतन्त्र में लम्बे समय तक निरन्तर सांस लेने के कारण मस्तिष्क के तन्तु पककर अपरिवर्तनशील हो जाते, तो राम इस नई मानवता का साक्षात्कार न कर पाता, यदि कर पाता तो अंगीकार करना सम्भव न होता।

सहसा राम का मन सशंक हो उठा : जिस नए समाज का निर्माण वे करना चाहते हैं, उस समाज को साम्राज्यों की संगठित सेनाएं, जीवित रहने देंगी क्या? यदि सारे दंडकवन में मानवीय समता पर आधृत सामाजिक तथा राजनीतिक जनव्यवस्था स्थापित हो जाए, तो रावण उसे कितने दिन चलने देगा? उसकी सेना का सामना करने के लिए यह व्यवस्था समर्थ हो पाएगी क्या? या उस साम्राज्य की शक्ति को ध्वस्त कर उन्हें भी नई व्यवस्था की ओर प्रेरित करना होगा?...राम का मन कहता है कि रावण के साम्राज्य को ध्वस्त किए बिना प्रत्येक समाज अपनी इच्छा और आवश्यकता के अनुसार विकसित होने का स्वप्न नहीं देख सकता...साम्राज्य केवल अपना स्वार्थ देखता है, मानव की प्रसन्नता तथा गरिमा से उसका कोई प्रयोजन नहीं है...

छः

प्रातः के शस्त्राभ्यास के पश्चात मुखर, आश्रम के कुछ ब्रह्मचारियों के साथ खान में काम करने के लिए जा चुका था। सीता भी उन स्त्रियों की शिक्षा तथा शस्त्राभ्यास के लिए बस्ती में चली गई थीं, जो अपने छोटे बच्चों अथवा किसी अन्य बाध्यता के कारण आश्रम में नहीं आ सकती थीं। लक्ष्मण उन श्रमिकों को शस्त्राभ्यास करवा रहे थे, जिन्हें आज खान से छुट्टी थी। किन्तु उनके व्यवहार की उतावली स्पष्ट कर रही थी कि उनके मन में अपना अलग कार्यक्रम इतना प्रबल हो उठा था कि वे इस शस्त्राभ्यास को शीघ्र पूर्ण करना चाह रहे थे। राम धीरे-धीरे चलते हुए लक्ष्मण के पास आए, "सौमित्र! अभ्यास कुछ समय तक चलेगा क्या?"

"अधिक नहीं!" लक्ष्मण अपनी उतावली से जूझते हुए बोले, "अन्नभंडारी ने सूचना दी है कि अन्न का भंडार कम हो रहा है। मुझे निकट के कुछ ग्रामों में जाना है। खनिज के विनिमय से कुछ अन्न का प्रबन्ध करना होगा।"

"ओह!" राम कुछ सोचते हुए बोले, "मेरी खेत-श्रमपाली का समय हो गया है। यहां शस्त्रागार के पहरे का प्रबन्ध भी देखना होगा।"

"आप जाइए।" लक्ष्मण बोले, "मैं मुखर अथवा भाभी के आ जाने के पश्चात ही जाऊंगा।"

राम की जनसेना प्रातः अपना शस्त्राभ्यास कर चुकी थी। अब सैनिक अच्छी प्रकार खड्ग चला लेते थे, शूल का प्रहार कर लेते थे, और धनुर्विद्या का अभ्यास आरम्भ कर चुके थे। इस समय बीस सैनिक चार टुकड़ियों में बंटकर अलग-अलग कार्यों के लिए जा रहे थे। राम अपनी टुकड़ी के साथ खेतों पर जा रहे थे, अनिन्द्य अपनी टुकड़ी को धातुकर्मी की भट्ठी पर ले गया था, भूलर को इस समय कुम्भकार के चाक पर होना था और कृतसंकल्प को बुनकर के करघे के पास।

कुछ काम तो सुचारु ढंग से चल रहे थे–राम सोच रहे थे–बस्ती में साफ़-सुथरे, सुन्दर कुटीर बन जाने से यद्यपि उन्हें प्रासाद नहीं मिले थे, किन्तु खुले हवादार घर अवश्य मिल गए थे। करघे के प्रशिक्षण से आर्थिक स्थिति भी पहले से पर्याप्त सुधर गई थी। छोटे बच्चे नग्न घूमने के स्थान पर छोटी-छोटी धोतियों में दिखाई पड़ते थे। कुम्भकार के बर्तनों का रूप भी बदल गया था और प्रायः घरों में सुन्दर बर्तनों का प्रचलन हो गया था।...किन्तु अन्न!...राम के चिन्तन में विघ्न उपस्थित हुआ–अन्न की समस्या का पूर्ण समाधान नहीं हो पाया था। लक्ष्मण बता ही रहे थे कि अन्न का भंडार कम हो गया था। उसका एक कारण तो निकट के कुछ पुरवों-टोलों तथा आश्रमों में सहायतार्थ अन्न भिजवाने की बाध्यता भी हो सकती है–किन्तु साथ ही अन्न के उत्पादन की पद्धति भी उसके लिए उत्तरदायी थी। सिंचाई के उचित साधनों का भी अभाव था अभी तक कृषि-कर्म मानव-श्रम पर ही टिका हुआ था। उसमें पशुओं की सहायता अभी नही ली गई थीं। केवल कुदाल से मनुष्य भूमि को कितना उपजाऊ बनाएगा और उसके लिए कितना श्रम करेगा?...हल तो उन्होंने धातुकर्मी से कहकर तैयार करवा लिया है, किन्तु बैल? बस्ती में न गाय है, न बैल। इन खान श्रमिकों को जीवन के दबाव ने कभी यह भी नहीं सोचने दिया कि यदि उन्हें नहीं, तो उनके बच्चों को गाय के दूध की आवश्यकता है। जिन्हें दो समय का; भोजन कठिनाई से मिलता था–वे दूध की बात कहां से सोचते? किन्तु अब दूध के विषय में सोचना होगा। आश्रम में पशु-पालन का कार्य भी प्रारम्भ करना होगा और पशुओं का प्रबन्ध? कदाचित पशुओं को दूर से मंगवाना पड़ेगा...भारद्वाज के आश्रम से...या...

राम और उनके साथी अपने खेतों में पहुंचकर अपने काम में लग गए। अभी थोड़े-से क्षेत्र की खुदाई शेष थी फिर ढेले तोड़ने थे। पत्थर निकालने थे। कहीं-कहीं तो भूमि कुछ अधिक ही पथरीली थी। क्यारियां बनानी थीं...फिर सैनिकों को कृषि-कर्म के लिए पूरा समय भी नहीं मिल पाता था। काम के बीच में से सहसा दृष्टि उठाकर राम ने देखा, कोई व्यक्ति उनकी ओर आ रहा था। राम ने कुदाल रोक लिया। सीधे खड़े होकर ध्यान से देखा : दूर से तो वह भीखन ही लग रहा था; किन्तु कैसा बदला हुआ-सा था। कुछ निकट आने पर पुष्टि हो गई। वह भीखन ही था। उसके चेहरे के भाव इतने बदले हुए थे कि उसे पहचानना भी कठिन हो रहा था।

"क्या बात है भीखन?" भीखन मार खाई हुई-सी दृष्टि से राम की ओर देखता रहा। लगता था, जैसे अभी राब देगा।

"क्या हुआ? तुम इतने दुखी क्यों हो भाई?"

राम ने कुदाल वहीं भूमि पर छोड़ दिया। भीखन को उसकी बांह से पकड़ा और खेत के किनारे पेड़ की छाया में ले आए। जब दोनों छाया में बैठ गए तो राम ने पुनः भीखन की ओर देखा।

"आपको याद होगा राम!" भीखन बड़े मरियल स्वर में बोला, "जब पिछली बार मैं आपको लेने

आया था और आप हमारे गांव गए थे, तब मैंने कहा था कि राक्षस अपनी किसी सहायता सेना की प्रतीक्षा में हैं।"

"याद है।" राम बोले।

"वह सेना कल रात हमारे गांव में पहुंची थी..."

"क्या?" राम चौंक पड़े।

"हां राम! रात को उन्होंने आक्रमण...नहीं, उसे आक्रमण नहीं कहना चाहिए। लोग छिपकर चोरी से आए और सारे युद्ध-बन्दियों को छुड़ाकर ले गए। और..."

"और क्या?"

"आपको वह वृद्ध भी याद होगा, जिसने भूधर की हत्या की थी; वे लोग उसे अपने साथ ले गए हैं। निश्चय ही, वे उसे बहुत यातनापूर्ण मृत्यु-दंड देंगे..." राम गहरी चिन्ता में पड़ गए, इसका अर्थ यह है कि उन्होंने कुछ उतावली दिखाई थी। न तो आनन्द सागर के आश्रम में और न ही भीखन के ग्राम में ऐसा संगठन बन पाया था कि वे लोग अपनी रक्षा में समर्थ हो पाते, किन्तु उन्हें छोड़कर चले आए।

"और कोई क्षति तो नहीं हुई?"

"रात के दो प्रहरी गम्भीर रूप से घायल हुए हैं।" भीखन बोला, "मुझे खेद है राम!..."

"किस बात का?"

"मैंने तो कह दिया कि हम अपनी रक्षा कर लेंगे, किन्तु कर नहीं पाए।"

"ओह!" राम अपनी गम्भीरता के बीच मुस्कुराए, "उसके लिए तुम्हें कोई दोषी नहीं ठहराएगा। हममें से दोषी कोई नहीं है, किन्तु असावधानी हुई है, और वह मुझसे हुई है।"

"नहीं राम!..."

"हां! असावधानी मेरी ही है।" राम बोले, "तुम्हारे आश्वासन के बाद भी, राक्षसों के आक्रमण की सम्भावना और तुम्हारी आत्म-रक्षा की क्षमता पर मुझे विचार करना था। तुमने मुझे सूचना दी थी कि वे राक्षसों की किसी सैनिक टुकड़ी की प्रतीक्षा कर रहे हैं। तुम्हारे आश्रम से लौटने की उतावली में, उस टुकड़ी को मैंने सर्वथा भुला दिया। यह बहुत अच्छा हुआ कि वे केवल अपने साथियों को चुपके से छुड़ाकर ले गए, उन्होंने ग्राम पर आक्रमण नहीं किया; नहीं तो जाने मैं कितनी हत्याओं का दोषी होता, किन्तु वह वृद्ध..." राम का स्वर भीग गया, "उसने अपने पुत्रों की निरीह हत्या का प्रतिशोध चाहा था।"

थोड़ी देर तक मन-ही-मन कुछ सोचते हुए राम शून्य को घूरते रहे और फिर बोले "आश्रम और ग्राम की क्या स्थिति है? वहां अब किसका अधिकार है?"

"वहां पूर्ण हताशा का वातावरण है।" भीखन बोला, "राक्षस वहां रुके ही नहीं, इसलिए उनका नियन्त्रण तो नहीं है; किन्तु ग्रामवासियों ने भी पुनः अपना नियन्त्रण स्थापित करने का कोई प्रयत्न नहीं किया।"

"तुम ऐसा करो भीखन!" राम के स्वर की सहजता कुछ लौटी, "मुखर को अपने साथ ले आओ और अपने ग्राम तथा आश्रम में सामान्य गतिविधियों को चलाओ। मुखर संचार की व्यवस्था करेगा। तुम्हारा ग्राम, आनन्द सागर आश्रम, अनिन्द्य की बस्ती, खान का क्षेत्र तथा धर्मभृत्य का आश्रम–इन सबके बीच संचार-व्यवस्था इतनी त्वरित और सघन होनी चाहिए कि एक स्थान का पत्ता भी हिले, तो शेष स्थानों पर तत्काल सूचना हो जाए। संचार-व्यवस्था के अभाव में सारे क्षेत्र को संगठित करना

बहुत कठिन होगा।" राम रुककर पुनः बोले, "यहां कुछ अत्यन्त महत्त्वपूर्ण कार्य हैं। उन्हें यथाशीघ्र निबटाकर, मैं सीता और लक्ष्मण के साथ आनन्द सागर के आश्रम में पहुंच जाऊंगा। कुछ समय तक हम सब वहीं रहेंगे और उस क्षेत्र के निर्माण का प्रयत्न करेंगे।"

भीखन भी कुछ आश्वस्त हुआ, "आपके आते ही ग्रामवासियों का आत्मविश्वास भी लौट आएगा। जल्दी आएंगे न?"

"यथाशीघ्र!" राम बोले, "तुम चलकर आश्रम में विश्राम करो। मुखर भी आ चुका होगा। उससे भी बात कर लो। मैं खेत का काम करके लौटता हूं।"

चिन्तनग्रस्त भीखन बिना कुछ कहे आश्रम की ओर चल पड़ा। राम लौटकर अपने खेत में आए और उन्होंने पुनः कुदाल उठा लिया।

दोपहर को राम के आश्रम में लौटने तक, भीखन के ग्राम की चर्चा वहां पर्याप्त मात्रा में हो चुकी थी। परिणामतः, मुखर को भीखन के साथ भेजनें की योजना पर अधिक वाद-विवाद नहीं हुआ। दोपहर के भोजन के पश्चात सब लोग अपने-अपने काम पर चले गए तो राम ने मुखर को भीखन के साथ भेजने की व्यवस्था की। उसे योजना और अपनी आवश्यकताएं समझाईं, कुछ ब्रह्मचारी और आवश्यकता की वस्तुएं साथ कीं। मुखर से विदा होते-होते प्रायः सन्ध्या हो चुकी थी...

अकेले होते ही राम के चिन्तन और आत्मविश्लेषण की प्रक्रिया चल पड़ी।...उन्होंने आनन्द सागर आश्रम से लौटने में इतनी जल्दी क्यों की? वहां रुककर उसकी रक्षा का समुचित प्रबन्ध क्यों नहीं किया? यह क्यों नहीं सोचा कि एक उत्साहित भीड़ तथा एक प्रशिक्षित सेना में पर्याप्त अन्तर होता है। भीड़ न तो सावधान हो सकती है, न समर्थ!...राम क्यों नहीं रुके?...क्या वे यह सोचकर गए थे कि उनका कार्य एक बाहरी सहायक का-सा है...जितना करने को उनसे कहा गया, उतना उन्होंने कर दिया तो उसके पश्चात उनका कोई दायित्व नहीं रह जाता या परिणाम में उनकी कोई रुचि नहीं है...किन्तु बाहरी सहायक का क्या अर्थ? इस संघर्ष से पृथक उनका अपना क्या है? वे इस संघर्ष से एकाकार नहीं हैं क्या? तो फिर क्यों चले आए वे? क्या उन्होंने शत्रु को बहुत नगण्य मान लिया था? शत्रु की शक्ति की उपेक्षा राम ने कभी नहीं की। वे बहुत स्पष्ट रूप से जानते हैं कि युद्ध में शत्रु की शक्ति को कम आंकने की प्रवृत्ति, अपनी पराजय का मार्ग प्रशस्त करने का सरल और सीधा रास्ता है।

क्या उन्हें आश्रम में लौट आने की जल्दी थी? किन्तु क्यों? क्या अन्धकार हो जाने के पश्चात उन्हें वन-मार्ग की यात्रा संकटपूर्ण लगती है? नहीं। यदि वे वन-मार्ग के संकटों से इतने ही भयभीत थे, तो उन्हें वन में आने की आवश्यकता ही क्या थी? इन चुनौतियों से जूझने ही तो वे वन में आए थे। और अन्धकार से क्या डरना? चारों ओर फैले इस राक्षसी आतंक, अन्याय और अत्याचार के अन्धकार के विरुद्ध ही तो उनका अभियान है। ऐसे में सामान्य प्राकृतिक अन्धकार से घबराकर, वे एक आश्रम और एक ग्राम को राक्षसों का ग्रास बनने के लिए असुरक्षित छोड़ आएंगे? आश्रम में रखे शस्त्रागार की सुरक्षा की चिन्ता उन्हें अवश्य रहती है, जिसके कारण वे अधिक देर तक बाहर नहीं रहते। किन्तु उस दिन आश्रम में न केवल लक्ष्मण, सीता, मुखर तथा अन्य लोग थे—वरन आश्रम और बस्ती के सब लोग सजग तथा सन्नद्ध थे। फिर शस्त्रागार की सुरक्षा की कौन-सी चिन्ता थी?...क्या सीता की सुरक्षा की चिन्ता थी?...हां! यह सम्भव है। तो यदि वे रात-भर आनन्द सागर आश्रम में रुक जाते कदाचित अब तक के वनवासी जीवन में, सीता से अलग रहने की हली रात होती।...

रात का मस्तिष्क कुछ देर के लिए शून्य हो गया–विचारों का प्रवाह ही बाधित नहीं हुआ, विचार समाप्त ही हो गए। किन्तु शून्य की स्थिति अधिक देर तक नहीं चली। शून्य का वाष्प जैसे ठंडा होकर तरल में परिवर्तित हो गया और प्रवाह में बह निकला।

...बात सीता की सुरक्षा की थी, या सीता से अलग रहने की? सीता स्वयं भी समर्थ हैं, उनकी रक्षा के लिए लक्ष्मण वहां थे, मुखर था–आश्रम तथा बस्ती के सारे लोग थे। यदि पीछे राक्षसों का आक्रमण होता तो सीता की सुरक्षा का ही सबसे अधिक ध्यान रखा जाता।...तो फिर? क्या राम स्वयं ही, कुछ घंटों के लिए सीता से दूर नहीं रह सकते? अयोध्या में तो अनेक बार सीता को छोड़ छोटी-छोटी यात्राओं पर चले जाते थे; किन्तु वनवास के इन कुछ वर्षों में निरन्तर साथ रहने और कभी भी अलग न रहने के कारण वे अपने मन से इतने बंध गए हैं कि सीता के वियोग की सम्भावना के जन्मते ही वे अचेतन रूप से ही भाग खड़े होते हैं...

सहसा राम की कल्पना में विराध आ खड़ा हुआ। उसने सीता को अपने हाथों में पकड़, उठाकर अपने कन्धे पर डाल लिया...कैसे हो गए थे राम तब? शरीर की सारी ऊर्जा जैसे किसी ने खींच ली थी। हृदय डूबने लगा था। आंखों में अश्रु आ गए थे। कैसे हार बैठे थे राम। सीता के वियोग की सम्भावना-मात्र से....और यदि कहीं सचमुच ही सीता का हरण हो गया? यह कुछ ऐसा असम्भव तो नहीं...राम के शरीर की प्रत्येक शिरा झनझना उठी...नहीं। सीता का हरण हो गया तो राम का जीवित रहना कठिन हो जाएगा...क्या है यह? काम? अथवा संगति का बन्धन–साहचर्य का प्रेम? राम कुछ भी निर्णय नहीं कर पाते...नहीं, यह मात्र काम नहीं है। काम तो एक सामान्य, आकारहीन भावना है; विशिष्ट में केन्द्रित होकर वही प्रेम हो जाता है। प्रेम में काम भी समाहित है–राम इसे अस्वीकार नहीं करते।...उन्हें मान लेना चाहिए कि सीता का प्रेम उनकी दुर्बलता बन गया है। उसी दुर्बलता के कारण उनसे प्रमाद हो गया था...तो?

भविष्य में उन्हें शत्रुओं से सीता की रक्षा के लिए अधिक सावधान रहना होगा; और ऐसे प्रमाद से अपनी रक्षा के लिए भी। राम न तो सीता के प्रति असावधान रह सकते हैं, न इस प्रेम के कारण प्रमाद का पाप कर सकते हैं...उन्हें अपनी इस प्रवृत्ति से अतिरिक्त रूप में सावधान रहना पड़ेगा, और जो कुछ हुआ है, उसका प्रायश्चित्त भी करना होगा।

सहसा राम का एकान्त-चिन्तन भंग हो गया। उन्हें कई लोगों के एक साथ, अपनी कुटिया की ओर आने का-सा आभास हुआ। आनेवालों की बातचीत का स्वर भी सम्मिलित और ऊंचा था। अधिकांश स्वर नारी कंठ के ही थे। वे अपनी कुटिया के बाहर निकल आए।

बस्ती की अनेक स्त्रियां उधर ही आ रही थीं। राम पर दृष्टि पड़ते ही उनका कोलाहल एक सम्मानजनक अनुशासनबद्ध मौन में बदल गया।

निकट आ, रुककर उन्होंने अभिवादन किया। सुधा उस भीड़ में से कुछ आगे बढ़ आई और बोली, "भद्र राम! हमारी कुछ समस्याएं हैं उनके विषय में हम आपसे कुछ विचार-विमर्श करना चाहती हैं।"

राम मुस्कुराए, "बात कुछ गम्भीर मालूम होती है।"

"हमारे लिए तो गम्भीर ही है।" राम की ठहरी हुई मुस्कान ने सुधा की उत्तेजना का हरण कर लिया था। उसका स्वर भी शान्त हो गया, "इस समय आपके पास थोड़ा समय होगा?"

"क्यों नहीं। बैठा काल्पनिक रुई धुन रहा था।" राम बोले, "कुटिया से अपने लिए एक-एक आसन उठा लीजिए और यहां बैठ जाइए।"

महिलाओं ने एक-एक आसन उठाया और अर्द्धवृत्ताकार पंक्तियों में बैठ गईं। राम का ध्यान उधर गए बिना नहीं रह सका। पिछले एक वर्ष के अध्ययन, सैनिक प्रशिक्षण, आर्थिक स्वतन्त्रता तथा परिवेश में हुए विभिन्न परिवर्तनों के कारण इन महिलाओं में कितना अन्तर आ गया था। जब पहली बार मार-पीट और रोने-धोने के स्वरों को सुनकर राम और सीता, अनिन्द्य के घर गए थे तो यही सुधा कितनी भिन्न थी। तब तक वह गन्दी धोती में लिपटी एकवस्त्रा सुधा, चेहरे पर निरुत्साह तथा हताशा लिए हुए अपनी आंखों में मृत्यु की छाया पाल रही थी। यही स्थिति अन्य महिलाओं की भी थी। किन्तु आज वे ही महिलाएं सादे किन्तु स्वच्छ वस्त्रों में, चेहरों पर जीवन की सार्थकता का भाव लिए, आंखों में भविष्य के प्रति एक आस्था का पोषण करती, कितनी जीवन्त लग रही थीं...अपनी समस्याओं को समझने की चेतना उनमें आ गई थी, पूर्ण आत्मविश्वास के साथ वे उनका विश्लेषण करती हैं, वाद-विवाद करती हैं, और आज अपनी कोई समस्या लेकर स्वयं उनके पास आई हैं।...कितने अनुशासनबद्ध ढंग से अपना-अपना आसन उठा, पंक्ति में बैठी हैं। कोई व्यर्थ की बात नहीं, कोई कोलाहल नहीं...कितने दायित्वपूर्ण ढंग से चुपचाप बैठी हैं। इन्हीं मनुष्यों को उन राक्षसों ने कीचड़ में बिलबिलाते कीड़े बना रखा था...

"हां भई! बोलो क्या बात है?"

"भद्र राम!" सुधा बोली, "हम लोग इस विश्वास के साथ आपके पास आई हैं कि आप हमारी समस्याओं को 'केवल स्त्रियों की समस्या' कहकर नहीं टालेंगे, और न ही उसे चर्चा के लिए महिला-मंडल में लौटने की बात कहेंगे। हमने परस्पर बहुत तर्क-वितर्क कर लिया है। सीता दीदी से भी अनेक बार चर्चा हुई है। अभी दीदी काम से लौटेंगी, तो वे स्वयं भी आपको बताएंगी।..."

"क्या बात है?" राम पुनः मुस्कुराए।

"सीधी बात तो यह है," सुधा बोली, "कि आप हमें बताएं कि आपके समाज में स्त्री और पुरुष बराबर हैं या नहीं?"

राम गम्भीर हो गए, "यह प्रश्न क्यों उठा?"

"यह प्रश्न एक बार नहीं उठा; प्रतिदिन उठता है और बार-बार उठता है।" सुधा पुनः बोली, "इस समय इसका तुरन्त कारण मन्ती है?" वह एक स्त्री की ओर सम्बोधित हुई, "आगे आओ मन्ती।"

मन्ती उठकर आगे आई। उसके चेहरे पर कुछ असाधारण था। कदाचित वह बहुत अधिक रोई थी।

"बैठो बहन!" राम बोले, "मुझे पूरी बात बताओ।"

मन्ती बैठ गई। उसने क्षण-भर अपनी सूजी हुई लाल आंखों से राम को देखा और बोली, "सामान्य बात तो यह है आर्य, कि मेरा पति खान में काम करता है, आश्रम की शाला में पढ़ता है, सैनिक-प्रशिक्षण प्राप्त करता है और शायद कभी-कभी खेतों में भी काम करता है। मैं भी शाला में पढ़ती हूं, सैनिक-प्रशिक्षण प्राप्त करती हूं, खेतों का काम करती हूं और घर का खाना-पकाना, सफ़ाई-धुलाई इत्यादि करती हूं। अब आप बताएं कि ऐसा कौन-सा काम है, जिसके कारण वह स्वयं को श्रेष्ठ समझता है, और घर लौटते हुए मदिरा पीकर आता है और मुझे आज्ञा-पर-आज्ञा देता है। यदि किसी बात से अप्रसन्न हो जाता है तो अपनी इच्छानुसार थप्पड़ों, घूंसों या छड़ी से मुझे पीटता है और शारीरिक शक्ति में कम होने के कारण मेरा सैनिक-प्रशिक्षण भी मेरे काम नहीं आता...!"

"ठहरो मन्ती!" राम ने उसे बीच में ही टोक दिया, "मुझे दो बातें निश्चित तथा स्पष्ट रूप से बताओ–क्या वह मदिरा पीकर आता है? और क्या वह प्रायः पीटता है?"

"हां भद्र!" मन्ती ने उत्तर दिया, "मदिरा भी पीता है और पीटता भी है। इसलिए तो मैं कहती हूं कि पुरुष तो राक्षसों से मुक्त हो गए हैं, किन्तु हमारी स्थिति तो अब भी वही है!"

"मदिरा कहां से मिलती है?" राम के स्वर में आवेश था।

"वह एक अलग बात है राम!" सुधा बीच में बोली, "उसकी सूचना भी आज की बातचीत की सूची में है। उसके विषय में आपको विस्तार से बताएंगी; पहले आप इस विषय में अपना निर्णय दें। बताएं पुरुष ऐसा कौन-सा सार्थक काम करते हैं, जो स्त्रियां नहीं करतीं?"

"इसमें निर्णय की क्या बात है, सुधा?" राम शान्त स्वर में बोले,"क्या एक स्त्री और एक पुरुष की दिनचर्या यह सिद्ध नहीं कर देती कि दोनों समान रूप से समाज के लिए उपयोगी और सार्थक कार्य करते हैं। इसलिए दोनों का महत्त्व, सम्मान, अधिकार, दायित्व सब-कुछ समान है। यदि मन्ती का पति यह मानता है कि खान का काम अधिक महत्त्वपूर्ण है और इस कारण वह स्वयं अधिक महत्त्वपूर्ण है, तो कल से वह घर का काम संभाले; मन्ती बाहर का कोई कार्य कर लेंगी।"

"यही तो...।" सुधा की बात बीच में ही रुक गई। उसकी दृष्टि कुटिया की ओर बढ़ती हुई सीता पर पड़ी, "दीदी आ गईं।"

सीता पास आईं तो उनके थके हुए चेहरे पर हल्की-सी मुस्कान आ गई, "तो स्त्री-चर्चा राम तक पहुंचा दी गई?"

"धर्मभृत्य नहीं आया?" राम ने पूछा।

"आ ही रहा है।" सीता बोलीं, "नई शाला की व्यवस्था-सम्बन्धी कुछ कार्य शेष था। वह थोड़ी देर के लिए रुक गया है।"

"थक न गई हो, तो तुम भी चर्चा में भाग लो।" राम बोले।

"आओ दीदी।"

"आई।"

सीता अपने लिए आसन ले आईं, और राम के साथ बैठ गईं।

"मैं यह कह रहा था", राम ने अपनी बात का सूत्र फिर से उठाया, "कि यह समस्या मात्र महिलाओं की नहीं, पूर्ण समाज की समस्या है।"

"मैंने भी यही कहा था", सीता बोलीं, "स्त्री-पुरुष परस्पर विरोधी नहीं हैं कि स्त्रियां पुरुषों के विरुद्ध आन्दोलन खड़ा करें। अच्छा होता, पुरुषों को बैठकर सारी बातचीत होती।"

"वह भी हो जाएगी दीदी!" सुधा बोली, "हम लोग पहले भद्र राम का विचार जान लेना चाहती थीं।"

"मेरा मत अत्यन्त स्पष्ट है।" राम बोले, "मैं उन समस्त भेदों का विरोधी हूं, जो एक मानव को दूसरे के शोषण का अधिकार देते हैं। स्त्रियों और पुरुषों के लिए घर और बाहर के कार्य-निर्माण का यह विभाजन भी सर्वथा कृत्रिम है। नए समाज के साथ इसे भी बदलना चाहिए : स्त्री-पुरुष दोनों मिलकर घर का काम करें और दोनों ही बाहर का काम करें। हमने यहां यदि ये परिवर्तन नहीं किए हैं, तो उसका कारण केवल इतना ही है कि परम्परा से स्त्रियां जो काम करती हैं, उसे

सुविधा से कर लेती हैं; अतः उन्हें अन्य शिक्षाओं के लिए समय मिल जाता है। इसका अर्थ मन्ती के पति...क्या नाम है उसका मन्ती ?"

मन्ती ने मुस्कुराकर राम की ओर देखा और सिर झुका लिया।

"यह अपने पति का नाम अपने मुख से उच्चरित नहीं करेगी।" सुधा ने बताया।

"क्यों ? क्या वह तुम्हारा शत्रु है कि उसका नाम भी नहीं लोगी ?" राम बोले।

"नहीं।" मन्ती जल्दी से बोली, "सम्मान के कारण।"

"तुम स्वयं ही उसे कारण और अवसर दे रही हो कि वह स्वयं को तुमसे श्रेष्ठ समझे।" राम ने कहा, "यह सम्मान नहीं, जड़ता है। सीता मुझे नाम से सम्बोधित करें तो इसका अर्थ हुआ कि वह मेरा सम्मान नहीं करतीं; मैं सीता का नाम लेता हूं तो उसका अर्थ यह कैसे हो गया कि मैं सीता का सम्मान नहीं करता। तुम अपने पति से कम नहीं हो, उसके बराबर हो। वह तुम्हारा नाम लेता है ?"

"हां !" मन्ती ने सिर हिलाया।

"तो तुम भी उसका नाम ले सकती हो–लेना चाहिए। यह सुविधाजनक है। बोलो...।"

मन्ती ने राम को देखा, मानो कठिन आदेश को लौटा लेने की प्रार्थना कर रही हो, फिर सारा आत्मबल बटोरकर बोली, "आतुर !" उसका मुख लज्जा और संकोच में आरक्त हो गया था।

"बाहर का काम करने का यह अर्थ नहीं है कि आतुर मन्ती से श्रेष्ठ है, और उसे मन्ती को पीड़ित करने का अधिकार है। अपनी पत्नी को पीटना भी वैसा ही अपराध है, जैसा किसी अन्य व्यक्ति को पीटना। मन्ती को चाहिए कि वह इस घटना को बस्ती की पंचायत के सम्मुख न्यायार्थ प्रस्तुत करे...।"

"नहीं ! नहीं !" मन्ती बोली, "उसकी आवश्यकता नहीं आर्य ! वह बेवारा अपने अभ्यासवश ही ऐसा करता आ रहा है। अब मैं उसे समझा दूंगी। हां ! यदि भविष्य में फिर कभी उसने मुझे मारा तो मैं आपको वचन देती हूं ! कि अवश्य ही उस प्रकरण को पंचायत के सम्मुख प्रस्तुत करूंगी।"

"यही सही !" राम मुस्कुराए, "किन्तु यदि भविष्य में ऐसा हुआ और पंचायत में शिकायत नहीं की, तो पंचायत स्वयं ही उस प्रकरण पर विचार करने को स्वतन्त्र होगी।" मन्ती ने सहमति से सिर हिला दिया।

इस बार सुधा उठी, "तो हमें अनुमति दें..."

"अभी मदिरावाला प्रसंग शेष है।" राम ने बाधा दी, "आतुर को मदिरा कहां से मिलती है। ?"

"जहां से अन्य पुरुषों को मिलती है।" सुधा ने सहज भाव से कहा, "इसमें आतुर की ही क्या विशेष बात है ?"

"शेष पुरुषों को कहां से मिलती है ?"

"यह तो आपको अनिन्द्य ही बता सकते हैं।" सुधा धीमे स्वर में बोली, "वे स्वयं ही साप्ताहिक गोष्ठी में इस विषय को लेकर आपके पास आनेवाले हैं।"

"तो ठीक है। मैं उसी से बात कर लूंगा।"

बस्ती की महिलाएं चली गईं। राम भी कुटिया के भीतर चले आए।

अभी तक न लक्ष्मण लौटे थे, न धर्मभृत्य ही आया था। मुखर भीखन के साथ उसके गांव जा चुका था। राम का मन फिर से जैसे अन्यमनस्क-सा हो, इधर-उधर भटकने लग गया था।

सीता आकर उनके पास बैठ गईं, "आज कुछ उदास हैं ?"

"हां!" राम ने सीता की ओर देखा, "कदाचित ग्लानि का भाव उदासी बनकर मन पर छा गया है।"

"कैसी ग्लानि?"

"भीखन के ग्राम की घटना को लेकर।"

"उसमें ग्लानि की क्या बात है?"

"मैं उस रात लौट न आया होता तो कदाचित भीखन के ग्राम में वह दुर्घटना न हुई होती।"

"किन्तु आपको क्या पता था कि ऐसा होगा।"

राम उदास मन से मुस्कुराए, "मेरा मन रखने की बात न करो सीते। शत्रु को छोड़कर असावधान हो जाना, क्या सेनापति की योग्यता का प्रमाण है? और मेरे मन में तो बात योग्यता-अयोग्यता की भी नहीं है। यह तो प्रमाद ही हुआ।...और वह भी किस कारण? इसलिए कि मैं अपनी प्रिया से कुछ समय के लिए अलग नहीं रहना चाहता था? तुम इसे प्रमाद नहीं कहोगी?"

"मैं इसे ठीक-ठीक प्रमाद नहीं कहूंगी।" सीता ने अपांग से राम को देखा, "मैं इसे प्यार कहूंगी।"

"किन्तु प्यार को जनहित के विपरीत नहीं जाना चाहिए," सीता के अपांग से अप्रभावित राम बोले, "एक बार चित्रकूट में भरत के आने पर मैं अपने परिवार के प्यार में घिरकर वनवासियों से दूर हो गया था और राक्षसों ने उन्हें अनेक कष्ट दिए थे। अब अपनी प्रिया के प्यार में बंधकर उनसे दूर हो गया...।"

"प्रिय!" सीता भी गम्भीर हो गई, "शृंगार को जीवन में अतिरिक्त महत्त्व न दो, किन्तु उसको अपने जीवन से काटकर फेंका भी तो नहीं जा सकता। यदि राम भी अपनी भूलों पर पश्चाताप करते रहेंगे, तो भूलों से शिक्षा ग्रहण करने की प्रक्रिया किस पर लागू होगी..." सीता रुककर मुस्कुराईं, "और राम से ऐसी भूलें नहीं होंगी, तो सीता अपने प्रिय की प्रेम-भावना पर रीजेगी कैसे?" सीता खिलखिलाकर हंस पड़ीं।

"ठीक कहती हो प्रिये!" राम बोले, "राम को अपनी भूलों से शिक्षा ग्रहण करनी होगी–सुधार करना होगा, रणनीति में भी, और प्रेमाभिव्यक्ति की इस दूषित पद्धति में भी।...सोचता हूं, अब हमें शीघ्र ही आनन्द सागर आश्रम के लिए प्रस्थान करना चाहिए।"

"यहां का संगठन-कार्य पूर्ण हो गया?"

"सर्वथा पूर्ण तो नहीं हुआ; किन्तु अब वहां हमारी उपस्थिति अधिक आवश्यक है।" राम बोले, "वैसे संचार-व्यवस्था स्थापित कर लेने पर वहां अथवा यहां कहीं भी रहा जा सकता है..." सहसा राम रुके, "क्या बात है, अभी सौमित्र नहीं आए?"

"सम्भवतः कहीं प्रेमाभिव्यक्ति की संचार-व्यवस्था स्थापित कर रहे हों।" सीता पुनः खिलखिलाकर हंस पड़ीं।

"ऐसी कोई सूचना मिली है क्या?" राम गम्भीर थे।

"नहीं, आप सच मान गए। मैंने तो परिहास में कहा था।"

"ओह!" राम बोले, "वस्तुतः मैं अपने विषय में सोचते-सोचते, सौमित्र के विषय में भी सोचता रहा हूं। वह पच्चीस वर्ष पूरे कर चुका है। हम अयोध्या में होते तो उसके विवाह की चर्चा वहां सर्वाधिक महत्त्वपूर्ण विषय होता।"

"तो आप लक्ष्मण से पूछ लें।" सीता भी गम्भीर हो गईं, "यदि उनकी दृष्टि किसी कन्या पर हो...।"

कुटिया के बाहर से लक्ष्मण का स्वर आया, "भैया!"

"आ गए सौमित्र!"

राम और सीता कुटिया से बाहर निकल आए।

लक्ष्मण वृक्ष के तने से पीठ लगाए, थके-से भूमि पर बैठे थे। उन्होंने न केवल हाथ की कुल्हाड़ी भूमि पर रख दी थी, वरन कमर से खड्ग तथा कन्धों से तूणीर भी उतारकर भूमि पर डाल दिए थे।

"आज बहुत काम किया।" सीता बोलीं, "जल लाऊं?"

लक्ष्मण सचमुच बहुत थके हुए थे। अपने सहज रूप में मुस्कुराकर स्वभावानुसार कोई कटाक्ष नहीं कर सके; केवल सिर हिलाकर सहमति दे दी। जल पीकर उनमें कुछ स्फूर्ति आई। वे सीधे होकर बैठ गए, "भैया! यहां से आनन्द सागर आश्रम तथा भीखन के गांव तक ही नहीं, उसके भी बहुत आगे तक अनेक छोटे-छोटे ग्रामों और आश्रमों को घेरकर, हमने संचार-प्रबन्ध किया है।..."

"तुम तो अन्न का प्रबन्ध करने जानेवाले थे।" सीता बोलीं।

"वह भी कर दिया है।" लक्ष्मण धीमे-से बोले, "किन्तु भीखन के आ जाने से स्थिति बदल गई थी। शस्त्रागार की सुरक्षा का प्रबन्ध कर, मैं भी मुखर के साथ चला गया था। कुछ चौकियां स्थापित कर दी हैं और प्रशिक्षकों का एक दल काम पर लगा दिया है। मेरा विचार है कि सप्ताह-भर में ऐसी स्थिति हो जाएगी कि इस क्षेत्र में किसी राक्षस के घुसते ही वन का पत्ता-पत्ता झनझना उठेगा।"

"इसकी बहुत आवश्यकता थी, लक्ष्मण!" राम बोले, "अब यह क्षेत्र पुनः राक्षसों की शोषण-भूमि नहीं बनने दिया जाएगा।"

प्रायः सभी लोग अपने-अपने कार्य से शीघ्र लौट आए थे। सन्ध्या समय साप्ताहिक गोष्ठी थी, जिसमें सप्ताह में निश्चित किए गए कार्य की प्रगति पर विचार होना था; और आगे का कार्यक्रम निश्चित होना था।

आश्रम के केन्द्र में सभी प्रमुख लोग वृत्ताकार बैठे थे; बस्ती तथा आश्रम के अनेक अन्य लोग भी गोष्ठी में होनेवाली चर्चा को सुनने आए थे। आवश्यकतानुसार विचार-विमर्श में भाग लेने की अनुमति सबको ही थी, इसलिए प्रायः ही ऐसी भीड़ हो जाया करती थी।

"भद्र राम!" कार्यवाही आरम्भ होते ही अनिन्द्य बोला, "आज प्रातः से ही, यह सूचना बहुत प्रचारित हुई है कि आप इस आश्रम को छोड़ अन्यत्र जाना चाहते हैं..."

"अनिन्द्य!" राम ने उसे टोक दिया, "यह उचित नहीं कि समाचारों की पुष्टि-अपुष्टि का कार्य अन्त के लिए छोड़ दिया जाए?"

अनिन्द्य बिना कुछ कहे बैठ गया और विचार-विमर्श आरम्भ हो गया। राम बीच-बीच में दृष्टि उठाकर, अनिन्द्य तथा अन्य लोगों को देख लेते थे : स्पष्ट था कि उन लोगों का मन चर्चा में नहीं लग रहा था। फिर भी सामान्य शिक्षा, सैनिक शिक्षा, शस्त्र-निर्माण, कृषि, संचार, उद्योग इत्यादि की प्रगति के विषय में बातचीत होती रही।

चर्चा समाप्त हुई तो अनिन्द्य फिर कुछ पूछने को उद्यत हुआ; किन्तु राम ने पुनः बाधा दी, "यदि अनिन्द्य को मेरे आश्रम-निवास की अवधि के विषय में पूछना है, तो उससे अधिक महत्त्वपूर्ण प्रश्न मुझे पूछना है।"

"आप पहले पूछ लीजिए।" अनिन्द्य बोला।

"मुझे बताओ, आतुर तथा अन्य लोगों को मदिरा कहां से मिलती है?

"यह प्रश्न मुझे भी पूछना है।" धर्मभृत्य ने कहा।

"ओह! हां!" अनिन्द्य बोला, "यह चर्चा तो मैं स्वयं भी करना चाहता था; किन्तु आपके प्रस्थान का समाचार सुनकर सब-कुछ भूल गया। बस्ती में इस समस्या पर पर्याप्त गम्भीरता से सोचा जा रहा है। मदिरा का व्यापार करनेवाला अब कोई बाहर का व्यक्ति नहीं है। वह हममें से ही एक है–उजास! वह अपने घर पर मदिरा बनाकर, सांझ ढले अन्धकार में छिपकर बेचता है।"

"तुम लोगों को मालूम है कि वह ऐसा करता है, तो उसके विरुद्ध कार्यवाही क्यों नहीं की गई?" लक्ष्मण ने अपना आक्रोश प्रकट किया।

"अनेक कारण हैं।" अनिन्द्य कुछ संकुचित-से स्वर में बोला, "पहली बात यह है कि वह राक्षस नहीं है, हममें से ही एक है। दूसरी बात यह है कि वह उसका व्यवसाय है। किसी का व्यवसाय बन्द कर, हम उसके पेट पर लात नहीं मार सकते...।" इससे पहले कि अनिन्द्य अपनी बात आगे बढ़ाता या कोई और व्यक्ति कुछ कहता, दर्शकों की भीड़ में से मन्ती उठी और चर्चा करनेवालों के बीच आ खड़ी हुई।

"भद्र राम! मेरी अशिष्टता क्षमा करें, किन्तु मुझे कुछ कहना है।"

"कहो मन्ती!"

मन्ती ने एक हिंस्र दृष्टि बस्ती के पुरुषों पर डाली और बोली, "ये लोग उजास के पेट पर लात मारना नहीं चाहते, क्योंकि ये अपनी पत्नियों की पीठ पर लात मारना चाहते हैं। भद्र राम! कल हम सारी स्त्रियां आपके पास इस शिकायत को लेकर आई थीं। आपने कहा भी था कि मैं अपने पति की शिकायत पंचायत में करूं; किन्तु मैं ही टाल गई थी। पर वह कल रात भी पीकर आया था। मैंने उसे समझाना चाहा तो उसने मुझे पलटकर लातों से मारा...मेरा यह आरोप है कि यह इन सारे पुरुषों की मिली-भगत है। पहले चाहे ये किसी बाध्यता में पीते हों, किन्तु अब इन्हें चस्का लग गया है। ये लोग अपनी तृष्णा-शान्ति के लिए उजास को यह व्यवसाय चलाने में सहयोग दे रहे हैं; और इसीलिए यह बात अब तक आपसे छिपी हुई थी।..."

मन्ती चुप हो गई, किन्तु वह क्रोध तथा आवेश में हांफ रही थी।

"मैं इनसे सहमत हूं।" लक्ष्मण सबसे पहले बोले, "मेरा अनुमान है कि यही सत्य है, अन्यथा हमारी संचार-व्यवस्था ऐसी नहीं है कि बस्ती में होनेवाली गतिविधियां हमसे छिपी रह सकें। आप स्वयं अनिन्द्य से पूछिए कि क्या हमारी व्यवस्था ऐसी नहीं है कि एक बालक के भी सहायतार्थ पुकारने पर वन का एक-एक पत्ता झनझनाने लगे?"

"ठीक है सौमित्र!" राम ने शान्ति की मुद्रा में अपनी हथेली उठाई, "मन्ती और तुम्हारी बात से सहमत होते हुए भी, हमें अनिन्द्य द्वारा दिए गए तर्कों पर विचार करना होगा।..." राम रुककर बोले, "जो लोग उजास के विरुद्ध कार्यवाही इसलिए नहीं कर पा रहे, क्योंकि वह राक्षस नहीं है, वे मुझे बताएं कि वे राक्षस किसको कहते हैं? क्या मनुष्य अपने कर्म से राक्षस नहीं बनता? किसी अन्य ग्राम का व्यक्ति यहां आकर मदिरा बेचे, तुम्हारी दुर्बलता और अज्ञान का लाभ उठाकर तुम्हारा शोषण करे तो तुम उसे राक्षस कहोगे? और वही काम तुम्हारी अपनी बस्ती का आदमी करे तो उसे अपना बन्धु कहोगे?"

"नहीं।" दर्शकों की भीड़ ने चीत्कार किया।

"उसे भी राक्षस मानोगे?"

"हां!"

"ऐसी स्थिति में उजास को भी दंडित किया जाना चाहिए।" राम पुनः बोले, "दूसरी बात उसके व्यवसाय की है। व्यवसाय भी दो प्रकार के होते हैं–जब कोई हमारी आवश्यकता तथा लाभ की वस्तुएं उपलब्ध करा, उससे अपनी आजीविका प्राप्त करे, तो यह विक्रेता और ग्राहक, दोनों पक्षों के लिए हितकर व्यवसाय है। दूसरी ओर, जब कोई अपने स्वार्थ के लिए, हमें हानिकर वस्तुओं की ओर प्रवृत्त कर अपना लाभ कमाता है, तो वह व्यवसाय नहीं, रक्त-शोषण है। आप ध्यान दीजिए कि जो व्यवसाय जन-सामान्य के लिए जितना अहितकर होगा, उसमें व्यवसायी को उतना ही अधिक लाभ होगा। जो व्यक्ति लाभ के लिए, अपने समाज की क्षति करता है, वह राक्षस क्यों नहीं है? आज वह अपने स्वार्थ के लिए आपको मदिरा पिलाकर आपके शारीरिक, पारिवारिक और सामाजिक स्वास्थ्य पर आघात कर रहा है; कल वह अपने इसी लोभ में राक्षसों को आपकी सुरक्षा-व्यवस्था के विषय में सूचनाएं देकर आपको पुनः उनका दास बना देगा। जो अपने स्वार्थ के मोह में न्याय-अन्याय नहीं देखता, वह राक्षस नहीं तो क्या है–वह दंड का भागी है या नहीं?"

"है!" सबने अपना समर्थन व्यक्त किया।

सहसा भीड़ में से अपना मार्ग बनाता हुआ स्वयं उजास प्रकट हुआ। वह हाथ जोड़कर खड़ा हो गया, "भद्र राम! मैं मूर्ख आदमी हूं। यह सब-कुछ नहीं सोचता, जो आपने कहा है। मैं तो केवल यह जानता हूं कि परिवार के पोषण के लिए मैं यह व्यवसाय करता हूं। मैं अपने समाज का शत्रु नहीं हूं। मैं किसी का बुरा नहीं चाहता, किन्तु मेरे पास दूसरा कोई व्यवसाय नहीं है।"

"तुमने दूसरा व्यवसाय प्राप्त करने का प्रयत्न नहीं किया।" राम तीखे स्वर में बोले, "अन्यथा तुम्हें खान अथवा खेत में परिश्रम करने से कौन रोक सकता था।"

"खान अथवा खेत में श्रम करने का मुझे अभ्यास नहीं है।" उजास बोला, "मैं इतना कठिन परिश्रम नहीं कर सकता।"

"अभ्यस्त नहीं हो, इसका अर्थ यह हुआ कि तुम अपनी सुविधा के लिए सारी बस्ती के जीवन में विष घोलोगे?" राम आक्रोशपूर्ण स्वर में बोले, "अन्य लोगों द्वारा कठिन श्रम से उत्पादित द्रव्य की लूट को अपनी आजीविका बनाना सुविधाजनक है, किन्तु हम उसे व्यवसाय नहीं मानते। मेरे मत से, तुम निश्चित रूप से दंडनीय हो; फिर भी मैं उपस्थिति समाज से निवेदन करूंगा कि तुम्हें सुधरने और श्रमार्जित आजीविका उपलब्ध करने का अवसर दिया जाए...और यदि तुम अब भी नहीं सुधरे तो समाज-द्रोह के अपराध में मृत्यु-दंड।"

"ठीक है! ठीक है!!" चारों ओर से समर्थन की ध्वनियां आईं।

"किन्तु राम।" इस बार आतुर बोला, "जिन लोगों को मदिरा का चस्का हो। सन्ध्या होते ही जिनकी अन्तड़ियां चटखने लगती हैं, मन व्याकुल होकर पागलों के समान टक्करें मारने लगता है, वे क्या करें?"

"वे अपनी पत्नी के हाथ में एक डंडा देकर उसके सम्मुख सिर झुकाकर बैठ जाएं।" मन्ती उच्च स्वर में बोली, "उनके मन को उनकी पत्नियां समझा देंगी।"

"मन्ती ने ठीक कहा।" लक्ष्मण ने अपना उल्लास प्रकट किया।

"मैं भी मन्ती से सहमत हूं।" सीता बोलीं, "किन्तु बहन! अभी इन्हें इतना कठोर दंड न दो। जिस व्यक्ति को मदिरा के बिना व्याकुलता का अनुभव हो, उसे दंड-श्रम के नियम के अन्तर्गत खेतों अथवा खान पर भेज दिया जाए। उससे भी यदि उसका मन संयत न हो, तो मन्ती द्वारा बताया गया उपचार ही उपयुक्त है।"

"यहीं ठीक है।" राम बोले, "यदि उपस्थित समाज सहमत हो, तो यही नियम लागू कर दिया जाए। इसके साथ मेरा प्रस्ताव है कि अपनी पत्नी को पीटने के अपराध में आतुर को एक सप्ताह तक बस्ती की ईंधन की आवश्यकता के लिए वन से लकड़ियां काटकर लाने का अतिरिक्त काम सौंपा जाए। परिश्रम ही बहके हुए मन की उचित औषधि है।"

"उचित है।" लोगों ने सहमति प्रकट कर दी।

"तुम्हें तो कोई आपत्ति नहीं अनिन्द्य?"

"नहीं आर्य! मुझे क्या आपत्ति हो सकती है।" अनिन्द्य शान्त मन से बोला, "मैंने तो केवल यह कहा था कि हमें मार्ग नहीं सूझ रहा; जो बात मेरे साथियों के मन में स्पष्ट नहीं थी, वह इस जनमत ने स्पष्ट कर दी है।...आर्य!" वह रुका, "मेरा विचार है कि आज की सभा के विचारार्थ सारी बातें समाप्त हो चुकी हैं। अब मैं अपना प्रश्न पूछूं?"

"पूछो।"

"क्या आप यह आश्रम छोड़कर जा रहे हैं?" राम ने देखा, लोग सुनने की उत्सुकता में कुछ आगे खिसक आए थे।

"सत्य यह है अनिन्द्य! कि मैं इस आश्रम को छोड़ नहीं रहा, न मैं यहां से जा रहा हूं। मैं अपने कार्य-क्षेत्र का विस्तार करना चाहता हूं; और विस्तार-कार्य में व्यक्ति एक स्थान पर स्थिर नहीं रह सकता। मैं यहां स्थिर नहीं रहूंगा; वस्तुतः मैं किसी एक स्थान पर स्थिर रहने के लिए घर से नहीं चला था। मैं अन्याय और अत्याचार के विरोध का लक्ष्य लेकर चला था। अन्याय भीखन के ग्राम में भी हो रहा है और आनन्द सागर के आश्रम में भी। क्या तुम यह नहीं चाहोगे कि जैसी व्यवस्था यहां हो गई है, वैसी ही वहां भी हो जाए; जिस प्रकार तुम लोग यहां स्वतन्त्र हो गए हो, उसी प्रकार भीखन के ग्राम के लोग और आनन्द सागर आश्रम के ब्रह्मचारी भी हों?"

"क्यों नहीं चाहेंगे? हम चाहेंगे कि सारे मानव-समाज में ऐसी ही व्यवस्था स्थापित हो जाए।"

"तो फिर उनकी सहायता करो। हम उनकी सहायता करने ही जा रहे हैं। हम तुमसे दूर नहीं होंगे, तुमसे पृथक नहीं होंगे। सहायता के लिए तुम्हें ही पुकारेंगे। आवश्यकता होने पर तुम लोग ही वहां आकर राक्षसों से उनकी रक्षा करोगे।"

"पर हमारी रक्षा का क्या होगा?" भूलर बोला।

"तुम समर्थ नहीं हो क्या?" राम मुस्कुराए, "आज तुम्हारा प्रत्येक बालक सैनिक भी है और सशस्त्र भी। छोटे-मोटे आक्रमणों को तुम हंसते हुए टाल दोगे और यदि राक्षसों की कोई बड़ी सेना आई तो चाहे यहां आए, चाहे वहां आए या किसी भी ग्राम अथवा आश्रम में आए–हम सबको मिलकर ही लड़ना होगा। उसी के लिए संगठन की आवश्यकता है, और उसी के लिए संचार की व्यवस्था है।" राम रुक गए। उन्होंने देखा, सब ही चुप थे। उनके चेहरों से स्पष्ट था कि चाहे वे सशब्द विरोध नहीं कर रहे थे; किन्तु उनका मन सहमत नहीं हो पा रहा था।

"जाओ। अब अपने-अपने घर जाओ।" राम स्निग्ध स्वर में बोले, "हम एक सप्ताह यहां और ठहरेंगे, और यह एक सप्ताह बहुत कठिन और त्वरित कार्यों का होगा।"

सात

आनन्द सागर आश्रम में पहुंचकर राम ने जो देखा, वह उनके लिए सर्वथा अनपेक्षित था। पिछली बार जब वे इस आश्रम में आए थे, तो यहां कितना उत्साह था; और आज घोर हताशा। जैसे राम के

आने की भी उन्हें कोई प्रसन्नता नहीं हुई। केवल मुखर उनसे आकर ऐसे मिला, जैसे वर्षों पश्चात उसने अपने किसी प्रिय व्यक्ति को देखा हो। उसने उत्साहपूर्वक सबके ठहरने की व्यवस्था की। अन्य आश्रमों के समान उन्हें यहां आते ही, कुटीरों की व्यवस्था नहीं करनी पड़ी। मुखर ने पहले से ही व्यवस्था कर रखी थी। शस्त्रों को शस्त्रागार में स्थापित कर, राम कुछ निश्चिन्त हो, बाहर आ बैठे। सीता, लक्ष्मण तथा मुखर भी वहीं आ गए। आनन्द सागर तथा भीखन कदाचित उनके अवकाश पा जाने की ही प्रतीक्षा कर रहे थे।

"हां मुखर!" राम ने पूछा, "क्या स्थिति है?"

"कोई विशेष घटना यहां नहीं घटी, इसका अनुमान तो आपने लगा ही लिया होगा।" मुखर बोला, "कुछ घटित हुआ होता तो आपको सूचना मिलती ही। किन्तु मेरी समझ में नहीं आता कि यहां के लोग किस मिट्टी के बने हैं। पिछली बार आपके जाने के पश्चात राक्षसों की सैनिक टुकड़ी ने आक्रमण क्या किया कि अब प्रत्येक मुख पर एक ही बात है–हमारे कुछ भी करने से क्या होगा? राक्षस फिर आएंगे और लूटपाट कर ले जाएंगे। पिछली बार तो वे लोग यहां ठहरे ही नहीं; यदि अधिक ठहर गए तो हत्याएं भी करेंगे...।"

"यही बात है भीखन?" राम ने पूछा।

"ऐसा ही हो गया है राम!" भीखन का स्वर भी पर्याप्त निरुत्साहित था, "कितना भी प्रयत्न करो, उत्साह नहीं जागता। मेरा मन भी कुछ उदासीन-सा हो रहा है। प्रत्येक व्यक्ति पूछता है कि राम यहां कब तक रहेंगे, कब तक राक्षसों से लड़ेंगे? अन्त में चले ही जाएंगे, फिर हम होंगे और ये राक्षस। राक्षस दंडकवन में हैं, पंचवटी में हैं, लंका में हैं। उनकी सेनाएं आएंगी और हमें पैरों तले रौंद जाएंगी, फिर उनके विरोध का क्या लाभ? हम जितना वैर बढ़ाएंगे, अन्त में उतना ही कष्ट पाएंगे। उनकी स्पर्धा हम कर नहीं पाएंगे।"

"और आप क्या कहते हैं, मुनि आनन्द सागर?"

"मुझे क्या कहना है भद्र!" आनन्द सागर ठहरे हुए शान्त स्वर में बोले, "सचमुच राक्षसों के पिछले आक्रमण से इस क्षेत्र में बहुत ही बुरा प्रभाव पड़ा है।"

"भूधर की भूमि का आप लोगों ने क्या किया है?" राम ने पूछा।

"कुछ नहीं। वैसी ही पड़ी है।" भीखन ने बताया, "उस भूमि पर कोई हल चलाने का साहस ही नहीं करता। मान लीजिए, आज हम उस पर खेती आरम्भ करते हैं और कल ग्राम पर राक्षसों का आक्रमण होता है, तो वे खेतों में खड़ी फ़सल जला जाएंगे या काटकर ले जाएंगे; और उस भूमि पर नियन्त्रण करने के अपराध में हत्याएं अलग कर जाएंगे।"

"तो तुम्हें गांव की भूमि भी नहीं चाहिए?" मुखर जैसे चकित होकर बीच में ही फूट पड़ा।

"राक्षसों की भूमि नहीं चाहिए।"

"वह भूमि राक्षसों की नहीं, तुम्हारी है।" लक्ष्मण कुछ आवेश के साथ बोले।

"जिसकी भी हो।" भीखन बोला, "वह भूमि हमें नहीं चाहिए।"

"अच्छी बात है।" राम बोले, "इस प्रकार हतोत्साहित होकर, न तो तुम अत्याचार का विरोध कर सकते हो, और न अपने अधिकार ही पा सकते हो। जहां तक, हम लोगों के यहां ठहरने का प्रश्न है, तुम लोग जानते हो कि किसी भी स्थान पर स्थायी रूप से वहां का निवासी ही रहता है। बाहरी सहायक के रूप में जो कोई भी आएगा, वह थोड़े समय के लिए ही आएगा। अपने अधिकारों तथा

न्याय का युद्ध तो तुम्हें स्वयं ही लड़ना होगा।" राम ने तनिक रुककर भीखन को देखा, "किन्तु अपने ग्रामवासियों से भूमि के विषय में ठीक से पूछकर मुझे बता देना।"

"भूधर की भूमि लेने का जोख़िम कोई नहीं उठाएगा।" भीखन वैसे ही उदासीन स्वर में बोला।

"अच्छा! लोगों की बात छोड़ो।" सहसा राम का स्वर करारा हो उठा, "अपनी बात कहो। क्या तुम भी वैसे ही हताश हो चुके हो? तुम भी राक्षसों को मनमानी करने के लिए मुक्त छोड़, सदा के लिए उनके मार्ग से हट जाना चाहते हो?"

राम के स्वर ने अपना प्रभाव दिखाया। भीखन के चेहरे का वर्ण कुछ सजीव हुआ। उसने एक बार इधर-उधर देखा और धीरे-से बोला, "राम! मेरा अपना मन आज भी वही है, किन्तु लगता है कि सारे गांव में अकेला पड़ गया हूं। इधर यह भी सुनने में आया है कि यहां की राई-रत्ती सूचना राक्षसों तक पहुंच रही है। ग्राम के ही कुछ लोग उनके भेदिये हो गए हैं। इसलिए सब-कुछ सोच-समझकर ही चलना पड़ता है।"

राम ने मुखर की ओर देखा, "क्या यह सच है?"

"यह इनका भ्रम है।" मुखर ने पूर्ण विश्वस्त स्वर में कहा।

"और आप मुनिवर?" राम मुस्कुराए, "आप राक्षसों से समझौता करने के पक्ष में हैं?"

"नहीं राम।" आनन्द सागर मुस्कुराए, "मेरी कलाइयों के बन्धन आपने खोले थे–वे कलाइयां अब बंधना नहीं चाहतीं। किन्तु मैं धर्मभृत्य के समान साहसी नहीं हो पा रहा हूं। अकेला चना भाड़ नहीं फोड़ता।"

"राम कुछ सोचते रहे। लक्ष्मण की दृष्टि उन पर टिकी रही।

"यदि आपको आपत्ति नहीं है।" राम बोले, "तो साहस के संचार के लिए कल से आश्रम में शस्त्रों का प्रशिक्षण तो आरम्भ कर ही दीजिए। मेरा विचार है कि आश्रम तथा ग्राम के वासियों की निराशा उससे कुछ कम हो जाएगी। जब तक हम यहां हैं–तब तक तो रावण की सारी सेना भी आ जाए तो आपका कुछ नहीं बिगाड़ पाएगी।" राम का स्वर ओजपूर्ण हो उठा, "और जब हम यहां से प्रस्थान करेंगे, तब यदि आपको राक्षसों का कोई भय व्यापे, तो आप हमारे साथ चलें। आपकी सुरक्षा का दायित्व हम पर है।"

राम ने लक्ष्मण की ओर देखा : वे पूर्णतः सन्तुष्ट दीख रहे थे।

"और मेरा दूसरा प्रस्ताव है कि भीखन अब गांव में जाकर यह सूचना प्रसारित कर दे कि राम भूधर की भूमि अपनी जनसेवा में वितरित कर रहे हैं। यह सूचना जितनी अधिक प्रचारित हो, उतना ही अच्छा। राक्षसों तक जा पहुंचे, तो और भी अच्छा।"

"इससे क्या होगा?" आनन्द सागर बोले।

"देखना यह है कि भय के नीचे दबे, उनके भूमि-प्रेम पर क्या प्रभाव पड़ता है। कल प्रातः उनका भाव स्पष्ट हो जाएगा।" राम मुड़े, "मुखर! अब तुम्हारी संचार-व्यवस्था की परीक्षा है। अनिन्द्य को सन्देश भेजो। कल प्रातः तक वह अपने साथियों के साथ कुछ हल-बैल और कुदाल लेकर यहां उपस्थित हो जाए।"

"गांववाले बाहर के लोगों को अपनी भूमि जोतते देख नहीं पाएंगे।" सीता बोलीं।

"उनके इसी भाव को जगाना है।" राम बोले, "इन पर भय का रंग कुछ अधिक ही गहरा है।"

प्रातः यद्यपि आश्रमवासियों में कुछ उत्साह नहीं था, फिर भी आश्रम का वातावरण पर्याप्त बदला

हुआ था। ब्रह्मचारियों की तीन टुकड़ियां बना दी गई थीं; और एक-एक टुकड़ी लक्ष्मण, सीता तथा मुखर के नेतृत्व में शस्त्राभ्यास कर रही थी। राम अपनी जनसेना तथा उनके साथ आए हुए हल-कुदाल के साथ खेतों पर जाने के लिए उद्यत थे; केवल भीखन की प्रतीक्षा थी।

भीखन आया तो उसने ग्राम का समाचार दिया : भूमि-वितरण की सूचना ग्राम में प्रचारित कर दी गई थी। लोगों में उत्सुकता तो जाग्रत हुई थी, किन्तु कोई स्पष्ट प्रतिक्रिया नहीं हुई। किसी ने भी गांव के बाहर के लोगों में गांव की भूमि वितरित करने का कोई स्पष्ट विरोध नहीं किया था, जैसी कि राम को अपेक्षा थी। राम कुछ देर सोचते रहे; फिर बोले, "आओ भीखन! हम खेतों पर चलें।"

ये लोग खेतों की ओर चले। "उत्सुकता तो उनमें जागी है।" राम बोले, "इसका अर्थ यह हुआ कि भूमि में उनकी रुचि तो है, किन्तु राक्षसों के आतंक के कारण भूमि ग्रहण करने का साहस नहीं कर रहे हैं। या फिर कदाचित उन्हें लगा हो कि भूमि-वितरण की बात केवल बात ही है; उन्हें विश्वास नहीं है कि भूमि राक्षसों के सिवाय किसी अन्य व्यक्ति को भी मिल सकती है। हमें अपने वचन को कर्म रूप में परिणत करना होगा–कर्म से बड़ा प्रमाण दूसरा नहीं होता।"

राम ने देखा, खेतों के आसपास दो-चार लोग मंडरा रहे थे। राम ने भीखन की ओर प्रश्नवाचक दृष्टि से देखा। भीखन भी उन्हीं को देख रहा था और उनके मुख पर आश्चर्य का भाव स्पष्ट था।

"ये तो हमारे ही गांव के लोग हैं।" भीखन जैसे अपने-आप से कह रहा था, "ये यहां क्या कर रहे हैं? ये तो कह रहे थे कि राम जिसे चाहें, भूमि दे दें; भूधर की भूमि का उन्हें क्या करना है।"

राम मुस्कुराए, "सम्भवतः वे लोग देखने आए हैं कि सत्य ही भूमि-वितरण होता है या केवल बातें-ही-बातें हैं।"

राम खेतों के पास आए तो ग्रामीण पीछे, कुछ दूर हट गए, जैसे वे लोग राम और उनके साथियों के सम्पर्क में नहीं आना चाहते हों।

"अरे ये कहां भागे जा रहे हैं?" भीखन एक बार फिर चकित हुआ, "मैं उन्हें बुलाऊं क्या?"

"नहीं!" राम बोले, "उन्हें दूर से ही देखने दो। वे अपनी इच्छा से ही निकट आएंगे।"

राम ने ग्रामीणों को अनदेखा-सा कर, अपना कार्य आरम्भ किया। सबने मिलकर भूमि की नाप-जोख की और उसे चार समान भागों में बांट दिया। जनसेना के चौबीस व्यक्तियों की चार टुकड़ियां बनाकर, भूमि का एक-एक भाग उन्हें सौंप दिया गया। भूलर, कृतसंकल्प, पुनीत तथा वायुगति एक-एक टुकड़ी के नेता बने। राम चारों टुकड़ियों के सम्मिलित नेता थे और अनिन्द्य उनका सहायक।

राम सोच रहे थे : भूमि बहुत अधिक थी। इतनी अधिक कि जनसेना के इतने थोड़े-से लोग उस भूमि से पूरी उपज प्राप्त करने के लिए पर्याप्त नहीं थे। यह सारी भूमि अकेले भूधर की थी। सारा ग्राम अपना स्वेद बहाता था और उपज का स्वामी भूधर था। अब ग्रामवासी उस भूमि पर काम करने के लिए सहमत नहीं थे, क्योंकि उन्हें राक्षसों के विरोध का भय था। इस प्रकार तो भूमि का एक बड़ा भाग परती पड़ा रह जाएगा।...आश्रम के लोगों को भी खेतों में लगाना होगा। पर, यदि उन्हें भी राक्षसों के आतंक ने बाधित किया तो?...

चारों टोलियों ने अपना-अपना कार्य आरम्भ किया; किन्तु थोड़ी ही देर में राम के मन की बात, सबके सम्मुख प्रकट हो गई : इतने बड़े भू-भाग के लिए न तो उनके पास पर्याप्त व्यक्ति थे, न हल, न बैल! फिर भी चारों टोलियां, होड़, लगाकर काम कर रही थीं। जो टोली पीछे छूटती दिखाई पड़ती थी, राम और अनिन्द्य उसमें जा मिलते थे। उसके अन्य टोलियों के बराबर आते ही वे दोनों उसमें से हट जाते थे...।

दूर खड़े ग्रामीण अपनी उत्सुकता में क्रमशः खिसकते-खिसकते खेतों के पास आ गए। राम ने उनके चेहरों पर अंकित उनकी विवशता देखी : एक ओर अपनी भूमि पर काम करने की आतुरता, दूसरी ओर अपनी भूमि पर बाहरी लोगों को अधिकार स्थापित करते देखने के विरुद्ध आक्रोश! साथ-साथ राक्षसों का अनाम-अज्ञात आतंक।...

भय आदमी को कितना बौना बना देता है, राम सोच रहे थे–मनुष्य मनुष्य न रहकर, भूमि पर रेंगनेवाला कीड़ा बन जाता है। यदि यह भय उसके मन से निकाल दिया जाए, तो वह किसी भी अन्याय से जा टकराएगा, किसी भी अत्याचारी को पीस डालेगा। किन्तु इनके मन में पीढ़ियों से बसा हुआ यह आतंक मिटेगा कैसे?...

सहसा भीखन ने हांक लगाई, "आ जाओ भैया! तुम लोग भी आ जाओ। भूमि तुम्हारी ही है, क्यों संकोच करते हो?"

उसके निमन्त्रण का प्रभाव हुआ। लोग अपने भीतर आकर्षण से खिंचे हुए, अजाने ही निकट आ गए थे। भीखन ने उनकी उस दुर्बलता के प्रति संकेत कर दिया था। मन का भाव प्रकट हो जाने का संकोच तथा राक्षसों का आतंक–दोनों ही साथ-साथ जागे; और उन्हें धकेलकर खेतों से दूर गांव की ओर ले आए।

भीखन खिसियाया-सा राम के पास आया, "मैंने तो सोचा था कि..."

"कोई बात नहीं।" राम ने उसे आश्वस्त किया, "किन्तु अब सावधान रहना। हमें उनके हठ को बढ़ाने का उपकरण नहीं बनना है।"

मध्याह्न में सब लोग आश्रम में लौट आए। आश्रम की स्थिति पहले से अच्छी थी। प्रातः खेतों पर जाने से पहले, राम को आश्रम में अजाने भय की जो छाया दिखाई पड़ी थी, वह अब नहीं थी। ब्रह्मचारी तथा स्वयं मुनि आनन्द सागर अब पर्याप्त सहज दिखाई पड़ रहे थे। कदाचित आश्रम में शस्त्रागार की उपस्थिति, लक्ष्मण, सीता तथा मुखर के शस्त्र परिचालन-कौशल, और सबसे बढ़कर उनके शस्त्र-प्रशिक्षण के आरम्भ ने उन्हें साहसी बना दिया था।

अब ऐसा नहीं लग रहा था कि वे राक्षसों के आक्रमण के भय की छाया में जी रहे हैं। और शायद सबसे बड़ी बात यह थी कि भय की स्थिति में वे लोग राम के दल के साथ ही संक्रमण की बात सोच रहे थे। ग्रामवासी अपनी भूमि के मोह में कहीं और जाने की बात सोच भी नहीं सकते थे, किन्तु भीखन भी आज से कल्ल तक में पर्याप्त बदल गया था। वह भी जैसे राम की संगति में निर्द्वन्द्व हो चुका था। भोजन के पश्चात जब वे लोग विचार-विमर्श के लिए बैठे तो उनके मन की बात और भी स्पष्ट होकर सामने आई।

"मुनिवर, मैं सोच रहा हूं," उसने आनन्द सागर से कहा, "कि मैं भी गांव छोड़कर आश्रम में ही रह जाऊं। ग्रामवासियों का व्यवहार मुझे कुछ जंच नहीं रहा।"

मुनि ने एक विचित्र द्वन्द्व की-सी स्थिति में उसकी ओर देखा और तत्काल ही अपनी दृष्टि राम की ओर फेरी। किन्तु, राम से पहले लक्ष्मण बोले, "मुनिवर, यदि अशिष्टता न मानें तो भीखन की इस इच्छा के सन्दर्भ में मैं अपना विचार कह डालूं।"

"कहिए।"

"भीखन भाई, रुष्ट न होना।" लक्ष्मण बोले, "मुझे लगता है कि तुम भी ग्राम को असुरक्षित मानकर रहने से डर रहे हो।"

"नहीं..." भीखन ने कहना चाहा।

"नहीं, हमारा भीखन इतना भीरु नहीं है।" राम बोले, "वैसे भीखन को दो दिन में थोड़े-से समय के लिए आश्रम में भी रहना चाहिए, अन्यथा उसका शस्त्र-प्रशिक्षण रह जाएगा। वैसे उसे अपनी पत्नी और बच्चों के साथ, गांव में अपने घर पर ही रहना चाहिए।"

"क्यों? मेरे आश्रम में रहने में आप लोगों को क्या आपत्ति है?" भीखन बाधा से कुछ रुष्ट होकर बोला।

"कारण अनेक हैं।" राम बोले, "सबसे पहले तो तुम्हारा आश्रम में आ जाना ग्रामवासियों के भय में वृद्धि करेगा। वे यह मान लेंगे कि भूधर की भूमि पर खेती कर, ग्राम में रहना असुरक्षित है। दूसरी बात यह है कि इससे तुम्हारे और ग्रामवासियों के बीच भेद बढ़ेगा। वे तुम्हें स्वयं में से एक न मानकर अलग मानेंगे। तुम्हारे माध्यम से उनके साथ बना हुआ हमारा सम्पर्क भी टूट जाएगा। दूसरी ओर तुम यदि गांव में रहोगे तो बिना कहे ही यह सिद्ध होगा कि भूधर की भूमि पर खेती करना किसी विकट जोख़िम का काम नहीं है। इससे ग्रामवासियों का मनोबल और आत्मविश्वास बढ़ेगा।"

"किन्तु हमसे अलग, गांव में अकेले रहने के कारण किसी समय भीखन अपने परिवार समेत कठिनाई में पड़ सकता है।" सीता ने शंका की।

"कोई राक्षस भीखन के घर तक पहुंच जाए और हमें सूचना न हो, यह सम्भव नहीं है।" मुखर बोला, "हां, यदि आपका अभिप्राय ग्रामीण समाज की किसी कठिनाई से है, तो मैं कह नहीं सकता।"

"मेरा विचार है कि आश्रम से भीखन के घर अतिथियों का आवागमन अधिक हो जाना चाहिए।" राम धीरे-से बोले, "लक्ष्मण, मुखर, अनिन्द्य तथा सीता भी–भीखन के घर दिन में एक-आध बार अवश्य जाएं तथा कोई-न-कोई दो जन-सैनिक बारी-बारी अतिथि के रूप में उसके घर पर रहें। इससे भीखन के परिवार के साथ-साथ, ग्रामवासियों में भी सुरक्षा भी भावना बढ़ेगी। ग्रामवासियों से हमारा सम्पर्क भी बढ़ेगा। सीता का आवागमन अधिक होगा, तो स्त्रियों का साहस भी जागेगा। आवश्यक होने पर सुधा को भी कुछ दिनों के लिए यहां बुलाया जा सकता है। मेरा स्पष्ट मत है कि दूरी होने पर भी अपनी गतिविधियों से हमें भीखन के घर को आश्रम का अंग बना लेना चाहिए।"

"यह ठीक है।" सबसे पहले भीखन ने ही सहमति प्रकट की।

"यदि भीखन भाई का निवास-स्थान तय हो गया हो, तो एक सूचना मुझे भी देनी है।" अवसर पाते ही मुखर बोला।

"कहो! कहो!!" राम बोले, "तुम अपनी सूचना सबसे पहले कहा करो। शेष गतिविधियां तो तुम्हारी सूचनाओं पर ही निर्भर हैं।"

"कुछ अपरिचित लोगों को हमारी सूचना-सीमा के आसपास मंडराते देखा गया है।" मुखर बोला, "और राक्षस-सेना की एक बड़ी टुकड़ी, जिसमें दो-ढाई सौ सैनिक होने चाहिए, दक्षिण-पश्चिम की ओर से बढ़ रही है। किन्तु वह हमसे अभी बहुत दूर है और उसने अभी तक अपनी शीघ्रगामिता का कोई लक्षण नहीं दिखाया है।"

"अर्थात, अभी कुछ समय लगेगा।" राम बोले, "लक्ष्मण, प्रशिक्षण समय बढ़ा दो और क्षिप्र शिक्षण आरम्भ करो। अनिन्द्य, तुम भी अपने सैनिकों के अभ्यास-काल में वृद्धि करो।" अन्त में वे आनन्द सागर की ओर मुड़े, "मुनिवर, आप मुझे कम-से-कम पच्चीस ब्रह्मचारी ऐसे दें, जिनकी सैनिक-प्रशिक्षण में विशेष रुचि हो।"

"आज प्रातः आप पांच ब्रह्मचारी भी मांगते तो कदाचित मुझे निराशा प्रकट करनी पड़ती।" आनन्द

सागर हंसे, "किन्तु एक ही दिन के प्रशिक्षण से लोगों में इतना उत्साह भर आया है कि आप पचास ब्रह्मचारी भी मांगें तो कठिनाई नहीं होगी।"

"अच्छा, एक बात और है।" सहसा राम गम्भीर हो गए, "भीखन, तुम बता सकते हो कि साधारण ग्रामवासी के पास अन्न की क्या स्थिति है?"

"आपने अच्छा किया, यह पूछ लिया।" भीखन बोला, "मैं स्वयं सोच रहा था कि इस विषय में आपसे बात करूं।" राम उसे देखते रहे।

"ग्रामवासियों की स्थिति अच्छी नहीं है।" भीखन ने कहा, "मुझ जैसे बहुत कम ऐसे लोग हैं, जिनके पास थोड़ी-सी अपनी भूमि है। उसकी उपज पर भी भूधर इतना अधिक कर लगाता है कि कृषक के पास कठिनाई से दो समय खाने को बचता था। अधिकांश लोग ऐसे हैं, जिनके पास अपनी भूमि नहीं है, वे भूधर की भूमि पर काम करते थे; और उससे पारिश्रमिक में अन्न पाते थे। वह अन्न इतना नहीं होता था कि खाते भी और बचाते भी। इधर, भूधर की मृत्यु और विशेषकर राक्षसों के आक्रमण के बाद से गांव के प्रायः लोगों की स्थिति ख़राब है, उन्हें वन के फलों पर रहना पड़ रहा है। अभी तक वे निराहार नहीं हैं, किन्तु वैसी स्थिति शीघ्र ही आ जाने की आशंका है।"

"मुखर," राम बोले, "अपनी संचार-व्यवस्था का थोड़ा-सा बल इधर भी लगाओ। बाहरी शत्रुओं का हमें पता रहे, यह तो बहुत आवश्यक है ही; किन्तु इन भीतरी शत्रुओं–भूख तथा बीमारी–की भी सूचना मिलती रहनी चाहिए।"

"आज से ही प्रबन्ध करूंगा।" मुखर ने आश्वासन दिया।

"गांव में भूधर के भवन में कुछ अन्न है क्या?" राम ने पूछा।

"कह नहीं सकता।" भीखन बोला, "किन्तु आशा कम ही है। वे लोग बन्दियों को छुड़ाकर ले गए हैं तो क्या अन्न छोड़ गए होंगे?"

"ऐसा है मुनि आनन्द सागर," राम बोले, "कि अन्न प्राप्ति तथा अन्न के उत्पादन के लिए हमें विशेष रूप से सावधान रहना होगा। पहले तो आप देखिए कि आश्रम में कितना अन्न है। लक्ष्मण, तुम आज किसी समय जाकर भूधर के भवन का परीक्षण करो। मुखर तथा भीखन से विभिन्न घरों की स्थिति जानकर, अपने भंडार तथा उनकी आवश्यकता के अनुसार, उन्हें खाद्य सामग्री देने की कुछ व्यवस्था हमें करनी होगी। चाहे अन्न पहुंचाएं, चाहे वन के फल अथवा कन्द-मूल। किन्तु भूख से मरने की स्थिति हम नहीं आने देंगे। आवश्यकता पड़े तो धर्मभृत्य के पास भी समाचार भेज दो। सम्भवतः वर्तमान तो इस रूप में संभल जाएगा, किन्तु भविष्य की चिन्ता मुझे और भी अधिक है...।"

"भविष्य की क्यों?" लक्ष्मण ने पूछा।

"भूमि किसी के भी अधिकार में हो, उसे जोता-बोया नहीं जाएगा, तो अन्न कैसे उत्पन्न होगा? ग्रामवासियों में से एक भीखन हमारे साथ है। पच्चीस जन-सैनिक, भीखन और मैं सारे श्रम के बाद भी एक-चौथाई भूमि ही कृषियोग्य बना पाएंगे। शेष भूमि परती रह जाएगी, फिर अन्न की कमी के कारण बीज का अभाव हो सकता है। यदि पर्याप्त अन्न नहीं उपजा, तो अगले वर्ष यहां अकाल पड़ेगा या नहीं?" राम ने रुककर देखा, सभी जैसे स्तब्ध बैठे थे। राक्षसों के आक्रमण की बात तो वे उत्सुकता तथा किंचित भय से सुनते थे; किन्तु अकाल...।

"उससे बचने का एक ही मार्ग है।" राम बोले, "हम अकाल की सम्भावना से भी उसी तत्परता से लड़ें, जैसे राक्षसों के विरुद्ध लड़ते हैं।"

"पर कैसे?" आनन्द सागर ने पूछा।

"कल से जन-सैनिकों के साथ सारा आश्रम भी पूरी तत्परता से खेती में लगे..." आनन्द सागर के चेहरे के भाव देखकर राम ने अपना वाक्य अधूरा छोड़ दिया, "क्या बात है? आप सहमत नहीं हैं?"

"कैसे सहमत हो सकता हूं।" आनन्द सागर के स्वर में कुछ कटुता थी, "आश्रम से तात्पर्य है, आश्रम के ब्रह्मचारी, आचार्य और मुनि! और इसमें से किसी का भी काम खेती नहीं है। इनमें से किसी की महत्त्वाकांक्षा कृषि-कर्म नहीं है। हम लोग अपनी मानवता के नाते, अपनी सहानुभूति के कारण ग्रामवासियों की कुछ सहायता कर दें–वह एक पृथक बात है; किन्तु अपना सारा पाठ्यक्रम छोड़, अपनी आध्यात्मिक साधना को तिलांजलि देकर अधिक बुद्धिमान, अधिक ज्ञानी तथा मुक्त जीव होने के स्थान पर हम कृषक बन जाएं, तो हम अपने लक्ष्य से भ्रष्ट हो जाएंगे।"

राम की दृष्टि अनायास ही लक्ष्मण पर जा पड़ी, वे विस्फोट की सीमा तक पहुंचे हुए लग रहे थे। इसके पहले कि लक्ष्मण कुछ कह बैठते, राम बोले, "सौमित्र, मेरी बात पहले सुन लेना।"

सहसा लक्ष्मण अपनी अवस्था के प्रति सजग हो उठे। उन्होंने मुख में आई बात गटक ली और सायास मुस्कुराकर बोले, "आप निश्चिन्त रहें।"

"आप कह चुके मुनि आनन्द सागर?"

"जी!"

"तो अब मेरी बात सुनें।" राम बोले, "भिन्न मत होने के कारण आपको अनुकूल न पड़े तो क्षमा करें।"

"नहीं! नहीं!! आप कहिए।" आनन्द सागर भी कदाचित अपना आवेश पी गए थे।

"यह ठीक है कि आश्रम के ब्रह्मचारी, आचार्य तथा मुनि अधिक बुद्धिमान, ज्ञानी तथा मुक्त होने के लिए अध्ययन और साधना करते हैं। इन्हीं के लिए आश्रम की स्थापना होती है," राम बोले, "किन्तु आप मुझे बताएंगे कि यह बुद्धिमत्ता, ज्ञान तथा मुक्ति–समाज से निरपेक्ष होकर भी कोई अर्थ रखती है? सामाजिक प्रासंगिकता से बढ़कर भी कोई बुद्धि, ज्ञान अथवा कोई अन्य साधना होती है? क्या करेंगे आप ऐसे ज्ञान और बुद्धि का, जो आपके समाज के काम नहीं आ रही। क्या आध्यात्मिकता का अर्थ अपने भौतिक स्वार्थों से मुक्त होने के सिवाय भी और कुछ है? समाज-निरपेक्ष, शून्य अध्यात्म का भी कोई अस्तित्व है क्या? क्या अध्यात्म का सुख, अपने स्वार्थों मुक्ति तथा अपने समाज के लिए उपयोगी होकर उसको सुखी कर, स्वयं सुखी होने से अलग भी कुछ है? यह कैसी विडम्बना है कि जिस समाज के विकास तथा सुख के लिए व्यक्ति बुद्धि और ज्ञान की साधना करता है। वह अपनी साधना की प्रगति के साथ-साथ उस समाज से असम्पृक्त हो, आत्मसीमित तथा स्वार्थी होता जाता है। जब आपके आसपास का मानव-समाज अकाल की स्थिति में भूख से तड़प-तड़पकर मर जाएगा, तो आपका तप, साधना, ज्ञान, अध्ययन–यह सब किसके काम आएगा?" लक्ष्मण के आवेश को टालने के लिए सतर्क राम का अपना स्वर आवेशपूर्ण हो उठा, "यह एक पक्ष है। इसका दूसरा पक्ष राक्षस-संस्कृति और चिन्तन है। क्या आप यह नहीं मानते कि इस समय स्वार्थजीवी ज्ञानी, विज्ञानी और बुद्धिजीवी ही राक्षस-संस्कृति के मूल में हैं? उन्होंने समस्त मानवीय ज्ञान-विज्ञान, चिन्तन-मनन इत्यादि को समाज-निरपेक्ष तथा स्वार्थ-सापेक्ष कर रखा है। यदि आप भी उसी मार्ग पर चलकर अपनी एकान्त साधना को बौद्धिक ऊंचाइयों तक ले जाना चाहते हैं, तो उसका कोई लाभ नहीं है। शक्ति चाहे शारीरिक हो, चाहे बौद्धिक, जब समाज

और मानवता-निरपेक्ष हो जाती है, न्याय-अन्याय का विचार छोड़, असमर्थ के विरुद्ध, समर्थ के पक्ष में खड़ी हो जाती है, तो वह राक्षसी शक्ति है। क्या आपने ऐसे बुद्धि-ज्ञान के विकास के लिए यह आश्रम बना रखा है?" राम तीखी आंखों से मुनि को देख रहे थे। मुनि को लग रहा था कि वे राम के सम्मुख दृष्टि उठा नहीं पा रहे हैं।

मौन के एक अन्तराल के पश्चात आनन्द सागर धीरे-से बोले, "मैंने कभी इस पक्ष पर विचार नहीं किया।"

राम का स्वर शान्त हुआ, "सोचकर देखिए मुनि आनन्द सागर! बुद्धि और श्रम यदि असम्पृक्त दिशाओं में बढ़ेंगे, ज्ञानी-जन समाज से कटकर अपने में सीमित हो जाएंगे, तो क्या वे परस्पर शत्रु नहीं हो जाएंगे? बुद्धि श्रम से घृणा नहीं करने लगेगी? ज्ञानी-जन अज्ञ समाज को हीन भाव से नहीं देखेंगे? और ऐसे में वे उनके शोषण का साधन बनकर स्वयं राक्षस नहीं हो जाएंगे?"

आठ

अपराह्न में आश्रम की गतिविधियों का रूप बदल गया था। आवश्यक कामों में नियुक्त सदस्यों को छोड़ शेष आश्रमवासी आश्रम के अन्न वितरण के काम में लग गए थे। आश्रम में उपलब्ध अन्न ग्राम तक पहुंचाया जाता रहा और प्रत्येक द्वार पर रुक उनके परिवार के सदस्यों की संख्या पूछ, उनकी आवश्यकता के अनुसार अन्न दिया जाता रहा।

ग्रामवासियों के लिए यह अद्भुत घटना थी। आज तक तो कभी ऐसा नहीं हुआ था कि बिना कठिन परिश्रम कराए हुए किसी ने उन्हें अन्न की एक मुट्ठी भी दी हो। अधिक श्रम कर कम पारिश्रमिक पाना उनके लिए सामान्य बात थी, किन्तु इस प्रकार बिना श्रम किए घर बैठे अन्न पाना...और फिर देनेवाले आश्रम के ब्रह्मचारी थे, जो कृषक नहीं थे। अपने भोजन के लिए वे वन के फलों तथा आसपास के आश्रमवासियों की उदारता पर निर्भर करते थे। खलिहान से फ़सल घर लाने अथवा किसी पर्व-त्योहार के अवसर पर ग्रामवासी ही आश्रम में अन्न पहुंचा दें–यह बात तो उनकी समझ में आती थी, किन्तु वह विलोम प्रक्रिया...कि आश्रम से अन्न ग्राम में आए...।

तो क्या यह भी भीखन के उन साथियों का प्रभाव है, जो आश्रम में ठहरे हुए हैं? राम को ग्रामवासी जानते थे। राम पहले भी आए थे। तब आश्रम में युद्ध हुआ था। ग्रामवासियों ने राम का साथ दिया था। तभी भूधर की हत्या हुई थी। राम उसी सन्ध्या लौट गए थे। ग्रामवासियों को भीखन ने समझाया था कि वे अब पूर्णतः स्वतन्त्र हैं। भूधर मारा गया है और उसके साथी बन्दी हो गए हैं। वे लोग अपने ग्राम का शासन, जैसे चाहें, अपने ढंग से चला सकते हैं। आवश्यकता पड़ने पर मुनि आनन्द सागर से सहायता भी ले सकते हैं।...किन्तु कुछ ही समय में राक्षसों की सैनिक टुकड़ी का आक्रमण हुआ। वे अपने बन्दी छुड़ाकर ले गए और जाते-जाते खेतों में जहां कहीं फ़सल थी, उसे नष्ट करते गए। विचित्र संयोग था कि उस दिन उन्होंने किसी की हत्या नहीं की थी। वे लोग बहुत जल्दी में थे, या राम से डरे हुए थे। और तब से ग्रामवासियों को पता नहीं था कि वे स्वतन्त्र हैं या नहीं? भूधर के स्थान पर उनका स्वामी कौन था? वे खेत उनके थे, या नहीं? उन्हें उन खेतों में काम करना चाहिए या नहीं? कर देना है या नहीं, देना है तो किसे देना है और किस रूप में देना है? अन्न उनके पास था नहीं–कर के रूप में परिश्रम वे किसके खेत पर जाकर करें?...भीखन उन्हें बार-बार कहता था कि वे लोग राम के पास चलें, राम से सहायता मांगें, राम से सहयोग करें

...किन्तु राम के नाम के साथ एक भय जुड़ गया था। राम आए थे तो भूधर मारा गया था। उसका प्रतिशोध लेने के लिए राक्षसों ने आक्रमण किया था और ग्रामवासी वर्तमान स्थिति में धकेल दिए गए थे। इस बार राम से सहयोग ...और अब अकस्मात ही राम के आ जाने से क्रमशः अकाल की ओर बढ़ते हुए ग्राम में आश्रम द्वारा अन्न पहुंचाया जा रहा है। आश्रमवासियों को त्यागी माना जाता था, किन्तु उनसे ऐसे त्याग की अपेक्षा नहीं की जा सकती थी कि वे लोग अपनी आवश्यकता के लिए इधर-उधर से जुटाया हुआ अन्न ग्रामवासियों को खिला देंगे। यह उदारता उनमें कहां से आई? राम से? और अपने लिए अन्न की व्यवस्था किए बिना, अपना अन्न देकर अनिश्चित भविष्य से टकराने का साहस उन्होंने किसके भरोसे किया? राम के भरोसे?...ऐसा तो पहले कभी नहीं हुआ।

आश्रमवासियों के लिए भी यह अद्‌भुत अनुभव था। उन्होंने सदा त्याग का पाठ पढ़ा और पढ़ाया था। किन्तु इस प्रकार का त्याग?...अपने सामने से भोजन की थाली उठाकर अपने से अधिक भूखे की ओर बढ़ा देना...ऐसा तो उन्होंने कभी नहीं किया था। यह करवाया था राम ने। मुनि आनन्द सागर का कहना था कि राम के तर्कों का मेरे पास कोई उत्तर नहीं है, अतः उनकी बात अनिवार्यतः मानी जानी चाहिए। वह त्याग ही क्या, जिससे अपने लिए कठिनाई पैदा न हो। तो फिर अपने लिए एकत्रित अन्न, भूखे ग्रामवासियों को क्यों न दिया जाए? सन्ध्या तक स्थिति कुछ और बदली। लक्ष्मण अपनी टोली के साथ भूधर के भवन से लौटे तो समाचार लाए कि भवन में पुष्कल मात्रा में छिपाया गया अन्न मिल गया है। वह अन्न इतना अधिक था कि अगली उपज के आने तक, उससे ग्राम और आश्रम दोनों की ही आवश्यकताएं पूरी हो सकती थीं।

लक्ष्मण से समाचार पाकर, राम का चिन्तित मन कुछ ढीला हुआ। वे इस आश्रम में न आए होते, इस स्थिति की सूचना उन्हें न होती, तो और बात थी; किन्तु एक बार ग्रामवासियों की भूख की सूचना मिल जाने पर वे कैसे यह मान लेते कि ग्रामवासियों को अन्न उपलब्ध कराना उनका काम नहीं था...अब चिन्ता केवल अगली उपज की थी...

प्रातः ब्रह्मचारियों तथा जन-सैनिकों का पुनर्विभाजन किया गया। निश्चित यह हुआ कि दो बड़े वर्ग बनाए जाएं। पहला वर्ग आश्रम में शस्त्राभ्यास करे तो दूसरा वर्ग खेतों में काम करे; मध्याह्न के पश्चात पहला वर्ग खेतों में चला जाए तथा दूसरा वर्ग आश्रम में शस्त्राभ्यास करे।

राम जन-सैनिकों के साथ, बड़ी संख्या में ब्रह्मचारियों को लेकर खेतों में पहुंचे। आज उन्हें खेतों के पास कुछ अधिक ग्रामवासी खड़े मिले। राम को लगा, इन ग्रामीणों में उनका विश्वास असत्य नहीं था। बात इतनी-सी थी कि उन पर आतंक की परत कुछ अधिक मोटी होकर जमी थी। उसे उधेड़कर उन्हें अपने अकृत्रिम रूप में लाने के लिए कुछ प्रयत्न की आवश्यकता थी।...आज कल से अधिक ग्रामवासी आए थे, वे राम तथा उनके साथियों को देख, भड़ककर पीछे भी नहीं हटे थे। उन्होंने राम को, कल जैसी आतंकित दृष्टि से भी नहीं देखा था। और आज वे भीखन से भी अधिक आत्मीयता से वार्तालाप कर रहे थे।

राम आश्वस्त हुए : लक्ष्मण अच्छे थे। भेड़ों के निकट आए लोगों से अभिवादन के आदान-प्रदान के पश्चात राम ने जन-सैनिकों तथा ब्रह्मचारियों को खेतों में बिखेर दिया। काम आरम्भ हो गया। काम करनेवालों की संख्या अधिक न होने के कारण आज ऐसे लग रहा था कि काम आगे बढ़ ही नहीं रहा और सारे-के-सारे खेत परती पड़े रह जाएंगे...एक के पश्चात एक क्यारी उधड़ती जा रही थी, नीचे की मिट्टी ऊपर और ऊपर की नीचे जा रही थी। टोलियों में होड़ लगी हुई थी। चार टोलियों में से प्रत्येक के पास एक हल तथा अनेक कुदाल थे। कोई टोली स्पर्धा में पीछे छूटने को

तैयार नहीं थी। सूर्य ऊपर चढ़ आया। धूप चुभने लगी और स्वेद की मात्रा बढ़ गई तो एक-एक टोली एक-एक पेड़ की छाया में अपने काम की समीक्षा के लिए आ जुटी। राम अपनी कुदाल भूमि पर रख, बैठे ही थे कि अनेक ग्रामवासी उनके निकट सरक आए। राम ने उन्हें देखा : वे लोग उन्हें घेरकर इस प्रकार खड़े थे जैसे कुछ कहना तो चाहते हों, किन्तु कह नहीं पा रहे हों।

"क्या बात है?" राम उन्हें देखकर मुस्कुराए।

भीड़ में अनेक लोगों की आंखें एक-दूसरे की ओर उठीं।

अन्त में एक व्यक्ति कुछ कहने की मुद्रा में आगे बढ़ आया। लगता था, किसी अत्यन्त साहसिक कार्य का संकल्प किए हुए हो।

"मैं भीखन का भाई माखन हूं।" वह अपनी थूक गटक, गले में फंसी किसी काल्पनिक वस्तु को नीचे धकेलकर बोला।

राम ने पहचान-भरी मुस्कान से उसका स्वागत किया।

"हम भी खेतों में काम करना चाहते हैं।"

लगा, जैसे भीड़ के सिर से बोझ टल गया–जैसे कोई भारी काम सम्पन्न हुआ हो। उनकी अनुकूलता का अहसास राम को प्रातः से ही था, किन्तु यह वाक्य उन्हें भी चकित कर गया। क्या ये लोग एक ही दिन में अपने भय से मुक्ति पा गए हैं?

"अत्यन्त प्रसन्नता की बात है।" राम के मुख से अनायास ही निकला, "किन्तु भीखन ने तो मुझसे कुछ कहा ही नहीं।"

"हमने भीखन भैया से कहा था।" माखन बोला, "पर उन्होंने कहा कि उन्हें हमारा कोई भरोसा नहीं है। हम लोग समय पर पीछे हट जाते हैं। इसलिए हम लोग सीधे आपसे ही बात करें।"

राम हंसे, "लगता है, भीखन तुमसे रुष्ट हो गया है। तुमने भाई होकर उसका पक्ष-समर्थन नहीं किया।"

"नहीं। वे इसलिए रुष्ट नहीं हैं।" माखन ने बताया, "उसका दूसरा कारण है।"

"क्या कारण है?"

"वे कहते हैं, भूमि गांववालों की है। गांववाले भूमि ले लें और उसमें खेती करें; किन्तु हम लोग यह नहीं चाहते।"

"तुम लोग क्या चाहते हो।"

"हम लोग चाहते हैं कि भूमि आपकी ही रहे। हम लोग आपका काम कर दिया करें और आप हमें हमारा पारिश्रमिक दे दें।"

राम ने पुनः चकित होकर उन्हें देखा, ये कैसे कृषक थे, जिन्हें भूमि का लोभ नहीं था। उन्हें भूमि मिल रही थी और वे लपककर उसकी ओर बढ़ नहीं रहे थे।

"किन्तु भूमि तुम्हारी है। तुम उसे लेना क्यों नहीं चाहते?"

माखन सकपकाया-सा चुप खड़ा रहा।

"क्या तुम्हें भूमि प्रिय नहीं है?" राम ने पूछा।

"बात यह है आर्य!" माखन अपने संकोच से लड़ता हुआ बोला, "भूमि भूधर और उसके बन्धुओं की थी। भूधर तो मर गया, किन्तु हमारा अनुमान है कि उसके भाई-बन्धु अवश्य लौटेंगे। इस बार जब वे लौटेंगे, उनके साथ राक्षस सेना भी होगी। निश्चित रूप से, जिनके पास उनकी भूमि होगी, उसे वे अपना शत्रु मानकर...।" वह रुक गया।

"ओह!" राम मुस्कुराए, "तुम लोग राक्षसों के लौट आने की आशंका से भयभीत हो। तुम चाहते हो कि यदि वे लौटें तो उन्हें यह सूचना मिले कि उनकी भूमि पर राम ने आधिपत्य जमा रखा है; और वे मेरे शत्रु हो जाएं। ...यही बात है?"

"हम आपका अहित नहीं चाहते राम!" माखन बोला, "किन्तु आप समर्थ हैं। हम राक्षसों की अपेक्षा बहुत दुर्बल हैं।"

राम चुपचाप उन्हें देखते रहे, जैसे उनकी सच्चाई को परख रहे हों; और बोले, "यदि तुम्हारी यही इच्छा है, तो यही करो। मैं नहीं चाहता कि मैं तुम्हारे लिए भय और संकट का कारण बनूं, किन्तु दो-एक बातें समझने का प्रयत्न अवश्य करो।"

वे लोग उत्सुक दृष्टि से राम को देखते रहे।

"पहली बात तो यह है कि यह भूमि भूधर और उसके बन्धुओं की नहीं थी। यह भूमि तुम्हारी ही थी, और तुम्हारी ही है। भूमि उन्हीं की होती है, जो उसे जोतते-बोते हैं। तुम इसे जोतो-बोओगे, तो वह अब भी तुम्हारी ही होगी। जैसे नदी और उसका जल किसी एक व्यक्ति का नहीं होता; किन्तु यह व्यक्तिगत इच्छा अथवा आवश्यकता पर निर्भर करता है कि कोई व्यक्ति कुआं खोदकर उसमें से पानी पीता है। उसी प्रकार तुममें से कोई कृषि-कर्म छोड़कर अन्य उद्योग आरम्भ कर दे–यह उसकी इच्छा है; अन्यथा भूमि तुम्हारी ही है।" राम क्षण-भर रुककर बोले, "किसी समय भूधर या उसके पूर्वजों ने अपनी धूर्त्तता से यह भूमि तुमसे छीन ली होगी..."

"उसके पूर्वजों ने भी छीनी थी, और भूधर भी छीन रहा था।" भीड़ में से एक स्वर आया।

"भूमि-तो-भूमि, वह तो हमारी बहू-बेटियां तक छीन रहा था।" माखन बोला।

"मुझे भीखन ने बताया था।" राम बोले, "अब तुम ही बोलो, इस प्रकार के षड्यन्त्रों से वह तुम्हारी स्त्रियों को छीन लेगा, तो क्या वें उसकी हो जाएंगी?"

"नहीं।"

"तो फिर तुम्हारी भूमि कैसे उसकी हो गई?"

"भूमि की बात और...।" माखन बोला।

राम समझ गए, लोहा अभी गर्म नहीं हुआ। बोले, "आओ। काम करें। विश्राम बहुत हो गया।"

ग्रामवासियों की एक पृथक टोली भी बन सकती थी, किन्तु राम ने जान-बूझकर ऐसा नहीं किया। उन्हें भी पूर्ववर्ती टोलियों में ही मिला दिया गया। वे अभ्यस्त, दक्ष कृषक थे। ब्रह्मचारी कृषि-कर्म से अनभिज्ञ थे और जन-सैनिक भी मूलतः श्रमिक अथवा ब्रह्मचारी थे। उन्हें खेती का काम करते हुए, कुछ समय अवश्य हो गया था; किन्तु अभी भी वे पूर्णतः किसान नहीं बने थे। ग्रामवासियों की पृथक टोली बना दी जाती, तो अन्य टोलियां उनसे स्पर्धा नहीं कर पातीं।

ग्रामीणों के टोलियों में सम्मिलित हो जाने से, काम की गति बहुत बढ़ गई। वे लोग स्वयं भी कार्य कर रहे थे। और अपने साथियों का निर्देशन भी करते जा रहे थे। उनकी कार्य-पद्धति सुचारु भी थी और तीव्रगामी भी।...राम देख रहे थे कि अनायास ही ब्रह्मचारियों तथा जन-सैनिकों को प्रथम कोटि का कृषि-प्रशिक्षण प्राप्त हो रहा था...।

नौ

आज फिर आश्रम के दैनिक कार्य में कुछ व्यतिक्रम करना पड़ा था। पिछले कुछ दिनों से लक्ष्मण और मुखर अधिक-से-अधिक व्यस्त होते गए थे। वे लोग थोड़े-थोड़े समय के पश्चात राक्षसों की सैनिक टुकड़ियों की गतिविधियों की सूचनाएं ला रहे थे। सूचनाओं से लगता था कि राक्षस बड़ी सावधानी से योजनाबद्ध रूप में आगे बढ़ रहे थे; और उनकी इच्छा बड़े तथा आकस्मिक आक्रमण की थी...

ग्रामवासी क्रमशः अपना भय छोड़ते गए थे और उनमें से खेतों में काम करनेवालों की संख्या बढ़ती चली गई थी। शीघ्र ही गांव की पूरी जनसंख्या कृषि-कर्म में सम्मिलित हो गई थी। जैसे-जैसे उनका भय कम हुआ था, स्त्रियां और बच्चे भी उस सामूहिक जीवन में सहभागी हो गए थे। करघे चलने लगे थे, कुम्भकार का चाक घूमने लगा था और लकड़ी का विविध प्रकार का सामान बनने लगा था। अन्य प्रकार की शालाओं के साथ-साथ मुखर की संगीतशाला भी बहुत लोकप्रिय हो गई थी। किन्तु इतना होते हुए भी माखन और उसके साथी न तो भूमि को अपना मानने को तैयार थे और न वे लोग आश्रम के सैनिक प्रशिक्षण में सम्मिलित होने को सहमत हुए थे। इन दो कामों के लिए राम ने जब-जब प्रयत्न किया, असफल रहे।...ग्राम का धातुकर्मी आश्रम के लिए शस्त्र बना देता था, किन्तु अपने पास एक खड्ग रखने के लिए भी कभी तत्पर नहीं हुआ...।

इसलिए राम को ग्रामीणों की अधिक चिन्ता थी। अभी तक कुछ निश्चित नहीं था कि राक्षस कितनी संख्या में आएंगे और एक ही स्थान पर आक्रमण करेंगे अथवा एकाधिक टुकड़ियों में बंटकर, अनेक स्थानों पर धावा बोलेंगे ...वैसे तो अनिन्द्य की बस्ती, धर्मभृत्य का आश्रम, भीखन का ग्राम तथा आनन्द सागर का आश्रम, ऐसी संचार-व्यवस्था में बंधे हुए थे कि छोटी-छोटी घटनाओं की सूचनाएं भी तत्काल एक स्थान से दूसरे स्थान तक पहुंच रही थीं–फिर भी यदि ग्रामवासी किसी ऐसे स्थान पर धिर गए, जहां तत्काल सहायता पहुंचाना सम्भव नहीं हुआ तो शस्त्रहीन होने के कारण वे लोग तनिक भी प्रतिरोध नहीं कर पाएंगे...। दूसरी कठिनाई यह थी कि वे नहीं चाहते थे कि राक्षस उन्हें राम के पक्ष में मानें, इसलिए वे अपनी सुरक्षा के लिए भी आश्रम में आने को प्रस्तुत नहीं थे...

आश्रम में युद्ध-समिति बैठी और विभिन्न कोणों से विचार-विमर्श किया गया। सुरक्षा की दृष्टि से खान, बस्ती, धर्मभृत्य का आश्रम, भीखन का गांव, आनन्द सागर का आश्रम तथा खेत, सब ही महत्त्वपूर्ण स्थान थे। किन्तु सबसे महत्त्वपूर्ण थी जनसंख्या। जनप्राण की रक्षा सबसे अधिक आवश्यक थी; दूसरी कोटि में थी प्राकृतिक सम्पत्ति अर्थात खान और खेत। आनन्द सागर आश्रम में रखा हुआ शस्त्रागार भी महत्त्वपूर्ण था; किन्तु राम का तत्सम्बन्धी प्रस्ताव मान लिया गया कि समस्त शस्त्र योद्धा अपने साथ रखें–आवश्यक होने पर एकाधिक शस्त्र रखें, ताकि न शस्त्रागार की समस्या रहे, न ये शस्त्र शत्रुओं के हाथ पड़ें।

"मेरा विचार है कि मेरी बस्ती के सारे लोग शस्त्रबद्ध होकर खान पर चले जाएं।" अनिन्द्य बोला, "इससे जनप्राण और प्राकृतिक सम्पत्ति एक ही स्थान पर होने के कारण हमें दो स्थानों की रक्षा नहीं करनी पड़ेगी।"

"अनिन्द्य ठीक कह रहा है।" लक्ष्मण बोले, "इस दृष्टि से भीखन के सारे ग्रामवासियों को खेतों में रखा जाना चाहिए।"

"आश्रमवासी कहां जाएं।"

"हम अनिन्द्य की बस्ती और भीखन के ग्राम का मोह छोड़ रहे हैं, तो ख़ाली कर दिए गए आश्रमों का मोह भी त्याग देना चाहिए।" राम बोले, "अन्यथा बहुत छोटी टोलियों में बंट जाएंगे।"

"मुझे कोई आपत्ति नहीं है।" धर्मभृत्य ने अपना मत दिया, "मैंने देख लिया है कि सौमित्र के नेतृत्व में कुटीर कितनी सुविधा और शीघ्रता से बनते हैं।"

"तो फिर ऐसा ही हो।" राम बोले, "अनिन्द्य की बस्ती तथा धर्मभृत्य के आश्रम के सब लोग खान पर एकत्र हों; तथा भीखन के ग्रामवासी तथा आनन्द सागर आश्रम के ब्रह्मचारी यहां खेतों में रहें। किन्तु भीखन के ग्रामवासी न सशस्त्र हैं, न प्रशिक्षित। वैसे भी आक्रमणकारी भूधर का प्रतिशोध लेने के लिए आ रहे हैं; इसलिए वे आक्रमण इसी ग्राम पर करेंगे, अतः सारे जन-सैनिक यहीं रहें। यदि राक्षसों ने खान पर आक्रमण करने की प्रवृत्ति दिखाई तो जन-सैनिकों को तत्काल वहां पहुंचना होगा।"

"ठीक है।" धर्मभृत्य बोला, "यही ठीक रहेगा।"

"दूसरी बात शस्त्रों के विषय में है।" राम पुनः बोले, "जन-सैनिकों को धनुष-बाण दो, ताकि वे अन्य लोगों को दूर से ही संरक्षण दे सकें। उन्हें इतना अभ्यास हो चुका है कि वे युद्ध में भली-भांति धनुष-बाण का प्रयोग कर सकें। पचास धनुर्धारी ये होंगे। उनके अतिरिक्त मैं, लक्ष्मण, सीता, मुखर तथा धर्मभृत्य भी मुख्यतः धनुष-बाण से ही लड़ेंगे। भीखन और आनन्द सागर अपनी इच्छा से धनुष-बाण ले सकते हैं...।"

"नहीं! अभी मुझे अभ्यास नहीं है।" आनन्द सागर ने कहा।

"मुझे भी।" भीखन ने स्वीकार किया।

"तो तुम लोग भी खड्ग अथवा शूल से युद्ध करो। शेष लोगों को भी ये ही शस्त्र दिए जाएं।"

युद्ध-समिति ने तत्काल निर्देश जारी कर दिए। उन्हीं के अनुरूप व्यवस्था की गई। सब लोग अपने-अपने स्थान पर जा पहुंचे। किन्तु भीखन के ग्रामवासियों की समस्या अभी तक नहीं सुलझी थी...। वे लोग अपनी इच्छा से नित्य दिनचर्या के अनुसार, प्रातः ही खेतों में आ गए थे और काम कर रहे थे। जब तक वे खेतों में थे, तब तक कोई विशेष कठिनाई नहीं थी–राम सोच रहे थे–आश्रम के ब्रह्मचारी शस्त्रबद्ध थे। पचास जन-सैनिक भी वहीं थे। स्वयं राम, लक्ष्मण, सीता तथा मुखर भी वहीं वर्तमान थे।...किन्तु यदि सन्ध्या समय तक राक्षसों का आक्रमण न हुआ और ग्रामीणों ने अपने घरों में लौट जाने का हठ किया, तो उनकी सुरक्षा के लिए सारी सैनिक शक्ति को ग्राम में लगाना पड़ेगा। ऐसी स्थिति में खेतों के असुरक्षित छूट जाने का भय था...।

किन्तु, इसकी सम्भावना शायद कम थी। राक्षसों की गतिविधि की सूचना राम को निरन्तर मिल रही थी, वे लोग आश्रम की सूचना-सीमा के भीतर प्रवेश कर चुके थे। और निरन्तर आगे बढ़ रहे थे। वे रुककर प्रतीक्षा करने की स्थिति में नहीं थे। और यदि वे इसी प्रकार आगे बढ़ते रहे तो अपराह्न तक यहां आ पहुंचेंगे। उनके बढ़ने की दिशा अनिन्द्य की बस्ती अथवा धर्मभृत्य का आश्रम नहीं था...।

राम अपनी योजना को धीरे-धीरे कार्यान्वित कर रहे थे...क्रमशः सारे ग्रामवासी, खेतों के केन्द्र में पहुंच गए थे; और आश्रम के शस्त्रबद्ध सदस्य किनारों पर आ गए थे। ग्रामवासी सशस्त्र सैनिकों के घेरे में सुरक्षित थे। आज समस्त शालाओं की छुट्टी कर छोटे-बड़े सभी बच्चों को भी खेतों पर ही बुला लिया गया था...।

खेतों की चारों दिशाओं में से एक-एक ओर स्वयं राम, लक्ष्मण, सीता और मुखर थे। जन-सैनिक भी दस टुकड़ियों में बंटकर अपने-अपने नायकों के साथ-साथ, आगे-पीछे कर विभिन्न वृक्षों के ऊपर अथवा उनकी ओट में सन्नद्ध खड़े थे...राम ने प्रयत्न किया था कि इन दस टुकड़ियों से छोटे और बड़े–दुहरे वृत्त बन जाएं। बाहरी वृत्त को आरम्भिक आक्रमण का आदेश नहीं था। यदि अपनी असावधानी के कारण राक्षस इन दोनों वृत्तों के बीच आ जाएं तो दोनों वृत्तों को एक साथ आक्रमण करने का आदेश था। जब शत्रु पर दोहरी मार पड़ रही हो, तभी शेष लोगों के लिए उनसे भिड़ने का उचित अवसर था...।

अब सूचनाएं और भी कम अन्तराल से आने लगीं थीं...राक्षस निकट आ रहे थे, उनकी संख्या पांच सौ के लगभग थी। वे अलग-अलग स्थानों पर आक्रमण करने के स्थान पर एक ही मोर्चे पर युद्ध करने की योजना के साथ बढ़ रहे थे।...

"मुखर!" राम बोले, "धर्मभृत्य को सन्देश भेज दो कि आक्रमण यहीं होगा, अतः वे अपनी कुछ अतिरिक्त टुकड़ियां इधर भेज दें।"

"अच्छा राम!"

मुखर ने उसी क्षण एक लड़का अगली चौकी तक दौड़ा दिया। राक्षसों के निकट होने के कारण दूराह्वान से काम न लिया जा रहा था, अन्यथा वही सरल मार्ग था। देखने से यही लगता था कि सरे क्षेत्र का जीवन सामान्य गति से चल रहा है। खेतों में काम भी हो रहा था और लोग आभास भी रहे थे। किन्तु सभी जानते थे कि युद्ध समीप आ रहा है। उसकी दिशा और समय का आभास भी थोड़ा-बहुत सभी को था। खेतों में काम करनेवाले ग्रामवासी–जो अभी तक राम और राक्षसों के इस युद्ध में स्वयं को तटस्थ मान रहे थे–भी जानते थे कि युद्ध क्रमशः निकट आ रहा है। उनका द्वन्द्व भी कोई समाधान खोज नहीं पा रहा था : अपने भय के कारण वे राक्षसों का बिरोध करने का साहस नहीं कर पा रहे थे; और इतने दिनों तक राम तथा उनके साथियों के सम्पर्क में रहने के कारण उन्हें छोड़ना नहीं चाहते थे।

सूचना आई कि राक्षस ग्राम तक आ पहुंचे हैं। दूसरी ओर सूचना पहुंची कि धर्मभृत्य अपनी आश्रमवाहिनी के साथ क्षिप्र गति से बढ़ता चला आ रहा है। राम ने मन में गणना की–युद्ध आधी घड़ी भी चला तो धर्मभृत्य पीछे से आ पहुंचेगा; तब राक्षसों का टिकना कठिन हो जाएगा।

फिर सूचना मिली कि ग्राम को जनशून्य पाकर राक्षस अत्यन्त निराश हुए हैं। उन्होंने दो-एक घरों को आग भी लगाई थी, किन्तु कुछ सोचकर उन्होंने अग्निदाह रोक दिया है, और वे खेतों की ओर बढ़ रहे हैं। राम ने आदेश देने आरम्भ किए...अनिन्द्य खेतों के साथ लगती बाहरी सीमा पर अपनी धनुर्धर टुकड़ी के साथ था; किन्तु उसे तब तक प्रहार नहीं करना था, जब तक कि राक्षस आगे बढ़कर खेतों के परे स्थित राम तथा उनकी आश्रमवाहिनी से न जूझने लगें। लक्ष्मण भीतरी सीमा के वृत्त की जनवाहिनी के साथ थे। उन्हें राक्षसों पर पहले प्रहार करना था, ताकि राक्षस पूरी क्षमता के साथ आश्रमवाहिनी पर न टूट पड़ें।

सब-कुछ सध गया। खेतों में काम करते माखन और उसके ग्रामवासियों को भी प्रत्यक्षतः ज्ञात हो गया कि जिन राक्षसों के लौट आने की सम्भावना से वे आज तक आतंकित रहे हैं–वे राक्षस न केवल लौट आए हैं, वरन सेना लेकर आए हैं; और युद्ध की इच्छा से आए हैं।

राम का मन व्यूह-रचना में उलझा था और दृष्टि ग्रामवासियों की प्रतिक्रिया पर थी। किन्तु जैसे-जैसे समय बीतता जा रहा था, उनका विश्वास बढ़ता ही जा रहा था कि ग्रामवासी वहां से भागेंगे नहीं।

यदि वे लोग भाग खड़े होते, तो उनकी सुरक्षा की एक अतिरिक्त समस्या सामने आती।...किन्तु दूसरा प्रश्न अभी भी राम के मस्तिष्क में बवंडर मचाए हुए था : वास्तविक युद्ध के समय, यदि ग्रामवासी खेतों में उपस्थित रहें तो उनका व्यवहार क्या होगा?

राक्षस सेना ने अपने भरपूर आत्मविश्वास में अपना आक्रमण गुप्त नहीं रखा। वे पर्याप्त कोलाहल करते हुए आए और भयंकर क्रोधपूर्ण वेग के साथ उन्होंने धावा किया। उनकी सेना का रूप देखते ही राम के होंठों पर एक शान्त मुस्कान फैल गई। उनके पास पांच धनुर्धारियों की एक छोटी टुकड़ी थी, जो सारी सेना के आगे-आगे भाग रही थी। शेष सैनिकों के पास खड्ग तथा शूल थे। यह सेना शस्त्रहीन कृषकों अथवा आश्रमवासियों के लिए अत्यन्त भयंकर प्रमाणित हो सकती थी। उनका प्रभाव माखन तथा उसके साथियों के चेहरों पर स्पष्ट देखा जा सकता था। किन्तु राम एक क्षण में निश्चय कर चुके थे कि युद्ध-कौशल की दृष्टि से यह सेना अधिक शक्तिशाली नहीं थी।

राक्षस सैनिक आगे बढ़े और राम का पहला आदेश लक्ष्मण के लिए था। राक्षस धनुर्धर टुकड़ी ने प्रथम आघात के लिए अपने धनुषों की प्रत्यंचाएं खींची ही थीं कि लक्ष्मण की टुकड़ी ने बाण छोड़ दिए।...राक्षस धुनर्धारियों के मुख आश्चर्य से खुल गए : एक तो उन्हें बाणों के आने की दिशा का ज्ञान नहीं हुआ और दूसरे शायद उन्होंने धुनर्विधा के इस कौशल की कल्पना ही नहीं की थी ..उन्होंने भौंचक दृष्टि से अपने शत्रुओं की खोज का प्रयत्न किया और फिर अपने पीछे आनेवाले अपने ही सैनिकों के धक्के से आगे बढ़ गए। भागते हुए उन्होंने कटि से खड्ग खींच लिए, जिसका अर्थ था कि उनके पास और धनुष नहीं थे। राम की इच्छा हुई, वे राक्षसों के इस युद्ध-कौशल पर खिलखिलाकर हंस पढ़ें।

किन्तु यही युद्ध की निर्णयक घड़ी भी थी। राक्षसों की सेना अपने धावे में आगे बढ़ती हुई, राम के सम्मुख तक आ पहुंची। खेतों में काम करती हुई आश्रमवाहिनी अपने हल-कुदाल छोड़कर, खेतों से आगे बढ़ गई। पीछे खेतों में केवल ग्रामवासी ही रह गए थे।

सम्मुख युद्ध में पहले राम ने धनुष उठाया। गोह के चमड़े के दस्ताने पहने उनकी अंगुलियां बाण छोड़ने लगीं। उसी समय सेना के पिछले भाग पर अनिन्द्य तथा भूलर की धनुर्धर टुकड़ियां टूट पड़ीं। मध्य भाग पर लक्ष्मण और उनके साथी आक्रमण कर रहे थे। बाईं ओर से सीता अपनी टुकड़ी को लेकर आईं और दाहिनी ओर से मुखर।

राम के मन में युद्ध का परिणाम आरम्भ से ही स्पष्ट था–राक्षसों की सेना शुद्ध पशु-शक्ति थी। न उनके पास योजना थी, न संगठन, न उनके पास धनुर्धर थे, न उचित नेतृत्व। वह तो हत्या-बलात्कार, अग्निदाह तथा लूटपाट करनेवाले पशुओं की एक टोली थी–जिन्हें योद्धा नहीं कहा जा सकता था। राम की आश्रमवाहिनी विकट आत्मबल से युद्ध कर रही थी। उनके जन-सैनिकों तथा अन्य धनुर्धरों को किसी प्रतिरोध का सामना नहीं करना पड़ रहा था।

सहसा राक्षसों का एक दल युद्ध छोड़कर खेतों की ओर भागा। उनके हाथों में अग्निकाष्ठ थे–निश्चित रूप से वे खेतों में खड़ी फ़सल को अग्निसात करना चाहते थे...। इस प्रकार की घटना की कल्पना राम ने नहीं की थी कि राक्षस मनुष्यों को छोड़ खतों से लड़ने लगेंगे; न ही उसे रोकने की कोई योजना राम के मन में थी।...एक ही मार्ग था कि अपने व्यूह को परिवर्तित कर वे दो टुकडियों को उनके पीछे दौड़ाएं...।

राम ने भूलर की टुकड़ी को संकेत किया। भूलर के साथी वृक्षों से नीचे कूदे और भागते हुए राक्षसों की पीठ पर उन्होंने बाण छोड़ दिए। दो राक्षस गिरे भी, किन्तु शेष अपने अग्निकाष्ठों के

साथ खेतों की ओर निरन्तर भागते रहे।...और जब लगा कि वे खेतों में घुसकर अग्निदाह आरम्भ कर देंगे और जीता हुआ युद्ध भी इस रूप में पर्याप्त क्षति दे जाएगा–राम का ध्यान सहसा खेतों में स्तब्ध खड़े ग्रामवासियों की ओर चला गया। ग्रामवासियों की दृष्टि भी खेतों की ओर भागते हुए उन राक्षसों की ही ओर थी, जिनके हाथों में अग्निकाष्ठ थे।...जिस आकस्मिक ढंग से राक्षस युद्ध छोड़कर भागे थे, उसी आकस्मिकता से ग्रामवासियों ने अपनी प्रतिक्रिया भी प्रकट की।...सहसा उनके कुदाल उठ गए और वे खेतों को छोड़ राक्षसों के सामने आ खड़े हुए।

राम ने आश्चर्य से देखा : उन सबके आगे माखन था और उसी ने आगेवाले राक्षस पर अपने कुदाल का पहला वार किया। राक्षस के हाथ से छूटकर अग्निकाष्ठ दूर जा गिरा और वह अपनी कलाई पकड़े हुए। भूमि पर लोट गया। दोनों ओर से प्रहार-पर-प्रहार होने लगे। प्रायः सारे ग्रामवासी माखन के आसपास आ डटे थे, और अपने खेतों को बचाने के लिए पूर्णतः कटिबद्ध थे। तब तक मुखर की टोली उनके सिर पर आ पहुंची और उसने पीछे से राक्षसों को धर दबोचा। एक-एक कर सारे राक्षस धराशायी हो गए। उनके अग्निकाष्ठ बुझा दिए गए। किन्तु माखन तथा अन्य ग्रामवासी, जैसे मुक्त तथा निर्भय हो चुके थे। वे अपने कुदाल उठाए हुए, राक्षसों की पिटती हुई सेना से जा टकराए।

"माखन!" राम चिल्लाए, "तुम लोग पीछे हटो।"

किन्तु उनमें से किसी ने कुछ नहीं सुना। राम का हृदय कांप गया, वे लोग निःशस्त्र भी थे और अप्रशिक्षित भी। धनुर्धर जन-सैनिकों से घिरी तथा पिटती हुई राक्षस-सेना ने ग्रामवासियों को घेर लिया था। अब रुकना असम्भव था। तनिक से विलम्ब से भी अनर्थ हो जाता।

"लक्ष्मण! तुम यहां संभालो।"

राम अपनी छोटी-सी टोली लिए घेरे के भीतर जा घुसे। बाण चलाने की अपनी स्फूर्ति पर वे स्वयं ही चकित थे। तूणीर-पर-तूणीर समाप्त हो रहे थे; किन्तु शस्त्रों का वितरण इस प्रकार किया गया था कि नया तूणीर आने में तनिक भी समय नहीं लगता था। उनके बाणों ने सघन हो आए राक्षसों के बीच से मार्ग बना डाला।...राम तत्काल भीतर धंस गए। उनकी टोली ग्रामवासियों के चारों ओर प्राचीर बनकर खड़ी हो गई। परिणामतः राक्षसों को पीछे हटना पड़ा, किन्तु जाते-जाते भी वे अनेक लोगों को घायल कर गए। एक खड्ग राम के बाएं कन्धे पर भी लगा और कवच को चीर घाव कर गया। इतने निकट से धनुष-युद्ध की अपनी सीमाएं थीं।

राम के साथी राक्षसों को धकेलते जा रहे थे। पीछे से अनिन्द्य, भूलर तथा मुखर थे; और सामने से सीता, लक्ष्मण तथा आनन्द सागर।...तभी दूर से धर्मभृत्य अपनी आश्रमवाहिनी के साथ प्रकट हुआ...राक्षस चारों ओर से घिर गए थे; और युद्ध अपनी पराकाष्ठा पर जा पहुंचा था। राक्षस सैनिक वीरता से लड़े, किन्तु एक-एक कर समाप्त होते गए। युद्ध शीघ्र ही समाप्त हो गया। कुछ राक्षसों का हठ और कुछ जनवाहिनी का आक्रोश–केवल एक ही जीवित युद्धबन्दी पकड़ा जा सका। माखन राक्षसों के घेरे से जीवित नहीं निकल पाया। उसके अनेक साथी भी घायल हुए थे। उनके घिर जाने की गम्भीरता को समझकर राम इस प्रकार राक्षसों के बीच न जा धंसे होते, तो कदाचित उनमें से एक भी व्यक्ति जीवित नहीं बच पाता।

युद्ध समाप्त होते ही दोनों आश्रमों की सम्मिलित जनवाहिनी घायलों की देखभाल में लग गई। शेष लोगों ने शवों का अन्तिम संस्कार किया। राक्षसों के सारे शस्त्र बटोरे, उनकी गणना कर आवश्यकतानुसार उन्हें विभिन्न टोलियों में बांटा और युद्ध-क्षेत्र छोड़ दिया।

आश्रम में अगला दिन विचार-विमर्श का आरम्भ हुआ। यद्यपि माखन की मृत्यु से भीखन अत्यन्त दुखी था, तथा अन्य ग्रामवासी भी किसी-न-किसी रूप में इस मृत्यु से पीड़ित थे; आश्रम तथा गांव के अनेक लोग घायल भी थे; फिर भी विचार-विमर्श के समय प्रत्येक व्यक्ति आश्रम में उपस्थित था।

"ग्रामवासियों ने निर्णय किया है राम!" भीखन ने बात आरम्भ की, "कि अब उनके लिए आपका कोई भी सुझाव अमान्य नहीं है। वे आज से इस भूमि को भूधर की भूमि नहीं, ग्राम की भूमि मानेंगे और आपकी इच्छा के अनुसार उसके स्वामी बनकर खेती करेंगे।"

"यह निर्णय हमारे लिए युद्ध की विजय से भी बड़ी उपलब्धि है।" राम गम्भीर स्वर में बोले, "इसका अनुमान कल मुझे उसी समय हो गया था, जब ग्रामवासी राक्षसों को देखकर कायरों के समान भागने के स्थान पर शस्त्रहीन होते हुए भी राक्षसों से जा भिड़े। यह कैसे हुआ–यह मेरे लिए भी अभी रहस्य है।"

"राम, हम देख रहे थे कि राक्षस हमें नष्ट करने आए हैं।" तोरू बोला, "हम यह भी देख रहे थे कि आप हमारी रक्षा कर रहे हैं। यदि आप पराजित हो जाते तो हम पुनः राक्षसों के दास हो जाते। पिछले कुछ मास जो हमने आपके संरक्षण में स्वतन्त्रता तथा सम्मान के साथ बिताए हैं–हमारे लिए स्वप्न हो जाते। यह सब हम समझ रहे थे और परस्पर इस प्रकार की बातचीत भी कर रहे थे, किन्तु राक्षसों से लड़ जाने का साहस हम फिर भी नहीं जुटा पा रहे थे। फिर, वह शस्त्रों का युद्ध था। हम–जैसा कि अभी आपने कहा–निःशस्त्र थे, पर जब हमने देखा कि वे राक्षस उस अन्न को भी नष्ट कर देना चाहते थे जो हमारे जीवन का आधार था, तो स्थिति हमारे सामने स्पष्ट हो उठी। चुनाव स्वतन्त्र-जीवन और दासता के जीवन के बीच नहीं था, चुनाव जीवन और मृत्यु के बीच था। हम युद्ध न करते तो भी हमें मरना ही था, तो लड़कर ही क्यों न मरा जाए। सबसे पहले माखन उठा था। उसने कहा था, 'मैंने आज तक भीखन भैया की बात नहीं मानी, किन्तु अब रुक नहीं सकता। राक्षस हमारे खेत जला जाएं और हम अपने बच्चों को अकाल में भूख से तड़प-तड़पकर मरते हुए देखने के लिए कायरों के समान खड़े रह जाएं–यह नहीं होगा। जो मौन खड़ा रहे, उस पर धिक्कार।' माखन कुदाल के साथ, राक्षसों की ओर भागा। तब हम कैसे पीछे रह सकते थे! आवेश का धक्का कायरता की जड़ता को तोड़ गया।"

"यह तो अच्छा हुआ।" राम बोले, "किन्तु राक्षसों से निहत्थे भिड़ जाने का परिणाम अच्छा नहीं हुआ। मुझे भी तुम लोगों के इस अकुशल रण के कारण दंडकवन में पहला घाव मिला है।"

राम ने अपना दायां हाथ, बाएं कन्धे की पट्टी पर फेरा।

"हमें खेद है राम!..."

मेरा अभिप्राय यह नहीं था।" राम बोले, "मैं तो केवल यह चाहता हूं कि आप लोग भी आश्रमवाहिनी के साथ-साथ शस्त्र परिचालन का अभ्यास करें, ताकि भविष्य में इस प्रकार निहत्थे लड़ने का अवसर ही न आए।"

"नहीं, वह निश्चय तो कल ही हो चुका।" भीखन बोला, "अब सारा ग्राम शस्त्र-शिक्षा ग्रहण करेगा। किन्तु राम, क्या उनसे फिर युद्ध की सम्भावना है?"

"युद्ध की सम्भावना जिस दिन समाप्त हो जाएगी, वह मानव-इतिहास के लिए गौरव का दिन होगा।" राम बोले, "किन्तु अभी तुम्हारे लिए तो काफ़ी सम्भावना है।"

"क्यों? हमने तो सारे राक्षस मार दिए।" तोरू बोला, "अब लड़ने कौन आएगा?"

राम मुस्कुराए, "बड़े भोले हो तोरु। एक व्यक्ति जब जनसामान्य से पृथक हो राक्षस हो जाता है,

और शेष जन पर अत्याचार करने लगता है–तो क्या वह अपने बल पर करता है? कभी-कभी वैसा भी होता है–जैसे विराध। किन्तु सामान्यतः अत्याचार संगठन का होता है। अत्याचारी जानता है कि उनकी सहायता के लिए दंडधर आएंगे; उनकी सहायता के लिए अंगरक्षक आएंगे; उनकी सहायता के लिए सैनिक टोली आएगी और अन्त में टोली की सहायता के लिए साम्राज्य की सेना आएगी। भूधर का प्रतिशोध लेने के लिए यह सैनिक टुकड़ी आई थी। इनका प्रतिशोध लेने के लिए जनस्थान की सेना आ सकती है। और यदि आप उन्हें भी पराजित कर दें, तो लंका की सेना भी आ सकती है, अतः अब तो आपको तत्पर और सन्नद्ध ही रहना है। जब तक लंका का राक्षसी साम्राज्य वर्तमान है, तब तक राक्षसी आतंक समाप्त नहीं हो सकता।"

"अर्थात यह अनवरत तथा दीर्घ संघर्ष है?"

"तुमने ठीक समझा, तोरू!"

"तो हम सब शस्त्राभ्यास करेंगे।"

"सारा गांव शस्त्राभ्यास करे और पच्चीस कुशल योद्धा जनसेना में सम्मिलित हों, जिन्हें धनुर्विद्या का विशेष अभ्यास कराया जाएगा। सशस्त्र जनसामान्य तथा जनसेना दोनों ही अंग एक-दूसरे के पूरक के रूप में विकसित नहीं होंगे, तो संघर्ष की सफलता सन्दिग्ध हो जाएगी।"

"हमें स्वीकार है।"

अन्त में लक्ष्मण ने एकमात्र युद्धबन्दी को सभा के सम्मुख प्रस्तुत किया।

राम ने पहली बार उसे ध्यान से देखा: वह अब तक देखे गए राक्षसों से सर्वथा भिन्न था। उसके शरीर पर न तो विलास की चर्बी थी, और न उसकी वेशभूषा में सम्पन्नता का कोई चिन्ह। एक साधारण धोती में लिपटा वह पतला-दुबला व्यक्ति साधारण श्रमिक से भिन्न नहीं था।

"तुम कौन हो?" राम ने पूछा।

"मैं ओगरू हूं, कर्कश का दास।"

"और यह कर्कश कौन है?"

"हमारे ग्राम का स्वामी।"

"तुम युद्ध करने आए थे?"

"नहीं, मुझे स्वामी ने भेजा था कि मैं स्वयं देखकर उसे बताऊं, कि राम के पास कैसे-कैसे शस्त्र हैं और राम कैसे युद्ध करते हैं। राक्षस सेना एक रात हमारे गांव में भी ठहरी थी, तभी स्वामी ने मुझे उनके साथ कर दिया था।"

"यह सब देखकर तुम क्या करते?"

"वैसे शस्त्र बनाकर स्वामी को देता।" ओगरू बोला, "मैं स्वामी के लिए शस्त्रों का निर्माण करता हूं।"

लक्ष्मण मुस्कुराए, "तुम शस्त्र बनाकर स्वामी को देते, ताकि वह कर्कश उन्हीं शस्त्रों के बल पर तुम्हारा और तुम्हारे पक्षधरों का दमन कर तुम लोगों को और अधिक पीड़ित करता।"

"जी?"

"बात यह है ओगरू," राम बोले, "तुम खान-स्वामी नहीं हो, भू-स्वामी नहीं हो; तुम दूसरों का शोषण नहीं करते, अपने श्रम की रोटी खाते हो।...इन्हें देख रहे हो?" राम ने उपस्थिति लोगों की ओर संकेत किया, "ये सब, तुम्हारे ही समान अपने श्रम पर जीवित रहनेवाले लोग हैं। फिर तुम उस राक्षस कर्कश का पक्ष लेकर, न्याय के समर्थक अपने ही वर्ग के लोगों के विरुद्ध क्यों लड़ रहे हो?"

"वह हमारा स्वामी है।" ओगरू पूरी निष्ठा के साथ बोला।

"उसे तुम्हारा स्वामी किसने बनाया?"

"देवी ने!"

राम ने चौंककर उसे देखा, "किस देवी ने?"

ओगरू थोड़ी देर तक चुपचाप खड़ा कुछ सोचता रहा; फिर बोला, "पहले कर्कश भी हमारे समान साधारण श्रमिक था।...एक दिन उसने सारे ग्राम के लोगों को एकत्र कर बताया कि रात को उसे देवी ने स्वप्न में दर्शन दिए हैं। स्वप्न में देवी ने उससे कहा कि वह गांव के तालाब में बाएं कोने में बन्दिनी पड़ी हैं। यदि कर्कश वहां से देवी का उद्धार कर देगा, तो वह कर्कश को गांव का स्वामी बना देंगी।...हम सब लोग कर्कश के साथ तालाब पर गए। उसने हमारे सामने तालाब के बाएं कोने में घुसकर, पानी के भीतर से देवी की दो हाथ ऊंची मूर्ति का उद्धार किया। उस मूर्ति को लाकर ग्राम में स्थापित किया गया। ग्रामवालों ने वहां मन्दिर बनाया और कर्कश को देवी का पुजारी बना दिया। उस दिन से कर्कश पर देवी की कृपा है। मन्दिर में ख़ूब चढ़ावा चढ़ता है। कर्कश ने एक-एक कर गांव के सारे खेत ख़रीद लिए हैं। एक-एक कर लोग ऋण के कारण उसके दास हो गए हैं। वह हमारा स्वामी है, राजा है, पुरोहित है। हम उसकी बात कैसे टाल सकते हैं?"

आसपास बैठे लोगों में दृष्टियों का आदान-प्रदान हुआ।

"अर्थात एक धूर्त्त व्यक्ति भोले देहातियों को मूर्ख बना रहा है।" सीता धीरे-से बोलीं। ओगरू ने सीता का वाक्य सुन लिया।

"नहीं!" वह चीत्कारपूर्ण स्वर में बोला, "वह देवी का भक्त है और उस पर देवी की कृपा है।"

"कौन-सी देवी? कैसी देवी?" सहसा राम का तेजस्वी स्वर गूंजा, "ओगरू, मैं तुम्हारी और तुम्हारे ग्राम के लोगों की भावना का अपमान नहीं करना चाहता; किन्तु तुम स्वयं सोचकर बताओ कि वह कैसी देवी है, जिसे तुम ईश्वर की शक्ति मानते हो, और वह पत्थर की एक मूर्ति में बन्दिनी है; उस मूर्ति में, जो गांव के तालाब में दो हाथ पानी के नीचे डूबी हुई है और देवी स्वयं को वहां से बाहर नहीं निकाल सकती तथा इतने से कार्य के लिए कर्कश से सहायता मांगती है।"

ओगरू तनिक भी हतप्रभ नहीं हुआ। वह तर्क पर उतर आया, "तो कर्कश को ग्राम का स्वामी किसने बनाया?"

"तुम्हारे अज्ञान ने।" राम बोले, "तुम लोगों ने स्वय अपने धन से मन्दिर का निर्माण कर कर्कश को उसका पुरोहित बनाया है। तुमने अपना पेट काटकर, अपने बच्चों को भूखा रख, अपने श्रम की कमाई पुरोहित को चढ़ाई। पुरोहित ने तुम्हारे द्वारा दान दिए धन से तुम लोगों को ऋण दिया, और ऋण में तुम्हारा हाथ-पैर बांधकर तुम्हारी भूमि ख़रीद ली। अब वह तुम्हीं से शस्त्र बनवाकर तुम्हारा ही नहीं, तुम्हारा पक्ष लेनेवाले लोगों का भी दमन करना चाहता है।"

"नहीं!" ओगरू जैसे आविष्टावस्था में चीख़ा, "ऐसा नहीं है। उस पर सचमुच देवी की कृपा है। वह देवी का भक्त है। उसके पास दैवी शक्ति है।" राम चुपचाप ओगरू को देखते रहे। ओगरू अपनी बात से पूर्णतः आश्वस्त था।

"यदि मैं तुम्हें इन ग्रामवासियों को सौंप दूं, जिन पर आक्रमण करने तुम राक्षसों के साथ आए थे, तो तुम्हारा कर्कश अपनी दैवी शक्ति से तुम्हें बचा लेगा क्या?"

ओगरू कुछ नहीं बोला। वह भीत दृष्टि से कभी राम को और कभी उपस्थित लोगों को देखता रहा। राम ने भीखन को संकेत किया। भीखन ने अपने नग्न खड्ग की नोक ओगरू के कंठ पर रख दी।

ओगरू के शरीर से पसीना छूट गया। राम का गम्भीर स्वर गूंजा, "इस समय कर्कश की दैवी शक्ति तुम्हें नहीं बचा सकती; किन्तु मैं अपनी मानवी शक्ति के आधार पर तुम्हें मुक्त करने का प्रस्ताव इस सभा के सम्मुख रखता हूं।" राम ने पूछा, "आप लोग सहमत हैं ?"

"सहमत हैं।" भीखन ने अपना खड्ग हटा लिया।

"हम तुम्हें मुक्त कर रहे हैं, ओगरू!" राम बोले, "अब तुम अपने गांव जाओ। उस कर्कश को पकड़कर उसी तालाब में फेंक दो, जिसमें से उसने देवी का उद्धार किया था। तब उससे कहना कि वह अपनी दैवी शक्ति से अपना उद्धार कर ले।"

"यदि तुम लोग यह नहीं कर पाए, तो हम तुम्हारे ग्राम में आकर उसके साथ यही व्यवहार करेंगे।" लक्ष्मण ने अपनी टिप्पणी दी।

"जाओ। तुम मुक्त हो !" राम पुनः बोले।

ओगरू को जैसे अभी तक विश्वास नहीं हो रहा था कि उसके कंठ पर से खड्ग की नोक सचमुच हट गई है और वह अपनी इच्छानुसार कहीं भी जा सकता है। वह चुपचाप खड़ा, भावहीन जड़ दृष्टि से राम को देखता रहा। जब उसने देखा कि वस्तुतः उसे कोई रोक नहीं रहा और भीड़ उसे मार्ग देती जा रही है तो उसकी गति का वेग बढ़ गया। वह भीड़ को पार कर, बाहर निकल आया। खुले मैदान में आकर उसने पलटकर एक बार पीछे देखा कि कोई उसे पकड़ने आ तो नहीं रहा; और जब उसे पूर्ण विश्वास हो गया कि कोई उसके पीछे नहीं आ रहा तो वह पूरी शक्ति से भाग खड़ा हुआ।

अगला दिन भी बहुत व्यस्तता का था। धर्मभृत्य और अनिन्द्य अपने साथियों के साथ अपने आश्रम लौट गए थे। आनन्द सागर आश्रम स्वयं को नई दिनचर्या में ढाल रहा था। खेतों को उनकी स्थिति के आधार पर चार बड़े भागों में बांटकर उन्हें कृषकों की टोलियों को दे दिया गया। आज से सारी भूमि ग्रामवासियों की थी। ग्राम का नेतृत्व तोरू कर रहा था।...फिर पच्चीस जनसैनिक चुने गए। उनका नेतृत्व भीखन ने ग्रहण किया। शेष लोगों को उनके वय तथा सामर्थ्य के अनुसार टोलियों में बांटकर, शस्त्र-शिक्षा के लिए प्रशिक्षकों को सौंपा गया। शस्त्रागार की पुनर्व्यवस्था हुई। गांव के बच्चों के लिए उनके वय के अनुसार पाठशालाओं का भी नया प्रबन्ध किया गया। लक्ष्मण तथा मुखर मुनि आनन्द सागर के साथ-साथ निर्माण-कार्य की आवश्यकताओं को देखते रहे और उसके लिए प्रबन्ध करते रहे। सीता सारा दिन महिलाओं के साथ गांव में ही रहीं। गांव की महिलाएं, अनिन्द्य की बस्ती की महिलाओं से भिन्न थीं। वे अपने पतियों के साथ खुले खेतों में काम करने की अभ्यस्त थीं। उनमें आत्मविश्वास तथा आत्मबल कुछ अधिक था। विचारों और मान्यताओं को लेकर वे भी बहुत पिछड़ी हुई थीं, किन्तु उनकी नया सीखने की प्रबल इच्छा देखते हुए सीता को अपना कार्य कठिन नहीं लग रहा था।

कुछ ही दिनों में राम ने अनुभव किया कि भीखन का ग्राम भी तीव्र गति से अपना रूप बदल रहा था। लोगों में आत्मबल के साथ-साथ आत्मसम्मान भी लौट आया था। उनकी बौद्धिक जिज्ञासा भी जाग उठी थी। वे पूछना और जानना सीख गए थे। वे अपनी रक्षा में समर्थ हो चुके थे और आर्थिक

स्थिति को सुधारने की ओर बढ़ रहे थे। ग्राम में खेती के साथ-साथ छोटे-मोटे अनेक उद्योग-धन्धे खुल गए थे... ग्राम और आश्रम में सभी लोग व्यस्त थे : और कितनी सार्थक थी वह व्यस्तता। ग्रामवासियों में से ही विभिन्न कार्यों का दायित्व संभालने का नेतृत्व करनेवाले क्रमशः आगे बढ़ रहे थे। राम, लक्ष्मण, सीता तथा मुखर अपने कार्य नए आनेवाले नेताओं को सौंपते जा रहे थे।

...तभी एक दिन सन्ध्या समय, सुतीक्ष्ण आश्रम से एक युवा ब्रह्मचारी कुलपति का पत्र लेकर आया। पत्र अत्यन्त संक्षिप्त था : मात्र एक वाक्य। मुनि ने लिखा था, "उपद्रवी पशु राम के यश की गन्ध पाकर भाग गए हैं, और सुतीक्ष्ण कस्तूरी मृग के समान राम को खोज रहा है।"

पत्र पढ़ते ही राम को धर्मभृत्य का स्मरण हो आया। ठीक कहा था धर्मभृत्य ने, "...तो आर्य! आप सुतीक्ष्ण मुनि के दर्शन अवश्य करें, किन्तु उनके आश्रम में आपके लिए अभी स्थान न होगा। हां, आप अन्यत्र रहकर, राक्षसों का आतंक मिटा दें तो उन्हें आपको अपने आश्रम में ठहराकर अबाध आनन्द होगा।"

आश्रम में समाचार प्रचारित हो गया कि सुतीक्ष्ण मुनि ने राम को आमन्त्रित किया है।...सन्ध्या का समय था, आश्रमवासी अपने कामों से लौट आए थे।...राम की कुटिया के सम्मुख भीड़ बढ़ने लगी।

"आप जा रहे हैं राम?" स्वरों में कितनी आशका थी।

राम मुस्कुराए, "आप बैठिए। थोड़े विचार-विमर्श की आवश्यकता आ पड़ी है।" लोग बैठ गए। वातावरण व्यवस्थित हो गया।

"आप जानते हैं कि हमें किसी एक स्थान पर स्थायी रूप से नहीं रहना है।" राम बोले, "हमें इस सरे क्षेत्र को राक्षसी आतंक से मुक्त करना है। वस्तुतः यह एक संगठन यात्रा है। संगठन की इस यात्रा में हमारा मुख्य पड़ाव ऋषि अगस्त्य का आश्रम है। मार्ग में सुतीक्ष्ण आश्रम है। मेरी समस्या इस आश्रम को छोड़ने या नहीं छोड़ने की नहीं है; मेरी समस्या है कि मुनि के पिछले व्यवहार को देखते हुए, अब मुझे वहां जाना चाहिए या नहीं?"

"राम," सबसे पहले भीखन बोला, "कोई और समस्या होती तो कदाचित मैं कुछ न कहता, अथवा सबके पीछे कहता; किन्तु इस विषय में बोलने का मेरा पहला अधिकार है।"

"तुम ही बोलो भीखन!" राम बोले।

मैंने शरभंग ऋषि के आश्रम से आपके साथ यात्रा की थी। सुतीक्ष्ण आश्रम में भी मैं आपके निकट था। मैं जानता हूं कि उन्होंने आपका स्वागत नहीं किया था, किन्तु मेरे अपने गांव में भी तो किसी ने आपका स्वागत नहीं किया था। आपने माना कि ग्रामवासी भीरु तथा राक्षसों से आतंकित थे। आपने धैर्यपूर्वक उचित अवसर की प्रतीक्षा की और ग्रामवासियों के प्रत्यक्ष असहयोग को देखते हुए भी उनकी सहायता की। क्या सुतीक्ष्ण मुनि को भी भीरु मानकर आप उन्हें क्षमा नहीं कर सकते; और अब, जब वे आपको बुला रहे हैं, तथा राक्षस-विरोधी संगठन में आपके सहायक हो सकते हैं, आप उनका निमन्त्रण क्यों स्वीकार नहीं कर रहे?"

"भीखन भैया ठीक कह रहे हैं।" सीता बोलीं, "किसी की भीरुता को उसका दोष तो माना जा सकता है, उसका विरोध नहीं।"

"हां, यदि यह निमन्त्रण किसी लोभवश नहीं है तो।" लक्ष्मण ने कहा।

"लोभ कैसा?" आनन्द सागर ने पूछा।

"कुछ लोग अपने लाभ और लोभ को देखते हुए प्रत्येक उगती हुई शक्ति की सहायता के लिए

तत्पर रहते हैं।" लक्ष्मण बोले, "जब पहली बार हम उनके आश्रम में गए थे, तब राक्षस शक्तिशाली थे; अब राक्षस-विरोधी लोग प्रबल हो रहे हैं।"

"लक्ष्मण का तर्क मुनि पर लागू नहीं होता।" राम बोले, "मुनि ने राक्षसों का पक्ष-समर्थन कभी नहीं किया। उनका व्यवहार उनकी भीरुता का ही परिचायक था। फिर रावण के जीवित रहते राक्षस-विरोधियों को बलशाली मानने का कोई विशेष कारण मैं नहीं देखता; और राम से किसी को क्या लाभ होगा? मेरे पास न शासन है, न सम्पत्ति। एक सिद्धान्त है...।"

"इसलिए मैंने कहा था कि आपको मुनि का निमन्त्रण स्वीकार कर लेना चाहिए।" भीखन पुनः बोला।

"क्यों सौमित्र?" राम ने लक्ष्मण की ओर देखा।

"मुझे क्या आपत्ति हो सकती है?" लक्ष्मण मुस्कुराए।

"सीता तो अपनी सहमति प्रकट कर चुकी हैं।" राम बोले, "तुम क्या कहते हो मुखर?"

"मेरे मन में तो एक ही बात है," मुखर बोला, "कि मैं अपने गांव की ओर बढ़ता जाऊं।"

"तो तुम्हारी ही बात रही भीखन!" राम बोले, "यहां का कार्य अब समाप्त-प्राय ही है। कुछ दिनों में स्थिति और संभल जाएगी। तब हम सुतीक्ष्ण आश्रम की ओर ही बढ़ेंगे।"

सुतीक्ष्ण आश्रम के ब्रह्मचारी को विदा हुए तीन दिन बीते थे। सन्ध्या के समय ग्राम के उत्पादनों के क्रय-विक्रय तथा व्यापार-सम्बन्धी विचार-विमर्श समाप्त हुआ ही था। सभा पूर्णतः विसर्जित भी नहीं हुई थी कि एक व्यक्ति आकर राम के सम्मुख नमस्कार की मुद्रा में खड़ा हो गया।

राम ने आगन्तुक को देखा, उन्होंने इस व्यक्ति को कदाचित देखा तो था, पर...वे चौंके...ओह! यह तो ओगरू था, किन्तु कितना बदला हुआ। आज उसने साफ़-सुथरी धोती के साथ एक स्वच्छ उत्तरीय भी ले रखा था। पांव में लकड़ी की खड़ावें थीं और केश सज्जा भी प्रयत्नपूर्वक की हुई लग रही थी, "ओगरू! तुम!"

"हां आर्य!"

"कैसे हो?"

"आप देख रहे हैं, पहले से पर्याप्त अच्छी स्थिति में हूं।" वह मुस्कुराया।

"क्या देवी के पुरोहित की कृपा हुई है?" लक्ष्मण का स्वर कुछ तीखा था।

"नहीं भद्र! स्वयं देवी की कृपा हुई है।"

"स्पष्ट कहो ओगरू।" राम ने शान्त स्वर में पूछा।

"आर्य! आपने जो कुछ कहा था, उसके विषय में सोचता हुआ मैं अपने गांव लौटा।" ओगरू ने बताया, "पहले तो मैं इस बात पर विश्वास ही नहीं कर पा रहा था कि आप लोगों ने न केवल मुझे जीवित छोड़ दिया है, वरन मुक्त भी कर दिया है। इस विषय में मैं जितना सोचता रहा, उतना ही सहमत होता गया कि आप लोग सामान्य समर्थ लोगों से भिन्न हैं। आपने साधारण ग्रामवासियों तथा भीरु आश्रमवासियों को जिस प्रकार आत्मरक्षा में समर्थ जनसेना में बदल दिया था–मुझे तो उसमें ही कोई दैवी शक्ति दिखाई पड़ने लगी। आपने कहा था, आप अपनी मानवी शक्ति के आधार पर मुझे मुक्त करने का प्रस्ताव सभा के सम्मुख रख रहे हैं–मुझे आपकी मानवी शक्ति कर्कश की दैवी शक्ति से अधिक सच्ची लगी। कर्कश ने अपनी दैवी शक्ति के नाम पर ग्राम की समृद्धि को नष्ट कर, हमें अपना दास बनाया था, और आपने अपनी मानवी शक्ति से इस क्षेत्र को कितना समृद्ध

बना दिया था।...अन्त में मैंने आपके सुझाव के अनुसार, कर्कश की दैवी शक्ति की परीक्षा लेने का निश्चय किया। मैंने अपने गांववालों से इस विषय में बातचीत की, किन्तु उनमें से कोई भी सहमत नहीं हुआ। किन्तु, मुझे शान्ति नहीं मिल रही थी। अन्ततः मैंने स्वयं ही साहस किया। एक रात, अंधेरे में अपने हथौड़े से उस पर प्रहार किया। वह संज्ञाशून्य हो गया। मैंने उसके हाथ-पैर बांधे और उसे उस पोखर में डाल दिया, जिसका जल पीने के कार्य में नहीं आता था।" ओगरू रुक गया।

"फिर क्या हुआ?" लक्ष्मण ने पूछा।

"गांव में कोलाहल हुआ। बार-बार पूछा गया कि कर्कश कहां गया? मैंने बताया कि मुझसे कहकर देवी के पास गया है। तीसरे दिन कुछ राक्षस सैनिक भी गांव में घूमते दिखाई दिए। उसी के विषय में पूछताछ कर रहे थे। उन्होंने बताया कि वे किसी सैनिक छावनी से आए हैं। बहुत ढूंढने पर भी कर्कश उन्हें नहीं मिला। सन्ध्या समय तक कर्कश अपनी दैवी शक्ति से तालाब के पानी में उबर आया।"

"क्या?" मुखर के मुख से अनायास ही निकल गया।

हां, वह अपनी दैवी शक्ति से पानी पर तैर रहा था।" ओगरू बोला, "उसका शव फूलकर बैल के बराबर हो गया था...।"

"वस्तुतः यह दैवी शक्ति का चमत्कार था।" लक्ष्मण मुस्कुराए।

"किन्तु राक्षस सैनिकों को किसी ने बता दिया कि कर्कश ओगरू को बताकर देवी के पास गया था। उन लोगों को मुझ पर सन्देह हो गया, और उन्होंने मुझे पकड़ लिया। कर्कश की दैवी शक्ति का भेद खुल जाने से, मैं इतना निर्भीक हो गया था कि मैंने स्वीकार कर लिया कि मैंने ही कर्कश को बांधकर तालाब में डाला था। उनके यह पूछने पर कि मुझे इसकी प्रेरणा किसने दी, मैंने कह दिया कि राम ने मुझे ऐसा करने के लिए कहा था।...राम का नाम सुनते ही सैनिकों के चेहरे पीले पड़ गए। उन्होंने मुझे छोड़ दिया और गांव से चले गए। उनके इस व्यवहार से मानो सारा गांव ही मुक्त हो गया।...अब गांववालों ने मुझे आपके पास भेजा है : बताइए अब हम क्या करें?"

"रात को यहां विश्राम करो।" राम मुस्कुराए, "कल तुम्हारे साथ मुखर और लक्ष्मण जाएंगे। कुछ ब्रह्मचारी भी साथ होंगे। धर्मभृत्य और अनिन्द्य को भी सूचित कर देंगे। कुछ लोगों को वे भेज देंगे। ये लोग तुम्हारे ग्राम को उत्पादन, शिक्षा, रक्षा तथा संचार के सिद्धान्तों पर नव-निर्माण से सुशिक्षित करेंगे। फलतः ग्राम में से कर्कश की रही-सही दैवी शक्ति भी समाप्त हो जाएगी।"

दस

सुतीक्ष्ण आश्रम से बहुत पहले ही, मुनि के शिष्य अगवानी के लिए राम के दल से आ मिले। राम, लक्ष्मण, सीता तथा मुखर के साथ, उन्हें सुतीक्ष्ण आश्रम तक पहुंचाने के लिए भीखन के गांव और आनन्द सागर आश्रम के लोग ही नहीं, धर्मभृत्य आश्रम, अनिन्द्य की बस्ती तथा ओगरू के ग्राम से भी जन-सैनिक आए थे। राक्षसी आतंक के हट जाने से संचार-व्यवस्था विकसित हो गई थी, मार्ग सुगम हो गए थे। जन-सैनिक अपने प्रशिक्षण तथा अभ्यास की प्रक्रिया में प्रायः सारा क्षेत्र घूमा करते थे, ताकि स्थानीय भूगोल से उनका परिचय हो जाए।

शस्त्रागार के परिवहन के लिए पहले जैसी सावधानी की आवश्यकता अब नहीं रही थीं; किन्तु फिर भी, राम उस ओर से असावधान नहीं थे।...अब ऋषि के शिष्य भी आ मिले थे, अतः मार्ग

में विशेष कठिनाई की सम्भावना नहीं थी। उन्हें ब्रह्मचारियों से ज्ञात हुआ कि सुतीक्ष्ण ऋषि अगस्त्य के शिष्य रहे हैं।

"अगस्त्य के शिष्य सुतीक्ष्ण?" लक्ष्मण आश्चर्य से बोले, "असम्भव। अगस्त्य संघर्षशील जुझारू ऋषि हैं। उनके विषय में जहां-जहां सुना, यही सुना कि वे राक्षसों से भयभीत नहीं हुए। वे सदा उनसे जा टकराए और सुतीक्ष्ण मुनि तो शस्त्र से ही घबड़ाते हैं।"

"आपका कथन सत्य है, आर्य!" ब्रह्मचारी बोला, "गुरु में अनेक गुण होते हैं। आवश्यक नहीं कि शिष्य उन सारे गुणों को अंगीकार कर स्वयं में उनका विकास कर सके।...वैसे पिछले दिनों, कुलपति में अद्भुत परिवर्तन हुआ है। वे अपने अध्यात्म तथा आत्मलीनता से बाहर निकलने लगे हैं। शस्त्रों की आवश्यकता और उनके प्रशिक्षण का चिन्तन करने लगे हैं। उग्राग्नि, भूधर तथा कर्कश की कथाएं, हमारे आश्रम में भी बहुप्रचारित हैं। कुलपति बहुत दिनों से गुरु अगस्त्य से भेंट करने भी नहीं गए थे–अब वे उनके पास जाने की भी योजना बना रहे हैं। सम्भवतः वे आपके साथ ही जाएं।"

"तो परिवेश बदल रहा है?" लक्ष्मण बोले।

"त्वरित गति से आर्य।"

"और तपस्वियों की हड्डियों का ढेर?" मुखर ने पूछा।

"उनकी ऊंचाई में तनिक भी वृद्धि नहीं हुई है।" ब्रह्मचारी बोला।

"इसका अर्थ यह हुआ कि क्षेत्र में राक्षसों का अत्याचार समाप्त हो गया है।" सीता ने कहा।

"देवी का अनुमान सत्य है।" ब्रह्मचारी ने समर्थन किया, "स्फुट अत्याचार प्रायः समाप्त हैं।"

"स्फुट अत्याचार ही क्यों ब्रह्मचारी?" सहसा राम ने अपनी अन्यमनस्कता छोड़कर पूछा।

"कुलपति का विचार है कि इन स्फुट अत्याचारों की समाप्ति का कारण मात्र इतना ही है कि इधर-उधर बसनेवाले इक्के-दुक्के राक्षस यहां से भाग खड़े हुए हैं; किन्तु राक्षस सेनाएं तो अब भी अपने शिविरों में पड़ी हैं और कदाचित पहले से अधिक संगठित एवं सजग-सचेत हैं।"

"अर्थात स्फुट घटनाओं का बन्द होना, किसी बड़ी दुर्घटना की भूमिका है?" राम ने पूछा।

"कदाचित ऐसा ही है आर्य! छोटी-छोटी टोलियां अपना पक्ष देखकर व्यापक संगठनों का अंग बनती जा रही हैं।"

"राक्षस सेनाओं के शिविर कहां हैं?" लक्ष्मण ने जिज्ञासा की।

"मुझे उसका ज्ञान नहीं भद्र!" ब्रह्मचारी बोला, "यह तो आपको कुलपति ही बता सकेंगे। वैसे भी हम आश्रम के पर्याप्त निकट पहुंच चुके हैं। आप लोग आश्रम में चलकर विश्राम करें।"

प्रवेश करते ही राम को लगा, जैसे सारा आश्रम ही परिवर्तित हो चुका था। आध्यात्मिक साधना का वातावरण तो अब भी वहां था; किन्तु साथ ही शस्त्राभ्यास करती हुई विभिन्न टोलियां भी पहली ही दृष्टि में ध्यान आकर्षित करती थीं। आते-जाते प्रायः ब्रह्मचारी सशस्त्र थे तथा उनकी चाल-ढाल में सैनिक प्रशिक्षण का स्पष्ट आभास मिलता था। ऋषि ने अपनी कुटिया से बाहर निकलकर उनका स्वागत किया।

"स्वागत राम!" सुतीक्ष्ण का स्वर उल्लसित था, "मुझे भय था, मेरे पिछले व्यवहार की छाया, तुम लोगों के मार्ग में बाधा न बने।"

"सद्भावना के प्रकाश में छायाएं ठहर नहीं पाती ऋषिवर!" राम मुस्कुराए, "छायाएं कितनी ही घनी क्यों न हों।"

ऋषि ने सबको आसन देकर सम्मानपूर्वक बिठाया और बोले, "वह समय भी क्या था राम! राक्षसों का आतंक जैसे हमारी हड्डी-हड्डी, मज्जा-मज्जा में धंसकर बैठ गया था। आज सोचता हूं तो आश्चर्य होता है। किस बात से भयभीत थे हम? मृत्यु से? राक्षस हमें मार तो वैसे भी डालते, हम उनका विरोध करते, न करते। हम लोग जो मनुष्य को सम्मानपूर्ण मानवीय जीवन जीने का सन्देश देते हैं–स्वयं ही कितना अपमानजनक तथा कायरतापूर्ण जीवन जी रहे थे! स्वयं ही चकित हूं कि ऐसा कैसा हो गया था। मैं, गुरु अगस्त्य का शिष्य–स्वयं जाज्वल्यमान अग्नि से उसका तेज ग्रहण करनेवाला मैं–कैसा भीरु हो गया था कि स्वयं तो कोई साहस कर ही नहीं पाता था; तुम जब साक्षात वीरता सरीखे अपने शस्त्रागार के साथ आश्रम में पधारे तो मेरा मन चीत्कार करता रहा, 'राम, मैं तुम्हारी प्रतीक्षा में था। तुम मेरे निकट रहो, मुझ से दूर मत जाना।' और जिह्वा से मैं ऐसे वाक्य कहता रहा, जिनको सुनकर कोई स्वाभिमानी व्यक्ति मेरा मुख न देखना चाहता।..."

"अब क्या हो गया है, आर्य कुलपति?" लक्ष्मण मुस्कुरा रहे थे।

"तुम्हें मुस्कुराने का अधिकार है सौमित्र। प्रत्येक व्यक्ति को मुझ पर मुस्कुराने का अधिकार है।" ऋषि गम्भीर स्वर में बोले, "हम लोग सचमुच इतने बौने हो गए थे कि आज स्वयं भी अपने-आप पर मुस्कुराने का मन होता है। अपनी ही दृष्टि से पतित तथा घृणित होने का इससे बड़ा और क्या कारण हो सकता है कि मन से सदा जिनके पक्षधर थे, आज उन्हें अपनी पक्षधरता का विश्वास दिलाने के लिए अपने मुख से कह-कहकर स्वयं को हास्यास्पद बना रहे हैं..."

"ऋषिवर! सौमित्र का यह अभिप्राय नहीं था।" राम ने उन्हें बीच में ही टोक दिया, "यह उनकी ही नहीं, हम सबकी जिज्ञासा है कि उस राक्षसी आतंक के इस प्रकार विलीन हो जाने का क्या कारण है, जिसने अनेक महान आत्माओं को वामन बना रखा था।"

"उस आतंक को तुमने तोड़ा है राम!" ऋषि बोले, "हमारे मन के आतंक को शरभंग का आत्मबलिदान भी नहीं तोड़ सका। गुरु अगस्त्य का आदेश और साहस भी हमारे तेज को जाग्रत नहीं कर सका; किन्तु तुम्हारे एक-एक कृत्य ने घोषणा की कि जब जनसामान्य का विश्वास जाग उठता है तो राक्षस उनके सामने ठहर नहीं पाते, शत्रुओं की सैनिक टुकड़ियां उनके निकट नहीं फटकतीं तथा बड़े-बड़े महारथी सेनापतियों में इतना साहस नहीं होता कि अपनी सेनाओं को जागरूक जनसामान्य के सम्मुख खड़ा कर दे...तुम्हारी आस्था, साहस, जनभावना और कौशल के सम्मुख राक्षसी आतंक काल्पनिक सिंह प्रमाणित हुआ।... प्रत्येक चिन्तनशील व्यक्ति सोचता है कि तुम अद्भुत हो राम! तुम्हारा साहस, वीरता तथा क्षमता अद्भुत है। तुम्हारे पास रावण का साम्राज्य और सेना नहीं है, इन्द्र के उन्नत साधन नहीं हैं; किन्तु फिर भी तुम्हारा नाम सुनते ही इन्द्र भाग खड़ा होता है और रावण दूर-दूर से ही अपने गुर्गों को उकसाता रहता है।...वही राम हमारे पक्ष में है। वह जनता का उद्बोधन करता घूम रहा है, तो फिर हम भयभीत क्यों हैं? यदि इस समय भी हम अपने स्वाभिमान, अपनी स्वतन्त्रता तथा अपने मानवीय अधिकारों के लिए नहीं लड़ सके, तो फिर यह अवसर कभी नहीं आएगा। सम्मानपूर्वक जीने का अवसर आए, और उसके लिए कोई उठ खड़ा न हो–ऐसा मूर्ख कौन होगा?"

"यह आपकी उदारता है आर्य कुलपति!" ऋषि के मौन होने पर राम विनीत स्वर में बोले, "अन्यथा यदि जनसामान्य में स्वयं तेज न हो तो राम क्या करेगा और सौमित्र क्या करेगा। प्रकृति के नियम अपना कार्य पहले से ही कर रहे थे। जहां जितना भयंकर दमन होता है, वहां उसी अनुपात में भयंकर विद्रोह भी होता है। यहां पृष्ठभूमि पहले से ही प्रस्तुत थी। हमने बहुत किया तो लोगों

की भावना को कर्म का रूप दिया।" राम कुछ रुके, "आपके आश्रम के निकटवर्ती ग्रामवासियों की क्या मनःस्थिति है?"

"अभी तक हमारा आन्दोलन अपने आश्रम तक ही सीमित है।" सुतीक्ष्ण धीरे-से बोले, "ग्रामवासियों तथा अन्य वनवासियों तक पहुंचने का औचित्य अभी मेरे मन में स्पष्ट नहीं है।"

"क्यों?" राम ने चकित होकर पूछा।

"कह नहीं सकता कि वे लोग हमारे लक्ष्य की गम्भीरता को समझेंगे भी या नहीं।"

राम ने कुलपति को अपनी आंखों में तौला; और स्थिर स्वर में बोले, "आर्य कुलपति, यदि अपने वय और स्थिति की सीमा का अतिक्रमण करूं तो क्षमा कीजिए।"

"कहो राम!"

"यदि साधारण जन की न्यायप्रियता, बुद्धि तथा शक्ति में आपका विश्वास नहीं है, तो आप उनके निकट कैसे जा सकते हैं? और यदि आपका आन्दोलन जनसाधारण तक नहीं पहुंचेगा तो वह सफल कैसे होगा?" राम बोले, "ऋषिवर, आप मेरी बात को अन्यथा न लें तो कहना चाहूंगा–आन्दोलन, अभियान, अथवा संघर्ष केवल इस कारण सफल नहीं होते, क्योंकि वे जनसामान्य पर विश्वास नहीं कर पाते और इसलिए वे सीमित तथा साम्प्रदायिक होकर रह जाते हैं।"

"क्या कहते हो राम?" इस बार चकित होने की बारी सुतीक्ष्ण की थी, "तुम समझते हो कि जनसामान्य न्याय-अन्याय के उच्च सिद्धान्तों को समझता है?"

"साधारण पढ़ा-लिखा अथवा अनपढ़ व्यक्ति नीतिशास्त्र की शास्त्रीयता अथवा दार्शनिकता को चाहे न समझे, किन्तु न्याय और अन्याय को केवल वही समझता है।" राम का स्वर कुछ अधिक दृढ़ हो आया था, "क्योंकि वह स्वार्थ को छोड़कर सोचता है। आपके कृत्यों का न्यायोचित होना भी जनसामान्य ही सिद्ध करेगा। यदि जनसामान्य आपके संघर्ष में आपका साथ नहीं देता, यदि उसकी सहानुभूति आपके साथ नहीं है तो निश्चित रूप से आपका संघर्ष न्यायोचित नहीं हो सकता...।"

"बीच में बोलने के लिए मुझे क्षमा करें।" सहसा लक्ष्मण बोले, "बहुत देर से गुरु अगस्त्य की चर्चा करना चाह रहा हूं। वे आपके गुरु हैं, क्या वे जनसामान्य में अपनी गहरी आस्था के बिना ही विन्ध्याचल पार कर दक्षिण के अपरिचित वानरयूथों के बीच आकर बस गए थे?"

राम, सीता और मुखर तीनों के चेहरों पर लक्ष्मण के अनुमोदन का भाव था। सुतीक्ष्ण अपने विचारों में उलझे, देर तक मौन बैठे रहे। क्रमशः अपनी उलझन में से निकलते हुए बोले, "लगता है, सचमुच ही मैं अपने गुरु की आत्मा को पहचान नहीं पाया। जिस मानवीय विश्वास के बल पर वे अपरिचित लोगों में धंसते चले गए, उसे मैं कभी ग्रहण नहीं कर पाया। जब कभी उन्होंने इस प्रकार का संकेत भी किया, मैं उसे उनकी सनक समझकर उपेक्षा कर गया। किन्तु..."

"वह विश्वास उनकी सनक नहीं, कर्म का मूल मन्त्र है।" राम धीरे-से बोले, "इसीलिए तो मैं उनसे मिलने के लिए इतना लालायित हूं। मुझे ऐसा लगता है, आर्य कुलपति! कि जो ऋषि, चिन्तक, राजनेता अथवा किसी भी प्रकार का संगठनकर्ता जनसामान्य पर विश्वास नहीं कर पाता वह जनसाधारण से ही नहीं, सत्य से भी कटता जाता है, और अन्ततः अपने झूठ में घिरकर, अन्धकार में विलीन हो जाता है।"

"यह आस्था और विश्वास, मुझे भी प्राप्त करना होगा राम!" ऋषि के चेहरे पर उल्लास का भाव गहराया, "कदाचित इसी के अभाव में, कुछ वर्ष पूर्व, जब तुम लोग मेरे आश्रम में आए थे, मैं तुम्हारी उपेक्षा कर गया। इन पिछले वर्षों में मैंने बहुत कुछ नया सीखा है। बार-बार गुरु का स्मरण

किया है–उनके वचनों का विश्लेषण किया है, और उनके चरित्र को पहचानने का प्रयत्न किया है। किन्तु लगता है कि अभी भी बहुत कुछ शेष है।"

प्रातः सुतीक्ष्ण आश्रम में प्रत्येक व्यक्ति बहुत व्यस्त था। लगता था, कुलपति ने आश्रम की प्रत्येक गतिविधि को उसके सर्वोत्तम रूप में राम के निरीक्षण के लिए प्रस्तुत करने का संकल्प किया था। ऋषि ने अपनी क्षमता-भर सारे कार्यक्रम के सूक्ष्मतम विवरण की पूर्व कल्पना कर, पूर्णतम कार्य-विभाजन किया था। एक-एक व्यक्ति को उसका कार्य राई-रत्ती समझा दिया गया था। सुतीक्ष्ण चाहते थे कि एक बार कार्य आरम्भ करने का संकेत दें तो प्रत्येक कार्य स्वतः सुचारु ढंग से होता चला जाए। उनका आयोजन इतना सुन्दर था कि निश्चित रूप से सारी गतिविधि उनकी इच्छानुसार ही होती...किन्तु कार्यारम्भ से पूर्व ही निकट-दूर के अनेक ग्रामों, पुरवों, टोलों, बस्तियों तथा आश्रमों से झुंड-के-झुंड अतिथि आ-आकर सुतीक्ष्ण आश्रम में इकट्ठे होने लगे। आनेवालों में स्त्रियां थीं, पुरुष भी, बूढ़े भी थे, बच्चे भी लगता था, जैसे राम के आगमन का समाचार दावाग्नि के समान सारे जनपद में फैल गया था, और प्रत्येक व्यक्ति अपने हाथ का काम वहीं छोड़, उठकर सीधा सुतीक्ष्ण आश्रम की ओर चला आया था। वे लोग राम को देखना चाहते थे, उनसे मिलना चाहते थे, बात करना चाहते थे, उनके विचार सुनना चाहते थे, उनके निकट बैठकर उनका व्यवहार निरखना चाहते थे, उनके साथियों का परिचय पाना चाहते थे...

...और सुतीक्ष्ण की प्रत्येक व्यवस्था टूट-टूट जा रही थी। उनकी कोई योजना पूरी नहीं हो रही थी। उन्हें स्वयं अपने आयोजन में दोष-ही-दोष दिखाई पड़ने लगे थे। लगता था, उन्होंने एक अत्यन्त सुन्दर नाटक की रचना की थी, नट-मंडली को प्रस्तुत करने में अपरिमित स्वेद बहाया था और दीर्घ प्रतीक्षा के पश्चात जब नाटक के मंचन का समय आया था तो उन्हें ज्ञात हुआ कि प्रेक्षागृह में उन्होंने दर्शकों के लिए तो कोई स्थान ही नहीं बनाया; और दर्शक थे कि धाराप्रवाह उमड़े चले आ रहे थे। उनको बैठाना अनिवार्य था। नाटक मंचन ही उनके लिए हो रहा था। दर्शकों को बैठाए बिना नाटक प्रस्तुत करना व्यर्थ था और दर्शकों को बैठाते–बैठाते स्थिति यह हो रही थी कि उनसे प्रेक्षागृह भर गया था, मंच भर गया था, मार्ग भर गए थे...। प्रत्येक नट अपना अभिनय छोड़कर दर्शकों के स्वागत और उनकी व्यवस्था में जा लगा था...

ऋषि को स्पष्ट दिख रहा था कि आज इस जनसामान्य ने, उनके भीतर के संकीर्ण और अहंकारी ऋषि को दूसरी बार धिक्कारा था। स्वयं को बुद्धिमान, मेधावी तथा प्रतिभाशाली समझनेवाला चिन्तक, स्वयं अपनी आंखों से देख रहा था कि वह कितना नासमझ है। उसने अपने चिन्तन तथा सिद्धान्तों को अपने अहंकार के वृत्त में सीमित रखकर पोषित किया था, अपने परीक्षण के लिए इस जनसागर में डुबकी लगाने का अवसर उन्होंने कभी नहीं आने दिया था तो फिर खरे-खोटे का निर्णय कैसे होता?...और दूसरी ओर यह राम है, जो वय में उनसे छोटा है, साधना में न्यून है, स्थिति में राजकुमार है–किन्तु सारी सीमाओं को तोड़कर वह इस जनसागर तक जा पहुंचा है। उसके प्रत्येक विचार, प्रत्येक कृत्य की तत्काल परीक्षा हो जाती है, और यह जनसमुदाय उसके सत्यासत्य पर अपना निर्णय दे देता है सिद्धान्त को व्यवहार में परखे बिना सत्य का पद कैसे दिया जा सकता है?...और आश्रमों की सीमाओं में बन्दी सिद्धान्त व्यवहार के समुद्र तक पहुंचेगा कैसे...

सुतीक्ष्ण अपनी कुटिया में आ बैठे। उनका मन भावों, विचारों तथा धारणाओं का युद्ध-क्षेत्र हो गया था–क्या करें और क्या न करें? आश्रम में आए इस जनसमुदाय की उपेक्षा कर, अपने पूर्वनियोजित कार्यक्रम के अनुसार चलें अथवा उस कार्यक्रम को स्थगित करने का आदेश दें, अकस्मात आ गए

अतिथि रूपी इस जनसागर का ही पूजन करें?...ऋषि का विवेक उन्हें बार-बार चेतावनी दे रहा था : 'अब तक जनसामान्य की उपेक्षा की है, अब यह भूल मत करना सुतीक्ष्ण! राम का जनसाधारण में और जनसाधारण का राम में विश्वास देखो, और अपनी भूल सुधारो। जिस राम के मन को जीतने के लिए आश्रम के गुणों की प्रदर्शनी लगाना चाहते हो, उस राम के मन पर तुम्हारे द्वारा की गई जनसाधारण की उपेक्षा का क्या प्रभाव पड़ेगा?...

एक लम्बे ऊहापोह के पश्चात अन्ततः ऋषि ने अपने पूर्वनियोजित कार्यक्रम को स्थगित करने का निश्चय किया।–उन्होंने अपने पट्ट शिष्यों तथा आश्रम के मुनियों को बुलाकर तत्सम्बन्धी आदेश दे दिए। उन्हें आशंका थी कि कहीं इस स्थगन से आश्रम-निवासियों को निराशा न हो; किन्तु उन्हें यह देखकर सुखद आश्चर्य हुआ कि आदेश सुनकर आश्रम-निवासियों के सिर से जैसे बोझ टल गया। वे उल्लसित मन से आश्रम के सभास्थल की ओर चले गए, जहां राम, सीता, लक्ष्मण तथा मुखर उपस्थित थे।

...अपना मन स्थिर करने में ऋषि को थोड़ा समय और लगा। अन्ततः वे भी कुटिया से निकलकर अत्यन्त धीमी चाल से सभा-स्थल की ओर आए। ओट से निकलकर वे आगे बढ़े और उनकी दृष्टि सभास्थल पर पड़ी। वे पुनः ठिठककर खड़े हो गए। जो कुछ वे देख रहे थे, वह अविश्वसनीय था। उन्हें पूर्व सूचना होती भी, तो वे बिना अपनी आंखों से देखे, इस दृश्य का विश्वास कभी न करते। सभास्थल अनेक छोटे-छोटे कक्ष-खंडों में बदल गया था और जनसमुदाय छोटी-छोटी टोलियों में। कोई स्त्रियों की टोली थी, कोई बालकों की! पुरुषों की टोलियों में आश्रमवासी और ग्रामीण, दोनों ही समान रूप से सम्मिलित थे। वहां विभिन्न प्रकार की व्यावहारिक और सैद्धान्तिक कथाएं चल रही थीं–आश्रम के मुनि तथा प्रशिक्षित ब्रह्मचारी राम की मंडली के सदस्यों के निर्देशन में विभिन्न प्रकार के प्रशिक्षण ले रहे थे...

ऋषि के मन में एक आकस्मिक फुंकार उठी : यह सब हो गया और किसी ने मुझसे पूछा तक नहीं। इस आश्रम का कुलपति मैं हूं या राम? राम को क्या अधिकार था कि मेरे आश्रम में, मेरी इच्छा तथा अनुमति के बिना अपना कार्यक्रम आरम्भ कर देते...और इन आश्रमवासी मुनियों तथा ब्रह्मचारियों को क्या हो गया है? मेरी पूर्ण उपेक्षा कर, ये राम के निर्देशन में इस प्रकार कार्य कर रहे हैं....

किन्तु फुंकार की ही आकस्मिकता से ऋषि के मन में विचार का एक शीतल झोंका भी आया अपनी भूलों की पुनरावृत्ति मत कर सुतीक्ष्ण! अपने अहंकार को त्याग। यह जनसमूह राम को अपना नेता मानकर उनके पास आया था, तेरे लिए इनमें से एक व्यक्ति नहीं आया। तुझसे ही दीक्षा ग्रहण करनी होती, तो ये लोग वर्षों पूर्व तेरे पास आए होते।...तुझमें और राम में बहुत अन्तर है। तू अपने मन की बात दमित-शोषित जनसामान्य पर थोपता है, और राम उसी जनसमुदाय की इच्छा अपने मन पर अंकित करता है...अब भी यदि तू अपनी पद्धति से अपने मार्ग पर चलता गया, तो आज का यह क्षणिक एकाकीपन स्थायी हो जाएगा। धारा दूसरी ओर मुड़ जाएगी। ये लोग तुझे छोड़ जाएंगे–ये ग्रामीण, ये ब्रह्मचारी, ये मुनि...उन्हें अपने साथ चलाने का प्रयत्न मत कर, तू उनके साथ चल। उनमें आई निर्माण की गति में विघ्न मत बन...

सुतीक्ष्ण का मन शान्त हो गया। वे सहज रूप से राम की ओर चल पड़े। अपने नए सदस्यों और नए कार्यक्रमों को लेकर आश्रम दिन-भर बहुत व्यस्त रहा। ऋषि के सोचे हुए समारोह से भी बहुत बड़ा समारोह अनायास ही सम्पन्न हो गया। सन्ध्या तक, सारे जनपद के लिए उत्पाद, रक्षा, शिक्षण,

संचार इत्यादि का भावी कार्यक्रम निश्चित हो गया। विभिन्न कार्यक्रमों के लिए टोलियां बन गईं और नेता चुन लिए गए। सब लोग अपना दायित्व, कार्यक्षमता तथा महत्त्व समझ गए थे। सुतीक्ष्ण के आश्रम में स्वेद-अभिषिक्त इतने प्रसन्न चेहरे एक साथ कभी एकत्र नहीं हुए थे। सब ओर नए भावी जीवन का आह्लाद था...।"

अतिथियों को विदा कर, सन्ध्या समय वे लोग एकत्र हुए तो ऋषि बोले, "दिन-भर बहुत व्यस्त रहे राम!"

राम हंसे, "हां ऋषिवर, आपके निकट बैठने का अवसर ही नहीं मिला। पर, एक ही दिन में बहुत सारा कार्य निबट गया आर्य कुलपति। यदि ये सब लोग अपनी इच्छा से स्वयं ही यहां न आ गए होते, तो इतना संगठन-कार्य करने में कई मास लग जाते...।"

"ठीक कहते हो राम, मैंने तुम लोगों की क्षमता के विषय में जितना सुना था, उससे कहीं अधिक ही पाया है। सत्य तो यह है कि मैंने भी आज एक दिन में जितना सीखा है...उतना एक वर्ष में कभी नहीं सीखा।"

"आज आप केवल प्रशस्ति-वचन की भंगिमा में हैं आर्य कुलपति!" सीता हंसीं।

"नहीं पुत्री, मेरे वचन में तनिक भी अतिशयोक्ति नहीं है।" ऋषि गम्भीर थे, "आज मैं अपने अहंकार तथा सत्य में होनेवाले युद्ध का तटस्थ साक्षी रहा हूं। इसके परिणामस्वरूप मैंने बहुत कुछ पाया है। इसलिए निश्छद्म तथा निश्छल मन से एक निवेदन कर रहा हूं राम।"

"आप आदेश दें ऋषिवर।" राम ने सुतीक्ष्ण को देखा–क्या वे कुछ असाधारण कहना चाहते हैं?

"आज से यह आश्रम, मुझसे अधिक तुम्हारा है राम।" सुतीक्ष्ण बोले, "मुझे वचन दो कि तुम यहां से जाने की जल्दी नहीं करोगे।"

राम हंसे, "ऋषिवर, आश्रम व्यक्ति का तो होता नहीं। यह तो सामाजिक सम्पत्ति है। वैसे हमारी योजना भी संगठन-काल के लिए यहीं निवास करने की थी। क्यों सौमित्र?"

"हां भैया, जब तक संगठन-कार्य चले।"

"...किन्तु, पहले राम अपना भावी कार्यक्रम बता दें।"

"यहां का कार्य समाप्त कर, हम ऋषि अग्निजिह्व के आश्रम से होते हुए गुरु अगस्त्य के पास जाना चाहते हैं।"

"इच्छा तो मेरी भी थी राम!" सुतीक्ष्ण का स्वर फिर गम्भीर हो गया, "पर सोचता हूं, मैं तुम्हारे साथ न जाऊं। तुम्हारे जाने के पश्चात भी यहीं रुककर, स्वयं को अपने गुरु के मार्ग में पूर्णतः दीक्षित करूं। तब ही उनके दर्शन करने जाऊं।"

ग्यारह

अगस्त्य को देखकर राम पर एक बृहद् बरगद का-सा प्रभाव पड़ा, जिसकी छाया में पूरा आश्रम बसा हुआ था। अगस्त्य-आश्रम का वातावरण अब तक के देखे हुए समस्त आश्रमों से भिन्न था। वहां खुलकर शस्त्र-प्रशिक्षण चल रहा था और स्वयं ऋषि भी शस्त्र धारण किए हुए थे। आश्रमवासियों के चेहरों पर विश्वास की आभा थी और व्यवहार बहुत सन्तुलित तथा व्यवस्थित था।

राम तथा उनके साथियों का आश्रम में हार्दिक स्वागत हुआ। अगस्त्य ने उनका सत्कार इस प्रकार

किया, जैसे वे उनके अत्यन्त आत्मीय हों और जिनसे वर्षों पुराना व्यवहार हो। लोपामुद्रा ने सीता को अपने वक्ष में भींच लिया। सीता के गद्‌गद कंठ से सम्बोधन निकला, "ऋषि मां!"

लोपामुद्रा ने मुग्ध दृष्टि से निहारा, और पुनः वक्ष से लगा लिया, "कहां से सीख लिया यह सम्बोधन, मेरी बच्ची!"

मन को व्यवस्थित करने में सीता को थोड़ा समय लगा। बोलीं, "आपके लिए दूसरा कोई सम्बोधन हो ही कैसे सकता है मां!"

"वैसे तो सारा जनपद ही मुझे 'ऋषि मां' कहता है, किन्तु यह सम्बोधन प्रभा का दिया हुआ है और वही इसको सार्थक भी कर रही है। तुम प्रभा को जानती हो सीते?" लोपामुद्रा हंसी, "वह इस आश्रम के सभी लोगों का उपचार करती है, और मेरे वृद्ध शरीर का भी।"

"वैद्य हैं?" सीता आश्चर्य से बोलीं।

"वैद्य ही नहीं," लोपामुद्रा बोलीं, "सेनानायक पति की शल्यचिकित्सक पत्नी भी। प्रत्येक छोटे-बड़े युद्ध के पश्चात उसका महत्त्व और भी बढ़ जाता है। अनेक लोगों के प्राण उसी के उद्यम से बचते हैं।"

"वह ठीक अर्थों में आपकी पुत्री हैं।" सीता भावुक हो उठीं।

"वह तो मेरी पुत्री है ही, तुम भी मेरी वास्तविक पुत्री हो सीते।" लोपामुद्रा फिर मुग्ध भाव से बोलीं, "मुझे तो लगने लगा था कि पति के अभियान में साथ चल पड़नेवाली स्त्रियां जैसे अब रही ही नहीं। विन्ध्याचल पार कर अगस्त्य के साथ भारद्वाजी लोपामुद्रा आई थी और अब राम के साथ जानकी सीता आई है।"

"अच्छा, इतना सम्मान है मेरे काम का कि मेरी समकक्षता भारद्वाजी भगवती लोपामुद्रा से की जा सके।" सीता जैसे आत्ममन्थन में लीन थीं, "मैंने तो कभी सोचा भी नहीं था कि मैंने कुछ असाधारण किया है।"

"यह असाधारण है पुत्री", लोपामुद्रा बोलीं, "सब-कुछ असाधारण है। पति युद्ध में जूझ रहा हो, तो या तो पत्नी भी शस्त्र उठाकर जूझे या फिर आहतों का उपचार करे। शल्यचिकित्सकों के बिना युद्ध नहीं जीते जाते। एक अच्छा शल्यचिकित्सक युद्ध में हुई अपने पक्ष की हानि को आधा कर देता है।"

"सचमुच ऋषि मां," सीता की आंखें भीग गईं, "पति के साथ ऐसा साहचर्य-भाव, इतना जाग्रत विवेक और यह वात्सल्य और किसमें होगा।"

"सीते! अपनी मां की प्रशंसा अपने मुख से नहीं करते।" लोपामुद्रा ने सीता के सिर पर हाथ फेरा, "आओ, तुम्हें अपना चिकित्सालय दिखाऊं और प्रभा से भी मिलाऊं।"

वे उठीं और आगे-आगे चल पड़ीं। अपने वय की दृष्टि से लोपामुद्रा पर्याप्त स्वस्थ थीं और स्फूर्तिपूर्वक चल रही थीं।

वे दोनों चिकित्सा-कुटीर में पहुंचीं। वातावरण एक प्रकार से ममतामय अनुशासन से भर गया। लोपामुद्रा ने प्रत्येक रोगी के स्वास्थ्य के विषय में पूछा, सबको सान्त्वना दी, सबको प्यार किया, और सीता को लेकर साथ की कुटिया में आईं। वहां अनेक स्त्रियां विभिन्न प्रकार की औषधि बनाने में संलग्न थीं। उनको निर्देश दे रही थीं प्रभा। सीता ने देखा : प्रभा एक प्रौढ़ महिला थीं, जो बड़ी दक्षता से अपना कार्य कर रही थीं।

राम के साथ आए हुए लोग क्रमशः लौट गए थे। अतिथियों को भेज आश्रम पुनः अपनी सहज

स्थिति में आ गया था। राम, लक्ष्मण, मुखर और सीता आश्रम से भी प्रकार परिचित हो चुके थे। सीता का अधिकांश समय चिकित्सा-कुटीर में लोपामुद्रा और प्रभा के साथ व्यतीत हो रहा था। लक्ष्मण और मुखर का कुछ समय ऋषि अगस्त्य के पास बीतता था और कुछ आश्रमवाहिनी के व्यायामों में।...और राम जब से आए थे ऋषि के साथ एक लम्बे संवाद में उलझे हुए थे। प्रत्येक भेंट जैसे उस संवाद का एक खंड थी। पहला खंड दूसरे खंड से जुड़ता था और संवाद आगे बढ़ता था–विवाद होता था, मतभेद होता था, अनुकूलन होता था और फिर विचारों की अभिव्यक्ति और सम्प्रेषण होता था। क्रमशः सीता, लक्ष्मण और मुखर भी जान गए कि अगस्त्य और राम का संवाद नहीं था। वह उन दोनों की चिन्ता का विषय था, जिसके कारण वे लोग अपने-आप से भी उलझ रहे थे और एक-दूसरे से भी...हां, लोपामुद्रा अवश्य इन विवादों से अलग अपने कार्य में लगी रहती थीं–परिणामतः आश्रम का वातावरण अवसादमय नहीं हो पाता था।

"ऋषि और राम के मध्य यह क्या हो रहा है ऋषि मां?" सीता ने चिन्तित होकर पूछा।

"वे प्रसव-वेदना में तड़प रहे हैं पुत्री!" लोपामुद्रा हंसी, "तुम चिन्तित मत हो। इनकी वेदना से किसी अद्भुत कार्यक्रम का जन्म होगा।"

सीता हंस नहीं सकीं, "किन्तु वे लोग कितने चिन्तित हैं ऋषि मां! मेरे राम तो यहां आकर, जैसे वे राम ही नहीं रहे।"

"ओह, तुम तो अशान्त हो सीते!" लोपामुद्रा बोलीं, "यह ऋषि कार्य-पद्धति है। आओ मेरे साथ।"

लोपामुद्रा सीता को लेकर ऋषि-कुटिया में आईं। राम और ऋषि आमने-सामने बैठे थे, और ऋषि कुछ कह रहे थे। उन्होंने सीता और लोपामुद्रा को बैठने का संकेत किया और अपनी बात जारी रखी, "...जब सारा मानव-ज्ञान, क्षमता, बुद्धि, प्रयत्न–सब-कुछ आकर स्वार्थ पर टिक जाएगा तो स्वार्थ की सीमा भी संकीर्ण होने लगेगी। उसमें ऐसी कोई बात नहीं सुनी जाएगी, जो मनुष्य को स्वार्थ से विमुख कर मानवता की ओर उन्मुख करती हो। तुम क्या समझते हो कि रावण केवल आर्य अथवा वानर बुद्धिजीवियों की ही हत्याएं करता है? वह किसी भी जाति, देश अथवा काल के उस बुद्धिजीवी की हत्या कर देगा, जो स्वार्थपरक व्यवस्था का विरोध करेगा। स्वार्थ की सीमा में संकीर्ण होती हुई यह व्यवस्था मात्र 'स्व' को देखती है। उदारता को शत्रुता और जिज्ञासा को विरोध मानती है। स्वयं लंका के सामान्य तथा दुर्बल नागरिक किस प्रकार पिस रहे होंगे, यहां बैठकर यह समझ पाना बहुत कठिन है। वे लोग अपनी व्यवस्था के आत्मविरोध को चरमसीमा तक पहुंचा रहे हैं–एक ओर भौतिक दृष्टि से बहुत सम्पन्न लोग हैं और दूसरी ओर अत्यन्त विपन्न लोग। वैसे सुख भी एक मानसिक स्थिति है, अतः उनके सम्पन्न लोग भी कितने सुखी हैं–कहना कठिन है। वे लोग अधिक-से-अधिक भौतिक सम्पन्नता और सुख की ओर बढ़ते हुए, विवेक के सारे बन्धन तोड़ चुके हैं। सिवाय 'निज' के, अन्य कोई चिन्ता उन्हें नहीं है; इसलिए वे लोग आदिम बर्बरता में नहीं, सुख और स्वार्थ की चरम स्थिति में अपने सहजाति मानव का मांस खाने लगे हैं; और दूसरी ओर शोषित वर्ग की असहायता की वह सीमा है कि, जिसका मांस खाया जाता–वह कुछ कह सकने की स्थिति में नहीं है। सारे सम्बन्धों को उन्होंने स्वार्थ अर्थात धन पर टिका रखा है; इसलिए वे धनी तो हैं, किन्तु अपनी क्रूरता में मानवता को भूलकर राक्षस हो गए हैं।...यह तो एक अन्धकार है राम! जो सारे आकाश पर छाता जा रहा है और अपने हिंस्र पंजों में धरती को दबोचता जा रहा है। उसके प्रतिकार के लिए तो सूर्य को ही धरती पर उतरना होगा, उससे कम में तो उससे लड़ पाना कठिन है।"

"ऋषिवर," राम का गम्भीर स्वर गूंजा, "सारा दंडकवन जाग उठा है। हमने एक-एक ग्राम शस्त्रबद्ध कर दिया है। स्थान-स्थान पर अनेक राक्षस मारे जा चुके हैं। जो मारे नहीं गए, वे भाग गए हैं, और दो दिनों की बात नहीं कह रहा–हम दस वर्षों से यहां भटक रहे हैं, और संगठन का कार्य कर रहे हैं।"

"मैं चालीस वर्षों से यहां बैठा हूं राम!" ऋषि का स्वर और उग्र हो उठा, "तुम दस वर्षों की बात कर रहे हो। मैंने वातापि और इल्वल को समाप्त कर दिया; मैंने कालकेयों को नष्ट किया–किन्तु उससे क्या हुआ? राक्षस समाप्त हो गए या राक्षस-शक्ति समाप्त हो गई? उलटे वे और अधिक फैल गए और उन्होंने उन स्थानों को खोज निकाला जहां मनुष्य और भी निर्बल, और भी निर्धन तथा और भी असंगठित है। परिणामतः पहले से भी अधिक संख्या और मात्रा में मानव पीड़ित है।" ऋषि कुछ रुके, "तुमने क्या किया राम? जहां-जहां लोगों को संगठित किया, वहां से राक्षस निकल गए। जानते हो, वे कहां गए–वे सब जनस्थान में रावण के सेनापतियों के पास जा पहुंचे हैं। वहां साम्राज्य सेना एकत्र हो रही है। लंका से वह स्थान बहुत दूर भी नहीं है। तत्काल, रावण द्वारा सहायता पहुंचाई जा सकती है। साम्राज्य की ओर से समस्त अधिकारों से युक्त, स्वयं रावण की बहन शूर्पणखा वहां विद्यमान है। वह सेना आक्रमण करेगी, तो क्या होगा? तुम्हारा कौन-सा संगठन उसे रोक पाएगा? वह ग्राम अथवा वन में बसनेवाला राक्षसों का टोला नहीं, उस व्यवस्था की सेना है, जो दसों दिशाओं में राक्षसों को जन्म देती है, उन्हें पोषित करती है और उनको संरक्षण प्रदान करती है। और आक्रमण की स्थिति में उस सेना को रोका नहीं गया, तो वह दंडकवन ही में नहीं; उसके ऊपर तक ग्रामों, पुरवों, टोलों, पुरों, नगरों को उसी प्रकार उखाड़ती चलेगी, जैसे झंझावात नन्हें पौधों को उखाड़ता है, अथवा हल की फाल गीली धरती को उधेड़ती चलती है। तुम जानते हो राम, यदि यह विनाश-लीला हुई, तो उसके लिए उत्तरदायी तुम हो–क्योंकि इसके कारण तुम हो; तुमने ही उन्हें उत्तेजना दी है।"

ऋषि का चेहरा देख सीता का मन कांप उठा। कितने उत्तेजित थे गुरु और कितने उग्र...किन्तु राम...राम की आंखों की गहराई में जैसे हंसी छा गई, "मैं राम हूं, ऋषिवर, और राम अपने किसी दायित्व से नहीं भागता। यदि वह मेरे ही कारण हुआ है, तो तनिक भी बुरा नहीं हुआ। यदि मैंने दो जीवन-दर्शनों के विरोधों को इस उग्रता से उभारकर एक-दूसरे के आमने-सामने खड़ा कर दिया है, तो क्या हुआ? विनाशलीला तो होगी, किन्तु आप मेरा विश्वास करें कि इस विनाशलीला में राक्षस-पक्ष अपने अत्याचारों का दंड पाएगा–जिस विनाश की कल्पना से आप आशंकित हैं, जनसामान्य का वह विनाश नहीं हो पाएगा। उनके मरने के नहीं, ढंग से जीने के दिन आ रहे हैं।"

"यह राजकुमारों का आखेट नहीं है राम," अगस्त्य का स्वर और भी कटु हो गया, "यह अन्धकार और प्रकाश का, जीवन-मरण का संघर्ष है। सुख-सुविधाओं में पले राजकुमारों को यह महंगा पड़ेगा। तुम भूलते हो कि छोटे-मोटे सामान्य राक्षसों की हत्याओं से रावण को एक खरोंच तक नहीं लगती। मैंने कालकेयों का नाश किया तो वह उनकी सहायता को नहीं आया, क्योंकि उनसे वह रुष्ट था; किन्तु जनस्थान में स्वयं उसकी अपनी बहन है, उसके अपने सेनापति हैं, जो सम्बन्ध की दृष्टि से उसके भाई भी हैं। उनका विरोध होते ही साम्राज्य क्रूर हो उठेगा। वह अपनी समस्त शक्ति से टूट पड़ेगा। उसकी शक्ति को जानते हो? उसके सहस्रों भयंकर कवचधारी रथ हैं–तुम्हारे पास एक घोड़ा तक नहीं। उसके सहस्रों भयंकर शस्त्रधारी राक्षस तुम्हारे छोटे-मोटे आयुधोंवाले नौसिखिए सैनिकों को घड़ी-भर में समाप्त कर देंगे। तुम उसकी शक्ति की कल्पना नहीं कर सकते। स्वयं ब्रह्मा तथा शिव

जैसी महाशक्तियां उसकी संरक्षक हैं। तुम क्या हो–निर्वासित राजकुमार! ऐसे युद्ध होगा कि तुम्हारा भाई और पत्नी भी तुम्हें छोड़ भागेंगे।..."

"नहीं!" अनायास सीता के कंठ से चीत्कार फूटा, "यह झूठ है।"

राम सहज रूप से मुस्कुराए, "आप स्वयं देखें ऋषिवर, मेरी पत्नी ने स्वयं अपना परिचय दिया है। यह अच्छा है कि लक्ष्मण और मुखर यहां नहीं हैं, नहीं तो मुझे भय है कि अपनी उग्रता में आपका अपमान कर बैठते! और जहां तक मेरी बात है..." सहसा राम का मुखमंडल आरक्त हो उठा, "मैं राम हूं, राम जब न्याय के पक्ष में बढ़ता हैं, तो शिव, ब्रह्मा, विष्णु जैसे नामों से नहीं डरता। शक्ति इन नामों में नहीं, जनसामान्य में है। मेरा बल जनसामान्य का विश्वास है। कोई शस्त्र, कोई आयुध, कोई सेना या साम्राज्य जनता से बढ़कर शक्तिशाली नहीं है। आप मेरा विश्वास करें। राम मिट्टी में से सेनाएं गढ़ता है, क्योंकि वह केवल जनसामान्य का पक्ष लेता है, न्याय का युद्ध करता है।"

"अब बस करें ऋषिवर," राम के चुप होते ही लोपामुद्रा अत्यन्त मृदु स्वर में बोलीं, "बहुत परीक्षा हो चुकी। अब बच्चों को अधिक न तपाएं। इन्हें आशीर्वाद दें–ये समर्थ हैं।"

ऋषि के चेहरे पर आनन्द प्रकट हुआ, "तो राम! पंचवटी जाने के लिए मैं तुम्हें नियुक्त करता हूं, और इस सारे भूखंड की जनशक्ति तुम्हारे हाथ में देता हूं। लोपामुद्रा ने तुम्हें समर्थ कहा है, मैं तुम्हें सफल होने का आशीर्वाद देता हूं। न्याय का पक्ष कभी न छोड़ना; और जनविश्वास को अपनी एकमात्र शक्ति मानना। जाओ अब विश्राम करो।"

जाते-जाते सीता और राम, दोनों ने लोपामुद्रा के चरण छुए, "आशीर्वाद दो मां!"

"मेरे बच्चों!" लोपामुद्रा ने दोनों को एक साथ अपनी भुजाओं में भर लिया, "अन्याय का विरोध कभी असफल नहीं होता। जिस अन्धकार की चर्चा ऋषि ने की है, उसे नष्ट करने के लिए तुम ही सूर्य को धरती पर उतार लाओ, यही मेरी कामना है।..."

अपनी कुटिया में आकर, राम आत्मलीन हो गए। सीता पहले तो कुछ चिन्तित हुईं, किन्तु फिर लोपामुद्रा की बात स्मरण कर भीतर-ही-भीतर जैसे कुछ हल्की हो गईं : 'राम प्रसव-वेदना में तड़प रहे हैं।' उन्होंने मन-ही-मन अट्टहास करने का प्रयत्न किया...किन्तु अट्टहास से पूर्व ही उसकी अनुगूंज बहुत दूर तक चली गई और सीता के हृदय के किसी कोने को आहत कर गई।...जिसे होनी चाहिए थी, उसे तो कभी प्रसव की वेदना छू तक नहीं गई; और राम के सन्दर्भ में वे विचारों के जन्म को लेकर प्रसव की बात सोच रही हैं। लोपामुद्रा के लिए कदाचित यह पीड़ा का नहीं, परिहास का क्षेत्र था; किन्तु सीता को तो इस परिहास के साथ-साथ अपनी सूनी गोद भी याद आ जाती है...अयोध्या में होतीं, तो अब तक एकाधिक सन्तानों का सुख भोग रही होती। एकाधिक बार प्रसव-वेदना भी सही होती। नन्हे-नन्हे बच्चों को गोद से उतर, भूमि पर रेंगते, डगमगाकर पग-पग चलते और फिर दौड़ते हुए देखा होता। उनकी वां-वां से तोतले बोलों तथा तोतले बोलों से होकर स्पष्ट शब्दों में हठ करते हुए उनकी वाणी को अपने कानों से सुना होता, किन्तु परिस्थितियां ही ऐसी रहीं कि न गर्भ धारण कर पाईं, न प्रसव की सुखद पीड़ा झेली, न सन्तान को गोद में लिया, न स्तनपान कराया, न नहलाया-धुलाया, खिलाया-सुलाया, रुठाया-मनाया, न उनकी क्रीड़ा देखी...

सीता का मन उदास हो गया : मानव-समाज की आवश्यकताएं बहुत महत्त्वपूर्ण हैं। संसार में मानव-यातना भी बहुत है–उसे दूर करने का प्रयत्न मनुष्य का पहला कर्तव्य है। मनुष्य की अपनी,

कोई निजी इच्छा भी होती है या नहीं? सीता के मन में सन्तान पाने की इच्छा उठती है, तो वे किसी का अहित तो नहीं चाहतीं। यदि वे चाहती हैं कि राम किसी समय उनसे दूर भी हों, तो उनका प्रतिरूप–उनकी सन्तान सीता के निकट हो, तो इस कामना में क्या दोष है...सामाजिक लक्ष्य को सामने रखकर चलनेवाले जीवन को यह दंड तो नहीं मिलना चाहिए कि वह इस प्रकार छोटी-छोटी कामनाओं के लिए तड़पता रहे और अतृप्ति का जीवन जिए...सन्तान के लिए अयोध्या का राजप्रासाद अनिवार्य तो नहीं, चित्रकूट की कुटिया, मुनि शरभंग का आश्रम, धर्मभृत्य का आश्रम, आनन्द सागर का आश्रम, भीखन का गांव, सुतीक्ष्ण अथवा अगस्त्य–किसी का भी आश्रम, सीता के बच्चे किसी भी मिट्टी में रेंगकर बड़े हों, वे सीता के ही बच्चे होंगे...राजकीय वेशभूषा में न सही, तपस्वी वेश में ही सही...बच्चों को देखकर सीता का वात्सल्य सन्तुष्ट हो जाएगा...

किन्तु सहसा सीता की आंखों के सामने अगस्त्य का वृद्ध किन्तु तेजस्वी चेहरा उभरा...वे राक्षसी अन्धकार का वर्णन कर रहे थे। एक साधारण क्रूर व्यक्ति से लेकर, एक साम्राज्य के शासन-तन्त्र तक संगठित व्यवस्था–जिसका एकमात्र लक्ष्य निर्बल मानवता का रक्तपान है।

...और उस व्यवस्था से लड़ रहे हैं राम! यदि प्रत्येक घर के राम उस व्यवस्था से नहीं लड़ेंगे, तो वह राक्षसी तन्त्र, उनके घर में बैठी प्रत्येक सीता की गोद की सन्तान को अपने क्रूर हाथों में उठा लेगा और उसके कंठ में अपने दांत गड़ाकर, उसका रक्त पी, उसके शव को भूमि पर फेंक देगा... सीता का मन कांप गया...नहीं! नहीं!! राम को लड़ना होगा। अपनी अजन्मी सन्तान के मोह में, सीता जन्म ले चुके असंख्य शिशुओं को राक्षसों के जबड़ों में नहीं धकेल सकतीं।...अपनी छोटी-सी इच्छा भी यदि बाधा के रूप में उभरे, तो भयंकर हानि पहुंचा सकती है। चिन्तित राम को सीता और अधिक विचलित नहीं करेंगी...

सहसा लक्ष्मण और मुखर के आने का स्वर सुनकर वे कुटिया के बाहर निकल आईं। वे दोनों दूर से दो खिलन्दरे लड़कों के समान झूमते-झामते आ रहे थे। और आपसी परिहास पर कभी धीमे और कभी उच्च स्वर में हंस रहे थे। अगस्त्य-आश्रम में सीता ने इन दोनों का नया ही रूप देखा था। एक लम्बे अन्तराल के पश्चात, यहां आकर वे कार्यमुक्त हुए, जैसे कोई कामकाजी और व्यस्त व्यक्ति कुछ दिनों के लिए कहीं छुट्टियां मनाने आ जाए। इस आश्रम के वास-काल में न लक्ष्मण पर कोई दायित्व था, न मुखर पर। दोनों ही प्रातः ही मुक्त पक्षियों के समान किसी भी दिशा में निकल जाते थे और अपनी इच्छानुसार लौटते थे।

अगली सन्ध्या जब वे ऋषि के कुटीर में एकत्र हुए, तो वातावरण पर्याप्त व्यावहारिक आयोजन का था। आज लक्ष्मण और मुखर भी राम तथा सीता के साथ थे। अगस्त्य और लोपामुद्रा के साथ प्रभा, उसका पति सिंहनाद तथा आश्रमवाहिनी के दो और सेनानायक भी थे।

बात ऋषि ने ही आरम्भ की, "राम, मेरे इस आश्रम के निकट समुद्र में जो अशिमपुरी द्वीप है, उससे कालकेयों के पीछे-पीछे अन्य आततायियों के आने की भी पर्याप्त सम्भावना थी। उनके कारण इस जनपद के लोगों ने कष्ट भी बहुत सहे हैं। किन्तु जब से कालकेयों का नाश हुआ है, तब से यह दिशा सुरक्षित हो गई है। मैं तब से जमकर यहीं बैठा हूं कि इधर से और कोई आक्रान्ता प्रवेश न करे। उधर तुमने चित्रकूट से आरम्भ कर, अत्रि आश्रम, शरभंग, सुतीक्ष्ण, आनन्द सागर तथा धर्मभृत्य के आश्रमों के बीच का सारा क्षेत्र हर प्रकार से संगठित और शस्त्रबद्ध कर दिया है। केवल एक ही दिशा असुरक्षित है–जनस्थान की दिशा। राक्षस भी समझते हैं, इसलिए वे लोग अपना ध्यान

वहीं केन्द्रित कर रहे हैं। उनके सर्वश्रेष्ठ योद्धा वहां हैं, उनके उन्नत और विकसित शस्त्र वहां हैं। और जहां राक्षसों का इतना जमघट होगा, वहां जनसामान्य का पक्ष उतना ही दुर्बल होगा। यदि इस समय राक्षसों को वहीं नहीं रोका गया, तो वह सारा क्षेत्र श्मशान में बदल जाएगा। उनकी सेनाएं तुम्हारे नाकाबन्दी किए गए क्षेत्र में घुस आईं, तो सारे किए-धरे पर पानी फिर जाएगा। छोटे-छोटे आश्रम अपनी आश्रमवाहिनियों और ग्रामवाहिनियों से साम्राज्य की सेना का सामना नहीं कर पाएंगे। अतः इस राक्षसी सेना को वहीं रोक रखने के लिए तुम पंचवटी में एक ऐसा सबल व्यूह रचो कि राक्षसी सेना वहीं उलझकर समाप्त हो जाए।"

अपने में डूबे-डूबे राम बड़ी तन्मयता से ऋषि की बात सुन रहे थे। यह कहना कठिन था कि वे आत्मलीन अधिक थे अथवा ऋषि की बात सुनने में अधिक तल्लीन। कदाचित उनमें दोहरी प्रक्रिया चल रही थी।

"मैं आपकी योजना भली प्रकार समझ रहा हूं; और उससे सहमत भी हूं। मुझे लगता है कि अब पंचवटी से इधर के क्षेत्र में मेरी आवश्यकता नहीं है।" राम का एक-एक शब्द आत्मबल से भरपूर था।

"वह तो ठीक है पुत्र!" ऋषि का स्वर कुछ उदास भी था, "यह बूढ़ा मन तुम्हें वहां भेजना भी नहीं चाहता, भेजने से डरता है।"

"आप और डर?" लक्ष्मण अनायास ही बोल पड़े।

"वीरता और मूर्खता में भेद है पुत्र!" ऋषि बोले, "निर्भय होकर तुम लोगों को वहां भेजना चाहता हूं, क्योंकि तुममें वह क्षमता दिखाई पड़ी है, जिस पर भरोसा किया जा सकता है। किन्तु कैसे भूल जाऊं कि वहां तुम उन अत्याचारियों का साक्षात्कार करोगे, जिनके मन में न न्याय है, न मानवता। वहां स्वयं रावण के भाई, अपने चुने चौदह सहस्र सैनिकों के साथ टिके हुए हैं। वहां रावण की सगी बहन है–शूर्पणखा, जो भाई के हाथों अपने पति के वध के पश्चात उद्दंड भी हो चुकी है और शक्तिसम्पन्न भी। वह रावण के द्वारा संरक्षित भी है और रावण के अनुशासन से मुक्त भी। जनस्थानों में वे लोग हैं, जिनसे मुठभेड़ होते ही लंका की सेनाएं दौड़ी चली आएंगी। शूर्पणखा अथवा उसकी सेना का विरोध करते ही रावण ही नहीं, शिव तथा ब्रह्मा भी चौकन्ने हो उठते हैं। ऐसे शत्रुओं से प्रजा की रक्षा करने के लिए तुम लोगों को भेज रहा हूं पुत्र! वैदेही के लिए भी मन में अनेक प्रकार की आशंकाएं हैं। नारी के प्रति राक्षसों के मन में कोई सम्मान नहीं है। इसलिए डरता हूं। बाढ़ में चढ़ी हुई नदी के सम्मुख चार ईंट रखकर आशा कर रहा हूं कि वे ईंटें प्राचीर का कार्य करेंगी।"

"आप निश्चिन्त रहें," राम आश्वस्त-गम्भीर स्वर में बोले, "ये ईंटें प्राचीर ही बन जाएंगी, और नदी की बाढ़ को बांध लिया जाएगा।"

"यही मेरी कामना है राम।" अगस्त्य बोले, "मैं अपने स्थान से हिल नहीं सकता। यहां से जमा-जमाया उखड़ गया तो राक्षस पीछे से धक्का मारकर, यह सारा प्रतिरोध बहा देंगे; और अब इस वय में पुनः नए स्थान पर काम करना कठिन लगता है–उसके लिए समय भी चाहिए और ऊर्जा भी : मेरे पास दोनों की मात्रा कम है।" ऋषि ने रुककर राम पर दृष्टि टिकाई, "तुम्हारे पास आत्मविश्वास, बल, साहस, दक्षता तथा योग्य सहयोगी हैं। इस चुनौती को स्वीकार करो।"

"आप निश्चिन्त रहें।" राम मुस्कुराए।

"तो पुत्र जाने से पहले कुछ बातें ध्यान में रखो।" ऋषि पुनः बोले, "शस्त्रों का तुम्हें पर्याप्त ज्ञान है, फिर भी कुछ दिव्यास्त्रों की शिक्षा तुम लोग इस आश्रम से लेकर ही जाना। और पुत्री

सीते! तुमने शल्यचिकित्सा में अपनी रुचि दिखाई है; जब तक यहां हो, उसका अभ्यास करती रहना। प्रभा तुम्हारी सहायता करेगी। युद्ध के पश्चात शल्यचिकित्सक अनेक घायलों को जीवन-दान देता है। पंचवटी से भी अपने कुछ साथियों को यहां प्रशिक्षणार्थ भेज देना; अन्यथा अनेक जीते हुए युद्ध भी शल्यचिकित्सा के अभाव में हाथों से फिसल जाते हैं।" ऋषि क्षण-भर रुककर बोले, "मेरे बच्चो! अब इस विषय में फिर संशय नहीं बैठेगा। तुम्हारा जाना निश्चित है। तुम्हारे प्रस्थान तक का समय छोटे-मोटे प्रशिक्षणों, अभ्यास तथा भौगोलिक ज्ञान संचित करने में लगे–यही मेरी इच्छा है।" गुरु के रुक्ष चेहरे पर स्निग्धता प्रकट हुई, "आओ, अब तुम्हें आशीर्वाद दे दूं।"

राम, सीता, लक्ष्मण और मुखर गुरु के चरणों में झुक गए।

साक्षात्कार

एक

पिछली घड़ी-भर से राम को निरन्तर लग रहा था कि कोई व्यक्ति ढूहों के पीछे-पीछे उनके साथ चल रहा था। जाने कब से वह व्यक्ति उन पर दृष्टि लगाए हुए था। कदाचित वह उनकी गतिविधियों के विषय में जानकारी चाहता था। राम ने एक टीले के पास रुकने का संकेत किया। शेष लोगों ने उन्हें प्रश्नवाचक दृष्टि से देखा। पिछले पड़ाव के पश्चात चलते हुए इतनी देर तो नहीं हुई थी कि वे थक गए हों। फिर भी सबके पग थम गए।

वे लोग इस प्रकार बैठ गए, जैसे देर तक सुस्ताने का विचार हो। साथ आए अगस्त्य-शिष्यों में से एक उन्हें बता रहा था, "आर्य! यहां की धरती शाक-भाजी के लिए बहुत उपजाऊ है। जहां-जहां खेती का प्रयत्न किया गया, वहां अन्न भी पर्याप्त होता है। फल विशेष नहीं होते, जाने मिट्टी में ही कोई दोष है अथवा राक्षसों के आतंक के मारे...कभी गम्भीरतापूर्वक प्रयत्न ही नहीं किया गया।..."

राम की दृष्टि निरन्तर टीले के पीछेवाले अस्तित्व की ओर लगी हुई थी। उनके कान मानो उसकी सांस तक की ध्वनि सुन रहे थे और नाक उसकी गन्ध सूंघ रही थी। उन्होंने अपने संकेतों से अन्य लोगों को भी आभास दे दिया था कि उन्हें टीले के पीछे किसी के छिपे होने का सन्देह है।...बातें करते हुए थोड़ा समय बीत गया, और उन्हें लगा कि अब तक वह व्यक्ति बातें सुनने के लिए टीले के पीछे, निकटतम दूरी तक आ गया होगा, तो उन्होंने लक्ष्मण और मुखर को संकेत दिया। वे दोनों इतनी स्फूर्ति से दो दिशाओं से टीले के पीछे की ओर झपटे कि वह व्यक्ति न भाग पाया और न स्वयं को छिपा ही पाया।

वे उसे लेकर सामने आए, तो राम ने देखा–एक साधारण वृद्ध उनके सामने खड़ा था, किन्तु उसके शरीर की पेशियां घोषणा कर रही थीं कि वह शरीर किसी समय पर्याप्त बलिष्ठ रहा होगा... उसके शरीर पर मात्र एक वस्त्र था, किन्तु साथ ही खड्ग भी...।

"आप कौन हैं?" राम ने पूछा।

"तुम लोग कौन हो?" वह उग्र स्वर में बोला, "मैंने तुम्हें यहां पहले कभी नहीं देखा?"

राम शान्त भाव से मुस्कुराए। सामने खड़ा व्यक्ति वृद्ध चाहे हो, किन्तु तेजस्वी था। उसमें साहस तथा निर्भयता थी। निश्चित रूप से वह किसी दुर्भावना से उनकी चौकसी नहीं कर रहा था।

"मैं अयोध्या के चक्रवर्ती दशरथ का पुत्र हूं–राम।"

वृद्ध के चेहरे पर सुखद विस्मय का भाव उदित हुआ।

"यह मेरा भाई सौमित्र है," राम ने परिचय आगे बढ़ाया, "यह मेरी पत्नी वैदेही सीता है तथा यह हमारा मित्र एवं सहयोगी मुखर है। ब्रह्मचारीगण, गुरु अगस्त्य के आश्रम से हमारी सहायता के लिए साथ आए हैं।...कृपया आप भी अपना परिचय दें।"

"आप यहां क्या कर रहे हैं?" वृद्ध ने अपना परिचय नहीं दिया, किन्तु इस बार उसके स्वर में उग्रता नहीं थी।

"हम पिता के वचन की रक्षा के लिए चौदह वर्षों का वनवास भोग रहे हैं," राम बोले, "और गुरु अगस्त्य के निर्देश पर पंचवटी में निवास करने आए हैं।"

"अगस्त्य!" वृद्ध कुछ सोचता हुआ बोला, "अगस्त्य ने तुम्हें भेजा है, तो अकारण नहीं भेजा

होगा। तुम जानते हो, राम! यहां से थोड़ी दूर पर गोदावरी है, और उसके पार जनस्थान है, जहां राक्षसों ने अपना विशाल सैनिक स्कन्धावार बना रखा है। वहां एक बड़े राज्य की रक्षा के लिए पर्याप्त सेना है...।"

"हमें इससे क्या प्रयोजन कि वहां क्या-क्या है?" लक्ष्मण बोले।

"किन्तु मुझे है!" वृद्ध का स्वर पुनः तीखा हो गया, "तुम दशरथ के पुत्र हो और मैं किसी समय का दशरथ का मित्र हूं–गिद्ध जटायु। मैं और दशरथ शम्बर-युद्ध में एक ही पक्ष से लड़े थे।...तब मेरी स्थिति यह नहीं थी।" जटायु ने अपने शरीर की ओर इंगित किया।

"ओह! तात जटायु!" राम बोले, "यहां क्या कर रहे हैं?"

जटायु आकर उनके पास बैठ गए, "यह मेरा प्रदेश है। मेरा गोत्र यहीं रहता था। किसी समय हमारा गोत्र भी समृद्ध था। अनेक गांव थे, कुछ आश्रम भी थे, जहां हमारे बच्चे शिक्षा पाते थे। किन्तु इन राक्षसों के मारे कुछ नहीं बचा। उन्होंने आश्रम नष्ट कर दिए। ग्राम उजाड़ डाले। भूमि छीन ली। कुछ लोग मर-खप गए और कुछ वन में इधर-उधर विलीन हो गए। मैं तब से ही खड्ग बांधे फिरता हूं। सामान्यतः लोग मुझे सनकी बूढ़ा समझकर मेरे पास नहीं फटकते, किन्तु जब कहीं राक्षसों का अत्याचार बहुत बढ़ जाता है, और दो-चार दिल-जले युवक, प्राण हथेली पर लिये उनका विरोध करने के लिए उठते हैं, तो मेरे पास आ जाते हैं।

राक्षसों से निरन्तर प्रत्यक्ष-अप्रत्यक्ष झड़पें होती रहती हैं। तीन दिन पहले, राक्षसों की एक टोली ने हमारे कुटीर जला दिए थे। दो साथी मारे गए, तीन भाग गए, तब से अकेला भटक रहा हूं। तुम लोगों को देख रहा था कि यहां क्यों आए हो? तपस्वी वेश देखकर समझ गया था कि राक्षस नहीं हो। साथ में बहू वैदेही भी थी–इससे मन में बार-बार प्रश्न उठता था कि कौन लोग हो और यहां क्या कर रहे हो?...किन्तु ऋषि जानते हैं कि यहा कितना संकट है, फिर उन्होंने तुम्हें यहां क्यों भेजा है?"

"क्योंकि यहां संकट है," राम मुस्कुराए, "और संकट से लड़ना हमारा काम है।"

जटायु ने राम को मुग्ध दृष्टि से देखा, "तुम मुझे दशरथ से भी बड़े योद्धा प्रतीत होते हो। तुम लोग यहां रहोगे, तो मैं कुछ दिनों तक टिककर एक स्थान पर रह सकूंगा।"

"तात जटायु!" राम आश्वस्त स्वर में बोले, "हम काफ़ी समय तक यहां रहेंगे। आप भी हमारे साथ रहें। अपने पीड़ित संगी-साथियों को भी बुला लें। आप जैसा योद्धा हमारे साथ होगा, तो हमें भी सुविधा रहेगी। अब राक्षसों के भय से भागते फिरने की आवश्यकता नहीं है।...हमें बताइए कि हम अपना आश्रम कहां बनाएं?"

जटायु को सोचने की आवश्यकता नहीं पड़ी, "जहां इन दिनों मेरी कुटिया है, उसके पास का स्थान बहुत सुन्दर और सुविधाजनक है। तुम लोग उसके पास ही अपना आश्रम बना लो।"

जटायु उठ खड़े हुए, "आओ, तुम्हें दिखाऊं।"

क्षण-भर में चलने की तैयारी हो गई। सबने अपनी क्षमता तथा शक्ति के अनुसार शस्त्र उठा लिये। जटायु भी उठाने के लिए झुके, तो राम ने टोक दिया, "आप रहने दें, तात! हमारे आगे-आगे चलें और मार्ग दिखाएं।"

"अभी इतना अक्षम नहीं हूं, राम!" जटायु मुस्कुराए।

"प्रश्न क्षमता का नहीं, आवश्यकता का है।" राम भी मुस्कुराए।

वे लोग जटायु के पीछे-पीछे चल पड़े। मुखर, विशेष प्रसन्नता तथा उत्साह से चल रहा था। वह

राम, सीता और लक्ष्मण से कुछ आगे बढ़कर, जटायु के साथ-साथ, विभिन्न स्थानों तथा वनस्पतियों के विषय में टिप्पणियां करता हुआ चल रहा था।

"तुम इस क्षेत्र से पर्याप्त परिचित लगते हो, वत्स!" जटायु बोले, "और इस परिवेश में विशेष उल्लसित भी।"

"आपने ठीक कहा, आर्य!" मुखर अपनी प्रसन्नता छिपा नहीं पाया, "मेरा ग्राम कुछ और दक्षिण-पश्चिम में समुद्र के तट पर था। इस खर के सैनिकों ने मेरा घर भी उजाड़ा था और परिवार भी। मैं यहां से भागकर ऋषि वाल्मीकि के आश्रम तक चला गया था। वहीं भद्र राम से भेंट हुई और तब से उनके साथ हूं। पिछले कुछ दिनों से लग रहा है कि अपने घर लौट आया हूं। फिर आपने यह भी बताया है कि गोदावरी के उस पार राक्षसों का सैनिक स्कन्धावार भी है। कभी-न-कभी उनसे टक्कर होगी ही, तब मैं अपने परिवार पर हुए अत्याचारों का प्रतिशोध ले सकूंगा।"

"मेरी भी राक्षसों से बहुत दिनों से लड़ाई चल रही है, किन्तु प्रत्येक झड़प के पश्चात मैं अकेला पड़ जाता हूं तथा इधर-उधर छिपता-फिरता हूं।" जटायु बोले, "तुम तो इतने निश्चिन्त लग रहे हो, जैसे राक्षसों से टक्कर, कोई बहुत सुखद घटना होने जा रही है।"

मुखर कुछ क्षण चुपचाप जटायु को देखता रहा, फिर बोला, "तात! छोटे मुंह बड़ी बात न मानें तो कहूं कि राक्षसों के साथ युद्ध निश्चित रूप से सुखद घटना होगी। राम की क्षमता और कार्य-पद्धति अद्भुत है। जिधर जाते हैं, जन-सामान्य जागकर उठ खड़ा होता है। और जाग्रत जन को पराजित करना असम्भव है। मैंने आज तक राम को पराजित होते नहीं देखा।"

"तुम्हारी वाणी सत्य हो, पुत्र!" जटायु बोले, "मैंने राक्षसों के हाथों लोगों को पीड़ित होकर मरते-भागते देखा है।"

जटायु एक टीले के नीचे जाकर रुक गए। अन्य लोग साथ आ मिले तो वे बोले, "राम! मेरी दृष्टि में यह यहां का सबसे सुन्दर तथा सामरिक दृष्टि से महत्त्वपूर्ण स्थान है, विशेष रूप से गुप्त युद्ध के लिए। इस टीले के चारों ओर ढूह हैं, जिनके पीछे छिपकर युद्ध किया जा सकता है। सामने के वन के पीछे गोदावरी है। बाईं ओर कपिल गंगा की धारा है। आगे इन दोनों का संगम है। यह संगम हमारे लिए प्राकृतिक सीमा है।...और सुन्दर तो यह स्थान है ही।"

"बहुत सुन्दर स्थान है। मेरा मन तो इसी टीले के ऊपर आश्रम बनाने का हो रहा है," सीता बोलीं, "आश्चर्य है कि इतने सुन्दर स्थान पर अभी तक कोई आश्रम क्यों नहीं बना!"

"यहां अनेक आश्रम थे, वैदेही!" जटायु धीरे से बोले, "कपिल का, गौतम का...कुछ अन्य ऋषियों का भी! वस्तुतः किसी समय इस स्थान को तपोवन ही कहा जाता था। किन्तु खर-दूषण के सैनिकों ने उनमें से एक भी नहीं रहने दिया।"

"यह तो अपने-आप में ही प्राकृतिक गढ़ है।" लक्ष्मण ने निरीक्षण के पश्चात अपना निष्कर्ष बताया।

"आप अद्भुत हैं, तात जटायु!" राम मुस्कुराए, "सब सहमत हैं कि यही स्थान उपयुक्त है।"

राम टीले के ऊपर चढ़ गए। वहां से सारा क्षेत्र, किसी मानचित्र के समान दिखाई पड़ रहा था। ढूहों तथा टीलों के नीचे विरल वन था, जिसमें अनेक वट तथा पीपल के वृक्ष दिखाई पड़ रहे थे। कदाचित इन्हीं में कहीं पांच वट इकट्ठे होंगे, जिसके कारण इस स्थान का नाम किसी ने पंचवटी रख दिया होगा। वन के वृक्षों के उस पार कहीं-कहीं गोदावरी की धारा दिखाई पड़ रही थी। जल बहुत अधिक नहीं था। शिलाओं से टकराता जल बड़े वेग से बह रहा था। इन शिलाओं के कारण,

इस स्थान पर नौकाचालन सम्भव नहीं था। बाईं ओर से कपिल गंगा की धारा आकर मिल रही थी...वर्षा में जब गोदावरी भर जाती होगी, तो निश्चित रूप से जल इन टीलों के नीचे तक आ जाता होगा...यहां से गोदावरी न तो अति निकट थी और न ही दूर...इसके पार कहीं जनस्थान था, राक्षसों का सैनिक स्कन्धावार...।

राम ने अपने हाथों में पकड़े खड्ग और धनुष भूमि पर रख दिए। कन्धों पर टंगे तूणीर भी उन्होंने उतार दिए। शेष लोगों ने भी शस्त्र भूमि पर, वृक्षों के तनों के साथ टिका दिए।

अगले ही क्षण सबके हाथों में कुल्हाड़ियां और कुदाल आ गए। तीव्र गति से कार्य होने लगा। वृक्षों की शाखाएं कट-कटकर गिरने लगीं। शाखाओं के पत्ते उतारे गए और सुन्दर तथा दृढ़ कुटीर आकार लेने लगे। जटायु एक वृक्ष की छाया में बैठे, उन लोगों का कौशल देख रहे थे। राम, लक्ष्मण और सीता में राजपरिवार वाली कोई कोमलता दिखाई नहीं पड़ रही थी। वे साधारण वनवासियों के समान कार्य कर रहे थे–हां, उनकी दक्षता अवश्य असाधारण थी। यह सब उनके दीर्घकालीन वनवास का ही फल हो सकता है। ये लोग कब से वन में रह रहे हैं? विशेष रूप से सीता को देखकर आश्चर्य हो रहा था। उसने कैसे स्वयं को इस जीवन के अनुकूल बनाया होगा?...

जटायु की आंखों के सामने कुटीर आकार लेते चले गए...बीच में भोजन के समय थोड़ी देर के लिए कार्य रुका था, पर भोजन के पश्चात कर्म में पुनः गति आ गई। ऋतु ऐसी शीतल नहीं थी कि रात बिना कुटीर के न बिताई जा सके, फिर भी वे लोग अपनी तीव्रगामिता के बल पर सन्ध्या तक अपनी आवश्यकता के अनुसार कुटीर बना लेंगे–ऐसा अनुमान किया जा सकता था।...लक्ष्मण तो इस सहजता से कुटीर बना रहे थे, जैसे जीवन-भर यही कार्य करते रहे हों।

...सहसा जटायु का ध्यान उनके शस्त्रों की ओर गया। कदाचित शस्त्रों की सुरक्षा के लिए उन्हें कुटीरों की तत्काल आवश्यकता थी। किन्तु यदि राक्षसों को सूचना मिल गई, तो वे आकर उनके शस्त्र छीनकर ले जाएंगे। शस्त्रों के लिए इन्हें अधिक सावधान...सावधान तो इन्हें सीता के लिए भी रहना चाहिए।...गांव की किसी किशोरी के रूप की भी तनिक चर्चा होती है, तो राक्षस उसका अपहरण कर ले जाते हैं, और सीता का रूप...! जटायु की दृष्टि राम के शरीर पर टिकी। ऐसा बलिष्ठ शरीर, और ये शस्त्रास्त्र तथा दिव्यास्त्र...कदाचित सीता के लिए संकट नहीं है...यदि संकट होता तो अगस्त्य राम को चाहे भेज देते परन्तु सीता को यहां कभी न आने देते...।

और मुखर कैसा प्रसन्न है राम के साथ, जैसे राम का सगा बन्धु हो!... जटायु ने सदा यही तो चाहा है कि प्रत्येक साधारण जन इसी प्रकार मुक्त, सुखी, समान तथा सम्मानयुक्त हो...पता नहीं जटायु का स्वप्न कभी पूरा होगा भी या नहीं...।

सन्ध्या तक पांच कुटीर बन गए थे। अभी उनमें कुछ कार्य शेष था, किन्तु उनका उपयोग किया जा सकता था। बीच के कुटीर में शस्त्रास्त्र रखे गए थे और उसके एक ओर का कुटीर राम तथा सीता का और दूसरी ओर का लक्ष्मण का था। लक्ष्मण के साथवाला कुटीर मुखर का था तथा पांचवां कुटीर अतिथिशाला था।

"आश्रम बन गया?" जटायु ने पूछा।

"आज के लिए तो बन ही गया समझिए," लक्ष्मण बोले, "शेष काम थोड़ा-थोड़ा कर, होता रहेगा।"

वे लोग शस्त्रागार के सम्मुख वृत्त-सा बनाकर बैठ गए और दोपहर के बचे हुए फलों का भोजन करने लगे। "आर्य जटायु!" राम बोले, "रात्रि के समय सुरक्षा-असुरक्षा की क्या स्थिति है?"

"जनस्थान में राक्षस सैनिकों का स्कन्धावार है!" जटायु बोले, "और चारों ओर विरोधी प्रजा की बस्तियां। इक्का-दुक्का राक्षस कम ही निकलते हैं। वे जब निकलते हैं तो टोली में निकलते हैं। वह भी रात के समय चोरी-छिपे नहीं, दिन के समय प्रकट रूप से शस्त्रबद्ध होकर। यदि संयोग से अकेले राक्षस का किसी से झगड़ा हो जाए, तो वह चुपचाप लौट जाता है, और फिर अपनी टोली लेकर आता है। छोटी टोली पराजित हो जाए, तो बड़ी टोली आती है।"

"छोटी टोली की पराजय का क्या अर्थ हुआ?" लक्ष्मण ने पूछा।

"राक्षसों के चार-पांच सैनिक हों तो कभी-कभी, जटायु के प्रशिक्षित युवक उन्हें घेर-घारकर पीट देते हैं। बहुत न सही," जटायु मुस्कुराए, "इक्का-दुक्का राक्षस सैनिक इस क्षेत्र में जटायु का आतंक मानता है।"

"अर्थात् भूमिका तैयार है।" मुखर हंसा।

"इसका अर्थ यह भी हुआ कि रात को आप लोग पूरी नींद सो सकेंगे," लक्ष्मण बोले, "विशेषकर ब्रह्मचारी बन्धु।"

"हां!" राम कुछ सोच रहे थे, "हमें रात को जल्दी सो जाना चाहिए। प्रातः ब्रह्मचारी मित्र विदा होंगे। और भूलना मत, मित्रो!" राम ब्रह्मचारियों से सम्बोधित हुए, "गुरु अगस्त्य से कहना कि वे सुतीक्ष्ण, शरभंग, आनन्द सागर, धर्मभृत्य, अग्निजिह्वा–सभी आश्रमों में हमारे स्थान की सूचना, तुम्हारे पहुंचते ही भिजवा दें। सम्पर्क शीघ्र स्थापित होना चाहिए...और हमारे शेष शस्त्र भी वे क्रमशः भिजवाते रहें...।"

"अच्छा, राम!" जटायु बोले, "एक प्रश्न मुझे पूछना है। संकोच मत करना, अपना स्पष्ट मत देना।"

राम ने जटायु की ओर प्रश्नवाचक दृष्टि से देखा।

"एक युवक है, जो योद्धा नहीं है, शस्त्रों का ज्ञान भी उसे नहीं है, किन्तु शरीर से हृष्ट-पुष्ट है। वह जनस्थान में शूर्पणखा के प्रासाद में माली का काम करता था। कुछ कारणों से शूर्पणखा ने उसे यातना देनी आरम्भ कर दी। वह वहां से भाग आया है। लौटकर वह प्रासाद में जा नहीं सकता। शूर्पणखा के भय से कोई व्यक्ति उसे आश्रय देने को तैयार नहीं है। हिंस्र पशुओं द्वारा खदेड़े गए मेमने के समान, वह वन में इधर-से-उधर छिपता फिर रहा है। बताओ, उसका उद्धार कैसे होगा?"

"प्रश्न यह है कि वह चाहता क्या है?" राम बोले।

"क्या चाहेगा? सुरक्षा, ईमानदारी की आजीविका और सम्मानपूर्ण जीवन।"

"उससे कहिए कि वह हमारे पास आ जाए," राम बोले, "राक्षसों से बहुत भयभीत हो तो, हमारे आश्रम में कुटीर बना ले, अन्यथा किसी भी ढूह पर कुटिया बना ले। यह सारा क्षेत्र अब सुरक्षित है," राम मुस्कुराए, "कोई गृहस्थ उसे अपने साथ रखना चाहता हो, किन्तु राक्षसों के भय से रख न पाता हो, तो उससे कहिए, वह उस युवक को आश्रय दे दे। भय का अब कोई कारण नहीं है।"

जटायु आश्चर्य से राम को देख रहे थे। राम के चेहरे पर न अहंकार था, न गर्व। वहां एक दायित्वपूर्ण, गम्भीर आत्मविश्वास था।

दो

नींद टूटी तो शूर्पणखा को लगा कि सिर अब भी भारी था, और मन पर गहरा अवसाद

छाया था। किन्तु इस बोझिल मनःस्थिति में भी उसे मध्य रात्रि की घटना ही हल्की-हल्की याद बनी हुई थी...किसी की हल्की-हल्की सुबकियों के स्वर से उसकी नींद उखड़ गई थी। आंखें थीं कि सारे प्रयत्न के बाद भी खुलना नहीं चाहती थीं, जैसे पलकें परस्पर एक-दूसरे से चिपक गई हों। सिर इतना भारी था कि उठाए नहीं उठता था। मन खीझ से भरा हुआ था... और थोड़ी-थोड़ी देर में उभरनेवाला सुबकियों का स्वर, दुखते हुए सिर की कनपटियों पर हथौड़े के समान बज रहा था।...शूर्पणखा का मन विषाक्त हो उठा। उसने जैसे क्षण-भर रुककर प्रतीक्षा की और अगले ही क्षण, दुर्निवार आवेश ने अभ्यस्त हाथों से टटोलकर कशा उठाया और सुबकियों को दे मारा। सुबकियों के स्वर का गला किसी ने बलात घोंट दिया।

उसके पश्चात शूर्पणखा को कुछ भी स्मरण नहीं था। पता नहीं उसने अपनी गहरी नींद में कोई स्वप्न देखा था या सचमुच ही नींद में विघ्न पाकर कशा के आघात से उसे चुप करा दिया था।...उसे लगा, उसके मन में खीझ अब भी शेष थी...खीझ ही नहीं, क्रोध भी। यदि वह स्वप्न नहीं था, तो किसने शूर्पणखा की नींद में विघ्न डालने का दुस्साहस किया था?...यह सम्भव है कि वह स्वप्न ही हो...शूर्पणखा का थका-टूटा मन अधिक सोच-विचार नहीं करना चाहता था।...

उसे उठ गई देखकर परिचारिका भीतर आई, "स्वामिनी!"

शूर्पणखा ने थके मन और उत्साहशून्य आंखों से उसे देखा। यह वज्रा थी, और वज्रा से प्रसाधन करवाना शूर्पणखा को कभी रुचिकर नहीं लगा, "मणि कहां गई?"

"स्वामिनी! कल रात वह यहां आपकी सेवा में थी, और पीछे उसके रुग्ण बालक की मृत्यु हो गई। उसे समाचार मिला तो उसने जाना चाहा, किन्तु अन्तःपुर की रक्षिकाओं ने उसे जाने नहीं दिया। बाध्य होकर वह यहीं पड़ी रही, किन्तु अपनी रुलाई रोक नहीं पाई। उसकी सुबकियों के स्वर से आपकी निद्रा में बाधा पड़ी तो आपने उसे..." वज्रा रुक गई।

शूर्पणखा ने उसे रुष्ट दृष्टि से देखा, "रहस्य क्यों बना रही है? बोलती क्यों नहीं?"

"स्वामिनी! आपने उसे कशा के संकेत से चुप करा दिया।" वज्रा ने भीत स्वर में कहा।

शूर्पणखा की स्मृति में हल्की-हल्की सुबकियों और कशाघात का दृश्य उभरा, और साथ-ही-साथ उसकी चिड़चिड़ाहट जाग उठी, "मैं पूछ रही हूं, मणि कहां है?"

"स्वामिनी! वह अपने बच्चे के शव को देखने गई है।"

शूर्पणखा की भृकुटियां तन गईं, "वह अपने बच्चे के शव को देखती रहेगी तो मेरा केश-विन्यास कौन करेगा? मेरे प्रसाधन का क्या होगा?" वह पलंग से उठी, "द्वार पर कौन है?"

"स्वामिनी!" रक्षिका ने भीतर आ अभिवादन किया।

"मणि को उसके आवास पर देखो और कहो कि यदि वह शेष बच्चों का जीवन चाहती है, तो तत्काल चली आए। यदि वह आने में आनाकानी करे, तो वह जिस भी अवस्था में हो, उसी अवस्था में उसे यहां घसीट लाओ तथा उसके परिवार को बन्दी कर अन्धकूप में डाल दो।"

"जो आज्ञा!" रक्षिका बाहर चली गई।

किन्तु शूर्पणखा की उद्विग्नता तनिक भी शान्त नहीं हुई। प्रत्येक श्वास के साथ उसका क्रोध बढ़ता जा रहा था–अब इन दासियों-चेटियों का भी यह साहस हो गया है कि वे शूर्पणखा की उपेक्षा का दुस्साहस करें! उसके बच्चे का मर जाना इतना महत्त्वपूर्ण हो गया कि अब वह भूल ही गई कि प्रातः उठते ही, शूर्पणखा के केश-विन्यास के लिए उसका यहां रहना आवश्यक है?...बच्चा मर गया...चेटियों-दासियों के बच्चों का क्या है...कीट-पतंगों के समान जन्म लेते हैं और मर जाते हैं।

यह मर गया तो और जन्म ले लेगा। किसी चेटी के एक बच्चे के मर जाने का अर्थ ही क्या है?.. बच्चे का तो बहाना है, मूल बात तो विद्रोह की है...। पिछले कुछ दिनों से यहां की हवा बिगड़ती जा रही है।...शूर्पणखा को सब ओर ही विद्रोह होता दिखाई पड़ रहा है। कहां से आ रहा है यह साहस?... जिस युवक को माली रखा था, वह खुलेआम कहता फिरता था कि माली तो वह नाम का है, वह तो राजकुमारी का प्रेमी है...कहां झूठ कहता था वह!...शूर्पणखा की आंखों के सम्मुख उसका चित्र घूम गया...पुष्ट देह का सुन्दर युवक! सुन्दर गहरी आंखें, उन्नत नासिका, चौड़ा ललाट, रस-भरे अधर, दृढ़ ठुड्डी, चौड़े कन्धे, पुष्ट भुजाएं, क्षीण कटि और दृढ़ मांसपेशियोंवाली पुष्ट जंघाएं।...वह राजकुमारी का प्रेमी ही हो सकता था–प्रेमी ही नहीं, प्रिय भी! किन्तु सार्वजनिक रूप से इस तथ्य की घोषणा करने का अधिकार उसे नहीं दिया जा सकता था। उसे देखते ही शूर्पणखा तरल होने लगती थी–उसके आसपास खड़े सम्भ्रान्त राक्षस कैसे भद्दे और पिलपिले लगते थे, फिर भी मदिरा पीकर बहके हुए मस्तिष्क से वल्गाशून्य जिह्वा को सरपट दौड़ने की अनुमति शूर्पणखा कैसे देती!...अगली बार प्रेम-क्रीड़ा के पश्चात शान्त मन से शूर्पणखा ने उसे समझाया भी था, किन्तु वह सहमत ही नहीं हुआ। बाध्य होकर शूर्पणखा को अपने कशा का उपयोग करना पड़ा...और अगले ही दिन उसे सूचना मिली कि वह राजप्रासाद छोड़कर कहीं चला गया है।...विद्रोह! सब ओर व्रिदोह! गोदावरी के पास किसी नव-स्थापित आश्रम में चला गया...उस आश्रम को भी ध्वस्त करना होगा...।

वह युवक माली फिर शूर्पणखा को नहीं मिलेगा। शूर्पणखा ने कभी उसका नाम भी नहीं पूछा। नाम पूछकर क्या होगा! शूर्पणखा के इस जीवन में भोग की अनेक वस्तुएं आईं और गईं। उसका नाम क्या पूछना! यवनिका एक ओर कर, रक्षिका भीतर आई, "स्वामिनी!"

"मणि को नहीं लाई?"

"वह अपने आवास में नहीं है।"

"कहां गई?" शूर्पणखा की भृकुटियां वक्र हो उठीं।

"रात को ही अपने मृत बालक के दाह-संस्कार के लिए, परिवार सहित बाहर गई तो लौटकर नहीं आई।"

शूर्पणखा को लगा, क्रोध में उसका सिर फट जाएगा। उसकी आंखों से चिनगारियां बरस रही थीं और मुख में झाग आ गया था। उसके स्वर का चीत्कार, प्रासाद की दीवारों से टक्करें मारने लगा, "उसे बाहर जाने की अनुमति किसने दी? जाओ, मेरे अंगरक्षकों को आदेश दो–प्रासाद के रात्रि-प्रहरियों को बन्दी कर अन्धकूप में डाल दें। और मणि तथा उसके परिवार की खोज की जाए। यदि वे मिल जाएं तो उन्हें नग्न कर, उनके हाथ-पैर बांध घसीटते हुए यहां लाया जाए। उन्हें जीवित जलाकर, मैं अपनी आंखों से उनमें से एक-एक को तड़प-तड़पकर मरते हुए देखना चाहती हूं।" शूर्पणखा ने रुककर रक्षिका को देखा, "आज्ञापालन में प्रमाद न हो, अन्यथा तुम लोगों के लिए भी यही दंड होगा।"

रक्षिका ने सिर झुकाकर अभिवादन किया और बाहर चली गई।

क्रोध में फुफकारती हुई शूर्पणखा, अपने कक्ष में इधर से उधर चक्कर काटती रही। उसके मन की उद्विग्नता किसी भी प्रकार कम नहीं हो रही थी। इच्छा होती थी, सामने आई प्रत्येक वस्तु के टुकड़े-टुकड़े कर दे, प्रत्येक जीव को चीर-फाड़ दे। किन्तु सबसे अधिक क्रोध मणि पर आ रहा था। यदि किसी प्रकार एक क्षण के लिए भी मणि उसके सामने पड़ जाती, तो वह उसे ऐसी यातना देकर मारती कि सुननेवाले आतंक के मारे प्राण छोड़ देते। क्या समझती है मणि! आज तक शूर्पणखा ने

उसे स्नेह से रखा है। कभी कड़वा बोली नहीं, कभी डांटा-फटकारा नहीं। जब-तब उसको पुरस्कार-स्वरूप धन दिया है। वह जानती है कि शूर्पणखा उससे अपना केश-विन्यास करवाना पसन्द करती है, और आज एक बालक के मर जाने पर वह बिना पूछे, चली गई। अपनी स्वामिनी की असुविधा का कोई ध्यान ही नहीं। शूर्पणखा के केश-विन्यास से अधिक महत्त्वपूर्ण उसके बालक की मृत्यु हो गई...इन नीच लोगों से भलाई करना ही पाप है...

शूर्पणखा के मस्तिष्क की नसें कुछ ढीली पड़ीं।...उसकी चाल धीमी हुई, और अन्त में जाकर वह दर्पण के सम्मुख बैठ गई...।

"वज्रा! शृंगार कर!" उसने आदेश दिया, "...पहले मेरा कशा लाकर मेरे पास रख दे।"

कशा पास रखते हुए वज्रा का हाथ कांप गया। शृंगार करवाते हुए भी कशा को निकट रखने का अर्थ वह जानती थी। वह यह भी जानती थी कि उसके द्वारा किया गया केश-विन्यास स्वामिनी के मनोनुकूल नहीं हो सकता। किन्तु अब चुनाव वज्रा के हाथ में नहीं था। आदेश दिया जा चुका था और कशा सामने था...।

शूर्पणखा ने ध्यान से दर्पण में अपने प्रतिबिम्ब को देखा। यह उसका दैनिक क्रम था, और यहीं से उसका विषाद घनीभूत होने लगता था। समस्त लेपों, सुगन्धित चूर्णों तथा औषधियों के लेपन तथा सेवन के पश्चात भी मांस ढीला पड़ता जा रहा था। त्वचा की कसावट में रेखाएं उभरने लगी थीं। भुजाओं और जंघाओं का मांस जैसे अस्थियों को छोड़ लटक जाने की तैयारी में था। कंचुक को कितना भी कसकर बांधो, स्तनों में वह उठान दिखाई नहीं पड़ता था...।

खीझ में भीगा कशा वज्रा पर चल गया और उसके कोमल और चिकने कपोल पर एक नीली धारी उभार गया। "खाना और ऊंघना ही आता है! अपना काम नहीं आता?" शूर्पणखा की जिह्वा, कशा से कम चंचल नहीं थी, "कपाल पर रेखा क्यों दीख रही है?"

अपनी चीत्कार दांतों में ही भींच वज्रा चन्दन का लेप लेकर शूर्पणखा के कपाल पर झुक गई। ...उस रेखा को छिपाना ही होगा—नहीं तो अनेक नीली-नीली धारियां वज्रा के मुख-मंडल पर उभर आएंगी।

शूर्पणखा ने व्रजा के कपोल पर उभरी हुई नीली धारी को आंख भरकर देखा। उसके मन ने गहरी सन्तुष्टि का अनुभव किया।...उसने विश्वासघाती यौवन से प्रतिशोध ले लिया था। उसके मन में एक तीव्र इच्छा जागी कि वह संसार के प्रत्येक मसृण कपोल पर ऐसी ही नीली धारियां उभार दे। ऐसे कपोल शूर्पणखा को बहुत परेशान करते हैं...।

जब तक लंका के महामहालय प्रासाद में मात्र मन्दोदरी भाभी ही थीं, शूर्पणखा को वहां जाना भला ही लगता था, किन्तु जब से मेघनाद की पत्नी सुलोचना तथा अन्य युवती रानियां वहां आ गई थीं, शूर्पणखा का लंका जाना बहुत कम हो गया था। शूर्पणखा के बाल आज भी घने और लम्बे थे। उनकी कालिमा ने अभी बहुत अधिक धोखा नहीं दिया था। उसकी परिचारिकाएं अपने काले लेपों से केशों पर अंकित होते समय के चिह्नों को बन्दी बना लेती थीं। नयनों को काजल तथा अन्य शोभा-लेपों से अब भी आकर्षण बना लिया जाता था, किन्तु कपोलों का कोई उपचार नहीं। इस ढीलते हुए मांस को अपने स्थान पर बनाए रखने के लिए उसने विभिन्न देशों के वैद्यों को पुष्कल धन दिया था, किन्तु, कोई लाभ नहीं हुआ। एक बार सुलोचना के चेहरे के साथ अपना चेहरा दर्पण में देखने पर उसे अपने चेहरे पर चले हुए काल-रथ के चक्र-चिह्न स्पष्ट दीखने लगे थे। केवल काल-रथ के चिह्न ही नहीं, अतिशय भोग के प्रमाण भी...।

वज्रा चेहरे का शृंगार कर चुकी थी। वस्त्र बदलने के लिए उसने कंचुक खोला, तो शूर्पणखा की दृष्टि दर्पण में अपने शरीर के प्रतिबिम्ब पर पड़ी। आकार अब भी आकर्षक था, किन्तु गठन क्षीण होता जा रहा था। मन्दोदरी भाभी का शरीर स्थूल हो गया था, किन्तु चेहरे पर स्वाभाविक आभा थी–सन्तुष्टि की। और शूर्पणखा ने शरीर की स्थूलता को दूर भगाने के लिए, स्वयं को सुखा डाला था। चेहरे पर आभा लाने के लिए लंका ही नहीं, उरपुर के भी विशेष लेपों और चूर्णों का प्रयोग करना पड़ता था, किन्तु मन्दोदरी भाभी के मुखमंडल की आभा और आंखों की सन्तुष्टि शूर्पणखा को कभी नहीं मिली। वज्रा ने सुगन्धित द्रव छिड़ककर प्रसाधन की सम्पन्नता की घोषणा कर दी। शूर्पणखा ने दर्पण में भली प्रकार अपना निरीक्षण किया। शृंगार और वस्त्र उसके मनोनुकूल थे, किन्तु केश-विन्यास उसे नहीं रचा। वज्रा मणि जैसा केश-विन्यास नहीं कर सकती।

"केश-सज्जा का अभ्यास कर ले, तेरी नियुक्ति मणि के स्थान पर कर दूंगी," शूर्पणखा जाते-जाते मुड़ी, "किन्तु तेरा भी कोई ऐसा बालक तो नहीं है, जिसके मरने पर तू मुझे छोड़ जाए?"

वज्रा का मन कांप गया। कैसे अशुभ वचन थे! क्या स्वामिनी के मन में ममता का कण भी नहीं है?

शूर्पणखा भोजन-कक्ष में आई। परिचारिकाओं ने तत्काल भोजन परोस दिया। किन्तु उसे जैसे कुछ खाने की इच्छा ही नहीं थी। आधी घड़ी तक बैठी मधुपान करती रही। भोजन के प्रति अनिच्छा जब मधु में डूब गई तो उसने पशु-मांस की ओर हाथ बढ़ाया। कदाचित मृग का मांस था। उसने एक बड़ा सा खंड उठाया और उसमें दांत गड़ा दिए। तभी रक्षिका ने आकर अभिवादन किया। शूर्पणखा ने प्रश्नवाचक दृष्टि से देखा।

"स्वामिनी! अंगरक्षक सूचना लाए हैं कि मणि का परिवार गोदावरी पार कर, जटायु के आश्रम के पास, किसी नव-स्थापित आश्रम में चला गया है। आश्रम के कुलपति का नाम कदाचित राम है।"

शूर्पणखा ने मांस-खंड पटक दिया और रोष में तमतमाई हुई उठ खड़ी हुई, "अंगरक्षकों को आदेश दो कि उस आश्रम पर अभियान के लिए प्रस्तुत हो जाएं। सन्ध्या तक आक्रमण कर उस आश्रम को अग्निसात कर दें और उसके अन्तेवासियों की हत्या कर दें। भविष्य में किसी को साहस न हो कि शूर्पणखा की इच्छा के विरुद्ध जनस्थान छोड़कर गोदावरी पार कर सके।" रक्षिका चली गई।

शूर्पणखा अपने स्थान पर बैठ गई, किन्तु भूख फिर से मर गई थी, 'वह युवक माली भी राम के आश्रम में चला गया था। अब मणि भी चली गई है। वहां सबको आश्रय मिल जाता है। कोई यह नहीं सोचता है कि इससे शूर्पणखा रुष्ट होगी। यह राम नाम का दढ़ियल संन्यासी शूर्पणखा से आतंकित नहीं है। खर की सेना से नहीं डरता और रावण की शक्ति को नहीं जानता। उसे समझाना होगा कि इसका फल क्या है, किन्तु रावण दूर बैठा है। खर मदिरा में धुत्त पड़ा होगा। क्या उसे पता नहीं है कि कोई ऐसा संन्यासी गोदावरी के उस पार आ बैठा है, जो प्रत्येक भगोड़े को शरण देकर शेष लोगों को भागने के लिए प्रेरित करता है...यह उसी बूढ़े जटायु की शरारत होगी। वह ही ऐसे कार्य करता रहता है। वह भूल गया है कि खर के सैनिकों ने अनेक बार उसे पीड़ित किया है। उसका आश्रम उजाड़ा है, किन्तु अब उसके लिए भयभीत होने का कारण भी क्या है? खर के हाथ में अब खड्ग के स्थान पर मदिरा का पात्र होता है!' सहसा उसने अपने सिर को झटका दिया, "...न सही खर, शूर्पणखा तो है।" उसने परिचारिका की ओर देखा, "मदिरा।"

परिचारिका ने भांड उठाकर, उसके पात्र में मदिरा डाली और धीरे से बोली, "स्वामिनी! सुना गया है कि वह कुलपति राम अयोध्या का राजकुमार है, जो अपना शासन छोड़ राक्षसों से ऋषियों की रक्षा के लिए यहां चला आया है। वह अत्यन्त बलशाली और युद्ध-कुशल युवक है, और स्वामिनी! वह असाधारण रूप से सुदर्शन पुरुष है।" शूर्पणखा ने पात्र रख दिया और आंखें फाड़कर परिचारिका को देखा।

"हां, स्वामिनी!"

शूर्पणखा ने तत्काल निश्चय किया, "अंगरक्षकों से कहो कि अभियान स्थगित कर दें," वह उठ खड़ी हुई, "शूर्पणखा स्वयं ही अपने अभियान पर जाएगी।"

शूर्पणखा ने अपना रथ गोदावरी के इस ओर ही छोड़ दिया। शिलाविहीन स्थान पर बने घाट पर से नाव में नदी पार की। जैसे ही अंगरक्षकों ने राम के आश्रम की ओर संकेत किया, वह रुक गई।

"तुम लोगों ने राम को देखा है?"

"हां, स्वामिनी!"

"वह दढ़ियल संन्यासी है?"

"नहीं, स्वामिनी! वेश चाहे तापसों का-सा ही है किन्तु दाढ़ी नहीं है, और वह बहुत सुदर्शन पुरुष है?"

"देखने में कैसा है?"

"स्वामिनी! प्रायः चालीस वर्षों के वय का लम्बा तथा हृष्ट-पुष्ट पुरुष है। वर्ण श्यामल, ऊंचा ललाट, बड़ी-बड़ी सुन्दर आंखें, नुकीली-ऊंची नासिका, होंठों पर मोहक मुस्कान है।"

"तुम लोग जाओ।...रथ में मेरी प्रतीक्षा करना," वह बोली, "मैं उसे पहचान लूंगी।"

"स्वामिनी! आप अकेली..."

"जाओ," शूर्पणखा का स्वर कुछ कठोर हो गया, "मत भूलो कि मैं शूर्पणखा हूं, रावण की बहन।" अंगरक्षक चले गए। और शूर्पणखा पेड़ों के झुरमुट में छिपकर खड़ी हो गई।

आश्रम एक ऊंचे टीले पर बनाया गया था। सामरिक दृष्टि से ही इस स्थान को चुना गया था। आसपास अनेक ऊंचे-नीचे टीले थे। उनके पीछे सैनिक छिपाए जा सकते थे, जो आश्रम से दिखाई पड़ सकते थे, किन्तु सामने से आनेवाले आक्रमणकारियों को उनमें से एक भी दिखाई नहीं पड़ता। शूर्पणखा का मन कुछ चंचल हो उठा। इस तथ्य की ओर खर का ध्यान जाना चाहिए। यदि वह इस तथ्य को नहीं देख पाता, तो उसे दिखाया जाना चाहिए। यदि यह आश्रम सामरिक दृष्टि से ही इस स्थान पर बनाया गया है और इसका यहां बनाया जाना संयोगमात्र नहीं है, तो इसको बनाने वाला व्यक्ति युद्ध के भूगोल का विशेषज्ञ होना चाहिए।...और उसने इस स्थान पर आश्रम बनाकर अपने साहस का भी परिचय दिया है। सारे दंडक वन में ऋषियों-मुनियों के आश्रम फैले हुए हैं, किन्तु किसी ने भी जनस्थान के राक्षस-स्कन्धावार के इतने निकट आने का साहस नहीं किया। अगस्त्य इतने पराक्रमी ऋषि माने जाते हैं, किन्तु वे भी इधर आने की कल्पना नहीं कर सके, यद्यपि उन्होंने अशिमपुरी के कलाकेयों का नाश कर दिया था।

शूर्पणखा के मन में जैसे किसी ने पुराना घाव छीलकर हरा कर दिया...कालकेय! शूर्पणखा के प्रिय और रावण के शत्रु कालकेय! रावण को कालकेय विद्युज्जिह्व कभी एक आंख नहीं भाया और

शूर्पणखा ने उसी का वरण किया। शूर्पणखा के विद्रोह और विद्युज्जिह्व के साहस को रावण कभी क्षमा नहीं कर सका। परिणामतः रावण ने अशिमपुरी पर आक्रमण कर विद्युज्जिह्व का वध किया और उसके शव के साथ सती होने के लिए चिता पर आरूढ़ शूर्पणखा को भाई के प्रेम की सौगन्ध देकर उठ लाया।...किन्तु शूर्पणखा जानती है कि रावण के मन ने न कभी विद्युज्जिह्व को क्षमा किया, न कालकेयों को।...यही कारण था कि जब अगस्त्य कालकेयों का नाश कर रहा था, तब शूर्पणखा के बार-बार कहने पर भी रावण किसी-न-किसी व्याज से उसे टालता रहा। कालकेयों की सहायता के लिए न तो वह स्वयं गया और न अपनी सेना ही भेजी।

शूर्पणखा को लगा, यदि रावण ने कालकेयों को क्षमा नहीं किया, तो वह भी कभी रावण को क्षमा नहीं कर पाई है, किन्तु यह राम कौन है, जो यहां इस जोख़िम के मुख में आ बसा है? कहीं जटायु ने ही तो उसे अपनी रक्षा और सहयोग के लिए नहीं बुलाया?

सहसा शूर्पणखा की दृष्टि उस ऊंचे टीले, आसपास के ढूहों–चट्टानों शिलाओं से टकराते झाग उत्पन्न करते गोदावरी के श्वेत जल और उसके तट पर खड़े वन की ओर चली गई। वह स्तब्ध खड़ी देखती रही–कितनी ही बार वह इधर से निकली होगी, किन्तु उसकी आंखों ने इस स्थान के सौन्दर्य को नहीं पहचाना। इस व्यक्ति–राम–में निश्चय ही कवि का हृदय होगा और उसकी आंखों में सौन्दर्य की परख, अन्यथा वह अपने आश्रम के लिए ऐसा स्थान कैसे चुनता? सामरिक महत्त्व की बात भ्रम है–उसने इस स्थल को इसके प्राकृतिक सौन्दर्य के लिए चुना होगा...।

सहसा शूर्पणखा के कानों से कुछ लोगों के वार्तालाप का हलका-सा स्वर टकराया।...उसने देखा–स्त्री-पुरुषों का एक झुंड आश्रम की ओर से आ रहा था। वह सतर्क हो गई। उसने स्वयं को और भी सावधानी से वृक्षों के पीछे छिपा लिया।

उन लोगों के हाथों में कोई-न-कोई शस्त्र था। शूर्पणखा चौंकी। इस क्षेत्र में लोगों के पास शस्त्र? ...वे लोग स्थानीय ग्रामीण अथवा वनवासी थे। शरीर के वर्ण और आकार-प्रकार से वानर, ऋक्ष, गृध्र अथवा भील जातियों के लोग होंगे, किन्तु शस्त्र? राक्षसों ने उन्हें कभी शस्त्र छूने तक की अनुमति नहीं दी।...और उनका वार्तालाप?...बातों से भी यही ध्वनित होता था कि वे आश्रम से शस्त्र-प्रशिक्षण प्राप्त कर लौट रहे हैं...।

शूर्पणखा का माथा ठनका।...तो क्या वे उड़ती-उड़ती सूचनाएं सत्य थीं? राम क्या सचमुच दंडकारण्य में घूम-घूमकर इन जंगलियों को अभयदान देता रहा है और उन्हें संगठित करता रहा है? तो क्या यह सच है कि अनेक राक्षस, जन-विद्रोहों के सामने बाध्य होकर अपने स्थान छोड़-छोड़कर भाग गए हैं और दंडक वन में अनेक स्थानों पर राक्षस-व्यवस्था छिन्न-भिन्न हो गई है? उसने तो आज तक इन पर, नशे में सुनी हुई बातों के समान, गम्भीरता से सोचा ही नहीं। रावण और खर ने भी कदाचित इस पर ध्यान नहीं धरा था। वे स्वयं को बहुत सुरक्षित और शक्तिशाली मानते हैं? किन्तु उन्हें इसकी सूचना तो होनी ही चाहिए...शूर्पणखा को लगा, उसका सारा मद उड़ गया है। उसकी नाक के नीचे यह सब क्या हो रहा है? इस प्रकार तो ग्राम-के-ग्राम शस्त्रबद्ध हो जाएंगे और शूर्पणखा इतनी मूर्ख नहीं है कि इसका अर्थ न समझे।

उसके मन में तीव्र इच्छा उठी कि तत्काल लौट जाए और जनस्थान में पहुंचते ही सैनिक अभियान की आज्ञा दे...किन्तु दूसरे ही क्षण उसके कानों में परिचारिका तथा अंगरक्षकों के विभिन्न वाक्य गूंजने लगे...उन्होंने राम को बहुत बलशाली और सुदर्शन युवक बताया था...।

शूर्पणखा के उठे हुए पग रुक गए। वह यहां तक आकर राम को देखे बिना नहीं लौट सकती।

क्या वह सचमुच वैसा ही है, जैसा उसके विषय में बताया गया है?...शूर्पणखा ने तो अपनी परिचारिका से यह भी नहीं पूछा कि उसे राम के विषय में किसने बताया है?...किन्तु अंगरक्षकों ने तो स्वयं राम को देखा है। उन्होंने भी तो कहा था, '...वह बहुत सुदर्शन पुरुष है...' शूर्पणखा खड़ी रह गई। निश्चय ही वह राम को देखे बिना नहीं लौट सकती।

किन्तु इतनी देर में आश्रम से ऐसा कोई पुरुष बाहर नहीं आया जिसे राम माना जा सके।...थोड़ी देर में तपस्वियों का एक और दल आश्रम के टीले पर चढ़ गया। उनके वार्तालाप की जो भनक शूर्पणखा के कानों में पड़ी, उससे यही अनुमान लगाया जा सकता था कि वे लोग किसी दूर के आश्रम से आए हैं और राम के आश्रम से उनका सम्पर्क निरन्तर बना हुआ है। उनमें से किसी ने यह भी कहा कि राम ने ऐसी उत्तम संचार-व्यवस्था कर रखी है कि किसी भी आश्रम तक सन्देश पहुंचने में तनिक भी असुविधा अथवा विलम्ब नहीं होता।

शूर्पणखा का मन छटपटाने लगा...राम...राम...सब ओर एक ही नाम है, किन्तु वह पुरुष कौन है? कैसा है? उसका मन अपनी व्याकुलता में चीत्कार कर रहा था–'बढ़, शूर्पणखा! चल, आश्रम के भीतर चल।' किन्तु उसका विवेक अभी इतना सुषुप्त नहीं था कि वह ऐसी भूल कर बैठती। क्रमशः अन्धकार छा गया, और अब राम के बाहर आने की कोई सम्भावना नहीं थी। यदि शूर्पणखा को लौटने में कुछ और विलम्ब हुआ, तो उसके अंगरक्षक अग्निकाष्ठ लेकर उसे खोजने आ पहुंचेंगे। तब उसका छिपना सम्भव नहीं होगा। अनेक विरोधी तथा उत्पाती लोगों के कानों में भी यह बात पहुंचेगी कि राजकुमारी शूर्पणखा वन में रात्रि के अन्धकार में छिपी किसी की प्रतीक्षा करती रही थी, और वह पुरुष उसके पास कभी नहीं आया। उसे लौटना ही होगा।

लौटने की बात उठते ही उसका मन डूबने लगा...शरीर जैसे टूटने लगा, किन्तु लौटना तो था ही। वह धीरे-धीरे गोदावरी के घाट की ओर चल पढ़ी।

शूर्पणखा को नींद नहीं आ रही थी। उसने आज सारी सन्ध्या नष्ट कर दी थी, तो भी राम को देख नहीं पाई थी। उसका शरीर उत्तेजना का अनुभव कर रहा था। रह-रहकर अपनी कल्पना में एक बलिष्ठ पुरुष-शरीर का निर्माण कर रही थी, किन्तु उसका चेहरा धुंधला तथा अस्पष्ट रहता था। उसकी रेखाएं स्पष्ट करने का प्रयत्न करतीं, तो युवक माली के चेहरे से मिल जातीं, किन्तु अब शूर्पणखा को युवक माली का चेहरा नहीं चाहिए था। वह राम के मुखमंडल की कल्पना करने का प्रयत्न कर रही थी।

मुखमंडल स्पष्ट नहीं हुआ तो वह शरीर की ही कल्पना करने लगी...इस्पात की-सी मांसपेशियों वाला बलिष्ठ शरीर, जो उसे अपनी बांहों में भरकर वक्ष में भींच ले...किन्तु दूसरे ही क्षण उसे लगा कि वह बलिष्ठ शरीर उसे प्रेम और आसक्ति से नहीं, घृणा के आवेश में पकड़े हुए है। वह उसे कामावेश में नहीं भींच रहा, क्रोध से उसका गला दबा रहा है...और उसका दम घुट रहा है। वह जैसे सांस लेने के लिए तड़प उठी। उसने सहायता में अपने हाथ-पैर झटके और ज़ोर-ज़ोर से सांस लेने का प्रयत्न किया–किन्तु उसे शान्ति नहीं मिली। अशान्ति में उसके भीतर उसका दुर्दमनीय क्रोधोन्माद फुफकारकर उठ खड़ा हुआ। शूर्पणखा ने अपना कशा उठाया और अपने पलंग को घेरकर, फ़र्श पर सोई हुई दासियों को धड़ाधड़ पीटना आरम्भ कर दिया।

दासियां घबराकर उठ खड़ी हुईं। आतंक, घबराहट और असहायता में बंधी वे यह भी पूछ नहीं सकती थीं कि उनका अपराध क्या है। शूर्पणखा के लिए यह बताना आवश्यक भी नहीं था।...वह

धड़ाधड़ उनको पीटती रही। पूरे बल से उन पर प्रहार करती रही। ताक-ताककर उनके कोमल अंगों पर आघात करती रही।...और थोड़ी ही देर में उसे लगा कि उसका क्रोध एक उत्तेजक मद में परिणत हो गया है। उसे अपने सम्मुख खड़ी युवा, सुन्दर और कोमल दासियों को पीड़ा पहुंचाने में सुख मिल रहा था। वह क्रोध की यातना में नहीं, एक मादक सुख में निमग्न उन पर आघात करती जा रही थी। प्रत्येक आघात और परिणामस्वरूप आहत दासी की चीत्कार से उसके रक्त में जैसे मधु घुल जाता, तो उसका मन आंखें बन्द कर अपने भीतर सुख में झूमने को आतुर हो उठता।

मारते-मारते हाथ थक गया और सुख में बाधा पड़ने लगी, तो उसने हाथ रोककर आदेश दिया, "कक्ष से बाहर चली जाओ! तुममें से किसी का चेहरा दिखाई न पड़े।"

दासियों को मुक्ति मिली। वे एक-दूसरी पर गिरती-पड़ती बाहर निकल गईं। शूर्पणखा पलंग पर औंधी जा पड़ी और हांफती रही...जब और कुछ नहीं सूझा तो उसने मदिरा का भांड उठा लिया।

प्रातः आंखें खुलते ही उसे फिर एक बार मणि की याद आई। किन्तु उसका पता पाना भी कठिन था; और शूर्पणखा का प्रसाधन होना ही चाहिए था। रक्षिका को पुकारकर, शूर्पणखा ने वज्रा को बुलाने के लिए कहा। वज्रा आई तो उसे आदेश दिया कि वह अपनी सहायिकाओं को भी बुला ले। आज शूर्पणखा का असाधारण शृंगार होना चाहिए–सर्वश्रेष्ठ वस्त्र, सर्वश्रेष्ठ प्रसाधन और सर्वश्रेष्ठ सुगन्ध। शूर्पणखा विश्वसुन्दरियों की महारानी दिखाई पड़नी चाहिए...।

दिन-भर शूर्पणखा का शृंगार होता रहा। उसने आज मदिरा का सेवन नहीं किया। बीच-बीच में जब शरीर तथा मन ने बहुत परेशान किया तो फलों का मद्य ले लिया। वह भी बहुत अधिक नहीं ...उसकी सारी चेतना, दर्पण में दीखते अपने प्रतिबिम्ब को निहार रही थी। उसमें क्या और कैसा परिवर्तन किया जाए कि जो दृष्टि उस पर पड़े, वह हट न सके...अपराह्न में वह अपने अंगरक्षकों को लेकर चल पड़ी। रथ और अंगरक्षकों को गोदावरी के इस पार छोड़, अकेले ही नदी पार कर, उस पार राम के आश्रम के सामने के वन में जा पहुंची।

दूर से ही कुछ स्वर सुनाई पड़े। वह वृक्षों में छिप गई। ध्यान से सुना–वृक्षों पर कुल्हाड़ियां चल रही थीं। कदाचित कुछ लोग लकड़ियां काट रहे थे। शूर्पणखा ने उनका वार्तालाप सुनने का प्रयत्न किया। उनके शब्द बहुत स्पष्ट नहीं थे। या तो वे लोग बोल ही बहुत धीरे-धीरे रहे थे, या फिर शूर्पणखा से उनकी दूरी अधिक थी। फिर वे कितने व्यक्ति थे, और कौन थे–यह भी मालूम नहीं हो रहा था। किन्तु शूर्पणखा उतनी ही निकट जा सकती थी, जहां से उसके देखे जाने की आशंका न हो। अपने अंगरक्षकों के साथ होने पर, वन में इस प्रकार लकड़ियां काटते हुए वनवासियों को दास बनाकर साथ ले आना; शूर्पणखा का प्रिय मनोविनोद था। किन्तु इस समय वह न तो उस मनःस्थिति में थी और न ही उसके अंगरक्षक उसके साथ थे।

पेड़ों के पीछे छिपती-छिपती शूर्पणखा निःशब्द आगे बढ़ी। उनके वार्तालाप के स्वर स्पष्ट होते जा रहे थे। एक स्वर कह रहा था, "भद्र राम! हमारी संचार-व्यवस्था प्रायः स्थापित हो गई है। अगस्त्य, सुतीक्ष्ण, शरभंग, धर्मभृत्य, आनन्द सागर तथा अन्य आश्रमों से, और उनके माध्यम से आसपास के ग्रामों से हमारा सम्पर्क बन गया है। समाचार आने-जाने में विलम्ब नहीं होगा। घड़ी-भर में सूचनाओं का आदान-प्रदान..."

किन्तु शूर्पणखा ने कुछ भी नहीं सुना। उसने केवल एक नाम सुना–'राम।' उसके मन में खलबली मच गई–कौन सा है इनमें राम? कब से वह उसे खोजने के लिए भटक रही है।...मन की खलबली

इतनी बढ़ी कि उसकी इच्छा होने लगी कि वह सारी सावधानियां त्याग, सीधी उस दल तक जाकर उसने पूछे कि उनमें से राम कौन है? किन्तु, उसी व्याकुल मन के किसी कोने से एक चेतावनी भी उसके भीतर गूंजती रही कि उसे तनिक भी असावधान नहीं होना है। सम्भव है, देखने के पश्चात राम उसे प्राप्ति-योग्य पुरुष लगे; और ऐसे पुरुष को अपने असावधान व्यवहार से स्वयं से विरक्त करने का जोख़िम वह नहीं उठा सकती।

वह और निकट आई। सावधानी आवश्यक थी। कहीं सूखे पत्तों पर पैर न पड़ जाए, कहीं अपने ही शरीर के आभूषण न खनक पड़ें, कहीं किसी पशु का सामना न हो जाए–

"लो, राम!" एक तपस्वी ने कुल्हाड़ी राम की ओर बढ़ाई। शूर्पणखा ने देखा, उसकी ओर राम की पीठ थी। सांवले रंग की, पुष्ट और उभरी हुई पेशियों से बनी दृढ़ पीठ, जिससे अपना वक्ष चिपका, दोनों बांहों से घेर, अपने कपोल रगड़ने को मन तड़प उठे।...शूर्पणखा को अपना मन हारता-सा लगा...उसके विवेक के तनिक सा भी ढीला पड़ते ही उसका मन उसे बाध्य कर देता और वह भागती हुई जाती और जाकर उस पीठ से लिपट जाती।

राम ने अपना धनुष एक वृक्ष के तने से टिकाकर खड़ा कर दिया। साथ ही तूणीर भी रख दिया; और कुल्हाड़ी पकड़ ली। वह भुजा भी उसी पीठ के अनुरूप थी, जैसे शक्ति का भंडार हो। और तब राम घूमे–अब शूर्पणखा उनका मुखमंडल देख सकती थी। शूर्पणखा की दृष्टि फिसलती भी गई और चिपकती भी गई...वह उन्नत ललाट; काली, घनी तथा लम्बी भवें और उनके नीचे वे आंखें। राम उसकी ओर देख नहीं रहे थे। आंखें पूर्णरूपेण खुली हुई भी नहीं थीं; किन्तु वे खुली और झंपी-सी सुदीर्घ आंखें...शूर्पणखा को लगा, उसका वक्ष फट जाएगा...।

राम के अधरों की मुस्कान कितनी सजीव थी!

शूर्पणखा को निकट के वृक्ष का सहारा लेना पड़ा। उसे लगा, वह खड़ी नहीं रह सकती। कहीं ऐसा न हो कि वह गिर पड़े, या भागकर राम के वक्ष से जा लगे...उसकी दृष्टि थी कि फिर-फिर जाकर राम के शरीर से चिपक जाती थी, किन्तु वहां टिक नहीं पाती थी...वह ठुड्डी, सीधी तनी हुई पुष्ट ग्रीवा। एक कन्धे से दूसरे कन्धे तक उभरा हुआ बलिष्ठ, पुष्ट वक्षस्थल और सिंह के समान क्षीण कटि...अधोवस्त्र के नीचे जंघाओं की वह कल्पना ही कर सकती थी।

राम ने अपनी कुल्हाड़ी से वृक्ष पर प्रहार करना आरम्भ किया। अभी गिनती के ही प्रहार किए थे कि लगा, राम का शरीर सधता जा रहा है...वह जैसे अपना वास्तविक आकार ग्रहण कर रहा था। पेशियां और नसें जैसे उठकर खड़ी हो गईं और सघन रूप लेने लगीं। ऊर्जा, शक्ति और रूप का ऐसा सम्मिश्रण...।

शूर्पणपखा अपनी चंचलता और आत्मविश्वास खो बैठी–एक-से-एक सुन्दर और एक-से-एक बढ़कर बलिष्ठ और शक्तिशाली पुरुष उसने देखे थे, किन्तु ऐसा पुरुष तो उसने कभी नहीं देखा। इस पुरुष से खेलने की, इसे पीड़ा पहुंचाने की भावना उसके मन में जैसे जन्मी ही नहीं थी। वह स्वयं ही उसके सम्मुख अवश हो गई थी। उसने आंखें मूंदकर अपने और राम के रूप की कल्पना की। वह चढ़ते हुए सूर्य के सामने ढलती हुई सन्ध्या थी; उठते हुए ज्वार के सम्मुख उतरता हुआ भाटा थी। यह पुरुष ऐसा नहीं था, जिसे वह अपांग से देखती और वह उसके चरणों पर आ गिरता तथा वह जब चाहती उसका भोग कर, कूड़ा समझ फेंक देती। वह पुरुष कमनीय था, प्राप्य था, संग्रहणीय था...।

और इस समय शूर्पणखा स्वेद में नहाई हुई, श्रृंगार-भ्रष्ट, उड़े हुए वर्णवाली, घबराई हुई स्त्री थी।

यह उसका कमनीय रूप नहीं हो सकता। इस रूप में वह राम के सम्मुख जाकर, उसके मन में वितृष्णा जगाएगी।...वह राक्षस नहीं है कि किसी स्त्री को देखते ही भूखे पशु-सा उस पर टूट पड़े। कहीं यह उन पुरुषों में से न हो, जो काम-आह्वान करनेवाली स्त्री को निर्लज्ज मान लेते हैं...शूर्पणखा को त्वरा से बचना होगा। प्रत्येक पग संभलकर उठाना होगा। राम के विषय में अधिक जानकारी प्राप्त करनी होगी–यह विवाहित है अथवा अविवाहित; पत्नी साथ है अथवा नहीं; काम को वह प्रेम का पर्याय मानता है या भोग का; स्त्री से समर्पण चाहता है अथवा बलात उसका भोग करता है... पूरी जानकारी के अभाव में यदि वह कोई असावधानी कर बैठी और यह पुरुष उसे न मिला, तो वह स्वयं को कभी क्षमा नहीं कर पाएगी...साथ ही उसे अपने मन को भी टटोलना होगा...वह उसे पाना चाहती है या स्वयं को उसे देना चाहती है? यह अधिकार की भावना है या समर्पण की? वह भोग चाहती है या प्रेम... ?

इस बीच, जाने कब राम ने वह शाखा काटकर भूमि पर डाल दी थी। उनके साथियों ने लकड़ियां संभालकर बांध ली थीं; और वे लोग लौट जाने की तैयारी में थे। यह सब शूर्पणखा की आंखों के सम्मुख घटा था, और फिर भी उसने कुछ नहीं देखा था। वह जैसे अवश-सी बैठी रह गई थी। समझ नहीं पा रही थी कि उसका सारा शरीर आग में जल रहा था या स्वेद में नहा रहा था। राम को अपनी आंखों देख, उसका मन जुड़ा गया था, या कामना से खंड-खंड हो रहा था।...

वे लोग अपनी लकड़ियां उठाकर चले गए...और शूर्पणखा का स्वप्न भंग हो गया। वह जैसे नींद से जागी, उसकी चेतना लौटी। स्वयं उसके लिए अपना यह रूप एकदम नया था। जनस्थान की स्वामिनी और रावण की बहन शूर्पणखा–इतनी निरीह! केवल एक पुरुष के रूप के हाथों...कैसी विडम्बना!...सहसा उसे लगा, वह अपने-आप को पहचान रही है।...इस प्रकार चुपचाप बैठे रह जाना शूर्पणखा का स्वभाव नहीं है। वह अपने आदेश से इस पुरुष को प्राप्त करेगी। जनस्थान से अंगरक्षकों का पूरा एक गुल्म भेजेगी, जो राम को उसकी इच्छा के विरुद्ध भी उठकर ले जाएगा।...जब तक शूर्पणखा ने राम को देखा नहीं था, तब तक बात और थी; किन्तु अब वह उसे वन में इस प्रकार तपस्वी के रूप में रहकर, अपने यौवन को नष्ट करने की अनुमति नहीं दे सकती। यदि राम को अपने रूप और यौवन की आवश्यकता नहीं है तो न सही, शूर्पणखा को उसकी आवश्यकता है। वह उस रूप और यौवन का मूल्य समझती है। मणि का मूल्य तो कोई मणि-व्यवसायी ही समझ सकता है।...शूर्पणखा जैसे आविष्टावस्था में चल रही थी। मस्तिष्क राम के विषय में सोच रहा था, और पग अभ्यासवश ही अपने मार्ग पर चल रहे थे।

तपस्वी के वेश में राम कैसा सुन्दर लग रहा था; किन्तु शूर्पणखा उसकी जटाएं खुलवा देगी। उन कुन्तलों का श्रृंगार होगा। वह कुन्तल-मेघ कैसा लगेगा? शरीर पर राजसी वस्त्र और अलंकार होंगे। पुष्पों की सुगन्ध होगी...कैसा लगेगा राम?

"आपने कुछ पूछा, स्वामिनी?" अंगरक्षक कह रहा था।

"नहीं, रथ चलाओ।"

शूर्पणखा ने आंखें बन्द कर लीं। उसने अपनी कल्पना में राम के शरीर का स्वेद अपने आंचल से पोंछ डाला। शरीर पर विशेष सुगन्धित चूर्ण का लेप किया। चन्दन और कस्तूरी से सुगन्धित किया; और प्रशंसावाचक दृष्टि से राम को देखा...उसे लगा, राम ने कुल्हाड़ी उठाकर वृक्ष काटना शुरू कर दिया है। क्षण-भर में उसका शरीर पुनः स्वेद से नहा गया। नयनों में प्रतिवाद का भाव लेकर शूर्पणखा ने राम की ओर देखा तो राम को मुस्कुराते पाया...दुर्ललित मुस्कान। दुष्टता और ललित्य से

भरी हुई। राम ने जानबूझकर कुल्हाड़ी उठाई थी, सायास श्रम कर, शूर्पणखा द्वारा किया गया शृंगार अपने स्वेद में बहा दिया था। पुनः अपने सुन्दर छंटे हुए कुन्तलों की जटाएं बना, फिर से मस्तक पर जटाजूट बना लिया था। और उस पर मुस्कुरा रहा था। राम ने उसे चिढ़ाया था और अवश शूर्पणखा समझ नहीं पा रही थी कि वह दुष्टतापूर्वक हंस रहा था अथवा लालित्यपूर्वक। शूर्पणखा उस पर मुग्ध हो रही थी अथवा रोष से जल रही थी। कैसा है यह राम! शूर्पणखा रुष्ट होती है तो रूठने नहीं देता, मुग्ध होती है तो रीझने नहीं देता।...ऐसा खेल तो शूर्पणखा के साथ आज तक किसी पुरुष ने नहीं खेला; कालकेय विद्युज्जिह्व ने भी नहीं। उसने तो वास्तविक वीर पुरुष के समान सुन्दरी शूर्पणखा का भोग किया था; शेष जितने भी पुरुष शूर्पणखा के सम्मुख आए थे, वे या तो उसके आतंक से सहमे मूषक के समान लगते थे अथवा शूर्पणखा के रूप और सौन्दर्य को देखकर अवश खुल गए मुख से लार टपकाते...।

रथ रुक गया। शूर्पणखा बिना किसी से कुछ कहे, चुपचाप उतरी और सीधे अपने शयन-कक्ष में जा पहुंची। उसने परिधान बदलने के लिए दासियों की प्रतीक्षा नहीं की। पलंग पर औंधी जा लेटी।

"स्वामिनी! थकी आई हैं–शीतल जल से हाथ-पैर धो दूं?"

"मुझे कोई मत छूना," शूर्पणखा बिना आंखें खोले हुए बोली, "तुम लोग सब चली जाओ। मुझे किसी की आवश्यकता नहीं।"

शूर्पणखा नयन मूंद मन-ही-मन राम के स्वरूप की कल्पना करती तो पहले उसकी कल्पना में चौड़ी, बलिष्ठ, सांवली, स्वेद-भीगी पीठ उभरती, फिर इस्पात की-सी पेशियोंवाली भुजा। और फिर शरीर अपना पूरा आकार ग्रहण करता–बलिष्ठ ग्रीवा, पर्वत जैसा वक्ष, सिंह की-सी कटि...और जंघाएं... जंघाएं...शूर्पणखा की कल्पना थक जाती और उस कल्पित शरीर पर एक सुन्दर चेहरा चिपक जाता ...गहरी आंखें, तीखी नासिका और वह मोहक मुस्कान...।

"स्वामिनी! भोजन नहीं करेंगी?" शूर्पणखा ने आंखें खोलीं। आंखों की भयंकरता देख, दासी की हृदयगति रुकने-रुकने को हुई।

"यहां कोई न आए।" शूर्पणखा शुष्क सपाट स्वर में बोली।

"स्वामिनी ने दोपहर का भोजन भी ठीक से नहीं किया," दासी स्नेह प्रदर्शित करने का दुस्साहस कर बैठी।

"मुझे भूख नहीं है।"

"स्वामिनी अस्वस्थ हैं तो वैद्य..."

"जाओ!" दासी की वाणी थम गई। वह बिना एक भी शब्द और कहे कक्ष से निकल गई।

शूर्पणखा ने पुनः अपनी आंखें मूंद लीं। क्या अधिक आकर्षक है, राम का शरीर अथवा मुखमंडल? शरीर की दृढ़ता अथवा मुखमंडल की मुस्कान? शूर्पणखा का लोलुप मन राम के शरीर की ओर लपक रहा था, और उसकी ममता मुग्ध हो राम की मुस्कान को निहार रही थी। अंगरक्षकों का दल यदि राम को बन्दी कर उठा लाया तो उसका शरीर तो आ जाएगा, किन्तु वह मुस्कान? अपहत युवक के मुखमंडल पर वैसी मुस्कान नहीं हो सकती। अंगरक्षक राम की भुजाओं को जीत भी जाएं, तो उस मुस्कान को नहीं जीत पाएंगे। उसे जीतने के लिए तो स्वयं शूर्पणखा को ही जाना होगा। शूर्पणखा चौंकी। मन स्वयं ही बदल रहा था। राम को जीतने के लिए शूर्पणखा को ही जाना होगा। वह आदेश से राम को प्राप्त नहीं कर सकती। राम को अपने सौन्दर्य पर मुग्ध करना होगा, उसे राम

को ही रिझाना होगा। वह पलंग से उठ बैठी। वह स्वयं चकित थी कि काम से तपते हुए उसके शरीर में उसका मन कैसा अवश और निरीह हुआ बैठा था। इससे पहले एक ही बार उसका मन ऐसा हुआ था–विद्युज्जिह्व के सम्मुख। किन्तु तब शूर्पणखा मुग्धा किशोरी थी। तब उसे न प्रेम का अनुभव था, न काम का, न स्त्री-पुरुष-सम्बन्ध का। उसने तब तक किसी अन्य पुरुष को जाना ही नहीं था।...किन्तु अब स्थिति कितनी भिन्न थी! स्त्री-पुरुष सम्बन्धों को उससे अधिक कोई और क्या जानेगा। किन्तु इन सम्बन्धों में उसने प्रेम का शब्द तक कभी नहीं आने दिया। उसे न स्वयं कोई भ्रान्ति थी, न उसने किसी को यह भ्रान्ति होने दी–नारी-पुरुष-सम्बन्ध उसके लिए निर्भ्रान्त रूप से काम-सम्बन्ध थे...पर क्या राम से भी वह केवल काम-सम्बन्ध ही चाहती है?...शूर्पणखा का मन उसे निश्चित उत्तर नहीं दे रहा था।

वह उठकर दर्पण के सम्मुख आ बैठी। दीपक के धुंधले प्रकाश में वह अपने प्रतिबिम्ब को निहारती रही।...राम उसे तब मिला जब उसके चेहरे पर काल-रथ अपने चिह्न अंकित कर चुका था...नयनों के नीचे काले अर्धवृत्त घिर आए थे, उभरे हुए कोमल और चिकने कपोल, ढलककर रुक्ष हो चुके थे।...क्या नहीं था शूर्पणखा के पास? रूप-रंग, यौवन-मादकता, धन-सम्पत्ति, दास-दासियां, रथ-घोड़े, सत्ता-अधिकार, सेना-शक्ति...वह सम्राट रावण की बहन थी–शूर्पणखा। किन्तु, उसका पहला प्रेम उसके अपने भाई के ही द्वारा वध्य घोषित किया गया। क्षति-पूर्ति के रूप में भाई ने उसे अपार वैभव तथा सत्ता दी। शूर्पणखा राक्षस-साम्राज्य की राजकुमारी भी थी और जनस्थान की स्वामिनी भी...किन्तु कैसी लुटी बैठी है वह! कितनी अकेली, खंडहरों पर मंडरानेवाली किसी प्रेतात्मा के समान?...स्वामिनी शूर्पणखा के पास एक भी ऐसा व्यक्ति नहीं, जिसके सम्मुख वह अपना मन खोलकर रख सके। न दास, न दासी, न मित्र, न बन्धु, न प्रेमी, न पति...शूर्पणखा से अधिक निर्धन और असहाय और कौन होगा? किन्तु आज उसने उस व्यक्ति को देखा, जिसको पाकर वह सचमुच महारानी हो जाएगी। किन्तु अब क्या है उसके पास, राम जैसे पुरुष को रिझाने के लिए? यह शरीर, जो खंडहर हो चुका है?...धन-सम्पत्ति, मणि-माणिक्य–जिन्हें त्यागकर वह तपस्वी बना बैठा है...।

शूर्पणखा की इच्छा हुई, वह अपना सिर दर्पण पर दे मारे और दर्पण के साथ-साथ अपने सिर के भी टुकड़े कर ले। या फिर अपने ही हाथों अपने चेहरे को पीट-पीटकर सपाट कर दे, अपने सिर के बाल नोंच ले और शरीर की बोटियां-बोटियां कर दे...ऐसी हताश तो शूर्पणखा कभी नहीं हुई थी।

वह पुनः पलंग पर औंधी जा गिरी और बड़ी देर तक तकिए में अपने नाखून गड़ाए, पड़ी रोती रही। चुपचाप पड़े, रोते हुए कुछ समय हो गया, तो शूर्पणखा को लगा कि उसका मन कुछ हल्का हो गया है। और उसकी हताशा भी छीज गई है। कामना पुष्ट हो गई है और मन हठ पकड़ता जा रहा है। उसकी उग्रता लौट रही है और शरीर कर्म के लिए उद्यत हो रहा है...दर्द-भरा एक वाक्य बार-बार उसके मन में गूंज रहा था, "मैं शूर्पणखा हूं–जनस्थान की स्वामिनी और रावण की बहन।

मैं चाहूं तो मुझे क्या नहीं मिल सकता..." कल प्रातः ही वह सर्वाधिक तीव्रगामी रथों को लंका भेज देगी। दो दिनों के भीतर लंका के सर्वश्रेष्ठ वैद्य जनस्थान में पहुंच जाएंगे। वैद्यों के आसवों से; चाहे अस्थायी रूप से ही सही, शूर्पणखा के मांस को उसकी हड्डियों से चिपक जाना होगा। उसके यौवन को लौटना होगा। वह लंका के उत्तमतम प्रसाधन-कर्मियों को बुलाएगी, सर्वश्रेष्ठ वस्त्र आएंगे, लेप, आसव, चूर्ण, सुगन्ध...संसार के सर्वश्रेष्ठ शृंगारसाधनों को वह जनस्थान में एकत्रित कर देगी ...यह सत्ता, शासन, धन-वैभव किस दिन के लिए हैं? यदि वह अपना इच्छित पुरुष प्राप्त नहीं कर

सकती, तो इस साम्राज्य का क्या करना है?...राम उसे मिलना ही चाहिए, चाहे उसके लिए सारा राक्षस-साम्राज्य ध्वस्त हो जाए...शूर्पणखा राम को पाए बिना नहीं मानेगी।...

प्रातः आंखें खुलते ही शूर्पणखा ने दूषण को बुलवा भेजा।

दूषण ने आने में विलम्ब नहीं किया। उसने देखा, आज की शूर्पणखा अन्य दिनों से सर्वथा भिन्न थी, अन्यथा सम्भव नहीं था कि कोई भी व्यक्ति, चाहे वह स्वयं, खर अथवा रावण ही क्यों न हो, शूर्पणखा को उसके प्रसाधन से पूर्व देख सके। सारा प्रासाद जानता था कि प्रातः शूर्पणखा का पहला कार्य प्रसाधन और केश-विन्यास है। संसार के और सारे कार्य चाहे रुक जाएं, यह कार्य नहीं रुक सकता था।...किन्तु आज न तो शूर्पणखा ने प्रसाधन कर रखा था, न रात के पहने हुए वस्त्र ही बदले थे। यही नहीं, लगता था कि उसने रात को सोने से पूर्व भी वस्त्र नहीं बदले थे...।

"क्या आदेश है, भगिनी-भर्तृदारिके?"

शूर्पणखा बोली नहीं, उसे ध्यान से देखती रही, "कुछ उद्विग्न हो, भ्राता सेनापति?"

"हां बहन! रात कुछ ऐसा ही घटित हो गया," वह सायास हंसा, "पर तुम अपनी बात कहो। वह सब तो होता ही रहता है।"

शूर्पणखा ने भी विशेष आग्रह नहीं किया। बोली, "अपनी सेना के तीव्रतम रथों और सारथियों को तुरन्त लंका भेज दो। वे लोग कम-से-कम समय में लंका के शृंगार-वैद्यों, अन्य शृंगार-कर्मी-कलाकारों, श्रेष्ठतम वस्त्रों तथा प्रसाधनों को यहां उपस्थित करें। मैं कल सन्ध्या तक का समय दे सकती हूं। परसों सूर्योदय के बाद लौटनेवाले सारथियों को तत्काल किसी भी वृक्ष के साथ लटका दिया जाए।"

दूषण की उद्विग्नता कुछ मुखर होकर उसके चेहरे पर लौट आई। वह अपने स्थान पर बैठा नहीं रह सका। खड़ा होकर बोला, "बहन! रुष्ट न होना। किन्तु इस समय यह सर्वथा असम्भव है।"

शूर्पणखा ने उसे सर्वथा उष्णताशून्य दृष्टि से देखा, "तुम जानते हो, शूर्पणखा की अवज्ञा का दंड क्या होता है? अपराधी चाहे सेनापति दूषण ही क्यों न हो।"

दूषण चुपचाप शूर्पणखा को देखता रहा। वह कह चुकी तो धीरे से बोला, "थोड़ी देर शान्त मन से मेरी बात सुन लो, फिर जो मन में आए वैसी आज्ञा दे देना।"

शूर्पणखा को मन-संसार से निकलना पड़ा, "क्या बात है?"

"कल यहां एक बहुत बड़ी दुर्घटना हो गई है," दूषण बोला, "हमारे तीन गुल्म कल आसपास के ग्रामों में लूट-मार के विचार से गए थे।" उसने क्षण-भर शूर्पणखा को देखा, "यह कोई नई बात नहीं है। तुम जानती हो कि ऐसा होता ही रहता है। आसपास के ग्रामों तथा आश्रमों के लोग इतने असुरक्षित तथा निर्बल हैं कि हमारे सैनिकों और सेनानायकों का मन, उनको मारने और लूट लेने के लिए ललचाता..."

"दुर्घटना की बात करो।" शूर्पणखा ने स्पष्ट अवज्ञा से कहा।

"हां!" दूषण सावधान होकर बोला, "वे लोग लूट-मार के लिए गए थे। सदा के समान वे लोग गांव के पास गए। गांव के भीतर गए। कुछेक घरों को लूटा भी और एक घर को आग लगाई। तभी सहसा झुंड-के-झुंड ग्रामीण उन लोगों पर टूट पड़े। आश्चर्य की बात तो यह भी थी, क्योंकि ये ही ग्रामीण हमारे सैनिकों के आने का समाचार सुनते ही अपने घरों और स्त्रियों-बच्चों तक को छोड़कर भाग जाया करते थे किन्तु उससे भी बड़े आश्चर्य की बात यह थी कि ये सारे-के-सारे ग्रामीण शस्त्र थे। उनके पास फरसा, खड्ग अथवा शूल जैसे साधारण शस्त्र तो थे ही, अनेक लोगों के पास

धनुष-बाण भी थे, जिसका प्रयोग उन्होंने अत्यन्त कौशलपूर्वक किया। परिणामतः हमारे अनेक सैनिक वहीं धराशायी हो गए और शेष भाग खड़े हुए। ग्रामीणों ने भागनेवालों का पीछा किया और उनमें से अनेक को घायल कर दिया," आगे बोलने के लिए दूषण ने लम्बी सांस ली, "लगता यही है कि राम इन समस्त ग्रामीणों को शस्त्र-शिक्षा ही नहीं दे रहा, उन्हें शस्त्र बनाने की विधि भी सिखा रहा है। जो धनुष-बाण केवल राक्षसों के पास हुआ करते थे, अब भीलों और वानरों के हाथों में भी दिखाई पड़ने लगे...हमें राम को समाप्त करना ही..."

"इस दुर्घटना का मेरी आज्ञा से क्या सम्बन्ध है, भ्राता सेनापते?" शूर्पणखा वक्र स्वर में बोली।

"सम्बन्ध है, बहन! बहुत गम्भीर सम्बन्ध है," दूषण अचकचाया, "लंका की बात और है, पर तुम जानती हो कि जनस्थान में हमारे पास रथ अधिक नहीं हैं, और जैसे तीव्रगामी रथ तुम चाहती हो, पैसे तो दो या तीन ही हैं। हम वे तीनों रथ लंका भेज रहे हैं, ताकि वहां से शीघ्रातिशीघ्र शल्यचिकित्सक, औषधियां तथा कुछ दिव्यास्त्र मंगाए जा सकें। हमें अपने घायलों के प्राणों की रक्षा भी करनी है और ग्रामीणों तथा इस राम को पाठ भी पढ़ाना है। यदि तुम्हारी आज्ञा के अनुसार, उन रथों में शृंगारकर्मी सुन्दरियां मंगा ली गईं तो हमारे आहत सैनिक, शल्य-चिकित्सा के अभाव में, मृत्यु को प्राप्त हो जाएंगे।'

मैंने सब-कुछ सुन लिया, दूषण!" शूर्पणखा शुष्क स्वर में बोली, "मैंने पहली बार जाना कि सैनिकों के प्राण तुम्हारे लिए इतने महत्त्वपूर्ण हैं। उनके प्राण बचाने में मुझे कोई आपत्ति नहीं है, किन्तु मेरी आज्ञा वही है। तीव्रगामी रथों को तत्काल लंका भेजा जाए। उनमें जो व्यक्ति और सामान मैंने कहा है, मंगाया जाए। इसके पश्चात अपनी इच्छानुसार तुम उन रथों को जहां चाहो, भेज देना और जो इच्छा हो मंगवाना या लंका से अन्य तीव्रगामी रथ प्राप्त कर, उनमें अपनी आकांक्ष्य वस्तुएं मंगवा लो–किन्तु मेरे काम में विलम्ब न हो," शूर्पणखा के दांत भिंच गए, "मेरी दी हुई समय-सीमा का अतिक्रमण न हो। जाओ!"

दूषण भौंचक-सा बैठा हुआ शूर्पणखा को देखता रहा, किन्तु उसकी भंगिमा देख, कुछ और कहने का साहस उसे नहीं हुआ। उठा और अभिवादन कर चुपचाप चला गया।

शूर्पणखा पुनः अपनी उलझनों में लौट आई। अगले दिन की सन्ध्या तक...न सही सन्ध्या...रात्रि तक यदि लंका से शृंगारकर्मी कलाकार और प्रसाधन का सामान आ जाए, तो वह परसों प्रातः से ही शृंगार करवाना आरम्भ कर देगी। अपराह्न तक वह अपनी इच्छानुसार सज्जित होकर राम से मिलने जा सकेगी। लंका के शृंगारकर्मियों की सहायता के पश्चात उसे राम के सम्मुख जाने में कोई संकोच नहीं होना चाहिए। और राम कैसा भी गर्विष्ठ पुरुष क्यों न हो, शूर्पणखा की अवहेलना वह कर नहीं पाएगा।

किन्तु अभी तो दो दिन और हैं। इन दो दिनों में उसका क्या होगा? ये दो दिन वह बिना राम के कैसे बिताएगी? अभी तो पिछली सारी रात उसने बार-बार ऐंठते हुए अपने शरीर से लड़ते-लड़ते बिताई है। रात को भोजन भी नहीं किया...वह दो दिनों की लम्बी अवधि तक बिना राम के नहीं रह सकती...उसे राम को देखने जाना ही होगा, चाहे वह स्वयं को राम के सम्मुख प्रकट न करे...

"द्वार पर कौन है?"

रक्षिका भीतर आई, "स्वामिनी!"

"वज्रा को भेज। उससे कह, कोई दक्ष केश-सज्जक उसकी दृष्टि में हो तो उसे भी बुला ले।"

वज्रा को आने में अधिक समय नहीं लगा। वह अपनी सहयोगिनियों के साथ आई थी। उसने विभिन्न तापमानों के, विभिन्न सुगन्धियों से पूरित जलों से शूर्पणखा को स्नान करवाया। शरीर पर अनेक प्रकार के द्रव्यों का लेप कर, उन्हें घर्षण से शरीर में खपाने का प्रयत्न किया; और शूर्पणखा जब उसके प्रयत्नों से सन्तुष्ट दिखी, तो वज्रा धीरे से बोली, "स्वामिनी असन्तुष्ट न हों तो निवेदन करूं कि शारीरिक सौन्दर्य को बनाए रखने के लिए पौष्टिक भोजन भी अनिवार्य होता है। आपने कल रात भी भोजन नहीं किया और प्रातः से भी..."

शूर्पणखा प्रसन्नतापूर्वक हंसी, "बहुत चतुर हो, वज्रा! मणि कार्य-कुशल अवश्य थी, किन्तु चतुर नहीं थी...अच्छा, किसी को भेजकर खाने के लिए कुछ मंगवा ले। क्या मंगवाएगी? फलों को मद्य और थोड़ा सा भुना हुआ मांस मंगवा ले।"

वज्रा के सिर का बोझ हट गया, "स्वामिनी की अनुकम्पा है कि दासी की प्रार्थना स्वीकार की।"

शूर्पणखा का शृंगार चल रहा था और बीच-बीच में दासियां उसके सम्मुख मांस के छोटे-छोटे खंड और मद्यपात्र प्रस्तुत कर रही थीं कि रक्षिका ने खर के आने का समाचार दिया।

दासियां सम्भ्रम से उठ खड़ी हुईं, किन्तु शूर्पणखा अपने स्थान से तनिक भी नहीं हिली। उसने दासियों को भी बैठने का संकेत किया, "तुम लोग अपना काम करती रहो," वह रक्षिका की ओर मुड़ी, "भेज दो!"

खर आया तो उसने यह अद्‍भुत दृश्य देखा–शूर्पणखा ने न पूरे वस्त्र पहन रखे थे, न केश-विन्यास ही पूरा हुआ था, न प्रसाधन। अनेक दासियां अपने-अपने भाग का कार्य कर रही थीं और शूर्पणखा बीच-बीच में प्रस्तुत खाद्य और पेय स्वीकार करती हुई शृंगार करवा रही थी।

"कोई विशेष आयोजन है?" खर मुस्कुराया।

"शूर्पणखा का प्रत्येक आयोजन विशेष ही होता है," शूर्पणखा पूर्णतः सहज थी, "आने का प्रयोजन कहो।"

खर को जैसा शूर्पणखा के शब्दों ने झंझोड़कर सजग किया। बोला, "अभी-अभी सेनापति दूषण ने सूचना दी है कि तुम जनस्थान के सर्वश्रेष्ठ रथों को लंका भेजकर अपने लिए कुछ मंगवाना चाहती हो।"

"हां, इसमें कुछ असाधारण है क्या? क्या मैं अपने अधिकार का अतिक्रमण कर रही हूं?"

"नहीं, शूर्पणखा!" खर शान्त स्वर में बोला, "हमारे सामने कुछ असाधारण सैनिक परिस्थितियां आ गई हैं। हम केवल यह निवेदन करना चाहते हैं कि तुम दो-तीन दिन का समय हमें दो।"

"स्थितियां मेरे सामने भी बड़ी असाधारण हैं," शूर्पणखा तिक्त मुस्कान के साथ बोली, "मैं एक क्षण भी नहीं खो सकती।" और सहसा उसका स्वर रुक्ष और रुष्ट हो गया, "मुझे बताया जाए कि अब तक मेरे आदेश का पालन क्यों नहीं हुआ? अब तक रथों को लंका क्यों नहीं भेजा गया? क्या बुद्धिमान खर को भी स्मरण कराना होगा कि शूर्पणखा की अवज्ञा का अर्थ क्या होता है?"

"नहीं, बहन! अवज्ञा की बात नहीं है," खर शूर्पणखा के स्वर में निहित संकेतों से सिहर उठा, "तुम कदाचित इस तथ्य से अवगत नहीं हो कि जटायु ने इस बार एक भयंकर व्यक्ति को अपने पास टिका लिया है। आरम्भ में हमने उसे कोई महत्त्व नहीं दिया, किन्तु उसका अस्तित्व क्रमशः हमारे लिए संकटपूर्ण होता जा रहा है। पंचवटी और जनस्थान के ढेले और कंकड़ भी सैनिक प्रशिक्षण प्राप्त

कर रहे हैं। ऐसी स्थिति में हमारे लिए अपने सैनिकों का जीवन बहुत मूल्यवान हो गया है; अन्यथा तुम्हारे मुख से शब्द उच्चरित होते ही उसका पालन आरम्भ हो जाता है–तुम जानती ही हो।"

"तुम क्या चाहते हो?"

"अभी कुछ दिनों के लिए तीव्रगामी सैनिक रथों को, सैनिक प्रयोजनों में ही नियोजित रहने दो!"

"कब तक?"

"राम के वध तक।"

शूर्पणखा की आंखें उठीं तो खर को लगा, उनकी धधकती ज्वाला उसे नष्ट कर डालेगी, "पहले मेरे आदेश का पालन किया जाए।" उसने सीधे खर की आंखों में देखा, "मेरी स्पष्ट आज्ञा है कि अभी राम पर आक्रमण न किया जाए।"

"बहन! इसमें हस्तक्षेप मत करो, यह सैनिक विषय है।"

"सैनिक विषयों को भी शूर्पणखा भी प्रकार समझती है," शूर्पणखा का स्वर उग्र तथा रुक्ष था, "रावण से कुछ धन प्राप्त करने के लिए झूठे युद्धों का नाटक बन्द किया जाए।"

"क्या कहती हो, शूर्पणखे!" खर आवेश से बोला, "तुम अपने भाई पर अरोप लगा रही हो! यह झूठे युद्धों का नाटक नहीं है, राक्षसों की सत्ता के अस्तित्व का प्रश्न है। राम को तनिक समय और दिया गया, तो अपने पैर इस प्रकार जमा लेगा कि उखाड़ना असम्भव हो जाएगा। तुम नहीं जानतीं, वह अत्यन्त भयंकर व्यक्ति है।"

"वह भयंकर नहीं, अत्यन्त सुन्दर व्यक्ति है–सुदर्शन।"

खर की आंखों में सन्देह उतरा, "तुमने उसे देखा है?"

"नहीं," शूर्पणखा सावधान हो गई, "सुना है। सम्भव है, वह भयंकर भी हो–मुझे उससे क्या? ...जाओ! मेरी आज्ञा का पालन करो। रथों को भेजकर लंका से मेरी आवश्यक वस्तुएं मंगवाओ। अपनी सैनिक स्थिति को अधिक समर्थ बनाओ, किन्तु मेरी अनुमति के बिना कहीं कोई आक्रमण मत करना। यह मेरा निश्वित आदेश है।"

खर अनिश्चित-सी दृष्टि से उसे देखता रहा और फिर असहायता में अपने हाथ झटककर बाहर चला गया।

अगले दो दिन शूर्पणखा के लिए अत्यन्त व्याकुलता भरे थे। मन था कि राम को देखे बिना नहीं मानता था; और राम के सम्मुख जाने के लिए विशेषकर पहले साक्षात्कार के लिए जैसा शृंगार वह चाहती थी, वैसा वज्रा और उसकी सहयोगिनियों के लिए सम्भव नहीं था...।

किन्तु उससे रुका नहीं गया। जैसा भी सम्भव हुआ, वह वैसा ही शृंगार कर, राम के आश्रम के आसपास मंडराती रही। पहले तो बहुत समय तक राम आश्रम से बाहर नहीं निकले। शूर्पणखा का मन हताश होने लगा तो उसे राम, ग्रामीणों और ब्रह्मचारियों के छोटे से दल के साथ बाहर से आते दिखाई दिए। अब शूर्पणखा के लिए, राम के सम्मुख प्रकट होने से स्वयं को रोकना कठिन हो गया। एक व्यक्ति कुछ करना चाहे, और दूसरा उसें रोके–यह बात शूर्पणखा की समझ में आती थी; किन्तु स्वयं ही मन राम के वक्ष से लग जाना चाहे, स्वयं ही उसे अपनी बांहों में भींच लेना चाहे; और फिर स्वयं ही स्वयं को रोकता भी रहे–यह क्या प्रक्रिया हुई। स्वयं ही ठेले और स्वयं ही रोके...।

शूर्पणखा ने स्वयं को संभाल लिया। जब तक तैयारी पूरी न हो, आक्रमण नहीं करना चाहिए–उसने स्वयं को समझाया। दो दिन से भी कम का समय है; फिर वह अपने सौन्दर्यास्त्र का भरपूर प्रहार

राम के वक्ष पर करेगी। राम के सारे दिव्यास्त्र धरे-के-धरे रह जाएंगे।...तब तक क्या इतना पर्याप्त नहीं है कि वह राम के आसपास बनी रहे–उसे देखती रहे, उसका स्वर सुनती रहे...।

शूर्पणखा ने भरपूर आश्चर्य से, जीवन में पहली बार के अपने इस विकट संयम को देखा। पहले तो उसने कभी स्वयं को इस प्रकार अनुशासित नहीं किया था–किन्तु पहले कभी उसके सम्मुख ऐसा पुरुष भी तो नहीं आया था, जिसके न मिलने पर प्राण निकल जाने की आशंका हो...।

राम आज वन तक नहीं आए। वे अपने दल सहित आश्रम के टीले से नीचे उतरकर अन्य चट्टानों और ढूहों के पीछे ही कहीं रुक गए। कुछ देर प्रतीक्षा कर, शूर्पणखा इस निष्कर्ष पर पहुंची कि कदाचित वे लोग और आगे तक नहीं आएंगे। वह स्वयं ही छिपती-छिपाती आगे बढ़ी।...राम का स्वर सुनते ही वह रुक गई। वे आसपास के किसी ढूह के पीछे थे और अपने साथियों को युद्ध की स्थिति में इन ढूहों का महत्त्व समझा रहे थे।

"तुम्हें अपने साथियों के साथ ऐसा स्थान खोजना है, मुखर!" वे कह रहे थे, "जहां से तुम तो अपने लक्ष्य को देख सको, किन्तु वह तुम्हें न देख सके।"

शूर्पणखा मुस्कुराई, "ठीक कह रहे हो, ऐसा ही स्थान खोजना चाहिए, जहां से अपना लक्ष्य देख सकूं और तुम मुझे न देख सको।"

"समझ गए?" राम कह रहे थे, "अब लक्ष्य तुम्हारे सामने है; किन्तु उसे तुम्हारे अस्तित्व का आभास भी नहीं है। वह तुम्हारे प्रहार-क्षेत्र में है और उसका कोई क्षेत्र ही नहीं है। ऐसे में तुम्हें उतावली नहीं करनी चाहिए। उसके निकट आने की धैर्यपूर्वक प्रतीक्षा करो। उसे वहां तक आने दो, जहां तक तुम चाहते हो। तुम अपनी तैयारी पूरी करो। जब स्थिति यह हो कि वह न लौट सके, न तुम्हारे हाथ से निकल सके, तब स्वयं को प्रकट करो, और पूरी निष्ठा से लक्ष्य बेध करो...।"

शूर्पणखा पुनः मुस्कुराई, "अच्छा प्रेममन्त्र दे रहे हो, प्रियतम! तुम्हारा आदेश पूर्णतः मानूंगी। तुम्हें वहां तक आने दूंगी, जहां तक चाहती हूं। तुम्हें देखती रहूंगी, और तुम्हें मेरे अस्तित्व का आभास तक नहीं होगा। मैं अपनी पूरी तैयारी करूंगी। अपने यौवन, रूप, सौन्दर्य और काम के तीक्ष्ण शस्त्रास्त्रो से सज्जित, तब तक धैर्य से बैठी रहूंगी, जब तक तुम वहां तक न आ जाओ, जहां से न तुम्हारा लौटना सम्भव हो, और न मेरा तिरस्कार करना; और पूरी निष्ठा से अपना लक्ष्यबेध करूंगी...मैं पूरी तरह तुम्हारी आज्ञा का पालन करूंगी...पूर्णतः..."

शूर्पणखा एक दक्ष बिल्ली के समान पैर दबाए, इधर-से-उधर घूमती रही और अन्ततः उसने ऐसा स्थान खोज ही लिया, जहां से बिना स्वयं को प्रकट किए हुए, वह निश्चिन्त होकर राम को देख सकती थी। किन्तु फिर भी उसका निरन्तर सतर्क रहना बहुत आवश्यक था। राम के दल के लोग आसपास घूम रहे थे; धनुर्विद्या का अभ्यास कर रहे थे; लक्ष्य-सन्धान कर रहे थे। उनमें से किसी की भी दृष्टि उस पर पड़ गई, तो वह अपनी वेशभूषा से ही तत्काल पहचान ली जाएगी।...'बुरी फंसी शूर्पणखा तू...'उसने सोचा। यह भी क्या अपने प्रियतम के सम्मुख जाने का ढंग हुआ कि उसके साथी उसे पकड़, हाथ-पैर बांध, घसीटते हुए ले जाएं और राम के सम्मुख पटक दें और कहें, 'यह राक्षसी यहां छिपी बैठी हमारी गतिविधियों की टोह ले रही थी।' कहां वह राम के सामने ऐसे रूप में जाना चाहती है कि उसकी एक झलक देख राम स्तब्ध खड़े रह जाएं; और कहां वह इस रूप में प्रस्तुत की जाए कि केश बिखरे हों, घसीटे जाने के कारण वस्त्र मैले और फटे हुए हों, शरीर स्थान-स्थान से छिला हुआ हो। स्वेद-धूल-मिट्टी और रक्त से सनी, अपराधिनी बनी, ढलते यौवन की एक महिला–राम के मन पर क्या प्रभाव डालेगी?...शूर्पणखा का मन कांप उठा–यह उसने क्या किया?

...किन्तु वह क्या करे? राम के बिना, अब जनस्थान उसे काटने लगता है। राम को न देखे तो उसके मन में हिंसा, विनाश और क्रूरता की आंधियां चलने लगती हैं। यहां सामने राम हैं–जोखिम है तो हो!–राम को देखते ही कैसी अवश हो जाती है शूर्पणखा। शरीर की बोटी-बोटी फुंकने लगती है। वक्ष जैसे फटने-फटने को हो जाता है; और शरीर की वह ऐंठन–राम अपने साथियों को शस्त्राभ्यास कराते रहे और शूर्पणखा कभी राम पर मुग्ध होती रही, कभी उन लोगों पर क्षुब्ध होती रही, जो राम को घेरे हुए थे, और जिनके कारण वह राम से दूर रहने को बाध्य थी। वह एक क्षण राम के शस्त्र-कौशल को देख-देखकर रीझती और दूसरे ही क्षण आशंकित हो कांप उठती–यदि राम उसके अनुकूल न हुआ तो? यदि राम ने उसका तिरस्कार किया तो?

सन्ध्या बीती और राम अपने दल के साथ आश्रम में चले गए तो शूर्पणखा जैसे स्वप्न से जागी। वह भी जल्दी-जल्दी घाट पर आई और नाव से नदी पार कर, रथ में जा बैठी। किन्तु उसका मन इस समय दूसरी दिशा में चल रहा था। उसके भीतर की स्त्री जैसे सो गई थी और जनस्थान की स्वामिनी तथा राक्षसी सेना की अधिनायिका जाग उठी–आज उसने जो कुछ देखा, वह क्या था? वन और ग्रामों के सामान्य लोग, जिन्हें राक्षसों ने आज तक अपना भोजन मात्र माना था, जिनके अस्तित्व को वनस्पति से अधिक महत्त्व कभी नहीं दिया गया–वे न केवल जाग उठे थे, वरन सन्नद्ध होकर खड़े थे। उनके हाथों में शस्त्र थे और वे लाघवपूर्वक उनका संचालन कर रहे थे। वे रणनीति सीख रहे थे। अपने से बहुत अधिक संख्या में आई हुई, शक्ति में बहुत बढ़ी-चढ़ी सेना से प्रभावकारी ढंग से असम्मुख, गुप्त युद्ध करना सीख रहे थे...और उनका नेता था, राम। रण-विद्या-विशारद राम!...शूर्पणखा की चेतना में राम का रूप छा गया। राम की मुस्कान ने उसके मस्तिष्क को पूर्णतः आच्छादित कर लिया। वह बैठी, मुग्ध भाव से, अपनी कल्पना में खड़े राम को देखती रही।

किन्तु क्रमशः वह उससे उबरी।...यदि राम को और अधिक समय मिला–खर ने ठीक ही कहा था–तो राम यहां ऐसा जम जाएगा कि उसे उखाड़ना असम्भव हो जाएगा...और संघर्ष की स्थिति में सम्भव है कि राम राक्षसों की सेना को पराजित कर दे। जनस्थान में खड़े किए गए प्रासादों को वह धूल-धूसरित कर दे, स्कन्धावार को अग्निसात कर दे...।

शूर्पणखा ने अपने सिर को झटका दिया...यदि ऐसी सम्भावना है, तो वह यह कौन सा खेल खेल रही है? उसे तत्काल रावण को सूचित करना चाहिए। और सेना, अधिक सेनानायक और शस्त्रास्त्र मंगवाने चाहिए। जनस्थान में अपनी स्थिति दृढ़ करनी चाहिए; और राम के आश्रम पर आक्रमण...रथ रुक गया।

शूर्पणखा अपने कक्ष में आई। वह आसन पर सीधी बैठ गई।

"परिधान परिवर्तन करो," उसने आदेश दिया, "और भोजन तैयार रखने का सन्देश भिजवा दो।" उसके मस्तिष्क की चिन्तन-प्रक्रिया फिर चल पड़ी...राम के आश्रम पर तत्काल आक्रमण किया जाए। समस्त कुटीरों को अग्निसात कर दिया जाए। एक-एक आश्रमवासी को खड्ग की धार का स्वाद चखाया जाए और राम...उसकी कल्पना में राम का आज का रूप आकर खड़ा हो गया...चंचल, युद्ध-कुशल और सुन्दर...शूर्पणखा को लगा, उसके हाथ का खड्ग गिर गया है, और वह राम की धनुष-बाण युक्त भुजाओं में जा समाई है।

वह भोजन-कक्ष में आई। क्या करे शूर्पणखा! वह किसी निर्णय पर पहुंच नहीं पा रही थी। जिस ढंग से सोचती थी, अन्त में पराजित हो जाती थी, न एक मार्ग से अपने गन्तव्य तक पहुंच पाती थी, न दूसरे मार्ग से।

"भूल हुई, स्वामिनी!" परिचारिका अत्यन्त नम्र स्वर में बोली, "किन्तु इधर स्वामिनी का भोजन बहुत कम हो गया है। दासी की पाककला में कोई दूषण..."

"नहीं, भोजन नहीं करने के अन्य कारण हैं।"

शूर्पणखा, राम के आश्रम के सम्मुख, वन में अपने स्थान पर आ छिपी। किन्तु आज स्थिति कुछ भिन्न थी। सन्ध्या के समय तक वन में लोगों का आवागमन कम हो जाता है। प्रकाश क्रमशः क्षीण हो रहा होता है। किन्तु इस समय तो सूर्य उत्थान की ओर था। प्रकाश प्रखर होगा और लोगों के आवागमन में वृद्धि होगी...किसी की दृष्टि उस पर पड़ गई तो स्थिति बिगड़ जाएगी। उसे अधिक सावधान रहना होगा।

वह आंखें गड़ाए बैठी रही; किन्तु आश्रम में से न कोई निकला और न कोई भीतर गया यद्यपि आश्रम की गतिविधियों की विभिन्न छोटी-बड़ी ध्वनियां यहां तक आ रही थीं। क्रमशः शूर्पणखा के मन में पश्चात्ताप अंकुरित होने लगा–व्यर्थ ही वह इस समय चली आई। आवश्यक तो नहीं कि राम दिन-भर आश्रम के बाहर, निकट के वनों में इसलिए मंडराता रहे कि शूर्पणखा छिप-छिपकर उसे देख सके...सम्भवतः वे लोग इस समय और कोई कार्य करते हों...।

तभी एक टोली आश्रम से बाहर निकली। उसे लगा, टोली के आगे राम ही था। वैसा ही आकार-प्रकार, वैसे ही हाव-भाव, वैसी ही मुद्रा और भंगिमा...किन्तु, फिर भी वह इतना भिन्न क्यों लग रहा है? या दूर से शूर्पणखा को देखने में कठिनाई हो रही है?...आज तक तो पुरुषों को दूर से ही पहचान लेने में उसे कोई कठिनाई नहीं होती...फिर राम इतना भिन्न क्यों लग रहा है?...

वे लोग कुछ और निकट आए। शूर्पणखा ने ध्यान से देखा–राम का वर्ण आज गौर लग रहा था, ऊंचाई भी कुछ कम थी, और वह कुछ दुबला भी लग रहा था...पर रात-भर में उसे यह क्या हो गया?...शूर्पणखा नें अपनी आंखें मलीं...वह राम नहीं था। निश्चित रूप से वह राम नहीं था, पर था राम जैसा ही। गौर वर्ण का गठा हुआ पुष्ट शरीर। लगभग राम जैसा ही चेहरा; किन्तु अधरों पर मोहक मुस्कान के स्थान पर उग्र वक्रता थी। आंखों में आक्रामकता थी। वय भी कम थी। राम से प्रायः दस वर्ष कम। तरुण सिंह के समान चलता हुआ कितना सुन्दर लगता था...वैसी ही जटाएं, वैसा ही धनुष-बाण...शूर्पणखा का तन तपने लगा। कौन है यह? इस आश्रम में कैसे-कैसे पुरुष भरे पड़े हैं; और शूर्पणखा लंका तथा उरपुर पर दृष्टि गड़ाए बैठी रही...।

किन्तु यह है कौन? राम का भाई? यह राम भी क्या अपने सारे कुटुम्ब को वन में ले आया? कितने भाई हैं इसके? क्या सब ऐसे ही सुन्दर हैं? टोली समीप से निकली। वे लोग जल-परिवहन और नौकाओं सम्बन्धी वार्तालाप कर रहे थे। शूर्पणखा भी पेड़ों की आड़ में, कुछ दूरी पर चल पड़ी। सहसा उनमें से एक व्यक्ति रुक गया।

"क्या हुआ, मुखर?" राम जैसे सुन्दर पुरुष ने पूछा।

"तुम्हें नहीं लगा, सौमित्र!" मुखर ने उत्तर दिया, "यहां की गन्ध कुछ बदली हुई है। इधर पेड़ों के पीछे कोई नया पुष्प खिला लगता है।"

शूर्पणखा धक रह गई। उसे उनके इतने निकट नहीं आना चाहिए था। आज जल्दी में सुगन्धित द्रव कुछ अधिक पड़ गया लगता था...।

"खिला होगा," सौमित्र बोला, "पहले नाव और नदी। पुष्प की बात फिर देखी जाएगी।"

"मैं अपनी घ्राण-शक्ति का क्या करूं?" मुखर बोला, "कोई गन्ध हो, तत्काल मेरे मस्तिष्क में चढ़ जाती है।"

शूर्पणखा ने उन्हें आगे निकल जाने दिया। इनसे दूरी पर रहना ही उचित है। यह मुखर वही व्यक्ति लगता है, जिसे राम कल गुप्त-युद्ध के विषय में बता रहा था। यह अवश्य वानर जाति का होगा, तभी तो ऐसी प्राण शक्ति है। इनके पास समय होता, सौमित्र इतनी शीघ्रता में न होता और कहीं ये लोग इस नए पुष्प की खोज में निकल पड़ते...।

किन्तु यह सौमित्र भी शूर्पणखा के हृदय में धंसता जा रहा था। उसकी यह तरुणाई। शारीरिक गठन। मुखमंडल पर परिहासयुक्त वक्रता; और कैसा गोरा रंग! शूर्पणखा के शरीर की पेशियां जैसे उसे पाने के लिए ऐंठने लगीं...शिराएं टूटने की सीमा तक खिंच गईं। उसने दोनों हाथों से वक्ष को दबा लिया, "कल तक धैर्य रख।"

सौमित्र तथा मुखर की टोली वन में गोदावरी के तट पर बढ़ती जा रही थी। कदाचित वे लोग किसी स्थल-विशेष की ओर जा रहे थे। जहां वे रुके, वहां गोदावरी में शिलाएं नहीं थीं और जल कुछ गहरा था। जो शिलाएं थीं भी, वे तट पर थीं और प्राकृतिक प्राचीर का कार्य कर रही थीं।...शूर्पणखा ने कभी इस स्थान की ओर ध्यान नहीं दिया था। स्नान के लिए यह घाट किसी सरोवर के समान सुविधाजनक था।...शूर्पणखा ने आज तक यही समझा था कि उसी ने गोदावरी को गुप्त रूप से पार करने के लिए सुविधाजनक स्थान खोज निकाला है...।

सौमित्र ने तट पर पड़ी एक नाव सीधी की।...तो जल-परिवहन का ज्ञान इन्हें भी है!–शूर्पणखा ने सोचा...। नाव को उठाकर उन्होंने जल में उतारा और चप्पू लेकर उसमें जा बैठे। सौमित्र उन्हें काफ़ी देर तक कुछ समझाता रहा, कदाचित नौका-परिचालन के ही विषय में। कभी वह चप्पू की ओर संकेत करता, कभी नाव और कभी जल की ओर।...अन्त में वह स्वयं चप्पू लेकर बैठ गया और नाव चल पड़ी।

शूर्पणखा नाव को दूर तक जाते हुए देखती रही।...अब? सौमित्र तो जाने कहां चला गया था, और जाने कब लौटेगा। तब तक शूर्पणखा क्या करेगी?...सहसा उसे स्मरण आया, वह वहां राम के लिए आई थी, सौमित्र के लिए नहीं। किन्तु कैसी विचित्र बात थी कि जब तक सौमित्र सामने रहा–शूर्पणखा को राम की याद तक नहीं आई। वह पिछले तीन दिनों से राम से इतनी अभिभूत रही है कि उसे संसार की किसी अन्य वस्तु की चेतना तक नहीं थी–और सौमित्र ने आते ही राम को ऐसे भुला दिया। तो वह दोनों में से किसका वरण करेगी?

सौमित्र का रंग-रूप, बल-पौरुष, तेजस्विता-उग्रता, चंचलता...वह तरुणाई, जिसे देखते ही शूर्पणखा का मन कटकटाकर टूट पड़ना चाहता है। और राम की आंखें, राम की मोहक मुस्कान...सौमित्र में तरुणाई थी, तो राम में गम्भीरता। स्थैर्य।...शूर्पणखा के लिए चुनाव बहुत कठिन था...उन दोनों में से एक को चुनना हो, तो शूर्पणखा किसे चुने?...एक को ही चुनना हो, तो कदाचित राम को ही चुनेगी किन्तु चुनना अनिवार्य क्यों है? शूर्पणखा ने तो कभी एक-पतिव्रत जैसी कोई प्रतिज्ञा नहीं की...उसे तो दोनों की आवश्यकता है...दोनों की...। उसका मन लम्बे समय तक उल्लसित रहा–यदि वह आज प्रातः न आई होती, तो सौमित्र को न देख पाती। वह तो एक पर ही मुग्ध थी–क्या जानती थी कि मुग्ध होने के लिए और पुरुष भी हैं...।

सहसा उसे लगा, उसका उल्लास छीज रहा है। सौमित्र को गए बहुत समय हो गया;था, और

राम आश्रम से बाहर नहीं आया था। पता नहीं वह बाहर आएगा भी या नहीं, और शूर्पणखा प्रतीक्षा में यहां टंगी बैठी रहेगी–कब तक बैठी रहेगी?

अन्धकार घिर आने पर जब शूर्पणखा अपने प्रासाद में लौटी, तो बहुत हताश थी। प्रातः थोड़ी देर के लिए सौमित्र को देख पाने के सिवाय, उसका दिन-भर निरर्थक गया था और लौटते हुए वह एक के स्थान पर दो-दो पुरुषों के विरह से पीड़ित थी। विरह की यातना के कारण दिन-भर की थकान ने मिलकर, उसे पूरी तरह हताश कर दिया था...आज उसने पहली बार अनुभव किया था, कि अब उसकी वह वय नहीं रही कि वह दिन-भर बिना कुछ खाए-पिए वन के किसी वृक्ष के नीचे, अथवा समुद्र-तट की किसी शिला पर बैठी, अपने प्रेमी की प्रतीक्षा करती रहे। अब उसका शरीर हारने लगा था। वज्रा ने उसे देखा तो स्थिति समझ गई। उसने अनुमति लेने की आवश्यकता नहीं समझी। अपनी सहकर्मिणियों को संकेत किया। शूर्पणखा को संभाल उन्होंने पलंग पर लिटा दिया। एक बड़े पात्र में ठंडा जल ले, उसके पैर उसमें डुबो दिए। सिर को ऊंचा कर, तकिए के नीचे पात्र रख, केशों को भी जल में भिगो दिया। माथे पर औषधियों का लेप किया और हथेलियों की मालिश की।

शूर्पणखा का मन कुछ शान्त हुआ, तो वज्रा ने उसे एक पात्र में दूध दिया, उसे वज्रा के उपचार से इतना लाभ हो रहा था कि उसने दूध का तिरस्कार नहीं किया। दूध पीकर, शरीर में कुछ बल आया तो उसने पूछा, "लंका के श्रृंगार-वैद्यों के आने का कोई समाचार?"

"नहीं स्वामिनी! अभी तक कोई समाचार...नहीं है।"

शूर्पणखा ने मुंह फेर लिया। उसे लगा–उसकी आंखों की कोरों से अजाने ही अश्रु बहते जा रहे हैं।

"क्या बात है, स्वामिनी?"

शूर्पणखा ने उसे कुछ इस भाव से देखा जैसे वह या तो उसकी बात समझ ही नहीं रही या उसका उत्तर देना अनावश्यक है।

"स्वामिनी बहुत परेशान हैं?"

"मैं इस साम्राज्य में आग लगा दूंगी।" शूर्पणखा ने रोष और निराशा में अपने दांतों से होंठ काट लिये।

"दुखी न हों," वज्रा ने स्नेह से उसके माथे पर हाथ फेरा, "यह आपकी भूख तथा थकान के कारण है। आप थोड़ा भोजन अवश्य कर लें।"

शूर्पणखा कुछ नहीं बोली। वज्रा ने मौन को सहमति मान, एक परिचारिका को भोजन लाने के लिए भेज दिया। वह स्वयं पास बैठी सान्त्वना देती रही और बीच-बीच में उसका सिर चांपती और केश सहलाती रही; किन्तु वह उसके अश्रुओं को रोक नहीं सकी।

भोजन करा, औषधि की सहायता से वज्रा ने शूर्पणखा को सुला दिया। उसकी निद्रा के प्रति पूर्णतः आश्वस्त हो, वज्रा आज दिन-भर की घटनाओं की सूचना के लिए, खर के प्रासाद की ओर चल पड़ी।

प्रातः नींद टूटते ही शूर्पणखा ने परिचारिका से पहला प्रश्न किया, "लंका से श्रृंगार-वैद्य आए?"

"स्वामिनी अनुमति दें तो वज्रा को बुला लाऊं?" परिचारिका बोली, "उसी को सूचना होगी।" परिचारिका चली गई। शूर्पणखा के मन में पुनः पीड़ा और रोष का उदय हुआ...यदि श्रृंगार-वैद्य नहीं भी आए, तो शूर्पणखा अब और नहीं रुक सकती।

वज्रा आई, "स्वामिनी! लंका से शृंगार-वैद्य और शृंगार-कर्मी-कलाकार आधी रात को आ पहुंचे हैं। प्रसाधनों तथा रत्नाभूषणों से भरा एक पूरा रथ आया है।"

शूर्पणखा का मन कुछ शान्त हुआ। उसे अनाकर्षक रूप में राम और सौमित्र के सम्मुख नहीं जाना होगा और अब प्रतीक्षा की भी आवश्यकता नहीं है, "उन्हें बुला ला!" वह उठकर बैठ गई।

"स्वामिनी, थोड़ा धैर्य रखें," वज्रा बहुत कोमल ढंग से मुस्कुराई, "मुझे अपयश न दिलाएं। लंका के शृंगार-कर्मियों के सम्मुख जाने से पूर्व अपनी कला दिखाने का मुझे भी अवसर दें।"

वज्रा ने शूर्पणखा के रात के वस्त्र परिवर्तित करवाए। गुनगुने जल से शरीर को स्वच्छ किया और पिछले दिन के प्रसाधन के सारे अवशेष मिटा दिए। सारे आभूषण उतार लिये और वेणी को खोल, केशों को गीला कर उन्हें एकदम सीधा कर दिया।

तब लंका के शृंगार-कर्मी आए। उनके तीन दल थे। पहला दल शृंगार-वैद्यों का था। उन्होंने शूर्पणखा के शरीर का निरीक्षण किया। उसके चेहरे का वर्ण परखा, आंखों के कोए, पलकों की लालिमा देखी। नाड़ी का परीक्षण किया। जिह्वा का रंग देखा। नखों की लालिमा देखी, शरीर के विभिन्न अंगों के मांस की सुडौलता देखी और त्वचा की मसृणता का गहन परीक्षण किया। सारे निरीक्षण-परीक्षण के पश्चात उन्होंने परस्पर विचार-विमर्श किया और तब अनेक औषधियों को आवश्यक घोषित किया। वैद्यों के सहायकों ने तत्काल वे औषधियां प्रस्तुत कीं और उसी क्षण उनका शूर्पणखा को सेवन कराया गया।

दूसरा दल शृंगार-कलाकारों का था। उन्होंने शूर्पणखा के रंग, रूप, आकार इत्यादि को देख, उसके अनुरूप केश-सज्जा, वस्त्रों तथा आभूषणों का प्रस्ताव किया। तीसरा दल प्रसाधन-कर्मियों का था। उन्होंने वैद्यों और कलाकारों से सम्पूर्ण स्थिति समझ, उनके निर्देशों के अनुसार कार्य आरम्भ किया। उन्होंने शूर्पणखा को आधी घड़ी तक शुद्ध वाष्प-स्नान कराया। उसके पश्चात विभिन्न सुगन्धियों से पूरित जल से स्नान कराया। प्रसाधन औषधियों के मर्दन के पश्चात चन्दन इत्यादि का लेप हुआ। और चूर्णों इत्यादि के प्रयोग के पश्चात उनका वास्तविक कार्य आरम्भ हुआ। पैर के नखों से लेकर, सिर के केशों तक प्रत्येक अंग का, रंग तथा सुगन्ध से शृंगार हुआ। चेहरे के शृंगार का विशेष ध्यान रखा गया। अधरों का आकार, भौंहों, पलकों, बरौनियों की बनावट तथा कपोलों की चिकनाहट पर प्रसाधन-कर्मियों ने सबसे अधिक समय लगाया। केश-विन्यास से पहले केशों को धो-पोंछ-सुखाकर, कलाकारों के आयोजन के अनुसार वेणी का शृंगार किया गया और उसे पुष्पों से सुशोभित किया गया। तब वस्त्रों और आभूषणों की बारी आई। और जब तैयार हो, शूर्पणखा दर्पण के सम्मुख खड़ी हुई, तो वह स्वयं ही अपने-आप को पहचान नहीं पाई। उसका वय किसी भी प्रकार तीस वर्षों से अधिक का नहीं लग रहा था, और ऐसा सौन्दर्य सारी लंका में ढूंढ़ने पर भी नहीं मिल सकता था।

उसने शृंगार-कर्मियों को प्रशंसा की दृष्टि से देखा, "तुम लोग अपना कार्य दक्षता से कर लेते हो।...अच्छा, अब विश्राम करो," वह वज्रा की ओर मुड़ी, "इनके लिए अच्छी व्यवस्था कर देना। देखना, इन्हें कोई कष्ट न हो। और सारथी को रथ लाने के लिए कह दे।"

एक-एक कर, सब लोग बाहर चले गए। शूर्पणखा कक्ष में अकेली रह गई। दर्पण के सामने खड़ी, बड़ी देर तक वह स्वयं को निहारती रही। यह वय, यह रूप और यह आकर्षण, उसे एक बार फिर से मिल जाता तो संसार का ऐसा कौन सा पुरुष था, जिसका मन जीतने में उसे तनिक भी कठिनाई होती–चाहे वह पुरुष राम ही क्यों न हो...।

तीन

राम जल्दी-जल्दी पग बढ़ाते हुए, आश्रम की ओर लौट रहे थे। आज उन्हें आशा से अधिक विलम्ब हो गया था। जब विवाद छिड़ जाए, तो उसका निर्णय किए बिना तो नहीं उठा जा सकता। क्या करते, वहां विषय ही ऐसा उठ खड़ा हुआ था। फिर मार्ग में उल्लास और उसकी पत्नी मणि को भी देखना था। बेचारे अभी तक अपने मृत बालक का शोक भुला नहीं पाए थे कि दूसरा बालक भी अस्वस्थ हो गया। वे दोनों ही बहुत चिन्तित थे। लगता है, राजप्रासाद के विलासी जीवन के पश्चात अभी वे वनवासी जीवन के अभ्यस्त नहीं हो पाए थे। और फिर शूर्पणखा की क्रूरता का आतंक अभी तक उनका पीछा कर रहा है।

सहसा वे रुक गए। चार-पांच पगों की दूरी पर खड़ी शूर्पणखा अत्यन्त शालीनता से प्रणाम कर रही थी।

राम ने देखा–अद्‌भुत शोभा-शृंगार था। ऐसा शृंगार तो किसी अत्यन्त समृद्ध, सम्पन्न और विलासप्रिय राज्य की राजकुमारी ही कर सकती थी। इस वन में ऐसे वस्त्राभूषण, शृंगार और रूप का क्या काम?

"तुम कौन हो, देवि!"

"मैं कामवल्ली हूं।" राम के कान नाम पर अटके और नयन शूर्पणखा की आंखों में दामिनी-सी ऐंठती वासना पर। किसने इस युवती का ऐसा शृंगारिक नाम रखा है? ऐसा नाम व्यावसायिक कारणों से, किसी गणिका का हो सकता है या किसी अबोध व्यक्ति की मूर्खता का परिणाम। कोई समझदार माता-पिता अपनी कन्या को ऐसी संज्ञा प्रदान नहीं कर सकते, किन्तु यह क्या इसका वास्तविक नाम है? आंखों की वासना और आमन्त्रण क्या इस निर्लज्ज का आत्मनिवेदन मात्र नहीं है।

"इस सघन वन में किस प्रयोजन से आई हो देवि?" राम ने शान्त स्वर में पूछा, "यह तुम जैसी सुन्दरी के एकाकी भ्रमण के लिए उपयुक्त स्थान नहीं है।"

"प्रताड़ित हूं, राम!" शूर्पणखा ने अपनी आत्मा की समस्त मादकता अपनी आंखों और अधरों में उड़ेलने का प्रयत्न किया, "तुम्हारी शरण में आई हूं। तुम रक्षा नहीं करोगे, तो मेरे प्राण चले जाएंगे।"

राम के मन में आया, उसे फटकार दें–ऐसा शृंगार प्रताड़ितों का नहीं होता। नाटक की नटियां भी इतना शृंगार नहीं करतीं। किसी प्रकार के कष्ट अथवा आशंका का एक कण भी इस सारे व्यक्तित्व में राम को दिखाई नहीं पड़ रहा था।...फिर भी उन्होंने धैर्यपूर्वक पूछा, "तुम पर कैसा संकट है, देवि!"

"संकट मेरे प्राणों पर है, राम!" शूर्पणखा ने चंचल मुस्कान के साथ कहा।

राम ने पुनः निरीक्षण की दृष्टि से देखा–आज तक उन्होंने देखा था, जिनके प्राणों पर किंचित भी संकट होता था, उनके चेहरों का रंग उड़ जाता था, होंठ कांपते थे, कंठ से स्वर नहीं निकलता था। टांगें थरथराती थीं और सांस की धौंकनी चल रही होती थी।...और आज उनके सम्मुख एक विगत-यौवना युवती खड़ी थी, जिसने कदाचित अपने शृंगार में एक सप्ताह लगाया होगा, वह मुस्कुरा-मुस्कुराकर मादक नयनों से देखती हुई अपने प्राणों के संकट की बात कह रही थी। राम के मन में वितृष्णा जागने लगी, "तुम पर कैसा संकट है, देवि?" राम ने पुनः पूछा।

"देवी मत कहो, मुझे 'कामवल्ली' कहो।"

"सम्बोधन चुनने की स्वतन्त्रता मुझे दो," राम का स्वर कुछ रुक्ष हो गया, "नाम द्वारा सम्बोधित किए जाने से तुम्हारा संकट कम नहीं होगा।"

"मुझे बताया गया है कि तुमने असहाय और निर्बल लोगों की अत्याचारों से रक्षा करने का व्रत ले रखा है," राम के स्वर की रुक्षता की उपेक्षा करती हुई, शूर्पणखा निकट आती हुई बोली, "मणि को तुमने संरक्षण दिया है। उसकी स्थिति मुझसे अधिक संकटपूर्ण नहीं है।"

"मणि! मणि का संकट मैं जानता हूं," राम बोले, "तुम्हारे संकट से अभी अपरिचित हूं।"

"एक निर्दयी अत्याचारी मेरे पीछे पड़ा है..." शूर्पणखा का उत्तरीय उसके कन्धों से ढलककर, नीचे आ गया, "वह मुझे कहीं भी शान्ति से बैठने नहीं देता, सोने नहीं देता; भोजन नहीं करने देता।..."

राम को शूर्पणखा के स्वर में पीड़ा से अधिक क्रीड़ा का आभास मिला, "जहां जाती हूं, वहीं चला जाता है।" वह कहती जा रही थी, "आज तक उसे कोई रोक नहीं सका, ऐसा दुर्निवार योद्धा है वह और कितना अत्याचारी! उसका कार्य ही लोगों को सताना है। उसके अस्त्रों की मार से कलेजे छलनी हो जाते हैं, रक्त उफनने लगता है और क्रमशः प्राण क्षीण होते जाते हैं।"

राम देख रहे थे, अपनी यातना! के वर्णन से, कामवल्ली के चेहरे पर कैसी विह्वलता गहराती जा रही थी। निश्चित रूप से यह स्त्री किसी के द्वारा उत्पीड़ित नहीं थी, फिर यह सब क्या था? राक्षसों की कोई चाल, अथवा स्त्री की दुश्चरित्रता?

"अत्याचारी का नाम लो, देवि!" राम बोले, "यदि उसने तुम्हें वस्तुतः सताया है, और राम में तुम्हारी रक्षा की क्षमता है, तो राम पीछे नहीं हटेगा।"

"केवल तुममें ही क्षमता है, राम केवल तुममें!" शूर्पणखा बोली, "भूलना मत। तुमने मुझे वचन दिया है।"

"मैं वचनों को भूलता नहीं," राम बोले, "किन्तु मुझे मेरे आदर्शों में बांधने का प्रयत्न मत करो। भ्रमित सन्दर्भों में दिया गया वचन कोई वचन नहीं। विलम्ब मत करो। अत्याचारी का नाम लो।"

शूर्पणखा राम के निकट चली आई, जैसे उनके कंठ में अपनी भुजाएं डाल देगी। उनकी आंखों में झांकते हुए, मुस्कुराकर बोली, "कामदेव!"

राम का सन्देह प्रमाण में बदल गया। धैर्यपूर्वक बोले, "तुम्हारे शत्रु के विरुद्ध कुछ भी करने को वचनबद्ध हूं, किन्तु उसे सन्तुष्ट करने में पूर्णतः अक्षम हूं।" शूर्पणखा की आंखों में ज्वाला झलकी–यह तिरस्कार! इस पुरुष का साहस!...इतना श्रृंगार, प्रसाधन, यह रूप, यौवन...और ऐसा खुला निमन्त्रण...सब व्यर्थ! ऐंठती हुई शिराएं, उफनता हुआ रक्त और तपता हुआ शरीर...।

"तुम्हारे वक्ष में हृदय नहीं है, राम?"

"हृदय तो है, किन्तु वह किसी के प्रेम में धड़कने के लिए है, किसी स्वेच्छाचारिणी के भक्षण के लिए नहीं।"

"तुम नारी-सौन्दर्य का अपमान कर रहे हो," शूर्पणखा बोली, "यह आर्य-रीति तो नहीं है।"

"यह अपमान नहीं है, देवि!" राम बोले, "मेरी अक्षमता है। मैं तुम्हें अंगीकार नहीं कर सकता। मैं विवाहित हूं।"

शूर्पणखा ने चकित दृष्टि से उन्हें देखा, "मैंने तुम्हें स्वयंवर का निमन्त्रण नहीं दिया। यह काम-आह्वान है, राम! अंगीकार करने की बात ही कहां है।"

"काम-आह्वानों को स्वीकार करना मेरी नैतिकता नहीं," राम बोले, "तुम्हारी आवश्यकता ने ठीक चुनाव नहीं किया।"

राम चलने को हुए, "किसी का अकारण अपमान करना मेरी प्रकृति नहीं है। स्त्रियों का तो एकदम ही नहीं। कुछ अनुचित कह दिया हो, तो क्षमा चाहूंगा।"

शूर्पणखा ने आगे बढ़कर मार्ग रोक लिया, "तुम समझते क्यों नहीं हो, राम! मैं तुमसे कुछ मांग नहीं रही। मैं तुम पर बोझ नहीं बनूंगी। मैं तो तुम्हें जीवन के वैभव, विलास और संसार का श्रेष्ठतम भोग मुक्तहस्त दान कर रही हूं। तुम स्वयं को इस प्रकार वंचित क्यों कर रहे हो?"

पहली बार राम की मुस्कान वक्र हुई, "जो भी उपलब्ध हो जाए, वही ग्रहण कर लेना मेरे जीवन का लक्ष्य नहीं है। एक व्यक्ति के लिए जो संसार का श्रेष्ठतम भोग है, किसी अन्य के लिए वह जीवन का बोझ हो सकता है," राम निरन्तर चलते रहे, "तुमने ठीक स्थान और व्यक्ति नहीं चुना, सुन्दरी! यदि तुमने गोदावरी के उस पार जनस्थान के राक्षस स्कन्धावार में किसी को कृतार्थ करने का प्रस्ताव रखा होता, तो उसका जीवन सार्थक हो गया होता।"

"मेरी भावना को समझने का प्रयत्न करो, राम!" शूर्पणखा साथ-साथ चलती जा रही थी, "मैंने जब से तुम्हें देखा है, दिन-रात तुम्हारे अंकपाश में समा जाने के लिए तड़प रही हूं। मुझे रात को नींद नहीं आती, दिन में शान्ति नहीं मिलती। तुम इस प्रकार मेरी अवज्ञा करोगे, तो मैं जीवित कैसे रहूंगी..."

राम ने रुककर क्षण-भर शूर्पणखा को देखा, "तुम्हारी भावना मैं अच्छी प्रकार समझता हूं, किन्तु तुम भी मेरी भावना समझो। तुम्हारा यह प्रस्ताव मेरे लिए सुखद घटना नहीं है..."

"क्यों?" शूर्पणखा राम के पीछे-पीछे प्रायः भाग रही थी, "किसी भी पुरुष के लिए यह प्रस्ताव केवल सुखद ही हो सकता है...क्या तुम अपनी पत्नी से भयभीत हो, राम?"

"पत्नी से नहीं," राम मुस्कुराए, "मैं तो तुमसे भयभीत हूं। तुम लौट जाओ, देवि! प्रेम के बिना भोग जीवन की यातना है, और मैं तुमसे प्रेम नहीं करता।"

राम टीले की ऊंचाई चढ़ रहे थे, "लौट जाओ। तुम्हारा प्रस्ताव अनुचित है।"

"राम!" शूर्पणखा ने आगे बढ़, उनकी बांह पकड़ ली, "एक बार भुजाओं में भरकर मुझे अपने वक्ष से लगा लो, फिर चाहे मेरी हत्या कर देना।"

राम ने कोमलतापूर्वक अपना हाथ छुड़ा लिया, "कामवल्ली! अथवा जो भी तुम्हारा नाम हो, तुमने राम को बहुत ग़लत समझा है। लगता है, तुमने अब तक केवल पशु ही देखे हैं, मनुष्य नहीं," वे रुककर बोले, "लौट जाओ! आश्रम के भीतर प्रवेश कदाचित तुम्हारे लिए ठीक नहीं होगा।"

"मेरे लिए क्या ठीक है, क्या नहीं–यह मैं अच्छी प्रकार जानती हूं," शूर्पणखा पहली बार रुष्ट स्वर में बोली, "तुम नहीं जानते कि तुम क्या कह रहे हो, क्योंकि तुम नहीं जानते कि मैं कौन हूं।"

"कौन हो देवि?" राम के अधरों पर मोहक मुस्कान थी।

"मैं शूर्पणखा हूं–रावण, कुम्भकर्ण और विभीषण की बहन! तुम्हें अपने व्यवहार का मूल्य चुकाना होगा।"

राम ने आश्चर्य से उसे देखा, किन्तु शूर्पणखा नहीं रुकी। वह तीव्र गति से आश्रम के टीले की ढलान उतरती चली गई।

राम ने सारे प्रसंग को गम्भीर दृष्टि से देखा, कितनी विचित्र बात है, जिस रावण को उन्होंने अपना ही नहीं, समस्त मानवता का शत्रु माना है, उसी की बहन उन पर आसक्त हो काम-प्रस्ताव लेकर स्वयं उनके पास आ गई। अब रुष्ट होकर लौट गई है। कह गई है कि राम को अपने व्यवहार

का मूल्य चुकाना होगा। क्या वह अपना रोष लेकर रावण के पास जाएगी। क्या रावण इस बात के लिए अपनी बहन का समर्थन करेगा कि वह उसके शत्रु के पास काम-सन्देश लेकर गई?

"आज लौटने में बहुत विलम्ब कर दिया?" राम ने सीता की ओर देखा। अजाने ही उनके मन ने सीता और शूर्पणखा की तुलना की—सीता साकार शान्ति थीं और शूर्पणखा धधकती ज्वाला।

"हां, विलम्ब हो गया। वार्तालाप कुछ लम्बा हो गया। मणि के यहां भी समय लग गया और..." राम मुस्कुराए, "एक आक्रमणकारी से भी जूझता चला आ रहा हूं।"

"आक्रमणकारी! इस समय?" सीता चकित थीं, "कहीं कोई घाव तो नहीं लगा?"

"घायल तो आक्रमणकारी ही हुआ है," राम बोले, "इसीलिए तो उसने आक्रमण किया था..." वार्तालाप के कुछ शब्द हवा में फैल गए। लक्ष्मण और मुखर के साथ-साथ जटायु भी वहीं आ गए।

"क्या बात हुई?" राम ने सारी घटना कह सुनाई।

"भाभी, आपके लिए चुनौती आ खड़ी हुई है," लक्ष्मण बोले।

"हां, दीदी! सावधान तो आपको हो ही जाना चाहिए," मुखर ने भी टिप्पणी की, "शूर्पणखा साधारण स्त्री नहीं है।"

सीता हंसीं, "तुम दो-दो मेरे शुभचिन्तक हो तो चिन्ता किस बात की। फिर आई तो तुममें से किसी एक के हवाले कर दूंगी। वह भी कृतार्थ होगी और तुम भी धन्य हो जाओगे।"

किन्तु वृद्ध जटायु घटना सुनकर बहुत गम्भीर हो गए, "यह परिहास की बात नहीं है, पुत्री! यह तो भावी संकट की पूर्व सूचना है।"

राम ने उसी गम्भीरता से जटायु को देखा, "स्पष्ट कहें, तात जटायु?"

"राम! हम एक प्रकार से अब रावण के आमने-सामने होने की स्थिति में आ रहे हैं। यह उससे पहला सम्पर्क ही समझो।"

"तात जटायु! यह तो शूर्पणखा का प्रेम-प्रसंग है। यहां रावण कहां से आ गया!" लक्ष्मण बोले।

"सौमित्र! तुम शूर्पणखा को नहीं जानते," जटायु उसी गम्भीरता से बोले, "जब से शूर्पणखा के पति कालकेय विद्युज्जिह्व का रावण के हाथों वध हुआ है, रावण ने शूर्पणखा को सब प्रकार के अनाचारों की खुली छूट दे रखी है। जनस्थान के राक्षस सैनिक स्कन्धावार का अधिपति अवश्य खर है, किन्तु वास्तविक स्वामिनी यही शूर्पणखा है और..." जटायु ने लम्बी सांस ली, "इस शूर्पणखा को मैं जानता हूं। यह पूर्ण राक्षसी है—भोग में, क्रूरता में, अत्याचार में। इसके जीवन में शृंगार-प्रसंग क्या अर्थ रखता है, तुम नहीं जानते। इस वय में भी वह कितनी प्रचंड है—यह यहां का जनसाधारण भी जानता है। उसकी हल्की सी इच्छा का विरोध भी साम्राज्यों को हिला देता है," जटायु एक-एक शब्द चबाकर बोले, "मेरी बात मानो तो समस्त आश्रमों में सूचनाएं भिजवा दो। जन-वाहिनी की टुकड़ियां तत्काल यहां पहुंचनी आरम्भ हो जानी चाहिए। अगस्त्य को भी सूचना भिजवा दो—संघर्ष निकट आ गया है। अगले कुछ ही दिनों में तुम राक्षसों की सैनिक-शक्ति का साक्षात्कार करोगे।"

"अरे, नहीं, तात जटायु!" राम मुस्कुराए, "आप कुछ अधिक ही आशंकित हो उठे हैं।"

"नहीं राम! मेरी बात सच मानो," जटायु की गम्भीरता में कोई अन्तर नहीं आया, "शूर्पणखा के आतंक-क्षेत्र में इतना समय बितानेवाले इस वृद्ध की आशंका व्यर्थ नहीं है।"

"किन्तु शूर्पणखा के इधर आने की सूचना हमें क्यों नहीं मिली?" मुखर जैसे अपने-आप से ही पूछ रहा था, "हमारी संचार-व्यवस्था..."

"गोदावरी का तट कोई निषिद्ध क्षेत्र तो है नहीं और उसका क्षेत्र एक-आध घाट तक सीमित भी नहीं है," राम बोले, "इतना लम्बा तट है। कोई एक व्यक्ति, वह भी स्त्री, कहीं छिपकर इधर आ जाए तो तुम्हें उसकी सूचना कोई कैसे देगा? इक्का-दुक्का आदमी तो कभी भी आ सकता है। तुम्हारी संचार-व्यवस्था ऐसी सूक्ष्म छलनी नहीं है, जिसमें से दो-चार आदमी भी न छन सकें। हां, कोई सेना आए, सैनिक टुकड़ी आए, तो देखो मार्ग के ग्रामों और वनों की एक-एक कुटिया टनटनाने लगती है अथवा नहीं।"

"राम ठीक कह रहे हैं," सीता बोलीं, "किन्तु सौमित्र को क्या हो गया? एकदम मौन धारण किए बैठे हैं। कदाचित एक स्त्री के प्रेम-निवेदन के उत्तर में सैनिक अभियानों की बात इनके करुणापूर्ण हृदय को अच्छी नहीं लगी।"

"नहीं," लक्ष्मण औचक ही मुस्कुरा पड़े, "किन्तु मैं यह अवश्य सोच रहा हूं कि शूर्पणखा का प्रेम-निवेदन क्या सचमुच इतना संकटपूर्ण है?"

"मेरा अनुभव तो यही कहता है, सौमित्र!" जटायु बोले, "वैसे आसपास के ग्रामों तथा आश्रमों के युवकों को तो सतर्क कर ही दो; और अगले दो-एक दिनों में शूर्पणखा की उग्रता स्वयं परख लो।"

"यह ठीक है," राम बोले, "इसमें कोई आपत्ति नहीं हो सकती।"

"तो कल प्रातः मैं सूचना भिजवा दूंगा," मुखर बोला।

"सौमित्र! तुम शस्त्र-वितरण भी आरम्भ करवा देना। तात जटायु की आशंका अकारण नहीं होगी।" राम ने कहा।

"और कल यदि वह पुनः आई तो उसका प्रस्ताव कौन स्वीकार करेगा–सौमित्र या मुखर?" सीता मुस्कुराईं, "मुझे भय है, कहीं उसके लिए तुम दोनों परस्पर कलह न कर बैठो।"

"यह स्वयंवर शूर्पणखा पर ही छोड़ दो," राम बोले, "दोनों को उसके सामने खड़ा कर देना, जिसे वह पसन्द कर ले।"

"शूर्पणखा परिहास का विषय नहीं है, पुत्री!" जटायु बोले, "अच्छा, मैं अब चल रहा हूं; किन्तु मेरी बात को भुलाना मत।"

जटायु चले गए। भोजन के पश्चात लक्ष्मण और मुखर भी अपने-अपने कुटीरों में चले गए। अपनी कुटिया में आकर राम को लगा, सीता सहज रूप से सोने की तैयारी नहीं कर रहीं–जैसे उनके मन में कोई बात हो।

"क्या बात है, सीते?"

सीता अनिश्चित-सा भाव लिये, राम को देखती रहीं, फिर आकर उनके निकट बैठ गईं। उनका हाथ अपने हाथों में लिया और उसे थपथपाती रहीं। फिर उसे अपनी दोनों हथेलियों में स्नेह से दबाकर, बहुत कोमल स्वर में पूछा, "प्रिये! शूर्पणखा बहुत सुन्दर है क्या?"

राम अट्टहास कर उठे। सीता हंसते हुए राम को देखती रहीं, फिर खीझकर बोलीं, "मैं स्त्री नहीं हूं क्या? या मुझे अपने पति से प्रेम नहीं है? कभी प्रेम आशंकाविहीन भी हुआ है?"

"नहीं सीते," राम बोले, "प्रश्न यह नहीं है। प्रश्न यह है कि क्या अपनी पत्नी से सुन्दर स्त्री के मिलते ही पति अपनी पत्नी को छोड़ जाएगा? अपनी पत्नी के प्रति पति की ईमानदारी क्या तभी तक है जब तक उसको उससे अधिक सुन्दर कोई अन्य स्त्री नहीं मिल जाती?"

"आप ठीक कहते हैं," सीता का स्वर आश्वस्त था, "किन्तु कभी-कभी बहुत स्थिर मन भी आशंकित हो उठता है।"

"किन्तु तुम्हारे आशंकित होने का कोई कारण नहीं है," राम मुस्कुराए, "सबसे अधिक आशंकित तो तात जटायु हैं।"

"उनकी चेतावनी को यूं ही मत टालिए," सीता बोलीं, "वे ठीक ही कह रहे हैं। व्यक्ति जब निर्बाध सत्ता का भोग करता है, तो वह अपनी साधारण-से-साधारण इच्छा को सम्पन्न करने के लिए साम्राज्यों को झोंक देता है; और यहां तो राम को प्राप्त करने की बात है–जो अपने-आप में ही बड़े-से-बड़े साम्राज्य से अधिक मूल्यवान है...।

राम पुनः उच्च स्वर में हंसे, "आज मेरी पत्नी को क्या हुआ है?"

सीता ने अपना सिर, राम के कन्धे से टिका दिया, "मुझे बताओ, शूर्पणखा देखने में कैसी है?"

"बड़ा कठिन है," राम बोले, "मैं ठीक से देख नहीं सका।"

"क्यों? आंखें चौंधिया गई थीं?"

"नहीं," राम हंसे, "उसके प्रसाधन-लेपों के मुखौटे के नीचे उसका रूप कैसा था, यह बताना कठिन है।"

"इतना शृंगार किया था उसने?"

"कोई रोम बिना रंगे नहीं छोड़ा था।"

"रंगी सियार!" सीता सशब्द हंसीं।

शूर्पणखा अपने प्रासाद में लौटी। उसकी उग्रता चरम सीमा पर थी। मन हाथ में खड्ग लेकर सम्मुख आनेवाले प्रत्येक व्यक्ति का मुंड रुंड से पृथक कर देने को तड़प रहा था। शूर्पणखा की मनोकामना पूरी नहीं हो सकती, तो किसी को भी अपनी इच्छानुसार जीने नहीं देगी। मन पुकार-पुकारकर कह रहा था कि वह अपने सैनिकों को आज्ञा दे कि जो पति-पत्नी, जो प्रेमी-प्रेमिका उनको एक साथ दिखाई पड़ें उनकी हत्या कर दें। किसी भी स्त्री-पुरुष को अपनी इच्छा के स्त्री-पुरुष के निकट जाने की अनुमति नहीं दी जा सकती। जीवन में भोग के नाम पर केवल बलात्कार होगा, जो चाहे बल से, जिसका चाहे भोग कर ले।

सहसा उसका मन रोने-रोने को हो आया–जब शूर्पणखा पुरुषों के मन को विगलित कर सकती थी, जब उसे देखकर पुरुषों के मन का रक्त उफनने लगता था, जिसकी आंखें उसे देख लेतीं, उसी का वक्ष फटने लगता था–तब रावण ने उसके प्रेमी को अपने फरसे से दो टुकड़े कर डाला, और आज उसकी इतनी दुर्दशा हो गई है कि अपने प्रिय के सम्मुख जाने के लिए उसे लंका के शृंगार-शिल्पियों की प्रतीक्षा करनी पड़ती है, उनकी सहायता के बिना, वह अपने प्रिय के सामने प्रकट होने का साहस नहीं कर सकती...और जब प्रकट होती भी है, तो वह उसके रूप पर रीझता नहीं, उसके चरणों में लोटता नहीं; उल्टे उसके प्रसाधनों के लेप के नीचे से भी उसके वय को देख लेता है और उसे ठोकर मारकर चल देता है...

क्या लाभ है ऐसे शृंगार-शिल्पियों का? उन्हें तो अन्धकूप में डलवा देना चाहिए, "द्वार पर कौन है?"

"स्वामिनी!" रक्षिका प्रकट हुई।

"अंगरक्षकों से कहो कि लंका से आए हुए शृंगार-शिल्पियों..." शूर्पणखा सोच में पड़ गई...अभी राम उसे मिला नहीं है। कल फिर प्रयत्न करना होगा। तो शृंगार-शिल्पी...

"स्वामिनी!"

"हां, शृंगार-शिल्पियों को सन्देश दे कि वे मेरे कल के प्रसाधन की तैयारी कर लें।"

"अंगरक्षकों से सन्देश भिजवाऊं?" रक्षिका चकित थी।

"अच्छा, परिचारिका से ही कहलवा दे।"

"जो आज्ञा।" रक्षिका चली गई।

शूर्पणखा की चिन्तन प्रक्रिया पुनः चल पड़ी, त्रुटि कहां रह गई? क्या ऐसा भी कोई पुरुष हो सकता है, जिसको क्रय करने के लिए संसार में कोई मूल्य न हो? ऐसा सम्भव नहीं। यदि पुरुष है, तो उसका मूल्य भी होगा ही। हताश अथवा क्षुब्ध होने के स्थान पर, उसे राम के मूल्य की खोज करनी होगी। क्या चाहता हैं वह? उसकी दुर्बलता क्या है? रूप-सौन्दर्य? धन-सम्पत्ति? सत्ता शक्ति? क्या चाहता है वह?

रूप-सौन्दर्य से उसे आकर्षित करना कठिन है। शूर्पणखा ने स्वयं अपना रूप दर्पण में देखा था। उस रूप पर, जो पुरुष मुग्ध होना तो दूर, आकर्षित तक नहीं हुआ–उसकी दुर्बलता रूप, सौन्दर्य अथवा यौवन का आकर्षण नहीं हो सकता। यदि संसार की सर्वश्रेष्ठ सुन्दरियां लाकर उसके चरणों में डाल दी जाएं–तो भी कदाचित वह विचलित नहीं होगा। पर क्यों? या तो उसके शरीर-निर्माण में कोई अभाव है–उसके पास हृदय नहीं या कि पुरुष का उष्ण रक्त नहीं या आंखों में यौवन-सौन्दर्य को देखने की क्षमता नहीं या मस्तिष्क ही प्रतिक्रियाविहीन है? या वह सड़े क़िस्म का कोई आदर्शवादी है, जो सिवाय अपनी पत्नी के अन्य किसी स्त्री के कामाह्वान से स्पन्दित ही नहीं होता; अथवा उसके आसपास ऐसा रूप-सौन्दर्य बिखरा हुआ है कि शूर्पणखा के सौन्दर्य का उसके लिए कोई महत्त्व ही नहीं है।

तो धन-सम्पत्ति? शासन-सत्ता? किन्तु, उसके विषय में बताया गया था कि वह अयोध्या का राजकुमार है, जो अपना राज्य छोड़कर वनवासी हो गया है तो उसे धन-सम्पत्ति का क्या आकर्षण हो सकता है? यदि उसे शासन की इच्छा हो तो शूर्पणखा इसी क्षण जनस्थान की राक्षस सेना उसके अधीन कर देगी–जिससे चाहे युद्ध करे, और जो राज्य चाहे, हस्तगत कर ले। शूर्पणखा का मन इस बात पर भी टिका नहीं...जो व्यक्ति अपना राज्य छोड़कर आया हो, वह नए राज्य को स्थापित करेगा? कहीं ऐसा न हो कि यह भी आज के रूप-सौन्दर्य के उत्कोच के समान व्यर्थ सिद्ध हो। ऐसा प्रस्ताव कर कहीं वह पुनः मूर्ख न बने।

अंधेरे में इधर-उधर छटपटाता मस्तिष्क, अनेक मार्गों पर चला और लौट आया। अनेक प्रश्न उसके मन में उठे और फिर स्वयं ही शान्त हो गए। जैसे-जैसे समय बीतता जा रहा था, उसकी व्याकुलता बढ़ती जाती थी...कभी-कभी तो वह स्वयं भी घबरा जाती थी। व्याकुलता इसी प्रकार बढ़ती रही, तो वह किसी भी क्षण तर्क का मार्ग छोड़, उग्रता के मार्ग पर चलने लगेगी और तब प्रत्येक समस्या का उसे एक ही समाधान सूझेगा–शस्त्र और सेना। सहसा उसके मन में एक नया प्रश्न उठा। राम अपना राज्य छोड़ यहां वन में क्या करने आया है?

दासी ने बताया था कि राक्षसों से ऋषियों की रक्षा करने आया है...दंडक वन में कुछ ऐसे संगठन बनाता भी रहा है–यह भी शूर्पणखा ने सुना था। जटायु के पास आकर, उसके सहयोगी के रूप में रुकने का क्या अर्थ हो सकता है? जटायु सदा से राक्षसों द्वारा पीड़ित होता रहा है...तो राम एक लक्ष्य लेकर आया है...कुछ लोग ऐसे भी होते हैं, जिनके सामने लक्ष्य ही प्रधान होता है। उनके लिए जीवन की प्रत्येक सुख-सुविधा नगण्य होती है, प्रत्येक आकर्षण-विकर्षण लक्ष्य के अनुरूप होते हैं...जीवन तथा लक्ष्य पर्याप्त हो जाते हैं...तो राम ऐसा व्यक्ति है–लक्ष्य और उद्देश्य के प्रति समर्पित...यही उसका मूल्य है... ?

शूर्पणखा की आंखें चमक उठीं। मन हल्का हो गया। शरीर में स्फूर्ति आ गई , "द्वार पर कौन है?" उसने गर्दन उठाकर कहा, "भोजन की व्यवस्था के लिए सन्देश भिजवा दो।"

प्रातः से ही राम के आश्रम में सन्देश-प्रेषण का कार्य आरम्भ हो गया। मुखर की व्यस्तता बहुत बढ़ गई। उसके दल के कार्यकर्ता इधर-से-उधर दौड़ रहे थे। थोड़ी देर में ही, अगले पड़ावों से, सन्देश-प्राप्ति की सूचनाएं आने लगी थीं। दूसरी ओर लक्ष्मण भी सक्रिय हो उठे थे। वे अपने साथियों को लेकर प्रातः ही निकल गए थे और अनेक स्थानों पर बनाए गए शस्त्र-निर्माण-गृहों तथा सुरक्षित स्थानों से शस्त्र, वन में बने कुटीरों तथा आसपास के ग्रामों में पहुंचने लगे थे। पिछले दिनों जिन-जिन ग्रामों पर राक्षस सैनिकों ने छापे मारे थे, वहां शस्त्र पहले ही पहुंच चुके थे। उन ग्रामों के लोगों को युद्ध का स्वरूप कुछ-कुछ स्पष्ट हो चला था, शेष लोग अपनी घृणा और आक्रोश से राक्षसों से टकरा जाने की प्रतीक्षा कर रहे थे...लक्ष्मण को सब स्थानों पर उत्साह ही दिखाई पड़ा था। निराशा और हताशा कहीं नहीं।

सीता शस्त्र-प्रशिक्षण में लगी रहीं, और राम एक ओर बाहर से आए हुए अनेक अभ्यागतों की समस्याओं का समाधान करते रहे और दूसरी ओर मुखर एवं लक्ष्मण द्वारा भेजी गई सूचनाओं इत्यादि में उलझे रहे। दिन-भर कहीं जा नहीं पाए, जबकि इस सारे आयोजन में जटायु से विचार-विमर्श उन्हें अनिवार्य लग रहा था, साथ ही उल्लास और मणि के पुत्र के स्वास्थ्य के विषय में भी पूछना था।

सन्ध्या समय वे आश्रम से निकले। टीले से उतरे, पहले उल्लास के कुटीर की ओर जाने का निश्चय कर उधर मुड़े ही थे कि उन्हें सामने शूर्पणखा खड़ी मिली। राम ने पहली दृष्टि में देखा–उसका शृंगार कल से किसी भी प्रकार कम नहीं था। परिधान कुछ अधिक ही भड़कीला था–कदाचित किसी दूर देश से मंगवाए गए, किसी विशिष्ट वस्त्र से बना हुआ।...कल जाते हुए जिस प्रकार वह रुष्ट होकर गई थी, आज वैसी रुष्ट भी नहीं लग रही थी।

उसने बड़े नम्र और शालीन ढंग से अभिवादन किया। राम सजग हुए। जटायु का विचार ठीक था। शूर्पणखा सहज ही हार स्वीकार करनेवाली नहीं थी। कदाचित आज वह कोई अन्य प्रस्ताव लेकर आई थी।

"आप मुझसे रुष्ट तो नहीं हैं?"

उसका सम्बोधन आज अधिक सम्मानजनक था, स्वर अधिक कोमल था और व्यवहार अधिक शिष्ट। राम कुछ नहीं बोले। उसे देखते रहे। कैसे मानेगी यह धृष्ट स्त्री? तर्क सुनने को वह प्रस्तुत नहीं थी। शारीरिक बल अथवा शस्त्र-कौशल यहां सार्थक नहीं था...।

शूर्पणखा ने राम के बोलने की अधिक प्रतीक्षा नहीं की, जैसे उत्तर की उसे अपेक्षा ही नहीं थी। उसे तो अपनी ही बात कहनी थी, "मैंने कल जाते-जाते आपको बताया था कि मैं रावण, कुम्भकर्ण और विभीषण की बहन हूं। वह मैंने धमकी के रूप में नहीं कहा था। मैंने तो अपना सहज परिचय

दिया था," वह सायास हंसी, "आपने कहीं यह तो नहीं मान लिया कि मैं राक्षसी हूं और रक्ष-संस्कृति के स्वार्थप्रधान, परपीड़नयुक्त, मानवताविहीन सिद्धान्तों को मानती हूं तथा न्याय-अन्याय की चिन्ता किए बिना हिंसा तथा उग्रता के बल पर अन्य लोगों को पीड़ित करती रहती हूं!" उसने अपांग से राम को देखा, "आप यह सोच भी लें तो कुछ भी अस्वाभाविक नहीं है।...पर कल आप जल्दी-जल्दी चले गए थे, मुझे अपनी बात कहने का अवसर ही नहीं मिला। अपने आश्रम में आने से भी आपने मना कर दिया था–यद्यपि यह आर्य-रीति ही नहीं है।..."

राम को बोलना ही पड़ा, "अकल्याणकारी प्रोत्साहन न देना ही आर्य रीति है, देवि!"

"आप ठीक कह रहे हैं," शूर्पणखा ने पुनः बात का सूत्र पकड़ लिया, "पर कल मैं अपनी बात नहीं कह सकी। मैं आपसे कहना चाह रही थी कि मुझे स्वयं यह सब अच्छा नहीं लगता। इसीलिए मैं और विभीषण सदा ही रावण और कुम्भकर्ण का विरोध करते रहे हैं। नहीं तो क्या आवश्यकता थी कि मैं लंका जैसी समृद्ध नगरी को त्याग यहां, इस वन के स्कन्धावार में पड़ी रहती?...रावण के कृत्य देखकर, उसकी बातें सुनकर मेरा तो दम घुटता है। मैं लंका में रह नहीं सकती। विभीषण बेचारा जाने किन मजबूरियों में लंका में रहता है और कितनी पीड़ा सहता है...।"

राम आज शूर्पणखा का नया ही रूप देख रहे थे। यह स्त्री कितनी वाग्मी है और दूसरे व्यक्ति को पूर्णतः मूर्ख समझती है। यह मानकर चल रही है कि जो कुछ यह कहेगी, दूसरा व्यक्ति उसको स्वीकार कर ही लेगा।... एक बात स्पष्ट थी कि वह अपनी बात कहे बिना, उन्हें आगे जाने नहीं देगी।

"यदि अन्यथा न मानो," राम बोले, "तो यहां बैठकर बात कर लें; शायद वार्तालाप कुछ लम्बा चले।"'

शूर्पणखा की आंखों में सफलता के स्फुलिंग चमके, कदाचित राम की रुचि जाग उठी, तभी तो बैठने के लिए कह रहा है...

वह चमक राम ने भी देखी...लगा, भूल हो गई। यह तो सामान्य शिष्टाचार को भी उल्टी दिशा में ले गई। इस स्त्री को इस प्रकार प्रोत्साहित नहीं करना चाहिए था।...किन्तु भूल तो हो ही चुकी थी...

"विभीषण के विषय में आपने सुना ही होगा," शूर्पणखा बैठते हुए भी निरन्तर बोलती जा रही थी, "सारा संसार जानता है कि–उसने रक्ष-संस्कृति को कभी स्वीकार नहीं किया और समय-समय पर यथासम्भव उसका विरोध करता ही रहा है...।"

विभीषण के विषय में राम की जिज्ञासा जाग रही थी...कैसा है विभीषण? भारद्वाज ऋषि ने भी विभीषण का नाम लिया था...

"वह तो अपने सम्बन्धों के कारण लंका में पड़ा है," शूर्पणखा कहती जा रही थी, "किन्तु मैंने यह स्वीकार नहीं किया। शैशव से ही मुझे विभीषण से स्नेह था, और रावण मुझे अच्छा नहीं लगता था। आप जानते ही होंगे कि रावण ने अपने हाथों मेरे पति की हत्या कर दी थी," शूर्पणखा ने सुबकी लेने का अभिनय किया, "क्योंकि विद्युज्जिह्व ने कभी उसकी अधीनता स्वीकार नहीं की। आप ही बताइए, कोई स्त्री अपने पति के हत्यारे को स्नेह की दृष्टि से कैसे देख सकती है, चाहे वह उसका अपना सगा भाई ही क्यों न हो...!" शूर्पणखा को लगा, उसका अपनी पीड़ा का अभिनय, यथार्थ से एकाकार होता जा रहा हैं। रावण के प्रति कहीं गहरे दबी हुई घृणा उभरकर तल पर आ रही है, "ऐसे में आप मुझे रावण की बहन और क्रूर राक्षसी मान लें–क्या यह उचित है?"

राम मुस्कुराए, "मेरा मानना, न मानना तो बाद की बात है, देवि! कल तुमने ही कहा था कि तुम रावण की बहन हो, अतः तुम्हें अपने किए का मूल्य चुकाना होगा।"

शूर्पणखा क्षण-भर के लिए भी हतप्रभ नहीं हुई, "कह दिया था तो क्या हुआ। आवेश में व्यक्ति कई बार अनुचित भी कह जाता है। इसीलिए तो आज अपना स्पष्टीकरण देने स्वयं चली आई।"

"मुझे स्पष्टीकरण देना क्यों आवश्यक है?" राम उठने को हुए।

"इतने कठोर न बनो, राम!" शूर्पणखा ने औचक ही हाथ पकड़कर राम को बैठा लिया, "यदि मेरा आचरण राक्षसों जैसा नहीं है, तो मुझे ग्रहण करने में तुम्हें क्या आपत्ति है?"

शूर्पणखा की कातरता ने राम की मुस्कान को वक्र कर दिया, "मुझे जल्दी जाना चाहिए, किसी ने मुझे तुमसे बातें करते देख लिया और रावण से कह दिया तो तुम्हारे पक्ष का मानकर, रावण मेरा शत्रु हो जाएगा। तब मुझे बचाने न तुम आओगी, न विभीषण आएगा।"

शूर्पणखा झटका खा गई–वह अब तक अपना रावण-विरोध इसलिए स्थापित करती आ रही थी कि राम उसे अपना सकें; और राम ने क्षण-भर में ही सारी स्थिति उलटकर रख दी।...ठीक कह रहा है राम। ऐसी स्त्री को कौन अंगीकार करेगा, जिससे रावण उसका शत्रु हो जाए...

शूर्पणखा अवाक बैठी रह गई, किन्तु अगले ही क्षण उसका मस्तिष्क दूसरी ओर चल पड़ा, "किन्तु हमारा विरोध ऐसा तो नहीं है जिससे हम एक-दूसरे के शत्रु माने जाएं," शूर्पणखा ने अपने अधरों के कम्पन को नियन्त्रित कर लिया, "रावण ने यदि मेरे पति की हत्या की थी, तो उसने अपनी भूल स्वीकार कर ली थी। आज तक पश्चात्ताप कर रहा है। इसलिए तो मुझे जनस्थान में अनेक विशेष अधिकार दे रखे हैं। वह है तो राक्षसों का सम्राट, किन्तु अवसर ढूंढ़ता रहता है कि कब उसे मेरी कोई छोटी-से-छोटी इच्छा मालूम हो, और कब वह उसे पूर्ण कर मुझे प्रसन्न कर सके। यदि मैं तुम्हें अपने पति अथवा प्रेमी के रूप में उसके सम्मुख प्रस्तुत करूंगी तो वह निश्चित रूप से तुम्हारी ओर मैत्री का हाथ बढ़ाएगा। तुम्हें सिर-आंखों पर बैठाएगा। अपनी बहन के पति का वध कितना पीड़ादायक होता है–यह वह जान गया है। दूसरी बार वह अपने बहनोई का अपमान करने की भूल नहीं कर सकता। मेरे साथ विवाह का अर्थ जानते हो, राम!..." शूर्पणखा सम्भावना से ही उल्लसित हो उठी, "राक्षसराज रावण, महाबली कुम्भकर्ण, धर्मात्मा विभीषण तथा यक्षराज कुबेर तुम्हारे साले हो जाएंगे। उनकी समस्त शक्ति और धन-सम्पत्ति तुम्हारे अधीन होगी। तुम्हारे नाम का डंका सारे शहर में बजेगा। जो राज्य चाहोगे तुम्हें मिल जाएगा। रावण के बहनोई के नाम से ही विश्व कांप उठेगा..." राम ने देखा, शूर्पणखा की बुद्धि, उसका तर्क-विवेक–विह्वलता में बह गए थे। उचित-अनुचित का ज्ञान उसे नहीं था। वह व्यक्ति नहीं, एक इच्छा मात्र थी, विवेकहीन इच्छा...

"एक निर्धन तपस्वी के लिए इतने धनी लोगों का सम्बन्धी होना जोखिम की बात है; और तुमने सुना ही होगा, देवि! मैंने अनेक राक्षसों का वध किया है।" राम कोमल स्वर में बोले, "ताड़का और सुबाहु भी मेरे हाथों ही मरे थे। रावण अवश्य ही मुझे अपना शत्रु मानता होगा। सम्भवतः किसी समय रावण से मेरा आमने-सामने युद्ध हो।"

शूर्पणखा ने राम की पूरी बात भी नहीं सुनी। राम की इच्छा की दिशा पहचानते ही जैसे वह उस ओर बह निकली, "युद्ध होता है, तो हो राम! कोई भय नहीं है। युद्ध किसी से भी हो, पत्नी तो अपने पति की ओर से ही लड़ेगी। तुम्हें कदाचित ज्ञान न हो कि मैंने अनेक शस्त्रास्त्रों का ज्ञान अपने भाई कुम्भकर्ण से पाया है; और योद्धा के रूप में रावण से तनिक भी हीन नहीं हूं। युद्ध की स्थिति में मेरी सेनाएं तुम्हारे पक्ष से रावण के विरुद्ध लड़ेंगी। स्वयं मैं तुम्हारी ओर से लड़ूंगी।..."

शूर्पणखा को लगा कि वह रावण से अपने प्रेमी-द्रोह का प्रतिशोध ले रही है, "मैं तुम्हें रावण की वीरता, उसकी सेना, उसके शस्त्रों का एक-एक भेद बताऊंगी। उसकी व्यूह-रचना को खंड-खंड कर दूंगी। मैं इस राक्षस साम्राज्य को ध्वस्त कर दूंगी और अपने हाथों से तुम्हें लंका के सिंहासन पर बैठाकर तुम्हारा राज्याभिषेक करूंगी..."

शूर्पणखा का आवेश और उग्रता देखकर राम गम्भीर हो गए, यह अभिनय नहीं हो सकता। यह राक्षसी अपनी इच्छा-पूर्ति के लिए कुछ भी कर सकती है–अपने सगे भाइयों की हत्या भी। निश्चित रूप से निजी स्वार्थ की चरम परिणति, इस रक्ष-संस्कृति में पली हुई स्त्री ऐसी ही हो सकती है, जो अपने क्षणिक सुख के लिए अपने भाइयों तक की हत्या को तत्पर हो। उसके इस रूप को देखकर तनिक भी सन्देह नहीं हो सकता था कि जो कुछ वह कह रही है, उसे कर डालने में वह तनिक भी संकोच नहीं करेगी... "यह सम्बन्ध किसी भी रूप में सम्भव नहीं है, देवि!" राम उठ खड़े हुए, "मैंने कल ही तुमसे कहा था, मैं विवाहित हूं।"

"राम!" शूर्पणखा ने भुजा थाम ली। आंखें गीली हो उठीं। चेहरे के भाव ऐसे थे, जैसे वक्ष पीड़ा से फट रहा हो, "रहने दो विवाह! एक बार मेरा रति-निमन्त्रण स्वीकार कर लो।"

राम के मन में तीव्र इच्छा उठी की इस साक्षात वासना को झटककर अपना हाथ छुड़ा लें; किन्तु उसकी आंखों का पानी उन्हें कठोर बनने नहीं दे रहा था। भला इस स्त्री को कैसे समझाया जा सकता था, जिसमें न विवेक था, न स्वाभिमान, न संस्कार, न कोई सामाजिक नैतिकता...कितनी कातर और दयनीय हो रही थी, जैसे कोई विवेकहीन पशु अपनी प्राकृतिक भूख की पीड़ा से व्याकुल हो, शिलाओं पर सिर पटकने को तत्पर हो...तो क्या करें राम? सहसा उनके मन में सीता और लक्ष्मण में हो रहा परिहास जागा...क्या इस ढंग से इसे टाला जा सकता है...?

"मैं विवाहित हूं," उनका स्वर कोमल हो गया, "तुम्हें अंगीकार नहीं कर सकता, मेरा छोटा भाई अविवाहित है, सौमित्र।"

सौमित्र का नाम सुनते ही शूर्पणखा की आंखों के सम्मुख गौर वर्ण का वह चंचल, उग्र तथा सुन्दर युवक साकार हो उठा...तो वह राम का भाई ही है...राम के पग उठे तो उठते चले गए। उन्होंने पलटकर देखा...शूर्पणखा उनका पीछा नहीं कर रही थी। वह शान्तिपूर्वक वहीं बैठी थी, जहां राम ने उसे छोड़ा था...कदाचित वह लक्ष्मण की कल्पना कर रही थी या...उसने लक्ष्मण को कभी देखा है क्या?

राम समझ नहीं पा रहे थे कि शूर्पणखा के प्रति वे कैसा भाव रखें...उसकी इस मूढ़ पाशविक वासना पर दया करें अथवा क्रोध? पशु की मूढ़ता पर तो दया ही की जा सकती है; किन्तु जब वह अपने पशुत्व से न टले, तो क्रोध भी करना पड़ता है...पर क्या किया उन्होंने? शूर्पणखा को लक्ष्मण की ओर प्रेरित करना, कहीं सौमित्र के लिए कठिनाई उत्पन्न न करे। अपना पीछा छुड़ाने के लिए किया गया परिहास कहीं कोई और रूप न ले ले...सहसा राम को जटायु का ध्यान आया...वे ठीक कह रहे थे, शूर्पणखा सचमुच बहुत अविवेकी, स्वार्थी और हठी है। उसका हठ भयंकर भी हो सकता है...जटायु ने ठीक समय पर चेतावनी दी थी–यदि शूर्पणखा अपने हठ से नहीं टली और उग्र होती गई तो कोई भी दुर्घटना हो सकती है।

शूर्पणखा लौटकर अपने प्रासाद में आई, तो राम का तर्क उसके मन में बहुत दूर तक धंस चुका

था।...सम्भव है कि इन आर्यों में एक विवाह के सिद्धान्त का इतनी कठोरता से पालन किया जाता हो कि वह व्यक्ति का संस्कार बन जाता हो; और व्यक्ति के मन में किसी अन्य स्त्री के प्रति कामाकर्षण जागता ही न हो। कहीं राम इस जड़ता का ही तो बन्दी नहीं है? यदि ऐसा ही है, तो वह सरलता से न शूर्पणखा का समर्पण स्वीकार करेगा और न स्वयं समर्पित होगा। उसकी इस जड़ता को तोड़ना सरल नहीं होगा; और शूर्पणखा प्रतिदिन अपने आयोजन में असफल होकर, अपने रूप और यौवन को कोसती रहेगी तथा अपने श्रृंगार-शिल्पियों से रुष्ट होती रहेगी...किन्तु इन लोगों का यही जड़ संस्कार सौमित्र को प्राप्त करने में सहायक हो सकता है...

उसकी आंखों के सम्मुख सौमित्र का रूप उभरा। वह राम से कुछ कम बलिष्ठ लगता है, पर वय में भी तो उससे कितना छोटा है। उसकी तरुणाई में एक और ही आकर्षण है, जो राम के पौरुष में नहीं है।...अधखिले फूल को मसलने का भी एक आनन्द होता है।...

वह है भी अविवाहित! और यौन-सम्बन्धों की एकनिष्ठा के अपने संस्कारों के कारण कदाचित अभी तक उसने काम-सम्बन्धों का सुख भी कभी नहीं पाया होगा। ऐसे व्यक्ति की भूख को जगाना, उसे अपनी ओर आकर्षित करना तथा उसे वासना में बांधकर रखना, पर्याप्त सरल होगा। राम ने पत्नी-सुख भोगा है। वह जानता है कि स्त्री-सुख क्या है–उसके लिए उसमें कुछ नया नहीं है–वह इस लोभ का प्रतिरोध कर सकता है। सौमित्र स्त्री-सुख से विहीन है। उसे देखते ही सौमित्र का मन चंचल हो उठेगा, शरीर तपने लगेगा–कैसे रोक पाएगा वह स्वयं को! और शूर्पणखा प्रौढ़ नायिका के समान मुग्ध नायक को खेला-खेलाकर मारेगी। वह उसके सम्मुख काम-सुख के नए-से-नए क्षेत्र उद्घाटित करेगी। एक बार वह उसका स्पर्श करेगा, तो पिघले बिना नहीं रह सकेगा...और एक बार सौमित्र विचलित हो गया, तो वह शूर्पणखा के फन्दे से निकल नहीं पाएगा...शूर्पणखा सदा के लिए उससे चिपक जाएगी।

उसके मन में अनेक सुखद कल्पनाएं प्रफुल्लित हो उठीं...सौमित्र की पत्नी, प्रेमिका, भोग्या–कुछ भी बनकर रहे, रहेगी वह राम के निकट ही। निकट रहेगी तो सदा राम को भी लुभाती और ललचाती रहेगी। देखेगी, कब तक राम उससे भागता है? कब तक उसका प्रतिरोध टूटता नहीं है?...वह सौमित्र के माध्यम से अन्त में राम तक भी पहुंचेगी। राम को प्राप्त करेगी ही...

उसे लगा, सुख की कल्पना से उसका कलेजा फट जाएगा–यह तो उसकी अपनी अपेक्षा और कामना से भी बढ़कर हुआ। उसने तो केवल राम को मांगा था, उसे तो राम और लक्ष्मण दोनों ही मिल रहे हैं।

सहसा वह चौंकी। राम ने उसे सौमित्र की ओर प्रेरित क्यों किया? यदि वह उसे लुभा नहीं पाई थी, तो फिर उसे उसने सौमित्र तक जाने को इंगित क्यों किया? कैसी मूर्खा है शूर्पणखा! इतनी-सी बात भी वह अभी तक समझ नहीं पाई। अपने सामाजिक नियमों के अनुसार राम उसका समर्पण स्वीकार नहीं कर सकता...अतः उसने सौमित्र की आड़ में उसे अंगीकार करने का नाटक रचा है...कैसा चतुर है राम! और मूर्ख शूर्पणखा समझती रही कि वह उसे रिझा नहीं पाई। वह अपने रूप और यौवन को कोसती रही, अपने श्रृंगार-शिल्पियों को अन्धकूप में डलवाने की योजनाएं बनाती रही...राम उस पर न रीझा होता, तो दूसरे दिन भी सन्ध्या को उसे, उसी समय, उसी स्थान पर क्यों मिलता? उसके निकट शिला पर बैठकर उसकी बातें क्यों सुनता? उसके प्रत्येक तर्क को काट, वक्रता से क्यों मुस्कुराता और अन्त में सौमित्र के माध्यम से स्वयं तक पहुंचने का मार्ग क्यों बताता...

ओह शूर्पणखा! तू कितनी मूर्ख है! काम और प्रेम के व्यवहार को भी उसके प्रत्यक्ष, स्थूल रूप में स्वीकार करती है। तेरा कभी किसी चतुर काम-रसिक से सम्पर्क ही नहीं हुआ...

"ओ सखी वज्रा!" शूर्पणखा वज्रा से लिपट गई, "तुझे क्या बताऊं, कितनी प्रसन्न हूं मैं! जा, भोजन के विशेष व्यंजनों का प्रबन्ध कर। तीखी मदिराओं की व्यवस्था कर। अपना सुख भुला न पाई तो प्रसन्नता से मर जाऊंगी। शृंगार-शिल्पियों से भी कह दे–कल के शृंगार के लिए विशेष प्रबन्ध करें। कल मुझे अभिसार के लिए जाना है और सुन! अंगरक्षकों को कह दे, आसपास के ग्रामों का सारा दूध लाकर मेरे स्नान-सरोवर में डाल दें, कल मैं दुग्ध-स्नान करूंगी।" वज्रा कुछ भी समझ नहीं पाई वह मात्र फटी-फटी आंखों से उसे देखती रही।

राम के आश्रम में प्रातः से ही विभिन्न आश्रमों तथा ग्रामों के जन-सैनिकों की टोलियां पहुंचनी आरम्भ हो गईं। सैनिकों के साथ उनके शस्त्र थे और साथ ही अन्न-भंडार भी। कई टोलियां तो अपनी आवश्यकता से कहीं अधिक अन्न लाई थीं, ताकि यदि अन्य टोलियों के पास अन्न का अभाव हो तो उसकी पूर्ति की जा सके। सबसे अधिक अन्न भीखन के गांव से आया लगता था।

आज के आश्रम का दायित्व सीता पर था। लक्ष्मण, मुखर और जटायु–बाहर से आए जन-सैनिकों की व्यवस्था में व्यस्त हो गए थे। उचित स्थान देख, अस्थायी कुटीरों का निर्माण कर, उनके आवास का प्रबन्ध हो रहा था। उनमें परस्पर सम्पर्क और संचार की व्यवस्था करनी थी। स्थानीय जन-सैनिकों के नेतृत्व में आसपास के भूगोल का ज्ञान प्राप्त करने का प्रबन्ध करना था...और यद्यपि शस्त्रों और अन्न की मात्रा पर्याप्त थी, तथापि उनके सम्यक वितरण की देखभाल करनी थी।

आवास-प्रबन्ध के प्रधान जटायु थे। राम ने उन्हें रण-नीति समझा दी थी। आश्रम के चारों ओर टीलों तथा ढूहों का प्रयोग दुर्ग के रूप में किया जाना था। सैनिकों को उन ढूहों के एक ओर इस प्रकार बसाया जाना था कि वे आश्रम से तो दिखाई पड़ें, किन्तु विपरीत दिशा से आनेवाले व्यक्ति की दृष्टि उन पर न पड़ सके। जिस टोली को जहां ठहराया जा रहा था, उसे वहीं रहना था और वहीं से युद्ध करना था, ताकि युद्ध के समय न उन्हें व्यूह-बद्ध होना पड़े, न कहीं आना-जाना पड़े।

उन्हें अपने-अपने ढूह के पीछे छिपकर अपनी रक्षा करते हुए, शत्रु की अधिक-से-अधिक क्षति करनी पड़ी। संचार-व्यवस्था मुखर के पास थी। प्रत्येक ढूह के लिए दोहरी संचार-व्यवस्था का प्रबन्ध था–एक ओर अपने आसपास के ढूहों से परस्पर सम्पर्क तथा दूसरी ओर आश्रम से सीधा सम्पर्क, ताकि सूचनाओं तथा आदेशों के आने-जाने में कोई विघ्न न पड़ सके।

शस्त्रों तथा अन्न-भंडारों की व्यवस्था लक्ष्मण देख रहे थे। प्रत्येक टोली के पास उनकी आवश्यकता के अनुसार अन्न तथा शस्त्र हों। आवश्यकता होने पर, किस प्रकार उन तक और अन्न तथा शस्त्र पहुंचाए जाएं, और पीछे हटने अथवा ढूह ख़ाली करने की स्थिति में कैसे अन्न और शस्त्र वहां से हटाए जाएं। विपरीत दिशा से आते हुए शत्रुओं से निकट पड़नेवाले ढूहों पर कम दूरी तक मार करनेवाले धनुष तथा धनुर्धारी हों तथा आश्रम के निकट और शत्रुओं से दूर पड़नेवाले ढूहों पर, दूर तक वार करनेवाले धनुष तथा धनुर्धारी। अन्य छोटी-मोटी समस्याएं भी उठ खड़ी होती थीं। लक्ष्मण उनमें उलझे हुए थे।

राम, आश्रम में अपनी कुटिया के सम्मुख ही आसन जमाए बैठे थे। उनके पास निरन्तर सूचनाएं पहुंच रही थीं...कहां-कहां से जन-सैनिक आ गए हैं। कौन सी टोली किस ढूह पर बसाई गई है। कहां-कहां अन्न तथा शस्त्रों का निरीक्षण हो चुका है। कहां-कहां पर संचार-व्यवस्था स्थापित हो गई

है।...वे अपने सम्मुख पंचवटी क्षेत्र का बड़ा सा मानचित्र बिछाए बैठे थे। जिस-जिस ढूह पर सैनिक बसते जा रहे थे, उसे वे चिह्नित करते जाते थे...।

प्रत्येक नई सूचना को वे बड़ी ललक के साथ ग्रहण करते थे, फिर भी उनके मन में अभी एक प्रतीक्षा बनी हुई थी...अगली सूचना लानेवाले की ओर उन्होंने देखा–यह उल्लास था; मणि का पति।

"एक सूचना लाया हूं!" अभिवादन के पश्चात वह बोला।

"मेरे ज्ञान के अनुसार, तुम आज के सन्देश-वाहकों में से नहीं हो।"

"नहीं हूं। किन्तु यह कुछ अन्य सूत्रों से प्राप्त भिन्न सूचना है।"

"बच्चे का स्वास्थ्य कैसा है?" राम ने पूछा।

"पहले से बहुत सुधरा है," वह मुस्कुराया, "किन्तु सूचना बच्चे के विषय में नहीं है।"

"बोलो।"

"प्रातः से अब तक तीन ग्रामों में ग्रामीणों तथा शूर्पणखा के अंगरक्षकों में सशस्त्र झड़पें हो चुकी हैं। यह संयोग है कि लक्ष्मण ने कल ही इन सब ग्रामों में शस्त्र वितरण का कार्य समाप्त किया और आज शूर्पणखा के अंगरक्षक वहां आ पहुंचे।"

"क्या वे शस्त्र छीनने आए हैं?"

"नहीं!" उल्लास बोला, "वे लोग उसका दूध छीन रहे हैं। ग्रामीणों ने दूध देना अस्वीकार किया, तो अंगरक्षकों ने शस्त्र निकाल लिये। अब तक ग्रामीणों के पास शस्त्र नहीं थे, वे भयभीत हो जाया करते थे, किन्तु आज वे भी सशस्त्र थे, अतः संघर्ष हो गया।"

"कोई घायल हुआ?"

"अनेक! दो अंगरक्षक भी मारे गए हैं।"

राम ने सन्देशवाहकों की टोली की ओर देखा। एक सन्देशवाहक निकट आया।

"मुखर से कहो कि निकट के समस्त ग्रामों को सूचित कर दे कि शूर्पणखा के अंगरक्षक उनसे बलात दूध छीनने आएंगे। अतः वे लोग सन्नद्ध रहें। जाओ।"

दूसरे सन्देशवाहक को उन्होंने सन्देश दिया, "लक्ष्मण से कहो, जनवाहिनी की दो टोलियां ग्रामों के आसपास फैला दें और संघर्ष की स्थिति में वे तत्काल ग्रामीणों की सहायता करें–आदेश की प्रतीक्षा न करें। लक्ष्मण से यह भी कहो कि वे पहले से ही देख लें कि इन ग्रामों में शस्त्रों की कमी न हो।"

तीसरे सन्देशवाहक से बोले, "जिन ग्रामों में संघर्ष हुए हैं, वहां के हताहतों को उठवाकर यहां लाने का प्रबन्ध करवाओ, तुरन्त।"

चौथे को उन्होंने कहा, "सीता से कहो, शल्य-चिकित्सा की तत्काल व्यवस्था करें। अनेक घायलों की पट्टी करनी होगी।"

चारों सन्देशवाहकों को भेजकर वे उल्लास की ओर मुड़े, "दूध का क्या झगड़ा है? वर्षों से प्रतिदिन ढेरों दूध शूर्पणखा के अंगरक्षक निःशुल्क ले जाते हैं, अब क्या झगड़ा है?"

"मैंने पता लगाया है," उल्लास बोला, "पहले दूध की एक निश्चित मात्रा जाती थी, किन्तु आज वे सारा-का-सारा दूध छीन रहे हैं। यहां तक कि बच्चों के लिए भी थोड़ा सा दूध वे छोड़ना नहीं चाहते।"

"बात क्या है?" राम जैसे अपने-आप से पूछ रहे थे, हमें ऐसी कोई सूचना नहीं मिली, जिससे

आभास हो कि स्कन्धावार में सैनिकों की संख्या बढ़ रही है या किसी अन्य कारण से उन्हें दूध की अधिक आवश्यकता है।...सहसा वे उल्लास से सम्बोधित हुए, "तुमने मणि से पूछा कि इसका क्या कारण हो सकता है?"

"मैं तो सीधा आपको सूचना देने चला आया," उल्लास बोला, "मणि से मेरी बात ही नहीं हुई।"

"अच्छा तो ऐसा करो," राम कुछ सोचते हुए बोले, "एक तो तुम मणि से पूछो, दूसरे आदित्य से। आदित्य को जानते हो न, वह सुन्दर और बलिष्ठ युवक, जिसे शूर्पणखा ने माली बना रखा था। वह आर्य जटायु की टोली में होगा। आशा है, इन दोनों में से किसी से दूध की आवश्यकता का कारण मालूम हो जाएगा। यह सूचना हमारे लिए बहुत महत्त्व की है।"

उल्लास चला गया और राम पुनः अपने काम में लग गए। सूचनाओं का प्रवाह बढ़ता जा रहा था। जैसे-जैसे दिन चढ़ता जा रहा था, कार्य का विस्तार भी वृद्धि पा रहा था।

सीता की ओर से सूचना आ गई थी कि घायलों के उपचार की समुचित व्यवस्था है–रोगियों के आते ही उपचार हो जाएगा। ग्राम से लौटे हुए सन्देशवाहक ने भी बताया था कि घायलों को लेकर लोग चल चुके हैं–थोड़ी देर तक वे लोग आश्रम में आ पहुंचेंगे।

और इस सबके मध्य भी, बार-बार राम के मन में प्रश्न उठता था कि शूर्पणखा को आज इतने अधिक दूध की आवश्यकता क्यों पड़ी?...अधिक अतिथि आ गए हैं? नए व्यंजन बनने हैं? लंका से नई सैनिक टुकड़ियां आई हैं? अथवा यह अत्याचारियों की सनक-मात्र है?...

तभी सन्देशवाहक के मुख से नई आनेवाली टोली के नायक का नाम सुनकर राम चौंके, "कौन अनिन्द्य?"

"हां, आर्य!"

"धर्मभृत्य के आश्रम के साथवाली धातु-खानवाली बस्ती से?"

"हां, आर्य!"

"आज जटायु को सूचित करो कि अनिन्द्य और उसकी टोली को यहां मेरे पास भेज दिया जाए। उन्हें वहां न बसाया जाए।"

थोड़ी ही देर में अनिन्द्य अपने साथी सैनिकों के साथ उनके सम्मुख खड़ा था। राम ने खड़े होकर उनके अभिवादन का उत्तर दिया और गद्गद कंठ से कहा, "मेरी जन-सेना की पहली टुकड़ी के वीरो! तुम्हारा स्वागत है।"

"अदेश दें!"

"तुम लोग आश्रम में रहोगे और केन्द्रीय जल-व्यवस्था तुम्हारे पास होगी," राम बोले, "तुम्हें तथा तुम्हारे साथियों को युद्ध की अवधि में भी सैनिकों तक जल पहुंचाने के लिए जाना होगा। गोदावरी के उन घाटों को किसी भी मूल्य पर अपने अधिकार में रखना होगा, जो आश्रम के निकट पड़ते हैं, अथवा जहां से स्वच्छ जल प्राप्त करना हमारे लिए सुविधाजनक है। काम कठिन है; और सम्भव है, राक्षस सेना कभी घेराबन्दी करे–तब तुम्हारा कार्य कठिनतर हो जाएगा। सोच लो।"

अनिन्द्य मुस्कुराया, "कठिन कार्य सौंपकर, आपने हमारे प्रति अपने विश्वास और स्नेह का प्रमाण दिया है; और जहां तक कठिनाई की बात है, आप निश्चिन्त रहें–हमें चुनौतियों का साक्षात्कार करने का प्रशिक्षण सीधे राम से प्राप्त करने का गर्व है।"

राम हंसे, "युद्ध-कौशल के साथ-साथ तुमने वाक्-चातुर्य भी अर्जित किया है।" अनिन्द्य भी हंसता हुआ उठ गया।

उल्लास मणि तथा आदित्य से मिलकर लौट आया।

"क्या समाचार लाए?"

"कुछ समझ नहीं पाया, राम!" वह बोला, "मणि का कहना है कि सैनिकों की किसी भी आवश्यकता की पूर्ति के लिए खर के सैनिक जाते हैं, शूर्पणखा के अंगरक्षक नहीं। दूध प्राप्त करने के लिए अंगरक्षक गए हैं, तो उसका अर्थ है कि दूध शूर्पणखा की निजी आवश्यकता के लिए चाहिए। शूर्पणखा की निजी आवश्यकता क्या हो सकती है? वह इतना दूध पी नहीं सकती। मणि का कहना है कि शूर्पणखा जब अपनी कामेच्छा के हाथों, उन्मादिनी हो जाने की सीमा तक पीड़ित होती है, तब असाधारण शृंगार की पूर्व-भूमिका के रूप में दुग्ध-स्नान करती है।" उल्लास सांस लेने के लिए रुका, "आदित्य कोई सूचना तो नहीं दे सका, किन्तु इस बात की पुष्टि उसने अवश्य की है कि शूर्पणखा के प्रासाद में दुध-स्नान के लिए एक सरोवर अवश्य बना हुआ है।"

राम कुछ सोचते रहे, और फिर मुस्कुराए, "ठीक है! बात स्पष्ट है। आज शूर्पणखा का विशिष्ट शृंगार-समारोह है। वह आज दुग्ध-स्नान करेगी।"

"किन्तु क्यों?"

"उसे रहने दो," राम बोले, "तुम सौमित्र को सूचित कर दो कि सम्भवतः आज शूर्पणखा उनसे भेंट करने आए। वे मनोबल और शस्त्र-बल से तैयार रहें।"

"कोई विशेष बात है?" उल्लास ने चकित होकर पूछा।

"विशेष ही समझो," राम मुस्कुराए, "तुम सौमित्र को सूचित कर दो; और यदि कुछ असाधारण न हो तो आज का शेष समय अपने परिवार के साथ ही बिताओ। जाओ।"

शूर्पणखा ने जी भरकर दुग्ध-स्नान किया। उसकी दासियों ने दूध से मल-मलकर उसके अंग धोए। उसे यह सूचना मिल चुकी थी कि अनेक ग्रामों में दूध प्राप्त करने के लिए उसके अंगरक्षकों को शस्त्र-प्रयोग करना पड़ा है; और चार अंगरक्षक इन्हीं संघर्षों में मारे गए हैं तथा अन्य कुछ घायल भी हुए हैं। किन्तु इस समय वह इन छोटी-मोटी बातों की ओर ध्यान नहीं देना चाहती थी। आज वह इसी धुन में थी कि उसका शृंगार ऐसा होना चाहिए, जैसा सारे विश्व में पहले कभी किसी का नहीं हुआ। उसे आज सौमित्र से मिलने जाना था–ऐसा कुछ न रह जाए, जिसके कारण सौमित्र को आकर्षित करने में उसे कठिनाई हो।

लंका से आए हुए शृंगार-वैद्य अपने आसव और औषधियां उसे निरन्तर पिला रहे थे। आज प्रसाधन में शृंगार-शिल्पियों ने कुछ असाधारण कर दिखाने का संकल्प कर रखा था। शृंगार की प्रक्रिया कुछ इतनी वैविध्यपूर्ण और दीर्घकालीन सिद्ध हुई कि स्वयं शूर्पणखा भी ऊबने लगी; किन्तु उसने निश्चय कर रखा था कि शृंगार-शिल्पियों को पूरी तरह अपने मन की करने देगी, ताकि बाद में वे यह उपालम्भ न दे सकें कि शूर्पणखा ने उन्हें समय नहीं दिया।

शृंगार-सम्पन्न होकर शूर्पणखा ने स्वयं को दर्पण में देखा–वस्तुतः आज का शृंगार असाधारण था। उसके मन में तत्काल आक्रोश जागा–उस दिन ऐसा शृंगार क्यों नहीं हुआ, जब वह राम से मिलने जा रही थी? किन्तु, अगले ही क्षण, उसने स्वयं को शान्त कर लिया–उस दिन नहीं हुआ, न सही। आज इसका लाभ उठाना चाहिए।

वह गोदावरी के पास पहुंची तो समय कुछ अधिक हो चुका था। थोड़ी ही देर में सन्ध्या ढलनेवाली

थी। झुटपुटा धरती पर उतर आने को जैसे तैयार बैठा था।...किन्तु शूर्पणखा को इन बातों की चिन्ता नहीं थी–उसकी आंखें सौमित्र को खोज रही थीं।

उसे अधिक प्रतीक्षा नहीं करनी पड़ी। थोड़ी ही देर में सौमित्र आश्रम की ओर लौटते दिखाई दिए; और संयोग से वे एकदम अकेले थे।

वह जाकर उनके एकदम सम्मुख खड़ी हो गई, "सौमित्र!"

लक्ष्मण ने देखा तो आश्चर्य से उनकी आंखें फैल गईं। इस वन में यह रूप और यह श्रृंगार! धरती फोड़कर यह सुन्दरी कहां से निकल आई? "कौन हो, देवि! तुम?"

"मैं शूर्पणखा हूं..."

लक्ष्मण को राम द्वारा भिजवाया गया सन्देश याद हो आया, और शूर्पणखा सम्बन्धी घटना भी मन में जीवन्त हो उठी, तो यह है शूर्पणखा? भैया को छोड़, अब वह उन पर कृपालु हुई है क्या? लक्ष्मण ने ध्यान से देखा, भैया ने ठीक ही कहा था, विगत यौवना युवती।" पचास वर्ष का वय और अठारह वर्ष की तरुणी का वेश। लक्ष्गण को इस विसंगति में परिहास के सिवाय और कुछ भी नहीं सूझ रहा था।

"क्या चाहती हो, देवि?"

"सौमित्र! मैं जनस्थान की स्वामिनी हूं, रावण की बहन–शूर्पणखा," वह बोली, "तुम नहीं जानते, किन्तु मैंने छिपकर तुम्हें देखा था; और जिस क्षण से देखा है, उसी क्षण से तुममें अनुरक्त हूं। मुझे ग्रहण करो।"

लक्ष्मण के मन में आया–जी खोलकर उच्च स्वर में हंसें, किन्तु हंसे नहीं। स्वयं को मर्यादित कर शान्त स्वर में बोले, "देवि! अनुरक्त तो आप मुझमें थीं, किन्तु समर्पण भैया को करने गई थीं। जनस्थान की स्वामिनी का अनुराग तो अद्भुत है।"

"ठीक कह रहे हो," शूर्पणखा तनिक भी विचलित नहीं हुई, "सोचा था, बड़े भाई के अविवाहित रहते, तुम विवाह नहीं करोगे। अतः उन्हीं से विवाह कर, तुम्हारे निकट रहूंगी।"

"और अब मुझसे विवाह कर, किसके निकट रहना चाहती हो?" लक्ष्मण मुस्कुराए।

"कैसे दुष्ट हो तुम!" शूर्पणखा ने इठलाकर, उन्हें अपांग दृष्टि से देखा, "तुमसे विवाह करूंगी तो तुम्हारे निकट रहूंगी; किसी और के निकट रहने क्यों जाऊंगी!"

"मैंने सोचा, शायद तुम लोगों की ऐसी कोई रीति हो कि जिसके निकट रहना हो, विवाह उससे न कर उसके निकट के किसी अन्य व्यक्ति से किया जाता हो।" शूर्पणखा झूम-झूमकर हंसी, जैसे लक्ष्मण ने कोई अत्यन्त सुखद विनोद किया हो।

"अच्छा, तुम हंसो। मुझे बहुत काम है।" लक्ष्मण चलने को हुए।

"अरे, जा कहां रहे हो?" शूर्पणखा उनके मार्ग में खड़ी हो गई, "विचित्र पुरुष हो! एक सुन्दरी एक सौ सोलह श्रृंगार किए, समर्पण के लिए तत्पर तुम्हारे मार्ग में खड़ी है, और तुम्हारे मन में बढ़कर उसे थाम लेने का पौरुष ही नहीं जागता!"

"दोष उसी सुन्दरी का है; उसने समर्पण के लिए ऐसा पौरुषहीन पुरुष ही क्यों चुना!" लक्ष्मण चल पड़े, "तुम्हें कोई ऐसा पुरुष नहीं मिला, जिसका पौरुष तुम्हें देखते ही खौल उठे?"

"जब मेरा मन ही तुम पर आया है, तो दूसरा पुरुष कैसे मिल सकता है?" शूर्पणखा लक्ष्मण के साथ-साथ चलने लगी।

"कहां जाओगी?"

"तुम्हारे साथ!"

"मैं तो अपने आश्रम में जा रहा हूं। वहां जाओगी तो लोग तुम्हारे इन कुन्तलों का जटाजूट बना देंगे; और ठंडे जल के स्नान से तुम्हारा सारा रूप-यौवन निखार देंगे।"

"तो क्या हुआ!" शूर्पणखा की आंखों में मादकता उतरी, "ऐसा क्या है, जो तुम्हें पाने को मैं नहीं कर सकती?"

"सब-कुछ कर सकती हो?"

"हां।"

"तो मेरा कहा मानो।"

"कहो।"

"गोदावरी में डूब मरो।"

शूर्पणखा फिर जोर से हंसी, "प्रेम की परीक्षा लेना चाहते हो? मैं डूब भी मरूंगी, अपनी हठ की बड़ी पक्की हूं," वह किसी षोडशी के समान इठलाई, "आओ मेरे साथ। देख लो, तुम्हारे कहने पर डूब मरती हूं या नहीं।"

आश्रम निकट आ गया था और लक्ष्मण की समझ में नहीं आ रहा था कि उससे मुक्ति कैसे पाएं। जिस ढंग से वह चलती जा रही थी, उससे तो लगता था कि वह आश्रम तक ही नहीं, आश्रम के भीतर भी जाएगी।

"अच्छा ऐसा करो। इस समय चली जाओ," लक्ष्मण बोले, "कल प्रातः गोदावरी-तट पर आ जाना, फिर देखूंगा कि तुम मेरे कहने से डूब मरती हो या नहीं। यदि डूब मरोगी तो मैं तुमसे विवाह कर लूंगा।"

"डूब मरूंगी तो विवाह कर लोगे?"

"कर लूंगा।"

"पक्की बात।"

"पक्की।"

"तो विवाह कर लो। मैं तुम्हारे प्रेम में डूबकर, तुम पर मर चुकी हूं।"

"ठीक है," लक्ष्मण मुस्कुराए, "विश्वास हो गया कि तुम मर चुकी हो, अब तुम्हारा क्रिया-कर्म कर लूं, फिर जो कन्या पसन्द आएगी, उससे विवाह कर लूंगा। तुम अब जाओ।"

"तुम बहुत रोचक बातें करते हो," वही हंसी, "मैं तुमसे विवाह किए बिना नहीं जाऊंगी।" वे लोग आश्रम के टीले पर चढ़ते-चढ़ते काफ़ी ऊपर आ गए थे। लक्ष्मण सावधान थे कि जिस मार्ग से वे लोग आ रहे हैं, उसके साथ के दोनों ओर के ढूहों पर जन-सैनिकों के कुटीर हैं; किन्तु शूर्पणखा पीछा ही नहीं छोड़ रही थी। अब उसे टीले से धक्का दे दें अथवा स्वयं कूद जाएं?

अन्त में तंग आकर बोले, "देखो देवि! मैं तो भैया राम का अनुचर हूं। दास। उनकी अनुमति के बिना मैं पेड़ के फल तक नहीं तोड़ता। विवाह तो दूर की बात है।"

"फल मत तोड़ना," शूर्पणखा धृष्टता से मुस्कुराई, "विवाह कर लो। तुम्हारे भैया से अनुमति मैं ले चुकी हूं। उन्होंने कहा था, सौमित्र स्त्रीविहीन है–उससे विवाह कर लो।"

"स्त्रीविहीन हूं, बुद्धिविहीन तो नहीं कि तुमसे विवाह कर लूं," लक्ष्मण झल्लाकर बोले, "अब तुम जाती हो या सचमुच तुम्हें टीले से नीचे धक्का दे दूं?"

"धक्का-मुक्का प्रेम की प्रौढ़ स्थिति है," शूर्पणखा ने अपनी भंवें नचाईं, "अभी तो केवल विवाह

कर लो।" वे आश्रम के भीतर प्रवेश कर चुके थे और लक्ष्मण का रोष चरम सीमा पर था। स्वय को ऐसा विवश उन्होंने कभी नहीं पाया था। कैसे छुटकारा पाएं... ?

सामने अपनी कुटिया के बाहर राम बैठे थे। लक्ष्मण समझ नहीं पा रहे थे–वे भैया के सामने कैसे जाएंगे, और साथ हीं भाभी के कटाक्ष... एक अपरिचित सुन्दरी को लक्ष्मण के पीछे जाते देख, मुखर और अनिन्द्य की उत्सुकता भी जाग उठी थी। वे भी उधर ही देख रहे थे...

किन्तु लक्ष्मण से पूर्व ही, शूर्पणखा झपटकर राम के सम्मुख पहुंची, "राम! तुमने कहा था कि सौमित्र स्त्रीविहीन..."

तभी कुटिया से सीता बाहर निकतीं।

शूर्पणखा ने सीता को देखा–पूर्ण यौवना। असाधारण सुन्दर स्त्री। साधारण वनवासी वेश। मुखमंडल पर कैसी सौम्यता! मुक्त प्राकृतिक सौन्दर्य ने जैसे नारी का रूप धारण कर लिया हो–कोई श्रृंगार नहीं, कोई प्रसाधन नहीं; और फिर भी ऐसा रूप। शूर्पणखा की कल्पना ने श्रृंगार से पूर्व दर्पण में देखा गया अपना रूप लाकर सीता के मुखमंडल के साथ रख दिया–उसे अपना चेहरा कंकाल समान दिखाई दे रहा था...

तो यह कारण है। वह अब समझ पाई थी कि क्यों राम और सौमित्र उसका इस प्रकार उपहास करते रहे हैं। जिसकी ऐसी पत्नी हो, वह राम शूर्पणखा को क्यों स्वीकार करेगा, और जिसकी ऐसी भाभी हो, वह लक्ष्मण अपनी पत्नी के रूप में शूर्पणखा की कल्पना भी कैसे करेगा...यही है वह स्त्री, जिसके कारण शूर्पणखा आज तक गले पड़ी वस्तु के समान ठुकराई जाती रही है। यह स्त्री उसके अपमान का कारण तो है ही–यही उसके मार्ग की बाधा भी है। इसके रहते हुए शूर्पणखा को कभी सुख नहीं मिल सकता; राम अथवा सौमित्र में से कोई भी उसे नहीं अपनाएगा...इस स्त्री को नहीं रहना चाहिए, इसे मर जाना चाहिए, इसे जीवित रहने का कोई अधिकार नहीं है...

शूर्पणखा का क्रोध छिपा नहीं रहा, उसकी हिंस्र वृत्ति उसके चेहरे पर प्रकट होने लगी...उस पर जैसे उन्माद छा गया। उसके लिए देशकाल जैसे शून्य में विलीन हो गया। वह केवल शूर्पणखा थी, और सामने थीं सीता। वह भूल गई कि वह कहां खड़ी है, उसके आसपास कौन है...उसे तो केवल अपने मार्ग की बाधा दिखाई पड़ रही थी...बाधा...

शूर्पणखा ने आविष्टावस्था में अपना उत्तरीय अलग फेंका और झटके से अपनी रसना में से कटार निकाली। सीता पर छलांग लगाने के लिए उसकी एड़ियां उठी ही थीं कि लक्ष्मण का खड्ग आकर उसके कटार से लग गया। प्रहार से पूर्व ही लक्ष्मण उसे धकेलते हुए परे ले गए।

लक्ष्मण अपने खड्ग पर शूर्पणखा का दबाव अनुभव कर रहे थे...अपने वय की स्त्री की दृष्टि से शूर्पणखा का बल असाधारण था...लक्ष्मण ने झटके से अपना खड्ग हटाया, तो शूर्पणखा अपने ही जोर से धरती पर जा रही; किन्तु असाधारण स्फूर्ति से वह उठी और पुनः लक्ष्मण पर झपटी। लक्ष्मण ने पुनः खड्ग का प्रहार किया। शूर्पणखा के हाथ से कटार दूर जा गिरी। भूमि पर लोटती हुई, शूर्पणखा भी कटार तक गई और पुनः उठ खड़ी हुई। इस बार उसने लक्ष्मण पर प्रहार किया। लक्ष्मण ने उसे सीधे खड्ग पर रोका और धक्का देने से पूर्व, क्षण-भर शूर्पणखा के रूप को देखा–उसके श्रृंगार का सारा वैभव लुट चुका था। केश खुलकर बिखर गए थे। वस्त्र मिट्टी से मैले हो गए थे। सुगन्धित द्रवों पर धूल ने कीचड़ बना दिया था। अनेक स्थानों से शरीर छिल गया था।

स्वेद और धूल के चेहरे के लेपों को विकृत कर दिया था; और उसके हृदय के विकृत भाव–हिंसा, घृणा, उग्रता आकर उसके चेहरे पर चिपक गए थे। वह राक्षसी अत्यन्त घृणित और भयंकर रूप धारण किए हुए थी...

लक्ष्मण के झटके से शूर्पणखा की कटार पुनः हवा में उछल गई और वह स्वयं भूमि पर जा गिरी। लक्ष्मण ने खड्ग की नोक उसके वक्ष से जा लगाई, "न्याय के अनुसार तो तेरा दंड सिवाय मृत्यु के और कुछ नहीं हो सकता; किन्तु तू निःशस्त्र स्त्री है और हमारे आश्रम में अकेली है, इसलिए तेरा वध नहीं करूंगा, पर अदंडित तू नहीं जाएगी। ले दंड के चिह्न...!" और लक्ष्मण ने क्षण-भर में अपने कौशल से उसकी नासिका और श्रवणों पर खड्ग की एक-एक सूक्ष्म रेखा बना दी, जिनसे रक्त की बूंदें टपक रही थी। लक्ष्मण पीछे हट गए, "उठ! और चली जा।"

शूर्पणखा सहमी-सी उठी। उसने आशंका-भरी दृष्टि से लक्ष्मण को देखा और फिर झटके से पलटकर भागी। सब-कुछ जैसे क्षण-भर में ही हो गया था। सीता अभी तक आकस्मिकता के झटके से ही नहीं उबरी थीं। बिना यह जाने कि बाहर कौन है और क्या स्थिति है–वे असावधान-सी, सहज रूप से बाहर आई थीं। इससे पहले कि वे शूर्पणखा को देखतीं और समझती कि वह कौन है तथा क्या चाहती है–शूर्पणखा उन पर आघात कर चुकी थी। वह तो सौमित्र की ही स्फूर्ति थी, जिसने उन्हें बचा लिया; अन्यथा जाने क्या अघटनीय घटता...क्षण-भर स्तब्धता रही और तब राम बोले, "आर्य जटायु की बात सत्य हुई। शूर्पणखा की उग्रता अब उग्रतर ही होगी। रावण को चुनौती भेजी जा चुकी। कल से संघर्ष के लिए प्रस्तुत रहो।"

चार

रथ रुका तो वह कुछ संकुचित हुई। ऐसे वेश में वह प्रासाद के भीतर कैसे जाएगी? दास-दासियों का सामना कैसे करेगी?...किन्तु कोई विकल्प नहीं था। जाना तो था ही, उसे देख दासियां हतप्रभ रह गई, किन्तु पूछने का साहस किसी को नहीं हुआ। स्तब्ध खड़ी उसे देखती रहीं।

जाते ही शूर्पणखा पलंग पर गिर पड़ी और निकट आई परिचारिका की ओर देखे बिना ही बोली, "वज्रा को बुलाने के लिए किसी को भेज दे, तत्काल!...और मदिरा!"

वज्रा ने आने में तनिक भी विलम्ब नहीं किया, "यह क्या, स्वामिनी?"

"एक हिंस्र पशु से मुठभेड़ हो गई," शूर्पणखा मदिरा पीती रही, "घाव धोकर कोई औषधि लगा दे और परिघान बदल दे।"

वज्रा के मन के प्रश्न मन में ही रह गए।...वह पूछना चाह रही थी कि 'तुमसे भी अधिक हिंस्र कोई पशु इस वन में है, स्वामिनी? और उस हिंस्र पशु के पंजे नहीं थे क्या? वह हाथ में करवाल लेकर आया था? वह देख रही थी–सारे शरीर पर कहीं नखों के चिह्न नहीं थे। शरीर ऐसे छिला था, जैसे कोई भूमि पर गिरे अथवा शिलाओं पर घिसटे। हां, नाक तथा कानों पर खड्ग की नोंक से खींची गई रेखाएं थीं...

शूर्पणखा मदिरा पीती रही। इन राम तथा सौमित्र से तो वह युवा माली ही अच्छा था। न सही उनकी समता का, परन्तु बुरा भी क्या था। सुन्दर था, पुष्ट था और सबसे बड़ी बात–शूर्पणखा के लिए वह व्यक्ति नहीं, वस्तु था। वह उसका जो चाहती, करती; तब भी कशा हाथ में रखती थी... इनके पास गई तो उल्टे यह उपहार ले आई...

उनका इतना साहस ही कैसे हुआ कि वे शूर्पणखा के प्रस्तावों को ठुकराएं...स्पष्टतः यह सब खर की अयोग्यता और असावधानी के कारण है...खर अपना आतंक बनाए रखता, तो किसका साहस था कि शूर्पणखा के साथ वह ऐसा व्यवहार करता, किन्तु प्रश्न यह है कि शूर्पणखा अब क्या करे? खर के पास जाए? मद्यप खर! उससे पचासों प्रश्न पूछेगा। उसने पहले उसे सूचना क्यों नहीं दी? वहां गई थी तो साथ अंगरक्षक लेकर क्यों नहीं गई?...

इन सारे प्रश्नों का उत्तर देने से क्या अच्छा नहीं है कि वह स्वयं ही उनसे निबट ले? कल अपने अंगरक्षकों की टुकड़ी क्यों न भेज दे? वे लोग वन के किसी एकान्त में सौमित्र को घेरकर छलपूर्वक उसकी हत्या कर दें।...शूर्पणखा के मन में पुनः आशा का संचार हुआ–एक बार सौमित्र मारा जाए, तो किसी प्रकार वह सीता की भी हत्या करवा देगी...सीता के लिए उसे दुख भी होता है। सीता ने उसका क्या बिगाड़ा है? और कैसी सुन्दर है वह! एक बार खर अथवा रावण उसे देख ले तो शूर्पणखा को कुछ कहने अथवा करने की आवश्यकता ही नहीं होगी–वे स्वयं ही राम और सौमित्र का वध कर उसका हरण कर ले जाएंगे। किन्तु शूर्पणखा राग का वध नहीं चाहती। जह जीवित राम चाहती है...जीवित। राम का शरीर, राम का मन, राम की शक्ति, राम की धधकती वासना में वह जलना चाहती है...और यदि सम्भव न हो, तो उसे अपनी वासना में जलाना चाहती है। प्रातः शूर्पणखा ने लंका से आए श्रृंगार-शिल्पियों को न केवल अपने श्रृंगार के लिए बुलाए जाने का निषेध कर दिया, वरन उन्हें बिना पुरस्कार दिए ही लंका लौट जाने का आदेश भिजवा दिया। अब शूर्पणखा को उनकी कोई आवश्यकता नहीं थी।...उनकी सहायता से राम उसे नहीं मिल सकता था।

रक्षिका को बुलाकर उसने अंगरक्षकों के नायक को अपनी पूरी क्षमता के साथ तत्काल अभियान के लिए प्रस्तुत होने की आज्ञा दी।

और जब वज्रा उसका श्रृंगार करने आई तो शूर्पणखा ने रत्नाभरणों तथा सुगन्धित द्रव्यों को परे हटा दिया, "युद्ध-वेश सजा, वज्रा! आज अभियान पर जा रही हूं।"

"कोई कटाक्षों से ही मर जाए तो उसे खड्ग से क्यों मारती हैं, स्वामिनी?" वज्रा हंसकर बोली।

"इस बार शिला-वक्ष से पाला पड़ा है, वज्रा! उस पर न कटाक्षों का प्रभाव होता है, न मुस्कानों का। उसे तो खुला और स्पष्ट रति-निमन्त्रण भी नहीं रिझा पाया," शूर्पणखा का उदास स्वर रोषपूर्ण हो उठ, "अब उसे मैं खड्ग से ही हस्तगत करूंगी।" वज्रा ने स्वामिनी को और कुरेदना उचित नहीं समझा। कहना कठिन था कि कब वह भड़क उठे और अपना रोष यहीं प्रकट करना आरम्भ कर दे।

शस्त्रास्त्रों से सुसज्जित होकर शूर्पणखा अपने अंगरक्षकों के साथ चली। आरम्भ में उसका रथ सबके आगे चल रहा था, किन्तु जैसे-जैसे गोदावरी का तट निकट आता जा रहा था, शूर्पणखा के मन के आवेग के साथ-साथ उसके रथ का वेग भी कम होता जा रहा था...उसकी कल्पना में हाथ में करवाल लिये क्रुद्ध सौमित्र खड़ा था। उसकी आंखों की उग्रता शूर्पणखा से सही नहीं गई। यदि वह फिर उसी सौमित्र से युद्ध करने जा रही है, तो उसे क्या उपलब्ध होगा? उसे लगा, उसके मन में कहीं गहरे सौमित्र का भय उसके सम्मुख प्रकट होता जा रहा था...और जब साथ ही राम भी अपना धनुष तानकर खड़े हो गए, तो शूर्पणखा के प्राण भी नहीं बचेंगे...

गोदावरी के तट पर पहुंचकर उसने अपना रथ एक ओर हटाकर खड़ा कर लिया। "मैं यहां खड़ी हूं" वह नायक से बोली, "तुम लोग जाओ। सौमित्र तथा सीता का वध करो। राम को जीवित

पकड़ने का प्रयत्न करो और सारा आश्रम अग्निसात कर दो।" सहसा उसका स्वर अत्यन्त क्रूर हो उठा, "असफल होकर मत लौटना, अन्यथा तुम मेरी प्रकृति से परिचित हो।"

नायक ने आश्चर्य से शूर्पणखा को देखा–यह वह शूर्पणखा थी, जो प्रत्येक अभियान में, रक्तचाप और अग्निदाह में सबसे आगे होती थी, जिसका खड्ग किसी भी अन्य सैनिक के खड्ग से अधिक क्रूर होता था, और जो युद्ध में भयंकर कृत्या के समान नाश की लपट के समान चलती थी। किन्तु आज वह एक किनारे खड़ी हो गई थी...शूर्पणखा राम और लक्ष्मण से भयभीत थी, अथवा अपने हृदय से बाध्य?...

प्रश्न करना नायक के अधिकार में नहीं था। उसने खड्ग उठाकर माथे से लगाया, "स्वामिनी की आज्ञा का पालन किया जाएगा।"

उसी खड्ग से अपने सैनिकों को आदेश दिया, "बढ़ो!"

गोदावरी पार कर वे लोग राम के आश्रम के सम्मुख आए। नायक ने देखा–कहीं कोई व्यक्ति नहीं था। उन्हें सीधे आश्रम में घुस जाना था और सौमित्र तथा सीता का वध कर राम को बांध लेना था।

नायक अपने सैनिकों को लिये पूर्ण आत्मविश्वास के साथ बढ़ता जा रहा था। जैसे-जैसे वह आगे बढ़ रहा था, उसका आश्चर्य भी वर्धमान हो रहा था–स्वामिनी किस बात से डर गईं? आश्रम में राम और लक्ष्मण केवल दी ही योद्धा थे। अन्य वनवासियों और ग्रामीणों को तो वे लोग अपनी हुंकार मात्र से भगा देंगे...वैसे नायक भी मन-ही-मन कहीं मान रहा था कि स्थिति अब पहले जैसी नहीं रह गई थी। पिछले दिनों कुछ ग्रामीणों ने भी शस्त्र लेकर अंगरक्षकों का प्रतिरोध किया था। कुछ अंगरक्षक मारे भी गए थे–फिर भी ऐसी स्थिति नहीं थी कि वे लोग इन तपस्वियों और ग्रामीणों से भयभीत हो जाएं।

उसने अपने सैनिकों की ओर देखा–वे लोग संख्या में पूरे एक सौ थे। दो व्यक्ति कितने भी युद्ध-कुशल क्यों न हों–सौ सैनिकों से नहीं लड़ सकते थे। और फिर ये सौ सैनिक भी कैसे–जिन्होंने लंका के श्रेष्ठ योद्धाओं से रण-विद्या सीखी थी...

नायक बढ़ता जा रहा था–और चकित होता जा रहा था कैसे मूर्ख हैं ये वनवासी! कितने असुरक्षित और कितने अज्ञानी! इतना प्रबन्ध भी नहीं है कि कोई सूचना दे कि एक सेना तुम्हारे आश्रम में घुस आई है और वे लोग तुम्हारे टुकड़े-टुकड़े करके फेंक देंगे...

केन्द्रीय कुटियों के वृत्त में प्रवेश करते ही नायक रुक गया–उसके ठीक सामने राम अपना धनुष ताने खड़े थे। नायक ने अचकचाकर अपने चारों ओर देखा–न केवल सामने, वरन उनके पीछे भी धनुर्धारी इस भांति तैयार खड़े थे, जैसे उन्हें अंगरक्षकों की गतिविधि की क्षण-क्षण की सूचना हो। उसके सैनिकों के पास खड्ग, करवाल, शूल इत्यादि शस्त्र थे और उनके चारों ओर धनुर्धारी-ही-धनुर्धारी खड़े थे...अंगरक्षक हिले कि चारों ओर से वाणों की वर्षा हुई..."क्या करने आए हो?" राम ने पूछा।

नायक ने आत्मबल समेटा, "शूर्पणखा की आज्ञा से सौमित्र तथा सीता को मृत्युदंड देने तथा तुम्हें बन्दी करने आए हैं।"

"तो आज्ञा का पालन क्यों नहीं करते?" राम मुस्कुराए, "जानते ही हो कि आज्ञा-पालन किए बिना लौटोगे तो पुरस्कार में मृत्युदंड पाओगे।"

नायक सिहर उठा। राम ठीक कह रहे थे। विकल्प नहीं था। लड़ना ही होगा, फिर भय किसका?

ये वनवासी ही तो हैं। हाथों में धनुष-बाण पकड़ लेने से सैनिक नहीं हो जाएंगे, "चलो, वीरो, बढ़ो!" नायक ने आदेश दिया और साथ ही स्वयं भी झपट पड़ा।

किन्तु तभी चारों ओर से बाणों की एक बौछार पड़ी। सारे सैनिक तितर-बितर हो गए। नायक समझ नहीं पा रहा था कि वह कहां है और उसके सैनिक कहां हैं। उसके अपने शरीर में अनेक बाण घुस आए थे और उसे असहनीय पीड़ा हो रही थी। अन्य तथ्यों का ज्ञान धूमिल हो जाने पर भी एक बात उसके मन में अत्यन्त स्पष्ट थी कि उसने एक भी पग आगे बढ़ाया तो बाणों की ऐसी ही बौछार और होगी तथा अन्ततः उसका एक भी सैनिक जीवित नहीं बचेगा!...यह युद्ध नहीं था–आत्महत्या थी। अपने सैनिकों को इस प्रकार मरवाना सैनिक धर्म नहीं था। अनायास ही उसके कंठ से आदेश फूटा, "सैनिको! अपने प्राण बचाने के लिए लौट चलो।"

नायक के मुख से शब्द फूटते ही सैनिकों में भगदड़ मच गई–एक अन्धी दौड़। वे इस प्रकार भागे कि किसी ने पलटर भी नहीं देखा कि कौन कहां है। वे अपने हाथों के शस्त्र उठा-उठाकर चीत्कार कर रहे थे, जैसे किसी पर आघात करने जा रहे हों, किन्तु वस्तुतः वे आश्रम से निकल भागने के लिए, उजाले में आ गए उल्लू के समान पंख फड़फड़ा रहे थे।

नायक यह देखकर पूर्णतः आश्वस्त था कि उनका पीछा नहीं किया जा रहा था और भागने की उन्हें खुली छूट थी। वे लोग आकर शूर्पणखा के सामने रुके तो उन्हें अपनी वास्तविक स्थिति का ज्ञान हुआ। उनमें से एक भी सैनिक ऐसा नहीं था, जो घायल न हुआ हो, और कदाचित चौदह अंगरक्षकों के शव वे आश्रम में ही छोड़ आए थे।

शूर्पणखा ने बिना एक शब्द कहे स्थान-स्थान से घायल अपने नायक से अभियान का वर्णन सुना, और नायक के मौन होते ही अपना खड्ग उसकी पसलियों में धंसा दिया, "यह लो अपना पुरस्कार!"

"चलो, सारथि!" नायक के रक्त से सने अपने खड्ग को लहराते हुए उसने आदेश दिया। उसने पलटकर यह भी तो नहीं देखा कि नायक का शव कहां और कैसे गिरा है तथा अन्य सैनिकों की क्या स्थिति है।

इस बार शूर्पणखा ने तनिक भी संकोच नहीं किया। अब संकोच का अवकाश नहीं था। वह सीधी खर के स्कन्धावार में पहुंची, और बिना किसी प्रकार की सूचना भिजवाए, चलती हुई स्वयं खर के सामने जा खड़ी हुई।

खर अपने सामने मदिरा के भांडों तथा पात्रों का जमघट लगाए बैठा, उनसे खेल रहा था और उसके चारों ओर प्रायः नग्न दासियों का घेरा था, किन्तु शूर्पणखा को देखते ही उसकी चेतना लौट आई, "आओ भगिनी भर्तृदारिके!"

"तुम लोग जाओ!" शूर्पणखा ने दासियों को आदेश दिया।

एकान्त हो जाने पर खर ने पूछा, "क्या है, शूर्पणखा? कोई विशेष बात है?" शूर्पणखा एक मंच घसीटकर उसने सामने बैठ गई।

"ध्यान से मेरी ओर देखो!" वह बोली, "मेरी नाक और कानों पर तुम्हें कुछ दिखाई पड़ता है?"

खर ने आंखें झपकाकर देखा, "घाव हुआ है क्या?"

"यह खड्ग का घाव है!" शूर्पणखा बोली।

लगा, खर की चेतना लौट आई है। आंखों में समझदारी का भाव झलकने लगा, "यह कैसे हुआ?" शूर्पणखा ने घटना सुना दी।

"तुम अंगरक्षकों को साथ लेकर क्यों नहीं गईं?"

"व्यर्थ की बातें मत करो," शूर्पणखा का स्वर कुछ ऊंचा हो गया, "आज तक शूर्पणखा अंगरक्षकों को साथ लेकर प्रेम-क्रीड़ाएं करने जाती रही है? अपनी बात क्यों नहीं कहते कि मदिरा में डूबे रहकर तुमने इस क्षेत्र को राक्षसों के लिए असुरक्षित बना दिया है। यदि तुम्हारी सेना का आतंक बना रहता तो कोई विद्रोही यहां पग रखने का साहस नहीं करता, और जो पग रखता वह इस प्रकार मेरा अनादर नहीं कर सकता। क्या तुमने कभी देखा कि यहां की परिस्थितियां कैसे बदल रही हैं? तुम्हें मालूम हुआ कि तुम्हारे सैनिकों और मेरे अंगरक्षकों का कहां-कहां ग्रामीणों तथा तपस्वियों से संघर्ष हुआ..."

"अब रहने भी दो, राजकुमारी!" खर ने बीच में ही बात काट दी, "जब मैंने तुम्हें बताया था कि एक संघर्ष में सैनिक घायल हुए हैं और वे मृतप्राय हैं, तो तुमने सैनिक तीव्रगामी रथ लंका से अपने श्रृंगार-शिल्पी मंगाने के लिए छीन लिये, जबकि हमें शल्य-चिकित्सकों की अपरिहार्य आवश्यकता थी। फिर मैं कैसे मान लेता कि सैनिक आवश्यकताओं का तुम्हारी दृष्टि में कोई भी मूल्य था। अब जो कुछ भी तुम कह रही हो—सच कहना यह राजनीतिक आवश्यकताओं से कह रही हो अथवा..."

"कारण जो भी हो—इस विवाद से कोई लाभ नहीं है," शूर्पणखा ने भी उसकी बात पूरी नहीं सुनी, "प्रश्न तो यह है कि सम्राट को इन घटनाओं की सूचना मिलेगी, तो वे क्या करेंगे? मैं असावधान ही सही, किन्तु मेरा अपमान लंका के राजपरिवार का अपमान है, क्या सम्राट इसे सहन कर लेंगे? यदि वह कुपित हुए..."

"द्वार पर कौन है?" खर ने पुकारा।

"स्वामी?" द्वार-रक्षक भीतर आया।

"सेनापति को बुलवाओ।"

"अब तक जो कुछ घटित हुआ, वह लंका के सम्राट के लिए कम अपमानजनक नहीं है," द्वार-रक्षक के जाने के पश्चात शूर्पणखा बोली, "और उसके लिए दोषी तुम ठहराए जाओगे। मैं यहां हूं—किन्तु मेरी स्थिति भिन्न है। राक्षस-आधिपत्य तथा आतंक बनाए रखने का दायित्व मुझ पर नहीं तुम पर है।"

"तो अब क्या करूं?" खर चिन्तित हो उठा।

"अभी भी कुछ नहीं बिगड़ा," शूर्पणखा पहली बार मुस्कुराई—एक क्रूर मुस्कान, "राम की पत्नी सीता अद्वितीय सुन्दरी है। सम्राट के अन्तःपुर में वैसी एक भी सुन्दरी नहीं है। यदि तुम सीता जैसी भेंट सम्राट के सम्मुख प्रस्तुत कर दो तो वे तुम्हारी प्रत्येक भूल क्षमा कर देंगे—यह मेरा निश्चित मत है। उत्कोच से बड़ी-बड़ी समस्याएं सुलझ जाती हैं—आवश्यकता उत्कोच से ठीक रूप को पहचानने की है।"

खर का चेहरा तनिक विशद हुआ, जैसे उसकी चिन्ता कुछ कम हो गई हो। तभी दूषण ने भीतर प्रवेश किया। वह अभिवादन कर, एक मंच पर बैठ गया।

"दूषण! युद्ध के लिए सेना कितनी देर में प्रयाण कर सकती है?"

दूषण सकपका गया, "युद्ध? सेना तो लूटमार, हत्याएं, बलात्कार तथा अग्निदाह का काम करती आ रही है। युद्ध किए तो बहुत दिन हुए।"

"बकवास मत करो!" शूर्पणखा झपटकर बोली, "सेनापति के रूप में ठीक-ठीक उत्तर दो। तुम्हारी सेना राम तथा उसके संगी तापसों से युद्ध के लिए कितनी देर में प्रयाण कर सकती है? तुम जानते हो कि तुम्हारी सेना यहां राक्षसों और सम्राट के सम्मान की रक्षा के लिए रखी गई है। अब यदि हम कुछ तपस्वी सैनिकों को पाठ नहीं पढ़ा सके, तो उसके लिए सम्राट के सम्मुख उत्तरदायी कौन होगा?"

दूषण ने स्वयं को संभाला, "राजकुमारी! बहुत दिन हुए, सेना का स्वरूप लुटेरों और हत्यारों की टोली में बदल गया है, पर अब आप कहती हैं, तो वे युद्ध के लिए प्रस्तुत हो जाएंगे।...वैसे जहां तक राम के साथ युद्ध की बात है–यह बहुत कठिन नहीं होगा," वह कुछ सोचकर बोला, "जहां तक मैं जानता हूं, राम और सौमित्र को अच्छे धनुर्धर अवश्य माना जाता है, किन्तु उनके पास कोई नियमित सेना नहीं है। उनको कुछ तपस्वियों ने शस्त्र पकड़ना अवश्य सिखा दिए हैं, किन्तु शस्त्र पकड़ लेने से कोई सैनिक तो नहीं हो जाता...।"

"तुम्हारी बुद्धि की बलिहारी!"...शूर्पणखा कटु स्वर में बोली, "वे कैसे सैनिक हैं, यह मुझसे पूछो। मेरे एक सौ अंगरक्षक उनकी हत्या करने गए थे। उनमें से चौदह के शव आश्रम में पड़े हैं, और शेष में से एक भी ऐसा नहीं है, जिसे दो-चार घाव न लगे हों। कह नहीं सकती कि उनमें से कितने जीवित बचेंगे।"

"वे राजकुमारी के अंगरक्षक हैं," दूषण कटाक्षपूर्वक मुस्कुराया, "हमारे पास चौदह सहस्र सैनिक हैं। यदि राम के आश्रम को चारों ओर से घेर लें, तो दो दिन में अन्न-जल के अभाव में, वे स्वयं नाक रगड़ने आ जाएंगे," उसके स्वर का गर्व प्रत्यक्ष हुआ, "अंगरक्षक धावा करने गए थे, किन्तु यदि मुझे अधिकार दिया गया तो व्यूह-बद्ध युद्ध करूंगा।

मेरा विचार है कि अपराह्न में प्रयाण किया जाए तो सन्ध्या तक हम लंका के सम्राट के लिए तीन सुन्दर मुंडों का उपहार प्राप्त कर सकते हैं।"

"मुंड केवल एक ही चाहिए–सौमित्र का। सीता का जीवित शरीर सम्राट को उपहारस्वरूप भेंट किया जाएगा," शूर्पणखा बोली, "और स्मरण रहे–राम की आवश्यकता मुझे है।"

"जाओ! सेना को तैयार करो!" खर के आदेश दिया।

पांच

"तुम इस समय कैसे, मणि?" राम चकित थे, "बच्चों को किसके पास छोड़कर आई हो, उल्लास के पास?"

"नहीं," मणि बोली, "उल्लास को तो मुखर भैया ने कहीं काम पर भेजा है। बच्चे तो प्रातः से ही आश्रम की बाल-बाड़ी में हैं।"

"तो?..."

"मैं एक सूचना लाई हूं, भद्र राम!" मणि धीरे से बोली, "यद्यपि मेरे बच्चों के स्वास्थ्य की स्थिति को देखते हुए मुझे कोई भी कार्य नहीं सौंपा गया, किन्तु यह कार्य मैंने अपनी इच्छा से किया है। शूर्पणखा के प्रासाद में मेरी अनेक सखियां हैं, हमने एक लम्बा दुख-भरा काल एक-साथ बिताया है, अतः उन्हें मुझसे स्नेह है, और मैं उन पर विश्वास कर सकती हूं।"

"कहो, मणि!" राम दत्तचित्त थे, "मैं सुन रहा हूं।"

"शूर्पणखा के प्रासाद की दासियों की सूचना है आर्य, कि यद्यपि खर चौदह सहस्र सैनिकों लेकर युद्ध के लिए आ रहा है, किन्तु शूर्पणखा की युद्ध में विशेष रुचि नहीं है।"

"क्यों?" राम चौंके।

"उसकी सर्वाधिक रुचि दीदी के अपहरण में है।"

"सीता के अपहरण में?"

"हां, आर्य! उसने खर को सारा अभियान इस प्रकार सम्पन्न करने के लिए कहा है," मणि बोल "कि उसका अपमान करने के दंडस्वरूप सौमित्र का वध हो, रावण को उपहार में देने के लिए दी का अपहरण हो तथा युद्ध की उपलब्धि के रूप में शूर्पणखा को राम मिले–बन्दी अथवा दास रूप में। इसके लिए चाहे चौदह सहस्र सैनिकों में से एक-एक को मरना पड़े। और यदि दीदी अपहरण सम्भव हुआ, तो वे युद्ध के स्थान पर अपहरण को ही वरीयता देंगे...।"

राम चिन्तन-मग्न दृष्टि से मणि को देखते रहे, और सहसा मुस्कुरा पड़े, "मुखर ने सघन फैला रखा है अपने गूढ़ पुरुषों का; किन्तु ऐसा समाचार तो कोई नहीं लाया, मणि! तुम तो वस्तुत मणि हो, मानव-मणि। तुम्हारी उपयोगिता सबने ही कम आंकी है। तुमने कितना बड़ा काम किया है, बहन! कदाचित स्वयं तुम भी नहीं जानतीं..."

"मैं यदि आपके किसी भी काम आ सकूं..." मणि की आंखों में पानी झलकने लगा, "आपने मुझे, मेरे पति और बच्चों को कितनी यातनाओं और अन्ततः मृत्यु से बचाया है।"

"मणि!" राम के होंठों पर स्निग्ध मुस्कान थी।

मणि आंखें पोंछकर मुस्कुराई, "नहीं कहूंगी।"

थोड़ी देर तक राम एकान्त में सोचते रहे और फिर उन्होंने सन्देशवाहक भेजकर लक्ष्मण को उनके शस्त्रागार तथा सीता को चिकित्सा-कुटीर से बुलवा भेजा। वे दोनों तत्काल ही उपस्थित हो गए।

"सौमित्र!" राम का स्वर अत्यन्त स्निग्ध और कोमल था, "युद्ध की घड़ी है, अतः मेरी बात को अन्यथा न मानना।"

"क्या बात है, भैया?" लक्ष्मण कुछ चिन्तित हो उठे।

राम ने मणि की सूचना दुहरा दी।

"वे मेरा वध नहीं कर सकते," लक्ष्मण निर्द्वन्द्व भाव से बोले। उनके स्वर में चिन्ता का लेश मात्र भी नहीं था।

"इसका मुझे भी पूर्ण विश्वास है," राम बोले, "किन्तु मैं नहीं चाहता कि तुम या सीता उन्हें किसी ऐसे स्थान पर मिल जाओ, जहां से वे अपने संख्या-बल पर, अपनी पूरी सेना के मूल्य पर भी अपनी इच्छा पूर्ण कर सकें और मेरी विजय भी पराजय के समान हो जाए..."

"तो?"

"मैं चाहता हूं कि व्यूह में कुछ परिवर्तन किया जाए," राम बोले, "सीता का चिकित्सा-कुटीर और पीछे हटाकर पर्वत की कन्दराओं में पहुंचा दिया जाए; और तुम उसकी सुरक्षा के लिए उसके साथ रहो। तुम्हारी वाहिनी तुम्हारे साथ रहेगी। सहायता के लिए अगस्त्य-आश्रम की वाहिनी का नायक सिंहनाद भी तुम्हारे साथ रहेगा," राम रुककर बोले, "मैं बहुत आशंकित नहीं हूं; फिर भी युद्ध में सभी सम्भावनाओं पर विचार कर लेना चाहिए। विजय हमारी है–यह निश्चितप्राय है; किन्तु यदि

कोई ऐसी स्थिति आ गई कि हमारी पराजय हुई और मैं युद्ध में खेत रहा, तो सीता को लेकर तुम सीधे गोदावरी-तट की ओर बढ़ना। गोदावरी-तट तक का मार्ग सुरक्षित तथा घाट पर नावें तुम्हें तैयार मिलेंगी–ऐसी व्यवस्था मैंने कर रखी है...।"

"भैया!" लक्ष्मण बोले, "इसका अर्थ यह है कि मैं युद्ध में भाग ही न लूं और आप अकेले ही शत्रुओं से जूझें!"

"युद्ध में भाग तुम भी लोगे," राम बोले, "सम्भव है, तुम्हें ही अधिक भाग लेना पड़े। यदि राक्षसों को हम अपने व्यूह में न बांध पाए, उन्हें आगे बढ़ने से न रोक सके; और उन्हें तुम्हारा और सीता का स्थान ज्ञात हो गया तो निश्चित रूप से वे सभी मोर्चे छोड़कर अपनी पूरी शक्ति से तुम पर और सीता पर टूट पड़ेंगे। तब वास्तविक युद्ध तुम्हारा ही होगा–हम बाहर के सहायक मात्र रह जाएंगे। मैं तुम्हें युद्ध से निरस्त नहीं कर रहा–तुम्हें सबसे बड़ा दायित्व सौंप रहा हूं–जिस लक्ष्य को लेकर राक्षसों का आक्रमण हो रहा है, उस लक्ष्य की रक्षा का दायित्व।"

"किन्तु आपका संकट..." सीता ने कहना चाहा।

"मेरा संकट अपनी जगह है; किन्तु इस समय मैं ही सबसे अधिक सुरक्षित भी हूं," राम मुस्कुराए, "शूर्पणखा मेरा वध नहीं चाहती, और जीवित रहते मैं उसके हाथ आ नहीं सकता!"

"क्या ऐसा सम्भव नहीं कि हम तीनों यहीं एक साथ रहें?" सीता बोलीं, "जिएं तो साथ, मरें तो साथ।"

राम हंसे, "मरने की बात मत करो, और जिएंगे तो साथ-ही-साथ। तुम्हें युद्ध भी करना है और युद्ध की अवधि में घायलों की चिकित्सा भी करनी है। हमारी सेना की एकमात्र शल्य-चिकित्सक तुम हो। तुम्हारा यहां मेरे पास रहने का अर्थ होगा–घायलों को युद्ध के केन्द्र में लाना, अर्थात तुम्हारी तथा घायल सैनिकों की असुरक्षा।"

सीता चिन्तामग्न हो गई।

"अब सोचो मत," राम बोले, "जाओ, सौमित्र! तुरन्त व्यूह परिवर्तन करना है। तुम्हारी वाहिनी के स्थान पर मैं दूसरे लोगों को भेज रहा हूं। शीघ्रता करो। अपराह्न तक राक्षसों के आक्रमण की सूचना है।"

सीता और लक्ष्मण चले गए तो राम ने जन-वाहिनी की अनेक टुकड़ियों को स्थान-परिवर्तन के सन्देश भिजवाए; और अन्त में अनिन्द्य को बुला भेजा। अनिन्द्य आया तो बहुत उल्लसित था, "सारी व्यवस्था हो गई है, भद्र राम! अब कोई संकट भले आए, अपने सैनिकों को जल का संकट मैं नहीं आने दूंगा।"

"साधु अनिन्द्य!" राम बोले, "अब एक अतिरिक्त दायित्व संभालो।"

"आदेश दें।"

"जिस मार्ग को तुम्हें तथा तुम्हारे साथियों को निष्कंटक रखना है, उसका संकट की स्थिति में जल लाने के अतिरिक्त एक उपयोग और करना है।" अनिन्द्य ने गहरी दृष्टि से राम को देखा।

"सीता तथा उनका चिकित्सा-कुटीर आश्रम के पीछे की छिपी कन्दराओं में भिजवा दिया गया है। सौमित्र अपनी वाहिनी के साथ रक्षा के लिए वहीं हैं।..."

"कोई विशेष बात?" अनिन्द्य ने पूछा, और अगले ही क्षण सकपकाकर बोला, "यदि यह कोई गोपनीय बात न हो तो।"

"तुम्हारे लिए गोपनीय नहीं है," राम बोले, "राक्षस सीता का अपहरण करना चाहते हैं, और सौमित्र का वध।"

अनिन्द्य थोड़ा विचलित हुआ, किन्तु तुरन्त संभलकर बोला, "मुझे क्या करना होगा?"

"कोई ऐसी अवस्था आए कि सीता तथा लक्ष्मण को सुरक्षा के लिए गोदावरी के मार्ग से यात्रा करनी पड़े, तो तुम्हारे द्वारा रक्षित मार्ग गोदावरी तक जाने के लिए उपलब्ध होगा।"

"ऐसा ही होगा," अनिन्द्य निष्कम्प स्वर में बोला, "आप मेरा विश्वास करें राम! आपके आदेश के एक-एक शब्द का पालन होगा।"

"जाओ, मित्र!" राम शान्त थे, "मुझे प्राप्त सूचनाओं के अनुसार, अब युद्ध में अधिक विलम्ब नहीं है।"

युद्ध वेश में सज्जित राम अपनी कुटिया के सम्मुख खड़े थे। उन्होंने वक्ष पर कवच धारण कर रखा था और हाथों की हथेलियों में गोह के चमड़े के दस्ताने थे। कटि में खड्ग बंधा था। कन्धों पर तूणीर थे और हाथों में धनुष। चेहरे पर चिन्ता की एक भी रेखा नहीं थी, जैसे जो चिन्तन-मनन, सोच-विचार होना था, वह हो चुका, अब केवल कर्म था–संशयरहित शुद्ध कर्म। खर की सेना आकर राम के आश्रम के सम्मुख खड़ी हो गई। खर ने गर्वपूर्वक अपनी सेना के विशाल विस्तार को देखा और तब आश्चर्य से दूर टीले पर खड़े रथविहीन एकाकी राम को देखा।

उसे शूर्पणखा की बात याद आ गई–राम को जीवित बांधकर शूर्पणखा के लिए ले जाना था.. किन्तु सीता और सौमित्र कहीं दिख नहीं रहे थे। कहां गए वे? भाग गए क्या? वह वध किसका करेगा और रावण के लिए उपहारस्वरूप किसे भेजेगा? वनवासी और ग्रामीण कहां गए? छिप गए?... और सहसा उसे लगा, अकेले व्यक्ति से–चाहे वह कितना ही वीर क्यों न हो–युद्ध करने के लिए, चौदह सहस्र सैनिकों को लेकर आना, उसके लिए कोई गौरव की बात नहीं थी।...किन्तु शूर्पणखा ने इतना डरा दिया था कि वह इससे कम तैयारी के साथ आना ही नहीं चाहता था।

राम ने देखा–खर एक ही मोर्चे पर लड़ने की तैयारी कर रहा था, कदाचित राम के आश्रम को घेरने की योजना उसके मन में नहीं थी। राम ने संकेत दिया–ढूहों के पीछे छिपे जन-सैनिकों ने गुप्त रूप से अपने स्थान बदले। भीखन, धर्मभृत्य तथा आनन्द सागर–उनके साथ ढूहों के पीछे अपने सैनिकों के साथ व्यूह बांधकर बैठ गए। मुखर उनकी दाहिनी ओर का क्षेत्र संभाल रहा था और जटायु उनकी बाई ओर थे।

युद्धारम्भ की घोषणा खर ने की। उसने अपने आगे के सैनिकों को आगे बढ़ने का संकेत करते हुए आदेश दिया, "राम को घेरकर जीवित पकड़ना है।"

राक्षस आगे बढ़े ही थे कि राम ने संकेत किया और भीखन, धर्मभृत्य तथा आनन्द सागर के जन-सैनिकों ने बाणों की बौछार आरम्भ कर दी। खर को स्थिति समझने में अधिक समय नहीं लगा। निश्चित रूप से राम सर्वथा अकेला नहीं था–किन्तु उसके साथियों की न तो संख्या ज्ञात हो सकती थी और न उनकी गतिविधि का पता लग सकता था। राक्षस सैनिक अपनी संख्या के दम्भ में अन्धाधुन्ध आगे बढ़ रहे थे और बाणों की पहली ही बौछार में आधे से अधिक खेत रहे थे। जो खेत नहीं रहे थे, वे राम के सैनिकों की पंक्तियों के बीच आ फंसे थे और दोहरी मार झेलकर धराशायी हो रहे थे... खर के लिए यह स्थिति अप्रत्याशित भी थी और असह्य भी। उसने अपने सारथी को आगे बढ़ने का संकेत किया। रथ के आगे बढ़ते ही खर ने अपने धनुष से दक्षतापूर्वक भल्ल, नालीक, नाराच तथा विकर्णी बाणों की वर्षा आरम्भ की।

राम मुस्कुराए। निश्चित रूप से खर अच्छा धनुर्धारी था। राम ने भी अपना धनुष संभाला। कानों तक धनुष की प्रत्यंचा खींची और बाण छोड़ दिया। उसके पश्चात खर के लिए यह देखना कठिन हो गया कि राम कब तूणीर से बाण खींचता है, कब प्रत्यंचा पर रखता है, कब प्रत्यंचा खींचता है और कब बाण छोड़ देता है...ऐसी स्फूर्ति खर ने आज तक किसी धनुर्धारी में नहीं देखी थी। जिस क्षण राम की ओर देखो–राम बाण छोड़ता हुआ ही दिखाई पड़ता था।

राम ने भी देखा–अपने बारह महारथियों से घिरे होने के कारण खर अभी तक आहत नहीं हुआ था, किन्तु उसके सैनिक प्रायः खप चुके थे। उन दोनों के बीच रुंड-मुंडों का ढेर लग चुका था। रक्त तथा कीचड़ में जैसे कोई अन्तर नहीं रह गया था...और अब बीच के सैनिकों के अभाव में खर, राम के एकदम आमने-सामने था...

जटायु और मुखर दोनों ही बार-बार अपने स्थानों से हटकर, राम की सुरक्षा-पंक्ति में आने की हठ कर रहे थे। कदाचित वे राम के शरीर से बहते रक्त को देखकर विह्वल हो गए थे–किन्तु राम ने उन्हें वहीं बने रहने का आदेश दिया।

सहसा दूषण की दृष्टि खर की स्थिति पर गई। राम के पक्ष की कितनी क्षति हुई थी, कोई क्षति हुई भी थी अथवा नहीं–यह जानना बड़ा कठिन था; किन्तु खर के दो सहस्र सैनिकों में से कोई भी शत्रु से लोहा लेता दिखाई नहीं पड़ रहा था। जो मरे नहीं थे, वे घायल पड़े थे! और जो घायल नहीं थे अथवा घायल होते हुए भी चलने-फिरने की स्थिति में थे–वे युद्ध-क्षेत्र छोड़कर भाग चुके थे। इस समय राम, ढूहों के पीछे बैठे अपने सैनिकों के साथ यदि टीले से नीचे उतर आए तो उसका सम्पूर्ण प्रहार अकेले खर पर होगा–सोचने के लिए अधिक समय नहीं था। दूषण तुरन्त अपने पांच सहस्र सैनिकों के साथ आगे बढ़ा और खर तथा राम के बीच के शून्य-क्षेत्र को उसने तुरन्त पाट दिया। उसके आते ही राम तथा खर का सीधा सम्पर्क पुनः टूट गया और खर को सांस लेने का अवसर मिल गया।

किन्तु पहले ही आघात में इतनी सक्षम सेना के दो सहस्र सैनिकों का इस प्रकार खप जाना किसी भी सेना के लिए साधारण क्षति नहीं थी। राक्षस सेनापतियों के मन में अपने सैनिकों के प्राणों के लिए चाहे तनिक भी मोह न हो, किन्तु इतनी बड़ी क्षति की सहज ही उपेक्षा नहीं की जा सकती थी। उसके सैनिकों के मनोबल पर भी उसका दुष्प्रभाव अत्यन्त प्रत्यक्ष था। उनके उत्साह का आवेश उसी प्रकार वापस लौट रहा था, जैसे समुद्र की लहर आगे बढ़कर पीछे लौटती है।...यदि एक प्रबल आघात कर राम की इस गुप्त सेना का शमन नहीं किया गया तो जनस्थान की इस राक्षस सेना तथा उसके सेनापतियों का वर्षों के परिश्रम से प्राप्त किया गया यश एक घड़ी में ही धूल में मिल जाएगा।

दूषण ने अपने सैनिकों को अर्द्धवृत्ताकार लहर के रूप में आगे बढ़ने का आदेश दिया। वह स्वयं उनके केन्द्र में था। उसने राम को घेरकर बाणों से छलनी कर देने की योजना बनाई थी; किन्तु राम के सामने से ही जब इतनी अधिक सुरक्षा का प्रबन्ध था, तो वह पीछे से भी असुरक्षित नहीं होगा। ऐसे में अपनी सेना को अधिक फैलाकर, उसकी शक्ति क्षीण करने और राम की सेना के पृष्ठ भाग को भी युद्ध में घसीट लाना बुद्धिमत्ता नहीं थी।...उसके मन में शूर्पणखा के आदेश अत्यन्त स्पष्ट रूप से अंकित थे–राम का वध नहीं करना था। शूर्पणखा को राम की आवश्यकता थी। किन्तु इस समय यदि राम को न मारा गया, तो वह राक्षसों की सारी सेना का नाश कर देगा...

दूषण के सैनिक आगे बढ़े। उसने तीन ओर से आघात किया था, किन्तु तीनों ओर से उन्हें

उत्तर मिला। दूषण क्षण-भर के लिए हतप्रभ खड़ा रह गया—यह जानना सम्भव नहीं था कि उन ढूहों के पीछे कितने सैनिक थे। और पहली बार दूषण के सम्मुख उसकी मूर्खता प्रत्यक्ष हुई। उसके सैनिक जिन शस्त्रों से सज्जित थे, आमने-सामने होनेवाले हाथोंहाथ युद्ध में ही सहायक हो सकते थे, जबकि राम की सेना में सब धनुर्धारी ही दिखाई पड़ रहे थे। उनकी ओर से अभी तक सिवाय बाणों के दूसरे किसी शस्त्र का प्रयोग नहीं किया गया था। उनके बाणों की बौछार इतनी प्रबल थी कि दूषण के सैनिक आगे बढ़ने से पहले ही धराशायी होते जा रहे थे।...आधी घड़ी में ही दूषण के सामने स्थिति स्पष्ट हो गई। उसके सैनिक बिना प्रहार किए ही कटते जा रहे थे। दूषण ने खड्ग छोड़कर धनुष उठाया। राम ने मुस्कुराकर देखा, दूषण ने धनुष उठाया था और तूणीर से बाण निकाल प्रत्यंचा को खींच रहा था। उन्होंने तीखा क्षुरबाण ताककर मारा, और दूषण अपनी धनुष की कटी हुई प्रत्यंचा को झूलते हुए देखता रहा। राम ने अर्द्ध-चन्द्राकार बाण मार, उसके सारथी का मुंड, रुंड से पृथक कर दिया।

रथ और धनुष, दोनों को ही व्यर्थ हुए देख, दूषण क्षुब्ध हो उठा। उसने शस्त्रों में से लोहे का एक भयंकर परिघ खींचा, जिसके चारों ओर लोहे की तीखी नुकीली कीलें लगी हुई थीं और उसका प्रहार सहकर जीवित रहने की क्षमता किसी मानव में नहीं हो सकती थी। परिघ को हाथ में लिये हुए उसने विकट हुंकार भरी और रथ से कूद भूमि पर आ खड़ा हुआ। उसके साहस का उसके सैनिकों पर भी प्रभाव पड़ा। उनके बढ़ते हुए वेग को देखकर लगा कि वे बाणों की अनवरत वर्षा से भी पार होकर राम तक जा पहुंचेंगे।

भीखन, धर्मभृत्य तथा आनन्द सागर की वाहिनियों के लिए बड़ा विकट समय उपस्थित हुआ था। इस धावे को यदि न रोका गया, यदि यह व्यूह टूट गया तो राम पूरी तरह घिर जाएंगे; और पीछे से लहर-पर-लहर के समान आनेवाली राक्षसी सेना को रोकना असम्भव हो जाएगा...

राम ने निमिष-भर के अन्तराल में दो बाण खींचकर मारे और दूषण की दोनों भुजाएं कटकर भूमि पर गिरीं। जब तक दूषण समझ पाए कि उसके साथ क्या घटित हुआ है—राम ने धनुष की प्रत्यंचा कान तक खींचकर, उसके वक्ष में बाण दे मारा।

दूषण के गिरते ही उसकी सेना अनियन्त्रित हो उठी। आगे बढ़ने के स्थान पर वह पलटकर पीछे भागी। अपनी ही सेना के भागते पैरों के नीचे, उनकी टुकड़ियां की टुकड़ियां कुचली गईं...सेना की त्रस्त दशा देखकर, महाकपाल, स्थूलाक्ष तथा प्रमाथी अपने पांच सहस्र सैनिकों के साथ दूषण का स्थान लेने के लिए आगे बढ़े।

खर के बाईं और दाईं ओर की सेनाएं हट चुकी थीं। राम ने संकेत किया। मुखर तथा जटायु भी अपने सैनिकों के साथ सिमट आए। प्रत्यक्ष सामने भीखन, धर्मभृत्य तथा आनन्द सागर की वाहिनियां थीं; और वे लोग अब तक बड़ी सफलता से राक्षसी सेना के धावे को रोक रहे थे। मुखर, जटायु के निकट आ जाने से उन्हें और भी बल मिला था। उनका प्रतिरोध सघनतर हो गया।

महाकपाल अपना भयंकर शूल लेकर आगे बढ़ा। वह इतने अधिक रोष में था कि स्वयं ही अपने सैनिकों को कुचलता हुआ सबसे आगे निकल आया। दूसरी ओर से स्थूलाक्ष अपना पट्टिश लहराता हुआ अपने सैनिकों के साथ आगे बढ़ा। तीसरी दिशा से प्रमाथी अपना भयंकर परशु लिये हुए चढ़ दौड़ा।

जटायु तथा धर्मभृत्य स्थूलाक्ष को लक्ष्य किए हुए थे। मुखर और आनन्द सागर की दृष्टि प्रमाथी पर थी। भीखन अपनी वाहिनी को महाकपाल की गति रोकने पर लगाए हुए था। किन्तु महाकपाल

भयंकर गति से आगे बढ़ा था और सम्भव था कि वह अपने शूल से विकट संहार करता हुआ टीले पर चढ़ आता कि इतने में राम ने अर्द्ध-चन्द्राकार बाण मार उसका सिर काट दिया। उसका ऊपर उठा हुआ शूलधारी हाथ झूल गया और शरीर के पीछे आते हुए अपने ही सैनिकों के पैरों तले रौंदा गया।

स्थूलाक्ष तथा उसके सैनिक जटायु तथा धर्मभृत्य के बाणों को झेलते हुए आगे बढ़ने के लिए जूझ रहे थे। राम ने उसकी दोनों आंखों को शूल जैसे दो बाणों से बींध डाला...प्रमाथी ने अपने सहयोगी सेनापतियों को इस प्रकार धराशायी होते देखा, तो वह सीधा राम पर झपटा; किन्तु तब तक उसके शरीर में इतने बाण चुभ चुके थे कि परशु का प्रहार करने से पूर्व ही उसकी आंखें बन्द हो गईं।

सेनानायकों को इस प्रकार मरते और सेना को विश्रृंखल होते देख, खर अपने बारह महारथियों के साथ आगे बढ़ा। अपने सैनिकों के शवों को कुचलता हुआ उसका रथ आगे आया। उसकी सेना सावधान हो उठी। खर के जीवित रहते, उन्हें राम को विशेष भय नहीं था। किन्तु थोड़ी ही देर में स्पष्ट हो गया कि राम के कर्णिबाणों के सम्मुख खर तथा उसके महारथियों का भी ठहरना कठिन था...

स्थिति के अधिक बिगड़ने से पूर्व ही त्रिशिरा अपने दो सहस्र सैनिकों के साथ, खर की पृष्ठभूमि छोड़ आगे बढ़ आया। उसने अन्य सेनानायकों की भांति अपने सारे सैनिकों को सीधे राम पर आक्रमण करने के लिए झोंकने के बदले तीन टोलियों में बांट दिया। राम पर सीधे आक्रमण करना अपने लिए अधिक-से-अधिक क्षति को आमन्त्रित करना था। एक तो राम की असाधारण क्षमता, उसका युद्ध-कौशल तथा धनुर्विद्या की चरम पूर्णता; दूसरी ओर उसकी सेना की अपने प्राण देकर भी राम को बचा ले जाने की निष्ठा–सीधे आक्रमण के लिए अत्यन्त घातक थी। राम से राक्षस-सैनिक नहीं लड़ सकते थे। उनसे तो स्वयं त्रिशिरा को ही लड़ना था...

दाईं ओर से त्रिशिरा की जो सेना बढ़ी, उसे रोकने का भार मुख्यतः मुखर पर था। मुखर ने उन्हें स्वतन्त्र रूप से अपने व्यूह की ओर बढ़ते देखा तो उसके मन के गहन तलों में सोया हुआ आक्रोश जागा। यह वही सेना थी, जिसने उसका घर उजाड़ा था, उसके सम्बन्धियों को यातना दे-देकर मारा था। कोई अन्य युद्ध किसी का भी हो, किन्तु यह युद्ध उसका अपना है।...उसने युद्ध से पहले ही राम से आग्रह किया था कि राम उसे या तो अपने साथ रखें, अथवा अपने सामनेवाले ढूहों में से किसी व्यूह का स्वतन्त्र नेतृत्व उसे दें, किन्तु राम ने यह कहकर उसे बाईं ओर रखा था कि मध्य में यह स्वयं होंगे। किनारों को काटकर, यदि राक्षस आगे बढ़े तो वे सीधे चिकित्सा-कुटीरवाली कन्दराओं में जा पहुंचेंगे–वहां सीता हैं। वह दीदी की रक्षा के विचार से बाईं ओर के व्यूह पर चला आया था। वैसे वह भी जानता है कि राम उसके आक्रोश तथा आवेश से पूर्णतः परिचित थे, अतः उन्होंने नहीं चाहा होगा कि वह अपने रोष के कारण स्वयं को अतिरिक्त जोख़िम में डाले...

किन्तु अब वह राक्षसी सेना ठीक उसके सामने थी–उसे रोकने का दायित्व उस पर था, यदि वह एकदम ही असफल न हुआ तो राम अथवा किसी अन्य नायक को उसकी सहायता के लिए आवश्यकता नहीं पड़ेगी...यह केवल उसी का युद्ध था–निजी और स्वतन्त्र...उसे राम से पाई शस्त्र-विद्या की सार्थकता सिद्ध करनी थी, अपना प्रतिशोध लेना था, अन्यायी को दंड देना था, और अपने इस भू-क्षेत्र को राक्षसी अत्याचारों से मुक्त करना था।...

राम ने उसे धनुर्विद्या का ही सर्वाधिक अभ्यास करवाया था...कितना उपयुक्त आयुध था धनुष ऐसे युद्ध के लिए! ऊंचे ढूह के पीछे छिपे हुए धनुर्धरों के साथ वह पूर्णतः सन्नद्ध था, और नीचे

राक्षस सेना अपने शस्त्र चमकाती पशुओं के समान कोलाहल करती उनकी ओर भागी आ रही थी। उन्हें शूलों, परिघों, तोमरों और करवालों का गुमान था। अपनी शक्ति के मद में वे पशु हो गए थे। निःशस्त्र और संगठित, निर्धन और अज्ञानी लोगों की हत्याएं करते फिरते थे...हिंस्र पशु...! राम जानते हैं इनका उपचार। तभी तो राम ने निर्बल और दीन लोगों को संगठित कर उनके हाथ में धनुष जैसा अस्त्र दिया, जो इन राक्षसों पर भी भारी पड़े।

राक्षस ढूह से दस पग की दूरी तक आ गए तो मुखर ने अपने सैनिकों को संकेत किया, "प्रहार!"

बाणों की झड़ी लग गई। राक्षसों की जो पंक्ति आगे बढ़ती, वह ऐसे गिरती जैसे कगार तक पहुंच कोई नीचे जा गिरता है। मुखर को इतने से सन्तोष नहीं हो रहा था। वह स्वयं भी तीखा-से-तीखा बाण चला रहा था। उसे अपने वास्तविक धनुकौशल का ज्ञान स्वयं भी आज ही हुआ था। एक-एक राक्षस के गिरने पर जैसे उसे कोई अगाध सुख मिलता था। हृदय का उत्ताप शान्त होता था...

थोड़ी देर में राक्षसों की अन्धी पशु-दौड़ बन्द हो गई। एक तो उनकी संख्या बहुत कम हो गई थी, दूसरे अपनी इस विधि की निस्सारता वे देख चुके थे। थोड़ी-थोड़ी देर में उनकी ओर से फेंका गया कोई अस्त्र ढूह से टकराकर युद्ध का आभास मात्र दे रहा था...

त्रिशिरा की सेना का बायां खंड बाईं ओर, दूर तक चलता ही चला गया। जटायु अपने सहायक नायकों शुभबुद्धि और कृतसंकल्प के साथ हतप्रभ-से खड़े रह गए। कहां जा रही है राक्षसों की वह सेना? यह युद्ध से भाग रही है अथवा ढूहों को पारकर, दीर्घ वृत्त बनाकर वह राम पर पीछे से आक्रमण करना चाह रही थी? कहीं ऐसा तो नहीं कि उन्हें यह ज्ञात हो गया हो कि सीता का चिकित्सा-कुटीर तथा लक्ष्मण की वाहिनी, पीछे की कन्दरा में हैं। ये उन्हीं पर आक्रमण करने तो नहीं जा रहे?

जटायु के सामने निर्णय की विकट घड़ी थी। यदि वे अपना व्यूह छोड़कर उस सेना के पीछे जाते हैं, तो बाईं ओर से राम असुरक्षित हो जाएंगे, और यदि वे अपने स्थान पर टिके रहते हैं, तो राक्षसों की वह सेना बिना किसी रोक-टोक के, अपनी पूरी क्षमता से लक्ष्मण पर आक्रमण करेगी और अकेले लक्ष्मण घिर जाएंगे...

जटायु ने कृतसंकल्प को राम के पास भेजा। वह सन्देश लेकर लौटा, "तात जटायु अपने स्थान पर ही रहें। वह सेना बहुत बड़ी नहीं है। यदि वह लक्ष्मण पर आक्रमण करने का प्रयत्न करेगी तो लक्ष्मण, सिंहनाद तथा अनिन्द्य की वाहिनियों के बीच घिर जाएगी। हां, उसे और सहायता पहुंचाने के लिए यदि कोई टुकड़ी जाए तो अपना व्यूह छोड़कर भी उसे रोका जाए। ऐसी स्थिति में तात जटायु के स्थान पर भीखन अपनी सेना लेकर आ जाएगा।"

जटायु उस सेना की गतिविधि देखते रहे। आज यह विचित्र युद्ध हो रहा था। खर की सेना से यह उनकी पहली भिड़न्त नहीं थी। अनेक बार खर के सैनिकों ने उनके द्वारा रक्षित बस्तियों को उजाड़ा था। अनेक बार जटायु ने उस पर गुप्त आक्रमण किए थे, किन्तु ऐसा योजना-बद्ध युद्ध करने के साधन वे आज तक नहीं जुटा पाए थे, राम ने यह अद्भुत व्यूह रचा था। कहां-कहां से जन-सैनिक राम की सहायता के लिए आ गए थे–जैसे सारे क्षेत्र का प्रत्येक बच्चा, शस्त्र-बद्ध हो, राम का सैनिक हो गया हो। और सबको सुरक्षित स्थानों पर, ओट में छिपा, राम सम्पूर्ण राक्षसी सेना के सम्मुख अकेले खड़े हैं तथा खर को आक्रमण के लिए उकसा रहे हैं। खर की सेना जब राम को एकाकी और निरीह जानकर झपटती है तो घास और पत्तों, ढूहों और ढेलों में छिपे, राम के जन-सैनिक, अपने बाणों से छलनी कर, सेना को पीछे लौटा देते हैं...कब से आवश्यकता थी

इस क्षेत्र के जन-जन को एक-एक धनुष की। वही धनुष राम ने प्रजा के हाथों में पकड़ा दिया है। सारी राक्षसी सेना को उसके समस्त आयुधों के होते हुए भी, यह धनुष खा जाएगा। जटायु को पूर्ण विश्वास है कि इस क्षेत्र में अब राक्षस पनप नहीं पाएंगे...

त्रिशिरा की सेना की वह टुकड़ी ढूहों के पीछे न जाकर, ढूहों की ओर ही पलटी। जटायु के सम्मुख, राक्षसों की योजना स्पष्ट हो गई। वे लोग स्वयं जटायु की वाहिनी पर ही आक्रमण करने आ रहे थे। उनका प्रयत्न, उन पर पिछली ओर से आक्रमण करने का था...

जटायु ने तत्काल शुभबुद्धि की टुकड़ियों को वहां से हटाया, वे राक्षस सेना के एकदम सामने पड़ रहे थे, और कृतसंकल्प को आगे बढ़ने का संकेत किया।...सहसा जटायु के रक्त में जैसे कोई मद्य घुल गया–इस टुकड़ी का एक भी सैनिक जीवित बचकर नहीं जाएगा–वे निश्चिन्त थे। आज इनसे इनके द्वारा उजाड़ी गई बस्तियों और ग्रामों का प्रतिशोध लिया जाएगा। राक्षस बहुत सावधानी से बढ़ रहे थे। यह उनका भिन्न प्रकार का अभियान था, नहीं तो वे भयंकर चीत्कारों और कोलाहल के साथ आक्रमण कर रहे थे। इस बार उन्होंने अपने शस्त्र भी नहीं चमकाए थे। कदाचित उनका विचार था कि उन्हें किसी ने देखा नहीं है और वे लोग आकस्मिक आक्रमण करने में सफलता पा सकेंगे...

वे ढूह के निकट पहुंचे, तो उनकी पीठ पर शुभबुद्धि की टुकड़ी ने आक्रमण किया। आकस्मिक गुप्त आक्रमण करने की योजना से आगे बढ़ते हुए राक्षसों के लिए यह इतना अप्रत्याशित था कि वे लोग स्वयं को गुप्त नहीं रख सके और अपने अभ्यास के अनुसार कोलाहल करते हुए पलटे, किन्तु उनके पलटते ही कृतसंकल्प की टुकड़ियां उनकी पीठ पर प्रकट हो गईं। राक्षसों में अव्यवस्था फैलाने के लिए यह पर्याप्त था। उनकी स्थिति को देखते हुए लगता था कि उनमें कोई कुशल नेता भी नहीं था। वे लुटेरों के गिरोह के ही समान युद्ध कर सकते थे। किसी सेना से योजनाबद्ध युद्ध कदाचित उनके वश का नहीं था।

विशृंखलता तथा अव्यवस्था की पराकाष्ठा पर पहुंच, जब उनका प्रत्येक सैनिक उचक-उचककर दोनों ओर लड़ने का प्रयत्न कर रहा था, तब जटायु ने अपनी टुकड़ियों को आघात करने का संकेत किया।...स्वयं जटायु को बाण छोड़ते हुए तनिक भी आभास नहीं हो रहा था कि वे कोई युद्ध कर रहे हैं। प्रत्येक राक्षस के गिरने के पश्चात जैसे उन्हें कहीं कुछ उदात्त घटित होने का-सा आभास हो रहा था। उन हत्याओं में कोई ऐसा पवित्र तत्व था कि जटायु को युद्ध-कर्म पुण्य के समान प्रतीत हो रहा था...।

उनकी योजना सफल हुई थी। उनकी ओर बढ़ी हुई राक्षस सेना का एक भी सैनिक जीवित नहीं बचा था।...तब जटायु का ध्यान अपने सैनिकों और स्वयं अपनी ओर गया। उन्होंने अपने शरीर में धंसे दो-एक बाणों को झटके से निकालकर फेंक दिया और बोले, "शुभबुद्धि! भाई कृतसंकल्प! अपने सैनिकों को देखो। जिसे गहरा घाव आया हो, उसे चिकित्सा-कुटीर में भिजवा दो।"

तीसरी टुकड़ी के साथ स्वयं त्रिशिरा, राम की ओर बढ़ा। अपने सैनिकों को राम की गुप्त सेना से उलझा, स्वयं सीधे राम से जूझ पड़ा। जब तक कि राम उसकी क्षमता का कुछ आभास पाएं, उसने तीन बाण राम के शरीर में धंसा दिए। राम सावधान हुए। यह राक्षस बहुत विकट था। यह इस प्रकार बढ़ता रहा तो घातक भी हो सकता है। राम ने पहले चार बाणों से उसके घोड़े बींध दिए, और अगले दो बाणों से उसके सारथी के प्राण ले लिये।...किन्तु त्रिशिरा अब भी बाण चलाता जा रहा था। राम ने एक के पश्चात एक चौदह बाण उसके वक्ष में मारे, अन्ततः त्रिशिरा अपने धनुष समेत, अपने टूटे हुए रथ पर ही लटक गया।

त्रिशिरा के गिरते ही राक्षस सेना में भयंकर हाहाकार हुआ और अव्यवस्था जैसे अपनी चरम सीमा पर जा पहुंची। खर ने भी देखा, अब सेना रुक नहीं सकती। उसने अपना रथ आगे बढ़ाया, "लौटो!" उसने अपने सैनिकों को ललकारा, "नहीं तो अपने हाथों से तुम्हारा वध कर दूंगा। जो सैनिक युद्ध-क्षेत्र से भागेगा, उसकी सम्पत्ति उससे छीन ली जाएगी और उसके परिवार की युवतियां विजयी सैनिकों में उपहारस्वरूप वितरित कर दी जाएंगी..."

किन्तु खर की घोषणाओं से राम के बाण अधिक प्रभावी सिद्ध हो रहे थे। सैनिकों में कोई विशेष प्रतिक्रिया नहीं हुई। बहुत थोड़े से सैनिक पलटे, शेष गोदावरी की ओर भागते ही चले गए। खर क्रोध में जलता हुआ आगे बढ़ा। उसके अंगरक्षक बारह महारथी–श्येनगामी, पृथुग्रीव, यज्ञशत्रु, विहंगम, दुर्जय, करवीराक्ष, परुष, कालकार्मुक, हेमभाली, महामाली, सर्पास्य, रुधिराशन–अब भी उसके रथ को घेरे हुए थे। उसके पक्ष में लड़नेवाले दो-ढाई सौ से अधिक सैनिक शेष नहीं थे।

राम ने मुस्कुराकर देखा–खर सामने था। जनस्थान की राक्षसी शक्ति का मेरुदंड! इस व्यक्ति ने स्वयं तो जो अत्याचार किए थे, वे किए ही थे–इस सम्पूर्ण क्षेत्र में रावण की शक्ति के प्रतिनिधि के रूप में समस्त अत्याचारों को प्रश्रय देने का कार्य इसने किया था। इसने मुखर के परिवार जैसे असंख्य परिवारों को नष्ट किया था। जटायु के साथियों की निरन्तर हत्याएं की थीं, आसपास के सैकड़ों ग्रामों के अबोध बालक इसके आतंक के कारण अपने खेतों का अन्न नहीं खा सके, अपनी वाटिकाओं के फल नहीं खा सके और अपने ही पशुओं का दूध नहीं पी सके। शूर्पणखा जैसी चुड़ैल इसकी सैनिक शक्ति के बल पर मणि जैसी अनेक स्त्रियों के अबोध बच्चों को खाती गई। आदित्य जैसे युवकों के यौवन का शोषण करती रही...और आज वह राम के सम्मुख खड़ा था...

खर ने अपना धनुष उठाया और राम पर बाण छोड़ा। बाण राम की जंघा में लगा। राम ने भी प्रत्यंचा खींची और बाण छोड़ा...बाण खर के अंगरक्षकों में उलझकर रह गया। तब तक खर का दूसरा बाण राम के धनुष की प्रत्यंचा काट गया। जब तक राम दूसरे धनुष की ओर झुके, खर ने अपनी अद्भुत क्षमता का परिचय देते हुए एक के पश्चात एक, सात बाण राम को मारें; और राम का कवच काटकर पृथ्वी पर फेंक दिया...

कवच और धनुष से विहीन राम, एकाकी, बिना किसी ओट के भूमि पर खड़े थे और सामने बारह महारथियों से रक्षित, सैकड़ों शस्त्रास्त्रों से भरे, अपने मूल्यवान रथ में आरूढ़ खर धनुष ताने खड़ा था...

राम की सेना में हलचल हुई। अगले ही क्षण मुखर, जटायु, भूलर, धर्मभृत्य, आनन्द सागर, भीखन, कृतसंकल्प, शुभबुद्धि तथा अनेक छोटे-बड़े नायक सघन प्राचीर की भांति बीच में धंस आए। उनके धनुषों की स्फूर्तिपूर्ण आकस्मिक टंकार ने खर की गति अवरुद्ध कर दी।

राम अपने साथियों का कौशल देखकर मुस्कुराए। इस बीच उन्हें पर्याप्त समय मिल गया था। वे अगस्त्य ऋषि द्वारा दिए गए वैष्णवी धनुष से सज्जित हो उठे थे। कन्धे के तूणीर परिवर्तित कर लिये थे; और अब राम का धनुर्विद्या-प्रदर्शन का समय आया था। राम ने पहले बाणों से खर के रथ का जुआ काट डाला। अगले झटके में उन्होंने उसके चारों चितकबरे घोड़े मार डाले। खर, अपने डोलते हुए रथ पर जब तक संभलता, उन्होंने उसका सारथी मार डाला और तीन तीक्ष्ण बाणों से रथ का त्रिवेणु काट, अगले क्षुरबाण से खर के धनुष के टुकड़े कर दिए...

राम के साथियों के बाणों की अजस्र वर्षा खर के महारथियों को, संभलने का अवसर ही नहीं दे रही थी और धनुषविहीन खर, टूटे हुए रथ पर खड़ा एक के पश्चात एक आघात सह रहा था।

सहसा उसने रथ के शस्त्रालय से एक भयंकर गदा खींची और रथ से कूदकर भूमि पर आ गया। इससे पहले कि वह राम की ओर लपकता, राम ने दो बाणों से उसकी जंघाओं को अक्षम कर दिया। खर ने वहीं से खड़े होकर अपना गदा राम पर चला दिया। राम के बाणों ने गदा को मार्ग में ही जा लिया और दो तीक्ष्ण बाण खर के वक्ष में जा लगे...

राक्षसों का स्वामी मुख से रक्त थूकता, अपने चितकबरे घोड़े के साथ ही भूमि पर जा गिरा।

युद्ध समाप्त होते ही, अगले ही दिन से एक साथ कई प्रकार के काम आ पड़े थे। सारे जन-सैनिकों को दो भागों में बांट दिया गया था–पहला वर्ग उनका था जो युद्ध में से बिना एक भी घाव खाए निकल आए थे; और दूसरे वे, जो किसी-न-किसी रूप में घायल हुए थे। पूर्णतः स्वस्थ सैनिकों को व्यवस्था का सारा दायित्व सौंपा गया था। युद्ध में खेत रहे, अपने तथा शत्रु के सैनिकों के शवों की अन्त्येष्टि सबसे आवश्यक कार्य था; और मृत शत्रु सैनिकों के शस्त्रास्त्रों को एकत्रित कर, विभिन्न प्रकार के शस्त्रों को वर्गीकृत कर, उन्हें शस्त्रागार में उचित प्रकार से रखना अथवा शस्त्रविहीन जन-सैनिकों में उनका वितरण कर देना भी कम महत्त्व का कार्य नहीं था।

युद्ध की अवधि में लक्ष्मण, सिंहनाद तथा अनिन्द्य अपने साथियों के साथ अपने कर्तव्य को युद्ध-दायित्व के रूप में ही पालते रहे थे; किन्तु युद्ध समाप्ति पर, उनमें खेद का-सा भाव ही शेष रह गया था–उन्हें लग रहा था कि इतने भयंकर युद्ध में भी उन्होंने कोई महत्त्वपूर्ण योगदान नहीं किया। परिणामतः राम ने युद्धोत्तर कार्यों का नेतृत्व उन्हें ही सौंप दिया था।

दूसरा कार्य घायल सैनिकों का उपचार तथा शल्य-चिकित्सा थी। इसकी मुखिया सीता ही थीं। चिकित्सा-कुटीर को पुनः आश्रम के बीच स्थापित किया गया था; और सीता आकंठ अपने कार्य में डूबी हुई थीं। उनकी सहायता के लिए कुछ तो जन-सैनिक ही थे, जो घाव पर औषध लगा, पट्टी बांधने इत्यादि का कार्य कर लेते थे तथा कुछ विभिन्न ग्रामों की स्त्रियां आ गई थीं। वे स्त्रियां आईं तो सहयोग के भाव से ही थीं–किन्तु सीता ने इसे उपचार-प्रशिक्षण का अवसर बना, उन्हें अपने साथ लगा लिया था।

मध्याह तक अगस्त्य ऋषि भी आ गए। उनके साथ लोपामुद्रा, प्रभा तथा सुतीक्ष्ण मुनि भी थे। प्रभा का पति सिंहनाद पहले से ही लक्ष्मण के साथ काम में लगा हुआ था। प्रभा के आ जाने से सीता का कार्य विशेष सरल हो गया। एक तो घायलों का उपचार शीघ्र हो गया–दूसरे कुछ जटिल शस्त्रों के घावों की शल्य-चिकित्सा भी प्रभा ने कर दी।

राम को इस युद्ध में उन्नीस घाव लगे थे; जिनमें कुछ गम्भीर भी थे। रक्त भी बहुत बहा था। किन्तु न तो वे दुर्बलता का अनुभव कर रहे थे और न उन्होंने कार्य करना ही छोड़ा था। पट्टियां बंधवा, वे बैठे हुए कोई-न-कोई व्यवस्था करते ही जा रहे थे।–मुखर के कन्धे का घाव भी गम्भीर था; उसकी पट्टी कर सीता ने उससे कम-से-कम पूरा एक दिन शैया पर पड़े रहने का अनुरोध किया था। 'दीदी' के अनुरोध की रक्षा के लिए वह मान भी गया था, अन्यथा वह अब भी लक्ष्मण के साथ कार्य करने का आग्रह कर रहा था। वृद्ध जटायु के शरीर पर भी तीन घाव आए थे जिनसे वह निढाल हो गए थे। भूलर, शुभबुद्धि, भीखन, कृतसंकल्प, धर्मभृत्य, आनन्द सागर–सभी को कोई-न-कोई घाव लगा ही था। युद्ध का चिह्न प्रायः सबने ही अपने शरीर पर सगर्व वहन किया था।

राक्षसों की पराजय तथा खर के वध की सूचना जहां-जहां पहुंचती थी-वहीं से झुंड-के-झुंड लोग राम

से मिलने के लिए आ रहे थे। आश्रमों की वाहिनियां पहले ही आई हुई थीं। जैसे-जैसे उन्हें समाचार मिल रहे थे, युद्धोत्तर सहयोग के रूप में वे सामग्री तथा प्रतिनिधि भेजते जा रहे थे। आश्रम में मेले का-सा वातावरण बना हुआ था।

सन्ध्या समय राम की कुटिया के सम्मुख प्रायः सभी प्रमुख लोग एकत्र हुए। प्रभा, सीता तथा उनके साथ कार्य करनेवाले स्त्री-पुरुष चिकित्सा-कुटीर छोड़कर नहीं आ सकते थे, अतः वे नहीं आए।

"साधु, राम!" अगस्त्य बोले, "मैं तुम्हारा अभिनन्दन करता हूं। तुमने वह कार्य कर दिखाया है, जिसे करने का स्वप्न हम वर्षों से देख रहे थे। मैं यह जानता हूं कि तुम्हें सब लोगों का सहयोग मिला है–मैं किसी का भी श्रेय नहीं छीनना चाहता; पर फिर भी कहता हूं कि यह युद्ध तुमने अकेले ही जीता है।"

उपस्थित लोगों ने हर्ष-ध्वनि की, "ऋषि ठीक कहते हैं। हम सब मानते हैं कि युद्ध अकेले राम ने जीता है।"

"युद्ध तो जीत लिया, पुत्र! क्षेत्र अत्याचार से मुक्त हुआ, किन्तु भविष्य के लिए क्या सोचा है? क्या तुम्हारा लक्ष्य पूरा हो गया?"

राम हंसे, "यह तो आरम्भ है, ऋषिवर! वास्तविक युद्ध तो अभी होना है।"

"राम ठीक कहते हैं," जटायु बोले, "मैं स्वयं यही कहना चाह रहा था–इसे अन्तिम युद्ध न समझा जाए। आप लोग यदि अपना संघर्ष आगे न भी चलाना चाहें, तो भी युद्ध होगा ही। यहां की पराजय की सूचना रावण तक पहुंचेगी। सम्भव है अब तक पहुंच भी गई हो। इसका प्रतिशोध लेने के लिए रावण स्वयं आएगा। इस बार साम्राज्य की सेना आएगी–लंका से। हमें उस युद्ध के लिए भी तैयारी करनी है, अन्यथा प्रतिशोध की ज्वाला में जलती लंका की सेना इस सारे क्षेत्र को श्मशान बना देंगी। उसके प्रतिशोध के लिए तैयारी, हमें बिना एक भी दिन खोए आरम्भ कर देनी चाहिए।"

"मैं भी यही सोच रहा था," राम गम्भीर हो गए, "यदि साम्राज्य की सेना आएगी, तो न तो एक मोर्चे का युद्ध होगा, न एक दिन का। उसके लिए हमें अधिक सैनिकों की भी आवश्यकता होगी तथा अधिक शस्त्रों की भी। अतः हमें तुरन्त तैयारी आरम्भ कर देनी चाहिए। अत्यन्त व्यापक धरातल पर युद्ध-प्रशिक्षण आरम्भ होना चाहिए; किन्तु साथ-ही-साथ इस मुक्त हुए क्षेत्र की रक्षा की व्यवस्था तथा उसके नव-निर्माण का कार्य आरम्भ होना चाहिए। केवल मुक्ति तो किसी काम की नहीं होती। मनुष्य को मुक्ति चाहिए ताकि वह अपने जीवन का समता और न्याय के आधार पर स्वतन्त्र रूप से विकास कर सके। निर्माणविहीन मुक्ति थोड़े ही समय में सड़ने लगती है और उच्छृंखलता एवं अराजकता को जन्म देती है। अतः निर्माण का कार्य भी तुरन्त आरम्भ होना चाहिए।"

"राम ठीक कहते हैं," मुखर बोला, "जब तक सामान्य जीवन सुविधा तथा सम्मान से पूर्ण नहीं होगा, तब तक सामान्य-जन को यह अनुभूति कैसे होगी कि अब राक्षसों का आतंक समाप्त हो गया है। प्रत्येक ग्राम में प्रशासकीय तथा निर्माण समितियां बन जानी चाहिए। वे समितियां योजनाएं बनाएं और उन्हें कार्यान्वित करें और हम यथासम्भव उनके कार्य में सहायता करें।"

"तीन शब्द याद रखो, पुत्र!" अगस्त्य बोले, "सुरक्षा, उत्पादन तथा शिक्षा। आवश्यकतानुसार इनका क्रम बदल देना। पर तीनों को सामान महत्त्व देना।"

"ठीक कहते हैं गुरुवर!" लक्ष्मण पहली बार बोले, "मेरा विचार है, पहले हम सुरक्षा सम्बन्धी नीति और कार्यक्रम पर विचार कर लें। इस समय यहां एक जन-सेना है और प्रायः आश्रमों तथा अनेक

ग्रामों के प्रतिनिधि हैं। यह जनवाहिनी यहीं बनी रहे या अपने-अपने स्थान पर लौट जाए? सैनिक स्थिति दृढ़ करने के लिए क्या और कैसी व्यवस्था हो? यदि निकट भविष्य में रावण का आक्रमण हो–जो कि निश्चय ही होगा, हमारी युद्ध-नीति क्या हो?"

"कहो, राम!" अगस्त्य बोले?

"तात जटायु! आपका क्या विचार है?" राम ने पूछा।

"मैं समझता हूं कि सारे जन-सैनिकों को अनिश्चित काल तक पंचवटी में रोके रखना व्यावहारिक नहीं होगा," जटायु बोले, "पहली बात तो यह है कि इतने लोगों को अनिश्चित काल तक अपने यहां टिकाए रखने की व्यवस्था हमारे पास नहीं है। दूसरे, यदि उनके आश्रमों तथा ग्रामों से उनके लिए अन्न इत्यादि की व्यवस्था करनी पड़े, और वे लोग अपने खेतों में अन्न के उत्पादन में भाग भी न ले सकें तो ग्रामों तथा आश्रमों पर अनावश्यक बोझ पड़ेगा। युद्ध की स्थिति में तो यह उचित हो सकता है किन्तु अनिश्चित प्रतीक्षा के लिए नहीं," वे क्षण-मर रुककर चिन्तनशील स्वर में बोले, "और घायल सैनिकों की देखभाल की दृष्टि से इतने सैनिक इस आश्रम में सुविधापूर्वक नहीं रह सकेंगे। जो गम्भीर रूप से आहत हैं और यात्रा के सर्वथा आयोग्य हैं, उन्हें तो यहीं रहना चाहिए; किन्तु जो यात्रा कर सकें, उन्हें अपने-अपने आश्रमों में भेज दिया जाए, तो वहां उनकी देखभाल और अच्छी प्रकार से हो सकेगी।"

"एक बात और है," लक्ष्मण बोले, "यदि जन-सेना का इतना बड़ा भाग पंचवटी में ही रहेगा तो इस समस्त जनपद में नए सैनिकों के प्रशिक्षण की भारी क्षति होगी; जनसामान्य के मनोबल पर भी घातक प्रभाव होगा और जन-सैनिक स्वयं को सामान्य-जन का अंग न मान, एक पृथक वर्ग के रूप में देखने लगेंगे।"

लक्ष्मण मौन हो गए। अन्य कोई व्यक्ति नहीं बोला। राम ने दो-एक क्षण प्रतीक्षा की और बोले, "इसका अर्थ यह हुआ कि सभी इस विषय में सहमत हैं कि जन-सैनिकों को अनावश्यक रूप से पंचवटी में न रोका जाए।"

"मैं भी सहमत हूं," अगस्त्य बोले, "किन्तु एक सावधानी बरतनी होगी कि हमारी सूचना-व्यवस्था तथा सम्पर्क-व्यवस्था अत्युत्तम श्रेणी की होनी चाहिए, ताकि राक्षसों की एक भी सैनिक टुकड़ी इस दिशा में बढ़े तो तत्काल राम को सूचना मिल जाए; और शीघ्रातिशीघ्र न केवल समस्त आश्रमों, ग्रामों तथा अन्य केन्द्रों से सम्बन्ध स्थापित किया जा सके, वरन वहां से समय पर सैनिक यहां एकत्र भी हो सकें।"

"ऋषि ठीक कहते हैं," जटायु बोले, "यह बहुत आवश्यक है।"

"मेरा विचार है कि सबसे पहले हम इस बात पर विचार कर लें कि रावण की सेना के आने में कितना समय लगने की सम्भावना है," राम बोले, "तभी शेष योजनाओं के सम्बन्ध में निश्चित रूप से कुछ कहा जा सकता है।"

"सेना के शीघ्र आने की सम्भावना नहीं है," अगस्त्य बोले, "क्यों, जटायु!"

"मेरा भी यही विचार है," जटायु ने अपना मत दिया, "खर की जो सेना यहां पराजित हुई है, उसकी सैनिक-संख्या चौदह सहस्र थी। रावण इतना तो मान ही लेगा कि इस बीच हम अपनी सैनिक शक्ति और बढ़ा लेंगे। अतः यदि वह विजय चाहता है तो खर की सेना से कम-से-कम चौगुने सैनिक लाने होंगे।"

"हां, इससे कम में उनकी विजय की सम्भावना नहीं हो सकती।" सुतीक्ष्ण ने कहा।

"उनकी विजय की सम्भावना तो है ही नहीं," लक्ष्मण मुस्कुराए, "चाहे वे कितनी ही सेना क्यों न लेकर आएं।"

"हम दोनों बातों पर विचार कर लें," राम मुस्कुराए, "हमारी दृष्टि से उनकी विजय की सम्भावना नहीं है। उनकी दृष्टि से विजय के लिए उन्हें कम-से-कम छप्पन सहस्र सैनिकों की आवश्यकता पड़ेगी। अब प्रश्न यह है कि छप्पन सहस्र सैनिकों को तैयार करने, उसके वस्त्र, अन्न की आपूर्ति तथा युद्ध के लिए उपयुक्त स्थिति में उनके यहां तक परिवहन में कितना समय लगेगा?"

"छह मास से कम में इतना बड़ा काम सम्भव नहीं है।" अनिन्द्य ने अपना मत दिया।

"नहीं, ऐसी बात नहीं है," भूलर बोला, "यह चार मास में भी सम्भव हो सकता है।"

"चार से छह मास, कुछ भी लगे। उससे पहले वर्षा आरम्भ हो जाएगी, नदियों में बाढ़ आ जाएगी, मार्ग में कीचड़ हो जाएगा। सैनिक प्रयाण–विशेष रूप से एक साम्राज्य की सेना का प्रयाण वर्षा-ऋतु में नहीं होगा," भीखन बोला, "हमारी बात और है। हम अपने अस्तित्व और सम्मान के लिए लड़ते हैं। इसलिए लंगोटी बांधे, नंगे पैर, वर्षा में भीगते हुए, कीचड़-लादों में भी चल पड़ेंगे। पर वे लोग तो साम्राज्य के सैनिक हैं। रावण और उसके सम्बन्धियों के विलास के लिए अन्य लोगों का शोषण करने हेतु लड़ते हैं। वे तब तक नहीं चलेंगे, जब तक आकाश मेघों से शून्य नहीं हो जाएगा, मार्ग स्पष्ट और स्वच्छ नहीं हो जाएंगे। उनकी मदिरा के भांड ढोने के लिए रथों का निर्माण नहीं हो जाएगा।"

"भीखन ठीक कहता है," अगस्त्य बोले, "रावण की सेना किसी भी रूप में वर्षा-ऋतु की समाप्ति से पहले नहीं ही चलेगी।"

"तब तो हम बरखा होते ही खेत जोत-बो लेंगे," कृतसंकल्प ने अपना मत दिया, "युद्ध के समय न हमें अन्न की कमी रहेगी, न पीछे घर पर बच्चों को कठिनाई होगी।"

"तुम कुछ नहीं बोल रहे, धर्मभृत्य!" राम बोले, "तुम भी तो कुछ सोचते होगे।"

"ऋषिवर अगस्त्य को देखकर इन्हें अपनी अधूरी लिखी अगस्त्य कथा का स्मरण हो आया है," लक्ष्मण मुस्कुराए, "सोच रहे होंगे, इस वर्षाऋतु में यह कार्य सम्पन्न हो जाना चाहिए।"

"सौमित्र ने ठीक याद दिलाया," धर्मभृत्य मुस्कुराया, "मुझे यह कार्य पूर्ण कर ही लेना चाहिए। ऐसी कुछ बातें, जिनका मुझे ज्ञान नहीं है–गुरुदेव से पूछ भी लूंगा।"

"अवश्य! अवश्य!!" अगस्त्य मुस्कराए, "मैं स्वयं सुनने को उत्सुक हूं कि तुमने मेरे विषय में क्या लिखा है। कई बार साहित्यकार अपने पात्रों को उनके वास्तविक अस्तित्व से बहुत ऊंचा बना देता है।"

"मेरे विषय में भी कुछ लिखा है या नहीं?" लोपामुद्रा मुस्कुराईं, "अगृहस्थ संन्यासी हो, कहीं पत्नी का महत्त्व क्षीण मत कर देना।"

"नहीं! नहीं!!" धर्मभृत्य कुछ संकुचित हो गया, "मैं किसी दिन आपको सुनाऊंगा।"

अगस्त्य हंसे, "हां, राम! अपने विषय की ओर लौटो।"

"हां, हम लोग सहमत हैं कि रावण यदि मूर्ख नहीं है तो पहले वह लंका की सुरक्षा का प्रबन्ध करेगा और तब कम-से-कम छप्पन सहस्र सैनिकों की सेना लेकर वह वर्षाऋतु के पश्चात प्रस्थान करेगा। इसलिए हम जन-सैनिकों को पंचवटी रोके नहीं रखना चाहिए। उन्हें अपने-अपने क्षेत्रों में लौट जाना

चाहिए। वहां सैनिक अभ्यास तथा प्रशिक्षण का कार्य करना चाहिए, अन्न-उत्पादन तथा शस्त्र-निर्माण करना चाहिए तथा अन्य क्षेत्रों में निर्माण और सामान्य शिक्षा का कार्यक्रम चलाना चाहिए।"

"ठीक है।"

"यदि यह निश्चित है कि जन-सैनिक अपनी-अपनी सुविधानुसार यथाशीघ्र अपने क्षेत्रों की ओर प्रस्थान करेंगे," लक्ष्मण बोले, "तो आपको यहीं सूचित कर दूं कि राक्षस-सेना के जितने शस्त्र हमने प्राप्त किए हैं, वे सब वर्गीकृत होकर वितरण के लिए प्रस्तुत हैं। जाने से पूर्व सभी नायक अपनी टुकड़ियों की आवश्यकतानुसार शस्त्र ले जाएं और उनका अभ्यास अपने क्षेत्रों में कराएं।"

"एक बात और," राम बोले, "ये शस्त्र अधिकांशतः प्रशिक्षण और अभ्यास के लिए हैं–अपने-अपने क्षेत्रों में आप जन-क्रान्ति के लिए उनका उपयोग भी कर सकते हैं; किन्तु रावण की सेना के साथ होनेवाले युद्ध के लिए हमारा शस्त्र धनुष-बाण ही है," सबने अपनी सहमति दी।

"जब सब लोग कह ही रहे हैं, तो एक बात मैं भी कह दूं," लोपामुद्रा मुस्कुराई, "तुम लोग बड़े-बड़े युद्धों की तैयारियां कर रहे हो तो प्रत्येक नायक अपनी टुकड़ी में एक चिकित्सक तथा शल्य-चिकित्सक भी तैयार करे। मेरी बेटियां बड़े युद्धों के सहस्रों आहतों का उपचार नहीं कर सकेंगी।"

अगस्त्य हंसे, "प्रभा और सीता को अपनी जान खपाते देख, लोपामुद्रा को बहुत कष्ट होता है; फिर भी बात वे ठीक कह रही हैं। सैनिक के साथ उसके प्राण बचानेवाले शल्य-चिकित्सक का महत्त्व भी हमें ध्यान में रखना चाहिए।"

"तो मित्र! आज की बात यहीं तक।" राम मुस्कुराए।

छह

खर को सेना सहित विदा कर, शूर्पणखा अपने शयन-कक्ष में जा लेटी। स्थिति कहा-से-कहां तक जा पहुंची–वह सोच रही थी–कहां उसने सोचा था कि अपने रूप-वैभव से राम को मुग्ध करेगी और कहां आज खर को अपने समस्त सेनापतियों तथा चौदह सहस्र सैनिकों की विशाल सेना लेकर राम पर आक्रमण करने के लिए जाना पड़ गया है...किन्तु क्या सचमुच इसकी आवश्यकता थी?...शूर्पणखा का मन निश्चय नहीं कर पा रहा था–क्या सचमुच इसकी आवश्यकता थी? दो तापस धनुर्धारियों और उनके कुछ सहायकों को दंडित करने के लिए जनस्थान के समस्त सेनापतियों, महारथियों और सम्पूर्ण सेना का जाना आवश्यक था क्या?...पर जब दूषण ने राम की शक्ति का तिरस्कारपूर्वक उल्लेख किया था, तो स्वयं शूर्पणखा ने ही उसका विरोध कर, उसे आवेश दिलाया था...नहीं तो कोई भी व्यक्ति कितना भी युद्ध-कुशल क्यों न हो, कितने दिव्यास्त्रों का ज्ञान उसे क्यों न हो–उसके लिए इतनी बड़ी, साधन-सम्पन्न सेना का जाना...

...चलो, कोई बात नहीं–उसने सोचा–सैनिक पड़े-पड़े आलसी ही तो हो गए थे, उनका व्यायाम हो जाएगा और राम तथा सौमित्र के सम्मुख राक्षसों का शक्ति-प्रदर्शन हो जाएगा।

सहसा वह चौंककर उठ बैठी। अभी घड़ी-दो घड़ी में खर, बन्दी राम, अपहृत सीता और मृत सौमित्र के साथ यहां आ पहुंचेगा और वह ऐसे बैठी है, जैसे कुछ होना ही न हो, "द्वार पर कौन है?"

"स्वामिनी!"

"वज्रा को भेज," शूर्पणखा बोली, "और कापालिका को भी आने के लिए कह दे।"

"जो आज्ञा।"

शूर्पणखा दर्पण के सामने बैठ गई–खर राम को बन्दी करने गया है। अब राम मेरे भोग्य पदार्थ

के रूप में यहां रहेगा। उसे लुभाना अब आवश्यक नहीं है–अब उसकी नहीं, मेरी इच्छा चलेगी। वह मुझे लुभाने का प्रयत्न करेगा। अपनी इच्छा से मेरे अंगों को नहीं सहलाएगा, तो मेरे कशाघातों के कारण अपने शरीर को सहलाता रहेगा। स्वयं को कष्टों से बचाने के लिए, अधिक सुविधाएं पाने के लिए, अपने जीवन के छोटे-छोटे सुखों के लिए, मुझ पर रीझने का नाटक करेगा, घटिया चाटुकारों के समान मेरी स्तुति करता फिरेगा, मेरे भ्रू-संकेतों पर नाचेगा...

"आदेश दें, स्वामिनी!" वज्रा ने आकर अभिवादन किया।

"काम-क्रीड़ा के अनुकूल मेरा प्रसाधन कर दे," शूर्पणखा ने दर्पण में अपना मुखड़ा देखते हुए कहा, "और परिधान बदल दे।"

वज्रा सखियों के साथ अपने काम में लग गई। राम को साथवाले कक्ष में बन्दी रखना पड़ेगा। शूर्पणखा सोच रही थी। उसके लिए आरम्भ में प्रहरियों की भी व्यवस्था करनी पड़ेगी। वह बलिष्ठ है, अधिक प्रहरियों का प्रबन्ध करना पड़ेगा। बहुत उत्पात करेगा तो? शूर्पणखा का रोष उद्दीप्त हो उठा। उसे पैरों में शृंखलाएं पहनाकर रखना पड़ेगा। शान्ति से रहेगा, तो उसे अपने कक्ष में भी रख सकती है। और उस सीता को–उसके मन में प्रश्न उठा–उसे सीधे रावण को भेंट कर दिया जाए ...या उसकी हत्या कर दी जाए? नहीं, हत्या अधिक लाभकारी नहीं है। रावण वैसी स्त्री पाएगा तो शूर्पणखा का आभार मानेगा। तब वह उससे कुछ सुविधाएं पा सकेगी। उसे तो शीघ्रातिशीघ्र रावण के पास पहुंचा देना चाहिए...किन्तु वह सौमित्र! उसकी हत्या तो खर युद्ध-क्षेत्र में ही कर देगा। वह भी कमनीय पुरुष था...

"अज्ञा दें, स्वामिनी!" कापालिका उपस्थित हुई।

"साथ के कक्ष में एक प्रिय पुरुष के रहने की व्यवस्था कर दे," शूर्पणखा ने आदेश दिया, "इस कक्ष का रंग-रूप ठीक कर दे। एक अतिरिक्त व्यक्ति के सोने की व्यवस्था कर–वह व्यक्ति पुरुष है। आस्तरण और यवनिकाएं बदल दे। कक्ष नया, सुन्दर और स्वच्छ लगे।"

"जो आज्ञा!"

...कमनीय था सौमित्र भी–शूर्पणखा ने सोचा–किन्तु धृष्ट निकला। उसकी बात मान जाता, तो वह दोनों भाइयों को अपने पास रख लेती। संग्रहणीय पुरुष हों तो एक से दो अधिक सुखकर होते हैं...

शूर्पणखा का मन क्रीड़ाओं की कल्पनाएं करने लगा था। सहसा रक्षिका भीतर आई, "स्वामिनी! द्वार पर गूढ़ पुरुषों का नायक अकम्पन खड़ा है। दर्शन करना चाहता है। इसी समय।"

"उससे कह दो, मैं इस समय केवल एक पुरुष से ही मिल सकती हूं, और वह पुरुष अकम्पन नहीं है।"

"वह हठ कर रहा है। कह रहा है, समय नष्ट नहीं होना चाहिए।"

शूर्पणखा ने घूरकर रक्षिका को देखा, किन्तु फिर कुछ सोचकर बोली, "आने दो।" अकम्पन भीतर आया। लगता था, भागता चला आ रहा है। धूल-धक्कड़ से अटा, स्वेद में नहाया। वह हांफ रहा था।

"क्या है?"

"स्वामिनी!" अकम्पन उसके सम्मुख भूमि पर घुटनों के बल बैठ गया, "स्वामिनी! अघटनीय घट गया है। सर्वनाश का क्षण निकट ही है।"

"क्या हुआ?" शूर्पणखा ने पूछा, "क्या राम निकल भागा?"

"राम से युद्ध करती हुई हमारी सेना ध्वस्त हो चुकी है। त्रिशिरा और दूषण का वध हो चुका है। खर के अंगरक्षक महारथियों में से केवल चार बचे हैं। और युद्ध चल रहा है..."

शूर्पणखा को विश्वास नहीं हुआ, "यह कैसे सम्भव है!"

"यही सत्य है," अकम्पन उठ खड़ा हुआ, "मुझे खर के जीवन की कोई आशा नहीं है। मैं सीधा लंका जा रहा हूं, ताकि सम्राट को सूचित कर सकूं। आपका भी यहां रहना सुरक्षित नहीं है। खर का वध कर राम यहां आएगा। सम्भव है, वह इन प्रासादों को अग्निसात कर दे। आप यथाशीघ्र अपने अंगरक्षकों के साथ लंका के लिए प्रस्थान करें।"

अकम्पन अभिवादन कर बाहर चला गया।

शूर्पणखा स्तम्भित खड़ी रह गई–कहां राम को बन्दी कर, उसे अपनी भोग्य-वस्तु के रूप में कशा से आहत करने की बात...किन्तु यह कैसे सम्भव है? मुट्ठी-भर तपस्वी चौदह सहस्र सैनिकों का वध कर दें–यह क्या विश्वास करने योग्य समाचार है? किन्तु अकम्पन झूठ नहीं बोल सकता। उसकी सूचना असत्य नहीं हो सकती। वह गूढ़ पुरुषों का नायक है, उसके द्वारा दी गई सूचनाओं के आधार पर साम्राज्य की नीतियां बनती हैं।...सत्य ही अघटनीय घट गया है।...निश्चय ही अपनी विजय के पश्चात, राम आए न आए, सौमित्र अवश्य इधर आएगा। उसके हाथ में खड्ग होगा, सम्भव है खड्ग के स्थान पर परशु ही हो। वह प्रासाद में प्रवेश करेगा...और जिसे सामने पाएगा, उसका सिर धड़ से पृथक करता जाएगा...

शूर्पणपखा का रथ लंका की ओर तीव्र गति से भागता जा रहा था। उसके अंगरक्षकों के घोड़े रथ के दाएं-बाएं और पीछे चल रहे थे। शूर्पणखा के लिए रात्रि-भर के लिए जनस्थान में रुकना कठिन हो गया था। उसने सन्ध्या के समय ही प्रासाद छोड़ दिया था। अपनी दासियां-चेटियां तथा भरा-पूरा प्रासाद, वैसा-का-वैसा ही छोड़ आई थी–न किसी व्यक्ति को साथ लेने का समय था, न किसी वस्तु को। उनसे यही कह आई थी कि वे वहां रहने, प्रासाद छोड़ कहीं अन्यत्र चले जाने अथवा राम का आश्रय स्वीकार करने के लिए स्वतन्त्र थीं। वह जब पुनः साम्राज्य की सेना के साथ लौटेगी, तब सोचेगी कि उसे किस व्यक्ति को कहां खोजना है...

साम्राज्य की सेना के बिना उसका लौटना असम्भव था–वह जानती थी। किन्तु साम्राज्य की सेना उसके साथ आएगी क्या?...विद्युज्जिह्व के वध के पश्चात से, उसके मन में रावण के प्रति गहरा अविश्वास जम गया था। यद्यपि उस घटना के बाद, रावण ने कभी उससे एक कठोर शब भी नहीं कहा और उसकी प्रत्येक इच्छा पूर्ण की; किन्तु शूर्पणखा को सदा यही लगता है कि रावण का सम्पूर्ण प्रेम ऊपरी दिखावा है। मन-ही-मन वह शूर्पणखा के सुख का विरोधी है।...ऐसे में यदि वह कहेगी कि रावण साम्राज्य की सेना के साथ आए और जनस्थान पर अधिकार स्थापित कर, समस्त शत्रुओं को दूर कर, राम और लक्ष्मण उसको सौंप दे–तो क्या रावण आएगा? उससे शूर्पणखा का सुख देखा जाएगा?...नहीं! नहीं!! वह कभी भी नहीं आएगा–शूर्पणखा का मन चीत्कार करने लगा–वह केवल अपना सुख चाहता है। कामुक और मद्यप! दूसरे किसी के सुख से उसे क्या लेना। नहीं तो वह विद्युज्जिह्व की हत्या क्यों करता? कालकेयों का नाश क्यों होने देता?...उसे तो अपने शासन और अपनी सेना की भी चिन्ता नहीं है, बस, सुन्दरियों का अपहरण करता फिरता है...नहीं तो क्या पंचवटी में होनेवाली अपनी सेना की दुर्दशा की सूचना उसे नहीं मिलनी चाहिए थी? उसे खर की सहायता के लिए नहीं आना चाहिए था?

सहसा शूर्पणखा सीधी होकर बैठ गई...वह क्यों यह कहे कि उसे राम और लक्ष्मण चाहिए? वह रावण के ही स्वार्थ की बात क्यों न कहे? अपने स्वार्थ के लिए तो वह जाएगा ही...रावण और राम का युद्ध होना ही चाहिए...रावण ने राम को बन्दी कर लिया तो शूर्पणखा को भोग के लिए जनस्थान का राज्य और राम तथा लक्ष्मण की प्राप्ति होगी, राम-लक्ष्मण मारे गए तो शूर्पणखा के तिरस्कार का प्रतिशोध होगा...और यदि कहीं रावण पराजित हुआ तथा मारा गया तो वह विद्युज्जिह्व के वध का प्रतिशोध होगा...राम के सन्दर्भ में कदाचित कुछ भी असम्भव नहीं है। जो खर की सेना को पराजित कर सकता है, वह रावण का वध भी कर सकता है...

सीता ने एक-एक कर राम के घाव धोए और उनपर औषधि लगा दी। प्रायः घाव सूख चले थे, किन्तु माथे पर लगे त्रिशिरा के बाण तथा कवच को काटते समय खर द्वारा बाएं कन्धे पर मारे गए नाराच का घाव अभी भी पीड़ा दे रहा था। उन्हें सूखने के लिए समय चाहिए था, "कितने घाव खाए हैं आपने!" सीता बोलीं, "यह शूर्पणखा का प्रतिशोध है। आपने उसे कामाहत किया, उसने आपको बाणाहत करवा दिया।"

राम हंसे, "मैंने तो समझा था कि हम सबने मिलकर कोई बड़ा काम किया है, तुमने उसे काम-बाण और लौह-बाण के आदान-प्रदान तक सीमित कर दिया।"

"बड़ा काम तो आप सबने किया ही है," सीता गम्भीर हो गईं। वे राम के कन्धे और माथे के घावों के आसपास अपना स्नेह-भरा हाथ निरन्तर फिरा रही थीं, "सारा जनपद राक्षसों से शून्य हो गया है। अब यहां आश्रमों तथा ग्रामों का जीवन कैसा है–आप जानते भी हैं?"

"कैसा है?"

"उन्मुक्त। सुखद।" सीता बोलीं, "दिन-भर में कितनी ही स्त्रियां मेरे पास आती हैं। निरन्तर आपकी प्रशंसा करती रहती हैं। अपने पिछले कष्टों का स्मरण करती हैं; टूट गए बन्धनों की चर्चा करती हैं, भविष्य में सपनों की कथा कहती हैं।...और मैं मन में एक ही खेद पालती रहती हूं कि उस युद्ध में मैंने स्वयं तो भाग ही नहीं लिया, मेरे कारण बेचारे सौमित्र तथा सिंहनाद भी बंध गए।"

"तुमने भाग लिया तो," राम स्नेहासिक्त स्वर में बोले, "जितने घायल जन-सैनिकों को तुमने अपनी औषधि से प्राण-दान दिया है, उतने लोगों के प्राण तो मैंने भी शस्त्रों से नहीं बचाए," राम ने सीता को उनके कन्धों से थाम लिया और उनकी आंखों में झांका, "मन में ऐसी भावना मत पालो। स्वयं को निरर्थक मत समझो। तुमने एक ऐसा मोर्चा संभाला है जिस पर लड़ने के लिए हमारे पास कोई सैनिक नहीं था," राम धीरे से आश्वस्त स्वर में हंसे, "निकट भविष्य में ही निर्णायक युद्ध की सम्भावना है–सौमित्र को भी युद्ध का पूर्ण अवसर मिलेगा।"

"और मुझे?"

"अभी से क्या कहूं, सीते! जाने तुम्हें कितना बड़ा और कैसा मोर्चा संभालना पड़े–युद्ध का अथवा उपचार का," राम हंसे, "अच्छा, यह बताओ, जो स्त्रियां तुम्हारे पास आती हैं, वे इन राक्षसों के विषय में क्या बताती हैं?"

"ओह, प्रिय!" सीता बोलीं, "उनके पास सुनाने के लिए अत्याचार और यातना की इतनी कथाएं हैं कि उनका अन्त नहीं। उन्हें सुनकर यही इच्छा होती है कि इन राक्षसों को पुनः जीवित किया जाए, और पुनः उनका वध किया जाए। एक बार की मृत्यु तो कोई

बात ही नहीं है, उन्हें तो सैकड़ों बार मृत्यु-दंड मिलना चाहिए। और साधारण पृत्यु नहीं–यातनापूर्ण मृत्यु।...मणि ने अपनी कथा मुझे विस्तारपूर्वक सुनाई..."

"क्या बताया मणि ने?"

"कह रही थी कि साधारणतः तो शूर्पणखा कामुक, विलासिनी, स्वार्थी तथा क्रूर स्त्री थी ही; किसी अन्य का सुखी गार्हस्था तथा दाम्पत्य जीवन भी नहीं देख सकती थी। जहां किसी ने अपने पति अथवा सन्तान के अस्वस्थ होने अथवा उनकी किसी असुविधा की बात की, कि शूर्पणखा के भीतर की चुड़ैल जाग उठती थी। उसका वश चलता तो वह संसार में किसी स्त्री का न पति जीवित रहने देती, न कोई सन्तान।...अपनी इसी वृत्ति के कारण यह चुड़ैल उसका एक बालक खा गई।"

"जिसकी मृत्यु के पश्चात मणि यहां आई थी?" राम ने कहा।

"हां, वही," सीता का स्वर करुणायुक्त हो उठा, "वह बालक कई दिनों से अस्वस्थ चल रहा था, किन्तु उस दिन उसकी अवस्था बहुत गम्भीर हो गई थी। मणि का कार्य शूर्पणखा का केवल केश-विन्यास करना था। उसने प्रातः केश-सज्जा कर, अपने रुग्ण पुत्र के पास जाने की अनुमति चाही। यद्यपि उसका कार्य समाप्त हो चुका था, किन्तु शूर्पणखा ने उसे इसीलिए अवकाश नहीं दिया, क्योंकि वह अपने रुग्ण पुत्र के पास जाना चाहती थी। इधर मणि को बलात अनावश्यक रूप से व्यर्थ के कामों में उलझाकर अपने पास रोके रखा, और उधर उल्लास को कोई सन्देश देकर किसी दूर स्थान के लिए भेज दिया। दिन-भर बेचारी मणि छटपटाती रही। सन्ध्या समय पुनः केश-सज्जा करने के पश्चात उसने अनुमति चाही तो उसे रात-भर के लिए भी वहीं रोक लिया। भोजन तक के लिए उसे अपने घर नहीं जाने दिया। रात को शूर्पणखा के सो जाने के पश्चात मणि ने जाने का प्रयत्न किया तो रक्षिकाओं ने उसे बलात भीतर धकेल दिया। उन्हें स्वामिनी की आज्ञा थी कि मणि को रात-भर बाहर न जाने दिया जाए, क्योंकि प्रातः स्वामिनी को अपनी केश-सज्जा के लिए उसकी आवश्यकता होगी।"

"फिर वह वहां से निकली, कैसे?"

"आधी रात के पश्चात् जब बालक के देहान्त का समाचार आया तो रक्षिकाएं भी द्रवित हो गईं। तब मणि और उल्लास ने भोर की प्रतीक्षा नहीं की। बालक की अन्त्येष्टि के व्याज से सारा परिवार प्रासाद से निकल आया। अन्त्येष्टि के पश्चात वे लोग यहां न चले आए होते तो इस अपराध के लिए शूर्पणखा उन्हें यातना दे-देकर मार डालती।"

"मैंने भी इस प्रकार की अनेक घटनाएं सुनी हैं," राम उदास हो गए, "समझ में नहीं आता कि कोई इतना क्रूर कैसे हो सकता है। इनके मस्तिष्क में कोई विकार है, अथवा प्रकृति ने इनके कपाल में हिंस्र पशु का मस्तिष्क डाल दिया है, अथवा अपनी शक्ति का अबाध भोग ही इतना भयंकर मद बनकर मानव-मस्तिष्क को विकृत कर देता है, कि उसमें कोई कोमल भावना शेष नहीं रहती, विवेक नहीं रहता, मानवीय तर्क उसकी समझ में ही नहीं आता," राम ने रुककर क्षण-भर सीता को देखा, "आदित्य ने मुखर को अपनी कथा सुनाई थी। वह किसी आजीविका की खोज में उधर भटक रहा था कि शूर्पणखा की दृष्टि उस पर जा पड़ी। उसने उसे बुला लिया। वह आया तो उससे कहा कि उसके उपयुक्त कोई कार्य उस समय नहीं था। जब तक कोई उपयुक्त कार्य नहीं मिलता, वह वाटिका में कुछ काम कर दिया करे। उपयुक्त अवसर मिलते ही उसकी नियुक्ति किसी अच्छे स्थान पर हो जाएगी। आदित्य को माली के रूप में अपनी नियुक्ति समझ में नहीं आई, क्योंकि वह तो बुनकर

था–वाटिका का उसे रंचमात्र भी ज्ञान नहीं था।...किन्तु सन्ध्या समय उसे अपनी नियुक्ति का भेद मालूम हो गया। उसका शरीर बलिष्ठ था और रूप सुन्दर। उसे शूर्पणखा द्वारा अपने आमोद-प्रमोद की वस्तु के रूप में नियुक्त किया गया था। इस सूचना से वह इतना आहत हुआ कि अत्यधिक मात्रा में मदिरा पीकर लोगों से कहता फिरा कि वह प्रासाद की वाटिका का माली नहीं, राजकुमारी का प्रेमी है। शूर्पणखा ने इस बात को यहीं रोकने के लिए अपने वैद्य से यह घोषणा करवाई कि आदित्य किसी मानसिक विकृति से पीड़ित है, अतः उपचारस्वरूप उसे कशाओं से पीटा गया। वह वहां से भाग न आता, तो जाने उसका क्या होता...और आदित्य एकमात्र ऐसा युवक नहीं है। मुझे ज्ञात हुआ है कि बीसियों नवयुवकों ने शूर्पणखा से इसी प्रकार की नियुक्तियां पाई हैं।"

"जबकि ये नवयुवक उसके पुत्र के-से वय के हैं..." सहसा सीता की दृष्टि राम के घाव पर बंधी पट्टी की ओर चली गई, "बातों में यह गांठ ढीली ही बंधी है।" सीता ने गांठ खोल, पट्टी पुनः संवारकर बांधी।

"मुखर और आर्य जटायु के घावों की क्या स्थिति है?" राम ने पूछा।

"अब ठीक से ही हैं," सीता बोलीं, "तात जटायु के घाव गम्भीर नहीं हैं, किन्तु उनका वय अधिक होने के कारण वे निढाल हो गए हैं। मुखर को गहरा घाव लगा है, भारी शस्त्र का। वह मात्र अपनी संकल्प-शक्ति और जिजीविषा के बल पर उसे झेल गया है, नहीं तो बड़ी विकट स्थिति होती।"

बाहर किसी की पग-ध्वनि हुई, "मैं आ जाऊं भैया!"

"आओ, सौमित्र!" सीता द्वार तक जा, अगवानी कर लाईं।

"क्या-क्या हो गया, सौमित्र?"

"सौमित्र एक आसन पर बैठ गए, "बहुत सारा काम हो गया। जन-स्थान के प्रासाद तो सारे क्षेत्र की गतिविधि के कार्यालयों की आवश्यकता से भी बड़े हैं।"

"अच्छा है," सीता बोलीं, "स्थान का अभाव नहीं रहेगा।"

"काम क्या-क्या हुआ।" राम ने पुनः पूछा।

"सुरक्षा, उत्पादन तथा शिक्षा के लिए केन्द्रीय समितियां बन गई हैं। अब ये लोग प्रत्येक ग्राम-बस्ती, पुरवे-टोले में वैसी ही समितियां स्थापित करेंगे। तरुण टोली, शिशु टोली, महिला संघ इत्यादि संस्थाएं बन गई हैं। ग्राम-पंचायतों की स्थापना कर दी है। भूमि-वितरण की व्यवस्था हो गई है। कृषि के इच्छुक व्यक्ति को उसकी आवश्यकतानुसार भूमि मिलेगी। प्रथम वर्ष के लिए किसी से कोई कर नहीं लिया जाएगा। ग्राम-पंचायतों तथा अन्य संस्थाओं द्वारा छोड़े गए धन से चलेगा।"

"बहुत कुछ कर आए," राम बोले, "पर अभी बहुत कुछ शेष है। कृषि के लिए अच्छे बीजों और अच्छे पशुओं की व्यवस्था करनी होगी। राक्षसों द्वारा प्रचारित यह व्यापक मदिरापान की लत छुड़ानी होगी। दासता की प्रथा, वेश्यावृत्ति, बहुपतित्व तथा बहुपत्नीत्व इत्यादि के विरुद्ध भी अभियान चलाना होगा।"

"मैंने चर्चा की थी," लक्ष्मण बोले, "आदित्य, उल्लास, मणि इत्यादि बहुत उल्लास से इस दिशा में काम करना चाह रहे हैं। मणि की एक सखी है वज्रा। वह शूर्पणखा की प्रसाधिका थी। एक कापालिका नाम की भी महिला है। ये तथा इनकी सखियां, इनके परिवार, सब ही परिवर्तन के लिए कार्य को आतुर थे।"

"फिर तो विशेष कठिनाई नहीं होगी।" सीता बोलीं।

"आर्य जटायु ने सैनिक प्रशिक्षण के लिए नवयुवक भी चुन लिये हैं। वे अपने घावों के बावजूद काम आरम्भ कर रहे हैं।"

"उनको समझाना पड़ेगा," सीता चिन्तित स्वर में बोलीं, "इस वय में घावों की उपेक्षा नहीं होनी चाहिए।"

"मेरे घाव की तो चर्चा नहीं हो रही, दीदी?" मुखर भी आ गया।

"चर्चा तो तुम्हारे घाव की भी थी," सीता बोलीं, "पर तुम थे कहां। सन्ध्या समय पट्टी करवाने भी नहीं आए!"

"अपने अतिथियों को विदा कर रहा था," मुखर बोला, "अब स्थिति यह है कि दूसरे आश्रमों अथवा ग्रामों से आए हुए सभी जन-सैनिक, नायक, ऋषि-मुनि, अतिथि-अभ्यागत सब विदा हो चुके हैं। इस समय आश्रम में केवल आश्रमवासी ही हैं।"

"किन्तु अन्तिम अभ्यागत तो दोपहर को ही विदा हो गए थे।" सीता बोलीं।

"यहां से तो विदा हो गए थे, किन्तु आश्रम से तो वे अब विदा हुए हैं।" मुखर हंसा।

"इस युद्ध के पश्चात जितना प्रसन्न मुखर दिखाई पड़ता है, उतना प्रसन्न और कोई नहीं है," सीता बोलीं, "इतना विकट घाव खाकर भी।"

"मैं आपको बता नहीं सकता, दीदी! कि मैं कैसे और कितना प्रसन्न हूं। मेरे भीतर का घृणा का सारा विष इस युद्ध ने निकाल दिया है। मेरी आत्मा जैसे विशद हो गई है। मेरा जीवन सार्थक हो गया है। मैंने अपना प्रतिशोध ले लिया है। अब अपना जीवन मेरे लिए एक सुन्दर पुष्प है, जिसे निर्माण की वेदी पर धीरे से रख देना चाहता हूं..."

"युद्ध के पश्चात उदास तो मैं हूं," लक्ष्मण धीरे से बोले, "जिसके शस्त्र चलाए बिना ही युद्ध समाप्त भी हो गया।"

"तुम्हारी पीड़ा मैं समझता हूं," राम बोले, "किन्तु कभी-कभी ऐसे पीड़ापूर्ण दायित्व भी स्वीकार करने पड़ते हैं।"

"बार-बार ऐसा कष्ट न ही दें, भैया!" लक्ष्मण कुछ गम्भीरता और कुछ परिहास में बोले।

"अच्छा, भाभी की रक्षा का दायित्व तुम्हारे लिए पीड़ा है!" सीता ने धमकाया, "बड़े दुष्ट हो तुम, सौमित्र!"

"क्षमा, भाभी! क्षमा!" लक्ष्मण ने दोनों कानों को हाथ लगा दिए।

लंका में रावण के महामहालय के एक सुसज्जित कक्ष में शूर्पणखा पलंग पर लेटी हुई थी। अनेक दासियां उसकी सेवा में नियुक्त थीं। दो दासियां मिलकर उसके पैरों को गुनगुने पानी में धो-धोकर उसे आराम पहुंचाने का प्रयत्न कर रही थीं। दो दासियां, उसके कपाल और केशों पर, शीतल जल में भिगो-भिगोकर वस्त्र फिरा रही थीं। चन्दन तथा अन्य प्रकार की औषधियां लेकर अनेक दासियां खड़ी थीं। दो दासियां उसके शरीर को हल्के-हल्के हाथों से चांप रही थीं।

...किन्तु न तो शूर्पणखा के शरीर की थकान उतर रही थी, न मन का ताप। जनस्थान से एक बार चलकर वह मार्ग में कहीं नहीं रुकी थी। मार्ग में स्थान-स्थान पर स्थापित अश्वशालाओं में अश्व अवश्य बदले गए थे। सारथी ने कई बार कहा भी कि वे लोग संकट-क्षेत्र पार कर चुके हैं और राम की सेना अब उन्हें नहीं पकड़ सकती–किन्तु शूर्पणखा ने न थमने का नाम लिया, न ठहरने का। अश्वों की गति धीमी होती तो वह सारथी को अपने कशा से कोंचने लगती। रथ के

घोड़े तो कई स्थानों पर बदले गए थे, किन्तु उन अश्वशालाओं में इतने घोड़े नहीं होते थे कि सारे अंगरक्षक भी नया वाहन प्राप्त कर सकते। अंगरक्षक और उनके घोड़े बहुत थक गए थे। मार्ग में अनेक घोड़े संज्ञाशून्य होकर गिर भी पड़े, किन्तु शूर्पणखा ने पलटकर उनकी ओर न तो स्वयं देखा और न किसी को देखने दिया।

लंका के द्वार पर उसकी अगवानी के लिए अनेक लोग उपस्थित थे। अकम्पन के पहले आ जाने से, शूर्पणखा के लंका में किसी भी क्षण पहुंचने की प्रतीक्षा थी। अगवानी के लिए आनेवाले लोगों में स्वयं नाना सुमाली तथा भाभी मन्दोदरी भी थीं। किन्तु उसका कोई भाई वहां उपस्थित नहीं था।

नए रथ में बैठकर भाभी मन्दोदरी उसे अपने साथ महामहालय में ले आई थीं। उन्होंने मार्ग में ही बता दिया था कि अकम्पन से उन लोगों को जनस्थान में होनेवाली सारी घटनाओं की सूचनाएं मिल गई थीं। यद्यपि वह खर के वध से पहले ही जनस्थान से चल पड़ा था, किन्तु उसके चरों के माध्यम से खर के वध तथा राक्षसों की अन्तिम पराजय की सूचनाएं भी लंका में पहुंच चुकी थीं। इस समय शूर्पणखा के तीनों भाई राजसभा में उपस्थित थे। उसके भैया रावण ने ही अपने मन्त्री नाना सुमाली को यह सन्देश देकर भेजा था कि वे लोग जाकर शूर्पणखा की अगवानी करें। अपना कार्य समाप्त कर सम्राट भी यथाशीघ्र आ जाएंगे। तब से अब तक मन्दोदरी, शूर्पणखा की क्लान्ति दूर करने का भरसक प्रयत्न कर रही थीं; किन्तु शूर्पणखा के मन में जाने कैसी उथल-पुथल मची हुई थी कि उसे न नींद आ रही थी, न चैन पड़ता था। थोड़ी-थोड़ी देर में उसकी आंखें क्रोध से रक्तिम हो उठती थीं और थोड़ी-थोड़ी देर में उसका मन रोने-रोने को हो उठता था।

शूर्पणखा की अवस्था सुधरती न देख, मन्दोदरी ने दासियों को हटा दिया। वे स्वयं उसके सिरहाने आ बैठीं और उसका सिर दबाने लगीं...अपनी इस छोटी ननद की गतिविधियां मन्दोदरी को कभी नहीं भायी थीं, किन्तु जब-तब उसकी पीड़ा देखकर, उनका मन अवश्य पसीजा था। जब विद्युज्जिह्व की मृत्यु के पश्चात शूर्पणखा लंका में लाई गई थी, तो वह खड़ी-खड़ी पछाड़ खाकर गिर पड़ा करती थी। उसकी यातना देख-देखकर मन्दोदरी का हृदय फटने-फटने को होता था, और कष्ट की सबसे बड़ी बात यह थी कि उसके पति का हत्यारा स्वयं उसका भाई था...

मन्दोदरी को रह-रहकर वे ही दिन याद आ रहे थे। आज फिर शूर्पणखा जैसे अपनी पीड़ा से निढाल हुई पड़ी थी। तब वह अपने पति का वध देख विधवा होकर आई थी, आज शत्रु से काम की असफल याचना कर अपने चौदह सहस्र सैनिकों का वध करवा, अपने प्रासादों और अधिकृत क्षेत्र को शत्रु के हाथों सौंप—लुटी-पिटी उनके सामने पड़ी थी...

"जब तुमने लंका से शृंगार-शिल्पियों और प्रसाधकों को बुलाया था, तो हमें स्थिति का तनिक भी ज्ञान नहीं था," मन्दोदरी ने धीरे से कहा, "यदि किंचित भी आभास होता तो हम उनके साथ-ही-साथ लंका की सेना भी अवश्य भेजते। तब कदाचित यह स्थिति न आती..."

"स्थिति तब भी यही आती, भाभी!" शूर्पणखा कर्कश स्वर में बोली, "जब राजा शस्त्र छोड़कर, अपने हाथ मदिरा-पात्रों और नर्तकियों की कटियों में उलझा देता है, तो उसकी कोई सेना विजयी नहीं होती।"

"क्या कह रही हो शूर्पणखा!" मन्दोदरी हतप्रभ रह गई, "अपने विश्वविजयी भाइयों के रहते हुए, तुम्हें ऐसी बात मुख से नहीं कहनी चाहिए।"

शूर्पणखा ने भवें चढ़ाकर भाभी को देखा, "बड़ा मदिरा-पात्र लिये बैठा होगा, दूसरा कहीं सोया

होगा और तीसरा किसी ग्रन्थ में डूबा होगा," उसका स्वर तीखा हो गया, "ऐसे ही विश्वविजयी भाई होते, तो मेरी यह दुर्दशा न होती।"

मन्दोदरी को लगा, यही दशा रही तो थोड़ी ही देर में बातचीत असहनीय हो जाएगी। पर दूसरे ही क्षण उन्होंने स्वयं को संभाला–शूर्पणखा इस समय अत्यन्त पीड़ित मनः स्थिति में थी। इतने बड़े धक्के से व्यक्ति का मानसिक सन्तुलन डोल जाता है। उसकी बातों को गम्भीरतापूर्वक स्वीकार नहीं करना चाहिए...पीड़ित व्यक्ति अनेक बार अनर्गल बातें कर जाता है।

"तुम चिन्ता न करो, शूर्पणखा!" मन्दोदरी ने सायास स्नेह-सिक्त स्वर में कहा, "औरों के विषय में मैं कुछ नहीं जानती, किन्तु तुम्हारे बड़े भैया अवश्य ही तुम्हारे अपमान का प्रतिशोध लेंगे..."

शूर्पणखा के तीखे स्वर ने, मन्दोदरी की बात बीच में काट दी, "बाली ने मायावी का वध किया, क्यों नहीं गए भैया प्रतिशोध लेने? बोलो! मायावी तुम्हारा भाई नहीं था या उसका वध तुम्हारा अपमान नहीं था?"

मन्दोदरी ने आहत आंखों से शूर्पणखा को देखा–शूर्पणखा शूर्पणखा ही थी। किसी का भी हृदय अपने शूर्प जैसे नखों से किसी भी क्षण चीर सकती थी...तनिक भी मोह-माया नहीं, किसी से कोई ममता नहीं। जीवन का लक्ष्य ही जैसे सम्पर्क में आए प्रत्येक व्यक्ति को आहत-पीड़ित करना हो।... भाई ने ऐसी भयंकर घटना को भी चुपचाप अनदेखा कर, मन्दोदरी का कम अपमान किया था कि अब बहन उपालम्भ दे रही है! किस अपराध का दंड दे रहे हैं ये लोग उसे? इसका, कि मन्दोदरी घर में सुख-शान्ति चाहती है। वह क्लेश नहीं चाहती...वह शूर्पणखा को कष्ट में सान्त्वना देने आई थी–और शूर्पणखा ने उसका वह घाव छीलकर उसके सामने रख दिया, जिसे भूल जाने का वह कब से प्रयत्न कर रही थी।

"तुम विश्राम करो, शूर्पणखा!" सहसा मन्दोदरी उठ खड़ी हुई, और उन्होंने दासियों को संकेत किया, "देखना, राजकुमारी को कोई कष्ट न हो।"

शूर्पणखा अपनी आंखों में एक सन्तोष लिये, भाभी को जाते देखती रही। उसके मन का उत्ताप जैसे कुछ हल्का पड़ा। होंठों पर क्रूर मुस्कान उभरी...मेरे तो पति की हत्या कर दी और स्वयं दाम्पत्य सुख उठा रहे हैं...थोड़ी देर में दासी ने सूचना दी कि राजकुमार विभीषण अपनी रानी के साथ पधारे हैं। शूर्पणखा द्वार की ओर देखती रही, मुख से कुछ नहीं बोली। वह उन्हें आने से रोक नहीं सकती, किन्तु विभीषण का आना उसके लिए तनिक भी सुखकर नहीं होगा। विभीषण और सरमा आकर पलंग के निकट रखे मंचों पर बैठ गए, "कैसी हो, बहन?"

शूर्पणखा ने विभीषण को तीखी दृष्टि से देखा, "तुम्हें कोई सूचना नहीं मिली कि कैसी हूं?"

विभीषण सायास मुस्कुराया, "समझ गया। वैसी ही हो, जैसी थीं। जनस्थान की सारी राक्षस-सेना को नष्ट करना; खर, दूषण और त्रिशिरा का वध करवाकर भी अभी तुमने कुछ नहीं सीखा बहन!"

"तुम मुझे अपमानित करने आए हो विभीषण?" शूर्पणखा का स्वर कुछ ऊंचा उठा।

सरमा ने चुपके से पति का हाथ दबाया, "शान्त रहो।"

विभीषण ने उसकी ओर ध्यान नहीं दिया, "मैं अपमान करने नहीं आया। दुख की घड़ी में अपनी बड़ी बहन को सान्त्वना देने आया हूं। किन्तु देखता हूं कि बहन अभी पर्याप्त शक्तिमती है। अभी तो उसमें लंका की सेना को भी कटवा डालने का उत्साह बना हुआ है।"

"अपनी अपमानित और पीड़ित बहन को सान्त्वना देने का यही ढंग है, विभीषण?" शूर्पणखा बोली, "क्या इसी व्यवहार को पाने के लिए मैं जनस्थान से भागी हुई यहां आई हूं? जनस्थान में

यदि राम के हाथों राक्षस-सेना मारी गई तो क्या मेरा दोष है? मेरे अपमान का प्रतिशोध लेने लंका की सेना जाए और नष्ट हो जाए, तो उसके लिए भी क्या मैं दोषी हूंगी?"

विभीषण की हंसी वक्र हो गई, "मैंने असत्य तो नहीं कहा था कि अभी मेरी बहन में लंका की सेना को भी कटवा डालने का उत्साह है," सहसा उसका स्वर तीखा हो गया, "जनस्थान की सेना का नाश किसने करवाया? तुम्हारे अत्याचारों और क्रूरताओं की प्रतिध्वनियों से लंका की प्राचीर भी कांप रही है, बहन! आततायी तो अपने ही पाप से मारा जाता है। अकेला बेचारा राम क्या कर सकता था, यदि तुमने और खर ने अपने कृत्यों से जनस्थान का एक-एक ढेला अपना शत्रु न बना लिया होता।"

"राम अकेला नहीं है," शूर्पणखा भी तीखे स्वर में बोली, "उसकी ओर से लड़नेवाले अनेक लोग हैं।"

"लोग हैं। सेना तो नहीं है," विभीषण ने उत्तर दिया, "बताओ, उनमें से किसी ने भी ढंग से सैनिक प्रशिक्षण पाया हो, किसी ने पहले कोई युद्ध किया हो। वहां तो राम का भाई लक्ष्मण तक नहीं लड़ा कि हम कह सकें कि दो योद्धा तो थे...।"

"क्यों! जटायु भी उनकी ओर से लड़ा।"

"हां! हां! जटायु भी," विभीषण बोलता गया, "कल तक तो यही जटायु तुम्हारे लिए एक बूढ़ा गिद्ध मात्र था, जो छिपकर घायल और मृत सैनिकों को खा सकता था। आज वह भी योद्धा हो गया। आदिम जातियों के अबोध-अज्ञानी नवयुवक प्रशिक्षित सेना में कैसे बदल गए? उन्हें राम ने सैनिक बनाया अथवा तुम्हारे अत्याचारों ने?" विभीषण निमिष भर रुका, "तुमने उन्हें इतना पीड़ित न किया होता, तो वे जातियां सौ वर्षों तक यह भी न जान पाती कि धनुष किसे कहते हैं। इसीलिए कह रहा हूं कि अब भी चेत जाओ।"

शूर्पणखा ने धधकती आंखों से विभीषण को देखा, "जो बहन शत्रुओं के हाथों नाक-कान कटवाकर आई है, जिनकी सेना नष्ट हो गई है, स्कन्धावार छिन गया है, तुम उसके प्रति सहानुभूति जता रहे हो?"

हां, सहानुभूति न होती तो तुम्हारे पास न आता।"

"क्यों आए हो? तुम्हें कोई बुलाने गया था?"

"अपने सगे-सम्बन्धियों का प्रेम बुलाने गया था," विभीषण का स्वर शान्त था, "इसीलिए कहने आया हूं–अपने नाक-कान कटा आई हो, अब अपने भाइयों पर कृपा करो; उनके नाक-कान मत कटवाओ। जनस्थान तो उजड़ गया, अब लंका को श्मशान मत बनाओ। यदि अब भी तुमने स्वयं को नहीं संभाला, तो तुम देखोगी कि शोषित जातियां जब उठ खड़ी होती हैं, तो उनका प्रतिशोध कितना भयंकर होता है...।"

"देख रही हूं, तुम्हें अपनी बहन से अधिक तो उन लोगों के साथ सहानुभूति है, जिन लोगों ने तुम्हारी बहन के नाक-कान काटे हैं," शूर्पणखा क्रोध में धधकती हुई बोली, "यदि संसार में सब भाई तुम्हारी जाति के हो जाएं, तो किसी स्त्री के चेहरे पर नाक-कान बचेंगे?"

"बहन हो, इसलिए सहानुभूति तो तुम्हारे ही प्रति है" विभीषण अपने सन्तुलित स्वर में बोला, "किन्तु उसके प्रति सम्मान की भावना है, जिसकी पत्नी की तुम हत्या करने गई थीं। उसने तुम्हारे नाक और कान को केवल शस्त्रचिह्नित किया है। निश्चित रूप से वह बहुत न्यायप्रिय और उदार व्यक्ति है।"

"तुम जाओगे या मैं तुम्हारा मुंह नोचने के लिए उठूं?" शूर्पणखा सचमुच उठने को हुई।

"नहीं, कष्ट मत करो," विभीषण उठकर द्वार की ओर बढ़ा, "मैं स्वयं ही जा रहा हूं।"

सरमा चुपचाप विभीषण के पीछे-पीछे द्वार से बाहर चली गई। विभीषण के जाते ही शूर्पणखा ने दासियों के हाथ परे झटक दिए। पैर धोनेवाली दासियों को पैरों के प्रहार से दूर कर दिया तथा आंधी लेटकर अपना मुख तकिए में छिपा लिया। उसकी दसों अंगुलियों के नख तकिए में गड़ गए थे और आंखों से गर्म-गर्म अश्रु बहकर तकिए की रूई में लीन होते जा रहे थे। दासियों, परिचारिकाओं तथा अंगरक्षकों की हलचल से उसने अनुमान लगाया कि सम्राट आ रहे हैं।...वह सीधी होकर लेट गई और आंखें पोछ डालीं। रावण ने कक्ष में प्रवेश किया। दासियां सावधान होकर उठ खड़ी हुईं। रावण ने उन्हें बाहर जाने का संकेत किया। कक्ष में एकान्त हो गया।

रावण आकर शूर्पणखा के पास बैठ गया, "मैंने सब-कुछ सुन लिया, शूर्पणखे! अकम्पन ने विस्तार से मुझे बताया है।...देखूं तेरे नाक-कान!"

रावण पास खिसक आया। उसने बड़े ध्यान से नाक और कान के औषध लगे घावों को देखा, "घाव तो गम्भीर नहीं हैं," रावण बोला, "उन्होंने घाव करना भी नहीं चाहा होगा। यह तो अपमान करने के लिए था। पीड़ा तेरे अंगों में नहीं, मन में है।"

शूर्पणखा का मन कुछ शान्त हुआ। रावण के प्रति मन का विरोध भी कुछ क्षीण हुआ। धीमे स्वर में बोली, "ठीक कह रहे हो, भैया!"

"अब तू मुझे बता, मेरी बहना!" रावण ने अत्यन्त स्नेह से कहा, "मैं तेरे लिए क्या करूं–तपस्वियों का वध कर, तेरे प्रतिशोध की अग्नि को शान्त करूं अथवा उन्हें बांधकर तुझे ला दूं, ताकि तू अपने तन का ताप शान्त कर ले?"

शूर्पणखा सावधान होकर बैठ गई, "भैया! इतना सरल नहीं है।"

"तू अपनी बात कह," रावण मुस्कुराया, "रावण के लिए कुछ भी कठिन नहीं है।...कैसे हैं तपस्वी? बहुत सुन्दर हैं?"

शूर्पणखा ने सायास अपनी मुस्कान रोकी, "मैं नहीं जानती कि अकम्पन ने आपको क्या-क्या बताया है। सुन्दर तो वे दोनों हैं। मैंने उनकी कामना भी की थी। किन्तु अब स्थिति बदल गई है।"

"अब क्या स्थिति है?"

"उन्होंने मेरे काम-आह्वान का तिरस्कार किया–यह ठीक है," शूर्पणखा बोली, "किन्तु जब तक मैंने उन्हें अपना परिचय नहीं दिया, उन्होंने मेरा अपमान करने का साहस नहीं किया था। मेरा अपमान उन्होंने तब किया, जब मैंने उन्हें बताया कि मैं राक्षसराज रावण की बहन हूं। वस्तुतः उन्होंने राक्षसराज का ही अपमान करने के लिए मेरे साथ ऐसा व्यवहार किया है।" रावण के अहंकार पर सीधी चोट पड़ी। "उन्होंने एक कामुक स्त्री को दंड नहीं दिया, रावण की बहन का अपमान किया है। उन्होंने यह जानते हुए भी कि जनस्थान की सेना रावण की सेना है, उनका नाश किया है।"

"उन्होंने मेरी क्षति भी की है और मेरा अपमान भी," रावण बोला, "कल ही से सैनिक अभियान की तैयारी होगी।...इन तपस्वियों–राम और लक्ष्मण के टुकड़े होंगे, सारे जनपद के आश्रम जला डाले जाएंगे। उनका पक्ष लेनेवाले ग्रामीणों और तपस्वियों का मांस लंका के हाट में बिकेगा। रावण उनसे ऐसा प्रतिशोध लेगा कि भविष्य में लोग रावण के नाम से ही थर्रा उठेंगे। कोई दो-चार झोंपड़ियां डाल ले, आश्रम बना ले–कोई बात नहीं, किन्तु रावण अपने विरुद्ध राजनीतिक शक्तियां खड़ी नहीं होने देगा," वह क्रूरता से मुस्कुराया, "इन लोगों को कदाचित यह मालूम नहीं कि राजनीति का खेल

कितना भयंकर होता है। प्रचार, मौखिक विरोध अथवा इनके रचे काव्यों की रावण चिन्ता नहीं करता; किन्तु जब कोई वास्तविक राजनीतिक शक्ति को हस्तगत करने के लिए पग उठाता है, तो रावण उस पग को उठने से पहले ही काट डालता है तथा पग उठाने की बात सोचनेवाले मस्तिष्क को, उसके मस्तक से बाहर निकाल देता है," वह शूर्पणखा की ओर घूमा, "तुम चिन्ता न करो। लंका की सेना शीघ्रातिशीघ्र प्रस्थान करेगी।"

"भैया!" शूर्पणखा का मुख गम्भीर हो गया, "एक बात कहूं, बुरा तो नहीं मानोगे?"

कहो," रावण दत्तचित्त हो गया, "कोई विशेष बात है?"

"लंका की सेना को पंचवटी मत भेजो," शूर्पणखा शान्त स्वर में बोली, "युद्ध में राम को पराजित करना असम्भव है।"

रावण अट्टहास कर उठा, "रावण के लिए कुछ भी असम्भव नहीं। आज समस्त देव, दैत्य और मानव शक्तियां रावण के आतंक से थर्राती हैं। राम कैसा भी योद्धा क्यों न हो–उनके पास सेना नहीं है, रथ नहीं हैं, दिव्यास्त्र नहीं हैं, सेना के पोषण के लिए धन नहीं है, राजनीतिक शक्ति नहीं है। और रावण के पास न व्यक्तिगत शौर्य की कमी है, न धन की, न सेना की, न शस्त्रों की, न राजनीतिक सत्ता की। और सबसे बड़ी बात है, शूर्पणखे!" रावण ने भेद बताने के स्वर में कहा, "ब्रह्मा और शिव जैसी महाशक्तियां मेरे पक्ष में हैं। तुम देखोगी, न्याय तथा स्वार्थ में स्वार्थ सदा शक्तिशाली होता है। और कोई बड़ी शक्ति नहीं चाहती कि ये वानर, भालुओं के समान जीनेवाले आदिम यूथ अपना विकास कर उन शक्तियों से टक्कर ले सकने में सक्षम हो जाएं। बड़ी शक्तियां इन अविकसित-अर्द्धविकसित जातियों का अपने स्वार्थ के लिए दूसरी शक्तियों के विरुद्ध प्रयोग तो कर सकती हैं, किन्तु इन्हें स्वयं अपने-आप में 'शक्ति" नहीं बनने देंगी।"

शूर्पणखा तनिक भी विचलित नहीं हुई, "इस प्रकार की भ्रान्तियां मैं भी अपने मन में पालती रही थी। किन्तु आज कह सकती हूं कि यह सब होने पर भी लंका की सेना पंचवटी में राम को पराजित नहीं कर सकती–मैं पिछले युद्ध के आधार पर इस निष्कर्ष पर पहुंची हूं।"

"किन्तु क्यों? क्या है राम के पास? ऐसी कौन सी शक्ति है उसके पास?" रावण कुछ क्षुब्ध स्वर में बोला।

"पंचवटी और जनस्थान के प्रदेशों में पत्ता-पत्ता कंकण-कंकण राम का है। जनस्थान त्यागते हुए, अन्तिम समय मुझे ज्ञात हुआ कि जिन्हें मैं बहुत अपना मानती थी, वे दास-दासियां, सेवक-चेटियां–सब राम के थे, जबकि मैं उनकी स्वामिनी थी और राम उनका कुछ नहीं था।"

"उससे क्या होगा?"

"मैंने यह भी देखा कि धन, राजनीति, शस्त्रों से भी एक बड़ी शक्ति होती है, वह है जन-शक्ति। वह पंचवटी में राम के पास है; और वह जानता है कि उसका उपयोग कैसे करना है। शत्रु की सेना की एक टुकड़ी भी वहां पहुंचती है, तो एक-एक झोंपड़ी इस समाचार से गूंजने लगती है और उससे राम का आश्रम सक्रिय हो उठता है। राम के आश्रम से यह सूचना प्रत्येक आश्रम और प्रत्येक गांव में पहुंचती है; तथा प्रत्येक घर से शस्त्रबद्ध सैनिक निकलकर युद्ध के लिए सज्जित हो उठते हैं। राम अपनी सुविधा के प्राकृतिक तथा मानवीय व्यूह बनाकर लड़ता है। वहां ऐसा व्यूह है कि साम्राज्य की बड़ी-से-बड़ी सेना उसमें खप जाएगी; और राम के जन-सैनिकों को कदाचित खरोंच तक न आए।"

"पर राम के पास इतने सैनिक आए कहां से?"

"वहां कोई सैनिक नहीं है; किन्तु प्रत्येक पुरुष, प्रत्येक स्त्री, प्रत्येक वृद्ध और प्रत्येक बालक–सभी सैनिक हैं।"

"इतना कुछ हो गया और मुझे उसकी सूचना तक नहीं मिली।" रावण चिन्तित हो उठा।

"इसी से तुम अपने साम्राज्य की शक्ति का मूल्यांकन कर सकते हो, भैया!" शूर्पणखा कटुता से मुस्कुराई, "मैं जनस्थान में बैठी थी और मुझे कोई सूचना नहीं मिली।"

"कारण?"

"हमारे गुप्तचर मदिरा में डूबे थे," शूर्पणखा बोली, "और हम मदिरा तथा अहंकार में।"

रावण चिन्तित मुद्रा में उठ खड़ा हुआ। वह कक्ष में टहलता रहा, जैसे कुछ सोच रहा हो।

शूर्पणखा उसकी चिन्ता को सुखी मुद्रा में देखती रही, जैसे उसका मनोवांछित घट रहा हो। "तुम्हारा क्या विचार है?" सहसा रावण ने अपना टहलना स्थगित कर पूछा, "राम को पंचवटी में पराजित नहीं किया जा सकता अथवा कहीं भी पराजित नहीं किया जा सकता?"

"पंचवटी उसका मोर्चा है," शूर्पणखा बोली, "वहां विजय उसी की होगी, किन्तु यदि उसे वहां से किसी प्रकार उखाड़ दिया जाए तथा किसी ऐसे मोर्चे पर युद्ध के लिए बाध्य किया जाए, जहां मोर्चा हमारा हो, जनशक्ति हमारी हो–जैसे हमारी लंका; तो राम अपने युद्ध-कौशल तथा दिव्यास्त्रों के ज्ञान के होते हुए भी पराजित होगा।"

"पर वह पंचवटी छोड़, हमसे लड़ने के लिए लंका क्यों आएगा?"

"आएगा," शूर्पणखा मुस्कुराई, "तुम उसे लाओगे, भैया!"

"कैसे?"

"तुम्हें अकम्पन ने नहीं बताया कि राम के साथ कौन-कौन हैं?"

"बताया था," रावण बोला, "उसका भाई तथा उसकी पत्नी।"

"उसने बताया कि राम की पत्नी कैसी है?"

"कह रहा था, अतीव सुन्दरी है।"

"सुन्दरी!" शूर्पणखा जैसे भावावेश में बोली, "वैसी सुन्दरी सारे संसार में नहीं है। तुम्हारे अन्तःपुर की रानियां-महारानियां उसकी दासियां होने योग्य नहीं हैं।"

"इतनी सुन्दर है?" रावण की आंखों में लोलुप चमक जागी।

"उसका रूप-सौन्दर्य तथा उसका यौवन!" शूर्पणखा जैसे अपनी कल्पना में उस सौन्दर्य को साकार कर रही थी, "उसे देखकर मुझे मद चढ़ आया, तुम तो पुरुष हो। उसका चम्पक वर्ण, झील-सी गहरी कजरारी आंखें। मनुष्य एक बार देख ले, तो मन का सास उत्ताप शान्त हो जाए। उसके काले लम्बे और घने केश–लंका के श्रेष्ठतम प्रसाधक भी कभी वैसे कृत्रिम केश तैयार नहीं कर पाए। उसके अधर, जैसे मद-ही-मद हों। क्या-क्या वर्णन करूं। अभी तो मेरे पास न पुरुष की दृष्टि है, न पुरुष का मन। पुरुषार्थ उसी का सार्थक है, जिसके अंक में सीता जैसी स्त्री है। भैया तुम स्वयं उसका हरण करने मत जाना।"

"क्यों?" शूर्पणखा के अन्तिम वाक्यों से रावण का मद जैसे टूट गया।

"उसे देखते ही कहीं अचेत हो गए तो?"

"इतनी सुन्दर है?" रावण फिर से आत्मलीन हो गया।

शूर्पणखा समझ गई–रावण का मन उसकी मनोवांछित दिशा में गतिशील हो चुका था। अब उसकी गति बढ़ाने की आवश्यकता थी।

"सीता का हरण करवा लो," शूर्पणखा रावण के कानों में फुफकारी, "तुम निश्चिन्त हो अपनी लंका नगरी में उसका भोग करना और राम उसके विरह में या तो स्वयं तड़प-तड़पकर मर जाएगा अथवा उसे खोजता-खोजता, धक्के खाता हुआ–असहाय और निरुपाय, बिना जनशक्ति सेना और व्यूह के, तुम्हारे द्वारा पर अपनी पत्नी की भीख मांगने आएगा। तब उसका किसी प्रहरी के हाथों वध करवा देना।"

रावण मौन बैठा, सोचता रहा। फिर बोला, "क्या यह आवश्यक है कि वह उसे खोजता हुआ लंका आए ही! मान लो कि वह पत्नी को भुलाकर, पंचवटी में ही जमा बैठा रहे।"

शूर्पणखा ने उपेक्षा-भरी दृष्टि से रावण को देखा और उपहासपूर्वक मुस्कुराई, "एक बार सीता को देख आओ, फिर यही कहना," उसका स्वर ऊंचा हुआ, "जिस पुरुष ने एक बार सीता को सकाम दृष्टि से देख लिया, वह उसके बना जीवित नहीं रह सकता–फिर राम तो उसका पति है, इतने वर्षों से उसके साथ रह रहा है।..." वह पुनः मुस्कुराई, "और मान लो कि वह न भी आया, तो भी तुम घाटे में नहीं रहोगे। सीता को पाकर तुम अपने साम्राज्य को भी तुच्छ न समझने लगो, तो मुझे कहना।"

रावण के मन ने जैसे अकस्मात ही निश्चय कर लिया। उसकी मुखमुद्रा बदल गई। एक आश्वस्त मुस्कान के साथ उसने शूर्पणखा का हाथ अपने हाथों में लेकर थपथपाया, "तू निराश न हो बहन! रावण अपनी बहन के अपमान का क्रूरतम प्रतिशोध लेगा...तू अब विश्राम कर।" उसने पुनः मुस्कुराकर शूर्पणखा को देखा, स्नेहपूर्वक सिर हिलाया और कक्ष से बाहर निकल गया। शूर्पणखा चुपचाप मुस्कुराती-सी, रावण को कक्ष से बाहर जाते हुए देखती रही।...रावण चला गया और कक्ष का द्वार बन्द हो गया तो उसने जैसे सुख की सांस ली...अब सीता महामहालय में आएगी तो मन्दोदरी पटरानी से दासी हो जाएगी।...घर में कलह मचेगी, दाम्पत्य-सुख विलीन हो जाएगा...और राम दीन-हीन दशा में लंका के द्वारों पर सिर मारने के लिए आएगा।...तब तक रावण सीता के यौवन के मद में आकंठ डूबा होगा, और शूर्पणखा आंख के एक संकेत मात्र से ही राम को अपने लिए मांग लेगी।

सात

शूर्पणखा को आश्वासन देकर रावण स्वयं चिन्तित हो उठा था–यह सब कैसे सम्भव हुआ? जनस्थान में कुछ पिछड़ी हुई वन्य-जातियां रहती हैं। कुछ ऋषि-मुनि और ब्रह्मचारी रहते हैं। वे लोग किसी को देख लें अथवा रावण का नाम ही सुन लें तो संज्ञाशून्य होकर गिर पड़ते हैं। युद्ध की तो वे लोग बात भी नहीं सोच सकते। और अकेले राम ने उन्हीं वनवासियों की सहायता से, सम्पूर्ण राक्षस सेना के साथ खर, दूषण तथा त्रिशिरा जैसे तीन महत्त्वपूर्ण राक्षस सेनापतियों का वध कर दिया। रावण इसे सच मान ले? पर, अकम्पन ने भी यही बताया था और अब शूर्पणखा से वार्तालाप के पश्चात इसमें सन्देह के लिए कोई अवकाश नहीं रह जाता...।

कौन है यह राम? अनेक वर्ष पहले ताड़का वन में इसी राम ने ताड़का की हत्या की थी। किन्तु वह वीरता नहीं थी। अकस्मात सामने से प्रकट होकर राम ने ताड़का के वक्ष में बाण दे मारा था। बलवान-से-बलवान शत्रु को असावधान अवस्था में सुविधा से मारा जा सकता है।...सुबाहु की हत्या असावधानी में नहीं हुई थी, किन्तु सुबाहु और मारीच दोनों ही मूर्ख थे। जब उन्हें ज्ञात हुआ कि

आश्रम में धनुर्धारी आए हुए हैं, तो उन्हें खड्ग लेकर जाने की क्या आवश्यकता थी? खड्ग से धनुष-बाण का सामना नहीं किया जा सकता। और शस्त्रों के ग़लत चुनाव के कारण अच्छे-से-अच्छा योद्धा भी मूर्खों के समान ही मारा जाता है। मारीच भी मूर्ख के समान ही भागा था। भयभीत कुत्ते के समान दुम दबाकर भागा तो भागता चला गया। न रुका, न अन्य राक्षसों से परामर्श किया...न किसी से सहायता मांगी...।

इतने-से कार्य के लिए राम को असाधारण वीर और योद्धा नहीं माना जा सकता।...किन्तु जनस्थान के युद्ध को क्या समझा जाए? अकेले राम ने समस्त राक्षस योद्धाओं का नाश कर दिया–अकेले राम ने। उसके साथ के वनवासियों को, रावण योद्धा मानने को तैयार नहीं। वनवासियों को योद्धा मानना योद्धाओं का अपमान करना है।...या फिर क्या शूर्पणखा की बात सत्य है? क्या सत्य ही वन्य-जातियों तथा वनवासी तापसों को जिन्हें आज तक राक्षस मात्र निरीह जन्तुओं तथा वनस्पति के समान अपना खाद्य ही मानते रहे हैं, राम ने युद्ध-दीक्षा दी है? क्या राम ने उनके हाथ में शस्त्र थमाकर, उन्हें युद्ध-कौशल सिखाकर, एक प्रशिक्षित सैन्य में परिणत कर दिया है? है राम में इतना सामर्थ्य? क्या वह ऐसा विकट प्रशिक्षक तथा ऐसा असाधारण संगठनकर्ता है, जिसने मिट्टी में से सशस्त्र सेना का निर्माण किया है?...कदाचित ऐसा ही है। आर्यों का यही आदर्श है। आर्य आश्रमों में वसिष्ठ की कथा बहुत प्रचलित है। वे लोग बड़े गर्व से कहते हैं कि विश्वामित्र की राजसी प्रशिक्षित सेना से युद्ध करने के लिए वसिष्ठ ने शून्य में से सेना उत्पन्न की थी। क्या था वह? शून्य भी तो वनवासी कोल-भील थे–वे वन्य जातियां ही थीं, जिन्हें आर्य कुछ नहीं गिनते थे...और वही वसिष्ठ इस राम का कुलगुरु है। वह समस्त परम्परा राम को उत्तराधिकार में मिली है। इतना ही नहीं, इसे तो वसिष्ठ के विरोधी विश्वामित्र से भी अपने लड़कपन में दीक्षा मिल चुकी है...।

शूर्पणपखा की बात को सत्य मानना होगा...दंडकारण्य में राम ने तपस्वियों और स्थानीय जातियों का ऐसा व्यूह संगठित किया है, जो राक्षस-सेना का काल है। यदि लंका से अपनी राक्षसी सेना ले जाकर रावण, राम के उस व्यूह से टकराएगा तो उसकी स्थिति भी खर, दूषण तथा त्रिशिसा की-सी होगी। यह कृत्य शशक का सिंह की गुफ़ा में जाकर लड़ने के समान होगा...।

रावण विक्षिप्त हो उठा!...जगद्विजयी रावण की अपनी बहन ने आज यह घोषित कर दिया है कि एक असहाय और निर्वासित राजकुमार ने सर्वथा एकाकी ही दंडकारण्य में ऐसी प्राचीर गढ़ दी है, जिसे रावण अपनी समस्त सेना, वीर सेनापतियों, योद्धा-पुत्रों और भाइयों के बल की सहायता पाकर भी पार नहीं कर सकता। कीट-पतंगों जैसे नगण्य जीवों के संगठन के आधार पर उसने रावण को दंडकारण्य के इधर-उधर ही बन्दी कर दिया है। बाहर से जाकर दंडकारण्य में युद्ध करना किसी के लिए भी सम्भव नहीं है। वहां की प्रजा सचेत, जागरूक, संगठित तथा सशस्त्र है...।

दंडकारण्य में अब युद्ध नहीं होगा–रावण के मस्तिष्क में कोई चीत्कार कर रहा था–युद्ध होगा तो दंडकारण्य के इधर-उधर ही होगा। ठीक कहती है शूर्पणखा–रावण केवल मदिरापान कर, रमणियों में घिरा संज्ञा-शून्य पड़ा रहा है। नहीं तो जनस्थान में, उसकी नाक के नीचे इतना कुछ घटित होता रहता और उसके कान पर जूं तक नहीं रेंगती? वह तो लंका में पड़ा था, किन्तु खर, दूषण और त्रिशिरा तथा स्वयं शूर्पणखा जनस्थान में बैठे क्या कर रहे थे?...उसके मन में कोई अट्टहास कर उठा–शूर्पणखा ने स्वयं स्वीकार किया है कि वे जनस्थान में वही कर रहे थे, जो स्वयं वह लंका में कर रहा था। ऐसे में किसी को किसी की बात की सुध कहां रहती है।

रावण हताश हो उठा। उसके मन में आया कि वह अपना सिर दीवार से दे मारे और उसे चूर-चूर कर दे।...किन्तु उसका मन यह भी जानता था कि प्रत्येक दीवार सिर मारने से चूर-चूर नहीं होती...तो क्या वह राम द्वारा निर्मित दीवार पर सिर दे मारता? सहसा उसके चिन्तन का प्रवाह थम गया...आख़िर वह शूर्पणखा की प्रत्येक बात को ठीक उसी रूप में मानकर क्यों चल रहा है, जिस रूप में शूर्पणखा ने उसे उसके सम्मुख रखा है? वह स्वयं जाकर क्यों नहीं देखता कि जनस्थान में स्थिति क्या है? उसने बिना युद्ध किए ही क्यों यह मान लिया कि राक्षस सेना जनस्थान में जीत नहीं पाएगी? क्या सत्य ही उसका मन दुर्बल हो गया है?

बड़ी देर तक चुपचाप बैठा रावण अपने पूर्वतन कृत्यों को याद करता रहा, स्वयं को धैर्य बंधाता रहा, किन्तु उसका प्रत्येक प्रयास रेत की भित्ति ही सिद्ध हो रहा था। जगद्विजयी रावण का मन बार-बार चीत्कार कर रहा था–उसका बल, शासन, वीरता, अधिकार–सब केवल इसलिए था, क्योंकि जनस्थान में संगठन नहीं था। आज राम ने उन्हें संगठन दे दिया है। लंका की राक्षस सेना का सारी पृथ्वी पर इतना आतंक है कि उसका नाम सुनते ही शत्रु अपने-आप भाग खड़े होते हैं। इसी आतंक के कारण उसका यश है। यदि रावण उस सेना को लेकर पंचवटी में युद्ध करे, और उस सेना की भी वही गति हो, जो खर-दूषण की सेना की हुई, तो फिर उस यश की...और उस यश की ही क्यों, लंका की भी रक्षा कौन करेगा? रावण इतना बड़ा संकट मोल नहीं ले सकता...।

सहसा रावण का उद्धत रूप जागा। उसके मन में अपने लिए ही जैसे एक धिक्कार उठा–वह भयभीत है। एक साधारण, निर्वासित, वनवासी युवक से रावण भयभीत है। उसका बल, विक्रम, साहस, वीरता, शौर्य–सब-कुछ भ्रम मात्र था क्या...यदि वह अपनी सेना को जोखिम से बचाना चाहता है, तो क्यों नहीं वह अकेला जाकर, राम को द्वन्द्व-युद्ध के लिए ललकारता?...पर दूसरे ही क्षण उसका आक्रोश क्षीण हुआ। उसका सन्तुलन शान्त, विवेक उदित हुआ। आक्रोश तथा आवेश का नाम युद्ध नहीं है। युद्ध बुद्धि, कौशल, अभ्यास तथा प्रहारक बल के संयोजन का नाम है। अकेला रावण...राम को जा ललकारे और उसके युवा हाथी की शक्ति और कौशल में घिरकर प्राण दे दे–तो इतने बड़े इस राक्षस साम्राज्य का क्या होगा? युद्ध का परिणाम सदा अनिश्चित होता है। निश्चित विजय की बात सोचना मूर्खता है। रावण यदि अपनी सेना को संकट में नहीं डालना चाहता, तो वह स्वयं अपने-आप को–लंका के महाराजाधिराज को, ऐसे घातक संकट के मुख में कैसे धकेल सकता है?...

उसे अपनी और अपने साम्राज्य की प्रतिष्ठा के लिए प्रत्यक्ष युद्ध न कर, छद्म-युद्ध करना होगा। गुप्त प्रहार। युद्ध में सब-कुछ न्याय-संगत है, सब-कुछ धर्म-संगत। और फिर राक्षस-नीति तो है ही विजय-नीति। विजय जहां भी मिले, जिस पर भी मिले, जैसे भी मिले, जितनी भी क्षति कर मिले...और राम ने भी तो गुप्त युद्ध ही किया है। उससे लड़ने के लिए, उसी की युद्ध-नीति अपनानी पड़ेगी...।

रावण के मन में सीता के प्रति जिज्ञासा जागी। कैसी है यह राम की पत्नी, जिसके पीछे उसने शूर्पणखा का प्रेम-प्रस्ताव ठुकरा दिया? शूर्पणखा कहती है कि सीता अद्वितीय सुन्दरी है।...तो क्यों न वह शूर्पणखा की बात मान ले और सीता को धोखे से हर लाए? यदि वह सचमुच अनिन्द्य सुन्दरी हुई तो उसे वह अपने अन्तःपुर में रखेगा; और यदि वह उसे न भायी तो किसी भी समय उसका वध कर, उसका मांस खाया जा सकता है। कोमलांगी आर्य राजकुमारी का मांस खाने में कम स्वादिष्ट नहीं होगा।

सीता-हरण का राम पर क्या प्रभाव होगा?...

मां-बाप ने उसे घर से निकाल दिया है। उसने प्रचार तो यही कर रखा है कि पिता के सत्य की रक्षा के लिए, वह चौदह वर्षों का वनवास भोग रहा है; पर रावण ऐसे 'सत्य' और 'वनवास' को भली प्रकार समझता है। ये लोग ऐसी कथाएं गढ़ने और ढकोसले पालने में बहुत दक्ष हैं। जब मां-बाप ने घर से निकाल ही दिया है, तो क्या कहे बेचारा! रावण ने सुना था कि चित्रकूट में राम का सौतेला भाई सेना लेकर उसे मनाकर अयोध्या लौटा ले जाने के लिए आया था। क्यों नहीं लौट गया वह अयोध्या ढोंगी कहीं का। चित्रकूट को छोड़, पंचवटी क्यों चला आया? ऐसे प्रश्नों के उत्तर रावण अच्छी तरह समझता है। सेनाएं लेकर कोई किसी को मनाने नहीं जाता। हत्या के भय से अयोध्या में घुसने का साहस राम कर नहीं पाया होगा। उल्टे अयोध्या से और भी दूर भाग आया...।

अयोध्या से राम को कोई सहायता नहीं मिल सकती। अतः वनवासियों और तपस्वियों का संगठन करता फिर रहा है। किसके लिए? अयोध्या से लड़ने के लिए अथवा राक्षसों से भिड़ने के लिए? किसी के लिए भी हो, पर अभी उसमें उत्साह है। उसके उत्साह को तोड़ना होगा। उसे हतोत्साहित करना होगा। शूर्पणखा के अपमान का प्रतिशोध तो लेना ही है। साथ-ही-साथ उसके उत्साह तथा संगठन को यदि तोड़ा न गया, तो वह राक्षसों के लिए बहुत बड़ी परेशानी का कारण हो सकता है।

यदि सीता-हरण हो जाए तो वह इसी प्रकार का उत्साही रहेगा? क्या तब भी वनवासियों का संगठन करता फिरेगा? सीता के प्रति अपने प्रेम के कारण, उसकी अनुपस्थिति में वह दीन और हतप्रभ नहीं हो जाएगा? और पत्नी के अपहरण के अपमान के आघात से पागल होकर, वन के वृक्षों से अपना सिर नहीं मारता फिरेगा?

...कदाचित यही होगा। शूर्पणखा भी यही कहती है। यही सरल मार्ग है। दंडक वन में से किसी एक स्त्री का अपहरण रावण के लिए तनिक भी कठिन नहीं होगा। एक तो वहां जनसंख्या इतनी विरल है कि एक आश्रम में घटित घटनाओं का समाचार दूसरे आश्रम तक पहुंचने में महीनों निकल जाते हैं। फिर वहां कोई नागरिक-सुरक्षा-व्यवस्था नहीं है। शूर्पणखा और अकम्पन दोनों ने ही, राम की संचार-व्यवस्था की प्रशंसा की है। किन्तु वह सैनिक गतिविधियों के लिए है। एक-दो व्यक्तियों के आवागमन पर किसका ध्यान जाएगा। और फिर उनकी संचार-व्यवस्था के क्षेत्र में रावण को रहना ही कितनी देर है। जनस्थान के बाहर निकलते ही वह उनकी पकड़ से दूर हो जाएगा।...यदि किसी प्रकार राम और लक्ष्मण को आश्रम से हटाकर कहीं दूर ले जाया जा सके, तो आश्रम में ही सीता की हत्या की जा सकती है; आश्रम से कुछ दूर ले जाकर उसका वध किया जा सकता है; अथवा उसे उठाकर लंका लाया जा सकता है। रावण के पास वेगवान वाहन हैं; इतने वेगवान कि दंडकवासी जातियों के लिए वह अविश्वसनीय है। उन्होंने अभी यातायात-व्यवस्था की बात तक नहीं सोची और राक्षसों ने तीव्रगामी अश्वों की व्यवस्थित चौकियां तथा शक्तिशाली एवं क्षिप्रगामी नौकाओं का प्रबन्ध कर रखा है। रावण निरन्तर चलता हुआ एक दिन में बिना किसी कठिनाई के सीता को लंका में ला सकता है।

...पर वह यह सब सोच रहा है तो दंडक वन में राम के आश्रम में राम और लक्ष्मण का वध कर आने की बात क्यों नहीं सोचता?...रावण ने अपने मन के सारे स्तर, सारी तहें उलट-पलट डालीं; पर राम तथा लक्ष्मण से ससैन्य युद्ध अथवा द्वन्द्व का विचार वहां कहीं भी नहीं था। रावण उनसे लड़ना नहीं चाहता था...क्यों? क्या वह उनसे भयभीत है?...रावण अपने-आप पर खीझ उठा–इसमें डर और भय की बात कैसे आ गई? यह तो नीति है। यदि एक स्त्री के हरण-मात्र से ही उसका उद्देश्य पूरा हो जाता है, तो वह व्यर्थ का रक्तपात क्यों करे? बड़ी देर के बाद रावण ने पहचाना कि उसके मन

के भीतर बैठा यह अन्य व्यक्ति कौन था, जो बार-बार उसकी वीरता पर सन्देह करता था। यह भी एक अन्य रावण था–प्रतिरावण–जो ऐसे प्रत्येक अवसर पर, जब वह प्रकट वीरता छोड़, कपट-युद्ध की बात सोचता था, उसके भीतर प्रकट होकर, उस पर कटाक्ष करने लगता था।

रावण, अपने मन में बैठे; विद्रूप से मुस्कुराते उस अन्य रावण को साफ़-साफ़ देख रहा था। उसकी वक्र मुस्कान कह रही थी–'मैं जानता हूं, तुम उनसे लड़ना क्यों नहीं चाहते...

रावण उसकी उपेक्षा कर गया–बकने दो उसे! युद्ध से अधिक श्रेयस्कर हरण है। सीता का अपहरण! शूर्पणखा के साथ किए गए दुर्व्यवहार का प्रतिशोध; शत्रु के संगठन तथा उत्साह का नाश; भोग के लिए एक सुन्दर आर्य स्त्री।...रावण अपहरण ही करेगा।

किन्तु उसके चिन्तन-प्रवाह में फिर बाधा पड़ी। इस बार बाधा देनेवाला प्रतिरावण नहीं था। इस बार मन्दोदरी का विचार था। कन्याओं के हरण को लेकर मन्दोदरी ने रावण से बहुत कुछ कभी नहीं कहा। आरम्भ में तो कभी नहीं कहा। किन्तु, इधर महारानी इस अपहरण-व्यवसाय का विरोध अत्यन्त प्रबल ढंग से करने लगी हैं। यदि अपहृत कन्या सुन्दरी हो तो महारानी अपने विरोध में प्रचंड हो जाती हैं। महारानी अब पहले के समान रावण के क्रुद्ध हो जाने से भयभीत नहीं होतीं। वे साम्राज्य की सम्राज्ञी हैं, उनके युवा पुत्र साम्राज्य को अपने कन्धों पर उठाए हुए हैं। उन्हें अब रावण से भयभीत हो कांपने की कोई आवश्यकता नहीं है।...और सीता को देखनेवालों ने कहा है कि वह असाधारण सुन्दरी है। क्या सीता को लंका में लाया जाना महारानी सह लेंगी...?

यदि सीता तनिक साधारण हुई तो वह उसका वध कर देगा, जिसमें महारानी को कोई आपत्ति न होगी; और यदि वह असाधारण हुई...रावण का मन जैसे पीड़ा से कराहने लगा...असाधारण सुन्दरी! रावण किसी असाधारण सुन्दरीं को नहीं छोड़ सकता...किसी के भी भय से नहीं–न राम के भय से, न मन्दोदरी के भय से।...उसके मन में मन्दोदरी के विरुद्ध आक्रोश संचित होने लगा। मन्दोदरी अपने बेटों पर इतना गुमान न करे। रावण अभी जीवित है और हाथ में खड्ग ले साम्राज्य के लिए युद्ध भी कर सकता है तथा अभिचार के लिए वेदी पर बलि भी दे सकता है। रावण सीता का हरण अवश्य करेगा, किन्तु विभीषण?

विभीषण की किसको चिन्ता है। रावण ने अपने कन्धे झटक दिए।

उसके मन का द्वन्द्व मिट गया। वह निर्णय कर चुका था। और रावण के निर्णय को कोई नहीं हिला सकता...मन्दोदरी का विचार विलीन हो गया...प्रतिरावण भी मौन हो गया। रावण के मस्तिष्क ने अजाने ही हरण की पद्धति पर विचार करना आरम्भ कर दिया।...उसने सोच तो लिया कि किसी प्रकार राम और लक्ष्मण को आश्रम से दूर हटा ले जाया जाए, किन्तु कौन हटाएगा उनको? कैसे हटाएगा? सम्भव है, वे दोनों एक-साथ आश्रम कभी न छोड़ते हों...तो फिर कौन है ऐसा व्यक्ति, जो यह कार्य कर सके! जिसमें साहस हो; वाक्-चातुर्य हो, प्रत्युत्पननमतित्व हो और वह व्यक्ति राम का घोर शत्रु हो...?

कौन जाएगा हरण करने? साम्राज्य के स्वामी स्वयं रावण को जाने की क्या आवश्यकता है–किसी अन्य व्यक्ति को भी तो भेजा जा सकता है...किन्तु दूसरे ही क्षण रावण ने स्वयं ही यह विचार त्याग दिया। चौदह सहस्र सैनिकों को तो राम ने बिना बात के ही समाप्त कर दिया। अब दो-चार व्यक्तियों को भेजा तो हरण तो वे क्या करेंगे, अपनी मूर्खता के कारण अपने प्राण भी खोएंगे और सीता-हरण की योजना का भी भंडाफोड़ कर आएंगे। यदि राम को सन्देह हो गया तो वह सीता की सुरक्षा का कदाचित कोई और प्रबन्ध कर लेगा...नहीं! नहीं!! सुन्दरियों के अपहरण के सन्दर्भ में रावण किसी

अन्य व्यक्ति पर विश्वास नहीं कर सकता।...उसे स्वयं ही जाना होगा...किन्तु सहायक? साथ कौन होगा–जिसमें साहस हो, वाक्-चातुर्य हो, प्रत्युत्मन्नमतित्व हो और...और...राम का शत्रु भी हो...?

सहसा रावण को मारीच याद आया–मामा मारीच। रावण की मां का चचेरा भाई। वह करेगा यह सब। यद्यपि उसने सिद्धाश्रम से भागकर पर्याप्त कायरता दिखाई है, किन्तु उसमें साहस की कमी नहीं है। उससे पूर्व ताड़का वन और उसके आसपास उसने अनेक पराक्रम दिखाए हैं। सिद्धाश्रम से पलायन के पूर्व वह अपने प्रकार का एक ही दुस्साहसी व्यक्ति माना जाता था। तभी तो सिद्धाश्रम पर आक्रमण के समय सुबाहु उसे अपने साथ ले गया था।...फिर मारीच के मन में राम के प्रति शत्रुता, विरोध तथा वैर भी पर्याप्त होना चाहिए। राम के कारण ही मारीच को सिद्धाश्रम से भागना पड़ा; और वह मारीच जो किसी समय ताड़का वन में स्थापित राक्षसों के राज्य का राजा अथवा सेनापति हो सकता था, आज तक समुद्र तट पर एक छोटी सी कुटिया बनाकर संन्यासी का वेश बनाए, इधर-उधर आने-जानेवाले यात्रियों से छोटी-मोटी ठगी करता हुआ, अपना जीवन व्यतीत कर रहा है।

मारीच के प्रति रावण के मन में भी पर्याप्त क्रोध था–उसने न केवल सिद्धाश्रम से भागकर कायरता दिखाई थी–रावण से न मिलकर उसने राक्षसों के प्रति घोर अपराध भी किया था। नहीं तो महाराजाधिराज रावण का एक भूतपूर्व सेनाधिकारी इस प्रकार छोटी-मोटी ठगी कर जीवन व्यतीत करता। सिद्धाश्रम से भागा ही था, तो कोई बात नहीं। यदि वह रावण के पास आता और राम के विरुद्ध सैनिक अभियान के लिए सहायता मांगता, तो रावण सहर्ष उसकी सहायता करता और उसके सुख का पूरा ध्यान रखता; किन्तु वह रावण के पास आया ही नहीं...

...पर क्या अकेले मारीच का राम और लक्ष्मण के पास जाना जोखिम का काम नहीं होगा? वे लोग उसे पहचान भी सकते हैं। उसे पहचानते ही वे उसका वध कर देंगे। यदि न भी पहचानें, तो भी तनिक से सन्देह पर वे उसके प्राण ले लेंगे। जिन लोगों ने जनस्थान की सारी राक्षसी सेना का संहार कर डाला, उनके लिए मारीच का नाश क्या कठिन होगा...रावण को लगा, उसके मन में मारीच के लिए रंच-मात्र भी करुणा नहीं है। जिस कायरता का काम मारीच ने किया है, वह राक्षसों के लिए कलंक है। सीता-हरण में सहायता देकर या तो मारीच को उस कलंक को धोना होगा, अथवा राम के हाथों मरकर अपने अपराध का प्रायश्चित करना होगा...।

रावण का मन क्रमशः कठोर होता गया। निश्चय दृढ़ होता गया। रावण अपनी उद्धतता के लिए प्रसिद्ध था। निर्णय कर लेने के पश्चात न तो उसमें परिवर्तन हो सकता था, न पुनर्विचार।

'मारीच को यह करना ही होगा,' रावण ने अपने ही सम्मुख, अपने निर्णय की घोषणा की।

राम के आश्रम की सीमा दिखाई पड़ते ही रावण रुक गया। उसे रुकते देख मारीच के भी पैर ठिठक गए। क्षण-भर में उसके मस्तिष्क में सारी योजना जीवन्त हो उठी और उसके रोम भय से सिहर गए। रावण उसे चारा बनाकर, सिंह से भी भयंकर तथा शक्तिशाली राम एवं लक्ष्मण का आखेट खेलने आया था। सम्भव था, वह सिंह का आखेट कर भी ले, किन्तु उतनी देर में चारा तो नष्ट हो ही जाएगा। रावण ने मारीच के चेहरे पर उभर आए उसके मन के भय को पढ़ लिया। उसकी आंखें क्रोध से लाल हो गईं; "देखना, विश्वासघात किया अथवा कायरता दिखाई तो जिस यातना से तुम मारे जाओगे, वह मृत्यु से भी भयंकर होगी।"

रावण न भी कहता, तो भी मारीच यह जानता था। उसे या तो रावण का काम करते हुए प्राण देने होंगे अथवा रावण के हाथों मरना होगा। मृत्यु से बचने का एक ही मार्ग था कि वह सफलतापूर्वक रावण का कार्य कर दे और पुरस्कार में रावण से प्राण-दान पाए।...या फिर दूसरा मार्ग राम की शरण जाने का था। हां, यह भी एक मार्ग था। वह जाकर रावण की योजना के सम्बन्ध में सब-कुछ राम को बता दे और बदले में राम से अपनी रक्षा का वचन ले।...पर राम उसकी रक्षा क्यों करेंगे? वह राक्षस है। रावण का सम्बन्धी है। किसी समय उसने राम तथा विश्वामित्र की हत्या के लिए सिद्धाश्रम पर किए गए अभियान का नेतृत्व किया था। क्या राम उस घटना का प्रतिशोध नहीं लेंगे? अथवा उसकी मैत्रीपूर्ण बातों को उसका छल नहीं मानेंगे? किस आधार पर वे उसका विश्वास करेंगे? वह था मारीच। छल-छद्म और ठग-विद्या के लिए प्रसिद्ध राक्षस!...और यदि किसी प्रकार राम उसका विश्वास कर भी लें, उसकी रक्षा का वचन दे भी दें तो अपनी समस्त शक्ति और युद्ध-कौशल के रहते हुए भी वे मारीच की रक्षा कर पाएंगे। पग-पग पर राक्षस-बस्तियां, शिविर तथा चौकियां हैं। स्थान-स्थान पर रावण के अनुचर हैं। राम कहां-कहां उसकी रक्षा करेंगे? राक्षस उसे कहीं भी पकड़कर चीर फाड़ खाएंगे। यदि मरना ही है तो राम के हाथों उसकी मृत्यु कम यातनापूर्ण होगी...नहीं! उसके पास कोई विकल्प नहीं है। उसे रावण की बात माननी ही होगी। उसके सामने एक ही मार्ग है। रावण की इच्छा के अनुसार–राम से छल! असफल होने पर राम के हाथों मृत्यु और सफल होने पर रावण के द्वारा क्षमा और पुरस्कार!

मारीच ने अपने वेश पर दृष्टि डाली। वे दोनों ही–वह और रावण–संन्यासियों का वेश बनाकर आए थे। राम ने मारीच को जब सिद्धाश्रम में देखा था, तब सम्भ्रान्त राक्षसों के समान उसके केश सुन्दर ढंग से कटे हुए थे, दाढ़ी नहीं थी और यत्न से बढ़ाई हुई हल्की मूंछें थीं। यहां से भागकर इन पिछले वर्षों में संन्यासी-रूप में जीवन-यापन करने के कारण उसके केश तो बढ़ चुके थे, किन्तु प्रकृति की प्रतिकूलता के कारण दाढ़ी-मूंछ में कोई विशेष वृद्धि नहीं हुई थी। इसीलिए आज उसे कृत्रिम दाढ़ी की सहायता लेनी पड़ी थी। यदि किसी समय राम अथवा लक्ष्मण को उसकी दाढ़ी की कृत्रिमता पर सन्देह हो गया तो अवश्य ही उसके प्राण जाएंगे।

चारों ओर सतर्क दृष्टि से देखते हुए मारीच टीले की चढ़ाई चढ़ गया। उसे किसी विशेष सुरक्षा-प्रबन्ध का आभास नहीं मिला। कदाचित खर-दूषण की मृत्यु के पश्चात परस्पर संगठित आश्रमों की असुरक्षा का विशेष भय नहीं था।...मारीच के मन में रावण के प्रति क्रोध जागा। क्यों नहीं वह अपनी सेना के साथ आक्रमण करता और राम-लक्ष्मण का वध कर, सीता को उठा ले जाता? व्यर्थ का एक कीड़ा मस्तिष्क में पाल लिया। एक तर्कहीन-सी योजना बना ली और सुख से बैठे मारीच को उसके आश्रम में से उठाकर ला, मृत्यु के मुख में पटक दिया।...किन्तु दूसरे ही क्षण उसका क्रोध शान्त हो गया। वह अपने मन में बैठे राम के भय को साक्षात देख रहा था और समझ रहा था कि उसी भय के कारण वह चाहता था कि जोखिम का काम रावण करे–और कदाचित राम के इसी भय के कारण रावण चाहता था कि जोख़िम का काम मारीच करे।

आश्रम के फाटक पर ही एक युवक ने टोक दिया, "आप कौन हैं, आर्य? किससे मिलना चाहते हैं?"

मारीच ने गहरी दृष्टि से उस युवक को देखा–वह आश्रम के विद्यार्थी ब्रह्मचारियों के वेश में था, किन्तु खड्ग और धनुष-बाण से युक्त था। आकृति से वह आर्य नहीं वानर लगता था। उसके कन्धे पर पट्टी बंधी थी, जैसे कोई गहरा घाव लगा हो। अपनी खीझ और कौतूहल को मारीच बड़ी

कुशलता से छिपा गया, "तुम कौन हो भद्र! और आश्रमों में यह सशस्त्र प्रहरियों की व्यवस्था कब से हो गई?"

युवक हंसा, "मैं मुखर हूं, आर्य! सशस्त्र प्रहरी नहीं हूं, एक साधारण आश्रमवासी हूं। राक्षसों के उपद्रव के कारण राम ने प्रत्येक ब्रह्मचारी को शस्त्रबद्ध कर रखा है। हमारे शस्त्र अन्याय के विरुद्ध आत्मरक्षा के लिए हैं, किसी के दमन के लिए नहीं। आप शंका न करें। अपना परिचय दें।"

"भद्र! मैं राम से मिलने आया हूं," मारीच ने अत्यन्त दीन होने का अभिनय किया, "पीड़ित हूं, और राम से सहायता मांगने आया हूं। इससे अधिक परिचय क्या दूं।"

"आएं, आर्य!" मुखर ने और कुछ न पूछा, "राम के आश्रम के द्वारा प्रत्येक पीड़ित के लिए सदा खुले हैं।"

मारीच मुखर के पीछे-पीछे चल पड़ा। उसने समझ लिया था–यद्यपि प्रत्येक आश्रमवासी के शस्त्रबद्ध होने की बात मुखर ने कही थी, किन्तु प्रहरी व्यवस्था नहीं थी, अन्यथा मुखर फाटक से हटकर उसके साथ न चला आता। आश्रम की सीमा से कुलपति तक किसी ब्रह्मचारी द्वारा मार्गदर्शन आश्रमों की साधारण व्यवस्था थी। दूर से ही कुछ लोगों में घिरे बैठे राम को मारीच ने पहचान लिया। आश्रय में बैठी एक मंडली में हो रही चर्चा का यह एक सामान्य दृश्य था। इसमें कुछ भी असाधारण नहीं था...किन्तु दूसरी दिशा में दृष्टि पड़ते ही मारीच सन्न रह गया–वहां लक्ष्मण कुछ युवकों तथा युवतियों को बाण-सन्धान का अभ्यास करा रहे थे। धनुर्धारी लक्ष्मण को देखते ही मारीच को देश-काल का बोध विस्मृत हो गया। उसे लगा, जैसे वह सिद्धाश्रम में खड़ा है और सम्मुख धनुष ताने लक्ष्मण खड़े हैं–यद्यपि तब के बालक लक्ष्मण अब युवक हो चुके थे...अभी राम भी उठेंगे और उस पर मानवास्त्र का प्रहार करेंगे। उसके रक्त-बिन्दुओं में वह पीड़ा फिर से जाग उठी, जो मानवास्त्र से उत्पन्न हुई थी। और फिर वह घायल अवस्था में भूखा-प्यासा, थका-हारा भागता ही चला जाएगा। कदाचित इस बार भागकर सागट-तट पर भी उसे शान्ति नहीं मिलेगी।

विकट प्रयास कर उसने अपने मन को शान्त किया। अपने आसपास देखा–मुखर वहां नहीं था। वह आश्रम के मुख्य द्वार की ओर लौट चुका था।...तो उसकी घबराहट किसी ने नहीं देखी थी! किसी को उस पर सन्देह नहीं हुआ होगा। वह निश्चिन्त होकर राम तक जा सकता था। वह अपनी टांगों के कम्पन को बड़ी कठिनाई से साधता हुआ, राम की अध्ययन मंडली तक ले आया। एक नवागन्तुक संन्यासी को देखकर राम मौन हो गए। उन्होंने अपने स्थान पर खड़े होकर हाथ जोड़े, "आर्य! मैं आपको नमस्कार करता हूं और अपने आश्रम में आपका स्वागत करता हूं।"

अध्ययन-मंडली के युवकों ने भी उसी प्रकार नमस्कार किया।

मारीच ने आशीर्वाद की मुद्रा में हाथ उठा दिया, "कल्याण हो! मैं बहुत दूर से अपनी पीड़ा सुनाने आया हूं। सुना है राम के आश्रम से पीड़ित को सदा सहारा मिला है। किन्तु..." उसने राम के शरीर पर बंधी पट्टियों की ओर संकेत किया, "किन्तु आप तो आहत हैं।"

राम मुस्कुराए, "निश्चिन्त हो आसन ग्रहण करें, आर्य! इन घावों तथा पट्टियों की चिन्ता न करें। ये राम के मार्ग में बाधा नहीं बनते। आपकी पीड़ा दूर करने के लिए राम अपनी शक्ति, बुद्धि और कौशल भर कार्य करने का आपको वचन देता है। आप कठिनाई कहें।"

"भद्र राम! अन्यथा न मानना," मारीच ने संकुचित होने का अभिनय किया, "मैं अपनी बात पूर्ण एकान्त में ही कह सकूंगा।" उसने दृष्टि घुमाकर युवकों को देखा, "इससे किसी के प्रति कोई अविश्वास नहीं है, किन्तु मेरी बात ही ऐसी है।"

"संकोच न करें, आर्य!" एक युवक बोला, "शंकाओं का समाधान हो चुका है। हम जा रहे हैं। निश्चिन्त हो अपनी बात कहें," उसने हाथ जोड़ दिए, "आर्य राम! हम अपने ग्राम की अध्ययन-मंडली में इन बातों पर विचार-विमर्श करेंगे, तब अपना कार्यक्रम निश्चित करेंगे। कोई कठिनाई होने पर आपको कष्ट देंगे।"

"अवश्य मित्र!" राम बोले, "वैसे भी सौमित्र तुम्हारे ग्राम जाएंगे ही। मैंने यह कभी नहीं चाहा कि मेरी बात अथवा किसी की भी कोई बात बिना समुचित विचार-विमर्श के स्वीकार कर ली जाए। यह बहुत अच्छी बात है कि तुम लोगों में परस्पर विचार-विमर्श की प्रवृत्ति है। तुम्हारे गांव की पाठशाला अच्छी प्रकार चल रही है और बच्चों के साथ वयस्क पुरुष और नारियां भी अक्षर-ज्ञान प्राप्त कर अध्ययन की ओर प्रवृत्त हो रहे हैं–यह मेरे लिए बहुत बड़ा प्रोत्साहन है। जब इच्छा हो, आओ। तुम्हारा स्वागत है।" युवक लक्ष्मण की टोली की ओर बढ़ गए। शस्त्र प्रशिक्षण भी रुक गया और शस्त्र-प्रशिक्षणार्थी भी अध्ययन-मंडली के साथ ही आश्रम के मुख्य द्वार की ओर चले गए।

लक्ष्मण उन्हें विदा कर राम और मारीच के पास आ खड़े हुए।

"यह मेरे छोटे भाई हैं–सौमित्र!" राम ने कहा, "और ये नवागन्तुक संन्यासी हैं, सौमित्र! किसी दूरस्थ स्थान से अपनी कठिनाई में सहायता लेने आए हैं," राम ने आसन की ओर संकेत किया, "बैठे, आर्य!"

मारीच ने फिर संकुचित होने का अभिनय किया, "क्षमा करना, राम! अपने एक संकल्प के कारण मैं किसी अन्य व्यक्ति द्वारा दिए गए आसन पर नहीं बैठता। अपना आसन साथ लिये चलता हूं। इसमें किसी की अवमानना नहीं है, यह मेरा अपना संकल्प है।"

"कोई बात नहीं, आर्य! आप अपने आसन पर ही बैठें।"

मारीच ने अपनी गठरी टटोली और उसमें से एक मृगछाल निकाली।

राम और लक्ष्मण दोनों की दृष्टि मृग-चर्म पर जम गई। यह असाधारण मृग-चर्म था। स्वर्णिम मृग-चर्म। सोने की पृष्ठभूमि पर जैसे गहरे नीले रंग के नीलम जड़े हुए हों। यह मृग-चर्म नहीं हो सकता। यह तो धातु को गलाकर किसी दक्ष कारीगर द्वारा उसमें नीलम जड़े हुए थे। ऐसा मृग तो उन्होंने कभी नहीं देखा। यह मृग-चर्म नहीं है। किन्तु मारीच बड़े सहज भाव से उसे साधारण मृग-चर्म के समान झाड़कर, भूमि पर बिछाकर उस पर बैठ गया। राम और लक्ष्मण उसके सम्मुख अपने आसनों पर बैठ गए। मारीच ने अपने सम्पूर्ण अभिनय-कौशल का आह्वान कर, अत्यन्त पीड़ित मुद्रा बनाई, "भद्र राम! सुदूर दक्षिण में समुद्र-तट पर मेरा आश्रम है। कभी-कभी जब समुद्र में ज़ोर का ज्वार आता है, सागर की लहरें मेरे आश्रम का आंगन भी धो जाती हैं..."

तभी कुटिया से सीता बाहर आईं। उन्हें बाहर किसी अतिथि के आने की सूचना नहीं थी। एक अपरिचित व्यक्ति को देख चकित हुईं और फिर उनकी दृष्टि उस अतिथि के आसन-रूप में बिछे मृग-चर्म पर पड़ी। सीता की आंखें विकट आश्चर्य से फैल गई–ऐसा मृग-चर्म...।

मारीच ने भी दृष्टि उठाकर सीता को देखा–यह है वैदेही! रावण इसका हरण करना चाहता है। अद्भुत था सीता का रूप। रावण ने सीता को अभी तक देखा नहीं था, शूर्पणखा से केवल उसका

वर्णन-भर सुना था। उसने यदि एक बार सीता को देख लिया, तो उसे प्राप्त करने के लिए लंका की समस्त राक्षसी सेना को कटवा देने में भी संकोच नहीं करेगा...।

"यह मेरी पत्नी हैं...सीता," राम ने परिचय दिया, "और यह सुदूर दक्षिण से आए एक अतिथि संन्यासी..."

मारीच ने अपनी बात आगे बढ़ाई, "मैं अत्यन्त सुख-शान्ति से उस आश्रम में रह रहा था। कुछ अपनी साधना करता था, कुछ ब्रह्मचारियों को शिक्षा देता था; और जो हो सकता था, जन-कल्याण का प्रयत्न करता था। किन्तु राम, मेरे आश्रम से कुछ दूरी पर राक्षसों का एक पत्तन है। उनके जलपोतों तथा नौकाओं का आवागमन वहां लगा ही रहता है। एक दिन उस पत्तन से कुछ राक्षस मेरे आश्रम पर आए। उन लोगों ने मुझे बताया कि वे रावण की जल-सेना के अधिकारी हैं। उन्हें अपनी नौकाओं और जलपोतों को चलाने के लिए दासों की आवश्यकता है। अतः वे लोग रावण की आज्ञा से मेरे आश्रम के ब्रह्मचारियों को पकड़कर ले गए।

"मैं विवश, अक्षम संन्यासी उनके विरुद्ध कुछ नहीं कर सका। अपने शिष्यों के भाग्य पर दुखपूर्वक विचार करता हुआ दिन व्यतीत करता रहा। सहसा एक दिन उन ब्रह्मचारियों में से एक मेरे पास आया। उसने मुझे बताया कि वह किसी प्रकार राक्षसों के चंगुल से छूट भागा है। शेष ब्रह्मचारी पशुओं के समान शारीरिक और मानसिक क्लेश तथा यातना भुगतते हुए भूखे-प्यासे नौकाएं चलाने का कार्य करते हैं। जिस दिन उनमें से कोई कार्य करने में अक्षम हो जाता है, उस दिन उसे मारकर राक्षस खा जाते हैं। आधे से अधिक खाए जा चुके हैं, और शेष खाए जाने की प्रतीक्षा में हैं। यह सूचना पाकर मैं कितना पीड़ित हुआ हूंगा, आप कल्पना कर सकते हैं।...तभी वे राक्षस जल-सेनाधिकारी फिर से आ धमके। मेरे आश्रम को जन-शून्य पाकर वे बहुत क्रुद्ध हुए। उन्होंने मुझे विशेष शारीरिक पीड़ा तो नहीं दी, किन्तु यह आदेश दे गए हैं कि मैं ग्राम-ग्राम घूमकर, अपने आश्रम के लिए विद्यार्थी इकट्ठे करूं। वे लोग अगली बार आकर उन विद्यार्थियों को भी अपनी नौकाओं के लिए ले जाएंगे।

"उस गुरु के मन की स्थिति की कल्पना करो, राम, जो राक्षसों के भय से अपने आश्रम को बलि-पशुओं का बाड़ा बनाने को बाध्य हो। वह विधार्थियों का पालन-पोषण इसलिए करे कि राक्षस आएं और उसके प्राणों से भी प्रिय विद्यार्थियों को पशुओं के समान हांककर ले जाएं। उन्हें मारें, पीटें और अन्त में उन्हें चीर-फाड़कर खा जाएं।

"मैं विद्यार्थी इकट्ठे करने के बहाने से भागकर तुम्हारे पास आया हूं, राम! अब मुझे बताओ, मैं क्या करूं?" मारीच मौन हो गया।

"राक्षसों के अत्याचारों की विभिन्न कथाएं हमें सुनने को मिल रही हैं, और जितना ही लंका की दिशा में बढ़ते जाएं, उतनी ही मात्रा में उनके अत्याचार भी बढ़ते जाते हैं," राम बोले, "हम लोगों ने प्रत्येक अत्याचार के प्रतिरोध का संकल्प किया है। इस अत्याचार का विरोध भी किया जाएगा, इसका मैं आपको वचन देता हूं। किन्तु कब और कैसे, इस पर हमें मिलकर विचार करना होगा।"

मुखर आकर उन लोगों के पास खड़ा हो गया। उसकी आंखें मारीच के आसन पर पड़ गईं। सीता की दृष्टि, मुखर के इस प्रकार देखने से प्रोत्साहित होकर, फिर उस मृग-चर्म पर रुक गईं। उन दोनों के इस प्रकार देखने से लक्ष्मण को भी बल मिला। उनका स्वर आवेश-भरा था, "आर्य संन्यासी! आपने जो कुछ बताया, वह अत्यन्त कष्टप्रद है। आपकी बात सुनकर अपने आक्रोश में

कोई भी क्षत्रिय, शस्त्र उठाकर राक्षसों से युद्ध करने के लिए आपके साथ चल पड़ सकता है। किन्तु मेरी एक जिज्ञासा है..."

"क्या?" मारीच ने सशंक दृष्टि से लक्ष्मण को देखा।

"राक्षसों ने यह सब क्यों किया? वे पारिश्रमिक देकर नाविक प्राप्त कर सकते थे। धन देकर, अन्न अथवा पशु क्रय कर खा सकते थे..."

"धन के ही तो लोभी हैं राक्षस। वे धन व्यय किए बिना सब-कुछ प्राप्त करना चाहते हैं।" मारीच जल्दी-जल्दी बोला।

"तो फिर संयासी-श्रेष्ठ! वे आपके पास क्यों इतना स्वर्ण छोड़ गए जिससे आप आसन बनवाते फिरें?" लक्ष्मण का स्वर व्यंग्यपूर्ण हो उठा।

किन्तु मारीच तनिक भी नहीं घबराया। अब बातचीत उसके इष्ट विषय की ओर जा रही थी।

"यह स्वर्ण नहीं है, सौमित्र?" वह पूर्णतः शान्त था, "यह मृग-चर्म है कदाचित तुमने ऐसा कोई स्वर्ण-मृग देखा नहीं है। अयोध्या के आसपास ऐसे मृग होते भी नहीं हैं, इसलिए तुम इसे स्वर्ण-निर्मित मान बैठे हो। समुद्र-तट पर ऐसे स्वर्ण-मृगों के झुंड-के-झुंड घूमते-फिरते हैं।"

सीता की आंखें मुखर की ओर उठ गईं, "क्या यह सत्य है?"

मुखर अस्वीकार की हंसी हंसा, "आर्य! मेरा ग्राम भी समुद्र-तट पर था। किन्तु मैंने उस प्रदेश में ऐसा सुनहरा मृग कभी नहीं देखा जिसके चर्म को देखकर स्वर्ण और मणियों का भ्रम हो।"

राम चुपचाप उन सबकी मुद्राएं देख रहे थे–लक्ष्मण द्वारा उठाए गए विवाद से क्या निष्कर्ष निकलता है?

मुखर के अस्वीकार से मारीच ने अपमानित होकर आक्रोश में आने का जीवन्त अभिनय किया, "मैं नहीं जानता कि यह बालक कौन है; और क्यों झूठ बोल रहा है। या तो यह सागर-तट के ग्राम का निवासी नहीं है या फिर स्वर्ण-मृग देखकर भी यह झूठ बोल रहा है।"

"आप हमारे आश्रम के अतिथि हैं, आर्य!" मुखर किंचित रोष से बोला, "अतः मैं कुछ नहीं कहता, अन्यथा आपको ज्ञात करा देता कि मुखर पर असत्यवादी होने का आरोप लगाना कितना महंगा पड़ता है।"

इससे पहले कि मारीच मुखर की बात का उत्तर देता, राम ने बात का सूत्र संभाल लिया, "आर्य अतिथि! इस प्रकार आप किसी को मिथ्यावादी कहें और कोई आपको असत्यवादी–इससे हम किसी निष्कर्ष पर नहीं पहुंचेंगे। और अब, जब इस स्वर्ण-मृग के अस्तित्व पर विवाद उठ खड़ा हुआ है, हमारे लिए आवश्यक है कि हम इस बात को अन्तिम छोर तक पहुंचाकर छोड़ें। या तो आप यह प्रमाणित करें कि स्वर्ण-मृग जैसा कोई जन्तु होता है अन्यथा यह माना जाएगा कि जिस प्रदेश और आश्रम की बात आपने कही है वह कपोलकल्पित है। ऐसी स्थिति में हमें यह भी सोचना पड़ेगा कि आपने ऐसा आचरण क्यों किया!"

मारीच के लिए यही उपयुक्त अवसर था। यदि इस समय वह चूक जाता तो निश्चय वह अपने उद्देश्य में असफल होता और रावण के हाथों मारा जाता। उसने असाधारण आक्रोश का अभिनय किया, "तुम सब लोग मिलकर मुझे झूठा ठहरा रहे हो, राम! यह व्यवहार आर्य आश्रमों की मर्यादा के अनुरूप नहीं है।"

मारीच के आक्रोश से कोई भी प्रभावित नहीं हुआ। सबकी भंगिमाओं में विश्वास का भाव पर्याप्त व्यक्त था। परिहास के-से स्वर में सीता बोलीं, "संन्यासी श्रेष्ठ! यदि सचमुच वहां ऐसे स्वर्ण-मृग

झुंड-के-झुंड फिरा करते हैं, तो मैं भी ऐसा ही एक मृग-चर्म प्राप्त करना चाहूंगी, ताकि जब कभी आप जैसा कोई सम्मानित अतिथि आए, तो मैं उसके बैठने के लिए ऐसा सुन्दर मृग-चर्म बिछा सकूं।"

"देवि! परिहास मत करो," मारीच उसी प्रकार आवेश में बोला, "मैं सर्वथा सत्य कह रहा हूं। यदि सत्य ही तुम्हें ऐसा मृग-चर्म चाहिए, तो तुम्हें सागर-तट तक जाने की आवश्यकता भी नहीं है। तुम्हें यह मृग-चर्म यहां भी मिल सकता है। मैंने अभी आते हुए आश्रम से दक्षिणपूर्व के वन में ऐसा ही एक मृग देखा भी है। किन्तु यह मृग अत्यन्त फुर्तीला होता है। ऐसा मृग-चर्म उसी स्त्री को मिल सकता है, जिसका पति असाधारण धनुर्धारी हो। मृग की गति से दौड़ सके और एक क्षण में भागते हुए हरिण को धराशायी कर सके। साधारण धनुर्धारी की पत्नी तो तुम्हारे समान ऐसे मृग को कल्पना ही मान ले तो श्रेयस्कर है।"

"आर्य संन्यासी!" लक्ष्मण भभक उठे, "देवी वैदेही के पति कैसे धनुर्धर हैं, यह तो सारा आर्यावर्त जानता है। किन्तु अभी उनकी परीक्षा का समय नहीं आया। मैं आपके साथ चलता हूं–देखूं तो कैसा है यह स्वर्ण-मृग!" लक्ष्मण ने धनुष उठाने के लिए हाथ बढ़ाया तो राम ने उनकी बांह थाम ली, "ठहरो, सौमित्र! तुम आश्रम में ही रुको, मैथिली ने स्वर्ण-मृग मांगा है, तो उसके पति को ही यह परीक्षा देने दो," राम उठ खड़े हुए, "उठिए, अतिथि संन्यासी! किन्तु चलने से पूर्व अच्छी प्रकार सोच लीजिए कि आपने स्वर्ण-मृग आश्रम के दक्षिण-पूर्व में देखा है अथवा उत्तर-पूर्व में। और यह भी स्मरण कर लीजिए कि वह स्वर्ण-मृग जो आपने देखा है, कहीं लंगड़ा तो नहीं है। राम के बाण को भी यह परखना है कि कौन सा मृग असाधारण धावक है।"

मारीच के लिए बड़ा कठिन समय था। प्रत्येक क्षण उसका भेद खुल जाने का भय था। और यदि भ्रम खुला तो उसकी हत्या अनिवार्य थी। वे लोग उस पर खुला सन्देह कर रहे थे; किन्तु अपनी शालीनतावश उसके झूठ को प्रमाणित कर दिखाना चाह रहे थे। यदि कहीं उन्होंने उस पर सन्देह किया होता, तो अब तक उसके शरीर के टुकड़े-टुकड़े कर दिए होते...

"आओ, राम!" मारीच रुष्ट स्वर में बोला, "निश्चय ही आज मेरे ग्रह अत्यन्त प्रतिकूल हैं, अन्यथा इस प्रकार मुझे मिथ्यावादी बतानेवाला कोई व्यक्ति आज तक मुझे नहीं मिला।"

अपने भय को नक़ली आवेश में छिपाता हुआ मारीच प्रायः भागता हुआ आश्रम के मुख्य द्वार की ओर चला। राम ने मुस्कुराकर लक्ष्मण, सीता तथा मुखर की ओर देखा और वेगपूर्वक मारीच के पीछे चले गए।

भयभीत मारीच शीघ्रातिशीघ्र आश्रम से दूर हो जाने के उद्देश्य से भागता चला जा रहा था। उसे दृष्टि में बनाए रखने के लिए राम को काफ़ी प्रयत्न करना पड़ रहा था। उस संन्यासी की आरम्भिक बातचीत से ही उसके सत्य पर उन्हें सन्देह हो गया था। सम्भव है कि वह मूलतः संन्यासी ही न हो। इस वन में इस प्रकार का छल-प्रपंच, षड्यन्त्र अथवा माया कोई बहुत बड़ी बात नहीं थी... आश्रम में सबके आक्रोश के कारण, बातचीत ने जो दिशा पकड़ी थी–वह राम की अभीप्सित दिशा नहीं थी। उनके मन में आरम्भ से ही स्पष्ट था कि यदि शान्ति से प्रश्नोत्तर चलते रहते तो संन्यासी अपना भेद अधिक देर तक छिपा नहीं सकता। किन्तु अब तो एक ही मार्ग शेष था कि संन्यासी के सम्मुख उसका झूठ प्रमाणित किया जाए।...किन्तु वह तो भागा चला जा रहा था। कहीं ऐसा न हो कि घने वन में खो जाए और राम उसे खोजते रह जाएं। ऐसी स्थिति में उसका भेद कभी नहीं खुल पाएगा। संन्यासी ने स्वर्ण-मृग की प्रशंसा अवश्य की थी, किन्तु यह नहीं कहा था कि स्वयं भी स्वर्ण-मृग के समान भागता है...

वन सघन होता गया। संन्यासी को दृष्टि में बनाए रखने के लिए राम को अधिक प्रयत्न करना पड़ रहा था। उनके मन में अनेक विचार आ-जा रहे थे। इस गहन वन में इस वेग से भागनेवाला संन्यासी सामान्य नहीं हो सकता। पेड़ों की बाधा जैसे उसके लिए कोई बाधा ही नहीं थी। वृक्ष उसके लिए पारदर्शी हो गए थे। वह इस प्रकार भागता जा रहा था, जैसे उसका मार्ग पहले से ही निश्चित था। इस प्रदेश के लिए अपरिचित संन्यासी क्या इस प्रकार भाग सकता है? निश्चय ही यह व्यक्ति वह नहीं है, जो उसने बताया है। उसकी वास्तविकता और ही है। कौन है वह? छद्म वेश में वह आश्रम में क्या करने आया था? क्या वह सफल हुआ?...सहसा राम चौंके...कहीं उन्हें आश्रम से दूर हटा ले जाने के प्रयत्न में ही तो उसने यह सब नहीं किया?...किन्तु यदि उसका उद्देश्य राम को आश्रम से हटाना मात्र ही था तो वह मूर्ख था। आश्रम में अभी लक्ष्मण थे, सीता थीं, मुखर था–और सभी सशस्त्र तथा द्वन्द्व-युद्ध में सक्षम थे...फिर आश्रम की सीमा के साथ ही आर्य जटायु की कुटिया थी। राम के विचारों की शृंखला टूट गई। संन्यासी वृक्षों के पीछे कहीं ओझल हो गया था। सचमुच राम उतने वेगवान धावक सिद्ध नहीं हुए थे, जितना वह संन्यासी रूपी स्वर्ण-मृग था।

तभी राम का हृदय धक रह गया। उन वृक्षों के पीछे से, जहां वह संन्यासी ओझल हुआ था, कोई करुण स्वर में चीत्कार कर रहा था, "हा लक्ष्मण!" राम स्तम्भित रह गए, "हा लक्ष्मण!"

तत्काल सारी गुत्थी सुलझ गई। पुकारनेवाले का स्वर, स्वयं उनके अपने स्वर से इतना मिलता-जुलता था कि आश्रम में सौमित्र तथा सीता को यही लगेगा कि स्वयं राम उन्हें पुकार रहे हैं। निश्चित रूप से यह सारा षड्यन्त्र राम को आश्रम से दूर हटाने के लिए ही था, और अब लक्ष्मण को भी पुकारा जा रहा था। अवश्य ही किसी दुष्ट की दृष्टि आश्रम में रखे शस्त्रास्त्रों अथवा स्वयं वैदेही पर लगी हुई है...मणि ने कहा था–शूर्पणखा सीता का अपहरण करवाना चाहती थी...

स्वर राम से बहुत दूर नहीं था। राम ने अपना धनुष उठा लिया। इस बार पत्ता भी हिला तो छद्म संन्यासी अपने प्राण गंवा बैठेगा...किन्तु संन्यासी के वध से क्या होगा? इस षड्यन्त्र का रहस्य तो नहीं खुल पाएगा...जीवित संन्यासी को पकड़ा जा सके तो उसके मन का भेद मालूम हो...

दो बार पुकारकर संन्यासी मौन हो चुका था; और भागता ही चला जा रहा था। धनुष ताने हुए राम भी उसके पीछे भागे जा रहे थे; किन्तु संन्यासी वस्तुतः असाधारण धावक था।

वे लोग भागते हुए आश्रम से इतनी दूर निकल आए थे कि पुकारने पर संन्यासी का स्वर आश्रम तक पहुंच भी नहीं सकता...कदाचित यही कारण था कि अब संन्यासी पुकार भी नहीं रहा था... किन्तु अब राम ख़ाली हाथ लौट भी नहीं सकते थे। जाने कौन था यह संन्यासी और क्या चाहता था? उसे पाए बिना आश्रम में लौटना व्यर्थ था। चाहे सन्ध्या तक भागते ही क्यों न जाना पड़े, राम उसे लेकर ही जाएंगे...वह षड्यन्त्र रचकर राम को आश्रम से निकाल लाया था और पुकारकर लक्ष्मण को भी आश्रम से हटाने का प्रयत्न उसने किया था। किन्तु लक्ष्मण इतने मूर्ख नहीं थे कि उसकी इतनी-सी चाल समझ न पाएं। लक्ष्मण जानते हैं कि राम कभी भी इस प्रकार दीन होकर सहायतार्थ नहीं पुकारेगा...फिर वे अपने भाई का स्वर भी पहचान लेंगे...कोई कितना ही पुकारे, वे सीता को अकेली छोड़कर नहीं आएंगे...चिन्ता की कोई बात नहीं है। इस षड्यन्त्रकारी को दंड देना ही होगा...चाहे उसकी हत्या ही क्यों न करनी पढ़े।

राम को लगा वे कई कोस दौड़ चुके हैं और अब उनका शरीर थकने लगा था। यदि वह संन्यासी-मृग इसी प्रकार भागता रहा तो राम कदाचित और न भाग सकें। ऐसे में वह उनके हाथ से बचकर निकल जाएगा। उसका रहस्य तो वह नहीं ही पा सकेंगे, उसे दंडित भी नहीं कर पाएंगे...संन्यासी की गति में

भी वह वेग नहीं रह गया था। अब उसके भागने की कोई निश्चित दिशा भी नहीं थी; जैसे उसका लक्ष्य पूरा हो गया हो और अब वह मात्र अपने प्राण बचाने के लिए, छटपटाता हुआ, कोई आश्रय ढूंढ़ रहा हो। वह किसी भी प्रकार राम की दृष्टि से ओझल हो जाना चाह रहा था। अब राम उसे जीवित नहीं पकड़ पाएंगे, वह निकल भागेगा। सहसा संन्यासी, वृक्ष की ओट से बाहर निकला और राम ने अपना बाण छोड़ दिया। एक चीत्कार के साथ कोई गिरा। प्रहार की मुद्रा में धनुष धारण किए हुए, राम उसी ओर भागे।...सामने संन्यासी भूमि पर पड़ा तड़प रहा था। बाण उसके वक्ष में लगा था और अपनी पीड़ा में उसने अपनी दाढ़ी नोच डाली थी। राम ने ध्यान से देखा...समय का झीना-सा परदा उठ गया; राम ने पहचाना–मानवास्त्र का घाव खाकर बच निकलनेवाले मारीच का शव उनके सामने पड़ा था, यद्यपि इतने वर्षों के अन्तराल ने उसे प्रौढ़ कर दिया था।

संन्यासी के असहज व्यवहार, और राम को इस त्वरा में उसके पीछे जाते देख, सीता का मन विचलित और सशंक हो उठा। उन्होंने घबराहट-भरी दृष्टि से लक्ष्मण की ओर देखा–लक्ष्मण भी सहज नहीं थे। वे अपना उग्र वेश उतारकर, चिन्तित लग रहे थे। सदा आश्वस्त मुखर भी इस समय घबराया हुआ था। तीनों की दृष्टियां परस्पर मिलीं।

"देवर! यह सब क्या था?" सीता बोलीं।

"था नहीं, भाभी! है!" लक्ष्मण गम्भीर स्वर में बोले, "वैसे तो भैया के बल-विक्रम पर मुझे इतना अधिक विश्वास है कि शत्रुओं द्वारा उन्हें कष्ट दिए जाने की सम्भावना की कल्पना भी मेरे मन में नहीं है। रे बल-विक्रम युद्ध में काम आता है। षड्यन्त्रों में फंसकर कभी-कभी बल-विक्रम व्यर्थ हो जाता है..."

"तो कहीं ऐसा तो नहीं, सौमित्र, कि वे लोग छल से प्रिय को ऐसे स्थान पर ले जाएं जहां पहले से व्यूह रचा गया हो; और उस व्यूह में घेरकर प्रिय का अहित करने का प्रयत्न करें!"

"यह भी हो सकता है, दीदी!" मुखर बोला, "कि वे लोग आर्य राम को इसीलिए आश्रम से हटा ले गए हों कि पीछे से आश्रम पर आक्रमण कर सारा शस्त्रागार उठा ले जाएं..."

लक्ष्मण ध्यान से मुखर को देखते रहे। फिर बोले, "मुझे लगता है कि सम्भावनाएं दोनों प्रकार की हो सकती हैं। बाहर वन में भी व्यूह रचा गया हो सकता है, जहां भैया को ले जाया गया है; और व्यूह यहां आश्रम के चारों ओर भी हो सकता है, जहां से भैया को हटाया गया है। इसलिए हमें दोनों स्थलों पर सन्नद्ध रहना चाहिए। यहां भी और वहां भी...किन्तु व्यूह किसने रचा? राक्षसों की एक भी सैनिक टुकड़ी इधर आई होती, तो हमें इसकी सूचना अवश्य मिल जाती।"

"बाहर वन में राम हैं," सीता सौमित्र के आत्मचिन्तन की उपेक्षा करती हुई बोलीं, "और यहां शस्त्रागार है। इन दोनों में किसकी रक्षा अधिक आवश्यक है, सौमित्र!"

"इन दोनों में से तो भैया की रक्षा ही अधिक आवश्यक है, भाभी!" सौमित्र बोले, "भैया सकुशल रहेंगे तो ऐसे अनेक शस्त्रागार का निर्माण करेंगे। किन्तु भाभी! आश्रम में केवल शस्त्रागार ही नहीं है; यहां आप भी हैं। मेरे लिए बाहर वन में भैया हैं और आश्रम में भाभी हैं। दोनों की रक्षा समान रूप से आवश्यक है। भैया अपनी रक्षा में सक्षम हैं, आप इतनी सक्षम नहीं हैं। ऐसी स्थिति में आपकी रक्षा का प्रबन्ध पहले करना होगा। अकेला घायल मुखर षड्यन्त्रों में धंसने अथवा व्यूहों को तोड़ने में समर्थ नहीं है। ऐसी स्थिति में न उसे अकेला भैया की सहायता के लिए वन में भेज सकता हूं

और न आपकी रक्षा का भार उस पर छोड़कर स्वयं जा सकता हूं..." सहसा उन सबके कान खड़े हो गए–मृत्यु की-सी यातना-भरा स्वर पुकार रहा था, "हा लक्ष्मण!"

स्वर उसी दिशा से आ रहा था, जिस दिशा में राम गए थे। स्वर था भी उन्हीं का-सा। तीनों ने एक-दूसरे की ओर देखा।

"मैं जाता हूं," मुखर बोला, "आप दोनों यहीं ठहरें।"

"ठहरो, मुखर!" लक्ष्मण ने उसे रोक दिया, "जहां तक मैं अपने भाई को जानता हूं, वे किसी भी स्थिति में इतने दीन नहीं हो सकते। हमें सोच-समझकर पग उठाना चाहिए। यह स्वर राक्षसों की माया भी हो सकती है।"

"देवर!" सीता कुछ घबराई हुई-सी बोलीं, "तुम समझदार भी हो और बुद्धिमान भी। ऐसी परिस्थितियों को भी तुम मुझसे अधिक भली प्रकार समझते हो। किन्तु एक तो मैं स्त्री हूं, फिर राम से बहुत प्रेम करती हूं। प्रेम करनेवाला मन अधीर भी होता है और शंकालु भी। इस समय मेरा मन स्थिर नहीं है। मैं विवाद कर पाने तथा निर्णय-अनिर्णय की स्थिति में नहीं हूं। इस समय मेरा मन शरीर को चीरकर, बाहर निकलना चाह रहा है। या तो मुझे राम की सहायता के लिए जाने दो–अथवा तुम स्वयं जाओ। अपनी और शस्त्रागार की रक्षा, मैं मुखर की सहायता से कर लूंगी। फिर आर्य जटायु भी यहां से अधिक दूर नहीं हैं, उन्हें सन्देश भिजवा मैं पास के ग्राम से जन-सैनिक बुलवा लूंगी..."

तभी, पहले के समान पीड़ा से भरा हुआ स्वर फिर से आया, "हा लक्ष्मण!" अन्त तक आते-आते स्वर टूट गया। चीत्कार करनेवाले का कंठ जैसे अवरुद्ध हो गया हो। टूटा-सा स्वर वन के वृक्षों से टक्करें मारता, जैसे भटकता फिरता था, पत्तियों और शाखाओं से सिर धुनता चलता था..."हा लक्ष ऽ ऽ ऽमण.... !"

सीता ने तुरन्त कटि से खड्ग बांधा। तूणीर उठाया और कन्धे पर रख, धनुष की ओर हाथ बढ़ाया, "देवर, या तो आश्रम की रक्षा मुझ पर छोड़कर तुम जाओ अथवा आश्रम में तुम ठहरो और मुझे जाने दो।" लक्ष्मण के चेहरे पर, मन में हो रहे भीषण द्वन्द्व के लक्षण थे। वे निर्णय नहीं कर पा रहे थे, "भाभी! सबसे सरल मार्ग तो यह है कि हम तीनों ही भैया की सहायता के लिए चलें किन्तु उसमें दो बातें आपत्तिजनक हैं–प्रथम तो हम शस्त्रागार को सर्वथा असुरक्षित छोड़ रहे हैं और दूसरे वन के व्यूह की स्थिति जाने बिना, भैया की अनुमति के अभाव में, मैं आपको जोखिम के स्थान पर ले जा..."

"ऊहापोह के लिए समय नहीं है, सौमित्र!" सीता अत्यन्त व्यग्र स्वर में बोलीं, "जल्दी निश्चय करो! तुम जाओ या मुझे जाने दो। मेरी मानसिक स्थिति ठीक नहीं है, देवर! मैं बहुत व्यग्र हूं, ऐसा न हो..."

"कैसा न हो, भाभी?"

"कि तुम्हारे अनिर्णय, अकर्म और विलम्ब से मेरे इस अस्थिर मन में तुम्हारे प्रति कोई दुर्भावना जागे...भाभी की रक्षा की आड़ में बार-बार अपने दायित्व से पलायन करना..."

लक्ष्मण का मुखमंडल तमतमा गया, जैसे किसी ने चांटा मार दिया हो। बलात स्वयं को बांध, उन्होंने सूक्ष्म दृष्टि से सीता की ओर देखा...सीता का संकेत क्या खर से हुए युद्ध की ओर है? क्या वे कहना चाहती हैं कि लक्ष्मण जान-बूझकर युद्ध से हट गए थे? क्या वे लक्ष्मण पर कायरता का आरोप लगा रही हैं...? शायद वे यही कहना चाह रही हैं।...तब भी सौमित्र कन्दरा में छिपे रहे थे

और भैया अकेले ही शत्रुओं से जूझे थे...अब भी लक्ष्मण आश्रम में सुरक्षित बैठे थे और भैया वन में शत्रुओं से जूझ रहे थे... "भाभी!"

"मैं बाध्य हूं, सौमित्र! मेरा मन स्वस्थ नहीं है।"

लक्ष्मण के मन में आक्रोश और पीड़ा का समान उग्रता से विस्फोट हुआ, "अच्छी बात है भाभी!" लक्ष्मण का स्वर दृढ़ हो गया, "यह आपात्काल है। इस समय मैं आपको, मुखर और शस्त्रागार को–तीनों को ही छोड़ रहा हूं। आर्य जटायु को सूचना भिजवा दीजिए कि समीपस्थ ग्राम से जन-सैनिक बुलवा लें। यद्यपि यहां कोई षड्यन्त्र ही रचा गया है, किन्तु षड्यन्त्रकारी संख्या में अधिक नहीं होंगे; नहीं तो उनके आने की सूचना हमें अवश्य मिलती। अपनी तथा शस्त्रागार की रक्षा कीजिएगा...अपनी कुटिया में शस्त्रागार के द्वार पर स्वयं रहिएगा और शस्त्रागार के दूसरे द्वार पर मेरी कुटिया में मुखर को रखिएगा। आर्य जटायु यथासम्भव आपकी सहायता करेंगे।...जन-सैनिक तो हमने स्वयं विदा किए थे, किन्तु आज संयोग है कि आश्रम में कोई ब्रह्मचारी, जिज्ञासु अथवा अतिथि तक नहीं है। उल्लास और आदित्य भी नहीं हैं...सन्देश केवल आर्य जटायु के माध्यम से ही जा सकता है..."

"जाओ, देवर! जल्दी..."

"भाभी! कुटिया के भीतर रहिएगा। खुले में मत आइएगा। शस्त्रागार से दूर मत जाइएगा," निर्देश देते-देते ही लक्ष्मण वेग से भागते हुए, स्वर की दिशा में बढ़ गए। सीता का मन कुछ सन्तुलित हुआ। लक्ष्मण राम की सहायता के लिए चले गए थे। राम अब अकेले नहीं थे...। वे स्वयं आश्रम में मुखर के साथ अकेली थीं। राम की सुरक्षा के लिए, इससे अधिक अब कुछ नहीं किया जा सकता था। अब भी यदि शत्रु का पक्ष भारी पड़ता है, तो सिवाय वीरगति के और कोई उपाय नहीं।...आश्रम का दायित्व अब उन्हीं पर था। वैसे तो मुखर पुरुष था शस्त्रास्त्रों की शिक्षा उनके साथ ही ले रहा था। किन्तु वय में छोटा था और राम का शिष्य था। सीता वय में भी बड़ी थीं, गुरु पत्नी भी थीं और कुलपति की पत्नी भी। मुखर उनकी आज्ञा का पालन करेगा। कर्म का आदेश सीता ही देंगी।

"मुखर!" सीता कन्धे पर तूणीर बांधती हुई बोलीं, "तुमने सौमित्र की बात सुनी ही है। जब तक राम और लक्ष्मण सकुशल लौटकर आश्रम में नहीं आ जाते, तब तक हमें व्यूह-बद्ध रहना है। मैं अपनी कुटिया में, तुम सौमित्र की कुटिया में। खुले में नहीं आना है। शस्त्रागार के निकट रहने से शस्त्रों का अभाव भी नहीं होगा और कुटिया की ओट में शत्रु हमें देख भी नहीं पाएगा।...अब भैया! भागते हुए जाओ और आर्य जटायु को सूचना देकर लौटो तथा अपना स्थान संभालो। आगे सन्देश भेजने का कार्य आर्य जटायु स्वयं कर लेंगे।"

"अच्छा, दीदी! मैं अभी गया और आया।"

मुखर जटायु की कुटिया की ओर भागा। सीता स्फूर्ति से अपनी कुटिया में आईं; द्वारा भीतर से बन्द किया और गवाक्ष पर अपना धनुष टिकाकर खड़ी हो गईं।...उन्हें केवल तीन ही दिशाएं दिखाई पड़ रही थीं। चौथी ओर से वे सर्वथा असुरक्षित थीं। आक्रमणकारी पीछे से भी आ सकता था। आर्य जटायु आएंगे, तो उन्हें वे पीछे का ध्यान रखने के लिए कहेंगी। मुखर भागा जा रहा था, अभी वह सीता की दृष्टि से ओझल नहीं हुआ था। आर्य जटायु की कुटिया का मोड़ मुड़ते ही वह अदृश्य हो जाएगा। तभी पास के वृक्ष से कोई मुखर पर कूदा। वह भारी-भरकम शक्तिशाली जीव था। रंग काला था और संन्यासियों के समान दाढ़ी और केश थे। किन्तु वह संन्यासी नहीं था। उसके हाथ में दीर्घाकार खड्ग था। सीता ने अनायास ही चीत्कार किया...मुखर आक्रमण की ओर से सर्वथा असावधान था। आक्रमणकारी आकार में उससे कहीं बृहद् तथा शक्ति से श्रेष्ठतर

लग रहा था। उसके हाथ में भयंकर नग्न खड्ग था और मुखर के हाथ में धनुष-बाण, जिसका वह इतने निकट से प्रयोग नहीं कर सकता था। खड्ग निकालने का उसे अवसर नहीं मिलेगा...वैसे भी मुखर अपने कन्धे के घाव के कारण...

सीता ने बाण चला दिया। किन्तु पता ही नहीं चला कि वह आक्रमणकारी को लगा अथवा नहीं, क्योंकि उसके शरीर पर उसका कोई प्रभाव नहीं हुआ। अब तक मुखर भी स्थिति समझ चुका था। उसने अपना खड्ग खींच लिया था और प्रहार करने जा रहा था। किन्तु आक्रमणकारी उससे कहीं अधिक फ़ुर्तीला और दक्ष था। उसका खड्ग पहले घूमा। मुखर के हाथ से उसका खड्ग निकल गया। और निशस्त्र था। आक्रमणकारी का खड्ग भयंकर गति से ऊपर उठकर नीचे गिरा। मुखर धराशायी हो गया...उसका शरीर निस्पन्द था।

सीता ने कांपते हाथों से दूसरा बाण चलाया, किन्तु आक्रमणकारी इस बार बाणों की ओर से भी सावधान था। उसने खड्ग के वार से बाण काट डाला। वह उसी स्फूर्ति से कुटिया की ओर बढ़ा।...

सीता के प्राण उनके बाणों में समा गए। राम-लक्ष्मण वन में थे, मुखर कदाचित मारा जा चुका था, अथवा गम्भीर रूप से आहत था। आर्य जटायु को कोई सूचना नहीं दी थी। वैसे भी वे वृद्ध थे और इन दिनों घायल भी। कानों से भी ऊंचा सुनते थे, ऐसी सम्भावना कम ही थी कि चीत्कार सुनकर वे स्वयं ही सहायता को आ जाएंगे।...राम से विचार-विमर्श करने अथवा लक्ष्मण से शस्त्र-विद्या सीखनेवाले ग्रामीण युवक भी जा चुके थे–अब तो सीता का यह धनुष था और वह आक्रमणकारी था। सीता को स्वयं ही निर्णय करना था। सीता ने पूरी शक्ति से तीसरा बाण छोड़ा।

आक्रमणकारी फुर्ती से एक ओर हटकर बाण को बचा गया। उसने क्षण-भर रुककर, बाण की दिशा और स्थान को भांपा और दूसरे ही क्षण सारी स्थिति का विश्लेषण कर, अपनी नीति निर्धारित कर ली।...

इससे पहले कि सीता अगला बाण छोड़तीं, आक्रमणकारी लक्ष्मण की कुटिया की दिशा में भागा। सीता का हृदय धक रह गया–यदि यह लक्ष्मण की कुटिया में घुस गया, तो वह सुरक्षित हो जाएगा; और सीता तथा शस्त्रागार दोनों असुरक्षित हो जाएंगे। उसे लक्ष्मण की कुटिया में घुसने से रोकना होगा–किन्तु वह इस गवाक्ष से सम्भव नहीं था।...लक्ष्मण ने आड़ छोड़, खुले में आकर युद्ध करने से मना किया था, किन्तु अब आक्रमणकारी को रोकने के लिए कुटिया से बाहर आना ही होगा।

सीता ने कुटिया का द्वार खोल दिया और ईषत कोण में खींचकर बाण मारा। इस बाण को आक्रमणकारी बचा नहीं पाया। वह उसकी बाईं भुजा में जा घुसा था। किन्तु उसने बड़ी लापरवाही से बाण खींचकर फेंक दिया और अपने भागने की दिशा बदल दी। वह सीधा सीता की ओर आ रहा था। सीता का हाथ कांप गया–वह व्यक्ति साधारण योद्धा नहीं था। अब तक का उसका प्रत्येक कृत्य, उच्च कोटि के दक्ष योद्धा का था...किन्तु साहस छोड़ने से बात नहीं बनेगी...सीता ने धनुष खींचा...

झन्न की ध्वनि के साथ सीता के धनुष की प्रत्यंचा कट गई। आक्रमणकारी का वार सधा हुआ था। उसने सीता के हाथ का धनुष खींचकर फेंक दिया...और पहली बार उसने रुककर सीता को निहारा...

भयभीत सीता की आंखों ने देखा–उस भयंकर पुरुष के चेहरे पर भी कोमल भाव आए। वह मुस्कुराया।

"मैं लंकापति रावण हूं, मैथिली! तुम्हारा हरण करने आया हूं।"

सीता के मुख से स्वर नहीं निकला। कंठ अवरुद्ध हो गया, आंखें पथरा गई, शरीर अक्षम हो गया–केवल मस्तिष्क कार्य कर रहा था, वह भी मात्र दृष्टा का–सामने वह व्यक्ति खड़ा था, जिसका आतंक सम्पूर्ण जम्बूद्वीप में फैला हुआ था। यह सारा षड्यन्त्र उसी का रचा हुआ था, और अब वह सीता का अपहरण कर रहा था। रावण ने झपटकर सीता को उनकी कटि से पकड़कर उठा लिया और कन्धे पर डालकर कुटिया की पिछली दिशा में, आश्रम के प्रवेशद्वार के ठीक विपरीत मार्ग की ओर भागा। सीता का स्तम्भन टूटा। उनके मुख से चीत्कार फूटा और हाथ-पैर छूटने के लिए संघर्ष करने लगे। उन्होंने रावण की दाढ़ी नोंच डाली। सिर के केश पूरी शक्ति से उखाड़ने का प्रयत्न किया। जहां-तहां नखों तथा दांतों से नोच-काट डाला, किन्तु रावण की गति में विघ्न नहीं पड़ा। वह भागता ही चला गया।

हाथ-पैरों के साथ सीता का मस्तिष्क भी सक्रिय हो उठा था–राम और लक्ष्मण जिस दिशा में गए थे, रावण उसकी विपरीत दिशा में भाग रहा था। मार्ग में संयोग से राम-लक्ष्मण के मित्र जाने की कोई सम्भावना नहीं थी। अब यदि कोई सीता का सहायक हो सकता था, तो वह केवल आर्य जटायु ही थे। रावण उन्हीं की कुटिया की दिशा में बढ़ रहा था।...

सीता की इच्छा हुई वे पूरी शक्ति से चीत्कार करें–शायद आसपास कोई हो और उनका स्वर सुनकर आ जाए। यदि कोई आ जाए, तो रावण से चाहे उनकी रक्षा वह न कर सके, किन्तु राम को समाचार तो दे ही सकेगा...किन्तु रावण ने उन्हें इस प्रकार पकड़ रखा था कि उसका बायां हाथ उनके मुंह पर था। न वह हाथ हटता था और न वह चीत्कार कर सकती थीं। ऐसा ही तब हुआ था, जब विराध ने उनका अपहरण करने का प्रयत्न किया था। शारीरिक शक्ति में कम होने के कारण शस्त्र-विद्या भी व्यर्थ जा रही थी।...फिर भी उनका प्रयत्न निरन्तर चल रहा था; किन्तु इतना तो स्पष्ट ही था कि रावण की पकड़ से छूट पाना सम्भव नहीं था। प्रयत्न संघर्ष के लिए ही था। ...सम्भव था, मार्ग में जटायु मिल जाएं। यद्यपि वृद्ध जटायु, रावण से लड़ने के लिए, उपयुक्त योद्धा नहीं थे, किन्तु इस समय तो सीता की एकमात्र आशा उन्हीं पर टिकी हुई थी।

अपनी कुटिया के बाहर बैठे जटायु ने देखा, एक विशालकाय सांवला पुरुष एक स्त्री को बलात उठाए लिये भागा जा रहा था। जटायु ने आंखों पर हथेली रखकर देखना चाहा, क्या सचमुच, वही हो रहा है, जो वे देख रहे हैं; या यह उनकी वृद्ध आंखों का भ्रम मात्र है, किन्तु उनकी आंखें अभी ऐसी तो नहीं हुईं कि शून्य में काल्पनिक दृश्य देखा करें, अन्यथा खर के साथ हुए युद्ध में वे भाग कैसे लेते; पर बहुत दिनों से इस वन में इस प्रकार की घटनाएं नहीं होतीं। राम के आने के साथ ही यहां प्रायः शान्ति हो गई थी। वे द्वार से उठकर, पगडंडी के बीच आ खड़े हुए।

वह पुरुष उन्हीं की दिशा में बढ़ रहा था... उसकी भी दृष्टि सहसा जटायु पर पड़ी और वह अचकचाकर रुक गया। कदाचित उसकी पकड़ भी ढीली पड़ गई और सीता को अवसर मिल गया।

"तात जटायु!" सीता अपनी पूरी शक्ति से चिल्लाईं।

सीता को पहचानने में जटायु को क्षण-भर भी नहीं लगा। उनकी शिथिलता विलीन हो गई, असमंजस समाप्त हो गया। वे अपनी अवस्था भूल गए, पिछले दिनों युद्ध में खाए अपने घावों का ध्यान उन्हें नहीं रहा। तनकर खड़े हो गए, "कौन है दुष्ट तू?"

और फिर जैसे उनकी स्मरणशक्ति की धूल झड़ गई। बहुत दिनों के पश्चात देख रहे थे, किन्तु वे

भूल नहीं कर सकते थे–यह अवश्य ही रावण था, "दुष्ट! निर्लज्ज! पापी!" जटायु दांत पीस-पीसकर कह रहे थे। उनकी मुट्ठियां भिंचभिंच जा रही थीं। वे भूल गए कि उनके सम्मुख रावण खड़ा है, जिसका नाम सुनते ही विश्व के बड़े-बड़े योद्धाओं के हाथों से शस्त्र छूटकर गिर जाते हैं; उनकी आंखों के सम्मुख मुक्त होने के लिए छटपटाती हुई सीता थीं; और एक दुष्ट राक्षस था, जो सीता को छोड़ नहीं रहा था। "अपना जीवन चाहता है तो सीता को छोड़ दे, दुष्ट," जटायु झपटकर उसकी ओर बढ़े। रावण को निश्चय करने में निमिष-भर से अधिक समय नहीं लगा। उसने झपटते हुए जटायु के सम्मुख से तनिक एक ओर हटकर, किनारे से प्रबल धक्का दिया। उसका अनुमान ठीक था...जटायु अपनी रक्षा के लिए प्रस्तुत नहीं थे। वे असावधानी में भूमि पर जा गिरे।

किन्तु वृद्ध जटायु ने चमत्कारिक स्फूर्ति का परिचय दिया। अगले ही क्षण वे उठकर खड़े हो गए और पुनः रावण की ओर झपटे। रावण उनके आगे-आगे भागता जा रहा था। सीता अब भी उन्हें सहायतार्थ पुकार रही थीं और छूटने के लिए पूरी शक्ति से हाथ-पैर चला रही थीं...जटायु की दृष्टि रावण के लक्ष्य पर पड़ी तो उनका सारा रक्त जैसे जम गया...वृक्षों के झुरमुट के पीछे, रावण का गधे सरीखे घोड़ों से जुता हुआ रथ तैयार खड़ा था। रावण एक बार रथ तक पहुंच गया तो फिर उसे पकड़ना असम्भव हो जाएगा। वह चारों ओर से बन्द इस रथ में सीता को बन्दी कर, पवन गति से रथ हांककर ले जाएगा और कोई देख भी नहीं पाएगा कि रथ में कौन है। जटायु अपने प्राणों का सारा बल लगाकर भागे। इस गति से शायद कभी वे अपनी युवावस्था में भी नहीं भागे थे...रावण रथारूढ़ हो ही रहा था कि जटायु ने उसे जकड़ लिया। और कुछ न सूझा तो पूरी शक्ति से अपने दांत उसकी टांग में गड़ा दिए...शस्त्र का अभाव उन्हें जीवन-भर कभी इतना नहीं खला था। एक ओर सीता रावण की पकड़ से निकलकर जाने के लिए छटपटा रही थीं और दूसरी ओर से वृद्ध जटायु ने उसकी टांग में दांत गड़ा दिए थे...रावण ने दाहिने हाथ का भरपूर मुक्का जटायु के मुख पर मारा।...जटायु दूसरी बार गिरे और सीता ने देखा, उनकी नाक से रक्त बह आया था। सीता के कंठ से चीख़ निकल गई। किन्तु इस बार रावण थमा नहीं, वह भूमि पर गिरे हुए जटायु को पैरों, घुटनों और मुक्कों से निरन्तर पीटता चला गया। किन्तु जटायु ने भी संघर्ष नहीं छोड़ा। आघात-पर-आघात सहकर भी वे हताश नहीं हुए। जाने कैसे उन्होंने रावण की दाहिनी भुजा पकड़ ली और फिर उससे चिपक गए।...रावण ने झटकने के लिए भुजा उठाई, तो वे उसके साथ उठते गए और उसके कठ में बांहें डाल, अपने पूरे बल से उसके साथ लटककर, पुनः अपने दांत उसके कन्धे पर गड़ा दिए।

सीता के लिए भी यही अवसर था। उन्होंने रावण की बाईं भुजा में अपने दांतों से काटा...किन्तु इससे पहले कि उसकी पकड़ शिथिल होती, रावण ने दाएं हाथ से खड्ग निकाल जटायु के पेट में धंसा दिया। एक हल्की कराह के साथ जटायु, रावण को छोड़ भूमि पर गिर पड़े। उनके मुख से स्वर नहीं निकला, केवल खुली आंखों में बेबसी का भाव लिये चुपचाप पड़े रहे... उसी आर्ध-मूर्च्छावस्था में उन्होंने देखा कि रावण ने सीता को ज़ोर से रथ में पटका और रस्सियों से जकड़ दिया। रथ का द्वार बन्द किया और रथ को हांक दिया...जटायु की संज्ञा जैसे लौटी। रथ चला गया तो क्या होगा...? वे उचके और उन्होंने रथ को पकड़ लिया। वे यह भी नहीं समझ पा रहे थे कि रथ का कौन सा भाग उनके हाथ में आया था, और भागते हुए रथ को पकड़कर वे क्या करेंगे?...रथ चलता जा रहा था और जटायु साथ लटके हुए थे...यदि वे एक बार रथ पर चढ़ पाएं...पर क्या करेंगे रथ

पर चढ़कर... ? सहसा एक झटका लगा और जटायु भूमि पर आ रहे। उन्होंने अपनी बन्द होती हुई बूढ़ी आंखों से देखा कि रावण का रथ पूरे वेग से भागता जा रहा था...

आठ

रावण ने अपने कक्ष में प्रवेश किया तो देखा, मन्दोदरी वहां पहले से बैठी हुई थी। सामान्यतः जब रावण किसी यात्रा से लौटता था तो रथ के रुकते ही मन्दोदरी उसका स्वागत, महल के मुख्य द्वार पर आरती के थाल के साथ किया करती थी। किन्तु आज न तो किसी को यह ज्ञात था कि वह कहां गया है, न उसके लौटने का समय ही नियत था; इसलिए यदि महारानी द्वार पर अपने पति का स्वागत नहीं कर पाई, तो कोई बात नहीं। किन्तु इस समय भी उसने स्वागत का कोई प्रयत्न नहीं किया। रावण को देखकर उसने उल्लास किया न आश्चर्य। वह उसी प्रकार निश्चल मुद्रा में बैठी रही, जैसे रावण सदा से महल में ही हो, बाहर कहीं गया ही न हो।

रावण ने ध्यान से देखा–मन्दोदरी के चेहरे पर ऊपरी शान्ति के भीतर से आवेश का हल्का सा आभास फूट रहा था।

"क्या बात है ? आज सम्राज्ञी कुछ असन्तुष्ट दीख रही हैं।"

"सम्राट तो सन्तुष्ट हैं न!" मन्दोदरी का स्वर शुष्क था, "सुना है, सम्राट अपनी बहन के अपमान का प्रतिशोध लेने गए थे।"

"हां, गया था शूर्पणखा के अपमान का प्रतिशोध लेना," रावण मन्दोदरी का व्यवहार समझ नहीं पा रहा था।

"क्या शूर्पणखा की दुश्चरित्रता के लिए उसका प्रताड़न करनेवालों का वध कर आए?" मन्दोदरी का स्वर शुष्कता छोड़ वक्र हो उठा।

"मन्दोदरी!" रावण का क्रोध संयत नहीं रह सका, "मेरी बहन को दुश्चरित्र कहने का साहस कर रही हो तुम!"

"सम्राट को बुरा लगा," मन्दोदरी का स्वर अधिक वक्र तथा उपहासपूर्ण हो गया, "मुझे मालूम नहीं कि सम्राट किसे दुश्चरित्र कहते हैं। शूर्पणखा का विवाह हमारे विवाह से भी पहले हुआ था। वय में वे मुझसे बड़ी नहीं तो छोटी भी नहीं हैं। मेरा इन्द्रजीत जैसा पुत्र तथा सुलोचना जैसी पुत्रवधू है। शूर्पणखा के पति का वध न हुआ होता, अथवा उसने उन्मुक्त काम-विहार न कर, पुनर्विवाह कर लिया होता तो आज उसकी सन्तानें वय में उन वनवासियों से बड़ी होतीं, जिनका उसने कामाह्वान किया था। ठीक है कि किसी सन्तान को जन्म न देने के कारण वे अपने वय से कम दीखती हैं; किन्तु अपने पुत्र-योग्य वय के पुरुषों को रति-निमन्त्रण देना, सच्चरित्रता का आदर्श तो नहीं ?"

"मन्दोदरी! तुम जानती हो कि राक्षसों ने सच्चरित्रता के इन आदर्शों को कभी मान्यता नहीं दी। शूर्पणखा स्वतन्त्र है। वह किसी से भी काम-प्रस्ताव कर सकती है।"

"तो वे वनवासी भी स्वतन्त्र थे। उन्होंने काम-प्रस्ताव ठुकरा दिया। शूर्पणखा को क्या अधिकार था कि वह उनके साथ की स्त्री के प्राण लेने का प्रयत्न करती?" मन्दोदरी ने क्षण-भर रुककर जैसे शक्ति एकत्रित की, "सम्राट अपने मुख से कह दें कि यह सत्य नहीं है कि सीता जैसी रूपवती युवती देखकर शूर्पणखा अपने रूप और यौवन की विदाई की अनुभूति से पीड़ित हो उठी थी। वह ईर्ष्या से जल उठी थी, इसलिए उसने सीता पर आक्रमण किया था।...उसका वश चले तो वह प्रत्येक सुन्दरी युवती के टुकड़े-टुकड़े कर दे। उसे स्वयं मेरी पुत्र-वधुएं एक आंख नहीं भातीं।"

"मन्दोदरी!" रावण का चीत्कार गूंजा, "घर के झगड़े अन्य बात है; और बाहरी शत्रुओं द्वारा मेरे किसी सम्बन्धी का अपमान किया जाना अन्य बात। रावण न्याय-अन्याय और औचित्यानौचित्य नहीं देखता है। वह सम्बन्धों को देखता है। कोई मेरे सम्बन्धियों का अपमान करेगा, उनका विरोध करेगा, उन्हें हानि पहुंचाएगा, तो मैं उसका प्रतिशोध अवश्य लूंगा।"

"किसी भी सम्बन्धी का?"

"हां, किसी भी सम्बन्धी का। राक्षसराज रावण आज विश्व की सबसे बड़ी शक्ति है। उसके सम्बन्धियों की इच्छाओं का विरोध करनेवाले को प्राण-दंड के लिए प्रस्तुत रहना चाहिए।"

"तो सम्राट!" मन्दोदरी का स्वर अत्यन्त शान्त था, "जब मेरे भाई मायावी का वध बाली ने वन्य-पशु के समान कर डाला था, तो सम्राट उसका प्रतिशोध लेने क्यों नहीं गए? मायावी राक्षसराज का सम्बन्धी नहीं था क्या? या बाली की पत्नी सीता के समान सुन्दरी और युवती नहीं थी–जिसके अपहरण के लिए राक्षसराज लालायित हो उठते!"

"साम्राज्ञी!" लगा, रावण का स्वर फूट जाएगा।

"यह तो विचित्र प्रतिशोध है," मन्दोदरी अपने शान्त स्वर में बोलती गई, "एक स्त्री के अपमान का प्रतिशोध दूसरी स्त्री के अपमान से लेना, राक्षसराज की विचित्र नीति है...राक्षसराज ने न बाली का वध किया, न उस वनवासी का। बाली का वध क्यों नहीं किया? राक्षसराज उससे भयभीत थे? या उन्हें अपनी मदिरा तथा गणिकाओं से अवकाश नहीं था? या साम्राज्ञी का भाई होने के कारण मायावी सम्राट का सम्बन्धी नहीं था...?"

"मन्दोदरी!" रावण का स्वर कोमल हो गया, "समझने का प्रयत्न करो। बाली मेरा मित्र है। उसने आज तक राक्षसों के कार्यों में हस्तक्षेप नहीं किया।"

"अर्थात उसने वानर-कन्याओं के हरण और वानरों को दास बनाकर बेचे जाने अथवा उनका वध कर लंका के हाटों में उनका मांस बेचने का विरोध नहीं किया।"

"अनेक राजनीतिक कारण हैं," रावण ने पुनः समझाने का प्रयत्न किया, "वह आर्य ऋषियों को अपने राज्य में घुसने नहीं देता। वह वानरों को शिक्षा प्राप्त करने का अवसर नहीं देता। वह सशस्त्र सेनाओं का निर्माण नहीं करता, नहीं तो लंका की नाक पर एक राजनीतिक प्रतिद्वन्द्वी खड़ा हो जाएगा।"

"यदि बाली सम्राट के भाई का वध कर देता, तब भी सम्राट यही कहते?" मन्दोदरी ने अपांग से रावण को देखा, "या यह तर्क केवल साम्राज्ञी के भाई के वध के लिए है?"

"तुम क्या चाहती हो, मन्दोदरी?" रावण खीझकर बोला, "कि मैं बाली से युद्ध ठानूं? उसे अपना शत्रु बना लूं और इतनी बड़ी वानरजाति को समर्थ बनने में सहायता देकर उन्हें देव-जातियों के पक्ष में धकेल दूं?...यदि मैं बाली की हत्या कर दूंगा तो उसका भाई सुग्रीव शासक बने या उसका पुत्र अंगद–किष्किन्धा का शासन राक्षसों के लिए शुभ नहीं होगा।"

"तो सम्राट का विचार है कि सीता का इस प्रकार कायरतापूर्ण अपहरण राक्षसों के लिए शुभ होगा?" मन्दोदरी का धैर्य जैसे समाप्त हो चुका था। उसका स्वर ऊंचा हो गया, "सीता उस व्यक्ति की पत्नी है, जिसने अकेले ही खर-दूषण की समस्त सेना को ध्वस्त कर दिया। सम्राट का विचार है कि निःशस्त्र और पिछड़ी हुई, पूर्णतः असभ्य वानर जाति की शत्रुता तो राक्षसों के लिए भयंकर हो सकती है, किन्तु दिव्यास्त्रों में प्रशिक्षित उन दोनों भाइयों–जिन्होंने दंडकारण्य की धूल मिट्टी से साम्राज्य ध्वस्त करनेवाली सेना खड़ी कर दी–की शत्रुता राक्षसों के लिए हितकर होगी?"

"उनकी शत्रुता का क्या अर्थ है?" रावण स्पष्ट खीझ के साथ बोला, "पिता द्वारा घर से निष्कासित, अपने राज्य, बन्धु-बान्धवों से इतनी दूर, अकेले दो वनवासी तरुण, रावण के साम्राज्य का क्या बिगाड़ सकते हैं? उनके सहायक जो दो-चार संन्यासी हैं भी, वे रावण का नाम सुनते ही भाग जाएंगे। अपनी स्त्री का हरण हुआ जानकर राम का मन और साहस दोनों टूट जाएंगे। बहुत होगा, तो वह आत्महत्या कर लेगा। उसका छोटा भाई भी रो-रोकर प्राण दे देगा...रावण यहां बैठा है, समुद्र से घिरी लंका में। एक तो वे जीवित ही नहीं रहेंगे, जीवित रहेंगे तो उन्हें पता नहीं होगा कि सीता कहां है, और पता लगेगा तो राम समुद्र पार कर नहीं पाएगा, और यदि पार कर भी गया तो रावण के हाथों मारा जाएगा।"

"इतने ही निरीह वे हैं तो सम्राट राम और लक्ष्मण का ही वध कर आते। सीता को उठा लाने की क्या आवश्यकता थी?"

इस बार रावण हंस पड़ा, "कहीं ऐसा तो नहीं कि शूर्पणखा पर लगाया गया आरोप सम्राज्ञी पर भी लागू होता हो! सीता का यौवन और रूप सौन्दर्य सम्राज्ञी के लिए भी असह्य है?"

"निश्चित रूप से सीता अनिन्द्य सुन्दरी है," मन्दोदरी शान्त स्वर में बोली, "और अभी पूर्ण यौवना है। मन्दोदरी के लिए सीता का अपहरण ईर्ष्या का नहीं, लज्जा का विषय हो रहा है। मन्दोदरी के मन में सीता के लिए कोई स्पर्धा नहीं है, किन्तु मैं यह सोच-सोचकर दुखी हूं कि सम्राट आज तक अपनी मर्यादा की रक्षा नहीं कर पाए। असंख्य सुन्दरियों का हरण किया, अपनी पत्नी का मन तो सदा दुखाते ही रहे, अब आप अपने पुत्रों के सम्मुख ऐसे आदर्श प्रस्तुत कर अपनी पुत्र-वधुओं को भी पति-सुख से वंचित करेंगे।"

"तुम क्या पति-सुख से वंचित रही हो, मन्दोदरी?" रावण ने आश्चर्य प्रकट किया।

"सम्राट समझते हैं कि मैं सुखी हूं?" मन्दोदरी तीखे स्वर में बोली, "जिसका पति नित्यप्रति युद्ध, आक्रमण, लूटपाट और बलात्कारों के लिए निरन्तर विदेशों में घूमता रहे, लौटकर घर आए तो विजय के चिह्न के रूप में अपहृत कन्याओं की सेना साथ लाए और विजय-पर्व के नाम पर उन निरीह बालिकाओं के साथ बलात्कार करता रहे–वह पत्नी क्या सुखी कही जा सकती है?"

"तो सम्राज्ञी अपने पति को छोड़ जाने को स्वतन्त्र थीं..."

"मेरे साथ सम्राट की बहन के संस्कार पर्याप्त भिन्न हैं, सम्राट्!"

रावण को लगा, क्रोध के मारे उसका मुख तो खुल गया है, किन्तु कोई स्वर नहीं निकल रहा। बड़ी कठिनाई से वह कह सका, "मन्दोदरी...!"

किन्तु मन्दोदरी कहती गई, "और फिर जो पुरुष अन्य स्त्रियों को अपने पतियों के साथ नहीं रहने देता, वह अपनी पत्नी को किसी अन्य पुरुष के साथ देख सकता है!...मैं कहती हूं, अब भी समय है, सम्राट!"

"किस बात का?"

"सम्राट अपनी काम-लिप्सा को संयत करें।"

"सम्राज्ञी अपने पति को कामुक कह रही हैं।"

"सम्राट ने इस विशेषण को सदा गर्वपूर्वक अंगीकार किया है।...किन्तु अब हममें से किसी को भी यह विशेषण गौरवमय नहीं लगता। मैं नहीं चाहती कि यह कीर्ति फैले कि सम्राट किसी भी युवा सुन्दरी को देख, स्वयं को वश में नहीं रख पाते; और परिणामतः सम्राट की पुत्रवधुएं भी स्वयं को इस राजप्रासाद में असुरक्षित मानें..."

"मन्दोदरी!" रावण का क्रोध उफन पड़ा, "तुम साम्राज्य के प्रतिशोध को अत्यन्त कलुषित रूप से प्रस्तुत कर रही हो।"

"सम्राट के क्रुद्ध होने का मैं कोई कारण नहीं देखती," इस बार मन्दोदरी ने अपनी आंखों में रोष भरकर रावण को देखा, "यदि यह साम्राज्य का प्रतिशोध ही है तो सम्राट सीता को महल से हटाकर अशोक वाटिका में बन्दिनी बनाकर रखें। और प्रतिशोध के नियम के अनुसार, यदि आप उसके पति का वध करते तो भी उसे पति-शोक को भूलने के लिए एक वर्ष का समय दिया जाता। यद्यपि उसका पति जीवित है, फिर भी उसे एक वर्ष की अवधि दें कि वह अपने पति को भूलने का प्रयास करे। एक वर्ष के पश्चात उसे पुनर्वरण का अवसर दें। तब यदि वह आपको अपना पति स्वीकार कर ले तो उसे अपनी सपत्नी मानने में मुझे कोई आपत्ति नहीं होगी?"

"यह नहीं होगा।" रावण उठ खड़ा हुआ।

"यही होगा, सम्राट!" मन्दोदरी के स्वर में आदेश था, "यह न भूलें कि मन्दोदरी भी इस साम्राज्य की सम्राज्ञी है।"

रावण के नेत्र क्रोध से आरक्त हो उठे, "अपनी सीमा पहचानो, मन्दोदरी! सम्राट की इच्छा का विरोध दंडनीय है; और दंड का निर्णय मैं करता हूं।"

मन्दोदरी के मुख पर सहज उपेक्षा प्रकट हुई, "सीमाएं सबकी होती हैं, सम्राट! यह साम्राज्य अकेले रावण की भुजाओं पर खड़ा होता, तो कब का ध्वस्त हो गया होता...।" मन्दोदरी क्षण-भर रुककर बोली, "मैं इस निर्णय की सूचना इन्द्रजित को भी भेज रही हूं और विभीषण को भी। यदि आपने अपने अहंकार में मनमानी करने का प्रयत्न किया तो आप देखेंगे, साम्राज्य को उलट देने की शक्ति मन्दोदरी में भी है... !"

मन्दोदरी के मुख पर ऐसी दृढ़ता रावण ने शायद ही पहले कभी देखी थी। मन्दोदरी चली गई और रावण अपने कक्ष में बैठा रह गया। कहां वह अपने सफल अभियान पर उल्लसित लौटा था और कहां यह स्थिति हो गई, जैसे न मन में कोई उत्साह है और न शरीर में प्राण।...जब कभी वह हरण कर किसी कन्या को लाया, मन्दोदरी ने अपनी अप्रसन्नता जताई, किन्तु साथ ही उस रूप-गर्विता ने यह भी संकेत दिया था कि रावण किसी भी अन्य सुन्दरी से बंधकर नहीं रह सकता।...और कहां आज वह...। रावण को लगा, वह सच कहती है–रावण का अब वह वय नहीं रहा। मायावी का वध सुनकर वह एक बार क्रोध प्रकट कर मौन ही रहा। शूर्पणखा के अपमान की बात सुनकर भी उसने राम और लक्ष्मण का वध नहीं किया–उनकी अनुपस्थिति में सीता को अपहृत कर लाया; और आज फिर इन्द्रजित तथा विभीषण की धमकी दी है मन्दोदरी ने और रावण अपना खड्ग निकाल उसका सिर धड़ से पृथक नहीं कर सका...क्या सत्य ही रावण वृद्ध हो गया है?...किन्तु कैसी वृद्धावस्था? सीता को देखते ही रावण के रोम-रोम में बिजलियां तड़प उठी थीं। अकेला रावण, इतनी दूर से सीता का हरण कर, रथ दौड़ाता हुआ भाग आया है। यह क्या वृद्धावस्था का लक्षण है?...सीता का तो रूप ही ऐसा है कि रावण चिता पर से उठकर भी आकाश तक छलांग लगा सकता है...। कितनी दूर-दूर तक धावे मारे हैं रावण ने और कैसी-कैसी सुन्दरियों का हरण कर उनके साथ बलात्कार भी किया है...किन्तु सीता! सीता जैसी सुन्दरी उसने आज तक देखी ही नहीं।...अब मन्दोदरी उसे कैसा दंड देना चाहती है? रावण अपनी इच्छा से सीता को अपने प्रासाद से निकालकर अशोक वाटिका में ठहरा दे और स्वयं दिन-रात उसकी कल्पना में तड़पता रहे...उसे भुलाने के लिए मदिरा में डुबकियां लगाता रहे...जीते-जी जलते रहने का दंड दे रही है मन्दोदरी! कैसे सहेगा रावण का मन? उसने

तो सोचा था कि वहां वन में सीता के वियोग में राम तड़पता फिरेगा! और यहां मन्दोदरी ने सारी चाल पलटकर रख दी।...वह राम क्या तड़पेगा, जो सीता से इतनी दूर है। तड़पेगा तो रावण–सीता जिसकी भुजाओं में घिरी तो है किन्तु वह उसका स्पर्श नहीं कर सकता।...ओह मन्दोदरी! तूने अपने जीवन-भर तड़पने का प्रतिशोध एक ही बार में ले लिया।

किन्तु क्यों बाध्य है रावण? वह सम्राट है–लंका का अधिपति! राक्षसों का अधीश्वर! उसके मुख से निकला शब्द विधान है, उसकी इच्छा विश्व-भर के लिए आदेश है। वह मन्दोदरी के सम्मुख बाध्य क्यों है?...जो कुछ आज मन्दोदरी ने रावण से कहा है, यदि वह इन्द्रजित से भी कह देगी, तो पुत्र का हृदय मां की पीड़ा जानकर पिघल नहीं जाएगा? तब क्या इन्द्रजित अपने माता-पिता का विरोध नहीं करेगा?...इन्द्रजित! रावण के साम्राज्य का सबसे समर्थ और विश्वसनीय योद्धा!...रावण उसका विरोध नहीं चाहता...ओह! पुत्रों के वयस्क हो जाने पर मां कितनी समर्थ हो जाती है! कैसा मूर्ख है पिता भी! स्वयं अपने विरोधियों को जन्म देता है, उनका पालन-पोषण करता है; और जब वे वयस्क हो जाते हैं तो उनके सम्मुख आत्म-समर्पण कर देता है। विभीषण का नाम भी लिया है मन्दोदरी ने! विभीषण से रावण तनिक भी नहीं डरता; किन्तु लंका में विभीषण के भी अनेक अनुयायी हैं। लंका में भी कुछ लोग अब रावण की पद्धति का विरोध करने लगे हैं। विभीषण उनका अगुवा बन बैठ है।...विभीषण से रावण नहीं डरता, किन्तु वह नहीं चाहता कि विभीषण और इन्द्रजित मिलकर उसके विरुद्ध एकजुट हो जाएं...

पता नहीं, शत्रु का वध कर उसकी पत्नी के हरण की पद्धति की चर्चा मन्दोदरी ने जान-बूझकर की है, या असावधानी में ही उसके मुख से बात निकल गई है...यदि कहीं वह सीता को लौटा देने की हठ पकड़ लेती, तो रावण की स्थिति क्या होती?...सीता को रावण लौटा नहीं सकता और मन्दोदरी का दमन अब सम्भव नहीं है।...मन्दोदरी ने उसे सीता को एक वर्ष की अवधि देने को कहा है और उसके पश्चात पुनर्वरण की स्वतन्त्रता।...सीता को पुनर्वरण की स्वतन्त्रता दी जाएगी तो क्या वह स्वेच्छा से रावण का वरण करेगी?...नहीं! शायद नहीं! यदि वह पुनर्वरण के लिए मान भी गई तो क्या उसकी दृष्टि अन्य युवा राक्षसों पर नहीं पड़ेगी–इन्द्रजित पर या रावण के किसी अन्य पुत्र पर...?

रावण का मस्तक झनझना उठा–नहीं, सीता किसी और का वरण नहीं कर सकती। वह या तो स्वेच्छा से रावण का वरण करेगी या रावण स्वयं अपने चन्द्रहास खड्ग से उसके टुकड़े-टुकड़े कर देगा...किन्तु मन्दोदरी द्वारा लगाया गया एक वर्ष का प्रतिबन्ध! रावण क्या जानता था कि मन्दोदरी नागिन बनकर उसे इस प्रकार मर्म पर डंसेगी!

मन्दोदरी आकर अपने पलंग पर लेटी, तो उसे लगा, जैसे उसके पेट की गहराई में रह-रहकर पीड़ा की लहर उठ रही है।...विवाह के आरम्भिक कुछ वर्षों को छोड़कर, रावण कभी भी पूर्णतः मन्दोदरी का नहीं रहा। मन्दोदरी ने सदा इस पीड़ा को झेला है और प्रतिवाद किया है। किन्तु तब रावण का फैलता हुआ यश था, बढ़ता हुआ साम्राज्य था, प्रतिदिन नए युद्ध थे और पराजित तथा अपहृत युवतियों की सेनाएं थीं। दो-चार दिन वे रावण की आंखों में चढ़ी रहती थीं। फिर चाहे किसी सेनापति अथवा सामन्त को प्रदान कर दी जाती थीं, अथवा मन्दोदरी की दासियां बनाकर, प्रासाद-रूपी कारागार में डाल दी जाती थीं।

...मन्दोदरी तब युवती थी, उसे अपनी अप्सरा मां से रूप का भंडार मिला था। उन अपहृत युवतियों के पीछे मदान्ध हुए रावण को देखती, तो उसे उस पर दया आ जाती। मन्दोदरी जैसी पत्नी होते हुए भी उन साधारण युवतियों पर मुग्ध होनेवाले व्यक्तियों की बुद्धि पर दया ही की जा सकती है...किन्तु शायद रावण को बलात्कार में ही सुख मिलता था। स्त्री के आत्मसमर्पण अथवा परस्पर सहमति से रति-सुख रावण को आकर्षक नहीं लगता था...और मन्दोदरी यही सोचती रही कि रावण अपने इस व्यवहार से स्वयं ही वंचित हो रहा है, और मन्दोदरी ने क्या खोया। किन्तु पिछले कुछ वर्षों से मन्दोदरी का अक्षय रूप भी क्षीण हो रहा था।

दर्पण देखना उसके लिए बहुत सुखद नहीं रह गया था।... ठीक कहा था रावण ने, शूर्पणखा पर लगाया गया मन्दोदरी का आरोप स्वयं उस पर भी लागू हो सकता था।...सीता को देखते ही न केवल मन्दोदरी की आंखें चौंधिया गई थीं, उसे अपना क्षीण यौवन-रूप बहुत पीड़ित भी कर गया था। उसे पहली बार लगा था कि उसके पति को उससे स्थायी रूप से छीननेवाली स्त्री इस घर में आ गई है। सीता का रूप और यौवन अभी वर्षों तक बना रहेगा और रावण को कभी पलटकर मन्दोदरी को देखने की न आवश्यकता होगी, न अवकाश। मन्दोदरी के मन में तभी झंझावात उठ खड़ा हुआ था...किसी भी प्रकार सीता को रावण से दूर रखना होगा। पहले मन्दोदरी ने सीता के वध की बात सोची थी, फिर उसे लौटा देने के लिए रावण को बाध्य करने की...किन्तु ये दोनों ही बातें उसके पति को नहीं लौया सकती थीं। मन्दोदरी रावण को जानती है—सीता का रूप और रावण का मद! यदि सीता को रावण से छीनने का प्रयत्न किया जाएगा तो लंका का यह साम्राज्य जलकर क्षार हो जाएगा...मन्दोदरी यह नहीं कर सकती...तभी उसके मन में सीता को रावण से दूर करने की युक्ति आई थी...सीता अपनी इच्छा से कभी रावण का वरण नहीं करेगी, कभी आत्मसमर्पण नहीं करेगी और मन्दोदरी उसे बलात्कार करने नहीं देगी।

रावण की समझ में नहीं आ रहा था कि वह क्या करे। मन्दोदरी की बात माने या न माने? सीता के अपहरण से, राम से शत्रुता होगी—यह तो वह जानता था। उसका उसे भय भी नहीं था। पर अपने घर के भीतर से विरोध? आज तक वह इन्द्रजित का बल-विक्रम देख-देखकर प्रसन्न हुआ करता था, किन्तु आज मन्दोदरी की धमकी ने उसके सामने उसका एक और भी पक्ष प्रस्तुत कर दिया था। इन्द्रजित की बढ़ती हुई शक्ति प्रत्येक दशा में, रावण की शक्ति की वृद्धि नहीं है...सीता-हरण के प्रसंग में कौन उसका साथ देगा—मन्दोदरी, इन्द्रजित, विभीषण...कोई नहीं; शायद कुम्भकर्ण भी नहीं। केवल शूर्पणखा ही उसका पक्ष लेगी। वह जानती है अपने भाई की प्रकृति। उसी ने तो सुझाया भी था। शूपर्णखा की ही प्रवृत्ति भाई से मिलती है। शूर्पणखा गई थी राम को प्राप्त करने...और प्राप्त हो गई रावण को सीता! किन्तु वहां राम क्या कर रहा होगा? पल्ली को न पाकर, शिलाओं पर सिर पटक रहा होगा—पंचवटी में गोदावरी की गोद में शिलाएं हैं भी बहुत सारी। अथवा सैन्य-संगठन कर रहा होगा। अद्भुत संगठनकर्ता है राम...उसकी गतिविधि की सूचनाएं मिलती रहनी चाहिए। "द्वार पर कौन है?" उसने पुकारा, "अकम्पन को तुरन्त यहां आने के लिए कहो।"

अकम्पन आया, "सम्राट!"

"तुम्हारे अधीन कोई गूढ़-पुरुष है या अयोग्य-जनों की ही सेना बना रखी है?"

अकम्पन का वर्ण पीला पड़ गया, "मुझसे कोई भूल हुई सम्राट!"

"भूलें तो तुमसे बहुत हुई हैं," रावण बोला, "किन्तु इस समय उनकी चर्चा के लिए तुम्हें नहीं बुलाया। एक अत्यन्त दायित्वपूर्ण कार्य सौंपना चाहता हूं।"

"सम्राट आदेश दें?"

"कुछ चुने हुए गूढ़-पुरुषों को जनस्थान में भेज दो। वे लोग अपनी पहचान छिपाकर साधारण जनों के समान वहां रहें। सम्भव हो तो राम की सेना में सम्मिलित हो जाएं। हमें राम की गतिविधियों की निरन्तर सूचना मिलती रहनी चाहिए। यदि वह सैन्य-संगठन का प्रयत्न करता है तो तुरन्त हमें बताया जाए।"

"आपके आदेश का पालन होगा।" अकम्पन चला गया।

किन्तु रावण का मन शान्त नहीं हो पा रहा था। सीता को वह ले आया था और मन्दोदरी... क्या कहती है मन्दोदरी? यही तो कि सीता अपनी इच्छा से उसका वरण करे, तो यंही होगा। रावण संकल्प और निश्चय के साथ उठ खड़ा हुआ। कक्ष के बाहर निकल, परिचारकों को मार्ग दिखाने का आदेश दिए बिना ही बढ़ता चला गया। परिचारक और अंगरक्षक सहमे से पीछे-पीछे चल रहे थे। वे समझ रहे थे कि सम्राट आवेश में हैं, और इस समय कुछ भी पूछना विपत्ति का कारण हो सकता है। रावण उस खंड के अन्तिम कक्ष के सम्मुख जाकर रुक गया। द्वाररक्षकों ने दार खोल दिया और वह भीतर प्रविष्ट हुआ–सामने एक मंच पर सिर झुकाए सीता बैठी थीं।

सीता ने दृष्टि उठाकर रावण को देखा। इस समय न उसके चेहरे पर घबराहट थी, न आंखों में भय। संकट को निश्चित जानकर उससे साक्षात्कार करने का संकल्प उनके चेहरे पर था। मुद्रा यद्यपि उदास थी, किन्तु एक प्रकार की कठोरता का आभास मिलता था।

"वैदेही!" सीता की आंखें जैसी पूरी खुल गईं।

रावण उस सौन्दर्य को निहारता खड़ा रहा। फिर बोला, "मैं जानता हूं कि तुम बहुत दुखी हो; किन्तु दुख से मुक्त होने का उपकरण तुम्हारे अपने हाथ में है। मैंने अपने प्रेम के कारण तुम्हारा अपहरण किया है। मैं तुम्हारा अनिष्ट नहीं करना चाहता, तुम्हें कष्ट देना नहीं चाहता, तुम्हें दुखी देखना नहीं चाहता। संसार का सारा ऐश्वर्य मैं तुम्हारे आंचल में डाल देना चाहता हूं।"

"ऐश्वर्य मुझे नहीं चाहिए।" सीता शुष्क और कठोर स्वर में बोलीं।

"तो क्या चाहिए तुम्हें?"

"एक खड्ग अथवा धनुष-बाण।"

"क्या करोगी?"

"तुम्हारा वध!"

रावण ने सकपकाकर सीता को देखा–किस मिट्टी की बनी है यह नारी! धीरे से बोला, "तुम यहां से मुक्त नहीं हो सकतीं, मैथिली! व्यर्थ का हठ छोड़ दो। मैं तुमसे प्रेम करता हूं। स्वेच्छा से मुझे स्वीकार करो, तो लंका का साम्राज्य तुम्हारा है।"

"कभी किसी स्त्री ने स्वेच्छा से किसी चोर को भी स्वीकार किया है?"

"मैथिली! रावण लंका का सम्राट है।"

"रावण कायर है और चोर है।"

"इस बकवास का परिणाम जानती हो?" रावण का रोष उभर रहा था।

"तुम अपने कृत्य का परिणाम जानते हो?" सीता तीखे स्वर में बोलीं, "तुमने सारी लंका के लिए मृत्यु का प्रबन्ध कर दिया है। तुम्हारी सेना, सेनापतियों तथा सम्बन्धियों के सिर पशु तक भी पैरों से ठुकराएंगे।"

"लंका की सेना जनस्थान की सेना नहीं है, कि राम उसे अपने तापस साथियों की सहायता से

नष्ट कर दे। तुम्हारा पति–वह राज्य निष्कासित अपने ही परिवार द्वारा प्रताड़ित, निर्धन, पदाति तापस यदि यहां आने का साहस करेगा तो लंका का कोई भी प्रहरी उसकी बोटियां कर पशुओं को खिला देगा। तुम लंका की शक्ति से परिचित नहीं हो।"

"जनस्थान की सेना ने राम से युद्ध करने का साहस तो किया था," सीता तड़पकर बोलीं, "लंका की सेना क्या लड़ेगी, जिसका सम्राट पत्नी का अपहरण करने से पहले, पति के साथ द्वन्द्व-युद्ध का भी साहस नहीं कर सका। तुम जैसे नीच और कायर व्यक्ति को मारना राम के गौरव के अनुकूल नहीं है, किन्तु तुमने याचना की है तो तुम्हें मृत्यु अवश्य मिलेगी।"

"तुम निश्चय कर चुकी हो?"

"हां!"

"स्वेच्छा से मेरा वरण नहीं करोगी?"

"न स्वेच्छा से, न अनिच्छा से।"

"ठीक है!" रावण का क्रोध छलका, "अन्तिम अवसर दे रहा हूं। तुम्हें एक वर्ष की अवधि दी जाती है। इस अवधि में जब मेरे वरण की इच्छा हो, मुझे बुला लेना, अन्यथा एक वर्ष पश्चात तुम्हारी हत्या कर दी जाएगी। अपने जीवन की अवधि अब स्वयं निश्चित कर लो।"

रावण ने संकेत किया। अनेक सशस्त्र रक्षिकाएं कक्ष में आ गईं।

"इसे ले जाकर अशोक वाटिका में बन्दी कर दो। मेरी अनुमति के अभाव में इससे कोई नहीं मिल सकेगा -सम्राज्ञी भी नहीं। जब यह मुझे बुलाने की प्रार्थना करे, मुझे सूचना दी जाए।...ले जाओ! और सावधान! किसी भी प्रकार का कोई शस्त्र इसके हाथ न लगे।"

शूर्पणखा की व्याकुलता किसी भी प्रकार शान्त नहीं हो रही थी।...उसने क्या चाहा था और घटनाओं ने क्या मोड़ ले लिया। वह गई थी राम और लक्ष्मण, दोनों को प्राप्त करने, और रावण को सीता मिल गई। विद्युज्जिह्व से उसे पृथक करनेवाले को सीता दिलाने में वह स्वयं माध्यम बन गई...सीता को लाने के पश्चात शूर्पणखा ने रावण को देखा था–क्या कहीं तनिक भी आभास इस बात का था कि सम्राट अपनी बहन के अपमान के प्रतिशोधस्वरूप उस स्त्री का हरण करके लाए हैं?

...लगता था, सम्राट जैसे किसी स्वप्न-लोक में जी रहे हैं। सीता की चर्चा करते ही उनकी आंखों की चमक बढ़ जाती है, और फिर जैसे वे किसी ताप में जलने लगते हैं...यदि यही स्थिति रही, तो सीता रावण के प्राणों का नियन्त्रण करने लगेगी। उसकी इच्छा लंका में सर्वोपरि हो जाएगी। सीता चाहेगी तो रावण शूर्पणखा का वध वैसे ही कर देगा, जैसे उसने विद्युज्जिह्व का वध किया था...शूर्पणखा का मन कांप गया ...कैसा भयंकर काम कर बैठी है वह! राम को पाने की लालसा में वह अपनी सबसे बड़ी शक्ति को अपने शत्रु के हाथों में सौंप बैठी है।...यह सब न भी हुआ, तो भी सीता जैसी अलौकिक सुन्दरी तो रावण के हाथ लग ही गई ...शूर्पणखा जब-जब यह सोचती है, उसका मन तड़प-तड़प जाता है...जिस रावण के कारण वह जीवन-भर जलती रही, वही रावण उसके कारण सुख पाए, वह भी ऐसा सुख...शूर्पणखा को लगा, जैसे वह आग के बीच खड़ी जल रही है...भीतर-बाहर आग-ही-आग...यह अग्नि-दाह! द्वार पर किसी ने हल्की सी थाप दी।

"आ जाओ।" आनेवाली त्रिजटा थी।

"आओ, त्रिजटा!" शूर्पणखा उठकर बैठ गई, "बड़ी देर से प्रतीक्षा कर रही हूं।"

"क्षमा करें, राजकुमारी!" त्रिजटा धीरे से बोली, "मार्ग में अनेक बाधाएं हैं।"

"क्या समाचार है?"

"अनेक समाचार हैं, राजकुमारी!" त्रिजटा मुस्कुराई, "लगता है कि सीता के आने से लंका का सम्पूर्ण राज-परिवार डोल गया है।"

"क्या हुआ?" शूर्पणखा की रुचि जाग गई।

सम्राट ने गुप्त आदेश भिजवाया है कि सीता को डराया-धमकाया चाहे जितना भी जाए, किन्तु उन्हें कष्ट कोई न हो। उनके शारीरिक और मानसिक आराम की पूरी देखभाल की जाए।" शूर्पणखा की आंखों से क्रोध झलका–यही होगा। अब रावण सीता के मोह-पाश से मुक्त नहीं होगा। धमकियां वह जितनी भी दे, किन्तु सीता की इच्छा के प्रतिकूल वह नहीं चल पाएगा...ओह शूर्पणखा! तुझे पहले ही सोचना चाहिए था... "और राजकुमारी!" त्रिजटा रहस्यपूर्ण ढंग से बोली, "सम्राज्ञी ने तकंटका से कहा है कि सम्राट एक क्षण के लिए भी सीता से मिलने अकेले जाएं, तो उन्हें तत्काल सूचित किया जाए।" इनके दाम्पत्य में भी सीता के आने से दरक पड़ेगी–शूर्पणखा सोच रही थी, "सम्राज्ञी भी सचेत हो गई हैं....राजकुमार विभीषण..."

"विभीषण क्या?" शूर्पणखा व्यग्र भाव से बोली।

"अभी ठीक-ठीक मुझे ज्ञात नहीं हो पाया, राजकुमारी!" त्रिजटा बोली, "किन्तु यह मालूम हुआ है कि राजकुमार विभीषण भी इस विषय में रुचि ले रहे हैं। अशोक वाटिका के प्रहरियों में कुछ राजकुमार के निजी अनुचर हैं। उन्हें राजकुमार का आदेश है कि सीता की रक्षा उन्हें अपने प्राण देकर भी करनी है..." सिद्धान्तवादी! शूर्पणखा ने सोचा, बिना स्वार्थ के भी टांग अड़ाएगा। सदा से यही करता आया है। रावण को रुष्ट भी करेगा और उपलब्धि कोई होगी नहीं।

"उन गूढ़-पुरुषों का क्या हुआ, जिन्हें सम्राट ने जनस्थान की गतिविधियों का समाचार भेजने के लिए कहा था?" शूर्पणखा ने पूछा।

"वे लोग अभी तक तो लंका के ही मदिरालयों-वेश्यालयों में देखे गए हैं," त्रिजटा ने बताया, "यहां से खिसकेंगे तो कहीं और चले जाएंगे।...आजकल यही होता है, राजकुमारी!" उसका स्वर और भी धीमा हो गया, "सम्राट अपने विरुद्ध कोई सत्य सुनना नहीं चाहते, तो उनके सेवकों के हाथ भी उन्हें प्रसन्न करने की सरल कला आ गई है। वे लोग मदिरालयों में बैठे-बैठे समाचार भेजते रहेंगे कि राम रो रहा है, भटक रहा है, अस्वस्थ है, मरनेवाला है...और सम्राट इन समाचारों को पाकर प्रसन्न होते रहेंगे..." शूपर्णखा कुछ सोचती रही, जैसे उसने त्रिजटा की बात ही न सुनी। त्रिजटा चुप हुई तो शूर्पणखा बोली, "तुझे एक विशेष प्रयोजन से बुलाया है, सखि!"

"आदेश करें, राजकुमारी!"

"तुम्हें निरन्तर यह प्रयत्न करना है कि सीता का आत्मबल कम न हो। उसे सान्त्वना देती रहो। ढाढ़स बंधाए चलो। उसे राम के, सेना-सहित आने का विश्वास दिलाती चलो," शूर्पणखा बोली, "किसी भी प्रकार वह सम्राट की शक्ति से भयभीत न हो, उनकी सत्ता से अभिभूत न हो। वह हताश न हो–न आत्महत्या की बात सोचे, न आत्म-समर्पण की। उसका साहस और जिजीविषा बनी रहे..." वह मुस्कुराई, "तुम्हें भरपूर पुरस्कार मिलेगा सखि!"

"मुझे विश्वास है, राजकुमारी!" त्रिजटा बोली, "आपकी प्रत्येक आज्ञा का पालन होगा। बस, आप यह देख लें कि मेरी स्थायी नियुक्ति सीता की रक्षिकाओं में ही रहे। मुझे कहीं और भेज दिया गया..."

"तुम वहीं रहोगी," शूर्पणखा मुस्कुराई, "विश्वास रखो।" त्रिजटा अभिवादन कर, बाहर चली गई। शूर्पणखा उसे जाते हुए देखती रही; और सहसा उसके अधरों पर एक मुस्कान फैल गई–विनाश की मुस्कान।

पृष्ठभूमि

एक

बाली को समाचार मिला, और भीतर से कोई धक्के मार-मारकर उन्हें उठाने लगा। कितने दिनों से वे सुन रहे थे कि किष्किन्धा के आसपास के वनों में एक वन्य-भैंसा मंडराया करता है। वह सामान्य भैंसा नहीं है। वह असाधारण रूप से वृहदाकार तथा बलशाली है। स्वभाव से हिंस्र है और सामने पड़नेवाले किसी भी जीव से भिड़ जाया करता है। उसके कंठ से निकला शब्द विकट भी था और विचित्र भी। क्रोध में जब वह डकगाता था तो लगता था जैसे दुन्दुभि पर आघात हुआ हो। इसीलिए लोगों में उसका नाम दुन्दुभि ही प्रसिद्ध हो गया था।

प्रातः से ही, उसके किष्किन्धा के प्रवेश-द्वार पर आ डटने के समाचार नगर में आ रहे थे। फिर सूचना मिली कि वह द्वार-रक्षकों से भिड़ गया है। द्वार पर उपस्थित दंडधर रक्षक, उसके लिए अपर्याप्त सिद्ध हो रहे हैं। नगर में पर्याप्त त्रास फैल गया था। सैनिक अथवा दंडधर टुकड़ी नगर-द्वार पर भेजकर बाली कैसे सन्तुष्ट हो सकते थे? मन उन्हें कोंच-कोंचकर कह रहा था कि नगर-द्वार पर खड़ा वह भैंसा दुन्दुभि, उन्हें ही चुनौती दे-देकर, अपनी दुन्दुभि बजा रहा है। कैसे आखेटक हैं बाली कि ऐसे में भी महल में बैठे-बैठे सैनिक टुकड़ियों को भेज रहे हैं?

चुनौती की दुन्दुभि सुनते, वे कैसे शान्त बैठे रहें? और ऐसे वन्य-भैंसे के आखेट की क्रीड़ा, वे कैसे छोड़ दें? शासक बाली कहीं विलीन हो गए, वहां केवल आखेटक बाली रह गए। उनका रुकना मुश्किल था। उन्होंने अपनी भारी गदा कन्धे पर रखी और नगर-द्वार की ओर चल पड़े। महल तथा नगर में यह सूचना तब प्रचारित हुई, जब बाली नगर-द्वार पर पहुंच चुके थे।

बाली ने अपनी आंखों ही आंखों में दुन्दुभि को तौला–वह साधारण भैंसा नहीं था, जिसे मारकर उन्हें अपयश मिलता कि वानरों का शूरवीर सम्राट भैंसों की हत्याएं करता फिरता है। दुन्दुभि वस्तुतः विराट वन्य-भैंसा था–आखेटक के लिए चुनौती और कसौटी। द्वार-रक्षक सैनिक सोचते ही रह गए और बाली अपनी गदा के साथ दुन्दुभि के सामने जम गए।

दुन्दुभि ने अपनी रक्तिम हिंस्र आंखों से अपने सम्मुख उपस्थित बाधा को देखा और फूत्कार करता हुआ, उस पर चढ़ दौड़ा। बाली ने अपनी गदा घुमाकर दुन्दुभि के मस्तक पर आघात किया। दुन्दुभि ने फिर से रुककर बाली को देखा। वह सामान्य वन्य-भैंसा नहीं था, जो बाली की गदा के आघात से भाग जाता। वह तो जैसे द्वन्द्व-युद्ध की तैयारी कर रहा था। आघात को सह, चोट से पीड़ित हो, उसने दौड़ लगाई और आक्रोश में मत्त, प्रतिशोध की भावना से भरा हुआ, वह पूरे वेग के साथ लौटा और उसने बाली पर प्रहार किया। बाली सुखी हुए। उन्हें युद्ध के लिए योग्य प्रतिद्वन्द्वी मिल गया था। उन्होंने घूमकर दुन्दुभि के अगले पुट्ठे पर पूरी शक्ति से गदा दे मारी। किन्तु दुन्दुभि इस बार भी नहीं भागा। दोनों जैसे ताक-ताककर लड़ रहे थे। लम्बे समय तक दोनों में घात-प्रतिघात चलते रहे...अन्त में दुन्दुभि की पशु-बुद्धि भी समझ गई कि बाली के बल, युद्ध-कौशल और गदा के भयंकर आघातों के सामने टिक पाना उसके लिए सम्भव नहीं है...दुन्दुभि के पैर उखड़ गए और वह भाग खड़ा हुआ।

बाली को जीत की प्रसन्नता तो हुई, किन्तु दुन्दुभि को भागते देख वे सन्तुष्ट नहीं हुए, जैसे

उनके हाथ से उनका खिलौना छीना जा रहा हो। क्रीड़ा का रस उन्हें सूखता-सा लगा। उसे इस प्रकार भागने नहीं दिया जा सकता था। बाली दुन्दुभि के पीछे भागे। घायल दुन्दुभि का वेग आश्चर्यजनक था। बाली न उसको रोक पा रहे थे, न उसके साथ भागने में सफलता ही पा रहे थे। वे दोनों आगे-पीछे भागते रहे। बाली यह देखने के लिए भी नहीं रुके कि कोई साथ आ भी रहा है या नहीं। यह दौड़-भाग मतंग-वन तक चलती गई। दुन्दुभि वन में जा घुसा, किन्तु बाली ने उसका पीछा नहीं छोड़ा। दुन्दुभि अपनी पीड़ा में पागल हो रहा था और बाली अपने आक्रोश में। दोनों ने ही बिना कुछ देखे-भाले वन में लम्बी दौड़ लगाई। जिधर सींग समाए, दुन्दुभि उधर ही भागा। और बाली जैसे किसी चुम्बकीय शक्ति से बंधे हुए, उसके पीछे-पीछे भागते चले गए। सामने ऋष्यमूक की चढ़ाई आ गई। दुन्दुभि रुका। वह कदाचित अपने रक्तस्राव के अतिरेक तथा इस लम्बी दौड़ से थककर, जीवन से निराश हो चुका था। सहसा वह पलटकर खड़ा हो गया। उसकी आंखों से चिनगारियां फूट रही थीं और उसके नथुनों से निरन्तर फूत्कार। उसने क्षण-भर रुककर जैसे आंखों ही आंखों में बाली को तौला, फिर झपटा। वह बड़ा ही निर्णायक आघात था। बाली यदि उसे रोकने का प्रयत्न करते, तो अपनी असाधारण शारीरिक शक्ति के बावजूद, निश्चित रूप से मारे जाते। किन्तु बाली ने उसे रोकने का प्रयत्न नहीं किया। वे एक ओर हट गए, और जैसे ही दुन्दुभि अपने वेग में आगे बढ़ा, बाली ने अपने शरीर के सम्पूर्ण बल से उसके पिछले पुट्ठे पर गदा का प्रहार किया। दुन्दुभि की हड्डियां कड़कड़ा उठीं। वह ऐसे बैठा कि उठ नहीं सका। बाली ने जब देखा कि दुन्दुभि उठ नहीं सकता तो उन्होंने दूसरा आघात उसके मस्तक पर किया।

दुन्दुभि की डकराहट का शब्द वन के सहस्त्रों वृक्षों से जा टकराया और उसकी प्रतिध्वनियां, वन की प्रत्येक दिशा में फैल गईं। दुन्दुभि ने अपना सिर पृथ्वी पर डाल दिया। बाली को जब पूर्ण रूप से विश्वास हो गया कि दुन्दुभि वस्तुतः मर चुका है और अब वह कभी नहीं उठेगा, तब जैसे उनका युद्ध-ज्वर उतरा और उन्होंने यह भी पहचाना कि वे किस जोखिम में पड़े लड़ रहे थे और मृत्यु उनके कितने निकट खड़ी थी। यदि वे ठीक समय पर हट नहीं गए होते तो दुन्दुभि की वह अन्तिम झपट, निश्चित रूप से उनके लिए यमपाश थी। वे जैसे मृत्यु की पकड़ से किसी प्रकार फिसलकर निकल आए थे। लगा, उनके मस्तिष्क में से जितना स्थान आवेश ने ख़ाली किया है, वह न केवल मृत्यु के भय से भरता जा रहा है, वरन मृत्यु का भय जैसे उनके साहस और पौरुष को ही धकेलता जा रहा है। उनके माथे पर स्वेद-बिन्दु उभर आए थे। उनके होंठ सूख रहे थे और भीतर-ही-भीतर जैसे बहुत थक गए थे।

सहसा उन्होंने अपने बहुत निकट कहीं मतंगों की चिंघाड़ सुनी। एक नहीं अनेक मतंग एक साथ चिंघाड़ रहे थे और उनके भागने की धमक, जैसे बाली के मस्तक पर बज रही थी...उन्होंने दृष्टि उठाकर देखा, ऋष्यमूक की ढाल पर अनेक मतंग भागते हुए, उनकी ही दिशा में बढ़ रहे थे। उनकी दृष्टि अपने अनुचरों पर भी पड़ी, जो उनके पीछे-पीछे किसी प्रकार यहां तक आ गए थे–वे मतंगों की चिंघाड़ के पहले शब्द के साथ ही वहां से भाग खड़े हुए थे। उन्होंने गदा हाथ में ली। आंखों से उसको तौला किन्तु उनका थका हुआ मन साफ़-साफ़ समझ रहा था कि वे अपने पिछले द्वन्द्व-युद्ध से चूर शरीर की शक्ति से मतंगों के पूरे झुंड को रोक नहीं पाएंगे...उनके सामने भी एक मार्ग था–पलायन।

बाली भागे। उनका अहंकार उन्हें धिक्कार रहा था, और उनका विवेक उन्हें भगाए लिये जा रहा था। वे अनुभव कर रहे थे कि दुन्दुभि के लिए लगाई गई दौड़, उसके साथ हुए युद्ध और वापसी

की इस दौड़ से उनका शरीर निर्जीव हो रहा था—मन थका हुआ था, और अहंकार आहत होकर, उनके सम्पूर्ण अस्तित्व को छील रहा था।

नगर के द्वार तक पहुंचते-पहुंचते बाली सर्वथा बेसुध हो चुके थे। नगर-द्वार के रक्षकों ने शिविका का प्रबन्ध कर उन्हें महल में पहुंचाया। महल में हलचल मच गई। तुरन्त वैद्य को बुलाया गया; किन्तु बाली ने वैद्य से अधिक महत्त्व अपने शगुन-विचारक को दिया। वैद्य को किसी प्रकार टालकर उन्होंने शगुन-विचारक की ओर देखा, "प्रभु!" शगुन-विचारक ने गम्भीर स्वर में कहा, "भैंसा यम का वाहन है। उससे युद्ध उचित नहीं था। युद्ध के लिए जाने से पूर्व आपने लग्न-विचार भी नहीं करवाया। समय अच्छा नहीं था और प्रभु।..."

शगुन-विचारक रुक गया।

"कहो!" बाली ने थके से स्वर में आदेश दिया।

"मतंग-वन की दिशा, युद्ध के लिए अशुभ है। युद्ध के लिए उस दिशा में न जाएं। उस दिशा में विजय नहीं, पराजय है और..."

"और!"

"मृत्यु की भी सम्भावना है।" शगुन-विचारक बहुत धीमे स्वर में बोला।

बाली चुप रहे। "राजन! कल प्रातः उपासना के लिए सागर-तट पर अवश्य जाएं और आज की इस अशुभ घटना में, मृत्यु को टालने के लिए, देवता के प्रति आभार प्रकट करें..."

बाली स्थिर दृष्टि से उसे देखते रहे। बोले कुछ नहीं।

शगुन-विचारक चला गया, किन्तु बाली के मन में उसके शब्द निरन्तर उथल-पुथल मचाते रहे, 'उस दिशा में कभी न जाएं...कभी न जाएं...'

उनकी आंखों में क्रुद्ध दुन्दुभि का अन्तिम प्रहार, जीवन्त अनुभव के रूप में घूम गया...और फिर दौड़ते और चिंघाड़ते मतंगों का झुंड...अपने अहंकार के आदेश पर यदि बाली कहीं घड़ी-भर को भी रुक गए होते...?

बाली को लगा, वे बहुत थक गए हैं और अब सोना चाहते हैं।

बाली के मन पर ऐसा विषाद छाया कि वे सहज ही नहीं हो पा रहे थे। प्रातः वे समुद्र-तट पर गए तो समुद्रोपासना में मन नहीं लगा। लौटकर राज-परिषद में आए तो न किसी की बात सुनने की इच्छा हुई, न कुछ कहने की। थोड़ी देर तक चुपचाप बैठे अपने मन्त्रियों-अमात्यों, सामन्तों, यूथपतियों तथा सेनापतियों की मुद्राएं देखते रहे। जाने वे क्या कह रहे थे और क्या कर रहे थे। वे उनकी किसी भी क्रिया से तादात्म्य नहीं कर पा रहे थे। अन्य लोगों का ध्यान भी उस ओर गया।

"क्या बात है, सम्राट स्वस्थ नहीं हैं?" सबसे पहले सुग्रीव ने पूछा।

"मन कुछ स्वस्थ नहीं है।" बाली मुंह-ही-मुंह में बुदबुदाए।

"सारी किष्किन्धा सम्राट के कल के वीर-कृत्य पर उल्लसित है। एक-एक नागरिक अपने सम्राट पर गर्व कर रहा है, और सम्राट हैं कि इस प्रकार अनमने से बैठे हैं।" प्रौढ़ तार ने हंसते हुए कहा।

"मुझे लगता है कि कल की भाग-दौड़ से थकावट हो गई है," सुग्रीव पुनः बोले। बाली के मन में खीझ उठी। सुग्रीव बचपन से ही ऐसी बातें करता रहा है। यह मुझे भी अपने ही समान कोमल समझता है। एक वन्य-भैंसे के आखेट से थकावट हो गई। मन में आया सुग्रीव की गर्दन पकड़कर कहें, "मैं सुग्रीव नहीं, बाली हूं। कल की भाग-दौड़ के बाद भी आज इतनी क्षमता है मुझमें कि फिर से मतंग-वन तक दौड़ लगा आऊं।'

पर कुछ कहते नहीं बना। मतंग-वन के नाम से ही, मन जैसे और भी भारी हो गया। "मैं आज विश्राम करूंगा," सहसा बाली बोले, और उठ खड़े हुए, "शेष कार्य कल के लिए स्थगित कर दिए जाएं।"

तारा को बाली के असमय लौट आने का पता चला, तो दौड़ी आई। बाली को दिन के समय इस प्रकार बिस्तर पर लेटे देखना ही बड़ा आश्चर्यजनक था और उनके चेहरे की उदासी तो अभूतपूर्व थी।

"क्या बात है प्रियतम?" बाली चुपचाप, एकटक तारा को देखते रहे। इस तारा में जाने उन्हें पहले क्या इतना अच्छा लगता था। आज तो उसे देखकर मन में कोई स्फूर्ति नहीं जागती। वही प्रतिदिन का देखा हुआ साधारण चेहरा। क्या देखे कोई उसको?

"कुछ नहीं। बस मन ठीक नहीं है," वे भावशून्य स्वर में बोले।

तारा ने परिचारिकाओं को जाने का संकेत किया और आकर बाली की शैया पर, उनके निकट बैठ गई। थोड़ी देर उनके केशों में अंगुलियां फिराती रही और फिर पूछा, "क्या मन बहुत ख़राब है?"

बाली को तारा के हाथ का स्पर्श अच्छा लगा था। मन में हल्की-सी ऊष्मा जागी। आंखें खोलीं। क्षण-भर ही देखा होगा कि आंखों की भंगिमा फिर बदल गई। पहले जैसे भावहीन स्वर में बोले, "मैं थोड़ी देर विश्राम करूंगा। तुम जाओ।"

बाली का मन स्वस्थ नहीं हुआ। कुछ भी ऐसा दिखाई नहीं पड़ रहा था, जो उनके मन में रंचमात्र भी उत्साह जगा सके। प्रत्येक वस्तु से वितृष्णा, प्रत्येक बात से ऊब, प्रत्येक चेहरे से खीझ...उदास मन और स्फूर्तिहीन शरीर...कल के ही समान, अनमने बाली राजसभागार में आए और अनासक्त-से बैठे रहे। राज-परिषद का कार्य चलता रहा। बाली बैठे थे, क्योंकि बैठना था...

अमात्य तथा मन्त्री अपने-अपने विभाग-सम्बन्धी आज्ञाएं ले चुके, तो अपराधियों के न्याय का कार्य आरम्भ हुआ..."सम्राट! इस व्यक्ति को युवराज सुग्रीव तथा राजकुमार अंगद ने बन्दी किया है।"

बाली ने दृष्टि उठाकर देखा, ऐसा कौन-सा अपराधी है, जिसे बन्दी करने के लिए सुग्रीव और अंगद को जाना पड़ा। वह व्यक्ति आकृति से विदेशी और विजातीय लगता था। निश्चित रूप से वह वानर नहीं था।

"क्या नाम है?"

"मायावी।"

"जाति?"

"राक्षस!"

"कहां के निवासी हो?"

"लंका।"

"अपराध?"

"थके हुए मन को विश्राम देना।"

बाली रुक गए। यह विदेशी क्या कह रहा है? उनके भीतर कुछ-कुछ रुचि जाग रही थी, "यह कोई अपराध नहीं है विदेशी।"

"मेरी भी यही विनती है सम्राट," मायावी बोला, "किन्तु युवराज नहीं चाहते कि मैं किसी थके मन को विश्राम दूं। वे इसे अपराध मानते हैं।"

बाली ने अपराधी को लानेवाले सैनिकों की ओर देखा, "क्या अपराध है इसका?"

"सम्राट इस पर मदिरा बनाकर बेचने, वेश्यालय चलाने तथा अनेक कन्याओं के अपहरण और उनके क्रय-विक्रय का आरोप है।"

"तुम लोग जाओ।" सैनिक मायावी को छोड़कर चले गए।

इस बार बाली बोले, तो उनका स्वर कुछ धीमा था, "मायावी, यदि तुम मेरे थके मन को विश्राम दे पाओगे तो समझूंगा कि तुम वैद्य का कार्य कर रहे हो, अन्यथा तुम अपराधी हो। तुम जानते ही होगे, मैं अपराधी को कठोर दंड देता हूं।"

"सम्राट एक बार सेवा का अवसर दें।" मायावी मुस्कुराया, "यदि आपके मन को विश्राम न मिले तो मृत्यु-दंड दें और यदि सम्राट के मन को विश्राम मिले, सम्राट स्वस्थ हों तो सेवक को किष्किन्धा में अपना व्यापार फैलाने की खुली छूट दें।"

बाली ने उसे भरपूर दृष्टि से देखा और कहा, "स्वीकार है।"

मार्ग में ही सुग्रीव को ज्ञात हो गया कि राजसभागार में आज कोई विशेष उत्सव है। सारे मार्ग में स्थान-स्थान पर तोरण बने हुए थे। पथ को विशेष रूप से स्वच्छ कर पानी का छिड़काव किया गया था। अनेक राजकर्मचारी अब मार्ग की शोभा के लिए प्रयत्नशील दिखाई पड़ रहे थे।

सुग्रीव के मन में आया कि वे किसी कर्मचारी से पूछें कि यह सारी व्यवस्था किसके लिए हो रही है? परसों तक तो ऐसी कोई सूचना नहीं थी। बस, कल एक दिन ही वे राजसभा में उपस्थित नहीं हुए थे। कल-ही-कल में ऐसी कौन-सी राजाज्ञा प्रचारित हो गई, जिसके कारण इतनी हलचल मची हुई है। ऐसा तो वर्ष-भर में कुछ विशेष उत्सवों पर ही होता है, किन्तु अपनी जिज्ञासा को उन्होंने संयत किया। इतनी भी क्या उत्कंठा कि सभागार तक पहुंचने की प्रतीक्षा नहीं कर सकते। वहां जाते ही ज्ञात हो जाएगा। सभा में पहुंचते ही उन्हें बता दिया गया कि एक दिन पूर्व उनकी अनुपस्थिति में सम्राट ने आज महासामन्त-उपाधि-वितरण समारोह की घोषणा की थी...सुग्रीव चकित रह गए। इतने महत्त्वपूर्ण समारोह भी क्या इस प्रकार घोषित किए जाते हैं, जैसे हाट से कोई वस्तु खरीदकर लानी हो...अकस्मात ही सुग्रीव का ध्यान दूसरी ओर चला गया। ऐसा क्या हुआ है कि सम्राट किसी से ऐसे प्रसन्न हो गए हैं कि उन्होंने तुरन्त उसे उच्चतम उपाधि देने का निश्चय कर डाला है...कौन है वह व्यक्ति? कहीं सुषेण तो नहीं? सुषेण सम्राट के श्वसुर हैं, किष्किन्धा के सबसे बड़े युद्ध-वैद्य हैं। ...तारा भाभी को प्रसन्न करने के लिए यह सबसे सरल उपाय है, और वैसे भी सम्राट के श्वसुर को महासामन्त तो होना ही चाहिए। आश्चर्य तो यह है कि सम्राट ने उन्हें सम्मानित करने में इतना विलम्ब कैसे कर दिया। निश्चित रूप से यह समारोह सुषेण के सम्मान के लिए ही होगा–और कोई व्यक्ति तो इतना महत्वपूर्ण लगता ही नहीं है। फिर इतनी त्वरा और किसी के लिए होगी भी क्यों?

यदि यह प्रयास तारा भाभी को प्रसन्न करने के लिए है, तो बड़ा सुखद अवसर है। पिछले कितने ही दिनों से ऐसे ही समाचार आ रहे थे, जिससे सम्राज्ञी के प्रति सम्राट की निरन्तर वर्धमान अरुचि के प्रमाण मिलते थे। यदि अब ऐसा कोई परिवर्तन सम्राट में आया है कि वे अपनी सम्राज्ञी को प्रसन्न करना चाहते हैं, तो यह उनके दाम्पत्य जीवन के लिए अत्यन्त शुभ घटना होगी। दूसरे क्षण सुग्रीव के विचार, बाली के दाम्पत्य जीवन से हटकर कौटुम्बिक जीवन की ओर मुड़ गए। कहां तो दोनों भाइयों में इतना स्नेह था। सुग्रीव को बचपन आज भी याद आता है; तो आंखें भर आती हैं। आरम्भ से ही बाली सुग्रीव से अधिक सबल और भोले थे। सुग्रीव बार-बार विभिन्न प्रकार के हठ करते थे और बाली उनका प्रत्येक हठ मान लेते थे। पिता सदा हंसते हुए कहा करते थे कि

यह छोटा, बड़े को नचाएगा। और बाली प्रसन्न होकर कहते थे, 'यह मुझे जितना नचाता है, उतना ही मुझे अच्छा लगता है।' कितना प्यार था बाली में और कितना तेज। राजनीति से अधिक उनका ध्यान पूजा-पाठ में था। पूजा-पाठ में तो आज भी उनका उतना ही ध्यान है, किन्तु वह सात्विकता समाप्त हो गई है। कुछ निरंकुश राज्याधिकारी, कुछ शारीरिक बल का अहंकार, कुछ चिन्तन का अभाव और कुछ कामुकता तथा विलास की प्रवृत्तियां...क्या से क्या हो गए हैं बाली। बात-बात में दोनों भाइयों में मतभेद होता है, जैसे भाई न हों विपक्षी हों या विरोधी हों, विरोध भी क्रमशः उग्र होता जा रहा है। राजनीतिक मतभेद से कभी-कभी वह व्यक्तिगत सम्बन्ध की सीमा में आ पहुंचता है। पता नहीं उसका अन्त क्या होगा।

सम्राट के आ जाने पर सभा का वातावरण बदल गया। सभासद अपने-अपने नियत स्थान पर आ बैठे। समस्त औपचारिक गतिविधियों का पालन किया गया और कार्यवाही आरम्भ हुई। सम्राट की ओर से घोषणा की गई कि यह अत्यन्त हर्ष और उल्लास का अवसर है कि वानर साम्राज्य ने अपने एक वास्तविक मित्र को पाया है और अत्यल्प समय में ही साम्राज्य को इतना लाभ हुआ है कि स्वयं सम्राट चकित हैं।

सुग्रीव ने सिर उठाकर इधर-उधर देखा, किन्तु सुषेण तो कहीं दिखाई नहीं पड़ रहे थे। अभी क्षण-भर में उनके नाम की घोषणा होगी, तो वे कहां से प्रकट होंगे–धरती फोड़कर निकलेंगे कि आकाश छेदकर और सभासदों के चेहरों में तैरती हुई सुग्रीव की दृष्टि सहसा थम गई। यह मायावी यहां क्या कर रहा है? यह इतना प्रसन्न दिखाई पड़ रहा है और इतना शृंगार करके आया है, जैसे इसी को महासामन्त की उपाधि मिलनेवाली है...इसको सभागार में प्रवेश करने की अनुमति किसने दी। बाली कह रहे थे, "...और हम न केवल अपने साम्राज्य के उस मित्र को अपना सभासद नियुक्त करते हैं, वरन उसे महासामन्त की उपाधि प्रदान करते हैं। आओ मित्र मायावी !"

सुग्रीव का मस्तक जैसे किसी वृहद् चक्र के साथ बंधा घूमने लगा था। उनकी स्थिति अत्यन्त विचित्र हो गई। शिराओं में सारा रक्त जैसे एक बार ही सनसनाने लगा था। भुजाएं फड़फड़ाने लगी थीं और उनके शरीर के भीतर की कोई ठोस वस्तु जैसे वक्ष फोड़ बाहर निकल आना चाहती थी। सुग्रीव अपने स्थान पर बैठे। उनकी खुली आंखों के सम्मुख जैसे कोई छाया-नृत्य हो रहा था। वे उसे देखते हुए भी नहीं देख रहे थे। लगता था, जैसे कुछ छायाएं उठती हों, कुछ करती हों और अपने स्थान पर बैठ जाती हों। सुग्रीव उनकी आकृतियों को देखते हुए भी पहचान नहीं रहे थे, उनके शब्दों को सुनते हुए भी समझ नहीं रहे थे।

यह प्रतिभासित छाया-नृत्य सुग्रीव की आंखों के सम्मुख से तब विलीन हुआ, जब उपाधि-वितरण-समारोह सम्बन्धी कार्यवाही समाप्त हो जाने के पश्चात सम्राट के विचारार्थ अन्य विषय रखे गए।

पहला समाचार नगर कोटपाल की ओर से था कि कल, एक दिन के भीतर, नगर में से अलग-अलग स्थानों से चार कन्याओं के अपहरण के परिवाद प्राप्त हुए हैं। नगर के प्रवेश-द्वार के रक्षकों के नायक का कहना है कि कल एक भी कन्या नगर से बाहर नहीं गई है, संयोग से कल दिन-भर में कोई पालकी भी द्वार से बाहर नहीं गई, जिससे सन्देह किया जा सके कि उसमें कोई कन्या छिपाकर ले जाई गई होगी। नियमतः नगर-द्वार से आने-जानेवाली पालकियों को भी वे भली प्रकार देखते हैं, किन्तु कल कोई पालकी बाहर गई ही नहीं। सुग्रीव के कान खड़े हो गए। उन्होंने मायावी को देखा, वह बड़ा तटस्थ-सा बैठा उस समाचार को सुन रहा था। सुग्रीव की दृष्टि अंगद की ओर गई। अंगद क्रुद्ध दृष्टि से मायावी को घूर रहा था...तो अंगद को भी मायावी पर ही सन्देह था...बहुत सम्भव है

कि एक ओर मायावी बाली का विश्वासपात्र बनकर महासामन्त की उपाधि का गौर प्राप्त कर रहा हो और दूसरी ओर अपनी दस्यु-वृत्ति का विस्तार कर रहा हो। उधर कोटपाल अपराधी की खोज में आकाश-पाताल एक कर रहा होगा, और इधर यह महासामन्त की उपाधि से मंडित कितना सुरक्षित बैठा है यहां। कोई इसकी ओर अंगुली भी नहीं उठा सकता।

"यदि द्वार-रक्षक कहते हैं कि कन्याएं नगर से बाहर नहीं गईं तो वे नगर में ही होंगी," बाली कह रहे थे, "उन्हें खोजो।"

"सम्राट! कल दिन-भर हम नगर में खोजते रहे हैं," कोटपाल ने सिर झुकाकर निवेदन किया, "जहां-जहां हमें खोज करने का अधिकार है, वहां वे नहीं हैं। यदि वे नगर के भीतर ही हैं, तो सम्भवतः उनके भवनों में होंगी, जहां खोज करने का अधिकार हमें नहीं..."

"ठीक है," सम्राट ने कोटपाल की बात बीच में ही काट दी, "खोज होती रहनी चाहिए।" सम्राट दूसरे कामों की ओर उन्मुख हो गए।

दो

रात चांदनी थी, किन्तु पथ सूने थे। एकाकी बाली चुपचाप उन्मत्त व्यक्ति के समान बढ़ते जा रहे थे। परिचारकों, द्वारपालों तथा दंडधरों को रोषपूर्वक साथ आने का निषेध कर, बाली अकेले ही प्रासाद की सीमाओं से बाहर निकल आए थे।...थोड़ी ही दूर चलने पर बाली को लगा, रात की शीतलता, चांदनी तथा खुली हवा ने उनके उत्तप्त मस्तिष्क पर जैसे चन्दन का लेप कर दिया था; उनका मस्तिष्क, जो किसी हिंस्र पशु के समान अब तक केवल चिंघाड़ रहा था और सामने आई प्रत्येक वस्तु पर झपट पड़ना चाहता था, अब जैसे उस जड़ावस्था से निकलकर कुछ अनुभूतिप्रवण भी हो गया था। वह समझ रहा था कि सुख की भी एक अनुभूति होती है। आंखों को कोई दृश्य अच्छा लग सकता है, कानों को कोई शब्द और हाथों को कोई स्पर्श...जैसे-जैसे बाली के पण अलका के घर के निकट पहुंच रहे थे, सुख की वायवीय अनुभूति बाली के मन में आकार ग्रहण करती जा रही थी। बाली की आंखें केवल अलका को देखना चाहती थीं। कान केवल अलका का स्वर सुनना चाहते थे और शरीर केवल अलका का स्पर्श। अलका के द्वार पर पहुंचते ही परिचारक ने उन्हें रोक दिया, "भीतर जाने की अनुमति नहीं है।"

बाली को झटका लगा। कुछ क्षणों तक जैसे वे समझ ही नहीं पाए कि वह क्या कह रहा है। सारी पृथ्वी पर ऐसा कोई स्थान नहीं था, जहां कोई परिचारक बाली को इस प्रकार रोक सके। और यह तो किष्किन्धापुरी थी–बाली की राजधानी।...वे निस्पन्द खड़े परिचारक को देखते रहे। जैसे ही परिचारक की बात उनकी समझ में आई कि वह क्या कह रहा है और उसका अभिप्राय क्या है, एक बार फिर से उनके शरीर का सारा रक्त उनके मस्तिष्क में समा गया। मति वश में नहीं रही। वे आविष्टवस्था में थे। उनके हाथ बढ़े–एक ने परिचारक की गर्दन को पीछे से पकड़ा और दूसरे हाथ ने उसकी कटि को थामा। एक ही झटके में परिचारक के पैर भूमि से उठ गए। बाली ने उसे अपने सिर से ऊपर उठाकर हवा में तीन-चार चक्कर दिए और फिर पूरी शक्ति से दूर फेंक दिया। पलटकर यह भी नहीं देखा कि वह कहां गिरा है!

बाली ने घर के भीतर प्रवेश किया और सीधे अलका के द्वार पर पदाघात किया। द्वार भीतर से बन्द था, किन्तु प्रकाश की किरणें बाहर से भासित हो रही थीं। "कौन हैं?" अलका का स्वर सुनाई पड़ा।

मैं हूं, बाली। द्वार खोलो," और बिना प्रतीक्षा किए बाली निरन्तर द्वार धड़धड़ाते चले गए, "द्वार बन्द क्यों कर रखा है? खोलो।"

प्रत्येक निमिष के साथ बाली का क्रोध बढ़ता जा रहा था...बाली को रोका गया, एक साधारण परिचारक के द्वारा–'भीतर जाने की अनुमति नहीं।' ऊंह! एक तो बाली का अपमान! और दूसरे अलका और बाली के बीच की बाधा। बाली यह सहन नहीं कर सकते।...ऐसे समय में बाली के वक्ष में जो पीड़ा और रक्त में जो उन्माद उठता है, वह बाली के अपने ही वश में नहीं रहता। पीड़ा की ऐंठन-पर-ऐंठन, क्रोध की लहर-पर-लहर, रक्त का रेले-पर-रेला। बाली कपाट पर ठोकरें जमाते जा रहे थे। कभी हथेली से मारते, कभी मुक्के से, कभी पैर के पंजे से आघात करते, कभी एड़ी से, "खोलो, द्वार खोलो।"

भीतर से अलका के पहले प्रश्न के बाद कोई शब्द नहीं हुआ था। न कोई जिज्ञासा, न रुकने की प्रार्थना, न द्वारा खोलने का आश्वासन। जैसे भीतर कोई हो ही नहीं।...किन्तु अलका भीतर थी–परिचारक ने भी कहा था और अलका ने भी पहली खटखटाहट के उत्तर में पूछा था कि बाहर कौन है...फिर वह बोल क्यों नहीं रही? क्या उसे सुनाई नहीं पड़ता? द्वार की चूलें हिल रही हैं और अलका को सुनाई नहीं पड़ता...वह बहरी हो गई है या मर गई है। बाली के मन में जैसे ज्वालामुखी फूटा–वे द्वार ही उखाड़ फेंकेंगे, फिर न उसे खोलने की आवश्यकता होगी और न ही उसे कभी बन्द किया जा सकेगा!...बाली मुड़े और पांच पग लौटकर पलटे...तभी द्वार भीतर से खुल गया।

बाली लपककर कमरे के भीतर घुसे। सामने अलका खड़ी थी–अस्त-व्यस्त केशों और वस्त्रों में। चेहरे का रंग उड़ा हुआ था और सारा शरीर थर-थर कांप रहा था, "परिचारक ने मुझे भीतर आने से क्यों रोका?" बाली चिंघाड़-भरे स्वर में बोले; और उन्होंने अलका को दोनों कन्धों से पकड़कर झंझोड़ा, "द्वार खोलने में इतना विलम्ब क्यों हुआ?"

अलका ने एक बार दृष्टि उठाकर बाली की ओर देखा और सिर झुका लिया। "बोलो।" बाली ने उसे फिर झंझोड़ा।

"मायावी के कारण।" अलका फुसफुसाहट में बोली, जैसे कंठ से स्वर ही न फूट रहा हो।

"मायावी!" बाली के मस्तिष्क में ज्वाला धधक उठी, "मायावी यहां था? तुम्हारे पास?" अलका ने सिर नहीं उठाया।

बाली को लगा, किसी ने वृहदाकार गदा से उसके वक्ष पर भरपूर वार किया है। वे लड़खड़ा गए ...मायावी ने, मदिरा में धुत्त बाली के सम्मुख अलका प्रस्तुत की थी, 'सम्राट! देवताओं के नन्दनवन में भी ऐसा अम्लान कुसुम नहीं है। स्पर्श तो दूर, आज तक किसी ने इसको सूंघा भी नहीं है।...यह अलका आपकी है।'...और अब बाली को बताया जा रहा है कि मायावी स्वयं यहां था। दुष्ट मायावी। सुग्रीव प्रतिदिन कहता था–मायावी दुष्ट और अपराधी है। वह वानर कन्याओं का अपहरण कर उन्हें राक्षसों के शृंगार-हाटों में बेच रहा है...किन्तु बाली ने मायावी का विश्वास किया, सुग्रीव का नहीं। और तो और, उन्होंने अपने पुत्र अंगद की बात की भी उपेक्षा की...और मायावी स्वयं बाली की प्रिया के सतीत्व का हरण करता रहा...धिक्कार है, बाली के पौरुष पर धिक्कार...बाली की इच्छा हुई, अलका का गला घोंटकर उसे मार डालें, अथवा उसे भी परिचारक के समान उठाकर बाहर फेंक दें। उनकी भुजाएं उठीं भी किन्तु भुजाओं से पूर्व जिह्वा चली, "वह पहले भी तुम्हारे पास आता रहा है?"

"नियमित।"

"तुम्हारी इच्छा से?" अलका का भय कुछ कम हुआ। उसने दृष्टि उठाई। कंठ के स्वर का अवरोध भी जैसे कम हुआ।

"मेरी इच्छा?" उसके चेहरे पर विद्रूप की मुस्कान उभरी, "मेरा हरण मेरी इच्छा से हुआ है या मायावी की संगति मुझे अपनी इच्छा से झेलनी पड़ी है या आपकी भोग्या...मैं अपनी इच्छा से बनी हूं...।"

"तुम्हारा हरण हुआ है?" अचकचाकर बाली ने पूछा।

"उसके बिना भी कोई स्त्री सर्वभोग्या बनी है क्या?"

"हरण किसने किया?"

"उन्हें नहीं पहचानती, किन्तु हरण करानेवाला मायावी है।"

बाली चौंके, मानो निद्रा से जागे हों, "मायावी कहां गया?"

"सम्राट को बड़ी देर में ध्यान आया," अलका ने उपहास की दृष्टि से बाली को देखा, "वह उस खुले गवाक्ष से कूदकर भाग गया था। अब तक कदाचित कोस-भर निकल गया होगा।"

बाली हत्प्रभ हो गए। कितने आहत और अपमानित हुए थे वे। अब तक शत्रु से प्रतिशोध न लेकर इधर-उधर के प्रश्न पूछते रहे और शत्रु कोस-भर निकल भी गया। वे कहां पाएंगे उसे? कैसे अपने अपमान का प्रतिशोध लेंगे? वे जाने के लिए मुड़े; किन्तु दो-चार डग चलकर, थमकर बोले, "जब तक कोई अन्य आदेश न दिया जाए, तुम यहीं रहोगी। तुम्हारे भरण-पोषण का दायित्व राज्य पर होगा।"

वे जिस गति से आए थे, उसी गति से लौट गए।

वही पथ था और वैसा ही अन्धकार; किन्तु बाली बहुत बदले हुए थे। हत्प्रभ तो वे कभी नहीं हुए थे–थके-टूटे, अपमानित और निराश। क्या परख है बाली को मनुष्य की? उन्होंने आज तक किसी को इतनी मैत्री, प्रेम और सम्मान की दृष्टि से नहीं देखा था–और क्या निकला मायावी। विश्वासघाती, मित्रद्रोही, लम्पट और दुष्ट...बाली ने उसे महासामन्त बना दिया था। वह राजसभा में किसी का भी अपमान कर सकता था...युवराज सुग्रीव का भी। सुग्रीव! बाली का अपना सगा भाई–समझदार, जागरूक और वीर। किन्तु बाली ने सुग्रीव की एक भी नहीं सुनी...सुग्रीव जैसे भाई का भी उन्होंने अपमान किया।

तीन

बाली ने कोटपाल को बुलाया। यथासम्भव अधिक से अधिक दंडधरों को मायावी की खोज में लगाने का आदेश देकर उसे विदा किया। उनके मन में आया कि वे स्वयं भी कन्धे पर गदा रखकर नगर में निकल जाएं और मायावी को खोजने का प्रयत्न करें। मन इतना व्याकुल हो रहा था कि नगर के भीतर और बाहर, मायावी की खोज की व्यवस्था कर देने पर भी, उन्हें तनिक भी शान्ति नहीं मिली थी। इच्छा हो रही थी कि सारे राज्य में फैले वानर-यूथों को बुलाकर, प्रत्येक व्यक्ति को मायावी की खोज में लगा दें और तब तक स्वयं भी निश्चल न बैठें, जब तक मायावी के शव को वे पैरों से न ठुकरा लें।...किन्तु साथ ही उनका तर्क कहता था कि इतनी विस्तृत खोज की आवश्यकता नहीं है। मायावी या तो नगर के भीतर ही कहीं छुपा बैठा होगा या फिर नगर-प्राचीर से लगे किसी वन में होगा।...वह दूर नहीं जाएगा। नगर में उसकी पान-शालाएं हैं, भवन हैं और है अलका। क्या वह अलका को भूल किष्किन्धा को छोड़कर चला जाएगा? सम्भव ही नहीं है। बाली के मन ने उसी क्षण

से मायावी-विषयक सूचना की प्रतीक्षा आरम्भ कर दी थी।...नगर के भीतर, उसके होने की कम ही आशा थी; किन्तु होगा नगर के आसपास ही। इसलिए उन्होंने सुग्रीव को बुलाकर यह काम सौंपा था। सुग्रीव को काम सौंपने का अर्थ था कि उसके सारे सहयोगी जी-जान से मायावी की खोज में जुट जाएंगे।...और फिर सुग्रीव और अंगद हैं भी मायावी के शत्रु। उनका वश चला होता तो मायावी कब का या तो लम्बी अवधि के लिए कारावद्ध हुआ होता या अन्धकूप में पड़ा होता। वह अब तक सकुशल रहा, तो स्वयं बाली के ही कारण। अब, जब उन्हें मालूम हो गया है कि बाली मायावी को दंडित करना चाहता है, तो वे यह अवसर कभी नहीं चूकेंगे।...कभी नहीं...और सुग्रीव तथा हनुमान से बढ़कर इन वनों का जानकार किष्किन्धा में कोई नहीं हो सकता। अपने सामाजिक आन्दोलनों और संगठनों को लेकर इन वनों और पहाड़ों की जितनी छानबीन उन्होंने की है, उतनी किसी और ने शायद ही कभी की हो...पता नहीं सुग्रीव में कौन-सा गुण है, जिससे वह इतने संगठन खड़े कर लेता है।...बाली सोचते हैं, तो उन्हें लगता है कि उनके पास हनुमान जैसा एक सचिव, सहायक और अनुचर नहीं है। इतनी ऊर्जा, इतनी स्फूर्ति, गति तथा कार्य-तत्परता को देखकर, लोगों ने इस केसरी-पुत्र का नाम पवन-पुत्र रख दिया है–जैसे मानव न होकर, साक्षात पवन का ही पुत्र हो।

किष्किन्धा के जन-सामान्य ने उनका भी ऐसा ही एक नाम रखा था...इन्द्रपुत्र। स्त्रियों के प्रति उनके आकर्षण के कारण जनता ने उन्हें विलासी देवराज इन्द्र का पुत्र घोषित कर दिया था।...या फिर लोग उनकी तुलना इन्द्रपुत्र जयन्त से करते होंगे–कामुक और लम्पट जयन्त के साथ। तो क्या सचमुच ही बाली इतनी दूर निकल गए हैं?...पर इस प्रश्न पर बाली का मन अधिक देर नहीं टिका। वे इस प्रश्न का सामना नहीं करना चाहते...

सुग्रीव को लोग सूर्यपुत्र कहते हैं। आरम्भ में कदाचित् किसी ने उससे चिढ़कर, उसे कलंकित करने के लिए सूर्यपुत्र कहा था। सूर्यपुत्र, अर्थात निरन्तर जलनेवाला–किसी का सुख और विलास देखकर जो प्रसन्न न हो। ईर्ष्या में दग्ध होता हुआ...किन्तु सुग्रीव और उसके मित्रों ने इस संज्ञा को सहर्ष स्वीकार किया-सूर्यपुत्र अर्थात् तेजस्वी। जिसके तेज में समस्त सांसारिक मल भस्म हो जाएं। जिसका तेज कभी मन्द न पड़े...

क्या सत्य ही सुग्रीव का तेज कभी मन्द नहीं पड़ता? पिछले दिनों बाली ने राजसभा में उसे कितनी बार अपमानित किया है; दंड की धमकी तक दी; उसके घोर शत्रु को अपना मित्र माना। किन्तु क्या उससे सुग्रीव कभी हतप्रभ हुआ? कभी थक-हारकर हताश हुआ? नहीं। तो अब भी सुग्रीव हतप्रभ नहीं होगा। वह अवश्य ही मायावी को खोज निकालेगा।...और बाली उसकी गन्ध पाते ही गदा लेकर निकल पड़ेंगे। जब तक मायावी का वध नहीं होगा...बाली का मन शान्त नहीं हो सकता...

"क्या बात है प्रिय?" तारा आकर उनके सम्मुख खड़ी हो गई, "परिचारिका भोजन कर लेने का निवेदन कर दो बार लौट चुकी है, और आए यहां युद्ध-वेश सजाए बैठे हैं।"

बाली अटपटा गए। सचमुच परिचारिका दो बार उन्हें बुला गई है? उन्हें तो तनिक भी आभास नहीं हुआ। क्या वे इतने आत्मलीन थे? उन्होंने संकुचित हो तारा की ओर देखा। किन्तु तारा का चेहरा देखते ही जाने उन्हें क्या हो जाता था–मन पत्थर जैसा भारी हो जाता था, आंखें उसे देखना नहीं चाहती थीं; कान उसकी बात सुनना नहीं चाहते थे; और मन जैसे बार-बार पुकारने लगता था, "तारा नहीं; अलका!"

इच्छा हुई, कह दें, "भूख नहीं है। मैं सुग्रीव की प्रतीक्षा कर रहा हूं। उसके आने पर, मुझे एक आवश्यक कार्य से बाहर जाना है।"

पर कुछ कह नहीं सके। जानते थे, सुग्रीव के आने का समय निश्चित नहीं था। सम्भव था, वह घडी-भर के भीतर आ जाए और यह भी सम्भव था कि सप्ताह भर उसका कोई पता न लगे।...और फिर सामने तारा खड़ी थी। वे भोजन का तिरस्कार करेंगे, तो वह उन्हें मनाने का प्रयत्न करेगी।... जाने क्या हो गया है। तारा उन्हें जितना मनाना चाहती है, अपने प्रेम का प्रदर्शन करती है, उतना ही बाली का मन खीझ उठता है। इससे तो अच्छा है कि तारा उनसे झगड़ ले, रुष्ट हो जाए और उनका मुख न देखे। उससे उन्हें तनिक भी कष्ट नहीं होगा। किन्तु वह अपना सारा विरोध छिपाकर, उन्हें मनाती है, तो बाली को वह अत्यन्त जुगुप्सापूर्ण और बीभत्स लगता है। बाली, भोजन के लिए उठ आए; किन्तु अपनी गदा उन्होंने एक क्षण के लिए भी स्वयं से दूर नहीं की।

सारा दिन बाली प्रतीक्षा करते रहे, किन्तु सुग्रीव की ओर से कोई सूचना नहीं आई। अन्धकार घिर आया और प्रतीक्षा असह्य हो गई, तो बाली ने सुग्रीव को बुला भेजा। किन्तु उनका चर उलटे पैरों लौट आया। सुग्रीव घर पर नहीं थे। कहां गए हैं, किसी को मालूम नहीं था। उनकी पत्नी रुमा स्वयं बड़ी व्यग्रता से उनकी प्रतीक्षा कर रही थी।...बाली ने अंगद के विषय में पुछवाया। वह अभी तक प्रासाद में नहीं लौय था और किसी को भी ज्ञात नहीं था कि वह कहां गया है। बाली समझ गए : वे सब मायावी को खोजने में लगे होंगे। यदि बाली, हनुमान, नील और नल का पता लगाएंगे, तो वे भी अपने घरों में नहीं मिलेंगे। अब सिवाय प्रतीक्षा के और कोई मार्ग नहीं था। प्रतीक्षा चाहे कितनी ही असह्य और पीड़ादायक क्यों न हो! अगले दिन सुग्रीव स्वयं आए।

बाली ने उनके अभिवादन की भी प्रतीक्षा नहीं की, "पता चला?"

"चल गया।" सुग्रीव मुस्कुरा रहे थे।

"मायावी मिल गया?"

"जी!"

"कहां है?" बाली ने गदा कन्धे पर रख ली, "चलो।"

"वह मतंग-वन में ऋष्यमूक की कन्दराओं में से एक में छिपा हुआ है," सुग्रीव बोले, "उसके साथ कुछ अन्य राक्षस भी हैं। कितने हैं–यह कहना कठिन है। उनके पास कितने और कैसे शस्त्र हैं–यह हमें मालूम नहीं। सम्भव है, उनके पास धनुष-बाण भी हों। आप जानते हैं कि राक्षसों के पास प्रायः आयुध होते हैं और उनकी भयंकरता से आप परिचित हैं...।" अपनी बात समाप्त कर सुग्रीव ने बाली को देखा, बाली का उत्साह ढीला पड़ चुका था। उनमें वह तत्परता लक्षित नहीं हो रही थी। वे जैसे किसी सोच में पड़ गए थे।

सुग्रीव को आश्चर्य हुआ। वे बाली का स्वभाव अच्छी प्रकार जानते थे। वे जानते थे कि बाली की शत्रुता कितनी उग्र होती है, और शत्रु का समाचार पाते ही किस व्यग्रता से झपटते हैं।...और उनके सम्मुख बैठे थे बाली, जो समाचार पाने से पहले कितने तत्पर थे और सूचना पाते ही जैसे उत्साह की ज्वाला पर ठंडा सागर उमड़ पड़ा हो। उनकी तत्परता खो गई थी और वे किसी आन्तरिक द्वन्द्व से ही क्षीण हो गए लगते थे...

"सम्राट!" सुग्रीव बोले, "निवेदन है, ऐसे धूर्त शत्रु से भिड़ने न तो अकेले जाएं, न साधनहीनता की स्थिति में सम्मुख युद्ध करें।"

"मैं तुम्हारी बात याद रखूंगा।" सुग्रीव ने बाली को जीवन में पहली बार युद्ध के लिए निरुत्साहित देखा। इधर सुग्रीव गए और उधर बाली ने शगुन-विचारक को बुला भेजा। शगुन-विचारक अब भी अपने मत पर दृढ़ था, "उस दिशा में काल है सम्राट। मतंग-वन की ओर न जाएं।"

बाली के अपने मन में ही एक हिंस्र द्वन्द्व-युद्ध आरम्भ हो गया। एक फ़ुर्तीला, हिंस्र और उग्र तेंदुआ, बार-बार मतंग-वन की ओर लपकना चाहता था और उससे कहीं अधिक शक्तिशाली किन्तु धीर सिंह उसके मार्ग में पड़ा था। तेंदुआ अपनी घुमड़ती पीड़ा से व्याकुल होकर झपटता तो सिंह अपने पंजे का एक भरपूर वार उसके जबड़े पर कर देता। तेंदुआ उलटकर गिरता और पुनः झपटने की तैयारी करता...बाली को लगा, मायावी तो वहां दूर, मतंग-वन में सुरक्षित बैठा है और वे शत्रु को बिना चुनौती दिए ही बुरी तरह घायल हो चुके हैं।...सहसा बाली के भीतर का तेंदुआ दहाड़ा–इससे अच्छा तो शत्रु को ललकारकर उसके हाथों वीरगति पाना है। अपने घर में सुरक्षित बैठे, अपने मन से लड़ते-लड़ते घुट-घुटकर मर जाना तो बहुत अपमानजनक है। बाली उठकर खड़े हो गए। कन्धे पर गदा रखी और प्रासाद से निकल आए। अलका के भवन के सम्मुख आकर बाली रुक गए। पलटकर उन्होंने दंडधर टोली के नायक को देखा, "इस भवन के चारों ओर फैलकर छिप जाओ। सावधान! क्षण-भर के लिए भी प्रमाद न हो?"

"जी महासामन्त को कौन नहीं पहचानता।" नायक बोला।

"महासामन्त नहीं," बाली का स्वर फुफकार उठा, "दुष्ट और नीच राक्षस–मायावी।"

"जी।" नायक सहम गया।

"वह छिपकर इस भवन में प्रवेश करने का प्रयत्न करेगा। उसे देखते ही मुझे सूचित करो। यदि किसी प्रकार भवन के भीतर चला जाए, तो तब तक भीतर ही बन्द रखो जब तक मैं यहां न आ जाऊं।"

"जो आज्ञा सम्राट।"

"स्मरण रहे। प्रमाद का दंड मृत्यु है।"

"स्मरण रहेगा सम्राट।" बाली के शरीर का सम्पूर्ण रक्त, उन्हें भवन के भीतर धकेल रहा था। भवन में स्वयं अलका थी। द्वार खटखठने की देर थी–अलका उनके सामने होगी। वे चाहेंगे तो वह आलिंगन...किन्तु बाली का मस्तिष्क सनसनाता जा रहा था, जब तक मायावी जीवित है, वे अलका को अपनी भुजाओं में नहीं ले पाएंगे। अलका के स्पर्श से ही उनकी आंखों के सम्मुख मायावी आ खड़ा होता है।...पहले मायावी को मारना होगा तभी अलका उन्हें मिल सकेगी।

बाली भवन के भीतर नहीं गए। वापस अपने प्रासाद में लौट आए।...प्रासाद में प्रवेश करते ही उन्हें सूचना मिली कि राजकुमार अंगद लौट आए हैं। रात के जगे हुए हैं, अतः कहकर सो गए हैं।...तो इसका अर्थ है कि सुग्रीव को मायावी के सम्बन्ध में निश्चित सूचनाएं निरन्तर मिल रही हैं। तभी तो अंगद निश्चिन्त होकर सो गया है। बाली को भी सुग्रीव के साथ निरन्तर सम्पर्क बनाए रखना होगा ताकि जैसे ही मायावी, मतंग-वन से निकलकर नगर की ओर आए, बाली को सूचना मिल जाए...

बाली प्रतीक्षा करते रहे।...उनका मन किसी काम में नहीं लग रहा था। वे राजसभा में भी नहीं गए। राज-काज उन्होंने पूर्णतः स्थगित कर रखा था। वे मात्र प्रतीक्षा कर रहे थे। भोजन के समय तारा ने पूछा, "प्रिय कुछ अनमने हैं। कोई विशेष बात?"

"नहीं। कुछ विशेष नहीं।" तारा की ओर देखने की भी उनकी इच्छा नहीं हुई।

"मैंने सुना है, मायावी भाग गया है?" तारा पुनः बोली, "और आप उसकी खोज कर रहे हैं।"

"तो क्या हुआ?" बाली खीझ उठे।

क्षण-भर के लिए सहम कर तारा चुप हो गई। किन्तु पिछले कितने ही दिनों से पति इतना शुष्क

ही नहीं, अभद्र हो गया था। और वह स्वयं उससे इतनी खीझ उठी थी कि अधिक देर तक मौन नहीं रह सकी, "मेरी जिज्ञासा भी आपको बुरी लगती है?"

बाली ने स्वयं को संयत किया, "जिज्ञासा बुरी नहीं लगती, किन्तु अनावश्यक प्रश्नोत्तर मेरी चिन्ता को बढ़ाते हैं।"

बाली ने अब भी तारा की ओर नहीं देखा।

"मैंने इसलिए पूछा, क्योंकि वह आपका मित्र था।"

"मित्र था," बाली ने ऊंचे स्वर में कहा, "अब नहीं है।"

"क्यों?"

"मैं सारे प्रश्नों का उत्तर देने को बाध्य नहीं हूं।"

बाली उठकर अपने कक्ष में चले गए। रात आधी बीत चुकी थी; किन्तु बाली को नींद नहीं आ रही थी। थोड़ी देर के लिए आंख लगती, तो फिर उचट जाती। उद्विग्नता की स्थिति में वे उठ बैठे। टहलते-टहलते गवाक्ष के पास खड़े हो गए। सहसा उन्होंने सुग्रीव को आते देखा। रक्षकों ने उन्हें मार्ग दे दिया। थोड़ी ही देर में सुग्रीव उनके कक्ष में पहुंच गए। निश्चित रूप से वे भागते हुए आए थे। उनकी सांस धौंकनी के समान चल रही थी और शरीर पसीना-पसीना हो रहा था।

"भैया!" बाली ने प्रश्नपूर्वक उन्हें देखा।

"मायावी नगर में प्रवेश कर चुका है। अनुमान है कि वह अलका के भवन की ओर जा रहा है" वे जल्दी-जल्दी बोले, "हमने उसे बन्दी कर लिया होता, किन्तु आपका आदेश नहीं था।"

बाली की आंखें चमकीं। हाथ ने लपककर गदा उठाई और मन ने कहा, "सुग्रीव सब कुछ जानता है। अलका के विषय में भी।"

"आओ।" बाली तत्काल बाहर निकल गए।

गन्तव्य पर बाली ने दंडधरों से पूछा, मायावी अभी तक नहीं आया था। बाली ने धीरे से द्वार खटखटाया। एक सोई हुई-सी परिचारिका ने आकर गवाक्ष खोलकर पूछा, "कौन है?"

"मैं हूं बाली।" द्वार खुल गया। बाली भीतर चले गए।

दंडधरों के साथ ही सुग्रीव भी बाहर ही छिप गए। निश्चित रूप से आज मायावी अवश्य मारा जाएगा–सुग्रीव सोच रहे थे–किन्तु, विचित्र बात थी कि मायावी के नगर-प्रवेश की तनिक भी सूचना द्वार-रक्षकों को नहीं हुई। स्वयं सुग्रीव के चरों ने इतनी सूचना तो दी थी कि अकेला मायावी मतंग-वन से निकलकर नगर की ओर बढ़ रहा है, किन्तु उसके नगर-प्रवेश की सूचना वे भी नहीं दे पाएं। नगर में घूमते हनुमान के चरों ने यह सूचना न दी होती, तो सुग्रीव को भी पता नहीं चलता।...मायावी ने किष्किन्धा में प्रवेश कैसे किया? सुग्रीव का मन निरन्तर इस प्रश्न से मल्ल-युद्ध कर रहा था।

तभी अन्धकार में एक छाया बढ़ती दिखाई दी।...निश्चित रूप से यह मायावी होगा...सुग्रीव ने दंडधरों को संकेत किया और स्वयं भी सावधान होकर बैठ गए। मायावी दबे पांव भवन की ओर बढ़ रहा था, फिर भी उसकी गति चमत्कारिक रूप से तीव्र थी। वह अत्यन्त सावधानी से भवन के द्वार तक आया और धीरे से किसी विशेष सांकेतिक ढंग से उसने कपाट खटखटाया।

भीतर से द्वार खोल दिया गया। किन्तु न मायावी ने भीतर प्रवेश किया और न भीतर से ही कोई बाहर आया। मायावी खड़ा-खड़ा जाने किस बात की टोह ले रहा था। वह अतिरिक्त रूप से सावधान था और भवन में प्रवेश करने से पूर्व भी प्रकार पुष्टि कर लेना चाहता था कि उसके लिए कोई जोखिम तो नहीं है। मायावी बहुत विलम्ब कर रहा था।

सहसा भीतर से कूदकर बाली बाहर आए। चन्द्रमा के धीमे प्रकाश में उनका उफनता क्रोध, उनके चेहरे पर देखा जा सकता था। उनकी आंखें जल रही थीं..."कौन? बाली?" मायावी बोला।

"हां! तेरा काल," मायावी घबराया नहीं। अगले ही क्षण उसके हाथ में नग्न खड्ग चमक रहा था।

"आ देख! कौन किसका काल है। मैं तेरा वध कर, अलका ही नहीं तारा का भी हरण कर न ले गया, तो मेरा नाम भी मायावी राक्षस नहीं।"

बाली ने घुमाकर गदा प्रहार किया। मायावी पीछे हटकर वार बचा गया। उसने खड्ग उठाया। सुग्रीव ने दंडधरों को संकेत किया और अपना खड्ग कोश से निकालकर झपटे।

मायावी को काठ मार गया। उसकी दृष्टि निमिष-भर के लिए बाली की गदा को देखती थी और अगले ही क्षण, सुग्रीव के खड्ग पर टिक जाती थी। चेहरे पर असमंजस के भाव उभर आए, जैसे कोई निश्चय कर रहा हो; और अगले ही क्षण वह पलटा और दंडधरों को अपने खड्ग से धमकाता हुआ, उनका घेरा तोड़ भाग खड़ा हुआ, "आओ।" हाथ उठाकर बाली ने संकेत किया और उसके पीछे भागे।

दंडधरों की ओर देखने का अवकाश नहीं था, सुग्रीव ने भी शक्ति-भर दौड़ लगाई। आगे-आगे मायावी भाग रहा था और पीछे-पीछे बाली तथा सुग्रीव। मायावी या तो अच्छा धावक था, या अपना पीछा करनेवालों से वह इतना भयभीत था कि उसके पगों में पंख लग गए थे। वह बड़ी सरलता से अपना पीछा करनेवालों से अपनी दूरी बनाए हुए था। बाली अपने भारी-भरकम शरीर के कारण अपनी गति को बढ़ा नहीं पा रहे थे और सुग्रीव कभी भी बहुत अच्छे धावक नहीं रहे। सहसा मायावी ने पथ छोड़ दिया और नगर-प्राचीर की ओर लपका। सुग्रीव की दृष्टि नगर-प्राचीर के उस भाग पर टिक गई। उस स्थान से प्राचीर कुछ इस प्रकार टूटी हुई थी कि उसकी ऊंचाई अनुल्लंघनीय नहीं रह गई थी। कदाचित् मायावी इस स्थान से परिचित था। सम्भव है कि उसने इसी स्थान से नगर में प्रवेश किया हो, तभी तो न नगरद्वार के रक्षकों को उसकी भनक पड़ी और न सुग्रीव के चरों को ही उसकी कोई टोह मिली।

बाली और सुग्रीव के देखते-ही-देखते मायावी प्राचीर के भग्नांश पर चढ़, प्राचीर के दूसरी ओर सघन वन में उतर गया। बाली और सुग्रीव, दोनों ही भौंचक खड़े रह गए। कहां वे आशा कर रहे थे कि नगर-प्राचीर की अगली चौकी तक जाते-जाते, यह दौड़ समाप्त हो जाएगी और मायावी पकड़ा जाएगा–कहां वह उनके हाथों से ऐसे निकल गया था, जैसे असावधान हाथों से टकराकर, अपने ही वेग में गेंद लौट जाती है।

'काश! ऐसे समय में हनुमान यहां होते।' सुग्रीव सोच रहे थे, भूमि से उछलकर प्राचीर पर चढ़ जाना और प्राचीर से कूदकर वन में जा धंसना तो उनके लिए क्रीड़ा मात्र थी।

"सियार अपनी खोह में घुस गया।" बाली ने दांत पीसते हुए कहा।

"गदाधरों की एक टोली को उसे घेरने के लिए भेजिए सम्राट।" सुग्रीव ने सुझाव दिया।

"गदाधर सैनिक उसका क्या कर लेंगे?" बाली का चेहरा क्रोध से विकृत हो रहा था, "मैं स्वयं उसके पीछे जाऊंगा और उसका वध करके ही लौटूंगा।"

"आप स्वयं जाएंगे?" सुग्रीव हतप्रभ थे–मतंग-वन में उसे अच्छी प्रकार घेरा जा सकता था, बाली वहां नहीं गए और यहां..."प्राचीर के बाहर सघन वन है। जाने वह कहां छिपा होगा। सम्भव है, आसपास उसके साथी भी हों। गदाधर टोली नहीं भेजना चाहते तो नगर के बाहर छावनियों में

स्थित यूथपतियों को आदेश दीजिए, वे अपने यूथों से इस क्षेत्र को घेर लें। फिर चाहे आप स्वयं ही उसे दंडित करें...।"

"नहीं।" बाली ने सुग्रीव की पूरी बात भी नहीं सुनी, "यह मेरा व्यक्तिगत मामला है। इसे मैं अकेला ही निबटाऊंगा। मैं जा रहा हूं। सियार यदि खोह में घुसा है, तो उसका वध उसकी खोह में ही करूंगा।"

"पर भैया! आप सम्राट हैं। आपका अपने प्राणों को इस प्रकार संकट में डालना उचित है क्या?" सुग्रीव ने विवाद किया, "अच्छा! मैं भी आपके साथ चलता हूं।"

"नहीं।" बाली का स्वर कठोर था, "मुझे अधिक देर नहीं लगेगी। तुम यहीं रुको, इस गुफा के द्वार पर। कहीं वह दुष्ट अपनी खोह से निकलकर, फिर से नगर में प्रवेश न कर जाए। मैं लौटकर अभी आया...।"

कन्धे पर अपनी गदा रखे बाली अकेले प्राचीर के उस भग्नांश पर पहुंचे और मायावी के समान प्राचीर के पार कूद गए। सुग्रीव असहाय-से खड़े देखते रहे। क्या कर सकते थे वे। वे बाली के स्वभाव को जानते थे। क्रुद्ध बाली को मनमानी करने से रोकना असम्भव था। और यहां तो उनके मर्म पर आघात हुआ था। प्रतीक्षा करने के सिवाय, सुग्रीव और कर भी क्या सकते थे? बाली के आदेश से हटकर कुछ भी करने पर वे उन्हें सन्देह की दृष्टि से देखेंगे। उन पर कोई-न-कोई आरोप लगाएंगे।

भावी घटनाओं का रूप क्या होगा–सुग्रीव समझ नहीं पा रहे थे–अभी थोड़ी देर में, बाली मायावी का शव घसीटते हुए लौट आएंगे अथवा मायावी ही बाली को चक्कर देकर, किसी अन्य मार्ग से या प्राचीर के इसी टूटे अंश से किष्किन्धा में प्रवेश कर, अलका को प्राप्त करने का प्रयत्न करेगा।...यदि बाली को बहलाकर, मायावी वन में विल्लीन हो जाने में सफल हो गया, तो कया बाली ख़ाली हाथ लौट आएंगे?...जिस मुद्रा में वे गए थे, उसमें तो ख़ाली हाथ लौटने का प्रश्न ही नहीं उठता।...मायावी भी कम हठी नहीं लगता। यदि वे दोनों ही किसी दीर्घकालीन लुका-छिपी में व्यस्त हो गए तो?... या कहीं मायावी ने बाली का वध कर दिया!...बाली निश्चित रूप से अधिक शक्तिशाली है, किन्तु मायावी के पास खड्ग है और वह विकट धूर्त है।...यह दौड़ लम्बी भी हो सकती है और उसके अन्त का स्वरूप भी निश्चित नहीं है। सुग्रीव कब तक स्तम्भित खड़े रहेंगे? उन्हें प्रत्येक सम्भावित स्थिति के लिए तत्पर रहना चाहिए।

उनके पीछे-पीछे आनेवाला दंडधरों का दल आ पहुंचा था। सुग्रीव ने उन्हीं से चरों का कार्य लिया। एक सैनिक टुकड़ी को बाली के पीछे भेजा, ताकि आवश्यकता पड़ने पर वे बाली की सहायता करें। उन्हें आदेश दिया कि वे आसपास स्थित समस्त वानरयूथों को सचेत कर दें, ताकि वे मायावी को खोजकर उसे घेरने का प्रयत्न करें। नगर-प्राचीर की सैनिक चौकियों में अतिरिक्त सैनिक भेज उन्हें दृढ़ किया। नगर-द्वारों की रक्षा-व्यवस्था भी दृढ़ कर दी। उन्हें सचेत कर दिया कि सम्भवतः उन्हें मायावी अथवा उसकी सहायक किसी सशस्त्र राक्षस-टोली से युद्ध करना पड़े। सैनिकों की दो टुकड़ियां अपने लिए भी मंगवा लीं–जाने कब उनकी आवश्यकता पड़ जाए।

पूर्व से उषा का उजाला फूटने लगा, किन्तु न बाली लौटे, न उनके पीछे गई हुई सैनिक टुकड़ी।–अब सुग्रीव के लिए चिन्ता स्वाभाविक थी। यह बाली के आखेट के लिए जाने जैसी साधारण घटना नहीं थी। सुग्रीव को यह पहले ही सोचना चाहिए था। क्या वे मायावी को जानते नहीं थे? वह जन्मजात अपराधी, सारा जीवन धूर्ततापूर्वक षड्यन्त्र रचता रहा...और बाली केवल प्रत्यक्ष युद्ध के मल्ल थे।

वे न षड्यन्त्र रच सकते थे, न उसे परख सकते थे। मायावी जैसे षड्यन्त्रकारी से सामना हो, तो बाली की-सी शक्ति और वीरता के होते हुए भी कुछ अघटनीय घट सकता था। कुछ ऐसा ही तो नहीं हो गया?...किन्तु, तब सैनिक क्यों नहीं लौटे?...सम्भव है वे शोक, हताशा अथवा दंड के भय से न लौटे हों...

सुग्रीव को स्वयं जाना होगा। अब बाली चाहे आज्ञोल्लंघन का आरोप लगाएं अथवा वहां से हटकर मायावी के नगर-प्रवेश के लिए मार्ग छोड़ने का सन्देह करें, सुग्रीव को कुछ करना ही होगा। खड़े-खड़े चिन्ता करते रहकर, अपने भाई की मृत्यु के लिए पथ प्रशस्त करने की कापुरुषता वे नहीं कर सकते। उन्होंने पुनः नगर में चर दौड़ा दिए। थोड़े ही समय में हनुमान, अंगद, नल, नील, तार, सुषेण, मैंद, द्विविद तथा जाम्बवान अपने-अपने विश्वसनीय साथियों के साथ आ उपस्थित हुए। जितने नेता थे, वन को उतने ही भागों में बांट खोज आरम्भ करने की योजना बनी। सम्पूर्ण नगर-प्राचीर की रक्षा-व्यवस्था कोटपाल पर छोड़, सुग्रीव तथा अन्य लोगों की टुकड़ियां, वन में उतर गईं। एक-एक वृक्ष की झाड़ी को देखा गया, वन का चप्पा-चप्पा खोजा गया। पिछली टुकड़ी के सैनिक तो मिल गए, किन्तु न बाली का कोई चिह्न मिला, न मायावी का।

दिन-भर खोज चलती रही; न किसी ने भोजन किया, न विश्राम। जिसे भूख ने अधिक सताया, उसने किसी वृक्ष से तोड़कर कोई फल खा लिया, स्रोत से जल पी लिया, किन्तु खोज न शिथिल हुई, न स्थगित। रात का अन्धकार घिरते-घिरते सैनिकों की तो बात ही क्या, स्वयं सुग्रीव और अंगद तक हताश हो चुके थे...कुछ बहुत ही असाधारण घटित हुआ था, नहीं तो कोई कारण नहीं था कि इतने लोग उन्हें जीवित अथवा मृत खोज न पाते। जाते-जाते बाली कह गए थे–सियार अपनी खोह में घुस गया है।...उन्हीं की बात सच होने जा रही थी। वे दोनों ही ऐसी गुफा में जा घुसे थे, जिसका द्वार, खोजनेवाले सैकड़ों व्यक्ति भी ढूंढ़ नहीं पा रहे थे। सुग्रीव ने पुनः अपने साथियों के साथ विचार-विमर्श किया। सब ही सहमत थे कि इस खोज को स्थगित कर, इन सैनिकों को वापस जाने दिया जाए, ताकि उन्हें भोजन और विश्राम मिल सके; किन्तु उसके साथ ही एक दीर्घकालीन खोज-योजना बनाई जाए। उसके अनुसार वानरों का एक पूरा यूथ स्थायी रूप से इसी वन में रह, छोटी टुकड़ियों में बंट, बारी-बारी यह अन्वेषण तब तक अनवरत चलाता रहे, जब तक सम्राट बाली और मायावी के विषय में कोई निश्चित सूचना नहीं मिल जाती।

वन से लौटने पर, युवराज के अधिकार से सुग्रीव ने पहला आदेश दिया कि प्राचीर के इस अंश की तत्काल मरम्मत कर दी जाए; और दूसरा आदेश सम्राट बाली की खोज के लिए गुप्तचर विभाग में एक स्वतन्त्र अनुभाग स्थापित करने के विषय में दिया गया था। व्यवस्थाओं से कुछ अवकाश मिला, तो सुग्रीव का ध्यान तारा की ओर गया, भाभी की क्या स्थिति होगी? यद्यपि अंगद उनके पास था, किन्तु अंगद अभी इतना प्रौढ़ नहीं है कि यह सारी स्थिति अकेले उस पर छोड़ दी जाए।

रुमा के साथ सुग्रीव, बाली के प्रासाद में पहुंचे तो देखा तारा के पास अंगद के साथ-साथ सुषेण और तार भी बैठे हुए हैं। सुग्रीव को सन्तोष हुआ। पिता और भाई मिलकर भाभी को सान्त्वना दे लेंगे। भाभी को इस समय सान्त्वना की ही आवश्यकता थी। सुषेण युद्ध-वैद्य हैं, तन के घावों का उपचार तो कर लेते हैं, मन के घावों का कुछ कर पाएंगे क्या?

रुमा जाकर तारा के पास बैठ गई और सुग्रीव अंगद के पास बैठे। "भाभी! आप मन छोटा न करें," सुग्रीव अत्यन्त मृदु स्वर में बोले, "या तो भैया स्वयं मायावी का वध कर लौट आएंगे या फिर हम उन्हें खोज निकालेंगे और मायावी के वध में उनकी सहायता करेंगे।"

तारा ने आंखें ऊंची कर सुग्रीव को देखा। सुग्रीव समझ नहीं पाए कि वे आंखें हंस रही थीं या रो रही थीं। किन्तु मुख से वह कुछ नहीं बोली।

"भैया पहली बार तो गए नहीं हैं भाभी!" सुग्रीव पुनः बोले, "आखेट के लिए वे अनेक बार जाया करते थे। अनेक बार बिना बताए भी गए हैं और कई-कई दिन हमें उनकी सूचना भी नहीं मिली है।"

इस बार तारा ने मुस्कुराने का प्रयत्न किया; किन्तु सुग्रीव को यह मुस्कान रोने से भी अधिक करुण लगी।

"तुमने अलका के विषय में क्या सोचा है?" तारा बोली।

"इस लड़की को देखो," वृद्ध सुषेण किंचित उत्तेजित स्वर में बोले, "जब इससे कोई बात छेड़े, तो बात को टालने के लिए यह अलका का प्रसंग बीच में ले आती है।"

"आप ठीक कहते हैं।" सुग्रीव ने बात संभाली, "शायद भाभी नहीं चाहतीं कि वे अपना दुख हमारे साथ बांटें। इसलिए ये दूसरे-तीसरे व्यक्ति की बात करने लगती हैं।" सुग्रीव कुछ रुके और पुनः बोले, "पर यदि भाभी चाहती ही हैं कि अलका की बात की जाए, तो वही हो। अन्ततः इस सारे झगड़े का मूल कारण तो अलका ही है। उसी के कारण भैया इस प्रकार गए।...उसके विषय में तो कुछ सोचना ही होगा...।"

"क्या उसे दंडित करने की सोच रहे हैं?" बीच में रुमा बोली।

"मेरा आशय यह नहीं है," तारा किंचित ठहरे हुए स्वर में बोली, "मैं उसे दंडित करवाने के लिए नहीं कह रही," तारा का कंठ रुंध गया और वह रुक गई किन्तु स्वयं को संयत कर बोली, "मायावी के पीछे सम्राट कल रात गए हैं; किन्तु मुझसे तो वे उसी दिन छिन गए थे, जिस दिन वे दुन्दुभि को मारकर लौटे थे। अलका तो मात्र बहाना है।"

"क्या कह रही हैं जीजी?"

"सच कह रही हूं रुमा।" तारा का स्वर और भी करुण हो गया, "अन्तर केवल इतना है कि तब वे इसी प्रासाद में रहते थे, आज वे यहां नहीं हैं। किन्तु मेरा मुख देखते ही वितृष्णा से भर उठना, मेरे स्वर को सुनते ही खीझ उठना, आधी-आधी रात को उठकर प्रासाद से बाहर चले जाना–क्या इन सबको देखते हुए, मैं मानूं कि वे मेरे पास थे, वे मेरे थे..." तारा ने सुग्रीव को देखा, "तुम कहते हो देवर! कि मैं अपना दुख, तुम लोगों के साथ बांटना नहीं चाहती। तुम मुझे बताओ, कौन-कौन से तुम लोगों के साथ बांटूं? कभी किसी ने जाना है कि तारा स्वयं कितनी बंट चुकी है...।"

"तारा!" तार बीच में बोले।

"हां भैया!" तारा रो पड़ी, "सोचो। मैं उससे प्रेम करती थी, जो प्रत्येक महीने-पखवारे में किसी नई कन्या के प्रेम में पागल हो जाता था। वे जब नया प्रेम पालते थे, मुझे अपने मार्ग की बाधा मान दुत्कारने लगते थे।" तारा रुक गई, "मैं क्या-क्या बताऊं तुम लोगों को? अपने मुख से कहती, अच्छी लगती हूं क्या? मेरा इतना बड़ा बेटा अंगद यहां बैठा है, पूछो इससे कि इसने आज तक किसी राजनीतिक मामले में अपने पिता का साथ क्यों नहीं दिया? यह सदा अपने पिता के प्रतिकूल चाचा का साथ देता रहा।"

"मां।..." अंगद ने कहना चाहा।

"मैं तुमसे स्पष्टीकरण नहीं मांग रही पुत्र!" तारा बोली, "मैं तुम्हारे मन की अवस्था समझती हूं। पर तुम लोग भी तो मेरी अवस्था को समझो। मैंने आज तक तुममें से किसी से कुछ नहीं कहा।

आज मेरा मन आप्लावित है और सुग्रीव ने उपालम्भ दिया है कि मैं अपना दुख नहीं बांटती...” तारा ने दांतों से होंठों को काटकर स्वयं को रोका।

“भाभी !...” सुग्रीव समझ नहीं पा रहे थे कि वे क्या कहें।

“कुछ मत कहो सुग्रीव।” तारा फिर बोलीं, “आज मुझे अपना दुख बांट ही लेने दो। मेरे पिता, भाई, पुत्र, देवर, देवरानी–सारे हितू बैठे हैं। मुझे बताओ, तारा किसके लिए रोए–अपने पति के लिए, जो प्रत्येक सुन्दर कन्या को देखते ही लोलुप और कामुक हो उठता था या उन निरीह कन्याओं के लिए, जो मेरे पति के द्वारा अपमानित और पीड़ित हुईं।...मैंने अपने सौभाग्य के लिए सदा ईश्वर से अपने पति के जीवन की भिक्षा मांगी और अलका जैसी अनेक अभागिनों की रक्षा के लिए, उनको अपमानित करनेवालों के लिए मृत्यु...।”

“तारा !” सुषेण बोले।

“हां पिताजी,” तारा का स्वर दृढ़ हो आया, “आपकी तारा और कर भी क्या सकती थी? मैंने एक ओर अपने पति के राजनीतिक विरोधियों के नाश की कामना की और दूसरी ओर मेरा मन प्रजा की रक्षा के लिए–सुग्रीव तथा अंगद के लिए शक्ति, सत्ता और दीर्घ-जीवन मांगता रहा। पुत्र को पिता के विरुद्ध ले चलने के लिए, मैंने सुग्रीव को सैकड़ों शाप दिए और अंगद को प्रजा हित के मार्ग पर ले चलनेवाले उसके गुरु सुग्रीव को मैंने अपनी समस्त संद्भावनाएं भेंट कीं,” तारा के कंठ से हिचकियां फूट आईं, “अब मुझे कोई बताए, मेरे पति को मृत्यु के मुख में धकेलनेवाली अलका के लिए तुम लोगों से मृत्यु-दंड की प्रार्थना करूं अथवा उसे अपमानित जीवन से उबारने के लिए, सम्राट और मायावी को विलुप्त करने के लिए ईश्वर का धन्यवाद करूं...।”

तारा चुप हो गई, किन्तु न उसके आंसू रुके, न हिचकियां।

असमंजस की स्थिति में चुपचाप बैठे, सब लोग उसे देखते रहे। अन्ततः रुमा ने उसे अपनी बांहों में भर, अपने वक्ष से लगाकर कहा, “शान्त हो जाओ जीजी! सच ही, हममें से किसी को आपकी विकट स्थिति का आभास नहीं था।”

“अब मुझे बताओ कि तुम लोगों ने अलका के विषय में क्या सोचा है?” तारा बोली, तो पर्याप्त सन्तुलित लग रही थी, जैसे मन में उठा बवंडर निकल गया हो और वह स्थिर हो गई हो।

“उसे वापस उसके पिता के घर पहुंचा देना चाहिए।” अंगद बोले, “मेरा विचार है कि वह भी यही चाहेगी।”

“और यदि वह वापस लौटना न चाहे?” तारा ने पूछा, “अथवा उसके पिता उसे स्वीकार करना न चाहें?”

“तो वह सुविधापूर्वक किष्किन्धा में भी रह सकती है,” सुग्रीव बोले, “किन्तु यदि वह यहां रही तो भैया के लौटने पर घटनाओं का रूप क्या होगा–कहना कठिन है!”

“और यदि वह किष्किन्धा में न रही, तो तुम्हारे भैया के लौटने पर घटनाओं का रूप क्या होगा, यह कहना भी कठिन है,” तारा ने कहा, “फिर भी मैं चाहती हूं कि समय रहते, उसे किसी सुरक्षित स्थान पर भिजवा दो। यदि वह अपने पिता के घर जाना चाहे तो ठीक है, नहीं तो किसी सुरक्षित स्थान पर।...” तारा कुछ रुककर बोली, “यह मैं ईर्ष्यावश नहीं, उसकी सुरक्षा के लिए ही कह रही हूं।”

“हम समझते हैं,” वृद्ध सुषेण ने सिर हिलाया, “यही करो युवराज।”

चार

दिन बीतते जा रहे थे और बाली का कोई समाचार नहीं मिल रहा था। गुप्तचर विभाग भी सर्वथा असफल सिद्ध हो रहा था। वानर-यूथों की खोज का भी कोई फल नहीं निकला था। बाली ने स्वयं भी कोई सन्देश नहीं भिजवाया था।...सामान्य जन में यह विश्वास बढ़ता जा रहा था कि या तो बाली और मायावी दोनों ही दुर्घटना में फंसकर नदी, समुद्र, गुफा अथवा किसी गहरे खड्ड में जा गिरे हैं, जहां उन्हें खोजा नहीं जा सकता अथवा बाली का वध कर मायावी उसके शव को कहीं छिपा वानरों के प्रतिशोध से भयभीत होकर भाग गया है। सम्भव है, वह लंका में जा पहुंचा हो–वहीं वह सबसे अधिक सुरक्षित था। सुग्रीव को भाई-सम्बन्धी आशंकाओं के साथ-साथ किष्किन्धा की राजनीतिक हलचलें भी चिन्तित कर रही थीं। उनके अपने सहयोगियों में से सिवाय अंगद के कोई भी राज-परिषद का सदस्य नहीं था। बाली के अनेक मन्त्री और महासामन्त, उनकी कितनी ही नीतियों को लेकर सुग्रीव से सहमत नहीं थे। उनका सीधा तर्क था–सुग्रीव की स्थिति युवराज की थी। नीतियां सम्राट निर्धारित करते हैं। यदि युवराज द्वारा नई नीतियां निर्धारित करने का अधिकार स्वीकार कर लिया जाए, तो सम्राट के लौटने पर उनको क्या उत्तर दिया जाएगा?...राजसभा में सुग्रीव प्रायः अकेले पड़ जाया करते थे। अंगद भी बहुत सहायता नहीं कर पाते थे। और सुग्रीव की आंखों के सम्मुख ही किष्किन्धा में जन-विरोधी नीतियां और आज्ञाएं न केवल प्रचारित होती जा रही थीं–वरन शत्रुओं का पक्ष शक्तिशाली होता जा रहा था।

कई दिनों तक सुग्रीव सोचते रहे, अपने मित्रों से परामर्श करते रहे, किन्तु कोई निश्चित समाधान नहीं मिल रहा था। इस स्थिति का अन्त तभी सम्भव था, जब सम्राट अनुपस्थित होने के स्थान पर उपस्थित हों या तो बाली ही लौट आएं या उनके स्थान पर नया सम्राट सत्ता संभाले। युवराज के रूप में यह अधिकार स्वयं सुग्रीव का था और बाली का पुत्र होने के नाते राजकुमार अंगद का या फिर स्वयं साम्राज्ञी सम्राट की अनुपस्थिति में समस्त अधिकारों को अपने हाथों में लें। नहीं तो यह डांवाडोल स्थिति संभल नहीं सकती और ऐसी अनिश्चित स्थिति न शासन के लिए शुभ थी, न जन-सामान्य के लिए हितकर। कोई समाधान नहीं सूझा, तो सुग्रीव विचार-विमर्श के लिए तारा के पास पहुंचे। तारा ने बात धैर्यपूर्वक सुनी और बोली, "मुझे भी इस प्रकार की सूचनाएं मिली हैं। अंगद भी एकाधिक बार कह चुका है–सम्राट की अनुपस्थिति के कारण शासन में अनिश्चितता और अस्थिरता है।"

"मैं इसीलिए आया हूं, भाभी।" सुग्रीव बोले, "या तो शासन की बागडोर आप हाथ में ले लें अथवा अंगद का अस्थायी राज्याभिषेक कर दें, ताकि भैया के लौटते ही शासन उन्हें लौटाया जा सके।"

"सम्राट के लौटने की सम्भावना मुझे तो नहीं दिखाई पड़ती," तारा कुछ उदास हो गई, "फिर भी यदि तुम कहते ही हो, तो अभिषेक अस्थायी ही हो–किन्तु अंगद का नहीं, तुम्हारा।"

"क्यों?"

"युवराज होने के नाते सम्राट के पश्चात राज्य पर तुम्हारा ही अधिकार है," तारा बोली, "स्त्री होने के नाते राजकाज में आज तक मुझे कोई भाग नहीं लेने दिया गया, न मेरी कोई इच्छा ही है। रह गया अंगद तो वह अभी बच्चा है और तुम्हारा शिष्य है। उसे तुमसे अभी बहुत कुछ सीखना है।...वैसे भी यह अस्थायी अभिषेक है। सम्राट के लौटते ही, शासन फिर उन्हें सौंप दिया जाएगा।"

सुग्रीव कुछ सोचते हुए, चुपचाप बैठे उन्हें देखते रहे।

"सहमत नहीं हो?"

"आप शासन संभालना नहीं चाहतीं।" सुग्रीव बोले, "आपके कहने से मैं शासन संभाल नहीं सकता...राजसभा में मेरा विपक्षी दल एक स्वर में कहेगा कि मैंने अबोध सम्राज्ञी को बहका लिया है। अंगद बालक है, अतः उसका समर्थन भी मेरी सहायता नहीं कर सकता। ऐसी स्थिति में मेरा अस्थायी राज्याभिषेक... ।"

"तुम ठीक कहते हो।" तारा गम्भीर हो गई, "तुम्हारे शासन का प्रस्ताव रखनेवाला कोई अन्य प्रौढ़ पुरुष होना चाहिए।" सहसा उसका स्वर धीमा और आश्वस्त हो गया, "तुम्हारे अभिषेक का प्रस्ताव भैया तार करेंगे। मैं उनसे बात कर लूंगी। पिताजी उनका समर्थन करेंगे। तुम निश्चिन्त रहो।"

तार के प्रस्ताव का विशेष विरोध नहीं हुआ और सुग्रीव का राज्याभिषेक शान्तिपूर्वक हो गया। शासन संभालते हुए सुग्रीव ने हनुमान, नील तथा नल को राजसभा का सदस्य नियुक्त कर दिया, ताकि वे अपनी नीतियों के लिए उचित समर्थन पा सकें। साथ ही उन्होंने किष्किन्धा के प्रसिद्ध विद्वान मलयवन को अपने मन्त्रियों में स्थान दिया।

औपचारिक समारोहों की समाप्ति पर सुग्रीव की राजसभा की पहली बैठक अत्यन्त उत्साहपूर्ण थी। प्रायः सभी मन्त्री, सामन्त तथा सभासद उपस्थित थे। सभा आरम्भ हुई तो विभिन्न मन्त्रियों ने अपने-अपने कार्यों के लिए राजाज्ञा प्राप्त करनी आरम्भ की।

"सम्राट।" सबसे पहले कटाक्ष उठा, "पांच सामन्त-पुत्रों की एक टोली को विद्याध्ययन के लिए लंका जाने की अनुमति दें तथा उनके व्यय के लिए राज्य की ओर से आवश्यक राशि की व्यवस्था का आदेश दें।"

सुग्रीव गम्भीर हो गए, "मन्त्रियों, सामन्तों, यूथपतियों, धनिकों के पुत्रों के अध्ययन के लिए विदेश जाने की प्रथा बन्द की जाती है।"

कटाक्ष स्तम्भित खड़ा रह गया। वह यह तो जानता था कि सुग्रीव बाली से पर्याप्त भिन्न व्यक्ति है...किन्तु इस प्रकार का आदेश। बड़ी कठिनाई से उसके मुख से निकला, "तो किष्किन्धा के समस्त कुलीन युवक अशिक्षित रह जाएंगे।"

"नहीं।" सुग्रीव बोले, "किष्किन्धा का राज्य अब शिक्षा और विद्याध्ययन के लिए नई नीति का अनुसरण करेगा। सर्वप्रथम, किष्किन्धा में अध्ययन के साथ-साथ युद्ध तथा आयुध-शास्त्र का अध्ययन, अध्यापन तथा व्यावहारिक अभ्यास भी होगा। उसी प्रकार उसमें आयुर्विज्ञान का अध्ययन-अध्यापन होगा। अन्य विषय तो होंगे ही। उसकी विस्तृत योजना के निर्माण के लिए हनुमान, नल, नील, राजकुमार अंगद, तार, मैंद तथा द्विविद की एक समिति बनाई जाए।"

"अध्यापक और आचार्य कहां से आएंगे?" मन्त्री कटाक्ष अभी तक कुछ समझ नहीं पा रहा था।

"कुछ शास्त्रों के विद्वान हमारे पास हैं।" सुग्रीव बोले, "हनुमान, जाम्बवान तथा अंगद युद्ध तथा आयुध-विभाग संभालें; आर्य सुषेण आयुर्विज्ञान, नल तथा नील वास्तु-शास्त्र इत्यादि। वे लोग योग्यता देखकर अन्य अध्यापकों की नियुक्तियां भी कर सकते हैं। और," सुग्रीव सांस लेकर बोले, "यदि कुछ विषयों के लिए आचार्य हमारे पास नहीं हैं, तो हम आर्य आश्रमों से सहायता प्राप्त कर सकते हैं। अगस्त्य तथा सुतीक्ष्ण इत्यादि ऋषियों के आश्रमों तक सन्देश भिजवा दिए जाएं, तो वे लोग सहर्ष आचार्यों को भेज देंगे। उनके लिए लंका के राक्षस आचार्यों के समान हमें अपार धन व्यय करने की आवश्यकता नहीं है। उनका भोजन हमें महंगा नहीं पड़ेगा–न ही उनके कुटीरों के लिए हमारे

पास साधन की कमी है।" सुग्रीव कुछ रुककर पुनः बोले, "जब यह संस्थान स्थापित हो जाए तो प्रत्येक यूथ उसी के अनुरूप अपनी भूमि में शिक्षा-संस्थान स्थापित करे। किष्किन्धा के स्नातक उन यूथ-शिक्षा-संस्थानों में अध्यापकों का कार्य करें। मैं चाहता हूं कि अगले बारह वर्षों में हमारी अगली पीढ़ी का कोई बालक, कोई बालिका अशिक्षित न रह जाए..."

"क्षमा करें सम्राट।" धूम्र उपहास के स्वर में बोला, "यूथ का प्रत्येक बालक अध्ययन कर राज-परिषद का सदस्य बनेगा क्या? और यदि सारे वानरकुमार विद्वान हो गए तो कृषि के लिए स्वेद बहाने के लिए हम किसे पकड़कर लाएंगे?"

"प्रत्येक बालक अध्ययन कर राज-परिषद का सदस्य तो नहीं बनेगा मन्त्रिवर!" सुग्रीव मुस्कुराए, "किन्तु सचेत होकर विद्वान मन्त्रियों के कार्यों का मूल्यांकन करेगा। गुफाओं के भीतर तथा वृक्षों की शाखाओं पर रहने वाला पशु न रहकर मनुष्य बनेगा। प्रत्येक नागरिक को राज्य नहीं चलाना होता, किन्तु राज्य किधर चल रहा है, उसकी खोज-खबर रखनी होती है। यथासमय राज्य को टोकना और आवश्यक होने पर रोकना भी पड़ता है। फिर विद्याध्ययन केवल राज्य चलाने के लिए ही नहीं, घर चलाने के लिए भी आवश्यक है और अपना जीवन चलाने के लिए भी। आप क्यों नहीं चाहते यूथपति धूम्र!" सुग्रीव ने धूम्र को देखा, "कि हमारी जाति भी अन्य मानव-जातियों के समान मनुष्य बनकर जिए?...जहां तक कृषि तथा अन्य कार्यों के लिए श्रम करनेवालों की आवश्यकता की बात है–कदाचित आप जानते हों, समस्त आर्य-जातियां कृषि पर निर्भर हैं और उनसे अधिक विद्वान आपको दूसरी जातियों में नहीं मिलेंगे। आप यदि किसी भी आर्य-आश्रम को ध्यान से देखें तो समझ जाएंगे कि स्वयं कुलपति भी पर्याप्त परिश्रम करते हैं।"

"सम्राट!" हनुमान अपने स्थान से उठे, "इस सन्दर्भ में अधिक महत्त्वपूर्ण विषय है, साधन–स्थान तथा धन।"

"ठीक है।" सुग्रीव बोले, "किष्किन्धा के समस्त मदिरालय और वेश्यालय आज से बन्द कर दिए जाएं। उन भवनों तथा उनके साथ की भूमि को शिक्षा-विभाग के अधीन कर दिया जाए। यदि इसके पश्चात् भी अतिरिक्त धन की आवश्यकता हो, तो वह राजकोष से दिया जाए।"

"सम्राट!" दरीमुख फुफकारता हुआ-सा बोला, "ऐसे आदेश देने से पूर्व आपको भली प्रकार विचार कर लेना चाहिए। यदि आप स्वयं विचार न कर सकें, तो मन्त्रियों से मन्त्रणा..."

"दरीमुख!" सुग्रीव ने उच्च स्वर में कहा, "सम्राट सम्राट ही होता है–सिंहासन पर चाहे बाली के स्थान पर सुग्रीव ही बैठा हो।...शिष्टाचार की उपेक्षा न हो। वैसे इस सिंहासन पर भैया होते तो इस वाक्य के लिए तुम्हें अन्धकूप में डाल दिया जाता!...मैं केवल चेतावनी देकर छोड़ रहा हूं। बोलो, तुम्हें क्या आपत्ति है?"

"सम्राट!" दरीमुख का स्वर दबा हुआ था, "आप अपने आदेश के परिणामों पर विचार करें। वेश्यालय नहीं रहेंगे, तो कुलीन घरों में भी व्यभिचार फैल जाएगा। मदिरालय नहीं रहेंगे, तो लोग घर-घर मदिरा बनाएंगे। निकृष्ट मदिरा गली-मुहल्लों में बिकेगी। स्वास्थ्य की हानि होगी। राज्य को धन की अपार हानि होगी। मदिरालयों से होनेवाली आय के अभाव में आपका कोष खाली होता जाएगा...और फिर उत्सवों में हम क्या पिएंगे? सुख और आनन्द का कोई और साधन?"

सुग्रीव ने आश्वस्त दृष्टि से दरीमुख को देखा, "तुम्हें लोगों के स्वास्थ्य की चिन्ता भी है और यह भी नहीं जानते कि प्रजा के स्वास्थ्य की हानि कर उपलब्ध की गई आय प्रजा का रक्त है। उसकी हमें आवश्यकता नहीं। आय कम होगी तो राज्य का विलास कम हो जाएगा। अपने उत्सवों

पर मधुपान कर सकते हैं। उत्सवों में मदिरा पीकर मत्त हो जाना ही एकमात्र सुख नहीं है।" सुग्रीव रुके, "जहां तक वेश्यालयों और मदिरालयों की बात है–वह प्रजा के साथ राज्य का विश्वासघात है। कोई भी शासन, जो प्रजा को राज्य की वास्तविक स्थिति से अनभिज्ञ रख, उसे झूठे सुखों में बहलाए रखना चाहता है–वह विलास के ऐसे साधनों का निर्माण पुष्कल मात्रा में करता है। वेश्या और मदिरा–मनुष्य की नैसर्गिक आवश्यकताएं नहीं हैं। इनकी आवश्यकता धनाढ्य जन को होती है, जिन्हें जीवन में श्रम नहीं करना पड़ता। सुख-सुविधाओं और धन का बाहुल्य उनमें मानसिक विकृतियां पैदा कर देता है या उन निर्धनों को होती है, जिनके अपने जीवन में शोषण है सुख नहीं। हम अपने नागरिकों के लिए एक ऐसे समाज का निर्माण करना चाहते हैं–जिसमें वे श्रम और उत्पादन का सुख पाएं; सड़ती हुई ऊर्जा से मुक्ति पाने के लिए वेश्या और मदिरा न खोजें।

आप निश्चिन्त रहें कि न आपके घरों में व्यभिचार फैलने दिया जाएगा; और न घर-घर मदिरा बनेगी।"

सुग्रीव अपने सहयोगियों के साथ घर आए तो जानकर चकित रह गए कि रुमा को घर बैठे ही राजसभा की कार्यवाही की सारी सूचना मिल चुकी थी। इसका अर्थ था कि राजाज्ञाओं का प्रसारण बहुत तीव्रगति से हो रहा था। जन-सामान्य की रुचि इस ओर बढ़ रही थी।...

"यह तो अच्छा हुआ प्रिय!" रुमा ने स्वागत शैली में कहा, "किष्किन्धा का कलंक तो धुले; किन्तु आपकी गति तीव्र भी है और उग्र भी। इससे बाधाएं खड़ी हो सकती हैं।"

"कैसी बाधाएं?"

"आपके धनाढ्य सामन्तों का विलास छिनेगा तो वे आपके विरोधी हो जाएंगे। आज तक वे अपने धन के बल पर, निर्धन युवतियों की पेट की भूख से लाभ उठा, उन्हें वेश्याएं बना रहे थे। अब, जब वे ऐसा नहीं कर पाएंगे तो आपको कलंकित करने का प्रयत्न करेंगे कि कष्ट तो कम हुए नहीं, उलटे सुख के साधन भी छिन गए। इससे तो पिछले सम्राट ही अच्छे थे, स्वयं भी सुख भोगते थे और प्रजा को भी छूट दे रखी थी।"

"चाचीजी ठीक कह रही हैं," अंगद बोले, "यह वर्ग निश्चित रूप से यही करेगा। इसके लिए आवश्यक है कि हम और भी तीव्रता से चलें ताकि उनका षड्यन्त्र आरम्भ होने से पहले ही जन-सामान्य को राज्य में कुछ निर्माण होता भी दिखे।"

"हूं।" सुग्रीव कुछ सोचते रहे, फिर बोले, "शिक्षा-संस्थान अपना प्रभाव दिखाने में समय लेगा...।"

"सम्राट! एक प्रस्ताव मेरा है," हनुमान बोले, "अर्थव्यवस्था सम्बन्धी घोषणाएं शीघ्र हो जानी चाहिए। यदि आर्थिक स्थिति नहीं सुधरी, तो ये सारे परिवर्तन खोखले नैतिकवादी परिवर्तन माने जाएंगे और नया समाज तो नहीं बन पाएगा–उलटे हम उपहास के पात्र हो जाएंगे।"

सुग्रीव और भी गम्भीर हो गए। कुछ क्षण मौन रहकर बोले, "तुम लोग ठीक कहते हो, किन्तु अर्थव्यवस्था का परिवर्तन इतना सहज नहीं होगा। आज जितने आदेश दिए गए हैं, उनका सम्बन्ध विदेशी राक्षसों के व्यापार से था–वे विरोध कर नहीं सकते। जब ऐसे आर्थिक परिवर्तन होंगे जिनका प्रभाव धनाढ्य वानर-वर्ग पर पड़ेगा, तब विरोध भी हो सकता है...विद्रोह भी...।"

"आप चिन्ता न करें सम्राट!" हनुमान बोले, "हम अपने सहयोगियों के साथ पूरी तरह तत्पर हैं। सामान्य-जन की स्थिति में सुधार नहीं हुआ तो शासन के परिवर्तन का क्या अर्थ? हम नहीं चाहते कि कल यह सुनने को मिले कि जैसे सांपनाथ, वैसे ही नागनाथ...।"

"ठीक कहते हो हनुमान।" सुग्रीव के माथे पर चिन्ता की रेखाएं थीं, "तुम लोग प्रस्तुत रहो। मैं कल नीति की घोषणा कर दूंगा।..."

अपने साथियों को विदा कर, सुग्रीव आकर अपने पलंग पर चुपचाप लेट रहे।...जितना सोचते थे, चिन्ता घनीभूत होती जाती थी। कोई ओर-छोर ही दिखाई नहीं पड़ रहा था...

रुमा आई। सिरहाने के पास बैठ सुग्रीव के माथे पर हाथ रखा और केशों में अंगुलियां फिराईं, "इतनी चिन्ता किस बात की है प्रिय?"

सुग्रीव को लगा, उनके मस्तक का बोझ कुछ कम हो गया है। स्नेह का कितना मूल्य है। स्पर्श मात्र से चमत्कार हो जाता है। उन्होंने मुस्कुराने का प्रयत्न किया, "चिन्ता तो करनी ही होगी रुमा। जब बोझ उठाया है, तो बोझ का दबाव तो होगा ही।"

"ठीक है, पर इतनी चिन्ता क्यों कर रहे हैं?"

"चिन्ता!" सुग्रीव उठ बैठे, "छोटे-मोटे सुधारों से कोई विशेष लाभ होता नहीं दीखता। अधिकतर फेर-बदल किया जाए तो कई बड़े गहरे जमे हुए महावृक्षों की जड़ें खोदनी होंगी। वे महावृक्ष गिरेंगे तो गिरते-गिरते भी अपनी चपेट में आई वस्तुओं को नष्ट कर देंगे।..." सुग्रीव ने रुमा को आंखें भरकर देखा, "सोच तो लिया है, किन्तु कर्म के पूर्व का असमंजस...असमंजस भी नहीं, एक प्रकार का भय–कहीं भूल तो नहीं कर रहा। कहीं क्षति तो नहीं कर बैठूंगा। पश्चात्ताप तो नहीं करना होगा?"

रुमा ने सुग्रीव को ऐसे देखा, जैसे मन की बात करने से पहले उनको तौल रही हो, "आपने सोच लिया है कि क्या करना है?"

"हां।"

"क्या वह परिवर्तन आप अपने स्वार्थ के लिए करना चाहते हैं?"

"एकदम नहीं। मेरा तनिक भी स्वार्थ नहीं है। वह जनहित के लिए है।" सुग्रीव रुमा को विश्वास दिलाने का प्रयत्न कर रहे थे।

"अपना सोचा हुआ नहीं करेंगे तो आपकी आत्मा आपको शान्तिपूर्वक जीने देगी?"

"नहीं। एकदम नहीं।" सुग्रीव अनजाने आवेश में बोले, "वह मुझे आजीवन धिक्कारती रहेगी।"

"तो फिर चिन्ता किसलिए?" रुमा मुस्कुराईं, "जो करना है, वह कीजिए, फिर जो हो, वह हो।"

राजसभा की कार्यवाही आरम्भ हुई। दिनचर्या की औपचारिकताएं समाप्त होते ही हनुमान ने निवेदन किया, "सम्राट! शिक्षा-संस्थान स्थापित कर दिया गया है। किन्तु वहां अध्यापकों के सम्मुख कुछ विशेष कठिनाइयां हैं। यदि अनुमति हो तो निवेदन करूं।"

"अनुमति है।" सुग्रीव ने संकेत किया।

"सम्राट! अध्यापकों की पहली कठिनाई छात्रों का अभाव है। उन्हें बहुत कम छात्र मिल रहे हैं...।"

सुग्रीव समझ नहीं पाए कि हनुमान क्या कह रहे हैं? किष्किन्धा में शिक्षा-संस्थान स्थापित किया जाए और छात्र न मिलें। जहां अधिकांश व्यक्ति अशिक्षित हैं, जहां आज तक शिक्षा की कोई सुविधा उपलब्ध नहीं, आज अपने घर में व्यवस्था हो तो कोई छात्र न मिले।

"कारण?"

"अलग-अलग लोगों के अलग-अलग कारण हैं।" हनुमान बोले, "धनी वर्ग से एक भी छात्र नहीं

आया, क्योंकि वे अपनी सन्तान को उस संस्थान में नहीं भेज सकते, जहां निर्धन बालक-बालिकाएं भी पढ़ें।"

सुग्रीव बोले। स्वर स्थिर-गम्भीर था, "क्या इस वर्ग ने नहीं सोचा कि शिक्षा-संस्थान का ऐसा बहिष्कार करने से उनकी सन्तानें अशिक्षित रह जाएंगी। उन्होंने उनकी शिक्षा के विषय में क्या सोचा है?"

"पूरी बात तो मैं नहीं जानता," हनुमान ने उत्तर दिया, "किन्तु मेरा अनुमान है कि वे अपनी सन्तानों को अन्य जातियों के शिक्षा-संस्थानों में भेजने की बात सोच रहे हैं, जहां उनको उनकी सम्भ्रान्तता के अनुकूल व्यवहार की समुचित शिक्षा मिल सके।" हनुमान के चेहरे पर व्यंग्य मुखर हो आया था, "उनका विचार है कि लंका यहां से अधिक दूर नहीं है।"

"अर्थात वे सन्तानों के लिए शोषण, दमन, हत्या, बलात्कार, आलस्य और विलास की शिक्षा अनुकूल पाते हैं।" नल ने कटाक्ष किया।

"ठीक है, मैं उनका अभिप्राय समझ गया।" सुग्रीव बोले, "इस सन्दर्भ में एक आज्ञा प्रचारित कर दी जाए कि भविष्य में विदेशों में शिक्षा प्राप्त करने के लिए जाने की अनुमति देने का अधिकार केवल किष्किन्धा के शिक्षा-संस्थान को ही होगा–चाहे यह यात्रा कोई निजी धन से ही क्यों न करना चाहे। शिक्षा-संस्थान अनुमति केवल उन लोगों को देगा, जो किष्किन्धा में उपलब्ध शिक्षा पूर्णतः प्राप्त कर चुके होंगे और उसके पश्चात् भी उच्च अध्ययन की योग्यता प्रमाणित कर पाएंगे।" सभा में हल्की-सी भनभनाहट हुई और सहसा ही वह कोलाहल में बदल गई।

"शान्त!" सुग्रीव उच्च स्वर में बोले, "कोलाहल की आवश्यकता नहीं है। जिसे विरोध में कुछ कहना हो, उसे अपना मत प्रस्तुत करने की पूर्ण स्वतन्त्रता है।"

"सम्राट! यह पूर्ण दमन है।" पहले दुर्मुख बोला, "आपने अपनी ओर से किष्किन्धा में शिक्षा की व्यवस्था कर दी है, यह बहुत अच्छा किया। इसके लिए सब आपके आभारी हैं, किन्तु यदि एक व्यक्ति सन्तान को शिक्षा के लिए वहां नहीं भेजना चाहता, तो शासन को उसमें क्या आपत्ति है? आप उसे बाध्य क्यों करना चाहते हैं?"

"मन्त्रिवर!" सुग्रीव धीमे स्वर से मुस्कुराए, "कोई अपने बच्चे को किष्किन्धा के शिक्षा-संस्थान में न भेजना चाहे, तो मुझे कोई आपत्ति नहीं है, किन्तु यदि कोई अपनी सन्तान को अशिक्षित रखना चाहेगा अथवा कुशिक्षा देना चाहेगा तो मुझे आपत्ति होगी–क्योंकि सन्तान चाहे वह उसी की है, किन्तु वह वानर जाति की अगली पीढ़ी भी है। अपनी जाति की भावी पीढ़ी को सुशिक्षा देने के लिए हम दृढ़संकल्प हैं। यदि कोई व्यक्ति अपनी सन्तान को यह शिक्षा देता है कि प्रत्येक मनुष्य समान नहीं है : कोई नीचा है, कोई ऊंचा है। इतना ही नहीं; श्रेष्ठ वह है जो किसी षड्यन्त्र के कारण धन एकत्र कर लेता है, और हीन वह है जो अपने श्रम के बल पर ईमानदारी से जीता है–तो इस शिक्षा का विरोध हम अवश्य करेंगे। यह शिक्षा भावी पीढ़ी के लिए विष है। इस प्रकार मानवता की हत्या की अनुमति हम नहीं देंगे।"

"किन्तु आप तो अपना धन व्यय कर, शिक्षा ग्रहण करने के लिए विदेश जाने का भी निषेध कर रहे हैं।" कटाक्ष बोला।

हां," सुग्रीव पूर्ण आश्वस्त ढंग से बोले, "दो कारणों से। प्रथम तो यह कि जब अपने देश का धन व्यय कर शिक्षा के लिए किसी को भेजना ही है तो विदेश वे लोग जाएं, जो उसके योग्य हैं। धन की शक्ति के कारण अयोग्य लोग विदेश जाकर अपने देश का अपयश फैलाएं तथा लौटकर

विदेशी ज्ञान की धौंस से अपने देश के योग्य व्यक्तियों के शीर्ष पर प्रतिष्ठित हों–यह अनुचित हैं...," सुग्रीव रुके, "किसी को कोई अन्य आपत्ति हो तो कहें," सभा मौन रही। कोई कुछ नहीं बोला।

थोड़ी प्रतीक्षा के पश्चात् सुग्रीव पुनः बोले, "हनुमान! निर्धन वर्ग के छात्र संस्थान में क्यों नहीं आए?"

"उनके कारण हैं सम्राट!" हनुमान ने उत्तर दिया, "अधिकांश बालक-बालिकाएं अपनी सीमित क्षमता में असाध्य श्रम कर परिवारों को चलाने में आर्थिक सहयोग करते हैं। कोई खेती में काम करता है, कोई श्रमिकों के साथ उनकी सहायता करता है, कोई धनी परिवारों में घरेलू कार्य करता है। यदि ये निर्धन परिवार अपनी सन्तानों को अध्ययन के लिए शिक्षा-संस्थान में भेज देंगे, तो उनकी आय की पूर्ति कैसे होगी?"

सुग्रीव का चेहरा गम्भीर हो गया...यह तो सम्भव है कि उन बच्चों से कोई शुल्क न लिया जाए, किन्तु उनके परिवारों की आय की क्षतिपूर्ति नहीं की जा सकती। इतना धन तो राजकोष में भी नहीं है...

"मेरा एक प्रस्ताव है सम्राट!" हनुमान पुनः बोले, "मैंने कुछ आर्य आश्रमों में देखा है कि ब्रह्मचारी आश्रम के खेतों में कृषि का कार्य करते हैं, गोशाला और अश्वशाला का काम करते हैं, कपड़ा बुनने के करघों पर काम करते हैं और बीच-बीच में अध्यापकों के साहचर्य में शास्त्रों के अध्ययन करते हैं। हम यदि इस प्रकार की व्यवस्था कर सकें, तो बहुत ही अच्छा है; किन्तु जब तक ऐसी व्यवस्था नहीं होती, हम इन बच्चों के लिए काम के पश्चात उनके बचे हुए समय में कक्षाओं की व्यवस्था करें...।"

"किन्तु सारे बच्चे एक ही स्थान पर काम नहीं कर रहे होंगे।" सुग्रीव बोले।

"सम्राट का कथन सत्य है," हनुमान ने कहा, "किन्तु ऐसी अस्थायी व्यवस्था की जा सकती है कि विभिन्न स्थानों पर उन बच्चों के कार्यस्थलों के पास छोटी-छोटी कक्षाएं लगाएं। इसके लिए हमें अधिक अध्यापकों की आवश्यकता होगी। उसका प्रबन्ध समाजसेवी, अवैतनिक अध्यापकों के द्वारा किया जा सकता है।"

"सुन्दर विचार है," सुग्रीव बोले, "और कोई कठिनाई?"

"जी! अभी तो इतना ही।" हनुमान बोले, "इतना प्रबन्ध हो जाए तो आगे की कठिनाइयां सामने आएंगी।"

सभा में मौन छा गया। शिक्षा-संस्थान सम्बन्धी विचार-विमर्श समाप्त हो चुका था। सभासदों की दृष्टि सम्राट पर थी, वे अब क्या चाहते हैं?

सहसा तार उठकर खड़े हो गए, "एक निवेदन मेरा भी है सम्राट! आशा है, उस पर विचार करेंगे।" सुग्रीव ने स्वीकृति का संकेत दिया।

"सम्राट! हमारे इस वानर-राज्य में कुछ विचित्र घटनाएं घट रही हैं।" तार ने अपनी बात आरम्भ की, "मैंने यह अनुभव किया है कि हमारे हाटों में, राक्षसों और यक्षों के देशों में बने हुए वस्त्र आवश्यकता से अधिक मात्रा में उपलब्ध हैं। जब तक मदिरालय बन्द नहीं हुए थे, तब तक मदिरा की भी यही स्थिति थी। किन्तु आश्चर्य की बात है कि चावल, नारियल तथा मछली की मात्रा क्रमशः कम होती जा रही है। परिणामतः उनका मूल्य बढ़ता जा रहा है। सम्राट! बहुमूल्य विदेशी वस्त्रों के बिना तो हमारी निर्धन प्रजा का काम चल सकता है; किन्तु भोजन के बिना लोग कैसे जिएंगे? सोचने की बात यह है कि हमारे राज्य में नारियल के अनेक घने वन हैं; समुद्र से असंख्य मछलियां

पकड़ी जाती हैं; और हमारे कृषक अपने श्रम से पुष्कल मात्रा में धान उपजाते हैं–फिर क्या कारण है कि उनका मूल्य निरन्तर बढ़ता जा रहा है?"

सुग्रीव चिन्तित दीखे।...वे अपनी योजनाओं में इतने व्यस्त रहे थे कि जन-सामान्य की ऐसी कठिनाइयों की ओर उनका ध्यान ही नहीं गया। राजप्रासादों में तो इन बातों की सूचनाएं नहीं मिल सकतीं। ऐसी सूचनाएं तो हाटों से ही प्राप्त करनी पड़ेंगी।...साधारण जन की पहुंच राजसभा तक होनी चाहिए..."कारण?"

"मैंने कारण खोजने का प्रयत्न किया तो कुछ निष्कर्ष मेरे हाथ लगे हैं। अनुमति हो तो उन्हें प्रस्तुत करूं।" तार बोले।

"अनुमति है।"

"सम्राट! जिन खेतों में धान उपजता है वे यूथपति की सम्पत्ति हैं। उसी प्रकार नारियल के वन किसी-न-किसी मन्त्री, सामन्त अथवा यूथपति की सम्पत्ति हैं। पूरे यूथ द्वारा पकड़ी गई मछलियों पर आधिपत्य यूथपति का होता है। जब तक यूथपति अपने यूथ का पालन पितावत करता था, तब तक बात और थी; किन्तु क्रमशः सम्पत्ति यूथ की न रहकर यूथपति की हो गई है और यूथ के सदस्य उसके दास हो गए हैं। वे यूथपति चावल, नारियल तथा मछलियां अधिकाधिक मात्रा में राक्षसों के हाथ बेच देते हैं और उसके स्थान पर बहुमूल्य वस्त्र तथा मदिरा प्राप्त करते हैं। परिणाम आपके सामने है–निर्धन प्रजा का पेट तक नहीं भरता तथा धनाढ्य वर्ग की रूपसियों के लिए, अपने असंख्य वस्त्रों में से पहनने के लिए, एक वस्त्र का चुनाव जीवन की सबसे बड़ी समस्या हो गया है।"

सुग्रीव कुछ देर तक सोचते रहे। निर्णय उनके मन में घुमड़ रहा था...पर उसका परिणाम? यूथपति उनके विरुद्ध विद्रोह भी कर सकते हैं...सहसा उन्हें रुमा की बात स्मरण हो आई, "जो करना ही है, वह कीजिए, फिर जो होना हो, वह हो।"

"यह सुनकर मुझे दुख हुआ कि यूथ के कष्ट के कारण स्वयं यूथपति हैं। यह अत्यन्त दुखद और दुर्भाग्यपूर्ण स्थिति है," सुग्रीव कुछ तनकर बैठ गए, "यूथपति इसलिए नियत किए गए थे कि वे अपने यूथ का भली-भांति पालन करें। वे अपना कर्तव्य भूल गए हैं, तो उन्हें याद दिलाना ही होगा।...आज से यह आज्ञा प्रचारित कर दी जाए कि यूथपति की सम्पत्ति उसकी निजी सम्पत्ति न होकर, सम्पूर्ण यूथ की सम्पत्ति है। यूथ का कोई भी उत्पादन, प्रत्येक व्यक्ति की आवश्यकतानुसार उनमें बंटेगा और अन्त में जो मात्रा बचेगी, उसका विक्रय समस्त यूथ की अनुमति से होगा। यह विक्रय वानर-राज्य के भीतर ही होना चाहिए। उस उत्पादित वस्तु के बदले कोई विलास-सामग्री क्रय नहीं की जा सकेगी। ऐसा विनिमय केवल सम्पूर्ण यूथ के लिए आवश्यक वस्तु के लिए ही होगा। राक्षसों के हाथ कोई वस्तु बेचने से पूर्व सम्राट से अनुमति लेनी होगी। और..." सुग्रीव ने खड्ग अपने हाथ में लिया, "जो यूथपति इन आज्ञाओं का उल्लंघन करेगा, उसका वध सुग्रीव स्वयं अपने हाथों करेगा।"

पांच

सुग्रीव को दो समाचार मिले।...चिन्ता स्वाभाविक थी। समाचार अच्छे नहीं थे। गुप्तचर सूचना लाए थे कि समुद्र तट की राक्षस बस्तियों में खुल्लमखुल्ला कहा जा रहा था कि मायावी ने बाली की हत्या कर उनके शव को समुद्र में बहा दिया। अब किष्किन्धा का कोई रक्षक नहीं है। कुछ दिनों में राक्षसों का आक्रमण होने ही वाला है। उनकी विजय निश्चित है। सुग्रीव से उनके यूथपति भयभीत तो पहले

ही नहीं थे, अब उनकी नई राजाज्ञाएं सुनकर वे उनसे प्रसन्न भी नहीं हैं। राक्षसों के आक्रमण के समय कदाचित् एक भी यूथपति सुग्रीव की सहायता को नहीं आएगा...

सुग्रीव जानते थे कि इस प्रकार की निराधार अफवाहों पर विश्वास नहीं करना चाहिए। वानरों जैसी पिछड़ी जाति में अफवाहें उड़ती ही रहती हैं। यह काम राक्षस लोग योजनाबद्ध ढंग से करते रहते हैं, ताकि वानरों का मनोबल ऊंचा न उठ सके...किन्तु इन पर तनिक भी कान न धरना अथवा उनसे सर्वथा अनभिज्ञ रहना भी तो बहुत लाभदायक नहीं है। अफवाहें चाहे सत्य न हों–किन्तु उनमें सत्य का कोई कण हो भी सकता है...

यदि सत्य ही बाली का पराभव हुआ, तो सामरिक शक्ति की दृष्टि से किष्किन्धा के लिए यह अत्यन्त दुर्भाग्यपूर्ण घटना है।...कितने असहाय हैं सुग्रीव कि उनके अपने राज्य के भीतर ही कहीं बाली और मायावी का युद्ध हुआ और सुग्रीव को उसकी सूचना तक नहीं मिली। सूचना मिली होती तो क्या सुग्रीव बाली को इस प्रकार असहाय मर जाने देते! इतने यूथपतियों का सम्राट ऐसी अनाम मृत्यु पाए कि उसके शव का भी पता न चले...सुग्रीव का मन भर आया...उन्हें अपने शैशव का बाली बार-बार याद आता था। कैसे दोनों भाई साथ-साथ खेलते थे। कैसे सुग्रीव हारकर भी जीतने की हठ करते थे और बाली उनका हठ मानने के लिए जान-बूझकर हार जाते थे।...जब तक बाली का अहंकार मुखर नहीं हुआ था; और कामुकता तथा मदिरा में आसक्ति के कारण उन्होंने अपना न्याय-पक्ष नहीं छोड़ा था, दोनों भाइयों में कितना स्नेह था... किन्तु क्रमशः कैसे उनमें मतभेद हुआ जो बढ़ता ही गया था...और अब बाली नहीं रहे...सुग्रीव तो पुरुष हैं, कठोर हैं। वे तो किसी प्रकार सह भी लेंगे; किन्तु तारा भाभी और अंगद...कैसी पीड़ाजनक बात है कि बाली जैसा समर्थ और साधन-सम्पन्न व्यक्ति इस प्रकार असहाय, अनाथों के समान मारा जाए, किन्तु सुग्रीव का मन बाली की मृत्यु के समाचार पर अधिक देर तक टिका नहीं रहा।...सम्भव है, यह झूठ हो; सम्भव है, बाली अब भी कहीं सागर-तट पर गुफाओं और कन्दराओं में या किसी गहन कानन में मायावी के पीछे-पीछे भटक रहे हों। वे मायावी का वध कर अथवा उसकी खोज से निराश होकर किसी भी क्षण लौट सकते हैं।... किन्तु दूसरा समाचार, क्या सचमुच ही वानर यूथपति सुग्रीव का साथ छोड़ रहे हैं? क्या संकट के समय वे लोग विश्वास करेंगे?...सुग्रीव को लगा, उनके मन में कहीं हल्का-सा भय जन्म ले रहा है, वे स्वयं को असुरक्षित पा रहे हैं...किन्तु क्यों? क्यों भयभीत हैं वे? जब वे आदेश दे रहे थे, तभी उन्हें सोचना चाहिए था कि वे यूथपतियों के हाथ से सम्पत्ति छीनकर साधारण जन को दे रहे हैं–निश्चित रूप से यूथपति इससे प्रसन्न नहीं हो सकते। क्या वे समझते थे कि यूथपतियों से संपत्ति छीनने पर वे उनको अपना मित्र मान उनकी रक्षा के लिए आएंगे? यूथपति नहीं आएंगे तो जन-सामान्य को तो उनकी रक्षा के लिए आना चाहिए, जिन्हें उन्होंने जीवन की सुख-सुविधाएं दी हैं।

सुग्रीव को लगा, उनके मन में कोई अट्टहास कर हंसा है : 'वाह रे सुग्रीव! तुमने यह सब क्या अपनी रक्षा के लिए किया था? अपनी रक्षा के लिए तो बहुत सरल उपाय था–प्रजा की हड्डियां और मांस इन यूथपतियों, सेना-नायकों, मन्त्रियों, सामन्तों, धनाढ्य व्यापारियों के आगे डाल देता, तो ये सब तेरी रक्षा करते। जो कुछ तूने किया, क्या वह अपनी रक्षा के लिए किया? तू अपनी रक्षा क्यों चाहता है? बोल! क्या सार्थकता है तेरी? क्यों हो तेरी रक्षा?' सुग्रीव को लगा, भीतर-ही-भीतर वे कुछ बदल गए हैं। किसी वायवीय लोक में पहुंच गए हैं। उनके मन में जैसे अपने लिए कोई आसक्ति नहीं है। क्या प्रयोजन है उनकी रक्षा का? और उनका अपना मन, अपनी रक्षा का कोई प्रयोजन नहीं खोज पाता...स्वयं वे, हनुमान, नल, नील, अंगद और अब तार भी, क्या चाहते हैं वे? यही तो कि

सत्ता निर्बल हो जाए, प्रजा शक्तिशाली हो। जन-साधारण सुखी हो, समर्थ, सचेत और जागरूक हो। अब जब उनके आदेशों से प्रजा शक्तिशाली हो रही है, तो वे अपने विषय में चिन्तित क्यों हैं?

उनका ध्यान एक अन्य सूचना की ओर चला गया। सूचना कोटपाल ने दी थी। किष्किन्धा की प्राचीर के साथ-साथ नगर के भीतर और बाहर अनेक निर्धन लोग झुग्गियां बनाकर रहते थे। सुग्रीव ने उन्हें सैकड़ों बार देखा था। उनके विषय में सोचा था। उनकी स्थिति देखकर पीड़ित हुए थे, किन्तु हर बार स्वयं को असहाय पाया था। पशुओं से भी बुरी स्थिति में रह रही थी बाली की प्रजा। जाने राज्य में से कहां-कहां से आकर वे लोग यहां टिक गए थे। नगर में पशुवत ही सही किसी-न-किसी प्रकार उनकी आजीविका चल रही थी। अपने ग्रामों में उन्हें पेट भरने को अन्न मिलता, तो वे अपने बाल-बच्चों के साथ इस प्रकार किष्किन्धा के पथों पर रहने तथा सम्भ्रान्त नागरिकों की जूठन खाने क्यों आते? स्वाभिमानी श्रमिकों को इस प्रकार अपमानजनक ढंग से जीना, उनकी भूख ने ही सिखाया होगा।

नगर में उनके रहने के लिए कोई व्यवस्था नहीं थी। किष्किन्धा वानरों की राजधानी थी। प्रत्येक समर्थ और साधन-सम्पन्न वानर किष्किन्धा में अपना प्रासाद बना, वहां रहना चाहता था। धनाढ्य जन किष्किन्धा की एक-एक अंगुल भूमि के लिए स्वर्ण लुटाने को तत्पर थे। शासन का मन, वणिक का मन हो गया था। वह किष्किन्धा के कोने-कोने को ऊंची-से-ऊंची बोली पर बेच रहा था। ऐसे में इन निर्धन श्रमिकों में कहां सामर्थ्य थी कि वे पैर रखने के लिए भी भूमि का कोई टुकड़ा पा सकते।

किन्तु उनकी आजीविका के साधन नगर में थे और रात को सिर छिपाने के लिए उन्हें प्राचीर के इस पार या उस पार जाना पड़ता था...वर्षों से यही क्रम चल रहा था। न उन्होंने अपने लिए कभी स्थान मांगा, न किसी ने उनकी ओर ध्यान दिया...किन्तु आज कोटपाल ने सूचना दी थी कि झुंड-के-झुंड निर्धन श्रमिक सामन्तों के अनेक प्रासादों के साथ लगे शोभा उद्यानों में घुस आए थे।

उन्होंने वहां अपनी झुग्गियां बनानी आरम्भ कर दी थीं...सामन्तों ने अपने दंडधरों के द्वारा बलात उन्हें वहां से खदेड़ने का प्रयत्न किया। स्थान-स्थान पर झगड़े हुए। कहीं से श्रमिक भाग गए। कहीं से दंडधरों को भाग जाना पड़ा।...कोटपाल का कहना था कि सहसा ही नगर में अव्यवस्था फैल गई है। जाने, शान्तिप्रिय प्रजा को आज क्या हो गया है, कि झगड़ा करने पर उतारू हो गई है। आज तो जो हुआ, वह हुआ, किन्तु कल भी यही हुआ तो कोटपाल शान्ति-स्थापना में सर्वथा असमर्थ हो जाएगा। उसके पास इन झगड़ों को संभालने के लिए पर्याप्त दंडधर नहीं हैं। वह सम्राट से निवेदन करने आया था कि उसकी सहायता के लिए राजकीय सेना की गदाधर टुकड़ियां भेजी जाएं, ताकि वह नगर की शान्ति भंग करनेवाले इन उपद्रवियों को नगर से बाहर खदेड़ सके।

सुग्रीव सोच रहे थे कि यह सब क्या है? क्या यह अव्यवस्था है? उपद्रव है? अशान्ति है? या यह प्रजा की जागरूकता है? क्या प्रजा अपने जीने का अधिकार जान गई है? क्या सुग्रीव की नीतियों ने उनके मन में यह बात जगा दी है कि वे भी मनुष्य हैं, उन्हें भी जीने का अधिकार है।...आज तब उनके अधिकारों का शोषण हुआ है; किन्तु अब उन्हें अधिकार मिलने ही चाहिए।

सुग्रीव का मन कुछ हल्का हुआ...वर्षों की अचेतावस्था के पश्चात प्रजा के सहसा अंगड़ाई लेकर जाग उठने की अनुभूति कितनी सुखद होती है...सुग्रीव को अपना जीवन पहली बार सार्थक लगा... अन्याय के उच्छेदन में अपनी सार्थकता की भावना कितनी आह्लादक होती है...

कल राजसभा में यह बात उठेगी। सामन्त लोग इन उपद्रवियों को दंडित करने की मांग करेंगे। प्रजा अपना अधिकार चाहेगी।...क्या करेंगे सुग्रीव? किसका पक्ष लेंगे?...पक्ष किसका होता है? सुग्रीव

का मन पूछ रहा था; और फिर स्वयं ही उत्तर दे रहा था–पक्ष तो एक ही होता है, न्याय का। हनुमान को देखो–सामन्त केसरी का बेटा। देश-विदेश घूमा हुआ। बुद्धि मेधा ज्ञान सम्पन्न। साधारण जन के समान घुटनों तक की एक सादी धोती में रहता है। जन-सामान्य के साथ अपना जीवन एक कर रखा है उसने। सेवा का धर्म अपनाया है–स्वार्थहीन। प्रजा को बदल दे रहा है हनुमान।...तो फिर किसका पक्ष लेंगे सुग्रीव? न्याय का पक्ष ही सुग्रीव का पक्ष है।

अगले दिन राजसभा अतिरिक्त रूप से विशिष्ट हो उठी। प्रायः सभी सभासद उपस्थित थे। दर्शकों की संख्या भी सामान्य से बहुत अधिक थी। सभागार के सम्मुख अथाह भीड़ एकत्र थी, जो शान्त मनःस्थिति में नहीं थी। सुग्रीव अपने संकल्प तथा संकल्प के प्रति एक प्रश्नचिह्न–दोनों को मस्तिष्क में धारण किए हुए सभा में आए। सभा आरम्भ हुई किन्तु दैनिक क्रम बना नहीं रह सका। सभासदों के मस्तिष्क में उत्तेजना इतनी अधिक थी कि वे धैर्य नहीं रख पा रहे थे। सभा में उपस्थित अनेक सामन्तों की अपनी भूमि पर झगड़े हुए थे।

दैनिक कार्यवाही के मध्य तनिक-सा अवकाश मिलते ही दरीमुख उठ खड़ा हुआ, "यदि सम्राट की अनुमति हो तो नित्य दिनचर्या को स्थगित कर, मैं एक निवेदन करना चाहता हूं।"

सुग्रीव मुस्कुराए, "बोलो।"

"सम्राट! मुझे आशा है कि कल नगर-भर में हुई घटनाओं से आप अनभिज्ञ न होंगे।" दुरीमुख बोला, "नगर की शान्ति-व्यवस्था सर्वथा अस्तव्यस्त हो गई है। सम्मानित सामन्तों पर खुले आक्रमण हुए हैं और कोटपाल उनकी रक्षा में सर्वथा असमर्थ रहे हैं। निवेदन है खोज की जाए कि इस अव्यवस्था को उकसाने के लिए कौन उत्तरदायी है; और उसे ऐसा दंड दिया जाए कि शेष लोग शिक्षा ग्रहण करें। साथ ही, या तो सम्राट राजकीय सेनाओं को नगर की सुरक्षा का भार सौंपें अथवा अनुमति दें कि हम अपने यूथों की शक्ति से नगर में शान्ति स्थापित करें।"

दरीमुख के बैठते ही कोटपाल ने निवेदन किया, "सम्राट! नगर में जो कुछ घटित हुआ है, वह शुभ नहीं है, मैं भी स्वीकार करता हूं। किन्तु उसमें मेरी असावधानी, कर्तव्य-भावना का अभाव अथवा असमर्थता प्रकट नहीं होती। यदि नगर में इस प्रकार के विस्फोट हों, जैसा कि कल हुआ है, तो निश्चित ही मेरे दंडधर उन्हें रोक नहीं सकते...।"

सुग्रीव आश्वस्त भाव से मुस्कुराए, "मुझे पूरी सूचना है कि कल नगर में क्या हुआ है? प्रश्न यह है कि हमें क्या करना है? वे या तो अभी भी आधिपत्य जमाए हुए होंगे या नगर-प्राचीर के भीतर और बाहर झुग्गियों में मिल जाएंगे। उन सहस्रों लोगों को जो आपके अपने लोग हैं, वानर-जाति के लोग हैं, मृत्यु-दंड दिया जाए, उनकी हत्या की जाए, उनके परिवारों को नष्ट किया जाए, उनकी झुग्गियां जला दी जाएं।"

"सम्राट।" अंगद उठ खड़े हुए।

"शान्त।" सुग्रीव बोले, "पहले मेरी बात सुन लो, फिर प्रत्येक व्यक्ति को अपना मत प्रकट करने का पूर्ण अवसर दिया जाएगा।" अंगद बैठ गए।

"दूसरा दृष्टिकोण इससे भिन्न है।" सुग्रीव पुनः बोले, "उसके अनुसार यह विश्लेषण होना चाहिए कि ऐसी घटना क्यों घटी और ऐसा क्या किया जाए कि ऐसी घटनाओं की पुनरावृत्ति न हो...।" सुग्रीव ने रुककर सारी सभा को देखा। सभासद उत्सुकता से प्रतीक्षा कर रहे थे कि दूसरे दृष्टिकोण का अर्थ स्पष्ट हो। सुग्रीव पुनः बोले, "विश्लेषण केवल एक घटना का नहीं होता घटना तो एक लक्षण मात्र है। देखना यह होगा कि वे सामान्य स्थितियां क्या हैं, जिनसे यह लक्षण उत्पन्न हुआ।...

मेरी बुद्धि के अनुसार इस घटना के मूल में यह तथ्य वर्तमान है कि हमने उन्हें मनुष्य नहीं समझा। उन्होंने धैर्य से प्रतीक्षा की कि हम कब जागते हैं और इस तथ्य को पहचानते हैं कि उन्हें भी रहने के लिए थोड़ा-सा स्थान चाहिए। किन्तु, हम अपने प्रासाद बनाते रहे और उन्हें कुटीर बनाने का भी स्थान नहीं दिया।"

"क्षमा करें सम्राट।" दुर्मुख बोला, "उन्हें किसी ने मना नहीं किया था। वे जब चाहते, हमारे ही समान किष्किन्धा की भूमि खरीद सकते थे।" उनके चेहरे पर कटाक्ष का विकृत हास्य था।

"तुम ठीक कहते हो दुर्मुख।" सुग्रीव ने अपनी शान्ति नहीं छोड़ी, "वे लोग भी भूमि खरीद सकते थे। यदि मैं कहूं कि उनके पास धन नहीं था और किष्किन्धा का धन-लोलुप शासन क्रमशः भूमि का मूल्य बढ़ाता जा रहा था तो तुम कहोगे कि उन्हें धनार्जन से किसने रोका था। अतः मैं बीच की बातें छोड़कर सीधे मूल बात पर आता हूं। पूरे यूथ का धन, यूथपति ने अपनी धूर्तता और शोषण-वृत्ति से स्वयं हड़प लिया। जब धन लौटाने की मांग हुई तो यूथपति ने हिंसा का आश्रय ले, यूथ-जन का दमन किया। क्या तुम कह सकते हो दुर्मुख! कि तुम्हारा सारा धन जिसके आज तुम स्वामी हो, तुमने स्वयं अर्जित किया है?...." सुग्रीव रुक, और जब कोई कुछ नहीं बोला, तो उन्होंने अपनी बात आगे बढ़ाई, "अपना अधिकार प्राप्त करने के लिए उन्होंने जब तुम्हारी हिंसा का विरोध अपनी हिंसा से किया, तो तुम उन पर हिंसा का आरोप लगाने लगे। अब शासन की ओर से और अधिक हिंसा का प्रयोग कर, सामान्य जन के मौलिक अधिकारों का दमन नहीं होना चाहिए; अन्यथा जनता की ओर से भी अधिक हिंसा होगी।...हमें उनके अधिकारों को मान्यता देनी होगी, वे भी मनुष्य हैं, हमारी अपनी जाति के हैं, हमारे बन्धु हैं।"

"उनके अधिकारों को मान्यता देने का अर्थ है कि हमारे प्रासादों की भूमि पर उन्हें अपनी गन्दी झुग्गियां बनाने की अनुमति दी जाएगी?" कटाक्ष अत्यन्त रोषपूर्ण स्वर में बोला।

"नहीं। शासन उन्हें गन्दी झुग्गियों में नहीं रहने देगा।" सुग्रीव का स्वर भी ओजपूर्ण हो उठा, "शासन के आदेश से सामन्तों के प्रासादों के साथ जुड़े उद्यानों तथा शोभा-क्षेत्रों की भूमि पर सहस्रों की संख्या में दो-दो कक्षों के स्वच्छ आवासों का निर्माण किया जाएगा। बहुत थोड़े शुल्क पर वे आवास उन लोगों को दिए जाएंगे, जिनके रहने की कोई व्यवस्था नहीं है।"

"यह असम्भव योजना है। ऐसा हो नहीं सकेगा। बेघर लोगों की संख्या बहुत अधिक है।" कटाक्ष पुनः बोला।

"एक निवेदन मेरा भी है सम्राट।" हनुमान बोले।

"बोलो।"

"किष्किन्धा वानरों की राजधानी है। अतः प्रत्येक वानर यहीं रहने का इच्छुक है। पहाड़ियों के बीच बसी होने के कारण इसका अधिक विस्तार भी नहीं हो सकता। विस्तार किया भी जाए, तो हमारे पास दूर से आने-जाने के लिए परिवहन के साधन भी नहीं हैं। अतः राजधानी की आवश्यकता को ध्यान में रखते हुए, नियम बना दिया जाए कि राजधानी की भूमि किसी व्यक्ति की निजी सम्पत्ति नहीं हो सकती। राजधानी के समस्त भवन, सम्पूर्ण वानर जाति की सम्पत्ति हैं, अतः जिस वानर की आजीविका का साधन राजधानी में हो, उसकी आवश्यकतानुसार आवास की व्यवस्था शासन की ओर से हो; और जैसे ही कोई व्यक्ति अपने कार्य से अवकाश प्राप्त करता है अथवा राजधानी में उसके बने रहने की आवश्यकता समाप्त हो जाती है–वह राजधानी छोड़कर अन्यत्र चला जाए।"

सुग्रीव मुस्कुराए, "यदि मन्त्री कटाक्ष की आशंका सत्य प्रमाणित हुई, तो हनुमान के प्रस्ताव को

कार्यान्वित किया जाएगा।" सुग्रीव ने देखा, अनेक सामन्तों के चेहरों पर त्रास की छाया अंकित हो गई थी।

छः

जैसे-जैसे किष्किन्धा की सीमा निकट आती जा रही थी, बाली का धैर्य समाप्त होता जा रहा था। उन्हें लगता था, मार्ग जैसे खिंचता ही जा रहा है और उसका कोई अन्त ही नहीं है।...कितनी दूर से चलते आ रहे थे बाली। निरन्तर कितने ही दिनों से। मार्ग में उनका मन न किसी सुन्दर स्थान पर रुकने को हुआ, न कोई बाधा उनकी गति को मन्द कर सकी। कन्धे पर अपनी गदा रखे बाली निरन्तर चलते ही जा रहे थे।

कितना समय हो गया किष्किन्धा छोड़े? प्रायः एक वर्ष। एक वर्ष से वे अलका से वियुक्त हैं, उस दुष्ट मायावी के कारण। आरम्भ में तो मायावी भागता ही चला गया; और बाली उसे पा न सके। फिर वह गुप्त मार्ग पर चलने लगा। कभी कन्दराओं में छिप जाता, कभी वन में। और जब उसे राक्षसों की कोई बस्ती मिल जाती थी, तो वह निश्चिन्त होकर वहां टिक जाता था। ऐसी बस्तियों में बाली, स्वयं को छिपाते फिरते थे। राक्षस संगठित भी थे और उनके पास शस्त्र भी थे। अकेले बाली उनसे भिड़ते तो मायावी का बध तो नहीं होता, उलटे वे ही अपने प्राणों से हाथ धो बैठते। ऐसे में विकट धैर्य से मायावी के आगे बढ़ने की प्रतीक्षा करनी पड़ती थी। बाली का अहंकार बहुत आहत होता था। उनमें इतना धैर्य कभी नहीं रहा कि शत्रु सामने–दिखाई भी पड़े और वे उस पर प्रहार न करें। किन्तु ऐसी बाध्यता भी पहले कभी नहीं रही...और फिर जैसे-जैसे समुद्र-तट निकट आता जा रहा था, बाली की चिन्ता बढ़ती जा रही थी। यदि कहीं एक बार मायावी सागर-तट पर पहुंच गया और उसे राक्षसों का कोई जलपोत अथवा नौका मिल गई तो उसे पाना असम्भव हो जाएगा।...किन्तु जाने मायावी के मन में क्या था, वह सीधा समुद्र-तट की ओर न जाकर विभिन्न दिशाओं में चलता जा रहा था। कभी-कभी लगता था, जैसे वह भयभीत हो कि उसका पीछा किया जा रहा है और अवसर मिलते ही कोई उसका वध कर देगा; पर दूसरे ही क्षण लगता वह निर्भय हो विभिन्न राक्षस-बस्तियों में जाकर अपने मित्रों से मिल रहा है, उनसे सूचनाएं प्राप्त कर रहा है और कदाचित अपने व्यापार से सम्बन्धित व्यवस्थाएं करता चल रहा है। किष्किन्धा की प्राचीर के जिस भग्नांश से मायावी वन में कूदा था–वह स्थान बाली को किसी गुफा-मुख-सा लगा था, और अब भी बाली को यह लगता था कि वे और मायावी दोनों ही किसी विस्तृत और व्यापक, जटिल और रहस्यमय गुफा में, एक-दूसरे के आगे-पीछे चल रहे हैं। कभी मायावी छिप जाता है, कभी बाली छिप जाते हैं। कभी कोई भारी पड़ता है, कभी कोई।

अन्त में बाली को मायावी एक एकान्त स्थान पर, समुद्र-तट की पहाड़ियों की एक गुफा में, अपने दो साथियों के साथ, असावधान सोया पड़ा मिल गया था। बाली के मन में द्वन्द्व जागा–वे तीन थे और तीनों के पास शस्त्र थे। किन्तु यदि यह अवसर वे चूक गए तो जाने मायावी के साथियों की संख्या, इससे भी अधिक हो जाए। इस समय उनके पास केवल खड्ग हैं। बाद में कहीं धनुष भी हुआ तो...जीवन में पहली बार बाली के मन में सुग्रीव की बात कसक उठी। सुग्रीव सदा ही वानरों के पास शस्त्रों के अभावों की चर्चा किया करता था; किन्तु बाली ने कभी उसकी बात पर कान नहीं दिया। दूसरे ही क्षण उनके मन में आया, तुरन्त ही इन सोये हुए शत्रुओं पर अपनी गदा से प्रहार कर दें। सोये तो हैं ही, एक-एक प्रहार में उनके सिरों का कचूमर निकल जाएगा।

...किन्तु यह विचार टिका नहीं। सोये हुए शत्रु पर प्रहार करना बाली की वीरता के अनुकूल नहीं था। वे उनके निकट गए। अच्छी प्रकार परीक्षण किया। उनके पास एक-एक खड्ग के सिवाय और कोई शस्त्र नहीं था।

बाली सावधान हो गए। अपनी गदा हाथों में संभाल ली और पैर से एक प्रबल ठोकर मायावी को लगाई। मायावी ने अचकचाकर आंखें खोलीं, पहले तो उसकी समझ में ही कुछ नहीं आया। वह झपझपाती आंखों से भावशून्य मुद्रा में बाली को देखता रहा, किन्तु सचेत होते ही वह बाली को पहचान गया।

"बाली।"

"हां।" बाली हुंकारे, "उठ। युद्ध कर। भगोड़े कायर।"

मायावी का भय अधिक नहीं टिका। वह उठकर खड़ा हो गया। आसपास की हलचल से उसके साथी भी जाग उठे और भयंकर युद्ध आरम्भ हो गया। बाली अकेले थे और वे तीन। बाली के पास गदा थी और उनके पास खड्ग।...किन्तु थोड़ी ही देर में स्पष्ट हो गया कि वह न तो बाली के समान शक्तिशाली थे और न युद्ध-कुशल। पर उनके शस्त्र बाली के लिए घातक हो सकते थे।...युद्ध प्रबल होता गया। दोनों ओर से आघात घातक होते गए और साथ-ही-साथ अपने आवेश में बाली स्वयं को भूलते गए। उन्मत्त हो रहे थे और क्रमशः उनके मन में खड्ग का भय विलीन होता जा रहा था। वे उनके निकट प्रहार कर रहे थे...और सहसा मायावी का एक साथी गदा का आघात खाकर गिर पड़ा। उसे देखने के लिए दूसरा रुका तो बाली ने उसका भी सिर चूर कर दिया। अब बाली और मायावी दोनों ही अकेले-अकेले थे। मायावी अपने साथियों की अपेक्षा अच्छा योद्धा था और उसके पास खड्ग भी था; किन्तु बाली एक दृष्टि में ही समझ गए थे कि अपने साथियों के धराशायी हो जाने से उसका मनोबल बहुत आहत हुआ था। उसका उत्साह क्रमशः क्षीण होता जा रहा था और अनायास ही उसका युद्ध आक्रामक के स्थान पर रक्षात्मक होता जा रहा था। उसके पग आगे बढ़ने के स्थान पर पीछे हटते जा रहे थे।...थोड़ी ही देर में वह गुफा की शिला से जा लगा था। अपनी पीठ पर शिला के स्पर्श से वह अपनी स्थिति समझकर जैसे किसी नींद से जागा और खड्ग सीधा कर, उसकी नोक से छेद देने के लिए वह बाली की सीध में झपटा; किन्तु तब तक बहुत देर हो चुकी थी। बाली ने एक ओर हटकर अपनी गदा को दोनों हाथों में पकड़, घुमाकर शरीर की सारी शक्ति से सीधा प्रहार किया...मायावी के पास पीछे हटने के लिए भी स्थान नहीं था। वह शिला तथा गदा के बीच कुचला जाकर सीधा धरती पर आ गिरा।

बाली ने स्पर्श कर देखा।...मायावी में प्राण नहीं थे। उसका शरीर पूर्णतः कुचला जाकर रक्त से गीला हो चुका था। बाली के उन्माद और आवेश में भाटा आ गया। सहसा ही उन्हें बहुत थकान-सी लगने लगी। मन में आया कि कहीं, मायावी के निकट ही लेट जाएं और एक दीर्घ निःशंक नींद ले लें...किन्तु थकान के साथ ही जैसे एक भय जन्मा।...बाली ने मय के पुत्र मायावी का वध किया था। मायावी साधारण व्यक्ति नहीं था...राजाधिराज रावण का साला था। उसकी हत्या का समाचार मिलते ही, सम्भव है राक्षसों के झुंड-के-झुंड, बाली की खोज में निकल पड़ें...बाली अपनी किष्किन्धा से बहुत दूर हैं। उन्हें ठीक-ठीक यह भी ज्ञात नहीं कि वे कहां हैं।

बाली तत्काल चल पड़े और तब से चलते ही आ रहे हैं। न उनकी थकान दूर हुई है, न भय। एक बार मन में भय जागता है तो वे संकुचित हो जाते हैं। कहीं, किसी घने जंगल में छिप जाने की इच्छा होती है और अगले ही क्षण भय की प्रतिक्रिया-स्वरूप तीव्र हिंसा जागती है। भान होता

है कि किसी की ओर से विरोध और शत्रुता की तनिक-सी आशंका होते ही, उसे पीस डालें; अपने सम्पूर्ण शत्रु-वर्ग को पूर्णतः नष्ट कर दें...

लौटते हुए भी बाली, ठीक उसी प्रकार छिपते-छिपते किष्किन्धा की ओर बढ़ रहे थे, जैसे वे मायावी का पीछा करते हुए गए थे। कई बार उन्होंने सोचा भी कि ऐसा क्यों है? जाते हुए तो उन्हें मायावी तथा उसके साथी राक्षसों का भय था; किन्तु लौटते हुए...उन्हें लगता था, राक्षसों का भय उनके मन से अभी निकला नहीं था। राक्षस अत्यन्त दुष्ट और धूर्त होते हैं। सम्भवतः वे अब भी कहीं घात लगाए बैठे हों। सम्भव है कि छिपकर उनका पीछा कर रहे हों...भय उनका पीछा नहीं छोड़ रहा था। और भय के साथ थकान बढ़ती जा रही थी।

किष्किन्धा के निकट के वनों में आते-आते, बाली की शारीरिक थकान के साथ-साथ मानसिक थकान भी बहुत बढ़ गई थी।...किन्तु जब कभी वे मानसिक थकान की परत हटाने का प्रयत्न करते, उन्हें लगता, उस धुएं के नीचे, आशंकाओं के अनेक बिच्छू छिपे बैठे हैं।

बाली के मन का संकल्प दृढ़ होता जा रहा था...एक बार वे अपनी राजधानी में पहुंच, सत्ता हस्तगत कर लें, फिर वे अपनी इन आशंकाओं को पूर्णतः निर्मूल कर देंगे। किसी भी दिशा में कोई शत्रु शेष नहीं बचेगा।...बाली अत्यन्त निर्मम होकर अपने शत्रुओं को समाप्त कर देंगे और पूर्ण शान्ति से राज्य भोग करेंगे...अलका...

बाली का शरीर थकान से टूट रहा था; किन्तु उनकी पलक तक नहीं झपकी थी। उन्होंने तारा को देखा। वह जाने कब सो गई थी। उसके चेहरे पर पूर्ण तृप्ति की भावना थी, जैसे बाली के लौट आने पर उसे सब कुछ मिल गया था।...इतने दीर्घ वियोग के पश्चात् मिलने पर, बाली के मन में तारा का पुराना आकर्षण लौट आया था–कितनी सुन्दर है तारा...रात्रि की कुछ घड़ियां व्यतीत होते-होते, तारा तो मन और शरीर की पूर्ण तृप्ति पाकर सो गई, किन्तु बाली के मन में पुनः पुरानी वितृष्णा लौट आई। उन्हें स्वयं अपने आप पर आश्चर्य हो रहा था कि कुछ समय पूर्व उन्हें तारा इतनी आकर्षक क्यों लगी थी...क्या वह मात्र कामाकर्षण था...तारा का सामीप्य ही जैसे उनमें अलका की दुर्दमनीय कामना जगा रहा था।

और उन्हें सूचना मिली थी कि सुग्रीव ने अलका को उसकी इच्छा के अनुसार उसके पिता के पास भेज दिया था।...बाली के वक्ष में तब से जैसे एक असहनीय पीड़ा घुमड़ रही थी...बाली ने अपने सुख के लिए किष्किन्धा से इतना दीर्घ और भयंकर निष्कासन स्वीकार किया था और सुग्रीव की तनिक-सी इच्छा ने, वह सारा सुख बाली से छीन लिया, उनके जीवन की सबसे बड़ी निधि का अपहरण कर लिया। किसी ने सुग्रीव को नहीं रोका।...सुग्रीव युवराज न रहकर सम्राट हो गया है। उसके पास राजनीतिक सत्ता है। उस सत्ता के कारण वह जिसका चाहे, सुख छीन सकता है, जिसकी चाहे सम्पत्ति छीन सकता है। बाली का सुख भी...बाली अपने-आप में कुछ भी नहीं हैं। सब कुछ राजशक्ति ही है...कल यदि सुग्रीव, बाली के प्राण भी लेना चाहे तो वह भी ले सकता है...

बाली की आंखों के सम्मुख, दिन के समय का वह दृश्य घूम गया...वन से बाहर निकल, ये किष्किन्धा की प्राचीर के पास पहुंच गए थे, ठीक उसी स्थान पर, जहां के भग्नांश से वे मायावी के पीछे वन में उतर गए थे। किन्तु अब उस भग्नांश की ही मरम्मत नहीं हो चुकी थी–सम्पूर्ण प्राचीर का ही जीर्णोद्धार हो चुका था। प्राचीर पक्की तथा ऊंची हो चुकी थी, जैसे बाहर से होनेवाले आक्रमण के लिए चुनौती बनकर खड़ी हो। प्राचीर के चारों ओर सैनिक चौकियां स्थापित हो चुकी

थीं...बाली का मन स्तब्ध रह गया।...कहीं ऐसा तो नहीं कि उनकी अनुपस्थिति में किसी शत्रु ने नगर पर आधिपत्य स्थापित कर लिया हो और अब प्राचीर पक्की कर, चारों ओर सैनिक चौकियां बैठा, लौटने पर उनके वध की तैयारी हो...उस शत्रु ने यह तो नहीं सोचा कि बाली यदि मायावी के पीछे एक गुफा में उतरे थे तो उन्हें उसी में बन्द कर दिया जाए।

बाली का सारा शरीर स्वेद से भीग गया। वह क्षण बहुत शीघ्र बीत गया था। किन्तु यह विचार बाली के मस्तिष्क से जैसे चिपक गया था। नगर पर किसी शत्रु का आधिपत्य नहीं हुआ था, उनके अपने भाई सुग्रीव का नियन्त्रण हुआ था। सुग्रीव युवराज से सम्राट बन गया था। उसी ने प्राचीर का जीर्णोद्धार करवाया था; नगर के चारों ओर सैनिक चौकियां बैठाई थीं। और अलका को बाली से छीन, किसी अज्ञात देश में उस व्यक्ति को सौंप दिया था, जो उसका पिता था। सुग्रीव क्या बाली का मायावी से कम शत्रु था? सुग्रीव यह सब कर सका, क्योंकि राजनीतिक सत्ता उसके पास थी। वह चाहे तो कल प्रातः बाली का राज्य लौटने के स्थान पर उनका वध भी करवा सकता है... वध! बाली का शरीर फिर एक बार स्वेद से भीग गया। राजसत्ता के बिना, बाली सम्राट तो नहीं हो सकते, वे जीवित भी नहीं रह सकते। बाली को लग रहा था, राजसत्ता और उनके प्राण जैसे मिलकर एक हो गए थे।

उनके प्राण लेने के लिए, उनकी सत्ता छीन लेना ही पर्याप्त था। सत्ता बाली के पास रहे तो यह प्रासाद उनका है, नगर उनका है, सेना उनकी है, अलका उनकी है और सत्ता सुग्रीव के पास हो तो न प्रासाद बाली का, न नगरी बाली की, न सेना बाली की, न अलका बाली की, न सुख बाली का, न प्राण बाली के...सुग्रीव ने युवराज रहकर ही प्रजा का पालन क्यों नहीं किया; वह सम्राट क्यों बन बैठा? उसने प्राचीर का जीर्णोद्धार क्यों कराया? सैनिक चौकियां क्यों बैठाईं? अलका को बाली से क्यों छीना? बाली के भीतर का हिंस्र पशु बार-बार अंगड़ाइयां ले रहा था...सुग्रीव! दुष्ट सुग्रीव! तूने भाई होकर मेरे साथ शत्रु का कार्य किया...छली! कल प्रातः एक बार बाली को राजसभा में सिंहासन पर बैठ तो लेने दे, सुग्रीव!

सात

सुग्रीव को लगा, जैसे कोई स्वप्न में बहुत दूर से धीरे-धीरे उनको पुकार रहा है। पुकार को सुनकर उनमें कोई प्रतिक्रिया नहीं जाग रही थी। शरीर में जैसे कोई स्फूर्ति नहीं थी। हाथ-पैर हिलने को तैयार नहीं थे। शरीर सुन्न हो गया था। केवल मस्तिष्क जाग रहा था...जाने कब से वे इस प्रकार आधे सोए, आधे जागे, कुछ नींद में और कुछ स्वप्नों में लेटे हुए थे।

"प्रिय!" सहसा रुमा का स्वर उनके मस्तिष्क में गूंजा, "सुनिए! आपके लिए कोई बहुत आवश्यक समाचार है।" रुमा ने उनकी बांह हिलाई वे सजग हुए। यह स्वप्न नहीं था।

"बहुत आवश्यक समाचार है?" सुग्रीव उठ बैठे।

"सम्राट का आवश्यक कार्यों से जगाया जाना और बात है।" रुमा बोली, "अब, जब शासन जेठजी के हाथ में है, ये लोग आपको क्यों परेशान कर रहे हैं? ऐसा कौन-सा समाचार है कि रात को सोने भी न दे।"

"तुम सो जाओ।" सुग्रीव बिस्तर में से निकलते हुए बोले, "मैं अभी आता हूं।"

उत्तरीय संभालते हुए, वे बाहर की ओर चले। जान-बूझकर रुमा ने आंखें चुरा लीं। रात-बेरात इस प्रकार जगाए जाने के कारण उनकी आंखों के उपालम्भ का सामना सुग्रीव कैसे करेंगे। वे रुमा को

इस प्रकार कभी भी परेशान न होने देते, किन्तु कोई-न-कोई अत्यन्त आवश्यक कार्य होगा, तभी तो उन्हें जगाया गया है। कक्ष से बाहर आकर उन्होंने परिचारिका की ओर प्रश्न-भरी दृष्टि से देखा।

"अपराध क्षमा हो, युवराज!" परिचारिका ने धीमे स्वर में कहा, "द्वारपाल ने सूचना भिजवाई है कि शिल्पी मुख्य द्वार पर आपकी प्रतीक्षा कर रहे हैं। वे भीतर भी नहीं आना चाहते। उन्हीं के आदेश..." सुग्रीव ने पूरी बात नहीं सुनी। शिल्पी रात के इस प्रहर में आया है। वह मुख्य द्वार के बाहर प्रतीक्षा कर रहा है। ऐसी क्या बात है? यदि शिल्पी के स्थान पर कोई और व्यक्ति होता तो कदाचित् सुग्रीव एक क्षण के लिए संकोच भी करते; या सम्भव है कि इस प्रकार जगाए जाने पर उन्हें क्रोध भी आता; किन्तु शिल्पी...पर वह बाहर क्यों खड़ा है? द्वार पर खड़े दंडधरों के अभिवादन की उपेक्षा करते हुए, वे बाहर आए। दृष्टि उठाकर देखा–शिल्पी कहीं दिखाई नहीं दिया। उन्होंने दंडधर की ओर देखा। दंडधर ने उनकी दृष्टि का अर्थ समझकर अन्धकार में एक ओर संकेत कर दिया।

अनायास ही सुग्रीव के पप उस ओर उठ गए। साथ ही मन ने प्रश्न किया, 'ऐसा क्यों?' शिल्पी के महत्त्व से वे परिचित न होते, तो क्या इस कु-समय जगाए जाने पर, वे बाहर आते और बिना किसी को देखे, इस प्रकार अन्धकार में चल पड़ते?...शिल्पी का महत्त्व वे जानते हैं; फिर भी, जो कुछ वह कर रहा है, क्या वह उचित है? वानरों के युवराज को इस प्रकार आधी रात के समय नींद से जगाकर, एक साधारण जन के समान अंधेरे में छिपकर, उससे बातें करना...क्या है यह सब?...

किन्तु उनके पगों की गति विचारों से अप्रभावित रही। मुख्य मार्ग के साथ सटकर अंधेरे में खड़े पेड़ों के झुरमुट के पास पहुंचते ही उन्हें शिल्पी दिखाई पड़ा। उसने आगे बढ़कर अभिवादन किया। "क्या बात है शिल्पी?"

"युवराज यहां कोई बात नहीं हो सकती। आप मेरे साथ आएं।"

सारी मर्यादा और शिष्टाचार की उपेक्षा करते हुए, शिल्पी ने झपटकर सुग्रीव की बांह पकड़ ली और बलात उन्हें अपने साथ खींचता हुआ बोला, "युवराज! अपनी शक्ति-भर मेरे साथ भागो।"

अगले ही क्षण शिल्पी और सुग्रीव उस मार्ग पर भागते जा रहे थे, जो किष्किन्धा से बाहर जाता था। सुग्रीव के पगों के साथ-साथ उनका मस्तिष्क भी भाग रहा था–यह सब क्या है? क्यों वे इस प्रकार शिल्पी के संग भाग रहे हैं? शिल्पी किष्किन्धा का सर्वश्रेष्ठ धावक है। उसे भागने का अभ्यास है। उसे उसका शौक भी है। पुरस्कार जीतने के लिए उसे भागने का अभ्यास करने की इच्छा ही हो, तो वह रात-बेरात उठकर भागा करे; किन्तु सुग्रीव को इस प्रकार भगाया जाना?... कहीं सुग्रीव के साथ ही तो कोई धोखा नहीं हुआ?...किन्तु अंगद ऐसा क्यों करेगा? और सुग्रीव के साथ धोखा करने की आवश्यकता? उसे धोखा करना ही था तो तब करता, जब बाली के जीवित होने में सन्देह था और सुग्रीव वानरों के शासक थे।...अब, जब बाली लौट आए थे, शासन पूरी तरह उनके हाथ में था–अब अंगद सुग्रीव के साथ धोखा करके क्या पाएगा? कोई-न-कोई बात तो होगी ही...

अंगद एक क्षण के लिए ही आया था, सन्ध्या समय। उसका दम फूल रहा था, जैसे भागता हुआ आया हो। उसने एकान्त में कहा था, "चाचाजी! समय एकदम नहीं है। बड़ी मुश्किल से आया हूं। यदि किसी भी समय आपके दास शिल्पी को भेजूं, तो आप भोजन करते या सोते में से भी उठकर आ जाएं और जो वह कहे, उसके अनुसार करें। चाचाजी! शायद आपकी कल्पना में भी यह बात नहीं है कि परिस्थितियां कैसी जटिल हो गई हैं।"...और अंगद यह जा, वह जा।...अभी चार पहर भी नहीं बीते कि शिल्पी ने उन्हें सोते से आ जगाया। और अब उनकी बांह पकड़े घसीटता ही जा रहा है..."बात क्या है? कुछ कहो भी तो शिल्पी!"

"अभी बताता हूं।" शिल्पी दौड़ता चला गया। किसी-न-किसी प्रकार सुग्रीव साथ घिसट रहे थे। काफी दूर जाकर शिल्पी की गति कुछ धीमी हुई और वह रुक गया।

सुग्रीव रुके तो उनका ध्यान अपने हांफने की ओर चला गया। शिल्पी इतना सहज था, जैसे इतनी दूर भागा न हो, दो-चार पग ही चला हो।

सुग्रीव ने शिल्पी की ओर प्रश्नवाचक दृष्टि से देखा।

"युवराज! जो कुछ मैंने किया, यह राजकुमार अंगद की इच्छा थी।" वह बोला, "राजकुमार का आदेश था कि मैं किसी भी प्रकार आपको इतनी दूर तो पहुंचा ही दूं कि किष्किन्धा के मुख्य पथों के घेरे से बाहर निकलकर सुरक्षित हो जाएं...।" सुग्रीव ने मुड़कर देखा। उनके पीछे पचास-साठ पगों की दूरी पर, मुख्य पथ अपने एकाकीपन में पृथ्वी से ऊपर उठकर अकड़ा खड़ा था। और वे स्वयं शिल्पी के साथ उससे नीचे मैदान में पेड़ों और झाड़ों के अन्धकार में खड़े थे।

"किन्तु क्यों?..." सुग्रीव की जिह्वा पर आया प्रश्न वहीं थम गया। उनकी दृष्टि अंधेरे में डूबे मुख्य पथ पर हिलते हुए बिन्दुओं पर केन्द्रित हो रही थी। वे बिन्दु क्रमशः बढ़ते जा रहे थे, जैसे काले बिन्दुओं की कोई अजस्र धारा हो। अगले बिन्दु पथ के दोनों ओर अपना स्थान ग्रहण कर थम जाते और पिछले बिन्दु पर अपना स्थान खोजने के लिए आगे बढ़ जाते थे।

सुग्रीव विस्फारित नयन लिये शिल्पी की ओर घूमे। "सम्राट बाली के सैनिक!" शिल्पी धीरे से बोला, "नगर को घेरा जा रहा है। अब तक सैनिकों ने आपके महल को भी घेर लिया होगा..."

"किन्तु क्यों?" सुग्रीव चकित थे।

"आपको बन्दी बनाने के लिए।"

"मैंने क्या किया है?" सुग्रीव की समझ में नहीं आ रहा था।

"यह सब मैं नहीं जानता युवराज!" शिल्पी बोला, "कुमार ने कहा है कि आप यहां से सीधे मतंग-वन चले जाएं, ऋष्यमूक पर्वत पर। हनुमान भी यदि बच पाए तो वहीं मिलेंगे।"

"वह भी?" सुग्रीव का मस्तिष्क जैसे जड़ हो रहा था।

"भागिए युवराज। समय एकदम नहीं है।" शिल्पी कह रहा था, "कुमार ने कहा है कि यदि आपको वानरों के सुखी भविष्य का तनिक भी ध्यान है, तो आप भागकर मतंग-वन में सुरक्षित पहुंच जाएं।"

क्या करें सुग्रीव?...अकस्मात् ही उनकी दृष्टि उठकर, दूर ऊंचे मुख्य-पथ पर खड़े दो बिन्दुओं पर टिक गई। वे बिन्दु आगे नहीं बढ़ रहे थे–वे घेराबन्दी कर रहे थे।...और तब उनकी दृष्टि नीचे, खड्ड सदृश इस मैदान में पेड़ों के पीछे, इस झाड़-झंखाड़ में खड़े शिल्पी पर ठहर गई। वह सामने खड़ा था, फिर भी जैसे एक बिन्दु होकर रह गया था। उस बिन्दु से फुसफुसाता हुआ एक निरन्तर स्वर फूट रहा था, "भागिए युवराज! भागिए।"

पर कैसे भाग जाएं सुग्रीव? रुमा पीछे प्रासाद में थी और प्रासाद को बाली के सैनिक घेर रहे थे। सुग्रीव का इस समय रुमा के पास होना बहुत आवश्यक था। पता नहीं वे सैनिक उसके साथ कैसा व्यवहार करेंगे। वे साधारण वानर सैनिक हैं। अधिक शिष्टाचार नहीं जानते। उनके शब्द खुरदरे हैं, व्यवहार कठोर। अधिकार प्रदर्शित करने का अवसर मिलते ही आवश्यकता से अधिक उग्र हो जाते हैं। सम्भव है, उनकी किसी बात से रुमा का मन दुख जाए...बेचारी रुमा...वह तो स्वयं किसी को कड़वी बात कह दे तो रो पड़ती है। फिर..."भागिए युवराज! भागिए।..." सामने खड़ा बिन्दु फुसफुसाता जा रहा था।

"किन्तु रुमा...?" वे बोले, "नहीं शिल्पी। मैं वापस जाऊंगा। तुम्हें मुझे पहले ही बताना चाहिए था। मैं रुमा को अकेली नहीं छोड़ सकता। मैं सुख में कभी उसे अकेली नहीं छोड़ा, यह तो...।"

आप लौटेंगे तो निश्चित रूप से बन्दी बनाकर अन्धकूप में डाल दिए जाएंगे, जहां से कभी जीवित न निकल पाएं। फिर कौन बचाएगा युवराज्ञी को, किष्किन्धा को, वानरों को?...भागिए युवराज!"

अनायास ही सुग्रीव के पग उठे जैसे शिल्पी की वाणी उनके मस्तिष्क का आदेश हो। वे भागे। दो-चार डग ही भरे होंगे कि उनके मस्तिष्क ने अपनी समानान्तर दौड़ आरम्भ कर दी...क्या कर रहे हैं सुग्रीव? क्या वे स्वयं कुछ भी सोच-समझ नहीं सकते? स्वयं निर्णय नहीं ले सकते? शिल्पी के आदेश पर अपनी पत्नी और घर छोड़कर भागते जा रहे हैं। क्या वे स्वयं जड़-मूर्ख हैं? कौन होता है शिल्पी उन्हें आदेश देनेवाला...यदि बाली उनसे रुष्ट भी हैं, तो उनके भाई हैं, शत्रु तो नहीं। उनसे बातचीत हो सकती है, उन्हें समझाया जा सकता है, मतभेद मिटाया जा सकता है।...यदि अंगद ने शिल्पी को भेजा भी है, तो अपने लिए निश्चय करने का अधिकार अंगद को कैसे दे सकते हैं?... और फिर क्या प्रमाण है कि अंगद ने ही शिल्पी को भेजा है। दूसरे ही क्षण, मुख्य पथ पर घेराबन्दी करते हुए बिन्दुओं का दृश्य सुग्रीव की खुली आंखों के सम्मुख घूम गया।

नहीं। यह सूचना गलत नहीं हो सकती। किष्किन्धा में रात के इस प्रहर में नगर की घेराबन्दी करते हुए सैनिकों का यह दृश्य, युद्ध जैसी आपात-स्थिति में भी असाधारण है; और इन दिनों तो कहीं कोई युद्ध नहीं है, युद्ध की कोई सम्भावना भी नहीं है। तो फिर बाली के ये सैनिक इस समय क्या कर रहे हैं? निश्चय ही, रात के इस समय किसी को सोते हुए, दंडधरों के द्वारा बिस्तर से घसीट मंगवाना विचार-विमर्श के लिए नहीं, अन्धकूप में डालने के लिए ही हो सकता है। किष्किन्धा में ऐसी घटनाओं की चर्चा केवल रावण के सन्दर्भ में की जाती है। यह रावण की ही विशेषता मानी जाती है कि रात के अन्धकार में शान्ति से सोये हुए नागरिकों के घरों को सैनिकों से घिरवाकर, वह उन्हें बन्दी बनाता है और उनकी कुलांगनाओं और कुलवधुओं को उठवा मंगाता है...क्या बाली भी...

सुग्रीव के पगों की गति बढ़ गई। पगों के साथ-साथ अब मस्तिष्क भी भागने लगा था। रुमा पीछे छूट गई है। थोड़ी देर में बाली के सैनिक सुग्रीव के प्रासाद को घेर लेंगे या सम्भव है कि अब तक घेर भी चुके हों। सारे मार्ग बन्द कर दिए जाएंगे। प्रत्येक द्वार पर पहरा होगा।...फिर बाली घर में प्रवेश करेंगे। घर में सुग्रीव को न पाकर उनकी आंखों में रक्त उतर आएगा। बाली को सुग्रीव अपने शैशव से देखते आए हैं और उनकी प्रकृति को अच्छी तरह समझते हैं। बाली अपनी विफलता नहीं सह सकते, न अपनी विफलता के कारणभूत व्यक्ति को क्षमा कर सकते हैं। विफलता छोटी हो; चाहे बड़ी–ऐसे समय में उनके भीतर क्रोध की जो आंधी उठती है, वह सामने आई प्रत्येक वस्तु को पीस डालती है।...और सुग्रीव के घर में क्रुद्ध, अपनी असफलता से बौखलाए हुए हिंस्र बाली के सामने पड़ेगी–रुमा। सम्भव है, बाली उस समय मदिरा पीकर धुत हों। उनकी मानवता पूरी तरह सोई हो–असहाय बेचारी रुमा।

सुग्रीव के पग थम गए। वे रुमा को ऐसी विपत्ति में छोड़कर, अपनी रक्षा के लिए कायरों के समान कैसे भाग सकते हैं?...कहीं बाली क्रोध में रुमा की हत्या...नहीं। बाली यह नहीं करेंगे।... एक तो रुमा स्त्री है और फिर, चाहे जो कुछ भी हो, उनके छोटे भाई की पत्नी है–उनके अपने कुल की वधू। बाली के मन में यदि कोई भ्रान्ति है, तो वह सुग्रीव के लिए हो सकती है। रुमा ने क्या बिगाड़ा है बाली का?... नहीं, बाली इतने नीच नहीं हो सकते। आखिर वे सुग्रीव के भाई हैं। सुग्रीव क्या उन्हें इतना भी नहीं जानते? बाली इतने पतित कैसे हो सकते हैं कि अपनी अनुजवधू

की हत्या कर दें। इस समय लौटकर सुग्रीव रुमा के पास घर पहुंच भी जाएं, तो क्या कर लेंगे वे? वे अकेले बाली से भी द्वन्द्व युद्ध नहीं कर सकते। शारीरिक शक्ति में बाली से उनकी कोई तुलना ही नहीं है। सुग्रीव उनके पासंग भी नहीं हैं। युद्ध-कौशल में भी वे ऐसे श्रेष्ठ नहीं हैं कि बाली के शारीरिक शक्ति के विरुद्ध सन्तुलन स्थापित कर सकें। और फिर अपने सैनिकों और सेनापतियों के साथ व्यूहबद्ध खड़े क्रुद्ध बाली का सामना कैसे किया जा सकता है? नहीं। ऐसे में सुग्रीव रुमा को बचा नहीं पाएंगे, स्वयं चाहे मृत्यु की गोद में ही जा सोएं।

इस आत्महत्या का क्या अर्थ? सुग्रीव के मन में जैसे कोई हंसा–कायर सुग्रीव। जान बचाने के बहाने सोच रहा है। अपनी पत्नी को विपत्ति में अकेली छोड़ भीत जन्तु के समान रिरियाता हुआ भाग रहा है और अपने को बहुत विवेकी समझता है। साहस है तो वापस लौट। अपने अभिमान की वेदी पर अपने प्राणों की बलि दे। अपने रक्त से अपने कलंक को धो...।

तत्काल ही एक दूसरा स्वर सुग्रीव के मन में गूंजने लगा–इस मृग मरीचिका में मत फंसना सुग्रीव! तुम्हारे रक्त से कोई कलंक नहीं धुलेगा। यदि कुछ धुलेगा, तो केवल वानरों का सुखद भविष्य। तुम भावनाओं के आवेश में बह जानेवाले, काल्पनिक आदर्शों में जीनेवाले अव्यावहारिक जीव नहीं हो–तुम व्यावहारिक और विवेकी और राजनीतिज्ञ होक प्राण देने से कोई लाभ नहीं होगा। अपने प्राणों की रक्षा करो...इन प्राणों से और बहुत कुछ करना है। आवेश में बह जाना बुद्धिमत्ता नहीं है। आवेश को संयत करो, सन्तुलित करो और उसे दिशा दो।...अंगद ने इतना जोखिम उठाकर, अपने पिता के विरुद्ध तुम्हारी सहायता की है। उसके साहसी कृत्य पर पानी मत फेरो। उसे तुमसे कुछ आशाएं हैं। यदि वह अपने प्रयत्न में सफल हुआ, तो मतंग-वन में हनुमान के साथ विचार-विमर्श कर, भविष्य का कार्यक्रम बनाया जा सकता है।...और यदि बाली से द्वन्द्व-युद्ध कर, उसी के हाथों मरना है; तो उसके लिए यही घड़ी उपयुक्त समय नहीं है। बाली को तो कभी भी ललकारा जा सकता है। कई क्षणों तक निःस्पन्द खड़े सुग्रीव आकाश को घूरते रहे। रुमा उन्हें आगे नहीं बढ़ने दे रही थी और बाली उन्हें लौटने नहीं दे रहे थे। जाने, रुमा को क्या-क्या सहना पड़े। यदि बाली ने उससे तनिक भी अशिष्ट व्यवहार किया तो? सुग्रीव के रोम-रोम में आग जल उठी...रुमा...किन्तु क्या करें सुग्रीव? रुमा को शायद अंगद बचा ले। सम्भव है, तारा भाभी ही उसकी कोई सहायता कर सकें।...सुग्रीव लौटे तो उन्हें कौन बचाएगा?

किन्तु क्या सोचेगी रुमा, जब उसे बताया जाएगा कि अपने प्राण बचाने के लिए उसे असुरक्षित छोड़कर सुग्रीव रात के अन्धकार में कायरों के समान भाग गए।...शायद उसका मन घृणा से भर उठे। वह थूकेगी उनके नाम पर। जो पति विपत्ति के समय पत्नी को ऐसे असहाय छोड़कर भाग जाए, उसका मर जाना ही अच्छा...सुग्रीव को लगा, रुमा उनके सम्मुख खड़ी उन्हें धिक्कार रही है... कहां गए तुम्हारे सिद्धान्त और आदर्श? तुम जो कहते थे, पति-पत्नी को जीवन में सदा साथ रहना चाहिए; सुख में, दुःख में; जीवन में, मृत्यु में। अब तुम्हें पत्नी से राजनीति अधिक प्यारी हो गई–या अपने प्राण अधिक प्यारे हैं?...ऐसा ही था तो मुझे भी साथ ले चलते। मैं तुम्हारा साथ न निभाती तो जो चाहे दंड देते। मुझे तो अवसर ही नहीं दिया।...सुग्रीव की आंखों में अश्रु आ गए...नहीं रुमा! मुझे इस प्रकार न दुत्कारो। मेरी स्थिति को समझने का प्रयत्न करो...मुझे मोह में मत डालो। सदा के समान अपनी विशिष्ट मुद्रा में हंसकर कहो–"जाओ। जाओ। मैं सब देख लूंगी।"

सुग्रीव का मन कुछ हल्का हुआ। यदि वे आमने-सामने रुमा से पूछते, तो शायद वह हंसकर यही कहती, "जाओ। जाओ। मैं सब देख लूंगी।"

सुग्रीव ने अपने आंसू पोंछे और मुड़कर मतंग-वन की ओर चल पड़े। अब उनकी चाल में द्वन्द्व नहीं था।

आठ

प्रातः सुग्रीव के कहे बिना ही हनुमान ने किष्किन्धा जाने की तैयारी कर ली। सुग्रीव ने उन्हें रोकना चाहा तो वे रुके नहीं, "युवराज! आखिर कब तक उद्यमहीन होकर ऋष्यमूक की चोटियों पर, वृक्षों की शाखाओं पर, शाखामृगों के समान निवास करते रहेंगे। यदि हम अभी कुछ नहीं कर सके, तो भी हमें किष्किन्धा के समाचारों से तो अवगत होना ही होगा और यदि सम्भव हो तो अपने साथियों से सम्पर्क भी स्थापित करना होगा।"

सुग्रीव ने हनुमान को रोकने का प्रयत्न नहीं किया। वे तो स्वयं ही यह सब चाहते थे; किन्तु न स्वयं जाने का साहस कर पा रहे थे, न हनुमान से कहने का। हनुमान के प्रति उनका मन स्नेह और सम्मान से भर गया। अद्‌भुत हैं हनुमान। एक बार किसी को अपना मित्र मान लें, फिर उसके कार्य के लिए जान लड़ा देंगे। सेवा की भावना तो उनमें जैसे कूट-कूटकर भरी है। आवश्यकता के समय किसी के काम आ सकना, हनुमान के लिए जीवन का सबसे बड़ा सुख है।...और कितने समझदार हैं हनुमान। अपने आप ही समझ गए कि इस समय सुग्रीव को किस बात की आवश्यकता है। मांगने के संकोच से भी बचा लिया उन्होंने सुग्रीव को...

हनुमान सन्ध्या के धुंधलके में लौटे। तब तक सुग्रीव अपना सारा धैर्य खो चुके थे और इतने व्यग्र हो उठे थे कि अंधेरा होने तक यदि हनुमान न लौटते, तो स्वयं किष्किन्धा के लिए चल पड़ते, परिणाम चाहे कुछ भी होता।...किन्तु पूरी तरह अन्धकार उतरने से पहले ही हनुमान लौट आए थे। हनुमान अकेले नहीं थे। उनके साथ नल और नील थे।

निकट आते ही हनुमान बोले, "कुछ भोजन सामग्री लाया हूं युवराज! भोजन कर लें। आपको भूख लगी होगी। नल और नील भी आ गए हैं। यहां रहने की कुछ व्यवस्था करनी होगी। लगता है, हमारी संख्या बढ़ाने के लिए कुछ और अतिथि किष्किन्धा से आएंगे।"

"समाचार! हनुमान!" सुग्रीव ने बड़ी कठिनाई से अपने स्वर की अधीरता को छिपाया, "रुमा का क्या समाचार है?"

हनुमान आकर उनके सम्मुख बैठ गए। उन्होंने अपनी अन्यमनस्कता का मुखौटा उतार फेंका। गम्भीर होकर बोले, "युवराज! समाचार अच्छा नहीं है।"

"क्या?"

"स्वयं को स्थिर करें तो बता पाऊंगा।" हनुमान बोले, "समाचार जानने में तनिक कठिनाई नहीं हुई। किष्किन्धा के हाट-बाजारों में समाचार हवा के साथ उड़ते फिर रहे हैं, किन्तु समाचार सुखद नहीं हैं।"

"क्या समाचार हैं?"

"युवराज वचन दें कि अपना धैर्य नहीं खोएंगे; अन्यथा समाचार कहना मेरे लिए कठिन हो जाएगा।" हनुमान बोले।

सुग्रीव ने स्थिर दृष्टि से हनुमान को देखा, "मैं वचन देता हूं–कुछ भी हो, धैर्य नहीं खोऊंगा।..."

"युवराज! कल की एक रात में ही सारे किष्किन्धा नगर में से चुन-चुन कर आपके मन्त्रियों, सेनापतियों, मित्रों, बन्धुओं और सहचरों को बन्दी कर लिया गया। बच केवल वे लोग गए हैं, जिन्हें समय से सूचना मिल गई और जो अपने घर छोड़कर इधर-उधर छिप गए। यदि अज्ञातवास करनेवाले वे लोग, बाली के गुप्तचरों से बच गए, तो आपका पता पाने का प्रयत्न करेंगे।"

"एक ही रात में... ?"

"हां युवराज !"

"और रुमा ?"

"युवराज्ञी का समाचार तनिक विस्तार से ज्ञात हुआ है..." हनुमान रुक गए।

"कहो !" सुग्रीव के जबड़े भिंच गए।

"युवराज! आपके घर में सैनिकों ने तब तक प्रवेश नहीं किया, जब तक बाली वहां नहीं आ गए। बाली के प्रवेश करते ही, युवराज्ञी को पकड़कर उनके सम्मुख प्रस्तुत किया गया। बाली ने उनसे पूछा कि आप कहां हैं। युवराज्ञी ने सच-सच बता दिया कि आधी रात को कोई आपको बुलाने आया था और आप उन्हें निद्रामग्न छोड़कर बाहर चले गए थे। बाली ने जानना चाहा कि बुलाने कौन आया था। युवराज्ञी ने इस विषय में अपना अज्ञान प्रकट किया।

"सम्राट क्रोध से तमतमा उठे। दंडधरों को प्रासाद के परिचारक- परिचारिकाओं तथा द्वारपालों को बांधकर लाने का आदेश दिया। जब वे सब लोग एकत्र कर दिए गए, तो उन्होंने उन्हें कशाओं से तब तक पीटे जाने का आदेश दिया जब तक वे लोग युवराज को बुला ले जानेवाले व्यक्ति का नाम न बता दें या मर न जाएं। परिणामस्वरूप कुछ ही क्षणों में एक परिचारिका के मुख से शिल्पी का नाम निकल गया। उसने कहा कि उसने स्वयं तो शिल्पी को नहीं देखा; किन्तु एक द्वारपाल से सुना था कि युवराज, शिल्पी द्वारा बुलाए जाने पर बाहर चले गए थे...।"

"शिल्पी का क्या हुआ हनुमान ?" सुग्रीव ने पूछा।

"उसका कुछ पता नहीं है; किन्तु उसे बन्दी नहीं बनाया जा सका युवराज !"

"यह ठीक हुआ। फिर...?"

"सम्राट ने शिल्पी को बन्दी बनाने का आदेश दिया, फिर युवराज्ञी की ओर मुड़े, 'सुग्रीव निकल गया, अन्यथा आज भाई के हाथों भाई का वध होता, किन्तु अदंडित नहीं छोड़ सकता। उसे खोजूंगा, जिस दिन मेरे हाथ लग गया, उसी दिन या तो उसका वध कर दूंगा या उसे अन्धकूप में उतार दूंगा, किन्तु वह तुम्हें क्यों छोड़ गया? क्या समझकर छोड़ गया? शायद जानता है कि तुम्हारे रूप का मेरे लिए कभी आकर्षण नहीं रहा; किन्तु वह भूल गया कि तुम्हारा नारी शरीर मेरे लिए प्रतिशोध के समान सुन्दर है।' युवराज्ञी बाली के पैरों में गिर पड़ीं। उन्होंने रो-रोकर प्रार्थना की कि यदि सम्राट चाहें, तो सुग्रीव की पत्नी होने के पुरस्कारस्वरूप उन्हें वधिकों के हाथ सौंप दें, जीवित जला दें, परन्तु उनके नारीत्व का अपमान करके कुल पर दोहरा कलंक न लगाएं, किन्तु बाली ने उनकी एक न सुनी और उन्हें घसीटकर साथ ले गया।"

सुग्रीव की आंखों में क्षण-भर के लिए तेज झलका और फिर उनसे अश्रु चू पड़े, "रुमा !"

"युवराज !"

"मुझे शस्त्र दो हनुमान," सुग्रीव का कंठ सध नहीं रहा था, "जैसे भी हो, जहां भी हो, मेरे लिए किसी शस्त्र का प्रबन्ध करो। मैं इसी क्षण किष्किन्धा जाऊंगा। मैं जानता हूं कि बाली को मैं द्वन्द्व-युद्ध में जीत नहीं सकता; किन्तु मैं युद्ध करूंगा और उसके हाथों मरकर अपनी कायरता के

कलंक को धोऊंगा।" हनुमान ने नल और नील को संकेत किया। नील ने आगे बढ़कर एक खड्ग भूमि पर रख दिया और नल ने एक गदा।

"युवराज!" हनुमान का गम्भीर स्वर गूंजा, "मैं जानता था कि आप शस्त्र मांगेंगे। शस्त्रों का प्रबन्ध मैंने कर दिया है; किन्तु शर्त यह है कि यदि ऐसा दुस्साहस करना ही है तो वह मैं करूंगा। आपका जीवित रहना वानरों के लिए भी आवश्यक है और युवराज्ञी के लिए भी। मेरे साथ ऐसा कोई बन्धन नहीं है...।"

"नहीं!" सुग्रीव बोले, "यह मेरा व्यक्तिगत मामला है। मैं ही जाऊंगा।"

"जातियों के न्याय-अन्याय के संघर्षों में व्यक्तिगत मामले इस प्रकार निबटाए जाते हैं क्या?" नील पहली बार बोले, "युवराज! आपकी पीड़ा हम समझते हैं; किन्तु भावुकता अथवा आवेश से कहीं समस्याओं का समाधान हुआ है? आप जाएंगे, साथ हनुमान जाएंगे। आप दोनों वहां घेरकर मार डाले जाएंगे। आपके पश्चात खोज-खोजकर आपके साथियों-सहयोगियों को मारा जाएगा। जिस प्रजा को सुख देने के अपराध में आपकी हत्या का प्रयत्न किया जा रहा है, उस प्रजा को हर ओर से पीड़ित किया जाएगा।..."

नील तनिक रुककर बोले, "मेरा विचार है कि परिस्थितियों को देखते हुए, हमें संघर्ष का कोई अन्य मार्ग चुनना पड़ेगा। आत्महत्या का मार्ग मूर्खतापूर्ण भी है और पापपूर्ण भी।"

"एक सूचना और है युवराज!" हनुमान बोले, "अनुमति हो तो निवेदन करूं। उसके पश्चात आप जो निश्चय करेंगे, मुझे मान्य होगा।"

"बोलो।" सुग्रीव होंठों को जिह्वा से गीला करते हुए बोले।

"आपको अपने मन्त्री मलयवन की याद होगी...।"

"क्यों, क्या हुआ उसे?" सुग्रीव चौंके।

"वे अपने घर में बाली के सैनिकों द्वारा घेर लिये गए। बाली ने उनके परिवार के सदस्यों के सामने उन्हें अपने दंडधरों से तब तक पिटवाया, जब तक उनकी मृत्यु नहीं हो गई। मृत्यु के पश्चात् उनका शव, उनकी पत्नी को सौंप दिया गया। इस घटना का आतंक इतना फैला कि शव उठाने के लिए दस व्यक्ति इकट्ठे करना कठिन हो गया। किसी प्रकार उनके सगे-सम्बन्धी उनके शव को श्मशान-भूमि तक ले आए, किन्तु बाली के सैनिकों ने वहां भी उनका पीछा नहीं छोड़ा। शव को उठाकर लानेवाले छह-के-छह व्यक्ति श्मशान-भूमि में मार डाले गए..."

सुग्रीव को लगा कि उनकी शिराओं में रक्त ठंडा होता जा रहा है। उनके मुख से स्वर नहीं फूटा—न विषाद का, न क्रोध का, न आश्चर्य का...वे देखते-के-देखते रह गए...बड़ी देर के पश्चात् उन्होंने पूछा, "आर्य मलयवन का अपराध?"

"आपके साथ सहयोग!" हनुमान बोले।

"तुमने यह सब कहां सुना हनुमान? क्या अत्याचार के इन समाचारों को छिपाने का प्रयत्न शासन द्वारा नहीं किया जा रहा? इससे तो शासन का अपयश फैलेगा।"

"अपयश छिपाने का प्रयत्न!" हनुमान की वितृष्णा मुखर हो आई, "इन समाचारों को अधिकाधिक प्रचारित किया जा रहा है, ताकि प्रजा में आतंक फैले। लोग भय खाएं, अपना मुंह सी लें और चेहरे छिपा लें। विरोध की बात कोई सोच भी न पाएं...।"

"दमन किया जाएगा तो विस्फोट होगा। जनता उठकर खड़ी हो जाएगी।" सुग्रीव आवेश में बोले, "बाली का शासन पलट दिया जाएगा।"

"हमें रुककर उसकी प्रतीक्षा करनी चाहिए।" नील स्थिर स्वर में बोले, "अब बताएं युवराज! क्या अब भी आप किष्किन्धा जाना चाहते हैं?"

सुग्रीव ने उत्तर नहीं दिया। वे क्षितिज को घूरते रहे। सन्ध्या समय अपने कामों से अवकाश पा, हनुमान पास आकर बैठे, तो सुग्रीव अपने भीतर टक्करें मारते हुए प्रश्नों से कुछ उबरे। अन्तर्मुखी दृष्टि से बाहर भी देखा, "कैसे हो हनुमान! दिन-भर बहुत काम किया?"

"यह तो कोई ऐसा काम नहीं युवराज।" हनुमान हंसे, "यह तो कुछ ऐसा हुआ कि खाली समय पाकर कोई वयस्क भी बच्चों के खेल में लग जाए।" तभी सुग्रीव की आशंकित दृष्टि, नीचे, दूर एक फैले हुए जंगल में एक पगडंडी पर हिलते हुए एक बिन्दु पर पड़ी।

हनुमान ने अपनी बात बीच में ही छोड़ दी। उन्होंने सुग्रीव की दृष्टि का अनुसरण किया। सचमुच, उस पगडंडी पर चलता हुआ कोई ऋष्यमूक की ओर आ रहा था। उसकी चाल इतनी तेज, सधी हुई और दृढ़ थी, जैसे वह अपना मार्ग भी जानता हो और गन्तव्य भी। "कौन हो सकता है?" सुग्रीव अपने खड्ग पर हाथ रखे हुए, अपने आप से पूछ रहे थे।

"चिन्तित न हों युवराज!" नल और नील भी अब उनके पास आ चुके थे, "वह कोई भी हो, अकेला है। सम्राट स्वयं अकेला भी आए, तो भय हो सकता है; अन्य किसी अकेले व्यक्ति से हमें भय नहीं है। और वह व्यक्ति सम्राट नहीं है।"

"वैसे भी यह शत्रु पक्ष का व्यक्ति नहीं हो सकता। हमारी टोह में आया शत्रु हो तो एक तो उसको निश्चित मार्ग मालूम नहीं हो सकता कि इतने निर्द्वन्द्व भाव से इसी ओर आकर बढ़ता चला आए और दूसरे वह देखता-भालता, निरीक्षण करता हुआ आएगा–इतनी सधी हुई चाल से सीधा यहां तक नहीं आ पहुंचेगा..."

"तुम ठीक कहते हो हनुमान।" सुग्रीव बोले; किन्तु उनके चेहरे का कसाव अभी तक वैसा ही था और उनकी आंखें अभी भी उसी बिन्दु पर लगी हुई थीं, वह व्यक्ति वेगपूर्वक बढ़ता ही आया और दृष्टि-सीमा में आते ही तत्काल पहचाना गया।

"यह तो तार है।" सुग्रीव बोले, "यह इस समय कैसे चला आया? रात को यह किष्किन्धा नहीं लौट सकेगा।"

तार ने निकट आकर अभिवादन किया, "युवराज! मैं भी आपकी शरण में आ गया हूं।"

"तुम्हें लौटना नहीं है?" सुग्रीव ने आश्चर्य से पूछा।

"लौटना क्या युवराज!" तार का स्वर उदास था, "बाली को जैसे ही पता चला कि आपके राज्याभिषेक का प्रस्ताव मैंने किया था, उसने मुझे बन्दी करने का आदेश दे दिया; और बन्दी होने का अर्थ आप जानते ही हैं।"

"तुम अंगद से मिले?"

"उसी के निर्देश पर आपके पास चला आया हूं। उसने कहा है, जब तक परिस्थितियां नहीं बदलती, तब तक मैं आपका साथ कभी न छोड़ूं।"

"परिवार! तुम्हारा परिवार?" तार की पुतलियां जड़ हो गईं, "पत्नी और बच्चे कारागार में हैं, और घर अग्निसात हो चुका है...पिता कदाचित अपने प्रासाद में सुरक्षित हैं...।"

सब स्तब्ध रह गए। किसी के मुख से कोई शब्द नहीं निकला।

मौन लम्बा हो गया तो सुग्रीव ही बोले, "नगर का क्या समाचार है?"

"नगर!" तार के स्वर में व्यथा के साथ-साथ उपहास का मिश्रण था, "नगर को सुन्दर बनाया जा रहा है।"

"सुन्दर! क्या अर्थ है तुम्हारा?" हनुमान ने पूछा।

"सुन्दर बनाने का अर्थ, सुन्दर बनाना ही होता है हनुमान!" तार अपने उपहासपूर्ण स्वर में बोला, "युवराज ने अपने शासन-काल में, नगर में स्थान-स्थान पर निर्धनों के लिए आवास बनवाकर, किष्किन्धा का सौन्दर्य नष्ट कर दिया था। बाली उन सारे आवासों को गिराकर, निर्धन श्रमिकों को नगर से खदेड़ रहा है। उन आवासों को गिराकर वहां प्रासाद बनाए जाएंगे, जिनमें धनाढ्य लोग रहेंगे। धनाढ्य सुन्दरियां जगमगाते वस्त्राभूषण पहनकर बाज़ारों में निकलेंगी, तो किष्किन्धा सचमुच सुन्दर नगर हो जाएगा।"

"उन लोगों को घरों से निकाल दिया गया?" सुग्रीव ने पूछा, "यह कैसे सम्भव है?"

"घरों से निकाल ही नहीं दिया गया," तार का स्वर पीड़ा में बदल गया, "उनके उन लघु भवनों को गिराकर सपाट कर दिया गया।"

"पर क्यों?"

"क्योंकि उनके लिए वे आवास सुग्रीव ने बनवाए थे और वे लोग सुग्रीव को अपना समझते हैं। सुग्रीव के साथियों को दंड नहीं मिलना चाहिए क्या?" तार का मख क्रोध से विकृत हो रहा था।

"वे लोग कहां जाएंगे?"

"कहीं भी जाएं।" तार बोला, "बाली कितना दयालु है, आप क्या जानें, बाली ने कहा है कि वे लोग किष्किन्धा की सीमा से बाहर वनों को साफ कर, जितना स्थान चाहें, घेर लें।"

"सचमुच बहुत दयालु है बाली।" हनुमान बोले, "और उनकी आजीविका?"

"वानर जाति को आजीविका की क्या आवश्यकता?" तार फिर हंसा, "–वानर हैं, वनों में जाएं। फल तोड़ें और खाएं। वानर नाम रखा है तो शाखामृगों के समान वृक्षों पर टंगे रहें। क्या आवश्यकता है उन्हें भवनों की और नगरों की।"

सुग्रीव को विश्वास नहीं हो रहा था, "पर यह सब कैसे हो सकता है? उनके भवन किसने तोड़े?"

"क्यों? सैनिकों ने!" तार ने कहा।

"किन्तु सैनिक इतने क्रूर कैसे हो सकते हैं?" सुग्रीव ने तर्क किया, "वे निर्धन-निरुपाय लोगों को, स्त्रियों और बच्चों के साथ, उनके घरों से निकाल, खुले आकाश के नीचे कैसे फेंक सकते हैं? आखिर वे भी मनुष्य हैं...।"

"युवराज! आप इस कला को नहीं जानते।" तार बोला, "बाली जानता है कि सैनिकों को मनुष्य से पशु कैसे बनाया जा सकता है। उसने उनका वेतन बढ़ा दिया है। उन्हें समझा दिया है कि सैनिकों का धर्म अनुशासन में रहना है। अनुशासन तोड़नेवाले को कठोर दंड दिए जाने की घोषणा की गई है...।"

"यहां तक।"

"नहीं, उससे भी आगे।" तार बोला, "उन्हें यह भी समझा दिया कि वीर सैनिक उच्च कोटि के प्राणी हैं। वे महान हैं, सर्वशक्तिशाली हैं। निर्धन श्रमिक तो कीट-पतंग हैं। उनके साथ मानवतापूर्ण व्यवहार अनावश्यक है। वे मानवीय तर्क नहीं समझ सकते। वे पशु हैं; अतः उनके साथ पशुवत व्यवहार किया जाना चाहिए।"

"जिन लोगों के घर तोड़े गए, उन्होंने कुछ नहीं कहा? उन्होंने सैनिकों का विरोध नहीं किया?" नल ने पूछा, "क्या वानर जाति ऐसी निष्प्राण हो गई है कि कोई उनके घरों को तोड़ता रहे, उनकी पत्नियों और बच्चों को घसीट-घसीटकर, पथ फेंकता रहे और वे शान्त बैठे रहें?"

"बाली प्रजा को विद्रोह करने के लिए बाध्य कर रहा है।" सुग्रीव बोले, "इस प्रकार दमन हुआ तो प्रजा शान्त नहीं बैठेगी। बाली कितना ही शक्तिशाली क्यों न हो, प्रजा उससे जा टकराएगी, उसके प्रासादों को जलाकर क्षार कर देगी।"

तार हंसा, "मैं भी यही समझता था; किन्तु जिस निर्वीर्य जनता को मैंने देखा है, वह विद्रोह नहीं कर सकती, प्रतिवाद नहीं कर सकती। वह केवल पिट सकती है और क्षमा मांग सकती है।"

"तुम्हारा मन इस समय स्थिर नहीं है तार!" हनुमान गम्भीर स्वर में बोले, "तुम्हारी पारिवारिक विपत्ति ने कदाचित तुम्हारे चित्त को चंचल कर दिया है। जनता निर्वीर्य नहीं है। मेरा विचार है कि जो कुछ हुआ है, वह इतना आकस्मिक है कि उसके लिए रंचमात्र भी प्रस्तुत न होने के कारण जनता हत्प्रभ रह गई है। हम लोग स्वयं जो राजनीति के केन्द्र में थे, इन घटनाओं का पूर्वाभास भी न पा सके, तो सामान्य जनता कैसे संभली रह सकती है। उसे तो ऐसा धक्का लगा है, जैसे किसी ने अकस्मात्, बिना किसी चेतावनी के, पीछे से ठेल दिया हो और वह औंधे मुंह, भूमि पर जा गिरी हो। उनके नाक-मुंह, हथेलियां और घुटने छिल गए हों...आप उससे कैसे अपेक्षा कर सकते हैं कि ऐसी स्थिति में इतनी जल्दी वह एक संगठित शासन का विरोध करने के लिए उठ खड़ी होगी?"

हनुमान का मुख आवेश से तमतमा आया था। "पर हम इतने असावधान ही क्यों थे?" तार अपने उसी आक्रोशपूर्ण स्वर में बोला, "जनता ऐसी स्थिति में क्यों खड़ी थी कि उसे कोई पीछे से धक्का मार सके? राजनीति का आधार कहीं विश्वास भी हुआ है क्या? सच्चा राजनीतिज्ञ अपने निकट के व्यक्ति को भी सन्देह की दृष्टि से देखा करता है।"

"ठीक कहते हो तार!" इस बार सुग्रीव बोले, "तुमने राजनीति के सिद्धान्त कदाचित ज़्यादा समझदारी से पढ़े हैं। तुम जो कह रहे हो, कम-से-कम भविष्य में उसका ध्यान रखूंगा। यद्यपि मैं यह नहीं मानता कि राजनीतिज्ञ को सदा अविश्वास ही करना चाहिए; किन्तु यह मानता हूं कि उसे सावधान अवश्य रहना चाहिए।"

नौ

हनुमान, नल, नील अथवा तार में से किसी एक का किष्किन्धा के भीतर अथवा नगरद्वार तक हो आना, प्रायः नित्यक्रम हो गया था। सन्ध्या तक सुग्रीव को अनेक समाचार मिल जाया करते थे। बाली का शासन अद्भुत गति से काम कर रहा था। ऐसी गति से न पहले घटनाएं घटी थीं, न समाचार प्रादुर्भूत हुए थे। उन समाचारों को सुनकर सुग्रीव प्रायः उनका विश्लेषण किया करते थे। और अनेक निष्कर्षों को अपनी स्मृति में गहरे उतार लिया करते थे। सुग्रीव को लगता था, वे प्रतिदिन पहले से अधिक कठोर होते जा रहे हैं। भीतर से आग और ऊपर से पत्थर...अब तक बाली को वे अयोग्य शासक मानते थे, किन्तु अब वह अत्याचारी हो गया था। अयोग्य शासक की प्रजा उसकी शिकायत करती है–उसके सम्मुख अपनी मांगें रखती है और उन्हें पूरा करवाने का प्रयत्न करती है; किन्तु अत्याचारी शासक से प्रजा घृणा करती है। वह उसका विरोध करती है और अवसर मिलते ही, उससे जा टकराती है...क्या बाली से भी टकराने का समय आ गया है? तो प्रजा विद्रोह क्यों नहीं कर रही? क्या अत्याचार सघन नहीं हुआ या वानर-प्रजा दमित जाति है, जो कभी भी शासक के विरुद्ध उठने का साहस नहीं जुटा

पाएगी। सुग्रीव ने सदा अत्याचार और अन्याय का विरोध किया है; किन्तु अब तक उन्होंने दूसरों पर हुए अत्याचार को सुना और देखा था। उसे उन्होंने मानसिक सहानुभूति से ग्रहण किया था। अनेक बार वे इस निष्कर्ष पर पहुंचे थे कि बाली अपनी अयोग्यता के कारण, राक्षसों द्वारा वानरों के शोषण और उत्पीड़न को न देख पाता है, न उसका प्रतिकार करने का प्रयत्न करता है। किन्तु, जो कुछ अब घटित हुआ है, वह सुग्रीव के अपने साथ हुआ है। यह सुना-सुनाया समाचार नहीं है कि राक्षसों द्वारा किसी वानर-कन्या का हरण हो गया–रुमा का हरण किया है बाली ने...कितना भेद है दोनों में। कदाचित इसीलिए कुछ दिन मन-ही-मन रो-धोकर सुग्रीव अब ताल ठोककर उठ खड़े हुए थे। किन्तु सन्ध्या समय हनुमान जो समाचार लाए, उससे दिन-भर में जमा-जमाया सुग्रीव का आत्मविश्वास हिल उठा। "बाली ने किष्किन्धा का शिक्षा-संस्थान बन्द कर दिया है," हनुमान ने बताया, "और उसके लिए बनाया विशाल भवन सामन्तों के मनोरंजन के लिए, विनोदशाला में परिवर्तित कर दिया है। अब उसमें मदिरालय और वेश्यालय स्थापित किए जाएंगे।"

आंखों में मूक पीड़ा लिये सुग्रीव, हनुमान की ओर देखते रहे। जब चुप नहीं रह सके तो पूछा, "शिक्षा-संस्थान के अध्यापकों ने कुछ नहीं कहा? आचार्य ने विरोध नहीं किया?"

"आचार्य ने आज सारी राजपरिषद के सम्मुख, सम्राट को विश्वास दिलाया है कि वे सम्राट की प्रत्येक नीति के समर्थक हैं, उनमें अटूट निष्ठा रखते हैं।" हनुमान का स्वर कुछ ऊंचा हो गया, "उन्होंने सम्राट के पैर छूकर शपथ ली है कि अपने प्राण देकर भी प्रत्येक आज्ञा का पालन करेंगे। साथ ही उन्होंने शिक्षक समुदाय की ओर से समस्त वानरों से निवेदन किया है कि वे प्रसन्न हों कि सुग्रीव के पापी शासन से मुक्त हो, बाली की सुदृढ़ तथा शक्तिशाली भुजाओं की छाया में सुरक्षित हैं।"

"आचार्य ने सम्राट के पैर छुए?" आश्चर्य तथा पीड़ा से सुग्रीव का मुंह खुला रह गया।

"हां युवराज।" हनुमान का स्वर भी उदास हो गया, "आज तक मैंने सम्राट को आचार्यों के चरण छूते देखा और सुना है किन्तु पता नहीं, अब वे सम्राट नहीं रहे या वैसे आचार्य नहीं रहे...।"

सुग्रीव को लगा, उनके मन का आदर्श चरमराकर टूट गिरा है और उसके टुकड़ों से उनका मन स्थान-स्थान से छिल गया है। जगह-जगह से रक्तस्राव हो रहा है, और उस आदर्श की मूर्ति के टुकड़ों की चुभन से कितने ही स्थानों से विष जन्म ले रहा है; क्या आचार्य वह होता है जो अपने टुच्चे स्वार्थों के पीछे, न्याय-अन्याय को अनदेखा कर जाए, अत्याचार को कृपा का नाम दे और अपनी बौद्धिक श्रेष्ठता की ओट में जन-सामान्य को भ्रमित करे...क्या लाभ ऐसी विद्या और ऐसे ज्ञान का। पुरानी, सड़ी हुई सूचनाओं के तोते। चरित्र में उदात्तता का एक कण नहीं। तनिक-सी असुविधा सहन नहीं कर सकते। तत्काल घुटनों पर गिरकर, अत्याचारियों के तलुवे चाटने लगे। क्या करेंगे ऐसे लोग, किसी देश और जाति का नेतृत्व। सुख-सुविधाओं के कीड़े। किन्तु अगले कुछ ही दिनों में सुग्रीव जान गए कि घुटने टेकने वाले, अकेले शिक्षा-संस्थान के आचार्य ही नहीं थे। एक-एक कर समस्त अध्यापकों और आचार्यों ने सम्राट के समर्थन की शपथ ली थी। कवि और कथाकार अपने तर्क-वितर्क, चिन्तन-मनन, सिद्धान्त-आदर्श छोड़कर सम्राट की विरुदावलियां गाने लगे। प्रशंसा करने में भी जैसे होड़ लगी हुई थी कि कौन दूसरे से बढ़कर मूर्खता और अपमान की सीमा पार कर सकता है। किसी को न मर्यादा का ध्यान था, न अपने दायित्व का। अन्धी दौड़ थी, एक-दूसरे से आगे बढ़ने की सीमा कोई नहीं थी।

बुद्धिवादियों के पश्चात् व्यापारियों की बारी आई। प्रत्येक हाट की ओर से अलग-अलग अभिनन्दन हो रहा था। धन एकत्र कर सम्राट को भेंट किया जा रहा था। सम्राट के कंठ में पड़ी एक-एक

पुष्पमाला के लिए व्यापारी समुदाय स्वर्ण-मुद्राएं देने के लिए प्रस्तुत था। उनके जीवन की जैसे एकमात्र तृष्णा यही थी कि किसी प्रकार सम्राट उनकी गणना अपने चाटुकारों में कर लें।

सुग्रीव निरन्तर सोच रहे थे। दिन-रात मन में कोई-न-कोई प्रश्न उलझा ही रहता था। कभी सोचते, जन-सामान्य भीरु और कोमल होता है, लोग सम्राट का दबाव नहीं सह सके होंगे। अपने बचाव के लिए झूठा प्रदर्शन कर रहे होंगे। उनसे रुष्ट होने की नहीं, उन पर दया करने की आवश्यकता है... जब तक कि वे निर्बल हैं, सम्राट के दमनचक्र का सामना नहीं कर सकते, तब तक वे इसी प्रकार झूठ बोलेंगे...किन्तु दूसरे हीं क्षण सोचते, तो उन्हें लगता कि यह सारा बाली-समर्थन केवल भय के कारण नहीं था। स्वार्थी और अवसरवादी लोगों ने न केवल बाली के सम्मुख नाक रगड़-रगड़कर उसे विश्वास दिलाया था कि लोग उसके साथ हैं, वरन् उसके सम्मुख सिद्ध कर दिया था कि वह आज तक के इतिहास का सर्वाधिक लोकप्रिय सम्राट है...सम्राट के मुख से शब्द निकलने भर की देर थी कि चाटुकार लोग औचित्यानौचित्य का विचार छोड़, उसे पूरा करने के लिए जुट जाते थे। राजसभा में उपस्थित होकर अधिक-से-अधिक साक्षियों के सम्मुख बाली के पैरों पर अपना माथा रगड़ना, राज्य के प्रमुख जनों का पवित्र आचरण हो गया था...और जिस किसी ने इस प्रकार अपमानित होना अस्वीकार किया, उसके विषय में बाली के चाटुकार बार-बार सम्राट को स्मरण कराते रहते थे कि अमुक व्यक्ति ने अभी अपना माथा सम्राट के पैरों पर नहीं रगड़ा है। क्या वह सम्राट का विरोधी है?...और कुछ पूर्व-सम्राट की चरण-वन्दना कर आया है...

सुग्रीव सुनते और चुप रह जाते। क्या कर सकते थे वे? कोई भी व्यक्ति जिसका कभी किसी सन्दर्भ में सुग्रीव से वास्ता पड़ा था, अपना कर्तव्य समझकर, बाली की राजपरिषद् में नाक रगड़ आता था। उसके पास अपने बचाव के लिए सुग्रीव की निन्दा के सिवाय और कोई मार्ग ही नहीं था। सुग्रीव की अधिक-से-अधिक निन्दा, बाली की अधिक-से-अधिक दया पाने का साधन थी...कहां सुग्रीव सोचते थे कि उनके अपने सहयोगी ही नहीं, सामान्य जनता भी उनका पक्ष लेकर, बाली के सैनिकों से जा टकराएगी और कहां उनके अत्यन्त निकट के मित्र और सहयोगी, घोषित रूप से बाली के चाटुकार बन, उनकी निन्दा करने में अपना गौरव मानने लगे थे। तो क्या जन-साधारण में उनका विश्वास झूठा था...वे समझते थे कि इस आकस्मिक धक्के से संभलते ही लोग चेतेंगे और बाली का विरोध करेंगे। और यहां जैसे-जैसे समय बीतता जाता था, न केवल लोगों के सिर बाली की सत्ता के सामने झुकते जाते थे, उनके स्वाभिमान भी बिछते जा रहे थे। शासन के अत्याचारों के समाचार तो अनेक आते थे, जनता के विरोध का एक भी समाचार कभी नहीं आया...लगता था जन-साधारण के मन की प्रत्येक आशा बुझती जा रही थी और उनके सिर अन्धकार की पूजा में झुक गए थे...इन्हीं लोगों के सुख और स्वतन्त्रता के लिए सुग्रीव और उनके साथियों ने इतने स्वप्न संजोए थे। इन्हीं के लिए उन्हें घर छोड़कर भागना पड़ा और इन्हीं के लिए उनकी रुमा का अपहरण हुआ, और आज भी वह आततायी बाली की क्रूर भुजाओं में बन्दी, तड़प रही है।

और अन्त में उसी हताशा में से सुग्रीव को आशा की किरण दिखाई दी; वे रुष्ट क्यों हैं? और हताश भी क्यों हों?...संकट में ही तो मित्र और शत्रु और अच्छे-बुरे की पहचान होती है। इन्हें तो बाली का भी कृतज्ञ होना चाहिए कि उसने ऐसा अवसर प्रस्तुत कर दिया जिसमें प्रत्येक व्यक्ति ने अपने-अपने चरित्र को स्पष्ट कर दिया है। बाली की क्रूरता का यह दबाव न पड़ता तो लोगों के चेहरों से ये मुखौटे कैसे उतरते?...ये मुखौटे न उतरते तो सुग्रीव उनके चरित्र की धातु कैसे पहचानते...

सहसा उनका ध्यान, बाहर से आते हुए हनुमान और तार के वार्तालाप के स्वरों की ओर चला

गया...वे लोग यदि कहीं गए हुए हों, तो प्रायः इस समय तक लौट आया करते हैं। लौटने के समय में कोई नवीनता नहीं थी, किन्तु उनके वार्तलाप में उत्तेजना की भनक कुछ अवश्य थी जिसका अर्थ था कि आजकल नित्यप्रति घटनेवाली अद्भुत घटनाओं में भी कुछ विचित्र घट गया था। वे लोग आकर सीधी सुग्रीव की गुफा के सम्मुख ही रुके। सुग्रीव बाहर निकल आए।

"युवराज!" हनुमान बोले।

"क्या बात है हनुमान?" सुग्रीव ने कुछ उत्सुकता से उन दोनों को देखा। वे दोनों चुपचाप खड़े थे, एक-दूसरे को देखते हुए जैसे समझ न पा रहे हों कि बात कहां से आरम्भ की जाए। तभी सुग्रीव की दृष्टि हनुमान के हाथों में पकड़ी एक पोटली पर पड़ी। एक अत्यन्त सुन्दर वस्त्र में कोई वस्तु लपेटे वे दोनों हाथों में उसे पकड़े हुए थे।

"यह क्या है हनुमान?"

हनुमान घुटनों के बल बैठ गए और बड़े यत्न से वह वस्त्र उन्होंने भूमि पर फैला दिया। सुगीव की आंखें अचरज से फैल गईं। वस्त्र में लिपटे हुए आभूषण वस्त्र पर इधर-उधर फैल गए।

"यह क्या है?" सुग्रीव ने पुनः पूछा।

"युवराज! मतंग-वन और किष्किन्धा के भीतर भी हमारे कुछ सहयोगी अपने आसपास होनेवाली छोटी-छोटी घटना पर दृष्टि रखते हैं और अवसर मिलते ही हम तक सूचना पहुंचा देते हैं।"

"क्या?" सुग्रीव को विश्वास नहीं हुआ, "लोग सूचना-संग्रह कर, बाली के विरुद्ध तुम्हारी सहायता करने का साहस करते हैं।"

"हां युवराज!"

"कौन लोग हैं वे?"

"कई प्रकार के लोग हैं।" हनुमान बोले, "कुछ तो हमारे पुराने संगठनों के सदस्य हैं, कुछ वे लोग हैं, जो बाली के हाथों पीड़ित हुए हैं, जिनके बन्धु-बान्धव या तो कारागार में डाले गए हैं या अन्धकूपों में और कुछ बहुत थोड़े से वे लोग हैं जो सिद्धान्ततः अन्याय का विरोध करना अपना धर्म समझते हैं...।"

"तो जन-सामान्य अभी निष्प्राण नहीं हैं," सुग्रीव बुदबुदाए, "मैंने तो आशा सर्वथा छोड़ दी थी।"

"नहीं युवराज। हताश होने की कोई बात नहीं है।" तार के स्वर में उल्लास था, "लोगों से हमें क्रमशः अधिक सहायता मिलने लगी है। कुछ ही दिनों में हम अच्छी तरह संगठित हो जाएंगे।"

सुग्रीव फिर अपने भीतर कहीं डूब गए...वे अपने मन में निराशा के जाल ही बुनते रहे और उनके साथियों ने संगठन भी बना डाले...

उन्होंने प्रश्नवाचक दृष्टि से हनुमान की ओर देखा।

"युवराज! आज पर्वत के नीचेवाले क्षेत्र के मतंग-वन के चर ने यह सूचना दी है कि उसने वहां से राक्षसों का एक रथ जाता देखा था। रथ बहुत वेग से जा रहा था। उसके आगे घोड़े या गधे की जाति के पशु जुते थे, किन्तु उनकी गति बहुत अधिक थी। उसे एक राक्षस हांक रहा था। उसके वस्त्र राजसी थे। शरीर से हृष्ट-पुष्ट लगता था। वर्ण श्यामल था और उसकी बड़ी-बड़ी मूंछें थीं। रथ यद्यपि चारों ओर से बन्द था, किन्तु वायु वेग से गवाक्ष का आवरण हट जाने के कारण वह देख सका कि रथ में एक अत्यन्त गौर वर्ण की असाधारण सुन्दरी बंधी हुई थी। वह स्त्री सहायता के लिए दो व्यक्तियों को बार-बार पुकार रही थी, जिनके नाम 'राम' और 'लक्ष्मण' हैं। ये वस्त्र और

आभूषण उसी स्त्री ने चलते हुए रथ में से फेंके हैं।" सुग्रीव ने सुनकर वस्त्र को देखा। वस्त्र बहुत सुन्दर था और कदाचित किसी वानरेतर जाति द्वारा बुना गया लगता था। आभूषण सोने के थे; किन्तु उनमें एक भी आभूषण ऐसा नहीं था, जैसा साधारण स्त्रियां पहना करती हैं। निश्चित रूप से वह स्त्री वानर जाति की नहीं थी। किन्तु कौन था वह राक्षस? वह राक्षस ही था क्या? राक्षस ही रहा होगा, अन्यथा उसके पास रथ और रथ खींचनेवाले पशु कहां से आते? किन्तु वह स्त्री कौन थी? किसका अपहरण हुआ है?

"उस स्त्री के विषय में कुछ पता नहीं चला?" तार बोला, "किन्तु राक्षस के विषय में सम्भावना है कि वह रावण ही होगा, क्योंकि सामान्य राक्षसों के पास ऐसे रथ नहीं हैं।"

"हाँ! वह रावण ही होगा।" सुग्रीव बोले, "तभी तो वह पर-स्त्री का अपहरण करके भी सुरक्षित निकल गया और बाली के कान पर जूं नहीं रेंगी...सुग्रीव द्वारा अलका का उसके पिता को लौटाया जाना, बाली सहन नहीं कर सकता, किन्तु रावण द्वारा कन्याओं का हरण और वानरों का वध भी सहन कर सकता है।"

सुग्रीव का मन उदास हो गया। वे चुपचाप लौटकर अपनी गुफा में चले आए। थोड़ी देर खड़े-खड़े दीवार को ताकते रहे फिर लेट गए। बहुत प्रयत्न करने पर भी उनकी आंखों के सामने से वह दृश्य नहीं हट रहा था। बहुत प्रयत्न करने पर, एक-आध क्षण के लिए ध्यान किसी और दिशा में जाता भी तो फिर लौटकर उसी दृश्य पर टिक जाता। वह स्त्री रथ में बंधी हुई थी और बचाए जाने के लिए बार-बार राम और लक्ष्मण को पुकार रही थी...और वह क्रूर राक्षस रावण, अपना रथ दौड़ाता भागा जा रहा था...दूसरे ही क्षण उस स्त्री का चेहरा रुमा के चेहरे में बदल गया। रथ को हांकनेवाले के स्थान पर बाली आ बैठा और रुमा निरन्तर सुग्रीव को पुकार-पुकारकर रक्षा करने के लिए कहने लगी...

सुग्रीव की आंखों में अश्रु आ गए। आज भी रुमा उस स्त्री के समान बाली के प्रासाद की दीवारों से सिर टकरा-टकराकर रोती होगी। और हर क्षण, हर घड़ी सुग्रीव को पुकारती होगी।...पर क्या करें सुग्रीव। सुग्रीव, अपने प्राणों के भय से यहां पर्वत की चोटी पर टंगे बैठे हैं...

रावण द्वारा अपहत स्त्री अपने वस्त्र और आभूषण फेंक गई थी कि किसी प्रकार उनके माध्यम से उसके पति को सूचना मिल जाए...यदि उसके पति को सूचना मिल भी गई तो वह क्या करेगा? है उसमें इतनी क्षमता कि रावण से जा टकराए? सुग्रीव अभी तक बाली से टकराने की बात नहीं सोच पाए हैं...क्या कर रहे होंगे वे लोग, जिन्हें वह स्त्री अपनी रक्षा के लिए पुकार रही थी? क्या वे भी सुग्रीव के समान, किन्हीं गुप्त गुफाओं में छिपकर अपना समय बिता रहे होंगे। शायद नहीं। जिस ढंग से उस स्त्री ने अपने मूल्यवान आभूषण मार्ग में फेंके हैं–उससे तो लगता है कि उसे पूर्ण विश्वास था कि उसके रक्षक उसे खोजते हुए आएंगे और उसकी रक्षा करेंगे...निश्चय ही, वे लोग उस स्त्री को उसी उत्कटता से खोज रहे होंगे–जिस उत्कटता से वह स्त्री उन्हें पुकार रही थी...

किन्तु इतना निकट होते हुए भी–प्रासाद के बाहर, यहां तक कि प्रासाद के भीतर भी कभी किसी ने रुमा का चीत्कार-स्वर नहीं सुना। किसी ने सुग्रीव को सूचना नहीं दी कि रुमा उन्हें अपनी रक्षा के लिए पुकार रही थी। उसका चीत्कार सुनते, तो क्या सुग्रीव इस प्रकार चुपचाप बैठे रहते? नहीं, रुमा को शायद विश्वास ही नहीं था कि सुग्रीव उसकी रक्षा के लिए आएंगे। वे उसे सोती छोड़, भाग जो आए थे। कायर सुग्रीव! सुग्रीव के मन में आया, अपना सिर गुफा की दीवार से मारें...अब वे और अपमान नहीं सह सकते...या तो वे रुमा को बाली के हाथों से छीनने का प्रयत्न करें अथवा

आत्महत्या कर प्राण त्याग दें...उनके पास हनुमान, नल, नील तथा तार जैसे साथी हैं। आज हनुमान ने उन्हें बताया है कि दलित और दमित प्रजा में से भी लोग अत्याचार का विरोध करने के लिए तैयार हो रहे हैं। संगठन बन रहे हैं। तो क्यों न सुग्रीव युद्ध की तैयारी करें। वानरों को एकत्रित कर उन्हें सैनिक प्रशिक्षण दें...एक बार शासन सुग्रीव के हाथ में आ जाए, तो कोई बाली किसी रुमा का अपहरण नहीं कर पाएगा, कोई राक्षस किसी स्त्री का अपहरण कर किष्किन्धा के पास से इस प्रकार सुरक्षित नहीं निकल पाएगा।

किन्तु कौन थी वह स्त्री? उसका अपहरण कहां से हुआ था?

सुग्रीव ने फिर से एक बार वस्त्र और आभूषणों को देखा...किन्तु वे किसी निष्कर्ष पर नहीं पहुंचे। ऐसे वस्त्र और आभूषण उन्होंने पहले नहीं देखे थे...किन्हें पुकार रही थी वह स्त्री...'राम' और 'लक्ष्मण'...राम और लक्ष्मण...सहसा उन्हें लगा ये नाम उन्होंने कहीं-न-कहीं सुने हैं...पर कहां? किससे? सुग्रीव सोचते रहे...कुछ भी याद नहीं आ रहा था...और सुग्रीव का सिर भारी होने लगा था, जैसे नींद आ रही हो...सुग्रीव की आंखें बन्द हो गईं। उन्हें झपकी आ गई थी।...सहसा उनकी निद्रा खुली, तन्द्रा भाग गई। जैसे उनकी खोज पूरी हो गई थी।...उन्हें याद आ रहा था, उन्होंने शायद दंडकारण्य से आनेवाले कुछ यात्रियों के मुख से सुना था कि वहां दो राजकुमार आए हुए थे। उनके पास अनेक दिव्य शस्त्रास्त्र थे और वे लोग बहुत कुशल योद्धा थे...उन यात्रियों ने यह भी बताया था कि उनके संगठन के कारण वहां राक्षसों को मनमानी करने में कठिनाई हो रही है...शायद उनके नाम यही थे...'राम' और 'लक्ष्मण'...हां। वही होंगे तभी तो यह स्त्री उन्हें पुकार रही थी। किन्तु पिंजरे में बन्द पशु के समान सुग्रीव कहां पाएंगे राम और लक्ष्मण को। हाय रे! हतभाग्य सुग्रीव... अगले दिन सबका ध्यान इस ओर गया कि सुग्रीव पिछले दिन के समान हताश नहीं थे। उनकी स्फूर्ति जाग उठी थी और वे अपनी आत्मलीनता से उबरकर पर्याप्त सजग और सचेत लग रहे थे। प्रातः के व्यायाम और अल्पाहार के पश्चात सुग्रीव पिछले दिनों के समान गुमसुम शून्य को नहीं घूर रहे थे। वे पर्याप्त सक्रिय हो उठे थे।

"तुम लोगों ने फिर से संगठन बनाकर कार्य की निश्चित रूप-रेखा बनाने की बात मुझसे कही ही नहीं हनुमान," वे बोले, "शायद तुम लोगों को मेरी मनःस्थिति उसके उपयुक्त नहीं लगी।" वे मुस्कुराए, "अब मैं ठीक हूं। निष्क्रिय पड़े रहकर समय व्यतीत करने के स्थान पर मैं सक्रिय रूप से कुछ करना चाहूंगा...।"

"युवराज। किष्किन्धा नगरी की स्थिति तो आप जानते ही हैं।" नल बोले, "नगरों से बाहर बसे हुए वानर-यूथों पर दोहरी मार पड़ रही है।"

"दोहरी मार का क्या अर्थ है?" सुग्रीव ने पूछा।

"जो किष्किन्धा के निकट हैं, वे बाली के हाथों पिट रहे हैं और जो किष्किन्धा से दूर हैं, वे राक्षसों के हाथों।" नल बोले, "प्रायः वानर-यूथ मैदानों को छोड़कर या तो गहन वनों में जा घुसे हैं या पर्वतों की चोटियों पर चले गए हैं। गुप्त-युद्ध के लिए, यह बहुत उपयुक्त स्थिति है। आजकल हनुमान, दुरूह स्थानों पर छिपे हुए वानरों से सम्पर्क बनाने का प्रयत्न कर रहे हैं।"

सुग्रीव कुछ प्रसन्न दीखे, "यह तो लाभ की स्थिति है; किन्तु पहली बात तो यह है कि हमारी स्थिति कितनी गुप्त तथा कितनी प्रकट है?"

"वैसे तो अभी तक सम्राट को हमारे यहां होने का ज्ञान नहीं है।" हनुमान बोले, "मदिरा उन्हें इतना अवकाश ही नहीं देती। राजकुमार अंगद से हमारा सम्पर्क बना हुआ है। और वे बार-बार यही

सन्देश दे रहे हैं कि सम्राट को यदि आपके यहां होने की सूचना मिल भी जाए तो भी मतंग-वन में प्रवेश नहीं करेंगे।"

"शायद अंगद ठीक ही कहता है," सुग्रीव बोले, "मेरा भी यही अनुमान है कि बाली मतंग-वन में प्रवेश नहीं करेगा। वैसे, हनुमान! यदि कोई मतंग-वन में आए तो उसके विषय में हमें सूचना कब और कैसे मिलेगी?"

हनुमान मुस्कुराए, "युवराज! वन में किसी के प्रवेश करते ही हमें सूचना मिल जाएगी। वन के आरम्भ होते ही हमारी गुप्त चौकियां आरम्भ हो जाती हैं।"

"मेरा अनुमान था कि शायद तुमने ऐसी कोई व्यवस्था कर ली होगी।" सुग्रीव मुस्कुराए...और सहसा, उनके मन में कोई नया विचार आया, "सुनो, कुछ बातें मुझे तुम चारों से ही करनी हैं।"

चारों व्यक्ति सावधान हो गए। "अब मुझसे कुछ गुप्त रखने की आवश्यकता नहीं है। मैं पूर्णतः स्वस्थ और जागरूक स्थिति में हूं।"

चारों के चेहरे उल्लसित हो उठे। "दूसरी बात–कल तुम लोग एक अपहृत स्त्री का समाचार लाए, उसके विषय में अधिक खोज-खबर रखी जाए। मेरा विचार है कि राम और लक्ष्मण वे ही आर्य राजकुमार हैं, जिनके कारण दंडकारण्य में राक्षसों के सम्मुख बाधाएं उपस्थित हो रही हैं।"

"युवराज की इच्छा का हमें ध्यान रहेगा।" तार बोले।

सुग्रीव ने जैसे उनकी बात सुनी ही नहीं, "किसी प्रकार हम उनसे सम्पर्क स्थापित कर पाएं, उनसे बहुत सहायता मिल सकती है।"

प्रातः एक-एक कर वे सभी वानर किसी-न-किसी दिशा में निकल गए, किन्तु नित्य के समान, आज, सुग्रीव जाकर अपनी गुफा में नहीं लेटे। वे अच्छी प्रकार समझ गए थे कि उन्हें इस प्रकार अकेले छोड़कर जाने का अर्थ था कि मतंग-वन में ऋष्यमूक के चारों ओर हनुमान के चर इस स्थिति में थे कि सुग्रीव के लिए तनिक-सी भी आपत्ति उपस्थित होते ही, उन्हें सचेत कर सकें। हनुमान भी इस प्रकार की सूचना से अनभिज्ञ नहीं रहेंगे। अद्भुत हैं हनुमान भी...सुग्रीव ने खड्ग बांधा, गदा उठाई और चल पड़े–आज उनमें तनिक भी आलस्य नहीं था...वे भी तो देखें कि मतंग-वन में हनुमान ने कैसी व्यवस्था कर रखी है...

शिलाओं और गुफाओं को पीछे छोड़ते हुए सुग्रीव गहन-वन में प्रवेश कर गए। वे चलते जा रहे थे और सोचते जा रहे थे, सारे वन में कहीं कोई व्यक्ति दिखाई नहीं देता था। पता नहीं, हनुमान के प्रहरी कहां थे, जिनके भरोसे वह इतना निश्चिन्त था। फिर भी, यह नहीं कहा जा सकता था कि वह निश्चिन्तता झूठी थी। हनुमान ऐसा व्यक्ति नहीं था, जो अपने किसी काम को इतने हल्के ढंग से करे। यदि हनुमान ने कहा है तो निश्चित रूप से निश्चिन्त रहनेवाली बात रही होगी...बीच-बीच में वन्य-पशुओं के स्वर, वायु-मंडल में तैर जाते थे।

सबसे ऊंचा स्वर मतंगों का था...मतंगों के शब्द के साथ ही सुग्रीव की स्मृति में कुछ पुरानी बातें ऊब-चूब करने लगीं...सुग्रीव ने सुना था कि बाली जब दुन्दुभि के पीछे-पीछे इस वन में आया था, तो वह चिंघाड़ते हुए मतंगों के आक्रमण से भयभीत होकर लौटा था। तब से वह इस वन में कभी नहीं आया...मायावी के कारण भी नहीं...तो क्या सुग्रीव इसी कारण सुरक्षित हैं...

उनके पांव रुक गए। सामने एक झुरमुट में हनुमान और शिल्पी बैठे थे। उनके बैठने और बातचीत की पद्धति में कुछ भी गोपनीय नहीं था...वे निःशंक बैठे बातें कर रहे थे। सुग्रीव को देखते ही, वे दोनों उठ खड़े हुए।

"तुम यहां कैसे, शिल्पी?" सुग्रीव ने अत्यन्त आश्चर्य से पूछा।

"हनुमान को कुछ सूचनाएं देने आया था।" वह मुस्कुराया।

"किन्तु," सुग्रीव अब भी चकित थे, "मैंने सुना था, बाली ने तुम्हें बन्दी करने का आदेश दिया है।"

"युवराज ने ठीक सुना था," शिल्पी बोला, "किन्तु वह आदेश वापस ले लिया गया है।"

"कैसे? अंगद के प्रभाव से?"

"नहीं।" शिल्पी की मुस्कान में वक्रता घुल गई, "रत्ना के प्रभाव से।"

सुग्रीव का आश्चर्य बढ़ गया, "रत्ना कौन है?"

"उसे आप नहीं जानते।" शिल्पी बोला, "वह इन दिनों किष्किन्धा की सबसे सुन्दरी वेश्या है।"

"वेश्या का कैसा प्रभाव?"

शिल्पी खुलकर मुस्कुराया, "इन दिनों किष्किन्धा की सारी राजनीतिक सत्ता, वेश्याओं और उनके सम्बन्धियों के हाथों में है। जो स्त्री स्वयं को, और जो पुरुष अपने घर की स्त्रियों को वेश्या बना सकें, वे बाली से सब कुछ पा सकते हैं।"

सुग्रीव आंखों में पीड़ा के भाव लिये शिल्पी को देखते रहे। अन्त में उनके मुख से निकला, "इन्द्र का पुत्र..."

अपनी स्तब्धावस्था से उबरने में सुग्रीव को थोड़ा समय लगा। उबरने के पश्चात वे सहज हो गए, "पर तुम तो अब भी संकट से खेल रहे हो, यहां कैसे चले आए?"

इस बार शिल्पी मुस्कुरा नहीं सका। बोला, "युवराज! संकट तो है ही; किन्तु जब न्याय का युद्ध होने को हो, साफ़-साफ़ दो वर्ग बनकर सामने आ रहे हों, तब भी यदि सामान्य जन संकट के भय से अन्याय का पक्ष लेगा या तटस्थ रहने का नाटक करेगा, फिर तो मानवता अत्याचार के विरुद्ध कभी नहीं लड़ सकेगी। इससे बड़ा संकट और क्या हो सकता है; इसीलिए मैंने छोटे संकट झेलने का निश्चय किया है।"

"सच कहते हो शिल्पी," सुग्रीव आत्म-चिन्तन के-से स्वर में बोले, "हम छोटे संकट से बचने के लिए ही बड़े संकट झेलते चलते हैं...तुम किस काम से आए?"

"हनुमान को बता चुका हूं युवराज।" शिल्पी धीरे-से बोला, "अब चलूंगा। अनुमति दें।"

शिल्पी चला गया तो सुग्रीव ने हनुमान को देखा। वे कुछ अतिरिक्त रूप से गम्भीर लग रहे थे, "क्या बात है हनुमान?"

"आइए, युवराज अब वापस चलें।" हनुमान सुग्रीव के साथ-साथ मुड़े, "शिल्पी सूचना लाया है कि आपको किष्किन्धा से खदेड़कर ही सम्राट सन्तुष्ट नहीं हैं। उन्होंने खोज करवाई है और उन्हें कुछ-कुछ आभास है कि आप ऋष्यमूक पर्वत पर कहीं छिपे हुए हैं। अंगद का कहना है कि सम्राट कुछ कारणों से स्वयं मतंग-वन में प्रवेश नहीं करेंगे..."

"मैं जानता हूं।" सुग्रीव बोले।

"वे अपने सेनानायकों को भेजकर न तो पराजय का कलंक झेलना चाहते हैं, न भाई को कायरतापूर्वक मरवाने का अपयश...किन्तु सम्राट की इच्छा है कि आपके वध की योजना बनाई जाए और किष्किन्धा के व्यावसायिक अपराधियों को धन का लालच देकर आपके पीछे लगा दिया जाए।"

सुग्रीव के पग रुक गए, "विश्वास नहीं होता हनुमान।"

"सूचना राजकुमार अंगद ने भेजी है युवराज।"

सुग्रीव कुछ नहीं बोले। वे चुपचाप चलते रहे। उनके भीतर चिन्तन-प्रक्रिया चल पड़ी थी–बाली के कपट, विश्वासघात, क्रूरता तथा दमन को देखते हुए–रुमा के अपहरण और उसके अपमान के बाद भी सुग्रीव अनजाने ही मन-ही-मन कहीं मानकर चल रहे थे कि बाली उनका भाई है। मूलतः वह उनसे प्रेम करता है, किन्तु इस समय एक भ्रान्ति के कारण वह उनका विरोधी हो गया है। उन्हें लगता था कि समय बीतने के साथ-साथ बाली का आवेश कम हो जाएगा और कदाचित दोनों भाइयों में कोई समझौता हो जाएगा...किन्तु यह मृगतृष्णा मात्र है...बाली उनका भाई नहीं है, वह किसी भ्रान्ति के कारण क्रूर नहीं हुआ है। वह तो अत्याचार और दमन का मत्तमतंग है। मार्ग में आनेवाले प्रत्येक दुर्बल जीव को वह पीसता जाएगा। वह मतंग अब सुग्रीव पर चढ़ दौड़ा है। वह वापस नहीं लौटेगा। विकल्प दो ही हैं–या तो मतंग के सामने वे लेट जाएं और वह उन्हें पीसता हुआ आगे बढ़ जाए या दुर्बल होने पर उस मतंग की सूंड़ उखाड़ने का प्रयत्न करें...

...ठीक कहता है शिल्पी। न्याय का युद्ध होने को हो, दो वर्ग साफ़ पृथक हो रहे हों, दोनों ओर सेनाएं सज रही हों, तब भी तटस्थता के नाम पर सेनाओं से अलग खड़े रहना कायरता और नीचता है...सुग्रीव से अधिक समझदार हनुमान और उनके अन्य साथी हैं। उनकी राजनीतिक समझ अधिक सुथरी है। सुग्रीव उसे पारिवारिक झगड़े से अधिक महत्त्व नहीं देना चाहते थे...किन्तु उनके साथी इसे आरम्भ से ही न्याय और अन्याय का युद्ध मानकर चल रहे हैं...अब सुग्रीव को भी इसे उसी दृष्टि से देखना होगा। जब यह भार उन्हीं के कन्धों पर पड़ा है तो उन्हें अपनी निजी सीमाओं, सम्बन्धों और दुर्बलताओं से ऊपर उठना होगा। इसे कर्तव्य मानकर ही स्वीकार करना होगा। बाली और सुग्रीव, भाई नहीं हो सकते–उन्हें दो विरोधी शक्तियों का रूप ग्रहण करना होगा। यदि बाली का निश्चय यह है कि ये दोनों शक्तियां साथ-साथ जीवित नहीं रह सकतीं, इसलिए सुग्रीव को मरना होगा; तो सुग्रीव का भी निश्चय है कि यदि उसे जीवित रहना है तो बाली को मारना होगा...सुग्रीव को बाली से लड़ने की तैयारी करनी होगी। अपनी क्षमता को तौलना होगा। न्याय के पक्ष से लड़नेवाली शक्तियों से सम्पर्क करना होगा। एक-एक वानर को घसीटकर न्याय के पक्ष में लाकर खड़ा करना होगा। अब तक सुग्रीव ने ये सारी बातें राक्षसों के विरुद्ध ही सोची थीं; किन्तु अब कौन कह सकता है कि बाली भी राक्षस नहीं हो गया है–क्या भेद रह गया है बाली और रावण में? रावण दूर है, सुग्रीव को पहले बाली से ही निपटना होगा...

"हनुमान।" सहसा सुग्रीव बोले, "दुरुह स्थानों पर छिपे वानरों से सम्पर्क किया जा रहा है?"

"हां युवराज। प्रयत्न आरम्भ कर दिया गया है।"

"यह शीघ्र होना चाहिए।" सुग्रीव अपने चिन्तन में डूब गए।

दस

हनुमान प्रातः से ही पर्याप्त सतर्क तथा किंचित उद्वेलित से थे; किन्तु उन्होंने सुग्रीव से कुछ नहीं कहा। व्यायाम, सामूहिक शस्त्राभ्यास तथा अल्पाहार हो जाने के पश्चात् ही वे बोले, "युवराज, एक महत्त्वपूर्ण सूचना है।" हनुमान का व्यवहार कुछ इतना विशिष्ट तथा अभूतपूर्व हो उठा था कि सुग्रीव ही नहीं, नल, नील तथा तार भी जैसे अतिरिक्त रूप से सजग होकर उन्हें देखने लगे।

"क्या बात है हनुमान?" सुग्रीव बोले, "सूचनाएं तो प्रतिदिन आती-जाती रहती हैं, किन्तु इतने अस्थिर तो तुम कभी नहीं हुए।"

"आज की सूचना ही कुछ ऐसी है युवराज।" हनुमान ने सिर झुका लिया, मानों वे सूचना देते हुए सुग्रीव का सामना न कर पा रहे हों।

"कहो हनुमान, क्या बाली ने रुमा का वध कर दिया?"

"नहीं।" हनुमान सिहर उठे। उनके व्यवहार ने सुग्रीव के मन में कितनी अनर्थकारी भावनाओं को जन्म दिया है, "नहीं युवराज। युवराज्ञी के विषय में कोई सूचना नहीं है। चरों ने सूचना दी है कि पम्पा सरोवर के तट पर एक वृद्ध तपसी शबरी की कुटिया में कुछ प्रवासियों का एक दल टिका था। प्रवासी दल के नेता तपस्वी वेश में हैं; किन्तु न केवल वे शस्त्रबद्ध हैं, वरन उनके साथ पूरा शस्त्रागार है जिसे वे अपने कन्धों पर ढो रहे हैं। उनके नेता राम नामक अयोध्या के निर्वासित राजकुमार हैं; साथ ही उनके छोटे भाई लक्ष्मण हैं...वे लोग क्रमशः इसी ओर बढ़ रहे हैं...।" सुग्रीव का रंग पीला पड़ गया...उनके मन में अंगद द्वारा शिल्पी के माध्यम से भिजवाई गई सूचना गूंज गई।

"वे लोग अपराध के व्यवसायी हैं क्या?"

"नहीं।" हनुमान शीघ्रता से बोले, "मेरा तात्पर्य यह नहीं था। यदि युवराज को स्मरण हो तो...मेरा अनुमान है कि ये, वे ही लोग हैं जिन्हें किसी राक्षस द्वारा अपहृत वह स्त्री पुकार रही थी, जिसने मार्ग में वस्त्र तथा आभूषण गिराए थे..."

"हां।" सुग्रीव की चिन्ता कुछ कम हुई, "वह राम और लक्ष्मण को ही पुकार रही थी। वे ही होंगे..."

"मेरा भी यही अनुमान है युवराज," हनुमान का स्वर गम्भीर था, "किन्तु यह अनुमान मात्र ही है। मेरे मन में, उन लोगों को लेकर बहुत सारा ऊहापोह है।" सबने प्रश्नवाचक दृष्टि से हनुमान की ओर देखा।

"यदि वे ही लोग हैं," हनुमान बोले, "तो निश्चित रूप से वे पीड़ित और असहाय हैं। वे लोग उस स्त्री की खोज में होंगे। उनको सहायकों की आवश्यकता होगी, जो उस राक्षस का, जो सम्भवतः रावण ही है; पता-ठिकाना खोजने में तथा अन्ततः उससे युद्ध करने में उनके लिए उपयोगी हो सकें...। यदि उनका सम्पर्क बाली अथवा उसके सहयोगियों से हो गया; उनमें तथा बाली में मैत्री हो गई, तो बाली उनकी सहायता कर सके या न कर सके, वे बाली की सहायता अवश्य ही कर सकेंगे...उनके पास एक पूरा शस्त्रागार है और उनका प्रमुख आयुध धनुष है युवराज।"

इस बार सुग्रीव के साथ-साथ नल, नील तथा तार के चेहरे भी चिन्तित हो उठे–हनुमान सच कह रहे थे।

"यदि वे लोग साधारण शस्त्र-व्यवसायी हैं," हनुमान पुनः बोले, "और संयोग से इस ओर बढ़ रहे हैं, तो हमारे लिए वे दो रूपों में संकट का कारण हो सकते हैं–वे स्वयं हमसे युद्ध करना चाहें... अथवा बाली की प्रसन्नता प्राप्त करने के लिए हमारा वध करना चाहें..."

"क्या बात है, आज हनुमान का सारा चिन्तन ही हमारे विरुद्ध जा रहा है," नल अधीरपूर्वक बोले, "भला प्रवासियों की कोई मंडली हमारी वैरी ही क्यों होगी?"

"मेरा आशय यह नहीं था," हनुमान बोले, "किन्तु हम विपत्ति में हैं; असहाय हैं, छिपे होने पर भी शत्रुओं से घिरे हुए हैं। इसलिए प्रत्येक नई घटना हमारे मन में सोये हुए भयभीत मृगशावक को जगा देती है। हमारी स्थिति ऐसी नहीं है कि हम बिना भरपूर खोज और परीक्षण के किसी भी अपरिचित आगन्तुक को अपना मित्र मान लें।"

"ठीक कहते हो हनुमान," इस बार तार बोले, "किन्तु मेरा विचार है कि ये दोनों आर्य राजकुमार

वे ही राम और लक्ष्मण हैं, जिन्हें वह स्त्री पुकार रही थी और कदाचित ये वे ही तपस्वी राजकुमार हैं, जिनकी राक्षसों के साथ हुई भिड़न्तों के सम्बन्ध में हमें उड़ती-उड़ती सूचनाएं मिलती रही हैं... ।"

"बुरा हो इस अज्ञातवास का।" सुग्रीव झल्लाकर बोले, "कोई सूचना ही ठीक ढंग से नहीं मिल पाती..." सहसा वे संभले, "पर नील की बात ठीक है, हमें इस विषय के धनात्मक पक्ष पर भी सोचना चाहिए। यदि वे लोग शस्त्रबद्ध हैं, तो हमारे सहायक भी हो सकते हैं-क्या हम उनके शस्त्रों का प्रयोग बाली के विरुद्ध नहीं करवा सकते... ?"

"यदि उनकी स्त्री का अपहरण हुआ है," नील ने कहा, "तो उन्हें सहायकों की आवश्यकता होगी। ऐसे में वे लोग हमारी ओर से बाली के विरुद्ध क्यों लड़ेंगे? एक तो वैसे ही राक्षसों से उनकी शत्रुता होगी, ऊपर से बाली से युद्ध कर वानरों को भी अपना शत्रु बना लें?...वे तो उसकी ओर से लड़ना चाहेंगे, तो उनकी सहायता करे। बाली की तुलना में, हम उनकी क्या सहायता कर सकेंगे?"

"यदि हम यही मानकर चल रहे हैं कि ये वे ही आर्य राजकुमार हैं, जिन्होंने दंडक वन में स्थान-स्थान पर राक्षसों का विरोध किया है और वह स्त्री भी उनकी ही आत्मीय थी, जिसका राक्षसों द्वारा हरण हुआ है, तो ऐसे में हमारे लिए कुछ आशा हो सकती है।" हनुमान बोले, "वे लोग तेजस्वी हैं, तो स्वयं पीड़ित होने के कारण पीड़ितों की ही सहायता करेंगे। उन्होंने न्याय का पक्ष लेकर राक्षसों का विरोध किया है, तो अपने स्वार्थ के कारण भी, वे लोग राक्षसों के मित्र बाली की मैत्री स्वीकार नहीं करेंगे। दूसरी ओर, बाली भी राक्षसों के विरुद्ध इन निर्वासितों की सहायता कर, रावण का विरोध आमन्त्रित करने की मूर्खता नहीं करेगा।"

"हनुमान ठीक कह रहा है।" सहसा सुग्रीव उत्साहित हो उठे, "हनुमान एकदम ठीक कह रहा है। यदि वे ही लोग हैं, तो न वे बाली से मैत्री करना चाहेंगे, न बाली उनकी सहायता करेगा।..." जिस आकस्मिकता से उनका उत्साह जागा था, उसी आकस्मिकता से वह बिखर भी गया, "किन्तु उन्हें सहायकों की आवश्यकता है और हम उनकी कोई सहायता नहीं कर सकते।"

"कर सकते हैं।" हनुमान का स्वर संयत, सन्तुलित तथा गम्भीर था, "पहली बात यह है कि उस स्त्री के विषय में उन्हें कुछ निश्चित प्रमाण दे सकते हैं और तब यदि वे हमारी सहायता कर बाली को किष्किन्धा के राज्य से अपदस्थ कर दें और युवराज को किष्किन्धा के सिंहासन पर बैठा दें, तो फिर हम उनकी सहायता कर सकते हैं।"

"उलटी बात।" नील बोले, "वे हमसे सहायता चाहेंगे, और हम उनसे कहें कि हमारी सहायता करो तो हम तुम्हारी सहायता करेंगे।"

"उल्टी बात नहीं है।" हनुमान उत्तेजित होकर बोले, "वे सहायता करें, तो हम उनकी सहायता करेंगे; क्योंकि हम राक्षसों से पीड़ित हैं और उनके अनाचार को समाप्त करना चाहते हैं, किन्तु बाली राक्षसों के विरुद्ध उनकी कोई सहायता नहीं करेगा। न पहले, न पीछे। उन्हें यदि राक्षसों के विरुद्ध सहायता चाहिए, तो उनके पास कोई विकल्प नहीं है। वे हमारा समर्थन नहीं करेंगे तो एकमात्र मित्र को शत्रु के हाथों में सौंपकर, स्वयं अपने प्रति शत्रुता का निर्वाह करेंगे।"

"हनुमान! तुम पहले कही गई अपनी बात का विरोध नहीं कर रहे?" सुग्रीव जैसे सहसा किसी नींद से जागकर बोले।

"नहीं युवराज।" हनुमान सहज होकर बोले, "मेरा मत न पहली बात में था, न अन्तिम बात में। मैंने तो पहले ही कहा था, मेरे मन में बहुत ऊहापोह है। मन स्थिर करने के लिए ही तो यह विवाद चलाया है।"

"ठीक कहते हो हनुमान।" तार बहुत देर के पश्चात बोले, "हमें सारे पक्षों पर अच्छी प्रकार विचार कर लेना चाहिए।...किन्तु एक बात मैं भी कहूंगा।" तार कुछ तनकर बैठ गए, "बाली उनकी सहायता नहीं करेगा–यह बात भी तो उन लोगों को समझानी होगी। यदि वे लोग पहले बाली के सम्पर्क में आ गए, तो हमारे विरुद्ध बाली उनका उपयोग तो कर ही लेगा, बाद में उनकी सहायता करे या न करे...।"

"इस दृष्टि से तो हमें अपने स्थान पर बैठे रहकर उनके आने की प्रतीक्षा करने के बदले, आगे बढ़कर उनका स्वागत करना चाहिए, उनसे सम्पर्क कर, उन्हें अपनी ओर आकृष्ट ही नहीं करना चाहिए, वरन उनकी ओर मैत्री का हाथ भी बढ़ाना चाहिए।"

"किन्तु एक और बात," सुग्रीव गम्भीर थे, "ऐसा न हो कि हम उनकी शस्त्र-शक्ति को वास्तविकता से अधिक आंक कर उन्हें अपना मित्र बना लें और बाली को अपने प्रति और क्रूर होने के लिए प्रेरित करें।"

"उनकी सहायता तो हमें वैसे भी करनी चाहिए, युवराज!" हनुमान बोले, "वे न्याय के पक्ष में हैं और पीड़ित हैं...और पीड़ितों के संगठन से ही शोषण का अन्त हो सकता है।"

"मैं तुमसे पूर्णतः सहमत हूं हनुमान," सुग्रीव का स्वर उदास हो गया, "स्त्री के अपहरण की पीड़ा मुझसे अधिक और कौन समझ सकता है? और अपहृत स्त्री की सहायता न कर पाने की असमर्थता का दंश भी और किसके वक्ष में इतना गड़ा होगा...उनकी सहायता तो हमें करनी ही चाहिए! इस कष्ट में तो वे मुझे अपने सहोदर भाई से लगते हैं। हमारा न्याय भी एक है और स्वार्थ भी...किन्तु इस संकट की घड़ी में हमें आपद्धर्म का निर्वाह करना होगा। हम उन्हें ऐसी मैत्री न दें, जिससे हमें और उनको हमारे क्रूर शत्रुओं का क्रोध नष्ट कर दे।"

"अरे पहले मालूम भी तो हो कि वे लोग कौन हैं?" सुग्रीव के चुप होते ही तार बोले।

"वह तो आवश्यक है ही," हनुमान ने उत्तर दिया, "किन्तु यह निश्चय तो पहले ही हो जाना चाहिए कि उनकी वास्तविकता मालूम हो जाने पर उनके प्रति हमारा व्यवहार कैसा होगा...।"

"तो ऐसा करो हनुमान!" सुग्रीव बोले, "तुम किसी प्रकार यह ज्ञात करो कि वे लोग कौन हैं। यदि वस्तुतः ये वे ही राक्षस-विरोधी आर्य राजकुमार हैं, और वह स्त्री इन्हें पुकार रही थी तो तुम उन्हें मित्रतापूर्वक यहां ले आओ। उनकी शस्त्र-शक्ति की परख यहां हो जाएगी और तब आगे का कार्यक्रम बन जाएगा, किन्तु..." सुग्रीव का स्वर कुछ कांप-सा गया, "यदि वे कोई अन्य शस्त्रधारी हैं और बाली द्वारा हमारी टोह लेने के लिए भेजे गए हैं तो..."

"ऐसी स्थिति में किसी एकान्त स्थान में घेरकर उनका वध करना होगा," तार बोले, "यदि वे शत्रु-भाव से आए हैं तो हमारे गुप्त ठिकाने को देख लेने के पश्चात उनका जीवन हमारी मृत्यु के समान है।"

"यह ठीक है।" हनुमान ने समर्थन किया, "मेरा मत है युवराज! आप मलय पर्वत पर अपनी गुफा में चले जाएं जब तक हमें इन आगन्तुकों का पूर्ण तथा वास्तविक परिचय नहीं मिल जाता, तब तक आप वहीं निवास करें।"

"हमारा जीवन तथा सम्मान अब तुम्हारे हाथ में है हनुमान।" सुग्रीव की आंखों में अश्रु थे तथा स्वर भर्रा आया था।

ग्यारह

हनुमान सुग्रीव को बुलाने चले गए तो राम, लक्ष्मण तथा उनके बीस जन-सैनिकों ने अपने आयुध कन्धों से उतार लिये। एक छायादार वृक्ष देख कर, कुछ अस्त्र-शस्त्र उसके तने के साथ टिका दिए और कुछ उसकी छाया में संजोकर रख दिए। कुछ शिला-खंडों को स्वच्छ कर तथा कुछ वृक्षों की टूटी-सूखी शाखाओं को व्यवस्थित कर बैठने का प्रबन्ध कर लिया गया।

हनुमान से सारी सूचना पाकर राम के मन में नए सिरे से एक चिन्तन-प्रक्रिया चल पड़ी थी–जिस व्यक्ति की खोज में वे यहां तक आए थे, उस व्यक्ति ने स्वयं ही न केवल उन्हें ढूंढ़ निकाला था, वरन अपने मन्त्री के माध्यम से मैत्री का सन्देश भी भिजवा दिया था। इससे अधिक सुखद स्थिति और क्या हो सकती थी? किन्तु मैत्री का इच्छुक वह व्यक्ति स्वयं कष्ट में था। उसकी स्थिति स्वयं राम के समान कष्टप्रद तो थी ही, कुछ अंशों में उनसे भी अधिक बीहड़ थी। राम ने अपनी इच्छा से निर्वासन स्वीकार किया था, किन्तु सुग्रीव को बलात किष्किन्धा से निष्कासित कर दिया गया था। राम वन में स्वच्छन्द जीवन व्यतीत कर रहे थे और सुग्रीव को अज्ञातवास करना पड़ रहा था। राम की पत्नी को रावण नामक सम्पूर्ण मानवता का शत्रु, दुष्ट राक्षस हरकर ले गया था और सुग्रीव की पत्नी का स्वयं उसके बड़े भाई ने अपहरण किया था। राम अपने शत्रु को खोजकर, उसे दंडित कर प्रतिशोध लेने तथा सीता को लौटा लाने का साहस रखते थे और सुग्रीव असहाय-सा अपने शत्रु से मुख छिपाता फिर रहा था...।

राम और उनके साथियों ने दूर से सुग्रीव को आते देखा। हनुमान कुछ आगे-आगे चल रहे थे और शेष कुछ लोगों ने सुग्रीव को घेर रखा था। सुग्रीव बहुत आश्वस्त होकर नहीं चल पा रहे थे। यद्यपि सुग्रीव के साथी उन्हें एक नृप के सम्पूर्ण आदर के साथ ला रहे थे, तो भी सुग्रीव के डग भरने में आत्मविश्वास का पूर्ण अभाव था। वे आशंकित मन तथा अस्थिर पगों से चल रहे थे। निकट आकर वे राम के सम्मुख खड़े हुए तो उन्होंने हाथ जोड़कर राम का अभिवादन किया।

राम ने देखा, सुग्रीव के चेहरे की कान्ति नष्ट हो चुकी थी। आतंकपूर्ण वातावरण तथा अनिश्चित परिस्थितियों में रहने के कारण उनकी आंखों में भय स्थायी रूप से जम गया था तथा होंठों की भंगिमा से हताशा का भाव अभिव्यक्त होता था। राम ने आगे बढ़कर सुग्रीव को गले से लगा लिया, "सुग्रीव! आज से हम-तुम बन्धु हुए। तुम मुझे लक्ष्मण के समान प्रिय रहोगे। एक-दूसरे के सुख-दुख में हम सहभागी होंगे। तुम्हारा मित्र मेरा मित्र होगा और तुम्हारा शत्रु मेरा शत्रु होगा।"

सुग्रीव ने अपने होंठों पर सायास एक भीत मुस्कान प्रकट की, "आर्य राम, कहीं आप बिना सोचे-समझे तो वचन नहीं दे रहे। यद्यपि हनुमान ने आपको मेरे विषय में सब कुछ बताया होगा–फिर भी, वह मेरा मित्र तथा सचिव है। क्या आपको इस प्रकार हमारा विश्वास कर लेना चाहिए?"

राम का विश्वास कुछ अधिक मुखर होकर उनके चेहरे पर झलका, "सुग्रीव! तुम्हारा चेहरा अपने हृदय का दर्पण है। स्त्री के अपहरण की पीड़ा और अपमान को जितना मैंने अपनी अनुभूति से जाना है, उतना ही तुम्हारे मुख-मंडल से भी जाना है।...तुम्हारे दुख के सामने तो मुझे अपना दुख भी छोटा लगने लगा है। अब तुम्हारे विषय में और क्या जानना है?"

"यदि मैं आपके किसी काम न आऊं या आपसे विश्वासघात करूं?" सुग्रीव भीरु स्वर में बोले।

लक्ष्मण अट्टहास कर हंसे, "किसी की अक्षमता उसका दोष नहीं होता सुग्रीव। और विश्वासघात...।"

लक्ष्मण ने अपना वाक्य अधूरा छोड़, हाथ से उस वृक्ष की ओर इंगित किया, जिसके नीचे उनका शस्त्रागार पड़ा था। सुग्रीव ने वृक्ष की ओर देखा और सिहर उठे। उन शस्त्रों में विभिन्न प्रकार के धनुष पड़े थे—और सारी किष्किन्धा में एक भी धनुर्धारी नहीं था। उन्होंने सम की ओर देखा—वे सहज आशवस्त ढंग से मुस्कुरा रहे थे।

"यद्यपि हमारी शस्त्र-शक्ति इसलिए नहीं है कि उससे हम किसी को आतंकित करें," राम बोले, "ये आत्मरक्षा अथवा न्याय-रक्षा के साधन मात्र हैं; किन्तु विश्वासघाती को दंड देना भी तो न्याय ही है।"

सुग्रीव का भी साहस कुछ बढ़ा। उनका स्वर कुछ ऊंचा हुआ। आंखें कुछ अधिक खुल आईं, "आपका शस्त्र-भंडार अद्‌भुत है भद्र राम। हमारे पास वैसे शस्त्र नहीं हैं। मान लीजिए कि आपको हमारी ओर से कोई भय और आशंका न हो; किन्तु आपने मेरे शत्रुओं को अपना भी शत्रु माना है। मेरा सबसे बड़ा शत्रु इस समय मेरा अपना भाई और किष्किन्धा का राजा वीरवर बाली है, जिसके भय से मैं भीत चूहे के समान अपने बिल में छिपा बैठा हूं। वह विकट वीर है। उसका शारीरिक बल और युद्धकौशल इस क्षेत्र में किंवदन्तियों का रूप ले चुका है। उसने दुन्दुभि जैसे वन्य भैंसे को सम्मुख-युद्ध में अपने गदा के प्रहार से धराशायी कर दिया था और मय के पुत्र मायावी का द्वन्द्व-युद्ध में वध किया था। आपको उसकी शत्रुता महंगी पड़ सकती है।"

"तुम्हारे मन में यदि बाली के साथ मेरे द्वन्द्व-युद्ध की कल्पना है मित्र!" राम बोले, "तो निश्चित जानो कि मैं द्वन्द्व-युद्ध अपने शस्त्र से करता हूं। मेरा शस्त्र गदा नहीं धनुष है। दूसरे व्यक्ति के शस्त्र से द्वन्द्व-युद्ध मेरे युद्ध-शिक्षण का अंग नहीं है। इस धनुष के सम्मुख बाली का गदा व्यर्थ हो जाएगा। और सुग्रीव।" राम का स्वर और भी मधुर हो गया, "राक्षसों ने जम्बूद्वीप के सम्पूर्ण खंड को अपने शस्त्र बल से ही प्रकम्पित कर रखा है। वानरों तथा अन्य जातियों के पास शस्त्र नहीं हैं, जो शस्त्र हैं भी, वे धनुष की समकक्षता नहीं कर सकते। अतः बाली मेरी दृष्टि में उतना विकट योद्धा नहीं रह जाता, जितना कि तुम उसे मान बैठे हो।"

"बाली का शरीर द्वन्द्व-युद्ध में भयंकर गदा का आघात सहने का अभ्यस्त है राम।..."

राम ने शान्त दृष्टि से सुग्रीव को देखा, "मैं आत्मश्लाघा का समर्थक नहीं हूं, न ही दर्पोक्तियां मेरी प्रकृति के अनुकूल पड़ती हैं; किन्तु मित्र! तुम्हारा आत्मबल जगाने के लिए कुछ करना ही होगा।" वे घूमे, "लक्ष्मण मेरा धनुष तथा तूणीर ले आओ।"

सुग्रीव तथा उनके साथी स्तब्ध रह गए—क्या करेंगे राम धनुष-बाण का? कहीं वे सुग्रीव से रुष्ट होकर उसे दंडित तो नहीं करना चाहते?...किन्तु उनके स्वर में सुग्रीव के प्रति कोई रोष तो था ही नहीं...।

लक्ष्मण ने राम का धनुष और तूणीर उनके सम्मुख रख दिया।

"बाली के पराक्रम का सबसे बड़ा प्रमाण क्या है सुग्रीव?"

सुग्रीव ने राम को देखा—वे उनसे रुष्ट नहीं थे; अपने मित्र के सन्तोष के लिए अपनी शक्ति की परीक्षा देने को तैयार खड़े थे। सुग्रीव ने मन-ही-मन क्षण-भर सोचा और सामने, एक पंक्ति के खड़े साल के सात वृक्षों की ओर इंगित किया, "भद्र राम! बाली के शरीर में इतनी शक्ति है कि वह यदि इन साल वृक्षों को पकड़कर झकझोरे तो इनका एक-एक पत्ता झड़कर पृथ्वी पर आ पड़ेगा।" राम अपनी आश्वस्त मुस्कान अधरों पर लिये, मुस्कुराते रहे। उन्होंने वहीं खड़े-खड़े अपने धनुष पर एक तीक्ष्ण लौह-फलकवाला बाण चढ़ाया; प्रत्यंचा को कान तक खींचा और बाण छोड़ दिया। सुग्रीव

तथा उनके साथियों ने आश्चर्य से देखा, राम का बाण एक-एक कर सातों साल वृक्षों को भेद गया था–अद्भुत था राम का लक्ष्यबेध, बल तथा कौशल।

"क्या विचार है मित्र?"

सुग्रीव अभिभूत थे, "समझ गया भद्र। बाली को तो निकट जाकर अपने हाथों से बारी-बारी सातों वृक्षों को हिलाना पड़ता है–राम अपने स्थान पर खड़े-खड़े, एक ही बाण से, एक ही साथ सातों वृक्षों को छेद सकते हैं।...तुम समर्थ हो मित्र। और तुम्हारे कारण, आज मैं भी बाली से अधिक समर्थ हूं।" सुग्रीव अपने आह्लाद में द्रवीभूत आगे बढ़े और राम को उन्होंने अपने वक्ष से लगा लिया।

बारह

प्रातः का अभी पूरी तरह उजाला नहीं हुआ था कि सहसा ही सारा मतंग-वन जाग उठा। प्रहरी तथा सूचना देनेवाले चर इधर-उधर भागते दिखाई देने लगे और अनेक लोगों का आवागमन आरम्भ हो गया, मानो बड़ी-बड़ी सैनिक टुकड़ियों का स्थानान्तरण हो रहा हो।

ऋष्यमूक पर सुग्रीव की गुफा के सम्मुख सभा जुड़ी हुई थी। सुग्रीव, राम, लक्ष्मण, नल, नील, तार वहां हनुमान की प्रतीक्षा में बैठे हुए थे।

थोड़ी देर में हनुमान आते दिखाई दिए। उनके साथ-साथ ऋक्षों के यूथपति जाम्बवान भी थे। सुग्रीव ने अपने स्थान से उठकर जाम्बवान को गले लगाया, "ऋक्ष यूथपति, आप?"

"हां युवराज।" जाम्बवान ने थके किन्तु उल्लसित स्वर में कहा, "किष्किन्धा तथा बाली को छोड़, आपकी शरण में आ गया हूं। अकेला नहीं आया हूं। यूथ के सदस्य तथा सेनानायक भी मेरे साथ हैं। अब जीवन-मरण सब आपके हाथ हैं। जो आज्ञा होगी, उसका पालन होगा।"

"मुझे हनुमान के समान ही अपना अनुचर समझें।"

जाम्बवान ने समर्पण के प्रमाण-स्वरूप अपना सिर झुका दिया।

"किन्तु आपको हमारे ठौर-ठिकाने का पता कहां से चला? क्या हमारा स्थान अब गुप्त नहीं रहा?" सुग्रीव के स्वर में हल्की आशंका थी।

"यही समझें युवराज," जाम्बवान निष्कम्प स्वर में बोले, "किन्तु उसमें भय का कोई कारण नहीं है। किष्किन्धा की प्रजा आज प्रायः जानती है कि युवराज मतंग-वन में ही हैं–और प्रजा यह भी जानती है कि बाली अकेला अथवा अपनी सेना के साथ मतंग-वन में प्रवेश करने का साहस नहीं करेगा।" सुग्रीव ने चिन्तित दृष्टि से हनुमान की ओर देखा, "यह गोपनीयता कैसे भंग हो गई हनुमान?"

"युवराज! आर्य राम तथा लक्ष्मण का आगमन गोपनीय नहीं रखा जा सकता।" हनुमान स्थिर वाणी में बोले, "हम अपनी चिन्ताओं में उलझे रहने के कारण अधिक नहीं जान सके; किन्तु इस क्षेत्र की सारी जनता जैसे इन जननायकों के आगमन की प्रतीक्षा में थी। वह वृद्धा–शबरी तक जानती थी कि राम पंचवटी में थे और वहां से इस ओर आ रहे हैं...।"

"किन्तु सुरक्षा!..." तार ने कहना चाहा।

"सुरक्षा, इस प्रचार के कारण हम और अधिक सुरक्षित हो गए हैं," हनुमान मुस्कुराए, "बाली पहले मतंगों के भय से इधर आने का साहस नहीं कर रहा था; अब उसे ज्ञात हो गया है कि राम, लक्ष्मण, उनके जन-सैनिक और उनका शस्त्रागार भी यहां है। उसके भेजे हुए गुप्तचरों का मतंग-वन में प्रवेश करते ही जन-सैनिक प्रहरियों के बाणों से स्वागत हुआ है। उससे बाली का मनोबल पर्याप्त

क्षीण हुआ है तथा प्रजा का मनोबल बढ़ गया है। उसका पहला प्रमाण तात जाम्बवान का किष्किन्धा छोड़कर हमारे पास आ जाना है...।"

"मुझे बहुत पहले ही बाली तथा किष्किन्धा को छोड़कर आपके पास आ जाना चाहिए था," जाम्बवान सहज मुस्कान के साथ बोले, "किन्तु अपनी वृद्धावस्था के कारण साहस नहीं कर पा रहा था।–किष्किन्धा में दैनन्दिन जीवन क्रमशः अधिक अपमानजनक तथा अन्यायपूर्ण होता जा रहा है युवराज! वहां रहना असह्य हो रहा था। नगर का प्रत्येक लुच्चा राज-परिषद का सदस्य हो गया और प्रत्येक ईमानदार व्यक्ति सत्ता द्वारा प्रताड़ित, आतंकित, असहाय तथा निरीह जीव! एक ओर से बाली धक्के मार रहा था और दूसरी ओर से श्रीराम के आपके पास आ पहुंचने का समाचार मिला। इन दो शक्तियों से मिलने की सूचना ने मेरा भयावृत्त तेज झकझोर कर जगा दिया। मैं छिपकर नहीं आया हूं। खुल्लम-खुल्ला आया हूं–घोषित रूप से। अपने साथ अदमनीय जन-शक्ति लाया हूं। आप मतंग-वन एक दुर्ग में परिवर्तित कर दें। आप देखेंगे, अब नित्य प्रति प्रजा-जन, वानर-यूथ तथा अनेक सेनानायक आपकी शरण में आते जाएंगे। बहुत शीघ्र यह स्थान सैनिक स्कन्धावार में बदल जाएगा। आप चाहें तो कुछ ही दिनों में बाली को अपदस्थ कर, किष्किन्धा में सम्राट के सिंहासन पर अपना अभिषेक करा सकते हैं।" उपस्थित लोगों ने अपना हर्ष प्रदर्शित किया।

"सुनो मित्र सुग्रीव!" सारे वार्तालाप में राम पहली बार बोले, "यह तो निश्चित है कि हमारा लक्ष्य क्या है; किन्तु अभी तक हमने बाली को अपदस्थ करने की पद्धति पर तनिक भी विचार नहीं किया है।"

सुग्रीव कुछ क्षणों तक राम को देखते रहे, जैसे मन की बात कहने से पहले राम को तौल रहे हों और फिर धीरे से बोले, "अपदस्थ करने की पद्धति पर नहीं, बध की पद्धति पर।"

राम चौंककर अनायास उठ खड़े हुए। "क्यों? क्या हुआ?" सुग्रीव मानो राम से इसी प्रकार की प्रतिक्रिया की अपेक्षा कर रहे थे।

"मेरे लिए बाली एक अपराधी मात्र है। शेष अपराध इस समय छोड़ दिए जाएं, तो भी रुमा के अपहरण के लिए बाली को वह दंड मिलना चाहिए, जो सीता के अपहरण के लिए रावण को मिलेगा।"

राम बोले, "किन्तु सुग्रीव! बाली तुम्हारा भाई है।"

"सम्बन्ध की दृष्टि से बाली मेरा भाई है।" सुग्रीव का स्वर अत्यन्त गम्भीर था, किन्तु, अपने कृत्यों से वह मेरा ही नहीं, सारी वानर-जाति का शत्रु हो गया है। एक भाई द्वारा, अपने भाई के वध के प्रस्ताव पर आपका चकित होना स्वाभाविक ही है। इस विषय में, मैं स्वयं भी अनेक चिन्ताओं से घिरा हुआ हूं–यदि मैं बाली का बध का माध्यम बनता हूं, तो मेरा प्रिय सहयोगी अंगद अपने पिता के हत्यारे के विषय में क्या सोचेगा; यह तार अपनी बहन को विधवा करनेवाले सुग्रीव से कैसा व्यवहार करेगा; स्वयं भाभी तारा के मन में मेरे प्रति जो स्नेह है, वह क्या कहेगा; और वृद्ध सुषेण मेरे प्रति क्या धारणा रखेंगे?...किन्तु आज मैं ऐसे दोराहे पर खड़ा हूं, जहां मुझे अपने स्नेह-सम्बन्धी और न्याय में से एक को चुनना है। दोनों मुझे नहीं मिल सकते...।" सुग्रीव क्षण-भर के लिए मौन रहकर पुनः बोले, "मैं यदि अपने प्रति किए गए बाली के अत्याचारों को भुला भी दूं तो क्या किष्किन्धा की प्रजा तथा वानरों के यूथ उसके अत्याचारों को क्षमा कर देंगे?"

"नहीं।" जाम्बवान दृढ़ स्वर में बोले, "बाली को कोई क्षमा नहीं करेगा। इतना ही नहीं, बाली को क्षमा करनेवाले को किष्किन्धा की प्रजा क्षमा नहीं करेगी।"

"मैं बाली को क्षमा करने का प्रस्ताव नहीं कर रहा।" राम मुस्कुराते हुए बोले, "किन्तु वह व्यक्ति, जो आपका अपना आत्मीय है, आपमें से अनेक लोगों का सम्बन्धी है, किष्किन्धा का सम्राट रहा है–उसे मृत्युदंड देने से पूर्व भली प्रकार सोच-समझ लेना चाहिए।" राम ने रुककर, एक बार सबको देखा, "बाली ने जो कुछ किया अथवा वह जो कुछ कर रहा है, वह 'व्यक्ति बाली' के रूप में नहीं, 'सम्राट बाली' के रूप में ही सम्भव है। यदि हम बाली को किष्किन्धा के सम्राट पद से अपदस्थ कर देते हैं तो उसका वह डंक ही नष्ट हो जाएगा, जिससे वह सारी वानर-जाति को पीड़ित कर रहा है। तब उसके जीवित रहने में आपको क्या आपत्ति है?"

"भद्र राम!" हनुमान बोले, "आप हमसे अधिक बुद्धिमान भी हैं, अनुभवी भी और कदाचित अधिक उदार भी। इसलिए आप बाली को केवल अपदस्थ कर छोड़ देने की बात कर रहे हैं। किन्तु आर्य! बाली के विषय में जो कुछ मैं जानता हूं, उसके आधार पर कुछ कहना चाहूंगा।"

"कहो।"

"जीवित रहते बाली को सम्राट पद से अपदस्थ नहीं किया जा सकता। वह किसी भी अवस्था में उसे सम्भव नहीं होने देगा," हनुमान गम्भीर और स्थिर वाणी में बोले, "और यदि बाली को प्राणदान दिया तो उसके सहयोगी-अनुचरों को भी प्राणदान देना होगा–जो हत्यारे, दुष्ट, पामर, पापी और अत्याचारी हैं। वे सब लोग हमारे समाज में रहेंगे। क्षमा कर दिए जाने पर वे समाज में स्वतन्त्र रूप से अपने संचित धन के बल पर सम्मानित ढंग से रहने का अधिकार तो पा जाएंगे; किन्तु समाज के प्रति अपने दायित्व का तनिक भी निर्वाह नहीं करेंगे; वे अपनी पराजय को नहीं भूलेंगे तथा समाज में सदा विष फैलाएंगे। नए शासन की अवमानना करेंगे और आदर्शों को अपने पैरों से ठुकराएंगे। उनके रहते हुए, समाज में नव-निर्माण का कार्य नहीं हो सकता। इसलिए उन्हें जीवित छोड़ देना अपने ही लक्ष्य के प्रति विश्वासघात होगा।" हनुमान ने मुस्कुराकर राम को देखा, "मैं अनावश्यक रक्तपात का समर्थक नहीं हूं भद्र राम! न मैं व्यक्तिगत प्रतिहिंसा में विश्वास करता हूं; किन्तु अपराधियों को उनके अपराध के ही अनुपात में दंडित करने तथा समाज-निर्माण के विघ्नों के उन्मूलन में मेरा विश्वास बध्दमूल है।"

"आप लोगों का क्या मत है?" राम ने अन्य लोगों की ओर देखा।

"हनुमान ठीक कहते हैं।" सम्मिलित स्वर में समर्थन आया।

लक्ष्मण के मुख पर सन्तुष्टि का उल्लास प्रकट हो गया।

"तो फिर ऐसा ही हो।" राम बोले, "मैं आप लोगों के समर्थन से दो घोषणाएं करना चाहता हूं–प्रथम, हम इसी क्षण से मित्रवर सुग्रीव को वानरों का सम्राट घोषित करते हैं तथा द्वितीय, बाली के अपराधों पर विचार करते हुए उसे मृत्यु-दंड देते हैं।"

"हम सहमत हैं, हम सहमत हैं।" सब ओर से स्वर आए।

राम ने सुग्रीव का हाथ पकड़कर, उन्हें एक ऊंची शिला पर बैठाया और पम्पा सरोवर के जल से अभिषेक कर, उनके हाथ में शस्त्र दे दिया।

इस बार वे लोग राज-परिषद की मर्यादा से बैठे।

"किष्किन्धा पर सैनिक अभियान सम्बन्धी प्रस्तावों पर विचार आरम्भ किया जाए।" सुग्रीव ने अनुमति दी।

सबसे पहले जाम्बवान बोले, "मेरे साथ मेरा यूथ है। उसके अतिरिक्त अनेक सेनानायक हैं। आर्य राम और लक्ष्मण हैं, स्वयं सम्राट, वीरवर हनुमान, नल, नील तथा तार हैं। फिर हमें सोचने की क्या

आवश्यकता है। हम सब रण-सज्जित होकर इसी क्षण चलें और बाली तथा उसकी सेना का सामना करें। जहां तक मेरा अपने तथा बाली का पक्ष का मूल्यांकन है–युद्ध, दो घड़ी भी नहीं चल पाएगा। बहुत सारे सेनानायक अपने सैनिकों के साथ आरम्भ में ही हमारे साथ आ मिलेंगे और शेष सेना को हम देखते-देखते नष्ट कर देंगे।"

"तात जाम्बवान अपने अप्रशिक्षित, असैनिक यूथ जनों को किष्किन्धा की राजसी सेना से लड़ाना चाहते हैं–यह अनुचित है।' लक्ष्मण बोले, "आपके पास कितने भी वीर सेनानायक हों, आप निहत्थे जनसमूह को सेना से लड़वा कर निरीह हत्याओं के भागी बनेंगे। मैं ऐसी युद्ध-नीति का समर्थन नहीं कर सकता।"

"लक्ष्मण ठीक कहते हैं।" जाम्बवान ने मुस्कुराकर अपने विरोध का समर्थन कर दिया, "किन्तु कदाचित वे किष्किन्धा की राजसी सेना की स्थिति नहीं जानते। किष्किन्धा की सेना के पास गिनती के खड्गधर हैं तथा धनुर्धारी तो हैं ही नहीं। सेना की मुख्य शक्ति गदाधर टुकड़ियां हैं। हमारे यूथ के युवक, वीर सेनानायकों के शस्त्रों के समर्थन से सहज ही उनका सामना कर लेंगे। और तब भी यदि कुमार को वह निरीह हत्याओं का ही आयोजन लगता है, तो इन यूथजनों को सैनिक प्रशिक्षण देने तथा किसी-न-किसी प्रकार के आयुधों से सज्जित करने तक इस अभियान को स्थगित रखा जा सकता है।"

"यदि प्रशिक्षण और शस्त्रों की ही बात है," अनिन्द्य अपने संकोच को सायास पीछे धकेलकर बोला, "तो हम दंडक-वन से अपनी जनसेना को लाकर इस अभाव की तत्काल पूर्ति कर सकते हैं...।"

"यह ठीक है।" सुग्रीव असाधारण रूप से उल्लसित हो उठे, "सत्य यह है कि बाली की शक्ति इतनी आतंकपूर्ण है कि मैं किसी बात को सयोग पर नहीं छोड़ना चाहता। इसलिए हमें अधिक-से-अधिक तैयारी के साथ बाली पर आक्रमण करना चाहिए। सेनानायक हमारे पास हैं। जाम्बवान अपने यूथ के माध्यम से हमें जन-बल प्रदान कर रहे हैं तथा अनिन्द्य के प्रस्ताव के अनुसार दंडक-वन की जन-शक्ति तथा शस्त्र-शक्ति दोनों उससे जुड़ जाती हैं। यदि हम इस पूर्ण तैयारी के साथ किष्किन्धा पर सैनिक अभियान करेंगे तो हमारी पराजय की तनिक भी सम्भावना नहीं है।"

सुग्रीव ने रुककर राम की ओर देखा–वे अपने चिन्तन में लीन थे।

सहसा राम ने सिर उठाया, "क्या विचार है लक्ष्मण ?"

"भैया!" लक्ष्मण का स्वर द्वन्द्वरहित नहीं था, "ऐसे में दंडक-वन के पुनः अरक्षित हो जाने की भी सम्भावना है। ऐसा न हो कि उस संगठन का जितना लाभ हम यहां उठाएं; जन-सेना के हट जाने के कारण, उससे अधिक क्षति दंडक-वन में हो जाए।"

"मैं सौमित्र से सहमत हूं।" राम गम्भीर स्वर में ठहर-ठहरकर बोले, "वस्तुतः हमें अपनी दृष्टि तनिक दूरगामी रखनी पड़ेगी। हम इस समय एक व्यापक युद्ध के आमने-सामने हैं। ये छोटे-छोटे युद्ध उस व्यापक युद्ध के स्थानीय व्यूह हैं। हमारा युद्ध उस सर्वग्रासी, अन्यायी, शोषक तथा अत्याचारी राक्षस वृत्ति से है। बाली का विरोध भी उसकी इसी राक्षसी वृत्ति के कारण ही है। वह इस समय रावण का ही एक भोहरा बना हुआ है। हम बाली के साथ युद्ध को इतना महत्त्वपूर्ण नहीं मान सकते कि रावण को भूल जाएं।"

"पर रावण को कौन भूल रहा है?" सुग्रीव बोले, "यदि दंडक-वन की जन-सेना को वहां से हटाने पर दंडक-वन असुरक्षित हो जाता है, तो उस सेना को वहीं रहने दें।"

"बात जन-सेना को हटाने-न हटाने की नहीं," राम बोले, "यदि रावण की राक्षसी सेना के साथ होनेवाला अन्तिम युद्ध तुम लोगों के ध्यान में है, तो मुझे बताओ, उसमें हमारे सैनिक कौन होंगे।"

"क्यों?" सुग्रीव बोले, "किष्किन्धा की राजसी सेना लड़ेगी।"

"हमारे यूथ लड़ेंगे।" जाम्बवान बोले।

"और दंडक-वन की जन-सेना लड़ेगी।" अनिन्द्य ने जोड़ा।

"ठीक! मेरा भी यही विचार है।" राम बोले, "इसलिए आवश्यक है कि इन तीनों की रक्षा की जाए; किन्तु वानर सम्राट सुग्रीव की योजना के अनुसार किष्किन्धा पर सैनिक अभियान किया जाए तो यूथ-जन तथा जन-सैनिक एक ओर होंगे और किष्किन्धा की राजसी सेना दूसरी ओर। वह एक प्रकार का गृह-युद्ध होगा, जिसमें दोनों पक्षों को सम्मिलित हानि, राक्षस-विरोधी सेना की हानि है," अतः हम स्वयं ही अपनी शक्ति के नाश की योजना बना रहे हैं।" राम रुककर बोले, "हमें गृह-युद्ध के इस विनाश को रोकना होगा।"

"तो फिर युद्ध कौन करेगा और किससे करेगा?" हनुमान ने चकित होकर पूछा। राम कुछ नहीं बोले। वे मौन रहकर एक-एक व्यक्ति को देखते रहे, मानो उनसे उस प्रश्न का उत्तर मांग रहे हों।

"एक बात और भी है।" सबको चुप देखकर राम पुनः बोले, "यदि बाली से युद्ध करने के लिए हम एक प्रशिक्षित सेना तैयार करने का प्रयत्न करेंगे, तो उसमें पर्याप्त समय लगेगा। इसका अर्थ यह हुआ कि इतने दिनों तब बाली का अत्याचार चलता रहेगा और वह अपनी सैनिक शक्ति भी बढ़ाता रहेगा। सम्भव है कि वह इस बीच राक्षसों से कोई सैनिक सन्धि करने में भी सफल हो जाए।"

"आपके मन में कोई समाधान है भद्र राम!" हनुमान बहुत कोमल स्वर में बोले, "तो आप ही बताएं।"

राम मुस्कुराए, "बाली के अत्याचारों को तत्काल समाप्त करने, रुमा तथा उसी के समान अन्य अपहृत तथा बन्दी स्त्री-पुरुषों को बाली के चंगुल से मुक्त कराने, उसे शीघ्र दंडित करने तथा अपनी वर्तमान तथा भावी शक्ति के अपव्यय को रोकने के लिए मेरे पास एक ही समाधान है कि मैं स्वयं बाली को ललकारकर उसके साथ द्वन्द्व-युद्ध करूं...।"

"नहीं।" सुग्रीव ने राम की बात बीच में ही काट दी। उनका स्वर आवेश में भरा था। सहसा ही वे बहुत अस्थिर हो उठे थे।

"क्या हुआ सम्राट?" हनुमान उनके निकट आ गए।

राम उन्हें शान्त भाव से देखते रहे और फिर उन्होंने मुस्कुराकर पूछा, "क्या हुआ मित्र?"

जिस आकस्मिकता से सुग्रीव आवेश में आए थे, उसी आकस्मिकता से वे शान्त भी हो गए। प्रयत्नपूर्वक मुस्कुराए, "कुछ विशेष नहीं राम!...यह युद्ध हमारा सबका है। उसमें आप अकेले जोखिम क्यों उठाएं? आप हमारे अतिथि हैं। हम यह कैसे सहन करेंगे कि हम सुखपूर्वक अपनी गुफाओं में बैठे रहें और आप हमारे लिए अपने प्राणों को संकट में डालें।"

राम खुलकर मुस्कुराए, "औपचारिक दृष्टि से तो तुम्हारा कथन शिष्टाचार के अनुकूल है मित्र। किन्तु हमने अपनी मैत्री में एक-दूसरे के सुख-दुःख़ को अपना मानने की शपथ ली है। अब बाली तुम्हारा ही नहीं मेरा भी–हम सबका शत्रु है। यदि आज तुम्हारे लिए मेरा अपने प्राणों का संकट में डालना उचित नहीं है, तो कल मेरे लिए तुम्हारा अपने प्राणों का संकट में झोंकना भी उतना ही अनुचित हो जाएगा...।"

सुग्रीव संकुचित हो उठे, "मेरा यह तात्पर्य नहीं था राम।"

"तो अपना तात्पर्य स्पष्ट कहो मित्र!" राम बोले, "अपना संकोच तथा औपचारिक व्यवहार त्याग दो।" सुग्रीव कभी राम को देखते और कभी अन्य उपस्थित लोगों को। वे कुछ बोले नहीं।

"बोलो सुग्रीव। मन की बात कहो।" राम स्नेहयुक्त स्वर में बोले।

"सत्य ही कहना होगा राम!" अन्ततः सुग्रीव बोले, "...में बाली से बहुत भयभीत हूं और बहुत कातर मनःस्थिति में ही हूं। इस समय मेरा एक मात्र अवलम्ब आप हैं।...आपने यूथपति जाम्बवान के मुख से सुना ही है कि आपके आते ही वानरों का मनोबल जाग उठा है और वे बाली के विरुद्ध मेरे पक्ष में खड़े होने की बात सोचने लगे हैं।...ऐसे में आपके खोने की तनिक-सी सम्भावना देखते ही मेरे प्राण तड़प उठते है...।"

"आप भैया की शक्ति को भली प्रकार परखकर भी उसे बहुत कम आंक रहे हैं वानर सम्राट!" लक्ष्मण अत्यन्त दृढ़ स्वर में बोले, "युद्ध का परिणाम कितना भी अनिश्चित क्यों न हो; भैया और बाली के द्वन्द्व युद्ध में भैया की पराजय की रंचमात्र भी सम्भावना नहीं है।"

"मेरा अर्थ यह नहीं था," सुग्रीव घबराकर बोले, "मैं भद्र राम की शक्ति को तनिक भी कम नहीं आंक रहा। मैं राम के पराजित होने की भी बात नहीं सोच रहा...।"

"तो फिर क्या है तुम्हारे मन में?" राम के अधरों पर उनकी कमनीय मुस्कान आकर ठहर गई, "सत्य बोलने में संकोच मत करो मित्र! बोलो!"

सुग्रीव जैसे राम की वाणी और मुस्कान में बंध गए। उनका आत्मनियन्त्रण शिथिल हो गया, "राम मुझे भय है कि आपको देखते ही बाली तत्काल आपसे मैत्री की घोषणा कर देगा। वह कह देगा, उसकी आपसे कोई शत्रुता नहीं है। वह आपकी शरण में आ जाएगा। वह सीता को खोजने में आपकी सहायता का वचन देगा। वह सारी वानर सेना को सीता की खोज में लगा देगा..." सुग्रीव का स्वर कांपने लगा, "फिर उसका वध कैसे करेंगे राम? और यदि आप उसका वध नहीं करेंगे तो कौन उसे दंडित करेगा? रुमा को कौन लौटा लाएगा? सुग्रीव के प्राणों को बाली के भय से कौन मुक्त करेगा? और किसमें इतनी शक्ति है कि वह किष्किन्धा और वान-यूथों को बाली के चंगुल से मुक्त कराए...।"

लगा, वानर सम्राट की आंखों से अश्रु बहने लगेंगे।

राम अपने स्थान से उठकर सुग्रीव के सम्मुख आ खड़े हुए। उन्होंने उन्हें कन्धे से पकड़कर उठाया और अपने वक्ष से लगा लिया, "कातर मत हो सुग्रीव! राम का वचन स्वयं अपने आप में प्रमाण होता है। मैंने रुमा और वानरों की मुक्ति का वचन दिया है; मैंने बाली को मृत्यु-दंड और तुम्हें किष्किन्धा का राज्य दिया है।"

"मुझे इसमें कोई सन्देह नहीं राम!" सुग्रीव बोले, "किन्तु बाली धूर्त है और मेरा मन अत्यन्त भीरु तथा कातर है।" सुग्रीव ने राम के कन्धे से सिर उठकर उनकी आंखों में देखा, "जहां इतने वचन दिए हैं, वहां एक वचन और दो मित्र।"

"मांगो सुग्रीव।"

सुग्रीव घड़ी-भर राम को देखते रहे, फिर संशय-भरे स्वर में बोले, "बाली के जीवित होते, आप या लक्ष्मण उसके सम्मुख नहीं पड़ेंगे।"

"यही होगा मित्र!" राम बोले, किन्तु उनका स्वर चिन्ताशून्य नहीं रह गया था।

उसके पश्चात और विचार-विमर्श नहीं हो सका। सुग्रीव की मनः स्थिति ऐसी नहीं थी कि युद्ध की योजनाओं तथा व्यूहों की व्यवस्था में अपना मन लगा सकते। नल, नील तथा तार उन्हें उनकी गुफा तक ले गए। राम भी एकान्त चिन्तन के लिए अपनी गुफा में चले आए। हनुमान, लक्ष्मण, जाम्बवान तथा

अनिन्द्य मतंग-वन को सैनिक स्कन्धावार का रूप देने में जुट गए। जाम्बवान की बात अक्षरशः सत्य सिद्ध हुई–थोड़े-थोड़े समय के अन्तराल से छोटे-बड़े यूथपतियों, सेनानायकों तथा सामान्य जन के सुग्रीव की शरण में आ जाने की सूचनाएं आ रही थीं। लगता था, जाम्बवान के साहस ने अन्य लोगों के मन में राख के नीचे दबी साहस की चिनगारी को भी प्रज्वलित कर दिया था।...नई-नई टुकड़ियों और जन-समूहों के आने से उनकी व्यवस्था की समस्या जटिल होती जा रही थी। सुग्रीव, हनुमान, नल, नील अथवा तार में से किसी को भी आभास नहीं था कि इतनी बड़ी संख्या में लोग इस प्रकार खुल्लमखुल्ला बाली से विद्रोह कर, उनके पक्ष में आ खड़े होंगे।...दो-एक दिनों की बात होती, तो फिर भी उनके रहने और भोजन की व्यवस्था हो सकती थी; किन्तु लम्बे समय तक सबके आवास तथा भोजन की व्यवस्था असम्भव-सी दीख रही थी; साथ-ही-साथ उनकी सुरक्षा की भी समस्या थी। जिन मतंगों के भय से बाली इस वन में प्रवेश नहीं कर रहा था–वह अन्य लोगों के लिए भी संकट का कारण बन सकते थे।

हनुमान सुग्रीव तक एक-एक सूचना पहुंचा रहे थे। इतने सारे लोगों के आगमन के समारोह तथा उनकी व्यवस्था सम्बन्धी समस्याओं में उलझ कर बीच-बीच में सुग्रीव, अपने चिन्तन के कूप से उबरकर ऊपर आ जाते थे और अपनी चिन्ताओं को भूल जाते थे; किन्तु सामने से हनुमान के हटते ही, वे समस्याएं धूमिल हो जाती थीं और वे पुनः अपनी चिन्ताओं में डूबने-उतराने लगते थे...

उन्होंने अपने मन का वास्तविक भय, स्पष्ट कर राम को कह दिया था। राम ने उन्हें वचन दिया था और राम के वचन पर विश्वास न करने का कोई प्रत्यक्ष कारण भी नहीं था...किन्तु सुग्रीव अपने उस मन का क्या करते, जो बार-बार भीरु मृग-शावक के समान आशंकित होकर अपनी सुरक्षा के लिए अपने ही स्थान पर खड़ा-खड़ा कूदने लगता था या शश-शावक के समान बिना कुछ सोचे-समझे किसी भी दिशा में दौड़ लगा देता था और अपनी नादानी में पहले से भी बड़ी चिन्ता की किसी कंटीली झाड़ी में जा उलझता था। चिन्ता-कंटकों से स्थान-स्थान से आहत होकर रक्त बहा-बहा, उनके मन का भी जैसे श्वास टूटने लगा था...।

बाली के लिए कितना सुगम था, राम और लक्ष्मण को अपनी ओर आकृष्ट कर लेना; उनसे मैत्री कर लेना। अन्ततः वे क्या चाहते हैं–सीता की खोज। बाली के पास उसके लिए साधन सहज उपलब्ध हैं। राम तथा लक्ष्मण आराम से किष्किन्धा के प्रासादों में टिके रहें और बाली, सीता की खोज-खबर ला देगा। कोई प्रतिबन्ध नहीं, कोई शर्त नहीं–राम और लक्ष्मण को कुछ नहीं करना पड़ेगा, न किसी को दंडित करना होगा, न किसी को मुक्त करना होगा, न किसी को सम्राट बनाना होगा...।

और एक बार ऐसा हो गया तो न केवल सुग्रीव की सुरक्षा स्वप्न हो जाएगी; वरन बाली पहले से कहीं अधिक शक्तिशाली हो जाएगा। बाली की अपनी शक्ति का कोई प्रतिकार नहीं है; यदि राम और लक्ष्मण भी उनसे जा मिले तो सुग्रीव क्या करेंगे–उनकी शस्त्र-शक्ति, युद्ध-कौशल तथा संगठन का जोड़ कहां से लाएंगे। सुग्रीव का मन निराशा के तल तक जा पहुंचा और हताश अवस्था में बड़ी देर तक पड़ा रहा। अन्ततः स्वयं ही उसकी प्रतिक्रिया आरम्भ हो गई और स्वयं ही अपने मन को प्रताड़ित करने लगे–राम तथा लक्ष्मण के प्रति इतने अविश्वास का कारण? आज तक उन्होंने इन दोनों भाइयों के विषय में जो कुछ सुना था, उससे क्या सुग्रीव ने उनके विषय में यही धारणा बनाई थी कि वे सुख और सुविधाओं के लिए अन्याय से समझौता करते फिरते हैं? वे इतने ही सुविधाजीवी होते तो अयोध्या का राज्य ही क्यों छोड़ते और यदि बलात वन में धकेल ही दिए गए थे तो समर्थ राक्षसों तथा असमर्थ जन-सामान्य एवं बुद्धिजीवियों में से वे शोषित तथा असमर्थ लोगों का पक्ष क्यों लेते?

धिक्कार है सुग्रीव तुझ पर! तूने राम-लक्ष्मण की सद्भावना पर विश्वास नहीं किया, उनके चरित्रों को इतना दुर्बल मांना, उनकी वीरता पर सन्देह किया, मूर्ख! चतुर बनते-बनते तू अपना ही नाश कर बैठा। यदि राम तथा लक्ष्मण, बाली के जीवित रहते, उसके सम्मुख नहीं पड़ेंगे, तो बाली से लड़ने क्या तू जाएगा? यह क्या किया सुग्रीव तूने।

तेरह

राम द्रुत गति से सुग्रीव की गुफा तक आए, "सुग्रीव!"

सुग्रीव गुफा से बाहर निकले। राम उन्हें देखकर चौंक उठे–यह अपनी गुफा में बैठा रोता रहा है क्या। चेहरे का वर्ण पीला पड़ा हुआ...आंखों में भय, त्रास, हताशा, उलझन और अनेक अनजाने भावों के गुंजलक! यह सुग्रीव कैसे लड़ेगा दर्पोद्धत बाली से। यह तो बाली को देखते ही भाग जाएगा। कैसे असम्भव कार्य की बात सोच रहे हैं राम, कभी मेमना भी सिंह से लड़ा है क्या? तत्काल, राम ने स्वयं ही अपने विचारों को झटक दिया–यह सुग्रीव की प्राकृतिक दशा नहीं है। सीता के अपहरण के पश्चात् वे स्वयं कितने विचलित और अस्थिर हो गए थे। तब क्या स्वयं उनको देखकर कहा जा सकता था कि राम कभी युद्ध भी कर सकते हैं–सिद्धाश्रम, चित्रकूट तथा दंडक-वन की राक्षस-त्रस्त, भीत तथा भीरु प्रजा को देखकर क्या कोई कल्पना कर सकता था कि वे लोग नियमित जन-सेना से सज्जित हो जाएंगे और राक्षसों को उनके सम्मुख मुंह की खानी पड़ेगी–सुग्रीव के भीतर प्राकृत योद्धा को जगाना पड़ेगा–

"सुग्रीव।"

"मैं बड़ी उलझन में हूं भद्र राम!"

"मैं समझ सकता हूं मित्र," राम मुस्कुराए, "इसीलिए एकान्त में तुम्हारे पास आया हूं। सभा में सारी बातें तो नहीं हो सकतीं।..."

"इस विश्वास और स्नेह के लिए...।"

"इन बातों को छोड़ो।" राम के अधरों पर स्निग्ध मुस्कान थी, "इतने आर्त मत रहो। तुम मेरी शरण में आए हो और मैं तुम्हारी शरण में आया हूं। तुम्हें मेरी आवश्यकता है और मुझे तुम्हारी। मेरे बिना तुम्हारा कार्य रुका पड़ा है और तुम्हारे बिना मेरा।–और फिर यह मात्र स्वार्थ का गठबन्धन नहीं है–अन्याय के प्रतिकार तथा अत्याचारी को दंडित करने के लिए युद्धोन्मुख होना है। ऐसी स्थिति में तुम उलझन में रहोगे; चिन्तित, पीड़ित तथा कातर रहोगे, तो युद्ध कैसे होगा मित्र। अत्याचारी दंडित कैसे होंगे?"

"आप ठीक कहते हैं राम!" सुग्रीव धीमे स्वर में बोले, "किन्तु मैं अपने मन का क्या करूं। बाली के आतंक से मेरे हाथ का खड्ग भी कांप कर गिर जाता है। आपको तथा लक्ष्मण को बाली के सम्मुख जाने देने का भी मेरा साहस नहीं होता। बाली का वध कैसे होगा? उससे युद्ध कौन करेगा?..."

"बाली से युद्ध तुम करोगे सुग्रीव!" सुग्रीव का सारा शरीर सिहर उठा। राम का स्वर जैसे अपनी लाखों प्रतिध्वनियों के साथ उनकी शिराओं में झनझना रहा था। उन्होंने आश्चर्य से राम की ओर देखा–राम मुस्कुरा रहे थे–शान्त, स्निग्ध तथा मोहक मुस्कान। सुग्रीव ने अनुभव किया, राम जब इस प्रकार मुस्कुराते हैं तो देखनेवाले में आत्मविश्वास का संचार होता है। तभी तो राम जानबूझकर इस प्रकार मुस्कुराते हैं।

"बाली का वध मेरे हाथों सम्भव होता, तो मैं यह कब का कर चुका होता," सुग्रीव धीरे से बोले,

"यदि बाली से युद्ध करने की क्षमता मुझमें होती तो मैं आज तक ऋष्यमूक की गुफाओं में भीत मूषक के समान क्यों छिपता-फिरता।–आप मेरा उपहास न करें राम! मैं अपकी दया का पात्र हूं।"

"मैं उपहास नहीं कर रहा सुग्रीव!" राम पुनः मुस्कुराए, "मैं तुम्हें तुम्हारी क्षमता का स्मरण करा रहा हूं। तुम वीर हो, योद्धा हो, तेजस्वी हो; और सबसे महत्त्वपूर्ण बात यह है कि तुम्हारा पक्ष न्याय का पक्ष है। न्याय के लिए लड़नेवाला भी कभी दुर्बल हुआ है सुग्रीव?"

"सुग्रीव ने अत्यन्त कातर दृष्टि से राम को देखा, "मेरा न्याय बाली के गदा से टकराता है तो उसका चूर्ण बन जाता है; और बाली के गदा पर प्रहार का चिह्न भी नहीं छूटता। मेरी वीरता और रण-दक्षता बाली को अपने सामने पाते ही भाग जाती है। बताओ, मैं क्या करूं राम। यदि आप मुझे बाली से लड़ने के लिए बाध्य करेंगे, तो मैं यही मानूंगा कि आप बाली के हाथों मेरा वध कराना चाहते हैं–।"

"नहीं।" राम खुलकर हंसे, "ऐसा मत सोचना मित्र! सत्य यह है कि मैं तुम्हें उस पापी से लड़वाऊंगा और तुम्हें वचन देता हूं कि तुम्हें मरने नहीं दूंगा।"

"यह आपका अन्तिम निर्णय है?"

"अन्तिम। दृढ़ तथा अपरिवर्तनीय!" राम बोले, "लड़ना तुमको ही पड़ेगा, क्योंकि पीड़ित तुम हो। प्रतिशोध तुम्हें ही लेना होगा, क्योंकि अपराध तुम्हारे प्रति किया गया है।...गुरु विश्वामित्र ने कहा था, जो पीड़ित लड़ता नहीं है, उसका उद्धार सम्भव नहीं है।"

"पर..."

"पर क्या सुग्रीव!" राम बोले, "शत्रु की प्रहारक शक्ति यदि तुम्हें श्रेष्ठतर लगती है तो तुम भी अपनी प्रहारक शक्ति बढ़ाओ। उसके शारीरिक बल का प्रतिकार तुम अपने शस्त्र-बल से करो।"

"बाली शस्त्रों से युद्ध करता ही नहीं," सुग्रीव धीरे से बोले, "उसके साथ तो शारीरिक शक्ति का ही युद्ध है–मल्लयुद्ध और मुष्टियुद्ध।"

"तो उन्हीं का अभ्यास करो।" राम बोले, "शक्ति का प्रतिकार कौशल से तो हो ही सकता है।"

"मैं साहस नहीं कर पाता राम!"

"तुम्हारा साहस तो मैं हूं सुग्रीव!" राम ने स्नेहयुक्त हाथ सुग्रीव के कन्धे पर रखा, "मैं वहीं उपस्थित रहूंगा। तुम्हें दिए गए वचन के अनुसार बाली के सम्मुख नहीं आऊंगा; विपत्ति में देखते ही तुम्हारी सहायता करूंगा।–मेरा वचन याद रखना–तुम्हें मरने नहीं दूंगा।"

लक्ष्मण तथा अनिन्द्य, हनुमान के साथ लौटे तो उन्हें सन्देश मिला कि राम प्रस्रवण गिरि पर उनकी प्रतीक्षा कर रहे हैं। हनुमान और लक्ष्मण तत्काल वहां पहुंचे। पीछे का दायित्व अनिन्द्य को सौंपकर, लक्ष्मण हनुमान के साथ प्रस्रवण गिरि पर जा पहुंचे। वहां उन्होंने जो कुछ देखा, वह अद्भुत था। राम सुग्रीव को मल्लयुद्ध के नए दांव-पेच सिखा रहे थे; और सुग्रीव बड़े मनोयोग से उनका अभ्यास कर रहे थे।

"यह क्या भैया?" लक्ष्मण ने विस्मय से पूछा।

"बाली से युद्ध की तैयारी। सुग्रीव बाली से मल्ल-युद्ध करेंगे," राम ने बताया।

"शस्त्र-युद्ध क्यों नहीं करते?" लक्ष्मण बोले, "हनुमान बता रहे थे कि शारीरिक बल में बाली वानरराज सुग्रीव पर सदा भारी पड़ेंगे।"

"बाली शस्त्र-युद्ध नहीं करेगा। अतः सुग्रीव मल्ल-युद्ध ही करेंगे; किन्तु शारीरिक बल की कमी

को युद्ध-कौशल से पूरा करेंगे," राम तनिक रुककर बोले, "मैंने तुम दोनों को इसलिए बुलाया है कि तुम लोग सुग्रीव के अभ्यास में सहायता करो; कल प्रातः ही सुग्रीव बाली को ललकारेंगे।"

"कल प्रातः?" लक्ष्मण चकित थे, "इतनी जल्दी?"

"बाली के वध में जितना विलम्ब होगा, स्थितियां उतनी ही जटिल होती जाएंगी।" सहसा राम चुप हो गए।

लक्ष्मण, सुग्रीव तथा हनुमान तीनों ही राम को प्रश्नवाचक दृष्टि से देखने लगे, "यह बात तो पहले मेरे ध्यान में ही नहीं आई।" राम का स्वर चिन्तित था।

"क्या?"

"मैं किसी भी नगर में प्रवेश न करने के लिए वचनबद्ध हूं।" राम धीरे से बोले, "सुग्रीव बाली को ललकारने के लिए किष्किन्धा में प्रवेश करें और बाली के सैनिक उन्हें घेरकर पकड़ने का प्रयत्न करें तो...ऐसे में सुग्रीव की रक्षा के लिए भी सेना को किष्किन्धा में प्रवेश करना पड़ेगा और ऐसी स्थिति में पुनः यह दो सेनाओं का युद्ध हो जाएगा...।"

"नहीं! यह स्थिति नहीं आएगी। कदाचित आप बाली की मनःस्थिति से परिचित नहीं हैं।" हनुमान बोले, "अपने भय के कारण, बाली मतंग-वन में वानरराज सुग्रीव पर झपटता नहीं है; किन्तु मतंग-वन के बाहर किष्किन्धा के निकट उनके होने का समाचार पाते ही वह अविलम्ब युद्ध के लिए आ उपस्थित होगा। उसका अपने गुप्तचरों को कठोर आदेश है कि जैसे ही उन्हें वानरराज का पता चले, तत्काल उसे सूचित किया जाए–चाहे दिन हो अथवा रात। वह सो रहा हो अथवा जाग रहा हो। सूचना पहुंचाने में प्रमाद के लिए मृत्युदंड पूर्व घोषित है। किष्किन्धा के नगर-द्वार के बाहर भी प्रहरियों द्वारा वानरराज को पहचान लिया जाना ही पर्याप्त है। बाली स्वयं ही युद्धार्थ प्रस्तुत हो जाएगा।"

"अर्थात् बाली, सुग्रीव को अपने सैनिकों द्वारा पकड़वाने का भी प्रयत्न नहीं करेगा?" लक्ष्मण बोले।

"किष्किन्धा के सैनिक, मुझे पकड़ने का साहस नहीं कर सकते।" सुग्रीव धीरे से बोले, "और वैसे भी बाली स्वयं अपने हाथों मेरा वध करना चाहता है।" राम चिन्तित दृष्टि से सुग्रीव को देखते रहे; सुग्रीव के मन से बाली का भय मिट रहा था।

"अच्छा सौमित्र! तुम और हनुमान वानरराज को अभ्यास करवाओ।" राम बोले, "कल बाली का वध अवश्य होगा।"

चौदह

अंगद को सूचना मिली और वे निःस्पन्द रह गए। स्थिति यहां तक आ पहुंची है! सुग्रीव और बाली का द्वन्द्व-युद्ध! और द्वन्द्व-युद्ध का अर्थ होता है–दो योद्धाओं में से एक की मृत्यु! पर पिता तथा गुरु समान अपने चाचा में से वे किसकी मृत्यु के प्रति निरपेक्ष हो सकते हैं! पिता की मृत्यु का अर्थ होता है, एक स्नेह सम्बन्ध की पीड़ादायक समाप्ति, मां का वैधव्य, चाहे कैसे भी हों, पर पिता तो हैं–उस पिता का सिर से उठ जाना...और यदि पिता की विजय होती तो अंगद के लिए उसका अर्थ है, मित्र-सम स्नेही चाचा से विछोह; गुरु तथा मार्ग-दर्शक नेता का लोप!...और किष्किन्धा ही नहीं, सम्पूर्ण वानर-जाति के लिए उसका अर्थ होगा निकट भविष्य में मुक्ति की सम्भावनाओं की निश्चित

मृत्यु! स्वतन्त्रता, समता तथा न्याय का अकाल देहान्त। अन्धकारमय, अपमानजनक, शोषक, स्वार्थी, भ्रष्ट सत्ता की निर्विरोध दृढ़ स्थापना।...

किसकी विजय की कामना करें अंगद? किसका पक्ष लें? और यदि वे किसी का पक्ष नहीं ले सकते, तो जाकर उनसे कहें कि वे दोनों न लड़ें...किसी प्रकार कोई समझौता कर लें। क्या किसी प्रकार के समझौते की कोई सम्भावना है?...पर समझौता हो सकता तो यह स्थिति ही क्यों आती? ...यह तो होना ही था। दोनों भाइयों की वृत्तियां जिस प्रकार एक-दूसरे की विरोधिनी थीं–उनके सह-अस्तित्व की कल्पना भी कैसे की जा सकती है। बाली को प्रजा-पालन का तनिक भी ध्यान नहीं था और सुग्रीव पूर्णतः उसी ओर उन्मुख थे। फिर यह दो भाइयों का झगड़ा कहां रहा? ये दोनों तो विरोधिनी शक्तियों के प्रतीक मात्र थे, जिनका भिड़ना अनिवार्य है...कदाचित सुग्रीव स्वयं बाली से द्वन्द्व-युद्ध का साहस न करते। कर सके होते, तो इतने लम्बे अन्तराल तक शान्त क्यों पड़े रहते?... जब राम और लक्ष्मण अपने कुछ साथियों के साथ उनसे आ मिले हैं, तब से उनका ही साहस नहीं बढ़ा है; अनेक वानर यूथपतियों, सेनानायकों तथा सामान्य जन का भी साहस बढ़ गया है। तभी तो जा-जाकर वे लोग सुग्रीव से मिल गए हैं।...अन्य लोगों का ही साहस नहीं बढ़ा, स्वयं अंगद के सिर का बोझ भी हल्का हो गया है। राम और लक्ष्मण के आ मिलने से सुग्रीव अब असुरक्षित नहीं रहे–अंगद ने भी मान लिया था...किन्तु यदि राम के संरक्षण में सुग्रीव पूर्णतः सुरक्षित हैं, तो वे इस द्वन्द्व-युद्ध में पूर्णतः सुरक्षित ही होंगे। ऐसा सम्भव नहीं है कि सुग्रीव, राम के परामर्श के बिना अथवा उनको साथ लिये बिना ही बाली से लड़ने के लिए चल पड़े हों और यदि राम तथा लक्ष्मण को साथ लेकर सुग्रीव लड़ने आए हैं, तो बाली की मृत्यु निश्चित है...

अंगद के शरीर का सारा रक्त, उनके मस्तिष्क की ओर दौड़ चल्ला...उन्हें जाकर पिता को सावधान करना चाहिए; मां को बताना चाहिए। ऐसे पिता की रक्षा नहीं हो पाएगी...किन्तु दूसरे ही क्षण वह रक्त उल्टी दिशा में दौड़ पड़ा–यदि बाली को सुग्रीव के आक्रमण से बचाना ही अंगद का अभीष्ट था, तो फिर सुग्रीव को बचाने के लिए आधी रात को शिल्पी को भेजने का क्या अर्थ था?–अंगद ने अपना सिर पकड़ लिया...कैसे विरोधों में फंस गए हैं वे; न दाएं जा सकते हैं, न बाएं। वे न मां को विधवा होते देखना चाहते हैं, न रुमा चाची को बन्दिनी और अपमानित होते। न वे चाचा को पिता के पगों के नीचे तड़प-तड़पकर मरते देखना चाहते हैं; न पिता को राम के बाणों से आहत होकर प्राण देते...

क्या कर सकते हैं अंगद। अब तो उनके हाथ में कुछ भी नहीं रहा।

बाली ने पग नगर-द्वार के बाहर रखा ही था कि सुग्रीव सामने खड़े दिखाई दिए। बाली की आंखों में रक्त छल्का। उस दिन तो आधी रात को पत्नी को सोती छोड़, घर से भाग निकला था और आज आया है ललकारने–नीच! कायर!!...बाली के किष्किन्धा से बाहर जाते ही सिंहासन पर जमकर बैठ गया, जैसे बाली की मृत्यु हो गई हो...और स्वयं मरने से इतना डरता है कि अपनी पत्नी भी बाली के लिए छोड़कर भाग गया...बाली के जी में आया, पूछे कि क्या पाने की इच्छा से लड़ने आया है–किष्किन्धा का राज्य चाहिए या रुमा? पर दूसरे ही क्षण बाली के मन में स्पष्ट हो गया, वह सुग्रीव को इन दोनों में से कुछ भी लौटाने को प्रस्तुत नहीं है। किष्किन्धा का राज्य देने का तो कोई अर्थ ही नहीं है...रुमा! पहले रुमा की ओर बाली ने कभी विशेष ध्यान नहीं दिया था किन्तु

अब रुमा के साथ इतने दिन रह लेने के पश्चात बाली ने उसका मूल्य पहचाना है...बाली उसे नहीं लौटा सकता...

बाली से कुछ भी वापस मांगनेवाला जीवित नहीं रह सकता...सुग्रीव तो एकदम ही नहीं...बाली के लिए अब रुकना सम्भव नहीं था। वह झंझावात के समान भागा और सुग्रीव की नाक पर मुक्के से प्रहार किया।...सुग्रीव न जाने किस विचार में खड़े थे कि उन्होंने बाली के मार्ग से हटने का न प्रयत्न किया, न प्रहार रोकने का। बाली के मुष्टि-प्रहार से जब वे दूर जा पड़े, तब जैसे उनकी चेतना लौटी–वे राम के कहने पर बाली से लड़ने के लिए आ गए थे और बाली के आतंक से जड़ीभूत, मूर्ति के समान खड़े हो गए थे।...ऐसी विकट स्थिति में भी वे स्पष्ट देख रहे थे कि उनका मन बाली से इतना आतंकित तथा उसके बल से इतना अभिभूत था कि उस पर स्वयं प्रहार कर विजयी होने की बात उनके लिए कल्पनातीत थी...किन्तु उनके सम्मुख यह भी स्पष्ट था कि बाली इस बार उन्हें जीवित नहीं छोड़ेगा।...बाली पर प्रहार वे करें न करें, विजयी वे हों या न हों; किन्तु उन्हें अपनी रक्षा करनी ही होगी। बाली उनसे कितना भी अधिक शक्तिशाली हो, किन्तु इतने निरीह तो सुग्रीव भी नहीं हैं कि वे चुपचाप पड़े पिटते रहें और शत्रु के प्रहारों से अपने प्राण निकलने की प्रतीक्षा करते रहें।...उनकी दृष्टि बाली पर पड़ी वह पुनः प्रहार करने के लिए झपट रहा था; किन्तु जब तक सुग्रीव संभलते, बाली ने दूसरी चोट कर ही दी थी।...सुग्रीव भूमि पर जा गिरे। बाली ने उन्हें उठने का अवसर नहीं दिया। वह पुनः झपट पड़ा।...सुग्रीव उसके चंगुल से निकलने का प्रयत्न कर रहे थे और बाली था कि उन्हें भूमि पर रगेदता भी जाता था और पीटता भी जाता था।

सुग्रीव ने अपनी सम्पूर्ण शारीरिक शक्ति तथा मनोबल का आह्वान कर, बाली को परे धकेला। निमिष-भर के लिए बाली का दबाव हल्का पड़ा कि सुग्रीव उठ खड़े हुए; किन्तु उनसे कहीं अधिक स्फूर्ति से बाली भी उठा और जब तक सुग्रीव संभलें, बाली ने भयंकर मुष्टिका-प्रहार किया। सुग्रीव की नाक पर, बाली का यह दूसरा मुक्का लगा था। पीड़ा से कराहते हुए सुग्रीव भूमि पर लोटते हुए, दूर जा गिरे...लेटे-लेटे सुग्रीव ने अपनी नाक पर हाथ रखा। उनका हाथ तरल, उष्ण रक्त से रंग गया। बाली उन्हें घूरता हुआ अपने स्थान पर खड़ा, श्रम के कारण हांफता हुआ भी जैसे पुनः झपटने की तैयारी में था।...सुग्रीव का मस्तिष्क बड़ी तेज़ी से सोच रहा था। इस बार के आक्रमण में सम्भव है, बाली उन्हें उठाकर दे मारे, उनका हाथ या पैर मरोड़कर तोड़ दे अथवा उखाड़ ही डाले या मस्तक को ही चकनाचूर कर दे...उनके अपने शरीर में इतनी क्षमता नहीं बची थी कि बाली के प्रहार को संभाल पाते...और राम उनकी सहायता नहीं करेंगे...क्यों करेंगे? शक्तिशाली किष्किन्धापति बाली के विरुद्ध, कोई भी व्यक्ति निष्कासित, असमर्थ, असहाय, निरुपाय सुग्रीव की सहायता क्यों करेगा; क्या मिलेगा किसी को सुग्रीव की सहायता करके...कोई तेरी सहायता नहीं करेगा सुग्रीव! उठ! भाग!...अपने प्राण बचा...सुग्रीव उठकर खड़े हुए और बाली पर झपटने के स्थान पर, सहसा पलटकर उलटी दिशा में बन की ओर भागे...

ऋष्यमूक पर पहुंचने पर राम को, सुग्रीव अपनी गुफा के सम्मुख, अपने सहायकों के साथ बैठे दिखाई दिए। उन्होंने अपने घावों को अभी धोया-पोंछा भी नहीं था। वे जिस स्थिति में वहां पहुंचे होंगे, उसी स्थिति में बैठे हुए थे; पूर्णतः निराश, हताश तथा टूटे हुए। हनुमान, नल, नील, तार और जाम्बवान भी मुंह लटकाए हुए बैठे थे।

हनुमान ने राम और लक्ष्मण की ओर इंगित कर सुग्रीव से कुछ कहा कदाचित उनके आने की

सूचना दी हो, किन्तु सुग्रीव ने मुंह उठाकर उनकी ओर देखा तक नहीं। राम जाकर सुग्रीव के सम्मुख खड़े हो गए, किन्तु सुग्रीव ने अपना चेहरा दूसरी ओर फेर लिया।

राम मुस्कुराए, "मुझसे रुष्ट हो मित्र सुग्रीव?"

सुग्रीव तड़पकर घूमे, जैसे उन पर कशाघात हुआ हो, "कौन किसका मित्र है राम! क्या मैत्री इसी को कहते हैं..." उनका आक्रोश हताशा में बदल गया और उनकी आंखों से आंसू बह निकले, "मैं क्या जानता नहीं था या मैंने स्वीकार नहीं किया था कि बाली मुझसे कहीं अधिक शक्तिशाली है। फिर भी मैं तुम्हारी मैत्री और बल का सम्बल पाकर, तुम्हारे आदेश से यम-सरीखे अपने उस शत्रु से लड़ने के लिए गया। मैंने उसे ललकारा था, अपने बल और साहस के भरोसे नहीं, तुम्हारी शक्ति और युद्ध क्षमता के सहारे। और तुम मुझे वास्तविक मर्कट मानकर मेरे पिटने को अपनी क्रीड़ा समझते रहे। मैं वहां पिटता रहा; घाव खाता रहा, मेरा रक्त बहता रहा; और तुम दोनों भाई धनुष-बाण लिये वृक्ष के पीछे खड़े तमाशा देखते रहे कि दो असम योद्धाओं को भिड़ा, निर्बल को पिटते देखने में कैसा बीभत्स रस मिलता है।...जला दो अपने धनुष-बाण को? ये या तो शोभा के लिए हैं, या नाटक के लिए...।"

"सुग्रीव!" लक्ष्मण क्रुद्ध होकर बोले, "अनर्गल बकवास बन्द करो। क्या अधिकार है, तुम्हें यह सब कहने का?"

"एक तो इतना बड़ा छल किया," सुग्रीव तड़पकर बोले, "और अब शिकायत भी नहीं करने दोगे।"

"कहने दो सौमित्र!" राम मुस्कुराए, "वानरराज इस समय क्रोध में हैं। कहो बन्धु! क्या कहना है?"

"मुझे क्या कहना है?" सुग्रीव ने राम की ओर देखा, "मैं तो स्वयं सुनने के लिए बैठा हूं। तुमने मेरे साथ छल क्यों किया?"

"मैंने तनिक भी छल नहीं किया मित्र!" राम की मुस्कान लुप्त हो गई, "मैंने तो सचमुच यही चाहा कि हम तुम्हें समर्थ बनाएं; ताकि तुम स्वयं अपने हाथों अपने शत्रु का वध कर, अपना प्रतिशोध कर लो और वीरत्व का यश पाओ।"

"पर मैं बाली से लड़ नहीं सकता।" सुग्रीव झल्लाकर बोले।

"केवल अपने मित्रों से झगड़ सकते हो।" लक्ष्मण ने कहा।

"शान्त हो जाओ सौमित्र," राम मुस्कुराए, "क्रोध में कही गई, मित्र की बात का क्या बुरा मानना!" वे सुग्रीव की ओर मुड़े, "वह तो मैंने भी देखा है सुग्रीव! तुम्हारा शरीर कितना अक्षम है, यह कहना कठिन है; तुम्हारी चेतना, बाली से इतनी पराभूत है कि तुम उसके सम्मुख खड़े नहीं हो सकते। इसीलिए कहूंगा कि तुम बाली से लड़ने अवश्य गए थे; किन्तु तुम लड़े नहीं।..."

"लड़ा नहीं तो अपना यह रक्त ऐसे ही बहा आया?" सुग्रीव आक्रोशपूर्ण स्वर में बोले।

"लड़ना एक बात है," राम मुस्कुराए, "और खड़े-खड़े पिटते रहकर भाग आना दूसरी बात है। तुमने लड़ने का प्रयत्न नहीं किया मित्र! न देखा, बाली प्रहार कैसे कर रहा है, न देखा अपना बचाव कैसे करना चाहिए; न तुमने मल्ल-युद्ध किया, न मुष्टिका-युद्ध। तुमने एक बार भी उन दावों के प्रयोग का प्रयत्न नहीं किया, जो तुम्हें सिखाए थे। तुम झुंझलाए हुए बच्चे के समान बाली से बचने का प्रयत्न करते रहे; और जब तक मैं समझूं कि तुम्हारे मन में क्या है, तुम भाग भी चुके थे।"

"यहां तो सात साल-वृक्ष छेद दिए थे, वहां बाण क्यों नहीं चलाया?" सुग्रीव बोले, "आपने बचन दिया था, आप बाली का वध करेंगे!"

"तुमने मुझे बाली से द्वन्द्व-युद्ध करने दिया होता, तो मैंने उसका वध भी कर दिया होता। जिस औघड़ स्थिति में तुमने मुझे डाल दिया है, उसमें भी मैंने यही कहा था कि बाली का वध तुम ही करोगो–हां। मैं बाली को तुम्हारा वध नहीं करने दूंगा।"

"तो?"

"तो यह कि अपने मन में हमारे प्रति आया अविश्वास दूर करो। राम पर असामान्य स्थिति में भी अविश्वास करने का कोई कारण नहीं है," राम का स्वर अधिक मैत्रीपूर्ण हो उठा, "और इस समय तो सीता की खोज और सुरक्षा के लिए हम तुम्हारी शरण में आए हुए हैं। हम तुम्हारे साथ छल कैसे कर सकते हैं?"

"मेरी समझ में कुछ नहीं आ रहा है।" सुग्रीव का स्वर आक्रोशशून्य हो गया, "मुझे अपने ऊपर तनिक भी भरोसा नहीं; और आप मेरे ही हाथों बाली का वध करवाना चाहते हैं..."

"मेरी बात समझने का प्रयत्न करो सुग्रीव!" राम बोले, "यह मान बैठना निरर्थक है कि कोई व्यक्ति, समाज अथवा जाति किसी अन्य व्यक्ति, समाज अथवा जाति से निश्चित रूप से अधिक शक्तिशाली है। हमारे पास इसके अनुभव-सिद्ध प्रमाण हैं। सिद्धाश्रम से लेकर पंचवटी तक राक्षस अपराजेय शक्ति माने जाते थे, किन्तु जहां-जहां लोग संगठित होकर उठ खड़े हुए–वहां वे राक्षसों से अधिक शक्तिशाली हो गए।"

"पर मैं लोग नहीं एक व्यक्ति हूं।" सुग्रीव बीच में ही बोले, "मैं अपना संगठन कैसे करूं!"

"वही बता रहा हूं," राम बोले, "युद्ध के सन्दर्भ में शक्ति का अर्थ है, प्रहारक शक्ति। प्रहारक शक्ति कई प्रकार से बढ़ाई जा सकती है–शारीरिक बल बढ़ाकर, युद्ध-कौशल की वृद्धि कर, शस्त्र प्राप्त कर अथवा संगठन से। बाली के साथ युद्ध में तुम अपनी शारीरिक शक्ति नहीं बढ़ा सकते। शस्त्र-युद्ध तुम्हें करना नहीं है, एक व्यक्ति अपना संगठन कैसे करेगा? अतः तुम्हें युद्ध-कौशल ही बढ़ाना होगा।"

सुग्रीव कुछ नहीं बोले, अवाक् राम की ओर देखते रहे।

"आओ सौमित्र।" राम बोले, "तुम भी आओ हनुमान।"

बड़ी देर तक राम, लक्ष्मण तथा हनुमान की सहायता से सुग्रीव को अभ्यास कराते रहे। अपराह्न और सन्ध्या के बीतने का पता ही नहीं चला...किन्तु, धीरे-धीरे सुग्रीव का आत्मबल जगता जा रहा था। उनका विश्वास बढ़ता जा रहा था। मन पर जमी हताशा की परतों में दरकें पड़ गई थीं; और विजय की आशा का संचार होता जा रहा था...विजय! वह भी बाली पर...क्या यह सम्भव है? कितना बड़ा काम होगा...यश और गौरव...राम ठीक ही तो चाहते थे कि सुग्रीव स्वयं बाली से लड़ें!...और पहली बार सुग्रीव ने अनुभव किया कि राम किस प्रकार निर्जीव मन और शरीर में प्राण फूंकते हैं... जब अपने नवार्जित कौशल के प्रभाव का प्रत्यक्ष प्रमाण उन्हें कई लोगों से मिल चुका, तो उन्होंने कहा, "मैं बाली से लड़ने को प्रस्तुत हूं मित्र राम!"

राम मुस्कुराती आंखों से उन्हें देखते रहे, "थोड़ा अभ्यास और करो वानरराज! अब कल प्रातः ही किष्किन्धा चलेंगे।"

"नहीं।" सुग्रीव के स्वर में हठ का अंश स्पष्ट था, "बाली द्वारा पीड़ित प्रताड़ित तथा आहत होने की वेदना इतनी उग्र है कि मैं रात्रि-भर तो क्या, एक घड़ी भी प्रतीक्षा नहीं कर सकता।"

"किन्तु तुम्हारी इच्छानुसार तत्काल भी चल पढ़ें तो किष्किन्धा पहुंचते-पहुंचते एक प्रहर रात्रि बीत जाएगी," राम बोले, "दिन-भर चलनेवाला युद्ध भी रात को रुक जाता है; और तुम रात को ही युद्ध आरम्भ करना चाहते हो।"

"राम! मुझे समर्थ बनाया न होता।" सुग्रीव बोले, "अब सामर्थ्य भाव जगाया है, तो टाल-मटोल मत करो। प्रतीक्षा मेरे लिए असह्य है।"

"तो चलो, सुग्रीव!" राम ने अपना धनुष उठा लिया, "किन्तु वचन दो कि इस बार, कुछ भी हो जाए, तुम भागोगे नहीं। इतना भरोसा मेरे वचन पर रखो कि वास्तविक संकट की घड़ी आई तो मैं हस्तक्षेप करूंगा और युद्ध रुकवाकर तुम्हें जीवित निकाल लाऊंगा।"

"मैं वचन देता हूं राम!" सुग्रीव भरपूर आत्मविश्वास के साथ बोले, "इस बार मैं चाहे मर भी जाऊं, युद्ध से पलायन नहीं करूंगा।"

"धन्य वीर धन्य!" राम ने सुग्रीव का कन्धा थपथपाया, "तुम अवश्य विजयी होगे।" वे लक्ष्मण की ओर मुड़े, "सौमित्र! उस गजपुष्पी लता की एक पुष्पित शाखा तोड़ लाओ।"

लक्ष्मण ने शाखा राम के हाथ में पकड़ाई तो राम ने उसे मोड़ वृत्ताकार बनाकर, सुग्रीव के गले में माला के समान पहना दिया, "यह जयमाला है वीर। मैं अभी से तुम्हारी विजय की घोषणा कर रहा हूं...अब हम प्रस्थान कर सकते हैं।"

पन्द्रह

प्रातः के ही समान पुनः किष्किन्धा की ओर यात्रा आरम्भ हुई। आगे-आगे हनुमान थे, उनके पीछे-पीछे सुग्रीव, राम तथा लक्ष्मण प्रायः साथ-साथ चल रहे थे। सबके अन्त में नल, नील तथा तार थे। किन्तु प्रातःकाल की मनःस्थिति के सर्वथा विपरीत इस समय सुग्रीव अपनी इच्छा से ललकपूर्वक, उत्साह से भरे हुए चल रहे थे। उनके मन की सारी आशंकाएं, भय तथा त्रास जाने कहां जाकर सो गए थे। इतने हल्के मन से इतने आत्मविश्वास के साथ बाली से युद्ध करने के लिए जाना, स्वयं उनके अपने लिए आश्चर्यजनक था। आगे-आगे चलते हुए हनुमान प्रायः सुग्रीव और बाली के विषय में सोच रहे थे; किन्तु इस समय उनके मन में केवल राम की बातें घुमड़ रही थीं। अभी परसों सन्ध्या समय राम सुग्रीव से मिले थे; और रात-भर में किष्किन्धा के लोगों के साथ-साथ, वानरों के अनेक यूथपतियों और सेनानायकों के मन से बाली का आतंक वाष्प बनकर उड़ गया था। कल सुग्रीव की क्या मनःस्थिति थी, आज प्रातः ही सुग्रीव इसी मार्ग पर पैर घसीटते हुए किष्किन्धा की ओर गए थे और बुरी तरह पिटकर तथा अपमानित होकर युद्ध छोड़कर भाग आए थे; और वही सुग्रीव इस समय किस उत्साह के साथ बाली से लड़ने जा रहे हैं; जैसे बाली अत्यन्त शक्तिशाली वानर सम्राट न होकर, एक साधारण-सा असैनिक वानर हो...कौन-सी युक्ति है राम के पास? कैसा प्रभाव है उनका?...अहंकार उनमें नहीं है। गर्वोक्तियां करना उनका स्वभाव नहीं है। किसी का श्रेय स्वयं लेना नहीं चाहते, अन्यथा सुग्रीव को बाली से लड़वाकर उन्हें ही यश देना क्यों आवश्यक था।...कैसे वे स्थिति का विश्लेषण करते हैं। कैसे दुर्बलता तथा दोष खोजते हैं। और कैसे उसका समाधान करते हैं। सुग्रीव के साथ तो उन्होंने वह किया है, जो शैया पर पड़े किसी रोगी का उपचार कर कोई वैद्य उसे दौड़ने-भागने योग्य कर दिखा देता है...अद्भुत हैं राम।

राम ने वृक्ष की ओट में से देखा।

नगर-द्वार से बाहर निकलकर, बाली ने सुग्रीव को ढूंढ़ने के लिए अंधेरे में अपनी दृष्टि घुमाई। उसे अधिक प्रयत्न नहीं करना पड़ा। अर्द्धरात्रि के अन्धकार में भी चांदनी में नहाए; एकदम सम्मुख खड़े सुग्रीव पर तत्काल उसकी दृष्टि पड़ी। लगा, वह तत्काल झपट पड़ेगा; किन्तु किसी अज्ञात कारण से, निमिष-भर के लिए वह अप्रतिभ खड़ा रह गया, कदाचित सुग्रीव का यह अपूर्व आत्मविश्वास उसके लिए अप्रत्याशित था। किन्तु बाली अधिक देर तक रुका नहीं रहा, "तू फिर आ गया नीच!" पहला प्रहार इस बार भी बाली ने ही किया, "इस बार तू जीवित बचकर नहीं जाएगा।"

किन्तु, बाली के प्रहार को सुग्रीव ने बड़ी शान्ति से देखा और झपट कर आते हुए बाली के मार्ग से एक ओर हटकर बाली को ईषत् कोण से धक्का दिया। उनके धक्के से बाली गिरा नहीं; किन्तु उसका वार ख़ाली चला गया। सुग्रीव अपने स्थान पर दृढ़ होकर खड़े हो गए। बाली क्रोध में जोर से हुंकारा; किन्तु सुग्रीव न उससे बोले और न उसकी प्रतिक्रिया में उन्होंने कोई शब्द किया। सुग्रीव का आत्मविश्वास देखकर राम को भी बल मिला। बाली ने पुनः प्रहार किया; किन्तु सुग्रीव ने उसकी भुजा को कर्तरी के आकार में सधी अपनी पकड़ में ले लिया। राम ने उन्हें यह दांव विशेष रूप से सिखाया था।...बाली का सारा आवेश, भाटा के साथ पीछे हटती हुई झाग के समान बैठता दिखाई दिया। उस अन्धकार में भी बाली के चेहरे पर से आक्रोश और क्रोध के भावों के बीच से यातना के चिह्न उभरते दिखाई पड़े।

राम का मन आश्वस्त हुआ। किन्तु बाली अधिक देर तक उस मुद्रा में नहीं रहा। उसने किसी अज्ञात विधि से अथवा मात्र अपनी शारीरिक शक्ति के बल पर स्वयं को मुक्त कर लिया, और इससे पहले कि सुग्रीव संभलते और अगली विधि के लिए स्वयं को तैयार करते, बाली ने भरपूर मुष्टि-प्रहार सुग्रीव की नाक पर किया...सुग्रीव जैसे बलिष्ठ व्यक्ति के लिए भी बाली का प्रहार भारी था। वे उससे डोल गए। किन्तु पुनः संभलकर बाली से गुंथ गए...राम की भृकुटि चिन्ता में वक्र हो उठी। सुग्रीव को बाली से गुंथना नहीं चाहिए था...

किन्तु तब तक बाली ने सुग्रीव को अपनी भुजाओं में बांधकर विभिन्न युक्तियों से इतना पीड़ित किया कि सुग्रीव बिलबिला उठे। लगा, मल्लयुद्ध का सारा विधि-विधान, सारी युक्तियां, दांव-पेच उनकी बुद्धि से निकल गए। अपने शरीर के समस्त बल का आह्वान कर, वे छिटककर बाली की पकड़ से निकले और लड़खड़ाकर गिर पड़े।...राम समझ नहीं सके कि यह मात्र संयोग था कि सुग्रीव का हाथ, पास के किसी वृक्ष से टूटकर गिरी हुई शाखा पर पड़ गया अथवा उन्होंने सायास उसे प्राप्त किया। शाखा पकड़कर खड़े होते ही जैसे वे आविष्ट हो उठे। उन्होंने अपनी सम्पूर्ण शक्ति तथा अद्भुत स्फूर्ति से बाली पर आघात करने आरम्भ किए। इन विकट आघातों के सम्मुख बाली की गति अवरुद्ध हो गई और वह कुछ क्षणों तक पिटता ही दिखाई पड़ा। कई स्थानों से उसकी त्वचा फट गई थी और रक्त बह रहा था।...सहसा शाखा बाली की पकड़ में आ गई। उसने झटके से शाखा खींची। न केवल वह शाखा सुग्रीव के हाथों से निकल गई, वरन वे औंधे मुंह भूमि पर आ गिरे। बाली ने वह शाखा घुमाकर दूर फेंकी और जब तक कि सुग्रीव सीधे हों, वह कूदकर उसने वक्ष पर जा चढ़ा और उनसे घूंसों, थप्पड़ों से पीटना आरम्भ किया। सुग्रीव नीचे पड़े पिटते रहे।

"यह युद्ध अब बन्द करवाना होगा।" राम धीरे से बोले।

"मैं जाऊं क्या?" लक्ष्मण ने पूछा।

किन्तु, तब तक सुग्रीव बाली को अपने ऊपर से हटा चुके थे।

"रुक जाओ," राम ने कहा।

तभी बाली सुग्रीव पर कूदा और उसने अपने घुटने सुग्रीव के वक्ष पर रख अपने बलिष्ठ पंजों से सुग्रीव का गला दबाना आरम्भ किया, "मैं तुझे मार डालूंगा...।" सुग्रीव का प्रतिरोध टूटता दिखाई दिया।

"भैया!..." लक्ष्मण ने कुछ कहना चाहा।

पर, तब तक राम का बाण चल चुका था, "अब तो युद्ध रुकवाने का भी समय नहीं रहा सौमित्र!"

बाण बाली के वक्ष में लगा और बाली उलटकर भूमि पर आ गिरा। सुग्रीव फ़ुर्ती से उठकर खड़े हुए और अपने कंठ को टटोलने लगे।

"आओ सौमित्र!" राम ने कहा, "बाली का खेल समाप्त हो गया।"

राम और लक्ष्मण के वृक्षों की ओट से निकलते ही हनुमान, नल, नील, तथा तार भी प्रकट हो गए। दूसरी ओर, बाली को आघात से गिरते देख नगर-द्वार के प्रहरी तथा बाली-पक्ष के कुछ सैनिक प्राचीर के भीतर विलुप्त हो गए। राम बाली के निकट आए।

असाधारण रूप से बलिष्ठ शरीर का स्वामी बाली पृथ्वी पर निष्क्रिय पड़ा था। उसके वक्ष से रक्त बह रहा था और उसके चेहरे तथा आंखों में यातना के चिह्न स्पष्ट थे। अपनी जिह्वा से वह बार-बार होंठों को गीला कर रह था, "तो तुम हो राम!" बाली कराहते से स्वर में बोला, "सुना था कि तुमसे सुग्रीव की मैत्री हो गई है," सहसा उसका स्वर आक्रोशपूर्ण हो उठा, "यह कौन सा न्याय है तुम्हारा? किसी अन्य व्यक्ति से लड़ते हुए तुमने छिपकर मुझे मारा। क्या इसी को वीरता कहते हैं?"

"न्याय की बात करने का अधिकार तुमको नहीं है पापी!" राम तेजोद्दीप्त स्वर में बोले, "असहाय, निरीह रुमा का अपहरण तुमने किस न्याय और वीरता से किया था?" राम क्षण-भर रुके, "अत्याचारियों द्वारा अपनी सुविधा के लिए किए गए उद्घोषों के समूह क्या न्याय हैं! तुमने अपनी निरीह प्रजा पर जो अत्याचार किए हैं, उनके पीछे कौन-सा न्याय था?...न्याय सदा जनहित में होता है। मैं तुम्हारे द्वारा परिभाषित न्याय और वीरता के जड़-स्वरूप को प्रमाणित करने के लिए, तुम्हारे हाथों, तुमसे दुर्बल सुग्रीव को मरते हुए देखता रहता तो वह न्याय होता!...तुम जैसे पापियों का तो न्याय मांगने का अधिकार भी नहीं है। तुम्हारा न्याय तुम्हारी मृत्यु ही है...।"

सहसा बाली के वक्ष में पीड़ा का वेग बढ़ा। उसने अपनी पीड़ा में हाथ-पैर पटके और धीमे-से स्वर में बोला, "तुमने मुझसे कहा होता राम! मैं तुम्हारी पत्नी की खोज ही नहीं करवा देता–रावण से छीनकर, उसे तुम्हारे सम्मुख उपस्थित कर देता।"

राम के अधरों पर एक कटु मुस्कान उभरी, "एक अपहरणकर्ता अन्य अपहरणकर्ता का क्या विरोध करता? एक रावण दूसरे रावण से सीता को कैसे मुक्त कराता!" राम का स्वर कठोर हो गया, "और तुम कर भी देते, तो भी तुम्हारी सहायता मेरे लिए वांछनीय नहीं थी। मेरी सहायता कर, तुम अपने समस्त पापों, अत्याचारों तथा अनाचारों के होते हुए भी, मेरे बाणों से सुरक्षित हो जाते।...राम अपनी सुविधा तथा लाभ के लिए भी अत्याचारियों की संगति नहीं चाहता। तुम चाहे कितना सद्भाव और सौहार्द्र लेकर मेरे पास आते, तुम्हारा और मेरा सम्बन्ध केवल एक ही हो सकता था–विरोध का...।"

बाली पुनः तड़पा, "मेरे वक्ष से बाण खींच लो राम! इस पीड़ा से मुझे मुक्त करो। इतनी कृपा तो कर ही दो।"

"पीड़ा से मुक्त करना ही राम का लक्ष्य है," राम शान्त स्वर में बोले, "किन्तु बाण के निकलते ही

अधिक मात्रा में तुम्हारा रक्त बह जाएगा और तुम्हारी मृत्यु हो जाएगी। मृत्यु से पूर्व यदि किसी को देखना चाहते हो–पुत्र को, पत्नी को अथवा किसी और को...तो उनके आने तक यह पीड़ा सहो।"

"अंगद को देखना चाहता था; किन्तु यह पीड़ा नहीं सही जाती।" बाली पीड़ा से छटपटाता हुआ बोला, "अंगद को मैं तुम्हें सौंपता हूं राम... इतने ही न्यायी हो तो देखना, सुग्रीव उसका कोई अनिष्ट न करे...

पीड़ा के कारण बाली का शरीर भूमि से ऊपर उठ आया, "इस बाण को निकालो राम!"

राम ने आगे बढ़, बाण को उसके पृष्ठ भाग से पकड़, क्षण-भर के लिए साधा और झटके से बाहर खींचा। बाण का फल ऋजुतापूर्वक निकल आया–मांसपेशियां अथवा अंतड़ियां उसके साथ नहीं आईं; रक्त का स्रोत फूट निकला। बाली ने पूरी खुली आंखों से राम को देखा; उनके निकट खड़े लक्ष्मण और तनिक हटकर खड़े सुग्रीव, हनुमान, नल, नील तथा तार को देखा।...वे सब बाली को इसी प्रकार रक्त तथा धूल में लोटता हुआ देखने की आकांक्षा लेकर आए होंगे; उनके प्राण इसी दृश्य को देखने के लिए टंगे होंगे; उन्होंने इस लक्ष्य को प्राप्त करने के लिए कितने दिन परिश्रम किया होगा, कितनी रातों की नींद को उनींदा किया होगा–किन्तु इस समय वे दुखी लग रहे थे; उन सबके चहेरे उतरे हुए थे।...बाली के शरीर की पीड़ा समाप्त हो गई थी। शरीर में जैसे कोई संवेदनशक्ति ही शेष नहीं बची थी। केवल मस्तिष्क जाग रहा था। किन्तु यह स्थिति भी दो क्षणों से अधिक नहीं रही। मस्तिष्क जैसे सो रहा था, आंखों के सम्मुख अन्धकार छा रहा था...। पृथ्वी घूम रही थी या कदाचित आकाश ही चक्कर खा रहा था। नहीं, दोनों ही घूम रहे थे...और अब सब कुछ स्थिर हो गया था।

बाली निष्प्राण हो चुका था। सुग्रीव ने चीत्कार कर बाली के वक्ष पर अपना सिर टेक दिया, "भैया!"

राम ने सुग्रीव की बांह पकड़कर उन्हें उठाया, "उठो सुग्रीव! शोक करने का समय नहीं है। तत्काल किष्किन्धा में जाओ। रुमा को मुक्त कर, उसे सम्मानपूर्वक ग्रहण करो। अपहरण से वह दूषित नहीं मानी जा सकती।...और बाली के वध की घोषणा कर, सत्ता ग्रहण करो। अंगद को युवराज-पद दो तथा न्यायपूर्वक प्रजा का पालन करो।" राम रुककर लक्ष्मण की ओर मुड़े, "सौमित्र! तुम भी साथ जाओ। देखना! अनावश्यक हिंसा न हो। दोषी और अपराधी बन्दी हों; किन्तु प्रतिहिंसा का जन्म न हो।"

"मैं अपने इस शत्रु के शव के सम्मान की रक्षा के लिए यहीं रुकूंगा।" राम बोले, "व्यवस्था कर शीघ्र लौटो। अपने साथ अंगद और तारा को भी लेते आना।"

सोलह

वर्षा की बूंदें सघन हो गईं, तो राम शिला से उठकर गुफा के भीतर आ खड़े हुए। अपने स्थान से खड़े-खड़े उन्होंने देखा–सारा-का-सारा प्रस्रवण गिरि वर्षा में भीग रहा था। अब तो नियमित वर्षा ऋतु आरम्भ हो गई थी। प्रहर-प्रहर भर वर्षा होती रहती थी। आठ प्रहरों में से तीन प्रहर वर्षा के ही होते थे।...दूर-दूर तक फैली इस पर्वत श्रेणी के अन्य शिखर–ऋष्यमूक तथा मलय गिरि तो इन मेघों के मारे दिखाई भी नहीं देते थे...

राम के चारों ओर इस समय ऐसे ही सघन मेघ छाए हुए हैं, जिनके पार वे देख नहीं पा रहे। अपने निकट-पास की वस्तुएं और व्यक्ति भी कहीं खो गए हैं और राम उन तक पहुंच नहीं सकते।

मुखर ने वीर गति पाई, जटायु ने भी सीता को बचाने के लिए रावण से लड़ते-लड़ते अपने प्राण दे दिए...और सीता, जाने कहां खो गईं। जीवित हैं या वे भी इस लोक में नहीं हैं...यदि उनकी मृत्यु हो गई तो कैसे हुई? कैसे असहाय हैं राम भी! जटायु ने सीता के अपहरणकर्ता का नाम बताया।...सुग्रीव के पास सुरक्षित सीता के आभूषणों से पुष्टि हो गई कि रावण इसी मार्ग से गया है...किन्तु नीचे आकाश-सा विस्तृत, निराकार प्रश्न आज भी वैसा का वैसा ही है–सीता कहां हैं? यदि वे जीवित हैं तो किस स्थान पर छिपा रखा है उस दुष्ट ने उन्हें? जब तक सीता का निश्चित पता-ठिकाना मालूम न हो जाए, रावण से युद्ध की नीति भी तय नहीं हो सकती...रावण ने अड्डों, शिविरों, स्कन्धावारों तथा अधीनस्थ क्षेत्रों का दूर-दूर तक एक जाल-सा फैलाया हुआ है।...राम को लगता है कि उन्हें नीले आकाश के सम्मुख खड़ा कर कहा गया है कि वे खोज लें कि सीता किस ग्रह-नक्षत्र पर छिपाई गई हैं।...यदि जानकी जीवित हैं तो रावण से प्रतिशोध लेने के पूर्व जानकी की सुरक्षा और मुक्ति अधिक आवश्यक है।...आक्रमण वहीं होना चाहिए, जहां सीता हों; ताकि न सीता का वध हो सके और न उन्हें स्थानान्तरित किया जा सके और इधर वर्षा के मारे सारे मार्ग अवरुद्ध हो गए हैं। नदी-नाले जल से भर गए हैं। पहाड़ों पर कीचड़ और फिसलन है। वर्षा के कारण, बिना आश्रय के कहीं रुका नहीं जा सकता।...सीता की खोज के लिए, सुग्रीव अपने साथियों को भेजें भी तो कैसे... अब कोई मार्ग नहीं है, कोई विकल्प नहीं है...वर्षा ऋतु की समाप्ति तक रुकना ही होगा...वर्षा के समाप्त होते ही पथों और मार्गों के निर्माण की ओर भी ध्यान देना होगा। वानरों का परिवहन तथा यातायात व्यवस्था का निर्माण भी शून्य से आरम्भ करना होगा।

वर्षा कुछ धीमी हो गई थी और सामने से हनुमान के साथ लक्ष्मण आ रहे थे। वे दोनों ही पूरी तरह भीगे हुए थे, जैसे वर्षा में भी इधर-उधर घूमते रहे हों। "सौमित्र को कहां-कहां घुमा लाए हनुमान!" राम ने मुस्कुराकर पूछा।

"आर्य! मुझे इतना ज्ञान कहां कि मैं सौमित्र को घुमाऊं।" हनुमान अत्यन्त नम्र स्वर में बोले, तो केवल उनकी आज्ञाओं का पालन करता घूम रहा था।"

"क्यों? इस सरे क्षेत्र का ज्ञान, तुमसे अधिक और किसे होगा? मैंने तो सुना है कि यहां के भूगोल के सैद्धान्तिक तथा व्यावहारिक ज्ञान में तुम पारंगत हो।"

"भूगोल का ज्ञान तो मुझे है," हनुमान ने अत्यन्त शालीन भाव से उत्तर दिया, "किन्तु मेरी शिक्षा ने उस भूगोल का उपयोग मुझे नहीं सिखाया। वह तो सौमित्र ही बता रहे थे। शिक्षा, सेना, उद्योग, व्यापार, कृषि तथा नवनिर्माण के सन्दर्भ में, उनकी जिज्ञासाओं के अनुसार, उन्हें विभिन्न स्थान दिखा रहा था।"

राम का ध्यान हनुमान के हाव-भावों, वाणी की मृदुलता तथा उनके व्यवहार की शालीनता की ओर कई बार गया था। इतने कठोर शरीर का यह व्यक्ति अपने व्यवहार में इतना मृदु तथा कोमल था कि आकार तथा व्यवहार का यह भेद देखनेवाले को चौंकाए बिना नहीं रहता था। निश्चित रूप से यह हनुमान के कठोर आत्म-संयम का ही परिणाम था।

"भैया! शिक्षा-संस्थान तो पहले ही बना हुआ था; उसमें बाली ने वेश्यालय तथा मदिरालय स्थापित कर दिए थे।" लक्ष्मण बोले, "वह भवन तो शिक्षा-संस्थान को वापस मित्र गया है। किन्तु, यहां की समस्याएं और आवश्यकताएं बड़ी जटिल हैं।"

"आओ! बैठो तुम लोग।" राम एक शिला की ओर बढ़े।

वे तीनों बैठ गए। यद्यपि हनुमान का राम के सम्मुख बैठने का संकोच अत्यन्त स्पष्ट था, किन्तु

राम के प्रत्येक वाक्य को वे आदेश के रूप में ही ग्रहण करते थे। "दंडक वन में जिस समाज का निर्माण करना था, वह सारा समाज एकसार और एकरूप था। उसमें एक वर्ग के लोग थे।" लक्ष्मण बोले, "वे सब-के-सब अभावग्रस्त थे, उनमें किसी के पास कुछ नहीं था। किसी से कुछ लेना नहीं था–जो कुछ लेना था, प्रकृति से ही लेना था। उनके लिए केवल निर्माण करना था, ध्वंस की आवश्यकता नहीं थी। उनके शत्रु उनके समाज से बाहर थे, भीतर का शत्रु अपवाद था।" लक्ष्मण रुके, "यहां का समाज मिश्रित है। इसमें विभिन्न स्तर हैं। अनेक वर्ग हैं। विभिन्न सामाजिक, आर्थिक तथा शैक्षणिक वर्गों का इतना अन्तर्मिश्रण है इस समाज में कि एक का कल्याण दूसरे के लिए हानि का कारण बन जाता है और किसी एक वर्ग की ओर से उसका विरोध आरम्भ हो जाता है। परिणामतः कल्याण के उस विचार को निःसंकोच कर्म-रूप में परिणत नहीं किया जा सकता...उसमें अनावश्यक द्वन्द्व उठते हैं, अतः अनावश्यक विलम्ब होता है।"

"मैं समझ रहा हूं," राम सोच में थे, "यहां ध्वंस के बिना निर्माण हो नहीं सकेगा और ध्वंस के लिए अभी सुग्रीव प्रस्तुत नहीं होंगे, क्यों हनुमान?"

"आर्य! हनुमान क्या कहे?" हनुमान अपने कोमल ढंग से बोले, "हनुमान के पास न धन है, न भूमि, न स्वर्ण का भवन। अतः किसी वस्तु का मोह नहीं है। किन्तु बाली के ही प्रिय सभासद अब सम्राट सुग्रीव के भी सभासद हो गए हैं। वे पहले भी स्वामिभक्त थे, अब भी हैं। सम्राट अपने स्वामिभक्त सभासदों के विरुद्ध नहीं जा सकते, उन्हें रुष्ट नहीं कर सकते। और वे सभासद, मन्त्री, सामन्त, यूथपति, सेनानायक अपनी इच्छा से न अपने अधिकार छोड़ना चाहते हैं, न अपनी सम्पत्ति!"

"ठीक कहते हो हनुमान। जहां मात्र सत्ता का हस्तान्तरण हो और प्रशासन का ढांचा वही रहे, वहां इस प्रकार की समस्या होंगी ही। सुग्रीव को उन लोगों के साथ कुछ कठोर होना पड़ेगा।"

"वे भी इस बात को समझते हैं; किन्तु मुझे ऐसा लगता है कि अब वे कठोर नहीं हो पाएंगे," हनुमान दूसरी ओर देख रहे थे; सहसा वे मुड़े, "आर्य, सम्राट हमारे पथ-प्रदर्शक और नेता रहे हैं। मैं उनकी शिकायत नहीं कर रहा; किन्तु मुझे लगता है कि भाई के वध से उनमें परिवर्तन-सा आ गया है–अब वे कठोर नहीं होना चाहते। कदाचित बाली के वध के पश्चात अभी तक वे ग्लानिमुक्त नहीं हो पाए हैं, उनका अपराधबोध मिट नहीं रहा।"

"निराश मत हो हनुमान!" राम का भी स्वर अधिक सावधान और कोमल था, "सर्जक मन का सबसे बड़ा दोष यह है कि उसमें वितृष्णा बहुत जल्दी जागती है। तनिक-सी बाधा से वह अपना मोर्चा छोड़ भागता है। तुम अपने मन को अपने मोर्चे पर लगाए रखो...राम सुग्रीव की शिथिलता के हाथों तुम्हारे सपनों को चूर नहीं होने देगा। सुग्रीव यदि अपने पथ से भटका तो राम उसे वापस लौटा लाएगा।" राम रुके, "मुझे बताओ सैनिक प्रशिक्षण की क्या नई व्यवस्था की गई है? मैंने सुना है कि सुग्रीव नए शस्त्रों, युद्ध-कौशल तथा सैनिक संगठन के लिए बहुत लालायित थे...और हनुमान! सुग्रीव रावण से लड़ना चाहें, न चाहें; वर्षा ऋतु की समाप्ति पर राम चाहेगा कि सीता की खोज आरम्भ की जाए। और सीता का पता मिल जाने पर, सेना के निर्माण के लिए राम रुका नहीं रहेगा।...सेना के निर्माण का कार्य अभी से प्रारम्भ होना चाहिए।"

"मुझे इस बात का पूरा ध्यान है आर्य!" हनुमान ने अपना सिर झुकाकर कहा, "मुझे पूरा विश्वास है कि आपको मुझसे निराशा नहीं होगी...।" सहसा हनुमान रुक गए, क्षण-भर असमंजस में राम को देखते रहे कि कहें या न कहें; और फिर जैसे कहने का निर्णय कर धीरे-धीरे बोले, "सम्राट के

प्रासाद में आज एक छोटा-सा समारोह है। उन्होंने इच्छा प्रकट की है कि यदि आप अपनी उपस्थिति से उन्हें कृतज्ञ कर सकें...।"

राम के अधरों पर विषादयुक्त मुस्कान उभरी, "हनुमान, सम्राट से कहना, अपने वनवास की अवधि में मैं किसी नगर में प्रवेश नहीं करूंगा; और सम्राट का प्रासाद नगर से बाहर नहीं हो सकता..." राम के स्वर में हल्का-सा आवेश घुल गया, "और सम्राट को याद दिला देना कि उन्हें रुमा मिल गई है, किन्तु मुझे अभी सीता की खोज-ख़बर तक नहीं मिली।"

"अच्छा भद्र।" हनुमान खड़े होकर धीरे से बोले, "मैं पहले ही समझ रहा था कि ऐसा निमन्त्रण युक्तियुक्त नहीं है। और सत्य तो यह है कि यह समारोह अपने-आपमें एक भूल है।" हनुमान ने हाथ जोड़ दिए और मुड़कर पर्वत की ढलान की ओर बढ़ गए।

सत्रह

सन्ध्या समय जन-सेना के लोग अपने काम से लौटकर आए तो प्रस्रवण गिरि पर राम की गुफा के सम्मुख एक सभा जुट गई।

सुग्रीव के राज्याभिषेक के पश्चात राम तथा लक्ष्मण के रहने के स्थान और व्यवस्था का प्रश्न भी सुग्रीव के सम्मुख आया था। उन्होंने बहुत चाहा था कि राम और लक्ष्मण भी उनके साथ किष्किन्धा में चलें तथा उन्हीं के प्रासाद में अथवा किसी अन्य सुन्दर प्रासाद में रहें; किन्तु राम ने अपने वनवास की बात कहकर किष्किन्धा में प्रवेश अस्वीकार कर दिया था। राम को छोड़कर, लक्ष्मण का कहीं अन्यत्र जाना तो सम्भव ही नहीं था; जन-सैनिकों ने भी राम से अलग होने में अपनी अरुचि ही प्रकट की थी। तभी प्रस्रवण गिरि को राम के आश्रम के रूप में चुना गया और राम अपने शस्त्रागार, लक्ष्मण तथा जन-सैनिकों के साथ वहीं निवास कर रहे थे। सुग्रीव तथा उनके साथियों ने बहुत चाहा कि राम की सेवा में राजकीय परिचारिकाएं नियुक्त कर दी जाएं; और यदि राम को यह स्वीकार्य न हो तो वानरों के जन-संगठनों के स्वयंसेवक उनकी सहायता के लिए वहां विद्यमान रहें। पर, राम को इनमें से कोई भी प्रस्ताव मान्य नहीं था। उन्होंने अपने जन-सैनिकों के साथ अपना, स्वतन्त्र आश्रम बना रहने देने की इच्छा प्रकट की थी।

प्रातः वे सब लोग सामूहिक व्यायाम, शस्त्र-अभ्यास तथा अल्पाहार करते थे। उसके पश्चात लक्ष्मण किसी-न-किसी कार्य के लिए वन में, विभिन्न प्रशिक्षण केन्द्रों में, शस्त्र-निर्माताओं की भट्टियों अथवा कार्य स्थानों पर चले जाया करते थे। जन-सैनिकों के भी दो दल हो गए थे। आधे व्यक्ति अनिन्द्य के नेतृत्व में सहायता करने चले जाते थे। मधुप धर्मभृत्य के आश्रम से आया भूगर्भशास्त्री था, जो इस क्षेत्र में धातुओं की खोज कर रहा था। अन्य जन-सैनिक भूलर के नेतृत्व में किष्किन्धा से लगते ग्रामों में कृषि-सम्बन्धी सहायता तथा शिक्षा का प्रचार करने चले जाते थे। किन्तु कोई भी दिनचर्या स्थायी नहीं हो पाई थी। एक सप्ताह में ही सैनिक-प्रशिक्षण केन्द्रों में आरम्भिक शस्त्र-शिक्षा के पश्चात कुछ लोगों को आयुध-ज्ञान के लिए प्रस्रवण गिरि पर भेज दिया। उन आगन्तुकों की संख्या क्रमशः बढ़ती जा रही थी। धीरे-धीरे कुछ यूथपति भी अपने यूथों को चुने हुए सैनिकों के साथ प्रस्रवण गिरि के चरणों में शिविर लगाकर रहने लगे थे। वे भी इस प्रशिक्षण में सम्मिलित हो जाते थे। परिणामतः प्रातः शस्त्र-शिक्षा की, विभिन्न स्तरों के अनुसार अनेक कक्षाएं लगती थीं और बीसियों जन-सैनिकों के साथ-साथ राम तथा लक्ष्मण पृथक-पृथक कक्षाओं में विभिन्न प्रकार की जानकारी देते तथा अभ्यास कराते रहते थे...

प्रातः के प्रशिक्षण के पश्चात सबके अपने-अपने कार्यक्रम हो जाते थे। प्रायः राम ही शस्त्रागार के निकट, आश्रम में रहते थे। एक तो उन्होंने स्वयं ही आश्रम से बाहर जाना बहुत कम कर रखा था; दूसरे, दिन-भर अनेक सन्दर्भों में विभिन्न प्रकार के लोग उनसे मिलने आते रहते थे। अपने साथियों से फिर वे सन्ध्या-समय ही मिल पाते थे।

शाम की सभा जुटी तो सबसे पहला प्रश्न भूलर ने किया, "आज भोजन-व्यवस्था किस टुकड़ी की है?" भोजन के नाम पर, राम का ध्यान सीता की ओर चला गया। सीता के अपहरण के पश्चात से भोजन का स्थायी नियन्त्रण समाप्त हो गया था। भोजन-व्यवस्था की दृष्टि से तीन-तीन व्यक्तियों की टुकड़ियां थीं, जो प्रतिदिन बदलती थीं। इन दिनों राम का आश्रम, आश्रम कम, सैनिक शिविर ही अधिक था। उनमें कौटुम्बिक वातावरण लुप्त हो चुका था और सैनिक व्यवस्था ही शेष रह गई थी।

"आज बड़ी भूख लग रही है तुम्हें।" मधुप ने भूलर से कहा।

"तुम्हें नहीं लगी?" भूलर बोला, "हां भाई, तुम्हें अब भूख क्यों लगेगी!"

"क्यों? मधुप को क्या हुआ?" लक्ष्मण ने पूछा, "इसके यकृत में कोई दोष आ गया है क्या?"

"नहीं सौमित्र।" भूलर ने बताया, "आज मधुप ने भूमि के नीचे का धातु-भंडार खोज निकाला है। कल वहां खुदाई होगी।"

"अच्छा।" राम की भी रुचि जाग गई, "यह तो तुमने बहुत अच्छा समाचार दिया है भाई। मैं इस धातु को लेकर कुछ अधिक ही चिन्तित था। पिछले दिनों से जो कुछ मैंने देखा है, उससे तो लगता है कि जन-शक्ति की यहां कोई कमी नहीं है। सुग्रीव की राजकीय सेना के साथ-साथ, यूथपतियों की स्वतन्त्र सेनाएं हैं। कदाचित राक्षसों की सारी सेनाओं से भी अधिक सैनिक सुग्रीव की एक आज्ञा पर तैयार हो जाएंगे; किन्तु उसके साथ-ही-साथ, राक्षस-विरोधी भावनाओं के कारण, सारा जनसामान्य युद्ध के लिए उठ खड़ा होगा। पर शस्त्र...। जब तक धातु की खोज नहीं होगी, शस्त्र कैसे बनेंगे।" राम ने रुककर मधुप की ओर देखा, "यह धातु किस श्रेणी की हो सकती है मधुप?"

"अभी से कुछ निश्चित कहना कठिन है राम।" मधुप बोला, "पर कल से खुदाई आरम्भ हो जाए, तो सप्ताह-भर में हम धातु का सर्वांगीण परीक्षण कर आपको ठीक-ठीक बता सकेंगे। वैसे मुझे आशा है कि यह धातु का बहुत बड़ा भंडार है, और कदाचित धातु अच्छी श्रेणी की ही होगी।"

"यह कार्य तुम कर लो।" राम बोले, "उसके पश्चात किष्किन्धा के शिक्षा-संस्थान में तुम्हें शिक्षक नियुक्त कर दिया जाए। किष्किन्धा राज्य के पास कोई अच्छा भूगर्भशास्त्री नहीं है। क्यों सौमित्र?"

लक्ष्मण राम के कथन से उत्साहित नहीं हुए। धीमे-से स्वर में बोले, "प्रस्ताव तो अच्छा है। यह विषय उपयोगी भी है। किन्तु किष्किन्धा का शिक्षा-संस्थान स्थापित तो हो ले।"

"क्यों? शिक्षा-संस्थान को क्या हुआ?" राम ने चकित होकर पूछा। तभी उन लोगों के सम्मुख भोजन परोस दिया गया।

लक्ष्मण ने पत्तल को अपनी ओर सरकाया और बोले, "अपराह्न में हनुमान ने संकेत किया था। कदाचित आपका ध्यान उधर नहीं गया।"

"ध्यान गया तो था।" राम ने उत्तर दिया, "किन्तु हनुमान और तुम दोनों ही मुझे कुछ उदास-से लगे थे, इसलिए मैंने बात को अधिक कुरेदा नहीं। तुम लोग शिक्षा-संस्थान को लेकर ही उदास हो?"

"उदास क्या होना!" लक्ष्मण सायास हल्के-से हंसे, "पर उसी से हम दोनों विचलित हो गए थे।...बात यह है कि उस शिक्षा-संस्थान के आचार्यों और अध्यापकों ने बाली के सम्मुख अपमानजनक समर्पण

किया था। अब, जबकि संस्थान की पुनर्स्थापना हो रही है, उन अध्यापकों ने अपनी पुनर्नियुक्ति की मांग की है। अंगद, हनुमान, नल तथा नील उनकी नियुक्तियों के पक्ष में नहीं हैं। उनका विचार है जिन लोगों ने तनिक-सा संकट आते ही अपनी वास्तविकता प्रकट कर दी; जो अपने व्यवसाय के आदर्शों की तनिक भी रक्षा नहीं कर सके; जिनमें अकल्याणकारी अन्यायी शक्तियों के विरोध का तनिक भी साहस नहीं है–वे लोग दायित्व के योग्य नहीं हैं। उन लोगों के हाथों में अपनी अगली पीढ़ी का भविष्य सौंपना तनिक भी समझदारी का काम नहीं है...।"

"तो उनके पक्ष में कौन है?" राम ने पूछा।

"एक तो दुर्मुख ही है। कुछ उसके साथी हैं।" लक्ष्मण बोले, "... और थोड़े-बहुत स्वयं सुग्रीव भी हैं।"

"ये सुग्रीव भी मुझे बहुत ढीले आदमी लगते हैं," अनिन्द्य बोला, "हर काम में टाल-मटोल कर रहे हैं।"

"तो तुम्हें भी सुग्रीव से शिकायत हैं?" राम बोले, "पर तुम यह क्यों नहीं सोचते कि उन्हें कुछ व्यावहारिक कठिनाइयां होंगी।"

"व्यावहारिक कठिनाइयां तो अपनी नीतियों की जड़ता में बंध जाने से होती हैं।" अनिन्द्य ने उत्तर दिया।

"तुम ठीक कह रहे हो अनिन्द्य।" लक्ष्मण बोले, "दुर्मुख तथा उसके साथी, उन अध्यापकों का समर्थन अपनी बाली-भक्ति तथा निहित स्वार्थों के कारण कर रहे हैं; और सुग्रीव व्यावहारिक कठिनाई नामक जड़ता में फंसे हैं।"

"देखो, जैसे-जैसे सौमित्र का क्षोभ अभिव्यक्त होता जाता है, उनकी वाणी का प्रहार सधता जाता है," राम मुस्कुराए, "नहीं तो प्रातः से ही एकदम चुप बैठे थे।"

"मैं सच कह रहा हूं भैया," लक्ष्मण बोले, "सुग्रीव की व्यावहारिक कठिनाई यह है कि उन अध्यापकों को नियुक्त नहीं करेंगे तो लोग कहेंगे कि सुग्रीव भी बाली के ही समान अपने विरोधियों को आतंकित कर रहे हैं; और सुग्रीव यह कलंक अपने माथे पर लगाना नहीं चाहते। वे अपनी प्रजा को दिखा देना चाहते हैं कि वे अपने शत्रु और मित्र को एक ही दृष्टि से देखते हैं। वे अपने राज्य में न्याय की स्थापना करेंगे। वे न्याय का अर्थ समझते हैं कि वे अपने मित्रों की कोई बात नहीं मानेंगे और अपने शत्रुओं का विरोध नहीं करेंगें।"

"सुग्रीव न्याय का ठीक अर्थ समझ नहीं रहा," राम ने जैसे अपने से कहा, "जब व्यक्ति इस बात की चिन्ता औचित्य से अधिक करने लगता है कि लोग क्या कहेंगे, तो वह स्वयं को अपने ही बन्धनों में बांधता चलता है। अन्ततः निष्क्रिय जड़-पत्थर हो जाता है।"

"स्थिति यह है भैया," लक्ष्मण पुनः बोले, "कि न तो वे पुराने अध्यापकों को नियुक्त कर पा रहे हैं, न नई नियुक्तियां हो रही हैं। फिर शिक्षा-संस्थान अपना कार्य कैसे करे?"

"इस प्रकार तो ये लोग शिक्षा की कोई व्यवस्था ही नहीं कर पाएंगे," भूलर बोला।

"लगता तो मुझे भी यही है," लक्ष्मण अपने प्रवाह में कहते गए, "और केवल एक यही समस्या नहीं है। एक शिक्षा-संस्थान सारी वानरजाति के लिए पर्याप्त नहीं है। इन्हें और बहुत-से आचार्य और अध्यापक चाहिए। वानरों में एक तो पढ़े-लिखे युवक-युवतियां कम हैं। जो हैं, उनमें अध्यापक बनने की न योग्यता है और न इच्छा। कुछ युवक जो दूसरे राज्यों में गए हुए हैं, उन्हें इसलिए वापस नहीं बुलाया जा सकता क्योंकि एक तो उनको उतनी भारी-भरकम वृत्तियां देने के लिए वानर राज्य

के पास धन नहीं है; दूसरे, वे लोग जो धन वहां कमा रहे हैं, वानर राज्य उस धन से वंचित नहीं होना चाहता। यदि अन्य जातियों के अध्यापकों को बुलाने का प्रस्ताव रखा जाता है, तो यह कहकर विरोध किया जाएगा कि इतर जातियों के अध्यापकों के कारण वानरों का धन अन्य राज्यों में चला जाएगा तथा वे अध्यापक हमारे युवकों में मानसिक दासता के बीज बोएंगे...।"

"यह तो अच्छा-खासा षड्यन्त्र है।" मधुप बोला, "ऐसे तो वानर सदा के लिए अशिक्षित रह जाएंगे और अन्ततः किसी अन्य जाति के दान हो जाएंगे।"

"सुग्रीव यदि अपने अनिर्णय से मुक्त न हो पाए, तो संकट की स्थिति आ जाएगी।" राम धीरे से बोले।

अठारह

सुग्रीव का दिन झगड़ों से ही आरम्भ हुआ। राजपरिषद में जाने से पूर्व ही प्रतिहारी ने सूचना दी कि प्रजाजनों का एक शिष्ट-मंडल उनसे मिलने आया है। इस समय किसी भी शिष्ट-मंडल से मिलने में सुग्रीव को कोई रुचि नहीं थी; किन्तु आगन्तुकों में सबसे ऊपर स्वर्गीय मन्त्री मलयवन की पत्नी सुपताका का नाम था। बाली के हाथों मलयवन की यातनापूर्ण मृत्यु को सुग्रीव भूल नहीं सकते थे; न ही वे इस तथ्य की उपेक्षा कर सकते थे कि सुग्रीव के मन्त्री होने ही के कारण मलयवन को इस प्रकार की मृत्यु और उसके परिवार को यातना तथा अपमान मिला।

उन्हें शिष्ट-मंडल से मिलने की अनुमति देनी पड़ी। शिष्ट-मंडल के लोग आकर सम्राट के सम्मुख खड़े हो गए। केवल सुपताका को एक छोटे मंच पर बैठा दिया गया। प्रायः प्रत्येक व्यक्ति ने सम्राट का अभिवादन करते हुए, उनके स्वास्थ्य के विषय में जिज्ञासा प्रकट की और उसके लिए मंगल कामना की।

"मेरे सम्राट बन जाने के पश्चात लोगों को मेरे स्वास्थ्य की बहुत चिन्ता रहने लगी है।" सुग्रीव सोच रहे थे।

"आप लोग अपना प्रयोजन कहिए," सुग्रीव ने उन्हें मूल बात की ओर प्रेरित किया।

"सम्राट! देवी सुपताका आपको यह याद दिलाने के लिए आई हैं कि आपका पक्ष ग्रहण करने के कारण स्वर्गीय सम्राट बाली के हाथों हमें अनेक कष्ट सहने पड़े हैं। लोगों ने अपने प्राणों का बलिदान किया है; कारागार तथा अन्धकूपों की यन्त्रणाएं सही हैं। अनेक लोगों को धन की हानि उठानी पड़ी है। अनेक लोगों के भवन भूमिसात और अग्निसात हुए हैं। सम्राट से निवेदन है कि वे अपने अनुचरों को विस्मृत न करें।"

"विस्मृत करने का प्रश्न ही कहां है।" सुग्रीव बोले, "जब सोचता हूं तो एक-एक कर, उन लोगों के चेहरे आंखों के सम्मुख घूम जाते हैं। उन लोगों ने कितना कष्ट सहा है मेरे लिए। मेरे मित्र, समर्थक तथा अनुचर होने का कैसा विकट मूल्य चुकाया है लोगों ने।"

"मूल्य तो हम लोगों ने चुकाया है सम्राट!" शिष्ट-मंडल का एक सदस्य बोला, "और फल उन लोगों को मिल रहा है, जो आपके उन यातनापूर्ण दिनों में भी न केवल अपने पर्यटकों पर सोए हुए थे, वरन आपके समर्थकों को पीड़ित करवाने में अगुआ बनकर पुरस्कार रूप में धन सम्पत्ति और सुविधाएं प्राप्त कर रहे थे।"

"समझा नहीं!" सुग्रीव चौंक उठे, "आपका मन्तव्य क्या है?"

"सम्राट! अपने उन शत्रुओं को उनके पदों से हटाएं, जिन्होंने अपने अनुचरों पर अत्याचार किए

हैं। उन लोगों के अधिकार छीन लिए जाएं, जिन्होंने आपके मित्रों और समर्थकों पर अत्याचार करने के पुरस्कार के रूप में अधिकार तथा ऐश्वर्य प्राप्त किया है।"

"अर्थात मैं भी अपने विरोधियों के साथ वही व्यवहार करूं, जो बाली ने अपने विरोधियों के साथ किया था," सुग्रीव कुछ आवेश में बोले, "तो फिर मुझमें और बाली में अन्तर ही क्या होगा?"

सुग्रीव मौन हो गए। वे चुपचाप उन लोगों को देखते रहे।

"आर्य मलयवन का परिवार यदि आज भी गली-गली बिलखता फिरे, तो हम कैसे मान लें कि बाली का राज्य नहीं रहा," सुपताका ने पहली बार अपना मुख खोला।

"तुम लोग ठीक कह रहे हो।" सुग्रीव कुछ सोचते हुए बोले, "मुझे विचार-विमर्श और चिन्तन-मनन के लिए थोड़ा-सा समय दो। मुझे अपने साथियों से भी पूछना पड़ेगा कि इस विषय में हम क्या कर सकते हैं।"

"सम्राट! हम आपके सम्मुख कुछ प्रस्ताव रखना चाहेंगे," एक व्यक्ति बोला, "निर्णय का अधिकार आपका है; किन्तु आशा है, हमारे प्रस्ताव-ज्ञापन पर आपको कोई आपत्ति नहीं होगी।"

"बोलो!" सुग्रीव ऊबे-से स्वर में बोले।

"सम्राट! जिन लोगों ने पिछले दिनों कष्ट सहे हैं, उनकी क्षतिपूर्ति की जाए। जिनके धन की हानि हुई है, उनके लिए राज्य की ओर से उस हानि की भरपाई हो। जिनके भवन गिराए गए हैं अथवा जलाए गए हैं, उनके लिए भवनों का निर्माण हो। जिनके परिवारों को जन की हानि हुई है, उन परिवारों के लिए वृत्तियों, राजकीय सेवाओं, व्यापार सुविधाओं तथा अन्य सुविधाओं से उस जन-हानि की यथासम्भव पूर्ति की जाए।...और सम्राट! आपकी विपत्ति के दिनों में जिन्होंने आपका विरोध किया, आपके समर्थकों पर अत्याचार किया तथा अन्य प्रकार से लाभ उठाया–उन लोगों को दंडित किया जाए।"

अवाक् सुग्रीव उनकी बात सुनते रहे, "इनके सारे प्रस्ताव मान लिए जाएं तो सारे राज्य को सिर के बल खड़ा कर देना होगा।"

"अच्छा! आप लोग जाएं," अन्ततः सुग्रीव धीरे-से बोले, "आपके प्रस्तावों पर विचार किया जाएगा।"

राज्यपरिषद की कार्यवाही आरम्भ ही हुई थी कि वृद्ध यूथपति असिगुल्म उठकर खड़ा हो गया, "सम्राट! दुहाई है। मैं न्याय की मांग करता हूं।"

"आपके साथ क्या अन्याय हो गया यूथपति?" सुग्रीव ने अपने खीझे हुए मन को सन्तुलित करने का प्रयत्न किया।

"सम्राट! किष्किन्धा के निकट वनों में जो भूमि अनुपजाऊ तथा मूल्यहीन समझकर स्वर्गीय सम्राट ने मुझे दान में दी थी; आज किष्किन्धा के उपद्रवी तत्त्व उसे मुझसे छीन लेना चाहते हैं।"

"क्या आपकी भूमि पर किसी अन्य व्यक्ति ने आधिपत्य स्थापित कर लिया है?" सुग्रीव को स्मरण हो रहा था कि इसी भूमि की चर्चा अंगद और हनुमान दोनों ही उनसे कर चुके थे।

"अधित्य तो स्थापित नहीं किया गया सम्राट!" वृद्ध यूथपति वावेला मचाने के-से ढंग से बोला, "आधिपत्य कोई क्यों स्थापित करेगा? संसार जानता है कि वह पथरीली, बन्ध्या तथा अनुपजाऊ भूमि है।

किन्तु, मुझे क्लेश पहुंचाने के लिए, उसकी खुदाई आरम्भ कर दी गई है। मेरे यूथ के दंडधर उस भूमि की रक्षा के लिए गए तो उन उपद्रवियों ने उन्हें पीटा भी है। दुहाई है सम्राट की। मेरी भूमि

की रक्षा की जाए। मेरे दंडधरों की रक्षा राजकीय सेना करे अथवा मुझे अनुमति मिले कि मैं अपने यूथ की सेनाओं द्वारा अपनी रक्षा करूं।"

असमंजस में फंसे सुग्रीव कुछ क्षण मौन रहे, क्या कहें, क्या करें सुग्रीव? सहसा किसी निष्कर्ष पर पहुंचते हुए, शान्त स्वर में बोले, "कोटपाल! क्या आपने इस घटना की जांच की है?"

इससे पहले कि कोटपाल कोई उत्तर देता, अंगद अपने स्थान पर खड़े हो गए, "सम्राट! यदि अनुमति हो तो, मैं इस विषय में विस्तार से कुछ कहना चाहता हूं। मेरा विचार है कि कोटपाल इस विषय में विशेष जानकारी देने में असमर्थ होंगे?" सुग्रीव ने कोटपाल की ओर देखा।

कोटपाल ने सिर झुकाकर कहा, "युवराज का विचार सत्य है सम्राट, वह स्थान किष्किन्धा की प्राचीर से बाहर है; अतः मेरा अधिकार क्षेत्र वहां तक व्याप्त नहीं है।"

सुग्रीव ने अंगद की ओर दृष्टि घुमाई, "युवराज ही कहें।"

"सम्राट! यूथपति असिगुल्म पर मेरा आरोप है कि उन्होंने जान-बूझकर तथ्यों को छिपाया है और एकांगी जानकारी देकर सम्राट तथा राजपरिषद को भ्रमित करने का प्रयत्न किया है।"

"युवराज अपना आरोप प्रमाणित करें।" सुग्रीव बोले।

"सम्राट इस बात से अनभिज्ञ नहीं हैं कि सैनिक तथा असैनिक उद्देश्यों की पूर्ति के लिए किष्किन्धा राज्य को धातुओं की कितनी भीषण आवश्यकता है। अपने पास कोई भूगर्भशास्त्री न होने के कारण हमने अपने मित्र आश्रमों से अनुरोध कर कुछ भूगर्भविशेषज्ञ आमन्त्रित किए हैं। उन लोगों ने अपने अथक परिश्रम से जिस स्थान पर धातु का पता लगाया है, वह क्षेत्र यूथपति असिगुल्म की भूमि में पड़ता है। अब एक देशभक्त तथा कर्तव्यनिष्ठ नागरिक के समान वह भूमि राज्य को अर्पित करने के स्थान पर यूथपति ने अपनी जाति को उस सम्पदा से वंचित रखने के लिए अनेक प्रकार के पाखंड आरम्भ कर रखे हैं...।"

"हम इस प्रकार के निराधार आरोपों का विरोध करते हैं," धूम्र खड़ा हो गया, "आरोप लगाने से पूर्व उनका आधार भी प्रस्तुत किया जाना चाहिए। आरोप लगानेवाले चाहे स्वयं युवराज ही क्यों न हों!"

"मैं बीच में बोलना नहीं चाहता था सम्राट!" हनुमान बोले, "किन्तु आर्य धूम्र के व्यवहार के पश्चात मैं भी निवेदन करना चाहता हूं कि सम्राट से अनुमति प्राप्त कर, युवराज इन आरोपों को प्रमाणित ही कर रहे थे, जब आर्य धूम्र ने विघ्न डाला है। यह सम्राट की भी अवहेलना है और युवराज की भी।"

सुग्रीव ने हाथ के संकेत से हनुमान को बैठने का आदेश दिया, "युवराज अपनी बात कहें।"

"मैं कह रहा था सम्राट! कि यूथपति असिगुल्म जाति की सम्पत्ति, जाति को देने से इनकार कर रहे हैं। वह भूमि यूथपति की अवश्य है, किन्तु उस भूमि के नीचे की सम्पदा या तो किष्किन्धा राज्य की है अथवा वानर जाति की। इस सम्पदा को अपना बताना राज्यद्रोह भी है और जातिद्रोह भी। इसके लिए यूथपति असिगुल्म को दंडित किया जाए–ऐसा मेरा अनुरोध है।" असिगुल्म अपने स्थान पर बैठा ऐंठ रहा था। कुछ कहने और न कहने का द्वन्द्व उसके चेहरे से स्पष्ट लक्षित हो रहा था।

"यूथपति इस विषय में क्या कहना चाहते हैं?" सुग्रीव ने पूछा।

"सम्राट!" असिगुल्म को बोलना ही पड़ा, "मेरी भूमि के नीचे जाति अथवा राज्य की सम्पदा है या नहीं–इसका निर्णय कौन करेगा? कोईं समझदार आदमी इस बात को

प्रमाणित कर दे तो और बात है; ऐसे ही क़िसी राह चलते कंगले ब्रह्मचारी के कह देने से मैं अपनी भूमि नहीं छोड़ सकता!"

"यूथपति किसके द्वारा इस तथ्य को प्रमाणित करवाना चाहते हैं?" हनुमान ने पूछा।

"कोई भी विद्वान हो–लंका का, अशिमपुर का, भोगपुर का," असिगुल्म कटु स्वर में बोला, "ऐसा नहीं होना चाहिए कि कुछ शोहदे किष्किन्धा की संकीर्ण गलियों की गन्दी झुग्गियों में बच्चों को बैठाकर उनका नाम विद्यालय रख दें; और कल इन्हीं गन्दी झुग्गियों के वे बच्चे हमारे भाग्य का निर्णय करने बैठ जाएं।"

सुग्रीव को लगा, हनुमान तमतमाकर कोई बहुत कठोर बात कह बैठेंगे। असिगुल्म तर्क छोड़कर जनविद्यालयों और उनमें पढ़नेवाले बच्चों का अपमान करने पर उत्तर आया था। किन्तु हनुमान ने अद्‌भुत आत्मसंयम का परिचय दिया। वे अत्यन्त मृदु स्वर में बोले, "वृद्ध यूथपति की भाषा घृणा का प्रचार करनेवाली, शब्द सामान्य जन के लिए अपमानजनक तथा वाक्य सर्वथा तर्कशून्य हैं।...यदि मैं यह कहूं कि साफ कपड़े पहनकर ऊंचे महलों में बैठने वालों को क्या अधिकार है कि वे किसी जाति अथवा राज्य के भविष्य का निर्णय करें, जबकि उनके मस्तिष्क सड़े हुए हैं और आत्माएं दुर्गन्ध फैला रही हैं..."

"सम्राट! हनुमान हमारा अपमान कर रहे हैं।" दुर्मुख चीत्कार कर उठा, "कृपया इन्हें आदेश दें कि यह तनिक संयम रखें।"

"मेरा विचार है, मेरे पुत्र से बढ़कर संयम, सारी किष्किन्धा में और किसी में नहीं है।" वृद्ध यूथपति केसरी सारे विवाद में पहली बार बोले।

"होगा।" दुर्मुख अपनी बात आगे बढ़ा ले गया, "गली-गली खुलने वाले इन विद्यालयों के प्रति मैं सम्राट को सावधान करना चाहता हूं। इस राज्य में ज्ञान का स्तर गिराने का एक घृणित षड्यन्त्र रचा जा रहा है। जिन परिवारों से ये गन्दे, अस्वस्थ तथा नासमझ बच्चे आ रहे हैं और जैसे मूर्ख अध्यापक उन्हें पढ़ा रहे हैं, उससे ज्ञान का प्रचार नहीं हो रहा। अयोग्य लोगों को योग्य बनाने का पाखंड किया जा रहा है। कल ये ही लोग उन बच्चों से योग्यता की समकक्षता का दावा करेंगे–जो पुष्कल धन व्यय कर, अच्छे अध्यापकों से ज्ञान अर्जित कर रहे हैं। अतः निवेदन है कि इन विद्यालयों को बन्द किया जाए।"

"इतना ही नहीं सम्राट!" धूम्र पुनः खड़ा हुआ, "विद्यालयों के नाम पर ये लोग सार्वजनिक स्थानों, भवनों, मन्दिरों तथा समाधियों पर अपना आधिपत्य स्थापित कर रहे हैं। यह षड्यन्त्र साधारण लोग नहीं कर रहे हैं। इसके पीछे शासन के बड़े-बड़े अधिकारी हैं, जिनमें से कुछ तो आपकी राजपरिषद के सदस्य भी हैं।"

"जब बात यहां तक आ गई है तो मैं कुछ स्पष्ट बातें कहने की अनुमति चाहूंगा," नील खड़े हो गए। सुग्रीव ने बोलने का संकेत किया।

"सम्राट!" नील बोले, "हमारे सामने एकाधिक बातें गड्‌डमड्‌ड रूप में प्रस्तुत की गई हैं। स्पष्टता की मांग है कि उन्हें पृथक-पृथक कर दिया जाए। पहली बात है यूथपति असिगुल्म की भूमि, दूसरी है खनिज पदार्थों सम्बन्धी ज्ञान देने का अधिकार, तीसरी, नगर अथवा सारे राज्य में जन-विद्यालय खोलने का अधिकार। और चौथी बात है सार्वजनिक स्थानों पर विद्यालय खोलने का अधिकार। कृपया इन बातों पर पृथक-पृथक निर्णय लिये जाएं। सर्वप्रथम हम यूथपति की भूमि की समस्या सुलझा लें। यूथपति का आरोप है कि कुछ उपद्रवी तत्त्व बलात् उनसे उनकी भूमि छीन रहे हैं और युवराज का

यूथपति पर आरोप है कि वे राज्य और जाति को उसकी सम्पदा देना नहीं चाहते, अतः राजपरिषद तथा सम्राट को भ्रमित कर रहे हैं। परिषद से निवेदन है कि पहले इसका दो-टूक निर्णय कर, फिर किसी अन्य विषय पर विचार करें।" नील बैठ गए।

"सम्राट, अपना निर्णय देने से पहले बात सुन लें।" वृद्ध यूथपति पुनः बोला, "यदि मेरी भूमि के गर्भ में खनिज-सम्पदा निकल भी आए, तो यह खोज किसी उपयुक्त अधिकारी के आदेश से होनी चाहिए। मेरी भूमि पर खुदाई किसके आदेश से आरम्भ हुई? प्रस्रवण गिरि पर बैठे निष्कासित राजकुमारों के बहकावे...।"

"यूथपति!" सुग्रीव कठोर स्वर में बोले, "आर्य राम तथा लक्ष्मण के सम्मान के विरुद्ध कोई बात नहीं सुनी जाएगी। मर्यादा पहचानिए। वे सम्राट के मित्र तथा राज्य के अतिथि हैं। हां, यह प्रश्न पूछा जा सकता है कि आपकी भूमि में खुदाई किसके आदेश से आरम्भ हुई!"

"मेरे आदेश से सम्राट!" अंगद बोले, "और धातु-अनुसन्धान के अधिकार स्वयं सम्राट ने मुझे दिए थे। धातु-अनुसन्धान-मंडल के अध्यक्ष के रूप में मैं राज्य के किसी भी स्थान की खुदाई का आदेश दे सकता हूं।"

"तो क्या युवराज को यह अधिकार है कि वे किसी का भी घर खोदकर फिंकवा दें?" धूम्र ने पूछा।

"नहीं! नहीं! नहीं!" उनके अनेक साथियों ने आवाज़ें लगाईं।

"मुझे यह अधिकर है कि धातु-अनुसन्धान के लिए किसी भी भूमि की खुदाई का आदेश दूं।" अंगद एक-एक शब्द चबाकर बोले, "हां, यदि वहां धातु न निकले और उस भूमि के स्वामी की यदि कोई क्षति हुई हो तो उसकी भरपाई करना मेरा कर्तव्य है।"

"बन्ध्या और बंजर भूमि की खुदाई से, भूमि के स्वामी को जो लाभ होगा, खनिज-पदार्थ न मिलने पर, उस लाभ का मूल्य उससे वसूल किया जाना चाहिए।" नल ने टिप्पणी की।

"नहीं!" असिगुल्म ने सहसा अपना तर्क बदला, "प्रश्न यह है कि यदि सम्पदा निकल आई, तो वह किसकी है? जिसका खेत होता है, उपज उसकी होती है। उसी प्रकार जिसकी भूमि है, खनिज सम्पदा उसी की है। शासन को हस्तक्षेप करने का क्या अधिकार है? विधान की दृष्टि से किसी सम्राट द्वारा दान दी गई भूमि, शासन द्वारा लौटाई नहीं जा सकती। यदि वर्तमान सम्राट इस विधान का उल्लंघन करना चाहते हैं, तो न्याय के नाम पर मेरा निवेदन है कि उस भूमि का उचित मूल्य चुकाया जाए; किन्तु ध्यान रखा जाए कि वस्तु का मूल्य वही मान्य होता है, जो विक्रय करनेवाला लगाता है। क्रय करनेवाला उतना मूल्य न देना चाहे तो क्रय न करे।"

"सम्राट! मैं इन प्रस्तावों का विरोध करता हूं।" हनुमान ने अपना तर्क प्रस्तुत किया, "सम्राट किसी को भूमि दान करते हैं, तो वह मात्र उस भूमि का ही स्वामी हो सकता है, अतः उसे उतनी ही भूमि अन्यत्र देकर उसकी क्षतिपूर्ति की जा सकती है। भूमि की उपज एक भिन्न विषय है। प्रथम तो भूमि का दान करते हुए सम्राट जानते हैं कि वह भूमि उपज के योग्य है और उसमें उपज होगी। दूसरे, वह उपज कृषक के अपने श्रम से पैदा होती है। यहां स्थिति यह नहीं है। स्वर्गीय सम्राट ऋक्षराज ने जिस समय यह भूमि यूथपति को दान की थी, उन्हें यह ज्ञात नहीं था कि इस भूमि के नीचे खनिज सम्पदा है और वह कितनी मूल्यवान है। दूसरी बात यह है कि यह सम्पदा न तो यूथपति ने अपने श्रम से उत्पन्न की है और न अपने उद्यम से खोजी है। अतः विधान की आड़ में वे राज और जाति को उनकी सम्पत्ति से वंचित नहीं कर सकते। जैसे-जैसे मनुष्य का ज्ञान विकसित होगा,

वैसे-वैसे न्याय का स्वरूप भी बदलेगा। न्याय कोई जड़ वस्तु नहीं है, वह जीवन्त अवधारणा है, जो समय के साथ विकसनशील है...।"

"यह हमारे सम्राटों के विधान का अपमान है।" दुर्मुख बीच में ही खड़ा होकर बोला।

साथ ही उसके साथी भी शोर मचाने लगे, "अपमान है! अपमान है!" राजपरिषद में ऐसा कोलाहल अभूतपूर्व था। सुग्रीव ने दो-एक बार कुछ कहने का प्रयत्न किया; किन्तु उस कोलाहल में उनका स्वर किसी ने सुना नहीं। अन्ततः सुग्रीव ने कोश में से अपना खड्ग खींच लिया।

परिषद में शान्ति हो गई। "विधान का निर्णय बाद में होगा," सुग्रीव बोले, "किन्तु एक निर्णय अभी दे रहा हूं–सम्राट का अपमान, विधान के अपमान के ही समान दंडनीय है।"

मौन और भी सघन हो गया। सुग्रीव ने स्वयं को संयत किया, "विधान परिवर्तनशील है अथवा नहीं, इस विषय में सोचने का कुछ समय दें। ऐसे महत्त्वपूर्ण विषय में तत्काल निर्णय नहीं हो सकता।" सुग्रीव रुक गए, सारी परिषद पर दृष्टि डाली, धीरे से बोले, "शेष विचार-विमर्श फिर होगा। सभा की कार्यवाही यहीं स्थगित की जाती है।"

उन्नीस

सभा से उठकर आने के पश्चात सुग्रीव का मन कुछ अधिक ही विचलित हो गया था। प्रातः का वह शिष्ट-मंडल! वे चाहते थे कि उन लोगों को अधिक-से-अधिक लाभ और सुविधाएं दी जाएं। और उसके विपरीत राज-परिषद का यह विवाद! अभी तो उन्होंने विवाद आगे चलने नहीं दिया था, नहीं तो सन्ध्या भी बीत जाती। पता नहीं, ये लोग इतना विवाद क्यों करते हैं...विवाद वे करते हैं और जान सुग्रीव की फंसती जा रही है...आज यदि सुग्रीव विधान बदलने की अनुमति दे दें तो उनके विरोधी उन्हें कलंकित करना आरम्भ कर देंगे कि सुग्रीव प्रजा की चिन्ता नहीं करता, विधान की चिन्ता नहीं करता–वह अहंकारी है, स्वेच्छाचारी है, अन्यायी है, उसके और बाली के शासन में कोई अन्तर नहीं है। उसने अपने भाई का वध इसलिए नहीं करवाया कि वह अन्याय को समाप्त कर, प्रजा को न्यायपूर्ण शासन देना चाहता था। उसे तो अपने भोग-विलास के लिए शासन का अधिकार चाहिए था। इसलिए भाई पर झूठे आरोप लगाकर उसकी हत्या करवा दी...वह भ्रातृ-हन्ता, सत्ता लोभी और हत्यारा है।

सुग्रीव जब भी अंगद को देखते हैं अथवा तारा के समक्ष पड़ जाते हैं, तो उनकी आंखों में झांककर देखते हैं, क्या है उनके मन में? क्या वे सचमुच सुग्रीव को निर्दोष मानते हैं अथवा उनके मन में कहीं सुग्रीव के प्रति कोई सन्देह है? सुग्रीव किसी क्षण भूल नहीं पाते कि यह सत्ता उन्होंने भाई की हत्या करवाकर प्राप्त की है और यदि वे अपने विरोधियों के प्रचार को शान्त करने के लिए उनकी बात मान लेते हैं, तो किष्किन्धा में नव-निर्माण नहीं हो सकेगा। प्रजा को न्याय नहीं मिल सकेगा। वे अपने सहयोगियों द्वारा ही देश-द्रोही मान लिए जाएंगे। तब अंगद और हनुमान यह पूछेंगे कि प्रजा का पालन नहीं करना था, तो भाई का वध क्यों करवाया? बाली को न्याय मार्ग की बाधा माना था, तो अब न्याय क्यों नहीं करते? भाई का वध कर सत्ता हथियाने भर का शौक था।

इन्हीं सब चिन्ताओं से सुग्रीव के मस्तिष्क की शिराओं का तनाव इतना बढ़ जाता है कि वे सोचने-समझने के अयोग्य हो जाते हैं...ऐसे क्षणों में उनका मन पागलों के समान अन्धाधुन्ध चीत्कार करने लगता है, "मुझे समय दो। मुझे सोचने दो।"

सोच-सोचकर सिर में पीड़ा होने लगी तो सुग्रीव का ध्यान इधर-उधर भटकने लगा। किष्किन्धा

के नगर-श्रेष्ठि ने अपने प्रासाद में एक समारोह का आयोजन किया था। नगर के सारे व्यापारियों ने मिलकर सम्राट से समारोह में पधारने की प्रार्थना की थी...मन में आया, वहीं चले चलें। इन राजनीतिक उलझनों से तो मुक्ति मिलेगी।...व्यापारी लोग राजनीति सम्बन्धी वार्तालाप में रुचि नहीं रखते...किन्तु वहां भी उन लोगों ने क्रय-विक्रय, भीतरी व्यापार, बाहरी व्यवहार, करों में कटौती–या ऐसे ही विषयों में सुविधाएं मांगनी आरम्भ कर दीं तो... ? सुग्रीव को लगा, वे वहां भी स्थिर नहीं रह पाएंगे...फिर वहां जाने का क्या लाभ ?

किन्तु समय से नगर-श्रेष्ठि उन्हें लिवाने के लिए आ गया, "आज मेरी इच्छा नहीं है नगर-श्रेष्ठि!" सुग्रीव ने उसे टालना चाहा, "मैं न जाऊं तो तुम्हारे समारोह में कोई न्यूनता तो नहीं आएगी ?"

"सम्राट कैसी बात कहते हैं।" नगर-श्रेष्ठि ने हाथ जोड़ दिए, "आकाश पर चन्द्रमा न हो तो तारों की सभा फीकी कैसे नहीं पड़ेगी, आप विश्वास कीजिए सम्राट! आपका मन वहां अवश्य बहल जाएगा। ऐसी कोई बात नहीं होगी जो आपकी इच्छा के प्रतिकूल हो।"

कदाचित नगर-श्रेष्ठि को भी सम्राट की चिन्ताओं की सूचना थी।

सुग्रीव का मन कुछ संभला। वह व्यक्ति कितना मीठा बोलता है।

"वहां कोई विचार-विमर्श तो नहीं होगा, कोई विवाद... ?" सुग्रीव का विचार-विचलित मन अपने भीरु स्वर में बोला।

"नहीं सम्राट! नहीं।" नगर-श्रेष्ठि ने अपनी जिह्वा को दांतों से काटा, कानों को हाथ लगाए, "यह तो सहमिलन का उत्सव है।"

"कोई प्रस्ताव ?"

"नहीं सम्राट !"

"कोई मांग ?"

"नहीं सम्राट !"

"किसी की निन्दा ? किसी की शिकायत ?"

"नहीं सम्राट !"

सुग्रीव चलने के लिए तैयार हो गए। देखें, क्या सचमुच यह स्थान इतना निर्दोष है? क्या आज की विचलित परिस्थितियों में भी किष्किन्धा में कोई ऐसा स्थान है, जहां सुख शान्ति हो? सत्य ही, वहां मन बहल जाएगा क्या...समारोह में कुछ नगर-श्रेष्ठि के वचनों के ही अनुकूल था। विभिन्न व्यापारी छोटी-छोटी टुकड़ियों में वार्तालाप कर रहे थे। प्रत्येक व्यक्ति सम्राट के सम्मुख पड़ते ही मौन हो जाता था और हाथ जोड़कर उन पर अपना माथा टिका देता था। किसी ने कोई शिकायत नहीं की। सब ओर सम्राट की प्रशंसा ही प्रशंसा थी। किसी ने कुछ मांगा नहीं, उलटे बहुत डरे-डरे लोगों ने प्रस्ताव किए कि यदि सम्राट अनुचित न समझें तो वे लोग अपने धन से देशी-विदेशी चित्रकारों और मूर्तिकारों द्वारा सम्राट के चित्र और मूर्तियां बनवाकर अपने भवनों पर लगवा लें। उनका कहना था कि किसी सुन्दर भवन में सम्राट की मूर्तियां और चित्र न हों, तो भवन बड़ा सूना-सूना लगता है...

सुग्रीव को लगा, जैसे किसी ने उनके उत्ताप पर चन्दन का लेप कर दिया हो। वे कहां-कहां भटकते रहे, क्या-क्या सोचते रहे। उन्हें ऐसी जगह की आवश्यकता थी। यहां आना चाहिए था उन्हें...घर-घर में, वीथियों और चतुष्पथों पर, निजी और सार्वजनिक स्थानों पर उनके चित्र टांगे जाएं, उनकी मूर्तियां स्थापित की जाएं। लोगों के मन में उनके लिए श्रद्धा और पूज्य भाव होगा। कोई उनसे प्रश्न न करे, कोई उन पर अविश्वास न करे, कोई उनका विरोध न करे, कोई उनसे कुछ न

मांगे, ऐसा ही तो चाहते हैं वे, कोई उन्हें परेशान न करे। यहां सब कुछ कितना सुखद था। व्यापारी सम्राट से भेंट कर चुके तो खान-पान आरम्भ हुआ।

नगर-श्रेष्ठि परिचारक द्वारा दो बड़े-बड़े थाल उठवाकर लाया। एक में फल तथा मिठाइयां थीं तथा दूसरे में पशु-मांस के अनेक व्यंजन।

सुग्रीव ने खाने के प्रति अनिच्छा प्रकट की, तो नगर-श्रेष्ठि चिन्तित हो उठा, "यह तो हमारे लिए सुखद नहीं है सम्राट! इस यौवन में, इतना परिश्रम करने पर भी सम्राट को खाने के प्रति अरुचि है। सम्राट को थोड़ी-सी माधवी पीनी चाहिए...।"

"वह क्या है?" सुग्रीव के मुख से अनायास निकल गया, जैसे वे जानते ही न हों कि माधवी क्या होती है–पर जब मुख से निकल ही गया था तो उसका परिहार करने की क्या आवश्यकता थी...

"थके मन का आहार सम्राट!"

सुग्रीव के मन में मायावी जीवित हो उठा–उसने भी बाली से कहा था कि उसका अपराध है, थके हुए मन को विश्राम देना। तो क्या यह नगर-श्रेष्ठि भी मायावी का ही कोई नया संस्करण है?..."मदिरा?"

जाने क्यों सुग्रीव का मन अज्ञान का अभिनय कर रहा था–जैसे उनका मन आज विवेक से मुक्त हो, अपनी स्वतन्त्र क्रीड़ा कर रहा हो।

"नहीं सम्राट!" नगर-श्रेष्ठि ने अभ्यास करे अनुसार दांतों से जीभ काटी, कानों को हाथ लगाए, "यह हल्का-सा मद्य है। थके मन का आहार। इससे व्यक्ति न उग्र होता है, न हिंस्र, व्यक्ति हल्की-सी तन्द्रा का अनुभव करता है और मन के ऊहापोह से बच जाता है।" सुग्रीव का मन ललक उठा। ये यही तो चाह रहे थे। कदाचित बाली का मन भी ऐसा ही थक गया हो...पर सुग्रीव को तीव्र मदिरा नहीं चाहिए...वे बाली नहीं बनना चाहते...किन्तु मानसिक तनाव से मुक्ति उन्हें भी चाहिए...उन्होंने माधवी का एक चषक ले लिया। पीते ही उन्हें कुछ आराम मिला। उन्होंने दूसरा चषक भी ले लिया।

थोड़ी देर सुग्रीव वहां और बैठे और व्यापारियों के मुख से अपनी प्रशंसा सुनते रहे और माधवी पीते रहे। उनका मन अब पूर्णतः शान्त था, सारा तनाव मिट गया था और उन्हें हल्की-हल्की नींद आ रही थी...

बीस

राम नील को पर्वत के नीचे उतरते हुए देखते रहे, जैसे क्रमशः दूर होती जाती उस आकृति में वे अपनी समस्याओं का समाधान ढूंढ़ने का प्रयत्न कर रहे हों। राम को अब चिन्ता होने लगी थी। प्रस्रवण गिरि पर रहते हुए उन्हें कई मास हो गए थे। वर्षा ऋतु आरम्भ हुई, अपने यौवन पर आई और क्रमशः मन्द होकर समाप्त हो गई। अपनी गुफा के द्वार पर बैठे हुए राम मेघाच्छन्न आकाश तथा मेघाच्छादित पर्वत शिखरों को देखते रहे थे। पर्वतों की ऋतु का कुछ पता नहीं चलता था–कब मेघ घिर आएंगे और कब वर्षा हो जाएगी। पर्वतों पर पानी ठहर नहीं पाता था, अतः स्थान-स्थान पर जलधाराएं दिखाई पड़ती थीं। घिरते मेघों, बरसते पानी, इठलाती धाराओं के बीच राम, कभी सीता की खोज के विषय में सोचते, कभी सैनिक अभियानों के विषय में।...कभी अपने विषय में सोचते, कभी लक्ष्मण के विषय में...और सुग्रीव तक आते ही चिन्तनधारा अवरुद्ध हो जाती थी।

सुग्रीव के सम्राट बन जाने के पश्चात किष्किन्धा की स्थिति कुछ विचित्र-सी हो गई थी। बाली के राज्य के विषय में राम ने जो कुछ सुना था, उससे स्पष्ट था कि बाली क्या चाहता था और वह वानरों को किस मार्ग पर चलाना चाहता था...किन्तु सुग्रीव! सुग्रीव से जो बातें हुई थीं; और हनुमान,

अंगद, नल और नील इत्यादि से भी बातें होती रहती थीं–उनसे यह तो स्पष्ट था कि सुग्रीव बाली की अपेक्षा, राजनैतिक दृष्टि से कहीं अधिक जागरूक थे। उनके मन में अपनी प्रजा के लिए प्रेम भी था। उनके मन में 'मानवता' की कल्पना 'समता' से भिन्न नहीं थी। दलितों, शोषितों तथा पीड़ितों के उत्थान के लिए उनके मन में अनेक स्वप्न थे। निर्माण के क्षेत्र में भी, वे अत्यन्त महत्त्वाकांक्षी थे...किन्तु किष्किन्धा में हो क्या रहा है? सुग्रीव के सम्राट बन जाने पर भी जन-सामान्य के जीवन में कहीं कोई प्रसन्नता प्रकट नहीं हुई थी। उनकी सुविधाओं के लिए, जिन निर्माण-योजनाओं की चर्चा थी–वह चर्चा ही रह गई है; उस पर कहीं कोई कार्य आरम्भ नहीं हुआ...राम स्वयं कभी किष्किन्धा के भीतर नहीं गए हैं...और सुग्रीव का भी बहुत दिनों से इधर आना नहीं हुआ है। अपने सम्राटत्व के आरम्भिक काल में प्रतिदिन राम से मिलने आया करते थे। पर राम भी जानते थे यह व्यावहारिक नहीं था। यह आवश्यक भी नहीं था। राम वनवास कर रहे थे, अपनी अपहृत पत्नी के सन्धान के लिए यहां रुके हुए थे, वर्षा के कारण उनके मार्ग अवरुद्ध थे...किन्तु सुग्रीव वानरों के सम्राट थे, उन पर पूरे राज्य तथा समस्त वानर यूथों का दायित्व था। राम कैसे यह अपेक्षा कर सकते थे कि सुग्रीव नित्य उनसे मिलने आया करें...उससे तो कहीं आवश्यक था कि जन-कल्याण के लिए सुग्रीव ने जो संकल्प किए थे, वे उन्हें ही पूरा करते, पर हनुमान, अंगद, नल, नील, तार तथा जाम्बवान यदा-कदा राम के पास आते ही रहते थे। लक्ष्मण भी उन लोगों से मिलते ही रहते थे–किष्किन्धा नगरी के भीतर कम, किष्किन्धा के बाहर इन पर्वतों और वनों में अधिक। उन लोगों से मिलकर, राम के अनेक स्वप्न पूरे किए थे। अनेक आर्य आश्रमों से विभिन्न विषयों के विद्वान आचार्यों को किष्किन्धा में आमन्त्रित किया गया था। उन लोगों ने अपने-अपने क्षेत्रों में अनेक निर्माण कार्य आरम्भ कर दिए थे। वानरों की भूमि में धातुओं का सन्धान उनका पहला कार्य था। अंगद ने अपने उत्साह में खनिजों के लिए खुदाई आरम्भ करवा दी थी...उसने आकर राम को असिगुल्म की भूमि के झगड़े के विषय में बताया था। राम को सुग्रीव की राजपरिषद में हुए विवाद की सूचना भी मिली थी। सुग्रीव ने इस विषय में अभी निर्णय नहीं दिया था; किन्तु अंगद अपनी धुन का पक्का था वह अपना काम करता जा रहा था...

शिक्षा की स्थिति भी किष्किन्धा में काफी सुधर गई थी, किन्तु उसमें भी सुग्रीव का कोई योगदान नहीं था। उस विषय में हनुमान बहुत उत्साही था। सारी जन-पाठशालाएं उसी के उद्यम और उत्साह से चल रही थीं। लोगों में जागृति आ रही थी। हनुमान की विभिन्न व्यायामशालाओं से वानर-युवक आकर प्रस्रवण गिरि की तलहटी में स्थापित शिविरों में राम, लक्ष्मण तथा जन-सैनिकों से सैनिक-प्रशिक्षण प्राप्त करते थे। अब तक इन प्रशिक्षण- शिक्षण-शिविरों में सैकड़ों युवकों को विभिन्न प्रकार के शस्त्रों के परिचालन का ज्ञान दिया था। किन्तु उनके लिए शस्त्रों की व्यवस्था सुग्रीव अभी नहीं कर पाए थे।

नल ने बताया था कि सार्वजनिक लाभ के विभिन्न निर्माण-कार्यों के लिए धन उपलब्ध नहीं हो रहा है। उसके विषय में सम्राट अभी निर्णय नहीं कर पाए हैं। विभिन्न स्रोतों से यह बात भी राम तक पहुंची थी कि सुग्रीव विकट अनिर्णय की अवस्था में सर्वथा निष्क्रिय पड़े हैं। उनके सम्मुख उठाई गई प्रत्येक समस्या के उत्तर में वे सोचने का समय चाहते हैं और समय की वह अवधि समाप्त होने पर ही नहीं आ रही है। इस अनिर्णय के कारण किष्किन्धा की शासन व्यवस्था में सुखद परिवर्तन की अपेक्षा करनेवाले लोगों का सुग्रीव सम्बन्धी विश्वास डोल रहा था। उनके मन में निराशा तथा हताशा बढ़ रही थी और कोई बड़ी बात नहीं थी कि कुछ दिनों में वे सुग्रीव का प्रत्यक्ष विरोध करने

लगें।...दूसरी ओर जनहितकारी योजना के विरोधी सामन्त और पार्षद क्रमशः निर्भीक तथा उद्दंड होते जा रहे थे। उनका मत था कि सुग्रीव में उनके विरुद्ध कोई कठोर कार्यवाही करने का साहस नहीं था। तो फिर भय किस बात का! उनका शोषण चक्र और अधिक क्रूर होता जा रहा था। और अनेक सूचनाओं से तो ऐसा अनुमान हो रहा था कि सुग्रीव क्रमशः अनेक देशी और विदेशी व्यापारियों के जाल में फंसते जा रहे हैं। व्यापारियों ने अभी तक राज्य से कोई विशेष सुविधा नहीं मांगी थी। अभी तब तो वे वानर-सम्राट को अपना निर्बाध समर्थन दे रहे थे। उनके प्रयत्नों से किष्किन्धा की वीथियों और चतुष्पथों पर सुग्रीव की प्रस्तर मूर्तियां स्थापित हो गई थीं।...किष्किन्धा में इन दिनों चित्रकारों की संख्या भी बहुत बढ़ गई लगती थी और उनके पास सस्ते दामों में सुग्रीव के विभिन्न प्रकार के चित्र उपलब्ध हो रहे थे। उन चित्रकारों का आश्रयदाता और उनके चित्रों का ग्राहक वर्ग भी किष्किन्धा का व्यापारी समुदाय ही था...और परिणाम यह था कि किष्किन्धा के हाटों-पण्यों में सुग्रीव के चित्रों के सिवाय शेष प्रत्येक वस्तु महंगी होती जा रही थी...

राम को सूचनाएं मिलती थीं। उनके मन में विभिन्न प्रतिक्रियाएं उठती थीं...क्या कर रहे हैं सुग्रीव? पता चलता है कि वे माधवी-सेवन के रसिक हो गए हैं...उन्हें रुमा से बहुत प्रेम हो गया है, अतः दिन का बहुत सारा समय अपनी पत्नी के पास व्यतीत करते हैं...तारा से उन्होंने विवाह कर लिया है, अतः कुछ समय वहां भी बीतता है...

और राम का मन अपने ही द्वन्द्वों से उलझता रहता।

राम ने जब सुग्रीव की रक्षा करने के लिए बाली का वध किया था और सुग्रीव को सम्राट बनने में सहायता की थी तो यह तो नहीं सोचा था कि सुग्रीव एक अन्य प्रकार का बाली बन जाएगा। किष्किन्धा का धनाढ्य वर्ग और अधिक सम्पन्न होता जाएगा और निर्धग वर्ग और अधिक धनहीन, प्रजा पशुओं का-सा जीवन व्यतीत करने को बाध्य होती रहेगी और सम्राट माधवी पीकर अपनी पत्नियों के पास पड़ा रहेगा।

किन्तु क्या राम को हस्तक्षेप करने का अधिकार है? यदि वे सुग्रीव पर कोई दबाव डालें तो क्या वह यह नहीं कहेगा कि यह वानरों का अपना आन्तरिक मामला है। वह प्रभुता-सम्पन्न सम्राट है और उसे अपनी स्वतन्त्र नीतियां चलाने का पूर्ण अधिकार है...वे सुग्रीव के ही नहीं, अन्य वानरों के सहायक और मित्र माने जा रहे हैं, तनिक सी भ्रान्ति अथवा भ्रमित प्रचार से वे आक्रान्ता, अन्य राज्यों की भूमि पर आधिपत्य जमाने के इच्छुक और मित्र के वेश में बैठे हुए अमित्र के रूप में देखे जा सकते हैं। अभी तक वानरों के किसी भी वर्ग की ओर से सुग्रीव के अन्यायी, अत्याचारी अथवा अनाचारी होने की कोई शिकायत नहीं आई है। यदि राम से सहायता की इच्छा ही नहीं की जाएगी तो वे किसकी सहायता करने जाएंगे...पर जब सुग्रीव ने उनसे सहायता मांगी थी, तो मित्र के रूप में उनकी भी पूरी सहायता करने का वचन दिया था...मित्र की सहायता का यह कौन सा रूप है कि सुग्रीव माधवी पीकर अपनी पत्नियों के महलों में पड़ा रहे और राम इस प्रस्रवण गिरि की गुफाओं में अपनी पत्नी के सन्धान की प्रतीक्षा में निष्क्रिय बैठे हुए, अपनी सहायता को कोसते रहें। जाने कहां होंगी सीता–जीवित होंगी अथवा विपरीत परिस्थितियों में आत्मरक्षा करती हुई आततायियों के हाथों मारी गई होंगी। जीवित भी होंगी तो जाने किन परिस्थितियों में होंगी! अपमानित...पीड़ित...

सहसा राम का तेज जाग उठा। कब तक वे धैर्य धारण करें? कब तक वे सुग्रीव के कर्तव्य-बोध के जागने की प्रतीक्षा करें? कब तक वे ऐसे ही असहाय-निष्क्रिय बैठे रहें...वर्षा काल समाप्त हो चुका है। मार्ग प्रायः सूख रहे हैं। आवागमन सरल और सहज होता जा रहा है। राम सुग्रीव के

भरोसे यहां बैठे रहेंगे, सीता किसी अज्ञात स्थान पर पीड़ा और अपमान का घूंट पीती रहेंगी और रावण अपनी सेनाएं लेकर, जनस्थान पर आक्रमण कर न केवल जनस्थान और पंचवटी, वरन दंडक वन के समस्त आश्रमों को नष्ट करने का प्रयत्न करेगा...राम का आवेश अपने ही विरुद्ध जागा। यह क्या किया राम ने? एक अपरिचित व्यक्ति के बचन पर इतना भरोसा कर लिया कि सारी वर्षा ऋतु अकर्मण्यता में, आकाश के मेघों, वर्षा की फुहारों और बहते हुए जल की धाराओं को देखने में व्यतीत कर दी। कितना जानते हैं राम सुग्रीव को? किस संकट में उन्होंने परख की है अपने इस मित्र की? संकट सुग्रीव का था–उसमें राम की परख हुई है। राम ने सुग्रीव की सहायता के लिए अपने प्राणों को दांव पर लगाया था। उसमें सुग्रीव की परख कैसे हुई? सुग्रीव भी यदि अपने भाई के ही समान कामुक, आलसी और विलासी निकला तो? यदि वह भी उन लोगों के समान निकला, जिन्हें अपने मुख से उच्चारित शब्दों की सार्थकता का बोध नहीं होता?...यदि सुग्रीव के लिए अपने मुख से उच्चारित शब्दों का कोई महत्त्व नहीं है, यदि वह मैत्री के नाम पर भ्रम पालने का अभ्यस्त है, यदि प्रजा के चीत्कार की ध्वनि उसके कानों तक नहीं जाती, यदि अत्याचारी यूथपति उसके भी वैसे ही मित्र हैं, जैसे कि बाली के मित्र थे, तो राम, को हस्तक्षेप करना ही पड़ेगा, सुग्रीव को उसका कर्त्तव्य स्मरण कराना ही होगा...

और अब नील उन्हें बताकर गया था कि सारी किष्किन्धा नगरी में भयंकर तनाव व्याप्त था। किसी भी समय दंगा होने की पूरी सम्भावना थी। बाली जब मायावी से युद्ध करने गया था, तो सुग्रीव ने अपने शासन-काल में किष्किन्धा के श्रमिकों के लिए अनेक आवास बनवाए थे। उस भूमि को लेकर नगर के अनेक प्रभावशाली और धनाढ्य लोगों ने कोलाहल मचाया था। वे लोग उस भूमि पर अपना आधिपत्य भी मानते थे और नगर के मुख्य और महत्त्वपूर्ण स्थानों पर श्रमिकों के लिए आवासगृह बनाए जाने की योजना को भी पचा नहीं पा रहे थे किन्तु सुग्रीव की दृढ़ता के सम्मुख उनकी एक नहीं चली थी...पर बाली के लौटते ही उनको तुड़वाकर वह भूमि अपने प्रिय यूथपतियों के हवाले कर दी थी...तब से आज तक उन श्रमिकों को आवास के लिए न अपनी पुरानी भूमि मिली थी, न उसकी स्थानापन्न कोई अन्य भूमि।

नील ने बताया था कि सब ओर से हताश होकर वे श्रमिक पुनः अपनी उसी पुरानी भूमि पर पहुंच गए हैं और वे अब दृढ़-प्रतिज्ञ हैं कि यदि राज्य उनकी सहायता नहीं करता तो, वे स्वयं उसी भूमि पर अपने आवास बनाएंगे।...दूसरी ओर जिन यूथपतियों को वह भूमि मिली थी, वे अपने दंडधरों के बल पर उन श्रमिकों की हत्याओं की तैयारी कर रहे हैं...यह भी सुनने में आया था कि अनेक यूथपतियों ने आगामी झगड़े के अवसर के लिए, सम्राट की अनुमति लिये बिना, गोपनीय रूप से अपनी यूथ सेनाओं की विभिन्न टुकड़ियों को, सामान्य नागरिकों के वेश में नगर के भीतर और नगर की प्राचीर के निकट ही ठहरा रखा था। यदि श्रमिकों ने इस भूमि पर बलात अधिकार जमाने का प्रयत्न किया तो यूथ सेनाओं की ये टुकड़ियां, यूथपतियों के दंडधरों के साथ मिलकर, श्रमिकों का सम्पूर्ण नाश कर देंगी...श्रमिकों के पक्ष से भी पूरी तैयारी थी। उनमें से अधिकांश राम तथा उनके जन-सैनिकों द्वारा स्थापित विभिन्न प्रशिक्षण शिविरों में सैनिक प्रशिक्षण ले चुके थे और युद्ध-विद्या तथा शस्त्र-परिचालन से पूर्णतः भिज्ञ थे। यूथ सेनाओं का आतंक उनके मनोबल को क्षीण करने में तनिक भी प्रभावकारी सिद्ध नहीं हुआ था...श्रमिक संगठनों को पूर्ण विश्वास था कि यदि सचमुच युद्ध की स्थिति आई तो हनुमान के समस्त जन-संगठन तथा अखाड़े उनके पक्ष में लड़ेंगे।

नील बता गया था कि इस झगड़े की आशंका से हनुमान और अंगद भी बहुत चिन्तित थे...किन्तु

वे कुछ कर नहीं पा रहे थे। इस समय यह अनिवार्य था कि सम्राट सुग्रीव सचेष्ट हों और उस भूमि पर श्रमिकों का एकाधिकार घोषित कर दें और यूथपतियों को प्रताड़ित करने के साथ-साथ उनकी यूथ-सेनाओं को उनके मूल स्थानों पर वापस भेज देने की आज्ञा दें।...यदि सम्राट तुरन्त सचेष्ट नहीं होते तो यह संघर्ष अवश्यम्भावी था; और इस संघर्ष में कितनी जन-क्षति होगी, यह कहना कठिन था। राम स्पष्ट देख रहे थे कि यदि सुग्रीव ऐसे ही निश्चेष्ट रहे और किष्किन्धा की स्थिति नहीं सुधरी तो किष्किन्धा का यह प्रथम भीतरी संघर्ष अपने-आपमें ही समाप्त नहीं हो जाएगा। इसके पश्चात यूथ सेनाओं के बल के कारण, यूथपतियों तथा उनके सहायक धनाढ्य वर्ग का साहस और बढ़ेगा। वे अन्य स्थानों पर भी अपना नियन्त्रण दृढ़ करना चाहेंगे। श्रमिकों तथा जन-संगठनों तथा अन्य वर्गों को बाध्य होकर अपने अधिकारों के लिए लड़ना पड़ेगा...किष्किन्धा के पथों-वीथियों में अनवरत युद्ध होंगे...वानर राज्य अपने आन्तरिक संघर्षों में उलझ जाएगा। एक ओर साधनहीन निहत्थे लोगों की असंख्य निरीह हत्याएं होंगी और दूसरी ओर रावण वानरों की ओर से निश्शंक होकर अपने क्रूर हाथ-पैर और अधिक पसारने लगेगा।

और सीता? राम के सम्मुख अनेक प्रश्नचिह्न थे। सुग्रीव की जड़ता के कारण, राम निश्चेष्ट होकर बैठे रहें? वानरजाति को परस्पर लड़कर मरने दें? अथवा वानर राज्य इन राक्षस-मित्र यूथपतियों के पेट में समा जाने दें? सीता यदि जीवित हैं, तो उन्हें सदा के लिए रावण की बन्दिनी अथवा दासी बने रहने दें? राक्षसत्व के अन्धकार द्वारा संसार के समस्त ज्योतिर्कणों को निगले जाते हुए, अवाक् खड़े देखते रहे?

यदि यही होना है तो धिक्कार है राम की वीरता को, उनके शस्त्रों को, उनके संकल्पों को, उनकी संगठन-शक्ति को। तो क्या करें राम?

हनुमान को शिखर की चढ़ाई पर देखकर, राम का चिन्तन-प्रवाह थम गया। हनुमान आ रहा है... कोई आवश्यक काम होगा। एक यह ऐसा व्यक्ति है, जो सदा आशावान और सक्रिय है। ऐसे-ऐसे साथी हैं सुग्रीव के पास, और फिर भी सुग्रीव अनिर्णय, जड़ता और भ्रान्तियों की दलदल में धंसता जा रहा है।...और उसी की जड़ता के कारण उसके सारे साथी निस्तेज, प्रभावशून्य होते जा रहे हैं। उनकी ऊर्जा, उनके अपने ही भीतर ऐंठ-ऐंठ कर दम तोड़ती जा रही है...क्या हनुमान, क्या अंगद, क्या नल-नील और क्या तार और जाम्बवान, पर उन सबके साथ-ही-साथ राम की अपनी ऊर्जा भी तो उनके भीतर ऐंठ ही रही है। पंचवटी में क्या राम इस प्रकार परांगमुखी थे। क्या उन्हें सोचना पड़ता था कि कोई सुग्रीव सक्रिय तथा सचेष्ट हो और राम का कार्य करे...वह सुग्रीव जो किष्किन्धापुरी के भीतर अपने प्रासाद के विश्राम-कक्ष में माधवी के पात्र में बन्दी हैं। कितने बन्धन हैं सुग्रीव के चारों ओर! राम किस-किस बन्धन से उन्हें मुक्त करेंगे...कितना स्वतन्त्र और स्वावलम्बी जीवन था पंचवटी में। राम के समस्त साथी सदा उन्हें लभ्य थे और उन लोगों के लिए राम सदा अपनी पहुंच के भीतर थे।...यहां तो राम को इस पर्वत-शिखर पर अपने वचनों का बन्दी बनाकर एक सम्राट अपने प्रासाद और प्रमाद में खो गया है–कैसे विवश हैं राम! क्यों फंसे वे राज्यों और सम्राटों के षड्यन्त्र में...उन्हें क्या सामान्य जन की शक्ति पर विश्वास नहीं था?

हनुमान ने निकट आकर उन्हें प्रमाण किया।

"कैसे हो हनुमान," राम ने उन्हें बैठने का संकेत किया, "मैं आज दिन-भर तुम्हारे सम्राट के विषय में सोच रहा हूं। बीच-बीच में तुम्हारे विषय में भी कई बातें मन में आईं।"

हनुमान ने हाथ जोड़े और संकुचित से होकर बैठ गए, "आर्य! कोई विशेष प्रयोजन था?"

"मैं सुग्रीव के प्रमाद से दुखी हो रहा हूं हनुमान!"

हनुमान ने लज्जित-सी दृष्टि से राम की ओर देखा, "सम्राट की मनःस्थिति ठीक नहीं है," उनका स्वर अत्यन्त मृदु था, "किन्तु, उसके कारण आपका कोई कार्य नहीं रुकेगा भद्र राम!" स्वर को कुछ अधिक आश्वस्त बनाते हुए बोले, "आप मुझे आदेश दें।"

राम हंस पड़े, "तुम्हारे जैसा साथी भी मैंने नहीं देखा हनुमान! सब ओर सुग्रीव की जड़ता और प्रमाद की निन्दा हो रही है; किन्तु तुम अपने से कभी स्वीकार नहीं करोगे।"

"आर्य! आप जानते हैं," हनुमान अत्यन्त शालीन स्वर में बोले, "वे हमारे साथी हैं, मार्ग-निर्देशक हैं, सम्राट हैं। तनिक-सा प्रमाद हो जाने पर हम उनका साथ तो नहीं छोड़ सकते। उनका मन भ्रातृवध की ग्लानि से पीड़ित है; अकस्मात ही अनेक अनपेक्षित समस्याएं उनके सम्मुख आ खड़ी हुई हैं; दीर्घकाल तक कष्टकर तथा रसहीन जीवन व्यतीत करने के पश्चात उनके घबराए हुए अस्थिर मन के सम्मुख अनेक प्रलोभन आ उपस्थित हुए हैं। ऐसे में यदि सम्राट अस्थायी रूप से अपना सन्तुलन खो बैठे हैं, तो हमें उनके प्रति कठोर नहीं हो जाना चाहिए आर्य!"

"ये सारी बातें मैंने भी सोची हैं हनुमान!" राम का स्वर कोमल था, "सुग्रीव की इस मानसिक अवस्था के कारण यदि किष्किन्धा में इतनी जटिलताएं न उठ खड़ी होतीं तो कदाचित हम सुग्रीव का मानसिक सन्तुलन लौटने के लिए अधिक समय तक धैर्यपूर्वक प्रतीक्षा कर सकते थे," राम ने रुककर हनुमान को देखा, "किन्तु क्या तुम्हारा ध्यान इस ओर नहीं गया कि एक-एक क्षण हमारे लिए कितना मूल्यवान है। सुग्रीव का विलास, उनकी व्यक्तिगत बात न रहकर, आज हमारे सामूहिक कल्याण का घातक शत्रु हो गया है। एक-एक दिन के बीतने पर स्थितियां जटिल-से-जटिलतर होती जा रही हैं। यदि सुग्रीव सचेष्ट नहीं हुए तो उनकी निष्क्रियता ही अपने-आपमें किष्किन्धा ही नहीं, सम्पूर्ण वानर-राज्य के लिए घातक वज्र बनकर गिरेगी। किष्किन्धा के पथों-वीथियों में वानर ही वानरों का रक्त बहाएंगे और एक नए समाज के निर्माण के तुम्हारे सारे स्वप्न चूर-चूर हो जाएंगे, हनुमान!" राम के कंठ में कुछ फंसता-सा लगा, "जब वानर आपस में जूझ-जूझकर मर रहे होंगे, तो मेरी वैदेही की खोज करने के लिए कौन जाएगा...कभी-कभी तो मेरे मन में आता है हनुमान! कि मैं वापस पंचवटी लौट जाऊं और वहीं से अपने साथियों की टोलियां भेज-भेजकर सीता का सन्धान करूं।"

हनुमान का संकोच पूर्णतः विलीन नहीं हुआ था, किन्तु फिर भी उनका कंठ अपेक्षाकृत कुछ अधिक मुक्त हो गया, "आर्य! मैं आपकी बात से सहमत तो नहीं हूं। स्थिति वस्तुतः अत्यन्त शोचनीय है। किन्तु आप देवी वैदेही की खोज को लेकर इतने निराश न हों। सम्राट ने जिन दक्ष खोजियों को विभिन्न वानर-यूथों से बुलवाया था, प्रायः वे सब अब किष्किन्धा में उपस्थित हैं। एक बार उन्हें सम्राट का आदेश मिल जाए तो देखिए ये वानर, रावण के राज्य के किस कोने में नहीं जा पहुंचेंगे...मैं तो स्वयं देवी की खोज में जाने के लिए अत्यन्त व्यग्र हूं राम! किन्तु सम्राट की मनःस्थिति तथा यहां की परिस्थितियों को देखते हुए उनकी आज्ञा के अभाव में किष्किन्धा को छोड़ना मुझे उचित नहीं लगता..."

"ठीक कहते हो हनुमान!" राम एक तिक्त मुस्कान अपने अधरों पर ले आए, "विलम्ब तो केवल तुम्हारे सम्राट की आज्ञा का ही है। पर यदि वे आज्ञा न दें तो...।"

"आर्य! मैं प्रयत्न करूंगा कि सम्राट इस विषय में शीघ्र आज्ञा जारी करें।" हनुमान उठ खड़े हुए, "अनुमति दें, मैं यहां से सीधा सम्राट के पास ही जाऊंगा।"

राम सहज होकर हंसे, "तुम तो उठ भागे हनुमान! अभी तक तुमने अपने आने का प्रयोजन तो कहा ही नहीं।"

"कुछ विशेष नहीं है। भद्र।" हनुमान खड़े-खड़े ही बोले, "किष्किन्धा तथा सम्राट की मनःस्थिति के विषय में सोचते-सोचते व्यग्र होकर आपके पास चला आया था कि आपसे चर्चा कर यदि कोई समाधान मिल सके।"

"पर वह चर्चा तो हुई ही नहीं," राम बोले, "तुम तो उसके पूर्व ही चल दिए, फिर समाधान कहां से मिलेगा?"

"मिल गया राम! समाधान मिल गया।"

"क्या?"

"सम्राट की मनःस्थिति को स्वतः सन्तुलित हो जाने की प्रतीक्षा करना भूल है," हनुमान बोले, "उनके शुभेच्छुओं का कर्तव्य है कि वे उन्हें परिस्थितियों के प्रति सजग करें। वही करने का प्रयत्न करूंगा।"

हनुमान ने हाथ जोड़कर प्रणाम किया और जाने के लिए मुड़ गए।

इक्कीस

हनुमान के जाने के पश्चात भी राम उन्हीं के विषय में सोचते रहे। सुग्रीव की समस्या कहीं पीछे छूट गई थी। सुग्रीव तो फिर अपने निजी कारणों से बाध्य थे; किन्तु हनुमान कैसे हो रहे हैं? वे जानते हैं कि क्या ठीक है, क्या गलत, वे जानते हैं, दुर्बलता कहां है; कहीं सुग्रीव की अकर्मण्यता में हनुमान भी बंध गए हैं और अन्य लोग भी।...वर्षा रुक गई है, जल बह गया है और कीचड़ सूख गया है...हनुमान बता गए हैं कि खोजियों के दल भी किष्किन्धा में आ गए हैं, पर सब कुछ रुका पड़ा है–सुग्रीव के कारण। सुग्रीव को खोज के लिए आदेश देने तक का अवकाश नहीं है...अवकाश नहीं है या होश नहीं है?... राम को लगा, उनके मन में सुग्रीव के विरुद्ध आक्रोश संचित हो रहा है। कैसा नीच और स्वार्थी है यह व्यक्ति! कहीं राम सचमुच ही तो भ्रमजाल में नहीं फंस गए हैं। यदि सुग्रीव इतना प्रमादी हो कि वह अपने विलास में सब कुछ भुला बैठा हो, तो राम की शिथिलता और सीता की खोज में होनेवाला विलम्ब अत्यन्त हानिकारक हो सकता है। कौन-सी समस्या बड़ी है, किष्किन्धा के जन-जीवन की प्रशासनिक समस्याएं अथवा सीता की खोज? राम का मन कोई निर्णय नहीं कर पाता। लक्ष्मण के आने का आभास, प्रतिदिन के समान, आज भी उनके साथियों में होते हुए वार्तालाप की ध्वनियों से ही हुआ। किन्तु, आज उनका वार्तालाप चिन्ताविहीन, उन्मुक्त तथा हास-विलास का-सा भाव लिये हुए नहीं था। स्वर, अतिरिक्त रूप से गहरे और गम्भीर थे, जैसे सामान्य वार्तालाप न हो, कोई गम्भीर चर्चा चल रही हो।

लक्ष्मण के साथ अनिन्द्य, भूलर तथा अन्य लोग थे। मधुप उनके साथ नहीं था। कदाचित आज वह किसी और दिशा में, अन्य लोगों के साथ अथवा अकेला गया हुआ था। आश्रम में पहुंचते ही लक्ष्मण ने शिला पर बैठते हुए, यह नहीं पूछा कि आज भोजन का दायित्व किस टुकड़ी का है; न ही वे इस प्रकार आए, जैसे दिन-भर का कार्य समाप्त कर सन्ध्या समय थके हुए अपने डेरे पर लौटे हों। वे लोग तो इस प्रकार राम की ओर बढ़े, जैसे किसी कार्यवश उनसे ही मिलने आए हों।

"क्या बात है सौमित्र?" राम ने विस्मय से पूछा।

"बात बड़ी गम्भीर है भैया!" लक्ष्मण और उनके साथी राम के सम्मुख अर्द्धवृत्ताकार रेखा में बैठ गए।

"सुग्रीव की राजपरिषद का संघर्ष अब वानरों की राजकीय सेना में पहुंच गया है।"

"स्पष्ट कहो।" राम कुछ चिन्तित हुए।

सुग्रीव के अनेक यूथपतियों ने, जिनमें असिगुल्म, धूम्र और दुर्मुख, प्रमुख हैं, राजकीय सेना में अपना प्रभाव बढ़ा लिया है। उनकी अपनी यूथ सेनाएं तो किष्किन्धा के निकट आ ही गई हैं, राजकीय सेना का भी एक बड़ा भाग उनके कहने में आ गया है।"

राम कुछ बोले नहीं, चुपचाप लक्ष्मण की ओर देखते रहे।

"उन लोगों ने सेना में प्रचार किया है कि हनुमान, अंगद, नल, नील, तार और जाम्बवान इत्यादि लोग राम के प्रभाव में हैं और अपने निजी स्वार्थों की सिद्धि के लिए सम्राट सुग्रीव पर इतना दबाव डाल रहे हैं कि सम्राट विक्षिप्त हो गए हैं। और कोई कार्य नहीं कर पा रहे। राम को उनके पिता ने अपने राज्य से निष्कासित कर दिया है, इसलिए राम वानरों के इस राज्य पर आधिपत्य जमाने के लिए यहां शिविर लगाए बैठे हैं। बाली का वध तो उन्होंने कर ही दिया है, अब वे किसी दिन सुग्रीव की भी हत्या कर देंगे और अंगद तथा हनुमान को अपने मन्त्री बनाकर वे किष्किन्धा के सम्राट बन जाएंगे।"

"और सुग्रीव की सेना उसको सच मान बैठी है?"

"सारी सेना तो नहीं, एक बड़ा भाग, इस प्रकार की बातों के प्रभाव में आ गया है। वह भाग न केवल हमें, हमारी जन-सेना तथा हनुमान इत्यादि को शत्रु मान बैठा है, वरन हमारे सैनिक शिविरों में प्रशिक्षित, राजकीय सेना की टुकड़ियों को भी अपना शत्रु समझता है।"

"सैनिक टुकड़ियों में इस प्रकार का विरोध और द्वेष स्पृहणीय नहीं है।" राम जैसे अपने-आप से बोले।

"इसमें जो भयंकर बात है वह तो मैंने अभी बताई ही नहीं।"

"क्या?" राम सहसा चिन्तन से उबरे।

"सेना के इन दोनों दलों में युद्ध की सम्भावना...।"

"एक ही सेना के दो दलों में युद्ध की सम्भावना," राम चकित थे, "पर क्यों? उससे किसको लाभ होगा?"

"असिगुल्म और उसके साथियों का विचार है कि हनुमान तथा अंगद की अनुचर सैनिक टुकड़ियों पर आक्रमण कर उनके नेताओं का वध कर सैनिकों को अपने साथ मिला लेने से, किष्किन्धा में हमारा समर्थक कोई नहीं रहेगा। तब वे सुग्रीव को भी अपने प्रभाव में कर लेंगे। परिणामतः किष्किन्धा में आरम्भ की गई अनेक जनहितकारी योजनाएं तो अपनी मौत आप ही मर जाएंगी, मधुप तथा उनके साथियों द्वारा खोजी गई सारी खनिज सम्पदा भी उनके अधिकार में चली जाएगी। किष्किन्धा के उद्योग-धन्धों पर उनका स्वामित्व स्थापित हो जाएगा और भीतरी तथा बाहरी व्यापार तो अभी भी उन्हीं के हाथों में है...।"

"अपने विरोधी सैनिकों पर आक्रमण की यह योजना तथ्य है या यूं ही किसी के मन की निराधार कल्पना?" राम अतिरिक्त रूप से गम्भीर थे, "यदि यह सत्य है तो हमारे ही सम्मुख नहीं, सम्पूर्ण वानर जाति के सम्मुख यह एक विकट समय है; और यदि यह कल्पना मात्र है, तो बड़ी विषैली कल्पना है–हमें उसका भी प्रतिकार करना होगा।"

"यह तथ्य है राम!" अनिन्द्य बोला, "इसमें तनिक भी कल्पना नहीं। हमारे पास प्रमाण ही नहीं,

असिगुल्म की समर्थक टुकड़ियों द्वारा तैयार की गई पूरी योजना की जानकारी भी हाथ लग गई है।"

राम आश्चर्य से अनिन्द्य की ओर देखते रहे, जैसे उन्हें विश्वास ही न हो रहा हो; और फिर धीरे से बोले, "वे मूर्ख यह नहीं समझ पा रहे हैं कि यह आत्महत्या है...।"

कोई कुछ नहीं बोला। सहसा राम ने पूछा, "हनुमान को इस बात की सूचना है?"

"हां भैया!" लक्ष्मण बोले, "हनुमान भी जानते हैं और अंगद भी। हनुमान आपके पास आए भी थे, पर न जाने क्यों उन्होंने आपके साथ बात नहीं की।"

राम को हनुमान का संकोची चेहरा याद हो आया। वे आए थे और सुग्रीव सम्बन्धी चर्चा कर लौट गए थे। कदाचित सुग्रीव का प्रमाद उन्हें इतना अधिक खल रहा होगा कि उसके बाद सुग्रीव के सम्बन्ध में राम से कोई सहायता..."तो इस स्थिति का प्रतिकार क्या है?"

"मेरा तो विचार है भद्र राम!" भूलर पहली बार बोला, "कि इससे पूर्व की असिगुल्म समर्थक टुकड़ियां; हनुमान तथा अंगद समर्थक टुकड़ियों पर प्रहार करें, हमें असिगुल्म समर्थक टुकड़ियों पर आक्रमण कर देना चाहिए। आक्रमण, अपने बचाव का सबसे सक्षम रूप है...।"

"सिद्धान्त तो ठीक है," राम गम्भीर स्वर में बोले, "किन्तु यहां तो स्थिति यह है कि प्रहार बायां हाथ करे या दायां, वानरों के लिए यह दोनों ही रूपों में आत्महत्या है।"

"आत्महत्या होती है तो होती रहे," भीखन बोला, "हत्या तो नहीं होगी न!"

"अन्य किसी उपाय के न होने पर, तुम्हारी योजना ही उत्तम मानी जाएगी," राम बोले, "किन्तु क्या आक्रमण का क्षण आ पहुंचा है?"

"नहीं।" लक्ष्मण बोले, "अभी दो-तीन दिन शान्ति रहेगी; फिर वे आक्रमण करेंगे। इतना समय हमारे पास भी है कि हम यह निश्चय कर सकें कि हम प्रतिरक्षात्मक युद्ध लड़ेंगे अथवा आक्रामक।"

सहसा राम मुस्कुराए, "एक बात मेरी मान लो।"

"क्या?"

"चुनाव प्रतिरक्षात्मक अथवा आक्रामक युद्ध में से न होकर, अयुद्ध तथा आक्रामक युद्ध में से होना चाहिए।"

"अयुद्ध की स्थिति अब अधिक दिन नहीं रह सकती भद्र राम," अनिन्द्य बोला, "युद्ध अनिवार्य है।"

"युद्ध अनिवार्य है तो वह आक्रामक युद्ध ही हो।" राम बोले, "प्रातः तक का समय मुझे दो और इस चिन्तन को यहीं छोड़ दो। रात-भर के लिए इन विचारों से तुम्हारी मुक्ति।"

लक्ष्मण मुस्कुराए, "भैया के मन में कुछ है, बताएंगे प्रातः ही।"

"यही समझ लो।" सब लोग मुस्कुरा पड़े।

बाईस

रात के भोजन के पश्चात राम अकेले ही एक ओर चल पड़े।

दिन-भर उन्होंने अपने इस आश्रम को नहीं छोड़ा था...कुछ शस्त्रागार की सुरक्षा के विचार से, कुछ अभ्यागतों से भेंट-वार्ता के विचार से और कुछ आश्रम के अन्य कार्यक्रमों के कारण।...किन्तु, इस समय, अब और किसी के आने की सम्भावना नहीं थी और शस्त्रागार की रक्षा के लिए लक्ष्मण तथा जन-सैनिकों की पूरी टुकड़ी थी। प्रातः हनुमान भी यही कहने आए थे। सुग्रीव अपनी उलझनों

में बन्दी होकर जड़ हो गए थे। और इस जड़ता को भूलने का एकमात्र उपाय उन्होंने विलास में खोज निकाला था। सम्राट की इस जड़ता के कारण उनके सहयोगी अनुपयोगी हो गए थे; और उनके शत्रु बल पकड़ते जा रहे थे। उस समय राम के मन में आया था कि इस प्रक्रिया को यदि नहीं रोका गया तो अन्ततः जन-समर्थक शक्तियों के हाथों में आई यह नवागत सत्ता, उनके हाथों से निकल जाएगी। किन्तु, इस प्रक्रिया को रोकने का उपाय?

और यदि राम बद्धहस्त बैठे रहें तो चाहे असिगुल्म समर्थक सैनिक आक्रमण करें अथवा हनुमान तथा अंगद समर्थक सैनिक, वानरों की सेना में युद्ध आरम्भ हो जाएगा। अपनी परम्परा के अनुसार इस अथवा उस पक्ष का समर्थन करते हुए वानर-यूथ युद्ध में भाग लेंगे और अन्ततः वानरों का यह गृह-युद्ध समस्त वानर-जाति को ग्रस लेगा...राम चुपचाप बैठे यह देखते रहेंगे क्या?...जिन वानरों से उन्होंने मैत्री स्थापित की, जिन्हें उन्होंने अपमानजनक और शोषित स्थिति से मुक्ति दिलानी चाही, जिनसे स्वयं उन्हें सहायता की आशा है–उस सम्पूर्ण जाति को वे षड्यन्त्र और मूर्खता की ज्वाला में जलकर क्षार हो जाने देंगे क्या? राक्षसों के हाथों वध से उनकी रक्षा के प्रयत्न में लगे राम, अब उन्हें आमहत्या करते देखते रहेंगे? नहीं, राम यह नहीं होने देंगे। तो क्या करें राम?

ऐसा क्या हो कि राम को वानरों के किसी भी वर्ग से युद्ध न करना पड़े, राम को कोई, वानर-शत्रु न कह सके।...वे वस्तुतः स्वयं को वानर-मित्र सिद्ध कर सकें। और ऐसा क्या हो कि वानरों का यह आसन्न गृहयुद्ध भी रुक जाए...राम चलते-चलते रुक गए... वे अपने आश्रम से काफी दूर निकल आए थे। गजपुष्पी की वह लता उनके सामने थी, जिसकी छाया उन्हें अत्यन्त प्रिय थी...राम उसी के निकट एक शिला पर बैठ गए...। सहसा राम का मन भीत हरिण के समान चौंक उठा।...क्या हो रहा है राम के जीवन में...वे कौन सा लक्ष्य लेकर चले थे और क्या हो रहा है यहां? संसार में इतने व्यापक रूप में हो रहे अत्याचार तथा व्यक्ति रूप में अपनी क्षति और अपमान को भूलकर, वे वानर-राजनीति की वंचना में फंसते जा रहे हैं...क्या राम के जीवन का यही लक्ष्य था कि वे आदर्शों, सिद्धान्तों, न्याय-अन्याय के विचारों को भूलकर एक राज्य के विभिन्न वर्गों के द्वेषवश होनेवाले षड्यन्त्रों की दलदल में फंसकर रह जाएं...कदापि नहीं...राम यह कभी नहीं होने देंगे...।

राम उठ खड़े हुए।...उन्हें इस दलदल से निकलना होगा और उसके लिए आवश्यक है कि सुग्रीव की जड़ता टूटे, उनका प्रमाद नष्ट हो...यदि सुग्रीव की जड़ता नहीं टूटी तो राम इस दलदल में गहरे-से-गहरे धंसने के लिए बाध्य हो जाएंगे...अब वे और प्रतीक्षा नहीं कर सकते। हनुमान ने ठीक ही कहा था, "सम्राट की मनःस्थिति के स्वतः सन्तुलित हो जाने की प्रतीक्षा करना भूल है। यह उनके शुभेच्छियों का कर्तव्य है कि वे उन्हें परिस्थितियों के प्रति सजग करें। वही करने का प्रयत्न करूंगा..." ठीक कहा था हनुमान ने, सुग्रीव को जगाना होगा। उनके शुभेच्छियों का कर्तव्य है कि वे उन्हें जगाएं, जैसे भी हो, जिस भी प्रकार...राम अपने आश्रम की ओर लौट पड़े।

नहा-धोकर लक्ष्मण आश्रम में लौटे, तो उन्होंने राम को देखा–वे बहुत पहले से ही तैयार होकर, वहां बैठे लग रहे थे...या तो वे रात-भर सोए ही नहीं हैं या फिर आधी रात से ही उठकर बैठे हुए हैं। रात-भर जागरण करने के चिह्न भी उनके चेहरे पर नहीं थे...वे पर्याप्त स्वस्थ जागरूक तथा स्फूर्तिपूर्ण लग रहे थे।

"आज अपना कोई कार्यक्रम मत बनाना सौमित्र!" राम बोले, "या इससे पूर्व ही तो निश्चित नहीं कर लिया?"

"नहीं भैया!" लक्ष्मण ने आश्चर्य से राम की ओर देखा। उनके चेहरे पर कुछ कौतुक का-सा

आभास था, "आपने कल सन्ध्या ही प्रातः तक कुछ न करने अथवा सोचने का आदेश दिया था... आपने कुछ सोच लिया है क्या?"

"सोचा तो है।" राम बोले, "किन्तु उसे कार्यान्वित करने का दायित्व तुम्हारा ही है।"

"कहिए!"

राम निकट आए, आश्रमवासी जन-सैनिकों की ओर देखा, "सारे आश्रमवासी उपस्थित हैं या कोई अन्यत्र गया हुआ भी है?"

सारे आश्रमवासी उपस्थित थे। "मेरी बात सुनो बन्धुओ!" राम बोले, "और यदि तुम लोगों को मेरा प्रस्ताव स्वीकार्य लगे तो उसे कार्यान्वित करने के लिए तत्काल प्रस्थान करो। हमारे पास समय बहुत कम है।"

"आप आदेश दें भद्र राम!" अनिन्द्य बोला।

"मुझे लगता है कि कर्म का क्षण आ गया है। अब तनिक भी विलम्ब अथवा असावधानी घातक है," राम बोले, "अतः तुम सब लोग सौमित्र के साथ जाओ जितने शस्त्रास्त्र सम्भव हो, अपने साथ ले जाओ। उन शस्त्रों को जितना अधिक प्रदर्शन कर सको, करो। और तुम लोग आकर सुग्रीव का राजप्रासाद घेर लो। तुममें से कोई भी रंचमात्र भय अथवा संकोच प्रकट न करे। यदि मार्ग में तुम्हें कोई रोकने का प्रयत्न करे तो उसे बलात् मार्ग से हटा दो। राजप्रासाद में तुम्हारे जाने से जितना आतंक फैल सके, तुम उतने ही सफल माने जाओगे। सब लोग प्रासाद के बाहर रुक जाएं अकेले सौमित्र प्रासाद के भीतर प्रवेश करें। किसी का निषेध न मानें और किसी का वर्जन न सुनें। सौमित्र सीधे सुग्रीव के सम्मुख उपस्थित हों और अधिक-से-अधिक उग्र रूप में उस तक मेरा सन्देश पहुंचाएं कि जिस मार्ग से बाली गया था, वह मार्ग अभी बन्द नहीं हुआ है।" कुछ क्षणों तक सब लोग चुप रहे, जैसे राम की बात को मन ही मन तौल रहे हों।

"मैं प्रस्तुत हूं।" लक्ष्मण ने आश्वस्त स्वर में कहा।

"एक शंका मेरे मन में है भद्र राम!" भीखन बोला।

राम ने भीखन की ओर देखा।

"कहीं ऐसा न हो कि इस प्रकार के व्यवहार से हम सुग्रीव की मैत्री से वंचित हो जाए।"

"सम्भव है, ऐसा ही हो।" राम बोले, "वस्तुतः बहुत सोचने के पश्चात मैं इसी निष्कर्ष पर पहुंचा हूं कि किन्हीं कारणों से सुग्रीव की जड़ता ऐसी स्थिति तक जा पहुंची है कि हितैषियों द्वारा समझाया-बुझाया जाना, उन पर कोई प्रभाव नहीं डालेगा। हनुमान सुग्रीव के व्यवहार से कितने चिन्तित हैं, यह मैं निजी रूप से जानता हूं। नील कल ही प्रतिवाद के रूप में अनेक बातें कहकर गया है। पिछले कुछ दिनों से अंगद से मेरी भेंट नहीं हुई, पर तुम लोगों की उसके सम्बन्ध में भी यही धारणा है। अन्य लोग चिन्तित नहीं होंगे–यह स्वीकार नहीं किया जा सकता। प्रश्न है, क्या इन लोगों ने सुग्रीव को समझाया नहीं होगा?–मैं समझता हूं कि प्रत्येक व्यक्ति ने सुग्रीव को भरसक समझाया होगा। पर सुग्रीव क्रमशः हम सबसे असम्पृक्त होता जा रहा है। न केवल वह हमारी कोई सहायता नहीं कर पा रहा, वरन वह वानर जाति तथा अपने लिए भी उपयोगी नहीं रह गया है। ठीक-ठीक मूल्यांकन किया जाए तो सत्य यह है कि वह वानरों की प्रगति के मार्ग में बाधा-स्वरूप अड़ गया है और उनके गृह-युद्ध का कारण बन गया है।...ऐसे में मैंने उसकी मैत्री को दांव पर लगाने का निश्चय किया है...।"

"पर मैत्री टूटने का परिणाम?"

"पहली बात तो यह है कि सुग्रीव मैत्री तोड़ने का साहस नहीं करेगा।" राम बोले, "यदि हमें उसकी आवश्यकता है, तो उसे भी हमारी आवश्यकता है। यद्यपि बाली का वध हो चुका है और सुग्रीव वानरों के सम्राट के रूप में प्रतिष्ठित है; पर यह नहीं कहा जा सकता कि उसे अब किसी ओर से कोई भय ही नहीं है। असिगुल्म तथा बाली के अनेक यूथपति उसके विरोधी हैं। राक्षस-विरोधी नीतियों के कारण, राक्षस लोग उसके शत्रु हैं और समय तथा अवसर देखकर, वे लोग अपने घात अवश्य लगाएंगे। और..." राम क्षण भर के लिए रुके, "जिस अंगद ने कल तक सुग्रीव की नीतियों के कारण अपने पिता के विरुद्ध भी उसका साथ दिया उन नीतियों के त्यागने के कारण, अंगद सुग्रीव का विरोधी भी हो सकता है। मैं तो यहां तक कहने को प्रस्तुत हूं कि यदि सुग्रीव ने अपना यह प्रमाद नहीं छोड़ा, तो उसके अन्य साथी भी उसे छोड़ जाएंगे।" राम तनिक रुककर बोले, "इसलिए सुग्रीव इतनी सुविधा से हमारी मैत्री का त्याग नहीं कर सकता और यदि ऐसा कुछ हुआ भी, तो हम सैनिक शक्ति तथा जन-समर्थन की दृष्टि से किष्किन्धा में उससे दुर्बल नहीं पड़ेगे।"

"आपने तो युद्ध तक की स्थिति की बात सोच डाली है?" भूलर आश्चर्य से बोला।

"हां भूलर!" राम मुस्कुराए, "सुग्रीव मुझसे अथवा लक्ष्मण से द्वन्द्वयुद्ध नहीं करेगा। सेना सहित युद्ध करना चाहेगा, तो वह केवल असिगुल्म समर्थक टुकड़ियों को ही अपने पक्ष में पाएगा। मैं कह नहीं सकता कि वे लोग भी उसका साथ देंगे अथवा नहीं।"

और कोई आपत्ति न होते देख राम ने पूछा, "सब लोग सहमत हैं?"

"सहमत हैं।" एक स्वर में सबने कहा।

तेईस

हनुमान ने कक्ष में प्रवेश कर अभिवादन किया। "बैठो हनुमान!"

"बैठने का अवकाश नहीं है सम्राज्ञी," हनुमान खड़े-खड़े ही बोले, "किष्किन्धा की ओर प्राचीर के बाहर की सैनिक चौकियों से समाचार आया है कि राम के छोटे भाई लक्ष्मण अपने जन-सैनिकों के साथ द्रुत गति से किष्किन्धा की ओर बढ़ते देखे गए हैं। वे सब के सब सशस्त्र हैं और उन लोगों की मुद्रा आक्रामक है। उनका यह कृत्य असाधारण है देवी।...वे सम्राट के मित्र हैं, अतः हम नहीं जानते कि उनका किष्किन्धा में इस प्रकार सशस्त्र प्रवेश रोका जाना चाहिए अथवा नहीं। कृपया आप सम्राट से इस विषय में कोई आदेश प्राप्त करें, अन्यथा अनर्थ हो जाएगा।"

"किन्तु राम और लक्ष्मण से भयभीत होने का कोई कारण तो नहीं है हनुमान!" रुमा चकित होकर बोली।

"वैसे तो कोई कारण नहीं है।" हनुमान धीरे से बोले, "कल ही मैं आर्य राम से मिला भी था; तब तक ऐसी कोई बात नहीं थी। पर, देवि! हमने उनकी पत्नी की खोज के लिए अभी तक कुछ नहीं किया है। यह अपने दिए हुए वचन का उल्लंघन है।"

रुमा ने हनुमान की ओर देखा, हनुमान यह नहीं कह रहे थे कि सम्राट ने अपना वचन भंग किया है, वे 'हम' शब्द का प्रयोग कर रहे थे...।

"आओ हनुमान!" रुमा आगे-आगे चली।

सुग्रीव अपने पलंग पर औंधे पड़े सो रहे थे। दो परिचारिकाएं विजन से हवा कर रही थीं और उनके पलंग के निकट ही माधवी का एक खाली भांड तथा अनेक चषक रखे हुए थे। कदाचित

सुग्रीव ने यह भांड अभी-अभी ही खाली किया था। रुमा ने उनके कान के पास मुख ले जाकर धीरे से कहा, "प्रिय! सम्राट!!"

किन्तु सुग्रीव की ओर से कोई प्रतिक्रिया नहीं हुई। वे प्रगाढ़ निद्रा में सोए लग रहे थे। रुमा ने उनके कन्धे पर हाथ रखकर धीरे से हिलाया और पुकारा, "प्रिय सुनो! हनुमान आए हैं।"

सुग्रीव ने रुमा का हाथ झटक दिया और करवट बदल ली। ये ही सुग्रीव थे–रुमा के मन में आया–जिन्हें बाली के आक्रमण से पूर्व सावधान करने के लिए अंगद ने शिल्पी को भेजा था; और एक हल्की सी आवाज से आधी रात को उठकर वे बाहर चले गए थे।...आज अभी दिन आरम्भ ही हुआ है। और वे माधवी की ऐसी प्रगाढ़ निद्रा में हैं कि उठाए नहीं उठते। इस बार तो उन्होंने रुमा का हाथ ही झटका है; यदि जगाने का और अधिक प्रयत्न किया गया और वे रुष्ट हो गए तो जाने सम्राट की क्या इच्छा हो। रुमा ने निराश दृष्टि से हनुमान की ओर देखा। हनुमान भी कुछ ऐसे ही निष्कर्ष पर पहुंचे थे। दोनों कक्ष से बाहर निकल आए।

"यदि लक्ष्मण इधर आएं तो मेरा विचार है कि सम्राट के स्थान पर आप ही उनसे बात कर लें।" हनुमान कुछ सोचते हुए बोले, "ऐसा नहीं हो सकता कि बिना किसी संवाद के लक्ष्मण आक्रमण आरम्भ कर दें।"

"हनुमान! यदि तुम ही बात कर लो तो...।"

तभी अंगद प्रायः भागते हुए-से आए, "सम्राट कहां हैं?"

"क्या बात है युवराज?"

"लक्ष्मण!" अंगद अधिक नहीं कह पाए।

"कहां हैं?"

"उनके सशस्त्र जन-सैनिक प्रासाद के चारों ओर फैल गए हैं और वे स्वयं बाहरी ड्योढ़ी पर खड़े धनुष टंकार रहे हैं।

"हमारे द्वारपाल?"

"सब भयभीत होकर भाग गए हैं।"

"ऐसा करो अंगद," रुमा बोली, "तुम बहन तारा से कहो, वे जाकर लक्ष्मण का स्वागत करें और उन्हें भीतर लिवा लाएं। तब तक मैं सम्राट को जगाती हूं।"

अंगद तारा को बुलाने के लिए भागे और तारा के कक्ष की ओर बढ़ गए। हनुमान वहीं खड़े-के-खड़े रह गए। क्या करें हनुमान? वे तो कब से अपने मन में इसी प्रकार की आशंकाएं पाल रहे थे और डर रहे थे कि कहीं सचमुच ही ऐसी स्थिति न आ जाए कि जिन्हें वे अपने मित्र मानते हैं, जिनके प्रति उनका मन श्रद्धा तथा विश्वास से आप्लावित है, उन्हीं से विरोध की स्थिति आ जाए।...आज प्रायः वही स्थिति आ गई है। लक्ष्मण द्वार पर खड़े धनुष टंकार रहे हैं और कोई नहीं जानता कि उनके मन में क्या है।...धनुष टंकारना प्रेम का संकेत तो नहीं। ऐसे में हनुमान का क्या कर्तव्य है? यदि लक्ष्मण ने सचमुच ही सुग्रीव पर आक्रमण किया तो क्या करेंगे हनुमान, क्या वे लक्ष्मण का विरोध करेंगे?...ऐसे समय में लक्ष्मण के विरोध का अर्थ था उनसे द्वन्द्व-युद्ध! सशस्त्र संघर्ष! अपने सम्राट की रक्षा के लिए लक्ष्मण से युद्ध!...पर दोष सरासर सम्राट का है। राम और लक्ष्मण ने कुछ भी अनुचित नहीं किया है। बाली के आतंक की समाप्ति तथा किष्किन्धा के निर्माण में कितनी सहायता की है उन्होंने। फिर लक्ष्मण से वैर का क्या अर्थ? और बिना वैर के युद्ध कैसा?...और यदि हनुमान लक्ष्मण से युद्ध नहीं करेंगे, तो उसका अर्थ होगा–निष्क्रिय खड़े-खड़े, स्वयं अपनी आंखों के

सम्मुख, अपने प्रिय सम्राट की हत्या का पीड़ादायक युद्ध देखना...यह कैसे सह सकेंगे हनुमान? सम्राट दोषी ही सही! पर क्या हनुमान इस प्रमाद के लिए अपने सम्राट की हत्या होने देंगे?... और नहीं तो क्या सम्राट को बचाने के लिए लक्ष्मण की हत्या करेंगे?...

युद्ध-रत दोनों पक्ष ही अपने मित्र हों तो क्या करे कोई? तारा का मस्तिष्क मधुपान और रात्रि-जागरण से तन्द्राग्रस्त था। उसकी इच्छा हो रही थी कि थोड़ी देर के लिए निर्विघ्न शान्तिपूर्ण नींद मिल जाए। थोड़ी-सी नींद ले ले तो मन कुछ सोचने-समझने योग्य हो सकेगा।

किन्तु अंगद के मुख से ड्योढ़ी पर खड़े, धनुष टंकराते, लक्ष्मण के क्रुद्ध आक्रामक रूप की चर्चा सुनते ही उसके मन से मधु का मंद और निद्रा की तन्द्रा–सब कुछ उड़ गया।...उसने आज तक लक्ष्मण अथवा राम–दोनों में से किसी को भी धनुष से प्रहार करते नहीं देखा था। उसने उनका क्रुद्ध नहीं, सौम्य रूप ही देखा था; किन्तु वक्ष में राम का बाण खाए बाली को तारा नहीं भूल सकती।... तब राम क्रुद्ध हुए थे...आज लक्ष्मण क्रुद्ध होकर आए हैं। अंगद कह रहा है कि उनके हाथ में धनुष है और वे धनुष की प्रत्यंचा को टंकार रहे हैं...तो क्या आज सुग्रीव के वक्ष में बाण लगेगा? तारा ने अपने विवेक को साधा और डगमगाते पगों से अंगद के साथ चल पड़ी। मार्ग में स्थान-स्थान पर घबराई हुई परिचारिकाएं, प्रतिहारिणियां, भयभीत दंडधर, प्रहरी तथा अंगरक्षक अस्त-व्यस्त खड़े मिले। तारा को लगा, लक्ष्मण ने जानबूझकर ऐसी मुद्रा धारण कर रखी है, जिससे सब लोग आतंकित तो हों; किन्तु लक्ष्मण ने अब तक न तो किसी पर प्रहार किया है और न ही उन्होंने बलात् प्रासाद में प्रवेश कर सुग्रीव तक पहुंचने का प्रयत्न किया है।

कदाचित लक्ष्मण अपना तथा अपने भाई का रोष जताने ही आए हैं।

लक्ष्मण ने तारा को आज दूसरी बार देखा था; पहली बार बाली के वध के अवसर पर विलाप करती हुई तारा, बाली के शव पर पछाड़ खा-खाकर गिरी थी। तब उसके केश खुले हुए थे, वस्त्र अस्त-व्यस्त थे। आंखों से अनवरत अश्रु बह रहे थे; और कंठ से रह-रहकर चीत्कार फूटता था। उस मनः स्थिति और वेश में भी तारा के व्यक्तित्व की गरिमा और रूप का आकर्षण सर्वथा अदृश्य नहीं था। किन्तु, आज उसके चेहरे पर शोक की वह छाया नहीं थी। आंखों में मद की लाली थी और अधरों पर एक कौतुकपूर्ण हास्य था। वेश में परिष्कार तथा सम्भ्रान्तता दोनों ही थीं और यद्यपि वह शृंगार करके नहीं आई थी–कदाचित उसका अवकाश ही नहीं मिला था; किन्तु रात्रि के प्रसाधन का अवशेष अब भी था। केश-विन्यास में कलात्मकता तथा सुरुचि स्पष्ट झलक रही थी, यद्यपि उसमें शैथिल्य आ चुका था।...यह थी, उनके सहायक अंगद की मां जो अब सुग्रीव की पत्नी भी थी। अंगद जैसे तरुण की मां की दृष्टि से तारा का वय अधिक दिखना चाहिए था; किन्तु उसे प्रौढ़ युवती ही कहना होगा, युवती के वय को वह पार कर चुकी थी। किन्तु सुग्रीव के वय के पुरुष के लिए वह अब भी कदाचित अत्यन्त आकर्षक स्त्री थी...। तारा को सम्मुख देख, लक्ष्मण ने अभिवादन तो नहीं किया; किन्तु अपने आक्रोश को अप्रकट रखने के लिए अपनी आंखें अवश्य झुका लीं।

तारा की आशंकाएं कुछ शिथिल हुईं; उतने भय की बात नहीं थी–जितना वह समझ बैठी थी। लक्ष्मण क्रोध में अवश्य थे, उन्होंने धनुष टंकार कर चेतावनी भी दी थी; किन्तु वे प्रहार करने नहीं आए थे। अपना रोष जताने के लिए उन्होंने सहास अभिवादन नहीं किया था, किन्तु अपना विरोध जताने के लिए कोई अपशब्द भी नहीं कहा था।

"क्या बात है राजकुमार?" तारा सायास मुस्कुराईं, "आपने हमें एक मधुर स्वागत का भी अवसर नहीं दिया?"

"मैं सम्राट से मिलने आया हूं।" लक्ष्मण शुष्क-रुक्ष स्वर में बोले।

"सम्राट से मिलने आने के लिए अपने चेहरे को इतना कठोर बनाकर विकृत करना अनिवार्य तो नहीं है कुमार!" तारा की वाणी और आंखों में चंचलता के पीछे कहीं ममता थी, "यद्यपि हम अधिक नहीं मिले हैं, किन्तु सारी किष्किन्धा जानती है कि आर्य राम तथा कुमार लक्ष्मण सम्राट के परिवार के सदस्य से हैं। फिर भृकुटियां कुंचित कर, धनुष टंकारने की क्या आवश्यकता थी सौमित्र?"

तारा को लगा, लक्ष्मण की आंखों का तेज कुछ अधिक उग्र हो उठा है–कदाचित वे कोई कठोर बात कहने से स्वयं को रोक रहे थे। तारा का वार लक्ष्य के कुछ आगे जा रहा था।

तारा स्नेह और मैत्री के भाव से बोली, "अंगद सदा आपकी चर्चा एक वरिष्ठ मित्र के रूप में करता है और सम्राट सदा आपको अपने छोटे भाई के रूप में याद करते हैं।" उसने रुककर लक्ष्मण के भावों को टटोला, "मुझे आप बड़ी भाभी की मर्यादा देंगे न कुमार?"

लक्ष्मण कुछ नहीं बोलें, चुपचाप खड़े उसे देखते रहे।

"बड़ी भाभी। जो सम्बन्ध प्रदत्त पद में नहीं, वय की दृष्टि से भी आपसे बहुत बड़ी है," तारा पुनः बोली, "वात्सल्य का भाव रखनेवाली, मां के समान भाभी।"

लक्ष्मण के माथे की रेखाएं कुछ कम हुईं–क्या कहते वे, इस गौरवमयी सुन्दरी नारी से, जो उनसे देवर का सम्बन्ध जोड़, परिहास का अधिकार भी पा लेना चाहती है और मां का-सा रूप बनाकर श्रद्धा भी मांग रही है।...पर क्या गलत कहा तारा ने। लक्ष्मण ने मैत्रियां भी तो वैसी ही पाली हैं–अंगद के सम्बन्ध से उन्हें तारा को मां का-सा भाव देना होगा और सुग्रीव के सम्बन्ध से बड़ी भाभी...किन्तु वह दुष्ट सुग्रीव...।

"देवी!" लक्ष्मण का स्वर कोमल, किन्तु सधा हुआ था, "सम्बन्ध तो हमारा ऐसा ही कुछ है, स्पृहणीय भी यही है; किन्तु इस सम्बन्ध को क्या कहें कि भैया राम और मैं प्रस्रवण गिरि पर बैठे, देवी वैदेही की खोज की प्रतीक्षा में एक-एक क्षण गिन-गिनकर व्यतीत कर रहे हैं और भाई कहलाने वाला सम्राट, यह दुष्ट सुग्रीव माधवी पी-पीकर केलि-क्रीड़ा में आकंठ डूबा अपनी सुध-बुध खो बैठा है।"

"ठीक कहते हो कुमार!" तारा का स्वर कुछ गम्भीर हो गया, "यह सम्राट का प्रमाद है। उनके इस व्यवहार का अनुमोदन कोई नहीं करेगा।" तारा का स्वर कुछ गहरा हुआ, "वस्तुतः हम सब ही इस विषय में बहुत चिन्तित हैं... मैं, अंगद, रुमा, हनुमान–सब ही लोग।"

"तो फिर देवी! आप सम्राट को समझाती क्यों नहीं?" लक्ष्मण का रोष पुनः उभरा।

क्षण-भर तारा अवाक्-सी देखती रह गई; फिर जैसे स्वयं को सायास संभालकर मुस्कुराई, "आइए। आप भीतर तो आइए। यह तो आप नहीं ही चाहेंगे कि माधवी में डूबे, अचेत सम्राट को उठाकर हमें यहां तक लाना पड़े।"

"हां! भीतर तो आइए कुमार!" अंगद पहली बार बोले किन्तु उनका स्वर सदा के समान सुहृद का-सा न होकर, भय और औपचारिकता लिये हुए था।

"तुम चलो अंगद! वहां हनुमान अकेले हैं।" तारा ने कहा और अंगद तेज़ी से अन्तःपुर की ओर चले गए। लक्ष्मण ने जैसे अपने विरोधी को बलात् दबाकर आगे बढ़ने के लिए पग उठाया।

"आपने सम्राट को समझाने की बात कही है।" तारा का स्वर अत्यन्त आत्मीय था, जैसे अपने किसी प्रियजन के सम्मुख अपनी व्यथा-कथा खोल बैठी हो, "बड़ा द्वन्द्व है कुमार! मेरे मन में।"

लक्ष्मण ने प्रश्नसूचक दृष्टि से तारा को देखा। "आपसे क्या छिपाना, वरन कदाचित मुझे ही आपके आश्रम तक जाना पड़ता।" तारा बोली, "अपने भाई से द्वेष हो जाने के कारण बहुत कष्ट

में दिन बिताए थे सम्राट ने। राजप्रासाद से दूर वन में, अपनी पत्नी से वंचित, आठों प्रहर मृत्यु के त्रास से पीड़ित, आखेटक कुत्तों से घबराए हुए मृग के समान समय काटा था उन्होंने। कदाचित यही कारण है कि अब विलास के लिए इतनी तृष्णा जागी है उनके भीतर कि वे कोई मर्यादा ही नहीं मानते। अपना सन्तुलन तक खो बैठे हैं। सम्राट बनने से पूर्व वे कदापि ऐसे नहीं थे। जिन दिनों बाली, मायावी की खोज में गए हुए थे और सुग्रीव किष्किन्धा के सम्राट बनाए गए थे, तब उन्होंने विलास की ओर कोई प्रवृत्ति नहीं दिखाई थी। तब उन्होंने अपना सन्तुलन नहीं खोया था।"

"आपको चाहिए कि यह सब आप उन्हीं से कहें।" लक्ष्मण बोले।

"चाहिए तो।" तारा सहज स्वर में बोली, "वैसे भी मैं घर में बड़ी हूं। रुमा बेचारी बड़ी भीरु है और सम्राट से डरती भी बहुत है। अपने अपहरण के बाद से तो वह जाने कैसी हो गई है! स्वयं को सर्वथा अपदार्थ ही मान बैठी है। जाने कैसे-कैसे ऊहापोह हैं, उसके मन में!"

"और आप?"

"मैं।" तारा झेंप-भरे स्वर में बोली, "मेरे सम्मुख भी कुछ संकट हैं कुमार! मैं परिवार में बड़ी अवश्य हूं; किन्तु मैं सम्राट की नव-विवाहिता हूं।...मेरे निषेध अथवा अनुशासन को जाने वे किस रूप में ग्रहण करें। आप अविवाहित हैं कुमार! कामासक्ति की दुर्निवार शक्ति से अपरिचित हैं; और सम्राट इस समय कामासक्ति की अधम स्थिति तक पहुंचे हुए हैं।...में उनकी नव-परिणीता हूं। इस समय वे रुमा से भी अधिक मेरा ध्यान रखते हैं। आज रात भी वे मेरे साथ ही थे...किन्तु कुमार! उन्होंने बाली की हत्या कर, मुझे प्राप्त किया है।...कामासक्ति में डूबे विकृत मस्तिष्क को मेरा उपदेश जाने कैसा लगे...." वह क्षण-भर मौन रही, "हमारा परिवार इस समय सम्बन्धों के एक विचित्र तनाव में से एक संचरण कर रहा है।...परिवार में जो कुछ हुआ है वह सहज नहीं था। किन्तु उन परिस्थितियों में कदाचित यही अनिवार्य था...अतः हम सबने उसे स्वीकार कर, परस्पर सद्भाव बनाए रखने का प्रयत्न किया है। परिणामतः प्रत्येक व्यक्ति अतिरिक्त रूप से सजग है कि वह किसी का मन न दुखाए।"

"ऐसी बात है तो आपकी सहायता मैं करूंगा।" लक्ष्मण का स्वर वक्र हो गया, "सम्राट को मैं समझाऊंगा।"

"अवश्य!" तारा भी कौतुक से मुस्कुराई। लगता था, अब तक उसका सारा भय समाप्त हो चुका था, "यदि यह प्रस्ताव आपकी ओर से न आता तो कदाचित हमें ही निवेदन करना पड़ता," तारा का स्वर कुछ अधिक कोमल हो गया, "किन्तु कुमार! समझाते हुए यह न भूलिएगा कि आप अपने भाई को ही समझा रहे हैं; यद्यपि वह प्रमाद और शैथिल्य का अपराधी है।"

चलते-चलते लक्ष्मण रुक गए, "देवि! यह सारा भ्रातृत्व हम पर ही क्यों आरोपित किया जा रहा है? आपने सम्राट को क्यों नहीं समझाया कि उनका एक वंचित और अपमानित भाई प्रस्रवण गिरि पर उनकी सहायता की अपेक्षा में चार मास से बैठा है?"

"उनकी ओर से सम्राट पूर्णतः असावधान नहीं हैं," तारा ने चलने के लिए पग बढ़ाया, "सम्राट ने वानरों के विभिन्न यूथों की अंचली से अच्छे खोजियों को बुलवाया था। उनमें से अधिकांश तो किष्किन्धा में आ भी पहुंचे हैं। देवी वैदेही की खोज में उन्हें तत्काल भेजा जा सकता है।"

लक्ष्मण मौन ही रहे–यह सूचना उन्हें राम से मिल चुकी थी।

"क्यों? कुमार को विश्वास नहीं होता?" तारा ने एक भीत मुस्कान के साथ पूछा।

"नहीं, अविश्वास की कोई बात नहीं," लक्ष्मण बोले, "किन्तु समझ नहीं पा रहा हूं कि खोजियों

को किष्किन्धा में बुलवाने के लिए सम्राट के प्रति कृतज्ञता का प्रदर्शन करूं अथवा खोजियों को बुलवाकर, उन्हें खोज के लिए जाने का आदेश न देने के प्रमाद पर रोष प्रकट करूं?"

"नहीं, कृतज्ञता की बात नहीं है, सौमित्र!" तारा का स्वर शालीन था, "किष्किन्धा का राजपरिवार आप दोनों भाइयों के आभार से इतना दबा है कि आपके लिए कुछ भी कर पाने से हम धन्य होंगे।"

सुग्रीव का कक्ष आ गया था। द्वारपालों ने भीतर जाने का मार्ग दे दिया। तारा ने पहले प्रवेश किया, फिर लक्ष्मण को भीतर आने के लिए मार्ग देते हुए, उनके स्वागत का-सा अभिनय किया।

चौबीस

लक्ष्मण प्रविष्ट हुए। सुग्रीव अपने पलंग पर लेटे थे और रुमा उनकी भुजा को अपने कन्धे पर रख, बलात् उन्हें उठाने का प्रयत्न कर रही थी। सुग्रीव स्वयं तो नहीं उठ पा रहे थे, रुमा को ही बार-बार पलंग पर घसीट लेते थे। हनुमान, अंगद तथा अनेक परिचारिकाएं असहाय से खड़े देख रहे थे...सहसा लक्ष्मण का हाथ उठा और उन्होंने अपने धनुष को टंकार दी।

धनुष की टंकार सुनते ही रुमा तड़पकर उठी और सिर झुकाकर संकुचित-सी खड़ी हो गई। परिचारिकाएं और दासियां भयभीत-सी, कक्ष की दीवारों से जा लगीं हनुमान और अंगद के चेहरों पर असमंजस के भाव कुछ और गहरे हो गए। तारा का आश्वस्त चेहरा पुनः भयभीत हो उठा। किन्तु सबसे अधिक प्रभाव स्वयं सुग्रीव पर हुआ। इस ध्वनि को जाने उन्होंने क्या समझा कि चौंककर उस दिशा में देखा, जिधर से ध्वनि आई थी।...वे उठकर बैठ गए और क्रोध में पलंग के निकट रखी चौकी पर पड़ा माधवी की रिक्त भांड तथा चषक उठाकर कुट्टिम फर्श पर पटक दिए और फिर डोलते-डगमगाते-से शरीर से यथासम्भव तनकर खड़े होते हुए उन्होंने लक्ष्मण को देखा। उनके हाथों ने अपने गले में पड़ी सद्यःविकसित पुष्पों तथा मणियों से पिरोई हुई दीर्घ माला को पकड़कर तोड़ डाला। फर्श पर बिखरे हुए पुष्पों तथा मणियों की ओर से दृष्टि हटाकर उन्होंने लक्ष्मण की ओर देखा और कुछ कहने के लिए मुख खोला...

उसी क्षण लक्ष्मण ने पुनः अपने धनुष को टंकारा और कड़कते हुए स्वर में कहा, "वानरराज सुग्रीव!"

इस बार की टंकार और लक्ष्मण के स्वर का सुग्रीव पर अद्भुत प्रभाव हुआ। कुछ कहते-कहते उनके अधर रुक गए, जैसे वे लक्ष्मण को पहचान गए हों और उनके स्वर के क्रोध को समझ रहे हों। फिर उन्होंने पलकें झपकाकर लक्ष्मण को देखा, जैसे पहचान की पुष्टि करना चाहते हों और धीरे से फुसफुसाए, "सौमित्र लक्ष्मण!"

"हां! मैं हूं।" लक्ष्मण क्रोधपूर्वक बोले, "अग्नि को साक्षी रख तुमसे मैत्री करनेवाले आर्य राम का भाई। निर्लज्ज मद्यप! आज तुझे हमें पहचानने में भी असुविधा हो रही है। भूल गया, जब तू बाली के भय से, वृकों द्वारा प्रताड़ित भयभीत मृग के समान अपने प्राणों की रक्षा के लिए मारा-मारा फिरता था। भैया राम ने तुम्हारी सहायता न की होती तो बाली ने तुम्हें भूमि पर पटककर अपने पगों की ठोकरों से निर्जीव मांस का लोंदा बना दिया होता और तेरी बोटियां चील-कौओं को खिला दी होतीं...कृतघ्न! तेरा वही मित्र अपनी पत्नी के वियोग में वंचित और अपमानित, प्रस्रवण गिरि पर तेरी सहायता की बाट जोह रहा है। तेरे मित्र और सहायक असिगुल्म तथा उनके साथियों के सैनिकों के भय से त्रस्त हैं। तेरी प्रजा बाली के आतंक से मुक्ति पाकर नए जीवन की राह देख रही है,

और तू मदान्ध और कामुक बना, अपने प्रासादों में पड़ा है। नीच! तेरी रक्षा और सहायता करनेवाले तेरे उसी मित्र आर्य राम ने कहलवाया है कि "सुग्रीव, जिस मार्ग से बाली गया था, वह मार्ग अभी बन्द नहीं हुआ है। तू सावधान नहीं हुआ, तो बहुत शीघ्र ही तुझे भी वहीं पहुंचा दिया जाएगा...।" लक्ष्मण मौन हुए तो उनका शरीर क्रोध और आवेश से थरथर कांप रहा था।

सुग्रीव के मन की विचित्र स्थिति थी। उन्होंने सम्राट बनकर न अपनी प्रजा के साथ न्याय किया था, न अपने साथियों के साथ और न अपने मित्र इस राम के साथ! उन्होंने सबका भला करना चाहा था, किन्तु उलझनों के बीच से कोई राह नहीं खोज पाए थे...और आज वे ही मित्र राम कहलवा रहे हैं कि जिस राह से बाली गया था...बाली किस राह पर गया था?...मायावी ने बाली को यह राह दिखाई थी। बाली ने मदिरा पीनी आरम्भ की थी...बाली मदिरा के साथ-साथ प्रत्येक विलास की राह पर बढ़ता चला गया था।...कामुकता प्रमुख थी उसमें। अलका के पीछे बाली का मायावी से विरोध हुआ...अपनी विलासिता के कारण, बाली किष्किन्धा के वानरों के लिए कुछ नहीं कर सका, किसी का भला नहीं कर सका...अन्ततः उसका अपना सगा भाई सुग्रीव ही बाली का विरोधी हो गया...कैसे बढ़ता गया विरोध?...अन्ततः बाली मारा गया...

सुग्रीव भी उसी मार्ग पर बढ़ रहे हैं...ठीक कहलवाया है राम ने–बाली जिस मार्ग से गया है, वह मार्ग अभी बन्द नहीं हुआ है...कहां बन्द हुआ है, वह मार्ग? सुग्रीव भी माधवी में डूबकर सब कुछ भूल गए हैं...प्रजा, मित्र, साथी, राज्य...यदि सुग्रीव इसी मार्ग पर बढ़ते गए तो वे भी अपने स्वार्थ, विलास, कामुकता, लम्पटता इत्यादि के सिवाय और कुछ नहीं साध पाएंगे...वे अपने स्वार्थों के लिए अपनी प्रजा के शत्रु हो जाएंगे, उनके अपने मित्र और साथी उनके वैरी हो जाएंगे...ये ही अंगद और हनुमान उनका वध कर डालेंगे अथवा करवा डालेंगे...राम ने कहलवाया है कि जिस मार्ग से बाली गया है, वह मार्ग अभी बन्द नहीं हुआ?...क्या राम ने उस मार्ग की ओर संकेत किया है जिस मार्ग के द्वार उनके बाण खोलते हैं?...शक्तिशाली बाली, जो वज्र का आघात हंसकर झेलता था, राम के एक बाण को नहीं सह पाया...एक ही बाण से वह यम के द्वार तक जा पहुंचा...राम के बाण अभी समाप्त नहीं हुए, राम की शक्ति कम नहीं हुई...यदि अपने मित्र की पत्नी को लौटा लाने के लिए वे वानरराज बाली का वध कर सकते हैं, तो अपनी पत्नी की खोज में विघ्नस्वरूप अड गए सुग्रीव को वे जीवित छोड़ देंगे क्या?...और जब राम के बाण से बाली की रक्षा नहीं हो सकी, तो सुग्रीव की रक्षा कौन करेगा...

सुग्रीव को लगा, उन्हें किसी ने पुनः एक बार उठाकर उनके अतीत में ला पटका है। पहले जैसे आधी रात के समय, अपनी पत्नी को अकेली और निस्सहाय छोड़कर वे एक लम्बे समय तक वनों और पर्वतों की गुफाओं में भटकते फिरे थे, वैसे ही वे एक बार फिर राम के बाणों के भय से भूखे-प्यासे, असहाय वन-वन भटकते फिरेंगे। बाली के विरुद्ध तो अनेक लोगों ने उनका साथ दिया था, इस बार शायद कोई उनका साथ भी न दे...तब उनमें न्याय के पक्ष का आत्मबल तो था, आज वह भी नहीं है। राम से त्राण पाने के लिए, उनके विरुद्ध सुग्रीव को उन लोगों का सम्बल ग्रहण करना पड़ेगा, जिनसे उन्होंने सदा घृणा की है...रावण जैसे लोग...

सुग्रीव को लगा, उनके मस्तिष्क में कहीं क्षण-भर भी माधवी का मद नहीं रह गया है। सारा प्रमाद जाने कहां उड़ गया है। वे वस्तुस्थिति को आमने-सामने देख रहे हैं। वे किष्किन्धा के सम्राट हैं। यह उनका प्रासाद है और उनका अपना पक्ष है। उनकी दोनों पत्नियां उनके समीप खड़ी हैं। अंगद जैसा वीर और समर्थ पुत्र और हनुमान जैसे बलशाली साथी–दोनों विद्यमान हैं। उनके अंगरक्षक,

द्वारपाल, सेवक, परिचारक सब हैं...और उन सबके बीच निर्भीक खड़े लक्ष्मण, 'नीच' तथा 'कृतघ्न' जैसे विशेषणों से उन्हें सम्बोधित कर रहे हैं और युद्ध की चुनौती-स्वरूप अपना धनुष टंकार रहे हैं... राम और लक्ष्मण के बाणों से वे तनिक भी सुरक्षित नहीं हैं...सुग्रीव का शरीर भय से कांप उठा। उन्हें लगा, उनका मस्तिष्क अपना कर्तव्य निश्चित नहीं कर पा रहा है...

लक्ष्मण की फटकार से तारा भी पर्याप्त विचलित हो गई थी। उसे लगा कि अब तक लक्ष्मण के साथ हुई वार्ता के कारण, लक्ष्मण के व्यवहार में उत्पन्न हुई कोमलता नष्ट हो चुकी है और उसका कोई प्रभाव, लक्ष्मण के हाव-भाव पर शेष दिखाई नहीं दे रहा...लक्ष्मण ने यह तो कहा था कि यदि सुग्रीव को कोई समझा नहीं सकता, तो लक्ष्मण उन्हें समझाएंगे, किन्तु समझाने का ढंग इतना कठोर होगा, यह तारा ने नहीं सोचा था।...यहां तक भी कोई हानि नहीं है, किन्तु यदि लक्ष्मण ने सुग्रीव का और भी अपमान किया, अथवा जिस धनुष को वह बार-बार टंकार रहे हैं, उस पर बाण चढ़ा लिया, तो समझाने की वह पद्धति अत्यधिक क्रूर हो जाएगी। लक्ष्मण की फटकार के उत्तर में सुग्रीव कुछ सोचते-से चुप खड़े थे। वह मौन मन के कारण नहीं, किसी अन्य चिन्ता के कारण लग रहा था।

सुग्रीव की ओर से कोई उत्तर नहीं आया तो अन्ततः तारा ही बोली, "कुमार! सम्राट से प्रमाद अवश्य हुआ है; किन्तु उनका अपराध इतना गम्भीर नहीं है कि उनकी मर्यादा की चिन्ता किए बिना–उनकी प्रजा के सम्मुख उनका अपमान किया जाए। वे वानरों के सम्राट हैं," तारा रुकी, किन्तु इसके पूर्व कि लक्ष्मण कुछ कहते, वह पुनः बोली, "किसी वस्तु से वंचित हो जाने के कारण उसके प्रति सामान्यतः हमारा आकर्षण बढ़ जाता है। कठोर प्रवास के पश्चात यदि सुग्रीव के मन में विलास के प्रति आसक्ति जाग ही गई है, तो सम्राट से कोई अक्षम्य अपराध नहीं हो गया। राम ने यदि सुग्रीव की सहायता की है तो सुग्रीव भी राम की सहायता करेंगे। विभिन्न वानर-यूथों से सम्राट ने जो खोजी बुलवाए हैं–वे उन्हें आज ही देवी जानकी की खोज में विभिन्न दिशाओं में भेजेंगे। और..." तारा का स्वर कुछ आवेशपूर्ण हो उठा, "इतने पर भी यदि राम समझते हैं कि उन्हें अब सुग्रीव की आवश्यकता नहीं है, तो वे आकर सुग्रीव का वध कर दें। किन्तु इतनी बात मेरी सुनते जाओ राजकुमार! कि संसार में ऐसा कोई मनुष्य नहीं है जिसे किसी अन्य व्यक्ति की सहायता की आवश्यकता नहीं है। मैं कभी लंका नहीं गई हूं।" किन्तु मैंने वीरवर बाली से सुन रखा है कि रावण की राक्षस सेनाओं की गणना भी सम्भव नहीं है। उस सेना से युद्ध कोई हंसी-खेल नहीं है। यदि राम चाहें तो सुग्रीव को अपना मित्र मानें–सुग्रीव अपनी समस्त वानर सेनाओं के साथ, उनके पक्ष से रावण के विरुद्ध युद्ध करेंगे; अन्यथा राम सुग्रीव का वध कर, अपनी पत्नी की खोज में इन वनों, पर्वतों तथा समुद्र की लहरों पर अपना कपाल पटकने को पूर्णतः स्वतन्त्र हैं...।"

तारा की बात ने लक्ष्मण को अप्रभावित नहीं छोड़ा। अपना आक्रोश प्रकट कर चुकने के पश्चात अब वे उतने कठोर भी नहीं रह गए थे। तारा के तर्क ने उन्हें और भी कोमल कर दिया। बोले, "हम हत्याओं का व्यापार करनेवाले क्रूर और हिंस्र-जीव नहीं हैं सम्राज्ञी! और न ही पूज्य-पूनम के अयोग्य हैं। किन्तु सम्राट ने न केवल अपने शैथिल्य से हमें व्याकुल किया है; वरन अपने राज्य में अनेक संकटों को जन्म दिया है। यदि इन्होंने अब भी सक्रियता न दिखाई तो विभिन्न वानर-यूथ परस्पर ही लड़कर नष्ट हो जाएंगे। तब कहां रहेगा वानर-राज और कहां रहेंगे वानर-सम्राट!"

लक्ष्मण को मित्र-भाव से बोलते देख, सुग्रीव के शरीर में भी प्राण लौटे। वे संकोचपूर्ण लक्ष्मण के निकट आए और बहुत धीमे स्वर में बोले, "तुम ठीक कहते हो सौमित्र! मैंने

अपने प्रमाद और शैथिल्य से अपने हितैषियों तथा प्रजा के प्रति अपराध किया है। न केवल मैं अपनी प्रजा के प्रति अपने धर्म को भूल गया था, वरन अपने प्रति किए गए आर्य राम के उपकार को भी विस्मृत कर बैठा था। तुम मुझे क्षमा करो सौमित्र!" सुग्रीव की स्वर ग्लानि-विगलित हो उठा, "और आर्य राम से भी क्षमा प्राप्त करने में मेरी सहायता करो। तुम्हारे कठोर शब्दों तथा व्यवहार के प्रति मेरे मन में तनिक भी प्रतिवाद नहीं है। यदि तुमने ऐसा कठोर व्यवहार न किया होता, तो कदाचित मेरा प्रमाद भी न मिटता...व्याधि जितनी गम्भीर होगी, औषधि भी उतनी ही कटु होगी। मुझे लगता है कि मैं एक लम्बी मोह-निद्रा से जगा हूं...।" सुग्रीव ने रुककर कहा, "देवी जानकी के सन्धान के लिए खोजियों के प्रस्थान के लिए मैं शीघ्र व्यवस्था करूंगा।"

"पहले अपनी किष्किन्धा की व्यवस्था तो कर लो सम्राट! अपने खोजियों को अपनी सेना और यूथों की शान्ति की खोज में भेज लो।" लक्ष्मण का स्वर पुनः कटु हो गया, "देवी जानकी के सन्धान के लिए हमने चार मास प्रतीक्षा की है। एक दिन और कर लेंगे; किन्तु तुम्हारे यूथों और वाहिनियों में यदि गृह-युद्ध आरम्भ हो गया तो देवी जानकी की खोज में जानेवाला कोई खोजी बचेगा भी नहीं।"

"गृह-युद्ध?" सुग्रीव साकार प्रश्न-चिह्न बने हुए थे।

"सम्राट!" उत्तर हनुमान ने दिया। अपने सम्राट को फिर से जागा हुआ पाकर वे अत्यन्त प्रफुल्लित लग रहे थे, "यूथपति असिगुल्म समर्थक सैनिक, आपकी अनुचर वाहिनियों पर आक्रमण कर उन्हें अपने अधीन करने अथवा नष्ट करने की योजनाएं बना रहे हैं।"

सुग्रीव का पुराना तेज उनके चेहरे पर लौटा, "हनुमान! तत्काल कुछ आदेश प्रचारित करवा दिए जाएं। राजद्रोह के अपराध में यूथपति असिगुल्म को अपने समस्त पदों से पदच्युत किया जाता है और उनकी समस्त चलाचल सम्पत्ति राजकोष में सम्मिलित की जाती है। कोटपाल को मेरा आदेश दो कि वे असिगुल्म को तत्काल बन्दी करें।...बहुत हो चुका, अब मैं अपने अन्तर्द्वन्द्व की जड़ता के कारण वानरों को नष्ट नहीं होने दूंगा," सुग्रीव जैसे अपने-आपसे बोले, "युवराज! खनिज-पदार्थों वाली भूमि के स्वामियों को उचित मूल्य देकर उन भूमियों की तत्काल खुदाई आरम्भ की जाएं; और यदि भूपति राज-पुरुषों के कार्य में बाधा डालें तो सशस्त्र वाहिनी की सहायता से उन्हें उचित दंड दिया जाए। साथ ही नल और नील को मेरा आदेश दो कि वे विवादास्पद भूमि पर श्रमिकों का ही अधिकार स्वीकार करें और वहां उनके आवासों के निर्माण का कार्य तत्काल आरम्भ करवा दें।"

"जो आज्ञा सम्राट!"

"चंचला!" सम्राट ने एक नए प्रकार के आवेश में, अन्तःपुर की प्रधान परिचारिका को आदेश दिया, "राजप्रासाद में जहां भी कहीं, किसी भी प्रकार, जाति तथा श्रेणी की मदिराएं हों, उन्हें नष्ट कर दिया जाए। मदिरा के भांड और चषक भंग कर दिए जाएं। अब से राजप्रासाद में मदिरा अथवा अन्य कोई भी मादक पदार्थ प्रवेश नहीं कर पा सकेगा," वे पुनः हनुमान की ओर मुड़े, "हनुमान! महेन्द्र, हिमवान, विन्ध्य, कैलास, मन्दराचल, अंचन पर्वत, मेरु पर्वत तथा अन्य पर्वतों की गुफाओं अथवा अन्य दुर्गम स्थानों में प्रच्छन्न रूप में वास करनेवाले वानरों के पास शीघ्रगामी दूत भेजो। उन्हें मेरा सन्देश दो कि राक्षसों के अत्याचारों से पीड़ित होकर अपने स्थान को छोड़, सुरक्षित स्थानों की खोज में गए वानरों को सुग्रीव का आह्वान है कि अब रावण का भय मानने की आवश्यकता नहीं है। अब कहीं भी कोई राक्षस उन्हें व्याकुल करने का साहस नहीं करेगा। अब हम निरीह प्राणी बनकर,

राक्षसों के अत्याचारों से डरकर मारे-मारे फिरनेवाले, विभिन्न जातियों, राज्यों अथवा पृथ्वी के दुर्गम स्थानों से अपनी सुरक्षा के लिए शरण मांगनेवाले भीरु लोग नहीं हैं। अब आर्य राम और लक्ष्मण जैसे वीर योद्धा और प्रशिक्षक हमारे सहायक हैं। सुग्रीव उन सभी प्रवासी वानरों को किष्किन्धा राज्य में लौट आने के लिए आमन्त्रित करता है। हम राक्षसों से उनके अब तक के अत्याचारों का प्रतिशोध लेंगे। अब किसी को प्राण-रक्षा के लिए अपना मूल स्थान छोड़कर भागना नहीं होगा–भागेंगे तो राक्षस। हम आक्रामक युद्ध करेंगे और राक्षसों द्वारा होनेवाले वानरों के विभिन्न अंचलों, क्षेत्रों और यूथों के शोषण को सदा के लिए समाप्त कर देंगे। अपनी जाति या राज्य पर होनेवाले अत्याचार के विरुद्ध लड़नेवाले प्रत्येक वानर का वानरराज सुग्रीव किष्किन्धा में स्वागत करेगा," सुग्रीव ने क्षण-भर रुककर अपने अधरों को जिह्वा से गीला किया, "और जो लोग वीरवर बाली के आतंक से भयभीत होकर वानर-यूथों तथा वानर-क्षेत्रों को छोड़कर चले गए हैं, उन्हें भी अपने क्षेत्रों और यूथों में लौट आने के लिए आमन्त्रित करो। उनसे कहो, अब किष्किन्धा में जन-कल्याणकारी राज्य की स्थापना कर दी गई है। अब हम परस्पर नहीं लड़ेंगे, एकजुट होकर अपने शत्रुओं से लड़ेंगे; एक मनुष्य दूसरे का शोषण नहीं करेगा, हम सब मिलकर अपने लिए आवश्यक वस्तुओं का प्रकृति से अर्जन करेंगे... उनसे भी लौट आने के लिए कहो, जो आजीविका के अभाव में अपना स्थान छोड़कर देश-विदेश में भटक रहे हैं। उन वानरों से कहो कि उन्हें अब अपना पेट भरने के लिए विदेशों में अपमानजनक जीवन व्यतीत करने की आवश्यकता नहीं है–वानर-राज्य अब समस्त वानरों के लिए अपना घर है और अपने घर में मिलनेवाली समस्त सुविधाएं उन्हें अब मिलेंगी।" सुग्रीव के चारों ओर उल्लास का वातावरण था, जैसे मृत सम्राट फिर से जीवित हो उठा हो। हनुमान, अंगद, तारा, रुमा–सब ही लोग जैसे अद्भुत चमत्कार देख रहे थे। कुछ क्षण पहले तक तो लक्ष्मण उनके लिए आतंक बनकर आए थे; वे अब कैसे प्रिय और आत्मीय लग रहे थे। एक बार अपने बाण से बाली का वध कर राम ने सुग्रीव को जीवन-दान दिया था और आज लक्ष्मण ने अपनी उग्रता से सुग्रीव के प्रमाद की हत्या कर उन्हें पुनर्जीवन दिया था। और लक्ष्मण हैरान थे कि सचमुच सुग्रीव में कोई अब तक मूर्च्छित प्रेत जाग उठा था या वे उन्हें प्रसन्न करने के लिए बिना सोचे-समझे, राम और लक्ष्मण के भय में आविष्ट, आदेश पर आदेश देते जा रहे थे। पर सत्य यही था कि वे आदेश दे रहे थे।

"सम्राट!" अन्ततः सस्मित लक्ष्मण सौहार्दपूर्ण स्वर में बोले, "इन समस्त आज्ञाओं की प्रतीक्षा हम लम्बे समय से कर रहे थे; इसलिए हमारे लिए आज महोत्सव का दिन है। किन्तु इतनी सारी कठोर आज्ञाएं एक साथ देने से पूर्व इस विषय में विचार कर लें कि कहीं कल आपके आलोचक यह न कहें कि ये सारी आज्ञाएं राम की धमकी से भीत होकर सुग्रीव ने आत्मरक्षा के भाव से प्रेरित होकर दी हैं...ऐसा न हो कि निकट भविष्य में इन आक्षेपों के कारण आपके लिए कोई समस्या खड़ी हो जाए...।"

"यदि मेरे मित्र हो तो मुझे पुनः उस संकट में न डालो सौमित्र!" सुग्रीव अत्यन्त दीन स्वर में बोले, "तेजस्वी पुरुष अपने तेज के साथ ही सहज होकर जी सकता है। जब इस प्रकार के ऊहापोह, अन्तर्द्वन्द्व और चिन्तन-मनन उसकी तेजस्विता को बन्दी बनाने लगते हैं तो उसका दम घुटने लगता है। मैंने यह अपने भाई का वध करवाकर पाया है–इस विचार ने मेरी स्वतन्त्र विचार-शक्ति को ग्रस लिया था। मैंने अपनी अन्तरात्मा से आदेश लेने बन्द कर, यही सोचना आरम्भ कर दिया था कि मेरे किस कार्य की आलोचना किस रूप में होगी; और उस आलोचना से बचने के विचार से स्वयं

को पूर्वाग्रह रहित, पक्षपात-शून्य तथा स्वतन्त्र विचारक सिद्ध करने की चिन्ता में, मैं अपनी तेजस्विता का दम घोंटता रहा तथा अपनी पीड़ा से बचने के लिए विलास के गर्त्त में गहरे से गहरे उतरता रहा।...किसी के समझाने-बुझाने और उपदेश का मुझ पर कोई प्रभाव नहीं हुआ। अब, जब तुमने मेरे प्राणों के लिए भय उत्पन्न कर दिया तो मेरी आत्मा अपने समस्त बन्धन तोड़कर जाग उठी है; अब पुनः उसे अनिर्णय की ओर मत धकेलो..."

"आपने सत्य कहा वानरराज! तेजस्वी पुरुष अपने तेज से जाज्वल्यमान होकर न जी सके तो उसकी आत्मा कुंठित होने लगती है। भीतर-भीतर घुटना लक्ष्मण का भी स्वभाव नहीं है..." लक्ष्मण उन्मुक्त मन से हंसे, "इसलिए मैं आपसे भी इस प्रकार जीने को नहीं कहूंगा। जीना तो अपनी प्रकृति के अनुकूल होकर ही जीना है अपनी अन्तरात्मा के संकेत पर," लक्ष्मण ने रुककर विषय बदला, "तो सम्राट! यदि आप स्वस्थ हों और किष्किन्धा के बाहर निकल सकते हों तो कृपया प्रस्रवण गिरि पर पधारने का कष्ट करें और अपने मित्र की व्याकुलता कम करें।"

"तुम चलो सौमित्र!" सुग्रीव का पूर्ण आत्मविश्वास बोल रहा है, "मैं आवश्यक व्यवस्था कर थोड़ी देर में उपस्थित होता हूं।"

"जैसी आपकी इच्छा आर्य!" लक्ष्मण बोले, "इस जागरण-प्रक्रिया में मुझसे जो अनुचित कहा गया हो, आपके प्रति जो अभद्र व्यवहार हुआ हो, उसके लिए क्षमा कीजिएगा। आपका अपमान करना मेरा लक्ष्य नहीं था।"

"तुम धन्य हो मित्र!" सुग्रीव हंसे, "मैं न तो कभी तुम्हारे हृदय की कठोरता को पा सका और न कोमलता को।"

अभियान

राम की दृष्टि प्रस्रवण गिरि के चरण प्रदेश पर गई। वानरों की अनेक सैनिक टुकड़ियां उनके आश्रम की ओर आ रही थीं। उनकी संख्या इतनी अधिक थी कि इस असाधारणता के कारण राम के माथे पर भी चिन्ता की दो रेखाएं खिंच आईं।

"प्रातः हमारे जन-सैनिकों ने सुग्रीव के प्रासाद को घेरा था भैया! यह उसी का प्रतिकार तो नहीं है?"

"सुग्रीव इतना मूर्ख नहीं हो सकता।"

"किन्तु हमें सावधान तो रहना ही चाहिए।"

लक्ष्मण ने अनिन्द्य को संकेत किया। पलक झपकते ही समस्त आश्रमवासी शस्त्रबद्ध हो गए। किन्तु संशय की स्थिति अधिक देर तक नहीं टिक पाई। वे टुकड़ियां वानर-सैनिकों की ही थीं, किन्तु उनमें से किसी के भी हाथ में कोई शस्त्र नहीं था। फिर वे टुकड़ियां आश्रम के बाहर ही कुछ दूरी पर रुक गई थीं। लगा जैसे वे लोग किसी की प्रतीक्षा कर रहे हैं। थोड़ी ही देर में प्रस्रवण के पग-प्रदेश में एक शिविका आकर रुकी और उसमें से सुग्रीव उतरे। लक्ष्मण को दिए गए अपने वचन के अनुसार, वे आ पहुंचे थे। पर्वत के ऊपर पैदल ही चढ़े और सबसे पहले आश्रम में उन्होंने प्रवेश किया। वे सारे सैनिक सुग्रीव के ही समान राम के सम्मुख हाथ जोड़कर खड़े हो गए।

"यह क्या कर रहे हो वानरराज।" राम ने कुछ विस्मय के स्वर में कहा।

"आर्य! मेरी श्री, कीर्ति और सदा से चला आनेवाला वानरों का यह राज्य प्रायः नष्ट हो चुका था। आप तथा आपके वीर भाई के प्रताप से इन सबकी पुनर्प्रतिष्ठा हुई है। कृतज्ञता तथा उपकार को न माननेवाला पशु है। मैं अपने प्रमाद में ग्रस्त होकर अब तक जो पाप कर चुका हूं, आपसे उसकी क्षमा-याचना करने तथा यथासम्भव आपकी सेवा करने के लिए उपस्थित हुआ हूं।"

सुग्रीव राम के सम्मुख घुटनों के बल बैठ गए और अपने जुड़े हुए हाथों पर अपना माथा टेक दिया। राम तत्काल आगे बढ़े और उन्होंने कन्धों से पकड़कर सुग्रीव को उठाया और हृदय से लगा लिया, "मैं सौमित्र से सब-कुछ सुन चुका हूं मित्र! आत्मग्लानि से अपने तेज को क्षीण मत करो। मैत्री समानता के आधार पर होती है। हम दोनों मित्र हैं। यदि इस प्रकार दीन व्यवहार करोगे तो मैत्री टिक नहीं पाएगी।"

सुग्रीव प्रकृतिस्थ होकर राम के निकट एक शिला पर बैठ गए, "राम, मैं दो कार्य साथ-साथ करना चाहता हूं, एक देवी जानकी की खोज में विभिन्न दिशाओं में खोजियों को भेजना और दूसरे वान-यूथों को आसन्न राक्षस-युद्ध में रावण की सेनाओं से युद्ध कर सकने योग्य प्रशिक्षण देना।"

"तीन कार्य एक साथ करो मित्र!" राम सस्मित बोले, "दो, जो तुमने कहे हैं और तीसरा–वानर प्रजा के हित, कल्याण कार्यों तथा किष्किन्धा के निर्माण कार्यों को पूर्णता की ओर बढ़ाना।"

"हां! वह भी!" सुग्रीव बोले, "किन्तु देवी जानकी की खोज के लिए विभिन्न दिशाओं में भेजे जानेवाले वानरों का चयन महत्त्वपूर्ण कार्य है।" वे निमिष-भर रुककर बोले, "मेरा ऐसा विचार है कि हम सन्धान टोलियों को यथासम्भव प्रत्येक दिशा में भेजें, किन्तु अधिक सम्भावना यही है कि जानकी को रावण लंका में ही ले गया होगा। ऐसा मैं दो कारणों से समझता हूं : एक तो लंका की सुरक्षा-व्यवस्था की दृष्टि से और दूसरे, रावण सीता को अपने निकट ही रखना चाहेगा। इस समय

उसके लंका में ही होने की सम्भावना अधिक है, क्योंकि अन्यत्र कहीं से भी उसके किसी उत्पात के समाचार नहीं आ रहे हैं। इसलिए सबसे महत्त्वपूर्ण सन्धान-दल लंका की ओर ही जाना चाहिए। और उसमें सबसे योग्य व्यक्ति सम्मिलित होने चाहिए। मेरे विचार से हनुमान, अंगद, नील, तार, जाम्बवान, सुहोत्र, शरारि, शरगुल्म, गज, गवाक्ष, गवय, वृषभ, मेंद, द्विविध, गन्धमादन, उल्कामुख तथा असंग को दल में होना चाहिए।"

"जैसी तुम्हारी इच्छा।" राम ने सहमति प्रकट की, "मेरे विचार से भी दक्षिण दिशा की अच्छी प्रकार खोज होनी चाहिए; और उसमें भी विशेष रूप से लंका की। जनस्थान से भागकर शूर्पणखा भी वहीं गई थी। रावण भी सीता का हरण कर किष्किन्धा के निकट से होकर गया है, तो सम्भवतः लंका ही गया होगा। लंका की भली प्रकार खोज हो मित्र। किन्तु इस दल में तुमने अपने अनेक प्रिय जन रखे हैं। विचार कर लो, इन्हें शत्रुओं के घर में घुसकर जानकी की खोज करनी है। यह न हो कि ये लोग किसी कठिनाई में फंस जाएं।"

"वह मैंने सोच लिया है।" सुग्रीव बोले, "मुझे चिन्ता उस बात की नहीं है। चिन्ता इस बात की है यदि सब लोग खोज के लिए चले गए, तो पीछे से राक्षस-युद्ध के लिए सेना-निर्माण का कार्य कौन करेगा?"

"सैनिक-प्रशिक्षण का कार्य मेरा, सौमित्र का और मेरे जन-सैनिक, अब तक सैन्य-प्रशिक्षण में इतने अनुभवी हो चुके हैं कि उनसे श्रेष्ठ प्रशिक्षण कदाचित ही कहीं मिलें।"

"तो फिर यही हो। देवी जानकी की खोज का दायित्व मुझ पर रहा और राक्षसों को सम्मुख-युद्ध में पराजित करने में समर्थ वानर-सेना के निर्माण और प्रशिक्षण का कार्य आपका।" सुग्रीव बोले और प्रधान चर की ओर मुड़े, "नीचे जाकर मुख्य यूथपतियों तथा समस्त पार्षदों को आश्रम में बुला लाओ।"

राम का आश्रम सुग्रीव के यूथपतियों और पार्षदों से भर गया। राम को ऐसा आभास नहीं था कि सुग्रीव इस प्रकार पूर्ण तैयारी के साथ आए हैं।

"अंगद!" सुग्रीव बोले, "मेरे पुत्र और युवराज होने के नाते मेरे दायित्वों के निर्वाह का सर्वाधिक बोझ तुम्हारे ऊपर है, इसलिए देवी जानकी की खोज में मैं सबसे अधिक दायित्व का कार्य तुम्हें सौंप रहा हूं। मैं और आर्य राम प्रायः सहमत हैं कि रावण सीता को लंका में ही ले गया होगा। अतः तुम लंका की ही दिशा में जाओ। तुम्हारे साथ हनुमान, जाम्बवान, तार, नील, सुहोत्र, शरारि, शरगुल्म, गज, गवाक्ष, गवय, वृषभ, मेंद, द्विविध, गन्धमादन, उल्कामुख तथा असंग होंगे। खोजियों की एक पूरी टोली तुम्हारे साथ जाएगी, और तुम्हें मार्ग खोजने, मार्ग के वनस्पतियों, जीव-जन्तुओं इत्यादि के विषय में सूचनाएं देने, मार्ग में रुकने की व्यवस्था करने तथा अन्य प्रकार की कठिनाइयों में सहायता पहुंचाएगी। यदि चाहो तो अपने साथ सशस्त्र वाहिनियां भी ले जा सकते हो।" सुग्रीव रुके, "राक्षस लोग बलवान और मायावी हैं और मार्ग तुम्हारे लिए अनजाना है, इसलिए सावधान होकर जाना। हनुमान, जाम्बवान, तार तथा नील तुमसे अधिक अनुभवी हैं, अतः उनके परामर्श का पूरा लाभ उठाना; किन्तु युवराज होने के नाते, दल के नायक तुम्हीं रहोगे। निर्णय का अधिकार तथा खोज का दायित्व तुम्हारा ही होगा।"

अंगद ने हाथ जोड़ दिए, "आपकी आज्ञा का अक्षरशः पालन होगा सम्राट!"

"और पुत्र! एक बात का ध्यान रखना," सुग्रीव का स्वर कुछ आर्द्र हो उठा, "तुम इकलौते पुत्र

हो मेरे। और वानर-राज्य के युवराज को अपने प्राणों की रक्षा पूर्ण चतुराई से करनी होगी। लंका में प्रवेश करने के लिए समुद्र पार करना होगा। ऐसे स्थान से समुद्र मत पार करना, जहां से राक्षसों का आवागमन होता हो, अथवा जहां निकट ही उनका जलपत्तन हो। उनकी दृष्टि तुम लोगों पर पड़ गई तो हमारे लिए संकट हो जाएगा।...सारी खोज गोपन रीति से हो और एक मास के भीतर वापस लौटकर अपनी खोज की सूचना दो। एक मास की अवधि के पश्चात असफल लौटनेवाले दल के लिए मैं मृत्यु-दंड प्रस्तावित कर रहा हूं...समझ रहे हो न?"

"सम्राट की आज्ञा पूरी होगी।"

"जाओ पुत्र, अपने साथियों को सूचना दे दो और आर्य राम से आवश्यक निर्देश लेकर यथाशीघ्र प्रस्थान करो।"

अंगद के पश्चात सुग्रीव ने तारा के पिता सुषेण को बुलाया, "आर्य! पश्चिम दिशा में देवी जानकी की खोज का दायित्व आप ग्रहण करें। आप अपने साथ अपने मन्त्रियों को ले लें। खोजियों का एक दल आपके साथ भी जाएगा। आवश्यक समझें तो अपनी इच्छानुसार सशस्त्र-वाहिनियों को भी साथ ले लें। एक मास के भीतर आकर अपनी खोज की सूचना दें।"

"सम्राट की इच्छा पूरी होगी।" सुषेण बोले।

"पश्चिम दिशा में पड़नेवाली राक्षस बस्तियों, रावण के शिविरों और स्कन्धावरों, उसके अधीनस्थ राजाओं के प्रासादों तथा राक्षस नगरों को अच्छी प्रकार देखिएगा। और जहां भी आपको देवी जानकी के छिपाए जाने की सम्भावना दिखे, उस स्थान का पूर्ण निरीक्षण कीजिएगा।"

"अपनी क्षमता-भर मैं पूर्ण खोज करूंगा, सम्राट!"

पूर्व दिशा में जानेवाले दल का नायकत्व सुग्रीव ने विनत तथा उत्तर में जानेवाले दल का नायकत्व शतबलि को सौंपा। सम्राट का आदेश पाकर चारों दलों के नायक राम के सम्मुख उपस्थित हुए।

राम ने उन्हें जाने को प्रस्तुत देखा तो उनका मन भर आया। आर्द्र स्वर में बोले, "मित्रो! इस समय आप लोग मुझे अपने भाइयों से बढ़कर हैं। जो कार्य मैं स्वयं नहीं कर सका, सौमित्र नहीं कर सके–वह कार्य करने के लिए आप लोग जा रहे हैं। मेरे इस कथन में तनिक भी अतिरंजना नहीं है कि मेरा मानापमान ही नहीं, सीता की उपलब्धि और उसके माध्यम से मेरे प्राणों क्री रक्षा आपके इस अनुसन्धान कार्य पर निर्भर है। मेरे मन में इस समय आप लोगों के प्रति क्या भाव है यह मैं शब्दों में अभिव्यक्त नहीं कर सकता।" क्षण-भर के लिए वे रुके, जैसे अपने स्वर की थरथराहट को साध रहे हों, "यद्यपि अधिक सम्भावना इसी बात की है कि दक्षिण की ओर जानेवाला दल कदाचित सीता तक पहुंच पाएगा; फिर भी यह निश्चित नहीं कि आपमें से कौन लक्ष्य तक पहुंचेगा; जो भी सीता को खोज पाए और उन तक पहुंच पाए, उसे चाहिए कि वह उन्हें विश्वास दिलाए कि उन्हें मुक्त कराने के लिए हम कटिबद्ध हैं और उनकी सूचना मिलते ही उनकी मुक्ति के लिए सैनिक अभियान आरम्भ कर देंगे। उसके लिए आवश्यक होगा कि सीता को कोई ऐसा प्रमाण दिया जाए कि उन तक पहुंचनेवाला दूत मेरी ओर से ही आया है..." राम ने रुककर लक्ष्मण की ओर देखा।

लक्ष्मण उठकर राम की गुफ़ा के भीतर गए और अगले ही क्षण मुट्ठी में कुछ दबाए हुए बाहर आए। वह वस्तु उन्होंने राम की फैली हुई हथेली पर रख दी। राम ने अपनी मुट्ठी बन्द नहीं की। सबने देखा : वे किसी विशिष्ट घास की बनाई हुई चार मुद्रिकाएं थीं।

"वनवास की अवधि में मेरे पास कोई आभूषण नहीं रहे। एक वनवासी के समान मैंने सदा

गवद घास की ऐसी मुद्रिकाएं बना-बनाकर समय-समय पर सीता को पहनाई थीं। अपनी प्रिया से वियुक्त होकर भी उसकी बहुत याद आने पर मैं अपने एकान्त क्षणों में घास की ऐसी मुद्रिकाएं बनाता रहा हूं। घास की मुद्रिका, उसकी विशिष्ट बनावट तथा अत्यन्त छोटे अक्षरों में मेरे हस्तलेख में लिखे हुए 'राम' को पढ़कर सीता को अवश्य विश्वास हो जाएगा कि उन तक पहुंचनेवाला दूत इस वनवासी राम के द्वारा ही भेजा गया है...।" राम का गला भर आया और उनका स्वर थम गया। उन्होंने सन्धान-दलों के नायकों की ओर अपनी हथेली बढ़ा दी। चारों नायकों ने आगे बढ़कर एक-एक मुद्रिका उठा ली।

"इस घास का कोई मूल्य नहीं है।" राम पुनः बोले, "किन्तु सीता तक यदि मेरा सन्देश न पहुंचा और उन्होंने मुक्ति की सम्भावना से निराश होकर हताशा में अपने प्राण दे दिए तो अनर्थ हो जाएगा। इस दृष्टि से ये मुद्रिकाएं बहुमूल्य हैं। इन्हें संभालकर ले जाइए।"

चारों नायकों ने राम को प्रणाम किया और जाने के लिए मुड़ गए। राम उन्हें जाते हुए तब तक देखते रहे, जब तक वे लोग अपने दलों के साथ मिलकर दृष्टि से ओझल नहीं हो गए।

राम मुड़े। राम और सुग्रीव एक ही शिला पर बैठ गए। लक्ष्मण राम के निकट खड़े थे, और उनके पीछे आश्रमवासी समस्त जन-सैनिक थे।

इसके पूर्व सुग्रीव कुछ कहते, किष्किन्धा का कोटपाल उनके सम्मुख हाथ जोड़कर आ खड़ा हुआ। "क्या बात है?"

"सम्राट!" कोटपाल अपराधी मुद्रा में खड़ा था, "यह जन भूतपूर्व यूथपति असिगुल्म को बन्दी करने में असफल रहा।"

"क्यों?" सुग्रीव की भृकुटियां तन गईं।

"मैं कह नहीं सकता सम्राट! कि मेरे पहुंचने से पूर्व ही उन तक उनके बन्दी किए जाने के आदेश की सूचना कैसे पहुंच गई। वे अपना प्रासाद छोड़कर भाग गए हैं। उनके परिवार के सदस्यों को भी उनके विषय में कोई सूचना नहीं है।"

सुग्रीव थोड़ी देर तक सोचते रहे, "जाओ। उसके राज्यनिष्कासित किए जाने के आदेश को प्रसारित करवा दो। समस्त सीमा-चौकियों को यह सूचना भिजवा दो। राज्य के भीतर जहां कहीं असिगुल्म देखा जाए, उसे बन्दी किया जाए। स्वयं खेती कर भरण-पोषण के लिए पर्याप्त भूमि उसके परिवार के लिए छोड़कर शेष सारी चल और अचल सम्पत्ति राज्य द्वारा अधिकृत कर ली जाए।" कोटपाल प्रणाम कर लौट गया।

सुग्रीव ने अन्य उपस्थित यूथपतियों को राम के निकट प्रस्तुत होने का संकेत किया, "राम! ये हनुमान के पिता कपिश्रेष्ठ केसरी हैं। ये भयंकर पराक्रमी महाराज गजाक्ष हैं। ये अत्यन्त वेगशाली धूम्र हैं : ये यूथपति पनस हैं। ये यूथपति सवय हैं। ये वानरों के बलवान यूथपति दरीमुख हैं। ये तेजस्वी और बलवान रुमण्वान हैं। ये वीर इन्द्रजानु हैं। ये रम्भ हैं। ये यूथपति दुर्मुख हैं। ये महापराक्रमी नल हैं–इन्हें आप जानते ही हैं। ये दधिमुख हैं। ये शरभ, कुमुद, वह्नि और रंह हैं। ये लोग अपनी सशस्त्र वाहिनियों के साथ उपस्थित हैं। किष्किन्धा में केवल राजकीय सेना है। इनकी वाहिनियां किष्किन्धा के निकट के वन-पर्वत में अपने स्कन्धावार डाले पड़ी हैं। हम सब आपकी सेवा में तत्पर हैं। आप आदेश दें और जिस प्रकार चाहें हमारा उपयोग करें।"

"बैठो मित्रो!" राम ने सबको बैठने का संकेत किया और सुग्रीव की ओर देखकर मुस्कुराए,

"इस सहायता के लिए कृतज्ञ हूं। पहले मेरे मन में जो कुछ भी रहा हो, किन्तु आज स्पष्ट देख रहा हूं कि तुमने मेरे कार्य को समझा है।" राम कुछ रुके और फिर सबसे सम्बोधित होकर बोले, "आज सम्पूर्ण जम्बूद्वीप उस राक्षस-शक्ति द्वारा पीड़ित और शोषित है, जिसका केन्द्र लंका में है, और जिसका नायक रावण है। आर्यवर्त में वह शक्ति बहुत प्रबल नहीं हो पाई है; किन्तु विन्ध्य के नीचे-नीचे उनके अत्याचार अपनी चरम सीमा पर थे। यहां आकर मुझे मालूम हुआ कि यद्यपि वानरों का इतना बड़ा और विस्तृत अपना राज्य है, जन-बल तथा साहस एवं शौर्य की आप में कोई कमी नहीं है–फिर भी यह वानर ही नहीं, ऋक्ष, गरुड़ गृध्र तथा अन्य जातियां राक्षसों की पशु-शक्ति के कारण सदा अपने सम्मान, धन-सम्पत्ति तथा जन की हानि सहती आ रही हैं, क्योंकि उनके पास संगठित युद्ध-तन्त्र नहीं है। जनस्थान में जनसामान्य तथा आश्रमवासी मिलकर संगठित हो गए थे, अतः राक्षसी सेना पराजित हुई। अब भी जैसे ही सीता विषयक कोई समाचार मिलेगा, हमारा सैनिक अभियान आरम्भ हो जाएगा। यह युद्ध लंका में भी हो सकता है और राक्षसों के किसी अन्य राज्य अथवा स्थान में भी। इस बार हमें एक अद्भुत युद्ध करना है। इसमें हमें जनस्थान के उस समस्त क्षेत्र की भी रक्षा करनी है, जो राक्षस-शून्य हो चुका है; किष्किन्धा राज्य तथा नगर की भी रक्षा करनी है कि कहीं अपने बचाव के लिए राक्षस हम पर पीछे से आक्रमण न कर दें; और हमें राक्षसों के राज्य में घुसकर आक्रामक युद्ध भी करना है।"

राम ने रुककर अपने सामने बैठे लोगों के चेहरों की ओर देखा, वहां एक प्रकार की निस्तब्धता छाई हुई थी, जैसे वह राम की योजना की थाह न पा सकने के कारण शून्य में टंक-से गए हों, "वस्तुत: आज तक हमने राक्षसों से जो छोटे-बड़े युद्ध किए हैं, वे प्रायः प्रतिरक्षात्मक युद्ध थे। वे हमने अपनी भूमि, अपनी जनसंख्या तथा अपने व्यूह के अनुसार किए हैं। किन्तु, अब जिस युद्ध की सम्भावना है, वह आक्रामक युद्ध होगा; राक्षसों की धरती पर, उनकी पक्ष-समर्थक जनसंख्या के बीच होगा। सम्भवतः हम अपनी इच्छानुसार समय और व्यूह भी नहीं चुन पाएंगे और सबसे बड़ी बात यह है कि जिस युद्ध की हम तैयारी कर रहे हैं, वह युद्ध उस सेना और सैनिक-नेतृत्व से है, जो अपने युद्ध-कौशल तथा प्रहारक शक्ति के लिए विश्वविख्यात है। अतः हमें बहुत सोच-समझकर चलना है। किसी प्रकार का कोई संकोच हो तो अभी बता दें।"

"भद्र राम!" यूथपति दरीमुख बोला, "जनबल और वीरता की हमारे पास कमी नहीं है। यह आपने भी स्वीकार किया है। आज तक हम राक्षसों से सदा पीड़ित और अपमानित हुए हैं, यह भी ठीक है। फिर भी आज तक हमने राक्षसों से कभी कोई छोटा-मोटा युद्ध भी नहीं जीता है–वीरवर बाली के द्वन्द्व-युद्धों की बात अलग है। ऐसी स्थिति में लंका पर आक्रमण करना...।"

"दरीमुख!" सुग्रीव का क्रुद्ध स्वर गूंजा।

राम ने सुग्रीव के कन्धे पर हाथ रख उन्हें शान्त किया, "सम्राट यह युद्ध-परिषद है, अतः अपना विचार प्रकट करने की सबको पूरी स्वतन्त्रता है।...आप रुष्ट न हों। यह दरीमुख की कायरता नहीं, एक युद्धवीर की सावधानी है–"

दरीमुख ने सहमति में सिर हिला दिया।

"यह असिगुल्म का प्रभावशेष भी हो सकता है।" सुग्रीव के स्वर में अब भी फुंफकार थी।

"यह बात आज सदा के लिए स्पष्ट हो जानी चाहिए सम्राट!" दरीमुख विनीत किन्तु दृढ़ स्वर में बोला, "यदि आप अनुमति दें तो अपने सभी साथियों की ओर से निवेदन कर दूं कि आप अपने

मन में हमारे प्रति संशय न रखें। असिगुल्म का प्रभाव असिगुल्म के साथ गया। अब आप हमें अपने प्रिय साथियों के समान ही विश्वसनीय समझें तो युद्ध में सम्मिलित करें, अन्यथा परस्पर का यह सन्देह किसी भी समय अनर्थ कर सकता है।"

"तुम्हारा कहना ठीक है दरीमुख!" सुग्रीव से पहले राम बोले, "परस्पर का सन्देह अनर्थ कर सकता है; अतः सम्राट से निवेदन है कि वे अपने सन्देह का शमन करें और यूथपति दरीमुख के वचन को एक वीर का वचन मानकर उसका विश्वास करें..." किन्तु राम का स्वर कुछ कठोर हो गया, "यह भी स्पष्ट रूप से समझ लिया जाए कि विश्वासघाती को कभी क्षमा नहीं किया जाएगा।" सुग्रीव ने सहमति में सिर हिला दिया।

राम का स्वर पुनः सहज हो गया, "वस्तुतः हमें बात यहीं से आरम्भ करनी चाहिए कि अब तक वानर राक्षसों से पराजित क्यों होते रहे हैं–क्या इसलिए कि उनमें वीरता अथवा शौर्य की कमी थी?"

"नहीं।" सबने एक स्वर में कहा।

"क्या उनके पास जनबल नहीं था?"

"नहीं।"

"क्या वे अपनी विरोधी जनसंख्या के मध्य लड़ रहे थे?"

"नहीं।"

"क्या युद्ध-क्षेत्र की प्रकृति और भूगोल उनके विरुद्ध था?"

"नहीं।"

"तो फिर क्या कारण था?" राम बोले, "वस्तुतः युद्ध तो जनबल से ही जीते जाते हैं; किन्तु कुछ अन्य उपकरण भी होते हैं, जिनसे जय-पराजय का निर्णय होता है। उनमें से एक है–शस्त्र-बल, शस्त्रों की जानकारी, शस्त्र-परिचालन का कौशल। उसके लिए आवश्यक है शस्त्र-उद्योग।...युद्ध एक विद्या है; अतः व्यूहों की योजना भी अत्यन्त महत्त्वपूर्ण पक्ष है। सैनिक नेतृत्व की क्षमता भी युद्धों की जय-पराजय का निर्णय करती है। इसके साथ आवश्यक है–खाद्य सामग्री तथा यातायात के साधन।" राम निमिष-भर रुककर बोले, "आपके साधारण सैनिकों के पास कौन-से शस्त्र हैं–दंड तथा गदा। आपके सैनिकों के पास असि, परशु तथा धनुष-बाण तक नहीं हैं–जबकि राक्षसों के पास इन साधारण शस्त्रास्त्रों के साथ-साथ भयंकर दिव्यास्त्र भी हैं। उनके पास अश्व तथा रथ हैं।"

"तो क्या, हम इनके बिना लड़ ही नहीं सकते?" सुग्रीव के मुख से अनायास निकला।

"नहीं। ऐसी बात नहीं है।" राम बोले, "मैंने जो कुछ कहा है, वह आप लोगों को निराश अथवा भयभीत करने के लिए नहीं कहा है। युद्ध जीतने के लिए सबसे महत्त्वपूर्ण उपकरण आत्मबल है और मुझे आप लोगों में उसका अभाव नहीं दीखता। फिर भी हमें युद्ध करना है, आत्महत्या नहीं; अतः युद्ध में जाने से पूर्व हमें अपनी और अपने शत्रु की शक्ति को भली प्रकार तौलना होगा; अपने और शत्रु के अभावों, कमियों और दुर्बलताओं को जानना होगा; साथ ही अपने अभावों को अन्य उपकरणों की सहायता से यथासम्भव पाटना होगा, ताकि हमारे पक्ष के जनबल की हानि कम-से-कम हो।"

"आप ठीक कह रहे हैं आर्य!" इस बार भी दरीमुख ही बोला।

"अतः मेरी योजना बहुमुखी है।" राम पुनः बोले, "मधुप ने आपकी भूमि में पर्याप्त खनिज पदार्थ खोज निकाले हैं। यहां हमारे पास अनिन्द्य है, जो खानों की खुदाई में दक्ष है। लक्ष्मण की देख-रेख में

शस्त्र-निर्माण होगा। धनुर्विद्या का अभ्यास यहां हमारे आश्रम में होगा और अन्य लौकिक शस्त्रों का प्रशिक्षण तथा अभ्यास गिरी-तल के सभी आश्रमों में तथा हनुमान द्वारा स्थापित समस्त अखाड़ों में होगा। किष्किन्धा में स्थापित किए गए जनविद्यालयों की देख-रेख अंगद और हनुमान की अनुपस्थिति में मुनि आनन्द सागर करेंगे तथा किष्किन्धा में आवासों, पथों तथा सेतुओं का निर्माण नल के अधीन होगा; और वानरराज सुग्रीव समग्र रूप से इन सारे कार्यों के निदेशक होंगे।"

"ठीक है।" सुग्रीव ने अपनी सहमति प्रकट कर दी।

"एक बात और है।" सबने राम की ओर देखा।

"प्रस्रवण गिरि पर हमारे प्रवास के पिछले इन चार महीनों में वानर युवकों का पर्याप्त सैनिक प्रशिक्षण हुआ है। अभी एक मास का समय हमारे पास और है। मुझे आशा है कि इस अवधि में हम एक शक्तिशाली, सुगठित सेना का निर्माण करने में सफल होंगे। किन्तु, हमें यह स्मरण रखना होगा कि यह युद्ध शत्रु के एक-आध झड़प में समाप्त होनेवाला नहीं है। यह युद्ध एक-आध दिन का भी नहीं है। यदि जानकी लंका में ही हुईं; और यह युद्ध लंका में ही हुआ तो हमें यहां से सागर-तट तक यात्रा करनी होगी। सागर को पार कर लंका में पहुंचने के लिए कुछ दिन सागर-तट पर भी रुकना पड़ सकता है; फिर युद्ध की अवधि के बीच हमें अन्न की आवश्यकता भी पड़ेगी। मैं नहीं जानता कि किष्किन्धा राज्य के पास अन्न का कितना बड़ा भंडार है। किन्तु यदि पर्याप्त भंडार नहीं है तो हम एक मास में अन्न उपजा नहीं सकते, उसके लिए हमें जनस्थान में आदित्य से सम्पर्क करना होगा। वहीं से अन्य आश्रमों से भी सम्पर्क होगा। मुझे पूरा विश्वास है कि हमें आवश्यकतानुसार अन्न मिल जाएगा। अन्न की पर्याप्त मात्रा बहुत आवश्यक है, अन्यथा हमारे सैनिक अपनी भूख मिटाने के लिए व्यर्थ की लूटपाट कर सामान्य जन को पीड़ित करेंगे और अपने लिए अनावश्यक जटिलताएं उत्पन्न करेंगे।"

"आर्य का कहना सर्वथा उचित है।" नल ने अनुमोदन किया।

राम ने देखा, अन्य यूथपतियों के चेहरों पर नल के समान सहज अनुमोदन नहीं था। उनके भाव को विरोध भी नहीं कहा जा सकता; वह कदाचित उनका विस्मय-भाव था। उन्होंने शायद पहले इस प्रकार के युद्ध की कभी कल्पना नहीं की थी, जहां सेना मार्ग में पड़नेवाले ग्रामों को लूटने के बदले अपने लिए आवश्यक सामग्री स्वयं ढोए। "हमें शल्यचिकित्सकों की भी आवश्यकता होगी।" सहसा राम का स्वर कुछ भारी-सा होता गया, "अनिन्द्य, किसी को गुरु अगस्त्य के पास भेजो। मैं जानता हूं, इस युद्ध में स्वयं आर्या सुधा साथ नहीं जा सकतीं; किन्तु उनके शिष्य शल्यचिकित्सकों की टोली भी आ जाए, तो यथेष्ट होगा।"

"युद्ध के लिए तो बहुत सारा प्रबन्ध करना पड़ता है राम!" सुग्रीव परिहास तथा गम्भीरता की बीच की स्थिति में थे।

राम समझ रहे थे कि युद्ध के लिए इस प्रकार की व्यवस्थाएं वानरराज को भी विस्मित कर रही थीं।

दो

पिछले कई दिनों से अंगद और उनके साथी लगातार चलते जा रहे थे। मार्ग में पड़नेवाले वनों में जहां कहीं मनुष्य के बसने की सम्भावना होती, उसी के आसपास वे लोग खोज करने लगते, किन्तु

किसी मनुष्य से पूछताछ करने से पूर्व उन्हें भली प्रकार यह देख लेना पड़ता था कि कहीं वह व्यक्ति राक्षसों से ही तो सम्बद्ध नहीं है। सुग्रीव का निर्देश उन्हें स्मरण था कि सारी खोज पर्याप्त गोपनीय रीति से होनी चाहिए। ऐसा न हो कि राक्षसों को ज्ञात हो जाने पर वे लोग उनके किसी षड्यन्त्र में फंसकर या तो अपने मार्ग से भटक जाएं या फिर अपने प्राण गंवा बैठें। यह भी सम्भव था कि उन्हें कोई सूचना-सूत्र मिले, किन्तु रावण को इस सन्धान-दल का ज्ञान हो जाए, और वह सीता को कहीं अन्यत्र स्थानान्तरित कर दे। फिर भी, जहां कहीं कोई ग्राम, बस्ती, आश्रम, पुरवा, टोला यहां तक कि कोई कुटी भी मिली; बिना उसका सूक्ष्म निरीक्षण किए हुए, वे लोग आगे नहीं बढ़े। ये पद्धति समय-साध्य तो थी, किन्तु उसके बिना खोज पूरी नहीं हो सकती थी।

अंगद, अपने साथ खोजियों का एक दल तो लाए थे, किन्तु न तो वे अपने साथ सशस्त्रवाहिनी लाए थे और न ही खाद्य सामग्री। उसके मन में आरम्भ से ही स्पष्ट था कि खोजी दल में जितने अधिक व्यक्ति होंगे, उसकी गति उतनी ही मन्थर होती जाएगी। खाद्य-सामग्री साथ लाने का भी यही अर्थ होता कि विभिन्न लोग उसे बारी-बारी ढोते; और अन्न का यह परिवहन भी उसकी तीव्र गति में बाधा बनता।...किन्तु अन्न साथ न लेकर चलने के कारण बीस व्यक्तियों के दल के लिए खाद्य सामग्री और जल जुटाने के लिए भी काफ़ी समय नष्ट करना पड़ता था। दल के सभी सदस्य हृष्ट-पुष्ट तथा स्वस्थ थे। थोड़ें-से फलों से उनका पेट भी नहीं भरता था।...मार्ग में, भूख मिटाने के लिए उन्हें फलों के वृक्षों को ढूंढ़ते देखकर कई बार अंगद के मन में आया कि वे लोग सीता की कम फलों से लदे वृक्षों की ही अधिक खोज कर रहे हैं।...इस प्रकार समय नष्ट होने की समस्या की चिन्ता में केवल हनुमान ही अंगद के सहयोगी थे; शेष लोग इस विषय में तनिक भी चिन्तित प्रतीत नहीं होते थे।

आठ व्यक्तियों का वह खोजियों का दल भी अंगद को कोई विशेष सहायतापूर्ण प्रतीत नहीं हो सकता था। उनका अपना उपयोग अवश्य था–वे लोग समस्त प्रचलित मार्गों से पूर्णतः परिचित थे। उन्हें उस क्षेत्र के भूगोल का अच्छा ज्ञान था। उन्हें वनस्पतियों तथा वनवासी पशु-पक्षियों की अच्छी जानकारी थी। किन्तु इन जानकारियों से सीता की खोज तनिक भी सरल नहीं हो रही थी–वे लोग पूर्वपरिचित निश्चित लक्ष्य तक पहुंचाने में तो सहायता कर सकते थे; किन्तु इस प्रकार की एक अनिश्चित खोज में, जिसमें प्रचलित मार्गों पर चलना तनिक भी लाभदायक नहीं था, खोजियों का दल उपयोगी सिद्ध नहीं हो रहा था। जैसे ही वे लोग प्रचलित मार्ग छोड़कर वन की अनजान पगडंडियों के जाल में भटकने के लिए उतरते, खोजियों का सारा ज्ञान अनावश्यक हो जाता था; और वे लोग व्यर्थ का एक बोझ भासित होने लगते थे।

वनों को पार कर जब वे पर्वत-प्रदेश में पहुंचे तो अंगद को लगा कि उनकी कठिनाई बढ़ गई है। वन में रहने के लिए तो मनुष्य को अपने लिए किसी-न-किसी प्रकार का आवास बनाना ही पड़ता था; और वह आवास दूर से ही दिखाई पड़ जाता था किन्तु पर्वतों में प्रकृति की बनाई गई इतनी गुफ़ाएं थीं, बिना उन गुफ़ाओं में प्रवेश किए हुए, यह अनुमान करना भी कठिन हो जाता था कि कहां मनुष्य का वास है और कहां नहीं। पर्वतों के उबड़-खाबड़ मार्गों तथा प्रकृति द्वारा निर्मित इन असंख्य बेढब गुफ़ाओं की व्यर्थ, निष्फल खोज से दल के लोगों का उत्साह भी क्षीण होता जा रहा था। साथ ही समय भी हाथ से ऐसे खिसकता जा रहा था, जैसे मुट्ठी में पकड़ने के प्रयत्न में जल निकल जाए।"

अब तो सामान्यतः यह स्थिति हो गई थी कि किसी पर्वत-कन्दरा के निकट पहुंचते ही जाम्बवान और तार जैसे समर्थ लोग भी, किसी छायादार स्थान पर उस मुद्रा में बैठ जाते थे कि जिसे ढूंढ़ना हो ढूंढ़ लो...इन पत्थरों में भी कहीं जानकी हो सकती है क्या?

एक हनुमान थे, जिनका उत्साह तनिक भी क्षीण नहीं हुआ था। जब सब लोग पर्वत के पगतल पर ही बैठ जाते थे, वे अकेले ही पर्वत पर चढ़ जाते और इधर-उधर भटकते फिरते। गुफ़ाओं और कन्दराओं का अवलोकन करते। कहीं जलाशय दिख जाता, तो उसके आसपास देखते; कहीं अग्नि तथा धुएं का आभास मिलता तो उसके विषय में अपनी जिज्ञासा शान्त करने चल पड़ते। "यह हनुमान व्यर्थ ही पत्थरों और ढूहों में हमारा समय नष्ट कर रहा है। यह ऐसे ही भटकते-भटकते एक मास बिता देगा और हम सबका वानरराज के हाथों वध करवाएगा।" हनुमान के जाने के बाद द्विविध ने दबे स्वर में कहा।

"इतने उत्साही लोग भी हितकर नहीं होते।" गन्धमादन ने उसका अनुमोदन किया, "आधा समय तो व्यतीत भी हो चुका है; और दूर-दूर तक लंका का कहीं पता भी नहीं है। आखिर हमें वापस लौटने में भी तो समय लगेगा।"

"तुम क्या समझते हो हनुमान," उनके लौटने पर गन्धमादन ने उन्हें छेड़ा, "कि रावण जानकी को यहां छोड़ गया होगा और वे यहां बैठी अपना भोजन पका रही होंगी, जो तुम कहीं आग अथवा धुएं का आभास पाते ही भाग निकलते हो।"

"नहीं! ऐसी बात नहीं है।" शरारि ने कटाक्ष किया, "केसरी कुमार का विचार है कि अपनी सोने की लंका छोड़कर, रावण भी वनवासी हो गया है और यहीं-कहीं सीता के साथ बस गया है।"

हनुमान की आंखों में वह पीड़ा उभरी, जो गम्भीर तथा ईमानदार प्रयत्न के प्रति हल्के परिहास के कारण उत्पन्न होती है, "मैं इन दोनों बातों में से कुछ भी नहीं सोचता।" हनुमान का स्वर गम्भीर था, किन्तु उन्होंने अनायास अपने रोष को उसमें मिश्रित नहीं होने दिया था, "आग, धुआं या जल, अपने आसपास मानव को बसने का आभास देते हैं। मैं यह तो नहीं मानता कि देवी सीता को रावण ने यहां रख छोड़ा होगा; किन्तु मेरी यह मान्यता अवश्य है कि रावण जहां कहीं से भी सीता को लेकर गया होगा, कहीं-न-कहीं, किसी-न-किसी व्यक्ति ने उसे देखा होगा। किसी ने तो वैदेही का चीत्कार सुना होगा अथवा किसी को तो उनका कोई आभूषण पड़ा मिला होगा, जैसे ऋष्यमूक पर निवास करते हुए हमें मिला था।" हनुमान कुछ रुककर पूरे उत्साह से बोले, "यदि कोई ऐसा व्यक्ति हमें मिल जाए, तो हम निश्चिन्त होकर आगे बढ़ सकते हैं कि हम ठीक मार्ग पर जा रहे हैं–व्यर्थ भटककर अपना समय नष्ट नहीं कर रहे।...वन के पशु बोल नहीं पाते, नहीं तो मैं उनसे भी पूछता कि क्या उन्होंने ऐसा कुछ देखा है।" हनुमान की गम्भीरता का प्रभाव सारे दल पर हुआ। उनकी बात का उत्तर किसी ने नहीं दिया। कदाचित इस उत्तर के पश्चात परिहास आगे नहीं बढ़ सकता था और गम्भीर चर्चा करने के लिए वे लोग प्रस्तुत नहीं थे।

अंगद हनुमान की मनःस्थिति समझ रहे थे। उनकी भावना के साथ अंगद पूर्णतः सहमत थे। दल के नेता का दायित्व भी उन पर था–जब कोई भी हनुमान का साथ नहीं देता था, तब भी अंगद हनुमान के साथ-साथ कुछ दूर तक जाते थे। दो-एक क्षेत्रों का निरीक्षण भी करते थे; किन्तु वे स्वयं भी अनुभव कर रहे थे कि हनुमान जैसा उत्साह और लगन उनके भीतर कहीं जाय नहीं रहे थे। कदाचित मन-ही-मन कहीं बहुत गहरे इस अभियान के निस्सार सिद्ध होने की भावना उनके

उत्साह का दम घोंट रही थी..."भूख तो भूख अब तो प्यास के मारे तनिक भी चला नहीं जाता।" वृद्ध जाम्बवान ने कहा और रुक गए।

आज प्रातः से उन्हें कहीं भी खाद्य पदार्थ अथवा जल नहीं मिला था। पिछले कुछ दिनों से खाने-पीने की व्यवस्था अधिक-से-अधिक अनियमित होती गई थी। किन्तु, आज प्रातः उन्हें कुछ भी नहीं मिला था; और उन लोगों ने इस आशा पर अपनी यात्रा आरम्भ कर दी थी कि मार्ग में कहीं कुछ-न-कुछ मिल ही जाएगा। किन्तु चलते-चलते प्रहर-भर बीत गया था, सूर्य आकाश पर दो बांस ऊपर चढ आया था पर अभी तक कहीं जल भी दिखाई न पड़ा था...इससे पूर्व कि कोई कुछ कहता वे एक वृक्ष के तने से पीठ लगाकर उसकी छाया में बैठ गए। जाम्बवान का बैठना जैसे अन्य लोगों के लिए संकेत था। सुहोत्र, शरारि तथा शरगुल्म तत्काल उनके निकट ही बैठ गए। देखते-ही-देखते अन्य लोग भी बैठ गए। केवल अंगद, हनुमान तथा नील खड़े रह गए।

"क्यों मित्रो, क्या विचार है?" अंगद ने हताश-से स्वर में पूछा।

"युवराज अब तो चलना कठिन है।" असंग ने कहा, "या तो भोजन और जल का कोई प्रबन्ध हो अथवा अपने खड्ग से हमारा वध कर दो।" अंगद को लगा, जितनी दूर तक वे समझ रहे थे–निराशा उससे भी आगे बढ़ चुकी थी। उन्होंने हनुमान की ओर प्रश्नवाचक दृष्टि से देखा।

हनुमान की आंखों में रुद्र क्रोध और विवशता के भाव थे, पर देखते-ही-देखते वे जैसे अपने क्रोध को गटक गए और अपने चेहर पर बलात मुस्कान लाकर बोले, "निष्फल वृक्ष के तने से लगकर बैठ जाने से तो मुख में खाद्य पदार्थ नहीं आ पड़ेगा। न ही अभी कोई वर्षा होनेवाली है कि बैठे-बैठे आपके मुंह में मेघ जल टपका जाएंगे। खाने-पीने को कुछ चाहिए तो उठो, कुछ उद्यम करो।"

"उद्यम से क्या होगा?" मेंद खीझ-भरे स्वर में बोला, "यह वृक्ष अपना रूप बदलकर केले का वृक्ष बन जाएगा अथवा यह शिला जलाशय में परिणत हो जाएगी? उद्यम कोई वहां करता है जहां उसे आशा दीखे। तुम्हारे समान धैर्य हम कहां से लाएं भाई। तुम तो कहोगे कि शिलाएं तोड़कर हम यहां खेत बनाएंगे और उसमें अन्न बोएंगे। वह उगेगा, फलेगा, पकेगा तो हम खाएंगे। यहां तो इतना ही पर्याप्त है कि उस खेत के लिए कुछ बीज ले आओ; हमें वे बीज ही खिला दो।"

हनुमान के जी में आया कि मेंद की भुजा पकड़ घसीटकर उसे खड़ा कर दें और धकेलते हुए ले चलें। किन्तु उसके सूखे हुए होंठ, जल्दी-जल्दी उठता-गिरता वक्ष, तेज़ी से चलती सांस बता रही थी कि वह सचमुच बहुत पीड़ित और निढाल है। उस समय तनिक-सी असावधानी से शेष लोग भी उसके पक्ष में हो जाएंगे। तब समस्या और भी जटिल हो जाएगी।

कुछ क्षणों के लिए हनुमान असहाय-से खड़े रह गए, फिर कुछ सोचकर बोले, "यहां अन्न उपजाने की स्थिति तो नहीं है; किन्तु इस प्रकार बैठ जाने या लेट जाने से क्या होगा। आसपास कुछ पक्षियों के स्वर सुनाई पड़ रहे हैं। मेरा विचार है कि हम खोज करें तो कोई-न-कोई उपयोगी वस्तु अवश्य मिल जाएगी।"

"क्या! उन पक्षियों का अन्न भंडार?" तार उपहास करते हुए-से हंसकर बोले।

हनुमान गम्भीर स्वर में बोले, "आखिर वे पक्षी भी तो कुछ-न-कुछ खाते ही होंगे। सम्भव है कि आसपास फलों के वृक्ष भी हों।"

"पक्षी खाते हैं कीड़े-मकोड़े।" असंग ने उत्तर दिया, "हनुमान चाहेंगे कि हम लोग पहले उन पक्षियों को खोजें। फिर देखें कि वे लोग अपना भोजन पाने के लिए कहां चोंच मारते हैं; और फिर वहीं से उन कीड़ों को चुन-चुनकर हम भी खाएं।"

न चाहते हुए भी हनुमान कुछ खीझ उठे, "बुद्धि तो तुम लोगों की चंचल हरिण के समान कुलांचें भर रही है, और शरीर तनिक नहीं हिलता। उठकर सब लोग थोड़ा इधर-उधर घूमो। पास के थोड़े-से क्षेत्र में भी फैलकर ढूंढो–और कुछ नहीं तो कोई जलाशय तो होगा ही। पक्षी जल तो पीते ही हैं।"

"हनुमान ठीक ही कह रहा है।" जाम्बवान उठकर खड़े हुए, "इस तरह बैठे-बैठे तो भूख मिटेगी नहीं।" सहसा वे असंग और मेंद की ओर घूमे, "मैं तो वृद्ध हूं, इन्द्रियों में उतनी सहनशीलता नहीं रही। इसलिए थककर बैठ गया। तुम लोगों को क्या हुआ है युवको। सराहो अपने मित्र हनुमान को, जो तुम लोगों का सांहस बनाए रखता है; नहीं तो तुम लोग कहीं भी समाधि लगाकर बैठ जाओगे।"

जाम्बवान ने आगे बढ़कर तार की भुजा पकड़कर झटका दिया, "उठो! तुम भी बच्चा बनकर बैठ गए। तुमको सम्राट ने इसलिए साथ भेजा था कि युवराज का उत्साह बनाए रखो, या इसलिए भेजा था कि उनके साहस और धैर्य की परीक्षा लेते रहो और उनका रहा-सहा उत्साह भी नष्ट कर दो। जाम्बवान की फटकार का सब लोगों पर अच्छा प्रभाव पड़ा। एक-एक कर, जैसे-तैसे सब उठकर खड़े हो गए।

हनुमान का उत्साह जाग उठा और मुख उल्लसित हो गया। उन्होंने कृतज्ञता-भरी दृष्टि से जाम्बवान की ओर देखा और बोले, "हम लोग दो-दो व्यक्तियों की टोलियों में आसपास के क्षेत्र का निरीक्षण करें। जिसे भी खाद्य पदार्थ अथवा जल का आभास मिले, वह टोली यहीं आकर, इस वृक्ष के नीचे अन्य लोगों को पुकारे।

दो-दो व्यक्तियों की दस टोलियां बन गईं और वे लोग अपने पांव घसीटते हुए इधर-उधर बिखर गए। कुछ के मन में सचमुच आशा जाग उठी थी कि यहां यदि कोई भी जीव है तो खाद्य मिले न मिले, जल तो मिलेगा ही; किन्तु शेष लोग इसे अब भी हनुमान के उत्साह का अतिरेक ही मान रहे थे। फिर भी, इतना तो निश्चित था कि व्यक्ति के अनुत्साह से शेष लोगों में भी अनुत्साह ही जागता था–और अनुत्साह से कोई लाभ नहीं था।

उस पर्वत के विभिन्न भागों में घूमते-घूमते जब प्रहर-भर बीतने को आया और फिर प्यास से थक-हारकर उनके बैठ जाने की सम्भावना जागने लगी, तभी उन्हें जाम्बवान के पुकारने का-सा स्वर सुनाई पड़ा। किन्तु उनका स्वर उस वृक्ष की दिशा में से नहीं आ रहा था, जहां से खोज आरम्भ हुई थी और कुछ मिल जाने पर जहां से पुकारना निश्चित हुआ था। अन्य किसी स्थान से पुकारने का क्या अर्थ!–हनुमान ने सोचा–क्या वृद्ध जाम्बवान किसी कठिनाई में फंस गए हैं? किन्तु उस आह्वान में संकटग्रस्त होकर, असहायता में पुकारने के स्थान पर कुछ उपलब्धि का-सा ही भाव था।

"मुझे लगता है कि जाम्बवान ने कुछ पा लिया है।" हनुमान बोले।

"मेरा भी अनुमान है।" अंगद ने सहमति प्रकट की।

वे झपटते हुए-से उसी दिशा में चले। जाम्बवान और तार एक बड़ी-सी गुफ़ा के सम्मुख खड़े थे। उनकी आंखों में विस्मय और उपलब्धि का भाव था। थोड़ी-थोड़ी देर में वे अन्य साथियों को पुकार लेते थे, फिर उसी प्रकार चकित भाव से उस गुफ़ा की ओर देखने लगते थे। दल के अन्य लोग भी आकर उनके निकट उसी मुद्रा में खड़े थे।

"क्या बात है तात जाम्बवान!" अंगद ने आगे बढ़कर पूछा।

"वह गुफ़ा, युवराज।" जाम्बवान ने बिना अंगद की ओर देखे ही तर्जनी से उस गुफ़ा की ओर इंगित कर दिया।

"गुफ़ाएं तो इस पर्वत में भरी पड़ी हैं।" अंगद कुछ रोष से बोले, "आप हम लोगों को गुफ़ा देखने के लिए बुला रहे हैं। क्या?"

जाम्बवान कुछ सचेत हुए। उन्होंने आंखें झपकाकर अंगद को देखा, जैसे स्वयं को सन्तुलित न कर पा रहे हों।

किन्तु उनके कुछ बोलने से पूर्व ही तार ने कहा, "नहीं युवराज, तुम्हें गुफ़ा देखने के लिए नहीं बुला रहे हैं। हमने इस गुफ़ा में से, अनेक पक्षी उड़कर बाहर आते देखे हैं। उनमें चक्रवाकों का एक जोड़ा ऐसा भी था, जिनके पंख जल से भीगे हुए थे। और हमारा तो विचार है कि उनके पंखों पर कमल का पराग भी अवश्य छिटका हुआ था।" अंगद ने हनुमान की ओर देखा। "आप लोगों ने ठीक-ठीक देखा है तात?" हनुमान गम्भीरता और विनोद की मध्य स्थिति में थे, "ऐसा तो नहीं कि अपनी प्यास की पीड़ा आपको पक्षियों के पंख भी भीगे हुए दिखा रही हो।"

"नहीं हनुमान, हमने ठीक-ठीक देखा है।" जाम्बवान अब पर्याप्त स्थिर लग रहे थे, "मेरे साथ आओ।"

जाम्बवान के पीछे-पीछे वे लोग गुफ़ा के मुख के निकट आ गए। जाम्बवान झुककर मिट्टी में खोज रहे थे। उन्हें अधिक खोजना नहीं पड़ा। थोड़ी देर में ही वे तनकर सीधे खड़े हो गए और तर्जनी से उन्होंने एक विशिष्ट स्थान की ओर संकेत किया, "यह देखो।"

हनुमान और अंगद ने झुककर देखा, निश्चित रूप से वहां पानी की दो-चार बूंदें टपकी थीं, जिन्हें मिट्टी ने सोख लिया था, किन्तु बूंदों के चिह्न अभी मिटे नहीं थे। अब तक उनके दल की दसों टोलियां वहां एकत्रित हो चुकी थीं और प्रायः सभी सहमत थे कि धरती पर के वे चिह्न पानी की बूंदों के ही चिह्न थे; अतः जाम्बदान और तार ने ठीक ही देखा था कि उस गुफ़ा में से भीगे पंखोंवाले चक्रवाक अवश्य निकले होंगे। ऐसी स्थिति में गुफ़ा के भीतर कहीं जलाशय भी होना चाहिए।

थोड़े-से विचार-विमर्श के पश्चात वे लोग जल-सन्धान के लिए गुफ़ा में प्रवेश करने को सहमत हो गए; किन्तु गुफ़ा के भीतर सघन अन्धकार था। जाने गुफ़ा कितनी लम्बी थी और उसमें किस प्रकार के जीव-जन्तु निवास करते थे। "यदि यह गुफ़ा किसी जलाशय तक ले जाती है," सहसा शरगुल्म ने कहा, "तो वह जलाशय इस गुफ़ा के उस पार होगा। क्यों न हम पर्वत के ऊपर चढ़कर दूसरी ओर उत्तर जाएं और वहां जलाशय को खोजें?"

हनुमान को लगा, यदि फिर इस प्रकार के विकल्पों की चर्चा होने लगी, तो अनेक लोगों के मन में अनुत्साह जागने लगेगा और गुफ़ा में प्रवेश धरा-का-धरा रह जाएगा।

"और यदि वह जलाशय पृथ्वी से फूटनेवाले जल के किसी उत्स का परिणाम हुआ और वह उत्स गुफ़ा के मध्य में ही हुआ तो हमें दूसरी ओर से भी इस अन्धकारमय गुफ़ा में प्रवेश तो करना ही पड़ेगा; उल्टे पर्वत लांघने का अतिरिक्त परिश्रम भी उठाना पड़ेगा। फिर, यह भी सम्भव है कि यह गुफ़ा दूसरी ओर से खुली हुई न हो। ऐसी स्थिति में हम पर्वत लांघकर, दूसरी ओर तो जाएंगे ही, गुफ़ा का दूसरा द्वार न खोज पाने की असफलता से थक-हारकर पुनः पर्वत लांघकर इस ओर वापस लौटेंगे और फिर इसी गुफ़ा में ऐसे ही प्रवेश करेंगे।"

"तुम्हारी बात तो ठीक है हनुमान।" असंग बोला, "किन्तु गुफ़ा सर्वथा प्रकाश-शून्य है। उसके भीतर हिंस्र अथवा घातक जन्तुओं के होने की पूरी सम्भावना है। सम्भव है कि विषधर सर्प इत्यादि भी हों।"

"सम्भावनाएं तो सब प्रकार की हैं, भली भी बुरी भी।" हनुमान ने उत्तर दिया, "प्रवेश न करने पर अहितकर सम्भावनाओं से तो हम मुक्त रहेंगे ही, किन्तु हितकर सम्भावनाओं का कोई लाभ नहीं उठा सकेंगे। क्यों युवराज?" अंगद ने कुछ कहा नहीं, किन्तु वे हनुमान से सहमत प्रतीत हो रहे थे।

"मेरा प्रस्ताव है कि हम सब लोग एक-दूसरे का हाथ पकड़कर गुफ़ा में प्रवेश करें।" हनुमान बोले, "यदि युवराज की अनुमति हो, तो सबसे पहले मैं प्रवेश करूंगा। इससे हम अन्धकार में एक-दूसरे का सहारा भी ले सकेंगे; अपने अनुभव का लाभ भी दे सकेंगे और परस्पर निकट भी बने रहेंगे।"

"उत्तम प्रस्ताव है।" जाम्बवान ने अपनी सहमति प्रकट कर दी।

हनुमान ने अंगद की ओर देखा, "स्वीकार है।" अंगद ने उत्तर दिया।

सबसे पहले हनुमान ने प्रवेश किया। उनका हाथ पकड़कर उनके पीछे अंगद गए। अंगद का हाथ नील ने पकड़ा, नील का तार ने। तार के बाद जाम्बवान आए। फिर तो एक-एक कर सब लोग आ गए। अब खोजियों का स्वतन्त्र महत्त्व समाप्त हो चुका था। यह क्षेत्र उनके लिए भी सर्वथा अपरिचित ही था। वे भी अन्य लोगों के ही समान हाथ पकड़े-पकड़े गुफ़ा में प्रवेश कर गए। प्रारम्भ में हल्का-हल्का दिखाई देता रहा; किन्तु कुछ आगे बढ़ने पर पूर्णतः अन्धकार छा गया।

पैरों के नीचे शुष्क और कठोर धरती थी, जिसमें स्थान-स्थान पर कंकड़ भी थे। ऐसा नहीं लगता था कि इस कठोर धरती में आसपास कहीं कोई जल-स्रोत भी होगा। थोड़ी दूर चलने पर हनुमान का सिर नीचे झुक आई किसी शिला से टकराया। वे धरती को पैरों से टटोल-टटोलकर आगे बढ़ रहे थे, अतः गति बहुत ही धीमी थी। सिर में अधिक चोट नहीं आई।

"क्या हुआ?" उन्हें रुकते देख, अंगद ने पूछा।

"यहां से गुफ़ा या तो संकरी हो गई है।" हनुमान बोले, "या फिर उसका स्वरूप कुछ बदला है।"

"तुम्हें कैसे मालूम?"

"मेरा सिर ऊपर टकराया है युवराज!" हनुमान धीरे-से बोले। वे अपने एक हाथ से ऊपर की शिला को टटोल रहे थे।

"क्या हुआ?" अनेक लोगों का जिज्ञासामय स्वर गुफ़ा में गूंजा।

"क्या सर्प तो नहीं है?" एक स्वर आया।

"नहीं कुछ नहीं है।" हनुमान उच्च स्वर में उनकी आशंकाओं का निवारण करते हुए बोले, "यहां गुफ़ा सीधी न रहकर कुछ आड़ी हो गई है। यहां से अपना सिर तिरछा करके निकालना।"

एक-दूसरे का हाथ पकड़े वे अन्धकार में बढ़ते जा रहे थे। मार्ग में कोई हिंस्र पशु अथवा अन्य कोई बाधा नहीं थी। बस, एक अन्धकार-ही-अन्धकार था। उनकी आंखें कुछ अभ्यस्त हो गईं, तो अन्धकार भी उतना कष्टकर नहीं रहा; किन्तु पूरी तरह सब-कुछ देख पाना, तब भी सम्भव नहीं था। बीच-बीच में अपने किसी साथी को अनुदेश देते हुए, किसी का कोई स्वर सुनाई पड़ जाता था; अन्यथा कोई बात भी नहीं कर रहा था। सब एक प्रकार से दम साधे, अपनी इस यात्रा के परिणाम को देखने को मन-ही-मन व्यग्र आगे बढ़ते जा रहे थे।

हनुमान बार-बार अपने एक हाथ से गुफ़ाओं की शिलाओं को छू-छूकर देख रहे थे और अनुमान लगाने का प्रयत्न कर रहे थे कि यह गुफ़ा प्रकृति-निर्मित है अथवा मानव-निर्मित? प्रकृति द्वारा निर्मित गुफ़ाएं इतनी लम्बी नहीं होतीं; और सामान्यतः वे दूसरी ओर बन्द भी होती हैं। पर्वतों की शिलाओं में एक ओर से बन्द गुफ़ा प्रायः वन्य-पशुओं की मांद बन जाती है। कहीं-कहीं उसमें मनुष्य भी रहने

लगता है। इस गुफ़ा में उन्हें न तो अभी तक कोई पशु अथवा मनुष्य ही मिला था, और न यह गुफ़ा ऊपर अथवा नीचे से विशेष ऊबड़-खाबड़ ही थी। सिवाय इसके कि यह गुफ़ा आड़ी थी और व्यक्ति को यदि यह ज्ञात न हो और वह सीधा चलने का प्रयत्न करे तो बार-बार उसके सिर पर चोट लगेगी–अन्य कोई विशेष बाधा नहीं थी...ये पक्षी भी कैसे इस अन्धकार में बिना शिलाओं से टकराकर आहत हुए, सीधे निकल गए थे।...अवश्य ही इसके निर्माण में मानव का हाथ लगा होगा

"क्या विचार है युवराज !" हनुमान धीरे-से बोले, "क्या यह गुफ़ा प्रकृति-निर्मित लगती है ?"

"यदि प्रकृति-निर्मित है तो अद्भुत है।" अंगद बोले, और अपने विचारों में खो गए।

सहसा हनुमान को लगा कि गुफ़ा में कुछ प्रकाश-सा भासित हो रहा है; किन्तु आगे से गुफ़ा खुली नहीं थी। तो फिर यह प्रकाश कहां से आ रहा है? विचित्र बात थी, जहां तक गुफ़ा थी, वहां अन्धकार था; और जहां गुफ़ा रुद्ध हो रही थी, वहां प्रकाश का आभास था!...और अकस्मात ही बात हनुमान की समझ में आ गई; गुफ़ा यहां से मुड़ रही थी और मोड़ के आगे निश्चित रूप से गुफ़ा का द्वार था। वे अपने मन की बात अंगद से कहने की जा रहे थे कि उनके पैरों के नीचे की मिट्टी की नमी ने उनका ध्यान अपनी ओर आकृष्ट कर लिया। मिट्टी इतनी गीली थी कि आसपास कहीं-न-कहीं कोई जल-स्रोत अवश्य होना चाहिए था।

"हनुमान!" अंगद उनसे पहले ही उल्लसित स्वर में बोले, "यहां की मिट्टी गीली है।"

"हां युवराज! मैं भी अनुभव कर रहा हूं।" हनुमान ने उत्तर दिया। "मुझे ऐसा लग रहा है कि गुफ़ा के मोड़ के निकट ही कहीं इसका द्वार भी है। तब तक वे लोग मोड़ तक आ चुके थे और अनेक लोगों का ध्यान उस प्रकाश की ओर चला गया था।

अनेक कंठों ने एक साथ ही हर्ष-ध्वनि की। सबसे पहले हनुमान गुफ़ा से बाहर निकले और बाहर का दृश्य देखते ही ठगे-से खड़े रह गए।

एक-एक कर सब लोग बाहर आए और उनकी स्थिति हनुमान की-सी हुई। गुफ़ा का अन्त किसी वन में नहीं हुआ था; जहां वे लोग खड़े थे, वह किसी भव्य प्रासाद का मानव-विकसित उपवन प्रतीत हो रहा था। अनेक प्रकार के फलों तथा फूलों के पेड़-पौधे पूंजीभूत रूप में वहां विद्यमान थे और उनके मध्य स्वच्छ जल की एक पुष्करिणी विद्यमान थी। भूख तथा प्यास से संज्ञा-शून्य-से होते हुए वानरों ने अपना चिन्तन स्थगित कर, पुष्करिणी में से थोड़ा-थोड़ा जल पिया और तब वे फलों के वृक्षों की ओर उन्मुख हुए।

सूर्य पूरी प्रखरता से चमककर पश्चिम की ओर झुक चला था।...हनुमान ने आकाश की ओर देखकर सोचा...वे लोग कम-से-कम डेढ़ प्रहर उस गुफ़ा को पार करने में लगे रहे थे।

खा-पीकर जब मन कुछ स्वस्थ हुआ और चिन्तन-मनन की प्रवृत्ति जागी तो इस उपवन के विषय में उनकी जिज्ञासा जागी। यह प्राकृत वन नहीं था–इतनी बात निश्चित थी। उस समय उसका स्वरूप ऐसा नहीं था, जिससे यह समझा जाता कि उपवन की देखभाल ठीक से की जा रही है; किन्तु उसे संवारने में कभी-न-कभी, मनुष्य की बुद्धि और हाथ सहयोग अवश्य देते हैं–यह स्पष्ट था। पुष्करिणी के नीचे कहीं जल का उत्स भी रहा होगा, क्योंकि पुष्करिणी जल से आप्लावित थी और अतिरिक्त जल अनेक छोटी-छोटी धाराओं के रूप में विभिन्न दिशाओं में बह रहा था।

"यहां निकट ही कोई प्रासाद होना चाहिए।" अंगद बोले।

"मेरा भी ऐसा ही विचार है युवराज!"

"यदि यहां प्रासाद हो, तो उसमें देवी वैदेही को छुपाकर रखने की भी सम्भावना हो सकती है।" नील ने अपना विचार प्रकट किया, "इससे अधिक उत्तम और गोपनीय स्थान कौन-सा हो सकता है।"

"सम्भावना हो तो सकती है," जाम्बवान बोले, "क्योंकि इतने गोपनीय स्थान पर बनाया गया प्रासाद, इस प्रकार के कार्यों के लिए उपयुक्त समझा जा सकता है। किन्तु, मेरे मन में एक शंका है।"

"क्या ?" सबकी दृष्टि जाम्बवान पर टिक गई।

"यदि रावण ने देवी वैदेही को यहां बन्दिनी बनाकर रखा होता तो वह स्वयं भी वहीं निकट ही कहीं विद्यमान होता।...इन दोनों ही स्थितियों में यह स्थान इस प्रकार सुरक्षित न छोड़ा गया होता।"

दोनों ही सम्भावनाओं में कुछ-न-कुछ तथ्य प्रतीत होता है।" अंगद बोले, "पर हम पहले प्रासाद तो खोज लें।"

"युवराज ठीक कहते हैं।"

वृक्षावलियों के बीच में से होते हुए वे आगे बढ़े। वृक्षों का आरोपण निश्चित योजनानुसार हुआ था। प्रत्येक झुरमुट के साथ कुछ पुष्पलताएं लगी थीं और फूलों की कुछ क्यारियां थीं। ऊंचे-ऊंचे वृक्षों की पंक्तियों की प्राचीर के पीछे विभिन्न प्रकार के फूलों के पौधे थे...और उनके केन्द्र में सचमुच एक बहुत बड़ा प्रासाद खड़ा था।

वानरों के पग थम गए। इस एकान्त में, इतने गोपनीय ढंग से बनाया गया, जाने यह किसका इतना भव्य प्रासाद था; और वे लोग बिना जाने-बूझे, बिना किसी की अनुमति के भीतर घुस आए थे। सम्भव है कि प्रासाद का स्वामी शत्रु-पक्ष का हो। उसकी सैनिक शक्ति का भी उन्हें कोई आभास नहीं था। कहीं ऐसा न हो कि स्वयं से कहीं अधिक समर्थ और शक्तिशाली शत्रु के अवरोध में पड़कर वे यहां बन्दी हो जाएं और किष्किन्धा में किसी को उनकी स्थिति की कोई सूचना न हो...

अंगद कुछ चिन्तित दिखने लगे थे। वे दल के नायक थे। दल के प्रत्येक निर्णय और कर्म के लिए उत्तरदायी थे। दल की सुरक्षा का बोझ उन्हीं के कन्धों पर था, "बिना जाने-बूझे हमें इस प्रकार भीतर नहीं घुस आना चाहिए था।"

"आप यहां ठहरें युवराज।" हनुमान बोले, "मैं प्रासाद के भीतर जाकर देखता हूं...।"

"नहीं!" अंगद बोले, "अब तो जो एक का भाग्य है, वही सबका है। हम सब इकट्ठे ही जाएंगे।"

आगे-आगे हनुमान और अंगद थे; दो-दो की पंक्तियों में शेष लोग उनके पीछे। उन्होंने प्रासाद के भीतर प्रवेश किया।

प्रासाद निर्जन पड़ा था–कहीं कोई मनुष्य अथवा पशु दिखाई नहीं पड़ रहा था। इतना बड़ा प्रासाद और सर्वथा मानव-शून्य: न कोई वहां बसने वाला, न प्रतिहारी, रक्षक अथवा दास-दासियां। टूटा-फूटा, खंडित प्रासाद होता तो वे लोग मान लेते कि खंडहर समझकर स्वामी द्वारा उसका परित्याग कर दिया गया होगा...किन्तु वह खंडहर नहीं था।

सहसा हनुमान और अंगद रुक गए। उनके साथ ही सारी पंक्तियां थम गईं। उनके सामने, थोड़ी दूर पर तपस्विनी वेश में एक स्त्री बैठी थी। उसने वल्कल और मृगचर्म धारण कर रखे थे। उसकी आंखें ध्यान में मुंदी हुई थीं।

"क्या ये वैदेही हैं?" अंगद ने धीरे-से पूछा।

"नहीं!" हनुमान बोले, "यह तो कोई वृद्धा तापसी है।"

तापसी का ध्यान भंग हो गया। उसके मुंदे नेत्र खुल गए। "आओ वत्स! कौन हो तुम लोग?" स्त्री ने सहसा उनका स्वागत किया, "यह स्थान तो अत्यन्त गोपनीय है, तुम यहां कैसे पहुंच गए?"

साहस कर हनुमान आगे बढ़े। हाथ जोड़कर उन्होंने तापसी को प्रणाम किया और सादर बोले, "माता, यदि प्रवेश वर्जित है तो हम अपराधी हैं। हमें क्षमा करना। वन में भटकते हुए, हम लोग भूख और प्यास से पीड़ित होकर, मार्ग भ्रष्ट हो, इधर चले आए हैं।"

स्त्री ने क्षण-भर कुछ विचार किया और बोली, "इतने लोगों के लिए भोजन तत्काल उपलब्ध नहीं हो सकेगा। हां, फलाहार पर्याप्त है। तुम लोग फलों और जल से अपनी व्याकुलता मिटा लो, तब तक मैं भोजन का प्रबन्ध करा देती हूं...।"

"आप चिन्तित न हों माता।" अनपेक्षित स्वागत पा हनुमान उल्लसित होकर बोले, "अपनी व्याकुलता के कारण, हम आपकी अनुमति पाने तक धैर्य नहीं रख सके...यत्किंचित मात्रा में कुछ-न-कुछ खा-पी चुके हैं।...अब यदि आपका परिचय मिल जाता...।"

"एक व्यग्रता मिटा चुके, दूसरी मिटाने का प्रयत्न कर रहे हो।" तापसी के वृद्ध अधरों पर एक वात्सल्यपूर्ण मुस्कान आ विराजी, "मैं इस प्रासाद की संरक्षिका, मेरुसावर्णि की कन्या, स्वयंप्रभा हूं!

"और यह प्रासाद किसका है माता?"

"यह प्रासाद किसी समय मय दानव ने अपनी सम्पूर्ण विद्या के चमत्कार से अपने निवास के लिए निर्मित किया था। वस्तुतः वनों तथा पर्वत-श्रेणियों की ओट में यह उसकी विहार-स्थली थी। सागर-तट पर यह सुन्दर प्रासाद कदाचित उसने स्वयं को गुप्त रखने के लिए ही बनाया हो। यहां वह अपनी पत्नी हेमा के साथ रहा करता था, किन्तु हेमा के कारण ही इन्द्र से उसका विग्रह हुआ। हेमा यहां से चली गई। मय भी अधिक दिन यहां नहीं रहा। अपने बच्चों को लेकर जाने कहां चला गया। मैं उन दोनों के समय की, इस प्रासाद की संरक्षिका हूं। उन दोनों में से कोई भी अब तक इस ओर नहीं लौटा है और मैं इस प्रासाद की संरक्षिका बनी उनके आने की प्रतीक्षा कर रही हूं।"

हनुमान ने आश्चर्य-भरी दृष्टि पहले रावण के श्वसुर मय दानव द्वारा बनाए गए उस प्रासाद पर डाली और पुनः स्वयं को प्रासाद की संरक्षिका कहनेवाली उस तपस्विनी पर! "आप अकेली...?"

वृद्धा ने निर्मल अट्टहास किया, "कोई अकेला कैसे रह सकता है पुत्र। मेरा पूरा कुटुम्ब है। वे लोग प्रासाद की प्राचीर के साथ पर्वत-श्रेणी के बीच बसे गांव में रहते हैं।"

"आप लोग..."

"तुम तो विकट जिज्ञासु हो भाई।" वृद्धा पुनः हंसी, "अब थोड़ी देर तुम लोग विश्राम करो। मैं ग्राम में जाकर तुम्हारे भोजन का प्रबन्ध कराती हूं। शेष प्रश्न वहीं पूछ लेना, और हां मुझे भी तुम्हारा परिचय जानना है। वह सब भोजन कराकर ही पूछूंगी।" उन्हें अवाक-सा वहीं खड़ा छोड़, अपनी सधी चाल से वृद्धा एक ओर निकल गई।

"हम किसी षड्यन्त्र में तो नहीं फंस गए?" वृद्धा के दूर निकल जाने पर अंगद धीरे-से बोला, "ऐसा न हो कि हमें भोजन का प्रलोभन देकर, यहां ठहरा, वह स्वयं सैनिकों को बुलाने गई हो।"

"वैसे इतना तो उसने स्वीकार कर ही लिया है कि यह रावण के श्वसुर का प्रासाद है।" शरगुल्म ने कहा, "हम वस्तुतः शत्रु के घर के भीतर घुस आए हैं।"

"आप किष्किन्धा से इसी कार्य के लिए चले थे।" जाम्बवान का स्वर कुछ वक्र हो उठा था, "आपको प्रसन्न होना चाहिए कि आप अपने लक्ष्य पर पहुंच गए हैं।"

"मेरा अभिप्राय यह नहीं था तात जाम्बवान।"

"तुम्हारा अभिप्राय मैं भली प्रकार समझ रहा हूं वत्स!" जाम्बवान मुस्कुराए, "वैसे यह स्थान लंका से अत्यन्त निकट होना चाहिए; क्योंकि हेमा के वियोग से अत्यन्त पीड़ित होकर, मय दानव यहीं से मन्दोदरी को लेकर रावण के पास गया था। इसलिए हमें प्रसन्न ही होना चाहिए कि हम लंका के निकट पहुंच गए हैं। यदि वह वृद्धा तापसी इतनी कृपा करे कि लंका तक का कोई सरल और सीधा मार्ग बताकर इस मायालोक में से बाहर निकलने में हमारी सहायता करे, तो उसका पर्याप्त उपकार मानना चाहिए।...फिर भी एक षड्यन्त्र में तो फंस ही गए हैं।"

"कैसा षड्यन्त्र?"

"काल का षड्यन्त्र पुत्र!" जाम्बवान गम्भीर हो गए, "विभिन्न व्याकुलताओं और उत्तेजनाओं में कदाचित तुम लोगों का ध्यान इस ओर नहीं गया कि वानरराज सुग्रीव की दी हुई एक मास की अवधि आज समाप्त हो रही है...।"

"क्या?" अंगद जैसे निद्रा में से जागे।

"हां पुत्र!" जाम्बवान अपने धीर स्वर में बोले, "और अवधि के पश्चात हमें किसी भी अवस्था में असफल नहीं लौटना है। अवधि के पश्चात असफल लौटने के अपराध का दंड क्या निर्धारित किया गया है, ज्ञात है न?" सबके चेहरों के रंग उड़ गए। सचमुच उन लोगों ने इस ओर ध्यान नहीं दिया था।

अपने साथियों की व्याकुलता देखकर हनुमान भी विचलित हो गए।

"तात जाम्बवान! आप आधी बात पर बल दे रहे हैं।" वे बोले "अवधि समाप्त हो रही है, यह ठीक है; किन्तु वानरराज ने अवधि के पश्चात असफल लौटने पर दंड-विधान किया है। हम यदि कार्य पूरा कर अवधि पश्चात भी लौटें, तो सम्राट इससे प्रसन्न होंगे।"

"हनुमान ठीक कह रहे हैं।" अंगद भारी स्वर में बोले, "अब हमें कार्य पूरा करके ही लौटना है; अन्यथा लौटने का कोई अर्थ नहीं है।"

"आप हताश न हों युवराज।" हनुमान बोले, "हम अवश्य ही सफल काम होकर लौटेंगे।" अंगद कुछ नहीं बोले।

हनुमान स्पष्ट रूप से देख रहे थे कि युवराज के मन में चिन्ता घर कर गई है। अंगद के साथ-ही-साथ तार भी उन्हें असाधारण ढंग से गम्भीर लगे। प्रासाद में प्रवेश करने का उल्लास क्रमशः समाप्त हो गया था और सारे दल पर, अवधि के बीत जाने के साथ-साथ, इस प्रासाद में घिर जाने की चिन्ता भी व्याप्त हो गई थी। जाने वह वृद्धा तापसी कौन थी और कहां गई थी। यदि वह कोई षड्यन्त्र न भी कर रही हो, तो भी इस प्रासाद रूपी कारागार से निकलने का मार्ग, जाने वह जानती भी है या नहीं। आसपास की पर्वत-श्रेणियां तथा वन इस प्रकार एक-दूसरे में गुंथे हुए थे कि एक बार भटक जाने पर, मार्ग पाना सहज नहीं था।

दल के नायक युवराज अंगद की चिन्ता अब खीझ का रूप ले चुकी थी। दल के साथ आए हुए खोजियों के प्रति वे अपनी खीझ अनेक प्रकार से प्रकट कर चुके थे : "विचित्र प्रकार के खोजी हैं ये। ये लोग वही मार्ग जानते हैं, जो पूर्व ज्ञात और पूर्व प्रचलित है। तो फिर खोजी क्या हुए भाई

तुम! जो सबको मालूम है, वही आपको भी मालूम है और तिस पर आप खोजी कहलाते हैं। इन्हीं के किष्किन्धा आगमन तक वानरराज ने वैदेही की खोज स्थगित कर रखी थी।"

"खोज तो वर्षा ऋतु के कारण स्थगित थी।" हनुमान धीरें-से बोले। "हां, हां, वर्षा के कारण स्थगित थी।" अंगद बोले, "क्योंकि वर्षा के जल के कारण वे मार्ग लुप्त हो गए थे, जो इन खोजियों को मालूम थे। अरे, कुछ ऐसे मार्ग भी रहे होंगे, जो वर्षा के जल में विलुप्त नहीं थे; किन्तु वे मार्ग इन खोजियों को ज्ञात तो हों! इनसे तो हम वैसे ही अच्छे थे। मार्ग के वनवासियों को पूछ-पूछकर इनसे अधिक ज्ञान हो जाता हमें, इन पथों और मार्गों का। इस अभियान से यदि हम सकुशल किष्किन्धा लौट गए और किसी कारणवश सम्राट ने हमारा वध नहीं किया तो हम सब खोजी पद के अधिकारी हो जाएंगे।"

"खोजी पद कोई ऐसा ऊंचा पद तो नहीं है, जिसके लिए हममें से कोई अभिलाषी हो युवराज!"

"न सही ऊंचा पद।" अंगद बोले, "सम्राट ने इन्हें सिर पर तो चढ़ा रखा है न! इनके बिना कोई खोजी दल कहीं नहीं जाएगा। और इनसे पूछो, इन वृक्षों के पीछे से कोई मार्ग है या नहीं; तो ये कहेंगे कि ये वृक्ष कनेर के हैं, या जामुन के हैं, या ताड़ के हैं। अरे बाबा! तुमसे हम मार्ग के विषय में पूछ रहे हैं और तुम हमें वनस्पति-शास्त्र पढ़ा रहे हो! अच्छे खोजी हो तुम...।"

सामने से वह वृद्धा तापसी लौटती दिखाई दीं तो अंगद का प्रलाप सहसा थम गया। किन्तु हनुमान की चिन्ता कम नहीं हुई : युवराज के मन में कोई चिंगारी सुलग रही थी, यदि वह बुझी नहीं तो निश्चित रूप से भयंकर विस्फोट करेगी। क्या अवधि समाप्त हो जाने के कारण ही वे इतने चिन्तित हो उठे हैं? पर अवधि तो क्रमशः बीतती रही है और एक-एक दिन के साथ सबको आभास होता रहा है कि अवधि का कितना समय शेष रह गया है।...वैसे सम्राट द्वारा दंड-विधान का अर्थ भी नहीं था...वह तो खोजी-दलों को असावधानी से बचाने के लिए...

"चलो वत्सगण! भोजन तैयार है।" वृद्धा ने कहा, "आशा है, तुम इतना सुस्ता चुके होंगे कि दूर तक चल सको। वैसे भी सन्ध्या उतरनेवाली है। भोजन कर, विश्राम ही करना है।"

"कितनी दूर तक चलना होगा माता?" हनुमान ने पूछा।

"अधिक नहीं रे। पास ही मेरा ग्राम है, वहीं तक।" वृद्धा ने हनुमान को स्नेहमिश्रित स्वर में धमकाया, "इतना दीर्घकाय होकर भी चलने से डरता है रे! कैसा युवक है तू। मुझ वृद्धा से भी गया-बीता।"

"नहीं माता! यह बात नहीं है।" हनुमान भी अपनी गम्भीरता छोड़कर हंस पड़े, "भोजन की जल्दी है।"

"अच्छा चल! वह भी देखूंगी, कितना खा सकता है तू!"

स्वयंप्रभा उन्हें पर्वतों के बीच घिरे एक छोटे-से गांव में ले आई। दस-बाहर घरों से अधिक जनसंख्या नहीं थी। स्वयंप्रभा उन सबको अपना कुटुम्ब ही बता रही थी। पांच-सात कुटीर थे और शेष परिवार प्राकृतिक गुफ़ाओं में ही रह रहे थे। दल के पहुंचने पर अनेक स्त्री-पुरुष और बच्चों ने उत्सुकता से उन्हें घेर लिया। संकोचवश बात किसी ने भी नहीं की। उन्हें देखकर, मन-ही-मन पाली गई सबकी आशंकाएं स्वतः विलीन हो गईं। वे लोग योद्धा नहीं थे। न उनके पास कोई शस्त्र थे। वे अल्पमत उपकरणों के साथ प्रकृति के बीच रहनेवाले साधारण वनवासी थे।

भोजन तैयार था। आधे फल और कच्ची शाक-सब्ज़ियां थीं, और पत्तों के तिनकों से जोड़कर बनाए गए पत्तों पर भात परोसा गया था।

"माता! तुम सब लोग यहां रहते हो?" हनुमान ने पुनः बात आरम्भ की।

"तुझे अब भी कोई सन्देह है?" वृद्धा पोपले मुख से हंसी, "तू ये कुटीर देख रहा है; गुफ़ाएं देख रहा है; मेरे कुटुम्ब के लोगों को देख रहा है; हमारे घर में भोजन कर रहा है; फिर भी पूछता है कि हम यहीं रहते हैं क्या?"

"नहीं! मेरा तात्पर्य यह नहीं था।" हनुमान तनिक झेंपकर मुस्कुराए, "मैं तो यही पूछ रहा था कि नगर बराबर फैला हुआ प्रासाद तुम्हारे पास है; फलों के उद्यान और उपवन हैं; जल की बावलियां, पुष्करिणियां और सरोवर हैं–फिर तुम लोग यहां क्यों रहते हो? वहां जाकर क्यों नहीं रहते?"

इस बार वृद्धा गम्भीर हो गई, "वह प्रासाद हेमा अप्सरा का है, या चाहो तो कह लो कि मय दानव का भी है। हम तो इन वनों में इससे भी निरीह जीवन व्यतीत कर रहे थे। उसने हमें निकट बुलाकर यहां हमारा ग्राम बसा दिया। अपनी देख-रेख में इन पर्वतों के बीच धान के कुछ खेत बनवा दिए। फलों के वृक्ष लगवा दिए। हम यहां बस गए। इस कुटुम्ब की वृद्धा होने के कारण उसने मुझे अपने प्रासाद की संरक्षिका नियुक्त कर दिया। अब तू हमसे यह अपेक्षा मत कर कि हम उसके उपकार भुलाकर कृतघ्नों के समान उसकी सम्पत्ति पर आधिपत्य जमाकर उसका भोग करेंगे।"

'इसमें कृतघ्नता कहां है माता?" हनुमान बोले, "वह प्रासाद खाली पड़ा है, और तुम्हारा सारा कुटुम्ब कितनी असुविधा में जी रहा है। तुम किसकी प्रतीक्षा कर रही हो माता? मय दानव अथवा हेमा अप्सरा में से कोई नहीं लौटेगा। मय के जामाता रावण ने जब से वारुणेयों को पराजित किया है, हेमा और मय में पुनः मेल हो गया है और वे दोनों उरपुर में सुख से रह रहे हैं। वैसे भी अब वे इतने वृद्ध हो गए हैं कि उन्हें किसी गुप्त विहार- स्थली की आवश्यकता नहीं है। मय का पुत्र मायावी वानरराज बाली के हाथों मारा जा चुका है। मय की पुत्री मन्दोदरी रावण की पट्टमहिषी बनी लंका में बैठी है–वह सोने की लंका छोड़ यहां वन में क्या करने आएगी? मय दानव का दुन्दुभी नामक एक और पुत्र होना चाहिए; किन्तु उसके विषय में कुछ सुना नहीं गया। वानरराज बाली ने दुन्दुभी नामक एक अरण्य-भैंसे का आखेट अवश्य किया था। पर भैंसे और मनुष्य में भेद होना चाहिए–नाम एक हो तो क्या हुआ?...अब यह प्रासाद तुम्हारा ही है माता। उसके भग्न हो, खंडहर हो जाने की प्रतीक्षा मत करो। खंडहर हो गया, तो तुम्हारी आनेवाली पीढ़ियां उस खंडहर की रक्षा में अपना जीवन व्यतीत कर देंगी। प्रासाद मनुष्य के वास के लिए होते हैं–मनुष्य को खंडहर बनाने के लिए नहीं।..."

"हम तपस्वी लोग हैं रे!" वृद्धा ने हनुमान की बात बीच में ही काटकर कहा, "हम प्रासादों में क्यों रहें?"

"अपने और कुटुम्ब को इस कष्ट और असुविधा में रखकर, उस सुन्दर प्रासाद के खंडहर हो जाने की प्रतीक्षा में अपना जीवन बिताना, तपस्या नहीं, पाप है माता...।"

"अच्छा-अच्छा! तू बड़ा उपदेशक है, पर बूढ़ा सुगा कभी उपदेश ग्रहण नहीं करता। तेरे पास सूचनाएं भी बहुत हैं। तू मय और हेमा के सारे कुटुम्ब के इतिहास से परिचित है। यहां तो कोई आता-जाता नहीं वत्स? इसलिए हमें कोई सूचनाएं नहीं मिलतीं। तूने बताया कि मन्दोदरी रावण की पट्टमहिषी है। मायावी मारा गया और दुन्दुभी का पता नहीं।" वृद्धा ने अट्टहास किया, "वह अरंड

भैंसा, जो बाली के हाथों मारा गया, वह मय का पुत्र रहा होगा। मुझे याद है, वह अपने बालपन से ही अरंड भैंसा था रे। इधर-उधर फुफकारता फिरता था...।" वृद्धा सहसा रुक गई, "अब तू मुझे बता, तू कौन है और तेरे साथ कौन-कौन हैं? तुम लोग यहां क्या करने आए हो?"

प्रश्न इतनी आकस्मिकता से आया था कि हनुमान के सम्मुख विकट मानसिक संकट खड़ा हो गया। अपना और अपने अभियान का परिचय वे लोग अब तक अत्यन्त गुप्त रखे हुए थे...उनका लक्ष्य और गन्तव्य प्रकट हो जाने पर हानि भी हो सकती थी...इन लोगों का निकट का न सही, दूर का कोई-न-कोई सम्बन्ध रावण से बनता ही था। यदि इस अनुसन्धान दल की सूचना इनके माध्यम से राक्षसों तक पहुंच गई!...वे लोग सरल साधारण वनवासी हैं। किसी लालच अथवा लाभ की अपेक्षा में किसी को कुछ बताने न भी जाएं...तो भी किसी व्यक्ति की असावधानी अथवा अज्ञान से यह सूचना ग़लत हाथों में पड़ सकती है।

तो क्या इस प्रश्न को टाल जाए या कोई काल्पनिक परिचय दे दें?

किन्तु, वृद्धा की सरलता तथा तत्परता उन्हें असत्य बोलने से रोक रही थी और फिर सत्य बताने से वृद्धा से करुणा-विगलित हो, जिस सहायता की अपेक्षा थी, वह असत्य कथन से प्राप्त नहीं हो सकती थी... आमने-सामने बैठकर प्रश्न का उत्तर वे अधिक समय तक टाल भी नहीं सकते थे, और साथियों से इस सन्दर्भ में विचार-विनिमय भी नहीं कर सकते थे। सारा दायित्व हनुमान पर ही था। उन्हीं का निर्णय, उन्हीं का काम और परिणाम के लिए, वे ही उत्तरदायी। हनुमान को लगा, द्वन्द्व में सत्य कथन उनके लिए अधिक उपयोगी होगा, वैसे भी इतने सरल लोगों से क्या दुराव? हनुमान ने संक्षेप में अपना और अपने साथियों का परिचय दिया और अपने अभियान के विषय में भी बताया।

वृद्धा गम्भीर हो गई। उसकी परिहास-मुद्रा विलीन हो गई, "मेरी हेमा का जामाता, यह प्रतापी रावण परस्त्रीगामी है–वह दूसरों की स्त्रियों का हरण करता फिरेगा तो मन्दोदरी कैसे सुखी रहेगी?"

"हम रावण को खोजकर उसे ठीक मार्ग पर लाने के लक्ष्य से ही इन वनों-पर्वतों में भटक रहे हैं। माता!" हनुमान आत्मीयता से बोले। वे अनुभव कर रहे थे कि उनका सत्य बोलने का निर्णय, दोनों पक्षों के लिए हितकर ही था, "हम पर केवल इतनी कृपा कर दो कि कोई ऐसा सीधा और सरल मार्ग बता दो, जो हमें इस मायानगरी से तो बाहर निकाल ही दे, लंका के निकट किसी सागर-तट पर भी पहुंचा दे।"

वृद्धा मन खोलकर हंसी, "तू इसे मायानगरी कहता है रे! दो-चार चक्कर लग गए तो यह मायानगरी हो गई। मायावी तो तुम लोग हो, जो इस गोपनीय स्थान में भी घुस आए।" वह रुकी, "अच्छा, भोजन कर लो। सीधे सागर-तट तक जानेवाला मार्ग दिखा दूंगी।"

मार्ग बता देने के आश्वासन का सारे दल पर स्पष्ट प्रभाव पड़ा। अब तक का सारा वार्तालाप स्वयंप्रभा तथा हनुमान में ही हुआ था। दोनों ओर से अन्य किसी भी व्यक्ति ने इसमें भाग लेने की उत्सुकता नहीं दिखाई थी। तापसी के कुटुम्बवालों ने कदाचित अपने संकोच के कारण और हनुमान के साथियों ने अपनी चिन्ताजन्य अरुचि के कारण...किन्तु इस आश्वासन के बाद अन्य लोग भी थोड़ा-बहुत बोलने लगे थे।

भोजन समाप्त करते ही अंगद ने चलने की इच्छा प्रकट की।

वृद्धा पुनः हंसी, क्यों रे! भागने की बड़ी जल्दी है?"

हमें, देवी वैदेही का पता लगाकर शीघ्र किष्किन्धा लौटना है।" अंगद वृद्धा के समान हंस नहीं सके, "देवी! आप यदि हमें मार्ग...।"

"मुझे देवी क्यों कहता है," वृद्धा ने उग्र स्वर में कहा, "माता क्यों नहीं कहता? तू युवराज है इसलिए?"

"नहीं माता।" अंगद वृद्धा के रोष से तरल हो उठे, "तुम सचमुच माता हो, वात्सल्यमयी! मुझे क्षमा करना।"

"अच्छा चल! तुझे मार्ग दिखाऊं।" वृद्धा बोली, "तू बहुत ही उतावला हो रहा है। किन्तु अन्धकार घिर रहा है। कहीं मार्ग में भटक गए तो यह उतावली महंगी पड़ेगी।" अंगद के साथ अन्य लोगों का भी ध्यान समय की ओर गया। सूर्यास्त हो चुका था। और अन्धकार में इन अनजाने तथा भ्रांति-तत्पर मार्गों पर यात्रा अनावश्यक थी।

थोड़े से विचार-विमर्श के पश्चात उन्होंने रात को वहीं विश्राम करने का निश्चय किया।

उनका निश्चय सुनकर वृद्धा ज़ोर से हंसी, "क्यों रे हनुमान, विश्राम मेरे गांव में करेगा या कि हेमा के प्रासाद में? तेरा मन उस प्रासाद में रहने को बहुत ललचाता है न!"

हनुमान किंचित संकुचित हुए, किन्तु अन्ततः अपनी गम्भीर वाणी में बोले, "माता, यदि अपने कुटुम्ब के साथ तुम उस प्रासाद में रहना स्वीकार कर लो, तो मैं प्रासाद में विश्राम करूंगा; किन्तु तुम लोगों को यहां छोड़कर मुझसे प्रासाद में सोया नहीं जाएगा।"

"तो फिर आज रात अपनी इस निर्धन माता के कुटुम्ब का ही आतिथ्य ग्रहण कर।" वृद्धा प्रसन्नवदन बोली।

प्रातः हल्के से अल्पाहार के पश्चात यात्रा के लिए तत्पर हो वृद्धा ने मुड़कर अपने कुटुम्ब की ओर देखा और बिना किसी विशेष व्यक्ति को सम्बोधित किए कहा, "मैं इन्हें मार्ग बताकर अभी आती हूं।"

वह आगे-आगे चली और अपने दल का नेतृत्व करते हुए अंगद उसके पीछे-पीछे चलते गए। वृद्धा ने उन्हें शिलाओं के अनेक घुमावदार मोड़ पार कराए, दो-एक छोटी-छोटी गुफ़ाएं भी मार्ग में आईं और वह रुक गई, "इन पहाड़ियों के बीच का मार्ग तुम्हें सीधे सागर-तट तक पहुंचा देगा। नयन मूंदे सीधे चलते जाना, जहां मोड़ सहज लगें, वहां भी मत मुड़ना। यदि एक भी मोड़ ले लिया, तो पुनः इसी मायानगरी में भटकते फिरोगे।"

दल के सारे सदस्यों ने हाथ जोड़कर वृद्धा को प्रणाम किया और आगे बढ़ गए।

स्वयंप्रभा ने ठीक कहा था। मार्ग में उन्हें अनेक सहज लगनेवाले मोड़ मिले, यदि उन्हें पहले से सावधान न किया गया होता, तो वे लोग कहीं-न-कहीं अवश्य मुड़ गए होते। कदाचित मय दानव ने सायास ऐसे भ्रांति-तत्पर मोड़ बनाए थे। रात को स्वयंप्रभा के ग्राम में रुक जाना भी सार्थक ही था। यह मार्ग ऐसा नहीं था जिस पर अन्धकार में यात्रा की जा सके। भ्रामक मोड़ों के साथ-साथ अनेक आकस्मिक आरोह तथा अवरोह भी थे। वे लोग स्वयंप्रभा के निर्देशों के अनुसार धैर्यपूर्वक चलते रहे और वह मार्ग उन्हें सीधे सागर-तट पर ले गया। अनेक गुफ़ाओं में से होती हुई उस पगडंडी को समाप्त कर, जब वे पहाड़ों से बाहर खुले आकाश के नीचे पहुंचे, तो उनके पांव सागर-तट की छोटी-बड़ी शिलाओं पर थे और सामने अथाह-अनन्त सागर लहरा रहा था। एक के बाद एक मदान्ध

लहर आती थी और चट्टानों पर पछाड़ खाकर गिरती थी तथा असंख्य बूंदों में विभाजित होकर कहीं जल और कहीं झाग के रूप में बिछ जाती थी।

अंगद थोड़ी देर तक खड़े, चिन्तित दृष्टि से उन लहरों को देखते रहे। लहरों में कोई समाधान न पाकर, उन्होंने दृष्टि घुमाई और दूर तक कुछ खोजने का प्रयत्न करते रहे। अन्य लोग भी आसपास की भूमि और सागर का निरीक्षण कर रहे थे। थोड़ी ही देर में अंगद के चेहरे पर हताशा के भाव उभर आए। "इस वृद्धा तापसी ने हमें कहीं का नहीं रखा।" वे अत्यन्त उदास स्वर में बोले, "कहां है लंका? यह तो अथाह सागर है। अब इस सागर में हम लंका को कहां खोजें?"

"सागर-तट पर आ गए हैं, तो लंका भी खोज लेंगे।" हनुमान अपने आशावान स्वर में बोले, "आप इतने हताश क्यों हैं युवराज?"

"उधर देखो।" अंगद ने चट्टानों के पीछे उगे एक वृक्ष की ओर संकेत किया, "देख रहे हो हनुमान! वृक्ष पर फूल खिल रहे हैं; अर्थात शरद ऋतु बीतने को है। किष्किन्धा लौटने की अवधि समाप्त हो गई है। मैंने तुम्हारी बात मान ली थी कि सफल काम होकर किष्किन्धा लौटने में कोई संकट नहीं है, किन्तु अब तो सफलता की भी कोई आशा नहीं है।"

"युवराज! एक तो, अभी हताश होने का मैं कोई कारण नहीं देखता। दूसरे, यदि अपने सम्पूर्ण प्रत्यन के पश्चात भी हम असफल ही रहे तो अपने निष्कपट प्रयत्न की सच्चाई बताकर हम सम्राट से दया की आशा कर सकते हैं। हम उनके सच्चे और उपयोगी अनुचर हैं तथा वानरराज सुग्रीव दयालु और धर्म पर चलनेवाले राजा हैं...।"

"सुग्रीव और दयालु!" अंगद का मुख क्रोध और भय से विकृत हो उठा, "सुग्रीव जैसा क्रूर व्यक्ति देखा है कभी तुमने? जिसने राज्य के लिए अपने भाई का वध करवा दिया, उसे दयालु कहते हो तुम! जो अपने परोपकारी मित्र का कार्य भुलाकर माधवी पीकर कामासक्ति में पड़ा रहा–उसे धर्मरत राजा कहते हो!...में तो पहले ही समझ रहा था कि सुग्रीव ने मेरे साथ धूर्त्तता की है।...वह जानता था कि दक्षिण दिशा में कितनी कठिनाइयां हैं, इसलिए मुझे इस दल का नेता बना दिया और मामा तार को भी साथ कर दिया। वह तो चाहता ही था कि इन बीहड़ वनों और पर्वतों में भटक-भटककर हम अवधि का समय व्यतीत कर असफल किष्किन्धा लौटें, ताकि वह हमारा अपराध सिद्ध कर, हमारा वध कर सके। मेरा सदा का वैरी सुग्रीव!"

"युवराज!" हनुमान मन की आशंका सत्य होते देख चिन्तित हो गए; किन्तु शीघ्र ही स्वयं को संभालकर बोले, "वानरराज आपसे प्रेम करते हैं। आपको युवराज बनाया है। उनके निष्कासन के समय आपने उनकी सहायता की थी, फिर आपने यह वैर की बात कैसे सोच ली?"

"युवराज मुझे सुग्रीव ने नहीं बनाया।" अंगद तमककर बोले, "युवराज मुझे बनाया, राम के अपराध-बोध ने। नहीं तो सुग्रीव मुझ, शत्रुपुत्र को युवराज क्यों बनाता? मैंने उसके निष्कासन के समय अपने पिता के विरुद्ध सुग्रीव की सहायता की–यह मेरी मूर्खता थी। सुग्रीव को तब सहायता की आवश्यकता थी, इसलिए वह मेरा कृतज्ञ हुआ–किन्तु वह कभी नहीं भूला कि मैं बाली का पुत्र हूं। तभी तो सम्राट बनते ही मेरी माता को अपनी पत्नी बना लिया। मुझे कहीं का नहीं छोड़ा सुग्रीव ने। एक तो हृदय से क्ररू, फिर राजा के पद पर अधिष्ठित और अवधि की सीमा बताकर मुझे अपराधी बना दिया।...मेरा किष्किन्धा जाना व्यर्थ है। मैं अपना वध करवाने के लिए किष्किन्धा जाना नहीं चाहता।...मैं यहीं उपवास कर अपने प्राण त्याग दूंगा।"

"सुनो युवराज!" सहसा तार ने कहा, "मैं भी तुमसे सहमत हूं कि किष्किन्धा लौटना, वस्तुतः एक अपमानजनक मृत्यु को प्राप्त होना है। इसीलिए किष्किन्धा जाने के पक्ष में मैं नहीं हूं; किन्तु उपवास कर प्राण देना भी मैं आवश्यक नहीं समझता।"

"तो?" अंगद के साथ-साथ अन्य वानरों ने भी जिज्ञासा से तार की ओर देखा।

"मेरा प्रस्ताव है," तार ने उत्तर दिया, "कि हम लोग मय दानव के उस प्रासाद में लौट जाएं। उस प्रासाद पर अधिकार जमाने से हमें रोकनेवाला कोई नहीं है। प्रासाद की संरक्षिका उस वृद्धा के कुटुम्ब में एक भी व्यक्ति ऐसा नहीं है, जो हमसे युद्ध कर सके। उनके पास कोई शस्त्र भी मुझे नहीं दिखा। उपवास कर, आत्महत्या करने की हमें क्या आवश्यकता है। उस प्रासाद में हम आपका राज्याभिषेक करेंगे और आपकी प्रजा बनकर रहेंगे। वहां न अन्न की कमी होगी, न जल की और न फलों की। यदि आवश्यक होगा, तो प्रजा भी इकट्ठी कर ली जाएगी। उस नगरी की रक्षा तनिक भी कठिन नहीं है। एक तो, वहां हमें कोई खोज ही नहीं पाएगा; और यदि खोज भी लेगा तो उन गुफ़ाओं और पर्वत-श्रेणियों के भीतर हमसे युद्ध नहीं कर पाएगा...।"

तार की बात सुनकर हनुमान अत्यन्त विचलित हो उठे। तार का तो यह मत था ही, अन्य लोग भी उससे सहमत प्रतीत हो रहे थे। कोई भी उसका विरोध नहीं कर रहा था।...प्राणों के भय से इन लोगों की बुद्धि भ्रष्ट हो गई है। इन्हें इस समय न राक्षसों का अत्याचार स्मरण रह गया है, न अपने अभियान का लक्ष्य। ये लोग सर्वधा भूल गए हैं कि इन्हीं के भरोसे, किष्किन्धा में सुग्रीव अपना वचन पूरा करने का विश्वास लिए बैठे है। राम और लक्ष्मण इन्हीं की सूचनाओं के आधार पर राक्षसों से युद्ध कर न केवल सीता का उद्धार, वरन राक्षसी आतंक के सार्वभौम अन्धकार को नष्ट करने की तैयारी कर रहे हैं...और ये चंचल चित्त मूर्ख वानर अपनी सारी बुद्धि अपने कर्तव्य से भागने के लिए व्यय कर रहे हैं।...इतना ही नहीं, अपनी जड़ता के कारण जिस विषैली राजनीति को ये जन्म दे रहे हैं–उसके परिणाम के प्रति पूर्णतः अनभिज्ञ बैठे हैं...किसी ने ठीक ही इस जाति को 'वानर' नाम दिया है।...सीता की खोज और राक्षसों के विरुद्ध युद्ध की क्या बात, ये तो पारस्परिक आन्तरिक कलह से किष्किन्धा के वानर-राज्य का भी ध्वंस करेंगे...

...अंगद के मन में सुग्रीव की ओर से अनेक आशंकाएं हैं। सुग्रीव ने तारा से विवाह कर भयंकर भूल की है। अंगद के मन में तभी से सुग्रीव के विरोध का शूल चुभ गया है। वयस्क पुत्र, किसी भी अन्य पुरुष से अपनी माता का दाम्पत्य सम्बन्ध स्वीकार नहीं कर पाता। सुग्रीव, लाख अंगद को अपना पुत्र माने; किन्तु अंगद उन्हें अपने पिता के रूप में कैसे स्वीकार करेगा...बात परस्पर सम्बन्धों तक रहती तो विशेष संकट नहीं था, पर तार तो उसे राजनीति में घसीट रहा है, वह यहां अंगद का राज्याभिषेक कर, एक अन्य वानर राज्य की नींव डाल रहा है। निश्चित रूप से इससे अंगद और सुग्रीव के मन में छिपी आशंकाएं तल के ऊपर आ जाएंगी। और वे खुलकर शत्रुता का रूप ले लेंगी। दोनों पक्ष स्वयं को शक्तिशाली बनाना चाहेंगे। सुग्रीव की शक्ति और कैसे बढ़ सकती है–पर असिगुल्म तथा उसके साथी अपनी वाहिनियों के साथ अंगद के पक्ष में हो जाएंगे। बाली का पुत्र होने के नाते लोगों को अंगद किष्किन्धा का न्याय-संगत राजा लगेगा। अंगद को जन-सामान्य की सहानुभूति जीतने में समय ही कितना लगेगा...और फिर युद्ध हुआ तो विजयी चाहे अंगद हो अथवा सुग्रीव-वानर-राज्य की शक्ति ध्वस्त हो जाएगी। फिर राक्षसों का नाश बहुत दूर की बात हो जाएगी; राक्षसों से किष्किन्धा को बचाना भी सम्भव होगा क्या? थोड़ी देर हनुमान अपने मन में नीति

निर्धारित करते रहे; फिर धैर्यपूर्वक बोले, "युवराज, आप दल के नायक हैं। आप अपनी इच्छानुसार, जो उचित समझें, निश्चय कर सकते हैं। पर एक बात मेरी भी सुन लें।"

अंगद ने अपनी हताश आंखें हनुमान की ओर फेरी। "आज ये लोग आपको वानरराज के विरुद्ध भड़काकर, आपका उनसे विरोध करा, आपको राज्याभिषेक का प्रलोभन दे रहे हैं।" हनुमान शब्दों को चबा-चबाकर बोले, "उनकी चंचलता क्या इसी से सिद्ध नहीं है कि ये लोग अपने राजा को दिया गया वचन भूलकर नए राज्य की स्थापना का स्वप्न देख रहे हैं। कल जब इन लोगों को अपनी पत्नी, सन्तानों तथा परिवार के अन्य सदस्यो की याद आएगी तो क्या इनकी चंचलता पुनः नहीं उभरेगी? इनके अपराध के कारण जब वानरराज सुग्रीव इनके परिवारों को अंधकूप में डलवा देंगे, तो ये लोग न केवल आपको छोड़कर भाग जाएंगे; वरन वानरराज के पास जाकर आप पर राजद्रोह का आरोप सिद्ध कर, उसका दंड देने के लिए उनकी सेनाओं को मार्ग बताते हुए स्वयं यहां तक ले आएंगे।... इतना ही नहीं युवराज, ये लोग आपको प्रासादों के पीछे छिपे रहने की कायरता सिखा रहे हैं। यह मत समझिए कि आप यहां छिपकर बैठ जाएंगे, तो सुरक्षित हो जाएंगे। राम और लक्ष्मण के बाण इन प्राचीरों के खंड-खंड कर देंगे...और तब देवी जानकी का अन्वेषण त्याग, मार्ग में छिपकर बैठ जाने का परिणाम सामने आएगा।...अब भी यदि आप यही चाहते हैं, तो क्षमा कीजिएगा, मैं, नील, तात जाम्बवान तथा महाकपि सुहोत्र आपका साथ नहीं दे पाएंगे, क्योंकि मैं नहीं समझता कि इस दल के साथ हमें भेजकर वानरराज ने हमारे वध का षड्यन्त्र रचा है। मैं समझता हूं कि हमें अपना योग्य; तथा सामर्थ्यवान साथी समझकर उन्होंने हमें एक आवश्यक और भरोसे का कार्य सौंपा है...।"

हनुमान ने नील, सुहोत्र तथा जाम्बवान की ओर देखा। वे लोग उनसे सहमत प्रतीत हो रहे थे।

अंगद ने कोई उत्तर नहीं दिया। वे कुछ सोचते हुए मौन बैठे रहे। हनुमान की बात सुनकर तार भी कुछ चिन्तित दिखाई पड़ने लग गए थे।

हनुमान को यह अवसर उपयुक्त जंचा। लोहा गर्म था, यदि दो-एक घन और पीट दिए जाएं, तो बात बन जाएगी। "और युवराज, सफल या असफल–हम जब किष्किन्धा पहुंचेंगे, तो मैं नहीं समझता कि आपको वानरराज से भयभीत होने का कोई कारण है। आपके अतिरिक्त उनका कोई पुत्र नहीं है। वे आपसे कितना स्नेह करते हैं! आपकी माता सम्राज्ञी तारा कहा करती थीं कि आप सम्राट बाली के इतने निकट कभी नहीं रहे, जितने तब युवराज सुग्रीव के निकट थे। वानरराज आपकी माता का प्रत्येक प्रिय करने को सदा तत्पर रहते हैं। मैं तो समझ ही नहीं पा रहा कि आपके मन में ये आशंकाएं ही क्यों हैं?"

"हनुमान ठीक कहते हैं!" अंगद का स्वर सामान्य नहीं था, "यदि मैं किष्किन्धा लौटा तो क्रूर राजा सुग्रीव के हाथों मारा जाऊंगा; और यदि मय दानव के उस परित्यक्त प्रासाद में शरण लेने गया, तो राम और लक्ष्मण के बाणों से अपने पिता के समान मारा जाऊंगा। मैं इन दोनों को अपने लिए अपमानजनक समझता हूं।" सहसा अंगद के स्वर में आवेश की मात्रा बढ़ गई, जैसे वे अपने आपे में नहीं रहे, "मैं प्रतिज्ञापूर्वक आप लोगों को कह रहा हूं कि दल के नायक के रूप में मैं आप लोगों को आपके कर्तव्य से मुक्त कर रहा हूं...तथा स्वयं परमान्त उपवास आरम्भ कर रहा हूं...।"

इससे पूर्व कि कोई कुछ कहता, अंगद अपने स्थान से उठ खड़े हुए। वे द्रुत गति से चलकर कुछ दूर तक जल के भीतर चले गए। समुद्र का जल अंजलि में लेकर आचमन किया और लौटकर दक्षिणाभिमुख होकर अपने प्राण देने के लिए पद्मासन लगाकर बैठ गए।

सब ओर निस्तब्धता छा गई, जैसे सबके मन में मृत्यु का आतंक प्रत्यक्ष होकर आ बैठ हो। सबसे पहले तार ने मौन तोड़ा, "मैं भी युवराज के साथ प्रायोपवेशन कर रहा हूं। आमरण उपवास!"

देखते-देखते अनेक वानर उसी प्रकार शिला पर बैठते चले गए। हनुमान को लगा, यदि यही क्रम चला तो उनका धैर्य भी डोल जाएगा।

तीन

बड़ी देर से सम्पाति निष्क्रिय पड़े थे। वे स्वयं ही समझ नहीं पा रहे थे कि वे अचेत हैं या सचेत। बीच-बीच में लम्बे अन्तराल के लिए या तो वे सो जाते थे, या संज्ञा-शून्य हो जाते थे। कभी वे पूर्णतः संवेदनाशून्य हो जाते और कभी लगता कि उनकी आत्मा उनके शरीर से निकलकर जाने कहां-कहां उड़ती चलती है। नए लोक, नए लोग, नई भाषा, नए-नए रीति-रिवाज़। ऐसे लोक तो न उन्होंने देखे, न सुने, फिर यह सब क्या है? ये सब उनके दुर्बल मन की कल्पनाएं थीं, या सत्य ही उनके प्राण निकल रहे थे...ये प्राण भी इस शरीर के साथ पिशाच के समान चिपक गए थे।– न रहते थे, न निकलते थे। यह जीवन भी कोई जीवन है–न जीवितों में, न मृतकों में...पेट था कि भूख-भूख चिल्लाता था और शरीर में इतनी शक्ति नहीं थी कि उठकर अपने लिए खाद्य का कोई प्रबन्ध कर सकता। पता नहीं भगवान उन्हें किस पाप का दंड दे रहा था।

उसी अर्धचेतनावस्था में निकट ही कहीं कुछ लोगों के वाद-विवाद के स्वर उनके कानों में पड़े थे। पता नहीं, वस्तुतः कोई था, या यह भी उनके मरते हुए मस्तिष्क से उनकी इन्द्रियों का विरोध था...कैसे-कैसे स्वर उनके कानों में आ रहे थे, जैसे कोई प्रतिज्ञापूर्वक प्रायोपवेशन करने बैठा हो... सम्पाति अपने अर्धचेतन मस्तिष्क से हंसे–वे निराहार मरने को बाध्य थे, तो उन्हें अन्य लोग भी प्रायोपवेशन करते सुनाई पढ़ते हैं...

"कौन है रे यहां, जो प्रायोपवेशन कर रहा है?" वे पड़े-पड़े चिल्लाए, "यदि मर ही रहे हो तो मेरे निकट आकर मरो, ताकि तुम्हें खाकर मैं जी उठूं।"

"आप कौन हैं आर्य? क्या आप नरभक्षी हैं?" उन्हें नीचे की शिलाओं से एक भीरु-सा स्वर सुनाई दिया।

...अरे यहां तो वस्तुतः कोई है...उनकी चेतना की लौ जाग उठी। बोले, "नरभक्षी तो नहीं हूं; किन्तु भूख से मर रहा हूं। सोचा, तुम्हें अपना शरीर नहीं चाहिए, तो मेरा ही भला करते जाओ।"

नीचे का वार्तालाप बन्द हो गया, जैसे वे लोग सोच में पड़ गए हों।

"अच्छा, किसी को नहीं खाऊंगा भाई!" सम्पाति ने हंसने का प्रयत्न किया, "तुम लोग हो कौन? मुझे तनिक नीचे तो उतारो।"

नीचे कुछ हलचल हुई और दो-तीन लोग उनके निकट आए। उन्होंने सहारा देकर सम्पाति को नीचे उतारा। "आप कौन हैं आर्य?"

"एक वृद्ध, जो अपने शरीर की असमर्थता के कारण अपना भोजन नहीं जुटा पा रहा और भूख से मर रहा है। शरीर निरोग है, इसलिए मर नहीं रहा; और ऊर्जा नहीं है, इसलिए जी नहीं रहा।"

"आप कुछ खाएंगे?" अंगद ने पूछा।

"है कुछ तुम्हारे पास?"

"कुछ फल और थोड़ा-सा जल?"

"खिला दो।"

अंगद अपना स्थान छोड़कर उठ गए और वृद्ध के मुख में थोड़ा-सा जल टपकाने के पश्चात छील-छीलकर फल खिलाने लगे। ये फल तथा जल वे लोग अपने साथ स्वयंप्रभा के प्रासाद से ले आए थे।

यदि वह गुफ़ा न मिल गई होती, अथवा भीगे हुए वे चक्रवाक पक्षी दिखाई न पड़ जाते–अंगद सोच रहे थे–तो उनकी तथा उनके साथियों की भी कदाचित यही दशा होती। वृद्धावस्था भी कैसा अभिशाप है...कैसा दंड है यह! शरीर में प्राण तो हों, पर प्राण-शक्ति न हो, तो जीवन ऐसे ही यातनामय हो जाता है..."आपका कोई पुत्र नहीं है आर्य?"

"पुत्र तो है।" सम्पाति बोले, "किन्तु पुत्र कम है, कलंक अधिक है। न होता, तो मैं मान लेता कि मेरा कोई नहीं है और शान्ति से मर जाता। पर वह है...।" जल पी लेने और कुछ खाद्य-पदार्थ पेट में चले जाने से, उनके शरीर में कुछ ऊर्जा आ गई थी, "शरीर चलता नहीं वत्स! पर मेरा मस्तिष्क अब भी बहुत दौड़ता है। इसीलिए पुत्र की कायरता और स्वार्थलोलुपता–दोनों से ही बहुत पीड़ित हूं..."

अंगद ने चौंककर देखा वृद्ध उन्हें ही तो नहीं सुना रहा। यदि वे किष्किन्धा नहीं लौटे तो अपनी वृद्धावस्था में सुग्रीव उन्हें भी इसी प्रकार नहीं कोसेंगे क्या? "आपका परिचय तात!"

सम्पाति संभलकर बैठ गए, "पहले अपना परिचय कहो वत्स! नहीं तो कहोगे कि वृद्ध अत्यन्त चालाक है–अपनी ही कहता है, दूसरों की सुनता ही नहीं।"

अंगद मुस्कुराए। वृद्ध उनसे अत्यन्त गोपनीय प्रश्न पूछ रहे थे, किन्तु अब गोपनीयता का क्या प्रयोजन! जो व्यक्ति प्रायोपवेशन कर, प्राण देने को दृढ़प्रतिज्ञ हो–उसे अब गोपनीयता-अगोपनीयता से क्या?

अंगद ने निर्द्वन्द्व भाव से अपना और अपने साथियों का परिचय दिया और अपने अभियान का लक्ष्य भी बता दिया।

"जानकी का हरण कहां से हुआ वत्स?" सम्पाति ने इन नामों तथा घटनाओं से विशेष अपरिचय प्रकट नहीं किया।

"पंचवटी से आर्य!"

"पंचवटी!" सम्पाति कुछ याद करते हुए-से बोले, "जटायु भी तो इसी स्थान के आसपास कहीं रहता था।"

"आर्य जटायु!" हनुमान अनायास ही बोल पड़े, "आप आर्य जटायु को जानते हैं क्या?"

"तुम भी उसे जानते हो क्या?" सम्पाति मुस्कुराए।

"आर्य जटायु और राम का पक्ष एक ही था। उन्होंने राक्षसों के विरुद्ध युद्ध किया था और अनेक घाव खाए थे। अन्ततः उन्होंने सीता-हरण के समय रावण से लड़ते हुए अपने प्राण दे दिए। उन्होंने..."

"जटायु मारा गया?" सम्पाति का स्वर भर्रा आया।

"हां आर्य! रावण ने उनका वध कर दिया।"

"दुष्ट रावण! धिक्कार है तुझ पर। सुपार्श्व! धिक्कार है!"

सहसा ही सम्पाति का सारा व्यक्तित्व जैसे बदल गया। वार्धक्य की उस दीनता के स्थान पर एक

प्रकार का आहत आक्रोश जागा। जीवन के प्रति उदासीनता के भाव पर गहरी आसक्ति का रंग छा गया, जैसे उनका कुछ बहुमूल्य जीवन-संघर्ष के दांव पर लगा हो।...

सारा वानर दल चकित होकर सम्पाति को देख रहा था...क्षण में ही इस मृतप्राय दीन वृद्ध के भीतर से ये अग्नि-स्फुलिंग कहां से जल उठे?

"क्या बात है, आर्य?" हनुमान से साहस कर पूछा।

"वत्स!" आक्रोश के अवरोह के पश्चात सम्पाति की आंखों में पीड़ा के अश्रु भर आए, "जटायु मेरा छोटा भाई था! मैं उस वीर का अभागा बड़ा भाई हूं।"

किसी ने कोई उत्तर नहीं दिया; सब के सब अवाक् खड़े रह गए।

"मैं बड़ा अभागा हूं, वत्स!" थोड़ी देर के पश्चात सम्पाति स्वयं ही बोले, "धन्य है मेरा वह वीर भाई। मेरा तो सारा जीवन ही व्यर्थ चला गया।" वे रुककर थोड़ी देर सिसकते रहे, "जनस्थान में ही हमारी जाति की भी कुछ बस्तियां थीं, पुत्र! एक छोटा-सा राज्य भी था। हमारी गृध्र जाति शरीर से हृष्ट-पुष्ट थी और भावना से शूरवीर मानी जाती थी। मैंने और जटायु ने देवासुर-संग्राम में दशरथ के पक्ष से युद्ध भी किया था; किन्तु हम क्रमशः वृद्ध होते गए, जनस्थान के राक्षस बल पकड़ते गए और हमारी जाति हतवीर्य होती गई। राक्षसों के बल के सम्मुख स्वयं को सर्वथा असमर्थ पा, मैंने वहां से हट जाने का प्रस्ताव जटायु के सम्मुख रखा था। वह मुझसे छोटा था; उसके शरीर में सामर्थ्य भी था और लगता है, जिजीविषा भी मुझसे अधिक थी। वह मुझसे सहमत नहीं हुआ। वह किसी-न-किसी रूप में राक्षसों के विरुद्ध संघर्ष चलाए रखने के पक्ष में था। मैं अभागा उसको छोड़कर, इधर सागर-तट पर चला आया। यहां अपेक्षाकृत शान्ति थी। यद्यपि यह स्थान राक्षसों के केन्द्र लंका के पर्याप्त निकट है–किन्तु यहां जनसंख्या नहीं के समान है। दूर-दूर कहीं कोई आश्रम अथवा पुरवा-टोला है। आसपास फलों के कुछ वृक्ष हैं। समुद्र-तत पर मछली मिल ही जाती है। अपना पेट भरता रहा और जीवन का शेष समय किसी-न-किसी प्रकार नष्ट करता रहा। मेरे एकमात्र पुत्र ने भी कुछ दूरी पर अपना आश्रम बना रखा है।" उन्होंने रुककर दम लिया, "जब तक मैं सक्षम था, अपनी आवश्यकता से अधिक अर्जित करता था और अपने पुत्र को कुछ लाभ पहुंचा सकता था, तब तक सुपार्श्व मेरे ही साथ रहा। किन्तु जब स्थिति ऐसी हो गई कि मैं उसके लाभ के लिए कुछ भी करने में असमर्थ हो गया तो वह तपस्या करने के बहाने मुझसे अलग हो गया और अपना आश्रम बनाकर बैठ गया। यह कैसी तपस्या है, वत्स! मैं आज तक नहीं समझ सका–जो स्वार्थ साधती है और अपने कर्तव्य से आंखें चुराती है। पर वह ऐसा ही तपस्वी है..." वृद्ध सम्पाति कुछ श्रम और कुछ आवेश से हांफ-से गए थे।

हनुमान ने उनकी पीठ पर हाथ फेरकर उन्हें कुछ आराम देने का प्रयत्न किया। अंगद ने उनके मुख से जल का पात्र लगाया। उन्होंने दो-तीन घूंट पानी पिया, कुछ गहरी सांसें लीं और पुनः बोले, "वत्स! मुझे अपने पुत्र का व्यवहार बहुत अपमानजनक लगा। तब में ऐसा असमर्थ भी नहीं था। सोचा, अपने भर को तो फिर भी कुछ-न-कुछ कर ही लूंगा। ऐसा तो अपाहिज भी नहीं हो आया हूं। पुत्र की इच्छा के विरुद्ध, क्यों उस पर भार बनकर रहूं? यद्यपि मुझमें अकेला, स्वतन्त्र रूप से रहने का सामर्थ्य नहीं था, तो भी अपने आहत स्वाभिमान के कारण मैं पुत्र से अलग रहा; और किसी प्रकार कच्चे-पक्के फल तथा कभी कच्ची और कभी भुनी हुई मछलियां खाकर पिशाचों के समान जीवित रहा।" सम्पाति पुनः रुके, "फिर एक समय ऐसा आया, पुत्र! कि मैं कुछ भी करने में सर्वथा असमर्थ हो गया। मन तो नहीं मानता था, किन्तु शरीर पूरी तरह हार गया था। किन्तु यह जठराग्नि

तब भी मुझे जलाए जा रही थी। लगता था, अंतड़ियां जल जाएंगी। तब सोचा, किसी से निवेदन करूं कि इसे अपंग वृद्ध के मुख में भी दो कौर डाल जाया करे। किससे निवेदन करता! यहां था ही कौन! तब मैं भी तुम्हारे समान प्रायोपवेशन का संकल्प कर, सागर-तट की शिलाओं पर लेट गया था, पुत्र! किसी ने जाकर मेरे उस पुत्र सुपार्श्व को सूचना दे दी कि मैं यहां पड़ा-पड़ा मर रहा हूं। जाने उसके मन में कोई सुविचार जागा या जाने कोई स्वार्थ ही हो–उसने सोचा हो कि मरते हुए पिता की सेवा कर थोड़ा पुण्य अथवा थोड़ा-सा यश ही कमा ले। वह आया और मुझे अपने साथ अपने आश्रम में ले गया।...किन्तु मैं रोगी तो था नहीं, भूख से ही मर रहा था। खाने को मिला तो फिर से जी उठा। यद्यपि काम कोई नहीं कर सकता था, किन्तु मेरा मस्तिष्क पूरे चैतन्य से सब कुछ सोचता था और जठराग्नि पूरी दाहकता के साथ जलाती थी। मेरी इच्छा के विरुद्ध कुछ होता, मुझे बुरा लगता तो मेरी जिह्वा चल निकलती। मैं सुपार्श्व पर भी टीका-टिप्पणी करने से स्वयं को नहीं रोक पाता था।...थोड़ा जल दो।" वे रुक गए।

जल पीकर सम्पाति पुनः बोले, "तब मैंने जाना कि मेरा पुत्र तो यह सोचकर मुझे अपने आश्रम लाया था कि मैं दो-चार दिन ही जीवित हूं–किसी प्रकार वह समय वह मेरे साथ काट लेगा और फिर मेरी अन्त्येष्टि कर अपने पितृ-ऋण से मुक्ति पा लेगा, किन्तु मैं तो जी उठा था ओर निकट भविष्य में मेरे मरने की कोई सम्भावना नहीं थी। अनिश्चितकाल के इस बोझ से वह घबरा उठा। मेरे प्रति उसके व्यवहार में रुक्षता और उपेक्षा होने लगी।...मेरी बात समझ रहे हो न, पुत्र?" उन्होंने पूछा और उत्तर की प्रतीक्षा में रुक गए।

"हां, तात! समझ रहे हैं।" अंगद और हनुमान प्रायः साथ-साथ ही बोले।

"एक दिन सुपार्श्व बाहर गया–कदाचित भोजन का ही प्रबन्ध करने गया हो।" सम्पाति बोले, "उसे लौटने में बहुत विलम्ब हो गया; पीछे से भूख के मारे मेरी अंतड़ियां टूटने लगीं...मैंने कहा न, मेरा शरीर जितना असमर्थ था, मेरी भूख उतनी ही प्रबल थी। कभी-कभी तो जिह्वा की तृष्णा औचित्य का भी उल्लंघन कर जाती थी। वृद्धावस्था में यदि इन्द्रिया सक्रिय हों, तो उन पर नियन्त्रण पाना कठिन होता है, पुत्र!...तो उस दिन भूख से मैं अत्यन्त व्याकुल हो उठा। बड़ी देर के पश्चात जब सुपार्श्व कुटिया में लौटा तो मैंने उसे डांट कि वह अपने वृद्ध पिता का तनिक भी ध्यान नहीं रखता। मुझे भूख से बिलबिलाता छोड़ स्वयं कहां-कहां मनोरंजनार्थ भ्रमण करता रहता है।...उसका उत्तर मेरी बात से भी अधिक कठोर था। उसने कहा कि वह मेरी इन असंगत बातों से तंग आ गया है। मुझे अपनी मर्यादा में रहना चाहिए। और फिर उसने बताया कि वह भोजन की ही खोज में उस दिन महेन्द्र गिरि तक चला गया था। वह जब पके फलों के वृक्षों की खोज में इधर-उधर भटक रहा था तो उसने एक असाधारण दृश्य देखा कि प्रौढ़ वय का एक असाधारण बलशाली श्यामवर्ण राजपुरुष एक गौरवर्णा, अत्यन्त असाधारण सुन्दरी युवती स्त्री को बलात् अपने कन्धे पर लादे लिए जा रहा था। वह जलमार्ग से आया था और अब आगे जाने के लिए सुन्दरी को निकट खड़े अपने रथ की ओर ले जा रहा था। वह सुन्दरी अपनी सामर्थ्य-भर उस पुरुष की पकड़ से मुक्त होने के लिए संघर्ष कर रही थी और सहायता के लिए अनवरत पुकार रही थी। वह बार-बार दाशरथि राम और सौमित्र लक्ष्मण का आह्वान कर रही थी...।"

"देवी वैदेही?" हनुमान के मुख से अनायास ही निकल गया।

"हां, वत्स! यह तो मैं आज ही समझ पाया हूं।" सम्पाति बोले, "और वह पुरुष रावण था, जिसके खड्ग से अभी कदाचित मेरे भाई जटायु का रक्त सूख भी न पाया हो...।" उन्होंने रुककर

अपने अश्रु पोंछे, "पर तब मैं यह नहीं समझ पाया था। फिर भी मैंने सुपार्श्व से पूछा था कि उसने उस सुन्दरी की सहायता क्यों नहीं की! तो जानते हो, उसने क्या उत्तर दिया?"

"क्या?"

"उसने कहा कि वह उस पुरुष का मार्ग रोककर खड़ा हो गया था; किन्तु उस पुरुष ने अत्यन्त दीन भाव से उससे मार्ग छोड़ देने का अनुरोध किया और कहा कि उसने सुपार्श्व की कोई हानि नहीं की है, अतः सुपार्श्व मार्ग से हट जाए।"

"और वह मार्ग से हट गया?"

"हां! उसका कहना था कि कोई व्यक्ति इतनी दीनता और शालीनता से प्रार्थना करे तो उससे युद्ध कैसे किया जा सकता है?"

"वह व्यक्ति चाहे कितना ही बड़ा अनर्थ क्यों न कर रहा हो?"

"यही प्रश्न मैंने भी अपने युवक पुत्र से किया था, किन्तु वह बार-बार उस पुरुष के अत्याचार से हटकर, उसके शिष्टाचार की बात करने लगता था।" सम्पाति बोले, "पर वास्तविक बात तो मैं आज समझा हूं, पुत्र! उसने कदापित रावण का मार्ग नहीं रोका होगा। जो व्यक्ति अपने पिता के प्रति अपने कर्तव्य का बोझा उठाने को तैयार नहीं है, वह एक अपरिचित-अनजान युवती के प्रति अपने कर्तव्य को क्या समझेगा! उसने रावण का भयंकर रूप, क्रूर मुख और घातक शस्त्रों को देखा होगा और भय से पीला पड़कर किसी झाड़ी में छिप गया होगा; या सम्भव है, संज्ञाशून्य होकर कहीं गिर पड़ा हो और वहीं पड़ा रह गया हो। इसी में उसे इतना विलम्ब हो गया था।" सम्पाति पुनः कुछ सोचते हुए रुक गए, "उस दिन मैंने यह सब नहीं समझा था, नहीं तो अपनी उस अवस्था में भी कदांचित मैं इतना निष्क्रिय न रहता। किन्तु फिर भी मैंने अपने उस कपूत को इस प्रमाद के लिए बहुत ताड़ना दी और कहा कि मैं ऐसे कायर पुत्र का मुख भी नहीं देखना चाहता...।" सम्पाति अप्राकृतिक ढंग से हंसे, "वह मेरी ताड़ना से लज्जित नहीं हुआ, न उसने अपनी भूल स्वीकार की। उसने भी मेरे ही स्वर में कहा कि वह मेरे-जैसे वाचाल और पंगु वृद्ध से तंग आ गया है, जो न अपना सामर्थ्य समझता है, न अपनी मर्यादा। मैंने उसी रोष में उससे कहा कि यदि ऐसी ही बात हे तो वह अपने इस वृद्ध पिता को अपनी इस कुटिया से निकालकर समुद्र-तट की किसी शिला पर डाल क्यों नहीं आता। लगता है कि वह तो मुझसे मुक्ति पाने को किसी उपयुक्त अवसर की प्रतीक्षा-भर कर रहा था। उसने मेरी आज्ञा का शत-प्रतिशत पालन किया और स्वयं अपने कन्धे पर उठाकर अपने आश्रम से इतनी दूर, इस शिला पर डाल गया, जहां से उसके आश्रम तक, मुझ मुमुर्षु का चीत्कार भी न जा सके।...और मैं यहां पड़ा हुआ अपने इन प्राणों को कोसता रहा कि ये लोलुप इस असमर्थ शरीर से क्यों चिपके हैं। क्यों नहीं इसे ये इस यातना से मुक्त कर देते।" सहसा सम्पाति के चेहरे पर कोई पुराना तेज जागा, "पर आज समझ गया हूं कि पिछले चार महीनों से ये प्राण इस शरीर से इस प्रकार मरते-जीते क्यों चिपके हैं...वस्तुतः अभी इन प्राणों को इस शरीर से, कुछ काम लेना है।" उन्होंने रुककर वानर-दल के एक-एक सदस्य को बारी-बारी देखा, "मुझमें इतना सामर्थ्य नहीं, पुत्रो! कि तुम्हारे साथ सागर पार कर लंका में जाकर पापी रावण का अपने हाथों से वध कर अपने भाई की हत्या का प्रतिशोध ले सकूं। पर तुम्हें यह निश्चित सूचना अवश्य दे सकता हूं कि सीता का हरण रावण ने ही किया है और वह उसे लेकर लंका में ही गया है। तुम लोग यदि सागर पार करने का पराक्रम कर सको तो लंका में सीता को अवश्य पा सकोगे।" सम्पाति रुककर पुनः कुछ सोचने लगे।

"क्या बात है, तात?" हनुमान ने तनिक विचलित स्वर में पूछा।

"कुछ नहीं, पुत्र! सोच रहा था कि तुम लोग सागर कैसे पार करोगे?"

"राक्षस इसे कैसे पार करते हैं, आर्य?" अंगद ने प्रश्न किया।

"उनकी अपनी परिवहन व्यवस्था है। उनके जलपत्तन हैं। उनकी नौकाएं और जलपोत चलते हैं।" सम्पाति बोले, "किन्तु तुम उनमें यात्रा नहीं कर सकते। उन्हें तनिक भी सन्देह हो जाने पर वे तुम्हारा वध कर देंगे। तुम्हें तो किसी निर्जन तट से तैरकर समुद्र पार करना पड़ेगा, जहां तुम पर किसी की दृष्टि न पड़े। यदि लंका में किसी को तनिक-सा सन्देह हो गया कि सीता का अन्वेषण करने के लिए कोई लंका की ओर आया भी है तो सीता का सन्धान पाना असम्भव हो जाएगा। राक्षसों की शासन-व्यवस्था तथा शक्ति को कदाचित तुम नहीं जानते।...तुम सब लोग तो नहीं जा सकोगे। सबका जाना उचित भी नहीं है। यदि एक या दो व्यक्ति जा सको तो बहुत अच्छा है।" वे क्षण-भर के लिए रुके, "तुम्हें एक स्थान मैं बता सकता हूं। यहां से दक्षिण में थोड़ी दूर पर एक उपयुक्त स्थान है। वहां से सागर-सन्तरण में अनेक बाधाएं हैं। मार्ग से मैनाक पर्वत है, स्थान-स्थान पर जल-मग्न शिलाएं हैं, भयंकर जल-जन्तु और सर्प हैं–किन्तु इन्हीं सब बाधाओं के कारण वहां राक्षसों का आवागमन नहीं है और वह स्थान सर्वथा निर्जन है। तुममें सामर्थ्य, शक्ति और साहस हो तो अपने अभियान पर आगे बढ़ो, नहीं तो सुपार्श्व के पड़ोस में एक-एक कुटिया तुम भी डाल लो।" अपनी बात समाप्त करते ही सम्पाति ने आश्चर्यजनक ढंग से अपनी शक्ति का प्रदर्शन किया। वे बिना किसी का सहारा लिए, अपने ही बल पर अपने पैरों पर उठकर खड़े हो गए।

"आप..." हनुमान ने कुछ कहना चाहा।

"इतना सब जान और सुनकर मैं निष्क्रिय मर जाने के लिए यहां पड़ा नहीं रह सकता, वत्स।" सम्पाति बोले, "मेरा मनोबल जाग उठा है और तुम्हारे दिए भोजन से मेरे शरीर में कुछ जान भी आ गई है। मैं जा रहा हूं, जहां तक यह शरीर ले जाए। सुपार्श्व से तो मुझे कोई आशा नहीं है, किन्तु गृध्र जाति के अन्य युवकों को टेरूंगा और यथासम्भव रावण के विरुद्ध युद्ध के लिए उन्हें प्रेरित करूंगा। प्रयत्न करूंगा कि जब भी कभी कोई सेना रावण से लड़ने जाए, उसमें कुछ सैनिक गृध्र जाति के भी हों।" सम्पाति ने डगमगाते हुए दो पग धरे और बोले, "अच्छा, अब मुझे विदा दो। भगवान तुम्हें सफल करें।"

वे उत्तर पाने के लिए नहीं रुके, न ही उन्होंने पलटकर पीछे देखा; वे अपने डगमगाते पगों से आगे बढ़ते चले गए।

सम्पाति के चले जाने के पश्चात कुछ समय नीरवता छाई रही–जैसे प्रत्येक व्यक्ति मन-ही-मन कुछ सोच रहा हो। किन्तु अब, पहले जैसा हताशा का वातावरण एकदम नहीं था, जो सम्पाति के आने से पूर्व था; और न ही कोई पुनः प्रायोपवेशन के लिए प्रतिज्ञापूर्वक बैठने का संकल्प दिखा रहा था। दूर जाते हुए वृद्ध सम्पाति के डगमगाते शरीर को अंगद तब तक देखते रहे, जब तक कि वह आंखों से ओझल ही नहीं हो गया। उन्हें लग रहा था कि सम्पाति का इस प्रकार सब-कुछ कह जाना मात्र संयोग नहीं था। सम्पाति ने सारा वक्तव्य सायास दिया था और अंगद को सुनाते हुए ही दिया था।

आखिर सुपार्श्व से अंगद किस प्रकार भिन्न है? सुग्रीव का अपना कोई पुत्र नहीं है। उन्होंने आज से नहीं अपने युवराज-काल से ही, जब बाली से उनका कोई विग्रह नहीं हुआ था, अंगद को अपना पुत्र माना था। कल वही सुग्रीव वार्धक्य पाकर सम्पाति के समान असमर्थ हो जाएंगे, तो उनकी भी

वही दुर्दशा होगी, जो सम्पाति की हो रही है। तब क्या वे अंगद को उसी प्रकार नहीं कोसेंगे, जिस प्रकार आज सम्पाति ने सुपार्श्व को कोसा है...और सुग्रीव ही क्यों, माता तारा को क्या अंगद की याद नहीं आएगी, क्या उन्हें अंगद की आवश्यकता नहीं होगी? तब वे भी अपने कपाल पर हाथ मार-मारकर पछताएंगी नहीं कि उन्होंने अंगद को अपनी वृद्धावस्था का सहारा क्यों माना था। क्या करने जा रहे थे अंगद?

वे यहां बैठकर प्रायोपवेशन करेंगे तो किसकी कौन-सी समस्या सुलझ जाएगी? क्या वे भी सुपार्श्व के समान रावण को अत्याचार करते देख भयभीत होकर, अपनी आंखें बन्द कर रहे हैं?...जब रावण जैसे अत्याचारी संसार-भर में लूट, हत्या, अपहरण और बलात्कार का अभियान चला रहे हों, तो अंगद जैसे युवकों का कर्तव्य क्या प्रायोपवेशन करना है? यदि इतने ही उदासीन हैं अंगद न्यायान्याय से, औचित्यानौचित्य से–तो फिर पिता के विरुद्ध सुग्रीव का साथ देने की क्या आवश्यकता थी?...क्यों सुग्रीव की रक्षा का प्रयत्न किया? तब ही बाली के हाथों सुग्रीव का वध हो जाने दिया होता...जब अपने पिता का ही अत्याचार उन्हें सह्य नहीं था, तो आज रावण के अत्याचार की उपेक्षा क्यों करने जा रहे हैं...

हनुमान ठीक कहते हैं, सुग्रीव ने सफल होकर लौटनेवालों के लिए कोई अवधि निर्धारित नहीं की है। उनके लिए कोई दंड प्रतीक्षा नहीं कर रहा। जो वैदेही की खोज में सफल होकर लौटेगा, इच्छा होने पर भी सुग्रीव उसका वध नहीं कर पाएंगे। उसे सम्मानित करना होगा, उसे यश, मान और पुरस्कार देना होगा। वह व्यक्ति राम और लक्ष्मण का भी प्रिय होगा...तो अब अंगद को भय किसका है?...सम्पाति ने निश्चित सूचना दी है कि वैदेही लंका में ही हैं। अंगद लंका में जाएंगे तो उन्हें खोज ही निकालेंगे–रावण उन्हें कहीं भी छिपाकर क्यों न रखे...। ऐसी निश्चित सफलता भी क्या कभी किसी को पुकारती है?...राम और सुग्रीव ने भी यही कहा था कि दक्षिण दिशा में ही और विशेषकर लंका में ही सीता को छिपाकर रखने की सम्भावना है, तभी तो सुग्रीव ने हनुमान, तार, जाम्बवान और नील के होते हुए भी अंगद को इस दल का नायक बनाया। वैसे निश्चित सफलता उन्होंने अंगद के हाथ में रख दी थी और अंगद थे कि सुग्रीव के प्रेम और अपने प्रति उनके पक्षपात को नहीं समझ सके। वाह रे अंगद! तुमने सुग्रीव को अपना शत्रु समझा...

अंगद ने अपने साथियों की ओर देखा, "क्या सोचा है मित्रो?"

"इतना सोच लिया है कि अब प्रायोपवेशन नहीं करना होगा।" जाम्बवान दृढ़ और स्पष्ट स्वर में बोले, "जब सीता का लंका में होना निश्चित है तो हम थोड़ा पौरुष कर, उनकी खोज करने के स्थान पर अपने प्राण क्यों दें? सीता की खोज, हम सबके प्राणों की सुरक्षा का निश्चित प्रमाण है। हमें वही करना होगा। चलो उठो। हम दक्षिण दिशा में उस स्थान को ढूंढ़ें, जिसके निकट महेन्द्र गिरि है जिसका संकेत आर्य सम्पाति कर गए हैं।" पूरे दल में से किसी ने भी जाम्बवान के प्रस्ताव का विरोध नहीं किया। स्वयं जाम्बवान को आश्चर्य हो रहा था कि सम्पाति के साथ वार्तालाप के पश्चात सारा-का-सारा दल इतना उत्साही कैसे हो गया था।...अंगद, जो प्रायोपवेशन कर अपने प्राण देने पर तुले हुए थे, इस समय सहर्ष सबसे आगे-आगे चल रहे थे।

सागर-तट पर उस स्थान को खोजने में उन्हें तनिक भी कठिनाई नहीं हुई, जिसकी चर्चा सम्पाति कर गए थे। सामने कुछ दूर पर महेन्द्र पर्वत था और दूर तक अथाह सागर फैला हुआ था। वह समुद्र कहीं तो तरंगहीन एवं शान्त होने के कारण सोया हुआ-सा जान पड़ता था; अन्यत्र, जहां छोटी-छोटी लहरें उठ रही थीं, क्रीड़ा करता-सा प्रतीत होता था। कुछ दूर पर जहां उत्ताल तरंगें उठती

थीं, और जलराशियों के पर्वतों के पर्वत उठा-उठा कर एक-दूसरे पर पटक, उन्हें पीसने का प्रयत्न करते हुए भयंकर दिखाई पड़ती थीं। अंगद ने देखा, आधे से अधिक वानरों का उत्साह समुद्र के स्वरूप को देखते ही फेन के समान बैठ गया था और वे सागर पार कर लंका पहुंचने के अभियान के प्रति उत्सुक प्रतीत नहीं हो रहे थे। वे लोग इधर-उधर छिटककर आकाश-पाताल, सागर अथवा क्षितिज को देखते हुए विभिन्न शिलाओं पर जा बैठे थे...किन्तु अंगद का उत्साह इस बार तनिक भी क्षीण नहीं हुआ। उनकी अन्यमनस्कता से अंगद को क्या लेना-देना। सारे दल को तो लंका जाना नहीं था। सम्पाति की बात ठीक थी : एक या दो को ही जाना था। और कोई नहीं जाएगा, तो अंगद तो तैयार हैं ही।

सागर का भली प्रकार निरीक्षण हो चुका तो अंगद पुनः अपने साथियों से सम्बोधित हुए, "अब हम निर्णय कर लें कि कौन-कौन सागर सन्तरण कर लंका पहुंचकर, देवी वैदेही का समाचार लाएगा। कौन है, जिसका पराक्रम हमारे प्राणों का रक्षा-कवच बनेगा और जिसके सम्बल से हम सब किष्किन्धा में अपने परिवारों से जा मिलेंगे?"

अंगद अपनी बात समाप्त कर आश्चर्य से अपने साथियों को देख रहे थे : किसी ने भी स्वेच्छा से स्वयं को इस कार्य के लिए प्रस्तुत नहीं किया था। यहां तक कि हनुमान भी, जो अब तक इतने आशावादी और उत्साही लग रहे थे, इस समय अनमने-से हुए, दूर की शिला पर बैठे, सागर की गहराइयों में जाने क्या झांक रहे थे।

अंगद ने थोड़ी देर तक उत्तर की प्रतीक्षा की; किन्तु जब मौन लम्बा हो गया और किसी ने आगे बढ़कर चुनौती स्वीकार नहीं की तो वे पुनः बोले, "दल के नायक के रूप में, वैसे भी मेरा कर्तव्य है कि किसी अन्य साथी से अपेक्षा करने से पूर्व, मैं स्वयं उस कार्य के लिए प्रस्तुत रहूं। इसलिए मैं ही सागर-सन्तरण कर लंका जाऊंगा और देवी वैदेही की खोज कर लौटूंगा। आप लोग, मेरे आने तक यहीं मेरी प्रतीक्षा करें...।"

अंगद के प्रस्ताव को सुनते ही जाम्बवान चौंके–अंगद सम्राट के पुत्र और युवराज हैं। उनके बल-विक्रम तथा समझदारी में जाम्बवान को कोई सन्देह नहीं; किन्तु दुर्घटना किसी के भी साथ हो सकती है। इतना लम्बा सागर है, अंगद कहीं थककर हार गए; सागर में असंख्य जल-जन्तु हैं–उनमें से अनेक शक्तिशाली और घातक भी हैं। यदि किसी ने अंगद का आखेट कर लिया? लंका में भी वे, अपने असंख्य शत्रुओं में अकेले होंगे। तनिक-सी असावधानी से वे किसी संकट में पड़ सकते हैं...ऐसे में किष्किन्धा पहुंचकर वे लोग सम्राट और सम्राज्ञी को क्या उत्तर देंगे कि वे लोग युवराज की बलि देकर स्वयं सुरक्षित लौट आए हैं? ऐसे में, सम्राट उन लोगों को क्षमा कर देंगे क्या? और अंगद के उत्साह का क्या भरोसा है। अभी थोड़ी देर पहले तक वे हताश मनःस्थिति में प्रायोपवेशन करने के लिए दृढ़प्रतिज्ञ थे। इस समय उनका उत्साह सागर की लहरों के समान आरोह पर है, लंका में किसी भी समय यह उत्साह अवरोह की स्थिति में आ गया तो उन्हें लंका किष्किन्धा से अधिक सुरक्षित लगेगी; रावण उन्हें बाली के मित्र के रूप में सुग्रीव से अधिक प्रिय लगने लगेगा...नहीं! अंगद को भेजना उचित नहीं है।

"युवराज!" जाम्बवान अत्यन्त स्नेह और सम्मान से बोले, "हमें आपके सामर्थ्य और पराक्रम पर पूरा भरोसा है। नायक के रूप में आपका दायित्वबोध भी श्लाघनीय है। आप जाएंगे तो निश्चय ही कार्य पूर्ण कर सफल काम होकर लौटेंगे, किन्तु आप हमारे नायक हैं। आप चले गए तो पीछे हम सब असंगठित तृणों के समान परिस्थितियों के वात्याचक्र में उड़ जाएंगे। दल के नेतृत्व के लिए, उसे

दिशा प्रदान करने के लिए नायक के रूप में आपका यहां रहना अत्यन्त आवश्यक है। नायक अन्य लोगों को अभियान पर भेजता है, स्वयं अभियान पर नहीं जाता। आपकी सुरक्षा, हमारी सुरक्षा के लिए अत्यावश्यक है; अतः आप स्वयं न जाकर किसी और व्यक्ति को भेजें।"

अंगद ने जाम्बवान की बात पर विचार किया और बोले, "मैंने तो पहले ही पूछा था कि जाने को कौन प्रस्तुत है।"

जाम्बवान ने दूर बैठे हनुमान को सम्बोधित किया, "केसरी कुमार! तुम क्यों इतनी दूर जाकर अन्यमनस्क-से बैठ गए हो, जैसे तुममें सागर-सन्तरण की योग्यता न हो। मेरा दृढ़ मत है कि तुम दस बार, इस सागर को तैरकर लंका जाकर लौट सकते हो। मैं तो यह भी समझता हूं कि वानरराज सुग्रीव ने तुम्हें विशेष रूप से तुम्हारी योग्यता के कारण ही इस दल में रखा है।"

हनुमान अपने स्थान से उठकर आए और जाम्बवान के निकट खड़े हो गए, "आप आदेश दें तात जाम्बवान! मैं योग्य होऊं न होऊं–प्रयत्न अवश्य करूंगा।"

"तुम न केवल सागर-सन्तरण में समर्थ हो।" जाम्बवान का स्वर पूर्णतः प्रशंसात्मक था, "तुम लंका में पहुंचकर अपनी रक्षा, सीता की खोज तथा अकस्मात उत्पन्न किसी भी विपत्ति का सामना करने तथा सफलतापूर्वक उसमें से बच निकलने में भी समर्थ हो। तुम्हें ही लंका जाना चाहिए।"

"मैं प्रस्तुत हूं ऋक्षराज!" हनुमान ने स्वीकार कर लिया। "तो तुम्हीं जाओ हनुमान!" अंगद ने हनुमान को मुग्ध दृष्टि से देखा, "तुम्हीं हमारे रक्षा-कवच बनो। सीता की खोज कर सफल-काम हो लौटो। जब तक तुम लौटकर यहां नहीं आओगे, हम पंजों के बल खड़े होकर तुम्हारी बाट देखेंगे।"

"आशा है, मैं आपको निराश नहीं करूंगा युवराज।"

"जाने से पूर्व कुछ खा लो हनुमान।" शरगुल्म ने कहा, "अन्यथा बीच सागर में भूख सताएगी।"

इस मैत्रीपूर्ण सुझाव पर हनुमान मुस्कुराए। भोजन की असुविधा ने कितना विचलित कर दिया है इनको, "खाकर तैरना असुविधाजनक होगा, मित्र!"

शरगुल्म ने कोई उत्तर नहीं दिया।

हनुमान ने अपनी गदा, अंगद के सम्मुख भूमि पर रख दी। अपने वस्त्र कसे और दल के सभी सदस्यों से विदा लेकर समुद्र की ओर मुड़ गए।

सहसा अंगद ने उन्हें पुकारा, "केसरी कुमार!"

हनुमान रुक गए। कहीं अंगद के मन में कोई नया विचार तो नहीं आया? अंगद निकट आए, "चल तो दिए हनुमान! पर देवी वैदेही मिल गईं तो उन्हें इस बात का क्या प्रमाण दोगे कि तुम आर्य राम के ही दूत हो?" हनुमान असमंजस में पड़ गए।

"लो," अंगद ने अपनी हथेली उनके सम्मुख फैला दी। हथेली पर राम की दी हुई गवद घास की मुद्रिका थी। "इसे संभालकर ले जाना, अन्यथा जानकी तुम्हारे वचनों का विश्वास तो नहीं ही करेंगी; उल्टे तुम्हें कपटी तथा धूर्त्त समझकर दुत्कार भी दें तो कोई बड़ी बात नहीं।"

हनुमान ने सावधानी से मुद्रिका उठा ली। उसे भली प्रकार एक वस्त्र में लपेट और कमर में खोंस लिया। "मैं भले ही कहीं खो जाऊं, यह मुद्रिका नहीं खोएगी।" हनुमान मुस्कुरा रहे थे।

वे पुनः मुड़े और अंगद उन्हें देखते ही रह गए–किस सहजता से जा रहे हैं हनुमान! जैसे किसी दैनिक कार्य के लिए जा रहे हों। इतना महत्त्वपूर्ण तथा जोखिम का काम है और इस व्यक्ति के चेहरे पर न तनिक-सी उत्तेजना है, न उद्विग्नता। जाने किस मिट्टी का बना है यह हनुमान!

चार

हनुमान एक ऊंची शिला पर खड़े थे। बीच आकाश में सूर्य चमक रहा था। सामने शिला के पगों से टकराता हुआ, वैदूर्य मणि के रंग का सागर का जल था। शिला पानी से कोई पांच हाथ ऊंची थी, किन्तु पानी कितना गहरा था? कहीं ऐसा न हो कि पानी उथला हो और ऊपर से कूदने पर चोट आ जाए। किन्तु अन्य उपाय भी कोई नहीं था। कूदना तो होगा ही। हनुमान के शरीर पर उत्तरीय नहीं था। बहुत आवश्यक होने पर ही वे उत्तरीय लेते थे, अन्यथा काम-काज में बाधा मानकर उससे मुक्त ही रहते थे। धोती को यद्यपि उन्होंने कस रखा था, किन्तु तैरने में कदाचित वह विघ्नकारक हो, सोचकर उसे घुटनों से भी ऊपर समेटकर, कमर से भली प्रकार कस लिया। हाथ से टटोलकर देखा : राम की दी हुई मुद्रिका सुरक्षित थी।

मुड़कर उन्होंने अपने साथियों की दिशा में हाथ हिलाकर, अपने जाने का संकेत किया और जल में छलांग लगा दी। पानी ज़ोर से उछला और हनुमान को उसने अपने भीतर छिपा लिया। कुछ क्षणों के पश्चात दस हाथ आगे जाकर हनुमान जल से ऊपर उभरे। उनकी गर्दन और कन्धे पानी के ऊपर दीख रहे थे और लम्बी-लम्बी भुजाओं से पानी को परे धकेलते हुए वे धनुष से छूटे बाण के समान लपके जा रहे थे।

जल बहुत ठंडा नहीं था। गहरा भी बहुत अधिक नहीं था; किन्तु व्यक्ति को डूबो देने-भर को पर्याप्त था। यहां पानी में तरंगें नहीं थीं; जल जैसे सोया हुआ-सा हो।...सौ हाथ जाते-जाते ही एक बात हनुमान के मन में स्पष्ट हो गई : यहां कोई बड़ा और घातक जल-जन्तु नहीं था, जिससे गम्भीर रूप में आहत होने अथवा प्राण गंवाने का संकट हो; पानी के नीचे बिछी, छोटी-बड़ी शिलाओं, छोटे-मोटे ढूहों तथा पहाड़ियों के कारण यह स्थान बहुत सुरक्षित भी नहीं था। इस प्रकार के जल में अत्यन्त सावधान रहकर चलने की आवश्यकता थी, अन्यथा जल को धकेलने के लिए फेंका गया हाथ अथवा पैर अपने वेग में पूरे बलपूर्वक किसी शिला से टकराकर आहत हो सकता था। सागर का यह क्षेत्र कदाचित इन्हीं जलमग्न शिलाओं के कारण, परिवहन के लिए निरापद नहीं था। अनुपयोगी समझकर ही राक्षसों ने इस ओर अपना आवागमन नहीं रखा था। तभी तो यह क्षेत्र निर्जन है। सम्पाति इस तथ्य से परिचित थे–इसलिए उन्होंने यहां से यात्रा करने का निर्देश किया होगा।

क्रमशः शिलाओं के ऊंचे उठते जाने के कारण जल उथला होता गया। कदाचित महेन्द्र पर्वत का क्षेत्र आरम्भ हो गया था। जल्दी ही हनुमान अपने पैरों को शिलाओं का स्पर्श करते हुए पाने लगे। जल की गहराई बहुत कम जानकर, उन्होंने तैरना अनावश्यक समझ, शिला पर पैर टिका, खड़े होने का प्रयास किया ही था कि वे फिसलकर गिर पड़े। यदि वे इतने सावधान न रहे होते तो वे उन उबड़-खाबड़ और स्थान-स्थान से नुकीली शिलाओं पर बड़े बेढब ढंग से गिरते और कदाचित कोई-न-कोई बड़ा घाव अवश्य लगता...किन्तु उन्होंने अभी पूरी तरह अपना बोझ पैरों पर नहीं डाला था, इसलिए पुनः तैरने की मुद्रा में आ गए।...हनुमान समझ नहीं पा रहे थे कि अपनी स्थिति पर वे हंसे या शोक मनाएं : वहां शिलाओं के ऊपर दो हाथ भी पानी नहीं था, जहां वे तैरने का प्रयत्न कर रहे थे। काई जमी, फिसलन-भरी उन शिलाओं पर पैर रखकर वे खड़े नहीं हो सकते थे; और दो हाथ गहरे जल में वे खुलकर हाथ-पैर भी नहीं चला सकते थे। पन्द्रह-बीस हाथ की दूरी हनुमान ने बड़ी जोखिमपूर्ण स्थिति में पार की। उनकी इच्छा हो रही थी किसी प्रकार वे महेन्द्र पर्वत के मुख्य भाग के निकट पहुंच जाएं और किसी वृक्ष की झुकी हुई डाली, अथवा ठोस चट्टान के सहारे सूखे क्षेत्र तक

पहुंच जाएं। किन्तु, पन्द्रह-बीस हाथ की उस दूरी को पार करने में ही जैसे युग बीत गए।...महेन्द्र पर्वत पर पैर पड़ते ही उन्हें लगा, जैसे वे किसी असाधारण जोखिम को पार कर आए हों।

उन्होंने तत्काल स्वयं को संभाला। अभी तो यात्रा का आरम्भ-मात्र था। और यह संकट, कोई इतना बड़ा संकट भी नहीं था। अभी तो सागर का मुख्य भाग आरम्भ भी नहीं हुआ था और उन्हें एक लम्बा मार्ग पार करना था। वे इतनी-सी बात से घबरा जाएंगे, तो आगे क्या करेंगे। उन संकटों का अभ्यस्त होना पड़ेगा। महेन्द्र गिरी सागर के बीच में उठा हुआ एक पर्वत-खंड था और पर्याप्त हरा-भरा था। वनस्पति तथा अन्य जीव-जन्तुओं को देखते हुए लगता था कि यह पर्वत-खंड असाधारण रूप से उपजाऊ क्षेत्र था। विभिन्न प्रकार के विशाल वृक्षों के बीच स्थान-स्थान पर धूप में लेटकर सुस्ताते हुए मगर, कछुए तथा सर्पों की इतनी बड़ी संख्या हनुमान के लिए आश्चर्य का विषय थी। यदि वे आरम्भ से ही सावधान न रहे होते, तो किसी सोये हुए मगर को सूखी भूमि समझकर, उस पर पांव रख देने की भूल की अधिक सम्भावना थी। छोटे-बड़े सर्पों की तो जैसे वह क्रीड़ा-भूमि ही थी। सहज और उन्मुक्त रूप से विचरण करते उन सर्पों को देखकर लगता था कि उसकी पशु-बुद्धि में जैसे अपने किसी शत्रु की सम्भावना ही नहीं थी। वे सारे जीव-जन्तु अपने बीच आए इस दीर्घाकार हृष्ट-पुष्ट नवागन्तुक के कारण तनिक भी विचलित नहीं थे। हनुमान के पैर से ठोकर खाकर कोई कंकड़-पत्थर उनके अधिक निकट चला जाता अथवा उनके शरीर से छू जाता तो वे सिर उठाकर एक बार इधर-उधर देख अवश्य लेते थे। किन्तु शत्रुता के भाव से हनुमान पर आक्रमण करने की बात उनमें से किसी ने नहीं सोची...कदाचित मानव से अपनी शत्रुता का सम्बन्ध उन्हें अभी ज्ञात नहीं था।

हनुमान भी इस स्थिति से सन्तुष्ट थे...मगर तथा सर्पों का विचलित न होना ही उनके लिए श्रेयष्कर था। यदि वे विचलित हो जाते तो मार्ग में एक अनावश्यक बाधा खड़ी हो जाती; जिसका अर्थ था समय का अपव्यय और अतिरिक्त जोखिम! उचित यही था कि वे इन जीवों से कतराकर निकल जाते और समय रहते कम-से-कम त्रिकूट पर्वत पर पहुंच जाते। अन्धकार के पश्चात सागर में रहना हितकर नहीं था। महेन्द्र गिरि को हनुमान ने शीघ्रतापूर्वक पार किया और उसके दक्षिण खंड पर आकर खड़े हो गए। पानी से निकले इतनी देर हो चुकी थी कि शरीर पर का जल सूख गया था और उसके नमक का प्रभाव, शरीर के विभिन्न अंगों पर एक हल्की-सी जकड़न के रूप में प्रकट हो रहा था; किन्तु वहां न तो कहीं स्वच्छ जल उपलब्ध था कि हनुमान अपने शरीर को धो लेते, न इतना समय ही था कि वे जल खोजने निकलते। फिर उसका लाभ भी क्या था–क्षण-भर में तो पुनः उन्हें खारे सागर में छलांग लगा देनी थी।

अब फिर उनके सम्मुख वही लहराता सागर था और मन में उसे पार कर जाने की चुनौती! इस बार हनुमान ने छलांग लगाई तो उन्हें लगा कि यहां का जल कुछ अधिक ताज़ा तथा स्वच्छ था। कदाचित यह भाग वृहत क्षेत्र का अंग था और यहां का पानी, पिछले भाग के समान स्थिर नहीं था। इस जल में गति थी, किन्तु वह उनके मार्ग की बाधक नहीं थी। हल्की-हल्की लहरें उन्हें आगे बढ़ने में सहायता दे रही थीं। लगता था कि अनुकूल दिशा में चलकर वायु उनकी सहायता कर रही थी। जल को हटाकर आगे बढ़ने के लिए उतना श्रम नहीं करना पड़ रहा था। सूर्य का आतप भी अब प्रखर नहीं था। लगता था, आकाश पर तीसरे प्रहर का तापरहित सूर्य चमक रहा है; सूर्य तथा जल का तापमान मिलकर शरीर को एक प्रकार का गुनगुनापन ही दे रहे थे। हनुमान को लग रहा

था कि यदि इतने कम श्रम से इतनी सुविधापूर्वक तैरा जा सकता है तो वे कई दिनों तक लगातार तैरते ही जा सकते हैं।

किन्तु इस सुगमता ने बहुत दूर तक उनका साथ नहीं दिया। आधा प्रहर बीतते-बीतते ही, जल कुछ ठंडा होने लगा और जल के भीतर जीव-जन्तु तैरते दिखाई देने लगे। हनुमान समझ नहीं सके कि सहसा ही जल-जन्तुओं की संख्या इतनी बढ़ कैसे गई? क्या उनके जन्म तथा विकास के लिए यह जल-क्षेत्र पिछले जल-क्षेत्र से अधिक अनुकूल था?...

उनके हाथों के थपेड़ों से झटके जाते हुए जल के साथ अनेक छोटे-छोटे जीव, बलात पीछे की ओर धकेले जाते हुए वे स्वयं देख रहे थे। छोटी मछलियां तो जल में होती हुईं इस अपरिचित हलचल के कारण स्वतः ही उनसे विपरीत दिशाओं में मुड़ जाती थीं। पानी के स्पन्दन जैसी हल्की लहरों को दूर-दूर से सूंघकर ही जैसे उन्हें अपने लिए किसी संकट का संकेत मिल जाता था।...किन्तु अनेक धृष्ट जन्तु भी उनके आसपास मंडरा रहे थे। और हनुमान निरन्तर सचेत थे कि उनमें से कोई भी किसी भी क्षण उनके अत्यन्त निकट आ सकता है, उनमें से कोई भी किसी भी क्षण उनके शरीर को छू सकता है, उनसे लिपट सकता है। और इतनी बड़ी संख्या में से यह पहचानना अत्यन्त कठिन था कि उनमें से कौन-सा जन्तु मनुष्य के लिए घातक हो सकता है और कौन-सा सर्वथा निरीह था। नए प्रकार के जन्तुओं को पहचानना तो दूर–यहां पहचानी हुई वस्तुओं में भेद कर पाना कठिन हो रहा था। विषैले तथा विषहीन सर्पों तथा मत्स्यों का अन्तर मालूम नहीं हो रहा था। मछलियां अपनी नवीनता, विचित्रता और कभी-कभी अपनी दुर्मुखता के कारण सर्प मालूम होने लगती थीं और सर्प अपनी सरलता तथा निरीहता के कारण मछली जैसे लगते थे। या कौन जाने, वे जन्तु सर्प अथवा मत्स्य में से कुछ भी न हों। पृथ्वी के समान, जल में भी असंख्य प्रकारों, जातियों तथा वर्गों के प्राणी होंगे–उन्हें केवल मत्स्य तथा सर्प–दो ही वर्गों में विभाजित करना तो असम्भव था।... सागर-तट के भूगोल, वनस्पति तथा जीव-जन्तुओं में तो हनुमान ने प्रायः रुचि ली थी और उनके विषय में जानने का प्रयत्न भी किया था। उन्होंने बहुधा सोचा था कि समुद्र के विषय में विभिन्न दृष्टिकोणों तथा आयामों से सोचना तथा उनका अध्ययन करना लाभदायक हो सकता है। अनेक वानर-यूथ सागर की नाक पर रहते थे, किन्तु सागर के भीतर के भूगोल, वनस्पति तथा प्राणीशास्त्र के विषय में उन्होंने न कभी सोचा था न जाना था। कदाचित उसका एक कारण अधिकांश आर्य आश्रमों का सागर से असम्पर्क था। जम्बू द्वीप के आर्य प्रायः भूमि से ही बंध गए थे। आर्यावर्त के आर्यों का तो सागर से और भी कम सम्पर्क था। वे अपने आसपास की नदियों में तो फिर भी रुचि लेते थे, किन्तु सागर से अपनी भौतिक दूरी के कारण सागर उनके लिए प्राय: अपरिचित ही था। उन्हें सागर के भीतर की सम्पत्ति से कोई विशेष प्रयोजन नहीं था। हनुमान तथा उनके साथियों ने भी ज्ञान की दिशाएं इन्हीं आश्रमों से ग्रहण की थीं; अतः उनकी भी इस दिशा में विशेष गति नहीं थी...

सहसा उन्होंने देखा कि उनसे पांच-छः हाथों की दूरी पर सर्प जैसे अनेक जन्तुओं का एक भयंकर गुंजलक जल के ऊपरी तल पर निश्चिन्त सोया पड़ा था; या कदाचित वह गुंजलक सोया नहीं था, मात्र निष्क्रिय पड़ा था। अनेक जन्तु परस्पर उलझे हुए गुंजलक मारे पड़े थे; या वह एक ही जन्तु था जिसके शरीर से असंख्य शिराएं निकलकर परस्पर गुंथी हुई थीं–यह समझना भी हनुमान के लिए कठिन था। उन्हें अपने लिए सुरक्षित मार्ग लगा कि वे उससे कतराकर निकल जाएं। किन्तु इतना निकट आकर कतराना शायद सम्भव नहीं था...हनुमान ने सांस रोकी और जल के भीतर डुबकी लगा दी...

वे अधिक देर तक जल के भीतर नहीं रह सके। भीतर का संसार उनके लिए और भी अधिक अपरिचित था। जल के भीतर जिसे उन्होंने जड़वस्तु समझकर हाथ लगाया था, उसने अपनी समाधि तोड़, हाथ-पैर निकाल, चलना आरम्भ कर दिया।...वैसे भी जल के भीतर अधिक देर तक बने रहने का उन्हें अधिक अभ्यास नहीं था, ऊपर तो आना ही था। किन्तु, ऊपर आने से पहले, जो कुछ उन्होंने देखा, वह अद्भुत था। यदि उन्होंने उस अनोखे गुंजलक से बचने के लिए डुबकी न लगाई होती, तो कदाचित सामनेवाले एक भयंकर संकट की ओर उनका ध्यान न गया होता और वे सिर के बल उससे टकरा गए होते; उनके सम्मुख एक विराट जलमग्न पर्वत था।...उन्हें ठीक याद नहीं था, किन्तु कहीं-न-कहीं उन्होंने इस पर्वत के विषय में सुना अवश्य था...यह अवश्य ही मैनाक पर्वत होगा...एक पूरी-की-पूरी पर्वत-श्रेणी, जो अपने पूरे विस्तार, समस्त शृंगों, वनस्पति तथा जीव-जन्तुओं के साथ जलमग्न थी। जल के ऊपर तैरते हुए हनुमान, यह कल्पना तक नहीं कर सकते थे कि जल के भीतर इतना बड़ा समग्र पर्वत, किसी अहंकार-मुक्त व्यक्ति के समान इस प्रकार स्वयं को छिपाए हुए होगा...यह तो अच्छा हुआ कि उस गुंजलक से बचने के लिए, उन्होंने जल में डुबकी लगा दी थी...मैनाक पर्वत उस जन्तु के समान एक सामान्य-सा गुंजलक नहीं था, जिससे वह कतराकर निकल जाते या जिससे बचने के लिए जल की सतह की दृष्टि से कुछ नीचे या ऊपर हो जाते। एक पूरा पर्वत उनका मार्ग रोके खड़ा था; उसकी जड़ें सागर की थाह से भी नीचे तक गई हुई थीं। उसके शृंग यद्यपि जल के भीतर थे, किन्तु निर्भीक होकर अपना सिर ऊपर उठाए हुए थे। योजनों तक फ़ैली उसकी श्रेणियां, कहीं से भी वायु के निकलने-भर को भी स्थान देती दिखाई नहीं पड़ती थीं। सारे सागर को अवरुद्ध किए खड़ा वह मैनाक, हनुमान का भी मार्ग रोके खड़ा था।...

हनुमान ने क्रमशः ऊपर उठना आरम्भ किया। ऊपर...और ऊपर... किन्तु, मैनाक पर्वत तो जैसे मायावी था। जल के प्रत्येक थपेड़े के साथ प्रत्येक हल्की लहर के साथ लगता था कि मैनाक का कोई-न-कोई शृंग जैसे ऊपर उठ रहा हो। यह पर्वत तो जैसे जीवित प्राणी था, प्राणवत्ता तथा चेतना से युक्त। और इस समय वह हनुमान से शत्रुता साधे बैठा था–जैसे लुकी-छिपी खेल रहा हो। वे जिस दिशा और मार्ग से आगे बढ़ना चाहते थे, वह जैसे उछलकर वहीं खड़ा हो जाता था–दाएं-बाएं ऊपर-नीचे; दिक्सन्धियों में...वह तो प्राचीर थी पूरी-की-पूरी, पवन-संचार को भी रोक देनेवाली...या मैनाक कह रहा था, "आ, मुझ पर विश्राम कर ले! रुक जा। थम जा।" पर जलमग्न पर्वत पर कोई क्या विश्राम करेगा–जिस पर न कोई बैठ सके, न खड़ा हो सके; न चल सके, न थम सके। कैसी विडम्बना थी...हनुमान परेशान हो उठे...

मैनाक के ऊंचे-ऊंचे जलमग्न शृंगों पर दीर्घाकार सर्प विश्राम कर रहे थे। इतने बड़े सर्प इस यात्रा में उन्हें अभी तक दिखाई नहीं दिए थे। तैरते हुए हनुमान किसी शृंग से छू भी गए तो शायद पत्थर से होनेवाले आघात से बच भी निकलें, किन्तु कोई सर्प उनसे लिपट गया तो हनुमान के लिए अंग-संचालन भी कठिन हो जाएगा। नाग-पाश में बांधकर समुद्र में डाल दिए गए व्यक्ति के समान निष्क्रिय-निस्पन्द डूबते जाने के सिवाय उनके सामने कोई उपाय नहीं रह जाएगा...

किन्तु, हनुमान रुक नहीं सकते थे : दम साधकर पूर्व अर्जित वेग के साथ वे बहते चले गए। गति बहुत धीमी हो गई थी और बैल के सींगों के समान उठे हुए मैनाक के शृंगों के आधा हाथ ऊपर से हनुमान जैसे सरकते हुए निकल गए। एकदम ही थम न जाएं, इसलिए हाथ-पैर हिलाते ही दो-एक स्थानों पर उनके पैर, ऊपर उठने में जल से होड़ करते हुए शृंग से छू गए। सम्मोहन की-सी अवस्था में हनुमान ने सांस तक रोक ली।...अगले ही क्षण उन्होंने देखा–शृंग को छू जाने पर भी,

वे आगे बढ़ आए थे और अब मैनाक उनके सम्मुख मानो घुटने टेक रहा था। उनके शृंग क्रमशः अधिक-से-अधिक नीचे होते जा रहे थे...

यद्यपि मैनाक पीछे छूट गया था; किन्तु पर्वत से जा टकराने की दुष्कल्पना हनुमान के मस्तिष्क से जैसे चिपक गई थी। कितनी ही देर तक स्वच्छ और साफ़-सुथरे जल में भी उन्हें बड़ी-बड़ी पर्वताकार शिलाएं तैरती हुई आभासित होती रहीं। लगता था, या तो वे परस्पर टकराकर जल में बवंडर उत्पन्न कर देंगी, या फिर वे सीधी आकर उन्हीं से टकरा जाएंगी। कहीं-कहीं सागर-गर्भ में से पर्वत-शृंग ऐसे उगते हुए दिखाई देते, जैसे भूमि में से नारियल अथवा ताड़ के पेड़ उगते हैं–सीधे, गोल और तने हुए। वे स्वयं समझ नहीं पा रहे थे कि यह मैनाक का ही इतना भयावह प्रभाव उनके मस्तिष्क पर पड़ा था; या शरीर की थकान के कारण उनकी आंखों के सम्मुख शून्य में से नई सृष्टि उत्पन्न हो रही थी; अथवा जल पर खेलती हुई सूर्य-रश्मियों का यह कोई माया-जाल अथवा मृग-मरीचिका थी। जो कुछ भी था, उनके लिए अच्छा नहीं था–मन और शरीर, दोनों ही ऐसी कल्पनाओं से थर्रा जाते थे। मैनाक का शिला-संसार पीछे छूट गया था, किन्तु उसकी जीव-सृष्टि वहीं समाप्त नहीं हुई थी। या फिर अब बड़े जन्तुओं का क्षेत्र ही आरम्भ हो गया था। मैनाक के शृंगों पर सर्प जैसे जो दीर्घाकार जन्तु हनुमान ने देखे थे–वैसे अनेक जन्तु अब उनके आसपास क्रीड़ा करते दिखाई दे रहे थे। या तो वे अपने भीतर के किसी सुख में इतने आत्मलीन थे कि अपने परिवेश की घटनाओं में कोई आकर्षण दिखाई नहीं देता था, या हनुमान का वहां होना, उनके हाथ-पैरों से फेंके गए जल की धाराएं अथवा उनके कारण सागर में उत्पन्न हलचल इतनी नगण्य बात थी कि उनकी ओर उनका ध्यान खिंचता ही नहीं था...हनुमान सोच रहे थे...या फिर यह भी सम्भव है कि ये जन्तु अन्य जीवों की ओर केवल अपनी भूख के कारण ही आकृष्ट होते थे और इस समय वे भूखे नहीं थे। हनुमान को लग रहा था, जैसे वे किसी साफ़-सुथरे पथ से निकले जा रहे हों और ये जन्तु उस पथ के दोनों ओर लगे वृक्षों के समान अचंचल सृष्टि हों, पथिक के प्रति उदासीन।

पर थोड़ी ही दूर जाकर एक पर्वताकार सर्प उन्हें ठीक अपने सामने इस प्रकार पड़ा मिला, जैसे कोई वृक्ष उखड़कर, टूटकर अथवा कटकर पथ के बीचो-बीच आ पड़ा हो...उसके कारण उनका मार्ग अवरुद्ध हो गया लगता था...इतना ही नहीं वह सर्पाकार जन्तु असाधारण रूप से दीर्घाकार था जैसे मैनाक ही पुनः सर्प का शरीर धारण कर उनका मार्ग रोककर पड़ गया हो–उसने हनुमान को देख भी लिया था और वह उनकी ओर से उदासीन भी नहीं रहा था।...हनुमान को लगा, अभी-अभी वे सोच रहे थे कि कदाचित ये सर्प भूखे नहीं हैं, और अभी ही यह भयंकर जलदानव अपनी भूख जताने को उनके सम्मुख आ बैठा था...उनका मस्तिष्क बड़ी तीव्रता से सोच रहा था। वे उसके निकट जाना नहीं चाहते थे; किन्तु यदि वह उनकी ओर बढ़ा तो? उसका आकार ऐसा नहीं था जिसे बिना किसी शस्त्र के प्रहार के आक्रमण करने से विमुख किया जा सके। ऐसे समय में उनका गदा उनके पास होता तो...पर गदा लेकर इतना लम्बा सन्तरण-मार्ग...इस समय तो गदा नहीं है...।

सर्प ने वर्तुलाकार एक ऐंठन-सी ली और हनुमान के ठीक सामने आकर मानो उन्हें निगलने के लिए अपना मुख खोल दिया।...हनुमान स्तब्ध रह गए...यह नागमाता सुरसा के आकार का विराट सर्प भूखा ही नहीं, आक्रामक भी था...यह तो युद्ध के लिए चुनौती दे रहा था...वे बचकर निकल जाना चाहें तो क्या वह निकल जाने देगा?...

हनुमान ने आगे चलने के स्थान पर बाईं ओर बढ़ना आरम्भ कर दिया। किन्तु वह सर्प अपने स्थान पर ही टिका नहीं रहा, उसने सायास अपनी सक्रियता बाई ओर फेर दी, और दो ही क्षणों

में वह पुनः हनुमान के सम्मुख पहले के ही समान अपना मुख खोले खड़ा था।...हनुमान की चिन्ता कुछ बढ़ी...इतने बड़े सर्प से युद्ध के लिए शस्त्र न हों, और युद्ध किए बिना वह जाने न दे, तो क्या हनुमान को सर्प की ही इच्छा पूरी करनी होगी?...लंका पहुंचकर वैदेही की खोज करने के स्थान पर इस जल-दानव के पेट में समाकर उसकी भूख मिटानी होगी?...

हनुमान ने पुनः अपनी दिशा बदली–इस बार वे जल्दी-जल्दी दाहिनी ओर बढ़ रहे थे...सर्प ने भी क्षण-भर के निरीक्षण से उनकी दिशा पहचान, पहले जैसा ही वर्तुलाकार चक्कर लिया और पुनः आकर उनके सम्मुख खड़ा हो गया। इस बार उसने अपना मुख फाड़ा तो हनुमान को लगा कि वह मानो उस क्षेत्र के सारे जल के साथ ही उनको निगल जाने के लिए तत्पर बैठा है...हनुमान वापस लौटे...किन्तु सर्प को भी अपनी ओर बढ़ते देख, उन्हें अपनी भूल का भान हुआ। दाएं और बाएं चलने से सर्प इन दिशाओं में मुड़ने के स्थान पर एक लम्बा वर्तुलाकार चक्कर काटता था और सामने आकर खड़ा हो जाता था। उसमें उसे थोड़ा-सा समय लगता था, किन्तु पीछे लौटने पर उसे केवल सीधे बढ़ना पड़ता था, जो उसके लिए तनिक भी कष्ट साध्य नहीं था।...अब यदि हनुमान स्वयं आगे बढ़ते तो उसके और भी निकट पहुंच जाते...वे पुनः बाईं ओर मुड़े...सर्प दैत्य ने वैसे ही वर्तुलाकार चक्कर लिया और मुख फाड़कर सामने खड़ा हो गया।

हनुमान के मन में एक विचार कौंधा...यह सर्प सुविधा से केवल आगे बढ़ सकता था, वह भी क्षिप्र गति से नहीं मन्थर गति से।...दाएं-बाएं मुड़ने में उसे असुविधा होती थी। पीछे पलटना तो उसके लिए और भी कठिन था...फिर, वह स्वयं आगे बढ़कर दंश करने, प्रहार करने अथवा निगलने का प्रयत्न नहीं करता था। वह ठीक सामने आकर मुंह खोलकर बैठ जाता था कि शिकार जल-प्रवाह के साथ-साथ स्वतः उसके मुख में चला जाए...यह तो बड़ा धैर्यवान आखेटक था।

हनुमान बार-बार अपने तैरने की दिशा बदल रहे थे। वे थोड़ी दूर तक बाईं ओर बढ़ते, और सर्प जब वर्तुलाकार चलकर सामने खड़े होने की तैयारी कर रहा होता, तो वे दाईं ओर मुड़ जाते; सर्प पुनः अपनी समाधि भंग कर अपनी प्रक्रिया दुहराता...हनुमान के मन में यह तथ्य अत्यन्त स्पष्ट हो चुका था कि इस बुद्धिहीन जल-दैत्य से वे केवल अपनी स्फूर्ति के ही कारण बच पाएंगे। युद्ध का प्रश्न नहीं था, युद्ध का प्रयत्न करते ही उसके मुख में समा जाते; अथवा वह उन्हें अपने लम्बे शरीर में लपेटकर दो-चार ऐंठनों में उनके शरीर की सारी हड्डियां तोड़ देता। सीधे-सीधे तैरते हुए भी उससे बच निकलने का कोई मार्ग उन्हें दिखाई नहीं देता था–क्योंकि वह आखेट के लिए तत्पर बैठा था।...स्फूर्ति ही हनुमान की रक्षा का साधन हो सकती थी।

हनुमान ने थोड़ा जोखिम उठाने का निर्णय किया, अन्यथा कदाचित उन्हें भी स्वयं को थका-थकाकर, अन्ततः हारकर स्वयं को उस नागमाता सुरसा की कृपा पर छोड़ देना पड़ता। उन्होंने तीन-चार बार अपनी दिशाएं बदलकर उस दैत्य को भी उतने वर्तुलाकार चक्कर लगवा दिए। अधिक चक्कर लगाने से उसकी गति और भी मन्थर होती दिखाई पड़ी। फिर एक बार हनुमान दाईं दिशा में बढ़ते ही चले गए। लगा कि सर्प निश्चिन्त है कि इस बार वे अपनी दिशा नहीं बदलेंगे और निरन्तर उसी एक दिशा में ही बढ़ते जाएंगे, उसने भी एक बड़ा-सा वर्तुलाकार चक्कर लिया और ठीक सामने जाकर बैठ गया। उसने बड़ा-सा मुख फाड़ा और प्रचुर मात्रा में जल निगल गया। फिर उसने अपनी आंखें बन्द कर लीं और निगला हुआ वह सारा जल उगलने लगा, जैसे कोई फव्वारा चला रहा हो...हनुमान को यही उपयुक्त समय लगा...सर्प की मुद्रा से यही आभास मिल रहा था कि इस बार वह निश्चिन्त होकर बैठ गया था। और अब कदाचित जल्दी नहीं हिलेगा। हनुमान सीधे बढ़ते चले गए। जल दैत्य

की खुली आंखों ने हनुमान को अपनी ओर बढ़ते देखा। उसने तृप्ति की मुद्रा में अपनी आंखें मींचीं और मुख को और भी अधिक फाड़ दिया।...हनुमान धनुष से छूटे बाण के समान उसके खुले मुख के निकट से होते हुए, उसके पार निकल गए।

सर्प थोड़ी देर तक तो अपनी ध्यान-मुद्रा में मुख फाड़े बैठा, हनुमान के अपने मुख में समा जाने की प्रतीक्षा करता रहा; किन्तु जब उसकी अपेक्षा से अधिक विलम्ब हो गया तो उसने अपनी आंखें खोलीं और इधर-उधर देखा। कहीं कुछ दिखाई नहीं दिया तो उसने जैसे कुछ सोचते-सोचते टहलते हुए-से एक वैसा वर्तुलाकार चक्कर लिया और दूर निकल गए हनुमान को देखा। हनुमान थोड़ी-थोड़ी देर के पश्चात पलटकर उसकी ओर देख रहे थे। उसके चक्कर काट लेने पर उनकी स्थिति संकटपूर्ण हो गई थी। अब यदि वह सीधा आगे बढ़ता तो दो-चार क्षणों में वह फिर उनके निकट पहुंच सकता था; किन्तु सर्प ने दूर जाते हुए हनुमान को उदास आंखों से देखा, और अपनी आंखें पुनः बन्द कर लीं।

हनुमान की जान-में-जान आई। उन्हें लगा कि वे जैसे उस सर्प के मुख में से होकर निकले हैं; और यदि सर्प अपनी ही इच्छा से सन्तुष्ट होकर न बैठ जाता, तो जाने अभी उन्हें और कितना पीड़ित और व्याकुल होना पड़ता। अन्ततः परिणाम क्या होता–यह भी क्या कहा जा सकता है। यहां न उनकी शारीरिक शक्ति ही सार्थक लग रही थी, न उनकी वीरता ही उनके काम आती–यह तो धैर्य और विवेक ही था, जिसने उन्हें बचा लिया था...या शायद संयोग भी...किन्तु अभी बहुत दूर नहीं गए थे कि उन्हें पुनः एक और वैसा ही सक्रिय और तत्पर जल-जन्तु दिखाई पड़ा। किन्तु न तो वह सर्प था और न पिछले सर्प जैसा विराटकाय ही था। उसकी मुखाकृति बता रही थी कि वह सर्प नहीं था। किन्तु वह क्या था–हनुमान समझ नहीं पा रहे थे। उसका मुख विकट चौड़ा और भयंकर था–जैसे प्रकृति ने जीव का विद्रूप प्रस्तुत किया हो। उसकी आंखों में तीव्र और मुखर घृणा और हिंसा को देखकर कोई भी समझ सकता था कि वह आक्रामक मुद्रा में था और भक्षण के लिए व्यग्र हो इधर-उधर भटक रहा था। न तो उसकी गति मन्थर थी और न उसे मुड़ने और उलटने-पलटने में कोई विशेष असुविधा प्रतीत हो रही थी। उसकी स्फूर्ति देखते ही हनुमान समझ गए थे कि उससे भिड़न्त अनिवार्य है। वैसे भी पिछले इतने सारे श्रमसाध्य व्यायाम और इस लम्बी तैराकी के पश्चात उनमें धैर्य कुछ कम रह गया था और मन में उग्रता आ रही थी।...यदि उस सिंहिका ने आक्रमण किया तो फिर हनुमान स्वयं को रोक नहीं पाएंगे।

कदाचित वह सिंहिका भी अपने मन में आक्रमण की ही योजना बना रही थी। जिस प्रकार हनुमान के लिए वह एक नए प्रकार का अद्भुत जन्तु थी, जिसे उन्होंने पहले कभी नहीं देखा था; उसी प्रकार उसके लिए भी हनुमान एक नए प्रकार के आखेट थे, जिसे उसने पहले कभी नहीं खाया था। भूख से व्याकुल उस जल-राक्षसी को इतना बड़ा जीव अनायास ही भक्षणार्थ मिल रहा था। अत्यन्त घातक तथा हिंस्र बना देनेवाली उसकी भूख का समाधान उसके सामने था। ऐसा अवसर चूक जाना उचित नहीं था। सिंहिका झपटकर हनुमान के सम्मुख आ गई। उसकी गति और स्फूर्ति को देखते हुए हनुमान के मन में अपनी गति की मन्थरता तथा थकावट दोनों की अत्यन्त मुखर होकर उभरीं और साथ ही खीझ का भी उन्होंने अनुभव किया। अधिक सोचने-समझने अथवा बचाव पद्धति का अन्वेषण करने का समय नहीं था। सिंहिका निरन्तर उनके निकट आ रही थी। अगले ही क्षण उसने अपना मुख फाड़ा और उन पर झपट पड़ी।

एक क्षण के लिए तो हनुमान को लगा, जैसे उसने उन्हें पकड़ लिया है और उनकी गति सर्वथा

अवरुद्ध हो गई है। उन्होंने अपने सहज बचाव के लिए, उसके शरीर के मध्य भाग पर अपनी खुली हथेली का भरपूर प्रहार किया...सिंहिका को उस आघात ने कुछ पीड़ा पहुंचाई और वह उन्हें छोड़कर पलट भी गई; किन्तु हनुमान स्वयं अनुभव कर रहे थे कि इस प्रकार का युद्ध उनके लिए अधिक हितकर नहीं था।...जल के भीतर उन्हें अपनी शक्ति तथा सन्तुलन को–स्वयं को डूबने से बचाने के लिए प्रेरित किए रखना पड़ता था। फिर जो आघात उन्होंने किया था, उसका आधे से अधिक प्रहारक बल तो स्वयं जल ने सहन कर; क्षीण कर दिया था। उससे इस जल-राक्षसी को कितनी चोट लगी होगी? ऐसी पीड़ा से भला इतना बड़ा जन्तु क्या विचलित होगा! उसके लिए तो कोई निर्णायक प्रहार होना चाहिए। और ऐसा प्रहार पानी के भीतर कैसे होगा? तभी सिंहिका पुनः हनुमान पर झपटी। उसने अपना मुख और भी विकरालता से खोल रखा था, मानो मुख फाड़ने के ही आकार-प्रकार से वह उन्हें डरा देना चाहती हो...सहसा हनुमान के मन में एक विचार आया। जोखिम तो अवश्य था, किन्तु दांव चल गया तो इस जल-राक्षसी से पूर्ण मुक्ति मिल जाएगी।

हनुमान स्वयं ही उसकी ओर बढ़े। उन्होंने अपने हाथ-पैर समेटकर मंडूकाकर हो स्वयं को लघु बना लिया और जल के साथ-साथ स्वयं ही सिंहिका के मुख में प्रवेश कर गए...अब स्फूर्ति और शक्ति–दोनों का ही परीक्षण था। इस बात को कदाचित सिंहिका ने भी समझ लिया था। उसने तत्काल अपना मुख बन्द करने का प्रयत्न किया और हनुमान ने उतनी ही त्वरा से पलटे, बाहर की ओर चेहरा कर अपने हाथ-पैर खोले तथा अपने पूर्ण आकार में आने का प्रयत्न किया। सिंहिका, अपने दोनों जबड़ों को दबाकर हनुमान को पीस देने के प्रयत्न में थी और हनुमान सीधे खड़े हो, अपने हाथ-पैरों को अकड़ाकर, उसके जबड़ों को चीर देना चाहते थे...स्फूर्ति की परीक्षा में हनुमान जीत चुके थे, अब शक्ति-परीक्षण था–यदि सिंहिका अपना मुख बन्द करने में सफल हो जाती तो हनुमान उसके बन्द मुख में भोजन के एक बड़े ग्रास के रूप में स्वतः चबाए जाते; और यदि हनुमान अपने हाथ-पैरों को सीधा कर, उनकी पूरी दूरी तक अकड़ाकर फैलाने में सफल हो जाते तो सिंहिका का मुख, बीच से चिरकर दो भागों में बंट जाता। एक क्षण के लिए हनुमान को लगा कि सिंहिका के जबड़ों का बल उन पर भारी पड़ रहा है। कदाचित वे अपने हाथ और अधिक फैला तो नहीं पाएंगे, उसके पहाड़ जैसे जबड़े के दबाव में उनकी भुजाएं झुककर, सिमट भी सकती हैं। ऐसी सम्भावना का विचार-मात्र ही उन्हें ऐसा विचलित कर गया, जैसे ब्रह्मांड ही चूर-चूर हो रहा हो। हनुमान ने अपने हाथों के नख सिंहिका के ऊपरी जबड़े में धंसा दिए और अपने दाहिने पैर से उसके कंठ पर भीषण प्रहार किया। इस आकस्मिक आघात से सिंहिका भी विचलित हो गई। उसके जबड़ों का दबाव कुछ ढीला पड़ा। हनुमान के लिए इतना ही समय पर्याप्त था। उनके हाथ-पैर अकड़कर पूरी लम्बाई तक फैल गए।

सिंहिका का शरीर ढीला पड़ गया...उसके दोनों जबड़ों के बीच की हड्डियां कड़कड़ा गईं और मांस के फटते ही रक्त की धारा बह निकली...

हनुमान तत्काल बाहर निकले और उस जल-राक्षसी के रक्त से लाल होते हुए पानी को पार करते हुए, क्षिप्र गति से आगे बढ़ गए।

यान्त्रिक ढंग से तैरते हुए जब उस भयावह राक्षसी से पर्याप्त दूर निकल गए और उसके पुनः झपट पड़ने की सम्भावना जब उनके मन से पूर्णतः निकल गई, तो मन में उल्लास-भरे उनकी आंखों ने अपने आसपास के दृश्य को देखा। सहसा जल-जन्तु कहीं विलीन हो गए थे। जल के बहाव का दबाव बहुत क्षीण हो गया था, जैसे वे पुनः सोये हुए जल के क्षेत्र में प्रवेश कर रहे हों। उन्होंने

दृष्टि को सामने फेंका–सामने कुछ दूरी पर अनेक वृक्षों के झुंड-के-झुंड दिखाई पड़ रहे थे, जैसे कोई वन-श्रेणी खड़ी हो। तो क्या यात्रा सम्पन्न हुई ?

हनुमान का मन अत्यन्त हल्का हो आया। उन्होंने प्रायः असम्भव कार्य को सम्भव कर दिखाया था।...वे जब चले थे, तो ऊपर से कुछ भी कहते, उनका मन पूरे विश्वास से यह नहीं कह पा रहा था कि वे सफल काम होंगे...किन्तु, अब घटनाएं सिद्ध कर रही थीं कि सागर सन्तरण में वे सफल हुए थे...सामने वन-श्रेणी थी, उसके पीछे त्रिकूट पर्वत था और उस पर लंका बसी हुई थी।

हनुमान ने धरती पर पैर रखा तो उनका शरीर थककर चूर-चूर हो चुका था; किन्तु मन में इतना उल्लास था कि जैसे दस बार इस सागर को पार कर जाएंगे, तो भी नहीं थकेंगे। उन्होंने मन का उल्लास समेटा और एक वृक्ष के तने से टिककर, सुस्ताने के लिए पैर फैला दिए। अपनी फैली हुई टांगों पर उनकी दृष्टि पड़ी और फिर वही दृष्टि ऊपर की ओर यात्रा करती हुई अपनी धोती, पेट, वक्ष और भुजाओं से कन्धों तक का निरीक्षण कर गई। सारे शरीर पर सागर के खारे पानी का नमक जमा हुआ था और शरीर पर एक विचित्र प्रकार की भुरभुरी-सी सफ़ेदी छाई हुई थी। धोती तो जाने सागर के किन-किन तत्वों से कौन-कौन-सा रंग ग्रहण कर चुकी थी। उन्होंने हाथों से मलकर, कुछ रगड़कर शरीर से सागर का क्षार उतारने का प्रयत्न किया। सूखा नमक भुरभुराकर गिरा भी; किन्तु इतने से शरीर स्वच्छ नहीं हो सकता था। उसके लिए तो वे किसी स्थान पर ठहरकर निर्मल जल से अच्छी तरह स्नान करते, पर ठहरने का समय किसके पास था। सन्ध्या ढल रही थी।

हनुमान उठकर खड़े हो गए। इतनी लम्बी जल-यात्रा के पश्चात पृथ्वी पर पैर जैसे सीधे नहीं पड़ रहे थे। तलुवे कठोर भूमि का स्पर्श भूल गए थे और टांगों को शरीर का बोझ उठाने का अभ्यास नहीं रह गया था। हनुमान मुस्कुराए...कैसा होता है यह मनुष्य का शरीर भी।

रेतीली भूमि से वे कुछ अधिक कठोर भूमि पर आ गए। वृक्ष पीछे छूट गए और खुला मैदान आ गया। उसके पश्चात कुछ ऊंची भूमि आरम्भ हो गई थी...कदाचित इसी को त्रिकूट पर्वत कहा जाता हो...उसके ऊपर बने अनेक ऊंचे-ऊंचे भवन दिखाई पड़ रहे थे...पथ आए और फिर नगर का परकोटा भी दिखाई देने लगा।

प्रदोष काल था और मुख्य द्वार से अनेक लोग नगर में प्रवेश कर रहे थे। भीड़ में अनेक प्रकार के लोग थे...जाने वे कहां से आ रहे थे... हनुमान ने एकान्त स्थान ढूंढ़कर अपनी भुजाओं के अंगद तथा गले का कंठहार उतारकर अपनी धोती में खोंस लिये। अब उनके शरीर पर कोई आभूषण नहीं था। विशिष्ट वस्त्र तो कोई था ही नहीं। घुटनों से ऊपर तक की बंधी हुई, मैली-कुचैली-सी नाना वर्ण की धोती थी, जिसका मूल रंग खोज पाना अब सम्भव नहीं था...

भीड़ के पीछे-पीछे हनुमान भी चल पड़े। तोरण के पश्चात अनेक मार्ग आरम्भ हो जाते थे और वे अनेक छोटे-छोटे द्वारों के भीतर चले जाते थे। हनुमान उन फाटकों के निकट से चलते गए। प्रत्येक फाटक पर सशस्त्र प्रहरी खड़े थे और वे विभिन्न प्रकार के प्रश्न पूछ रहे थे। हनुमान उन फाटकों को आगे छोड़ते गए। अन्तिम फाटक को झांककर देखा। लगा, वहां कोई नहीं है। न प्रवेश करनेवाला और न कोई पूछताछ करनेवाला। उन्होंने सिर झुकाया और चुपचाप प्रवेश कर गए। किन्तु, वह फाटक भी सर्वथा अरक्षित नहीं था। कदाचित वह विशिष्ट जनों के प्रवेश के लिए था, अतः सर्वसाधारण वहां भीड़ लगाए नहीं खड़े थे।

हनुमान के प्रवेश करते ही, किसी ने उन्हें टोक दिया, "ऐ, कहां जा रहा है?" हनुमान ने गर्दन

उठाकर देखा, प्रहरी! किन्तु शायद वह पुरुष नहीं था, स्त्री थी। स्त्री प्रहरी। तो लंका में स्त्रियां भी प्रहरियों का काम करती हैं?

"आंखें फाड़कर मेरी ओर क्या देख रहा है?" वह पुनः बोली, "मैं पूछ रही हूं, कहां जा रहा है?"

"लंका में?"

"क्या काम है?"

"घूमने-फिरने आया हूं," हनुमान ने बात बनाई, "सुना है लंका में ऊंचे-ऊंचे प्रासाद तथा लम्बे-चौड़े पथ हैं। उन्हें ही देखने आया हूं। देखकर लौट जाऊंगा।"

"देखकर लौट नहीं जाएगा तो क्या उन्हें साथ ले जाएगा!" वह बोली, "तू सैलानी है?"

"हां।" हनुमान ने स्वीकृति में सिर हिला दिया।

प्रहरी ने घूमकर हनुमान को ऊपर से नीचे तक देखा, "तू सैलानी है? तेरे जैसे लोग कब से घूमने-फिरने के लिए लंका में आने लगे? तेरा बाप उरपुर का नगर-श्रेष्ठि है क्या, जो तू भ्रमण करने चला आया है? कौन है तू? कहां से आया है?"

हनुमान चिन्तित हो गए...यह अति साधारण व्यक्ति का वेश उपयुक्त नहीं था। वे क्या जानते थे, कि लंका-प्रवेश में यही वेश बाधक बन जाएगा।...यदि इसने अपने सहायक बुला लिए और उन्होंने उसका निरीक्षण किया तो उनके अंगदों तथा कंठहार के साथ-साथ राम की मुद्रिका भी पकड़ी जाएगी...यदि पहचान लिये गए तो संकट उपस्थित हो जाएगा...न पहचाने गए तो स्वर्ण-आभूषणों की चोरी के आरोप में धर लिए जा सकते हैं...राम की मुद्रिका ही छिन गई तो सीता को विश्वास दिलाना ही कठिन हो जाएगा। सब किया-धरा बेकार चला जाएगा...

"कौन है तू?" स्त्री ने पुनः धमकाकर पूछा, "धूर्त! मुझे धोखा देना चाहता है–नगर-रक्षिका, लंका राक्षसी को। दिन-भर में तेरे जैसे यहां सहस्रों आते हैं। बोल, कौन है तू?" और लंका राक्षसी ने अपने पौरुषपूर्ण हाथ का भरपूर वार हनुमान के मुख पर किया।

हनुमान विचलित हुए। थी तो स्त्री; किन्तु प्रहरी कर्म कर रही थी और शरीर से बलवान थी। वह इसी प्रकार प्रहार करती रही अथवा उसके सहायक आ गए तो? लंका दूसरा प्रहार करती कि हनुमान ने झपटकर उसकी भुजा पकड़ी और उसे ऐंठते चले गए।

लंका ने कराहकर सिसकी भरी–उसकी भुजा में कदाचित पीड़ा होने लगी थी, "क्या कर रहा है रे देहाती?" वह धीरे-से बोली, "तुझे नगर में प्रवेश करना है तो जा चला जा। तेरे जैसे कितने ही कंगले यहां रोटियां कमाने आते हैं...मेरी बांह क्यों तोड़ रहा है...।"

हनुमान कुछ नहीं बोले। उन्होंने उसकी बांह कुछ और ऐंठ दी।

"अरे छोड़ भी मूर्ख।" वह फिर कराही।

"किसी को पुकारेगी तो नहीं?"

"नहीं, मुझे अपनी आजीविका खोनी है क्या? वे लोग पहले ही मेरी पदोन्नति नहीं कर रहे कि स्त्रियों से प्रहरी कर्म नहीं होता! अपनी असमर्थता जताकर क्या मिलेगा मुझे?...छोड़ मुझे और भाग...।"

हनुमान ने उसे ज़ोर का धक्का दिया और पूरी शक्ति से नगर की ओर भागे...कुछ दूर निकल गए तो थमकर एक वृक्ष के पीछे छिप गए। झांककर देखा : उनके धक्के से लंका भूमि पर गिर पड़ी थी। वह चुपचाप उठी और अस्फुट-सा कुछ बड़बड़ाती हुई हाथ-पैर झाड़कर अपने स्थान पर

बैठ गई। उसने किसी को पुकारने अथवा सूचना देने की आवश्यकता नहीं समझी। हनुमान निश्चिन्त होकर नगर की ओर मुड़ गए।

पांच

हनुमान लंका के एक चतुष्पथ पर खड़े सोच रहे थे, वे क्या करें? कहां जाएं और किससे पूछें? जब तक लंका में प्रवेश नहीं किया था, तब तक तो यही लगता था कि सागर-सन्तरण ही सबसे बड़ी समस्या है। सागर पार किया नहीं कि सीधे वहां जा पहुंचेंगे, जहां सीता होंगी। उनके दर्शन कर, उनकी कुशलता तथा व्यथा-सम्बन्धी वार्तालाप कर तत्काल लौट जाएंगे।...तब यह कहां सोचा था कि लंका नगरी स्वयं अपने-आप में एक अथाह सागर है, जिसका कोई ओर-छोर ही नहीं है। जिस ओर निकल जाओ, कोई अन्त नहीं, कोई सीमा नहीं। जाने कितनी किष्किन्धा नगरियां, इस एक लंका में ही समा जाएं। राजमार्गों का सीमाहीन जाल बिछा हुआ है। जिस मार्ग पर निकल जाओ, बड़े-बड़े उद्यान मिलते हैं, उसके पश्चात ऊंची-ऊंची अट्टालिकाएं हैं, प्रासाद हैं, महानिलय हैं, महालय हैं। उनके ऊंचे-ऊंचे विशाल फाटक हैं, ऊंची-ऊंची प्राचीरें हैं। सब ओर पहरे का प्रबन्ध है। बाहर से भीतर का समाचार जानना असम्भव है।...

हनुमान ने बहुत सारे राज्य और उनकी राजधानियां देखी थीं, किन्तु लंका जैसा नगर, पहले कभी नहीं देखा था...प्रासादों की पंक्तियों के परे, राजमार्गों से कुछ हटकर साधारण भवन थे। उन भवनों की भी जैसे अपनी पुरियां बनी हुई थीं...और सबसे अन्त में कच्चे घर थे, कुटीर, झुग्गियां, झोंपड़ियां...सागर-तट की दुर्गन्ध, कीच तथा अन्य प्रकार की गन्दगी में बसे वे लोग...लगता था वह मानव-यातना का एक पृथक सागर था। निर्धनता, असुविधा, शोषण, वंचना, क्रूरता और अज्ञान में पले ये लोग देखनेवालों की आंखों को कष्ट देते थे। मन में उनके प्रति करुणा न हो तो उनके प्रति घृणा और विरोध जागता था, कि इतने साफ़-सुथरे सुन्दर नगर में ये गन्दे लोग कहां से आ गंए; और उन्हें भी मनुष्य मानकर उनके प्रति मन में करूणा और ममता रखकर देखें तो स्पष्ट दिखाई पड़ता था कि धन के विषम तथा अन्यायपूर्ण वितरण के षड्यन्त्र में फंसे, कष्ट पाते हुए, दुखी लोग थे, जो अपनी असुविधाओं के विरुद्ध लड़ते हुए भी व्यवस्था के क्रूर राक्षसों के द्वारा अभाव में जीने के अभ्यस्त बनाए जा रहे थे।...बाली के राजकाल में किष्किन्धा में भी कुछ ऐसा ही घटित हो रहा था, किन्तु वहां निर्धनता के साथ-साथ वैभव का इतना विराट प्रदर्शन नहीं था। लंका में इतनी अट्टालिकाओं की पृष्ठभूमि में सागर-तट पर धूप और कीचड़ में जीनेवाले ये लोग अधिक वंचित और पीड़ित लगते थे...

क्षमता-भर, लंका में इधर-उधर घूमकर, हनुमान पुनः इस चतुष्पथ पर आकर खड़े हो गए थे। अब तक वे यही निश्चय नहीं कर पाए थे कि सीता की खोज कहां से आरम्भ करें?...सीता का अपहरण रावण ने किया था...यथासम्भव वह उनकी हत्या नहीं करेगा। हत्या ही करनी होती, तो पंचवटी से उठाकर लंका तक लाने की क्या आवश्यकता थी। हत्या तो पंचवटी में भी हो सकती थी।...फिर, रावण तो अपनी लम्पटता के लिए प्रसिद्ध था...युवती सुन्दरी स्त्री की हत्या, वह कदाचित ही करेगा...अधिक सम्भावना इसी बात की है कि उसने देवी वैदेही को कहीं बन्दी कर रखा होगा और सम्भवतः उन्हें मानसिक और शारीरिक यातनाएं दे रहा होगा...सीता का अपहरण यदि रावण ने अपने लिए किया है तो उन्हें वह मुख्यनगर से दूर, समुद्र-तट की गन्दी बस्तियों में नहीं रखेगा। वह उन्हें अपने निकट, अपने वैभव के बीच बन्दिनी रखेगा...

किन्तु किससे पूछें हनुमान? चारों ओर राक्षसों का जन-पारावार है। लोग-ही-लोग। राजमार्ग से तनिक हटकर खड़े हो जाओ, तो ऐसा लगता है जैसे किसी सरिता-तट पर खड़े हों, जिसमें जलकणों के स्थान पर मानव बह रहे हों। पता नहीं कहां से इतने लोग, एक ही नगर में एकत्रित हो गए हैं। और कहां आ-जा रहे हैं इतने लोग, क्या करते हैं इतने लोग?...किन्तु हनुमान इनमें से किसी से कुछ नहीं पूछ सकते। सीता का नाम मुख पर आते ही, उन पर सन्देह किया जा सकता है। इन राक्षसों के मन में रावण के प्रति भक्ति भी होगी ही। किसी को भी सन्देह हुआ, तो तत्काल राजपुरुषों को सूचना हो जाएगी...और यह तो हनुमान ने देख ही लिया था कि प्रत्येक राजमार्ग पर अनेक राजपुरुष तथा सैनिक घूमते हुए दिखाई पड़ जाते थे। वे सैनिक साधारण दंडधर नहीं थे–वे सशस्त्र सैनिक थे। उनके हाथों में सामान्यतः शूल या पट्टिश थे। कुछ चतुष्पथों पर उन्होंने धनुर्धारियों की टुकड़ियां भी देखी थीं। बीच-बीच में अश्वारोहियों की टोलियां भी दिखाई पड़ जाती थीं। हनुमान उनसे भयभीत नहीं थे। युद्ध की बात और है; किन्तु यहां तो वे जानकी का सन्धान करने आए थे। राक्षसों को सन्देह हो गया और बात सैनिकों तक जा पहुंची तो अकेले हनुमान इतने शस्त्रधारी सैनिकों के साथ कैसे लड़ेंगे? यदि वे बन्दी हो गए या उनका वध हो गया तो जानकी का सन्धान कौन करेगा? वे राक्षसों की पकड़ में न आएं और लंका से निकल भागने में सफल हो गए तो सीता का सन्धान तो नहीं ही हो पाएगा, उल्टे कुछ अनिष्ट हो सकता है...नहीं! हनुमान को बहुत सावधान रहना होगा।

झुटपुटा अब अन्धकार में परिणत होता जा रहा था। एक ओर हनुमान की चिन्ता बढ़ती जा रही थी कि वे अन्धकार में जानकी की खोज कहां करेंगे और दूसरी ओर उनके मन में आशा का संचार भी हो रहा था कि अंधेरे में वे कुछ और अधिक स्वतन्त्रता से इस लंका में घूम-फिर सकेंगे। इस समय तो कहीं भी जाने पर उनके पहचान लिये जाने की सम्भावना थी।

सहसा राजमार्ग के दोनों ओर लगे हुए राजकीय दीपक जलने आरम्भ हो गए। अनेक सेवक उल्काओं तथा सीढ़ियों के साथ प्रकट हो गए थे और वे स्तम्भों के साथ सीढ़ियां लगा, उल्काओं की सहायता से उन दीपकों को प्रकाशित करते जा रहे थे। गोधूलि वेला के समय जो झुटपुटा-सा अन्धकार छा गया था; दीपकों के प्रकाशित होने से अब वह अन्धकार भी नहीं रह गया था। हनुमान की अपेक्षा के अनुसार मार्गों पर यातायात तनिक भी कम हुआ नहीं लग रहा था। अन्तर मात्र इतना ही था कि पहले मार्गों पर कामकाजी लोगों की भीड़ थी और अब मनोरंजनार्थ घूमने-फिरनेवाले सैलानियों का बाहुल्य हो गया था। पहले भार ढोनेवाले पशु तथा यात्रा करनेवाले रथ मार्गों पर दौड़ते फिर रहे थे और अब जैसे-जैसे रात अधिक घिरती जाती थी, बहुमूल्य घोड़ोंवाले, सुन्दर काम किए हुए ऐश्वर्यपूर्ण रथों की संख्या बढ़ती जा रही थी। कुछ रथ चारों ओर से पूर्णतः बन्द थे, कुछ आधे खुले और कुछ पूरी तरह खुले थे। उनमें बैठे राक्षस स्त्री-पुरुषों को भली प्रकार देखा जा सकता था। उनके शरीर पर विभिन्न प्रकार के अंगरागों, चन्दन तथा कस्तूरी का लेप था। सारी देह पुष्पों तथा स्वर्णाभूषणों से ढकी हुई थी। स्त्रियों के शरीर से सुगन्धों की लपटें उठ रही थीं। एक रथ निकल जाता तो घड़ी-भर तक के लिए वायु सुगन्धित हो उठती थी। हनुमान अनुमान लगा रहे थे जितना धन एक स्त्री ने अपने शरीर को सुगन्धित करने में व्यय किया था, उतने में निश्चित रूप से एक निर्धन परिवार का एक समय का भोजन खरीदा जा सकता था।

निरीक्षण करते हुए हनुमान मार्ग पर चलते गए। मार्ग पर आते-जाते लोगों की भीड़ के साथ-ही-साथ सशस्त्र प्रहरियों की संख्या भी बढ़ गई थी। दिन के समान ही, रात को भी लोग निर्द्वन्द्व होकर

घूम रहे थे...वरन आश्चर्यजनक बात यह थी कि दिन के समय फिर भी मार्गों पर कर्मकर, श्रमिक तथा विभिन्न लोग दिखाई पड़ जाते थे। रात के समय तो उन्हीं मार्गों पर जैसे लंका का वैभव ही बिखर आया था। लगता था नगर के समस्त सम्पन्न लोग, अपने सर्वश्रेष्ठ परिधान धारण किए हुए, अपनी सम्पूर्ण प्रसाधन क्षमता का उपयोग कर प्रदर्शन के लिए बाहर निकल आए थे। आवश्यकता की छोटी-मोटी वस्तुओं की दुकानें तो बन्द हो गई थीं; किन्तु बहुमूल्य आभूषणों और प्रसाधनों के बड़े-बड़े हाट खुले हुए थे, जहां राक्षस स्त्री-पुरुषों की भीड़ लगी हुई थी।...साथ ही हनुमान ने आश्चर्य से देखा, दिन के प्रकाश में या तो उनका ध्यान उस ओर नहीं गया था या दिन के समय वे बन्द थे। रात्रि के आगमन के साथ ही सब ओर अनेक भोजनालय दिखाई पड़ने लगे थे। भोजनालय भली प्रकार सुसज्जित और प्रकाशित थे। उनमें विभिन्न प्रकार के व्यंजन बनाए जा रहे थे, जिनकी गन्ध का आभास, मार्ग चलते व्यक्ति को भी हो जाता था। मांस के भूने और तले जाने की तीव्र गन्ध सब ओर व्याप्त थी। मदिरा के भांड़ प्रमुखता से प्रदर्शित किए गए थे और उनके भोजनालयों से नृत्य और गायन का भी स्वर आ रहा था।

बहुत सारा नगर घूम लेने पर सहसा हनुमान ठिठककर खड़े हो गए। ऐसे व्यर्थ घूमते रहने का लाभ? इस नगर के लोग, तो लगता है कि रात-भर खाते-पीते और घूमते रहेंगे। उनके लिए प्रकाश तथा सुरक्षा की व्यवस्था इतनी अधिक थी कि कदाचित वे देर रात गए तक आमोद-प्रमोद और विलास में मग्न रहेंगे। कदाचित इसलिए उन्हें निशाचर कहा जाता है। किन्तु, हनुमान क्यों व्यर्थ ही स्वयं को थका रहे हैं। इन पथों में घूमने तथा भोजनालयों में झांकने से तो जानकी का सन्धान नहीं होगा। वे इन राक्षसों के समान भोजन करने के लिए यहां नहीं आएंगी और न कभी रावण ही अपनी अपहृताओं को लेकर यहां आता होगा...उन्हें अपनी खोज को सार्थक दिशा में मोड़ना चाहिए।

भूख का विचार भी मन में जाग रहा था। प्रातः अपने साथियों के साथ स्वयंप्रभा के ग्राम में जो भोजन किया था, उसके पश्चात से न उन्हें उसका विचार ही आया था और न उन्हें अवसर ही मिला था। चलते समय शरगुल्म ने अवश्य याद दिलाई थी, किन्तु वह उपयुक्त अवसर न था।...पर इस समय भोजन कहां करेंगे? सर्वसाधारण का जो वेश उन्होंने बनाया था, वह एक ही सन्ध्या में दूसरी बार आड़े आ रहा था। इन भोजनालयों में केवल धनाढ्य वर्ग के ही लोग आ-जा रहे थे। वे इन राक्षसों से सर्वथा भिन्न दिखाई पड़ेंगे। किसी को सन्देह हो गया तो इतना उद्यम कर, इतनी दूर से लंका में आकर भी सीता का सन्धान नहीं हो पाएगा। भोजन की ऐसी क्या बात है। हनुमान के शरीर में इतनी क्षमता तो है ही कि एक-आध समय बिना भोजन के भी रह सकें...और फिर कहीं सुरक्षित ढंग से भोजन मिल भी गया तो उसके पश्चात निद्रा की समस्या सताएगी...नहीं, आज की रात न भोजन, न निद्रा...आज तो केवल जानकी सन्धान...।

पण्यों और हाटों को पीछे छोड़ते हुए, हनुमान आगे बढ़ते चले गए। उधर, जिधर उन्होंने बड़ी-बड़ी अट्टालिकाएं देखी थीं...किन्तु सहसा उनके पग रुक गए। ऐसे ही बढ़ते जाने का क्या अर्थ? किसी से पता तो कर लें कि रावण का महामहालय है किस ओर; अन्यथा यदि उसकी विपरीत दिशा में ही बढ़ते चले गए तो लौटने में ही उषाकाल हो जाएगा।

उन्हें इस प्रकार स्तम्भित-से खड़े देख, सहसा एक सशस्त्र राजपुरुष आकर उनके सम्मुख रुक गया, "ऐ वानर, यहां क्या कर रहा है?"

हनुमान कुछ चकित हुए। बिना कोई प्रश्न किए ही उस राजपुरुष ने उन्हें पहचान लिया था।

इसका अर्थ हुआ कि ये लोग वानर जाति के व्यक्ति को अलग से पहचान लेते हैं। तो वानर यहां आते-जाते रहते होंगे।...पर उस राजपुरुष के स्वर में तनिक भी शिष्टता नहीं थी।

"मैं एक निर्धन परदेसी हूं भाई!"

"वह तो देख रहा हूं," राक्षस कठोर स्वर में बोला, "इस समय यहां व्यर्थ डोलते मत फिरो। चोरी के आरोप में धरकर कोई दास बना लेगा, तो सारा जीवन उसकी सेवा में हड्डियां घिसते रहोगे," उसने रुककर अंगुली से एक ओर इंगित किया, "जाओ उधर, सागर-तट पर निर्धनों और दासों के मुहल्ले में कहीं पड़कर रात काट लो। इस समय यह स्थान लंका के धनाढ्य निशाचरों के विलास का है।"

हनुमान को लगा, वे तत्काल टल नहीं गए तो बात बढ़ जाएगी। वह राजपुरुष शस्त्र निकाल लेगा। वे चुपचाप आगे बढ़ गए। वे स्वयं किसी से पूछने की सोच रहे थे और यहां बिना पूछे ही स्थिति यह हो गई कि एक स्थान पर रुकने में भी खतरा लगता था। यदि हनुमान के मन में एक लक्ष्य न होता, यदि वे सीता के सन्धान की दृष्टि से यहां न आए होते, तो उन्हें इन राक्षसों से तनिक भी घबराहट न होती। इस राजपुरुष को भी उन्होंने उपयुक्त पाठ पढ़ाया होता...किन्तु उनके सामने अपना लक्ष्य है। वे न तो अपने लक्ष्य से तनिक भी हट सकते हैं और न ही किसी भी ऐसे काम में उलझना चाहते हैं, जिससे लक्ष्य प्राप्ति में व्यवधान उपस्थित होने की सम्भावना हो। जीवन में अपना लक्ष्य लेकर चलनेवाला व्यक्ति इधर-उधर के स्फुट आकर्षणों तथा संघर्षों में नहीं उलझता। वह तो वन्य शूकर के समान सिर झुकाए चलता है और सीधा अपने लक्ष्य पर ही प्रहार करता है।...बात बड़ी सीधी है : या तो छोटे-मोटे झंझटों को सुलझाते चलो, या फिर सीधे अपने महान लक्ष्य तक पहुंचो। दोनों बातें एक साथ तो सम्भव नहीं हैं। अनेक कंठों के सम्मिलित हास्य की ध्वनि से हनुमान चौंके।

वे एक दीवार के साथ-साथ चलते जा रहे थे। हास्य की ध्वनि उस दीवार की दूसरी ओर से आ रही थी। दीवार बहुत दूर तक चलती चली गई थी। हनुमान ने रुककर इधर-उधर देखा, कहीं कोई न था। पथ निर्जन था। हनुमान ने उचककर दीवार पर अपनी अंगुलियां जमाई और भुजाओं के बल अपने शरीर को ऊपर उठाया। वे भीतर का दृश्य देखने में सफल हो गए। अन्दर एक बहुत विस्तृत उपवन था। रात के इस समय भी वहां उल्काओं के बल पर दिन का-सा प्रकाश जगमगा रहा था। सैकड़ों स्त्री-पुरुष, सुन्दर वस्त्राभूषण पहने, परस्पर हास-विलास में मग्न थे। उनके हाथों में या तो चषक थे या कुछ नए प्रकार के पात्र। प्रत्येक व्यक्ति कुछ-न-कुछ खा-पी रहा था। अनेक दास विभिन्न प्रकार के व्यंजन लिये, परोसने का कार्य कर रहे थे। हनुमान नीचे उतर आए। क्या यह रावण का प्रासाद है? सामने से किसी के आने के आभास से उनका ध्यान भंग हुआ। सिर उठाकर देखा–आगन्तुक, अपनी वेश-भूषा से किसी का भृत्य अथवा दास दिखाई पड़ता था। उससे पूछने में हानि की कोई सम्भावना नहीं थी। वह न राजपुरुष था, न सैनिक।

"क्यों भाई!" हनुमान ने नम्रतापूर्वक पुकारा, "यह क्या सम्राट का निवास स्थान है?"

"नहीं," वह व्यक्ति हंसा, "यह तो एक श्रेष्ठि का उद्यान है भाई। इतने छोटे-से प्रासाद में कहीं सम्राट रहते हैं!"

"ये लोग इस समय यहां एकत्रित होकर क्या कर रहे हैं?"

"खान-पान। हास-विलास।" वह मुस्कुराया।

"ये लोग भोजनालयों में नहीं जाते?" हनुमान ने निरर्थक ही पूछा।

"भोजनालयों में साधारण लोग जाते हैं भाई!" वह व्यक्ति रस लेकर बोला, "ये बड़े लोग हैं। भोजनालय इनके घर आते हैं।"

ओह–हनुमान ने सोचा–वे तो भोजनालय में जानेवालों को ही धनाढ्य वर्ग मान बैठे थे...

"तो सम्राट का प्रासाद कहां है?"

"महामहालय प्रासाद?" वह व्यक्ति बोला, "थोड़ा पीछे लौट जाओ और बाईं ओर मुड़कर सीधे चलते जाना। अपने-आप उसके सामने पहुंच जाओगे।"

हनुमान ने उस व्यक्ति को सर्वथा आपत्तिशून्य पाया। उसने न तो उनकी जिज्ञासा को सन्देह की दृष्टि से देखा था, न उनके विषय में जानना चाहा था; और न यह पूछा था कि वे सम्राट के प्रासाद के विषय में क्यों पूछ रहे हैं।

प्रश्न में हानि न देख, उन्होंने पुनः पूछा, "उस प्रासाद को मैं पहचानूंगा कैसे?"

"अरे अपने-आप पहचान जाओगे।" वह बोला, "बहुत बड़ा प्रासाद है। बहुत सारी सीढ़ियां चढ़कर प्रवेश-द्वार तक पहुंचा जाता है। बहुत ऊंचा तोरण है। प्रासाद के चारों ओर गहरी परिखा है और फिर बहुत ऊंची प्राचीर है। असंख्य रक्षक खड़े हैं। बहुत पूछ-पड़ताल है। कौन हो? क्या कर रहे हो? खड़े क्यों हो? चल क्यों रहे हो? यहां क्यों आए हो? इस दिशा में क्यों चल रहे? इसी समय क्यों आए हो? किसी और समय क्यों नहीं आए?..." वह रुककर मुस्कुराया, "अब भी पहचान पाओगे या नहीं?"

"पहचान लूंगा भाई।" हनुमान ने बहुत नम्रता से उसे नमस्कार किया और चल पड़े। दो-तीन बार मुड़कर उन्होंने उस व्यक्ति को देखकर पुष्टि कर ली कि उसे उन पर सन्देह तो नहीं हुआ; वह उनके पीछे-पीछे तो नहीं आ रहा, रुककर उनका निरीक्षण तो नहीं कर रहा...पर वह अपने मार्ग पर आगे बढ़ गया था। हनुमान उस व्यक्ति के निर्देश के अनुसार बाई ओर मुड़ गए तो उसका दिखाई पड़ना भी बन्द हो गया।

उस व्यक्ति की सूचना एकदम ठीक थी। महामहालय प्रासाद को पहचानने में हनुमान को तनिक भी कठिनाई नहीं हुईं। उसका ऊंचा तोरण, ऊंची प्राचीर, असाधारण प्रकाश तथा रक्षा के लिए सन्नद्ध खड़े धनुर्धारी तथा परिभ्रमण करती सशस्त्र सैनिक टुकड़ियां...दूर से ही सारे लक्षण एक साथ ही दिखाई पड़ने लग गए थे। हनुमान सतर्क हो गए।...प्रायः आधी रात बीत गई थी, किन्तु वहां सुरक्षा का इतना अधिक प्रबन्ध था कि पक्षी भी पास न फटक सके।...रक्षा-व्यवस्था, रावण जैसे सम्राट के महामहालय के ही अनुकूल थी–हनुमान सोच रहे थे–पर यह भी तो सम्भव था कि रावण ने सीता को लाकर यहां बन्दी कर रखा हो...इसीलिए सुरक्षा व्यवस्था पर इतना अधिक बल हो। अन्यथा, सुरक्षा के लिए तो यह परिखा और प्राचीर ही पर्याप्त थी।

अब तो, चाहे कितना ही कठिन क्यों न हो, इस प्राचीर के भीतर जाकर देखना ही होगा कि जानकी विषयक कोई सूचना मिल सकती है या नहीं। हनुमान महामहालय के निकट नहीं गए। निकट जाना जोखिम का काम था। प्रहरियों की दृष्टि अवश्य ही उन पर पड़ जाती।...जब हाट में एक निर्धन व्यक्ति का वर्तमान होना राक्षसों के लिए सन्देहास्पद तथा आपत्तिजनक था, तो यह तो सम्राट का प्रासाद था। यहां तो उनकी दृष्टि में आते ही हनुमान अवश्य धर लिये जाएंगे।

वे वापस मुड़े और दूसरी दिशा में घूमकर, महामहालय के पिछले भाग की ओर लौटे। पिछले भाग में न तो उतना प्रकाश था, न उतनी रक्षा-व्यवस्था। किन्तु इधर न कोई प्रवेशद्वार था, न कोई गवाक्ष।

कदाचित इसीलिए यहां रक्षा-व्यवस्था की आवश्यकता नहीं समझी गई थी। दूर-दूर पर टिमटिमाते हुए कुछ दीपक उन्हें दिखाई पड़ रहे थे, किन्तु उनका प्रकाश, वहां कुछ देखने में सहायक नहीं था। हां, चन्द्रमा का प्रकाश इतना तो दिखा ही जाता था कि इस ओर परिखा अपेक्षाकृत अधिक चौड़ी थी और प्राचीर कुछ अधिक ऊंची। परिखा की गहराई का अनुमान, उसमें उतरे बिना नहीं लगाया जा सकता था।...किन्तु हनुमान के सम्मुख संकट परिखा की गहराई का नहीं था। जो व्यक्ति समुद्र को तैरकर पार कर आया था, वह परिखा की गहराई से क्या डरेगा; किन्तु जल में उतरने से यदि शब्द हुआ तो और ऊपर प्राचीर पर यदि शब्द-भेदी बाण छोड़नेवाले धनुर्धारी बैठे हुए हों तो सचमुच संकट की बात होगी। परिखा में मानव-भक्षी जन्तु भी छोड़े गए हो सकते हैं...वैसे वहां की स्तब्धता देखकर तो वह स्थान निर्जन ही लगता है। न प्राचीर पर मानवों की हलचल थी, न जल में जन्तुओं की।

हनुमान धीरे-से परिखा में उतर गए। जल ठंडा और बदन को चुभने वाला था; किन्तु इतना ठंडा भी नहीं था कि सहा ही न जा सके। वे परिखा पार कर प्राचीर के निकट जा पहुंचे; किन्तु प्राचीर में अथवा उसके साथ लगता हुआ ऐसा कोई स्थान नहीं था, जिस पर वे खड़े हो सकते अथवा जिसे पकड़कर प्राचीर के ऊपर तक पहुंचने का प्रयत्न करते।

वे प्राचीर के साथ-साथ तैरते चले गए और हाथों तथा दृष्टि की सहायता से परीक्षण करते गए कि कहीं कोई ऐसा स्थान हो, जहां से प्राचीर के ऊपर चढ़ने का प्रयत्न किया जा सके।...तैरते-तैरते वे काफ़ी आगे निकल गए और उनकी दृष्टि दूर टिमटिमाते हुए प्रकाश और उसमें दिखाई पड़नेवाले सैनिकों पर पड़ी। उनके हाथ-पैर थम गए...इसका अर्थ यह हुआ कि वे महामहालय के तोरण की ओर चले आए हैं। वे तत्काल पलटकर, पुनः पीछे की ओर तैरने लगे।

हनुमान का मन उदास हो गया। यदि सब स्थानों से यह परिखा और प्राचीर ऐसी ही है तो वे कदापि प्रासाद के भीतर प्रवेश नहीं कर सकेंगे। सीता की खोज के लिए, यदि वे महामहालय के भीतर नहीं घुस सके तो सागर-सन्तरण का पराक्रम भी व्यर्थ हो जाएगा...क्या विडम्बना है कि जो व्यक्ति इतनी दूर से सागर और पर्वतों को पार कर आया हो, वह एक परिखा और प्राचीर के सम्मुख विवश होकर असफल सिद्ध हो रहा हो...सुग्रीव द्वारा दी गई अवधि के समाप्त हो चुकने के बहुत बाद वापस किष्किन्धा पहुंचकर, क्या वे यह सूचना देंगे कि लंका में प्रविष्ट हो गए थे; किन्तु रावण के महामहालय प्रासाद में प्रवेश करने में असमर्थ रहे?...और हनुमान की इस असफलता का राम पर क्या प्रभाव पड़ेगा? कहां खोजेंगे वे सीता को? उन्होंने तो सुग्रीव को दिया गया वचन तत्काल पूरा कर दिया; किन्तु सुग्रीव अपना वचन कैसे पूरा करेंगे? राम के मन में सुग्रीव का क्या सम्मान रह जाएगा?...इस समय हनुमान पर मात्र अपनी सफलता-असफलता का ही बोझ नहीं है। सुग्रीव का सम्मान, राम का प्रतिशोध, संसार में राक्षसी अनाचार का नाश, सीता का उद्धार, वानरों को राक्षसों के शोषण से मुक्ति–सबका बोझ आज हनुमान के कन्धों पर है। हनुमान इतनी सफलता से हार नहीं मान सकते।

सहसा हनुमान को लगा कि कदाचित भूख, थकान तथा नींद से भी उनका उत्साह मन्द पड़ रहा है–अन्यथा वे इतनी जल्दी हार माननेवाले हतोत्साहित नहीं होते, आज वे पराजय की सम्भावना से ही उत्साहशून्य हो रहे हैं। हनुमान में पुनः ऊर्जा का संचार हो गया। वे तैरते-तैरते पुनः वहीं लौट आए, यहां से उन्होंने अभियान आरम्भ किया था। वे आगे बढ़ते गए। उनकी इच्छा विपरीत दिशा में तब तक प्रयत्न करते जाने की थी, जब तक कि तोरण के प्रकाश में रक्षकों द्वारा देख लिए जाने की सीमा नहीं आ जाती।

सहसा अन्धकार में ही उनके हाथ प्राचीर के साथ लगे ऊबड़-खाबड़ पत्थर के स्पर्श से चौंके।

यह क्या? उन्होंने टटोलकर देखा...वह पत्थर प्राचीर का ही एक भाग था और परिखा के जल-स्तर के बराबर ऊंचाई पर था। या तो प्राचीर बनते समय ही उसे काटकर बराबर करने का परिश्रम बचाने के लिए राज, उसे वैसा ही छोड़ गए थे; या फिर प्राचीर के इस खंड का कभी जीर्णोद्धार हुआ होगा; और यह पत्थर कभी काटकर बराबर नहीं किया गया था।...यह भी सम्भव है कि जल का स्तर सदा उस पत्थर से ऊंचा रहता हो और उस पर कभी किसी की दृष्टि ही न पड़ी हो। हनुमान ने हाथ फेरकर अच्छी प्रकार से उसके क्षेत्रफल को देखा-परखा। उस पर बड़ी कठिनाई से मात्र दो पंजे टिकाए जा सकते थे।...उन्होंने उचककर अपने पैरों के पंजे उस पर टिकाए और प्राचीर के सहारे उठकर खड़े होते गए। उन्हें लगा, यदि खड़े रहना-भर होता तो उन्हें कोई विशेष कठिनाई नहीं थी। वे घड़ी-आध घड़ी तक सरलता से खड़े रह सकते थे। किन्तु अन्धकार में वहां मूर्तिवत खड़े-खड़े ठिठुरने की क्या सार्थकता थी? उन्हें तो प्राचीर पर चढ़ना था और वैसा कर पाने का कोई मार्ग दिखाई नहीं दे रहा था। उस पत्थर पर टिके-टिके अन्धकार में जितना सम्भव था, उन्होंने हाथों से टटोल-टटोलकर प्राचीर को परखा था; किन्तु वह समतल ही नहीं चिकनी भी थी। उसमें कहीं कोई ऐसा स्थान नहीं था, जिससे ऊपर चढ़ने में सहायता मिलती...अब एक ही उपाय था कि वे उस अन्धकार में ही उछलकर, प्राचीर की मुंडेर को पकड़ने का प्रयत्न करते।

सोचने-विचारने में उन्होंने अधिक समय नष्ट नहीं किया। वे अनिश्चित काल तक उस पत्थर पर खड़े नहीं रह सकते थे; और फिर किसी भी समय कोई व्यक्ति आ सकता था।...उन्होंने पंजों पर एक बार अपने शरीर को तौला और हाथों को आकाश की ओर सीधे तानकर स्वयं को ऊपर उछाल दिया।...ऋष्यमूक पर अज्ञातवास के दिनों में, पर्वत की शिलाओं पर उतरने-चढ़ने का उन्होंने कठिन अभ्यास किया था। रस्सी के बिना, नीचे खड़े होकर, ऊपर की चट्टानों तक पहुंचने के लिए, उन्होंने स्वयं को इस प्रकार उछालने का अच्छा अभ्यास किया था।

उनके हाथ प्राचीर की मुंडेर को पकड़ते-पकड़ते फिसल गए; पता नहीं चला कि प्राचीर का वह भाग पहले से ही भुरभुराया हुआ था या उनकी पकड़ और बोझ से भुरभुरा गया। वे जिस प्रकार सीधे ऊपर उछले थे, उसी प्रकार सीधे परिखा के जल में जा गिरे...छप्प।

उनकी जैसे सांस ही रुक गई–ऐसा शब्द! दूर-दूर तक सुना जा सकने वाला शब्द–छपाक! इस ध्वनि को सुनकर कोई भी समझ सकता था कि कोई पानी में कूदा है। और महामहालय की परिखा में कोई क्यों कूदेगा? यदि रक्षकों ने यह शब्द सुन लिया तो वे उल्काएं लेकर अवश्य ही दौड़ पड़ेंगे...हनुमान कुछ क्षणों तक दम साधे पड़े रहे...किन्तु नहीं। शायद किसी ने नहीं सुना था। 'छप्प' का शब्द, उनके अतिरिक्त सावधान मन में ही कदाचित बहुत ज़ोर से ध्वनित हुआ था। सम्भव है कि वह स्वयं में नगण्य-सा ही शब्द हो, जिसकी ओर किसी का ध्यान ही न गया हो। यह भी सम्भव है कि रावण के रक्षक मदिरा पीकर धुत हों और उनके कानों में धीमा या ज़ोर का–कोई शब्द न जाता हो। हनुमान के मस्तिष्क का तनाव कुछ कम हुआ तो उनका ध्यान अपने शरीर की ओर गया–दाएं हाथ की अंगुलियों के पोरों में से दो-तीन स्थानों पर थोड़ी त्वचा छिल गई थी। यह भुरभुरी प्राचीर से रगड़ खाने के कारण हुआ था...और कदाचित दोनों टांगों के घुटने भी थोड़ी या अधिक मात्रा में छिले हुए थे। उनको पता ही नहीं चला कि वे किस वस्तु से रगड़ खा गए थे। पीड़ा उनमें अब भी नहीं थी। पता नहीं, घाव ही अधिक नहीं था या ठंडे जल के कारण पीड़ा की संवेदना ही समाप्त हो गई थी।

उन्होंने प्राचीर के उसी उभरे हुए पत्थर को खोजने के लिए पुनः हाथों से टटोलना आरम्भ

किया। उसे खोजने में अधिक कठिनाई नहीं हुई। वे पुनः उस पर चढ़कर खड़े हो गए। पहले के ही समान पंजों पर स्वयं को तौल, हाथ सीधे कर आकाश की ओर उठाए और दम साध स्वयं को उछाल दिया।...अगले ही क्षण उन्हें लगा कि प्राचीर का सिरा उनके हाथ में आ गया है, किन्तु प्राचीर भुरभुरा रही है और निमिष-भर में ही वह सिरा उनके हाथों से छूट जाएगा तभी वे पुनः परिखा में जा गिरेंगे। बिना कोई सोच-विचार किए, हनुमान ने हाथ फैलाए और उसके सहारे उचककर प्राचीर के ऊपर जा चढ़े। ऊपर पहुंचते ही, उन्होंने नीचे जल में कुछ गिरने का शब्द सुना जहां प्राचीर भुरभुरा रही थी, कदाचित वहीं से कुछ टूटकर नीचे गिरा था।

पर उस शब्द की भी कोई प्रतिक्रिया नहीं हुई। कदाचित आसपास कहीं कोई नहीं था। प्रासाद की रक्षा-व्यवस्था करनेवालों ने शायद यह जान लिया था कि इधर कभी कोई नहीं आएगा और आ भी जाए तो इस परिखा और प्राचीर को कभी पार नहीं कर सकेगा।

हनुमान ने अपनी दृष्टि भीतर की ओर डाली। इस अन्धकार में उन्हें भीतर उतरने के लिए कोई सीढ़ी दिखाई नहीं दे रही थी। किन्तु कहीं-न-कहीं सीढ़ियां होंगी अवश्य। प्रासाद के रक्षक, कभी-न-कभी तो इस प्राचीर पर भी चढ़ते ही होंगे; अथवा बाहर से सैनिक आक्रमण की स्थिति में उनका सामना करने के लिए राक्षस सैनिकों के प्राचीर पर चढ़ने की व्यवस्था होगी ही या राक्षसों ने सोच लिया है कि इस प्रासाद पर बाहर से आक्रमण हो ही नहीं सकता...इस समय हनुमान के पास इतना अवकाश नहीं था कि इन सब बातों पर विचार करते अथवा सीढ़ियां खोजने का प्रयत्न करते...वे दीवार पर बैठ गए और प्रासाद की ओर पीठ कर, प्राचीर के सिरों को हाथों से पकड़, प्राचीर पर से पैरों के सहारे खिसकते हुए, नीचे लटक गए। जाने, भूमि कितनी नीचे थी, किन्तु और कोई उपाय नहीं था। हनुमान ने हाथ छोड़ दिया...पैर भूमि पर लगे तो उन्होंने अनुमान किया कि उनके लटके हुए पैरों से धरती दो हाथों से अधिक दूर नहीं होगी। कुछ क्षणों तक स्तब्ध खड़े रहकर निरीक्षण किया–किसी ने उन्हें कूदते देखा तो नहीं? कहीं कोई आहट नहीं थी हनुमान स्फूर्तिपूर्वक निःशब्द प्रासाद की ओर बढ़ गए।

प्रासाद बहुत बड़ा था। इतने कक्ष कि जैसे प्रासाद न हो, कोई पुरी हो। कक्षों में बड़े-बड़े गवाक्ष थे। द्वार भी खुले थे। चौखटों में तिरस्करणियां झूल रही थीं। प्रासाद के भीतर रहनेवालों को खुले द्वारों और गवाक्षों में किसी के आने की आशंका तनिक भी नहीं लगती थी। सुरक्षा का जैसा प्रबन्ध हनुमान ने बाहर, महामहालय के तोरण पर देखा था, वैसी कोई व्यवस्था भीतर नहीं थी। हनुमान को कहीं भी कोई निःशस्त्र अथवा सशस्त्र पुरुष प्रहरी दिखाई नहीं पड़ा। स्त्री प्रहरियों की तो जैसे सेना ही नियुक्त थी। वे सब सशस्त्र थीं। उनके कटि में खड्ग बंधे हुए थे। किन्तु उनमें से कोई भी जाग नहीं रही थी। वे सब सोई हुई थीं। कुछ तो अपने कार्य स्थान पर अर्थात कक्षों के चौखटों के साथ सिर टेके सो रही थीं और कुछ को हनुमान ने विभिन्न स्थानों पर भूमि पर अस्त-व्यस्त सोये हुए पाया। कुछ सोई हुई रक्षिकाओं के पास मदिरा के चषक और कहीं-कहीं छोटे भांड़ देखकर, हनुमान के सम्मुख बात स्पष्ट हो गई। वस्तुतः ये रक्षिकाएं, रक्षा से अधिक शोभा की वस्तुएं थीं। शायद उनसे यह अपेक्षा ही नहीं थी कि वे रात को जागकर पहरा दें। सारे वातावरण में सुरक्षा तथा आस्वस्ति का भाव इतना अधिक था कि रक्षिकाओं को जागने की आवश्यकता ही नहीं थी।

कक्षों के भीतर अधिकांशतः एक स्त्री पलंग पर सोई हुई थी और अनेक दासियां उसे घेरकर कुट्टिम फ़र्श पर सो रही थीं। यदि कोई पलंग तक पहुंचने का प्रयत्न करता तो दासियों में से किसी-न-किसी की नींद अवश्य उचट जाती और उसके पुकारने पर रक्षिकाएं आ जातीं।

कुछ कक्षों में हनुमान ने पलंग पर स्त्रियों के साथ पुरुषों को भी सोते हुए पाया। वे लोग आलिंगनबद्ध सुख से सो रहे थे, किन्तु उन कक्षों में भी उन्हें घेरकर अनेक दासियां कुट्टिम फ़र्श पर सोई हुई थीं तथा खुले द्वार के बाहर, अन्य कक्षों के ही समान रक्षिकाएं निन्द्रा-ग्रस्त थीं। उन कक्षों में मदिरा के भांड़ तथा चषक अनिवार्य रूप से विद्यमान थे। लगता था कि सोने से पूर्व उन स्त्री-पुरुषों ने अवश्य ही मदिरा पान किया है...मदिरा का वहां बहुत व्यापक प्रयोग भासित हो रहा था और वह उनके विलास का अनिवार्य अंग लगती थी। मदिरा-विहीन प्रेम का स्वरूप कदाचित इन लोगों के मस्तिष्क में था ही नहीं! यह भी सम्भव था कि राक्षसों में नारी-पुरुष का सम्बन्ध, प्रेम का सम्बन्ध न होकर, विलास का ही सम्बन्ध होगा। स्त्री के लिए पुरुष धन और वैभव, सत्ता और सुविधा का प्रतीक हो तथा पुरुष के लिए स्त्री–मात्र एक भोग्या।...किन्तु इन सम्बन्धों में भी कितना खुलापन है। क्या अपने प्रेम अथवा विलास–इन युगलों में जैसा भी सम्बन्ध हो–के लिए इन्हें एकान्त की कामना नहीं होती? दासियों के बीच घिरे, तिरस्करणियों के पार रक्षिकाओं की उपस्थिति में, अपने काम-सम्बन्धों की अभिव्यक्ति और तृप्ति में ये लोग लज्जा का अनुभव नहीं करते...निर्लज्ज! अथवा दासियां तथा रक्षिकाएं इनके लिए मनुष्य न होकर निर्जीव पदार्थ हैं? अपने वर्ग की न होने के कारण, क्या वे उन्हें मनुष्य ही नहीं समझते...धन के कारण वर्ग-भेद बहुत तीखा, गहरा तथा उग्र लगता था...

और ये दासियां भी न जाने कैसा जीवन व्यतीत करती थीं। उनकी क्या स्थिति थी यहां? विभिन्न रानियों-स्वामिनियों तथा इन प्रेम अथवा विलासी युगलों को घेरकर सोई हुई ये अर्धनग्न नारियां, मनुष्य कम, इन विलासियों के विलास में उद्दीपन-तत्व अधिक दिखाई पड़ता था। रात-भर वे इन कक्षों में सोती हैं तो इनका अपना पारिवारिक जीवन क्या होगा, उनके माता-पिता, भाई-बहन अथवा पति एवं सन्तानें...क्या इनका कोई नहीं है? या उन सबके होते हुए भी ये लोग इस प्रकार के कर्तव्यों के लिए बाध्य हैं? आर्थिक दबाव के कारण अथवा सत्ता की शक्ति के सम्मुख असमर्थ होने के कारण? समस्त कक्षों में अनेक दासियां सोई थीं–किन्तु मनुष्य के समान सोने का समुचित प्रबन्ध कर, आस्तरण पर नहीं–पशुवत, नींद आ जाने पर बाध्य होकर भूमि पर ही।

हनुमान के मस्तिष्क में, राक्षस सेनाओं के द्वारा आक्रमण कर अपहृत की गई कन्याओं की समस्त कहानियां साकार होने लगीं। ये वे ही स्त्रियां होंगी जो लंका में या तो सम्राट को उपकार-स्वरूप भेंट की गई होंगी अथवा सम्राट ने उन्हें क्रय किया होगा अथवा स्वयं सम्राट ने ही उनका अपहरण किया गया होगा। और तब उनके वय, रूप-वैभव तथा यौवन-सम्पदा के अनुसार विभिन्न कार्यों में उन्हें नियुक्त किया गया होगा...या फिर ये निर्धन जातियों तथा राज्यों की वे कन्याएं होंगी, जो अपनी आजीविका की खोज में इस वैभवशाली लंका में आई होंगी, और यहां स्वयं को इस प्रकार बेचने को बाध्य हुई होंगी। हनुमान का मन वितृष्णा से भर गया–कैसे पशु हैं ये राक्षसराज। पशुओं से भी निकृष्टतर। ये सृष्टि का अभिशाप है या मानव-जाति के साथ विधाता का परिहास।...पशु से भी मनुष्य वही कार्य लेता है, जो उपयुक्त होता है। इन राक्षसों ने मनुष्य को पशु बना दिया है। मानव शरीर क्या केवल दासत्व और भोग के लिए है? यह तो बहुमूल्य मणियों से पथ में पड़े साधारण रोड़े का कार्य लेने की पद्धति है।...ये पशु न अपनी आत्मा का विकास करते हैं और न अन्य मानवों के भीतर छिपी असंख्य शक्तियों और सम्भावनाओं का विकास होने देते हैं...मनुष्य मात्र को एक शरीर मात्र इन्द्रियां मान बैठे हैं ये। इन अनिवार्य पाशविक गुणों के पार उसमें कहीं विवेक भी है, उसका

एक सूक्ष्म भावनात्मक जीवन भी है–जिसमें त्याग, बलिदान, ममता, समता का भी स्थान है...ये बातें इन राक्षसों ने कभी नहीं सोची।

सहसा हनुमान का चिन्तन-प्रवाह रुक गया। वे जिस कक्ष के सम्मुख खड़े थे, वह कुछ विशिष्ट था। यह कक्ष अन्य कक्षों की अपेक्षा आकार में बहुत बड़ा तथा उनसे कहीं अधिक सुसज्जित था। उसकी छत और दीवारों पर बहुत कलात्मक किन्तु शृंगारिक एवं अत्यन्त उत्तेजक चित्र बने हुए थे। ...यहां आकर कला भी पशुत्व की चेरी हो गई थी। पता नहीं प्रकृति ने ही, उन चित्रों को बनानेवाले कलाकारों को चित्रकार के हाथ और पशु का मन दे दिया था; या इस राक्षस साम्राज्य ने उस कलाकार की बाध्यता का लाभ उठाकर बलात उससे यह पशु-कर्म करवाया था; अथवा कलाकार का महत्त्वाकांक्षी और लोलुप मन धन-बल के हाथों बिककर पशुता को ही गौरवान्वित करने पर तुल गया था?...उस सारे कक्ष में ऐश्वर्य और वैभव बिखरा पड़ा था, किन्तु उदात्तता कहीं नाम को भी नहीं थी।

अन्य कक्षों के ही समान, इसके भी मध्य में दो अत्यन्त मूल्यवान पलंग बिछे थे, जिनके आस्तरण भी अद्भुत थे। जाने किस देश से ये वस्त्र लाए गए थे। हनुमान ने वैसे वस्त्र पहले कभी नहीं देखे थे। एक पलंग पर प्रौढ़ वय का, एक हृष्ट-पुष्ट सांवला पुरुष सोया हुआ था। उसके शरीर पर इतने अलंकार थे कि शरीर उनसे ढक-सा गया था। सोने से पूर्व उसने कुछ आभूषण उतारे भी होंगे। हनुमान ने अब तक लंका में जितने भी पुरुष देखे थे, उनमें से किसी के भी शरीर पर इतने अधिक अलंकार नहीं थे। किन्तु यह विपुलालंकारधारी पुरुष, कोमल शरीर का स्वामी नहीं था। उसका आकार, पुष्ट मांसपेशियां तथा शरीर की कठोरता उसके द्वारा व्यायाम अथवा शस्त्र-परिचालन के अभ्यास में बहाए गए स्वेद का परिचय दे रहे थे; उसके चेहरे का गौरव, उसकी अधिकार-सम्पन्नता की घोषणा कर रहा था। कहीं यह स्वयं रावण तो नहीं? सम्भवतः वही हो। हनुमान ने आज तक रावण को नहीं देखा था; किन्तु प्रासाद के भव्यतम कक्ष में अधिकतम शारीरिक तथा आलंकारिक शोभावाला यह पुरुष रावण ही होगा। हनुमान ने कुछ अधिक निकट होकर ध्यान से देखा। इस समय, उसके चेहरे की भाव-भंगिमा तनिक भी क्रूरता लिये हुए नहीं थी। वहां कुछ तेज था, कुछ आत्म-गौरव, और यदि हनुमान ठीक से देख और समझ पा रहे थे तो कुछ चिन्ता और उद्विग्नता भी थी...उसे देखकर कौन कह सकता है कि यही वह मनुष्य है, जो सारे संसार में राक्षसी अत्याचार का उद्घोषकर्त्ता भी है और संरक्षक भी। इस एक व्यक्ति ने ऐसा तन्त्र फैलाया है कि संसार की समस्त पाशविक वृत्तियां इसको आवृत्त किए हुए एकत्रित हो गई हैं और सम्पूर्ण मानवता का नाश करने पर तुल गई हैं। इसके हाथ इतने लम्बे हो गए हैं कि लोग इसकी बीस भुजाओं की किंवदन्तियां फैलाने लगे हैं; वे मानने लगे हैं कि व्यापक, प्रबल तथा पाशविक राक्षसी तन्त्र फैलानेवाले व्यक्ति के कन्धों पर एक नहीं दस मस्तिष्क होने चाहिए। हनुमान के मन में आया कि तत्काल झपट पड़ें और निरीह पड़े इस रावण को उठाकर भूमि पर दे मारें, अथवा कहीं से कोई शस्त्र लेकर अभी नींद में ही इसका वध कर दें। ताकि सारी सृष्टि का क्लेश मिट जाए।

किन्तु अगले ही क्षण हनुमान ने स्वयं को रोक लिया। उन्हें बिना सोचे-समझे, बिना अपने साथियों से परामर्श किए, इस प्रकार का कोई उग्र कार्य नहीं करना चाहिए।...वे अकेले हैं, शस्त्रहीन हैं और लंका में ही नहीं, रावण के निजी प्रासाद में खड़े हैं...सोये हुए शत्रु पर प्रहार करना वैसे भी वीरता नहीं है; और यदि रावण जाग गया या किसी अन्य व्यक्ति की आंख खुल गई तो वे लोग किसी भी प्रकार हनुमान को जीवित किष्किन्धा लौटने नहीं देंगे...और अभी तो सीता की खोज...

अपने लक्ष्य के प्रति सचेत होते ही अन्य बातें उनके मस्तिष्क से निकल गईं। वे आगे बढ़ गए;

साथ के पलंग पर यह सुन्दरी कौन है? उसका वर्ण गोरा था। उसका परिधान अत्यन्त मूल्यवान तथा भव्य प्रतीत हो रहा था, शरीर पर आभूषण भी अनेक थे। वह असाधारण सुन्दरी थी। चेहरे पर अधिकार की भावना भी पर्याप्त मात्रा में थी।...क्या ये ही जानकी हैं? हनुमान के मन में प्रश्न उठ...साथ ही उनके माथे पर गहरे विषाद की रेखा खिंच गई?...क्या यह सम्भव है कि सीता ने रावण को पति के रूप में अंगीकार कर लिया हो और संसार-भर के सुख-वैभव भोग कर रही हों? ...और इन्हीं के विरह में, उधर राम क्षण-भर की शान्ति का अनुभव नहीं कर पांते।...क्या ऐसा भी सम्भव है कि एक पक्ष प्रेम में अपने जीवन को दांव पर लगाए, आकाश-पाताल एक कर देने पर तुला बैठा हो और दूसरा पक्ष, वैभव का सुख और सत्ता का अधिकार देखते ही अपने प्रेम को भुला दे?...पर इसमें अस्वाभाविक ही क्या है! राजप्रासादों में पली सीता को तेरह वर्षों के दीर्घ तथा कठोर वनवासी जीवन के पश्चात लंका का यह अभूतपूर्व वैभव अपने चरणों पर लोटता हुआ मिला होगा तो वे इस प्रलोभन को रोक नहीं पाई होंगी, राम के यहां आने, रावण के साथ युद्ध, जय-पराजय तथा अपने उद्धार की भावनाओं पर भी विचार किया होगा...उन्हें स्पष्ट दिखाई पड़ा होगा कि रावण की बात मान लेने में लाभ-ही-लाभ है। असम्भव की आशा लगाए बैठे रहने और उसकी प्रतीक्षा में कष्ट सहन करने में कोई समझदारी नहीं है।

समझदारी! और हनुमान का मन दूसरी ओर बह निकला।...राम जैसे पति को छोड़कर, रावण को पति रूप में स्वीकार करने में कौन-सी समझदारी है। समझदारी की भी तो अपनी-अपनी अवधारणा है...प्रत्येक व्यक्ति अपने-अपने धरातल पर ही तो जीता है। कोई पशु बनने में ही समझदारी मानता हो...किन्तु जानकी की प्रकृति के विषय में जो कुछ भद्र राम ने बताया था, वह कुछ और ही था। देवी जानकी तो राम के लिए अयोध्या का साम्राज्य छोड़कर वन में आई थीं–उन्हें तो लंका के समग्र वैभव को एक साथ ही ठुकरा देना चाहिए था...वे रावण के शयनागार में इस प्रकार निश्चिन्त तथा अधिकारपूर्वक कैसे सो सकती हैं?

हनुमान कुछ निकट आए। उन्होंने संशयपूर्वक उस स्त्री को देखा–किन्तु इस स्त्री की वय वह नहीं है, जो देवी जानकी की होनी चाहिए। यद्यपि यह स्त्री भी असाधारण सुन्दरी है; किन्तु इसका वय प्रौढ़ था। सम्भव है, यह मन्दोदरी हो। हनुमान के मन का विषाद धुल गया।

यह मन्दोदरी ही होगी। मय दानव की पुत्री...अप्सरा हेमा की जायी...मेघनाद की मां। हां, यह मन्दोदरी ही है। हनुमान कैसे धोखा खा गए? सीता इस प्रकार यहां कैसे हो सकती हैं...किन्तु मन्दोदरी के चेहरे पर भी कुछ खिन्नता का भाव था। रावण भी उद्विग्न दिखाई पड़ रहा था। सम्भव है कि सोने से पहले, किसी प्रकार की कलह हुई हो उन दोनों में...अन्य कक्षों के विलासी युगलों से उनकी कोई समानता नहीं थी...

हनुमान ने एक दृष्टि फ़र्श पर सोई हुई दासियों पर भी डाली और कक्ष से बाहर निकल आए। रावण के कक्ष में सोई हुई दासियां भी अन्य दासियों की अपेक्षा अधिक सुन्दर और वैभवशालिनी लग रही थीं...किन्तु जानकी? देवी जानकी कहां थीं?

एक अलिन्द को पार कर, हनुमान प्रासाद के एक अन्य खंड में पहुंच गए। यह खंड पिछले खंड से पर्याप्त भिन्न था। इसमें न तो बड़े-बड़े कक्ष थे और न उनके द्वार और गवाक्ष खुले हुए थे। अनेक छोटी-छोटी कोठरियों की एक लम्बी पंक्ति थी। कुछ के द्वार बाहर से बन्द थे, कुछ के भिड़े हुए थे। एक भिड़े हुए द्वार को हल्के से खोलकर हनुमान ने देखा, उस कोठरी में छोटी-छोटी कटी हुई सूखी लकड़ियों के ढेर थे; कदाचित यह खंड, रसोई-खंड ही था। बन्द कोठरियां भी भंडार-कोठरियां

ही होंगी। ये कोठरियां किसी जीव के रहने के योग्य थीं भी नहीं। उनमें न तो वायु के आवागमन की व्यवस्था थी, न प्रकाश की। आगे चलकर एक बड़ा-सा कक्ष था। उसमें बड़े-बड़े चूल्हे जल रहे थे और उन पर दीर्घाकार भांड रखे हुए थे। विभिन्न प्रकार के मांसों के पकने की गन्ध आ रही थी। यह पता लगाना तो कठिन था कि मांस किस-किस जीव और किस-किस प्रकार का था; किन्तु यह स्पष्ट था कि पकनेवाले मांस की मात्रा साधारण नहीं थी।

हनुमान कुछ सावधान हो गए; रात के इस तीसरे पहर में, सोये हुए महामहालय प्रासाद में यह पहला कक्ष था, जहां उन्हें किसी गतिविधि का आभास हुआ था। कदाचित इस महामहालय के वासियों को प्रातः ही भूख लगती होगी और तब उन्हें उनका खाद्य तैयार मिले; इसलिए आधी रात के पश्चात ही पाकशाला का कार्य आरम्भ हो जाता होगा।

सहसा हनुमान को अपनी भूख की याद आ गई। उन्होंने भी स्वयंप्रभा के ग्राम को छोड़ने के पश्चात कुछ नहीं खाया था। किन्तु, उनके पास खाने के लिए समय नहीं था...वे मांस खाते भी नहीं।...यहां जो कुछ भी था, उनके लिए अखाद्य ही था।

अत्यन्त सावधानी से, उन्होंने एक गवाक्ष में से झांककर देखा : उन्हें कोई व्यक्ति दिखाई नहीं दिया। उन्हें आश्चर्य हुआ। यह कैसे सम्भव था कि पाकशाला में सम्राट के लिए भोजन पक रहा हो और वहां कोई व्यक्ति उपस्थित न हो...वे दबे पांव आगे बढ़कर द्वार के पास आए। कपाट की ओट से उन्होंने देखा–तीन दीर्घाकार स्त्रियां, चूल्हे के निकट, सिर के नीचे अपनी भुजाएं दिए सो रही थीं। चूल्हे की आंच से, उनके चेहरों पर स्वेदकण काफ़ी स्पष्ट थे, किन्तु वे गहरी नींद में थीं।

कार्य करते-करते ही सो गई होंगी, हनुमान सोच रहे थे। विचित्र लोग हैं ये। एक ओर तो इतना वैभव बिखरा है, जैसे धन बह रहा हो। दूसरी ओर अपने लिए काम करनेवाले श्रमिकों को ये इतने अभावों में रखते हैं। तीनों स्त्रियों को इतना भी अवकाश नहीं था कि अपना कार्य समाप्त कर, घर जाकर विश्राम करें। या कौन जाने, उनके लिए घर की व्यवस्था करना भी आवश्यक न समझा गया हो। वैभव में डूबा आदमी, दूसरों की आवश्यकताओं की ओर से कैसे अन्धा हो जाता है! हनुमान बाहर निकल आए।

उन्हें न कहीं जानकी दिखी थीं, न उनके कहीं होने का सन्देह हुआ था, तो क्या रावण ने जानकी की हत्या कर दी है? हनुमान का हृदय इस विचार से ही स्तब्ध हो गया। राम को यदि जानकी की हत्या का समाचार दिया जाएगा, तो उनकी क्या हालत होगी? क्या उसके पश्चात भी उनके मन में, लंका पर आक्रमण कर, रावण से युद्ध करने का उत्साह रह पाएगा? यदि राम ही कहीं हतोत्साहित हो गए तो राम के हाथों रावण-वध के परिणामस्वरूप, राक्षसों के शोषण और आतंक से वानरों की जिस मुक्ति का स्वप्न हनुमान और उनके साथियों ने देखा है, उसका क्या होगा? हताश-से हनुमान, मन्थर गति से चलते हुए महामहालय के उद्यान को पार कर, प्राचीर तक चले गए। अपनी उस मानसिक जड़ता की-सी स्थिति में भी उन्हें, एक स्थान पर प्राचीर के ऊपर तक चढ़ने के लिए बनी हुई सीढ़ियां दीख गईं।

हनुमान चुपचाप ऊपर चढ़ गए। प्राचीर पर पहुंचकर वे हाथों के सहारे नीचे लटक गए। परिखा को यान्त्रिक ढंग से पार कर किनारे पर आए। अनायास ही उनकी दृष्टि आकाश की ओर उठ गई। उन्हें लगा, पूर्व दिशा में अन्धकार कुछ हल्का पड़ गया था और उसमें अनेक स्थानों पर दरक दिखाई पड़ रही थी। हनुमान का सिर भारी हो रहा था और आंखें जल रही थीं।

छः

"उठ! अरे उठ!" राक्षस सैनिकों ने हनुमान को झकझोर दिया, "यहां क्या कर रहा है? तेरे बाप का प्रासाद है कि आराम से खर्राटे ले रहा है!" हनुमान उठ बैठे। सहसा उन्हें सब-कुछ याद हो आया। रावण के महामहालय की दीवार को फांदकर जब बाहर निकले थे, तो एकदम हताश थे। शरीर को भूख, नींद और थकान मथे जा रही थी। मस्तिष्क था कि असफलता की भावना से जल-फुंक रहा था। कितना बड़ा उद्यम किया था हनुमान ने। पहले सागर सन्तरण किया और फिर रावण के महामहालय में घुसकर खोज-बीन कर सुरक्षित बाहर भी निकल आए। किन्तु जानकी का कहीं कोई पता नहीं चला। उनके वध की आशंका बार-बार मन में आती है; किन्तु हनुमान का तर्कशील मस्तिष्क उस बात को स्वीकार नहीं कर पाता। सीता के वध से रावण को कोई लाभ नहीं था; और रावण जैसा लम्पट पुरुष, सीता जैसी सुन्दरी का वध कर भी नहीं सकता था। उसे अपनी कामेच्छा पूर्ण करने, अपने शत्रु को अपमानित कर स्वयं को गौरवान्वित, अथवा राम के साथ अपनी इच्छानुकूल किसी भी प्रकार की सन्धि करने के लिए सीता को जीवित रखना ही चाहिए। और यदि सीता जीवित हों तो बन्दी बनाए रखने के लिए लंका से अधिक सुरक्षित स्थान और कौन सा होगा। लंका में सबसे अधिक सुरक्षित स्थान रावण का अपना महल है।

किन्तु सीता वहां नहीं हैं...हनुमान न केवल सीता को खोज पाए वरन कोई सूचना भी प्राप्त नहीं कर पाए। न सीता के जीवित अथवा मृत होने की, न लंका में होने या न होने की। हनुमान का लंका में आना, न आना एक समान हो रहा था। यहां आकर भी उनके पास उतनी ही सूचनाएं थीं, जितनी कि किष्किन्धा में बैठे हुए थीं।

इसी हताशा की अवस्था में, थके-हारे, वे इस उद्यान में चले आए थे। इसी वृक्ष के तने के साथ पीठ लगाकर बैठे थे। कदाचित बैठे-बैठे ही उन्हें नींद आ गई थी और अब आकर इस राक्षस सैनिक ने जगाया है। हो सकता है, यह यहां का चौकीदार है। सूर्य भी तो सिर पर चढ़ आया था। लगता है कि सारा प्रातःकाल उन्होंने सोकर बिता दिया था।

उन्होंने पग बढ़ा दिए। "कहां जा रहा है?" राक्षस सैनिक ने टोका।

"तुम ही बताओ, कहां जाऊं?" हनुमान उदासीन ढंग से बोले।

"पहले तू बता, तू है कौन?" सैनिक रौबदार स्वर में बोला, "और यहां क्या कर रहा है?"

"एक साधारण वानर हूं..."

"यहां आजीविका की खोज में आया होगा।" सैनिक ने उनकी बात काट दी।

हनुमान को उसकी सूझ आ गई। बोले, "हां!"

"जिसे देखो, वही चला आ रहा है।" सैनिक ने खीझ प्रकट की, "तुम्हारे बाप का देश है? यहां क्यों आए? कहीं और क्यों नहीं गए?"

हनुमान की इच्छा हुई, उसका कंठ पकड़कर मरोड़ दें–अभी लंका के इस स्वामी की बुद्धि ठिकाने आ जाए, पर सारे शरीर पर एक प्रकार की जड़ता-सी छा रही थी। फिर अपनी असफलता से मन वैसे ही हताश हुआ बैठा था। अभी कोई और झंझट न खड़ा हो जाए।

"संसार में और आजीविका है कहां?" हनुमान दयनीय ढंग से बोले।

"तो हमने ठेका ले रखा है।" सैनिक की खीझ बढ़ती जा रही थी, "जंगलों में पैदा हो गए और चल दिए लंका की ओर। सारे हाट-बाज़ार पट गए लंका के, कंगले वानरों की भीड़ से। कोई घूमने

आ रहा है, कोई आजीविका के लिए आ रहा है कोई दास के रूप में आ रहा है। कुछ नहीं सूझता तो अपना रक्त-मांस ही देखने चले आ रहे हैं।" सहसा उसका चिन्तन-प्रवाह दूसरी ओर मुड़ गया, "आजीविका के लिए आए हो तो यहां खर्राटे क्यों ले रहे हो? तुम राजाधिराज हो या राजकुमार या कोई सामन्त कि रात-भर गणिका-भवन में विलास के पश्चात प्रातः सोने के अभ्यस्त हो? ससुर आएंगे आजीविका कमाने और काम का समय निकाल देंगे सोने में।" वह झल्लाया-सा बोला, "चलो भागो अब।"

हनुमान दो पग ही बढ़े थे कि वह फिर चिल्लाया, "रात चोरी तो नहीं की कि रात को जागता रहा और प्रातः सो गया?"

"नहीं नायक! ऐसी बात नहीं है।" हनुमान ने चाटुकारिता का अभिनय किया, "देख लो! मेरे पास तो कुछ भी नहीं है।"

"चोरी का माल कहीं छिपा तो नहीं आया?"

अब तक हनुमान का मस्तिष्क जाग उठा था। उन्होंने कौतुक से उस राक्षस सैनिक को देखा–कैसा व्यक्ति है यह! मुस्कुराकर बोले, "धन और धन छिपाने का स्थान होता तो तुम्हारी झिड़कियां खाने के लिए यहां उद्यान में आकर क्यों लेटता? आराम से पलंग पर सो रहा होता।"

"अच्छा! तो तू उनमें से है, जो निरीह बने, उद्यानों में लेटे रहते हैं और एकान्त पाते ही दूसरों को लूट लेते हैं। बोल तू उनमें से है?" धमकाता-सा वह सैनिक हनुमान के निकट आ खड़ा हुआ।

मैंने तुमसे कहा न नायक!" हनुमान धीमे स्वर में बोले, "मैं निर्धन और परदेशी हूं–चोर, लुटेरा अथवा उठाईगीर नहीं हूं। श्रमिक हूं–परिश्रम कर अपनी आजीविका कमाना चाहता हूं।"

किन्तु सैनिक ने कुछ नहीं सुना। वह अपने प्रवाह में बोलता ही चला गया, "यह मत सोचना कि लंका में चोरियां बहुत होती हैं अथवा दस्युवृत्ति का प्रचलन बहुत हो गया है तो प्रत्येक कंगाल वानर धनी बनने के लिए यहीं चला आए। यहां कपट-व्यवहार की भी नियमित पद्धति है। चौकी में उत्कोच दिया नहीं और चले हैं लोगों को लूटने। उंह, भाग यहां से।" सैनिक ने अपनी छड़ी से हनुमान को धमकाया। हनुमान ने जाने के लिए पुनः पग बढ़ा दिए। उनकी अपेक्षा के अनुसार उस सैनिक ने पुनः पुकारा, "चल तो दिया पर जाएगा कहां?"

हनुमान रुक गए, "कहीं भी चला जाऊंगा। जहां कोई काम मिले।"

"तो जा सागर-तट पर, पत्तन में। वहां जाकर सामान ढो।" सैनिक झुंझलाए-से स्वर में बोला, "जा, जहां तेरी इच्छा हो जा। मेरी ओर से तू तपते भाड़ में जा, पर अब पलटकर इस उद्यान में मत आना। यह मेरे पहरे का क्षेत्र है। मैं यहां किसी कंगले की सूरत नहीं देखना चाहता। और हां..." वह कुछ रुका, "अशोक वाटिका की ओर भी मत जाना। वहां दंडधरों का नहीं, सशस्त्र सैनिकों का पहरा है।"

"क्यों? वहां क्यों पहरा है?" हनुमान के कान खड़े हो गए।

"राजाधिराज चाहते हैं, इसलिए पहरा है।" सैनिक बोला, "अब यह मत पूछना कि वह है कहां। जहां सैनिक पहरा हो, वही अशोक वाटिका है। बस, अब भाग जा।"

हनुमान फिर चल पड़े। दस-बारह डग भर चुके और तब भी सैनिक ने नहीं पुकारा तो उन्होंने मुड़कर देखा–सैनिक पलटकर दूसरी ओर चल पड़ा था। इसका अर्थ था कि वह अब पुनः नहीं पुकारेगा। और हनुमान निश्चिन्त होकर अपने मार्ग पर जा सकते थे। वाटिका में सशस्त्र पहरा क्यों है? रावण की इच्छा से। किन्तु रावण की इच्छा क्यों हुई? हनुमान का मन उद्विग्न हो उठा।

हनुमान नगर-भर में घूमते फिरे–एक वाटिका से दूसरी वाटिका तक; पर न तो उनको कहीं सशस्त्र सैनिकों का पहरा दिखाई दिया और न सीता ही कहीं दिखाई पड़ीं।...रह-रहकर उनके मन में उस सैनिक की बातों के विषय में सन्देह जन्म लेने लगा। वह तो वैसे ही लबाड़िया लग रहा था। सम्भव है, उसने यूं ही बेपर की उड़ाई हो, और हनुमान हैं कि उसके कथन को अक्षरशः सत्य मानकर अशोक वाटिका को खोजने चल दिए, जैसे वस्तुतः उसका अस्तित्व हो और रावण ने सीता को वहीं बन्दी कर रखा हो...उस सैनिक की बातों से तो वैसे ही स्पष्ट था कि वह समस्त वानरों को घृण्य और उपहास का पात्र मानता है; ऐसे में यदि उसने हनुमान से यह बात लीलावश ही कहीं हो तो इसका अर्थ यह तो नहीं है कि हनुमान भूखे-प्यासे लंका में निरर्थक इधर-उधर घूमते फिरें। किन्तु, जैसे ही हनुमान को अपनी भूख याद आती, वे और भी तल्लीनता से खोज में लग जाते। भोजन का न अवसर था, न अवकाश। काम में लगे रहने से भूख विस्मृत रहती थी, इसलिए उन्हें चलते रहना चाहिए, आंखों से देखते जाना चाहिए और मस्तिष्क से सोचते जाना चाहिए। कौन सा ऐसा स्थान है, जहां सीता के होने की रत्ती-भर भी सम्भावना हो सकती है...और कौन-सी ऐसी स्त्री है, जो सीता हो सकती है...सहसा हनुमान को स्वयं अपने-आप पर हंसी आ गई। विचित्र हैं, वे भी। वे एक ऐसी स्त्री को खोज रहे हैं जिसको वे पहचानते तक नहीं। कल सन्ध्या से अब तक लंका में उन्होंने सहस्रों स्त्रियां देखी हैं। उनमें प्रत्येक वय की असंख्य स्त्रियां थीं। उनमें सैकड़ों असाधारण सुन्दरियां भी थीं...सम्भव है कि उन्हीं में से कोई सीता भी रही हो।...वे क्यों यह मानकर चल रहे हैं कि सीता जहां भी होंगी, बन्दिनी ही होंगी–वे निरन्तर रो-पीट ही रही होंगी... क्या यह सम्भव नहीं है कि प्रतिदिन की पीड़ा और यातना से तंग आकर और अपनी मुक्ति की सम्भावना से निराश होकर, उन्होंने भाग्य से समझौता कर लिया हो? वे रावण के अन्तःपुर में किसी भी रूप में विद्यमान हो सकती हैं–रानी से दासी तक, किसी भी रूप में...तो वे किसी से पूछ क्यों नहीं लेते? ऐसे ही व्यर्थ भटकने का लाभ? पूछ लें?...यदि किसी को सन्देह हो गया तो...ऐसा भरोसे का आदमी कहां मिलेगा? पूछ ही सकें, तो यह क्यों न पूछ लें कि अशोक वाटिका किधर है...'चल हनुमान, चल। पूछने के पश्चात कहीं इस भटकन का अन्त, रावण के कारागार में न हो..."

वे पुनः चल पड़े। कल सन्ध्या समय उन्होंने राक्षसों का विलास देखा था; आज मध्याह्न में वे राक्षसों के दासों का श्रम देख रहे थे। स्थान-स्थान पर उन्हें पशुओं के समान, बोझ खींचते हुए दास दिखाई पड़ जाते थे। एक ओर बहुमूल्य वस्त्रों, अलभ्य सुगन्धियों तथा मणि-माणिक्य के आभूषणों से लदे चर्बी के पर्वत के समान दिखनेवाले राक्षस, रथों और दुकानों की गद्दियों पर बैठे थे और दूसरी ओर फटे चीथड़े पहने हुए, बोझ खींचते हुए दास और श्रमिक।

सहसा हनुमान का ध्यान एक बालक की ओर चला गया–वेशभूषा से वह बालक किसी धनाढ्य परिवार का लगता था। वह एक वृद्ध का हाथ पकड़कर उसे एक दिशा में खींच रहा था। वृद्ध उसे बार-बार रोक रहा था और बालक बार-बार उधर ही जाने का आग्रह कर रहा था।

हनुमान उनके कुछ निकट आ गए। बालक ने क्या कहा, वे सुन नहीं पाए, किन्तु वृद्ध की बात उन्होंने स्पष्ट सुनी। "तुम समझते क्यों नहीं वत्स!" वृद्ध कुछ खीझ और कुछ अनुनय के स्वर में कह रहा था, "वह अशोक-वाटिका है और वहां जाने की सम्राट की ओर से मनाही है।"

हनुमान को सहसा झटका लगा, तो वह लबाड़िया सैनिक ठीक ही कह रहा था। "पहले तो हम प्रतिदिन वहां जाते थे...।" बालक अपने हठ पर अड़ा हुआ था। "पहले की बात और थी।" वृद्ध ने उसे समझाया, "अब सम्राट ने निषेधाज्ञा लगा दी है। तुम उधर नहीं जा सकते।"

मैं पिता जी से कहकर सम्राट की पिटाई करवा दूंगा...।"

"तू हमें शूलविद्ध कराकर ही रहेगा।" वृद्ध ने घबराकर इधर-उधर देखा। हनुमान को निकट खड़े देख, कुछ चाटुकारिता के स्वर में बोला, "अबोध बालक है।" फिर जैसे हनुमान को दिखाने के लिए बोला, "नहीं वत्स! ऐसा नहीं कहते...।"

इस सूचना से हनुमान के वक्ष में ऐसा भीषण उद्वेलन आरम्भ हो गया कि उनके लिए वहां खड़े रहना असम्भव हो गया। वृद्ध उनकी ओर से जितना आशंकित था, उससे कहीं अधिक, वे उससे आशंकित थे...

हनुमान को लगा, उनके मस्तिष्क में जैसे प्रश्नों और उनके समाधानों में होड़ मची हुई है।... अशोक वाटिका में यह बालक जाया करता था। अब सम्राट ने निषेधाज्ञा लगा दी है। क्यों? अब वहां ऐसा क्या हो गया है कि स्वयं सम्राट को निषेधाज्ञा लगानी पड़ी है...और कितना भयभीत था वह वृद्ध। एक अबोध बालक के वाक्य से अप्रसन्न होकर सम्राट सारे परिवार को शूलविद्ध करवा देंगे। वाह रे रावण!

हनुमान पवन-गति से आगे बढ़ते जा रहे थे। कुछ और घट जाए, उससे पहले ही उन्हें अशोक वाटिका में पहुंच जाना चाहिए। यदि सचमुच ही कहीं, वहां सीता बन्दिनी हैं, तो उन तक पहुंचकर, हनुमान को उनसे कुछ वार्तालाप कर लेना चाहिए। ऐसा न हो कि वे विलम्ब करते रहें और जानकी को वहां से हटा, रावण कहीं और छिपा दे...

वाटिका खोजने में न तो हनुमान को अधिक समय लगा और न कठिनाई। राजमार्ग से ही अशोक-वाटिका दिखाई पड़ रही थी और मुख्य द्वार पर स्थित सैनिक चौकी दूर से ही देखी जा सकती थी। यदि अशोक वाटिका के संकेत न मिले होते और सशस्त्र सैनिकों की चौकी दिखाई न पड़ती, तो हनुमान दूर से उसे वाटिका अथवा उद्यान के स्थान पर कोई सघन वन ही समझते। दूर से, न तो वहां फलों का कोई वृक्ष दिखाई देता था, न फूलों के पौधे अथवा लताएं। जाने क्यों वहां इतने वृहदाकार और सघन वृक्ष लगाए गए थे? हनुमान चलते हुए वाटिका के मुख्य द्वार से आगे निकल गए, फिर एक अन्य मार्ग से पीछे की ओर लौटे। यहां महामहालय प्रासाद की सुरक्षा-व्यवस्था से अधिक सावधानी बरती गई थी। यहां परिखा और प्राचीर नहीं थी, इसीलिए पीछे की ओर भी सैनिक चौकी थी। वाटिका के आसपास घूमते रहने पर किसी का सन्देह जगाने की आशंका, हनुमान के मन में बराबर बनी हुई थी, किन्तु अन्य कोई उपाय भी नहीं था। वाटिका की सुरक्षा-व्यवस्था को अच्छी प्रकार देखने के लिए वाटिका के चारों ओर का एक चक्कर लगाना ही पड़ा। वाटिका के बाहर चार स्थानों पर सैनिक चौकियां थीं, किन्तु सैनिकों द्वारा परिक्रमा की कोई व्यवस्था हनुमान को दिखाई नहीं पड़ी। यह शुभ लक्षण था। यदि चौकियों के बीच सैनिक परिक्रमा की व्यवस्था होती, तो उनकी आंख बचाकर वाटिका में प्रवेश करना कठिन ही होता, पर सैनिक कितने सावधान थे, यह देखने के लिए तो चौकियों के निकट से होकर जाना ही पड़ेगा। फिर चाहे जो हो।

हनुमान ने चौकियों के निकट से एक चक्कर लगाया। प्रत्येक चौकी में पांच-पांच सैनिक थे। उनके पास धनुष, शूल तथा खड्ग थे; अर्थात वे भली प्रकार शस्त्रबद्ध थे। किन्तु उनमें से किसी ने भी हनुमान की ओर ध्यान नहीं दिया। वे लोग अपने ही कार्यों में बहुत तल्लीन थे। दो चौकियों में तो चार–वार सैनिक, अपने शस्त्रों को एक ओर रखकर, अपनी द्यूतक्रीड़ा में तल्लीन थे। पांचवां सैनिक खेल तो नहीं रहा था, किन्तु अपने शस्त्र लिये हुए खेल देखने में निमग्न था। एक चौकी में, एक सैनिक किसी घटना का वर्णन कर रहा था और शेष चार उत्सुकता और जिज्ञासा से आंखें फाड़े हुए,

उसकी बातें सुन रहे थे। चौथी चौकी में सैनिकों के मध्य में एक स्त्री बैठी हुई थी, और सैनिकों का ध्यान पूरी तरह से उसमें रमा हुआ था। वेशभूषा एवं हाव-भाव से वह स्त्री कोई राह चलती वेश्या लगती थी; उसके प्रति सैनिकों का व्यवहार भी इस अनुमान की पुष्टि कर रहा था।

हनुमान वाटिका की पिछली ओर चले गए। उन्होंने दो चौकियों के मध्य का स्थान चुना। अपना उत्तरीय झाड़कर वह वृक्ष के नीचे बिछाया और उस पर लेट रहे। वे विश्राम करने का अभिनय कर रहे थे, किन्तु उनकी आंखें और मस्तिष्क दोनों ही अत्यन्त क्रियाशील थे।...उन्होंने थोड़ी देर प्रतीक्षा की; न कोई पूछताछ करने के लिए उनके पास आया और न किसी ने उनकी ओर ध्यान ही दिया। इस ओर से निश्चिन्त होकर, हनुमान ने लेटे-ही-लेटे, वाटिका के भीतर की ओर रेंगना आरम्भ किया। कठिन परिश्रम था...किन्तु खड़े होकर चलने में जोखिम था।...थोड़ी देर तक लगातार रेंगने के पश्चात उन्होंने पुनः निरीक्षण किया। सब-कुछ यथावत था, कहीं कोई हलचल नहीं थी। तब उन्होंने वाटिका की ओर देखा–वे वृक्षों की दो पंक्तियों के भीतर आ चुके थे और अब बाहर से उनका देखा जाना असम्भव ही था। किन्तु, वाटिका के भीतर की सुरक्षा-व्यवस्था का उन्हें तनिक भी ज्ञात नहीं था।... उन्होंने लेटे-लेटे ही दृष्टि उठकर ऊपर देखा–उनके सम्मुख दूर तक केले के वृक्ष लगे हुए थे, जो अपने फल के बोझ से एक ओर कुछ झुके हुए लग रहे थे।

हनुमान की भूख जाग उठी। केले पूरी तरह से पके नहीं थे; किन्तु भूख इतनी चमक उठी थी कि कच्चे पक्के का विचार मस्तिष्क से लुप्त हो गया था। वे उठ खड़े हुए और केले के वृक्ष की ओर बढ़े...किन्तु तत्काल उनके विवेक ने उन्हें सावधान किया। वे क्या करने जा रहे हैं। तनिक भी धैर्य नहीं है हनुमान में? वे सफलतापूर्वक अशोक वाटिका में प्रविष्ट हो गए हैं। अब तक के लक्षणों को देखते हुए, इस वाटिका में जानकी के होने की पूरी सम्भावना है...और ऐसे समय में वैदेही की खोज करने के स्थान पर उन्हें अपनी भूख मिटाने की सूझ रही है। यदि केले तोड़ने के शब्द से अथवा किसी अन्य हलचल से किसी का ध्यान इस ओर आकृष्ट हो गया, तो सारे किए-धरे पर पानी फिर जाएगा। वैसे भी सन्ध्या का समय हो रहा है। वे खाने में मगन हो गए और यह समय हाथ से निकल गया, तो अभी थोड़ी देर में अन्धकार छा जाएगा। यह रावण का महामहालय प्रासाद तो है नहीं कि यहां रात को भी प्रकाश होगा। अन्धकार में क्या करेंगे वे। हनुमान ने खाने का विचार छोड़ दिया। ऐसा अनिष्टकारी भोजन करने की आवश्यकता नहीं है।

वे घुटनों के बल रेंगते हुए और आगे बढ़ गए। अब वाटिका में पंक्तिबद्ध वृक्षों की प्राचीर समाप्त हो गई थी; और विभिन्न प्रकार की क्यारियां तथा लतागुल्म भी दिखाई देने लगे! किन्तु, साथ ही उन्हें आभास हुआ कि निकट ही कहीं अनेक लोग हैं और उनमें वार्तालाप चल रहा है।...हनुमान रुक गए। उन्होंने सावधान होकर सुनने का प्रयत्न किया। उनका अनुमान सत्य था। कुछ दूरी से, स्त्री-कंठों के अनेक स्वर आ रहे थे। शब्द स्पष्ट नहीं थे, जैसे वार्तलाप में संयम न रह गया हो। चकित-से बैठे हनुमान, सोचते रह गए कि सशस्त्र सैनिकों से रक्षित इस वाटिका में ये कौन-सी स्त्रियां हो सकती हैं...क्या ये रावण के राजकुल की महिलाएं हैं, अथवा सीता यहीं बन्दिनी हैं?

और आगे बढ़ना हानिकारक भी हो सकता था। वृक्षों की ओट सर्वथा छोड़कर वे उन स्त्रियों के निकट जाकर, उनकी बातें तो सुन सकेंगे, कदाचित उन्हें देख भी पाएं; किन्तु यदि किसी की दृष्टि उन पर पड़ गई, जिसकी सम्भावना अधिक थी, तो वे तत्काल पकड़ लिये जाएंगे। उन्होंने इधर-उधर दृष्टि फेरी : निकट ही अशोक वृक्षों के ऐसे अनेक झुरमुट होंगे; उन्होंने सोचा। तभी इस वाटिका का नाम अशोक वाटिका रखा गया है। छिपे रहने के लिए वृक्ष बहुत अच्छा आश्रय है।

हनुमान तत्काल उस झुरमुट में जा घुसे, और बिना आहट किए, स्त्रियों के स्वरों की दिशावाले सिरे के अन्तिम वृक्ष के ऊपर चढ़कर बैठ गए। स्वयं को भली प्रकार छिपाकर और सब ओर से सन्तुष्ट होकर, उन्होंने उस दिशा में दृष्टि डाली...वहां तो सब-कुछ अद्‌भुत था...थोड़ी दूर पर एक छोटी-सी कुटिया थी। उसके द्वार पर एक अशोक वृक्ष था, जिसके चारों ओर ईंटों का एक वृत्ताकार चबूतरा बना हुआ था और उस पर कोई स्त्री बैठी हुई थी। उसने एक साधारण श्वेत साड़ी पहन रखी थी। सिर को उसने उसी साड़ी से भली प्रकार ढक रखा था; किन्तु इधर-उधर से कुछ केश बाहर निकले हुए थे–समझना कठिन था कि उसने एक वेणी कर रखी थी या सारे केश खुले थे। उसने सिर झुका रखा था, अतः उसके चेहरे के भावों को देखना कठिन था...अनेक स्त्रियों ने उसे घेर रखा था और चख-चख मचा रही थी। उन सम्मिलित स्वरों में से कोई-कोई शब्द ही सुनाई पड़ रहा था–पूरी बात स्पष्ट नहीं थी...

कहीं ये देवी वैदेही तो नहीं?...हनुमान का मन गेंद के समान उछलने लगा। उन्होंने वृक्ष की डाली को कसकर पकड़ लिया; कहीं अपने सन्धान की सफलता की सम्भावना से चक्कर खाकर ही न गिर पड़ें!

सहसा कुछ पुरुष प्रहरियों ने प्रवेश किया। वे सब-के-सब सशस्त्र और सन्नद्ध थे–ये उन प्रहरियों जैसे नहीं थे, जिन्हें हनुमान ने बाहर की सैनिक चौकियों में देखा था।...आगन्तुक प्रहरियों ने किसी से कुछ कहा नहीं। एक दूरी-सी बनाए वे लोग अपने शस्त्रों सहित सावधान होकर खड़े हो गए। स्त्रियों ने भी उनकी ओर देखा। उनका कोलाहल कुछ धीमा हुआ और एक अकेला कंठ स्पष्ट शब्दों में बोला, "देखो, प्रहरी आ गए हैं। घड़ी-भर में महाराजाधिराज भी पधारेंगे। अपने आदेश का पालन न हुआ देखकर वे बहुत क्रुद्ध होंगे। तुम नहीं जानतीं कि उनका दंड कितना कठोर होता है।..."

"जानती हूं।" मध्य में बैठी उस स्त्री ने सिर उठाया। उस मलिन वेश में भी उसके सौन्दर्य के विषय में कोई भ्रम नहीं हो सकता था और उसका मुख तेज से जाज्वल्यमान था, "प्रत्येक दुष्ट राजा कठोर भाषी और क्रूर कर्मी होता है; और तुम्हारा राजाधिराज तो दुष्ट ही नहीं, नीच भी है...!"

"यह तो ऐसे ही बकवास करती जाएगी।" एक चीखता-सा कर्कश स्वर आया, "सखी त्रिजटा! मेरी बात मानो। पकड़ो इसके हाथ-पांव। मैं अभी बलात इसका शृंगार कर देती हूं। हमें राजाधिराज की आज्ञा का पालन करना है अथवा सिरफिरी की चिरौरी करनी है...!"

लगा, वे झपटकर उसे पकड़ लेंगी; किन्तु तभी पहली वाली स्त्री, जिसे अन्य द्वारा त्रिजटा सम्बोधित किया गया था, बोली, "नहीं, राजाधिराज की यह आज्ञा नहीं है कि देवी की इच्छा के प्रतिकूल कुछ भी किया जाए।" उसने रुककर पूछा, "बोलो देवी, क्या इच्छा है?"

केन्द्र में बैठी स्त्री ने कोई उत्तर नहीं दिया। उसने फिर पहले के समान, अपने घुटनों पर अपना सिर टेककर मुख छिपा लिया।

"चलो, पीछे हट जाओ।" त्रिजटा ने अपनी सखियों को आदेश के-से स्वर में कहा, "इसे अधिक पीड़ित मत किया करो। जिस दिन यह महाराजाधिराज के अनुकूल हो गई, उस दिन तुम लोगों से सारा वैर निकाल लेगी...और वैसे भी अब महाराजाधिराज आनेवाले ही होंगे।"

वे कुछ पीछे हट गईं। उनका वृत्त बड़ा हो गया; किन्तु दूर खड़े पुरुष प्रहरियों के समान इन्होंने भी केन्द्र तक पहुंचने के लिए मार्ग छोड़ रखा था। तो यह स्त्री महाराजाधिराज के अनुकूल नहीं है। हनुमान सोच रहे थे अर्थात यह अपहरण अथवा किसी अन्य उपाय से बलात यहां लाई गई है। महाराजाधिराज अर्थात रावण इसे शृंगार करने का आदेश दे रहा है और स्वयं आनेवाला है।

निश्चय ही ये देवी जानकी हैं। कैसी सुन्दर हैं, कैसा तेज है मुख पर। इतने प्रहरियों के सम्मुख इस असहायावस्था में भी रावण को दुष्ट और नीच कहा है।

तभी दासियों की एक टोली प्रविष्ट हुई। ये स्त्रियां प्रहरी अथवा सैनिक कर्म करनेवाली नहीं लगती थीं। उनकी आकृति-प्रकृति, मृदुल-कोमल थी। देह-यष्टि भी बलिष्ठ नहीं थी। वेश भी वैसा नहीं था और उनका रूप भी सुन्दर था। वे लोग यन्त्रवत पुरुष प्रहरियों और पूर्व उपस्थित स्त्री प्रहरियों के बीच घेरा बनाकर चुपचाप खड़ी हो गईं...उनके पश्चात कुछ उल्का वाहिकाएं आईं और विभिन्न कोणों में इस प्रकार खड़ी हो गईं, जिससे उस सारे क्षेत्र में पर्याप्त प्रकाश हो सके। हनुमान ने आकाश की ओर देखा–आकाश नीले से काला पड़ता जा रहा था। थोड़ी देर में पूर्णतः अन्धकार छा जाने की सम्भावना थी। तभी, महाराजाधिराज रावण के जय-जयकार के बीच रावण आया। केन्द्र में बैठी उस स्त्री को छोड़कर, शेष सभी उपस्थित जन, सम्मान प्रकट करने के लिए झुक गए।

हनुमान रावण को पहचान रहे थे–यह वही पुरुष था, जिसे उन्होंने पिछली रात, महामहालय प्रासाद के सबसे भव्य कक्ष में सोते हुए देखा था। उसके साथ वही स्त्री थी, जो पिछली रात रावण के साथवाले पलंग पर सोई हुई थी, जिसे उन्होंने मन्दोदरी माना था। आज भी उन दोनों के चेहरे कुछ तनावपूर्ण थे। उनके पीछे-पीछे अत्यन्त सुन्दर वेश में अनेक नारियां थीं–जो सम्भवतः अन्तःपुर की स्त्रियां अथवा दासियां थीं।

रावण का वेश इस समय शौर्य और शृंगार दोनों के उपयुक्त लग रहा था। शरीर पर बहुमूल्य सुगन्धित पदार्थों का लेप था और मणि-माणिक्यों से टांका हुआ उत्तरीय उसकी शोभा बढ़ा रहा था। शरीर पर अनेक रत्न-जड़ित आभूषण थे। हनुमान को तो उन आभूषणों के नाम तक मालूम नहीं थे। इस प्रकार के शृंगार प्रसाधन तथा साज-सज्जा से उनका दूर का भी सम्बन्ध नहीं था, किन्तु रावण ने कटि में एक विकराल खड्ग बांध रखा था; और आंखों में भी कुछ-कुछ आवेश का भाव था। वह चबूतरे के निकट आकर रुका। मन्दोदरी उसके साथ खड़ी थी।

"वैदेही!" रावण बोला।

हनुमान का मन पुनः गेंद के समान उछलने को हुआ। उन्हें लगा, उनके शरीर का सारा रक्त, जैसे उनके मुख की ओर दौड़ रहा है...तो ये देवी वैदेही ही हैं। उन्हें मन-ही-मन, जैसे विश्वास ही नहीं हो रहा था...क्या सत्य ही वे अपने लक्ष्य तक आ पहुंचे हैं और उन्होंने देवी वैदेही को खोज निकाला है जिन्हें ढूंढ़ने के लिए सैकड़ों वानर विभिन्न दिशाओं में फैले हुए, दिन-रात परिश्रम कर रहे हैं–उन देवी वैदेही को अन्ततः हनुमान ने ही खोज निकाला है।...जब वे किष्किन्धा से चले थे, जब उन्होंने सागर-सन्तरण किया था और वे लंका में स्थान-स्थान पर सीता को खोज रहे थे, तब भी जैसे उनका मन भीतर से यही मानता था कि सीता की खोज सम्भव नहीं है। भला रावण के इस विकराल संगठन में से कैसे किसी को खोजा जा सकता है, किन्तु आज असम्भव ही सम्भव हो गया था। हनुमान अपने भीतर की हलचल को स्वयं ही नियन्त्रित नहीं कर पा रहे थे, जैसे स्वयं सर्वदा हिल्लोलित सागर ही उठकर उनके वक्ष में आ बैठा था। "वैदेही!" रावण पुनः बोला; इस बार उसका स्वर कुछ कोमल हो आया था, "तुम्हारा कंगला राजकुमार अपनी असमर्थता पर लज्जित होकर किसी नदी-नाले में डूब मरा होगा। देखो, तुम्हारे सम्मुख लंका का राजाधिराज रावण खड़ा है।..."

सीता ने झटके से सिर उठाकर रावण को देखा; किन्तु कुछ बोली नहीं। उनकी आंखों में दयनीयता नहीं थी, वहां एक स्पष्ट फुफकार थी।

"वैदेही, मैं तुमसे सम्बोधित हूं।" रावण बोला।

"किन्तु मेरी तनिक-सी भी इच्छा तुमसे सम्बोधित होने की नहीं है।" सीता सपाट स्वर में बोलीं। हनुमान को लगा, रावण खिन्न हो उठा है और मन्दोदरी के चेहरे का भाव कुछ उल्लसित हो उठा है।

"वैदेही, तुम मुझे और मेरी शक्ति को जानती हो...।"

"शक्ति नहीं। चोर-कला कहो।" सीता ने उसकी बात काट दी, "शक्ति का तो कोई प्रमाण तुमने दिया ही नहीं। मैं तो कब से कह रही हूं कि राम से युद्ध का साहस नहीं है तो मुझे ही शस्त्र दो और द्वन्द्वयुद्ध कर देखो।"

रावण कुछ इस भाव से हंसा, जैसे किसी बालक की अनुचित बात से रुष्ट होकर भी वह उसे टाल रहा हो, "मैं जानता हूं, तुम आत्महत्या की बात सोच रही हो। तुम जानती हो कि राम यहां नहीं आ सकता, तुम यहां से मुक्त नहीं हो सकतीं, इसलिए तुमने आत्महत्या का यह उपाय सोचा है। तुम मुझसे द्वन्द्व-युद्ध कर निश्चित मृत्यु चाहती हो; किन्तु जानकी..." रावण के स्वर में लम्पटता की सरसता मुखर हो उठी, "मैं तुम्हें मरने नहीं दूंगा। यह वय और यह रूप-सौन्दर्य नष्ट होने अथवा मरने के लिए नहीं है। तुम उस संन्यासी के साथ रहकर, जीवन के सुखों को भूल गई हो–मैं तुम्हारे सम्मुख असंख्य सुखों का असीम संसार प्रस्तुत कर रहा हूं। एक बार स्वेच्छा से मेरी शय्या पर आरूढ़ हो जाओ, राक्षसों का सम्पूर्ण साम्राज्य तुम्हारा है। जैसे चाहो, इसका भोग करो। जो चाहो, अपने भाई-बन्धुओं को भेजो, अथवा उन्हें यहां बुलाकर, सब-कुछ उन्हें समर्पित कर दो। अपने वृद्ध माता-पिता को भी एक बार दिखला दो कि ऐश्वर्य किसे कहते हैं...।"

"रावण," सीता सतेज स्वर में बोलीं, "सारे संसार में तेरा क्या एक भी हितू नहीं है, जो तुझे समझा सके कि यह तेरे नाश का मार्ग है। क्या कोई तुझे नहीं बताता कि जिस ऐश्वर्य पर तू इतना इतरा रहा है, उसके भोग का तुझे ही नहीं, तेरे परिजनों को भी बहुत शीघ्र मूल्य चुकाना पड़ेगा। कोई तुझे समझाता नहीं या तू किसी की सुनता ही नहीं... ?"

"जानकी! इन बातों में क्या रखा है!" रावण सीता की बातों की उपेक्षा कर बोला, "मानव जन्म बार-बार नहीं मिलता। इस शरीर के माध्यम से जो सुख प्राप्त हो सकते हैं, उन्हें भोगो। राक्षसों का समग्र साम्राज्य अपनी हथेली पर लिये, रावण जैसा पुरुष, तुमसे प्रणय की याचना कर रहा है।"

"मैं भी यही बता रही हूं, रावण!" सीता का स्वर कुछ शान्त था, "मानव शरीर पाकर भी उससे तू केवल पशु-सुख का भोग कर पाया है। मानव-सुख सूक्ष्म है, अभौतिक है और अलौकिक है। वह ग्रहण में नहीं त्याग में है। दूसरों के सुख के लिए स्वयं को खपाकर पाया गया सुख ही मानव-सुख है। अभी अवसर है। अविवेक-हठ छोड़ दे, मुझे मेरे राम को सौंप दे। उनके चरणों में गिरकर उनसे क्षमा मांग।"

रावण ने अट्टहास किया, "वन में रहकर, तूने कंगले तापसों से त्याग का अच्छा पाठ पढ़ा है जानकी। भिखारियों को राम के सम्मुख हाथ जोड़ते देख, तूने समझा कि राक्षसों का राजाधिराज भी उसके सम्मुख याचक बनकर जाएगा! जानकी, मैं तेरे सम्मुख याचक बनकर खड़ा हूं। मेरी सुन! तू इस रावण को अंगीकार कर, तो महारानी मन्दोदरी जैसी स्त्रियां तेरी दासियां नियुक्त कर दूंगा।..."

हनुमान को लगा, जैसे सीता और मन्दोदरी दोनों ने ही कुछ अप्रत्याशित और अवांछित सुन लिया हो। मन्दोदरी का उल्लसित चेहरा कुछ संकुचित हो आया। फिर, चेहरे पर कठोरता उभरी और भृकुटियां वक्र हो उठीं। किन्तु रावण ने उसकी ओर ध्यान नहीं दिया। वह सीता की ओर देख

रहा था। सीता ने रावण को तीखी दृष्टि से देखा और फिर कुछ उच्च स्वर में बोलीं, "तू समझता है कि महारानी मन्दोदरी को मेरी दासी नियुक्त करने का प्रस्ताव रख, तू मेरा गौरव बढ़ा रहा है। तेरी नीचता की भी कोई मर्यादा है अथवा नहीं! जो अपनी पट्ट-महिषी के सम्मान की रक्षा नहीं कर सकता, वह अन्य लोगों का सम्मान क्या करेगा। तेरी बात को तो किसी वनचारी, बुद्धिहिन पशु के निरर्थक गर्जन-तर्जन से अधिक महत्त्व नहीं दिया जाना चाहिए।"

रावण का मुख क्रोध से विवर्ण हो उठा। अनायास ही उसका दाहिना हाथ अपने खड्ग की मूठ पर पड़ा। हनुमान का शरीर जैसे अग्नि की लपटों में जलने लगा–यदि यह दुष्ट उनके सम्मुख ही जानकी का वध करेगा तो क्या वे यहां छिपकर बैठे देखते रहेंगे? लौटकर भद्र राम को सूचना देंगे कि मैंने अपौरुष उद्यम कर दिखाया है। सीता का सन्धान पाकर, वहां पहुंचा, अपनी आंखों के सम्मुख उनका वध होते देखा है। किन्तु उनके पास कोई शस्त्र नहीं था–और उधर न केवल रावण स्वयं ही सशस्त्र था, वरन उसके अनेक सशस्त्र सैनिक भी पास ही खड़े थे। बाहर सैनिक चौकियां भी थीं, घड़ी-भर में यहां सैनिक-ही-सैनिक हो जाएंगे...तो क्या करें हनुमान? अपने सम्मुख वे देवी सीता की निरीह हत्या हो जाने दें और आत्मरक्षा की आड़ में चुपचाप बैठे देखते रहें?...

बड़ा विकट क्षण था। हनुमान के हाथों ने कसकर, अशोक वृक्ष की डाल पकड़ ली थी, जैसे वे अभी ही एक छलांग में रावण तक जा पहुंचेंगे और उसका खड्ग छीन लेंगे; और उनका मस्तिष्क था कि ऊहापोह में उलझा हुआ, अब भी बार-बार उनसे पूछ रहा था कि क्या यह क्षण उनके प्रकट होने का है? यदि राक्षसों ने उन्हें घेरकर उनकी हत्या कर दी, तो अपने प्राणों से तो जाएंगे ही, न देवी वैदेही को बचा पाएंगे और न ही राम को सीता-सम्बन्धी कोई समाचार दे पाएंगे।

तभी मन्दोदरी ने हल्के ढंग से रावण की भुजा को अपनी अंगुलियों से स्पर्श किया। रावण ने मन्दोदरी को देखा और जैसे रक्त का घूंट पीकर रह गया। उसने खड्ग पर से अपना हाथ हटा लिया। अपनी क्रुद्ध, आरक्त आंखों से उसने एक बार सीता को देखा, एक बार मन्दोदरी को; और फिर जैसे अनिर्णय की यातना से तड़पकर आकाश की ओर देखा।

हनुमान को रावण की विवशता समझ नहीं आई। उस समय वह क्रोध से फुफकारता हुआ विषधर सर्प के समान था, जो दंश न कर सकने की बाध्यता में अपने ही विष से जल रहा था।

"ठीक है वैदेही!" रावण पुनः सीता से सम्बोधित हुआ, "आज फिर निराश और असफल लौट रहा हूं। दो मास की अवधि और है। एक मास के पश्चात पुनः याचना करने आऊंगा। तब भी तुम न मानीं, तो अवधि समाप्त होने पर स्वयं अपने हाथों से तुम्हारा वध करूंगा।"

रावण फुफकारता हुआ आगे बढ़ गया। मन्दोदरी ने सीता की ओर देखा। सीता के चेहरे पर भी हल्की-सी मैत्रीपूर्ण मुस्कान उभरी, किन्तु बोला कोई भी नहीं, न मन्दोदरी, न सीता। मन्दोदरी भी बढ़ी। साथ-साथ सारा अन्तःपुर भी बढ़ा। उन्हें घेरे हुए दासियां भी चल पड़ीं।

हनुमान ने पलटकर देखा। यद्यपि मन्दोदरी, रावण के साथ-साथ चल रही थीं, किन्तु उन्होंने अपने तनाव को शिथिल नहीं होने दिया था; किन्तु अन्य स्त्रियां रावण के आसपास इस भंगिमा में मंडरा रही थीं, जैसे रावण का विरोध दूर होते ही उसके कंठ से लग जाएंगी।

हनुमान ने पुनः अपनी दृष्टि सीता की ओर घुमाई। वे अब भी शान्त-सतेज भाव से अपने स्थान पर स्थिर बैठी थीं। इस बीच पुरुष प्रहरी भी अपने शस्त्र समेटकर जा चुके थे और अब वहां वे ही स्त्री प्रहरी रह गई थीं, जिन्हें हनुमान ने सबसे पहले वहां देखा था। उन लोगों ने सीता को घेर रखा था और किटकिटाए ढंग से कोस रही थीं।

"यह पता नहीं कैसी कुलच्छनी है! इसकी समझ में कोई बात ही नहीं आती। भला एक स्त्री चाहती क्या है? सम्राट में कौन-सा अभाव है–सुदर्शन हैं, स्वस्थ हैं, शक्तिशाली हैं; और फिर सम्राट हैं। धन, सम्पत्ति, सत्ता, वैभव-ऐश्वर्य–सब-कुछ है। उस कंगले तपस्वी के पीछे पागल हुई पड़ी है। स्वयं भी दुखी है और हमें भी पीड़ित कर रखा है।"

"अरे न हो जिसके भाग्य में राज-सुख, वह कहां से भोग लेगी। उसे देखा, उस धान्यमालिनी को, सम्राट के कंठ में बांहें डालने को कितनी आतुर थी। प्रासाद तक पहुंचने का भी धैर्य उसमें नहीं था। यहीं उनके गले में झूल रही थी। और एक यह है अभागिन कि सम्राट बार-बार याचना करते हैं और यह दुष्टा उन्हें पैरों से ठुकराती है। वह तो कहो कि सम्राट पर इसके सौन्दर्य का जादू चल गया है, नहीं तो कब से काटकर डाल दिया होता इसे...।"

"ऐसी तो कोई सुन्दर भी नहीं है। सम्राट को पता नहीं, इस बार क्या हो गया है। केशों से पकड़कर, घसीट ले जाएं अपनी शय्या पर; नहीं तो कर दें इसका वध...।"

"तुझे जल्दी किस बात की पड़ी है बहना!" हंसता हुआ एक स्वर आया, "लक्षण बड़े स्पष्ट हैं। अन्त में इसके टुकड़े ही होंगे। तुम मदिरा तैयार कर रखो।"

"वह तो होना ही है। पर जितना विलम्ब होता जा रहा है, उतना ही इसका मांस सूखता जा रहा है। पता नहीं इसका वह कंगला तापस कैसा है, जिसके विरह में यह ऐसे सूख रही है। ऐसे ही दो मास और बीत गए, तो यह तो एकदम खंखाड़ हो जाएगी। सूखा छिछड़ा मांस खाने में क्या आनन्द आएगा...जब यह आई थी तो कैसा गुदगुदा शरीर था इसका।"

"इसका तो सूखा छिछड़ा मांस ही खा लेना। जब इसका वह कंगला तपस्वी यहां आएगा, उसका गुदगुदा मांस भी खा लेना।"

"अरे छोड़ो। कौन खाने देगा उसका मांस तुमको। उसके लिए घात लगाए वह बैठी नहीं है क्या।"

"कौन।"

"सम्राट की बहन? शूर्पणखा।"

"वह! वह उसे भी ऐसे ही बन्दी करके रखेगी। प्रतिदिन प्रेम की याचना करेगी। पता नहीं, वह उसे मारने भी देगी या बेचारा सूख-सूखकर ही मर जाएगा...।"

"जो भी हो। तुम मदिरा तैयार रखो। इसका वध होगा तो निकुम्भला देवी की पूजा करेंगे। मदिरा के साथ मानव-मांस का स्वाद लेंगे।"

"सुनो! सुनो! मेरी बात सुनो।" हनुमान ने पहचाना, यह उस राक्षसी का स्वर था, जिसे त्रिजटा कहा गया था।

"मैंने एक स्वप्न देखा है।"

"कब?"

"कल रात?"

"क्या देखा है?"

"मैंने राजाधिराज को मूड़ मुड़ाए, तेल में डूबा हुआ देखा है। और इस सीता पति को श्वेत पुष्पों की माला पहने, श्वेत वस्त्र धारण किए हुए, शिविका में आते देखा है।" त्रिजटा बोली।

"इसका क्या अर्थ हुआ विनता?"

"इसका अर्थ तो भयंकर है।" उत्तर देनेवाली शायद विनता ही थी, "इसका अर्थ है इसके पति की विजय और राजाधिराज की मृत्यु! यह त्रिजटा तो सदा ऐसे ही सपने देखती रहती है।"

"इसमें मेरा क्या दोष है?" त्रिजटा अनुनय-सी करती हुई बोली, "मैंने जो देखा था, तुम्हें बता दिया। मुझे तो इसका अर्थ भी मालूम नहीं था। यह तो अभी विनता ने बताया है। नहीं तो क्या मैं अपने राजाधिराज की मृत्यु चाहूंगी।"

"छोड़ो! इसने तो सारा स्वाद ही बिगाड़ दिया।" विनता का स्वर आया, "अब नींद भी नहीं आ रही है। लाओ, किसी ने मदिरा छिपा रखी हो तो दो घूंट पी लें और सोएं। यह चुड़ैल तो जाने कब तक ऐसे ही हमारी छाती पर बैठी मूंग दलती रहेगी।"

"अभी से सो जाओगी क्या?" त्रिजटा ने पूछा।

"अभी और तभी क्या?" विनता बोली, "यह भागकर कहां जाएगी? बाहर निकलते ही जाने किसके हाथ पड़े। हर पुरुष, प्रेम की याचना नहीं करता। हां..." वह रुकी, "भीतरी चौकीवाले सैनिक आ ही गए होंगे, पर अभी तक उनकी बकवास सुनाई नहीं पड़ी।"

"बकवास क्यों कहती हो भला!" कोई नया स्वर सुनाई दिया, "तुम्हारे कानों में तो वह अमृत रस बनकर टपकता है। कभी-कभी तुम्हारा नायक भी होता है, उनके साथ।"

"तूने भी चोंच खोली मेरी नन्ही मैना!" विनता बोली, "मुझे भी प्रघसा समझ रखा है क्या? यहां किसी नायक को घास नहीं डालती। अपना हिसाब सीधा है। जिसके पास स्वर्ण-मुद्रा हो, वह आ जाए। स्वर्ण-मुद्रा नहीं है तो अपना प्रेम अपने पास रखो। स्वर्ण-मुद्रा से कम में कोई बात नहीं।"

"अच्छा, अब सो जाओ।" त्रिजटा बोली, "जाने कब कोई स्वर्ण-मुद्रा वाला आ जाए और तुम्हें जागना पड़े।"

"स्वर्ण-मुद्रा के लिए जागने में सुख है, सखी! मैं राजाधिराज की बहन नहीं कि स्वर्ण-मुद्रा भी दूं, राज्य भी और अपने-आप को भी।"

"चलो अब अपने-अपने स्थान पर।" राक्षसियां उठीं। उन्होंने उस अशोक वृक्ष और सीता के कुटीर को घेरते हुए एक बड़ा-सा वृत्त बनाया। और अपने लिए व्यवस्था कर लेट गईं।

"अच्छा भाई। अब कोई बोले नहीं।" विनता बोली, "चाहे किसी का नायक आए या राजपुत्र। मुझे नींद आ रही है।"

"देख विनता, लड़ना नहीं है, तो अब बकवास बन्द कर।" यह शायद प्रघसा थी, "तूने अनेक बार नायक का उपालम्भ मुझे दिया है। मैं कुछ कहती नहीं, तो इसका यह अर्थ नहीं है कि तू बढ़ती जाए। तेरे पास कोई नायक आता है, तो तू भी बुला ले। वह स्वर्ण-मुद्रा नहीं देता तो क्या हुआ–पदोन्नति तो कर ही सकता है।"

"अच्छा अब लड़ो मत। सो जाओ।" त्रिजटा ने उच्च स्वर में आदेश दिया।

उनका वार्तालाप अकस्मात ही बन्द हो गया। अन्धकार में हनुमान देख नहीं सके कि वे सो गई थीं या वैसे ही चुप हो गई थीं...किन्तु, अब सीता से बात कर सकने की सम्भावना हनुमान के मन में जाग रही थी। यदि वे सोई नहीं हैं, तो सो जाएंगी। यदि ये राक्षसियां सचमुच सो जाएं, तो वे वृक्ष से उतरकर, सीता को राम का सन्देश तो दे ही सकते हैं। उन्हें थोड़ी-बहुत सान्त्वना भी दे सकते हैं...वैसे तो इन विषम परिस्थितियों में भी सीता ने जो धैर्य, साहस और तेज दिखाया था, वह अद्भुत था। फिर भी यदि उन्हें यह सूचना दी जा सके कि हनुमान जाकर राम को बताएंगे कि

सीता यहां हैं और राम उन्हें मुक्त कराने के लिए, किष्किन्धा से सैन्य चल पड़ेंगे, तो निश्चित रूप से उनका आत्मबल और भी बढ़ेगा। प्रहरी राक्षसियों के वार्तालाप का कोई शब्द सुनाई नहीं पड़ रहा था। बीच-बीच में कभी-कभी किसी के खर्राटे का स्वर आ जाता था।...वृक्षों के पीछे से कुछ लोगों के आने और उनके परस्पर संवाद की थोड़ी ध्वनि हुई थी। वे कदाचित भीतरी चौकीवाले वे सैनिक थे, जिनकी चर्चा उन राक्षसियों ने की थी। पर उनकी ध्वनियां भी शीघ्र ही शान्त हो गईं। या तो वे भी सो गए थे, या अलसाकर चुपचाप पड़े थे। उनके कहीं चले जाने का कोई अर्थ ही नहीं था।

बैठे-बैठे बहुत देर हो गई, तो हनुमान ने सीता की ओर देखा–अब उनका तेजस्वी रूप कहीं विलीन हो गया था। वे अत्यन्त दीन और विह्वल लग रही थीं। रावण के जाने के बाद से वे एक शब्द भी नहीं बोली थीं। राक्षसियों ने उन्हीं के विषय में इतना वार्तालाप किया था, उन्हें अनेक अपशब्द भी कहे थे; किन्तु सीता ने उनकी ओर तनिक भी ध्यान नहीं दिया था, जैसे उन्होंने कुछ सुना ही न हो...किन्तु उनकी यह दीनता, यह हताशा...जैसे आवेश के ज्वार का भाटा हो...क्या सोच रही होंगी सीता कदाचित रावण की धमकी तथा इन प्रहरी राक्षसियों के वार्तालाप ने उन्हें इतना अवसादग्रस्त और हताश कर दिया था।

सहसा सीता ने एक हल्की-सी सिसकी भरी और फुसफुसाते-से स्वर में उनके मुख से निकला, "मेरे राम!"

हनुमान के मन में आया, तुरन्त वृक्ष से कूद पड़ें और जाकर उनके सामने खड़े हो जाएं...किन्तु दूसरे ही क्षण उनके विवेक ने उन्हें रोक दिया। कहीं, कोई राक्षसी जागी हुई हो तो? या उनकी आहट से ही किसी की नींद टूट गई...या सहसा अपरिचित पुरुष को इस प्रकार सामने देखकर स्वयं सीता ही चौंककर चीख पड़ीं...हनुमान को सावधान रहना चाहिए...कुछ समय पूर्व तक उन्हें अपनी सुरक्षा एवं स्वतन्त्रता इसलिए आवश्यक लग रही थी, क्योंकि उन्हें सीता का सन्धान करना था; और अब वह इसलिए महत्त्वपूर्ण हो उठी थी, क्योंकि उन्होंने सीता को खोज लिया था। यह सूचना राम तक पहुंचनी ही चाहिए थी...यदि सीता के लंका में बन्दिनी होने की निश्चित सूचना राम तक पहुंच जाए, तो कदाचित उन्हें लंका में आने से कोई नहीं रोक पाएगा।...हनुमान ने उनके बाणों की शक्ति देखी है; उनका नेतृत्व तथा संगठन-कौशल देखा है...एक राम ही हैं, जो रावण के समग्र विरोध का नेतृत्व कर पाएंगे। सम्भवतः उन्हीं के विरोध से रावण का वध हो सके और संसार की समस्त दुर्बल जातियों का, समस्त शोषित लोगों का त्राण हो पाए। हनुमान का सुरक्षित किष्किन्धा तक लौटना बहुत आवश्यक था...

किन्तु कब तक प्रतीक्षा करें हनुमान?...वे प्रतीक्षा ही करते रहें और सीता उठकर, कुटिया में जाकर सो जाएं? सोई हुई राक्षसियों में से ही कोई जाग जाए? अथवा कोई परिक्रमा टुकड़ी इधर आ निकले? अथवा कोई राजपुरुष निरीक्षण के लिए आ उपस्थित हो?...ऐसे बैठे-बैठे तो सारी रात बीत जाएगी; और एक बार उषा का प्रकाश छा गया तो फिर वैदेही से बात करने का अवसर नहीं मिल पाएगा...

विकट द्वन्द्व था हनुमान के मन में। इतना भारी दायित्व था उनके कन्धों पर, और इस क्षण के कठिन निर्णय का बोझ भी एक मात्र उन्हें ही उठाना था...इस समय कोई सहायक नहीं था, कोई परामर्शदाता अथवा निर्देश देनेवाला नहीं था। और उनकी तनिक-सी असावधानी से संसार-भर के दलितों का भविष्य, सदा के लिए अन्धकारमय हो जानेवाला था...

सहसा सीता अपने स्थान से उठीं। वे अत्यन्त व्याकुल दीख रही थीं। वे इधर-उधर कुछ खोजती

फिरीं। कुछ वृक्षों के निकट जाकर भी उन्होंने कुछ ढूंढ़ा; पर शायद उन्हें अपनी अभिलषित वस्तु मिल नहीं रही थी।...कभी वे धरती की ओर ताकतीं, कभी आकाश की ओर। उनका बायां हाथ अपने कंठ पर था...उनका गला सूख रहा था, यह कंठ अथवा ग्रीवा में कोई कष्ट था–हनुमान समझ नहीं पा रहे थे...

किन्तु सीता के इस प्रकार व्याकुल हो, इधर-उधर घूमने पर भी किसी राक्षसी ने कोई आपत्ति नहीं की। क्या वे सब सो गईं? यदि वे सो गईं हैं, तो देवी यहां से निकलने का प्रयत्न क्यों नहीं करतीं?...

हनुमान ने देखा–सीता कभी अपने वस्त्र को अपने कंठ में लपेटकर उसे खींचने का प्रयत्न कर रही थीं और कभी अपनी वेणी को।...हनुमान के मन में विचार कौंधा : यह कंठ अथवा ग्रीवा में कष्ट के कारण नहीं था। यह तो स्पष्ट रूप से जीवन की यातना से तंग आकर आत्महत्या का विचार था...देवी वैदेही जैसी साहसी, आत्मविश्वासमयी तथा जिजीविषापूर्ण महिला भी यदि जीवन से ऊब गई हैं, तो अवश्य ही उनकी यातना असहनीय हो गई...

"देवि वैदेही!" हनुमान के मुख से अनायास ही निकल गया।

मुख से शब्द निकलते ही वे सावधान हो गए; कहीं इसकी कोई प्रतिकूल प्रतिक्रिया न हो। लगा, सीता तक उनका शब्द पहुंच गया है। उन्होंने चौंककर इधर-उधर देखा और फिर जैसे उस स्वर को खोजती-सी चल पड़ीं। हनुमान उत्कंठित व्यग्रता से सीता के अपने वृक्ष के निकट पहुंचने की प्रतीक्षा कर रहे थे। उन्होंने राम की मुद्रिका निकालकर अपने हाथ में ले ली थी। वार्तालाप से पूर्व उन्हें राम के दूत होने का प्रमाण देना था।

वे निकट आईं तो हनुमान ने पुनः धीरे-से पुकारा, "देवि वैदेही!"

सीता चकित, ठगी-सी रुक गईं। कहां से आ रहा है यह स्वर? कौन पुकार रहा है? सीता ने जैसे ही ऊपर की ओर देखा, हनुमान ने मुद्रिका डाल दी। सीता ने देखा वृक्ष पर कोई अपरिचित पुरुष छिपा बैठा है और उसने कोई वस्तु गिराई है। कैसा है यह पुरुष? इसकी आकृति मुखर से कुछ-कुछ मिलती है, पर नहीं! यह मुखर नहीं है। इसका आकार मुखर से बड़ा है। इसके मुख के भाव भी, मुखर से भिन्न हैं या शायद अन्धकार के कारण वे ठीक से देख नहीं पा रहीं, पर सीता धोखा नहीं खा सकतीं–यह मुखर नहीं है, पर इसमें और मुखर में कुछ-न-कुछ साम्य अवश्य है। कदाचित यह भी वानर जाति का ही है, पर इसने कुछ कहने के स्थान पर कुछ गिराया है, क्या गिराया है?

थोड़ा-सा प्रयत्न करने पर वह वस्तु उन्हें मिल गई। उन्होंने अन्धकार में उसे देखा-परखा। कुछ समझीं और कुछ नहीं समझीं। मुद्रिका लेकर उसकी पूर्ण परीक्षा करने के लिए वे अपनी कुटिया में चली गईं। उन्होंने दीपक के प्रकाश में मुद्रिका को भली-भांति देखा...एकदम वैसी ही मुद्रिका थी...यह तो खेल था, उनके और राम के बीच! जब कभी एकान्त होता तो सीता कहा करतीं, 'वन के सम्राट अपनी सम्राज्ञी को कोई आभूषण प्रदान नहीं करेंगे क्या?' और राम उन्हें पुष्पों तथा गवद घास के अनेक आभूषण बना-बनाकर दिया करते थे। घास की बनाई हुई अनेक प्रकार की मुद्रिकाओं में से सीता ने जब से यह मुद्रिका पसन्द की थी, तब से राम इसी प्रकार की मुद्रिकाएं बनाकर उन्हें पहनाया करते थे...तो क्या यह व्यक्ति, राम के पास से आया है?...राम का सन्देश लाया है?...

सीता बाहर जाने के लिए झपटीं; किन्तु तत्काल रुक गईं–यह भी कोई माया ही न हो, कोई षड्यन्त्र...कहीं यह व्यक्ति रावण का ही भेजा हुआ न हो, जो अपनी माया से उन्हें विश्वास दिलाने आया हो कि अब राम नहीं रहे...राम के पास से इतनी दूर कौन आ सकता है...किसे पता है कि वे

यहां हैं। और फिर इतना बीहड़ मार्ग, समुद्र का इतना बड़ा व्यवधान, लंका की ऐसी विकट-व्यवस्था ...राम स्वयं ही आएं तो आएं, अन्य कोई व्यक्ति कैसे आ सकता है! सीता ने पुनः मुद्रिका को देखा–वही घास थी। वैसी ही बनावट थी, और, और...उन्होंने उसे दीपक के निकट ले जाकर ध्यान से देखा...हां, राम के हस्ताक्षर भी थे, यद्यपि जल में से होकर आने के कारण उसकी मसि धुल गई थी, किन्तु हस्ताक्षर के चिह्न अभी भी थे...इतनी माया कौन कर सकता है!

और यदि माया भी हो, तो सीता को उस व्यक्ति की बात तो सुन ही लेनी चाहिए। देखें तो सही कि वह कहता क्या है?

सीता कुटिया से बाहर निकलीं। सावधानी से उन्होंने इधर-उधर देखा और सीधी चलती हुई अशोक के उसी वृक्ष के नीचे आकर बैठ गईं, जिसके ऊपर से मुद्रिका गिराई गई थी।

उन्होंने सावधानी से ऊपर देखा, "कौन हो तुम?"

"मैं राम-दूत हनुमान हूं माता!"

सीता ने ध्यान से देखा वह 'माता' कहकर सम्बोधन कर रहा था। मुखर होता तो 'दीदी' कहता और फिर वह अपना नाम 'हनुमान' बता रहा था। "हनुमान कौन? मैं तो तुम्हें नहीं जानती।"

"माता, मैं किष्किन्धा के वानर-सम्राट सुग्रीव का मन्त्री हूं। भद्र राम ने वानरराज का महान उपकार किया है; अतः राम तथा वानरराज में प्रगाढ़ मैत्री हो गई है। राम और सौमित्र इस समय किष्किन्धा में हैं और रावण से युद्ध के लिए वानरों की विकट सेना तैयार कर रहे हैं। मैं आपकी खोज करने आया हूं। अब जाकर, आपका समाचार दूंगा तो तत्काल सैनिक अभियान आरम्भ होगा। आप धैर्य बनाए रखें।"

इसमें कोई माया नहीं हो सकती, कोई षड्यन्त्र नहीं हो सकता...सीता ने सोचा... माया होती तो राम के विरुद्ध और रावण के पक्ष में होती। उन्हें निराश और हताश करने का प्रयत्न किया जाता; किन्तु यह व्यक्ति तो उनका उत्साह बढ़ा रहा है, राम और लक्ष्मण द्वारा सैन्य-संगठन का समाचार दे रहा है और उन्हें धैर्य बनाए रखने को कह रहा है...यह सच ही राम का दूत है...उनके राम ने उन्हें विस्मृत नहीं किया है, न वे निराश और हताश हुए हैं...उन्होंने सीता को खोज निकाला है...जब खोज निकाला है तो आएंगे भी। अवश्य और ससैन्य आएंगे...सीता को भयभीत होने की आवश्यकता नहीं है। अब दुख की अंधियारी रात कट जाएगी...उनका राम से मिलन होगा, सीता को रोमांच हो आया था, "मेरा धैर्य प्रायः समाप्त हो चला था!" सीता बोलीं, "अब अपने प्रिय का समाचार मिला, तो स्वयं को समझाऊंगी। तुम यहीं थे, तो सुना होगा, हरण के पश्चात रावण ने मुझे एक वर्ष की अवधि दी है, अपने पति को भूलने के लिए। तब तक मैं सुरक्षित हूं। स्वयं मन्दोदरी, रावण का भाई विभीषण और रावण का मन्त्री अविन्ध्य मेरी रक्षा के लिए प्रयत्नशील हैं, किन्तु अवधि समाप्त होने पर कोई मेरी रक्षा नहीं कर पाएगा। रावण की इच्छा कभी पूरी नहीं होगी! अतः या तो वह स्वयं मेरी हत्या कर देगा अथवा मैं स्वयं आत्महत्या कर लूंगी। राम से कहना, इस अवधि के भीतर यदि वे यहां पहुंच जाएंगे, तो उन्हें सीता जीवित मिलेगी।"

"वे पहुंच जाएंगे माता!"

"पूर्णतः आश्वस्त हो?"

"पूर्णतः।"

"रावण की शक्ति देखी है?"

"देखी है, माता।"

"वानर लड़ लेंगे?"

"हम लंका को ध्वस्त कर देंगे।"

"पूरा विश्वास है तुम्हें?"

"कुछ ही दिनों की बात है। आप स्वयं देखेंगी।"

सीता थोड़ी देर मौन रहीं, फिर उन्होंने पूछा, "मुखर और जटायु कैसे हैं?"

"दोनों का तभी देहान्त हो गया था।"

सीता का मुख उदास हो गया। वे मौन रह गईं।

"माता!" हनुमान बोले, "यदि आपकी इच्छा हो तो आप मेरे साथ चली चलें। हम बहुत शीघ्र किष्किन्धा पहुंच जाएंगे।"

"कैसे आए हो?"

"सागर में तैरकर।"

"नहीं जा सकेंगे। यह व्यावहारिक नहीं है। तुम जाकर राम को ही सेना सहित भेजो..." सहसा सीता का स्वर भीरु हो गया, "अब तुम जाओ हनुमान! थोड़ी देर में उजाला होनेवाला है। किसी भी क्षण कोई आ सकता है। तुम पकड़े गए तो...।"

क्षण-भर मौन रहा। फिर हनुमान बोले, "माता, आपसे भेंट का कोई प्रमाण–जो आर्य राम को दे सकूं।" सीता कुछ देर तक सोचती रहीं। फिर उन्होंने पोटली में से चूड़ामणि निकालकर हनुमान की ओर बढ़ा दी। हनुमान वृक्ष से नीचे उतर आए। उन्होंने चूड़ामणि ले ली।

"राम को कहना, शीघ्र आएं। विलम्ब घातक हो सकता है।"

"आप निश्चिन्त रहें माता! मेरे पहुंचते ही सेना का प्रयाण होगा।"

"लंका की रक्षा-व्यवस्था देखी है?"

"देख ली है।" हनुमान सस्मित बोले, "वानरों का बल, राम तथा सौमित्र के शस्त्र और उनका नेतृत्व राक्षसों का काल बनकर आएगा।"

"अच्छा, तुम जाओ। संभलकर जाना। अपनी सुरक्षा का ध्यान रखना। अनावश्यक जोखिम मत उठाना।" हनुमान ने प्रणाम किया और वृक्षों के पीछे की ओर निकल गए। कुछ देर सावधानी से चलते रहे; और जब निःशंक हो गए तो गति बढ़ा दी।

उनका मन बल्लियों उछल रहा था–जब वे किष्किन्धा पहुंचकर राम को बताएंगे कि सीता कहां हैं और कैसी हैं, उनसे क्या-क्या बातें हुईं, तो राम कितने प्रसन्न होंगे। सौमित्र के मन में कैसा उत्साह जागेगा और सम्पूर्ण वानर सेना कैसे हुंकार उठेगी। उन्होंने आकाश की ओर देखा, उजाला नहीं हुआ था, पर रात का अन्तिम प्रहर ही दीखता था। जल्दी सवेरा होगा। अनिद्रा के कारण हनुमान का सिर कैसा भन्ना रहा था। कभी लगता था, सिर घूम रहा है, कभी कुछ पीड़ा का-सा अनुभव होता था, कभी सुन्न ही हो जाता था। आंखें भी कभी बन्द हो रही थीं, कभी जल रही थीं और कभी धुंधला रही थीं।

सहसा हनुमान की दृष्टि सामने खड़े कदली-वन पर पड़ी। केले के इतने बड़े-बड़े पेड़ और वे भी फल से लदे हुए। हनुमान को अपनी भूख याद आ गई।...अन्तिम बार उन्होंने मय दानव के प्रासाद में, वृद्धा तापसी स्वयंप्रभा द्वारा दिया गया भोजन किया था। उस मायानगरी से निकलकर, सागर तट पर उन लोगों ने सम्पाति को तो भोजन करवाया था; किन्तु स्वयं कुछ भी नहीं खाया था। सागर में तैरते हुए तो खाने का प्रश्न ही नहीं था। लंका की धरती पर उतरकर भी उनके पेट में कुछ नहीं

गया था–पहली रात वे रावण के महामहालय में भटकते रहे थे। कल का सारा दिन कुछ उपवन में सोने और कुछ भटकने में बीत गया। आज की रात भी इस अशोक वृक्ष पर टंगे-टंगे ही निकल गई...अब भूख असह्य थी अब तक अपने कार्य में, वे भूले बैठे थे; किन्तु अब कार्य भी सम्पन्न हो गया था और केले जैसा प्रिय और पका हुआ फल इस प्रचुर मात्रा में सामने लटका हुआ, उन्हें आमन्त्रित कर रहा था।...

हनुमान के विवेक ने उन्हें रोका–सावधान हनुमान! कहीं केले खाने के चक्कर में यहीं अटक गए और कोई प्रहरी इधर आ निकला, तो सारा बना-बनाया काम बिगड़ जाएगा...किन्तु, साथ ही उनकी बुद्धि ने एक दूसरा तर्क उछाल दिया–बिना खाए भी तो काम बिगड़ सकता है। भूख सहन करने की भी तो सीमा होती है। दो दिन और दो रातें बीत रही हैं और उन्होंने कुछ खाया नहीं है। ऐसा न हो कि फिर वही दशा हो जाए, जो स्वयंप्रभा के पास पहुंचने से पहले हो गई थी। फिर हनुमान दीन-हीन होकर किससे मांगते फिरेंगे? इस समय तो केलों की कांदियां सामने लटक रही हैं...न किसी से मांगने की आवश्यकता है, न कुछ कहने-सुनने की। निश्चित को छोड़, अनिश्चित की ओर लपकनेवाला व्यक्ति मूर्ख कहलाता है। इस समय केलों से अधिक निश्चित और क्या है? भविष्य तो सारा अनिश्चित है...फिर, अभी तो सारा सागर तैरकर लौटना है। तैरने के लिए भी शरीर में शक्ति चाहिए; और मार्ग में पड़नेवाले उन बेढब जीव-जन्तुओं से युद्ध करने के लिए भी। भूखे शरीर से कैसे कुछ हो पाएगा। नहीं, और अधिक भूखे रहने का जोखिम वे नहीं उठा सकते। हनुमान के हाथ अनायास ही बढ़ गए और उन्होंने एक कांदी घसीट ली।

...वृक्ष के बीच कहीं सोए हुए पक्षियों की निद्रा का सुख भंग हो गया और वे चीत्कार करते हुए उड़ गए। हनुमान ने एक बार आश्चर्य से उनको देखा–पक्षी?...भूख और नींद से भन्नाए हुए उनके मस्तिष्क ने भी समझ लिया कि यद्यपि वे इस समय भोजन करने के लिए तत्पर हो रहे हैं और इस समय उनको जगा देना, समय की दृष्टि से उचित नहीं है...किन्तु वे क्या करते। उनकी अपनी स्थिति असाधारण थी। दो दिन और दो रातें बीत गई थीं, उन्होंने कुछ खाया नहीं था। उस उपवन में, जहां उस वाचाल सैनिक ने आकर उन्हें उठाया था, उन्होंने नींद भी कितनी ली थी–वे स्वयं नहीं जानते। अब ऐसे में इन सोये हुए पक्षियों को थोड़ा कष्ट होता भी है, तो हनुमान क्या कर सकते हैं। बहुत होगा, तो ये पक्षी एक वृक्ष से उड़कर, दूसरे वृक्ष पर चले जाएंगे और वहां सो रहेंगे...इन्हें कौन-सी चारपाई उठानी है या बिस्तर झाड़ना है, जाकर सो ही तो रहना है। वैसे वर्षा ऋतु में, कई बार मेघ आकर खुले आकाश के नीचे सोए हनुमान को भी जगा देते हैं। चारपाई और बिस्तर समेत भी उठना पड़ता है। तब कोई इस प्रकार तो नहीं चिल्लाता, जाकर पुनः सो जाता है। तो फिर हनुमान ने शाखा को तनिक-सा हिला दिया तो कौन-सा अनर्थ हो गया...

केले बड़े स्वादिष्ट थे और भूख भयंकर हो उठी थी। जब तक ये केले नहीं मिले थे, तब तक बात और थी, कदाचित भूख भी सोई हुई थी। और जिह्वा को केलों का स्वाद भी स्मरण नहीं था। किन्तु अब खाकर वे समझ रहे थे कि ऐसे केले सामान्य उपवनों में नहीं होते। कदाचित यह केलों की कोई विशिष्ट जाति थी। किष्किन्धा के राजाओं के लिए आरक्षित मधुवन में भी इसी प्रकार के केले होंगे। हनुमान की भूख अंगड़ाइयां ले-लेकर जागती जा रही थी और पेट भरने के साथ-साथ मस्तिष्क सोता जा रहा था–ऐसे केले राक्षस ही, क्यों खाते रहें...उन्होंने उछलकर वृक्ष के तने पर पाद-प्रहार किया। हों तो इस जाति के केले सबके लिए हों, या फिर किसी के लिए न हों...यह क्या हुआ कि सामान्यजन तो निकृष्ट फल खाएं और राजा लोग उत्तम कोटि के...राजा चाहे किष्किन्धा

का हो, चाहे लंका का हो...हनुमान ने दो केले और खाए...पर केले ही खाते जाएंगे क्या? कोई और फल भी तो होना चाहिए।...उन्होंने केले के दूसरे वृक्ष को उसके शीर्ष से पकड़कर मोड़ दिया।

बीसियों पक्षी चीत्कार करते हुए एक साथ उड़े और विभिन्न दिशाओं में फैल गए...उन्हें लगा कि दूर कहीं अन्य जन्तुओं का भी स्वर जागा है...हनुमान को हंसी आ गई। केले के एक पेड़ के ध्वंस पर इतना कोलाहल? वानर तो सारी लंका को ध्वस्त करने की सोच रहे हैं...राक्षसों ने क्या कम ध्वंस किया है? जातियों की जातियां और राज्यों के राज्य नष्ट कर दिए। पीढ़ियों की पीढ़ियां पंगु करके रख दीं...जिन राक्षसों के कारण संसार-भर में कोई स्वतन्त्रता और सम्मान से जी नहीं सकता–उन राक्षसों को तो ध्वस्त होना ही चाहिए। हनुमान आगे बढ़ गए।

यह किस फल का वृक्ष है। वे निकट गए...नहीं, फलों का वृक्ष नहीं है...यह तो शायद अशोक वृक्ष है...अशोक! अशोक कैसा हुआ, जो शोक नहीं कर सकता...और शोक तो होता है जठराग्नि का। पेट की भूख न मिटा सके तो अशोक कैसा? व्यर्थ का नाम और व्यर्थ का वृक्ष इससे तो अच्छा था, आम का वृक्ष लगाया होता, चलो न सही आम, नारियल का लगाया होता...व्यर्थ ही अशोक-वशोक लगा दिया...नाम बड़े और दर्शन छोटे...नाम है अशोक; और है पत्तों और लकड़ियों का पुंज। खाने को एक छोटा-सा फल भी नहीं। धत्! इसकी ऐसी की तैसी...

हनुमान ज़ोर से उछले और जिस किसी शाखा पर हाथ पड़ा, उसी को थाम लिया। उनके बोझ से शाखा झुकी और कड़कड़ाई...

सहसा हनुमान सजग हुए...यह क्या कर रहे हैं वे? पक्षियों का चीत्कार अलग। शाखा के टूटने की ध्वनि...ऐसे तो प्रहरी जाग जाएंगे...

उन्होंने सावधान होकर इधर-उधर देखा।...समझ गए कि विलम्ब हो चुका था...जो भूल होनी थी, हो चुकी थी; और उसका जो दुष्परिणाम होना था, वह भी सामने था। न केवल, सीता को घेरकर सोई हुई राक्षसियां जाग उठी थीं; वरन अनेक वृक्षों के पीछे, उन्हें सशस्त्र पुरुष सैनिक भी दिखाई पड़ रहे थे। अब अन्धकार भी उतना सघन नहीं रह गया था। यह क्या किया तुमने हनुमान?...वे सोच रहे थे...दो दिन और दो रातें लंका में गुप्त रूप से व्यतीत कर दीं, किसी को कानों-कान सूचना नहीं हुई। सब जगह बचते रहे, छिपते रहे कि कहीं किसी को उनकी गन्ध न मिल जाए। कहीं उनके लक्ष्य तक पहुंचने में कोई विघ्न न आ जाए...और अब, कार्य सम्पन्न हो चुका था, लौटना-भर शेष था, यह दुर्घटना हो गई...सचमुच यह भूख बड़ी राक्षसी है...उसी ने तो करवा दिया यह कांड!...पर भूख को क्यों कोसें? उन्होंने चुपचाप पेट भरकर केले खा लिये होते तो यह सब-कुछ भी न होता। न करते उत्पात! इन गोपनीय क्षणों में राजाओं के एकाधिकार के विरुद्ध अभियान कर कदली-वन का ध्वंस क्या आवश्यक था? और अशोक वृक्ष को उसकी फलहीनता के अपराध का दंड देना...क्या अत्यधिक अनिद्रा के कारण उनका मस्तिष्क सो गया था।

ये सैनिक जो उन्हें घेर रहे थे, कदाचित अशोक-वाटिका के रक्षक थे। वे उन्हें घेर तो रहे थे पर लगता था कि पास आने से घबरा भी रहे थे...या सम्भव है कि इन्होंने और सहायता मंगवाई हो और उसके आने की प्रतीक्षा कर रहे हों...पर ये लोग संख्या में बहुत अधिक थे। इतने लोगों को निहत्थे व्यक्ति को पकड़ने के लिए यदि सैनिक कुमुक की आवश्यकता पड़े तो इन लोगों को बहुत वीर नहीं समझा जा सकता। हनुमान की इच्छा हुई कि ज़ोर की एक किलकारी मारें और इन लोगों पर झपट पड़ें, ये डरे हुए तो हैं ही; उन्हें और भी डरा दें...

सहसा उनके मन में कौंधा कि वे खुले स्थान में खड़े हैं और चारों ओर से घिरे हुए हैं। शत्रुओं को भयभीत करने की योजना बनाने के लिए यह ग़लत स्थान और रीति है।...

वे झपटते हुए-से तत्काल उसी अशोक वृक्ष पर चढ़ गए, थोड़ी देर पहले जिसकी वे शाखा तोड़ रहे थे...इस रूप में तो वह 'अशोक' हो ही सकता था। यहां वे शाखाओं के बीच सुरक्षित ही रहेंगे, और ऊपर से यह भी देख सकेंगे कि उनके आसपास कितने और कैसे लोग हैं। फिर पूरी तरह उजाला होने से पहले ही निकल जाएं, तो अच्छा है...

वृक्ष पर चढ़ते हुए उन्होंने देखा, उसी वृक्ष के तने से लगे, छिपे कुछ लोग छिटककर इधर-उधर भाग गए थे। निश्चित रूप से उन लोगों ने हनुमान को घेर रखा था; किन्तु, जाने क्यों वे लोग न तो उन पर प्रहार कर रहे थे, और न ही उन्हें बन्दी करने का प्रयत्न कर रहे थे...

तभी उन्होंने एक और व्यक्ति को अपनी ओर आते देखा। वह बहुत वेग से चलकर, उन्हीं की ओर आ रहा था, और अनेक सशस्त्र सैनिक उसे घेरकर चल रहे थे। वह आकर उस वृक्ष से कुछ दूर ही रुक गया, "कौन हो तुम? यहां क्या कर रहे हो?"

तो इस 'प्रश्नवाचक' मनुष्य के आने की प्रतीक्षा कर रहे थे, ये लोग!–हनुमान ने सोचा–यह प्रश्न तो कोई भी पूछ सकता था, इसके लिए इसी का आना क्यों आवश्यक था?...लंका के लोग, कदाचित पदों और अधिकारों–दोनों के प्रति बहुत सजग हैं। एक ज़रा सा प्रश्न पूछने के लिए, इस 'प्रश्नाधिकारी' को सोते से जगाकर लाए होंगे...

किन्तु, उनके विनोद की मुद्रा अधिक देर तक टिक नहीं सकी। वह हनुमान से उनका परिचय पूछ रहा था। बताएं? या न बताएं? यदि बता देते हैं तो रावण और भी अधिक सतर्क और सावधान हो जाएगा। देवी वैदेही के लिए परिस्थितियां और भी जटिल और कठोर हो सकती हैं। लंका की सुरक्षा-व्यवस्था को और भी सशक्त बनाया जा सकता है...और यदि वे अपने विषय में नहीं बताते, तो वे लोग उन्हें एक साधारण वानर-युवक मानकर, न तो उससे भयभीत होंगे और न ही उचित व्यवहार करेंगे।...हनुमान सर्वथा अकेले थे और शत्रुओं की नगरी में घिरे हुए थे। ऐसे में यदि युद्ध हो तो शत्रुओं को भयभीत करना हनुमान के लिए लाभकारी होगा। उसके लिए उन्हें आत्मपरिचय देना होगा...

"कौन हो तुम?" उस अधिकारी ने पुनः पूछा, "यहां क्या कर रहे हो? और यहां तुम पहुंचे कैसे?"

"तीन में से कितने प्रश्नों का उत्तर देना अनिवार्य है?" हनुमान ने किलकारी मारी।

"क्या अभिप्राय है तुम्हारा?" वह व्यक्ति उपेक्षा से क्रुद्ध हो उठा, "सम्राट की वाटिका में अनधिकृत प्रवेश किया, वृक्षों का ध्वंस किया, अब वृक्ष पर चढ़ा पूछता है, कितने प्रश्नों के उत्तर अनिवार्य हैं! अरे, तू पेड़ की शाखा पर बैठा है या किसी परीक्षा-भवन में?"

"क्रुद्ध क्यों होते हो प्रश्नाधिकारी!" हनुमान का मस्तिष्क बड़ी क्षिप्रता से अपने निकलने का कोई मार्ग खोज रहा था, "यदि तुम्हें मेरा यहां आना अच्छा नहीं लगा तो मैं चला जाता हूं।" हनुमान ने उसकी प्रतिक्रिया जानने के लिए, वृक्ष से नीचे उतरने का-सा अभिनय किया।

"जाता कहां है तू!" वह अधिकारी चिल्लाया, "पहले बता कि तू कौन है और तूने सम्राट की वाटिका में अनधिकृत प्रवेश क्यों किया? बताता क्यों नहीं तू?"

तो इसका अर्थ यह हुआ कि ये लोग हनुमान को यूं ही जाने नहीं देंगे। पहले तो उनका परिचय जानने का प्रयत्न करेंगे; परिचय न भी मालूम हुआ तो कदाचित बन्दी तो कर लेंगे। इस सर्वथा संरक्षित

स्थान में किसी का भी प्रवेश कदाचित सामान्य बात नहीं मानी जाएगी।...वे इसका कोई-न-कोई गम्भीर अर्थ ढूंढ़ने का प्रयत्न अवश्य करेंगे...

"धैर्य रखकर, एक-एक कर प्रश्न पूछे, तो तुझे उत्तर भी दूं।" वे बोले, "बाणों की झड़ी के समान प्रश्न पूछेगा तो व्यक्ति उनसे आहत होगा, या उनके उत्तर देगा?"

"तू कौन है?" अधिकारी ने किसी प्रकार स्वयं को संयत किया।

"बड़ा कठिन प्रश्न है अधिकारी!" हनुमान बोले, "तू जानता है कि तू कौन है? तेरा स्वरूप क्या है? जन्म से पहले तू कहां था। और मृत्यु के पश्चात तू कहां जाएगा?"

"मैं कहां जाऊंगा, मुझे मालूम नहीं है।" अधिकारी पुनः क्रुद्ध हो उठा, "पर तू बन्दी होकर कहां जाएगा, यह मुझे ज्ञात है। तू निगड़बद्ध हो, भूगर्भ कारागार में जाएगा।"

"तुम तो भविष्यवक्ता मालूम होते हो प्रश्नाधिकारी!" हनुमान ने अपनी व्याकुलता को छिपाया, "तनिक ऊपर आ जाओ और मेरे भविष्य के विषय में कुछ और भी बताओ। इतने-भर से मुझे सन्तोष नहीं हुआ।"

अधिकारी की समझ में आ गया, अधीनस्थ कर्मचारियों के सम्मुख ही उसका विद्रूप बन रहा है। चिल्लाकर बोला, "यह प्रलाप बन्द कर और बता, सम्राट की वाटिका में अनधिकृत प्रवेश क्यों किया?"

हनुमान को निकल भागने का कोई मार्ग नहीं दिख रहा था। युद्ध अनिवार्य हो गया था। उस स्थिति में रावण को भी सूचना मिल सकती थी और असंख्य सशस्त्र राक्षस सैनिक आ सकते थे। सागर पार स्थित अपनी प्रतीक्षा करते हुए खोजी दल तक यदि वे एक बार जानकी से हुई अपनी बातचीत की सूचना पहुंचा सकते, तो फिर उन्हें अपने बन्दी अथवा हताहत होने में भी कोई भय नहीं था...

"बोलता क्यों नहीं?" अधिकारी पुनः चिल्लाया।

"सम्राट वाटिका में प्रवेश इसलिए किया, क्योंकि तुम्हारी वाटिका इतनी सुन्दर नहीं थी; और अनधिकृत प्रवेश इसलिए किया, क्योंकि अधिकार कहां मिलता है, मुझे मालूम नहीं था...।"

"इसे बन्दी करो।" सहसा अधिकारी कड़ककर बोला।

हनुमान सावधान हो गए; अब सिवाय संघर्ष के और कोई उपाय नहीं था। अधिकारी की आज्ञा के पश्चात इधर-उधर छिपे हुए अनेक सशस्त्र प्रहरी प्रकट हो गए थे और योजनाबद्ध रूप से घेरकर उन्हें बन्दी करने के लिए आगे बढ़ रहे थे।

अकस्मात ही हनुमान ने एक शाखा पकड़कर छलांग लगाई और अधिकारी को धकियाते हुए, पास के एक दूसरे वृक्ष पर चढ़ गए। प्रहरियों की घेराबन्दी तत्काल टूट गई और वे हनुमान को भूलकर अपने अधिकारी की ओर झपटे। हनुमान को यह उचित अवसर लगा। वे वृक्षों की ओट लेते हुए, अंधेरे क्षेत्रों की आड़ में, बाहर की ओर झपटे...किन्तु अब तक उस अधिकारी की दृष्टि उन पर पड़ गई थी।

"मूर्खो! मुझे छोड़ो! उसे पकड़ो।" वह चिल्लाया, "वह भाग गया तो फिर क्या उत्तर दोगे?" यह तो उलूक का भाई निकला, हनुमान सोच रहे थे। इसे अंधेरे में भी दिखाई पड़ गया।

आंखमिचौनी का खेल आरम्भ हो गया। हनुमान वृक्षों और लताओं में कहीं छिप जाते और प्रहरी उन्हें खोजते फिरते। किसी की दृष्टि उन पर पड़ती, तो वह चिल्ला उठता। वे सब उन्हें घेर, उन पर झपटते और हनुमान किसी को पीटते, किसी को ठेलते, किसी को धकेलते, किसी को आहत करते,

किसी पर किसी शाखा से प्रहार करते, किसी को अपनी मुष्टि का बल दिखाते, यह जा, वह जा हो जाते। खोज नए सिरे से आरम्भ हो जाती।

ऐसी चार-छः मुठभेड़ों में ही अनेक क्यारियां टूट चुकी थीं और अनेक वृक्षों की शाखाएं भग्न हो चुकी थीं। अब तक अशोक वाटिका पर्याप्त शोकपूर्ण हो चुकी थी...उसमें सारा दोष हनुमान का ही नहीं था। उनको पकड़ने के लिए झपटते हुए राक्षस सैनिक, वाटिका को हनुमान से भी अधिक उजाड़ रहे थे। उस झुटपुटे अंधेरे में हनुमान जहां नहीं भी होते, वहां भी दिखाई पड़ जाते थे और अनेक बार तो हनुमान के भ्रम में उन भयभीत प्रहरियों के हाथों अनेक सुन्दर लता-गुल्म ही पिट गए।

अन्धकार क्रमशः क्षीण हो रहा था और प्रकाश फैलता जा रहा था। झुटपुटे का लाभ उठाकर खेली जानेवाली आंखमिचौनी अधिक देर तक नहीं चल सकती थी। हनुमान को शीघ्रातिशीघ्र यहां से बाहर निकल चलना चाहिए था। यहां घिरे रहने का कोई अर्थ नहीं था। जितना विलम्ब होगा, समय अधिक बीतेगा, उसका लाभ हनुमान को नहीं, राक्षसों को मिलेगा। हनुमान का कोई साथी अथवा सहायक आनेवाला नहीं है, जबकि समय के साथ-साथ राक्षसों के सहायक बढ़ते ही जाएंगे...

हनुमान अब युद्ध अथवा प्रहार से अधिक अपने बच निकलने का प्रयत्न कर रहे थे। उसमें अधिक परेशानी नहीं थी। किसी एक वृक्ष को हिलाकर अथवा कहीं कोई शब्द कर वे विपरीत दिशा की ओर निकल जाते थे। वाटिका रक्षक दल उन्हें उस वृक्ष अथवा उस शब्द-स्थान के आसपास अत्यन्त प्रयत्नपूर्वक खोजता रहता।

हनुमान को अपने सामने ही वाटिका का फाटक दिखाई दिया। यही ठीक था। वे एक बार फाटक के पार हो जाएं, तो वे उस सीमित स्थान से बाहर निकल जाएंगे। हनुमान भागते हुए, फाटक से बाहर निकल गए।

किन्तु स्थिति उनके पक्ष में इतनी नहीं थी, जितनी पहली दृष्टि में लगी थी...पहले तो उनका ध्यान सामने खड़ी धनुर्धारियों की दो टोलियों की ओर गया और फिर सामने से आती राक्षसों की सशस्त्र सेना ने उनका ध्यान आकृष्ट किया...उन्हें विलम्ब हो गया था। निश्चित रूप से उनके यहां होने की सूचना ऊपर के अधिकारियों तक पहुंचा दी गई थी। वाटिका की रक्षा तथा हनुमान के वध के लिए सेना भेज दी गई थी अन्यथा, वाटिका की रक्षा अथवा एक व्यक्ति को बन्दी करने के लिए सशस्त्र सेनाओं का क्या अर्थ...हनुमान के साथ ही, धनुर्धारी टोलियों का ध्यान भी आनेवाली सेना की ओर चला गया...

"किंकर आ गए। किंकर आ गए।" धनुर्धारी चिल्ला रहे थे।

हनुमान को लगा, वे घिर गए हैं–सामने से किंकरों की सेना है...पता नहीं, किंकर एक व्यक्ति है...इनका सेनापति है...या इस टोली का नाम है...या इन राक्षसों की जाति है...और यदि हनुमान पीछे लौटते हैं, तो वहां वाटिका-रक्षक हैं। साथ ये धनुर्धारी टोलियां भी हैं। ये कदाचित उन चौकियों के लोग होंगे, जिन्हें कल सन्ध्या समय, वाटिका में प्रवेश करने से पूर्व, उन्होंने देखा था।...

किंकरों की सेना निकट आ गई थी। उनके पास शस्त्रों का बाहुल्य था। किसी एक प्रकार के शस्त्रों से सज्जित टोली होने के स्थान पर वह विभिन्न प्रकार के शस्त्रों से सम्पन्न सैनिकों की भीड़ थी। वे लोग अनियन्त्रित भीड़ के समान कोलाहल कर रहे थे तथा अपने शस्त्र उठा-उठाकर अपना आक्रोश प्रकट कर रहे थे...अब तक सूर्य का प्रकाश इतना फैल गया था कि उनके शस्त्रों को देखकर पहचान पाना तनिक-भी कठिन नहीं था। उनके पास कूट, मुद्‌गर, गदा, परिघ, प्रास, तोमर, पट्टिश, शूल इत्यादि शस्त्र थे। कुछ धनुर्धर भी उनके साथ थे; पहले से उपस्थित धनुर्धरों की दोनों टोलियां

भी अब उनसे जा मिली थीं। स्वयं को चारों ओर से घिरता देखकर हनुमान वाटिका के फाटक के छज्जे के ऊपर चढ़ गए। इस प्रकार वे शत्रुओं की दृष्टि में तो आ गए थे, किन्तु निकट आए हुए, प्रत्येक सैनिक के शस्त्र की मार से ऊपर हो गए थे। किंकर की सेना उन्हें घेरकर खड़ी हो गई।

"कौन है तू? यहां क्या कर रहा है?" एक सैनिक अधिकारी आगे बढ़ आया। अब आत्मविश्वास और साहस प्रदर्शित करने का समय था, हनुमान ने सोचा, उसके लिए सैनिकों को आतंकित करना आवश्यक था। अब भी उन्होंने अपना परिचय नहीं दिया, तो उन्हें घेरकर किंकर वध भी कर सकते हैं। वध से तो बचना ही होगा, अभी सीता-अन्वेषण की सूचना राम तक नहीं पहुंची है।

"महान पराक्रमी, रघुनन्दन श्री रामचन्द्र की जय हो! महान धनुर्धर सौमित्र लक्ष्मण की जय हो! श्री राम द्वारा संरक्षित किष्किन्धा के वानर-सम्राट सुग्रीव की जय हो!" हनुमान ने निर्भय गर्जना की, "मेरा नाम हनुमान है और मैं अनायास महान पराक्रम करनेवाले श्रीराम का दूत हूं। मेरे साथ युद्ध करना हो तो अपने सम्राट को भेजो।"

हनुमान की गर्जना का अनुकूल प्रभाव हुआ। राक्षस सैनिक परस्पर बातों में उलझ गए। जाने, वे क्या बातें कर रहे थे–किन्तु थोड़ी देर पहले वाला उनका आवेश उनके चेहरे पर नहीं था।

हनुमान ने पुनः भयंकर गर्जन किया और इससे पूर्व कि कोई उन पर आक्रमण करता, उन्होंने अपने निकट के सैनिकों पर छलांग लगा दी। इस प्रकार के आक्रमण के लिए सर्वथा अप्रस्तुत सैनिक इस आकस्मिकता से घबराकर जब तक संभले–तब तक हनुमान ने उनमें से एक से लौह परिघ छीन लिया और दूसरे से एक शूल। उन्होंने बिना एक भी क्षण खोए इतने भयंकर और त्वरित प्रहार किए कि उनके निकट के सैनिकों में दरार पड़ गई...किन्तु हनुमान अपने स्थान से आगे नहीं बढ़े।

वे पुनः फाटक की मुंडेर पर चढ़ गए थे। उनके एक हाथ में परिघ था और दूसरे में शूल। दोनों ही शस्त्रों पर शत्रु का रक्त लगा हुआ था।

हनुमान की इच्छा पूरी हुई थी–राक्षस सेना पर उनका आतंक छा गया था। अब स्थिति पहले जैसी नहीं रह गई थी। प्रत्येक सैनिक उन पर प्रहार करने के लिए आगे की ओर नहीं झपट रहा था। पहले जहां सागर की लहरों के समान, आगे बढ़ने के लिए एक पर एक चढ़ता आ रहा था, वहां अब वे उनके निकट धरती में उगे वृक्षों के समान खड़े थे। लगता था, जैसे उन्हें वहां बांधकर खड़ा कर दिया गया था, उनका अपना वश चलता तो भागकर हनुमान से अधिकतम दूरी पर चले जाते। सारी सेना में त्रास का कोलाहल फैल गया था...

"अरे, यह तो कोई बावला है। धनुर्धारियों से कहो इसे मार गिराएं।" सेना में से कोई चिल्लाया।

"और क्या!" किसी और ने उसका समर्थन किया, "अपने सैनिकों को इसके हाथों व्यर्थ मरवाने से क्या लाभ!"

"है तो बावला ही।" एक और समर्थन आया, "पता नहीं किस-किस की जय बोल रहा है! जिनका हमने कभी नाम भी नहीं सुना, स्वयं को उनका दूत बता रहा है। दूत का काम सन्देश देना है या लड़ना-भिड़ना? मारो इसे।"

हनुमान चौंके–यदि सचमुच ही इन लोगों ने दूर ही दूर से शूलों और बाणों से प्रहार किया तो वे बड़ी कठिनाई में पड़ जाएंगे। न तो उन्होंने कवच ही पहन रखा था, और न उनके पास ढाल ही थी।

तभी बाणों की एक बौछार आई। उस बौछार में से एक बाण भटककर हनुमान के एक पांव को

हल्का-सा घायल कर गया; अन्यथा शेष बाण उनसे दूर-ही-दूर रहे।...इसका अर्थ यह था कि या तो ये धनुर्धारी अपने लक्ष्य-भेद में दक्ष नहीं थे–वे विरोधी सेनाओं पर सामूहिक रूप से बाण फेंकना-भर जानते थे; या फिर इस समय ये लोग आशंकित मन तथा भयभीत हाथों से धनुसंचालन कर रहे थे..."सुनो!" हनुमान उच्च स्वर में बोले, "मैं श्रीराम का दूत हूं और दूत अवध्य होता है। मेरा वध करोगे तो श्रीराम की रोषाग्नि की दाहकता का अनुभव तो करोगे ही; अपने राजाधिराज के कोप से भी बच नहीं पाओगे। तुम्हारे राजाधिराज के प्रति अभी मैंने अपना सन्देश नहीं कहा है।"

सेना में एक आकस्मिक हलचल हुई और शान्ति छा गई। कदाचित वे अपने राजाधिराज के कोपभाजन बनने से डर गए थे।

"तो आओ मेरे साथ!" किंकर सेनापति आगे बढ़ आया, "मैं तुम्हें राजाधिराज के पास ले चलता हूं। राजाधिराज से अपना सन्देश कहना और फिर उनके आदेश का पालन करना।"

हनुमान ने अट्टहास किया, "जाकर अपने राजाधिराज से कहो कि श्री राम का दूत यहां खड़ा है, वह आकर उनका सन्देश सुन जाए।"

सेनापति ने रोषपूर्ण आंखों से उन्हें देखा और अपना खड्ग निकाल लिया, "तू ऐसे नहीं मानेगा वानर! मैं तेरा वध कर, तेरा सिर ले जाकर राजाधिराज के चरणों में चढ़ा दूंगा। फिर कह लेना, जो सन्देश तुझे कहना है।" हनुमान ने देखा, सेनापति उनसे आतंकित नहीं था और वह युद्ध को तत्पर था–निश्चित रूप से वह अपना कहा पूरा करने के संकल्प के साथ आगे आया था।

सेनापति हनुमान से अधिक फुर्तीला निकला। जब तक कि हनुमान संभलते, वह फाटक पर चढ़ आया था और पहला वार भी उसी ने किया था। हनुमान के बाएं कन्धे से रक्त टपक आया।...स्थिति की भयंकरता को समझते ही हनुमान का अदम्य आक्रोश जागा। पहले उन्होंने अपने बाएं हाथ से पकड़ शूल आगे बढ़ाया। किंकर सेनापति स्वयं को बचाने के लिए एक ओर झुका तो हनुमान ने परिघ का आघात कर दिया। परिघ का वार उसके वक्ष पर पड़ा था–हनुमान की असाधारण शक्ति से चलाए गए लौह परिघ का आघात सहना, किंकर सेनापति के सामर्थ्य से बाहर था।...वह लड़खड़ाया और मुंडेर से नीचे जा गिरा...

सेनापति के गिरते ही, सारी सेना अस्त-व्यस्त हो गई। उनकी आक्रामक मुद्रा कहीं विलीन हो गई। किन्तु, जैसा कि हनुमान चाहते थे, वैसा नहीं हुआ। सैनिक लोग एक घड़ी के लिए भी, घबराकर भाग गए होते तो हनुमान को यहां से हट जाने का अवसर मिल जाता...हनुमान समझ नहीं पाए कि यह किसकी योजना थी–वाटिका-रक्षकों की वाटिका की सैनिक चौकियों की, अथवा स्वयं किंकरों की। उन्होंने अपनी घेराबन्दी ध्वस्त नहीं होने दी थी।...वे लोग उसी प्रकार हनुमान को घेरे हुए, नाकाबन्दी किए खड़े रहे। युद्ध हो भी रहा था, और नहीं भी हो रहा था। हनुमान जिस ओर बढ़ जाते, उधर से सैनिक काई के समान फट जाते; किन्तु उसका अर्थ इतना ही था कि उस दिशा में उनका घेरा पीछे चला जाता और किसी अन्य दिशा से आगे बढ़ आता।

हनुमान को लगा, वे किसी भूल-भुलैया में भटक गए हैं। वे जिस ओर देखते, उधर ही उन्हें मार्ग दिखाई पड़ने लगता था; किन्तु थोड़ा-सा ही आगे बढ़ने पर सैनिकों की कोई-न-कोई दीवार आगे आ जाती। किसी वृक्ष अथवा झुरमुट या दीवार के पीछे छिपकर बैठे सैनिकों के शस्त्रों की सामूहिक बौछार से बचने के लिए हनुमान को या तो पीछे हट जाना पड़ता या अपनी दिशा बदल देनी पड़ती...

हनुमान अपने लिए मार्ग बनाने का प्रयत्न कर ही रहे थे कि गधों जैसे आकार के घोड़ों से जुता

हुआ एक रथ वहां आ पहुंचा। रथारूढ़ योद्धा ने लाल वस्त्र तथा लाल पुष्पों की माला धारण कर रखी थी। उसके कानों में सुन्दर कुंडल थे और वह धनुष लिये हुए था।

सेना ने उत्साह से जयघोष किया, "प्रहस्त पुत्र जम्बुमाली की जय!" कदाचित उसे हनुमान का परिचय मिल चुका था और उसकी पुष्टि में उनकी तनिक भी रुचि नहीं थी। उसने उचित दूरी पर रथ रोका और अपना धनुष उठा लिया।

हनुमान ने फाटक के छज्जे पर पुनः अपना मोर्चा बांधा। जम्बुमाली ने हनुमान पर अर्द्धचन्द्र, कर्णी और नाराचों से प्रहार किया। हनुमान के बचाने पर भी उनका मुख, मस्तक तथा भुजाएं आहत हो गईं।

विलम्ब घातक था। जम्बुमाली इस प्रकार प्रहार करता रहा, तो कोई भी बाण हनुमान के लिए प्राणान्तक हो सकता था। उसे रोकने के लिए, उस तक जाना ही होगा। हनुमान ने छलांग लगाई और तीव्र वेग से उसके रथ की ओर बढ़े। सदा के समान, सैनिक उधर से फट गए। कोई भी उनका वार झेलने के लिए सम्मुख नहीं आया; दूर ही दूर से कुछ शूल उन पर अवश्य उछाल दिए गए।...हनुमान जम्बुमाली के रथ तक नहीं पहुंच सके। रथ और उनके बीच सात मन्त्रीपुत्र तथा पांच सेनापति--विरूपाक्ष, यूपाख, दुर्धर, प्रघस तथा भासकर्ण आ पहुंचे थे। वे साधारण सैनिक नहीं थे कि हनुमान की हुंकार से भयभीत होकर पीछे हट जाते। कदाचित उन सबने मिलकर हनुमान के सम्मुख-युद्ध की योजना बनाई थी। यदि वे इस प्रकार, हनुमान को रोक लेते तो जम्बुमाली सुविधा से उन पर प्रहार कर सकता था।

किन्तु हनुमान जैसा योद्धा भी, कदाचित उन्होंने पहले नहीं देखा था। इतना भारी लौह परिघ हनुमान ऐसे चला रहे थे जैसे वह लकड़ी का साधारण दंड-सा हो। परिघ के वेग और प्रकार के सामने, उनके अपने शस्त्र पार नहीं पा रहे थे और परिघ के आघात को झेल जाने का उनके पास कोई उपाय नहीं था...एक ही मार्ग था कि हनुमान को किसी प्रकार आहत कर, उनके विवश हो जाने पर, उनसे वह परिघ छीन लिया जाए...

तभी हनुमान ने प्रघस के सिर पर आघात किया। वह तत्काल धराशायी हो गया। हनुमान का वेग और भी अधिक हो गया। वे शत्रुओं की नीति और दुर्बलता, दोनों ही जान गए थे। हनुमान के रुकते ही वे लोग उन पर आघात करेंगे; और उनसे कुछ दूरी होते ही जम्बुमाली बाण मार देगा। हनुमान की इच्छा हुई कि इस बीभत्स युद्ध में अट्टहास कर उठें। जम्बुमाली के इन सहायकों ने आकर, स्वयं जम्बुमाली को ही निरस्त कर दिया था। हनुमान को उन योद्धाओं में से किसी के खड्ग का एक घाव लगा और हनुमान ने झल्लाकर विरूपाक्ष को पीस डाला। दो साथियों को गिरते देख, राक्षस योद्धाओं का उत्साह शिथिल पड़ गया। हनुमान का आवेश बढ़ गया। वे किसी शक्तिशाली यन्त्र के समान, परिघ घुमाए जा रहे थे। एक-एक कर, उनके विपक्षी गिरते गए और हनुमान ने परिघ को घुमाकर जम्बुमाली पर दे मारा। जम्बुमाली न तो परिघ का वार बचा पाया, न उसे झेल पाया। वह रथ में ही एक ओर लटक गया और उसका सारथी रथ हटा ले गया।

जम्बुमाली, उसके साथी मन्त्रिपुत्र तथा सेनापति मारे गए थे; किन्तु परिघ को फेंककर मारने से हनुमान के पास एक मात्र शूल रह गया था। उस युद्ध में शूल बहुत उपयोगी शस्त्र नहीं था। वे एक प्रकार से स्वयं को शस्त्रहीन ही पा रहे थे। इससे पूर्व कि कोई योद्धा आ जाता, उन्हें कोई-न-कोई शस्त्र अवश्य प्राप्त कर लेना था।...वे जानते थे, शस्त्रहीन अवस्था में वे इस घेराबन्दी को तोड़कर मुक्त नहीं हो सकते थे और जो व्यवस्था यहां दिखाई पड़ रही थी, उसमें तत्काल ही किसी अन्य योद्धा

का आ उपस्थित होना प्रायः निश्चित था। तभी तपे हुए स्वर्ण की जाली से युक्त, वेगशाली घोड़ों से जुता एक रथ सेना में धंसता चला आया। रथ पर पताका फहरा रही थी और उसका ध्वजदंड रत्नों से विभूषित था। रथ में बाणों से भरे हुए तूणीर रखे थे। अगले भाग में आठ खड्ग बंधे हुए थे। रथ के पिछले भाग में शक्ति, तोमर तथा अन्य शस्त्र रखे हुए थे। योद्धा के पीछे-पीछे विशाल सेना चली आ रही थी। यह अवश्य ही कोई अत्यन्त महत्त्वपूर्ण व्यक्ति है, हनुमान सोच रहे थे, स्वर्ण और रत्नजटित रथ से तो यह राजपरिवार का ही कोई व्यक्ति होना चाहिए। रथ आकर उनके सामने रुक गया और सेना ने जयकार किया, "महाराजाधिराज-पुत्र महाबली अक्षयकुमार की जय।"

तो यह राजकुमार है। वानर-राज्य में भी कभी-कभी इसका नाम सुना जाता है, किन्तु वीरता के लिए नहीं, विलास के लिए, विशेष रूप से वेश्यागामिता की प्रसिद्धि के कारण। तो यह योद्धा भी है। अक्षयकुमार का शरीर उसके युद्ध-विमुख, विलासी तथा सुविधाजीवी जीवन का प्रमाण दे रहा था। रावण ने इसे क्यों भेज दिया, मरने के लिए? रावण अपने पुत्र की प्रकृति तथा सामर्थ्य को नहीं जानता अथवा वह हनुमान की शक्ति को इतना कम आंक रहा है?

अक्षयकुमार ने कंठ में सुवर्ण-निष्क, बांहों में बाजूबन्द तथा कानों में कुंडल धारण कर रखे थे। उसका वेश युद्ध के उपयुक्त नहीं था, युद्ध वेश धारण करने का या तो उसे समय नहीं मिला या फिर उसने वह आवश्यक नहीं समझा था। रथ के रुकते ही उसने स्वर्णमय पंखों से युक्त, सुन्दर अग्रभाग वाले तथा पुच्छयुक्त तीन भयंकर बाण हनुमान के मस्तक पर दे मारे। तीनों बाण प्रायः एक ही साथ लगे। हनुमान रक्त से नहा उठे और उनका मस्तक घूमने लगा। तो यह उतना कोमल नहीं है, जितना कि हनुमान ने समझा था। शत्रु को कभी दुर्बल नहीं मानना चाहिए, ऐसा न हो कि जिसे वे कोमल और सुकुमार मान रहे थे, वही उनका वध कर, विजयी बना घूमता फिरे।

तभी अक्षयकुमार का एक और बाण हनुमान के वक्ष के मध्य में लगा। यह तो मारे ही जा रहा है, हनुमान का तेज जागा, किन्तु शस्त्र तो उनके पास था ही नहीं। सिवाय उसके रथ पर जा कूदने के और कोई उपाय नहीं था। किन्तु रथ अभी दूर था। वे फाटक के छज्जे से नीचे कूद आए। तो इस शस्त्रहीन स्थिति में ही सेना के बीच धंसना पड़ेगा। यह कोई उचित युक्ति नहीं थी।

हनुमान ने रही-सही ओट भी छोड़ दी और अक्षयकुमार के एकदम सामने आकर खड़े हो गए। उन्हें बिना आड़ के शस्त्रहीन स्थिति में एकदम सामने खड़े देखा तो अक्षयकुमार ने रथ और आगे बढ़ा दिया। वह कदाचित हनुमान के एकदम निकट आ जाना चाहता था।

हनुमान के लिए इतना ही पर्याप्त था। उन्होंने उसके बाणों की चिन्ता किए बिना, उसके रथ पर छलांग लगा दी।

अक्षयकुमार के अंगरक्षक हनुमान की इच्छा समझ गए। वे लोग झपटते हुए, दोनों के बीच में आए; किन्तु तब तक देर हो चुकी थी। हनुमान रथ पर पहुंच गए थे। निकट आनेवाले अंगरक्षकों को उन्होंने अपने विकट पाद-प्रहारों से नीचे धकेल दिया और अक्षयकुमार का धनुष छीन लिया। अक्षयकुमार अपने बचाव के लिए उनसे गुंथ गया। एक-दूसरे से गुंथे हुए वे दोनों; रथ से नीचे आ गिरे।...जब तक अक्षयकुमार अपनी चेतना को संभाले, हनुमान उठ खड़े हुए। उन्होंने झपटकर अक्षयकुमार को उसकी टांगों से पकड़ा और उसे वायु में चार-पांच चक्कर दे दिए।

अक्षयकुमार सर्वथा असहाय-सा, अपने प्राण बचाने के लिए, संकट में पड़े किसी व्याकुल बच्चे के समान चिल्ला रहा था। कभी वह अपनी सहायता के लिए अपने साथियों को बुला रहा था; कभी हनुमान को धक्का दे रहा था और कभी अपने प्राणों की भिक्षा की याचना कर रहा था...

सहसा हनुमान ने पूरे वेग से उसे पृथ्वी पर ला पटका। अक्षयकुमार का सिर फट गया और शरीर के अनेक भाग आहत हो गए। उसने मुख से भयंकर रक्त वमन किया और दम तोड़ दिया।

राक्षस सेना पहली बार विचलित हो त्राहि-त्राहि कर भाग उठी। हनुमान के मन में आशा जागी। अब वे इस घेरेबन्दी से मुक्त हो सके।

किन्तु हनुमान की यह आशा अधिक देर नहीं टिकी। एक के पश्चात एक सेनापतियों का वध उन्होंने किया था; किन्तु एक सेनापति के मरने और दूसरे सेनापति के आने के अन्तराल में एक बार भी सेनाओं की व्यवस्था इतनी शिथिल नहीं हो पाई थी कि वे उनके घेरे में से निकल भागते...हनुमान समझ नहीं पाए कि इन सैनिकों का पूर्व प्रशिक्षण था या इसी समय वे लोग इस प्रकार का व्यवहार कर रहे थे...जब तक उनका कोई सेनापति युद्ध कर रहा होता था, वे आक्रामक होते थे, किन्तु सेनापति के हटते ही उनके आक्रमण शिथिल हो जाते थे, और वे प्रतिरक्षात्मक युद्ध आरम्भ कर देते थे; किन्तु हनुमान को घेरा तोड़ निकल भागने का उन्होंने एक भी अवसर नहीं दिया था...

दूसरी ओर उनके नए सेनापति के आने में इतना विलम्ब एक बार भी नहीं हुआ, कि यह समझा जाता कि कोई चर युद्धक्षेत्र से जाकर उपयुक्त अधिकारियों को सेनापति के देहान्त की सूचना देता है और तब वहां से नया सेनापति भेजने की व्यवस्था होती है। सम्भवतः एक सेनापति को भेजकर उसी क्षण अगले सेनापति की घोषणा कर दी जाती थी; और वह प्रस्थान के लिए तैयार ही रहता था...

हनुमान राक्षसों की नीति-कुशलता की बात सोच ही रहे थे कि राक्षस सेना में एक नया स्फूर्तिपूर्ण ज्वार उठा। उनके चारों ओर एक नया कोलाहल आरम्भ हो गया था और राक्षस सैनिकों का उत्साह अभूतपूर्व हो उठा था।...हनुमान के मन में आशंका जागी...सम्भव है, इस बार बहुत बड़ी सेना लेकर स्वयं रावण आया हो...अकेले और प्रायः निहत्थे हनुमान, राक्षसों की इतनी बड़ी, प्रशिक्षित, युद्ध-कुशल सेनाओं तथा रण-दक्ष सेनापतियों के घेरे से जीवित कैसे निकल पाएंगे!...जाने किस उन्माद में उन्होंने अशोक वाटिका के वृक्षों को दंडित करने का अभियान आरम्भ कर दिया था...यदि हनुमान यहां से जीवित बचकर निकल नहीं पाए तो हनुमान के इस अद्भुत पराक्रम का उपयोग क्या होगा?...राम को सूचना नहीं मिल पाएगी। दूर से भयंकर शब्द करता हुआ, वायु वेग से एक रथ भागा चला आ रहा था। सैनिकों का ध्यान उस ओर चला गया था। हनुमान ने भी दृष्टि गड़ाकर देखा...केवल एक रथ आ रहा था, उसके साथ सेना नहीं थी...क्या हुआ? लंका की सेना चुक गई क्या? या यह नया आनेवाला सेनापति सेनाओं को अनावश्यक समझता है...वैसे उनका उपयोग भी क्या था? राक्षस सैनिक या तो मरे थे या भागे थे...

"युवराज इन्द्रजीत मेघनाद की जय!" राक्षस सैनिकों ने भयंकर कोलाहल किया।

हनुमान सावधान हो गए। मेघनाद के विषय में उन्होंने बहुत कुछ सुन रखा था। राक्षस साम्राज्य को इस समय रावण से भी अधिक मेघनाद पर भरोसा था। जब से उसके नाम के साथ 'इन्द्रजित' विशेषण जुड़ा था, तब से वह और भी भयंकर हो उठा था। उसके आने का समाचार सुनते ही राक्षस सैनिकों में नए प्राण पड़ गए थे।...मेघनाद सामान्य शस्त्रास्त्रों का दक्ष योद्धा तथा दिव्यास्त्रो का निपुण संचालक माना जाता था। ब्रह्म का तो वह प्रपौत्र ही था, अपनी निष्ठा के बल पर उसने अपने पिता के ही समान महादेव शिव से भी अच्छा सम्पर्क कर लिया था और उनकी कृपा के वरदानस्वरूप उनसे अनेक दिव्यास्त्र प्राप्त कर चुका था...यह किसी निकुम्भला देवी का भी विकट भक्त था। देवराज इन्द्र की सेना को पराजित कर उसने उससे भी अनेक दिव्यास्त्र छीने थे...

मेघनाद का रथ निकट आ गया था और हनुमान उसके आत्मविश्वास से पर्याप्त प्रभावित लग

रहे थे...वह सर्वथा एकाकी आया था...किन्तु उसका रथ असाधारण था। ऐसा रथ हनुमान ने पहले नहीं देखा था। उसे देखकर हनुमान के मन में एक ही शब्द उभरा था–कवच-रक्षित रथ। चारों ओर लोहे की सघन जालियां लगी थीं। शत्रु द्वारा फेंके गए शस्त्र उन्हीं जालियों में उलझकर रह जाएंगे। और मेघनाद को खरोंच भी नहीं आएगी। किन्तु स्थान-स्थान पर बने हुए गवाक्षों के माध्यम से, वह अपनी सुविधानुसार शस्त्र-प्रहार कर सकता था। रथ का आकार भी अन्य रथों से बड़ा था। लगता था, रथ में ही अनेक कक्ष बने हुए हैं, जिनमें विभिन्न शस्त्रास्त्र रखे हुए थे। मेघनाद अपने साथ वृहद् शस्त्रागार लेकर चलता था।

मेघनाद के प्रवेश करते ही युद्धक्षेत्र का रूप बदल गया। हनुमान ने अचकचाकर देखा–सारी राक्षस सेना सम्मुख-युद्ध छोड़कर पीछे हट चुकी थी। उन लोगों ने कुछ दूर जाकर वृत्ताकार घेरा डाल दिया था, जैसे वृत्त के भीतर मेघनाद हनुमान का आखेट करनेवाला था और वे लोग मात्र दर्शक थे। किन्तु हनुमान जानते थे राक्षस-सैनिक दर्शकमात्र नहीं थे। जब कभी भी हनुमान इन्द्रजित के प्रहारों से बचने के लिए वृत्त से बाहर निकलना चाहेंगे, दर्शकों का यही वृत्त उनके लिए लौह प्राचीर बन जाएगा। वस्तुतः उन लोगों ने हनुमान को एक वीर के समान सम्मुख युद्ध में नहीं एक पशु के समान आखेट में मारने का संकल्प किया। चारों ओर दर्शकों का वृत्त न होकर, आखेट के लिए हांका करने वालों का घेरा था।

यह सब अकस्मात ही नहीं हो गया था। या तो यह पूर्व निश्चित व्यवस्था थी, या फिर मेघनाद ने कोई गुप्त आदेश दिया था। अब हनुमान और मेघनाद आमने-सामने थे। मेघनाद का विशाल रथ उन पर झपट रहा था और आकार में साधारण बाणों से बड़े तथा भारी बाण हनुमान का पीछा कर रहे थे। उन्हें कुछ सोचने-समझने का भी अवसर नहीं मिल रहा था। युद्ध-विद्या में सर्वथा अनभिज्ञ व्यक्ति के समान वे उन बाणों की मार से भागे-भागे फिर रहे थे। सहसा, उन्होंने अपने हाथ का शस्त्र मेघनाद के रथ पर उछाल दिया–किन्तु वह पूर्वचिन्तित परिणाम के अनुसार ही रथ के कवच से टकराकर भूमि पर आ गिरा। हनुमान बिना किसी योजना के ही एक स्थान पर वृत्त को तोड़ने के लिए सैनिकों की भीड़ में जा धंसे। किन्तु यह पग भी उन्हें महंगा पड़ा। उनके शरीर में तीन-चार स्थानों पर राक्षसों के नुकीले शस्त्र घाव कर गए थे...

हनुमान का मस्तिष्क अब अपनी जड़ता तोड़कर, कुछ सहज हुआ था। अपने झपटने की प्रक्रिया में उन्हें कुछ घाव तो लगे थे, किन्तु इस बीच उन्होंने उन राक्षसों से एक खड्ग तथा एक शूल छीन लिया था। उन्होंने यह भी देखा था कि भीड़ में धंस जाने के कारण मेघनाद के चलाए हुए बाण कुछ राक्षस सैनिकों को ही हताहत कर गए थे। उस भाग-दौड़ में ही हनुमान का मन कुछ अन्य निष्कर्षों पर भी जा पहुंचा था...उनकी गति ही उनका रक्षा-कवच थी। उपयुक्त शस्त्रों के अभाव में रण-दक्ष मेघनाद के सम्मुख-युद्ध का प्रश्न नहीं उठता था। पर यदि वे अपना स्थान और दिशा इस स्फूर्ति से बदलते रहें कि मेघनाद उन पर शस्त्र-सन्धान न कर पाए तो वे मेघनाद को थका सकेंगे। उनका इस प्रकार राक्षस-सैनिकों की भीड़ में जा धंसना भी व्यर्थ नहीं गया था। अपने खड्ग और शूल के साथ वे जिस किसी स्थान पर धावा बोलेंगे...राक्षस कितने भी दृढ़संकल्प क्यों न हों–मार्ग दे ही देंगे। और राक्षसों की भीड़ से घिरे हनुमान पर मेघनाद प्रहार नहीं कर पाएगा...

किन्तु तभी आश्चर्यचकित हनुमान ने देखा कि मेघनाद ने न केवल अपना धनुष-बाण समेट लिया, वरन वह अपने रथ समेत उस घेरे से बाहर निकल गया...वह रथ छोड़कर भाग रहा हो या उसने

हनुमान को बन्दी करने का विचार त्याग दिया हो–यह सम्भव ही नहीं हो सकता। निश्चित रूप से उसने इस बीच कोई भयंकर योजना बना ली थी...

हनुमान का यह सोचना ग़लत नहीं था। अगले ही क्षण जैसे किसी पूर्व निश्चित योजना के अनुसार उस वृत्त की परिधि के विभिन्न बिन्दुओं पर अनेक मल्ल प्रकट हो गए, जिनके हाथों में मोटी-मोटी रस्सियां थीं। हनुमान चकित-से उन्हें देखते रहे–क्या वे कोई कौतुक करने जा रहे हैं?"...उनका कौतुक हनुमान के लिए बहुत भयंकर था...उन मल्लों ने एक साथ ही वे रस्सियां हनुमान की ओर उछाल दीं; और अब हनुमान ने देखा, वे रस्सियां मात्र नहीं थीं–वे फन्दे थे। उनके मस्तिष्क में सारी योजना बिजली के समान कौंधी !...यह तो ब्रह्मास्त्र था...

बहुत बचाने पर भी, दो-तीन फन्दे हनुमान के कंठ से नीचे उतर ही गए। जब तक उनसे मुक्त होने का प्रयत्न करते फन्दों की दूसरी खेप आ गई। बीसियों फन्दों ने उनके शरीर को जकड़ रखा था, जो क्रमशः और भी कसते जा रहे थे। हनुमान समझ गए। वे बन्दी हो चुके थे।

सात

अभी पूरी तरह दिन का उजाला भी नहीं हुआ था। अपने शयन-कक्ष से बाहर निकलते ही विभीषण को लंका की सेना के साथ अशोक-वाटिका में हो रहे हनुमान के संघर्ष की सूचना मिली।

विभीषण समझ नहीं पाए कि क्षण-भर में ही उनके मन में क्या-क्या और कितना घटित हो गया।...अशोक-वाटिका में बन्दिनी सीता के पास हनुमान नाम का कोई व्यक्ति पहुंचा है और उसने स्वयं को राम का दूत बताकर राम, लक्ष्मण तथा सुग्रीव की जय-जयकार की है...

विभीषण को लगा, सहसा जैसे मन उत्फुल्लित हो उठा है। राम, लक्ष्मण तथा सुग्रीव की एक साथ जय-जयकार करने का अर्थ क्या हुआ? क्या राम-सुग्रीव का पक्ष एक ही है? राम वानरों से मिल गए हैं? वानर उनके सहायक हो गए हैं? पर बाली? बाली की जय-जयकार हनुमान क्यों नहीं कर रहा है? बाली के होते हुए सुग्रीव की जय-जयकार का अर्थ?

सहसा विभीषण के मन में एक विचार कौंधा, कहीं सुग्रीव ने राम की सहायता से बाली का वध तो नहीं कर दिया? ऐसा ही हुआ होगा। राम जैसा शस्त्रधारी सुग्रीव का सहायक हो जाए, तो बाली सम्पूर्ण मल्लता के होते हुए भी क्या करेगा? सम्भव है, ऐसा ही हुआ हो! राम और सुग्रीव दोनों पीड़ित थे, दोनों मिल गए होंगे। नहीं तो अपमानित-निष्कासित-प्रताड़ित सुग्रीव की जय-जयकार का क्या अर्थ? कितना समझदार है यह हनुमान, जिसने अपनी एक जय-जयकार से ही अनेक परिस्थितियां सम्प्रेषित कर दीं।

किष्किन्धा में इतना कुछ घटित हो गया और विभीषण को तनिक-सा आभास भी नहीं मिला। विभीषण को सूचनाएं नहीं मिलीं, क्योंकि कदाचित लंका में किसी को भी इन घटनाओं की सूचना नहीं है...कैसा है रावण का गुप्तचर विभाग...सारे अधिकारी मदिरा पीकर धुत पड़े रहते हैं...कहां से आएंगी सूचनाएं...शूर्पणखा भी जब जनस्थान से रोती हुई लौटी थी तो उसने रावण के मुख पर ही चीख-चीखकर कहा था कि वह मदिरा पीकर बेसुध पड़ा रहता है और राज्य के भीतर-बाहर होनेवाली घटनाओं की उसे कोई सूचना नहीं होती। यही प्रमाद किसी दिन इस साम्राज्य को ले डूबेगा...इतना विकसित, उन्नत और समर्थ राष्ट्र...किन्तु अपने प्रमाद में आंखें बन्द किए बैठा है। विलास ने इस साम्राज्य का विवेक समाप्त कर दिया है, बस उन्माद-ही-उन्माद रह गया है...

राम का दूत सीता तक आ पहुंचा है; अर्थात उसे ज्ञात हो गया है कि सीता कहां हैं...उसने सीता से कुछ वार्तालाप भी किया है। उसने सीता को राम का कोई सन्देश दिया होगा।...क्या राम ने सीता को मुक्त कराने की कोई योजना बनाई है, और उसकी सूचना सीता तक पहुंचाई गई है? या हनुमान ने सीता को सान्त्वना मात्र ही दी है...ऐसी स्थिति में सान्त्वना भी क्या हो सकती है?... विभीषण को यह सब जानकर करना भी क्या है? उन्हें तो इतने से ही सन्तुष्ट हो जाना चाहिए कि अब राम न सीता के बन्दी के स्थान से अनभिज्ञ हैं और न वे उन्हें मुक्त कराने की ओर से निष्क्रिय हैं...सीता की मुक्ति की सम्भावनाएं सर्वथा समाप्त नहीं हो गई हैं। यदि इतने ही सक्रिय, उद्यमी तथा साधन-सम्पन्न व्यक्ति हैं, तो वे अवश्य ही सीता को मुक्त कराकर ही दम लेंगे। उनकी क्षमताओं में विभीषण को अब कोई सन्देह नहीं था। सुग्रीव के साथ मिलकर हनुमान को यहां भेजना...कदाचित राम के पुरुषार्थ के कारण ही विभीषण अपने अपराधबोध से मुक्त हो सकेंगे।...वे देख रहे हैं कि उनकी आंखों के सम्मुख अनर्थ हो रहा है और वे प्रभावशाली ढंग से उसका विरोध भी नहीं कर पा रहे...यह किसी भी संवेदनशील, भावप्रवण तथा न्यायप्रिय व्यक्ति को अपराध बोध से दंशित करने के लिए पर्याप्त नहीं है क्या?...

किन्तु अगले ही क्षण विभीषण चौंक उठे। वे किस बात से इतने सन्तुष्ट हो रहे हैं? यह उत्फुल्लता किस कारण से? राम की उद्यमशीलता तथा साधन-सम्पन्नता से उनका दूत यहां तक पहुंच तो गया है। लंका की सुदृढ़ रक्षा-व्यवस्था के होते हुए भी वह लंका में घुस आया है; रावण की समस्त गोपनीयता का उल्लंघन करते हुए उसने सीता को खोज भी निकाला है, सन्देशों का आदान-प्रदान भी कर आया है–तो क्या इस समय लंका के सैनिकों से युद्ध भी कर रहा है, किन्तु वह अकेला है, शस्त्रविहीन है, शत्रुनगरी में है, दूर-दूर तक उसका कोई सहायक नहीं है। कितनी देर तक प्रतिरोध कर पाएगा वह? देर-सवेर, लंका के सैनिक उसे पराभूत करेंगे। या तो उसका वध होगा अथवा वह बन्दी किया जाएगा।...बन्दी होने की स्थिति में भी वह अधिक काल तक जीवित नहीं रह पाएगा। वह सीता नहीं है, जिसे रावण अशोक-वाटिका में अवरोध में रख प्रत्येक दूसरे-चौथे दिन उससे प्रेम-याचना करेगा। सुन्दरी युवतियों का यह विशेषाधिकार हनुमान को नहीं मिलेगा। युद्ध में यदि उसका वध नहीं हुआ और वह जीवित पकड़ लिया गया तो भी या तो अन्धकूप में डाला जाएगा अथवा लंका के किसी चतुष्पथ पर उसका वध होगा...

हनुमान लौटेगा ही नहीं तो राम को कौन बताएगा सीता कहां हैं? हनुमान मारा जाएगा; सीता बन्दिनी बनी रहेंगी–अन्ततः आत्मसमर्पण करेंगी या उनका वध होगा; और राम अपने अपमान की पीड़ा तथा पत्नी के विरह में बिलख-बिलखकर प्राण दे देंगे। ऐसी स्थिति में लंका में स्त्रियों के अपहरण का प्रचलन समाप्त हो जाएगा क्या? किस बात से प्रसन्न हो रहे हैं विभीषण? सीता की मुक्ति के लिए किया जा रहा प्रयत्न असफल होने को है और विभीषण प्रसन्न हो रहे हैं? सीता की मुक्ति के लिए तो वे कुछ नहीं कर सके; किन्तु जो यह प्रयत्न कर रहा है उस हनुमान की कुछ सहायता तो उन्हें करनी चाहिए। स्वयं में सत्कर्म की क्षमता न हो तो सत्कर्म के प्रति सक्रिय सहानुभूति तो होनी चाहिए।

क्या करें विभीषण? अपने मन्त्रियों तथा सहायक सैनिकों के साथ हनुमान की सहायता के लिए पहुंचें...हनुमान के पक्ष में लंका की सैनिक-शक्ति के विरुद्ध सशस्त्र युद्ध करें? किन्तु विभीषण की बुद्धि कह रही थी कि ऐसे प्रयत्न का परिणाम सिवाय आत्मघात के और कुछ नहीं हो सकता। लंका

की भूमि पर ही, विश्वविजयी रावण की समस्त सैनिक शक्ति के विरुद्ध सम्मुख-युद्ध करना कहां की समझदारी है? सम्भव है कि ऐसी आत्महत्या को बलिदान की संज्ञा दी जाए। मरकर विभीषण का पाप-बोध मिट जाए, यह भी सम्भव है, किन्तु उससे क्या सचमुच हनुमान की सहायता हो सकेगी? क्या सीता की मुक्ति के प्रयत्न को कुछ बल मिल सकेगा, स्त्रियों के अपहरण का प्रचलन रुक जाएगा? उससे अधिक उपयोगी तो बौद्धिक युद्ध है।

यथाशीघ्र विभीषण बाहर जाने के लिए प्रस्तुत हो गए तथा जब तक कि परिचारक यह समझ पाएं कि विभीषण को क्या चाहिए, सरमा यह पूछ सके कि वे कहां जा रहे हैं अथवा कला यह जिज्ञासा प्रकट कर सके कि उनके उद्वेग का कारण क्या है, विभीषण स्वयं अपना रथ हांकते हुए, द्रुत वेग से मन्त्री अविन्ध्य के प्रासाद की ओर चले जा रहे थे।

अविन्ध्य तक सारी सूचनाएं पहुंच रही थीं और कदाचित इस विषय में वे कुछ सोच भी रहे थे। उनके मन में भयंकर ऊहापोह था। विभीषण से मिलकर विचार-विमर्श की इच्छा भी उनके मन में टक्कर मार रही थी। सम्भव था कि विभीषण यदि थोड़ी देर और न आते तो वे स्वयं ही उनके प्रासाद में जा पहुंचते। आरम्भ में तो हनुमान और लंका के सैनिकों में होनेवाले संघर्ष के समाचार आते रहे थे; किन्तु विभीषण के पहुंचने से थोड़ी देर पहले मेघनाद द्वारा हनुमान को बन्दी कर लेने का भी समाचार आ गया था। विभीषण का स्वागत कर, उन्हें ससम्मान आसन देकर, परिचारकों को बाहर भेज, पूर्णतः एकान्त पाकर बात आरम्भ करते हुए उन्होंने अपने मन का द्वन्द्व विभीषण के सम्मुख रख दिया।

"सीता की मुक्ति तो ठीक है; किन्तु हम हनुमान की सहायता क्यों करना चाहते हैं? इसलिए, कि लंका के अनेक सैनिकों का वध कर, वह बिना कोई दंड पाए यहां से सुरक्षित निकल जाने में सफल हो जाए?" वे बोले, "और यदि ऐसा हो गया तो वह लौटकर अपने साथियों के पास जाएगा। वे लोग सीता की मुक्ति का पुनः प्रयत्न करेंगे। आज तो हनुमान अकेला आया है। भविष्य में जाने वह कितने लोगों को लेकर अपने अभियान पर आए। वे लोग चाहे छिपकर घात लगाएं अथवा सम्मुख-युद्ध करें। वे पुनः हमारे सैनिकों का वध करेंगे और हम पुनः उनकी सहायता करना चाहेंगे," उन्होंने रुककर विभीषण को देखा, "क्या आपको ऐसा नहीं लगता राजकुमार, कि सीता की मुक्ति का समर्थन तो हम एक शुभकर्म के रूप में कर रहे हैं; किन्तु अपने राज्य, शासन और राजा के शत्रुओं की सहायता कर अपने पक्ष के जन-बल की हानि अपराध भी है और पाप भी?"

विभीषण ने व्यथित हो अविन्ध्य की ओर देखा–कैसे असमय में उसके मन में द्वन्द्व जगा है। बौद्धिक ऊहापोह भी कैसी दुष्ट प्रक्रिया है? कर्म के समय, व्यक्ति को अपंग कर, यह कौन-सा हित साधेगी किसी का। इतना विश्वसनीय तथा पूर्व परीक्षित सहायक अविन्ध्य अपनी इस ऊहापोह में, अपने शत्रु-पक्ष के साथ खड़ा होता हुआ दिखाई पड़ रहा है–यह सीता की मुक्ति भी चाहता है और रावण का अहित भी नहीं करना चाहता। ऐसा भी हुआ है कि कोई सत्कर्म का सहायक भी हो और दुष्कर्म का विरोधी भी न हो?

"मेरी बात समझने का प्रयत्न करो अविन्ध्य।" विभीषण ने मन में उभर आए अपने आवेश को दबाते हुए कहा, "सदा आदर्शों और सिद्धान्तों की चर्चा करनेवाले उस व्यक्ति को क्या कहोगे जो उन सिद्धान्तों की सफलता के लिए कर्म का अवसर आने पर स्वयं को किसी अन्य बौद्धिक विवाद में फंसाकर अपने सिद्धान्तों के साथ विश्वासघात करता है?"

विभीषण की बात समझकर अविन्ध्य कुछ संकुचित हुए, "नहीं, मुझे उन लोगों में मत गिनिए। मेरा तात्पर्य यह था कि रावण से चाहे हमारा कितना भी सैद्धान्तिक मतभेद क्यों न हो; किन्तु वे हमारे राजाधिराज हैं। लंका की भूमि हमारी भूमि है; इस भूमि तथा इसके राजाधिराज का पक्ष लेकर लड़नेवाले सैनिक, हमारे सैनिक हैं। अब यह स्थिति ही कुछ ऐसी आ गई है कि चाहे वह हमारे राजाधिराज के दोष के कारण हो–हनुमान ने हमारे सैनिकों का वध किया है।...तो क्या हनुमान का पक्ष हमारे शत्रु का पक्ष नहीं हो जाता? उनका समर्थन, राजाधिराज के विरुद्ध अपने शत्रु का समर्थन नहीं है?"

विभीषण को लगा, वे अपना आवेश संभाल नहीं पाएंगे...किन्तु तत्काल ही उन्हें सीता के अपहरण को लेकर रावण से अपनी प्रथम मुठभेड़ याद हो आई...जब पहली बार उन्होंने पहचाना था कि अपने सिद्धान्तों की रक्षा के लिए वे अपने भाई का अहित भी कर सकते हैं, तो वे स्वयं कैसे चौंके थे...आज कदाचित अविन्ध्य की भी वही मनःस्थिति है...

"सुनो अविन्ध्य," विभीषण बोले, "जब हम रावण के सिद्धान्तों से सहमत नहीं, तो निश्चित रूप से उनसे अपना तादात्म्य करने की आवश्यकता नहीं। रावण का प्रत्येक शत्रु हमारा शत्रु नहीं है और रावण का प्रत्येक मित्र हमारा मित्र नहीं है।" विभीषण ने रुककर अविन्ध्य के चेहरे पर अपनी बात का प्रभाव देखा, "लंका हमारी भूमि है। यहां के निवासी हमारे बन्धु हैं। तनिक तटस्थ होकर सोचें, तो हमें रावण की नहीं, लंका तथा लंका-निवासियों की रक्षा तथा प्रसन्नता को अपना लक्ष्य मानकर चलना चाहिए। यदि रावण की रक्षा लंका की रक्षा की विरोधिनी हो जाए और रावण का हित लंकावासियों के हित के विपरीत पड़े, तो हमें रावण का पक्ष लेना है अथवा लंकावासियों का?"

अविन्ध्य ने शीघ्रता में दो-चार बार अपनी पलकें झपकाईं और विभीषण को देखा, "किन्तु रावण और लंका में विरोध कैसे हो गया?"

"यही तो इस स्थिति का विरोधाभास है या कह लो कि स्थिति अत्यन्त भ्रामक है।" सारी बातचीत में विभीषण पहली बार मुस्कुराए, "यह विरोध तो प्रत्येक पग पर है, पर इस समय उस विस्तार में मत जाओ।" वे तनिक रुककर बोले, "यदि रावण, सीता को बन्दिनी बनाए रखता है और उनकी मुक्ति के छोटे-मोटे प्रयत्न विफल कर देता है, तो क्रमशः वह अपने विरोध को स्फीत करेगा। मान लो कि कोई मार्ग न पाकर अन्ततः राम तथा लक्ष्मण, वानरों की सहायता से लंका पर आक्रमण करते हैं और राक्षस सेना उनसे युद्ध करती है तो विजय चाहे राम की हो अथवा रावण की–उस युद्ध में असंख्य लंकावासी काल के गाल में समा जाएंगे। शूर्पणखा के चौदह सहस्र सैनिकों का वध इसी राम ने किया था। वह यहां आएगा तो क्या यहां के सैनिक सहस्रों की संख्या में नहीं मारे जाएंगे?..." विभीषण ने रुककर अविन्ध्य की ओर देखा।

"ठीक कह रहे हैं, राजकुमार!" अविन्ध्य ने सहमति प्रकट कर दी, "किन्तु क्या राम के ससैन्य लंका पहुंचने की सम्भावना है?"

"पहली बात तो यह है कि यदि विरोध की सम्भावना नहीं है तो हम अनाचार को सहन करते जाएं?" विभीषण बोले, "और दूसरी बात, यदि अनाचार बढ़ता जाएगा तो विरोध भी बढ़ेगा ही। सीता लंका में नहीं आई थीं, तो हनुमान भी लंका में नहीं पहुंचा था। सीता के अपहरण के कारण, सागर-सन्तरण कर हनुमान लंका में आया है, अब यदि सीता मुक्त नहीं हुईं तो राम भी आ सकते हैं और उनकी सेना भी आ सकती है...।"

"आप ठीक कह रहे हैं।"

"और मान लो सीता मुक्त होकर राम के पास पहुंच जाएं।" विभीषण बोले, "तो क्या तब भी इतना जोखिम उठाकर राम लंका आएगा या उसकी सेना आएगी क्या?"

"नहीं। तब इतना जोखिम कौन उठाएगा।"

"यदि हम सीता की मुक्ति के प्रयत्नों की सहायता करते हैं, तो हम लंका और लंकावासियों का हित साध रहे हैं या अहित?"

"हित साध रहे हैं मित्र!"

"एक बात और है अविन्ध्य!" विभीषण का स्वर अनिश्चित-सा भाव लिए हुए था, "इन दिनों मेरी अपनी मनःस्थिति भी मेरी समझ से बाहर है।...एक ओर तो मन में आता है कि मैं इस लंका में कोई भी अनुचित कार्य नहीं होने दूंगा, चाहे उसके पीछे स्वयं रावण ही क्यों न हो; किन्तु दूसरे ही क्षण लगता है कि प्रत्येक अनौचित्य-विरोध अन्ततः रावण-विरोध है–तो भाई का मोह भी आड़े आ जाता है। सोचता हूं, भाई के प्रेम का कोई भी मूल्य नहीं है क्या?" क्या उसके लिए मुझे तनिक भी नहीं झुकना चाहिए? क्या सिद्धान्तों के धरातल पर थोड़ा-सा समझौता नहीं कर लेना चाहिए?...पर फिर मैं कुछ अन्य लोगों के प्रेम की ओर देखता हूं। इस समय राजाधिराज को लगता है कि सिवाय उनके पुत्र मेघनाद के और कोई उनसे प्रेम नहीं करता, यहां तक कि महारानी मन्दोदरी भी नहीं...।"

"क्यों?" पारिवारिक रहस्य को सुनकर अविन्ध्य चौंके।

"सिवाय मेघनाद और शूर्पणखा के परिवार का अन्य कोई सदस्य सीता के अपहरण का समर्थन नहीं करता।" विभीषण बोले, "मेघनाद के इस समर्थन को राजाधिराज अपने प्रति प्रेम मान बैठे हैं। अमर्यादित समर्थन उनके अहंकार को स्फीत कर रहा है, उनकी औचित्यानौचित्य-बुद्धि को भ्रमित कर रहा है। उन कार्यों के लिए प्रेरित कर रहा है, जो अन्ततः उनके लिए अनर्थकारी सिद्ध होंगे," विभीषण तनिक रुककर बोले, "इस समय राजाधिराज, राक्षस–साम्राज्य तथा लंकावासियों का सबसे भयंकर शत्रु मेघनाद का सीमाहीन अमर्यादित रावण-समर्थन है। यह समर्थन रावण तथा राक्षस-साम्राज्य का काल बनेगा।"

विभीषण मौन हो गए। अविन्ध्य अवाक-से विभीषण को देखते रहे। वे अपने मित्र से एक सामान्य नवागन्तुक वानर के विषय में साधारण-सी नीति-चर्चा करने बैठे थे; उन्हें तनिक भी आभास नहीं था कि इस चर्चा की जड़ें इतनी गहरी जा उतरेंगी। विभीषण ने अविन्ध्य की मुद्रा देखी तो स्वयं को संभाला और अपनी बात भी समेटी, "इन चर्चाओं को अभी यहीं रहने दो अविन्ध्य।" उन्होंने अविन्ध्य को संभलने का अवसर दिया, "इस समय हमें हनुमान की सहायता करनी है। प्रयत्न यह होना चाहिए कि एक तो उसे मृत्युदंड न मिलने पाए; दूसरे, यदि सम्भव हो तो वह किसी प्रकार मुक्त कर दिया जाए।"

अविन्ध्य ने तत्काल कुछ नहीं कहा। थोड़ी देर तक चिन्तन की मुद्रा बनाए चुपचाप बैठे रहे; फिर बोले, "राम तक सीता का सन्देश पहुंचाने के लिए यह आवश्यक है; कदाचित यह सीता की मुक्ति के लिए सहायक भी होगा। किन्तु..."

"किन्तु क्या?" विभीषण की आंखों में कुछ प्रखरता आ गई।

"मेघनाद अपने बन्दी को सरलता से छोड़ता नहीं। हनुमान पर तो अनेक सैनिकों का ही नहीं राजकुमार अक्षय के वध का भी आरोप है।"

"राजकुमार अक्षय!" क्षण-भर के लिए विभीषण का हृदय भी कसक उठा, सचमुच यह हनुमान तो

उनके भतीजे का भी हत्यारा है...। किन्तु अगले ही क्षण वे स्थिर हो गए–युद्ध करने के लिए अक्षयकुमार ही सेना लेकर गया था। वह हनुमान की हत्या का प्रयत्न कर रहा था तो आत्मरक्षा के लिए हनुमान क्या करता–ऐसे में हनुमान को हत्यारा कैसे कहा जा सकता है! युद्ध में अपने शत्रु का वध करनेवाला सदा वीर ही कहलाता आया है–हनुमान को तो इसलिए हत्यारा नहीं कहा जा सकता, क्योंकि उसका शत्रु विभीषण का भतीजा था। सम्बन्ध के इस मोह को तो त्यागना ही पड़ेगा, अन्यथा वे किसी भी अनुचित कृत्य का विरोध नहीं कर पाएंगे।–सम्बन्ध और सिद्धान्त साथ-साथ नहीं निभते। इन दोनों में से, विभीषण को एक का त्याग तो करना ही पड़ेगा। और जब एक का त्याग करना ही है, तो वे सम्बन्ध का त्याग करेंगे, सिद्धान्तों का नहीं–

"वह तो ठीक है।" विभीषण बोले, "परन्तु हनुमान कोई साधारण हत्यारा नहीं है। वह युद्धवीर है तथा राम एवं सुग्रीव का दूत है। दूत का वध नीति नहीं है।"

"राजाधिराज इस बात को मान जाएंगे क्या?"

"हमें उन पर दबाव डालना चाहिए।"

"दबाव के लिए राजपरिषद में आपका बहुमत होना चाहिए। वहां दबाव कौन डालेगा?" अविन्ध्य ने अपना मुंह बिचकाया। विभीषण को लगा, अविन्ध्य पहली बार अपनी सहज मुद्रा में आए हैं, "राजाधिराज के मन्त्रियों, सामन्तों तथा सेनापतियों से तो कोई अपेक्षा ही नहीं है। वे सब या तो राजाधिराज के अन्धभक्त हैं अथवा अपना कार्य सिद्ध करने में चतुर, मूर्ख एवं कायर। राजाधिराज ने 'विद्वल परिषद' में जिन लोगों को मनोनीत किया है, उनसे आशा की जाती है कि वे अपने स्वार्थों से निरपेक्ष होकर राजाधिराज को उचित एवं न्यायसंगत परामर्श देंगे। किन्तु वह कवि है न, उष्णीष।" अविन्ध्य के चेहरे की वितृष्णा अत्यन्त मुखर हो गई, "उससे तो इस घटना के सन्दर्भ में मेघनाद के शौर्य की विरुदावली लिखवा लो। राजाधिराज पर दबाव डालने के लिए उससे मत कहो। वह आजकल राजाधिराज की प्रशस्तियां लिखने में लगा हुआ है। पता नहीं शतक लिखकर ही रुक जाएगा या सप्तशती लिखने का विचार है।" अविन्ध्य का स्वर कुछ उदासीन-सा भासित हुआ, "अब कवियों, मनीषियों और चिन्तकों को न्याय कम और राजाधिराज से मिल सकनेवाली सम्भावित वृत्ति, पदवी अथवा पुरस्कार-राशि अधिक दिखाई पड़ने लगी है। ऐसे में वे राजाधिराज की इच्छा के विरुद्ध परामर्श नहीं देते। सत्ता की प्रशस्ति गाते हैं तथा मदिरा एवं नारी में व्यस्त रहते हैं...।"

विभीषण मुस्कुराए, "उष्णीष से इतना रुष्ट होने से क्या होगा मित्र। समाज में रहनेवाले ये कवि-मनीषी बड़े दयनीय जीव हैं। जब तक सम्बन्ध काव्य से होता है, इनकी वाणी में ओज होता है जिससे उच्च सिद्धान्त झरते हैं; किन्तु व्यक्तिगत लाभ की सम्भावना उपजते ही इनके पैर सत्य और न्याय की भूमिका से फिसलने लगते हैं। कवि तो वही सौभाग्यशाली है मित्र! जिसके सम्मुख व्यक्तिगत लाभ की कोई सम्भावना उठी ही नहीं।"

"तो और कौन इस विषय में आपका साथ देगा। मुझे तो सारी सभा में एक भी व्यक्ति ऐसा नहीं दिखाई देता, जो रावण के विरुद्ध आपका साथ दे।...हां, राजकुमार कुम्भकर्ण को सभा में लाया जा सके और वे अपना सन्तुलन बनाए रख सकें, तो बात और है..."

"कुम्भकर्ण!"

अविन्ध्य ने मानो विभीषण के मन के किसी पुराने घाव को छील दिया था। अत्याचारी और अनाचारी रावण का विरोध करते हुए भी विभीषण के मन में बार-बार भ्रातृ-प्रेम और कर्तव्य का द्वन्द्व जागता है; और

कुम्भकर्ण का सम्पूर्ण जीवन नष्ट करके भी रावण कभी एक क्षण के लिए भी संकुचित नहीं हुआ।...रावण ने कुम्भकर्ण को रोका न भी होता; किन्तु उसके मदिरापान के लिए इतनी सुविधाएं उपलब्ध न कराई होतीं, तो क्या कुम्भकर्ण की यह अवस्था होती।...आज कोई भी व्यक्ति किसी भी समय कुम्भकर्ण के पास जाए तो या तो वह मदिरा पीकर धुत-बेहोश पड़ा होता है अथवा यदि पी-पीकर अचेत न हो गया हो तो मदिरा पी रहा होता है तथा मांस खा रहा होता है। उस समय अपने भोजन और मदिरा पीने की लालसा में वह इतना उग्र होता है कि किसी से सन्तुलित व्यवहार नहीं कर पाता...निरन्तर मदिरापान करनेवाला व्यक्ति कितनी देर सन्तुलित व्यवहार करेगा और कितनी देर सचेत रहेगा...आज सारी लंका में प्रसिद्ध है कि कुम्भकर्ण छः मास सोता है और एक दिन वह जगता है, उस दिन केवल भक्षण करता है...

रावण चाहता भी यही है। तभी तो उसने बड़ा भाई होते हुए भी आज तक कभी कुम्भकर्ण का इस अनवरत मदिरापान के लिए तिरस्कार नहीं किया; उल्टे सदा अबाध मदिरा-आपूर्ति का प्रबन्ध किया...रावण ने यही शूर्पणखा के साथ किया। पहले उसके प्रेमी विद्युज्जिह्व से उसके विवाह का निषेध कर, उसके प्रति शूर्पणखा की कामना को उग्र से उग्रतर किया। जब शूर्पणखा ने भाई के अनुशासन से विद्रोह कर उससे विवाह कर लिया तो रावण ने उसका वध स्वयं अपने हाथों किया।...पति से उसका आजीवन विच्छेद करा, शूर्पणखा को अपने महामहालय के वासनामय, विलासी वातावरण में रखकर, उसकी वासना की अग्नि को प्रचंड रूप देकर, उन्मुक्त विलास की अनुमति के साथ सर्वसत्तासम्पन्न बनाकर उसे जनस्थान में भेज दिया। जाने कितने युवकों के यौवन तथा जीवन का भक्षण किया है शूर्पणखा ने।...और जब अपनी इच्छा का एक पुरुष–राम–नहीं मिला, तो उसी से वह अमानुषी हो उठी। असन्तुलित, अव्यवस्थित, असहज, विकट अमानुष...पिशाची! क्या अधिकार था राम और लक्ष्मण पर उसका? यदि वे उसे अंगीकार नहीं करना चाहते थे, उनके मन में उसके प्रति प्रेम, वासना अथवा लोलुपता नहीं जागी, तो पिशाची-सी बनकर सीता की हत्या कर उन वीर तथा सच्चरित्र पुरुषों के साथ बलात्कार करने को उतावली हो उठी...इस सारे परिवार को नष्ट करने के लिए दोषी कौन है? रावण का स्वार्थ तथा अहंकार ही तो। उसने अपने विवेक की हत्या की और स्वार्थ प्रेरित होकर अपने भाई-बहनों के जीवन का नाश किया...और आज उसका अपना पुत्र, उसी के मार्ग पर चलकर, अपने स्वार्थवश अपने पिता को मृत्यु की ओर धकेल रहा है।...सारा वातावरण ऐसा भ्रष्ट हो गया है कि विभीषण की उचित बात भी उन्हें संगत नहीं लगती और रावण की अनुचित बातें भी सिर चढ़कर बोल रही हैं...

"नहीं, कुम्भकर्ण से हमें कोई सहायता नहीं मिल सकती। हमें जो कुछ करना है, अपने ही बल पर करना है।" विभीषण का मन स्वयं उदास था।

अविन्ध्य ने कुछ व्यथित मुद्रा में विभीषण को देखा, "राजकुमार सारी राजपरिषद में आप अकेले पड़ जाएंगे।"

"हां।" विभीषण ने कुछ चकित भाव से अविन्ध्य को देखा, "मैं तुम्हारी स्थिति भी समझता हूं।"

आठ

अशोक वाटिका के द्वार पर बन्दी कर, राक्षस सैनिकों ने हनुमान को अनेक स्थानों पर भटकाया था।

बन्दी करने के पश्चात यद्यपि मेघनाद ने उन्हें सैनिकों को सौंप दिया था, किन्तु किसी-न-किसी रूप में वह निरन्तर उनके आसपास बना हुआ था। हनुमान को कुछ आश्चर्य भी हुआ कि एक साधारण कैदी के लिए लंका के युवराज को इस प्रकार अपनी निद्रा का बलिदान करने की क्या आवश्यकता है; किन्तु शायद मेघनाद ने उन्हें साधारण बन्दी नहीं माना था। साधारण बन्दी वे थे भी नहीं–हनुमान समझ रहे थे–उन्होंने अनेक सैनिकों, मन्त्रिपुत्रों तथा एक राजपुत्र का वध किया था और साथ-ही-साथ स्वयं को राम का दूत घोषित किया था...किन्तु उन्हें बन्दी कर लेने के पश्चात तो युवराज विश्राम कर ही सकता था। उन्हें बन्दी कर, एक ही स्थान पर क्यों नहीं रखा गया–यह भी वे समझ नहीं पाए ...इन स्थानान्तरों की अवधि में ही अन्धकार क्षीण होता गया और प्रभात हो गया।...अशोक-वाटिका में किए गए फलाहार के कारण भूख अपनी कष्टप्रद भूमिका छोड़ चुकी थी–किन्तु निन्द्रा अपना बल दिखाती, तो उनका सिर भारी हो जाता था। बार-बार हनुमान की इच्छा होती थी कि ये राक्षस सैनिक उन्हें किसी कारागार में डालकर कुछ क्षण आराम कर लें, ताकि हनुमान भी एक नींद ले सकें।...आज का दिन जाने किन परिस्थितियों में बीते और उन्हें कितने बल और उद्यम की आवश्यकता पड़े। ऐसे किसी समय में निद्रा ने अपना प्रभाव दिखाया और उनका मस्तिष्क अथवा शरीर अलसा गया, तो ऐसा न हो कि समय पर उन्हें उपयुक्त बात न सूझे अथवा उनकी स्फूर्ति उन्हें धोखा दे जाए...किन्तु ये सैनिक थे कि उन्हें टिकने भी नहीं दे रहे थे। पहले आदेश का पालन होता कि दूसरा आदेश आ जाता है! राक्षस सैनिकों की टोली बदल जाती। हनुमान का स्थान बदल जाता और ऐसे ही किसी नए स्थान पर मेघनाद पुनः अपनी उपस्थिति का आभास दे जाता।

पता नहीं राक्षसों का कौन-सा अधिकारी इस समय भी अपने कार्यालय में सन्नद्ध बैठा निरन्तर सोच रहा था और आदेश देता जा रहा था। क्या ये आदेश स्वयं मेघनाद ही दे रहा था? और थोड़ी-थोड़ी देर के पश्चात वह स्वयं यह देखने आता था कि उसके आदेशों का पालन हो रहा है या नहीं? पर वह हनुमान को एक स्थान पर टिकने क्यों नहीं देता?...क्या इसलिए कि हनुमान उस स्थान को निरख-परखकर वहां से अपने भागने का कोई मार्ग न खोज लें? इन राक्षसों की कार्य-पद्धति वे समझ नहीं पा रहे थे। एक और चिन्ता हनुमान के मस्तिष्क में चल रही थी। उनका बन्दी होना एक बात थी, किन्तु राक्षसों का यह जान लेना कि उन्होंने सीता से सन्देश का आदान-प्रदान किया है, अच्छा नहीं हुआ। उन्होंने स्वयं ही घोषणा कर दी थी कि वे राम के दूत हैं। इससे सीता के प्रति राक्षसों का व्यवहार और भी कठोर हो सकता है। वे पहले ही बहुत दुखी हैं। इस समय वे अपनी रक्षा में भी सक्षम नहीं थे, सीता की रक्षा क्या करते! लग रहा था, तात्कालिक रूप से अपनी मुक्ति, सीता की मुक्ति से भी अधिक आवश्यक थी। वे मुक्त नहीं हो पाए तो कौन जाकर राम को सीता का समाचार देगा?

सहसा हनुमान का ध्यान सागरतट पर उनकी प्रतीक्षा में बैठे अपने साथियों की ओर चला गया। वे लोग कब तक उनकी प्रतीक्षा करेंगे?...सप्ताह-भर की प्रतीक्षा पर्याप्त है। एक सप्ताह तक हनुमान उनके पास न पहुंचे, तो वे लोग समझ जाएंगे कि हनुमान या तो सागर में डूब गए, या राक्षसों के हाथों मारे गए अथवा बन्दी बनाकर कारागार या अन्धकूप में डाल दिए गए...ऐसे में क्या करेंगे वे? क्या उनमें से कोई और सागर-सन्तरण का साहस करेगा, अथवा वे लोग वापस किष्किन्धा लौट जाएंगे? अंगद यदि सागर-सन्तरण का साहस करें तो अच्छा ही है...कोई साहस न भी करे, तो भी यदि वे लोग सम्पाति द्वारा दी गई सूचना राम तक पहुंचा देते हैं, तो राम अवश्य ही लंका पर आक्रमण करेंगे...

सहसा हनुमान का चिन्तन थम गया–वे अब तक केवल आशापूर्ण सम्भावना के विषय में ही सोच रहे हैं। निराशा की बात तो उन्होंने सोची ही नहीं। यदि कहीं फिर से युवराज अंगद में हताशा का आवेग बढ़ा और उन्होंने निश्चय किया कि वे लोग सीता के सन्धान में असफल हुए हैं, अतः किष्किन्धा नहीं जाना है–तो? यदि यह दल किष्किन्धा लौटा ही नहीं, तो राम को कौन बताएगा? –बड़ी भूल हुई हनुमान से। सागर-सन्तरण से पहले उन्हें अपने दल के अन्य सदस्यों के साथ विचार-विमर्श करके, यह निर्णय करके आना चाहिए था कि यदि वे एक निश्चित अवधि में न लौटें, तो दल के सदस्यों का क्या कर्तव्य होगा...

रक्षक सैनिकों में पुनः हलचल मच गई थी और वे सावधान तथा सन्नद्ध दिखाई पड़ रहे थे। कदाचित उन्हें फिर से कोई नया आदेश मिला था। अगले ही क्षण मेघनाद भी वहां आ उपस्थित हुआ। सैनिकों की सन्नद्धता का कारण हनुमान की समझ में आ गया था।

मेघनाद के आदेश से, उसी की संरक्षता में, हनुमान को बांधकर, पैदल चलाकर तथा स्थान-स्थान पर धकेले और घसीटे जाते हुए, राजसभा में लाया गया। राजसभागार अधिक दूर नहीं था। कदाचित पहले से ही हनुमान को निकट के किसी भवन में लाकर रखा गया था।–दिन काफ़ी चढ़ आया था; किन्तु मार्गों पर अभी भीड़-भाड़ अधिक नहीं थी...हनुमान के मन में रात गए देर तक की चहल-पहल घूम गई। निशाचर लोग उषाकाल में ही कैसे उठ पाएंगे।

किन्तु राजसभा के भीतर की स्थिति कुछ और ही थी। सभागार में प्रवेश करते ही हनुमान का ध्यान भवन के उत्कृष्ट स्थापत्य, उसके भव्य अलंकरण तथा सभासदों की भीड़ की ओर एक साथ आकृष्ट हुआ।...वानरों के सीमित साधनों की मार्यादा के होते हुए भी हनुमान ने कुछ एक राजप्रासाद तथा राजसभागार देखे थे; किन्तु लंका का यह सभागार तो अद्भुत था। ऐसा कोई भवन तो हनुमान ने देखा ही नहीं था। उसकी शोभा वानरों जैसे अविकसित राज्य के प्रतिनिधि के लिए अविश्वसनीय थी। निश्चित रूप से विश्व-भर का धन लंका की ओर प्रवाहित हो रहा था। अन्य देशों को वंचित करके ही किसी देश का राजसभागार इस प्रकार सुशोभित हो सकता था। सभासदों का तो एक विशाल वन ही था। प्रतिदिन इतने सभासद एकत्रित होते हैं–या इतनी प्रातः इतने सभासद एकत्रित करने के लिए रात-भर कोई कार्यालय कार्य करता रहा होगा–या फिर उनकी कार्य-पद्धति ही भिन्न होगी–अधिक कार्य-कुशल, सक्षम।

सभा के भीतर आकर, बन्दी की रक्षा का भार सैनिकों पर छोड़, मेघनाद ने स्वयं युवराज पद के अनुकूल आसन ग्रहण कर लिया था।

रावण ने एक बार दृष्टि उठाकर हनुमान को देखा–यह व्यक्ति तनिक भी सुदर्शन नहीं था। मैला-कुचैला, भूखा और हताश। चेहरे पर न ऊर्जा, न तेजस्विता। जाने कहां-कहां का धूल-धक्कड़ उसके मुख पर जमा था। शरीर पर आभूषण तो दूर, वस्त्र तक नहीं थे। घुटनों से ऊपर तक की एक मैली-कुचैली धोती, जैसे निर्धन वानर पहना करते थे। इच्छा होती थी कि ऐसे गन्दे व्यक्ति को राजसभा में लाने के अपराध में सैनिकों को दंड दिया जाए। किन्तु इसे बन्दी कर मेघनाद राजसभा में लाया था। पता नहीं युवराज ने इसे नहलाने-धुलाने का आदेश क्यों नहीं दिया।–किन्तु इसका शरीर आकर्षक था। ऐसे हृष्ट-पुष्ट तथा कठोर मांसलतावाले शरीर कभी-कभी देखने को मिलते हैं। लगता था, इस व्यक्ति ने आवश्यकता से अधिक कभी नहीं खाया तथा शरीर से सदा परिश्रम कर उसे ठोस बनाए रखा है...किन्तु चेहरा कहता था कि वह भूखा है और थका हुआ है–सम्भव है कि

कुछ खाने-पीने की इच्छा से अशोक वाटिका में जा घुसा हो।–रावण को बताया गया था कि केले खाने के उपक्रम में उसने कुछ वृक्ष भी नष्ट किए थे–

भूखा आदमी चिड़चिड़ा और झगड़ालू हो ही जाता है; किन्तु यह व्यक्ति हिंस्र तथा भयंकर था। उसने अनेक सैनिकों तथा राजकुमार अक्षय का वध किया था–हत्यारा–रावण की आंखों में रक्त-लालिमा तथा रक्त-तृष्णा दोनों ही एक साथ उतर आईं। यह रावण के पुत्र का हत्यारा था। इसके इस सुन्दर शरीर के तत्काल टुकड़े कर घृणित जीवों के सम्मुख डाल दिए जाने चाहिए। इस सभा में अपना पक्ष उपस्थित करने का भी अधिकार नहीं होना चाहिए। यह ऐसा जीव नहीं है, जिसे राजसभा में प्रवेश अथवा राजाधिराज से सम्बोधित होने का अवसर दिया जाए। इसे तो बन्दी करते ही नष्ट कर दिया जाना चाहिए था–

किन्तु यह सीता से मिला है–रावण के मन में कोई फुफकारा–जाने इसने उसे किस षड्यन्त्र का पाठ पढ़ाया है। क्या इसने सीता को यहां से निकाल ले जाने की कोई व्यवस्था करने का प्रयत्न किया था?–रावण को लगा, उसका हृदय नीचे की ओर धसक रहा है।–सीता। जानकी–वैदेही! यह गन्दा आदमी उससे वैदेही को छीनने आया था–इसकी हत्या तो होनी ही चाहिए। किन्तु यह भी ज्ञात होना चाहिए कि यह कौन है और वैदेही से इसका क्या वार्तालाप हुआ है। इससे मिलने के पश्चात सीता के वस्त्रों में से रक्षिकाओं ने घास की बनी एक मुद्रिका खोज निकाली थी, जिस पर 'राम' अंकित है। क्या है वह मुद्रिका? राम का चिह्न? उसका सन्देश?? अथवा कोई तान्त्रिक यन्त्र??? उससे सीता को सम्मोहित करने का प्रयत्न किया गया है ताकि वह रावण की ओर उन्मुख न हो अथवा उसमें रावण के लिए राम द्वारा मारण यन्त्र भेजा गया है?...यह व्यक्ति स्वयं को राम का दूत कहता है। उस कंगले वनवासी का ऐसा ही दूत हो सकता है–गन्दा और नंगा।...पर कौन-सी शक्ति है इनमें, जो इन अभावों में भी इनके घुटने नहीं झुकने देती। ये रावण के तलुवे नहीं चाटते–वह वैदेही है, जिसे रावण का सम्पूर्ण वैभव नहीं जीत सका, न उसे रावण का बल भयभीत कर सका। और यह नंगा और गन्दा कंगला खड़ा है, जो इतना वैभव देखकर भी राम को छोड़, रावण की शरण में नहीं आया।–इन लोगों ने सुख को जीत लिया है क्या?–ऐसा ही है वह विभीषण भी–उसे सरमा छोड़, दूसरी कोई स्त्री नहीं भाती–किन्तु रावण सुख को जीतना नहीं चाहता, उसका भोग करना चाहता है। यह व्यक्ति रावण का सुख छीनने आया था–यह सीता का अपहरणकर्ता और अक्षय का हत्यारा है... रावण ने अपनी आंखें हनुमान की ओर से हटा लीं और प्रहस्त की ओर देखा, "इससे पूछो, यह कौन है और यहां क्या करने आया है?"

प्रहस्त ने उच्च स्वर में रावण की इच्छा की घोषणा की। विभीषण के प्राण उनके कानों में समा गए। हनुमान का भविष्य उनके उत्तर पर निर्भर करता था। क्या उत्तर देगा, यह व्यक्ति? उसकी आंखें अविन्ध्य के चेहरे पर जा टिकीं। वे भी बड़ी तन्मयता से हनुमान की ओर देख रहे थे। हनुमान बोले तो उनका स्वर स्पष्ट, गम्भीर तथा निर्भीक था।

"मैं किष्किन्धापति सुग्रीव का सचिव और उनके मित्र भद्र राम का दूत, केसरीपुत्र हनुमान हूं। मैं भद्र राम की ओर से लंका के राजाधिराज के लिए सन्देश लाया हूं, 'राजा का कार्य प्रजा का पालन करना है। यदि राजा परस्त्रियों का अपहरण करेगा तो प्रजा की रक्षा कौन करेगा।' लंका के राजाधिराज को चाहिए कि वे आर्य राम की पत्नी को उन्हें ससम्मान लौटा दें और अपने इस पाप-कर्म के लिए आर्य राम के चरणों में क्षमा याचना करें।"

"वानर!" रावण का अहंकार उसके शोक पर आच्छादित हो गया। वह भूल गया कि हनुमान से सीधे सम्भाषण की उसकी इच्छा नहीं थी, "अपनी मर्यादा पहचान।"

"मैंने अपने राजा के मित्र का सन्देश मात्र कहा है, राजाधिराज!" हनुमान बोले, "दूत की मर्यादा, उसके राजा की मर्यादा होती है। मैंने ऐसा कुछ भी नहीं कहा, जो मेरे राजा की मर्यादा का अतिक्रमण करता।"

तुच्छ वानर और दूत की मर्यादा। रावण सोच रहा था, इसे दूत की मर्यादा दी, तो कंगले निर्वासित राजकुमार को भी राजा की मर्यादा देनी पड़ेगी, "दूत को चाहिए कि आकर राजसभा में अपना सन्देश कहे।" रावण कठोर स्वर में बोला, "उसे रात के अन्धकार में राजाधिराज की वाटिका में प्रवेश कर, अवरोध-स्थित सीता से वार्तालाप करने की क्या आवश्यकता थी?"

"मैं तो राजसभा में ही आना चाहता था, राजाधिराज!" हनुमान अत्यन्त भोले स्वर में बोले, "किन्तु लंका का प्रत्येक प्रहरी मुझे बन्दी करने को उद्यत था–और देवी जानकी मेरे नायक की पत्नी हैं। उनके लिए भी मैं आर्य राम का सन्देश लाया था।"

"क्या सन्देश था?" रावण का हृदय उत्कंठा से फटने-फटने को हो रहा था।

"यदि रावण ने अपनी इच्छा से देवी को ससम्मान मुक्त नहीं किया तो रावण का वध कर देवी को मुक्त कराया जाएगा।"

"वानर!" रावण की आंखें क्रोध से जल रही थीं।

"यह सन्देश था राजाधिराज।" हनुमान के स्वर में रंचमात्र भी भय नहीं था।

"सन्देश ही देना था तो मेरे पुत्र का वध क्यों किया?"

"आत्मरक्षा के लिए। राजकुमार मेरी हत्या को उद्यत था।"

रावण ने हनुमान के उत्तर पर विचार करने की आवश्यकता नहीं समझी,

"इस दुष्ट वानर को बाहर ले जाकर, प्रथम चतुष्पथ पर इसका वध कर इसके शरीर का मांस शवभक्षक पशु-पक्षियों को खिला दो।"

विभीषण धक रह गए। उन्हें इसी बात का भय था। रावण तर्क नहीं सुनेगा और हनुमान को मृत्युदंड दे देगा। अब?

"राजाधिराज!" विभीषण अपने आसन से उठ खड़े हुए।

रावण ने विभीषण को खड़े होते देखा तो उसका क्रोध, एक प्रकार के हठ तथा दुष्ट चातुरी में बदल गया–हनुमान का तर्क सुनना आवश्यक नहीं था, किन्तु विभीषण का तर्क तो सुनना ही पड़ेगा। विभीषण राक्षस वंश का, राजवंश का सदस्य है; राजाधिराज का भाई है, राजसभा का सम्मानित सदस्य है।...और ऐसे विषयों पर भी राजसभा में उसने राजाधिराज का प्रचंड विरोध किया था। वह हनुमान का समर्थन करेगा ही। कल राम लंका में आ जाए, तो यह उसका भी समर्थन करेगा। यह राक्षस कुल-कलंक–क्या इसके मन में एक बार भी नहीं उठता कि अक्षय इसका भतीजा था? क्या इसने सुख के साथ-साथ ममता को भी जीत लिया है? यह पुत्र-सम भतीजे के हत्यारे का पक्ष ले रहा है–नीच...

'तुम विभीषण के तर्कों से डरते हो।' मन में बैठा प्रतिरावण हंसा, 'इसीलिए पहले से ही विभीषण-विरोधी मत बना बैठे हो। तुममें साहस और विभीषण की-सी बुद्धि हो, तो उसके तर्कों का उत्तर दो।'

'हां, दूंगा मैं उसके तर्कों का उत्तर।' उसने प्रतिरावण को डांटा, 'अधिक क्रोध न दिला।'

प्रतिरावण ने अट्टहास किया, 'मेरा तर्क नहीं सुन सकते!'

रावण ने कुछ नहीं कहा। बहुत दिनों के पश्चात जागा था प्रतिरावण और बड़े ही अनुपयुक्त समय पर जागा था। विभीषण के रावण-विरोध, पुत्र के शोक, प्रतिशोध के आवेग तथा हनुमान के षड्यन्त्र के कारण सीता की सम्भावित मुक्ति–सबने मिलकर रावण को भयंकर रूप से उद्वेलित कर रखा था। रावण ने विभीषण की ओर देखा।

"राजाधिराज़!" विभीषण ने अत्यन्त संयत और शालीन स्वर में कहा, "यह वानर दूत है और दूत अवध्य होता है।"

"दूत अवध्य होता है!" रावण क्रुद्ध स्वर में बोला, "पर वह वधिक भी होता है क्या? मैं दूत को नहीं, राजकुमार अक्षय के हत्यारे को मृत्युदंड दे रहा हूं।" रावण ने मौन होकर विभीषण की ओर देखा...इच्छा हो रही थी कि वह विभीषण को कसकर फटकारे और कहे, 'नराधम! तुझे अपने भतीजे की हत्या का तनिक भी शोक नहीं है...कल कोई व्यक्ति तेरी पुत्री की हत्या कर देगा, तो क्या रावण उस हत्यारे का पक्ष लेगा?'...पर रावण का अहंकार आड़े आ गया। राजाधिराज रावण विभीषण से इस प्रकार की करुणा की भीख नहीं मांगेगा। इस समय विभीषण उनका भाई नहीं, सभासद है; तो वह उससे सभासद का-सा ही व्यवहार करेगा। यदि विभीषण अपना सम्बन्ध भूल गया है तो रावण भी उसे याद नहीं दिलाएगा।

"हत्यारे को मृत्युदंड उचित ही है।" विभीषण ने पुनः अपने स्वर को साधा, "किन्तु आत्मरक्षा में किसी का वध करना हत्या नहीं है। युद्ध में शत्रु का संहार वीरता कहलाता है और प्रशंसित होता है।"

"तो तुम्हारा विचार है कि मैं इस नंगे और कंगले वानर की यह कहकर प्रशंसा करूं कि इसने मेरे पुत्र का वध कर बहुत वीरता का कार्य किया है; उसके लिए मैं इसे पुरस्कृत करना चाहता हूं?" विभीषण को लगा, बात इस दिशा में तनिक भी बढ़ी तो रावण असंयत हो उठेगा। उसके उस उन्माद की स्थिति में हनुमान की रक्षा नहीं हो सकेगी।

"नहीं राक्षसराज!" विभीषण का स्वर धीमा हो गया, "यह मैं कैसे चाहूंगा। मैंने तो एक साधारण-सी नीति की बात कही है। दूत अवध्य होता है। उसके लिए अन्य कोई दंड प्रस्तावित किया जा सकता है। कारावास अथवा अंग-भंग...वध ही करना हो तो उनका किया जाए, जिन्होंने इस दूत को भेजा–।"

'बोल! बोल! दे उत्तर–।' प्रतिरावण पुनः जाग उठता था, 'वध करना है, तो उनका कर, जिन्होंने इसे भेजा है–।' पर इस बार रावण तनिक भी व्यग्र नहीं हुआ। वह मन-ही-मन मन्द-मन्द मुस्कान पीता रहा और विभीषण तथा प्रतिरावण को इस भाव से देखता रहा, जैसे वे अबोध बच्चे हों और समझ नहीं पा रहे हों कि वे किसे चेतावनी दे रहे हैं, उसे जो उनसे कहीं अधिक क्षमतावान है।

"तुम्हारी ही बात रही विभीषण!" रावण के मुख पर एक धूर्त मुस्कान उभरी, "मैं तुम्हारे भतीजे के हत्यारे को प्राणदंड नहीं दे रहा, क्योंकि वह किसी का दूत है। अपने बेटे तथा सैनिकों के हत्यारे को मैं प्राणदंड नहीं दे रहा, ताकि राक्षसराज को कोई नीतिविहीन न कहे–पर मैं उसे दंडित अवश्य करूंगा–," विभीषण ने उत्कंठित रावण की ओर देखा, कौन-सा दंड प्रस्तावित होगा?

रावण के अधरों पर विषैली मुस्कान थी, "तुमने कहा है कि दोषी पाए जाने पर दूत को कारावास का दंड दिया जा सकता है। मैं उसे कारावास का दंड नहीं दे रहा–!" विभीषण समझ रहे थे कि उदारता की आड़ में रावण कोई निहित दुष्टता करने जा रहा है...

"तुमने अंग-भंग को नीति-युक्त कहा है, पर मैं उसका वास्तविक अंग-भंग भी नहीं कर रहा...।" रावण रुका, "उसे केवल प्रतीकात्मक दंड दिया जाएगा, जैसे कि उस कंगले राजकुमार के छोटे भाई ने शूर्पणखा को दिया था–।"

विभीषण रावण की ओर देख न सके। उन्होंने हनुमान की ओर देखा, किस धैर्य से खड़ा है वह वानर, जैसे यह दंड किसी और के लिए प्रस्तावित हो रहा हो।

"यह वानर है तो इसकी एक पूंछ भी होनी चाहिए।" विभीषण को देखकर रावण दुष्टतापूर्वक मुस्कुराया, "इसलिए, वस्त्रों तथा अन्य ज्वलनशील पदार्थों से इसकी एक पूंछ बनाकर, इसे पहले वास्तविक वानर का रूप दिया जाए; और जब यह वास्तविक वानर बन जाए तो इसे लंका के गली-मुहल्लों, चतुष्पथों-बाज़ारों में घुमाकर लंका की जनता को इसके दर्शन कराए जाएं और जब सब लोग इसका वास्तविक वानर रूप भली-भांति देख लें तो इसकी पूंछ पर अच्छी प्रकार तेल छिड़ककर उसे आग लगा दी जाए।" रावण ने थमकर विभीषण की ओर देखा, "कोई बात नीति विरुद्ध तो नहीं हुई धर्मात्मा विभीषण?"

विभीषण ने रावण की ओर देखा, कैसा धूर्त है यह रावण। कह रहा है कि मैं केवल प्रतीकात्मक दंड दे रहा हूं और इसने हनुमान की मृत्यु का पूरा प्रबन्ध कर दिया है। पूंछ के बहाने हनुमान के शरीर को घी-तेल-सने वस्त्रों से लपेटकर उसे आग लगा दी जाएगी ताकि या तो वह उस अग्नि में जल मरे अथवा उसका शरीर इतना झुलस जाए कि वह पूर्णतः पंगु होकर मृत्यु से भी भयंकर यातना सहे–पर अब रावण का विरोध नहीं हो सकता था। उसने विभीषण को उन्हीं के वचनों में बांध दिया था, "लंकेश्वर का निर्णय नीतियुक्त है–।"

"ले जाओ इसे।" रावण का स्वर अब भी आक्रोश-शून्य नहीं था, "लंका की कोई गली न छूटे, जहां के निवासी इसका वास्तविक वानर रूप न देख लें।–और पूंछ भी लम्बी बनाना, जिसमें अग्नि धधककर जले–।"

नौ

हनुमान ने सारी कार्यवाही धैर्यपूर्वक देखी और सुनी थी। स्वयं उनके अपने लिए समझना कठिन था कि उनके मन में क्या-क्या घटित हुआ था। एक बार तो ऐसा लगा था कि जैसे वे सर्वथा संवेदनशून्य ही हो गए हैं। उनके सम्मुख उनके मृत्युदंड का आदेश दिया जा रहा है और वे उससे प्रभावित ही नहीं हो रहे। उनके मन में कोई प्रतिक्रिया ही नहीं हो रही...क्या वे अपनी मृत्यु के भय से जड़ हो गए थे? नहीं, इस प्रकार के भय का अनुभव उन्होंने नहीं किया था। कदाचित मस्तिष्क यहां आकर रुक गया था कि अधिक-से-अधिक मृत्युदंड ही तो मिलेगा...या मन मृत्युदंड के लिए प्रस्तुत हो गया था।

हनुमान के लिए उस क्षण अपने मन का विश्लेषण करना कठिन हो रहा था।...पर अब मन, उस जड़ावस्था से बाहर निकल आया था। वह सोचने-समझने लगा था...हनुमान समझ रहे थे कि विभीषण ने उन्हें बचा लिया था।...अशोक वाटिका में देवी वैदेही ने उन्हें बताया था कि विभीषण तथा अविन्ध्य उनकी रक्षा के लिए प्रयत्नशील हैं। पर विभीषण का सारा व्यवहार बता रहा था कि वे केवल देवी वैदेही की सुरक्षा के लिए ही सचेष्ट नहीं थे; वे सिद्धान्ततः रावण के इन कृत्यों के विरोधी थे और उसके अन्याय और अत्याचार के भरसक प्रतिकार के लिए व्यावहारिक रूप से सक्रिय थे। विभीषण ने हनुमान को बचा लिया था...

पीछे से किसी ने हनुमान को धक्का दिया, "चल!"

हनुमान के पग उठे, किन्तु उनकी दृष्टि विभीषण पर टिक गई। विभीषण उन्हीं की ओर देख रहे थे। उनकी आंखें कितनी वाचाल थीं इस समय। कितना कुछ एक साथ ही कह रही थीं...कितनी करुणा थीं उनमें, सद्भावना...और चेतावनी थी...सभागार से बाहर निकलकर हनुमान ने स्वयं को एक नए लोक में पाया। रावण, मेघनाद, विभीषण तथा अन्य लोग पीछे छूट गए थे। अब हनुमान थे और राक्षस सैनिकों का पूरा एक गुल्म! हनुमान के शरीर में केवल उनके पैर ही मुक्त थे, जिनसे वे चल पा रहे थे; अन्यथा सारा शरीर रस्सियों से जकड़ा हुआ था। रस्सियों के अनेक फन्दों ने उनके शरीर को कस रखा था, जिनके सिरे उनके पीछे-पीछे चल रहे सैनिकों के हाथों में थे। टुकड़ी का नायक उनके साथ-साथ चल रहा था और लगातार कोई-न-कोई आदेश देता चल रहा था। हनुमान को लगा कि वे रथ में जुते घोड़े के समान हैं, जो सारथी की अनुमति से केवल निर्देशित दिशा में भाग सकता है...

सहसा उनकी कल्पना में विदा के समय विभीषण का आंखों में जागा भाव पुनः साकार हो आया। लगा, हनुमान जो तब नहीं समझे थे, वह अब समझ रहे हैं। कितना खुलकर कह रही थीं, विभीषण की आंखें, "हनुमान! मैंने तेरे जीवन की रक्षा कर दी है। अब यह तेरी बुद्धि पर निर्भर है कि तू इन सैनिकों से मुक्त हो सकता है, या इनके हाथों मारा जाता है...।" हनुमान का मस्तिष्क उल्लास से जगमगा उठा। अभी तक कुछ नहीं बिगड़ा था।

एक बार हनुमान के मन में आया कि वे यदि अकस्मात् ही वेगपूर्वक भाग निकलें तो ये रस्सियां इन सैनिकों के हाथों से निकल जाएंगी और वे मुक्त हो सकेंगे...किन्तु अगले ही क्षण उन्होंने यह विचार भी त्याग दिया।...उनके पैर मुक्त थे किन्तु भुजाएं तथा शरीर बंधा हुआ था। सैनिकों ने बाणों का प्रहार किया तो वे क्या करेंगे?...और दिन का समय था। चारों ओर आवागमन सघन हो रहा था। और सैनिक बुलाने तथा बद्ध हनुमान को घेरकर पकड़ने में उन्हें कितना समय लगेगा?

सैनिक उन्हें निर्विघ्न चलने नहीं दे रहे थे, थोड़ी-थोड़ी देर के पश्चात वे उन्हें धक्का अथवा ठोकर मार देते थे। कभी-कभी हाथ में पकड़ी रस्सियों के सिरों से वे कशा का काम लेते थे। मारने का कोई विशेष कारण हनुमान की समझ में नहीं आया। चलने की गति अथवा मुड़ने की दिशा से उसका कोई सम्बन्ध नहीं था। अपना अधिकार अथवा आक्रोश दिखाने के लिए अपनी इच्छानुसार वे अपना हाथ अथवा हाथ में पकड़ी रस्सी फटकार देते थे। कदाचित यह हनुमान को अपमानित करने अथवा रात के युद्ध का प्रतिशोध लेने के लिए भी हो सकता था।

सैनिकों ने अब स्थान-स्थान पर रुककर घोषणाएं करनी आरम्भ कर दी थीं। अपनी घोषणाओं में वे हनुमान के अपराध तथा रावण द्वारा दिए गए दंड के आदेश का प्रचार कर रहे थे। राह चलते लोग अब केवल रुक-रुककर उन्हें देख ही नहीं रहे थे, कुछ लोग उनके साथ-साथ चलने भी लगे थे। साथ लगी भीड़ में बालकों तथा किशोरों की ही संख्या अधिक थी। एक-आध वृद्ध भी यदा-कदा थोड़ी दूर तक साथ चल लेता था। युवक तथा प्रौढ़ लोग घोषणाएं सुनकर अपनी राह चले जाते थे। कदाचित इस कौतुक के लिए उनके पास समय नहीं था...

"घोषणा क्या कर रहे हो?" एक मनचला रुककर बोला, "इसकी पूंछ बनाओ भी तो। राजाधिराज ने आदेश दे दिया और तुम उस आदेश की घोषणा करते फिर रहे हो। उसका पालन कौन करेगा?"

"पालन भी करेंगे!" नायक ने कुछ उग्र स्वर में कहा; किन्तु स्पष्ट था कि मन-ही-मन वह अपनी भूल स्वीकार कर रहा था...

अगले ही मोड़ पर वे लोग हनुमान को एक दंडधर चौकी में ले गए।

चौकी के अधिकारी ने नायक की बात सुनी और बिफर गया, "वे तो आदेश देकर भूल गए; अब हम उसके पालन के लिए वस्त्र कहां से लाएं? यह दंडधर चौकी है, राजाधिराज का भंडार-गृह नहीं।"

गुल्म का नायक कुछ क्षणों तक चुपचाप कुछ सोचता रहा, फिर धीरे से बोला, "दंडधरों के परिवारों के पास फटे-पुराने कुछ वस्त्र भी होंगे ही। जिन अपराधियों को निगड़बद्ध करते हो, उनके वस्त्र भी तो उतारकर इधर-उधर कर देते हो। उन्हें तुम राजाधिराज के भंडारगृह में जमा करवाने तो नहीं जाते।" अधिकारी ने वितृष्णा से मुख बिचकाया, पर कुछ वस्त्र मंगा ही दिए। उन्होंने हनुमान की कमर में एक रस्सी बांधी और उसे बटकर उस पर पुराने वस्त्र लपेट उनकी दुम बना दी। इस बार जब वे बाहर निकलकर चौराहे पर आए तो लोगों के लिए हनुमान एक विदेशी बन्दी वानर मात्र नहीं थे–अब वे मनोरंजन की एक वस्तु हो गए थे। अपने मनोरंजन में क्रमशः वह भीड़ क्रूर हो उठी थी। जब-तब कोई व्यक्ति कोई ढेला दे मारता था। कोई बहुत निकट आ गया व्यक्ति पीछे से थप्पड़ अथवा मुक्के का प्रहार भी कर देता था।

सहसा एक मनचला आकर हनुमान के ठीक सामने खड़ा हो गया, जैसे किसी अद्‌भुत वस्तु का निरीक्षण कर रहा हो। सैनिकों को भी किसी लक्ष्य तक पहुंचने की जल्दी नहीं थी। उन्हें तनिक भी आपत्ति नहीं थी कि दर्शक हनुमान के साथ कैसा व्यवहार करते हैं। वरन दर्शक यदि उनके साथ दुर्व्यवहार करते थे और उन्हें आगे बढ़ने से रोकते थे, तो उन्हें और भी सुविधा होती थी। उनका भी मनोरंजन होता था और आगे बढ़कर घोषणा करने की भी आवश्यकता नहीं होती थी...और यह मनचला तो अपनी वेशभूषा से कोई अत्यन्त समृद्ध व्यक्ति मालूम हो रहा था...

उस मनचले ने हनुमान की परिक्रमा भली प्रकार की, उन्हें अच्छी प्रकार निरखा-परखा और नायक से बोला, "इतना बड़ा वानर और इतनी छोटी-सी पूंछ?" हनुमान समझ नहीं पाए कि वे इस विद्रूप के लिए मनचले से रुष्ट हों या उसके निरीक्षण की प्रशंसा करें।

नायक ने भी मनचले की ओर कुछ मिश्रित भाव से देखा, "ठीक कहते हो युवक! बड़े वानर की पूंछ बड़ी ही होनी चाहिए, यद्यपि प्रकृति का यह अनिवार्य नियम नहीं है।"

"प्रकृति का नियम न सही! अनुपात भी तो कोई वस्तु है।" वह बोला, "सौन्दर्यबोध का तो कुछ विचार किया होता।"

इस बार नायक कुछ रुष्ट स्वर में बोला, "कहते तो ठीक हो; पर हमें केवल आदेश मिला है, आदेश पूरा करने के उपकरण नहीं मिले। वस्त्र कहां हैं, जिससे तुम्हारी अपेक्षानुकूल पूंछ बनाई जा सके?"

मनचले की इच्छा अवरुद्ध नहीं हुई। "अच्छे राजा को आदेश देने चाहिए और अच्छी प्रजा को उसका पालन करना चाहिए।" वह बोला, "इसी से राजा के प्रति प्रजा की निष्ठा प्रमाणित होगी।"

"निष्ठा तो ठीक है," नायक बोला, "पर राजा के प्रति अपनी निष्ठा जताने के उपक्रम में इसकी पूंछ बनाने के लिए मैं अपनी पत्नी की साड़ियां जला दूंगा तो मेरी पत्नी मुझे जीवित जला देगी।"

"तुमसे कुछ नहीं बनेगा।" मनचले ने रोष का-सा अभिनय किया, "राजा से भी डरते हो और अपनी पत्नी से भी। तुम विभाजित निष्ठा के रोगी हो।..."

मनचला रुक गया। उसने घूमकर चारों ओर घिर आई भीड़ को देखा। हनुमान ने भी उसकी बातों से मुक्त होकर जैसे पहली बार लोगों को भी देखा और उस स्थान को भी। चारों ओर ऊंची-ऊंची

अट्टालिकाएं थीं। कोई अत्यन्त समृद्ध मुहल्ला प्रतीत होता था। लोगों की वेशभूषा भी इसी प्रकार के प्रमाण प्रस्तुत कर रही थी...किसी को कहीं आने-जाने की जल्दी भी नहीं थी। सबको अवकाश था और सब मनोरंजन के लिए आ जुटे थे...हनुमान के मन में आया कि इस वृद्धावस्था में भी वे अपने पैरों के प्रहारों से इन दुष्टों को समझा दें कि अपने जैसे मनुष्य के साथ पशु का-सा व्यवहार करने का क्या परिणाम होता है।...किन्तु उनके विवेक ने उन्हें रोका। कदाचित यह आक्रोश भी उनकी भूख और निद्रा का ही परिणाम था...अशोक वाटिका में भी भूख और निद्रा के ही वश में होकर वे इस अपमानजनक स्थिति को पहुंचे थे। इस बार चूक हो गई तो इससे भी अधिक दुर्गति होगी। उन्हें अपनी इस कष्टप्रद तथा अपमानजनक स्थिति में धैर्य नहीं खोना चाहिए। मुक्ति के अवसर बार-बार नहीं आते...

चारों ओर खड़े लोगों को आंखों-ही-आंखों में परखकर मनचले ने ललकारा, "क्यों लंकावासियो! तुम अपनी राजनिष्ठा का प्रमाण नहीं दोगे? राजाज्ञा को पूर्ण करने के साधन नहीं जुटाओगे? क्या हम लोग दो-दो, चार-चार वस्त्रों का भी त्याग नहीं कर सकते कि इस वानर को वास्तविक वानर बनाकर, इसे जीवित जलाया जा सके। तनिक गम्भीरता से देखो कि इतना सस्ता मनोरंजन अन्यत्र सम्भव है क्या? दो-चार वस्त्र देकर एक जीवित मनुष्य के जलने का दृश्य देखना–ऐसी क्रीड़ा इतने कम मूल्य में हो सकती है क्या?" मनचले की बात ने लोगों की जड़ता को तोड़ा। लोग एक साथ बोल पड़े थे।

मनचला फिर उच्च स्वर में बोला, "हमें राजाधिराज का संकेत और अभिप्राय समझना चाहिए। वे चाहते तो इस वानर का तत्काल वध करवा सकते थे। किन्तु उन्होंने अपने प्रजाजन के मनोरंजनार्थ इसे हमें सौंप दिया है। कितना उदार मन है, हमारे राजाधिराज का। कितना संयम! अपने बेटे के हत्यारे के वध करने का लोभ संवरण कर गए और हमारे मनोरंजनार्थ हमें एक जीवित प्राणी सौंप दिया। आप थोड़े-थोड़े वस्त्रों का त्याग करें और फिर आंच में जीवित मानव-मांस के भुनने की गन्ध लें, इसके रक्त को वाष्प बनता देखें, इसकी हड्डियों को भस्म होते देखें। और इस सारी प्रक्रिया में जब इसकी बोटी-बोटी तड़पेगी, आप इस पर ईंट-पत्थरों का प्रहार कर सुख लूटें–।"

कैसी वीभत्स कल्पना है–हनुमान सोच रहे थे–ये भी मनुष्य हैं क्या? पशु भी इतना क्रूर नहीं होता। वह अपना पेट भरने के लिए जीव-हत्या करता है। ये अपने मनोरंजन के लिए अपने ही जैसे मनुष्य को यातनापूर्ण मृत्यु देना चाहते हैं–इन्हें मनुष्य कहलाने का कोई अधिकार है क्या–जिन मनुष्यों को, किसी को पीड़ा में देखते ही तड़पकर उसकी सहायता को पहुंचना चाहिए, वे मनुष्य अपने मनोरंजन के लिए जीवित मांस जलाएंगे–हनुमान अब तक जिसे एक राह चलता मनचला समझ बैठे थे, उसका यह पाशविक रूप, रह-रहकर उनका रक्त जला रहा था...

किन्तु राक्षसों की भीड़ ने उस मनचले की बात को बहुत गम्भीरतापूर्वक ग्रहण किया था। आसपास की अट्टालिकाओं से विविध प्रकार के वस्त्रों और परिधानों की वर्षा होने लगी थी। उन वस्त्रों को देख-देखकर हनुमान की आंखें फटने जा रही थीं। वे वस्त्र न तो साधारण सूती वस्त्र थे और न ही घिसे हुए अथवा फटे-पुराने थे। बहुमूल्य तथा बढ़िया प्रकार के वस्त्रों का वहां ढेर लग गया था–हनुमान उदास दृष्टि से देख रहे थे–इन सारे वस्त्रों से उनकी पूंछ बनाई जाएगी और फिर उस पूंछ को आग लगा दी जाएगी–हनुमान के प्राण तो उनके शत्रु के दूत के प्राण हैं किन्तु ये वस्त्र तो उनके अपने हैं। कैसे लोग हैं ये–अपने ही धन को इस निर्दयता से फूंक रहे हैं–कहीं

इतने सारे वस्त्र किसी निर्धन वानरयूथ में बांट दिए जाते तो उनका महोत्सव हो जाता।–और तो और, इन वस्त्रों को देखकर किष्किन्धा के धनाढ्य वर्ग की लार भी टपकने लगेगी। किष्किन्धा में ऐसे महीन, कोमल और सुन्दर वस्त्र नहीं बनते थे–हनुमान कल्पना कर रहे थे–यदि इन वस्त्रों का ऐसा ही एक ढेर किष्किन्धा के मुख्य चतुष्पथ पर लगा दिया जाता तो बड़े-बड़े सामन्त तथा उनकी पत्नियां इन वस्त्रों को उठकर ले जाते और बड़े अभिमान के साथ उन्हें धारण करते–किन्तु सहसा हनुमान का भाव बदला–ये लोग मनुष्य नहीं हैं, ये राक्षस हैं। अपने विलास के लिए ये इन दुर्लभ वस्त्रों को अग्निसात कर सकते हैं, किन्तु किसी निर्धन का तन ढकने को इन वस्त्रों का त्याग नहीं कर सकते। सचमुच अपने 'स्व' तक सीमित हो जानेवाला व्यक्ति स्वार्थी और अहंकारी ही नहीं, राक्षस हो जाता है, राक्षस! अपनी एक सनक के पीछे स्वर्ण-मुद्राएं बहा सकता है और दूसरे के प्राण बचाने के लिए एक कौड़ी नहीं दे सकता–वैसे भी यह धन उन्होंने अपने श्रम से उत्पन्न नहीं किया था। यह लूट और शोषण से प्राप्त किया गया धन था। उसको इस प्रकार फूंकने में उन्हें क्या पीड़ा हो सकती थी...

उन लोगों ने हनुमान की उस कृत्रिम पूंछ को बढ़ाने का कार्य आरम्भ कर दिया था। हनुमान ने कुछ अतिरिक्त रुचि से देखा कि नायक तथा अन्य सैनिक पृष्ठभूमि में बैठे सुस्ता रहे थे; और भीड़ ने सक्रिय होकर रावण के आदेश के पालन का कर्तव्य अपने हाथ में ले लिया था। अब यह सारा प्रसंग पूर्णतः असैनिक हो उठा था। सैनिक अनुशासन के स्थान पर अब भीड़ की मनोवृत्ति काम कर रही थी–पूंछ लम्बी-से-लम्बी होती जा रही थी। उसके आकार के साथ-साथ उसका रूप भी सुदर्शन होता जा रहा था। उसमें इतने प्रकार के विभिन्न रंगों के वस्त्र लगे थे कि हनुमान द्वारा अब तक देखी गई समस्त वस्तुओं में वह सबसे अधिक रंगीली वस्तु हो रही थी।–किन्तु साथ-ही-साथ बड़ी होती जाने के कारण उसका सिरा उनके शरीर से बहुत दूर चला गया था और हनुमान सोच रहे थे कि यदि इस पूंछ को उनके शरीर के चारों ओर लपेटकर आग लगाई गई तो उनके प्राण अधिक देर तक नहीं बचेंगे; किन्तु यदि रस्सी के समान दूर तक फैली इस पूंछ के एक सिरे पर आग लगा दी गई तो उनकी विशेष हानि होने की सम्भावना नहीं है। पूंछ बनाने की इस प्रक्रिया में सैनिकों ने वे रस्सियां भी छोड़ दी थीं, जिनके फन्दों में हनुमान बंधे थे–यह उनकी मुक्ति का बहुत अच्छा संयोग हो सकता था... मनचले ने दृष्टि भरकर इस नवनिर्मित पूंछ को देखा, और सन्तुष्ट होकर भीड़ से पूछा, "क्यों मित्रो! अब ठीक है?"

"अब तो पूंछ, वानर से भी बड़ी हो गई है!" किसी ने कहा।

"तो लाओ अब तेल।"

"इतनी लम्बी पूंछ को स्नेहयुक्त करने के लिए काफ़ी तेल चाहिए होगा।" मनचला बोला, "मैं पांच कनस्तर तेल दूंगा–" वह पलटा, "जा बे! पांच कनस्तर तेल ले आ।" उसने भीड़ में से किसी को आदेश दिया।

तभी एक अत्यन्त स्थूलकाय और घनी मूंछोंवाला व्यक्ति भीड़ में से आगे आ गया, "पांच-पांच कनस्तरों का काम नहीं है मित्रवर! इस वानर को इसकी पूंछ के साथ धकियाकर मेरे भंडारगृह तक ले चलो। इस विकट क्रीड़ा के लिए सौ-दो सौ कनस्तर तेल मैं दे दूंगा–।"

हनुमान स्तम्भित-से खड़े उनकी बातें सुन रहे थे। एक व्यक्ति को जीवित जलाना उनके लिए क्रीड़ा थी; और वह इतनी मनोरंजक थी कि उसके लिए यह व्यक्ति सौ-दो सौ कनस्तर तेल निःशुल्क

दे सकता था–दो सौ कनस्तर तो सारी किष्किन्धा की आवश्यकताओं के लिए सप्ताह-भर के लिए पर्याप्त थे–

"हां, यह ठीक है।" मनचला व्यक्ति बोला, "सेठ तिक्तजिह्व ने बहुत मीठी बात कही है, किन्तु मेरे पांच कनस्तर तो आएंगे ही। अन्य लोग भी जो योगदान करेंगे, उसे अस्वीकार नहीं किया जाएगा।"

मुझे कोई आपत्ति नहीं। स्थूलकाय सेठ तिक्तजिह्व ने सेना के नायक को संकेत किया। लम्बी पूंछ में बंधे-से हनुमान की यात्रा पुनः आरम्भ हुई। किन्तु यह यात्रा लम्बी नहीं थी। हनुमान के लिए सुखद आश्चर्य यह था कि राक्षसों ने उन्हें यह विराटकाय, भारी-भरकम कृत्रिम पूंछ घसीटने के लिए बाध्य नहीं किया है। जाने क्यों पूंछ को भीड़ ने स्वयं ही घसीटकर ले जाना उचित समझा।

इस बार जिस वीथि में वे लोग मुड़े थे, वह इसी प्रकार भंडारगृहों की गली प्रतीत होती थी। खुले फाटकों के माध्यम से हनुमान ने विस्तृत अहातों में विभिन्न प्रज्वलनशील पदार्थों के भंडार देखे थे। कहीं सहस्रों की संख्या में तेल के कनस्तर थे और कहीं ईंधन की सूखी लकड़ी के पर्वताकार ढेर लगे हुए थे। कहीं विस्फोटक पदार्थों की गन्ध आ रही थी। एक स्थान पर हनुमान को कपास के बोरों के भी ढेर दिखाई दिए–कदाचित इसी प्रकार की वस्तुओं के व्यापार की मंडी रही होगी–

सहसा हनुमान की चेतना ऊर्ध्वमुखी होकर जाग खड़ी हुई–इस क्षेत्र में लाकर ये मूर्ख हनुमान की इस पूंछ को आग लगाना चाहते हैं। इन्हें क्या अग्निकांड का तनिक भी भय नहीं है? या इस समय अपने राक्षसी सुख के विध्वंसक उन्माद में यह भूल गए हैं कि वे जो क्रीड़ा करने जा रहे हैं, वह उनके अपने लिए भी कितनी घातक हो सकती है?

हनुमान को लगा, यह उनकी मुक्ति का अद्भुत अवसर था–इससे चूक जाना भयंकर भूल होगी और फिर हनुमान के लिए सिवाय चुपचाप यातनापूर्ण मृत्यु का आलिंगन करने के और कोई मार्ग शेष नहीं रहेगा–किन्तु साथ ही हनुमान अनिद्रा और भूख से अर्ध-विक्षिप्त अपनी चेतना और थके हुए शरीर की ओर से भी सशंक थे–

सेठ तिक्तजिह्व ने हनुमान को एक खुले स्थान में खड़ा करने का संकेत कर अपने दासों को तेल के कनस्तर लाने का आदेश दिया। दासों ने कनस्तर खोलकर हनुमान के निकट लाकर रखे तो भीड़ में एक हिंस्र उन्माद छा गया। तब तक मनचले द्वारा मंगाए गए पांच कनस्तर भी आ गए थे। अन्य लोगों का योगदान भी पहुंचना आरम्भ हो गया था–फिर भीड़ को जैसे पागलपन का दौरा पड़ा। अब किसी पर किसी का नियन्त्रण नहीं था। जिसके मन में जैसा आ रहा था, वह वैसे ही तेल से हनुमान की वस्त्र-निर्मित कृत्रिम पूंछ को भिगो रहा था–और सहसा बिना किसी योजना के पूंछ को अनेक स्थानों पर आग लगा दी गई।

हनुमान खड़े-खड़े वह संहार-लीला देखते रहे। वस्त्रों तथा रुई की बटी हुई रस्सी, जिसे वे लोग हनुमान की पूंछ कह रहे थे, अनेक स्थानों से पूरी प्रचंडता के साथ जल रही थी और हनुमान के शरीर को अभी उसकी आंच भी नहीं लगी थी।–उनका शरीर अब भी रस्सियों से बंधा था; अन्यथा वे मुक्त थे–सहसा हनुमान एक प्रचंड हुंकार के साथ स्वयं ही अग्नि की ओर बढ़े, जैसे उसमें कूदने जा रहे हों–राक्षसों की भीड़ ने ज़ोर की हर्ष-ध्वनि की–हनुमान ने एक ही धक्के में तेल के बीसियों कनस्तर लुढ़का दिए। आस-पास खड़ी भीड़ समझ नहीं पाई कि वे क्या करने जा रहे हैं। किन्तु उन्हें समझने में अधिक देर नहीं लगी।–हनुमान ने आग से बचने का अभिनय करते हुए भयंकर

भाग-दौड़ मचाई और विभिन्न स्थानों पर गिराए गए तेल तक जलती हुई पूंछ पहुंचा दी। उस बाड़े में अनेक स्थानों पर छोटी-बड़ी अग्नियां प्रज्वलित हो गई थीं। और भीड़ में से अनेक लोग सशंक भी हो उठे थे...

"यह वानर मेरा भंडारगृह न जला डाले।" सेठ की तिक्तजिह्व ने अनजाने में ही कहा।

"वह आग से बचने के लिए तड़पता फिर रहा है और आप समझ रहे हैं कि वह गोदाम में आग लगा रहा है।" मनचला बोला, "और फिर एक जीवित व्यक्ति के जलने का तमाशा देखने के लिए एक भंडारगृह का फूंकना बहुत महंगा है क्या?"

तिक्तजिह्व की चिन्ता कम नहीं हुई। उसने उच्च स्वर में अपने दासों तथा कर्मचारियों को, तेल को अग्नि से दूर रखने के आदेश देने आरम्भ कर दिए। कुछ लोग जलते हुए हनुमान को देखने के लिए उचक-उचककर आगे आने का प्रयत्न कर रहे थे; कुछ लोग आग से दूर रहने के लिए पीछे हट रहे थे। तिक्तजिह्व के कर्मचारी अलग भाग-दौड़ मचाए हुए थे–यह धक्का-मुक्की घबराहट और असावधानी का वातावरण हनुमान को अपने अनुकूल लग रहा था। वे आग से बचने का अभिनय करते हुए बार-बार, सायास आग के पास जा रहे थे उनके उस अभिनय को देखकर दर्शकों में अनेक लोग खिलखिलाकर हंस रहे थे।

दो-चार चक्करों में ही हनुमान ने अनुभव किया कि उनके शरीर पर बंधी रस्सियां आग में झुलसकर ढीली पड़ चुकी थीं। शरीर भी कुछ स्थानों पर झुलस गया था और आंच का ताप अनुभव कर रहा था; किन्तु कोई गम्भीर क्षति नहीं हुई थी। उन्होंने बल प्रयोग किया तो रस्सियां अपने स्थान से सरकती मालूम पड़ीं। और अगले ही क्षण उनके हाथ मुक्त हो गए थे। हनुमान ने निमिष-भर भी समय नहीं खोया। अपने शरीर की रस्सियां खोलीं; कृत्रिम पूंछ को अपने शरीर से अलग कर, उसका एक सिरा हाथ में पकड़, उसे हिलाते हुए वे राक्षसों की भीड़ पर लपके। लगा, जैसे एक विशाल अग्नि-सर्प राक्षसों की भीड़ पर चढ़ दौड़ा हो। भीड़ में विकट हलचल हुई और अनेक लोगों के कंठों से चीत्कार फूट पड़ा। हनुमान अनुमान लगा रहे थे कि कुछ लोग आग से डर गए होंगे। कुछ लोग भीड़ के धक्के से गिर गए होंगे–एक कोने में वह स्थूलकाय तिक्तजिह्व विक्षिप्त-सा मुंह बनाए खड़ा था। हनुमान ने अनुभव किया कि उनके शत्रुओं ने अपनी मूर्खता में न केवल उन्हें पूर्णतः मुक्त कर दिया था, वरन इस अग्निदग्ध कृत्रिम पूंछ के रूप में उनके हाथ में एक सशक्त और प्रभावशाली शस्त्र दे दिया था। वे विस्फोटक और प्रज्वलनशील पदार्थों के भंडारों के बीच में खड़े थे। कदाचित अभी राक्षसों को इस स्थिति की भयावहता का आभास नहीं था।

हनुमान ने उस अग्निपुंज के साथ बार-बार भीड़ पर झपटने का अभिनय किया और जब उन्हें लगा कि लोगों की घबराहट इतनी बढ़ गई है कि वे उन्हें बन्दी करने के स्थान पर अपनी सुरक्षा के लिए अधिक चिन्तित हो उठे हैं, तो हनुमान ने पूंछ का एक बड़ा-सा जलता हुआ टुकड़ा तेल के कनस्तरों पर फेंका और शेष पूंछ को लेकर वे उचककर बाड़े की दीवार पर जा चढ़े। साथ ही रुई का भंडारगृह था। हनुमान ने अनेक छोटे-बड़े जलते हुए वस्त्र रुई के बोरों पर फेंक दिए और उस बाड़े में से भी निकल भागे–उन्होंने पलटकर देखा तो तेल और रुई के भंडारगृह धू-धू जल रहे थे–उनके मन में स्थिति अत्यन्त स्पष्ट थी–थोड़ी ही देर में राक्षस सेना उनको पकड़ने के लिए झपटती हुई आएगी। अशोक वाटिका में उनकी व्यवस्था-कौशल वे देख ही चुके थे। इसलिए आवश्यक था कि वे इतने अधिक स्थानों पर, इतनी मात्रा में आग लगा दें कि लंका राज्य का सारा

व्यवस्था-कौशल आग बुझाने पर ही केन्द्रित होता जाए और हनुमान की उनको याद भी न रहे। अधिकांश भीड़ इधर-उधर छिटक गई थी। भंडारगृहों में लगी अग्नि इतनी प्रचंड हो चुकी थी कि लोग आग लगानेवाले को भूलकर अग्नि से ही त्रस्त हो उठे थे। स्थान-स्थान पर स्त्रियों और बच्चों के रोने तथा पुरुषों के चीत्कारों की ध्वनियां, आग के साथ-साथ बढ़ती जा रही थीं। लगता था कि अग्नि भंडारगृहों से आगे बढ़कर, लोगों के आवासों तक जा पहुंची थी। अपना घर न जल रहा होता तो चीत्कार इतने यातना तथा याचनापूर्ण न होते।

भागते हुए हनुमान उचककर एक बाड़े की दीवार पर जा चढ़े। उनके सामने पशुओं के खाने के सूखे भूसे के ढेर लगे थे...कुछ लोग हनुमान की ओर बढ़े; किन्तु हनुमान अपनी अग्नि के साथ उन्हीं पर जा कूदे। हनुमान ने यह ढंग अनेक स्थानों पर अपनाया था। कुछ उनकी शारीरिक शक्ति तथा कुछ अग्नि का त्रास तो था ही–किन्तु उन्हें लग रहा था कि अशोक वाटिका की घटनाओं तथा इस अग्निकांड के समाचार के साथ-साथ उनके नाम का आतंक भी फैल रहा होगा। रावण के आदेश में बंधी हुई सेना आए तो आए, सामान्यजन उनको पकड़ने का साहस नहीं करेंगे। भूखे भूसे के ढेर को आग लगाकर हनुमान ईंधन की सूखी लकड़ी के भंडार में जा घुसे। स्थान-स्थान पर आग की लपटें फेंकते हुए उनका मस्तिष्क अत्यन्त सजग हो उठा था।...काफ़ी विलम्ब हो चुका था। अब राक्षसों की सेना आ ही रही होगी। उन्हें अधिक देर रुकना नहीं चाहिए था।...ऐसा लगता था, वे एक भंडारगृह से दूसरे भंडारगृह और एक भवन से दूसरे भवन तक उड़े चले जा रहे हैं। उनकी वह वस्त्र-निर्मित कृत्रिम पूंछ, स्थान-स्थान पर खंड-प्रखंड फेंकने के कारण क्रमशः छोटी होती गई थी; और अब वे अधिक देर तक आग को फैला भी नहीं सकते थे; किन्तु जब भी पलटकर उन्होंने पीछे देखा था, उन्हें अग्नि का भयंकर तांडव दिखाई दिया था।

एक विचित्र प्रकार से आतंकित भीड़ उनके पीछे लगी हुई थी। न तो वह उन्हें पकड़ना चाहती थी, न छोड़ना। वस्तुतः वह भीड़ उन्हें खदेड़ती जा रही थी। खदेड़ने की इस प्रक्रिया में हनुमान को भीड़ का कुछ-न-कुछ निर्देश मानना ही पड़ता था। लगता था, उनके भागने का दिशा-निर्देश भीड़ के ही हाथ में था; और जाने-अनजाने वह भीड़ उन्हें एक विशेष दिशा में खदेड़ रही थी। सहसा हनुमान ने स्वयं को समुद्र-तट के एक विशाल भवन की दीवार पर पाया। भवन का प्रांगण विचित्र प्रकार की गन्ध से भरा हुआ था। यह भवन तथा उसका अहाता समुद्र से इस प्रकार सटा हुआ था, जैसे यह जलपत्तन का ही अंग हो और जलपत्तन पर उतारा गया सामान, आगे जाने से पहले यहां रखा जाता हो। परन्तु वह सारा भवन भीतर से निर्जन पड़ा हुआ था। सम्भवतः आज अवकाश का दिन हो। हो सकता है कि बाहर फाटक पर रक्षा चौकी या रक्षक लोग हों, वे भी इस समय उनके पीछे आई भीड़ में गुम हो गए होंगे...अब हनुमान भी भीड़ का कुछ-कुछ मनोविज्ञान समझ रहे थे। अग्निकांड से घबराकर भीड़ ने उन्हें समुद्र तट की ओर खदेड़ा था...उनकी आग बुझाने के लिए... या उन्हें सागर में डुबोकर मार देने के लिए...शासन के समान भीड़ ने उन्हें पकड़ने का तनिक भी प्रयत्न नहीं किया था।

दीवार के ऊपर बैठे हनुमान के पास बहुत थोड़ी-सी अग्नि बची थी और नीचे विभिन्न प्रकार के पदार्थ, विभिन्न आकार-प्रकार के डिब्बों, कनस्तरों तथा पेटियों में पड़े थे। निर्णय करने का समय नहीं था। हनुमान ने बिना किसी लक्ष्य के जलते हुए वस्त्र का अन्तिम टुकड़ा उछालकर मन-ही-मन कहा, "विदा मेरी पूंछ!" किन्तु उस अग्नि का प्रभाव हनुमान द्वारा सोचे गए भयंकर-से-भयंकर परिणाम

से भी अधिक विकट था। वहां न जाने इन राक्षसों ने कैसे-कैसे प्रज्लनशील तथा विस्फोटक पदार्थ रखे थे कि आग की लपट पड़ते ही वहां जैसे अग्नि का सागर लहरा उठा और लपटों की उत्ताल तरंगें लपलपाने लगीं...उन अग्निकांड को देख, हनुमान को अपनी सुरक्षा की भी चिन्ता होने लगी थी।...उनका मस्तिष्क सोने-सोने को हो रहा था...वे मस्तिष्क की स्तब्धावस्था में ही दीवार पर भागे और समुद्र के जल में कूद पड़े।

समुद्र में तैरते हुए बहुत दूर तक लंकावासियों के चीत्कारों ने उनका पीछा किया। हनुमान ने थोड़ी-थोड़ी देर के पश्चात मुड़कर पीछे देखा भी कि कहीं उनको बन्दी बनाने के लिए उनका पीछा तो नहीं किया जा रहा; किन्तु लगता था कि राक्षसों को अपनी लंका को बचाने से ही अवकाश नहीं था। हनुमान को कदाचित वे लोग भूल चुके थे। हनुमान को इतना ही समय चाहिए था, जितने में सागर के उस बीहड़ भाग में पहुंच जाएं; जहां राक्षसों के जलपोत उनका पीछा न कर सकें।

दस

हनुमान आंखों से ओझल हो गए तो पीछे एक सन्नाटा-सा छा गया। अंगद बड़ी देर तक एक शिला पर बैठे समुद्र में जाने क्या देखते रहे। वे स्वयं ही समझ नहीं पा रहे थे कि वे कुछ सोच भी रहे हैं या नहीं। मन और शरीर पर जैसे तन्द्रा-सी छा गई थी। समुद्र उनके सामने था भी, और नहीं भी था। वे स्वयं शिला पर बैठे भी थे, और नहीं भी बैठे थे।

सारे दल में सबसे पहले जाम्बवान सक्रिय हुए, "युवराज!"

अंगद की आकृति पर कुछ जीवन्त भाव उभरे। उन्होंने दो-चार बार सायास आंखें झपकाकर स्वयं को अपने वर्तमान परिवेश के प्रति जागरूक बनाया। सबकी प्रश्न-भरी दृष्टि जाम्बवान की ओर उठी।

"युवराज! हनुमान चला गया है," जाम्बवान बड़े धीमे स्वर में बोले, "अब जब तक वह लौट नहीं आता, तब तक न हमारी कोई सहायता कर पाएगा, न हम उसकी।"

"ठीक है तात जाम्बवान!" अंगद पूर्णतः सजग हो उठे, "यद्यपि दल का नेता मैं हूं; किन्तु अब तक नेतृत्व हनुमान ही कर रहे थे...।"

"मेरा अभिप्राय यह नहीं था युवराज।"

"न भी रहा हो।" अंगद मुस्कुराए, "किन्तु सत्य यही है। कोई कुछ नहीं सोचता था तो भी हनुमान कुछ-न-कुछ सोच लेते थे। मैं आपका महत्त्व कम नहीं कर रहा तात जाम्बवान।..."

"मैं समझ रहा हूं युवराज।" जाम्बवान मुस्कुराए, "मेरा महत्व कम होता हो या अधिक, सत्य यही है।"

"अब?"

"हम राक्षसी शासन के केन्द्र के बहुत निकट हैं।" जाम्बवान धीरे से बोले, "हमें कुछ अधिक समय तक यहां टिकना भी पड़ सकता है। हम हाथ-पर-हाथ धरे नहीं बैठे रह सकते।"

अंगद उठ खड़े हुए, "आप ठीक कह रहे हैं। लंका तक पहुंचने में जाने हनुमान को कितना समय लगे। यदि रात से पूर्व पहुंच भी जाएं तो रात-भर वहां विश्राम करेंगे। कल खोज पर निकलेंगे। रात को फिर विश्राम कर चलें तो परसों सन्ध्या तक यहां पहुंचना चाहिए...।"

"हां," जाम्बवान बोले, "चरम सफलता की स्थिति में इतना समय लगना चाहिए।" अंगद कुछ नहीं बोले। उन्होंने शेष साथियों की ओर पग बढ़ा दिए। जाम्बवान पीछे चल पड़े।

विचारों में लीन अंगद एक शिला पर जा बैठे। उन्हें आया देख अन्य लोग भी आसपास घिर आए। "और यदि चरम सफलता की स्थिति न हुई?" सहसा अंगद ने जाम्बवान की ओर देखा।

"अशुभ बोलने के लिए मुझे क्षमा किया जाए युवराज!" जाम्बवान संकुचित स्वर में बोले, "किन्तु ऐसे अभियानों के सन्दर्भ में सम्भावनाओं के प्रत्येक पक्ष पर पूर्व चिन्तन कर हमें सम्भावित परिणामों का साक्षात्कार करने के लिए प्रस्तुत रहना चाहिए।"

"जाम्बवान ठीक कह रहे हैं।" नील ने अपनी सहमति प्रकट की।

"कहिए तात!" अंगद का स्वर कोमल, किन्तु चिन्ता में डूबा हुआ था, "चरम असफलता की स्थिति भी हो सकती है युवराज!" जाम्बवान धीमे स्वर में बोले, "हनुमान की शक्ति समाप्त हो जाए तो वे समुद्र तल में समा सकते हैं। कोई भयंकर जल-जीव उनका भक्षण कर सकता है। राक्षसों के साथ युद्ध में वीरगति को प्राप्त हो सकते हैं। उन्हें बन्दी कर राक्षस उनका वध भी कर सकते हैं...।"

"ऐसी स्थिति में हमें क्या करना होगा?" तार ने पूछा।

"ऐसी स्थिति में भी हमें स्वयंप्रभा द्वारा संरक्षित नगरी की ओर नहीं लौटना होगा।" अंगद का स्वर कुछ कठोर था, "यदि हनुमान के देहावसान की निश्चित सूचना मिल जाए तो सागर को तैरकर मैं स्वयं देवी वैदेही की खोज में जाऊंगा।"

"धन्य हैं युवराज!" नील ने हर्ष प्रकट किया, "हमें आज यह सकल्प करना चाहिए कि इस प्रकार की चरम असफलता की स्थिति में हममें से कोई भी किष्किन्धा लौटने का प्रयत्न नहीं करेगा, न कोई स्वयंप्रभा की नगरी अथवा किसी भी अन्य सुरक्षित स्थान पर अज्ञातवास करने का प्रयत्न करेगा।"

"तो क्या करना होगा?" शरगुल्म कुछ उत्तेजित स्वर में बोला, "यहीं बैठकर प्रायोपवेशन के माध्यम से अपनी देह त्यागनी होगी?"

"नहीं।" नील बोले, "मेरा मत है कि हम सब संकल्प करें कि असफलता की स्थिति में, हम सब बारी-बारी सागर-सन्तरण कर लंका पहुंच, देवी जानकी की खोज का प्रयत्न करेंगे। प्रायोपवेशन कर प्राण देने से तो उचित है कि हम अपने अभियान की सफलता के लिए प्रयत्न करते हुए प्राण दें। यदि हम मान लें कि इन प्रयत्नों में हम सबके प्राण चले भी जाएंगे, तो भी कर्तव्यपूर्ति का सन्तोष तो हमें मिलेगा। हमारी अगली पीढ़ियां हमारी चर्चा गर्व से कर सकेंगी। हममें से यदि एक भी व्यक्ति सफल हो गया तो हम सब उज्ज्वल मुखों के साथ अपने सम्राट के सम्मुख उपस्थित होंगे।"

"नील ने मेरे मन की बात कही है," अंगद उत्साहित हो उठे, "सचमुच हमें ऐसा ही संकल्प करना चाहिए। यह भी तो एक प्रकार का युद्ध है। इसमें भी यह निश्चित होना चाहिए कि सेनापति के मरते ही, शेष सैनिकों में से एक सेनापति चुनकर युद्ध आगे बढ़ाया जाएगा।"

"किन्तु चरम सफलता और असफलता के बीच की भी एक स्थिति होती है, युवराज!" जाम्बवान बोले, "हमें उसके लिए भी तत्पर रहना चाहिए।" अंगद ने मौन दृष्टि जाम्बवान के चेहरे पर टिका दी।

"हमें एक लम्बे समय तक यहां अपने रहने की व्यवस्था करनी होगी–भोजन तथा आवास!" जाम्बवान स्थिर वाणी में बोले, "राक्षसों से, अपने अन्य सम्भावित शत्रुओं तथा हिंस्र पशुओं से अपनी रक्षा के लिए सन्नद्ध रहना होगा। सागर-सन्तरण के लिए गए हुए अपने साथी की ओर से भेजे गए किसी भी प्रकार के संकेत अथवा सन्देश प्राप्त करने के लिए तत्पर रहना होगा। सम्भव हो तो आवश्यकता के समय उसे सहायता पहुंचाने का प्रयत्न करना होगा। सागर तट के बड़े-से-बड़े क्षेत्र

पर अपनी गुप्त पर्यवेक्षण चौकियां स्थापित करनी होंगी ताकि जाते अथवा लौटते हुए अपने साथी के साथ अधिक-से-अधिक समय तक अपना सम्पर्क बनाए रख सकें...।"

"तात जाम्बवान ने बहुत ठीक और बहुत दूर तक सोचा है," अंगद के मुख पर उग्र का उत्साह जागा, "यहां निश्चेष्ट बैठे रहने और आकस्मिक विपत्तियों द्वारा नष्ट कर दिए जाने की निष्क्रिय प्रतीक्षा बुद्धिमत्ता नहीं है।" अंगद क्षण-भर के लिए रुके, "मेरा विचार है, हमें अपनी विभिन्न व्यवस्थाओं के लिए अलग-अलग टोलियां बांटकर अपने दायित्व का विभाजन कर लेना चाहिए...।"

अंगद ने गवय, वृषभ, मैंद तथा द्विविद की टोली को खाद्य सामग्री का प्रबन्ध करने का कार्य सौंपा। वे तत्काल उस कार्य के लिए चल दिए। उन्हें निर्देश था कि वे लोग तत्काल खाए जा सकनेवाला ताज़ा फल इतनी ही मात्रा में तोड़े, जो एक दिन के भोजन की आवश्यकता से अधिक न हों। किन्तु उन स्थानों को खोजें और चिह्नित करें जहां से आवश्यकता पड़ने पर ताज़े फल मिल सकें। साफ़-सुथरे पेय जल के स्रोतों को भी उन्हें खोजना था। दीर्घ काल तक टिक सकनेवाले फल अथवा अन्य खाद्य पदार्थ उपलब्ध हों, तो उन्हें अधिक मात्रा में भी संचित किया जा सकता था। भोजन की व्यवस्था के लिए उस दल को भेजकर, अंगद शेष साथियों के साथ स्वयं सागर-तट का सर्वेक्षण करने के लिए निकले। आपसी विचार-विमर्श में पहले यह बात उठी थी कि वे लोग अपने लिए कुछ अस्थायी गुप्त आवासों का प्रबन्ध कर लें और उसके पश्चात सागर-तट पर सर्वेक्षण चौकियों की स्थापना की ओर ध्यान दें। किन्तु अंगद के मन में राम के जन-सैनिकों से सुना हुआ पंचवटी का युद्ध बार-बार कौंध रहा था। जब पहली बार उन्होंने यह सारा विवरण सुना था, तब ही उन्हें वह अद्भुत लगा था। सैनिकों के घर तथा व्यूह का एकाकार हो जाना उनके लिए युद्ध-कौशल का नया ज्ञान था। और आज अपने लिए आवास और निरीक्षण चौकियों को एकाकार कर देने की बात उसके मन में आई थी। यहां उनके आवास भी गुप्त होने चाहिए और निरीक्षण चौकियां भी। इतनी गोपनीयता यहां सम्भव भी होगी या नहीं–कहना कठिन था। फिर आवास तथा चौकियां अलग-अलग होने से, आवास में विश्राम कर रहे व्यक्ति चौकियों से दूर हो जाएंगे; परिणामतः निरीक्षकों की संख्या भी कम होगी तथा आवश्यकता के समय एक-दूसरे से मिलने में भी बाधा सम्भावित थी। इसलिए आवास तथा निरीक्षण चौकियां एक साथ ही होनी चाहिए थीं। अपनी निरीक्षण चौकियों में ही अपने आवास का प्रबन्ध कर लेना, सैनिक जीवन के लिए कोई बहुत कठिन काम नहीं था।

उन लोगों ने आधा दिन व्यतीत कर सागर तट पर फैली हुई पहाड़ियों पर शिलाखंडों में कुछ गुफ़ाओं को खोज निकाला, जिनमें बैठकर, स्वयं को गुप्त रखकर भी सागर तट पर दृष्टि रखी जा सकती थी। उन गुफ़ाओं को कुछ विशेष चिह्नों से चिह्नित किया गया, ताकि अपनी चौकियों को शिलाखंडों के उस वन में से खोजकर निकाला जा सके। अंगद ने दो-दो की टोलियों में अपने साथियों को एक-एक चौकी में नियुक्त कर दिया। तब उनका निरीक्षण और प्रतीक्षा का समय आरम्भ हुआ। बारी-बारी वे लोग परिक्रमा करने भी जाते थे। अपने साथियों से सम्पर्क कर सूचनाओं का आदान-प्रदान तथा उनकी सुविधाओं के विषय में जानकारी भी प्राप्त करते थे।

तीसरे दिन सन्ध्या के झुटपुटे में नील को लगा जैसे, दूर, दृष्टि की सीमा पर सागर की प्राकृतिक लहरों के बीच कुछ छोटी-छोटी-सी कृत्रिम लहरें भी उठ रही हैं, जैसे कोई व्यक्ति तैर रहा हो। नील ने अधिक ध्यान देकर देखने का प्रयत्न किया–कोई जलचर है अथवा कोई मनुष्य तैर रहा है? यदि मनुष्य है तो हनुमान ही होना चाहिए। इतने दिनों से तो इस सागर में और किसी मनुष्य को तैरते हुए नहीं देखा है।

नील ने अपने पीछे बैठे, विश्राम कर रहे जाम्बवान को दिखाया।

"लगता है हनुमान ही लौट रहा है," जाम्बवान उठकर खड़े हो गए, "मैं युवराज को सूचित करता हूं। तुम तैरकर हनुमान तक पहुंचने का प्रयत्न करो। मैं कुछ और लोगों को भेजता हूं। हनुमान थक गया होगा। सम्भव है, उसे सहायता की आवश्यकता हो।"

अंगद, नील और गवय, प्रायः एक ही साथ हनुमान के निकट पहुंचे। हनुमान के थके चेहरे पर मुस्कान उभर आई। वे बोले कुछ नहीं। बोलने की स्थिति में नहीं थे। थकान इतनी अधिक थी कि साथियों का आ मिलना उनके लिए सहारा हो गया था। अंगद और नील उनके दाएं-बाएं तैरते हुए उनके एकदम निकट आ गए। गवय पीछे-पीछे आ रहा था... तट पर खड़े साथियों का हाथ पकड़कर हनुमान बाहर आए और निकटतम शिला पर लेट गए। उन्होंने अपनी एक मुस्कान से अपने साथियों के स्वागत और अभिनन्दन का उत्तर दिया और अपनी चढ़ी हुई सांस को नियमित करने का प्रयत्न करते रहे। जाम्बवान के संकेत पर गन्धमादन और उल्कामुख ने उनकी भुजाओं को चांपना और सहलाना आरम्भ किया। वृषभ और मैंद ने उसी प्रकार टांगों को आराम देने का प्रयत्न किया। वे लोग समझ नहीं पा रहे थे कि इससे हनुमान के शरीर को आराम मिल रहा था अथवा यह मात्र उनका मानसिक सन्तोष था कि वे अपने साथियों में लौट आए। किन्तु इतने थके होने पर भी वे प्रसन्न तो दिखाई पड़ ही रहे थे... थोड़ी देर में हनुमान उठकर बैठ गए तब उनकी सांस नियमित थी और नियन्त्रण में थी। वे पहले से कुछ अधिक आश्वस्त दिखाई पड़ रहे थे। उन्होंने अपनी धोती टटोली और फिर टेंट में से निकाल, अपनी हथेली पर रख चूड़ामणि सबके सम्मुख प्रदर्शित कर दी।

"यह क्या है?" अंगद पूछे बिना नहीं रह सके।

"देवी सीता से मिलकर आने का प्रमाण।" हनुमान बहुत धीमे स्वर में बोले, "यह उन्हीं की चूड़ामणि है।"

वानरों के मुख से हर्षध्वनि फूट निकली। अंगद ने अनुशासित करने वाली दृष्टि से देखा, "हमें अभी स्वयं को प्रकट नहीं करना है।"

सब ओर मौन छा गया। "चलो, उठो! हनुमान चल न सकें, तो सहारा देकर गुप्त स्थान पर ले चलो। शेष वार्तालाप वहीं होगा।"

कुछ विश्राम और भोजन कर लेने पर हनुमान ने उन्हें प्रमुख घटनाएं सुना दीं। अंगद और जाम्बवान ने हनुमान की भूरि-भूरि प्रशंसा की।

"तुमने सबके प्राणों और सम्मान की रक्षा की है केसरी कुमार!" अंगद बोले, "अब रात-भर विश्राम करो। प्रातः हम किष्किन्धा की ओर प्रस्थान करेंगे। अब समय खोने का कोई अर्थ नहीं है। और हां!" अंगद ने एक दृष्टि सब पर डाली, "यहां जो भी घटित हुआ है और हम सबका किसी भी स्थिति में परस्पर जो वार्तालाप हुआ है—उसमें से सुनने योग्य बातें ही किष्किन्धा में सुनाई जाएं।"

"यह बात अत्यन्त महत्त्व की है।" जाम्बवान बोले, "किष्किन्धा जाकर अनर्गल बातें करने का कोई अर्थ नहीं है।"

"तो ठीक है। अब सब लोग भोजन कर विश्राम करें।" अंगद ने आदेश दिया, "कल हमें प्रातः ही चलना है। उन खोजियों से कह दो, हमें किसी छोटे मार्ग से शीघ्रातिशीघ्र किष्किन्धा ले चलें।"

हनुमान को विश्राम करते थोड़ा-सा ही समय हुआ था। वे अभी पूरी तरह सोए भी नहीं थे कि गुफ़ा के द्वार पर किसी के आने की आहट हुई। उन्होंने करवट बदलकर, साथ सोए नील की ओर

देखा। नील अपने स्थान पर लेटे थे। द्वार पर कोई और ही था। हनुमान से पहले ही नील उठ बैठे, "तुम विश्राम करो हनुमान! मैं देखता हूं, कौन है।"

तब तक अंगद और जाम्बवान गुफ़ा में आ गए थे, "सो गए क्या हनुमान?" अंगद ने धीमे स्वर में पूछा।

"नहीं!" हनुमान उठ बैठे, "आइए युवराज!"

अंगद ने नील की ओर देखा, "आप गुफ़ा-द्वार पर रहें, तात नील! किसी को इधर न आने दें। मुझे एकान्त में हनुमान से कुछ बातें करनी हैं।" हनुमान सतर्क हो गए। ऐसी गोपनीयता किस बात की है?

"हनुमान, मेरे मन में एक बात आई है, किन्तु वह मैं सबके बीच में नहीं कहना चाहता।" अंगद बोले, "हमने वानरराज द्वारा दी गई अवधि का पर्याप्त उल्लंघन किया है। फिर हताशा और निराशा की स्थिति में हमने बहुत सारी अनुचित बातें भी कही हैं। यद्यपि मैंने सबसे बीच में संकेत कर दिया कि उनकी चर्चा किष्किन्धा में न की जाए, किन्तु फिर भी चपलता के किसी क्षण में किसी के मुख से कुछ बातें निकल सकती हैं।" अंगद क्षण-भर के लिए रुके, "अपराध-बोध की इस ग्लानि को दूर करने के लिए ही मेरे मन में कुछ अद्भुत करने की बात आई है...।"

"क्या बात है युवराज?"

"हम संख्या में बहुत थोड़े हैं; फिर भी दुस्साहस करने की इच्छा जाग रही है।" सुनने की मुद्रा में हनुमान अंगद की ओर देखते रहे।

"क्या यह सम्भव है कि हम खोजियों को वापस किष्किन्धा भेज दें और स्वयं सागर-सन्तरण कर लंका जा पहुंचें तथा मुख्य-मुख्य राक्षसों को सम्मुख रण में मारकर देवी वैदेही का उद्धार कर, उन्हें आर्य राम के पास ले चलें?"

"मुझे इसमें आपत्ति है। वानरराज ने हमें देवी सीता की केवल खोज की आज्ञा दी है। यदि हम इस आज्ञा से आगे बढ़कर कुछ करने का प्रयत्न करते हैं और उसमें असफल होकर क्षतिग्रस्त होते हैं, तो हमारे अपराध का परिमार्जन नहीं होगा–वह और बढ़ जाएगा," जाम्बवान गम्भीर स्वर में बोले, "और दूसरी बात यह है कि आर्य राम ने स्वयं अपने शत्रु का वध कर अपनी पत्नी का उद्धार करने की प्रतिज्ञा की है। यदि हम युवराज की योजना पर कार्य करते हैं और सफल हो जाते हैं तो आर्य राम को अपनी प्रतिज्ञा पूरी करने का अवसर नहीं मिलेगा।"

हनुमान चिन्तन की मुद्रा में कुछ देर चुपचाप बैठे रहे, फिर सिर उठाकर उन्होंने बारी-बारी अंगद और जाम्बवान को देखा, "मैं इस समस्या का तीसरा पक्ष प्रस्तुत करना चाहता हूं।"

"कहो।"

"सागर-सन्तरण कठिन काम है। सम्भव है, हमारे कुछ साथी यह कार्य न कर सकें और दम टूटने के कारण मार्ग में ही रह जाएं।" हनुमान बोले, "किन्तु अधिक महत्त्वपूर्ण दूसरी बात है।"

"क्या?"

"लंका की रक्षा-व्यवस्था।" हनुमान बोले, "लंका केवल दंडधरों से रक्षित नहीं है। प्राचीर के बाहर और भीतर सैनिक हैं। धनुर्धर टुकड़ियां राजमार्गों पर परिक्रमा करती हैं। और सबसे महत्त्वपूर्ण तथ्य यह है कि राक्षस-सेनाओं की सूचना पहुंचाने की व्यवस्था अद्भुत है। उन सेनाओं के घटना-स्थान पर पहुंचने में तनिक भी विलम्ब नहीं होता।" हनुमान क्षण-भर रुककर बोले, "हम अपने शस्त्र साथ ले

जाने में सफल हो भी जाएं तो भी उनकी तुलना में निःशस्त्र कहलाएंगे। संख्या हमारी इतनी थोड़ी है कि गुप्त युद्ध की भी मुझे कोई सम्भावना नहीं दीखती। मेरी दृष्टि में यह कार्य मात्र आत्महत्या के सिवाय और कुछ नहीं होगा...।"

अंगद ने कुछ नहीं कहा। मन-ही-मन तर्क-वितर्क करते रहे, जैसे दोनों पक्षों को तौल रहे हों..."तो फिर आप लोगों की राय रही।" वे अन्त में बोले, "हमें किष्किन्धा ही लौट चलना चाहिए।"

हनुमान और जाम्बवान ने अपने मौन से सहमति प्रकट की।

"तो ठीक है।" अंगद ने खड़े होते हुए कहा, "इस बात को भी यहीं भूल जाओ–जैसे यह बात मैंने कही ही न हो।"

लौटते हुए खोजियों के दल की सहायता कुछ सार्थक दिखाई पड़ी थी। सफल काम होने के कारण, उन लोगों में उत्साह भी पर्याप्त था। गति में क्षिप्रता भी रही थी और भूख-प्यास की बात भी अधिक नहीं हुई थी। किन्तु किष्किन्धा के निकट पहुंचते-पहुंचते वानरों में अधैर्य और थकावट के लक्षण प्रकट होने लगे थे। अंगद, हनुमान और जाम्बवान किसी-न-किसी प्रकार सारे दल को आगे धकियाते चल रहे थे।

किष्किन्धा से दो योजन इधर सुग्रीव के प्रिय उपवन 'मधुवन' के निकट पहुंचते ही वानरों में एक विचित्र प्रतिक्रिया हुई। अब तक का धैर्य और वेग जैसे क्षीण होने लगा था और आत्मबल से दबाई गई सारी दुर्बलताएं उभर-उभरकर ऊपर आने लगी थीं। शरगुल्म ने सबसे पहले अपनी इच्छा व्यक्त की, "मुझे भूख लगी है।"

लगा, जैसे उसने सबके मन की बात कह दी हो। "वैसे भी हम एक बड़े अभियान में सफल होकर लौटे हैं।" तार एक वृक्ष की छाया में बैठ गए, "हमें कुछ विश्राम और पुरस्कार मिलना चाहिए।"

"अब हम राक्षसों से बहुत दूर और किष्किन्धा के बहुत निकट हैं।" मैंद ने कहा, "विश्राम कर लेने में कोई हानि नहीं है, मधुवन सामने है। थोड़ा-सा जलपान भी हो जाए।"

"यह वानरराज सुग्रीव का सुरक्षित उपवन है।" जाम्बवान धीरे-से बोले, "यहां के फल तोड़ने पर वे कुपित हो सकते हैं।"

अब तक अंगद स्वयं को संयमित करने का प्रयत्न कर रहे थे, किन्तु जाम्बवान के वाक्य का कुछ वैसा ही प्रभाव हुआ जैसा उचित दिशा में बढ़ते हुए गज पर शूल के आघात का होता है। उसका मन कड़वा गया..."सुरक्षित उपवन। राजा का सुरक्षित उपवन। राजाओं के विलास का प्रतीक। सब-कुछ राजाओं के लिए सुरक्षित रहेगा क्या...यदि अच्छी भूमि, अच्छे उपवनों तथा प्राकृतिक भंडारों पर राजाओं का निजी अधिकार ही रहना है तो बाली और सुग्रीव में क्या भेद हुआ? बाली के वध से व्यवस्था में क्या अन्तर आया..."

राज्य की सारी उपजाऊ भूमि, श्रेष्ठ वनस्पति तथा खनिजगर्भा खानों पर राजा, सामन्त अथवा किसी भी एक व्यक्ति के आधिपत्य के विरुद्ध कितना संघर्ष किया है अंगद ने। और आज वे सुन रहे हैं कि श्रेष्ठ फलों का उत्पादक यह मधुवन, राजा सुग्रीव का सुरक्षित उपवन है। फल ही नहीं, वानरों के प्रिय खाद्य मधु के सैकड़ों छत्ते इस मधुवन में लगे हुए हैं। यह सम्पत्ति सारे वानर समाज की है। यह राजा के एकान्त आधिपत्य में नहीं रह सकती।...इस प्रवृत्ति का प्रतिरोध होना चाहिए... और आज से अच्छा अवसर फिर कब आएगा। अपनी सफलता के मद में उन्मत्त वानर आज सुग्रीव का भय नहीं मानेंगे...

"मामा तार ने ठीक कहा है। हम एक बड़ा काम कर दूर से आए हैं। सबको ही विश्राम,

खाद्य-पदार्थ तथा पुरस्कार चाहिए," अंगद धीरे से बोले, "सामने मधुवन है। उसमें जिसकी जहां इच्छा हो विश्राम करे। जिसकी इच्छा, जो फल खाने की हो खाए। जिसकी इच्छा छत्ते से मधुपान की हो, यह मधुपान करे।"

जाम्बवान और हनुमान ने अंगद की ओर देखा, "युवराज!"

"हां, युवराज की ओर से सबको अनुमति है।"

"किन्तु यह सुरक्षित उपवन है," जाम्बवान बोले।

"इसका दायित्व आप मुझ पर छोड़ दें।" जाम्बवान समझ गए, अंगद के मन में फिर सुग्रीव का विरोध जागा है।

वानर यूथपति साधारण छोकरों के समान मधुवन में घुस गए। फल तोड़े, यहां तक कि पत्ते और शाखाएं भी तोड़ डालीं। विभिन्न स्थानों पर मधु के छत्तों में हाथ डाला। मधुमक्खियों को भगाया और छत्तों में से कुछ मधु पी गए और कुछ फेंक दिया...

हनुमान एक ओर खड़े-खड़े सब-कुछ देख रहे थे–कैसी अनुमति दी है अंगद ने! और ये वानर यूथपति कैसा व्यवहार कर रहे हैं! सहसा उन्हें लगा, दल के सदस्य इस अभियान के आरम्भ से ही बहुत अनुशासनबद्ध रहे हैं, विभिन्न प्रकार के संकटों से आशंकित रहे हैं और जोखिमों से जूझते रहे हैं। फिर सफलता का मद भी उनके भीतर उद्दाम लहरें उठाता रहा होगा, जिन्हें अब तक अभिव्यक्ति नहीं मिली है। यदि ये लोग यहां उच्छृंखलता नहीं करेंगे तो कदाचित आत्मदमन से इनका दम घुट जाएगा। युवराज ने कदाचित बहुत उचित निर्णय लिया है कि किष्किन्धा पहुंचने से पहले ही इनका सारा मद यहां झर जाने दिया जाए...

वानर यूथपति क्रमशः अधिक-से-अधिक उच्छृंखल होते गए। पहले तो लगा कि वे अपनी भूख मिटा रहे हैं, फिर लगा, जैसे वे मदान्ध हो गए हैं; उन्होंने जैसे मधुपान न किया हो, मद्यपान किया हो। वे लोग अपनी चेतना खो बैठे थे और विध्वंस पर उतारू थे।

दंडधरों से सूचना पाकर मधुवन का रक्षक दधिमुख स्तम्भित रह गया। राजा सुग्रीव के मधुवन को उजाड़ने का साहस कौन कर रहा है। क्या राजा का भय किसी को नहीं रह गया है? जब राजा का मधुवन इस प्रकार दिन-दहाड़े उजाड़ा जा सकता है, तो साधारण आदमी की सम्पत्ति का क्या होगा। क्या वानर राज्य में अब कोई विधि-विधान, नियम-व्यवस्था नहीं रह गई है?..."कौन लोग हैं?" दधिमुख ने पूछा।

"युवराज अंगद, हनुमान, जाम्बवान, यूथपति तार...।"

दधिमुख की समझ में नहीं आया कि हंसें या रोएं...जिन लोगों पर राज्य की व्यवस्था निर्भर करती है, वे ही लोग राज्य के विधान को भंग करने पर तुले हुए हैं। अब युवराज, मन्त्री और यूथपति ही राज्य के नियमों को भंग करेंगे, तो राजा की शक्ति कहां रह गई? राजदंड अर्थहीन हो गया...प्रजा के सामने क्या आदर्श रह गया...उन्हें कोई दंड नहीं देगा तो प्रजा भी क्यों इसी ओर प्रवृत्त नहीं होगी...? किन्तु सहसा दधिमुख का तेज जागा–अपराधी चाहे राज्य का कितना बड़ा अधिकारी क्यों न हो, उसे दंडित किया जाना चाहिए। मधुवन का अधिकारी दधिमुख है। उसे यह अधिकार है कि वह मधुवन में उपद्रव करने वालों को दंडित करे। अंगद यदि सुग्रीव का पुत्र है, तो दधिमुख भी सुग्रीव का मामा है। दधिमुख आकर अंगद के सामने खड़े हो गए। अंगद उस समय एक बड़ी-सी शाखा पकड़कर, बालकों के समान झूलने की तैयारी में थे। "युवराज।"

अंगद ने जैसे दधिमुख को पहचाना ही नहीं। शाखा पकड़े-पकड़े झूल गए। सामने, मार्ग रोके

खड़े दधिमुख को अंगद के बलिष्ठ शरीर का धक्का लगा, वे एक ओर लुढ़क गए। यह दधिमुख के लिए सर्वथा अप्रत्याशित था। अंगद कितने ही उन्माद में हों, पर क्या वे अपने पिता के मामा को इस प्रकार धकियाकर गिरा देंगे? क्रुद्ध दधिमुख उठते ही झपट पड़े। उन्होंने अंगद को दो-तीन चांटे लगा दिए। किन्तु अंगद कोई मर्यादा मानने को तैयार नहीं थे, उन्होंने एक घूंसा वृद्ध दधिमुख की नाक पर जमाया और उच्च स्वर में बोले, "हनुमान, नाना और इसके दंडधरों को किष्किन्धा की राजसभा तक छोड़ आओ।"

हनुमान समझ गए, अंगद अपने हाथों दधिमुख को और पीटना नहीं चाहते। उन्होंने आगे बढ़कर दधिमुख का हाथ पकड़ लिया। बलात उन्हें घसीटते हुए बाहर ले चले। दधिमुख के दंडधरों को कुछ कहने की आवश्यकता नहीं पड़ी। वे स्वयं ही भयभीत होकर इधर-उधर भाग गए थे।

"इस उच्छृंखलता का दंड तुम्हें दिलवाकर रहूंगा," हनुमान की पकड़ में विवश दधिमुख दांत पीस-पीसकर अंगद को सुना रहे थे, "बड़े लोगों के बेटे होने का यह अर्थ नहीं है कि तुम लोगों के सारे अपराध क्षमा कर दिए जाएंगे। तुम लोग अपने-आप को बहुत सुरक्षित समझते हो न कि सिर पर बाप बैठा है, वह बचा ही लेगा पर मैं यह नहीं होने दूंगा। इस राज्य में धनाढ्य-पुत्रों के अपराध क्षमा नहीं किए जाएंगे..."

उपवन के बाहर आकर हनुमान ने दधिमुख को छोड़ दिया, "नाना, स्वयं ही किष्किन्धा की राजसभा में चले जाओ, नहीं तो मुझे छोड़ने जाना पड़ेगा।" दधिमुख ने तनिक भी विलम्ब नहीं किया। जितने वेग से उनके लिए सम्भव था, वे किष्किन्धा की ओर चल पड़े।

युद्ध

एक ऊंचे स्थान पर पहुंचकर राम रुक गए। उन्होंने पलटकर देखा, दूर-दूर तक सेना की टुकड़ियां-ही-टुकड़ियां दिखाई पड़ रही थीं, विभिन्न वाहिनियों ने कहीं-कहीं अपने लिए अलग-अलग मार्ग भी चुन लिए थे। इतनी ऊंचाई और दूरी से देखा जाए तो इस समय यह वानर सेना भी वर्षा ऋतु में, इस क्षेत्र में फैली हुई जल-धाराओं के समान चल रही थी। कहीं कोई वाहिनी मुख्य धारा से मिल रही थी और कहीं उससे अलग हो रही थी। सुग्रीव आकर राम के साथ खड़े हो गए।

"इतनी संगठित, प्रशिक्षित तथा शस्त्र-सम्पन्न वानर सेना, आज तक के वानरों के इतिहास में कभी सुनी नहीं गई।"

राम ने सुग्रीव को देखा–सुग्रीव के चेहरे पर राम के प्रति श्रद्धा के साथ-साथ, एक प्रकार के आत्म-गौरव का भाव भी था।

"सचमुच यह सेना अद्‌भुत है; पर तुम्हारा लक्ष्य भी अभूतपूर्व है मित्र।" राम कोमल स्वर में बोले, "आओ चलें।"

वैसे तो इस सेना के निर्माण के कार्य का सूत्रपात राम के आगमन से पूर्व ही सुग्रीव और हनुमान के हाथों हो चुका था; किन्तु जाम्बवान के अपने यूथ सहित, उनसे आ मिलने से, यह अभियान बल पकड़ता गया था। और फिर...राम याद कर रहे थे...सीता के सन्धान के लिए चारों दिशाओं में खोजी-दल भेजकर राम ने इस ओर विशेष रूप से ध्यान दिया था।...वे रावण के घर पर आक्रमण करने की सोच रहे थे। आक्रमण व युद्ध के लिए अधिक समय व सेना की आवश्यकता होती है।... अब तक के लड़े गए युद्ध प्रतिरक्षात्मक ही थे, या फिर अपनी सुविधा से अपने भूगोल के अनुकूल लड़े गए थे। यह युद्ध जाने कहां लड़ना पड़े। निश्चित रूप से इसे रावण की अनुकूल परिस्थितियों में ही लड़ना पड़ेगा...

और राम यह देख-देखकर चकित थे कि सैन्य-संग्रह के लिए उन्हें अधिक प्रयत्न की आवश्यकता नहीं पड़ी थी। उनके लिए तो स्वयं रावण सैनिक बना रहा था। जहां-जहां राक्षस अत्याचार करते थे, वहीं के वानर युवक अपने-आप राम के सैनिक बनते जाते थे, जहां-जहां सूचना पहुंचती थी कि किष्किन्धा के रावण से लड़ने के लिए सेना तैयार हो रही है–वहीं के युवक उठकर किष्किन्धा की ओर चल पड़ते थे।

राम का ध्यान भंग हुआ। उनके पग धीमे होकर थम गए। उनके साथ ही अन्य लोग भी रुक गए। यूथपतियों तथा अन्य नायकों ने अपने पीछे आनेवाले सैनिकों को रुकने का संकेत कर दिया।

थोड़ी दूरी पर मार्ग में अनेक लोगों का जमाव था, जैसे वे लोग मार्ग रोके खड़े हों...किन्तु वे लोग न तो सैनिक वेश में थे और न उनके पास शस्त्र ही दिखाई पड़ रहे थे। सेना के अग्रिम धावकों ने भी किसी बाधा की सूचना नहीं दी थी...

सेना के रुकते ही उस भीड़ में से दस-बारह लोगों की एक टोली आगे बढ़ आई। वे लोग वय से अधेड़ और वृद्ध थे। युवक उनमें कोई नहीं था। उन लोगों ने हाथों को जोड़, माथे से लगा, नम्रतापूर्वक प्रणाम किया, "हम लोग आर्य राम से मिलना चाहते हैं।"

राम मुस्कुराए, "मैं ही राम हूं। आदेश करें, मैं आपके किस काम आ सकता हूं?"

उन लोगों ने पुनः प्रणाम किया, "भद्र राम! हम जाति से साधारण वानर हैं। इस मार्ग के आस-पास के वनों में हमारे ग्राम बसे हैं। हम महाराज सुग्रीव की प्रजा हैं; किन्तु इस सेना के महानायक होने के कारण आपसे एक निवेदन करना चाहते हैं।"

"हमारी सेना तुम्हारे ग्रामों को क्षति नहीं पहुंचाएगी।" सुग्रीव बोले, "यह उच्छृंखल राक्षस सेना नहीं, राम के नेतृत्व में चलनेवाली अनुशासित वानर सेना है।"

"नहीं महाराज! यह बात नहीं है।" एक वृद्ध ने अत्यन्त संकोच से कहा, "हमें इस सेना से किसी प्रकार की क्षति की आशंका नहीं है। हमारे पास कुछ ऐसा हो, जो इस सेना के काम आ सके तो उसे हम सहर्ष दे डालेंगे।"

"तो क्या बात है?" सुग्रीव बोले।

"महाराज! सन्ध्या हो गई है। थोड़ी देर में रात हो जाएगी। फिर आप लोग कहीं-न-कहीं विश्राम करेंगे ही।" वृद्ध के स्वर में अब भी संकोच था, "हम चाहते हैं कि आज रात आप कोस-दो कोस के भीतर ही अपना पड़ाव डालें।"

"उससे क्या होगा?" सुग्रीव ने पुनः पूछा।

"हम लोग रात-भर जागकर आपकी चौकसी करेंगे, ताकि आप लोग आराम की नींद सो सकें...।"

"उससे तुम्हें क्या लाभ होगा बाबा?" राम मुस्कुराए।

"लाभ!" वृद्ध ने एक क्षण सोचा, "क्या जीवन का प्रत्येक कार्य लाभ और हानि में ही तौला जाना चाहिए राम?"

"नहीं बाबा!"

"तो भद्र! इस कार्य से हमें आत्मसन्तोष होगा कि हम इस सेना के किसी काम आए," वृद्ध ने कहा, "और इसमें गौरव अनुभव करेंगे कि अत्याचार का विरोध करनेवाली तथा मानवता की समता के लिए लड़नेवाली इस सेना के साथ हमारा भी कोई सम्बन्ध है...भद्र!..." वृद्ध ने अपने साथियों की ओर देखकर कहा, "हम थोड़ा-सा अन्न और कुछ सूखे फल भी सैनिक भंडार में देना चाहते हैं...।"

राम ने अपने साथियों की ओर देखा, "विश्राम तो हमें करना ही है।"

"ठीक है।" हनुमान सबसे पहले बोले, "हमें इनके अनुरोध की रक्षा करनी चाहिए।"

"सब लोग सहमत हैं?" राम ने पुनः अपने साथियों की ओर देखा। किसी ने आपत्ति नहीं की।

"तो ठीक है बाबा!" राम बोले, "हम लोग सुविधानुसार स्थान देखकर अपना स्कन्धावार स्थापित करेंगे।"

"तुम्हारे दल में कोई युवक नहीं दीखता बाबा," लक्ष्मण बोले।

"वे लोग तो कब से आपके शिविरों में प्रशिक्षण पाकर, इस सेना में सम्मिलित हो चुके हैं भद्र!" वृद्ध बोला।

"अच्छा बाबा," राम मन्द स्वर में बोले, "रात को तुम लोग जितनी चौकसी चाहो करना; किन्तु सैनिक अनुशासन तथा आवश्यकताओं के अनुसार हमारे सन्तरी भी अपना कार्य करते रहेंगे। उससे यह मत समझना कि हमें तुम पर विश्वास नहीं है।"

"नहीं, हम आपके नियमों को भंग करना नहीं चाहेंगे," वृद्ध हंसा, "हम इतने से ही प्रसन्न हैं कि आपने हमें इतने सहयोग का अवसर दिया है।" वृद्ध ने हाथ जोड़ दिए और अपने साथियों की ओर लौट गया।

"लो वानरराज! हमारी आधी विजय हो चुकी," राम मुस्कुराए, "जिस सेना से प्रजा प्यार करे, वह सदा जीतती है।"

"मैं भी अपने जीवन में पहली बार ही देख रहा हूं राम!" सुग्रीव बोले, "कि किसी मार्ग से होकर इतनी बड़ी सेना जा रही हो और वहां के निवासी अपना घर-बार छोड़ भयभीत होकर भागें नहीं; सेना के निकट आकर उसे आमन्त्रित करें...।"

दो

समुद्र का जल दिखाई पड़ते ही राम की गति मन्थर हो गई। उनके साथ-साथ सुग्रीव और लक्ष्मण के पग भी धीमे हुए और एक पंक्ति पीछे आनेवाले हनुमान, अंगद, जाम्बवान तथा तार भी सावधान हो गए। पीछे आनेवाली टुकड़ियों को इंगित कर दिया गया। इंगित एक से दूसरी टुकड़ी तक होता हुआ सारी सेना में यात्रा करता चला गया।

सागर के तट पर, जल के निकट आकर राम रुक गए। नल अपनी टुकड़ी के साथ आगे आए और तत्काल केन्द्रीय शिविर की स्थापना कर दी गई। केन्द्रीय शिविर सेना का मुख्यालय था, जहां स्वयं राम रहते थे। पीछे आनेवाली टुकड़ियां बहते आते हुए जल के समान दाएं और बाएं फैलती जा रही थीं और सागर तट पर अपने शिविर की स्थापना करती चल रही थीं।

राम अपने शिविर के निकट एक ऊंचे स्थान पर खड़े अपनी सेना को स्कन्धावार स्थापित करते देख रहे थे। उनके मन में सागर का बिम्ब था। एक ओर जल का सागर और दूसरी ओर सैनिकों का सागर। ऐसा लगता था जैसे एक सागर के तट पर दूसरे सागर की लहरें आ-आकर अपना बसेरा कर रही हैं। पता नहीं जल का सागर कितना विस्तृत था सेना स्वयं को फैला रही थी, उससे लगता था कि यह मानव-सागर, जल-सागर पर छा जाएगा...

नए-नए शिविर स्थापित होते जा रहे थे। उनके नायक अपनी प्रगति के विषय में सूचनाएं भेजते जा रहे थे। टुकड़ियों और उनके नायकों की स्थिति का ब्यौरा नील तथा उनके साथी अधिकारियों के पास था।...पहले तो निर्जन सागर तट पर शिविर-स्थापना की ही सूचनाएं आती रहीं; किन्तु थोड़ी ही देर में जन-सम्पर्क की सूचनाएं भी आने लगी थीं। आरम्भ में तो वानर सेना की टुकड़ियां कुछ साधारण मछुआरों तथा निषादों के ही सम्पर्क में आईं, जो सेना को देखते ही इधर-उधर भाग गए थे, किन्तु उसके पश्चात राक्षस सेना की कुछ तटवर्ती सैनिक चौकियां भी मार्ग में पड़ीं। युद्ध वहां भी नहीं हुआ। वे लोग अपनी चौकियों को छोड़ अपनी बड़ी-बड़ी नौकाओं के साथ सागर में पीछे हट गए थे। वानर सेना न तो उनसे कोई संवाद स्थापित कर पाई थी, न उनमें से किसी को बन्दी ही कर पाई थी कि उनसे कुछ पूछताछ की जा सके। आगे बढ़कर वानर सेना को राक्षसों का एक जलपत्तन भी मिला था, जो अब सर्वथा जन-शून्य था।

नील से ये सूचनाएं राम को मिल रही थीं और राम के मन में चिन्तन का ताना-बाना सघन से सघनतर होता जा रहा था।...वानर सेना के पहुंचने से पूर्व राक्षसों का सुविधापूर्वक पीछे हट जाना इस बात का प्रमाण था कि उन्हें वानर-सेना की गतिविधि की सूचना मिल रही थी। वे लोग यहां से हटकर लंका पहुंचे होंगे; और रावण तक भी यह समाचार पहुंचा होगा। ऐसी स्थिति में रावण की सेना को असावधानी में घेरा जा सके। यह भी सम्भव है कि रावण ही पहले आघात कर दे...राम को प्रत्येक स्थिति के लिए तैयार रहना चाहिए...

सहसा राम ने दूर से आती हुई अनेक मिले-जुले स्वरों की अनियन्त्रित-सी भनभनाहट सुनी। यह सैनिकों के बात करने का ढंग नहीं था और न राम ने पिछले दिनों अपने सैनिकों को इस प्रकार कोलाहल करते हुए सुना था। वह तो ऐसा कोलाहल था, जैसा राम के विभिन्न आश्रमों में निकट के ग्रामवासियों के अपनी किसी समस्या का समाधान पाने के लिए आने पर हुआ करता था। कोलाहल निकट आता जा रहा था; और वह आकर राम के शिविर के द्वार पर थम गया।

राम ने दृष्टि उठाकर देखा। सबसे आगे हनुमान थे और उनके पीछे साधारण ग्रामवासियों की एक भीड़ थी। निश्चय ही वे सैनिक नहीं थे। भीड़ इतनी बड़ी थी कि राम के कुटिया जैसे इस शिविर में उनके लिए स्थान नहीं था। राम स्वयं ही शिविर से बाहर निकल आए।

"क्या बात है हनुमान?"

भीड़ शान्त हो गई थी।

"आर्य! ये लोग साधारण ग्रामवासी हैं।" हनुमान अपने स्थिर और स्पष्ट स्वर में बोले, "ये चाहते हैं कि इन्हें भी सेना में सम्मिलित कर लिया जाए।" हनुमान रुके, "मैंने इन्हें समझाने का बहुत प्रयत्न किया है कि अप्रशिक्षित साधारण ग्रामवासी अथवा वनवासी इस युद्ध के लिए बहुत उपयोगी नहीं होंगे। यहां हमारे पास प्रशिक्षण की सुविधाएं भी नहीं हैं। इनके पास शस्त्र भी नहीं हैं। फिर भी ये लोग लौटने के लिए सहमत नहीं होते।"

राम ने उन्हें देखा, उनमें से अधिकांश वय से युवक थे। दो-चार चेहरे ही प्रौढ़ दिखाई पड़ रहे थे। शरीर से वे लोग हृष्ट-पुष्ट थे। सामान्य निर्धन देहाती वानरों के समान, वस्त्र के नाम पर उनके शरीर पर घुटनों से ऊंची एक धोती मात्र थी। किन्तु, उनके चेहरों पर उल्लास-मिश्रित उत्साह था।

"रावण से मेरी शत्रुता है, इसलिए मैं उससे युद्ध करने जा रहा हूं।" राम धीमे और शान्त स्वर में बोले, "तुम लोग इस युद्ध में प्राणों का जोखिम क्यों उठाना चाहते हो?"

वे लोग खिसियाए-से, एक-दूसरे का चेहरा देखने लगे, जैसे यह प्रश्न उनके लिए सर्वथा अप्रत्याशित ही न हो, उनके लिए बाधा भी हो। किन्तु एक प्रौढ़ चेहरा कुछ और प्रौढ़ हो उठा।

"बोलो!" राम ने कहा।

"हमसे भूल हो गई।" वह प्रौढ़ चेहरा बोला, "हम तो यह मानकर आए थे कि यह युद्ध सारी प्रजा का है; हमें क्या पता था कि राम केवल अपना युद्ध लड़ रहे हैं।"

राम ने प्रशंसा-भरी आंखों से उस प्रौढ़ चेहरे को देखा, "तुमसे भूल नहीं हुई है। फिर भी पूछना चाहूंगा कि तुम्हें क्यों नहीं लगता कि यह युद्ध मेरी और रावण की व्यक्तिगत शत्रुता का परिणाम है? और यह शत्रुता इसलिए है, क्योंकि उसने मेरी पत्नी का हरण किया है।"

"हम तो समझे थे कि न्याय का युद्ध सबका सामूहिक युद्ध होता है," वही प्रौढ़ व्यक्ति बोला, "पर आप कह रहे हैं तो हम मान लेते हैं कि यह रावण से मात्र आपका युद्ध है। किन्तु स्त्रियों का अपहरण तो हमारे ग्राम से भी किया गया है। रावण ने नहीं किया, उसके सैनिकों-सेनापतियों ने किया है। किस ग्राम से स्त्रियों का अपहरण नहीं हुआ?"

विस्मित खड़े राम, भीड़ को देखते रहे। ये चेतनाशून्य नहीं थे। न्याय-अन्याय की बात जानते थे। अपने विरुद्ध हुए अत्याचारों के प्रति जागरूक थे। प्रवृत्ति से या शायद परिस्थितियों के मारे संघर्षशील और जुझारू थे। उन्हें सेना में सम्मिलित होने का पूर्ण अधिकार था।

"किन्तु तुम्हारे शस्त्र कहां हैं?"

"हमारे पास शस्त्र नहीं हैं।"

"बिना शस्त्रों के कैसे लड़ोगे?"

"ऊंह!" एक युवक तनिक रोष और उपेक्षा से बोला, "जब तक राम ने आकर वानरों के हाथ में शस्त्र नहीं थमाए थे, वानर क्या लड़ते नहीं थे?"

राम उनके अदम्य उत्साह से प्रभावित नहीं रह सके। हनुमान से बोले, "इन्हें किष्किन्धा में अनिन्द्य के प्रशिक्षण शिविर में नहीं भेजा जा सकता तो यहीं इनके प्रशिक्षण की व्यवस्था करो।"

हनुमान ने संकोच-भरी दृष्टि से राम को देखा, कहें या न कहें...

"क्या बात है?" राम ने पूछा।

"सेना में सम्मिलित होने के इच्छुक लोगों की संख्या बहुत बड़ी है।" वे धीरे-से बोले।

"कोई बात नहीं।" राम बोले, "कोई व्यवस्था तो करनी ही होगी। इनका कोई प्रबन्ध कर तुम मेरे पास आओ।"

हनुमान के लौटने तक राम ने सन्देश भेजकर लक्ष्मण, सुग्रीव, जाम्बवान, अंगद, नल, नील, तार इत्यादि को भी बुला लिया था। हनुमान ने आकर उनके सामने समस्या को पूरे विस्तार से रखा, "जो लोग अब तक हमसे सम्पर्क कर चुके हैं, उन्हीं की संख्या सहस्रों में है, ग्राम-के-ग्राम ख़ाली हो गए हैं और सेना में सम्मिलित होने के लिए आ गए हैं। यह ठीक है कि उनके साथ स्त्रियां, वृद्ध और बालक नहीं हैं। वे लोग हृष्ट-पुष्ट हैं और प्रशिक्षण के पश्चात अच्छे सैनिक भी बन सकते हैं। किन्तु समस्या यह है कि यदि हम उन्हें अपनी सेना में सम्मिलित कर लेते हैं तो उनके भोजन, वस्त्र, आवास तथा शस्त्रास्त्रों का प्रबन्ध हमें करना पड़ेगा।"

"पहले यह सोचो कि हमें उनकी आवश्यकता भी है या नहीं?" जाम्बवान बोले, "यदि है तो उनकी समस्याओं और उनकी समाधान भी ध्यान देने योग्य है; अन्यथा नहीं।"

"जाम्बवान ठीक कह रहे हैं।" सुग्रीव बोले, "यदि हमारा विचार यह है कि हमें और सैनिकों की आवश्यकता नहीं है। हमारी सेना रावण से लड़ने के लिए पर्याप्त और सक्षम है तो हम और सैनिकों को लेकर अपना बोझ क्यों बढ़ाएं। उन्हें अपनी सेना में सम्मिलित करने पर न केवल उन सारी समस्याओं को लेकर सोचना होगा, जिनकी चर्चा हनुमान ने अभी की है, वरन लंका तक पहुंचने के लिए, परिवहन की भी व्यवस्था करनी होगी।"

"एक सन्देह मेरे मन में भी है।" तार ने कहा।

"कहिए!" राम धीरे-से बोले।

"एक नहीं, वरन दो सन्देह, कहना चाहिए।"

तार ने अपनी बात आरम्भ की, "पहला यह कि उन लोगों की वास्तविकता को जाने बिना क्या उन्हें सेना में सम्मिलित करने की बात सोचना उचित भी है? कल्पना कीजिए कि वे लोग रावण के पक्ष की प्रेरणा से हमारे पास आए हों।

हम उन्हें स्वयं में सम्मिलित कर लेते हैं और ठीक युद्ध के समय वे लोग रावण से जा मिलते हैं या हमारी सैनिक पंक्तियों में उत्पात मचाते हैं तो उन्हें संभालना ही कठिन हो जाएगा—तब हम शत्रु से क्या लड़ेंगे।" तार तनिक रुके, "और दूसरी बात यह है कि यह प्रदेश अत्यन्त निर्धन, शोषित, अविकसित और पिछड़ा हुआ है—बेकारों की संख्या यहां निश्चित रूप से बहुत अधिक होगी। यदि हमारी सेना के आगमन को उन्होंने अपने लिए मात्र आजीविका का अवसर मानकर यह प्रस्ताव रखा

है तो मुझे लगता है कि न तो ऐसे सैनिक विश्वसनीय हो सकते हैं, और न ही उनकी भूख की बाध्यता से लाभ उठाना ही न्यायोचित है।"

"मैं असहमत हूं।" लक्ष्मण ने कहा, "ये बातें अवश्य ही विचारणीय हैं। किन्तु ये सारी सम्भावनाएं ऋण-पक्ष की हैं। इस प्रश्न का धन-पक्ष भी है।" उन्होंने रुककर एक दृष्टि हनुमान पर डाली, "दडंक वन के अनेक छोटे-बड़े युद्धों के अनुभव के आधार पर मैं कह सकता हूं कि जिस क्षेत्र की प्रजा शोषित, पीड़ित और सताई हुई होती है–वह जनवाहिनी के बनने अथवा वहां पहुंचने पर उनके साथ हो लेती है। उनमें उसका दृष्टिकोण मात्र आत्मरक्षा अथवा न्याय के युद्ध में अपना योग देने का होता है। वह अपने शोषण का प्रतिशोध चाहती है। उसकी प्रेरणा भविष्य के लिए एक न्यायपूर्ण व्यवस्था के निर्माण की इच्छा होती है। उन लोगों ने कभी वृत्ति अथवा वेतन नहीं मांगा है। इसलिए यह मानना कि वे लोग अपनी आजीविका पाने मात्र के लिए हमारी सेना में सम्मिलित होना चाहते हैं–उचित नहीं है।"

"इतनी खोज तो करनी होगी कि उनके आने के पीछे राक्षसों की प्रेरणा तो नहीं है।" जाम्बवान बोले, "यदि वे लोग राक्षसों की प्रेरणा से नहीं आए, और यदि उनका लक्ष्य आजीविका कमाना मात्र नहीं है तो उन्हें अपनी सेना में सम्मिलित करने में कोई हानि नहीं दीखती।"

"मेरा भी कुछ ऐसा ही विचार है।" जाम्बवान के चुप होने पर राम बोले, "सामान्यतः आजीविका के लिए युद्ध-वृत्ति अपनानेवाला सैनिक भी बुरा नहीं माना जाता। साम्राज्यों की वेतन-भोगी सेनाएं इसी कोटि में आती हैं। किन्तु हमारी सेना इस अर्थ में किष्किन्धा की वेतन-भोगी सेना नहीं है। न हमारे पास इतना धन है कि उनके बल पर हम सेनाएं संगठित कर लें और न वह हमारा लक्ष्य है। हमारी सेना एक प्रकार की आत्मनिर्भर जन-सेना है, जो अन्याय के नाश और न्याय की स्थापना के लिए लड़ रही है। यदि वे नवागन्तुक इसी रूप में सेना का अंग बनना चाहें तो मुझे इसमें कोई दोष दिखाई नहीं पड़ता।...एक बात और है," राम तनिक रुके, "अनुकूल जनसंख्या के बीच रहकर युद्ध करने में हमें भी सुविधा ही रहेगी। यदि हम उनकी इच्छा के विरुद्ध उनको स्वयं से पृथक कर देते हैं, तो उसका प्रतिकूल प्रभाव भी हो सकता है। वे लोग हमसे असहयोग भी कर सकते हैं। मैं यह नहीं कह रहा कि उनके असहयोग की आशंका से भयभीत होकर हम उनकी प्रत्येक उचित-अनुचित इच्छा पूरी करें, किन्तु अपने मित्रों को अपनी नासमझी से स्वयं से दूर भगा देना तो बुद्धिमानी नहीं है।"

"किन्तु उनकी व्यवस्था?" तार कुछ आवेश में बोले, "उनका भोजन, वस्त्र, आवास, शस्त्र... ?"

"हां, इस विषय में भी सोचना होगा।" राम धीरे-से मुस्कुराए, "किन्तु उसके पहले स्पष्ट कर दूं कि उन लोगों को नियमित सैनिक के रूप में ग्रहण करने की बात मैं नहीं कह रहा हूं। उन्हें हम सहायक सैनिक के रूप में ही अंगीकार करें। यथासम्भव वे अपने ग्रामों में रहें, यथासम्भव अपना कार्य भी करें। इस प्रकार भोजन, आवास तथा वस्त्रों के सन्दर्भ में आत्मनिर्भर रहें। हमारे प्रशिक्षक उनके ग्रामों में ही उन्हें यथासम्भव सैनिक प्रशिक्षण दें और जहां तक सम्भव हो उन्हें शस्त्र दिए जाएं अथवा शस्त्र-निर्माण का कार्य सिखाया जाए। पर उनमें जो अच्छे सैनिक सिद्ध हों, उन्हें नियमित सैनिक का पद दिया जाए और आवश्यकता पड़ने पर उन्हें बचावपूर्ण संघर्ष का दायित्व भी सौंपा जा सकता है। वे लोग इस क्षेत्र में हमारे प्रहरी हो सकते हैं, हमारे सूचना-चर अथवा सन्देशवाहक हो सकते हैं, हमारी भूमि और हमारे मार्गों के रक्षक हो सकते हैं, शक्ति-प्रदर्शन में हमारे सहायक हो

सकते हैं, व्यूह-निर्माण में हमारा अंग हो सकते हैं तथा समय आने पर आवश्यक सामग्री के लाने-ले जाने का भी कार्य कर सकते हैं।"

"इससे किसी को कोई असहमति नहीं हो सकती।" सुग्रीव बोले, "यदि हमें सैनिक-असैनिक कार्यों के लिए सहायक मिल जाते हैं। और उनसे हमारा बोझ भी नहीं बढ़ता तो हमें क्या आपत्ति हो सकती है।"

सुग्रीव की सहमति के पश्चात किसी ने भी असहमति प्रकट नहीं की और राम की योजना सर्वसम्मति से स्वीकार कर ली गई।

तीन

विभीषण ने सभागार में प्रवेश करते ही अनुभव किया कि आज सभा का विशेष रूप से आयोजन किया गया था। रावण की राजसभा वैसे भी जनसंकुल थी। सभा के आयोजन की सूचना पाकर कोई भी अनुपस्थित रहने का साहस नहीं कर सकता था; फिर भी कुछ लोग थे, जो नियम के अपवाद थे। किन्तु, आज वे भी उपस्थित थे। सभा में बहुत कम दिखाई पड़नेवाला कुम्भकर्ण भी आज उपस्थित था। विभीषण समझ नहीं पाए कि इसे मात्र संयोग माना जाए कि आज कुम्भकर्ण मदिरा में धुत्त, संज्ञाशून्य नहीं था, इसलिए सभा में चला आया था, अथवा आज उसे विशेष रूप से सभा में उपस्थित किए जाने की व्यवस्था की गई थी। किन्तु कुम्भकर्ण को विशेष रूप से उपस्थित रखने का आयोजन करने का क्या कारण हो सकता है। रावण का ऐसा कौन-सा हित है, जो कुम्भकर्ण की उपस्थिति से ही सध सकता है?...या रावण ने कुम्भकर्ण को इसलिए बुलाया है कि वह विभीषण की काट कर सके। एक भाई रावण का विरोध करे तो दूसरा भाई समर्थन कर उस विरोध की तीव्रता को नष्ट कर दे।...या फिर आज रावण को सभा में अपना पूर्ण समर्थन चाहिए। वैसे रावण की भृकुटी को देखते ही सभा में उसका समर्थन-ही-समर्थन होने लगता है। फिर भी कुम्भकर्ण के समर्थन का अपना ही महत्त्व है...और विभीषण भली प्रकार जानते हैं कि कुछ भी हो जाए, कुम्भकर्ण रावण का समर्थन ही करेगा।

रावण ने सभा में प्रवेश किया तो सभा अनुशासित हो गई। किन्तु, विभीषण ने देखा कि रावण आज प्रातः के समान शान्त नहीं था। उसकी व्याकुलता उसके मुख पर स्पष्ट दिखाई दे रही थी। प्रातः की भेंट और इस समय के बीच में ऐसा क्या हो गया था? क्या राम के अभियान के विषय में कोई सूचना मिली है या सीता-सम्बन्धी कोई समाचार मिला है अथवा लंका के भीतर से ही कोई ऐसा विरोध उठ खड़ा हुआ है, जिससे रावण चिन्तित है...

सिंहासन पर बैठकर रावण ने एक दृष्टि सम्पूर्ण सभा पर डाली और प्रहस्त पर आकर उसकी दृष्टि रुक गई, "व्यवस्था हो गई सेनापति?"

"हां राजन!" सेनापति प्रहस्त ने कुछ अतिरिक्त शालीन, औपचारिकता से उत्तर दिया, "मैंने तत्काल व्यवस्था कर दी थी। इस समय लंका के सभी द्वारों पर अस्त्र-विद्या में पारंगत रथियों तथा अश्वारोहियों से संरक्षित हमारी सेनाओं के सशस्त्र गुल्म नियुक्त कर दिए गए हैं। सभी प्रमुख मार्गों पर वाहिनियां परिक्रमा कर रही हैं। प्रजा में गुप्तचर लोग अपना काम कर रहे हैं और स्कन्धावारों में सेनाएं युद्धार्थ सन्नद्ध होने के आदेशाधीन हैं।" प्रहस्त ने क्षण-भर रुककर विषय बदला, "बाहर से कोई सेना लंका में प्रवेश नहीं कर सकती। राम की सेना के भय से भागकर आए हुए शरणार्थियों

को लंका में घुसकर त्रास फैलाने नहीं दिया जाएगा। लंका के भीतर प्रजा को विद्रोह नहीं करने दिया जाएगा। और राजन! लंका के निर्धन लोगों में सैनिकों और सम्पन्न घरों से सैनिक अधिकारियों की भर्ती आरम्भ कर दी गई है।

चकित होकर विभीषण कभी रावण को देख रहे थे, कभी प्रहस्त को। ये सारी सैनिक व्यवस्थाएं लंका में क्यों की जा रही हैं; और उन्हें इस प्रकार समारोहपूर्वक राजसभा में घोषित क्यों किया जा रहा है? उसके मूल में क्या है?...

रावण ने एक सिंह-दृष्टि चारों ओर डाली और बोला, "यह सभा मैंने विशेष प्रयोजन से बुलाई है। जब कोई राजनैतिक, सैनिक अथवा नैतिक संकट मुझ पर आया है, मैंने सदा आपका परामर्श चाहा है। आज भी एक ऐसा ही संकट है।" रावण का स्वर गर्विष्ठ हो उठा, "राक्षसों की विचरण भूमि दंडकारण्य में से मैं उस कंगले तापस राम की सुन्दरी पत्नी सीता का हरण कर लाया हूं। मेरी दृष्टि में सीता सारे विश्व में सर्वश्रेष्ठ सुन्दरी है। उसे देखते ही मेरा हृदय और शरीर कामाग्नि से दग्ध होने लगता है। मैं आपसे स्पष्ट कह दूं कि किसी भी स्थिति में, किसी के भी परामर्श अथवा विरोध के भय से मैं सीता को लौटाने को प्रस्तुत नहीं हूं। राम वानरों की सेना लेकर लंका पर आक्रमण करने आ रहा है। युद्ध में जय हो अथवा पराजय, मैं सीता का त्याग नहीं कर सकता।" रावण ने रुककर विभीषण को देखा, "सीता मेरी शैया पर आरूढ़ होना नहीं चाहती। मेरे अपने परिवार में से सीता-हरण को लेकर मेरा विरोध हो रहा है। किन्तु मैं सीता का त्याग नहीं कर सकता। मैं अपनी कामना में दग्ध हो रहा हूं, कामाग्नि में जल रहा हूं...।" सहसा कुम्भकर्ण उठकर अपने स्थान पर खड़ा हो गया। उसका चेहरा क्रोध से तमतमाया हुआ था, "आप कामाग्नि में जल रहे हैं तो क्या सरे राक्षसों को युद्धाग्नि में जला डालेंगे। आपने बिना किसी से परामर्श किए यह अनुचित कार्य कर डाला है। किसी की पत्नी के हरण का क्या अर्थ?"

"कुम्भकर्ण!" रावण के स्वर में याचना थी, "तुम राक्षस होकर भोग का विरोध करते हो। हमारी नीति तो हमारा बल है। मैंने सदा तुम्हारे सुख और भोग की सामग्री तुम्हें उपलब्ध कराई और आज तुम अपने ही बड़े भाई के सुख-भोग में नैतिकता की अड़चन खड़ी कर रहे हो।"

कुम्भकर्ण के चेहरे का भाव बदल गया, "किया तो आपने अनुचित ही है; पर चलिए यदि आपकी इच्छा है, यदि आपको सुख मिलता है, तो ऐसा ही हो।" उसका स्वर तेजोद्दीप्त हो गया, "मैं आपके समस्त शत्रुओं का नाश करूंगा; चाहे वे लंका के बाहर हों या लंका के भीतर। आप अपने शत्रुओं को मेरे लिए छोड़कर अपनी मनोकामना पूरी कीजिए। मैं राम का वध कर, सीता को सदा के लिए आपकी बना दूंगा।"

"साधु कुम्भकर्ण!" रावण का मुख उल्लसित हो उठा, "आप लोग यह न समझें कि मैं राम अथवा उसके वानरों से डर गया हूं। राम एक साधारण कंगला तपस्वी है, जिसे उसके छोटे भाइयों ने राज्य से निष्कासित कर रखा है। वह मूर्ख वानरों को चाहे जितना फुसला ले, युद्ध में मेरे सम्मुख टिक नहीं पाएगा। उसके वानर सैनिक ऐसे वन-पशु हैं, जिन्हें शस्त्र पकड़ना भी नहीं आता। वे लोग लंका की देव विजयिनी उन्नत शस्त्रों से सज्जित, प्रशिक्षित सेना के सम्मुख कैसे टिक पाएंगे; और फिर उनके और हमारे बीच सर्पों तथा भयंकर जलचरों से भरे हुए सागर का प्राचीर है। सागर को पार करने के प्रयत्न में वह सारे वानरों को उसमें डुबो देगा। मैं राम और उसकी सेना से तनिक भी भयभीत नहीं हूं।" रावण ने क्षण-भर रुककर उच्च स्वर में कहा, "मैं इसलिए रण-सज्जित हो रहा हूं कि याचक

को युद्ध-दान करना वीरों का धर्म है। मैं विजय के लिए रण-सज्जित हो रहा हूं। इस युद्ध में असंख्य वानर मारे जाएंगे और तब उनका विशाल राज्य हमारा होगा, उनकी वन-सम्पत्ति हमारी होगी, उनकी सुन्दरी स्त्रियां हमारी शैयाओं पर आरूढ़ होंगी। युद्ध तो हम करेंगे ही।"

"तो ठीक है महाराज।" महापार्श्व ने रावण का समर्थन किया, "हम राम की सेना से युद्ध करेंगे। सागर को पार कर, वह बेचारा लंका में तो आ नहीं सकेगा। उसकी बुद्धि को उचित मार्ग पर लाने के लिए हम ही सागर के उस पार जाएंगे।" वह हल्के-से मुस्कुराया, "आपको कष्ट करने की आवश्यकता नहीं है। युद्ध हम संभाल लेंगे। आप अपनी कामना पूरी कीजिए। आप उस विश्व-सुन्दरी सीता के साथ रमण कीजिए। वह आपकी शैया पर आरूढ़ होना नहीं चाहती तो राक्षस-धर्म के अनुसार उसके साथ बलात्कार कीजिए। उसके केश पकड़कर, उसे घसीटकर अपनी शैया पर ले आइए...।" विभीषण को लगा, महापार्श्व के शब्द सुनकर उनका सम्पूर्ण अस्तित्व ही जैसे जल उठा हो। यह राजसभा अब उनके लिए असह्य हो उठी थी। रावण का भय उनके मन में से जैसे निकल गया...

अग्नि के-से तपते शब्द उनके मुख से अनायास ही बहते चले गए, "कैसी राजसभा है यह, जहां मन्त्री अपने राजा को पर स्त्रियों के साथ बलात्कार करने की मन्त्रणा देते हैं। उचित-अनुचित का ध्यान तुम्हें नहीं है तो अपना स्वार्थ तो पहचानो। राम ने इन्हीं वानरों की छोटी-सी सेना से तुम्हारा जनस्थान स्कन्धावार ध्वस्त किया था। उसकी पत्नी का हरण हुआ तो वह सारे विश्व के वानरों को सैनिक रूप देकर, तुम्हारी लंका के द्वार खटखटा रहा है। उसकी पत्नी के साथ बलात्कार हुआ तो वह तुम लोगों को क्षमा कर देगा क्या?" विभीषण उग्र से उग्रतर होते जा रहे थे, "लंका का एक-एक परिवार नष्ट हो जाएगा। तुम्हें वानरों की सुन्दर स्त्रियों का प्रलोभन दिया जा रहा है; किन्तु तुम्हें अपनी स्त्रियों का ध्यान नहीं है। कभी सोचा है कि प्रतिशोध की भावना से भरी वानर सेना, तुम्हारी स्त्रियों के साथ कैसा व्यवहार करेगी?"

"राजकुमार विभीषण भय के मारे आत्मविश्वास खो चुके हैं।" प्रहस्त हंसकर बोला, "ये राम की सेना से डर गए हैं, किन्तु हम किसी से नहीं डरते। हमारी सेनाओं ने देवों, यक्षों, गन्धर्वों, नागों, दैत्यों, दानवों, असुरों–सभी को परास्त किया है, ये बेचारे तो साधारण वानर हैं।"

विभीषण का तेज कुछ और भी उग्र हो उठा, "सेनापति प्रहस्त! भयभीत होने की बात अभी रहने दो, युद्ध-विद्या और सेना के बलाबल का ज्ञान मुझे भी है। मैं कह रहा हूं क्रि एक तो महाराजाधिराज रावण स्वयं की वाणी और दंड की कठोरता, धन के अपव्यय, मदिरापान, स्त्री, मृगया और द्यूत जैसे व्यसनों के वशीभूत हैं और उनके कारण नीति-अनीति का सन्तुलन उनके हाथ से छूट जाता है : ऊपर से राक्षसों के सत्यानाश के लिए तुम जैसे शत्रु-तुल्य मित्र उनकी सेवा में उपस्थित रहते हैं। तुम लोगों से यह तो होता नहीं कि राजा को न्यायोचित परामर्श दो। उलटे राजा की कृपा-प्राप्ति के लिए चाटुकारिता कर उनके दुर्गुणों को बढ़ावा देते हो। धिक्कार है, तुम जैसे स्वार्थी, लोभी तथा चाटुकार मन्त्रियों पर...।"

विभीषण की दृष्टि रावण पर जा पड़ी। लगा कि रावण की अप्रसन्नता उस सीमा तक जा पहुंची है, जहां इस द्वन्द्व में होता है कि मुख से कठोर शब्द निकाले अथवा कोश से खड्ग। विभीषण चुप हो गए।

किन्तु उनके मौन होते ही मेघनाद उठ खड़ा हुआ, उसने विभीषण से कुछ नहीं कहा। वह सीधे रावण से सम्बोधित हुआ, "महाराजाधिराज! मेरा विचार है कि युद्ध की बात इस प्रकार खुली

राजसभा में नहीं होनी चाहिए। उससे अनेक लोग डर जाते हैं और अनर्गल प्रलाप करने लगते हैं।" उसने मुड़कर एक दृष्टि विभीषण पर डाली और बोला, "राजन! मेरे छोटे चाचा राजकुमार विभीषण आसन्न युद्ध से भयभीत होकर अपना मानसिक सन्तुलन खो बैठे हैं। मेरा अनुरोध है कि अपने कुल में उनका जन्म होने पर भी उन्हें युद्ध के अयोग्य तथा भीरु मानकर, युद्ध-सम्बन्धी कोई कार्य न सौंपा जाए।"

मेघनाद की मुस्कान, विभीषण के वक्ष को ऊपर से नीचे तक चीर गई। ओह! कितनी विषैली है यह, मेघनाद! इन्द्र को पराजित कर, कैसा उद्दंड हो गया है...

"तुम उद्दंड और अविनयी हो मेघनाद।" विभीषण क्रुद्ध स्वर में बोले, "नीति का पक्ष लेकर यदि तुमने अपने पिता के अनैतिक कार्यों का विरोध किया होता तो मैं समझता कि तुम विवेकी पुरुष हो और अपने पिता का हित चाहते हो। किन्तु, तुम अपने पिता को विनाश की ओर धकेलने में सहायक हो रहे हो। तुम पुत्र होकर भी अपने पिता और वंश के विनाश के कारण बन रहे हो–तुम मोह तथा स्वार्थवश पिता की हां में हां मिलाकर, ऊपर से मित्र दीखते हुए भी, महाराजाधिराज रावण से शत्रुता कर रहे हो।..."

विभीषण शायद अभी कुछ और भी कहते किन्तु तब तक रावण की आंखें क्रोध से तप्त अंगारों के समान दहक उठीं। अपने प्रति कहे गए शब्द उसने फिर भी सहन कर लिए थे, किन्तु पुत्र के प्रति इस प्रकार की ताड़ना ने, उसकी सहनशीलता समाप्त कर दी थी, "बस, बहुत हो चुका विभीषण! शत्रु अथवा कुपित विषधर के साथ रहना पड़े तो व्यक्ति रह ले, किन्तु उस भाई के साथ कदापि न रहे, जो मित्र कहलाकर भी शत्रु की सेवा कर रहा हो।" और सहसा रावण के धैर्य का भी बांध टूटा, "मेरा अभ्युदय, सुख और विलास नहीं देखा जाता विभीषण। कुटुम्बीजन ऐसे ही होते हैं। तुम्हें आज तक मैंने व्यर्थ ही अपना भाई मानकर तुम्हारे सुख, सम्मान और रक्षा के लिए स्वयं को चिन्तित किया। तुमसे स्नेह की आशा व्यर्थ है। मैं बहुत दिनों से तुम्हारे मन में पलते विष का आभास पा रहा हूं; किन्तु उदारतावश क्षमा करता आया हूं। तुमने जो कुछ कहा है, यदि किसी और ने कहा होता तो उसका मुंड धरती पर लोट रहा होता। तुम्हें आज मैंने फिर क्षमा किया। जाओ, चले जाओ और यथाशीघ्र लंका से बाहर निकल जाओ। लंका में तुम जीवित नहीं रह पाओगे।" उसने रुककर विभीषण को देखा, "जाने से पहले लंकेश्वर का प्रसाद लेते जाओ। यहां आओ।"

यन्त्रवत विभीषण, रावण के निकट आकर, खड़े हो गए।

"जिसका पक्ष लेते तुम नहीं थकते," रावण बोला, "जिसे तुम अपना प्रिय मानते हो, उस राम ने मेरी बहन शूर्पणखा को दंडस्वरूप खड्ग से चिह्नित किया था मैं तुम्हें खड्ग के योग्य नहीं मानता। तुम इसके योग्य हो...।" और इससे पूर्व कि कोई समझ पाता कि रावण के मन में क्या है उसने सिंहासन से उठकर विभीषण को लात दे मारी।

चार

सरमा ने विभीषण का चेहरा देखा तो धक रह गई : अवश्य ही राजसभा में कोई गम्भीर बात हो गई है; अन्यथा विभीषण इस प्रकार चिन्तित दिखाई न पड़ते।

"क्या हुआ?" विभीषण के बैठने के पश्चात सरमा ने उनके कन्धे पर कोमलतापूर्वक हाथ रखकर मधुर स्वर में पूछा।

विभीषण ने संक्षेप में सब-कुछ बता दिया।

"तो?"

"लंका छोड़कर जाना है।"

"कहां?"

"यही प्रश्न तो मुझे मथे जा रहा है।" विभीषण का स्वर धीमा भी था और चिन्तित भी, "कुछ समझ में नहीं आता कि कहां जाऊं। सिवाय इस प्रासाद के मेरा और कोई ठिकाना नहीं है। लंका से बाहर जाने की सोचता हूं तो सारे राज्य दो पक्षों में बंटे दिखाई पड़ते हैं : एक रावण के पक्ष में दूसरे विपक्ष में।

रावण का विरोधी होकर मैं रावण के मित्र राज्यों में प्रवेश नहीं पा सकता; और रावण का भाई होकर मैं रावण-विरोधी राज्यों में सुरक्षित नहीं रह सकता। अपनी सुन्दर पत्नी और तरुणी-पुत्री के साथ वनवास करने की बात मैं सोच नहीं सकता..." विभीषण ने सरमा को देखा, जैसे उससे सहायता मांग रहे हों।

"हमारी चिन्ता छोड़ो प्रियतम।" सरमा का स्वर चिन्तित किन्तु स्थिर था, "राक्षसराज ने केवल आपको लंका छोड़ने को कहा है। हमारे लिए ऐसा कोई आदेश नहीं है। हम दोनों यहां इसी प्रासाद में सुरक्षित रहेंगी। राक्षसेन्द्र हमसे कुछ नहीं कहेंगे। और यदि ऐसी कोई स्थिति आई तो मैं मन्दोदरी भाभी की शरण में चली जाऊंगी। वे मुझे अपमानित नहीं होने देंगी।"

"ठीक कहती हो सरमे।" विभीषण कुछ शान्त हुए, "किन्तु पूर्णतः निरापद यह भी नहीं है। ऐसी स्थिति में मेरे प्रति सारा आक्रोश रावण तुम पर उतारेगा। बाली ने सुग्रीव की पत्नी के साथ जो कुछ किया, उसे मैं भूल नहीं सकता। और यदि रावण इतनी नीचता न भी करे, तो भी सोचता हूं कि मैं तुम दोनों की सुरक्षा के लिए तुम्हें यहां छोड़ जाऊं तो कहीं, वह तुम लोगों को बन्धक न बना ले। ऐसी स्थिति में मैं लंका से बाहर रहकर भी राक्षसराज के आदेशों का बन्दी बना रहूं..."

सरमा कुछ कहना चाहती थी कि किसी ने कपाट खटखटाए।

"कौन है?" विभीषण ने पूछा।

"मैं हूं पिताजी।" कला कपाट खोलकर भीतर आ गई।

"क्या बात है?" उसने माता-पिता दोनों को ध्यान से देखा, "आप लोगों के चेहरे इतने उतरे हुए क्यों हैं?" विभीषण ने सरमा की ओर देखा।

"थोड़ी देर हमें अकेले छोड़ दो बेटी।" सरमा शान्त स्वर में बोली।

कला का मन हुआ कि मचलकर वहीं बैठ जाए। ऐसी कौन-सी चर्चा है, जो उसके माता-पिता उसके सामने नहीं करना चाहते। वह अब बच्ची नहीं है। किन्तु मां के स्वर में कुछ ऐसा था कि कला प्रतिवाद नहीं कर सकी। चुपचाप उलटे पैरों लौट गई।

"मैं अपने और कला के विषय में नहीं आपके विषय में चिन्तित हूं।" सरमा ने बात नए सिरे से आरम्भ की।

"तुम लोग यहां सुरक्षित रहो तो मेरी क्या चिन्ता!" विभीषण बोले, "मैं कहीं भी चला जाऊंगा।"

"कहां चले जाएंगे?" सरमा बोली, "उस पार के समुद्र तट पर राम की सेना बिछी पड़ी है। प्रत्येक घाट पर उनके सैनिक गरज रहे हैं। ऐसे में आप कहां जाएंगे? सागर पार करते ही उनके

हाथों में पड़ गए तो बन्दी बना लिया जाएंगे। आप उन्हें लाख विश्वास दिलाएं कि आप रावण के किसी कृत्य से सहमत नहीं हैं–वे आपको राक्षसेन्द्र का भाई मानकर काट खाएंगे।"

विभीषण ने सरमा की बात का कोई उत्तर नहीं दिया। वे जैसे किसी और ही लोक में खो गए थे। सरमा एकटक अपने पति की ओर देखती रही; किन्तु उनके चिन्तन में बाधा नहीं डाली।

"मैं सोच रहा था," थोड़ी देर के पश्चात विभीषण स्वयं ही बोले, "सिद्धान्ततः मैं सदा रावण का विरोधी और परिणामतः राम का समर्थक रहा हूं; किन्तु भाई के सम्बन्ध के मोह में मैं रावण का त्याग कभी नहीं कर सका। आज यदि रावण ने स्वयं मुझे इसका अवसर दिया है तो मैं उससे व्याकुल क्यों हो उठ हूं?" वे रुके, "मुझे कहीं और जाने की आवश्यकता ही क्या है, मैं सीधा राम के ही पास क्यों नहीं जाता। वहां वह वानर हनुमान भी होगा, वह साक्षी देगा कि मैंने रावण के द्वारा घोषित मृत्यु-दंड से उसकी रक्षा की थी...।"

तभी फिर किसी ने कपाट पर थाप दी। इस बार थाप कुछ अधिक ज़ोर से दी गई थी। विभीषण ने कुछ आश्चर्य तथा कुछ रोष के साथ ज़ोर से बजते हुए कपाटों की ओर देखा, "आज जब वे स्वयं इतने उद्विग्न हैं, कला यह कैसा व्यवहार कर रही है?"

किन्तु, उनके कुछ बोलने से पूर्व ही एक कपाट हल्के-से इतना भर खुला कि उसमें से एक चेहरा झांक सके। चेहरा कला का था। उसने धीमे तथा शान्त स्वर से कहा, "अविन्ध्य काका आए हैं।"

"आने दो।" विभीषण के मुख से अनायास ही निकल आया।

इस बार चकित होने की बारी सरमा की थी। किन्तु विभीषण का ध्यान उस ओर नहीं गया। वे उत्सुकता से अविन्ध्य के आने की राह देख रहे थे। अविन्ध्य अकेला नहीं था। उसके साथ विभीषण के चारों सचिव–अनल, पनस, सम्पाति तथा प्रमति भी थे।

"आपने क्या सोचा है?" अविन्ध्य ने बैठते हुए पूछा।

"अभी तो सोच ही रहा हूं।" विभीषण बोले, "समझ नहीं पा रहा हूं कि क्या करूं।"

"आप लंका छोड़ने की सोच रहे हैं?"

"न छोड़ूं तो क्या करूं। लंका में तो अब मैं रह नहीं सकता!" विभीषण बोले, "किन्तु कहां जाऊं? और मेरे जाने के पश्चात मेरी पत्नी, मेरी बच्ची...।"

"आपने केवल अपने परिवार और अपने विषय में सोचा है।" अविन्ध्य ने उनकी बात पूरी नहीं होने दी, "आपने लंका और लंकावासियों के विषय में कुछ नहीं सोचा...।"

"लंका के विषय में?"

"हां! आपके जाने के बाद लंका की क्या स्थिति होगी?"

सचमुच विभीषण का ध्यान उधर नहीं गया था : विभीषण के चले जाने के पश्चात लंका में रावण को रोकने या बांधनेवाला कोई नहीं रह जाएगा। लंका की प्रजा रावण की दया पर होगी। रावण सेनाओं पर सेनाएं तैयार करेगा और युद्ध पर युद्ध करेगा। लंका की यह समस्त प्रजा उसके अहंकार की अग्नि को प्रदीप्त रखने के लिए ईंधन मात्र बन जाएगी।...और फिर इस समय सागर तट पर राम की सेना पड़ी है। युद्ध तो होना ही है... कुछ को रावण मारेगा, कुछ को राम की सेना मार डालेगी। रावण की विजय हुई तो लंका में और भी अत्याचारी, उच्छृंखल शासन स्थापित होगा और उसकी प्रजा उसकी हवि बनेगी; राम की विजय हुई तो लंका पराधीन हो जाएगी, या तो सुग्रीव का शासन होगा या राम का। विदेशी शासन...

"संकट की इस घड़ी में लंका का उद्धार रावण नहीं कर सकता।" अविन्ध्य ने कहा, "चाहे वह राजाधिराज हो या जगद्विजेता।"

विभीषण ने आंख उठाकर अविन्ध्य की ओर देखा, क्या वह भी वही सोच रहा है, जो विभीषण के मन में है?

"यदि स्थिति सामान्य होती," अविन्ध्य ने पुनः कहा, "तो मैं आपसे यही कहता कि आप अपने परिवार सहित किसी सुरक्षित स्थान पर चले जाइए। किन्तु, इस समय लंका की चिन्ता सबसे पहले करनी होगी।"

"क्या है तुम्हारे मन में अविन्ध्य?" विभीषण बात स्पष्ट कर लेना चाहते थे।

"इस स्थिति में लंका के सामने दो ही विकल्प हैं, पीड़ा...रावण के हाथों या राम के हाथों..."

अविन्ध्य के मन में भी वही है...विभीषण सोच रहे थे।

"और हमें ये दोनों ही स्वीकार नहीं हैं।"

"तो?"

"हम रावण से कोई समझौता नहीं कर सकते," अविन्ध्य का स्वर निश्चयात्मक था, "क्योंकि हम जैसे तिरस्कृत और अपमानित सामान्यजन, जिन्हें महाराजाधिराज अपना विरोधी मानते हैं–से राक्षसराज कोई समझौता नहीं करेंगे। पर...शायद राम से आपका समझौता हो जाए।"

विभीषण ने चकित होकर अविन्ध्य की ओर देखा। वे अपनी समस्या में ऐसे उलझ गए थे कि उनका ध्यान इस ओर गया ही नहीं था। पर अविन्ध्य ने ठीक ही सोचा था...

"और पीछे?" विभीषण कुछ सोचते हुए बोले, "राम से समझौता हुआ तो हमें रावण के विरुद्ध लड़ना पड़ सकता है। युद्ध-क्षेत्र में मेरे हाथों रावण के किसी प्रियजन का वध हो सकता है। ऐसी स्थिति में मेरा परिवार?"

"पीछे मैं हूं। हमारा संगठन है। सहायक हैं।" अविन्ध्य ने उत्तर दिया, "और कुछ नहीं हो सका तो रानी और राजकुमारी के लिए अज्ञातवास की व्यवस्था तो हम कर ही सकते हैं।"

"तो मैं निश्चिन्त हो जाऊं।"

"इस ओर से निश्चिन्त ही रहिए।"

"तो फिर हमारे लिए किसी अच्छी नौका का प्रबन्ध कर दो और कोई गुप्त अज्ञात घाट...अच्छे माझी..."

पांच

विभीषण के तट पर पहुंचते ही वानर सैनिकों ने उनकी नौका को अपने अधिकार में ले लिया था और उन्हें तथा उनके सचिवों को निःशस्त्र कर, पहरे में राम के सम्मुख प्रस्तुत किया था।

राम ने विभीषण को देखा : यह उनके शत्रु का भाई था, जो उनकी शरण में आ गया था। हनुमान के माध्यम से सीता ने सूचना भेजी थी कि विभीषण और उनका परिवार सीता की सहायता कर रहा था। हनुमान को भी इसी विभीषण ने मृत्युदंड से बचाया था। रावण से उसका भेद बढ़ गया लगता है...

विभीषण और उनके सचिव वीर वेश में थे, यद्यपि उनके शस्त्र तट-सैनिकों ने उनसे ले लिए थे। विभीषण ऊंचे-लम्बे, हष्ट-पुष्ट शरीर के स्वामी थे। उनका रंग गेहुंआ था और आंखों में स्वच्छता,

सरलता तथा स्वाभिमान का भाव था; यद्यपि इस समय अनिश्चय के कारण संकोच का भाव उनके सारे व्यक्तित्व पर छाया हुआ था।

राम ने मुस्कुराकर विभीषण के कन्धे पर हाथ रख, उन्हें हल्के से दबाया, "आपका स्वागत है बन्धुवर विभीषण। मैं स्वयं अयोध्या से निष्कासित हूं। सुग्रीव से जब मेरी मित्रता हुई थी, वे किष्किन्धा से निष्कासित ही थे।" विभीषण हल्के से मुस्कुराए, किन्तु कुछ बोले नहीं।

पुनः राम ही बोले, "इस दृष्टि से, हममें सम धरातल पर मैत्री हो तो अधिक अच्छा है; शरणागत होकर आना आपके लिए शोभनीय नहीं होगा।" राम रुके, "आपको राक्षसराज की ओर से कोई आशंका है?"

विभीषण के अधरों पर एक गम्भीर मुस्कान उभरी, "मैं अपनी सुरक्षा के लिए आपकी शरण में नहीं आया। मैंने पहले ही निवेदन किया है कि मैं लंकावासियों की ओर से आपकी शरण में आया हूं।"

"स्पष्ट कहो विभीषण।"

"आर्य राम! इतना तो आप स्वीकार करेंगे ही कि राक्षसराज रावण जो कुछ भी कर रहा है–आवश्यक नहीं कि लंका का प्रत्येक निवासी उससे सहमति ही रखता हो।"

"नहीं। आवश्यक नहीं।" राम सहज भाव से बोले, "स्वेच्छाचारी राजा अनेक बार अपनी इच्छा अपनी प्रजा पर बलात आरोपित करता है।"

"मेरा तात्पर्य भी यही है आर्य!" विभीषण बोले, "आपका शत्रु रावण है, लंका की प्रजा नहीं।"

राम मुस्कुराए, "मैंने किसी भी राज्य की प्रजा को कभी भी अपना शत्रु नहीं माना।"

"ऐसी स्थिति में अपनी बात स्पष्ट कह सकूंगा।" विभीषण बोले, "रावण की स्वेच्छाचारिता ने लंकावासियों पर अनेक युद्ध थोपे हैं। वे युद्ध न तो लंकावासियों ने आत्मरक्षा में लड़े हैं, न अपने किसी अन्य लाभ के लिए। ये युद्ध लंका का राजा अपने विलास, अपने अहंकार की स्फीति तथा अपने साम्राज्य के विस्तार के लिए करता रहा है। किन्तु, वे युद्ध अधिकांशतः लंका की भूमि से दूर लड़े गए हैं। आज पहला अवसर आया है कि लंका किसी सेना द्वारा इस प्रकार घेरी जा रही है और यह युद्ध कदाचित लंका की भूमि पर ही हो।"

"शायद ऐसा ही है।" राम बोले।

"लंका मेरी जन्मभूमि नहीं है।" विभीषण पुनः बोले, "हमारे परिवार में से किसी की जन्मभूमि नहीं है। संसार जानता है कि रावण ने अपने सैनिक बल से यक्षपति धनेश से लंका छीनी है और रक्ष-चिन्तन के समर्थकों को सारे विश्व में से बुलाकर लंका पर उनका शासन स्थापित किया है। इस समय लंका के शासनाधिकर रावण, उसके कुटम्ब तथा उनके सम्बन्धियों के हाथों में हैं। प्रजा को शासन सम्बन्धी कोई अधिकार नहीं है।" विभीषण ने रुककर राम की ओर देखा, "फिर भी जो लोग लंका में रह रहे हैं, वे उसे अपनी भूमि मानते हैं। मुझे भी लंका से अपनी जन्मभूमि का-सा प्यार है। इसलिए मैं लंका का अहित नहीं चाहता।"

"यह असम्भव है।" सुग्रीव बोले।

विभीषण ने राम की ओर देखा, किन्तु राम कुछ नहीं बोले।

"मुझे ग़लत न समझें।" विभीषण पुनः बोले, "मैं लंका का अहित नहीं चाहता, किन्तु रावण और लंका पर्याय नहीं हैं।"

राम मन्द-मन्द मुस्कुराए, "अपना अभिप्राय कहो विभीषण।"

"हम आपकी सहायता के माध्यम से रावण से लंकावासियों की रक्षा करना चाहते हैं।"

"आप लोग रावण के विरुद्ध लड़ेंगे?" लक्ष्मण ने पूछा।

"यदि आप लंका की रक्षा का वचन दें तो आपका और हमारा पक्ष एक होगा। हम रावण के विरुद्ध लड़ेंगे।" विभीषण बोले, "मुझे कोई रावण-विरोधी कहे तो मैं उसे प्रशंसा के रूप में स्वीकार करूंगा; किन्तु मैं देश-द्रोही नहीं कहलाना चाहता।"

राम मन्द-मन्द मुस्कराते हुए विभीषण को देखते रहे, जैसे कुछ सोच रहे हों। फिर धीरे-से बोले, "आपको कोई देश-द्रोही नहीं कह सकेगा। मित्र विभीषण! आपने सचमुच लंका की रक्षा कर ली है। अब वानर सेना लंका का नाश नहीं करेगी, यह युद्ध में आई हुई केवल रावण-समर्थक सेनाओं का संहार करेगी। आपको मैं शरणागत नहीं मानता। आप समानता के आधार पर हमसे सन्धि कीजिए। सन्धि की आधारभूत प्रतिज्ञाएं स्पष्ट कह दीजिए।"

"आप सच कह रहे हैं राम?" विभीषण ने आश्चर्य से पूछा।

"राम पर अविश्वास का कोई कारण नहीं है।" राम मुस्कुराए।

"आप मुझे अपने शत्रु का असहाय भाई मानकर मेरा अनादर तो नहीं करेंगे?" विभीषण बोले, "लंका को शत्रु नगरी मानकर उसका तिरस्कार तो नहीं करेंगे?"

"नहीं," राम बोले, "अपने मन की आशंकाएं निकाल दो, सन्देह भुला दो; और अपनी आधारभूत प्रतिज्ञा कहो।"

विभीषण मौन ही रहे, जैसे अभी भी संशय में हों। मौन लम्बा हो गया तो बोले, "युद्ध की अनिवार्य स्थितियों को छोड़कर, लंका तथा लंकावासियों का नाश नहीं किया जाएगा; और विजय के परिणामस्वरूप लंका को न दंडित किया जाएगा, न उस पर कोई बाहरी शासन आरोपित किया जाएगा। यह युद्ध रावण को उसके पापों का दंड देने तथा लंका को उसके अत्याचारों से मुक्त करने का साधन होगा...।"

"इसमें ऐसी कोई बात नहीं, जो हमारे मन के प्रतिकूल हो," राम का स्वर शान्त था, "हमारा युद्ध लंका से नहीं रावण से है। लंका को हस्तगत कर उस पर आधिपत्य जमाने की न मेरी इच्छा है, न वानरपति सुग्रीव की। हम सैनिक तन्त्र के माध्यम से अन्य राज्यों, समाजों अथवा जातियों का वैभव लूटनेवाले लुटेरे नहीं हैं। अनावश्यक हत्याओं अथवा किसी भी प्रकार के नाश में हमारी कोई रुचि नहीं है।

हम युद्ध को केवल युद्ध मानते हैं और उसे युद्ध-क्षेत्र तक ही सीमित रखते हैं। हां, युद्ध की आवश्यकता की दृष्टि से, शत्रु की शक्ति नष्ट करने के लिए किसी समय नगर के किसी स्थान पर भी आक्रमण करना पड़ सकता है। कुछ स्थानों को नष्ट करना पड़ सकता है। मैं, मित्र विभीषण की प्रतिज्ञाओं को स्वीकारने के पक्ष में हूं। किसी को आपत्ति हो तो कृपया अपनी बात कहें।" राम ने एक-एक कर अपने सभी साथियों को देखा। उनकी युद्ध-परिषद के सदस्य तथा सैन्य-संचालनाधिकारी वहां उपस्थित थे। किसी ने भी कोई आपत्ति नहीं की।

"तो मैं अपने पक्ष की ओर से आपकी प्रतिज्ञाएं स्वीकार करता हूं, मित्र विभीषण!" राम का स्वर और अधिक दृढ़ हो आया था, "किन्तु इसका अर्थ यह होगा कि आप हमारी सेना के अंग हुए। अब से हमारे विरुद्ध युद्ध-क्षेत्र में आए अपने किसी कुटुम्बी की रक्षा का न केवल प्रयास नहीं करेंगे,

वरन उनके वध का सक्रिय प्रयत्न करेंगे। शत्रु-पक्ष से युद्धक्षेत्र में आए हुए अपने किसी परिजन के प्रति आपकी ममता नहीं जागेगी। उनके पूर्ण नाश के लिए आप हममें से एक होंगे।"

क्षण-भर के लिए विभीषण भी स्तब्ध रह गए; किन्तु स्वयं को संयत करने में उन्हें अधिक समय नहीं लगा। निष्कम्प स्वर में बोले, "मुझे स्वीकार हैं। किन्तु..."

"किन्तु क्या मित्र?"

"किन्तु विजय के पश्चात लंका का शासन...।"

राम के अधरों पर उनकी मोहक मुस्कान आ बिराजी, "लंका की विजय के पश्चात उसके शासक आप होंगे मित्रवर!" राम लक्ष्मण की ओर मुड़े, "सौमित्र! सागर का जल और कुछ पुष्प मंगवा दो। इसी क्षण मित्र विभीषण का, लंका के सूप में अभिषेक होगा। हमारी भविष्य की नीति को लंकावासी भी जान लें।"

विस्मय से विभीषण के अधर खुले-के-खुले रह गए।

राम ने आगे बढ़कर विभीषण को गले से लगा लिया।

विभीषण का अभिषेक हो चुका तो युद्ध परिषद फिर से विचार-विमर्श के लिए एकत्र हुई। किन्तु थोड़ी दूर से आते हुए कोलाहल ने उनका ध्यान अपनी ओर आकृष्ट कर लिया।

कोलाहल निकट आया तो सबने देखा कि चार वानर प्रहरी एक व्यक्ति को पकड़े हुए घसीटे ला रहे हैं और वह व्यक्ति बार-बार चिल्ला रहा था कि उसे वानरराज सुग्रीव से मिलना है, कंगले तपस्वी राम से उसका कोई काम नहीं है। और वे वानर थे कि बार-बार उसे डांटकर चुप करा रहे थे। विभीषण ने ध्यान से उस व्यक्ति को देखा तो अनायास ही उनके मुख से निकला, "शुक!"

"कौन है यह?" सुग्रीव ने पूछा।

"यह रावण का विशेष दूत है।" विभीषण बोले, "यह व्यक्ति अपनी कूटनीति और धूर्त्तता के लिए प्रसिद्ध है। जब रावण किसी सैनिक शक्ति का प्रयोग नहीं करता, तो इसका प्रयोग करता है। इस समय इसका यहां आना विशेष रूप से अर्थपूर्ण है।"

तब तक वानरों ने शुक को लाकर राम के सम्मुख खड़ा कर दिया था, "आर्य राम को प्रणाम करो।"

किन्तु शुक के चेहरे का भाव तनिक भी शालीन नहीं हुआ। वह अपने चेहरे पर कुछ और वितृष्णा और घृणा ले आया, "मैंने तुम्हें पहले कह दिया है कि मैं राक्षसराज लंकेश्वर महाराजाधिराज रावण का दूत हूं और उनका सन्देश लेकर आया हूं। कंगले तपस्वियों से मेरा कोई अभिप्राय नहीं है। एक नृप का सन्देश किसी नरेन्द्र को ही दिया जा सकता है। मैं किष्किन्धापति वानरराज सुग्रीव के लिए राज-सन्देश लाया हूं। उस कंगले...।" एक वानर प्रहरी का हाथ उठा, कदाचित वह शुक को एक थप्पड़ लगा देता।

"ठहरो," राम ने उसे बीच में रोक दिया, "यद्यपि अब हम रावण को लंकेश्वर नहीं मानते; लंकापति विभीषण हैं; फिर भी यदि यह किष्किन्धापति वानरराज सुग्रीव के सम्मुख कुछ निवेदन करना ही चाहता है तो इसकी इच्छा पूरी करो। वह स्वयं को दूत बता रहा है तो उसे दूत की मर्यादा दो।" राम की मुस्कान अत्यन्त मोहक थी।

प्रहरियों ने शुक को सुग्रीव के सम्मुख खड़ा कर दिया। इस बार शुक का व्यवहार अत्यन्त बदला हुआ था। उसने पूरे राजसी आडम्बर के साथ सुग्रीव का अभिवादन किया और अत्यन्त शालीनतापूर्वक निवेदन किया, "यह जन किष्किन्धापति वानरराज की सेवा में राक्षसराज लंकेश्वर रावण का सन्देश

निवेदित करने की अनुमति चाहता है।" सुग्रीव के सामने पहली बार यह संकट आया था, जबकि राम की उपेक्षा कर, उनको इतना महत्त्व दिया जा रहा था। महत्त्व पाना सुग्रीव के लिए संकट का विषय नहीं था, किन्तु भरी सभा में प्रायः सभी प्रमुख सेनापतियों तथा मन्त्रियों के सम्मुख यह दूत उनका सम्मान देने के बहाने राम की जो अवमानना कर रहा था, यह निश्चित रूप से स्थिति को बहुत ही विकट बना रहा था। किन्तु स्वयं राम ने शुक को यह अनुमति दी थी और इसमें कोई सन्देह नहीं था कि वानरों के राजा सुग्रीव ही थे–राम नहीं। इसके लिए दूत को कुछ कहा भी नहीं जा सकता था...

"अनुमति है।" सुग्रीव ने एक भीत दृष्टि अपने साथियों पर डाली। वे देख रहे थे कि दूत के वचनों द्वारा उत्पन्न कर दी गई यह स्थिति किसी के लिए सुखद नहीं थी।

"वानरराज! राक्षसराज ने कहा है कि," शुक असाधारण शालीनता से बोला, "हमारे दोनों राज्यों की मैत्री आपके पिता सम्राट ऋक्षराज के समय से ही चली आ रही है। बाली मेरा मित्र था। उसके हाथों अपने परिजन मायावी के वध के पश्चात भी मैंने उसका विरोध नहीं किया। इस दृष्टि से तुम मेरे भाई के समान हो। तुम्हारा मैंने कभी कोई उपकार नहीं किया तो अपकार भी नहीं किया। तुमसे मेरी शत्रुता नहीं है। ऐसे में एक बाहरी व्यक्ति, जिसका न अपना राज्य है, न सेना है, वानर जिसकी न जाति के हैं, न गोत्र के–वह बाहरी व्यक्ति तुम्हें फुसलाकर मेरे विरुद्ध लड़ने के लिए ले आया है। शत्रुता किसी की और युद्ध में प्राण देने कोई और आया है। यदि मैंने राम की पत्नी का हरण किया है तो उसमें तुम्हें मुझ जैसे मित्र के विरुद्ध युद्ध करने की क्या आवश्यकता है? इस युद्ध में विजय वानरों की हो या राक्षसों की–राज्य मेरा जाएगा या तुम्हारा, सेनाएं मेरी नष्ट होंगी या तुम्हारी, परिजन मेरे मरेंगे या तुम्हारे–इस युद्ध में इस कंगले राम का कुछ भी दांव पर लगा हुआ नहीं है। इस युद्ध की जय-पराजय से निरपेक्ष–वह दोनों स्थितियों में तुम्हें कुछ चाहिए तो मुझसे कहो। युद्ध में सिवाय अपने और अपनी जाति के विनाश के तुम्हें और कुछ हाथ नहीं लगेगा...।"

लक्ष्मण का हाथ अपने खड्ग पर था और हनुमान चिन्तित दृष्टि से सुग्रीव की ओर देख रहे थे। अंगद, जाम्बवान, तार, नल, नील, गय, गवाक्ष, मैंद, द्विविद–सबके ही चेहरे गम्भीर हो गए थे–जाने इस सन्देश का सुग्रीव पर क्या प्रभाव पड़े...

एक राम ही अत्यन्त शान्त तथा प्रकृतिस्थ दिखाई पड़ रहे थे।

आरम्भ में सुग्रीव भी अत्यन्त शान्त बने रहे थे, किन्तु क्रमशः उनकी व्यग्रता उनके चेहरे पर प्रकट होती दिखाई दी। अन्त तक आते-आते लगा कि यदि दूत मौन नहीं हो गया होता तो सुग्रीव उसे मौन कर ही देते।

दूत के चुप होने तक सुग्रीव का धैर्य जैसे समाप्त हो चुका था। वे वानरराज की मर्यादा को भूलकर अत्यन्त क्रुद्ध व्यक्ति के समान फूट पड़े, "आज रावण को याद आया है कि वह राक्षसराज है और मैं वानरराज हूं; इसलिए हममें मैत्री ही नहीं भ्रातृत्व का सम्बन्ध है। वह भूल गया है कि आज तक समस्त नृपों को वह अपना दास बनाने के लिए मनिक अभियान करता आया है। उसने नृपों को अपना मित्र नहीं, दास माना है। यह नृप होकर भी परधन पर अधिकार और पर स्त्रियों का हरण करता आया है, और जिसे वह बार-बार उपेक्षा और अवहेलना से कंगला, निर्धन और तपस्वी कहता आया है वह स्वत्वहीन आर्य राम मुझ और विभीषण जैसे अपमानित, अवमानित, निष्कासित, असहाय मित्रों को साम्राज्यदान करते आए हैं। जब मेरी पत्नी का अपहरण कर, मुझे किष्किन्धा से

निष्कासित किया गया था और मैं अपने प्राणों की रक्षा के लिए वनों-पर्वतों में छिपा फिरता था, तब रावण को याद नहीं आया था कि मैं उसका भाई हूं।" सुग्रीव ने रुककर शुक को देखा और आक्रोश से बोले, "रावण से कहना कि मैं और वह कैसे भाई हैं, इसे वह भूल जाए; किन्तु विभीषण और रावण कैसे भाई हैं, इसे याद रखे। यह सन्देश उसने अपने सहोदर भ्राता विभीषण को क्यों नहीं भेजा कि वे उससे मिलकर अपना मतभेद दूर कर लें। और दूत!" सुग्रीव का स्वर और भी ऊंचा हो गया, "अभी तक कोई नहीं भूला कि रावण लंका का निवासी नहीं है–वह बाहर का व्यक्ति है। रावण की राजसभा में एक भी सभासद लंका का मूल निवासी नहीं है। और जहां तक जाति की बात है, राम मेरी जाति के नहीं हैं; किन्तु वे सब दीन-हीन, निराश्रित-दुर्बल लोग, जिन्हें रावण की राक्षसी सेनाएं मारती, काटती, पीटती, लूटती तथा पीड़ित करती रही हैं–वे सब मेरी जाति के ही हैं। राम की जाति को रावण नहीं ज़ानता। राम की जाति मानवता की जाति है, यह बात तुम्हारे उस रावण की समझ में नहीं आएगी।...तुम अब जाओ, अन्यथा तुम्हारा कोई अनिष्ट हो जाए तो मैं उत्तरदायी नहीं होऊंगा।"

किन्तु शुक वहां से टला नहीं। वह धृष्टतापूर्वक वहीं खड़ा रहा।

"एक निवेदन और है सम्राट!" वह अत्यन्त वक्र वाणी में बोला, "यदि राम और लक्ष्मण को बन्दी कर राक्षसराज को सौंप दें तो वे आपको समस्त वानर जातियों का एकछत्र सम्राट स्वीकार कर लेंगे; अन्यथा...।" वह चुप हो गया।

"अन्यथा?" सुग्रीव ने पूछा।

"अन्यथा!" वह एक विषैली मुस्कान अपने अधरों पर ले आया, "अन्यथा स्वर्गीय सम्राट बाली के न्यायोचित उत्तराधिकारी युवराज अंगद को वानरों के सम्राट् के रूप में प्रतिष्ठित कर, आपको भ्रातृवध के अपराध के दंडस्वरूप मृत्यु-दंड...।"

शुक की बात अभी पूरी नहीं हुई थी कि अंगद उस पर झपट पड़े। इससे पहले कि कोई उन्हें रोकता, उन्होंने शुक के मुख पर तीन-चार मुष्टि-प्रहार कर डाले। वह मुख से रक्त थूक रहा था कि राम ने आगे बढ़कर अंगद की बांह पकड़ ली।

अंगद का शरीर, राम के स्पर्श से जैसे बंध गया किन्तु उनकी जिह्वा चल निकली, "नीच! तू यहां अपनी धूर्त्तता दिखाने आया है। हममें फूट का विष-वृक्ष बोना चाहता है। तेरा राजाधिराज क्या सारे विश्व का न्याय-नियन्ता है। उसने किस न्याय से कुबेर की लंका छीनी थी तथा अन्य लोगों के राज्यों, धन तथा स्त्रियों का हरण किया था। जा, जाकर उससे कह दे कि वह राजनीति की चिन्ताएं अब छोड़ दे। हम स्वयं लंका में आ रहे हैं, अपराधों और पापों के लिए उसे मृत्युदंड देने; और लंका के हेम-सिंहासन पर न्यायोचित उत्तराधिकारी को बैठाने...।"

"शान्त हो जाओ युवराज!" राम मधुर स्वर में बोले, "इस व्यक्ति पर क्रोध करना अनावश्यक है। यह दूत-मात्र है।" वे शुक की ओर मुड़े, "दूत! यद्यपि रावण ने मुझसे सम्बोधित होना अपने लिए अवमानना माना है, फिर भी जब कभी रावण के पास पहुंच सको, उसे मेरा एक सन्देश दे देना।" वे थमकर बोले, "मेरे पास न राज्य है, न सत्ता, न सेना–मैं निर्धन, कंगाल तथा निष्कासित वनवासी हूं; किन्तु मेरे पास अपने इन मित्रों के रूप में जो धन है, वह रावण के साम्राज्य पर भी भारी पड़ेगा।" वे मुस्कुराए, "अब जाओ। इससे पहले कि हमारे सैनिक यह जान पाएं कि तुमने यहां क्या विष-वमन किया है, तुम्हें सुरक्षित स्थान पर भेज रहा हूं–सैनिक कारागार में। उचित समय आने

पर तुम्हें मुक्त कर दिया जाएगा। यदि तुमने भागने का प्रयत्न किया तो कदाचित तुम्हारी सुरक्षा के लिए हम कुछ भी न कर सकें।"

वानर प्रहरी शुक को शीघ्रतापूर्वक वहां से निकाल ले गए; अन्यथा साधारण वानर सैनिक तो कदाचित बाद में ही कुछ करते, स्वयं सुग्रीव का आक्रोश इतना बढ़ता जा रहा था कि सन्देह होता था कि कहीं वे उसके वध का आदेश न दे दें।

शुक के जाने के पश्चात वहां एक अटपटा-सा मौन छा गया। सब लोग स्वयं को संयत और सन्तुलित करने का प्रयत्न कर रहे थे।

उस मौन को सबसे पहले राम ने ही तोड़ा, "मित्रो! ये सारी बातें आज जो कही गई हैं, बार-बार कही जा सकती हैं। कहा जा सकता है कि मैं एक बाहरी व्यक्ति हूं। यह युद्ध मेरा और रावण का युद्ध है–भला उसमें वानर और भालुओं को अपने प्राण देने की क्या आवश्यकता है। अंगद के पिता का वध मेरे हाथों हुआ है और विभीषण की बहन लक्ष्मण के हाथों अपमानित हुई है...।"

"मुझे क्षमा कीजिएगा आर्य राम!" हनुमान अपना संकोच छोड़, कुछ आवेश में बोले, "आपकी बात बीच में ही काट रहा हूं। यदि हमारी सद्भावना इतनी कच्ची है तो न केवल हमें यह सब कहा जा सकता है; आपको भी समझाया जा सकता है कि आप अयोध्या के राजकुमार हैं। भावी सूर्यवंशी सम्राट हैं। यदि आपकी पत्नी का हरण हो ही गया है तो आप अयोध्या से सेनाएं मंगवाएं, इन्द्र, ब्रह्म और शिव से सहायता मांगें और यदि जीत सकें तो सारे जम्बूद्वीप पर अपना अक्षुण्ण राज्य स्थापित करें।...किन्तु, हनुमान रुके, "हमारे सम्बन्ध स्वार्थ पर नहीं, सिद्धान्त पर आधारित हैं। यह युद्ध न्याय और अन्याय का युद्ध है। यह युद्ध शोषितों के द्वारा शोषकों के विरुद्ध लड़ा जा रहा है। हम आपके लिए नहीं, अपने लिए लड़ रहे हैं। शताब्दियों से पहली बार ये पिछड़ी जातियां इतनी आत्मविश्वासी हो सकी हैं कि उन्होंने लंका के विपरीत दिशा में भागने के स्थान पर, लंका सागर के तट पर आक्रमण के लक्ष्य से अपना पड़ाव डाला है...यह किसी का व्यक्तिगत युद्ध नहीं है। भद्र राम! यह तो पीड़ित मानवता का अन्याय और अत्याचार के विरुद्ध अपना स्वातन्त्र्य युद्ध है। राक्षसों के घरों में पशुओं के समान पिसते वानर, लंका के हाटों में जीवित तथा मृत वानरों का बिकता मांस और अस्थियां, वानर बस्तियों पर राक्षसों के आक्रमण, हमारी स्त्रियों का अपहरण हमारी अगली पीढ़ियों को पंगु बनाने का उनका प्रयत्न, नदी के समान समुद्र में गिरने जैसी हमारी सम्पत्ति का लंका की ओर प्रभावित होना...हम सब भूल जाएंगे क्या?" हनुमान का स्वर भावावेश में कांप रहा था, "यदि आप हमारे लिए बाहरी और पराए हैं, तो हमारा अपना कौन है?"

"तुम ठीक कहते हो हनुमान।" विभीषण का स्वर चिन्तन में डूबा हुआ था, "रिश्ते-नाते, रक्त-मांस से भी होते हैं; किन्तु वास्तविक सम्बन्ध तो सिद्धान्त और गन्तव्य की एकता का है...

विभीषण के चुप होने के पश्चात चर्चा आगे नहीं चली। कुछ क्षणों के मौन के पश्चात इस चर्चा को यहीं समाप्त मान, सुग्रीव ने विभीषण को सम्बोधित किया, "रक्ष राज विभीषण। हम सागर के इस पार बैठे रहें और रावण अपनी सेनाओं के साथ अपनी राजधानी में बैठा रहे तो उसकी कोई विशेष हानि हो नहीं पाएगी। इसलिए आवश्यक है कि हमारी सेनाएं सागर पार करें।

इममें से केवल एक हनुमान सागर-सन्तरण कर, लंका होकर आया है। कहते हैं कि सागर पार करने के लिए वह कोई सरल स्थान है; फिर भी इतना सरल नहीं कि हमारा प्रत्येक सैनिक तैरकर सागर पार कर जाए।"

विभीषण की आंखें अनायास ही दृष्टि की सीमा तक फैले हुए वानर सेना के स्कन्धावार का एक सर्वेक्षण कर आईं। बोलने से पहले उन्होंने सुग्रीव की ओर देखा, "वानरराज! इस समय आप लंका में तो नहीं हैं; किन्तु लंका तक पहुंचने का सारा सागर-तट आपने घेर रखा है। इससे भी लंका की सेनाओं और लंका के व्यापारियों की गतिविधि पर अत्यन्त विपरीत प्रभाव पड़ेगा।...फिर भी यह पर्याप्त नहीं है। यदि इस नाकाबन्दी से रावण तंग आ गया तो वह सागर पार कर हम पर इस ओर ही आक्रमण करेगा। किन्तु, उसकी सम्भावना बहुत कम है। इसलिए आवश्यक यही है कि हम उस पर आक्रमण करें और उसके लिए समुद्र को पार करना आवश्यक है।"

"पर कैसे?" हनुमान ने पूछा।

"लंका पहुंचने के लिए सागर पार करने के अनेक निश्चित स्थान हैं, जहां नौकाएं और जलपोत सुविधा से चल सकते हैं। हनुमान ने सागर कहां से पार किया था, यह मैं नहीं जानता। हो सकता है कि वह हनुमान जैसे तैराक के लिए कोई सरल मार्ग हो; किन्तु जल परिवहन के साधनों के लिए निश्चय ही वह स्थान सुविधाजनक नहीं होगा, अन्यथा लंका का शासन उस स्थान को इस प्रकार उपेक्षित नहीं छोड़ देता। किन्तु मैं, जिन स्थानों की चर्चा कर रहा हूं, वे स्थान राक्षसों के सैनिक तथा व्यापारिक जलपत्तन हैं। वहां जल-परिवहन सुविधा से होता है।...हमें उन्हीं स्थानों से सागर पार करने का प्रयत्न करना चाहिए।"

"किन्तु सैनिक और व्यापारिक जलपत्तन तो ख़ाली हो चुके हैं," हनुमान बोले, "वहां एक नौका तक नहीं है, न कोई मनुष्य ही है। जलयानों के बिना जलपत्तन, सागर पार करने के लिए कोई उपयोगी स्थान नहीं है।"

विभीषण कुछ चिन्तित हो गए; सचमुच बिना जलयानों के जलपत्तनों का क्या होगा? किन्तु सहसा उन्हें कुछ सूझ गया, "जलयान नहीं हैं तो कोई बात नहीं। सैनिक जलयान तो लंका की ओर पीछे हट गए होंगे। किन्तु व्यापारिक जलयानों के स्वामी अपनी बस्ती में ही होंगे। आप मेरे साथ चलिए।" सबने एक-दूसरे की ओर देखा, कौन साथ जाएगा?

"एक तो मैं चल रहा हूं।" राम बोले, "मेरे साथ अंगद, नल व नील चलें। पीछे की व्यवस्था सुग्रीव, लक्ष्मण, हनुमान तथा जाम्बवान देखें।"

छह

सहसा उन लोगों की गति रुक गई। विभीषण ने पलटकर राम की ओर देखा। उनकी दृष्टि का अनुसरण किया। वहां सैनिक शिविर अभी ठीक से स्थापित नहीं हो पाया था। बीच में कुछ झोंपड़ियां थीं और कुछ ग्रामीण वानर सेना के नायक से उलझे हुए लग रहे थे।

राम को देखकर नायक सावधान हो गया, "भद्र राम! ये लोग सागर तट के मछुआरे हैं। इनकी यह छोटी-सी बस्ती हमारे शिविर के बीच में आ रही है। कुल बीस घर हैं। ये लोग यहां से हटना नहीं चाहते।"

राम खड़े-खड़े सोच रहे थे, अपने स्थान से कौन हटना चाहता है...

"तुम इन्हें हटाना क्यों चाहते हो?" राम मुस्कुराए, "इनकी झोंपड़ियां यहीं बनी रहें, तो भी तुम्हारा शिविर सुविधापूर्वक स्थापित हो सकता है।"

नायक तनिक संकुचित हुआ, "नहीं! मेरी इच्छा इनके लिए असुविधा उत्पन्न करने की नहीं है

आर्य! मैं तो इनकी सुरक्षा के लिए कह रहा हूं। हम अपनी ओर से इनकी रक्षा ही करेंगे; किन्तु राक्षसों से भिड़न्त होने पर ये बेचारे निहत्थे लोग बीच में घिर जाएंगे। वैसे भी सैनिक आवागमन के इस कोलाहल में सारी मछलियां इधर-इधर भाग जाएंगी। इनका सारा व्यवसाय नष्ट हो जाएगा। हम इन्हें किसी सुरक्षित तथा सुविधाजनक स्थान तक पहुंचाने में सहायता ही तो करना चाहते हैं।"

विभीषण विस्मय-भरी दृष्टि से उस नायक और मछुआरे के उस झुंड को देखते रहे; कहीं यहां राक्षसों की सेना आई होती तो न मछुआरे इस प्रकार शान्तिपूर्वक खड़े उनसे विवाद कर रहे होते और न वह नायक उनकी सुरक्षा और सुविधा की बात कर रहा होता। अब तक उनकी झोंपड़ियों को अग्निसात कर दिया गया होता, उनका सामान–यदि कुछ होता तो–लूट लिया गया होता। उनकी स्त्रियां उनसे छीन ली गई होतीं। पुरुष या तो भाग गए होते, दास बना लिए गए होते अथवा मार डाले गए होते...

"तुम लोग यहां से हटना क्यों नहीं चाहते भाई?" राम मछुआरों से सम्बोधित हुए।

उन लोगों ने एक व्यक्ति-विशेष की ओर देखा, जैसे उत्तर देने का दायित्व उसी का हो। कदाचित वह उनका मुखिया था। वह कुछ अटपटाया-सा राम को देख रहा था। कुछ कहे या न कहे...

राम ने मुस्कुराकर उसे देखा, "बताओ भाई!"

उसने अपना साहस बांधा, "भद्र राम! हम आपके मार्ग की बाधा नहीं बन रहे।" फिर जैसे उसका प्रवाह सध गया, "हम सैनिक तो नहीं हैं; किन्तु हम आपकी सहायता करना चाहते हैं। सागर का प्रसंग है, हमारे पास नौकाएं हैं, हम मछुआरे हैं। आपको कुछ चाहिए हो, आपके सैनिकों को जल-मार्ग से कहीं जाना हो...।"

राम मुस्कुराए, "तुम लोग यहीं रहो। यह सेना तुम्हारी अपनी है। ये तुम्हारी रक्षा करेंगे, तुम इनकी सहायता करना। किन्तु युद्ध-काल में नायक का आदेश बिना किसी आनाकानी के मानना। युद्ध की अपनी कुछ आवश्यकताएं होती हैं।"

"तो हम आपके किसी उपयोग के नहीं हैं?" मुखिया के स्वर में हताशा का भाव था।

राम हंसे, "नहीं, ऐसी बात नहीं है। हर व्यक्ति की अपनी उपयोगिता होती है। तुम स्वयं को इस सेना का ही एक अंग समझो। जहां तुम्हारा उपयोग होगा, तुम्हीं से कहा जाएगा।" राम आगे बढ़ गए।

"ये निर्धन तथा उपकरणहीन मछुआरे हैं।" विभीषण बोले, "ये वृक्षों के तनों को खोखला कर अथवा दूसरे प्रकार की हल्की नावें बनाकर बहुत उथले जल में कुछ मछलियां पकड़कर अपनी आजीविका का प्रबन्ध करते हैं। जो बड़ी नौकाएं हैं, वे राक्षस व्यवसायियों की हैं। वे नौकाएं यहां से हट गई हैं। इन मछुआरों की नौकाएं सैनिक दृष्टि से सर्वथा व्यर्थ हैं।"

राक्षस व्यापारियों की बस्ती दूर से ही दिखाई देने लगी थी। यह बस्ती नहीं पूरी नगरी थी। सागर तट की ऊबड़-खाबड़ पहाड़ियों को पीछे छोड़ते ही ऊंची-ऊंची अट्टालिकाएं दिखाई देने लगती थीं।

राम ने अयोध्या और जनकपुरी का वैभव देखा था; किन्तु सागर तट पर बनी ऐसी नगरी की कल्पना उनके मन में नहीं थी। दूर से देखने पर लगता था कि नगरी सागर तट पर नहीं बसी, सागर के भीतर बसी हुई थी। कहीं-कहीं तो सागर उन अट्टालिकाओं का आंगन धोता दिखाई पड़ता था...राम के मुख पर विस्मय का भाव उदय हुआ।

"इनके पीछे ही व्यापारिक जलपत्तन हैं।" विभीषण ने बताया, "उसी के कारण इस स्थान का महत्त्व बहुत बढ़ गया है। यह स्थान यद्यपि लंका से बाहर है किन्तु सुन्दर सागर-तट जलपत्तन के

नैकट्य के कारण इसकी भूमि लंका के शासन के लिए बहुत लाभकारी रही है। इन व्यापारियों ने प्रायः स्वर्णमुद्राएं बिछा-बिछाकर रावण से यह भूमि ली है। उन्हें यहां व्यापार और विलास की सुविधा है।" और सहसा विभीषण का स्वर कुछ चिन्तित हो उठा, "मुझे पहले से ही सोचना चाहिए था...।"

"क्या हुआ?" हनुमान ने पूछा।

"इन व्यापारियों के निजी दंडधरों के साथ-साथ तो यहां लंका की सेना की धनुर्धर टुकड़ियां भी रहती हैं। वे लोग छिपकर घात लगा सकते हैं।" विभीषण की चिन्ता बढ़ती जा रही थी।

"मुझे इसकी कोई सम्भावना नहीं दीखती।" हनुमान निर्द्वन्द्व स्वर में बोले, "जो लोग अपना सैनिक जलपत्तन छोड़कर भाग गए हैं, वे लोग इन व्यापारियों की रक्षा के लिए बैठे रहेंगे!"

"तुम ठीक कहते हो।" विभीषण की चिन्ता कुछ कम हुई, "फिर भी हमें सावधान रहना चाहिए।"

नगरी के निकट पहुंचकर उन्हें एक और आश्चर्य का सामना करना पड़ा। बस्ती के चारों ओर अवरोध की-सी स्थिति थी। एक अनघड़-सी सैनिक भीड़ ने सारी नगरी को घेर रखा था। सैनिक, अपने हाव-भाव और मुद्रा से ही सैनिक कर्म करते दिखाई पड़ते थे, अन्यथा न उनके पास शस्त्र थे और न कोई निश्चित अनुशासन ही दिखाई पड़ रहा था।

राम के दल को देखते ही उनमें से अनेक सैनिक आगे बढ़ आए, "कौन हैं आप लोग?"

राम ने देखा, उन लोगों की उग्र दृष्टि विभीषण की राजसी वेशभूषा पर टिकी हुई थी। यद्यपि सैनिक-सी भीड़ के पास शस्त्र नहीं थे, फिर भी वे निर्भीक ही नहीं, आक्रामक भी दीख रहे थे।

तभी भीड़ में से किसी ने हनुमान को पहचान लिया, "अरे ये तो केसरीकुमार हनुमान हैं।"

हनुमान ने सबका परिचय दिया। भीड़ की भंगिमा अत्यन्त शालीन हो गई।

"आप लोग कौन हैं?" राम ने पूछा।

"हम आपके सैनिक हैं।"

"हमारी टुकड़ियां यहां तक कैसे पहुंच गई?" राम ने चकित होकर हनुमान को देखा, "और यह तो प्रशिक्षित टुकड़ी जैसे नहीं है।"

उत्तर उस व्यक्ति ने दिया, जिसने हनुमान को पहचाना था, "नहीं भद्र! हमें आपसे प्रशिक्षण प्राप्त करने का सौभाग्य प्राप्त नहीं हुआ। हम भावना से आपके सैनिक हैं। हमें जब आपके आने की सूचना मिली और पता चला कि राक्षस सैनिक यहां से भाग गए हैं तो हमने इस नगरी को घेर लिया कि कहीं सागर भाग न जाएं।"

"सागर भाग जाएं?" नील ने आश्चर्य से पूछा।

"हां भद्र!" उस व्यक्ति ने उत्तर दिया, "सागर में व्यापार करनेवाले इन व्यवसायियों को इस क्षेत्र में 'सागर' ही कहा जाता है। ये अत्यन्त धनाढ्य लोग हैं, जिन्होंने अपने धन का उत्कोच देकर, राक्षस सैनिकों के माध्यम से हमारी यह भूमि हमसे छीन ली थी।" वह व्यक्ति रुका, "इनके रक्षक भाग गए हैं और ये लोग स्वयं शरीर से इतने कोमल हैं कि एक मृग से भी लड़ नहीं सकते। हमने इन्हें आपके लिए बन्दी कर रखा है।...अब आप जो आदेश दें।"

"यह सब तो अद्भुत है।" राम मन्थर स्वर में बोले, "हमारी सेना इतनी विस्तृत और इतनी विशाल है, यह तो मुझे मालूम ही नहीं था।"

"प्रत्येक पीड़ित, शोषित और निर्धन व्यक्ति आपका सैनिक है राम!" वह व्यक्ति बोला।

"चाहे मैं तुम्हें शस्त्र न दे सकूं, वेतन न दे सकूं?"

वह हंसा, "आप हम सम्मान तो दे सकते हैं, हमारे अधिकार तो दे सकते हैं।"

राम मुस्कुराए, "तुमने अधिकार अपने बल पर स्वयं प्राप्त किए हैं और अधिकारों से सम्पन्न व्यक्ति स्वयं ही सम्मानजनक हो जाता है।"

राम, हनुमान, नल तथा नील नगरी के बाहर ही ठहर गए। विभीषण अकेले ही नगरी में गए और थोड़ी देर में राक्षस व्यापारियों, जिन्हें एकत्रित भीड़ ने 'सागर' कहा था, के मुखिया को लेकर लौटे। मुखिया का परिधान तथा आभूषण बहुमूल्य थे किन्तु उसका चेहरा कुछ अधिक ही म्लान था। भय, थकान और घबराहट के स्पष्ट लक्षण उसके चेहरे से व्यक्त हो रहे थे। राम ने उठकर उसका स्वागत किया।

उसने एक भीत दृष्टि आसपास घिर आई उस भीड़ पर डाली, जिसने स्वतः ही स्वयं को राम की सेना घोषित कर दिया था।

"इनसे आप भयभीत न हों," राम ने आश्वासन दिया, "ये लोग आपको हानि नहीं पहुंचाएंगे।"

"हानि!" सागर प्रमुख ने अपने होंठों पर जीभ फेरी, "कल से इन्होंने हमें ऐसा घेर रखा है कि हम घर से बाहर झांक तक नहीं सकते, राजकुमार विभीषण अभयदान नहीं देते तो मैं यहां आने का साहस ही नहीं कर सकता था।"

"आप लोगों ने इन्हें घर से निकाल दिया था, इन्होंने तो आपको घर में बन्दी ही किया है," राम बोले, "पर आप चिन्ता न करें, राक्षसराज विभीषण के अभयदान की रक्षा होगी।"

सागर-प्रमुख कुछ नहीं बोला। मुख में जैसे कोई तिक्त-सा स्वाद लिये बैठा रहा।

"सागर-प्रमुख!" राम शान्त तथा स्थिर स्वर में बोले, "आपको एक विशेष प्रयोजन से बुलाया गया है।"

"कहिए।" वह निर्जीव-से स्वर में बोला।

"आप जानते हैं कि यह सेना, किस प्रयोजन से यहां आई है?"

"जी। कुछ आभास तो है।"

"हमें सागर पार कर लंका पहुंचना है।" राम बोले, "सागर पार करने में आप हमारी सहायता कर सकेंगे?"

सागर-प्रमुख ने अत्यन्त चिन्तित दृष्टि से राम को देखा : मन में आई बात कहे या न कहे?...

"कहिए! जो आपके मन में हो, निःसंकोच कहिए।" राम का स्वर और भी कोमल हो गया, "लंकापति विभीषण ने आपको अभय दिया है।"

"हम सैनिक नहीं हैं आर्य राम!" सागर-प्रमुख बोला, "जाति से राक्षस हैं, अतः आपके शत्रु-पक्ष...।"

"यह आपकी भ्रांति है।" राम ने उसकी बात बीच में ही काट दी, "हमारा विरोध रावण के क्रूर शासन तथा उसके लिए उत्तरदायी लोगों से है। राक्षस प्रजा से हमारा कोई विरोध नहीं है, अन्यथा विभीषण मुझे भाई के समान प्रिय कैसे होते?"

"यह तो ठीक है।" सागर-प्रमुख का स्वर अब भी संकुचित था, "हम व्यापारी लोग हैं। हम युद्धों में किसी एक अथवा दूसरी सेना का पक्ष नहीं ले सकते।"

"यदि रावण ने तुमसे यही अनुरोध किया होता, तो तुम क्या करते?" विभीषण कुछ उग्र स्वर में बोले, "तुम उसके सम्मुख भी व्यापारियों की निष्पक्षता की चर्चा करते?"

सागर-प्रमुख का चेहरा और भी निरीह हो गया।

"बोलो।" विभीषण का स्वर ऊंचा हो गया।

"देखिए।" वह थूक गटककर बोला, "ऐसी स्थिति में आप जो सहायता चाहें ले सकते हैं। हमारे जलपोत ले सकते हैं, हमारा धन ले सकते हैं, हमारे प्राण ले सकते हैं...।"

"नहीं।" राम बोले, "अभी उसकी आवश्यकता नहीं है। आप अपनी बात कहिए।"

सागर-प्रमुख कुछ आश्वस्त हुआ, "सच तो यही है आर्य राम! कि हम व्यापारी हैं शान्ति में भी अपना स्वार्थ देखकर किसी का पक्ष ग्रहण करते हैं–युद्ध की तो बात ही क्या...।"

स्वतः घोषित राम की सेना आगे बढ़ आई। उनका अवरोध संकीर्ण हो गया। उसी अनुपात में सागर-प्रमुख का चेहरा भी पीला पड़ गया।

"किन्तु इस समय मैं दूसरी बात कह रहा हूं।" वह शीघ्रता से बोला, "इस समय हम पूर्णतः आपके वश में हैं।

आप हमारे जलपोतों का जो भी उपयोग चाहें, कर सकते हैं। किन्तु उससे जो संकट है–वह आपको बता दूं।"

"बोलो।" राम का स्वर शान्त था।

"हमारे जलपोत सैनिक कार्यों के लिए नहीं हैं। उन पर सैनिक जलपोतों के समान कवच नहीं हैं और शत्रुओं के आक्रमण से बचाने का कोई उपकरण नहीं है।" और धीरे-से बोला, "यदि आपकी सेना इन जलपोतों में सागर-सन्तरण का प्रयत्न करती है और बीच सागर में रावण के जलपोत उन पर अग्निबाण अथवा उल्काएं छोड़ते हैं–तो इन जलपोतों की रक्षा नहीं हो सकेगी। आपकी सेना सहित, ये जलपोत सागर में डूब जाएंगे...।"

"तुम झूठ बोल रहे हो।" भीड़ में से एक व्यक्ति झपटकर आगे आया "तुम शपथपूर्वक कह सकते हो कि रावण की सेनाएं तुम्हारे जलपोतों के माध्यम से कभी यहां नहीं उतरीं।"

सागर-प्रमुख ने भीत दृष्टि से राम को देखा : उनके मुख पर रोष नहीं था। वह आश्वस्त हुआ।

"रावण की सेनाओं ने अनेक बार हमारे जलपोतों का उपयोग किया है।" वह कुछ दृढ़ स्वर में बोला, "किन्तु एक तो उनके सैनिक जलपोत सदा हमें घेरकर चलते रहे हैं, ताकि आक्रमण की स्थिति में हमारी रक्षा कर सकें। फिर इस क्षेत्र में रावण की सेना पर आक्रमण होने की कोई सम्भावना नहीं थी," सागर-प्रमुख रुककर धीरे-से बोला, "और रावण को अपने सैनिकों के डूब मरने की कोई चिन्ता नहीं थी...यदि आप भी इन संकटों को उठा सकते हों तो ये जलपोत ले जाइए। हम अपने नाविक भी साथ भेज देंगे..." राम ने विभीषण की ओर देखा। विभीषण ने स्वीकृति में सिर हिला दिया।

"ऐसी स्थिति में हम इन जलपोतों का उपयोग नहीं कर सकते।" राम बोले, "हम अपने सैनिकों के प्राण निरर्थक जोखिम में नहीं डाल सकते।" सबने राम का मूक अनुमोदन किया। कोई कुछ नहीं बोला।

राम ही पुनः बोले। उन्होंने भीड़-सेना के नायक को सम्बोधित किया, "नायक, क्या नाम है तुम्हारा?"

"तेजधर।"

"तो नायक तेजधर!" राम स्निग्ध मुस्कान के साथ बोले, "तुम्हारा दायित्व अब बढ़ गया है। तुम्हारे ये सागर भाग न जाएं, इसका ध्यान रखना। इनके जलपोत अपने स्थान से न हिलें इसका भी

ध्यान रखना। और यदि राक्षस-सेना इस जलपत्तन पर उतरने का प्रयास करे तो हमें सूचित करना। उनसे युद्ध मत करना।" राम ने उसके कन्धे पर हाथ रखा, "कल तक हमारी सेना की नियमित टुकड़ियां यहां आ जाएंगी। वे तुम्हारी सहायता के लिए होंगी। वे सशस्त्र हैं और प्रशिक्षित हैं; इसलिए राक्षस-सेना के सम्मुख युद्ध कर सकेंगी। उनके आने से न तुम्हारी उपयोगिता कम होगी न दायित्व।" राम की मोहक मुस्कान उनके अधरों पर आई, "ठीक है, नायक तेजधर ?"

"ठीक है आर्य।"

"और सागर, प्रमुख!" राम पुनः बोले, "विभीषण के अभय की रक्षा हमारे सैनिक तभी तक करेंगे, जब तक तुम हमारे प्रतिकूल नहीं जाते। वैसे तुम्हारे प्राण पूर्णतः सुरक्षित हैं।"

राम उठ खड़े हुए। शिविर में लौटे तो लक्ष्मण तथा सुग्रीव उनकी प्रतीक्षा बड़ी व्यग्रता से कर रहे थे।

"भैया!" राम के बैठते ही लक्ष्मण बोले, "कुछ आवश्यक सूचनाएं हैं।"

"बोलो सौमित्र।" राम ने लक्ष्मण को देखा। उनके चेहरे पर शिथिलता का कोई भाव नहीं था।

"हमारे चर यह सूचना लाए हैं कि यहां सागर तट से कुछ दूर एक छोटा-सा द्वीप द्रुमकुत्य है। वह जल-दस्युओं का द्वीप है। उनके पास अपने जलपोत हैं वे आते-जाते जलपोतों पर आक्रमण कर उन्हें लूट लेते हैं...मनुष्यों की हत्या कर देते हैं और नौकाओं तथा जलपोतों को या तो छीन लेते हैं या आग लगा देते हैं...।"

राम के मन में सागर-प्रमुख की बातें पुनर्जीवित हो उठी थीं। वह अपने जलपोतों के लिए इसी प्रकार के संकटों की बात कर रहा था।

"सूचना मिली है कि वे लोग हमें असावधान पाकर हमारी सेना पर धावा बोलने की योजना बना रहे हैं।"

"क्या वे इतनी बड़ी सेना से लड़ पाएंगे?"

"वे जल-दस्यु हैं। युद्ध उनका लक्ष्य नहीं है।" लक्ष्मण बोले, "कदाचित हमारी किसी असावधान टुकड़ी के शस्त्र छीन ले जाने का प्रलोभन ही उन्हें इस अभियान के लिए उकसा रहा है।"

"और?"

"जो मछुआरे हमारी सेना में सम्मिलित हुए हैं, उनके मुखिया सागरदत्त ने पुनः सागर-सन्तरण का एक प्रस्ताव रखा है।"

"क्या प्रस्ताव है?"

"उसने बताया है कि जब राक्षस सेनाओं, व्यापारियों अथवा लंका के मछली पकड़नेवाले जलपोतों का आवागमन सागर में बहुत बढ़ जाता है और उसके यूथ के लिए अपनी डोंगियों सागर में ले जाना भी असम्भव हो जाता है तो वे लोग यहां से कुछ योजन की दूरी पर छोटी पहाड़ियों, शिलाओं और घाटों से घिरे एक स्थान पर चले जाते हैं सागर का वह क्षेत्र ऐसा है, जहां आज तक किसी का कोई जलपोत अथवा बड़ी नौका नहीं पहुंची।"

"तो?"

"उसका कहना है कि उस क्षेत्र का जल शान्त और सोया हुआ है। वहां जलमग्न शिलाएं भी बहुत हैं। उनका विचार है कि वस्तुतः वह क्षेत्र वास्तविक सागर न होकर खाड़ी का जल है, जो किसी समय सागर की उथल-पुथल के कारण उफनकर उधर चला आया है। उसे वे 'स्तिया' कहते हैं, जिसका अर्थ है अप्रवाही जल।" राम की दृष्टि लक्ष्मण से हटकर नल की ओर चली गई। वह आंखें फाड़े

तथा मुख खोले, लक्ष्मण के मुख से निकला हुआ एक-एक शब्द ऐसे सुन रहा था, जैसे बहुत महत्त्व का कोई असाधारण समाचार सुन रहा हो। इस व्यक्ति का सागर-आकर्षण भी अद्भुत था...

"सागरदत्त का प्रस्ताव क्या है?" राम ने पूछा।

"उसका प्रस्ताव है कि उसके यूथ की डोंगियों की सहायता से, उस स्थान से हमारी सेना सागर-सन्तरण करे।"

"उसकी कल्पना में ही यह नहीं समा सकता कि हमारी सेना कितनी बड़ी है।" राम धीरे-से बोले, "फिर जहां पानी गहरा नहीं है, जलमग्न शिलाएं हैं, अन्य लोगों द्वारा उसे असुरक्षित स्थान माना जा रहा है–वहां से अपनी सेना को सागर पार कराना उचित है क्या?"

"रक्षपति विभीषण!" नल ने पूछा, "क्या ऐसा कोई स्थान है?"

"मैं ठीक-ठीक नहीं कह सकता," विभीषण बोले, "कि यह कौन-सा स्थान है और उसके विषय में सागरदत्त के ये निष्कर्ष कितने वास्तविक हैं; किन्तु इतना अवश्य जानता हूं कि ऐसे कुछ स्थान अवश्य हैं, जिन्हें राक्षस नाविकों ने परिवहन के सर्वथा अयोग्य माना है। वहां राक्षस सेना की न चौकियां हैं, न जलपत्तन। वहां आजीविका का कोई साधन नहीं है। इसी से वे क्षेत्र निर्जन हैं। सम्भव है कि सागरदत्त ऐसे ही किसी स्थान के विषय में कह रहा हो।"

"कहीं यह वही स्थान तो नहीं, जहां से मैंने सागर पार किया था?" हनुमान ने पूछा; और फिर स्वयं ही बोले, "यदि यह वही स्थान है तो इतना मैं निश्चित रूप से कह सकता हूं कि उनमें जलमग्न पर्वत अवश्य थे, कहीं-कहीं जल उथला और ठहरा हुआ भी था; किन्तु वह वास्तविक सागर था–वह सागर से उफनकर किसी स्थान पर ठहर जानेवाला अप्रवाही जल नहीं हो सकता।"

"आर्य राम!" नल बोला, "यदि आपकी अनुमति हो तो मैं, हनुमान और सागरदत्त उस स्थान का निरीक्षण कर लें।"

"मुझे तुम्हारी सागर-रुचि पर विस्मय होता है नल!" राम मुस्कुराए, "निरीक्षण में मुझे क्या आपत्ति हो सकती है; किन्तु यदि स्थितियां वे ही निकलीं, जो सागरदत्त कह रहा है, तो वहां से अपनी सेना के सागर-सन्तरण के पक्ष में मैं नहीं हूं।"

नल और हनुमान सागरदत्त के साथ निरीक्षण के लिए विदा हो गए तो सुग्रीव पहली बार बोले, "द्रुमकुल्यों अथवा वैसे भी जलदस्युओं के विषय में क्या सोचा है राम?"

"सोचना क्या है मित्र!" राम का स्वर शान्त था, जो युद्ध करने आएगा, उससे युद्ध किया जाएगा। उन जलदस्युओं को भी रावण की सेना का ही अंग मान लिया जाए।" राम तनिक रुककर बोले, "सागर के निकटतम शिविरों में धनुर्धरों की टोलियां अवश्य रख लो और उन्हें सावधान कर दो।"

सुग्रीव चले गए तो उदास मन विभीषण ने भी विदा ली! अपने शिविर में राम और लक्ष्मण अकेले रह गए। राम ने स्निग्ध दृष्टि से लक्ष्मण की ओर देखा : लक्ष्मण के चांचल्य और वाक्-पटुता का भी सीता-अपहरण के साथ ही हरण हो गया था। इस सारे युद्ध-उद्यम ने जैसे लक्ष्मण को अपने वय से बड़ा कर दिया था–उनकी प्रकृति को पहले से अधिक गम्भीर और जुझारू बना दिया था। उनके जीवन का रस जैसे सूख गया था; आग-ही-आग रह गई थीं...चेहरे पर पहले जैसी खेलती ललित मुस्कान का स्थान एक प्रकार की गम्भीर रुक्षता ने ले लिया था।

"क्या सोचा है भैया?"

"किस विषय में सौमित्र?"

"सागर-सन्तरण के विषय में।"

राम की चिन्ता पुनः उभर आई, "आज दूसरा दिन व्यतीत हो रहा है, सागर तट पर भटकते हुए। कोई मार्ग नहीं मिल रहा। वस्तुतः ऋष्यमूक से प्रस्थान के समय कदाचित मेरे मन में भी सागर की विराटता का रूप स्पष्ट नहीं था। जैसे-जैसे सागर तट पर भटकता फिरा हूं–यह समस्या और जटिल होती जा रही है। सोचा था, शायद विभीषण के पास इसका कोई समाधान हो; किन्तु वे भी पूर्णतः निरुपाय हो गए दीखते हैं।" राम ने रुककर लक्ष्मण को देखा, "वस्तुतः इसमें दोष किसी का नहीं है सौमित्र! हम क्यों यह मानकर चले आए कि हमारी सेना को सागरपार उतारने के लिए राक्षस अपने जलपोत हमें दे जाएंगे?...सम्भवतः कोई और हमारी सहायता कर भी देता, यदि कुछ ही लोगों को पार जाना होता। जब इतनी बड़ी सेना को इतने विस्तृत सागर से पार उतरना है तो उसके लिए उतना ही महान उपक्रम भी करना होगा। वह उपक्रम कैसा हो–अभी सोच नहीं पाता हूं, किन्तु साधारण ढंग से यह कार्य नहीं होगा, इतना जानता हूं।" लक्ष्मण चुपचाप बैठे, राम के चेहरे को पढ़ने का प्रयत्न करते रहे। फिर धीरे-से बोले, "आप निराश तो नहीं हो रहे?"

राम हंस पड़े, "तुम्हें निराश दिखता हूं?"

"नहीं! इस समय तो निराश नहीं लग रहे।" लक्ष्मण हंस नहीं सके, "ऐसे ही कह दिया। वस्तुतः भाभी के हरण के पश्चात से आप में निराशा और आक्रोश के आवेग अपेक्षाकृत जल्दी उठ खड़े होते हैं।" लक्ष्मण ने रुककर अपनी बात की प्रतिक्रिया देखनी चाही, फिर बोले, "यद्यपि वे आवेग अस्थायी होते हैं...यह चर्चा मैंने जानबूझकर छेड़ी है भैया? मुझे लग रहा है कि हमारी सेना में अधैर्य जाग रहा है। यदि उन्हें तनिक-सा भी आभास मिला कि स्वयं आर्य राम निराश हो रहे हैं तो सेना का मनोबल संभालना कठिन हो जाएगा।"

राम को लगा, वे एक नए लक्ष्मण को देख रहे हैं : यह लक्ष्मण केवल अत्यन्त गम्भीर, दृढ़ तथा परिपक्व ही नहीं थे; वे वय में भी राम के बराबर हो गए थे। अब लक्ष्मण समानता के धरातल पर उनसे बात कर सकते हैं, उन्हें परामर्श दे सकते हैं, उन्हें चेता सकते हैं...तैंतालीस वर्ष के वय के राम और इकतीस वर्ष के सौमित्र के बीच का वय-भेद इस संघर्षशील जीवन ने समाप्त कर दिया था।

"तुम निश्चिन्त रहो सौमित्र!" राम बोले, "मेरा मनोबल इस सागर से भी नहीं हारेगा। और कुछ न भी हो तो सीता की स्मृति मुझे शान्त नहीं बैठने देगी।"

सात

राम ने सागरदत्त को जा जगाया।

"सागरदत्त! तुम्हें अपना वचन याद है?"

"कौन-सा वचन आर्य?" सागरदत्त कुछ सोचता रहा फिर हंसा, "वचन याद हो या न हो, आप आदेश दें। पालन होगा।"

"तुमने कहा था कि आदेश मिलने पर अपनी नौकाओं में पत्थर भर कर उन्हें सागर में डुबो दोगे...!"

"कहिए आर्य, कहां डूबोनी हैं।"

राम ने विस्मय से देखा, सागरदत्त और उसके साथियों के चेहरे पर चिन्ता और अप्रसन्नता की एक भी रेखा नहीं उभरी थी। किस मिट्टी के बने हैं ये लोग...राम हंस पड़े, "नहीं। नावें डुबोनी नहीं हैं : किन्तु काम उतने ही जोखिम का है।"

सागरदत्त भी हंसा, "हम जानते हैं भद्र! आप हमें नहीं डुबोएंगे। और जहां तक जोखिम का प्रश्न है, वह तो हमारे जीवन के साथ ही लगा हुआ है,...आप आदेश दें।"

"तुम देख रहे हो सागरदत्त कि यहां एक छोटा-सा जल-युद्ध चल रहा है। हम नहीं जानते कि वे कौन हैं और क्या चाहते हैं। अनुमान है कि वे द्रुमकुल्य नामक जल-दस्यु हैं," राम बोले, "तुम लोगों को अपनी नौकाएं सैनिकों से भरकर उन जलपोतों की पिछली ओर ले जानी हैं वहां से हम आक्रमण करेंगे। बाणों, अग्निबाणों तथा उल्काओं की वर्षा होगी। नौकाएं नष्ट हो सकती हैं। प्राण जा सकते हैं। बोलो तैयार हो ?..."

सागरदत्त हंसा, "लगता है, अभी आपको हमारी धातु की परख नहीं हुई।" वह अपने साथियों की ओर मुड़ा, "नौकाएं जल में उतार दो।"

राम ने लक्ष्मण की ओर देखा, "अगस्त्य आश्रम से आए उन धनुर्धारियों को ले जाओ, जो नौका-युद्ध में प्रशिक्षित हैं।"

राम ने अपनी नौकाओं को छह टुकड़ियों में बांटा। दो टुकड़ियों का नेतृत्व उन्होंने स्वयं संभाला और दो-दो लक्ष्मण और नील को सौंप दीं। एक-एक टुकड़ी को एक-एक जलपोत पर आक्रमण करना था। आक्रमण का पहला संकेत स्वयं राम देनेवाले थे।

उस अन्धकार में, अथाह सागर में निःशब्द यात्रा करनी थी। फिर भी राम की द्रुमकुल्यों के जलपोतों के पीछे पहुंचने में कोई असुविधा नहीं हुई। सागरदत्त के साथ जितने साहसी और दक्ष नाविक थे, जलदस्यु उतने ही असावधान थे। वे सागर-तट पर अपने अस्त्र फेंकने में इतने व्यस्त थे और जल में खड़े पोतों की सुरक्षा को लेकर इतने आश्वस्त थे कि उन्होंने जलपोतों की पिछली ओर अपना कोई सन्तरी भी नहीं रखा था।

जलपोतों के निकट पहुंचकर राम ने अपनी नौकाएं ठहरा लीं। यदि वे चाहते तो नौकाएं जलपोत के साथ लगाकर उसमें प्रवेश भी कर सकते थे किन्तु वे जल-दस्युओं की संख्या से अनभिज्ञ थे। यदि वे जलपोत में प्रवेश कर जाते और दस्युओं की संख्या उनके अनुपात में बहुत अधिक होती तो निकट युद्ध में एक ओर उनके धनुर्धारी वैसे ही अक्षम हो जाते और दूसरी ओर वे घिरकर, अपनी इच्छानुसार पीछे भी नहीं हट सकते थे। जलपोत में बन्दी हो जाना समझदारी नहीं थी।

किन्तु जिस दूरी पर उनकी नौकाएं खड़ी थीं, वह भी बहुत सुरक्षित नहीं थीं। जलपोत, यदि इस दिशा में चल पड़ते, तो उनसे हटाए गए जल के वेग में उनकी नौकाएं निश्चित रूप से बह जातीं।...किन्तु उस आपातकाल में राम को यही मार्ग उचित जंचा था...

लक्ष्मण तथा नील को संकेत देने के लिए राम ने एक उल्का छोड़ी और अंधेरे में ही जलपोत पर बाणों की बौछार आरम्भ कर दी। अग्निबाण अथवा उल्काओं का आक्रमण अधिक भयानक हो सकता था, किन्तु उससे एक तो प्रकाश हो जाता, जिसमें नौकाओं को देखा जा सकता था, दूसरे, जलपोतों के अग्निसात होकर नष्ट होने की सम्भावना बढ़ सकती थी, जो राम को इष्ट नहीं था। वे जलपोतों को ठीक अवस्था में हस्तगत करने के इच्छुक थे।

उनके आकस्मिक आक्रमण का उत्तर जलपोतों ने अपनी घबराहट से दिया। जलपोतों से कुछ अग्निबाण नौकाओं की ओर फेंके गए; किन्तु अन्धकार में छिपी छोटी-छोटी नौकाओं को ठीक स्थिति ज्ञात न होने के कारण वे जल में इधर-उधर गिर पड़े। उनकी घबराहट लक्षित होने लगी तो राम ने दूसरा आक्रमण किया। उनके उत्तर में जलपोतों से बाण नहीं आए। जलपोतों में कुछ गति उत्पन्न

हो गई। उनकी गति की दिशा स्पष्ट नहीं थी। जलपोत हिचकोले खा रहे थे। लगता था कि वे एक के पश्चात दूसरी दिशा में जाने का प्रयत्न कर रहे हैं...अब राम को निर्णय लेना ही था। वे अपनी नौकाओं को और भी निकट ले आए। उनके बाणों की बौछार और भी तीव्र हो गई और उनके कुछ सैनिक तैरकर रस्सी के फन्दों की सहायता से जलपोत में जा भी चढ़े थे। लगा, दूसरी ओर से भी उनके सैनिक, तट के निकट आया जानकर, नौकाओं में जलपोतों की ओर चल पड़े थे।

दोतरफ़ा आक्रमण से घबराकर दस्युओं ने चौतरफ़ा युद्ध छेड़ दिया; किन्तु वे अधिक देर टिक नहीं सके। उनकी संख्या अधिक नहीं थी। वानर सेना सब ओर से जलपोतों में जा चढ़ी और अपनी नगण्य-सी क्षति के साथ उनसे जलपोतों पर आधिपत्य स्थापित्य कर लिया। अधिकांश दस्यु सम्मुख युद्ध में मारे गए, जो बचे उन्हें बन्दी कर लिया गया। उधर आकाश पर अरुण की किरणें फूटीं और इधर सागरदत्त के नाविकों ने जलपोतों को तट पर ला लगाया। बन्दियों को युद्ध-परिषद के सम्मुख उपस्थित किया गया; किन्तु उनसे कोई विशेष बात ज्ञात नहीं हुई। वे साधारण जलदस्यु थे और लूटपाट उनका व्यवसाय था। वे लोग इसी आशा में यहां आए थे कि स्वयं जल में सुरक्षित खड़े रहकर, यदि सम्भव हो तो इस सेना के किसी भाग के शस्त्र तथा अन्न-भंडार लूट लिये जाएं। इस दुस्साहस का मूल कारण उनकी यह सूचना थी कि राम की सेना में न तो प्रशिक्षित सैनिक हैं और न उनके पास जल-परिवहन के साधन हैं। सेना का एक आडम्बर खड़ा कर लिया है, जिसे भयभीत करना कठिन नहीं होगा। युद्ध-बन्दियों को सागरों की बस्ती के किसी भवन में बन्दी कर रखने का आदेश देकर राम ने भेज दिया तो नल उनके सम्मुख एक अनुरोध के साथ उपस्थित हुए।

"भद्र राम! शत्रुओं से हस्तगत किए गए जलपोतों में से एक यदि इस अधिकार के साथ मुझे प्रदान किया जाए कि चाहूं तो उसे नष्ट भी कर सकूं, तो मैं सागरदत्त के कथन की परीक्षा कर सकूंगा कि उस स्थान पर वास्तविक सागर है अथवा खाड़ी का जल...।"

अपनी प्रतिक्रिया व्यक्त करने में राम को कुछ समय लगा : वे समझ नहीं पा रहे थे कि सागर सम्बन्धी ज्ञान के प्रति नल के इस समर्पित भाव की प्रशंसा करें; अथवा इस संकट की घड़ी में थोड़े-से अमूल्य जलपोतों में से एक को नष्ट करने के प्रस्ताव का विरोध। किन्तु, नल के अनुरोध का कुछ तो करना ही था। धीमे स्वर में बोले, "वह खोज हमारी सेना के लिए हितकर होगी, किन्तु वर्तमान स्थिति में संयोग से हाथ में आ गए जलपोतों में से एक को नष्ट करना मुझे उचित नहीं लगता।...पर यह मेरा व्यक्तिगत विचार है, परिषद का मत मुझे भी मान्य होगा।"

"मैं स्वयं जलपोतों को नष्ट करने के पक्ष में नहीं हूं।" सुग्रीव बोले। लक्ष्मण, अंगद, विभीषण, हनुमान सबका यही मत था। यहां तक कि नील ने भी नल का समर्थन नहीं किया। नल का प्रस्ताव अमान्य हो गया।

"अच्छा बन्धुओ!" राम बोले, "आज तीसरा दिन है, और हमें अभी तक सागर-सन्तरण का कोई उपाय नहीं सूझा है। यही स्थिति रही तो हमें अन्न अथवा किसी अन्य आवश्यक वस्तु के अभाव में पीछे हट जाना होगा।"

युद्ध-परिषद में सन्नाटा छा गया। इतने बड़े उपक्रम का यह अन्त वस्तुतः घोर निराशाजनक था। किन्तु, राम भी ठीक कह रहे थे; सन्तरण के उपाय के अभाव में यहां पड़े रहने का कोई अर्थ नहीं था।

"अब मैं कुछ-कुछ समझ रहा हूं कि राक्षस लोग अपने जलपत्तनों को छोड़कर क्यों चुपचाप पीछे

हट गए।" लक्ष्मण बोले, "मुझे लगता है कि वे लोग हमारी दुर्बलता से परिचित हैं। सम्भव है कि यह भी उनकी युद्ध नीति का ही अंग हो कि हमें यहां पड़े-पड़े सड़ते हुए देखें, बीच-बीच में द्रुमकुल्यों जैसे दस्युओं के माध्यम से हमें पीड़ित करें और अन्त में जब हम हतोत्साहित हो जाएं तो वे लोग हम पर आक्रमण कर हमें समाप्त कर दें।"

"यदि हम कोई मार्ग नहीं खोज पाए, तो ऐसी सम्भावना भी हो सकती है।" विभीषण बोले।

"तो फिर हम इन्हीं छः जलपोतों में ही अपनी सेना के परिवहन का प्रयत्न क्यों नहीं करते?" अंगद बोले।

"मैं इनके पक्ष में नहीं हूं।" हनुमान धीरे-से बोले, "ये जलपोत छोटे हैं। एक प्रकार से ये बड़ी नौकाएं मात्र हैं। इनमें एक खेप में जितने सैनिक उस पार उतरेंगे, राक्षस बड़ी सुविधा से उन्हें नष्ट कर सकते हैं। इस प्रकार हमारी प्रत्येक खेप, हमारे अपने सैनिकों की हत्या करवाने का माध्यम बन जाएगी और राक्षसों से युद्ध का अवसर कभी नहीं आएगा।"

राम ने विभीषण की ओर देखा।

"हनुमान ठीक कह रहे हैं," विभीषण ने स्वीकार किया।

"नहीं मित्रो! हम यह नहीं कर सकते," राम का स्वर गम्भीर था, "मुझे एक दिन का समय और दो। आज सन्ध्या तक मुझे प्रयत्न करने दो। यदि तब तक सागर ने हमें मार्ग नहीं दिया तो..."

लक्ष्मण ने तमककर राम की ओर देखा : आज भैया के स्वर में क्या था। ऐसा आक्रोश और ऐसी दृढ़ता। भैया के स्वर में विनाश की कैसी ध्वनि थी...क्या सोच रहे हैं भैया राम?...

सारा दिन राम सागर तट पर भटकते रहे, कभी अकेले, कभी लक्ष्मण के साथ, कभी विभीषण, नल अथवा सागरदत्त के साथ। अनेक टोलियां बनाकर विभिन्न दिशाओं में भेजकर विभिन्न स्थानों की जांच-परख की। जिस किसी व्यक्ति के विषय में सूचना मिली कि वह इस विषय में कोई सहायता कर सकता है, उसे खोजकर बुलाया गया।

किन्तु सन्ध्या तक कोई मार्ग दिखाई नहीं पड़ा। राम का धैर्य क्रमशः क्षीण हो रहा था और उनका आक्रोश बढ़ता जा रहा था।...अत्याचारी रावण अपने सारे पापों के साथ सुरक्षित बैठा रहेगा, क्योंकि राम इस सागर के सामने असहाय हो रहे हैं?...ब्रह्मा का प्रपौत्र है रावण। शिव का परम भक्त है, प्रिय शिष्य! बड़े-बड़े लोगों की सहायता है रावण को, पापी और अत्याचारी रावण को। विश्व के समस्त सागरों पर जिसके जलपोतों का एकछत्र साम्राज्य माना जाता है, वह वरुण भी राम की सहायता को नहीं आया है।...ये देव शक्तियां अपने सीमित स्वार्थों, ईर्ष्या, द्वेष तथा संकुचित दृष्टि के कारण नष्ट हो जाएंगी...नहीं चाहिए राम को किसी की सहायता। सामर्थ्य इन महाशक्तियों का ही एकाधिकार नहीं है। राम इस पिछड़ी हुई मानवता को ही समर्थ बनाकर छोड़ेंगे...

राम ने अपने शिविर में युद्ध-परिषद बुलाई। आज राम के चेहरे का तेज और आत्मविश्वास उनकी उग्रता के नीचे छिप गया था। राम का ऐसा रूप पहले कभी किसी ने नहीं देखा–

"मित्रो! तीन दिनों में कोई मार्ग पाने के लिए इस सागरतट पर हम भटक रहे हैं।" राम का तेजस्वी स्वर गूंजा, "किन्तु यह सागर वस्तुतः जड़ है, जो केवल शक्ति-प्रयोग की भाषा समझता है। जिन लोगों के पास सागर- सन्तरण के उपाय हैं, उनसे किसी प्रकार की सहायता की आशा हमें नहीं है। अब हमें अपने ही साधनों पर भरोसा करना होगा...।"

"पर मित्र! हमारे पास साधन हैं ही कौन-से?" सुग्रीव धीरे-से बोले।

"मानव शक्ति!" राम का स्वर अत्यन्त दृढ़ था, "मेरी प्रार्थना है कि आप मुझे इस मानव-शक्ति के समस्त सामर्थ्य के उपयोग की अनुमति दें।"

"भैया! आप करना क्या चाहते हैं?" लक्ष्मण ने चकित स्वर में पूछा।

"मैंने पहले ही कहा था सौमित्र कि किसी असाधारण कार्य के लिए महान उपक्रम करना पड़ता है। आज मैं भी हठ पकड़ गया हूं कि सिद्ध कर दूं मानव का प्रयत्न और उद्यम, प्रकृति की किसी भी बड़ी-से-बड़ी शक्ति से प्रबलतर है।"

"पर कैसे?"

"हमारे सैनिक, सहायक सैनिक तथा मित्रजन-संख्या असंख्य हैं। हम सब मिलकर शस्त्र छोड़, सागर के साथ युद्ध करेंगे।" राम का मुख उग्र आवेश से लाल हो गया, "प्रातः मैंने नल के प्रस्ताव का विरोध किया था। इस समय मैं अनुरोध कर रहा हूं कि आप मुझे छः के छः जलपोत नष्ट करने की अनुमति दें।"

"क्या कह रहे हैं आर्य राम!" जाम्बवान धीरे-से बोले, "हमारे पास छः ही तो जलपोत हैं।"

"क्या करेंगे हम उनका?" राम का आक्रोशमय स्वर गूंजा, "जब हम उनकी सहायता से अपने सैनिक उस पार नहीं उतार सकते।"

"पर क्या करेंगे आप?" विभीषण बोले।

"अपने बाहुबल से सागर से भूमि छीनूंगा।" राम बोले, "जैसे परशुराम ने छीनी थी।"

उपस्थित लोग स्तब्ध रह गए; हां परशुराम ने सागर के जल को परे धकेलकर अपने लिए नई भूमि का निर्माण किया था...

"मैं ये सारे पहाड़ खोदकर सागर में डालने का प्रस्ताव कर रहा हूं।" राम बोले, "जिसे यह असम्भव लगता हो, वह लौट जाए। राम अब सागर तट पर और भटकना नहीं चाहता, न अपने साथियों को भूखा मरते देखना चाहता है।" राम की मुट्ठी अपने धनुष पर कस गई। लक्ष्मण चकित दृष्टि से राम को देख रहे थे, इतना आवेश!

"यदि आप सहमत हैं तो मैं यह प्रस्तावित कर रहा हूं कि यूथपतियों तथा सेनानायकों के साथ छोटी सैनिक टुकड़ियों को छोड़कर सब लोग अपने शस्त्र रखकर हथौड़ियां, फावड़े तथा कुल्हाड़ियां उठा लें। आसपास की समस्त पहाड़ियों तथा शिलाओं के पत्थरों को तोड़कर उन छः जलपोतों को आकंठ भरकर उन्हें उस स्थान पर डुबो दें, जहां सागरदत्त के नाविक सागर न मानकर स्तिया मानते हैं...।"

"मैं भी यही चाह रहा था भद्र राम!" नल बीच में बोला।

"तुम्हारे ही प्रस्ताव से मेरे मन में यह योजना आई है मित्र," राम का स्वर अपेक्षाकृत शान्त था, "किन्तु तुम एक जलपोत डुबोना चाहते थे। मैं छः के छः डुबो रहा हूं। अब स्वयं को सुरक्षित रख युद्ध करने का समय नहीं रहा। अब पीछे हटने और लौटने की बात मन में मत रखो। राम इस सागर को पार करके ही रहेगा।"

राम ने अपनी दृष्टि उपस्थित लोगों पर डाली, "किसी को कोई आपत्ति हो तो कहे।"

लगा, राम की आंखों ने सबको बांध लिया है। उन आंखों की दृढ़ता ने सबमें आत्मबल जगा दिया है। असहमति का स्वर कहीं से नहीं उठा।

"आपत्ति की कोई बात नहीं है," सबसे पहले हनुमान बोले, "और सत्य यह है कि अब लौटने का कोई अवकाश भी नहीं है।"

"लौटने की आवश्यकता भी नहीं है।" नल ने कहा, "मुझे पूरा विश्वात है कि हम अपने कार्य में सफल होंगे और सागर से अपने लिए मार्ग छीन लेंगे।"

नील की आंखें अपने भाई के चेहरे पर कुछ ढूंढ़ रही थीं : निश्चित रूप से नल के चेहरे पर ऐसा भाव उसने पहले कभी नहीं देखा था। नल के चेहरे पर दायित्व का बोझ नहीं था, चिन्ता नहीं थी, सफलता-असफलता का द्वन्द्व नहीं था। उसे देखकर लगता था जैसे उसका जीवन-भर का कोई स्वप्न पूरा हो रहा है। आज जैसे वह पूर्ण काम हो रहा था।...अवश्य ही उसके मन में कोई निश्चित योजना थी....

"यदि आप सब सहमत हैं," राम पुनः बोले, "तो इस योजना को पूर्णतः त्रुटिहीन बनाने के लिए एक कार्य और करना चाहता हूं।"

सबने राम की ओर देखा।

"लंकापति विभीषण!" राम का स्वर तेजपूर्ण और स्थिर था, "आप राक्षस-व्यापारियों की नगरी में जाकर अपने नाविकों की सहायता से उनके सारे जलपोत ले आइए। उनसे स्पष्ट कह दीजिए कि हम उनके जलपोतों में शिलाएं डालकर उन्हें सागर में डुबो देंगे। उनके सारे जलपोत नष्ट होंगे। इस युद्ध के लिए उन्हें यह मूल्य देना होगा। और यदि कोई आनाकानी करे..." राम के स्वर में वज्रपात की-सी कड़क थी, "तो उन्हें राम के धनुष का स्मरण करा दीजिएगा। उन्हें कह दीजिएगा कि राम धनुष ताने बैठा है। सागर-सन्तरण के मार्ग में रत्ती-मात्र भी विघ्न उत्पन्न करनेवाले पर राम का बाण, मृत्यु का दूत बनकर टूटेगा।"

विभीषण ने स्तब्ध दृष्टि से राम को देखा : निश्चित रूप से राम जो कह रहे थे, उसे पूरा करने में तनिक भी पीछे नहीं हटेंगे।

"आपकी इच्छा पूर्ण हो राम!" विभीषण ने कहा और तत्काल अपने मन्त्रियों के साथ प्रस्थान किया।

बात की बात में आदेश प्रचारित हो गए। सेना का स्वरूप बदल गया। यूथपतियों के अधीन रक्षक तथा प्रहरी टुकड़ियों के सिवाय, सारी सेना पहाड़ियों, शिलाओं तथा वृक्षों से युद्ध करने को तत्पर हो गईं। मार्ग प्रशस्त करनेवाली टुकड़ियों के हथौड़े, कुल्हाड़े, फावड़े, सब्बल, गहंते तथा आरे–बाणों और खड्गों के समान चलने लगे। उपकरण उतनी संख्या में नहीं थे, जितनी संख्या में उनकी आवश्यकता थी। इसीलिए एक-एक उपकरण पर चार-चार व्यक्ति काम कर रहे थे। एक, हथौड़ा चलाता तो शेष तीन पत्थरों को ढोने का काम करते हैं। जब हथौड़ा चलानेवाला थक जाता, तो दूसरा व्यक्ति हथौड़ा पकड़ लेता और पहला व्यक्ति पत्थर ढोने का कार्य करने लगता।...

सागर-तट पर पड़ाव डालने के पहले ही दिन जो लोग सेना में सम्मिलित होने की इच्छा से आए थे, उन सहायक सैनिकों को भी सन्देश भिजवा दिया गया था। वे लोग अपने गांव-के-गांव को लेकर अपने हथौड़ों और फावड़ों के साथ वानर-सेना की सहायता को आए थे। सेना का रूप युद्धक सेना का न रहकर श्रमिक सेना का हो गया था, जो अपना मार्ग बनाने के लिए अपने शस्त्रों से प्रकृति के विरुद्ध युद्ध कर रही थी।

अन्धकार हो जाने पर भी काम रुका नहीं। स्थान-स्थान पर अग्निकाष्ठ और उल्काएं जला ली गईं। लोग बारी-बारी भोजन, विश्राम और काम कर रहे थे। इससे काम की गति अवश्य कुछ धीमी हो गई थी; किन्तु न तो लोगों का उत्साह कम हुआ लगता था और न कार्य-शैथिल्य दिखाई पड़ता

था। आधी रात के लगभग जब विभीषण लौटे तो शिलाओं, पत्थरों, वृक्षों की शाखाओं से लदे चार जलपोतों की पहली खेप लेकर जाने के लिए राम, लक्ष्मण, नल तथा सागरदत्त तैयार थे। हनुमान को भी साथ जाने की बहुत इच्छा थी, किन्तु राम ने उन्हें पीछे की देखभाल के काम सौंप दिए थे।

"आपका और सौमित्र का जाना भी आवश्यक नहीं है राम!" सुग्रीव कह रहे थे, "नल को सागरदत्त के साथ जाने दीजिए।"

"मैं तुम्हारी बात समझता हूं मित्र!" राम मुस्कुराए, "किन्तु जोखिम का काम दूसरों को सौंपकर मैं यहां सुरक्षित बैठ रहना नहीं चाहता। इससे मेरे साथियों पर अच्छा प्रभाव नहीं पड़ेगा।"

"व्यापारियों के जलपोत हमारे जलपत्तन में आ गए हैं आर्य राम!" विभीषण ने सूचना दी।

"कितने हैं?"

"बीस।"

"ठीक!" राम चिन्तन की मुद्रा में थे, "उन्होंने आपत्ति भी नहीं की?"

"आपत्तियां तो उन्हें बहुत थीं। अन्त में बाध्य होकर जलपोत देने को तैयार हुए तो अपने मनोनुकूल शुल्क की मांग भी उन्होंने की। विभीषण हंसे, "किन्तु राम के धनुष और बाणों की चर्चा ने उनके कस-वल ढीले कर दिए।"

"दूसरा कोई उपाय नहीं था।" राम बोले, "...अच्छा! अब तुम लोग पीछे का काम संभालो। मैं पहली खेप के साथ जा रहा हूं। मेरा विचार है कि सफलता अथवा असफलता का आभास इसी खेप के साथ मिल जाएगा।"

राम को इस प्रकार जाते देख, सुग्रीव और विभीषण दोनों का ही उत्साह कुछ मन्द होता लगा; किन्तु राम को रोकना सम्भव नहीं था।

आठ

राम ने सागरदत्त की ओर देखा, "तैयार?"

"तैयार!" सागरदत्त मुस्कुराया।

"सारा कार्य योजना के अनुसार होना चाहिए।" राम का स्वर आदेशात्मक था, "बिना आदेश पाए कोई परिवर्तन मत करना। अपने साथियों को भी समझा दो।"

"ऐसा ही होगा आर्य!" सागरदत्त उत्साह के साथ मुस्कुराया, "चाहे यम आकर सामने खड़े हों, आपकी आज्ञा पाए बिना कोई अपने स्थान से नहीं डिगेगा।"

पहले जलपोत पर स्वयं राम तथा सागरदत्त थे। जलपोत में उसकी पूरी क्षमता भर, छोटे-बड़े पत्थर भरे हुए थे। उसके दोनों ओर एक-एक ख़ाली नौका चल रही थी जिसे सागरदत्त के साथी मछुआरे नाविक खे रहे थे। जलपोत चल पड़ा, उसे चलानेवाले मछुआरे नाविकों ने पहले कभी इतने बड़े जलपोत नहीं चलाए थे; किन्तु उसे चलाने में उन्हें कोई विशेष कठिनाई नहीं हो रही थी। वे अपने सामूहिक दायित्व के भरोसे उसे चलाए लिये जा रहे थे। चलने के पश्चात से राम एक शब्द भी नहीं बोले थे। वे या तो आगे आनेवाले जल को देखते जा रहे थे; या उन्होंने दो-तीन बार पीछे मुड़कर दूसरे जलपोत को देखा था; जो उनके आदेश से ही अपने स्थान पर रुका हुआ था और चलने के लिए उनके संकेत की प्रतीक्षा कर रहा था। उस पोत में लक्ष्मण और नल थे। उनके भी दोनों ओर एक-एक नौका साथ चलने को तैयार खड़ी थी... जब पहला जलपोत, दूसरे से इतना आगे

निकल गया कि उन दोनों की गति का एक-दूसरे पर प्रभाव पड़ने की सम्भावना नहीं रही, तब राम ने पिछले पोत को चलने का संकेत किया।

अब पहला पोत स्थिर गति से अपने लक्ष्य की ओर बढ़ रहा था। आधे प्रहर तक गहरे पानी में चलने के पश्चात वह अपेक्षाकृत उथले पानी में आ गया था और उस सोए हुए अप्रवाही जल की ओर बढ़ रहा था, जिसे सागरदत्त के साथी 'स्तिया' कहते थे।...

क्रमशः पोत की गति धीमी होती गई और उसे चलाने के लिए नाविकों को अधिक परिश्रम करना पड़ रहा था। यह स्पष्ट संकेत था कि पानी की गहराई और भी कम होती जा रही थी।

"नीचे जलमग्न शिलाएं आनी आरम्भ हो गई हैं।" सहसा सागरदत्त ने राम से कहा, "हमारी नौकाओं के चप्पू छोटे होते हैं, इसलिए ये शिलाएं हमारे लिए बाधा नहीं बन पातीं; किन्तु पोत के चप्पू अड़ने लगे हैं।"

राम का मुख पहले से कुछ प्रसन्न दीखा, "भय तो नहीं लगेगा सागरदत्त?"

"कैसी बातें करते हैं आर्य आप!" वह हंसा, "हमने आपको वचन दे रखा है कि आपके आदेश पर हम स्वयं को अपनी नौकाओं समेत सागर में डुबो देंगे।"

"आज तुम्हें वैसा ही आदेश दे रहा हूं।" राम के स्वर का माधुर्य विलीन हो गया। वे आकर नाविकों के बीच में खड़े हो गए, "साथियों अब जोखिम का क्षेत्र आरम्भ हो रहा है। जलमग्न शिलाएं हमारे चप्पुओं को रोकने लगी हैं। थोड़ी देर वे तुम्हारे जलपोत को भी रोकेंगी। पर हमारा पोत रुकना नहीं चाहिए। एक बार रुक गया तो हमें कठिनाई होगी। हमें पोत को इतने वेग से चलाना है कि वह जलमग्न पर्वत-खंड से न केवल टकरा जाए, वरन उस पर जा चढ़े और इस घर्षण में टूट जाए। हमारे पोत के सारे पत्थर उस जलमग्न पर्वत पर एक दूसरा पर्वत बना सकें।...स्वीकार है?"

"स्वीकार है।" नाविकों ने उत्तर दिया।

"तो चलो।" राम ने एक चप्पू पकड़ा और जाकर सबके आगे बैठ गए, "किन्तु याद रखना, पोत के डूबने से पहले तनिक भी नहीं डिगना है; और पोत के टकराते ही स्वयं अपनी रक्षा करनी है। साथ चलनेवाली नौकाओं तक पहुंचना है। पोत को बचाने का तनिक भी प्रयत्न नहीं करना है। उसे हम स्वयं नष्ट कर रहे हैं।"

पोत पहले से भी अधिक वेग से बढ़ा और अभी पचास हाथ भी नहीं गया होगा कि उसका कोई भाग किसी कठोर वस्तु से जा टकराया और सारा पोत डोल गया।

"बढ़ते चलो।" राम ने उच्च स्वर में कहा।

लगा, जैसे पोत डगमगाया न हो, अपने लक्ष्य को पा गया हो। नाविकों का उत्साह और भी बढ़ गया और साथ ही पोत की गति भी। दूसरी टक्कर लगने में अधिक समय नहीं लगा। वस्तुतः इस बार टक्कर का-सा अनुभव ही नहीं था। किसी ने पोत को नीचे से पकड़कर जैसे रोक लिया था, या पोत किसी पहाड़ी पर चढ़ा था और रुक गया था।

कुछ क्षणों तक कोई भी नहीं समझ सका कि क्या हो गया है और उन्हें क्या करना है। किन्तु, स्थिति स्पष्ट होने में अधिक समय नहीं लगा, जलपोत अनेक स्थानों से भंग हो चुका था। और जल बड़े वेग से पोत में प्रवेश कर रहा था। उसे डूबने में अधिक समय नहीं लगनेवाला था...

"नौकाओं पर चलो," राम ने उच्च स्वर में आदेश दिया; और स्वयं भी जल में उतर गए। उन्होंने पोत का एक चक्कर लगाया और नाविकों को नावों में चढ़ते हुए देखकर स्वयं भी एक नौका में आ गए।

"सागरदत्त ! अपनी नौकाओं को पिछले तीन पोतों के मार्ग में से हटा लो।"

राम ने अपने डूबते पोत को देखा। वह अपने भारी पत्थरों के साथ क्रमशः जल में धंस रहा था। थोड़ी देर में पोत डूब गया, किन्तु, स्तिया पर उसका कोई प्रभाव नहीं पड़ा। पीछे-पीछे दूसरा पोत भी आ पहुंचा था। राम ने उसे भी उस स्थान पर ले जाने का संकेत किया, जहां पहला पोत जल में डूबा था।

दूसरे पोत के साथ भी वही हुआ, जो पहले के साथ हुआ था। किन्तु, सबने आश्चर्य से देखा कि दूसरा जलपोत पूरा नहीं डूब पाया है। उसके मस्तूल अब भी ऊपर दिखाई पड़ रहे थे।

"मैं कहता था न।" नल ने गर्व से राम की ओर देखा।

"हमारा अनुमान ठीक है।" सागरदत्त ने कहा।

"मैं तुम्हारे अनुमान से कुछ सहमत तो हूं; इसीलिए दो जलपोत इस स्थान पर डुबोए हैं," राम चिन्तनपूर्ण स्वर में बोले, "किन्तु हमें एक बात का ध्यान रखना चाहिए कि कहीं हम अपनी इच्छा का ही तो प्रतिबिम्ब नहीं देख रहे हैं। यहां कोई जलमग्न पहाड़ी भी हो सकती है," राम क्षण- भर रुककर बोले, "यदि यह पहाड़ी है तो हमारे किसी काम नहीं आएगी, और यदि सचमुच यह सागर की मर्यादा है तथा आगे का जल स्तिया है, तो हम अपने परिश्रम के बल पर सागर से अपना मार्ग छीन लेंगे।"

"उसके लिए आवश्यक है राम।" नल ने कहा, "कि हमें कुछ और जलपोत भी डुबोने की अनुमति मिले...।"

"हमारे पास जितने भी जलपोत हैं, तुम्हें उन्हें डुबो देने की अनुमति है।" राम बोले, "अब इस निश्चय से पीछे हटना मेरे लिए सम्भव नहीं है।"

"तो ठीक है राम। मैं इस सरल रेखा में चार पोत और डुबोऊंगा।" नल बोले, "यदि उनका परिणाम भी यही हुआ, जो इन जलपोतों का हुआ है, तो आप निश्चित जानिए कि सागर की सीमा यहां समाप्त होती है और आगे का जल स्तिया मात्र है, अतः मात्र एक भ्रम है। ऐसी स्थिति में इसी रेखा के साथ-साथ भूमि को उभारकर ऊंचा कर देने से ये दोनों जल अलग हो जाएंगे और बीच का सेतु हमारी सेनाओं को पार उतारने के लिए एक विशाल मार्ग बन जाएगा।"

"तुम्हारी कामना पूर्ण हो नल।" राम भावनापूर्ण स्वर में बोले, "हमारा सारा अभियान अब तुम्हारी इसी योजना पर टिका हुआ है।"

नौ

प्रायः मध्याह्न के समय लक्ष्मण राम के पास आए। वे हांफ रहे थे; किन्तु बहुत थके होने पर भी वे अत्यन्त प्रसन्न दिखाई पड़ रहे थे। एक लम्बे अन्तराल के पश्चात राम ने लक्ष्मण को इतना प्रसन्न देखा था।

"भैया।"

राम ने प्रश्न-भरी दृष्टि से देखा।

"भैया। नल ने अनेक जलपोत डुबो दिए हैं; किन्तु मार्ग पा लिया है।"

"स्पष्ट कहो सौमित्र।" राम कुछ उद्विग्न दिखाई पड़े, "मार्ग पाने का क्या अर्थ है?"

"उन्होंने बहुत दूर तक सागर और स्तिया के बीच की सीमा को खोज लिया है।" लक्ष्मण बोले,

"डुबोई गई शिलाओं से वह मर्यादा ऊंची उठ आई है और सागर तथा स्तिया के बीच सेना के चलने के लिए एक मार्ग उत्पन्न हो गया है।"

उल्लास की उत्तेजना में राम उठ खड़े हुए, "तुमने स्वयं देखा है सौमित्र? क्या सचमुच उस पर से सेना पार हो सकती है?"

"वहीं से आ रहा हूं भैया।" लक्ष्मण बोले, "चाहे कितनी बड़ी सेना क्यों न हो, राजमार्ग के समान उस पर से चलती हुई निकल सकती है।"

"चलो, मेरे साथ।"

राम, लक्ष्मण, सुग्रीव, अंगद, हनुमान, विभीषण, नल तथा जाम्बवान–सबको प्रसन्न मुद्रा में एक साथ जाते देख, सेना में समाचार फैल गया कि अवश्य ही कुछ-न-कुछ अद्भुत घटित हुआ है। राम ने इस भावना के प्रसार को रोकना आवश्यक नहीं समझा। अच्छा ही था, उससे सैनिकों का उत्साह बढ़ेगा। लक्ष्मण उन्हें सेतु-निर्माण स्थल पर ले गए। सबने आंखों से देखा, नल ने अद्भुत कार्य कर डाला था। जल के बीच में से सचमुच एक राजमार्ग जा रहा था, जिसके एक ओर सागर के जल की जीवित लहरें आ-आकर टकरा रही थीं और दूसरी ओर स्तिया का शान्त, सोया हुआ, निस्पन्द जल।

राम ने उल्लसित होकर नल को गले से लगा लिया, "सागर-ज्ञान के विषय में तुम्हारा अनुराग, आज सफल काम हुआ मित्र! निश्चित रूप से तुम्हारी दृष्टि सागर के गर्भ में झांक रही थी। तुम धन्य हो मित्र।"

सबने बारी-बारी नल का साधुवाद किया। सुग्रीव तथा नील ने भी उन्हें गले से लगा लिया। नल ने नतमस्तक होकर प्रशंसा स्वीकार की और शालीन स्वर में बोले, "भद्र राम! यदि इसी गति से काम चलता रहा। पीछे से शिलाएं, पत्थर, मिट्टी, लकड़ियां इसी प्रकार आते रहे तो सन्ध्या तक हमारा सेतु लंका तक जा पहुंचेगा। यदि कठिनाई न हो, तो एक सहस्र व्यक्ति यहां भेज दें–जो इस पथ को आकार देकर समतल करेंगे; और आप सेना को सन्ध्या के पश्चात प्रयाण का आदेश भी दे सकते हैं। रात हम सागर के उस पार व्यतीत कर सकते हैं।"

"तुम ठीक कह रहे हो बन्धु।" राम पुलकित स्वर में बोले, "एक सहस्र व्यक्ति अभी यहां आ जाएंगे। किन्तु..." राम चुप हो गए।

"किन्तु क्या राम?" सुग्रीव बोले।

"सेना के प्रयाण के विषय में सोचना होगा।" राम का स्वर गम्भीर था, "अभी तक राक्षसों ने हमसे कोई छेड़छाड़ नहीं की है। इसका अर्थ यह है कि उन्हें हमारी गतिविधि का कोई ज्ञान नहीं है। वे लोग निश्चिन्त हैं कि उनके और हमारे बीच का यह सागर इसी प्रकार बना रहेगा और हम कभी भी उन तक नहीं पहुंच पाएंगे।...किन्तु सागर के उस तट पर उनकी सैनिक चौकियां अवश्य होंगी। यदि नल इसी प्रकार अपना सेतु निर्माण करते हुए वहां तक जा पहुंचे, राक्षस-सेना सावधान हो गई तो वे हमारी सेना की अग्रिम टुकड़ियों को भारी क्षति पहुंचाएगी। यह भी सम्भव है कि राक्षस सेतु के पूर्ण होने में बाधा डालें।"

"तो?" सुग्रीव बोले।

"पहले सेतु बने या पहले सेना उतरे?" विभीषण ने पूछा।

"इसी समस्या की ओर मैं आपका ध्यान आकृष्ट कर रहा हूं।" राम बोले, "मेरा विचार है कि

सेतु के अन्तिम चरण का निर्माण रात्रि के अन्धकार में किया जाए। सेतु के अन्तिम चरण के समय जितने सम्भव हों, उतने सैनिक नौकाओं से उस पार उतार दिए जाएं। सम्भव हो तो वे वहां की सीमा-सुरक्षा-चौकियों को अपने अधिकार में कर लें। युद्ध-वेश में सजी अग्रिम सैनिक टुकड़ियां ही सेतु का अन्तिम चरण पूर्ण करें। निश्चित रूप से उस स्थान पर जल बहुत गहरा नहीं होगा। सेना को रात्रि के अन्धकार में जितनी शीघ्रता से सम्भव हो, आकस्मिक रूप से सागर के उस पार उतार दिया जाए।"

"मैं राम से पूर्णतः सहमत हूं।" विभीषण बोले, "नौकाओं से लंका में उतरनेवाली अग्रिम टुकड़ियों के आगे-आगे मैं चलूंगा।"

"मैं तो सोच रहा था कि लंका की भूमि पर सबसे पहले पग मैं रखूंगा," लक्ष्मण बोले, "किन्तु लंकापति की इच्छा का विरोध कैसे करूं?"

राम मुस्कुराए, "प्रश्न इच्छा का नहीं है। हमें युद्ध-नीति देखनी होगी। मित्रवर विभीषण को सबसे पहले जोखिम के मुख में मैं नहीं जाने दूंगा। लंका की भूमि पर वे हमारे सबसे महत्त्वपूर्ण मार्ग-निर्देशक और परामर्शदाता होंगे। उनके लिए जोखिम उठाने के अनेक अवसर आएंगे।"

"यदि अनुमति हो भद्र," हनुमान धीरे-से बोले, "तो सीमा-रक्षा-चौकियों पर छापा मारने का काम मैं करूं।"

"मेरा विचार है, हनुमान उचित ही कह रहे हैं," सुग्रीव ने अपना मत प्रकट किया, "वह छापा आकस्मिक और शत्रुओं के लिए स्तब्धकारी होना चाहिए। हनुमान स्फूर्ति में अद्वितीय हैं। फिर लंका जलाकर लौटनेवाले व्यक्ति का यहां आतंक भी पर्याप्त होगा। उन्हें देखकर राक्षस सैनिक स्तब्ध रह जाएंगे।"

"मैं सहमत हूं।" राम बोले, "यह कार्य हनुमान ही करें। किन्तु अग्रिम टुकड़ियों के विषय में मेरी योजना है कि लंका की भूमि पर टुकड़ियों के रूप में नहीं, वाहिनियों के रूप में उतरा जाए।"

"तो?"

"बाईं ओर से जितना सम्भव हो, उतना फैलाकर सौमित्र, अंगद और नील उतरें। दाहिनी ओर से वैसे ही गया, गवाक्ष और गन्धमादन उतरें। सेतु के अन्तिम चरण का निर्माण कर लंका की भूमि पर उतरनेवाली वाहिनी मेरे साथ रहेगी। सेतु के मध्य भाग में जाम्बवान रहेंगे। सेतु के आरम्भ में सुग्रीव और विभीषण रहें। तार और केसरी सारी सेना को पार उतार, पीछे की देखभाल करते हुए आएं। सेतु की रक्षा, इस ओर के सागर-तट की रक्षा जन सैनिक करें। किष्किन्धा से सम्पर्क बनाए रखने के लिए उत्तरदायी शिल्पी होंगे। शेष यूथपति अपनी-अपनी वाहिनियों के साथ यथाशीघ्र आएं।"

"यद्यपि मैं भी आगे जाना चाहता था," सुग्रीव बोले, "किन्तु सेना के महासेनापति की योजना उत्तम है। ऐसा ही हो, ताकि लंका में उतरते ही हमारे पांव उस भूमि पर जम जाएं और मुंह की खाकर लौटने की बात न सोचनी पड़े।"

"तो फिर यही हो।" लक्ष्मण का स्वर गम्भीर था, "तत्काल इस योजना पर कार्य आरम्भ किया जाए।"

दस

रात आधी से अधिक बीत चुकी थी। लंका के मुख्य द्वार बन्द हुए दो प्रहर हो चुके थे। चौकसी के

लिए परकोटे पर नियुक्त सन्तरी भी कई परिक्रमाएं कर अब शिथिल हो चुके थे। सामान्य स्थिति में अब तक वे सो चुके होते; किन्तु इधर गुप्तचरों की गतिविधियां बढ़ गई थीं। उनमें से जाने कोई कब आ टपके। वे बाहर से भी आ सकते थे और बाहर जाने के इच्छुक भी हो सकते थे। इन गुप्तचरों के मारे सन्तरियों की रात की नींद में भयंकर विघ्न आ उपस्थित हुआ था। तोरणों के बन्द हो जाने के पश्चात तब तक नगर में कोई कार्यकलाप चलता रहता था; कहीं से प्रकाश और कहीं से ध्वनि आती रहती थी–तब भी सन्तरियों को जागते रहने का एक बहाना होता था; किन्तु जब नगर के भीतर का भी सारा कोलाहल सो जाए, तब सन्तरी किसके सहारे जागें।

कुछ समय पूर्व तक लंका को किसी से भय नहीं था। यद्यपि नगर बाहर परिखा थी जिसमें जल भरा था, फिर ऊंचा और चौड़ा परकोटा था, जिस पर सन्तरियों की टोलियां पहरा देती थीं; तोरणों पर अनेक यन्त्र लगे थे, जो शत्रुओं पर पत्थरों और बाणों की वर्षा करते थे। फिर भी प्रत्येक व्यक्ति जानता था कि यह सब अनावश्यक था। रावण के आधिपत्य के पश्चात शत्रु लंका से दूर भागे थे, लंका की ओर कोई नहीं आया। किन्तु हनुमान के आने के पश्चात स्थिति बदल गई थी फिर सूचना आई कि राम अपनी सेना लेकर सागर के उस पार पहुंच गया है। उससे लंका की प्रजा में तो कम खलबली मची; रावण के अपने घर में कलह आरम्भ हो गया। लंका में सुना जाता था कि विभीषण जाकर राम से मिल गया है। वानरों का राजा सुग्रीव पहले ही उसके साथ था।

"आ, थोड़ी देर विश्राम कर लेते हैं।" एक सन्तरी ने दूसरे से कहा। "अब विश्राम कहां है!" दूसरा बोला, "थोड़ी देर में नायक आ धमकेगा। सुना है कल एक सन्तरी को द्यूत खेलने के अपराध में दंडित किया गया है। वह बेचारा तो सो भी नहीं रहा था। राम की सेना क्या आई; लंका का सार्वजनिक खेल अपराध बन गया।"

"तू नया है न। इसलिए बहुत डरता है," पहले ने कहा, "हम सब निर्भीक हैं। लंका में कोई काम नहीं करता। बस पैसा काम करता है।"

"मैं तो डरता ही हूं, क्योंकि नया-नया काम मिला है।" दूसरा बोला, "किन्तु तुम्हारा राजाधिराज क्यों डरता है?"

"राजाधिराज और भय। तू नशे में तो नहीं है?"

"नहीं, नशे में तो तुम हो। अपने राजाधिराज की शक्ति के मद में भूले हो," दूसरा बोला, "इतनी-सी बात नहीं सोच सकते कि रावण डरता नहीं है तो अपनी सेना ले, सागर के उस पार जाकर राम से लड़ता क्यों नहीं? किस बात की प्रतीक्षा में बैठा है, गवाक्ष और द्वार बन्द करके? लंका के चारों द्वारों पर पहरा क्यों बढ़ाया है? नगर में सैनिक परिक्रमा क्यों करते हैं? अरे न होता उस पार, सागर के इस पार ही व्यूह बांधता।"

"तू अकिंचन-सा सन्तरी, लगा है राजाधिराज की आलोचना करने। इतनी ही राजनीति समझता था तो यहां चाकरी करने क्यों आया। कोई मन्त्री-पद संभाल...।"

इससे पहले कि दूसरा कोई कटु उत्तर देता, उन्हें लगा कि उन्होंने दूर कहीं बहुत सारी ध्वनियां सुनी हैं। शब्द बहुत ही धीमा था; किन्तु जैसे सहस्रों शब्द एक साथ हो रहे थे। वे दोनों ही सावधान हो गए। कैसा शब्द है यह? उन्होंने अंधेरे में आंखें फाड़-फाड़कर देखने का प्रयत्न किया। अपनी उल्काएं उठा-उठाकर देखा–किन्तु कुछ भी स्पष्ट नहीं हुआ। पर था कुछ न कुछ अवश्य। कोई बहुत बड़ी हलचल...

एक भागता हुआ प्राचीर की सीढ़ियां उतर गया और उसने अपने अधिकारी को सूचना दी। अधिकारी को अपनी नींद में यह विघ्न प्रिय नहीं लगा।

"क्या बात है?" उसने आधी आंखें खोलकर बुरा-सा मुंह बनाया, "लगता है तुम्हें वृत्ति आवश्यकता में अधिक मिलने लगी है।"

"नहीं प्रभु!" सन्तरी ने हाथ जोड़ दिए, "सागर-तट पर बड़ी हलचल है, जैसे सहस्रों लोग कुछ कर रहे हों।"

"ठीक है। ठीक है।" अधिकारी ने अप्रसन्नता में अपना हाथ झटका, "वहां तट-सुरक्षावाले कुछ कर रहे होंगे। तुम्हारे पेट में क्यों मरोड़ उठ रहे हैं। जाओ, अपना काम करो।"

"नहीं नायक," सन्तरी टला नहीं, "तट-चौकी पर इतने लोग कभी नहीं होते।"

"तो हमारी सेनाएं युद्ध के लिए जा रही होंगी।" नायक उठने के लिए तैयार नहीं था।

"नायक!" सन्तरी पुनः बोला, "हमारी सेना होती तो हमारे तोरण से निकलकर गई होती। वह तो बाहर से आई कोई सेना लगती है।"

इस बार नायक उछलकर खड़ा हो गया, "कहीं वानरों को लेकर राम ही तो नहीं आ गया।..."

वह भागता हुआ आया और परकोटे पर चढ़ गया। उसने देखा : सन्तरी की सूचना ठीक थी, वे सहस्रों नहीं लक्ष-लक्ष लोग थे और अन्धकार में सागर की लहर के समान बढ़कर ख़ाली धरती पर फैलते जा रहे थे...अनेक स्थानों पर उल्काएं भी जल उठी थीं–कदाचित वे अपने शिविर स्थापित कर रहे थे...

"लगता है वही आ गया।" नायक का मुख भय से पीला पड़ गया, "अच्छा-भला शान्ति से जीवन कट रहा था, पर हमारा यह राक्षस राज...।"

"नायक!" सन्तरी बोला, "अधिकारियों को सूचना भेजनी चाहिए।"

"भेजो। भेजो।" नायक बोला, "मैं तो लुट गया।"

"क्या हुआ नायक?" दूसरे सन्तरी ने पूछा।

"होना क्या है रे! मैं लुट गया।" नायक जैसे अपने आपसे कह रहा था, "एक वानर आया था तो क्या नहीं हुआ था? अब वानर-सेना आई है तो क्या होगा? नगर घिर जाएगा। न कोई नगर में आ सकेगा, न बाहर जा सकेगा। नगर की व्यवस्था भंग हो जाएगी। दंगे होंगे, लूट-मार होगी। मेरे भवन के पास तो वे कंगले श्रमिक वानर रहते हैं, अवसर पाते ही मेरा घर लूट लेंगे। मैंने तो नया-नया विवाह किया है रे...।"

सन्तरियों का धैर्य समाप्त हो गया था। वे सूचना देने के लिए दोनों ओर दौड़ पड़े थे।

ग्यारह

रावण का रथ चलता जा रहा था।

तो राम सागर पार कर ही आया...रावण सोच रहा था–विभीषण उस पार गया, राम को लिवा लाने।...और रावण आज समझ पा रहा था कि उसके मन में सीता के प्रति कामासक्ति जगाने के पीछे शूर्पणखा का क्या उद्देश्य था। सम्मान और प्रतिशोध की बातें तो बहाना मात्र थीं। वह यही चाहती थी कि सीता को खोजता हुआ राम लंका में आ जाए और शूर्पणखा के चंगुल में फंस जाए.. शूर्पणखा लंका में होती तो सचमुच जयमाला लेकर राम का स्वागत करती। ओह! रावण के ये छोटे

भाई-बहन! कैसा-कैसा सुख-आराम, यश-मान नहीं दिया। रावण ने उन्हें! और आज वे स्वतन्त्र हो गए हैं। स्वयं को रावण से अधिक बुद्धिमान मानते हैं। अपने हित और स्वार्थ के पीछे बड़े भाई का इस प्रकार विरोध कर रहे हैं...यह विरोध सामान्य नहीं है। अब भाई-बहन का कोई सम्बन्ध नहीं। शूर्पणखा का लंका में प्रवेश पूर्णतः निषिद्ध करना होगा; और विभीषण का तो अपने हाथों वध करना होगा... पर वे दोनों वस्तुतः रावण से चतुर निकले। उन्होंने राम की क्षमता को ठीक आंका है। वे जानते थे कि राम सैन्य-संगठन कर सकता है। सागर पार कर सकता है।...और राम सचमुच आ गया। रावण ने कभी नहीं सोचा था कि यह सम्भव होगा...उसके मन्त्री और सेनापति भी यही कहते रहे। मूर्ख...किसी ने रावण को सूचना नहीं दी–बहुरक्षित सागरों ने भी नहीं। गुप्तचरों ने भी नहीं। सैनिक चौकियों ने भी नहीं। तटरक्षकों ने भी नहीं।...

राम ने सागर पार कर लिया...राम ने क्या पार किया, विभीषण ने सुझाया होगा–कुलकलंक ने। वह लंका के सारे भेद जानता है। अब एक-एक कर राम को बताता रहेगा। सबसे पहले उसी का वध करना होगा...विभीषण की पत्नी और पुत्री...विभीषण के लिए यही दंड उचित होगा। उसकी पत्नी और पुत्री का वध। सरमा और कला का वध।...

रावण का चिन्तन रुक गया।...एक परिजन विद्युज्जिह्व का वध कर रावण आज तक उसकी क्षतिपूर्ति ही कर रहा है। विभीषण का अपमान किया तो वह राम को सागर पार ले आया।...अब यदि सरमा और कला का वध किया तो...लंका में विभीषण के अनेक अनुयायी हैं...अन्तर्विद्रोह हो सकता है। फिर कुम्भकर्ण! वह इस बात को तनिक भी पसन्द नहीं करेगा। कहीं वह रुष्ट न हो जाए। रावण के लिए वह महत्त्वपूर्ण है। भाइयों में से एक वही तो उसका समर्थक रह गया है। ...रावण उसे अप्रसन्न नहीं कर सकता...सरमा और कला का वध उपयुक्त समय पर होना चाहिए। अभी तो वे अवरोध में ही रहें...

ये सब लोग रावण से सीता को छीनना चाहते हैं। कितना सरल है कहना...सीता को लौटा दो।...सागर पार कर वन में षड्यन्त्र कर अकेली सीता को रावण क्या इसलिए हरकर लाया था कि कोई कहे और वह सीता को लौटा दे...

"नहीं, रावण सीता को क्यों लौटाएगा!" उनके मन में प्रतिरावण पुनः हंस रहा था, "वह तो अपने सारे वंश का नाश करवाएगा। अपने प्राण देगा...।"

"कौन जन्मा है रावण के प्राण लेनेवाला और उसके वंश का नाश करनेवाला?" रावण ने प्रतिरावण को डांटा, "हां, यह ठीक है कि रावण अपने प्राण दे देगा, किन्तु सीता जैसी सुन्दरी को लौटाएगा नहीं। पर कौन लेगा रावण के प्राण? रावण एक-एक कर इन सबके प्राण ले लेगा-राम, लक्ष्मण, सुग्रीव, हनुमान...और विभीषण के भी। किन्तु सबसे पहले वह सीता को प्राप्त करेगा..."

रावण और प्रतिरावण दोनों ही चुप हो गए। रावण कुछ सोचता रहा और सहसा ही किसी निश्चय पर पहुंचकर बोला, "सारथे! रथ को अशोक वाटिका की ओर मोड़ लो।"

बारह

रथ अशोक वाटिका के द्वार पर रुका। अंगरक्षकों की एक टुकड़ी आगे प्रवेश कर गई, तो रावण ने भी अपना पग आगे बढ़ाया।

बिना पूर्व सूचना के राजाधिराज के आ जाने से रक्षिकाओं में खलबली मच गई थी।

रावण दृष्टि उठाकर कुछ देखे, उससे पूर्व ही प्रतिरावण का ठहाका गूंजा, "बस कर लिया निर्वाह, मन्दोदरी को दिए हुए वचन का? आज अकेले ही चले आए सीता से मिलने! न वे दासियां, न स्त्री रक्षिकाएं, न रानियों की शोभा-यात्रा, न वे भेंट-उपहार? क्या सोचेगी सीता?"

रावण का सिर भन्ना गया। उसके राज्य और परिवार के भीतर क्या यहां तो उसके अपने मस्तिष्क के भीतर उसका शत्रु घुसा बैठा था। पहले तो इसी का गला घोंटना होगा... पर तब वह प्रतिरावण स्वयं ही कहीं विलीन हो गया था। रावण जानता है, जब उसका क्रोध अथवा अहंकार उद्दाम हो उठता है, तो प्रतिरावण या तो चुपचाप सोया रहता है या जागता भी है तो कुछ बोलता नहीं...

रावण ने सीता को देखा : निश्चय ही बिना किसी पूर्व-सूचना के रावण को इस प्रकार आया देख, वह चकित हो रही थी। भय, आश्चर्य, आशंकाएं–जाने कितने भाव उसकी आंखों में थे और उसके रूप को एक विचित्र भंगिमा प्रदान कर रहे थे। रावण की इच्छा हो रही थी–उसे देखता ही जाए...ऐसा रूप रावण ने कभी नहीं देखा...ऐसी गरिमा, ऐसा साहस और ऐसा चरित्र रावण ने कभी नहीं देखा...रावण की रानियों, प्रेमिकाओं, रखैलों, भोग्याओं और दासियों में एक भी ऐसी स्त्री नहीं है।...और इस स्त्री को उससे छीनने के लिए राम आया है...

रावण के शरीर का सारा रक्त उसके मस्तिष्क की ओर दौड़ चला...रावण सारे विश्व का नाश कर देगा, पर सीता नहीं देगा...पर तत्काल रावण के मन से प्रश्न उठा : क्या सीता को, राम के आने का कोई आभास है?...अवश्य होगा। चारों ओर इतना कोलाहल है। वानरों के स्वर आते होंगे। यहां के रक्षक-रक्षिकाओं में उसकी चर्चा होती होगी...

"सीते!" रावण के स्वर में क्रूरता तथा माधुर्य का विचित्र मिश्रण था, "तेरी भी प्रतीक्षा समाप्त हुई, और मेरी भी। अपनी मुक्ति के लिए जिसकी प्रतीक्षा तुम कर रही हो, वह सागर पार कर लंका के द्वार तक आ गया था...।"

"राम।..."

"हां राम! कल रात तुमने सागर तट से उठता कोलाहल सुना होगा। वह अपनी सेना लेकर आया था...बहुत प्रसन्न हो कि वह तुम्हें मुक्त कराकर अंगीकार कर लेगा।" रावण ने अट्टहास किया, "वह भी यह समझकर आया था कि वह यहां अपनी सीता को प्राप्त कर लेगा।"

रावण ने पुनः अट्टहास किया और हंसता ही चला गया।

सीता आशंकित दृष्टि से रावण को देख रही थीं, राम के लंका पहुंचने पर रावण हंस क्यों रहा है? वह भयभीत क्यों नहीं है? और उनके आने की चर्चा भूतकाल में क्यों कर रहा है?...

"तुम लोगों ने इसे बच्चों का खेल समझ रखा है क्या? कि भागकर रस्सी को छू लेनेवाला अपना पारितोषिक पा जाएगा।" रावण के चेहरे पर भयंकर क्रूरता खेल गई, "न तुम इस बात को समझीं कि तुम राम को काल के गाल में खींचने के लिए चुम्बक मात्र हो और न राम इस बात को समझ पाया कि रावण इस सागर में सीता जैसी कामिनियों का चारा डालकर राम जैसे मत्स्यों का आखेट करता है...।"

सीता की आंखें फट आईं, मुख कुछ खुल गया और हाथ कानों तक चले गए।

"हां, सागर पार करते-करते बेचारा बहुत थक गया था। युद्ध से पहले थोड़ा विश्राम कर लेना चाहता था; इसलिए सागर के दक्षिण तट पर सेना सहित गहरी नींद सो रहा था। मैंने सोचा, प्रातः उठकर युद्ध करेगा तो पुनः थक जाएगा। इसलिए मैंने उसे वहीं, चिर निद्रा में सुला दिया है। अब

वह कभी नहीं थकेगा...मैंने अपने हाथों से राम का वध किया है।" रावण बोला, "उसके जटाजूट को पकड़ अपने चन्द्रहास खड्ग के एक वार से उसका सिर उसके शरीर से अलग कर दिया है। उसका सिर इस समय भी मेरे रथ में मेरे पैरों से ठुकराए जाने के लिए पायदान पर पड़ा है।" रावण हंसा, "तुम्हें भेंट देने के लिए ला रहा था; किन्तु फिर तुम्हारे कोमल मन का विचार कर रुक गया। सोचा, शायद तुम उसे न देख सको। वह चेहरा अब उतना सुदर्शन रहीं रहा। कटी हुई ग्रीवा का मांस कुछ विचित्र प्रकार का लाल है। उससे टपकता हुआ तुम्हारे प्रिय का लाल-लाल रक्त अब सूख कर काला हो गया है हां! कुछ शिराएं भद्दी रस्सियों के समान झूल रही हैं। उसकी आंखें पथरा गई हैं। खुले होंठों पर मुस्कान नहीं है–भय, याचना और दीनता का भाव है।" सीता ने हथेलियों से अपने कान भींच लिए और आंखें बन्द कर लीं।

पर रावण का अट्टहास उन भिंचे कानों में भी प्रवेश कर गया, "नहीं सुन सकतीं। इसलिए वह सिर मैं तुम्हारे सामने नहीं लाया। उसे देखकर तुम्हें दुख होगा; और मैं तुम्हें दुखी नहीं करना चाहता जानकी। अपनी प्रिया को कौन दुख देना चाहेगा।"

"मेरे प्रिय का वध कर अब मुझे बताने आया है दुष्ट!" सीता ने चीत्कार किया, "मेरा भी वध कर दे। चला अपना चन्द्रहास खड्ग। कर दे मेरा भी सिर धड़ से अलग...।"

"हठ छोड़ो सीते!" रावण का स्वर कोमल हो गया, "मेरे पास तुम्हारे लिए मृत्यु नहीं, जीवन के सुख और भोग हैं। मुझे अंगीकार करो। मुझ जैसा प्रेमी पाकर तुम भी धन्य हो जाओगी।"

लगा, जैसे उसकी बात ने सीता के कानों में प्रवेश ही नहीं किया था, वे वैसे ही बिलख-बिलखकर रो रही थीं, "तुझसे नहीं होता तो ला मुझे दे अपना खड्ग। मैं स्वयं आत्मघात कर लूंगी।"

"तुम इस वय में मरने के लिए नहीं बनी हो," रावण बोला, "एक बार रावण के प्रेम का आस्वाद लो, फिर कभी मरना नहीं चाहोगी।"

सहसा सीता ने बिलखना बन्द कर दिया; कानों पर से अपनी हथेलियां हटा लीं। उन्होंने सीधे रावण की ओर देखा। उनकी आंखों में अब नमी नहीं थी। नमी जमकर कठोर हो गई थी। चेहरे पर भी एक दृढ़ संकल्प था, "आज तक तुम एक शस्त्र की मेरी मांग तो पूरी नहीं कर सके लंकेश्वर। अपनी ओर से जो उपहार तुम लाए, वे मुझे स्वीकार नहीं थे। पर आज जो भेंट लाए हो, वह मुझे ग्राह्य है। यदि तुमने सत्य ही राम का वध कर दिया है, तो मेरे प्रिय का सिर मुझे ला दो। मरने से पूर्व एक बार मैं उनके दर्शन कर लूं...।"

सीता की आंखों में पुनः अश्रु आ गए थे। रावण की आंखें फट गईं। किस मिट्टी की बनी है यह स्त्री? ऐसी स्त्री उसने सचमुच पहले कभी नहीं देखी। इस बार प्रतिरावण ने ज़ोर का अट्टहास किया और रावण को अपनी सकपकाहट छिपाने के लिए प्रयत्न करना पड़ा।

रावण पुनः क्रूरता से मुस्कुराया, "उसके जटाजूट से पकड़, उसे झुलाता, उसका रक्त टपकाता हुआ लाऊं या सोने के थाल में रेशमी वस्त्र से ढांप कर लाऊं?"

"जैसे तुम्हारी इच्छा हो।"

"अपनी प्रिया को मैं उसका मनपसन्द उपहार समारोहपूर्वक ही दूंगा," रावण के दांत भिंच गए, "किन्तु दूंगा उपयुक्त अवसर पर ही।"

सहसा एक चर ने आकर अभिवादन किया, "लंकापति! अन्य मन्त्रियों सहित महामन्त्री प्रहस्त आपकी प्रतीक्षा कर रहे हैं। आवश्यक कार्य है।"

रावण की आंखें क्रोध से जल उठीं : प्रहस्त का यह साहस कि अपने प्रभवदन में सीता से बात करते हुए रावण को वह बुलाने का सन्देश भेजे...

किन्तु रावण अपना क्रोध पी गया।...आजकल लंका की परिस्थितियां असाधारण थीं। सम्भव है कोई असाधारण कार्य ही हो।

रावण और अधिक रुक नहीं पाया।

प्रतिरावण हंस रहा था, "स्वयं को बहुत चतुर समझते हो राक्षसराज! यहां तुम्हारी माया भी नहीं चलेगी। माया वहां चलती है, जहां दुर्बलता होती है। और दुर्बलता तुममें है, सीता में नहीं।"

महामहालय में मन्दोदरी रावण की प्रतीक्षा कर रही थी। मन्त्रियों से मिलने के पूर्व रावण को उससे मिलना पड़ा।

"नाथ! क्या सोचा है आपने?"

"किस विषय में?"

"सीता को लौटाने के विषय में।"

रावण ने घूरकर मन्दोदरी को देखा, "उस विषय में तुमसे बहुत पहले निश्चित हो चुका है कि सीता के साथ मेरा व्यवहार क्या होगा।"

"किन्तु उस सन्धि को आप भंग कर चुके हैं : आज आप सीता से मिलने के लिए अकेले क्यों गए थे?" मन्दोदरी बोली, "और फिर राम के ससैन्य आ पहुंचने से परिस्थितियां बदल नहीं गईं क्या?"

"सूचना मिल गई तुम्हें।" रावण ने दांत पीस लिये, "मुझसे अच्छे गुप्तचर तो तुम्हारे पास हैं।"

"गुप्तचर आपके भी बुरे नहीं हैं।" मन्दोदरी शान्त स्वर में बोली, "किन्तु आपकी मदान्धता आपको सत्य सुनने नहीं देती।"

"रानी।"

"प्रमाण मिल गया न," मन्दोदरी वक्रता से मुस्कुराई, "मेरे मुख से निकला सत्य नहीं सुन सकते, तो गुप्तचरों से क्या सुन सकेंगे।"

"मन्दोदरी!" रावण कठोर स्वर में बोला, "अपनी जिह्वा को नियन्त्रण में रखो। ऐसा न हो कि मुझसे कुछ अवांछित हो जाए।"

"धमकाने का प्रयत्न मत कीजिए।" मन्दोदरी का स्वर दृढ़ हो गया, "यदि आप अपनी पत्नी की हत्या कर राम पर विजय प्राप्त करने की बात सोच रहे हैं तो ग़लत सोच रहे हैं। आपके तनिक से दुर्व्यवहार से आपका सगा भाई आपके शत्रु से मिल गया है। आपकी आंखें अब भी नहीं खुलीं क्या?" मन्दोदरी रुकी, "आपको पता भी है कि लंका में क्या हो रहा है? आप कटु सत्य नहीं सुन सकते, इसलिए कोई मन्त्री, कोई गुप्तचर आपको ठीक सूचना देने का साहस नहीं करता।"

"क्या हो रहा है लंका में?"

"लंका नगर की प्राचीर के बाहर रहनेवाले समस्त निर्धन वानर-अवानर श्रमिक अपनी छैनी-हथौड़ी के साथ राम से जा मिले हैं। जो लंका में निर्माण करते थे, अब वे उसका नाश करेंगे।"

"श्रमिकों के पलायन से डर गई हो?" रावण हंसा, "युद्ध सैनिक लड़ता है, श्रमिक नहीं।"

"जानती हूं। पर क्या आप जानते हैं कि श्रमिक काम न करे तो सैनिक लड़ नहीं सकता," मन्दोदरी का स्वर कटु हो गया, "और बात इतनी ही नहीं है।

लंका के भीतर इतनी बड़ी संख्या में रहनेवाले निर्धन लोग, राम की सेना के दबाव से घबराई

हुई लंका में या तो लूट-पाट मचाने की तैयारी में हैं या परकोटा फांदकर राम के पक्ष में जा मिलने की।"

"वे ऐसा नहीं कर सकते।" रावण अविश्वास से बोला, "वे यहां के नागरिक हैं। लंका उनकी अपनी मातृभूमि है।"

मन्दोदरी उपहास करती हुई हंस पड़ी, "आज याद आया है आपको कि वे लंका के नागरिक हैं। जब उनके नंगे-भूखे बच्चे, बिना भोजन, आवास, शिक्षा और औषधि के, या तो पशुओं के समान जी रहे थे या मर रहे थे–तब आपने उन्हें नागरिक माना था क्या?" उसने घूरकर रावण को देखा, "और जो आपके नागरिक थे, वे इसलिए थे, क्योंकि लंका में उनके लिए सुख-सुविधा थी, शान्ति और सुरक्षा थी। सैनिक आक्रमण जैसी आपत्ति लानेवाले राजा के नागरिक बनकर वे नहीं रहना चाहते। वे इस प्रयत्न में हैं कि किसी प्रकार वे लंका से निकलकर सागर तट पर पहुंच जाएं और अपने परिवार और धन के साथ इस संकटग्रस्त क्षेत्र से दूर निकल जाएं।...आपको पता है, आज लंका में स्वर्ण-मुद्राओं में भी एक दिन के लिए रथ नहीं मिल रहा। किसी ने आपको बताया कि लंका का प्रत्येक नागरिक घबराया हुआ है कि एक वानर आया था तो लंका को अग्निसात कर गया था : आज वानर-सेना आई है तो क्या करेगी?"

"तुम क्या चाहती हो!"

"युद्ध टालने के लिए सीता को लौटा दीजिए।"

"तुम मेरा पराभव चाहती हो।" रावण बोला, "यह नहीं होगा।" रावण जाने के लिए मुड़ा।

"सुनिए।" रावण ने उसकी ओर देखा।

"नाना माल्यवान आए हैं, वे आपसे कुछ कहना चाहते हैं।" रावण ने आश्चर्य से देखा, नाना आए हुए हैं और छिपे बैठे हैं क्या? उन्होंने मन्दोदरी के साथ हुआ सारा वार्तालाप सुना है क्या?

"कहां हैं?"

माल्यवान ने कक्ष में प्रवेश किया, "वत्स! मेरी बात सुनो।"

रावण की दृष्टि उधर घूमी।

"जिस राजा की शक्ति क्षीण हो रही हो, अथवा शत्रु के समान ही शक्ति रखता हो, उसे शत्रु के साथ सन्धि कर लेनी चाहिए। तुम्हारे प्रमाद से बढ़ा हुआ अधर्म रूपी अजगर अब हमें निगल जाना चाहता है।...सीता को लौटा दो और राम से सम्मानजनक सन्धि कर लो।"

रावण की भवें वक्र हो गईं, "किसका भय है आपको? राम का? जिसे पिता ने घर से निकाल रखा है और कुछ वानरों को घेरकर इकट्ठा कर लाया है।" सहसा लगा, वह अपनी मर्यादा छोड़ बैठा है, "इस राम और इसके वानरों को तो मैं लंका से जीवित लौटने नहीं दूंगा; आपको यह बता दूं, जो द्वेषवश अथवा शत्रु-प्रेरित होकर मुझे हतोत्साहित करने का प्रयत्न करेगा, उसे भी जीवित नहीं छोड़ूंगा।"

"वत्स! मैंने तुम्हारे हित की बात कही है।"

"सम्बन्धियों द्वारा कही गई हित की बातों का अर्थ मैं समझता हूं।" रावण बोला, "विश्व की अद्वितीय सुन्दरी को मैं वन से क्या इसलिए हर लाया था कि राम के भय से उसे लौटा दूं। मेरे शरीर के दो टुकड़े हो सकते हैं; किन्तु मैं किसी के सामने झुक नहीं सकता। सम्भव है कि आप इसे मेरा दोष मानें किन्तु मैं अपनी प्रवृत्ति बदल नहीं सकता।"

रावण ने ताली बजाई। द्वारपाल ने कक्ष में प्रवेश कर अभिवादन किया। "महामन्त्री प्रहस्त तथा

अन्य मन्त्रियों को यहीं बुला लो।" मन्त्रियों के आने तक रावण क्रोध से फूंकारता हुआ टहलता रहा। उसने एक बार भी न मन्दोदरी को देखा और न माल्यवान की ओर।

मन्त्रियों सहित प्रहस्त ने प्रवेश कर अभिवादन किया तो रावण ने कठोर स्वर में पूछा, "क्या कार्य है?"

"महाराजाधिराज। युद्ध सम्बन्धित चर्चा..."

"युद्ध के लिए प्रस्तुत हो?" रावण ने प्रहस्त को बात पूरी नहीं करने दी।

"जी।"

"तो व्यूह रचना करो।" रावण बोला, "और लंका से निकल भागने वाले लोगों का तत्काल वध करो। नगर में घबराहट फैलाने अथवा लूट-पाट मचानेवालों को क्रूरतापूर्वक मृत्युदंड दो।"

रावण ने एक दृष्टि मन्दोदरी पर डाली, "विभीषण के प्रासाद को सेना अपने अवरोध में ले लें। उसकी पत्नी सरमा और पुत्री कला पर सैनिक सन्तरी दृष्टि रखें।"

रावण तनिक रुककर बोला, "लंका की सुरक्षा के लिए नए आदेश दिए जाएं। पूर्वी द्वार की रक्षा स्वयं मामा प्रहस्त करें। दक्षिणी द्वार पर महा-पराक्रमी महापार्श्व को नियुक्त किया जाए; पश्चिमी द्वार पर युवराज इन्द्रजीत मेघनाद रहेंगे। उत्तरी द्वार पर महोदर रहेंगे; मैं भी उत्तरी द्वार पर ही जाऊंगा। नगर के केन्द्र में स्थित सैनिक मुख्यालय में अन्य राक्षस सेनापतियों के साथ विरुपाक्ष रहेंगे।...जाओ।"

मन्त्री अभिवादन कर चले गए। रावण ने कठोर दृष्टि माल्यवान और मन्दोदरी पर डाली और स्वयं भी कक्ष से निकल गया।

"यह अपने पाप के हाथों मारा जाएगा।" माल्यवान ने कहा।

"मैं क्या करूं नाना!" मन्दोदरी का स्वर आर्द्र हो उठा, "मैं न राम की विजय की कामना कर विधवा होना चाहती हूं, न राक्षसराज की विजय की इच्छा कर सीता उन्हें सौंप सदा के लिए अनाथ होना चाहती हूं।"

तेरह

रावण झंझावात के समान आया और सीता के मन को झकझोरकर चला गया। सीता के मन में इतनी व्यथा थी कि इच्छा हो रही थी कि अपने प्राण दे दें। अब किस आशा पर वे जीवन धारण करें? अब राम ही नहीं रहे तो मुक्ति और बन्धन में भेद ही क्या रह गया? मुक्त नहीं होंगी तो क्या करेंगी इस जीवन का? और मुक्त होकर भी क्या करेंगी? रावण की धर्षिता के रूप में जीवित रहने का क्या अर्थ?

...कैकेयी आज सफलकाम हुई है। इसीलिए मांगा था उसने राम का वनवास।...जब अकेले सौमित्र अयोध्या लौटकर राम और सीता की मृत्यु का समाचार देंगे तो कैकेयी प्रसन्न हो सकेगी?...माता कौशल्या का क्या होगा? बेचारी दुख के मारे प्राण दे देंगी...

त्रिजटा कह रही थी कि युद्ध अभी आरम्भ ही नहीं हुआ है। रावण भी यही कह रहा था। बिना युद्ध के ही आकस्मिक आक्रमण कर सोए हुए राम को छलपूर्वक मार डाला गया? यह कैसी मृत्यु है?...निद्रा में मृत्यु।

यह किसी वीर की मृत्यु नहीं है...पर यह कैसे सम्भव है? राम जैसा योद्धा इस प्रकार कैसे मारा जा सकता है? फिर उनके साथ सौमित्र हैं, सुग्रीव और हनुमान भी होंगे...वे सब-के-सब इतने

असावधान कैसे हो सकते हैं?...राम का वध हो गया है तो अब युद्ध कौन कर रहा है?...सीता के मन में अनेक सन्देह उभरने लगे...

रावण ने राम का सिर लाकर उनके सामने क्यों नहीं डाल दिया? क्या वह झूठ बोल रहा था? क्या वह छल मात्र था?...क्या वह सीता का मनोबल तोड़ने के लिए षड्यन्त्र मात्र था?...यदि राम का वध हो चुका है तो मन्त्रियों को इतना आवश्यक कार्य क्या था? रावण को जाने की इतनी त्वरा क्या थी? उसने सीता के बार-बार कहने पर भी अपनी बात के प्रमाण-स्वरूप राम का सिर लाकर क्यों नहीं दिया?...

सीता जितना सोचती थीं, उनका द्वन्द्व उतना ही स्फीत होता जाता था...उन्होंने रक्षिकाओं पर एक दृष्टि डाली : कदाचित उनमें त्रिजटा हो और वह कुछ बता सके। किन्तु, त्रिजटा वहां नहीं थी। इस बीच वह कहीं चली गई थी। अगले ही क्षण सीता का मस्तिष्क दूसरे पक्ष की ओर चल पड़ा, यदि रावण सच बोल रहा था, तो किसी को और क्या कहना है? और यदि वह जान-बूझकर झूठ बोल रहा था, तो अपने राजाधिराज की इच्छा समझकर, कोई रक्षिका उसकी बात का खंडन करने का दुस्साहस कैसे करेगी?

सन्ध्या के आसपास सीता ने सरमा को अपनी ओर आते देखा। उन्होंने घबराई हुई दृष्टि चारों ओर घुमाई। कहीं कोई रक्षिका दिखाई नहीं पड़ रही थी। दूर एक वृक्ष के नीचे अकेली त्रिजटा बैठी हुई थी।...

"बधाई हो बहन!" सरमा ने निकट आते ही धीरे-से कहा, "राम अपनी सेना सहित सागर पार कर आए हैं। विभीषण उनके साथ हैं। आर्य राम ने मेरे प्राणनाथ को लंका का राजाधिराज घोषित कर उनका राजतिलक कर दिया।"

"पर..."

"पर क्या?"

"प्रातः तुम्हारा जेठ कह गया है कि उसने राम का वध कर दिया है।"

"मेरा जेठ!" सरमा दबे स्वर में हंसी, "वानर सेना के आ जाने से घबरा गया होगा बेचारा। उसी घबराहट में, शस्त्र से राम को जीतने के स्थान पर, मिथ्या बकवास से सीता को जीतने चला आया।...अभी युद्ध आरम्भ नहीं हुआ। राम पूर्णतः सकुशल हैं और युद्ध की तैयारी में संलग्न हैं।" सरमा एक क्षण के लिए रुककर बोली, "रावण और लंका की स्थिति यह है मेरी बहना, कि भाई को शत्रु पक्ष से लड़ने आया देख, रावण ने हम मां-बेटी पर सैनिक पहरा बैठा दिया है। हमारा प्रासाद सैनिक अवरोध में है। किन्तु, लंका में यह तथ्य भी बहुत प्रचारित है कि जिसके एक वानर ने आकर राजाधिराज के पुत्र का वध कर, अशोक वाटिका उजाड़, लंका जला दी थी उस राम ने विभीषण को लंकापति घोषित किया है।...युद्ध का परिणाम अभी अनिश्चित है; किन्तु यदि विजय राम की हुई तो विभीषण लंकापति होंगे। अतः उनके परिवार के साथ कठोर व्यवहार करनेवाला लंका में सकुशल नहीं रह पाएगा। इसलिए सैनिक अवरोध होने पर भी मैं अशोक वाटिका जैसे निषिद्ध स्थान पर आने में सफल हो पाई हूं...हां! लंका से बाहर निकलना मेरे लिए असम्भव है...।"

"तुम्हें भय नहीं लगता बहन?"

"पूर्ण निर्भय तो नहीं हो सकती," सरमा बोली, "किन्तु भय भी कब तक करूं! अब जो होना है, वह होगा। तुम्हारा और मेरा भाग्य अब एक ही है–डूबेंगे तो एक साथ, तैरेंगे तो एक साथ।"

"ठीक कहती हो बहन!" सीता मुस्कुरा पड़ीं, "किन्तु लंका की प्रजा क्या सोचती है?"

"शोषित जनता राम की सेना का स्वागत करने को तैयार बैठी है। शोषकजन शान्तिप्रियता के नाम पर लंका से निकल भागने के अवसर की खोज में हैं। रावण पर उसके परिवार के भीतर और बाहर से अनेक प्रकार के दबाव पड़ रहे हैं कि वह सीता को लौटाकर राम से समझौता कर ले। किन्तु वह कामासक्त है। तुम्हें लौटाएगा नहीं। युद्ध होगा।"

"जब रावण का इतना विरोध है तो लड़ेगा कौन?"

"सेना लड़ेगी!" सरमा का स्वर बाहर से आते कोलाहल में डूब गया, "देखो, यह है सैनिक अभियान की तैयारी। रावण ने अपने सैनिकों तथा सेनापतियों को असाधारण सुविधाएं दे रखी हैं। जब-जब राक्षस सेनाएं बाहर गई हैं, उन्हें लूट-पाट में अपार धन तथा सुन्दरियां मिली हैं। रावण ने उन्हें लूटने अथवा अत्याचार करने से कभी मना नहीं किया। लंका की सेना ने कभी कष्ट नहीं पाया। विलास के साधनों में आकंठ डूबी इस सेना के मस्तिष्क को ताले लगे हुए हैं। न्याय-अन्याय का उसको पता नहीं। अच्छे-बुरे का उन्हें ज्ञान नहीं। वे या तो युद्ध करते हैं या भोग। किन्तु वे सुविधापूर्वक लड़ने के अभ्यस्त हैं। कठिन परिस्थितियों में वे नहीं लड़ सकते...," सहसा सरमा कुछ रुककर बोलीं, "अच्छा मैं चलूं। त्रिजटा संकेत कर रही है। शायद कोई आ रहा है।"

सीता के उत्तर की प्रतीक्षा किए बिना, सरमा जल्दी-जल्दी पग बढ़ाती हुई वाटिका से निकल गई।

"ओह मेरे राम!" सीता का हाथ अपने हृदय पर चला गया और आंखें आनन्द से मुंद गुईं।

चौदह

दिन का उजाला होने से पूर्व वानर सेना सन्नद्ध होकर, लंका के चारों द्वारों पर खड़ी हो गई। पूर्व द्वार पर नील, मैंद और द्विविद अपनी वाहिनियों को सजाए खड़े थे। दक्षिणी द्वार पर अंगद ने ऋषभ, गज, गवाक्ष और गवय की सहायता से व्यूह-रचा हुआ था। पश्चिमी फाटक पर प्रमाथी और प्रवस के साथ हनुमान डटे हुए थे। उत्तरी फाटक पर स्वयं राम और लक्ष्मण थे। सुग्रीव, जाम्बवान और विभीषण सुरक्षित सेना के साथ पीछे खड़े थे। योजना यह थी कि यदि राक्षस सेनाएं फाटक खोलकर सम्मुख युद्ध के लिए बाहर निकल आएं और लंका के द्वारों पर विकट युद्ध हो रहा हो तो सुग्रीव, जाम्बवान और विभीषण, अपनी सेना के साथ लंका में प्रवेश कर, नगर के केन्द्र में विरूपाक्ष के नेतृत्व में स्थित स्कन्धावार पर आक्रमण करें।

सेनापतियों ने अपने व्यूह संभाल लिये और प्रत्येक सैनिक अपने स्थान पर पहुंच गया तो राम के अगले आदेश की प्रतीक्षा होने लगी। किन्तु तभी प्राचीर के भीतर, उत्तरी द्वार पर खड़ी राक्षस सेना ने रावण की जय-जयकार का विकट नाद किया। इस प्रकार का उत्साहपूर्ण प्रबल जय-जयकार लंका के भीतर से पहली बार सुनाई पड़ रहा था। राम चकित थे...ऐसा क्या हो गया कि भीतर पड़ी सेना में अकस्मात ही जैसे ज्वार आ गया...राम ने तत्काल चर दौड़ा दिए। शीघ्र ही सुग्रीव, विभीषण, हनुमान, अंगद, नील तथा जाम्बवान उनके पास आ गए।

"इस कोलाहल का कारण क्या हो सकता है लंकापति?" राम ने विभीषण की ओर देखा, "सागर पार करने के पश्चात से अब तक मैंने राक्षस सेना का ऐसा उत्साह नहीं देखा। और फिर यह कोलाहल केवल उत्तरी द्वार पर ही क्यों है? अन्य द्वारों पर उनकी सेना इसी प्रकार उत्साहित क्यों नहीं हो रही?"

"इसका अर्थ यह है कि इस द्वार पर नियुक्त सेना को कोई विशेष उपलब्धि हुई है।" विभीषण चिन्तनशील मुद्रा में बोले, "जो अन्य द्वारों की सेना की नहीं हुई।"

"युद्ध के पूर्व ही उन्हें कौन-सी उपलब्धि हो सकती है?" हनुमान बोले।

सब लोग चुपचाप सोचते रहे! सहसा विभीषण ही बोले, "सम्भवतः इस द्वार की सेना का नेतृत्व स्वयं रावण कर रहा है।"

"कदाचित ऐसा ही है।" राम विभीषण से सहमत प्रतीत हो रहे थे, "यदि ऐसा है तो मैं चाहूंगा कि युद्धारम्भ से पहले हम रावण को एक चेतावनी और दे दें।"

"अब चेतावनी किसलिए?" अंगद ने कहा, "क्या हमारी सेना का सागर के इस पार उतरना उसके लिए पर्याप्त चेतावनी नहीं है?"

"किस रूप में चेतावनी देना चाहते हैं आप?" जाम्बवान धैर्यपूर्वक बोले, "एक चेतावनी वह भी है, जिसकी चर्चा युवराज कर रहे हैं।"

"इस द्वार पर यदि रावण स्वयं उपस्थित है तो मैं चाहता हूं कि एक दूत भेजा जाए, जो उससे कुछ बातें कह आए।" राम शान्त स्वर में बोले।

"मेरे विचार में यह स्थिति दूत भेजने की नहीं है।" हनुमान बोले, "जब मैं लंका गया था, तब चारों ओर शान्ति थी, फिर भी मेरे बार-बार घोषित करने पर कि मैं आर्य राम का दूत हूं-उन्होंने मुझे पकड़ने का प्रयास किया था और सफल होने पर रावण ने मेरे वध का आदेश दिया था। मित्र विभीषण वहां न होते तो कदाचित मेरे प्राण बच भी न पाते। इस समय चारों ओर युद्ध का वातावरण है। हमारी सेना के सागर के इस पार उतर आने से रावण के मन में उत्तेजना और घबराहट होगी। ऐसे में जो भी दूत जाएगा, उसे वे जीवित नहीं छोड़ेंगे। फिर बन्द द्वारों के साथ, लगी हुई उनकी सेना खड़ी है। दूत भीतर जाएगा कैसे? अपना परिचय देकर दूत भीतर जा सके इसकी सम्भावना मुझे दिखाई नहीं देती।"

ये सब कठिनाइयां तो हैं ही राम बोले, "किन्तु फिर भी मैं चाहता हूं कि किसी प्रकार दूत जाकर रावण से इतना कह दे कि वह सीता को लौटा दे..."

"मान लीजिए कि अब रावण, देवी वैदेही को लौटा ही दे," विभीषण ने राम की बात पूरी नहीं होने दी, "तो क्या आप देवी को लेकर, युद्ध किए बिना ही लौट जाएंगे?"

"नहीं।" लक्ष्मण दृढ़ स्वर में बोले।

राम ने जैसे मुग्ध भाव से विभीषण और लक्ष्मण को देखा और मुस्कुरा पड़े, "ऐसे ही लौट जाऊंगा तो तुम्हें लंका के सिंहासन पर अभिषिक्त कैसे करूंगा मित्र! रावण को उसके दुष्कर्मों का दंड कैसे दूंगा?"

"यही तो..." हनुमान बोले, "वानरों को उनकी मुक्ति कैसे मिलेगी?"

"दूत यह कहे," राम कुछ सोचते हुए बोले, "हम युद्ध को मानवमात्र के लिए एक अभिशाप मानते हैं। हम अकारण हिंसा नहीं चाहते। हम बिना कारण के किसी भी मनुष्य का रक्त बहाना नहीं चाहते, चाहे वह मनुष्य किसी भी जाति अथवा देश का क्यों न हो। लंकावासियों से हमारा कोई विरोध नहीं है; किन्तु रावण हमारा अपराधी है। रावण सीता को लौटा दे और अपने अपराधों का दंड ग्रहण करने के लिए, स्वयं को न्यायार्थ हमारे सम्मुख प्रस्तुत करे; अन्यथा युद्ध में हुई लंकावासियों की क्षति का दायित्व हम पर नहीं होगा।"

"ऐसा सन्देश भेजने में मुझे कोई आपत्ति नहीं है।" सुग्रीव बोले।

"इसका अर्थ यह तो नहीं माना जाएगा कि हम रावण की सैनिक शक्ति से भयभीत होकर सन्धि के लिए प्रयत्न कर रहे हैं?" नील धीरे-से बोले।

"अपनी शर्तों पर सन्धि, भय का नहीं शक्ति का प्रमाण है।" जाम्बवान ने अपना मत प्रकट किया।

"अब तनिक हनुमान की आपत्ति पर भी ध्यान दीजिए।" लक्ष्मण गम्भीर स्वर में बोले, "किसी साधारण सैनिक को आप दूत बनाकर भेजेंगे नहीं और साधारण सैनिक हो अथवा कोई यूथपति–हम किसी की भी इस प्रकार की अकारण मृत्यु नहीं चाहेंगे कि वह जाए और पकड़ा जाकर मार डाला जाए।"

"मेरा भी ऐसा ही विचार है कि हमारे दूत को राक्षस जीवित वापस नहीं लौटने देंगे," राम बोले, "इसलिए दूत अद्‌भुत व्यक्ति होना चाहिए, और दूत भेजने की पद्धति अपूर्व होनी चाहिए।"

"कौन जाएगा?" विभीषण ने पूछा; और फिर जैसे आत्मचिन्तन-सा करते हुए बोले, "मैं स्वयं चला जाता, किन्तु मुझे देखते ही रावण आपे से बाहर हो जाएगा और वह मेरी एक भी नहीं सुनेगा।"

"नहीं, आपको जाने की आवश्यकता नहीं है लंकापति!" राम बोले, "वैसे तो मैं हनुमान को ही भेजता; किन्तु हनुमान एक बार हो आए हैं। बार-बार उन्हीं के जाने से राक्षस यह समझेंगे कि हमारी सेना में दूसरा कोई योद्धा ही नहीं है।"

"तो फिर कौन जाएगा?" सुग्रीव की दृष्टि एक-एक व्यक्ति पर रुककर उन्हें परख रही थी।

"यदि वानरराज को आपत्ति न हो," राम पुनः बोले, "तो मैं युवराज अंगद को भेजना चाहूंगा।"

अंगद ने राम की ओर देखा : क्या है राम के मन में? वे सचमुच इस सारी वानर सेना में हनुमान के पश्चात उन्हें ही इतना वीर पुरुष मानते हैं कि ऐसा दायित्व का काम उन्हें सौंप रहे हैं ...या वे युद्ध से पहले बाली-पुत्र की अपने प्रति निष्ठा की परीक्षा कर रहे हैं?...सहसा अंगद का मन उल्लसित हो उठा...यह हो ही जाए तो अच्छा है, अन्यथा बाद में किसी समय कोई कठिनाई उत्पन्न हो सकती है।...युद्ध की अवधि में यदि अंगद के कारण सेना की कोई क्षति हो जाए तो यह नहीं माना जाए कि वह उसने जान-बूझकर किया है। एक बार युद्ध के पूर्व ही वानर सेना के प्रति उन्हें अपनी निष्ठा प्रमाणित करनी होगी...अंगद ने सुना था कि राम से मैत्री स्थापित करने से पूर्व, सुग्रीव ने कई प्रकार से उनकी परीक्षा ली थी। अब बारी राम की थी। वे अंगद की परीक्षा ले रहे थे और एक प्रकार से सुग्रीव की भी।...क्या राम के लिए सुग्रीव अपने युवराज को मृत्यु के मुख में धकेल सकेंगे?...

अंगद सहज ही मुस्कुरा पड़े, "मैं प्रस्तुत हूं।"

"वानरराज को तो कोई आपत्ति नहीं?" राम ने पूछा।

"आपत्ति तो कोई नहीं है, किन्तु सावधानी बरतने को अवश्य कहूंगा।" सुग्रीव धीरे-से बोले।

"अवश्य!" राम बोले, "सावधान तो हमें रहना ही है।"

युद्ध-परिषद का विचार-विमर्श समाप्त हो गया और सारे यूथपति अपने-अपने स्थान पर लौट गए। प्रत्येक द्वार पर व्यूह बन गए और वाहिनियां अपने नायकों के नेतृत्व में आक्रमण करने के लिए प्रहारक मुद्रा में आ गईं। किन्तु, उत्तरी द्वार पर राम ने अपनी सेनाएं पीछे हटा ली थीं। उनके

सहायक सैनिक सहस्रों की संख्या में आकर खड़े हो गए थे। उनके हाथ में शस्त्र नहीं थे। उन सबके हाथों में छोटे-बड़े पत्थर, शिलाओं के टुकड़े, वृक्षों की डालियां या वैसी ही कुछ वस्तुएं थीं। वे सारे सहायक सैनिक पचास-पचास व्यक्तियों की टुकड़ियों में बंटे हुए थे और योजनाबद्ध रूप से सैनिक अनुशासन में खड़े थे।

राम का संकेत पाते ही सहायक सैनिकों की एक टुकड़ी ने अपने हाथों के पत्थर लंका की प्रचीर की ओर उछाल दिए। पत्थर पड़ते ही कुछ राक्षस सैनिक प्राचीर के ऊपर प्रकट हुए; किन्तु तब तक सहायक सैनिकों की पहली टुकड़ी पीछे हट गई थी और उसका स्थान दूसरी टुकड़ी ने ले लिया था।

पत्थरों की वर्षा फिर हुई। राक्षस सैनिक पत्थरों की बौछार का अर्थ समझ नहीं पाए और प्राचीर से नीचे उतर गए।

एक के पश्चात एक सहायक-सैनिक-टुकड़ी आती रही और पत्थर बरसाकर और पत्थर लाने के लिए पीछे हट जाती रहीं। राक्षसों की ओर से इस पाषाण-आक्रमण का कोई स्पष्ट उत्तर नहीं आ रहा था। तभी राम ने पुनः संकेत किया और लक्ष्मण के नेतृत्व में सैनिक शिल्पी आगे बढ़ गए। ये शिल्पी अधिकांशतः वे लोग थे, जो वानर सेना के आने से पूर्व, लंका में दैनिक श्रम के आधार पर अपना भरण-पोषण करते थे।

शिल्पियों ने स्फूर्ति से आगे बढ़ पाषाण-वर्षा की छाया में परिखा पर एक अस्थायी-सा सेतु बनाया और उसकी सहायता से एक दीर्घाकार सीढ़ी प्राचीर के साथ टिका दी।

अंगद पहले से तैयार खड़े थे। सीढ़ी लगते ही वे भागते हुए प्राचीर पर जा खड़े हो गए। निहत्थे अंगद बीच में प्राचीर पर खड़े थे और प्राचीर के भीतर राक्षस सेना और बाहर वानर सेना खड़ी थी। उस समय दोनों ओर स्तब्धता थी—न वानर सेना पाषाण-वर्षा कर रही थी और न राक्षस-सेना बाण-वर्षा।

अंगद ने दृष्टि उठाकर देखा : राक्षस सेना के आगे-आगे एक बहुमूल्य तथा असाधारण रूप से सुन्दर रथ खड़ा था।...निश्चय ही, यही रावण का रथ होगा। उसमें बैठा हुआ व्यक्ति, अंगद को स्पष्ट नहीं दीख रहा था; किन्तु उसकी आकृति-प्रकृति, वेश-भूषा तथा आसपास के लोगों के उसके प्रति व्यवहार से यही अनुमान होता था कि वह रावण ही होगा।

"मैं राम-दूत, किष्किन्धा का युवराज, तारा-पुत्र अंगद हूं।" अंगद ने उच्च स्वर में अपना परिचय दिया, "मैं रावण के लिए अपने सेनानायक आर्य राम का सन्देश लाया हूं।"

अंगद ने देखा, नीचे खड़ी सेना में कुछ अव्यवस्था फैल गई थी। वे समझ नहीं पाए कि यह राम के दूत-मात्र का भय था या रावण के सैनिकों ने उन्हें हनुमान ही समझा था।

"प्राचीर पर क्यों खड़ा है?" रावण अपने रथ पर खड़ा हो गया, "अपने पिता के उस हत्यारे राम को छोड़कर मेरे पास आ जा। मैं तेरे पिता की हत्या का प्रतिशोध लूंगा। वह मुझे भ्राता समान प्रिय था। किष्किन्धा का तेरा राज्य तुझे दिलवा दूंगा और तेरी मां तारा को उस दुष्ट सुग्रीव के आधिपत्य से मुक्त करा दूंगा।"

"मुझे मालूम है, तू मुक्ति का क्या अर्थ समझता है।" अंगद बोले, "मुझे अपने लिए जो कुछ करना है, उसके लिए मैं स्वयं सक्षम हूं। मुक्त करना है तो देवी सीता को मुक्त कर! प्रतिशोध लेना है तो अक्षकुमार का प्रतिशोध ले और भ्रातृत्व जताना है तो विभीषण से जता।"

"वाचाल वानर! अपने उस कंगले स्वामी का सन्देश कह," रावण अंगद द्वारा चर्चित सारे प्रसंग

टाल गया, "क्या चाहता है तेरा कंगला स्वामी कि मैं उसका वध न करूं और उसे जीवित लंका से वापस लौट जाने देने की कृपा करूं?"

"अपनी कृपा तू अपने पास रख," अंगद बोले, "हमारी सेना के महानायक आर्य राम ने कहा है, हम युद्ध को मानव-मात्र के लिए एक अभिशाप मानते हैं। हम अकारण हिंसा नहीं चाहते। हम बिना कारण के किसी भी मनुष्य का रक्त बहाना नहीं चाहते, चाहे वह मनुष्य किसी भी जाति अथवा देश का क्यों न हो। लंकावासियों की क्षति का दायित्व हम पर नहीं होगा।"

"ऐसी बात है तो वह युद्ध क्यों नहीं करता? बार-बार सन्देश क्यों भेजता है?" रावण उग्र स्वर में बोला।

"वे तो युद्ध के लिए तेरे द्वार पर आए खड़े हैं।" अंगद मुस्कुराकर बोले, "तू ही अवगुंठनवती के समान प्राचीर के भीतर छुपा बैठा है...।"

"इसका वध करो।" रावण सहसा फूट पड़ा।

रावण के आदेश का तत्काल पालन हुआ। सैकड़ों बाण अंगद को लक्ष्य कर छूटे; किन्तु अंगद उससे पहले ही कूदकर वापस अपनी सीढ़ी पर पहुंच गए थे और अत्यन्त स्फूर्ति से नीचे उतरे थे।

राम के सहायक सैनिकों ने फिर से पाषाण-वर्षा आरम्भ कर दी थी।

पन्द्रह

सहायक सैनिक पथराव करते जा रहे थे। परकोटे से राक्षस सैनिक नीचे उतर गए थे और भीतर से बाण अधिक संख्या में बाहर नहीं आ रहे थे कदाचित राक्षस सेनापति समझ नहीं पा रहे थे कि इस पथराव का क्या अर्थ है। युद्ध पत्थरों से नहीं, शस्त्रों से होता है और राम की सेना की ओर से अभी तक एक भी शस्त्र–साधारण-सा बाण भी–लंका के भीतर नहीं फेंका गया था। क्या इसे युद्ध माना जा सकता है? और यदि वानर सेना पत्थरों से ही युद्ध करने आई है तो पत्थरों का उत्तर किन शस्त्रों से दिया जाना चाहिए? और यह युद्ध नहीं तो इसका क्या अर्थ हो सकता है?...

प्राचीर के भीतर से शस्त्र नहीं आ रहे थे, अतः वानर सेना की स्थिति काफ़ी सुरक्षित थी। फाटकों पर ज़ोर का पथराव था। इसलिए भीतर से फाटकों की सुरक्षा का प्रबन्ध किया जा रहा था...राम ने संकेत किया और श्रमिकों तथा शिल्पियों की सेना आगे बढ़ आई। उनके पास साल वृक्षों के अनेक स्थानों पर सेतु बनकर तैयार हो गए और श्रमिक तथा शिल्पी अपनी छैनी-हथौड़ी के साथ प्राचीर तक जा पहुंचे। अनेक स्थानों पर प्राचीर पर आघात होने लगे और ऊपर पहुंचने के लिए सीढ़ियां बन-बनकर तैयार होने लगीं।

राम खड़े देख रहे थे। जब-जब कोई असैनिक जन-समुदाय राम के पास आया था कि उन्हें सेना में सम्मिलित किया जाए, तब राम ने कभी नहीं सोचा था कि ये लोग युद्ध स्थिति में सैनिक कर्म में भी इतने अधिक सहायक हो सकते हैं। आरम्भ में तो अनेक लोगों ने इनका विरोध भी किया था। राम ने यही माना था कि ये जन-समुदाय उनके सहायक भी होंगे। राक्षसों की शस्त्र-विद्या के विरुद्ध उनका एक ही तो शस्त्र था–जनबल। जिन परिखा और परकोटे को रावण ने अपनी सेना की सुरक्षा का मुख्य उपकरण माना था, वह तो अनायास ही ध्वस्त होता दिखाई पड़ रहा था।...वैसे रावण को इतना तो सोचना ही चाहिए था कि जिस सेना को स्वयं सागर का विस्तार नहीं रोक सका, उसे वह छोटी-सी परिखा और पत्थरों को जोड़कर बनाया गया परकोटा कैसे रोक पाएंगे...!

सहायक सैनिक की पाषाण-वर्षा पूरे वेग से चल रही थी। श्रमिक शिल्पी सेना के छैनी-हथौड़े-अभियान से परकोटे में अनेक स्थानों पर छेद होते दिखाई देने लगे थे। तभी नस, बीरबाहु, सुबाहु और पनस अपने सैनिकों के साथ परकोटे पर जा चढ़े। उनकी देखा-देखी अन्य स्थानों पर भी अनेक यूथपति अपने सैनिकों के साथ परकोटे पर चढ़ने का प्रयत्न करते दिखाई पड़ रहे थे।

तभी राक्षस सेना में भयंकर कोलाहल के साथ रावण का जय-जयकार हुआ और युद्ध-वाद्य अपने ओजपूर्ण स्वर में बजने लगे। द्वारों के सांकल खटके और अगले ही क्षण राक्षस सेना द्वार खोलकर बाहर निकल आई। उसके आगे-आगे रथ थे और पीछे-पीछे पैदल सेना।

वानर सेना के सम्मुख यह विकट घड़ी थी। इस समय उनके अधिकांश सैनिक परकोटे से दूर थे और सहायक सैनिक तथा श्रमिक-शिल्पी परकोटे के निकट थे। वे लोग सशस्त्र राक्षस सेनाओं के सम्मुख नहीं टिक सकते थे। वैसे भी राक्षसों के रथितों से पदाति युद्ध करना वानरों के लिए कठिन था।

राम ने अपने सहायक सैनिकों तथा श्रमिक शिल्पियों को तत्काल प्रत्यावर्तन की आज्ञा दी और सशस्त्र वाहिनियों को आगे बढ़ा दिया। राक्षस बड़े वेग के साथ बाहर निकले थे और उन्हें सशस्त्र युद्ध का अच्छा अभ्यास था। उनका मनोबल भी ऊंचा प्रतीत हो रहा था। परकोटे के भीतर की सेनाओं ने यन्त्र-तन्त्र परकोटे पर चढ़ आई वानर टुकड़ियों को पीछे धकेल, परकोटे पर अपना आधिपत्य स्थापित कर लिया था और वे शस्त्र वर्षा से प्राचीर से बाहर लड़ रही अपनी वाहिनियों की सहायता कर सकने की स्थिति में भी थे। वानरों ने राक्षस सेना की लाभप्रद स्थिति से घबराकर तितर-बितर हो जाने के स्थान पर साहसपूर्ण उनका सामना किया। वानर धनुर्धारियों ने बाणों की अपनी बौछारों से अपनी सेनाओं का मनोबल बराबर बनाए रखा।

अंगद मेघनाद के सामने जा डटे थे। हनुमान प्रजंघ और जंबुमाली से भिड़ गए थे। नील निकुम्भ से लड़ रहे थे। सुग्रीव और प्रघस में युद्ध हो रहा था। लक्ष्मण और रावणपुत्र विरुपाक्ष में शक्ति-परीक्षण चल रहा था। अग्निकेतु, रश्मिसेतु, सुप्रघ्न तथा यज्ञकोप के संयुक्त आक्रमण को स्वयं राम रोक रहे थे। मैंद और वज्रमुष्टि में युद्ध हो रहा था। द्विविद तथा अशनिप्रभ भिड़े हुए थे। नल तथा प्रतपन में संघर्ष हो रहा था और वृद्ध सुषेण विद्युन्माली को संभाले हुए थे।

युद्ध अत्यन्त वेग से आरम्भ हुआ था और क्रमशः बल पकड़ता जा रहा था। राक्षस योद्धाओं को शस्त्र-परिचालन का अच्छा अभ्यास था; किन्तु वानर यूथपतियों में शारीरिक बल, युद्ध में डटे रहने का दम तथा मन की निष्ठा अधिक थी। युद्ध के वर्द्धमान वेग के साथ-साथ वानर अपनी आरम्भिक व्याकुलता पर नियन्त्रण पाते जा रहे थे और राक्षसों की ऊर्जा क्षीण होती प्रतीत हो रही थी।

निकुम्भ ने अपने आरम्भिक आक्रमण में यूथपति नील को घायल अवश्य कर दिया था; किन्तु वह लम्बे समय तक नील के सम्मुख टिक नहीं सका। नील ने अपने खड्ग से भयंकर आक्रमण किया। परिणामतः निकुम्भ को युद्ध से निरत हो जाना पड़ा। लक्ष्मण ने विरुपाक्ष को अपने निकट नहीं आने दिया था। उनमें धनुर्बाण का ही युद्ध चल रहा था। विरुपाक्ष ने बहुत प्रयत्न किया किन्तु वह लक्ष्मण के सामने टिक नहीं सका और घायल होकर युद्ध-क्षेत्र छोड़ गया। अग्निकेतु, रश्मिकेतु, सुप्रघ्न तथ यज्ञकोप को आक्रमण करते ही अपनी भूल का अनुभव हो गया था : वे समझ गए थे कि राम अकेले भी उन चारों पर भारी पड़ेंगे। यदि उन्हें राम से लड़ना ही था तो धनुष-युद्ध उनके वश का नहीं था। किन्तु राम ने उन्हें इतना अवसर नहीं दिया कि वे अपना व्यूह अथवा अपना शस्त्र

बदल सकें। एक-एक कर वे युद्ध में गिरते चले गए। कोई अन्य राक्षस योद्धा उनकी सहायता को नहीं पहुंच सका। मैंद ने वज्रमुष्टि, द्विविद ने अशनिप्रभ तथा सुषेण ने विद्युन्माली का वध कर दिया था। किन्तु अपनी मृत्यु से पूर्व विद्युन्माली वृद्ध सुषेण को गहरा घाव लगा गया था।

समग्र रूप से सन्ध्या तक वानर सेना पर्याप्त प्रबल सिद्ध हुई थी। किन्तु सन्ध्या होते-होते वे लोग थकने लगे थे। रथ के अश्वों की समता में दौड़ना और अपने से ऊंचाई पर रथ में सुरक्षित बैठे शत्रुओं के साथ लड़ना अपनी क्षमता को अल्पकाल में ही व्यय कर देने की मांग करता था। सूर्यास्त होने तक वे लोग अपनी क्षमता भर युद्ध कर चुके थे और अब रात्रि के लिए युद्ध स्थगित करने की इच्छा करते थे। किन्तु राक्षस सेनाओं की ओर से इस प्रकार का कोई संकेत नहीं मिल रहा था।

पूर्णतः अन्धकार हो जाने पर भी युद्ध चलता था। वानर अन्धकार में लड़ने के अभ्यस्त नहीं थे; किन्तु युद्ध स्थगित करना उनके हाथों में नहीं था। न तो दोनों पक्षों में ऐसा कोई समझौता होता दीख रहा था और न ही राक्षस सेनाएं वापस नगर में लौटने की इच्छुक प्रतीत हो रही थीं। युद्ध तो वानरों को लड़ना ही था।

अन्धकार के कारण राक्षसों की गति में कोई अन्तर नहीं पड़ा था। ऐसा नहीं लगता था कि उन्हें तनिक भी असुविधा हो रही है। वरन अन्धकार में उनकी गति कुछ बढ़ ही गई थी।

राम की चिन्ता बढ़ती जा रही थी। उन्हें लग रहा था कि दिन-भर के युद्ध से थकी हुई उनकी सेना, इस प्रकार अधिक देर तक टिक नहीं पाएगी। पता नहीं, अन्धकार में राक्षस किस अभ्यास के आधार पर लड़ते थे। स्वयं को छिपाना तो सरल था, किन्तु शत्रु को ढूंढ़कर उस पर प्रहार करने का कोई विशिष्ट उपकरण उनके पास प्रतीत होता था। वानर सेना अग्निकाष्ठों की सहायता से युद्ध कर रही थी, किन्तु क्षीण प्रकाश में राक्षस सेना के व्यूहों और स्थितियों को समझ पाना सम्भव नहीं था।...कदाचित दिन-भर युद्ध करनेवाली उनकी वाहिनियां इस अन्धकार में लंका लौट गई थीं और उनका स्थान नई वाहिनियों ने ले लिया था। नवागत वाहिनियां थकी हुई नहीं थीं, इसलिए वे पूर्ण वेग के साथ युद्ध कर रही थीं।

जब तक राम राक्षसों की युद्धि-नीति समझें और उसके अनुसार अपनी सेना में परिवर्तन कर सकें, यज्ञशत्रु, महापार्श्व, महोदर, महाकाय तथ वज्रदंष्ट्र ने उन पर सम्मिलित आक्रमण कर दिया। कुछ परे हटकर लक्ष्मण राक्षसों के एक व्यूह में उलझे हुए थे...राम अकेले पड़ गए थे। वानर सेना के किसी भी योद्धा के लिए युद्ध-क्षेत्र में राक्षसों की-सी गति सम्भव नहीं थी। राक्षस सेनानायकों के रथ एक स्थान से दूसरे स्थान पर भागते फिर रहे थे। रथों में पीछे रखे हुए शस्त्रागारों के कारण, न इन्हें शस्त्रों का अभाव होता था और न उनकी आपूर्ति में कठिनाई होती थी। युद्ध-भूमि में अपने पैरों पर खड़े राम, रथों में आए पांच राक्षस सेनापतियों से लोहा ले रहे थे।

आक्रमण भयंकर था वे लोग खुले रथों में आरूढ़ थे और धनुर्विद्या में पर्याप्त दक्ष प्रतीत हो रहे थे। अन्धकार उनके लिए बाधा नहीं लग रहा था। राम इस समय शब्द-भेदी के अभ्यास से ही युद्ध कर रहे थे। शत्रु की स्थिति का पता उन्हें रथों तथा घोड़ों के स्वरों तथा धनुष की प्रत्यंचा की टंकार से ही होता था। थोड़ी देर के युद्ध से स्पष्ट हो गया कि आक्रमणकारी राक्षसों में घबराहट बढ़ने लगी थी। उनके बाण अपने लक्ष्य तक नहीं पहुंच रहे थे। किन्तु अन्धकार में ठीक-ठीक मालूम नहीं हो पा रहा था कि उनमें से कितने लोग हताहत हुए थे...

सहसा राम पर उनका आक्रमण रुक गया और उनके सारथी रथ कहीं अन्यत्र हांक ले गए।

राम को ज्ञात नहीं हो सका कि वे लोग घायल होने के कारण युद्ध-क्षेत्र से बाहर ले जाए गए हैं या किसी अन्य व्यूह पर उनकी अधिक आवश्यकता थी।

किन्तु तभी राम को सूचना दी गई कि अंगद के साथ द्वन्द्व-युद्ध में रावणि मेघनाद घायल हो गया है।...सम्भव है, वे लोग अपने युवराज की सहायता के लिए गए हों...राम ने सोचा...किन्तु अब यह युद्ध-वानर सेना के लिए क्रमशः कठिन होता जा रहा था। उनके पास उतने विविध शस्त्र नहीं थे, जितने राक्षसों के पास थे। रथ और अन्य युद्ध-वाहन तो थे ही नहीं, अन्धकार में शत्रुओं को देख पाने का भी कोई विशेष साधन नहीं था। उनके पास सुरक्षित सेनाएं भी नहीं थीं, जिन्हें बुलाकर वे अपनी थकी हुई वाहिनियों को कुछ विश्राम दे सकते।

सहसा राक्षस सेना में जय-जयकार का ज्वार उठा। वे लोग रावण के साथ-साथ युवराज इन्द्रजित मेघनाद का भी जय-जयकार कर रहे थे...

अनेक रथ आकर राम के सम्मुख रुके। चारों ओर से अग्निकाष्ठवाहक वानर दौड़े।

अग्निकाष्ठों के प्रकाश में राम ने देखा : ये रथ युद्ध में पहले आए हुए खुले रथों से भिन्न थे। ये चारों ओर से बन्द रथ थे। उन पर ऊपर से किसी वन्य-पशु का बहुत कठोर चर्म मढ़ा हुआ था। कदाचित ये ही राक्षसों के कवच-रक्षित रथ थे। उनमें छिपे हुए योद्धा न तो दिखाई पड़ते थे और न उनकी संख्या जान पाने का कोई साधन था। उनमें छिपे हुए योद्धाओं के शस्त्रों के विषय में ज्ञान प्राप्त करना भी कठिन था। कवच-रक्षित होने के कारण साधारण, तीक्ष्ण अग्निबाण भी उनका कुछ नहीं बिगाड़ सकते थे।...

लक्ष्मण अपने व्यूह से मुक्त होकर, राम की सहायता के लिए आ गए थे। किन्तु तत्काल ही राम समझ गए कि लक्ष्मण के आ जाने से जहां एक ओर उनकी स्थिति कुछ सशक्त हुई थी, वहीं वे दोनों भाई एक ही स्थान पर घिर गए थे। कवच-रक्षित रथों के रूप में उनके सम्मुख एक दीवार खड़ी थी और उनके शत्रु उस दीवार के पीछे छिपे हुए थे। बार-बार मेघनाद के जय-जयकार से स्पष्ट था कि उस व्यूह का मुख्य योद्धा मेघनाद ही था, जो प्रत्यक्ष युद्ध में अंगद के हाथों घायल होकर, इस प्रकार युद्ध में पुनः प्रकट हुआ था।

मेघनाद अदृश्य था और उसके बाण राम तथा लक्ष्मण को निरन्तर घायल करते जा रहे थे। उनके कवच क्रमशः विदीर्ण हो रहे थे...राम की आंखों में विवशता झांक रही थी। उनके बाण या तो रथों से टकराकर भूमि पर गिर रहे थे या रथों के कवच को चीरकर पार निकल जाते थे। किन्तु शत्रु को देख पाने अथवा उस पर कोई सार्थक प्रहार करने का कोई मार्ग उन्हें दिखाई नहीं पड़ रहा था...

राम ने अंगद को सन्देश भिजवाया, "मेघनाद को खोजो, अन्यथा पराजय निश्चित ही समझो।"

सुषेण के दोनों पुत्र, नील, अंगद, शरभ, द्विविद, हनुमान, सानुप्रस्थ, ऋषभ तथा ऋषभस्कन्ध एक साथ ही अपने खड्ग और गदा लेकर मेघनाद की खोज में निकले। किन्तु प्रत्येक दिशा में जैसे अन्धी गली हो गई थी। थोड़ी दूर जाकर सामने कवच-रक्षित रथ होता था और उनमें से बाणों की वर्षा हो रही होती थी? जाने एक-एक रथ में कितने-कितने योद्धा थे। वानर-योद्धाओं के शरीरों से रक्त बहता जा रहा था...

राम का कवच स्थान-स्थान से फट गया था। शरीर क्षत-विक्षत हो चुका था। शरीर का कोई ऐसा अंग नहीं था, जो रक्त से भीगा हुआ न हो। क्रमशः उन्हें अपना शरीर दुर्बल होता प्रतीत हो रहा था।...सहसा एक नया बाण आकर राम की दाईं भुजा में लगा—उन्हें लगा उनकी भुजा भारी हो रही है। उनकी दृष्टि बाण पर गई...बाण सर्पाकार बना हुआ था...पर इस बाण से भुजा इस प्रकार

पत्थर क्यों होती जा रही है? भुजा ही क्यों, इससे तो सारा शरीर ही जैसे जड़ होता जा रहा है...यह बाण मात्र सर्पाकार भर नहीं था; इसे सर्प के विष में बुझाया भी गया होगा...

"सौमित्र!..." राम अपनी बात कह नहीं सके। उन्हें मूर्च्छा आ गई थी और वे चकराकर भूमि पर आ गिरे थे।

"भैया!" लक्ष्मण ने राम को गिरते हुए देखा। उन्होंने अपना धनुष भूमि पर रखा और राम के वक्ष पर अपना कान लगा दिया। लक्ष्मण ने अपने जीवन में राम को आज पहली बार युद्ध में धराशायी होते देखा था...

तभी वैसा ही दूसरा सर्पाकार बाण आया और अपने भाई का परीक्षण करते हुए निःशस्त्र लक्ष्मण की भुजा में घुस गया। लक्ष्मण ने पलटकर प्रहार करनेवाले को देखने का प्रयत्न किया किन्तु वे पलट नहीं सके। उठकर खड़े होना चाहा; किन्तु उठ नहीं सके और सहसा उन्हें लगा कि वे बैठे भी नहीं रह सकते। वे भी संज्ञा-शून्य होकर राम के पार्श्व में ही गिर पढ़े...

सुग्रीव ने संकेत किया। अनेक वानर यूथपति अपना-अपना स्थान छोड़कर अपनी वाहिनियों के साथ राम और लक्ष्मण के चारों ओर घिर आए। अकस्मात ही सहस्रों सहायक सैनिकों ने युद्ध-क्षेत्र में प्रवेश किया और राम तथा लक्ष्मण के चारों ओर एक अभेद्य मानव-प्राचीर बना दी।

राक्षसों ने कवच-रक्षित रथों से बाणों के स्थान पर अट्टहासों, उल्लास के मुखरित स्वरों और जय-जयकारों की वर्षा आरम्भ हो गई। शनैः-शनैः एक-एक कर वे कवच-रक्षित रथ लंका के द्वारों की ओर बढ़ते हुए अन्धकार में विलीन हो गए। युद्ध स्वतः ही रुक गया था।

सोलह

वानर स्कन्धावार में शोक के साथ-साथ हताशा के लक्षण भी अत्यन्त स्पष्ट थे। स्कन्धावार की चौकसी और अधिक सावधानी से हो रही थी; किन्तु उनमें आत्मविश्वास के स्थान पर भय का भाव ही अधिक स्पष्ट था। सुग्रीव के शिविर के मध्य में भूमि पर राम और लक्ष्मण के क्षत-विक्षत शरीर अचेत पढ़े थे। इतना तो स्पष्ट ही था कि वे अभी जीवित थे; किन्तु उनके शरीर के घावों तथा उनकी सघन मूर्च्छा को देखते हुए उनके पुनर्जीवित हो उठने में सन्देह होने लगता था। अगस्त्य आश्रम से आए हुए वानर सेना के शल्य चिकित्सकों ने उन दोनों के शरीर में से बाण निकालकर, औषध लगा, पट्टी कर दी थी; किन्तु उनकी संज्ञा लौटाने के विषय में न कुछ कह पा रहे थे...

सारे यूथपति चिन्तित थे; किन्तु सुग्रीव की व्याकुलता उन्हें असन्तुलित करती जा रही थी, युद्ध के पहले ही दिन इतनी बड़ी क्षति हो जाएगी, यह कौन जानता था! वर्तमान वानर-सेना राम की ही बनाई हुई थी। उन्हीं के द्वारा प्रशिक्षित और उन्हीं के द्वारा शस्त्र-बद्ध की गई थी। उन्होंने ही इसे युद्ध-रीति सिखाई थी और उन्हीं की युद्ध-नीति चल रही थी। यदि राम और लक्ष्मण ही नहीं रहेंगे तो इस युद्ध का क्या होगा। पराजय तो होनी ही है : वानरों का चिर शत्रु रावण अपना क्रूर प्रतिशोध लेगा। यह सारी वानर-सेना घेरकर लंका में ही मार डाली जाएगी...किस सांसत में फंसा दिया राम ने वानरों को...

किन्तु दूसरे ही क्षण सुग्रीव का मन उन्हें धिक्कारने लगा।...राम का इसमें क्या दोष है? राम की पत्नी का हरण हुआ था। वे तो अपनी पत्नी को खोज रहे थे। सुग्रीव ने ही अपने स्वार्थवश उनसे मित्रता की। उनके शौर्य के बल से रुमा और किष्किन्धा का राज्य प्राप्त किया। सुग्रीव ने ही उन्हें यह सारी सेना दी और साथ ही विश्वास दिलाया कि वानर राक्षसों से लड़ने में समर्थ हैं।

आज जब युद्ध का अवसर आया तो राक्षसों को पराजित करना तो दूर, वानर-सेना राम-लक्ष्मण की रक्षा तक करने में समर्थ नहीं हुई। असंख्य सैनिक और यूथपति, सेनापति, सेनानायक खड़े देखते रहे और मेघनाद राम और लक्ष्मण को क्षत-विक्षत कर चला गया...न दी होती सुग्रीव ने सेना, न दिलाया होता इतना भरोसा, तो क्या राम ऐसे ही रावण से लड़ने के लिए चल पड़ते? सारी सेना में एक भी अच्छा शल्य चिकित्सक नहीं, कोई वैद्य नहीं जो राम और लक्ष्मण के घावों पर औषध लगा, उनकी मूर्च्छा दूर कर सके; और सुग्रीव उन्हें रावण से लड़ने के लिए ले आए।...धिक्कार है सुग्रीव तुझ पर, धिक्कार है...अपने महत्त्व को कोई इस प्रकार बढ़ाकर आंकता है और अपने मित्रों को इस प्रकार संकट में डालता है? मित्र के साथ सुग्रीव ने कैसा शत्रु का-सा व्यवहार किया।...उन्हें यहां लाकर मृत्यु के मुख में धकेल दिया...अब वैदेही का उद्धार कैसे होगा?

सुग्रीव ने हताशा में अपना हाथ माथे पर मारा। विभीषण ने सुग्रीव का उदास मुख देखा और हताशा में माथे पर हाथ मारने का अर्थ समझा।

"मित्र सुग्रीव!" विभीषण धीरे-से बोले, "युद्ध का परिणाम सदा अनिश्चित होता है चाहे योद्धा कोई भी हो। युद्ध-क्षेत्र में जाने से पूर्व स्वयं को जय और पराजय दोनों के लिए तैयार होना चाहिए।..." वे रुके, "मेघनाद ने राम तथा लक्ष्मण को अवश्य ही मृत मान लिया है। अन्यथा वह युद्ध छोड़कर कभी लंका में प्रवेश न करता। उसने जाकर रावण को अपने विजयी होने तथा राम एवं लक्ष्मण के वध की सूचना दी होगी। समाचार पाकर रावण अत्यन्त प्रसन्न हुआ होगा। उसने मेघनाद का अभिनन्दन किया होगा। तत्काल, सीता को राम के वध की सूचना भिजवाई होगी...अब वह देवी सीता को और भी क्लेश देगा। स्वयं को अंगीकार करने के लिए और भी दबाव डालेगा।...और तुम यहां हताश होकर सिर पर हाथ मार रहे हो। बस इतना ही साहस और पुरुषार्थ था तुम्हारा, इसी आधार पर तुम रावण से लड़ने चले आए थे।" विभीषण ने रोष से सुग्रीव को देखा, "मैं इस प्रकार हताश होकर, सिर पर हाथ रखकर नहीं बैठ सकता...मेरी पुत्री और पत्नी लंका में हैं..." विभीषण ने एक-एक शब्द चबाते हुए कहा, "मैं लंका का अधिपति न बन सकूं, पर अपने परिवार को तो मुझे मुक्त कराना ही होगा। मैं युद्ध से विमुख नहीं हो सकता।"

सुग्रीव ने स्वयं को संभाला, "युद्ध से तो मैं विमुख नहीं हो रहा लंकापति।"

"युद्ध से विमुख होना और किसे कहते हैं," विभीषण कुछ आवेश में बोले, "जो व्यक्ति केवल विजय की स्थिति में ही लड़ सकता है, अथवा तनिक आघात सहकर सिर थाम, हताश होकर बैठ जाता है–वह दूसरों का मनोबल भी क्षीण करता है। उसे युद्ध में विमुख हुआ ही समझो।"

सुग्रीव ने तत्काल कोई उत्तर नहीं दिया। वे जैसे स्वयं को संगठित करते रहे। उनके अन्तर्युद्ध के चिह्न उनके चेहरे पर स्पष्ट थे। बोले, "अब ऐसा नहीं होगा मित्र! आगे का कर्तव्य कहो।"

सुग्रीव के इस वाक्य पर सबसे मुखर प्रतिक्रिया हनुमान ने व्यक्त की, "किष्किन्धापति! आप स्वस्थ हों तो आर्य राम और लक्ष्मण के उपचार का भी कुछ प्रयत्न किया जाए।" उन्होंने रुककर इधर-उधर देखा, "तात सुषेण कहां हैं? वे उपचार क्यों नहीं करते?"

दिन-भर के युद्ध से थके हुए वृद्ध सुषेण जैसे कुछ खीझते हुए से बोले, "समर्थ और वीर योद्धा, युद्ध-क्षेत्र में स्त्रियों के समान विलाप करने बैठ जाए तो मैं क्या करूं?"

किसी ने सुषेण की बात का उत्तर नहीं दिया। केवल सुग्रीव की आंखों में संकोच और उग्रता के भाव बारी-बारी झलके। बोले वे कुछ भी नहीं। सुषेण ने आगे बढ़कर बारी-बारी राम और लक्ष्मण का नाड़ी परीक्षण किया और उनके घावों को निरखा; परखा। उन्होंने निराशा में अपने सिर को

अनायास ही दाएं-बाएं घुमाया और जैसे स्वगत ही बोले, "कैसे-कैसे अस्त्र-शस्त्रों का प्रयोग किया है इस दुष्ट राक्षस मेघनाद ने जब हमें इन दिव्यास्त्रों का ही ज्ञान नहीं है तो उनकी औषधियां कहां से आएं? हमारे युद्धों में या तो हड्डियां टूटती हैं या रक्त अधिक बह जाता है; किन्तु ऐसे घाव और यह मृत्यु-सरीखी मूर्च्छा..."

"क्या कोई आशा नहीं नाना?" अंगद धीरे-से बोले।

"जब तक सांस, तब तक आस," सुषेण अस्पष्ट, फुसफुसाते से स्वर में बोले, "वैद्य के लिए निराशा पाप है। मेरी औषध-मंजूषा मंगवा दो।"

सुषेण के प्रयत्न से राम का श्वास कुछ स्थिर हुआ और उनकी बन्द पलकें झपझपाईं। थोड़ी देर में राम ने आंखें खोल दीं।

"राम!" सुषेण ने राम के कान में पुकारा।

सुग्रीव और विभीषण भी उन पर झुक गए और हनुमान, अंगद, जाम्बवान, नल, नील इत्यादि भी निकट घिर आए।

"राम!" सुषेण ने पुनः पुकारा।

राम ने एक बार सबकी ओर देखा; किन्तु उनकी आंखों में किसी के लिए भी पहचान नहीं थी। उनकी आंखों में एक विचित्र भाव था, ख़ाली- ख़ाली; शून्य...जैसे या तो कुछ दिख न रहा हो, या कुछ भी पहचाना न जा रहा हो। सुषेण ने एक नई तरल औषधि की कुछ बूंदें उनके मुख में टपका दीं और एक अन्य जड़ी उन्हें देर तक सुंघाते रहे...

क्रमशः राम की आंखों में कुछ जीवन्त भाव उभरे, जैसे वे अपने परिवेश को देख और समझ रहे हों, अपने साथियों को पहचान रहे हों। किन्तु साथ-ही-साथ उनके चेहरे पर असहनीय पीड़ा के भाव उभरे...

"राम!" सुषेण ने पुनः पुकारा।

राम ने उनकी ओर देखा और उनके होंठों से अस्फुट-से शब्द फूटे।

"असहनीय पीड़ा है तात! रक्त में आग लगी है। शरीर जैसे जकड़ा हुआ है। हाथ-पांव हिल नहीं पाते..." उन्होंने सूखे होंठों पर जीभ फेरी, "...और घावों में मृत्यु से बढ़कर पीड़ा।...ओह! दुष्ट ने आज कैसे अस्त्रों का प्रयोग किया है, जो प्राण नहीं लेते और मनुष्य को जीवित पीड़ा एवं मृत्यु बना देते हैं..." उन्होंने अपनी पुतलियां घुमाईं और अपने निकट पड़े, मूर्च्छित लक्ष्मण को देखा, "लक्ष्मण...!" वे आगे बोल नहीं सके, उनकी आंखों की कोरों से दो अश्रु बह गए।

"बहुत पीड़ा है राम?" सुषेण ने पुनः पूछा।

राम ने पुनः जीभ से अपने होंठ गीले किए, "इतनी कि व्यक्ति के मन में मृत्यु-वरण की इच्छा जागे...।"

सुषेण ने पुनः कोई आसव उनके मुख में टपकाया, "पीड़ा में कोई न्यूनता आए तो बताना।" राम ने स्वीकार में अपना सिर हल्का-सा हिलाया और उनके कंठ से पीड़ा की सिसकारी निकल गई।

"यह केवल घाव अथवा रक्त बह जाने के कारण नहीं है," सुषेण राम के पास से उठ खड़े हुए, "यह तो मेघनाद के दिव्यास्त्रों में ही कोई तत्त्व हैं, जिसने शरीर में प्रवेश कर राम जैसे सहनशील और समर्थ पुरुष की यह स्थिति कर दी है...।"

विभीषण की आंखें डबडबा आईं, "हम किसी प्रकार लंका की सेना से लड़ने में समर्थ नहीं हैं; न शस्त्रों की दृष्टि से, न सैनिक प्रशिक्षण की दृष्टि से, न चिकित्साशास्त्र की दृष्टि से...।"

"यदि लंका का कोई वैद्य..." हनुमान ने अपनी बात अधूरी ही छोड़ दी।

"हां, यदि लंका में से कोई सैनिक वैध और शल्यचिकित्सक लाया जा सके," विभीषण बोले, "तो कदाचित इन घावों का उपचार हो सके।"

"पर लंका से कोई वैद्य क्यों आएगा?" तार बोले।

"यदि किसी समर्थ वैद्य का पता हो तो हम उसे बलात उठा लाएंगे।" अंगद बोले।

"व्यर्थ है।" विभीषण ने कहा, "लंका में घुसकर वैद्य को उठा लाना सरल नहीं है।"

"ऐसा दुस्साहस मत करना।" सहसा अपनी यातना के बीच राम बोले, "इस प्रकार का गुप्त आघात करनेवाले दल के नेतृत्व के लिए तुम्हारे पास कोई समर्थ योद्धा नहीं है।...तात सुषेण।..."

सुषेण उनके निकट आ गए।

"असहनीय पीड़ा..." सुषेण ने पुनः उनके मुख में आसव टपकाया और घावों पर नई औषध का लेप करने लगे।

किन्तु न राम की स्थिति में कोई सुधार हुआ, न लक्ष्मण की। लक्ष्मण की मूर्च्छा टूटने के स्थान पर और भी सघन होती प्रतीत हो रही थी और राम की असहनीय पीड़ा उन्हें बार-बार तड़पा उठती थी।

निराश होकर सुषेण ने असमर्थता में अपना सिर हिला दिया।

"हमें कुछ तो करना ही होगा।" सुषेण को निराशा में सिर हिलाते देख हनुमान कुछ उग्र स्वर में बोले, "आर्य राम और लक्ष्मण को हम इस प्रकार तड़पकर मरते नहीं देख सकते।"

सुग्रीव ने हनुमान की ओर देखा : पिछले कई दिनों से उनके मन में यह विचार पल रहा था–हनुमान कदाचित अपने हृदय से उनकी अपेक्षा कर राम के ही अधिक निकट हो गए थे। यह कुछ-कुछ वैसे ही था, जैसे अंगद, बाली की अपेक्षा सुग्रीव के अधिक निकट आ गए थे। राम के व्यक्तित्व में हनुमान को जैसा मित्र, नेता और समर्थ परामर्शदाता मिला था–यह सबकुछ कदाचित सुग्रीव उन्हें नहीं दे पाए थे। राम को पीड़ा में देख, सबको कष्ट हो रहा था, किन्तु जो तड़प हनुमान के चेहरे पर दिखाई दे रही थी, यह अन्यत्र कहीं भी नहीं थी...भविष्य में यदि कभी राम और सुग्रीव में मतभेद हो जाए अथवा उनमें कोई विरोध जाग उठे तो हनुमान किसका पक्ष ग्रहण करेगा?...राम का या सुग्रीव का?...

सहसा सुग्रीव ने अपना सिर झटका–कैसी-कैसी बातें सोचने लगे हैं वे...राम इतने कष्ट में हैं... मृत्यु की घड़ियां गिन रहे हैं...वानर सेना समुद्र पार कर, अपने विकट शत्रु–राक्षसों के शक्ति केन्द्र के इतने निकट ऐसी असहाय अवस्था में पड़ी है और सुग्रीव ने मन में अनुदार, स्वार्थी, राजनीतिज्ञ जाग रहा है...कैसा नीच है सुग्रीव तू...

"क्या करना चाहते हो हनुमान तुम?" सुग्रीव ने पूछा।

"कुछ भी।" व्यग्र स्वर में हनुमान बोले, "कुछ भी।...मैं हाथ पर हाथ धरे बैठ, राम और लक्ष्मण को इस निरीह और यातनापूर्ण मृत्यु मरते नहीं देख सकता।...मुझे कोई भी आदेश दीजिए। कहीं से भी कोई औषधि लानी है, कोई वैद्य, कोई शल्य चिकित्सक लाना है...कहीं से भी। चाहे लंका में ही धावा मारना पड़े।...मैं जाऊंगा।"

"इसे ऐसी अनुमति मत देना।" राम अपनी पीड़ा में कुछ हांफते हुए बोले। उन्होंने अपने अधरों पर दांतों से भींचकर मानो अपनी पीड़ा सही, "इसका कोई लाभ नहीं होगा। उलटे हनुमान जैसे योद्धा से हाथ धो बैठोगे।...लंका से रावण का चिकित्सक आया तो वह कोई और क्षति कर जाएगा...।" उन्होंने पीड़ा सहने के प्रयास में अपनी आंखें मूंद लीं।

"धैर्य रखो हनुमान।" विभीषण स्निग्ध किन्तु स्थिर स्वर में बोले, "विपत्ति के क्षणों में धैर्य से बढ़कर समर्थ मित्र और कोई नहीं होता। तुम्हारी भावना..."

"भावना नहीं राक्षसराज। कर्म....," हनुमान का अधैर्य और भी मुखर हो उठा, "मैं कर्म की बात कर रहा हूं...।"

सहसा उन लोगों को एक विचित्र-सी हलचल का आभास हुआ। हनुमान की बातचीत बीच में रह गई। सबकी दृष्टि उस हलचल की ओर घूम गई। वानर सैनिक प्रहरी कुछ अपरिचित लोगों को अवरोध के लिए बड़े सतर्क भाव से आगे बढ़ रहे थे।

वानरपति-प्रहरी नायक बोला, "ये लोग हमारी सेना में सन्दिग्ध रूप से घूमते तथा आर्य राम एवं लक्ष्मण के विषय में सूचनाएं एकत्र करते हुए घूम रहे थे।..."

नायक की बात भी पूरी नहीं हुई थी कि अपरिचितों में से एक, जो कदाचित उनका नायक था, वेगपूर्ण आगे बढ़ा और उसने राम की कलाई पकड़कर उनकी नाड़ी पर अपनी अंगुलियां रख दीं। क्षण-भर वह नाड़ी-परीक्षण करता रहा और फिर उसने सिर उठाकर पूछा, "ये आर्य राम हैं?"

"हां," सुग्रीव बोले, "पर तुम कौन हो?"

आगन्तुक ने अपना परिचय देने की तत्परता नहीं दिखाई। उसने अपने एक साथी को संकेत किया। साथी ने अपने हाथ में पकड़ी पेटिका नीचे रखकर उसका ढक्कन उठा दिया। खुली पेटिका को देखकर कोई भी सुविधापूर्वक यह समझ सकता था कि उसमें विभिन्न प्रकार की औषधियां थीं। आगन्तुक ने उसमें से एक औषध उठाकर उसकी कुछ बूंदें राम के मुख में टपकाई और औषध के प्रभाव को देखने की प्रतीक्षा किए बिना लक्ष्मण की नाड़ी टटोलने लगा।

उसके थोड़े से प्रयास से राम तथा लक्ष्मण प्रायः नीरोग होकर उठ बैठे। रक्त-स्राव बन्द हो गया, पीड़ा समाप्त हो गई और अंगों की जकड़न भी दूर हो गई। वे दोनों ही प्रसन्न तथा उत्साह से भरे-पूरे लग रहे थे। इस बीच वहां पूर्ण स्तब्धता छाई रही। किसी ने आगन्तुक से कुछ नहीं पूछा। उन्होंने भी कुछ नहीं बताया। चुपचाप अपना काम करते रहे। राम ने स्वस्थ होकर देखा : आगन्तुक लोग अन्य आहत सैनिक और यूथपतियों का उपचार करने का प्रयत्न कर रहे थे। कुछ क्षणों तक राम उन्हें मुग्ध दृष्टि से देखते रहे और फिर उनके नेता के निकट जाकर धीमे, मधुर स्वर में बोले, "भद्र! यदि आप अपना परिचय दे देते...।"

"अभी आया आर्य!" वह धीरे-से बोला।

उसने अपने साथियों को जल्दी-जल्दी कुछ निर्देश दिए। औषधियों की ओर संकेत किए और उन्हें काम करते छोड़, राम के पास आ गया।

"भद्र राम! मैं गरुड़ हूं। सर्प-विष से बने शस्त्रों के उपचार के लिए देव-जातियों का प्रसिद्ध वैद्य हूं" वह बोला, "यद्यपि हमें आने में कुछ विलम्ब हुआ; किन्तु मुझे प्रसन्नता है कि हमें बहुत देर नहीं हुई। आपको जिन शस्त्रों से घायल किया गया था, उनमें भी सर्प-विष बहुत अधिक मात्रा में था। मुझे प्रसन्नता है कि हमारे आने तक विष औषध की मर्यादा के पार नहीं हुआ था। राम!..." गरुड़ ने रुककर राम को देखा, "आप भयंकर जोखिम का युद्ध लड़ रहे हैं आपके पास दिव्यास्त्रों का अभाव है। शल्य चिकित्सक आपके पास नहीं हैं। राक्षसों ने इधर कुछ नए शस्त्रों का प्रयोग आरम्भ किया है, जिन पर विभिन्न प्रकार के विषैले तत्त्वों तथा मानव शरीर के लिए घातक तथा पीड़ादायक पदार्थों का लेप होता है। ये व्यक्ति को तड़पा-तड़पाकर मार डालते हैं। यद्यपि ये सब

नियमबद्ध युद्ध के विपरीत तथा मानवता-विरोधी आचरण हैं, किन्तु राक्षस इसकी चिन्ता नहीं करते। वे अपने शत्रु को अधिक-से-अधिक यातना देकर मारने में सुख का अनुभव करते हैं। आपको इस पक्ष में भी सजग और जागरूक रहना होगा।"

"आप यहां कैसे चले आए भद्र?" राम ने पूछा।

"यह युद्ध मात्र आपका और रावण का ही युद्ध नहीं है आर्य!" गरुड़ ने कहा, "यह युद्ध मात्र वानरों और राक्षसों का ही नहीं है। आज समस्त संसार की दृष्टि इस युद्ध पर लगी हुई है भावी मानवता के स्वरूप का निर्णय भी इसी युद्ध में होगा। संसार की समस्त छोटी-बड़ी शक्तियां इस युद्ध से प्रभावित होंगी। यह दूसरी बात है, अयोध्या में बैठे तुम्हारे भाइयों तक को इस युद्ध की सूचना नहीं; किन्तु देव महाशक्तियां ऐसी घटनाओं से अनभिज्ञ रहकर जीवित नहीं कर सकतीं। सारी महाशक्तियां कोई-न-कोई पक्ष ग्रहण करेंगी; किन्तु खुलकर नहीं।..."

"खुलकर क्यों नहीं?" लक्ष्मण का स्वर गम्भीर था।

"अनेक कारण हैं सौमित्र!" गरुड़ मुस्कुराकर बोले, "राक्षस सेना के पास सामान्य राजाओं से अधिक दिव्यास्त्र हैं। फिर वे दिव्यास्त्रों से हीन हैं। तुमने सीरध्वज जनक के प्रासाद में महादेव शिव का धनुष देखा था न।"

"हां आर्य! देखा था।"

"यदि आज कुछ देव-शक्तियां प्रकट रूप से तुम्हारी ओर से लड़ेंगी तो यह मत भूलो कि रावण ब्रह्मा का प्रपौत्र तथा शिव का प्रिय भक्त है। यदि शिव ने वैसे देवास्त्र रावण को दिए, उनका ईंधन तथा उनकी परिचालन-विधि का ज्ञान दे दिया, रावण ने उन देवास्त्रों का प्रयोग तुम्हारे विरुद्ध किया, तो तुम्हारी सेना की क्या स्थिति होगी?"

"हमारी बहुत क्षति होगी!"

"इसलिए देव-शक्तियां प्रकट रूप से तुम्हारे पक्ष में नहीं आ सकतीं। गरुड़ मुस्कुराए, यथासम्भव गुप्त सहायता दोनों ओर से आएगी।...ये औषधियां भी उसी गुप्त सहायता का ही अंग हैं।" वे रुके, "मेरे साथियों ने तुम्हारे योद्धा वैद्य सुषेण को औषधियों का ज्ञान दे दिया होगा। वे उनका प्रयोग करेंगे।" उन्होंने मुस्कुराकर राम की ओर देखा, "अब हमें जाने की अनुमति दें..." वे रुके, "हमारा आना गोपनीय ही रहे तो शुभ है।"

"आप आश्वस्त रहें भद्र!" राम ने कहा।

सत्रह

रावण का क्रोध बढ़ता जा रहा था। लंका के पश्चिमी द्वार पर धुम्राक्ष, हनुमान के हाथों मार डाला गया था। वज्रदंष्ट्र का दक्षिण द्वार पर अंगद ने वध किया था। दुर्मुख ने सुमन्नत को, जाम्बवान ने महानाद को, तोर ने कुम्भहनु को तथा नील ने प्रजन्य को सहज ही नष्ट कर दिया था।

एक के पश्चात एक सेनापति और सेनायक के वध का समाचार आता; एक-एक कर वाहिनियों के नष्ट होने की सूचना मिली और रावण अपने महाराजाधिराजत्व में बंधा, पृथ्वी पर पाद-प्रहार कर विवश घूमता अपना रक्त खौलाता रहता। पहले दिन अपने कुछ वीर योद्धा खोकर भी राक्षस सेना विजयिनी रही थी। मेघनाद ने आकर राम और लक्ष्मण–दोनों के वध और वानर सेना के हताश होने का समाचार दिया था। रावन ने अपने वीर पुत्र का अभिनन्दन किया था और तत्काल राम और

लक्ष्मण के वध का समाचार सीता तक पहुंचा दिया था। रावण ने सोचा था कि सीता दीन होकर आत्मसमर्पण कर देगी और रावण पूर्ण विजय का सुख-भोग करेगा। किन्तु सीता ने यह कहकर इस सूचना का तिरस्कार कर दिया था कि रावण का क्या है, वह तो प्रतिदिन एक राम का वध करता है और प्रतिदिन एक नया राम जीवित होकर उठ खड़ा होता है...

कैसे मायाविनी है यह सीता। इधर उसने यह बात कही और उधर वानर सेना के हर्ष-निनाद से लंका की प्राचीर कांप-कांप गई। रावण चकित रह गया था। सेना के दो महासेनापतियों के वध के पश्चात जिस सेना को या तो युद्ध क्षेत्र से पलायन कर जाना चाहिए था, या रावण के सम्मुख आत्मसमर्पण कर देना चाहिए था; अथवा यदि वह सेना बहुत ही साहसी, दृढ़ और वीर थी तो उसे शोकाकुल होकर रुदन करना चाहिए था, उस वानरसेना को आधी रात के समय क्या मिल गया, जो वह हर्ष-निनाद कर रही है?...और तब रावण को यह सूचना मिली थी कि राम और लक्ष्मण सचमुच जीवित हो उठे हैं...रावण चकरा गया था...कैसे मायावी हैं ये राम और लक्ष्मण, जो मर-मरकर जी उठते हैं। सच कहा था सीता ने, रावण प्रतिदिन एक राम का वध करता है और राम जीवित होकर उठ खड़ा होता है।

प्रतिरावण ने तब प्रबलतम अट्टहास किया था, "राम मायावी नहीं हैं। मायावी तेरा पुत्र मेघनाद है। उसकी माया, झूठ की माया है तूने सीता को झूठ के बल पर ठगना चाहा था; तेरा पुत्र उसी झूठ के आधार पर तुझे ठग गया। तूने ही इस झूठ को सदा संरक्षण दिया है, रावण! अब तू ही उसे भुगत। जब तेरी बहन शूर्पणखा ने आकर तुझसे झूठ कहा था, तो तू उसे सच मानकर सीता का हरण करने चल पड़ा; क्योंकि झूठ तुझे अभीष्ट था। अब मेघनाद के झूठ को सच मान ले, वह भी तो तेरा अभीष्ट है...!"

रावण को लगा, क्रोध से उसका दम घुट जाएगा।...क्या करे वह इस प्रतिरावण का।...उसने शूर्पणखा को लंका से निकाल अश्वपुरी रखा है, विभीषण को लंका से निकाल दिया है...किन्तु यह प्रतिरावण...और अब एक-एककर धूम्राक्ष, वज्रदंष्ट्र, दुर्कम्पन, सुमन्नत, महानाद, कुम्भहनु और प्रजन्य मरे जा चुके हैं।...

रावण के अपराजेय बल में लंकावासियों का विश्वास नहीं रहा। उसका विरोध बढ़ता जा रहा है। स्थान-स्थान पर लोग कहते-फिरते हैं कि सीता को लौटाकर उसे राम से सन्धि कर लेनी चाहिए।... लंका को वानर सेना ने ऐसे घेर रखा है कि आवश्यक सामग्री की कमी होती जा रही है। लंकावासी कठिन जीवन जीने के अभ्यस्त नहीं हैं। विलास के बिना वे जी नहीं सकते। वे चाहते हैं, युद्ध समाप्त हो। लंका में शान्ति हो ताकि विलास की अबाध धारा...

कैसा विवश हो गया है देवशत्रु महाराजाधिराज। रावण न सीता को लौटा सकता है, न उसका वध कर सकता; और न बलात उसे अपनी शैया पर खींच सकता है।...उसकी अपनी बहन उसकी विरोधिनी हो गई, उसकी बाधा बनकर उसके मार्ग में खड़ी हो गई है और उसका भाई उसके शत्रु के साथ जा मिला है...

"अपनी आसक्ति के कारण सीता का वध तो तू कर नहीं सकता," प्रतिरावण का स्वर उसके मस्तिष्क में गूंजा, "विभीषण से तो प्रतिशोध ले सकता है। सरमा और कला का वध करके..."

रावण का मन सिहर उठा : यह प्रतिरावण उसे विनाश की ओर धकेलकर ही छोड़ेगा। यदि रावण ने अपना नियन्त्रण तनिक भी शिथिल किया तो प्रतिरावण उसे अपने प्रवाह में बहा ले जाएगा...और

यदि रावण ने सचमुच सरमा अथवा कला के साथ कोई दुर्व्यवहार किया तो न केवल कुम्भकर्ण उसका साथ छोड़ जाएगा; मन्दोदरी और प्रबल होकर उसका विरोध करेगी; वरन लंका के भीतर उपद्रव होने लगेंगे। विभीषण-समर्थक संगठन लंका की प्राचीर में भीतर से सेंध मारने लगेंगे। जो युद्ध लंका की प्राचीर के बाहर हो रहा है, वह लंका की वीथियों, पन्थों और चतुष्पथों पर होने लगेगा...

इस प्रतिरावण से भी छुटकारा पाना है; किन्तु राम! पहले इस मायावी राम का प्रबन्ध करना होगा। इस दुष्ट ने नीच वानरों को आकाश पर चढ़ा दिया है। इन्हें विश्वास दिला दिया है कि वे भी मनुष्य हैं और राक्षसों के समतुल्य हैं।...किन्तु रावण उन्हें अच्छी तरह समझा देगा कि उनकी नियति क्या है। वानर, वानर ही रहेंगे और राक्षस, राक्षस ही, राम अथवा वैसे ही लवाड़िए प्रचारकों की बातों का क्या है।...रावण यह सत्य प्रमाणित कर दिखाएगा कि वानर नीच होकर ही जन्मा है और नीच रहकर ही मरेगा। वे राक्षसों के सुख के साधन मात्र हैं। उन्हें वहीं रहना होगा... किन्तु यह एक के पश्चात एक सेनापतियों की पराजय और उनकी मृत्यु। यह क्रम और नहीं चल सकता। रावण ने वानरों की शक्ति को कम आंका, इसलिए वह अभी युद्ध-क्षेत्र में नहीं गया, अन्य सेनापतियों को भेजता रहा। पर, यह क्रम और नहीं चल सकता। आज रावण स्वयं जाएगा और उन वानरों को पाठ पढ़ाएगा। रावण के अस्त्र-शस्त्रों से नहीं मरेंगे तो दिव्यास्त्रों का प्रयोग कर उसके सेनापतियों को मारना होगा...यदि राक्षस सेना को वानरों से एक साथ भी पराजय मिला तो लंकावासियों का विश्वास राजाधिराज से उठ जाएगा...

मेघनाद पिता से सहमत नहीं था। उसका विचार था कि अन्य सेनापतियों के रहते हुए, महाराजाधिराज का स्वयं युद्ध के लिए जाना अशोभनीय था; किन्तु पिता और महाराजाधिराज के अधिकार से रावण ने उसे लंका की रक्षा के लिए नियुक्त किया और स्वयं युद्ध के लिए द्वार से बाहर निकल आया। रावण के साथ अकम्पन, अतिकाय, महोदर, पिशाच, रावणि, त्रिशिरा एवं नरान्तक तथा कुम्भकर्ण के पुत्र कुम्भ और निकुम्भ अपनी-अपनी वाहिनियां लिए चल रहे थे। राक्षस सेना प्रलयकालीन ज्वार के समान हुंकार करती हुई बढ़ती चली जा रही थी। रावण ने कोई विशेष व्यूह न बनाकर वानर सेना पर सीधा आक्रमण किया था। उसके सेनापति जहां-तहां वानर यूथपतियों से उलझ गए थे।

सुग्रीव ने रावण को आते देखा। राम अपने व्यूह में अन्यत्र व्यस्त थे। वैसे भी इस समय राम का सीधे रावण से जा टकराना सुग्रीव को उचित नहीं लग रहा था। सम्भव है कि रावण को देखते ही राम अपना संयम छोड़ बैठें और अपने आक्रोश के कारण स्वयं को अनावश्यक जोखिम में डालें। यह न राम के हित में होगा, न वानर सेना के। उससे तो अच्छा है कि सुग्रीव स्वयं ही रावण को रोकें। उन्हें भी तो रावण से पुराना हिसाब चुकाना था...रावण के रथ के सम्मुख अनेक घोड़े जुते थे। रथ के पहिए बड़े-बड़े थे, जंगली भैंसे के चर्म से बने कवच से रथ रक्षित था और अनेक प्रकार के शस्त्रास्त्रों से अटा पड़ा था।

सुग्रीव को अपना, धनुर्विद्या के अभ्यास का अभाव खला। रावण से लड़ने के लिए धनुष ही उपयुक्त शस्त्र था...किन्तु सुग्रीव के पास तो गदा थी, गदा कला-कौशल था। शारीरिक बल था और मन में आक्रोशपूर्ण वीरता थी। वानर सेना की धनुर्धारी टुकड़ियों ने बाणों की पहली बौछार की तो राक्षसों की पैदल सेना की गति रुद्ध हो गई। रावण के रथ की गति मन्थर हुई तो उसने धनुष से सारथी को कोंचा, "रथ को आगे निकालो।"

सुग्रीव को अपने लिए यही उपयुक्त अवसर दिखाई पड़ा। वे कूदकर रावण के रथ पर चढ़ गए;

किन्तु इससे पहले कि रावण पर वे अपनी गदा चलाते, रावण ने उनके वक्ष में एक शूल दे मारा। शूल इतने निकट से, इतने वेग से चलाया गया था कि सुग्रीव उसे संभाल नहीं सके। उन्हें चक्कर आ गया और वे रथ से नीचे खिसक पड़े... किन्तु वानर सेना तनिक भी असावधान नहीं थी। सुग्रीव को गिरते देख तत्काल व्यूह बदल गए। इससे पहले कि रावण अथवा कोई अन्य राक्षस सेनापति उन पर प्रहार कर सकता–गवाक्ष, गवय, सुषेण, ऋषभ, ज्योतिर्मुख और नल अपनी वाहिनियों के साथ रावण पर इस तीव्रता से झपटे कि रावण को सुग्रीव को भूलकर अपनी रक्षा के लिए प्रयत्नशील होना पड़ा।

रावण के सेनापति भी अपनी सेनाओं के साथ उनके आसपास घिर गए। अकस्मात ही युद्ध अत्यन्त भयंकर हो उठा। लगा कि युद्ध के अन्य व्यूह निरस्त कर दिए गए हैं और प्रत्येक योद्धा इसी दिशा में बढ़ा चला आ रहा है। नील ने आते ही मूर्च्छित सुग्रीव को चिकित्सा-शिविर की ओर भिजवाया। सुषेण को उनके पीछे भेजा और स्वयं रावण के सम्मुख डट गए। नील के बाणों ने रावण को कुछ इस प्रकार पीड़ित किया कि रावण अपना धैर्य खो बैठा। उसकी दृष्टि अपने दिव्यास्त्रों पर घूम गई। उसने आग्नेयास्त्र उठाकर अपने बाण के फल पर लगाया और पूरी शक्ति से प्रत्यंचा खींचकर बाण छोड़ दिया। आग्नेयास्त्र को न नील काट सके और न उनका कवच उन्हें रोक पाया। उन्हें लगा जैसे कवच स्थान-स्थान से जलकर शिथिल हो गया है। और उनके अंग-प्रत्यंग झुलस रहे हैं। नील का मस्तिष्क सोने-सोने का हो गया। वे मूर्च्छित हो गए थे।

नील के गिरते ही, तत्काल उनके स्थान पर लक्ष्मण आ खड़े हुए। बड़ी विकट स्थिति थी। इस समय तनिक-सी भी शिथिलता से रावण का रथ वानर-सेना पर चढ़ आता। उसके शस्त्रों और दिव्यास्त्रो से वानरों का भयंकर नाश होता और राक्षस सेना वानरों को पूर्णतः ग्रस लेती। लक्ष्मण किसी कठोर शिला के समान रावण के रथ के सम्मुख खड़े क्षुर, अर्द्धचन्द्र, उत्तमकर्णी तथा भल्ल बाणों की झड़ी लगाए हुए थे। दूसरी ओर उनका मस्तिष्क निरन्तर अपने बाण चला रहा था : यही वह रावण है, जिसने मुखर का वध किया, सीता का हरण किया, जटायु को मारा...यही है वह अन्यायी है, जिसने संसार के समस्त न्याय को ग्रस लिया है...इसके कारण संसार में शोषण का प्रकोप है...इसके कारण कोई सुरक्षित नहीं, सम्मानित नहीं...यह पाप है, अपराध है, शोषण है...

लक्ष्मण को देखकर रावण के मन में भी कुछ कौंधा : यह उन दो भाइयों में से एक है, जिन्होंने उसके आधिपत्य को सर्वत्र तोड़ा है। जिन लोगों ने स्वयं को कभी मनुष्य नहीं समझा, उन्हें इन्होंने समता, स्वतन्त्रता, अधिकार और न्याय के लिए लड़ना सिखा दिया है।...यदि ये दोनों भाई जीवित रहे तो राक्षस-तन्त्र नष्ट हो जाएगा, राक्षसों का आधिपत्य सर्वथा समाप्त हो जाएगा... रावण ने ब्रह्मबाण अपने धनुष पर चढ़ाया और लक्ष्मण पर चला दिया। बाण लक्ष्मण के वक्ष में लगा।...अपने धनुष पर लक्ष्मण की पकड़ ढीली हो गई। उन्हें लगा कि उनके हाथ से धनुष खिसक रहा है और उनका सिर चकरा रहा है।–लक्ष्मण ने सिर को झटका। स्वयं को सन्तुलित किया और पुनः सन्नद्ध होकर खड़े हो गए। उन्होंने एक के पश्चात एक तीन बाण चला दिए। रावण के धनुष की प्रत्यंचा कटकर झूल गई। प्रतिरावण ज़ोर से हंसा, "बस रावण! इतनी ही शक्ति थी तेरी?"

अपने आवेश में रावण सबकुछ भूल गया। उसे लगा, उस पर नाश का आवेश छा गया। इस समय उसके हाथ में जो भी भयंकर-से-भयंकर अस्त्र होता, वह उसी को चला देता...मदान्ध रावण के मन में लक्ष्मण के साथ-साथ अपने प्रति भी क्रोध जागा।...क्या हो गया है उसे। यह कल के इन छोकरों को भी उपयुक्त पाठ नहीं पढ़ा सकता। उसने ब्रह्मा का दिया हुआ दिव्यास्त्र चलाया और

यह छोकरा उसे झेल गया। व्यर्थ ही ब्रह्मा उसके पितामह और शंकर उसके गुरु कहलाते हैं।...शिव ने क्यों नहीं उसे वैसा धनुष दिया, जैसा सीरध्वज जनक के घर पर पड़ा था। अपनी भुजाओं की शक्ति से न चलाकर, यन्त्र-परिचालित धनुषों से वह देवास्त्र प्रक्षेपित करता और शिव को जलाकर क्षार कर देता...

आवेश में रावण ने अपने रथ के पिछले भाग से अग्नि के समान लपलपाती हुई ब्रह्म-शक्ति उठा ली। यह शक्ति ब्रह्म ने उसे दी थी और आज तक अमोघ मानी जाती थी। रावण ने नए धनुष पर शक्ति चढ़ा, लक्ष्मण का लक्ष्य साध प्रत्यंचा छोड़ दी...

शक्ति वस्तुतः अमोघ थी। लक्ष्मण के बाण मार्ग में शक्ति को नहीं काट सके। शक्ति लक्ष्मण के वक्ष में लगी और लक्ष्मण के शरीर में भयंकर जलन उत्पन्न हो गई। जैसे कोई भयंकर विष उनके रक्त में पहुंचकर अग्निदाह कर रहा हो। यह ज्वाला असहनीय थी, असह्य।...

लक्ष्मण मूर्च्छित होकर भूमि पर आ गिरे।

रावण का रथ आगे बढ़ा और वानर सेना तितर-बितर हो गई। लक्ष्मण के धराशायी होने का समाचार दावानल के समान फैल गया।

रावण ने सारथी को रुकने का संकेत किया।

रथ लक्ष्मण के मूर्च्छित शरीर के पास रुका...और सहसा वानर यूथपतियों की समझ में आया कि रावण के मन में क्या है।...रावण ने मूर्च्छित लक्ष्मण की भुजा पकड़ी ही थी कि असंख्य वानर रावण पर अपने अस्त्र-शस्त्रों के साथ झपट पड़े। हनुमान ने अपनी गदा का एक भरपूर प्रहार रावण के वक्ष पर किया...लहर-पर-लहर के समान बढ़कर आते हुए वानरों ने रावण को विचलित कर दिया। लक्ष्मण के मूर्च्छित शरीर को वह उठा नहीं पाया। किन्तु, इस आपाधापी में वह एक स्थान पर टिक नहीं सका। हनुमान का प्रहार भी लक्ष्य-च्युत हो गया। कन्धे पर हुए प्रहार के कारण रावण क्षण-भर के लिए निश्चेष्ट हो गया।...उसके सारथी ने उसे सहारा देकर रथ में बैठाया और रथ मोड़ लिया।

हनुमान अद्‌भुत स्फूर्ति से आगे बढ़े। उन्होंने लक्ष्मण को अपने कन्धे पर उठा लिया और मुख्य शिविर की ओर मुड़ गए। उधर वानर सेना राक्षसों के भयंकर आक्रमण के सम्मुख लौह प्राचीर के समान अविचलित खड़ी थी।

राम को सूचना मिली।

उन पर दोहरी प्रतिक्रिया हुई : रावण युद्ध-क्षेत्र में आया है और लक्ष्मण मूर्च्छित हुए पड़े हैं। राम द्वन्द्व में थे–किधर जाएं? पहले मूर्च्छित भाई की सुध लें, अथवा अपने शत्रु को रण-निमन्त्रण दें? ...रावण ने सुग्रीव, नील और अब सौमित्र को आहत कर मूर्च्छित कर दिया था...राम को वहीं जाना चाहिए।...कब से राम इस शत्रु को खोज रहे थे और वह अपनी सीने की लंका में सुरक्षित बैठा था। आज वह रणक्षेत्र में आया है और वे उससे भेंट न करें तो धिक्कार है उनकी वीरता पर...

राम ने चरों को सुषेण के पास भेजा, सौमित्र के स्वास्थ्य की सूचनाएं निरन्तर भिजवाते रहें...अपना व्यूह उन्होंने अंगद को सौंपा और उस क्षेत्र में पहुंचे जहां रावण खड़ा था। रावण की निष्क्रियता नष्ट हुई तो उसने पुनः धनुष उठा लिया। किन्तु इस बार उसके सामने लक्ष्मण नहीं था। उसने सारथी की ओर देखा।

"राम!" सारथी ने बताया।

"यह वही कंगला राजकुमार है, जिसके भय से तू कभी उसके सामने नहीं पड़ा।" प्रतिरावण

हंस रहा था। राम ने रावण को देखा : प्रौढ़ वय का साधन सम्पन्न हृष्ट-पुष्ट योद्धा। पर यह योद्धा कैसा? यह तो चोर है–सीता का हरण करनेवाला। दुष्ट, अत्याचारी और कायर!...पूरा शस्त्रागार अपने रथ में रख युद्ध करने आया है ताकि न्याय की हत्या कर अपने पापों से अपनी रक्षा कर सके...सारी मानवता का पीड़क...सीता को उनसे छीननेवाला...

"दुष्ट निशाचर! तेरी प्रतीक्षा बहुत दिनों से थी।" राम के जबड़े भिंच गए, "आज पृथ्वी का पाप कट जाएगा।"

रावण ने सौन्दर्य और शौर्य के उस पुंज को देखा : शूर्पणखा यदि इसे देखकर अपना विवेक खो बैठी थी, तो उसने क्या ग़लत किया था? सीता यदि किसी दूसरे पुरुष को स्वीकार नहीं कर सकती तो उसका क्या दोष? राम के रहते हुए, कोई भी स्त्री किसी अन्य पुरुष को कैसे अंगीकार कर सकती है।

...यही है वह पुरुष, जिसने इस सारे जनपद में घास-फूस के समान चरी जा रही प्रजा के हाथ में शस्त्र देकर उन्हें सैनिक बना दिया है। और कैसे खड़ा है, रावण के अस्त्र-शस्त्रों से अटे हुए कवचरक्षित रथ के सम्मुख। भूमि पर नंगे पांव, पदाति। शरीर पर एक कवच है–जाने कैसा पुराना-सा जीर्ण-शीर्ण कवच है। रथ के अभाव में अपने दोनों कन्धों पर तूणीर लटकाए, कटि में खड्ग बांधे और हाथ में धनुष लिये...सहसा रावण का आक्रोश उबला, जब तक यह जीवित है, सीता रावण की नहीं हो सकती...जब तक यह जीवित है, रावण जम्बूदीप का अधिपति नहीं हो सकता...इसे मरना ही होगा, इसी क्षण...

रावण ने लक्ष्मण को मूर्च्छित करनेवाली ब्रह्मशक्ति पुनः उठा ली और धनुष पर चढ़ा, राम के वक्ष पर छोड़ दी, किन्तु राम ने अपने कौशल से शक्ति को मार्ग में ही नष्ट कर दिया।...रावण ने राम का अद्भुत रण-कौशल देखा : उसने ठीक ही सुना था कि इस व्यक्ति ने विश्वामित्र और अगस्त्य से दिव्यास्त्र प्राप्त किए हैं। लगता हैं कि रावण को देवास्त्रों के लिए पुनः महादेव शिव की शरण में जाना होगा...

भूमि पर नंगे पैर खड़े राम, रावण के शक्तिशाली दिव्यास्त्रों का निराकरण कर रहे थे। उनके विभिन्न अंगों में अनेक अस्त्र-शस्त्र चुभे थे। शरीर से रक्त बह रहा था। शरीर से टपके हुए रक्त ने उनके पांव भिगो कर लाल कर दिए थे। किन्तु राम तनिक भी विचलित नहीं हुए थे।

राम के बाणों से रावण के रथ के अनेक घोड़े घायल होकर शिथिल हो रहे थे। सारथी की भुजाएं आहत होकर बल्ला संभालने में बहुत दक्ष नहीं रह गई थीं; और सहसा राम के नाराच ने रावण के धनुष की प्रत्यंचा काट डाली। रावण दूसरा धनुष लेने के लिए मुड़ा। उसने धनुष उठाकर साधा ही था कि राम ने एक के पश्चात एक, चार बाण उसके वक्ष में धंसा दिए। रावण की आंखों के सम्मुख अन्धकार छा रहा था। सारथी ने उपयुक्त समय जानकर रथ लंका के द्वार की ओर मोड़ दिया।

रावण का हर्ष और अभिमान दोनों ही खंडित हो चुके थे। जब वह लंका में लौटा तो धनुष टूट गया था, रथ के घोड़े या तो मर गए थे, या मरनेवाले थे; सारथी पंगु हो चुका था, किरीट खंडित था...विश्वविजेता महाराजाधिराज रावण अत्यन्त चिन्तित था।

उसने सदा यही माना था कि वह उच्च है, श्रेष्ठ है, अधिक बुद्धिमान, शक्तिशाली और समर्थ है। वानर तथा अन्य जातियों को उसने अपने लिए उपकरण अथवा सामान्य पशुओं से अधिक महत्त्व नहीं दिया था। उन्हें मनुष्य मानने की कभी आवश्यकता नहीं पड़ी थी। उनकी भी कोई सेना अथवा

सैनिक शक्ति हो सकती है–यह उसका मन कभी स्वीकार नहीं कर सका था। उसके पास धन था, साम्राज्य था, सेना थी, शस्त्र थे, ब्रह्मा और शिव जैसी महाशक्तियां उसकी रक्षा के लिए खड़ी थीं...उन वानरों के पास इनमें से कुछ भी नहीं था किन्तु राम की मानवता के प्रति आस्था ने उन्हें क्या से क्या बना दिया था...क्या था राम के पास, मानवता में अप्रतिम आस्था के सिवाय? तो क्या मनुष्य धन-शक्ति, शस्त्र, पशुबल–सबसे बड़ा होता है?...रावण ने माना था कि ये वानर पशु के समान जन्मे थे, पशु का-सा जीवन जिएंगे और पशुओं की-सी मृत्यु मर जाएंगे।...किन्तु राम की आस्था ने उन्हें इतनी बड़ी शक्ति सिद्ध कर दिया था,...मात्र मनुष्य, शस्त्रों से बड़ा हो गया था...

किन्तु दूसरे ही क्षण रावण सचेत हो गया। वह यह सब क्या सोच रहा है? कहीं उसके भीतर का प्रतिरावण तो उसे बहकाने का प्रयत्न नहीं कर रहा है...शस्त्र शस्त्र हैं, मनुष्य मनुष्य...और रावण को लगा, उसके भीतर ब्रह्मा और शिव के विरुद्ध जमा हुआ आक्रोश फिर से खौलने लगा था...क्यों नहीं वे लोग उसे देव्यास्त्रों से भी अधिक शक्तिशाली देवास्त्र दे देते।

एक बार रावण को दिवास्त्र मिल जाए तो वह इस पृथ्वी पर से पशु-सरीखे इन मनुष्यों का चिह्न तक मिटा देगा। ये लोग रावण का विरोध कर जीने के अधिकारी नहीं रहे...किन्तु इतनी चिरौरी करने पर भी प्रेम, निष्ठा और भक्ति प्रदर्शित करने पर भी न कभी ब्रह्मा पसीजे, न शिव, कि उसे देवास्त्र दे देते और रावण एक बार तो नाश का विकट तांडव करता...बस उसे दिव्यास्त्रों तक ही रोक दिया जाता है...

रावण का ध्यान देव महाशक्तियों से हटकर लंका की वर्तमान स्थिति पर आ गया,..लंका की रक्षा कैसे हो? यदि रावण सेना लंका के द्वारों से बाहर निकलकर वानरों से लड़ने में तनिक भी असमर्थ सिद्ध हुई तो वानर सेना अपना अवरोध संकीर्ण करती हुई लंका की प्राचीर तक आ जाएगी, और फिर युद्ध-पूर्व स्थिति के समान वे छैनियों-हथौड़ियों से लंका की प्राचीर को छेदने लगेंगे। परिखा पर सेतु निर्माण कर परकोटों पर चढ़ जाएंगे। लंका के हाट बाज़ारों में घुस आएंगे। लंका के प्रासादों पर पथराव करेंगे...अब शिथिलता का समय नहीं था। लंका के द्वार पर विकट चौकसी रखनी होगी। पथों-चौराहों पर सैनिकों को रखना होगा। परकोटों पर प्रहरियों को नियुक्त करना होगा...किन्तु सम्मुख युद्ध में सेनापति होकर अब कौन जाएगा?...

रावण के अपने सेनापतित्व में राक्षस सेना को अपमानजनक पराजय मिली है। रावण के पुनः लौटने पर वानरों का मनोबल और बढ़ जाएगा और हतबल राक्षस, पराजय के और निकट होते जाएंगे। रावण स्वयं भी अभी लौटकर जाना नहीं चाहेगा...रावण को लगा, जनस्थान में राक्षस सेना की पराजय के पश्चात जो मनःस्थिति उनकी हुई थी, अब पुनः वह उसी मनःस्थिति में लौट आया है। तब भी वह राम से सम्मुख युद्ध बचा जाना चाहता था, अब भी वह सम्मुख-युद्ध से बचना चाहता है, उसके मन में कहीं-न-कहीं मेघनाद को भेजने का भी विरोध है। मेघनाद की पराजय से, राक्षस सेना का मनोबल और भी गिर जाएगा। पिता पुत्र, किसी के भी सेनापतित्व में राक्षसों का विश्वास नहीं रह जाएगा।

...फिर कहीं यदि मेघनाद का वध हो गया तो रावण का एक अनन्य अनुचर समाप्त हो जाएगा! ...राम की सेना के दबाव ने लंकावासियों के चेहरों पर लगे नकली मुखौटे उतारकर रख दिए थे। भीतरी और बाहरी विरोध के इस संकटकाल में रावण को अपने समर्थकों को संजो-संजोकर रखना होगा।...नहीं, मेघनाद को इन मायावी तापसों से लड़ने के लिए नहीं भेजा जा सकता। वह उन्हें मारकर

आ जाता है और वे पुनः जीवित हो उठते हैं...ऐसे लोगों से लड़ने के लिए मेघनाद को नहीं भेजा जा सकता...और हां। सेनापति कोई भी हो, उसे क्या कहना होगा कि यदि वह इन कंगले संन्यासी राजकुमारों अथवा वानर यूथपतियों में से किसी को भी आहत अथवा मूर्च्छित करने में सफल हो जाएं तो वह उनके शरीरों को अवश्य लंका में ले जाए, ताकि उनका शिरोच्छेद कर उनकी मृत्यु को निश्चित बनाया जा सके। यदि मेघनाद पहले युद्ध में राम-लक्ष्मण के शरीरों को लंका में उठा लाता, अथवा स्वयं रावण आज सुग्रीव तथा लक्ष्मण के शरीरों को अपने साथ ला पाता, तो उनकी मृत्यु को एक निश्चयात्मक तथ्य में बदल सकता...

सहसा रावण का ध्यान कुम्भकर्ण की ओर चला गया। मदान्ध कुम्भकर्ण। वह मदिरा पीकर पड़ा होगा। इन दिनों लंका में घटनेवाली घटनाओं की कोई सूचना उसे होगी या नहीं, कहा नहीं जा सकता। और यदि किसी ने भी सूचना भी दी होगी, तो उस पर कोई विशेष प्रभाव नहीं पड़ा होगा। मदिरा में एक बड़ा गुण है, वह व्यक्ति को कायर नहीं बनने देती। कुम्भकर्ण ने यदि राम के शौर्य के विषय में सुना भी होगा, तो भी उससे भयभीत नहीं हुआ होगा...

और फिर प्रत्येक क्षण रावण के मन में यह चिन्ता होती है कि कहीं किसी बात से रुष्ट होकर विभीषण के समान कुम्भकर्ण भी उसका विरोधी न हो जाए...कितना अच्छा अवसर है इस समय। कुम्भकर्ण को सेनापति का मान-सम्मान देकर, रावण उसे अपने प्रेम का विश्वास दिलाएगा। कुम्भकर्ण राक्षस सेना की इस हतवीर्य स्थिति में यदि अपने पराक्रम से उसे उबार सका तो रावण के लिए गौरव-ही-गौरव है; और यदि वह पराजित होकर मारा गया तो रावण को आतंकित करनेवाली लंका की भीतरी शक्तियों में से एक कम हो जाएगी...रावण को यह पहले क्यों नहीं सूझा?...ऐसे सब लोगों को, जो किसी भी स्थिति में रावण के विरोध को किसी प्रहार का बल दे सकते हैं, अथवा रावण के विरुद्ध खड़े हो सकते हैं–एक-एक कर युद्ध में भेजना चाहिए। मन्दोदरी के वे सारे पुत्र भी, जो पिता के विरुद्ध मां का पक्ष ग्रहण कर सकते हैं। इन्द्रजित मेघनाद को बचाकर रखना चाहिए, वह रावण के विपक्ष में जा ही नहीं सकता, विपक्ष में चाहे स्वयं मन्दोदरी ही क्यों न हो...

अठारह

कुम्भकर्ण को रावण ने बहुत दिनों के पश्चात देखा; और शायद यह संयोग ही था कि उस समय वह पर्याप्त सजग-सचेत अवस्था में था। मदिरा उसने पी रखी थी, किन्तु मतावस्था में नहीं था।

रावण ने विभिन्न प्रकार के मांसों के विविध व्यंजनों का विराट आयोजन कर रखा था। भोजन पर बैठने से पूर्व, रावण के आदेश से सुन्दर युवती दासियों ने उसके शरीर पर चन्दन का लेप किया और सुगन्धित पुष्पों का उपहार दिया।

कुम्भकर्ण ने भुने मांस का टुकड़ा मुख में डालकर चबाना आरम्भ किया तो रावण धीरे-से बोला, "तुम्हें इधर कुछ सूचनाएं तो मिली ही होंगी कि लंका इस समय भयंकर युद्ध की स्थिति में है?"

"आज यह बहुत अच्छा भुना है," कुम्भकर्ण बोला, "न तो कहीं से कोमल रहा है, न जलाया गया है। इसे कहते हैं, भली प्रकार तपाया गया कुरमुरा मांस।"

"युद्ध।"...रावण ने पुनः कहा।

"हां! सुना है।" कुम्भकर्ण बोला, "अच्छा रसोइया हो तो व्यक्ति जीवन का सुख उठा सकता है; अन्यथा पेट तो सभी भर लेते हैं।"

हमारी सेना नष्ट हो गई है और राजकोष ख़ाली हो गया है। रावण बोला, "इस युद्ध में हमें शीघ्र विजय न मिली तो राक्षस साम्राज्य नष्ट हो जाएगा।"

कुम्भकर्ण ने पहली बार, अपने हाथ में पकड़े हुए मांस-खंड से दृष्टि हटाकर विवेकपूर्ण ढंग से रावण को देखा, "भैया! जब भाभी मन्दोदरी और विभीषण ने कहा था कि सीता को लौटा दो और युद्ध मत करो तो आपने उनकी एक नहीं सुनी। आपने अपनी शक्ति के दम्भ में किसी का परामर्श ही नहीं माना।"

रावण ने कुछ चौंककर कुम्भकर्ण को देखा : उसकी चेतना आज कुछ अधिक ही जागरूक हो रही थी। इतने चैतन्य और जागरूक लोग रावण को पसन्द नहीं आते। ऐसे लोग रावण के अनुकूल नहीं होते। रावण ने एक पात्र में मदिरा डाली, "यह मदिरा पीकर देखो। यह नई आई है। देवलोक और सुरपुर में भी ऐसी मदिरा किसी ने नहीं चखी होगी।"

युद्ध की बात कुम्भकर्ण भूल गया। उसने मदिरा का पात्र उठाया और तृषित मनुष्य के समान गटागट पीकर पात्र धर दिया, हथेली की पीठ से होंठ पोंछे और रावण को देखा, "अच्छी है।"

"अच्छी लगी! अपने भाई की पसन्द मैं नहीं समझूंगा तो और कौन समझेगा," रावण मुस्कुराया, "इसलिए मैंने इस मदिरा के अनेक भांड मंगवाने का आदेश दिया है। व्यक्ति मदिरा पिए तो अच्छी पिए और छककर पिए," रावण रुका, "वैसे भी, लोग पीते तो हैं; किन्तु उनमें अच्छे-बुरे का भेद करने का विवेक नहीं होता। मेरा विचार है, तुम जैसा मदिरा का पारखी, लंका में दूसरा नहीं है।"

"मदिरा भी समर्पण चाहती है," कुम्भकर्ण बोला, "अपना सम्पूर्ण जीवन समर्पित करना पड़ता है, तब कहीं अच्छी-बुरी मदिरा की परख होती है। दो-चार पात्र पीकर कोई मदिरा विशेषज्ञ नहीं बन सकता।"

"इधर, साम्राज्य के कुछ बड़े सम्पन्न व्यापारी आए थे। मैंने उनसे कुछ वस्तुएं ख़रीदी थीं। देखो, शायद तुम्हारी रुचि उनमें हो।"

रावण के संकेत पर दासियां हाथी-दांत की बनी अनेक पेटिकाएं ले आईं जिनमें अनेक मणियां और रत्नजड़ित आभूषण थे। एक-एक कर उन्हें दासियों ने कुम्भकर्ण के शरीर पर अलंकृति कर दिया। कुम्भकर्ण मुग्ध दृष्टि से उन आभूषणों को देखता रहा, भुना हुआ कुरमुरा मांस खाता रहा और पात्र में रावण द्वारा ढाली गई मदिरा पीता रहा।...

"तुम आज रुष्ट हुए पिता अथवा गुरु के समान मुझे उपदेश क्यों दे रहे हो?" अन्त में रावण बोला, "तुम मेरे प्रिय भाई हो। विभीषण मुझे छोड़ गया है। अब तुम मेरे एक मात्र भाई हो। संकट में तुम्हें मेरी सहायता करनी चाहिए अथवा मेरी त्रुटियां बताकर, मुझे प्रताड़ित कर, मेरी कठिनाई और बढ़ानी चाहिए!"

कुम्भकर्ण की आंखों में से बड़े भाई के आदर का संकोच कहीं विलीन हो गया था, वहां न्याय और विवेक की चमक भी नहीं थी। वहां केवल मदिरा लहरा रही थी। उसने एक अमर्यादित अट्टहास किया, "लंका में केवल राजा शेष है। कोष ख़ाली हो गया है और सेना मार डाली गई है," वह देर तक हंसता रहा, "पर भैया! आप चिन्ता न करें। कुम्भकर्ण अभी जीवित है। लड़ूंगा जाकर। किसी और को जाने की आवश्यकता नहीं है, सैनिकों को भी नहीं, सेनापतियों को भी नहीं। मैं अकेला जाऊंगा। इन नीच वानरों को मार डालूंगा और उन कंगले राजकुमारों के मुंड काटकर आपके चरणों में ला डालूंगा। सीता सदा के लिए आपकी हो जाएगी। आपके सुख में बाधा देनेवाले किसी भी जीव को मैं जीवित नहीं छोड़ूंगा।"

"तुम राम और लक्ष्मण की शक्ति से भयभीत तो नहीं हो कुम्भकर्ण?" रावण ने उसे उकसाया, "भय लगता हो तो लड़ने मत जाओ।"

कुम्भकर्ण ने निकट ही अब तक मौन बैठे महोदर की ओर देखा, "यह महोदर डरता है, इसलिए यहां बैठा है; नहीं तो अब तक युद्ध-क्षेत्र में जाकर मर गया होता। मैं किसी से नहीं डरता। मैं आपको राम और लक्ष्मण के वध का वचन देता हूं भैया।"

महोदर ने रावण की ओर देखा और फिर कुम्भकर्ण की ओर, "मैं उन लोगों से भयभीत नहीं हूं राजाधिराज। पर यदि आप अनुमति दें तो कहना चाहूंगा कि मेरा प्रस्ताव है कि लंका की सेना का क्षय रोका जाए।"

"कैसे?"

"यदि युक्ति से अपने कार्य की सिद्धी होती हो तो मैं युद्ध को अनावश्यक मानता हूं।" महोदर स्पष्ट शब्दों में ठहर-ठहरकर बोला, "मेरा प्रस्ताव है कि आप युद्ध के लिए लंका से बाहर सेना न भेजें। अपने सेनापतियों, पार्षदों तथा उच्च अधिकारियों को एक भोज पर आमन्त्रित करें। ख़ूब समारोह और उत्सव बनाएं जाएं। लंका में घनघोर प्रचार किया जाए कि वानर सेना हार गई है। और राम तथा लक्ष्मण का वध हो चुका है, इस प्रचार को सुनकर, लंका के समारोहों और विजयोत्सवों को देखकर सीता मान जाएगी कि राम जीवित नहीं हैं। वह अपने लिए कोई भी मार्ग न देखकर आपके सम्मुख आत्मसमर्पण कर देगी। और उसके आत्मसमर्पण का प्रमाण पाते ही राम या तो वापस चला जाएगा या आत्महत्या कर लेगा। सीता भी आपकी हो जाएगी और राक्षस-सेना की रक्षा भी हो जाएगी।"

"कायर!" कुम्भकर्ण ने उसे धिक्कारा, "चाटुकार!"

महोदर ने अपने बचाव के लिए आहत दृष्टि से रावण की ओर देखा।

रावण ने कुम्भकर्ण की ओर ध्यान नहीं दिया। उसने महोदर को कठोर दृष्टि से देखा, "कल्पना विलास का समय नहीं है महोदर। लंका की प्राचीर और परकोटों से टकराती वानर-सेना की जय-जयकार लंका के प्रासादों को हिला रही है। सीता न इतनी भोली है, न इतनी भीरु, जितनी तुम समझे बैठे हो; और न राम ही इतना कोमल है।"

रावण का स्वर कुछ और ऊंचा हुआ, "वैसे भी हमारे बीच में से ही अनेक लोग सीता को सूचना दे रहे हैं। यथार्थ का सामना करो। आज युद्ध ही यथार्थ है। जाओ।"

"यही तो मैं कह रहा हूं।" कुम्भकर्ण उठकर चल पड़ा।

कुम्भकर्ण के सेनापतित्व में लंका की सेना द्वार से बाहर निकली तो उसकी पिछली पराजय का कोई चिह्न शेष नहीं था। सैनिकों का उत्साह अपनी पराकाष्ठा पर था। सेनापति कुम्भकर्ण तनिक भी विचलित दिखाई नहीं पड़ता था। मदिरा ने उसका आत्मबल आकाश पर पहुंचा रखा था। अपने शक्तिशाली कवचरक्षित रथ में, लोहे का कवच पहने, एक हाथ में लोहे का बना भयंकर त्रिशूल तथा दूसरे हाथ में लौह-गदा पकड़े, वह वानरों के लिए भीषण दुस्वप्न-सा खड़ा था।

युद्धक्षेत्र में उसके प्रवेश करते ही वानर-सेना में आतंक छा गया। नासीर सेना में हनुमान नियुक्त थे। उन्होंने आगे बढ़कर कुम्भकर्ण को रोका, किन्तु थोड़ी देर में स्पष्ट हो गया कि मदिरोन्मत्त कुम्भकर्ण इस समय अमानवीय स्थिति में है। साधारण खड्गों तथा वाणों से लगे घावों का तो जैसे उसे आभास ही नहीं होता है। उसके कवच से टकरा-टकराकर बाण जैसे उसके चरणों में नत हो जाते हैं और वह उन सबसे निर्द्वन्द्व एक हाथ से त्रिशूल चला रहा था और दूसरे हाथ से गदा। उसका

रथ जिस ओर बढ़ जाता था, उधर ही वानर सेना से एक खाई प्रकट हो जाती थी। और वह किसी भी आक्रमण में अप्रभावित, अप्रतिहत-यन्त्रचलित-सा आगे बढ़ता जा रहा था।

हनुमान ने और कोई उपाय न देख, दोनों हाथों में गदा पकड़, पूरे वेग से घुमाकर उसके रथ के पहिए पर कठोर प्रहार किया : रथ डगमगाया, किन्तु रुका नहीं। हनुमान ने अपने सैनिकों को कुचले जाने से बचाने के लिए पीछे हटाया और अगले घोड़े पर प्रहार किया। घोड़ा तड़पा और भूमि पर लेट गया।...किन्तु तब तक कुम्भकर्ण का त्रिशूल हनुमान के कन्धे तथा वक्ष के बीच एक गहरा घाव लगा गया।

हनुमान को व्याकुल होते देख ऋषभ, नील, गवाक्ष, शरभ तथा गन्धमादन अपनी टुकड़ियों के साथ कुम्भकर्ण का मार्ग रोककर खड़े हो गए थे। किन्तु कुम्भकर्ण को मार्ग में खड़ी कोई बाधा जैसे दिखती ही नहीं थी। उसका रथ सबको पीसता हुआ आगे बढ़ता जा रहा था। उसके प्रहारों से ऋषभ, नील और शरभ आहत होकर पीछे हट गए थे।

वानर सेना की भयंकर क्षति हो रही थी। कुम्भकर्ण का रथ कालचक्र के समान आगे बढ़ रहा था। अंगद को लगा यदि इसकी गति तत्काल न रोकी गई तो थोड़ी देर में वानर सेना युद्ध-क्षेत्र छोड़कर भागती दिखाई पड़ेगी; और एक बार पैर उखड़ जाएं तो सेना लौटा लाना बड़ा कठिन होता है।

अंगद ने कुम्भकर्ण को उलझाने का प्रयत्न किया; किन्तु उलझते हुए अंगद को एक ओर धकियाकर कुम्भकर्ण का रथ आगे बढ़कर सुग्रीव से जा टकराया। सुग्रीव ने अपनी गदा के प्रहार से, दो घोड़ों को आहत कर दिया। कुम्भकर्ण ने भयंकर आक्रोश में अपना त्रिशूल सुग्रीव पर चला दिया; किन्तु घायल हनुमान ने उछलकर त्रिशूल पकड़ लिया और तत्काल अपनी गदा के प्रहार से उसके दो खंड कर दिए।

हनुमान उधर त्रिशूल को तोड़ने में लगे थे, इधर कुम्भकर्ण ने गदा का भयंकर प्रहार सुग्रीव पर किया। भूमि पर खड़े सुग्रीव, रथ की ऊंचाई से हुए इस प्रहार को बचा नहीं पाए। सिर चकराया और वे मूर्च्छित होकर भूमि पर आ रहे।

"इसे पकड़ लो।" कुम्भकर्ण ने अपने सैनिकों को आदेश दिया और स्वयं भी कूदकर भूमि पर आ गया।

हनुमान उसका प्रयोजन समझते ही व्याकुल हो उठे।

"अपने राजा को बचाओ।" हनुमान ने अपने सैनिकों को ललकारा और भयंकर वेग से अपनी गदा घुमाते हुए सुग्रीव के मूर्च्छित शरीर पर छा गए। जब तक वानर सैनिक मूर्च्छित सुग्रीव को संभाले, लक्ष्मण कुम्भकर्ण से जा टकराए। किन्तु तब तक कुम्भकर्ण की दृष्टि, लक्ष्मण से कुछ हटकर, युद्ध करते हुए राम पर जा पड़ी थी। कुम्भकर्ण अपने रथ में कूदा और उसने अपने सारथी को संकेत किया। सारथी ने रथ को तिरछा काटा और राम की ओर बढ़ गया।

"साहस है तो मुझे युद्धवान कर।" कुम्भकर्ण का उन्मत्त स्वर गूंजा, "क्या छोटे-मोटे राक्षसों पर अपनी शक्ति का प्रयोग कर रहा है।"

राम और कुम्भकर्ण आमने-सामने थे; किन्तु इससे पहले कि बीच की दूरी पार कर कुम्भकर्ण का रथ राम के ऊपर चढ़ आता, राम ने बाण पर रौद्रास्त्र रख, कुम्भकर्ण के वक्ष पर प्रहार किया। बाण अपने लक्ष्य पर जा धंसा और पीड़ा से व्याकुल होकर कुम्भकर्ण ने उन्माद में अपने शस्त्र घुमाने आरम्भ कर दिए। अपनी उन्मादावस्था में वह वानरों तथा राक्षसों तक में भेद नहीं कर रहा था, जैसे अपनी पीड़ा से अन्धा होकर वह अपने निकट आए प्रत्येक मित्र अथवा शत्रु में भेद करने में असमर्थ

हो गया था। किन्तु तत्काल संभलकर उसने अपने रथ में से मुदगर उठाकर राम पर दे मारा। राम ने वायवास्त्र का सन्धान कर कुम्भकर्ण की भुजा का लक्ष्य किया। कुम्भकर्ण की हाथी के सूंड सदृश्य शक्तिशाली भुजा कटकर उसके शरीर से अलग हो गई।

राम शिथिल नहीं हुए। उन्होंने तत्काल ही ऐन्द्रास्त्र का प्रयोग कर कुम्भकर्ण की दूसरी भुजा भी काट दी। हाथों से विहीन कुम्भकर्ण अपनी पूर्ण शक्ति से कंठ फाड़कर यातना में चिल्ला रहा था; और सहसा वह रथ से कूदकर राम की ओर भागा। राम ने अर्द्ध चन्द्राकार बाण मारकर उसके पैरों को नष्ट किया और अन्त में इन्द्रास्त्र से उसके रुंड और मुंड अलग कर दिए।

उन्नीस

चिकित्सा शिविर में खड़े राम अपने सैनिकों को देख रहे थे। सुषेण और उनके सहयोगी अग्निकाष्ठों और उल्काओं के प्रकाश में अत्यधिक व्यस्त थे। कुम्भकर्ण के साथ हुए युद्ध में वानर सेना की क्षति अपेक्षा से कहीं अधिक हुई थी। राक्षसों के रथों, हाथियों और घोड़ों के सामने पदाति वानर पर्याप्त असुरक्षित थे। यह तो उनकी संख्या, उनका आत्मबल तथा उनके सेनानायकों का धैर्य एवं कौशल ही था, जो इस सेना को अब तक संभाले हुए था। कुम्भकर्ण की मृत्यु के पश्चात रावण के पुत्र देवान्तक और त्रिशिरा युद्ध के लिए आए थे। हनुमान के हाथों उनका वध हुआ था : किन्तु सबसे भयंकर युद्ध किया था रावण के पुत्र अतिकाय ने। लगता था जैसे कुम्भकर्ण ही पुनः जीवित होकर आ गया हो। वानर सेना त्राहि-त्राहि पुकार उठी थी। और अन्ततः सौमित्र लक्ष्मण के हाथों उसने युद्ध में अपने प्राण खोए थे। किन्तु वह वानर-सेना की भयंकर क्षति कर गया था।

विभीषण सूचना लाए थे कि अतिकाय की मृत्यु पर रावण बहुत हताश हुआ था। उसे कुम्भकर्ण के ही समान अतिकाय के बल और शौर्य पर भरोसा था। कुम्भकर्ण के वध के कारण वह राम से भयभीत भी हुआ था और क्रुद्ध भी। अब अतिकाय के वध के कारण उसके मन में यही भाव लक्ष्मण के प्रति भी थे। विभीषण यह भी सूचना लाए थे कि रावण अपनी जय-पराजय की चिन्ता किए बिना राम और लक्ष्मण का वध करवाने का प्रयत्न करेगा। यह वध युद्ध-क्षेत्र में भी हो सकता है और युद्ध-क्षेत्र के बाहर भी। इसलिए राम और लक्ष्मण अपनी सुरक्षा के लिए अतिरिक्त रूप से सावधान रहें। विभीषण यह सूचना भी लाए थे कि अतिकाय की मां धान्यमालिनी ने राजपरिषद् में रावण और उसके मन्त्रियों के सम्मुख छाती पीट-पीटकर भयंकर विलाप किया था और रावण को बार-बार धिक्कारा था। उसने इस युद्ध के लिए प्रत्यक्ष रूप से रावण को दोषी ठहराया था। उसके कहे हुए वाक्य आज लंका के घर-घर में प्रचारित हो रहे थे...राम तुम्हारा सोने का सिंहासन छीनने को नहीं जूझ रहा। फिर वह लंकावासियों का शत्रु कैसे हुआ। तुमने स्वयं अपने कर्म-दोष से अपने वंश को डुबोया है।...धान्यमालिनी ने अपना मुंह-माथा पीट लिया था, '...सीता को जलाने के लिए मैं उसके सम्मुख रावण के कंठ में अपनी भुजाएं डाल-डालकर झूली थी। उस दुष्टता का फल मुझे आज यह मिला है कि मैं रावण के कंठ से लगकर पुत्र-शोक में बिलख-बिलखकर रोना चाहती हूं; किन्तु रावण को पुत्र-शोक में रोने का भी अवकाश नहीं है...'

विभीषण और भी बहुत सारे समाचार लाए थे। रावण के प्रसादों में कुहराम मचा हुआ है। नित्य-प्रति रावण के किसी-न-किसी पुत्र अथवा भाई के वध का समाचार आता है और रावण की कोई पत्नी अथवा सौतेली मां अपने पुत्र का शोक मनाने को चीत्कार करने लगती है।...लंका की

प्रजा में इस युद्ध का विरोध बढ़ता जा रहा था। यदि यह विरोध ऐसे ही बढ़ता गया; तो रावण को लंका में से सैनिक इकट्ठे करने में भी कठिनाई का सामना करना पड़ सकता है। सुना गया था कि मन्दोदरी ने भी रावण को बहुत धिक्कारा था कि उसने अपने समस्त पुत्रों और बन्धुबान्धवों की चिताओं पर बैठकर सीता के साथ काम-क्रीड़ा का संकल्प किया है क्या?

राम जितना सोचते थे, उतना ही उन्हें लगता था कि इस युद्ध का लंका पर उनका मनोवांछित प्रभाव पड़ रहा है। किन्तु अब उनकी अपनी सेना की भी स्थिति बहुत सन्तोषप्रद नहीं थी। पिछले दिनों के युद्ध में वानर सेना का भी बहुत क्षय हुआ था। जब वीरगति प्राप्त करनेवाले वानर-सैनिकों के घरों में यह समाचार पहुंचेगा तो उनकी पत्नियां और माताएं भी इसी प्रकार छाती पीट-पीटकर रोएंगी। सम्भव है वे राम को धिक्कारेंगी भी...सम्भव है वे भी यह उपालम्भ दें कि राम ने अपनी पत्नी प्राप्त करने के लिए, उनके पुत्रों और पतियों का वध करवा दिया...किन्तु, यह तो प्रत्येक युद्ध में होता ही है...युद्ध चाहे न्याय के लिए लड़ा जाए अथवा स्वार्थ के लिए...युद्ध में विजय हो या पराजय...दोनों पक्षों की क्षति ही होती है। गोदें उजड़ती हैं, सिन्दूर-बिन्दु मिटते हैं और मांगों में राख पड़ जाती है।...युद्ध निश्चित रूप से एक क्रूर सत्य है...

किन्तु वानर-सेना ने अपने सेनानायक बहुत कम खोए थे...यह कदाचित उनके परस्पर सहयोग के कारण था। वे राक्षसों के समान अपने लिए यश पाने के लिए एकाकी युद्ध नहीं करते थे। संख्या में सैनिक भी राक्षसों की अपेक्षा कम ही मरे थे। प्रमुख वीरों में से आहत अनेक हुए थे; किन्तु वीरगति अभी किसी ने भी नहीं पाई थी...

सुषेण और उनके सहयोगी सैनिकों और सेनानायकों के शरीरों में लगे अस्त्र-शस्त्र निकाल-निकाल उनके घावों को धोकर उन पर औषध का लेप कर रहे थे।...सुग्रीव कुम्भकर्ण के हाथों घायल हुए थे और अब तक पट्टियां बांधे बैठे थे। हनुमान के कन्धे पर भी भारी घाव लगा था। स्वयं राम और लक्ष्मण के शरीर पर अभी पहले दिन के युद्ध-स्वरूप, मेघनाद द्वारा किए गए घाव पूरी तरह नहीं भरे थे। अतिकाय भी मरते-मरते लक्ष्मण की दाहिनी जांघ में एक बड़ा घाव दे गया था। हां, एक विभीषण अभी पूर्णतः सुरक्षित थे। उन्हें किसी विकट संकट का सामना करने के लिए राम ने नहीं भेजा था...

सुषेण को अपना काम करते देख, राम को सीता बहुत याद आई।...आहत शरीर में से शस्त्र खींचते हुए वृद्ध सुषेण का हाथ कभी-कभी कांप भी जाता था, कभी-कभी कठोर भी हो जाता था। पंचवटी में हुए युद्ध में यही काम सीता ने किया था। कैसे कोमल और सधे हाथों से शस्त्र खींचती थीं। आहत सैनिक कराहता तो स्निग्ध मुस्कान के साथ कितने आकर्षक ढंग से पूछतीं, "बहुत कष्ट है?"...और आहत व्यक्ति का साहस, धैर्य और सहनशीलता कितनी बढ़ जाती थी...पता नहीं, इन दिनों सीता किस अवस्था में होंगी...उन्हें युद्ध का कोई समाचार मिलता होगा या नहीं...राक्षसराज की जय-जयकार तो उन्हें सुनाई ही जाती होगी, पर क्या कभी वानर सेना का प्रसन्न उल्लास भी उनके कानों तक पहुंचता होगा? क्या उन्हें मालूम है कि उनका राम लंका के द्वार पर खड़ा अपनी कान्ता प्राप्त करने के लिए प्रतिक्षण अपना रक्त बहा रहा है...उसके साथी, बन्धु-मित्र, ये असंख्य सैनिक और प्रजा सीता को प्राप्त करने के रूप में न्याय, सिद्धान्त और सामान्य व्यक्ति के अधिकार के लिए अन्याय, निरंकुशता और शोषण के विरुद्ध लड़ रहे हैं...

"राम!" सहसा सुषेण ने उन्हें सम्बोधित किया, "आज का कार्य तो चल जाएगा, कदाचित एक-आध दिन और भी चल जाए...।"

"आप किस सन्दर्भ में कह रहे हैं तात सुषेण?" राम समझ गए कि वे स्वयं में लीन थे और सुषेण अपने आप में।

"औषधियों की चर्चा कर रहा हूं।" सुषेण बोले, "सामान्य शस्त्रों के घावों के लिए हमारी अपनी औषधियां पर्याप्त मात्रा में हैं; किन्तु दिव्यास्त्रों से लगे घावों के उपचार के लिए आर्य गरुड़ द्वारा दी गई औषधियां समाप्त हो रही हैं। विशेष रूप से विशल्यकर्णी नामक औषधि, जो इस युद्ध में संजीवनी के रूप में हमारी सहायक है, सर्वथा समाप्त है। एक भी बड़ा युद्ध हुआ और इन कपटी राक्षसों ने अपने इस विनाशकारी दिव्यास्त्रों का प्रयोग किया, हमारे सैनिक अधिक संख्या में हताहत हुए तो हमारे पास उस विशल्यकर्णी का टोटा हो जाएगा।..."

"यह बात तो अत्यन्त गम्भीर है।" अंगद बोले, "हमें कुछ लोगों को विशल्यकर्णी लाने के लिए भेजना चाहिए।"

"इस विषय में सावधानीपूर्वक सोच-विचार करना चाहिए और गोपनीय ढंग से इस अभियान पर लोगों को भेजना चाहिए।" विभीषण बोले, "रावण की सेना इस समय जितनी हताश है, उस दृष्टि से कल ही उनका भयंकर आक्रमण होना चाहिए। ऐसे में हम अपने प्रमुख सेनापतियों में से किसी को भी लम्बे समय के लिए दूर तक नहीं भेज सकते। फिर गोपनीयता भी अति आवश्यक है। सम्भवतः उन्हें ज्ञात हो जाने पर वे हमारे औषधि-प्राप्ति अभियान को भी नष्ट करना चाहेंगे।"

"विभीषण ठीक कह रहे हैं।" सुग्रीव बोले, "हमें इस विषय में भली प्रकार सोच लेना चाहिए। इस दृष्टि से कल का युद्ध भयंकर और निर्णायक होगा।"

"यदि कल का युद्ध निर्णायक और भयंकर होगा तो हम किसी भी महत्त्वपूर्ण सेनापति अथवा यूथपति को युद्ध-क्षेत्र से दूर नहीं भेज सकते।" राम बोले, "ऐसी स्थिति में तात सुषेण के कार्य में बाधा पड़ेगी।"

"बाधा क्यों पड़ेगी?" सुषेण बोले, "यदि प्रातः ही कुछ साधारण सैनिकों अथवा खोजियों को विशल्यकर्णी बूटी लाने के लिए भेज दिया जाए तो वे लोग परसों किसी भी हालत में लौट आएंगे।"

"तो ऐसे ही कीजिए। कल प्रातः युद्धारम्भ से पूर्व ही कुछ लोगों को आवश्यक औषधियां लाने के लिए भेज दीजिए।"

तभी एक नायक ने आकर राम को अभिवादन किया।

कहो तेजधर! राम मुस्कुराए, "आज का कार्य कैसा रहा?"

"जिस दिन युद्ध जितना अधिक भयंकर होता है," तेजधर बोला, "उस दिन हमारी उपलब्धियां उतनी ही अधिक होती हैं।"

"तेजधर एक ओर हट गया। उसके संकेत पर उसके पीछे खड़े उनके साथियों ने आगे बढ़कर, अपने हाथों में पकड़े शस्त्र राम के सम्मुख की खुली जगह पर रखने आरम्भ कर दिए। ये शस्त्रास्त्र युद्ध-क्षेत्र में पड़े हताहत योद्धाओं के थे, जिन्हें तेजधर और उनके साथी वहां से चुनकर लाए थे।

एक ढेर साधारण बाणों का था, दूसरा खड्गों का, तीसरा शूलों का। कुछ परिघ, शक्तियां और त्रिशूल भी थे। राम ने एक विचित्र प्रकार का त्रिशूल उठ लिया। उसका भली प्रकार निरीक्षण कर बोले, "महादेव शिव के लौकिक शस्त्र भी अद्भुत हैं। यह अकेला त्रिशूल, तीन शूलों तथा खड्गों का सामूहिक कार्य करता है। शूलों के समान यह तीन घाव करता है, तीन खड्गों के समान मांसपेशियों

को काटता है और वापस खींचने पर तन्तुओं को बाहर ले आता है। महादेव शिव की रावण पर इतनी कृपा न होती तो राक्षस सेना इतनी भयंकर और प्रहारक न होती।"

"मैं तो चाहता हूं कि महादेव उन्हें और अधिक शस्त्र दें।" हनुमान का स्वर कटु भी था और उग्र भी, "ताकि राक्षस सेना से होकर वे शस्त्र हमारे पास पहुंचे। हमारा तो शस्त्रागार ही राक्षस सेना है।"

"ठीक कहते हो हनुमान!" राम बोले, "निर्धन जन-वाहिनियों के शस्त्रदाता प्रायः उनके धनाढ्य शत्रु होते हैं।" शस्त्रों का निरीक्षण कर राम ने उन्हें शस्त्र-वितरण टोली को दे दिया।

"युद्ध-क्षेत्र में हमारा कोई हताहत सैनिक तो शेष नहीं है?" राम ने पुनः पूछा।

"नहीं आर्य!" तेजधर बोला, "आहत सैनिक पहले ही चिकित्सा शिविर में पहुंचाए जा चुके हैं। वीरगति पानेवाले सैनिकों के शरीरों का दाह-संस्कार किया जा रहा है," वह तनिक रुककर बोला, "युद्ध-क्षेत्र में अब केवल राक्षस योद्धाओं के ही शरीर पड़े हैं। रावण की ओर से उनकी कोई व्यवस्था नहीं की जा रही है। सेनापतियों और राजकुमारों के शव तो वे उठा ले जाते हैं; साधारण सैनिकों के शव वहीं पड़े रह जाते हैं या उन्हें समुद्र का जल बहाकर इधर-उधर फेंक देता है।"

"यदि विजय हमारी हुई तेजधर! तो उनका संस्कार भी हमें ही करना पड़ेगा।" राम धीरे-से बोले।

उनका वार्तालाप वहीं रुक गया। श्रमिक टोली के साथ लक्ष्मण अत्यन्त उत्साह भरे हुए उनकी ओर आ रहे थे।...सीता हरण के पश्चात से लक्ष्मण के हाव-भाव, वार्तालाप, गति तथा अन्य क्रियाओं पर गम्भीरता का एक गहन आवरण छा गया था। बहुत प्रसन्नता तथा उत्साह के क्षणों में भी अब वे अपनी गम्भीरता छोड़ चपल दिखाई नहीं पड़ते थे; किन्तु आज कुछ असाधारण हो गया था...उनके साथ आनेवाले काठ-शिल्पी भी अत्यन्त प्रसन्न दिखाई पड़ रहे थे...

"भैया! हम सफल हो गए।" निकट आकर लक्ष्मण बोले।

"क्या हुआ सौमित्र?"

"हमारे काठ-शिल्पियों ने एक यन्त्र बनाया है भैया!" लक्ष्मण ने अपने साथियों की ओर देखा, "यन्त्र अत्यन्त सरल है, पर उसमें बड़ी-बड़ी शिलाएं रखकर झटके से शत्रुओं के रथों पर फेंकी जा सकती हैं। यन्त्र चक्रों पर लगा है और खींचकर कहीं भी ले जाया जा सकता है। यदि हमारे शस्त्र-शिल्पी ऐसे अनेक यन्त्र बना लें तो हमें शत्रुओं के रथों का उतना भय नहीं रह जाएगा।" लक्ष्मण का उत्साह वहां उपस्थित लोगों में भी संचरण कर गया। प्रायः लोगों ने हर्षध्वनि की।

"आओ! तुम्हारा यन्त्र देखें।" राम बोले, "हमारे पहले दिन के युद्ध के आधार पर राक्षस पहले ही कह रहे हैं कि वानर सेना शस्त्रों से नहीं पत्थरों और काठ से युद्ध करती है। अब यदि इन यन्त्रों से हमने उनके हाथों पर शिलाएं फेंकी तो वे इसका और अधिक प्रचार करेंगे!"

प्रातः: इससे पहले कि किसी को औषधियां लाने के लिए भेजा जाता, राम को सूचना मिली कि राक्षस सेनाएं न केवल युद्ध के लिए लंका की प्राचीर से बाहर निकल आई हैं, वरन एक आकस्मिक आक्रमण में उन्होंने वानर-सेना द्वारा समुद्र पर बनाए गए सेतु की दिशा में इतनी टुकड़ियां भेजकर अपना आधिपत्य जमाने का प्रयत्न कर रही है। वानर-सेना के लिए वह सेतु जीवन-मरण का प्रश्न था। वे भी प्राण छोड़कर लड़ रहे थे। सेतु पर इस समय किसी का भी आधिपत्य नहीं था; किन्तु उस क्षेत्र में आगमन सम्भव नहीं रह गया था। युद्ध अपने उग्रतम रूप में चल रहा था। राम शेष

सबकुछ भूल गए, याद रह गया, केवल युद्ध। विभीषण की बात सत्य प्रमाणित हुई थी। आज भयंकर युद्ध होने जा रहा था।

युद्ध का शंख बजा दिया गया। युद्ध तो चल ही रहा था। प्रश्न केवल सैन्य-वितरण का था। राम ने गन्धमादन, नल, मैंद तथा जाम्बवान को लंका के उत्तरी द्वार पर भेज दिया। नील, हनुमान, ऋषभ तथा द्विविद दक्षिणी द्वार पर नियुक्त हुए। सुग्रीव, सुषेण, वेगदर्शी और गवाक्ष ने पूर्वी द्वार पर व्यूह संभाला। अंगद, गवय, केसरी तथा कुमुद ने पश्चिमी द्वार का नेतृत्व संभाला।

लक्ष्मण को केन्द्र में रखकर राम स्वयं सेतु-युद्ध में जाना चाहते थे; किन्तु लक्ष्मण ने पीछे केन्द्र में रहना सर्वथा अस्वीकार कर दिया। राम ने कुछ आश्चर्य से लक्ष्मण की ओर देखा : अब लक्ष्मण किसी भी सुरक्षित स्थान पर नहीं रहना चाहते थे। इस प्रकार की कोई स्थिति आने पर उसे तत्काल अस्वीकार कर, अधिक-से-अधिक संकटवाले स्थान पर जाना चाहते थे।...संकट के प्रति यह आकर्षण सौमित्र का अतिरिक्त उत्साह था, अथवा किसी बात की प्रतिक्रिया ?...राम समझ नहीं पा रहे थे...

अन्ततः हरिलोमा, विद्युदंष्ट्र, तार, सूर्यानन, ज्योतिख, दधिमुर्मुख तथा पावकाक्ष को केन्द्र में छोड़कर राम लक्ष्मण को साथ लेकर सेतु-क्षेत्र की ओर चले गए। विभीषण को उन्होंने पृष्ठ भाग की रक्षा के लिए पीछे छोड़ दिया था।

सेतु-क्षेत्र में राक्षसों के अनेक सेनापति एक साथ जूझ रहे थे। कुम्भकर्ण के पुत्रों–कुम्भ तथा निकुम्भ–के साथ कम्पन, प्रजंघ, द्विविद तथा शोणिवाक्ष राक्षसराज रावण की जय-जयकार कर रहे थे। युद्ध में प्रवेश करते ही राम समझ गए कि आज राक्षस-सेना किसी विशेष योजनाधीन युद्ध कर रही है। सम्भव है कि वे सेतु पर अधिकार कर, उसे भंग कर अथवा उसे अपने आधिपत्य में रख, वानर-सेना का सम्पर्क अपने पीछे के सूत्रों से तोड़ देना चाहते हों।...

राम और लक्ष्मण के लिए राक्षस सेनापतियों की प्रगति को रुद्ध करना कठिन नहीं था। उनके बाणों के सम्मुख बाध्य होकर राक्षस सेना ने आगे बढ़ना तो स्थगित कर दिया; किन्तु पीछे हटने का उन्होंने तनिक भी प्रयत्न नहीं किया। उन्होंने सैनिकों को कुछ सुरक्षा प्रदान कर रखी थी।...

राम अपना व्यूह संभाले युद्ध कर रहे थे। उनके नेतृत्व में लड़ रहे वानर सैनिकों का आत्मबल काफ़ी बढ़ गया था। उनका दबाव राक्षसों पर क्रमशः बढ़ रहा था। काठ-शिल्पियों द्वारा बनाए गए शिला-प्रक्षेपक यन्त्र के कारण राक्षसों के रथ अपने चक्रों से विनाश-लीला भी नहीं कर पा रहे थे... किन्तु चरों द्वारा अनवरत लाई जानेवाली सूचनाएं गम्भीर ही नहीं भयावह थीं...

मेघनाद अनेक राक्षस वाहिनियों को लेकर लंका से बाहर निकला था। उसने युद्ध-भूमि में पत्तों के स्थान पर शस्त्र बिछाकर, बहेड़े की लकड़ी की समिधा डाल, लाल रंग का वस्त्र धारण कर लोहे की स्रुवा का प्रयोग करते हुए काले रंग में जीवित बकरे को यज्ञ में होम कर अभिचारिक यज्ञ किया था। फिर उसने ब्रह्मास्त्र का आह्वान किया और अपने रथ को मन्त्र-अभिमन्त्रित कर उसने युद्ध आरम्भ किया था।

इस अभिचारिक यज्ञ ने युद्धारम्भ से पहले ही चमत्कार कर डाला था। राक्षस पूर्णतः आश्वस्त थे कि आज के युद्ध की विजय मेघनाद को ही प्राप्त होगी और वानर उस यज्ञ के प्रभाव के विषय में सोच-सोचकर संकुचित हो रहे थे। बात इतनी ही नहीं थी...राम को यह भी सूचना मिली कि मेघनाद अपने रथ में कहीं ऐसे स्थान पर बैठा था, जहां से वह दिखाई नहीं पड़ रहा था। वह अदृश्य रहकर ही युद्ध कर रहा था। वह धनुष नहीं चला रहा था। उसके पास कोई और यन्त्र था, जिसे राक्षसों

ने ब्रह्मास्त्र कह कर अभिनन्दित किया था। उस यन्त्र में से अनवरत नालीक, नाराच, गदा, मुसल, परिघ, शक्ति, शूल, शतघ्नी इत्यादि शस्त्रों की वर्षा हो रही थी। जिस वेग और गति, जिस संख्या और मात्रा में शस्त्र बरस रहे थे, सहस्रों मनुष्य एक साथ मिलकर भी उतनी शस्त्रवर्षा नहीं कर सकते थे। ब्रह्म का दिया हुआ यह मन्त्र अद्भुत था! यह दिव्यास्त्र नहीं देवास्त्र था। वानर सेना के पास कल ही बनाए गए कुछ शिल्प-प्रक्षेपण-यन्त्र थे। राम ने वे सारे यन्त्र, मेघनाद की गति बाधित करने के लिए भेज दिए थे; किन्तु उनका कोई विशेष प्रभाव नहीं पड़ा था।

युद्ध अनवरत चलता रहा और एक के पश्चात एक कर, राम को सूचनाएं मिलती रहीं। अदृश्य मेघनाद का ब्रह्मास्त्र निरन्तर चल रहा था और वानर सेना त्राहि-त्राहि करती हुई नष्ट होती जा रही थी।...राम और लक्ष्मण, सेतु-क्षेत्र छोड़ नहीं सकते थे और मेघनाद किसी के रोके, रुक नहीं रहा था ...गन्धमादन, नल, मैंद, जाम्बवान, नील, सुग्रीव, ऋषभ, अंगद, द्विविद, हनुमान, सुषेण, वेगदर्शी, गवाक्ष, गवाय, केसरी, हरिलोमा, विद्युदंष्ट्र, सूर्यानन, ज्योतिर्मुख, पावकाक्ष तथा कुमुद के अत्यन्त घायल होने के समाचार आ चुके थे। राम के मन में विकट द्वन्द्व चल रहा था। वे अपने साथियों की सहायता के लिए मेघनाद से लोहा लें या सेतु-क्षेत्र की रक्षा कर वानर सेना के प्राण बचाए रखें। दोनों ही स्थान उन्हें अत्यन्त महत्त्वपूर्ण लग रहे थे, यदि सेतु-क्षेत्र राक्षसों के अधिकार में चला गया तो वानर सेना को भी, राक्षस अवरोध में ले सकेंगे और यदि उनके साथी एक-एक कर धराशायी होते गए तो जीता हुआ युद्ध भी पराजय में बदल जाएगा।

तभी राम को सूचना मिली कि मेघनाद का रथ उनकी दिशा में बढ़ रहा है। लक्ष्मण के संकेत पर शिला-प्रक्षेपण-यन्त्र के चालकों ने एक भारी शिला-यन्त्र की भुजा के एक सिरे पर रखी और दूसरे सिरे को पकड़कर अनेक लोग झूल गए। झटके के साथ शिला उछली और ठीक अपने लक्ष्य पर जा गिरी। मेघनाद के रथ का एक घोड़ा लहूलुहान हुआ भूमि पर गिर पड़ा था। राम ने मुग्धदृष्टि-से अपने यन्त्र-चालकों को देखा : वे लोग निश्चित रूप से साधुवाद के पात्र थे...किन्तु मेघनाद के साथी ने मृतप्राय घोड़े को खोलकर रथ आगे बढ़ा दिया था।

राम ने देखा : रथ के मध्य में कोई बड़ा-सा यन्त्र रखा था–इसे ही कदाचित ब्रह्मास्त्र कहा जा रहा था। मेघनाद कहीं भी दिखाई नहीं पड़ रहा था। कहीं वह इस यन्त्र के भीतर सुरक्षित बैठा हुआ ही तो यन्त्र परिचालित नहीं कर रहा था? तभी ब्रह्मास्त्र में से बाणों, नालीकों, नाराचों, मूसलों, परिघों, शक्तियों, शूलों, शतघ्नियों, खंगों और फरसों की वृष्टि होने लगी...राम, विस्मय की मुद्रा में उस यन्त्र को देख रहे थे।...अपने धनुष-बाण और खड्ग से कोई इस यन्त्र का सामना कैसे करेगा?...इस बीच लक्ष्मण के धनुष से कुछ बाण छूटे और मेघनाद के रथ के कुछ और घोड़े घायल हो गए। राम का बाण खाकर उसका सारथी धराशायी हो गया था...किन्तु शस्त्रों की वह वर्षा...

"सौमित्र। यह क्या है..." राम का सारा शरीर शस्त्रों से बिंध गया था। असंख्य स्थानों से रक्त की धाराएं बह रही थीं, मस्तक चकरा रहा था, उनके हाथ शिथिल हो गए। धनुष हाथ से गिर गया। संज्ञाशून्य होने से पूर्व उन्होंने देखा कि लक्ष्मण की भी उन्हीं की-सी दुर्दशा हो गई थी और वे भूमि पर अचेत पड़े थे...उनके अचेत होते हुए मस्तिष्क ने यह भी देखा था कि तेजधर और उनके साथी सहायक सैनिक युद्ध-क्षेत्र में घुस आए थे और उन्हें तथा लक्ष्मण को घेरकर, मेघनाद से उनकी रक्षा करने का प्रयत्न कर रहे थे...

बीस

सन्ध्या के झुटपुटे में हनुमान और विभीषण सेतु-क्षेत्र में हताश-से खड़े थे। युद्धभूमि का यह क्षेत्र हताहत योद्धाओं के शरीरों से अटा पड़ा था, जैसे कहीं कंकड़-पत्थरों के ढेर लगा दिए जाएं। एक के ऊपर एक योद्धा का शरीर पड़ा था।

"यहीं कहीं आर्य राम और लक्ष्मण को भी होना चाहिए," हनुमान ने धीरे-से कहा। उनके शरीर पर कई घाव लगे हुए थे। कुछ पर औषधि लेपन हुआ था, कुछ पर वह भी नहीं हुआ था। गतिविधि में चपलता के स्थान पर एक थकान-सी थी। और मुखड़ा विषण्ण प्रतीत हो रहा था, "वे दोनों यहीं युद्ध कर रहे थे।"

"ऐसा तो नहीं कि वह दुष्ट-मेघनाद उनके शरीर अपने साथ ही लेता गया हो?" विभीषण ने धीमे स्वर में पूछा।

विभीषण के शरीर पर कोई घाव नहीं था, उन्हें दिन-भर के युद्ध में प्रत्यक्ष भाग लेने का अवसर नहीं मिला। किन्तु, उनकी डबडबाई आंखें उनके मन की हताशा प्रकट कर रही थीं।

"नहीं!" पीछे की भीड़ में से सागरदत्त आगे चढ़ आया, "वह आर्य राम और लक्ष्मण के शरीरों को अपने साथ नहीं ले जा सका।" वह पूर्ण आत्मविश्वास के साथ बोल रहा था, "उन्हें गिरते हुए मैंने अपनी आंखों से देखा था। फिर यह भी देखा था कि उनके गिरते ही तेजधर के नेतृत्व में सहस्रों वानर, ब्रह्मास्त्र-प्रक्षेपित शस्त्रों की चिन्ता किए बिना, अपने हाथ में साधारण शस्त्र अथवा केवल शिलाखंड अथवा काष्ठखंड लेकर मेघनाद पर टूट पड़े। वे लोग आर्य राम तथा लक्ष्मण के शरीरों के चारों ओर अभेद्य प्राचीर बन गए थे। मेरा दृढ़ विचार है कि इसी क्षेत्र में जीवित-मृत शरीरों के इन्हीं ढेरों में कहीं आर्य राम और लक्ष्मण के शरीर भी पड़े होंगे।"

"तेजधर कहां है?" हनुमान ने पूछा।

"वह भी यहीं कहीं धराशायी हुआ होगा।" सागरदत्त की आंखें छलछला आईं, "किसी समय मैंने भी आर्य राम से यही कहा था कि उनके आदेश पर हम लोग अपने सहित अपनी नौकाओं को सागर में डुबो देंगे; किन्तु हम वह कर नहीं सके। तेजधर महाप्राण था। उसने तथा उसके साथियों ने आर्य राम और लक्ष्मण के जीवित अथवा मृत शरीरों के सम्मान की रक्षा के लिए जिस प्रकार से अपने प्राण दिए हैं, उससे हम सब गौरवान्वित हो उठे हैं। आप मेरी बात समझ रहे हैं लंकापति, जिस ब्रह्मास्त्र के सामने सारी वानर सेना बिछ गई, उस ब्रह्मास्त्र का मुख उन निहत्थे वानरों ने काष्ठ और पत्थरों से मोड़ दिया।"

"मेघनाद लौट क्यों गया?" हनुमान जैसे अपने-आप से पूछ रहे थे।

"ये सब बाद की चिन्ताएं हैं।" विभीषण ने अपने अश्रु पोंछ लिये, "सम्भव है, वह थक गया हो, उसने राम और लक्ष्मण को मृत मानकर और युद्ध अनावश्यक समझा हो, ब्रह्मास्त्र की क्षमता समाप्त हो गई हो, अथवा वह सहस्त्रों वानरों के निरीह बलिदान से भयभीत हो गया हो।" विभीषण रुके, "इस समय तो इन ढेरों में से जीवित योद्धाओं को पृथक कर उनका उपचार करो, सान्त्वना दो।"

हनुमान ने सागरदत्त को संकेत किया। मुख से कुछ नहीं बोले।

उन्होंने उल्काएं प्रज्वलित कर लीं और सैकड़ों व्यक्ति एक-एक शरीर को उठाकर उसका परीक्षण करने लगे। इस क्षेत्र का युद्ध अत्यन्त भयंकर रहा होगा। मृतकों के ऐसे ढेर अन्यत्र नहीं मिले थे।

उन्हीं ढेरों में से अनेक जीवित–किन्तु मूर्च्छित अथवा मृत्यु की सीमा तक आहत शरीर उन्हें

मिले थे। उन्हें उठा-उठाकर वे लोग चिकित्सा शिविर में ले जा रहे थे। सुषेण स्वयं भी आहत और मूर्च्छित अवस्था में पाए गए थे। उनके कुछ अनुचर-सहयोगी ही आहतों तथा मूर्च्छितों का यथाशक्ति उपचार कर रहे थे। उनके पास गरुड़ द्वारा दी गई दिव्य औषधियां भी अब समाप्त हो गई थीं। अब वे साधारण औषधियों में ही काम चला रहे थे।

सागरदत्त ने ठीक कहा था। शरीरों के उन्हीं ढेरों में से राम और लक्ष्मण के शरीर भी मिल गए थे। उनकी मृत्यु नहीं हुई थी; किन्तु वे मृतप्राय अवस्था में थे। शरीर पर अनेक घाव लगे हुए थे। अनेक बाण उनके कवचों को काटकर उनके शरीर में धंसे हुए थे। संज्ञा-शून्य और मूर्च्छित अवस्था में पहली दृष्टि में वे मृत ही दिखाई पड़ते थे। हनुमान और विभीषण, जब तक राम और लक्ष्मण को लेकर चिकित्सा कुटीर में पहुंचे, तब तक वहां अनेक अन्य लोग भी आ चुके थे या लाए जा चुके थे। सुग्रीव, अंगद और नील चैतन्य, किन्तु आहत अवस्था में थे और दुर्बलता के कारण कुछ कर नहीं पा रहे थे।

सुषेण, केसरी, ऋषभ तथा द्विविद मूर्च्छितावस्था में थे। जाम्बवान अत्यन्त घायल थे, उनके शरीर से अधिक मात्रा में रक्त बह जाने के कारण वे बहुत क्षीण हो चुके थे। जाम्बवान, धरती पर हाथ टेककर अत्यन्त दुर्बल वृद्ध के समान उठे। मन्थर गति से धीरे-धीरे चलकर राम के पास आए। उन्होंने पहले उनका नाड़ी-परीक्षण किया; फिर हृदय पर हाथ रखा। वक्ष पर कान लगाकर हृदय-गति को सुनने का प्रयत्न किया। उसी का भी परीक्षण कर वे हनुमान की ओर घूमे।

"जीवित हैं, किन्तु मृत्यु के बहुत निकट।" जाम्बवान बोले, "मैं वैद्य नहीं हूं किन्तु कुछ समय मैंने भी सुषेण की संगति में व्यतीत किया है। उसी ज्ञान और अपने अनुभव के आधार पर कह रहा हूं कि ये दोनों भाई कल का सूर्योदय नहीं देख पाएंगे।"

"क्या?" हनुमान का मुंह खुला-का-खुला रह गया।

दुर्बल सुग्रीव और अंगद भी उठकर उनके पास आ गए। लगा, विभीषण को चक्कर आ गया। वे अपने स्थान पर ही भूमि पर बैठ गए।

"किन्तु इस अवस्था में भी यदि कुछ उद्यम कर सको तो बात अभी पूर्णतः समाप्त नहीं हुई है।" जाम्बवान धीरे-से बोले।

"कैसा उद्यम?" सुग्रीव ने बड़े कष्ट से अपनी गर्दन घुमाई।

"कल सुषेण कह रहे थे कि हमें मृत संजीवनी, विषल्यकर्णी, सुवर्णकर्णी तथा सन्धानी नामक औषधियां मंगा लेनी चाहिए," जाम्बवान धीरे स्वर में बोले, "यदि तुम ये औषधियां यत्किंचित मात्रा में ही सूर्योदय से पूर्व ला सको तो कदाचित इनके साथ-साथ अन्य योद्धाओं के प्राण भी बच जाएं।"

"पर..." हनुमान के चेहरे पर चिन्ता थी।

"पर क्या?" सुग्रीव ने हनुमान को देखा, "और कोई व्यक्ति इस समय सक्षम नहीं है, नहीं तो मैं, अंगद या नील में से कोई चला जाता...और सन्देश भेजकर दूसरों पर छोड़, अनिश्चित काल तक प्रतीक्षा..." सुग्रीव रुकते-रुकते बोले, "और तुम तो कभी कार्य करने में आनाकानी नहीं करते केसरी कुमार!"

हनुमान के अधरों पर एक उदास मुस्कान उभरी, "आनाकानी नहीं कर रहा हूं सम्राट।...एक तो यह सोच रहा हूं कि इस अवस्था में आप लोगों को छोड़कर चला जाऊं और पीछे से राक्षसों

का आक्रमण हो गया तो? बहुत सम्भव है कि वे इस स्थिति में आक्रमण कर, सरल विजय प्राप्त करना चाहें और...?"

"और क्या?"

"उन औषधियों की पहचान मुझे नहीं है। फिर कहां खोजूं मैं उन्हें?"

"पीछे की चिन्ता आप न करें तात हनुमान!" सागरदत्त, विश्वासपूर्ण स्वर में बोला, "हम लोग सैनिक अथवा सेनापति नहीं हैं। हमारे पास शस्त्र भी नहीं हैं। हम राक्षसों से युद्ध नहीं कर सकते; किन्तु हम उनके आक्रमण से वानर-योद्धाओं की रक्षा का वचन आपको देते हैं।"

"कैसे?" अंगद चकित थे, "कैसे करोगे वानर-योद्धाओं की रक्षा?"

"तेजधर के मार्ग पर चलकर!" सागरदत्त गम्भीर स्वर में बोला, "हम राक्षसों के प्राण न ले सकें, तो भी हमें अपने प्राण देने से कोई नहीं रोक सकता। मैंने तेजधर के सहायक सैनिकों को राम तथा लक्ष्मण के शरीर की रक्षा के लिए अपने प्राण देते देखा है। यदि राक्षस आए तो आप विश्वास कीजिए कि आपकी यह वानर प्रजा सहस्रों की संख्या में, पत्थरों और वृक्षों की शाखाओं से लड़ेगी। नखों और दांतों से लड़ेगी। एक-एक जन अपने प्राण देकर भी वानर-योद्धाओं की रक्षा करेगा। आज ये वानर-योद्धा सारी मानवता के लिए एकमात्र आशा के प्रतीक हैं...।"

"तुम इस युवक की बात का भरोसा कर सकते हो हनुमान," जाम्बवान बोले, "अब तुम शीघ्र जाओ और औषधियां ले आओ। लंका और किष्किन्धा के बीच के वनों में तुम्हें ये औषधियां मिल जाएंगी। लक्षण तुम्हें मैं बता देता हूं।"

हनुमान रात्रि के तीसरे प्रहर में लौटे। उन्होंने लौटकर देखा, "उनके प्रस्थान से अब तक के बीच यथास्थिति बनी रही थी। उनकी अनुपस्थिति में राक्षसों का आक्रमण नहीं हुआ था। नए युद्ध का कोई प्रमाण वहां नहीं था; किन्तु वानर-योद्धा उसी प्रकार थके-हारे, टूटे और हताश मूर्च्छित राम और लक्ष्मण को घेरे हुए बैठे थे। उनके पीछे, समय जैसे रुका रहा था...हनुमान को लौटा हुआ देखकर जाम्बवान के चेहरे पर उल्लास की एक हल्की-सी रेखा उभरी, "कुछ मिला?"

हनुमान ने अपने हाथ में पकड़ा वनस्पति का गट्ठर उनके सामने रख दिया और एक ओर हटकर खड़े हो गए। उनके पीछे आए हुए वानरों की टोली ने भी अपने हाथों में पकड़े गट्ठर हनुमान के ही समान भूमि पर रख दिए।

"तुम तो औषधियों का पर्वत ही उठा लाए।" सुग्रीव बोले, "इतनी वनस्पति इतने कम समय में कैसे उखाड़ लाए?"

इस बीच हनुमान भूमि पर बैठ गए थे। उनका श्वास तेज़-तेज़ चल रहा था। वे बहुत हांफ गए थे। निश्चय ही अपनी यात्रा का एक बड़ा भाग उन्होंने भागते हुए पूरा किया होगा। उनके पीछे बैठे उनके साथी भी बुरी तरह थके हुए लग रहे थे।

"किष्किन्धा के बाहर के वनों में ही मुझे आर्य राम के जन-सैनिकों का शिविर मिल गया था," हनुमान अपने श्वास को नियन्त्रित करने का प्रयत्न कर रहे थे, "अनिन्द्य को यहां की स्थिति की सूचना दी तो शेष कार्य का प्रबन्ध उसने करवा दिया। ये साथी भी उसी ने दिए। इन औषधियों की खोज भी उसी ने की।...भागने-दौड़ने का बहुत सारा कार्य शिल्पी ने किया..." हनुमान कुछ रुककर बोले, "अनिन्द्य ने अपने सभी केन्द्र शिविरों और आश्रमों में सूचनाएं भिजवा दी हैं। सम्भव है, प्रातः से पहले ही यहां राम की कुछ जन-वाहिनियां पहुंचती रहेंगी..."

सुग्रीव ने स्नेहविह्वल दृष्टि से हनुमान को देखा, "तुमने तो हनुमान मृत सेना में प्राण डाल दिए।" उन्होंने आगे बढ़कर हनुमान को गले से लगा लिया, "तुम तो सचमुच मृत-संजीवनी लेकर आए हो।" विभीषण से भी नहीं रहा गया। वे भी आगे बढ़कर हनुमान से गले मिले।

"अब इस पर्वत में से छांटकर विशल्यकर्णी मुझे दो।" जाम्बवान बोले, "जब तक राम-लक्ष्मण स्वस्थ नहीं होते, तुम्हारी संजीवनी अधिक उपयोगी नहीं हो पाएगी।"

अनेक लोगों ने मिलकर विशल्यकर्णी को अन्य औषधियों से पृथक किया और उसे पीसकर जाम्बवान को दिया। जाम्बवान ने उसका रस राम और लक्ष्मण के मुख में टपकाया। उनकी नाक के पास औषधि रखकर उन्हें सुंघाया और रस निकल जाने के पश्चात बची हुई पत्तियों को उनके घावों पर लगाया। इतना कर उन्होंने नाड़ी-परीक्षण किया और प्रसन्नता से सिर हिलाया, "इन्हें थोड़ी हवा करो हनुमान। तब तक मैं अन्य लोगों को देखता हूं," सहसा वे रुके, "तुम्हारे पिता केसरी का उपचार पहले नहीं किया, इससे रुष्ट नहीं होंगे?"

हनुमान मुस्कुराए, "नहीं, नेता का उपचार पहले होना ही चाहिए।"

"ठीक है।"

जाम्बवान यूथपति केसरी की ओर बढ़ गए। उनके पश्चात सुषेण, ऋषभ तथा द्विविद का उपचार किया। और उसके पश्चात अनेक यूथपतियों, सेनापतियों तथा सैनिकों की चिकित्सा करते रहे। इसी बीच अनेक लोगों ने उसी प्रकार जाम्बवान से पूछ-पूछकर सुग्रीव, अंगद तथा नील का भी औषधि से उपचार किया। स्वयं जाम्बवान के घावों पर भी लेपन किया गया। क्रमशः राम और लक्ष्मण का श्वास अपनी स्वाभाविक गति में आ गया। उनकी मूर्च्छा भंग हो गई। दोनों को संज्ञा प्रायः साथ-साथ ही लौटी। वानर सेना ने हर्ष का चीत्कार किया। कुछ क्षणों में ही सारे स्कन्धावार में सूचना फैल गई कि राम और लक्ष्मण दोनों ही सचेत हो उठे हैं। सचेत होते ही राम ने पूछा, "तेजधर कैसा है?"

सबके झुके हुए मस्तक तथा भिंचे हुए होंठ देखकर उन्हें अनुमान करने में कठिनाई नहीं हुई।

"उसने वीरगति पाई है?"

सागरदत्त ने आकर उनका हाथ पकड़ा। सहारा देकर उठाया और बोला, "आइए!"

तेजधर के शव के पास राम चुपचाप खड़े रहे। उसके चेहरे के उत्साह को देखते-देखते उनकी आंखों से दो अश्रु टपककर तेजधर के निर्जीव चेहरे पर जा गिरे।

"इस बालक ने अपने प्राण देकर मुझे और लक्ष्मण को बचाया है," राम रुद्धकंठ से बोले, मैंने अचेत होते हुए इसकी वाहिनी का वीर-दर्प देखा था। सहसा उनकी आंखें कठोर हो उठीं, "कल ही मेघनाद को इसका मूल्य चुकाना होगा।"

तब तक लक्ष्मण भी आकर उसके निकट खड़े हो गए थे। उनके मस्तिष्क में भयंकर पीड़ा थी। उन्होंने अपने दाहिने हाथ के अंगूठे और मध्यमा से अपने माथे को दबाया और बोले, "यह कैसे होगा भैया? उसके ब्रह्मास्त्र का तोड़ हमारे पास नहीं है।"

"इस विषय में मुझे आपसे कुछ कहना है।" विभीषण बोले, "कृपया मेरी बात सुनें।"

"कहिए लंकापति। क्या कहना है?"

"यदि इसी प्रकार सम्मुख युद्धों में मेघनाद के ब्रह्मास्त्र का सामना करने का प्रयत्न करते रहे तो नित्यप्रति सेना की वैसी ही दुर्दशा होगी, जैसी कि आज हुई है।"

"तो उपाय क्या है?"

"उपाय!" विभीषण के चेहरे पर क्रूरता उभरी, "मुझे सूचना मिली है कि मेघनाद निकुम्भिला देवी के मन्दिर में बैठा जप कर रहा है। अपना यज्ञ पूरा कर वह प्रातः पुनः युद्धभूमि में आकर हमारी सेना का ध्वंस करेगा। यदि उस नाश को रोकना है तो आप सूर्योदय से पूर्व, निकुम्भिला देवी के मन्दिर में यज्ञरत मेघनाद पर आक्रमण करें।"

राम ने विभीषण की ओर देखा, "निःशस्त्र शत्रु पर?"

"वह निःशस्त्र नहीं है," विभीषण बोले, "उसके चारों ओर राक्षस सेना व्यूह बांधे खड़ी है और वह अभिचारी यज्ञ कर रहा है। इस अर्थ में वह अवश्य निहत्था है कि उसके पास ब्रह्मास्त्र नहीं है।"

"किन्तु धर्म...।" सुग्रीव ने कुछ कहना चाहा।

"धर्म यह है कि आपके निःशस्त्र सहायक सैनिकों पर मेघनाद ब्रह्मास्त्र से आक्रमण करे, वानरराज," विभीषण का स्वर ऊंचा उठ गया, "धर्म का चिन्तन मैंने भी किया है; किन्तु धर्म अनिवार्यतः सुख नहीं देता।

अधर्म से व्यक्ति पीड़ा ही नहीं पाता। अन्यथा रावण को नरक के सभी कष्ट मिलने चाहिए थे। धर्म तो कर्तव्य का नाम है। कर्तव्य क्या है? आत्मरक्षा। आत्मरक्षा में असमर्थ होना मूर्खता है।" स्वर कुछ नम्र हुआ, "कुछ अन्यथा कह गया होऊं तो क्षमा करें।...पर यदि नहीं जाना चाहते, तो सेना मुझे दें। मैं अकेला ही जाऊंगा।"

राम के अधरों पर एक क्षीण-सी दुर्बल मुस्कान उभरी, "लंकापति! आपको अकेले जाने की आवश्यकता नहीं पड़ेगी; मैं आपके साथ जाऊंगा। सौमित्र पीछे रहकर सेना की रक्षा करेंगे।"

"नहीं।" लक्ष्मण ने अपना दुखता हुआ मस्तक छोड़ दिया, "भैया! आपकी यह आज्ञा नहीं मानूंगा।"

"क्यों सौमित्र?"

"पंचवटी के युद्ध में आपने मुझे सुरक्षित स्थान पर रखा और स्वयं विकट जोखिम का युद्ध किया। पुनः मुझे आश्रम में छोड़कर आप मारीच के पीछे गए और भाभी को यह सन्देह हुआ कि मैं जान-बूझकर संकट के समय पीछे रह जाता हूं। यदि यह न हुआ होता, तो भाभी का हरण न हुआ होता।...ऐसी दुर्घटना अब नहीं होने दूंगा, आप सेना के अधिपति हैं। आप पीछे रहें और सेना की रक्षा करें। मेघनाद का वध मैं करूंगा।"

"तो फिर ऐसा ही हो सौमित्र!" राम बोले, "लंकापति विभीषण तुम्हारे साथ जाएंगे। सेना भी जितनी चाहो, ले जाओ। सूर्योदय से पहले मेघनाद का वध कर लौटो। तेजधर की अन्त्येष्टि भी तभी होगी।" वे विभीषण की ओर मुड़े, "मित्र विभीषण! इस अभियान में जाने से पूर्व अपनी पत्नी और पुत्री के सुरक्षित अज्ञातवास का प्रबन्ध कर लो। मेघनाद के वध में तुम्हारे सहयोग को जानकर रावण अनियन्त्रित हो उठेगा।"

"वैसा सन्देश मैं भिजवा चुका हूं राम।" विभीषण बोले, "ऐसी आशंका मुझे पहले से ही हो रही थी।"

उसी क्षण अनिन्द्य ने आकर अभिवादन किया, "आर्य राम! आपकी जन-वाहिनियां और प्रतीक्षा नहीं कर सकीं। हनुमान का सन्देश पाकर किष्किन्धा, पंचवटी, अगस्त्य आश्रम, धर्मभृत्य आश्रम, आनन्दसागर आश्रम, भीखन ग्राम, अग्निजिह्वा आश्रम, सुतीक्षण आश्रम, शरभंग आश्रम तथा अन्य

सभी शिविरों को युद्ध का आह्वान भेज दिया गया है। सूचना पाते ही सब शिविरों से वाहिनियां चल पड़ेंगी। मैं अग्रिम टुकड़ियों की नासीर सेना लेकर उपस्थित हुआ हूं।"

"हनुमान सचमुच मृत संजीवनी ले आया है।" राम मुस्कुराए, "तुम लोग बहुत समय से पहुंचे हो अनिन्द्य। अब युद्ध का एक नया दौर आरम्भ हो रहा है। सौमित्र तथा विभीषण के साथ तुम भी अपनी वाहिनियां लेकर जाओ।"

इक्कीस

अभी सूर्योदय नहीं हुआ था। राम और लक्ष्मण के वध का समाचार पाकर राक्षस सेना रात्रि के दूसरे प्रहर तक विलास में डूबी रही थी और इस समय सुख की नींद सो रही थी। लंका के चारों द्वारों पर कुछ सैनिक टुकड़ियां अपना प्रहरी दायित्व निभा रही थीं। परकोटों पर होनेवाली रौंद को भी अनावश्यक समझकर शिथिल कर दिया गया था। ऐसे समय में वानर-सेना ने लंका के चारों द्वारों पर आकस्मिक आक्रमण किया। समस्त द्वारों पर शिला-प्रक्षेपण-यन्त्रों से शिला-खंड फेंके गए और परकोटों पर उल्काओं की वर्षा की गई।

सहसा ही सारी लंका जाग उठी। अनेक प्रासादों के कंगूरे जल रहे थे। युद्ध-सामग्री के भंडारों में ऊंची-ऊंची लपटें उठ रही थीं और सेना की अश्वशालाओं में मनुष्य और पशु एक साथ चीत्कार कर रहे थे।

सूचना पाकर रावण उठ बैठा। थोड़ी देर तक वह चकित मुद्रा बनाए सोचता रहा : राम और लक्ष्मण का वध हो चुका था। सारे प्रमुख वानर सेनापति और यूथपति हताहत हो चुके थे। सेना सम्पूर्णतः क्षत-विक्षत थी। फिर ये वानर, लंका पर आक्रमण का साहस कैसे कर रहे हैं?...किन्तु, सोचने का समय नहीं था। मेघनाद निकुम्भिला देवी के मन्दिर में था। वह प्रातः अपना यज्ञ पूर्ण कर देवी से पूर्ण विजय का वरदान पाकर युद्धभूमि में जाएगा। उसे आसन से उठाना असिद्धि थी। प्रातः तक इसी मरी-खपी सेना को अन्य लोग भी संभाल सकते थे...

रावण ने तत्काल आदेश दिए। कुम्भ, निकुम्भ, यूपाक्ष, शोणिताक्ष, प्रजंघ, अकम्पन और मकराक्ष अपनी सेनाएं लेकर लंका के द्वारों से बाहर निकल जाएं और इन दुष्ट वानरों को लंका की प्राचीर से दूर खदेड़ दें। प्रातः अपने यज्ञ को सम्पन्न कर इन्द्रजित मेघनाद स्वयं जाकर देखेगा कि यह सब क्या उत्पात है...

काठ-शिल्पियों ने अनेक काष्ठ-खंडों को जोड़, सेतु तैयार कर परिखा में डालकर अनेक स्थानों पर मार्ग बना दिया। श्रमिक सैनिकों ने अपनी छैनी-हथौड़ी से वज्र जैसी प्राचीर में खूंटे गाड़ दिए। रस्सियां बंध गईं और देखते-ही-देखते लक्ष्मण और विभीषण, जन-सैनिकों की असंख्य टुकड़ियों के साथ प्राचीर पार कर लंका की भूमि पर जा उतरे। इस छद्मयुद्ध के लिए राम ने गुप्त युद्ध में समर्थ जन-वाहिनियों का ही चयन किया था।

सहायक सैनिक लंका पर भयंकर पथराव कर रहे थे। वानर-सैनिकों की धनुर्धर टोलियां लंका की अट्टालिकाओं पर उल्काओं की वर्षा कर रही थीं। सुग्रीव, हनुमान, मैंद, द्विविद, अंगद और स्वयं राम–लंका के द्वारों से बाहर निकल आई राक्षस सेना से प्रत्यक्ष युद्ध कर रहे थे। दूसरी ओर विभीषण के बताए हुए मार्ग पर जनसेना की असंख्य टोलियां वन के वृक्षों की ओट में निकुम्भिला देवी के यज्ञागार की ओर बढ़ रही थीं।

वन्य सीमा पर पहुंचकर विभीषण ने हाथ उठाकर पीछे आनेवालों को रुकने का संकेत किया। मुख से एक भी शब्द कहे बिना उन्होंने अपनी तर्जनी से इंगित कर दिया।

लक्ष्मण ने देखा सामने निकुम्भिला यज्ञागार था। इसी के भीतर यज्ञ में दीक्षित हो इन्द्रजित मेघनाद बैठा, ध्यान कर रहा था। अपने नगर की प्राचीर के भीतर, मन्दिर में बैठा मेघनाद सर्वथा असुरक्षित नहीं था। सहस्रों राक्षस सैनिक उस यज्ञागार की रक्षा कर रहे थे।...वे सदा ऐसे ही रक्षा करते हैं या उन्हें इस अभियान की सूचना...नहीं! उन्हें लक्ष्मण के इस अभियान की सूचना नहीं हो सकती।...उन्हें यदि इसका तनिक भी आभास होता तो मेघनाद इस समय यहां यज्ञ न कर रहा होता, वह अपना ब्रह्मास्त्र लेकर वानर-सेना का ध्वंस करने के लिए लंका की प्राचीर से बाहर निकल गया होता।...किन्तु किसी आशंका की अनुपस्थिति में भी कितनी विकट रक्षा व्यवस्था है मेघनाद के लिए। राक्षस सर्वथा असावधान नहीं हैं...

लक्ष्मण ने अनिन्द्य को इंगित किया। अनिन्द्य और भूलर अपनी टोलियों के साथ यज्ञागार के पीछे की ओर चले गए। धर्मभृत्य और भीखन बाईं ओर गए। उल्लास, आदित्य और आनन्दसागर दाईं ओर से गए। विभीषण अपने मन्त्रियों–अनल, पनस, सम्पाति तथा प्रमति के साथ मुख्यद्वार पर आक्रमण करने के लिए लक्ष्मण के संकेत की प्रतीक्षा में सन्नद्ध खड़े थे।

लक्ष्मण ने एक भयंकर नाराच अपने धनुष पर चढ़ाया और विकट हुंकार के साथ यज्ञागार के मुख्यद्वार पर छोड़ दिया। यह आक्रमण का संकेत भी था और आदेश भी। एक क्षण में राम के जय-जयकार के बीच यज्ञागार पर चारों ओर से बाण बरसने लगे, किन्तु कोई भी योद्धा प्रकट नहीं हुआ।

निश्चिन्त बैठे हुए राक्षस-सैनिकों में भगदड़ मच गई। वे मेघनाद के अंगरक्षक थे। सदा युवराज के साथ चलते थे। किन्तु, लंका के भीतर इस प्रकार चारों दिशाओं से आकस्मिक आक्रमण की कल्पना उन्होंने नहीं की थी और न ही उसके लिए वे प्रस्तुत दिखाई पड़ रहे थे। यद्यपि वे मेघनाद के अंगरक्षक कहलाते थे; किन्तु वे स्वयं भी जानते थे कि बहुधा उनकी रक्षा स्वयं मेघनाद ही किया करता था।...और इस समय मेघनाद अपने यज्ञ में संलग्न था...क्रमशः लक्ष्मण ने दूसरा संकेत किया। विभीषण ने ज़ोर का श्रृंगीनाद किया और जन-सेना की समस्त टोलियां अंगरक्षकों पर टूट पड़ीं। यही समय था जब गदापाणि विभीषण भी अपने मन्त्रियों के साथ अंगरक्षकों पर पिल पड़े...

अंगरक्षकों ने जन सेना का नेतृत्वविहीन सामना किया; किन्तु सैनिक दृष्टि सम्पन्न कोई भी व्यक्ति देख सकता था कि सामूहिक और योजनाबद्ध युद्ध न होकर अंगरक्षकों का व्यक्तिगत प्रयास ही था। जनसेना का दबाव निरन्तर बढ़ता जा रहा था और स्वयं विभीषण इस समय मेघनाद के अंगरक्षकों के काल बने हुए थे। अंगरक्षकों का चीत्कार बढ़ता जा रहा था और थोड़ी ही देर में उन लोगों ने अपने युवराज को स्पष्ट और सामूहिक रूप से बड़े करुण स्वर में पुकारना आरम्भ कर दिया।

लक्ष्मण ताक-ताककर बाण मार रहे थे। वे इस प्रयत्न में थे कि मुख्यद्वार पर स्थित अंगरक्षक गुल्म कुछ शिथिल पड़े तो वे कुछ सैनिकों के साथ अकेले ही यज्ञागार के भीतर प्रवेश कर जाएं। किन्तु सब ओर से भयंकर रूप से त्रस्त होते हुए भी अंगरक्षकों ने मुख्य द्वार को असुरक्षित नहीं छोड़ा था...तभी मुख्यद्वार खुला और अपने रथ पर आरूढ़ मेघनाद प्रकट हुआ। उसका रथ यज्ञागार के भीतर ही रहा होगा। इस समय वह अभिचारिक यज्ञ के वेश को त्याग योद्धा का रूप धारण कर चुका था। उसके शरीर पर कवच था और हाथों में धनुष-बाण। लक्ष्मण ने ध्यान से देखा रथ पर ब्रह्मास्त्र नहीं था।

मेघनाद के अंगरक्षकों ने प्रसन्नता का विकट कोलाहल किया : युवराज को अपने मध्य पाकर उनकी असहायता, दीनता और घबराहट विलीन हो गई थी। लक्ष्मण ने अपने धनुष पर एक उल्का चढ़ाकर आकाश की ओर छोड़ दी। जन-सेना की समस्त टोलियां चारों दिशाओं से आकर उनके निकट, व्यूह-बद्ध खड़ी हो गईं। विभीषण अपने मन्त्रियों सहित, लक्ष्मण के साथ सटकर खड़े हो गए थे।

दोनों ओर से सैनिक आमने-सामने सज्जित हो गए तो मेघनाद ने अपना रथ आगे बढ़ाया। किन्तु, शस्त्र-प्रहर उसने नहीं किया। अपनी सेना के माल-प्रदेश पर रथ रोक उसने विभीषण को देखा, "राक्षस कुलांगार! देशद्रोही! और कुछ नहीं हो सका तो पुत्र सरीखे अपने भ्रातृत्व को असावधान समझ, उसका वध करने आए हो।"

विभीषण मुस्कुराए, "पुत्र सरीखे तो तुम हो ही दम्भी! जो अपने गुरुजनों को सदा मूर्ख समझता रहा, उनका अपमान करता रहा, अपने पिता के कुकर्मों का समर्थन करता रहा और प्रत्येक सत्य परामर्श को ठुकराता रहा। तुम जैसे पुत्रों के कारण ही तो पिता पर-स्त्रियों का हरण कर अपने कुल को गौरवान्वित करता है। राक्षस कुलंगार कौन है? सत्यपथ पर चलनेवाला दीन विभीषण अथवा अहंकार में ऐंठे तुम और तुम्हारे पिता, "महाराजाधिराज रावण?"

"नीति-चर्चा का अवकाश नहीं है चाचा।" मेघनाद का स्वर तनिक भी नम्र नहीं था, किन्तु मरने से पूर्व तनिक बता दो, तुम्हें अपनी भूमि, अपनी जाति, अपने समाज से तनिक भी मोह नहीं कि उसका नाश करवाने के लिए न केवल शत्रुओं से जा मिले, वरन उन्हें मार्ग बता-बताकर यहां तक ले आए।"

इस बार विभीषण खुलकर हंसे, "पूछा ही है तो उत्तर भी धैर्य से सुनो मनस्वी युवराज। लंका न तुम्हारी भूमि है, न तुम्हारे पिता की। उसे तुम्हारे पिता ने कुबेर से छीना और उसे सदा अपना उपनिवेश ही माना, देश नहीं। लंका सोने की है, किन्तु लंका की सामान्य प्रजा आज भी इतनी निर्धन और असहाय है कि स्त्रियां अपना यौवन बेचती हैं और पुरुष अपना रक्त-मांस। तुमने लंका के निर्माण के लिए क्या किया? यहां जो कुछ बना हुआ दिखाई पड़ता है–पंथ, भवन, प्रासाद, अट्टालिकाएं, जलपत्तन–सब कुछ यक्षराज कुबेर के समय से निर्मित हैं। तुमने केवल यह किया कि सारा धन, सत्ता, शक्ति, व्यापार, उद्योग–राजपरिवार के सदस्यों, अपने मन्त्रियों, सेनापतियों, सामन्तों के हाथ में संचित कर दिया। प्रजा चाहे भूखी मरे। एक परिवार, एक वर्ग को सर्व-सम्पन्न बनाकर शेष लोगों को पशु से भी हीनतर जीवन जीने को बाध्य कर दिया है। फिर भी तुम्हें गुमान है कि लंका तुम्हारी है। लंका को तुमने अपनी समझा कब?...और फिर केवल लंकावासी होकर ही तो कोई लंका का हितू नहीं हो जाता।" विभीषण आवेश में बोले, "तुमने लंकावासियों को दास और वेश्याएं बनाया है–राम उन्हें मुक्ति देंगे और मैं उस मुक्ति की रक्षा करूंगा।"

"राजनीतिक चेतना कुछ अधिक ही उग्र हो गई है तुममें चाचा," मेघनाद वितृष्णा से मुस्कुराया, "और तुम वीरवर लक्ष्मण!" उसके स्वर में व्यंग्य था, "यज्ञ दीक्षित निःशस्त्र योद्धा को चुपके से घेरकर मारने आए हो। कायर। दो बार जाने किस माया से तुम मरकर भी जीवित हो गए, किन्तु आज तुम्हें किसी प्रकार भी जीवित नहीं लौटने दूंगा।"

"तुम्हारे प्राण रहते, स्वयं जीवित लौटने की आशंका लेकर नहीं आया हूं वीर दम्भी," लक्ष्मण तेजस्वी स्वर में बोले, "मुझे दोष देने से पहले तनिक अपनी वीरता पर विचार कर लिया होता। पत्थरों और शाखाओं से लड़ने वाले निहत्थे वानरों पर तुमने ब्रह्मास्त्र चलाया है। युद्ध के नियमों के

सर्वथा विरुद्ध तुमने हम पर विषैली औषधियों में पगे शस्त्रों का प्रयोग किया है। फिर भी वीरता का दम्भ है तुम्हें।" लक्ष्मण का स्वर ऊंचा हो गया, "हमारा निरीह वध करने के लिए अभिचारिक यज्ञ करते हो धर्मावतार। मैं तुम्हें बताने आया हूं कि प्रकृति की सबसे बड़ी शक्ति मनुष्य का पुरुषार्थ है। इसका प्रमाण मैं अभी तुम्हारे इस यज्ञ दीक्षित तिलक-मंडित मस्तक को तुम्हारे कबन्ध से अलग कर दूंगा। तुम यज्ञ करो, बलियां दो, भूत शक्तियों को अपनी रक्षा के लिए पुकारो, रक्षा-कवच बांधो, टोने-टोटके करो–किन्तु न राम किसी अमानुषी शक्ति को पुकारेंगे और न उनका अनुज। हम तुम्हारी प्रत्येक मन्त्र और तन्त्र शक्ति के ही नहीं देवास्त्र, दिव्यास्त्र तथा शस्त्रशक्ति के विरुद्ध केवल जनशक्ति को खड़ाकर तुम्हें बता देंगे कि वास्तविक शक्ति कहां है?"

लक्ष्मण ने धनुष उठाया, "बातों का समय नहीं है। शस्त्र उठा लो। वैसे इस समय न तुम असावधान हो, न निःशस्त्र; न ही तुम्हारे सैनिक संख्या में कम हैं। हां, तुम्हारा ब्रह्मास्त्र तुम्हारे पास नहीं है...।"

लक्ष्मण के संकेत पर बाईं ओर से अनिन्द्य, मूलर और भीखन आगे बढ़े, दाहिनी ओर से उल्लास, धर्मभृत्य और आनन्दसागर। विभीषण अपने मन्त्रियों के साथ पृष्ठ भाग की रक्षा करने के लिए लक्ष्मण के पीछे चले गए। उन्होंने मेघनाद की सेना को इस प्रकार घेर रखा था कि प्रयत्न करने पर भी वह सैनिक सहायता के लिए सन्देश न भेज सके। तीन ओर लक्ष्मण की सेना थी, चौथी ओर निकुम्भित यज्ञागार जिसके पीछे परिखा और प्राचीर थी...

मेघनाद के अंगरक्षक भी तत्काल व्यूह-बद्ध हो गए। इस समय लंका के भीतर-बाहर, जिस प्रकार का युद्ध हो रहा था, उसमें तत्काल सैनिक सहायता आने की आशा निरर्थक थी। किन्तु, स्वयं युवराज इन्द्रजित मेघनाद उसके साथ थे।...लक्ष्मण ने अपने बाण पर वरुणास्त्र धारण किया और मेघनाद पर प्रथम प्रहार किया। मेघनाद असावधान नहीं था, अपने रौद्रास्त्र से लक्ष्मण के प्रहार का निवारण कर दिया।

लक्ष्मण ने अपने दिव्यास्त्र को नष्ट होते देखा...'शिव की मैत्री...या भक्ति, बहुत फली है इस परिवार को'...उन्होंने सोचा। किसी समय लक्ष्मण ने भी सोचा था, चाहे वह उनके बालक-मन की ही कल्पना थी, जब भैया राम ने जनकपुर में शिवधनुष भंग किया था...कि वे भी भैया से कहेंगे कि महादेव से कुछ दिव्यास्त्र और देवास्त्र प्राप्त करें; और यदि सम्भव हो तो वैसे ही शस्त्रास्त्र अयोध्या में भी बनाएं। शस्त्रास्त्रों के अद्भुत निर्माता हैं महादेव शिव भी।...किन्तु रावण के विरुद्ध लड़ते हुए न वे शिव से अपेक्षा कर सकते हैं कि वे रावण को शस्त्र न दें और न ही यह सम्भव हो सकता है कि महादेव वानर सेना की शस्त्रास्त्रों से सहायता करें...लक्ष्मण ने अपने बाण पर सूर्यास्त्र धारण किया; किन्तु मेघनाद ने आग्नेयास्त्र से उसे तत्काल निरस्त कर दिया।

जनसेना मेघनाद के अंगरक्षकों पर भारी पड़ रही थी। लक्ष्मण देख रहे थे कि अंगरक्षकों को कई स्थानों पर पीछे हटना पड़ा था। अनेक स्थानों पर उनके व्यूह शिथिल पड़ गए थे और उनकी दरकों में से अनिन्द्य तथा धर्मभृत्य के नेतृत्व में उनकी टोलियां अनेक स्थानों से भीतर घुसकर मेघनाद के निकट पहुंचने का प्रयत्न कर रही थीं...कदाचित मेघनाद की दृष्टि भी अपने अंगरक्षकों की स्थिति पर जा पड़ी थी।...सहसा ही अत्यन्त क्रुद्ध होकर उसने भयंकर रूप धारण कर लिया। निमिष-भर उसकी दृष्टि अपने रथ के शस्त्रागार पर टिकी रही; और उसने आसुरास्त्र उठाकर अपने धनुष पर धारण किया। अगले ही क्षण उसके धनुष से कूट, मुद्‌गर, शूल, भुशंडि, गदा, खंग तथा फरसे बरसने लगे।

लक्ष्मण को लगा, यद्यपि इस समय मेघनाद के पास ब्रह्मास्त्र नहीं था, किन्तु उसके बिना भी वह उनके लिए भयंकर हो सकता था। उसके शस्त्रों के प्रहार से स्वयं उनका अपना शरीर ही अनेक स्थानों से क्षतविक्षत हो गया था, उनके जन-सैनिकों की भी हानि हो रही थी। यदि मेघनाद के शस्त्रास्त्र इसी गति से चलते रहे और अनिन्द्य तथा उनके साथी इसी प्रकार आगे बढ़ते रहे तो किसी भी क्षण कुछ अघटनीय घट सकता है। लक्ष्मण ने अपने शस्त्र-वाहकों की ओर देखा, "माहेश्वरास्त्र।"

विश्वामित्र के लिए माहेश्वरास्त्र के प्रयोग का यह उचित अवसर लक्ष्मण के विकट हुंकार के साथ माहेश्वरास्त्र छूटा। मेघनाद विचलित हुआ।...शिव का अस्त्र लक्ष्मण के पास...

आसुरास्त्र शान्त हो गया था और मेघनाद की दृष्टि अपने रथ के शस्त्रागार में कोई प्रभावी दिव्यास्त्र ढूंढ़ रही थी।

किन्तु लक्ष्मण तनिक भी असावधान नहीं थे। उन्होंने तत्काल अगस्त्य का दिया हुआ ऐन्द्रास्त्र बाण पर चढ़ाया और धनुष की प्रत्यंचा कान तक खींचकर छोड़ दी...मेघनाद के विचलित मस्तिष्क ने कुछ सोचा, व्याकुल दृष्टि से ऐन्द्रास्त्र को देखा और अगले ही क्षण उसका मस्तक कटकर पृथ्वी पर जा गिरा।

बाईस

राम को एक-एक कर सुग्रीव द्वारा कुम्भ तथा हनुमान द्वारा निकुम्भ के वध के समाचार मिले। अपने पिता कुम्भकर्ण का प्रतिशोध लेने के लिए उन्होंने भयंकर युद्ध किया था; किन्तु सुग्रीव और हनुमान उन पर भारी पड़े थे। यूपाक्ष ने मैंद के हाथों वीरगति पाई थी, शोणिताक्ष द्विविद के शस्त्रों की मार से खेल रहा था। प्रजंघ और अकम्पन को अंगद धराशायी कर चुके थे। मकराक्ष ने अपने शंकरदत्त त्रिशूल से वानर सेना की बहुत क्षति की थी, और अपने पिता खर के हत्यारे का वध करने की शपथ खाई थी, किन्तु अन्ततः राम के हाथों मारा गया था।

वे अपने तथा अपने साथियों के शरीरों को आहत करनेवाले राक्षसों द्वारा प्रयोग में लाए गए बाणों को देख रहे थे। मकराक्ष के शूल के अतिरिक्त उसे सम्मुख सहायक सैनिकों ने क्षुर, क्षुरप्र, नाराच, वत्सदन्त, शिलीमुख, कर्णी, शल्य तथा विपाठ आदि बाणों के ढेर लगा दिए थे।

...राक्षसों ने बाण-विद्या का विकट विकास किया था...राम सोच रहे थे...किन्तु अन्याय और अत्याचार की दासी बनकर कोई भी विद्या बन्ध्या हो जाती है।...दस्यु की शस्त्र विद्या समाज का क्या कल्याण कर सकती है...तभी राम को मेघनाद के वध का समाचार दिया गया...राम के मन में प्रसन्नता की लहर उठी। कंठ जैसे रुद्ध हो गया। आंखें डबडबा आईं।...उन्हें लगा, उन्होंने अपने जीवन में यह दूसरा चमत्कार देखा था...

"सौमित्र कहां है?" अन्ततः उनके कंठ से तीन शब्द फूटे।

हनुमान और विभीबण का सहारा लेकर लक्ष्मण मन्थर गति से राम के निकट आए। उनका शरीर रक्त से इस प्रकार नहाया हुआ था कि यह देख पाना कठिन था कि कितने घाव हैं और कहां-कहां हैं। शरीर में चुभे हुए शस्त्र-अस्त्र विभीषण और सुग्रीव ने पहले ही निकाल दिए थे। वे दोनों स्वयं ही घायल थे। शरीर पर अनेक स्थानों पर रक्त रिसता हुआ दिखाई पड़ रहा था; किन्तु मुखमंडल का उल्लास घावों के ऊपर छा गया था। लक्ष्मण अवश्य ही कुछ थके हुए और दुर्बल दिखाई पड़ रहे थे।

राम ने आगे बढ़कर लक्ष्मण को अपनी भुजाओं में भर लिया। इतने में सन्तोष नहीं हुआ तो उनके घायल शरीर को अपने वक्ष में भींच लिया। लक्ष्मण की एक हल्की-सी सिसकी से उनकी भुजाएं शिथिल हुईं। अलग हटकर उन्होंने लक्ष्मण का चेहरा देखा : वे पीड़ा के बीच में भी मुस्कुरा रहे थे।...राम से रहा नहीं गया। उन्होंने पुनः लक्ष्मण को गले से लगाया और उनके रक्त-रंजित भार पर एक चुम्बन अंकित कर दिया, "सौमित्र! आज तुमने मुझे शत्रुविहीन किया। तुमने मेरी सीता मुझे लौटा दी...।"

उनकी वाणी रुद्ध हो गई। आंखें लक्ष्मण के चेहरे से हटा लीं। दो-चार बार पलकें झपकाकर स्वयं को सन्तुलित किया। राम अनिन्द्य, भूलर, भीखन, धर्मभृत्य, आनन्दसागर तथा जल-सेनानायकों से मिले। वे भी कहीं-न-कहीं से आहत अवश्य थे। युद्ध ने सबको अपने चिह्न प्रदान किए थे। और सुषेण की ओर देखकर राम बोले, "तात सुषेण! इन वीरों को विशल्य कीजिए। इनमें क्षतों पर औषधियों का लेप कीजिए। इन्हें पीड़ा रहित कर दीजिए। कल इन्हें अभी एक और भयंकर युद्ध लड़ना है।"

अपने भीतर उठते हुए भावों के अनेक ज्वारों को संयत करने के लिए राम इधर-उधर टहलते रहे। आज उनके भीतर असाधारण आवेश उठ रहे थे...अपने प्राणों पर खेलकर सौमित्र ने आज मेघनाद का वध किया था।...आज तीसरी बार वे मृत्यु के मुख से जीवित बचकर निकले थे...सीता, अब राम की पहुंच में थीं...हाथ बढ़ाने की देर थी...बस, एक या दो दिनों का युद्ध और–किन्तु रावण का वध करना था।

"अनिन्द्य," सहसा राम रुक गए, "सब लोग चिकित्सा-शिविर में चले गए?"

"हां आर्य।"

"तुम नहीं गए? तुम्हें कोई घाव नहीं लगा?"

"राम!" अनिन्द्य निकट चला आया, "ऐसा कोई घाव नहीं लगा, जिसका उपचार सबसे पहले होता। अन्य लोग मुझसे बहुत अधिक घायल हैं।"

"भूलर कहां है?"

"उसके कुछ घाव गम्भीर हैं। उसे भी चिकित्सा-शिविर में भेज दिया गया है।"

"अच्छा किया। अनिन्द्य, मेरे बन्धु," राम जैसे किसी और लोक से बोल रहे थे, "मेरा एक काम कर दो।"

अनिन्द्य ने आश्चर्य से राम को देखा, वे ऐसे भावुक तो कभी नहीं हुए..."एक विशाल चिता तैयार करो..." राम एक शिला पर बैठ गए।

स्तब्ध अनिन्द्य, राम को देखता रहा। "श्रेष्ठतम काष्ठ-खंडों की। सम्भव हो तो चन्दन के वृक्षों की," राम का स्वर कांप रहा था, "मुझे तेजधर और उसके सैनिकों के प्रति अपना आभार व्यक्त करना है।..."

अनिन्द्य ने राम को मुखर और जटायु की मृत्यु पर भी व्याकुल होते देखा था, पर ऐसा...उसने आगे बढ़कर राम के कन्धे को अपनी हथेली से थपथपाया...राम ने अनिन्द्य की ओर देखा। अपनी आंखों में आए अश्रु झटक दिए और खड़े होते हुए बोले, "अपने नायक के शव की रक्षा करने के लिए भी तुमने किसी योद्धा को प्राण देते देखा है...।"

वानर स्कन्धावार मेघनाद के वध के कारण प्रसन्न भी था और पुत्रशोक से पीड़ित, क्रुद्ध रावण से कल होनेवाले सम्भावित विकट-युद्ध के कारण आशंकित भी। राक्षस सेना के ध्वंस के कारण

स्थान-स्थान पर एक प्रकार की असावधान शिथिलता भी दिखाई पड़ रही थी; राक्षसों की ओर से रात्रि के समय होनेवाले कूट-आक्रमण के प्रति सतर्कता भी।

लक्ष्मण, हनुमान, विभीषण, सुग्रीव, अंगद, मैंद, द्विविद, भूलर, भीखन तथा अन्य योद्धा अपनी चिकित्सा पूरी करवाकर राम के पास आ गए थे। कम आहत सैनिक और सेनापति अपना उपचार करवाने के लिए चिकित्सा-शिविर में चले गए थे। जाम्बवान के सभी पिछले घाव ही इस योग्य नहीं हुए थे कि वे पुनः युद्ध कर सकें, इसलिए उन्होंने आज के युद्ध में भाग नहीं लिया था। विभीषण ध्यान से उसकी बात सुनते रहे। वे अपने स्थान से उठकर राम के पास आए और उनके कान में वही बात दुहराई।

"उन्हें बुला लीजिए।" राम बोले। प्रमति के संकेत पर उन्हें बुला लिया गया। आनेवाले संख्या में दस थे। वे सैनिक अथवा योद्धा वेश में नहीं थे और न ही उनकी आकृति-प्रकृति सैनिकों जैसी थी।

"कहिए।" राम उनसे सम्बोधित हुए।

"हम लंका के सामान्य प्रजा-जन हैं।" उनका नेता आगे बढ़ आया, "हमें राजनीति से कोई सरोकार नहीं है। अतः शासन चाहे रावण का हो अथवा आपका, हम केवल शान्ति चाहते हैं...।"

लगा, राम का धैर्य चुक गया है, वे कुछ कहने को व्यग्र हैं; किन्तु उन्होंने स्वयं को बलात रोक लिया।

"लंका में आज यह बात प्रायः सर्वमान्य है कि एक-आध दिन में रावण-वध होगा और लंका पर आर्य राम का शासन हो जाएगा।" वह व्यक्ति बोला, "हम लंका की प्रजा की ओर से आपको यह आश्वासन देने आए हैं कि लंका में आपका विरोध नहीं होगा। किन्तु साथ ही निवेदन है कि आपकी सेना लंका पर आधिपत्य स्थापित करते समय, शान्तिप्रिय नागरिकों का व्यर्थ रक्तपात न करे। हमारी सम्पत्ति की यथासम्भव रक्षा की जाए। यदि यह सम्भव न हो," उस व्यक्ति का स्वर नम्र से कोमल और कोमल से भीरु हो गया, "तो हमें युद्ध से पूर्व ही लंका से निकल जाने की अनुमति दी जाए और मार्ग का निर्देश किया जाए। लंका की सेना अब इतनी सक्षम नहीं है कि लंका त्यागनेवालों को रोक सके।"

राम ने कठोर दृष्टि से उस व्यक्ति को देखा, "हम आपको लंका त्यागने की सुविधा नहीं देंगे। जनता का धन लेकर भागने की सुविधा हमारी नीति नहीं है।" राम का स्वर कुछ धीमा हुआ, "अभी युद्ध चल रहा है, अतः अनिर्णीत है। रावण के वध के प्रति जितने आश्वस्त आप हैं, उतना मैं नहीं हूं। फिर भी इतना कह सकता हूं कि विजय की स्थिति में भी यह सेना अनुशासित रहेगी। यह लुटेरों का गिरोह नहीं है; अन्धकार का विरोध करनेवाली जन-सेना है। अनावश्यक रक्तपात इसकी प्रवृत्ति नहीं है।" राम रुककर बोले, "वैसे आपको सूचित कर दूं कि किसी भी स्थिति में लंका पर राम का राज्य नहीं होगा। वानर सेना लंका पर आधिपत्य स्थापित नहीं करेगी। मैंने पहले ही विभीषण को लंकापति घोषित कर दिया है। यह वे देखेंगे कि आपका धन पाप द्वारा संचित है या नहीं। उसकी रक्षा आवश्यक है या नहीं। वैसे धन-संचय पाप से ही सम्भव है," राम किंचित मुस्कुराए, "आपका राजनीति से कोई सम्बन्ध नहीं है, यह कोई गर्व का विषय नहीं है। आप यदि राम और रावण में अन्तर नहीं करते तो यह आपकी शान्तिप्रियता नहीं, आपका स्वार्थ और आपकी कायरता है।...अब आप जाइए।"

सन्ध्या के झुटपुटे में वह विशाल चिता सजाई गई। उसमें प्रमुखतम स्थान पर तेजधर का शव रखा

गया और शेष स्थान पर अन्य योद्धाओं के शरीरों को ससम्मान लिटाया गया। सेना के प्रमुख सेनानायक, सेनापति, सेनाधिपति वहां एकत्र हुए और उन्होंने उन वीरों का सैनिक अभिवादन किया।

स्वयं राम और लक्ष्मण ने विलोम शस्त्रों पर अपने मस्तकों को झुका कर, उन वीरों का अभिनन्दन किया और फिर राम ने कवच उतारकर, शस्त्र त्याग दिए। उन्होंने चिता के निकट जाकर, हाथ जोड़कर, वीरगति पाए योद्धाओं को प्रणाम किया और भर्राए हुए कंठ से बोले, "तुम्हारे ऋण से उऋण होना हमारे लिए सम्भव नहीं है वीरो! इसलिए हमारा कृतज्ञता-भरा प्रणाम लो।"

राम ने चिता की परिक्रमा कर उसे अग्निदान दिया। चिता धू-धू कर जल उठी और उससे कुछ हटकर हाथ बांधे हुए राम खड़े हो गए। उनकी जनवाहिनी के नायक आकर उनके पीछे खड़े हो गए थे।

तभी पच्चीस नवयुवकों की अगवानी करते हुए हनुमान राम के पास आए, "भद्र, ये नवयुवक आपकी सेवा में कुछ निवेदन करना चाहते हैं।"

राम ने अपने आंसू पोंछकर उनकी ओर देखा, "कहो मित्र।"

"आर्य, हमें आर्य सम्पाति ने भेजा है।"

"विभीषण के मन्त्री सम्पाति ने?"

"नहीं आर्य," युवक गम्भीर स्वर में बोला, "गिद्ध-श्रेष्ठ जटायु के बड़े भाई सम्पाति ने। उन्होंने कहा है कि अन्धकार के विरुद्ध युद्ध में हम गृध्र जाति के योगदान के रूप में ग्रहण किए जाएं–।"

"भद्र राम," हनुमान अत्यन्त कोमल स्वर में बोले, "कदाचित आपको स्मरण हो, देवी वैदेही की खोज में जब हम गए थे तो सागर तट पर आर्य सम्पाति से हमारी भेंट हुई थी। उन्होंने ही देवी वैदेही के लंका में होने की निश्चित सूचना हमें दी थी और अपने भाई जटायु की मृत्यु पर क्षुब्ध होकर उन्होंने हमें वचन दिया था कि वे प्रयत्न करेंगे कि जब कोई सेना रावण के विरुद्ध लड़ने जाए, उसमें एक टुकड़ी गिद्ध युवकों की भी हो।"

"धन्य हैं आर्य सम्पाति।" राम बोले।

"आर्य! हमें खेद है कि आने में हमें विलम्ब हुआ।"

"खेद के लिए कोई अवकाश नहीं है मित्र!" राम का स्वर कुछ दृढ़ हो गया, "अभी तो अन्तिम युद्ध होना है।"

"हम संख्या में कम हैं आर्य। किन्तु हम आर्य जटायु के बलिदान को लज्जित नहीं होने देंगे।"

"तुमसे ऐसी ही आशा है वीर।" राम ने उसके कन्धे पर हाथ रखा, "नाम क्या है तुम्हारा?"

"तेजधर।"

"तेजधर!"

"आपको आश्चर्य हो रहा है?"

"हां मित्र," राम का स्वर भावुक हो आया, "जिस वीर टुकड़ी की चिता के पास हम खड़े हैं उसके नायक का नाम भी तेजधर ही था। लगता है कि तेजधर किसी व्यक्ति-विशेष का नाम नहीं है, यह तो बलिदान की एक परम्परा की संज्ञा है।"

"आर्य, हम इस संज्ञा की लाज निभाएंगे।"

"मेरी कामना है कि तुम उसमें समर्थ हो सको," राम बोले, "जाओ, अब विश्राम करो यात्रा से थके आए हो।"

राम मुड़े तो एक अन्य आगन्तुक वाहिनी के नायक ने आकर उनका अभिवादन किया। उसके साथ एक महिला भी खड़ी थी।

"बन्धु सिंहनाद।" राम ने उसे बांहों में भर लिया, "देवी प्रभा! बहुत समय से आए तुम लोग।"

"माता लोपामुद्रा के पुत्री-मोह ने हमें कुछ विलम्ब करा दिया आर्य।" प्रभा धीरे-से बोली।

"फिर भी बहुत समय से पहुंची हो।" राम का स्वर पुनः आर्द्र हो उठा, "सैनिकों की भी हमें बहुत आवश्यकता है, किन्तु तुम्हें कैसे बताऊं बहन, कि शल्य चिकित्सक हमारे लिए कैसी संजीवनी है। अकेले वृद्ध योद्धा तात सुषेण पर बहुत बोझ था। कल के युद्ध में हमें तुम्हारी बहुत आवश्यकता है।"

"अच्छा प्रिय।" प्रभा ने सिंहनाद को देखा, "तुम शिविर स्थापित करो, मैं चिकित्सा शिविर में पहुंचूं।"

"तुम वस्तुतः ऋषि अगस्त्य की आत्मजा हो!" राम धीरे-से बोले।

तेईस

रावण को मेघनाद के वध का समाचार दिया गया।

रावण को लगा कि जाने क्यों उसके मस्तिष्क में फेन-बुदबुद उठ रहे हैं। चिन्तन शक्ति जैसे जड़ हो गई है। कभी-कभी तो जैसे श्वास भी रुकता मालूम पड़ता था। कानों में अनवरत एक सनसनाहट-सी चल रही थी और आंखों के सम्मुख हल्के और भारी परदे झूल रहे थे। किन्तु इनके ऊपर प्रतिरावण का एक दीर्घ अट्टहास गूंज रहा था...

बड़ी देर तक रावण इसी प्रकार भाव-शून्य-सा बैठा रहा। कुछ भी अनुभव करने में असमर्थ। शनैः-शनैः उसे लगा कि फेन बैठती जा रही है, मस्तिष्क कुछ जीवित हो उठा है और तब उसे अनुभूति हुई कि उसने क्या खोया है...मेघनाद मारा गया था, युवराज इन्द्रजित मेघनाद। शोक से कहीं अधिक रावण को आश्चर्य हो रहा था–यह कैसे सम्भव है? मेघनाद कैसे मर सकता है? उसे कौन मार सकता है?...पहले दिन वह युद्ध में गया तो वानर सेना के काल के समान लड़ा : राम और लक्ष्मण का वध कर आया। जाने कैसे मायावी हैं वे लोग–पुनः जीवित हो उठे। दूसरी बार गया तो ब्रह्मास्त्र से न केवल राम और लक्ष्मण–प्रायः सभी वानर सेनापतियों को हताहत कर आया।...और आज तो वह युद्ध में गया ही नहीं था। वह तो निकुम्भिला देवी के मन्दिर में यज्ञ कर रहा था...वह मायावी लक्ष्मण वहां पहुंच गया...विभीषण जैसा भ्रातृ-द्रोही साथ हो तो लक्ष्मण कहां नहीं पहुंच सकता।...लंका का राज्य पाने के लिए विभीषण लोभ-मद में मत्त हो रहा है, नहीं तो वह इतना निर्मम हो जाता? वह अपने ही बन्धु-बान्धवों को मार रहा है, जैसे क्षुधार्त नाग अपने ही बच्चों को खा जाता है...

पर विभीषण का परिवार भी सुरक्षित नहीं रहेगा।–क्रोध के मारे, रावण के लिए मंच पर बैठे रहना असम्भव हो गया–जब सरमा और कला के वध का समाचार पहुंचेगा उस दुष्ट के पास, तभी तो उसे ज्ञात होगा कि परिवार की पीड़ा क्या होती है...सन्तान के वध से पिता के मन की क्या दशा होती है... किन्तु तभी प्रभात के पूर्व दिए गए समाचारों में से एक, उसके मस्तिष्क के अन्धकार में सौदामिनी के समान कौंधने लगा...समस्त प्रबन्धों और प्रहरियों के रहते हुए भी कला और सरमा अपने प्रासाद में से लुप्त हो गई थीं...तो विभीषण पहले से ही इस बात को समझता था और उसका प्रबन्ध उसने कर लिया था।

रावण ने ताली बजाई। द्वारपाल उपस्थित हुआ।

"महोदर से कहो कि सरमा और कला की खोज की जाए और उनके मिलते ही उनका वध कर दिया जाए।"

द्वारपाल के जाते ही रावण का ध्यान लक्ष्मण की ओर गया...लक्ष्मण ने उस समय मेघनाद का वध किया, जब उसके पास ब्रह्मास्त्र नहीं था। निःशस्त्र का वध। इन दुष्टों को भी समाप्त करना ही पड़ेगा।...और जिसके लिए ये लोग युद्ध कर रहे हैं, उस सीता को भी।...यदि राम, लक्ष्मण और विभीषण सफल हो जाएं, यदि रावण का वध भी हो जाए–तो भी ये लोग विजय का सुख न पाएं। लंका में आएं तो उन्हें सीता का शव मिले या वह भी न मिले–

रावण ने पुनः ताली बजाई। द्वारपाल आया। आदेश दिया और युद्ध- सामग्री उपस्थित हुई। रावण ने ब्रह्मा-प्रदत्त चमचमाता हुआ कठोर कवच धारण किया। ब्रह्मा-प्रदत्त ही धनुष उठाया। कटि में खड्ग बांधते-बांधते रावण रुक गया–

प्रतिरावण हंस रहा था, "हां! हां!! जा। अकेली निरीह वैदेही का वध कर दे, जैसे लक्ष्मण ने मेघनाद को मारा है। सीता के मरते ही यातुधानों की माया से राम और लक्ष्मण भी मर जाएंगे। राम और लक्ष्मण के वध के पश्चात अपने मणि-महालय में जाकर सेज सजाना और उस पर सीता के रुंड और मुंड को जोड़कर रखना और उसका भोग करना–"

रावण समझ गया, वह सीता का वध नहीं कर सकता–सीता का वध कर सकता अथवा उसका मोह त्यागकर उसे लौटा सका होता, तो यह दिन क्यों देखना पड़ता–सीता तो उसके जीवन में सम्पूर्ण संघर्षों की उपलब्धि थी–सीता ही न रही, तो राम और लक्ष्मण से युद्ध कैसा? वे मन्दोदरी का हरण करने तो आ नहीं रहे हैं।–नहीं, सीता को जीना पड़ेगा; जब तक राम और रावण में से एक भी व्यक्ति जीवित है, उसे जीना पड़ेगा–

और रावण को लड़ना पड़ेगा–पहले दिन से ही स्पष्ट था कि सीता को प्राप्त करने के लिए लड़ना पड़ेगा। उसने युद्ध को टाला और सीता उठा लाया; किन्तु सीता उसे नहीं मिली। सीता उसे युद्ध के बाद ही मिले। सीता जैसी विश्व-सुन्दरी के लिए युद्ध न हो, यह कैसे सम्भव है—सीता, राम को चाहिए या रावण को–युद्ध के बिना वह किसी को नहीं मिल सकेगी। यदि रावण ने यही युद्ध पंचवटी में लड़ लिया होता तो उसके बन्धु-बान्धवों के वध की यह स्थिति नहीं आती। अकम्पन के परामर्श ने ही उसे डुबोया है–

प्रतिरावण पुनः अट्टहास कर उठा, "तू लड़ेगा रावण? राम से तू युद्ध को टालता नहीं आया, तू राम से डरता आया है। यदि तू राम से भयभीत नहीं था तो क्यों अपने पुत्रों, भाइयों, मन्त्रियों को भेजता रहा? क्यों स्वयं लड़ने नहीं गया?–राम का वय कम है। उसका शरीर फ़ुर्तीला है। उसमें ऊर्जा है। उसका शारीरिक बल, शस्त्र-कौशल, वीरता–? तू अब वृद्ध हो रहा है। थोड़ी देर में दम फूल जाता है।

धनुष को अधिक खींचने से पेशियों में पीड़ा होने लगती है। काल मुझे मार गया है।–सोच ले! राम आज भी वैसा ही योद्धा है, जैसा पंचवटी में था। इस युद्ध के अनुभव से वह कुछ विकट ही हुआ होगा, कम नहीं हुआ, आख़िर कोई तो कारण होगा–सीता ने उसे सदा स्वीकार किया, तेरा तिरस्कार–

रावण के हाथ अपनी ग्रीवा तक उठ गए; और तब उसे अनुभव हुआ कि प्रतिरावण उसके शरीर

के भीतर ही है। रावण के जीवित रहते, प्रतिरावण का वध नहीं हो सकता, जैसे रावण के जीवित रहते न सीता का वध हो सकता है, न उसे त्यागा जा सकता है–

रावण ने महोदर, महापार्श्व और विरूपाक्ष को बुला भेजा। उनके आने पर सैनिक अभियान की रूप-रेखा तैयार की। वे तीनों और रावण अपनी-अपनी सेनाओं के साथ लंका के एक-एक द्वार से बाहर निकलेंगे और आमृत्यु युद्ध करेंगे। अनिर्णीत युद्ध में जीवित रहते हुए, वापस लौटने का कोई अर्थ नहीं था। या तो राम-लक्ष्मण का वध कर वापस लौटेंगे अथवा लंका में उनका रथ ही लौटेगा। विरूपाक्ष अत्यन्त उत्साहित था, किन्तु रावण को महोदर और महापार्श्व में युद्ध का विशेष उत्साह दिखाई नहीं पड़ा।

"तुम युद्ध करना नहीं चाहते?" रावण की भृकुटी वक्र हो उठी।

"युद्ध!" महोदर ने महापार्श्व की ओर देखा, "युद्ध में तो हमें कोई आपत्ति नहीं है, किन्तु सेना–।"

"हां, सेना!" महापार्श्व ने दुहराया।

"क्यों सेना को क्या हुआ?" रावण क्रुद्ध हो उठा, "क्या लंका की सेना युद्ध नहीं करना चाहती?"

"नहीं, सेना युद्ध को मना तो नहीं कर रही–।"

"महाराजाधिराज क्षमा करें?" महापार्श्व कुछ साहस कर बोला, "सेना हमारे पास है ही कहां?" रावण ने चकित दृष्टि से महापार्श्व को देखा, जैसे वह विक्षिप्त हो गया हो।

"लंका के असंख्य सैनिकों ने वीरगति पाई है," इस बार महापार्श्व कुछ धैर्य से बोला, "असंख्य सैनिक लंका के सैनिक-असैनिक चिकित्सालय के भीतर-बाहर पड़े हैं। हमारे आहत सैनिकों की संख्या इतनी अधिक है कि चिकित्सालयों के द्वारों और चौखटों में लेटकर भी उन्हें अटा पाना कठिन हो रहा है," उसने रुककर क्षण-भर को रावण को देखा, "और यह स्थिति तब है, जब हम हताहतों को युद्ध-भूमि से उठा लाने का प्रबन्ध नहीं करते हैं। हमारे प्रबन्धकों को जब भी अवसर मिलता है, वे युद्ध-क्षेत्र से राक्षस सैनिकों के शवों को उठाकर समुद्र में डाल आते हैं। यदि वानर सेना के समान अपने मृत सैनिकों को अग्नि-संस्कार करने लगें तो लंका की गृहिणियों को ईंधन के लिए लकड़ी नहीं मिलेगी–"

रावण उठकर खड़ा हो गया और व्यग्रता में इधर-से-उधर टहलने लगा, "मुझे बताया क्यों नहीं गया?"

"आपको कौन बताता? आप कटु सत्य सुनना नहीं चाहते। और फिर इसमें बताने के लिए क्या है। यह तो समझने की बात है। प्रत्येक पराजित सेना की यही स्थिति होती है।"

"क्या हमारे स्कन्धावार में कोई नहीं है?"

"स्कन्धावार के सैनिक कल की पराजय के पश्चात से अपना स्थान छोड़-छोड़कर भागने लगे हैं।" महापार्श्व बोला, "लंका के सैनिक, विजय और विजयोपरान्त लूट के अभ्यस्त हैं। पराजय की बेला में अपने स्वामी के लिए प्राण देने का पाठ उन्होंने नहीं पढ़ा है।"

"सेना-परित्याग।" रावण की आंखें आरक्त होने लगीं, "उन सबको मृत्यु-दंड दिया जाएगा।"

"मृत्यु-दंड देगा कौन?" महापार्श्व कुछ दुस्साहसी हो गया था, "हमारे पास लंका की रक्षा के लिए भी पर्याप्त सैनिक नहीं रह गए हैं। निर्वासित राजकुमार विभीषण के परिवार का पता भी आज तक

हम इसीलिए नहीं पा सके हैं।" उसने रुककर रावण को देखा, "मुझे तो यह भी सूचना मिली है कि सामर्थ्यवान लोग लंका से निकल भागने के प्रयत्न में हैं। वे लोग अपने परिवारों को कहीं सुरक्षित स्थानों पर पहुंचाने को उत्कंठित हो रहे हैं।"

कुछ क्षणों तक रावण चिन्तित दिखा; फिर जैसे उसका क्रोध उसकी चिन्ता को पी गया, "तुम लोग अपनी इच्छा-अनिच्छा की बात कहो।"

"मैं अकेला ही, बिना एक भी सैनिक साथ लिये युद्ध के लिए प्रस्तुत हूं," विरूपाक्ष बोला, "मुझे जाने की आज्ञा मिले तात!"

"और तुम लोग?"

"शरीर में रक्त की अन्तिम बूंद तक मैं युद्ध करूंगा।" महोदर बोला। रावण की दृष्टि महापार्श्व की ओर उठ गई।

"जय-पराजय दोनों स्थितियों में अन्तिम समय तक युद्ध करूंगा।" महापार्श्व सहज ढंग से बोला।

"तो फिर जाओ," रावण उच्च स्वर में बोला, "बचे-खुचे सैनिकों को, अंगरक्षकों को और दंडधरों को साथ लो और लंका के एक-एक घर में जाकर सक्षम शरीरवाले युवकों को बलात सैनिक कर्म के लिए घसीट लाओ। आपत्ति अथवा विरोध करनेवाले के लिए मृत्यु-दंड घोषित कर दो।" रावण रुककर बोला, "सैनिक संख्या कम लगे तो शस्त्र-बल बढ़ाओ। सैनिकों को भी दिव्यास्त्र दो।...आज मात्र रक्षात्मक युद्ध हो। कल उन पर भयंकर आक्रमण करो। कल सन्ध्या तक राम और लक्ष्मण का वध होना ही चाहिए। जाओ।"

अगले दिन प्रातः विरूपाक्ष सबसे पहले लंका से बाहर निकला।

आज के तीनों सेनापतियों को सेना एकत्रित करने के मार्ग में आने वाली कठिनाइयों का आभास था; किन्तु रावण को सूचना किसी ने भी नहीं दी थी।

वस्तुतः अब वह स्थिति नहीं रह गई थी कि लंका की सेना की ओर से युद्ध का आह्वान पाकर प्रत्येक घर का द्वार खुल जाता और प्रत्येक घर से युवक निकल-निकलकर महाराजाधिराज रावण की जय बोलते। पहले स्थिति और थी। युद्ध में जानेवाला सैनिक जानता था कि वह न केवल विजयी होकर सकुशल वापस घर लौटेगा; वरन रजत तथा स्वर्ण-मुद्राओं के साथ-साथ कुछ बहुमूल्य रत्न भी साथ लाएगा। भाग्य ने साथ दिया तो दो-चार सुन्दर युवती दासियां भी साथ लाना बहुत कठिन नहीं था। किन्तु अब स्थिति एकदम विपरीत थी। युद्ध में जानेवाला सैनिक जानता था कि वह मृत्यु के मुख में जा रहा है। उसके शव का भी घर लौटकर आना निश्चित नहीं है।

सैन्य-संचय के लिए जानेवाले अधिकारियों को लंका के प्रत्येक घर के द्वार पर प्रतिशोध का सामना करना पड़ा था। न केवल युवक स्वयं नहीं आना चाहते थे, उनकी पत्नियां, माताएं, बहनें और कभी-कभी तो उनके बच्चे तक उनसे लिपट-लिपट जाते थे। स्थान-स्थान पर धमकियों और बल का प्रयोग करना पड़ा। आज की सेना में अधिकांश सैनिक डरा-धमकाकर ही लाए गए थे।...घर-घर में विलाप हो रहा था। कुछ घरों के युवक मारे जा चुके थे, कुछ परिवारों के घायल पड़े थे; और कुछ आज लड़ने जा रहे थे, जो मृत समान ही समझे जा रहे थे। लोग, रावण और उसके राज्य को कोस रहे थे। रावण के सैनिकों की चिन्ता किए बिना राक्षसियां उस वृद्धा शूर्पणखा को कोस रही थीं, जिसने अपने शरीर की झुर्रियों और सफ़ेद होते हुए बालों को अनदेखा कर, राम के यौवन पर

आधिपत्य जमाने के प्रयत्न में लंका को मृत्यु के मुख में धकेल दिया था। स्वयं पट्टमहिषी मन्दोदरी को यह कहते सुना गया था, "हाय! मां के उदर में ही क्यों नहीं मर गई यह शूर्पणखा–कुटिला, कुलक्षणा, अमंगला... !" वीरबाहु की मां चित्रांगना रावण को कोस रही थी, "हाय! तुमने निज कर्मदोष से ही कुल को भी डुबोया और स्वयं भी डूबे...।"

आज सैनिक प्रयाण के समय बहुत ज़ोर के बाजे नहीं बजे। सेना में न उत्साह था, न आडम्बर। स्पष्ट ही वे रावण के भय से बंधे चले जा रहे थे। सेनापति इस आशंका से भी पीड़ित थे कि कहीं उनके सैनिक शत्रुओं से न जा मिलें।

विरूपाक्ष रथारूढ़ होकर लंका से बाहर निकला। किन्तु, युद्ध-भूमि में आते ही उसने अनुभव किया कि उसके पास इतनी सेना नहीं थी कि वह शत्रुओं को स्वयं से दूर-दूर रख सके और रणभूमि में अपनी इच्छानुसार रथ दौड़ाता हुआ शत्रु सेनापतियों से जूझता फिरे। उसके सैनिकों की संख्या इतनी कम थी कि वानर सेना बार-बार उसके रथ के अत्यन्त निकट आ जाती थी। वे उसके सारथी और घोड़े पर न केवल बाण-वर्षा करते थे, वरन कभी-कभी तो रथ पर पत्थर तक फेंक देते थे और उसके रथ के पहियों में लकड़ियां अड़ाकर उसे रोकने का प्रयत्न करते थे। ऐसे में रथ सुविधा के स्थान पर असुविधा का कारण हो जाता था।

विरूपाक्ष अपना रथ त्यागकर गजारूढ़ हो गया और वानर सेना का संहार करने लगा। हाथी रथ से कहीं ऊंचा था और वानरों के लिए उसके निकट आना भी जोखिम का काम था। सुग्रीव ने अपनी सेना की कठिनाई समझी। उन्होंने पीछे सेना को स्थिर रखने का कार्य सुषेण को सौंपा और स्वयं विरूपाक्ष के सम्मुख जा डटे।

साधारण सैनिकों का नाश कर विरूपाक्ष का मनोबल सातवें आकाश पर जा पहुंचा था। सुग्रीव को सम्मुख देखते ही, उसने पांच नाराच खींच कर मारे। सुग्रीव के पास धनुष-बाण नहीं थे। उनके कवच ने ही उनकी रक्षा की। किन्तु फिर भी उनका शरीर तीन-चार स्थानों से घायल हो गया। सुग्रीव के लिए यह सर्वथा अनपेक्षित था। अकस्मात ही उनका आवेश जागा। उन्होंने अपनी गदा को देखा : यह विरूपाक्ष के लिए न सही, उसके गज के लिए उपयुक्त शस्त्र था।...सुग्रीव अपने स्थान से कूदे और सेना को चीरते हुए विरूपाक्ष के हाथी की पिछली ओर जा पहुंचे। उन्होंने अपने दोनों हाथों से पकड़कर अपनी पूरी शक्ति से गदा का प्रहार हाथी की पिछली टांग पर किया। हाथी पीड़ा में ज़ोर से चिंघाड़कर घूमा। किन्तु सुग्रीव भी जैसे अपना सन्तुलन खो बैठे थे। वे गदा प्रहार करते गए और तब ही रुके, जब उन्होंने हाथी को पीड़ा में अवश होकर धरती पर बैठ जाते हुए देखा। विरूपाक्ष भी इतने निकट से धनुष-बाण की निरर्थकता समझ गया था। उसने धनुष-बाण छोड़कर ढाल-तलवार उठा ली और घायल हाथी से नीचे कूद गया। सुग्रीव के संभलने से पूर्व ही उसने उन्हें दो घाव लगा दिए थे; किन्तु तीसरे की बारी नहीं आई। सुग्रीव का एक प्रबल प्रहार उसके वक्ष पर पड़ा और वह रक्त-वमन करता हुआ धरती पर जा गिरा।

महोदर, यद्यपि पूर्वी द्वार से बाहर निकला था, किन्तु उसकी भी पहली झड़प सुग्रीव के ही साथ हुई। सुग्रीव उसी समय विरूपाक्ष से निवृत्त हुए थे और अत्यधिक आवेश में थे; महोदर के साथ सेना कम थी; युद्ध की स्थिति देखते हुए उसका मनोबल भी ऊंचा नहीं था। वह युद्ध में अधिक देर टिक नहीं सका और एक संक्षिप्त से युद्ध में ही सुग्रीव के हाथों मारा गया।

महापार्श्व पश्चिमी द्वार से निकला था। वह अंगद के साथ भिड़ा, अंगद के युवा शरीर के बल,

स्फूर्ति एवं उच्च मनोबल के सामने महापार्श्व अधिक देर तक नहीं टिक सका। अंगद के प्रबल प्रहारों ने उसे अत्यल्प काल में ही धराशायी कर दिया।

रावण उत्तरी द्वार से बाहर आया था। उसके साथ अन्य सेनापतियों की अपेक्षा अधिक संख्या में सैनिक थे। वह सैनिकों की मनः स्थिति और अपनी सेना की कठिनाइयों के प्रति भी अधिक जागरूक नहीं था। मेघनाद के वध से पीड़ित और क्रुद्ध रावण को युद्धभूमि से विरूपाक्ष के वध का समाचार मिला तो उसके लिए स्वयं को सन्तुलित रखना कठिन हो गया।...

वानर-सेना का आज का व्यूह भी कोई नया व्यूह था क्या? उनका कोई भी सेनापति रावण के सम्मुख नहीं आया था और सागर की लहरों के समान, वानर-सेना की भी लहर उठ रही थी। वे लहरें, जो सदा रावण से दूर ही दूर रही थीं, आज उसके निकट से निकटतम आ रही थीं। उसे यह भी बताया गया था कि अभी थोड़ी देर पूर्व इन वानरों ने विरूपाक्ष के रथ के चक्रों में पेड़ की शाखाएं अड़ाकर उसका रथ रोकने का प्रयत्न किया था; और अन्ततः विरूपाक्ष को रथ छोड़ने पर बाध्य होना पड़ा था...

रावण का क्रोध आकाश को छूने लगा। ये वन्य जातियां, जिन्हें उसने कभी कीट-पतंगों से अधिक नहीं समझा, आज इस कंगले राजकुमार का प्रोत्साहन पाकर इतनी दुस्साहसी हो गई हैं कि रावण और रावण के पुत्रों से इस प्रकार लड़ें, जैसे यह उनके गांव का दंगल हो...

रावण ने रथ में रखे अपने शस्त्रागार को देखा : ब्रह्मा निर्मित तामसास्त्र उसके सम्मुख था। उसने उसे ही धनुष पर चढ़ाया और वानरों पर प्रहार कर दिया। तामसास्त्र का प्रभाव भयानक था। इस क्षेत्र में वानरों का कोई ऐसा कुशल योद्धा था भी नहीं, जो उसका प्रतिकार करता। फलतः आगे के कुछ वानरों के गिरने पर, पिछली पंक्तियों का युद्ध में स्थिर रहना कठिन हो गया। जिसको जो दिशा मिली, वह उधर ही भाग गया।

राम अभी विरूपाक्ष, महोदर और महापार्श्व की सेनाओं के युद्धों का विवरण प्राप्त कर ही रहे थे कि उन्हें रावण के युद्ध-क्षेत्र में आने की सूचना मिली। राम और लक्ष्मण दोनों ही रावण की ओर बढ़े : किन्तु उनके पहुंचने से पूर्व ही रावण तामसास्त्र का प्रयोग कर चुका था। राम समझ नहीं पाए कि रावण को आरम्भ में ही ऐसे भयंकर दिव्यास्त्र के उपयोग की आवश्यकता क्यों पड़ी...सम्भवतः एक के बाद एक पराजय के समाचारों से क्षुब्ध होकर ही उसने ऐसा किया हो...

व्यूह-प्रतिष्ठा के पूर्व ही लक्ष्मण ने रावण के रथ के घोड़ों पर दो बाणों का प्रहार कर उसकी गति रुद्ध की थी। रावण का क्रोध और भी भड़का...लक्ष्मण को देखते ही उसे मेघनाद का वध स्मरण हो आया...उसकी दृष्टि से राम ओझल हो गए। वहां लक्ष्मण ही लक्ष्मण थे। उसने नया तूणीर उठाया और लक्ष्मण पर एक के पश्चात एक प्रहार करने लगा...किन्तु तब तक राम रौद्रास्त्र का प्रयोग कर चुके थे। रावण के कन्धे पर गहरा घाव लगा था।

रावण की चेतना पर छाई विषाद की काई फट गई। उसके मन में क्रोध-ही-क्रोध था। युद्ध-विद्या, युद्ध-कौशल और युद्ध की मर्यादा जैसे वह भूलता जा रहा था।...वानर सेना फिर उसे चारों ओर से घेरने लगी थी। उसके अपने सैनिक उन्हें दूर रखने में असफल होते जा रहे थे।...कंगले राजकुमार उसके सामने भूमि पर खड़े थे। रथी रावण के सामने उन्हें इसी प्रकार खड़े होना चाहिए था; जैसे वह सिंहासन पर बैठा हो और वे उसके सम्मुख हाथ बांधे, भूमि पर खड़े, कुछ याचना कर रहे हों ...किन्तु यथार्थ यह था कि वे उसकी राजसभा में नहीं, युद्धभूमि में खड़े थे। यद्यपि अपने महत्त्व

के अनुकूल, नंगे पांव, मिट्टी पर खड़े थे; किन्तु उनके हाथ बंधे नहीं थे और वे शस्त्र-बद्ध थे। वे याचना नहीं, प्रहार कर रहे थे...रावण ने पहली बार अपने क्रोध के साथ-साथ एक पीड़ा का भी अनुभव किया जिन्हें सदा अत्यन्त नीच, हीन और दुर्बल माना था वे उसके सामने युद्ध में समानता के अधिकार से डटे ही नहीं थे, उस पर कहीं अपने अस्तित्व के लिए युद्ध करती दिखाई पड़ रही थी और वानर-सेना सर्वग्रासी सागर के समान बची-खुची सेना को लीलने के लिए, अपना भयंकर मुख खोले आगे बढ़ती आ रही थी...

फिर राम और लक्ष्मण के साथ ही कहीं से आकर विभीषण भी खड़ा हो गया था।...विभीषण, जिसने लक्ष्मण को मेघनाद तक पहुंचाया था। जिसने लंका से अपने परिवार को कहीं लुप्त कर दिया था।...यह विभीषण उसका भाई था, किन्तु उसके प्राण लेकर रहेगा। यह कुम्भकर्ण जैसा नहीं था, जो अपनी मदिरा से तृप्त रहे और समय आने पर रावण के लिए चुपचाप अपने प्राण दे दे...

थोड़ी देर में इनके और योद्धा भी एक-एक कर आ जाएंगे...रावण घिरता रहेगा...रावण की सहायता को आनेवाला अब कोई योद्धा नहीं बचा है। रावण उन्हें एक-एक कर पहले ही कटवा चुका है...यह कैसे हुआ कि इनके प्रायः सभी योद्धा जीवित हैं और राक्षस-दल...क्या सचमुच रावण का कर्म दोष उनकी सेना, प्रजा और परिवार को खा गया? क्या सचमुच विजयी दल में कोई नहीं मरता और पराजित दल में सब एक-एक कर मर जाते हैं?...क्या सचमुच न्याय इनकी रक्षा कर रहा है?...नहीं। नहीं। यह इनकी युद्ध पद्धति के कारण हुआ होगा। ये लोग सामूहिक युद्ध करते हैं विजय का श्रेय व्यक्तित्व रूप से नहीं चाहते। एक-दूसरे की सहायता करते हैं। राक्षस-योद्धा अपने-अपने अहंकार के साथ लड़े।...पर रावण इस टिड्डी दल के हाथों, निरीह मृत्यु मरने को तैयार नहीं है...रावण ने अपने शस्त्रागार में से आसुरास्त्र निकालकर धनुष पर धारण कर लिया। किन्तु रावण के आसुरास्त्र का प्रतिकार राम के आग्नेयास्त्र ने कर दिया था। रावण ने मायास्त्र का प्रयोग किया तो राम ने गान्धर्वास्त्र से उसकी शक्ति को क्षीण कर दिया।

उधर रावण ने सूर्यास्त्र का प्रयोग किया और उधर लक्ष्मण ने अपने नाराचों से रावण के सारथि का वध कर डाला। अपने अगले बाण से उन्होंने रावण के धनुष की प्रत्यंचा काट दी। लक्ष्मण के साथ खड़े विभीषण ने रावण के रथ के शेष घोड़ों का वध कर दिया।

रावण का सारा आक्रोश विभीषण पर केन्द्रित हो गया।...सारे कष्टों की जड़ यही विभीषण है।...

यह न होता तो राम और लक्ष्मण लंका का कुछ नहीं बिगाड़ सकते थे...यही सागर पार जाकर उनको इस पार लिवा लाया, यही उन्हें लंका के सारे भेद देता रहा, यही लक्ष्मण को मेघनाद के बध-स्थल तक ले गया...यही... रावण ने एक भयंकर शक्ति उठाकर विभीषण पर दे मारी; किन्तु तत्काल ही लक्ष्मण ने एक ओर विभीषण को धक्का देकर परे हटा दिया और दूसरी ओर तीन बाण मारकर मार्ग में ही उस शक्ति के टुकड़े कर दिए।...रावण हतोत्साहित नहीं हुआ, वरन उसका क्रोध और भी बढ़ता गया।...

राम से वह बाद में निबटेगा, पहले वह विभीषण और लक्ष्मण का वध करेगा...लक्ष्मण। पूर्ण यौवन को प्राप्त लक्ष्मण...मेघनाद के ही वय का होगा...कितनी स्फूर्ति है उसके शरीर में। राम में शस्त्र-कौशल की प्रौढ़ता है, लक्ष्मण के पास उसका यौवन है...बल और स्फूर्ति-भरा...

रावण ने पुनः एक शक्ति विभीषण पर चलाई; किन्तु लक्ष्मण ने पुनः उसका निराकरण कर दिया

...रावण के शरीर का सारा रक्त उसके मस्तिष्क की ओर दौड़ा। यह खेल कब तक चलेगा रावण में इतना धैर्य नहीं है...उसने मायासुर निर्मित शक्ति उठाकर धनुष पर धारण की और लक्ष्मण के वक्ष का लक्ष्य करके उसने प्रत्यंचा छोड़ दी...लक्ष्मण ने स्फूर्ति का कार्य बल से लिया। वे अपने स्थान से हटे नहीं। एक कठोर नाराच लेकर उन्होंने शक्ति पर प्रहार किया...किन्तु, तब तक देर हो चुकी थी...शक्ति लक्ष्मण के वक्ष में लगी। अपने धनुष पर उनकी पकड़ ढीली हो गई और अगले ही क्षण, धनुष उनके हाथ से छूटकर भूमि पर गिरा। लक्ष्मण को मूर्च्छा आ गई थी...

राम झपटकर आगे बढ़े। उन्होंने अपनी बांहों में पकड़कर लक्ष्मण को संभाला। वहीं लेटाकर, अपने दोनों हाथों से पकड़, उन्होंने शक्ति बाहर खींच ली और रावण के देखते-देखते उसके दोनों सिरों को मिलाकर, शक्ति के दो टुकड़े कर दिए...राम ने पुनः धनुष उठाया।

सुग्रीव और हनुमान स्फूर्तिपूर्वक शस्त्र साधे, लक्ष्मण के पास आकर खड़े हो गए। विभीषण पहले ही वहां थे।

"सौमित्र को चिकित्सा-शिविर में ले जाओ।" राम ने आदेश दिया और जलती हुई आंखों से रावण की ओर देखा। उन्होंने संकेत से एक के पश्चात एक कर शस्त्र पकड़ानेवाले चार चरों को निकट आने को कहा।

राम के धनुष से बाणों की झड़ी लग गई। रावण अपने सारथि और घोड़ों के अभाव में अपने स्थान से तनिक भी हिल नहीं पा रहा था। रथ उसके लिए सुविधा के स्थान पर संकट का कारण बन गया था। वह जिस ओर झुकता था, राम के बाणों की दिशा उधर ही घूम जाती थी... असहाय रावण ने इधर-उधर देखा। उसकी सेना पूर्णतः अस्त-व्यस्त हो चुकी थी। यदि व्यवस्था इस प्रकार भंग न हो गई होती, तो अब तक उसके लिए दूसरा रथ आ जाना चाहिए था।

"दूसरा रथ लाओ," उसने पलटकर अपने पृष्ठ-पुरुषों को सम्बोधित किया, "तुम युद्ध-भूमि में खड़े हो या अपने विश्राम-कक्ष में मूर्खो!"

"राजाधिराज! मार्ग अवरुद्ध हैं।" एक पृष्ठ-पुरुष चिल्लाया, "वानरों ने हमारी कोई भी पंक्ति सीधी नहीं रहने दी है।"

"रथ लाओ।" रावण क्रोध में फुंफकारता हुआ बोला।

रावण का नया रथ आ गया।

क्षण-भर के लिए राम हतप्रभ रह गए। वानर-सेना रावण के रथों को तोड़ती रही और उसके नए रथ आते रहे, तो न रावण का वध होगा, न युद्ध का निर्णय होगा।...फिर रथ के कारण, रावण को कुछ अतिरिक्त सुविधाएं मिल जाती हैं। उसकी गति बढ़ जाती है। वह ऊंचाई पर स्थित होता है। उसे शस्त्र पकड़वाने वाले चरों की आवश्यकता नहीं होती...इतनी कठिनाई से एक रथ नष्ट किया था। राम का ध्यान अपने झपटते हुए सैनिकों की ओर चला गया। वे लोग रावण के परित्यक्त रथ के शस्त्रों पर अधिकार कर रहे थे। उस चिन्ता में भी राम के अधरों पर एक क्षीण-सी मुस्कान आ गई।...अब अनेक स्थानों पर वानर, राक्षसों से छीने हुए शस्त्रास्त्रों से ही युद्ध कर रहे थे।

सहसा वानरों की पिछली पंक्तियों में कुछ असामान्य-सी हलचल फैल गई। राम का ध्यान भी उधर गया। लगा, जैसे कोई असाधारण रूप से बड़ा रथ, पिछली ओर से वानर सेना की पंक्तियों को रौंदता हुआ आगे बढ़ा चला आ रहा है।

...राक्षसों का रथ वानरों के पीछे कैसे पहुंच गया...राम सोच रहे थे...रावण तो उनके सम्मुख खड़ा

था, फिर इतना विराट रथ दौड़ाने वाला कौन-सा योद्धा होगा...इस रथ के विषय में सन्देशवाहकों ने भी कोई सूचना नहीं दी थी...

राम ने रावण की ओर देखा : किन्तु, उसके चेहरे पर उन्हें कोई प्रसन्नता दिखाई नहीं पड़ी... वरन रावण जिज्ञासु से अधिक चिन्तित ही लग रहा था...तो क्या रावण भी नहीं जानता कि वह कौन है?...

युद्ध जैसे स्थगित हो गया था, सबके ध्यान का आकर्षण वह रथ ही बना हुआ था...

राम ने पीछे देखा। अंगद, मैंद, द्विविद तथा नील उस रथ की अगवानी करते से, उनके साथ दौड़ते हुए आ रहे थे। रथ से कोई योद्धा शस्त्र-प्रहार भी नहीं कर रहा था...आश्चर्यचकित राम खड़े रह गए।

सारथि पर दृष्टि पड़ते ही राम के मन में पुनः प्रश्न जागा, "कौन है यह?"

"आर्य! मैं देवराज इन्द्र का सारथि मातलि हूं।" सारधि ने निकट आते ही अपना परिचय दिया, "यह रथ देवराज ने आपकी सहायता के लिए भेजा है। समय नष्ट न कीजिए। युद्ध की सारी सामग्री रथ में विद्यमान है।"

"इन्द्र!" राम ने विस्मय से पूछा, "इन्द्र मेरी सहायता क्यों कर रहे हैं? मेरा उनसे कोई मैत्री सम्बन्ध नहीं है।"

"विलम्ब न करें आर्य।" मातलि बोला, "इन्द्र ने राम की नहीं, देवशत्रु रावण के शत्रु की सहायता की है। ऐसा न हो कि रथ के अभाव के कारण, आपका यह जीता हुआ युद्ध भी आपको विजयी बनाने में असफल रह जाए।"

"हमारे पास कोई सारथि भी तो नहीं है...।"

"मैं जो हूं।" मातलि बोला, "युद्ध-पर्यन्त आपका सारथीत्व करूंगा।"

मातलि को देखते ही रावण पहचान गया : इन्द्र उस पर बार कर गया था। मेघनाद से हारकर, राक्षसों की सेना के सम्मुख-युद्ध का साहस इन्द्र कभी नहीं कर सका, तो अब उसने राम को सहायता भेजी है...रथ, सारथि, कवच, धनुष, शक्तियां...घृणित शत्रु है इन्द्र। जिस समय रावण विपत्ति में फंसा हुआ है...सेना ध्वस्त है, सेनापति मारे जा चुके हैं....वानर सेना ने उसे चारों ओर से घेर रखा है, वानर सेनापति युद्ध में सक्षम हैं, ऐसे में इन्द्र ने प्रहार किया है। रावण के घातक और गम्भीर शत्रु को रथ और शस्त्र पहुंचा दिए हैं...इन्द्र को क्या जब रावण का भय नहीं रहा? न सही रावण। वह महादेव शिव से भी नहीं डरता क्या?

रावण कुछ आश्वस्त हुआ। उसने पृष्ठ-पुरुषों को पुकारा, "सूचना चरों को तत्काल शिव और ब्रह्मा के पास भेजो। इन्द्र ने मेरे और राम के युद्ध में हस्तक्षेप किया है।"

युद्ध की स्थिति बदल गई थी। असम युद्ध अब द्वैरथ युद्ध में बदल गया था। राक्षस और वानर-सेनाएं बीच में से हट गई थीं। दोनों अपने नायकों के रथों को घेरकर उनकी सहायतार्थ सन्नद्ध खड़ी थीं।

युद्ध आरम्भ हुआ। रावण ने गान्धर्वास्त्र का प्रयोग किया। राम ने भी उसी अस्त्र से उसका प्रतिकार कर दिया। रावण ने दैवास्त्र फेंका। राम ने भी दैवास्त्र का ही प्रयोग किया। रावण ने राक्षसास्त्र फेंका तो राम ने गरुड़ास्त्र से प्रहार किया।

रावण के बाण उग्र से उग्रतर होते जा रहे थे, और राम का युद्ध अधिक-से-अधिक रक्षात्मक होता

जा रहा था। रावण जैसे, हारे हुए युद्ध को पलट देने के प्रयत्न में था, और राम युद्ध की यथास्थिति बनाए रखना चाह रहे थे। राम का प्रहार करने में असफल हो, रावण ने अपने रोष में, राम के रथ की ध्वजा काट दी, घोड़ों को घायल किया और अन्ततः मातलि पर भी अनेक प्रहार किए। मातलि ने अपनी भुजा में से बाण खींचकर नीचे फेंका, "क्या बात है आर्य। आप शत्रु के प्रहारों का प्रतिकार मात्र कर रहे हैं, प्रहार नहीं कर रहे?"

राम चेते...ठीक कह रहा है मातलि! वे यह देख रहे हैं कि रावण कौन-सा शस्त्र चला रहा है और वे उसका निराकरण भर कर रहे हैं। ऐसे तो हाथ में आई विजय भी पराजय में बदल जाएगी। उन पर किया गया रावण का एक भी घातक प्रहार सबकुछ नष्ट-भ्रष्ट कर सकता है। सौमित्र उधर मूर्च्छित पड़े हैं और राम यहां प्रतिरक्षात्मक युद्ध लड़ रहे हैं...

रावण ने एक भयंकर शूल राम पर फेंका। राम की चेतना फड़फड़ाकर जाग उठी। उनके बाण निष्फल हो रहे थे...उन्होंने रथ में से इन्द्र की एक शक्ति उठ ली। शक्ति के प्रहार के शूल को मार्ग में ही नष्ट कर दिया।...

अब प्रहार करने की बारी राम की थी। राम के धनुष से छूटे क्षुर और नाराच बाणों ने रावण को घेरना आरम्भ किया। रावण को शिथिल होते देख, वानर सेना भी आगे बढ़ आई थी। सहसा राम का एक भयानक नाराच रावण के वक्ष में लगा। रावण का धनुष उसके हाथ से छूट गया। रथ का दंड पकड़कर वह बैठ गया...

रथी घायल होकर प्रायः मूर्च्छित पड़ा था। शत्रु सेना चारों ओर से निरन्तर घिरती चली जा रही थी। ऐसे समय में सारथि को ही अपनी बुद्धि से कार्य लेना होगा।...रावण के सारथि ने क्षण-भर सोचा और इससे पहले कि वानर सेना की ओर से कोई गति हो, वह अपना रथ पीछे हटा ले गया। बची-खुची राक्षस सेना, आधे मन से वानरों से जूझने का प्रयत्न कर रही थी...किन्तु वानरों ने रावण के सारथि को युद्धभूमि से निकल जाने का अवसर नहीं दिया। सारथि जिधर बढ़ता था, वानर टुकड़ियां वर्षा के जल के समान उधर ही उमड़ पड़ती थीं–युद्धभूमि से लौट जाने के सिवाय उसे दूसरा कोई मार्ग नहीं सूझ रहा था...

रावण की चेतना लौटी–

प्रतिरावण ज़ोर से हंस रहा था, "तू युद्ध में से भाग आया कायर!"

रावण ने सारथि को डांटा, "मूर्ख! कहां भगाए लिये जा रहा है तू?"

"राजाधिराज? आपकी रक्षा...।"

"किसकी रक्षा!" रावण बोला, "मेरे यश को नष्ट कर, मुझे कलंकित करना चाहता है? शत्रुओं से उत्कोच लिया है तूने क्या?"

"राजाधिराज!"

"लौट!"

रावण पुनः लौटकर राम के सम्मुख आया। राम ने पहले ही बाण में उसके रथ की ध्वजा नष्ट कर दी। किन्तु रावण ने कोई विशेष प्रतिक्रिया व्यक्त नहीं की...वह घायल था और शारीरिक थकान के चिह्न भी स्पष्ट दिखाई पड़ रहे थे–राम ने अपने तूणीर में से बाण निकाला। यह बाण अगस्त्य ने राम को दिया था। ब्रह्मा-निर्मित इस बाण का, उन्होंने निर्णायक क्षण में ही प्रयोग करने के लिए आदेश दिया था...

राम ने रावण के कंठ का लक्ष्य कर बाण छोड़ दिया। रावण धनुष लिये कुछ इस प्रकार खड़ा था, जैसे उसे न राम दिख रहे हों, न उनका धनुष, न धनुष से छूटा बाण...

बाण रावण के कंठ में लगा और उसका मुंह युद्धभूमि में आ गिरा...

रावण के सारथि ने रथ लौटा लिया। वानर-सेना आगे बढ़ी। राक्षस सेना को युद्धभूमि में स्थिर रखनेवाला कोई नहीं था। रावण के रथ के पीछे उसकी सेना भी भाग चली।

चौबीस

हनुमान और विभीषण सीता को लेकर आए थे। उनके साथ सरमा और कला भी थीं। पीछे-पीछे त्रिजटा भी आई थी।

सीता लंका से बाहर निकली तो मुख्य द्वार पर स्वयं राम उनके स्वागत के लिए उपस्थित थे। सीता की कृश काया को पहचानने के लिए कुछ प्रयास करना पड़ा था; किन्तु तनिक-सा ध्यान देने पर उस सूखी काया में से सीता को पहचान लेना तनिक भी कठिन नहीं था। राम ने देखा : उनकी सीता वियोगिनी रूप में उनके सम्मुख खड़ी थीं। एक वेणी, सफ़ेद सादी किन्तु साफ़ धोती। आंखों में वेदना, सहनशीलता, और एक प्रकार की दृढ़ता का विचित्र मिश्रण। किन्तु राम प्रसन्न थे, इतनी यातना के बाद भी सीता के चेहरे पर दीनता अथवा याचना नहीं थी...

"आओ सीते!" राम ने अपने हाथ बढ़ाए, "अपने राम से अब और दूर नहीं रहो। एक वर्ष की दीर्घ अग्नि-परीक्षा दी है तुमने। अब तुम्हें कुछ सुख भी मिलना चाहिए...।"

सीता को जैसे सहसा विश्वास ही नहीं हो रहा था...क्या सत्य ही हनुमान उन्हें खोजने आया था, राम सागर पार कर आए थे; क्या सत्य ही राक्षस सेना पराजित हुई थी और रावण मारा गया था?...हां, यह सब सत्य था। उनके राम अपनी बांहें फैलाए उनके सम्मुख खड़े थे। और क्या प्रमाण चाहिए उन्हें...

सीता ने आगे बढ़कर राम के हाथों में अपनी हथेलियां रख दीं। उन्होंने अपने प्रिय की आंखों में झांका। वहां प्रेम का अथाह सागर लहरा रहा था। इतने दिनों के वियोग, कठिन परीक्षाओं, रक्त-रंजित युद्धों ने उनके राम को तनिक भी नहीं बदला था।

राम ने सीता की आंखों में देखा, अब भी उन आंखों में वैसा ही स्वच्छ, निर्दोष सम्मोहन था, जिस पर राम रीझते हुए नहीं थकते थे।...

अपने सहयोगियों से घिरे राम और सीता अपने स्कन्धावार की ओर मुड़े। मार्ग के दोनों ओर श्रमिक सेनाओं, शिल्पी सेनाओं, सहायक सेनाओं, जन सेनाओं तथा किष्किन्धा की नियमित सेनाओं के सैनिक खड़े थे। उनके चेहरों पर श्रम के बाद की थकान की तृप्ति और उल्लास था। थोड़ी-थोड़ी दूरी पर कोई-न-कोई सेनापति और यूथपति खड़ा अभिवादन कर रहा था।

सीता देख रही थी : उनके राम वैसे ही थे, सीधे और सरल वनवासी! किन्तु इस अपार जन-समूह तथा उनके नेताओं की आंखों में जो भाव था, वह राम को कहीं विचलित न कर दे। राम चाहे अपने मन में न लाएं, किन्तु इन लोगों की दृष्टियां उन्हें बार-बार कहेंगी, बार-बार जताएंगी कि वे असाधारण हैं, वे उच्च हैं, वे विशिष्ट हैं जन-सामान्य अपनी सरलता में जो श्रद्धा और प्यार देता है, वह किसी भी व्यक्ति को उन्मादी बना सकता है।...पर राम में महानता का जितना तत्त्व होगा, वह उस उन्माद का प्रतिरोध करेगा...

"देवर उग्रदेव कहां हैं?" सहसा सीता ने पूछा।

"सौमित्र!" सीता के मुख से पुराना विशेषण सुनकर राम मुस्कुराए, "चिकित्सा शिविर में हैं। वृद्ध सुषेण और प्रभा उसका उपचार कर रहे हैं। सौमित्र ने इस युद्ध में अनेक बार बड़े गम्भीर घाव खाए हैं। कई बार वह मृत्यु के मुख में जा-जाकर लौटा है। बहुत रक्त बहाया है उसने...।"

"रक्त तो तुमने भी बहुत बहाया है प्रिय!" सीता ने राम के सम्पूर्ण शरीर पर दृष्टि फेरी, "देख रही हूं, प्रत्येक अंग पर कोई-न-कोई घाव लगा ही है।"

"ये तो मेरी निष्ठा के प्रमाण हैं..." राम मुस्कुराए।

"मेरे प्रति?"

"तुम्हारे प्रति। तुम्हारे प्रेम के प्रति।" राम गम्भीर हो गए, "सत्य और न्याय के प्रति। अन्धकार के विरुद्ध होनेवाले अनवरत और शाश्वत संघर्ष के प्रति," राम ने तनिक रुककर सीता को देखा, "घाव खाए बिना, कोई अन्धकार के विरुद्ध लड़ कैसे सकेगा।...यह प्रमाण सौमित्र ने भी दिया है। हमारे एक-एक सैनिक ने दिया है। कइयों ने तो हमसे भी अधिक मूल्य चुकाया है...." राम का कंठ भारी हो आया।

राम एक विशाल चिता के पास रुक गए, "सीते! यहां उस सैनिक टुकड़ी के योद्धा सो रहे हैं, जिसका नाम उनके नायक के नाम पर 'तेजधर टुकड़ी" रखा गया हैं। इन वीरों ने अपने नेताओं के शवों की रक्षा के लिए अपने प्राण दिए हैं।"

सीता ने हाथ जोड़कर चिता को प्रणाम किया। राम का स्वर विषादाच्छादित सकल्प की दृढ़ता लिये हुए था, "हम अपने वीर साथियों की स्मृति को अमर बनाने के लिए अनेक स्मारक बनवाएंगे यहां लंका में, पंचवटी में, अयोध्या में...।"

चिकित्सा-शिविर के सामने आकर राम रुक गए।

"अपने देवर उग्रदेव से मिल लो, मैं दो-एक आवश्यक काम कर लूं," राम ने मुस्कुराकर कहा, "किन्तु सीते! सौमित्र अब बहुत बदल गया है। तुम्हारे हरण पश्चात से ही उसकी चंचलता और उग्रता का स्थान गम्भीरता और दृढ़ता ने ले लिया है।"

सीता जैसे कुछ सोचने लगीं, बोलीं कुछ नहीं।

लक्ष्मण काठ की एक चौकी पर लेटे हुए थे और प्रभा तथा सुषेण उनके घाव साफ कर उन पर औषधि लेपन कर रहे थे। चौकी नए प्रकार की थी। यह शिल्पी-सैनिकों ने विशेष रूप से इसी प्रयोजन के लिए तैयार की थी।

"उग्रदेव!"

लक्ष्मण ने आंखें खोलकर सीता को देखा। कुछ क्षणों तक देखते रहे, और बोले, "भाभी...!"

आगे वे कुछ बोल नहीं सके। उनका कंठ भर्रा आया था और आंखें छलछला गई थीं।

"आप लोग अन्य आहतों को देखें," सीता अत्यन्त विनीत भाव से बोलीं, "देवर की देखभाल मैं कर लूंगी।"

प्रभा और सुषेण ने कोई आपत्ति नहीं की। क्षतों और औषधियों के विषय में कुछ आवश्यक सूचनाएं देकर, वे अन्य आहतों की ओर बढ़ गए। रावण के शक्ति प्रहार से हुए बड़े घाव को औषधि-युक्त रुई से साफ करते हुए सीता बोलीं, "पीड़ा असहनीय है सौमित्र!"

"नहीं भाभी!"

"तो आंखें क्यों छलछला आई हैं।" सीता की आंखों में परिहास था, "रोते भी हो और मानते भी नहीं। हठी बालक!"

लक्ष्मण की परिहास-मुद्रा नहीं लौटी, "सोचता हूं, आपको सकुशल लौटाया न जा सकता, तो मैं अपने-आपको कैसे क्षमा कर पाता।"

"और इस भयंकर युद्ध में ऐसे-ऐसे घाव खाए हैं तुमने देवर! यदि तुम्हें कुछ हो जाता," सीता गम्भीर हो गई थीं, "तो मैं स्वयं को कैसे क्षमा करती?"

"भाभी! पंचवटी में मैं आश्रम में इसलिए नहीं रुका था–"

"मैं जानती हूं।" सीता ने लक्ष्मण की बात पूरी नहीं होने दी, "बाद में मैंने उस घड़ी को बहुत कोसा था सौमित्र! वर्ष-भर कोसती ही रही थी। क्यों मैंने वैसा सोचा। क्यों मैंने वैसे कटु वाक्य कहे–" सीता मौन होकर पुनः बोलीं, "अपने प्रिय की सुरक्षा के लिए चिन्तित, मेरा मन बहुत शंकालु हो गया था।"

"समझता हूं।" लक्ष्मण धीरे-से बोले, "बाद में मैंने भी इस विषय में बहुत सोचा था, और यही पाया था कि भैया को बार-बार जोखिम के मुंह में जाते देख और मुझे, पीछे, सुरक्षित बैठे देख, आपका शंकालु हो जाना स्वाभाविक ही था," सीता एक, उदास-सी मुस्कान अधरों पर ले आईं, "थोड़ी-सी ईर्ष्या इसलिए भी जागी थी कि तुम अपने भैया पर मुझसे भी अधिक अधिकार जताते थे।" लक्ष्मण मुस्कुराए भर। बोले कुछ नहीं।

सीता ने पट्टी बांध दी, "अब कभी तुम पर अविश्वास नहीं करूंगी।"

लक्ष्मण पुनः मुस्कुराए, "अब अवसर ही नहीं आने दूंगा।"

"अब विश्राम करो देवर!" सीता ने लक्ष्मण के माथे पर स्नेह-भरा हाथ फेरा। अन्य घायलों के उपचार में सहायता करने के लिए सीता सुषेण और प्रभा की ओर बढ़ गईं।

•••